ཡུལ་ཤུལ་བོད་རིགས་རང་སྐྱོང་ཁུལ་རིག་གནས་ལས་གཞི་ཆེན་མོའི་《གེ་སར་》རྣམ་གྲངས་དཔེ་ཚོགས།
玉树藏族自治州重大文化工程《格萨尔》项目丛书

《格萨尔》史诗谚语警句选录

༄༅། །གླིང་སྒྲུང་གི་གཏམ་དཔེ་དང་གདམས་ཚིག་གཅེས་བཏུས།

(སྟོད་ཆ།)

ནོར་བུ་དབང་ལྡན་དང་། འགྱུར་མེད་རྡོ་རྗེ། ངོ་གོ་ངག་དབང་དགེ་ལེགས་ཀྱིས་གཙོ་སྒྲིག་བྱས།
诺布旺丹　久美多杰　昂文格来　主编

ཡུལ་ཤུལ་བོད་རིགས་རང་སྐྱོང་ཁུལ་གེ་སར་རིག་གནས་ལས་གཞི་གཞུང་ལས་ཁང་གིས་བསྒྲིགས།
玉树藏族自治州《格萨尔》项目办公室 编
ཀྲུང་གོའི་བོད་རིག་པ་དཔེ་སྐྲུན་ཁང་། 中 国 藏 学 出 版 社

图书在版编目 (CIP) 数据

《格萨尔》谚语警句选录 : 上下册 : 藏汉对照 / 诺布旺丹 , 昂文格来主编 ;
玉树藏族自治州《格萨尔》项目办公室编 .
-- 北京 : 中国藏学出版社 , 2023.12
ISBN 978-7-5211-0496-7

I. 1 格 ... II. 1 诺 ... 2 昂 ... 3 玉 ... III. 1《格萨 尔》– 谚语
– 汇编 – 藏、汉 2《格萨尔》– 警句 – 汇编 – 藏、汉
IV. 1I207.9142H214

中国国家版本馆 CIP 数据核字 (2023) 第 255960 号

《格萨尔》谚语警句选录

玉树藏族自治州《格萨尔》项目办公室　编

责任编辑 : 聪博
特约编辑 : 旦正加　次乃　格列群培　泽波　才怀杰布　扎西泽仁
封面设计 : 北京天琪创捷文化发展有限公司
设计排版 : 宗拉昌瓦排版工作室
出版发行 : 中国藏学出版社
印　　刷 : 北京广益印刷有限公司
开　　本 : 787mm×1092mm　1/16 开
印　　张 : 96
版　　次 : 2023 年 12 月第 1 版
印　　次 : 2023 年 12 月第 1 次印刷
书　　号 : ISBN 978-7-5211-0496-7
定　　价 : 350.00 元（上下册）

༄ དགྲ་ལྷའི་རྒྱལ་པོ་གེ་སར་གཙོ་འཁོར་བཞེངས། །རླུང་རྟའི་གཙོ་བོ་ཁྲ་སྤྱང་ཁྱུང་གསུམ་རྫས། །

伟哉战神之王格萨尔及诸将臣　胜哉好运当以鹞狼雕将为之最

ཡུལ་ཤུལ་བོད་རིགས་རང་སྐྱོང་ཁུལ་རིག་གནས་ལས་གཞི་ཆེན་མོའི་《གེ་སར་》
རྣམ་གྲངས་ལག་བསྟར་འགོ་ཁྲིད་ཚན་ཆུང་དང་རྩོམ་སྒྲིག་ཨུ་ཡོན་ལྷན་ཁང་།

སྤྱི་ཁྱབ་རྩིས་འགོད་པ། ཚེ་རིང་ཐར། ཚའི་ཁྲིན་ཡུང་། ཝུའུ་ཏེ་ཅུན། བསོད་ནམས་བསྟན་འཛིན།

རྩིས་འགོད་པ། ཚེ་དོན་འགྲུབ། ཀུའོ་ཧུའུ་ཁྲུན། ལྗོ་པ་འགྱུར་མེད་རྡོ་རྗེ།

ཀྲུའུ་རེན། ཚའི་ཁྲིན་ཡུང་། བསོད་ནམས་བསྟན་འཛིན།

ཀྲུའུ་རེན་གཞོན་པ། ཚེ་དོན་འགྲུབ། ཀུའོ་ཧུའུ་ཁྲུན།

ཨུ་ཡོན། ག་ཟྲི་འབུམ་ཆུང། ལུའོ་ཅན་པིན། ངག་དབང་ཚེ་རིང་། ཨ་ཤག་གཡང་འཁྱོར།
ངག་དབང་དགེ་ལེགས། ལི་ཡུན་ཧའེ། ཝང་ཙེ་ཡུང་། ཕུན་ཚོགས་ཟླ་བ། ཉི་མ་བཟང་པོ།
བསོད་ནམས་ལྷ་མོ། དཔག་བསམ། བཀྲ་ཤིས་དབང་གྲགས། ཐུབ་བསྟན་འབྱུང་གནས།
གསེར་བཀྲ་ཤིས།

玉树藏族自治州重大文化工程《格萨尔》项目实施领导小组
编撰委员会

总策划：才让太　蔡成勇　吴德军　索南丹增

策　划：才旦周　郭虎春　久美多杰

主　任：蔡成勇　索南丹增

副主任：才旦周　郭虎春

委　员：伊宝群　罗建兵　昂文才让　阿夏・永红　昂文格来　李云海
王泽永　朋措达哇　尼玛松保　索昂拉毛　巴桑（葛立维）　扎西旺扎
土登君乃　赛・扎西

ཆེད་མཁས་ཚན་ཆུང་། （རྒྱ་ཡིག་རུས་མིང་གི་པིར་རིས་མང་ཉུང་ལྟར་བསྒྲིགས།）

བན་ཁོ། འགྱུར་མེད་རྡོ་རྗེ། ཐུབ་བསྟན་འབྱུང་གནས། དབང་གྲགས། བཀྲ་ཤིས་རྡོ་རྗེ། ལྷུན་མ་དར་དབྱངས། ལྷུན་མ་འཇམ་དབྱངས་ཚུལ་ཁྲིམས། ཡང་གོ་མིན། བཀྲ་བ། ཧ་མགྲིན་མཚོ། ལུང་རིག་རྒྱ་མཚོ། ལུང་རིན་ཆེན། བེ་དུ་ཚུལ་ཁྲིམས། འཇམ་དབྱངས་ཆོས་སྒྲོན། ཀརྨ་ལྷ་མོ། ཀརྨ་རྣམ་རྒྱལ། ཉི་མ་བཟང་པོ། ལྷུན་འགྲུབ་དབང་མོ། ཚེ་རིང་ཕུན་ཚོགས། སྟག་ལྷ་ཚེ་རིང་། ཐ་གའི་ཟླ་བ་གྲགས་པ། གཙོད་པ་དོན་འགྲུབ། གོང་པ་རྣམ་གྲགས། པད་མ་ལྷུན་འགྲུབ། བརྩོན་འགྲུས་རྒྱ་མཚོ། ཡང་ཤིང་རྟོང་། ཚེ་རིང་འགྱུར་མེད། ངག་དབང་དགེ་ལེགས། སྒྲོལ་དཀར་ཚེ་རིང་། རྒྱལ་མོ་འབྲུག་པ། ཚེ་རྡོ། ལེགས་སྨོན། གཙང་པ་འཇིག་མེད། བློ་གྲོས་རབ་གསལ། ལྷ་ལྡོང་ཚུལ་ཁྲིམས་དཔལ་ལྡན། ཕུན་ཚོགས་ཟླ་བ། དབང་ཆེན་ཚེ་རིང་། བློ་བསྟན་འཛིན་ཉི་མ། ཚབ་འགག་རྡོ་རྗེ་ཚེ་རིང་། གསལ་གཏན། བསམ་བརྟན་ཚེ་རིང་། ཞི་ཆུང་། ནོར་བུ་དབང་འདུས། བསོད་རྒྱལ་འབུམ། ནོར་བུ་དབང་ལྡན། ཡེ་ཤེས་དོན་འགྲུབ། སྙིང་བོ་ཚེ་རིང་། རྣམ་རྒྱལ། བསེ་མཁར་ཀུན་དགའ་ཚེ་རིང་། བསོད་ནམས་ལྷ་མོ། དབང་མོ་མཚོ། སྨན་ཞུལ་རིན་ཆེན་རྡོ་རྗེ། དབང་གྲགས། ལྡོང་ནོར་སྐྱེ། བློ་བཟང་དབང་ཕྱུག

专家小组（以姓氏笔画排序）：

万　果　久美多杰　土登君乃　文　扎　扎西多杰　丹玛·达英

丹玛·嘉央慈诚　王国明　扎　哇　丹珍措　龙仁江措

龙仁青　白日·慈诚　甲央齐珍　尕玛拉毛　尕玛昂江　尼玛松保

宁　梅　次仁平措　达拉才仁　达哇扎巴　角巴东主　贡巴·昂扎

完玛冷智　李连荣　杨恩洪　泽仁吉美　昂文格来　卓尕次力　周华

泽　波　拉　孟　宗金才　罗周然桑　拉索·慈诚巴德　朋措达哇

项欠才让　洛·丹增尼玛　恰嘎·多杰才让　桑丁　桑丁才仁　益邛

诺布文德　索加本　诺布旺丹　益西邓珠　娘吾才让　朗杰

赛康·更尕才仁　索昂拉毛　黄毛草　曼秀·仁青道吉　黄智

董·诺尔德　落桑旺秋

ཡུལ་ཤུལ་བོད་རིགས་རང་སྐྱོང་ཁུལ་རིག་གནས་ལས་གཞི་ཆེན་མོའི་《གེ་སར་》
རྣམ་གྲངས་དཔེ་ཚོགས་ལས་《གླིང་སྤྲུང་གི་གཏམ་དཔེ་དང་གདམས་ཚིག་
གཅེས་བཏུས་》རྩོམ་སྒྲིག་ཚན་ཆུང་།

སྤྱི་ཁྱབ་བློ་འདོན་པ། འཇམ་དཔལ་རྒྱ་མཚོ། སྐལ་བ་ཀུན་བཟང་སྐྱབས།

བློ་འདོན་པ། དབྱང་ཨེན་ཧྲུང་། རྒྱལ་མོ་འབྲུག་པ། ཚེ་རིང་ཐར། (སློབ་དཔོན་ཆེན་མོ)

འགྱུར་མེད་རྡོ་རྗེ། ཐ་གའི་ཟླ་བ་གྲགས་པ།

གཙོ་སྒྲིག་པ། ནོར་བུ་དབང་ལྡན། རྡོ་རྗེ་ངག་དབང་དགེ་ལེགས།

ལག་བསྟར་གཙོ་སྒྲིག་པ། རྡོ་རྗེ་ངག་དབང་དགེ་ལེགས། ཉི་མ།

ལག་བསྟར་རྩོམ་སྒྲིག་པ། གསལ་ཏན།

སྒྲིག་ཞུགས་མི་སྣ། ཐ་གའི་ཟླ་བ་གྲགས་པ། ཀརྨ་རྣམ་རྒྱལ། གསལ་ཏན། ཉི་མ་བཟང་པོ།

བསོད་ནམས་ལྷ་མོ། ཐུབ་བསྟན་འབྱུང་གནས། འཕོར་རྩ་ཚེ་དབང་འགྱུར་མེད། ཕུན་ཚོགས་ཟླ་བ། གསེར་བཀྲ་ཤིས། གོང་པ་རྣམ་གྲགས། ཉང་བློ་གྲོས་རབ་གསལ། རྡོ་རྗེ་སྒྲོལ་མ། དབྱངས་སྐྱིད་ཚེ་མཚོ།

འཚོལ་བསྡུ་མི་སྣ། བཀྲ་ཤིས་ནོར་བུ། གོང་པ་རྣམ་གྲགས། མགོན་པོ་རྡོ་རྗེ། ཉི་མ་རྒྱལ་མཚན། ཏ་མགྲིན་རྡོ་རྗེ། རྡོ་རྗེ་རྒྱལ། པདྨ་མཚོ་མོ། དཔལ་ལྡན་རྒྱལ། ཕག་མོ་སྐྱིད། འཕགས་མོ་སྒྲོལ་མ། བུ་དགའ་བཟང་། བློ་གྲོས་རབ་གསལ། བློ་བཟང་མཁྱེན་རབ། ཚེ་རིང་མཚོ་མོ། ཟླ་བ་གྲགས་པ། གསལ་ཏན། བསོད་ནམས་ཉི་མ། ལྷ་མོ་གཡང་མཚོ། ཨ་ཚེ་ཐར། ཨོ་རྒྱན་སྒྲོལ་མ། ཨོ་རྒྱན་ཉི་མ།

ཡིག་སྒྱུར་ཚན་ཁག འགྱུར་མེད་རྡོ་རྗེ། སྒྲོལ་དཀར་ཚེ་རིང་། ཀརྨ་རྣམ་རྒྱལ། བྱམས་པ་རྡོ་རྗེ། བློ་བཟང་དབང་ཕྱུག །དབང་གྲགས། ཞི་ཆུང་། ངག་དབང་སེང་གེ། འཛོམ་ཟླ་བ། བསོད་ནམས་ལྷ་མོ། ཡར་འཕྲོ། བཀྲ་ཤིས་སྒྲོལ་མ། པོ་མ་ཆོས་ཨ་མཆོག །བསོད་ནམས་མཚོ།

ཞུ་དག་པ། རྡོ་རྗེ་ངག་དབང་དགེ་ལེགས། གསལ་ཏན། འཕོར་རྩ་ཚེ་དབང་འགྱུར་མེད། ཉང་བློ་གྲོས་རབ་གསལ། རྡོ་རྗེ་སྒྲོལ་མ།

མཐའ་ཞུ་པ། འགྱུར་མེད་རྡོ་རྗེ། བསེ་མཁར་ཀུན་དགའ་ཚེ་རིང་།

རི་མོ་པ། ཕན་བདེ།

玉树藏族自治州重大文化工程《格萨尔》项目之
《格萨尔史诗谚语警句选录》编纂小组

总顾问：降边嘉措　杨学武

顾　问：杨恩洪　周华　才让太（教授）　久美多杰　塔格·达哇扎巴

主　编：诺布旺丹　昂文格列

执行主编：多高·昂文格来　尼玛

执行编辑：桑丁

成　员：塔格·达哇扎巴　尕玛昂江　桑丁　尼玛松保　索昂拉毛
土登君乃　科泽·才旺久美　彭措达哇　赛·扎西
贡巴·昂扎　年·罗周然桑　多杰忠玛　永新才措

谚语搜集：扎西闹吾　贡巴昂扎　贡波多杰　尼玛坚赞　丹真多杰　多 杰 吉
白玛措毛　巴 丁 加　帕 姆 吉　帕姆卓玛　布 尕 松　罗周然桑
罗桑青然　才仁措毛　达哇扎巴　桑　丁　索南尼玛　拉姆央措
阿 才 塔　乌金卓玛　吾金尼玛

翻译团队：久美多杰　卓尕次力　尕玛昂江　向巴多杰　落桑旺秋　文扎
益邛　昂文森格　郑 达 瓦　索昂拉毛　亚　卓　扎西卓玛
罗玛曲却　索南木措(马师)

审　稿：多高·昂文格来　桑丁　科泽·才旺久美　年·罗周然桑　多杰忠玛

终　审：久美多杰（汉文）　赛康·更尕才仁（藏文）

插　图：平德

གླེང་གཞི། (དང་པོ།)

«‹གླིང་སྒྲུང་›གི་གཏམ་དཔེ་དང་གདམས་ཚིག་གཅེས་བཏུས»ཞེས་པའི་དཔེ་དེབ་འདི་ནི་མཚོ་སྔོན་ཞིང་ཆེན་ཡུལ་ཤུལ་བོད་རིགས་རང་སྐྱོང་ཁུལ་གྱི་རིག་གནས་བཟོ་བཀོད་གལ་ཆེན་ལས«གླིང་སྒྲུང་»གི་ལས་གཞི་སྟེ«‹གླིང་སྒྲུང་›བོད་རྒྱ་ཤན་སྦྱར་ཚད་ལྡན་ཚིག་མཛོད་ཆེན་མོ»དང་། རྒྱ་འགྱུར་མའི་སྒྲུང་པོད་སུམ་ཅུ་དཔེ་སྐྲུན་བྱེད་ཉེར་ཡོད་པའི་སྐབས་སུ་གསར་དུ་བསྣན་པའི་འདེམས་སྒྲིག་དང་ཡིག་སྒྱུར་གྱི་ལས་གཞི་ཞིག་རེད། ཡུལ་ཤུལ་ཁུལ«གླིང་སྒྲུང་»ལས་གཞིའི་གཞུང་ལས་ཁང་གིས་སྒྲིག་འཛུགས་དང་མཐུན་སྦྱོར་འོག །དེ་སྔ་ལས་གཞི་འདིར་ཞུགས་པའི་འབྲེལ་ཡོད་ཆེད་མཁས་པ་རྣམས་དང་ཡིག་སྒྱུར་ལས་རིགས་ཁྲིད་ཀྱི་སྣེ་ཁྲིད་མི་སྣ་རྣམས་ཀྱིས་དུས་ཚོད་ཅུང་ཐུང་ངུའི་ནང་གླིང་སྒྲུང་པར་གཞི་སྣ་ཚོགས་ལས་ཡུལ་ཤུལ་ས་ཁུལ་གྱི་པར་གཞི་གཙོ་བོར་བྱས་པའི་སྒྲུང་དཔེའི་ནང་གི་གཏམ་དཔེ་དང་གདམས་ཚིག་སོགས་ལེགས་འདེམས་དང་ཡིག་སྒྱུར་ལེགས་པར་གྲུབ་བྱུང་། ལས་ཚོད་འདི་དང་ལས་ཀའི་ཐོན་ཚད་འདིས་ཁོང་ཚོས་ཡུལ་ཤུལ་ཁུལ་གྱི་རིག་གནས་བཟོ་བཀོད་གལ་ཆེན་ལས«གླིང་སྒྲུང་»གི་ལས་གཞི་འདི་ལ་མཐོང་ཆེན་དང་དགའ་ཞེན་ཇི་ལྟར་བྱེད་ཀྱིན་པ་མཚོན་ཐུབ་པས། ཁོང་ཚོའི་ལས་བཀུར་སྙིང་སྟོབས་འདི་ལ་སེམས་འགུལ་ཐེབས་ཡོང་བ་ཞིག་རེད།

ཡུལ་ཤུལ་བོད་རིགས་རང་སྐྱོང་ཁུལ་གྱི་རིག་གནས་ལས་གཞི་བཟོ་བཀོད་གལ་ཆེན་ལས«གླིང་སྒྲུང་»གི་ལས་གཞིའི་དཔེ་ཚོགས་དཔེ་སྐྲུན་འགྲེམས་སྤེལ་བྱས་པ་འདི་ནི། ཡུལ་ཤུལ་ཁུལ་གྱི་གླིང་སྒྲུང་རིག་གནས་འཛུགས་སྐྲུན་གྱི་དུས་རིམ་རང་བཞིན་གྱི་གྲུབ་འབྲས་གཅིག་སྟུད་ཐོག་འགྲེམས་སྟོན་བྱས་པ་ཞིག་རེད་ལ། མཚོ་སྔོན་གྱི«གླིང་སྒྲུང་»གི་ལས་དོན་དང«གླིང་སྒྲུང་»སྲུང་སྐྱོང་ཞིབ་འཇུག་ཁྱབ་ཁོངས་ཀྱི་གྲུབ་འབྲས་གསར་ཤོས་ཀྱི་འགྲེམས་སྟོན་ཞིག་ཀྱང་ཡིན་པས། འདིས་ཀྱང་དྲའི་ཕྱུལ་བྱུང་སྲོལ་རྒྱུན་རིག་གནས་གསར་གཏོད་རང་བཞིན་གྱི་འཕོ་འགྱུར་དང་གསར་སྐྲུན་རང་བཞིན་གྱི་འཕེལ་རྒྱས་ལ་སྐུལ་འདེད་གཏོང་བར་ཕན་ནུས་ཆེན་པོ་འདོན་ཐུབ་ངེས་རེད།

དུས་རབས་གསར་པའི་རྒྱབ་ལྗོངས་ལ་དམིགས་ཏེ། སྤྱི་ཁྱབ་ཧྲུའུ་ཅི་ཞི་ཅིན་ཕིང་གིས«གླིང་སྒྲུང་»སོགས་རང་རྒྱལ་གྲངས་ཉུང་མི་རིགས་ཀྱི་སྒྲུང་རབས་ཆེན་པོ་གསུམ་གྱི་སྐོར་ལ་མཇུབ་སྟོན་དང་གསུང་གླེང་གལ་ཆེན་ཐེངས་ལྔ་གནང་བའི་དགོངས་དོན་ལྟར། གླིང་སྒྲུང་སྒྱུར་སྐྲུབ་དང་། རྒྱུན་འཛིན། སྲུང་སྐྱོབ། བརྒྱུད་བསྒྲག་བཅས་ཀྱི་ལས་དོན་གཏིང་ཟབ་སྤེལ་བ་དང་། གེ་སར་རིག་གནས་ཀྱི་ཁོར་ཡུག་

འཛུགས་སྐྲུན་དང་ལེགས་བཅོས་བྱེད་པར་རྒྱབ་སྐྱོར་དང་། ད་ཡོད་ཀྱི་རིག་གནས་ཐོན་ཁུངས་ལུགས་མཐུན་ངང་བེད་སྤྱོད་པ་དང་། སྒྲུང་རབས་རིག་གནས་ཀྱི་ནུས་པ་མང་པོ་སྟོག་འདོན་བྱས་ནས་«གླིང་སྒྲུང་»གི་བསམ་པའི་རིག་གནས་ཀྱི་ནང་དོན་གཏིང་ཟབ་ཏུ་བཏང་ནས་གཙོ་གནད་རིན་ཐང་ལྷ་བ་དར་སྤེལ་གཏང་བ་དང་། ཤུལ་བྱུང་རིག་གནས་རྒྱུན་འཛིན་བྱེད་པ། མི་རིགས་ཁག་གི་ཐུན་མོང་གི་བསམ་པའི་ཁྱིམ་གཞིས་བསྐྲུན་པ་བཅས་ཀྱི་འགན་འཁྲི་ལྷི་མོ་ཕྲག་ཏུ་ལེན་རྒྱུ་ནི་ང་ཚོ་«གླིང་སྒྲུང་»གི་རྒྱུན་འཛིན་པ་དང་སྒྲུང་རབས་སྲུང་སྐྱོབ་དང་ཞིབ་འཇུག་ལས་དོན་པ་རེ་རེས་འདོར་ཐབས་མེད་པའི་འགན་འཁྲི་ཞིག་རེད། གོ་སྐབས་འདི་དང་བསྟུན་ནས་ངས་སྙིང་ཐག་པ་ནས་ཡུལ་ཤུལ་ཁུལ་ལ་རྟེན་འབྲེལ་ཞུ་རྒྱུ་ཡིན། ཡུལ་ཤུལ་ཁུལ་གྱི་རིག་གནས་བཟོ་བཀོད་གལ་ཆེན་ལས་«གླིང་སྒྲུང་»གི་ལས་གཞིའི་གཞུང་དོན་ཁང་གིས་བོད་རིགས་ཀྱི་ཤུལ་བྱུང་སྲོལ་རྒྱུན་རིག་གནས་རྒྱུན་འཛིན་དར་སྤེལ་གཏང་ཆེད་དང་། གླིང་སྒྲུང་རིག་གནས་འཕེལ་རྒྱས་ལ་སྐུལ་འདེད་གཏང་ཆེད་སེམས་ནུས་ཡོད་རྒྱ་བཏོན་པར་སྙིང་ནས་གུས་འདུད་ཞུ།

«‹གླིང་སྒྲུང་›གི་གཏམ་དཔེ་དང་གདམས་ཚིག་གཅེས་བཏུས་»ཞེས་པའི་དཔེ་དེབ་འདི་ནི་ཡུལ་ཤུལ་ཁུལ་གྱི་གླིང་སྒྲུང་རིག་གནས་སྲུང་སྐྱོང་དང་རྒྱུན་འཛིན་དང་འཕེལ་རྒྱས་གཏོང་བའི་དམིགས་བསལ་གྱི་ཁྱད་ཆོས་ལྡན་པའི་ལས་ཀའི་གྲུབ་འབྲས་ཤིག་རེད། ང་རང་ལས་ཀ་འདིར་ཞུགས་མཁན་གྲས་ཀྱི་གཅིག་ཡིན་པའི་ངོས་ནས་ཡིག་སྒྱུར་དང་ཞིབ་བཤེར་བྱེད་པའི་བརྒྱུད་རིམ་ཁྲོད་«གླིང་སྒྲུང་»གི་སྒྲུང་པ་དང་། ཆེད་མཁས་པ། ཡིག་སྒྱུར་མཁས་པ། རིག་གནས་ལས་དོན་པ་བཅས་མི་ཉུང་བ་ཞིག་ངོ་ཤེས་བྱུང་ལ་ཁོང་ཚོའི་ས་ནས་ཀྱང་ཤེས་བྱ་མང་པོ་ཞིག་གསར་དུ་ཤེས་རྟོགས་བྱུང་།

«གླིང་སྒྲུང་»གི་གཏམ་དཔེ་དང་གདམས་ཚིག་གཅེས་བཏུས་བྱས་པའི་གོ་རིམ་ཁྲོད། ཡུལ་ཤུལ་ཁུལ་གྱི་«གླིང་སྒྲུང་»གི་ཆེད་མཁས་པ་དང་རིག་གནས་ལས་དོན་པ་ཚོས་«གླིང་སྒྲུང་»མང་པོ་ཞིག་ལ་ཞིབ་མོར་ལྟ་ཀློག་བྱས་འདུག །ངས་བསམ་པར། «གླིང་སྒྲུང་»གི་གཏམ་དཔེ་དང་གདམས་ཚིག་འདེམས་སྒྲིག་བྱེད་པ་ནི་«གླིང་སྒྲུང་»ཞིབ་འཇུག་ཁྱབ་ཁོངས་ཀྱི་རྨང་གཞིའི་རང་བཞིན་གྱི་ཞིབ་འཇུག་ལས་དོན་ཞིག་རེད། དེ་བས་ལས་ཀ་འདི་འདྲ་ནི་སྔར་གྱི་དཀའ་ངལ་གྱིས་སྤྱི་པར་ལེགས་སྐྱེས་འབུལ་མཁན་དང་གེ་སར་རིག་གནས་ལ་དགའ་ཞེན་བྱེད་མཁན་གྱི་ཤེས་ལྡན་མི་སྣ་པོ་ནས་སྒྲུབ་འདོད་པ་ཞིག་ཡིན། «གླིང་སྒྲུང་»གི་གཏམ་དཔེ་དང་གདམས་ཚིག་འདེམས་སྒྲིག་བྱེད་པ་ནི་གཞན་གྱི་བརྩམས་ཆོས་ལེགས་གྲས་སུ་གཏོགས་པའི་དཔེ་དེབ་འགའ་ལ་བལྟས་ནས་སླ་ཞིང་འཇེབས་པའི་ཚིག་འགའ་བཤུ་འབྲི་བྱེད་པ་ལྟ་བུའི་སླ་མོ་ཞིག་མིན། འདེམས་སྒྲིག་བྱེད་མཁན་གྱིས་གྲངས་འབོར་ཆེ་བའི་གཏམ་དཔེ་དང་། གདམས་ཚིག་གི་ཁྲོད་ནས་ནན་ཏན་གྱིས་འདེམས་དགོས་པ་དང་། ཡི་གེའི་ནང་དོན་གཅིག་མཚུངས་དང་མཚོན་ཐབས་འདྲ་བའི་གཏམ་དཔེ་དེ་དག་ལ་དབྱེ་ཞིབ་དང་ཞིབ་བསྡུར་དང་བླང་དོར་བྱེད་དགོས་པ་རེད། དེར་བརྟེན།

བྱ་བ་འདི་ཧ་ཅང་དཀའ་ཞིང་། དུས་ཚོད་དང་ནུས་ཤུགས་མང་པོ་བཀོལ་དགོས།

ང་ཚོས་ཤེས་གསལ་ལྟར། ཡིག་སྒྱུར་གྱི་ལས་ཀ་ནི་དཀའ་ཚེགས་ཤིན་ཏུ་ཆེ་བའི་ལས་ཀ་ཞིག་རེད། དེ་ནི་གཞན་གྱིས་བྱས་པ་དྲིན་དུ་མི་གཟོ་བར་མ་ཟད། སྐྱོན་འཚོལ་བར་དགའ་བ་འགའ་རེས་ལོ་ཙཱ་བའི་བརྩམས་ཆོས་ལ་མཛུབ་མོ་ཀེར་ཏེ་ཡིན་མདོག་སྟོན་པ་རེད། མི་མང་པོ་ཞིག་གིས་མི་ཤེས་པ་ནི། གོ་སར་སྒྲུང་དཔེ་ཡིག་སྒྱུར་བྱེད་པ་ནི་དཔེ་ཆ་གཞན་ཡིག་སྒྱུར་བྱེད་པ་ལས་ཀྱང་དཀའ་ལ། དེའི་རྒྱུ་མཚན་ནི་འབྲེལ་ཡོད་ཀྱི་ཁྱབ་ཁོངས་རྒྱ་ཆེ་བ་དང་། བྱ་དངོས་ཀྱི་སྡེ་ཚན་གྲངས་མང་བ། སྐད་ཆའི་མཚོན་ཐབས་དེ་ལས་ཀྱང་རྙོག་འཛིང་ཆེ་བ་བཅས་ཀྱིས་སོ། །འོན་ཀྱང་། ཞིང་ཆེན་ཕྱི་ནང་གི་ཁྱབ་ཁོངས་སོ་སོ་ནས་ཡོང་བའི་ལོ་ཙཱ་བ་རྣམས། སྤྲོ་སེམས་འཕོལ་བའི་ངང་ནས་«‹གླིང་སྒྲུང་›གི་གཏམ་དཔེ་དང་གདམས་ཚིག་གཅེས་བཏུས»ཀྱི་ཡིག་སྒྱུར་ལས་ཀར་ཞུགས་ཤིང་། ཁོང་ཚོའི་རྒྱ་ཆེ་བའི་གཟིགས་རྒྱང་དང་། དམིགས་བསལ་གྱི་སྒྱུ་རྩལ་ཤེས་རྟོགས། གཏིང་ཟབ་པའི་རྩོམ་འབྲིའི་ནུས་པ། སོ་སོས་མ་ཡིག་ཁོང་དུ་ཆུད་པའི་ཤེས་རྟོགས་དང་། བསྒྱུར་ཡིག་སྐབས་བསྟུན་སྣ་མང་གི་མཚོན་ཐབས་ལ་བརྟེན་ནས་རླབས་ཆེན་གླིང་སྒྲུང་རིང་མོའི་ནང་དུ་མཚོན་ཐབས་བྱས་པའི་བོད་མི་རིགས་ཀྱི་སྲོལ་རྒྱུན་གྱི་རིན་ཐང་བརྡར་ཤ་གཅོད་ཐབས། དད་མོས་གཞུང་ལུགས། མཛེས་དཔྱོད་སྒྱུ་རྩལ། ཕུགས་བསམ་དད་སེམས། བསམ་བློའི་རྣམ་པ་སོགས་སྤར་ལས་གསོན་ཉམས་དོད་པའི་སྒོ་ནས་རྒྱ་ཡིག་གི་ཀློག་པ་པོའི་མིག་ལམ་དུ་མངོན་པར་བྱས་ཡོད།

«གླིང་སྒྲུང་»གི་སྒྲུང་དཔེ་རེ་རེའི་ཁྲོད་དུ་མི་སྣའི་བར་གྱི་སྐད་ཆ་ཤོད་རེས་དང་ཕན་ཚུན་གླུ་ལེན་གླུ་བསྐོར་ཁྲོད་དུ་གཏམ་དཔེ་དང་གདམས་ཚིག་མང་པོ་བེད་སྤྱོད་བྱས་ཡོད། དེའི་ནང་ནས་ཁག་ཅིག་ནི་ང་ཚོས་དུས་རྒྱུན་འཚོ་བའི་ནང་རྟག་པར་བེད་སྤྱོད་གཏོང་བཞིན་ཡང་ན་དུས་དང་རྣམ་པ་ཀུན་ཏུ་ཐོས་ཐུབ་པའི་དམངས་ཁྲོད་ཀྱི་གཏམ་དཔེ་དང་གདམས་ཚིག་དག་ཡིན་པ་དང་། ད་དུང་ཁག་གཅིག་ནི་«གླིང་སྒྲུང་»གི་སྒྲུང་དཔེའི་ནང་དུ་མ་གཏོགས་མཐོང་མི་ཐུབ་པ་དེའི་རིགས་རེད། ཡུལ་ཤུལ་ཁུལ་«གླིང་སྒྲུང་»ལས་གཞིའི་གཞུང་ལས་ཁང་གིས་རྩོམ་སྒྲིག་བྱས་པའི་«‹གླིང་སྒྲུང་›གི་གཏམ་དཔེ་དང་གདམས་ཚིག་གཅེས་བཏུས»ཞེས་པའི་དཔེ་དེབ་འདི་ནི་གོང་གི་རིགས་གཉིས་ལས་ཕྱི་མ་དེར་གཏོགས། གཏམ་དཔེ་དང་གདམས་ཚིག་དེ་དག་ཐུང་བ་ལ་ཚིག་འཕོར་གཉིས་གསུམ་ཙམ་ལས་མེད་པ་དང་། རིང་བ་ལ་ཚིག་འཕོར་བཅུ་གྲངས་སམ་ཐ་ན་དེ་ལས་མང་བའང་ཡོད། ཐུང་རིང་བའི་གཏམ་དཔེ་དང་གདམས་ཚིག་དེ་དག་ཐད་དེ་རང་སྐྱ་ཐུབ་པའི་སྙན་ངག་གམ་ཡང་ན་དམངས་གླུའི་ཐོག་ནས་རོལ་སྤྱོད་བྱེད་ཆོག་པར་སེམས་སོ། །

«‹གླིང་སྒྲུང་›གི་གཏམ་དཔེ་དང་གདམས་ཚིག་གཅེས་བཏུས»ཞེས་པའི་དཔེ་དེབ་འདིས་ང་ལ་སྤྱོད་ཚོར་ཞིག་སྐྱེར་བྱུང་བ་ནི། «གླིང་སྒྲུང་»གི་སྒྲུང་དཔེའི་ཁྲོད་ཀྱི་གཏམ་དཔེ་དང་གདམས་ཚིག་རེ་

རེ་དེ། རྩོམ་རིག་གི་མཛེས་པ་མངོན་བྱེད་དང་བསམ་བློའི་གཏིང་ཟབ་པའི་ཚིག་དུམ་རྐྱང་རྐྱང་ཡིན་པ་དང་། གསོན་ཉམས་ལྡན་པའི་སྐད་ཆ་བརྒྱུད་ནས་དཔེ་མཚོན་གྱི་གཟུགས་བརྙན་གསར་བཞེངས་བྱས་པ་དང་། ཞིབ་ཆ་བཀོད་ནས་སྤྱི་མཚན་གྱི་གནས་ལུགས་དངོས་བརྟན་མཚོན་པར་བྱས་པར་མ་ཟད། ཚིག་སྦྱོར་སྣ་ཚོགས་འབྲི་ཐབས་ལའང་དོ་སྣང་ཆེན་པོ་བྱས་ཡོད། གཏམ་དཔེ་དང་གདམས་ཚིག་འགའ་ཞིག་གིས་ནི་ཚིག་ཉུང་དོན་འདུས་ཀྱི་སྒོ་ནས་གཏིང་ཟབ་པའི་བསམ་བློ་སྟོན་པ་དང་། འགའ་ཞིག་གིས་ནི་དགོད་བྲོ་བས་ཀློག་པ་པོར་གད་མོ་སློང་བར་བྱེད། འགའ་ཞིག་གིས་ནི་རང་དབང་མེད་པར་ཡིད་འགུལ་ཐེབས་སུ་འཇུག །ཞིབ་ཏུ་བསླགས་ན་བྲོ་བ་འདྲ་མིན་སྟེར་བར་བྱེད་དོ། །

«གླིང་སྒྲུང་»གི་གཏམ་དཔེ་དང་གདམས་ཚིག་ཚང་མ་ནི་མེས་པོ་ཚོའི་འཚོ་བའི་ཉམས་མྱོང་དང་། འཚོ་གནས་ཀྱི་ཤེས་རབ། མི་ཆོས་ཀྱི་གནས་ཚུལ། བདེན་རྫུན་དང་ཡིན་མིན་ཐག་གཅོད་པ་བཅས་ཀྱི་ཐད་ནས་མཐོ་ཚད་དང་ཟབ་ཚད་གཉིས་ཀ་ལྡན་པས། མི་རྣམས་ཀྱི་བློ་སྣོ་འབྱེད་པ་དང་། སློབ་གསོ་ཐེབ་པའི་ནུས་པ་བཅས་དང་། མི་རབས་རྗེས་མས་བརྟག་ཞིབ་བྱ་བའི་གཞི་རྒྱུའང་རྒྱུང་བའོ། །

མདོར་ན་དཔེ་དེབ་འདིས་བོད་རིགས་ཀྱི་ཕྱུལ་དུ་བྱུང་བའི་སྲོལ་རྒྱུན་རིག་གནས་རྒྱུན་འཛིན་དང་དར་སྤེལ་གཏོང་བར་ཤུགས་འདོན་མཁན་དང་། «གླིང་སྒྲུང་»གི་སྒྲུང་དེབ་སྣ་ཚོགས་ལ་ཞིབ་འཇུག་བྱེད་མཁན། སྐད་བརྡའི་སྒྱུ་རྩལ་ལ་དགའ་མཁན་དང་། རྩོམ་རིག་གསར་རྩོམ་དང་ཡིག་སྒྱུར་ལས་ཀར་ཞུགས་མཁན་རྣམས་ལ་སློབ་སྦྱོང་གི་དཔྱད་གཞིའི་མེ་ལོང་དུ་འཛིན་ཆོག་པའི་རྒྱུ་ཆ་མགོ་འདོན་བྱས་ཡོད། «གླིང་སྒྲུང་»གི་སྒྲུང་དེབ་གཏན་ནས་བསླག་མྱོང་མེད་པའི་མིར་མཚོན་ན། དཔེ་དེབ་འདི་ནི་ཁོང་ཚོས་གི་སར་རིག་གནས་ཤེས་རྟོགས་བྱེད་པའི་སྐར་ཁུང་ལྟ་བུ་ཞིག་ཏུ་བརྩི་ཆོག་པ་དང་། གཞན་ཡང་དཔེ་དེབ་འདི་ནི་མི་རིགས་ཁག་བར་རིག་གནས་སྤེལ་རེས་ལ་སྐུལ་འདེད་གཏོང་བའི་སྟེགས་བུ་གལ་ཆེན་ཞིག་ཏུ་བརྩི་ཆོག་པའོ།། །།

མཚོ་སྔོན་ཞིང་ཆེན་གེ་སར་སྒྲུང་ཞིབ་འཇུག་ལྟེ་གནས།

ལྷ་པ་འགྱུར་མེད་རྡོ་རྗེ་དང་ཉང་བློ་གྲོས་རབ་གསལ།

2022ལོའི་ཟླ་10པའི་ཚེས་7ཉིན།

序（一）

《〈格萨尔〉史诗谚语警句选录》是青海省玉树藏族自治州重大文化工程《格萨尔》项目（以下简称玉树州《格萨尔》项目）中《〈格萨尔〉藏汉对照规范大辞典》和三十部史诗译本即将出版之际临时增加的一个编纂翻译计划。接到任务后，玉树州《格萨尔》项目办公室迅速组织参与前期项目的相关专家学者和翻译界的领军人物，在较短时间内完成了玉树州《格萨尔》史诗诸多版本的谚语、警句选录和翻译工作。这种工作效率也侧面反映了他们对《格萨尔》项目的重视和热爱，他们的敬业精神令人感动。

玉树州《格萨尔》项目丛书的出版发行，是全面贯彻落实习近平总书记关于包括《格萨尔》在内的我国少数民族三大史诗的重要指示精神，深入开展史诗的抢救、传承、保护和传播工作的具体举措，是青海省《格萨尔》史诗保护研究领域最新成果的一次展示，也是玉树州格萨尔文化建设阶段性成果的集中亮相，为推动中华优秀传统文化创造性转化、创新性发展做出了自己的贡献。借此机会，我对玉树州《格萨尔》项目办公室传承和弘扬藏族优秀传统文化、推动格萨尔文化发展付出的努力和心血表示诚挚的敬意！

卷帙浩繁的《格萨尔》史诗逾一百多万诗行、两千多万字，通过生动的语言来塑造典型的形象，在人物之间的对话和对唱中运用了大量的谚语和警句。这些谚语和警句，短的只有两三句，长的有十几句甚至更多，有的言简意赅发人深思，有的诙谐幽默引人发笑，有的循循善诱让人感动。这些蕴涵着文学之美和思想深度的佳句，是先民们对生活经验、生存智慧、为人处世、价值判断的高度浓缩和深度概括，给人以启迪和教育，经得起时间的考验，经得起后人的推敲。

对于《格萨尔》传承人和从事史诗保护、研究工作者来说，为健全和完善格萨尔文化环境的保护机制提供积极支持，合理利用现有文化资源，挖掘史诗多重文化功能，让《格萨尔》史诗厚重的精神文化内涵担负起弘扬核心价值观、传承优秀文化和建设各民族共有精神家园的重任，是我们义不容辞的责任。作为《(格萨尔)史诗谚语警句选录》这部书的参与者之一，我在翻译和审稿过程中认识了省内外多个领域的专家学者、翻译家和文化工作者，从他们身上我感受到了那种对《格萨尔》由衷的爱和甘为人梯的奉献精神。众所周知，翻译是一项很苦的工作，也是一种很难的艺术。《格萨尔》

史诗涉及面广、事物类型多、语言表达复杂，对于没有藏文化背景的汉文读者而言，理解起来相对困难。如何做到既忠实于原文的民族性和文化特点，又能体现其文学性和艺术性，是翻译领域面临的一个难点。为此，项目丛书的专家学者和文化工作者们耗费大量的精力和时间详细阅读了多部《格萨尔王传》，从海量的谚语警句中认真筛选，对文字内容雷同、表述方法相近的谚语一一加以分析对比和取舍，以宽广的视野、独特的艺术才情、灵活多样的翻译技巧和深厚的文字功底，把史诗中藏民族传统的价值判断、信仰伦理、审美艺术、理想信念、精神面貌等更加生动地呈现在汉文读者面前。

总之，这部书给致力于传承和弘扬藏族优秀传统文化、研究《格萨尔》史诗、从事文学创作和翻译的人们提供了学习参考借鉴的第一手资料。对于从未接触过《格萨尔》史诗的人来说，这部书是了解格萨尔文化的一扇窗户，是促进各民族间文化交流的重要平台。

青海省格萨尔史诗保护研究中心　久美多杰

2022 年 10 月 7 日

སྙིང་གཞི། (གཉིས་པ།)

དེ་ཡང་ཀྲུང་གོ་གསར་པ་དབུ་བརྙེས་པ་ནས་བཟུང་། ཧང་དང་རྒྱལ་ཁབ་ཀྱིས་«གེ་སར་»རིག་གནས་འཚོལ་སྡུད་དང་། ཡིག་སྒྲིག །སྒྱུར་སྒྲིག། སྤྱོག་འདོན། དཔེ་སྐྲུན་ཞིབ་འཇུག་སོགས་ཀྱི་ལས་དོན་ལ་ཧ་ཅང་མཐོང་ཆེན་གནང་བ་མ་ཟད། སྤྱི་ཕྱི་ཐེངས་གསུམ་ལ་རྒྱལ་ཁབ་ཀྱི་མཚན་ཉིད་རིག་པ་དང་སྤྱི་ཚོགས་ཚན་རིག་གི་གཙོ་གནད་རྣམ་གྲངས་སུ་བཙུག །2014ལོའི་ཟླ་10པར་རྒྱལ་ཡོངས་རིག་རྩལ་ལས་དོན་བཞུགས་མོལ་ཚོགས་འདུའི་སྟེང་། སྤྱི་ཁྱབ་ཧྲུའུ་ཅི་ཞི་ཅིན་ཕིང་གིས་ཆེད་དུ་བསྟན་དོན། "གཅིག་ནི་«གེ་སར་»དང «མ་ ཎ་སི་»«ཅང་ཀུ་ཨར་»བཅས་ཀྱི་ལོ་རྒྱུས་སྙན་རྩོམ་རིང་མོ་དང་། གཉིས་ནི་ལྔ་བཞིའི་དུས་སྐབས་ཀྱི་རིག་གནས་གསར་པའི་ལས་འགུལ་དང་། དེ་ནས་ཀྲུང་གོ་གསར་པ་དབུ་བརྙེས་ནས་བཅོས་བསྒྱུར་སྒོ་འབྱེད་ཀྱི་དེང་གི་བར། སྐར་མའི་འོད་སྣང་འཕྲོས་པ་བཞིན་རིག་རྩལ་གྱི་སློབ་དཔོན་ཆེན་མོ་འབག་བྱུང་བས། རྒྱ་ཆེ་གཏིང་ཟབ་མཚོ་མོ་འདྲ་བའི་སྤྱུས་ལེགས་ཀྱི་རིག་རྩལ་བརྩམས་ཆོས་གང་མང་མཛད། དེས་ཀྲུང་ཧྭ་མི་རིགས་ལ་ཕུན་སུམ་ཚོགས་པའི་འཚོ་བཅུད་མགོ་འདོན་བྱས་པ་མ་ཟད། འཛམ་གླིང་གི་དཔལ་ཡོན་འཇུགས་སྐྲུན་བྱེད་པར་མཛད་རྗེས་བླ་མེད་བཞག" ཀྲུང་ཧྭ་མི་རིགས་ནི་ལྷབས་ཆེན་གསར་གཏོད་ཀྱི་སྙིང་སྟོབས་ལྡན་པའི་མི་རིགས་ཤིག་ཡིན་པས། ལོ་ངོ་སྟོང་ཕྲག་དུ་མའི་ལོ་རྒྱུས་ཀྱི་བགྲུལ་ལམ་རིང་མོའི་ཁྲོད། གསར་གཏོད་གསར་སྐྲུན་མཛད་པར་ནམ་ཡང་དཀའ་སྤྱད་ཀྱི་ངལ་རྩོལ་རྒྱུན་མ་ཆད། དེ་བས་རང་རྒྱལ་ལ་ལའོ་ཙི་དང་ཁུང་ཙི། ཀྲོན་ཙི། མམ་ཙི། མའོ་ཙི། སུན་ཙི། ཧན་ཧྥེ་ཙི་སོགས་འཛམ་གླིང་ན་གྲགས་པའི་ལྷབས་ཆེན་གྱི་བསམ་བློའི་མཁས་དབང་འབག་བྱུང་ཞིང་། ཤོག་བུ་བཟོ་རྩལ་དང་། མེ་རྫས། པར་འདེབས་ལག་རྩལ། ཕྱོགས་སྟོན་འཁོར་ལོ་སོགས་གསར་གཏོད་མཛད་པས། མིའི་རིགས་ཀྱི་ཤེས་རིག་འཕེལ་རྒྱས་ལ་བཟང་རྐྱེན་རྒྱ་ཆེན་ཐེབས་ཏེ་ལྷབས་ཆེན་གྱི་ཚན་རྩལ་གྲུབ་འབྲས་ཐོབ། གཞན་ཡང་། སྙན་གཞུང་། གྲུའུ་ཡི་གེ། ཧན་ཐྲུ། ཐང་གི་སྙན་ངག །སུང་གི་ཚིག །ཡོན་གྱི་དབྱངས། མིང་ཆིང་གི་བརྩམས་སྒྲུང་སོགས་ལྷབས་ཆེན་གྱི་རིག་རྩལ་བརྩམས་ཆོས་གསར་རྩོམ་མཛད་པ་དང་། «གེ་སར་རྒྱལ་པོའི་སྒྲུང་»«མ་ཎ་སི་»«ཅང་ཀུ་ཨར་»སོགས་མི་སེམས་འགུལ་བའི་ལོ་རྒྱུས་ཀྱི་སྙན་རྩོམ་རིང་མོ་རྒྱུན་འཛིན་གནང་། ལྟུགས་རི་རིང་མོ་དང་ཏུའུ་ཅང་ཡན། མིས་བཟོས་གཙང་ཆེན། པེ་ཅིན་གྱི་གནའ་བོའི་ཕོ་བྲང་། ཕོ་བྲང་པོ་ཏ་ལ་སོགས་བརྗིད་ཉམས་ལྡན་པའི་ངོ་མཚར་གྱི་བཟོ་སྐྲུན་མཛད། ད་ལྟ་ཀྲུང་གོ་མི་དམངས་ལ་གསར་གཏོད་ཀྱི་སྙིང་སྟོབས་སྔར་ལས་ལྡན་པས། རང་རྒྱལ་ཡར་

ངོའི་ཟླ་བཞིན་འཕེལ་རྒྱས་འགྲོ་བར་སྐུལ་འདེད་གཏོང་བ་དང་། གོམ་སྟབས་ཆེན་པོས་འཛམ་གླིང་གི་མདུན་གྲལ་དུ་བསྐྱོད་བཞིན་ཡོད། ཏང་གི་ཚོགས་ཆེན་བཅོ་བརྒྱད་པའི་སྐབས། ཀྲུང་དབྱང་གིས་ཀྲུང་གོའི་ཁྱད་ཆོས་ལྡན་པའི་སྤྱི་ཚོགས་རིང་ལུགས་ཀྱི་"ཕྱོགས་ལྔ་གཞི་གཅིག"གི་སྤྱིའི་འཐབ་ཇུས་ཀྱི་བཀོད་པ་ཁ་གསལ་བཟོས་ཡོད་ཅིང་། རིག་གནས་ལེགས་སྐྱོང་བྱ་རྒྱུ་དེ་རྒྱལ་ཁབ་ཀྱི་འཐབ་ཇུས་ཀྱི་མཐོ་སར་སྤར་བས། ཀྲུང་ཧྭ་མི་རིགས་ཀྱི་རིག་གནས་བསྐྱར་དར་ཡོང་བའི་མཐོ་རྣབས་འཕྱུར་ཡོད། ཏང་གི་ཚོགས་ཆེན་བཅུ་དགུ་པའི་སྙན་སྒྲོན་ནང་"རིག་གནས་ནི་རྒྱལ་ཁབ་ཅིག་དང་མི་རིགས་ཤིག་གི་བླ་སྲོག་ལྟ་བུ་ཡིན། རིག་གནས་ལ་བརྟེན་ནས་རྒྱལ་ཁབ་དར་རྒྱས་གཏོང་རྒྱུ་དང་མི་རིགས་སྟོབས་ཆེར་གཏོང་རྒྱུ། ཚད་མཐོའི་རིག་གནས་ཀྱི་གདེང་ཚོད་དང་རིག་གནས་ཀྱི་དར་རྒྱས་མེད་ཚེ་ཀྲུང་ཧྭ་མི་རིགས་ཀྱི་རྣབས་ཆེན་བསྐྱར་དར་ཡོང་མི་སྲིད"ཅེས་བསྟན་ཡོད།

མཚོ་སྔོན་ཞིང་ཆེན་ཏང་གི་འཐུས་མི་ཚོགས་ཆེན་ཐེངས་བཅུ་བཞི་པའི་སྙན་སྒྲོན་ནང་མཚོ་སྔོན་གྱི་ཤེས་དཔལ་འཚོལ་ཞིབ་དང་ཕྱུལ་བྱུང་མི་རིགས་རིག་གནས་སོགས་ཁྱབ་ཁོངས་ཀྱི་ཞིབ་འཇུག་ལ་སྐུལ་འདེད་གཏོང་བ་དང་། དུས་རབས་གསར་པའི་ཀྲུང་ཧྭའི་ཕྱུལ་བྱུང་རིག་གནས་ལས་མཚོ་སྔོན་གྱི་བསམ་པའི་མཚོན་རྟགས་བཙོ་སྦྱངས་བྱེད་པ་དང་"རི་ཡི་ཕྱུགས་ཆུའི་མགོ"དང་"མཛེས་བརྗིད་ལྡན་པའི་མཚོ་སྔོན"གྱི་རིག་གནས་མཚོན་རྟགས་གཏོད་དགོས། དེ་ལས་ཡུལ་ཤུལ་ནི་«གེ་སར»སྒྲུང་གི་འབྱུང་གནས་གལ་ཆེན་ཞིག་ཡིན་ལ་«གེ་སར»སྒྲུང་ནང་གི་ནང་དོན་མང་པོ་དང་འབྲེལ་བ་ཡོད་པའི་ས་ཁུལ་ཀྱི་གྲས་ཤིག་ཀྱང་རེད། དུས་རབས་ཉི་ཤུ་པའི་ལོ་རབས་བཞི་བཅུ་པ་དང་ལྔ་བཅུ་པ་ནས་བཟུང་«གེ་སར»གྱི་སྒྲུང་འཚོལ་བསྡུ་དང་། ལེགས་སྒྲིག །ཞིབ་འཇུག །རྩོམ་ཞིབ་བཅས་བྱེད་པའི་མཁས་ཅན་དང་། མཁས་དབང་། རིག་གནས་ལས་དོན་པ་བཅས་མང་པོ་ཞིག་གིས་སྔོན་འགྲེལ་རྗེས་མཐུད་ཀྱིས་ཡུལ་ཤུལ་གྱི་ས་གནས་ཁག་ཏུ་བསྐྱོད་ནས་དུས་ཡུན་རིང་པོའི་ནང་ཡུལ་ཤུལ་གྱི་དམངས་ཁྲོད་དུ་ཁྱབ་པའི་«གེ་སར»སྒྲུང་དཔེ་ཤིང་པར་དང་། ལག་བྲིས་མ་དཔེ། བབ་སྒྲུང་པའི་བབ་སྒྲུང་བཅས་འབོར་ཆེན་འཚོལ་བསྡུ་དང་ལེགས་སྒྲིག་བྱས་པ། དུས་མཚུངས་སུ། ཡུལ་ཤུལ་གྱི་«གེ་སར»རིག་གནས་སྣང་ཚུལ་ལ་རྒྱ་ཆེ་ཞིང་ཞིབ་ཚགས་པའི་བརྟག་དཔྱད་ཉམས་ཞིབ་བྱས་པ་དང་། མཐོང་ཐོས་མྱོང་གྲུབ་ཀྱི་དཔྱད་གཞི་ཞིབ་ཕྲ་ཁོང་དུ་ཆུད་པའི་རྨང་གཞིའི་ཐོག་ཡུལ་ཤུལ་གྱི་«གེ་སར»རིག་གནས་ངེས་གནས་ཐད་ཡོངས་ཁྱབ་ཀྱི་ངོས་འཛིན་གཅིག་མཐུན་འགའ་གྲུབ་ཡོད་པ་གཤམ་གསལ། རྨ་ཆུའི་ཆུ་མགོའི་«གླིང་སྒྲུང»གི་རྟ་རྒྱུག་རྒྱལ་འཛོག་དང་གེ་སར་རྒྱལ་པོའི་གསེར་ཁྲིའི་གནའ་ཤུལ་ལས་ལོ་རྒྱུས་རིག་གནས་ཀྱི་ད་ཡོད་དངོས་པོའི་ཡུལ་ཤུལ་ནི་«གེ་སར»སྒྲུང་གི་ཐོག་མའི་འབྱུང་གནས་དང་«གེ་སར»གྱི་བྱ་གཞག་ཆེན་པོ་གཏོད་ཡུལ་ཡིན་པའི་དཔང་པོ་བྱས་ཡོད། གླིང་གི་ཕ་དགོན་ཞེས་འབོད་པའི་རྟ་རྣ་དགོན་དང་དཔའ་རྟུལ་སུམ་ཅུའི་

གདུང་རྟེན་ཚོགས་དང་དེ་བཞིན་གླིང་གི་རྩ་ཆེའི་རིག་དངོས་སོགས་ད་ཡོད་ཀྱི་ལོ་རྒྱུས་རིག་གནས་ཤུལ་བཞག་ལས་ཡུལ་ཤུལ་ནི«གེ་སར»རྒྱལ་པོའི་བྱ་གཞག་ཕུན་སུམ་ཚོགས་པོའི་ངང་ལེགས་གྲུབ་བྱུང་རྗེས་ཀྱི་མཐའ་མའི་གནས་ཤིག་ཡིན་པ་ར་སྒྲོད་ཐུབ་ཡོད། དེ་ལྟར«གེ་སར»སྒྲུང་གི་དཔའ་བོའི་བྱ་གཞག་ཐོག་མ་གཏོད་ས་དང་བྱ་གཞག་ལེགས་གྲུབ་བྱུང་རྗེས་ཀྱི་མཐའ་མའི་མཇད་པ་བསྡུ་ཡུལ་གྱིས་ཡུལ་ཤུལ་ལ«གེ་སར»སྒྲུང་གི་མགོ་མཇུག་ཡོད་པའི་ལོ་རྒྱུས་ཀྱི་བརྒྱུད་རིམ་དང་རིག་གནས་ཀྱི་འབྲེལ་ཐག་ཆ་ཚང་ཞིག་ཆགས་ཡོད།

ཡུལ་ཤུལ་གྱི་ས་ཁོངས་ཡོངས་ལ་གང་སར་ཁྱབ་པའི«གེ་སར»གྱི་སྒྲུང་ནང་ངམ་ཡང་ན་དངོས་སུ་བསྟན་པའི་རི་སྐྱང་གི་ས་མིང་དང་། མི་སྣའི་ཕ་ཡུལ་དང་། ངག་རྒྱུན་གྱི་གཏམ་རྒྱུད། གནའ་མཁར་རྗེས་ཤུལ། རིག་དངོས་གསོག་འཇོག་བཅས་དང་། དེ་བཞིན་ཁྱད་དུ་འཕགས་པའི་ས་འོག་རིག་དངོས། གེ་སར་གྱི་དམག་འཁྲུག་གི་ལོ་ཟླའི་བྱ་གཞག་གི་འགྱུར་ལྡོག་སོགས་རྗེས་ཤུལ་ལས་ཡུལ་ཤུལ་གྱི་ཕུན་སུམ་ཚོགས་ཤོས་དང་ཆ་ཚང་ཤོས། «གེ་སར»གྱི་ལོ་རྒྱུས་མཚོན་པའི་སྣན་ངག་རིག་གནས་སྐོར་དང་ལོ་རྒྱུས་ཀྱི་གནའ་ཤུལ་སོགས་འཐོར་ཆེན་ཡོད།

ཡུལ་ཤུལ་གྱི་ཤར་ངོས་སུ་མགོ་ལོག་དང་དཀར་མཛེས་ཁུལ། ལྷོ་ངོས་ཆབ་མདོའི་གྲོང་ཁྱེར། ནུབ་ངོས་ནག་ཆུའི་གྲོང་ཁྱེར། བྱང་དུ་ཨ་མདོའི་ས་ཁུལ་ཁག་ཅིག་བཅས་དང་འབྲེལ་ཡོད་ཅིང་། བོད་རིགས་ཀྱི་ཡུལ་སྐད་ཆེན་པོ་གསུམ་གྱི་མཐིལ་དུ་གནས་ཡོད་ལ། «གེ་སར»སྒྲུང་ཁྱབ་ཁྱ་ཆེ་ཤོས་དང་གཅིག་བསྡུས་ཆེ་ཤོས་ཀྱི་ས་ཁུལ་གྲས་ཤིག་ཡིན། ཡུལ་ཤུལ་གྱི་དམངས་ཁྲོད་དུ«གེ་སར»སྒྲུང་གི་སྒྲོལ་རྒྱུན་པར་གཞི་ཉར་ཚགས་ཆེ་བ། བབ་སྒྲུང་པ་མང་ཞིང་། གཞས་མ་གཏམ་གྱི་འགྱུར་ཁུག་ལ་རིགས་ཏ་ཙང་མང་པོ་ཡོད་ཅིང་། «གེ་སར»སྒྲུང་གི་གཉིང་ཟབ་པའི་རིག་གནས་རྒྱབ་ལྗོངས་དང་ཐུན་མོང་མ་ཡིན་པའི་ས་ཁམས་ལེགས་ཆ་དེ་ཡུལ་ཤུལ་གྱིས་བོད་ཡིག་པར་གཞི་དང་། ཡིག་སྒྱུར་པར་མ། གཞས་གཞི། ཆེད་སྒྲོད་ཐ་སྙད་དཔར་མ། ཡུལ་ཤུལ་གྱི་ཡུལ་སྐད་པར་མ། བོད་ཡིག་ཡིག་གཟུགས་པར་གཞི་སོགས་མང་པོ་ཞིག་ནི«གེ་སར»སྒྲུང་གི་རིམ་སྤེལ་དཔྱད་རྩོམ་གྱི་རྒྱུ་རྐྱེན་གཙོ་བོ་ཞིག་ཏུ་གྱུར་ཡོད་ལ། པར་གཞི་གསར་པ་དུས་ཐོག་ཏུ་དཔེ་སྐྲུན་བྱེད་ཐུབ་པའི་ཆ་རྐྱེན་ཞིག་ཀྱང་རེད། དེ་བས་ཡུལ་ཤུལ་གྱིས་རྒྱལ་ཡོངས་དང་ཐ་ན་འཛམ་གླིང་ཡོངས་ཀྱི«གེ་སར»རིག་གནས་རིག་གཞུང་ཁྱབ་ཁོངས་ཁྲོད་ཚབ་བྱེད་རང་བཞིན་གྱི་གནས་བབ་གལ་ཆེན་བཟུང་ཡོད། དེ་དང་དུས་མཚུངས། ཡུལ་ཤུལ་གྱིས་ལོ་ངོ་བཅུ་ཕྲག་ཁ་ཤས་ཀྱི«གེ་སར»སྒྲུང་གི་ལས་དོན་གྱི་བརྒྱུད་རིམ་ལ་ཕྱིར་མིག་ལྟ་སྐབས་གྲུབ་འབྲས་ཁག་གཅིག་ཐོབ་པ་དང་ལྷག་པར་དུ་འཚོལ་བསྡུ་དང་། ཉོག་འདོན། སྤྱར་སྒྲིག་དང་སྲུང་སྐྱོབ་སོགས་ཀྱི་ཐད་གྲུབ་འབྲས་ཐོབ་ཡོད་མོད། འོན་ཀྱང་ཡུལ་ཤུལ་གྱི་ཕུན་སུམ་ཚོགས་པའི«གེ་སར»སྒྲུང་གི་རིག་གནས་ཐོན་ཁུངས་དང་བསྡུར་ན། དུས་

རབས་གསར་པའི་རིག་གནས་འཇུགས་སྐྲུན་འཐབ་རྩལ་གྱི་བླང་བྱ་དང་བསྟུར་ན་ང་ཚོའི་ལས་དོན་ཐད་སྟེར་བཞིན་ཧེ་བག་མི་ཉུང་བ་ཞིག་ཡོད་པ་རེད། དེར་བརྟེན་ཁུལ་ཞུ་དང་ཁུལ་མི་དམངས་སྲིད་གཞུང་གིས་དུས་བབ་དང་བསྟུན་ནས་ཏང་དང་རྒྱལ་ཁབ་ཀྱི་རིག་གནས་བྱ་གཞག་འཕེལ་རྒྱས་ཐད། སྤྱི་ཚོགས་རིང་ལུགས་ཀྱི་རིག་རྩལ་དར་རྒྱས་གཏོང་བའི་འབྲེལ་ཡོད་འཐབ་རྩལ་བཀོད་སྒྲིག་ལག་ལེན་བསྟར་ནས་སྤྱི་ལོ་2016ལོའི་ཟླ་9པ་ནས་བཟུང་ཡུལ་ཤུལ་བོད་རིགས་རང་སྐྱོང་ཁུལ་གྱི་《གེ་སར་》རིག་གནས་ལས་གཞི་ཆེན་མོ་ལག་ལེན་བསྟར་ཡོད། ལས་དོན་དེ་ནི་ཡུལ་ཤུལ་གྱི་རིག་གནས་འཇུགས་སྐྲུན་ཁྱབ་ཁོངས་སུ་ཏང་གི་ཚོགས་ཆེན་བཅོ་བརྒྱད་པ་དང་། ཚོགས་ཆེན་བཅུ་དགུ་པའི་དགོངས་དོན། སྤྱི་ཁྱབ་རྟའུ་ཅིའི་ཞི་ཅིན་ཕིང་གིས་རིག་རྩལ་བཞུགས་མོལ་ཚོགས་འདུའི་ཐོག་གནང་བའི་གསུང་བཤད་ཀྱི་དགོངས་དོན་དང་《སྤྱི་ཚོགས་རིང་ལུགས་ཀྱི་རིག་རྩལ་དར་རྒྱས་གོང་འཕེལ་གཏོང་རྒྱུའི་སྐོར་གྱི་ཀྲུང་གུང་ཀྲུང་དབྱང་གི་བསམ་འཆར་》ལག་བསྟར་གཏིང་ཟབ་བྱེད་པའི་བཀོད་སྒྲིག་གལ་ཆེན་ཞིག་ཡིན་ལ། ཡུལ་ཤུལ་ས་ཁུལ་གྱི་《གེ་སར་》སྒྲུང་དང་རིག་གནས་ཀྱི་ལོ་རྒྱུས་ཡུན་རིང་ལྡན་པའི་ཐོན་ཁུངས་དང་ཟུང་འབྲེལ་བྱས་ཏེ་མཐོང་རྒྱ་མང་བ་དང་། རིམ་པ་མང་བ། ཟུར་ཚད་མང་བ་བཅས་ཀྱི་ཐོག་ནས་《གེ་སར་》རིག་གནས་ཀྱི་རྣམ་པ་ལག་ལེན་གཏིང་ཟབ་ཅིག་ཀྱང་ཡིན། ཡུལ་ཤུལ་གྱིས་སྲིད་བཙུགས་ཚུན་དུ་《གེ་སར་》རིག་གཞུང་རིག་གནས་ཁྱབ་ཁོངས་སྟོག་འདོན་གཏིང་ཟབ་དང་། ལེགས་སྒྲིག་མང་ཤོས། རིགས་དབྱེ་ཞིབ་ཤོས་བཅས་ཀྱི་ལས་གཞི་གལ་ཆེན་ཞིག་ཀྱང་རེད། ལས་གཞི་ལག་ལེན་བསྟར་རིང་ཁུལ་ཞུ་དང་ཁུལ་སྲིད་གཞུང་གིས་ས་གནས་དེ་གའི་《གེ་སར་》གྱི་རིག་གནས་ལེགས་ཆར་བརྟེན་ནས། མ་དངུལ་གཏོང་ཤུགས་ཆེ་རུ་གཏོང་བ་དང་ལས་དོན་སྤེལ་ཤུགས་ཆེ་རུ་གཏོང་བའི་ཐོག་ནས། དུས་ཚོད་ཀྱིས་ང་ལ་སྒུག་མི་སྲིད་པའི་མཁོ་གནད་ཆེ་བའི་འདུ་ཤེས་དང་། དོར་ཐབས་མེད་པའི་འགན་འཁྲིའི་བསམ་པ་བཅངས་ཏེ། ཡུལ་ཤུལ་གྱི་《གེ་སར་》རིག་གནས་ལས་དོན་གྱི་རྣམ་པ་གསར་པ་ཁྲོན་ཡོངས་ནས་གཏོད་རྒྱུའི་བརྩོན་ལེན་བྱས་ནས། ཡུལ་ཤུལ་གྱི་《གེ་སར་》རིག་གནས་ལ་ཡོད་དགོས་པའི་ས་ཁོངས་ཀྱི་གཟུགས་བརྙན་དང་རིག་གནས་ཀྱི་ཚད་གཞི་བསྐྲུར་དུ་བཏོད་པ་རེད། ལོ་ལྔའི་ནང་ལས་ཞུགས་མཁན་མང་ཆེ་བ་ནི་《གེ་སར་》སྒྲུང་གི་ཞིབ་འཇུག་གི་རིག་གཞུང་རིགས་གཅིག་མཁས་ཅན་དང་། སྐད་བརྡ་རིག་པའི་རིགས་གཅིག་མཁས་ཅན་དང་། དམངས་སྲོལ་རིག་པའི་རིགས་གཅིག་མཁས་ཅན། བབ་སྒྲུང་པ། དམངས་ཁྲོད་ཀྱི་སྒྱུ་རྩལ་མཁས་ཅན། ཉར་ཚགས་མཁན་བཅས་དང་། དེ་བཞིན་རྩོམ་རིག་སྒྱུ་རྩལ་དང་རྩོམ་སྒྲུར་གྱི་ལས་ཀ་བྱེད་མཁན་དམིགས་བསལ་ཁྱད་ཆོས་ལྡན་པའི་མཁས་དབང་དང་རིག་གནས་ལས་དོན་པས་ལས་གཞི་བདེ་བླག་ངང་ལེགས་འགྲུབ་བྱ་ཆེད་ཤེས་ལྡན་མི་སྣའི་འགན་ལེན་བརྟན་པོ་བྱས་ཡོད། 《གེ་སར་》སྒྲུང་དེ་ཀྱང་ང་ཚ་རིག་གནས་ཀྱི་མཆོག་ནོར་གྲས་ཤིག་ཡིན་པའི་ངོས་ནས་འཛམ་གླིང་རིག་

གནས་ཀྱི་ཕོ་བྲང་དུ་སླེབས་ཡོད། «གེ་སར»སྒྲུང་ལེགས་སྒྲིག་དང་། དཔེ་སྐྲུན། ཡིག་སྒྱུར་བཅས་བྱེད་པ་ནི་འཛམ་གླིང་ཕྱོགས་སུ་སྐྱོད་པའི་གོམ་སྟབས་དང་པོ་ཡིན་ལ་འཛམ་གླིང་རིག་གནས་ཀྱི་ཚལ་དུ་སྐྱོད་པའི་འགག་རྩའི་གོམ་སྟབས་ཤིག་ཀྱང་རེད། དུས་ཡུན་རིང་ཞིང་གཏིང་ཟབ་པའི་«གེ་སར»སྒྲུང་གི་རིག་གནས་དང་དམངས་ཁྲོད་ཀྱི་ཐོན་ཁུངས་ལ་གཞིགས་ན། ཡུལ་ཤུལ་ནི «གེ་སར་སྒྲུང»སྒྲོག་འདོན་དང་། འཚོལ་བསྡུ། ལེགས་སྒྲིག །ཞིབ་འཇུག །དཔེ་སྐྲུན་བཅས་བྱེད་པའི་རྟེན་གཞི་གལ་ཆེན་ཞིག་ཏུ་འགྱུར་ངེས་ཡིན་པ་དང་། «གེ་སར»ཞིབ་འཇུག་ལས་དོན་གྱི་གྲུབ་འབྲས་ཆེས་གཡུར་དུ་ཟ་བ་ཐོབ་ངེས་ཡིན་པར་ང་ཚོར་ཡིད་ཆེས་ཡོད། «གེ་སར»གྱི་རིག་གནས་བང་མཛོད་འཛུགས་པ་དང་འཕྲུས་ཚང་དུ་གཏོང་བ་དང་། ཕྱོགས་མང་གིས«གེ་སར»གྱི་རིག་གནས་སྤེལ་རེས་ལ་སྐུལ་འདེད་གཏོང་བ། «གེ་སར»སྒྲུང་གི་རིག་གནས་གསོན་ཉམས་དོད་པའི་སྒྱུ་རྩལ་གསོན་ཤུགས་སུ་མཐུད་རྒྱུན་འཁྱོངས་བྱེད་པ། བབ་སྒྲུང་མི་སྣའི་བབ་སྒྲུང་གི་གཏམ་དེ་རྒྱུན་ཆད་མེད་པར་བརྒྱུད་འཛིན་དང་འཕེལ་རྒྱས་ཆེ་རུ་གཏོང་རྒྱུར་ལོ་རྒྱུས་རང་བཞིན་གྱི་ནུས་པ་ཆེན་པོ་འདོན་སྤེལ་བྱེད་དགོས།

ཀྲུང་གུང་ཡུལ་ཤུལ་ཁུལ་ཨུ།

ཡུལ་ཤུལ་ཁུལ་མི་དམངས་སྲིད་གཞུང་།

2022ལོའི་ཟླ་6པའི་ཚེས་15ཉིན།

序（二）

新中国成立以来，党和国家对《格萨尔》的搜集、整理、抢救、挖掘、出版、研究工作给予了高度重视，连续三次被列入国家哲学社会科学重点科研项目。2014 年 10 月 15 日文艺工作座谈会上，习近平总书记特别指出“从《格萨尔王传》、《玛纳斯》到《江格尔》史诗，从五四时期新文化运动、新中国成立到改革开放的今天，产生了灿若星辰的文艺大师，留下了浩如烟海的文艺精品，不仅为中华民族提供了丰厚滋养，而且为世界文明贡献了华彩篇章。”今天，中国人民的创造精神正在前所未有地迸发出来，推动我国日新月异向前发展，大踏步走在世界前列。党的十八大，中央明确了中国特色社会主义“五位一体”总体战略布局，将文化建设提升到国家战略高地，兴起了中华民族文化复兴的新一轮高潮。党的十九大报告指出：“文化是一个国家、一个民族的灵魂。文化兴国运兴，文化强民族强。没有高度的文化自信，没有文化的繁荣兴盛，就没有中华民族伟大复兴”。省十四次党代会报告指出：推进青海文明探源、优秀民族文化等领域研究，提炼展示新时代中华优秀文化的青海精神标识，打造“山宗水源”“大美青海”文化符号。

玉树是《格萨尔》史诗重要发祥地之一，也是《格萨尔》史诗中叙述内容涉及最多的地区之一。从二十世纪四五十年代开始，有志于搜集、整理、研究、考证《格萨尔》史诗的许多专家学者和文化工作者前仆后继，在深入玉树各地搜集整理长期流传于玉树民间的大量《格萨尔》木刻本、手抄本和神授艺人说唱版本的同时，对玉树《格萨尔》文化现象进行了广泛而详尽的调查考证，在掌握大量第一手翔实资料的基础上，玉树在《格萨尔》文化定位上形成了几个普遍共识：

——发生在曲麻莱黄河源头的《格萨尔》赛马夺魁和登基称王的宝座遗址，以历史文化的现存实物见证了玉树是《格萨尔》史诗的最初发祥地和《格萨尔》宏大事业的开创之地。

——被称为岭国寺的达那寺和三十将领灵塔群及众多岭国珍贵文物等现存的历史文化遗存见证着玉树是《格萨尔》事业圆满之后的最终归宿之地。

《格萨尔》英雄事业的开创之地与事业完成之后的最终归宿之地，形成了《格萨尔》

史诗有始有终的完整的历史脉络和文化链条。

——遍布玉树全境而无处不在的而且在《格萨尔》史诗中记述或实指的山川地名、人物故里、传说故事、建筑遗迹、文物存量（包括未发掘的地下文物）、征战岁月、事业沧桑等活动轨迹无不见证着玉树最丰富最完整的《格萨尔》史诗文化圈和厚重的历史遗迹。

——玉树东邻果洛及甘孜州，南连昌都市，西接那曲市，北有安多地区，处于藏族三大方言区的中心，是《格萨尔》史诗流传最广最集中的地区之一。玉树民间《格萨尔》传统版本收藏量大、神授（圆光、吟诵）艺人多、说唱曲调种类多，这种《格萨尔》史诗的深厚文化背景和得天独厚的地理优势，成为玉树能够出版史诗的藏文版、翻译版、唱腔音乐版、专用名词辞典版、藏语方言版、藏文书法版、人物图像版、人物诗歌谚语版等诸多《格萨尔》系列专著的主要原因，也是新版本得以如期面世的客观条件。这一切为玉树在全国乃至全世界《格萨尔》文化学术领域占据着不可替代的重要地位。

与此同时，回眸纵观玉树几十年《格萨尔》工作历程，尽管取得了一些成果，特别是在搜集、挖掘、抢救保护等方面做出过成绩，但与玉树浩瀚丰厚的《格萨尔》文化资源相比，与新时代文化建设战略的要求相比，我们的工作仍然存在不小差距。

为此，州委、州人民政府审时度势，主动顺应党和国家文化事业发展，繁荣社会主义文艺相关战略部署，实施玉树藏族自治州《格萨尔》百部英雄史诗大型文化五年工程。这项工程是玉树文化建设领域贯彻落实党的十八大、十九大和省州十四次党代会精神的具体体现；是结合玉树地区《格萨尔》史诗文化源远流长的丰厚资源系统展现《格萨尔》文化全貌的一次深刻实践；也是玉树自建政以来，在《格萨尔》学术文化领域挖掘最深、整理最多、分类最细的重大工程。工程实施期间，州委州政府依托本地《格萨尔》文化优势，在资金、政策、投入等方面给予了大力支持，全面开创了玉树《格萨尔》文化工作新局面，重塑了玉树《格萨尔》应有的地域形象和文化标杆。同时，从事《格萨尔》史诗研究的学术专家、语言学专家、民俗学专家、神授艺人、民间老艺人、收藏家以及从事文学艺术和编译工作的具有特殊专长的学者和文化工作者付出了大量心血，为相关著作如期面世提供了坚实的人才保障。

《格萨尔》作为中华文化的瑰宝之一，跻身世界文化殿堂的时机已经成熟。而《格萨尔》史诗的整理、出版、翻译，是走向世界的第一步，也是跻身世界文化之林的关键一步。我们相信，基于久远厚重的《格萨尔》文化积淀和民间资源，玉树必然成为挖掘、搜集、整理、研究和出版《格萨尔》的重要基地之一，必将结出《格萨尔》研究工作最丰硕的成果。对建立健全《格萨尔》文化宝库，促进全方位《格萨尔》文化交流，展示《格萨尔》史诗文化在建设青山绿水和乡村文化振兴战略中的强大生命力，不断激活和提高格萨尔艺人的说唱才华和创作激情将发挥历史性的巨大作用。

中共玉树州委

玉树州人民政府

2022 年 6 月 15 日

སྔོན་འགྲོའི་གཏམ།

ཐབས་ཤེས་མདའ་ཡི་མཚོན་ཆའི་འཕྲུལ་འཁོར་འཆང་། །
ལས་ཉོན་དུག་ལྔའི་རྗོག་ཚོགས་རྩད་ནས་བཅོམ། །
དགྲ་བླ་དཔའ་རྟུལ་དཔུང་ཚོགས་ཕྲིན་ལས་ཀྱིས། །
བདུད་སྡེ་ཐལ་བར་བརླགས་མཛད་ཚོགས་ལ་འདུད། །

གནའ་མིའི་ངག་གི་རྒྱུན་ལས་བྱུང་བ་ཡི། །
འཇིག་རྟེན་མི་ཆོས་དགའ་སྐྱོ་ཆགས་སྡང་སོགས། །
བརྗོད་བྱར་གྱུར་པའི་དོན་དངོས་མཆིས་སོ་ཅོག །
དཔེ་ཡི་སྒོ་ནས་གསལ་བར་མཚོན་ཕྱིར་བསྡུས། །

གླིང་སྒྲུང་ནང་གི་གཏམ་དཔེ་འདི་དག་ལ། །
ཚིག་འབྲས་སྙན་ཞིང་སྡེབ་སྦྱོར་ལེགས་པ་དང་། །
བརྗོད་བྱ་རྗོད་བྱེད་ཐུན་མིན་ཁྱད་ཆོས་ལྡན། །
དེ་ཕྱིར་མ་འོངས་གཞོན་སྐྱེས་དག་གིས་ཟུངས། །

དེ་ཡང་གྲུང་པོ་གསར་པ་དབུ་བརྙེས་པ་ནས་བཟུང་། ཏང་དང་རྒྱལ་ཁབ་ཀྱིས«གེ་སར་»རིག་གནས་འཚོལ་སྡུད་དང་། ལེགས་སྒྲིག །སྨུར་སྐྱོབ། སྤོག་འདོན། དཔེ་སྐྲུན། ཞིབ་འཇུག་སོགས་ཀྱི་ལས་དོན་ལ་ཚད་མཐོའི་མཐོང་ཆེན་གནང་བ་མ་ཟད། རྒྱུན་མཐུད་ཐེངས་གསུམ་ལ་རྒྱལ་ཁབ་ཀྱི་མཚན་ཉིད་རིག་པ་དང་སྤྱི་ཚོགས་ཚན་རིག་གི་གཙོ་གནད་རྣམ་གྲངས་སུ་བཙུག །སྤྱི་ཁྱབ་རྟུའུ་ཅི་ཞི་ཅིན་ཕིང་གིས་སྤྱི་ཕྱི་ཐེངས་ལྔ་ཙམ་ལ་རིག་གནས་འདི་དག་གི་ཐད་གསུང་བཤད་གལ་ཆེན་གནང་བར། «གེ་སར་»དང་«མ་ནཱ་སི་»«ཙང་ཀུ་ཨར་»བར་གྱི་ལོ་རྒྱུས་སྙན་རྩོམ་རིང་མོ་འདིའི་གྲུང་པོ་གསར་པ་དབུ་བརྙེས་ནས་བཅོས་བསྒྱུར་སྒོ་འབྱེད་ཀྱི་དེང་གི་བར། རྒྱ་ཆེ་གཏིང་ཟབ་མཚོ་མོ་འདྲ་བའི་ཕྱུས་ལེགས་ཀྱི་རིག་རྩལ་

བརྩམས་ཆོས་གང་མང་མཛད་པ་དེས་ཀྱང་ཧྭ་མི་རིགས་ལ་ཕུན་སུམ་ཚོགས་པའི་འཚོ་བཅུད་མཁོ་འདོན་བྱས་པ་མ་ཟད། འཛམ་གླིང་གི་དཔལ་ཡོན་འཛུགས་སྐྲུན་བྱེད་པར་མཛད་རྗེས་བླ་མེད་བཞག་ཡོད་པར་བསྟན་ཡོད་པས། སྤྱི་ཁྱབ་ཧྲུའུ་ཅི་ཞི་ཅིན་ཕིང་ཁོང་གིས་དབུ་ཁྲིད་མཛད་པའི་ཀྲུང་གོའི་རིགས་སོ་སོའི་མི་དམངས་ཀྱི་ཤུལ་བཞག་རིག་གནས་རྩ་ཆེན་མྱུར་སྐྱོབ་ཀྱི་ཡང་དག་སྲིད་ཇུས་དང་བསྟུན་ཏེ། རྒྱལ་ཡོངས་གེ་སར་བྱ་བའི་གཞུང་ལས་ཁང་དང་ཞིང་ཆེན་གེ་སར་སྲུང་སྐྱོབ་ཞིབ་འཇུག་ཁང་སོགས་འབྲེལ་ཡོད་ཀྱི་མཁས་དབང་རྣམ་པས་ལྷག་བསམ་རྣམ་པར་དག་པའི་ཐུགས་རྗེས་བརྒྱུད་སྒྲུལ། ཡུལ་ཤུལ་ཁུལ་ཞུ་དང་ཁུལ་མི་དམངས་སྲིད་གཞུང་གི་སྲིད་འཛིན་གཉིས་ཀྱི་སྒོ་ནས་ཐུགས་ཁུར་དང་རྒྱབ་སྐྱོར་ཤུགས་ཆེན་བརྒྱུད་ཡུལ་ཤུལ་བོད་རིགས་རང་སྐྱོང་ཁུལ་རིག་གནས་ལས་གཞི་ཆེན་མོའི་«གེ་སར་»རྣམ་གྲངས་དཔེ་ཚོགས་ནང་གི་འདི་ནི་ཚན་པ་གཅིག་ཡིན། རིག་གནས་ལས་གཞི་གལ་ཆེན་ལག་བསྟར་བྱས་ནས་ལོ་ལྔ་ཙམ་སོང་བ་དང་། «‹གླིང་སྒྲུང་›གི་གཏམ་དཔེ་དང་གདམས་ཚིག་གཅེས་བཏུས་»ཞེས་པའི་དེབ་འདི་ཐེངས་འདིར་ཁུལ་གེ་སར་ལས་གཞི་ཚོགས་པས་ད་གཟོད་སྐྱེ་བོ་ཀུན་གྱི་སྤྱན་སྔར་གཟིགས་འབུལ་ཐུབ་པ་བྱུང་བ་འདི་ནི་དགའ་མགུ་ཡི་རང་གི་གནས་ཤིག་གོ། །

«‹གླིང་སྒྲུང་›གི་གཏམ་དཔེ་དང་གདམས་ཚིག་གཅེས་བཏུས་»ཀྱི་དེབ་འདི་ཡི་ནང་དོན་དང་དགོས་པ་གཙོ་བོ། དེ་ཡང་འཛམ་གླིང་རིག་གནས་ནི་མེ་ཏོག་པདྨའི་ལྦུམ་ར་ལྟ་བུ་ལས་བོད་ཀྱི་རིག་པ་ཞེས་པའི་མཚར་སྡུག་ཡིད་དབང་འཕྲོག་པའི་མེ་ཏོག་ཆོམ་གཅིག་ལྟ་བུ་སྟེ། དེའི་ནང་ནས་བོད་ཀྱི་གཏམ་དཔེ་འདི་ཉིད་བོད་མིའི་ཐུན་མོང་གི་རྒྱུན་རིང་འཚོ་བའི་ཉམས་མྱོང་དང་། བློ་གྲོས་ཀྱི་རྩལ་ལས་ཐོན་པ་ཞིག་དང་། སྔར་མི་རབས་པ་དག་ལས་བརྒྱུད་པའི་གཏམ་དཔེ་འདིར་བརྗོད་བྱའི་གནད་འགྱུར་ཞིང་རྗོད་བྱེད་ལ་སྙན་ཆ་ལྡན་པ། དཔེ་དོན་ཀུན་ནས་ཐུན་མིན་གྱི་ཁྱད་ཆོས་ཕུན་སུམ་ཚོགས་པ་ལྡན་པས། གཏམ་དཔེའི་ཕྱིའི་རྣམ་པ་ལ་གཏམ་ཁ་ལྷེ་ངོམ་བྱེད་ཅིག་དང་ཚིག་གི་སྒྱུ་རྩལ། བརྗོད་གཞིའི་དོན་ལ་རྗོད་བྱེད་དཔེ་ཡི་ལམ་ནས་འདྲེན་པའི་དམངས་ཁྲོད་རྩོམ་རིག་གི་ཞུན་མ་ལྟ་བུ་སྟེ། གཏམ་དཔེ་ལས་དགྲ་འདུལ་གཉེན་སྐྱོང་། བཟང་ངན་གྱི་ལྟ་ཚུལ། ལས་འབྲས་བླང་དོར། འགྲོ་འདུག་སྤྱོད་ལམ། ཆེ་བཀུར་ཆུང་བྱམས། སྐྱེ་འཆིའི་གནས་ལུགས། ཐ་ན་གནམ་གཤིས་བརྟག་ཚུལ། ཕྱུགས་ཀྱི་འཚོ་སྐྱོང་བཅས་མི་རིགས་ཀྱི་གོམས་སྲོལ་དང་སློབ་གསོ་སོགས་ཀྱི་ལྟ་བ་བཤད་ཡོད་པས་མི་རིགས་དེའི་དམངས་ཁྲོད་ཀྱི་མཚན་ཉིད་རིག་པ་ཡིན་ཞེས་བཤད་ནའང་མི་ཆོག་པ་མེད་པས། མདོ་རྟིལ་གྱིས་བསྒྲིལ་ན་གཏམ་དཔེ་ནི་མི་ཆོས་ཀྱི་བསྡོམས་ཚིག་ཏུ་འདུག་པས། དེ་ལ་འདིར་«འཛམ་གླིང་གེ་སར་རྒྱལ་པོའི་སྒྲུང་»སོ་སོའི་ནང་གི་མི་སྣའི་གཏམ་དཔེ་ཁག་བསྡུ་ཅི་ཐུབ་གཅེས་བཏུས་ཕྱོགས་བསྒྲིགས་བྱས་ཡོད་པས། འདི་ནི་དུས་རྒྱུན་གྱི་དམངས་ཁྲོད་གཏམ་དཔེ་དང་ཅུང་མི་འདྲ་ས་མང་སྟེ། སྤྱིར་ན་སྒྲུང་ནང་གི་གཏམ་དཔེ་དག་

ནི་ཚིགས་བཅད་སྙན་ངག་གི་ཚུལ་དུ་གྲུབ་པ་མ་ཚད། མངོན་བརྗོད་ཀྱི་རྒྱན་དང་ལྡན་པ་ཚིག་གི་སྦེབ་སྦྱོར་གསོན་ཉམས་ལྡན་པ། བརྗོད་བྱ་དང་རྗོད་བྱེད་གང་གི་སྒོ་ནས་ཆེས་ཕུན་སུམ་ཚོགས་པ། གེ་སར་སྒྲུང་གི་གཏམ་དཔེ་ལ་བལྟས་ན་ད་ལྟའི་དམངས་ཁྲོད་ཀྱི་གཏམ་དཔེ་ཕལ་ཆེ་བ་སྒྲུང་ནང་ནས་ཕྱུང་བ་མིན་ནམ་བསམ་པ་ལྟ་བུ་ཞིག་ཏུ་ཆགས་ཡོད། གཞན་ཡང་ཀུན་སྤྱོད་དང་། ཀུན་སློང་། འཕྲོད་བསྟེན། ཁོར་ཡུག །རིག་གནས། སློབ་གསོ། སྐྱེ་ཁམས། དངོས་ཁམས་སོགས་འཇིག་རྟེན་གྱི་བྱ་དངོས་ཡོད་ཚད་ལ་བཟང་ངན་དང་། བདེན་རྫུན། དགའ་སྡུག །དྲང་འཁྱོགས། རྒྱལ་ཕམ། དཀའ་སླ། བཙན་གཉོམ། བརྒྱགས་ལྟོགས། དབུལ་ཕྱུག །དགེ་སྡིག ཡིན་མིན། དག་དང་མ་དག །ཡོད་དང་མེད། ཕྱུང་དང་ནུབ། སྐྱེ་དང་འཆི་སོགས་ལ་དབྱེ་འབྱེད་ཀྱིས་བླངས་དོར་འབྱེད་པའི་མིག་ལྟ་བུ་དེ་མི་རྣམས་ཀྱིས་ངག་གིས་འདོན་མོས་པ། ཡིད་ལ་འཛིན་སླ་བ། གང་ཟག་ལ་དཔྱད་པ་རེ་རེས། བཟང་ངན་གྱི་ངོ་བོ་གསལ་བ། འཇིག་རྟེན་གྱི་འདྲ་དཔེ་རེ་རེས། དངོས་ཡོད་ཀྱི་དཔེར་བྱ་འོས་པ། ཐད་ཀར་གྱི་གསལ་སྣང་རེ་རེས། དོན་དངོས་ལ་གོ་བ་སླ་བ། ཡིན་མིན་གྱི་དགག་བཞག་རེ་རེས། རྩ་དོན་ལ་གཏན་ཚིག་ཐོན་པ། དངོས་པོ་ལ་དབྱེ་འབྱེད་རེ་རེས། ལེགས་ཉེས་ཀྱི་རྣམ་པ་གསལ་བ། བསྟོད་ཚིག་གི་ཆུན་པོ་རེ་རེས། བཟང་རིགས་ལ་བསྟོད་བསྔགས་ཐོན་པ། ཚིག་མཚོན་གྱི་མདའ་མོ་རེ་རེས། ངན་རིགས་ཀྱི་མཚང་ལ་ཟུག་པ། ཚིག་ཟུར་གྱི་རྡོ་དཔལ་རེ་རེས། ཉེས་ཅན་གྱི་སྙིང་རྩ་འདར་བ། དཔའ་སྐད་ཀྱི་ཁ་ཕོ་རེ་རེས། སྡར་མ་ཡང་སྙིང་སྟོབས་འཕེལ་བ། བདེན་ཚིག་གི་སྟོབས་ཤུགས་རེ་རེས། རྒྱལ་པོ་ཡི་ཁྲིམས་ར་འགྱུལ་བ། བླངས་དོར་གྱི་དཔྱད་པ་རེ་རེས། ཡིན་མིན་གྱི་བརྫར་ཤ་ཆོད་པ། བདེན་སྟོབས་ཀྱི་འདྲ་མ་རེ་རེས། བསྐལ་བ་ཡི་ཆགས་འཇིག་གསལ་བ། སྲང་བླང་གི་བསླབ་བྱ་རེ་རེས། བདེན་དོན་གྱི་སེམས་ཐག་ཆོད་པ། ཁྲིམས་ཕྱོགས་ཀྱི་ལྟ་སྟངས་རེ་རེས། ཁྲིམས་དཔོན་གྱི་དྲང་འཁྱོག་གསལ་བ། གདེང་ཚོད་ཀྱི་ཚོད་བགམ་རེ་རེས། ངན་རྟུས་ཀྱི་ངོ་འབག་བཤུ་བ་སོགས་བལྟས་ན་མིག་གི་བདུད་རྩི། ཉན་ན་རྣ་བའི་བུ་རམ། དཔྱད་ན་བསམ་པའི་བསླབ་བྱ་རུ་འགྱུར་བའི་དགོས་པ་ཡོད་པས། གཏམ་དཔེ་ནི་དམངས་ཁྲོད་རྩོམ་རིག་གི་དྭངས་མ་སྲིད་པ་རྒྱུད་པོའི་ཉམས་མྱོང་གི་བསྡོམས་ཚིག་ཅིག་རེད། དེ་བས་མི་རིགས་དེའི་དམངས་ཁྲོད་རྩོམ་རིག་གི་བསམ་བློའི་ཉིང་བཅུད་ལྟ་བུ་ཞིག་ཡིན་པ་གཏམ་དཔེ་ལས་ཤེས་ཐུབ་པ་དང་། གཏམ་དཔེ་ནི་ཆེས་ཐོག་མ་ནས་རིམ་བཞིན་དམངས་ཁྲོད་དུ་བརྒྱུད་ནས་དར་བ་ཡིན་པས་ཐོག་མའི་རྣམ་པ་དེའི་སྤྱི་ཚོགས་ཀྱི་ཉམས་མྱོང་དང་བསྟུན་རིམ་བཞིན་འགྱུར་ནས་ཚད་ལྡན་དུ་སོང་ཡོད་པས་གཏམ་དཔེ་འདི་ཐོག་མར་གང་ཞིག་གིས་བརྩམས་པ་དེ་འཚོལ་ཐབས་མེད། གཏམ་དཔེ་ཡི་ཚིག་ཕྲང་རེ་རེ་ན་འཇིག་རྟེན་མི་ཆོས་ཀྱི་ཉམས་མྱོང་རེ་རེ་ཡོད་པས་མི་རིགས་ཀྱི་རྩོམ་རིག་གི་ངོས་ནས་བཤད་ནའང་འདྲ། བསམ་བློའི་ངོས་ནས་བཤད་ནའང་འདྲ། གཞན་ལས་ལྷག་པའི་རིན་ཐང་ལྡན།

དེབ་འདིའི་ནང་དུ་«གླིང་སྒྲུང་»མི་འདྲ་བ་99ཙམ་གྱི་ཁྲོད་ནས་གཏམ་དཔེ་4400ལྷག་ཙམ་བསྡུས་ཡོད། ལས་གཞི་འདི་ཡིག་སྒྱུར་ཆུ་ཚད་ཅུང་མཐོ་བའི་ཆེད་མཁས་མི་སྣ་ཏཀན་འགྱུར་མེད་རྡོ་རྗེ་དང་ཀརྨ་རྣམ་རྒྱལ། བསོད་ནམས་ལྷ་མོ། འཛོང་ཟླ་བ། སྒྲོལ་དཀར་ཚེ་རིང་། ངག་དབང་སེང་གེ། བཀྲ་ཤིས་སྒྲོལ་མ། དབང་གྲགས། མཁྱེན་དབྱངས། ཡར་འགྲོ། ཞི་ཆུང་། བྱམས་པ་རྡོ་རྗེ། བློ་བཟང་དབང་ཕྱུག །ལོ་མ་ཚོས་ཨ་མཆོག་སོགས་ཀྱིས་ཡིག་སྒྱུར་བྱས་པས་དེར་ལོ་ཙྪ་བྱེད་སྟངས་རང་རང་གི་བབ་བསྟུན་ལྟར་བསྒྱུར་བས་སོ་སོར་དགེ་མཚན་ལྡན་པའི་ཐུན་མིན་གྱི་འགྱུར་གྱི་ཉམས་འགྱུར་མངོན་ཡོད།

ཞིང་ཆེན་གི་སར་སྲུང་སྐྱོབ་ཞིབ་འཇུག་ཁང་གི་ཀྲུའུ་རིན་ནམ་ལོ་ཙྪ་བ་ཆེན་མོ་འགྱུར་མེད་རྡོ་རྗེ་ནས་ཆེད་དུ་ཞུ་ཆེན་མཛད་པ་དང་དེབ་འདིའི་གླེང་གཞི་བྲིས་མཛད་པ་སོགས་ཀྱི་བཀའ་དྲིན་བསྐྱངས། འདིར་སྒྱུར་སྟངས་ཐད་ད་དུང་ནོར་སྐྱོན་ཡོད་རིགས་རྒྱ་ཆེའི་ཀློག་པ་པོ་རྣམས་ཀྱིས་སྐྱོན་བརྗོད་དང་སློབ་སྟོན་གནང་བར་ཞུ་བ་ལགས།

ཐེངས་འདིར་ཡུལ་ཤུལ་ཁུལ་གི་སར་རིག་གནས་ལས་གཞི་ཚོགས་པས་འདི་ལྟར་སྒྲུང་གི་གཏམ་དཔེ་དཔེ་སྒྲིག་བྱེད་པའི་དམིགས་ཡུལ་གཙོ་བོ་ནི། ཀྲུང་ཧྭ་མི་རིགས་ཀྱི་ཕུལ་བྱུང་སྲོལ་རྒྱུན་རིག་གནས་མ་ཉམས་གོང་འཕེལ་གཏོང་ཆེད་དང་མ་འོངས་པའི་གཞོན་སྐྱེས་དག་ལ་དམིགས་ནས་བསྒྲིགས་པ་ཡིན་ལ་དེ་འདྲའི་ཡོན་ཚད་དང་ལྡན་པའི་ཀློག་མཁན་གཞན་རྣམས་ལའང་འཚམས་པས་ཀློག་མཁན་ཀུན་ལ་ཕན་ཐོགས་པར་གྱུར་ཅིག །

ཡུལ་ཤུལ་ཁུལ་གི་སར་རིག་གནས་
ལས་གཞི་གཞུང་ལས་ཁང་ནས་
སྤྱི་ལོ་2022.9.20ལ་ཕུལ་བ་དགེ།

前言

手执方便智，刀箭兵器轮，
尽断业烦恼，五毒分别心，
战神众勇士，殊勋破魔群，
碎灭成粉尘，故礼此英魂！
悠悠古人语，次第相传承，
碌碌人世间，悲喜爱憎等，
勘为所诠事，一切器与情，
为求悉明喻，选译并录眷。
史诗中所现，如许浩繁谚，
珠玑串妙语，契合律和韵，
所诠和能诠，各自见匠心，
缘此请少年，永藏滋后人。

新中国成立以来，党和和国家对《格萨尔》文化的搜集、整理、抢救、开发、出版和研究等各个环节的工作，非常关心和重视，《格萨尔》连续三次被列入国家哲学社会科学重点科研项目，习近平总书记前后五次就《格萨尔》等中华民族史诗文化作了重要发言。新中国成立以来，尤其是改革开放以来，对我国的《格萨尔》《玛纳斯》和《江格尔》等英雄史诗，用各种艺术形式，进行了全面的展现，表现了中华民族沉雄开阔的精神世界和丰富多彩的文化风貌，给人类文明宝库做出了不朽的贡献。在习近平总书记的英明领导下，在党的抢救我国各民族人民珍贵文化遗产政策的指导下，在全国格办和青海省格萨尔史诗保护研究中心等相关机构专家学者的热忱关心和帮助下，在玉树州委、州政府政策、资金两个方面的大力支持下，历经五年编著出版的玉树藏族自治州《格萨尔》重大文化工程系列丛书中，这部《〈格萨尔〉史诗谚语警句选录》，今天得以呈现在各位读者眼前，这使我们玉树格萨尔项目组感到无比的喜悦！

谈到《〈格萨尔〉史诗谚语警句选录》的主要内容和主题，藏族文化是绽放在世界文化阆苑里的一丛美丽花朵，其中的藏族谚语，源自藏族人民长期的生活经验、独特的精神世界和千年的智慧积累。选编在本书中的这些谚语都深含着各种寓意，语言生动、鲜活明快，用了大量极具特色的比兴手法，充满着浓郁的民间文学艺术风格。这些谚语讲述了除暴安良、辨明是非、因果取舍、操行准则、敬老爱幼、生死之道，乃至审视灵魂和游牧方法等民族个性中隐含人类文明共性的世界观、人生观和价值观，从中可以看到藏民族质朴民间的思想也可以说其中凝聚着藏族世俗智慧的精华。

这部书中的谚语，选自《格萨尔》各个部本众多人物的台词，所以在诸多方面，不同于其它的藏族民间谚语。《格萨尔》史诗中的谚语，语言节奏感强，结构整饬，带有唱词诗韵，藻饰丰富，优美明快，从内容到形式，有浓郁的史诗特色。与此同时阅读《格萨尔》总给人一种印象，好像今天流行在民间的大量谚语，并非来自这部史诗。另外，面对行为习惯、思想意识、主观养生、客观环境和文化教育等世间万事万物的优劣、真假、悲喜、曲直、胜败、难易、强弱、饱饥、贫富、善恶、是非、脏净、有无、出没和生死，史诗中这些谚语，像一双双帮助人们准确判断和取舍的眼睛，而且读起来朗朗上口，便于记忆。谚语源自生活，一次次对人的观察，能够阐明优劣本质；一条条比喻的引用，可视为人间实例；一次次给予的启迪，便于了解事件原貌；一次次正确的判断，利于掌握根本原则；一次次事物的归类，能够阐明善恶真相；一串串赞赏的话语，能够激励俊杰上进；一支支进攻的语箭，定能射中奸人软肋；一句句讥人利刃，能让罪人心惊胆战；一句句豪壮之语，懦夫也会陡增胆量；一句句真理之力，能让皇家法庭摇晃；一句句取舍之语，能够判断是非曲直；一句句真谛之力，能够阐明大劫成灭；一条条定夺之诫，利于做出正确判断；一条条法学见解，能让法官公正断案；一次次分析研判，能够撕下诡诈面具。这些谚语，阅读时，成了视觉的甘露；耳闻时，成了听觉的糖饴；研习时，成了诲人的教诫。谚语属于纯朴的民间文学范畴，是一个个睿智老者对经验的精准概括，是每一个民族民间文学思想的精华，它展现着这个民族的大众智慧。谚语一开始就是从民间形成、发展和传播起来的，每一条谚语最初的形态，因流传过程中社会经验的影响，会不断趋向完善和丰富起来，无法溯回悠悠岁月，找出其最初的创作者。一句句谚语中，凝聚着人间的一个个经验，不管从在特定民族文学角度讲，还是从蕴含的深邃寓意讲，完全可以说，有着超出一般口头文学的文化价值。

这部书，从99个《格萨尔》部本中，摘选了4400多条谚语。这部书的汉译，是由久美多杰、索昂拉毛、郑达瓦、卓尕次力、阿文生格、扎西卓玛、文扎、青鹰、亚卓、益邛、香巴多杰、洛桑旺秋和罗玛曲阿确等有较高翻译水平的专家共同完成的，由于每一个专家的翻译风格不尽相同，译文呈现出了各种个性并存的丰富性和多样性。青海省格萨尔史诗保护研究中心主任、著名翻译家久美多杰先生，特为所有译作进行审订并亲自给全书作序，对我们的工作给予了极大的关心，倾注了心血，在此深表谢意！

在本书的翻译中，一定有一些舛误和行文不尽人意之处，敬请广大读者批评指正！

玉树格萨尔项目组选编这部格萨尔史诗谚语的主要目的，是为了抢救、传承和弘扬中华民族优秀传统文化，让后起之秀继承和发扬光大，同时适合熟悉相关文化和具有相关兴趣的其他读者阅读，祝愿它对所有读者有所裨益！

玉树州《格萨尔》

项目办公室

2022. 9. 20

སྒྲིག་སྟངས་ཀྱི་གསལ་བཤད།

གཅིག «‹གླིང་སྒྲུང་›གི་གཏམ་དཔེ་དང་གདམས་ཚིག་གཅེས་བཏུས»འདིའི་སྒྲུང་སོ་སོའི་གཏམ་དཔེ་བསྡུ་སྒྲིག་བྱེད་མཁན་ནི། ཡུལ་ཤུལ་ཁུལ་སློབ་འབྲིང་གི་སློབ་གསོ་ཉེ་མ་ལགས་ནས་གསོ་འགན་བཞེས་ཏེ་སློབ་གྲྭ་རང་གི་བོད་ཡིག་དགེ་རྒན་དག་གིས་མཉམ་གཅིག་ཏུ་བསྡུ་སྒྲིག་བྱས་པ་ལ་གཞི་བྱས་ནས་ཁུལ་གེ་སར་ལས་གཞི་ཚོགས་པས་དེ་ལ་ཁ་བསབ་དང་དག་སྒྲིག་ཡིག་སྒྱུར་ད་དུང་ཆེད་མཁས་པ་དག་གིས་ཡིག་སྒྱུར་བཅས་བྱས་ནས་བསྒྲིགས་པ་ཡིན། དེབ་འདིའི་ནང་དུ་སྒྲུང་ཡིག་མི་འདྲ་བ་99ཙམ་ལས། གཏམ་དཔེ་ཡི་གྲངས་4400ལྷག་ཙམ་བསྡུས་ཡོད།

གཉིས། «‹གླིང་སྒྲུང་›གི་གཏམ་དཔེ་དང་གདམས་ཚིག་གཅེས་བཏུས»དཀར་ཆག་སྒྲིག་སྟངས་ནི། གླིང་སྒྲུང་གི་ལོ་རྒྱུས་ཕྲིན་ལས་ཀྱི་གོ་རིམ་ལྟར་བསྒྲིགས་ཡོད། དེ་ནི་གླིང་གེ་སར་རྒྱལ་པོའི་སྒྲུང་ཁོ་ན་ལས་བྱུང་བའི་གཏམ་དཔེ་ཁག་མང་པོ་གཅེས་བཏུས་བྱས་པའི་དེབ་ཅིག་སྟེ། ཁྱད་པར་དུ་སྒྲུང་སོ་སོའི་ནང་གི་གཏམ་དཔེ་བརྗོད་མཁན་མི་སྣ་སོགས་གསོར་བཟུང་སྟེ། ད་དུང་སྤྱུལ་སྒྱུར། ལྷ། འདྲེ། རྟ་སོགས་སྲོག་ཆགས། མདའ་མོ་སོགས་ལས་བྱུང་བའི་གཏམ་དཔེ་བསྡུ་སྒྲིག་བྱས་པས་འདི་ལ་ཐུན་མིན་གྱི་འགྱུར་ཐོན་ཁྱད་ཆོས་མངོན།

གསུམ། «‹གླིང་སྒྲུང་›གི་གཏམ་དཔེ་དང་གདམས་ཚིག་གཅེས་བཏུས»ནི། གེ་སར་སྒྲུང་སོ་སོ་ལས་བཏུས་པའི་གཏམ་དཔེ་དག་རྒྱ་བོད་ཤན་སྦྱར་གྱིས་གློག་པ་པོས་འཚོལ་བདེ་བའི་ཕྱིར་དུ་ཤོག་ངོས་གཅིག་ལས་ཡིག་རིགས་གཉིས་ཀ་གློག་ཐུབ་པའི་ཁྱད་ཆོས་ལྡན་ཡོད།

བཞི། «‹གླིང་སྒྲུང་›གི་གཏམ་དཔེ་དང་གདམས་ཚིག་གཅེས་བཏུས»ནི། སྒྲུང་ནང་གི་གཏམ་དཔེ་ཁག་གཅིག་ཕུ་མ་ཡིན་པར་ད་དུང་གླིང་སྒྲུང་སོ་སོའི་ནང་གི་ཉམས་མཚར་བའི་ལེགས་བཤད་ཀྱི་གདམས་ཚིག་མང་པོ་དག་ཀྱང་འདིར་བསྒྲིགས་ཡོད་པ་ནི། དཔེར་ན། ཁྲོ་ཐུང་གི་གླུ་ལས། རྒྱ་ནག་པོའི་རྩིས་ཆེན་བཅོ་བརྒྱད། མི་སྲིད་སྲིད་པ་རྣམ་གསུམ། སྲིད་པའི་སྲིད་པ་རྣམ་གསུམ་སོགས་ལྟ་བུ།

ལྔ། «‹གླིང་སྒྲུང་›གི་གཏམ་དཔེ་དང་གདམས་ཚིག་གཅེས་བཏུས»ནི། སྒྲུང་སོ་སོའི་ནང་གི་མི་སྣའི་མིང་ལྟ་བུ་ཡིན་ན་མི་གཅིག་ལ་མིང་གི་རྣམ་གྲངས་དུ་མ་ཡོད་པ་དག་ནི་ཡོངས་གྲགས་འབོད་སྟངས་ཀྱི་མིང་ལྟར་གཅིག་གྱུར་བྱས་ཡོད། དཔེར་ན། ཚ་ཞང་འདན་མ་བྱང་ཁྲ་ལྟ་བུ་ཡིན་ན། ཁྲི་སྐྱེས་འདན་མ་

བསམ་འགྲུབ། སྣོན་ཆེན་ཚ་ཞང་འདན་མ། བཀའ་སྣོན་འདན་མ་བྱང་ཁྲ། བཀའ་ཡི་གོང་སྣོན་ཆེན་པོ། འདན་མ་གཡུལ་རྒྱལ་ཐོག་རྗེད། ཅེས་འབོད་སྟངས་མི་འདྲ་བའི་ནང་ནས་དེབ་འདིའི་ནང་དུ་ཚ་ཞང་འདན་མ་བྱང་ཁྲ་ཞེས་བཀོད་ཡོད་པ་ལྟར་རིགས་འགྲེའོ། །

དྲུག «‹གླིང་སྒྲུང་›གི་གཏམ་དཔེ་དང་གདམས་ཚིག་གཅེས་བཏུས་»ནི། སྒྲུང་སོ་སོའི་ནང་གི་མི་སྣ་འདྲ་མིན་གྱི་གཏམ་དཔེའི་བརྗོད་སྟངས་དང་ནང་དོན་ཚང་མ་འདྲ་འདྲ་ཡིན་པ་དག་ལས་གཏམ་དཔེ་གཅིག་འདེམས་སྒྲིག་བྱས་པ་ལས་གཞན་དག་བསྐྱར་ཟློས་སུ་བཀོད་མེད། བརྗོད་སྟངས་སོགས་ཅུང་ཟད་མི་འདྲ་བ་དག་ནི་སོར་བཞག་བྱས་ནས་བསྒྲིགས་ཡོད་དོ། །

བདུན། «‹གླིང་སྒྲུང་›གི་གཏམ་དཔེ་དང་གདམས་ཚིག་གཅེས་བཏུས་»ནང་གི་སྒྲུང་མིང་དང་མི་སྣའི་མིང་སོགས་རྒྱ་ཡིག་གི་མིང་ཚིག་ཚང་མ་ནི«གེ་སར་སྒྲུང་ཡིག་བོད་རྒྱ་ཤན་སྦྱར་ཚད་ལྡན་མིང་མཛོད་ཆེན་མོ་»ལ་གཞིར་བྱས་ཏེ་བསྒྱུར་བའོ། །

编辑说明

一、《格萨尔史诗谚语警句选录》，由玉树州中学尼玛校长担负主要责任，全校所有教师从各个部本摘选大量谚语的基础上，玉树州格萨尔项目办作了一些补充和整理，继而经各位译者翻译，得以成书付梓。本书从 99 个《格萨尔》部本中，共选录翻译了 4400 多条谚语。

二、《格萨尔史诗谚语警句选录》的目录，依照格萨尔史诗故事情节的先后顺序进行了排列，这是一部只从格萨尔史诗选编的谚语集，从各个部本中众多人物，包括变化身、神、鬼、马等动物和箭等器具所说谚语，进行了选编，因此这些谚语带有独具特色的神话史诗风格。

三、《格萨尔史诗谚语警句选录》，为使选自不同部本的谚语便于对照，有着可从同一页上阅读每一条谚语的藏汉两种文字的特点。

四、《格萨尔史诗谚语警句选录》中选录的不仅有格萨尔史诗的口头谚语，还有从各部本摘选编录的大量书面格言金句。如：超同歌词中的“汉地物材十八类，非成之属成三件，应成之属成三件”等句子。

五、《格萨尔史诗谚语警句选录》中所提各部本中人物，大多数都有好几个名字，为免出现混乱，形成阅读障碍，编录时只选其中使用量最大、众人耳熟能详的那一个。如：察香·丹玛向查的赤杰·丹玛桑智、伦钦·察香丹玛、噶伦·丹玛向查、噶益伦波钦波和丹玛·宇嘉托贵几个称呼中，本书统一选用了察香·丹玛向查。

六、《格萨尔史诗谚语警句选录》选录各部本中谚语时，对那些句式和内容完全相同的谚语，直选录了某个不本中间的一个谚语警句，对那些被部本版本等因素导致句式及内容之细微差异的若干谚语，按部本分别选录，保留了其丰富性和多样性。

七、《格萨尔史诗谚语警句选录》中，翻译所有部本名和人名时，依据《格萨尔藏译汉规范大辞典》，进行了规范统一。

དཀར་ཆག

(སྟོད་ཆ།)

(སྨད་ཆ།)

སྲིད་ལེའུ་བསྐལ་པ་ཡར་དར།

《世间形成篇》

ཀླུ་ཕྲུག་གསལ་བ་མཛེས་ལྡན།

鲁楚·赛瓦泽丹

༡ ནམ་མུན་པ་ནག་པོ་འཇོམས་མི་དེ། །
གསལ་ཉི་ཟླ་མིན་པ་སུ་ཡིས་ཐུབ། །
དུག་ནག་པོ་བཙན་ཟ་བྱེད་མི་དེ། །
བྱ་རྨ་བྱ་མིན་པ་སུ་ཡིས་ཐུབ། །
ལུས་ཚད་པའི་ནད་ཀྱིས་ཐེབས་པ་ལ། །
སྨན་ག་བུར་མིན་པ་སུ་ཡིས་ཐུབ། །

能驱散黑暗者，
唯日月光辉；
能食用剧毒者，
唯神禽孔雀；
能祛除热病者，
唯良药樟脑香。

༢ ཕུ་བསམ་གཏན་བསྒོམ་པའི་རྣལ་འབྱོར་དང་། །
མདའ་གཡུལ་གཉིས་འདུམས་པའི་གཟུ་བ་གཉིས། །
ལས་དེ་བྱས་འབྲས་བུ་ཁྱད་པར་མེད། །

深山坐禅的瑜伽师，
俗世纷争的和解者，
论功德别无二致。

ལྷ་ཚངས་པ་དཀར་པོ།

拉仓巴嘎尔波（大梵天）

འབྲུག་ཐོ་ཐང་ལྷ་ཡི་སྒོ་ཁྱི་ཡིན། །
དེ་མིན་པ་གནམ་ལ་སྡེར་ཆགས་མེད། །
གཞན་བྱུང་ན་ཐན་ལ་བརྙི་ལེ་ཡིན། །
བྱ་ཁྱུང་ཆེན་ལྷ་ཡི་བླ་བྱ་ཡིན། །
དེ་མིན་པ་གཤོག་ཐོགས་སྡེར་ཆགས་མེད། །
གཞན་བྱུང་ན་ཐན་ལ་བརྙི་ལེ་ཡིན། །

神灵坐犬唯祥龙，
再无禽类具此荣，
敢言权当失祥瑞；
神灵魂鸟唯大琼判，
再无禽类具此荣，
敢言权当失祥瑞。

གླིང་དཀར་སྲིད་པའི་མེ་ལོང་།　《岭嘎起源明镜》

ལྡོང་གི་དམུ་ཁྲི་བཙན་པོ།　董克·穆赤赞普

༡ གངས་རིའི་སྟེང་གི་དུང་སེང་ཁྱིད། །	扬首咆哮的雪狮，
སྙེར་ཆགས་ཟིལ་གནོན་མ་ཐུབ་ན། །	若不能震慑群兽，
མགོ་གཡུ་རལ་རྒྱས་ན་ཕན་གནོད་མེད། །	青鬃飘扬乏深意，
ལུས་རྩལ་གསུམ་རྫོགས་པ་སུ་ལ་ངོམས། །	满身绝技向谁耀。
ནགས་ཚན་དན་ཁྲོད་ཀྱི་རྒྱ་སྟག་ཁྱིད། །	林中扬威的猛虎，
རྟ་ཕོ་རུ་ཁྱུ་སྡེ་མ་བཅད་ན། །	若不能震散群驹，
ལུས་འཛུམ་དྲུག་བཀྲག་པས་ཅི་ཕན་མེད། །	纹络盛放乏深意，
ཁ་མཆེ་སྙེར་ངར་མ་སུ་ལ་ངོམས། །	锋利獠牙向谁耀。
དཀར་རྫོང་བྲག་གི་ཐང་དཀར་ཁྱིད། །	云间翱翔的雄鹰，
ནམ་འཕང་རླབས་ཀྱིས་མ་ཆོད་ན། །	若不能划破苍穹，
གཤོག་དྲུག་རྒྱས་པས་དགོས་པ་མེད། །	健烈双翼乏深意，
བྱ་རྒོད་གཤོག་རྩལ་སུ་ལ་ངོམས། །	腾空绝技向谁耀。
༢ གནམ་ཨ་སྔོན་འགྱུར་བ་མི་སྲིད་དེ། །	晴空本万古无易，
སྨུག་ན་བུན་འཐིབས་ཚེ་དགུང་སྔོན་བསྒྲིབས། །	奈何流岚蔽天地，
ད་སྐར་ཚོགས་བཀྲག་ལུགས་ཅི་འདྲ་བྱེད། །	如何让群星闪耀；
དམའ་རྒྱ་མཚོ་འགྱུར་བ་མི་སྲིད་དེ། །	大海本不可移易，
རླབས་དྲག་པོ་ཐ་རླབས་དགུང་ལ་འཕྱུར། །	奈何浊浪排天际，
ཉ་གསེར་མིག་ངོམ་ལུགས་ཅི་འདྲ་བྱེད།	游鱼击浪为哪般；

༣ བློ་སྔོན་ནས་དྲན་ན་མཁས་པ་ཟེར། །
རྗེས་ནས་དྲན་ན་གླེན་པའི་གཏམ། །
འགྱོད་པ་ལས་ཀྱི་ཐ་མ་ཟེར། །

谋在事前为智者，
事后开窍属愚夫，
悔恨皆属最下品。

གླིང་ཆེན་ཐར་པའི་བསོད་ནམས།

岭钦•太贝索南

༡ མཐོན་པོས་མཐོན་པོ་བཀུགས་བཞག་ན། །
ཉི་ཟླ་སྐར་ཚོགས་སྤྲིན་གྱིས་བརྒྱན། །
མཛེས་མོས་མཛེས་མོ་བརྒྱན་བཞག་ན། །
དར་ཟབ་གོས་ཆེན་སྲམ་ཁྲས་བརྒྱན། །
ཆེན་པོས་ཆེན་པོ་བརྟེན་དགོས་དུས། །
རྒྱ་དཀར་ནག་བར་ལ་དར་ཐག་འཐེན། །

倘使君子互颂扬，
形如卷云托日月；
若使华彩互辉映，
犹如绸缎配獭纹；
自古强盛互仰赖，
唐蕃和亲飘哈达。

༢ ནམ་ལངས་ཤར་རི་མགོ་ཇེ་རིག་རེད། །
རི་མཐོང་ཞིང་རིག་པ་ཇེ་བཀྲག་ཟེར། །

众山随曙光映现，
思绪如潮水涌动。

༣ འགྲོ་སྔ་སོའི་རི་ལ་བལྟ་ཡག་མཛོད། །
རི་དེ་ལ་རྩེ་མོ་དུ་གདའ་རྩིས། །
ཕྱི་སོའི་ལམ་ལ་ཕྱིར་བལྟས་གྱིས། །
ལམ་དེ་ལ་གས་ཁ་དུ་གདའ་རྩིས། །

行走要观路前山，
深谙峰顶有几座，
回头顾全来时路，
细数路面多少坎。

སྟོང་གི་ལྷ་རྒྱལ་གུ་རུ་སྐྱབས།

董克・拉嘉古如加

༡ བྱ་ཁུ་བྱུག་མོན་ནས་འཕུར་རྒྱུ་དེ། །
ཤིང་ཤུག་གུ་བསམ་ནས་འོང་ལོ་རེད། །
ཆར་སིལ་མ་འབབ་པའི་རྟེན་འབྲེལ་འགྲིག །

门域飞来布谷鸟，
为寻浓密柏树林，
风调雨顺之祥兆。

ཤར་ཉི་ཟླ་དགུང་ནས་འཛུམ་རྒྱུ་དེ། །	日月流转穹宇间，
སྨུག་མུན་ནག་གསལ་བསམ་ཤར་ལེ་རེད། །	为驱散漫漫黑暗，
བཀྲ་ཤིས་པའི་སྣང་གསལ་རྟེན་འབྲེལ་འགྲིག །	曙光显现之祥兆；
ལྷ་བླ་མས་ཆོས་འཁོར་བསྐོར་རྒྱུ་དེ། །	上师传教佛法理，
མ་སེམས་ཅན་ཐར་ལམ་བཀོད་བསམ་རེད། །	为渡众生解脱道，
སྡུག་འཁོར་བར་འབྲལ་བའི་རྟེན་འབྲེལ་འགྲིག །	脱离轮回之祥兆；
ལྷོ་འཛམ་བུ་གླིང་གི་རྒྱལ་ཁམས་ནས། །	南瞻部洲广天地，
སེ་འབྲོང་གླིང་གཉིས་པོ་མཐོ་ཐེབ་ན། །	仲岭两家结联盟，
བདུད་དམ་སྲི་ཐུལ་བའི་རྟེན་འབྲེལ་འགྲིག །	扬善惩邪之吉兆。

༢ མཐོན་པོས་མཐོན་པོ་བརྒྱན་བཞག་ན། །	倘使君子互装点，
ཉི་ཟླ་ནམ་མཁའི་གསལ་སྒྲོགས་རེད། །	就像日月明天空；
མཛེས་མོས་མཛེས་མོ་བརྒྱན་བཞག་ན། །	若使华彩互辉映，
ནགས་ཚལ་མེ་ཏོག་ཡང་མཛེས་རེད། །	花开绿林分外艳；
ཆེན་པོས་ཆེན་པོ་བརྒྱན་བཞག་ན། །	无边汪洋内生精，
རྒྱ་མཚོའི་ནོར་བུ་གཏིང་ཟབ་འབྲེལ། །	海底珍珠闪光芒；
སྙན་མོས་སྙན་མོ་བརྒྱན་བཞག་ན། །	美妙音符需点缀，
དུང་དང་ལྷུགས་གླིང་ཇེ་སྙན་རེད། །	海螺佛号声婉转；
བུ་དང་བུ་མོ་བརྒྱན་བཞག་ན། །	谦谦君子贤佳人，
འབྲོང་གླིང་མངའ་ཐང་ཇེ་རྒྱས་རེད། །	仲岭两家创辉煌。

༣ ནམ་མཁའ་ཡག་ལ་ཉི་ཟླ་གསལ། །	晴空万里日月辉，
མུན་ནག་འཛོམས་པའི་རྟེན་འབྲེལ་འགྲིག །	驱散黑暗显吉祥；
གཡུ་འབྲུག་ཡག་ལ་སྤྲིན་གྱིས་བརྒྱན། །	层云腾空跃青龙，
ཆར་ཟིམ་ཟིམ་འབབ་པའི་རྟེན་འབྲེལ་འགྲིག །	雨水滋润显吉祥；
ས་གཞི་ཡག་ལ་རྩི་ཤིང་རྒྱས། །	大地旷野草木盛，
ལོ་ལེགས་སྨིན་པའི་རྟེན་འབྲེལ་འགྲིག །	果实丰收显吉祥。

འབྲོང་རྗེ་ཟིལ་དཀར་རྒྱལ་པོ།

仲吉斯嘎尔嘉波

༡ མཐོ་གངས་རི་སྟེང་གི་དུང་སེང་དེ། །
མགོ་གཡུ་རལ་དགུང་ལ་མཉམ་སྙེབ་རེད། །
དགྲ་བུ་ཡུག་བྱུང་ཡང་ཞུམ་ང་མེད། །
སེང་དཀར་མོ་དེ་ཡི་ཁྱད་ཆོས་རེད། །
ནགས་ཙན་དན་ཁྲོད་ནས་རྒྱ་སྟག་ཛམ། །
ལུས་འཛུམ་དྲུག་རྩལ་གསུམ་གྲ་སྙེབ་རེད། །
དགྲ་མཆེ་སྡེར་བྱུང་ཡང་འཇིགས་སྐྲག་མེད། །
དཔའ་རྒྱ་སྟག་དམར་མོའི་ཁྱད་ཆོས་རེད། །
ཟ་ཁྲ་ཡག་རི་ཡི་འབྲོང་རྒོད་ངར། །
མགོ་རུ་ཕུར་ཁ་ཆར་གྲ་སྙེབ་རེད། །
དགྲ་ཁྱི་སྤྱང་བྱུང་ཡང་ཞུམ་ང་མེད། །
འབྲོང་བྲི་སེར་དེ་ཡི་ཁྱད་ཆོས་རེད། །

雪狮昂首山巅，
青鬃飘舞云天，
不惧冰风雪雨，
雪狮本性如此；
猛虎生在林间，
纹络斑斓陆离，
不畏锋爪獠牙，
猛虎本性如此；
野牛生在高山，
犄角穿梭风雪，
不畏豺狼凶险，
野牛本性如此。

༢ ལས་རྒྱུ་འབྲས་དམ་ཚིག་མ་སྲུང་ན། །
ལྷ་བླ་མའི་ཐུགས་དང་འགལ་ལེ་ཡོད། །
ཤི་དམྱལ་བར་འཁྱམས་དུས་དཀའ་མོ་རེད། །
དྲིན་ཕ་མའི་ཁ་ལ་མ་ཉན་ན། །
ཆུང་བུ་རྒྱུད་བསོད་ནམས་ཟད་རྒྱུ་རེད། །
འཁོར་ངན་སོང་སྡུག་བསྔལ་འཁྱམ་རྒྱུ་རེད། །

不守持因果道义，
会违背上师教义，
逝世后地狱受难；
不领受父母教诲，
儿女们福禄流失，
会堕入苦痛恶道。

༣ ནམ་མཁའ་མི་གསལ་ཀ་མེད་བྱུང་། །
ཁྲི་གདུགས་ཉི་མས་དེད་ལེ་རེད། །
དབྱར་དགུན་མི་འགྱུར་ཀ་མེད་བྱུང་། །
ནམ་ཚ་དྲོད་ཀྱིས་དེད་ལེ་རེད། །

黎明曙光乍现，
只因太阳追赶；
冬夏交替轮转，
只因热气弥漫。

༤ ནམ་མཁའ་ཡག་ལ་མཐིང་མདོག་གསལ། །
ཉི་ཟླ་སྐར་གསུམ་བཀྲག་མདངས་རྒྱས། །
སྨུག་མུན་པ་གསལ་བའི་རྟེན་འབྲེལ་རེད། །
དམའ་ས་གཞི་ཡག་ལ་རི་རབ་མཛེས། །
རྩི་ཤིང་མེ་ཏོག་ལོ་འདབ་རྒྱས། །
ཚེ་བསོད་རྒྱས་པའི་རྟེན་འབྲེལ་རེད། །

蓝天清澈明亮，
日月星光闪耀，
黑夜消散之兆；
大地山川雄美，
万物盎然生意，
生寿聚福之兆。

༥ མཐོ་མི་རྟག་ཉི་ཟླ་གཟའ་ཡིས་འཛིན། །
བར་མི་རྟག་བྲག་རི་ཐོག་གིས་གཏོར། །
དམའ་མི་རྟག་རྒྱ་མཚོ་གྲམ་ལ་འགྱུར། །

叹无常罗睺困日月，
叹无常霹雳碎山崖，
叹无常大海变砂砾。

ཁྲི་ལྕམ་སྒྲོལ་མ།

赤姜珍玛

༦ བུང་བས་གཤོག་རྩལ་ཛོམ་རྒྱུ་དེ། །
མེ་ཏོག་སྦྲང་རྩི་ཛམ་ལེ་རེད། །
སེར་ཆེན་རང་མདངས་ཛོམ་དགོས་མེད། །
ཐོག་སེར་དགུང་ནས་འཁྲིགས་པའི་དུས། །
འབྲུ་དྲུག་རྒྱ་ཞིང་སྙིལ་བསམ་རེད། །
ཞིང་སྙེ་མ་དགུང་ལ་ཛོམ་དགོས་མེད། །
ཁུ་བྱུག་གསུང་སྙན་ཛོམ་པའི་དུས། །
རྒྱ་ལྕང་ནགས་ཁྲོད་འགྲིམ་འདོད་རེད། །
རྒྱ་ཤུག་ལོ་མ་ཛོམ་དགོས་མེད། །

蜜蜂扑翅游移，
心念花蕊甘汁；
并非花儿艳丽，
天空乌云聚雹；
欲碾六谷良田，
并非麦穗摆舞；
布谷声鸣清脆，
心念茂密森林，
并非柏叶嫩绿。

ཡུམ་ཆེན་ཤེལ་དཀར་མ།

王母・谐嘎尔玛

དགོན་གྲྭ་ཚང་བླ་མས་སྐྱོང་བ་དེ། །

活佛主持寺院，

སངས་རྒྱས་ཆོས་ཀྱི་བསྟན་དོན་རེད། །　只为佛法永驻，
དེ་མ་ཕན་གྲྭ་ཚང་སྐྱོང་དོན་མེད། །　再无其他欲念；
འབུ་དུང་དཀར་འོ་མས་གསོས་ལེ་དེ། །　鲜奶哺育白螺，
དགྲ་ཆུ་སྲིན་སྡེང་དུ་མངག་རྒྱུ་རེད། །　只为驱赶虾蟹，
དེ་མ་ཕན་འོ་མས་གསོ་དོན་མེད། །　再无其他欲念。

ལྡོང་བླ་མ་ཐུབ་བསྟན་རབ་རྒྱས།　董喇嘛图丹饶杰

༡ སྨྲ་ཤེས་དོན་གོ་ཅན་དེ་མི་ཡིན་ཡང་　能明理善辨如人，
མ་བཤད་ན་མི་གྲོལ།　不详尽说理难明；
སྐད་པོ་ཆེ་དེ་དུང་ཡིན་ཏེ་　最悦耳祥螺声号，
མ་བུས་ན་མི་འབར།　不吹响难震四方。

༢ རི་རྒྱལ་རྩེ་ཡི་བྱ་ཁྲུང་དེས། །　须弥山巅立琼鸟，
གཤོག་རྩལ་འཛམ་གླིང་ཉིན་བསྐོར་བྱེད། །　一朝飞翔里千万，
ཀླུ་བདུད་ནག་པོ་ཟིལ་གྱིས་གནོན། །　震慑鲁界众妖魅，
དེ་བྱ་རྒྱལ་ཁྲུང་གི་ཁྱད་ཆོས་རེད། །　全为琼鸟本性使。
མཐོ་གངས་རི་རྩེ་ཡི་དུང་སེང་དེས། །　雪山巅上白雪狮，
མགོ་གཡུ་རལ་ཨ་སྔོན་དགུང་ལ་མཉམ། །　青鬃飘扬向天齐，
ངར་སྟག་གཟིག་དོམ་དྲེད་ཟིལ་གྱིས་གནོན། །　震慑群兽威名扬，
དེ་གངས་སེང་དཀར་མོའི་ཁྱད་ཆོས་རེད། །　全为雪狮本性使。

ལྡོང་གི་ཆོས་འཕེན་ནག་པོ།　董克·曲潘那波

རྒྱ་ཇོང་ནགས་ཀྱི་གཞི་དཀྱིལ་ནས། །　密林深处谁争锋，
དམར་ཡག་སྟག་གི་ཕ་ས་བཟུང་། །　赤虎坐镇威风凛，
དགྲ་རྔོན་པའི་ཐོག་མདའ་བཙན་ན་ཡང་། །　即使猎人手段毒，

སྟག་ནགས་རྫོང་མི་ཤོར་དམ་བཅའ་ཡོད། །

不失密林誓死卫。

སྲིན་པོ་ཁེ་ཚེ་རལ་བ།

森波克次然瓦

༡ མིག་ཟུང་ཟམ་ཟིམ་བླ་མས་བྱེད། །
ཁ་བཤད་སྟོང་གཏམ་འཇའ་དང་མཚུངས། །
ཤ་པོ་ཡར་ལ་འདྲེན་ནོ་ཟེར། །
མི་བདེན་རང་ལྟོ་ཕུད་ཐབས་རེད། །

上师眼神虽慈爱，
说教空洞如虹散，
满嘴救渡众生苦，
谁知只为腹中食。

༢ ཚོང་ཁེ་མི་ལོན་རྒྱུན་པོ་ཚོ། །
རྒྱུ་ནོར་མཐོང་ན་མི་རྟག་ཟེར། །
རང་མགོ་སྐུ་གེས་མནར་ན་ཤེས། །
ལྟོ་ཚིམས་ཆོས་དྲན་ངོ་སོ་ཆུང་། །

经商不顺平常事，
却言衣食都无常，
食不果腹方知难，
饱暖行佛难悟道。

༣ ལས་འབྲས་ཉེས་སྡུག་སྔོན་བསགས་ལ། །
ཟང་ཟིང་ཆོས་ཀྱིས་བཤག་པ་དཀའ། །

苦痛皆有业缘生，
图财求富难除障。

སྟག་རོང་ཨ་ཁྲུ་ཁྲོ་ཐུང་།

达绒·阿库超同

༡ བོང་སྒུར་རྟ་ལ་འགྲན་སྣང་ཤར། །
བྱང་ཐང་མི་ཚོད་ཨ་རེ་འགྱོད། །
ཝ་མོས་སྟག་ལ་འགྲན་སྣང་ཤར། །
གད་ལ་ལྟུང་ཉིན་ཨ་རེ་འགྱོད། །
གླང་རྐན་འབྲོང་ལ་འགྲན་སྣང་ཤར། །
རུ་ཐུར་ཆག་ན་ཨ་རེ་འགྱོད། །

跛骡竟然想与彪马争，
悔在跨越北方原野时；
草狐竟然想和猛虎比，
悔在掉落深土坑之时；
牯牛竟然想和野牛斗，
悔在犄角抵断折裂时。

༢ སྔོ་ལྗང་ཕྲུག་མོ་སྐྱེ་སྟོབས་ཆེ། །

青青绿草长势盛，

ཁང་བཞི་ཕྱུགས་ཀྱི་ཁ་ཟས་རེད། །
དུང་ཟླ་གསལ་མདངས་ཆེ་ན་ཡང་། །
སྒྲ་གཅན་གཟའ་ཡི་ལག་འོག་རེད། །

终落畜生口中粮；
银色月光再亮丽，
也是罗睺吞噬物。

༣ རྔ་མ་བརྡུང་ལྷ་ཚོགས་རང་དགྱེས་དེ། །
ཁྲིམས་རྔ་ཉི་མ་འབྲུག་གྲག་རེད། །
མཚོན་མ་གཡུག་དགྲ་སྡེ་རང་འདུལ་དེ། །
རལ་གྲི་བསམ་ཚོད་སྐྲ་རེངས་རེད། །
མདའ་མི་དགོས་སྲིན་པོ་འདུལ་མི་དེ། །
བཤད་མི་དགོས་ཁྲོ་རྒྱལ་རང་བྱོན་རེད། །

不敲便能喜悦众神，
唯有法鼓太阳龙吟；
不挥便能降服强敌，
唯有利剑曙光断斩；
不射便能降妖除魔，
不用讲是我晁同王。

༤ ལུག་གཡང་དཀར་བཟས་ལ་བཀྲམ་ཞན་འདྲ། །
རི་མཐོ་གསུམ་རྩེ་ལ་སྤྱང་ཚང་བཅས། །
སྤྱང་ཕྲུག་ཀླད་ཁྲག་མ་གཏོར་ན། །
གཡང་དཀར་མི་བདེ་ཐག་གིས་ཆོད། །

羊群散落在原野，
山顶处处现狼窝，
若不狼崽溅脑血，
羊群永无安宁日。

རྒྱ་གྲོང་ཞིང་གི་རེའུ་མིག་ལ། །
འབྲུ་སྟོན་པོ་བསགས་པ་ཐང་ལ་བཀྲམ། །
མཐོ་ནམ་མཁའི་སྤྲིན་ཚང་སེར་བས་གཏུམ། །
དེ་སྡེ་བརྒྱད་ཨར་ལ་མ་གཏད་ན། །
འབྲུ་སྣ་ལྔ་མི་བདེ་ཐག་གིས་ཆོད། །

良田阡陌纵横，
洒遍种籽辛耕，
冰雹充斥云层，
若无咒师相助，
五谷定无收成。

༥ མེ་ཆུང་དུས་བསད་ན་སླ་མོ་ཡོད། །
ཆུ་མི་དགོས་རྡོག་བརྫིས་བཏང་བས་ཆོག །
དགྲ་ཆུང་དུས་བཏུལ་ན་སླ་མོ་ཡོད། །
མཚོན་མི་དགོས་དུག་གིས་གསོད་པས་ཆོག །

火苗最易扑灭，
只要脚踩即可；
敌少最易降服，
只要投毒即可。

༤ མཁའ་ལྡིང་གླག་དང་འདབ་ཆགས་ཁྲ། །
གཞོག་རྩལ་འདྲ་བསམ་སྣང་བ་འཕྲུལ། །
སྤོབས་ཆེན་གླག་ལ་འགྲན་ཡ་མེད། །
འདམ་སེང་རལ་ཅན་ཚེར་གསེབ་ཝ། །
གཅན་གཟན་ཤ་བཟའ་འདྲ་བསམ་ན། །
འདམ་སེང་རྩལ་ལ་འགྲན་ཟླ་མེད། །

腾空雕和禽中隼，
若想飞翔炫绝技，
神雕炫翅谁争锋；
泥泞雄狮草中狐，
若论捕食炫绝技，
雄狮炫力谁争锋。

ཚ་ཞང་འདན་མ་བྱང་ཁྲ།

擦香·丹玛向查

༡ གངས་སེང་དཀར་མོའི་གཡུ་རལ་དང་། །
ཁྱི་རྒན་བདའ་ལུའི་སྐྱག་རལ་གཉིས། །
འདྲ་མ་དགོས་གནམ་ས་སྐར་ཁྱུང་རེད། །
དམར་ཡག་སྟག་མོའི་འཛུམ་དྲུག་དང་། །
སེར་ཆེན་ཝ་མོའི་ཕྲ་ལོ་གཉིས། །
འདྲ་འདྲ་བསམ་ཡང་བསྒྱུར་རྒྱུ་མེད། །
རྨ་བྱའི་ལུས་ཀྱི་སྒྲོ་མདངས་དང་། །
ཕུན་རོན་སྐྱེ་ཡི་འཇའ་རིས་གཉིས། །
འདྲ་དགོས་བསམ་ན་འདྲ་ས་མེད། །

雪狮飘扬的青鬃，
老狗垂散的屎毛，
论差异天差地别；
赤虎耀眼的纹络，
草狐散乱的毛发，
论差异大有径庭；
神禽孔雀的羽翼，
鸽子颈上的毛纹，
论差异天壤之别。

༢ ཤིང་ཙན་དན་སྨུག་པོའི་ཇོ་ཡ་ལ། །
ཆུ་ཤིང་ཕྲ་མས་ཡོང་ས་མེད། །
བྲི་སེར་འབྲོང་རྐོད་རྣ་རྩལ་ལ། །
གླང་རྒན་རོག་པོས་ཡོང་ལེ་མིན། །

芭蕉木和黑檀木天差地别，
野牦牛和老牯牛天差地别。

༣ མི་གཉོམ་ཆུང་སྐྱེ་ཏུས་ཕུད་ཕུད་དེ། །
ཕོ་བཙན་པོ་སྟེང་དུ་ག་ན་འགྲོ། །

欺凌弱者蛮狠惯，
遇到强者试一试。

༤ ལྷོ་འཛམ་གླིང་གཉིད་ལ་དགའ་ཞོར་རེད། །
དགུང་ཉི་མ་མ་བཞུགས་ནུབ་རིར་ཐོན། །
འཕྲི་མི་ཉན་མུན་པས་རྒྱབ་ནས་དེད། །
ནུབ་གླིང་གསུམ་མཚར་ལ་དགྱེས་ཞོར་རེད། །
སེར་གྱི་ལེར་སྣང་བས་ཁྱབས་ལེ་མཛོད། །
འཕྲི་མི་ཉན་སྐྱ་རེངས་བསུ་མ་ཡོད། །
དགུན་ཟླ་གསུམ་སྡུག་ལ་བསྐྱོས་ལེ་རེད། །
རྩི་མེ་ཏོག་མ་བཞུགས་རང་ཡུལ་ཐོན། །
ཡུན་མ་འགོར་བ་མོས་རྗེས་འདེད་ཡོད། །
དབྱར་ཟླ་གསུམ་བདེ་ལ་བསྐྱོས་ལུགས་ལ། །
ཁྲ་གྱི་ལེར་པདྨའི་འཛུམ་མདངས་ཛོམ། །
ཆར་སིལ་མས་དབྱར་གྱི་སྣ་འདྲེན་བྱེད། །

瞻洲万物皆爱眠，
夕阳余晖西山尽，
只因后有黑夜赶，
西方生灵生灿烂；
金色阳光大地漫，
只因邀约曙光来，
寒冬三月多困苦，
花草树木皆凋零；
又逢寒霜带飞雪，
夏日万物多福气，
花草树木露争艳，
绵绵春雨迎生机。

ལན་མེད་སྲོག་གི་སྦྲུ་ཁྲི།

蓝美索克布尺

༡ ལུག་ཆུང་ཁེར་འགྲོ་སྤྱང་ཀིར་ཐུག།
བཙོ་གྲོད་འཐོར་བའི་སྔ་ལྟས་རེད། །
བྱིའུ་ཆུང་ཁེར་འཕུར་ནམ་འཕང་བསྐྱོད། །
རྒྱ་ཁྲ་རྟོར་པའི་ཁ་ཟས་རེད། །
རི་བོང་ཁེར་རྒྱུག་བང་རྩལ་ཛོམ། །
ཛ་ཁྱུར་གླག་མོའི་ལག་སྡིག་རེད། །

羊羔独行遇饿狼，
那是破膛的噩兆；
小鸟独飞空中游，
沦为隼鹰腹中食；
山兔独蹦炫绝技，
只等飞雕空中袭。

༢ དགྲ་ཕ་ཐོག་བུ་བཞག་བྱས་ལེ་རེད། །
གྱོད་མ་ཐོག་བུ་མོ་ལངས་ལེ་རེད།

父继子来再生仇，
母继女来又积恶。

༣ སྒོམ་རི་ཁྲོད་འཁྱིམ་པའི་རྣལ་འབྱོར་དེ། །
ཆོས་ཟབ་མོ་ཉམས་ལེན་མ་ཐུབ་ན། །

山中修行的禅师，
不深悟精深佛理，

ས་འོག་འཕྱི་བ་ཁུང་ཉལ་འདྲ། །
བསྐྱེད་རིམ་སྐྱ་ཀའི་མིག་རྫོག་འདྲ། །
གྲོང་གཞི་འཁྱིམ་པའི་སྨན་ཆུང་དེ། །
གནས་ཁྲ་མོ་གཏད་ར་བྱེད་ས་ནས། །
ལུས་ལང་ཚོ་བཀྲག་མདངས་རྒྱས་ན་ཡང་། །
ཤེས་རྣམ་སྤྱོད་གཟབ་གཟབ་མ་བྱས་ན། །
རྡོན་སྐྱ་ག་རྫ་ཐོག་བབས་པ་འདྲ། །

入眠地洞的旱獭，
心界像喜鹊眼珠；
游弋四方的姑娘，
想找人家做人妻，
虽显露青春靓丽，
若不谨慎行诸事，
就像石上落喜鹊。

སྐྱི་དཔོན་རོང་ཚ་ཁྲ་རྒན།

吉本·绒擦查根

༡ རྒྱ་གར་རྨ་བྱའི་སྒྲོ་མདོངས་མཛེས། །
རྒྱ་ནག་དངུལ་དཀར་བུམ་པ་བཟང་། །
རྒྱུ་འབྱུང་ཁུངས་མི་གཅིག་སོ་སོ་རེད། །
འཛོམ་ས་དཀྱིལ་འཁོར་དབུས་ལ་རེད། །
དེ་དཀྱིལ་འཁོར་འགོད་པའི་ཁྱད་ཆོས་རེད། །
ཁ་ཆེ་གུར་གུམ་ལི་ཁྲི་དམར། །
བོད་ཀྱི་རྫ་ཆབ་བསིལ་མ་དྭངས། །
འོང་ས་མི་གཅིག་ཁ་ཁ་རེད། །
འཛོམ་ས་གསེར་བུམ་ནང་དུ་རེད། །
དེ་ཡང་བུམ་རྫས་ཁྱད་ཆོས་རེད། །
ཚ་བ་རོང་གི་སྨྱུག་མ་དྲང་། །
ཐང་དཀར་རྐོད་ཀྱི་སྒྲོ་ཕྱལ་ཡང་། །
སྐྱེ་ས་མི་གཅིག་སོ་སོ་རེད། །
འཛོམ་ས་སྟག་དོང་ཁྲ་མོར་རེད། །

天竺雀羽五彩缤纷，
汉地银瓶晶莹剔透，
出产之地各有不同，
相会具足坛城之心，
那是佛法正道殊性；
突厥红花橙如橘，
藏地山泉甘又醇，
出产之地各不同，
汇聚鎏金宝瓶中，
只因瓶料殊胜使；
擦瓦绒的竹竿直，
白顶鹫的翅膀轻，
生长之地各不同，
相聚虎皮箭筒中。

༢ གོང་དཔོན་པོ་བཀུགས་སྐྱུད་བློན་པོ་རེད། །
ཆུང་ལང་ཚོ་རྫོགས་སྐྱུད་ཞལ་ཟས་རེད། །

头领要有臣子拥戴，
衣食帮助青春换发，

གུར་མཐོན་པོ་བཀུགས་སྒྱིད་ཀ་བ་རེད།

帐篷要有柱木顶起。

༣ ཁྲིམས་ལ་རྒྱའི་ཁོག་དེ་མ་འཁྱོག་དགོས། །
གཏམ་ཆུ་བོའི་ཕུགས་དེ་མ་ཆུང་དགོས། །

律法不容歪曲，
言说要重实据。

༤ སྨན་སྐྱེ་མེད་བུ་མོའི་ཁ་སྐབས་དེ། །
ཡིད་འགྲོ་མོ་མེད་དེ་འདོར་ལུགས་མེད། །
ཕོ་རྒྱུ་མེད་སྤྲང་པོའི་བསེ་རག་དེ། །
དེ་མེད་ན་དགའ་ཡང་སྤྱང་བློ་མེད། །
མིག་མི་མཛེས་ཤ་ཡི་འཛེར་བུ་དེ། །
གཅོད་ཟེར་ན་རང་གི་མིག་འབྲས་རེད། །

坏女人的言辞，
再难听也无法改变；
穷男人的心眼，
再丑陋也无法改变；
长在身上的息肉，
再难看也无法割掉。

༥ མཁར་གྲུ་བཞི་སྲ་མཁྲེགས་རྡོ་ཡིས་བརྩིགས། །
ཤིང་ཤུག་པའི་མཛེས་ཆས་ཐོག་ཕུད་བྱས། །
དེས་མི་ཚད་རྒྱན་དུ་གསེར་འཕྲུ་བཙུགས། །
ཚེ་གཏན་དུ་སྐྱོབ་པའི་བཙན་རྫོང་བསམས། །
ས་གཡོས་ན་རང་རྟུང་ཐོ་བ་འདྲ། །
ལས་ཅི་བྱས་རང་ཐོག་ས་ཕུང་རེད། །
སྨན་བུ་མོ་དམར་མོའི་རྒྱུ་ཡིས་བསླུས། །
གཞིས་འཁོར་བའི་ལ་རྒྱ་ལག་ཏུ་བཞག །
དེས་མ་ཚད་བློ་སེམས་དར་གྱིས་མདུད། །
ཚེ་གཏན་གྱི་འདུན་མ་གཅིག་ཚོག་བསམས། །
ཁྲེལ་མེད་ནས་ཕྱི་ཕོའི་ངོ་སྲུང་བྱེད། །
ཟས་ལོངས་སྤྱོད་རྐུབ་ཀྱི་ཕྱག་ཟས་ཡིན། །

坚石垒起碉楼，
柏木封顶装点，
中央再立金龛，
想做保命堡垒，
震时适得其反，
全成压身石土；
献给姑娘锦衣玉食，
又让姑娘当家作主，
还把姑娘铭心刻骨，
只想与她作伴一生，
不料淫妇红杏出墙，
家财万贯只落空空。

བུ་ཚ་བོ་ལུས་ཟུངས་ཟས་ཀྱིས་སྐྱོང་། །
ཚོང་སོ་ནམ་བུ་ཚའི་ལ་རྒྱ་བསམས། །

含辛茹苦抚养子孙，
胼手胝足养家糊口，

དེས་མི་ཚད་དམར་ཐང་སྐྱོག་ལ་བྱས། །
བུ་སྐྱེས་ན་ཕ་མལ་བུས་འཛིན་དྲན། །
བུ་མ་སྐྱེས་པ་ཞིང་རྐུ་འཇལ་སྲིད། །
ཚད་རྫོགས་ན་ཕ་མ་ཡོག་གིས་རྡུང་། །

无微不至宠爱成长；
盼望未来子承父业，
不料逆子坑家败业，
毒打父母更是过分。

རྒྱ་ཚ་ཞལ་དཀར། **嘉擦谐嘎尔**

དགུང་ནམ་མཁའ་མི་འགྱུར་མཐིང་ཞིང་ཡངས། །
སྐྱིད་ཉི་ཟླ་སྐར་གསུམ་བཀྲག་མདངས་གསལ། །
སྡུག་མུན་ནག་གསལ་བའི་རྟེན་འབྲེལ་འགྲིག །
ཛམས་བརྗིད་གངས་རི་དགུང་ལ་མཉམ། །
དུང་སེང་དཀར་མོ་རྩལ་དྲུག་སྒྱུར། །
སྡེར་ཆགས་ཟིལ་གནོན་རྟེན་འབྲེལ་འགྲིག །

蔚蓝天空永不变，
日月星辰永生辉，
是驱散黑暗之兆；
巍峨雪峰入云霄，
雪狮炫技如疾风，
是震慑群兽之兆。

མཁའ་འགྲོ་རྡོ་རྗེ་གཡུ་སྒྲོན། **康卓多吉玉珍**

༡ ནམ་མཁའ་ཡག་ལ་ཉི་ཟླ་གསལ། །
མུན་ནག་གསལ་བའི་རྟེན་འབྲེལ་འགྲིག །
ས་གཞི་ཡངས་ལ་རི་རབ་བརྗིད། །
རྩི་ཏོག་བཀྲག་པའི་རྟེན་འབྲེལ་འགྲིག །

晴空万里日月同辉，
是驱散黑夜之祥兆；
广阔大地山川秀美，
是万物盛长的祥兆。

༢ ཤར་གྱི་ཁྲི་གདུགས་ཉི་མ་འདི། །
མུན་པ་སེལ་བའི་ནོར་བུ་ཡིན། །
དབྱར་གྱི་སྦྲང་ཆར་བསིལ་མ་འདི། །
དགྲ་ཐན་ཆེན་སེལ་བའི་ནོར་བུ་ཡིན། །

旭日升起在东方，
是驱散黑夜之宝；
夏日细雨润大地，
是抵御旱灾之宝。

པདྨ་སྟོང་ཉིད།

白玛东尼

༡ མི་ཆེན་ཆུ་ཆེན་རི་ཆེན་གསུམ། །
གཡོ་འགྱུལ་མེད་པར་བརྟན་ན་བཟང་། །
ཆུ་ཆེན་གཡོས་ན་གྲུ་གཟིངས་གཏོར། །
རི་ཆེན་གཡོས་ན་སྲོག་ཆགས་གནོན། །
མི་ཆེན་གཡོས་ན་འོག་སྡེ་འཐོར། །

高山大川和伟人，
最好稳固不摇摆，
翻江倒海击船舶，
山摇地动压兽群，
伟人失稳百姓散。

༢ མཐོ་ལ་གསུམ་གོང་བ་རྩོད་རྒྱུ་མེད། །
དམའ་ས་ནག་མཚེར་ས་གླེང་རྒྱུ་མེད། །

高处领地无纷争，
低处牧场无口角。

༣ ཆུ་ཁམ་བུ་གང་གི་འབྲེལ་བ་མེད། །
རྩྭ་ཐུར་མ་གཅིག་གི་ཕན་གནོད་མེད། །

既无一口水的关系，
也无一根草的利害。

༤ བན་རང་ཚོད་ཟིན་ན་མཁས་པ་ཡིན། །
སྨན་རང་ཚོད་ཟིན་ན་མཛངས་མ་ཡིན། །
དཔའ་རང་ཚོད་ཟིན་ན་རྒོད་པོ་ཡིན། །

和尚善抑制是明智，
妇女能节制属睿智，
男子能克制当英明。

༥ ངང་པ་འཁོར་འཁོར་མཚོ་ལ་འཁོར། །
མཚོ་མེ་ལོང་དར་གྱིས་གཡོགས་ན་སྐྱོ། །
ཆར་བསིལ་མ་འཁོར་འཁོར་སྤྲིན་ལ་འཁོར། །
སྤྲིན་ནག་པོ་རླུང་གིས་གཏོར་ན་སྐྱོ། །

天鹅依恋湖泊，
无奈湖水结冰，
雨水依恋云朵，
无奈风吹云散。

སྲིན་པོ་ཁ་ལ་ཐོག་འབེན།

森波·喀拉托潘

མཆེ་བ་གཙིགས་པའི་རྒྱ་སྟག་གིས། །

赤虎獠牙狰狞，

འདོ་ཆུང་གསོན་པོར་གཏོང་བསམ་མེད། ।	马驹生不逢时；
རི་འདབ་འཁྱིམ་པའི་སྤྱང་མོ་དེས། ।	恶狼山坳游弋，
ལུ་གུ་གསོན་པོར་གཏོང་བསམ་མེད། ।	羔羊生存无望。

དུག་ཆུ་བྲག་རྒོད་ཐོག་འཕེན། **毒曲・扎贵托潘**

ལྷ་བླ་མས་དཀོར་རྒྱུ་ཁྱེར་ནས་འགྲོ། ।	上师收受供养财，
དགྲ་ཇག་རྐུན་ཤོར་དུས་འགྱོད་སེམས་ཆེ། ।	不料被抢悔恨深；
སྤྱང་ཨ་ཐང་གཡང་དཀར་སེམས་ལ་གཟན། ।	恶狼游走为羔羊，
མགོ་ཀླད་ཁྲག་གཏོར་ཉིན་འགྱོད་སེམས་ཆེ། ।	脑血溅时生悔恨；
སྨན་བུ་མོས་བློ་སེམས་ཁྲམ་ཅན་གཏད། ।	姑娘心仪负心汉，
སྐྲ་གྲི་འཕྲོ་ཤར་རེ་གཏོང་ཉིན་འགྱོད། ।	一旦被弃一生悔。

ཀླ་བདེ་ཆོས་སྐྱོང་བེར་ནག ། **嘎德・曲炯贝那**

༡ སྦལ་ཅན་རྒྱ་བོ་ཧམ་སེམས་ཆེ། ।	老蛙异想天开，
དུང་སེང་རྩལ་འགྲན་བྱེད་སྣང་ཤར། ।	相与雄狮比试；
ཁྱི་ཅན་སྐྱུག་རལ་ཏུ་ཟུག་ཆེ། ।	老狗乱吠深巷，
ཁྲ་ཡག་གཟིག་ལ་འགྲན་འདོད་ཁ། ।	想与花豹比试；
བོང་ཅན་ཀུ་ཅོ་འདུར་རྒྱུག་ཚ། ।	跛骡喜欢乱蹬，
ཁ་དཀར་རྐྱང་ལ་འགྲན་སྣང་ཤར། ।	相与野马比跑。

༢ ཁྱུ་རྒྱལ་སྒྲོ་གཤོག་གཏོར་ཞན་འདྲ། ।	任凭琼鸟扑翅击，
བྲག་དཀར་ཡོ་ཟུར་ཡོད་ལོ་མིན། ।	不见白石崖动摇，
གསེར་ཉིག་ལྕགས་ཀྱུས་དྲངས་ཞན་འདྲ། ।	任凭金鱼被钓钩，
རྒྱ་མཚོ་འཕེལ་འགྲིབ་འོང་བློ་མེད། ।	不见大海有涨落。

༣ སྡོམ་མེད་བན་དེ་རང་སྣང་ཆེ། །
འཇིག་རྟེན་ཁམས་ན་འགྲན་མེད་བསམ། །
རང་མཚང་མི་ཤེས་གཞན་ལ་སྨད། །
རྒྱུ་འབྲས་སྙིང་ལ་འཁོར་ཉེན་སྡུག།
ཞེས་མེད་བུ་མོ་རང་སྣང་ཆེ། །
ང་རྒྱལ་མགོ་འཕང་གཞན་ལས་མཐོ། །
རང་སྐྱོན་རི་བོ་ཙམ་ཡང་སྦས། །
གཞན་སྐྱོན་ཏིལ་འབྲུ་ཙམ་ཡང་བརྗོད། །
མི་ཤེས་མི་རིག་གཅིག་ཀྱང་མེད། །
འགྲོགས་ཡུན་རིང་ན་མཛོན་ལྐོག་དབྱེན། །
བྱམས་པའི་མི་ལ་ཛོ་རྩོལ་བྱེད། །
སྡང་བའི་མི་ལ་སྙིང་གཏམ་འཆད། །

破戒和尚妄傲慢，
以为世无比肩者，
失律却善说人短，
报应缠身最可怜；
失德女人妄自大，
骄横无礼胜常人，
不问自身满缺陷，
乐揪他人小过失，
喜沾琐事染繁杂，
常伴无益生事端，
常与善人起冲突，
常与恶人敞心胸。

ཨ་ལྕམ་གངས་ལྷ་སྨན་ཡག།

阿姜冈拉尖雅

༡ ཉི་ཟླ་གཟའ་ཡིས་ཟིན་ཉེན་མོར། །
ཀི་ཨག་རད་བྱས་དང་མ་བྱས་མེད། །
ནག་འཚུབས་སེ་མུན་ནག་འཐིབས་རྒྱུ་རེད། །
ཁྱི་རྒན་གཟིག་ལ་ཐུག་ཉེན་མོར། །
ངུ་ཟུག་བྱས་དང་མ་བྱས་མེད། །
ཁྱི་རྒན་སྲོག་རྩ་གཅོད་རྒྱུ་རེད། །
འཆི་བདག་ཞགས་ཡོང་ཐེབས་ཉེན་མོར། །
རིམ་འགྲོ་བྱས་དང་མ་བྱས་མེད། །
བར་དོའི་ཡུལ་དུ་འཁྱམ་རྒྱུ་རེད། །

当罗睺困住日月，
吼喊已无济于事，
黑夜将注定来临；
当老狗遇上豹子，
哭吠也大势所趋，
死亡已注定降临；
当死神索命之时，
作法也徒劳无功，
注定浪迹中阴路。

༢ ཐོག་མདའ་ངར་ཤུགས་ཆེ་ན་ཡང་། །
ཆུ་ལ་མི་འགྲོ་ཁོ་ཐག་རེད། །

雷声震彻天地，
决不水中闪烁；

རྒྱ་སྟག་འཛུམ་དྲུག་རྒྱས་ན་ཡང་། །	猛虎威风凛凛，
ཐང་ལ་མི་འགྲོ་ཁོ་ཐག་རེད། །	决不下山游旷野。
ཁྲི་བཟའ་པདྨ་སྒྲོང་ཉིད།	**齐萨白玛东尼**
བྱ་མེད་ན་བོང་བུས་ནམ་ཚོད་འཛིན། །	无家鸡只能让骡子司晨，
བུ་མེད་ན་ཕ་རྒྱུས་བུ་མོས་འཛིན། །	无子嗣只能让女儿续脉，
དགྲ་ཐུང་ན་ཕོ་མོ་ཁྱད་པར་མེད། །	遇敌不论是男女，
དགྲ་ལན་མགོ་འཕྲུ་སུས་ལོན་ཡིན། །	只看谁能取敌首。
ཀླུ་མོ་ཡལ་ག་མཛེས་ལྡན།	**鲁姆·雅卡泽丹**
༡ ཕ་མ་ཚེ་རོགས་མནའ་མ་གསུམ། །	父母伴侣和媳妇，
ཚེ་སྔོན་ཐོད་པས་གར་བསྐོས་ཡིན། །	都是前世注定缘，
སྐྱིད་སྡུག་ལེགས་ཉེས་ཟ་ཐང་གསུམ། །	福运磨难和机遇，
དབང་ཐང་རི་མོ་གར་བྲིས་ཡིན། །	都由命运来描绘。
༢ ལྷ་བླ་མ་དར་གྱི་ཆོས་གོས་ཅན། །	上师身披袈裟，
ནང་སེམས་ཉིད་གཞི་རྩ་མ་ཆོད་ན། །	如不扬善断欲，
ཕྱི་ངུར་སྨྲིག་ངང་པའི་སྒྲོ་མདངས་རེད། །	如鹅赤黄毛羽，
ལུས་ཀུན་རྫོབ་སྡུག་སྒུར་བྱས་ཞན་འདྲ། །	可怜伛偻身躯；
དཀོར་ནག་པོ་དམྱལ་བའི་གཏིང་རྫེ་དེ། །	财如大山压顶，
ཚེ་ཕྱི་མར་འགྱོད་ན་ཕྱི་ལེ་རེད། །	逝后悔恨已晚；
མགོ་དཔོན་པོ་གསེར་གྱི་ཁྲི་གདུགས་ཅན། །	头领顶展金幢，
ཁྲིམས་ལས་ཀ་རང་ཉམས་མ་བླངས་ན། །	如不体察疾苦，
བློན་འཁོར་འབངས་གཡོ་སྒྱུའི་འཁོར་ལོ་རེད། །	臣子阴险狡诈；
ཐོབ་གོ་ས་དམར་ཐང་ཆེ་ཞན་འདྲ། །	权衡是非失稳，
ལས་བདེན་རྫུན་ངོར་བའི་ཁྲིལ་ཀ་དེ། །	因果善恶业力，

དཔོན་རང་ཐོག་སྨིན་དུས་ཕྱི་ལེ་རེད། །
སྨན་བུ་མོ་གསེར་གཡུའི་རྒྱན་ཆ་ཅན། །
གནས་ཁྲ་མོ་རང་བདག་མ་ཤེས་ན། །
ཁྱི་ཁ་མཁས་རྫུན་གྱི་འཁོར་ལོ་རེད། །
ལུས་མི་བདེ་ཁྲེལ་གྱི་ཁུར་པོ་རེད། །
རྒས་རང་སྐྱོ་འཁོར་ན་མཚར་པོ་གདའ། །

遭受恶报已晚；
女子珠光宝气，
如不本分持家，
轻信奸夫戏言，
伤身又背骂名，
残年沦为笑柄。

༣ གནམ་ཨ་སྔོན་མཐའ་མེད་ཨུན་གླིང་ལ། །
དགུང་ཉི་མའི་འགྲོ་དོན་བྱེད་ལུགས་དེ། །
ཡུལ་གླིང་བཞི་སྣང་བས་བདེ་ལ་བཀོད། །
མཐོ་ཉི་ཟླ་རང་ས་རང་འཁོར་རེད། །
གཉེན་ཉེ་འབྲེལ་སྐྱིད་སྡོན་འབྲལ་མེད་རེད། །
བར་མི་ཡུལ་སྐྱིད་ཀྱི་སྣང་བ་ལ། །
གོང་དཔོན་ལུའི་འོག་སྡེ་སྐྱིད་ལ་འདྲེན། །
ཁྲིམ་ལས་ཀའི་ཁ་ལོ་བློན་གྱིས་བསྒྱུར། །
དཔོན་རིན་ཆེན་གསེར་ཁྲིར་རང་བདག་ལ། །
གཉེན་ཉེ་བས་བཀུག་བཀུར་འབྲལ་མེད་རེད། །

天空灰暗无边际，
日月行走有轨迹，
辽阔大地洒光芒，
心念天空故土恩，
亲人如是难割舍，
世间安稳与幸福，
头领指引百姓随，
贤臣忠君理国政，
君主高座稳如山，
亲友属民诚心待。

༤ ཕ་བླ་མ་རབ་ཀྱི་དགོངས་སྤྱོད་ལ། །
བཀའ་མདོ་རྒྱུད་འོ་མའི་རྒྱ་མཚོ་ལས། །
ཆོས་ལྟ་སྒོམ་མར་གྱི་ཉིང་ཁུ་ལེན། །
དེ་ཐུགས་ཀྱི་དཀྱིལ་དུ་འདྲེས་རབས་ཡོད། །
འདྲེས་ནས་བསམ་གཏན་བཙན་ས་ཟིན། །
བླ་མ་འབྲིང་གི་ཉམས་ལེན་ལ། །
ལུང་སྡེ་སྣོད་འཛིན་པའི་ཕུ་ཐག་ལས། །
གསུང་སྐད་སོས་ཆོས་ཚིག་མི་ལ་འཆད། །
དེ་ཐེངས་རེ་རང་ཉམས་ལེན་ལེ་ཡིན། །
ཕ་བླ་མ་ཐ་མའི་ཀུན་སྤྱོད་ལ། །

至尊上师的修行，
如显密乳海之中，
获思定精华酥油，
融化于菩提心境，
悟大道终成正果；
一般上师的道行，
深谙妙法精佛理，
说教芸芸众生处，
悟道践行终有益；
低等上师的言行，

ཡུལ་མི་བདེ་སྡུག་གི་གྲོང་ཁྱེར་ནས། །
ནོར་དམར་མོ་ཐབས་ཀྱིས་ལེན་ལེ་ཡིན། །
དེ་བླངས་ཀྱང་མི་ཕན་རྐུ་ལ་ཤོར། །
མིས་འཕྱ་རང་སྡུག་གཉིས་ཀ་རེད། །
ཡོན་བདག་ནོར་རྩིས་ཆེ་ན་འགྱོད། །
བླ་མས་ཉར་ཚགས་མ་ཐུབ་འགྱོད། །
དོན་མེད་འགྱོད་པའི་ཕུང་གཞི་དེས། །
འགྲོ་དོན་འོང་ཟེར་མཚར་རོ་བསམ། །

喧嚣繁杂尘世间，
设法谋计敛财富，
不料却被偷盗走，
沦落众人当笑柄；
施主贪财生悔恨，
上师失护生悔恨，
无谓卷入悔恨中，
还谈救渡大笑话。

༥ བྱ་ངང་པ་བྱང་ལ་འགྲོ་ཉིན་མོ། །
ལུས་གཤོག་དྲུག་རྩལ་ཤུགས་མ་ཟད་ན། །
བྱང་མཐའ་མེད་མཚོ་ལ་ང་ཁྱོད་མེད། །
ཉ་གསེར་མིག་འཁྱུར་རྩལ་དགའ་བས་ན། །
ལུས་འཁྱུག་པའི་ལྷེམ་ཤུགས་མ་ཟད་ན། །
མཚོ་ཞབས་མེད་གཏིང་མཐའ་འཛད་དུས་མེད། །
བྱ་ཁུ་བྱུག་བོད་ལ་འབྱོན་པའི་དུས། །
སྤྲུ་ཕོ་བའི་བཅུད་ལེན་ནུས་པས་ན། །
ཤིང་ཤུག་པའི་ལོ་ཏོག་ཟད་མེད་ཡིན། །
དཔོན་ཁེབས་ཆེན་ལྷ་ནས་བསྐོས་པ་ན། །
སྡེ་བུ་དྲུག་ས་སྐྱེས་རྩི་ཐོག་ཡིན། །
ལས་དབང་ཐང་ཡར་རྒྱས་ཁེབས་པ་ན། །
སྡེ་འཛམ་གླིང་སྡེ་ལ་མུ་མཐའ་མེད། །

雁群排行向北国，
只要双翅力不绝，
无数湖泊任其落；
鱼儿翻腾海浪中，
只要腾游技不穷，
浩瀚海洋任你闯；
布谷飞来藏地时，
若能吸髓取精华，
柏树之果取不尽；
头领本是天选子，
百姓皆为原上草；
只要威力本领强，
天下属民聚不尽。

ལྷ་སྲས་ཇོ་རུ།　**拉赛·觉如**

༡ དགུང་ཉི་མ་ནུབ་ལ་མ་དགའ་ན། །
སྨག་གྲིབ་སོ་ཅི་བྱེད་རང་དབང་ཡིན། །
དཔྱར་དྲོད་གཤེར་འགྲོ་ལ་མ་དགའ་ན། །

只要夕阳无限，
黑暗无法驻足，
只要春风温暖，

སད་བ་མོ་ཅི་བྱེད་རང་ལག་རེད། །

寒霜无法驻足。

༢ ལྷོ་རྒྱ་ཤོད་ཡུལ་གྱི་སྨུག་མའི་བྱ། །
དབྱར་བྱུང་ན་མི་འབྱུར་ཀ་མེད་རེད། །
ཡུལ་རོང་ཆེན་ཚད་པས་སྒོ་ང་རུལ། །
དེ་བསམ་ཞིང་བྱ་རྒྱལ་བྱང་ན་འགྲོ། །

鸟生南方密林间，
春日舍家向北方，
峡深笼热鸟蛋腐，
思此鸟儿向北飞。

༣ གཟར་མོ་བྲག་ལ་སོང་བས་ན། །
བདེ་མོའི་ཐང་ལ་སླེབས་པས་ཟེར། །
ཡི་སྦྲུ་མོའི་ལམ་ལ་མ་ཞུགས་ན། །
སེམས་དགའ་མོའི་རྒྱུ་དང་མི་འཕྲད་ཟེར། །

翻越横峰侧岭，
方能一马平川，
不经千转百回，
怎能柳暗花明。

༤ ཕྱི་ཡག་མོ་རྨ་བྱའི་སྒྲོ་མདོངས་ལ། །
ནང་མི་གཙང་དུག་གིས་ཁོག་པ་གང་། །
ཕྱི་ཡག་ལེ་སྤར་མའི་གོ་མཚོན་ལ། །
ནང་སྙིང་མེད་ཝ་མོའི་དྲན་པས་བརྒྱངས། །
ཕྱི་ཡག་མོ་འཕྱོར་མོའི་ཞལ་རས་ལ། །
ནང་མི་བདེན་རྫུན་གྱི་བང་མཛོད་ཡིན། །

外靓丽孔雀翎羽，
内不澈毒潭死水，
外绚丽鼠辈兵器，
内懦弱狐狸心胆，
外迷人青春娇容，
内险诈谎言之躯。

༥ ཕྱི་གཅོད་པའི་བརྟུལ་ཞུགས་རྩུབ་མོ་དེ། །
ནང་བྱམས་དང་སྙིང་རྗེའི་རང་བཞིན་ཡིན། །
ཕྱི་ཕ་ཁུས་ཁ་ཏ་ཚིག་རྩུབ་དེ། །
ནང་མི་སྐྱུག་བུ་ལུའི་ལ་རྒྱ་ཡིན། །
ཕྱི་ལོ་ཡག་དྲིས་མ་ཚེར་བས་རྩུབ། །
ནང་མི་སྐྱུག་འབྲུ་ཡི་ཕུང་པོ་ཡིན། །

外举止严苛峻厉，
内悲悯菩提长觉；
外父伯说教严厉，
内感德晚辈福运；
外果实青藤刺扎，
内聚合丰盛种子。

༦ རྫ་གཡའ་མ་གཉིས་ཀྱི་འབྲོང་རྐོད་གཅིག །

野牛生在高山间，

ལྷས་ར་བར་བསྐོར་བའི་གཡག་རྒན་གཉིས། །
མགོ་རྭ་ཙོ་རྒྱས་ལུགས་འདྲ་བསམ་ཡང་། །
འབྲོང་རྭ་རྐོད་ཅན་ལ་བསྟུར་ས་མེད། །
མཐོ་གངས་དཀར་སེང་གེའི་གཡུ་རལ་གཅིག །
དམའ་ཐེམ་དུད་སྒོ་ཁྱིའི་རལ་པ་གཉིས། །
འདྲ་བསམ་སྙེ་འགྲན་རྒྱུ་ག་ལ་ཡོད། །
སེང་གཡུ་རལ་རྒྱས་ལུགས་ཁ་ཁ་རེད། །
དམར་ཡག་སྟག་གི་རི་མོ་གཅིག །
ཚེར་གསེབ་ཝ་མོའི་གྲ་འཛུམ་གཉིས། །
འདྲ་བསམ་སྙེ་འགྲན་རྒྱུ་ཅི་ལ་ཡོད། །
སྟག་རི་མོ་རྒྱས་ལུགས་འདྲ་ས་མེད། །

家牛游荡牧场里，
犄角虽大相径庭，
野牛角力劈四方；
白雪狮青鬃飘扬，
家老狗乱毛垂散，
两者怎能相并论；
雪狮鬃千古无一，
赤虎盛放的纹络，
藤间草狐的皱痕，
两者怎能相并论，
虎纹斑别具一格。

༧ སྐྱེས་པོ་རབ་འཁྱོག་ན་སྦ་འཁྱོག་རེད། །
སྦ་ཉི་མས་དྲོས་ན་གར་སྒྲིམ་ཡིན། །
སྐྱེས་པོ་འབྲིང་འཁྱོག་ན་རྭ་འཁྱོག་རེད། །
རྭ་ཚ་གྲང་སྙོམས་ན་གར་འགུགས་ཡིན། །
སྐྱེས་པོ་ཐ་འཁྱོག་ན་རྡོ་འཁྱོག་རེད། །
རྡོ་གོར་མོ་འཁྱོག་ན་བཅོས་རྒྱུ་མེད། །

谦谦君子像藤木，
受热当可矫正矣；
中等男儿如歪角，
温度适宜能修正；
下等男儿像顽石，
砸击只落满地碎。

༨ དུག་སྦྲུལ་གདུག་རྩུབ་ཆེ་ན་ཡང་། །
བརྩེ་སེམས་རང་རྒྱུད་རིགས་ལ་ཆེ། །
གཏུམ་དྲག་གཅན་གཟན་ངར་ན་ཡང་། །
བྱམས་སྐྱོང་བུ་ཕྲུག་ཐོག་ཏུ་གདའ། །
ཁྲ་ཕྲུག་གཤོག་རྩལ་རྐོད་ན་ཡང་། །
རང་འདྲ་བྱ་ལ་གནོད་འཚེ་མེད། །
ལྷ་འདྲེ་རྣམ་རྟོག་རྐོད་ན་ཡང་། །
ཆོས་ཉིད་དོན་ལ་འགྱུར་བ་མེད། །

即使毒蛇再狠毒，
分外亲自身血脉；
即使野兽再凶猛，
细心护自身子女；
即使雏鹰再矫健，
不残害同族飞鸟。
即使精怪多妒忌，
不改变正法规则。

༩ སུག་ཐུང་གྲུམ་པའི་རྒྱུག་ཚད་དེ། །
ཞེའུ་ཁྱི་མོས་ཤེས་ལེ་རེད། །
སྤར་མ་ཝ་མོའི་སྙིང་ཁམས་དེ། །
དམར་ཡག་སྟག་མོས་གསལ་རྒྱུ་རེད། །
བྱིའུ་ཆུང་འཕུར་བའི་གཤོག་རྩལ་དེ། །
སྐྱ་ཁྲ་ཧོར་པས་གསལ་ཚོད་རེད། །

短腿狗獾跑几里，
巴哥母犬最清楚；
胆怯草狐啥心思，
赤虎心里最明了；
小鸟扑翅飞几里，
猎鹰比谁都明白。

༡༠ གནམ་ནས་ལྷོ་སྤྲིན་མ་འཚུབ་ན། །
ས་གཞིར་སྦྲང་ཆར་གང་ནས་འབབ། །
མཐོ་རི་རབ་ལྷུན་པོ་མ་འགུལ་ན། །
དམའ་རྒྱ་མཚོ་ཆེན་པོ་གང་ནས་འཁྲུགས། །
སེང་གེ་གངས་ལ་མ་འགྱིངས་ན། །
དཀར་ཡག་གངས་རི་སྟོང་པ་རེད། །
འབྲོང་རྒོད་རྫ་ལ་མ་འགྲིམ་ན། །
རག་དཀར་རྫ་ལུང་སྟོང་པ་རེད། །

天空不密布乌云，
雨水如何润大地；
高处山峰不动摇，
古海怎能浪滔天；
若雪狮不居雪山，
雪域高原空寥寂；
野牦牛不上高山，
幽深旷谷空寥寂。

སྲིན་པོ་རྒྱལ་བ་ཁ་གདངས།

森波嘉瓦喀档

ལུག་གཡང་དཀར་སྤང་རྩྭ་ཟ་མི་རེད། །
སྐྱིད་མ་ཤེས་རྫ་རི་ལ་མགོ་འགྲིམ། །
ལུག་ཚེ་ཟད་སྤྱང་ཚང་སྒོ་ཁར་སླེབས། །
ཚེ་ཡང་ཟད་ཕར་སྤྱང་ཚང་ལ་འཛུལ། །
འབུ་ཁྲ་མོ་འགྲོ་འདུག་མྱུར་མོ་མ། །
གྲོག་རྐེད་ཉག་རྒྱུག་རྩལ་འགྲན་པར་འོང་། །
འབུ་ཚེ་ཟད་གྲོག་མའི་སྒོ་ཁར་སླེབས། །
ཚེ་ཡང་ཟད་གྲོག་ཚང་ནང་ལ་འཛུལ། །

羊群本可享青草，
却登高山上垭口；
遭逢绝境遇狼群，
祸到临头入狼窝；
昆虫儿步伐急促，
欲与蚂蚁赛一程；
遭逢绝境遇蚁群，
祸到临头入蚁窝，

སྤྲང་ཚོ་ཟད་སྲིན་པོའི་སྒོ་ཁར་ཐོན། ། 乞丐命短碰罗刹，
ཚོ་ཡང་ཟད་སྲིན་པོའི་ཁ་སྟུན་རེད། ། 凶多沦为腹中食。

འབྲུ་ཁ་རག་རྒྱལ་མོ་གསེར་མཚོ། 智喀然嘉姆色措

ཆུ་ཆེན་འུར་སྒྲ་ཆེན་པོ་མ། ། 大河湍急声嘈杂，
ཆུ་བོ་འབབ་ལུགས་མ་མཁས་ན། ། 如不留心再谨慎，
མཐའ་མ་ཟམ་འོག་ཚུད་རབས་ཡོད། ། 结局终被大桥压，
ཆུ་འུར་སྒྲ་ཆེ་ཡང་སྟོང་སྒྲ་རེད། ། 喧闹嘈杂再无义；
བྲག་རི་དམར་པོ་མཐོན་པོ་མ། ། 高耸山峰入云霄，
བྲག་རི་མཐོ་ཚོད་མ་བཟུང་ན། ། 再伸高处不截至，
གནམ་ལྕགས་ཐོག་གིས་གཏོར་རབས་ཡོད། ། 霹雳击打不可避，
བྲག་རི་མཐོ་ཡང་རྫ་ཕྱེ་རེད། ། 空高只沦碎石命。

སྔོ་ལོའི་ནེའུ་ཆུང་། 鄂洛乃伍琼

༡ རི་མཐོན་པོའི་ལ་མོ་མ་བརྒྱབ་ན། ། 不翻越高山垭口，
ས་བདེ་མོའི་ཐང་ལ་སླེབས་ལེ་མིན། ། 难到达平川大地，
ཞིང་ཞིམ་མངར་འབྲས་དྲུག་ཟ་བསམ་ན། ། 想品味六谷香甜，
ཡུར་ཆུ་ལུད་ཞིང་ལ་དཀའ་སྤྱད་དགོས། ། 要勤于施肥浇灌。

༢ ཁུ་བྱུག་གསུང་སྙན་ཉན་བསམ་ན། ། 若想听布谷脆鸣，
ཐག་རིང་ཤིང་རོང་ཡུལ་དུ་སོང་། ། 请到远方密林中，
སྒྲ་བདག་རྒྱུ་བདག་དགོས་བསམས་ན། ། 若想掌管世间财，
བློ་བཀོད་ཐབས་ཇུས་འགྲན་རྩིས་མཛོད། ། 需用智谋竭力争。

ལྷ་གླིང་གབ་ཅེ་དཀྱི་སྐོར།

《天界篇》

སངས་རྒྱས་བཅོམ་ལྡན་འདས།

佛陀释迦牟尼

༡ ཡུལ་སྡེ་ཕྱུག་ན་དཔོན་པོ་སྐྱིད། །
གྲྭ་ཚང་བཟང་ན་བླ་མ་སྐྱིད། །
བུ་རྒྱུད་ཡག་ན་ཕ་མ་སྐྱིད། །
སེམས་ཅན་བདེ་ན་སངས་རྒྱས་སྐྱིད། །

百姓富庶头领悦，
寺院兴旺活佛愉，
子女优秀父母乐，
众生安乐佛陀喜。

༢ ལྷ་བླ་མ་ཟེར་བའི་བྱིན་རླབས་ཅན། །
ཤི་བར་དོ་འཕྲུམས་ཉིན་མ་སྐྱབ་ན། །
མཚན་སྙན་གྲགས་ཆེ་ཡང་སྟོང་པ་རེད། །
གོང་དཔོན་པོ་ཟེར་བའི་གཡེར་གྲགས་མ། །
ལས་རྒྱུ་འབྲས་དྲང་བདེན་མ་བསྲུངས་ན། །
ཆོས་ཆབ་སྲིད་ཤོར་ཉིན་འགྱོད་པ་ཆེ། །
སྨན་བུ་མོ་ཟེར་བའི་སྣང་མཐོ་མ། །
དྲིན་ཕ་མའི་ཁ་བཛ་མ་ཉན་ན། །
ལུས་ལན་ཆགས་འཕོར་ཉིན་འགྱོད་པ་ཆེ། །
ཕ་མ་གཅིག་པའི་གཅེས་ཕྲུག་རྣམས། །
བསྐོས་ཐང་བསོད་ནམས་ཆེ་ཆུང་གདའ། །
འདིར་འདུས་དགེ་སློབ་མང་པོའི་ནང་། །
འགྲོ་དོན་ཡོད་མེད་ཁ་ཁ་ཡིན། །

德高望重的上师，
中阴路上不救渡，
声名显赫皆浮泛，
威名远扬的头领；
如不守人间正道，
失权日悔恨晚矣，
趾高气昂的姑娘，
若不听父母教诲，
遇事时悔恨无用，
同一父母的子女，
所获福报有差别，
聚此众多僧徒们，
发愿目的也不同。

རྒྱལ་བ་རིགས་ལྔ། 五方佛

༡ དབང་ལུང་མེད་པའི་བླ་མ་སྡུག།
དམ་ཚིག་མེད་པའི་སློབ་མ་སྡུག།
བཀུག་བཀུར་མེད་པའི་དཔོན་པོ་སྡུག།
མགོ་དཔོན་མེད་པའི་འོག་སྡེ་སྡུག།

无戒律的上师令人心痛，
无信条的学子令人心痛，
不受尊的头领令人心痛，
无领袖的百姓令人心痛。

༢ རྣོ་ངར་མེད་པའི་མཚོན་ཆ་དེས། །
ཡུ་ཤུབས་འཛོམས་ཀྱང་དགྲ་མི་ཐུབ། །
ཁ་ཚར་མེད་པའི་བཟང་དྲུག་དེས། །
དྲི་མདངས་བཟང་ཡང་ནད་མི་ཐུབ། །
སོ་ནམ་མེད་པའི་ཞིང་ས་དེས། །
འབྲུ་དྲུག་བཏབ་ཀྱང་ལྡང་མི་སྨིན། །

手握挫钝的兵器，
柄鞘全也难伏敌，
没有调和的药材，
味香却很难治病，
没有浇灌的庄稼，
播种却也难出苗。

ལྷ་བུ་ཐོས་པ་དགའ་བ། 拉普·推巴嘎尔瓦

༡ དགྲ་བོ་དཔུང་མ་མཐུག་ན་དཔའ་བོ་ངོ་མི་འཕྱེད། །
དཔའ་བོའི་ངོ་མ་འཕྱེད་ན་རྣོན་པོའི་ཉམས་མི་ཤོན། །
བདེ་མོའི་ཐང་མེད་ན་རྐྱང་མའི་ལམ་མི་གཞོག།
རྐྱང་མའི་ལམ་མ་གཞགས་ན་མགྱོགས་པའི་ངོ་མི་འཕྱེད། །

不遇劲敌难辨英雄，
不是英雄难鉴利器，
无平原烈马难驰骋，
难驰骋怎知马蹄疾。

༢ འདོན་རན་ཁ་བླ་མའི་གསུང་སྐད་འགགས། །
རྒྱུག་རན་དུས་ཤ་ཁྱི་ལག་ཡ་གོག།
འཐབ་རན་དུས་ཕོ་གསར་དཔུང་པ་འདར། །
བཅའ་རན་དུས་ཡོན་བདག་ལག་པ་འཁོབ། །

将诵经上师哑嗓，
将追跑猎犬断爪，
将争斗壮汉颤抖，
将捏塑（朵玛）施主手僵。

ཀླུ་ཕྲུག་སྣང་བ་འོད་ལྡན།

སྐྱ་རེངས་མི་ཤར་ཀ་མེད་རེད། །
ཁྲི་གདུགས་ཉི་མས་རྒྱབ་ནས་དེད། །
ཕྱུག་ཕུན་པ་གསལ་བའི་རྟེན་འབྲེལ་འགྲིག །
འཕྱི་བ་མི་གྲག་ཁ་མེད་རེད། །
བྱ་རྒྱལ་ཁུ་བྱུག་བང་ཆེན་རེད། །
རྩི་ཤིང་མེ་ཏོག་སྣ་འདྲེན་རེད། །
གཡོག་ལུ་མི་འདུར་ཁ་མེད་རེད། །
གོང་བཞུགས་དཔོན་གྱི་བཀའ་བཀོད་རེད། །
སྡེ་ཆེན་ཡུལ་གྱི་ཆ་རྒྱག་རེད། །

鲁楚囊瓦沃丹

晨曦不得不辉映，
只因太阳背后赶，
是阳光普照之相；
旱獭无法不叫嚷，
只因布谷是信使；
是万物盎然之相，
仆人无法不奔走；
只因头领授旨意，
传令广土众百姓。

མུ་ལྷ་རྡོ་རྗེ་ངང་དཀར།

༡ ཤ་ཕུ་ནུ་མ་མཐུན་དགུ་མཐུན་ལ། །
དགྲས་བསྐུས་ན་གྱོད་ལ་མཉམ་གཞིབ། །
རྩ་རྩི་ཏོག་མི་སྐྱེ་དགུ་སྐྱེ་ལ། །
རླུང་བྱུང་ན་རྩེ་མོ་མཉམ་བསྟན། །
དགུང་སྐར་ཚོགས་མི་བཀྲག་དགུ་བཀྲག་ལ། །
ནམ་ལངས་ན་བསམ་པ་ཕྱོགས་མཉམ། །

༢ སྐྱེས་པོ་ཐ་རྫུན་གྱི་བློ་འོག་ཅན། །
བློ་ཡང་སྐྱོར་ཐེངས་གསུམ་མ་བྱས་ན། །
མི་བསམ་ཤེས་བློ་ལ་བབ་ལེ་མིན། །
རྒོད་ཐང་དཀར་རླུང་གི་འདབ་གཤོག་ཅན། །
མཐོ་བྱ་ལམ་ཐེངས་གསུམ་མ་བསྐོར་ན། །

姆拉·多吉昂嘎尔

亲人虽有亲疏远近，
对敌定会同仇敌忾，
旷野虽杂草丛生，
起风时同向一方，
星辰虽时隐时现，
黎明来同心同步。

小人处处谎言，
如不谨慎处事，
智者心知肚明；
飞雕雷厉风行，
如不久旋空中，

དམའ་དོག་མོ་ས་ལ་བབས་ལུགས་མེད།

怎能安然落地。

༣ སྲོག་ལ་ཐུག་དུས་རྒྱུ་མ་འཕང་། །
རྒྱུ་ལ་ཐུག་དུས་ཚགས་མ་ཞན། །
ཚགས་ལ་ཐུག་དུས་བརྩོན་འགྲུས་རེམ། །

生命比财富可贵，
创业应不计苦辛，
刻苦需再三奋发。

༤ དགྲ་ཐོག་བབ་གློ་རྒྱུག་མ་ཐུང་ན། །
དགྲ་ཐུང་གཏམ་དེ་སྐད་སྙན་རེད། །
སྐྱིད་ཁ་མཆུ་ཁྲུག་ལ་མ་ལྷུང་ན། །
ཚིག་ངན་པའི་ཁ་བརྡ་ཨེ་མཚར་རེད། །

若不遇雳雷劲敌，
口吹嘘只当愉耳，
若不困纠葛牢笼，
争口舌只当逗趣。

ཀླུ་རྒྱལ་གཙུག་ན་རིན་ཆེན།

鲁嘉祖纳仁钦

༡ ཉག་ཕྲན་མདའ་མོ་བཤན་ཞན་འདྲ། །
ཐང་དཀར་སྒྲོ་ཡིས་མ་བརྒྱན་ན། །
རང་ལམ་བསྒྲང་ལེ་དཀའ་མོ་རེད། །
འདྲ་མ་ཚིག་སྒྱུར་སྙན་ཞན་འདྲ། །
དོན་གྱི་གློ་ཁ་མ་ཕུད་ན། །
གནད་གསང་འབྲེད་ལེ་དཀའ་མོ་རེད། །

箭杆虽然笔直，
若不装扮鹫羽，
难以击中目标；
言语声声悦耳，
若不阐明内含，
滔滔不绝无意。

༢ མདའ་ཆུ་ཆུང་ཡུར་བ་མ་སྐམ་ན། །
གངས་དཀར་ཡག་ཞུ་ཡང་ཟད་མཐའ་མེད། །
མེ་ཏོག་སད་ཀྱིས་མ་ཁྱེར་ན། །
རྩི་ཐོག་བོར་ལེ་འགྱོད་མེད་ཡིན། །

只要沟渠不干，
雪水融流不止；
花朵若不冻僵，
草子凋谢无悔。

༣ སྨན་བུ་མོ་ཁྱིམ་ལ་སྡོད་སྲོལ་མེད། །
བྱ་རྒོད་པོ་ཚང་ལ་འཆི་ལེ་མིན། །

女子不能终待家，
秃鹫不会葬于窝；

འགྲོ་འདུག་སྲིད་པའི་བསྐོས་ཐང་རེད། །

去留全有命注定。

༨ བླ་ཆེན་ཡུལ་ལ་ཕེབས་ན། །
སྡིག་ཆེན་ཆོས་ལ་སྒྱུར། །
དཔོན་ཆེན་ཡུལ་ལ་ཕེབས་ན། །
སྡེ་གཉིས་འདུག་བདེ་བྱེད། །

上师所行之处，
劝导大恶成善；
头领所到之处，
引领百姓和睦。

ཀླུ་སྒྲུབ་ཡེར་པ་སྒྲིན་དཀའ།

鲁楚·益巴珍嘎尔

ལྷ་བླ་མས་ཅི་དགོངས་གཞན་དོན་རེད། །
རིགས་དྲུག་ཆོས་ལ་མ་བསྒྱུར་ན། །
བྱམས་སྙིང་རྗེས་སྒོམ་པའི་དོན་སྒོ་མེད། །
ཕོ་ཕྱུག་པོས་ཅི་བསམ་རང་དོན་རེད། །
ཚོང་རྒྱལ་ཁ་རང་གིས་ལོན་པ་དེ། །
ཁེ་ཡར་ཞོག་གསོག་པའི་དོན་སྒོ་རེད། །
ཤིང་བཟོ་མགར་མཁས་པས་ཞིམ་ཟས་བསམ། །
ཁ་ཤ་ཚང་བཟའ་བཏུང་མ་ཆད་ན། །
ལག་ཤེས་རིག་ཅན་གྱི་དོན་སྒོ་རེད། །

尊师悟道为众生，
若不度六道成佛，
悟菩提终将无果；
富家所思为利己，
生财获福有门道，
财运盛盈获巨利；
木匠技高为享食，
锦衣玉食来供奉，
更显技艺绝超群。

སློབ་དཔོན་པདྨ་འབྱུང་གནས།

莲花生大师

༡ མཐོ་བའི་གནམ་ལ་སྐས་འཛུག །
དམའ་བའི་ས་ལ་དོང་བྲུས། །
སྲ་བའི་བྲག་ལ་གཟོང་བརྐོས། །
འབབ་པའི་ཆུ་ལ་ཟམ་ཚུགས། །

九霄之上架云梯，
大地之中倔深冬，
岩山之处建隧道，
河流之上修桥梁。

༢ བུ་མོ་རྫོངས་བས་མགུ་ན་ཕ་མིང་རྗེ་བདེ། །

姑娘嫁妆丰厚婆家愈欢，

གླ་པ་ཟས་ཀྱིས་ཚིམ་ན་ལས་དོན་རྗེ་བཟང་། །	工人报酬丰厚工作愈勤，
བུ་རྒྱུད་རིམ་གྱིས་ཚར་དུས་ཕ་མ་རྗེ་དགའ། །	儿女逐渐成长父母愈欢，
ས་ཆུ་རིམ་བཞིན་དྲོ་དུས་མེ་ཏོག་རྗེ་ཡག །	大地逐渐生热花朵愈艳。

ཀླུ་མོ་མེ་ཏོག་ལྷ་མཛེས། 鲁姆梅朵拉泽

ལམ་རིང་མགྲོན་པོ་ཟོག་གིས་བརྒྱན། །	远行客商财富扮，
ཟོག་མེད་ན་ས་མཐའི་སྤྲང་པོ་རེད། །	无财便是流浪儿；
རྒྱང་འཕེན་མདའ་མོ་སྒྲོ་ཡིས་བརྒྱན། །	远飞箭矢毛羽扮，
སྒྲོ་མེད་ན་ཕུར་ཏུ་ཁ་ཤོ་རེད། །	无羽便是裂嘴杆；
ཐག་རིང་བག་མ་བརྫངས་ཀྱིས་བརྒྱན། །	远嫁女子嫁妆扮，
བརྫངས་མེད་ན་རྐང་ཐང་ཁེར་འཁྱམ་རེད། །	无妆便是漂泊女；
སྐྱོད་པའི་ཕ་ཁྱིམ་ས་ཐག་རིང་། །	生养故土落远方，
འདྲེན་པའི་བླ་མ་ཁ་བཙན་ཆེ། །	救渡上师满怨言。

འགོག་ར་ལོ་སྟོན་པ་རྒྱལ་མཚན། 果热洛 · 顿巴坚赞

སྤང་རྒྱན་ཁྲ་མོའི་བསོད་ནམས་ལ། །	高原草场有福，
སྤྲང་ཆར་མ་ཐོས་མགྲོན་ལ་བཀུག །	雨水浸润土地；
དཔྱིད་ཟླ་གསུམ་གྱི་བསོད་ནམས་ལ། །	春季万物有福，
ཁུ་བྱུག་མ་ཐོས་མགྲོན་ལ་བཀུག །	布谷鸣声清脆；
རྒྱ་ཞིང་ཆུ་མའི་བསོད་ནམས་ལ། །	四方田地有福，
ལྷ་སྤྲིན་མ་ཐོས་མགྲོན་ལ་བཀུག །	乌云聚集太空；
ར་ལོ་སྟོན་པའི་བསོད་ནམས་ལ། །	热洛顿巴[1]有福，
ཀླུ་མོ་མ་ཐོས་གྲོགས་ལ་བཀུག །	迎来鲁女做妻。

འཁྲུངས་སྐྱིད་མེ་ཏོག་ར་བ།

《诞生篇》

ཆོས་རྒྱལ་ཨི་རྡྷ་བོ་དྷི།

法王恩扎博迪

༡ སྟོན་གསུམ་འབྲས་དྲུག་མ་བསམ་ན། །
དཔྱིད་གསུམ་སོ་ནམ་ཅི་ལ་བྱེད། །
ཡོངས་སྤྱོད་གནང་ལ་མ་བསམ་ན། །
དགྲ་རྒོད་གཡབ་མོ་ཅི་ལ་བྱེད། །
གཞན་ཕན་འགྲོ་དོན་མ་བསམ་ན། །
རྩེ་གཅིག་བྱང་ཆུབ་ཅི་ལ་སྒྲུབ། །

不盼金秋丰收，
春日播种为何；
不盼丰厚钱财，
无休争斗为何；
不盼众生福运，
苦修菩提为何。

༢ གདུལ་བྱ་མ་མཁྱེན་སངས་རྒྱས་མིན། །
གཞན་དོན་མ་འགྲུབ་དམ་ཆོས་མིན། །
ཐར་ལམ་མ་དྲངས་དགེ་འདུན་མིན། །

不为众生不称佛，
不解众难非正法，
不为解脱非比丘。

རྒྱ་ནག་རྒྱལ་པོ།

嘉那甲波

༡ རི་རབ་རྒྱ་མཚོ་དཔོན་ཆེན་གསུམ། །
གཡོ་འགུལ་མེད་པར་བརྟན་ན་དགའ། །
གཏམ་དང་འདུན་མ་ཉག་ཕྲན་གསུམ། །
ཡོ་འཁྱོག་མེད་པར་དྲངས་ན་དགའ། །
རྒོད་དང་གཞུ་མོ་ཞགས་པ་གསུམ། །
གར་འཐེན་ས་ལ་འཁྱོག་ན་དགའ། །

大山海洋和头领，
最好稳健不动摇；
言语梦想和箭杆，
最好笔直不弯曲；
官司弓箭和麻绳，
最好不偏易修正。

[1] 热洛顿巴：森姜珠牡之父。

༢ བྱ་ཁྱུང་ཆེན་མཐུ་རྩལ་ཆེ་ཞན་འདྲ། །
ཁྱུང་སྟེར་འཛིང་མཁའ་ལ་སྲིད་ལེ་མིན། །
དེ་བྱ་རྒྱལ་རང་གི་ཀླད་ལ་བསམ། །
སེང་དཀར་མོ་རྩལ་གསུམ་རྫོགས་ཞན་འདྲ། །
སེང་ནང་འཐབ་ས་ལ་སྲིད་ལེ་མིན། །
དེ་གཅན་གཟན་རང་གི་ཀླད་ལ་བསམ། །

金翅大琼超绝技，
未见大鹏争天宇，
纯显禽王气宇轩，
雪山雄狮威风凛，
未见雪狮争阔土，
只为群兽铸荣耀。

རྒྱ་ཚ་ཞལ་དཀར། 嘉擦谐嘎尔

༡ རང་ཚུས་མ་ཐོན་འགྱོད་པ་དང་། །
ཀླད་མེད་བྱི་བོས་བྱ་བྱེད་གཉིས། །
ལངས་ཤོར་རྐུན་མའི་ལག་སྟབས་གསུམ། །
རང་གིས་གསང་ཡང་བརྒྱ་སྟེས་བཤད། །

未了己事生悔恨，
浪荡淫夫行不轨，
惯手小盗暗行事，
难遮只等百家传。

༢ སློན་ལྟོག་ཟས་ཐོས་ན་དཔོན་ལ་ཞུས། །
ཕྱུས་དགྲ་ཤོར་ལོ་རྒྱུས་དཔའ་བོར་ཤོད། །
རྐུན་ཤོར་ན་སྤྲང་པོའི་བུ་ལ་སྒྲོན། །
དེ་བཤད་ན་དགའ་བ་རྣམ་གསུམ་ཡིན། །

暗贪衣食诉头领，
钱财洗劫诉勇士，
遭盗只等诉乞丐，
此为三件常乐事。

༣ བྲི་སེར་འབྲོང་གི་རུ་ཐུར་དེས། །
སུ་ཕྱུང་གཟུགས་ཕུང་གཏོར་ཞན་འདྲ། །
རྣ་ངོམ་ས་འབྲོང་བའུ་བྱེད་རབས་མེད། །
དམར་ཡག་སྟག་མོའི་མཆེ་བ་དེས། །
སུ་ཐུག་ཟས་སུ་ཟ་ན་ཡང་། །
བུ་རྒྱུད་མཆེ་བས་རྡེག་ལེ་མིན། །

野牛犄角生坚毅，
遇谁只等冲刺穿，
未见炫威向牛犊；
赤虎獠牙露凶恶，
遇谁只当腹中食，
却力护自身血脉。

༤ ནགས་ཙན་དན་མ་བདེ་མེ་ཡིས་འཛིག །

檀林不安被火烧，

གཟིག་རི་བཀྲ་ཕ་མཚོར་མ་ཟིན་བྱུང་། །
སྤྱང་ཕོ་ཐང་གཅན་གཟན་ཏུས་མཐུན་ལ། །
སྤང་སེར་ཡུར་གནས་ཚང་ཞུ་ན་སྐམ། །
གླིང་དཀར་པོ་ཁ་བས་མནན་ནས་བྱུང་། །
ནོར་སེམས་ཅན་ཨུ་གེ་མ་ཆགས་པས། །
བུ་རྗེ་ཏུ་འབུམ་པའི་ཏུས་རྒྱུད་ལ། །
ས་རྨ་ལུང་གཡར་པོ་ཞུ་ན་བསམ། །

赤虎磨难失家园，
欲向狼与猛兽群，
借用草场栖生息；
岭国大雪覆盖，
众生饿殍漫野，
欲给奔巴觉如，
借用玛域维生。

༥ བུ་སྤུན་གཉིས་འཁྲིག་དགྲ་ཡི་ཐོ་བ། །
རྒོད་མ་གཉིས་འཁྲིག་ཕྱུགས་ཀྱི་ཏུ་མ། །
ཆུང་མ་གཉིས་འཁྲིག་ཁ་ལྟེའི་གཞི་མ། །

兄弟和睦是杀敌锤，
母马成双汇驹成群，
一夫双妻祸患之源。

༦ དཔྱིད་གསུམ་སོ་ནམ་བྱས་པ་དེ། །
སྨིན་པའི་འབྲུ་ལ་ཡིད་སྨོན་ཤོར། །
སྟོན་གསུམ་འབྲུ་བཟང་སྨེ་མ་དེ། །
སེར་གྱི་ལེར་ཞིང་ཁ་བརྒྱན་ཏེ་བྱུང་། །
འདི་ནམ་བཙ་མ་ཤེས་ཐེ་ཚོམ་བྱུང་། །
དུས་མཁྱེན་པའི་རྩིས་པ་ཁྱོད་ལ་འདྲི། །
ལམ་རིམ་གཉིས་བསྐྱེད་རྫོགས་ཉམས་ལེན་དེ། །
མཆོག་ཐུན་མོང་གཉིས་ལ་ཡིད་སྨོན་ཤོར། །
མཐར་ཕྱིན་པའི་ལྷ་ཞལ་མཐོང་བ་ན། །
གསོལ་ཅི་འདེབས་མ་ཤེས་ཐེ་ཚོམ་བྱུང་། །
ལམ་མཐར་ཕྱིན་བླ་མ་ཁྱོད་ལ་འདྲི། །

春天辛勤播种，
全为果实丰收；
秋天麦穗摇曳，
装扮广阔田地；
不知何时收割，
特向智者询问；
深悟正法之道，
喜获菩提之果；
具慧拜得神明，
不知从何祈祷；
特向上师赐教。

༧ སེང་དཀར་མོ་འདྲ་བའི་གདུང་རྒྱུད་ལ། །
ལས་དབང་ཐང་གཡུ་རལ་རང་འཁོར་ཡིན། །
གློ་ཉེ་འབྲེལ་གངས་རིས་མ་བསྐོར་ན། །

白雪狮的后代，
福运像青鬃旋；
如无雪山环绕，

སེང་ཡི་ཕྱུག་ཤོར་ན་གངས་དཀར་འགྱོད། །
སྟག་རི་བཀྲ་འདྲ་བའི་གདུང་རྒྱུད་ལ། །
དཔའ་རྩལ་དྲུག་འཛུམ་དྲུག་རང་འཁོར་ཡིན། །
ཕ་ཁྲུ་བོ་ནགས་རིས་མ་བསྐྱངས་ན། །
སྟག་ཡིད་ཕྱུག་ཤོར་ན་ནགས་རི་འགྱོད། །
གདུང་ཆུང་རྒྱུད་འབུམ་པའི་བསྟན་སྲིད་ལ། །
སྐྱ་དབང་ཐང་ལྷ་ཕྲུག་རང་འཁོར་བྱུང་། །
དཔོན་ཆེ་བཀུར་ཕུ་བོ་ང་ཡིས་བྱེད། །
དེ་མ་བྱུང་བསམ་ན་ཕུ་བོ་འགྱོད། །

狮哀雪山生悔；
林中赤虎后代，
纹络盛放威猛；
如无密林相伴，
虎孤林海生悔；
董氏幼系后代，
得运神子降临；
兄长护爱相伴随，
不然为兄生悔恨。

༨ འོག་རྒྱ་མཚོའི་ནང་གི་ནོར་བུ་ལ། །
དུང་དཀར་པོ་གཡས་འཁྱིལ་བཀྲ་ཤིས་རྫས། །
ངོ་ཤེས་ན་སྤྱི་བོའི་གཙུག་རྒྱན་ཡིན། །
ངོ་མ་ཤེས་ཚོང་ཁ་འཁྲིམས་ན་སྡུག །
བར་རྒྱ་བྲག་ནོར་བུའི་གཏེར་སྒོ་ནས། །
གསེར་སེར་པོའི་ རྩ་རྒྱན་རང་གྲུབ་ལ། །
ངོ་ཤེས་ན་མི་མིན་ལས་ཟློག་རེད། །
ངོ་མ་ཤེས་བཞུ་རྡུང་བྱས་ན་འགྱོད། །
ཕ་སེང་བློན་བུ་སྐལ་འགོག་སྲས་དེ། །
དཔྱད་ཤེས་ན་གོང་མ་ལྷ་ནས་བསྐོས། །
ང་འབུམ་པ་དཔོན་གྱི་སྙིང་བཅུད་ཡིན། །
གླིང་ཕུ་ནུས་བརྙས་ན་འབུམ་པ་འགྱོད། །

海底里珍贵宝物，
唯右旋吉祥海螺，
若识是绝顶装束，
若不识转卖惋惜；
岩山掘出的宝藏，
唯有那闪闪黄金，
若识是非人之物，
若不识锻造惋惜；
森伦郭氏之后代，
若识是天选之子，
是岭国天之骄子，
众人欺凌生惋惜。

མ་ཡུམ་འགོག་བཟའ་ལྷ་མོ།

母亲 · 果萨拉姆

༡ ཕ་མ་ཚེ་རོགས་མནའ་མ་གསུམ། །
ཚེ་སྔོན་ཐོད་པས་གར་བསྐོས་ཡིན། །

父母伴侣媳妇，
都是前世注定；

སྐྱིད་སྡུག་ལེགས་ཉེས་བཟང་ཞན་གསུམ། །　　福难苦乐运气，
དབང་ཐང་རི་མོ་གར་བྲིས་ཡིན། །　　命运曲线描摹。

༢ ལྷ་བླ་མ་དར་གྱི་ཚོས་གོས་ཅན། །　　上师身虽华彩，
ནང་སེམས་ཉིད་གཞི་རྩ་མ་ཆོད་ན། །　　如不扬善断欲，
ཕྱི་ཐུར་སྐྱིག་ངང་པའི་སྤྲོ་མདངས་རེད། །　　如鹅赤黄毛羽，
ལུས་ཀུན་རྫོབ་སྡུག་སྒྱུར་བྱས་ཞན་འདྲ། །　　可怜伛偻身躯，
དཀོར་ནག་པོ་དམྱལ་བའི་གཏིང་རྫོ་རེད། །　　财如大山压顶，
ཚེ་ཕྱི་མར་འགྱོད་ན་ཕྱི་ལེ་རེད། །　　逝后悔恨已晚；
གོང་དཔོན་པོ་གསེར་གྱི་ཁྲི་གདུགས་ཅན། །　　头领顶展金幢，
ཁྲིམས་ལས་ཀ་རང་ཉམས་མ་བླངས་ན། །　　如不体察疾苦，
བློན་འཁོར་འབངས་གཡོ་སྒྱུའི་འཁོར་ལོ་རེད། །　　臣子阴险狡诈，
ཐོབ་གོ་ས་དམར་ཐང་ཆེ་ཞན་འདྲ། །　　权衡是非失稳，
ལས་བདེན་རྫུན་ནོར་བའི་ཁྲིལ་ཀ་དེ། །　　善恶因缘业力，
དཔོན་རང་ཐོག་སྨིན་དུས་འཕྱི་ལེ་རེད། །　　遭受恶报已晚；
སྨན་བུ་མོ་གསེར་གཡུའི་རྒྱན་ཆ་ཅན། །　　女子珠光宝气，
གནས་ཁྲ་མོ་རང་བདག་མ་ཤེས་ན། །　　如不本分持家，
ཁྱི་ཁ་མཁས་རྫུན་གྱི་འཁོར་ལོ་རེད། །　　轻信奸人戏言，
ལུས་མི་བདེ་ཁྲིལ་གྱི་ཁུར་པོ་ཁུར། །　　伤身又背骂名，
རྒས་རང་སྐྲོ་འཁོར་ན་མཚར་པོ་ཡོད། །　　残年沦为笑柄。

༣ གཡང་གི་འབྲི་མོ་དཀར་མོ་ལ། །　　圣洁聚央白母牛，
ནུ་མ་བརྒྱ་དང་སུམ་ཅུ་ཡོད། །　　长乳一百三十头，
འགོག་མོ་མིན་པས་ཞོས་ལེ་མིན། །　　只有郭母能挤出，
གཡུ་ཟོ་མིན་པར་ཚོགས་ལེ་མིན། །　　只有玉桶能盛满。

༥ ནོར་མི་རྟག་ཆུ་ཁའི་ལྦུ་བ་འདྲ། །　　财无常水上泡沫，

གྲོགས་མི་རྟག་ལྗོང་ཁའི་བྱེའུ་ཚང་འདྲ། །
ཚེ་མི་རྟག་གློག་གི་ལྷོས་གར་འདྲ། །

友无常枝上落鸟，
命无常雷电一闪。

༤ འདི་གང་སྡེ་དང་འགྲོགས་པ་ན། །
དཔོན་ལུ་མེད་ན་སྐྱོབ་ལེ་མིན། །
ཕྱི་མ་ཐར་པའི་ལམ་སྟེ་དེ། །
བླ་མ་མེད་ན་ཐེན་ལེ་མིན། །
རང་ལུས་འདོམ་གང་གྲུ་བཞི་དེ། །
ཕ་མ་མེད་ན་འཚར་ལེ་མིན། །

寻常邻里百姓事，
头领恩威衡持守；
轮回解脱寻行径，
唯有上师来指点；
业力缘聚一度身，
唯有父母来养育。

༥ མཐོ་ནམ་མཁའི་སྤྲིན་གྱི་གོང་རོལ་ལ། །
ཁྲི་གདུགས་ཉི་མའི་འོད་ཁྲིམ་དེ། །
སེར་གྱི་ལེར་ཤར་རིར་ཐོན་པ་ན། །
དེ་ལྟེ་མི་མེད་བསམ་ཕོངས་རབས་མེད། །
འོག་མ་རྡོས་སླུ་ཡི་གཏེར་སྣོ་ནས། །
དགོས་ཅི་འདོད་འབྱུང་བའི་ནོར་བུ་དེས། །
རྒྱུ་ལོངས་སྤྱོད་ཆར་པ་ཕབ་པ་ན། །
དེ་མགོ་མི་མ་བྱུང་ལུས་རབས་མེད། །
བར་མི་ཡུལ་རྒྱ་ཞིང་ཆུ་མ་ལ། །
མོད་ཀྱི་ལེའི་འབྲུ་བཟང་སྙེ་མ་དེས། །
སྨུམ་ལྟེམ་མེར་ཞིང་ཁ་བརྒྱན་ཉིན་མོ། །
དེ་བཟྫ་མི་མ་བྱུང་ལུས་རབས་མེད། །

高天流云之上，
金色光芒万丈，
那是旭日东升，
有谁不想拥抱；
鲁界稀世珍宝，
餍足一切需求，
福如倾盆大雨，
有谁不想拥有；
人间广阔良田，
弯弯麦穗摇曳，
犹如倾心装扮，
终有收割之人。

༦ སྔོ་གཡུ་འབྲུག་སྤྲིན་གྱི་ཨ་མ་ཡིན། །
སྤྲིན་མེད་ན་གཡུ་འབྲུག་ཡོང་དོན་མེད། །
འབྲུག་གཅེར་ལངས་ཉི་མས་ཚོག་རབས་མེད། །
སེང་དཀར་མོའི་ཕ་ཡུལ་གངས་དཀར་ཡིན། །

青龙是白云之母，
晴日何处腾青龙，
烈日当空难现龙；
雄狮居所在雪山，

གངས་མེད་ན་སེང་ཚང་ཅི་ལ་བཅའ། །
སེང་གཡུ་རལ་གྲོང་སྒོར་འགྲིམས་རབས་མེད། །
དཔོན་ཁེངས་ཆེན་དབང་ཐང་བང་མཛོད་ལ། །
སྡེ་བུ་དྲུག་དཔོན་ལུ་རང་འཁོར་ཡིན། །
སྡེ་མ་འཁོར་དཔོན་པོ་ཅི་ལ་ཟེར། །

无雪安家立身难，
玉鬃不游人群处；
头领威严震四方，
聚纳子民千千万，
无民岂称贤君主。

༩ སྡེ་སློན་འབངས་མང་ཉུང་ཟེར་རྒྱུ་དེ། །
གོང་དཔོན་ལུའི་ཁེངས་རྒྱ་ཆེ་ཆུང་ཡིན། །
འཁོར་གདུལ་བྱའི་མང་ཉུང་ཟེར་རྒྱུ་དེ། །
ལྷ་བླ་མའི་ཐུགས་རྗེ་ཆེ་ཆུང་ཡིན། །
གཞིས་འཁོར་བའི་སོ་ནམ་ཟེར་རྒྱུ་དེ། །
སྨན་བུ་མོའི་བསོད་ནམས་བཟང་ངན་ཡིན། །

多少臣民来追随，
要问头领几多贤；
多少衣食来供奉，
要看上师几多恩；
要问他家几多善，
要数姑娘福运命。

༡༠ རྟ་འདོད་ཆེན་ཚོང་ཁ་འཁྲིམ་པའི་དུས། །
རིན་མ་བསྟེས་འདོད་བའི་ཁ་ལ་ལྟོས། །
ཐག་ཆོད་ནས་སྒ་ཆས་སྤྲད་པ་ན། །
ཁ་ཡ་སོ་མེད་ཀྱང་ལགས་སོ་ཞུས། །
སྨན་བུ་མོ་གནས་ལ་འགྲོ་བའི་དུས། །
ཐག་མ་བཅད་སྔ་ས་བཟང་ངན་ལྟོས། །
ཁྲ་གྲི་ལེར་ཁྲིམ་དུ་སོང་རྗེས་ན། །
གནས་གདམ་རྒྱུ་ཡོད་ཀྱང་འདེམས་བློ་མེད། །

驵骏流转卖场时，
不问价请看马齿；
既成交手握鞍具，
虽无牙也说拉嗦；
姑娘出嫁定归属，
事先详揣钟意处；
装扮华丽成人妇，
再无余地重抉择。

གཟྲུ་ཆེན་ལེར་མའི་ལྷ་དར།

苏钦 · 威玛拉塔尔

ཚིག་ཁ་ཤོར་རྟ་ཡིས་མི་སླེབས། །
མདའ་མཐེབ་ཤོར་ལག་གིས་མི་ཟིན། །

言失如烈马难追，
箭已出双手难抓。

ཀླུ་རྒྱལ་གཙུག་ན་རིན་ཆེན།

鲁嘉·祖纳仁钦

༡ མཐོ་ནམ་མཁའི་རྒྱན་ཆ་ཉི་ཟླ་དེས། །
གླིང་བཞི་སྣང་བས་ཁྱབ་ཞན་འདྲ། །
དོན་མེད་ཆད་པ་གཅོད་མི་ལ། །
གཟའ་སྒྲ་གཅན་འོང་བསམ་སྡུག་ཅིག་ཡོད། །
གོང་དཔོན་ལུ་གསེར་གྱི་ཁྲི་གདུགས་ཅན། །
ཀློན་ཉེ་འབྲེལ་འབྲལ་མེད་བཀུར་ཞན་འདྲ། །
སྡེ་འབུམ་གྲོང་ཁྱི་སྤྲང་མ་བདེ་ན། །
རང་མི་བདེ་འདྲ་བའི་སྡུག་ཅིག་ཡོད། །

点缀晴空有日月，
光芒万丈耀四洲，
难说终日常欢乐，
也怕罗睺来吞噬；
头领顶上金宝幢，
看似广受民爱戴，
如若弱者不爱戴，
终有头领不安时。

༢ དགུང་ཨ་སྔོན་ཆགས་པའི་ཉི་ཟླ་གཉིས། །
གསེར་ཉི་ཟླ་ཉིན་མཚན་བརྗེ་རེས་རེད། །
དགུང་སྔོན་པོ་ཉིན་མཚན་བརྗེ་མེད་རེད། །
གནམ་སྔོན་པོས་དམར་ལོད་མ་རེད་དེ། །
དེ་ཉི་ཟླ་རང་གི་བསྐོས་ཐང་རེད། །
ས་དོག་མོར་ཆགས་པའི་རྫ་སྤང་གཉིས། །
སྤང་སེར་ཡུ་དབྱར་སྟོན་བརྗེ་རེས་རེད། །
རྫ་བྲག་དཀར་དབྱར་དགུན་བརྗེ་མེད་རེད། །
ས་དོག་མོས་དམར་ལོད་མ་རེད་དེ། །
དེ་རྫ་སྤང་རང་གི་བསྐོས་ཐང་རེད། །

天空中的日月，
昼夜轮替照耀，
天空不分昼夜，
不是苍穹强迫，
日月自身业缘；
地上岩山草甸，
草甸随季换装，
岩山四季不变，
不是大地强迫，
只是自身业缘。

༣ བན་སེར་སེར་དར་གྱི་ཆོས་གོས་ཅན། །
ཁ་ཟ་སྐྱིད་རྒྱལ་ཁམས་ཟས་ཞུད་རེད། །
གདན་འདུག་སྐྱིད་གསེར་ཁྲིའི་གོང་རོལ་ལ། །
འདི་མི་བདེ་སྡུག་བསྔལ་ཆེ་དུ་བསམ། །

僧人身披华彩袈裟，
消受信徒丰盛供奉，
端坐高处金色座台，
却不感喜乐生惆怅，

བདེ་ཐག་ཆོད་བུ་མོའི་ཉུམ་ལ་སླམ། །
དེ་སྐྱིད་སྡུག་ནོར་བས་སླད་གཅིག་འཁོར། །
སྟག་ཤར་པ་དུག་གི་འཁོར་གསུམ་ཅན། །
ཕུགས་ཡོངས་སྤྱོད་ཕ་མའི་བསགས་པ་དང་། །
སྒོ་ཁང་ཞིང་དཔོན་པོའི་བདག་ཀྱེན་གཉིས། །
རྒྱུ་མི་ཆེ་རྗེ་ཐོག་བ་མོར་བསམ། །
དམར་ཐག་ཆོད་བརྐུས་པའི་ར་ཤ་དྲན། །
དེ་བདེ་སྡུག་ནོར་བའི་སླད་གཅིག་འཁོར། །

仍执于男女枕上欢，
终有日自食恶业果；
壮青年荣具安乐身，
享父母垒世集资粮，
用门外广阔良田地，
却难乐心系石上霜，
最留恋偷来山羊肉，
终有日自食恶业果。

༄ སྨན་བུ་མོ་གནས་འགྲོ་དགོས་པ་ན། །
གནས་འདིར་སོང་ལུང་བསྟན་པདྨས་གནང་། །
ཅི་དགོས་པའི་ཡོ་བྱད་གཙུག་ནས་སྦྱར། །
ཕྱོན་སྣ་ས་མཐོང་སྨོན་གླིང་ལ་བྱས། །
མ་རྒྱ་བཟའི་སློ་ལ་མ་སོང་ཡང་། །
དཔའ་ཞལ་ལུས་མ་དང་ཁྱད་མེད་སྐྱོངས། །
འདི་མི་སྐྱིད་སྡུག་གིས་ནོན་འདུག་བསམ། །
སྐྱིད་ཐག་ཆོད་ས་མཐར་འགྲིམས་ན་བསམ། །
དེ་བུ་མོ་རང་སླད་འཁོར་ལེ་རེད། །

年少女远嫁做人妇，
定归属顺从莲师言，
携财富获自鲁界王，
有福运入门岭嘎尔；
虽不入母亲嘉萨[1]眼，
兄嘉擦敬她如生母，
却难欢终日把眉蹙，
最留恋游弋广阔地，
终有日自食恶业果。

སྐྱི་དཔོན་རྫོང་ཚ་ཁྲ་རྐན།

吉本·绒擦查根

༡ ལྷ་དང་ནོར་བུ་དཔོན་ལུ་གསུམ། །
གསོལ་མཆོད་བཀུར་ན་དགོས་འདོད་འབྱུང་། །
ཚོང་དང་སོ་ནམ་དགྲ་འདུལ་གསུམ། །
བརྩོན་པས་བསྒྲུབས་ན་ཡོངས་སྤྱོད་འབྱུང་། །
རྟ་དང་ཆུང་མ་གནས་ཁང་གསུམ། །
བརྒྱན་ཕྱི་དོར་བྱེད་ལེ་རང་དོན་ཡིན། །

上神财宝和头领，
虔诚祭拜获馈恩；
生命福运和勇气，
勤奋耕耘获福报；
骏马姑娘和屋舍，
精心装扮分内事。

༢ དགོན་གྲུ་བཞི་ཆོས་གྲྭ་འཛིན་པ་ན། །
ཆོས་མདོ་རྒྱུད་ཟུམ་པའི་བདག་པོ་དེ། །
ལམ་བསླབ་གསུམ་ཉམས་ལེན་སུ་མཁས་ཡིན། །
གོང་དཔོན་ལུའི་ཁྲིམས་ར་འཛིན་པའི་དུས། །
ཐོབ་གོ་ས་གསེར་ཁྲིའི་བདག་པོ་དེ། །
ལས་དབང་ཐང་མཁྲེན་རྒྱ་སུ་ཆེ་ཡིན། །

方正寺院集僧侣，
经论妙理自有主，
要数悟道精深者；
君主秉持道法理，
金座之主权势盛，
明理治世唯通途。

༣ དེ་སྟེ་སེང་གེ་དཀར་མོའི་རྒྱུད། །
གཡུ་རལ་གངས་དང་བསྟེབ་པ་ལས། །
རྒྱ་གྲོང་འགྲིམས་བསམ་ཡིད་ལ་མེད། །
གཡུ་འབྲུག་སྔོན་མོའི་བུ་རྒྱུད་ལ། །
གསུང་སྐད་སྤྲིན་དང་བསྟེབ་པ་ལས། །
ས་མཐར་འཁྱར་བསམ་ཡིད་ལ་མེད། །
སློག་པོ་ལྡོང་གི་བུ་རྒྱུད་ལ། །
གཞན་སྡེའི་གོང་བ་ནོན་པ་ལས། །
རང་ཆུས་མི་འགྲུབ་བསམ་པ་མེད། །

雪山雄狮的后代，
只把绿鬃雪中耀，
不曾想浪荡集市；
空中青龙的后代，
只把嘶吟震云层，
不曾想游荡远方；
董氏族群的后代，
只争仗义慑他族，
不曾想难倒自己。

༤ ཟས་ཞིམ་པོ་མར་གྱི་ཡང་ཞུན་དེ། །
ལྟོ་བཀྲེས་པས་བཙུད་ལ་ཞུ་རབས་མེད། །
ལྷ་བཟང་པོ་ཆོས་སྐྱོང་ཞལ་འབག་དེ། །
ན་མ་སྨིན་བྱིས་པ་མཚར་ལེ་མིན། །
གསེར་སེར་པོ་བཞུས་པའི་དྭངས་མ་དེ། །
རྡོ་རྭ་ཙའི་ངོ་ལ་འགོས་ལེ་མིན། །

属香甜唯有酥油，
饿殍胃不曾消受；
神善正护法面具，
孩提儿不觉殊胜；
纯黄金熔化明液，
青石上也难粘粘。

༥ ཆོས་ཟབ་མོ་བླ་མའི་གདམས་ངག་དེ། །

理深奥上师箴言，

[1] 嘉萨：全名嘉萨拉嘎卓玛。嘉擦之母，汉王之女。

དོན་སྒྲོ་དོགས་ཆོད་དང་ཡང་ཟབ་ཡིན། །
རྒྱུ་བཟང་པོ་འཛམ་བུའི་ཆུ་གསེར་དེ། །
མེ་དམར་མོར་བཞུས་དང་ཡང་བཟང་ཡིན། །
བུ་ཚ་པོ་སྟག་མོའི་སྙིང་གདོས་ཅན། །
དགྲ་གཅན་གཟན་ཐུགས་ན་ཡང་དཔའ་ཡིན། །

行实践方知珍贵；
论世间珍宝黄金，
熔烈火异常坚硬；
好男儿如虎赤胆，
遇虎豹分外勇猛。

༦ བྱ་རྒྱལ་སྒྲོ་གཤོག་ཐོར་ཞན་འདྲ། །
བྲག་དཀར་ཡོ་ཟུར་ཡོད་ལེ་མིན། །
གསེར་མིག་ལྕགས་ཀྱུས་དྲངས་ཞན་འདྲ། །
རྒྱ་མཚོ་འཕེལ་འགྲིབ་འོང་སྙོ་མེད། །
མིག་ཅིག་བྱུས་ལ་ཤོར་བ་དེའི། །
ཚེ་གཅིག་ཤ་ལན་བརྩི་ལེ་མིན། །

任凭琼鸟扑翅击，
不见白石崖动摇；
任凭金鱼被饵钩，
不见大海有涨落；
一只眼睛被人毁，
莫把视其一生仇。

༧ མ་ཆོད་གཏང་མ་ནམ་དགོས། །
མ་སྐྱེས་བུ་ལ་མིང་འདོགས། །

不凯旋如何分战利品，
不出生如何定性起名。

༨ བཙན་དང་རྟ་ཁ་མ་གཤིབ། །
བདུད་དང་ཚེ་ལོ་མ་འཕེན། །
ཀླུ་དང་ཉེ་འཁོར་མ་བྱེད། །

不要和赞[1]神比赛马，
不要和妖魔赌骰子，
不要和鲁神攀亲戚。

༩ ཁྲིམས་ལ་རྒྱའི་ཁོག་དེ་མ་འཁྱོག་དགོས། །
གཏམ་ཆུ་བོའི་ཕུགས་དེ་མ་ཆུང་དགོས། །

正法之心不容扭曲，
言说之源不能枯竭。

༡༠ སྟེང་གོང་མ་ལྷ་ཡི་ཕོ་བྲང་ནས། །
ལྷ་ཆོས་སྲུང་མ་བཞུགས་འདྲེ་ཡུལ་ཕུད། །
ལས་ཅི་མཐའ་ནད་པས་སྡུག་རྒྱུ་བྱེད། །
འོག་མ་རྫོས་ཀླུ་ཡི་ཕོ་བྲང་ནས། །

上天神灵宫殿中，
斥逐护神去魔域；
坐等灾难来降临，
下方鲁界宫城间，

ཀླུ་དུང་སྐྱོང་མ་བཞུགས་དགུང་ལ་ཕུད། །
ལས་ཅི་བྱུང་རྒྱ་ཞིང་ཆུ་མས་སྐྲུག །
བར་མི་ཡུལ་མཐོང་སྨོན་ཡུལ་གྲུ་ནས། །
བུ་ཇོ་རུ་མ་བཞུགས་བྱང་ལ་ཕུད། །
ལས་ཅི་མཐའ་པ་ཁྲུས་སྐྲུག་རྒྱུ་བྱེད། །

驱逐鲁神赶远方，
坐等庄家旱遭灾；
中人宅倾慕之地，
赶逐觉如向北方，
叔父坐等坐磨难。

སྟག་རོང་ཨ་ཁྲ་ཁྲོ་ཐུང་། 达绒·阿库超同

༡ ལུག་གཡང་དཀར་བཟས་ལ་བཀྲམ་ཞན་འདྲ། །
རི་མཐོ་གསུམ་རྩེ་ལ་སྤྱང་ཚང་བཅས། །
སྤྱང་ཕྲུག་ཀླད་ཁྲག་མ་གཏོར་ན། །
གཡང་དཀར་མི་བདེ་ཐག་གིས་ཆོད། །
རྒྱ་གྲོང་ཞིང་གི་རེའུ་མིག་ལ། །
འབྲུ་སྟོན་པོ་བསགས་པ་ཐང་ལ་བཀྲམ། །
མཐོ་ནམ་མཁའི་སྤྲིན་ཚང་སེར་བས་གང་། །
སྔགས་བརྒྱུད་ཨར་ལ་མ་གཏད་ན། །
འབྲུ་སྣ་ལྔ་མི་བདེ་ཐག་གིས་ཆོད། །

羊群就是强者食，
山中处处现狼窝，
不灭狼崽放脑血，
羊群永无宁静日；
良田阡陌伦纵横，
果实累累满天野，
冰雹裹得层云密，
若无咒师施咒术，
五谷永定无宁日。

༢ སྡེ་ཁྲ་མོ་གླིང་གི་ས་ཆ་ལ། །
དཔོན་སྟག་རོང་མཆོད་ཡོན་དགུང་བས་མཐོ། །
མཐོ་མི་འགྲོ་གཉའ་ནོན་ཇོ་རུ་འཚར། །
དགྲ་ཇོ་རུ་གཏན་བརླག་མ་ཐུབ་ན། །
འདུག་མི་བཅུག་བླ་དཔོན་སྡུག་ལ་སྦྱར། །

岭国心驰神往地，
晁同权倾震朝野，
唯见觉如不从顺，
如不灭除鬼觉如，
君臣无宁受磨难。

༣ མཐུ་པ་རྐུན་མ་ཁྲམ་པ་གསུམ། །
ཡུལ་མི་སྐྱིད་སྡུག་གི་སྣ་འདྲེན་རེད། །

咒师盗匪还有欺诈者，
乃为祸害一方三根源；

༤ འཁྱག་དུས་གོས་ལ་ལྗིད་མེད། །
ལྟོགས་དུས་ཟས་ལ་བཅུད་མེད། །

冻时不觉衣裳重，
饿时不觉食营养。

༥ ཕ་ཁུ་བོ་མེད་པའི་བུ་ཚ་དེ། །
རྩལ་ཡོད་ཀྱང་སྟག་མོ་ཐང་འཁྱར་རེད། །
ལུས་འཛུམ་དྲུག་རྒྱ་སྡེའི་རྗེ་འབེན་རེད། །

失夫叔无靠之人，
满绝技却似游虎，
虎斑纹落人石靶。

ཨ་སྐྱེ་སྒོམ་པ་ར་ཛ།

阿聂广巴热杂

༡ གཡོག་དཔོན་ལུའི་བཀའ་ལ་བརྩི་ཞན་འདྲ། །
ལས་མི་ནུས་ཁུར་པོ་བཀལ་བ་ན། །
གཡོག་མི་འགྲུབ་རང་ཡིད་ཆད་བྱེད་རེད། །
བླ་སློབ་འབྲེལ་ཟབ་ཆེ་ཞན་འདྲ། །
སྲུང་མི་ནུས་དམ་ཚིག་བསྒྲགས་པས་ན། །
ཆོས་མི་འགྲུབ་དམྱལ་བའི་སྟོན་མ་རེད། །

仆人儿唯命是从，
如让其累死累活，
不胜任主也无奈；
师徒虽情深意厚，
若强持难守戒律，
难悟法助落恶道。

༢ ལྷ་བླ་མ་གསེར་གྱི་དབུ་ཞྭ་ཅན། །
སྤྱན་ཁྲ་ཆུང་ནམ་མཁར་གཏད་ཞན་འདྲ། །
ཐུགས་ནག་རིལ་དམར་མོའི་རྒྱུ་ལ་ཟུག།
དེ་བལྟས་ན་མི་རིག་དཔྱད་ན་ཤེས། །
གཟའ་ཚེ་རོགས་མནའ་ཡི་མདུད་པ་ཅན། །
ལུས་བེམ་གོག་ཉལ་ས་གཅིག་ཞན་འདྲ། །
སེམས་ནག་རིལ་གསར་འགྲོགས་གདོང་ལ་ཤོར། །
དེ་དཔྱད་ན་མི་ཤེས་ཉན་ན་གོ།
གོང་དཔོན་ལུ་ཁྲིམས་ཀྱི་སྡྭ་རེ་དེས། །
ཁྲིམས་ལར་རྒྱའི་གསུང་བཟང་སྙན་ཞན་འདྲ། །
གཞུ་རྒྱལ་ཁ་ཕྱུག་པོའི་ལག་ན་ཡོད། །

上师冠戴金顶，
慧眼穿透云层，
心却贪恋财色，
难窥只能耳闻；
海誓山盟之伴，
同床共枕之侣，
心却寄与新欢，
难明只有传言；
头领道义利斧，
常行正法明义，
秉持国家在手，

དེ་ཉན་ན་མི་གོ་བལྟས་ན་རིག།

不闻只看行动。

སློབ་དཔོན་པདྨ་འབྱུང་གནས།

莲花生大师

༡ སྡུག་བསྔལ་འཁོར་བའི་རྒྱ་མཚོ་འདི། །
སྒྲོལ་བའི་དེད་དཔོན་ཡོད་པ་ན། །
ཐར་ལམ་བགྲོད་ལ་དཀའ་བ་མེད། །
འདིར་སྣང་བདེན་མེད་སྒྱུ་མ་ལ། །
གདམས་པའི་སྙིང་སྟོབས་ཡོད་པ་ན། །
ཅི་བྱས་དམ་པའི་ལྷ་ཆོས་ཡིན། །

轮回苦难之海，
若有救渡之主，
解脱之道无障；
虚幻无实人间，
若求正道善行，
皆是悟佛之道。

༢ རྒྱ་ནག་ཤིང་དཀར་ལོ་མ་གཅིག །
རྒྱ་གར་ཡུལ་གྱི་ས་ལུ་གཉིས། །
བོད་ཡུལ་རམ་པའི་འབྲས་བུ་གསུམ། །
སྐྱེ་ལུགས་ས་ཡི་བཟང་ངན་རེད། །
མི་ཤེས་བྱིས་པའི་གཟུགས་ཕུང་དང་། །
བཅུ་དྲུག་ལོན་པའི་ལང་ཚོ་གཉིས། །
བརྒྱད་ཅུའི་དཔྲལ་བའི་གཉེར་མ་གསུམ། །
བཟང་ངན་དུས་ཀྱི་རྣམ་འགྱུར་ཡིན། །
བསྒོམས་ནས་སངས་རྒྱས་ཐོབ་དང་གཅིག །
དགེ་བས་ཚོགས་གཉིས་རྫོགས་དང་གཉིས། །
སྡིག་པས་འཁོར་བ་འཁྱམས་པ་གསུམ། །
རང་རང་བྱ་བའི་བཟང་ངན་རེད། །
རྡོ་ལྕགས་བར་གྱི་མེ་དང་གཅིག །
ས་སྨྱུག་བར་གྱི་ལོ་ཏོག་གཉིས། །
དཀར་ནག་ལས་ཀྱི་འབྲས་བུ་གསུམ། །
འབྱུང་ལུགས་རྟེན་འབྲེལ་བསླུ་མེད་ལགས། །

汉地白花阔叶，
天竺谷物白米，
藏地白茅之草，
皆是产地之异；
孩提身躯多变难测，
十六青春风华正茂，
八十额间裂纹凌乱，
无谓好坏时光雕琢；
一是禅悟得解脱，
二是善士得二道，
三是恶业困轮回，
皆由生前业力使；
坚铁岩石击火花，
大地绿叶结硕果，
善恶诸行受果报，
皆是因果无欺理。

ལྷ་གསས་ཇོ་རུ།

༄ ལྷོ་གཡུ་འབྲུག་རྩལ་དྲུག་རང་འཁོར་ལ། །
དགུང་སྟོང་ལམ་འབྲུག་སྒྲས་བཀང་ན་བསམ། །
སྤྲིན་དཀར་པོས་བར་སྣང་མ་བརྒྱན་ན། །
འབྲུག་གཅེར་ལངས་ཐན་གྱི་སྣ་འདྲེན་ཡིན། །
སེང་དཀར་མོ་སྟོབས་ཀྱི་འཁོར་ལོ་དེས། །
གཅན་རི་དྭགས་རྩལ་གྱིས་གནན་ན་བསམ། །
གངས་དཀར་པོས་རི་བོར་མ་གཡོགས་ན། །
སེང་ཐང་འཁྱམས་ཁྱི་དང་ནོར་བས་ཟེར། །
དཔོན་གེ་སར་ལྷ་ནས་བསྐོས་ལེ་ལ། །
ལྷོ་འཛམ་གླིང་དབང་དུ་བསྡུ་ན་བསམ། །
སྟོབས་མངའ་ཐང་བློན་གྱིས་མ་བརྒྱན་ན། །
དཔོན་ཁེར་འཁྱར་སྤྲང་ཕྲུག་ཟེར་ནས་བརྙས། །
ལྷ་བླ་མ་འགྲོ་དོན་ཕྱིན་པ་ལ། །
འཁོར་གདུལ་བྱའི་ཞིང་ས་མ་ཡོད་ན། །
འགྲོ་དོན་ལོ་ཏོག་སྨིན་བློ་མེད། །
འགྲོ་དོན་མ་བྱུང་བླ་མ་མིན། །
གོང་དཔོན་པོས་འོག་སྡེ་བདེ་ལ་བཀོད། །
སྡེ་བློན་འབངས་ཚབ་སྲིད་མ་ཡོད་ན། །
དབང་བཙན་པོས་རྒྱལ་ཁྲིམས་སུ་ལ་གཅོད། །
སྡེ་མེད་ན་དཔོན་པོ་ཐོགས་ལེ་མིན། །
སྨན་བུ་མོ་གནས་འགྲོ་གཞིས་ལ་འགྲོ། །
གཞིས་འཁོར་བའི་སྣ་ས་མེད་པས་ན། །
རྒྱུད་བུ་ཚའི་སོ་ནམ་ཅི་ལ་བྱེད། །
སྐྱིད་ཟེར་ཡང་སྤྲང་པོ་ཟས་ཡོད་ཡིན། །

拉赛·觉如

南方青龙满绝技，
虚空万里充嘶吟，
若无云朵做装扮，
青龙独跃携灾旱；
雪山雄狮满气力，
震慑群兽威风凛，
若无冰雪驻山间，
游荡旷野失本色；
格萨尔天神下凡，
欲统括南瞻部洲，
无臣民辅佐助力，
独游荡形如乞丐；
上师为众生奔波，
爱戴若不受百姓，
渡众生大业无果，
无救渡何称上师；
头领赐百姓幸福，
如若无政纲维持，
头领怎制服百姓，
无百姓何称头领；
姑娘出嫁走远方，
若无栖身之夫家，
怎能养育儿孙代，
无福之女似乞丐。

༢ ཕྱི་ཡག་མོ་རྨ་བྱའི་སྒྲོ་མདོངས་ལ། །
ནང་མི་གཙང་དུག་གིས་ཁོག་པ་གང་། །
ཕྱི་ཡག་ལེ་སྟར་མའི་གོ་མཚོན་ལ། །
ནང་སྙིང་མེད་ཝ་མོའི་དྲན་པས་བཀྲུངས། །
ཕྱི་ཡག་ལེ་འཕྱོར་མོའི་ཞལ་རས་ལ། །
ནང་མི་བདེན་རྫུན་གྱི་བང་མཛོད་ཡིན། །
ཕྱི་གཅོད་པའི་བརྟུལ་ཞུགས་རྩུབ་མོ་དེ། །
ནང་བྱམས་དང་སྙིང་རྗེའི་རང་བཞིན་ཡིན། །
ཕྱི་ཕ་ཁུའི་ཁ་ཏ་ཚིག་རྩུབ་དེ། །
ནང་མི་ཕྱུག་བུ་ཚའི་ལ་རྒྱ་ཡིན། །
ཕྱི་ལོ་ཡག་གྲ་མ་ཚེར་བས་རྩུབ། །
ནང་མི་ཕྱུག་འབྲུ་ཡི་ཕུང་པོ་ཡིན། །

外靓丽孔雀翎羽，
内不澈毒潭死水，
外绚丽鼠辈兵器，
内柔弱狐狸心；
外迷人青春娇容，
内险诈谎言之躯，
外举止严如断士，
内悲悯菩提长觉；
外父伯说教严厉，
内感德晚辈福运，
外果实青藤刺扎，
内聚合丰盛种子。

༣ སེང་དཀར་མོ་གླིང་དཀར་ཕུ་ནུ་ལ། །
རྩལ་གཡུ་རལ་རྫོ་རུ་མེད་པས་ན། །
གླིང་ཚོ་དྲུག་སྐྱིད་མོ་ཨེ་འོང་ཤེ། །
སྐྱིད་འདུག་ན་ཚོ་དྲུག་སྐྱིད་མོར་བཞུགས། །
ཕ་ཁུ་བོ་གཅན་གཟན་རི་བགྲ་ལ། །
ང་རྫོ་རུ་འཛུམ་དྲུག་མ་ཡོད་ན། །
གླིང་དཀར་པོ་མཛེས་ལུགས་ཨེ་ཡོད་ཤེ། །
མཛེས་འདུག་ན་ཚོ་དྲུག་མཛེས་མོར་བཞུགས། །
མ་སྲུ་མོ་འཕྱུར་ལྡུམ་ཉ་མོ་ལ། །
ང་རྫོ་རུ་གསེར་མིག་མ་ཡོད་ན། །
ལུས་འཕྱུར་རྩལ་བདེ་ལུགས་ཨེ་ཡོད་ཤེ། །
བདེ་འདུག་ན་ཚོ་དྲུག་བདེ་མོར་བཞུགས། །

岭国人儿虽如雪狮，
若无玉鬃觉如绝技，
六部岭国岂得安宁，
若有六部但行无妨；
犹如猛兽的父叔们，
若无觉如盛放纹络，
岭国岂有壮美风景，
若有六部但行无妨；
妇女犹如翻越鱼儿，
若无觉如金目闪光，
哪来轻如金鱼跃腾，
若有六部但行无妨；

༤ ས་ནག་པོ་བྱེད་མི་བྲ་བ་གཅིག །
སྡེ་ནག་པོ་བྱེད་མི་རྐུན་མ་གཉིས། །
མི་ནག་པོ་བྱེད་པའི་ནག་མོ་གསུམ། །
མེད་ན་ཆོས་ལུང་དཀར་པོ་རེད། །
ཡོད་ན་ཚང་ངན་གཞི་མ་ཟེར། །

毁害大地的田鼠，
扰乱家户的小偷，
损害男儿的荡女，
若无一切皆安福，
若有万恶之源也。

༥ རང་ཐག་རང་གིས་ཆོད་ཞེ་དེ། །
གོང་དཔོན་ལུའི་གསེར་ཡིག་བརྒྱ་ལས་བཙན། །
རང་དབང་རང་ལ་ཡོད་ཞེ་དེ། །
ཐོབ་གོ་སའི་གསེར་ཁྲི་སྟོང་ལས་སྐྱིད། །

能亲定迷茫人生路，
胜头人金书万千卷，
能自由执掌人生事，
胜权势金座万千台。

༦ གལ་ཆེན་དོན་དང་རེ་ཆེན་མི། །
མཉམ་དུ་འཛོམ་ན་རྟེན་འབྲེལ་ཏེ། །
ཕོ་རབ་གཅིག་ལ་འཁོར་བ་འདྲ། །
ཕོ་འབྲིང་གཅིག་ལ་གཡར་བ་འདྲ། །
ཕོ་ཐ་མ་གཅིག་ལ་བྲོས་པ་འདྲ། །

大事和敬重之人，
遇到一起甚欢喜，
上等男儿皆俱全，
中等男儿若借运，
下等男儿皆离失。

༧ གཟར་མོ་བྲག་ལ་སོང་བ་ན། །
བདེ་མོའི་ཐང་ལ་སླེབས་པས་ཟེར། །
ཡི་སྨུ་མོའི་ལམ་ལ་མ་ཞུགས་ན། །
སེམས་དགའ་མོའི་རྒྱུ་དང་མི་འཕྲད་ཟེར། །

翻越横峰侧岭，
方能一马平川，
不经千转百回，
怎能柳暗花明。

༨ ཐག་རིང་འགྲོ་བའི་ཚོང་པ་དེས། །
རང་ཁྱིམ་སློ་ལ་མ་བསྐོར་ན། །
མཐའ་མེད་ནོར་ལ་ཟད་པ་མེད། །

远行的经商者，
应常转守家园，
敛财永无尽头。

༩ མཚོ་གླིང་གསེར་སྲོ་བྲེ་ལ་གཞལ། །

海中能称万两金，

དེ་ཡོད་པས་རང་ཉམས་ཕན་ལེ་མིན། །
ལུང་ཡན་རྒྱང་ཐང་བཟས་ལ་དགའ། །
རང་ལྟ་བའི་བཅུད་ལ་མ་བསམ་ན། །
རི་ཐང་རྩྭ་ལ་ཟད་མཐའ་མེད། །
རྫ་བྲག་རྩི་སྔོངས་མདའ་ལས་བཤན། །
རྒྱང་དཀར་ཉམས་ལ་ཕན་ལེ་མིན། །
གླིང་དཀར་དཔོན་རྗེ་དཔྱད་ལ་དགའ། །
བདེན་དྲང་བློ་ཡིས་མ་ཕྱིག་ན། །
འཁྲུལ་སྣང་རྨི་ལམ་ཟད་མཐའ་མེད། །
ལྟོ་ཕོངས་སྤྲང་པོས་ཟས་རྙེད་རྨིས། །
དཔྱད་ན་ཡིད་སྨུག་སྙོན་པ་ཡིན། །

却难解衣食住行，
山坳野马觅食处，
不得营养鲜嫩草，
满山野草也无意，
乱石山草干儿硬，
终非野马腹中食；
岭国王臣明事理，
若不明善断正邪，
梦境繁乱无尽头，
乞丐梦里获衣食，
详究使人生怜悯。

༡༠ བླ་མས་ཆགས་སྡང་ཆོས་བཤད་དེ། །
འགྲོ་དོན་མི་འགྲུབ་སྔ་ལྟས་ཡིན། །
དཔོན་ལུས་ངོ་ཆེན་ཁྲིམས་ཐར་དེ། །
ལ་རྒྱ་མི་འགྲུབ་སྔ་ལྟས་ཡིན། །
སྟག་ཤར་དགྲ་དཔུང་ཙུང་གདམ་དེ། །
རྟིང་མ་མི་ལོན་སྔ་ལྟས་ཡིན། །
སྤུན་ཁ་གཏོར་བའི་མནའ་མ་དེ། །
ཤེས་རིག་མེད་པའི་སྔ་ལྟས་ཡིན། །
བཙན་པོས་ཉམ་ཆུང་ཡུལ་ཕུད་དེ། །
རང་ཆུས་ཤོར་བའི་སྔ་ལྟས་འདྲ། །

上师诵经执歪理，
是难觉悟的征兆；
君主偏袒一方亲，
是难统括的征兆；
壮士难汇集成群，
是难凯旋的征兆；
拆散兄弟的媳妇，
是无德识的征兆；
强者欺善压良民，
是蚕食自身之兆。

རྒྱ་གླིང་དར་དཀར་མདུད་པ།

སྟག་རོང་ཨ་ཁུ་ཁྲོ་ཐུང་།

༡ དགྲ་ལན་པོ་མ་འཁོར་སྐྱར་མ་རེད། །
ཟས་ལན་པོ་མ་འཁོར་ཁྲམ་པ་རེད། །

༢ སྨུག་པ་ལངས་ལངས་མཚོ་ནས་ལངས། །
མཚོ་མེད་ན་སྨུག་པ་ལངས་དོན་མེད། །

༣ སྟག་རོང་ཚོང་པ་ཇག་པས་འཕྲོག།
རྗེས་རྒྱབ་རྩ་བསམ་ན་འཕྲོག་དོན་མེད། །

༤ ཕོ་ང་ལ་འགྲན་ན་ཕམ་རྒྱུ་རེད། །
དུག་ནག་པོ་ཟོས་ན་ཤི་རྒྱུ་རེད། །

༥ ལུག་གཡང་དཀར་རྩྭ་ལ་མ་འགྲིམ་གོང་། །
སྤྱང་ཨ་ཐང་བང་མ་འདུར་རྒྱུག་བྱས། །
ལུག་ཁྲུ་ཁག་བཞི་གཏོར་ནས་བྱུང་། །
ལུག་རྫི་མི་ཁྲོ་ཁག་མེད་རེད། །
གླིང་ཏུ་རང་ས་རང་བཟུང་དུས། །
དོན་མེད་པའི་མི་ཤ་རྩོད་ལ་བྱུང་། །
རྒྱ་ནག་པོས་གླིང་གི་ཚོང་པ་བསད། །
གླིང་དཀར་པོ་མི་ཁྲོ་ཀ་མེད་རེད། །

《嘉岭哈达结》

达绒·阿库超同

有仇不报为懦夫，
有恩不报为小人。

雾本由海起，
无海则无雾。

山匪打劫达绒商队，
若知靠山不敢造次。

与我单挑你必输，
吞咽黑毒人必死。

羊群没饱之前，
野狼到处蹦跶，
驱散牧人羊群，
牧子难免动怒。
岭国自守家园，
突发宿怨争端，
汉人杀死岭商，
岭人难免动怒。

༤ ཁོ་ནུས་མེད་སྔགས་པས་མཐུ་ཟོར་འཕེན། ། 无能咒师诵咒，
ཐོག་སེར་བ་མི་རྒྱག་ཀ་མེད་རེད། ། 雷雹高架猛轰，
ཞིང་འབྲུ་དྲུག་བཙུད་དེ་ལེན་རྒྱུ་ཡིན། ། 肥田毁于一旦。

༥ སྟག་དམར་ཡག་ནགས་ཛོང་འཛིན་པའི་དུས། ། 猛虎主掌密林，
ཝ་གྭ་མས་རྫ་གཡུགས་ཅི་གོ་རེད། ། 狐狸摇尾乞怜；
འབྲོང་བྲེ་སེར་རྫ་ལ་བཀྱགས་པའི་དུས། ། 野牛主宰山岭，
གླང་རོག་པོའི་འབོད་ཧུར་ཅི་གོ་རེད། ། 黄牛哞声连连；
རྐྱང་ཁ་དཀར་ན་གཞུང་འཁྲིམ་པའི་དུས། ། 斑马漫游草泽，
བོང་སྒྲུ་ཏུ་སྐོར་རྒྱུག་ཅི་གོ་རེད། ། 驴子蹿走无益；
ཕ་སྟག་རོང་ཚོང་སྐོར་འགྲོ་ས་ནས། ། 达绒商队启程，
དགྲ་ཇག་པས་འཕྲོག་བཅོམ་ཅི་གོ་རེད། ། 山匪拦劫无益。

༦ བླ་མ་བཟང་པོའི་བྱིན་རླབས་དང་། ། 上师加持为一，
ཡོན་བདག་བཟང་པོའི་དག་སྣང་གཉིས། ། 施主虔诚为二，
བསོད་ནམས་ཚོགས་ཀྱི་ཞིང་ས་གསུམ། ། 福资粮田为三，
ལས་དེ་གསུམ་ཐར་པའི་གཞི་རྩ་རེད། ། 称之解脱之根；
དཔོན་པོ་བཟང་པོའི་བརྩེ་བ་དང་། ། 首领仁心为一，
འོག་སྡེ་བཟང་པོའི་གུས་བཀུར་གཉིས། ། 属下恭敬为二，
མངའ་འབངས་ཁྲ་མོའི་བདེ་འཛགས་གསུམ། ། 属民安宁为三，
དོན་དེ་གསུམ་བདེ་སྐྱིད་གཞི་མ་རེད། ། 属之幸福之源；
རྒྱ་གར་ཡུལ་གྱི་བཟང་དྲུག་དང་། ། 天竺良药为一，
བོད་ཡུལ་མཐིལ་གྱི་སྨན་མཆོག་གཉིས། ། 藏地猛药为二，
གསོ་བྱེད་སྨན་པའི་ཡོན་ཏན་གསུམ། ། 神医智能为三，
ནད་བཞི་བརྒྱ་བསལ་བའི་རྟེན་འབྲེལ་རེད། ། 属之病愈征兆。

༧ བདེན་ལུང་པ་གཉིས་དེ་ཕུ་ཐག་རིང་། ། 真理就犹如山谷深又远，

རྫུན་ཨབ་བྲ་གཉིས་དེ་ཇ་མ་ཐུང་། །

谎言像田鼠尾巴细又短。

༡༠ ལ་ཐུར་མང་པོ་མ་བརྒལ་ན། །
བདེ་མོ་ཐང་ལ་ཐོན་པ་དཀའ། །

若不翻山越岭，
难达平坦原野。

གཟིག་རོང་དར་མ་དབང་ཕྱུག

色绒•塔尔玛旺秋

༡ ཆུ་ཆུང་ཙུར་སྒྲ་ཆེ་རྒྱུ་དེ། །
དཀར་ཡག་གངས་ཀྱི་ཇམ་བརྗིད་རེད། །
སད་སེར་བ་མོ་འབེབས་རྒྱུ་དེ། །
སྡེ་བརྒྱད་དྲེགས་པའི་ཆོ་འཕྲུལ་རེད། །
སྡེ་སྟག་རོང་བཅོམ་འཕྲོག་བྱེད་མི་དེ། །
རྒྱ་ནག་པོའི་རྒྱབ་སྐྱོར་ཡོད་ངེས་རེད། །

小溪哗哗直响，
源于雪山锐气。
无缘起霜之由，
源于八部幻化；
打劫达绒之人，
必有汉人支持。

༢ ནམ་ལངས་བཞིན་རི་མགོ་ཇེ་རིག་རེད། །
རི་རིག་བཞིན་རིག་པ་ཇེ་གསལ་རེད། །
བློ་བཀྲམ་ཞིང་བསམ་བློ་ཇེ་རྗེ་རེད། །
དོན་བྱ་བ་ལས་དོན་ཇེ་འགྲུབ་རེད། །
དམག་འཐབ་ཅིང་དམག་ཇུས་ཇེ་མཁས་རེད། །
ཐབས་བཀོད་པ་དགྲ་ཐུབ་ཇེ་དགའ་རེད། །

天愈亮山峰愈清晰，
山愈明头脑愈清醒，
头愈清识略愈豁达，
由此事业成功广大，
作战谋略巧妙周密，
惯战之将愈发多谋。

སྐྱི་དཔོན་རོང་ཆ་ཁྲ་རྒན།

吉本•绒擦查根

༡ ཚེ་མི་རྟག་འཆི་བ་དེ་ཤེས་དཀའ། །
ལས་རྒྱུ་འབྲས་དབྱེ་བ་དེ་ཞིབ་དཀའ། །

人生无常难预料，
善恶因果难细分。

༢ མཐོ་ནམ་མཁའ་ཡག་ལ་སྨུག་སྤྲིན་འཐིབས། །

满天乌云之密布，

སྦྲང་ཆར་ཟིལ་མའི་རྟེན་འབྲེལ་རེད། །
དམའ་ས་གཞི་ཡག་ལ་ས་ཆུ་དྲོས། །
རྩི་མེ་ཏོག་རྒྱས་པའི་རྟེན་འབྲེལ་རེད། །
སྟག་རོང་བྱུས་ཤོར་རྩ་དོན་དེ། །
རྒྱ་གླིང་རྩོད་པའི་རྟེན་འབྲེལ་རེད། །

细雨蒙蒙之缘起；
广袤之大地降暖，
花草繁茂之缘起；
达绒之权势雄厚，
汉岭争端之缘起。

༣ ནམ་མཁའ་ཡག་ལ་ཉི་ཟླ་ཤར། །
མུན་པ་སེལ་བའི་སྒྲོན་མེ་རེད། །
ས་གཞི་ཡག་ལ་རྩི་ཤིང་བཀྲག །
མངའ་ཐང་རྒྱས་པའི་རྟགས་མཚན་རེད། །
ཕ་མ་ཡག་ལ་བུ་རྒྱུད་བཟང་། །
དྲིན་ལན་འཇལ་བའི་ལས་སྐལ་རེད། །
རྒྱ་གླིང་གཉིས་དེ་འདུན་མ་འགྲིག །
ཉེ་འབྲེལ་ཡོང་བའི་རྟེན་འབྲེལ་རེད། །

天空广阔日月明亮，
是驱散黑暗的明灯；
大地广袤草木繁茂，
国力强盛之好预兆；
父母仁慈儿女孝顺，
是涌泉相报之缘起；
汉岭两国冰释前嫌，
联姻嘉庆之好征兆。

༤ དགྲ་ཡ་དེ་མ་མཐོ།
ཉེ་ཡ་དེ་མ་དམའ།

仇家不可过强盛，
亲友不可过低廉。

༥ རྒྱ་གླིང་གཉིས་ཀྱི་དར་ཐག་དེ། །
འཐེན་ན་ལས་དབང་རླུང་རྟ་དར། །
མ་འཐེན་མངའ་ཐང་དར་རྒུད་ཡོང་། །

汉岭友谊之线，
连则时来运转，
断则两败俱伤。

ཨ་འབར་རྫོ་རྒོད།

阿跋尔多贵

༡ དམར་ཡག་སྟག་དང་བདའ་ལུ་ཁྱི། །
མཆེ་སྡེར་རྣོ་ཆོད་སུ་རྣོ་ཡིན། །
འཛུམ་དྲུག་རི་མོ་དེ་དུས་གསལ། །

猛虎与那犬狗，
牙爪锋利与否，
比比易分胜负。

བྱང་ཆེན་འབྲོང་དང་ཟོག་ངན་གླང་། །
རྭ་རྩལ་ང་ངར་ཁོ་ངར་བསམ། །
མགོ་ཅུ་ཐུར་སུ་རྙེ་བསྡུར་དུས་གསལ། །
ཁ་དཀར་རྐྱང་དང་རྒྱ་གྲོང་བོང་། །
མགྱོགས་འགྲོས་གོམ་ང་མགྱོགས་ཁོ་མགྱོགས་དྲན། །
བྱང་ན་དམར་གཞུང་ནས་རྒྱུག་དུས་ཤེས། །
ནག་པོ་རྒྱ་དང་ཁྲ་མོ་གླིང་། །
བུ་དཔའ་རྗོད་གཡེར་གྲགས་སུ་ཆེ་རེད། །
དཔའ་རྟགས་འཁྲབ་དུས་སུ་སྐྱིན་བལྟ། །

野牛与那黄牛，
角之硬尖与否，
比比易争胜负；
野马与那驴子，
跑之快慢与否，
草泽赛出胜负；
汉人与那白岭，
称霸英雄与否，
斗勇易分胜负。

ཟག་དཔོན་ཧ་ར་ནག་པོ།

洽本•哈热那波

༡ ཀྱ་ཁྲས་བྱིའུ་ཚང་བསད་བསད་དེ། །
མཁའ་ལྡིང་ཁྱུང་ལ་ཨི་འགྲོ་ན། །
འཕར་བས་ར་ཁྱུ་དགྲུག་དགྲུག་དེ། །
དམར་ཡག་སྟག་ལ་ཨི་འགྲོ་ན། །
སྲམ་སྙུ་ཅུས་ཉ་ཚང་འདེད་འདེད་དེ། །
ཆུ་སྲིན་གདོང་ལ་ཨི་འཁྲིམ་ན། །
གླིང་དམག་ཚོང་འགྲོན་བཙོམ་བཙོམ་དེ། །
ནག་པོ་རྒྱ་ལ་ཨེ་འགྲོ་ན། །

鹞鹰易摧雀群，
若遇大鹏试试；
豺群易杀山羊，
若遇猛虎试试；
水濑易吃小鱼，
若遇巨鳌试试；
岭军易劫商队，
若遇汉军试试。

༢ བློ་སྔོན་ནས་དྲན་ན་མཁས་པ་རེད། །
དོན་འགྱོད་པ་ལས་ཀྱི་ཐ་མ་རེད། །

事前考虑是智者，
事后悔恨乃庸俗。

ལྡོང་ཆོས་ལུ་བྲུ་ཡི་དར་འཕེན།

董曲鲁•普依达潘

༡ ཚོང་གར་སོང་མགྲོན་པོའི་ཕ་ཁྱིམ་ཟེར། །

商行何处即家宅，

ལམ་གར་འཁྱིལ་ལྷ་ལམ་དར་ཐག་ཟེར། །

路路通达又精彩。

སྟག་རོང་ཨ་ནུ་སྟག་འཕྱེན།

达绒阿努达潘

༡ དཔའ་རྒྱ་སྟག་ཁྲོས་པའི་ངར་ལམ་ནས། །
བོང་ཐོ་ཏུ་མང་ཡང་གར་ཟློས་རེད། །
མཐོ་གླག་པོ་འཛུམ་པའི་ཁ་སྦྲུན་ནས། །
ཆུང་རི་བོང་བྲོས་ཀྱང་ཐར་ས་མེད། །
དགྲ་ཆུ་སྲིན་ཛམ་པའི་མཆེ་ལམ་ནས། །
ཉ་སྲམ་རིགས་མང་ཡང་ནམ་ཟློས་རེད། །
གླིང་དཔའ་རྟུལ་ཁྲོས་པའི་ངར་ལམ་ནས། །
ཁྲོད་ཇག་ཚོད་དམག་དཔོན་གར་བསད་རེད། །

猛虎发怒之际，
灰驴聚多无用；
岩雕收紧嘴巴，
白兔挣扎无用；
巨鳌锐齿之隙，
鱼濑繁多无用；
白岭勇士剑下，
匪头逃无用。

ཧ་ཤང་ཀྲ་མ་ར།

哈香•扎玛热

༡ བྲག་རི་ཛམ་བརྗིད་ཆེ་ན་ཡང་། །
གནམ་ལྕགས་ཐོག་གིས་གར་གཏོར་རེད། །
ཆུ་ཆེན་ཟ་རླབས་ཆེ་ན་ཡང་། །
ཡུར་ཆུ་སྦྲུན་མོ་གར་ཁྲིད་རེད། །

大山虽险峻，
霹雳易击碎，
江河虽浪大，
渠水易引走。

༢ ཟ་ཆེ་ན་སྦྲང་རྩིས་མཆིན་པ་ན། །
གཤིབས་ཆེ་ན་བུ་མོ་མ་ལ་འཁོན། །
བརྒྱགས་ཆེ་ན་ཟས་ལ་སྐྱུག་དྲི་དྲོ། །

大口豪饮蜂蜜伤肝，
走的太近母女易吵，
吃的过饱佳肴无味。

ཚ་ཞང་འདན་མ་བྱང་ཁྲ།

擦香•丹玛向查

༡ རྒྱ་མཚོ་ཟ་རླབས་ཆེ་ས་ནས། །

大海浪大之处，

ཆུ་སྲིན་འཁྱུག་རྩལ་ཇི་ཆེ་ཡིན། །
ཆུ་གནས་སུ་ཟ་རང་དབང་ཆེ། །
བྲག་རི་ཛམ་བརྫིད་ཆེ་ས་ནས། །
གནམ་ལྕགས་ཐོག་དམར་ཇི་ཆོད་ཡིན། །
བྲག་རི་གར་གཏོར་རང་དབང་ཆེ། །
རྒྱ་ནག་ཁ་ཞེང་ཆེ་ས་ནས། །
འདན་ཆོད་དཔའ་རྩལ་ཇི་ཆེ་ཡིན། །
དམག་དཔོན་མགར་གསོད་རང་དབང་ཆེ། །

巨鳌畅游愈易，
海阔任凭鳌跃；
大山险峻之处，
霹雳威力愈大，
山大任凭雷击；
汉地广袤之地，
丹玛气势愈盛，
将领首脑可斩。

༢ འདྲེས་མ་དྲན་སྔོན་ནས་མི་ཡིས་དྲན། །
མཐུ་ངན་སྔགས་ཅི་གདའ་དེ་དུས་ཤེས། །
གླིང་སྟག་རོང་ཚོང་པ་རྒྱ་ཡིས་བསད། །
དཔའ་དཔུང་པ་བསྐུར་དུས་ཅི་གདའ་བལྟ། །

鬼神未知而人先觉，
咒师的法力此时晓；
达绒的商队被人劫，
壮士的勇气此时晓。

༣ བྱ་ཐང་དཀར་ཆོད་པོ་གཤོག་རྩལ་ཆེ། །
འཕུར་ཆེ་ན་ནམ་མཁའ་སྟོང་པ་རེད། །
སྒྲོ་ཐྲུ་ལུ་གཏོར་བའི་སྤྱི་ལྟས་རེད། །
སྨན་མ་ངན་བུ་མོ་རང་སྣང་མཐོ། །
འཁྲུལ་ཆེ་ན་རང་སྣང་གང་མེད་རེད། །
ལུས་ལན་ཆགས་ཁུར་བའི་སྤྱི་ལྟས་རེད། །
ཡུལ་ལུང་ངན་པས་ཁྲིམས་སྲོལ་བཙུགས། །
ནང་ཕུ་ནུ་མི་བདེ་གཞི་རྩ་འཁྲུགས། །
རང་རྟུས་ཤོར་བའི་སྤྱི་ལྟས་རེད། །

雄鹰矫健飞翔，
过高天空为虚；
小心摧毁羽毛，
妇女自大清高；
心神错乱为误，
小心身负孽债；
穷乡僻壤立法，
破坏亲党团结，
小心瓦解善策。

ཐོག་ལྷ་འབར་བ།

托拉赛跋尔瓦

ཆོས་ཉིད་རྟོགས་ན་སངས་རྒྱས་ཟེར། །

懂法理者为觉者，

སྡེ་འབངས་རྒྱས་ན་མགོ་དཔོན་ཟེར། ། 兴百姓者为头领，
གནས་མགོ་མཐོ་ན་མཛངས་མ་ཟེར། ། 盼高嫁者为贤女，
འཐབ་ཚོད་ཟིན་ན་དཔའ་བོ་ཟེར། ། 善征战者为英雄。

སྟོང་ཆོས་ལུ་བུ་ཡི་དར་འཕེན། 董曲鲁•普依达潘

ཚིག་སྔ་སོའི་ཕྱི་སོ་ནོན་ལེ་དགོས། ། 言语需前后一致，
སྐྲ་རལ་པས་རོ་སྟོད་ཁེབས་ལེ་དགོས། ། 一头长发需盖肩。

སྟག་རོང་ཨ་ནུ་གཟིག་འཕེན། 达绒•阿努色潘

སྐྱེས་པོ་རབ་པོ་འབྲིང་པོ་ཐ་གསུམ། ། 人分能力高低，
པོ་རབ་ཅིག་གི་ལས་ཀ་དེ། ། 俊杰者做事时，
ཡུལ་གཉིས་བར་ལ་བདེ་སྐྱིད་བསྐྲུན། ། 为两地谋幸福，
མི་གཉིས་བར་ལ་རྩོད་པ་སེལ། ། 为两人谋和睦，
རྒྱལ་གཉིས་བར་ལ་མཐུན་ལམ་སྒྲིག། 为两国谋安宁；
པོ་འབྲིང་ཞིག་གི་ལས་ཀ་དེ། ། 中等者做事时，
མི་གཉིས་བར་ལ་འདུག་བདེ་བསམ། ། 盼两人能和睦，
སྡེ་གཉིས་བར་ལ་འགྲིག་ཐབས་དྲན། ། 盼两村能和解，
མ་འགྲིག་དགྲ་ལ་ལེ་ལན་སྒྲོད། ། 力求遇杀顽敌；
པོ་ཐ་མ་ཞིག་གི་ལས་ཀ་དེ། ། 卑劣者做事时，
ཡུལ་གཉིས་བར་ལ་དཀྲུག་གཞི་འཛོག། 挑起两村是非，
མི་གཉིས་བར་ལ་རྩོད་པ་སློང་། ། 挑拨两人关系，
དགྲ་གདོང་ཐུག་བྱུང་ན་ཕ་བྲོས་རྒྱག། 遇敌摇尾潜逃。

རྒྱ་ཡི་ཟམ་ལྷ་སྟག་ཡག

༡ མི་ཆེན་ཚིག་ལ་ནོར་ཡ་མེད། །
ཉི་ཟླ་ཤར་ལྟར་མུན་པ་གསལ། །
ཆུ་ཆེན་བབས་ལྟར་དལ་མོར་འགྲོ།

༢ ཕོ་རབ་གཅིག་གིས་གཞན་དོན་འགྲུབ། །
རང་བདེ་གཞན་སྐྱིད་གཉིས་ཀ་རེད། །

ཕོ་འབྲིང་གཅིག་གིས་རང་དོན་འགྲུབ། །
རང་དོན་འགྲུབ་ནས་གཞན་གནོད་མེད། །

ཕོ་ཐ་གཅིག་གིས་ཡུལ་གཉིས་དཀྲུགས། །
གཞན་སྡེ་མི་ཐུབ་རང་ཚུས་ཤོར། །

རྒྱ་ཡི་ལིས་ཤང་ཀྲང་།

༡ སྒྲ་འཛོན་རྣ་བའི་བདུད་རྩི་དེ། །
ཡ་རབས་དམ་པའི་ངག་ལས་ཐོས། །

༢ དཀར་ཡག་གངས་དང་ཁྲ་ཡག་རྫ། །
གཉིས་ཕན་སྲིད་པའི་ཆ་ལུགས་རེད། །
ནག་པོ་རྒྱ་དང་ཁྲ་མོ་གླིང་། །
གཉིས་ཕན་འཛམ་གླིང་རྒྱན་གཅིག་རེད། །

嘉依•昂拉达雅

俊杰言之无误，
犹如日月驱黑，
犹如江河缓慢。

俊杰者为他人，
自他并利两全。

中等者为个人，
利己而不损人。

卑劣者损他人，
怕敌且害自家。

嘉依•李香章

悦耳之音，
源于高士。

雪山与乱石山，
世间互利成形；
汉人与国白岭，
互利装点世界。

གནམ་བསྒོས་ཏུང་ཁྲིན་རྒྱལ་པོ། 敦坤天皇

༡ སྡེ་བརྒྱའི་དཔོན་པོས་བསམ་ན་གཞུང་སེམས་དྲང་དགོས། །
ལུག་བརྒྱའི་བདག་པོས་དྲན་ན་འཚོ་སྐྱོང་ཡག་དགོས། །

酋长应有大公无私心，
牧人应是精心饲养者。

༢ དྲིན་ལན་བསམ་ན་ཕར་ལ་འཇལ། །
རྒན་པ་བྱམས་སྐྱོང་ཡག་དགོས། །

有心报恩，
尊老为先。

༣ བུ་མོ་གནས་ལམ།
བུ་ཚུང་ཚོང་ལམ།

女儿嫁人为宜，
男儿从商为好。

མ་མོ་གཡུ་གདོང་ཁྲ་མིག 玛摩·玉董查米

༡ སྟོད་ནགས་རྒྱལ་ཕྲུག་མོ་རྒྱས་རྒྱུ་དེ། །
སྟག་དམར་ཡག་འཁོར་བའི་རྟེན་འབྲེལ་རེད། །

森林枝繁叶茂，
猛虎栖息之兆。

༢ སྟག་གཟིག་གཉིས་པོ་ཀྲ་སྡེབས་ན། །
སྟག་གཟིག་ཀྲ་ཡག་ཁ་སྒྲོད་རེད། །

虎豹毛梢，
相衬相映。

༣ སྟོབས་ཆེན་སེང་གེའི་གཡུ་རལ་འདྲ། །
མཛེས་ལྡན་རྨ་བྱའི་མདངས་ལྡན་འདྲ། །
སྙིང་བཅུད་ནོར་བུ་དགོས་འབྱུང་འདྲ། །
མཚན་སྙན་གཡུ་འབྲུག་སྒྲོན་མོ་འདྲ། །

犹如威猛雪狮之青鬃，
犹如美丽孔雀之光泽，
犹如如意珠宝之精华，
犹如盘空青龙之名誉。

༤ སེང་དཀར་མོའི་རྒྱུད་ལ་སེང་ཕྲུག་ཡོད། །
མགོ་གཡུ་རལ་མ་ཉམས་སྡེར་བཞི་ཡོད། །

母狮孕育幼狮，
青鬃利爪俱全；

དར་དཀར་པོའི་རྒྱུད་ལ་ཆུ་སྲམ་ཡོད། །
ཉ་གསེར་མིག་འཚང་ཁ་མ་ཉམས་ཡོད། །

冰河养育水獭，
不缺金鱼拥挤。

༥ གནམ་ལ་ཉི་ཟླ་སྐར་གསུམ་འཛོམས། །
སྤུག་མུན་པ་གསལ་བའི་རྟེན་འབྲེལ་རེད། །
ས་ལ་སེང་སློན་བུ་གསུམ་འཁྲུངས། །
བོད་དབུ་ནག་བདེ་ལ་བཀོད་མི་རེད། །

日月星辰升高天，
驱散黑夜之祥兆；
桑伦子孙生蕃地，
安邦利民之吉兆。

ཁྲ་ཀྲན་སྲིད་པའི་རོལ་དབྱངས། 《查岭初形传》

སྐྱེ་དཔོན་རོང་ཚ་ཁྲ་ཀྲན། 吉本·绒擦查根

༡ གནམ་ད་འབབ་ཟེར་ན་ཤག་ཤག་འབབ། ། 大雨哗啦直下，
ད་མ་འབབ་ཟེར་ན་ཁྲིག་གེ་ཆད། ། 停则云淡风清，
རླུང་ད་གཡོ་ཟེར་ན་ཞུར་སེ་གཡོ། ། 大风呼啸而来，
ད་མ་གཡོ་ཟེར་ན་ཁྲིག་གེ་འདུག ། 停则寂然无声，
ས་ད་འགུལ་ཟེར་ན་ཞུར་སེ་འགུལ། ། 大地轰隆而震，
ད་མ་འགུལ་ཟེར་ན་དན་སེ་འདུག ། 停则风平浪静，
མེ་ད་འབར་ཟེར་ན་ལྷབས་སེ་འབར། ། 大火熊熊燃烧，
ད་མ་འབར་ཟེར་ན་ཐིབ་བེ་གསོད། ། 停则戛然而止，
ཆུ་ད་འབབ་ཟེར་ན་ཤག་གེ་འབབ། ། 河流汹涌宣泄，
ད་མ་འབབ་ཟེར་ན་ཁྲིག་གེ་ཆད། ། 停则水平如镜。

༢ མ་ཎི་འདོན་ན་ཞེན་པ་ལོག ། 念诵经卷文恶心，
འཁོར་ལོ་བསྐོར་ན་མགོ་ཡོམ་འཁོར། ། 手摇转经筒头晕。

༣ མ་ཎི་ཨོཾ་རེ་འདོན་པ་ན། ། 念句六字真言，
ཆད་པ་རྟ་རེ་གཅོད་པ་རེད། ། 责罚一匹家马，
ཤིག་པ་ཤིག་རེ་སོད་པ་ན། ། 揉死一个虱子，
དཔའ་དར་མཛོ་རེ་སྦྱིན་པ་རེད། ། 奖励一头犏牛。

རྨ་ཆེན་སྤོམ་ར།

ཕོ་རབ་སྐད་ཆ་མཐུག་ན་བཤད། །
ཕོ་འབྲིང་སྐད་ཆ་དྲིས་ན་བཤད། །
ཕོ་ཐ་མས་ལྟོ་བ་བཀྲུགས་ན་བཤད། །

玛卿邦热

俊杰者见后说，
普通人问后说，
卑劣者饱后说。

འགོག་གླིང་གཡུལ་འགྱེད། 《果岭之战》

རྒྱ་ཚ་ཞལ་དཀར། 嘉擦谐嘎尔

ལུས་འཕུར་རྩལ་ཅན་གྱི་ཐང་དཀར་ང་། །
མཐོ་སྟོང་ལམ་མི་འགྲིམ་ཀ་མེད་རེད། །
གཤོག་རྩལ་གྱིས་འཛམ་གླིང་བསྐོར་ནས་ནི། །
སྐུ་བདེ་བར་ཚང་ལ་སླེབས་ནས་ཡོང་། །
ཁ་མཆེ་སྡེར་ཅན་གྱི་དམར་ཡག་སྟག །
ནགས་སྡུག་པོ་མི་འགྲིམ་ཀ་མེད་རེད། །
འཛུམ་དྲུག་གིས་ནགས་ཚལ་སྐོར་ནས་ནི། །
ལུས་བདེ་བར་ནགས་ལ་སླེབས་ནས་ཡོང་། །

矫健飞翔的雄鹰，
不得已翱翔高空；
遨游于世间各处，
现如今平安而归；
牙爪锋利的猛虎，
不得已漫游密林；
畅游于密林各处，
现如今平安而归。

འགོག་ར་ལོ་སྟོན་པ་རྒྱལ་མཚན། 果热洛·顿巴坚赞

༡ ཡོད་པོའི་རྟ་སྒ་ལེན་ས་ཡིན། །
མེད་པོའི་ཁུར་པོ་ཐོག་ས་ཡིན། །

富人马鞍卸此处，
穷人行囊放此处。

༢ བླ་མ་དཔོན་པོ་ཕ་མའི་བཀའ། །
ཁྱད་པར་མེད་པ་རྣམ་གསུམ་རེད། །
དེ་མ་ཉན་བཞག་ན་རང་སྡུག་རེད། །

上师头领及父母，
三者之命无分别，
不遵只能自讨苦。

༣ སྟག་མོ་རི་བཀྲ་ཤ་ཟན་ཅན། །
རྒྱ་ཛོང་ནགས་ལ་འགྲིམ་ཉིན་མོ། །
འགྲོ་མཁས་འདུག་མཁས་མ་ཤེས་ན། །

强大食肉者母老虎，
漫游葱郁森林之日，
应当小心警惕为上，

ས་མདའ་ངར་མའི་ཁ་ལ་ཨོར། ། 以防地弩早已瞄准；
སྟག་ཤར་བུ་ཚ་འཕོར་གསུམ་ཅན། ། 英雄男儿手持兵器，
དཔའ་རྐོད་སྤྱང་གྲུང་མ་འཛོམ་ན། ། 勇士应当智谋兼备，
ངར་མ་ཤི་འཐབ་རོ་འཐབ་དེ། ། 死拼硬打毫无意义，
ངར་མགོ་མི་ཐོན་ལས་གཅིག་རེད། ། 不定会是兵败之兆；
མཛེས་མ་སྐྱེ་ཡག་གཟུགས་བཟང་མ། ། 倾国倾城窈窕淑女，
རང་ཚོད་གནས་སྡོ་མ་ཟིན་ན། ། 安身立命夫家之地，
རྒྱ་གྲོང་གཤེར་ན་ཁྱི་མོ་འདྲ། ། 闲逛闹市如同母狗，
ཁ་སྐྱུག་དྲི་འཚུབས་སེ་ལུས་རབས་ཡོད། ། 满身粪便落人闲话。

སྤྱི་དཔོན་རོང་ཚ་ཁྲ་རྒན། 吉本·绒擦查根

༡ ཕུ་གངས་དཀར་གོང་བ་རྩོད་རྒྱུ་མེད། ། 不争沟底雪山之顶，
མདའ་ས་ནག་མཚེར་ས་ཁ་ཁ་ཡིན། ། 不抢沟口黑土牧场，
རྒྱུ་ཕར་ཨོར་ཚུར་ལེན་སྐོགས་པ་མེད། ། 财富争夺不曾有之。

༢ བསམ་བློ་མེད་པའི་བུ་ཆུང་དེས། ། 无谋无勇之儿，
བཙན་མདའ་བསམ་སའི་འབེན་ལ་འཕངས། ། 随手射出飞箭，
དོན་མེད་མི་ཡི་མིག་ལ་ཕོག ། 射中无辜之人；
སྐྱིད་སྡུག་མེད་པའི་བུད་མེད་དེས། ། 厚颜无耻之女，
ངོ་ཚ་མི་ཤེས་ཁྱི་མོ་འདྲ། ། 轻浮滥情如狗，
མཐའ་མ་རང་ལུས་ནད་ཀྱིས་བཟུང་། ། 落得一身疾病；
ཆགས་བཞག་མེད་པའི་དཔོན་ངན་དེས། ། 不可信赖之官，
ཁ་མཆུ་རྩོད་པ་དོན་མེད་བྱེད། ། 轻看冲突纠葛，
མཐའ་མ་རང་ཧུས་ཀྲུང་ལ་བསྐུར། ། 破坏内部规矩。

༣ ཕོ་ལ་རྐོད་ཞན་ཟེར་བ་དེ། ། 英雄高低之分，

ཉིན་གཅིག་གི་རླུང་རྟ་དར་རྒུད་རེད། །
རྟ་ལ་མགྱོགས་ཞན་ཟེར་བ་དེ། །
ཉིན་གཅིག་རྩྭ་ཆུ་སྟེར་སྟངས་རེད། །
དམག་འཁྲུག་གཡུལ་ཉེས་ཟེར་བ་དེ། །
ཕ་ཁུ་བློ་རྒྱུ་སུ་མཁས་རེད། །

有关一日时运；
骏马快慢之分，
有关一日饲喂；
战场胜负之分，
有关将领心智。

༤ མགོ་དབུ་སྐྲ་ཡག་ལ་ཤིག་སྲོ་མང་། །
སྐྲ་བཀྲུ་བཤད་གདའ་ན་རན་ནས་གདའ། །
སྙིང་དྲན་པའི་དཀྱིལ་དུ་བད་ཀན་ནད། །
སྨན་བཟང་དྲུག་ཡོད་ན་དགོས་པའི་དུས། །

发如青丝虱子多，
勤洗梳妆要尽快，
心脏中央得涎分，
良药有之正需要。

༥ རྒྱ་ཁྲ་འཛུམ་པའི་མཁའ་ལམ་ནས། །
བྱིས་ཆུང་གར་ཟ་རང་དབང་ཆེ། །
སྤྱང་ཐང་རྒྱུག་པའི་བང་ལམ་ནས། །
ལུག་ཆུང་གར་ཟ་རང་དབང་ཡིན། །

鹞鹰收口之时，
随意吃掉小鸟，
野狼追猎之时，
随意吃掉小羊。

༦ བྲག་དམར་དཀྱིལ་གྱི་རྒོད་ཚང་དེ། །
དོན་མེད་གནམ་ལྕགས་ཐོག་གིས་གཏོར། །
ང་ཐང་དཀར་མི་འཕུར་ཀ་མེད་རེད། །

筑于红岩雕巢，
无故霹雳击碎，
大雕不得不飞。

༧ རྒྱུ་ཆེན་པོ་ཇག་པར་ཤོར་ཉིན་མོ། །
དམན་ན་ཆུང་རྒྱོད་གཞི་ཡོང་ལེ་ཡིན། །
སྡེ་ཡུལ་ལུང་དགྲ་ཡིས་གསོད་ཉིན་མོ། །
བུ་དཔའ་བོས་སྡང་དགྲར་འཐབ་རྒྱུ་ཡིན། །

抢匪劫空财富之日，
不缺血性汉子追捕，
仇家杀死亲友之日，
不缺英勇男儿战斗。

སྟག་རོང་ཨ་ཁྲ་ཁྲོ་ཐུང་།

达绒·阿库超同

གཉོམ་ཆུང་རང་ས་བཟུང་ས་ལ། །
བཙན་པོས་སྔོ་བརྟངས་བྱས་ནས་བྱུང་། །

安守自家之地，
暴徒抢占入侵。

སྟག་རོང་ཉ་ཚ་ཨ་བརྟན།

达绒·年擦阿丹

ཆོས་དང་ལྟ་བའི་རིག་རྩལ་དེ། །
སྒྲུབ་ཕུག་ནང་གི་བླ་མས་ཤེས། །

法与见地之智慧，
要问洞中修法师。

སྟོང་ཆོས་ལུ་བུ་ཡི་དར་འཕེན།

董曲鲁·普依达潘

༡ སྐྱ་རེངས་ནམ་མཁའ་ལངས་པའི་དུས། །
ཉི་མ་མི་ཤར་ཀ་མེད་རེད། །
དབྱར་དུས་ཆར་ཆུ་བབས་པའི་དུས། །
མེ་ཏོག་མི་འབྱུངས་ཀ་མེད་རེད། །
དགྲ་ཆེན་མགོ་ཐོག་བབས་པའི་དུས། །
འཁོར་གསུམ་མི་བསྐོར་ཀ་མེད་རེད། །

高空破晓之后，
太阳自然升起；
夏季雨水充沛，
百花自然绽放；
正面迎敌之时，
只有披甲上阵。

༢ འཕུར་འདོད་ནམ་མཁའི་བྱ་ལ་གདའ། །
རྒྱུག་འདོད་ཐག་པའི་རྟ་ལ་གདའ། །
འཛིང་འདོད་མ་ངན་བུ་ལ་གདའ། །
ཆགས་སྡང་བུ་མོ་སྨུན་ལ་གདའ། །

鸟儿爱飞翔天空，
马儿爱驰骋原蹄，
怂男爱内讧争斗，
女人爱争风吃醋。

སྟག་རོང་ཨ་རྒུ་གཟིག་འཕེན། 达绒·阿努色潘

ཕོ་ནུས་མེད་གཅིག་གིས་དགྲ་འདུལ་དེ། ། 懦夫征战仇家时，
དགྲ་ད་འདུལ་བསམ་བཞིན་ཀླད་ལ་ཤོར། ། 念想杀敌被反杀；
བན་མདོ་འདྲ་ཞིག་གི་སྡོམ་པ་དེ། ། 小僧律仪生起时，
སངས་ནམ་རྒྱས་བསམ་ཞོར་ཕྲོག་ནས་ཕུང་། ། 念想成佛却失戒；
སྨན་གཡོ་ཅན་གཅིག་གི་ལག་ཟས་དེ། ། 懒女持家做饭时，
ཟས་ད་སྦྱིན་བསམ་ཞོར་ཞག་ལ་ལྷག ། 念想现做却隔夜。

སྟག་རོང་ཨ་རྒུ་སྟག་འཕེན། 达绒·阿努达潘

༡ ཕོ་ཁྲམ་པས་མི་མགོ་སྐོར་ཁ་དེར། ། 狡猾者欺诈之时，
ངུ་ལེ་བགད་ལེ་གཉིས་ཀ་ཤེས། ། 哭与笑两者兼用。

༢ ཕོ་ཁྲམ་པས་མི་མགོ་སྐོར་ཁ་ལ། ། 狡猾之人欺诈之前，
རྒྱུ་སྡོན་མ་སྦྱིན་པ་གཏོང་རབས་ཡོད། ། 布施钱财收买人心。

༣ མི་གཡོ་ཅན་བྱ་བ་རྗེས་ནས་ཤེས། ། 人伦颠倒先果后因，
གནམ་གོ་ལོག་ཉི་མ་ནུབ་ནས་ཤར། 时空颠倒西出太阳。

༤ རྒོད་ཐང་དཀར་ནམ་མཁའི་དབྱིངས་སུ་ལྡིང་། ། 雄鹰矫健飞向高空，
སེམས་བསམ་པའི་དམིགས་པ་ཤ་ལ་རེད། ། 终极目标在于肥肉。

༥ རྫུན་དང་འཇའ་ལ་སྒུག་དོན་མེད། ། 不等谎言彩虹，
ལག་ལེན་རྡོ་ལ་རི་མོ་འབྲི། ། 刻画行动之石。

གཡུང་དྲུང་ལྷ་རྒྱལ།

ནགས་ཀྱི་རྒྱ་སྟག་ཁྲ་བོ་དེ། །
རང་ཚོད་མཆོང་ཚོད་མ་ཟིན་ན། །
ཐ་མ་གཡང་ལ་ལྷུང་རབས་ཡོད། །
འཛུམ་དྲུག་ཤོར་ཉིན་འགྱོད་པ་ཆེ། །
ན་དམར་གཞུང་གི་རྐྱང་ཆུང་དེ། །
རྒྱུག་ཚོད་འདུར་ཚོད་མ་ཟིན་ན། །
ཐ་མ་གད་ལ་ལྷུང་ཉིན་ཆེ། །
མགོ་རྫོག་དྲུག་ཤོར་ཉིན་འགྱོད་པ་ཆེ། །

雍仲拉嘉

林间猛虎，
跳跃过猛，
落入深渊，
方生悔意；
草泽野马，
奔跑过猛，
跌下土坎，
方生悔意。

འགོག་ཤེལ་དཀར་འབྲུག་གྲགས།

ཕོ་གཅེས་ཕྲུག་ཤ་དང་འོ་མས་གསོས། །
ཡུལ་དམག་འཁྲུག་ཐུང་དུས་མ་ཕན་ན། །
ཐོབ་མངའ་ཐང་ཡོད་ཀྱང་ཕན་པ་མེད། །
རྟ་མགྱོགས་པ་རླུང་གི་བང་རྩལ་ཅན། །
མགྱོགས་དར་དཀར་རྒྱལ་ཁ་མ་ཐོབ་ན། །
སྒྲོ་ས་རོང་བོང་བུ་རྣ་རིང་འདྲ། །
མཐུ་སྟོབས་ནག་དྲག་པོའི་ཆས་གོས་ཅན། །
འདྲེ་འབྱུང་པོས་གནོད་ནས་མ་ནོན་ན། །
ལག་ཕྱུར་པ་འཛིན་ཡང་དོན་མེད་རེད། །

果协嘎尔珠扎

用肉与牛奶喂养的男儿，
交战之日不能血浴沙场，
权势雄厚显赫仅是摆设；
称之如疾风幻影的骏马，
如有获得赛马的胜算旗，
犹如大头长耳之蠢驴子；
身穿黑衣袍之威猛咒师，
如若没能镇压作恶魔鬼，
手持金刚橛那是显摆设。

ཨོམ་བུ་ཨ་ནུ་དཔལ་སེང་།

༧ ཁ་ཚོད་མེད་ཤ་ཡི་རྒྱ་སྒོ་ལ། །

文普・阿努巴森

嘴之肉门无遮拦，

ཚིག་ཚོད་མེད་པེམ་རོ་མགོ་དུམ་འདྲ། །

所言犹如无头尸。

༢ རྩ་བ་སྤྱུ་ཙམ་མེད་ས་ནས། །
རྩོད་པ་ནམ་མཁར་མི་ཤོང་བའི། །
ཁྲོད་མགོ་རི་ལས་ལྗི་ལེ་ཞིག །
ཁྲོད་མཐའ་ཆུ་ལས་རིང་བ་ཞིག །

毫无意义缘由，
惹出天大麻烦，
纷争比山头重，
纷争比河流长。

དམུ་སྤྲུང་རིན་ཆེན་དར་ལུ།

穆江仁钦塔尔鲁

ཁ་བཤད་ཆུ་ཡི་ལྦུ་བ་རེད། །
ལག་ལེན་གཏུགས་དུས་གསལ་ལེ་རེད། །

空话犹如泡沫，
执行之时了然。

སློབ་དཔོན་པདྨ་འབྱུང་གནས།

莲花生大师

སྔས་འོག་ཤ་སྐམ་དུག་ལ་འགྱུར། །
རོ་སྔས་བླ་མ་དགྲ་རུ་འགྱུར། །

枕下存干肉变质为毒物，
根本上师反目成为仇人。

སྐྱི་དཔོན་སྐྱིན་པ་ཆོས་རྒྱལ།

吉本·楞巴曲嘉

༧ ཁྲི་གདུགས་ཉི་མའི་འོད་མདངས་དེ། །
གླིང་བཞི་བསྐོར་བ་སྲིད་པའི་ལུགས། །
དོན་མེད་སྒྲ་གཅན་ནག་པོ་ཡིས། །
འཛིན་འདོད་སྣང་བ་འཁྲུལ་ལེ་རེད། །
གཡུ་འབྲུག་སྔོན་མོའི་ངར་སྐད་དེ། །
སྟོང་གསུམ་ཁྱབ་པ་སྲིད་པའི་ལུགས། །
དོན་མེད་སྔགས་ནག་རལ་ལུ་ཅན། །
འགུག་འདོད་སྣང་བ་འཁྲུལ་ལེ་རེད། །

太阳光芒四射，
本就客观存在，
罗睺吞食红日，
仅为空想幻景；
青龙呼啸之声，
充盈三千世界，
盘发辫者咒师，
欲伏灭为空幻。

༢ བདའ་ལུ་ཁྱི་ཡི་སྐྱག་རལ་དེས། །
གངས་སྟོད་སེང་ལ་འགྲན་ནས་བྱུང་། །
གཡུ་རལ་མི་གསིག་ཀ་མེད་རེད། །
སེར་ཚུང་ཝ་མོའི་སྤྲ་དམར་དེས། །
དམར་ཡག་སྟག་ལ་འགྲན་ནས་བྱུང་། །
མཆེ་སྐྱེར་མི་ཙོམ་ཀ་མེད་རེད། །
བྱ་རྒྱལ་ཁྱུང་ཆེན་འཕུར་ལམ་ནས། །
དུག་སྦྲུལ་ནག་པོ་འཁྱུག་ནས་བྱུང་། །
ར་ཟོར་མི་རྐྱོང་ཀ་མེད་རེད། །

老狗鬃毛凌乱，
还想争锋雪狮，
绿鬃只得震抖；
狐狸斗胆欲拿毛梢，
欲同猛虎鬃毛相比，
猛虎自然炫鬃毛；
大鹏展翅欲飞之际，
毒蛇斗胆倏地一现，
大琼自然亮出犄角。

ཉི་མ་ལྷ་བཙན།

尼玛拉赞

༡ མ་ཨ་མའི་གཅེས་ཕྲུག་ལང་ཤོར་དེ། །
ཁ་ཀ་ར་བུ་རམ་ཟོས་ཟོས་ནས། །
ལྟོ་ཕོ་བ་རྒྱགས་ལྟོགས་མ་ཤེས་རིག །
རྒྱབ་དར་གོས་རས་གོས་གོན་གོན་ནས། །
ཁྲབ་དཀར་མོའི་མཚན་སྟོམ་མ་ཤེས་རིག །
ལག་སྦ་དཀར་རྩེ་ཆས་བྱས་བྱས་ནས། །
མཚོན་རྣོན་པོ་བཟུང་ལུགས་མ་ཤེས་གདའ། །

慈母惯养宝贝，
口吃过多甜糖，
不知肚子饥饿；
身穿绸缎过久，
不知补缝铠甲；
玩弄白藤过久，
不知兵器用法。

༢ སྟག་མོ་ནགས་ནས་མཆོང་པ་དེ། །
སྟག་ཕྲུག་རང་གི་ཨ་ལུགས་རེད། །
ཁྱོད་ཁྱི་ཕྲུག་ང་ཟུག་བྱས་ན་ཡང་། །
ང་སྟག་ཕྲུག་ནགས་ནས་ཇེ་མཆོང་ཡིན། །
སྐྱ་ཁྲ་དགུང་ནས་འཇུམ་པ་དེ། །
ཁྲ་ཕྲུག་རང་གི་ཨ་ལུགས་རེད། །

猛虎跃于密林之中，
是与生俱来的技能；
任凭幼犬狂吠不止，
幼虎于林越跃越猛；
鹞鹰缩于高空之中，
幼鹞与俱来之技能；

ཁྱོད་བྱིའུ་ཚང་ཚེར་ཤུང་བཟུང་ན་ཡང་། །
ང་སྐྱ་ཁྲ་དགུང་ནས་ཇེ་འཇུམ་ཡིན། །

任凭小鸟潜藏棘丛，
鹞鹰越能俯冲叼拿。

གཡུ་རྐོད་ཐོག་ལྷ་མེ་འབར།

玉贵托拉梅跋尔

ཏུང་དཀར་འབུ་ཆུང་སྙིང་སྟོབས་ཅན། །
ནོར་བུ་བརྒྱ་ཡི་སྙིང་བཅུད་ཡིན། །
ཆུ་སྲིན་ནག་པོའི་སྲོག་གཅོད་རེད། །

身小胆大的海螺，
众多珍宝之精华，
黑色巨鳌之天敌。

སྟག་རྒོད་ལྷ་བཙན།

达贵拉赞

གླག་མོ་བཙུམ་པའི་རྩལ་ལམ་ནས། །
རི་བོང་ཤོར་བསམ་ཞེ་ལ་མེད། །
ཁྲ་ཡག་གཟིག་གི་ཁ་སྦུན་ནས། །
བདའ་ཁྱུ་ཤོར་བསམ་ཞེ་ལ་མེད། །

岩雕缩拢之际，
野兔难逃一劫；
豹子张口之际，
犬狗难逃一劫。

ཨ་ཁྱུང་ནམ་མཁའ་དར་མ།

阿琼・南喀塔尔玛

ཁྱོད་སྤྱང་ཕྲུག་ཤ་ཡིས་བརྒྱགས་ཉིན་མོ། །
རི་ཟུར་འཁྱིམ་ཞིང་ངུ་ཟུག་བྱེད། །
ཁྲམ་པ་རྒྱུ་ཡིས་ཚོམ་ཉིན་མོ། །
ཕྱུག་པོའི་སྒོ་ལ་ཕྱོགས་གཏམ་བྱེད། །
བུ་མོ་ལྟོ་བ་བརྒྱགས་ཉིན་མོ། །
རྒྱ་གྲོང་དཀྱིལ་ནས་རྒྱབ་ལག་བཅལ། །
བན་དེ་རྒྱུ་ཡིས་བརྒྱགས་ཉིན་མོ། །
རྒྱ་ལམ་ནང་ནས་འཆལ་མོ་སྒུག །
ཁྱི་རྣན་ཕོ་བ་བརྒྱགས་ཉིན་མོ། །

那狼崽食肉喂饱之时，
漫游于山脚嗷呜嚎叫；
那小人发财腰粗之时，
谩骂于富家门口之地；
那败女酒足饭饱之时，
背手于繁华闹市中央；
那僧侣钱财富有之时，
于繁华街道等候娼妓；
那犬狗吃饱肚子之时，

བདག་པོ་ཞ་ཡུ་ཕྱི་ལ་འདོན། །
撕咬主人脚筋开于外。

སྟག་རྒོད་རྡོ་རྗེ་ཁ་དམར།
达贵・多吉喀玛

༡ དཔའ་མཉམ་ན་སྟག་རོ་གཡག་རོ་བྱེད། །
མ་མཉམ་ཁྱི་ཤི་སྐྱོང་ལུས་རེད། །

勇猛相当视死若归，
若有悬殊一死一活。

༢ དཔའ་རྒོད་འདྲ་གཉིས་ཐུག་པའི་དུས། །
ཚོད་ཡོང་བསྡུར་ཡོང་གཉིས་ཀ་ཡོད། །
ཁྲིམས་ཆེན་དཔོན་པོའི་མདུན་ས་ནས། །
བཤད་ཡོང་གྲོས་ཡོང་གཉིས་ཀ་སྲིད། །
ཁོལ་མ་འབྲོང་གི་ཚོ་ཤ་དེ། །
ཚོས་ཡོང་གྲང་ཡོང་གཉིས་ཀ་ཡོད། །

同为勇者相逢时
既可比来亦可斗。
公堂面见长官时，
既可言来亦可商。
炉灶之上野牛肉，
既需煮来又需晾。

༣ བྲེ་སེར་འབྲོང་གི་རྭ་ཐུར་ལ། །
སླང་རྒན་རོག་པོས་འགྲན་རྒྱུ་མེད། །
ཁྲ་ཡག་གཟིག་གི་མཆེ་སྡེར་ལ། །
ཁྱི་རྒན་བདའ་ལུས་བསྡུར་རྒྱུ་མེད། །
ཁ་དཀར་རྐྱང་གི་བང་རྩལ་ལ། །
ས་རོང་བོང་བུས་རྒྱུག་རྒྱུ་མེད། །

褐鬃野牛头顶角，
黑毛黄牛怎能比。
花豹爪牙何锋利，
羸弱老狗怎能比。
白唇野驴疾驰健，
山沟毛驴怎能比。

༤ ན་ས་འཆི་ས་དུར་ས་གསུམ། །
གཤིན་རྗེའི་ཁྲམ་ལ་གར་བཏབ་རེད། །
སྐྱེ་ཀ་ན་འཆི་སྡུག་བསྔལ་འདི། །
འཇིག་རྟེན་སྲིད་པའི་ཆོས་ཉིད་རེད། །

病榻死地与坟茔，
阎王随传即随到，
生老病死诸痛苦，
乃是人世自然理。

རྒྱ་ཚ་ཞལ་དཀར། 嘉擦谐嘎尔

བློན་ཀློག་ཟས་ཟོས་ན་དཔོན་ལ་ཞུས། །
བྱུས་དགྲ་ཤོར་ལོ་རྒྱུས་དཔའ་བོར་ཤོད། །
ནོར་རྐུན་ཤོར་སྐྱུང་པོ་བུ་དེ་སྦྲོན། །

下属腐败需上禀，
败事应给勇士听，
失财求助寻智者。

ལྷོ་མའི་སྲིས་རྫོང་།

《洛姆蜜蜡宗》

སྟག་རོང་ཨ་ཁུ་ཁྲོ་ཐུང་།

达绒·阿库超同

གཏད་གཏད་ཁྲ་ཡག་རྫ།
སྒུག་སྒུག་འབྲི་སེར་འབྲོང་།

面朝石山岭，
就等野牦牛。

སྟག་རོང་ཨ་ནུ་གཟིག་འཕེན།

达绒·阿努色潘

༡ ཕོ་རབ་འདྲ་གཉིས་ཐུག་པའི་དུས། །
གཅིག་བློ་གཅིག་ལ་ཁེལ་བ་འདྲ། །
གཅིག་གཏམ་གཅིག་གིས་ཉན་པ་འདྲ། །
སྤེ་གཉིས་དར་དཀར་ཡུག་ཅིག་བྱེད། །
ཕོ་ཐ་འདྲ་གཉིས་ཐུག་པའི་དུས། །
གཅིག་མཚང་གཅིག་གིས་འབྲུ་བ་འདྲ། །
གཅིག་ལན་གཅིག་གིས་རྒྱག་པ་འདྲ། །
དོན་མེད་མི་ཤ་བགོ་རབས་ཡོད། །

同为高士相遇时，
彼此信任无嫌隙，
所说言语相听从，
双方似立同一旗。
同为下士相遇时，
互相揭短曝隐私，
反唇互讥答不绝，
亦有无端分尸理。

༢ དམའ་རྒྱ་མཚོའི་ཀློང་ནས་ཆུ་སྲིན་ཛམ། །
དུང་དཀར་འབུ་ཡི་ལག་སྡིག་རེད། །
ནགས་ཚལ་ཁྲོད་ནས་དུག་སྦྲུལ་ཛམ། །
མཁའ་ལྡིང་ཁྱུང་གི་ལྟོ་ཟན་རེད། །
ལྷོ་ཡི་སྟག་ལྷ་རྒོད་པོ་ཁྱོད། །
གཟིག་འཕེན་དཔའ་བོའི་རྟགས་མ་རེད། །

深海之中巨鳌兽，
微小白螺正相克；
密林毒蛇虽强劲，
乃是琼鸟口中食；
洛摩大将达拉[1]你，
是为色潘[2]添威名。

ཐང་དཀར་རྩེ་རྒོད།

唐嘎尔泽贵

༡ དཔོན་ངན་གཅིག་གིས་ཡུལ་གཉིས་ཕུང་། །
ཕོ་ངན་མི་དེས་སྡེ་གཉིས་དཀྲུག །
མོ་ངན་བུ་མོས་སྤུན་གཉིས་གཏོར། །
ཟས་ངན་རིགས་ཀྱིས་ཚེ་སྲོག་གཅོད། །

昏官坏两地，
恶男乱二乡，
贱女散兄弟，
毒食绝人嗣。

༢ ཀླུ་གདོལ་བར་འཁྲུས་ན་སྲོག་ལ་གཟན། །
མི་དཔོན་པོར་འཁྲུས་ན་ཕམ་ཁ་ཁུར། །
བཟའ་ཚོ་རོགས་འཁྲུག་ན་བུ་རྒྱུད་སྡུག །

毒龙发怒性命险，
官长迁怒百姓亏，
夫妻失和儿女苦。

ཡ་མེད་འབུམ་ཐུབ་རྒོད་པོ།

雅美奔图贵波

རྒྱུ་ནོར་ར་མདའ་སློབས་བསྐྱད་ཡོད། །
ཟོག་ནོར་རྩད་དཔྱོད་ཐོན་བསྐྱད་ཡོད། །
ཤ་ནོར་ཤ་ལན་ལེན་མི་ཡིན། །
ཁྲག་ལན་ཁྲག་གིས་སོད་ལེ་བྱེད། །

失财必有追讨者，
截物自有追究人，
深仇自有雪恨人，
血债还需血来还。

སྟག་རོང་ཨ་ནུ་སྟག་འཕེན།

达绒·阿努达潘

སྟར་མའི་ལག་སྟེ་མདའ་འཕེན་དེ། །
སྤྲང་མོའི་ལག་གི་འཕང་ཐུར་དགའ། །
ཁྱོད་ཁ་བཤད་ཆུ་ཡི་ལྦུ་བ་དེ། །
དོན་ལག་ལེན་གསེར་གྱི་ཐུར་མ་མེད། །

鼠辈抢光发箭矢，
不如女丐纺线锤，
言语再多似水泡，
实践才是黄金宝。

[1] 达拉:后门国国王，岭国联军核心统帅之一。
[2] 色潘：岭国长系色绒部族长，岭三十员英雄之一，在霍岭大战中英勇牺牲。

གཡུ་རི་མི་ཆེན་འབྲུག་གྲག

玉日 · 弥钦珠扎

སྤྱང་ཐང་གཡང་དཀར་ཟོས་ཟོས་དེ། །
ཁྲ་ཡག་གཟིག་ལ་འགྲོས་ས་མེད། །
ཆུ་སྲིན་ཆུ་གནས་ཟོས་ཟོས་དེ། །
དུང་དཀར་འབུ་ལ་འགྲོ་ལེ་མིན། །
སྐྱ་ཁྲས་བྱིའུ་ཆུང་ཟོས་ཟོས་དེ། །
མཁའ་ལྡིང་ཁྱུང་ལ་འགྲོ་ས་མེད། །
གླིང་པས་གཉོམ་ཆུང་ཧུང་ཧུང་དེ། །
ཕོ་གཡུ་རི་སྟེང་དུ་ཨེ་འགྲོ་ན། །

饿狼食羊虽常理，
怎能施诸花豹身；
巨鳌尽食海中虫，
不能施诸海螺身；
鹞鹰虽可食小雀，
怎能加诸琼鸟身；
岭国欺凌弱小辈，
怎能加诸我等身。

ར་རྒྱལ་སྟག་མོ་གྲགས་པ།

热嘉 · 达摩扎巴

༡ གཏམ་དང་འདུན་མ་དྲང་ན་དགའ། །
ལམ་དང་གཞུ་མོ་འཁྱོག་ན་དགའ། །
ལས་དེ་གཉིས་ཅི་དགའ་ཁྱོད་ཚོས་ཤེས། །

话语计策需直接，
路径弯弓需曲折，
何事为好汝自知。

༢ དཀར་ཡག་གངས་ཀྱི་སེང་གེ་ལ། །
དགྲ་བུ་ཡུག་བྱུང་ན་ཉམ་ང་མེད། །
ཝ་ཆུང་གྲ་ཕོ་དཔུང་རྫོམ་དེ། །
མ་རྫོམ་བསྡད་ན་དགའ་རྒྱུ་རེད། །
མགོ་གཡུ་རལ་ལེན་རྒྱུ་ཕར་ལ་ཞོག །
སྲོག་དམར་པོ་མ་ཤོར་དེ་ཙམ་རེད། །

雄狮傲立于雪山，
风雪之中不堕威，
狐狸竖毛欲显威，
最好尽早敛锋芒，
莫说摘取雄狮髯，
小心丢却你性命。

༣ ཁྱི་རྒན་ངན་ལང་ཡོབ་ཡོབ་ནས། །
ཁྲ་ཡག་གཟིག་ལ་ཁ་རྩེད་རྩེ། །

老狗身染恶习气，
胆敢寻衅花豹处，

གར་ཟོས་མ་རིག་འགྱོད་པ་ཆེ། ।	食入口中悔已晚。
ར་རྒན་ངན་ལང་ཡོབ་ཡོབ་ནས། ।	老羊身染恶习气，
དཀར་རྫོང་གསའ་རྒན་ཁ་ཡ་བྱེད། ।	胆敢理会白雪豹，
ར་སྲོག་ཤོར་ཉིན་འགྱོད་པ་ཆེ། ।	丧命之时悔已晚。
སྟག་རོང་ཁྱི་རྒན་ངན་ལང་ཡོབ། ।	达绒老狗染恶习，
ས་མཐའི་སྤྲང་འཁྱམས་འཕྲོག་འཕྲོག་ནས། ।	竟敢抢劫流浪汉，
ཀློ་དཔའ་རྒོད་ཐུག་དུས་འགྱོད་པ་ཆེ། ।	洛域英豪见时晚。

འབུམ་ལྷའི་ཟླ་བ་ཁེར་སྐྱེས། **奔安·达瓦凯吉**

ཕོ་གཡོ་ཅན་ཉི་མ་ནུབ་ནས་ཤར། ।	奸诈男子日升西，
ལས་བྱ་བ་མགོ་མཇུག་ཟློག་ནས་བཤད། ।	所言黑白俱颠倒。
སྨན་གཡོ་ཅན་ཕ་མ་སྐྲོ་ལ་ཕུད། ।	狡猾女子逐父母，
གཏན་ཚེ་རོགས་བསྐྱུར་ནས་མི་རྗེས་ཤོར། ।	抛下伴侣随人去。
གླིང་ཕོ་སར་ཁ་ནས་འདུན་མ་བཤད། ।	岭国男儿言长计，
དོན་ལག་ལེན་ལྷོ་རྒྱལ་ཕྱུས་ལ་ཧམ། ।	心中所思南国地。

གསེར་པའི་ལྷ་རྩེ་རྒོད་པོ། **色瓦 · 拉泽贵波**

འགྲས་ཡ་བརྒྱ་ཡོད་སྟོང་ཡོད་ལ། ।	可堪比试虽千万，
གླིང་དཔའ་རྟུལ་འགྲས་ན་ཚར་ལེ་རེད། ।	欲比岭国属失算；
འཐབ་ཡ་བརྒྱ་ཡོད་སྟོང་ཡོད་ལ། ।	可堪战斗虽千万，
གླིང་དཔའ་རྟུལ་འཐབ་ན་ཕམ་རྒྱུ་རེད། ।	来战岭国必完败；
རྩོད་ཡ་བརྒྱ་ཡོད་སྟོང་ཡོད་ལ། ।	可堪纷争千万人，
གླིང་དཔའ་རྟུལ་རྩོད་ན་ཤི་རྒྱུ་རེད། ।	来敌岭国必丧命

སྟག་ལྷ་རྒོད་པོ།

༡ ནམ་མཁའ་ཡག་ལ་ཉི་ཟླ་གསལ། །
སྐར་ཚོགས་ཁྲ་མོའི་འཁོར་གྱིས་བསྐོར། །
དེ་ཡང་སེམས་ཅན་བསོད་ནམས་རེད། །
ས་གཞི་ཡག་ལ་སྦྲང་ཆར་འབབ། །
རྩི་ཏོག་ལོ་ལེགས་ཕྱུགས་འཕེལ་རྒྱས། །
དེ་ཡང་སེམས་ཅན་བསོད་ནམས་རེད། །
ལྷོ་མོའི་རོང་ལ་སྤུན་གསུམ་འཁྲུངས། །
ལོངས་སྤྱོད་བསོད་ནམས་དཔལ་འབྱོར་རྒྱས། །
བུ་རྟ་ས་ཁའི་རྩི་ཏོག་འདྲ། །
དེ་ལྷོ་མོའི་རོང་གི་བསོད་ནམས་རེད། །

༢ ལྗོང་ཆུང་ལོ་ཡག་སྙེ་མ་ལ། །
ཐོག་སེར་གཉིས་ཀྱིས་གློ་དགྲ་བྱུང་། །
སྟོང་ཉིད་སྔགས་ནག་མཐུ་རྩལ་གྱིས། །
སྡེ་བརྒྱད་གྲོགས་སུ་མ་ཁུག་ན། །
ཧཱུྃ་ཕཊ་ཕུགས་ལྷ་དཀྲུག་བྱེད་རེད། །

གཟིག་རོང་ཁྲི་ཐུབ་རྒོད་པོ།

དཔའ་རྒོད་འདྲ་གཉིས་ཐུག་པའི་དུས། །
བཤད་ཡོང་འཛིང་ཡོང་གཉིས་ཀ་ཡོད། །
དཔོན་ཆེན་ཁྲིམས་ར་གོང་མ་ནས། །
གྲོས་ཡོང་གཏམ་ཡོང་གཉིས་ཀ་ཡོད། །
དགོན་ཆེན་བླ་མའི་མདུན་ས་ནས། །

达拉贵波

天空湛蓝日月明，
璀璨星河环四周，
此亦福祉归众生。
土壤肥沃降细雨，
五谷丰登牧畜增，
此亦福祉归众生。
国中诞生三兄弟，
尽享荣华均富贵，
兵马繁似地上草，
洛摩绒地具福祉。

丰年之中青禾苗，
遭受冰雹雷电击，
若不采用空性咒，
请得八部天龙助，
念咒只会扰主神。

色绒·赤图贵波

同为勇者相逢时，
既可比来亦可斗；
公堂面见官长时，
既可言来亦可商；
大寺上师法座前，

ཞུ་ལོང་གནང་ལོང་གཉིས་ཀ་ཡོད། །	既可上禀亦下示。

གངས་ནེ་མདའ་བཙན།　　**冈乃达赞**

ང་སྟོབས་ཆེན་གླང་པོའི་ཤུགས་ཡ་ལ། །	我乃大象力巨大，
ཁྱོད་ནུས་མེད་བོང་བུ་ཤ་རེ་ཚ། །	你般小驴实可怜；
ང་མཁའ་ལྡིང་ཁྱུང་གི་གཤོག་རྩལ་ལ། །	我乃琼鸟翼力高，
ཁྱོད་ནེ་ལེའི་གཤོག་རྩལ་འགྲན་སྣང་ཤར། །	你般鹞鹰怎能比；
ང་རྒྱ་སྟག་ངར་མའི་རྩལ་ལམ་ནས། །	我乃猛虎何威猛，
ཁྱོད་གྲོང་གསེབ་ཁྱི་རྒན་ཡ་རེ་ང་། །	你般老犬实可怜。

ཚ་ཞང་འདན་མ་བྱང་ཁྲ།　　**擦香・丹玛向查**

༡ སྟེང་མཁའ་ལམ་བཟུང་བའི་ཐང་དཀར་རྒོད། །	雄鹰翱翔飞九天，
ལུས་སྤུ་གྲི་རླུང་གི་གཤོག་སྒྲ་འུར། །	烈风拍打双翼振，
དགྲ་མེད་བསམ་མཁའ་ལ་ལྡིང་བསྐོར་བྱེད། །	思忖无敌旋空中，
རྒོད་ངང་མའི་ཁྱད་ཆོས་ལུགས་སྲོལ་རེད། །	此乃雄鹰真本色。
སྲིབ་ནགས་ཀྱི་རྒྱ་སྟག་ཁྲ་མོ་དེ། །	密林当中兽王虎，
ཁ་ཤ་དམར་ཟ་ཞོར་འཛུམ་ཧྲུག་ངོམ། །	口嗜血肉露獠牙，
ནགས་ཙན་དན་དཀྱིལ་ནས་ངར་སྒྲ་བསྒྲགས། །	檀香丛中啸四方，
དགྲ་ས་མདའ་མེད་བསམ་ཨེ་གདའོ། །	自忖敌方无箭施。
༢ སླག་མོ་གཤོག་འཕྱུར་རྒྱུག་ས་ནས། །	雄鹰展翅高飞地，
རི་བོང་མཆོང་ལྡིང་ཤོད་ས་མེད། །	兔子安敢蹦跳欢，
རི་ཤྭགས་འཕྲོར་བའི་སྤུ་ལྤགས་ཚང་། །	此乃尸身剥皮兆。
ཁྲ་ཡག་གཟིག་གི་རྩལ་ལམ་ནས། །	花豹奔跑道途上，
ཁྱི་རྒན་ཅ་ཟུག་བྱེད་ས་མེད། །	老狗安敢发哭嚎，

ཁྱི་རོ་ཤོར་བའི་སྔ་ལྟས་ཚང་། །
ཆུ་སྲིན་རྔམ་པའི་ཁ་རུ་ནས། །
ཉ་སྲམ་སྐོར་རྒྱུག་ཕོད་ས་མེད། །
སྲོག་དམར་ཤོར་བའི་ཉེན་ཁ་ཡོད། །
མདའ་རྐོད་འདན་མའི་མཐེབ་རྩལ་ནས། །
སྡང་དགྲ་གདོང་ལེན་ཕོད་ས་མེད། །
མགོ་འཕྲུ་ཤོར་བའི་ཕམ་ཁ་ཡོད། །

狗尸被弃荒野兆。
巨鳌贪婪大口间，
鱼虾安敢乱游动，
须知小命有危险。
英雄丹玛神射术，
敌人安敢迎上前，
除非想丢项上头。

༣ བྱ་ཁྲུང་སྔོན་ལ་བྱིའུ་ཆུང་འཕུར། །
འཕུར་རྩལ་གཤོག་རླབས་འདྲ་བསམ་ཡང་། །
ནམ་འཕང་གཅོད་ལུགས་འདྲ་ས་མེད། །
ཁྱོད་བྱིའུ་ཆུང་སྣང་བ་འཁྲུལ་འདུག་རེད། །
འབྲོང་རྭ་ཆེན་སྔོན་ལ་གླང་ཀན་ངུར། །
མགོ་རྭ་རྩལ་རྫོགས་ལུགས་འདྲ་བསམ་ཡང་། །
རྭ་སྐོར་གཡུག་ལུགས་འདྲ་ས་མེད། །
ཁྱོད་གླང་ཀན་རང་འདོད་ཆེ་སོང་རེད། །
གཟིག་ཁྲ་ཡག་སྔོན་ནས་ཁྱི་ཀན་རྒྱུག།
ཁ་མཆེ་སྡེར་རྣོ་ངར་འདྲ་བསམ་ཡང་། །
ལུས་རྩལ་དྲུག་རྫོགས་ལུགས་འདྲ་ས་མེད། །
ཁྱོད་ཁྱི་ཀན་བསམ་པ་འཁྲུལ་ལེ་རེད། །

小雀飞在琼鸟前，
思忖飞翔技相似，
不知翼力大不同，
小鸟自是心昏聩。
野牛之前黄牛叫，
思忖犄角形相似，
不知顶姿大不同，
黄牛自是不量力。
花豹未动老狗跑，
思忖爪牙同锋利，
不知技艺大不同，
乃是老狗心昏聩。

སྐྱི་དཔོན་གཡུ་འཕེན་སྟག་རྒྱལ།

吉本·玉潘达嘉

ཐོག་གནམ་ལྕགས་བྲག་རི་གཏོར་ཉིན་མོར། །
བྱ་རྐོད་པོ་རང་སྲོག་ཐར་རྒྱུ་མག།
ནགས་རྒྱ་རྫོང་རང་མེ་མཆེད་ཉིན་མོར། །
སྟག་དམར་ཡག་རང་སྲོག་ཐར་ས་མེད། །

雷击崖石粉碎日，
高飞雄鹰命不保；
茂密丛林失火日，
凶猛老虎亦丧命；

དམའ་གཙང་ཆབ་གྲུམ་ལ་ཐིམ་པའི་དུས། །　河床水流干涸时，
ཉ་གསེར་མིག་རང་སྒྲོག་ཐར་རྒྱུ་མག །　金目游鱼难活存。

འབུམ་ཐུབ་གཡུ་འབྲུག་རྒོད་པོ།　奔图 · 玉珠贵波

༡ སེང་གེས་ཤ་དམར་མ་ཟོས་གོང་། །　雄狮尚未食肉前，
གཡུ་འབྲུག་ངར་སྐད་ཅི་གོ་རེད། །　青龙呼啸属无理；
བྱ་རྒྱལ་གསུང་སྐད་མ་གྲག་གོང་། །　杜鹃还未啼鸣前，
གོང་མོས་སྐད་འགྱུར་ཅི་གོ་རེད། །　松鸡乱鸣属无理；
ཁྲ་ཡག་མཆེ་སྟེར་མ་ཇོམ་དུས། །　花豹未曾露齿前，
ཁྱི་བདའ་ལུའི་ངུ་ཟུག་ཅི་གོ་རེད། །　老狗乱吠属无理；
ལྷོ་དམག་གླིང་ལ་མ་ཕབ་དུས། །　南军未抵岭地前，
ཁྱོད་གླིང་སྤྱུག་ཚུར་རྒོལ་ཅི་གོ་རེད། །　岭狗反攻属无理。

འདན་མའི་མར་དཀར་དར་ཡག　丹玛 · 玛嘎尔塔雅

༡ བྱ་རྒྱལ་ཁྱུང་གི་གཤོག་ལམ་ནས། །　琼鸟盘旋飞翔途，
ནེ་ལེ་གཤོག་འགྱུར་རྒྱག་ས་མེད། །　鹞鹰安敢展翼翅；
རྒྱ་སྟག་ངར་མའི་རྩལ་ལམ་ནས། །　猛虎显威丛林间，
ཝ་མོས་སྤུ་ལོ་ཇོམ་ས་མེད། །　狐狸安敢亮毛发；
གནམ་ལྕགས་ཐོག་གི་ངར་ལམ་ནས། །　天杵雷击高空中，
རྒྱ་བྲག་མཐོ་ཇོམ་བྱེད་ས་མེད། །　山崖安敢自显高。

༢ ཐང་དཀར་རྒོད་པོས་མི་ཤ་ཟ། །　高飞雄鹰食人肉，
བཙོག་ལོ་ཤེས་ཏེ་བསྐོས་ཐང་རེད། །　虽知不净命中定；
རི་སྤྱང་སྔོན་མོས་རི་ལུང་འགྲིམ། །　青色饿狼走山岭，
དཀའ་ལོ་ཤེས་ཏེ་བསྐོས་ཐང་རེད། །　虽知不易命中定；

གསེར་མིག་ཉ་མོ་ཆུ་ནང་འགྱུར། །
འཁྱག་ལེ་ཤེས་ཏེ་བསྐོས་ཐང་རེད། །
གླིང་རུས་མི་ཚེ་དམག་ལ་སྐྱངས། །
བསམ་པ་མེད་དེ་བསྐོས་ཐང་རེད། །

金鳞小鱼游水中，
虽知寒冷命中定；
岭氏终生战沙场，
虽无杀心命中定。

༣ གངས་རྩེ་གསུམ་རི་བོ་མཐོ་ལེ་དེ། །
དགུང་སྔོན་གནམ་གྱི་རྒྱན་ཆ་རེད། །
རི་མེད་ན་གནམ་མཁའ་སྟོང་པ་རེད། །
ཆབ་ཆུ་བོ་ཐ་རླབས་འཕྱུར་ལེ་དེ། །
དམའ་ས་གཞི་དོག་མོའི་རྒྱན་ཆ་རེད། །
ཆུ་མེད་ན་ས་གཞི་སྟོང་པ་རེད། །

三尖雪峰耸入云，
美饰天空增颜色，
若无此山苍穹空。
湍湍水流波涛涌，
美饰大地添锦绣，
若无水流大地荒。

སྟོང་ཐུབ་ཁེར་རྐྱང་ཡ་མེད།

东图・凯贵雅美

ཁྱོད་བློན་པོ་ངན་པའི་ཁ་གཡོག་གིས། །
སྡེ་རྒྱལ་ཁམས་འཁྲུག་པའི་གཞི་མ་གྲུབ། །
མོ་གཉིས་ངན་ཆུང་མ་ངོ་གཉིས་དེས། །
གདན་ཚེ་རོགས་ཕུང་བའི་གཞི་མ་བྱུང་། །
གོམ་འགྲོས་མེད་རྟ་ཕོ་བོང་བུ་དེས། །
རང་བདག་པོ་དགྲ་ལག་ཞིག་སྤྲད་རེད། །
ཕོ་ཁྲམ་པའི་ཁ་ལ་རྒྱུག་རྒྱུ་དེ། །
སྡེ་ཁྲ་མོ་འུར་ཟིང་རྒྱག་སྤྱད་རེད། །

你这奸臣离间计，
造下国中祸乱根；
不识忠贞两面妻，
种下害夫祸患因；
羸马似驴不善跑，
将那主人送敌手；
如若轻信狡诈言，
自会扰乱本方土。

ཀླུ་ཚ་དགྲ་འདུལ་སྐར་ཆེན།

鲁擦・占堆嘎尔钦

མཁའ་ལྡིང་ཁྱུང་དང་ཀླུ་ཚ་བུ། །
གཤོག་ཐོགས་ཀུན་གྱིས་འགྲན་ཟླ་བྲལ། །

旋空琼鸟鲁擦儿，
具翼均是无法比；

རི་གཟར་ཐབ་དང་ཀླུ་ཚ་བྱུ། །
ཛོ་ཞེན་མེད་པ་ཀུན་གྱིས་གསལ། །
འཆི་བདག་བདུད་དང་ཀླུ་ཚ་བྱུ། །
ཕོ་གང་དྲག་སྟོག་གི་གཤེད་མ་རེད། །

陡坡滚石鲁擦儿
无人抵抗众所知；
死亡之神鲁擦儿，
能人异士大克星。

ཁྲི་ཐུབ་གློག་དམར། 赤图洛玛

ས་མདོ་ཁྱི་མོ་ཚང་རོ་དེས། །
ང་ཟུག་བྱེད་བཞིན་ཐང་དུ་རྒྱུག །
ཇིབ་རྗེ་འདོད་པའི་ལག་གཡུག་རེད། །
ལུག་ཚུང་ཚེར་མོ་འབའ་ཚག་བསྒྲགས། །
རི་ལུང་འཁྱིམ་ནས་སྐོར་རྒྱུག་བྱེད། །
སྤྱང་ཐང་སྟོན་མོའི་ཁ་གྲོགས་རེད། །
ལྷོ་ཡི་རྒྱལ་བློན་ཧམ་སེམས་ཅན། །
དཔའ་ངར་རྩོད་བསམ་གླིང་སྐར་དཀྲུག །
དཔའ་རྟུལ་འདོད་པའི་དུང་བརྡ་ཡིན། །

路口母犬甫生崽，
苦嚎疾驱在原野，
莫非要引飞石来。
羊羔咩咩叫声欢，
山间四处奔跑忙，
莫非想喂饿狼腹。
洛摩君臣具野心，
自忖骁勇捣岭营，
莫非想呼勇士来。

དབང་ཆེན་དབང་པོ་དར་ལུ། 旺钦·旺波塔尔鲁

གནའ་རྒྱ་མོ་ཤི་ས་ཁྲ་ཡག་རྫ། །
རི་དེ་ལ་ཤི་ན་མཛོན་སངས་རྒྱས། །
སྟག་དམར་ཡག་ཤི་ས་ནགས་རྫོང་དཀྱིལ། །
སྟག་དེ་ན་ཤི་ན་ཡིད་སེམས་བདེ། །
དགྲ་ཆུ་སྲིན་ཤི་ས་རྒྱ་མཚོའི་ཀློང་། །
ཀློང་དེ་ན་ཤི་ན་སེམས་ཕམ་མེད། །
ཕོ་དཔའ་རྩོད་ཤི་ས་ཁྲ་མོ་བྱུས། །
བྱུས་དེ་ལ་ཤི་ན་ཀླ་ཡིད་བདེ། །

岩羊命归青石山
魂归此地得解脱；
赭色猛虎林中亡，
虎命丧此心安乐；
巨鳌命丧深海中，
命丧于此不凄惨；
英雄甘为大计死，
死于大计心安稳。

སེང་སྟག་ཨ་དོམ།

༡ ཁྱོད་བྲག་དཀར་མཐོ་ཚོད་མ་ཟིན་ན། །
གནམ་ལྕགས་ཐོག་གིས་གར་གཏོར་རེད། །
ཁྱོད་རྒྱ་སྟག་ངར་ཚོད་མ་ཟིན་ན། །
ཕྲུག་མདས་སྲོག་དམར་ནམ་བཅད་རེད། །
ཁྱོད་སྲེ་བརྒྱད་བཙན་ཚོད་མ་ཟིན་ན། །
དྲག་སྔགས་རོལ་པས་ཚར་གཅོད་བྱེད། །

༢ གཡུ་འབྲུག་ཚང་ནང་ཉལ་བའི་དུས། །
ས་རླངས་སྨུག་པས་སྒློ་དགྲ་བྱུང་། །
ལྷོ་སྤྲིན་མི་འགྲོགས་ཁ་མེད་རེད། །
ཐོག་སེར་ངར་མའི་འཁྲིམ་ལམ་ནས། །
བྲག་དཀར་ཐང་དུ་བསྒྲིལ་རྒྱུ་ཡིན། །
བྱ་རྒྱལ་ཁུ་བྱུག་མོན་ལ་ཡོད། །
སྦྲང་ཆར་སིལ་མས་སྒློ་དགྲ་བྱུང་། །
མཐོ་སྒང་མི་འཁྲིམ་ཀ་མེད་རེད། །
མོན་ལྷ་བྱ་ཟེར་བའི་དོན་གོ་ལ། །
གསུང་སྐད་རི་ལུང་བཀང་རྒྱུ་ཡིན། །

森达阿冬

山崖如若自视高，
电击雷劈等闲事；
猛虎如若自视勇，
宝箭随时可取命；
鬼神若是自视强，
示现猛咒夺性命。

青龙安稳卧洞穴，
黑色地气来侵扰，
换来乌云属无奈，
雷电霜雹一齐至，
山崖俱将夷平地。
禽王杜鹃在门隅，
微风细雨来加害，
飞往高原属无奈，
门隅神鸟名非虚，
啼鸣声满沟谷地。

བྱ་ནག་མེ་ཁྲི་བཙན་པོ།

ཁྲ་དར་མ་འཇུམ་པའི་གཤོག་འོག་ནས། །
བྱིའུ་ཆུང་གར་བཟུང་རང་དབང་ཡིན། །
སྤྱང་དར་མ་མཆེ་སྡེར་ཙོམ་ས་ནས། །
ལུག་ཆུང་གར་ཟ་རང་ལག་ཡིན། །

恰那・梅赤赞波

鹞鹰挥动巨翼下，
小鸟自是随意擒；
饿狼钢牙利爪下，
羊羔自是随意食；

ཆུ་སྲིན་མཆེ་སྡེར་ཧམ་ས་ནས། །
ཉ་སྲམ་འཆའ་ཛོ་ཛེ་བྱེད་ཡིན། །

巨鳌开口显威时，
鱼虾自是随意吞。

ལྡོང་བཙན་སྣང་ཧུ་ཨ་དཔལ།

董赞·囊乌阿巴

རྩལ་མེད་དཔའ་ཁ་འགྲན་རྒྱུ་དེ། །
ཕམ་ཁ་རང་གིས་ཉོ་ལེ་རེད། །
སྙིང་མེད་གྲི་རིང་འཕྲེད་རྐྱང་དེ། །
འཁྲམ་ལྕུག་རང་གིས་ཉོ་ལེ་རེད། །
ཤེས་མེད་བུ་མོས་དབང་ཆ་འཛིན། །
མི་ཁ་གཏམ་ངན་འཁུར་རྒྱུ་རེད། །
ཁྲེལ་མེད་ཤག་རོགས་སྒྲིག་ལེ་དེ། །
དམ་ཚིག་ཆག་པའི་སྔ་ལྟས་རེད། །
ཐབས་ཇུས་མེད་པའི་དཔོན་པོ་དེ། །
རང་ཚུས་ཤོར་བའི་གཞི་མ་རེད། །
དགོན་ཆུང་བླ་མ་དཀོར་ལ་དགའ། །
དམྱལ་བར་འཁྱམས་པའི་སྔ་ལྟས་ཚང་། །
བན་ཆུང་བསམ་པ་སྨན་ལ་ཤོར། །
འཕོར་བར་འཁྱམ་པའི་སྔ་ལྟས་རེད། །

武艺非高仍比试，
乃是败绩己所寻；
懦夫腰间挂长剑，
他人掌掴己所寻；
无识女子掌权柄，
必要背负闲碎语；
无耻之徒交为友，
预示行将失誓约；
胸中无谋做官长，
自会失却己之道；
小寺上师爱资财，
堕入地狱将无疑；
沙弥心乱思女子，
预示迟早堕凡尘。

འབྲུག་བུ་མོ་སྟག་བཟའ་སྒྲོན།

珠·普姆达萨珍

དམ་ཆོས་གསེར་ཁྲིག་སིལ་མ་དེ། །
བརྩོན་འགྲུས་རྒྱུན་དུ་མ་འབད་ན། །
དོན་ལེ་ལོ་བྱས་ན་འགྲུབ་པ་དཀའ། །
མགྱོགས་འགྲོས་རྟ་ཕོའི་བང་རྩལ་དེ། །
དགུན་གསུམ་འཁྱག་སྐང་མ་གསོས་ན། །

正法珍稀似金汁，
如若勤奋不长久，
心生懈怠难取得。
飞奔骏马健驰力，
如若三冬不善养，

ས་བྱང་ལམ་གཅོད་ཉིན་དཀའ་མོ་གདའ། །
ལྷོ་གླིང་དཔའ་རྟོད་གཡུལ་འཁྲུག་དུས། །
འཐབ་རྩུས་སྔོན་ནས་མ་བགོད་ན། །
དཔའ་རྙིང་མ་ཞིན་དུས་དཀའ་མོ་ཡོད། །

驰骋荒漠便不易。
洛岭勇士战沙场，
谋略若非早商定，
正面交锋难取胜。

ཁྱུང་རྒོད་འབར་བ་མིག་བཙན།

琼贵·跋瓦尔米赞

དགོན་ངན་གྲྭ་ཚང་འཐོར་ཁ་ལ། །
གྲུབ་མཐའ་ཆགས་སྡང་རྩོད་མདོག་ཁ། །
དཔོན་ངན་རང་ཆུས་ཤོར་ཁ་ལ། །
མི་དེ་མི་ཐུབ་རྒྱལ་ཁམས་དཀྲུག །
མོ་ངན་གནས་ཉེས་ཁྱུར་ཁ་ལ། །
གནས་དེ་མི་རྙེད་རང་ལུས་བརྫད། །
ཁྱི་ངན་རྡེབ་རྗེ་ཉོ་ཁ་ལ། །
ཉིན་མཚན་མེད་པ་ངུ་ཟུག་བྱེད། །
རྟ་ངན་ཧུར་ཐག་འཁྱོལ་ཁ་ལ། །
རྒྱུག་རྒྱུ་མེད་ན་འཛྲོགས་རྒྱུ་དྲན། །

寺庙行将解散时，
教派门户纷争多；
昏君失却己道时，
无人能劝天下乱；
恶女尚未出嫁日，
未寻婆家失贞操；
恶狗招致石击前，
昼夜不停狂乱吠；
劣马身疲力竭前，
不是乱跑是受惊。

ཨབ་བསེ་ཐོག་ལྷ་བཙན་པོ།

阿赛·托拉赞波

དཀྱུང་སྔོན་མཐོན་པོའི་གཞི་དཀྱིལ་ནས། །
མེ་ཤེལ་སྐར་ཚོགས་མི་བརྟན་ཡང་། །
བང་འགྲོས་ཚོམ་ཚོད་མ་ཟིན་ན། །
དྲང་སྲོང་དུག་གི་རླངས་པས་བསྒྲིབས། །
འབྲུག་ཆེན་སྤྲིན་ལས་མ་བརྟན་ཡང་། །
སྟོང་གསུམ་ཅུར་ཚོད་མ་ཟིན་ན། །
གློག་ལྕེ་ཐན་པས་ནོན་ལེ་འོང་། །

高高苍穹中央地，
熠熠群星虽无常，
驰骋如若不适度，
仙人便被毒气罩。
龙吟九霄震三千
不避锋芒待大旱
不见云朵不见龙

དཔའ་རྒོད་ལྷོ་ཡིས་མ་བརྟན་ཡང་།། 雄主毕生征与伐
རྒྱལ་ཁམས་དཀྲུག་ཚོད་མ་ཟིན་ན།། 不惜苍生生与死
དུས་ཐ་མ་གླིང་ཚུལ་ཤོར་ལེ་འོང་།། 终了断送社与稷

ཀླུ་མོའི་ར་རྒོད་རྒྱལ་པོ། 洛姆·热贵嘉波

ཁྱོད་བྲག་དཀར་ང་མཐོ་མ་བསམ་དང་།། 山高入云又奈何；
ངས་གནམ་ལྕགས་ཐོག་གིས་གར་གཏོར་ཡིན།། 吾以天雷摧毁之；
ཁྱོད་བྱ་རྒོད་ང་མཐོ་མ་བསམ་དང་།། 琼鸟飞高又如何；
དེའི་ཡན་ལ་བསེར་མ་སྤུ་གྲི་ཡོད།། 风暴似刀摧双翼；
རྟ་མགྱོགས་པ་ང་མགྱོགས་མ་བསམ་དང་།། 宝马蹄急又奈何，
ཁྱོད་ཡན་ལ་རྐྱང་ཆུང་ཁ་གར་ཡོད།། 野驴驰骋原野上。

སྟོང་ཐུབ་ཁེར་རྒོད་ཡ་མེད། 东图·凯贵雅美

སེང་དཀར་མོའི་གཡུ་རལ་ངོམ་ས་ལ།། 狮踞雪山之巅
ཁྱོད་བདའ་ལུས་བསྐོར་རྒྱུག་ཤ་རེ་ཚ།། 家狗何以吠之
ཁྱི་བདའ་ལུའི་རང་ཚུགས་བཟུང་ན་དགའ།། 何不安守家门
སྟག་དམར་ཡག་འཛུམ་དྲུག་ངོམ་ས་ལ།། 虎啸林中百兽
ཝ་དམར་མོས་གྲ་ལོ་ངོམ་འདོད་དེ།། 红狐何以舞爪
སེར་ཆུང་རང་སྒོ་ཉལ་ན་དགའ།། 何不安睡觅食
བྱ་རྒོད་སྒྲོ་གཤོག་རྩལ་ངོམ་ས་ལ།། 雄鹰展翅万里
བྱིའུ་ཆུང་འཕུར་ལྡིང་ཤ་རེ་ཚ།། 燕雀不及后尘
ཚེར་ཤུང་བཟུང་ན་དགའ་རྒྱུ་རེད།། 何不安守荆棘
བྱང་འབྲོང་རྒོད་ར་རྩེ་ངོམ་ས་ལ།།
ཁྱོད་སྤང་རྐན་འབོ་ངར་རྒྱུག་ས་མེད།།
ཁྱོད་རྩྭ་ཆུ་གཟན་ནས་སྡོད་དང་དགའ།།

ཚ་བའི་མདའ་རྫོང་།

སྟག་རོང་ཨ་ཁུ་ཁྲོ་ཐུང་།

༡ དར་སེང་དཀར་མོ་ མཆོང་ས་ལ།།
བདའ་ལུའི་དཔུང་རོགས་དགོས་པ་མེད།།

༢ རྟེན་འབྲེལ་གྱི་སྐར་ཁ་མ་འཆུག།
དམ་ཚིག་གི་ཉམས་ཆག་མ་ཤོར།།

༣ ཁ་ཨ་རོགས་ཟེར་ས་ཕོ་རོག།
ལུས་འགྲོ་རོགས་འདུག་རོགས་གྲིབ་མ།།
གཏམ་ཁ་ལན་བཤད་མི་བྲག་ཆ།།

༤ ལྷ་བླ་མའི་གསུང་ལ་མ་ཉན་ན།།
དགོན་གྲྭ་ཚང་འདུལ་ཁྲིམས་ཅི་ལ་ཞིག།
དྲིན་ཕ་མའི་བཀའ་ལ་མ་ཉན་ན།།
གཞི་འཁོར་བ་འཛིན་ཐབས་ཅི་ལ་ཡོད།།
དཔོན་བཟང་པོའི་ཁ་ལ་མ་ཉན་ན།།
སྡེ་མངའ་འབངས་བདེ་སྐྱིད་ཅི་ལ་ལྡན།

མ་རྒྱལ་སྤོམ་ར།
ལོ་ཟླ་འབྱུང་བའི་རྟེན་འབྲེལ་འགྲིག།
སྐྱེ་བ་སྐར་ཁའི་བཟང་ཕྱོགས་མཐུན།

《擦瓦箭宗》

达绒•阿库超同

狮行天下
不与犬伍

不违因果
食誓言

问候只有渡鸦听
去路只有影子陪
说话只有回音答

谨遵上师之言
僧律何以废弛
听信父母之言
家计何以无望
谨遵明官之言
家国何以不宁

玛嘉邦热神
吉成良辰
卦显祥瑞

སྤྱི་དཔོན་རོང་ཚ་ཁྲ་རྒན། **吉本·绒擦查根**

༡ ལྷ་བློ་མི་ལ་བཀལ་ལེ་རེད།།
མི་བློ་ལྷ་ལ་བསྟུན་ལེ་རེད།།

天随人缘
人从天意

༢ ཐབས་ཇུས་བགོད་པས་མ་འཛིན་ན།།
གླིན་འཛིང་དཔུང་པས་ཐུབ་ལེ་མིན།།
མི་བརྒྱའི་བསམ་པ་མ་མཉམ་ན།།
བུ་གཅིག་ཆོད་ན་ཐུབ་ལེ་མིན།།

谋定天下
何以好勇斗狠
百人百心
英雄何以成事

༣ ན་ཉིང་གྲམ་ཁྲོད་སྐྱ་མོ་ལ།།
ད་ལོ་ལོ་ཡག་སྨིན་ལེ་དགོས།།
ན་ཉིང་ས་གཞི་གཤོང་གསུམ་ལ།།
ད་ལོ་མཁར་རྫོང་བཞེངས་ལེ་དགོས།།

经年滩田之上
今岁该有丰收
经年原野之上
今岁该起城池

༤ སྟག་དམར་ཡག་ཁ་མདུན་མ་བཅར་དགོས།།
བཅར་ཚར་དུས་འཛུམ་དྲུག་ལོན་ལེ་དགོས།།
འབྲོང་བྲེ་སེར་ཁ་སྟུན་མ་རྒྱུག་དགོས།།
བརྒྱུགས་ཚར་དུས་མགོ་རུ་ལོན་ལེ་དགོས།།

智者不近虎身
若近虎身必取虎皮
智者不伴野牛
若伴野牛必取牛角

༥ མི་ངན་པས་ཚིག་བཤད་དུས་བཟང་པོས་བློ་རྙེད།།

听得去恶语　能获得妙计

ཚ་ཞང་འདན་མ་བྱང་ཁྲ། **擦香·丹玛向查**

༡ ཉི་ཟླ་ཁེར་འགྲོས་གཟའ་ཆོད་འཕྲད།།
ནག་འཚུབས་སེ་འགྲོ་ཉིན་འགྱོད་པ་ཆེ།།

日月独行遇天狗
一朝殒命方觉悔

༢ རྩེད་མོ་ཁ་མཚར་ཡུལ་གྱི་རྒྱན།།
མེ་ཏོག་དཀར་དམར་སྤང་གི་རྒྱན།།

插科打诨能美言
红白花儿饰草甸

༣ གཏམ་ཅི་བཤད་གོང་ལ་རྩེད་མོ་དགོས།།
ཟས་ཅི་ཟོས་གོང་ལ་མཆོད་པ་དགོས།།

说笑启正言
祷告开正席

༤ ལ་རེའི་རྒྱབ་ལ་ཐུར་རེ་གདའ།།
སྡུག་རེའི་རྒྱབ་ལ་སྐྱིད་རེ་གདའ།།

坡有上下
人有悲欢

༥ ཆུ་ཆུང་གྲུ་ཟམ་བཙུགས་བཙུགས་དེ།།
གཙང་ཆེན་ཆབ་ལ་འགྲོ་ལེ་མིན།།
ས་རོང་བོང་བུ་འདུར་རྒྱུག་དེ།།
ན་དམར་གཞུང་ལ་འགྲོ་ལེ་མིན།།

修建小桥之能
何以大江大河
谷地撒欢之驴
何以原野湿地

ཚ་རོང་རྣམ་ལྷ་རྒྱལ་པོ།

擦绒·南拉嘉波

༡ ནམ་མཁའ་ཡག་ལ་ཉི་མ་ཤར།།
སྐར་ཚོགས་དེ་ལ་དེ་འཁོར་རེད།།
མུན་པ་གསལ་བའི་རྟེན་འབྲེལ་འགྲིག།

日照寰宇群星
光明世间万物

༢ ཨ་སྔོན་གནམ་ནས་འབྲུག་ཅིག་གྲག།
དེ་མ་གོ་ཟེར་ན་འོན་པ་རེད།།
རོག་མོ་ས་ནས་གློག་ཅིག་འཁྱུག།
དེ་མ་རིག་ཟེར་ན་ལོང་བ་རེད།།

龙吟九霄
不闻则聋
电闪暗夜
不见则瞎

ཚ་བློན་སེང་གེ་ཁམ་ཟིན། **擦伦·森格康森**

༡ མི་སླེབས་གནམ་ལ་བསྙབ་རྒྱུ་དེ།། 不知天高抓九霄
ཀང་རྒྱུས་པའི་ཕྱི་ཐག་ཆད་རྒྱུ་རེད།། 扯得脚筋两三段
མི་ཐུབ་དཔའ་རྒོད་འགྲན་རྒྱུ་དེ།། 明知不胜惹强敌
དཔའ་རྟགས་མགོ་འཕྱུ་ཤོར་རྟགས་རེད།། 落得丢盔又弃甲

༢ མི་ཁ་ཤོམ་ཅན་ལ་དོན་ཤོམ་མེད།། 妄言者不成事
ར་རྒྱ་ཡུ་མ་ལ་འོ་མ་མེད། 无角羊不下奶

འོམ་བུ་ཨ་ནུ་དཔའ་སེང་། **文普·阿努巴森**

དགོན་ཆེན་བླ་མའི་སྐུ་མདུན་ནས།། 大寺上师坐下
ཞུ་ལོང་གནང་ལོང་གཉིས་ཀ་ཡོད།། 事情有商有量
དཔའ་རྒོད་འདྲ་གཉིས་ཐུག་པའི་དུས།། 相惜英雄之间
ཚད་ལོང་བསྡུར་ལོང་གཉིས་ཀ་ཡོད།། 相竞点到为止

ཤུགས་རྗེ་བྲག་བཙན་རྒོད་པོ། **秀吉·扎赞贵波**

༡ དགྲ་ལ་འཕྱུར་བའི་རལ་གྲི་ཡིན།། 御敌有宝剑
གཉེན་ལ་ངོམ་པའི་རྒྱ་དར་ཡིན།། 迎宾有缎带

༢ མ་ངན་པའི་བུ་མོ་རང་སྡང་ཅན།། 恶妪之女刁蛮
དྲིན་ཕ་མའི་ཐོག་ཏུ་ཁ་ཏུ་ཚ།། 恶语待之父母
གཞན་མི་སུའི་ཐོག་ཏུ་ཨེ་འགྲོ་ན།། 外人谁能将就

གནམ་ལྷགས་ཐོག་རྒོད།

南加托贵

༡ རྒྱ་སྟག་ནགས་རྫོང་འཛིན་པའི་དུས།།
ཝ་གྭ་མས་འདུར་རྒྱུག་སྙིང་རེ་རྗེ།།

猛虎漫步林间时
可怜林狐急遁走

༢ བདའ་ལུ་ཁྱི་ཡི་ཨོག་ཞབས་ན།།
དུང་སེང་དཀར་མོ་ཉལ་རྒྱུ་མག།

犬狗之世
雄狮何为

༣ ཁ་གྲུ་གསུམ་ཧོམ་ཁང་འདྲ་བའི་ནང་།།
གཏམ་ཚོད་མེད་ཞིང་ག་མགོ་དུམ་འདྲ།།

不实臭嘴之言
无理盲箭之语

༤ དབང་ཡོད་ཁ་དེ་སྐམ་པའི་མཆུ།།
གང་ནས་བཟུང་ན་ཐག་གི་འཛིན།།

有权说话如钳嘴
有理无理把你抓

༥ ཉི་མ་ཡོག་ཆར་འབབ་ས་ནས།།
རྡོ་ཞིབ་སྐམ་པོ་འདུག་ས་མེད།།

大雨倾盆之下
安有不湿之石

༦ ཇམ་ཆེ་ན་སྟག་མོ་ཤ་ཡིས་བཙངས།།
རྒྱུག་ཆེ་ན་ཝ་སྣ་རྡོ་ལ་ཐུག།

猛虎喜腥不慎塞喉
林狐善跑不慎绊石

༧ ཁ་འཇམ་ཞེ་སུམ་ཡར་འོ་མ།།
དོན་མི་ཡག་ཚེ་བདུད་སྲོག་རྐུ།།

口蜜腹剑
言善行恶

༨ བདེན་ལུང་པ་གཉིས་དེ་ཕུ་ཐག་རིང་།།
རྫུན་ཨབ་བྲ་གཉིས་དེ་ཇ་མ་ཐུང་།།

真如峡谷深远
伪似豚鼠短尾

༩ འབྲུག་ཅུར་སྒྲ་ཆེ་ཡང་སྟོང་སྒྲ་རེད།།	龙吟震天皆空吼
འཛའ་ཁ་དོག་མཛེས་ཀྱང་ཡལ་རྒྱུ་རེད།	彩虹缤纷不长存
༡༠ ན་ཆུང་བུ་མོ་སྐྱེས་ཡག་མ།།	清纯少女婀娜
གཏན་ཚེ་རོགས་ཟེར་བ་མ་རྙེད་ན།།	如若不能迎娶
ལུས་དགའ་རོགས་འགྲོ་རོགས་དགོས་པ་མེད།།	只当情人何用
འདོ་ཆེན་རྟ་པོ་ཤ་བཟང་མ།།	宝骏天马矫健
ལ་དགུ་ཐུར་བཅུ་མ་ཚོད་ན།།	不能翻山越岭
གཟུགས་ཤ་ཤེད་རྒྱས་ན་དོན་མེད་རེད།།	何以宝骏之名
ཁམས་གསུམ་བླ་མ་གསེར་ཞྭ་ཅན།།	享誉三界上师
ཤི་དམྱལ་བའི་འདྲེན་སྟོན་མ་ཐུབ་ན།།	不能指点迷津
ལུས་ན་བཟའ་ངང་པ་སེར་པོ་རེད།།	何以身着袈裟
སྡེ་ཆེན་དཔོན་པོ་དབང་ཆེན་མ།།	权势方域之主
ཁྲིམས་སྲིད་པའི་རྒྱུ་འབྲས་མ་དཔྱད་ན།།	不能正心裁决
བཀའ་བཙན་ཡང་སྤྱང་གི་ཤ་གཟན་འདྲ།།	如同嗜向豺狼
༡༡ ཁྲ་ཡག་གཟིག་གི་རྩལ་ལམ་ལ།།	老狗狂吠山林
ཁྱི་རྐན་རྒྱ་བོས་འགྲན་སྣང་ཤར།།	欲与林豹争雄
ཁྱི་སྲོག་ཤོར་ཉེན་འཁྱོད་པ་ཆེ།	奈何血溅林间
༡༢ ཤི་ཁ་འཚེར་ན་དཔའ་བོ་མིན།།	怕死不是英雄
འདའ་ཁ་འཚེར་ན་ཆོས་པ་མིན།།	贪生不算行者
༡༣ ཞ་ཟ་མ་ཤ་ལེ་བྲོས་པ་ལས།།	谄媚奉承求存
སྟག་འཛུམ་དུག་ཉིལ་ལེ་བསད་ན་དགའ།།	不如壮烈殉义

འབྲུལ་མི་ཁ་ལ་མེ་འབར།

༡ དགྲ་ལན་པོ་མ་འཁྱོད་བུ་མོ་ཟེར།།
ཟས་ལན་པོ་མ་འཁྱོད་ཁྲམ་པ་ཟེར།།
བཟང་ལན་པོ་མ་འཁྱོད་ངན་པ་ཟེར།།

༢ མགོ་རྨོད་ཞྭ་ཡིས་མ་ནོན་ལེ།།
ཨར་མགོ་སྨུག་ནག་སེག་གེ།
རྐང་རྨོད་ལྷམ་གྱིས་མ་ནོན་ལེ།།
འདྲེ་སེན་སྡོ་ནག་ཛབ་བེ།།

楚弥•喀拉梅跋尔

不报父仇曰弱女
不还施舍曰不义
不报恩惠曰小人

冠不压头
黑头凌乱
履不遮脚
黑趾生恶

གཡུ་སོད་སྐར་མདའ་ཁྲ་རིང་།

༡ ས་རོང་བོང་བུ་རྒྱུག་འདོད་ཆེ།།
ཁ་དཀར་རྐྱང་ལ་བསྒྱུར་རྒྱུ་མེད།།

༢ སྤྱང་ཀི་ཟ་འདོད་ཆེ་ན་ཡང་།།
འབྲོང་བུ་ཉྭ་ཤ་ལོན་ས་མེད།།

玉秀•嘎尔达查仁

谷地家驴虽蹄急
何以竞蹄野之驴

饿狼再贪吃
不得野牛腿

ཀླུ་གསར་དཔུང་དམར།

༡ མ་བསམ་སྔོན་མའི་ལས།།
གློ་བུར་འཆི་བདག་བདུད།།

༢ ཕོ་ངན་དེ་བར་པ་བྱས་ན་ངར།།
མོ་ངན་དེ་གོ་བ་སྐྱོན་ན་སྡུག།

鲁萨尔•崩玛

阎王忽至
前世之因

劝架恶男更狠
劝说恶女更恶

༣ བུ་དཔའ་རྒོད་ཅི་ཤི་བྱུས་དོན་ཤི།། 英雄殉义
བྱུས་དེ་ལ་ཤི་ན་ཡིད་སེམས་བདེ།། 死得其所
སྨད་མཛེས་མ་ཅི་ཤི་གནས་ལ་ཤི།། 女殉婆家
གནས་དེ་ལ་ཤི་ན་བློ་ཡིད་བདེ།། 死得其所

༤ ཁྲ་ཡག་གཟིག་གི་རྩལ་ལམ་ནས།། 花豹现身之处
ཁྱི་རྒན་སྐྱུ་ཁམས་བཟང་རྒྱུ་མག། 老狗何以安身

༥ རི་བོ་ང་མཐོ་བསམ་ན་ཡང་།། 山高千尺
ཐམས་ཅད་ནམ་མཁའི་མར་ཞབས་རེད།། 尽在天下
ཆུ་བོ་ང་ཆེ་བསམ་ན་ཡང་།། 江水滔天
ཐམས་ཅད་གྲུ་ཟམ་མར་འོག་རེད།། 船桥渡之

གསེར་པའི་ཉི་འབུམ་དར་ཡག 色贝·尼奔塔尔雅

ཁྲ་ཡག་གཟིག་གི་ཁ་སྟོན་དུ།། 花豹之侧
ཁྱི་རྒན་མཆེ་བ་ངོམ་ས་མེད།། 老狗发威
ངོམ་ན་ཁྱི་ཤུགས་ཤོར་རྒྱུ་རེད།། 自找死路

ནམ་མཁའ་དགྲ་འདུལ། 南喀占堆

སྟག་དམར་ཡག་ནགས་ཚལ་འཁྱིམ་ཉིན་མོ།། 猛虎踞林之时
རྟ་ཐོ་ཙ་སྒོ་རྒྱུག་ཅི་ལ་བྱེད།། 小马避而远之

སྒ་བདེ་ཆོས་སྐྱོང་བེར་ནག

嘎德·曲炯贝那

༡ རྩལ་ཆེན་འབྲོང་རྒོད་ར་རྩེད་དེས།།
གླང་རྐན་བཙོ་གྲོད་གར་གཏོར་རེད།།

野牛角力在野
犏牛望牛兴叹

སྲིད་པའི་དུང་ཕྱུག་དཔུང་བཙན།

祀贝·童楚崩赞

སྐྱ་ཁྲ་དགུང་ནས་མ་འཇུམ་དུས།།
བྱིའུ་ཆུང་ཚེ་ཟད་དགུང་སྟོན་འཁྱིམས།།
བྱ་སྤུ་འཐོར་བའི་སྲོ་ལྷུས་རེད།།

方出鹰隼之口
又回空中觅食
雀羽纷纷命也

སྟག་རོང་ཉ་ཚ་ཨ་བརྟན།

达绒·年擦阿丹

སྤྱང་ཚོད་མེད་ལུ་གུ་ལྷས་ནང་བསད།།
འུ་ཐུག་ན་འུར་རྫོས་གླད་ཁྲག་གཏོར།།

饿狼圈中屠羊崽
无奈乌朵溅狼血

སྟོང་ཆོས་ལུ་ཕུ་ཡི་དར་འཕེན།

董曲鲁·普依塔尔潘

སྡེ་བརྒྱད་ཁྲོས་པའི་ཐོག་སེར་གྱིས།།
ལོ་ཡག་འབྲུ་དྲུག་མ་བསྙིལ་ན།།
རྩི་ཤིང་རམ་ནག་དགོས་པ་མེད།།

天龙八部降冰雹
只要不打六谷地
杂草由它自身灭

སྤྲིན་ནག་འབར་བ་ཐོག་བཙན།

珍那·跋尔瓦托赞

སྤྱང་ཀི་འདུར་རྒྱུག་རྒོད་ན་ཡང་།།
མི་ཤ་ཟ་བའི་ལས་སྐལ་མེད།།

到处觅食之狼
无缘吃得人肉

མེ་ཕྲོའི་ར་རྫོང་།

གེ་སར་ནོར་བུ་དགྲ་འདུལ།

ཕ་ཨ་ཁུ་གཉིས་དེ་ཁྱད་མེད་ཟེར། །
མ་ཨ་སྲུ་གཉིས་ལ་ཁྱད་མེད་ཟེར། །
བུ་ཚ་བོ་གཉིས་ལ་ཁྱད་མེད་ཟེར། །

བདུད་རྗེ་ཉི་མ་ཁྲི་བཙན།

༡ མངགས་པའི་མི་ཕོ་གོ་ཆོད་དང་། །
འཕངས་པའི་མདའ་མོ་སྒྲོ་ཐུབ་དགོས། །

༢ ཨ་སྟོན་གནམ་ན་རྒྱུ་སྐར་བཀྲ། །
དེའི་ཡན་ལ་ཧ་བདུན་དབང་པོ་ཡོད། །
འཛམ་གླིང་མུན་པ་འོད་ཀྱིས་གསལ། །
རྒྱུ་སྐར་མིང་མེད་ཡལ་རྒྱུ་རེད། །
སྲང་སུ་རུའི་གསེབ་ཀྱི་རི་བོང་དེ། །
ལུས་རྩལ་དྲུག་རང་ལ་རྫོགས་བསམ་ཡང་། །
དེའི་རྒྱབ་སེང་གེ་དཀར་མོ་ཡོད། །
རི་བོང་རྒྱུག་རྩལ་མིང་མེད་བཟོ། །
སེང་གེའི་གཡུ་རལ་ཛོམ་རྒྱུ་ཡིན། །
ས་ནག་གད་པའི་ཝ་མོ་དེ། །
གྲ་ཡག་ཡིན་བསམ་སྟང་བར་ཤར། །
རྒྱ་སྟག་ངར་མའི་འཛུམ་དྲུག་གིས། །

《梅波山羊宗》

格萨尔·诺普占堆

父亲叔伯无亲疏
母亲姨娘无亲疏
儿孙子侄无相近

堆吉 · 尼玛赤赞

派遣之人要顶用
射出之箭须中的

群星照耀银河
太阳升到高空
扫去漆黑之夜
群星暗淡无光
野兔嬉戏草甸
自恃六艺在身
不料雄狮在侧
野兔归于尘埃
断崖穴居之狐
自恃毛色艳丽
林间猛虎啸崖
美狐归于寂静

ཕ་མོའི་གྲ་དེ་མིང་མེད་བཟོ། །

༣ ཕ་ཇ་མ་ཤ་ལེ་བྲོས་པ་ལས། །
སྤག་འཇུམ་དྲུག་ཉིལ་ལེ་ཤི་ན་དགའ། །
ལུས་གོ་ཁྲབ་ཤར་རེ་ཐར་བ་ལས། །
མཚོན་རྣོན་པོའི་སོ་ལ་ཤི་བ་དགའ། །

阿谀奉承求存
不如铿锵赴死
甲胄护身逃遁
不如利剑封喉

འབྲི་མི་དཀར་ལྷའུ་བསམ་འགྲུབ།

智弥嘎尔 · 拉伍桑珠

༡ སྡེ་ཆེན་བར་གྱི་འཁྲུག་གཞི་དེ། །
ཕོ་གསར་དཔུང་གིས་དཀྲུག་རབས་ཡོད། །

部落之间失和
源于青年挑事

༢ གནམ་ཨ་སྔོན་ལག་པས་བརྟོལ་ལེ་མིན། །
ས་དོག་མོ་རྐང་པས་རྡིབ་ལེ་མིན། །

长手未曾戳破天
大脚不能踏陷地

འབྲུག་ལྷ་ཐོག་རྒྱལ།

朱拉托嘉

༡ དཔོན་གཡོ་སྒྱུ་ཅན་གྱིས་འོག་སྡེ་སྡུང་། །
མ་ངན་བུ་མོ་སྡོང་སྡེས་འཕྱོ། །
རྟ་ངན་ར་བཞི་རྫོ་ཡིས་འདོན། །
ཕོ་ངན་ཁོག་པས་ཡུལ་སྡེ་སྡུང་། །

上官不义苦黎民
恶妇之女讨人嫌
劣马四角石块砸
劣男之计毁方域

༢ གནམ་ས་གཉིས་ལ་ཉི་མས་ཁྱབ། །
གཟའ་སྒྲ་གཅན་གདོང་ལ་མ་འཁྲིམ་ཟིག །
དམའ་རྒྱ་མཚོའི་ནང་དུ་ཆུ་སྲིན་ཇམ། །
འདུ་དུང་དཀར་གདོང་ལ་མ་འཁྲིམ་ཟིག །

阳光普照天地
那是天狗未现
蓝鲸翻江倒海
那是白螺未至

བེ་ཐུལ་ཁ་ཟ་ཡ་མེད།

培突·夏撒雅美

ཨ་སྔོན་གནམ་ལ་སྤྲིན་ནག་འཁྲིགས། །
གཡུ་འབྲུག་སྔོན་མོའི་འུར་སྒྲ་སྒྲོག །
རྩ་བ་ཐོག་སེར་གློག་དམར་འཁྱུག །
དམའ་ས་གཞི་ཆག་སྤྱི་ཉིལ་ལེ་གཏོར། །

空中乌云密布
游龙翻云覆雨
电闪雷鸣在天
山崩地裂在地

བེ་ཐུལ་སྐར་ཚོགས་ཁྲ་ཡག

培突·嘎尔措查雅

ལ་ཁའི་དར་ལྕོག་བྲེལ་འཚུབ་འཚུབ། །
རླུང་དམར་དྲག་པོ་གཅིག་གིས་གཅོད། །
ཨ་སྔོན་གནམ་ལ་སྤྲིན་དཀར་འཚུབ། །
དེ་འདང་སྤྲི་སེར་རླུང་གིས་གཏོར།

山顶经旗飘荡
狂风可以扯断
空中白云漂浮
也被大风吹散

སྲས་ཆུང་གངས་དཀར་ཟླ་བ།

赛琼·冈嘎尔达瓦

༡ དཔའ་ཆེ་ཆུང་བསམ་བློ་གཏོང་ལུགས་རེད། །
རྟ་མགྱོགས་ཞན་གསོ་ཆས་ཡག་ཞན་རེད། །
མཚོན་རྣོ་ཆོད་དཔུང་ཤུགས་སུ་ཆེ་རེད། །

神勇与否在心
蹄急与否在饲
锋利与否在力

༢ འབྲུག་ཕོ་ཐང་གནམ་ནས་གྲག་ལེ་ལ། །
གློག་དམར་པོ་འཁྱུག་པའི་སྔ་འདྲེན་ཡིན། །
སེང་དཀར་མོ་གངས་ལ་འཁྱིང་ལེ་དེ། །
གངས་བུ་ཡུག་འཚུབ་པའི་སྔ་འདྲེན་རེད། །
བུ་གངས་དཀར་ཟླ་བ་ཡོང་བ་དེ། །
དགྲ་ཕ་ཤ་གསོད་པའི་སྔ་འདྲེན་ཡིན། །

神龙游吟
电闪之兆
狮归雪山
雪暴之兆
小将回乡
复仇之兆

༤ གཡང་དཀར་ལུག་ཁྲུའི་ར་བ་ནས། །	百羊圈于围中
ཇམ་པ་སྤྱང་ཐང་སྤྱོན་མོ་ངས། །	饿狼围猎圈中
གཡང་དཀར་ལུག་ཤ་ཟ་འདོད་ཡོད། །	就像品尝羊肉
གླག་མོ་བཙུམ་པའི་ཁ་སྟུན་ནས། །	野兔嬉于草甸
རི་བོང་རྒྱུག་རྩལ་ངོམ་རྒྱུ་དེ། །	雄鹰低空掠过
རི་བོང་ཤ་ཁྲག་ཟ་འདོད་ཡོད། །	就像品尝兔肉

རྒྱ་ཚ་ཞལ་དཀར།	嘉擦谐嘎尔
རི་བོ་ང་མཐོ་བསམ་ན་ཡང་། །	山外有山不自迷
རི་བོ་མཆོག་རབ་འགྲན་ཟླ་བྲལ། །	万山之王是须弥
ཆུ་བོ་ང་ཆེ་བསམ་ན་ཡང་། །	江河千万不自恋
གཏྣའི་ཀླུང་ལ་འགྲན་ཟླ་བྲལ། །	神龙游行在恒河
དཔའ་ལ་ང་རྒོད་བསམ་ན་ཡང་། །	人外有人勿自恋
གླིང་རྒྱ་ཚའི་དཔའ་ལ་འགྲན་ཟླ་བྲལ། །	勇冠三军是嘉擦

བདུད་རྗེ་ཨ་སྟག་བཙན་པོ།	堆吉·阿达赞波
ཝ་མོ་གྲ་ལོ་ངོམ་ཚོད་དགའ། །	狐狸窝边戏毛
གླག་མོ་འཇུམ་ནས་ཤོར་རབས་ཡོད། །	雄鹰从天而降
བྱིའུ་ཆུང་འཕུར་ཚོད་མ་ཟིན་ན། །	燕雀空中展羽
རྒྱ་ཁྲ་ཧོར་པའི་ཁ་ཟས་རེད། །	鹰隼觅食而归
ཁྱོད་གླིང་ཕྲུག་རྒོད་ཚོད་མ་ཟིན་ན། །	将军自不量力
ང་འབྲུག་རྗེ་བཙན་པོའི་ལག་སྡིག་རེད། །	我乃现世阎王

གཡུ་ནེ་ཐོག་བཙན་རྒོད་པོ།

玉乃·托赞贵波

༡ སྤྱང་ཨ་ཐང་ལུག་ལ་འཛབ་པའི་དུས། །
ཁ་ཟ་འདོད་ལྕེ་དམར་གློག་ལྟར་འཁྱུག །
ལུག་གཡང་དཀར་ཟ་རྒྱུ་ཕར་ལ་ཞོག །
རྫི་བཟང་ཨུར་རྡོས་ཀླད་ཁྲག་གཏོར། །
སྤྱང་ལྤགས་རྫི་བོས་གནང་དུ་ལེན། །

狼向绵羊潜行时，
嘴馋舌如电光闪，
结果别说吃上羊，
牧人抛石砸碎了脑壳，
狼皮成了牧人战利品。

༢ སྐོམ་ན་ཡུར་ཆུ་མི་འཐུང་བ། །
ཁ་དཀར་རྐྱང་གི་ངང་ཚུལ་རེད། །
ལྟོགས་ན་རྩྭ་རུལ་མི་ཟ་བ། །
བྲི་སེར་འབྲོང་གི་ཆ་ལུགས་རེད། །
སྡུག་ན་མཆི་མ་མི་གཏོང་བ། །
སྐྱེས་པ་ཕོ་ཡི་ངང་ཚུལ་རེད། །

再渴也不喝沟渠水，
那是白唇驴的傲骨；
再饿也不吃干稻草，
那是野牦牛的傲骨；
再苦也不会流眼泪，
那是男子汉的傲骨。

༣ བརྙས་ཆེ་ན་ཞེ་རྒོད་གཏིང་ནས་འཁྲུག །
ཟ་ཆེ་ན་སྦྲང་རྩིས་མཆིན་པ་ན། །
གཤིབ་ཆེ་ན་བུ་མོ་མ་ལ་འཁོན། །

欺人太甚，会激出戾气；
食蜜太多，会叫肝脏痛；
训诫过头，女儿会恨母亲。

ཡ་མེད་ལྕགས་རྡོ་ནག་པོ།

雅美·加多那波

མཁའ་དབྱིངས་གཡུ་འབྲུག་སྔོན་མོ་དེ། །
སྐད་གྲགས་ཆེ་བས་གླིང་བཞི་ཁྱབ། །
བྲག་རི་ཐོག་གིས་གཏོར་བསམ་ཡང་། །
ཞྭ་ནག་སྔགས་པའི་ངན་སྔགས་ཀྱིས། །
གཡུ་འབྲུག་ངར་སྐད་ཤར་རེ་ཕབ། །

天上的绿松石色青龙，
隆隆雷鸣声传遍了四洲，
想用凌厉天雷击毁岩峰时，
黑帽咒师用恶咒，
顿然灭掉了青龙雷鸣声。

བོན་ནག་མཐུ་ཆེན་གཡུང་དྲུང་།

མི་པོ་གཡང་དཀར་ཁྱུ་གཅིག་ལ། །
གླིང་དཔའ་རྟུལ་སྤྱང་ཐང་དར་མ་འདྲ། །
སྤྱང་ཨ་ཐང་རྒྱུག་པའི་ལམ་སོ་ནས། །
ལུག་ཆུང་བྲོས་ན་ཐར་ས་མེད། །
སྟེ་ནུབ་དམག་འབྲུ་དྲུག་ཐང་གང་ལ། །
ཤར་གླིང་དམག་སེར་རྒོད་བརྒྱབ་པ་འདྲ། །
ཐོག་སེར་བའི་འཕྲུལ་འཁོར་བསྐོར་བའི་དུས། །
ཞིང་འབྲུ་དྲུག་སྨིན་ས་གང་ན་ཡོད། །

苯那·图钦雍仲

梅波众人似羊群，
岭国英雄如狼群，
狼群原野游走时，
何有羊崽逃遁处。
西军犹如六谷田，
岭军好似冰雹天，
雷鸣冰雹满天时，
田中六谷难成熟？

ཚ་ཞང་འདན་མ་བྱང་ཁྲ།

༡ གངས་རི་དྲག་པོའི་གཞལ་ཡས་ནས། །
སེང་གེ་དཀར་མོའི་གཡུ་རལ་ཐོམ། །
སྟེར་ཆགས་ཡོངས་ཀྱི་རྒྱལ་པོ་བྱེད། །
མུ་སྟེགས་གཅན་གཟན་དབང་དུ་བསྡུས། །
དེ་ཡང་གངས་དཀར་རྒྱན་དུ་ཆེ། །
རི་རབ་འབར་བའི་རྩེ་མོ་ནས། །
བྱ་རྒྱལ་ཁྱུང་ཆེན་མཁའ་ལ་འཕྱོ། །
གཤོག་རྩལ་དྲག་པོས་འཇུམ་ལམ་ནས། །
བྱ་རིགས་གཤོག་ཐོགས་དབང་དུ་བསྡུས། །
དེ་ཡང་རི་རབ་རྒྱན་དུ་ཆེ། །

༢ ཁྱི་རྒན་མཆེ་བ་རྣོ་བསམ་ཡང་། །
སེང་གེའི་མཆེ་བར་འགྲན་རྒྱུ་མེད། །

擦香·丹玛向查

在险峻雪山无量界，
白狮炫耀着绿鬃，
百兽之王啊，
征服了所有的外道猛兽，
成了雪山的庄严装饰；
从炽燃的须弥山顶，
琼鸟飞向了天空，
展示雄健飞技时，
征服了所有的飞禽，
成了须弥山的庄严装饰。

别看老狗认为狗牙很锋利，
跟狮子的利牙，是没法比的；

ཝ་མོ་གྲ་ལོ་ཡག་བསམ་ཡང་། །
སྟག་ལ་འགྲན་རྒྱུ་སྣང་བ་འཁྲུལ། །
མཛོ་ཁྲུང་དཀར་ཤེད་ཤུགས་ཆེ་བསམ་ཡང་། །
གླང་ཆེན་འགྲན་བསམ་སྣང་བ་འཁྲུལ། །

别看狐狸认为皮毛很漂亮，
若想跟虎纹比，它就昏了头；
别看犏牛认为自己力量大，
若想跟大象比，它就昏了头。

ལྡོང་ཆོས་ལུ་བྲུ་ཡི་དར་འཕེན།

董曲鲁·普依塔尔潘

ནགས་ཛོང་དཀྱིལ་ནས་དམར་ཡག་སྟག །
ངར་ཆེ་ན་འཛུམ་ཐུག་ཤོར་རབས་ཡོད། །
ལྷོ་སྤྲིན་དཀྱིལ་ནས་གཡུ་འབྲུག་ངར། །
གྲག་ཆེ་ན་ནོར་བུ་ཤོར་རབས་ཡོད། །
ནུབ་ཕྱོགས་རྨ་བྱ་སྒྲོ་མདོངས་ཅན། །
བཀྲག་མདངས་ཁ་དོག་ཉམས་རྟགས་ཟེར། །

森林里的斑斓虎啊，
太过凶猛会输掉虎纹；
乌云中的青龙啊，
声音太大会输掉珍宝；
西方羽毛绚丽的孔雀啊，
太过华美会褪去光彩。

ཀླུ་བདུད་དགོ་བ་ཁྲག་མིག

鲁堆·果瓦查米

འབྲོང་བསད་པས་མི་ཚད་རྔ་མ་ཕྱར། །
ཤྭ་བསད་པས་མི་ཚད་དུང་རྭ་ངོམ། །

杀了野牦牛，还要挥动牛尾；
杀了大公鹿，还要炫耀鹿角。

སྒ་བདེ་ཆོས་སྐྱོང་བེར་ནག

嘎德·曲炯贝那

༡ བོད་ལ་ཕུང་བ་རྣམ་གསུམ་ཡོད། །
དཔོན་ཡོག་མགོ་འདྲ་དེས་འོག་སྡེ་ཕུང་། །
སྨན་ངོ་གཉིས་མ་དེས་ཚེ་རོགས་ཕུང་། །
བན་སྡོམ་པ་མེད་དེས་ཚེ་འདས་ཕུང་།

藏地有三种毁坏者，
有诡异头脑的首领，会毁掉属民；
表里不一的女人，会毁掉丈夫；
守不住戒的僧侣，会毁掉亡灵。

༢ བོད་ལ་སྨྱོ་བ་རྣམ་གསུམ་ཡོད། །

藏地还有三种发狂者，

བྱ་ཁུ་བྱུག་སླེབས་དུས་ཁ་ཏ་སྨྱོ། །
དཔྱིད་སྨུག་རྩྭ་སྔོ་དུས་རྟ་རྒན་སྨྱོ། །
དབྱར་ཆར་པ་འབབ་ཁ་སྤྲིན་སེར་སྨྱོ། །

杜鹃飞来时，乌鸦会发狂；
初春长青草，老马会发狂；
夏季降雨水，云雹会发狂。

ཞག་གི་དུང་ཆེན་ཚངས་པ།

霞克 · 童钦仓巴

ར་རྐོད་ཁམ་པ་སྣང་བ་མཐོ། །
མཐོན་པོ་བྲག་རི་རྩེ་ནས་འགྲིམ། །
འཕར་བ་མང་པོས་རྒྱབ་ནས་འདེད། །
བཙོ་གྲོད་གཏོར་བ་ལག་པའི་མཐིལ། །
གཡང་དཀར་ལུག་ཁྱུ་ས་མཐའ་འགྲིམ། །
ཨ་ཐང་སྤྱང་ལ་ལག་གཡུག་རེད། །
ལུག་ཁྱུ་གཏོར་བ་ལག་པའི་མཐིལ། །

灰白山羊心气高，
爱爬魏巍山峰顶，
结果被豺群狂追捕，
毫无疑问，肚子都会咬出来；
众多绵羊走他乡，
是在朝狼狂招手，
毫无疑问，羊群会被狼驱散。

དུང་སྐྱོང་སྟག་ལྷ་ཁྲི་དཀར།

童炯 · 达拉赤嘎尔

སྟག་དམར་ཡག་རང་ས་བཟུང་བ་ལ། །
ཁྱི་བདའ་ལུའི་རྗེས་འདེད་ཨ་བ་རི། །
སེང་དཀར་མོ་གང་ལ་འཁྱིང་ས་ནས། །
ཝ་མོའི་རྗེས་འདེད་ཨ་བ་རི། །

猛虎住在领地时，
自不量力的野狗想跟踪，
白狮傲居雪山时，
自不量力的狐狸想跟踪。

ལྷ་གཅིག་གཞོན་ནུ།

拉吉旋努

བྱ་སྔོན་མ་ཤི་བའི་རོ་ལ་ལྟོས། །
རྗེས་མ་མི་རྟག་སྒྱུ་མ་རེད། །

看那死在前头的鸟儿，
就知未来无常如幻影。

བལ་པོའི་ལུག་རྫོང་།

《泊波绵羊宗》

ལྷ་རྒོད་ཐོག་རྒྱལ།

拉贵托嘉

ཆོས་ཉམས་ལེན་མེད་པའི་བླ་མ་དང་། །
ཁྲེལ་ངོ་ཚ་མེད་པའི་ཕ་ཁུ་གཉིས། །
ལས་རྒྱུ་འབྲས་མེད་པའི་དཔོན་པོ་གསུམ། །
མཛངས་ཁོག་ཤེས་མེད་པའི་བུད་མེད་བཞི། །
གཏམ་ངོས་སླིག་མི་ཐུབ་རྒས་པ་བཅས། །
གཏན་འདི་ཕྱི་གཉིས་ཀའི་ཐ་མ་རེད། །

一是未修佛法的上师，
二是寡廉鲜耻的父辈，
三是不讲天理的官僚，
四是不贤不惠的女人，
五是口是心非的长者，
今生来世都很卑鄙。

འབུམ་དཔོན།

奔波

༡ སྡེ་བརྒྱད་ཕྲག་དོག་ལངས་འདོད་ན། །
སྔགས་པའི་གདོང་ལ་མ་གཟུར་དགོས། །
ཅི་འདོད་ཐོག་ཆེན་ཕབ་ལ་ཤོག །
སྔགས་པས་དེ་བཟློག་མ་ནུས་ན། །
ལག་ཕུར་པ་ཐོགས་པ་དོན་མེད་རེད། །

天龙八部若生妒，
不会避开咒师面，
尽情降下大霹雳，
咒师不能回遮它，
手持金刚橛何用？

༢ རྒོད་མདོག་ཤེས་མེད་ཕོ་གསར་འགགས། །
རྒྱལ་ཁྲིམས་སྣང་མེད་དཔོན་བློན་བརྙས། །
གང་བསམ་དོན་དེ་ཆོག་མདོག་བྱེད། །
དེ་འདྲ་མུ་མཐུད་བྱས་ཕྱུར་ན། །
བདེན་རྫུན་དབྱེ་བ་མ་འབྱེད་གོང་། །
ཛམ་ཆེན་དྲག་པོ་མ་བཏང་ན། །

狂妄无知的青年，
蔑视王法辱君臣，
为所欲为不收敛，
长此以往不制止，
没有辨明是非前，
若不狂人不威慑，

རྒྱལ་པོའི་མིང་དེ་སྟོང་པ་རེད། །

国王名头为虚空。

ཁྲི་ཤི་སྒྲ་རུ།

切西 · 古如

གཏམ་དང་མདའ་མོ་དྲང་ན་དགའ། །
དྲང་ན་དགའ་ཞིང་དྲང་གཏམ་གྱིས། །
ལམ་དང་གཞུ་མོ་འཁྱོག་ན་དགའ། །
འཁྱོག་ན་དགའ་ཞིང་འཁྱོག་ལ་སྡོད། །

话语和箭越直越好，
所以要说诚实的话；
道路和弓越弯越好，
所以要保持其弯度。

ཟླ་བ་ཁྲབ་བཙན།

达瓦彻赞

རྗེ་རྒྱལ་པོ་མ་བཞུགས་ཕྱིན་ཤུལ་དུ། །
གོང་དཔོན་པོའི་ཇུས་ཤུལ་སྣོན་པོས་འཛིན། །
ཁྲིམས་དྲང་ཞིང་མངའ་འབངས་བདེ་ལ་བཀོད། །
ཕ་ཁུ་བོ་མ་བཞུགས་ཕྱིན་ཤུལ་དུ། །
བུ་ཚ་བོའི་ཁྱིམ་གཞིས་མ་ཉམས་དགོས། །
གཞིས་འཁོར་ཁྱིམ་སྔར་ལུགས་མ་ཉམས་དགོས། །

君王移驾离去之后，
大臣要执行既定的计划，
靠公正执法把百姓带向幸福；
叔父长辈离开之后，
子孙不能让家业败落，
要保持原先基业和传统。

སྟག་རོང་ཨ་ཁྲུ་ཁྲོ་ཐུང་།

达绒 · 阿库超同

ལྷ་བསྐོས་རྒྱལ་པོའི་ལས་གྲོགས་སུ། །
དམངས་བསྐོས་རྒྱལ་པོའི་འགྲོ་དོན་སྐྱོང་། །

天授君王的辅弼，
要行民众主宰的大业。

བདུད་ཕུ་སྟོང་ཐུབ།

堆普东图

ཆོས་མེད་དཀོར་ཟན་བཤད་སྤོབས་མཐོ། །
སྐྱེ་མེད་བུ་མོ་འཕྱ་སྨོད་མཁས། །

没修为的贪财老僧敢说大话，
没有丈夫的女人爱讽刺人，

སྙིང་མེད་སྔར་མ་མཚོན་ཆ་མང་།།
བདེན་མེད་ཁྲམ་པ་བདེན་ཡ་མེད།།

没胆量的懦夫爱带很多兵器，
不讲诚信的骗子缺少正诚的朋友。

ཟླ་བ་སྟོབས་ལྡན།

达瓦多丹

༡ དམར་མོ་མེ་ཡི་ཚ་ངར་དེ།།
སྔོན་མོ་ཆབ་ལ་མ་འགྲིམ་བྱུང་།།

红色火焰的热度，
不曾经历过青青的河水。

༢ མཐོན་པོའི་རང་ཚོད་མ་ཟིན་ན།།
ཉི་ཟླ་སྒྲ་གཅན་གཟའ་ཡིས་མིད།།
ལྷ་གནས་ལྷ་མ་ཡིན་གྱིས་འཇིག།
གཡུ་འབྲུག་མཐའ་མེད་མཚོ་ལ་ལྷུང་།།

身居高位者若不能收敛，
即使是日月也会遭到罗睺罗的吞噬，
即使是天界也会被阿修罗覆灭，
即使是飞龙也会坠落无边的沧海。

༣ བུ་ཤི་ཕ་མར་བདེ་བ་མེད།།
ཇུས་ཤོར་བུ་ལ་དགའ་ཚོར་མེད།།
ནད་ཀྱིས་ཟིན་ན་སེམས་བདེ་མེད།།

折了儿子的父母不会幸福，
败掉基业的儿子不会快乐，
身患疾病时心情不会舒服。

༤ ཀླད་མེད་ཝ་རྟགས་སྟོན་པ་ལས།།
དཔའ་བོ་རང་མཁར་སྒོ་རྩར་འཆི།།

与其露出无智狐狸般的懦夫相，
不如勇敢地死在自家的城门口。

ཡ་མེད་འབུམ་ཐུབ་རྒོད་པོ།

雅美・奔图贵波

རྒས་དུས་བུ་མེད་རབས་ཆད་སྡུག།
འཐབ་དུས་དཔའ་མེད་སྔར་མ་སྡུག།
དུས་རྒྱུན་རྒྱུ་མེད་སྤྲང་པོ་སྡུག།

老时无后的孤寡苦；
战时胆怯的懦夫苦；
平日没钱的穷人苦。

ཡབ་ཆེན་སེང་བློན།

གཏམ་ལན་པོ་མེད་ན་ལྐུག་པ་རེད། །
ཟས་ལན་པོ་མེད་ན་དྲི་ཟ་རེད། །
སྲོག་ལན་པོ་མེད་ན་འཆི་བདག་རེད། །

王父森伦

听到别人问话不能回答是哑巴，
吃别人的饭不回请是寻香者，
不报血仇大恨的是死神。

ཡ་མེད་ཁྲི་ཐུབ་རྒོད་པོ།

ཕོ་རབ་བློ་དེ་མངོན་ཤེས་འདྲ། །
དགྲ་འདུལ་གཉེན་སྐྱོང་གང་བྱས་ཀྱང་། །
འགྲན་ཟླ་མེད་པའི་ལས་གཅིག་བྱེད། །
མཐར་ཐུགས་གཏན་བདེའི་འདུན་མ་སྒྲུབ། །
ཕོ་འབྲིང་བློ་དེ་དཔྱད་ཤེས་འདྲ། །
གང་བྱེད་བདག་གཞན་ཀུན་མཐུན་བྱེད། །
རང་ཉིད་མི་ཕམ་བརྟན་གནས་ཟིན། །
ཐ་མ་རང་གཞན་ཀུན་གྱིས་བསྟོད། །
ཕོ་མཐའ་ཞིག་གི་བསམ་བློ་དེ། །
མུན་ནག་ནང་གི་ལོང་མཆོང་འདྲ། །
འདི་བྱ་དེ་བྱས་སྒྲེ་གཅིག་མེད། །
ཐ་མ་རང་གཞན་སྡུག་ལ་སྦྱར། །

雅美·赤图贵波

上等男人有主见，
消灭敌人帮助亲友，
都做得无与伦比，
最后实现了永远安乐的愿望；
中等男人会思虑，
做事对人对己都有利，
立于不败之地，
最终获得了所有人的赞扬；
下等男人的心思，
像在黑夜里瞎蹿瞎跳，
干这干那都没有个准，
最后让自己和他人都遭罪。

ཤན་པ་མེ་རུ་རྩེ།

བློན་པོ་ངན་པས་རྒྱལ་པོ་ཕུང་། །
བུ་ཚ་ངན་པས་ཁྱིམ་གཞིས་ཕུང་། །
བུད་མེད་ངན་པས་གཏན་གྲོགས་ཕུང་། །

辛巴梅如泽

奸臣会毁掉君王，
逆子会毁掉家业，
坏女人会毁掉丈夫，

མདོ་མེད་འདྲེ་མོས་རང་རྒྱུད་ཤུང་། །
མནའ་མེད་གྲོགས་པོས་ཤག་པོ་ཤུང་། །

没脑鬼婆会毁掉自己的后代，
践踏誓言的朋友会毁掉友谊。

དུང་སྐྱོང་སྟག་ལྷ་ཁྲི་དཀར།

童炯·达拉赤嘎尔

རང་སྲོག་གཅོད་མཁན་སྲོག་བདག་ལ། །
བློ་ཡིད་འཁོར་ནས་སྲི་ཞུ་བྱེད། །
ཉེ་འབྲེལ་ཕ་མ་མཛའ་གྲོགས་ལ། །
ཕན་མེད་གནོད་འཚེ་གང་ཐུབ་བྱེད། །

对要夺自己性命的人，
心向往之，勤服侍之。
对父母亲戚和友人，
不能利益反而祸害。

ནོར་འཛིན་ལས་ཀྱི་ལྷ་མོ།

诺增·莱吉拉姆

སེམས་རང་ངོ་སྤྲོད་མཁན་བླ་མ་དང་། །
ལུས་རིན་ཆེན་བསྐྱེད་པའི་ཕ་མ་གཉིས། །
ཚེ་སྔོན་ལས་འབྲེལ་བའི་ཟླ་གྲོགས་གསུམ། །
དམ་ཚིག་ལས་མཐའ་མ་ལོག་དགོས། །
ལོག་ན་གཏན་དུ་མི་དགེ་ཟེར། །

教我明心见性的上师，
孕育我生命的父母，
前世结缘的伴侣，
面对他们，不可践踏誓言，
践踏了，绝不会有好果子。

སྐར་ཚོགས་སྟོང་བདུད།

嘎措东堆

སྡང་དགྲ་བོས་བརྙས་ན་ལོས་བརྙས་རེད། །
སྙིང་ཉེ་བས་བརྙས་ན་བཟོད་མེད་རེད། །

仇人来欺凌，很正常；
亲戚也想侮辱，受不了！

ཨ་ནེ་ཇོ་མོ།

阿乃觉摩

ཆོས་མེད་དཀོར་ཟན་ཆོས་བཤད་མང་། །
བཤད་རྒྱུ་མང་ཡང་ཉམས་ལེན་མེད། །

不懂佛法的老僧偏爱讲佛经，
讲得虽多，没有修为；

སློག་ཟ་དཔོན་པོ་ཁྲིམས་བཤད་མང་། །	贪官污吏偏爱扯法律，
བཤད་རྒྱུ་མང་ཡང་ལག་ལེན་མེད། །	扯得虽多，不会执行；
བདེན་མེད་ཁྲམ་པ་མནའ་སྐྱེལ་མང་། །	不真诚的骗子偏爱发毒誓，
བཤད་རྒྱུ་མང་ཡང་མདོ་ཆ་མེད། །	吹得厉害，没有信用。

འདན་མའི་ནས་རྫོང་ཕྱུགས་བསྡུས།

《丹玛青稞宗》

འདན་ཟ་ཧོར་རྒྱལ་པོ།

丹·萨霍尔嘉波

༡ བུ་ཚ་ངན་ཚར་ན་ཞང་པོའི་བདུད། །
ལུག་ཨ་མོན་རྭ་སྐྱེས་མིག་གི་བདུད། །

浑外甥能来事，舅舅会遭罪；
绵羊长歪了角，眼睛会遭罪。

༢ གོ་ཆོར་མ་ལ་ཁྱི་གཅིག་སྐྱེས། །
དྲིན་ལན་མི་སྲོད་རང་སྲོག་བདུད། །
བྱིའུ་ཆོར་མ་ལ་ཁྲ་གཅིག་སྐྱེས། །
ཉམས་ལ་མི་ཕན་སྲོག་ལ་འཇབ། །

倒霉的岩鹰产了一只小狗，
不会报恩情，反而要了性命；
倒霉的小雀养了一只小鹞，
逆境中没用，反想要它性命。

སྐྱི་དཔོན་རོང་ཚ་ཁྲ་རྒན།

吉本·绒擦查根

༡ མཐོན་པོ་མགོ་ལ་མི་ཤོར་ཞེའི། །
རྒྱ་ཁྲིམས་གསེར་གྱི་གཉའ་ཤིང་ཤེས། །
དམའ་བ་ཐུགས་ཀྱིས་མི་བོར་ཞེའི། །
ཆོས་ཁྲིམས་དར་གྱི་མདུད་པ་ཤེས། །
རེ་དགོས་རྒྱུ་ཡིས་མི་བསླུ་ཞེའི། །
དཀོན་མཆོག་གསུམ་གྱི་དམ་བཅའ་ཡོད། །
གཉིས་འཛིན་དགྲ་གཉེན་མི་ཕྱེ་ཞེའི། །
རྩ་བའི་བླ་མའི་ཞལ་གདམས་ཡོད། །
ངོ་ལྐོག་བསམ་ངན་མི་བྱེད་ཞེའི། །
ལྷ་སྲུང་ལེགས་ཉེས་སྤངས་འཛིན་ཡོད། །

为了避免位高权重者猖狂，
制定金牛轭般的王法律条；
为了避免忘记身份卑微者，
制定绢帛结般的戒律教规；
为了避免受到金钱诱惑，
对三宝立下了誓言；
为了避免用分别心对待恩怨，
持有根本上师的教诫；
为了避免当面背后两张脸，
遵守护法神的善恶取舍。

༢ བཙན་ལ་རྣ་ཉན་བྱེད་ལོ་མིན།།
ཕྱུག་ལ་སྐལ་དུམ་སློང་ལོ་མིན།།

不曾向强者俯首贴耳，
不曾向富人索取份额。

༣ ཁལ་དེད་ནས་གྱོད་གླ་བླངས་ལོ་མིན།།
ཤེད་ཆེ་བས་རོ་གླ་བླངས་ལོ་མིན།།

不曾赶着驮子索取过纠纷费，
不曾仗着力气索取过死尸费。

༤ མཇལ་མི་ཕོད་དར་དཀར་རྒྱུད་ནས་མཇལ།།
ཞུ་མི་ཕོད་སྦྲ་དཀར་གླིང་བུ་བརྒྱུད།།

不敢拜谒的，用洁白哈达来拜谒；
不敢请示的，通过白藤笛声请示。

༥ གཏམ་ལན་མེད་བཙན་པོའི་གཉོམ་སྐད་རེད།།
ཇ་ལན་མེད་བོན་པོའི་མཁར་ཇ་རེད།།

没有回应的，是强者说的安分语；
没有回音的，是苯波敲的铜锣。

༦ ཕུ་ལ་ཉིང་འཛིན་སྒོམ་ལོ་དེ།།
དགེ་བ་ཐུན་མོང་མ་བསྔོས་ན།།
བྲག་གོར་འོག་གི་མར་མེ་འདྲ།།
མདའ་ལ་མི་གཉིས་འདུམ་པས་ན།།
གཉིས་ཕན་གཞི་རྩ་འགྲུབ་པས་ན།།
རང་གཞན་དགེ་བ་ཐུན་མོང་ཡིན།།

山洞打坐修禅的人，
不为共同善资回向，
就跟岩石的油灯没两样；
山下两个人结盟后，
打下了两利的根基，
就会实现共同善资。

༧ ཐོབ་ཐང་དཔོན་པོའི་ཞྭ་འཕྲུ་དང་།།
འདོ་བ་རྟ་ལ་ཇ་སྡོམ་རེད།།

有爵位的首领要有顶戴，
骏马的尾巴要打好结。

༨ བྱ་རྒོད་པོ་མི་རོའི་བདག་པོ་རེད།།
གོང་དཔོན་པོ་ཞལ་ལྕེའི་བདག་པོ་རེད།།

秃鹫是尸体的主宰者，
国王是法律的主宰者。

༩ རྒྱལ་པོའི་བཀའ་ལ་ཡར་ཟློག་མེད།།
རི་གཟར་ཐབ་ལ་གྱེན་ལྡོག་མེད།།

帝王的旨意不可抗，
滚坡的石头不返回。

༡༠ རྟ་འདོ་བའི་སྔོན་ལ་བོང་བུ་འདུར།།
མགྱོགས་ཆེ་ན་འདོ་བའི་མཚང་ལ་ཐོག །
བྱ་ཁུ་བྱུག་སྔོན་ལ་ཅོ་ག་འགྱུར།།
འགྱུར་ཆེ་ན་བྱ་རྒྱལ་མཚང་ལ་ཐོག །

骏马前面毛驴在跑，
跑得太快，会让骏马蒙羞。
布谷鸟前百灵在叫，
叫得太美，会让布谷蒙羞。

༡༡ ཤ་ལ་ཤ་ལན་མི་འགྲུབ་སྟེ།།
ཤ་ལན་སེར་པོ་གསེར་གྱིས་སྒྲོད།།
ཁྲག་ལ་ཁྲག་ཚབ་མི་འོས་ཏེ།།
ཁྲག་ཚབ་ཁམ་པ་དངུལ་གྱིས་སྒྲོད།།
སྲོག་ལན་སྲོག་འཇལ་མི་བབ་དུས།།
སྲོག་ལན་འོག་སྡེ་ཁྲ་མོས་འཇལ།།

割肉不能用肉来偿还，
要拿黄金来赔偿损失；
流了血不能用血来偿还，
要拿白银来赔偿损失；
夺了性命不能用命来偿还，
要让全部落赔偿命价。

༡༢ བཅད་པ་རྒྱལ་པོའི་བཀའ་ཡིས་བཅད།།
དྲ་བ་རྣོན་པོ་སོག་ལེས་དྲས།།

要拿圣旨来进行裁断；
要拿锯子来锯断疑网。

༡༣ གཟུ་ར་རྩག་ཅན་གྱིས་བརྒྱབ་པ་ལ།།
དོན་སྟག་རྩག་ཅན་གྱིས་རྡོག་རྒྱུ་མེད།།

穿山羊皮者作裁判，
穿虎皮者不能践踏。

༡༤ གནམ་ས་གཉིས་ལ་འདུན་མ་ཡོད།།
སྦྲང་ཆར་འབབ་པ་མདུན་མ་ཡིན།།

天地之间有盟约，
降下的细雨是盟约。

༡༥ རྒས་ཤི་ལོ་ཚང་དུས་ཡོན་ཏན་བསླབ།།
དེ་དགོས་ཀྱང་དགོས་ཏེ་འཕྱི་ལེ་རེད།།
སྟོན་སྐྱི་སེར་ལངས་དུས་མེ་ཏོག་བཞད།།
དེ་མཛེས་ཀྱང་མཛེས་ཏེ་འཕྱི་ལེ་རེད།།

垂暮之年学知识，
知识很需要，只是有些晚了；
秋季降霜时开花，
开得很鲜艳，只是有些晚了。

༡༦ སྨན་ཁ་དགུ་འཁོར་བའི་མཛངས་མ་དེ།།
དགོས་ཀྱང་དགོས་ཏེ་འཕྱི་ལི་རེད།།
ཕོ་སྡུག་དགུ་མཐོང་བའི་གོ་བ་དེ།།
དེ་དགོས་ཀྱང་དགོས་དེ་འཕྱི་ལི་རེད།།
སྲོག་དམར་པོ་ཆད་ཁའི་གསོལ་འདེབས་དེ།།
དགོས་ཀྱང་དགོས་ཏེ་འཕྱི་ལི་རེད།།

九回轮嫁女人虽丰美，
丰美好啊，可惜什么都来不及了！
男子受苦获得的感悟，
很珍贵啊，可惜什么都来不及了！
临终之前进行祈祷，
很珍贵啊，可惜什么都来不及了！

༡༧ དགུང་གཡུ་འབྲུག་ལག་གི་ནོར་བུ་དེ།།
ཞེན་བསམ་ཡོད་དེ་ལོན་རྒྱུ་མེད།།
སེང་གེ་དཀར་མོའི་གཡུ་རལ་དེ།།
ཞེན་བསམ་ཡོད་དེ་ལོན་རྒྱུ་མེད།།
དམར་ཡག་སྟག་གི་འཛུམ་དྲུག་དེ།།
ཞེན་བསམ་ཡོད་དེ་ལོན་རྒྱུ་མེད།
དུག་སྦྲུལ་གཙུག་གི་ནོར་བུ་དེ།།
ཞེན་བསམ་ཡོད་དེ་ལོན་རྒྱུ་མེད།།

天上青龙所持珍宝，
不是想拿的人都能拿到；
白雪狮头上的绿鬃，
不是想拿的人都能拿到；
猛虎身上斑斓皮毛，
不是想拿的人都能拿到；
毒蟒头顶上的珠宝，
不是想拿的人都能拿到。

༡༨ དྲིན་ཆེན་ཕ་མ་རྒས་ན་ལོད།།
འདོ་ཆེན་བཞུལ་ཁ་ཆད་ན་ལོད།།
འབྲས་དྲུག་ལོ་ཏོག་སད་ན་ལོད།།
དར་གོས་ལྷན་པ་ཐོག་ན་ལོད།།

恩慈的父母亲衰老，就废了；
大良马走完长路后，就废了；
六谷庄稼遭霜打后，就废了；
锦衣一旦打了补丁，就废了。

༡༩ འབྲོང་བྲི་སེར་ལུས་ལ་ཛེ་ཐོག་ན།།
གླང་རོག་པོ་ཡིན་ཡང་རྭ་རྩེད་བྱེད།།
འདོ་བ་རྟ་ལ་སྒྲོག་ཐོག་ན།།
བོང་ནག་འདུར་འགྲོས་ས་ཁ་འགྲིམ།།
རྗེ་རྒྱལ་པོའི་ལུས་ལ་ནད་ཐོག་ན།།
ཁྱི་ཕག་བྲུན་ཡིན་ཡང་སྨན་དུ་འཐུང་།།

野牦牛生了牛癣病，
黄牛也会跟它耍觝角；
骏马绑上了绊马绳，
毛驴也会跟它炫脚力；
国王患上了疾病，
猪狗粪便都会当药吃。

༢༠ ཚང་ཐེངས་གསུམ་བཙག་པའི་སྦང་མ་དེ།།
ཁ་ཇི་ལྟར་སྐོམ་ཡང་འཐུང་མི་མེད།།
བཀའ་ཐེངས་གསུམ་ལོག་པའི་སེར་གཟུགས་ལ།།
ཆོས་ཇི་ལྟར་མཁས་ཀྱང་ཞུ་མི་མེད།།
ཁ་ཐེངས་དགུ་འཁོར་བའི་ན་ཆུང་ལ།།
བཞིན་ཇི་ལྟར་ལེགས་ཀྱང་འདོད་མི་མེད།།
ཆུས་ཐེངས་གསུམ་ཤོར་བའི་མཁར་ཁང་ལ།།
སྐྱུག་ས་མཐའ་འཁྱར་ཡང་སྡོད་མི་མེད།།

筛了三道酒的酒糟，
再渴也不会有人喝；
忤了三次教言的伪僧，
再精通佛法也不会有人求法；
反复过九次的少女，
再漂亮也不会有人喜欢；
漏了三次雨的破屋，
就算漂泊异乡也不会有人住。

ཚ་ཞང་འདན་མ་བྱང་ཁྲ།

擦香·丹玛向查

༡ དུས་དཔྱིད་ཟླ་གསུམ་གྱི་དུས་ཚོད་ལ།།
རླུང་སེར་པོའི་བང་ཁ་ལ་ལ་འགྲོ།།
བོད་སྒང་པའི་རླུང་རྟ་ལ་ལ་དར།།
དུས་དབྱར་ཟླ་གསུམ་གྱི་དུས་ཚོད་ལ།།
དགུང་གཡུ་འབྲུག་སྔོ་སྤྲིན་ལ་ལ་འགྲོ།།
འབྱུང་ལྔའི་དྭངས་བཅུད་ལ་ལ་འཁྲུངས།།
དུས་སྟོན་ཟླ་གསུམ་གྱི་དུས་ཚོད་ལ།།
རྟ་འདོ་བའི་བང་ཁ་ལ་ལ་གཏད།།
ལྷ་དགྲ་ལྷའི་ངོ་སོ་ལ་ལ་མཐོ།།
དུས་དགུན་ཟླ་གསུམ་གྱི་དུས་ཚོད་ལ།།
ཆབ་ཆུ་བོའི་འཁྱག་དཀར་ལ་ལ་ཆགས།།
རྒྱ་ནག་པོའི་མགྲོན་ལམ་ལ་ལ་བདེ།།
ཇ་ཞུ་ཟིའི་གསེར་སྐྱེམས་ལ་ལ་མཆོད།།

春季三个月的日子里，
疾风会刮向高处去，
高原藏人的运势升向高处；
夏季三个月的日子里，
青龙和浓云向高处去，
五行的精华就在高处；
秋季三个月的日子里，
骏马会奔向高处跑，
山神的荣耀在最高处；
冬季三个月的日子里，
江河的冰从高处结，
汉人的商道伸向高处，
香茶要供向最高处。

༢ ཉན་ཟེར་ན་མགོ་སྟོད་རྣ་བས་ཉོན།།

听的时候要用耳朵听，

ལྟོས་ཟེར་ན་ཁྲ་ཚུང་མིག་གིས་ལྟོས།།
ཉམས་དཔྱད་ན་གངས་དཀར་སེམས་ཀྱིས་དཔྱོད།།

༣ དཔོན་མགོ་ཟ་ཅན་ལ་འོག་སྡེ་འཁོར།།
ཁྲིལ་སྣ་གཞུང་ཆེ་ན་ཉེ་གནས་འཁོར།།
རི་མཐོ་ཞེང་ཆེ་ན་ཤ་རྐྱང་འཁོར།།
རྩི་མེ་ཏོག་རྒྱས་ན་ཡང་ཡང་འཁོར།།
སྨན་སྐྱེ་གཟུགས་ལེགས་ལ་སྟག་ཤར་འཁོར།།
སེམས་འགྱུར་བ་མེད་ན་ཡང་ཡང་འཁོར།།

༤ དགུང་གི་གཡུ་འབྲུག་སྔོན་མོ་དེ།།
ལུས་གཟུགས་གཞི་ཀུན་གྱིས་མི་མཐོང་སྟེ།།
སྙན་གྲགས་སྲིད་གསུམ་ཁྱབ་ལེ་རེད།།
འོད་གསལ་ཁྲི་གདུགས་ཉི་མ་དེ།།
རྟ་བདུན་ཀུན་གྱིས་མི་མཐོང་སྟེ།།
གླིང་བཞི་ཡུད་ཙམ་བསྐོར་ལེ་རེད།།

༥ མི་ཤེས་མེད་གོ་བ་བཤད་ན་སྡུག།
རྟ་འགྲོས་མེད་ལྕག་ཤར་བརྒྱབ་པས་སྡུག།
སྨན་སྐྱེ་མེད་ཆུ་ཁྲུས་བྱས་ན་སྡུག།
མཐུ་ནུས་མེད་དྲག་ཏུ་སྐུལ་བས་སྡུག།

༦ ཆོས་ད་བྱེད་དུས་ལ་མ་བྱས་ན།།
སྲོག་ཆད་ཁར་འགྱོད་པས་ཕན་པ་མེད།།
མདའ་ད་འཕེན་ཟེར་དུས་མ་འཕངས་ན།།
འབེན་མ་གཏོར་འགྱོད་པས་ཕན་པ་མེད།།
རོགས་ད་འདྲིས་ཟེར་དུས་མ་འདྲིས་ན།།

看的时候要用双眼看，
分析的时候要用心分析。

有头有脸的首领能吸引百姓，
讲义气的人能吸引亲友，
巍峨恢弘的大山能吸引鹿和野驴，
山草丰茂时更具吸引力，
容貌娇美女人能吸引好男，
忠贞不变就更具吸引力。

天上飞游的青龙，
虽然没人见过它的身影，
声誉传遍了浩广的三界；
光芒万道的太阳，
虽然没人见过拉它的七匹骏马，
却能瞬间转遍四大部洲。

给无知者讲理，他会很痛苦；
给驽马以鞭策，它会很痛苦；
独身女沐浴时，她会很痛苦；
强求没咒术者，他会很痛苦。

此刻还不诵经积德，
临死时后悔也没有用；
该射时不拉弓射箭，
未射中后悔也没有用；
跟恋人不能相知，

སེམས་མི་མཐུན་འགྱོད་པས་ཕན་པ་མེད།།

感情破裂时后悔也没有用。

༧ མི་མ་འདོད་ས་མཐའ་བཏང་ལེ་རེད།།
ཟོག་མ་འདོད་བཤས་རར་ཕབ་ལེ་རེད།།
རྒྱུ་མ་འདོད་མི་སྟོང་སྤྲད་ལེ་རེད།།
གཙོད་བྱེད་གཏོ་ལ་རྫོང་ལེ་རེད།།
ཆག་དྲུག་ཡས་ལ་བཏང་ལེ་རེད།།

不待见的人被逐向异乡，
不待见的牛被赶进屠场，
不待见的财物赔做命价，
或者充当祛禳的秽物，
或者丢进了驱鬼时的祭祀彩盘。

༨ སྟོན་ཟླ་གསུམ་གྱི་དུས་ཚོད་ལ།།
འདབ་ཆགས་ཐམས་ཅད་སྐྱོ་གླུ་ལེན།།
ལས་ངན་ཁུ་བྱུག་མོན་ལ་འགྲོ།།
དགུན་ཟླ་གསུམ་གྱི་དུས་ཚོད་ལ།།
འདོ་བ་ཆས་དང་ཁེབས་ཀྱིས་གསོ།།
དྲེལ་སྨུག་ཆུང་ནག་པོ་རྒྱ་ལ་བཏང་།།

秋季三个月的日子里，
所有飞禽在唱悲歌，
可怜的布谷鸟要飞门隅了；
冬季三个月的日子里，
用马料披垫养着骏马，
可怜的骡子被赶向了汉地。

༩ བུ་ཚ་ཕོས་ཕ་མེའི་སྲིད་པ་བཟུང་།།
སྨན་བུ་མོ་མི་ཡི་བག་མར་འགྲོ།།

儿孙要继承祖业，
女孩要远嫁他乡。

༡༠ མི་སྲིད་སྲིད་པ་རྣམ་གསུམ་ལ།།
ཉ་གསེར་མིག་གློ་བ་མགོ་ན་སྲིད།།
འབུ་མཇུག་རག་རྭ་རྩེ་རྐུབ་ལ་སྲིད།།
ཤྭ་ཕོ་ཆེན་ཁོག་ལ་སྦལ་སྦྲུལ་སྲིད།།
ཤྭ་ཡུ་མོའི་རྭ་རྩེ་ཁོག་ལ་སྲིད།།

有三种不该有的东西，
金目鱼的肺长在头上，
莒惹虫的角长在尾巴上，
公鹿身体里有蛇蛙，
母鹿的角长在身体里，

༡༡ སྡུག་སྡིག་པའི་རྣམ་སྨིན་ཕྱི་མར་སྲིད།།
ལས་རྒྱུ་འབྲས་ཚེ་སྟོད་ཚེ་སྨད་སྲིད།།

造了孽恶果会报在来世，
上半辈的因熟了下半辈的果。

༡༢ ཕ་རྒྱུ་སྐལ་པ་མ་རག་ཡོད།།

无缘继承父亲的遗产，

མ་རྒྱུ་ཐོབ་ཏུ་མ་ལོན་ཡོད།།

没法拿到母亲的遗物。

༧༣ ཕོ་ཁྲོད་གསེར་གྱི་ཕ་ཝང་ཡིན།།
ལོ་གྲངས་མང་ཡང་ཤི་རྒྱུ་མེད།།
མོ་ཁྲོད་ཙན་དན་སྡོང་པོ་ཡིན།།
ཤིང་འགྱེལ་ཡང་སྡོང་པོ་རུལ་རྒྱུ་མེད།།

男人的仇恨是金蝙蝠，
过了很多年都不会死；
女人的仇恨是檀香树，
树倒了檀香木不会腐烂。

༧༤ ཕོང་བུ་དབྱར་རྩྭར་ཞེ་ཁ་ལོག།
གླང་གོག་རྩི་ལ་གླད་ཡུ་འཁོར།།
བྱ་གོ་བོ་ཤ་ལ་མཆིན་ཁ་གཟེར།།
ཚེ་འདས་རང་སྣང་དགྲ་རུ་ལངས།།

毛驴见夏草会腻味，
黄牛见糖芥晕了头，
狗头雕见肉肝脏会难受，
死后自心成了敌人。

༧༥ ཤྭ་ཕོ་ཆེན་གངས་ཅན་བོད་ལ་ཡོད།།
མགོ་རུང་རྭ་ནག་པོ་རྒྱ་ལ་མཁོ།།
དེ་སྐྱི་ཆུས་སྒྲུབ་མི་ཁྲ་རིང་ཡིན།།
ཇ་ཨུ་ཟེ་ནག་པོ་རྒྱ་ལ་ཡོད།།
རོ་སྐྱུད་ན་གངས་ཅན་བོད་ལ་མཁོ།།
དེ་སྐྱི་ཆུས་སྒྲུབ་མི་ཁྱུང་དཀར་མཛོ།།

雪域蕃地有大公鹿，
汉人需要头上的鹿角，
弓箭成就了这个因缘；
香甜茶叶在汉地，
雪域蕃人最需要它的汁液，
犏牛成就了这个因缘。

༧༦ མཛོ་ཁྱུང་དཀར་ས་ནག་ཞིང་དུ་རྨོ།།
ཐབས་ཤེས་རབ་ཐོགས་པ་མི་ཡིས་བཟུང་།།
འབྲུ་སྣ་འཇིག་རྟེན་མི་ཡིས་ཟ།།
ལོ་མ་ཁྱུང་དཀར་མཛོ་ཡིས་ཟ།།

犏牛会把黑土开成农田，
人类执掌着善巧方便，
阳间的人类吃着粮食，
犏牛吃着庄稼的茎和叶。

༧༧ གནམ་ལྕགས་ཐོག་མདའ་འབབ་ལམ་ལ།
སྲ་རྒྱུ་བྲག་ཡིན་ཡང་བརྟན་པ་མེད།།
ཁྲི་གདུགས་ཉི་མ་ཤར་ལམ་ནས།།

降下天铁霹雳的地方，
坚硬的岩石也支撑不住；
照射万道阳光的地方，

སྨག་མུན་པའི་གོད་ཆག་ཚོད་ས་ཡོད།།

黑暗要遭受夭折。

གངས་ཀྱི་སེང་གེ་དཀར་མོ་ཡི།།
རྒྱལ་ས་ཁྱི་ཡིས་བཟུང་རྒྱུ་མེད།།
བཟུང་ན་བདའ་ལུ་ལྷགས་པས་གསུམ།།
བྱ་རྒྱལ་ཁྱུང་གི་ཚང་ཆེན་ལ།།
གོ་བོས་ཐལ་སྒོང་འཇོག་རྒྱུ་མེད།།
བཞག་ན་གོ་ཕྲུག་སྙིང་རྫ་གས།།
ཟ་ཧོར་རྒྱལ་གྱི་ཆབ་སྲིད་ལ།།
ཕལ་པས་བདག་ཏུ་བཟུང་རྒྱུ་མེད།།
དེ་བཟུང་ན་རིན་ཆེན་སྲོག་དང་བྲལ།།

雪山上的兽王白狮，
王位不应被狗篡夺，
一旦篡夺了，寒风会冻死它；
在琼鸟的大巢里，
狗头雕不应置鸟蛋，
一旦放置了，鸟蛋定会破裂；
萨霍王的国政，凡人不该执掌，
一旦执掌了，会丢掉宝贵生命。

ལྷ་སྲས་ཇོ་རུ།

拉赛•觉如

༡ གྲི་འགུ་ཟྲི་སོ་ཁ་སྲབ་ཞན་འདྲ།།
རྣོ་ངར་མེད་ན་གོ་མི་ཆོད།།
རྟ་འདོ་བའི་འགྲོས་ཁ་གསལ་ཞན་འདྲ།།
རྒྱུག་ངར་ཤུགས་མེད་ན་གོ་མི་ཆོད།།

别看宝刀的刃口很薄，
不锋利，就没有用；
别看骏马蹄音很响亮，
跑不快，就没有用。

༢ ཁྭ་ཏ་སྔོན་ལ་སྨྱོ།
ཁུ་བྱུག་རྗེས་སུ་གྲག།
ཤ་ཁྱིས་སྔོན་ནས་བསྐྱོར།
རྔོན་པ་རྗེས་ནས་འཇབ།

乌鸦在前头发狂，
布谷鸟在其后鸣叫；
猎狗在前头猛扑，
猎人在其后潜行。

༣ མི་མཆོད་པ་ལས་ལྷ་མཆོད་པ་དགའ།

供养人不如供养神。

རྒྱ་ཚ་ཞལ་དཀར།

1 གངས་ཀྱི་སེང་གེ་དཀར་མོ་དེ།།
གངས་ལ་ཡོད་དུས་མ་མཐོང་དགོས།།
མཐོང་ན་གཡུ་རལ་ལོན་ལེ་དགོས།།
ནགས་ཀྱི་རྒྱ་སྟག་ཁྲ་བོ་དེ།།
ནགས་ལ་ཡོད་དུས་མ་མཐོང་དགོས།།
མཐོང་ན་འཇམ་དྲུག་ལོན་ལེ་དགོས།།

2 འདབ་བཟང་ཆུ་སྲིན་པ་ཏྲ་དེ།།
འབུ་དུང་དཀར་གདོང་ལ་འགྲོ་ལེ་མིན།།
ཟས་མཆོག་བྱང་ཚ་དཀར་ཆུང་དེ།།
སྐྱེམས་པོ་ཆང་ལ་འཕྲོད་ལེ་མིན།།

3 ལྷ་ཕྱག་ན་རྡོ་རྗེའི་རྡོ་རྗེ་དེས།།
བགེགས་འབྱུང་པོའི་ཀླད་པ་མ་འགེམ་ན།།
ཆུང་ཞོ་འཕྲུང་བསད་པས་ཕན་པ་ཅི།།
བྱ་མདོངས་མཐའི་རྒྱལ་མོའི་སྒྲོ་མདོངས་དེ།།
མདངས་དབྱར་རྔའི་གདོང་ལ་མ་ངོམ་ན།།
དུག་ཁ་ཟས་ཟོས་པས་ཕན་པ་ཅི།།
དཔའ་དགྲ་ལྷའི་གོ་ཁྲབ་ཚེ་མདུད་དེ།།
སྡང་དགྲ་བོའི་གཡུལ་ལ་མ་ངོམ་ན།།
གོ་བཙན་པོ་ཡོད་པས་ཕན་པ་ཅི།།
རྟ་འདོ་བའི་འགྲོས་ཁ་བང་ཤུགས་དེ།།
ས་ཐག་རིང་ལམ་ལ་མ་ངོམ་ན།།
ཆས་ཁ་ལོ་བྱས་པས་ཕན་པ་ཅི།།

嘉擦谐嘎尔

雪山上的白狮，
最好不要撞见，
撞见了就要夺下绿鬃；
林中的斑斓猛虎，
最好不要撞见，
撞见了，就要剥下虎皮。

海中强大的巨鳌，
海螺面前不会有威风；
北方产出的食盐，
不能和烈酒搭配。

金刚菩萨手里的金刚，
若不能敲碎妖魔的脑壳，
所佩骨饰没啥用；
美丽孔雀绚丽的羽毛，
雷声响起时不开屏炫耀，
吃的那些毒物没啥用；
英雄战神的坚甲长寿结，
若不能在仇人前炫耀，
披甲戴盔没啥用；
骏马的速度和耐力，
若不能在走长路时炫耀，
驯服喂料都没啥用。

༤ ས་མདོ་ཆེན་སྨད་འཚོང་བུ་མོ་ལ།།　　街头卖身的娼妇，
ཕོ་མགོ་ཡང་འགའ་རེ་དགའ་རབས་ཡོད།།　　赢得奸夫的欢喜，
སྙིང་མེད་འགྲུལ་པ་སྐྱིད་རབས་ཡོད།།　　无脑嫖客说舒服；
རྟ་ཤུགས་མེད་འདོ་ཆུང་བྱི་ལ་མགོ།　　骑乘弱小的驽马，
ཕོ་འཁྱེར་འདོད་ཆེ་ན་དགའ་རབས་ཡོད།།　　虚伪男儿说喜欢，
རྐྱེན་ཆག་སྨོ་ཅན་རྣམས་སྐྱིད་རབས་ཡོད།།　　爱闯祸者说舒服；
ཟས་ཤུགས་མེད་སྨྱོས་བྱེད་འབྲུ་ཆང་ལ།　　让人发疯的酿酒，
ཕོ་རྒྱུ་མེད་རིགས་དེ་དགའ་རབས་ཡོད།།　　没钱穷汉偏喜欢，
སྙིང་མེད་སྙིང་རྩ་འཕྲུགས་རབས་ཡོད།།　　懦弱之人会发狂。

༥ ལྷ་དུས་གསུམ་སངས་རྒྱས་སྐུ་གཟུགས་ལ།　　对三世如来的身相，
འདྲེ་བསེ་རག་ལག་པས་མཐོ་འཇལ་བྱས།　　损饿鬼爱用拃量大小；
རྒྱུ་རིན་ཆེན་གསེར་གྱི་མཎྜལ་ལ།　　在黄金曼荼罗坛城上，
ཞེའུ་ཁྱི་ཡིས་ལག་རྗེས་བཞག།　　赖狗踩出了爪印。

༦ ཆོས་མདོ་སྔགས་གཉིས་ཀྱི་གྲུབ་མཐའ་ཡང་།།　　对于显密二宗教法，
ཚིག་མཁས་པས་བཤད་ན་བདེན་བདེན་འདྲ།།　　善言者说得头头是道，
དོན་ཉམས་སུ་ལེན་ན་བདེན་ངེས་ཡིན།།　　实修后才能理解真谛。
ཁྲིམས་དྲང་ཐིག་དཔོན་པོའི་ཞལ་ལྕེ་ལ།　　对于公正如准绳的王法，
མི་ཁྲམ་པས་བཤད་ན་བདེན་བདེན་འདྲ།།　　狡辩者说得头头是道，
དོན་རྒྱལ་ཁ་ཐོབ་ན་བདེན་ངེས་ཡིན།།　　赢得官司才能感到公正；
དཔའ་རྟིང་མའི་གོང་ལ་གླུ་ལེན་དེ།།　　立功前所唱豪壮的歌，
ཁ་བདེ་བས་བཤད་ན་བདེན་བདེན་འདྲ།།　　巧舌人说得头头是道，
དོན་ལག་ཏུ་ལོན་ན་བདེན་ངེས་ཡིན།།　　能实践者才能证明确实有道理。

སྤོ་ལོའི་ནེའུ་ཆུང་།

མཐོ་ཡ་སྔོན་དབྱིངས་ཀྱི་ཉི་ཟླ་གཉིས།།
འོད་རང་ལ་ཡོད་པས་འཛམ་གླིང་གསལ།།
འབུ་མེ་ཁྱེར་འོད་ཀྱི་འདྲེན་རྒྱུ་མེད།།
དེ་རང་ཆེ་མ་དགོས་རང་གསལ་ཡིན།།
དགུང་སྔོན་དབུས་ཀྱི་གཡུ་འབྲུག་དེ།།
སྐད་རང་ལ་ཡོད་པས་འཛམ་གླིང་ཁྱབ།།
སྤུག་བོང་བུའི་སྐད་ཀྱིས་འགྲན་རྒྱུ་མེད།།
དེ་རང་བསྟོད་མ་དགོས་རང་གྲགས་རེད།།

鄂洛•乃琼

蔚蓝天空的日月，
光辉照亮了全世界，
萤火虫的光比不了，
那不是自大，而是自带光明；
天穹正中的青龙，
声音响彻在全世界，
毛驴的叫声比不了，
那不是自夸，而是自然发声。

སེང་ལྕམ་འབྲུག་མོ།

༡ མ་ངན་སྤྲང་ཕྲུག་ལང་ཤོར་དེ།།
མ་ལ་འཇོང་ཞིང་བྱམས་ལ་སྡང་།།
རྒོད་ངན་རྟེའུ་ལུ་མགོ་ཤོར་དེ།།
མར་ལ་བརྟུང་ན་ཡར་ལ་འཕག།
ཁྲེལ་མེད་ཁྲམ་པའི་བུ་རྒྱུད་དེ།།
མགྲོན་ལ་བོས་ན་ནོར་ལ་འཇབ།།

༢ ཁྱོད་བྱེད་མང་རང་ཚོད་མ་བཟུང་ན།།
ང་བྱ་མང་སྲོག་དང་བྲལ་ལེ་ཡོད།།

༣ ལྷ་བ་ནམ་མཁར་མཉམ་ན་ཡང་།།
སྤྱོད་པ་མི་དང་མ་བསྟུན་ན།།
སུས་ཀྱང་ཅི་མཛད་ལེགས་མཐོང་དགའ།།

森姜珠牡

泼妇的穷酸娇惯儿子，
会训斥母亲仇视亲人；
劣马产下的小驹，
向下赶时偏要向上蹿；
无耻骗子的子孙，
邀请做客时想偷走钱财。

你处处闹腾不知收手，
我会动手要你的命。

即使有神仙般见识，
若是违人间之伦理，
谁识其所谓的功德。

༤ གྲུབ་རྟགས་ཟློབ་དང་ནོར་ལེ་ཡོང་།།
སེངྒེ་ཁྱི་དང་ནོར་ལེ་ཡོང་།།
འབྲུག་སྐད་བོང་སྐད་ནོར་ལེ་ཡོང་།།

神通会与魔术混淆，
狮子会与老狗混淆，
雷声会与驴叫混淆。

༥ དགྲ་འདུལ་ལས་ཀྱི་མགོ་བོ་ཡིན།།
སོ་ནམ་ལས་ཀྱི་གཞུང་ཤིང་ཡིན།།

灭敌是事业的首要，
稼穑是一切的核心。

ཀུན་དགའ་འཇིགས་མེད།

衮嘎晋美

༡ ཤར་སྨིན་དྲུག་རྒྱངས་སོ་བཀུག་ལེ་དང་།།
དུང་ཟླ་བས་ཕྱི་བལྟས་བྱེད་ལེ་གཉིས།།
སྨག་མུན་པའི་གཡུལ་ངོ་འཇོམས་པའི་ལྟས།།
བྱ་ཁུ་བྱུག་མོན་ནས་འོང་ལེ་དང་།།
ཤིང་ཤུག་པའི་ལོ་འདབ་སྔོ་ལེ་གཉིས།།
དཔྱིད་སྨུ་གེའི་གཡུལ་ངོ་འཇོམས་པའི་ལྟས།།

东方昂宿在远方回望，
皎洁明月在回首顾盼，
夜黑风高要消失之兆。
布谷祥鸟从门域飞来，
柏树绿叶将更加鲜亮，
春日饥馑要结束之兆。

༢ གནམ་ཨ་སྔོན་མཐོ་བ་ཤེས་ཙུག་སྟེ།།
ཤར་ནུབ་ཡོང་དོན་ཅི་འདྲ་ཡོད།།
དབུས་རི་རྒྱལ་ཆེ་བ་ཤེས་ཙུག་སྟེ།།
རི་ཁ་ཞེང་ཆེ་ཆུང་ཅི་འདྲ་ཡོད།།

只知天空高远无限，
不知东西如何分辨；
只知须弥之山巍峨，
不知其面积有几何。

༣ མཐོན་པོ་དཀྱུང་གི་ཉི་མ་དེ།།
མི་རྟག་དགྲ་ཅན་ཁ་ཏུ་ཚུད།།
ལྷོ་འཛམ་གླིང་མི་ལ་མུན་པ་འཁྲིགས།།

太阳在天阳光普照，
不幸落入罗睺之口，
黑暗笼罩南赡部洲。

༤ རྒྱ་ཇ་བྱང་ཚྭ་རོ་ལྡན་ཡང་།།

汉茶北盐虽味美，

ཆབ་ཆུ་ཐོས་བཟང་ངན་ཁ་དོག་སྟོན།།
ཞུ་མཁན་རྒྱ་སྐག་མདོག་བཟང་ཡང་།།
དར་ཕྲུག་སྣམ་ལ་རང་མདོག་སྟོན།།

要靠清水辨好坏；
槟榔紫梗虽鲜艳，
氆氇染色方出彩。

༥ མི་སྡུག་བསྔལ་ཅན་ལ་ཚིག་སྨྲས་ན།།
དམ་ཆོས་བཤད་ཀྱང་མཚང་ལ་ཐོག།
དུད་འགྲོ་བླུན་རྫོངས་བོང་བུ་ལ།།
གསེར་ཕྱེ་བྱིན་ཡང་ཐལ་བར་ནོར།།

与深陷痛苦的人说话，
他会把讲经听成嘲弄；
给痴愚毛驴送金粉，
它会把金粉当成灰。

༦ སྡུག་མོ་མི་ཡི་མིག་ལམ་ལ།།
སྐྱིད་མོས་ཧ་བགད་མ་བྱེད་ཟེར།།

落难之人伤痛时，
幸福之人莫大笑！

༧ ཁ་ཡག་ལེ་རྒྱ་དར་དཀར་པོ།
ཁོག་རྩུབ་ལེ་ཚེར་མའི་སྡོང་པོ།

嘴里说得很漂亮，像洁白的绸缎；
心里想的很残忍，像带刺的树木。

རྒྱལ་སྲས་ས་སྐྱོང་ནོར་བུ།

嘉赛•萨炯诺普

༡ སེང་ཕྲུག་ལུས་རྩལ་མ་རྫོགས་ན།།
ཁྱི་བདའ་ལུས་མཐོང་ན་མཆེ་སྡེར་ངོམ།།
ཁྱུང་ཕྲུག་གཤོག་རྩལ་མ་རྫོགས་ན།།
བྱ་ཁྭ་ཏས་མཐོང་ན་གཤོག་འཕྱར་བྱེད།།

小狮尚未长大时，
野狗见了会张狂；
琼鸟尚未长大时，
乌鸦见了会炫翅。

༢ རྐྱེས་ཕོ་བརྒྱུའི་རུས་དེ་བོང་བུས་དྲུད།།
སྨན་མོ་བརྒྱུའི་མཚང་དེ་ཞི་ལིས་ཕྱུད།།

驴会玷污男人的血统，
猫会暴露女人的隐私。

༣ རོ་རྣ་ས་མདོའི་གྱང་རལ་ལ།།
འབུ་སྦྲང་མས་ཕ་ས་མ་བཟུང་ན།།

尸体上长着破墙般的耳，
只要蜂蝇不当家园守；

རོ་མིག་མདའ་མཁན་ཞར་ར་ལ།།
བྱ་ཁྭ་དུས་ཡང་བཏོག་མ་བྱུས་ན།།
སྤུག་སེམས་དྲན་པ་མགོ་དཀར་ལ།།
འདྲེ་སྲིན་པོས་ཟམ་ཟས་མ་བྱུས་ན།།

尸体上睁着瞎子的眼，
只要眼珠不被乌鸦啄走；
躯干里绝望的老翁心，
只要不被鬼怪罗刹吞食。

༤ ཤིང་རྒྱ་ལྕང་རྩ་བ་མ་བྲེག་ན།།
ལོ་མ་སྡུར་ལས་ཕྱི་ལོ་སྦུག།
ལུག་གཡང་དཀར་བཤས་ལ་མ་ཐབ་ན།།
བལ་སྔ་ལོ་བས་ཀྱང་ཕྱི་ལོ་མང་།།
གངས་དཀར་པོ་རྩེ་ནས་མ་ཞུ་ན།།
ཆུ་སྔ་དྲོ་ལས་ཀྱང་ཕྱི་དྲོ་ཆེ།།
ནད་ཚ་བ་རི་ཐང་མ་ཕྱིས་ན།།
གཟེར་སྔ་ཉིན་ལས་ཀྱང་ཕྱི་ཉིན་ཆེ།།

只要不抛掉柳树的根，
来年的柳叶会比去年密；
只要不赶绵羊进屠场，
来年的羊毛会比去年多；
只要不融化高峰的雪，
午后的雪水会比上午急；
只要不诊治身上的病，
明天的疼痛会比昨天猛。

༥ ཚ་ངན་འཚར་ན་ཞང་པོའི་བདུད།།
ལུག་ཨ་མོན་རྭ་ཅོ་མིག་གི་བདུད།།
ཤྭ་ཕོ་ཆེན་དུང་རྭ་རང་གི་བདུད།།
གླ་རྩི་ལྡན་སྨན་མཆོག་སྲོག་གི་བདུད།།

浑外甥长大，会害了舅舅；
羊角长歪了，会戳瞎羊眼；
公鹿的茸角，会害了自己；
獐子的麝香，会害了性命。

༦ སྡོ་ལྷུམ་བུའི་རྩ་བ་མ་བཅད་ན།།
སྟོན་འབྲུ་དྲུག་ལོ་ཏོག་གང་ནས་ལེགས།།

不根除地里的草，
秋天到哪去收获粮食？

སྟག་རོང་ཉ་ཚ་ཨ་བརྟན།

达绒•年擦阿丹

༡ མར་མེ་ཆུང་ཆུང་ཨ་ལོ་ཀེ།
འབུ་མེ་ཁྱེར་འོད་ལ་གསལ་མོ་རེད།།
ཤར་མཐིལ་དྲུག་འོད་ལ་རང་གསལ་རེད།།

小小的油灯光，
比起萤火虫亮多了，
面对月亮时只能自嗨；

བྱ་ཆེན་གོ་བོ་གསེར་ཞུ་ཅན།།
བྱ་ཆུང་ཚོད་ལ་བྱ་ཆེན་རེད།།
ཁྱུང་མཁའ་ལྡིང་ཚོད་ལ་རང་ཆེ་རེད།།
ཁྱི་བདའ་ལུ་དུང་གི་མཆེ་བ་ཅན།།
ཝ་སྐར་མའི་ཚོད་ནས་ངར་ཆེན་རེད།།
སྟག་དམར་ཡག་ཚོད་ནས་རང་བཙན་རེད།།

戴金冠的巨鸟狗头雕，
比起小鸟它就是大鸟，
面对金翅鸟时只能自嗨；
有着白狗牙的野狗，
比起懦弱的狐狸勇猛，
面对猛虎时只能自嗨。

༢ ཐོག་སེར་བ་གར་ཡོད་མ་ཤེས་དུས།།
ནུས་མེད་མཐུ་ཟོར་སྤྲ་ནས་བྱུང་།།
བྱ་ཁུ་བྱུག་ནམ་ཡོང་མ་ཤེས་དུས།།
ཁྭ་ཏས་སྨྱོ་མདོག་སྤྲ་ནས་བྱུང་།།
གླིང་རྒྱལ་བློན་ཅི་གསུང་མ་ཤེས་དུས།།
འདན་བུ་སྡུག་ཡིད་འཆར་སྤྲ་ནས་བྱུང་།།
སྐར་ཁྲ་མོས་ཚས་ཇ་མ་གསོལ་གོང་།།
ཕོ་ཕུང་བློན་རྫིང་མ་སྤྲ་ནས་བྱུང་།།

雷暴尚未亮相，
出现无能的恶咒食子；
布谷鸟尚未到来，
乌鸦露出了痴狂相；
没测出岭国君臣要说的话，
悲惨的丹氏暴露了心思；
璀璨的军营尚未用餐，
殿后的臣子抢先出发了。

གསེར་པའི་ཉི་འབུམ་དར་ཡག

色贝·尼奔塔尔雅

གནམ་ལྕགས་ཐོག་གི་མདའ་མོ་དེ།།
སྲ་རྒྱ་བྲག་ཡིན་ཡང་བརྟན་ལེ་མིན།།
དགུང་གི་ཁྲི་གདུགས་ཉི་མ་དེ།།
ཤར་རི་རྒྱལ་ལྷུན་པོས་བརྟན་ལེ་མིན།།

天铁霹雳如箭射下时，
坚硬的岩石都难以支撑；
太阳普照万道光芒时，
须弥山的积雪也难支撑。

སྣང་ཅ་གཡུ་སྟག

囊乌玉达

༧ སེམས་བསམ་པ་རྒྱ་དར་དཀར་པོ་ལ།།
ཕྱི་ནང་མེད་པ་དཀར་པོ་ཡིན།།

心灵纯洁如白绸缎，
不分里外全洁白；

དཔའ་སྙིང་སྟོབས་སྟག་མོ་ཚང་གང་ལ།།
རྐོད་ཞན་མེད་པ་མཉམ་མཉམ་ཡིན།།

胆量如洞中大小老虎，
个个凶猛分不出强弱。

༢ བྱ་ཁུ་བྱུག་སླེབས་དུས་ཁ་ཏ་སྨྱོ།།
ཆང་སྐྱེམས་འབར་རག་ན་དྲེད་མ་སྨྱོ།།
ན་གཞུང་གཞི་སྔོ་དུས་བོང་རྒན་སྨྱོ།།
བུས་ཧིང་མ་ལོན་དུས་ཕ་རྒན་སྨྱོ།།

布谷鸟到来时乌鸦会发狂，
能喝上美酒时骚婆会发狂，
草滩返青时老驴会发狂，
儿子获胜时父亲会发狂。

༣ རི་ཁ་ཞེང་ཆེ་བའི་ཤོམ་ར་ལ།།
མགྱོགས་ཤ་རྐྱང་ཡིན་ཡང་ཕ་ས་བཟུང་།།
ཆུ་ཁ་ཞེང་ཆེ་བའི་གཙང་པོ་ལ།།
འགྱུར་ཉ་སྲམ་མ་བུས་ཚང་གཅིག་བཟུང་།།

说起恢弘壮丽的山川，
纵是野骡都会守住故土；
说起广阔浩荡的江水，
很多善游的鱼獭都想安家。

༤ ཁྱུང་མཁའ་ལྡིང་གཤོག་རྩལ་འདྲ་འདྲ་ལ།།
ར་ནོར་བུས་བརྒྱན་པ་གང་རེད་ལྟོས།།
སེང་དཀར་མོ་ཛམ་བརྗིད་འདྲ་འདྲ་ལ།།
མགོ་གཡུ་རལ་རྒྱས་པ་གང་རེད་ལྟོས།།
སྟག་མི་ཤ་ཟ་བ་འདྲ་འདྲ་ལ།།
ལུས་འཛུམ་དྲུག་རྒྱས་པ་གང་རེད་ལྟོས།།

除了展翅翱翔的琼鸟，
还有谁会往犄角上镶珍宝？
除了威风八方的雪狮，
还有谁头上长着绿鬃；
除了吃肉的老虎，
还有谁身上绽放斑斓纹理。

༥ ལྷ་ཤཱཀྱ་ཐུབ་པའི་དམ་ཆོས་དང་།།
བདུད་ལྷས་བྱིན་ངན་པའི་ལྟ་ལོག་གཉིས།།
དེ་འདྲ་འདྲ་བ་ལ་ནོར་རབས་ཡོད།།
ལྷ་རྡོ་རྗེ་འཇིགས་བྱེད་ར་ཅོ་དང་།།
བདུད་རྒྱལ་པོ་གླང་དར་ར་ཅོ་གཉིས།།
དེ་འདྲ་འདྲ་བ་ལ་ནོར་རབས་ཡོད།།

释迦牟尼佛的微妙法，
和妖孽提婆达多的邪说，
看似相似实则迥然！
作怖金刚头上的利角，
和朗达玛魔王头上的牛角，
看似相似实则迥然！

༤ སེང་དཀར་མོ་སྡེར་ཆགས་ཀུན་གྱི་རྒྱན། །
གངས་དཀར་རྩེ་ལ་ཧམ་ཟིལ་ཆེ། །
ཚོད་མ་ཟིན་ངར་ཆེན་མཚོ་ལ་ལྷུང་། །
འབྲུག་ཕོ་ཐང་དགུང་སྔོན་ལྷོ་སྤྲིན་རྒྱན། །
འཛམ་གླིང་ས་ལ་སྐད་སྒྲ་ཆེ། །
ཚོད་མ་ཟིན་ལག་གི་ནོར་བུ་ཤོར། །
ཤྭ་ཕོ་ཆེན་སྤང་དཀར་མཛེས་པའི་རྒྱན། །
རྒྱ་བོད་བར་ལ་གྲགས་གཡེར་ཆེ། །
ཚོད་མ་ཟིན་དུང་རྭ་རྔོན་ལ་ཤོར། །
བྱ་ཁུ་བྱུག་གཡུ་ཤུག་སྔོན་མོའི་རྒྱན། །
སྐྱེ་དགུའི་རྣ་ལ་ལྷང་ལྷང་སྙན། །
ཚོད་མ་ཟིན་རང་ལུས་ཁྲ་ལ་ཤོར། །

雪狮是所有猛兽的庄严所在，
雪山之巅，威风凛凛，
不收敛就会坠入湖里去；
飞龙是天上云团的庄严所在，
隆隆吼声，震荡着赡部洲，
不收敛手里珍宝会掉落；
公鹿是草滩的庄严所在，
藏汉之间，豪横无比，
不收敛茸角会落猎人手；
青鸟杜鹃是柏树的庄严所在，
众生耳畔，叫声脆亮，
不收敛身体会落入鹞爪。

དམུ་སྲུང་རིན་ཆེན་དར་ལུ།

穆江·仁钦塔尔鲁

༧ ཤེས་མེད་གླེན་པ་གླང་འདྲ་ལ། །
ནོར་བུ་ཟེར་བ་སྙིང་རླུང་ལངས། །
ལུས་རྩལ་དྲུག་མ་རྫོགས་བྱིས་པ་ལ། །
དམག་དཔོན་ཟེར་བ་ཨ་བ་རེ། །
བྱ་རྒྱལ་རྒོད་ཀྱི་འཕུར་ཡ་ལ། །
བྱ་ནག་ཁྭ་ཏ་ཨ་བ་རེ། །
གྲ་ཡག་གཟིག་གི་འཐབ་ཡ་ལ། །
ཁྱི་ནག་ཧ་སྐྱ་ཨ་བ་རེ། །

无知的人蠢如牛，
谈到珍宝时会犯疯癫；
武艺不精的孩童，
谈到当军官时很荒唐；
想与大雕齐飞的，
黑鸟乌鸦很荒唐；
想与豹子做对的，
灰尾巴老狗很荒唐。

༨ སྔོན་གྱི་ལས་དང་འཕྲལ་གྱི་རྐྱེན། །
ཟློག་ཐབས་མེད་པ་རྣམ་གཉིས་ཡིན། །
རྒྱ་ཇ་བྱང་ཚྭ་འབྲི་མར་གསུམ། །

前世业报和当时的缘，
是两件无法抗拒的事情；
汉地茶、羌塘盐和牦乳酥油，

མེད་ཐབས་མེད་པ་རྣམ་གསུམ་ཡིན།།
དགྲ་སུ་ཕམ་སུ་རྒྱལ་རྟིང་མ་གསུམ།།
དེ་མི་བྱེད་ཀ་མེད་ལས་གསུམ་ཡིན།།

是三种不可或缺的饮食；
作战失败、获胜和立功，
是三种必定产生的结果。

སྟོང་ཆོས་ལྷུ་བུ་ཡི་དར་འཕེན།

董·曲鲁·普依塔尔潘

༡ སྨག་མུན་པའི་ངོ་གཡར་བྱེད་ལེ་འདི།།
འདྲེ་སྲིན་པོ་སྲོག་ལ་འཇབ་ལུགས་རེད།།
དཔུང་མང་པོ་མཚན་ཇག་རྒྱུག་ལེ་དེ།།
ཕ་ཁྲམ་པ་ནོར་ལ་ཇམ་འདོད་རེད།།
གཏམ་གླུ་ལེན་མེད་པའི་མཚོན་གཡུག་དེ།།
ཁྱི་ཞེ་འུས་སྤྲང་ཉ་ཕབ་ལུགས་རེད།།

趁着黑夜做邪恶勾当，
无异于罗刹女扑向你；
众人组队夜里做强盗，
无异于无赖父亲贪财；
尚未唱歌便挥舞武器，
无异于野狗暗扑乞丐小腿。

༢ སྐྱིད་ཉི་མ་སྤྲིན་གསེབ་སྒྲིབ་པས་ན།།
རླུང་སེར་བུའི་ལྷོ་སྤྲིན་མིང་མེད་གཏོར།།

云层遮蔽幸福太阳时，
狂风彻底吹散了乌云。

འོམ་བུ་ཨ་ནུ་དཔལ་སེང་།

文普·阿努巴森

༡ ཁྱི་དང་སེང་གེ་འཛིང་རབས་མེད།།
དགུང་དང་ཐང་གཉིས་མཉམ་རབས་མེད།།
སྟག་དང་ཝ་གཉིས་འདུར་རབས་མེད།།
མི་དང་དུད་འགྲོ་འདྲ་རབས་མེད།།

不曾听说狗能跟雪狮斗，
不曾听说天和地没高下，
不曾听说虎跟狐狸同进退，
不曾听说人与畜生无分别。

༢ མགོ་གཡུ་ལོ་བལ་ལྟར་གཡེང་ལེ་དེ།།
ཤི་ལྟས་སྔོན་མ་ཚང་ལེ་རེད།།
ནད་བད་ཀན་ཕ་ས་བཟུང་ལེ་དེ།།
ཤི་ལྟས་བར་མ་ཚང་ལེ་རེད།།

头上的绿鬓蓬松如羊毛，
是死亡的最初征兆；
培根[1]恶疾入膏肓，
是死亡的中间征兆；

མིག་ཁྲ་ཆུང་ཨ་ག་ལྡོག་ལེ་དེ།། 两个眼珠要翻白，
ཤི་ལྟས་རྗེས་མ་ཚང་ལེ་རེད།། 是死亡的最后征兆。

ཀུང་བློན་རྒྱལ་བརྟན་ཡ་མ། 孔伦·泽丹

༡ མགྱོགས་རྟ་དྲེལ་མེད་པའི་ས་ཆ་ནས།། 没有快马的土地上，
སྡུག་བོང་བུ་མི་འདུར་ག་མེད་རེད།། 只能让毛驴奔跑了；
མཛོ་ཁྲུང་དཀར་མེད་པའི་ས་ཆ་ནས།། 没有犏牛的土地上，
གླང་རྒན་མི་རྨོ་ཁ་མེད་རེད།། 只能靠老黄牛耕地了；
བུ་དཔའ་རྒོད་མེད་པའི་དམག་སྒར་ནས།། 没有英雄男儿的军营里，
མདའ་བུ་མོས་མི་བཟུང་ག་མེད་རེད།། 只能让女人拉弓射箭了。

༢ དམག་ཉོབ་རྩྭ་ཤིང་ལྷུམ་ཤིང་ལ།། 面对烂草卉似的残兵，
རྒྱ་ཟོར་ངར་མ་ཨ་དགོས་ཆུང་།། 不用浪费锋利的镰刀；
ཞ་ཉེ་སྔོན་པོའི་མགུ་ལུང་ལ།། 为扭弯青灰色铅条，
འཕྲུལ་གྱི་ཚད་པ་ཨ་དགོས་ཆུང་། 不用浪费神奇幻术；
རི་བོང་ཞོགས་པའི་རྟ་ཕོ་ལ།། 给兔子似的公马，
སྒ་སྲབ་མཐུར་གྱི་ཨ་དགོས་ཆུང་།། 不用浪费马鞍和辔头。

༣ མི་དགོས་ཐོར་ཅོག་སྤོམ་མི།། 爱乱束多余发髻的人，
མ་དར་རས་དར་བཙུགས་མི།། 爱乱插古怪旗帜的人。

༤ ཁྲིད་ངར་རྒོད་དཔུང་པའི་རྩེད་མོ་ལ།། 只要用强劲的胳膊发力，
རྗེ་བྱིའུ་སྒོང་ཙམ་དེ་ངར་རེ་ཆེ།། 雀蛋般大的指头也很厉害

༥ གངས་ཀྱི་སེངྒེ་དཀར་མོ་དེས།། 不曾听说雪山上的狮子，

【1】培根：一种绝症病例之音译名。

ཞིའུ་ཁྱི་ལ་འཐབ་རབས་མེད།།
ནགས་ཀྱི་རྒྱ་སྟག་ཁྲ་བོ་དེས།།
སྤར་མ་ཝ་ཤ་ཟ་རབས་མེད།།
གྱད་མི་རྩོད་ལག་གི་མཆན་རྡོ་དེ།།
བྱིའུ་ཆུང་སྟེང་ལ་འཕེན་རབས་མེད།།

会跟流浪狗对决；
不曾听说森林中的猛虎，
会吃懦弱狐狸的肉；
不曾听说大力士手里的巨石，
会掷到麻雀身上去。

༤ བུ་དཔའ་རྩོད་འདྲ་གཉིས་ཐུག་པས་ན།།
དཔའ་ཡང་རྩོད་རྟེང་མ་སུས་བླངས་ལྟོས།།
རྟ་མགྱོགས་པ་འདྲ་གཉིས་གཤིབ་པས་ན།།
མགྱོགས་ཡང་དག་མགྱོགས་དར་སུས་བླངས་ལྟོས།།
སྨན་སྐྱེ་བཟང་འདྲ་གཉིས་འགྲུས་ལམ་ནས།།
བཟང་ཐག་ཆོད་སྡུ་ས་སུ་དབང་ལྟོས།།

两个势均力敌的英雄决斗时，
能看出谁才能获得最勇敢者的奖励；
两匹速度相当的马赛跑时，
能看出哪个才能获得最快烈马的绸带；
两个同样漂亮的女子结伴行，
能看出谁因更美而嫁得好。

སྐ་བདེ་ཆོས་སྐྱོང་བེར་ནག

嘎德·曲炯贝那

༡ ལྷ་ཕྱག་ན་རྡོ་རྗེའི་སྟོབས་རྩལ་ལ།།
བི་ན་ཡ་ཀས་འགྲན་རྒྱུ་མེད།།
སྟེང་རྣམ་པར་རྒྱལ་བའི་ཁང་བཟང་ལ།།
འབུ་གྲོག་མའི་ཚང་གིས་འགྲན་རྒྱུ་མེད།།
དགུང་གཡུ་འབྲུག་སྔོན་པོའི་ངར་སྐད་ལ།།
སྡུག་བོང་བུའི་སྐད་ཀྱིས་འགྲན་རྒྱུ་མེད།།
འོད་གསལ་ཉི་མའི་གསལ་མདངས་ལ།།
འབུ་མེ་ཁྱེར་སྣང་བས་འགྲན་རྒྱུ་མེད།།

跟金刚手的强大法力，
毗那夜迦比不了；
跟上界殊胜的无量宫，
地面蚂蚁的蚁垤则能比；
跟天上青龙的怒吼声，
可悲的驴叫声是比不了的；
跟辉煌灿烂的太阳光芒，
萤火虫的光是比不了的。

༢ སྐྱིད་ཉི་མ་འདྲ་བའི་སྐྱོར་ཡ་ལ།།
དུང་ཟླ་བ་འདྲ་བའི་འོད་གཅིག་དགོས།།
རླུང་སེར་བུ་འདྲ་བའི་བང་ཁ་ལ།།

为陪衬幸福太阳的光辉，
需要皎洁明月的寒光；
为陪衬风儿的速度，

གློག་དམར་པོ་འདྲ་བའི་འཁྲུལ་འཁོར་དགོས།།
སྲ་རྒྱ་བྲག་འདྲ་བའི་དགྲ་བོ་ལ།།
ཐོག་ཟེར་མ་འདྲ་བའི་མཚོན་ཞིག་དགོས།།

需要红色闪电的幻轮；
对付岩石般坚硬的敌人，
需要霹雳般凌厉的兵器。

༣ ཆུ་སྦུར་ཤེལ་དཀར་ཕྲེང་བ་ལ།།
གྲངས་བརྩི་རྒྱུ་ཡོད་དེ་ལེན་རྒྱུ་མེད།།
འཇའ་སྤྲིན་ཟ་འོག་དར་དང་འདྲ།།
དར་མཐོང་རྒྱུ་ཡོད་དེ་བྲུབ་རྒྱུ་མེད།།
བྲག་ཆ་མི་ཡི་སྐད་དང་འདྲ།།
གཏམ་གོ་རྒྱུ་ཡོད་དེ་བདེན་རྒྱུ་མེད།།
གློག་དམར་པོ་ཚ་བའི་མེ་དང་འདྲ།།
མེ་འབར་རྒྱུ་ཡོད་དེ་ཚིག་རྒྱུ་མེད།།
འདུས་བྱས་སྒྱུ་མའི་ནོར་དང་འདྲ།།
ནོར་ལེན་རྒྱུ་ཡོད་དེ་དབང་རྒྱུ་མེད།།

泡沫像白色水晶珠，
只能数无法拿；
彩霞彩虹像绸缎，
只能看无法用；
山中回声像人在说话，
只能听不可当真；
天上的闪电像火焰，
只会燃烧不能取暖；
有为法都像幻化之财，
纵能获取无法拥有。

བཀའ་བློན་ཏུང་ཟླ་རིག་སྐྱིད།

噶伦·童达仁吉

༡ ནམ་ཕར་ལངས་བྱ་དང་མཉམ་ལངས་བྱས།།
ནུབ་མར་ཉལ་རྟ་དང་མཉམ་ཉལ་བྱས།།

早晨起得跟鸡一样早，
晚上睡得跟马一样晚。

༢ ཚིག་བཤད་རྟིང་མ་རྒྱུག་ལུགས་བཤད།།
ལག་ལེན་རྒྱུ་མཚོན་གྱི་སོ་ཁ་སྦྱུང་།།
རྒྱུ་གསོག་གསོག་འདོ་བའི་ཨོང་ཤ་གསོག།

说的都是出战取胜的事情，
只有实践才能让剑刃锋利起来，
积累财富最终积在骏马的膘上。

༣ བསམ་པ་རྒྱ་དར་དཀར་པོ་ལ།།
མདོག་ནག་སྣག་ཚའི་རི་མོ་ཐོག།
ཐང་དཀར་རྒོད་པོའི་སྒྲོ་རྩེ་ལ།།

白绫般纯洁的心里上，
落下黑色墨汁的纹理；
天上灵鹫的羽翼，

ཉི་ཧྲུང་སྤུ་གྲིའི་རྨས་གཅིག་ཕོག །
གཡང་དཀར་ལུག་གི་སྒལ་པ་ལ། །
ཟ་འདོད་བཙག་དམར་རྟགས་གཅིག་ཕོག །

受到刀刃般气流伤害；
洁白绵羊的脊背上，
打了宰杀的红标记。

༤ ལོ་གསུམ་བྱིས་པའི་བསམ་པ་དང་། །
བརྒྱད་ཅུ་རྒན་པོའི་སྐད་ཆ་གཉིས། །
སྐྱོན་དང་ཡོན་ཏན་ནོར་དོགས་ཆེ། །
ལོང་བའི་ལག་གི་བེར་ཀ་དང་། །
མུན་པའི་ནང་གི་མདའ་འཕེན་གཉིས། །
དགྲ་ཟིན་གཉིས་ལ་ནོར་དོགས་ཆེ། །

三岁孩童的思绪，
和八旬老翁的语言，
是非对错易混淆；
瞎子手中的拐杖，
和黑夜射出的箭头，
能否击败易混淆。

༥ ཞེའུ་ཁྱི་ཡི་འཕོན་ཟུག་ལ། །
སེང་གེས་སྡེར་བཞི་མ་བསྒྲད་རེམ། །
འདྲེ་བྱ་ཁྭ་ཏའི་སྐད་ངག་ལ། །
ཁྱུང་ཆེན་ནམ་རྟོག་མ་ཤར་རེམ། །

老狗狂吠泄愤时，
雄狮没有舞起四爪吗？
祟鸟乌鸦乱叫时，
金翅鸟没有感到晦气吗？

༦ སྐྱིད་ཉི་ཟླ་གཟའ་ཡིས་མ་སྒྲིབ་ན། །
ནམ་ཉིན་མཚན་གོ་དེ་ནོར་དོགས་མེད། །
བྱང་རྐྱང་འབྲོང་གཅིག་མེད་མ་བྱུང་ན། །
ཛ་རྫ་གླང་གིས་ཟ་དོགས་མེད། །
ཡུལ་དེ་ན་མི་མེད་མ་བྱུང་བར། །
གླང་རྫ་གླ་བས་བདག་དགོས་མེད། །

幸福的太阳不被罗睺罗吞没，
就不可能有谁弄错昼夜；
北方野驴和野牛不绝种，
黄牛不可能吃到山上的肥草；
原野上人类不消失，
獐子就不可能吃到黄牛的储草。

༧ བྱ་ཁུ་བྱུག་རེ་ཞིག་མོན་ལ་འགྲོ། །
ཤིང་གཡུ་ཤུག་རྒྱ་སྟས་མ་བཅད་ན། །
དཔྱིད་གཡུ་ལོ་སྔོ་དུས་འཛོམས་རྒྱུ་བྱེད། །
སྐྱིད་ཉི་མ་རེ་ཞིག་ནུབ་ཕྱོགས་ཡོལ། །

杜鹃鸟暂时飞到门隅，
只要斧头不砍伐璁叶柏树，
杜鹃和绿叶会在春日里约会；
幸福的太阳暂向西隐沉，

དུང་ཟླ་བ་གཟའ་ཡིས་མ་སྒྲིབ་ན།།
སང་ནམ་མཁའ་གསལ་དུས་འཛོམས་རྒྱུ་བྱེད།།
མཛེས་མེ་ཏོག་རེ་ཞིག་ཡལ་ནས་འགྲོ།།
ས་དོག་མོ་ཞིང་དུ་མ་རྨོས་ན།།
དབྱར་སྐྱི་ཐོག་རྒྱས་དུས་འཛོམས་རྒྱུ་བྱེད།།

༨ བྱ་ངང་པ་བྱང་ལ་འགྲོ་ལེ་དེ།།
མཚོ་མེ་ལོང་ཙམ་ལ་བློ་གཏད་བྱེད།།
འབྲུག་སྔོ་ཐང་གནམ་ལ་འགྲོ་ལེ་དེ།།
སྤྲིན་གཡག་ཛ་ཙམ་ལ་བློ་གཏད་བྱེད།།
རྒོད་ཐང་དཀར་ས་ལ་འབབ་ལེ་དེ།།
ཤ་ལག་པ་ཙམ་ལ་ཡིད་གཏད་བྱེད།།
དཔྱིད་ཉ་མོ་ལ་ལ་འགྲོ་ལེ་དེ།།
གངས་ཧྲ་སྟན་ཙམ་ལ་བློ་གཏད་བྱེད།།

只要皎月不被罗睺罗遮蔽，
太阳和月亮会在明晨约会；
美丽的野花暂时消匿而去，
只要草原不被开成田地，
朵朵鲜花会在夏日里约会。

天鹅飞向北方的时候，
心儿寄托给了镜子般的一泓小湖；
青龙腾飞冲天的时候，
心儿寄托给了牛尾般的一朵小云；
秃鹫翔落地面的时候，
心儿寄托给了手掌般的一块小肉；
春日鱼儿洄游的时候，
心儿寄托给了白毡般的一片小雪。

འདན་མའི་ནས་རྫོང་། 《丹玛青稞宗》

སྐྱེ་དཔོན་རོང་ཚ་ཁྲ་རྒན། 吉本·绒擦查根

༡ སྲིད་པའི་གངས་རྒན་ཏི་སེ་དང་།།	世间雪山冈底斯，
རྒྱལ་ཆེན་སེང་གེ་དཀར་མོ་གཉིས།།	和迅捷的白雄狮，
ལས་ཀྱི་དབང་གིས་ལྷན་ཅིག་འཛོམས།།	因为宿缘相会在一起，
གངས་རི་རྩེ་མོ་མཐོ་བས་ན།།	雪山高大巍峨，
སེང་ཕྲུག་གཡུ་རལ་རྒྱས་རན་རེད།།	该是小狮子绿鬃繁茂之时；
ཙནྡན་ནགས་རི་མཐུག་པོ་དང་།།	郁郁葱葱的檀香树林，
དམར་ཡག་སྟག་ཕྲུག་རི་བཀྲ་གཉིས།།	和猛虎的斑斓纹理，
སྔོན་ལས་འབྲེལ་བས་ལྷན་ཅིག་འཛོམས།།	因为宿缘相会在一起，
ཙནྡན་ལྗོན་ཆགས་ཆེ་བས་ན།།	檀香树木非常茂密，
སྟག་ཕྲུག་འཛུམ་དྲུག་རྒྱས་རན་རེད།།	该是小虎斑纹绽放之时；
གསེར་ལྡན་གཙང་ཆབ་སྔོན་མོ་དང་།།	清澈的滔滔江河水，
ཉ་ཆེན་གསེར་མིག་ཡོལ་བ་གཉིས།།	和游弋的金目鱼，
རྟེན་འབྲེལ་བསྐོས་ཐང་ལྷན་དུ་འཛོམས།།	因为缘份相会在一起，
རྒྱ་མཚོ་ཁ་གཏིང་ཟབ་པས་ན།།	沧海汪洋渊深浩渺，
འགྱུར་ལྗམ་གསེར་མིག་རྒྱས་རན་རེད།།	该金目明亮之时；
ཕ་ཁྲུ་རི་རྒྱལ་ལྗུན་པོ་དང་།།	须弥山王般伟岸的父亲，
བུ་ཚ་སྟག་ཕྲུག་དམར་པོ་གཉིས།།	和猛虎一样的儿子，
སྨོན་ལམ་དབང་གིས་ལྷན་ཅིག་འཛོམས།།	发愿今生相聚在一起。

༢ མི་རྒན་བློ་རྒྱ་ཆེ་བས་ན། །	老人具备广阔胸怀之日，
བུ་ཚ་ཁ་རྫེ་དར་རན་རེད། །	是子孙繁荣兴旺之时。

ལྷ་སྲས་ཇོ་རུ།

༡ གངས་དཀར་རྩེ་མོ་མ་ཞུ་དང་།།
སེང་དཀར་མོ་གཅན་གཟན་རྒྱལ་པོ་དེ།།
མགོ་གཡུ་རལ་མི་རྒྱས་དོགས་པ་མེད།།
ནགས་ཙནྡན་གདོང་སྲུམ་མ་ཕོག་དང་།།
སྟག་དམར་ཡག་གཅན་གཟན་དཔའ་བོ་ལ།།
ལུས་འཇུམ་དྲུག་མི་བཀྲ་དོགས་པ་མེད།།
ཆབ་གཙང་ཆེན་སྐྱེ་ཕྲི་མ་བྱེད་དང་།།
ཉ་གསེར་མིག་འགྱུར་གྱི་བདག་པོ་དེ།།
གསེར་མིག་མི་རྒྱས་དོགས་པ་མེད།།
ཕ་ཁུ་བོ་བློ་ནོར་མ་ཁུར་དང་།།
བུ་ཚ་བོ་རིག་པ་རང་བཀྲ་རེད།།
རྫོང་མི་ལོན་བསམ་ནས་དོགས་པ་མེད།།

༢ སྨུག་པོ་ལྡོང་གི་གདུང་རྒྱུད་དེ།།
མཐོ་ལེ་ཤེས་ཏེ་མ་ཕན་ཐལ།།
རྒྱན་ཆ་རིན་ཆེན་སྣ་ལྔ་དེ།།
མཛེས་ལེ་ཤེས་ཏེ་མ་དབང་ཤོར།།
ཕ་ཁུ་རྒན་པོའི་ཞལ་དཔེ་དེ།།
བདེན་པ་རེད་དེ་འཕྱི་ལེ་རེད།།

༣ སེམས་ཐག་པས་མ་ཐོང་བའི་རྒྱུ་མི་མགོ།།
ལག་དྲོན་པོས་མ་བྱིན་པའི་ཟས་མི་ཟ།།
ཁ་སྟོང་པའི་ཡག་བཤད་རྣ་བར་མི་འགྲོ།

拉赛觉如

只要山顶积雪不消融，
百兽之王白雄狮，
毫无疑问，绿鬃会茂盛；
只要森林檀木不消失，
勇敢的猛兽老虎，
毫无疑问，斑纹会更美；
只要江河水不干涸，
游泳之主金目鱼，
毫无疑问，金鳞会灿烂；
只要父辈谋划不失策，
子孙的智慧自然会展开，
毫无疑问，定能攻克坚城。

董氏部落后裔，知道高贵，
可惜没起到作用；
五种珍宝首饰，知道漂亮，
可惜不归我所有；
父辈长者的训谕，知道有理，
可惜讲得晚了些。

不要不是真心给的财富，
不吃不是亲手送的食物，
不听空嘴瞎扯的漂亮话。

༤ ཡ་རབས་ཆོས་དད་ཆེ།
མ་རབས་མོ་དད་ཆེ།
ཕོངས་པ་ཟས་དད་ཆེ།

俊杰对宗教很虔诚，
孬种对占卜很迷信，
穷鬼对吃饭很上心。

༥ གྲོགས་དང་ཕོར་བ་ཆེ་དགོས།།
བྱུར་དང་སྡིག་པ་ཆུང་དགོས།།

友情和饭碗越大越好，
口角和罪孽越小越好。

༦ ལྟོགས་ན་དྲེད་མོང་ཚང་མའི་ཤ་མ་ཟ།།
འདོད་ན་ཨ་མ་རྒན་མོའི་སྦུ་མ་འཛག།

肚子再饿也别去熊窝找肉吃，
性欲再强也别去操老太婆。

༧ ནག་མོའི་རྐུབ་ལ་འཛག་ན་དགའ་སྣང་ཤར།།
རྐུབ་རྟགས་ཟླ་བ་དགུ་ནས་འབྱུང་དོགས་ཡོད།།

弄其臀，情激荡，
看其相，犹临九月分娩。

༨ ཕོ་ངན་ཕྱི་ལ་སོང་ན་གཏམ་ངན་ཁྱིམ་དུ་ཁུར།།
མོ་ངན་གནས་ལ་སོང་ན་སྐྱོད་ངན་ལུས་ལ་འཁྲི།།

混蛋男子出门，会把坏消息带回家；
坏女人出嫁，会缠上一身的是非。

༩ གཡུ་འབྲུག་སྟོན་མོ་ལྡིར་ལམ་ལ།།
བུང་བའི་ཟེལ་སྐྲ་ཤ་རེ་ཚ།།
ཁྱུང་ཆེན་འཕུར་བའི་ལམ་སོ་ན།།
ཁྱོད་འདི་བྱ་ཁ་ཏྭ་སྙིང་རེ་རྗེ།།

青龙发出雷鸣的地方，
驴在叫唤，让人心疼啊！
金翅鸟飞行的天路上，
你这只乌鸦，真可怜啊！

༡༠ རི་རྒྱལ་སྤང་བྲག་འགྲོ་ཡ་ལ།།
ཡུ་མོ་ཁེར་བུ་རྩྭ་ལ་སྐྱིད།།
ཤྭ་དུང་རྭ་ཅན་དང་འགྲོགས་ན་བསམ།།
ཤིང་ཆུང་ཚེར་ཤད་སྤང་ལ་ཆེ།།
སྤང་སེར་པོའི་ངོ་ལ་སླེབས་ཉིན་མོ།།
རྩེ་འདོད་མཚར་འདོད་གཉིས་ཀ་ཡོད།།

高山草坡岩石间，
母鹿独自吃草很幸福，
它想和有公鹿做伴侣。
小树喜欢梳理青草，
它来到鹅黄色草甸时，
感到好玩又好奇。

༡༡ བྱ་རྨ་བྱ་ཟེར་ལེ་སྒྲོ་མདོངས་ཅན།།
སེམས་སྐྱིད་པོ་གྲོགས་ལ་བསམ་བསམ་ནས།།
མིག་ཁྲ་ཆུང་སྤྲིན་ནང་ཤོར་ནས་ཐལ།།
དུས་དེ་རིང་འབྲུག་སྐད་སྙན་པར་གྱིས།།
བྱ་ཁུ་བྱུག་སྔོན་མོ་རས་གོས་ཅན།།
བྱ་ཁ་སྐོམ་གནམ་ཆུ་སྒུག་སྒུག་ནས།།
དུས་དེ་རིང་གནམ་ཆུ་སྔོན་མོ་བྱུང་།།
དེས་འབབ་ཆུའི་ཡིད་ཁ་བརྗེད་ནས་ཐལ།།

有着绚丽羽毛的孔雀，
因为知己而心生喜悦，
双眼望穿了云层，
今天请发出雷鸣吧！
美丽的杜鹃着青衣，
因口渴而等待雨水，
终于降下甘霖，
忘掉了流淌的江河水。

༡༢ ཤར་ཁྲི་གདུགས་ཉི་མའི་འོད་ཟེར་དེས།།
མདངས་པདྨའི་ཚོགས་རྣམས་རང་བཀྲག་རྒྱས།།
སྦྲང་ཆར་ཟིལ་མའི་བསིལ་ལྡན་གྱིས།།
ནས་ཨ་འབྲས་འབྲུ་དྲུག་རང་སྨིན་བྱུང་།།
བུ་ཛོ་ཏུའི་ཛོང་གི་དང་པོ་ལ།།
གཡང་དགོས་འདོད་ནོར་བུ་རང་ལག་བྱུང་།།
ལས་སྨོན་ལྡན་པའི་རྒྱལ་པོ་དེ།།
བསམ་བཞིན་མཇལ་འཕྲད་ལེགས་པར་བྱུང་།།

东升太阳的万丈光芒，
让一片片莲花展现着光彩；
那毛毛细雨的清凉滋养，
自然育熟了六谷庄稼；
男儿觉如获得的第一宝藏，
如意珍宝福瑞已到手，
那位充满吉祥善缘的帝王，
如心愿被我瞻仰到了。

སྟག་རོང་ཨ་ཁུ་ཁྲོ་ཐུང་།

达绒•阿库超同

༡ གྲལ་མ་མཐོང་གི་གྲལ་བཙོད།།
ཁྱིམ་མ་མཐོང་གི་མ་རབས།།
མགྲོན་མ་མཐོང་གི་ཐབས་རྟུགས།།

没见过座次而玷污席位的人，
没见过家屋的下贱货，
没见过客人的困窘男子。

༢ དཔོན་ཆེན་སྡེ་ལ་བྱོན།།
བླ་ཆེན་འགྲོ་དོན་ཕེབས།།

大首领来到了领地，
大活佛来到了寺院，

མགྲོན་ཆེན་ཁྱིམ་ལ་སླེབས།།

陌生客人来到了家里。

༣ བཙན་པོ་དང་སྤྱང་ཁུ་ཁ་དར།།
ཉམ་ཆུང་དང་ལུ་གུ་ཉམ་དམའ།།

恶霸和恶狼，口气都很大；
弱者和羊羔，双双很低调。

༤ ཆོས་རྒྱལ་སྔོན་དུ་སྡིག་ཆེན་འདར།།
མི་འདར་ཀ་མེད་རྒྱུ་འབྲས་ཞིབ།།
དཔོན་ཆེན་སྔོན་དུ་ཉེས་ཆེན་འདར།།
མི་འདར་ཀ་མེད་ཉེས་པ་ཆེ།།
དཔའ་བོའི་སྔོན་དུ་སྡར་མ་འདར།།
མི་འདར་ཀ་མེད་སྙིང་ཁམས་ཆུང་།།

造过大恶的人会在法王前发抖，
不抖不由他，报果报得很仔细；
犯过大罪的人会在大王前发抖，
不抖不由他，犯的罪太大了；
懦夫会在英雄前发抖，
不抖不由他，胆子小啊！

༥ མགོ་ལ་དཔོན་ཡོད་ན་དཔོན་ལ་ཁྲིམས་ཡོད།།
ས་ལ་རི་ཡོད་ན་རི་ལ་མགོ་ཡོད།།

顶头有上司，上司头上有法律；
平地起大山，大山再高也有顶。

༦ བསམ་དཀར་ལ་དྲང་འདྲི།།
བསམ་ནག་ལ་གཡོ་འདྲི།།

要向诚实人请教公理，
要向黑心人请教心机。

༧ དགྲ་ལ་ཧབ་མེད།།
གཉེན་ལ་ཧུབ་མེད།།

面对敌人不能贪心，
面对亲人不能贪嘴。

༨ བཟང་ལན་ངན་གྱིས་འཇལ།།
ཇ་ལན་ཆུ་ཡིས་འཇལ།།

以怨报德，
以水报茶。

༩ རེ་བའི་མི་ལ་ཕ་མ།།
སྡང་བའི་དགྲ་ལ་ཚེར་མ།།
བཤད་ན་ཆུ་བོ་དལ་འབབ།།

面对亲朋，他是父母；
面对敌人，他是荆棘。
说的话如滔滔江河，

འཛིང་ན་སྟག་མོ་ངར་མ།།

与敌战斗，勇猛如虎。

༡༠ སྲིད་པའི་གངས་དང་སེང་ཕྲུག་གཉིས།།
མཉམ་འགྲོ་བྱེད་ན་སེངྒེ་མཐོང་།།
སེང་ཕྲུག་གངས་དང་བྲལ་བ་ན།།
གཡུ་རལ་ཁྱི་དང་ནོར་དོགས་ཡོད།།
སེར་ཡུ་རི་དང་ཕོ་ཆེན་གཉིས།།
མཉམ་འགྲོ་བྱེད་ན་ཤ་ཕོ་བཙན།།
ཤའུ་ཆུང་རི་དང་བྲལ་བ་ན།།
གྲུ་ཤ་ཐང་འགྲོས་སླེབས་དོགས་ཡོད།།
ཕ་ཁུ་རྒས་དང་བུ་ཚ་གཞོན།།
མཉམ་འགྲོ་སྟག་ཤར་མགོ་འཕང་མཐོ།།
གཤར་ལམ་བློ་ཕུགས་མེད་པས་ན།།
རང་མགོ་གཞན་གྱིས་གཡོག་རབས་ཡོད།།

初世雪山和小狮子两个，
在一起时，能见到大雪狮，
小狮子一旦离开了雪山，
就有绿鬃被看成狗毛的危险；
小鹿和大公鹿两个，
在一起时，大公鹿很强悍，
小鹿一旦离开了大山，
就有遇到猎鹿人的危险；
年长叔父和少年子侄，
在一起时，男儿威势能高昂，
行动一旦策划不周，
就有上当受骗的危险。

༡༡ འབུམ་བརྒྱ་བཞེངས་པའི་དགེ་བ།།
བཤས་བརྒྱ་བསླུ་བའི་ཕན་ཡོན།།

供奉上百部经藏的善事，
放生上百待宰生灵的功德。

༡༢ ཁྲམ་པ་མནའ་མེད་འགྲོགས་ན་ཤག་པོ་མི་ཡོང་།།
རི་སྤྱང་སྐྱ་ལུ་གསོས་ན་སྒོ་ཁྱི་མི་ཡོང་།།

与践誓的骗子结交，成不了金莲；
养大的灰色野狼，当不了看门狗。

༡༣ སྤྱང་མོ་འདུར་འདུར།།
རྐུན་མ་འཇབ་འཇབ།།

像公狼一样猛蹿，
像小偷一样潜行。

༡༤ དོན་ཆེན་དབྱར་ཟླ་མགོ་མ་ལ།།
གཏམ་སྙན་པོ་བྱ་རྒྱལ་ཁུ་བྱུག་འདི།།
མ་འདྲིས་གསུང་སྙན་རང་ཤུགས་ཡོད།།

每当进入夏季第一月，
美丽吉祥的杜鹃鸟，
自然带来动听的鸣叫声；

དབྱར་ཟླ་གསུམ་སྤྲོ་སྤྲིན་ཕྱུག་མོའི་ཕག །
སྐད་ལྡང་ལྡང་གཡུ་འབྲུག་སྔོན་མོ་འདི།།
ཆར་སྔོན་མས་ས་གཞི་སོས་རབས་ཡོད།།

夏季三个月在云团之上，
传来隆隆雷声的青龙，
会让雨水滋养广袤大地。

༧༥ བན་སེར་པོ་གཙང་ན་ཁ་མི་གཙང་།།
སྨན་ཇོ་མོ་གཙང་ན་ལག་མི་གཙང་།།

和尚很干净，嘴却不干净；
尼姑很干净，手却不干净。

མེ་ཏོག་ལྷ་གྲུ་མཚོ་སྒྲོན།

梅朵鲁古措珍

རྒྱ་གར་རྨ་བྱའི་སྒྲོ་ཐིག་དང་།།
བོད་ཡུལ་དངུལ་དཀར་བུམ་པ་གཉིས།།
དང་པོ་ཁ་ཁ་སོ་སོ་རེད།།
ཐ་མ་དཀྱིལ་འཁོར་དབུས་སུ་འཛོམས།།
འཛོམས་ལེ་མི་ཚད་མཛའ་མོ་ཡོད།།
བོད་ཡུལ་རྫ་ཆུ་དྭངས་མ་དང་།།
རྒྱ་ནག་མེ་ཏོག་ཡང་འཛིན་གཉིས།།
དང་པོ་ཁ་ཁ་སོ་སོ་རེད།།
ཐ་མ་ཟངས་དཀར་སྣོད་དུ་འཛོམས།།
འཛོམས་ལེ་མི་ཚད་ཞིམ་པོ་ཡོད།།
བོད་ཡུལ་ལྷ་ཤིང་ལྗོན་ཤིང་དང་།།
མོན་གྱི་ལྷ་བྱ་ཁུ་བྱུག་གཉིས།།
ཕ་ཡུལ་ཁ་ཁ་སོ་སོ་རེད།།
ལས་འབྲས་མ་འཆུག་དེ་རིང་འཛོམས།།
འཛོམས་ལེ་མི་ཚད་འབྲེལ་བ་བཞག །

印度孔雀的彩翎，
和吐蕃白银宝瓶，
当初天各一方，
最后相聚在坛城中，
而且搭配很完美；
雪域的清澈河水，
和汉地的倾向茶花，
当初天各一方，
最后相聚在白铜器皿中，
而且茶水很甜美；
卫藏地方的神树，
和门隅的杜鹃鸟，
家乡分别在两个地方，
今天妙因成果得相遇，
相遇后结下了良缘。

འདན་ཡར་ལུང་ཁྲི་དཀར་རྒྱལ་པོ།

དཀྱུང་ལྷོ་སྤྲིན་ཕྱུག་མོའི་ནང་བཙུད་ནས། །
དབྱར་སྦྲང་ཆར་ཟྲིལ་མ་སིལ་སིལ་འབབ། །
ནས་ཨ་འབྲུའི་ལོ་ཏོག་མ་སྨིན་ན། །
ཆར་ཟྲིལ་མ་བབས་དང་མ་བབས་མེད། །
དགོན་ཁྲ་མོའི་དཀྱིལ་གྱི་བླ་ཆེན་དེས། །
ཆོས་ཟབ་མོ་ཉི་མ་ཤར་འདྲ་འཆད། །
ཚེ་ཕྱི་མའི་བར་དོར་མ་ཕན་ན། །
ཆོས་ཟབ་མོ་འཆད་དང་མ་འཆད་འདྲ། །

丹•雅隆赤嘎尔嘉波

从天南飘来阴云中，
降下了纷纷的夏日细雨，
若不能成熟青稞庄稼，
下和不下都一个样；
壮丽古刹里的上师，
讲述着太阳般的深奥佛法，
若在中阴道上没有用，
讲不讲深奥佛法都一个样。

ཀླུ་རོང་འབྲས་རྫོང་། 《洛绒米宗》

སྲས་མོ་རྒྱ་གར་ལྷ་མོ། 赛姆·嘉卡拉姆

༡ བློ་རྩལ་མདའ་རྔོད་སྐྱི་སེར་གསུམ། །
མྱུར་ལ་བཀོད་ཕྱིར་མྱུར་ན་མཛེས། །
རི་རྒྱལ་མཚོ་ཆེན་མི་དབང་གསུམ། །
བརྟན་ལ་བཀོད་པས་བརྟན་ན་ལེགས། །

思维、猛箭和冷风三样，
本该飞快，越快越精彩；
须弥、大海和帝王三个，
本该稳当，越稳越神圣。

༢ ཉ་གསེར་མིག་ཤེལ་གྱི་གཤོག་པ་ཅན། །
རྒྱལ་མཁས་པ་ཡིན་སྙམ་མཚོ་མཐའ་བསྐོར། །
རྡོ་ལྕགས་ཀྱུའི་དོལ་ལ་ཚུད་སོང་དུས། །
མཚོ་སེམས་པ་སྐྱོ་ཡང་ཅི་ཕན་མེད། །
ཤྭ་ཕོ་ཆེན་དུང་གི་རྭ་ཅོ་ཅན། །
བང་མགྱོགས་སྙམ་ནགས་ཚལ་མཐའ་ལ་མཆོངས། །
མདའ་མཚལ་དམར་འབེན་ལ་གྱུར་ཚར་དུས། །
ནགས་རྒྱ་རྫོང་འགྱོད་ཀྱང་འདི་བྱེད་མེད། །

那条带水晶鳍的金目鱼，
自恃善游，游荡到了湖水边，
被铁钩钓走的时候，
湖水伤心，也没有用处！
那只长有茸角的大公鹿，
自恃善跑，窜到了森林边，
变成弓箭活靶子的时候，
森林痛惜，也爱莫能助。

༣ མགོ་ལྕགས་སྲབ་འོག་གི་འདོ་ཆེན་རྟ། །
སྙ་དལ་གྱིས་འཛོག་དུས་མ་བསྡད་ན། །
སྒྲོག་སུམ་ལག་ཟེར་དུས་དཀའ་མོ་ཡོད། །
ལྟོ་མི་ལ་རེ་བའི་ནག་པོ་ཁྱི། །
ལག་འཇམ་པོས་འབྲིད་དུས་མ་འཁོར་ན། །
སྐེ་ལྕགས་ཐག་ཟེར་དུས་དཀའ་མོ་ཡོད། །

套有辔头的骏马，
轻手鞴鞍时不肯安静，
锁上马绊时，不好受了；
靠人吃食的黑狗，
温柔挠它时不亲近，
拴上铁链时，不好受了。

སྲོག་བདུད་དུག་སྦྱེ་ནག་པོ།

༡ རྟོད་མའི་བང་དང་ཁྱིམ་བྱའི་རྩལ། །
བུ་མོའི་བློ་དང་ཝ་ཡི་ཛ། །

༢ ལ་ཐུར་གཅོད་ལ་ཐུག་པའི་ཚེ། །
དཔུང་ཤ་འདར་ན་རྟ་མཆོག་མིན། །
དགྲ་ནག་ཐོག་རྫིས་བྱེད་པའི་ཚེ། །
སེམས་ཐག་ཆད་ན་དཔའ་བོ་མིན། །

༣ རི་སྤྱང་གཅིག་གི་རྒྱུག་ལམ་ལ། །
ར་ཁྲུའི་འཚང་ཁ་ཧུག་ཧུག་བྱེད། །
ཞེ་སྤྲོ་མོ་རི་སྤྱང་ཞིམ་ཟས་རེད། །
རྒྱ་སྟག་གཅིག་གི་མཆོང་ལམ་དུ། །
ཐོ་ཧུའི་འདུར་རྒྱུག་ཐ་ར་ར། །
ཞེ་སྤྲོ་མོ་རྒྱ་སྟག་ཞིམ་ཟས་རེད། །

༤ འདྲེ་འབོད་གདོན་འབོད་བྱས་བྱས་ནས། །
འབྱུང་པོས་ལག་པ་ཟེད་པའི་དུས། །
འདི་རེད་ལས་ཤིག་མ་ཡོད་ན། །
བོན་སྔགས་ནུས་པ་སྟོང་གཏམ་རེད། །
ཁྲ་ཐུང་འུར་ཆ་བསྐོར་བསྐོར་ནས། །
རི་སྤྱང་ལྷས་ལ་ཤོར་བའི་དུས། །
ཀླད་ཁྲག་རྡོ་ལ་མ་མཆོད་ན། །
ལག་ཆ་ཟེར་ལེ་ཅི་གོ་རེད། །
པར་འགེལ་མི་ནོར་བརླགས་བརླགས་ནས། །

索堆毒结那波

骒马的速度，家鸡的飞技；
女孩的计谋，狐狸的尾巴。

驰骋上坡和下坡时，
马腿打颤的，不是良马；
强敌悍然入侵时，
沮丧绝望者，不是英雄。

一只野狼飞驰的路上，
成群山羊在疯狂拥挤，
那就是野狼的美食啊！
一只猛虎飞驰的路上，
成群儿马在撒蹄蹦跶，
那就是猛虎的美食啊！

整天祈呼着凶神恶煞，
真有鬼怪缠上的时候，
亮不出一件像样的招式来，
所谓黑苯波咒力，全是空话！
整天旋转着抛石鞭，
真有野狼窜进畜栏的时候，
不能抛石打碎狼脑袋，
手里的那个家什有啥用？
为征伐耗费了大量钱财，

དགྲ་བོས་སྒོ་རྩ་མནན་པའི་དུས། །　强敌来到门口的时候，
ཨ་ལན་མེད་པར་གབ་བསྡད་ན། །　不去抵抗，躲起来了，
རོང་ཤོག་སྤྲེ་བ་ཝ་ཁྱུ་འདྲ། །　整个绒部落像一群狐狸。

༥ དམག་ཕར་འབུད་ཏེ་སྣ་འདྲེན་པའི་དུས། །　大军出征进攻敌人时，
དགུང་ནས་སེར་སྤྲིན་རྒྱུག་འདྲ་དགོས། །　要有闪电雷鸣的气势，
དམག་རྗེང་གྲུག་སྐུད་སྡོག་འདྲ་དགོས། །　队尾要像缠线节节收紧。
དགྲ་དང་གདོང་ཐུག་ཐུང་བའི་དུས། །　与敌正面遭遇时，
ཀློ་རིག་གསལ་བ་ཁྲ་འདྲ་དགོས། །　要有鹞鹰般敏锐的智慧，
དགྲ་དེ་སོད་མ་ཡིན་སུ་སོད་ཡིན། །　不杀此敌，当杀何敌？
ཐུག་ཚད་མོ་རྡེའུ་འཐུ་འཐུ་དགོས། །　要像捡石子一样收拾干净。

༦ སྡེ་བརྒྱད་གདུག་པའི་དཔུང་ཆེན་བསགས། །　庞大的天龙八部积累暴虐，
འབྲུ་དྲུག་ཁྲལ་དུ་བསྡུ་ལ་བྲེལ། །　为把六谷收做税粮而心发急，
མཐུ་ཆེན་སྔགས་པའི་ངན་འཕྲུལ་གྱིས། །　法力强大的咒师用恶咒，
ཡུངས་ཐུན་ངར་མ་གཏོར་ལམ་ནས། །　撒下猛厉驱邪芥子的时候，
དྲེགས་ཆེན་ཚོགས་ལ་ཕམ་ཉེས་བཟློས། །　毁灭了凶悍的天龙八部。
རྒྱ་མཚོའི་གླུང་བཙན་མ་བཟུང་ན། །　如果不能控制苍茫的大海，
ཆུ་འཛིན་དཀྱིལ་འཁོར་ཟིན་ལེ་མེད། །　就没法把握云团的坛城。
ཚོང་དཔོན་ལག་རྗེ་དཔུང་ཆེན་བསྡུས། །　大商主召集庞大的手下，
རྒྱ་མཚོའི་ནོར་བུ་ལེན་ལ་བྲེལ། །　为从大海探宝而心里发急，
ཆུ་སྲིན་གདུག་པའི་བར་ཆད་ཀྱིས། །　暴虐海鳌造成的障碍，
རྒྱ་མཚོ་དྲག་ཏུ་སྐྱོམ་ལམ་ནས། །　在大海翻卷骇浪的航海途中，
ཚེ་དང་སྲོག་ལ་ཉེན་ཁ་གཏུགས། །　给他们的生命造成了危险。
སྐམ་སའི་བཙན་རྫོང་མ་ཟིན་ན། །　如果不能控制陆地的坚城，
གྲུ་གཟིངས་རང་ཚུགས་ཟིན་ལེ་མེད། །　那船只连它自己都保不了。

༧ སྐྱ་སྔོ་དབྱར་དགུན་གཉིས་ལ་སྲིད། །
དེ་ལ་མགོ་ནག་སྐྱོ་དོན་མེད། །
ཏྲོ་གྲངས་དུས་ཚིགས་རེས་མོས་ཟེར། །
རྒྱལ་ཕམ་ཁྲ་མོ་དམག་ལ་སྲིད། །
དེ་ལ་དཔུང་ཆེན་སུན་དོན་མེད། །

草绿草黄分冬夏，
人们不须为此伤心，
冷暖正在随季节轮替。
威武雄师，有胜定有败，
大军不须为此寒心。

༨ དཔའ་ཁ་མ་བགོས་ཐུན་མོང་ཟེར། །
ཕོ་རེ་དཔའ་བའི་ངར་རེ་སྐྱེད། །
རྟ་རེ་མགྱོགས་པའི་བང་རེ་ཕུད། །

英雄不分心，才能成合力，
每一个男儿都能长一节气势，
每一匹骏马都能增一分速度。

རིན་ཆེན་དར་རྒྱས།

仁钦塔尔杰

སྔོན་དུ་ཁེད་ན་མཁས་པ་ཡིན། །
ཚར་རྗེས་འགྱོད་ན་ གླུན་པོ་ཟེར། །

事前有预案的，叫智者；
事后空悔恨的，叫蠢货。

རོང་བློན་ལྷ་ཁྲི་སྟག་དམར།

绒伦・洛赤达玛

འདི་ཡིན་སྒྱུ་ཙམ་མི་གླེང་བར། །
མི་ཤི་རྟ་འགྱེལ་བཟོ་དོན་མེད། །
ལྷོ་སྤྲིན་རྡུལ་ཙམ་མ་མཐོང་གོང་། །
གཡུ་འབྲུག་ངར་སྒྲ་སྒྲོག་དོན་ཅི། །
རྒྱ་མཚོ་གཡོ་འགྱུལ་མ་མཐོང་གོང་། །
ཆུ་སྲིན་འཕག་ཚག་བྱེད་དོན་ཅི། །

不讲丝毫原因，
哪有人死马翻的道理；
没有一朵乌云，
哪有雷声轰隆的道理；
没有海水荡漾，
哪有海鳌翻腾的道理。

ཤེལ་འབྲུ་རབ་གསལ།

歇楚饶赛

༡ ཁྱི་རྐུན་ཏམ་པར་ཚོད་འཛིན་མེད། །

偷食的贪狗不知收敛，

སྤྲ་ཁྲིམ་ཕུག་ལ་འཛུལ་འཛུལ་མཐར། །
ལྕགས་ཐག་འགྱུག་ལ་ཚུད་པའི་དུས། །
རྙང་ཞགས་ཤར་རེར་མཚར་པོ་ཡིན། །
ཟ་རིང་བྱི་བར་ཚོད་འཛིན་མེད། །
འབྲུ་མཛོད་བཙུད་ལ་ཤོར་ཤོར་མཐར། །
རྒྱལ་ལྷན་ཞི་ལའི་སྡེར་ཞབས་སུ། །
ཅིར་སྐད་ཤོར་དུས་མཚར་པོ་ཡིན། །

屡屡钻进帐篷偷食，
当铁链栓在身上时，
吓尿了可真好笑！
长尾的老鼠不知收敛，
屡屡地窜进了仓库偷粮，
当猫儿伸出利爪时，
惨叫声可真好笑！

བདུད་རྗེ་རྫོ་མཐོང་མིག་དམར།

堆吉・娜亭米玛

༡ རྒོད་ཚོད་ལར་ནས་མི་ཟིན་ན། །
རྒོད་མཐའ་རླུང་ལ་མི་སྐུར་རེ། །

1 要是真的收敛不住悍猛的劲儿，
那股猛劲儿别让风刮走啊！

༢ སྟག་དར་མས་ཚོད་ཉལ་བྱས་པ་ལ། །
རྟ་ཕོ་ཧུས་སྣ་སྤྲ་སྙིང་རེ་རྗེ། །
རྣོ་མཆེ་བ་གཙིགས་དུས་ཅི་འདྲ་ཤེས། །
གཟིག་རི་བཀྲ་ཁྲག་གིས་བཟི་བ་ལ། །
ཁྱི་ནག་པོས་དངངས་ཟུག་ཤ་རེ་ཚ། །
སྟོབས་སྡེར་བཞི་བགྲད་ཚེ་ཅི་འདྲ་ཤེས། །

2 猛虎故意装睡时，
小马要嘶鸣，真可怜啊，
挨尖牙时才知道怎么回事儿；
斑斓的豹子被血灌醉时，
黑狗要吠叫，真心疼呐，
挨厉爪时才知道怎么回事儿。

འབྲུ་མི་དཀར་ལྷའུ་བསམ་འགྲུབ།

智・弥嘎拉伍桑珠

ལྕགས་སྔོ་མཉེན་མ་བཞག་ཐོ་བས་བརྡུངས། །
གྲི་ངར་མ་བཅོས་ནས་རང་སྲོག་བཅད། །
དེ་མགར་ནག་ཧམ་པ་མཐོ་བས་ལན། །
དགུང་སེར་སྤྲིན་བསྡུས་ནས་གློག་ལྕེ་ཁྲིད། །
སྔགས་ནུས་ལྡན་བསྐུལ་ནས་རང་ལ་རྒོལ། །

不留着青铁偏要拿锤子打，
那是黑铁匠太贪的报应；
打出利剑反会要了自己性命，
从天际喷云运雹闪电光，
结果遭到了高明咒师的反击，

དེ་སྡེ་བརྒྱད་ཁེངས་དྲེགས་ཆེ་བས་ལན། །

那是天龙八部太傲慢的报应。

ནེ་ནེ་གནམ་སྨན་དཀར་མོ།

乃乃・南曼嘎尔姆

༡ རྒྱབ་ན་ཕ་མིང་མེད་པ་ཡི། །
གནས་སོང་བུ་མོ་དཀའ་སྡུག་ཆེ། །
རྗེས་སུ་རྣམ་དཀར་མེད་པ་ཡི། །
ཕྱི་མའི་རྣམ་ཤེས་ཉམ་རེ་ཐག །
རྒྱབ་ན་དཔུང་སྐྱོན་མེད་པ་ཡི། །
གཡུལ་ངོའི་དཔའ་བོ་ལེགས་ཉེས་ཆེ། །

身后没有父兄，
出嫁的女儿很痛苦；
前世不积功德，
阴间亡灵很悲惨；
军队没有后援，
沙场英雄很危险。

༢ མཐོ་རི་རྒྱལ་རྩེ་ཡི་བྱ་རྒྱལ་ཁྱུང་། །
སྦྲུལ་གདུག་པའི་ཀླད་ལ་མ་ལྡིང་ན། །
དུག་ལྕེ་གཉིས་ཅན་དེ་འཁྱུག་རྩིས་འདུག །
གངས་རྩེ་གསུམ་རྩེ་ཡི་གདོང་ལྔའི་བུ། །
གཅན་ཝ་སྐྱེས་གཤེད་དུ་མ་འགྲིང་ན། །
སྐད་ངན་པས་ལྷས་ངན་སློང་རྩིས་འདུག །
ནགས་ཅན་དན་སྟུག་པོའི་ཡང་ཚལ་ནས། །
རྩལ་དགུ་ལྡན་ཤ་ཟན་སྟག་མོའི་བུ། །
ཁྱི་ནག་པོའི་གཉའ་བར་མ་མཆོང་ན། །
ཇ་བརྒྱངས་ནས་ཀུ་ཅོ་འདོན་རྩིས་འདུག །

须弥山上的金翅鸟，
不到毒蟒头顶盘旋，
那两舌毒蟒会滑行耍威；
巍峨雪山之巅的雄狮，
不向狐狸耍威风，
那狐狸会叫出晦气来；
从那茂密的莽莽森林中，
兼具九大技能的老虎，
不往黑狗脖子猛扑过去，
那黑狗会竖尾巴叫嚣起来。

གེ་སར་ནོར་བུ་དགྲ་འདུལ།

格萨尔•诺普占堆

གེ་སར་རྒྱལ་པོའི་དགྲ་ཡ་དང་། །
ས་ཞིང་ངན་པའི་ཡུར་མ་གཉིས། །
ཟད་པའི་ཉིན་མོ་ཡོད་ལེ་མིན། །

格萨尔的敌人，
和荒田里的杂草，
不会有永远根除的时候；

རྒྱང་རྐོད་རྟ་ཡི་བང་ཁ་དང་། །
རི་རྩེར་འཕྱུར་བའི་དར་ལྕེ་གཉིས། །
དལ་བའི་ཉིན་མོ་ཡོད་ལེ་མིན། །

枣骝神驹[1]的速度，
和山顶飘扬的旗帜，
不会有缓下来的时候。

ཚ་ཞང་འདན་མ་བྱང་ཁྲ།

擦香·丹玛向查

༡ རྒྱུ་ཤོར་རྩད་ར་མ་ཆོད་ན། །
ནོར་བདག་བུ་མོ་ཡིན་པའི་རྟགས། །
ཤ་ཤོར་ཤ་ལན་མ་ལོན་ན། །
ཤ་རྩ་ཝ་མོ་ཡིན་པའི་རྟགས། །

被盗的钱财追不回来，
说明钱财的主人不及一个女孩；
不能给被杀的人报血仇，
说明死者的家属不及一只狐狸。

༢ ཕར་འགྲོའི་དཔུང་ལ་འདྲ་གསུམ་དགོས། །
གཤར་ན་ཐབ་ཆུ་རྒྱུག་འདྲ་དགོས། །
བསྡད་ན་རྒྱ་མཚོ་འཁྱིལ་འདྲ་དགོས། །
དགྲ་ཟློན་རྒྱ་སྒོ་བསྡམས་འདྲ་དགོས། །

出征的大军要做到三件事，
行军时要像奔腾的江河，
驻军时要像积聚的海水，
防敌时要像紧闭的大门。

༣ རྒྱབ་ཚོལ་ཁྲག་འདྲེས་པའི་རྟ་བོང་དེ། །
ནངས་སྔ་དྲོ་མགོ་འཕང་རྐྱང་ལས་མཐོ། །
དགོང་ཕྱི་དྲོ་ཆད་འགྱེལ་དབུགས་སྣ་བརྩེགས། །
དཔའ་སྙིང་ཞེད་མེད་པའི་སྨར་མ་དེ། །
དང་པོ་མིག་བཙུམས་ཤི་ལྷེབས་བྱེད། །
ཐ་མ་ཝ་སྙིང་ལུག་སྟེ་འབྲོ། །

脊背血肉模糊的毛驴，
上午头抬得比野骡还高，
下午却累倒在地直喘息；
那没有胆量的懦夫，
开初闭上眼睛要豁命，
结果悬着狐胆逃走了。

༤ སྨར་མའི་ལག་སྔ་སྔོན་ལ་གྱིས། །
དཔའ་བོའི་ཡིན་ལུགས་རྗེས་ན་ཡོད། །

懦夫会抢先下黑手，
英雄会慢慢讲道理。

༥ བདའ་ལུ་ཁྱི་ཡི་ངར་ཤེད་དེ། །

老狗的那股凶猛劲儿，

འཐེན་དུས་ཡོད་དེ་ཤོར་དུས་མེད། །
ཟ་རྒྱངས་ཤ་རེར་འགྲོ་རབས་ཡོད། །
ཁྱིམ་བྱ་དེ་ཕོའི་སྒྲོ་གཤོག་དེ། །
རྒྱངས་དུས་ཡོད་ཀྱང་འཕུར་དུས་མེད། །
ལྷབ་ལྷབ་བྱེད་བཞིན་ལུས་རབས་ཡོད། །

挣铁链时有，挣脱后没有了，
会竖起尾巴撒腿就跑；
家养公鸡的翅膀，
伸展时有，飞翔时没有了，
扇来扇去仍在地面上。

ཆགས་ཆེན་སྲིད་པ་མཐོང་དགའ།

恰钦・祀巴通嘎

༡ ཐབས་མཁས་ན་གཡོག་གིས་དཔོན་ས་ཟིན། །
ས་བཙན་ན་གཅིག་གིས་དཔུང་ཆེན་ཐོག །

只要善谋略，奴才也能当官，
只要守险要，便能以寡敌众。

༢ རྗོ་ལྕགས་ཀྱུ་ཅན་གྱི་ངར་ལམ་ནས། །
ཉ་གསེར་མིག་ཁྲུ་ཕྲེང་གཏོར་ཞན་འདྲ། །
གཏིང་ཆུ་སྲིན་ད་དུང་འཚམས་པས་ན། །
མཚོ་ཆེན་པོ་སྙིང་ཡོད་བཅུད་ཡོད་རེད། །
རླབས་དྲག་པོའི་འཁྱུ་སྤངས་ག་འདྲ་བྱེད། །
རྫོན་དུག་མདའ་ཅན་གྱི་མདའ་ལམ་ནས། །
ཤྭ་རི་སྐྱེས་ཁྲུ་ཕྲེང་གཏོར་ཞན་འདྲ། །
རྩེ་འབྲོང་རྒོད་ད་དུང་འཚམས་པས་ན། །
རྫ་ཁྲ་ཡག་བདག་ཡོད་རྒྱན་ཡོད་རེད། །
རི་གཡོ་མེད་བརྟན་བརྗིད་ཇི་ལྟར་ངོམ། །

垂下锋利铁钩的地方，
金目鱼群七零八落，
只要还有深渊的巨鳌，
大海仍有丰富的内涵，
仍能掀起巨涛怒浪；
猎人拿毒箭的地方，
长角鹿群七零八落，
只要还有山顶的野牦牛，
美丽的山峰仍有装饰物，
仍能岿然不动炫耀风光。

ལྷོ་ཁྲི་སྟག་དམར།

洛赤达玛

༡ བྲག་དཀར་སྟེང་གི་བྱ་རྒྱལ་དེས། །
གཞན་གྱི་ཤ་ལ་ཟ་དགོས་ན། །
རང་ཤ་གཞན་གྱིས་མི་ཟ་ཐབས། །

白岩石上的那只金翅鸟，
想吃其它动物肉的同时，
担心其它动物吃了自己的肉，

སེམས་ཚོགས་བྱེད་པ་དགོད་རེ་སྒྲོ། །
ཡི་དྭགས་འགོང་པོའི་རྒན་མོ་དེས། །
གཞན་ནོར་སྲེད་པས་བཅིངས་དགོས་ན། །
རང་ནོར་གཞན་གྱིས་ཁྱེར་དོགས་པའི། །
སེམས་ཁྲལ་བྱེད་པར་དགོད་རེ་སྒྲོ། །

焦虑的样子，真可笑啊！
那个魑魅老妪饿鬼婆，
对他人钱财起贪念的同时，
担心他人拿走了自己的钱财，
焦虑的样子，真可笑啊！

སྐྱི་དཔོན་རོང་ཚ་ཁྲ་རྒན།

吉本·绒擦查根

རྩེད་ཆེ་ནས་རྒྱུ་མ་ཆད་ན་ཡང་། །
རྩེད་རོགས་ངོ་འདེད་བྱེད་སྲོལ་མེད། །
བྱེས་གཡུལ་ཉེས་གཅེས་སྲོག་ཤོར་ན་ཡང་། །
སྐྱུག་ལཔང་ར་གྲོགས་ལ་བྱེད་སྲོལ་མེད། །

即使贪玩笑断了肠子，
不应责备一起的玩伴；
即使战场丢掉了性命，
不应埋怨活着的战友。

འབྲུ་མི་དཀར་ལྷའུ་བསམ་འགྲུབ།

智·弥嘎拉伍桑珠

ལས་སྲོག་གཅོད་འཛེམ་མེད་ཕོད་ཞན་འདྲ། །
ལན་རྣམ་སྨིན་གཤིན་རྗེའི་ཁྲིམས་ན་ཡོད། །
ལས་རྒྱུ་འབྲས་ཨེ་བདེན་དེ་དུས་གསལ། །
དུག་ཏ་ལ་རྗེན་ཟོས་ཕོད་ཞན་འདྲ། །
གཟེར་སྲོག་གཅོད་ཟུག་རྡུ་རྗེས་ན་ཡོད། །
བྱ་ཡག་ཉེས་ཨེ་ནོར་དེ་དུས་ཤེས། །

杀戮无所忌，貌似有胆量，
恶果会报在阎王的刑律中，
因果灵否，到时会清楚；
常吃草乌毒，貌似有胆量，
剧痛丧命哀嚎都在后头呢，
是好是坏，到时会明白。

རོང་བློན་ཁྲབ་འཇུག་རྒོད་པོ།

绒伦·洽久贵波

༧ གནས་རྒྱ་གར་བྱ་རྒོད་ཕུང་རི་དེ། །
སྔོན་མ་མཐོང་རི་རྒྱལ་མིང་གྲགས་ཅན། །
འགྲམ་གཅར་ན་དེའུ་འབུར་སྒོ་འབུར་ཙམ། །

天竺道场的灵鹫山，
没看见时是著名的山王，
走近了才知道是一座小丘，

བྱ་ཐང་དཀར་འཕུར་བའི་གཤོག་ཞབས་ན། །
མིང་རི་ཆེན་འབོད་པ་ཉམས་མཚར་ཙམ། །
སྨད་རྒྱ་ནག་རྩིས་ཀྱི་སྒོ་མོ་དེ། །
སྔོན་མ་མཐོང་གོ་ན་རྒྱང་གྲགས་ཆེ། །
མཐར་གཏུགས་ན་རྫུན་གྱི་འཁོར་ལོ་ཞིག །
བློ་རིག་པའི་འཕྲུལ་གྱི་ཁ་རྩ་ནས། །
དོན་བདེན་རྫུན་མི་ཤེས་ངོ་རེ་གནོང་། །

在那翱翔的秃鹫羽翼下，
称作大山，仅为渲染气势啊！
东方汉地的历算之门，
没看见时名播远方，
钻研后才知道是谎言的转轮，
在那玄妙的智慧前，
辨不出真伪，该羞愧啊！

༢ བང་མེད་བོང་བུ་སྐྱ་ལུ་དེས། །
ན་དམར་རྐྱང་ལ་རྒྱུག་རྩལ་ཚད། །
མཐའ་མ་ར་བཞི་རྡོ་ལ་བརྡབས། །
དེ་དུས་བོང་རྒན་ཅི་འདྲ་འདུག །
ཤེད་མེད་བ་གླང་རོག་པོ་དེས། །
བྲི་སེར་འབྲོང་ལ་རྭ་ཁ་འགྲན། །
མཐའ་མ་རྭ་ཐུང་རྩ་བ་བཀོག །
དེ་དུས་གླང་རྒན་ཞེ་རེ་ཕམ། །

那跑不快的灰色小毛驴，
要跟沮洳滩上野骡比速度，
最后四蹄磕翻在石头上，
那时的老毛驴多伤心呐！
那头没有力量的老黄牛，
要跟野牦牛斗犄角，
最后顶翻了黄牛角，
那时的老黄牛很凄惶啊！

ལྷོ་ཁྲི་བུ་ཡི་སྟག་དམར།

洛赤 · 普依达玛

༡ སྟག་མོ་ཁྲག་གི་རི་མོ་ཅན། །
ཐར་ན་ནགས་དཀྱིལ་འཛིན་འདོད་ཡོད། །
མ་མངགས་མཆེ་བ་ངོམ་རྒྱུ་ཡིན། །
རེ་འབྱམས་ནག་པོ་འཁྱུག་རྩལ་ཅན། །
བཞག་ན་དུག་ཚལ་འཛིན་འདོད་ཡོད། །
མ་བཞག་དུག་ལྕེ་གཡུག་ངེས་ཡིན། །

有着血色条纹的猛虎，
若放任将会占领大森林，
若拘禁将会亮出大獠牙；
擅长蜿蜒爬行的黑蛇，
若放任将会占领毒瘴林，
不拘禁将会伸出大毒舌。

༢ བྱ་ངན་ཁྭ་ཏ་ནག་པོ་དེས། །

你这只邪鸟黑乌鸦，

བྱ་བརྒྱ་གར་འཕུར་མ་ཤེས་གོང་། །
མི་གཙང་ཟས་ལ་ཨག་འགྱུར་འཐེན། །
ངོ་ཚ་མོ་བྱ་ངན་ཁྱོད་ལ་འདུག །
སྐར་ཆུང་ཝ་ངོ་སྣ་ནག་དེས། །
སྡེར་ཆགས་གར་འཐོར་མ་ཤེས་གོང་། །
བྲ་ཙིག་སྨུག་ཤར་སྐད་ངན་འདོན། །
ངོ་ཚ་མོ་ཝ་མོ་ཁྱོད་ལ་འདུག །

还没弄清百鸟飞向了何方，
冲着不净食物鸣叫起来，
该羞耻是你这只邪鸟；
你这只懦弱黑面狐，
还没弄清猛兽散向了何方，
冲着瞎眼山鼠叫出了刺耳声，
该羞耻是你这只狐狸。

འཇང་གཡུ་ལྷ་ཐོག་འགྱུར།

姜·玉拉托久

ཤ་ཆེན་ཤྭ་བ་རང་སྣང་ཅན། །
ནགས་ལམ་བཟུང་སྟེ་མགོ་འཕང་མཐོ། །
ཁྱི་ཁྲིད་རྔོན་པའི་ཁ་སྔོན་དུ། །
མགྱོགས་པའི་བང་རྩལ་ངོམ་ཟེར་ན། །
ཅི་འདྲ་ཧ་དེ་གོ་རྒྱུ་ཡོད། །
ཉིལ་གཤོག་ཉ་མོ་རང་སྣང་ཅན། །
མཚོ་མཐའ་བསྐོར་ནས་མགོ་འཕང་མཐོ། །
ལྕགས་ཀྱུ་ཅན་གྱི་ཁ་སྔོན་དུ། །
ལྡེམ་སྐྱུར་འགྱུར་རྩལ་ངོམ་ཟེར་ན། །
ཅི་འདྲ་ཧ་དེ་གོ་རྒྱུ་ཡོད། །
བྱིའུ་ཆུང་ཅོ་ག་རང་སྣང་ཅན། །
བར་སྣང་ལྡིང་སྐོར་མགོ་འཕང་མཐོ། །
རྒྱ་ཁྲ་རྟོར་བའི་ཁ་སྔོན་དུ། །
གཤོག་ཆུང་མཉེན་ཆ་ངོམ་ཟེར་ན། །
ཅི་འདྲ་ཧ་དེ་གོ་རྒྱུ་ཡོད། །

自视甚高的大公鹿，
占据森林而心气高，
在那牵狗的猎人前，
让其急速奔跑时，
有无能耐即可知；
自视甚高的大鱼儿，
占据湖水而心气高，
湖边垂钓的渔夫前，
让其迅速闪躲时，
有无能耐即可知；
自视甚高的百灵鸟，
飞掠在天而心气高，
凶猛残暴的鹞鹰前，
让其迅速闪躲时，
有无能耐即可知。

ལྷོ་ལྕགས་མོ་རོང་འབྲུ་རྫོང་།

《洛加姆绒粮宗》

གསེར་པའི་ཉི་འབུམ་དར་ཡག

色贝・尼奔塔尔雅

༡ སྟོད་ཀྱི་སེང་གེ་ཡར་འགྲོ་དང་། །
གཅན་ཟན་ཝ་མོ་མར་ཡོང་གཉིས། །
ཕམ་ཁ་སུས་ལེན་སོ་སོས་ཤེས། །

༢ ཀླུ་གདོལ་པ་དཀྲུགས་ན་མཛེ་ནད་གཏོང་། །
གཟའ་བཙན་པོ་དཀྲུག་ན་གདོང་དུག་ཡོང་། །

༣ བཟོད་བསྲན་ཆེ་ན་ཚེ་བཟང་ཡིན། །
ངན་པ་བྱུང་ཚེ་ངན་སློང་ཡིན། །

上山的狮子，
下山的狐狸，
谁赢谁输心知肚明。

打扰了恶龙会传染麻风病，
打扰了恶曜会喷一脸毒气。

能忍剧痛者获得了美好人生，
处处认怂者习惯了苟且偷安。

ཤན་པ་སྨེ་རུ་རྩེ།

辛巴梅如泽

༡ མི་ངན་པ་བཀྲུག་ན་ཁ་གཏམ་ཡག །
ལྟོ་ཕོ་བ་བཀྲུག་དུས་ཆོས་བཤད་བྱེད། །
ཚང་ཕ་མའི་གོ་ཁར་གཏམ་ཆེན་བཤད། །
མི་ཕོ་སར་དཔའ་གཏམ་རྒྱུན་དུ་བཤད། །

༢ རོགས་མེད་པའི་ལམ་ལ་མ་འདུག་དང་། །
སེམས་མཐུན་མོའི་འཁོར་བ་འཛིན་ཉིན་ཡོད། །
གནམ་ཁ་ཆར་འབབ་པར་མ་སྐྱོ་དང་། །
སྐྱིད་ཉི་མས་ས་སྟེང་ཁྱབ་དུས་ཡོད། །

小人吃饭时会说花言巧语，
一吃饱肚子就爱讲经说法，
爱跟家里的父母言妄语，
经常高喊出豪言壮语来。

不要走在独身的路上，
有跟心心相印者成婚的日子；
天降雨雪时不要伤心，
有幸福的阳光普照大地的日子；

ཕོ་དཔའ་བོ་བྱང་ཡུལ་མ་སྐྱོ་དང་། །
རྒྱ་ཆེན་པོ་འཕྲད་པའི་དུས་སྐབས་ཡོད། །
བན་ཆོས་པའི་རྐྱེན་ངན་མ་སྡུག་དང་། །
རྗེ་བླ་མ་བཟང་པོ་འཕྲད་ཉིན་ཡོད། །
ལྟོ་ཕོ་བ་ལྟོགས་དུས་མ་སྡུག་དང་། །
ཟས་ཞིམ་པོ་འཕྲད་པའི་དུས་སྐབས་ཡོད། །

好男在北方不要伤心，
有碰到巨额财富的日子；
念经的僧侣不要为恶缘而伤心，
有碰到殊胜上师的日子；
饿肚子的时候不要伤心，
有碰到香甜美食的日子。

རྡོ་རྗེ་དཔའ་བཙན། 多吉巴赞

ཝ་ཛ་མ་ཤར་རེར་བྲོས་པ་ལས། །
སྟག་འཇུམ་དྲུག་ཉིལ་ལེ་ཤི་ན་དགའ། །

与其像狐狸夹着尾巴逃走，
不如像老虎绽放花纹而战死。

ཉུབ་རྒྱལ་ཁྲམ་འདེབས། 努嘉昌笛

མི་ངན་པའི་རིགས་ལ་ཆད་པ་དགོས། །
རྟ་ངན་པའི་རིགས་ལ་ལྕག་ཤད་དགོས། །
ཕོ་བཟང་པོའི་རིགས་ལ་དཔའ་དར་དགོས། །
སྨན་བཟང་པོའི་རིགས་ལ་ཉར་ཚགས་དགོས། །

要对坏男人给予惩戒，
要对劣等马给予鞭策，
要对好男人给予奖励，
要对好女子给予关怀。

ཚ་ཞང་འདན་མ་བྱང་ཁྲ། 擦香·丹玛向查

༡ ས་གནམ་གཉིས་པོ་མཉམ་གྱིས་ཆགས། །
ཤ་དང་རྒྱུས་པ་མཉམ་གྱིས་ཆགས། །

天与地一起形成，
肉与筋一起长成。

༢ བླ་མ་མ་བསྟེན་ཆོས་པ་ལ། །
བདུད་ཀྱི་དམུ་གབ་དེ་ལ་ཕོག །
བསྐྱེད་རྫོགས་མི་ཤེས་བླ་མ་ལ། །

那些不拜上师的所谓诵经者，
会遭遇妖孽的梦魇；
那些不懂生圆的所谓上师，

ཉམས་དང་སྣང་བ་དགྲ་གབ་ཡིན། །
དབང་ལུང་གདམས་མེད་བླ་སེར་ལ། །
ཆོས་ལམ་སྟོན་ཟེར་བ་དགྲ་གབ་ཡིན། །
སེམས་རྒྱུད་ལོག་ལྟ་ཆེ་མཁན་ལ། །
བར་ལམ་བགེགས་ཀྱི་དགྲ་གབ་ཡིན། །
འདོད་ཆགས་ཞེ་སྡང་གཏི་མུག་གསུམ། །
ཆོས་ལྡན་བུ་ལ་དགྲ་གབ་ཡིན། །
དམ་ཉམས་ལོག་པའི་བླ་སེར་རྣམས། །
རང་གཞན་བརླག་པའི་དགྲ་གབ་ཡིན། །

所修所悟只能是梦魇；
那些未受灌顶传承的所谓上师，
所指佛法之道只能是的梦魇；
那些心相续中存有大邪见者，
中阴道上会被梦魇造劫难；
那些被贪嗔痴三毒侵蚀之人，
会给修行佛法者带来梦魇；
那些破戒还俗的上师和弟子，
会成为毁人毁己的梦魇。

མེ་རི་ཐོག་རྫོང་།

《梅日霹雳宗》

སྐྱི་དཔོན་རོང་ཚ་ཁྲ་རྒན།

吉本·绒擦查根

ས་མོན་ནས་ཡོང་བའི་ཁུ་བྱུག་དེས། །
སྐད་དྲུག་འགྱུར་རི་ལུང་གང་ལེ་བྱས། །
དཔྱིད་ས་ཆུ་ཐྲོ་དུས་ཡིད་རེ་དགའ། །
ས་ཐང་ཆེན་གཤགས་པའི་འདོ་བ་རྟ། །
འགྲོས་གོམ་པས་ས་ཐག་བཅད་བཅད་ནས། །
ཐང་བདེ་མོ་རིག་དུས་ཡིད་རེ་སྐྱོ། །
གླིང་ཚོ་ཆེན་དཔུང་གི་སྤྱི་དཔོན་ང་། །
དགྲ་འཐབ་ལུགས་གྲོས་ར་བསྡུས་བསྡུས་ནས། །
དམག་ཁྲ་མོ་རིག་དུས་ཡིད་རེ་སྐྱོ། །

来自门隅的布谷鸟，
让悦耳鸣叫声传遍了山川，
春回大地之时，心里高兴啊！
横穿辽阔草原的骏马，
奋蹄疾驰漫漫长路后，
看到平川时，心里高兴啊！
岭国军队中的总管王，
为战事召集了议事会议后，
看到军容雄壮时，心里高兴啊！

སྟག་རི་དགྲ་འདུལ།

达日·占堆

༧ རི་སེར་ཡུ་ཟེ་ཡི་ཤྭ་ཕོ་དེ། །
སྒང་ལ་གཉིས་བར་ནས་འགྲོ་ཉིན་མོ། །
སྔ་བལྟས་ཕྱིར་བལྟས་གཉིས་ཀ་དགོས། །
སྔ་བལྟས་ཕྱིར་བལྟས་མ་ཤེས་ན། །
མགོའི་རུ་ཐུར་ཤོར་བ་ལ་ཐང་མེད། །
ནགས་རྒྱ་རྫོང་འཁྱིམ་པའི་དམར་ཡག་སྟག །
ཤ་དམར་ཟ་ལ་རྫམ་པའི་དུས། །
སྔ་བལྟས་ཕྱིར་བལྟས་གཉིས་ཀ་དགོས། །
སྔ་བལྟས་ཕྱིར་བལྟས་མ་ཤེས་ན། །

山岗之处大公鹿，
翻越山顶下坡时，
前后都要观察好，
不懂观察前后者，
丧失鹿角有可能；
穿过森林之猛虎，
为寻肉食游走时，
前后都要观察好，
忽略观察前后者，

ས་མདས་སྙིང་ཁྲག་འཐོ་རབ་ཡོད། །
དམའ་རྒྱ་མཚོའི་འཛིངས་ཀྱི་གསེར་མིག་ཉ། །
ལྤུས་གསེར་གཤོག་མཚོ་ནས་ངོམ་ཉིན་མོ། །
སྔ་བལྟས་ཕྱིར་བལྟས་གཉིས་ཀ་དགོས། །
སྔ་བལྟས་ཕྱིར་བལྟས་མ་ཤེས་ན། །
ཁ་ལྕགས་ཀྱུས་འཛེར་བ་ལ་ཐང་མེད། །
གྲངས་མེད་མགོ་འཛིན་རྒྱལ་པོ་དེས། །
དམག་དཔུང་ཆེན་གཡུལ་སར་འདྲེན་ཉིན་མོ། །
སྔ་ཆགས་ཕྱིར་འདང་གཉིས་ཀ་དགོས། །
སྔ་ཆགས་ཕྱིར་འདང་མ་ཤེས་ན། །
ཕྱུས་ཡ་ཉེས་ཁྱུར་བ་ལ་ཐང་མེད། །

射穿心脏有可能；
海中漫游金目鱼，
海里金鳞闪耀时，
前后都要观察好，
不懂观察前后者，
鱼钩穿唇有可能；
统领无数臣民帝，
领军赴向战场时，
前后都要观察好，
不懂观察前后者，
失策败仗有可能。

༢ ནགས་རི་མཐོ་ཚོད་མ་ཟིན་ན། །
དམར་མོ་མེ་ཡིས་འབར་རབས་ཡོད། །
གངས་རི་མཐོ་ཚོད་མ་ཟིན་ན། །
ཁྲི་གདུགས་ཉི་མས་བཞུ་རབས་ཡོད། །
ཕོ་རྒོད་པོས་རྒོད་ཚོད་མ་ཟིན་ན། །
དམའ་སྐྱར་མས་ཏ་ལ་འཕེན་རབས་ཡོད། །

林山控制不住自己的高度，
会被红色火焰风焚烧掉；
雪山控制不住自己的高度，
会被万道光芒的太阳融化掉；
勇士控制不住自己的豪气，
有被懦夫害掉性命的危险。

ཡ་མེད་གངས་རི་རྫོམ་པ།

雅美·冈日翁巴

ཕོ་རབ་གཏམ་འདྲི་མདའ་མོ་འདྲ། །
གར་གཏད་ས་ལ་ཕོག་རབས་ཡོད། །
ཕོ་འབྲིང་གཏམ་འདྲི་གཞུ་མོ་འདྲ། །
གར་འཐེན་ས་ལ་འཐེན་རྒྱུ་ཡོད། །
ཕོ་ཐ་མ་གཏམ་འདྲི་ནོར་ཡ་མེད། །
རྫུན་དང་ཕྲ་མས་གཞན་རྒྱུ་སླུ། །

上等男人回答问话像一支箭，
有的放矢，一瞄一个准；
中等男人回答问话像一张弓，
想往哪儿拉，能往那儿拉；
下等男人回答问话漏洞百出，
会用谎言诳走别人的钱财。

དུང་སེང་མཚན་མིག

ཨ་སྔོན་ཁྲི་གདུགས་ཤར་ལམ་ལ། །
སྨུ་སྤྲིན་ནག་པོས་ཚུར་འགེབས་བྱུང་། །
རླུང་བསིལ་མས་གཏོར་ལུགས་ཅི་འདྲ་བྱེད། །
གངས་རི་སེང་གེ་འགྱིང་ལམ་ལ། །
གཡུ་འབྲུག་སྔོན་མོས་ཚུར་འགེབས་བྱུང་། །
ངར་སྒྲས་འདུལ་ལུགས་ཅི་འདྲ་བྱེད། །
རང་ཡུལ་ཞོ་བཞིན་ཆགས་པའི་དུས། །
གླིང་པས་ཁྲག་ལྟར་དཀྲུགས་ནས་བྱུང་། །
གདོང་ལན་སྒྲིག་ལུགས་ཅི་འདྲ་བྱེད། །

童森参米

太阳散发万道光芒的蓝天，
涌起南来阴云的时候，
是如何被风吹散干净的？
雪狮用来抖威风雪山上，
飞来了逶迤青龙的时候，
是如何让轰鸣声遭到毁灭的？
像奶酪般平和的自己家园，
被岭人搅成一滩滩血的时候，
是如何组织抵抗的？

སྟག་རྒྱལ་ངག་ཡག

ཁྲི་གདུགས་གླིང་བཞི་བསྐོར་ལམ་ནས། །
མུན་པས་ཚུར་འགེབས་ཨ་བ་རི། །
རྒྱ་ཁྲས་ནམ་འཕང་གཅོད་ལམ་ནས། །
བྱིའུ་ཆུང་གཤོག་འགྱུར་ཨའུ་ཙི། །
ནུབ་དམར་མེ་ལྕེ་མཆེད་ལམ་ནས། །
གླིང་སྐར་རྩྭ་སྐྱ་ཨའུ་ཙི། །

达嘉阿雅

太阳转绕四大部洲的地方，
黑暗想笼罩，真荒唐！
鹞鹰飞过天际的地方，
小雀想展翅，阿啧啧！
努【1】军飞蹿火焰的地方，
岭营像枯草，阿啧啧！

གཟིག་ཁྲ་མེ་འབར།

༡ སེང་གེ་དཀར་མོའི་གཡུ་རལ་དེ། །
ཕྱི་ཀན་བདའ་ལུས་ལེན་བསམ་ཡང་། །
ཐ་མ་ཕྱི་ཀན་ཤི་ལྟས་རེད། །

色查梅跋尔

雪狮头上的绿鬃，
老野狗居然想夺走，
这是老狗要丢命的征兆；

དམར་ཡག་སྟག་གི་འཛུམ་ཧྲུག་དེ། །
སེར་ཆུང་ཝ་མོས་ལེན་བསམ་ཡང་། །
ཐ་མ་ཝ་ལྤགས་བཤུ་ལྟས་རེད། །
ནུབ་རྒྱལ་གླང་སྨྱོན་ཤུགས་ཡ་ལ། །
ས་མཐའི་ཇོ་རུས་འགྲན་བསམ་ཡང་། །
ཐ་མར་གླིང་ཆུས་ཤོར་ལྟས་རེད། །

猛虎身上的虎纹，
黄狐狸居然想夺走，
这是狐皮要剥走的征兆；
跟能斗疯象的努王，
边鄙觉如居然想较量，
这是岭人要亡国的征兆。

༢ ཁྱི་ཕྲུག་རྡིབ་རྡོ་བྱེད་ཡོབས་དེ། །
དམར་ཡག་སྟག་ལ་འགྲོ་ལེ་མིན། །
བྱེའི་ཕྲུག་རྗེལ་ཚག་བྱེད་ཡོབས་དེ། །
བྲི་སེར་འབྲོང་ལ་འགྲོ་ལེ་མིན། །
ཤིང་སྐམ་སྟ་རེས་གསིལ་ཡོབས་དེ། །
གོར་མོ་རྡོ་ལ་འགྲོ་ལེ་མིན། །
ཁྱོས་གཡོག་ངན་གཉོམ་བརྡུང་བྱེད་ཡོབས་དེ། །
གཟིག་ཁྲ་བུ་ལ་འགྲོ་ལེ་མིན། །

扔石块砸死小狗的办法，
不能用在猛虎身上；
碎石散打小旱獭的办法，
不能用在野牦牛身上；
用斧头劈开干木头的办法，
不能用在石头上；
你那毒打自己奴才的做派，
不能用在我色查[1]身上。

༣ བྱ་རྒྱལ་ཁྱུང་གི་ཕྲུ་གུ་དེར། །
ཆུང་སྒོ་ངའི་ནང་ནས་གཤོག་ཧྲུག་རྒྱས། །
དཔའ་བོ་མེ་རིའི་རྒྱལ་རྒྱུད་ལ། །
ཆུང་མ་ཡོའི་པང་ནས་དཔའ་རྩལ་འཛོམས། །

那金翅鸟的雏鸟啊，
小时在鸟蛋里长出了羽翼；
梅日[2]英雄的王族，
幼年从母亲怀里练好了武艺。

རྒྱ་ཚ་ཞལ་དཀར།

嘉擦谐嘎尔

༡ ང་སེང་གེ་གངས་རི་འགྲིམ་ལམ་ནས། །
གཡུ་རལ་རང་མགོ་མ་ཐོན་ན། །
མིང་སེང་གེ་ཟེར་བ་དོན་གོ་ཆུང་། །

雄狮游逛雪山时，
若不能挥舞头上的绿鬃，
雪狮之称，没有多大意义；

[1]努音译名。即弥努国。

སྟག་དམར་ཡག་ནགས་རྫོང་འཁྱིམ་ལམ་ནས། །
ལུས་འཇུམ་ཏྲུག་རང་མགོ་མ་ཐོན་ན། །
མིང་རྒྱ་སྟག་ཟེར་བ་དོན་གོ་ཆུང་། །

猛虎穿行密林时，
若不能展现身上的虎纹，
猛虎之称，没有多大意义。

༢ བན་ཆུང་ཆུང་སྡོམ་པ་ཤོར་ཁ་ལ། །
དགོན་གྲྭ་ཚང་དཀྱིལ་ནས་ཁྲམ་གཏམ་བཤད། །
སྨན་བུ་མོ་རིག་དུས་སོ་ཙ་འཛུམ། །
ཐ་མར་འཁོར་བའི་འདམ་ལ་འབྱར། །
ཕྱི་མ་དམྱལ་བའི་སྡུག་བསྔལ་སྨྱོང་། །
སྨན་བུ་མོ་གནས་ཉེན་ཁྱུར་ཁ་ལ། །
དྲིན་ཕ་མའི་སྙིང་ལ་ཁ་ཧུང་བྱེད། །
ཁྲིམ་བཟའ་ཚང་སྙིང་ལ་སྡང་བལྟས་བྱེད། །
སྙིང་གཏམ་ཁྲམ་པ་བུ་ལ་བཤད། །
ཐ་མར་རང་སེམས་སྡུག་གིས་ཁེངས། །
ཕོ་ཚེ་ཟད་སྲོག་དམར་ཆད་ཁ་ལ། །
བུ་དཔའ་བོ་རིག་དུས་ངོ་མཚང་འབྲུ། །
དཔའ་མེད་ཀྱང་དཔའ་གཏམ་ཤ་ར་ར། །
མི་མང་པོའི་དཀྱིལ་ནས་ངོ་རེ་ཚ། །
ཐ་མར་རང་སྲོག་ཧྲིང་མར་ཤོར། །

小和尚快要破戒时，
爱在寺院僧众说浑话，
一见到女人就呲牙谄笑，
最后会陷进轮回烂泥中，
让来世承受着地狱的痛苦；
女子婚姻出现危机前，
爱跟恩慈的父母顶嘴，
怒目冷对自己的丈夫，
给恶棍吐起了情愫，
最后痛苦装满了自己的心；
短命的男子快丧生时，
看见英雄爱热嘲冷风，
明明没胆量偏要耀武扬威，
稠人广众里专干丢脸的活，
最后会丢掉自己的性命。

༣ བན་ཆོས་མེད་ཁ་ཡིས་ཆོས་བཤད་མཁས། །
དོན་ཡང་དག་སྡིག་པའི་ལས་ལ་ཞུགས། །

不懂佛法的僧人偏爱讲经，
实质上投身在造孽的恶业里。

༤ སྨན་ཁ་ཤོ་མ་དེ་སྣང་བ་མཐོ། །
དོན་ཡང་དག་ཕ་མའི་གོ་ལ་རྒས། །
དཔའ་མེད་སྤར་མ་ཚིག་སྤོབས་མཐོ། །

兔唇女子心气高，
结果老在闺阁中；
胆小懦夫口气大，

[1]色查：梅日国一将领名称。
[2]梅日：梅日邦国名，该国军队以勇武著称。

དོན་ཡང་དག་རང་སྲོག་དགྲ་ལ་ཤོར། །

结果死在敌人手。

༥ བློན་ཞེས་མེད་འབུམ་དཔོན་ཝ་ཛ་ཅན། །
དཔའ་མེད་ཀྱང་འབུམ་དམག་མགོ་ཁྲི་བྱས། །
ད་ཝ་བྲོས་བྱས་ན་ཀུན་གྱིས་འཕྱ། །

统帅十万大军的庸臣摇着狐狸尾巴，
没胆识却要指挥十万雄狮，
像狐狸一样临阵逃命而被众人嘲笑。

རྐོད་པོ་ཐོག་མདའ་ངར་མ།

贵波托达阿尔玛

དཀར་པོ་དུང་དཀར་རྒྱང་གྲགས་དེ། །
བཤད་མ་དགོས་སྐད་ཤུགས་ཀུན་གྱིས་ཤེས། །
སེར་པོ་སྨྱུག་གར་རྒྱ་གླིང་དེ། །
བསྟོད་མི་དགོས་སྐད་སྙན་ཀུན་གྱིས་ཤེས། །
ང་རྐོད་པོ་ཐོག་མདའ་ངར་མ་དེ། །
བཤད་མི་དགོས་དཔའ་རྟགས་རྗེས་ལ་ཡོད། །

洁白螺声传远方，
其声穿透众人知；
黄竹笛声最动听，
黄声悦耳人人晓；
我乃贵波托达也，
汗马功劳将要立。

རྐོད་པོ་མི་རྐོད་སྟོབས་ཆེན།

贵波弥贵多钦

རང་ཧྲུས་ཤོར་ཁར་མི་ཧྲུས་རྩོད། །
གནས་མགོ་འཚོར་ཁར་ཚེ་རོགས་སྡང་། །

自己丢权前还争夺别人的权力，
女人被休前恨起了自己的丈夫。

གཅན་གཟན་སྡེ་ལྔ།

《猛兽五部》

གེ་སར་ནོར་བུ་དགྲ་འདུལ།

格萨尔·诺普占堆

༡ ཆུ་སྲིན་ཁ་ཡི་ནོར་བུ་གཅིག །
དུག་སྦྲུལ་མགོ་ཡི་མུ་ཏིག་གཉིས། །
དམར་ཡག་སྟག་གི་རྭ་ཅོ་གསུམ། །
ཡིད་བཞིན་ནོར་བུའི་ཡང་རྩེ་གསུམ། །
ཕུང་འཚང་ནུས་པའི་རྫས་སྣ་གསུམ། །
སྟོང་བསམ་མི་ལོན་ཁ་རོག་ཞོག །

一是海鳌嘴里的珍宝，
二是毒蟒顶上的珍珠，
三是猛虎头上的犄角，
可谓如意三宝贝，
也称盈亏三要素，
痴心妄想难求得。

༢ བྱིའུ་ཁྲུས་ཚེར་ཕུང་མ་བཟུང་ན། །
ཀྲུ་ཁྲ་གཟན་ལ་འཇུམ་ནས་འདུག །
ཉ་ཆུང་བྱེ་མཁར་མ་བཟུང་ན། །
དུས་ཚོད་གྲང་ངར་ལྷང་ནས་འདུག །
ལ་སོ་འཕྲང་བཙན་མ་བཟུང་ན། །
གླིང་དམག་ཚུར་ལ་ཆས་ནས་འདུག །

小雀不占据荆棘丛，
鹞鹰定会贪婪猛捕食；
小鱼不占据沙垤，
到时定会寒气袭来；
不去占据陡坡垭口，
岭兵定会悍然进攻。

ཟི་མ་རྟ་རྫོང་།

《斯玛马宗》

ཤེས་རབ་ཀུན་བཟང་།

西饶衮桑

མི་རྒན་མི་མཁོ་མི་རྒན་མཁོ། །
མི་རྒན་ཁ་མཆུ་རྒྱག་ཉིན་མཁོ། །
ཁྱི་རྒན་མི་ཁོ་ཁྱི་རྒན་མཁོ། །
ནོར་རྫས་རྐུ་འཁྱེར་ཉིན་མོ་མཁོ། །

不需要老人？其实需要啊！
面对纠纷时，需要老人来调解；
不需要老狗？其实需要啊！
财物被盗时，需要老狗来守护。

སྐྱིད་དཔོན་རོང་ཚ་ཁྲ་རྒན།

吉本·绒擦查根

༡ བླ་མས་ཆོས་འཁོར་བསྐོར་བའི་དུས། །
དབང་སྐུར་བྱིན་རླབས་མ་ཐོབ་ན། །
ཤི་དམྱལ་བར་འགྲོ་དུས་འགྱོད་ལེ་ཟེར། །
རྒྱལ་པོས་འབངས་སྡེ་སྐྱོང་བའི་དུས། །
རྒྱལ་པོའི་སྐྱབས་འོག་མ་ཚུད་ན། །
ཁེར་འགྲོའི་ཇག་པ་ཁྱད་མེད་ཟེར། །

听说上师亲转法轮时，
若未受到灌顶和加持，
死后入了地狱，后悔无穷！
听说国王治理百姓时，
若未受到国王的保护，
跟独行的盗匪，没两样！

༢ གནས་རི་ཁྲོད་འགྲིམ་པའི་རྣལ་འབྱོར་ལ། །
ཟས་སྤྱོ་རྒྱགས་འབུལ་མཁན་མེད་འགྱུར་ན། །
གནས་རི་ཁྲོད་འགྲིམ་རྒྱུ་ཕ་ཚད་ཟེར། །
རྟ་ཤ་ཤེད་མེད་པའི་འདོ་བ་ལ། །
གཟན་རྩྭ་ཆག་ཟ་རྒྱུ་མེད་འགྱུར་ན། །
རྒྱུགས་བང་ཁ་གཙོད་རྒྱུ་ཕ་ཚད་ཟེར། །

隐修山林的瑜伽师，
如果没人供养食物，
哪能呆在山林修行啊！
骨瘦如柴的马儿，
如果没有草料吃，
谈不上奔跑的速度啊！

༣ གངས་མཐོན་པོ་མ་བཞུགས་ཐེབས་ཟེར་ན། །
སེང་དཀར་མོ་ཆགས་ཡུལ་ཅི་ལ་བྱེད། །
མཚོ་ཆེན་མོ་མ་བཞུགས་ཐེབས་ཟེར་ན། །
ཉ་གསེར་མིག་ཆགས་ཡུལ་ཅི་ལ་བྱེད། །
སྤང་ལེབ་ཆེན་མ་བཞུགས་ཐེབས་ཟེར་ན། །
ཤྭ་ཡུ་མོ་གནས་ཡུལ་ཅི་ལ་བྱེད། །

如果巍巍雪山要离去，
洁白雪狮拿什么当家园啊？
如果汪洋大海要离去，
金目鱼儿拿什么当家园啊？
如果大片草滩要离去，
草原上的鹿拿什么当家园啊？

མཁའ་འགྲོ་མ།

空行母

༡ ཤུགས་ཆེན་བརྒྱ་ཡིས་གཟུ་མི་དོ། །
ངོ་ཆེན་བརྒྱ་ཡིས་བསྡུ་མི་དོ། །
ཞིམ་པོ་བརྒྱ་ཡིས་ཚྭ་མི་དོ། །
འགྲན་མེད་མི་དོ་རྣམ་གསུམ་ཟེར། །

上百人的强横无法替代裁判，
上百人的面子无法替代会议，
上百种美味无法替代食盐，
这就是三种不可替代的东西。

༢ ལག་རིང་མོ་ཡོད་སྙམ་བསྙབ་ལེ་གཅིག །
སྟོབས་ཆེན་པོ་ཡོད་སྙམ་འཁུར་རྒྱུ་གཉིས། །
དེ་མི་སྲིད་རྟ་ཡི་རྭ་ཅོ་རེད། །
སྲིད་པ་ལུག་གི་རྭ་ཅོ་མིན། །

自恃胳膊长而乱踅摸，
自恃力气大而瞎负重，
不应该，好比马不该长角，
不像羊，本来就该长角。

༣ ཨ་སྔོན་དྭངས་མའི་བཞིན་རས་ལ། །
གློ་བུར་སྤྲིན་ནག་ལང་ལོང་འཕྱུར། །
ཕོ་འབྲུག་ཇ་བོ་རྡུང་རྡུང་རེད། །
མོ་འབྲུག་གློག་དམར་འཁྱུག་འཁྱུག་རེད། །
ཐོག་སེར་ཐེ་ར་འཚུབ་འཚུབ་རེད། །
ལྕགས་སེར་ཁ་བ་འབབ་འབབ་རེད། །

蓝天那张纯洁的脸上，
突然涌起了滚滚阴云，
雄龙声如擂鼓，
雌龙身如闪电，
霹雳降如冰霰，
铁雹降如冰雪。

གེ་སར་ནོར་བུ་དགྲ་འདུལ།

༡ ན་ཁ་བཅག་ན་སྤོས་ཀྱིས་གསོས། །
ཆུ་མགོ་རྙོག་ན་འོ་མས་གསོས། །
ཤིང་ཙན་དན་ཆག་ན་དངུལ་གྱིས་གསབ། །
ལམ་ཁ་ཤོ་བཙོས་ན་མར་གྱིས་འཇལ། །

༢ སྦྲང་ཆར་ས་ལ་འབབ་ལེ་དེ། །
སྟོན་གསུམ་འབྲས་དྲུག་སྨིན་རྟགས་རེད། །
རྒྱ་ཚོང་བོད་ལ་འདྲེན་པ་དེ། །
རྒྱ་བོད་གསེར་ལམ་གཏོད་འདོད་རེད། །
དཀར་ཕྱོགས་བསྟན་པ་དར་འདོད་རེད། །

༣ ཕྱོགས་བཞིའི་བདུད་ཆེན་འདུལ་བ་ལ། །
འགོ་འཛིན་མེད་པའི་ཕོ་རྒོད་དེ། །
མི་གཅིག་རྒོད་དང་མ་རྒོད་མེད། །
རྟ་གཅིག་མགྱོགས་དང་མ་མགྱོགས་མེད། །

༤ གསལ་ཉི་ཟླ་རྒྱན་དུ་མ་འཛོམ་ན། །
གནམ་ཨ་སྔོན་སྨུན་ཁང་སྟོང་པ་རེད། །
གངས་དཀར་པོར་དུང་སེང་མ་ཡོད་ན། །
གངས་དཀར་ཡག་འཁྱགས་དཀར་རི་བོ་རེད། །
ཆབ་ཆུ་བོར་གསེར་ཉ་མ་འཕྱོར་ན། །
ཆབ་ཆུ་བོ་རྒྱན་མེད་སྟོང་པ་རེད། །

格萨尔•诺普占堆

折断了草根得用香柱来弥补，
搅混了泉水得用牛奶来弥补，
折断了檀香木得用白银来补偿，
给路破了口子得用酥油来补偿。

细雨降落在地面，
是六谷成熟的前兆；
汉商运货到藏地，
是开辟汉藏黄金道的前兆，
是佛教兴盛的前兆。

要去消灭四方的巨魔，
没有首领的勇士，
一夫之勇没有用，
一马之疾没有用。

如果没有日月庄严相会，
蓝天就成了黑暗的空房子；
如果雪山上没有白色雄狮，
雪山就成了一座冰山；
如果大江没有吸引金目鱼，
大江就成了没饰物的空河流。

རྒྱ་ཚ་ཞལ་དཀར། **嘉擦谐嘎尔**

དོན་ལག་ལེན་གསེར་གྱི་ཐིགས་པ་མེད། །
གཏམ་ཅི་བཤད་ཆུ་ཡི་ལྦུ་བ་རེད། །

如果没有实践的金汁，
所说的话就成了水面的泡沫。

ཚོང་དཔོན་ཉི་མ་བཟང་པོ། **商主尼玛桑波**

སྐྱེ་ཕོ་རབ་ཕོ་འབྲིང་ཕོ་ཐ་གསུམ། །
སྐྱེ་ཕོ་རབ་བྱང་ཁོག་གོང་མ་ལ། །
གོད་ཐང་དཀར་ལྡིང་བསྐོར་ཏ་ལ་ལ། །
ད་རུང་ཟུར་གསུམ་མ་ཁེངས་ཟེར། །
སྐྱེ་ཕོ་འབྲིང་ཟངས་ཁོག་བར་མ་ལ། །
མཚོན་མདའ་གྱི་མདུང་གི་འཁོར་ལོ་བསྐོར། །
ད་རུང་ཟུར་གསུམ་མ་ཁེངས་ཟེར། །
ཕོ་ཐ་མའི་ཟངས་ཁོག་འོག་མ་ལ། །
ཏེ་ལོ་ཟུར་འདུག་མ་ལོ་ཟེར། །
ད་རུང་ལྷག་རྒྱུ་ཡར་ལ་ཞོག །

男儿分上中下三等，
上等男子是上胸膛，
翱翔成群大雕的同时，
还有三个角落空着呢！
中等男子是中胸膛，
飞转刀矛弓箭兵轮的同时，
还有三个角落空着呢！
下等男子是下胸膛，
连一只侧身臭鼬也装不下，
更不会有空出的地方！

བསམ་པའི་དོན་འགྲུབ། **桑贝顿珠**

པ་བླ་མ་རི་ཁྲོད་དགོན་ལ་བཞུགས། །
མཐོ་གསེར་ཁྲི་གདན་ནས་དམ་ཆོས་གསུངས། །
སྡིག་ཆེན་དམྱལ་བར་མི་བཞག་ལེ། །
མཐོ་རིས་ལམ་སྟོན་གནང་ལེ་ཟེར། །
དཔོན་ཆེན་པོས་ཁམས་གསུམ་དབང་དུ་བསྡུས། །
རྫོང་དངུལ་ཁྲི་གདན་ནས་ཁྲིམས་ལུགས་གསུངས། །

伟大上师驻锡在寺院禅林，
镇坐皇皇金席讲授微妙佛法，
说为避免犯大罪者堕地狱，
要指明一条通往上界的道路；
伟大帝王统治三界国土，
坐镇城中银席讲述王法律条，

རྒྱ་དྲང་ཞན་མི་བལྟ་བདེན་རྫུན་དཕྱད། །
དམའ་སློམས་ཆུང་ཡིན་ཡང་སྐྱོང་ལེ་ཟེར། །

说无论强弱都要辨明是非真假，
即使对卑微的弱者也要恩抚。

ཚ་ཞང་འདན་མ་བྱང་ཁྲ།

擦香·丹玛向查

ཚོང་དཔོན་རབ་འབྲིང་ཐ་གསུམ་ཡོང་། །
རབ་དེས་ཚོང་ཟོག་རྒྱ་ནས་འདྲེན། །
རྒྱ་ནས་དྲངས་ཏེ་འཛམ་གླིང་བསྐོར། །
ཚོང་ཟོག་དམ་པའི་ཆོས་ལ་བསྒྱུར། །
འབྲིང་དེས་རང་རྩལ་ཚོང་ལ་འབྱུང་། །
རང་གཞན་གཉིས་ཀ་ཕྱུག་ལ་བསྒྱུར། །
རང་དོན་མི་ཚད་གཞན་དོན་སྒྲུབ། །
ཐ་དེས་མི་རྒྱུ་ཧམ་གྱིས་བསྔོན། །
ཆང་དང་འཆལ་པོར་རྟག་ཏུ་མྱུར། །
ཚོང་ཟོག་ལྷག་རོ་རྐུ་ལ་ཤོར། །
མཐའ་མ་ལྷོ་རོང་ནགས་ལ་ཤི།
རོ་བདག་ཁ་ཏ་ནག་བཙོག་ཟེར། །
ཟེར་ཡང་ཟེར་ལ་བདེན་ཡང་བདེན། །

上中下三等商人会到来：
上等的商人会从汉地运来商品，
运汉地商品转遍赡部洲后，
让商品化作了微妙法；
中等商人会拿自己智谋盈利，
让自己和他人都发财，
不仅利己还会利人；
下等的商人会吞噬别人的财富，
常为酗酒和撒谎行色匆匆，
让剩下的商品被人盗走，
最后会死在南方丛林中，
只有肮脏的黑乌鸦为他收尸。
有这种说法，说得很对。

ཚོང་དཔོན་ནོར་བཟང་།

聪本·诺桑

༡ ས་ནག་རྨུན་བུ་བྲེག་བྲེག་དེ། །
ཁྲུང་མཛོ་མ་འདོད་སྔོན་གྱིས་བསྐོས། །
དགྱེ་མི་ཐུབ་ལྟག་པ་གཉའ་ཤིང་གནོན། །
སྒུར་མི་ཐུབ་ཐོང་པས་རྒྱབ་ན་དྲངས། །

经常要拉犁翻开黑土地，
犏牛虽不愿意，那是注定的命。
仰不得啊，牛脖子压着轭！
躬不得啊，牛脊背拖着犁！

༢ ཕར་སྤྱང་ལ་དགུ་ལུང་དགུར་རྒྱུ། །

豺狼翻九道梁穿九条沟，

ཟ་རྒྱུ་མེད་ཡེའི་འཁྱམས་རྒྱུག་དེ། །
དཀའ་ལེ་ཤེས་ཀྱང་སྔོན་གྱིས་བསྐོས། །
གླིང་ལ་སྐུ་མཁར་བཞེང་དགོས་དེ། །
འདོད་པ་མེད་ཀྱང་ལས་ཀྱིས་བསྐོས། །
བསྐོས་པའི་ལས་ལ་གཟུར་རྒྱུ་མེད། །

整日找不到食物而游荡窜奔，
明知道辛苦，那是注定的命。
给岭国修筑城堡之事，
虽不愿意，那是注定的命。
命中注定的，躲不过去。

སྡོང་ཆོས་ལུ་བྲུ་ཡི་དར་འཕེན།

董·曲鲁普依塔尔潘

བྲག་དཀར་སྟེང་གི་ཐང་དཀར་རྒོད། །
སྔོན་ཆད་གཤོག་རྩལ་མཁའ་ལ་ཐོམ། །
འདི་ལོ་བྲག་དཀར་ཚང་ལ་ལོག །
ཐང་དཀར་བྲག་རྫོང་རང་བཟུང་ཟེར། །
ཙན་དན་ནགས་ཀྱི་དམར་ཡག་སྟག །
དེ་སྔ་རི་རྩེ་རྫ་ཀླུང་འགྲིམས། །
ད་ལོ་ཙན་དན་ནགས་ལ་ལོག །
རྒྱ་སྟག་ནགས་ལ་རང་འཁོར་ཟེར། །

白岩石上的秃鹫，
过去在天际炫耀着飞技，
今年返回白岩归巢了，
这叫秃鹫自由占据了石堡；
檀香林中猛虎，
过去行走在山顶和大沟，
今年返回檀林归窝了，
这叫猛虎自由靠近了森林。

སྦྲ་ལོའི་ནེའུ་ཆུང་།

鄂洛·乃琼

༡ སྐྱིད་པའི་དགོན་ཚང་ཁྲ་མོའི་ནང་། །
ལྷ་བླ་མའི་ཆོས་སྒྲ་མ་ཐོས་ན། །
དུང་རྒྱ་གླིང་གྲག་ཀྱང་ཅི་ལ་ཕན། །
གཏིང་མཐའ་མེད་པའི་རྒྱ་མཚོའི་ནང་། །
ཆུ་བོ་གངས་ནས་མ་བབ་ན། །
རྒྱ་མཚོར་འཁྱིལ་བ་ག་ལ་སྲིད། །

宁静壮丽的寺院，
若无讲经的上师，
空有螺声有何用；
深广无限的沧海，
若无雪山的融化，
何来百川之归海。

༢ བསོད་ནམས་རི་བོའི་རྩེ་ལ་ཡོད། །

福报在高高的山顶上，

གཡབ་མོ་བྱས་ཀྱང་མི་སླེབས་ཟེར། །

招手也喊不到身边来。

སེང་ལྷམ་འབྲུག་མོ།

森姜珠牡

ཕ་མ་བཟང་པོའི་སྨོན་ལམ་དེ། །
བུ་རྒྱུད་དགྲ་ལ་ཆས་དུས་མཁོ། །
དཔོན་པོ་བཟང་པོའི་དབུ་འདྲེན་དེ། །
ཉེས་མེད་ཁྲིམས་ལ་འགྲོ་དུས་མཁོ། །
ཚོ་རོགས་བཟང་པོའི་ལག་ཟས་དེ། །
ཁྱོ་བོ་རྒྱ་ཞིང་རྨོ་དུས་མཁོ། །

贤良父母的祈祷，
子嗣出征时很需要；
贤明君主的公正，
冤案错案时很需要；
贤惠妻子的饭食，
丈夫耕田时很需要。

བྱ་རྒོད་སྤྲིང་མོ།

恰贵僧摩

༡ ཕོ་བརྒྱའི་བློ་ཤེད་ཡོད་མི་ཡིན། །
མོ་བརྒྱའི་མཛངས་འཕྲུལ་ཤེས་མི་ཡིན། །

是拥有成百男子智慧的人，
是拥有成百女子灵气的人。

༢ སྨན་མོ་རབ་མོ་འབྲིང་མོ་ཐ་གསུམ། །
སྨན་མོ་རབ་མོ་རབ་ཐུག་པས་ན། །
གཡོ་ལས་ཁྲམ་གསུམ་རིང་དུ་དོར། །
ཡིན་ལུགས་རྒྱུ་མཚན་སྤྲོང་པོར་སྨྲས། །
རང་མཚང་མི་མཚང་ཤོད་ལེ་ཟེར། །
སྨན་མོ་འབྲིང་མོ་འབྲིང་ཐུག་པས་ན། །
མཐོ་རི་མགོར་སྨུག་སྤྲིན་ཐུག་ལེ་བཞིན། །
མཐོ་ལེ་གཅིག་དང་ཡང་ལེ་གཉིས། །
རྫུན་མེད་དྲང་གཏམ་སྨྲ་ལེ་ཟེར། །
སྨན་མོ་ཐ་མོ་ཐ་ཐུག་པས་ན། །
གཏམ་ཕྱེད་ཙམ་བཤད་ནས་ཕྱེད་ཙམ་སྐུང་། །

女子分上中下三等：
两个贤惠女子相遇后，
奸诈欺诳都会抛向远方，
如实讲述自己的道理，
绝不攻击自己和对方的祖先；
两个普通的女子相遇后，
像高山顶上弥漫着云岚，
一有高度，二处得轻松，
说着不诓人的诚实话；
两个下贱的女人相遇后，
会说半句藏半句，

གཡོ་དང་ཁྲམ་པས་གཞན་མགོ་བསྐོར། །
རང་བསྟོད་ལུང་པ་བཀང་ལེ་ཟེར། །

会撒谎欺骗对方，
用满山沟的好话夸自己。

རྟ་རྒྱུག་དཔྱིད་ཀྱི་ཉི་མ།

《赛马称王》

ལྷ་སྲས་རྗེ་རུ།

拉赛·觉如

༡ བན་ཆོས་མེད་སེར་གཟུགས་ཉམས་རེ་མཚར། །
སྨན་མཛེས་མ་ཞེ་ལ་བཞག་བཞག་ནས། །
སེམས་ཆགས་པས་སྡོམ་པ་ཧྲོག་ནས་ཕུང་། །
ཤི་དམྱལ་བར་འགྲོ་ཉིན་ཡི་རེ་མུག།
སྨན་ཤེས་མེད་ཁེར་འགྲོས་ཉམས་རེ་མཚར། །
བུ་རིག་ཚད་བུ་མོས་དེད་དེད་ནས། །
བཙོག་ཤ་ལོ་ཕ་མའི་ཕུགས་ལྷ་མནོལ། །
མཐར་སྤྲང་ལམ་འཁྱུར་བ་ཡི་རེ་མུག།
སྤྲང་ཡོག་བཟུང་དམག་འགྲོ་ཉམས་རེ་མཚར། །
མི་ཉམ་ཆུང་སྟེང་ལ་ངར་ངར་དེ། །
རྒོད་ཐོད་གཏུག་ཐུང་ན་ཕམ་ཁ་ལེན། །
དགྲ་ཐོག་རྒྱུག་ཐུང་ཉིན་ཡི་རེ་མུག།

没有修为的伪僧很可悲，
明明要断灭对美女的爱恋，
心染欲望暗地里破了戒，
死后地狱路上很凄惶！
独自晃荡的女子很可悲，
看见男人就跟着跑，
玷污身子亵渎了父母和家神，
最后沦为乞丐时很凄惶！
想当兵的混混很可悲，
对弱者蛮横无理的做派，
撞上强者时会吃大亏，
被敌人攻击时很凄惶！

༢ བན་ཆོས་མེད་གཤིན་པོས་མི་འདོད་ཟེར། །
སྨན་ཤེས་མེད་མག་པས་མི་འདོད་ཟེར། །
ཕོ་རྒྱུ་མེད་ཕུ་ནུས་མི་འདོད་ཟེར། །

亡灵看不起修为低的僧人，
丈夫看不起没有智慧的婆娘，
有钱兄看不起无钱弟。

༣ ཕོ་ནུས་མེད་གཅིག་གི་དགྲ་འདུལ་དེ། །
དགྲ་དུ་འདུལ་བསམ་ཡང་ཀླད་ལ་ཤོར། །
སྨན་རྐང་ངན་ཞིག་གི་ལས་ཀ་དེ། །
ལས་དུ་ལས་བསམ་ཡང་རོ་ལ་འགྱུར། །

一个没有勇气的男子去杀敌，
要杀敌人，却被敌人杀；
一个腿脚不灵的女子干活，
想着快点干，却到死干不完；

བན་མདོ་འདྲ་ཞིག་གི་སྡོམ་པ་དེ། །
ཁ་མ་གྲག་ཟེར་ཞིང་ཀློག་ནས་ཤུང་། །

一个不能自律的僧人持戒，
嘴里不明说，其实破戒了。

༤ མི་སྐྱིད་ས་མཐའ་འགྲིམ་ཉིན་མོ། །
ཁུ་བྱུག་སེམས་ཚ་སྐྱོ་རོགས་རེད། །
མི་ཁྱོག་ཁུར་པོ་ཁུར་ཉིན་མོ། །
ཁྲི་གདུགས་ཉི་མ་རྒྱ་རོགས་རེད། །
མི་དགའ་སེམས་པ་སྐྱོ་ཉིན་མོ། །
ཁ་མཚར་ཚིག་པ་ཟ་རོགས་རེད། །
མི་ཟ་ཞེན་པ་ལོག་ཉིན་མོ། །
མར་དཀར་གམ་གཞི་ལོག་རོགས་རེད། །

痛苦中漂泊异乡的日子里，
声声杜鹃也会增添悲伤；
背负不堪之重的日子里，
太阳会从后颈增添压力；
心理郁郁寡欢的日子里，
情人也只会增添怨恚；
腻味所有食物的日子里，
酥油也只会叫人恶心反胃。

༥ སྡང་དགྲ་བོའི་དབང་ལ་ཤོར་བས་ན། །
མི་བསད་ནོར་འཕྲོག་དཔུང་པ་ངོམ། །
ད་རྒྱང་གི་བསྭོས་ལུང་པ་འགེངས། །
ཡུལ་གཉིས་མི་བདེ་སྡུག་ལ་སྦྱར། །
འདྲེ་ནག་པོའི་དབང་ལ་ཤོར་བས་ན། །
ཚེ་མ་ཟད་མི་ལ་བར་ཆད་བྱེད། །
དུས་མ་ཡིན་གཤིན་རྗེའི་ཁྲམ་ལ་སྦྱོར། །
བྱ་གང་གཅེས་ཐམས་ཅད་ལྷག་པར་སྡང་། །
སྨན་ཤེས་མེད་དབང་ལ་ཤོར་བས་ན། །
བརྒྱགས་དབང་ཆེ་རྒས་པ་ལྟོ་གེས་གསོད། །
འཁོར་བཅུག་ན་གཏམ་ངན་ཁ་མཆུ་འདྲེན། །
སྐབས་འགྲིགས་ན་ཚོ་རོགས་རྒྱབ་ལ་སྐྱུར། །
ར་ཚོ་ཚོའི་དབང་ལ་ཤོར་བས་ན། །
མཐོ་ཆེ་ན་རྒྱལ་པོའི་སྐུ་མཁར་བཤིག །
འཁོར་བཅུག་ན་ཁྱིམ་ནང་རིལ་མས་དགང་། །

如果仇人掌握了权力，
会杀人劫财炫耀粗胳膊，
让欢呼的声音充斥在山谷间，
把两个部落的百姓推进痛苦中；
如果恶魔掌握了权力，
会给寿数未尽者制造劫数，
把大限未到者赶进阎罗殿，
对有爱心者产生了更大的仇恨；
如果无知女人掌握了权力，
会把持食物叫老人饿死掉，
被放任后会用恶语招纠纷，
有了机会就要抛弃自己的丈夫；
如果山羊掌握了权力，
会为上蹿拆掉帝王的都城，
被放任后会往家里拉满羊粪，

སྐབས་འགྲིགས་ན་གོས་ཆེན་གཅིན་གྱིས་བརྫད། །

有了机会就要往绸缎撒羊尿。

༨ སྨྱུ་ཚིགས་གསུམ་འཁྱོག་ན་ཐན་ལ་ལྷ། །
ཐན་མིག་གིས་རིག་ན་རྣམ་རྟོག་འཆར། །
ལུས་འདོམ་གང་འཁྱོག་ན་ནད་ཀྱི་གཞི། །
ནད་རུས་ལ་ཞེན་ན་སྲོག་ལ་འབབ། །
གཏམ་ཚིག་གསུམ་འཁྱོག་ན་རྫུན་གྱི་ཚིག །
རྫུན་ཀུན་གྱིས་ཐོས་ན་ཨ་ཁྲེལ་ཆེ། །

藤条长歪三节就有邪性，
亲眼目睹了邪性会心生晦气；
身体长歪一庹就有病根，
病入膏肓时要掉性命；
话说歪三句就成了谎言，
大家知道撒谎时人就丢大了。

༩ རྗེ་བླ་མ་ཟེར་བའི་དམར་འབལ་བ། །
རྩ་དབུ་མའི་ལམ་མཆོག་མ་དྲངས་ན། །
ལུས་ཀྲོང་ཀྲོང་ཟོག་པོའི་ཁྲམ་གཏམ་རེད། །
ལྷ་ཡི་དམ་སེམས་ལ་མ་གསལ་ན། །
མིག་ཟུམ་ཟུམ་རོ་ཆས་དམིགས་གཏད་རེད། །
ལས་དམ་ཚིག་སྡོམ་པ་མ་བསྲུངས་ན། །
ལུས་སེར་གཟུགས་མི་ཁས་སྡང་བྱེད་རེད། །
ཤི་ཚེ་འདས་རྣམ་ཤེས་མ་ཁུག་ན། །
ཁ་ཕཊ་ཤར་ཡོན་བདག་མགོ་གཡོགས་རེད། །
ཚེ་ཕྱི་མ་རང་མགོ་འཁོར་བྱེད་རེད། །
གོང་དཔོན་པོ་ཟེར་བའི་འཇིགས་འཇིགས་པོ། །
ལས་རྒྱུ་འབྲས་རྩ་བ་མ་བསམས་ན། །
ཁྲལ་སྡུད་རྒྱུ་ཕྱི་མའི་དོམ་ལེན་རེད། །
ལས་བདེན་རྫུན་མདུད་པ་མ་གྲོལ་ན། །
བཀའ་རྒྱལ་ཁྲིམས་ཉམ་ཆུང་གཉའ་གནོན་རེད། །
སྐྱག་ཤ་ར་ཟེར་བའི་སྣང་མཐོ་བ། །
དགྲ་ཕྱི་བརྒྱ་དཔུང་པས་མ་ཐུབ་ན། །
ལུས་སྟོང་སྟོང་མོ་ལུས་ཐབ་འདྲ་རེད། །

顶上师名号穿红袈裟的人，
若不能引气进入中脉道，
摆出的身姿是骗人的伎俩，
若不能心中现见本尊，
闭眼的样子像在修死相，
若不能守持戒律誓言，
身着僧衣只会招人恨，
若不能控制死者灵魂，
嘴里的诵咒声肯定在骗施主，
骗来骗去骗苦了自己的来生；
顶国王名号的可怖权威之主，
若不能联想因果业报的根本，
收取的税都在为来世筑债台，
若不能解开真假是非的结，
旨意王法都只会压迫弱者；
顶男人名号爱吹嘘的妄人，
若不能打败上百种外敌，
空有男儿身不如一女子，

ཁ་བདེ་བདེ་ཕ་ཁུ་རྣ་བ་ཚ། །
好口才只会让父辈耳朵发烧，
ལག་མྱུར་མྱུར་ཚེ་རོགས་འགྲམ་པ་གཏུབ། །
快身手只会扇老婆耳光，
བཟའ་ནང་མི་དཀྲུག་པ་ཡི་རེ་མུག །
把家搅得叫人烦；
སྙན་ཁོག་ཤེས་མེད་པའི་ཁྲ་རྗེ་བ། །
内心不具贤惠的花心女子，
གཉེན་ཉེ་རིང་ཐབས་ཀྱིས་མ་བསྐོར་ན། །
不能想办法让亲戚齐心，
བྱུར་སྣ་ཚོགས་ཕུ་ནུས་ཁྲེལ་རོགས་རེད། །
用各种破事招来兄弟的耻笑，
གཏན་ཚེ་རོགས་ཉམས་ལ་མ་ཕན་ན། །
给丈夫起不到贤内助的作用，
འདུག་མི་བདེ་དམྱལ་བའི་གཞི་མ་རེད། །
终会居无所安埋下地狱基石；
མ་སྲུ་མོ་ཟེར་བའི་ནག་འཁྲང་བ། །
顶嫂子名号的为人妻者，
མགྲོན་མཐོ་དམན་ཇ་ཆང་མ་བསྐོལ་ན། །
如果不能给贵贱诸客烹茶煮酒，
གཏམ་སབ་སིབ་རྣ་བ་ཚ་རོགས་རེད། །
别人会嚼舌根让你耳朵发烧，
ལག་ཁེར་རྗེབ་འགྲུལ་པ་བགད་རོགས་རེད། །
所做的事情只会惹客人嘲笑；
ཤེས་སྔགས་པ་ཟེར་བའི་ནག་འཛིགས་པ། །
顶咒师名号的狰狞黑帽之主，
འདྲེ་འབྱུང་པོ་དམིགས་པས་མ་བཙིངས་ན། །
若不能降伏鬼怪妖孽，
ཞྭ་ནག་པོ་བྱིས་པ་སྐྲག་རོགས་རེད། །
所戴黑帽只能吓唬小孩，
གཏོར་ར་རིལ་རྩམ་པ་འཕྲོ་བརླག་རེད། །
所做朵玛[1]只是在浪费糌粑，
ཕཊ་ཆེན་པོ་ཕུགས་ལྷ་དཀྲོག་རོགས་རེད། །
所诵咒语只会惊跑家神；
མིང་ལྷ་རྗེ་བཏགས་པའི་རེ་བ་ཅན། །
有神君天尊名号的医生，
ནད་ཚ་གྲང་དབྱེ་བ་མ་འབྱེད་ན། །
如不能分析疾病的微妙寒热，
མིག་ཟུམ་ཟུམ་མི་མཁས་མཁས་མདོག་རེད། །
只会眯着眼睛拿腔作势，
ལག་རྩ་ལྟ་སྤྱི་རྒྱབ་ལག་སྙོབ་རེད། །
用号脉的手瞎抓瞎摸，
མགོ་ངིག་ངིག་མི་ཤེས་ཤེས་མདོག་རེད། །
摇头晃脑装得高深莫测。

༈ ཉེ་ལེ་འདྲིས་ལེ་ཤག་ལེ་གསུམ། །
亲友朋友和盟友，
ཉེ་བའི་མཐའ་མ་ཁྲོད་ཀྱིས་སྐྱང་། །
再亲终究会反目，
འདྲིས་པའི་མཐའ་མ་རྩོད་པའི་གཞི། །
再爱终成祸之源，
ཤག་པོས་མནའ་ཟ་གཏན་དུ་བསྐྱུ། །
海誓山盟随风散，

ཚེ་མཐའ་ཐུབ་པ་དཀའ་མོ་རེད། །

难得顺畅人生路。

ཨ་མ་བུ་མོ་མནའ་མ་གསུམ། །
ཨ་མའི་ངོ་ཕྱུགས་གནམ་ལས་ནག །
བུ་མོའི་ཚོ་ཁ་ར་ལས་ཆེ། །
མནའ་མས་རང་སྟོང་རླུང་ལ་སྐྱུར། །
མཐུན་པོར་འདུག་པ་དཀའ་མོ་རེད། །
ཚོང་དང་རྩེད་མོ་དགའ་འཐད་གསུམ། །
ཚོང་པ་ཇོ་རུ་དྲན་རྒྱུ་མང་། །
ཚོང་ཡ་ཨ་ཁུ་སྙིང་རྩ་རྩུབ། །
བསམ་ཐོག་འཁྱོག་པ་དཀའ་མོ་རེད། །

母亲女儿儿媳妇，
母亲容颜充乌云，
女儿执拗如山羊，
媳妇无拘随风飘，
和谐相处不可能；
买卖玩耍情人儿，
买方觉如（格萨尔）变化多，
卖方叔父（超同）心狠毒，
事随愿往不可能。

སྟག་རོང་ཨ་ཁུ་ཁྲོ་ཐུང་།

达绒·阿库超同

༡ར་ཨ་ལོང་སྐྱེས་པ་མིག་གི་དགྲ། །
མ་ཁྲེལ་མེད་ཁྱིམ་གྱི་ཇ་ཁུའི་དགྲ། །
གཡོག་ལྟོ་ཆེ་ཟ་མ་རྩམ་པའི་དགྲ། །

内卷的羊角会克羊眼睛，
无耻的主母会克茶汤，
大胃口仆人会克糌粑。

༢ནོར་དམར་ན་ཁྲོད་ལ་ཞིལ་སྲོལ་མེད། །
སྲོག་དམར་ན་དམག་ལ་ཞིལ་སྲོལ་མེད། །
མདོ་འདྲ་ན་ཟ་མས་འདང་སྲོལ་མེད། །
ལྟོ་ལྟོགས་ན་ལས་ཀ་ཐོན་སྲོལ་མེད། །
སྤྲོ་ཐུང་ན་བཟའ་ཚང་འགྲིག་སྲོལ་མེད། །
གཟུགས་ངན་ན་བུ་མོས་འདོད་སྲོལ་མེད། །

惜财的人不会闹出纠纷来，
惜命的人不会当兵奔沙场，
爱浪费的人不会有足够的食物，
饿肚子的人无长时间劳作，
暴躁的人不懂得夫唱妇随，
长相难看的人不会被姑娘心仪。

[1]朵玛：食子之别名。是藏传佛教中，以糌粑或熟麦粉作成，用以供养佛菩萨、本尊或诸神施食众鬼的食品。又写作“朵马、多玛”。藏语“朵”字意义为“放”，即为供养并献出之义，“玛”字为“地”或“母”之意义，即一切普及，无所不载之谓。

༣ བསོད་ནམས་མེད་པའི་མི་ཕོ་ལ། ། 那些没有福气的男人，
རྩིས་དྲུག་མཁས་ཀྱང་རྒྱུ་མི་འཁོར། ། 哪怕能掐会算也不会招财；
དམ་ཚིག་ཉམས་པའི་སློབ་མ་ལ། ། 那些坏了戒律的弟子，
ཡོན་ཏན་ཡོད་ཀྱང་གྲོགས་མི་མགུ། 哪怕有知识也不会招人待见；
བསེ་རག་འཁོར་བའི་ཕྱུག་པོ་ལ། ། 那些喜欢炫富显摆的富人，
ཟ་རྒྱུ་ཡོད་ཀྱང་ལྟོ་མི་བརྒྱགས། ། 哪怕有食物也舍不得吃饱肚子；
རང་སྙང་ཅན་གྱི་བུ་མོ་ལ། ། 那些傲慢刁蛮的姑娘，
སྐྱེ་གཟུགས་ཡོད་ཀྱང་རོགས་མི་མགུ། 哪怕长相娇美也吸引不了男子；
གླིང་རུ་སྨད་པའི་ཇོ་རུ་ལ། ། 招岭部可恨的觉如，
ཁྲི་ཐོག་ཐོན་ཡང་མགོ་མི་སྒུར། ། 哪怕登上了宝座也不会朝他低头；
ཁ་ལོ་མེད་པའི་རྐྱང་ཆུང་འདི། ། 这匹不受驾驭的小野马，
སྤྲང་པོས་ཞོན་ན་སྲོག་མི་འཚམས། ། 送给穷人骑也会为保命放弃。

༤ ལམ་རྒྱུག་པས་མི་ཟད་དལ་བས་ཟད། ། 奔跑不如漫步走得远，
བྲེལ་བ་མཁར་ཁའི་དར་ལྕོག་དེ། ། 房顶经幡随风摇得早，
གོམ་གང་མི་ཐོན་རང་ལུས་ཟད། ། 不曾移步幡面已退色，
དལ་བས་ཐག་རིང་ཨ་མགྲོན་དེ། ། 旅途之上缓慢行进者，
ག་ལེར་འགྲོ་ཞིང་རྒྱ་བོད་འཁོར། ། 终将踏遍汉藏两地方。

༥ སྲིད་པའི་སྲིད་པ་རྣམ་གསུམ་དེ། ། 世间三种东西的出现很合理，
རྡོ་ལྕགས་བར་ན་མེ་ཞིག་སྲིད། ། 铁石之间会出现火花，
ཤ་ཀོ་བར་ན་འོ་མ་སྲིད། ། 皮肉之间会出现乳汁，
གནམ་ས་བར་ན་སྤྲང་ཆར་སྲིད། ། 天地之间会出现雨水；
མ་སྲིད་སྲིད་པ་རྣམ་གསུམ་དེ། ། 另有三种不合理的也常出现：
བྱ་སྐྱ་ཀའི་མཁྲིས་པ་ཁ་ལ་སྲིད། ། 喜鹊的胆囊长在嘴里，
ཉ་གསེར་མིག་སོག་པ་མགོ་ལ་སྲིད། ། 金鱼的肩胛骨长在头上，
སྦྲུལ་རེ་འཛམ་རྐང་ལག་ཁོག་ལ་སྲིད། ། 蟒蛇的四足长在身体内。

༨ ཁབ་རྩེ་འབིགས་རྩེ་གྲི་རྩེ་གསུམ། །
མགར་བའི་རྩེ་མོ་རྣམ་གསུམ་རེད། །
ཤ་རུ་དགོ་རུ་གཙོད་རུ་གསུམ། །
མ་མགར་རྩེ་མོ་རྣམ་གསུམ་རེད། །

针尖、锥尖和刀尖三个，
是铁匠打出的三种尖锐物；
鹿角、黄羊角和羚羊角三个，
是匠人未打的三种尖锐物。

༩ འཛིག་རྟེན་མཁོ་བ་རྣམ་གསུམ་ཡོད། །
མི་རྒན་མི་མཁོ་མཁོ་ས་ཡོད། །
མི་རྒན་གྱོད་ལ་ཐུག་ཉིན་མཁོ། །
སྔ་རབས་ད་འབྱུང་བཤད་ཉིན་མཁོ། །
ཡིན་ལུགས་མདུད་པ་བཀྲོལ་ཉིན་མཁོ། །
ཁལ་རྒན་མི་མཁོ་མཁོ་ས་ཡོད། །
དུད་ངན་རུ་བ་སྐྱིལ་ཉིན་མཁོ། །
འབལ་ལེ་འབོལ་ལེ་འགེལ་ལ་མཁོ། །
རྒན་ངན་གཞོན་བཙོག་བསྐྱོན་ལ་མཁོ། །
བུ་ཆུང་མི་མཁོ་མཁོ་ས་ཡོད། །
རྒས་པས་གར་མངགས་བྱེད་ལ་མཁོ། །
ཁ་མངག་སྣ་མངག་བྱེད་དུས་མཁོ། །
བེའུ་ལུག་མ་བུ་ཐུག་དུས་མཁོ། །
ད་རུང་དེ་བས་མི་ཚད་པའི། །
ཆུང་བྱིས་པ་འཁྲི་ས་ཕ་མ་མཁོ། །
གཞོན་སྣང་བ་འཁྲུལ་དུས་བུ་མོ་མཁོ། །
མི་བཙན་པོ་ཐུག་དུས་མགོ་དཔོན་མཁོ། །
ཐག་རིང་སར་འགྲོ་ཉིན་རྟ་པོ་མཁོ། །
གདོན་སྒྲི་བུར་བྱུང་ཉིན་སྔགས་པ་མཁོ། །
ནད་ཚ་གྲང་འཐབ་ན་ལྷ་རྗེ་མཁོ། །
མི་ཤི་ལ་ཐུག་དུས་བླ་མ་མཁོ། །

世上有三种需要的东西：
不需要老人？其实需要啊！
遇到纠纷的时候需要老人，
讲述古今历史的时候需要老人，
讲道理解疙瘩时需要老人；
不需要老驮牛？其实需要啊！
迁徙居所搬牧场的时候需要它，
驮运各种杂物的时候需要它；
老人腿脚不便的时候需要他，
不需要小孩？其实需要啊！
老人想随手使唤的时候需要他，
为各种琐事瞎使唤的时候需要他，
羊羔牛犊寻母的时候需要他。
不止这些，还有啊，
牵手带孩子的时候需要父母，
少年神魂颠倒的时候需要女孩，
碰到恶霸的时候需要长官，
走长路的时候需要马儿，
鬼怪偶现的时候需要咒师，
身患寒热疾病的时候需要医生，
人面临死亡的时候需要上师，

ཚེ་འདི་ལ་དགོས་འདོད་རྒྱུ་ནོར་མཁོ། །
ཚེ་ཕྱི་མར་དམ་པའི་ཆོས་ཀྱིས་མཁོ། །

今生需要如意财宝，
来世需要微妙佛法。

༤ འཇིག་རྟེན་དཀའ་བ་རྣམ་གསུམ་ཡོད། །
ལ་མཐོ་གསུམ་མགོ་ལ་སོ་བ་དཀའ། །
ཕོ་སྤྱང་པོ་ཡིན་ན་མི་དཀའ་སྟེ། །
སྤྱང་ཧ་ར་མགོ་འདར་མངགས་ན་དཀའ། །
མི་མང་པོའི་ནང་ནས་གཏམ་བརྗོད་དཀའ། །
ཕོ་མཁས་པ་ཡིན་ན་མི་དཀའ་སྟེ། །
གཏམ་ཁ་འབུད་མེད་ན་དཀའ་མོ་གདའ། །
མདོང་མོ་ནང་གི་ཇ་ལྡུག་དཀའ། །
མི་དན་མོ་ཡིན་ན་མི་དཀའ་སྟེ། །
སེམས་འཚུབ་ཆ་ཆེ་ན་དཀའ་མོ་རེད། །
ད་རུང་དེ་བས་མི་ཚད་པའི། །
ཚེ་གཅིག་སངས་རྒྱས་ཐོབ་པ་དཀའ། །
སྔགས་དམ་ཚིག་བསྲུངས་ན་མི་དཀའ་སྟེ། །
ལུས་རྩ་ལྟུང་ཕོག་ན་དཀའ་མོ་གདའ། །
ཤི་བར་དོར་རང་ངོ་ཤེས་པ་དཀའ། །
ཕོ་ཆོས་པ་ཡིན་ན་མི་དཀའ་སྟེ། །
སེམས་ཆགས་ཞེན་ཅན་ལ་དཀའ་མོ་ཡིན། །
ཟས་ཞིམ་པོ་མི་ལ་སྦྱིན་པ་དཀའ། །
སྨན་མཛངས་མ་ཡིན་ན་མི་དཀའ་སྟེ། །
མི་སེར་སྣ་ཅན་ལ་དཀའ་མོ་རེད། །
བདག་འཛིན་མེད་པའི་བླ་མ་དཀའ། །
སྡོམ་པ་ཚང་བའི་བན་དེ་དཀའ། །
མངོན་ལྐོག་མཐུན་པའི་ཆུང་མ་དཀའ། །
ལུས་ཕག་ཐུབ་པའི་གླ་བ་དཀའ། །

世上有三件很难的事情，
高山放哨是一件难干的差事，
若是敏锐的汉子就不是难事，
若派的是糊涂汉子就会难住他；
人群里发言是一件难堪的事情，
若是善辩的汉子就不是难事，
说不出话的人就感到为难；
给人倒茶是一件难办的事情，
若是稳重的女子就不是难事；
心急如焚的人就感到为难；
还有比这更难的事情，
一生成佛难上难，
若是严守密法戒就不是难事，
破了戒的人就感到为难，
到了阴间不知所措，
若是虔诚的信徒就不是难事，
贪婪执念的人就感到为难；
给人施舍是一件难办的事情，
若是贤惠女子不难做到，
吝啬的婆娘就会感到为难。
很难碰到没有我执的上师，
很难碰到能坚守戒律的比丘，
很难碰到表里如一的妻子，
很难碰到不辞辛劳的长工，

སེར་སྣ་མེད་པའི་ཕྱུག་པོ་དཀའ། །
བདེན་རྫུན་འབྱེད་པའི་དཔོན་པོ་དཀའ། །
འཛིང་རྩོད་མེད་པའི་བཟའ་ཚང་དཀའ། །
མནའ་ཁྲིལ་སྲུང་བའི་ཤག་པོ་དཀའ། །
བསམ་པ་དཀར་བའི་ཁྱིམ་མཚེས་དཀའ། །
བདེན་གཏམ་བཤད་པའི་ཉེ་འབྲེལ་དཀའ། །
ལམ་ལ་འགྲོ་བའི་བུ་རྒྱུད་དཀའ། །
ངན་པ་མི་གནས་བཟང་བོ་དཀའ། །
ཐམས་ཅད་འཛོམས་པའི་ཡོན་ཏན་དཀའ། །

很难碰到从不悭吝的富人，
很难碰到明辨是非的官员，
很难碰到从不吵架的夫妻，
很难碰到守誓知耻的结义，
很难碰到内心纯洁的邻居，
很难碰到说话实在的亲家，
很难碰到顺利成长的子孙，
很难碰到没有缺点的好人，
很难碰到遍知道一切的人。

༄ འཛིག་རྟེན་མཚར་བ་རྣམ་གསུམ་ཡོད། །
རལ་བ་ཅན་གྱི་རྟ་རྒྱུག་མཚར། །
གནམ་ལ་ལག་གཡུག་བྱེད་པ་འདྲ། །
ཁ་སྤུ་ཅན་གྱི་ཞོ་འཐུང་མཚར། །
གཞན་ལ་ཟས་ངོམ་བྱེད་པ་འདྲ། །
རྒས་པས་རྩམ་པ་འགམ་ན་མཚར། །
མི་ལ་མཆུ་ཚུག་བྱེད་པ་འདྲ། །
ད་རུང་དེ་བས་མི་ཚད་པའི། །
བྱིན་རླབས་མེད་པའི་རིང་བསྲེལ་མཚར། །
ཁྱི་ལུད་དར་གྱིས་བཏུམས་པ་འདྲ། །
ཡོན་ཏན་མེད་པའི་བླ་མ་མཚར། །
ངང་བ་མཚོ་ལ་ལྡིང་བ་འདྲ། །
ཁེབས་པ་མེད་པའི་དཔོན་པོ་མཚར། །
སེང་ཀོ་ཕུ་མས་བརྒྱངས་པ་འདྲ། །
བློ་རྩེ་མེད་པའི་དམག་དཔོན་མཚར། །
གདུང་མས་ཁྲབ་རྫོག་གྱོན་པ་འདྲ། །
ཁོག་ཤེས་མེད་པའི་བུད་མེད་མཚར། །

阳间世上有三件可乐事：
留辫子的人跑马很可乐，
他好像在朝天挥舞手臂；
留胡须的人喝奶很可乐，
他好像在向人炫耀美食；
老人吃糌粑面很可乐，
他好像在用嘴瞎拱朋友。
此外还有许多可乐的事情：
没有加持力的舍利很可乐，
它像狗屎冻在冰块里；
没有知识的上师很可乐，
他像湖面盘旋点水的鸭子；
没有担当的首领很可乐，
他像萱草的狮子皮；
没有智慧的女子很可乐，
她像石头上聒噪的喜鹊；
没有魂魄的将领很可乐，

སྐྱ་ཀ་རྡོ་ཐོག་བབས་པ་འདྲ། །
དམིགས་པ་མི་གསལ་སྔགས་པ་མཚར། །
ལོང་བ་ཐང་དཀྱིལ་ལུས་པ་འདྲ། །
འདོན་སློམ་མེད་པའི་མཚམས་པ་མཚར། །
འཕྱི་བ་ཁུང་ལ་ཉལ་བ་འདྲ། །
ལོངས་སྤྱོད་མི་ནུས་ཕྱུག་པོ་མཚར། །
དབང་ཆ་མི་ལ་ཤོར་བ་འདྲ། །
འཁོར་གཡོག་མེད་པའི་ནོར་ཡོད་མཚར། །
དཀའ་ལས་རང་གིས་བཟོས་པ་འདྲ། །

他像帐篷梁杆上套着盔甲；
没参明对境的咒师很可乐，
他像瞎子来到了平原上；
不会念经的闭关者很可乐，
他像趴在洞穴里的旱獭；
不能享受的富人很可乐，
他像被人夺去自由的人；
没有仆从的财主很可乐，
他像在一个劲地自讨苦吃。

༡༠ འཇིག་རྟེན་མང་བ་རྣམ་གསུམ་ཡོད། །
དུད་འགྲོ་ཟོག་ལ་རྫེ་ནད་མང་། །
གོས་མེད་མི་ལ་ཤིག་སྲོ་མང་། །
གླེན་པོ་མི་ལ་སྐད་ཆ་མང་། །
ད་རུང་དེ་ཡིས་མི་ཚད་པའི། །
ལྔ་བརྒྱ་དུས་ཀྱི་ཐ་མ་ལ། །
རྩོད་ལ་མཁས་པའི་བླ་མ་མང་། །
ཚོང་ལ་མཁས་པའི་བན་དེ་མང་། །
པྲ་སྒྲུབ་མངོན་ཤེས་སྟོན་མི་མང་། །
ཟོག་པོ་མི་མགོ་སྐོར་མཁན་མང་། །
སྡིག་ཅན་ཆོས་བཤད་བྱེད་མི་མང་། །
སྐྱ་བོས་སེར་ཆས་བྱེད་མཁན་མང་། །
བཟའ་ལས་ངན་ཚང་ལ་འཛིང་རྒྱུ་མང་། །
སྨན་ངན་ཤེད་ཅན་ལ་ངུ་རྒྱུ་མང་། །
ངུ་བས་མི་ཚད་བཤད་རྒྱུ་མང་། །

世上存在着三多，
牛身上爱生很多畜癞病，
缺衣换的人身上爱生很多虱子，
愚蠢的人偏爱说很多废话。
不止这些，还有啊，
到了五百年浊世时有，
很多善造纠纷的上师，
很多擅长经商的比丘，
很多展示圆光神通的人，
很多坑人蒙人的骗子，
很多爱讲佛法的造孽者，
很多身着僧衣的俗人，
以怨报德者有很多骂人话，
矫情女子哭闹的次数也很多，
她们不仅要哭还会多嘴。

༡༡ འབུ་གྲོག་མའི་སྣ་ཁྲག་ཕོར་གང་ཡོད། །

蚂蚁鼻血有一碗，

ཤིག་གི་རྒྱུས་པ་སྤུར་གང་ཡོད། །
ངང་པ་བཞོས་ལེའི་འོ་མ་ཡོད། །
ངང་ཕྲུག་ངུས་ལེའི་མཆི་མ་ཡོད། །
ཁུ་ཁོས་རྒྱལ་མོའི་ཐུལ་པ་ཡོད། །
ཨ་ངར་རྒྱལ་པོའི་རུས་པ་ཡོད། །
གས་མེད་སོལ་བ་རྟ་མགོ་ཡོད། །
འཛེར་མེད་མདུང་ཤིང་འབག་མགོ་ཡོད། །
སྦུབ་མེད་གླ་བའི་རྐང་གོས་ཡོད། །
ཁོལ་མོ་ར་དཀར་འཛུམ་ཤེས་ཡོད། །
མ་སླས་རྩྭ་ཡི་ཞགས་པ་ཡོད། །
མ་བབ་ཁྲག་གི་རྒྱ་མཚོ་ཡོད། །
མ་འཁེལ་སྤྲིན་གྱི་སྐུད་པ་ཡོད། །
མ་མགར་ཆུ་ཡི་མེ་ལོང་ཡོད། །
ཕོ་རོག་གྲུས་མའི་འོ་མ་ཡོད། །
ནེ་ལེ་སྲུམ་ཡར་འོ་མ་ཡོད། །
དེ་རྒྱ་ཡི་རྫས་སྣེ་བཅོ་བརྒྱད་རེད། །

虱子筋条有一把，
还有黄鸭挤出奶，
也有小鸭哭泣泪，
还有库奎王披氅，
也有阿昂王骨头，
无缝炭木的马头，
无结矛木的面具，
无缝麝皮之裤子，
白羊悦颜的橐籥，
未编草绳之套索，
无流鲜血的湖海，
未捻白云之丝线，
还有未锻水圆镜，
也有一岁鸦之奶，
空胎鹞鹰之奶汁，
此为十八火药之配料。

༧༢ འཚོར་བའི་ལས་ལ་བརྩོན་འགྲུས་དགོས། །
སོ་ནམ་མེད་ན་འབྲུ་རྡུག་དཀའ། །
དད་པ་མེད་ན་བྱིན་རླབས་དཀའ། །
བསོད་ནམས་མེད་ན་རྒྱུ་ནོར་དཀའ། །
སྙིང་རྗེ་མེད་ན་ཕན་ཐོགས་དཀའ། །
བསྐྱེད་རིམ་མེད་ན་ལྷ་སྒྲུབ་དཀའ། །
རྫོགས་རིམ་མེད་ན་ཉམས་རྟོགས་དཀའ། །
སྔགས་གྲངས་མེད་ན་ངག་ནུས་དཀའ། །
འཁོར་བ་མ་བཏང་བྱ་བཏང་དཀའ། །
འོ་མ་མེད་པའི་མར་ཐོབ་དཀའ། །

想过日子要努力，
没有农田获粮难，
没有信仰加持难，
没有福气发财难，
没有慈悲利众难，
若不生起次第修佛难，
若无圆满次第证悟难，
咒数不够想有咒力难，
不弃轮回难持避世修，
没有奶汁想获酥油难，

ཆུང་མ་མི་དགོས་ཕྲུ་གུ་དཀའ། །
རྩོལ་སྒྲུབ་མེད་པའི་དགོས་འདོད་དཀའ། །
སྦྱིན་གཏོང་མེད་པའི་འབྲས་བུ་དཀའ། །
འཚོ་སྐྱོང་མི་དགོས་ཕྱུལ་སོང་དཀའ། །
གསོ་སྐྱུད་མི་དགོས་འོག་རྟ་དཀའ། །
དེ་ཚོ་དཀའ་བའི་རྣམ་གྲངས་རེད། །

没有媳妇想要小孩难，
不用努力想有收获难，
没有施舍想有果报难，
不要牧放想有牲畜难，
不要饲养想要马匹难，
这些就是世上诸难事。

༧༣ ཕོ་རབ་གཏམ་གྱིས་བསླུ། །
ཕོ་འབྲིང་རྒྱུ་ཡིས་བསླུ། །
ཕོ་ཐ་མ་ཟས་ཀྱིས་བསླུ། །

君子交往谈笑间结盟，
中等男子靠财富争取，
怂人一顿饭便可收买。

༧༤ ཕོ་རབ་ཕོ་འབྲིང་ཕོ་ཐ་གསུམ། །
ཕོ་རབ་ཅིག་གི་ཆང་འཐུང་དེ། །
ཐུགས་ལྷོད་ལ་འབབ་ཅིང་དབུ་འཕང་མཐོ། །
དེས་མི་ཚད་སེམས་རྩ་སྐྱིད་ལ་སྐོར། །
ཕོ་འབྲིང་ཞིག་གི་ཆང་འཐུང་དེ། །
ཀློ་རིག་པ་བཀྲ་ཞིང་སྨྲ་བརྗོད་མཁས། །
དེས་མི་ཚད་ཡེ་རིག་ཁྲ་ལས་སྐྱུང་། །
ཕོ་ཐ་མ་ཞིག་གི་ཆང་འཐུང་དེ། །
སྙིང་གཏིང་ནས་འཁྲུགས་ཤིང་ངུ་འབོད་བྱེད། །
དེས་མི་ཚད་རང་སྲོག་རང་གིས་གཅོད། །
ཕོ་བསོད་ནམས་ཅན་གྱི་ཆང་འཐུང་དེ། །
ལུས་བཀྲག་མདངས་རྒྱས་ཤིང་འདུག་ཚུལ་ཡག །
དེས་མི་ཚད་དགྲ་བགེགས་ཟིལ་གྱིས་གནོན། །
ཕོ་བསོད་ཟད་ཅིག་གི་ཆང་འཐུང་དེ། །
ལུས་རོ་མདོག་དོད་ཅིང་འགྲེ་ལོག་བྱེད། །
དེས་མི་ཚད་ཐལ་བ་དགུང་ལ་གཏོར། །

男有上中下三等；
上等男子来举杯，
泰然自若豪情盛，
载懽载笑舒满怀；
中等男子来举杯，
口齿伶俐神采扬，
精明能干赛猎鹰；
下等男子来举杯，
心烦意乱泪如雨，
终究葬送人生路。
富贵之人来举杯，
气宇轩昂坐端正，
独傲群雄威风凛；
市井小人来举杯，
面如死灰乱爬滚，
尘嚣之中毁人生。

རག་བཟའ་དགེ་མཚོ།

སྐྱབས་བསླུ་མེད་དཀོན་མཆོག་བདེན་འབྲས་ལ། །
ཡིད་བློ་གཏད་བྱེད་མི་བརྒྱ་ནང་རེད། །
རྗེ་བླ་མ་བྱིན་རླབས་འབྱུང་གནས་ལ། །
ཚུལ་དམ་ཚིག་སྲུང་མི་བརྒྱ་ནང་རེད། །
དྲིན་ཕ་མའི་བཀའ་དྲིན་འཁོར་ཐབས་མེད། །
རྗེས་དྲིན་ལན་འཇལ་མི་བརྒྱ་ནང་རེད། །

然萨•格措

佑主三宝最真实，
虔信者百中无几；
加持之源是上师，
守信者百中无几；
父母恩情难估量，
报答者百中无几。

ནེ་ནེ་གནམ་སྨན་དཀར་མོ།

༡ དཔའ་མེད་ན་དཔུང་གིས་ཕན་པ་མེད། །
དཔུང་མེད་ན་དཔའ་བོས་རང་སྲོག་སྐྱེལ། །
གཉིས་འཛོམས་ན་དགྲ་བོའི་སྲོག་རྩ་གཅོད། །
མདའ་མེད་ན་གཞུ་སོས་ཅི་ཕོ་མེད། །
གཞུ་མེད་ན་མདའ་སོས་ཅི་ཕོ་མེད། །
གཉིས་འཛོམས་ན་གར་གཏད་ས་ལ་འགྲོ།
ལྷ་མེད་ན་མི་ལ་ལམ་འགྲོ་མེད། །
མི་མེད་ན་ལྷ་ཡིས་སུ་ལ་སྐྱབ། །
གཉིས་འཛོམས་ན་བསམ་དོན་ངང་གིས་འགྲུབ། །

༢ དད་པས་ཕུལ་ན་དང་བས་བཞེས། །
བསམ་པས་མཆོད་ན་རྒྱ་བོད་འཁོར། །
བསོད་ནམས་ཅན་ལ་ལམ་འགྲོ་བཟང་། །

乃乃・南曼嘎尔姆

没胆量，有军队也没啥用；
没军队，胆量会送掉他的命；
有胆量有军队，能取敌人性命。
没有箭，弓就没啥用；
没有弓，箭就没啥用；
有弓也有箭，瞄哪儿射哪儿。
没有神，人做事不会顺利；
没有人，让神保佑谁去？
有神也有人，能圆满心愿。

唯有虔诚敬献，才会快乐接受；
唯有诚心供奉，才能吸引藏汉两族；
唯有积了福报，才会诸事顺利。

འདན་བཟའ་གསེར་མཚོ།

丹撒 · 色措

རྗེ་རྒྱལ་པོར་ཡར་ཞུ་མི་ཉན་ཏེ། །
ཨུ་ཐུག་ན་མི་ཞུ་ཀ་མེད་རེད། །
གུར་དཀར་པོར་དུ་བ་མི་ཉན་ཏེ། །
ཡུལ་གྲང་ན་མི་འབུད་ཀ་མེད་རེད། །
རྟ་བྱང་མར་ལོང་ལྕག་མི་ཉན་ཏེ། །
སེམས་ཁྲེལ་ན་མི་རྒྱག་ཀ་མེད་རེད། །

君王是不允许奏报的，
紧急时，不能不呈奏啊！
白帐篷不可以被烟熏，
太冷了，不能不生火啊！
良马它不应该挨鞭子，
心急时，不能不抽它啊！

ཨ་ཁོད་ཐར་པའི་ཟོར་ནྭ།

阿奎·太贝索尔纳

ཚིག་མགོ་ཉོག་མང་ན་རྟོག་ལམ་འཁྲུག །
ཟས་མང་པོ་ཟོས་ན་དྲི་མ་བཙོག །
སྨན་ལུས་ཚོང་མ་ལ་ཕྲུ་གུ་དཀོན། །

颠三倒四的话会搅乱思维，
过分餍足的饭会叫人腻味，
卖身的女子难有孩子。

རྒྱ་ཚ་ཞལ་དཀར།

嘉擦谐嘎尔

༡ རྐོང་ཞན་ཕ་གཅིག་བུ་ལ་ཡོད། །
མགྱོགས་ཞན་རྐོད་མའི་རྟེའུ་ལ་ཡོད། །
སྐྱིད་སྡུག་བུ་མོ་སྤུན་ལ་ཡོད། །
ཚོ་ཞན་ལྷས་གཅིག་ཟོག་ལ་ཡོད། །
ཞིམ་བཙོག་ཞིང་གཅིག་འབྲུ་ལ་ཡོད། །
གསལ་འཐིབ་མི་གཅིག་སེམས་ལ་ཡོད། །

同一个父亲的儿子有勇弱之别，
同一匹骒马的马驹有快慢之别，
同一个母亲的女儿苦乐不同命，
同一个畜栏的牛羊肥瘦不同膘，
同一块田地的粮食口感不一样，
同一个人的心阴晴极难定。

༢ དཔོན་མཐོན་པོས་དབུ་འཕང་མ་བསྟོད་ན། །
དགྲ་ནག་པོས་གཉའ་བ་ནོན་རབས་ཡོད། །

神圣的帝王不展示神威，
有恶敌来侵凌的危险；

ཆོས་དར་ཚེ་བསམ་གཏན་མ་སྒོམ་ན། །
བདུད་ནག་པོའི་བར་ཆད་འོང་དོགས་ཡོད། །
ཕོ་དལ་ཚེ་ལས་ལ་མ་བརྩོན་ན། །
འགྲོ་རན་དུས་ཞྭ་གོས་མི་ནས་གཡར། །
ཟས་ཡོད་ཚེ་མ་སྲུས་མ་བསྲིས་ན། །
ཟད་ཚར་དུས་བཟའ་འཛིང་ཐུག་དོགས་ཡོད། །
ཡུལ་བདེ་ཚེ་ཁྲོ་ཐུང་མ་བསྐྱད་ན། །
གློ་འཚབ་འཚུབ་ཕུ་རུ་ནང་འཁྲུག་འོང་། །

佛法兴盛时不修禅定，
有黑魔制造劫数的危险；
人们闲暇时不去勤奋干活，
临出门得向他人借衣帽；
还有饭吃的时候不会节俭，
就有吃完后两口子吵架的危险；
和平的日子里超同不会消停，
就有火急火燎掀起内乱的危险。

སྐྱེ་དཔོན་རོང་ཚ་ཁྲ་རྒན།

ངན་ཚེ་སོང་བའི་བོང་རྒན་དེ། །
ཁ་ལོ་མེད་ཀྱང་ལམ་རྒྱུས་མཁས། །
བཟང་ཚེ་སོང་བའི་རྟ་རྒན་དེ། །
འགྲོས་བང་ཁ་མེད་ཀྱང་ས་ཆོད་ཆེ། །

吉本 · 绒擦查根

淘气了一生的老驴，
虽不服驾驭却认得老路；
温顺了一生的老马，
虽然跑不快却能走长路。

སྟག་རོང་ཨ་ནུ་གཟིག་འཕེན།

མཁར་བད་ཀ་སྐྱ་མོའི་མར་ཞབས་ནས། །
ཕུ་ཤུག་རོན་སྔོན་མོས་སྡུག་འབུན་བྱེད། །
སྡུག་བཤད་རྒྱུ་མེད་པའི་འབུན་པ་དེ། །
ཚེ་སྔོན་མའི་ལས་ཀྱི་བག་ཆགས་ཡིན། །
སྲིབ་སྲུ་རུ་རོག་པོས་གདོང་ཟུར་ནས། །
གླ་རོག་པོ་ལྡིང་རྒྱུག་མང་བ་དེ། །
ཚེ་སྔོན་མའི་ལས་ཀྱི་བག་ཆགས་ཡིན། །

达绒 · 阿努色潘

灰色围墙的下方，
一只鸽子低声哀喘，
说不清哀痛而发出的喘息，
仅是前世留下的印象；
阴山柳梢丛林中，
灰色獐子在蹦跶窜奔，
那也是前世印象在作祟。

སེང་ལྷམ་འབྲུག་མོ།

森姜珠牡

༡ གངས་དཀར་ཡག་ཤེལ་གྱི་ལྷུན་པོ་ལ། །
སེང་དཀར་མོས་གཡུ་རལ་བོད་ལ་ངོམ།
རི་དེ་ལ་མཛེས་པའི་རྒྱན་དུ་འཁྲུངས། །
ལྷོ་ཙན་དན་ནགས་ཀྱི་ལྗོན་ཤིང་ནས། །
སྟག་དམར་ཡག་འཇུམ་དྲུག་རི་མོ་བཀྲ། །
ནགས་ཚལ་མཛེས་པའི་རྒྱན་དུ་རེད། །
སྤང་སེར་པོ་གསེར་གྱི་རི་བོ་ལ། །
ཤ་ཕོ་ཆེན་དུང་རྭ་དགུང་ལ་བསྙེགས། །
རི་དེ་ལ་འཁོར་བའི་རྒྱན་དུ་མཛེས། །
རྫ་ཁྲ་ཡག་ཉག་ལམ་གོང་མ་ནས། །
འབྲོང་བྲི་མོའི་རྭ་རྩེ་མཁའ་ལ་གདེངས། །
རྫ་རི་བོ་མཛེས་པའི་རྒྱན་ཆ་ལགས། །
བྲག་རྒོད་ཚང་ཅན་གྱི་རྩེ་མོ་ནས། །
རྒོད་ཐང་དཀར་གཤོག་རྩལ་མཁའ་ལ་འཕྱོ། །
བྲག་དེ་ལ་གནས་པའི་རྒྱན་ཞིག་རེད། །
དགུང་མཁའ་དབྱིངས་བཻཌཱུར་ཞུན་མའི་མདོག །
ལྷོ་གཡུ་འབྲུག་སྒྲ་དབྱངས་ལྷ་ལམ་ཁྱབ། །
དགུང་ཨ་སྔོན་མཛེས་པའི་རྒྱན་ཞིག་ལགས། །
ཆབ་ཆུ་བོ་དལ་གྱིས་འབབ་པ་ལ། །
ཉ་གསེར་མིག་གཤོག་རྩལ་ཆབ་ལ་སྦྱོང་། །
ཆབ་སྔོན་མོ་མཛེས་པའི་རྒྱན་ཞིག་ལགས། །

美如水晶须弥般的雪山上，
雪狮朝藏人挥舞着绿鬃，
它作为雪山的庄严生长在雪山上；
南方檀香树林中，
闪动着猛虎的斑斓虎纹，
它作为森林的庄严生长在森林里；
金山似的黄色草山上，
大公鹿的鹿角耸入了天际，
它作为草山的庄严行走在草山上；
壮丽山岭的最上垭口里，
野牦牛的牛角挥舞在天际，
它作为大山的庄严生息在大山上；
筑有雕巢的岩峰顶上，
大雕展翅翱翔在天际，
它作为岩石的庄严栖息在岩石上；
蓝宝石色的苍穹里，
青龙的隆隆雷声震荡在天路上，
它作为蓝天的庄严飞游在蓝天上；
浩浩荡荡的大江里，
金目鱼在练习游掠的技能，
它作为大江的庄严游走在江水里。

༢ བན་བཙུན་ཆུང་སྐྲ་བཅད་ཕྲ་བ་དེ། །
ལུས་ན་ཚོད་དར་ལ་འབབ་ཉིན་མོ། །

许多过早剃度出家的孩子，
茁壮成长焕发青春活力时，

སེམས་ཆགས་པས་དམ་ཚིག་ཉམས་པ་དང་། །
རྗེ་བླ་མའི་ཞབས་འདྲེན་ཞུས་པ་མང་། །
བུ་ཕོ་ཅུང་གཉེན་སྒྲིག་སྔ་བ་དེ། །
སྨན་ཤེས་མེད་ཕྱུགས་ལ་སློབས་ཉིན་མོ། །
དྲིན་ཕ་མ་ལྟུ་གེས་བསད་པ་དང་། །
གཏན་ཚེ་རོགས་སེམས་རྒྱ་དཀྲུག་པ་མང་། །
དུད་ཁྱིམ་མཆེས་ཟ་རེས་སྔ་བ་དེ། །
ཟས་ཞིམ་པོའི་ཐེམ་སྒོ་འགྲིམ་ཉིན་མོ། །
ངས་མ་རག་ཟེར་བའི་ཀོ་ལོང་དང་། །
ཐོད་བརྒྱ་སྡེའི་མི་ཁ་སྣང་བ་མང་། །
མི་མཐུན་གཉིས་སྙིང་གཏམ་སྔ་བ་དེ། །
རྗེས་མི་མཐུན་འཁྲུག་རྩོད་བྱུང་ཉིན་མོ། །
ཚིག་གསང་གཏམ་གཞན་ལ་སྒྲོག་པ་དང་། །
སྐྱོན་རང་མཚང་མི་ཡིས་གླེང་བ་མང་། །

心生欲念而破掉了戒律，
成了佛门上师的败类；
许多过早成家的男孩，
娶进没有主心骨的女人时，
用饥馑逼死了恩慈的父母，
搅乱了丈夫的心性；
许多过早相互请客的邻居，
要把美食送过对方门槛时，
会说“我没吃到”的怨气话，
留下让全部落埋怨嚼舌根的憾事；
许多不合适的男女过早地诉衷情，
结果因失和发生争吵时，
会把悄悄话都泄给外人听，
暴露隐私叫人嚼舌根。

༣ སེང་དཀར་མོས་གཡུ་རལ་ངོམ་པ་དེ། །
ཁྲི་བདའ་ཝའི་སྟེང་ལ་ཆེ་ལེ་རེད། །
སྟག་དམར་ཡག་འཛུམ་དྲུག་ངོམ་པ་དེ། །
ཨབ་སྐྱ་མོའི་སྟེང་ལ་ཆེ་ལེ་རེད། །
འབྲོང་བྲེ་སེར་རུ་ཐུར་ངོམ་པ་དེ། །
གླང་རོག་པོའི་སྟེང་ལ་ཆེ་ལེ་རེད། །
རྐྱང་ཁ་དཀར་རྫོག་དར་ངོམ་པ་དེ། །
བོང་སྐྱ་བོའི་སྟེང་ལ་ཆེ་ལེ་རེད། །

雪狮在炫耀绿鬃，
它要震慑老野狗，有点大了；
猛虎在炫耀花纹，
它要震慑灰山鼠，有些过了；
野牦牛在炫耀牛角，
它要震慑老黄牛，有些大了；
白唇野骡在炫耀鬃尾，
它要震慑灰毛驴，有些过了。

༤ དཀོན་མཆོག་སྤངས་པའི་སྡིག་ཅན་དེ། །
ཐུབ་པ་ཕེབས་ཀྱང་འདྲེན་ཐབས་མེད། །
བསོད་ནམས་ཆུང་བའི་མགོ་ནག་དེ། །

那些背弃了三宝的巨孽，
来了佛陀也无从超度；
那些福报小的人儿，

སྙིང་རུས་ཆེ་ཡང་ལོངས་སྤྱོད་མེད། །　再怎么勤奋也难以发财；
སྔ་མས་གསོགས་པའི་བུ་ལོན་དེ། །　此前积成的报应，
སྒྱུ་ལུས་སྤངས་ཀྱང་འདོར་ཐབས་མེད། །　放弃了幻身都无法摆脱；
སྐྱེ་བ་སྔོན་ལས་བསྐོས་པ་དེ། །　前世注定的命数，
བླ་མ་བཟང་ཡང་བཟློག་ཐབས་མེད། །　殊胜上师都无法回遮。

༥ ཤ་གཟན་གཅན་གཟན་གྲངས་མང་ལ། །　凶猛的野兽种类很多，
སེང་གེ་དཀར་མོ་དཔའ་རྩལ་རྣོད། །　雪狮是其中最勇猛的；
འདབ་ཆགས་བྱ་ལ་སྣ་ཚོགས་སྲིད། །　展翅的飞禽种类众多，
བྱ་རྒྱལ་ཁྱུང་ཆེན་གཤོག་རྩལ་རྣོད། །　金翅鸟是其中最能飞的；
རྐང་གཉིས་མི་ལ་བཟང་ངན་མང་། །　两条腿的人类良莠不齐，
འཁོར་ལོས་སྒྱུར་རྒྱལ་སྲིད་ན་དཀོན། །　世间罕见的是百胜轮王；
རྩེ་ཞིང་མེ་ཏོག་རྒྱལ་ཁམས་གང་། །　国境里鲜花种类繁多，
ཨུ་དུམ་ཝ་ར་གསེར་ལས་དཀོན། །　唯有优昙比金子还珍贵；
གླིང་བཞི་གླིང་ཕྲན་ཡུལ་ཆེན་མང་། །　四洲八岛有很多大国，
གླིང་ལྷ་སྲེ་ཟེར་བ་གཅིག་ལས་མེད། །　而洁白神户岭国只有我一个；
ནག་ཆགས་བུ་མོས་རྒྱལ་ཁམས་གང་། །　诸国有许多姑娘和媳妇，
འབྲུག་མོ་ཟེར་བ་ང་རང་རེད། །　而名叫珠牡的只有一个；
མཚན་ལ་སྐར་མ་གྲངས་མང་སྲིད། །　黑夜的幽空有无数星星，
ཉིན་མོར་མཐོང་བ་བརྒྱ་ནང་རེད། །　找不出一个可以唤做太阳的。

༦ སེང་དཀར་མོ་གཡུ་ཡི་རལ་པ་ཅན། །　长有松石般绿鬃的白雄狮，
མཐོ་གངས་དཀར་རྩེ་ན་གཟི་བརྗིད་ཆེ། །　巍峨雪山上威风凛凛，
གྲོང་ཆེན་པོའི་དཀྱིལ་ནས་ཁྱི་དང་ནོར། །　到了村庄会错认为一条老狗，
ཁྱི་བདའ་ལུ་ཟེར་བ་མི་ཁས་སྨང་། །　被人辱骂为肮脏而嫌弃起来；
ལྷོ་གཡུ་འབྲུག་ལྷོ་སྤྲིན་རྒྱན་ཆ་ཅན། །　从南驾云而来的青龙，
དགུང་མཐོན་པོའི་དབྱིངས་ན་སྙན་གྲགས་ཆེ། །　高天之上荣誉无限，

དེ་ས་ལ་ལྷུང་ན་སྦྲུལ་དང་ནོར། །
ལྟས་ངན་པ་ཟེར་བའི་མི་ཁ་ཆེ། །
སྟག་དམར་ཡག་འཇོམ་ཟུག་རི་མོ་ཅན། །
ནགས་ཙན་དན་རྒྱུད་ན་ངམ་བརྗིད་ཆེ། །
ཐང་སྐྱ་མོར་ལྷུང་ན་གླང་དང་ནོར། །
གླང་རོག་ནག་ཟེར་བའི་ཞེ་བརྙས་ཆེ། །

一旦跌落会错认为一条小蛇，
人们喊它“晦气”而咒骂起来；
身长斑斓虎纹的猛虎，
檀香林中威力无穷，
一落平川会错认为一头黄牛，
被人辱骂作老黄牛而欺凌。

༧ བཟང་ཆེ་ན་ངན་པ་ཀླད་ལ་འཚེར། །
ངན་ཆེ་ན་བཟང་པོའི་སེམས་རྒྱ་གཅོད། །
ཟ་ཆེ་ན་དབུལ་པོའི་རང་མཚང་འབྱུད། །
བསྲི་ཆེ་ན་ཕྱུག་པོ་ལྟོ་གེས་འཆི། །
ཚོ་ཆེ་ན་བུ་མོས་རང་ལུས་ཕུང་། །
ཕྱུགས་འགྲོ་འདུག་མང་ན་དགྲ་ཡིས་སྐང་། །
ར་འགྲོ་དད་ཅན་དེ་འཕར་བས་སྐང་། །
སྤྲང་ཉལ་ཡུན་རིང་ན་ལྟོ་གེས་སྐང་། །
ཤིང་ཁེ་ཚོའི་རྩ་བ་བརླན་གྱིས་རུལ། །

好过头了，坏人会蹿到头顶去；
坏过头了，好人会心生失望；
吃过头了，会让穷人家露馅；
省过头了，富人会饿死掉；
浪过头了，姑娘会毁掉自己；
爱跑的牲畜，招敌人惦记；
爱跑的山羊，招豺狼惦记；
穷人睡久了，会招饥馑的恨；
贪睡的树根，被潮湿腐烂掉。

༨ སྨན་སྐྱེ་གཟུགས་ཡག་ན་སྐྱིད་སྡུག་མང་། །
སེམས་རྣམ་རྟོག་ཅན་དེ་འདྲེ་ཡིས་སྐང་། །
ཚིག་བདེན་ཁ་ཡང་ན་རྗེས་འགྱོད་མང་། །
ཁ་ཕོ་རུས་ཅན་དེ་གྲོད་ཀྱིས་སྐང་། །
གཏམ་བཤད་རྒྱ་ཆེ་ན་རང་མཚང་འབྱུད། །
ངོ་ཕྱི་བདར་ཆེ་ན་སྐྱི་ཤུན་འདེད། །
སྨན་འདོད་ཆགས་ཆེ་ན་གཞན་གྱིས་ཁྲེལ། །
བན་ངོ་ཚ་མེད་ན་སྡོམ་པ་འཚེར། །

女人太漂亮，命运多坎坷；
分别心重的人，会招来鬼怪；
嘴巴太松的人，过后会后悔；
口出狂言的人，会招来纠纷；
口若悬河的人，会揭自己短；
太爱擦脸的人，会擦伤皮肤；
女人欲望太强，会招人耻笑；
比丘不知廉耻，会破掉戒律。

༩ ཁ་མོ་སྟོན་ལ་མ་ཟོས་ན། །

先不尝尝苦味道，

མངར་མོ་ལྕེ་ཡིས་མི་མྱོང་འདུག །
སྡུག་ལེ་རང་ཐོག་མ་བབས་ན། །
སྐྱིད་ལེ་ཞེ་ལ་མི་དྲན་འདུག །
དབྱར་གསུམ་ཉི་མ་དྲོ་བ་དེ། །
དགུན་གསུམ་མིན་པ་མི་དྲན་འདུག །
སྟོན་གསུམ་ཕོ་བ་བཀྲུགས་པ་དེ། །
དཔྱིད་གསུམ་མིན་པ་མི་དྲན་འདུག །
ཚེ་སྟོད་འདུག་སྐྱིད་ཆེ་བ་དེ། །
ཚེ་སྨད་མིན་པ་མི་དྲན་དྲན་འདུག །
གཞོན་དུས་གོམ་ཁ་ཡང་བ་དེ། །
རྒས་ཉིན་མིན་པ་མི་དྲན་འདུག །
གསོན་དུས་དམ་ཆོས་མ་བསྒྲུབས་པ། །
འཆི་དུས་མིན་པ་མི་དྲན་འདུག །
མི་ན་ལུས་པོའི་བདེ་བ་དེ། །
ན་ཉིན་མིན་པ་མི་དྲན་འདུག །

舌头感觉不出糖的甜；
自己不经历痛苦，
不可能记起幸福时光；
夏季的温暖阳光，
除了冬季不会怀念；
秋季吃饱的日子，
除了春季不会怀念；
上半辈子的幸福快乐，
除了晚年不可能回忆；
年少时轻快的脚步，
除了老迈时不会怀念；
活着未修微妙法，
临死亡才会想起法；
身体健康没有疼痛的好处，
除了患病时记不起来。

༡༠ ཕ་མིང་མེད་པར་བདག་པོ་སློབ་དཔོན་ཡིན་མདོག །
བུག་པ་མི་དགོས་བུ་རྒྱུད་སྲིན་འབུ་འབུད་འབུད། །

父无名却装成上师之后，
无孔洞崽如蛀虫出不穷。

༡༡ ཚེ་རོགས་འོག་རྟ་འགེལ་ཁལ་གསུམ། །
ཚེ་སྔོན་ལས་ལ་སྲུ་བསྐོས་རེད། །
ན་ས་འཆི་ས་དུར་ས་གསུམ། །
གཤིན་རྗེའི་ཁྲིམ་ལ་གར་ཐེབས་རེད། །
ཞིང་ཁམས་བདེ་འགྲོ་ངན་སོང་གསུམ། །
ད་ལྟ་རང་གིས་ཅི་བྱས་རེད། །

伴侣坐骑和驮牛，
前世业缘有定数；
病处亡处埋葬处，
十殿阎罗来定夺；
天堂善恶有趣道，
终归自身业力使。

༡༢ གཟུགས་ཡག་བཙོག་ཕ་མའི་མི་རིགས་རེད། །

外貌与父母基因有关，

སེམས་དགའ་སྡུག་བསམ་བློ་གཏོང་ལུགས་རེད། ། 心情与思考方式有关，
རྒྱུ་ཡོད་མེད་སྔོན་གྱི་ལས་འབྲས་རེད། ། 财富与前世修为有关，
ལྟོ་བརྒྱགས་ལྟོགས་ཁ་རྗེ་ཆེ་ཆུང་རེད། ། 衣食与自身福运有关。

༡༣ ཤི་བོའ་ལམ་སྣ་ཨེ་འདྲེན་འཕོ་འདེབས་ཀྱི་བླ་མ་བཟང་ངན། ། 能否超荐亡者靠上师殊胜，
འོག་སྡེ་འདུག་སྐྱིད་ཆེ་ཆུང་མགོ་དཔོན་ཁེབས་རྒྱ་ཆེ་ཆུང་། ། 属民能否康乐靠头领威望，
བཟའ་ཚང་ཕོ་བ་བརྒྱགས་ལྟོགས་བཟའ་དཔོན་ལས་སྣོ་ཡོད་མེད། ། 家小能否温饱靠户主生计，
བཟའ་མི་འདུག་སྐྱིད་ཆེ་ཆུང་ཁྱིམ་བཟུང་ཁོག་ཤེས་ཡོད་མེད། ། 日子能否幸福靠主妇贤淑。

༡༤ ཁྱིམ་བཟུང་ཁོག་ཤེས་ཆེ་ན། ། 若主妇贤淑，
དུད་ལ་ལོངས་སྤྱོད་ལྡན། ། 则家运旺盛，
བླ་མ་ཐུགས་སྤྲོ་ཆེ། ། 则上师喜悦，
འགྲུལ་པས་བསྟོད་པ་བྱེད། ། 则行人赞誉，
ཉམ་ཆུང་གིས་སྐྱབས་འགྲོ་བྱེད། ། 则弱者祷告；
རྒས་པ་འདུག་སྐྱིད་ཆེ། ། 若长辈贤明，
བུ་སྤུན་ཁ་སེམས་མཐུན། ། 则子孙和睦，
ཉེ་འབྲེལ་ཐབས་ཀྱིས་འཁོར། ། 则亲友团圆，
མི་ཚེ་སྐྱིད་ལ་སྐྱེལ། ། 则人生幸福，
སྟོང་སྡེའི་མི་ཁ་དྲོ། ། 则广受颂扬；
ཁྱིམ་བཟུང་ཁོག་ཤེས་མེད་ན། ། 若主妇无德，
བླ་མའི་ཐུགས་སེམས་འཁྲུགས། ། 则上师心烦，
འགྲུལ་པས་ཀློག་བགད་ཤོར། ། 则行人窃笑，
ཉམ་ཆུང་གིས་དམོད་པ་བྱེད། ། 则弱者积愤，
གཡོག་སྡུག་ལྟུག་གིས་གསོད། ། 则仆人挨饿，
རྒས་པ་ཟས་སླད་བྱེད། ། 则长辈受苦，
བུ་སྤུན་ཁ་ཡ་ཐོར། ། 则兄弟反目，
གཉེན་ཉེ་སེམས་ཐག་ཆོད། ། 则亲友失望。

འབྲུ་ལོའི་ནེའུ་ཚུང་། 鄂洛·乃琼

༡ ཁ་བ་འབབ་དང་འཁྱག་རོམ་ཆུ། །
ནམ་ཟླ་དུས་དང་བསྟུན་རྒྱུ་རེད། །
དཔྱིད་པོ་ཞོ་བྲོས་དུས་སྣང་རྒྱུ་རེད། །
སྒོ་རྒྱབ་གཡོག་མོས་གྲལ་བགོས་དེ། །
མ་བྱས་བསྡད་ན་ཚོག་རྒྱུ་རེད། །
དུས་ལ་བབ་ན་བཤད་རྒྱུ་རེད། །
སྐྱ་ལོའི་སེང་ལྕམ་འབྲུག་མོ་དང་། །
གྲོ་ལོའི་པད་དཀར་ལྷ་མཛེས་དང་། །
འབྲུ་ལོའི་སྐྱིད་ཀྱི་ནེའུ་ཚུང་གསུམ། །
རྒྱུ་ཡོད་ན་བུ་མོ་སྤུན་གསུམ་ལ། །
རྒྱུ་མེད་ན་བུ་མོ་དཔོན་གཡོག་རེད། །
བན་དེ་བུ་སྲིང་སྒྱུ་མི་ཡིན། །
ཡག་ན་དགའ་སྡེ་ཉེས་ན་སྡུག །

雪飘冰封清清流水，
四季有序轮转之态，
春风吹动万物生气；
门后女仆指手画脚，
安分守己最是得当，
时机成熟便可游说；
嘉洛之女森姜珠牡，
卓洛之女白嘎拉泽，
鄂洛之女乃琼姑娘，
富贵时都是姐妹，
贫穷了就成主仆。
家有僧侣儿女诸行奉公，
就怕恩怨无常终成祸患。

༢ བཟོད་པ་མེད་ན་འཁྲུག་པའི་རྩ་བ། །
ང་རྒྱལ་ལ་རང་སེམས་མ་བཀུག་ན་དམྱལ་བའི་གཞི་མ། །
རྣམ་རྟོག་ལ་ངོ་བོས་མ་བསྐྱངས་ན་སྨྱོ་བའི་བྱ་བ། །
ཕྲག་དོག་ལ་ལྟ་བས་མ་མནན་ན་རང་ཉིད་རང་ཕུང་། །
གདུག་རྩུབ་ལ་ངོ་ཚ་མ་བསམས་ན་ཀུན་གྱིས་འཕྱ་གཞི། །

难容忍偏狭是祸乱之根，
常骄傲不省乃苦难之源，
无禁忌放纵皆疯子行为，
生嫉妒不抑便招灾引祸，
施狠毒不耻终沦为笑柄。

༣ ནམ་མཁའ་ནས་མི་ཉུང་བ་བྱ་ནག་སེར་འཛིང་། །
རི་བོ་ནས་མི་ཉུང་བ་ཤ་ཕོ་རུ་འཛིང་། །
གྲོང་ནས་མི་ཉུང་བ་ནག་མོ་ཤྭར་འཛིང་། །

天空中不吉飞鸟斗爪，
山林中不吉走鹿牴角，
村落里不吉泼妇肉搏。

༤ གནམ་ཨ་སྔོན་མཐོ་ཡང་སྒུར་སྒུར་གྱིས། །
མགོ་ཐུག་གི་དོགས་པ་མེད་ན་ཡང་། །
སྐྱེ་ཁྲ་བོའི་མི་ཁ་རྡོ་ལ་ཕན། །
ས་དོག་མོ་སྲ་ཡང་ལྷོད་ལྷོད་གྱིས། །
ས་འཇིག་གི་དོགས་པ་མེད་ན་ཡང་། །
སྟོང་སྐྱེ་པའི་མིག་ཏུ་མཛེས་ལ་ཕན། །

天虽高切记常弯腰，
不是怕头顶穿天际，
落百家口舌多波折；
地虽坚切记要轻踩，
不是怕脚下地陷裂，
入百姓眼目常顺遂。

༥ གཉེན་ཉེ་འབྲེལ་འཁོར་གཡོག་ཐབས་ཀྱིས་སྐོར། །
བུ་སྤུན་རྣམས་ཛོ་སྙུང་འདྲ་འདྲ་གྱིས། །
ཞོ་འོ་མའི་ཚ་གྲང་ཚོད་འཛིན་གྱིས། །
ཇ་ཨུ་ཟེའི་ཉིང་ཁུ་ལོན་ངེས་གྱིས། །
ཆུ་འབུད་ཤིང་བརྩོན་འགྲུས་སྣ་ཆས་གྱིས། །
ཐབ་སྟོད་ཟངས་བཀྲུ་བཤལ་མདངས་ཕྱིས་གྱིས། །

用智慧聚拢亲友，
把兄弟一视同仁，
把握准酸奶冷热，
深谙那熬茶门道，
勤储备柴水油盐，
让餐具洁净透亮。

༦ ཕ་འབྲོག་པས་ས་བཟུང་བྱེད་པའི་དུས། །
སྦྲ་རེ་ལུ་འཐེན་རྒྱང་མ་བྱས་ན། །
རེ་བ་ཆུ་ཡིས་རུལ་ཉེན་ཡོད། །
ནང་ཟོག་ཕྱི་ནས་མཐོང་ཉེན་ཡོད། །
རླུང་བསེར་མ་བྱུང་དུས་ཡི་རེ་སྨུག།
ཆར་རོག་ནག་འབབ་དུས་ངུ་རེ་ཤོར། །

牧人游转四季草场，
不把帐篷经常伸展，
会使毡片浸水腐烂，
烂帐会使里财外露，
风吹之时无处躲藏，
下雨之时哭也无用。

༧ སྒོ་ཕྱུགས་ལ་འཚོ་སྐྱོང་མ་བྱས་ན། །
དཔྱིད་ཟླ་གསུམ་དུས་སུ་སྨུག་གིས་འཚེ། །
དཀར་འོ་མའི་རྒྱུད་འཛིན་ཆད་ཉེན་ཡོད། །
སྤང་རྩི་ཐོག་བཀྲག་དུས་ཡི་རེ་སྨུག།
ལག་བཞོ་ཟོ་ཁྱེར་དུས་ངུ་རེ་ཤོར། །
སྐྱེ་ཕ་མིང་ནང་ནས་ངོ་རེ་ཚ། །

不爱惜守护牛羊，
春季来临闹饥荒，
鲜白奶水会断绝，
开花时节惹人怜，
手提奶桶失声哭，
父老乡亲皆窃笑。

༨ ཕ་ཡུལ་པས་ས་བཟུང་བྱེད་པའི་དུས། །
ཞིང་ཆུ་མའི་མཐའ་རིས་མ་རེམ་ན། །
ཕོ་ངན་པས་ཞིང་མཐའ་ཀྱིང་ལ་གཏོང་། །
སྟོན་འབྲུ་དྲུག་རྒྱས་ཉེན་ས་རྒྱ་ཆུང་། །
ལག་ཟོར་བ་འཛིན་དུས་ཡི་རེ་མུག །
སྣོད་སྒྲོ་བ་ཁུར་དུས་ཏུ་རེ་ཤོར། །

农民劳作田间，
若不抓紧灌溉，
懒人庄稼枯萎，
秋日果实稀零，
手持镰刀悲伤，
粮袋空瘪活该。

གེ་སར་ཆིབས་པ་རྒྱང་རྒོད།

格萨尔御马江贵

༡ སྐྱིད་པོ་ཁོག་ལ་མ་ཤོང་ན། །
སྡུག་མོ་ཐོག་ལ་སྨིན་ཉེན་མོ། །
ངས་མི་འདོད་ཟེར་ས་མི་རྙེད་འདུག །
མཐོན་པོས་མཐོ་ཚོད་མ་ཟིན་ན། །
དམའ་བ་གཉའ་ལ་ཤོར་ཉེན་མོ། །
དེ་མ་བྱེད་ཟེར་ས་མི་རྙེད་འདུག །
ཟས་ཞིམ་པོ་ཟ་ཚོད་མ་ཟིན་ན། །
བརྒྱགས་ཆེ་ནས་འབྱུང་ཁམས་འཁྲུགས་ཉེན་མོ། །
དེ་མི་དགོས་ཟེར་ས་མི་རྙེད་འདུག །

在幸福的顺境里不能容人，
成熟逆境苦果的时候，
没地方说“我不愿意”的话；
高贵者不懂得低调收敛，
低贱者爬到头上的时候，
没地方说“别那么狠”的话；
暴食美食不知道节制，
吃撑吃坏身体的时候，
没地方说“我不要啊”的话

༢ ཕྱི་མའི་བདེ་འགྲོ་འདོད་པས་ན། །
དམ་པའི་ཆོས་ལ་སྙིང་རུས་དགོས། །
ད་ལྟའི་ལོངས་སྤྱོད་འདོད་པས་ན། །
འཁོར་བའི་ལས་ལ་བརྩོན་འགྲུས་དགོས། །

欲升极乐净土，
唯有潜修正法；
若恋现世利禄，
须勤尘间琐务。

༣ ཚེ་མི་རྟག་རི་གཟར་འབབ་ཆུ་བཞིན། །
ལུས་ལང་ཚོ་ནམ་མཁའི་འཇའ་དང་འདྲ། །

生无常高山瀑布，
身无常空中虹彩，

ནོར་ལོངས་སྤྱོད་རྩྭ་རྩེའི་ཟིལ་པར་མཚུངས། །
གཏམ་སྙན་གྲགས་བྱང་ཐང་རླུང་གི་སྒྲ། །
དགྲ་འཆི་བདག་ནམ་མཁའི་ཐོག་དང་འདྲ། །

财无常草尖露珠，
名无常羌塘风声，
死神如晴天霹雳。

༥ སྐྱིད་ན་མགོ་འཕང་དམའ་དམའ་དགོས། །
སྡུག་ཀྱང་ངོ་ཧ་གསལ་གསལ་དགོས། །

得意时懂得弯腰，
失意时不忘微笑。

གཟུ་ཆེན་ཝེར་མའི་ལྷ་དར།

苏钦・威玛拉塔尔

རྟ་ཤ་མེད་རྒྱུག་མགོ་གྱེན་ལ་གཏད། །
འདི་ནས་ཤི་ཟེར་བ་འོང་རབས་ཡོད། །
དགྲ་མ་ཐུབ་སྟེང་ལ་མདའ་མོ་འཕེན། །
ངས་མ་ཐུབ་ཟེར་བ་འོང་རབས་ཡོད། །
སྨན་མཛངས་མས་ཡོད་ཚད་མི་ལ་སྦྱིན། །
ད་མེད་སྡུག་ཟེར་བ་འོང་རབས་ཡོད། །

没膘的瘦马爱抬头扬蹄，
它终会传出被跑死的噱头；
朝不该为敌者射起了箭，
他会终喊出“我吃了败仗”的话来；
贤惠的女子把什么都送给了别人，
她终会喊出“穷啊苦啊”的话来。

སྟག་རོང་བུ་མོ་ཁྲོ་མཚོ།

达绒・普姆超措

༡ ཁྱིམ་གྲུ་བཞི་མིག་གིས་མ་མཐོང་བའི། །
སྒོ་གཡོག་མོས་ཞུགས་རྒྱུས་ལོན་མདོག་བྱེད། །
ཁྲུད་ལན་གསུམ་ཁ་ལ་མ་རེག་པའི། །
ཁྱི་བདའ་ལུས་བདག་པོ་ཡིན་སྣང་ཤར། །

连四方形堂屋都没有见过，
门口的女仆不会弄清家中事；
连三顿泔水都没吃上的，
看门狗产生了当主子的感觉。

༢ བདུད་ཀླུ་བཙན་འདུལ་བའི་སྤྲུལ་པ། །
ཧོར་གུར་དཀར་ཐུབ་པའི་ཨུ་ཚུགས། །
འཇང་ས་དམ་བརླག་པའི་སྟོབས་ཤུགས། །
ཕ་སྐྱ་ལོའི་ནོར་གྱི་བསོད་ནམས། །

能降服鲁赞的神通，
能制伏古嘎（白帐王）的骁勇，
能肃清萨当之气力，
能获得嘉洛财富的福气，

སྒྲུ་འབྲུག་མོ་བསུ་བའི་སྒྲོ་ལོ། །
རྫོང་བཅོ་བརྒྱད་འཛིན་པའི་དབང་ཐང་། །
བསྟན་པ་སྲུང་བའི་ཡོན་ཏན། །
བོད་ཁམས་སྐྱོང་བའི་རེ་བ། །

能赢得珠牡芳心的容颜，
能统治十八大宗的威望，
能护佑佛法的智慧，
能掌管蕃地的希望。

༣ ཨ་མས་ཅི་ཟ་མ་ཞེས་གོང་། །
གཡོག་མོས་ཟ་ཚོད་དམ་དམ་དམ། །

阿妈都没说吃啥，
女仆却比手画脚。

ཁྱི་ཤི་སྒྲུ་རུ།

切西·古如

༡ ལོ་ཡག་སྙེ་མ་སྒུར་ན་བཟང་། །
ཚེས་གསུམ་ཚེས་ཟླ་སྒུར་ན་བཟང་། །
ནམ་མཁའི་འཇའ་ཚོན་སྒུར་ན་བཟང་། །
སྟག་མོའི་འཛུམ་དྲུག་སྒུར་ན་བཟང་། །
བྲི་སེར་ཟླ་ཐུར་སྒུར་ན་བཟང་། །
ཕོ་སྒུར་སྒུར་བ་དེ་དཔའ་རྩལ་ཆེད། །
མོ་སྒུར་སྒུར་བ་དེ་ཁོག་ཤེས་བཟང་། །

金黄的麦穗以低垂为美，
初三的新月以弯曲为美，
天上的彩虹以弯曲为美，
虎皮的斑纹以弯曲为美，
野牦牛的角以弯曲为美。
驼背男儿一般都勇敢，
驼背女人一般都贤惠。

༢ དམར་ཡག་སྟག་གི་ཁ་ཡ་དེ། །
བདའ་ལུ་ཁྱི་ཡིས་འོང་ལེ་མིན། །
འོང་བསམ་འཛུམ་དྲུག་རྒྱས་ལེ་མིན། །
བྲི་སེར་འབྲོང་གི་ཁ་ཡ་དེ། །
གླང་རྒན་རོག་པོས་འོང་ལེ་མིན། །
འོང་བསམ་རྫ་ལམ་འབྱེད་ལེ་མིན། །
སེང་གེ་དཀར་མོའི་དོ་ཡ་དེ། །
ཨ་བྲ་སྐྱ་མོས་འོང་ལེ་མིན། །

斑斓猛虎的对手，
流浪老狗当不了，
认为当得了？狗毛没虎纹啊！
野牦牛的对手，
老黄牛当不了，
认为当得了？开不了山路啊！
凶猛狮子的对手，灰色山鼠当不了，
认为当得了？头长没绿鬃啊！

འོང་བསམ་གཡུ་རལ་རྒྱས་ལེ་མིན། །
སྤྲུག་པོ་སྒྲུ་རུའི་ཁ་ཡ་དེ། །
སྤྲང་པོ་རྫོ་རུས་འོང་ལེ་མིན། །

富豪古如[1]的对手，

穷汉觉如当不了。

认为当得了？拿不出钱财啊！

རྟ་རྒྱུག་ནོར་བུ་ཆ་བདུན།

《赛马登位》

སྤྲུལ་པའི་རྟ་མགྲིན།

马头金刚

༡ སྔོ་སྤྲིན་ཟུར་གྱི་སྦྲང་ཆར་དེ། །
སྐྲུག་མི་རྒྱ་ཞིང་རེའུ་མིག་ལ། །
འབྲུ་སྟོན་མོ་ས་ལ་མ་བཀྲམ་བར། །
སྦྲང་ཆར་མ་བབས་ངང་འཐེན་བྱུས། །
དགུན་ཁ་བ་བབས་དང་མ་བབས་མེད། །

对阴云携来的雨水，
寄予期望的是一片片田地，
尚未收粮摊晒地面前，
一直没下雨，干旱连连，
入冬后的雪，下不下都无所谓。

༢ སྐྱིད་མི་ཁྱག་ཏུ་འབོད་ཤྭ་ཕོས་བྱེད། །
སྡུག་མི་ཁྱག་མཚན་བགད་འུག་པས་བྱེད། །
རྒྱག་མི་ཁྱག་སྤྱང་ཐང་ཤ་ལ་ངུ། །

扛不住幸福，公鹿在大哭；
扛不住痛苦，猫头鹰在大笑；
扛不住暴食，狼在肉前哭嚎。

༣ སྒྲིབ་གཡོགས་ཡོད་ན་མཁྱེན་པ་མིན། །
ཕྱོགས་རིས་ཡོད་ན་བརྩེ་བ་མིན། །
ཐོགས་རྡུགས་ཡོད་ན་ནུས་པ་མིན། །

心存遮掩的，不叫洞明；
心存偏向的，不叫仁慈；
借势发威的，不叫能力。

༤ འཚོ་སྐྱོང་གཡང་ལུག་ནོར་ལ་བྱེད། །
བལ་སྩིད་རྙིང་ནས་བདག་པོས་ལེན། །
སོ་ནམ་ཞིང་དང་སྨུ་ལ་བྱེད། །
འབྲུ་སྣན་སྨིན་ནས་བདག་པོས་ལེན། །

放养羊群的是牧人，
剪走羊毛的是主人；
辛苦稼穑的是农夫，
收走粮食的是主人。

༥ ཁྲི་གདུགས་ཉི་མའི་འོད་ཟེར་དེ། །

旭日东升金光万道，

【1】古如：岭国一身形佝偻的穷汉的名子。

མཐོ་གསུམ་རི་དང་མཉམ་འགྲོགས་བྱེད། །
ཉི་མས་མཐོ་བདམས་མ་རེད་དེ། །
ས་དང་ལུང་པའི་ཆགས་ལུགས་རེད། །
བཅོ་ལྔའི་དུང་ཟླ་དཀར་ཚུང་དེ། །
སྐར་ཚོགས་ཁྲ་མོས་བསྐོར་ཅིང་འགྲོ། །
ཁེར་འགྲོས་མི་ཕེར་མ་རེད་དེ། །
སྲིད་པ་སྤྱི་ཡི་བསྐོས་བཞག་རེད། །

最初照在高山山峰，
并非太阳选择高山，
从古山川成形如此；
十五明月照亮夜空，
万千星辰簇拥而行，
并非月亮不想独行，
向来星月空行如此。

༧ ཕྱི་སྐྱུ་ལུས་འཁྱོག་ན་ནད་གཞི་ཡིན། །
ནད་ལྷངས་སེ་བྱུང་ན་སྲོག་ལ་གཟན། །
ནང་སེམས་ཉིད་འཁྱོག་ན་འཁྲུལ་བ་ཡིན། །
འཁྲུལ་ལྷངས་སེ་བྱུང་ན་སྨྱོན་པ་རེད། །
བར་སྐྲ་བརྗོད་འཁྱོག་ན་རྫུན་པ་ཡིན། །
རྫུན་ལྷངས་སེ་བྱུང་ན་ཁྲིམས་ལ་ཐུག །

皮囊一失常就会生病，
疾病的出现会危及生命；
内心一失常就会乱了心志，
心一乱人会发疯；
说话一失常就会变成谎言，
谎言的出现会闹出官司。

༨ སྣོད་ཁ་སྦུབ་རྒྱབ་ལ་ཆུ་མི་ཆགས། །
སེམས་སྒྱུར་པོ་གླེན་པས་གཏམ་མི་གོ། །
ལུས་སྒྱུར་པོ་ཧླུན་པོས་གོས་མི་གཟབ། །

容器翻倒时存不住水，
歪心的傻子听不懂人话，
驼背的跛子撑不起袍子。

གེ་སར་ཆིབས་པ་རྒྱང་རྒོད།

格萨尔御马江贵

༡ འཚོ་སྐྱོང་མི་དགོས་སྒོ་ནོར་དཀའ། །
རྩོལ་སྒྲུབ་མི་དགོས་དགོས་འདོད་དཀའ། །
བསོད་ནམས་མེད་ན་ལོངས་སྤྱོད་དཀའ། །
ལས་འབྲས་མེད་ན་ཕྲུ་གུ་དཀའ། །

不去放牧饲养，很难蓄牛羊；
不去辛勤经营，很难积财富；
不曾行善积德，很难享福报；
不讲香火因果，很难有子嗣。

༢ དཔྱིད་ཟླ་གསུམ་ས་བོན་མ་བཏབ་ན། །

春季不播撒种子，

སྟོན་ཟླ་གསུམ་འབྲས་དྲུག་དཀའ་ལེ་འོང་། ། 秋季很难收获粮食；
དགུན་ཟླ་གསུམ་བ་མོ་མ་གསོས་ན། ། 冬季不饲养乳牛，
དཔྱིད་ཟླ་གསུམ་འོ་མ་ལོན་ལེ་མིན། ། 春季挤不出奶汁；
རྟ་འདོ་བ་རྒྱུན་དུ་མ་གསོས་ན། ། 日常不喂骏马，
དགྲ་ཐོག་རྒྱུག་བྱུང་དུས་ཁུག་ལེ་མིན། ། 敌人突袭时无法应急。

སེང་ལྕམ་འབྲུག་མོ། 森姜珠牡

༡ ལྷ་བླ་མའི་ཡོན་ཏན་མ་ཤེས་ན། ། 不懂得神佛上师的功德，
ཕྱག་བཀུར་སྤྱི་རྡོ་ལ་སྣུམ་བྱུག་འདྲ། ། 磕头礼拜如油涂石难深入；
བཀའ་མདོ་རྒྱུད་སེམས་དང་མ་འདྲེས་ན། ། 显密佛法不能参入内心，
ཆོས་དཔེ་ཀློག་ནེ་ཙོའི་འདོན་པ་འདྲ། ། 念经如同鹦鹉学舌没作用；

༢ མི་རང་གི་སྐྱེ་རྒྱུད་མ་ཤེས་ན། ། 弄不清自己血缘者，
ནགས་མཐའ་མེད་འཁྱམས་པའི་སྤྲེའུ་འདྲ། ། 就像林中瞎窜的猴子；
རྒྱུ་དངོས་པོའི་རིན་ཐང་མ་ཤེས་ན། ། 看不出珍贵宝物的价值，
མི་རྒྱུས་མེད་ལམ་གོལ་སོང་བ་འདྲ། ། 犹如途中迷路的旅人。

༢ བློ་མང་བྱེས་ལ་སོང་ན་གཏམ་མང་ཁྱིམ་དུ་ཁུར། ། 心眼多的人出门，会带回很多倒霉话；
གོད་མགོས་གཡང་རྟེན་བྱས་ན་གོད་ཁའི་རྒྱུན་མི་ཆད། ། 致损秽物当福物，秽气耗亡不间断。

༣ མ་ཤེས་འཁྲུལ་ལ་སེམས་ཅན་ཟེར། ། 错乱而无知，叫做众生；
ཤེས་ཤིང་མ་འཁྲུལ་སངས་རྒྱས་ཟེར། ། 知且不错乱，叫做佛陀。

༤ གསལ་ཉི་ཟླ་ཡིན་ཡང་མོག་པོར་བྱེད་ལེ། ། 要让明亮的日月黯淡下去，
ལྷ་དྲང་སྲོང་ཡིན་ཡང་འདོད་པ་སློང་ལེ། ། 要让神灵和仙人心生欲念，
བཀྲག་པདྨ་ཡིན་ཡང་མདངས་འོད་འཕྲོག་ལེ། ། 要让鲜艳的莲花顿然失色，

དགྲ་འཆི་བདག་ཡིན་ཡང་ཅི་གསུངས་བསྒྲུབ་ལེ། །

要让仇敌和死神服从调遣。

༥ འབྱུང་བཞི་སྡུད་པའི་རྒས་དང་གཅིག །
དུས་ལ་བབས་པའི་འཆི་བ་གཉིས། །
རང་བྱས་ལས་ཀྱི་རྣམ་སྨིན་གསུམ། །
གཟུར་ན་ཐར་བ་སྲིད་རབས་མེད། །

一是四大失调身衰老，
二是大限降临人死去，
三是异熟诸业悉报应，
不曾听说有谁能避过。

༦ དམའ་ས་གཞིའི་རླན་དྲོད་ཡར་འགྲོ་དང་། །
དགུང་ཨ་སྔོན་ཉི་ཆར་ཐུར་རྒྱུག་གཉིས། །
དུས་གཏམ་མཚམས་མེད་དེ་འཛོམ་ལུགས་ཀྱིས། །
སྐྱིད་ཟུང་འབྲེལ་འཇའ་ཚོན་གུར་ཁང་ཕུབ། །
བྱ་རྨ་བྱ་རེ་བ་ཡར་ཆེ་དང་། །
ལྷོ་གཡུ་འབྲུག་གསུང་སྐད་ཐུར་འཁྱོན་གཉིས། །
དུས་གཏམ་མཚམས་མེད་དེ་འགྲིག་ལུགས་ཀྱིས། །
ངོ་མཚར་བའི་བློས་གར་སྟེ་ན་བསམ། །

地面的温暖湿气朝上升腾，
天际的阳光雨水朝下降落，
不用预约突然邂逅后，
幸福双运架起了彩虹；
孔雀在朝上寄托希望，
青龙在朝下传播雷声，
不用预约突然邂逅后，
只想挑起奇幻曼妙的舞蹈。

༧ ལྷོ་ཚ་བ་སྒང་གི་སྨྱུག་མ་དང་། །
བྱ་ཐང་དཀར་རྒོད་ཀྱི་དང་སྒྲོ་གཉིས། །
མཐའ་ཨེ་བརྟན་སྦྱིན་གྱིས་སྦྱར་ལུགས་རེད། །
གཉིས་མཐུན་ན་དོང་པའི་རྒྱན་ལ་འགྲོ། །
གངས་ཅན་རྫ་ཆབ་སིལ་མ་དེས། །
ལྷོ་རྒྱ་གར་གུར་གུམ་མེ་ཏོག་གི །
ཁུ་ཨེ་ལོན་གཙང་རྒྱུས་དྲོ་གྲང་རེད། །
གཉིས་མཐུན་ན་བུམ་པའི་བཅུད་ལ་འགྲོ །

南方察瓦岗上的竹子，
和北方大雕的羽毛，
能否结合，要看怎么粘接，
竹和羽齐心，就能装饰箭囊；
雪域山谷的清泉水，
能否煮出天竺红花的药汁，
要看煮药汤水的温度，
水和花齐心，能做瓶中药精。

༨ ཕྱུག་སྐྱ་ལོའི་སེང་ལྕམ་འབྲུག་མོ་དེ། །
འགྲོ་དབང་མེད་ཕུ་ནུས་བདག་འཛིན་རེད། །

富豪嘉洛家的森姜珠牡，
想走不由她，兄弟们管着呢，

འདུག་དབང་མེད་ཇོ་རུས་ཟམ་ཆེན་འདོན། །
གླིང་ཕུ་ནུ་མི་སྡུག་རྩོད་ཞོར་རེད། །
བུ་ཇོ་རུ་མི་སྡུག་རྩེ་ཞོར་རེད། །

想留不由她，觉如爱着呢，
岭国兄弟没着急，只在等良辰吉日，
觉如小儿没着急，只在寻开心。

༩ ཆོས་ཆེན་བླ་མ་འདས་ལ་དགའ། །
ཉེས་ཆེན་བཙོན་པ་ཤི་ལ་དགའ། །
གདོན་ཆེན་སྨྱོན་པ་ཤི་ལ་དགའ། །
སྡུག་ཆེན་ཕ་མ་ཤི་ལ་དགའ། །

渊博的上师，最好早些圆寂；
受罪的囚徒，最好快些死掉；
着魔的疯子，最好快些死掉；
太苦的父母，早谢世更好受。

༡༠ མཐོ་གསུམ་རི་ཡི་རྩི་ཐོག་དང་། །
སེར་ཡུ་སྤང་གི་རྩྭ་ལྗང་གཉིས། །
ན་ཐང་མེ་ཏོག་ཕང་ཕུང་གསུམ། །
མི་བཀག་དུད་འགྲོས་སུ་ཟ་བལྟ། །
མ་ཟོས་ལུས་ན་ཁེ་སང་བྱེད། །
གསུམ་ཀ་ཟོས་ན་འགྱོད་མེད་བྱེད། །
ཁེ་ཕམ་བྱུང་ན་སྔོན་ལས་བྱེད། །
དུང་ར་ཤ་བའི་མགོ་ན་ཡོད། །
གླ་རྩི་གླ་བའི་ལུས་ལ་ཡོད། །
གྲ་འཇམ་རི་ཁྲི་ཞ་ལ་ཡོད། །
མི་བགྲོས་བརྫོན་པས་སུ་གསོད་ལྟ། །
མ་སོད་ལུས་ན་གཉིས་སྐྱིད་བྱེད། །
གསུམ་ཀ་བསད་ན་འགྱོད་མེད་བྱེད། །
ཁེ་ཕམ་བྱུང་ན་སྔོན་ལས་བྱེད། །
བྱེད་ཚེ་འབྲུག་མོའི་རྒྱུད་ལ་ཡོད། །
གླེང་བརྗོད་ཇོ་རུའི་ངག་ལ་གདའ། །
མི་མཚུངས་གཉིས་ཀའི་སེམས་ལ་འདུག །

高山上的籽托[1]草，
草滩上的青草儿，
和湿地边的花丛，
不拦，就看牲畜选啥吃，
留着没吃的，就算便宜了它，
三样都吃了，也不后悔，
其中一个倒了霉，那也是命；
茸角长在公鹿头，
麝香长在獐子身，
狐皮披在狐狸身，
不催，就看猎人杀哪个，
留着没杀的，算它走运了，
三个都杀了，也不后悔，
其中一个倒了霉，那也是命；
珠牡的性子爱闹腾，
觉如的嘴巴善言辞，
合不合适两人心里明白，

【1】籽托：草木果之音译名。

མི་གསང་དྲང་གཏམ་གླིང་ལ་བཤད། །
ཕན་གནོད་མེད་ན་གཉིས་དགའ་བྱེད། །
གཉིས་ཕམ་བྱུང་ན་འགྱོད་པ་མེད། །
ཕམ་རྒྱལ་བྱུང་ན་སྔོན་ལས་བྱེད། །

别隐瞒，给两人说实话，
若无利与害，双双都欢喜，
两败俱伤了，也不后悔，
若是一胜一负，那也是命。

ཚངས་པའི་ཛོ་ལུག

仓巴奥鲁

ལྷ་སྐུ་ཡག་ལི་མཚོན་ཁྲ་རེད། །
བྱིན་རླབས་མེད་ན་ས་རྡོ་རེད། །
བླ་མ་ཡག་ལི་ན་བཟའ་རེད། །
ཉམས་རྟོགས་མེད་ན་ཨོ་ཟོབ་ཟེར། །
སྟག་ཤར་ཡག་ལི་གོ་མཚོན་རེད། །
སྙིང་གདོས་མེད་ན་སྐར་མ་ཟེར། །
བུ་མོ་ཡག་ལི་རྒྱན་གོས་རེད། །
ཁོག་ཤེས་མེད་ན་འཁྱུར་མ་ཟེར། །
སྐྱེ་ལོ་ཡོད་པས་མི་དྲོ་དོ། །
སྐྱེ་ལོ་ཡོད་པས་མི་རྒྱག་དོ། །
ཡག་བཙོག་མིག་ལམ་འབབ་ལུགས་རེད། །
བཟང་ངན་སེམས་ཀྱིས་དཔྱད་ལུགས་རེད། །

神像因着色而光鲜，
不能加持，就是一块破石头；
上师因袈裟而光鲜，
若无修为，就是一个空架子；
男儿因华衣而光鲜，
若无胆魄，就是一个胆小鬼；
姑娘因服饰而光鲜，
心不贤惠，就是一个浪荡女。
漂亮不能当衣穿，
漂亮不能当饭吃。
是美是丑，各有各的眼光；
是好是坏，各有各的判断。

སྟག་རོང་ཨ་ཁུ་ཁྲོ་ཐུང་།

达绒·阿库超同

༡ དམ་ཉམས་སློབ་མ་སངས་མི་རྒྱས། །
མཁས་རིག་འཛོམས་དང་མ་འཛོམས་མེད། །
བསོད་ནམས་མེད་ན་རྒྱུ་མི་འཁོར། །
སོ་ནམ་བྱས་དང་མ་བྱས་མེད། །
ཤེས་མེད་བུ་མོས་སྐྱིད་མི་རིག །

破戒的弟子成不了佛，
哪怕有学识没啥用；
没福的汉子招不了财，
哪怕很勤奋也没啥用；
无知的姑娘得不到幸福，

སྐྱེ་པོ་ཡག་དང་མ་ཡག་མེད། །
哪怕漂亮也没啥用。

༢ དབང་ཐང་ཅན་དང་རིན་ཆེན་གསེར། །
འདྲིས་ན་ཇེ་མཐོ་ཇེ་མཐོ་ཡིན། །
མགོ་སྤྱི་བོའི་རྒྱན་ལ་མཉམ་འཕོད་རེད། །
权势者与黄金宝，
彼此相伴价更高，
同时成王饰王冠；

ཁྲེལ་མེད་རོགས་དང་ལྷམ་ཡུ་གཉིས། །
འདྲིས་ན་ཇེ་དམའ་ཇེ་དམའ་ཡིན། །
སྒོ་ཕྱི་སྒོའི་རྒྱབ་ཏུ་མཉམ་སླེབས་རེད། །
无耻的情人和靴腰，
彼此相伴越抵贱，
同时丢到家门外。

༣ བསླབས་ན་ལག་པ་མ་འཕོབ་དགོས། །
རྒྱུག་ན་སྐྱིད་པ་མ་འདར་དགོས། །
དངོས་གྲུབ་ལྷ་ཡི་དར་ཆེན་ལ། །
ཉམས་ཆག་དྲི་མས་མ་གོས་དགོས། །
རྟེན་འབྲེལ་ཟངས་དཀར་དྲི་མེད་ལ། །
དམ་སེལ་གཡའ་དྲི་མ་ལྷད་དགོས། །
摸索时手不能僵硬，
奔跑时腿不能打颤；
神佛悉地的锦缎，
不能受破戒的玷污；
洁白因缘的白铜，
不能受破戒铜锈的亵渎。

༤ དཔོན་ཆེན་པོའི་བང་མཛོད་ལོངས་སྤྱོད་དེ། །
བཞག་ན་མི་འཕེལ་གཏོང་ན་འཕེལ། །
བསོད་ནམས་མེད་པའི་ཟས་གོས་དེ། །
ཟ་གྱོན་མི་དགོས་འཛད་རབས་ཡོད། །
བསམ་པའི་རོགས་དང་འཕྲད་པས་ན། །
དམར་སྐྱའི་རྒྱུ་ལ་བལྟ་རབས་མེད། །
大王国库中的财富，
留着不增，放出去后反能增加；
那些不蕴含福气的衣食，
尚未吃穿，损耗光了，
碰到了知心朋友，
绝不能吝惜真金白银。

༥ ཡ་ས་མ་མཐོང་གི་མ་རབས། །
གྲྭ་ས་མ་མཐོང་གི་གྲལ་བཟད། །
没见过大场面的卑鄙贱货，
没见过大古刹的丢脸和尚。

༨ རྙིང་མ་ལག་ཏུ་ཡོན་དུས་མི་ལ་སྦྱིན། །
གྲོགས་ཁ་ལ་བྱུང་ན་ལྕེ་ཡིས་ཕུད། །

༩ བྱིས་པ་གཞོན་ནུ་རྒས་པ་གསུམ། །
མི་ཚེ་རིང་བའི་རྒྱན་ཆ་རེད། །
དྲིན་ཕ་མ་བཟང་ན་གཉིས་དགའ་རེད། །
སྐྱིད་མགོ་མཐའ་མཉམ་ན་གསུམ་དགའ་ཡིན། །
བླ་མ་སློབ་མ་ཡོན་བདག་གསུམ། །
ལྷ་ཆོས་སྒྲུབ་པའི་རྒྱན་ལ་མགོ། །
ཆོས་ཉམས་སུ་བླངས་ན་གཉིས་དགའ་རེད། །
མཐར་རྫོགས་སངས་རྒྱས་ན་གསུམ་དགའ་རེད། །
མགོ་དཔོན་བློན་པོ་འོག་སྡེ་གསུམ། །
སྲིད་པ་སྔ་ཡི་བསྒྲོས་བཞག་རེད། །
བློན་དཔོན་དྲིན་ཆོད་ན་གཉིས་དགའ་ཡིན། །
སྡེ་སྐྱོང་དྲིན་ཤེས་ན་གསུམ་དགའ་ཡིན། །
ཕ་ཁུ་ཕུ་ནུ་བུ་ཚ་གསུམ། །
སྡེ་ཁྲ་བོའི་ལ་རྒྱའི་རྒྱན་ལ་མགོ། །
དགྲ་ཐབས་ཀྱིས་འདུལ་ན་གཉིས་དགའ་རེད། །
གཉེན་བྱམས་པས་སྐྱོང་ན་གསུམ་དགའ་ཡིན། །
ཨ་མ་མནའ་མ་བུ་མོ་གསུམ། །
རྒྱ་གྲོང་ཁྲ་མོའི་གཞི་ལ་མགོ། །
ཡུན་རིང་པོར་གཤིབས་ན་གསུམ་དགའ་ཡིན། །
ཚོང་དང་རྩེད་མོ་དགའ་འདུན་གསུམ། །
ནོར་ལོངས་སྤྱོད་འཛོམ་པའི་རྒྱན་ལ་མགོ། །
ཚོང་ཁེ་ཕམ་མེད་ན་གཉིས་དགའ་རེད། །
བློ་གྲོས་མཐུན་བྱུང་ན་གསུམ་དགའ་ཡིན། །

拿到手里的送了人，
掉进嘴里的吐出来。

孩童、青年和老人，
是家有寿星的象征，
父母健在，成就了双吉祥，
幸福能始终，成就了三吉祥；
上师、弟子和施主，
是信佛修法的象征，
能修证佛法，成就了双吉祥，
能证正等觉，成就了三吉祥；
君王、臣僚和百姓，
是世间注定之规律，
君仁而臣忠，成就了双吉祥，
能恩抚百姓，成就了三吉祥；
叔父、兄弟和子侄，
是和睦部落的荣耀，
能智灭敌人，成就了双吉祥，
能恩抚亲友，成就了三吉祥；
母亲、儿媳和女儿，
是持家勤俭所必要，
姑嫂能团结，成就了双吉祥，
三者长相处，成就了三吉祥；
交易、娱乐和聚会，
是富商大贾的庄严，
交易能双赢，成就了双吉祥，
见解能一致，成就了三吉祥。

༨ འཁྲུལ་ན་མི་བྱེད་དགུ་བྱེད་ལ། །
མཚན་གཉིད་ཁུང་ཞབས་ནས་ཧ་བགད་སྒྲིད། །
རྒྱགས་པས་མི་དྲན་དགུ་དྲན་ལ། །
དཀར་འོ་ཞོ་འཐུང་ན་ཁ་དོ་དྲན། །
ལྟོགས་པས་མི་ཟ་དགུ་ཟ་ལ། །
དཔྱིད་ཀའི་ཤུག་ཤ་ཟ་འོ་ཟེར། །
གླིང་ཙུས་མི་ཟེར་དགུ་ཟེར་ལ། །
རྟ་རྒྱུག་རྗེང་མ་མཚར་དོ་ཟེར། །

疯子没有闹不出的荒唐事，
夜晚的梦里也会哈哈大笑；
吃饱的人想法味觉怪，
喝牛奶吃奶酪都觉得辛辣；
饥饿的人没有不吃的东西，
春季饿死的牲畜肉都不放过；
岭国人没有不敢说的话，
居然说赛马赌王位很好玩。

༩ ལུང་ཕུག་ནང་གི་མེ་ཏོག་དེ། །
འདབ་མ་ཁ་དོག་བཀྲ་ནའང་། །
མཆོད་ན་ལྷ་ལ་མནོལ་གྲིབ་ཕོག །
ཞེས་མེད་བུ་མོའི་སྐྱེ་པོ་དེ། །
བལྟས་ན་མིག་ལ་འཐད་ཞན་འདྲ། །
འགྲོགས་ན་ཚང་ངན་གཞི་མ་ཡིན། །
མངར་མོ་དུག་གི་འབྲས་བུ་དེ། །
བཟོས་ན་ཁ་མངར་ཆེ་ཞན་འདྲ། །
ཁོག་ཏུ་སོང་ན་སྲོག་ལ་གཟན། །
སྤྱི་མང་འཚོགས་པའི་གཙོ་བོ་དེ། །
ཉན་ན་ཇ་བར་སྙན་ཙམ་ལས། །
དོན་དུ་སྡུག་ཁུར་གཞན་བས་ཆེ། །

开在山沟里的野花，
别看花瓣美丽鲜艳，
做供物会被晦气冲撞神灵；
内心不贤惠的姑娘，
别看瞅着很动人，
相处后会刨了你的根；
甘甜的毒树毒果实，
别看吃起来香甜可口，
进了肚子会要你的命；
旗帜众人集会的召集人，
别看叫起来很好听，
其实他背负的苦比谁都大。

འདན་བཟའ་གསེར་མཚོ། 丹撒·色措

༡ མར་ཉལ་མུན་པའི་སྨག་ལ་བསྐོས། །
སྨག་ཙམ་སེམས་ཅན་གཉིད་ལ་བསྐོས། །

睡觉的时间就在黑夜，
黑夜众生注定要睡眠，

ཡར་ལངས་ཉི་མ་དཀར་ལ་བསྐོས། །
ཉིན་མོ་སོ་ནམ་ལས་ལ་བསྐོས། །
དེ་དབུ་ནག་བསྐོས་པ་རྣམ་བཞི་ཟེར། །

起床的时间就在白昼，
白昼时间注定要劳作，
这就是给人类注定的四件事。

༢ ཁྱུང་དཀར་མཛོ་ཕོ་ཁུར་ལ་བསྐོས། །
ཏྲུག་ཇ་རྒྱབ་ལ་བཀལ་བཀལ་ནས། །
ཁུར་ལུགས་ཅི་དགོས་ཤེས་ཚོད་ཡིན། །
ཅང་ཤེས་རྟ་ཕོ་རྒྱུག་ལ་བསྐོས། །
སྒ་སྲབ་ལུས་དང་འབྲལ་མེད་ལ། །
འགྲོ་ལུགས་ཅི་དགོས་ཤེས་ཚོད་ཡིན། །
ཁྲོ་རྒྱལ་བྱང་ལྷའི་ལུང་བསྟན་ལ། །
ལུང་བསྟན་ལག་ཏུ་ལོན་ལོན་ནས། །
དངོས་གྲུབ་ཅི་ཡོད་ཤེས་ཚོད་ཡིན། །

犏牛注定要做驮牛，
鞍背驮上六坨大茶时，
应知如何驮负它们；
骏马注定要扬蹄驰骋，
鞍辔鞴全马身时，
应知如何驰远路；
超嘉注定要接北神悬记，
悬记接到手里时，
应知具有什么悉地。

༣ ཚེ་སྔོན་ལས་ལ་གཟུར་རྒྱུ་མེད། །
རྒས་དཔྲལ་བའི་གཉེར་མ་ཕྱི་རྒྱུ་མེད། །

前世注定的命数避不掉，
老人额头的皱纹抹不平。

ཨ་ཁོད་ཐར་པའི་ཟེར་སྣ།

阿奎·太贝秀尔纳

༡ སྐྱེ་ཡག་བུ་མོའི་ཚེ་རོགས་དེ། །
བསམ་མི་མང་སྟེ་ལོན་མི་དཀོན། །

漂亮女子的情人，
想当的人多，能当的极少；

༢ སྐྱིད་འདོད་འཁོར་བའི་སོ་ནམ་དེ། །
སྒྲུབ་མི་མང་སྟེ་ཐོན་མི་དཀོན། །
མདའ་དང་རྟ་དང་ཤོ་དང་གསུམ། །
རྒྱན་ལ་རེ་བས་བརྩོན་ཞན་འདྲ། །
ཐོབ་ཤོར་སྔོན་གྱི་ལས་འབྲས་རེད། །

奋斗幸福的家业，
践行的很多，收获的极少。
弓箭、骏马和博弈，
有许多看做光鲜而经营的，
得失输赢全靠宿业注定的命。

སྤྱི་དཔོན་རོང་ཚ་ཁྲ་རྒན། 吉本·绒擦查根

༡ མོ་ཤེས་མེད་ཀྱིས་དགུན་ཞོ་འཁྱག་དཀྲོག།
མར་མི་ཐོན་རང་ལག་འཁོབ་རོགས།།

无知的女子搅起了冰冷的奶酪，
搅不出酥油僵住了手。

༢ ཕོ་ཤེས་མེད་ཀྱིས་དགུན་རྟ་འཁྱག་རྒྱུག།
ས་མི་ཐོན་རང་ལུས་རྡེབ་རོགས།།
གཉེན་བསྒྲིགས་ན་ཕ་ཁུ་མོ་གྲོས།།
དགྲ་བྱུང་ན་རང་བློ་ཁེར་ཆོད།།

无知的男子跑起了冬季挨冻的马，
跑不远路栽下了身子。
结亲时叔父向女人问计，
敌人来了反而自己独断。

རྒྱ་ཚ་ཞལ་དཀར། 嘉擦谐嘎尔

༡ ཤ་ཆུང་ཡང་གཡང་དཀར་ལྷུ་དུམ།།
མི་ཆུང་ཡང་ཨ་ཁུའི་ཚ་བོ།།
རྟ་ཆུང་ཡང་ཅང་ཤེས་རྒྱུད་པ།།

别嫌肉少，这是绵羊关节骨；
别嫌人小，这是叔叔的侄子；
别嫌马小，这是骏马的良种。

༢ ནོར་དམར་མོ་དགྲ་ལ་སྦྱིན་པ་བས།།
གནོད་མི་སྐྱེལ་ཆུ་ལ་བསྐུར་བས་སྐྱིད།།

与其把珍贵钱财送给敌人，
不如丢进从不祸害的河水里。

༣ ཕ་ཁང་རྒྱབ་ཏུ་བསྐྱུར།།
ཕུག་པར་ཉལ་ས་འཚོལ།།
རང་ཆུས་ཡས་སུ་ཐོར།།
ཁྱི་དང་རུས་པ་རྩོད།།
བྱ་དང་སྦྲང་མ་རྩོད།།

抛弃家父宅，
露宿石洞里；
丢掉父家业，
与狗争骨头，
与鸟抢虫子。

དབང་ཆེན་དབང་པོ་དར་འཕེན།

旺钦·旺波塔尔潘

༡ ཁྲི་གདུགས་ཉི་མའི་ཟེར་དང་གཅིག །
ས་གཞི་དྲོད་གཤེར་འཛོམ་དང་གཉིས། །
སྦྲང་ཆར་སིལ་མའི་འགྲོས་དང་གསུམ། །
གཡུ་འབྲུག་སྔོན་མོའི་གསུང་དང་བཞི། །
སྤང་ལྗང་མེ་ཏོག་རྒྱན་ལ་འཛོམས། །
འཛོམས་པས་དབྱར་ཁའི་དུས་བཟང་བྱུང་། །

一是光辉灿烂的阳光，
二是回暖松动的大地，
三是随风飘洒的细雨，
四是青龙在天的雷声，
都为鲜花盛开在草原，
相聚盛夏的季节。

༢ ཆོས་ཟབ་མོ་རྒྱ་གར་ཡུལ་དུ་ཡོད། །
སྟོད་གདུལ་ཞིང་གངས་ཅན་བོད་ན་ཡོད། །
ལྷ་བླ་མའི་སྙན་ནས་མ་བརྒྱུད་ན། །
བོད་གངས་ཅན་གདུལ་ཞིང་སྟོང་པ་རེད། །
ཆར་བཟང་པོ་མ་དྲོས་ཀླུ་ལ་སྲིད། །
འབྲུ་སྣ་ལྔ་ཞིང་གི་མུ་ལ་བཀྲམ། །
སྤྲིན་དཀར་པོས་ཆར་སྣེ་མ་དྲངས་ན། །
ནས་འབྲུ་སྲན་ཡིད་སྨིན་དོན་མེད་རེད། །

深甚的佛法在天竺国，
所化众生在雪域地，
若无上师的耳传经，
雪域所化乃未曾有；
丰沛雨水在龙王湖，
五谷撒播在农田里，
若无白云引雨水来，
青稞豌豆无成熟日。

༣ སྐྱི་སེམས་ཚེས་གསུམ་ཟླ་བ་དེ། །
ཕྲ་ཡང་དོན་འཕྲས་ཇེ་རྒྱས་ཡིན། །
རང་འདོད་བཅུ་དྲུག་འོད་དཀར་ཅན། །
ཆེ་ཡང་ཇེ་ཆུང་ཇེ་ཆུང་ཡིན། །

初三夜空新出的弯月，
别看很瘦，它会越来越丰满；
十六夜空狂妄的圆月，
别看很大，它会越变越小了。

༤ ལ་ཆེན་ཆུ་དང་ཛ་མ་གཉིས། །
འཁྱག་པ་ཆགས་ན་ཆུ་བོ་སྲ། །
སྤྲང་པོའི་མགོ་དང་བེར་ཀ་གཉིས། །

说起水和水罐，
结冰之后，水比罐子硬；
说起乞丐脑袋和棍棒，

ཤི་སྐལ་མེད་ན་མགོ་བོ་སྲ། །
མི་ཧྲང་རྟ་ཕོའི་མགྱོགས་བུལ་དེ། །
ལམ་འཕྲང་དོག་ན་རྐང་ཐང་མགྱོགས། །
སུ་རྒྱལ་སྔོན་གྱི་ལས་ལ་རག །
རྒྱལ་བསམ་རང་མགོ་རང་གཡོགས་འདྲ། །

死期没到，脑袋会比棍棒硬；
别看所骑的马儿跑得快，
走狭路时，步行比骑马快；
谁会胜，要看前世的宿业，
自以为必胜，是在自欺欺人。

ཟ་བ།

草鼠

༡ རྒྱུ་ཕྱུགས་རྟ་ལ་གཏད་པས་ན། །
ནམ་ཕྱུགས་སྤྲང་པོ་རེད་རྒྱུ་ཡིན། །
བློ་ཕྱུགས་ནག་མོ་བྱས་པས་ན། །
ནམ་ཕྱུགས་རང་ཚུས་ཤོར་ལེ་འོང་། །

想靠赌马发财的人，
最终会沦为乞丐；
让老婆拿主意的人，
最终会败掉家业。

༢ འཚོ་སྐྱོང་རྟ་དང་ཆུང་མ་བྱེད། །
བྱམས་ཆེ་ན་བདག་པོ་ཐང་ལ་འཕེན། །
གཅེས་སྤྲས་བུ་དང་བུ་མོ་བྱེད། །
གཅེས་ཆེས་ན་བུ་རྒྱུད་དགྲ་ལ་འགྱུར། །
གསོག་གསོག་ཟས་དང་ནོར་ལ་གསོག །
གསོག་ཆེ་ན་ནོར་གྱིས་རང་སྲོག་གཅོད། །

马和妻子要照顾，
宠爱过头会摔地；
儿子女儿要照顾，
宠爱过头变仇敌；
食物钱财要积蓄，
积累过头会要命。

༣ རྟ་འདོད་པ་ཡག་དོ་བསམ་ན་འཁྲུལ། །
ཡག་ཟེར་ལེ་ལོ་གཅིག་ལོ་གཉིས་རེད། །
སྨན་བུ་མོ་ཡག་དོ་བསམ་ནས་འཁྲུལ། །
ཡག་ཟེར་ལེ་ཕ་མ་འཛོམས་དུས་རེད། །

骏马认为自己漂亮，它就错了，
它的漂亮只会延续一两年；
女孩认为自己漂亮，她就错了，
她的漂亮仅在父母健在时；

༤ ས་རྒྱུས་མེད་བྱེ་མའི་ལ་བདུན་ནས། །

陌生的齐玛拉顿[1]地方，

【1】齐玛拉顿：玛域一沙坡山垭口名。

མི་རྒྱུས་མེད་རྒྱ་གར་བློན་པོ་ལ། །
གཏམ་རྒྱུས་ཡོད་འདྲ་བ་བཤད་ནས་ཐལ། །

陌生的天竺国大臣，
给我说了一些又陌生的话。

སྟོང་བེ་རུ་ཉི་མ་རྒྱལ་མཚན།

董培如・尼玛坚赞

༡ རྒྱུ་རིན་ཆེན་རྒྱབ་ཏུ་ཁུར་བ་ན། །
སེམས་བསམ་པའི་གཏད་སོ་རེ་རེ་ཡོད། །
དེ་མེད་ན་ཁུར་དོན་ཅི་ལ་ཡོད། །
དབུས་ལ་པས་དྲེལ་ལ་གསེར་སྒམ་བཀལ། །
ཡིད་གཏད་ས་རྒྱལ་མོའི་དར་ལ་གཏད། །
དར་ནོར་པ་དབུས་ལ་དྲངས་ན་བསམ། །
མི་ཆེན་པོའི་མདུན་ལ་བཙོང་ན་བསམ། །
རྒྱུ་རིན་ཆེན་འཕེལ་ཁ་བལྟས་ན་བསམ། །
སྨན་བུ་མོས་གསེར་རྒྱན་ལུས་ལ་ཁུར། །
ཡིད་གཏད་ས་བྱི་པོའི་གདོང་ལ་བསམ། །
དགའ་ངེས་པའི་གྲོགས་གཅིག་ཁུག་ན་བསམ། །

人们背负贵重钱财的时候，
心里怀着一个又一个目标，
要是没有，何必要背它？
卫地人给骡子驮着金箱子，
心中目标是汉地的绸缎，
他想把珍贵绸缎运回卫地去，
想把它卖给大人物，
想增长钱财获得大利润；
女子佩戴黄金首饰的时候，
心中怀着少年郎的面容，
她想赢得堪托情愫的情人心，

༢ གུ་ལང་གསེར་གྱི་གདུ་བུ་དང་། །
རང་བྱུང་གཟི་ཡི་རྒྱན་ཆ་གཉིས། །
དྲུག་དཀར་གཡུ་ཡི་རྣ་རྒྱན་གསུམ། །
ཕྱུག་པོའི་ལག་ན་ཚེ་འཛོམ་ཡིན། །
འཕྱོར་མོའི་ལུས་ལ་ཉིན་གཅིག་འཛོམས། །

一是珍贵黄金手镯，
二是天然天珠首饰，
三是美石白璁耳坠，
富人手里，毕生才齐备，
美人身上，一日就齐备，

༣ གཟན་ལ་རེ་བའི་སྤྱང་ཐང་དང་། །
རི་ལ་འགྲིམ་པའི་གཡང་དཀར་གཉིས། །
མཐོ་གསུམ་རི་ལ་འཛོམ་ལུགས་རེད། །
ཇག་ལ་འགྲོ་བའི་ཨ་ཕོ་དང་། །

搜索食物的饿狼，
和爬上山坡的绵羊，
巍峨高山上遭遇了；
出门劫财的汉子，

ནོར་རྒྱན་སྐྱེལ་བའི་ན་ཆུང་གཉིས། །
མི་མེད་ལུང་སྟོང་མདའ་རུ་འཛོམས། །
འཛོམ་ལུགས་སྔོན་གྱི་ལས་འབྲས་འདྲ། །

和输送财宝饰物的孩子，
无人空谷口遭遇了。
这种遭遇，很像宿业注定的命。

༥ སྔོན་ལས་ཁྱི་དང་ཤྭ་བ་ཟེར། །
ལན་ཆགས་ལུས་དང་གྲིབ་མ་ཟེར། །

宿业注定的命，叫猎狗撞了鹿；
冤孽促成的缘，叫形影永相吊。

རྒྱ་གར་བློན་པོ་བེར་དཀར།

嘉卡尔伦波·贝嘎尔

༡ སྐྱེས་མོ་རབ་སྐྱེ་ཡོ་ལྷ་དང་འདྲ། །
ཚེ་བསོད་ནམས་གཟི་བྱིན་རང་འཁོར་ཡིན། །
སེམས་བསམ་པ་ཤེལ་དཀར་བུམ་པ་ལ། །
གཏན་ཚེ་རོཏ་བདུད་རྩི་འཁྱིལ་འདྲ་ཡོད། །
གཏམ་གསང་ཁྲབ་སྒོ་མོ་བསྡམས་འདྲ་ལ། །
ཚིག་སྙན་མོས་རྒྱལ་ཁམས་བློ་ཡིད་འཕྲོག །
སྨན་མོ་འབྲིང་ཟླ་བའི་ཞལ་བཟང་མ། །
ལས་དབང་ཐང་འཕེལ་འགྲིབ་གཉིས་ཀ་ཡོད། །
བློ་མི་བརྟན་རྒྱ་མཚོའི་ཉ་མོ་ལ། །
རོགས་བདེ་སྡུག་ཆུ་ཡི་རི་མོ་འདྲ། །
ཁ་གྲུ་བཞི་ས་མདོའི་སྲང་ལམ་ན། །
ཚིག་བདེན་རྫུན་བརྒྱ་འགྲོ་སྟོང་འོང་ཡིན། །
མོ་ཐ་མ་སྲོག་གི་སྤུ་གྲི་དེ། །
སེམས་མི་རྟག་སྒང་ཀའི་དར་ལྕོག་ལ། །
གྲོགས་དུ་ཡོད་སྐྱི་སེར་སྒང་འགྲིམ་ཡིན། །
ངག་མི་བདེན་རྫུན་གྱི་བང་མཛོད་ལ། །
དབྱེན་ཁ་ལྷེ་མཐུན་གསུམ་དཀྲུག་ཤིང་ཡོད། །

优秀女子美如天仙，
福寿荣华自然聚齐，
心地纯洁如白晶宝瓶，
甘露似的男人会伴她终生，
守秘密的嘴如紧闭的门，
偶尔说出的话能感动四方；
中等女子面如皎月，
福禄荣华有起有落，
心难平静动如海中鱼儿，
伴侣如河流苦乐纵横归大海，
口若谷口的巷道，
真真假假不会乱说千百遍；
下贱女子是夺命的利剑，
心思不定翻卷如山头的旗帜，
情人如风不断刮过山梁，
说的话像谎言的仓库，
挑拨的话会搅乱所有和谐。

༢ སྨན་བུ་མོ་རབ་དེ་ཀུན་ཕན་སྨན། །
ལྷ་བླ་མའི་ཐབས་ལམ་གྲོགས་ལ་མཁོ། །
གོང་དཔོན་པོའི་ཆུས་སྲིད་རྒྱན་ལ་འགྲོ། །
སྟག་ཤར་པའི་ལོངས་སྤྱོད་བཅུད་ལ་འཕོར། །
སྨན་བུ་མོ་འབྲིང་དེ་ཤེལ་དང་འདྲ། །
དེ་ཕན་གནོད་མ་ངེས་རྐྱེན་གྱིས་སྒྱུར། །
ལྷ་བླ་མའི་ཉམས་རྟོགས་བཟང་ངན་གྱིས། །
ལུས་འབྲེལ་ན་དགེ་སྡིག་གཉིས་སུ་བྱེད། །
སྟག་ཤར་པ་རླུང་རྟ་དར་རྒུད་ཀྱིས། །
འབྲེལ་ཟེར་ན་བདེ་སྡུག་སྣ་ཚོགས་འོང་། །
མོ་ཐ་མ་དུག་གི་མེ་ཏོག་འདྲ། །
ཕྱི་བལྟས་ཚེ་མིག་ལམ་འཁྱེད་ནའང་། །
ལུས་འབྲེལ་ན་སྲོག་གི་སྤུ་གྲི་ཡིན། །

优秀女子是利益一切的药，
能帮上师修行方便道，
能给君王国策添光彩，
能为男人生活增营养；
中等女子像水晶，
利害难定随缘起变化，
依从上师修证的优劣，
身之接触分做善恶两类，
随着夫家运势的盛衰，
接触后产生各种苦乐相；
下贱女子像含毒的鲜花，
看外貌虽然有眼缘，
一接触会变夺命的刀子。

༣ སྨན་བུ་མོ་འདི་ལ་འཕྲོད་ལུགས་གསུམ། །
སྨན་མོ་རབ་ཡར་ངོའི་ཟླ་བ་དེ། །
ལྷ་བླ་མ་གྲུབ་པ་ཐོབ་ཁར་འཕྲོད། །
སྟག་ཤར་པ་ལས་རླུང་དར་དུས་འཕྲོད། །
ཚེ་བསོད་ནམས་ཆུ་གཏེར་རྒྱས་པའི་གྲོགས། །
སྨན་མོ་འབྲིང་ལྷ་བྱ་ཁུ་བྱུག་དེ། །
བན་སྡོམ་པ་ཤོར་ཁའི་དཔྱིད་དུས་དང་། །
གཞིས་འཕོར་བ་བཟུང་བའི་སོས་དུས་གཉིས། །
སྟག་ཤར་ལུས་བྱིས་མགྲོན་གྲོགས་ལ་རྙེད། །
སྐབས་ཡག་ན་ཕན་མེད་གནོད་མེད་རེད། །
སྐབས་ཉེས་ན་རྩོད་ཀྱི་སྣ་འདྲེན་བྱེད། །
སྨན་ཐ་མ་ཏ་ལའི་གོང་བུ་འདྲ། །
ལྷ་བླ་མ་དམྱལ་བར་ཕྱོན་ཁར་རྙེད། །

女子的相遇分三类，
优秀女子是上弦的皎月，
相遇在上师即将证得成就时，
相遇在年青男子体格发达时，
她是帮人福寿汇成苍海的伴侣；
中等女子是神鸟杜鹃，
在那僧侣坏戒前的春季，
和成家立业时秋季，
与汉子邂逅成伴侣，
走运的日子她无益也无害，
倒霉的日子她会招来口角；
下贱的女人像草乌毒蓓蕾，
相遇在上师临堕地狱前，

སྟག་ཤར་པས་རང་སྲོག་ཕུང་ཁར་རྙེད། །	相遇在男儿临丢性命前，
སྔོན་མི་སྐྱིད་སྨ་ས་སྡུག་ལ་སྦྱར། །	前头无幸福，婆家要吃苦头，
རྒྱབ་མི་བདེ་ཕ་མིང་གྱོད་ཀྱིས་མནར། །	后头无安乐，父兄要陷仇杀，
ཡུལ་མི་བདེ་འཁྲུག་པའི་གཞི་མ་བཞག །	家乡无安宁，成为战争起因。

ལྷ་གསས་ཇོ་རུ། 拉赛 · 觉如

༡ སྤྲང་པོས་རྒྱལ་ས་མི་ཐོབ། །	穷人为王难胜任，
དབྱུག་པས་མགྱོགས་དར་མི་ཐོན། །	骑棍赛马难夺冠。

༢ ཐོས་པ་མེད་པའི་ཉམས་ལེན་དེ། །	尚未闻法的修持，
གཞུ་མོ་མེད་པའི་མདའ་དང་འདྲ། །	就像无弓之箭矢；
ཉམས་སུ་མ་བླངས་ཐོས་པ་དེ། །	缺乏修行的闻法，
ཉག་ཕྲན་མེད་པའི་གཞུ་མོ་འདྲ། །	就像无箭之空弓；
གཉིས་ཀ་འཛོམ་པ་དཀའ་མོ་རེད། །	闻和修很难兼有，
འཛོམ་ན་བླ་མ་རབ་ཅིག་ཟེར། །	两全乃是大圣僧；
གོ་མཚོན་མེད་པའི་དཔའ་སྙིང་དེ། །	无兵器之勇敢，
ཡུ་བ་མེད་པའི་གྲི་དང་འདྲ། །	犹如无柄之刀；
དཔའ་སྙིང་མེད་པའི་གོ་མཚོན་དེ། །	不勇敢而持器，
རལ་གྲི་མེད་པའི་གྲི་ཡུ་འདྲ། །	就像有柄无刀；
གཉིས་ཀ་འཛོམ་པ་དཀའ་མོ་རེད། །	兵器和勇敢难兼有，
འཛོམ་ལེ་བྱུང་ན་དཔའ་བོ་ཟེར། །	一旦兼有乃是英雄；
ཁོག་ཤེས་མེད་པའི་སྐྱེ་གཟུགས་དེ། །	不贤惠的美貌，
རྡོ་སྒོར་མོ་མེད་པའི་འུར་རྡོ་འདྲ། །	如无石之抛石绳；
སྐྱེ་ལོ་མེད་པའི་ཁོག་ཤེས་དེ། །	有美貌无内惠，
འུར་ཁྲ་ཐུང་མ་འཛོམ་རྡོ་དང་འདྲ། །	如抛石绳缺石块；
གཉིས་ཀ་འཛོམ་པ་དཀའ་མོ་རེད། །	惠和美难兼备，

འཛོམ་ན་བུ་མོ་མཛངས་མ་རེད། །

一旦兼备是贤女。

༣ མ་ཤེས་བྱ་བ་ནོར་བ་དེ། །
སྨྱོན་པས་རང་སྲོག་གཅོད་པ་འདྲ། །
ཤེས་ཀྱང་ལག་ལེན་ནོར་བ་དེ། །
དུད་འགྲོས་རང་རྐུབ་ལྡག་པ་འདྲ། །
ལག་ལེན་མེད་པའི་ཁ་བཤད་དེ། །
གཤོག་རྡུག་མེད་པའི་བྱ་དང་འདྲ། །

无知做出的错事，
犹如疯子之自杀；
明知做出的错事，
犹如畜牲自舔屁股；
不践行而说大话，
犹如无翅鸟难飞。

༤ ཕོ་རོག་ཤ་ཁུར་རི་གསུམ་རྩེ། །
ཤྭ་བ་མདའ་ཁུར་ལུང་གསུམ་མདོ། །
རྗོ་ཏུ་གཏམ་ཁུར་ཕུ་ནུའི་སྟོན། །

叼肉大鸦飞往三山顶，
带箭雄鹿走在三谷间，
无能觉如夸口兄弟中。

༥ བཟང་མེད་ངན་མེད་བྱིས་པ་དང་། །
མགོ་བཙའ་མེད་པའི་གཞོན་ནུ་གཉིས། །
ངོ་ཚ་མེད་པའི་རྒས་པོ་གསུམ། །
སྐྱིད་མགོ་མཐའ་མཉམ་ལེ་དཀའ་མོ་རེད། །

不知好歹的小孩，
缺乏家教的青年，
不知羞耻的老人，
很难善始善终。

༦ བླ་མ་སྙོམས་སེམས་དབང་དུ་ཤོར། །
སློབ་མའི་ལྟ་བ་ཆོས་ལས་ལོག །
ཡོན་བདག་སེར་སྣའི་མདུད་པས་འཆིང་། །
ཆོས་དམ་ཚིག་སྲུང་སྡོམ་དཀའ་མོ་རེད། །
དཔོན་པོའི་ཐུགས་སྤུན་རྒྱུ་ལ་ཟུག །
བློན་པོས་རྒྱལ་ཁྲིམས་མགོ་མཇུག་བསྒྱུར། །
འོག་སྡེ་ཉེས་མེད་ཆད་པས་མནར། །
དྲིན་ཆེན་པོ་ཟེར་ལེ་དཀའ་མོ་རེད། །
ཕ་ཁུ་གཡོ་ཀྱོད་རི་ལས་ཆེ། །

活佛顽固于傲慢，
僧徒忤逆于佛法，
信众吝啬于供养，
很难虔诚守誓戒；
头人结友为谋财，
臣子颠倒其国法，
属民无罪遭惩罚，
要说恩惠难上难；
叔父阴谋大如山，

ཕུ་ནུའི་སྙིང་རྩ་རོ་བས་བཙོག །　兄弟心眼如腐尸，
བུ་ཚ་དབང་མེད་མཐའ་ལ་ཕུད། །　无权侄儿赶出门，
དགྲ་འདུལ་གཉེན་སྐྱོང་དཀའ་མོ་རེད། །　灭敌慰亲难上难；
ཨ་མའི་ངོ་ཕྱོགས་གནམ་བཞིན་ནག །　母亲绷脸如黑天，
མནའ་མའི་ཁྱེད་ཆོ་ར་བས་ཀྲོད། །　媳妇固执如硬角，
བུ་མོའི་བློ་སེམས་འདོད་པས་དེད། །　女儿心思在出嫁，
ཡུན་རིང་གཤིབ་པ་དཀའ་མོ་རེད། །　很难一起过日子；
ཚོང་པ་ཨ་ཁུ་ཞེ་རྩ་རྩུབ། །　买方叔父心眼害，
རྩེ་ཡ་རྫོ་ཏུ་ཡིད་རིག་སྤྱང་། །　卖者觉如太狡猾，
དགའ་བའི་རྐྱང་རྒོད་གོང་ཐང་ཆེ། །　枣骝神马价格高，
བློ་བསམ་ཐོག་འགྲོ་ལེ་དཀའ་མོ་རེད། །　要想成交难上难。

༄ ཉེ་བའི་ཐ་མ་འཁོན་གྱིས་བསྡུ། །　亲戚反脸终为仇，
འདྲིས་པའི་ཐ་མ་དབྱེན་གྱིས་ཕྱེ། །　结伙之后终散伙，
ཤག་གི་ཐ་མ་ཀྲོད་ཀྱིས་མནན། །　结友之后是纠纷，
ཡིད་དམར་ཐང་ཟེར་ལེ་དཀའ་མོ་རེད། །　要说真爱难上难；
ཉི་མ་ནུབ་ཀྱི་རི་ལ་བྲོས། །　太阳逃往西山边，
ཟླ་བ་སྤྲིན་ཏུམ་སྨག་ལ་ཤོར། །　月亮隐身夜云中，
སྐར་མ་སྐྱ་རེངས་ནམ་གྱིས་འདེད། །　星光遁形于晨曦，
ཨ་སྟོན་བརྒྱན་ལེ་དཀའ་མོ་རེད། །　要想丽天难上难。
ལྷོ་སྤྲིན་སྐྱི་སེར་རླུང་གིས་གཏོར། །　劲风吹散南边云，
གཡུ་འབྲུག་མཇུག་མ་ས་ལ་གབ། །　玉龙蛰伏在地下，
སྦྲང་ཆར་སྟོང་པའི་དབྱིངས་སུ་ཡལ། །　夏雨消失于天际，
མི་འབྲལ་འགྲོག་ལེ་དཀའ་མོ་རེད། །　凑在一起难上难；
རྩི་ཐོག་རི་དྭགས་ནོར་གྱིས་ཟ། །　野生动物吃草籽，
ལོ་ཏོག་བང་མཛོད་བཅུད་ལ་སྤྱོན། །　谷粒储藏于粮仓，
སྨིན་པའི་ཤིང་འབྲས་ས་ལ་བྲུལ། །　树上果实掉地上，

ངོག་མོའི་རྒྱན་ཆ་ཡུད་ཙམ་རེད།། 装饰大地是瞬间；
ཨ་ཕ་སེང་བློན་ཞེ་རྩ་ནག། 父亲森伦心眼黑，
ཁུ་བོ་ཁྲོ་རྒྱལ་དྲན་རྒྱུ་མང་།། 叔叔超同想法多，
ཚ་བོ་ཇོ་རུ་ཉེད་རྒྱུ་མོད།། 侄儿觉如不听话，
བློ་ཐབས་ཤིས་འགྲིག་པ་དཀའ་མོ་གདའ། 很难合谋好计策。

༨ ལྷ་ནས་བསྐོས་པའི་ཇོ་རུ་དང་།། 天神派出的觉如，
གཉན་གྱིས་བྱིན་པའི་རྐྱང་རྒོད་གཉིས།། 年[1]神赐的枣骝马，
ཀླུ་ཡིས་སྤྲད་པའི་གསེར་སྒ་གསུམ།། 鲁[2]神所献之金鞍，
འཛོམ་ལེ་བྱུང་ན་རྒྱུག་ལེ་སླ།། 只要凑在一起时，
赛马夺冠很容易。

༩ མེད་པོ་བུ་ལ་ནོར་ཞིག་འཛོམ།། 穷人得到财富时，
ཕྱུག་པོའི་སེམས་རྩ་གཙོང་གིས་ཟིན།། 富人心中生妒忌；
གཡང་དཀར་ལུག་ལ་ཤ་རྒྱས་ན།། 绵羊长起肥膘时，
རི་ཁྱི་སྤྱང་ཀིའི་ཁ་ཤ་འདར།། 野狼馋得嘴颤抖；
ཤྭ་ཕོ་ཆེན་མགོ་ལ་དུང་ར་རྒྱས།། 雄鹿长起茸角时，
ངོན་མེད་རྔོན་པའི་སེམས་རྩ་འགུལ།། 猎人心中起杀意。

༡༠ ལྟོ་རྒྱགས་ཤིང་ཧ་རྟིས་ཧེ་ཆེ་རེད།། 吃得越饱越爱枣骝马，
ཆང་འཐུང་ཤིང་འབྲུག་མོ་ཧེ་དྲན་རེད།། 喝酒越多越想起珠牡，
ད་ཧ་སྡེབ་མི་བྱེད་འགྲོ་རྒྱུ་ཡིན།། 不想交换马儿只想走。

[1]年：年是古代藏族三界宇宙观（上天神界、中间年界和地下鲁界）中的中间年界的所有生物的总称。不管高山还是平川都被认为是年居住的地方，许多年在历史上逐渐演变为人们世代祭拜的保护神，就是各种年神。

[2]鲁：音译名。鲁是古代藏族三界宇宙观（上天神界、中间年界和地下鲁界）中的地下所有水族生存地域叫鲁或鲁界。在中间年界中也时常有些生灵被认为属于鲁的范畴。一些标志性文化符号中一般用蛇来代表鲁。藏语“鲁”在汉语中无对称名词，龙、蛇等过去的译法不能准确表达鲁的意义，故用“鲁”来表达水族世界，以利于传承和认知原真文化内涵。

༡༡ ལས་ངན་རང་གིས་བྱས་པ་ཡི། །
ལུས་ངན་རང་ཐོག་སྨིན་ལ་ལྟོས། །

是否自造恶业，
只看此生便知。

༡༢ ཕྱི་སྒྱུ་ལུས་འཁྱོག་ན་ནད་གཞི་ཡིན། །
ནད་ལྷངས་སེ་བྱུང་ན་སྲོག་ལ་གཟན། །
ནང་སེམས་ཉིད་འཁྱོག་ན་འཁྲུལ་བ་ཡིན། །
འཁྲུལ་ལྷངས་སེ་བྱུང་ན་སྨྱོན་པ་རེད། །
བར་སྐྲ་བརྗོད་འཁྱོག་ན་རྫུན་པ་ཡིན། །
རྫུན་ལྷངས་སེ་བྱུང་ན་ཁྲིམས་ལ་ཐུག །
མཚོན་སྐྱུར་པོས་རང་སྲོག་གཅོད་པས་ཟེར། །
ར་སྐྱུར་པོས་རང་མིག་གཙར་བས་ཟེར། །
ལག་སྐྱུར་པོས་ཁུ་ཚུར་བྲང་ལ་བརྡུང་། །
སྐྱུར་ཆེ་ན་ཁ་རྐུབ་ཐུག་པས་ཟེར། །

躯体扭曲也算病，
一旦暴发会要命；
心灵扭曲生幻觉，
一旦暴发是疯子。
交谈扭曲是骗话，
骗过头了吃官司；
反刃砍刀伤自己，
羊角逆弯伤眼睛；
反拳挥打胸遭捶，
过度弯身嘴咬屁。

༡༣ སྟོད་ཁ་སྦུབ་རྒྱབ་སྐྱུར་ཆུ་མི་ཆགས། །
སེམས་སྐྱུར་པོ་གླེན་པས་གཏམ་མི་གོ །
ལུས་སྐྱུར་པོ་ལྷུན་པོས་གོས་མི་གཟབ། །

覆锅之下难装水，
心灵扭曲说傻话，
佝偻难穿长衣服。

༡༤ མི་བརྒྱ་གྲལ་ལ་འདུག་པ་ན། །
སྐྱུར་པོས་ཁུར་པོ་ཁུར་བ་འདྲ། །
ཁུར་ནས་ཕོག་རྒྱུ་མེད་པ་འདྲ། །
མི་བརྒྱ་ལ་ལ་འགྲོ་བ་ན། །
སྐྱུར་པོ་ཐུར་ལ་བབས་པ་འདྲ། །
མི་བརྒྱ་ཡར་ལ་ལངས་པ་ན། །
སྐྱུར་པོ་མར་ལ་ཉལ་བ་འདྲ། །

众人一起坐下时，
驼背好像背坨子，
一背好像放不下；
众人往上爬坡时，
驼背好像走下坡；
众人起身站立时，
驼背好像俯身卧。

༡༥ སྤུ་ནུའི་རྟ་རྒྱུག་གྱེན་ལ་འགྲོ། །

兄弟赛马朝前跑，

ཇོ་རུའི་རྟ་རྒྱུག་ཕྱུར་ལ་སོང་། །
觉如赛马跑反向。

མ་ཡུམ་འགོག་བཟའ་ལྷ་མོ།
母亲·果萨拉姆

༡ རྒྱ་ཞིང་ས་བོན་དྲོད་གཤེར་བཅས། །
田地种子及温暖，

གསུམ་འཛོམ་པས་འབྲུ་སྨན་བཅུད་དུ་སྨིན། །
凑齐三者可成熟；

མདའ་དང་གཞུ་མོ་སྐྱེན་པོའི་མཐེབ། །
强弓利箭及射手，

གསུམ་འཛོམ་པས་དགྲ་སྲོག་རྩད་ནས་གཅོད། །
凑齐三者可杀敌；

ཇོ་རུ་ཨ་མ་འབྲུག་མོ་བཅས། །
觉如果萨及珠牡，

གསུམ་འཛོམ་ན་ལྷ་རྟ་གྲལ་ལ་ཚུད། །
凑齐三者可抓马。

༢ སྐྱེན་པོའི་མདའ་མོ་གསེར་ལྟོང་ཅན། །
锋利金筈之利箭，

བཞུགས་ནི་དོང་པའི་བཅུད་ལ་བཞུགས། །
乃是箭囊之福气，

དཔའ་བོའི་གོ་མཚོན་རྒྱན་ཆ་སྟེ། །
英雄佩挂的武器，

དགྲ་འདུལ་གྲོགས་ལ་མ་ཕན་ན། །
不能助威灭敌人，

རྣོ་ངར་འཛོམས་དང་མ་འཛོམས་མེད། །
锋不锋利都一样。

བུ་གཅེས་དཔའ་བོ་སྙིང་གདོས་ཅན། །
勇敢爱子之勇气，

བཞུགས་པ་འཁོར་བའི་བཅུད་ཡིན་ཏེ། །
乃是生活的福分，

དགྲ་འདུལ་གཉེན་སྐྱོང་མ་བྱས་ན། །
若不杀敌和护亲，

བྱ་ལག་ཡོད་མེད་ཁྱད་པར་མེད། །
有无勇气都一样。

འབྲུ་དྲུག་སྙེ་མ་ཞིང་གི་རྒྱན། །
田里六谷之禾穗，

བཞུགས་ནི་རྒྱ་ཞིང་རྒྱན་ཡིན་ཏེ། །
乃是田地之美饰，

བང་མཛོད་བཅུད་ལ་མ་ཐོན་ན། །
若不储入粮仓中，

མེ་ཏོག་སྨིན་དང་མ་སྨིན་མེད། །
开不开花都一样。

ཅང་ཤེས་རྟ་མཆོག་འདོ་བའི་རྒྱན། །
枣骝神驹之健硕，

བཞུགས་ན་རི་རྒྱལ་རྒྱན་ཡིན་ཏེ། །
乃是大山之美饰，

གསེར་སྒའི་བཅུད་ལ་མ་ཐོན་ན། །
若无背上的金鞍，

འགྲོས་གོམ་འཛོམས་དང་མ་འཛོམས་མེད། ། 有无健蹄都一样。

༣ ཨ་ཕ་ཨ་མ་བུ་རྒྱུད་གསུམ། ། 父亲母亲和儿女，
དཔྱད་དེ་རང་གིས་བྱས་ལེ་མིན། ། 并非人为凑齐的，
བྱས་ཀྱང་བསམ་ཐོག་འོང་ལེ་མིན། ། 人为凑合难如愿，
ཚེ་སྔོན་ལས་ཀྱིས་སུ་བསྐོས་རེད། ། 只是前世的注定。
བུ་མོའི་སྐྱེ་པོ་བཟང་ངན་དང་། ། 姑娘长相美与丑，
བུ་ཚའི་སྙིང་ཤེད་ཆེ་ཆུང་དེ། ། 侄儿胆量大与小，
དཔྱད་དེ་ཕ་མས་བྱས་ལེ་མིན། ། 并非父母之安排，
བྱས་ཀྱང་བསམ་ཐོག་འོང་ལེ་མིན། ། 即便安排也难成，
དཀར་ནག་ལས་ཀྱི་རྣམ་སྨིན་རེད། ། 只是善恶之业报。
ཇོ་རུ་རྐྱང་རྒོད་འགོག་མོ་གསུམ། ། 觉如母亲和神驹，
བསམ་བསམ་མཉམ་དུ་འཚོགས་ལེ་མིན། ། 并非人为凑齐的，
འཚོགས་བསམ་ཡོད་ཀྱང་འགྲུབ་ལེ་མིན། ། 即便想凑也难成，
གོང་མ་ལྷ་ནས་བསྐོས་ལེ་རེད། ། 而是天神之安排。

ཁྲི་ཤི་སྒུ་རུ། 切西·古如

༡ བསམ་ངན་སྣག་ཚ་འདྲ་འདྲ། ། 心坏如黑墨，
ངན་རྟགས་མེ་ལྕེ་འདྲ་འདྲ། ། 施坏如烈焰。

༢ དགྱེ་ཤི་ལོ་ལྟག་པའི་གཉའ་ཤིང་། ། 轭木压颈脖难直，
ལྟག་པའི་གཉའ་ཤིང་ཆག་མེད། ། 压颈轭木折不断；
སྒུར་མི་བཅུག་རྒྱུས་པའི་ཐག་ནག ། 绳绑膝窝腰难躬，
རྒྱུས་པའི་ཐག་ནག་ཆད་མེད། ། 膝窝绑绳断不了。

ཚངས་པའི་ཊཱ་ལུག 仓巴奥鲁

༡ སྐྱེ་པོ་ཟེར་ལི་ཤ་ལྤགས་རེད། །	所谓貌美是皮肤，
ཡག་བཙོག་ཟེར་ལི་རྟོག་བཏགས་རེད། །	所谓美丑是人为，
མི་རྟག་ལུས་ཀྱི་རྣམ་འགྱུར་རེད། །	都是无常之表演，
དོན་ལ་བྱ་ཁྱིའི་ཁ་ཟས་རེད། །	最终只能喂禽犬。
༢ ལྷ་སྐུ་ཡག་ལི་མཚོན་ཁྲ་རེད། །	泥佛之美是色彩，
བྱིན་རླབས་མེད་ན་ས་རྫ་རེད། །	若无加持是土石；
བླ་མ་ཡག་ལི་ན་བཟའ་རེད། །	上师之美是袈裟，
ཉམས་རྟོགས་མེད་ན་ཨོ་ཟོབ་ཟེར། །	若无实修是作假；
སྟག་ཤར་ཡག་ལི་གོ་མཚོན་རེད། །	男儿之美是武装，
སྙིང་གདོས་མེད་ན་སྡར་མ་ཟེར། །	若无勇气是懦夫；
བུ་མོ་ཡག་ལི་རྒྱན་གོས་རེད། །	姑娘之美是服饰，
ཁོག་ཤེས་མེད་ན་འཁྱར་མ་ཟེར། །	若无贤惠是荡妇。

རྟོགས་བརྗོད་འཆི་མེད་ལྷ་ཡི་ང་རྔ།

《神鼓传记篇》

ནེ་ནེ་གནམ་སྨན་དཀར་མོ།

乃乃·南曼嘎尔姆

༡ དཔེ་མེ་ཤེལ་ཉི་མའི་དཀྱིལ་འཁོར་དེ། །
དམའ་གླིང་བཞིའི་རྒྱན་དུ་ཆེ་བས་ཟེར། །
དམའ་གླིང་བཞིའི་རྒྱན་དུ་མི་ཆེ་རྒྱུ། །
གཅིག་ཏུ་མ་རིག་མུན་པ་སེལ། །
གཉིས་སུ་རྩི་བཅུད་འབྲས་བུ་སྨིན། །
གསུམ་དུ་ཚ་གྲང་འདུ་བ་སྙོམས། །
ཡོད་ན་གཅིག་ཆོག་གླིང་བཞིའི་རྒྱན། །
མེད་ན་དེ་མེད་ཐབས་ཆག་ཡིན། །

犹如火晶坛城的太阳，
乃是四大部洲的装饰，
因何成为部洲的装饰，
一是驱散黑暗迎晨曦，
二是禾苗成熟结硕果，
三是调合温热和寒冷，
只需一个能装点四洲，
缺少了它就不堪设想。

༢ དཔེ་འཛམ་གླིང་ཡངས་པའི་ས་ཆེན་འདིར། །
མཐོ་བར་སྣང་སྦྲང་ཆར་མ་བབས་ན། །
དམའ་ས་གཞིའི་རྩི་བཅུད་སྨིན་ཐབས་མེད། །
ཞིང་རྩི་བཅུད་ལོ་འབྲས་མ་སྨིན་ན། །
སྐྱེ་འགྲོ་མ་ལུས་གནས་ཐབས་མེད། །

在这广袤无垠大地上，
如果天空不降甘露雨，
地上就不会长出草木，
田园不会成熟其果实，
众生无法生存在世间。

༣ རྒྱ་ཤོད་ཞིང་གི་རེའུ་མིག་ན། །
སྙེ་ལྗང་སྙེ་མ་ཧར་ལངས་དེ། །
བཟང་པོའི་འབྲས་བུ་མ་བརྒྱན་ན། །
ལྗང་ལོ་དུད་འགྲོའི་ཁ་ཟས་དེ། །
སྐྱེས་བོངས་ཆེ་ཡང་ཕན་པ་མེད། །
མཐོ་ནམ་མཁའ་མཐིང་གི་གུར་ཁང་ནས། །

相互连接的田地里，
只长无粒空穗直指天，
若不结出饱满的籽粒，
青色禾苗只能喂牲畜，
长得再茂盛也无用。
在那蓝色的天空中，

དཔུང་མང་སྐར་མའི་བཀྲག་མདངས་དེ། །
ཉ་གང་ཟླ་བས་མ་མཛེས་ན། །
རྒྱུ་སྐར་མུན་པའི་སྣ་ཁྲིད་འདྲ། །
ཁང་གྲངས་མང་བས་ཕན་པ་མེད། །

繁星无数闪着光芒，
如果缺乏明月的装饰，
星辰就像黑暗的迎者，
数量再多仍然无用。

ལྷ་སྲས་ཇོ་རུ།

拉赛 · 觉如

༡ དཔེ་ནམ་མཁའི་ལྷ་ལམ་ཡངས་པ་ནས། །
གསལ་བྱེད་ཉི་ཟླའི་དཀྱིལ་འཁོར་དེ། །
ལོང་བ་མ་གཏོགས་ཀུན་མཐོང་རེད། །
ཆུ་འཛིན་སྤྲིན་གྱི་ལྡིང་ཁང་ནས། །
གཡུ་འབྲུག་སྔོན་མོའི་སྐད་གསང་དེ། །
འོན་པ་མ་གཏོགས་ཀུན་ཐོས་རེད། །

在辽阔无际天道上，
明光辉耀的日月，
除了盲人谁都看得见。
在雨云腾飞天道上，
隆隆响起的龙声，
除了聋人谁都听得清。

༢ མཐོ་མཁའ་དབྱིངས་དར་ནས་ས་གཞི་སྲིད། །
དམའ་ས་གཞི་ནམ་མཁའི་རྟེན་རོགས་རེད། །
གསལ་ཉི་ཟླ་དར་ནས་མུན་པ་སྲིད། །
དགུང་མུན་པ་ཉི་ཟླའི་མདངས་འདོན་རེད། །
ཆོས་དཀར་ཕྱོགས་དར་ནས་ནག་ཕྱོགས་སྲིད། །
བདུད་ནག་ཕྱོགས་ཆོས་ཀྱི་སྣ་ཁྲིད་རེད། །

自从有了天空就有大地，
大地就是天空的依托；
自从有了日月就有黑夜，
黑夜使日月更加光明；
自从有了善法就有邪恶，
邪恶就是善法的诱因。

༣ དཔེ་བར་སྣང་སྟོང་པའི་དབྱིངས་དང་གཅིག །
མེ་ཤེལ་ཉི་མའི་དྲོད་དང་གཉིས། །
ཆུ་འཛིན་ཆར་གྱི་བརླན་གཤེར་གསུམ། །
འཛོམས་ན་འཇའ་འོད་རང་ཤར་རེད། །
འཇའ་འོད་ཟེར་མིག་གི་ལྟད་མོ་རེད། །
དེ་མ་འཛོམས་བར་སྣང་སྟོང་པ་རེད། །

一是空旷的天空，
二是温暖的阳光，
三是湿润的雨水，
三者凑齐显彩虹，
彩虹就是视觉的盛宴，
若无三者蓝天是空的，

ལྟ་འདོད་ཡོད་ཀྱང་མཐོང་ཐབས་མེད། །
想看彩虹也妄然。

ལྷ་ཧ་མགྲིན་དམར་པོ།

马头明王

༡ ལྷོ་སྤྲིན་ཟུར་གྱི་སྦྲང་ཆར་དེ། །
སྒུག་མི་རྒྱ་ཞིང་རེའུ་མིག་རེད། །
འབྲུ་སྟོན་མོ་ས་ལ་མ་བཀྲམ་བར། །
སྦྲང་ཆར་འབབ་པ་ངང་གིས་སྒུག །
དགུན་ཁ་བ་བབས་དང་མ་བབས་མེད། །

南天边上的雨水，
等候你的是田地，
一直等到撒种子，
冬天下不下雪都一样。

༢ སྐྱེས་ཕོ་རབ་བློ་ཕྱོགས་ལྷ་ལ་གཏད། །
དགུང་ཉི་མ་མཁའ་ལ་ཤར་འདྲ་འོང་། །
ཕོ་འབྲིང་བློ་ཕྱོགས་དཔོན་ལ་བྱེད། །
ས་གར་སྐྱིད་རང་དབང་ཡོད་པ་འོང་། །
ཐ་མས་བློ་ཕྱོགས་ནག་མོ་ལ། །
ནག་མོའི་བློ་དང་ཆུ་བོ་གཉིས། །
ཡར་ལ་མི་འགྲོ་ཐུར་དུ་འགྲོ། །

上等男人心向佛，
人生就像日中天；
中等男人心向官，
自由选择好地方；
下等男人心向女，
人生如水走下坡。

ཨ་ཁྱོད་ཐར་པའི་ཟོར་སྣ།

阿奎·太贝索尔纳

སྐྱེ་ཡག་བུ་མོའི་ཚེ་རོགས་དེ། །
བསམ་མི་མང་དེ་ལོན་མི་དཀོན། །
སྐྱིད་འདོད་འཁོར་བའི་བསོད་ནམས་དེ། །
སྒྲུབ་མི་མང་དེ་ཐོབ་མི་དཀོན། །

人人想娶美丽娘，
只有少人能娶上；
人人想过幸福日，
只有少人能过上。

སྐྱི་དཔོན་རོང་ཚ་ཁྲ་རྒན།

༡ མོ་ཤེས་མེད་དགུན་ཞོ་འཁྲུག་དཀྲོག།
མར་མི་ཐོན་རང་ལག་འཁྱོབ་རོགས། །
ཕོ་ཤེས་མེད་ཀྱིས་དགུན་རྟ་འཁྲུག་རྒྱུག།
ས་མི་ནོན་རང་ལུས་རྫེབ་རོགས། །

༢ རྙིང་མ་ལག་ཏུ་ལོན་དུས་མི་ལ་སྦྱིན། །
གྲོགས་ཁ་ལ་བྱུང་དུས་ལྟོ་ཡི་ཕུད། །

吉本・绒擦查根

无能女人冬天搅冰奶，
打不出酥油手也冻僵了；
无能男人冬天赛寒马，
压不住脊背摔在冻土上。

到手战功送给人，
到口食物往外推。

རྒྱ་ལོ་སྟོན་པ་རྒྱལ་མཚན།

མཐོ་བྲག་དཀར་རྩེ་རྒྱས་རྩེ་མོ་རྒྱས། །
རྒོད་ཐང་དཀར་ཆེད་དུ་མ་བྱས་ཏེ། །
བྱ་རྒྱལ་འཁོར་ལོ་ལས་འབྲས་རེད། །
ཤིང་ཤུག་གུ་རྩེ་རྒྱས་རྩེ་མོ་རྒྱས། །
བྱ་ཁུ་བྱུག་ཆེད་དུ་མ་སྐྱེས་ཀྱང་། །
སྐྱིད་ལྷ་བྱ་རང་གི་སྐྱུ་བསོད་རེད། །

嘉洛・顿巴坚赞

岩山高峰耸入天，
并非特意为鹫筑，
可注定有鹫鸟巢穴。
柏树长得枝叶茂，
并非特意为杜鹃，
可注定让杜鹃栖落。

སྟག་རོང་ཕུ་མོ་ཁྲོ་མཚོ།

༡ ས་ངན་ཐལ་བ་དགུང་ལ་ཕྱུར། །
རྩྭ་དང་མེ་ཏོག་དེ་ལ་མེད། །
བན་ངན་སེམས་རྩ་འདོད་པས་དེད། །
ཆོས་དང་སྡོམ་པ་དེ་ལ་མེད། །
དཔོན་ངན་ཤེས་པ་གཡོ་ཡིས་གང་། །

达绒・普姆超措

荒凉的地方，尘土漫天，
长不出青草和花卉，
拙劣的僧人，欲望催着心，
没有佛法造诣和戒律；
邪恶的君王，满心狡黠，

ལས་དང་རྒྱུ་འབྲས་དེ་ལ་མེད། །
མ་ངན་བུ་མོ་རང་སྣང་ཆེ། །
ཤེས་དང་ཡེ་རིག་དེ་ལ་མེད། །

从不讲因果和公理；
泼妇家的姑娘，心气很高，
不懂得贤惠和勤俭。

༢ བླ་མས་ཅི་གསུང་མ་ཤེས་གོང་། །
གྲྭ་པས་འདོན་སྒྲ་རྗོ་རོ་རོ། །
དཔོན་པོས་ཅི་དགོངས་མ་ཤེས་གོང་། །
བློན་པོས་བཀའ་བཀྱོན་ཚག་ཚག་ཚག །

不知喇嘛诵何经，
僧人先出嗡嗡声；
不知首领说何言，
仆臣抢词责备人。

སེང་ལྕམ་འབྲུག་མོ།

森姜珠牡

༡ བོང་བུ་རྟ་ལ་མི་ཐེ་སྟེ། །
སྨུག་ཆུང་དྲེའུ་ཕ་མར་མགོ། །

虽然驴子非骏马，
却是骡马的父母。

༢ ཕྱི་ན་སྤྲང་པོའི་གཟུགས་སྣང་ཡང་། །
ཕ་ཆེན་ཕྱུག་པོའི་གྲལ་ལ་བགོད། །

外表似是寒酸穷人相，
却在父辈富人的行列。

རྒྱ་ཚ་ཞལ་དཀར།

嘉擦谐嘎

༡ ཁེབས་ཆེན་གནམ་གྱིས་ཁེབས་དཀའ། །
ཚུམ་ཆེན་ས་ཡི་ཚུམ་དཀའ། །

威风之大天难覆盖，
权力之大地难承载。

༢ སེམས་ཅན་དོན་ལ་སངས་རྒྱས་ངོ་མི་བརྒྱལ།

为利众生，佛不辞劳。

རྨ་ཤེལ་བྲག

《玛协扎》

ནེ་ནེ་གནམ་སྨན་དཀར་མོ།

乃乃·南曼嘎尔姆

༡ བྱ་ཁྱུང་ཆེན་ནོར་བུའི་ཐོར་ཚུགས་ཅན། །
ལུས་གཞོག་དྲུག་སྒོ་ངའི་སྦུབས་རྒྱ་ལས། །
སྤོབས་སྤུ་གྲིའི་ཡང་རྩལ་རྫོགས་པའི་དུས། །
འཕུར་ཟེར་ན་ཀླུ་ཁམས་ཟིལ་གྱིས་གནོན། །
སྦྲུལ་དུག་ཅན་ངར་མ་ཁྱུར་མིད་བྱེད། །
མཐོ་དགུང་ལ་འཁྱིམ་པའི་གཡུ་འབྲུག་དེ། །
དགུན་ཟླ་གསུམ་རི་བོའི་ལྷུམས་སུ་བཞུགས། །
དཔྱིད་སྔོ་ལྗང་འདབ་མ་བཞད་པའི་དུས། །
གྲག་ཟེར་ན་རྒྱལ་ཁམས་ཞུར་གྱིས་བཀང་། །
བྲག་དཀར་འཛོང་མཐོ་ཡང་ཐལ་ཕུང་བཟོ། །
ལྷ་གོང་མའི་ཐུགས་སྲས་ནོར་བུ་ཁྱེད། །
སྐུ་མཚན་དཔེ་མི་ཛོམ་སྤྲས་པའི་ཚུལ། །
མཐོ་རྒྱལ་སྲིད་གསེར་ཁྲི་གནོན་པའི་དུས། །
ཛོམ་ཟེར་ན་འཛམ་གླིང་ཡོངས་ལ་ཁྱབ། །
དཔུང་བདུད་བཞི་བཙན་ཡང་དབང་དུ་སྡུད། །

头顶摩尼宝的大琼鸟，
生在蛋中六羽丰满时，
一飞冲天威压鲁蛇界，
生吞活咽剧毒之凶蛇。
高空飞翔的青龙，
三冬卧在深山中，
开春绿叶生长时，
一声巨鸣惊动满世界，
那怕岩山也要击粉碎。
神意之子格萨尔，
掩盖雄才藏俊朗，
登上宝座称王时，
雄风一展惊动人世间，
四魔虽凶降伏为部众。

༢ ལྷོ་མོན་རོང་ལྷ་བྱ་ཁུ་བྱུག་དེ། །
སྐད་དྲུག་འགྱུར་ལྷང་ངེར་བོད་དུ་འོངས། །
དགུང་ལྷོ་སྤྲིན་འཁོད་པའི་སྐུལ་མ་ཡིན། །
སྦྲང་ཆར་འབེབས་པའི་དུས་ལ་བབ། །
བྱ་ངང་པ་གསེར་གྱི་འདབ་མ་ཅན། །

生在南方门域的杜鹃，
唱着六变调儿来蕃地，
这是南云聚会的召唤，
就是雨季到来的时候。
长着金色翅羽的黄鸭，

ངག་དལ་བུར་སྒྲོག་ཅིང་བྱང་དུ་འོངས། །
མཚོ་ཞལ་ཁེབས་འབྱེད་པའི་སྐུལ་མ་ཡིན། །
ཆུ་ཐ་རླབས་གཡོ་བའི་དུས་ལ་བབ། །

浅吟低唱来到了北方，
这是冰湖解冻的召唤，
就是江涛汹涌的时候。

གེ་སར་ནོར་བུ་དགྲ་འདུལ།

格萨尔·诺普占堆

༡ ཤར་གྱི་དར་སེང་དཀར་མོ་དེ། །
བསྐོས་ཐང་གངས་རི་མཐོན་པོའི་རྒྱན། །
དབང་ཐང་སྟེར་ཆགས་ཟིལ་གྱིས་གནོན། །
ལས་སུ་སྐྱི་སེར་བུ་ཡུག་གཤགས། །
གྲོགས་སུ་གཡུ་རལ་དགུང་དང་མཉམ། །
ལྷོ་ཡི་སྟག་མོ་འཛུམ་རྒྱས་ལ། །
བསྐོས་ཐང་ནགས་སླུང་ཕྱུག་མོའི་རྒྱན། །
དབང་ཐང་ངར་སྐད་ཨུ་རུ་རུ། །
ལས་སུ་ཤ་ཁྲག་དམར་ལ་ཛམ། །
གྲོགས་སུ་འཛུམ་དྲུག་ལུས་ལ་རྒྱས། །

东方白色的雄狮，
雄居雪山是命运，
威压猛兽是福气，
冒着雪雾是业报，
绿鬃扬天是雄风。
南方斑斓的猛虎，
雄居密林是命运，
扬威怒啸是福气，
生吃血肉是业报，
展示斑斓是雄风。

༢ སྟེང་བར་སྣང་ཉ་རྒྱས་ཟླ་བ་དེ། །
བསྐོས་ཐང་རི་རྒྱལ་ལྷུན་པོའི་རྒྱན། །
སྨག་མུན་པ་སེལ་ཞིང་དགུང་ལ་འགྲིམས། །
གླིང་བཞིའི་སྣང་བ་ཨེ་སྤྲོ་བསམ། །
རྒྱུ་སྐར་དེ་ལ་དེ་འཁོར་རེད། །
ནམ་རེ་སྐྱེལ་ཞིང་སྐོར་རེ་བརྒྱབ། །
ལྷོ་མོན་ཁའི་ལྷ་བྱ་ཁུ་བྱུག་དེ། །
བསྐོས་ཐང་རྒྱ་ལྕང་ཕྱུག་མོའི་རྒྱན། །
སྐད་དྲུག་འགྱུར་འབོད་པས་སྤྲིང་ཆར་འགུག །
མེ་ཏོག་རྩི་བཅུད་ཨེ་རྒྱས་བསམ། །

圆满明月经天空，
装点大山是命运，
驱散黑暗走天上，
为了四洲得欢乐，
行星簇拥转明月，
打发夜天转一圈。
南方门域杜鹃鸟，
落在树上是命运，
鸣音召唤夏雨来，
为了草木好长势，

བྱ་བརྒྱ་དེ་ལ་དེ་འཁོར་རེད། །
སྐད་རེ་བརྒྱབ་ཙིང་སྒྲོ་རེ་ངོམ། །

群鸟簇拥转杜鹃，
一声鸣唱亮美羽。

༣ གངས་རྩེ་གསུམ་ཡ་བདག་སེང་གེའི་བུ། །
མགོ་རལ་པས་གཅན་གཟན་ཟིལ་གྱིས་གནོན། །
ཀང་སྡེར་བཞིའི་ལས་ལ་མ་བརྩོན་ཏེ། །
མགོ་གཡུ་རལ་རང་སྐྱེས་རང་གྲུབ་རེད། །
སྤྲིན་དཀར་མོའི་ཡ་བདག་གཡུ་འབྲུག་བུ། །
དབྱིངས་བར་སྣང་འཛིན་ལ་རང་དབང་ཐོབ། །
སྐད་ངར་སྒྲའི་ལས་ལ་མ་བརྩོན་ཏེ། །
ལག་ནོར་བུ་རང་སྐྱེས་རང་གྲུབ་རེད། །

雄狮乃是雪山主，
扬起绿鬃压群兽，
四肢利爪是天生，
头上绿鬃自然长。
青龙乃是白云主，
穿行云间多自在，
呼声巨大是天生，
掌中圆宝自然长。

༤ མཐོ་གཡུ་འབྲུག་ཐོག་གི་ཁ་ཆུ་ཅན། །
ངར་སྐད་ལྡིར་རེ་བྲག་རི་གཏོར། །
ལས་མི་སྲིད་ནོར་བུ་ལག་ནས་ཤོར། །
དམའ་ས་ལ་ལྷུང་བར་ལ་ཐང་མེད། །
འབྲུག་སྦྲུལ་དང་ནོར་ན་ངོ་རེ་ཚ། །
སྟག་དམར་ཡག་གྲ་འཛུམ་མེ་རི་ཅན། །
ལུས་རི་མོ་འཁྱུག་གེ་ཤ་དམར་ཟ། །
ལས་མི་སྲིད་དུག་མཆེ་བུད་པའི་དུས། །
དམའ་གྲོང་གསེབ་འགྲིམ་པ་ལ་ཐང་མེད། །
ཁྱི་བདའ་ལུར་ནོར་ན་ངོ་རེ་ཚ། །
སྨན་ཚེ་རོགས་སྤང་ཁའི་མེ་ཏོག་དེས། །
ལུས་གོས་མེད་ཉམས་ལ་མ་ཕན་ཟིག །
དཔྱིད་ཉི་རིང་ལྟུག་གེས་མནར་ཉིན་མོ། །
ཟས་ཡུང་མ་ཟེར་ལེ་ལ་ཐང་མེད། །
ནད་གཉན་རིམས་ཚད་པའི་མགོ་གནོན་ལ། །

头顶绿鬃口含雷水的青龙，
发出隆隆大声击碎岩石山，
可怜一旦掉落掌中圆宝时，
如果不幸掉落在地上，
无宝之龙沦为一条蛇。
长着火焰纹的斑斓虎，
闪耀斑斓花纹吃鲜肉，
可怜掉落口中獠牙时，
可能落得虎行在村里，
无牙之虎沦为一条狗。
姑娘美丽犹如草原花，
不能温暖身上无衣服，
可怜落得春荒饥饿时，
可能只有芫根来充饥。
遭到高烧炎症打压时，

དུག་བོང་ང་ཟེར་ལེ་ལ་ཐང་མེད། །
དཔོན་ཁྲོ་ཐུང་འཆི་རན་སྲོག་མཐུད་དེ། །
སྤྲང་ཇོ་རུ་འབོད་ལེ་ལ་ཐང་མེད། །

可能就像剧毒侵入身，
头领超同死时想续命，
可能还会呼求穷觉如。

༥ མཐོ་རི་རབ་དབུས་ནས་དཔག་བསམ་ཤིང་། །
དྲང་ཏ་ལེ་ཀླུ་ཡི་ཡུལ་ནས་སྐྱེས། །
ཁྲ་སྤུང་སྤུང་ལོ་འབྲས་འདོད་དགུའི་གཏེར། །
ལྷ་ཕྲུག་གཅིག་གི་དབང་ཐང་ཟེར། །
དེ་འདོད་ཁམས་ལྷ་ཆེན་ཚངས་པར་གྲགས། །
སྟེང་ལྷ་ཁམས་བཅོ་བརྒྱད་དབང་དུ་བསྒྱུར། །
སྟོབས་རྒྱལ་ཆེན་བཞི་ཡང་བྲན་དུ་བཀོད། །
དམའ་རྒྱ་མཚོའི་མཐིལ་གྱི་ཡིད་བཞིན་ནོར། །
འོད་འཚེར་དེ་གནོད་སྦྱིན་མཐུ་ལས་གྲུབ། །
སྤྱི་མཐིང་མཐིང་གཙུག་གི་རྒྱན་ཆ་དེ། །
ཀླུ་ཕྲུག་གཅིག་ལ་བསྐོས་པས་ཟེར། །
དེ་ཀླུ་རྒྱལ་གཙུག་ན་རིན་ཆེན་གྲགས། །
འོག་ཀླུ་ཁམས་བཅོ་བརྒྱད་དབང་དུ་བསྡུས། །
སྟོབས་ཀླུ་ཆེན་བརྒྱད་པོ་འཁོར་དུ་འདུ། །
ལྷོ་འཛམ་གླིང་བཙུད་ཀྱི་གཡང་རྫོང་དེ། །
ཕྱིན་ཐིབས་སེ་མཐའ་དབུས་གར་ཡང་ཡོད། །
དུས་བབ་ཚེ་གཏེར་གྱི་སྭུ་གཡང་དེ། །
ལས་ཅན་བུ་ལ་དབང་བས་ཟེར། །
དེ་མ་སང་གེ་སར་རྒྱལ་པོར་གྲགས། །

须弥山中智慧树，
是从鲁界海底生长的，
结出灿灿妙欲之果时，
只是一个神子的福气，
神子就是欲界大梵天，
他是降伏十八天域者，
还将奴役四大天王。
蔚蓝海底如意宝，
是靠罗煞咒语形成的，
变成灿灿髻顶美饰时，
只是一个鲁王的福气，
鲁王就是祖纳仁钦王，
他是降伏十八鲁域者，
让八大鲁王为臣仆。
南赡部洲的福运，
虽然藏在远近任何地，
等到宝藏开掘好运日，
只能属于有福有缘人，
他就是大王格萨尔。

སྐྱི་དཔོན་རོང་ཚ་ཁྲ་རྐན།

吉本·绒擦查根

༡ ཤར་རྒྱ་གར་ཡུལ་གྱི་རྨ་བྱ་དང་། །
བལ་པོའི་གུར་གུམ་མེ་ཏོག་གཉིས། །
བོད་ཡུལ་གངས་ཆུ་བསིལ་མ་གསུམ། །
འཛོམས་པ་གསེར་བུམ་ནང་ལ་འཛོམས། །

嘉卡[1]之地孔雀翎，
泊波[2]之地藏红花，
吐蕃清凉的雪水，
都会聚在金瓶中。

༢ མཐོ་རི་རབ་ལྷུན་པོའི་ཡང་རྩེ་ནས། །
བྱ་གཤོག་དྲུག་ཅན་ལ་གྲངས་མང་སྟེ། །
གཙུག་ནོར་བུ་ཅན་དེ་རེ་རེ་རེད། །
ལྷོ་ནག་རོང་སྨ་སྨྱུག་རྩེ་ས་ནས། །
སྟག་རི་མོ་ཅན་ལ་གྲངས་མང་སྟེ། །
ལུས་འཇུམ་དྲུག་ཅན་ལ་རེ་རེ་རེད། །
དམའ་ནོར་འཛིན་ཡངས་པའི་རྒྱལ་ཁམས་ནས། །
ཇེ་དབང་ཐང་ཅན་ལ་གྲངས་མང་སྟེ། །
མཚན་ལུང་དང་ལྡན་པ་རེ་རེ་རེད། །

在那高峻大山上，
六翅禽鸟虽很多，
头顶宝冠的稀又少；
在那南部竹林中，
有纹老虎虽很多，
斑斓美纹的稀又少；
在那富饶大地上，
有福名僧虽很多，
俱闻思修的稀又少。

༣ ཕུ་གངས་དཀར་མཐོན་པོ་ནམ་མཁའི་རྒྱན། །
སེང་དཀར་མོའི་གཟུགས་གཞི་གངས་ལ་བཀྲ། །
རྒྱན་དྲུག་དཀར་ནོར་བུའི་འཇུམ་དུ་འཁྱིལ། །
མགོ་གཡུ་རལ་བར་སྣང་ཁམས་ལ་ཁྱབ། །
རྐང་སྡེར་གཞིས་གཅན་གཟན་ཟིལ་གྱིས་གནོན། །
གངས་ཆུ་རྒྱུན་འོ་མའི་བཅུད་དང་སྡེབ། །
མདའ་རྒྱ་ཞིང་སྨིན་པས་སྐྱེ་འགྲོ་ཚིམས། །
སེང་དཀར་མོ་ཆེ་བའི་ཡ་ཚུལ་རེད། །
དགུང་ཨ་སྔོན་རི་རབ་མཐོན་པོའི་རྒྱན། །

雪山高峻就是天空的装点，
白狮四肢装点雪山显美丽，
卷曲璁玉之毛犹如斑斓美，
绿色长鬃飞扬空中更威风，
四肢利爪威压食肉之兽类，
喝着雪水就像乳汁的精华。
田穗成熟众生得满足，
这是白狮长大的标志；
蓝天就是高山的装点，

བྱ་ཁྱུང་ཆེན་གཤོག་དྲུག་མཁའ་ལ་བཀྲ། །
ལུས་སྒྲོ་ཕྲུལ་རིན་ཆེན་ཚོམ་བུས་མཛེས། །
མགོ་གཙུག་ནོར་འོད་ཀྱིས་སྟོང་གསུམ་ཁྱབ། །
སྟོབས་སྤུ་གྲི་རྣོན་པོས་ཀླུ་ཁམས་འདུལ། །
ལུས་འབྱུང་ལྔ་དོག་མོ་ས་དང་སྦྱེབ། །
བཙུད་ནུས་པས་གག་ལྷོག་གཉན་རིམས་སེལ། །
བྱ་འདབ་ཆགས་རྒྱལ་པོའི་ཡ་ཚུལ་རེད། །

六翅琼鸟飞翔天空美，
身上羽毛美得如花束，
头上髻饰光芒照三界，
锋利宝剑征服鲁蛇界，
五蕴之身大地为结伴，
威力能消喉蛾之疔毒，
这是禽王琼鸟的标志。

རྒྱ་ཚ་ཞལ་དཀར།

嘉擦谐嘎尔

དགུང་ཁྲི་གདུགས་གསེར་གྱི་དར་ཤམ་ཅན། །
དབུས་རི་རབ་ལྷུན་པོའི་རྒྱན་དུ་ཕེབས། །
བྱ་འུག་པའི་མིག་ལ་གཟན་ཞན་འདྲ། །
གླིང་བཞིའི་སྐྱེ་འགྲོ་དྲོད་ཀྱིས་གསོ། །
དབྱར་རྩི་བཅུད་རྒྱས་པའི་སྐུ་དྲིན་ཆེ། །
དུས་དྲོ་གྲང་མེད་པའི་སྨོན་ལམ་ཞུ། །
ཉ་རྒྱས་བཅོ་ལྔའི་དུང་ཟླ་དེ། །
གངས་རྩེ་གསུམ་རི་ཡི་རྒྱན་དུ་ཕེབས། །
ཝ་གཱ་མའི་གྲ་ལ་གནོད་ཞན་འདྲ། །
སྨག་མུན་པ་སེལ་ཞིང་འོད་ཀྱིས་ཁྱབ། །
སེམས་སྣང་བ་སྐྱིད་ལེ་སྐུ་དྲིན་ཆེ། །
དུས་འཕེལ་འགྲིབ་མེད་པའི་སྨོན་ལམ་ཞུ། །
ཁྱེད་ལྷ་ཕྲུག་ནོར་བུ་དགྲ་འདུལ་དཔོན། །
ལྷོ་འཛམ་གླིང་བོད་ཡུལ་རྒྱན་ལ་ཕེབས། །
བདུད་བཞིའི་སེམས་ལ་གཟན་ཞན་འདྲ། །

金色光束的太阳，
照耀光辉装点大山时，
鸱枭双目失明别在乎，
只要温暖养育四方众，
为此大谢夏草之茂盛，
祝愿四季冷暖得平稳。
十五圆满皎洁的明月，
照耀光辉装点雪山时，
别管狐狸失去毛光泽，
只要驱散黑暗眼前亮，
为此大谢心中生快乐，
祝愿时光常盈无亏损。
神子格萨尔伏敌宝，
你是雪域大地的装点，
别管四魔心中憎恨你，

[1]嘉卡：藏语普遍称天竺（印度）为嘉卡尔。
[2]泊波：藏语普遍称尼泊尔（尼婆罗）为泊波。

དཔུང་དགྲ་བཞི་འདུལ་ཞིང་གཡང་ནོར་ལེན། །
བསྟན་འགྲོ་བའི་མགོན་དུ་བཀའ་དྲིན་ཆེ། །
རྟག་རྟེན་འབྲེལ་འགྲིག་པའི་སྨོན་ལམ་ཞུ། །

降伏四方之敌赢运宝，
为此怙救众生致大谢，
祝愿诸事祥瑞皆圆满。

སྐྱ་ལོ་སྟོན་པ་རྒྱལ་མཚན།

嘉洛 · 顿巴坚赞

གནམ་ཨ་སྔོན་སྐར་ཚོགས་གྲ་འགྲིགས་ལ། །
སྐར་མ་ང་བཀྲག་པོ་བཀྲག་ཟེར། །
སྨག་མུན་པ་སེལ་མི་མ་ཡོད་ཟེག །
ཁྲི་གདུགས་ཉི་མས་གླིང་བཞི་བསྐོར། །
ཁེར་འགྲིམ་ཡིན་ཡང་ཅི་ལ་གནོད། །
འཛམ་གླིང་མུན་པ་འོད་ཀྱིས་སེལ། །
མཚན་མུན་སེལ་དུང་ཟླ་དེ་ཡི་གྲོགས། །
སྐར་མ་རེ་རེས་ནམ་རེ་བསྐྱལ། །
རྒྱུ་སྐར་ཁྲ་མོ་དེ་ཡི་འཁོར། །

满天繁星在列队，
个个比着闪光芒，
却无驱散黑暗星。
太阳转游四大洲，
虽是独行也无妨，
驱散世界之黑暗。
月亮伴日驱夜暗，
星星伴月送走夜，
这是行星陪日月。

འཛམ་གླིང་སྤྱི་བསང་། 《世界公桑》

གེ་སར་ནོར་བུ་དགྲ་འདུལ། 格萨尔·诺普占堆

༡ གངས་ཏི་སེ་ལྷུན་པོའི་རྩེ་མོ་རུ། ། 在那冈底斯山的顶峰，
རླུང་བུ་ཡུག་འཚུབས་པའི་གདོང་ལེན་དུ། ། 暴风雪雾的抵挡者，
སེང་དཀར་མོ་འཁྲིམ་འདོད་མ་ཡོད་ཀྱང་། ། 并非白狮愿担当，
མགོ་གཡུ་རལ་ཅན་གྱི་སྔོན་ལས་རེད། ། 而是绿鬃狮前世的命；
དཔའ་ཟད་མེད་རྒྱ་མཚོའི་གླིང་དཀྱིལ་དུ། ། 在那无边大海的中央，
མཚོ་ཟ་རླབས་འཁྲུགས་པའི་གཏིང་རུམ་དུ། ། 海底波涛汹涌腾后浪，
ཉ་གསེར་མིག་འཁྱུག་འདོད་མ་ཡོད་ཀྱང་། ། 并非鱼儿想畅游，
ལུས་ལྟོ་དཀར་ཅན་གྱི་སྔོན་ལས་རེད། ། 而是白肚鱼前世的命；
སྲིད་འདོད་ཁམས་ལྷ་ཡི་ཕོ་བྲང་ནས། ། 在那欲界天的宫殿上，
ལས་དམག་འཁྲུགས་བྱེད་པའི་རྒྱལ་པོའི་ལས། ། 参与频繁战争的君王，
ངས་སྒྲུབ་ཅེས་ཁས་ལེན་མ་བྱས་མོད། ། 并非自己做承诺，
ལས་སྔོན་གྱིས་ཐོག་ཏུ་བབས་པ་རེད། ། 而是君王前世的命。

༢ བྱ་ཁྲུང་ཆེན་རི་རྒྱལ་རྩེ་ན་འཕྱིང་། ། 琼鸟展翅高飞大山顶，
དམའ་དུག་ཅན་སྦྲུལ་གྱིས་ཁ་རླངས་བཏབ། ། 遭到地上蛇类喷毒气，
ཤུར་གྱི་ལེ་བར་སྣང་འཕུར་སྐབས་སུ། ། 翅羽丰满可以飞天喧啸时，
སྒྲོ་དིང་དུ་བསྐུམ་པ་དཀའ་མོ་རེད། ། 绝不收缩翅膀停止其飞翔，
ལུས་མགོ་མཇུག་ཁྲུར་མིད་མ་བྱས་ན། ། 若不把毒蛇吞进肚里去，
བྱ་ཁྲུང་ཆེན་མིན་པའི་རྟགས་ལ་ཞོག། 琼鸟之名就白叫了；
སྟག་དམར་ཡག་རྒྱ་ཛོང་ནགས་ལ་ཉལ། ། 斑斓猛虎卧在森林中，
མགོ་སླད་མེད་འདོ་བས་ཚང་སྒོ་འཁྲིམ། ། 笨头马儿来到洞穴前，

ཁྲ་ཁྲི་ལེ་འཛུམ་དྲུག་རྫོགས་སྐབས་སུ། །
སྟག་སྡེར་བཞི་བསྐུམ་པ་དཀའ་མོ་རེད། །
ལུས་མགོ་སུག་དོན་སླིང་མ་ཁྲལ་ན། །
སྟག་དམར་ཡག་མིན་པའི་རྟགས་ལ་ཞོག །
ཆུ་གཙང་པོ་གངས་ཆེན་སྦུབས་ནས་བཞུར། །
བར་སྣང་ཆར་གྱིས་བསུ་མ་བྱས། །
སྒོ་མེར་རེ་ལམ་ལ་རྒྱུག་པའི་ཚེ། །
མཚོ་ཡར་འཁྱིལ་ཟེར་བ་དཀའ་མོ་རེད། །
ས་གཞུང་དྲུག་གྲམ་ཐང་མ་བྱས་ན། །
མཚོ་གཙང་ཆེན་མིན་པའི་རྟགས་ལ་ཞོག །

斑斓花纹长成灿烂美纹时，
绝对不会收缩四肢之利爪，
若不把马身全部吞吃掉，
猛虎之名就白叫了；
大江大河发源于雪山，
还有天上雨水来迎接，
自由奔流大地之上时，
难以停止流动变湖泊，
若不把草原重作沙滩，
江河之名就白叫了。

ཤན་པ་མེ་རུ་རྩེ།

辛巴·梅如泽

འབུ་དུང་ཆུང་རྒྱ་མཚོའི་མཐིལ་ནས་བླངས། །
དཀར་འོ་མའི་བཅུད་ཀྱིས་གསོས་ན་ཡང་། །
དགྲ་ཆུ་སྲིན་འཛིགས་པ་སྐྱོབ་དུས་དགོས། །
སྨན་བཟང་དྲུག་དབུས་གཙང་སྟོད་ནས་ཉོས། །
སྨན་སྦེབ་སྦྱོར་འབྲུས་ཀ་ཚང་སྒྲིག་ནས། །
ནད་ཚ་གྲང་འཛིགས་པ་སྐྱོབ་དུས་དགོས། །
རྗེ་རྒྱལ་པོས་ཐུགས་བསམ་འབངས་ལ་བཏང་། །
བློན་གང་དྲག་བཀའ་བགྲོས་འཚོགས་འཚོག་ནས། །
གཏམ་ཟ་བའི་གསང་ལ་འགྲོ་དུས་དགོས། །

白螺之虫捞自深海底，
白色奶汁精华来喂养，
受到海鳌威胁时，就靠白螺来救命；
良药购买于卫藏上部，
配制成为多种良药，
受到疾病威胁时，就靠良药来救命；
君王关心臣民的苦乐，
召集贤相重臣议事时，
话要说到君王的心上。

སྐྱི་དཔོན་རོང་ཚ་ཁྲ་རྒན།

吉本·绒擦查根

མཆོང་ཆེ་ན་སེང་གེ་གངས་རིས་ཤུང་། །
ཟ་ཆེ་ན་སྟག་མོར་མི་ཤས་བརྙངས། །

跳得太猛狮子倒在雪地里，
吃得太饱人肉噎死母老虎，

བཙན་ཆེ་ན་དཔོན་གྱི་ཕ་ཡུལ་འཚོར། །	太霸道首领会失去其领地，
ཉམས་ཆུང་ན་འབུ་སྲིན་ཕྱོག་བརྫིས་བྱེད། །	太弱小虫子被踏在脚底下，
འཇམ་ཆེ་ན་ཁྱིམ་གྱི་ཆུང་མས་བརྙས། །	太温和会受到家妻的欺负。

ཨ་ལོའི་ནེའུ་ཆུང་། 鄂洛·乃琼

ཀློ་གཡུ་འབྲུག་མཇུག་མ་སྤྲིན་གྱིས་བཟུང་། །	青龙尾巴隐没在云中，
གློག་དམར་པོའི་མེ་རི་ས་ལ་འཚུབས། །	霹雳闪电降在大地上，
ཇ་ཐོག་གིས་གཏོར་བའི་སྔ་ལྟས་རེད། །	那是击碎岩山的前兆；
མེ་དམར་པོའི་མ་གཞི་རྫི་བོས་སྦར། །	野火本是牧人所点燃，
རླུང་བསེར་བུ་མེ་ཡི་སྣ་འདྲེན་བྱས། །	大风吹散引导其野火，
ཤར་སྤང་རི་འབར་བའི་སྔ་ལྟས་རེད། །	那是草山失火的前兆；
གླིང་དཀར་པོས་ལྷ་ལ་བསང་མཆོད་བཏང་། །	白岭国烟供祭祀神灵，
ལྷ་སྲུང་མའི་སྲུང་སྐྱོབ་ཚུལ་བཞིན་མཛད། །	神灵护法赐以其护佑，
བདུད་ནག་ཕྱོགས་འདུལ་བའི་རྟེན་འབྲེལ་རེད། །	那是降伏魔类之前兆。

རྒྱ་ཚ་ཞལ་དཀར། 嘉擦谐嘎

རྗེས་སྟོན་ཆེན་བླ་མར་ཆོས་ཤིག་དགོས། །	指引上师要懂佛法，
ཆོས་མེད་ལ་དམར་སེར་གོས་གྱོན་ན། །	若不诵经还穿黄僧衣，
མཚོ་བྱ་ངང་པ་མི་འདྲ་རེ། །	就像湖边黄毛野黄鸭；
མཁས་ཆེན་དཔོན་ལ་དྲང་ཞིག་དགོས། །	部落首领要讲公正，
བདེན་པ་བོར་ནས་སྐྱོག་བརྗོད་ཟེར། །	若失公正就会遭非议，
གཡོ་ཅན་ཁྲམ་པ་མི་འདྲ་རེ། །	就像阴险狡诈的强盗；
སྟག་ཤར་སྐྱེས་པར་དཔའ་ཞིག་དགོས། །	英雄男儿需要勇敢，
འཕོར་གསུམ་བཏགས་ནས་ལྟོ་འདར་ན། །	若是身挂武器腿颤抖，
སེར་ཆུང་ཕ་མོ་མི་འདྲ་རེ། །	那就像个胆小的狐狸；

ན་ཆུང་བུ་མོ་མཛངས་ཤིག་དགོས། །
མགོ་སྐྲ་གཟེང་ཞིང་སྐེ་རགས་དྲུལ། །
བ་རྒན་མ་ཞིག་མི་འདྲ་རེ། །
སྦྱིན་པའི་ཟས་ལ་ལན་ཞིག་དགོས། །
སེར་སྣས་འཇུངས་ཏེ་ཟ་མི་ནུས། །
གཏེར་སྲུང་ཡི་དྭགས་མི་འདྲ་རེ། །
དྲིས་པའི་གཏམ་ལ་ལན་ཞིག་དགོས། །
འཁུམ་ནས་འདུག་ཅིང་འཛུམ་དམུལ་བྱེད། །
སྨྲ་མེད་ལྐུགས་པ་མི་འདྲ་རེ། །

妙龄姑娘需要淑美，
头发蓬乱腰带拖地上，
那就像个年迈老黄牛；
别人恩赐需要报答，
若是吝啬捆绑不愿吃，
就像守着宝藏的饿鬼；
所问之话需要答复，
若是拘谨不言笑嘻嘻，
就像不会说话的哑巴。

མི་ཆུང་ཁ་བདེ།

弥琼喀德

ཕོ་ལྟོགས་ཏུང་ཁ་རྙོག་མི་ཟ་སྟེ། །
ཁ་དཀར་རྐྱང་གི་རིགས་རྒྱུད་ཟེར། །
ཁ་སྐོམ་ཏུང་འདམ་ཆུ་མི་འཐུང་སྟེ། །
བྲི་སེར་འབྲོང་གི་རྒྱུད་པ་ཟེར། །
སེམས་སྡུག་ཀྱང་མིག་ཆུ་མི་ཤོར་ཏེ། །
སྐྱེས་པ་ཕོ་ཡི་ལུས་རྟེན་ཐོབ། །

再饿也不吃沼泽草，
那是白唇驴的个性；
再渴也不喝烂泥水，
那是野牦牛的个性；
再悲也不会掉泪眼，
那是男子汉的个性。

ཧོར་སྟག་ལྷ་ཁྲི་རྒྱལ།

霍尔达拉赤嘉

དགུང་སྤྲིན་ནག་སེར་བ་འབབ་ལམ་ནས། །
ལྷོ་གཡུ་འབྲུག་སྔོན་མོ་གྲགས་གཡེར་ཆེ། །
ནུས་ལྡན་སྔགས་པས་ཐུན་བརྒྱབ་ཚེ། །
སྒྲོག་ལྕེ་ཐན་པས་གནོན་ཉེན་ཡོད། །
ཉི་འོད་སྦྲང་ཆར་འཛོམ་ལམ་ནས། །
དབང་གཞུའི་འཇའ་ཚོན་རི་མོ་ཡག །

雷雹拥集高空中，
南天青龙名声大，
咒师施放猛咒时，
旱魃就会压雷雹；
晴雨阳光都在天，
彩虹如弓很漂亮，

སྐྱེ་སེར་རླུང་དང་ཕྲད་པའི་ཚེ། །	当遇大风吹起时，
མིང་མེད་དགུང་ལ་ཡལ་ཉེན་ཡོད། །	彩虹就会消失掉；
ཕ་ཁྱིམ་རང་སྲོའི་སྲུང་ལམ་ནས། །	镇守自己的父家，
བློན་པོ་འདན་མ་ངར་རྒོད་ཆེ། །	丹玛大臣虽骁勇，
དཔའ་བོ་ང་དང་འཕྲད་པ་ན། །	若遇骁勇如我时，
མགོ་ལག་དོན་སྙིང་ཤོར་ཉེན་ཡོད། །	就会割下其首级。

སྟོབས་ལྡན་ཁྲོ་ཆུ་ཐོག་རྒྱལ།　　**多丹·超曲托嘉**

འབྲོང་བུ་བསད་སྙིང་བསྲུན་རྗོ་ལ་འགྲན། །	棕熊杀死野牛小犊时，
དྲེད་སོག་དཀར་ཡིན་ཡང་རྭ་ལ་གཟེར། །	母牛不怕牴死白胛熊；
བྱིའུ་འཇོལ་མོའི་སྒོ་ང་རྒྱ་ཁྲས་གཏོར། །	鹞子捣毁画眉鸟巢时，
མེ་དམར་པོ་ཚ་ཡང་ལྕེབས་ནས་འཆི། །	雌鸟不怕蹈火去赴死；
ཧོར་རྒྱལ་སྲས་ཁྲི་རྒོད་གླིང་པས་བཀྲོངས། །	岭将杀害霍尔王子时，
སྲོག་དམར་པོ་སྐྱེལ་ཡང་འབེན་ལ་འཛོག།	霍将不怕丢命当箭靶。

སྐྱེ་ཡག་ཉི་མ་རང་ཤར།　　**结雅·尼玛让夏**

དགུང་ཨ་སྔོན་དབྱིངས་ནས་ཉི་ཟླ་འགྲིམ། །	日月经过天空时，
སྨག་ནག་པོ་མུན་པའི་ཕ་ཡུལ་ཤོར། །	黑暗遁逃回故里；
བྱང་ཨ་ཆེན་ཡུལ་ནས་འཛག་རྩྭ་འཕྱུར། །	荒草弥漫北地时，
ཧོར་སེར་པོའི་ཚུས་མཐའ་རླུང་ལ་བསྐྱུར། །	霍尔变成废墟地；
ཁྲ་ཧོར་པས་རྡོ་རིང་ལྕགས་སྡེར་གཟེངས། །	鹞子伸展铁爪时，
བྱིའུ་འཛིན་མའི་སྒྲོ་གཤོག་ཁྲག་གིས་འཕྱང་། །	小鸟翅膀充满血。

ཀུན་དགའི་སྟོང་ཐོང་འབྲུག་སྒྲ།

衮嘎·东匈珠扎

༡ སྦ་དཀར་གླིང་བུའི་སྐད་གསེང་དང་། །
ཁུ་བྱུག་སྔོན་མོའི་གྲེ་འགྱུར་གཉིས། །
སྙན་དང་མི་སྙན་གྲག་ན་ཤེས། །
དམར་ཡག་སྟག་གི་འཇུམ་དྲུག་དང་། །
སེར་ཆུང་བྲ་མོའི་གྲ་ལོ་གཉིས། །
ཡག་དང་མི་ཡག་བལྟས་ན་ཤེས། །
འདོ་ཆེན་རྟ་ཕོའི་གོམ་ཤུགས་དང་། །
ལས་ངན་བོང་བུའི་འདུར་རྒྱུག་གཉིས། །
མགྱོགས་དང་མི་མགྱོགས་གཤིབ་ན་ཤེས། །
རྒྱལ་རྒྱུད་སྟོང་ཐོང་འབྲུག་སྒྲ་དང་། །
དཔའ་མེད་གླིང་ཕྲུག་ཞེ་སྡུག་གཉིས། །
དཔའ་དང་མི་དཔའ་འཐབ་ན་ཤེས། །

吹奏竹笛的声音，
杜鹃唱起的歌声，
一听便知哪个好；
猛虎斑斓的花纹，
姑娘美丽的秀发，
一看便知哪个美；
善奔良马的蹄力，
窝囊毛驴的蹦哒，
一跑便知哪个快；
东匈珠扎[1]的勇敢，
胆小岭将的悲哀，
一战便知哪个勇。

༢ ཁྲ་རིང་མདུང་གི་འཕྲུལ་འཁོར་དང་། །
རྣོན་པོ་མཚོན་གྱི་སོ་ཁ་གཉིས། །
རྣོ་དང་མི་རྣོ་དེ་རིང་བལྟ། །
ར་ཆེན་རྒྱལ་པོའི་ཕོ་ཤ་དང་། །
གཟི་མ་སྨན་གྱི་མོ་ཤ་གཉིས། །
ལོན་དང་མི་ལོན་དེ་རིང་བལྟ། །
འདི་གང་སྣང་བའི་དཀར་ལམ་དང་། །
ཕྱི་མ་མུན་པའི་ཕ་ཡུལ་གཉིས། །
གང་གདམ་ཁྱོད་རང་ལག་ན་ཡོད། །

手中长矛的威力，
刀剑挥砍的利刃，
谁最锋利看今天；
热钦[2]祖王被杀仇，
斯玛[3]姑娘被休恨，
今天就要一起报；
继续活在世上好，
还是赴向黄泉路，
选择之权在你手。

[1]东匈珠扎：霍尔国辛巴部一将领。

[2]热钦：霍尔白帐王古嘎之父。

[3]斯玛：音译人名，全名衮嘎·斯玛央曼措，系霍尔衮嘎族长之女，原许配做岭总管王之子楞巴曲嘉之妻，后楞巴曲嘉战死，嘉擦认定斯玛央曼措为不吉之女后被休。

ལྷོ་ཐེ་སེའི་བ་རྫོང་།

《南泰赛黄牛宗》

ལྷོ་ཐེ་སེ་ཐོག་བཙན་རྒྱལ་པོ།

洛泰赛·托赞嘉波

༡ བློ་རྩེ་ཉི་ཤུ་རྩ་ལྔ་བསྐོར། །
སྐོར་རྫོགས་སུམ་ཅུ་ཐམ་པ་བྱས། །
བློ་སྒོ་དགུ་བཅུ་གོ་དགུ་བཀྲམ། །

思索二十五遍后，
反复思索三十遍，
打开思路九十九。

༢ ལྷ་བླ་མ་ཞལ་ན་ཆོས་མགོ་འཆོར། །
དགོན་གྲྭ་ཚང་མི་བདེ་འཐོར་རྒྱུ་རེད། །
གོང་དཔོན་པོ་ཞལ་ན་ཆོས་སྲིད་ཤོར། །
སྡེ་མི་སེར་ཡར་ལངས་རྒྱུག་རྒྱུ་རེད། །
སྨན་བུ་མོ་ཞལ་ན་གནས་མགོ་ཤོར། །
ཚང་བུ་རྒྱུད་ལྟུག་གིས་འཆི་རྒྱུ་རེད། །
སྟག་ཤར་པ་ཞལ་ན་དགྲ་མགོ་ལངས། །
ལུས་འདོམ་གང་ཚེ་སྲོག་བྲལ་ཉེན་ཆེ། །

如果上师不传法，
寺僧就会全走散；
部落首领不管事，
属民就会造起反；
如果女人不勤快，
子女就会挨饥饿；
如果男儿不担当，
敌人就会来害命。

༣ དགོན་བླ་མ་མེད་དུས་གྲྭ་པ་སྨྱོ། །
གོང་དཔོན་པོ་མེད་དུས་འོག་སྡེ་སྨྱོ། །
དྲིན་ཕ་མ་མེད་དུས་ནུ་ཕྲུག་སྨྱོ། །
ཕོ་ཁྱོ་ག་མེད་ཚེ་ནག་མོ་སྨྱོ། །

没有上师僧众就会像疯子，
没有首领属民就会像疯子，
没有父母儿女就会像疯子，
没有丈夫女人就会像疯子。

༤ མཁའ་ལྡིང་ཁྱུང་ཆེན་འཛུམ་ལམ་ནས། །
དུག་སྦྲུལ་ཧམ་ཡང་སྙར་གྱིས་འཛིན། །
དུག་སྦྲུལ་མཆེ་དུག་ཅི་གདའ་བལྟ། །

琼鸟展翅在空中，
毒蛇虽凶也会被抓住，
看你毒蛇牙有多厉害；

བྲི་སེར་འཁྲོང་གིས་རྭ་རྩེད་རྩེ། །
གླང་རྒན་འབོད་ངར་གད་འཕྲད་བྱེད། །
བཙོ་གྲོད་གཏོར་ཉིན་ཅི་གདའ་བསྐྱ། །
དུང་དཀར་འབུ་ཕྲུག་མཚོང་ས་ནས། །
ཆུ་སྲིན་ངར་མས་མཆེ་བ་ངོམ། །
སྲོག་དམར་ཤོར་ཉིན་ཅི་གདའ་བསྐྱ། །

野牛玩起犄角时，
老牛狂叫蹭土坎，
看你牴破肚子还能叫？
白螺游动的路上，
海鳌炫耀其大牙，
看你丢了性命还亮牙？

༥ ལས་ག་ལེར་བྱས་ན་དོན་ཆེན་འགྲུབ། །
ཟས་ག་ལེར་ཟོས་ན་ཕོ་བ་བདེ། །
གཏམ་ག་ལེར་བཤད་ན་ཁ་ལྡེ་བདེ། །
དམག་ག་ལེར་འཐབ་ན་རྒྱལ་ཁ་ཐོབ། །

慢慢做事成大业，
慢慢吃饭胃舒服，
慢慢说话口才好，
慢慢打仗赢战事。

ཐོག་ལྷ་འབར་བ། 托拉跋瓦尔

སྐྱེས་ཕོ་རབ་བློ་དེ་སྔོན་ནས་དྲན། །
ལས་བྱ་བ་ལམ་འགྲོ་ཇེ་ཆེ་རེད། །
ཕོ་འབྲིང་བློ་དེ་སྐྱབ་ཤོར་དྲན། །
དགྲ་འདུལ་གཉེན་སྐྱོང་ཤོར་ནས་འགྲུབ། །
ཕོ་ཐ་མ་ཞིག་གིས་ཚར་དུས་དྲན། །
ཁ་འགྱོད་ཞེ་འགྱོད་དེ་ནས་ཤོར། །

上等男人谋划在事前，
做事越来越顺利；
中等男人边做边谋划，
杀敌慰亲顺便事；
下等男人事后才想起，
懊悔万分也没用。

བྱང་རི་སྟག་མོ་ཁྲི་བཙན། 羌日·达摩赤赞

༡ མངགས་པའི་མི་ཕོ་གོ་ཆོད་དགོས། །
འཕངས་པའི་མདའ་དེས་དགྲ་ཐུབ་དགོས། །

派出使者要完成使命，
射出之箭要杀死敌人。

༢ ཁྲེལ་མེད་དཔོན་པོས་འོག་སྡེ་ཕུང་། །

首领无耻部落遭破败，

རང་ཚུས་ཤོར་བའི་སྔ་ལྟས་ཚང་། །
སྙིང་མེད་ཀྱི་རིང་འཕྲེད་ལ་བསྐོར། །
འགྲམ་ལྕག་རང་གིས་ཉོ་བསམ་རེད། །
སྨན་ཆུང་བུ་མོས་རྒྱ་གྲོང་འགྲིམས། །
ལུས་ལན་ཆགས་ཁུར་བའི་སྔ་ལྟས་རེད། །

此乃失去家业的前兆；
懦夫长刀横别在腰间，
此乃掴耳扇脸的前兆；
姑娘浪荡走在村落中，
此乃怀上野种的前兆。

ཨ་ལ་རྩེ་རྒོད།

阿拉泽贵

ར་ཚེ་ཟད་འཕར་སྤྱང་སྒོ་རྩར་ཐོན། །
ཚེ་ཡང་ཟད་སྤྱང་ཚང་སྒོ་ནང་རེད། །
མི་ཚེ་ཟད་དྲེད་ཚང་སྒོ་ཁར་ཐོན། །
ཚེ་ཡང་ཟད་དྲེད་མོང་སོག་ཁྲ་ཐུག །
རྟ་ཚེ་ཟད་ནགས་ཚལ་ནང་དུ་ཐོན། །
ཚེ་ཡང་ཟད་ཏ་བཀྲ་སྟག་ལ་ཐུག །

短命山羊来到豺狼的洞口，
最短命的就来到狼窝前；
短命人儿来到棕熊的洞口，
最短命的碰上了白胛熊；
短命马儿来到森林中，
最短命的碰上了斑斓虎。

སྟག་གཟིག་ཞལ་དཀར།

达色·谐嘎尔

༡ དཀར་རྫོང་བྲག་གི་གསའ་རྒན་དེས། །
གནའ་རྒན་རྒྱ་མོ་བསད་བསད་དེ། །
དར་སེང་གདོང་དུ་འགྲིམ་ས་མེད། །
འགྲན་བཞག་ན་གསའ་རྒན་ཤི་ལྟས་རེད། །
དམའ་རྒྱ་མཚོ་ནང་གི་ཆུ་སྲིན་དེས། །
ཆུ་གནས་གཉོམ་ཆུང་ཟོས་ཟོས་དེ། །
དུང་ཕྲུག་ཐོག་ཏུ་འགྲིམ་ས་མེད། །
འགྲན་བཞག་ན་ཆུ་སྲིན་འཆི་རྒྱུ་རེད། །
ནགས་ཚལ་ཁྲོད་ཀྱི་དམར་ཡག་སྟག །
རྟ་ཐོ་ཏ་ཕྲུ་སྨེ་བཅད་བཅད་དེ། །

岩山上的老雪豹，
猎食岩羊成习惯，
还想猎杀白雄狮，
那是雪豹的死兆；
大海中的老海鳌，
猎食鱼儿成习惯，
还想猎杀白海螺，
那是海鳌的死兆；
森林中的斑斓虎，
猎食马驹成习惯，

རྫོན་ས་མདའི་སྔོན་དུ་འགྲིམ་ས་མེད། །	还猎杀拿弓猎人，
འགྲན་བཞག་ན་འཛུམ་དྲུག་ཤོར་ངེས་རེད། །	那是花虎的死兆。
༢ མཐོ་རི་རབ་སྟེང་གི་ཁྱུང་ཆེན་ང་། །	高山顶上琼鸟我，
ལུས་གཤོག་རྩལ་ཡོད་ལོ་ཤེས་ཤེས་རེད། །	谁都知道善飞翔，
དུག་སྦྲུལ་ངར་ཡང་ཁྱེར་རྒྱུ་རེད། །	毒蛇最凶也能抓；
ནགས་རྒྱ་ཛོང་དཀྱིལ་གྱི་ཁྲ་ཡག་གཟིག །	密林中的花豹我，
ཁ་མཆེ་སྡེར་རྣོ་ལོ་ཤེས་ཤེས་རེད། །	谁都知道牙爪利，
གྲོང་ཁྱི་ཀན་མང་ཡང་ཟ་རྒྱུ་རེད། །	村狗再凶也能吃；
ཁྲ་ཧོར་བ་ཟེར་བའི་གཡེར་ཆེན་མ། །	大名声的鹞子我，
ལུས་རྩལ་དྲུག་ཛོགས་ལོ་ཤེས་ཤེས་རེད། །	谁都知道飞的快，
བྱིའུ་ཆུང་གར་ཟློས་རང་དབང་རེད། །	小鸟再灵也能捉。
༣ ཟ་བསམ་ལོ་འབྲི་སྐམ་རྒྱུ་མ་རེད། །	最想吃的是母牛的肉肠，
མིད་དཀའ་ལོ་སྦྲི་ལོང་རྒྱུས་པ་རེད། །	最难咽的是牛腿上的筋。
༤ མི་ཕུང་དགུ་ཕུང་ཁ་ཡིས་ཕུང་། །	人的败事因多嘴，
ར་མ་རྒྱ་མོ་ཚིལ་གྱིས་ཕུང་། །	山羊被宰因膘肥；
བྱ་བྱེད་མང་ན་བྱིའུ་རྐང་ཆག །	小鸟调皮会断腿，
འགྲོ་འདུག་མང་ན་ཞྭ་ཡུ་ཤོར། །	走动多了被狗咬。
༥ ཁ་དཀར་རྐྱང་གི་བང་ལམ་ནས། །	白唇驴疾速奔驰前，
བོང་སྦུ་ཙ་སྐོར་རྒྱུག་ཨ་ཙ་ཙི། །	佝偻毛驴蹦哒太可怜；
རྒྱ་སྟག་ངར་མའི་རྩལ་ལམ་ནས། །	斑斓虎发威追杀前，
རྟ་ཕོ་ཙ་བྲོས་ཀྱང་ཐར་ས་མེད། །	小马驹再跑也难逃命；
བྲི་སེར་འཕྲོང་གི་ཙ་སྟུན་ནས། །	野性牦牛牴起犄角时，
གླང་ཀན་འབོད་ཅུར་ཤ་རེ་ཚ། །	老牛的哞叫太凄惨。

༧ དམར་ཡག་སྟག་མོ་མཆོང་ས་ནས། །
ཐོ་ཙ་སྙིང་ཁྲག་གར་འཐོས་ཡིན། །
བྲི་སེར་འགྲོང་གི་རྭ་སྟོན་ནས། །
གླང་རྒན་བཙོ་གྲོད་གར་གཏོར་ཡིན། །
སྐྱ་ཁྲ་དར་མ་འཇུམ་ས་ནས། །
བྱིའུ་ཆུང་གཤོག་སྒྲོ་གར་གཏོར་ཡིན། །

猛虎奔跳的路上，
马驹随便可猎杀；
野牛牴角的时候，
老牛随便可牴死；
鹞子疾翅在空中，
小鸟随便可猎杀。

༨ ཆུ་བོ་ཆུ་ཕྲན་མང་ན་ཡང་། །
མཐའ་ཡས་རྒྱ་མཚོར་འགྲན་ཟླ་མེད། །
རི་ཐོ་རི་ཕྲན་མང་ན་ཡང་། །
རི་རྒྱལ་ལྷུན་པོར་འགྲན་ཟླ་མེད། །
གངས་རི་གངས་ཕྲན་མང་ན་ཡང་། །
ཏི་སེ་གངས་ལ་འགྲན་ཟླ་མེད། །
གཅན་གཟན་སྡེར་ཆགས་མང་ན་ཡང་། །
དར་སེང་དཀར་མོར་འགྲན་ཟླ་མེད། །
བྱ་རིགས་གཤོག་ཐོགས་མང་ན་ཡང་། །
མཁའ་ལྡིང་ཁྱུང་ལ་འགྲན་ཟླ་མེད། །
རྐང་བཞི་ཁྲུ་ཚོགས་མང་ན་ཡང་། །
ཅང་ཤེས་རྟ་ཕོར་འགྲན་ཟླ་མེད། །

不管再多小溪和小河，
岂能比上无边的大海？
不管再多小山和小岭，
岂能比得巍峨的须弥？
不管再多的雪山峰，
岂能比上冈底斯山脉？
不管再多的有爪之兽，
岂能比得白色的雄狮？
不管再多的羽类之禽，
岂能比上高翔的琼鸟？
不管再多的四蹄动物，
岂能比得善走的骏马？

འབྲུག་ལྷ་བཙན་པོ། 珠拉赞普

ནགས་ཚལ་རི་རྒྱལ་ཕྱུག་མོ་དེ། །
དཔའ་རྒྱ་སྟག་ངར་མའི་ཕ་ས་རེད། །
ནགས་ཚལ་མེ་ལ་ཤོར་ཉིན་མོར། །
ཙ་བཀྲ་མི་མཚོང་ཀ་མེད་རེད། །

茂密森林，
是猛虎的故乡，
一旦森林失火时，
猛虎只能离故乡；

བྱང་ན་དམར་གཞུང་གི་རྫ་ཐང་དེ། །
ཁ་དཀར་རྐྱང་གི་ཕ་ས་རེད། །
དགྲ་ཁ་བ་བུ་ཡུག་འཚུབ་ཉིན་མོར། །
རྐྱང་ཁ་དཀར་མི་འཁྱམས་ཀ་མེད་རེད། །
གངས་དཀར་ཡག་རྩེ་མོ་དགུང་ལ་མཉམ། །
དར་སེང་དཀར་མོའི་ཕ་ས་རེད། །
གངས་རི་ཉེ་མས་བཞུ་ཉིན་མོར། །
ནགས་འདབས་མི་འགྲིམ་ཀ་མེད་རེད། །

沼泽草滩，
是白唇驴的故乡，
一旦暴雪侵袭时，
白唇驴只好离故乡；
雪山高峰，
乃是白雄狮的故乡，
一旦积雪融化时，
雄狮只好离故乡。

གྱད་ཀྱི་མི་ནག་དཔུང་རིང་།

且吉·弥那崩仁

༡ འཇུམ་ཆེན་སླག་མོའི་ཁ་སྤུན་ནས། །
རི་བོང་མཆོང་ལྡིང་ཅི་ཞིག་རེད། །
ཁྲ་ཡག་གཟིག་གི་ཁ་སྤུན་ནས། །
ཁྱི་རྒན་ངུ་ཟུག་ཅི་ཞིག་རེད། །
འབྲོང་རྐོད་དར་མའི་རྭ་སྤུན་ནས། །
གླང་རྒན་འབོད་ངུར་ཅི་ཞིག་རེད། །

༢ རིན་ཆེན་གསེར་གྱི་ཁ་མདོག་དེ། །
རག་གན་སེར་པོས་འགྲན་ས་མེད། །
དམར་ཡག་སྟག་གི་འཇུམ་དྲུག་དེ། །
གསའ་མ་གཟིག་གིས་དོ་ས་མེད། །
གཡུ་འབྲུག་སྔོན་མོའི་སྒྲ་སྐད་དེ། །
ས་བླ་གཏམ་གྱིས་འགྲན་རྒྱུ་མེད། །

雎雕展翅飞翔时，
兔子蹦跳为何事？
花豹疾速奔跑时，
老狗哭叫为何事？
野牛亮起犄角时，
黄牛哞叫为何事？

金子的色泽，
黄铜怎可比？
猛虎的花纹，
雪豹怎可比？
青龙的啸声，
地祇怎可比？

སྟག་རི་ཐོག་ལྷ་གྲགས་པ།

达日·托拉扎巴

༡ དཔའ་མེད་དཔུང་ངོམ་ཤ་རེ་ཚོ། །
དམའ་འཕེབས་རང་གིས་ཉོ་མི་རེད། །
སྙིང་མེད་གྱི་རིང་འཕྲེད་ལ་བསྐོར། །
འགྲམ་ལྕག་རང་གིས་ཉོ་རབས་ཡོད། །
ཤེས་མེད་བུ་མོའི་རང་སྣང་མཐོ། །
ལུས་ལན་ཆགས་རང་གིས་ཉོ་ལེ་རེད། །

无勇懦夫装作勇敢太可怜，
只能自找别人的讥讽；
没有胆量腰横长刀太可怜，
只能招致打脸的巴掌；
无良女人自视很高傲，
可能会怀上个野种。

༢ འུག་གུ་ཆུང་གིས་བྱིའུ་ཆུང་ཟིན། །
ལས་ག་ལེ་ཟ་བསམ་ཞོར་ནས་ཤོར། །
ཤ་གཟན་ལི་ལིས་བྱི་བ་བཟུང་། །
ལས་ཁ་རྩེད་ལག་རྩེད་བར་ནས་ཤོར། །
སྨན་ཆུང་བུ་མོས་བྱི་པོ་བདག །
རོགས་ག་ལེ་འགྲོགས་བསམ་ཁྱིམ་གཞི་ཤོར། །

猫头鹰捕到小鸟时，
本想慢慢享用却逃脱了；
食肉猫捕到老鼠时，
本想玩弄一阵却逃脱了；
姑娘遇上烟花浪子时，
本想成婚却失去家。

ཁྱུད་མི་དཔལ་ཆོད་ཨ་རྒྱལ།

且弥·巴贵阿嘉

༡ བྲག་དཀར་རྫོང་སྟེང་གི་ཐང་དཀར་རྒོད། །
བཀྲུག་ཆེ་ན་གཤོག་རྡུག་འཐོར་ཉེན་ཆེ། །
ནགས་རྒྱ་རྫོང་དཀྱིལ་ནས་དམར་ཡག་སྟག །
ངར་ཆེ་ན་འཇོམ་རྡུག་ཤོར་ཉེན་ཡོད། །
བྱང་ན་དམར་གཞུང་ནས་ཁ་དཀར་ཤྭང་། །
རྒྱུག་ཆེ་ན་རྫོག་རྡུག་འཐོར་ཉེན་ཆེ། །

岩山顶上的白翅鹫，
飞得太高翅膀可能会散架；
森林深处的斑斓虎，
极度凶残可能遭猎杀；
盐泽滩上的白唇鹿，
跑得太快可能会亡命。

༢ བྱིའུ་ཆུང་སྟེང་གི་སྲུ་ཁྲ་དེ། །

吃惯小雀的鹞子，

མཁའ་ལྡིང་ཁྲུང་ལ་ཨེ་འགྲོ་ཤེས། །
ཤིང་ཆུང་སྟེང་གི་སྟ་རེ་དེ། །
ངར་ལྕགས་ཐོག་ཏུ་ཨེ་འགྲོ་ཤེས། །
ལུག་ཆུང་སྟེང་གི་སྤྱང་ཀན་དེ། །
ཁྲ་ཡག་གཟིག་སྟེང་འགྲོ་ལེ་མིན། །

想跟琼鸟过招不自量；
砍惯小木的斧头，
想跟纯钢比刃太嫩了；
吃惯小羊的老狼，
想跟花豹比试不自量。

སྟག་རོང་ཨ་ཁུ་ཁྲོ་ཐུང་།

达绒 · 阿库超同

༡ ནམ་མཁའ་ཡག་ལ་མཛོ་རོགས་དགོས། །
ཉི་ཟླ་སྐར་གསུམ་རྒྱན་ཆ་རེད། །
སྡུག་མུན་པ་བསལ་བའི་རྟེན་འབྲེལ་རེད། །
དམའ་ས་གཞི་ཡག་ལ་བརྟན་རོགས་དགོས། །
རི་རབ་རྒྱ་མཚོ་རྒྱན་ཆ་རེད། །
ཚེ་བསོད་ནམས་རྒྱས་པའི་རྟེན་འབྲེལ་རེད། །

天空虽高需要装饰，
装饰就是日月星，
那是驱散黑暗的机缘；
大地虽广需要装饰，
装饰就是山和海，
那是增长福寿的机缘。

༢ དགྲ་མེ་སྡུག་གཉིས་དེ་ཆུང་དུས་སོད། །
ནད་ལྟས་ངན་གཉིས་དེ་ལངས་ཁར་སོད། །
གྱོད་ཁ་སྨྲས་གཉིས་དེ་གདོང་ལ་གཏུགས། །

敌人和火灾消灭在弱小时，
疾病和恶兆消除在初现时，
官司和争吵消除在调解时。

གཟའ་རྐོད་དུག་རི་ནག་པོ།

撒贵 · 毒日那波

༡ མཁའ་ལྡིང་ནམ་འཕང་བཀྱག་ཉིན་མོར། །
སྦྲུལ་དུག་ཅན་དུག་ལྕེ་ངོམ་ས་མེད། །
གངས་སེང་འཁྲིང་ཟམ་བསྟན་ས་ནས། །
ཁྱི་བདའ་ལུ་མཆེ་བ་ངོམ་ས་མེད། །
འབྲོང་རྐོད་རྫ་ལམ་བཤགས་ཉིན་མོར། །
གླང་ཀན་འབོད་ཏུར་བྱེད་ས་མེད། །

琼鸟一举冲天时，
岂怕毒蛇露毒牙；
雪狮扬鬃显威时，
岂怕懒狗龇獠牙；
野牛走过岩山时，
岂怕黄牛的哭嚎。

༢ འབུ་དུང་ཕྲུག་འོ་མས་གསོས་ལེ་དེ། །
དགྲ་ཆུ་སྲིན་གདོང་ལེན་བྱེད་དགོས་རེད། །
ལུས་གོ་ཁྲབ་གྱོན་མི་སྟག་ཤར་ཚོ། །
སྣང་དགྲ་བོའི་གཡས་ཏུ་གནོན་དགོས་རེད།

奶汁养大的螺虫，
是为了对付海鳌；
披挂铠武的小伙，
是为了战胜敌人。

༣ མཐོ་མི་རྟག་ཉི་ཟླ་གཟའ་ཡིས་བཟུང་། །
བར་མི་རྟག་བྲག་རི་ཐོག་གིས་གཏོར། །
དམའ་མི་རྟག་ཉ་མོ་ལྕུགས་ཀྱུས་འཛིན། །
སྐྱེ་འཆི་དབུ་ནག་བོད་ལ་སྲིད། །
འདས་གྲོངས་ཉི་ཟླ་གཉིས་ལ་གདའ། །

天也无常凶曜食日月，
地也无常雷电摧山崖，
低也无常鱼儿被钩钓，
众生无常有生死，
日月无常有升落。

༤ ཁྱི་ཕྲུག་རྡོ་ཚག་བྱས་བྱས་དེ། །
ཁྲ་ཡག་གཟིག་ལ་འགྲོ་ས་མེད། །
གླང་ཆན་དབྱུག་པས་དེད་དེད་དེ། །
བྲི་སེར་འབྲོང་ལ་འགྲོ་ས་མེད། །
བོང་བུ་རྒྱུན་ལྕུག་བྲབ་བྲབ་དེ། །
ཁ་དཀར་རྐྱང་སྟེང་འགྲོ་ས་མེད། །

石头打狗的习惯，
花豹不吃这玩意；
棍打黄牛的习惯，
野牛不吃这玩意；
鞭打毛驴的习惯，
野马不吃这玩意。

༥ བན་ཆན་རང་མགོ་མི་ཐོན་དུས། །
ཤི་བོའི་འདྲེན་སྟོན་དཀའ་མོ་རེད། །
དཔོན་ངན་འོག་སྡེ་མི་ཉན་དུས། །
གཞན་དོན་སྒྲུབ་བཟློ་[1]དཀའ་མོ་གདའ། །
བློན་ངན་རང་ཆུས་མི་ལག་ཤོར། །
ཁྱོད་མི་དོན་ཤི་བཟློ་དཀའ་མོ་རེད། །

不能自度的老僧，
哪能超度死者；
百姓不服的昏官，
哪能做好他人事；
家业被抢的劣臣，
哪能为人去赴死。

【1】འགྲེལ་བཤད། ཁམས་སྐད་བཟློ་ནི་བཤད་ལ་གོ།

༧ འདས་གྲོངས་ཉི་ཟླ་གཉིས་ལ་གདའ།
སྐྱེ་འཆི་དབུ་ནག་བོད་ལ་དར།
ཞིག་རལ་རྗོ་རྗེའི་བྲག་ལ་སྲིད།

日月有升落，
众生有生死，
岩山有破碎。

སྲས་མོ་གངས་དཀར་ལྷ་མཛེས།

赛姆·冈嘎尔拉泽

༡ ཚེར་ཤུང་ནང་གི་བྱིའུ་ཆུང་དེ། །
འཕུར་སྔ་ན་སྐྱ་ཁྲའི་ཁ་ཟས་རེད། །
ཕྲུག་ལྷས་ནང་གི་ལུག་ཆུང་དེ། །
འགྲོ་ཆེ་ན་སྤྱང་ཀིའི་གསོལ་བ་རེད། །
དམའ་རྒྱ་མཚོའི་ནང་གི་ཉ་སྲམ་དེ། །
འཁྱུར་ཆེ་ན་ཆུ་སྲིན་ཁ་གྲོགས་རེད། །

荆棘中的小鸟，
过早飞出是鹞的食物；
畜圈中的小绵羊，
走得太远是狼的食物；
大海中的鱼儿，
游走多了是鳖的食物。

༢ སྐྱེས་ཕོ་རབ་བློ་དེ་སྔོན་ནས་དྲན། །
སྔོན་ནས་དྲན་ཤིང་ཐབས་ཇུས་མཁས། །
ལས་དང་བྱ་བ་མི་དེས་འགྲུབ། །
ཕོ་འབྲིང་ཞིག་གིས་སྐབས་དུས་དྲན། །
ཚོད་དང་བརྟག་དཔྱད་དབྱེ་ཞིབ་བྱེད། །
ལེགས་ཉེས་བྱ་གཞག་དེ་ནས་ཤེས། །
ཕོ་ཐ་མ་གཅིག་གིས་ཚར་དུས་དྲན། །
འགྱོད་པ་ལས་ཀྱི་ཐ་མ་ཟེར། །
བློ་ཉེས་ལམ་གསུམ་འོག་ཏུ་ཤི། །

上等男人谋事在事前，
事前谋事有妙计，
一切顺利如人意；
中等男人谋事在过程，
审视做事讲分寸，
得失成败随时知；
下等男人谋事在事后，
办完事后终回悔，
失策恶果自己食。

༣ རྟ་ཕོ་སྲབ་ཀྱིས་གར་སྐྱུར་རེད། །
ལམ་གང་ནས་འགྲོ་ན་ཆོག་ཆོག་རེད། །

只有辔嚼驭马最自如，
想走哪条道路都可以。

༤ ས་སྙི་སའི་གྲོ་མ་བརྐོ་བརྐོ་དེ།

松软地里容易挖蕨麻，

ས་སྲ་སའི་ཐོག་ཏུ་འགྲོ་ལེ་མིན།

坚硬之处未必就轻易；

༥ ཁྱོད་ཉི་ཟླས་གསལ་ཚོད་མ་ཟིན་ན། །
ང་སྒྲ་གཅན་གཟའ་རྒོད་ཐོན་བསྣད་ཡོད། །
ནག་འཐིབས་སེ་འགྲོ་ཉིན་འགྱོད་པ་ཆེ། །
ཁྱོད་སྔགས་ནག་འདུག་ཚོད་མ་ཟིན་ན། །
ང་སྡེ་བརྒྱད་ཐོག་སེར་བབ་བསྣད་ཡོད། །
རྒྱ་ཞིང་སྨིལ་ཉིན་སེམས་འགྱོད་ཆེ། །
ཁྱོད་དུག་སྦྲུལ་འཁྱུག་ཚོད་མ་ཟིན་ན། །
བྱ་མཁའ་ལྡིང་ཁྱུང་ཆེན་འཇུམ་ནས་ཡོད། །
གསོན་ཟ་བྱེད་ཉིན་འགྱོད་སེམས་ཤོར།

日月放纵光芒常照耀，
恶毒凶曜前来食日月，
招致一片黑暗才知悔；
咒师放纵恶咒常施法，
天龙八部前来降雷雹，
砸碎大田麦穗才知悔；
毒蛇放纵自己常爬行，
琼鸟展翅前来就制伏，
惨遭生吃之时才知悔。

རྒྱལ་ཆེན་སེང་གེ་སྙེད་ཤུད།

栽钦·森格盖沛

༡ དཔོན་ངན་བུ་དེ་ཧམ་སེམས་ཆེ། །
རང་སྡེ་མི་ཚད་གཞན་སྡེ་ཕུང་། །
དགོན་ངན་གྲྭ་པ་བཙན་རྒོད་ཆེ། །
རང་དགོན་མི་ཚད་མི་དགོན་བརྫད། །
མ་ངན་བུ་མོ་རང་སྣང་ཆེ། །
ལུས་མི་གཙང་རྐྱག་དྲི་ཐུལ་ལེ་གདའ། །
སྐར་ངན་དཔོན་པོ་རང་སྣང་མཐོ། །
གཡོ་ཆེན་ཉི་མ་ནུབ་ནས་ཤར། །

恶毒头人野心大，
不败坏本部落，
还要败坏别的部落；
烂散寺庙僧猖狂，
不仅败坏本寺，
还要败坏他寺；
放浪女人自视高，
淫荡不洁身染秽；
商营掌柜自视高，
阴险能使日升西。

༢ གཏམ་དང་མདའ་མོ་དྲང་ན་དགའ། །
དྲང་ན་དགའ་བས་དྲང་གཏམ་ཤོད། །

言谈和箭直了好，
直了好就须直说。

༣ བྱིའུ་ཆུང་མདའ་ཆག་བྱས་བྱས་དེ། །
མཁའ་ལྡིང་ཁྱུང་ལ་འགྲོ་ལེ་མིན། །
འབུ་གྲོག་མ་མཐེབ་གསོད་བྱས་བྱས་དེ། །
དུག་སྦྲུལ་ཐོག་ཏུ་འཁྲིམ་ས་མེད། །
ལུག་ཆུང་གཉམ་གསོད་བྱས་བྱས་དེ། །
ཁྲ་ཡག་གཟིག་ལ་འགྲོ་ས་མེད། །

射杀小鸟的轻松，
岂能对付大琼鸟；
掐死蚂蚁的轻松，
岂能对付大毒蛇；
猎食小羊的轻松，
岂能对付花豹子。

གཡུ་རྒྱལ་བྱེ་བ་མིག་གཅིག

玉嘉·齐瓦米吉

༡ མཐོ་ཉི་ཟླ་ཡིན་ཡང་མཐོ་ཚོད་ཟུངས། །
གཟའ་སྒྲ་གཅན་ཁ་ལ་ཚུད་ཉེན་ཡོད། །
བར་བྲག་དཀར་ཡིན་ཡང་བཙན་ཚོད་ཟུངས། །
མཐོ་གནམ་ལྕགས་ཐོག་གིས་གཏོར་རབས་ཡོད། །
དམའ་ཆུ་སྲིན་ཡིན་ཡང་ཛམ་ཚོད་དགོས། །
འབུ་དུང་ཕྲུག་ཟེར་བ་ཡོད་རབས་གདའ། །

日月也要限高度，
否则招致凶曜的吞噬；
岩山不可太坚硬，
否则招致雷电的摧毁；
海鳌不要太狂暴，
否则招来螺虫的戳杀。

༢ དཀར་ཡག་གངས་རི་དགུང་ལ་མཉམ། །
སེང་དཀར་མོ་ཟེར་བའི་རྒྱང་གྲགས་ཅན། །
འགྲམ་བཅར་ན་བདའ་ལུ་ཁྱི་ཡི་རིགས། །
མགོ་གཡུ་རལ་ཟེར་ཡང་སྤྲེད་པ་རེད། །
ལུས་འཁྲིང་རྩལ་ཅི་ཡོད་ཤེས་ནས་བྱུང་། །
དབུས་རི་རྒྱལ་ལྷན་པོའི་ར་བ་ནས། །
ཁྱུང་མཁའ་ལྡིང་ཟེར་བའི་གཡེར་གྲགས་མ། །
འགྲམ་བཅར་ན་བྱ་རྐོད་ཤུག་པའི་རིགས། །
མགོ་གཙུག་ཏོར་ཟེར་ཡང་བྱ་སྤུ་རེད། །
ལུས་གཤོག་རླབས་ཅི་ཡོད་ཤེས་ནས་བྱུང་། །

盘踞雪峰的雄狮，
虽然享有大名声，
其实只是犬科类，
所谓绿鬃是毛发，
有何能耐就此知；
盘踞大山的琼鸟，
虽然享有大名声，
其实只是禽羽类，
所谓顶冠是羽毛，
有何能耐就此知。

སེང་ཚ་ཀླུ་བདུད་ཡ་མེད།

森擦・鲁堆雅美

༡ བྱིའུ་བརྒྱ་ཟོས་པའི་ཁྲ་རྒན་པོ། །
ཚེར་ཤུང་ཚ་ལ་སྒྲོག་ཏུས་ཆག །
ཁྱི་བརྒྱ་ཟོས་པའི་གཟིག་རྒན་དེ། །
རྡོ་ཕ་བོང་རྒྱུད་ལ་ལྟུག་གེས་ཤི། །
ཉ་བརྒྱ་ཟོས་པའི་ཆུ་སྲིན་དེ། །
དུང་དཀར་འབུ་ཡིས་དྲན་པ་འཇོར། །

食杀百鸟的老鹞，
羽翅折断棘刺旁；
食杀百狗的老豹，
饿死就在大石旁；
食杀百鱼的海鳌，
白螺戳心死得惨。

༢ དཔོན་ངན་ཞིག་གིས་འོག་སྡེ་ཤུང་། །
གྲི་ངན་ཞིག་གིས་ལག་པ་གདོན། །
མོ་ངན་ཞིག་གིས་ཚེ་རོགས་ཤུང་། །
གཡོག་ངན་གཅིག་གིས་དཔོན་པོ་གསོད། །

恶吏败坏其部落，
钝刀只会割伤手，
劣女只会害丈夫，
坏仆只会杀头人。

༣ སྟོང་ལུག་གཟན་ལ་འགོད་པའི་དུས། །
ཨ་ཐང་སྤྱང་གིས་གར་ཟོས་རེད། །
བྱིའུ་ཁྱུ་ནམ་འཕང་བཀྱག་ས་ནས། །
རྒྱ་ཁྲ་ཧོར་བས་གར་བཟུང་རེད། །
ཆུ་གནས་ཉ་སྲམ་དཔུང་མཐུག་ཀྱང་། །
ཆུ་སྲིན་ངར་མས་གར་འཆའ་རེད། །

千只绵羊散放时，
恶狼随时可猎杀；
百鸟天空齐飞时，
雀鹞随时可捕杀；
百鱼水中群游时，
鳄鱼随时可咬杀。

༤ སྟག་དམར་ཡག་ནགས་རྫོང་འཛིན་པའི་དུས། །
ཁྱི་བདའ་ལུས་རྗེས་འདེད་ཨ་བ་རི། །
འབྲོང་བྲི་སེར་རྫ་ལམ་འགྲིམ་ཉིན་མོར། །
གླང་རོག་པོས་ཏུ་བརྡར་ཅི་གོ་རེད། །

花虎盘踞森林时，
懒狗挑衅太可怜；
野牦走过岩山时，
黄牛蹭角太可怜。

༥ བྱིའུ་ཁྲ་སྐྱ་ལྡུབ་གཤོག་རྩལ་ངོམས། །
བྱིའུ་ཆུང་ཟ་བསམ་ནམ་འཕང་བཀྱགས། །
འཇུམ་ཆེན་སླག་མོས་སྦར་གྱིས་འཛིན། །
སྲོག་དམར་ཤོར་ཉེན་འགྱོད་པ་ཆེ། །
འཕར་བ་དམར་མོས་རྒྱུག་རྩལ་ངོམས། །
ར་རྒན་ཟ་བསམ་རི་ལུང་འགྲིམ། །
ཁྲ་ཡག་གཟིག་གི་ཁ་སྟུན་ནས། །
སྲོག་དམར་ཤོར་ཉེན་ཡི་རེ་མུག །
ཆུ་སྲིན་ངར་མས་མཆེ་བ་ངོམས། །
ཉ་སྲམ་ཟ་བསམ་རྒྱ་མཚོར་རྒྱུ། །
དུང་དཀར་འབུ་ཡི་རྩལ་ལམ་ནས། །
སྲོག་དམར་ཤོར་ཉེན་སྙིང་རེ་རྗེ། །

杂色雀鹞炫翅力，
想吃小鸟飞上天，
结果反被雕所擒，
丢了小命悔已晚；
火红豺狼炫跑力，
想吃老羊走山谷，
结果反被豹所擒，
丢了小命悔已晚；
凶猛海鳌炫獠牙，
想吃鱼儿海中游，
结果反被螺戳杀，
丢了小命悔已晚。

ཤན་པ་མེ་རུ་རྩེ།

辛巴梅如泽

སྐྱ་ཁྲ་འཇུམ་པའི་ཁ་སྟུན་ནས། །
བྱིའུ་ཆུང་ཤོར་བསམ་ཞེ་ལ་མེད། །
ཆུ་སྲིན་ངར་མའི་མཆེ་ལམ་ནས། །
ཉ་སྲམ་ཤོར་བསམ་ཞེ་ལ་མེད། །

鹞子飞过的路上，
哪有小鸟逃脱的活路；
鳄鱼经过的地方，
哪有鱼儿逃脱的活路。

ཕུ་གཏོད་ཁྲི་ཁྲ་ལག་དམར།

普贵・赤查拉玛

ཟ་ཆེ་ན་རོགས་པ་དྲི་མས་བཟོད། །
གཤིབ་ཆེ་ན་བུ་མོ་མ་ལ་འཕོན། །
བརྙས་ཆེ་ན་ཞེ་སྡང་གཏིང་ནས་འཁྲུགས། །

吃得太多臭气熏他人，
陪伴太久女儿怨母亲，
欺凌太甚怒从心底起。

ཐུ་ཡག་སྟག་མོ་ཁྱིར་སྐྱེས།

普雅·达摩凯吉

༡ ནགས་ཚལ་དཀྱིལ་ནས་རྒྱ་སྟག་ཛམ། །
ཁ་ཤ་དམར་ཟ་ཚོད་མ་ཟིན་ན། །
འཛོམ་རྡུག་མི་ལག་ཤོར་ཉེན་ཆེ། །
གཤོག་རྩལ་ཅན་གྱི་སྐྱ་ཁྲ་ཧོར། །
བྱིའུ་ཆུང་ཟ་ཚོད་མ་ཟིན་ན། །
ཤིང་ཚེར་ཕུང་རྩ་ལ་དང་རུས་ཆག །
དམའ་རྒྱ་མཚོ་ནང་གི་ཆུ་སྲིན་ཛམ། །
ཉ་སྲམ་ཟ་ཚོད་མ་ཟིན་ན། །
དུང་ཕྲུག་འབུ་ཡིས་སྲོག་དམར་གཅོད།

猛虎啸傲在林中，
捕杀无辜不知足，
终将死在猎人手；
鹞子飞翔在天空，
捕杀小鸟不知足，
终将折翅棘丛旁；
海鳌游走在海里，
捕杀幼鱼不知足，
终将死在螺虫手。

༢ བྱིའུ་ཆུང་ནམ་འཕང་བཀྱགས་རྒྱུ་དེ། །
སྐྱ་ཁྲ་ཧོར་པའི་ཁ་གྲོགས་རེད། །
བྱ་སྤུ་འཐོར་བའི་སྔ་ལྟས་ཚང་། །
ལུག་ཆུང་རི་ལུང་འགྲིམ་རྒྱུ་དེ། །
སྤྱང་ཐང་སྔོན་མོར་ལག་བརྡ་རེད། །
བཙོ་གྲོད་ཤོར་བའི་སྔ་ལྟས་རེད། །
ཉ་སྲམ་རྒྱ་མཚོའི་གཏིང་མཐའ་ཉུལ། །
ཆུ་སྲིན་འབོད་པའི་ཀི་སྒྲ་རེད། །
ལུས་གཤོག་རྡུག་འཐོར་བའི་སྔ་ལྟས་རེད། །

小鸟飞翔于天空，
就是鹞子的口福，
羽毛散飞的前兆；
小羊游走于山间，
就是恶狼在招手，
破肚丢命的前兆；
鱼儿游走在海里，
就是海鳌在呼唤，
散翅丢命的前兆。

འདན་མའི་ཆིབས་པ་དཔལ་ཕྲུག་ལྷན་པ།

丹玛座骑（威楚丹巴）

༡ མཐོ་ཉི་ཟླ་ཡིན་ཡང་གསལ་ཚོད་དགོས། །
དམའ་ཆུ་སྲིན་ཡིན་ཡང་བཙན་ཚོད་དགོས། །

高为日月应知高有度，
凶为海鳌应知凶有度，

མཐོ་བྲག་དཀར་ཡིན་ཡང་མཐོ་ཚོད་དགོས། །

硬如岩山应知硬有度。

༢ རྒོད་པོས་རྒོད་ཚོད་མ་ཟིན་ན། །
མགོ་རྩོག་དཀར་དགྲ་ལག་ཤོར་རབས་ཡོད། །
རྟ་མགྱོགས་པས་མགྱོགས་ཚོད་མ་ཟིན་ན། །
རྐང་རྣ་བཞི་རྡོ་ལ་ཐུག་རབས་ཡོད། །

男儿凶悍无节制，
首级落入敌人手；
快马跑速无节制，
四蹄碰伤石头上。

སེང་སྟག་ཨ་དོམ།

森达阿冬

༡ རྩལ་ཆེན་སྟག་མོའི་ཁ་རྩ་ནས། །
ཐོ་ཏུ་མགོ་རྩེད་ཤ་རེ་ཚ། །
འཇུམ་ཆེན་གླག་མོའི་གཤོག་ལམ་ནས། །
རི་བོང་མཆོང་ལྡིང་སྙིང་རེ་རྗེ། །
ཛམ་ཆེན་ཆུ་སྲིན་མཆེ་ལམ་ནས། །
ཉ་སྲམ་ཁྱུག་འཛོགས་ཡི་རེ་མུག།

凶残猛虎的面前，
小马摇首弄姿显可怜；
善飞岩雕的面前，
兔子疾速奔跑显可怜；
凶狠海鳌的面前，
鱼儿受惊游动显可怜。

༢ ཐོག་སེར་དྲག་པོ་འཁྲིམ་ལམ་ནས། །
ཀྲུ་ཞིང་སྙེ་མ་གར་བརྟུང་རེད། །
སྨེ་བརྒྱད་དྲེགས་པའི་འཁྲིམ་ལམ་ནས། །
རམ་ནག་སེར་བས་ཇེ་བཙོམ་ཡིན། །

凶猛雷雹经过时，
随便砸碎麦田穗；
傲慢天龙经过时，
随便砸碎草果籽。

ཐོག་ཚ་གྲགས་པ།

托擦・扎巴

༡ སྐྱ་ཁྲ་འཇུམ་པའི་གཤོག་ལམ་ནས། །
ཁྱོད་བྱིའུ་ཆུང་ཤོར་བསམ་ཞེ་ལ་མེད། །
རྩལ་ཆེན་སེང་གེ་མཆོང་ལམ་ནས། །
བེའུ་ཆུང་ཤོར་བསམ་ཡིད་ལ་མེད། །

鹞子飞过的路上，
鸟雀小命难逃脱；
雄狮出没的路上，
牛犊小命难逃脱；

སྤྱང་ཐང་དར་མའི་མཆེ་ལམ་ནས། །
ལུག་ཆུང་ཤོར་རེད་བསམ་བཞིན་མེད། །

恶狼奔走的路上，
羔羊小命难逃脱。

༢ ཁ་ཚོད་མེད་ཤ་ཡི་རྒྱ་སྒོ་ནས། །
ཚིག་ཚོད་མེད་བམ་རོ་མགོ་དུམ་བཤད། །

皮肉形成的嘴门里，
破口说出蒙头死尸话。

༣ ཁྱོད་ཡ་རབས་ཚང་ལ་མ་རབས་མེད། །
མ་རབས་ཚང་ལ་ཡ་རབས་མེད། །

好心之家无坏人，
坏人之家无好心。

ཤེད་ཆེན་བྲག་རྡོ་ཨོ་ནག

歇钦·扎朵奥那

༡ བྲག་དཀར་རྫོང་སྟེང་གི་ཐང་དཀར་རྒོད། །
གཤོག་དྲུག་ནམ་འཕང་བཀྱགས་ཉིན་མོར། །
བྱ་ཕྲན་གཞན་གྱིས་འགྲན་ཟླ་བྲལ། །
ནགས་རྫོང་དཀྱིལ་ནས་དམར་ཡག་སྟག །
རྩལ་དྲུག་བསེར་མ་རླུང་ལ་འགྲན། །
གཅན་གཟན་གཞན་གྱིས་འགྲན་ཟླ་བྲལ། །
དམའ་རྒྱ་མཚོའི་གླིང་ནས་ཆུ་སྲིན་ཛམ། །
ཁ་མཆེ་བའི་རྣོ་ངར་བརྗར་ཉིན་མོར། །
ཆུ་གནས་གཞན་གྱིས་འགྲན་ཟླ་མེད། །

岩山上的白胸鹫，
远举高飞的气势，
其他飞禽难比羽；
森林中的斑斓虎，
威猛凶残的气势，
其他兽类无法比；
大海里的凶海鳌，
大嘴獠牙张开时，
其他鱼类难比试。

༢ འབུ་ཚེ་ཟད་གྲོག་མའི་ཚང་ནང་རྒྱུག །
ཚེ་ཡང་ཟད་རྒྱུ་གྲོག་དམར་པོའི་གྲོགས། །
རྟ་ཚེ་ཟད་རྒྱུ་སྟག་སྡུན་ནས་འཛིགས། །
ཚེ་ཡང་ཟད་སྟག་མོའི་ལྟོ་སྐལ་རེད། །
བྱིའུ་ཚེ་ཟད་དགུང་སྔོན་གནམ་ནས་འཕུར། །
ཚེ་ཡང་ཟད་སྐྱ་ཁྲའི་ལག་ཐིག་རེད། །

短命之虫走进蚂蚁窝门前，
为了速死跑到红蚁的跟前；
短命之马走进猛虎窝门前，
为了速死跑到饿虎的跟前；
短命之鸟飞向辽阔的天空，
为了速死飞到鹞子的跟前；

མི་ཚེ་ཟད་སྲིན་པོའི་སྒོ་འགྲམ་ཐོན། །
ཚེ་ཡང་ཟད་ཤེད་ཆེན་བུ་ལ་ཐུག །

短命之人走到妖魔的门口，
为了速死来到协钦[1]猛将前。

༣ སྤྱང་སེར་པོའི་འཛིང་གི་ཨ་ཐང་སྤྱུང་། །
འདུག་མཁས་ན་སྤང་རིའི་རྒྱན་ཆ་རེད། །
མ་མཁས་གཡང་དཀར་དུང་ཕྲེང་གཏོར། །
དུས་ཐ་མ་ཟཱི་བཟང་ཞུར་རྫོས་གསོད། །
ནགས་ཙན་དན་ཟུར་གྱི་དམར་ཡག་སྟག །
འདུག་མཁས་ན་ནགས་རིའི་རྒྱན་ཆ་རེད། །
མ་མཁས་འདོ་བ་རྟ་ཁྲུ་དཀྲུགས། །
དུས་ཐ་མ་རྔོན་པས་ས་མདའ་ཐོག །
ལུས་འཛུམ་དྲུག་ཤོར་ཉིན་འགྱོད་པ་ཆེ། །

走在原野上的狼，
懂得安分乃是草原的装点，
若不安分冲杀羊群时，
终将死在牧鞭抛石下，
失去狼皮后悔也晚了；
卧在森林边的虎，
懂得安分乃是森林的装点，
若不安分冲杀马群时，
终将死在猎人利箭下，
失去斑斓后悔也晚了。

འབྲོང་འདུལ་ཧ་རི་རྒོད་པོ།

仲堆·哈日贵波

བྱ་རྒྱལ་ཁྱུང་ཆེན་རྩལ་ལམ་ནས། །
དུག་སྦྲུལ་ཧམ་ཡང་ལྟོགས་སྐལ་རེད། །
ཁྲ་ཡག་གཟིག་གི་ཁ་སྟུན་ནས། །
སྤྱང་ཐང་སྤོན་མོ་གར་ཟོས་རེད། །
ལྷ་བརྒྱད་དྲེགས་པའི་ཐོག་སེར་གྱིས། །
རྒྱ་ཞིང་སྙེ་མ་གར་བཙོམ་ཡིན། །

琼鸟展翅飞翔时，
毒蛇虽凶是充饥；
花豹疾速追杀时，
灰狼虽凶是饱餐；
天龙降下雷雹时，
麦穗虽多可砸碎。

ཀུང་བློན་སེར་ར་རྒོད་རྒྱལ།

孔伦·色热贵嘉

༡ དཔའ་རྒོད་ངར་མའི་དཔུང་ལམ་ནས། །
དོན་མ་ཡག་སྐྲ་ལ་མ་འཇུ་དགོས། །

大勇好汉挥臂时，
不可随便揪其发，

འཇུ་ཚར་དུས་སྤུར་གང་ཡོན་ཞེ་དགོས། །
བྲི་སེར་འབྲོང་གི་རྭ་སྤུན་ལ། །
དང་པོའི་དུས་ནས་མ་བཅར་དགོས། །
བཅར་ཚར་དུས་མགོ་རྭ་ཡོན་ངེས་དགོས། །

一旦揪住定要拔几撮；
强悍野牛觗角时，
不可随便去靠近，
一旦靠近定要割牛角。

༢ དཀར་རྫོང་བྲག་གི་རྩེ་མོ་ནས། །
ཐང་དཀར་རྒོད་པོ་གཤོག་རྒྱལ་ཅན། །
འཕུར་ཚོད་ལྡིང་ཚོད་མ་ཟིན་ན། །
མཐའ་མ་གཤོག་སྒྲོ་རླུང་གིས་གཏོར། །
དཀར་ཡག་གངས་ཀྱི་སྙིང་བཅུད་ལ། །
དར་སེང་དཀར་མོ་གཡུ་རལ་ཅན། །
འཕྱིང་ཚོད་རྒྱལ་ཚོད་མ་ཟིན་ན། །
དུས་མཐའ་མ་སྡེར་བའི་ཁྲག་ལ་བསྒྲི། །
ཙན་དན་ནགས་ཀྱི་དམར་ཡག་སྟག །
ཤ་དམར་ཟ་ཚོད་མ་ཟིན་ན། །
མཐའ་མ་ས་མདའི་གད་ལ་ལྷུང་། །

白色岩山的峰顶，
白鹫虽然善飞翔，
若是飞得太冒险，
羽翅散架高风中；
洁白雪山的顶上，
绿鬃白狮最威风，
若是腾跃无节制，
爪染血迹丢性命；
茂密檀林的深处，
若是食肉无节制，
终会死在猎箭下。

༣ དུང་སེང་འཕྱིང་ཚོད་མ་ཟིན་ན། །
གཡུ་རལ་ཁྲག་ལ་བསྒྲི་ཞེ་ཡོང་། །
རྒྱ་སྟག་མཆོང་ཚོད་མ་ཟིན་ན། །
འཛུམ་དྲུག་མི་ལག་ཤོར་ཞེ་ཡོང་། །
སྤྱང་ཀན་འདུར་ཚོད་མ་ཟིན་ན། །
ཀླད་ཁྲག་ཨུར་རྡོས་གཏོར་ཞེ་ཡོང་། །

若是雄狮腾跃无节制，
终会绿鬃染血会丢命；
若是花虎跳跃无节制，
终会失去斑斓丢性命；
若是老狼奔走无节制，
终会牧鞭抛石砸碎头。

【1】协钦：音译名，意为大力士。

ཟེ་གྲམ་སྟོབས་ཆེན་ཕྱུག་རིང་།

百赛·多钦恰仁

༡ ཁྱོད་གསལ་ཀན་ངར་སྒྲ་ཆེ་ན་ཡང་། །
དར་སེང་དཀར་མོར་འགྲན་རྒྱུ་མེད། །
བྱ་རྐོད་ཞུག་པ་ངར་ན་ཡང་། །
འཇུམ་ཆེན་སྒྲག་མོ་དོ་ས་མེད། །
བོང་བུའི་འདུར་རྒྱུག་མྱུར་ན་ཡང་། །
ཁ་དཀར་རྐྱང་ཆུང་དོ་ས་མེད། །

雪豹嚎声再大，
也不能比洁白的雄狮；
鸱枭威力再强，
也不能比凶猛的岩雕；
毛驴跑得再快，
也不能跑过白唇野驴。

༢ དགོན་ཆེན་བླ་མའི་སྐུ་མདུན་ནས། །
ཞུ་ལོང་གནང་ལོང་གཉིས་ཀ་གདའ། །
དཔའ་རྐོད་འདྲ་གཉིས་ཐུག་པའི་དུས། །
ཚད་ལོང་འཐབ་ལོང་གཉིས་ཀ་ཡོད། །
ཁོལ་མོ་འབྲོང་རྐོད་ཚོ་ཤ་དེ། །
ཚོས་ལོང་གྲང་ལོང་གཉིས་ཀ་ཡོད།

大寺高僧的跟前，
问法听法不限时；
好汉遇到英雄时，
拼死搏命不限时；
野牛肥肉上锅时，
煮肉凉肉不限时。

སྨི་ལི་དཔོན་པོ་བྲག་བཙན།

木里·本波扎赞

སྡེ་བརྒྱད་དྲིགས་པའི་ཆོ་འཕྲུལ་གྱིས། །
ཐོག་སེར་མི་འབེབས་ཀ་མེད་རེད། །
ཁྱོད་སྔགས་ཀན་ནུས་མཐུ་ཅི་འདུག་བལྟ། །
ཀླུ་བདུད་ཁྲོས་པའི་དུག་རླངས་ཀྱིས། །
སེམས་ཅན་མི་འཚོ་ཁ་མེད་རེད། །
ཆོས་སྐྱོང་གདུག་རྩུབ་ཅི་གདའ་བལྟ། །

天龙八部施幻术，
降下雷雹不得已，
试看咒师的法力；
鲁魔愤怒放毒雾，
杀死众生不得已，
试看神灵的法力。

སྒ་བདེ་ཆོས་སྐྱོང་བེར་ནག　　嘎德 · 曲炯贝那

རྩལ་ཆེན་གངས་སེང་མཆོང་ལམ་ནས། །　雄狮跳跃的地方，
རི་བོང་མཆོང་བགྲོ་དཀའ་མོ་གདའ། །　兔子很难跳过去；
འཇུམ་ཆེན་སླག་ཀོད་རྩལ་ལམ་ནས། །　猛雕高飞的地方，
བྱིའུ་ཆུང་འཕུར་བགྲོ་དཀའ་མོ་གདའ། །　小鸟很难飞上去；
ཁྲ་ཡག་གཟིག་གི་ཁ་སྤུན་ནས། །　花豹跑过的地方，
ཁྱི་བདའ་ལུ་རྒྱུག་བགྲོ་དཀའ་མོ་གདའ། །　懒狗很难跑得动。

ཆོས་ལུ་རིན་ཆེན་གྲགས་པ།　　曲鲁仁钦扎巴

བྲི་སེར་འབྲོང་གི་ར་སྤུན་ནས། །　野牦牛亮起犄角时，
གླང་ཀན་འབོད་ཅུར་ཕོད་ས་མེད། །　哪敢黄牛大声呼；
ཁ་དཀར་རྐྱང་གི་བང་ལམ་ནས། །　白唇野驴奔跑时，
བོང་བུ་སྒུར་རྒྱུག་བྱེད་ས་མེད། །　哪敢毛驴大步走；
ཁྲ་ཡག་གཟིག་གི་རྩལ་ལམ་ནས། །　花豹耍起威风时，
ཁྱི་ཀན་ཅུ་ཟུག་བྱེད་ས་མེད། །　哪敢老狗大声吠。

མ་ནེ་ནེ་གནམ་སྨན་དཀར་མོ།　　玛乃乃 · 南曼嘎尔姆

ཏི་སེ་གངས་ཀྱི་མཆོད་རྟེན་དེ། །　冈底斯山像佛塔，
རྩེ་མོ་དགའ་ལྡན་ལྷ་ལ་མཉམ། །　高峰耸入兜率天，
གངས་དེ་ལ་འཁོར་བའི་དར་སེང་དེ། །　此山盘踞的雄狮，
མགོ་གཡུ་རལ་རྒྱས་ལུགས་འདྲ་ས་མེད། །　绿鬃美得非同其它狮；
ནུབ་མ་ཕམ་གཡུ་མཚོ་ཕྱུག་མོ་དེ། །　西边玛旁雍措湖，
གཏིང་ཟབ་ལེ་མ་ཀློས་ཀླུ་ལ་ཟུག །　湖底连着鲁神宫，

མཚོ་དེ་ལ་འཁོར་བའི་ཉ་སྲམ་དེ། །
ལུས་གསེར་གཤོག་རྒྱས་ལུགས་འདྲ་ས་མེད། །

此湖生存的鱼类，
鱼翅美得非同其它鱼。

བྱ་ཆེན་སྐར་མ་དགྲ་འདུལ།

恰钦•嘎尔玛占堆

ཁྱོད་ཤིང་ཆུང་སྡིང་དུ་སྟ་རེ་དེ། །
གཡུག་བཞག་ན་མགོ་འཕྱུ་ཤོར་རྒྱུ་རེད། །
ཁྱོད་ཟམ་ཆུང་སྡིང་དུ་ཆུ་ཝུར་རྒྱུག།
བབས་བཞག་ན་རྒྱ་ཟམ་གཏོར་རྒྱུ་རེད། །
ཁྱོད་ལྷམ་ཆུང་སྡིང་གི་མེ་སྟག་མཆེད། །
འབར་བཞག་ན་རང་སྲོག་ཤོར་སྲིད་རེད། །

犹如大斧砍小树，
可以砍下其鳌旗；
犹如洪水冲小桥，
可以冲毁其堤坝；
犹如靴上落火星，
可以燃得丢性命。

སྟོང་བཙན་སྣང་དུ་ཨ་དཔལ།

董赞 · 囊乌阿巴

ཤར་གྱི་དུང་སེང་དཀར་ཡག་ང་། །
གཅན་གཟན་ཀུན་གྱི་རྒྱལ་པོ་ཡིན། །
ཝ་སྐྱེས་ཚོགས་ཀྱིས་ཅི་ལ་འགྲན། །
གྲ་ལོ་ཁྲག་ལ་མ་བསྒྲིས་ན། །
གཡུ་རལ་རྒྱས་པ་དོན་མེད་རེད། །
རྫ་ཁྲ་ཡག་སྡིང་གི་འབྲོང་ཡག་དེ། །
དུད་འགྲོ་ཡོངས་ཀྱི་རྒྱལ་པོ་རེད། །
བ་གླང་གཡག་གིས་འགྲན་ཟླ་མེད། །
བཙོ་གྲོད་ཐང་དུ་མ་གཏོར་ན། །
མགོ་རུ་ཐུར་རྒྱས་པ་དོན་མེད་རེད། །

东方白色的雄狮，
是所有食肉兽类的王者，
狐狸岂能比得上，
不能让其染血死，
头上绿鬃就白长了。
岩山上的野牦牛，
是所有食草动物的王者，
犏牛岂能比得上，
不能让其破肚死，
头上犄角就白长了。

ལྷ་རྒྱལ་གྲགས་པ། 拉嘉扎巴

༡ ཐང་དཀར་ན་བའི་འཛིང་ཁུག་ནས། །
སྤྱང་ཐང་འདུར་རྒྱུག་མྱུར་མོ་མ། །
རྫི་བཟང་འབོད་པའི་ལག་བརྡ་རེད། །
ཁྲ་རིང་ཨུར་རྡོས་ཀླད་ཁྲག་གཏོར། །
སྤྱང་ལྤགས་ཤོར་བའི་སྔ་ལྟས་རེད། །
རྒྱ་མཚོ་གཏིང་ཟབ་ཐུག་ས་ནས། །
ཆུ་སྲིན་ངར་མས་མཆེ་བ་ངོམ། །
དུང་ཕྲུག་འབོད་པའི་ཀི་སྒྲ་རེད། །
ཆུ་སྲིན་སྲོག་དམར་ཤོར་ལེ་ཡོང་། །
དུང་དཀར་འབྲུ་ཡི་དཔའ་རྟགས་རེད། །
ཁྲ་ཡག་རྫ་ཡི་གཡས་ཟུར་ནས། །
འབྲོང་ཀོད་ཏུ་ཐུར་རྔོན་ལ་ངོམ། །
རྔོན་ཕྲུག་མདའ་འབོད་པའི་ལག་གཡུག་རེད། །
སྐྱིན་པོས་མདའ་རྟགས་འཛོག་ཉིན་མོར། །
འབྲོང་མགོ་རྭ་རྔོན་པའི་ལག་ཏུ་ཤོར། །

沼泽滩上的野狼，
奔跑起来非常急，
那是招手叫牧人，
牧鞭抛石砸脑袋，
此乃丧命的前兆；
大海深处的海鳌，
张口亮牙太凶狠，
那是呼唤叫白螺，
戳杀海鳌丢性命，
此乃白螺的勇武；
岩山边上的野牛，
犄角炫耀给猎人，
那是招手叫利箭，
当箭射身的时候，
犄角落入猎人手。

ཁྲ་སྟོང་བསྟན་འཛིན་གྲགས་པ། 查董·丹增扎巴

༡ ཁྱོད་ལྕགས་ཀྱི་བུ་ཆུང་ལོ་བརྒྱད་ལ། །
མགར་བ་མཁས་པས་བཞུ་རྡུང་ཞིག།
ཨ་ལུགས་པགས་པ་མཉེད་ལུགས་ཤིག།
ར་ཤུན་རྩ་ཁ་འཕྱུར་ལུགས་ཡོད། །

八岁顽童像铁块，
就要名匠熔化打制；
山羊皮子要鞣搓，
硬皮鞣软有办法。

༢ བྱིའུ་ཆུང་ཚེ་ཟད་ནམ་འཕང་བཀྱགས། །

短命小鸟飞上天，

སྐྱ་ཁྲ་རྟོར་བའི་ཁ་ཟས་རེད། །　乃是雀鹞的食物；

ལུག་ཚུང་ཚེ་ཟད་རི་ལུང་འགྲིམ། །　短命绵羊走山谷，

སྤྱང་ཐང་སྔོན་མོའི་ལྟོ་སྐལ་རེད། །　乃是灰狼的食物；

དུག་སྦྲུལ་ཚེ་ཟད་ནགས་ཚལ་འགྲིམ། །　短命毒蛇走树林，

བྱ་རྒྱལ་ཁྱུང་གི་ལག་སྡིག་རེད། །　乃是琼鸟的食物。

རོང་སྲས་ལྷ་རྒོད་འབུམ་ལུ།

༡ མགོ་དཔོན་སྡུག་ན་འོག་སྡེ་འཐོར། །
ནག་མོ་སྡུག་ན་བུ་སྤུན་གཏོར། །
ས་གནས་སྡུག་ན་ཡུལ་སྡེ་འཁྲམས། །
ཆུ་མིག་རྐས་ན་གྲམ་ལ་འགྱུར། །

绒赛・拉贵奔鲁

头人太坏部落散，
女人太坏兄弟散，
住地太恶村落散，
水源枯竭河川干。

༢ ནགས་རྫོང་དཀྱིལ་ནས་དམར་ཡག་སྟག །
ཁ་མཆེ་སྡེར་ཐོ་རྟུའི་སྟེང་དུ་རྡེམ། །
ཁ་ཤ་དམར་ཟ་བསམ་སྙིང་རླུང་ལངས། །
རྫོན་མདའ་སྐྱེན་ངར་མའི་ལག་འོག་ནས། །
སྟག་འཛུམ་དྲུག་ནམ་ཤོར་ཆ་མེད་རེད། །
རི་ལུང་འཁྱིམ་པའི་སྤྱང་ཐང་གིས། །
ཏུང་སོ་གཡང་དཀར་ལུག་ལ་རྡེམ། །
ཁས་ཞིམ་ཤ་ཟ་བསམ་ཞེ་ལ་འཆང་། །
རྗི་བཟང་ཞུར་རྡོས་ཀླད་ཁྲག་བསྐྱི། །
སྤྱང་རྐན་ཁྲི་ལྤགས་ཤོར་ལེ་ཡོང་། །

树林中的斑斓虎，
炫耀牙爪威慑小马，
想吃鲜肉心底起欲风，
一旦遇到射箭的猎人，
花虎随时会丢性命；
山谷里的灰野狼，
炫耀牙爪吓唬绵羊，
想吃肥肉心底起欲风，
一旦遇到抛石的牧人，
老狼随时会破脑壳。

ཁྲ་རིང་སྐར་མདའ་ཡ་མེད།

༡ ནོར་རིན་ཆེན་མང་ཡང་ཕ་ལམ་དཀོན། །
སྐྱེས་ཕོ་ལུས་མང་ཡང་དཔའ་བོ་དཀོན། །
སྨན་མཛེས་མ་མང་ཡང་མཛངས་མ་དཀོན། །
ཤིང་ཙན་དན་མང་ཡང་སྦྲུལ་སྙིང་དཀོན། །
ལྷ་བླ་མ་མང་ཡང་ཆོས་པ་དཀོན། །
གོང་དཔོན་པོ་མང་ཡང་ཁྲིམས་ལྡན་དཀོན། །

查仁•嘎尔达雅美

财宝虽多稀少金刚石，
男人虽多稀少英雄汉，
美女虽多稀少贤惠女，
檀香虽多稀少蛇心木，
喇嘛虽多稀少真高僧，
头人虽多稀少公正者。

༢ ཁྲི་གདུགས་ཉི་མས་ནུབ་རི་བརྒལ། །
སྐར་ཚོགས་མི་བཀྲག་ཁ་མེད་རེད། །
སོ་ཟད་རྩ་བ་ཀན་ལ་ཐུག །
འཆའ་ཧྲོ་མི་རྒྱག་ཀ་མེད་རེད། །

太阳沉入西山时，
繁星不得不璀璨；
牙齿磨损到根部，
食吃饭不得不强咽。

འདན་མའི་ཀུ་རུ་རྒྱལ་མཚན། 丹玛古如坚赞

ཕོ་ངན་གཅིག་གིས་སྤར་གཡུག་བྱས། །
དཔའ་རྗོད་མི་སོད་གཉོམ་ཆུང་གསོད། །
མོ་ངན་གཅིག་གིས་ཕ་མ་བརྡུངས། །
རང་རྒྱུད་མི་གསོ་གཞན་རྒྱུད་སྐྱོང་། །
དཔོན་ངན་གཅིག་གིས་འོག་སྡེ་མནར། །
གཞན་སྡེ་མི་ཐུབ་རང་སྡེ་གསོད། །
གྲྭ་ངན་གཅིག་གིས་དགོན་སྡེ་གཏོར། །
ཆོས་ཉིད་མི་རྟོགས་རང་མཚང་འབྱུད། །

恶汉慌忙挥刀时，
不杀英雄杀弱小；
恶女不孝打父母，
不养己生养他生；
恶官欺凌部落众，
不杀外村杀内村；
恶僧搅乱自己寺，
不懂修持露败迹。

བདུད་རི་འབུམ་པ་ཁེར་རྒོད། 堆日·奔巴凯贵

ཁྱོད་བྱིའུ་ཁྲ་སྐྱ་ལྡེབ་འཕུར་ལམ་ནས། །
བྱིའུ་ཆུང་གཉོམ་གསོད་བྱས་བྱས་དེ། །
མཁའ་ལྡིང་ཁྱུང་ལ་འགྲོ་ལེ་མིན། །
སྤྱང་རྒན་མཆེ་སྡེར་ངོམ་ས་ནས། །
ལུག་གཡང་དཀར་གཉོམ་ཆུང་ཟ་ཟ་དེ། །
ཁྲ་ཡག་གཟིག་ཐོག་འགྲོ་ས་མེད། །
ཆུ་སྲིན་ཛམ་བརྗིད་ངོམ་ས་ནས། །
ཉ་སྲམ་གཉོམ་ཆུང་གསོད་གསོད་དེ། །

灰白鹞子飞道上，
欺杀小鸟成习惯，
但是琼鸟不吃这一套；
老狼炫威獠牙利爪时，
食杀小绵羊太平常，
但是猛虎不吃这一套；
海鳌炫示威力时，
食杀鱼类很平常，

ཏུང་དཀར་འབུ་ལ་འགྲོ་ལེ་མེད། །

但是白螺不吃这一套。

ཁྲེར་གླིན་ཆོས་འགྲུབ།

齐伦 · 曲珠

༡ སྟོང་བར་སྔང་སྤྲིན་དཀར་གཡས་ཟུར་ནས། །
བྱ་ཐང་དཀར་འཕུར་རྒྱལ་བདེ་མདོག་ཁ། །
མཐོ་གླིང་བཞི་རླབས་ཀྱིས་བསྐོར་བསམ་ཡང་། །
དགུང་ཁྲི་གདུགས་ཉི་མའི་མར་ཞབས་ནས། །
རླུང་སྐྱི་སེར་སྤུ་གྲི་འཕྲུལ་འཁོར་གྱིས། །
ལུས་གཤོག་ཧྲུག་གཏོར་ཉིན་ཡི་རེ་སྨུག།
ནགས་ཚན་དན་དཀྱིལ་གྱི་གཡས་ཟུར་ནས། །
སྟག་དམར་ཡག་རྒྱལ་ཧྲུག་མྱུར་མོ་མ། །
རྟ་འདོ་བའི་ཁྱུ་དཔུང་གཏོར་ཉིན་མོ། །
མདའ་རྒྱ་གྲོང་ཁྲ་མོའི་སྤྲང་སྐོ་ནས། །
དཔའ་རྫོན་པའི་མདའ་མོ་ཐོག་དང་འདྲ། །
ལུས་འཇོམ་ཧྲུག་ཤོར་ཉིན་ཡི་རེ་སྨུག།

蓝天白云的右边，
白鹫飞得很自在，
本想遨游转四洲，
照耀的烈日下面，
罡风转动锋利刀，
斩断羽翅太可怜；
茂密森林的右边，
斑斓猛虎很凶猛，
本想冲杀马群时，
部落村中的猎人，
射出利箭如霹雳，
猛虎死得很窝囊。

༢ ར་ཚེ་ཟད་འཕར་སྤྱང་སྒོ་རྒྱར་ཐོན། །
ཚེ་ཡང་ཟད་འཕར་བའི་ཁ་ཟས་རེད། །
ཁྱི་ཚེ་ཟད་ཁྲ་ཡག་གཟིག་ལ་ཐུག།
ཚེ་ཡང་ཟད་གཟིག་གི་ལྟོ་རྟེན་རེད། །

短命山羊来到豺窝前，
死得更快直撞豺狼口；
短命狗儿来到豹窝前，
死得更快直撞花豹口。

ཐེ་སེ་ཏུང་ཆུང་འོད་དཀར།

泰赛 · 童琼维嘎尔

མཚོ་སྔོན་མོའི་ཐ་རླབས་གཡས་ཟུར་ནས། །
ཉོད་གསེར་ཉ་འགྱུར་རྒྱལ་ཆེན་མོ་མ། །
ལུས་གསེར་གཤོག་རྫོམ་རྒྱུ་ཕར་ལ་ཞོག།

碧蓝湖涛的右边，
鱼儿遨游很自在，
别说炫耀金色翅，

ཚེ་སྲོག་བདག་ལྕགས་ཀྱུས་བཀུག་ཉིན་མོར། །
ལུས་ཞིམ་ཤ་ཤོར་ཉིན་ཨ་ཙ་མ། །
སྤང་སེར་ཡུ་རི་མགོ་གཡས་ཟུར་ནས། །
ཁྱོད་སྤྱང་ཐང་འདུར་རྒྱུག་སྐྱུར་མོ་མ། །
ཁ་དུང་སོ་རྩོམ་འདོད་ལོས་ཡིན་ཏེ། །
སྲོག་བདག་ཁྲ་རིང་མདེའུ་གཅིག་གིས། །
ལུས་སྤྱང་ལྷགས་ཤོར་ཉིན་ཨ་ཙ་མ། །

嘴唇钓挂铁钩时，
丢了性命太惋惜；
黄色草山的右边，
灰狼奔走很自在，
本想炫耀其獠牙，
一支利箭射过来，
要了性命太惋惜。

ཞང་ཞུང་སྟག་མོ་ཁྲི་བརྟན།

象雄·达摩赤丹

༡ བྲག་སྡོད་འཛིན་པའི་ཐང་དཀར་རྒོད། །
ནམ་འཕང་བཀྱུགས་ཚོད་མ་ཟིན་ན། །
གཤོག་དྲུག་ཐང་དུ་འཐོར་ལེ་ཡོང་། །
ནགས་རྫོང་འཛིན་པའི་དམར་ཡག་སྟག །
ཐོ་ཏུ་གཏོར་ཚོད་མ་ཟིན་ན། །
འཛུམ་དྲུག་མི་ལག་ཤོར་ལེ་འོང་། །
དམའ་རྒྱ་མཚོ་ནང་ནས་ཆུ་སྲིན་ཇམ། །
ཉ་སྲམ་ཟ་ཚོད་མ་ཟིན་ན། །
སྲོག་དམར་དུང་ལ་ཤོར་ལེ་ཡོང་། །

岩山为窝的白鹫，
毫无节制的高翔，
有天六羽散地上；
树林为窝的花虎，
毫无节制地小马，
有天死在猎人手；
大海为窝的海鳌，
毫无节制吃鱼儿，
有天被螺所戳杀。

༢ ལྷ་བླ་མའི་དགོན་ཆུང་ཤོར་ཁ་ཏུ། །
ཆོས་མི་བཤད་དགུ་བཤད་བྱེད་རབས་ཡོད། །
གོང་དཔོན་པོའི་ཁྲི་ཐོབ་ཤོར་ཁ་ཏུ། །
ལས་མི་བྱེད་དགུ་བྱེད་ལས་རབས་ཡོད། །
སྨན་བུ་མོ་གནས་ཉེས་ཁྱུར་ཁ་ནས། །
ཉལ་རོགས་འཚོལ་ནས་བཟའ་རོགས་ཕུད། །
ཕོ་དཔའ་མེད་དགྲ་ཁར་ཤི་ཁ་ཏུ། །

喇嘛毁掉寺院时，
胡说八道讲佛法；
头人毁掉部落时，
胡作非为失公道；
女人毁掉婚嫁时，
不找丈夫找他人；
懦夫阵前临死时，

བྲེལ་ཚུབ་ཚུབ་འབབ་ཞིག་བྱེད་རབས་ཡོད། །

匆匆忙忙急事多。

བཙན་བདུད་མེ་ལྕེ་དམར་པོ།

赞堆·梅结玛波

དར་སེང་དཀར་མོ་རྒྱལ་ཡ་ལ། །
རི་བོང་ཡོང་བསམ་ཞེ་ལ་མེད། །
བྲི་སེར་འབྲོང་གི་རྭ་སྔུན་ནས། །
གླང་རྐན་འཕོད་ཏུར་ཕོད་ས་མེད། །
ཁྲ་ཡག་གཟིག་གི་ཁ་སྔུན་ནས། །
ཁྱི་རྐན་བདའ་ལུ་བྲུག་ས་མེད། །

凶猛白色雄狮前，
无能兔子岂敢动；
威猛野牦牛面前，
无能黄牛岂敢动；
疾猛花豹子面前，
无能老狗岂敢动。

ཤན་ཆ་རླུང་ལྷ་མགྱོགས་ལྡན།

辛擦·隆拉爵丹

སྙིང་མེད་གྲི་རིང་འཕྲེད་བསྣོར་དེ། །
འགྲམ་ལྟག་རང་གིས་ཉོ་སྤྱོད་རེད། །
ཤེས་མེད་ཁ་གཏམ་བཤད་རྒྱུ་དེ། །
དམའ་འབེབས་རང་གིས་ཉོ་རབས་ཡོད། །
དཔའ་མེད་སྐར་མས་དཔའ་གཏམ་བཤད། །
མགོ་འཕྱུ་མི་ལག་ཤོར་སྤྱོད་རེད།

没有胆量横腰刀，
只能招人扇耳光；
不懂装懂劝诫人，
只能招致人讥讽；
无勇懦夫说豪言，
只能首级落敌手。

ཀླུ་རྒྱལ་ཧ་ལ་འབར་བ།

鲁嘉·哈拉跋尔瓦

བྱ་བརྒྱའི་གྲལ་ནས་མཁའ་ལྡིང་ཁྱུང་། །
གཤོག་ཐོགས་ཀུན་གྱིས་འགྲན་ཟླ་མེད། །
རྔོག་བརྒྱའི་ནང་གི་ཁ་དཀར་རྐྱང་། །
མགྱོགས་བང་རྒྱལ་སུ་ཡིས་དོ་ས་མེད། །

白鸟群中大琼鸟，
所有飞禽比不上；
有鬃群中白唇驴，
所有善走比不上。

ནུ་བོ་བཙན་ཆུང་དམར་པོ།

ཁྱོད་བྱིའུ་ཆུང་འཕུར་ཚོད་མ་ཟིན་ན། །
ང་སྐྱ་ཁྲ་ཧོར་པ་ཐོན་བསྡད་ཡོད། །
ཁྱོད་ལུག་ཆུང་རྒྱུག་ཚོད་མ་ཟིན་ན། །
ང་སྤྱང་ཐང་སྔོན་མོ་སླེབས་བསྡད་ཡོད། །
ཁྱོད་ཉ་ཆུང་འགྱུར་ཚོད་མ་ཟིན་ན། །
ལྕགས་ཀྱུ་སྔོན་མོ་འཕངས་བཞག་ཡོད། །

努沃·赞琼玛波

小鸟飞得无节制，
鹞子就会随时来；
绵羊走得无节制，
灰狼就会随时来；
鱼儿游得无节制，
铁钩就会随时来。

གེ་སར་ནོར་བུ་དགྲ་འདུལ།

༡ མི་སླེབས་གནམ་ལ་སྙོབ་རྒྱུ་དེ། །
ཀང་རྒྱུས་པའི་ཕྱི་ཐག་ཆད་རྒྱུ་རེད། །
ནུས་མེད་དཔའ་རྟོད་འགྲན་རྒྱུ་དེ། །
ཕམ་ཁ་རང་གིས་ཟོ་ལེ་རེད། །
སྙིང་མེད་གྲི་རིང་དྲངས་རྒྱུ་དེ། །
འགྲམ་ལྕག་རང་གིས་ཟོ་རྒྱུ་རེད། །
ཤེས་མེད་གྲལ་མགོ་འདུག་རྒྱུ་དེ། །
དམའ་འབེབས་རང་གིས་ཁུར་རྒྱུ་རེད། །

༢ བྱ་རྒྱལ་ཁུ་བྱུག་གསུང་སྙན་གྲགས། །
འདི་བྱ་སྲེག་པས་འགྲན་སྣང་ཤར། །
ཁ་དཀར་རྐྱང་གིས་བང་རྩལ་ཛོམ། །
ས་རྗོང་བོང་བུ་རྒྱུག་སྣང་ཤར། །
ཁྲ་ཡག་གཟིག་གི་རྩལ་ལམ་ནས། །
བདའ་ལུ་ཁྱི་རྒན་འགྲན་སྣང་ཤར། །

格萨尔·诺普占堆

够不着还要去抓天，
只能拉断脚后筋；
打不过还要战勇士，
只能自己吃败仗；
没胆量还要带腰刀，
只能招人扇耳光；
非贤良还要坐首席，
只能招来众非议。

鸟王杜鹃唱妙音，
鹌鹑妄想比一比；
白唇野驴走健步，
毛驴妄想追一追；
美纹花豹跑得快，
老狗妄想试一试。

ཚ་ཞང་འདན་མ་བྱང་ཁྲ།

擦香·丹玛向查

བྱ་རྒྱལ་ཁུ་བྱུག་གསུང་སྙན་ལ། །
ཁྭ་ཏས་འགྲན་ཟེར་དཀའ་མོ་རེད། །
མཁའ་ལྡིང་ཁྲུང་ཆེན་གཤོག་རྩལ་དེ། །
བྱ་ནེ་ཡེས་འགྲན་ཟེར་དཀའ་མོ་རེད། །

鸟王杜鹃的妙音，
乌鸦恬噪岂能比；
金翅琼鸟的高度，
鹞鹰小翅岂能比。

ཨ་སྟག་ཀླུ་མོ།

阿达鲁（拉）姆

མཁའ་ལྡིང་ཁྲུང་ཆེན་འཧྲུམ་ས་ནས། །
དུག་སྦྲུལ་འཕག་འཚག་རྒྱུག་ས་མེད། །
ཆུ་སྲིན་མཆེ་བ་ཟམ་ས་ནས། །
ཉ་སྲམ་ཁུག་འཛྲོགས་ཕོད་ས་མེད། །
རྒྱ་སྟག་ནགས་ལ་མཆོང་ས་ནས། །
ཐོ་རུ་བང་རྩལ་རྫོམ་ས་མེད། །

琼鸟展翅高飞时，
毒蛇哪能敢腾挪；
海鳌张口亮齿时，
鱼儿哪能敢游动；
猛虎林中跳跃时，
小马哪能敢走动。

འབྲུག་སློང་གཡུལ་འགྱེད།

ནེ་ནེ་གནམ་སྨན་དཀར་མོ།

ཉི་མ་ནུབ་ནས་ཤར་ལུགས་མེད། །
ལ་སྟོན་སོར་མོས་འགེབ་ལུགས་མེད། །
ཆུ་ཆེན་པོ་སྦར་མོས་ཁོག་ལུགས་མེད། །

མི་ཆུང་ཁ་བདེ།

སྐྱེས་ཕོ་རབ་ཆང་འཐུང་དབུ་ལ་ཕོག །
དབུ་རྨོག་དཀར་རྒྱུད་ནས་དགྲ་བཞི་འདུལ། །
ལུས་གཟུགས་བཞི་སྟབས་ཀྱིས་གར་ཞིག་འཁྲབ། །
ལྕེ་དལ་མགྱོགས་གཉིས་ཀྱིས་རྒྱ་སྒོ་འབྱེད། །
གཏམ་ཞི་དལ་རྒྱུད་ནས་སྒྲ་དབྱངས་གྲོལ། །
ཕོ་འབྲིང་ཆང་འཐུང་མགུལ་ལ་ཕོག །
གཏམ་འདྲི་བཤད་རྒྱ་མཚོའི་ཐ་རླབས་འཕྱུར། །
དོན་བསྡུས་པ་མི་གཅིག་རྒྱས་པ་གཅིག །
ཕོ་རང་དོན་མི་ཤོར་གཞན་ལ་བྱམས། །
ནང་ཕུ་ནུ་བྱམས་པའི་སེམས་ཀྱིས་སྐྱོང་། །
ཕོ་མཐའ་མའི་ཆང་འཐུང་སྙིང་ལ་ཕོག །
ངུ་མཆི་མ་གཉིས་ཀྱི་ཡུར་ཆུ་བབས། །
གཏམ་དོན་མེད་ཕུང་སེམས་ལྕེ་ཡིས་བཏུས། །
རང་འདྲིས་པའི་རོགས་ལ་དཕྱང་པ་ཪྩམ། །
ཕ་ཁུ་ཉེ་འབྲེལ་དགྲ་ལག་སྐྱེལ། །

《竹岭之战》

乃乃・南曼嘎尔姆

太阳不会从西边升起，
手掌盖不住广阔天空，
爪子挡不住江河奔流。

弥琼喀德

上等男人饮酒上到头，
戴上兜鍪战胜敌，
四肢灵巧善跳舞，
口若悬河舌灵活，
口舌灵动歌声美。
中等男人喝酒上到脖，
问话答话掀海浪，
诸事多少都由一人担，
能办己事待人慈，
善待兄弟用慈爱。
下等男人饮酒上心头，
哭的泪水犹如淌河水，
尽说败损废话闯口祸，
扬臂逞强想要打媳妇，
将其叔父亲戚送敌人，

བུ་གང་ཡོད་པ་དེ་ཁྲིམས་ལ་ཇོམ། །
མི་མཐོང་ཚད་ཐམས་ཅད་དགྲ་རུ་འཛིན། །
ཁྲེལ་ངོ་ཚ་བ་དེ་རྒྱབ་ལ་ཁུར། །
གཅིན་སྐྱག་པ་གཉིས་དེ་ལུས་ལ་འགོས། །

将其所有男人惹官司，
将其遇到之人视为敌，
羞耻之事无一能摆脱，
浑身粘满尿屎臭熏天。

ཁྲི་ཤེ་སྒྲུ་རུ།

切西古如

དཔོན་པོ་བཟང་པོའི་གཟིགས་པ་དེས། །
འཁོར་གཡོག་བདེ་ལ་བཀོད་པ་དང་། །
བླ་མ་བཟང་པོས་བྱིན་རླབས་དེས། །
སློབ་མ་མང་པོ་ཐར་ལམ་བཀོད། །
ཕ་མ་བཟང་པོས་ཁ་བརྡ་དེས། །
བུ་རྒྱུད་མང་པོའི་ལམ་སྟོན་བཟང་། །

贤明官员的关心，
会让属下得安福；
具德上师的加持，
能让徒众得解脱；
善良父母的教育，
使子女走上正道。

འབྲུག་སྟག་གེ་སར་རྒྱལ་པོ།

珠达·格萨尔嘉波

༡ ལུག་གཡང་དཀར་གཟན་ལ་བཀྲམ་པའི་དུས། །
སྤྱང་ཨ་ཐང་སྐོར་རྒྱུག་ཤ་ར་ར། །
རྫི་བོས་ཀླད་ཁྲག་མ་གཏོར་ན། །
སྤྱང་ཨ་ཐང་ངན་ལང་འཇབ་རྒྱུག་གིས། །
ལུག་གཡང་མོ་ཁྲག་ལ་བསྙི་འདོད་རེད། །
ང་བྱིའུ་ཚང་ཚེར་ཞུང་བཟུང་ས་ལ། །
ཁྲ་སྐྱ་ཁྲས་སྐོར་རྒྱུག་ཤ་ར་ར། །
རྡོ་གོར་མོས་སྙིང་ཁྲག་མ་གཏོར་ཏ། །
ཁྲ་སྐྱ་ཁྲ་ཧམ་པ་ངན་ཡོབ་དེས། །
བྱིའུ་འཇོལ་མོའི་སྲོག་ལ་གཟན་ལེ་རེད། །

绵羊散放草山时，
灰狼不断来转游，
牧人不砸它脑袋，
狼的恶习会发作，
羊群就会被杀害。
小鸟住守灌丛时，
鹞子不断绕着飞，
石头不砸它胸口，
鹞的恶习会发作，
画眉就会遭杀害。

༢ འབུ་དུང་ཕྲུག་འོ་མས་གསོས་ལི་དེ། །
དགྲ་ཆུ་སྲིན་སྲིང་ལ་མངག་རྒྱུ་ཡིན། །
དགྲ་ཆུ་སྲིན་སྲིང་ལ་མ་ཕན་ན། །
འབུ་དུང་ཕྲུག་གསོས་ལི་སྟོང་པ་རེད། །
མདའ་ལི་མ་སྒྲོ་ཡིས་རྒྱན་ལི་དེ། །
དགྲ་ནག་པོ་ཐུག་ཉིན་ཨེ་ཕན་བསམ། །
དགྲ་ནག་པོ་ཐུག་ཉིན་མ་ཕན་ན། །
སྒྲོ་མཛེས་མོ་རྒྱན་ལི་སྟོང་པ་རེད། །
རྗེ་རྒྱལ་པོས་མངའ་འབངས་སྐྱོང་ལི་དེ། །
ཇུས་ཁྲ་མོའི་ཡོ་ལངས་བྱེད་ཉིན་བསམ། །
ཇུས་གལ་ཆེན་དོན་ལ་མ་ཕན་ན། །
ཐུག་བསམ་ཚད་ཇུས་དེ་དོན་མེད་རེད། །
ལས་ཡོད་མེད་ལེས་གྲོང་འཁྱིམ་དེ། །
ཟ་མ་མེད་པའི་ཁྱི་རྐན་རེད། །
མདའ་ཉག་ཕྲན་སྒྲོ་བཞི་སྟོང་པ་རེད། །
ངས་འཕེན་ས་དགུང་སྔོན་གནམ་ལ་འཕེན། །
དེ་འབབ་ས་དོག་མོ་ས་གཞི་རེད། །

奶子喂养的白螺，
就是为了戳杀鳌，
如果不能杀海鳌，
白螺就是白养了。
翎羽装点的利箭，
就是为了战仇敌，
如果不能战仇敌，
翎羽就是白装点。
君王管护的部落，
就是为了化危机，
如果不能化危机，
管护部落白费劲。
无聊闲转村巷者，
是那没事干的狗。
四片翎羽的利箭，
往上射向是蓝天，
往下只能落地上。

དགྲ་འདུལ་རྒྱལ་པོ།

占堆嘉波

ཉེ་ཡ་ཤག་ཡ་མནའ་ཡ་གསུམ། །
མ་བོས་མགྲོན་ལ་སླེབས་ལི་རེད། །

亲戚朋友和誓友，
不请也会来坐客。

གོང་བློན་ཉི་མ་དབང་ཆེན།

贡伦·尼玛旺钦

གཡུ་འབྲུག་སྔོན་མོའི་ངར་སྐད་དེ། །
དབྱར་ལ་གྲག་ན་གྲག་བདེན་རེད། །

青龙的咆哮雷鸣，
夏季响起很正常，

དགུན་ལ་གྲག་ན་ལྟས་ངན་རེད། །　冬天响起是灾兆。
ཤྭ་བ་སྒྱུག་པོའི་བང་ཁ་དེ། །　棕鹿奔跑的快速，
ཡུལ་ཡོད་འགྲན་ན་འགྲན་བྱེད་རེད། །　在平宗算做竞赛，
ཡུལ་མེད་འགྲན་ན་ལྟས་ངན་རེད། །　山地里必有坏事。

གསེར་པའི་ཉི་འབུམ་དར་ཡག　色巴・尼奔塔尔雅

༡ ལམ་སྐྱ་མོ་ཀུན་གྱི་རྒྱ་ལམ་རེད། །　路是所有人的路，
དེ་མི་དབང་ཟེར་ན་བཙན་གཏམ་རེད། །　不让走是霸道话；
ཆབ་ཆུ་བོ་ཀུན་གྱི་འཐུང་ཆུ་རེད། །　水是所有人的水，
འཐུང་མི་ཆོག་བཤད་ན་བཙན་གཏམ་རེད། །　不让饮是霸道话。

༢ དགུང་སྔོན་ལྷོ་སྤྲིན་ཁྱུག་མོ་ནས། །　南天浓云密雾中，
གཡུ་འབྲུག་སྔོན་མོ་ཐོག་མདའ་ཅན། །　青龙带着雷霆箭，
བྲག་དཀར་ཟེར་བའི་སྐྱ་འཕྱོག་དེ། །　岩山就是灰白峰，
གཏོར་ན་སྐྱི་ལ་ལན་པ་ཆུང་། །　无辜击毁没道理，
རྩ་བ་འགོང་པོའི་ཆོ་འཕྲུལ་རེད། །　其实都是魔作祟，
དེ་བསམ་མ་གཏོར་རང་ཚོད་ཟུངས། །　若懂这些请收敛。
ལྷོ་རོང་ནགས་མའི་གཞི་དཀྱིལ་ནས། །　南边茂密树林中，
རྒྱ་སྟག་དམར་པོ་འཛུམ་དྲུག་ཅན། །　斑斓赤色的猛虎，
ཐོ་རུའི་གདོང་ལ་མི་འཇིགས་ཏེ། །　不会惧怕马驹脸，
འོག་གི་རྟ་ལ་ལན་པ་ཆུང་། །　胯下马也无过错，
རྟ་པ་ངང་པ་མདའ་ཁུར་རེད། །　只是背着带弓者，
དེ་བསམ་ན་མཆེ་སྡེར་ཞེ་རེ་ལྷོད། །　若懂此理请收敛。

༣ རྒྱལ་ཆེན་ཁྱུང་གི་གཤོག་རྒྱལ་ལ། །　琼鸟强劲的翅膀，
ཐང་དཀར་འགྲན་པ་ཨ་དགོས་ཆུང་། །　鹰鹫不该去比试；

རྒྱུག་ཆེན་སེང་གེའི་མཆོང་ལམ་ན། །
ཁྱི་ནག་ཕྱིན་ན་གད་ལ་ལྷུང་། །
དམར་ཡག་སྟག་གི་མཆོང་རྩལ་ལ། །
ཝ་མོས་འགྲན་ན་འཛུམ་དུག་འཐོར། །

雄狮飞跃的悬崖，
狗跳只能坠下山；
花虎猛扑的本领，
狐狸想学会丢命。

སྟག་ཡན་མི་ནག་མདུང་ཐུང་།

达延·弥那董同

རི་སྤྱང་སྔོན་མོ་མ་བཏུལ་ན། །
ལུག་གཡང་མོ་མེད་པར་བྱེད་མི་རེད། །
གླ་བ་རོག་པོ་བྲག་གི་བུ། །
རྒྱ་སྟག་འདོད་པའི་གཙོ་བོ་རེད། །
མི་ངན་རྐུ་མ་ཁྲམ་པའི་བུ། །
ཡུལ་སྡེ་དཀྲུག་པའི་གཞི་མ་རེད། །

不杀青灰的野狼，
绵羊就会遭消灭；
黑颜马麝岩山崽，
招来花虎的攻击；
偷贼坏人强盗男，
扰乱村落的祸因。

ཉི་མ་དབང་ཆེན།

尼玛旺钦

རྟ་བྲན་ཕོ་རུ་ལག་ཧོར་དེ། །
ལམ་ལ་མི་འགྲོ་གད་ལ་བཅར། །
ལྕག་ཤེད་ཁ་དམར་རིན་གྱིས་ཉོས། །
མདོ་རྒོད་སྐྱ་རེངས་ཡན་ལ་ལུས། །
མ་ངན་བུ་ཕྲུག་ངན་ཧོར་དེ། །
ལམ་བཟང་མི་འགྲོ་ལམ་ངན་འཁྱམས། །
ཁ་ཉེས་ཚིག་གཙོད་རང་གིས་ཉོས། །
བུ་ལོའི་རང་དོན་ཡན་དུ་ལུས། །
ཟོག་ངན་བ་གླང་གཡོ་འཁྱོག་དེ། །
རི་ལ་མི་འགྲོ་ཞིང་ཁ་འགྲིམས། །
དགོད་མཐུ་རྡོ་བརྒྱ་རང་གིས་ཉོས། །

马奴小驹残瘸腿，
不走正道走坎路，
就是花钱挨鞭打，
落在流星骏马后；
赖母惯坏固执孩，
不走正道走歪路，
自讨辱骂讥讽语，
自身利益抛身后；
倔犟黄牛懒惰货，
不上草山转田边，
自讨谩骂遭石打，

དགོས་པའི་རྩྭ་ཆུ་ཡན་དུ་ལུས། །

丰美水草吃不到。

༢ བརྙས་ཆེ་ན་ཞེ་ཁོང་གཏིང་ནས་འཁྲུག།
ཟ་ཆེ་ན་སྤྲང་དཀར་མཆིན་པ་ན། །

欺甚怒从心底起，
饱甚恶心其猪粑。

བཙན་ལྷ་མི་གཞོག་དམར་པོ།

赞拉 · 梅秀玛波

ཐང་དཀར་ཁོད་པོ་གཤོག་དྲུག་ཅན། །
བྱ་འཕུར་བརྒྱའི་ནང་ནས་གཡེར་རེ་རེ། །
ལྡིང་ཚོད་འཕུར་ཚོད་མ་ཟིན་ན། །
དེའི་ཡན་ལ་གཡུ་འབྲུག་ངར་མ་ཡོད། །
ལུས་གཤོག་དྲུག་ཐད་ནས་གཏོར་ལེ་ཡོང་། །
ནགས་སྟོད་རྒྱ་སྟག་འཇུམ་དྲུག་ཅན། །
ཁང་སྲེར་དྲུག་ནང་ནས་ཤམས་སེ་ཤམ། །
ལུས་མཆོང་ཚོད་ལྡིང་ཚོད་མ་ཟིན་ན། །
དེའི་ཡན་ལ་ས་མཐའི་དགྲ་ཟོར་ཡོད། །
ལུས་འཇུམ་དྲུག་ཁྲག་ལ་བསྒྲེ་ལེ་ཡོང་། །

六羽白胸雄性鹫，
羽族群中飞得高，
没有分寸的盘翔，
更高上方有青龙，
会使六羽遭拆散；
丛林斑斓的花虎，
爪类兽中最威风，
不爱节制的奔跑，
更有偏地的刀斧，
会使花纹遭血染。

སྟག་ཚ་རོམ་སྐྱོན།

达擦 · 童渊

ལུག་གཡང་མོའི་ཁྲུ་ཚོགས་གཟན་ལ་བཀྲམ། །
ང་ཨ་ཐང་སྤྱང་གི་གྲོགས་ཁ་རེད། །
མཆེ་རྩེང་ཁྲག་ལ་མ་བསྒྲེས་ན། །
ང་རི་གསེབ་འཁྱིམ་པ་དོན་གོ་ཆུང་། །
རྟ་ཐོ་ཅུ་ཁྲུ་ན་ཚུན་ཚོད་འདི། །
ང་ས་གསེབ་ཁྲམ་པའི་གྲོགས་ཁ་རེད། །
མགྱོགས་གང་འགྲོས་དབང་ལ་མ་བཏང་ན། །

群羊散牧草山上，
是我野狼的美食，
若不獠牙染满血，
我走山间没意思；
驹群以处的马匹，
是我强盗的财富，
若不放辔去纵马，

ཇོ་ཁྲམ་པ་ཟེར་བ་དོན་མེད་རེད། །	我当强盗没意思。

འབྲོང་རྒྱལ་གཡུ་འབྲུག་ཐོག་འབེབས།　　仲嘉・玉珠托别

རྒྱ་མཚོ་ཆེན་པོའི་གཏིང་རུམ་ནས། །	大海深处的海底，
གསེར་ཉ་གཤོག་འཕྱུར་རྒྱུག་འདོད་དེ། །	金鱼渴望翻翅游，
སྲམ་ནག་ངར་མའི་མཆེ་བ་ཡིས། །	凶猛黑獭的利齿，
གསེར་ཉ་ལུས་གཤོག་ཁྱུར་མིད་གཏོང་། །	囫囵吞噬金翅鱼。
ནགས་རྒྱ་རྫོང་ཁྲ་མོའི་གཡས་ཟུར་ནས། །	茂密丛林的右边，
རྒྱ་སྟག་མཆེ་སྡེར་ཛམ་མདོག་དེ། །	猛虎亮齿显威力，
རྩལ་ཆེན་མདའ་མོའི་འཕྲིམ་ལམ་ནས། །	利箭疾飞的道上，
འཛུམ་ཏྲུག་དམར་པོ་ཁྲག་ལ་བསྒྲི། །	斑斓虎纹染成血。

སྟག་རོང་ཉ་ཚ་ཨ་བརྟན།　　达绒・年擦阿丹

གནམ་ཨ་སྔོན་བཞི་ཞིང་གོང་མ་ནས། །	高远天穹的上方，
གསལ་ཉི་ཟླས་གླིང་སྐོར་ཀྱི་ལི་ལི། །	日月悠哉转四洲，
གཟའ་སྒྲ་གཅན་ཡོང་བ་མ་ཚོར་དུས། །	若未察觉凶曜来，
ནག་འཚུབས་སེ་སོང་ཉིན་འགྱོད་པ་ཆེ། །	拖入黑暗悔太大。
ལྷོ་ནགས་རོང་སྨུག་མའི་གཞི་དཀྱིལ་ནས། །	南边森林的深处，
སྟག་དམར་ཡག་མཆེ་སྡེར་ཞིངས་སེ་ཞིང་། །	花虎悠哉炫獠爪，
དགྲ་ས་མདའ་ཡོད་པ་མ་ཤེས་དུས། །	若未察觉猎手箭，
ལུས་འཛུམ་ཏྲུག་ཤོར་ཉིན་ཡི་རེ་མུག །	失去花皮太悲哀。

འདན་ཡར་ལུང་ཁྲི་དམར་རྒྱལ་པོ།　　丹雅隆・赤玛嘉波

བུ་དཔའ་བོ་འདྲ་གཉིས་ཐུག་པའི་དུས། །	两勇相遇对峙时，

གཏམ་བཤད་ཡོང་ཉན་ཡོང་གཉིས་ཀ་ཡོད། །
དེའི་མི་ཚད་རལ་ཁ་བཀྲུ་ཡོང་ཡོད། །
རྟ་མགྱོགས་པ་འདྲ་གཉིས་གཤིབ་པའི་དུས། །
གོམ་རྩེད་ཡོང་སྒྲོ་ཡོང་གཉིས་ཀ་ཡོད། །
དེ་མི་ཚད་ལྕུག་ཤད་རྒྱག་ཡོང་ཡོད། །

说话听话有时间，
更有交锋的时间。
两马相当赛跑时，
奔跑慢速有时间，
更有鞭打的时间。

བཙན་རྒྱལ་རུ་ཏྲ། 赞嘉如扎

གདོང་ལ་ཐུག་ལེའི་དགྲ་བོ་དེ། །
ཐོད་ལ་མི་གཏུགས་ཀ་མེད་རེད། །
དགུང་ལ་ཤར་ལེའི་ཉི་ཟླ་དེ། །
འོག་ནས་མི་ལྟེ་ཀ་མེད་རེད། །

正面遇到的敌人，
只能迎面去交锋；
天上照耀的日月，
只好在地上受晒。

གཡུ་འབྲུག་ཁིར་སྐྱིད། 玉珠凯吉

༡ རྫ་མ་གང་ལ་ཚོས་ཡོང་དགོས། །
ཚོས་ཡོང་གྲང་ཡོང་གཉིས་ཀ་ཡོད། །
དཔྱིད་ཉི་རིང་པོ་སྐྱོད་ཉིན་མོ། །
ནམ་རྒྱུན་རིང་ཐུང་གཉིས་སུ་དགོས། །
ཐག་རིང་མགྲོན་པོ་འགྲོ་ཡོང་ཡོད། །
གཞིས་བྱེས་གཉིས་པོ་འཛོམ་ཁོམ་ཡོད། །
མི་ནོར་རྒྱུ་རྫས་གསོག་ཁོམ་ཡོད། །
མི་ཚེ་གཅིག་ལ་ཟ་ཁོམ་ཡོད། །

陶瓷锅中一锅肉，
待熟待凉有时间；
打发漫长春日时，
夜短昼长都可熬，
远客辞行有时间，
里外聚会有时间，
积累财富有时间，
享用一生有时间。

༢ རྒྱ་རྫོང་ནགས་རི་ཕྱུག་མོ་ནས། །
དམར་ཡག་སྟག་མོ་འཛུམ་དྲུག་ཅན། །
གྲ་ཡག་རྟོམ་བཞིན་ནགས་ཚལ་འགྲིམ། །

密林深处斑斓虎，
穿行林间炫虎纹，
那是马的索命者。

འདོ་བ་རྣ་ཡི་སྲོག་གཅོད་ཡིན། །
སྟག་སྨུག་ཕྱུག་མོའི་སྟག་འདབ་ནས། །
ཨ་ལྕུང་ཅན་གྱི་ཐིག་ལེ་གཟིག །
མཆེ་སྙེར་ཆེ་ཞིང་གྲ་ཡག་ཇོམ། །
བདའ་ལུ་ཁྲི་ཡི་སྲོག་གཅོད་ཡིན། །

竹林深处圆纹豹，
獠爪巨大炫豹纹，
那是赖狗索命者。

དཀར་ཡག་གངས་ཀྱི་ཡང་རྩེ་ནས། །
སེང་ཆུང་དཀར་མོ་གཡུ་རལ་ཅན། །
དགུན་དུས་ཁ་བ་བུ་ཡུག་འགྲན། །
གཡུ་འབྲུག་སྔོན་མོའི་སྲོག་གཅོད་ཡིན། །

洁白雪峰绿鬃狮，
不畏严冬斗风雪，
那是青龙索命者。

རྒྱ་མཚོ་སྔོན་མོའི་ཁུགས་སོ་ནས། །
དུང་དཀར་འབུ་ཆུང་སྙིང་སྟོབས་ཅན། །
ནོར་བུ་བརྒྱ་ཡི་སྙིང་བཅུད་ཡིན། །
ཆུ་སྲིན་པ་ཏའི་སྲོག་གཅོད་ཡིན། །

大海深处白螺虫，
奇珍异宝的精华，
那是海鳌索命者。

རྒྱ་ཚ་ཞལ་དཀར།

嘉擦谐嘎尔

༡ ཡུལ་སྡེ་མེད་པའི་དཔོན་ཁྲིམས་དེ། །
ལས་བདེན་འཛིན་དབྱེ་བ་སུ་ལ་བྱེད། །
ཁྲེལ་མེད་བུ་མོ་རྐུན་མ་དེ། །
གནས་ཁྲ་མོའི་ཁང་ཁྱིམ་ག་ནས་བཟུང་། །
གཡོག་མེད་པའི་དཔོན་པོ་ཁེར་འགྲོ་དེ། །
བློ་སེམས་ཉིད་རིག་པ་སུ་ལ་གཏད། །

没有部属的法律，
向谁判明对错的？
缺乏贤惠的姑娘，
如何出嫁找婆家？
没有仆人的主子，
遇事找谁去问计？

༢ དཔའ་རྗོད་པོའི་རྒྱབ་ལ་དཔུང་ཞིག་དགོས། །
དཔུང་མེད་ན་ཐང་དཀྱིལ་རྐུན་མ་འདྲ། །

英雄也要靠伙伴，
否则就像贼落单。

གོང་པ་བྱ་ཡི་ཁྲ་སྐྱ།	贡巴 · 普依查嘉
༡ གངས་དཀར་ཡག་དེ་ཡི་གཡས་ཟུར་ནས། །	洁白雪山的右侧，
དགོ་ཨ་ཛུག་སྤང་ཁའི་མེ་ཏོག་འདྲ། །	黄羊就像原上花，
འདུག་ཤེས་ན་ལུང་པའི་རྒྱན་གཅིག་རེད། །	若能安分景更美，
འདུག་མ་ཤེས་ཁྱི་དང་བང་ཁ་འགྲན། །	要是跟狗去赛跑，
རི་གཟར་རྐོད་བྲག་ལ་ཚུད་པའི་དུས། །	困在岩山悬崖时，
སྐྱག་ཐོམ་མེ་སོང་ན་འགྲོ་ས་མེད། །	就没有逃脱的路。
མཚོ་སྔོན་མོ་དེ་ཡི་གཡས་ཟུར་ནས། །	蓝色湖水的右畔，
བྱ་ཁྲུང་ཁྲུང་གཡུ་ཡི་སྐེ་ཐོ་ཅན། །	璁蓝长胫的仙鹤，
འདུག་ཤེས་ན་མཚོ་མོའི་རྒྱན་གཅིག་རེད། །	若能安分湖装饰，
འདུག་མ་ཤེས་སྤྲིན་དང་གཤོག་རྩེ་འགྲན། །	要是跟云去比翼，
དུས་མཐའ་མ་ཐང་ཆེན་ཀོ་མོང་མཚོ། །	等到潮涨淹没时，
སྡོ་ཡིར་རེ་སོང་ན་འགྲོ་ས་མེད། །	就没有安身之地。
རི་ཚེར་རོང་རྫ་ཡི་ཁུགས་སོ་ནས། །	棕灰岩山拐弯处，
ཝ་གྲ་ཡག་གྲ་ཡི་འཛུམ་དྲུག་ཅན། །	毛色火红的狐狸，
འདུག་ཤེས་ན་སྣང་གི་རྒྱན་གཅིག་རེད། །	若能安分景更美，
འདུག་མ་ཤེས་རི་བོང་བང་རྩལ་འགྲན། །	要是跟兔云赛跑，
དུས་མཐའ་མ་ཆུ་རོང་གད་ལ་ཚུད། །	掉进坑洼低处时，
གྲ་ངོམ་ཞིང་འགྲོ་ས་ཡུལ་ལ་མེད། །	就没有机会炫耀。
༢ གངས་དཀར་ཤེལ་གྱི་མཆོད་རྟེན་འདི། །	水晶塔形的雪山，
གངས་སེང་དཀར་མོའི་འགྲོ་ལམ་ཡིན། །	乃是雪狮的居地，
རི་མོ་གསའ་ཡི་འགྲིམ་ལམ་མེད། །	雪豹无权走山道，
ཨ་ཙི་གསའ་ཡི་རྣམ་པ་ལ། །	若是逞强硬要走，
ངར་འཁྱིང་ཤོར་ན་སེང་གེ་མིན། །	让豹逃命非雄狮。

ཙན་དན་ནགས་མའི་དཀྱིལ་ལྗོང་ལ། །
རྒྱ་སྟག་ཁྲ་མོའི་ཚང་སྒོ་ཡིན། །
གཅན་གཟན་ཝ་མོས་འགྲིམ་ལམ་མེད། །
ཨ་ཙི་ཝ་མོའི་ཧམ་པ་ལ། །
གྲ་ཡག་ཤོར་ན་རྒྱ་སྟག་མིན། །
རྒྱ་མཚོ་འཁྲུག་པའི་ཐ་རླབས་ནང་། །
ཆུ་སྲིན་ངར་མའི་ཚང་སྒོ་ཡིན། །
སྦལ་ངན་ལྕོང་མོ་འགྲིམ་ལམ་མེད། །
ཨ་ཙི་ལྕོང་མོའི་ཧམ་པ་ལ། །
འཁྲུག་འགྱུར་བཏབ་ན་ཆུ་སྲིན་མིན། །

檀木成林的深处，
乃是花虎的窝子，
狐狸无权过此地，
若是逞强硬要过，
让狐逃命非猛虎。
大海汹涌波涛中，
乃是凶鳌的领域，
蝌蚪无权游此处，
若是逞强硬要游，
让你逃脱非凶鳌。

གཟའ་རྟོད་སྟག་མོ་ཁྱེར་སྐྱེས།

撒贵·达摩凯吉

༡ སྒྲོ་མདངས་མཛེས་པའི་རྨ་བྱ་དེ། །
རྩལ་དང་ནམ་འཕང་མ་བཅད་ན། །
སྲོ་ནད་སྲིན་འབུས་ཟ་རབས་ཡོད། །
རི་མོ་མཛེས་པའི་གུར་ཁྲ་དེ། །
སྐྱོགས་འགུལ་བྱེད་པ་མ་བདེ་ན། །
གསེར་གྱི་དྲ་མིག་འཐོར་རབས་ཡོད། །
གསུང་སྐད་སྙན་པའི་ཁུ་བྱུག་དེ། །
ནམ་ཟླ་དྲོས་དུས་མ་འཕུར་ན། །
ཁ་རླངས་སྡང་བ་གཏོར་རབས་ཡོད། །

漂亮翎羽的孔雀，
若不展翅高飞，
寄生虫会吃双翅；
漂亮花纹的帐篷，
若不安稳常移动，
金色窗棂会散架；
妙音动听杜鹃鸟，
若不暖季回去飞，
寒气让你心丧气。

༢ འབུ་དུང་ཞུག་འོ་མས་གསོས་ལེ་དེ། །
དགྲ་ཆུ་སྲིན་སྙིང་ལ་མ་ཕན་ན། །
འབུ་དུང་དཀར་གསོས་པ་ཅི་ལ་ཕན། །

奶汁喂养的螺虫，
若不征服仇敌鳌，
喂养螺虫有何益。

༄ དགུང་སྔོན་གནམ་གྱི་དབྱིངས་རོལ་ནས། །	高蓝高蓝的天空，
བྱ་རྒོད་འཕུར་ནས་དབྱིངས་ལ་ལྡིང་། །	鹰鹫在展翅飞翔，
བར་སྣང་དབྱིངས་ལ་མ་ལྡིང་ན། །	若不飞翔到高处，
མཐོ་བའི་བྲག་དཀར་མི་ཟིན་འདུག །	便难以栖息岩峰，
མཐོ་བའི་བྲག་དཀར་མ་ཟིན་ན། །	若不能占居岩峰，
གཤོག་རྒྱག་རླུང་གིས་གཏོར་འདོད་གདའ། །	翅羽会被风吹散。
སྤང་དཀར་རི་ཡི་འཛིང་ལོགས་ན། །	草坡连脉透迤处，
ཤའུ་ཆུང་མ་བུ་སྐྱང་ལ་འགྲིམས། །	野鹿母子走山岗，
ཤའུ་ཆུང་སྐྱང་རྩྭ་མ་ཟོས་ན། །	小鹿若不吃青草，
ལྟོགས་པས་རང་ཚུགས་མི་ཟིན་འདུག །	便无法在此自立，
ན་དམར་ཨེ་ཟིན་མི་གཏོང་དགོས། །	若不占居肥沃地，
དོན་མེད་མི་ལ་ཤོར་འདོད་གདའ། །	恐怕会被他人抢。

གནམ་ལྷའི་གཟའ་རྒོད་འབྲུག་གྲགས། 南拉·撒贵珠扎

བྱ་རྒྱལ་ལྷ་ལམ་འཕུར་བའི་དུས། །	鸟王飞向天路时，
ཐན་བྱ་སྲིག་པས་བཀག་ནས་བྱུང་། །	鹌鹑前来挡住道，
ཐན་བྱ་བསྲིག་པ་འཆི་ལྟས་རེད། །	这是鹌鹑的死兆，
བྱ་ཆེན་གླག་ལ་བརྙས་ལས་རེད། །	是对大雕的挑衅。
རྒྱ་སྟག་ནགས་ལ་མཆོང་བའི་དུས། །	猛虎跃出树林时，
གཅན་གཟན་ཝ་མོས་བཀག་ནས་བྱུང་། །	狐狸前来挡住道，
དམར་ཡག་སྟག་ལ་བརྙས་བཅོས་རེད། །	这是狐狸的死兆，
བྱོལ་སོང་ཝ་མོ་འཆི་ལྟས་རེད།	是对猛虎的挑衅。

གཟའ་རྒོད་ཐོག་འབེབས། 撒贵托别

སྟག་དམར་ཡག་ནགས་རྫོང་བཟུང་ལེ་ལ། །	花虎盘踞密林时，

ཝ་སྤར་མས་གྲ་ཛོམ་ཅི་ལ་རེད། །
火狐为何炫皮毛。

ལྡོང་ཆོས་ལུ་བུ་ཡི་དར་འཕེན།
董・曲鲁普依塔尔潘

༡ སྟོད་རི་བོའི་སྤང་དཀར་འཛིང་ཁུག་ནས། །
大山草坡弯曲处，

ཤྭ་ཕོས་ལ་དགུ་བཟུང་ལེ་དང་། །
雄鹿走过九山垭，

ཡུ་མོས་ཤའུ་ཚུང་ཁྲིད་ལེ་གཉིས། །
母鹿领着鹿崽走，

གཅིག་ཡུས་གཅིག་ལ་ཕོག་རྒྱུ་མེད། །
互不责怪其分工，

ཤྭ་ཕོས་ལ་སྒོ་བཟུང་ལེ་དེ། །
雄鹿守垭当哨兵，

དགྲ་ཅི་གདའ་ལ་ཁའི་སོ་པས་ཤེས། །
便知是否有敌人，

ཡུ་མོས་གཞོང་རིང་འགུགས་ལེ་དེ། །
母鹿沿谷走长路，

ཤའུ་ཚུང་ཁྲུ་ཡི་རྗེ་བོ་ཡིན། །
乃是保护鹿崽群。

བར་གྱི་དབྱར་ཟླའི་ཁོང་སེང་ལ། །
在那盛夏季节里，

གོང་མོས་རྫ་ཟེ་བཟུང་ལེ་དེ། །
雪鸡占居岩山岗，

ཁུ་བྱུག་མོན་ནས་འཕོར་ལེ་གཉིས། །
杜鹃从门隅飞来，

གཅིག་ཡུས་གཅིག་ལ་ཕོག་རྒྱུ་མེད། །
互不责怪其分工，

གོང་མོས་དབྱར་ཁང་བཟུང་ལེ་དེ། །
雪鸡居住岩穴中，

ལྷ་བྱ་ཡིན་པའི་ཐོབ་ཐང་ཡིན། །
显示是神鸟身份，

ཁུ་བྱུག་མོན་ལ་འཕུར་ལེ་དེ། །
杜鹃又返回门隅，

ནམ་ཟླ་ཕྱིན་པའི་དུས་བརྗེ་ཡིན། །
表明季节已更替。

མདའ་ཡི་གཙང་ཆབ་སྔོན་མོ་ལ། །
沟口蓝色江河中，

དུང་ཕྲུག་འོ་མས་གསོས་ལེ་གཅིག །
奶汁喂养的螺虫，

ངང་པ་བྱང་ནས་འཕོར་ལེ་གཉིས། །
从北飞回的黄鸭，

གཅིག་ཡུས་གཅིག་ལ་ཕོག་རྒྱུ་མེད། །
互不责怪其分工，

དུང་གིས་རྒྱ་མཚོ་བཟུང་ལེ་དེ། །
螺虫住守在大海，

མ་དྲོས་ཀླུ་ཡི་ཚ་བོ་ཡིན། །
因为是龙的子孙，

ངང་པ་མཚོ་ལ་ལྡིང་ལེ་དེ། །
黄鸭落在湖面上，

མཚོ་མོའི་གཏིང་ཚད་ལོན་ལེ་ཡིན། །

知道湖水有多深。

༢ སེང་དཀར་མོའི་གཡུ་རལ་གངས་ལ་བཀྲག །
གངས་ཉི་འོད་ཕོག་ན་བྲག་ལ་བཀྲག །
བྲག་བརྟན་ཆགས་རི་རྩེ་ཁ་བས་བཟུང་། །
དུས་མཐའ་མ་གངས་ལ་འཁྱིལ་ཚུལ་རེད། །
སྟག་དམར་ཡག་འཇུམ་དྲུག་ནགས་ལ་བཀྲག །
ནགས་རྒྱ་ཛོང་འཛིང་ན་སྤང་ལ་བཀྲག །
སྤང་གསེར་ཤོག་ཅན་ལ་ལྗོན་ཤིང་སྐྱེ། །
དུས་མཐའ་མ་ནགས་ལ་གསོན་འགྱུར་རེད། །
ཉ་གསེར་མིག་གསེར་གཤོག་མཚོ་ལ་བཀྲག །
མཚོ་གཏིང་མཐའ་མེད་ན་ཅི་ལ་བཀྲག །
ས་དོག་མོའི་འཕྲང་ལམ་བཀོ་མང་ན། །
དུས་མཐའ་མ་ཐལ་རྡུལ་འཚུབས་སེ་འོང་། །

白狮绿鬃饰雪山，
日照岩山也映美，
岩峰常被雪覆盖，
最终白狮踞雪山。
花虎斑纹饰密林，
林木矗立草山美，
金黄草地长起树，
最终草山变成树林。
金目鱼翅饰大海，
海水不太深不会美，
地上到处挖道路，
最终造成风沙飞。

༣ སྐྱེས་ཕོ་རབ་ཕོ་འབྲིང་ཕོ་ཐ་གསུམ། །
སྐྱེས་ཕོ་རབ་གཅིག་གི་སྐད་ཆ་དེ། །
གཏམ་མ་དྲིས་སྐད་ཆ་སྔོན་ནས་བཤད། །
མདའ་ཉག་ཕྲན་ཐད་ནས་བླངས་པ་འདྲ། །
ལམ་ཐུག་མགྲོན་དང་མནའ་ཤག་སྒྲིག །
ཕོ་འབྲིང་གཅིག་གི་སྐད་ཆ་དེ། །
ཕར་ལ་འདྲི་དུས་ཚུར་ལ་བཤད། །
གཏམ་ཡུར་ཆུ་ཐང་ལ་བབས་འདྲ་བཤད། །
ལམ་ཐུག་མགྲོན་དང་གཉིས་ཕན་བྱེད། །
མནའ་གཏམ་ཤག་དེ་རྗེས་ནས་བྱེད། །
རྒྱུ་དང་དངོས་ཟོག་བརྗེ་རེས་བྱེད། །
ཕོ་ཐ་མ་འདྲ་གཉིས་ཐུག་པའི་དུས། །

上中下等三种男，
上等男人言谈时，
健谈就在未问时，
直话直说如直箭，
好与路客结誓友。
中等男人言谈时，
健谈就在问话前，
言谈如水不绝流，
好与路客双获利，
发誓交友在最后，
互换财富及利益。
下等男人言谈时，

གདམ་ང་བཤད་ཧ་བཤད་གཉིས་ཀ་བྱེད། །
རྫུན་ཕྲ་མ་གཉིས་ལ་མདུད་པ་རྒྱག །
མནའ་ཟན་དུག་ཆུ་ཁོལ་ཁོལ་བྱེད། །
རྫུན་གྱིས་འཁོར་ལོ་བསྐོར་བསྐོར་བྱེད། །

首先开口哭着说，
骗话慌言搭绳结，
食誓沸腾如毒水，
骗话多如转轮子。

ཕུ་བོ་བཙན་རྒྱལ་རུ་ཏ།

普沃·赞嘉如扎

ར་རྒྱ་རྒྱའི་སྣང་བ་དགུང་ལས་མཐོ། །
སྐྱིད་ཉི་ཟླ་ཨག་ཚོམ་འོག་ལ་ཤར། །
ར་རྒྱ་རྒྱ་མཐོ་འདོད་མ་རེད་དེ། །
ར་རྒྱ་རྒྱ་སྣང་བ་འཁྲུལ་འདོད་རེད། །
བོང་བུ་ཀྭ་མའི་སྣང་བ་ལ། །
རྒྱ་དཀར་ནག་མགྱོགས་པའི་བང་འོག་ཚུད། །
བོང་བུ་མགྱོགས་འདོད་མ་རེད་དེ། །
བོང་བུ་སྣང་བ་འཁྲུལ་འདོད་རེད། །

棕色山羊心比天高，
日月从胡子下面升，
并非山羊地位多高，
而是它出现了幻觉。
白额毛驴得意忘形，
印汉大地随便穿越，
并非毛驴跑得多快，
而是它出现了幻觉。

རྒྱ་ཚ་ཞལ་དཀར།

嘉擦谐嘎尔

སྟོད་ཀྱི་གངས་དཀར་ཏི་སེ་དེ། །
རི་མཐོན་པོའི་རྩེ་མོ་དགུང་ལ་ཟུག །
རི་འདབས་ཟིལ་མདངས་གཞན་ལས་ཆེ། །
དེའི་ཡན་ལ་གཡུ་འབྲུག་སྔོན་མོ་ཡོད། །
ཐོག་གནམ་ལྕགས་འབར་བའི་མར་ཞབས་ནས། །
བྲག་ཨ་ར་ཚ་ཚ་ཉིལ་ལེ་གཏོར། །
ཆུ་ཆེན་སྔོན་མོས་གྲམ་དཀར་འགྲིམ། །
ཆུ་ཁྱོད་ཀྱི་ཡན་ལ་མེད་སྣང་ཤར། །
ཆུ་རྦབ་ཆེན་རི་ཆེན་འགྲིལ་འགྲིལ་རེད། །

上部冈底斯雪山，
雪峰高耸入云天，
山下壮美超仙界，
更有青龙在峰顶，
降下迅猛的雷霆，
岩山砸得碎石飞。
奔流川上的河溪，
觉得自己量最大，
巨浪犹如大山跑，

རྦབ་ཆུང་རི་ཆུང་འགྲིལ་འགྲིལ་རེད། །
དེའི་ཡན་ལ་གྲུ་ཟམ་སྐྱ་མོ་ཡོད། །
ཆུ་སྔོན་མོའི་གཉའ་ཤིང་གྲུ་ཟམ་རེད། །
ཟམ་གཅིག་གི་འོག་ལ་ཚུད་པའི་དུས། །
ཆུ་སྔོན་མོ་དགྱེ་དབང་སྒུར་དབང་མེད། །

小浪就像小山走，
河面上架有舟桥，
这是压河的轭杠，
一旦压在舟桥下，
河水俯仰无自由。

གསེར་པའི་ཉི་འབུམ་དར་ཡག

色巴・尼奔塔尔雅

༡ བྱང་བྱེ་མའི་རྫ་རི་སྨུག་ཆུང་ལ། །
གངས་དཀར་མོས་རྒྱ་གུར་ཕུབ་ལེ་ཞིག །
བལྟས་བཞག་ན་ཁ་བ་དུང་ཐིགས་ཙམ། །
སེང་དཀར་མོ་དེ་ལ་ཆེ་རྒྱུ་མེད། །
སྨད་རྒྱ་ནག་གླང་ཆེན་འགྱིང་རི་དེ། །
ངས་མ་མཐོང་ཅི་འདྲ་ཡོད་ལེ་བསམ། །
ཉམས་བཞག་ན་བསམ་པར་མི་འཆར་འདུག །
བལྟས་བཞག་ན་བྱེ་རི་ཇམ་ཆེན་ལ། །
རྫོ་གཡའ་མས་གུར་ཁང་ཕུབ་ལེ་ཞིག །
དཔྱད་བཞག་ན་རི་ཆུང་གླང་སྣ་ཙམ། །
ཕོ་ངར་མའི་ཐད་ལ་ཆེ་རྒྱུ་མེད། །
མཚོ་མ་ཕམ་གཡུ་ཡི་མཚལ་དེ། །
ངས་མ་མཐོང་ཅི་འདྲ་ཡོད་ན་བསམ། །
ཉམས་བཞག་ན་བསམ་པས་མི་ཁྱབ་འདུག །
བལྟས་བཞག་ན་ན་དམར་ཆུ་འཁྱིལ་འདྲ། །
ཆུ་སྔོན་མོ་འཁོར་འཁྱམས་བཟུང་ལེ་ཞིག །
དཔྱད་བཞག་ན་ཀོ་མོག་ཆུ་འཁྱིལ་འདྲ། །
ཉ་གསེར་མིག་དེ་ལ་ཆེ་རྒྱུ་མེད།

北部沙漠小石山，
雪峰像是白帐篷，
其实只有一块雪，
白狮也就不会大。
下部嘉那[1]峨眉山，
我曾想象何模样，
很难浮现心镜中，
一看就像大沙丘，
山上只有几片石，
象鼻大小一座山，
好汉眼里并不大。
玛旁雍措碧蓝湖，
我曾想象何模样，
很难浮现心镜中，
一看像个沼泽池，
各地小溪积一处，
其实就是坑洼水，
可见鱼也不会大。

【1】嘉那：藏语普遍称汉地为嘉那。

༢ གནམ་ཨ་སྔོན་འགྱུར་བ་མི་སྲིད་དེ། །
ཤར་ཕྱོགས་ནས་གློག་གཅིག་བྱུང་ལེ་དེ། །
ཁྲི་གདུགས་ཟེར་མདངས་མི་འདྲ་འདུག །
དེ་སྐར་ཆུང་རང་འོད་ཙོམ་ལེ་འདྲ། །
ནམ་སྐྱ་རེངས་ཅི་ཡོད་མ་ཤེས་བྱུང་། །
གནམ་ཆུ་འཛིན་ལྷོ་སྤྲིན་མི་འགྱུར་དེ། །
གནམ་ཨ་སྔོན་སྒྲ་གཅིག་བྱུང་བ་དེ། །
སྔོ་གཡུ་འབྲུག་གསུང་སྐད་མི་འདྲ་འདུག །
དེ་སྦྲང་བུ་གཟེར་སྐད་ཙོམ་ལེ་འདྲ། །
དེ་སྦྲང་ཆར་ཨེ་འབབ་མ་ཤེས་བྱུང་། །
དམའ་ས་གཞི་འགྱུར་བ་མི་སྲིད་དེ། །
དམའ་ས་གཞི་ཡངས་ཤིང་ཆེ་བ་དེ། །
དེ་འབྲས་དཀར་ས་ལུ་མི་འདྲ་འདུག །
དེ་རམ་པ་མཚོ་ཁར་ཙོམ་ལེ་འདྲ། །
ཟས་ལྷོ་བཅུད་ཅི་ཡོད་མ་ཤེས་བྱུང་། །

不是蓝天的变幻，
东方出现的闪电，
不像太阳的光芒，
而是星光在炫耀，
不知长夜之破晓。
不是南云的变幻，
天上传来的巨响，
不像青龙的声音，
而是蜜蜂在鸣唱，
不知是否要下雨。
不是大地的变幻，
广阔无垠的大地，
不像白米稻谷田，
而是草籽在炫耀，
不知有什么营养。

༣ འཇའ་ཚོན་རྨ་བྱའི་སྒྲོ་མདོངས་དང་། །
སྤུ་ཤུད་མགོ་ཡི་དར་འཕྱུ་གཉིས། །
མི་འདྲ་བསམ་སྙེ་འདྲ་རྒྱུ་གྱིས། །
ཁུ་བྱུག་སྔོན་མོའི་དྲུག་འགྱུར་དང་། །
བྱིའུ་ཆུང་འཇོལ་མོའི་སྐད་སྙན་གཉིས། །
མི་འདྲ་བསམ་སྙེ་འདྲ་རྒྱུ་གྱིས། །
ཁྱིམ་བྱ་དེ་ཕོའི་སྐེ་མགུལ་དང་། །
ཕུག་རོན་སྔོན་མོའི་གཡུ་མགུལ་གཉིས། །
མི་འདྲ་བསམ་སྙེ་འདྲ་རྒྱུ་གྱིས། །

孔雀彩虹似的翎，
戴胜头上的顶羽，
虽异却也算一样。
杜鹃六变动听歌，
小鸟画眉的鸣音，
虽异却也算一样。
雄鸡花色的颈羽，
大鸦颈部的蓝羽，
虽异却也算一样。

བདུད་རྗེ་ཐོག་ཆ་གྲགས་པ།

རྒྱ་སྟག་ཤ་ལ་ཧམ་ལེ་དེ། །
ཁྱི་དང་ཉོར་ལེའི་རྟགས་ཤིག་རེད། །
འཛུམ་དྲུག་ཁྲག་ལ་བསྒྲེ་རྒྱུ་ཡིན། །
ཐང་དཀར་དགུང་ལ་འཕུར་ལེ་དེ། །
གཤོག་རྩལ་ཡལ་བའི་རྟགས་ཤིག་རེད། །
སྤུ་སྒྲོ་རླུང་གིས་བཏེབ་རྒྱུ་ཡིན། །

堆吉 · 托擦扎巴

猛虎贪婪食肉时，
若与赖狗无区别，
招致斑斓染红血。
白鹫飞向蓝天时，
若是高飞无极限，
翅羽撕裂天风中。

སེང་སྟག་ཨ་དོམ།

༡ སྟོད་གངས་རི་ཤེལ་གྱི་ལྡིང་ཁང་ནས། །
སེང་དཀར་མོ་གཡུ་ཡི་རལ་པ་ཅན། །
ཁོ་གཅན་གཟན་ཀུན་གྱི་རྒྱལ་པོ་རེད། །
སྤྲིན་དཀར་ནང་གི་ཞོ་ཐང་འབྲུག །
འབྲུག་སྤར་འཛིང་བྱས་ནས་མ་བསད་ན། །
སེང་གཡུ་རལ་རྒྱས་པ་དོན་མེད་རེད། །
རྒྱ་ཛོང་ནགས་ཀྱི་སྐྱིད་ཚལ་ནས། །
སྟག་དམར་ཡག་མེ་ཡི་འཛུམ་རིས་ཅན། །
ཁོ་ཤ་ཟ་ཀུན་གྱི་དང་པོ་རེད། །
གྲོང་ཁྲ་མོ་འཁྱིམ་པའི་ཁྱི་རྒན་དེ། །
མཆུ་ཟ་མའི་འོག་ལ་མ་བརྒྱབ་ན། །
སྟག་འཛུམ་དྲུག་རྒྱས་ལེ་སྟོང་པ་རེད། །

森达阿冬

水晶似的雪山上，
绿色鬃毛的白狮，
它是百兽中的王。
云天之中的青龙，
不用利爪去杀它，
雄狮绿鬃白长了。
密林深处乐园中，
火纹斑斓的猛虎，
它是食肉者的王。
村中转悠的老狗，
不用利齿去撕它，
猛虎花纹白长了。

༢ ང་རྒྱ་སྟག་ཁྲ་མོའི་ཁ་ལམ་ནས། །
དགྲ་ཐོག་ལ་བབས་ན་གར་བསད་ཡིན། །

在我花虎过路处，
碰到敌人随便杀，

ཤ་མ་ཟ་ཟེར་ན་བཙན་གཏམ་རེད། །
ང་སྐྱ་ཁྲ་ཧོར་པའི་གཤོག་ལམ་ནས། །
ཁྱོད་བྱེའུ་ཁྲུ་གར་གཏོར་ཅི་བསམ་རེད། །
སྦྲོ་མ་གཏོར་ཟེར་ན་སྙིན་གཏམ་རེད། །

འབྲུག་གྲགས་རྡོ་རྗེ་ཐོག་འབེབས།

མཐོན་པོས་མཐོ་ཚོད་མ་ཟིན་ན། །
ཁྱུང་གི་ཕྱུ་རུ་རླུང་གིས་གཅོད། །
དར་ན་དར་ཚོད་མ་ཟིན་ན། །
སྟག་དམར་ཡག་ས་དོང་ནང་ལ་ལྷུང་། །
ཕོ་བཙན་པོས་བཙན་ཚོད་མ་ཟིན་ན། །
བཙན་ཚོད་མེད་རང་སྲོག་དགྲ་ལ་ཤོར། །

དགྲ་འདུལ་རྒྱལ་པོ།

སྟོབས་རྩལ་ཆེ་བའི་བྱ་ཁྱུང་ང་། །
རི་རྒྱལ་རྩེ་ལ་འབབ་པའི་དུས། །
འདབ་ཆགས་ཚང་མ་ཟིལ་གྱིས་གནོན། །
ང་ཁྱུང་ཆེན་རྒྱལ་པོའི་རང་གཤིས་རེད། །
ཤར་གྱི་གངས་སེང་དཀར་མོ་དེ། །
ཕུ་གངས་དཀར་རི་བོའི་རྩེ་ལ་འགྱིང་། །
སྡེར་ཆགས་མང་པོ་ཟིལ་གྱིས་གནོན། །
གངས་སེང་དཀར་མོའི་ཁྱད་ཆོས་རེད། །

不让吃肉是狂言。
在我鹞子飞过处，
冲杀鸟群很随便，
不让吃肉是狂言。

珠扎 · 多吉托别

高者不知有限度，
大风撕断琼鸟翅；
猛者不知有限度，
猛虎掉进深坑里；
勇者不知有限度，
霸男招来杀身祸。

占堆嘉波

威力强大的琼鸟，
落在大山顶上时，
势压所有飞禽族，
此乃琼鸟的个性。
东方白色的雄狮，
雄踞雪山顶上时，
势压所有走兽类，
此乃白狮的个性。

ཁྱུང་ཚ་ཀླུ་བདུད་ཁོལ་མ།

བྲག་དཀར་འཛོང་མཐོ་ཚོད་མ་ཟིན་ན། །
ཐོག་གནམ་ལྕགས་ཟེར་བའི་དགྲ་ཞིག་ཡོད། །
དགྲ་གང་ལ་བརྒྱབ་ན་ཐོག་གིས་གཏོར། །
ཆུ་ཆེན་པོས་ཆེ་ཚོད་མ་ཟིན་ན། །
ཟམ་སྐྱ་མོ་ཟེར་བའི་དགྲ་ཞིག་ཡོད། །
ཟམ་སྐྱ་མོས་ཆུ་ཆེན་ཞབས་ལ་བཙུད། །

琼擦·鲁堆盔玛

岩山之高不知足，
有个敌人叫雷霆，
劈向哪里都粉碎。
江河之大不知足，
有个敌人叫桥梁，
将把大河压桥下。

གཡུ་སྟོད་ནེའུ་ལེ་མདའ་བཙན།

ལུག་གཡང་མོ་རི་ལ་འགོས་ལི་དེ། །
སྤྱང་ཐང་རྒྱུག་པའི་བར་ལམ་ནས། །
ཤ་ཞིམ་པོ་ཟ་རྒྱུ་རྙེད་ལི་རེད། །
བྱེའུ་ཁྱུ་གནམ་ནས་འཕུར་བ་ལ། །
ཁྲ་དར་མ་འཕུར་བའི་གཤོག་ལམ་ནས། །
ལུས་སྒྲོ་གཤོག་རང་གིས་གར་གཏོར་རེད། །

玉秀·乃列达赞

绵羊牧放山上时，
野狼觅食游走间，
吃上美味的羊肉；
小鸟飞向天空时，
鹞子觅食盘旋间，
拆散鸟羽太随便。

སྤྱི་དཔོན་རོང་ཚ་ཁྲ་རྒན།

གནམ་ལ་ཉི་ཟླ་སྐར་གསུམ་འཛོམས། །
འཛམ་གླིང་མཛེས་པའི་རྒྱན་ཞིག་རེད། །
བར་སྣང་འཇའ་ཚོན་ཆར་གྱིས་བརྒྱན། །
འབྲུ་དྲུག་སྨིན་པའི་བསོད་ནམས་རེད། །

吉本·绒擦查根

天上欢聚日月星，
乃是世界美丽的装点；
空中显现彩虹雨，
乃是六谷生长的福气。

བྱ་ཆེན་ལྟག་མིག

ཀྲུ་ཁྲ་རྐོད་ཀྱིས་བཙོམ་ལེ་དེ། །
ཚེར་མང་དཀྱིལ་དུ་བསྒྲལ་བ་མཚར། །
སྤྱང་ཤ་གཟན་ཤ་ལ་ཟམ་པའི་དུས། །
རྡེ་ཞུར་རྡོས་ཀླད་ཁྲག་ཐང་ལ་གཏོར། །
རྐྱང་ཆུང་མགྱོགས་ཉམས་བྱང་ལམ་བཟུང་། །
སྐྱིན་པོ་རྫོན་པའི་མདའ་ལ་དྲངས། །

恰钦达米

鹫为除掉鹞傲气，
杀鹞荆棘丛林中；
野狼贪吃鲜肉时，
牧鞭砸碎狼脑袋；
野驴疾走荒漠时，
野驴死在猎箭下。

གོང་བློན་སེང་གེ་རྩེ་རྒྱལ།

༡ སེང་གེ་གངས་ལ་མ་འཁྱིལ་གོང་། །
གཡུ་རལ་སྡེར་མོ་མ་བཤད་གོང་། །
ཁྱོད་ཝ་མོས་འཇབ་རྒྱུག་ཤ་རེ་ཚ། །
འབྲོང་བྲེ་མོ་རྫ་ནས་མ་སོང་གོང་། །
མགོ་རུ་ཐུར་ས་ལ་མ་བརྡབ་དུས། །
ཁྱོད་ནོར་ངན་ངུར་ཤང་སྙིང་རེ་རྗེ། །
ཀྲུ་ཁྲ་དགུང་ནས་མ་འཕུར་དུས། །
གཤོག་དྲུག་གཤོག་རྩེད་མ་རྩེས་གོང་། །
ཁྱོད་བྱེའུ་ཆུང་ཁེར་འཕུར་ཡི་རེ་མུག །

贡伦·森格泽嘉

狮未盘踞雪山时，
狮未伸张爪牙时，
狐狸偷袭太可怜。
野牛未上岩山时，
犄角尚未挥动时，
赖牛吽叫太可怜。
鹞未飞向天空时，
六翅尚未展开时，
小鸟独飞太可怜。

༢ ཁ་དཀར་རྐྱང་དང་བོང་བུ་གཉིས། །
འགྲན་བསམ་སྣང་བ་འཁྲུལ་མདོག་རེད། །
དམར་ཡག་སྟག་དང་ཝ་མོ་གཉིས། །
གྲ་ངོམ་བྱེད་འདོད་ཡི་རེ་མུག །
རྨ་བྱའི་སྒྲོ་དང་ཕུག་རོན་སྒྲོ། །

想与白唇驴赛跑，
是毛驴的幻想；
想与斑斓虎比美，
是狐狸的幻想；
想与孔雀鸟斗艳，

འཇའ་རིས་འགྲན་འདོད་ཡ་རེ་ང་། །
是鸽子的幻想。

སྐྱུ་མའི་མི་རྒོད་མདའ་བཙན།　居玛·弥贵达赞

སྐྱ་ཁྲ་ཧོར་པའི་གཤོག་དྲུག་དེ། །　六片翅羽的鹞子，
སྐྱི་སེར་རླུང་ལ་མ་འཕྲད་ན། །　尚未遇到大风时，
འཇོལ་མོའི་སྐད་སྙན་འགྱུར་མེད་རེད། །　画眉歌声不会变，
ཕྲོད་གླིང་པར་བྱ་སྤུ་ཤོར་དོགས་ཡོད། །　折翅就像岭败将。
རི་བོ་མཐོན་པོས་སྐང་ཟུར་ནས། །　高大山岗的旁边，
སྤྱང་དར་མ་འདུར་རྒྱུག་ཅ་ཟུག་བྱེད། །　野狼哭嚎着奔走，
རྔོན་ཆན་པོས་ས་མཐའ་མ་བསྐོར་ན། །　猎人尚未到来时，
ལུག་གཡང་མོ་ས་ལ་ཆགས་ཐབས་མེད། །　绵羊食草无安全。
རྒྱ་ཞིང་རིང་མོའི་རི་གཞུང་དེ། །　平地成片的麦田，
སྔགས་པས་མཇུབ་ཁྲིད་མ་བྱས་ན། །　咒师若不防雷雹，
ཐོག་སེར་བས་ཞིང་ཆུང་གཏོར་ཉེན་གདའ། །　庄稼可能会遭殃。
ཆེན་པོ་ཐང་གི་གཞི་དཀྱིལ་ནས། །　空旷原野的中央，
ཆབ་ཆུ་བོ་འབབ་ལམ་འཁྲུག་ལུགས་ལ། །　河水奔流掀狂澜，
དམའ་གྲུ་གཟིངས་ཁ་འོག་སྒྱུར་ཉེན་ཆེ། །　小船可能会倾覆。
དབྱར་གསུམ་ཆུ་བོ་རྒྱས་པའི་དུས། །　三夏河流暴涨时，
ཆུ་གྲམ་ཐང་དགུང་ལ་འགྱུར་ཉེན་ཡོད། །　河川有危滔天浪；
ཐོག་སེར་བ་ནམ་མཁའི་དབྱིངས་ནས་འཚུབ། །　天空雷雹狂怒时，
རི་ལུང་ཐལ་བས་བཀང་ཉེན་ཡོད། །　山谷有危满浮尘；
བྱ་ཁྲ་ཧོར་པས་གཤོག་འགྱུར་བྱེད། །　鹞子天上翻飞时，
བྱིའུ་ཁྲུའི་སྤུ་སྒྲོ་གཏོར་དོགས་ཡོད། །　小鸟有危羽会散。
འགྱུར་ཆེན་གླག་མོས་གཤོག་རྩལ་རྫོམ། །　善飞猛雕高翔时，
རི་བོང་སྐལ་ལྤགས་གཏོར་འདོད་ཡོད། །　兔子有危遭剥皮；
འཕར་བ་ཇ་ནག་རི་ལུང་འགྲིམ། །　黑色豺狼走山谷，

ར་ཁྲུ་ཐང་ནས་གཏོར་འདོད་གདའ། །
山羊有危会驱散。

སྟག་ཡན་གནམ་ལྷ་ངམ་ཡག
达延·南拉昂雅

ཅེ་ཙུ་མཁའ་ལ་འཕུར་བ་མི་ཕན་པ། །
ཁྲ་དར་མའི་གཤོག་སྒྲོ་རླུང་དང་འདྲ། །
གཉོམ་ཆུང་ཅེ་ཙུའི་སྐྱེར་དགྲ་རེད། །
གླ་བའི་རྐྱུག་རྩལ་ངོམ་པ་ན། །
རྐྱུག་རོགས་རང་ལ་མི་ཕན་པ། །
གླག་དར་མའི་སྡེར་མོ་ས་སྡིང་བརྡབ། །
གླ་བ་རང་གི་སྐྱེར་དགྲ་རེད། །

小鸟高飞无安全，
鹞子翅膀疾如风，
那是小鸟的天敌。
马麝撒腿奔腾时，
对于自己没好处，
金雕朝下伸利爪，
就是马麝的天敌。

སྟག་རོང་ཁྲོ་རྒྱལ་བེར་དམར།
达绒·超嘉贝玛

སྔགས་ནུས་མཐུ་ཅན་གྱི་ཨ་མྱེ་དེ། །
གདོན་ནག་པོ་གློ་བུར་བྱུང་ཉིན་མོ། །
སེམས་དམིགས་གཏད་ཧཱུྃ་ལ་མ་བསྡུས་ན། །
ཧཱུྃ་ཕཊ་ཕཊ་རང་སྲོག་གཅོད་རོགས་རེད། །
རྩལ་ལྡན་སེང་གེ་དཀར་མོ་དེས། །
རྫ་གངས་སྟོད་གནས་མལ་བཟུང་ཉིན་མོ། །
ཕྱི་ནང་ཀུན་ལ་མ་ལྡིང་ན། །
སྲིན་འབུའི་སྲོག་དམར་གཅོད་རོགས་རེད། །

修成密咒的居士，
魔祸突然降临时，
心不摄入“吽”之境，
“吽啪”反会诛自己。
威风凛凛的白狮，
盘踞岩山雪岭时，
身不走动和蹦跳，
小虫也会夺性命。

ཁྱུང་ནག་ཕྲར་འཛིན།
琼那跋尔增

༡ རྟ་རྒྱུག་ཞོར་མེ་ཏོག་འཐུ་ཞོར་རེད། །
རྡབ་བསྒྲིལ་ཞོར་ས་འབུ་གསོད་ཞོར་རེད། །

边跑马边采花，
边滚石边杀虫。

༢ སྐྱ་ཁྲ་ཧོར་པའི་འཕུར་ཤེས་དེ། །
བྱི་འུ་ཆུང་བཙོམ་པའི་སྲོག་བདག་རེད། །
བྱ་རྒྱལ་ཁྱུང་ལ་འགྲན་རྒྱུ་མེད། །

善飞窜的鹞子，
只能杀些小鸟雀，
岂敢与琼鸟比试。

༣ རྟ་འདོད་བ་ཤི་ཤི་རྒྱུག་ལ་ཤི། །
དུས་དེ་ཉིན་ཤི་ན་འགྱོད་པ་མེད། །
ཞྭ་བླ་མ་འདས་འདས་ཆོས་ལ་འདས། །
ཆོས་དོན་གཉིས་བྱས་ནས་འཇའ་ལུས་གྲུབ། །

骏马应该死于奔跑，
奔跑途中死去无遗憾；
上师应该死于修法，
修法利他证虹化。

༤ ཕ་ཨ་ཁུ་ཤི་ཤི་ཆོས་ལ་ཤི། །
ཆོས་བསྟན་པའི་གླིང་གཞི་བསྐོར་ནས་ཤི། །
དུས་དེ་ཉིན་ཤི་ན་སྐྱིད་ལེ་ཡིན། །
བུ་དཔའ་བོ་ཤི་ཤི་དམག་ལ་ཤི། །
དགྲ་གདོང་ཐུག་བྱུང་དུས་ཤི་རོགས་འཚོལ། །
བུ་དཔའ་ཤི་བྱུང་ན་བློ་ཁ་རྫོགས། །
མ་སྲུང་མོ་ཤི་ཤི་རྒྱུ་ལ་ཤི། །
རྒྱུ་ཟས་ནོར་བསགས་ནས་རང་སྲོག་ཕུང་། །
ཕྱི་མ་སྐྱེ་ལུས་ཅི་སྣངས་ཡིན། །
སྨན་བུ་མོ་ཤི་ཤི་གནས་ལ་ཤི། །
བུ་རིགས་རྒྱུད་འཕེལ་ནས་ཤི་བ་ན། །
གཞིས་པ་ཆོས་དོན་དུ་ཤི་ག་ཆོད། །

父叔为修法而死，
走游四方说佛法，
此时死了算是福。
英雄为战事而死，
碰上敌时找陪葬，
英勇牺牲了心事。
妇女为财物而死，
为积资财送性命，
往生投胎随命数。
姑娘为婆家而死，
生儿育女后去世，
奉献一切功德圆满

ཡ་ཐའི་སྐྱེས་མཆོག་ཐར་པ།

雅替·吉确太巴

༡ གཡུ་འབྲུག་སྔོན་མོ་མེ་གཤོག་ཅན། །
གནམ་ཨ་སྔོན་དབྱིངས་ནས་འུ་ཏུ་ཏུ། །

长有火翅的青龙，
隆隆吟啸响彻天，

ལག་ཐོག་སེར་འཁོར་ལོ་ཤ་ར་ར། ། 频频降下雷雹灾，
ཁྲོད་གཡུ་འབྲུག་རང་ཚོད་མ་བཟུང་ན། ། 青龙若再不停止，
སྔགས་ནུས་མཐུས་གཡུ་འབྲུག་གཉའ་ནས་གནོན། ། 密咒师要施法力，
སྔོ་གཡུ་འབྲུག་གཉའ་ནས་བཀུག་སེ་འཇོག ། 彻底制伏吃苦头，
ད་མ་བྱུང་བྱས་ན་སྔགས་པ་མིན། ། 若不这样非咒师。
ནགས་ཀྱི་རྒྱ་སྟག་ཁྲ་བོ་དེ། ། 丛林斑斓的猛虎，
ནགས་ཇོང་དཀྱིལ་ནས་གོ་རེ་རེ། ། 频频出没树木间，
ཤིང་ཙན་དན་སྟེང་ནས་ཡ་ལ་ལ། ། 晃晃走在檀木上，
ངར་སྒྲ་གྲག་ཅིང་མཆེ་སྡེར་ངོམ། ། 炫耀爪牙发吼声，
སྟག་ངར་མས་ངར་ཚོད་མ་ཟིན་ན། ། 猛虎若再不停止，
ས་མདའ་ངར་མའི་སྒྲོ་གཤོག་དེས། ། 长着羽翅的利箭，
ལུས་འཇུམ་དྲུག་ཐང་ལ་འཕེན་ལེ་ཡོང་། ། 就让花虎倒地上，
སྟག་མ་ཤི་གསོན་ལྤགས་བཤུ་ལེ་ཡོང་། ། 甚至还会活剥皮。

༢ རྗེ་རྒྱལ་པོས་བདག་གཅེས་སློན་པོར་བྱས། ། 君王宠爱的臣子，
བྱུས་ཕམ་ཉེས་བྱུང་དུས་མ་ཕན་ན། ། 危机时刻无作为，
སློན་བདག་གཅེས་བྱས་པ་ཅི་ལ་ཕན། 赐以宠爱有何益。

༣ སྔོ་ཡི་གཡུ་འབྲུག་མེ་གཤོག་དེ། ། 长着火翅的青龙，
མཐོ་དགུང་སྟོན་ལྡིང་ཚོད་མ་ཟིན་ན། ། 腾空不知道节制，
ངན་སྔགས་མཐུ་ཡིས་ཁ་ལོ་བསྒྱུར། ། 就用密咒制伏它，
སྔོ་གཡུ་འབྲུག་ཐང་ལ་འཕེན་རྒྱུ་ཡིན། ། 青龙就会坠地上，
ལག་དངོས་གྲུབ་གཡང་ལ་ལེན་རྒྱུ་ཡིན། ། 爪宝成为战利品。
ཤ་གཟན་སྟག་མོ་རི་བཀྲ་དེ། ། 喜食鲜肉的猛虎，
སྟག་དམར་ཡག་ངར་ཚོད་མ་ཟིན་ན། ། 施威不知道节制，
སྐྱིན་པོ་མདའ་ཡིས་ལུས་སྒྲོག་ཕྲལ། ། 就用利箭制伏它，
འཇུམ་དྲུག་གཡང་ལ་ལེན་རྒྱུ་ཡིན། ། 到时猛虎丧其命，

སྟག་མོའི་ལུས་སྤྱིག་གཙོད་རྒྱུ་ཡིན། །

花皮成为战利品。

ཨ་ནག་དར་བ་ཡ་མེད།

阿那·塔尔瓦雅美

ཛྲ་ཡི་བྲི་སེར་འབྲོང་ཆུང་དེ། །
ཛྲ་རི་བཟུང་ན་རང་ཚུགས་ཟིན། །
གྲོང་ལ་འགྲིམ་ན་གླང་རྒན་འདྲ། །
ནགས་ཀྱི་རྒྱ་སྟག་ཁྲ་མོ་དེ། །
ནགས་ཛོང་བཟུང་ན་སྟག་མོ་རེད། །
གྲོང་ལ་ཉུལ་ན་ཁྱི་འཁྱམས་རེད། །
བྱ་རྒྱལ་ཁྱུང་ཆེན་ངར་མ་འདི། །
མཁའ་ལ་ལྡིང་ན་ཁྱུང་ཆེན་རེད། །
ས་ལ་འགྲིམ་ན་ནེ་ལེ་འདྲ། །

岩山上的小野牛，
守居岩山能自保，
若走村落是老牛。
林中斑斓小猛虎，
守居树林能自保，
若走村落是老狗。
天上飞的大琼鸟，
高翔蓝天可自保，
落到地上是鸢鸟。

ཤར་གླིང་གཡུལ་འགྱེད།

《夏岭之战》

སྟག་རོང་ཨ་ཁུ་ཁྲོ་ཐུང་།

达绒·阿库超同

༡ དྲིན་ཕ་མའི་ཁ་ལ་མ་ཉན་ན། །
བྱ་ཅི་བྱས་དོན་དེ་འགྲུབ་པ་དཀའ། །

不听大恩父母话，
凡事不成难如愿。

༢ བསྟོད་འདོད་སྣབས་ལ་ཚྭ་དྲི་བྲོ། །
སྨད་འདོད་ཆང་ལ་འདམ་དྲི་བྲོ། །

夸赞鼻涕如鲜盐，
贬低醇酒有泥味。

༣ ཤིང་སྡོང་གཅོད་བྱེད་སྟ་རེ་ལ། །
ཡུ་བ་མེད་ན་ཅི་ཞིག་བྱེད། །
ལྕགས་སྔོན་ཨ་ལོང་བཀུག་སྐྱུད་དེ། །
མེ་དམར་མེད་ན་ཅི་ཞིག་བྱེད། །
ཐང་ཆེན་བགྲོད་བྱེད་རྟ་ཕོ་ལ། །
སྒ་ཤིང་མེད་ན་ཅི་འདྲ་ཞོན། །
དགྲ་ཆེན་འདུལ་བའི་དཔའ་བོ་ལ། །
འཐོར་གསུམ་མེད་ན་ཅི་ཞིག་འཐབ། །

砍伐树木的斧头，
没有把柄怎么砍？
青铁打成环圈时，
没有炉火怎么打？
跨越旷野的骏马，
没有鞍鞯怎么骑？
征伏强敌的英雄，
没有兵器怎么战？

༤ རྟ་ན་སོ་གཞོན་པའི་དུས་ཚོད་ལ། །
ཐང་ཆེན་པོའི་ཕ་མཐའ་འགྲོས་ཀྱིས་གཤགས། །
མི་ལོ་ན་གཞོན་པའི་དུས་ཚོད་ལ། །
གནང་ཁྲ་མོའི་ཕ་ཞིང་དཔུང་གིས་བརྔ། །

马儿年轻体壮时，
奔腾飞驰过旷原；
男儿年轻体壮时，
力挥大臂割庄稼。

གཡོག་སྟག་འབུམ་སྐྱབས།

耀达奔加

དོན་བདེན་པ་བཤད་ན་དགྲ་ཡང་མགུ། །
ཟས་གཙང་མ་མཆོད་ན་ལྷ་ཡིས་སྐྱབས། །

讲真理敌人也爱听，
供净食神仙会保佑。

ཇག་དཔོན་ཁྲོ་ཚ་ལྷག་ལེབ།

恰本·超擦达莱

༡ དཔོན་པོ་འདུག་ལུགས་མ་མཁས་ན། །
ཐ་མ་སྡེ་དང་བྱེ་བྲལ་འགྲོ། །
བན་དེ་སྤྱོད་ལུགས་མ་མཁས་ན། །
ཐ་མ་སྡོམ་པ་བུ་མོས་འཕྲོག །
བུ་མོ་འགྲོ་ལུགས་མ་ཡག་ན། །
ཐ་མ་ཁོག་པ་ནད་ཀྱིས་ཟིན། །

头领随意欺压人，
部落终会离开他。
僧人行动不自律，
恐怕迟早会失戒。
姑娘只管去放纵，
最终招致满身病。

༢ ཁ་མཆུ་མེད་སར་རྩོད་པ་བཙུགས། །
ཕམ་ཁ་རང་གི་ཁུར་འདོད་རེད། །
དགྲ་ཇག་མེད་སར་གྱོད་མགོ་སློང་། །
སྲོག་དམར་དགྲ་ལ་ཤོར་འདོད་རེད། །
ཟ་རྒྱུ་མེད་སར་བུ་ལོན་བཙུགས། །
ཚེ་མཐར་སྤྲང་ལ་འགྲོ་འདོད་རེད། །

本无口舌挑事端，
是想自己找失败。
没有纠葛闹矛盾，
是想给敌送性命。
缺少食物还借债，
是想日后当乞丐。

སློབ་དཔོན་པདྨ་འབྱུང་གནས།

莲花生大师

༡ སྤྲང་པོས་སྤྲང་ཟས་མ་རག་ཉི་མ་ཟད། །
འཕྲི་བས་ཚང་རྩྭ་མ་བསྡུས་དགུན་ལ་འགྱུར། །
དམ་ཆོས་ཕྱི་བཤོལ་བྱས་པས་མི་ཚེ་ཤོར། །

乞丐讨饭未得食，打发日子算一天。
旱獭未储过冬草，严冬蛰伏已临近。
僧人延宕修佛时，转眼此生已暮年。

༢ ཨ་བྲས་གསོག་གསོག་མཛོ་མོའི་ཁམ་གང་། །
ཕྱུག་པོའི་གསོག་གསོག་ཇག་པས་ཉིན་གྱོ། །

岩鼠一生储存草，只有黄牛一口食。
富人一生积累财，盗匪一天就抢光。

༣ ཀོ་ཀོ་རྣ་བས་མ་ཐོས་ན། །
རྣ་བ་མཛེར་བུས་གནན་པ་འདྲ། །
བསམ་བསམ་སེམས་ལ་མ་ཤར་ན། །
གངས་དཀར་མུན་པས་བཏུམ་པ་འདྲ། །
བཤད་བཤད་བདེན་པར་མ་བཟུང་ན། །
ཁ་འཁྱམས་ཚིག་དེ་སྟོང་པའི་སྐད། །

有耳不闻如聋子，
犹如耳孔压钉子。
有心无意不记事，
犹如心被黑暗罩。
真话说尽不相信，
犹如流言当空话。

མཐིང་བཟའ་གཡུ་མཚོ།

亭萨·玉措

༡ ཚོང་མགོ་མ་རྟུས་ཚོད་མ་ཐིག་ན། །
རྟུས་རྒྱ་མ་གང་དེ་མི་ལ་ཤོར། །
ཚོང་འབྲིང་པོ་ཚོང་ཚོད་མ་ཟིན་ན། །
གྲོགས་སླ་རྩི་ཙམ་དེ་གཞན་ལ་ཤོར། །
ཚོང་ཐ་མ་ཚོང་ཚོད་མ་ཟིན་ན། །
ཟས་ཁམ་གང་ཙམ་དེ་གཞན་ལ་ཤོར། །

卖货不懂初次价，
仅有一斤也被骗。
卖货不懂中间价，
小如麝香也被骗。
卖货不懂末尾价，
一口食物也被骗。

༢ འགྲོ་འདོད་ར་མ་འཕར་བས་སྤང་། །
བཤད་འདོད་བུ་ཚ་སྐྱོད་ཀྱིས་སྤང་། །
རྐོད་འདོད་མི་དེ་དགྲ་བོས་སྤང་། །
རྒྱུག་འདོད་རྟ་དེ་རྐུན་མས་སྤང་། །
ཡག་འདོད་སྨན་དེ་མི་ཁས་སྤང་། །
ཆེ་འདོད་དཔོན་པོ་ཁྲི་ལས་ལྷུང་། །

豺狼喜吃游走的山羊。
侄儿多嘴多舌惹是非。
懦夫妄逞好汉让敌恨。
马儿喜走乱跑招盗贼。
姑娘痴迷打扮引讥笑。
头人高傲自大丢宝座。

༣ ཟ་འདོད་ཁྲམ་པ་ཁྲིམས་ལ་ཐུག །
ཡག་འདོད་བན་དེའི་སྡོམ་པ་འཆོར། །
མཛེས་འདོད་བུ་མོ་ནད་དང་འཕྲད། །

贪吃骗子惹官司，
好色僧人失戒律，
爱美姑娘染病毒。

༤ ལས་འབྲས་ལྕགས་ཐག་འཐོར་མེད་དེ། །
ཆོས་རྒྱལ་མ་གཏོགས་བཤིག་མི་མེད། །
སྔོན་ལས་ཡོད་པའི་ཚེ་གྲོགས་དེ། །
ཚེ་རིང་ཐུང་མ་གཏོགས་འབྲལ་བ་མེད། །

因果业报如铁链，
除非阎王解不开。
前世缘定的伴侣，
除非寿终难分离。

༥ ཕོ་བདེན་ཁ་ཡང་ན་ཁྲམ་པས་བསླུ། །
མོ་བདེན་ཁ་ཡང་ན་ཕྱི་པོས་ཁྲིད། །
རྟ་འགྲོས་ཁ་ཡང་ན་ཇག་པས་སྐང་། །

轻浮男人易被骗子诱惑，
轻挑女子易被色男拐走，
善走马儿易被盗贼偷走。

ཕོ་བདུད་ཤ་བ་རུ་ཏ།

颇堆·夏瓦如扎

༡ རྔ་རང་ལག་ཡོད་ཚེ་མ་བརྡུངས་ན། །
རྡུང་ཨེ་བཙུག་ཟེར་དུས་དཀའ་མོ་རེད། །
རྒྱུ་རང་ལག་ཡོད་ཚེ་མ་འཚག་ན། །
ད་ཨེ་ལོན་ལྟ་དུས་དཀའ་མོ་གདའ། །
དགྲ་ཨེ་འཐབ་ཟེར་དུས་མ་འཐབ་ན། །
ད་ཐོག་རྒྱག་ཐུང་ཉིན་འགྱོད་ཞན་འདྲ། །
སྒྲོད་ཨེ་བཤད་ཟེར་དུས་མ་བཤད་ན། །
རྒྱལ་ཁྲིམས་ཐུག་དུས་དཀའ་མོ་གདའ། །

鼓在自己手里不敲击，
别人手里想敲就难了。
财在自己手里不守好，
到处寻找之时就难了。
敌人该战时候不应战，
遭突袭之时悔已迟。
纠纷调解之时不说话，
遇上国法之时就难了。

༢ ཟས་ཟོས་ན་ཕོ་བ་རྒྱག་དགོས། །
དགྲ་བརྒྱབ་ན་དགྲ་དཔུང་ཆོད་དགོས། །

吃饭要吃饱，
打仗要打胜。

༣ བུ་ཕོ་རྒྱལ་ངར་རྒོད་ཆེ་ཆུང་དེ།།
དགྲ་རྒོད་པོ་ཐོད་ཐུག་བྱུང་ཉིན་ཤེས།།
རྟ་མདོ་བ་འགྲོས་ཁ་བཟང་ངན་དེ།།
ཐང་ཆེན་པོའི་ཕ་མཐའ་བགྲོད་ཉིན་ཤེས།།
མཚོན་རྣོན་པོ་བཅད་སྟོབས་ཆེ་ཆུང་དེ།།
དགྲ་ནག་པོའི་མགོ་ལག་ལེན་ཉིན་ཤེས།།

男儿是否剽悍，
遇到强敌就知。
马儿是否善走，
跨越广原就知。
刀剑是否锋利，
斩断敌首就知。

༤ ཐང་དཀར་ལྡིང་ཚོད་མ་ཟིན་ན།།
སྒྲོ་རྩ་རླུང་གིས་གཏོར་རབས་ཡོད།།
འདོ་བ་རྒྱུག་ཚོད་མ་ཟིན་ན།།
རྨ་བཞི་རྡོ་ལ་རྡེབ་རབས་ཡོད།།
དཔའ་བོས་འཛིང་ཚོད་མ་ཟིན་ན།།
ཐ་མ་གྲི་ལ་ཤི་རབས་ཡོད།།

白鹰高翔无节制，
风会拆散其羽翅。
骏马奔驰无节制，
石头碰伤其四蹄。
英雄战敌无节制，
最终横死在沙场。

༥ བུ་ཤི་ས་དགྲ་བོའི་སྔོན་ལ་ཤི།།
མཛོ་ཤི་ས་ཇ་རྒྱབ་འོག་ལ་ཤི།།

男人死在敌人前，
犏牛死在茶驮下。

༦ དཔྱིད་ལ་ས་བོན་མ་བཏབ་ན།།
སྟོན་ལ་འགྱོད་པ་སྐྱེ་རྒྱུ་མེད།།

如果春天不耕种，
秋天不可有悔心。

བཙན་རྒོད།

赞贵

༧ གཏམ་བཤད་པའི་དུས་ལ་མ་བཤད་ན།།
ཁོག་མཁས་པ་ཟེར་ཡང་གོ་མ་ཆོད།།
གྲོས་བྱས་པའི་གྲོས་གྲབས་མ་བྱས་ན།།
བློན་ཆགས་ཆེན་ཟེར་ཡང་ཕན་པ་མེད།།
དགྲ་འཐབ་པའི་དུས་ལ་མ་འཛིང་ན།།

当说之时不开口，
腹有智慧有何用。
议事之前不准备，
大臣善谋有何用。
该战之时不出阵，

བུ་དཔའ་བོ་ཡིན་ཡང་ཕན་པ་མེད། ། 自称英雄有何用。
ཟས་ཟོས་པའི་ཕུད་དེ་མ་མཆོད་ན། ། 饭前不给神供馐，
ཟ་ཚར་དུས་ལྷག་མ་མཆོད་ཞན་འདྲ། ། 敬奉残食有何用。

༢ དགྲ་ཞེ་བརྙས་བྱས་ན་དམུ་གབ་ཡིན། ། 蔑视敌人受蒙蔽，
ཁྱི་ཞེ་བརྙས་བྱས་ན་ཞྭ་ཡུ་ཤོར། ། 蔑视獒狗咬破腿，
གྱོད་ཞེ་བརྙས་བྱས་ན་ཕམ་ཁ་ཁུར། ། 蔑视官司会败诉，
དཔོན་ཞེ་བརྙས་བྱས་ན་ཆད་པ་ཕོག ། 蔑视头人受惩罚，
རོགས་ཞེ་བརྙས་བྱས་ན་ཁ་ཡུ་འཐོར། ། 蔑视伴侣遭分离，
སྡེ་ཞེ་བརྙས་བྱས་ན་ས་མཐར་ཤི། ། 蔑视村落死他乡，
རྒྱུ་ཞེ་བརྙས་བྱས་ན་སྤྲང་ལ་འགྲོ། ། 蔑视财富变穷人。

༣ ནང་སྡེའི་ཐོག་གི་ཕོ་ཚོད་དེ། ། 村里狂妄的男人，
ཕྱི་སྡེ་དགྲ་ལ་ཐུག་ཉེན་མེད། ། 遇到外敌就泄气。
ཉམ་ཆུང་ཐོག་གི་ཚིག་ཤེད་དེ། ། 欺负弱者的怒斥，
རྒོད་པོའི་གདོང་ལ་སླེབས་ཉེན་མེད། ། 遇到好汉不敢言。
ངར་ངར་བྱེད་པའི་དཔའ་མདོག་དེ། ། 再三炫耀的勇气，
ཐུག་ཐུག་དགྲ་ལ་ཐུག་ཉེན་མེད། ། 遇敌之时变懦夫。
བཤད་མདོག་བྱེད་པའི་བུ་ཚ་དེ། ། 平时巧言之能辩，
ཐིགས་ཐིགས་ཁྲིམས་ལ་ཐུག་ཉེན་མེད། ། 遇到官司成木讷。
བཟང་མདོག་བྱེད་པའི་སྨན་ཆུང་དེ། ། 装作勤快的姑娘，
འགྲོ་འགྲོ་གནས་སྒོ་འཁྲིམ་ཉེན་མེད། ། 嫁人之后不贤惠。
ཡོད་མདོག་བྱེད་པའི་མ་སྨུ་དེ། ། 装得慷慨的妇人，
གལ་ཆེན་མགྲོན་པོ་སླེབ་ཉེན་མེད། ། 贵客到家就抠门。

དམུ་རྒོད་ཡ་མེད།

༡ སྣ་ནས་དབུགས་མ་ཆད་ན། །
ཁ་ནས་གཏམ་མི་ཟད། །

༢ སྡར་མ་དཔའ་མདོག་ཕོ་ཚོད་དེས། །
དཔའ་བོ་དགྲ་ལག་སྐྱེལ་རབས་ཡོད། །
མཛེས་མས་གདོང་པ་བཀྲུ་རྒྱུ་དེ། །
བན་དེའི་སྡོམ་པ་འཇིག་ཆེས་རེད། །
བུ་མོ་ཁ་ལྕེ་མང་རྒྱུ་དེ། །
བུ་སྤུན་ཁ་ཁར་གཏོར་ཆེས་རེད། །
དཔོན་པོ་རང་སྣང་ཆེ་རྒྱུ་དེ། །
འོག་སྡེ་སྡུག་ལ་བསྐོར་འདོད་རེད། །
བློན་པོ་ཚིག་ཤེད་ཆེ་རྒྱུ་དེ། །
རང་རྩུས་ཤོར་བའི་སྔ་ལྟས་འདྲ། །
བྱི་མོ་བྱ་བྱེད་མང་རྒྱུ་དེ། །
རང་ལུས་ནད་ཀྱིས་ཟིན་འདོད་རེད། །
བན་དེ་འགྲོ་འདུག་མང་རྒྱུ་དེ། །
ཚུལ་ཁྲིམས་ཉམས་པའི་སྔ་ལྟས་རེད། །
བླ་མ་ལམ་སྟོན་མེད་རྒྱུ་དེ། །
ཤི་བོ་དམྱལ་བར་མངག་འདོད་རེད། །

༣ བསྲི་མ་ཤེས་དབྱར་ཀའི་ཤ་རུལ་བསྲི། །
ཚོང་མ་ཤེས་རྟ་ཕོ་ར་ལ་བརྗེས། །
འཐབ་མ་ཤེས་ཚོ་རོགས་གཡུག་པས་བརྡུང་། །
བཤད་མ་ཤེས་གཡོག་ལ་ཁྲིམས་སྐྱིགས་བྱེད། །

穆贵雅美

鼻里不断气，
嘴里话不断。

懦夫假装勇敢时，
想把英雄卖给敌。
美女梳妆打扮时，
想让小僧破戒律。
女人多嘴多舌时，
想要分离众兄弟。
头人狂傲残暴时，
想把部落陷困境。
臣子说话变霸道时，
那是失权的前兆。
荡妇淫乱无度时，
自找浑身的病痛。
小僧喜欢到处游，
就是破戒的前兆。
上师无力超度时，
亡灵就会堕地狱。

不会节俭腐肉存炎夏。
不会交易骏马换山羊。
不会打骂棍棒揍伴侣。
不会训斥其佣人。

༤ མི་རྒྱུ་ཏམ་པས་ཟློས་ན། །
ཁ་སྣ་དཔོན་ལ་ཤོར། །

侵吞他人财富，
首领受到惩处。

ཀླུ་ལྷུག་བཙན་རྒྱལ།

鲁楚赞嘉

གཏམ་མང་ན་གྲོས་ཀྱི་ཕ་མཁར་བཤིགས། །
བློ་མང་ན་བྱ་བ་གཅིག་མི་འགྲུབ། །

话多了商议失败，
想多了难成一事。

ཛག་དཔོན་གླིང་པ།

洽本・岭巴

དཔོན་མཐོ་ཚེ་དབུ་འཕང་མ་བསྟོད་ན། །
དགྲ་ནག་པོས་ཐོག་བརྫིས་འོང་ཉེན་ཆེ། །
དུས་རྒྱུན་དུ་ལས་ལ་མ་བརྩོན་ན། །
འགྲོ་རན་དུས་ལྷམ་ཞབས་མེད་ཉེན་ཆེ། །
སྟོན་འབྲུ་དུག་སྨིན་ཚེ་མ་བསགས་ན། །
དཔྱིད་ཟླ་གསུམ་བཟའ་མི་ལྟོགས་ཉེན་ཆེ། །

位高之日不显气势，
会有敌人践踏的危险。
平时不愿勤奋努力，
出门不得不蹬破底靴。
秋季不储存粮食，
春天有饿肚子的危险。

བེ་བཟའ་ལྷ་སྒྲོན།

培萨拉珍

༡ རང་རྒྱུ་མི་ལ་མ་ཤོར་ན། །
མི་རྒྱུ་ཟ་བའི་དགོས་པ་མེད། །

只要自己财富不被抢，
何必抢夺他人的财富。

༢ འཐབ་འདོད་ཞེ་སྡང་མེ་ལྟར་འབར། །
རང་སྲོག་ཤོར་བའི་སྔ་ལྟས་རེད། །
ཟ་འདོད་ཕོ་བ་རླུང་ལྟར་གཡོ། །
ཕ་ཞིང་ཤོར་བའི་སྔ་ལྟས་རེད། །

好勇斗战怒气如烈焰，
这是丢掉性命的前兆。
食欲如风鼓荡饥肠中，
这是失去祖田的前兆。

འགྲོ་འདོད་གོམ་པ་རླུང་གིས་བཀྱག། །
ས་མཐར་འཆི་བའི་སྔ་ལྟས་རེད། །

想走犹如脚下生疾风，
这是死在他乡的前兆。

མ་མོ་ཡམས་བདག་ངར་མོ།

玛莫·洋达阿尔玛

སྐྱིད་ཀྱི་རྩེད་མོ་རྩེ་ཉིན་མོ། །
འགྲོས་ཆེན་རྟ་ཕོའི་བང་ཤུགས་ཚོམ། །
སྡང་བའི་དགྲ་ལ་འཐབ་ཉིན་མོ། །
རྣོན་པོའི་སོ་ཁ་དགྲ་ལ་ཚོམ། །
མ་ནུས་སྒོ་ལ་སླེབས་ཉིན་མོ། །
ཟང་ཟིང་སྦྱིན་པ་སྤྲང་ལ་བྱེད། །
གལ་ཆེན་མགྲོན་པོ་ཐོན་ཉིན་མོ། །
ཇ་ཆང་ཤ་ཡི་ཞུ་སྐྱེམས་འདྲེན། །

众人一起游玩时，
要让骏马展跑力，
要向他们挥刀剑。
穷人来到门口时，
要向他们施财物。
贵客来到家里时，
要用酒肉来款待。

སྐྱི་དཔོན་རོང་ཚ་ཁྲ་རྒན།

吉本·绒擦查根

ལྕགས་སྔོན་མོའི་ཨ་ལོང་བཀུག་སྒྱུད་དེ། །
སོལ་མེ་དམར་མོའི་ཚ་ངར་དགོས། །
ཤིང་སྡོང་པོ་དུམ་བུར་གཅོད་བྱེད་དེ། །
སྟ་རེ་རྣོན་པོའི་སོ་ཁ་དགོས། །

青铁弯成圆环的工具，
需要木炭烈焰的炼锻。
树木节节砍断的工具，
需要斧头锋利的刀刃。

གཟུ་ཆེན་རྣམ་གཉིས།

两位判决官

རྟ་ཉབ་ཉོག་མང་ན་གསོ་གཟན་ཟད། །
ཟས་ཉབ་ཉོག་ཟོས་ན་ཕོ་བ་ན། །

马匹太多费饲料，
食物太杂得胃病。

ཚ་ཞང་འདན་མ་བྱང་ཁྲ།

擦香・丹玛向查

ཀོད་མདོག་སྔོན་ནས་བྱས་ན་སྡར་རྐུབ་རྗེས་ནས་འབུད། །
མེད་པོས་ཡོད་མདོག་བྱས་ན་མེད་རྐུབ་ཕྱི་ནས་འབུད། །
བན་དེས་བྱམས་མདོག་བྱས་ན་སྡིག་རྐུབ་ཤེ་དུས་འབུད། །

懦夫逞勇在先而后露胆怯。
穷人炫富在先而后露寒酸。
僧人假慈在先而后显堕罪。

ཀླུ་ཕྲུག་བཙན་རྒྱལ་ཁ་སྒོ།

鲁楚・赞嘉喀秀

༡ ནེ་ལེས་ནམ་འཕང་ཐད་ཀྱིས་བཅད། །
བྱ་ཁྱུང་ཆེན་ཤྲབས་དེ་ཡོད་སྙང་ཤར། །

鹞鹰决意高飞九天上，
以为自己翅力超琼鸟。

༢ གནམ་ཨ་སྔོན་མཐོ་ཡང་འཇའ་སྐས་བཙུག །
ལྕགས་སྔོན་མོ་སྲ་ཡང་སོལ་མེས་བསྲེག །
ཆུ་གཙང་རྒྱས་ཟབ་ཀྱང་གྲུ་གཟིངས་བཙུག །
བྲག་རྡོ་རྗེ་སྲ་ཡང་ཐོག་གིས་གཏོར། །
གངས་དཀར་ཡག་མཐུག་ཀྱང་ཉི་མས་བཞུ། །

蓝天再高架云梯，
铁块再硬炭中烧，
河流再大架舟桥，
岩山再坚用雷砸，
山雪再厚烈日融。

༣ སྐྱོད་ཁ་མཆུའི་སྣ་འདྲེན་ནག་མོས་བྱེད། །
དུག་ནག་པོའི་སྣ་འདྲེན་ར་ཤས་བྱེད། །
དགྲ་ཇག་པའི་སྣ་འདྲེན་ཁྲམ་པས་བྱེད། །
སད་སེར་བའི་སྣ་འདྲེན་རླུང་གིས་བྱེད། །

女人多嘴诱发其纠纷，
山羊凉肉诱发其食毒，
盗贼作怪诱发其匪患，
狂风大作诱发其霜雹。

སེང་སྟག་ཨ་དོམ།

森达阿冬

༡ སྡར་མའི་ལག་སྔ། །
ཁྱི་རྐུན་རྗེས་འཇབ། །

懦夫动手在先，
贼狗蹑踪在后，

འུག་པའི་ཉ་འཇུ། །

鸱枭咬腿在夜。

༢ ཤར་སེང་གེ་དཀར་མོའི་འོ་མ་དེ། །
བཙོ་བསམ་མི་ཡོད་ཀྱང་ཚོགས་སྣོད་མེད། །
རྒྱ་ནག་པོའི་དར་ཟབ་གོས་ཆེན་དེ། །
མི་དབུལ་པོའི་ལུས་ལ་འགྱུར་རབས་མེད། །
གསེར་སེར་པོ་བཞུས་པའི་དྭངས་མ་དེ། །
སྲུ་རྣ་ཅོའི་ངོས་ལ་འགོས་རབས་མེད། །

东方白狮的奶汁，
想挤却无盛奶桶。
汉地出产的锦缎，
穷人想穿却无福。
黄金炼成的金液，
想抹犄角却不沾。

སྤྱང་མོ་དར་རྒྱས། །

江摩塔尔杰

མི་ཚེ་གཅིག་ལ་སྐྱིད་སྡུག་བརྒྱ། །
སོས་ཀའི་གནམ་ལ་དྲོ་གྲང་བརྒྱ། །

一生悲欢有千百，
春日冷暖变化快。

བདུད་འདུལ། 《降魔篇》

ནེ་ནེ་གནམ་སྨན་དཀར་མོ། 乃乃·南曼嘎尔姆

༡ ཕོ་ནུས་མེད་གཅིག་གི་དགྲ་འདུལ་དེ། །
དགྲ་ད་འདུལ་བསམ་བཞིན་ཀྱད་ལ་ཤོར། །
སྨན་ཀང་ངན་གཅིག་གི་ལས་ཀ་དེ། །
ལས་ད་ལས་བསམ་བཞིན་རོ་ལ་འཁྱར། །
བན་མདོ་འདྲ་གཅིག་གི་དམ་ཚིག་དེ། །
ཁ་མ་གྲག་བསམ་བཞིན་ལྐོག་ནས་ཤུང་། །

无能男人想胜敌，
却被敌人所败。
无能女人干活，
却让家务拖泥水。
无能僧人的誓言，
表面信守私下失。

༢ གཏམ་རྩེད་མོ་མེད་ན་མཚར་སྣོ་མེད། །
གོས་གོང་བ་མེད་ན་གྱོན་སྣོ་མེད། །
ཟས་གང་རིག་ཟོས་ན་ཁྱི་ཕག་རེད། །

言无嬉笑不开心。
衣服无领不好穿。
见啥吃啥是猪狗。

༣ རྗེ་བླ་མ་ཡོན་ཏན་གསལ་ཞན་དེ། །
ཐུགས་བསྐྱེད་རིམ་རྩ་བ་བཟང་ངན་རེད། །
གོང་དཔོན་པོ་ཁྱབས་པ་ཆེ་ཆུང་དེ། །
སྡེ་ཁྲ་བོ་སྐྱབས་ལུགས་ཡག་བཙོག་རེད། །
བན་ཆོས་པའི་སྡོམ་པ་གཙང་ཞན་དེ། །
ལུས་ཆགས་སེམས་བཟོད་པ་སྨོམ་ལུགས་རེད། །
བུ་དཔའ་བོའི་བློ་རྗེ་ཆེ་ཆུང་དེ། །
སེམས་གངས་དཀར་བསམ་བློ་གཏོང་ལུགས་རེད། །
རྟ་འདོ་བའི་ཀང་མགྱོགས་ཆེ་ཆུང་དེ། །
ས་དོག་མོའི་ལག་སྒྱོ་བཟང་ངན་རེད། །

上师喇嘛的学问高低，
关键在于发心之好坏。
头人统治的范围大小，
关键在于慰民之优劣。
僧人戒律的严松程度，
关键在于欲望之取舍。
英雄好汉的胆量大小，
关键在于心态之好坏。
骏马奔走的速度快慢，
关键在于步伐之灵巧。

མདའ་ཞུག་ཕྲན་གཟེ་ཐེབས་ཆེ་ཆུང་དེ། །
གཞུ་མཆོག་དཀར་རྣ་ཤིང་སྲ་སླི་རེད། །
སྨན་བུ་མོ་ཁོག་ཤེས་ཆེ་ཆུང་དེ། །
རྒྱབ་ཕ་མས་ཁ་ཏ་ཡག་བཙོག་རེད། །

利箭是否中靶的概率，
关键在于弓弩之强弱。
姑娘品德贤惠之好坏，
关键在于之父母教育。

༤ རྒྱུ་བླ་མས་བསོགས་ན་འཁོར་བར་འཁྱམ། །
ཚོང་བན་དེས་བྱས་ན་དམ་ཚིག་ཉམས། །
དོམ་དགོན་པས་བསྐྱུར་ན་འདི་ཕྱི་ཕུང་། །
བུ་དཔའ་བོ་ངུས་ན་མི་ཡིས་འཕྱ། །

上师贪积财富轮转世俗中。
僧人经营生意忤逆其誓言。
寺院放贷高利断送今来世。
英雄掉泪惹得他人之讥笑。

༥ གཟར་མོ་བྲག་ལ་མ་བཅར་ན། །
བདེ་མོའི་ཐང་ལ་ཕྱིན་ལེ་མིན། །
ངུ་ཤོར་བའི་ལས་ཀ་མ་བྱས་ན། །
བགད་ཤོར་བའི་ཟ་མ་རག་ལེ་མིན། །
ཡི་མུག་པའི་ས་མཐའ་མ་བསྐོར་ན། །
ཉམས་དགའ་ལེའི་རྒྱུ་དང་འཕྲད་ལེ་མིན། །

如果不攀登悬崖峭壁，
岂能抵达坦荡平地上。
如果不做掉泪的苦活，
就不能吃上欢喜的饭。
如果不去他乡闯荡，
就不会碰上满意的财富。

༦ དཔའ་མེད་ན་དཔུང་པས་ཕན་གནོད་མེད། །
དཔུང་མེད་ན་དཔའ་བོས་ཅི་ཐུབ་མེད། །
གཉིས་འཛོམས་ན་དགྲ་བོའི་སྲོག་རྩ་ཆོད། །
མདའ་མེད་ན་གཞུ་ཡིས་ལོ་སྤྲོལ་མེད། །
གཞུ་མེད་ན་མདའ་མོས་ཅི་མཁོ་མེད། །
གཉིས་འཛོམས་ན་གར་གཏད་ས་ལ་འགྲོ། །
ལྷ་མེད་ན་མི་ལ་ལམ་འགྲོ་མེད། །
མི་མེད་ན་ལྷ་ཡིས་སུ་མགོན་མེད། །
གཉིས་འཛོམས་ན་བསམ་དོན་ངང་གིས་འགྲུབ། །

没有胆量臂力不顶用。
没有众兵孤勇难克敌，
两人之勇能割敌首级。
没有箭矢弓弩是废物，
没有强弓利箭有何用，
弓箭齐全可以射目标。
若无神灵人就不走运，
若是没人神灵可救谁？
具备二者才能事如愿。

སེང་ལྕམ་འབྲུག་མོ།

森姜珠牡

༡ སྐྱེས་པོ་རབ་པོ་འབྲིང་པོ་ཐ་གསུམ། །
དྲན་སྔ་ཕྱི་མིན་པ་དྲན་རྒྱུ་འདྲ། །
སྐྱེས་པོ་རབ་རྩ་བ་དང་པོར་དྲན། །
དྲན་པས་ཕན་པ་དེ་ལ་ཡོད། །
པོ་འབྲིང་རི་ཐང་མཚམས་ནས་དྲན། །
དྲན་པས་རྩ་བ་དེ་ཡིས་ཆོད། །
པོ་ཐ་མས་ཚར་ཡག་ཚར་དུས་དྲན། །
དེ་ནས་དྲན་པས་ཕན་པ་མེད། །

男人分上中下三等，
只因思谋有先后，
上等男人思谋在事先；
事先思谋办事有好利，
中等男人思谋在事中，
事中思谋事情能办成，
下等男人思谋在事后，
事后思谋已晚无裨益。

༢ སྐྱེས་པོ་རབ་གཅིག་གིས་ཆང་འཐུང་དེ། །
བློ་ཤེས་རྒྱ་ཆེ་ཞིང་དབང་པོ་གསལ། །
པོ་འབྲིང་གཅིག་གིས་ཆང་འཐུང་དེ། །
སེམས་འཕང་མཐོ་ཞིང་སྨྲ་བརྗོད་མཁས། །
པོ་ཐ་མ་གཅིག་གིས་ཆང་འཐུང་དེ། །
ཞེ་སྙིང་རྩ་འཁྲུགས་ཤིང་མཆི་མ་ཤོར། །

上等男人饮酒后，
神志清醒心思广。
中等男人饮酒后，
心情明朗善言词。
下等男人饮酒后，
情绪烦躁掉眼泪。

རྒྱ་ཚ་ཞལ་དཀར།

嘉擦谐嘎尔

༡ བན་བློ་ཉེས་གྲྭ་ཚང་འཁོར་བར་འཁྱམས། །
དཔོན་བློ་ཉེས་འོག་སྡེ་སྤྲང་པོར་ཕྱུང་། །
བློ་ཉེས་ན་གཙོ་བོ་བློ་ཉེས་སྡུག །

僧人失策寺院如世俗，
头人失策部落变贫穷，
失策最怕主子之失策。

༢ དཔའ་མེད་ན་དཔུང་པས་མི་ཕན་ཟེར། །
དཔུང་མེད་ན་དཔའ་ཡིས་མི་སྐྱོབ་ཟེར། །

若无勇气臂力有何用，
若无军队独勇有何用，

གཉིས་འཛོམས་ན་དགྲ་བོའི་སྲོག་རྩ་གཅོད། །
མདའ་མེད་ན་གཞུ་ཡིས་མི་མཁོ་ཟེར། །
གཞུ་མེད་ན་མདའ་ཡིས་མི་ཕན་ཟེར། །
གཉིས་འཛོམས་ན་གར་གཏད་ས་ལ་འགྲོ། །
མི་མེད་ན་ལྷ་ཡིས་སུ་སྐྱོབ་མེད། །
ལྷ་མེད་ན་མི་ཡིས་ཅི་ཐུབ་མེད། །
གཉིས་འཛོམས་ན་བསམ་པ་ངང་གིས་འགྲུབ། །

有勇有势才能斩敌人。
若无箭矢弓弩有何用，
若无弓弩箭矢有何用，
有箭有弓才能射准靶。
若无世人不知神救谁，
若无神灵人事难如愿，
有人有神才能诸事顺。

སྐྱིད་དཔོན་རོང་ཚ་ཁྲ་རྒན།

吉本 · 绒擦查根

༡ ལག་སུ་རིང་དྲུབ་ལ་བསླབས་པས་ན། །
མིག་ཁྲ་ཚུང་ཐལ་བས་བཀབ་པ་མང་། །
ཁ་སུ་མཁས་རྩེད་མོ་བློ་ས་ནས། །
ཀྲོད་སུས་གཏམ་དཔོན་ལུ་ཞུལ་ས་མང་། །
ཤུགས་སུ་ཆེ་ཤེད་ཚད་བགོ་ས་ནས། །
མགོ་ཀླད་པའི་རྒྱ་ཐག་འཐོར་བ་མང་། །
དགྲ་དོན་མེད་སྙིང་ལ་མདའ་འཕེན་དེ། །
ངས་མ་ཐུབ་ཟེར་ལེ་ཡོང་ཉེན་ཡོད། །
རྟ་ཤུགས་མེད་རྒྱུག་མགོ་གྱེན་ལ་གཏད། །
འདི་ནམ་འཆི་ཟེར་ལེ་ཡོང་དོགས་ཡོད། །
སྨན་མཛངས་མས་ཡོད་ཚད་མི་ལ་སྦྱིན། །
ད་མི་འདུག་ཟེར་ལེ་ཡོང་དོགས་ཡོད། །

自以为臂长想抓屋顶椽，
只能自己眼里落灰尘；
自以为善言想说玩笑话，
只能惹起官司频繁找头人；
自以为力大无穷想摔跤，
只能摔得脑袋会裂开；
本非敌人却要射杀时，
总有不能战胜的时候；
力弱之马却要赛马时，
总有把马跑死的时候；
淑女倾其所有送人时，
总有囊中羞涩的时候。

༢ ཕྱི་ནས་ལྡག་ཚེ་ནང་ནས་འཐོ། །
རུས་པ་བརྟོག་ཚེ་རྒྱ་ཏུ་རྡུད། །
མི་དོན་ལས་ཚེ་རང་དོན་འཕྱུག །
བདུད་རྒན་འདུལ་ཚེ་ཧོར་རྒན་ལངས། །

碗外舔时流失碗内饭，
啃骨之时丢掉其自尊，
帮人之时误了自己事，
降魔之时霍尔来挑衅。

གེ་སར་ནོར་བུ་དགྲ་འདུལ།

༡ སྐྱེས་པོ་རབ་པོ་འབྲིང་པོ་ཐ་གསུམ། །
སྐྱེས་པོ་རབ་བྱེས་ལ་འགྲོ་ལུགས་ལ། །
གནངས་ཉིན་འགྲོ་ཆེས་དེ་རིང་བྱེད། །
རང་ཕུགས་ལྷ་ཡར་ལ་མཆོད་བསྟོད་བྱེད། །
ཁྱིམ་བཟའ་ཚང་རྣམས་ལ་གྲོས་འདྲི་བྱེད། །
བྱ་བ་ལུས་བརྗེད་མེད་ལེ་བྱེད། །
ས་གར་སོང་བསམ་དོན་འགྲུབ་ལེ་བྱེད། །
པོ་འབྲིང་ཞིག་གི་འགྲོ་ལུགས་ནི། །
ནངས་སྔ་མོའི་འགྲོ་ཆེས་དེ་རིང་བྱེད། །
བཟའ་འཁོར་གཡོག་ལ་ལེ་དེད་མེད་ལེ་བྱེད། །
འགྲོ་གར་བསམ་སྔ་མོར་སླེབ་ལེ་བྱེད། །
པོ་ཐ་མ་ཞིག་གི་བྱེས་འགྲོ་དེ། །
འགྲོ་རན་དང་འགྲོ་ཆེས་མཉམ་དུ་བྱེད། །
ཡར་ཀ་ཚང་ནས་གོས་གཡར་བྱེད། །
གཡར་རྒྱུ་མེད་ན་ཁོང་ཁྲོ་བྱེད། །
མར་ཀ་ཚང་ནང་ལྷམ་གཡར་བྱེད། །
གཡར་རྒྱུ་མེད་ན་ཞེ་སྡང་བྱེད། །
ལུས་རྒྱུ་བརྗེད་རྒྱུ་ལུང་གང་བྱེད། །
ཁྱིམ་ཚང་ཁོལ་ནག་ལྷོགས་སེ་བྱེད། །

༢ བསགས་པ་དང་བྲལ་ན་ལས་ཀ་བྲལ། །
ཟ་མ་དང་བྲལ་ན་སེར་སྣ་བྲལ། །
འཁོར་གཡོག་དང་བྲལ་ན་ང་རྒྱལ་བྲལ། །
ཆུང་མ་དང་བྲལ་ན་ཆགས་པ་བྲལ། །

格萨尔•诺普占堆

上中下三等男人，
上等男人外出办事时，
今天出发昨天就准备，
首先敬供自己的家神，
家人一起商量外出事，
做到该办诸事无遗漏，
走到哪里办事皆如愿。
中等男人外出办事时，
明天出行今天做准备，
使得家人佣人无牵挂，
早日能到出行目的地。
下等男人外出办事时，
出发之时忙着做准备，
上面邻居家里借衣服，
没有可借衣服就埋怨，
下面邻居家里借靴子，
没有可借靴子说气话，
丢三落四显得太窝囊，
里外翻得就像抄了家。

不贪财就无劳苦烦恼，
不贪食就无悭吝烦恼，
不贪佣就无傲慢烦恼，
不贪妻就无爱恋烦恼，

ཉེ་འབྲེལ་དང་བྲལ་ན་རེ་བ་ཁྲལ། །
དགྲ་བགེགས་དང་བྲལ་ན་དགོས་པ་ཁྲལ། །
སྐྱིད་པོར་བསྡད་ན་ཆོས་དང་འཕྲད། །

不贪亲就无期望烦恼，
不贪敌就无仇恨烦恼，
为人正直就能遇佛法。

༣ རྗེ་བླ་མ་ཆོས་བཤད་མཁས་ཞན་འདྲ། །
རང་བདག་འཛིན་མེད་པ་བརྒྱ་ནང་ཡིན། །
གོང་དཔོན་པོ་ཁྲིམས་གཏམ་མཁས་ཞན་འདྲ། །
ལས་བདེན་རྫུན་ཕྱེ་མི་བརྒྱ་ནང་ཡིན། །
ཕ་ཕྱུག་པོ་ལུང་གསུམ་གྲགས་ཞན་འདྲ། །
ཕོ་རང་སེམས་ཚིམ་པ་བརྒྱ་ནང་ཡིན། །
ཁྱིམ་བཟའ་མི་མཉམ་གཤིབ་བྱས་ཞན་འདྲ། །
དུད་འཛིང་རྩོད་མེད་པ་བརྒྱ་ནང་ཡིན། །
 སྡེ་ཁྱིམ་མཆེས་ངོས་དགའ་མཁས་ཞན་འདྲ། །
ཞེ་གདིང་ནས་དགའ་བ་བརྒྱ་ནང་ཡིན། །
སྨན་བུ་མོ་ཁ་བཟང་མཁས་ཞན་འདྲ། །
གཏམ་བདེན་ལེ་ཐེར་མི་བརྒྱ་ནང་ཡིན། །

不管上师说法多漂亮，
没有我执者是极少数；
不管头人说话多漂亮，
处事公道者是极少数；
不管富人家中多有财，
感到满足者是极少数；
不管家人相处多有情，
没有矛盾者是极少数。
不管讨好邻里多漂亮，
心底真爱者是极少数；
不管姑娘说话多漂亮，
掏出真情者是极少数。

༤ ཕོ་རབ་ཕོ་འབྲིང་ཕོ་ཐ་གསུམ། །
ཕོ་རབ་གཅིག་གི་སྐད་ཆ་དེ། །
སེར་ཚི་ལེ་ཉི་མ་ཤར་འདྲ་བཤད། །
རྒྱལ་ཁམས་འོད་ཀྱིས་ཁྱབ་ལེ་བཤད། །
གཏམ་ཅི་བརླས་ཕྱུགས་སོ་བདེན་ལེ་བཤད། །
གཏམ་རྒྱུད་ཆོས་དང་མཐུན་ལེ་བཤད། །
ཆོས་མཐུན་མཐའ་རུ་ཕྱིན་ལེ་བཤད། །
ཕྱི་སྣོད་བདེ་འགྲོ་ཐོབ་ལེ་བཤད། །

男人有上中下三等，
上等男人之所言，
犹如温暖的阳光，
说得全村暖洋洋，
说得全是有根据，
说得有理像佛法，
说得最终能圆满，
说得众生能解脱。

ཕོ་འབྲིང་ཞིག་གི་སྐད་ཆ་ལ། །

中等男人之所言，

སྒང་ཟེ་རྒྱུད་ཀླུང་སྤྱུད་བརྒྱབ་འདྲ་བཤད། །
རྣ་གཡས་ནས་གཡོན་ལ་སྤྱུ་ར་ར། །
ཚིག་ཅི་ཟེར་འདྲ་མ་ཆོད་ལེ་བཤད། །
ཚིག་དེ་གོ་བ་ལོན་ལེ་བཤད། །
གོ་ནས་བདེན་པ་ཡོད་ལེ་བཤད། །
གཏམ་རྒྱུད་ཁྲིམས་དང་མཐུན་ལེ་བཤད། །
མཐུན་ནས་བདེན་འཛིན་ཡོད་ལེ་བཤད། །
རྩོད་དང་འཁོན་པ་དྭངས་ལེ་བཤད། །

犹如山岗吹清风，
灌进左右两耳中，
说得实在有结果，
说得话儿能理解，
说得一听是真话，
说得合理似律法，
说得全都是真谛，
没有纠纷和怨气。

ཐ་མ་གཅིག་གི་སྐད་ཆ་དེ། །
ནག་འཚུབས་སེ་མུན་ཆུ་ཏུབ་འདྲ་བཤད། །
ཚིག་རིང་མཆིལ་མས་བརྙངས་ཤིང་བཤད། །
གཏམ་བདེན་ལེ་གཅིག་ལ་རྫུན་ལེ་བརྒྱ། །
གོང་དཔོན་པོས་བཀའ་བསྐྱོན་དགོས་ལེ་བཤད། །
ཤག་ཕུ་ནུའི་ཁ་ངན་དགོས་ལེ་བཤད། །
སྡེ་ཁྲ་བོས་སྐྱོག་བགད་ཤོར་ལེ་བཤད། །
གཏམ་རྒྱུད་རྫུན་དང་མཐུན་ལེ་བཤད། །
རྫུན་མཐའ་སྨྱོ་རྒྱུ་ཡོང་ལེ་བཤད། །
སྨྱོན་མཐའ་ཁྲོད་དང་ཐུག་ལེ་བཤད། །
དེ་མཐའ་འཁྲུག་གཞི་འཛོག་ལེ་བཤད། །

下等男人之所言，
说话说得如黑夜，
说起长话涎噎喉，
一句真话百句假，
说得遭到头人骂，
说得兄弟说坏话，
说得村落起冷语，
说得假话成典故，
说得假话成疯言，
说得疯子惹官司，
说得官司变争战。

༥ མི་ལ་སྡུག་ངན་ཅི་བཏོན་དེ། །
ཐ་མ་རང་གི་གཉའ་བར་འདུ། །
གཞན་ལ་གནོད་འཚེ་ཅི་བྱས་དེ། །
དོན་ལ་རང་གི་བསོད་ནམས་ཉམས། །
གསོན་དུས་སྡིག་པ་ཅི་བསྒྲུབས་དེ། །
ཤི་ན་ངན་སོང་གསུམ་ལ་འཁྱམས། །

给人多少痛苦，
最终自己来承受；
给人多少灾难，
最终自己丧运气；
活着所造罪孽，
死后堕入三恶趣。

རང་ཕན་གཞན་གནོད་དགོས་པ་མེད། །

所以损人利己事，

千万千万不可干。

མ་ཡུམ་འགོག་བཟའ་ལྷ་མོ།

母亲 · 果萨拉姆

༡ རྒས་པའི་བུ་དེ་གཉེར་མ་མང་། །
ལུས་པའི་ཟོག་དེ་རྗོ་རྒུ་མང་། །
གོས་མེད་མི་ལ་ཤིག་སྲོ་མང་། །
སྨན་ངན་ཙུལ་མ་དེ་གཏམ་རྒྱུ་མང་། །
གཟའ་ལས་ངན་ཚང་ལ་འཛིང་རྒྱུ་མང་། །
ང་ནག་ཆགས་སྨན་ལ་སྐྱིད་སྡུག་མང་། །

人老皱纹多，
弱畜癞痒多，
穷人虱子多，
泼妇骂语多，
穷家吵架多，
女人悲喜多。

༢ ལྔ་བརྒྱ་དུས་ཀྱི་ཐ་མ་ལ། །
ཁྲིད་ལ་མཁས་པའི་བླ་མ་མང་། །
ཚོང་ལ་མཁས་པའི་བན་དེ་མང་། །
ཟོག་པོ་མི་མགོ་སྐོར་མཁན་མང་། །
ཕྲ་སྤྲུལ་མངོན་ཤེས་སྟོན་མི་མང་། །
སྐྱ་བོ་སེར་ཆས་བྱེད་མཁན་མང་། །
སྡིག་ཆེན་ཆོས་བཤད་བྱེད་མཁན་མང་། །
སེར་སྣ་ཅན་གྱི་ཕྱུག་པོ་མང་། །
གཡོ་སྒྱུ་ཅན་གྱི་གཙོ་བོ་མང་། །
འཛིང་རྩོད་ཅན་གྱི་བཟའ་ཚང་མང་། །
བསམ་པ་ནག་པོའི་ཁྱིམ་མཚེས་མང་། །
ཙ་ཟ་ཅན་གྱི་བུ་སྤུན་མང་། །
མཐོ་གནོན་ཅན་གྱི་ཉེ་འབྲེལ་མང་། །
རོ་ལ་འཇབ་པའི་བླ་མ་མང་། །
འཇབ་ནས་འདྲེན་སྟོན་མེད་མཁན་མང་། །

五百末法时代，
有精于官司的上师，
有善于经商的僧人，
有精于敛财的骗子，
有精于占卜的圆光者，
有穿袈裟的俗人，
有讲经说法的罪人，
有极悭吝啬的富人，
有狡诈骗众的头人，
有吵架斗嘴的家庭，
有心肠如炭的邻居，
有互相妒忌的兄弟，
有欺压穷亲的亲戚，
有独抢尸体的上师，
有抢到尸体独揽后，

སྡེ་ལ་འཇབ་པའི་དཔོན་པོ་མང་།།
འཇབ་ནས་སྙིང་རྗེ་མེད་མཁན་མང་།།

又无力超荐的上师，
有掠夺部落的头人，
有抢夺部落财富后，
又缺乏慈悲的头人。

༣ ཡག་འདོད་གདོང་པ་ཆུས་བཀྲུས་དེ།།
མི་མང་ནང་ནས་སྐྱི་བཤུས་རེད།།
བདེ་འདོད་གོས་ཀྱི་བཞི་ལྟེབ་དེ།།
མི་བརྒྱའི་སྔོན་ནས་ཡོ་འདོད་རེད།།
ཆེ་འདོད་སྣང་མཐོ་འགྱིངས་འགྲོས་དེ།།
ཁྲམ་ཆེན་དཀྱིལ་ལ་སྣ་ཙུག་ལོག།
མཛེས་འདོད་གསེར་གྱི་གའུ་ཆུང་དེ།།
མི་མང་ནང་ནས་གའུ་ལུང་ཆད།།

不美反而擦洗丑脸者，
其实当众自剥其脸皮；
本想窈窕穿起四摺袍，
其实众人面前摆阔气；
自视高傲昂头走踮步，
其实自讨当众摔跟头；
本想饰美颈挂金佛盒，
不料当众弄断系盒带。

༤ རྒྱང་ག་མས་བློ་ཞུགས་ན་བར་གཏད།།
ན་ཆུ་འདམ་རྒྱང་བརྒྱ་དྲུད་ལ་ཐོགས།།
འབྲོང་བྲི་མོའི་བློ་ཞུགས་རྫ་ལ་གཏད།།
རྫ་མགོ་ཁུག་འབྲོང་བརྒྱ་གྲི་ལ་འཆི།།
སྟག་དམར་ཡག་བློ་ཞུགས་ནགས་ལ་གཏད།།
ནགས་ས་མདས་སྟག་མོའི་རང་སྲོག་བཅད།།
ཕོ་མགོ་ཆུང་བློ་ཞུགས་སྨན་ལ་གཏད།།
སྨན་ཁྲིལ་མས་ཕོ་བརྒྱའི་བློ་སྙིང་རྐུ།།

留恋沼泽草的白唇驴，
不料百鹿陷进沼泽中。
留恋岩山草的野牦牛，
不料百牛掉落岩崖下。
留恋茂树林的斑斓虎，
不料花虎死在地弩下。
无脑男人思恋在女人，
无耻女人骗取百男心。

གེ་སར་ཆིབས་པ་རྒྱང་རྣོད།

格萨尔御马江贵

༡ སྐྱོད་ཅི་གཡོ་ཐམས་ཅད་བླ་མས་གཡོ།།
སྐྱོད་བླ་མས་གཡོས་ན་འཁོར་བར་འཁྱམ།།

上师挑起所有之官司，
想挑事端上师陷轮回。

སྡེ་ཅི་ཟ་ཐམས་ཅད་དཔོན་པོས་ཟ། །　头人掠夺所有部落财，
སྡེ་དཔོན་པོས་ཟོས་ན་སྤྲང་པོར་ཕྱུད། །　掠夺之后部落变贫穷。
རྫུན་ཅི་བཤད་ཐམས་ཅད་གཙོ་བོས་བཤད། །　头人所讲全是骗人话，
རྫུན་གཙོ་བོས་བཤད་ན་ཡུལ་སྡེ་མུག །　头人说谎部落就遭殃。
ཟས་ཅི་སྐུང་ཐམས་ཅད་ཨ་མས་བསྐུང་། །　凡是食物母亲来藏匿，
ཟས་ཨ་མས་བསྐུངས་ན་གླ་པ་ངུ། །　藏匿食物佣人只有哭。
དུད་ཅི་དཀྲུག་ཐམས་ཅད་མནའ་མས་དཀྲུགས། །　家庭不和由媳妇挑起，
དུད་མནའ་མས་དཀྲུགས་ན་བུ་སྤུན་འཐོར། །　家庭不和兄弟就分家。

༢ བུ་ལོ་ཅུང་ཆུང་མ་སྔ་ཐལ་ཡོད། །　年幼小伙急着娶媳妇，
སྨན་ཤེས་མེད་ཕྱུགས་ལ་ཐོན་ཉེན་མོ། །　娶来不知孝敬的媳妇，
དྲིན་ཕ་མ་ལྟུ་གེས་གསོད་དོགས་ཡོད། །　小心大恩父母被饿死。
དུད་ཁྱིམ་མཆོས་ཟ་རེས་སྔ་ཐལ་ཡོད། །　邻里急着彼此送食物，
ཟས་ཞིམ་པོའི་ཐེམ་སྐྱོ་ཆུང་ཉེན་མོ། །　哪天美食少而不送时，
ངས་མ་རག་ཟེར་ལེ་ཡོང་དོགས་ཡོད། །　说你抠门不给美食吃。
ཕོ་མ་ནུས་བྱམས་སེམས་སྔ་ཐལ་ཡོད། །　男儿不忍急着去慈助，
ཕོ་སྔར་འདྲིས་ལུས་ཐོག་ཐོན་ཉེན་མོ། །　哪天无力慈助前友时，
མི་དྲིན་ཆེན་དཔུང་པ་བཅག་དོགས་ཡོད། །　就有打断胳膊的危险。

ལྷ་མོ་དགུ།　九仙女

༡ ཚོ་རོགས་འོག་རྟ་འགེལ་ཁལ་གསུམ། །　伴侣座骑驮牛这三者，
ཚེ་སྔོན་ལས་ཀྱིས་སུ་བསྐོས་ཡིན། །　那是前生业报的安排。
ན་ས་ཤི་ས་དུར་ས་གསུམ། །　患病死亡葬地这三者，
གཤིན་རྗེའི་ཁྲམ་ལ་གར་ཐེབས་ཡིན། །　那是阎罗信息的安排。
གཙོ་བོ་བཙན་པོ་གཉོམ་ཆུང་གསུམ། །　君王头人贫弱这三者，
རྒྱུ་འབྲས་དབང་གིས་བསྐོས་ཐང་ཡིན། །　那是业果报应的安排。

བླ་མ་སློབ་མ་ཡོན་བདག་གསུམ། ། 上师徒弟施主这三者，
འཇིག་རྟེན་ཆོས་ཀྱི་གཞི་མ་ཡིན། ། 那是世间宗教的根基。
ཕ་དང་ཕུ་བོ་ཚ་བོ་གསུམ། ། 父亲大哥侄儿这三者，
ཕུ་ནུ་ཏུ་ཟའི་ཕུང་པོ་ཡིན། ། 那是兄弟嫉妒的祸堆。
ཨ་མ་བུ་མོ་མནའ་མ་གསུམ། ། 母亲女儿媳妇这三者，
ཐམས་ཅད་འབྱུང་བའི་བྱུང་ཁུངས་ཡིན། ། 那是一切生命的来源。
ཕོ་སར་མོ་སར་རྟ་སར་གསུམ། ། 小伙新娘新马这三者，
མི་འདུམ་འཁྲུག་པའི་གཞི་མ་ཡིན། ། 那是不和争斗的祸源。
ཚོང་དང་རྩེད་མོ་དགའ་འཐད་གསུམ། ། 卖买嬉玩交友这三者，
གཉིས་ཀ་དགའ་བའི་སྲོལ་ཁ་ཡིན། ། 那是彼此喜好的习俗。
མཁར་དང་སྒོ་མོ་གཡའ་ཤིང་གསུམ། ། 城堡城门门闩这三者，
ཨེ་བཙན་བསམས་ནས་ལས་ལེ་རེད། ། 那是为了坚固而修成。
ཉེ་ལེ་འདྲིས་ལེ་ཤག་ལེ་གསུམ། ། 亲戚同伴好友这三者，
ཨེ་ཕན་བསམས་ནས་བྱས་ལེ་རེད། ། 那是为了互利而凑成。
སྐྱེས་བུ་བུ་མོ་ཆང་འདྲེན་གསུམ། ། 大士姑娘敬酒这三者，
མཁོ་ལེ་ཤེས་ནས་ཡོང་ལེ་ཡིན། ། 那是为了需要而来的。
བུམ་པ་རྨ་བྱ་གུར་གུམ་གསུམ། ། 圣瓶羽翎红花这三者，
བླ་མས་ཚོགས་ལེའི་དངོས་ཟོག་ཡིན། ། 那是上师需要的用品。
ཚ་སྨྱུག་རྒོད་སྒྲོ་མདའ་མོ་གསུམ། ། 竹条雕翎箭矢这三者，
སྟག་དོང་ཁྲ་མོའི་ནང་བཅུད་ཡིན། ། 那是箙袋之中的装物。
ཨ་ཕ་ཨ་མ་ཆགས་པ་གསུམ། ། 父亲母亲性欲这三者，
མི་རྒྱུད་སྐྱེས་པའི་ཏུ་རྩི་ཡིན། ། 那是人种繁殖的酪酵。

བདུད་ཀླུ་བཙན། 魔王鲁赞

༡ རྩལ་ཆེ་ན་སེང་གེ་སྐེ་རུས་འབུད། ། 太过敏捷，狮子颈骨会折出皮；
བཙན་ཆེ་ན་དཔོན་པོས་ཕ་ཆོས་ཤོར། ། 太过严苛，酋长家祖业会丢失；

ཧབ་ཆེ་ན་སྟག་མོ་མི་ཤས་བརྟངས། །
ཟ་ཆེ་ན་དྲི་མས་རོགས་པ་སྐྱུག །
མཛེས་ཆེ་ན་བུད་མེད་སྤྲང་ལམ་འཁྱར། །
རྒོད་ཆེ་ན་དཔའ་བོ་དགྲ་ཁར་འཆི། །
ཀློ་མང་ན་བྱ་བ་ཕྱི་འགྱོད་འོང་། །

太过贪婪，母虎会被人肉噎死；
太过暴食，味道会招餐友呕吐；
太过漂亮，女子会沦落乞丐路；
太过勇猛，英雄会死在敌人手；
太过奸邪，事后会心中生悔恨。

༢ སེང་དཀར་མོ་རྒས་ན་འདམ་ལ་འཁྱར། །
སྟག་དམར་ཡག་རྒས་ན་གད་ཁུག་ཉལ། །
ལུས་བདུད་ལ་སྐྱེས་ན་དམྱལ་བར་ལྟུང་། །
རྐུན་ཇག་ལ་སྦྱངས་ན་ཆད་པ་ཐོག །
བདུད་ཁ་ཆད་ཆེས་ན་ལྷ་ཡིས་འདུལ། །

白雪狮老了，会沦落泥淖中；
赤猛虎老了，会卧在土崖下；
投胎妖魔身，会堕入地狱道；
炼成盗贼后，会受法律严惩；
妖魔口气大，会被神灵降伏。

༣ དུས་འགྱུར་གནས་འགྱུར་ཕ་མ་འགྱུར། །
ཉལ་ས་བཅའ་ཚེ་ཆུང་མ་འགྱུར། །
གཉིབ་ཡུན་རིང་ན་གྲོགས་མཆོག་འགྱུར། །
ཨ་གསར་ཆེ་ན་ཕྲུ་གུ་འགྱུར། །
ཐེ་ཚོམ་ཆེ་ན་ཕུགས་ལྷ་འགྱུར། །
འཕོར་བ་འཁྱམས་ཉིན་ཐམས་ཅད་འགྱུར། །
བདུད་ཡུལ་མུན་པ་འོད་ལ་འགྱུར། །
ཁྲག་གི་ཆར་པ་ཆུ་ལ་འགྱུར། །
བདུད་ཡུལ་སྲིན་པོ་ལྷ་ལ་འགྱུར། །
གདོང་གྲོགས་བདུད་ལྷ་ཆོས་ལ་འགྱུར། །
འདུག་རོགས་མེ་བཟའ་སྤྱོད་པ་འགྱུར། །
ཀླུ་བཙན་རྒྱལ་པོ་ཁ་རྗེ་འགྱུར། །

时变地变，父母也会变；
共枕久了，妻妾会变心；
相交久了，朋友会变心；
亲昵太过，孩子会变心；
过于怀疑，家神会变鬼；
事业零落，一切都会变；
魔域黑暗，也会变光明；
纷纷血雨，会变成江河；
魔城鬼怪，会变成神仙；
相伴妖魔，会变佛教徒；
爱人梅萨，行为也会变；
鲁赞魔王，口气也会变。

༤ རི་སེར་ཡུ་མགོ་ཡི་སྨུག་པ་དེ། །
ཉི་མ་མི་དྲོ་སྔ་ལྟས་རེད། །

冷风山头笼罩浓雾，
是阳光不会热的征兆；

ཨ་ཆེན་ཐང་གི་ན་བུན་དེ། ། 辽阔原野氤氲雾霭，
རྒྱང་མིག་མི་རིག་སྔ་ལྟས་རེད། ། 是看不见远方的征兆；
གཡོས་ཁྲ་མོའི་མགོ་ཡི་སློ་དྲི་དེ། ། 大肠头上的反刍味，
རྒྱུ་མ་མི་ཞིམ་སྔ་ལྟས་རེད། ། 是肠子不可口的征兆；
ཀླུ་བཙན་སེམས་ཀྱི་ཆོ་འཕྲུལ་དེ། ། 鲁赞心中怀诡计，
ཡུན་རིང་པོར་མི་འདུག་སྔ་ལྟས་རེད། ། 是不会长久的征兆；
རྐང་གཅིག་བུ་ཆུང་བང་སྣ་དེ། ། 独脚小儿显能耐，
བདུད་རྟས་མི་སླེབས་ལྟས་ངན་རེད། ། 是魔马难达的恶兆；
མིག་མེད་རྒས་མོའི་མྱུར་མགྱོགས་དེ། ། 盲眼老汉速度快，
ལག་ལ་མི་ཚུད་ལྟས་ངན་རེད། ། 是抓不到手的恶兆；
ལོ་ཁུང་བན་དེའི་སྣང་བ་དེ། ། 少年僧侣心气高，
སྡོམ་པ་མི་ཐུབ་སྔ་ལྟས་རེད། ། 是守不住戒的前兆；
གོ་ཟུར་ནག་མོའི་སྐྱིག་གཏམ་དེ། ། 屋角婆娘爱嘀咕，
འདུག་སོས་མི་བདེ་སྔ་ལྟས་རེད། ། 是不想舒服的前兆；
བློན་པོ་ངན་པའི་རྒྱུ་གནད་དེ། ། 奸臣肚里弯肠肠，
རྒྱལ་ཁྲིམས་མི་ཐུབ་སྔ་ལྟས་རེད། ། 是触犯王法的前兆，
མ་དར་བདུད་རྩིའི་ཆར་པ་དེ། ། 天降纷纷甘露雨，
བདུད་ཡུལ་མི་ཆགས་སྔ་ལྟས་རེད། ། 是魔国不安的前兆。

༥ ལྷ་དཀོན་མཆོག་ནམ་མཁའི་ཞལ་གཟིགས་ལ། ། 向那现身虚空的本尊，
དུས་རྒྱུན་དུ་གསོལ་བ་མ་བཏབ་ན། ། 平时不去做祈祷，
སེམས་འཇིགས་སྐྲག་བྱུང་ཉིན་པོས་ཞན་འདྲ། ། 恐惧之日不灵验；
དྲིན་ཕ་མ་དྲིན་ཆེ་ལས་རིང་དེ། ། 向那恒业恩慈的父母，
གསོན་གཤིབ་ཚེ་དྲིན་ལན་མ་འཇལ་ན། ། 相伴之时不报恩，
ཤི་ཚར་དུས་དུ་འབོད་བྱས་ཞན་འདྲ། ། 死后后呼喊没啥用；
ཆོས་མདོ་སྡེ་ཡི་གེ་དྲུག་པ་འདི། ། 将此经部六字真言，
གསོན་མི་ལུས་ཐོབ་ཉིན་མ་བཏོན་ན། ། 活在人间不念诵，

དཔོན་ཆོས་རྒྱལ་མདུན་ནས་འགྲོད་ཞན་འདྲ། །
བོད་ཉེ་འབྲེལ་ཤག་སྤེ་སྤུ་ནུ་དེ། །
དུས་རྒྱུན་དུ་ཉེ་ངོ་མ་ཤེས་ན། །
དགོས་མཁོ་བ་བྱུང་དུས་བོས་ཞན་འདྲ། །
ཞིང་ཆུ་མ་འབྲུ་ཡི་གཏེར་མཛོད་དེ། །
དཔྱིད་ཟླ་གསུམ་སོ་ནམ་མ་བྱས་ན། །
སྟོན་ཆོས་དུས་སྒྲོ་སྣོད་ཁུར་ཞན་འདྲ། །
ཕྱུགས་རྐང་བཞི་འོ་མའི་རྒྱ་མཚོ་དེ། །
དགུན་ཟླ་གསུམ་འཚོ་སྐྱོང་མ་བྱས་ན། །
དབྱར་ཟླ་གསུམ་ཞོ་ཧུ་ཁུར་ཞན་འདྲ། །
མཁར་སྐྱ་མོ་ཟུར་བཞི་ལོགས་བརྒྱུད་དེ། །
རྨང་བཞག་དུས་ཆབ་ཁང་མ་གཏོད་ན། །
ཤོར་རན་དུས་འདུར་རྒྱུག་བྱས་ཞན་འདྲ། །
ལས་ངན་པ་གླུ་བཙན་རྒྱལ་པོ་ངས། །
ཚེ་འདི་ལ་དམ་ཆོས་མ་བསྒྲུབས་ན། །
ཤི་རན་ཁ་སྔར་སྐད་བྱས་ཞན་འདྲ། །

阎王面前没啥用；
向那藏地亲人和兄弟，
平时不去认亲戚，
遇事相求没啥用；
那水田五谷大宝藏，
三春不去勤耕耘，
秋日袋里无粮装；
为那牲畜产出牛奶，
三冬不去勤放养，
三夏奶牛没奶挤；
修筑高墙来建豪宅，
奠基时不设计茅厕，
内急了就没啥用；
我这个造孽的鲁赞王，
这一世不修微妙法，
临终哀嚎太晚了。

ཀ་དར་ཕྱིང་སྔོན།

卡塔青恩

༡ ཕོ་ཁྲམ་པ་རེ་རེའི་ཁ་ཞབས་ལ། །
སྨན་མགོ་ཆུང་བརྒྱ་ཡི་གནས་མགོ་སྒྲོ། །
སྨན་ཁྲེལ་མེད་རེ་རེའི་ཁ་རྩ་ནས། །
བན་ཆོས་པ་བརྒྱ་རེའི་དམ་ཚིག་ཉམས། །
ཟེར་ལེ་སྲིད་པའི་དཔེ་ལ་ཡོད། །

为一个个男骗子的鬼话，
上百个无脑女人要挣着嫁给他；
为一个个无耻女的风情，
上百个比丘僧坏掉了佛门戒律。
说的这些啊，世间有实例。

༢ ད་དུང་དཔེ་ཡི་མཚར་ལུགས་ལ། །
ཡོན་ཏན་མེད་པའི་བླ་མ་མཚར། །

此外还有可笑的事情：
没有知识的上师很可笑，

ངང་པ་མཚོ་ལ་ལྡིང་བ་འདྲ། །
བྱིན་རླབས་མེད་པའི་རིང་བསྲེལ་མཚར། །
ཁྱི་ལུད་དར་ནང་བཏུམ་པ་འདྲ། །
ཁེབས་པ་མེད་པའི་མགོ་དཔོན་མཚར། །
སེང་ལྤགས་ཞུབ་མས་བརྒྱངས་པ་འདྲ། །
འདོན་རྒྱུ་མེད་པའི་མཚམས་པ་མཚར། །
ཕྱི་བ་ཁུང་ནང་ཉལ་བ་འདྲ། །
དམིགས་པ་མེད་པའི་སྒྲུབ་པ་མཚར། །
ལོང་བ་ཐང་དཀྱིལ་སླེབ་པ་འདྲ། །
རྩིས་མགོ་མེད་པའི་དུས་ཤེས་མཚར། །
བྱིས་པ་ས་སྟོང་སླེབ་པ་འདྲ། །
ཟ་རྒྱུ་མེད་པའི་ཕྱུག་པོ་མཚར། །
རང་དབང་མི་ལ་ཤོར་བ་འདྲ། །
འཁོར་གཡོག་མེད་པའི་ཟོག་ཡོད་མཚར། །
དཀའ་ལས་རང་ལ་སྨིན་པ་འདྲ། །
བསམ་སེམས་མེད་པའི་ཉེ་འབྲེལ་མཚར། །
རི་གསེབ་སྤྱང་གི་ཁྲམ་པ་འདྲ། །
བུ་རྒྱུད་མེད་པའི་རབས་ཆད་མཚར། །
ས་བོན་མེད་པའི་ཞིང་ས་འདྲ། །

他像湖面盘旋点水的鸭子；
没有加持力的舍利很可笑，
它像狗屎冻在冰块里；
没有担当的首领很可笑，
他像萱草的狮子皮；
不会念经的闭关者很可笑，
他像睡在洞穴里的旱獭；
无所缘境的修行者很可笑，
他像瞎子来到了平原上；
无据可依的星相师很可笑，
他像儿童窜到了荒野上；
没有饭吃的富人很可笑，
他像被人夺去自由的人；
没有仆从的财主很可笑，
他像给自己熟透了苦果的人；
没有心肝的姻亲很可笑，
他们像山中奸邪的野狼；
没有子嗣的绝后者很可笑，
他像没有种子的空田地。

༣ དཔོན་བཙན་ལེ་མི་བདེ་འཛམ་ན་དགའ། །
མི་གཉོམ་ཆུང་བདག་པོ་ཧ་སོས་དལ། །
ཟས་ཞིམ་ལེའི་མི་མདོ་མང་ན་དགའ། །
བཟའ་མང་པོའི་བདག་པོར་ཐེམ་སྒོ་ཆེ། །
རོགས་ཡག་ན་མི་མདོ་བཟང་ན་དགའ། །
ཡུན་རིང་པོར་གཤིབ་དུས་འདུག་སོས་དལ། །

首领严苛，不如宽厚，
弱者不希望逼得太急；
食物可口，不如量多，
豪门大家族的门槛高；
配偶漂亮，不如贤惠，
漫漫岁月里长相厮守。

༄ རྗེ་རྒྱལ་པོའི་ཡར་ཞུས་ལེན་ལེ་མེད། །
ཞུ་ཐུག་ན་མི་ཞུ་ཀ་མེད་རེད། །
ལི་ངར་མས་ཐོ་བ་ལེན་ལེ་མེད། །
ཆག་སོང་ཡང་མི་རྡུང་ཀ་མེད་རེད། །
རྟ་མྱུར་མས་ལོང་ལྕག་ལེན་ལེ་མེད། །
སེམས་བྲེལ་ན་མི་ཤད་ཀ་མེད་རེད། །
གུར་དཀར་པོས་དུ་བ་ལེན་ལེ་མེད། །
གནམ་གྲང་ན་མི་འབུད་ཀ་མེད་རེད། །

帝王虽然不接受禀奏，
无奈时不能不呈奏；
响铜虽然不接受铁锤，
铜坏了不能不锤炼；
快马虽然不接受鞭子，
心急时不能不鞭策；
白帐篷虽然不接受烟熏，
天寒时不能不生火。

རོང་བཟའ་ཤེས་ཆེན་སྒྲོན་མེ།

绒萨·歇钦卓乃

དཔྱིད་ཟླ་གསུམ་ཨུག་ཚོས་མེ་ཏོག་དེ། །
རྩྭ་ལྡང་རྒྱས་དུས་དགུང་ལ་ཡལ། །
སྦྲང་ཆར་ཟིལ་བུ་མི་མཐོང་ངོ་། །
ནམ་ཟླའི་བསྐོས་ཐང་ཅི་ཡོད་རེད། །
འཁྱོད་པ་ཨུག་ཚོས་ཁོ་ལ་མེད། །
དབྱར་ཟླ་གསུམ་སེར་ཆེན་མེ་ཏོག་དེ། །
ཆར་སྤྲིན་འཛོམས་དུས་དགུང་ལ་ཡལ། །
སེར་ཉི་མ་དྲོ་འཇམ་མི་མཐོང་ངོ་། །
ནམ་ཟླའི་བསྐོས་ཐང་ཅི་ཡོད་རེད། །
འཁྱོད་པ་སེར་ཆེན་ཁོ་ལ་མེད། །
སྟོན་ཟླ་གསུམ་སྤང་རྒྱན་མེ་ཏོག་དེ། །
འབྲས་སྙེ་མ་འཛོམས་དུས་དགུང་ལ་ཡལ། །
རྩི་བཅུད་འབྲས་བུ་མི་མཐོང་ངོ་། །
ནམ་ཟླའི་བསྐོས་ཐང་ཅི་ཡོད་རེད། །
འཁྱོད་པ་སྤང་རྒྱན་ཁོ་ལ་མེད། །
དགུན་ཟླ་གསུམ་ཚོལ་ལུ་མེ་ཏོག་དེ། །

春季三月盛开的角蒿花，
绿草丰茂时消失在天际，
看不到和风细雨，
这是季节注定的命数，
角蒿心中不会有恨意；
夏季三月盛开的金莲花，
云雨相聚时消失在天际，
看不到温暖的夏日，
这是季节注定的命数，
金莲心中不会有恨意；
秋季三月盛开的龙胆花，
抽穗灌浆时消失在天际，
看不到果实和养分，
这是季节注定的命数，
龙胆心中不会有恨意；
冬季三月盛开的茨露花，

དཔྱིད་ཉི་མའི་དྲོད་ཀྱིས་དགུང་ལ་ཡལ། །
ཁོས་གསེར་སྦྲང་གསུང་སྐད་མི་ཐོས་སོ། །
ནམ་ཟླའི་བསྐོས་ཐང་ཅི་ཡོད་རེད། །
འཁྱོད་པ་ཚོལ་ལུ་ཁོ་ལ་མེད། །

春季暖阳中消失在天际，
听不到金蜂的声音，
这是季节注定的命数，
茨露心中不会有恨意。

ཚ་ཞང་འདན་མ་བྱང་ཁྲ།

擦香·丹玛向查

ཕོ་ཁ་དགུ་འཕོར་ན་ཁྲམ་པ་ཟེར། །
ཁྲམ་པས་ཁྲམ་གཏམ་ཤ་ར་ར། །
སྨན་ཁ་དགུ་འཕོར་ན་དྲེད་མ་ཟེར། །
དྲེད་མས་ཕྲོག་གཏམ་ཤུབ་ཤུབ་ཤུབ། །
ཁྱི་ཁ་དགུ་འཕོར་ན་རྐུ་མ་ཟེར། །
རྐུན་མས་སྣ་སུད་སུ་ལི་ལི། །

被人嚼舌头的男人叫骗子，
骗子嘴里谎话连篇；
被人嚼舌头的女人叫油滑婆，
油滑婆背后言语多；
被狗狂吠的人儿叫窃贼，
窃贼慌得直抽鼻子。

སྟག་རོང་ཨ་ཁུ་ཁྲོ་ཐུང་།

达绒·阿库超同

༧ ཤ་ཕུ་ནུ་ཟེར་བ་བསམ་པ་ནག །
ངན་གློ་བུས་ཤིང་བཟང་སྐད་བཤད། །
སྨན་ཁྲོད་ཁ་ཅན་དེ་སྤྲ་ལག་ཚ། །
ཕོ་འདི་ཚོས་ཟེར་བ་ག་ན་བདེན། །
སྲོག་དམར་ན་དམག་ལ་མི་ཁེ་ཟེར། །
རྒྱུ་དམར་ན་ཁྲོད་ལ་མི་ཁེ་ཟེར། །
དམ་དྲག་ན་བཟང་པོས་མི་སྐྱོབ་ཟེར། །
དེ་ལྷོད་ན་ལས་ཀ་མི་ཐུབ་ཟེར། །
གཟེར་ཆེ་ན་བཟའ་མི་མི་མཐུན་ཟེར། །
ལྟོ་ཆེ་ན་སྐལ་བས་མི་བཀྲུག་ཟེར། །
གཟུགས་བཙོག་ན་རོགས་ལུས་མི་འདོད་ཟེར། །

所谓叔父兄弟，心眼坏啊，
总是心怀鬼胎说好话！
惹官司的女人，爱谄诳啊，
这些男人说的，哪有实话啊？
说爱惜性命的，不宜上战场；
说爱惜财富的，不宜惹官司；
说太过正直的，贤者不保护；
说涣散松懈的，成就不了事；
说爱得太深的，夫妻不和睦；
说胃口太大的，永远吃不饱；
说长相难看的，爱人不喜欢。

༢ བདག་འཛིན་མེད་པའི་བླ་མ་དཀའ། །
སྡོམ་པ་གཙང་བའི་བཙྷེ་དཀའ། །
བདེན་རྫུན་ཕྱེ་བའི་མགོ་དཔོན་དཀའ། །
སེར་སྣ་མེད་པའི་ཕྱུག་པོ་དཀའ། །
འཛིང་རྩོད་མེད་པའི་བཟའ་མི་དཀའ། །
དྲིན་ལན་འཇལ་བའི་བུ་རྒྱུད་དཀའ། །
མནའ་ཁྲིམས་བསྲུང་བའི་ཤག་པོ་དཀའ། །
བཤད་ཚད་བདེན་པའི་ཉེ་འབྲེལ་དཀའ། །
ངོས་ལྐོག་ཐུབ་པའི་ཆུང་མ་དཀའ། །
ས་ཕག་ཐུབ་པའི་གླ་པ་དཀའ། །
ངན་པ་མི་གནས་བཟང་པོ་དཀའ། །
ཐམས་ཅད་ཚང་བའི་ཡོན་ཏན་དཀའ། །
སྐྱིད་སྡུག་རིག་པའི་ཕུ་ནུ་དཀའ། །

没有我执的上师，难得啊！
戒律清净的僧伽，难得啊！
明辨是非的首领，难得啊！
心无悭吝的富人，难得啊！
不会争吵的夫妻，难得啊！
能够报恩的子孙，难得啊！
遵守誓约的盟友，难得啊！
语无欺诳的联姻，难得啊！
表里如一的妻妾，难得啊！
能打砖坯的短工，难得啊！
没有缺点的好人，难得啊！
圆满一切的功德，难得啊！
同甘共苦的兄弟，难得啊！

འདན་བཟའ་གསེར་མཚོ།

丹萨·色措

༡ མི་ཕྱུག་པོ་ཤི་བ་བླ་མས་རྨིས། །
ཟས་ཞིམ་པོ་ཟོས་པ་ཕོངས་པས་རྨིས། །
དགྲ་རྒོད་པོ་ཐུབ་པ་སྡར་མས་རྨིས། །
སྨན་མཛེས་མར་འཕྲད་པ་ཁྱེ་ཕོས་རྨིས། །

上师梦见，富人死掉了；
乞丐梦见，吃到了佳肴；
懦夫梦见，打败了悍敌；
男儿梦见，邂逅了美女。

༢ ཆོས་སྐྱོང་དྲག་པོའི་ཞལ་འབག་དེ། །
བྱིས་པས་མཇལ་ན་སྐྲག་རབས་ཡོད། །
འབྲི་མར་སེར་པོའི་ཞུན་མར་དེ། །
ལྟོགས་པས་ཟོས་ན་ཤི་རབས་ཡོད། །
རིན་ཆེན་གསེར་གྱི་འབྲས་བུ་དེ། །

相传猛厉护法神的面具，
小孩瞻仰时会心生恐惧。
听说牦牛奶黄酥油精华，
饥馑者吃了会腻死；
听说珍贵黄金般的果实，

དབུལ་པོས་བཙོང་ན་ཕམ་རབས་ཡོད། །
འདི་ཕྱི་ཕན་པའི་དཀོན་མཆོག་དེས། །
ལྟ་ལོག་མི་ལ་སྐྱོབ་རབས་མེད། །

穷人售卖时会吃亏；
听说饶利今生来世的三宝，
不会保佑持邪见者。

ཡབ་ཆེན་སེང་བློན།

王父森伦

ཤ་ཟན་སྤྱང་ཀི་བཀྱུགས་ན་ངུ་། །
ནག་མོ་འཁྱིབ་མ་སྐྱིད་ན་ངུ་། །
བྱིས་པ་བསམ་མེད་སྐྱོ་ན་ངུ་། །
སེམས་ཆུང་ངུ་བ་ཆད་དུས་མེད། །
མི་ཆེན་ངུ་བ་ངོ་རེ་ཚ། །

食肉的狼吃饱了反会哭嚎，
缺德婆娘享福了反会哭闹，
没心机的孩子伤心时就爱哭。
小心眼者爱哭，胸怀宽不了；
大人爱哭，真该害羞啊！

ཧོར་གླིང་གཡུལ་འཁྲུག

《霍岭之战》

རྒྱ་ཨ་ཟི་ཕུ་མོ་ཀྭ་ཟི་མཚོ།

嘉阿斯普姆卡斯措

༡ མཐོ་མི་རྟག་ཉི་ཟླ་གཟའ་ཡིས་སྒྲིབ། །
དམའ་མི་རྟག་ཉ་མོ་ལྕགས་ཀྱུས་འཛིན། །
བར་མི་རྟག་བྲག་དཀར་ཐོག་གིས་གཏོར། །

上界无常，日月被罗睺曜遮蔽；
下界无常，鱼儿被铁鱼钩钓走；
中界无常，白岩被霹雳给摧毁。

༢ སྐྱེ་འཆི་སེམས་ཅན་ཡོངས་ལ་དར། །
དར་རྒུད་དབུ་ནག་མི་ལ་དར། །
འདས་གྲོངས་ཉི་ཟླ་གཉིས་ལ་གདའ། །

生死之理，通用于一切众生；
兴衰之理，通用于所有人类；
西沉之理，太阳月亮两相通。

༣ ཤི་ཁ་འཆོར་ན་དཔའ་བོ་མིན། །
འགྲོ་ཁ་འཆོར་ན་མགྱོགས་པ་མིན། །
འཛད་ཁ་བསྲིས་ན་འཛངས་མ་མིན། །

临死时哀嚎的，不是英雄汉子；
临走前嘶鸣的，不是疾逸骏马；
用完时节约的，不是贤惠女子。

༤ ཕྱི་སྣོད་འཇིག་རྟེན་འགྱུར་ལྡོག་ཆེ། །
ནང་བཅུད་སེམས་ཅན་སྐྱེ་འཆི་མང་། །
འདུས་བྱས་མི་རྟག་ཚོང་འདུས་འདྲ། །
སྐྱེས་བུ་རླུང་གསེང་མར་མེ་བཞིན། །
ནམ་འཆི་ཆ་མེད་རོ་རུ་འགྱུར། །
མི་ཤི་འགྲོ་ས་མི་གཅིག་མེད། །

外器世界变化大，
内情世界生死频，
有为无常如集市，
人如风中酥油灯，
随时断气成尸首，
无人寻得不死路。

ཧོར་རྫེ་གུར་དཀར།

霍尔白帐王

༡ དཔྱིད་ཉི་མ་རིང་དུས་རྫིའུ་སྡུག།
སྟོན་མཚན་མོ་རིང་དུས་ལུག་ཐུག་སྡུག།
དགུན་ཁ་བ་འབབ་དུས་གོས་མེད་སྡུག།
སྡེ་ཕྱུག་པོ་བཙན་པོའི་གཡོག་མོ་སྡུག།
དཔོན་ཆེན་པོ་ཕོ་ཡུགས་ལུས་ན་སྡུག།
བུ་ཕྲུག་ཕ་མ་བྲལ་ན་སྡུག།
སྨན་ཆུང་བརྩེ་གྲོགས་མེད་ན་སྡུག།
རྒྱལ་ཁམས་དཔལ་ཡོན་མེད་ན་འོག་སྡེ་སྡུག།
བུ་རྒྱུད་བསམ་ཤེས་མེད་ན་ཕ་མ་སྡུག།
ཚེ་རོགས་ཤེས་པ་མེད་ན་བཟའ་ཟླ་སྡུག།
མགོ་དཔོན་ཁེབས་རྒྱ་མེད་ན་མངའ་འབངས་སྡུག།

春日昼长牧人都痛苦，
秋日夜长种绵羊痛苦，
冬日飞雪无衣者痛苦，
富庶凶霸人家女仆很痛苦，
大首领鳏夫之身熬痛苦，
小孩离了父母内心痛苦，
姑娘没有爱人相伴很痛苦，
域内无财属民皆痛苦，
子孙不明事理父母内心痛苦，
人生伴侣不知配偶心很痛苦，
首领没有担当百姓很痛苦。

༢ བྱ་མེད་དུས་བོང་བུས་ནམ་ཚོད་འཛིན། །
དཔོན་མེད་དུས་བླ་མ་ཁྲི་ཐོག་སྐྱིད། །

没有鸡时，毛驴也会司晨；
没有首领，上师任上舒服。

༣ ཁ་ཚོད་ཀྱི་ཁ་ཕོ་བཙང་ན་དགའ། །
གཟུགས་ཚོད་ཀྱི་སྐྱིལ་ཀྲུང་བཅས་ན་ཡག།

随能耐吹牛才合适，
随身高跏趺才端庄。

༤ ལུས་བདེ་དུས་བརྩོན་འགྲུས་མ་བྱས་ན། །
དཀོན་རྒྱུ་ནོར་ལག་ཏུ་མི་ཡོང་འདུག།
ཟས་ཡི་ག་ཕྱེ་ཉིན་ཟ་དགོས་ཤིང་། །
གཏམ་གླེང་བར་སྦྲོ་ཉིན་བཤད་ན་བཟང་། །

辛苦岁月不努力，
稀缺财富不到手。
食物要在开胃时吃，
话语要在投机时说。

༥ གཟར་མོའི་བྲག་ལམ་མ་བརྒྱུད་ན། །

不经过陡峭的岩峰，

བདེ་མོའི་ཐང་ཆེན་ཐོན་རྒྱུ་མག །[1]
ཡིད་སྐྱོ་མོའི་མདུན་ལམ་མ་འཚོལ་ན། །
ཞེ་དགའ་བའི་གྲོགས་པོ་མི་འཕྲད་ཟེར། །

到不了坦荡的平地；
伤心时不去探索前路，
不会邂逅心爱的伴侣。

༤ ཁྱོད་སེམས་ཆུང་སྐྱུག་གིས་མ་གང་དང་། །
རི་ཆེན་པོ་རླུང་གིས་ཁྱེར་རྒྱུ་མག །
ཐང་ཆེན་པོ་ཆུ་ཡིས་ཁྱུགས་རྒྱུ་མག །

谨慎的你，别满腔悲观了，
大山峰啊，不会被风卷走，
大平原啊，不会被水冲走。

༥ ཁྲོ་ཡི་སྟ་རེ་མགོ་གཉིས་མ། །
ཤིང་གསོམ་དཀར་ཐོག་ཏུ་འགྲོ་ལེ་མིན། །
མགར་སྙོམ་གནམ་ལྕགས་ཐོ་བ་དེ། །
ཁྲོ་ཆུའི་སྟེང་དུ་འགྲོ་ལེ་མིན། །
ལས་དམག་ཧོར་གྱི་བ་དུར་དཔུང་། །
གླིང་དཀར་ཐོག་ཏུ་འགྲོ་ལེ་མག །

那把两刃生铁斧，
白松面前没有用；
那把天铁霹雳锤，
铁水面前没有用；
那队霍国帕图尔，[2]
白岭军前没有用。

གུར་ནག་རྒྱལ་པོ།

黑帐王

༡ ཚོད་ནམ་མཁའི་བྱ་ཕོ་དེ་ཟིན་དགོས། །
རྒྱུགས་རིན་ཆེན་ཕོ་བ་དེ་ནོན་དགོས། །
ལས་གང་བསམ་དོན་ཆེན་དེ་འགྲུབ་དགོས།

要把控飞鸟的度，
要爱惜宝贵的胃，
要办成想做的事。

༢ འབུ་དུང་ཕྲུག་འོ་མས་གསོས་ལེ་དེ། །
དགྲ་ཆུ་སྲིན་ཐོག་ཏུ་མངགས་རྒྱུ་རེད། །
དགྲ་ཆུ་སྲིན་གཡུལ་ངོ་མ་ཟློག་ན། །
འབུ་དུང་ཕྲུག་གསོས་ལེ་དོན་མེད་རེད། །

用乳汁喂养海螺虫，
是为派它抗击海鳌；
不能击退恶敌海鳌，
喂养海螺虫，豪无意义。

[1]མག །མིན་ནམ་མ་རེད་ཅེས་པའི་དོན།
[2]帕图尔：霍尔国武将、勇士的特称。其意近似于满蒙语境中的巴图鲁（巴特尔）。

དོན་གལ་ཆེན་རྒྱལ་ཁྲུས་ཐུག་ཉིན་མོར། །
བློན་གང་དྲག་རོ་གོ་ཆོད་དགོས་རེད། །
དེ་མ་ཆོད་གསོས་བསྐྱད་ཅི་ཕན་རེད།

国家遇到大事的日子里，
能臣干将要发挥作用；
如果没有用，养他有何益？

ཁྭ་ཏ་ནག་ཆུང་།

小黑乌鸦

༡ རྒྱལ་པོས་མངགས་པའི་ཕོ་ཉ་དེས། །
གོ་ཆོད་དོན་ཆོད་བྱས་ནས་ཡོད། །
སྨན་ཆུང་བུ་མོའི་གཡུ་ཆུང་དེ། །
བདེན་རྟགས་འདི་ན་ཁྱེར་ནས་ཡོད། །

国王派出的使臣，
现在完成了使命，
小姑娘的绿松石，
作为信物已带回。

༢ ས་གར་སོང་ཟེར་ན་འདི་སོང་ཞིག །
ལས་ཅི་བྱས་ཟེར་ན་འདི་ལས་དགོས། །
ཟས་ཅི་ཟོས་ཟེར་ན་འདི་ཟོས་དགོས། །
མངགས་པའི་མི་ཕོས་གོ་ཆོད་དགོས། །
འཕངས་པའི་མདའ་མོས་དགྲ་སོད་དགོས། །

叫去哪儿就去哪儿，
叫干什么就干什么，
叫吃什么就吃什么。
派出的汉子要担当，
射出的箭儿要杀敌。

༣ རྟ་རྒྱུག་ཁའི་སྒ་ལ་བཅག་བཅག་དགོས། །
རྒྱུག་ཚར་དུས་ཡོ་འཇུར་མེད་ལེ་དགོས། །
སྟག་དམར་ཡག་རྩ་ཏུ་མ་བཅར་དགོས། །
བཅར་ཚར་དུས་འཛུམ་དྲུག་ལོན་ལེ་དགོས། །
འབྲོང་བྲི་སེར་རྭ་སྤུན་མ་བཅར་དགོས། །
བཅར་ཚར་དུས་མགོ་རྭ་ལོན་ལེ་དགོས། །
གླིང་དཔའ་རྟུལ་དགྲ་ཡ་མ་ཐུག་དགོས། །
ཐུག་ཚར་དུས་རྟིང་མ་ཐོབ་ལེ་དགོས། །

跑马之前要拍拍鞍，
以免开跑后出问题；
别轻易靠近猛虎斑斓纹，
靠近就要获得斑斓皮；
别轻易靠近野牦牛犄角，
靠近就要获得牛犄角；
岭英雄不轻易与敌作战，
要作战就要取得功勋。

ཤན་པ་མེ་རུ་རྩེ།

༡ རྐྱེན་མ་ཡོང་གོང་ན་སྐུ་རིམ་གཟབ། །
ཆུ་མ་བབས་གོང་ནས་ཡུར་བ་འདྲེན།

༢ ཉི་ཟླ་སྐར་གསུམ་རང་མདངས་ཀྱིས། །
སྡུག་བསྔལ་མུན་པ་གཏིང་ནས་བསལ། །
སེམས་ཅན་བདེ་སྐྱིད་གཞི་མ་གྲུབ། །
ད་ཁྲི་གདུགས་མི་དགེ་བཟློ་ཛོགས་མེད།
མདའ་རྒྱ་ཞོད་འབྲུ་དྲུག་ལོ་ལེགས་དེ། །
ལྷོ་སྤྲིན་ཕྱུག་མོའི་བཀའ་དྲིན་རེད། །
སྦྲང་ཆར་དུས་ཐོག་མ་བབས་ན། །
ལོ་ཏོག་འབྲུ་དྲུག་དཀོན་མོ་རེད། །
ཕུ་རི་རྒྱལ་དགུ་འཕང་མཐོ་ལེ་དེ། །
དཀར་ཡག་གངས་ཀྱི་སྐུ་དྲིན་རེད། །
རྩེ་ཁྲ་ཡག་ཁ་བས་མ་གཡོགས་ན། །
རྩེ་རི་གཉའ་ལམ་གར་གཏོད་རེད། །
དམའ་གཙང་པོ་དལ་འགྲོས་བཞུད་པ་དེ། །
གཡུ་མཚོ་སྔོན་མོའི་བཀའ་དྲིན་རེད། །
ཆུ་ཕུགས་མཚོ་ལ་མ་གཏད་ན། །
ཆུ་མིག་དགུན་ཤི་དབྱར་སོས་རེད། །
སྡེ་ཧོར་སེར་མངའ་ཐང་རྒྱས་ལེ་དེ། །
ཧོར་རྒྱལ་རབས་གོང་མའི་ཇོ་སོ་རེད། །
བདེན་མཐའ་ཧོར་ལ་མེད་པས་ན། །
མོ་མ་བཀའ་དྲིན་བརྗེད་མེད་རེད། །

辛巴梅如泽

恶缘未发前要念经忏，
洪水未发前要修水渠。

日月星辰显本色，
彻底照亮痛苦的黑暗，
成就了众生安乐的根本，
现在不能说太阳不好啊。
片片田野五谷丰登，
靠的是南来云的恩德，
雨若不曾应时降下，
五谷庄稼必匮乏；
沟脑大山巍然高昂，
靠的是洁白积雪的恩德，
美丽峰巅不被雪笼罩，
山上踩遍了人行路；
沟口江水浩浩荡荡，
靠的是绿色湖泊的恩德，
水源如果不依赖湖泊，
夏季的泉眼，冬天就干涸；
霍尔国的繁荣强大，
靠的是历代帝王的荣光，
霍尔若要坚持真理，
不能忘了卦师的恩德。

༣ དམའ་མ་རིག་པའི་ཁྱི་ཪ་རྗོག་རྫིས། །
ཀྱོད་མ་ཐུག་གི་ཁ་མཆུ་སློང་ལེན།

没低头看，踩了狗尾巴，
没矛盾前，掀起了口角。

༤ ཕོ་ཕྱར་རྗེ་དགྲ་ལ་མ་འགྲོ་ཟེར། །
ཡུལ་སྡེ་གཏོར་བའི་གཞི་མ་རེད། །
སྨན་ཏར་ར་གནས་ལ་མ་མངགས་ཟེར། །
གཏམ་མི་ཁ་རྒྱུག་གི་གཞི་མ་རེད། །

别让懦弱的汉子迎敌，
他会变成搞乱家国的祸根；
别让轻佻的女子出嫁，
她会变成叫人嚼舌的祸根。

༥ ཁོལ་མ་འཁྱོང་གི་ཚ་ཤ་དེ། །
ཁོལ་ལོང་གྲང་ལོང་གཉིས་ཀ་ཡོད། །
དབང་ཆེན་དཔོན་པོའི་སྐུ་མདུན་དུ། །
ཞུ་ལོང་གཏུག་ལོང་གཉིས་ཀ་ཡོད། །
ཕོ་རྨོད་པོ་འདྲ་གཉིས་ཐུག་ཉིན་མོ། །
གཏམ་གཅིག་གིས་བཤད་ནས་གཅིག་གིས་ཉན། །
ཁ་བདེ་ལྕེ་བདེ་རེས་མོས་གཏམ། །
རེ་རེས་བཤད་ཚེ་རེ་རེས་ཉན། །
ཞེའུ་ཁྱི་ལ་མཉམ་ཟུག་ཡོད། །
དབུ་ནག་བོད་ལ་མཉམ་བཤད་མེད། །

烹煮的野牦牛肉啊，
煮熟、放凉都能等；
位高权重的首领前啊，
请示、告状都有机会。
势均力敌的勇士相遇，
一人说时另一人会听，
巧嘴巧舌说妙语，
轮着说来轮着听。
狗才有同时汪汪叫的恶习，
藏人没有同时瞎吼的德性。

༦ ཕ་བཟང་པོས་བཤད་པའི་སྐད་ཆ་དེ། །
བུ་ངན་པའི་སེམས་ལ་འབབ་ལུགས་མེད། །
མ་བཟང་པོས་བསླབས་པའི་ཁ་ཏ་དེ། །
སྨན་ངན་པའི་སེམས་ལ་འབབ་ལུགས་མེད། །

贤良父亲说的那些话，
不会落到不孝儿子心坎上去；
贤惠母亲谆谆劝导的话，
不会落到不孝女儿心坎上去。

༧ ཐུགས་མེད་གཏམ་གྱི་སྐད་ཆ་ལ། །
ཆང་འཐུང་རྗེས་ཀྱི་བཟི་སྐད་འདྲ། །
སྒྱུ་ལབ་ཁྱིམ་ཚས་གཙོག་དཀྲུག་དེ། །

那些没有依据的言论，
很像滥饮后的醉话。
搅乱家庭的那些痴狂语，

ཡག་གདའ་སྦུས་གདའ་སུ་ཡིས་ཟེར། །
ཁྲེལ་མེད་དཔོན་པོས་རྒྱུ་ངོམ་དེ། །
ཡག་གདའ་དགའ་གདའ་སུ་ཡིས་ཟེར། །
སྙིང་མེད་བན་དེའི་དཀོར་ཟམ་དེར། །
ཐུགས་རྗེ་ཞུགས་ཀྱུ་སུ་ཡིས་ཞུ།

谁还会说它很靠谱？
无耻首领炫富时，
谁还会说它太美妙？
无心比丘贪信财，
谁还会求他慈悲收摄？

༨ སྒུག་ཆེ་ན་བུ་མོ་གོ་ཁར་རྒས། །
ཕོབ་ཆེ་ན་ཞེ་ནག་གཏིང་ནས་འཁྲུག།
ལྷག་ཆེ་ན་ཕ་ཁུའི་སེམས་པ་འགྲས། །
གཡུག་ཆེ་ན་ཝ་རྔ་རྡོ་ལ་འཐོག།
ཟ་ཆེ་ན་མར་དཀར་ཞེན་པ་ལོག།

等得太久姑娘会老在闺阁中，
吹得太过了会招来深深憎恶，
剩得太多会招致叔父的怨恨，
摇得过头狐狸尾巴会挂石棱，
吃得过多会对酥油产生腻歪。

༩ ཕོ་བཙན་པོའི་སྣང་བ་དགུང་ལས་མཐོ། །
གཏམ་མི་ཁས་དགྲ་ལག་ཕུང་རབས་ཡོད། །
སྙན་རྩེ་འདོད་རང་ལུས་མི་ལ་བཏང་། །
དུས་ཐ་མ་སྐྱོད་ཕུགས་ཆགས་རབས་ཡོད།

蛮横的汉子心比天高，
言辞不当，终会败在敌手；
多情的女子委身他人，
到了最后，心中会生懊悔。

༡༠ སྐྱེས་ཕོ་རབ་འཁྱོག་དེ་སྦྲ་འཁྱོག་རེད། །
སྦྲ་ཉི་མས་དྲོས་ན་གར་བཀུག་རེད། །
སྐྱེས་ཕོ་འབྲིང་འཁྱོག་དེ་རྭ་འཁྱོག་རེད། །
རྭ་ཚ་ངར་འཛོམས་དུས་གར་བཀུག་རེད། །
ཕོ་ཐ་མའི་འཁྱོག་དེ་རྡོ་འཁྱོག་རེད། །
རྡོ་བཅགས་ན་མ་གཏོགས་བཟོ་རྒྱུ་མེད། །

优秀男儿的心眼如藤条，
太阳晒热的藤条可手随手扭弯；
普通男儿心眼如牛角，
用火烤热的牛角可手随手扭弯；
下贱男儿心眼如石头，
石头只能砸碎别无他法。

༡༡ མཐོ་རི་གསུམ་གོང་ཁའི་འཛིང་ལམ་ནས། །
སྤྱང་ཨ་ཐང་འདུར་རྒྱུག་མྱུར་མོ་མ། །
རྫི་བཟང་ཙུར་རྡོས་ཀླད་ཁྲག་གཏོར། །

高处山间一条山路上，
母狼疾走显得很匆忙，
牧人抛石砸碎了狼头；

བྱང་ན་དམར་གཞུང་གི་གཡས་ཟུར་ནས། །
རྒྱང་ཁ་དཀར་བང་རྩལ་སྐྱེན་པོ་མ། །
རྫོན་མདའ་སྐྱེན་ཞིག་ལ་རྫོག་ཏུག་ཤོར། །
ཐང་དམར་པོ་བཞི་ཞིང་གོང་བ་ནས། །
ཧོར་གུར་དཀར་དམག་མགོ་རྐོད་པོ་མ། །
སྤུ་འབྲུག་མོ་གནང་དུ་ཞེན་བསམ་ཡང་། །
ཧོར་སེར་པོ་འབུམ་དམག་ཡུ་མེད་ཤོར། །
ལས་དེ་ཕུང་གུར་དཀར་ཟེར་ལེ་ཡོང་། །

北方红色沮洳滩右畔，
白唇野鹿显得很敏捷，
被善射的猎人射死了；
白帐王想靠兵强马壮，
梦想把珠牡娶到家里来，
结果百万大军全覆灭，
白帐王从此身败名裂。

༧༢ དཔྱིད་ཟླ་གསུམ་ཉི་མའི་ཚ་ཟེར་དེ། །
མཐོ་གངས་དཀར་རྩེ་ནས་བཞུ་ངེས་རེད། །
བཞུ་ཟེར་ན་ལུང་པ་ཆུ་ཡིས་བཀང་། །
ཡུལ་གྲུ་བཞི་གྲམ་ཐང་སྐྱ་མོར་བསྒྱུར། །
ལུང་ཆུང་འགག་ནས་ཐར་ས་མེད། །
མཐོ་ནགས་ཚལ་དཀྱིལ་ནས་མེ་སྟག་ཆུང་། །
རླུང་བསིལ་མས་སྤུད་ན་ཝུར་གྱིས་འབར། །
འབར་ཟེར་ན་རི་ལུང་མེ་ལྕེས་བཀང་། །
མཁར་བཟང་དྲུག་ཐལ་ཕུང་བསྒྱུར་ངེས་རེད། །
ཡུལ་སྡེ་བརྒྱད་འབྱུང་པོའི་ཆོ་འཕྲུལ་གྱིས། །
སྟེང་འབྲུག་སྒྲ་ཐོག་སེར་ས་གཞི་བཀང་། །
མཐོ་རྒྱ་བྲག་སྲ་ཡང་ཐར་རེ་གཏོར། །
བར་རྒྱ་ཞིང་སྐྱེ་མ་སྨོས་ཅི་དགོས། །

春季三个月里温暖的阳光，
定会把雪从山顶消融掉，
消融的雪水灌满整个山谷，
四方家园冲成了鹅卵石滩，
塞满小沟道阻无处通行。
高山林海里的小小火星，
被风一吹猛地窜燃起来，
火舌飞燎在整个山谷中，
会把六善城堡烧成灰烬。
家乡遭遇八部妖孽作怪，
雷声震天冰雹落满大地，
高处坚固的岩峰也被击毁，
平川的庄稼就更不用说。

༧༣ མི་སླེབས་གནམ་ལ་བསླབ་རྒྱུ་དེ། །
རྐང་རྒྱུས་པའི་ཕྱི་ཐག་ཆད་སྲིད་རེད། །
མ་བསམ་ཆུང་མ་བཙལ་རྒྱུ་དེ། །
མི་སྡེས་ཁྲེལ་ཁ་འཛོག་སྲིད་རེད། །

去摸够不着的天空，
会抻断了腿脚的筋；
不问底细找的媳妇，
会让村人说三道四。

༡༣ སྔོན་ཆད་ཁྲག་འཐུང་སྟག་མོའི་གདོང་།།
ད་ལོ་ཝ་མོ་སྐར་མའི་གདོང་།།
སྔོན་ཆད་གཡུ་འབྲུག་སྔོན་མོའི་མཆུ། །
ད་ལོ་ཁྱི་རྒན་རྒྱ་བོ་མགོ། །
ང་ཤན་པའི་བློ་ལ་ཆགས་བཞག་ན། །
དཔོན་གུར་དཀར་འདི་འདྲ་ཡོང་ས་མེད། །

过去是饮血的母虎脸，
今年是懦弱的狐狸脸；
过去是松石色青龙嘴，
今年是四眼儿老狗头。
让我辛巴内心作预估，
白帐王他只有这下场。

༡༤ རྫ་ཁྲ་ཡག་ཟེ་ནས་སྨུག་པ་འཁྱུར། །
ད་ཉི་མ་མི་དྲོས་སེམས་ཐག་ཆོད། །
ཤ་ལྷུ་བཞི་མགོ་ནས་བཙོ་དྲི་བྲོ། །
ད་རྒྱུ་མ་མ་ཞིམ་ཚར་ལེ་རེད། །
གླིང་དཔའ་རྟུལ་དཔུང་གདང་སྒྲིག་རྒྱུ་དེ། །
ཧོར་སེར་པོས་མི་ཐུབ་ཐག་གིས་ཆོད། །

壮丽山峰间涌起了浓雾，
绝对不会有温暖的阳光；
牛肉四腿都有湿牛粪味，
绝对不会有可口的牛肠；
岭国众英雄列阵齐上场，
绝对不会让霍尔人取胜。

༡༥ དམ་ཆོས་མ་འདྲེས་ཆོས་ངོམ་དེ། །
གཉོམ་ཆུང་སེམས་དཀར་བྱས་ན་དགའ། །
ངོ་གཉིས་བཤད་པའི་ལྕག་ཁ་དེ། །
བུ་སྟག་དཔུང་པ་བསྡུར་ན་དགའ། །
བརྩེ་དུང་མེད་པའི་རོགས་དགའ་དེ། །
རོགས་མེད་ཁེར་རྐྱང་ཡིན་ན་དགའ། །

与其炫耀非微妙之法，
不如用善心来扶弱者；
与其表里不一嚼舌根，
不如男儿较量粗胳膊；
与其厮守没爱情的人，
不如孤身一人无伴侣。

ཤན་པའི་སེར་ཆོད་སྟོང་ཐུབ།

辛巴 · 色贵东图

ཉི་ཟླ་གསལ་བའི་གཟི་འོད་ལ། །
སྲིན་འབུ་མེ་ཁྱེར་བསྡུར་རྒྱུ་མེད། །
གནམ་ལྕགས་ཐོག་གི་རྩལ་ཡ་ལ། །

面对明亮的日月，
萤火虫儿不该较量；
面对猛厉的霹雳，

སྤྲང་ཕྲུག་སྨྱུག་མདས་དོ་ས་མེད། །
ཁྲ་ཡག་གཟིག་གི་ཁ་སྔུན་ནས། །
བདའ་ལུ་སྐོར་རྒྱུག་བྱེད་ས་མེད། །
ཆུ་སྲིན་ངར་མའི་མཆེ་ལམ་ནས། །
ཉ་སྲམ་སྐོར་འཁྱུག་བྱེད་ས་མེད། །
དཔའ་རྒོད་ཤན་པའི་ཁ་སྔུན་ནས། །
སྡར་མས་དཔའ་མདོག་བྱེད་ས་མེད། །

乞丐竹箭不该较量；
在斑斓豹子眼前，
流浪老狗不该乱窜；
凶猛海鳌獠牙间，
鱼和水獭不该乱窜；
在英雄辛巴面前，
懦夫不该冒充好汉。

སེང་ལྕམ་འབྲུག་མོ།

森姜珠牡

༡ དོན་ཆེ་ན་རྒྱ་གར་ཉིན་སྐོར། །
གལ་ཆེ་ན་ཚིག་ལ་བཟློ་ལྡབ་ཟེར།

只要有意义，一日游遍整个天竺，
只要很紧要，一定会反复叮咛的。

༢ ཕོ་གསར་དགྲ་རྟོལ་ཆེན་པོ་མ། །
ནམ་སྔ་དྲོ་ཁ་ཕོ་ཐམས་སེ་ཐམ། །
དཔའ་མདོག་དཔུང་པ་འཕུར་འཕུར་བྱེད། །
དགོང་ཕྱི་དྲོ་ཕ་བྲོས་གབ་ཁུང་བཙལ། །
དམར་ཉིལ་ལེ་སྙིང་ཁྲག་ས་ལ་འཐོར། །
རྟ་གསར་རྒྱུག་འདོད་ཆེན་པོ་མ། །
ནམ་སྔ་དྲོ་བསིལ་མ་རླུང་ལ་འགྲན། །
འདབ་ཆགས་བྱ་དང་བང་རྩལ་བགོ། །
དགོང་ཕྱི་དྲོ་ཐང་དཀྱིལ་ཕ་བོང་འདྲ། །
བརྒྱ་ལྕག་བྲབ་ཀྱང་འགྲོ་རྒྱུ་མེད། །
ཁལ་གསར་བཀལ་དགའ་ཆེན་པོ་མ། །
ནམ་སྔ་དྲོ་དོ་པོ་བཞི་ཁུར་བྱེད། །
ཇ་ཕྱུར་མགོ་འཁྱུར་སྔོན་ནས་འགྲོ།
དགོང་ཕྱི་དྲོ་རྭ་གཉའ་ཕབ་ནས་སྒྱུར། །

自负贪功的少年郎，
上午爱说豪言壮语，
搓着胳膊充英雄，
黄昏逃回找藏身洞，
结果溅了一地鲜血；
喜欢驰骋的烈马，
上午要跟风赛跑，
想与飞鸟竞速度，
下午趴成原上石，
马鞭抽也走不动；
逞能负重的驮牛，
上午能驮四大袋，
摇头晃尾走在前，
下午垂角脊梁塌，

གད་ཁུག་གར་ཡོད་ཉལ་ནས་འདུག །

个找土坎卧起来。

༣ ཕར་འགྲོ་ཇག་གི་མགོ་མ་དེ། །
མོ་སྤྱང་འདྲ་བའི་རྩལ་དྲུག་དགོས། །
ཚུར་ཡོང་ཇག་གི་རྗེང་མ་ལ། །
ཕོ་སྤྱང་འདྲ་བའི་བང་གཅིག་དགོས། །

出去劫掠的先锋者，
要像母狼身怀六大绝技；
抢劫归来的殿后者，
要拥有公狼似的身手。

༤ ཕར་འགྲོ་ཇག་ལ་བཙུན་གསུམ་ཡོད། །
རྐོད་པོ་མི་བཙུན་འཕྱོར་པོ་བཙུན། །
རྟ་མགྱོགས་པ་མི་བཙུན་འགྲོས་མ་བཙུན། །
མཚོན་རྣོན་པོ་མི་བཙུན་ཤུབས་ཁྲ་བཙུན། །
ཚུར་འོང་དམག་གི་བཙུན་གསུམ་དེ། །
ཕོ་འཕྱོར་པོ་མི་བཙུན་རྐོད་པོ་བཙུན། །
རྟ་འགྲོས་མ་མི་བཙུན་མགྱོགས་པ་བཙུན། །
མཚོན་ཤུབས་ཁྲ་མི་བཙུན་རྣོན་པོ་བཙུན། །

出去劫掠有三利，
悍夫不利俊男利，
快马不利走马利，
锋刃不利剑鞘利；
抢劫归来有三利，
俊男不利悍夫利，
走马不利快马利，
刀鞘不利锋刃利。

༥ ལུག་རྫི་ཁེར་འགྲོ་གཉིད་ལ་དགའ། །
གཡང་དཀར་ཕྲུ་སྣ་ཆད་དོགས་ཡོད། །
ཕོ་གསར་ཁེར་འགྲོས་ཚོང་ལ་དགའ། །
ཚོང་ཟོག་དགྲ་ཇག་ཤོར་དོགས་ཡོད། །
མོ་གསར་ཁེར་འགྲོ་བུ་ལ་དགའ། །
ལུས་ལན་ཆགས་བུ་ལོན་ཁུར་དོགས་ཡོད། །
ཁྱི་གསར་ཁེར་འགྲོ་རྐུ་ལ་དགའ། །
མཇུག་ཟ་མ་མི་ལག་ཤོར་དོགས་ཡོད། །
གླིང་ཨ་ཁུ་ཁེར་འགྲོ་དགྲ་ལ་དགའ། །
བུ་ཚ་བོ་དགྲ་ལག་འཇོག་དོགས་ཡོད། །

独行的牧人爱睡觉，
有羊儿离群丢失的危险；
独行的少年爱经商，
有商品被人抢走的危险；
独行的姑娘爱男儿，
有在外怀上杂种的危险；
独行的野狗爱偷食，
有被人砍断尾巴的危险；
岭国叔叔爱单骑出战，
有出卖子孙给敌人的危险。

སྒྲ་ལོའི་ནེའུ་ཆུང་། 鄂洛·乃琼

1 ལྗང་ཆུང་སྐྱེ་སྟོབས་ཆེ་ཆུང་དེ། །
ནམ་ཟླ་ཆར་ཆུ་དཀོན་ཞན་རེད། །
དགོན་ཆུང་གྲྭ་པའི་ཡོན་ཏན་དེ། །
སློབ་གཉེར་དགེ་རྒན་བཟང་ཞན་རེད། །
གླིང་དཀར་འདུག་སྐྱིད་ཆེ་ཞན་དེ། །
སྡང་དགྲ་བོས་གནོད་འཚེ་ཡོད་མེད་རེད། །

青苗的长势强与弱，
要看雨水丰沛与否；
小庙僧人经学造诣，
要看他师父的好坏；
岭国民中的大幸福，
要看有无敌人祸害。

2 ནམ་མཁའ་མི་ལངས་ཀ་མེད་བྱུང་། །
ཁྲི་གདུགས་ཉི་མས་རྒྱབ་ནས་དེད། །
ས་ཆུ་མི་དྲོས་ཀ་མེད་རེད། །
ཆར་ཆུ་འབྱུང་བས་རྒྱབ་ནས་དེད།

天不想亮由不了天，
背后有太阳在催促；
地不想暖由不了地，
背后有春雨在催促。

3 ཆར་སྣ་རླུང་གིས་ཁྲིད་པས་ན། །
བྲག་ཕུག་བཙན་ཡང་ཐོག་ས་མེད། །
ཕྱི་སྣ་ནང་གིས་ཁྲིད་པས་ན། །
རྫོང་དྲུག་བཙན་ཡང་ཐུབ་ས་མེད། །
གུར་དཀར་ཁྲོ་ཐུང་དཔུང་སྡེབ་ན། །
གླིང་དཔའ་རྩལ་ངར་ཡང་དོ་ས་མེད། །

被狂风引来的雨丝，
严密的岩洞也挡不住；
被内贼引来的外敌，
坚固的城墙也挡不住；
白帐王和超同勾结，
岭国英雄勇猛也难挡。

སྐྱེ་དཔོན་རོང་ཚ་ཁྲ་རྒན། 吉本·绒擦查根

1 རྟ་རྒོད་མའི་བང་ལ་ཤུགས་ཐག་མེད། །
སྨན་བུ་མོའི་ཚིག་ལ་ཆ་འཛོག་མེད།

骒马奔跑没有后劲，
姑娘说话不可全信。

༢ ལ་གསུམ་སོ་པ་དཀའ་རབས་ཡོད། །
ཕོ་སྤྱང་གྲུང་ཡོད་ན་མི་དཀའ་སྟེ། །
མི་ཧར་པ་མངགས་ན་དཀའ་མོ་རེད། །
དགྲ་མེད་ཁུར་སྟོང་རྒྱག་མི་རེད། །
ལུང་གསུམ་ཞུལ་མ་དཀའ་རབས་ཡོད། །
ཕོ་རྒོད་པོ་ཡོད་ན་མི་དཀའ་སྟེ། །
ཕོ་སྔར་མ་སོ་ཞུལ་འགྲོ་རྒྱུ་མེད། །
ལས་དོན་མེད་མི་ཤ་བགོ་རབས་ཡོད། །

据说上山放哨很麻烦，
派了睿智男儿就没有麻烦，
派的是荒唐汉子才麻烦，
没有敌人也会瞎起哄；
据说去沟里巡逻很麻烦，
派了勇敢男儿就没有麻烦，
可不敢让懦夫去巡逻啊，
他会无端引来争战。

༣ ལས་ཨུ་ཚུགས་སྐྱིལ་མི་རྒོད་པོ་མིན། །
མདའ་རྒྱང་འཕེན་བྱེད་མི་དཔའ་བོ་མིན། །
གཏམ་དྲན་ཚད་བཤད་མི་མཁས་པ་མིན། །

总爱折腾的人算不得强悍，
弯弓远射的人算不得英雄，
想啥说啥的人算不得智者。

༤ ཐོག་ནས་ཤར་བའི་ཉི་མ་དེ། །
འོག་ནས་མ་ལྡེ་རང་ལྡེ་རེད། །
ཐད་དུ་ལངས་པའི་དགྲ་བོ་ཁོ། །
བསམ་པ་མ་གནག་ཅི་གནག་རེད། །
ཐུབ་མི་ཐུབ་བྲོ་ལུས་དཔའ་རྩལ་ཟེར། །
གཡུག་མ་ཕོད་མི་ཁ་ངན་པ་རེད། །

从上方照射的阳光，
自然能温暖下方；
那针锋相对的敌人，
自然会怀着黑心；
能不能战胜靠武力，
不敢出手会招人嘲讽。

༥ དོན་མི་དགའ་དགའ་མདོག་བྱེད་མི་དེ། །
ཕོ་གསར་ཇག་ལ་འགྲོ་ཉིན་རེད། །
མི་སྡུག་སྡུག་མདོག་བྱེད་མི་དེ། །
སྨན་མོ་མ་གནས་ལ་འགྲོ་ཉིན་རེད། །

对不喜欢的事情装作喜欢，
是男儿做强盗时的状态；
对不伤心的事情装作伤心，
是姑娘要出嫁时的状态。

༦ བུ་ཚ་བོ་ནང་གི་ཕ་ཁུ་དེ། །
བག་རྫོ་བ་རི་རྒྱལ་ལྷུན་པོ་རེད། །

常被兄弟簇拥的叔父啊，
仪态庄重如巍峨须弥山，

གཡང་ཆགས་ལེ་རྒྱ་མཚོའི་ནོར་བུ་རེད། །
མི་སྨོན་གསེར་གཞོང་མར་ཁུ་རེད། །
རང་སྐྱིད་གཡུ་བུམ་བདུད་རྩི་རེད། །
མི་རྒྱུད་ཆད་པའི་རྒན་པོ་དེ། །
སེམས་སྐྱོ་བ་ལུང་སྟོང་དར་ལྕོག་རེད། །
ཡི་མུག་པ་མུན་ནག་བཅེར་ཉལ་རེད། །
སྟོང་སྐྱེ་པས་ཁྲེལ་ཁ་འཛོག་སྐྱུད་རེད། །
རང་སྡུག་ལེ་སེམས་ཁོང་འཁྱག་སྐྱུད་རེད། །

福运瑞祥如沧海中珍宝，
受人羡慕如金盘酥油汁，
自己幸福如松石瓶甘露；
那些断子绝孙的老汉啊，
悲怆的心如空谷的旗帜，
沉郁的心如独卧黑暗中，
承受着村人乡党的耻笑，
痛苦心中只有孤寂凄凉。

༧ རྟུག་དཀར་གཡུ་ལ་དར་ལུང་དགོས། །
མགྱོགས་པ་རྟ་ལ་སྒ་སྲབ་དགོས། །
སྨན་ཆུང་གཞོན་ལ་རྒྱབ་བརྟེན་དགོས། །
གོང་མ་དཔོན་ལ་ཁྲིམས་གདན་དགོས། །
དགོན་ཆེན་ནང་དུ་བླ་གྲྭ་དགོས། །
མ་སྲུ་ཡག་ལ་ཤེས་རྒྱ་དགོས། །
སྟག་ཤར་དཔའ་ལ་རྟུལ་ཕོད་དགོས། །

白璁要用绸带系，
快马要鞴鞍和辔，
妙龄姑娘要依靠，
国王酋长要王法，
大寺院要俱师徒，
娇丽佳人要智慧，
英雄男儿要胆魄。

༨ གནའ་རྒྱ་མོ་ཤི་ས་ཁྲ་ཡག་རྫ། །
རི་དེ་ལ་ཤི་ན་མངོན་སངས་རྒྱས། །
སྟག་དམར་ཡག་ཤི་ས་རྒྱ་རྫོང་ནགས། །
ནགས་དེ་ལ་ཤི་ན་ཡིད་སེམས་བདེ། །
སྨན་བུ་མོ་ཤི་ས་ཁྲ་མོ་གནས། །
གནས་དེ་ལ་ཤི་ན་ཡེ་སངས་རྒྱས། །
ཕོ་དཔའ་བོ་ཅི་ཤི་བྱུས་ལ་ཤི། །
བྱུས་དེ་ལ་ཤི་ན་བླ་ཡིད་བདེ། །

灰岩羊死在那乱石花山上，
死在山坡上就能现证解脱；
斑斓猛虎死在莽莽丛林中，
死在那林中心情就会坦然；
女子们会死在自己婆家，
死在婆家就能获得解脱；
英雄男儿会死在权势上，
死于权势才会神魂安宁。

༩ སྡུག་དུས་སེམས་འཕང་མ་དམའ་ཟེར། །

困苦的时候别让意志消沉，

སྐྱིད་དུས་མགོ་སྦྲ་མ་ཆེ་ཟེར། །
ལྟོགས་དུས་ཕོར་བུ་མ་ཆུང་ཟེར། །

幸福的时候别让帐篷太大，
饥饿的时候别让碗儿太小。

སྟག་རོང་ཨ་ཁུ་ཁྲོ་ཐུང་།

达绒·阿库超同

༡ ར་ཤས་དུག་དུག་དུག་ས་མེད། །
ནག་མོས་ཕུང་ཕུང་ཕུང་ས་མེད། །

没有比山羊肉还能伤身的，
没有比老婆还能害男人的。

༢ མི་ཕྱི་ཡིས་མི་བརྙས་ནང་གིས་བརྙས། །
རྭ་ཡ་ལོང་སྐྱེ་ལེ་མིག་གི་དགྲ། །
ཚ་བོ་འཚར་ན་ཞང་པོའི་དགྲ། །

人不会受外侮只会受内辱，
卷角山羊角尖刺穿自己眼，
外甥长大了就会克舅舅。

༣ བ་གླང་བུ་རོག་ནག་ས་ལ་སྲིད། །
བུ་ཁྱུང་དཀར་མཛོ་མོ་དེ་ལས་དགའ། །
ཕོང་གསེབ་ཕོང་བུ་དེ་ས་ལ་སྲིད། །
བུ་སྐྱུག་ཆུང་དྲེལ་བུ་དེ་ལས་དགའ། །
ཕ་སྐྱར་མ་ཁྲོ་ཐུང་གླིང་ལ་སྲིད། །
བུ་ཨ་བརྟན་དཔའ་བོ་སྟག་ལས་རྔམ། །

世上的黄牛有犊子，
犊子犏牛比它优秀；
世上的种驴有驹子，
驹子骡子比它优秀；
岭国的懦弱有超同，
儿子阿丹比虎还勇猛。

༤ ཤ་ཕུ་ནུ་བརྙས་ལས་ཁུར་བ་ལས། །
སྡང་དགྲ་བོའི་ལག་ཏུ་ཤི་ན་དགའ། །
མགོ་གསེར་སྐུ་བཅགས་ན་བྱིན་རླབས་མེད། །
ཡིད་ཕ་མས་བཅད་ན་དགའ་རྒྱུ་མེད། །
ཉལ་ས་ལྷ་ཁང་དྲོད་སྐྱིད་མེད། །

与其承受同胞的嘲辱，
不如死在敌人的手里。
金佛像砸了头，不会有加持，
被父母寒了心，不会有欢乐，
佛殿当做卧室，不会有温暖。

༥ ཁྲ་དང་ནེ་ལེ་འུག་པ་གསུམ། །
སྲོ་ཐོ་གཅིག་ལ་སྔས་མགོ་བྱས། །

鹞儿、猫鼬和鸱鸮，
共枕着一个土块，

ཁྲ་ཡིས་ནམ་མཁའ་ཨེ་ལངས་བསམ། །
འུག་པས་མུན་ཆུ་ནམ་རུབ་བསམ། །
ནེ་ཞིས་ས་ཆུ་ནམ་དྲོས་བསམ། །
བསམ་རྒྱུ་མི་གཅིག་ཁ་ཁ་རེད། །

鹞鹰盼的是天明，
鸱鸮盼的是天黑，
猫鼬盼的是春暖，
心中所想，各不相同。

༦ དགྲ་མེ་སྐག་གཉིས་དེ་ཆུང་དུས་གསོད། །
གྱོད་གཞུ་མོ་གཉིས་དེ་སྐྱི་དུས་བཀུག།

敌人和火星，要趁小灭掉；
冤家和长弓，要趁软拉弯。

༧ རྒོད་ཐང་དཀར་མཐོ་ཚོད་མ་ཟིན་ན། །
ལུས་གཤོག་ཧྲུག་ཐོར་ཉིན་འགྱོད་པ་ཆེ། །
སྟག་དམར་ཡག་ངར་ཚོད་མ་ཟིན་ན། །
རྔོན་མདའ་སྐྱིན་ཕྱུང་དུས་ཡི་རེ་མུག།
ཧོར་གུར་དཀར་བཙན་ཚོད་མ་ཟིན་ན། །
ཕྱུས་པ་ཆུས་ཤོར་ཉིན་འགྱོད་སེམས་ཆེ། །

大雕高翔控制不住高度，
散失了羽翼，追悔莫及！
斑斓老虎控制不住猛劲，
被猎人射死，呜呼哀哉！
霍尔白帐王控制不住霸气，
输掉了祖业，追悔莫及！

༨ སྐྱེས་ཕོ་རབ་ཕོ་འབྲིང་ཕོ་ཐ་གསུམ། །
སྐྱེས་ཕོ་རབ་བློ་དེ་སྲ་དཀར་སྨྱུག།
སྲ་ཉི་མས་དྲོས་ན་གར་བཀུག་ཟེར། །
གཏམ་སྐད་ཆ་ནམ་མཁའ་ལངས་པ་འདྲ། །
ཕོ་འབྲིང་པོའི་བློ་དེ་སྦྲང་ཆར་འདྲ། །
ཆར་ཟིམ་ཟིམ་འབབ་དུས་ས་གཞི་བརླན། །
དམའ་སྤོ་ལྗང་ཐོག་ནས་མེ་ཏོག་བཞད། །
གཏམ་ཅི་བཤད་བདེན་གཏམ་ཤ་ར་ར། །
ཕོ་ཐ་མའི་བློ་དེ་གྲིབ་ཆེན་འདྲ། །
ནག་གོ་རེ་མུན་ཆུ་རུབ་པ་འདྲ། །
བ་ཐོ་ཡུང་གིས་བརྡངས་པ་འདྲ། །
གཏམ་ཅི་བཤད་རྫུན་གཏམ་ཤུབ་ཤུབ་རེད། །

男儿分优秀、普通和卑劣三等，
优秀男儿思维如白藤，
被太阳晒热后可随手拉弯，
说出的话像黎明的曙光；
普通男儿思维如细雨，
毛毛丝雨能滋润大地，
绿色草甸上开起了花朵，
所说的每一句都是实话；
卑劣男儿思维如大阴影，
一方空间好像黑了天，
像黄牛被芫根噎住了，
所说的每一句都是谎言。

༩ རྒྱ་གར་རྨ་བྱའི་མཇུག་སྒྲོ་དང་། །
གསེར་དངུལ་ཏྲ་མའི་བུམ་པ་གཉིས། །
འཛོམས་ས་བླ་དགའི་ཕྱག་ལ་རེད། །
རྒྱ་ཇ་མེ་ཏོག་གཡང་འཛིན་དང་། །
བོད་ཀྱི་འབྲི་མར་སེར་ཆེན་གཉིས། །
འཛོམས་ས་དཀར་ཡོལ་རྟགས་བརྒྱད་རེད། །
ཧོར་གྱི་གུར་དཀར་རྒྱལ་པོ་གཅིག །
སྟག་རོང་དཔོན་པོ་ཁྲོ་ཐུང་གཉིས། །
ཕ་ཡུལ་མི་གཅིག་ཁ་ཁ་རེད། །
འཛོམས་ས་ཨ་ཆེན་ཧོར་ཡུལ་རེད། །

天竺孔雀的羽翎，
镌纹金瓶和银瓶，
相聚在上师手中；
汉地蕴福的茶叶，
藏域牦牛黄酥油，
相聚在八宝碗里；
一是霍尔白帐王，
二是达绒超同王，
籍贯不一两地生，
相聚在阿钦霍尔。

༡༠ སྐྱོ་གྲོགས་དུང་སེང་དཀར་མོ་དྲན། །
འགྲོས་རྒྱུ་བདའ་ལུ་ཁྱི་ནག་རེད། །
འཁྲིང་ཡ་རྒྱ་སྟག་དམར་པོ་བསམས། །
རྒྱབ་རྟེན་ཝ་མོ་ཁྲ་ཡག་རེད། །
ཇམ་རོགས་དོམ་བུ་སྙིང་དཀར་བསམས། །
རྒྱུག་ཡ་ས་མཐའི་སྤྲེ་ཐན་རེད། །
ཚེ་རོགས་སེང་ལྕམ་འབྲུག་མོ་བསམས། །
ཐོབ་རྒྱུ་གླིང་གི་གཡོག་མོ་རེད། །

心仪的是螺色白雪狮，
结果相伴的是黑色野狗；
本想借斑斓虎的威风，
结果只有花狐狸做依靠；
本想借白胸熊的气势，
结果只能随同沙狐乱窜；
本想娶森姜珠牡为妻，
结果只得到岭国一婢女。

ཚ་ཞང་འདན་མ་བྱང་ཁྲ།

擦香·丹玛向查

༡ མི་ལོག་སྤྱོད་ཅན་དེའི་སྡུག་ལས་མེད། །
གདམ་ཁོག་ཤེད་ངན་ལ་ཁ་ཤེད་རྩུབ། །
མི་ཁོག་རྒྱ་ཅན་དེའི་བཟང་ལས་མེད། །
རྒྱུས་མེད་པའི་མི་ངོ་འཛམ་གྱིས་བཟུང་། །

没有比邪行者还浑的人，
怀着恶意说着粗话；
没有比豁达者还好的人，
温和迎接陌生的人，

ཐབས་མཁས་པས་རང་ཆོས་སྒྲུབ་རབས་གདའ། །
用智谋办成了自己的事。

2 རྒྱུ་མེད་ལེ་སྤྲང་ལངས་རྒྱ་ངོམ་དེ། །
ཕ་ཕྱུག་པོའི་མིག་ལ་མཛེས་པོ་མེད། །
མ་ངན་བུ་མོའི་མཛངས་ཉམས་དེ། །
ཤག་ཕུ་ནུ་དཀྲུག་གི་གཞི་མ་རེད། །
ཆོས་མེད་ལེ་བན་དེའི་དཀོར་ཟམ་དེ། །
ཤི་དམྱལ་བ་ལྷུང་གི་རྣམ་སྨིན་རེད། །

没钱的穷人爱炫富，
富人眼前不怎么好看；
泼妇装出的贤惠样，
是搅乱兄弟的根本；
不懂法的比丘贪信财，
死后会应恶报堕地狱。

3 རྐོད་པོའི་བུ་ཞིག་མ་ཐུག་བར་དུ་
ཁ་ཤོམ་སུ་ཆེ་རྐོད་པོ་རེད།
མགྱོགས་པའི་རྟ་ཞིག་མ་ཐུག་བར་དུ་
བོང་བུ་ཡིན་ཡང་མགྱོགས་པ་ཟེར།

没遇到勇士前，
最能吹牛的就是勇士；
没遇到快马前，
毛驴也可吹嘘跑得快。

4 མི་ངན་སྟོང་གཏམ་ཚིག་ཤེད་ཆེ། །
བྱ་ངན་གོ་བོའི་གཤོག་པ་རིང་། །
ཁྱི་ངན་བདག་པོའི་ཉྭ་ལ་འཇུ། །
གྲི་ངན་བདག་པོའི་མཐེབ་ཛོག་གཅོད། །
མོ་ངན་ཚེ་རོགས་དགྲ་ལག་བསྐྱུལ། །
ཟས་ངན་རིགས་ཀྱི་ཚེ་སྲོག་ཕུང་། །

怂包爱说慷慨激昂的空话，
烂鸟狗头雕空长着长羽翼，
烂狗爱偷袭主人的小腿肚，
破刀会割破主人的拇指肚，
烂女人会把丈夫送给敌人，
烂食物会夺去食客的性命。

5 ཁ་མངར་ཁོག་པའི་སེམས་ནང་ཤེས། །
ཡང་ལྗི་ཕྲག་པའི་གཉའ་སྟེང་གསལ། །
བྱམས་སེམས་བྱིས་པའི་སེམས་ལ་ཡོད། །

是不是漂亮话，心中自然有数；
担负的轻与重，肩膀自然清楚；
有没有慈爱心，孩子心中有数。

6 དགུང་ཨ་སྔོན་ཉི་ཟླའི་སྲོག་ལེན་ལ། །
དགྲ་གཟའ་རྐོད་མིན་པ་སུ་ཡང་མེད། །

剥夺苍穹日月性命者，
除了罗睺曜，绝无其他；

བདུད་ནག་པོ་འབུམ་གྱི་ངོ་ཡ་ལ། །
གླིང་གེ་སར་མིན་པ་སུ་ཡང་མེད། །
ལྕགས་ཁྲོ་ཆུ་ངར་མའི་སྲོག་གཅོད་ལ། །
མགར་ཐོ་ཐོགས་མིན་པ་སུ་ཡང་མེད། །
དམའ་རྒྱ་མཚོའི་ཆུ་སྲིན་དབུགས་ལེན་ལ། །
དུང་གཡས་འཁྱིལ་མིན་པ་སུ་ཡང་མེད། །

迎战十万黑魔大军者，
除了格萨尔，绝无其他；
剥夺坚硬生铁性命者，
除了铁匠锤，绝无其他；
能够穿破海鳌身体者，
除了右旋螺，绝无其他。

༧ གཏམ་ཁ་བུད་མ་མང་བཙན་གཅིག་རེད། །
གྲི་ཤུབས་ལས་མ་འདོན་བཙན་གཅིག་རེད། །
ཤེད་དཔུང་པ་མ་ངོམ་བཙན་གཅིག་རེད། །

狠话别出口，当心后果很严重；
利剑别出鞘，当心后果很严重；
胳膊别炫耀，当心后果很严重。

༨ ཤིང་ཆུ་ཤིང་སྨྱུ་རའི་རྩ་བ་ལ། །
ཙན་དན་དཀར་དམར་འཁྲུངས་ལོ་མེད། །
ས་རྫོང་བོང་བའི་རྒྱུད་པ་ལ། །
གྱི་ལིང་རྟ་པོ་འཁྲུངས་སྲོལ་མེད། །
གླང་རྒན་རོག་པོའི་བུ་རྒྱུད་ལ། །
བྲི་སེར་འབྲོང་ཆོད་འཁྲུངས་ལོ་མེད། །
ས་མདོའི་ཝ་མོའི་རྒྱུད་པ་ལ། །
དམར་ཡག་སྟག་མོ་ཡོད་མི་སྲིད། །

水边芭蕉的根子，
绝不会长出红白檀木；
农区毛驴的种子，
绝不会产下飒沓的骏马；
老黄牛下的黄牛种，
绝不会产出野牦牛犊；
下流狐狸的种子，
绝不会产出斑斓的猛虎。

༩ ནམ་མི་ལངས་ཀ་མེད་ཉི་མས་འདེད། །
མུན་མི་རུབ་ཀ་མེད་མུན་པས་འདེད། །
མེ་མི་འབར་ཀ་མེད་རླུང་གིས་འདེད། །
ཆུ་མི་བབས་ཀ་མེད་གངས་ཀྱིས་འདེད། །
ཁྱོད་མི་ཡོང་ཀ་མེད་གླིང་ལྷས་བཀུག །

天不得不亮啦，被太阳赶着呢！
天不得不黑啦，被夜幕赶着呢！
火不得不旺啦，被风儿赶着呢！
水不得不淌啦，被融雪赶着呢！
你不得不来啊，被岭神催着呢！

མོ་མ་དུང་མགོ། 螺头卦师

རྗེ་དབུ་འཕང་མཐོ་ཆེ་དལ་ན་དགའ། །
བྲེལ་འཚུབ་བེ་ཐུང་ཉིན་འགྱོད་སེམས་ཆེ། །
ཧུས་མི་འོག་ཤོར་ཉིན་ཡང་འགྱོད་རེད། །
སྡེ་བཙན་ཕྱུག་འཇོམས་ཆེ་གཉོམ་ན་དགའ། །
བྲེལ་འཚུབ་བེ་འགྲོ་ཉིན་བདེ་སྐྱིད་འཚོར། །
སྡུག་མུ་གེ་ཐུང་ཉིན་ཡང་འགྱོད་རེད། །
རྟ་ཤ་ཚ་རྒྱས་དུས་དལ་ན་དགའ། །
བང་འདུར་རྒྱུག་མང་ན་རྨིག་བཞི་གྲུག །
དགྲ་ཐོག་རྒྱག་ཐུང་དུས་ཡང་འགྱོད་རེད། །

君王权势滔天时，应该消停些啊！
因浮躁而弄成了一团灰，会后悔的，
因失策而受制于人时，也会后悔啊！
部落富庶强盛时，应该安分些啊！
因浮躁而弄成了一团灰，会后悔的，
苦难灾荒饥馑来临时，也会后悔啊！
马儿膘肥体壮时，最好慢些走啊！
奔驰的次数多了，四蹄容易致残，
到了外敌来袭的那天，也会后悔啊！

རྒྱ་ཚ་ཞལ་དཀར། 嘉擦 谐嘎尔

༡ དུང་སེང་དཀར་མོའི་ཙལ་དྲུག་ལ། །
ཁྱི་ཀན་སྐྱག་གཟན་འགྲན་ཡོད་མེད། །
གཡུ་འབྲུག་སྔོན་མོའི་འཕྱུག་ཙལ་ལ། །
དུག་གཅན་སྦྲུལ་གྱིས་བསྒྱུར་ཉན་མེད། །
འབྲོང་རྒོད་དར་མའི་རྭ་གདོང་ལ། །
གླང་རྒན་རོག་པོས་འགྲན་ས་མེད།

面对雪狮的凶猛，
吃屎的狗绝不敢较量；
面对青龙的飞游，
毒蛇没办法较量；
面对野牦牛的犄角，
老黄牛没办法较量。

༢ སྟག་དམར་ཡག་མདུན་དུ་མ་བཅར་དགོས། །
བཅར་ཚར་དུས་འཛུམ་དྲུག་ལོན་ལེ་དགོས། །
འབྲོང་བྲེ་སེར་ར་གདོང་མ་འགྲོ་དགོས། །
སོང་ཚར་དུས་མགོ་ཇ་ལོན་ལེ་དགོས། །
དགྲ་ཆུ་སྲིན་གདོང་ལ་མ་བཅར་དགོས། །

不要靠近凶猛的老虎，
靠近了就要剥得斑斓虎皮；
不要走到野牦牛前去，
走到了就要拿下牛头牛尾；
不要靠近恶敌海鳌，

བཙར་ཚར་དུས་པ་ཧྲ་ལོན་ངེས་དགོས། །

靠近了就要夺下鳖腹蚌壳。

༣ མི་ཚེ་ཟད་སྲིན་པོའི་སྒོ་རྩ་ཐོན། །
ཚེ་ཡང་ཟད་རྒྱ་ཚ་ང་ལ་ཐུག །
ར་ཚེ་ཟད་འཕར་ཚང་ནང་དུ་རྒྱུག །
ཚེ་ཡང་ཟད་འཕར་སྤྱང་དམར་མོ་ཐུག །
འབུ་ཚེ་ཟད་གྲོག་མའི་ཚང་ནང་འཛུལ། །
ཚེ་ཡང་ཟད་རྒྱ་གྲོག་དམར་མོའི་ཁ། །

短命的人会走向罗刹门，
没命的人会撞上我嘉擦；
短命的山羊会走进豺狼窝，
没命的山羊会撞上红豺狼；
短命的虫子会钻进群蚁穴，
没命的虫子会撞上大红蚁。

༤ བྱ་རྒྱལ་མཁའ་ལྡིང་གཤོག་རྩལ་ལ། །
འདྲེ་བྱ་སྲེག་པས་འགྲན་རྒྱུ་མེད། །
འབྲོང་རྒོད་དར་མའི་རྭ་སྣུན་ལ། །
གླང་རྒན་འཐོད་ཐུར་བྱེད་ཐོད་མེད། །
ཁྲ་ཡག་གཟིག་གི་རྩལ་ལམ་ལ། །
སྤྱང་རྒན་འདུར་རྒྱུག་བྱེད་ས་མེད། །

面对鸟王大琼的翅膀，
鬼鸟鹧鸪无力较量啊！
强壮野牦牛的犄角前，
老黄牛不可以瞎哞啊！
斑斓豹子纵身猛跃路，
老狼不可以瞎奔窜啊！

༥ གཅན་གཟན་ཝ་མོས་རི་ཐང་འདུར། །
འདུར་མང་ན་ཝ་ལྤགས་འདོམ་ལ་འཇལ། །
བྱ་རྒོད་པོས་གཤོག་སྒྲས་རི་ལུང་བཀང་། །
ལན་མང་ན་རྒོད་སྒྲོ་མི་ལག་ཤོར། །
ཉ་གསེར་མིག་གཙང་ཆབ་ཝུར་གྱིས་གཤགས། །
འགྱུར་ཆེ་ན་ལྕགས་ཀྱུས་ཁ་ནས་འཛིན། །

狐狸喜欢在山川间瞎跑，
跑过头了狐皮会被用庹量；
大雕羽翼涌满了整个山谷，
飞过头了雕翎会被人收走；
金目鱼潜行在大江里，
游过头了会被铁钩钓走。

༦ ཨ་སྔོན་མཐིང་གསལ་གཞི་དཀྱིལ་ནས། །
ལྷ་སྤྲིན་ནག་པོའི་སློ་དགྲ་བྱུང་། །
གསེར་མདོག་ཉི་འོད་སྒྲིབ་བསམ་ཡང་། །
བསེར་མ་རླུང་གིས་མིང་མེད་གཏོར། །

蔚蓝色天穹中央，
突然出现了恶敌阴云，
它想遮住金色的太阳，
结果被风给吹散了，

ཁྱོད་སྤྲིན་ནག་ཡི་མུག་ཨེ་སྐྱི་འདུག །
སྲིབ་ལུང་ནགས་ཀྱི་སྡོང་ཚལ་རྒྱས། །
རི་ལུང་ལོ་མས་སློ་དགྲ་བྱུང་། །

乌云啊，你是不是很伤心？
阴山大沟的林木很茂密，
树叶成了山沟的恶敌，

མེ་སྟག་ཆུང་ཡང་ཐལ་བར་བསྒྱུར། །
ཁྱོད་ནགས་ཚལ་ཡི་མུག་ཨེ་སྐྱི་འདུག །
རྒྱ་ཞིང་ཆུ་མ་དགུང་ལ་མཉམ། །
སྡེ་བརྒྱད་ཐོག་སེར་སློ་དགྲ་བྱུང་། །
སྙེ་མ་མཐུག་ཀྱང་ཐང་དུ་བསྙིལ། །
ཁྱོད་རྒྱ་ཞིང་ཡི་མུག་ཨེ་སྐྱི་འདུག །

结果因星火烧成了灰，
树林啊，你是不是很伤心？
农田里的庄稼接地连天，
突然出现了恶敌天龙雷雹，
密集谷穗打到地上去了，
农田啊，你是不是很伤心？

སྟོང་ཚོམ་འབུམ་ཐུབ།

东雄奔图

༡ སེང་དཀར་མོ་ཡིན་ཡང་འགྲིང་ཡ་དགོས། །
སེང་འགྲིང་ཡ་མེད་ན་ར་དང་འདྲ། །
སྟག་ཁྲ་མོ་ཡིན་ཡང་འཛུམ་དྲུག་དགོས། །
སྟག་འཛུམ་དྲུག་མེད་ན་ཁྱི་རྒན་རེད། །
འབྲོང་བྲེ་སེར་ཡིན་ཡང་རྭ་ཡ་དགོས། །
འབྲོང་རྭ་ཡ་མེད་ན་གླང་རྒན་རེད། །
ཕོ་རྒོད་པོ་ཡིན་ཡང་དཔུང་ཡ་དགོས། །
བུ་དཔུང་རོགས་མེད་ན་རྐུན་མ་འདྲ། །

雪狮需要一头发威的对手，
没有对手就跟山羊没两样；
老虎需要炫耀斑斓的对手，
没有对手就跟老狗没两样；
野牦牛需要与它斗角的对手，
没有对手就跟老黄牛没两样；
勇猛的汉子也需要对手，
没有对手就跟小偷没两样。

༢ ཕ་བླ་མས་ཆོས་ར་ཤོར་ཁ་ན། །
གྲུབ་མཐའ་ཆགས་སྡང་བྱེད་རྒྱུ་དྲན། །
གོང་དཔོན་པོས་རང་ཧྲུས་མི་ནོན་དུས། །
སྡེ་ཁྲ་མོའི་འགྲན་རྩོད་བྱེད་རྒྱུ་དྲན། །
སྨན་བུ་མོའི་གནས་མགོ་མི་ཟིན་དུས། །

师父就要失去禅院时，
还想着教派间的偏见恩怨；
首领镇不住基业时，
还想着和属民较劲；
女子找不到好婆家时，

ཕོ་འཁྱོར་པོ་ངོ་དགའ་བྱེད་རྒྱུ་དྲན། །

还想着向美男子献媚。

སྟག་རོང་ཉ་ཚ་ཨ་བརྟན།

达绒・年擦阿丹

༡ ནང་ཕུ་ནུས་བརྙས་ལས་ཁུར་བ་ལས། །
སྡང་དགྲ་བོས་ལག་ཏུ་ཤི་ན་དགའ། །
ཆར་ཆུ་མི་འཚག་མགོ་སྦྲ་ལས། །
སྤང་དཀར་སྟེང་གི་ལུག་རྫི་སྐྱིད། །
ཡི་དྭགས་མིག་གིས་གཏེར་སྲུང་ལས། །
རྒྱལ་ཁམས་བསྐོར་མི་སྤྲང་ཀན་སྤྲོ། །

与其受着同胞兄弟的嘲辱，
不如死在憎恶的敌人之手；
与其呆在上雨旁风的帐篷里，
不如去草滩放羊舒坦；
与其当瞪着双眼守护宝藏的饿鬼，
不如当流浪四方的老乞丐快乐。

༢ དགྲ་སྣ་ནང་ཁྲིད་ཁྲོ་ཐུང་གིས། །
མཁར་རྫོང་དྲུག་བཙན་ཡང་བོག་ལེ་མེད། །
ཆར་སྣ་རླུང་ཁྲིད་ཁྲོ་ཐུང་གིས། །
བྲག་ཕུག་སྐམ་པོ་ཡོང་ལེ་མེད། །
ཤར་གླིང་ལྷ་ཡི་དཀྱིལ་འཁོར་དེ། །
རམ་ནག་སེར་བས་རྡུང་འདྲ་ཞིག །
དེ་མ་ཐུབ་ཁྲོ་ཐུང་འདུག་ལེ་མེད། །

给敌人带路的超同，
从不让六座坚城御敌；
给雨丝带路的超同，
从不让岩洞干燥；
不让东方岭国大坛城，
像雹打珠芽蓼般粉碎掉，
超同他是坐不住的。

༣ ཡིད་ཕ་མས་བསད་ན་ཆེ་རྒྱུ་མེད། །
མགོ་གསེར་སྐུས་བཅག་ན་ཆུང་རྒྱུ་མེད། །
དམའ་ཉེ་བས་ཕུང་ན་བཟོད་རྒྱུ་མེད། །

心被父母弄碎时，啥都不是大事；
头被金佛砸碎时，啥都不是小事；
人被亲戚整垮时，啥都忍不下去。

༤ ནགས་རྫོང་མཐོ་བའི་བར་གསེབ་ལ། །
ཁ་མཆེ་སྡེར་ཅན་ལ་མང་པོ་རེད། །
ལུས་འཛུམ་དྲུག་ཅན་དེ་དཀོན་མོ་རེད། །
སྟག་དམར་ཡག་རང་གི་ཁྱད་ཆོས་རེད། །

在那郁郁葱葱的森林间，
虽有很多尖牙利爪的猛兽，
毛色有斑斓虎纹的很稀缺，
那可是猛虎独有的风采！

ཤིང་ཚེར་མ་ཨ་དཀྲིས་པ་དཀྲིས་གསེབ། །
ལུས་སྒྲོ་གཤོག་ཐོགས་པ་མང་ན་ཡང་། །
སྐིད་དྲུག་འགྱུར་གསུང་སྐད་སྙན་པ་དེ། །
བྱ་ཁུ་བྱུག་སྔོན་མོའི་ཁྱད་ཆོས་རེད། །
དཔའ་གཡུལ་འཐབ་ཁྲག་གི་བར་གསེང་ནས། །
ལག་གྲི་མཚོན་ཐོགས་མི་མང་ན་ཡང་། །
དཔའ་རྩལ་དྲུག་སྙིང་ཁམས་ཆེ་བ་དེ། །
གླིང་དཔའ་རྟུལ་རང་གི་ཁྱད་ཆོས་རེད། །

在那乱缠乱长的荆棘丛，
虽有许多身长羽翼的飞禽，
唯独那悦耳六变的鸣叫声，
才是青色杜鹃的风采！
勇士沙场纷纷鲜血间，
虽有很多手持利刃的人，
身怀六大武艺内心刚猛阔达，
是岭国英雄自身独有的风采！

༥ འདུལ་ཁྲིམས་མི་གཙང་སྤྲུལ་སྐུ་ལས། །
གྲོང་འཁྱམས་རྒྱུག་མི་བན་རྒན་དགའ། །
དཔའ་སྙིང་མེད་པའི་སྡར་མ་ལས། །
མཛེས་མ་གོ་ཁྲབ་གྱོན་མི་དགའ། །
མནའ་མ་ཞེ་སེམས་རྩུབ་པ་ལས། །
འབྲེལ་བ་མེད་པའི་གཡོག་མོ་དགའ། །
ཧོར་དམག་ཁ་གྲངས་མང་བ་ལས། །
ཚོ་ཆུང་བསམ་ཕྱོགས་མཐུན་ན་དགའ། །
བ་དུར་ཤན་ཁྲོད་གྲགས་ཅན་ལས། །
དཔའ་རྟུལ་ཕོ་ཁྲོད་རེ་རེ་དགའ། །

比起戒律不净的活佛，
村巷间的老托钵僧强一些；
比起没有胆量的懦夫，
身披坚甲的美女强一些；
比起性格泼辣的儿媳妇，
没有关系的女仆强一些；
比起数目庞大的霍尔军队，
上下齐心的小部落强一些；
比起霍尔著名的辛巴帕图尔，
岭国每一个英雄都强一些。

༦ གྲྭ་ངན་གཅིག་གིས་དགོན་སྡེ་དཀྲུགས། །
མོ་ངན་གཅིག་གིས་ཚོ་རོགས་ཕུང་། །
ཟས་ངན་གཅིག་གིས་ཚེ་སྲོག་གཅོད། །
གྲི་ངན་གཅིག་གིས་ལག་མགོ་གཅོད། །
ཁྱི་ངན་གཅིག་གིས་བདག་པོ་འཛུ། །
གཡོག་ངན་གཅིག་གིས་མགོ་དཔོན་གསོད། །
གྲོགས་ངན་གཅིག་གིས་མདུན་ལམ་ཕུང་། །

一个浑和尚会搞乱寺院，
一个坏女人会毁掉丈夫，
一顿坏食物会断送性命，
一把破刀子会割断手指，
一条恶狗会反扑其主人，
一个恶奴隶会杀死首领，
一个坏朋友会毁掉前途。

བ་དུར་ཐང་ནག་རྩེ་རྒྱལ།

༡ མེ་ཁྱེར་སྲིད་པའི་འོད་སྣང་དེ། །
ཁྲི་གདུགས་ཉི་མར་འགྲན་སྣང་ཤར། །
འགྲན་མ་དགོས་འགྲན་བསམ་ཞེ་ལ་མེད། །
ང་སྲིད་པའི་ཁྲི་གདུགས་ཉི་མ་ཡིན། །
ཁྱོད་སྲིན་བུ་མེ་ཁྱེར་བརླག་རྒྱུ་རེད། །
སྲིད་པའི་ཆུ་བོ་གདྣ་ལ། །
ཉ་ཤེ་སྒྲོ་འགྲོས་རབ་ཚད་བྱེད། །
དམའ་འབུ་སྲིན་ཆུ་ཡིས་ཁྱེར་རྒྱུ་རེད། །

༢ རི་རབ་སྟེང་གི་མཁའ་ལྡིང་ཁྱུང་། །
དུག་སྦྲུལ་ནག་པོའི་སྲོག་བདག་ང་། །
གཤོག་ཐོགས་བརྒྱ་ཡིས་དོ་ཟླ་མེད། །
བྱ་ག་རུ་ཊ་ཡི་ཁྱད་ཆོས་རེད། །
དཀར་ཡག་གངས་ཀྱི་དུང་སེང་དེ། །
གཡུ་འབྲུག་སྔོན་མོའི་སྲོག་བདག་ང་། །
སྡེར་ཆགས་ཀུན་གྱིས་དོ་ཟླ་མེད། །
སེང་དཀར་མོ་ང་ཡི་ཁྱད་ཆོས་རེད། །
དམའ་རྒྱ་མཚོའི་གླིང་ནས་ཆུ་སྲིན་ཟམ། །
ཉ་སྲམ་མང་པོའི་སྲོག་བདག་ང་། །
འགྱུར་རྒྱལ་ཅན་གྱིས་དོ་ཟླ་མེད། །
དེ་ཆུ་སྲིན་པ་ཏའི་ཁྱད་ཆོས་རེད། །

巴图尔·唐那泽嘉

那小小萤火虫的光，
想跟太阳比亮度，
别比啦，我根本不想比，
我是照亮世界的太阳，
怕会毁掉你这萤火虫；
人间大江恒河边，
小蝌蚪想探索浅滩渡口，
当心到时卷走了下游小虫。

我是须弥山颠的金翅鸟，
是黑色毒蟒生命的主宰者，
上百种飞禽比不了我，
这是我迦楼荼鸟的风采！
我是皑皑雪山上的雪狮，
是青龙生命的主宰者，
所有带爪猛兽比不了我，
这是我洁白雪狮的风采！
我是低处沧海里的巨鳌，
是鱼和水獭生命的主宰者，
任何游动的水族比不了我，
这是我海中鳌鱼的风采！

སེང་སྟག་ཨ་ངོམ།

森达阿冬

༡ བྱ་བརྒྱ་གཤོག་རྩལ་ཆེ་ན་ཡང་། །
ག་རུ་ཊ་ལ་འགྲན་རྒྱུ་མེད། །
ཆུ་སྲིན་གདུག་རྩུབ་ཧམ་ན་ཡང་། །
དུང་དཀར་འབུ་ལ་བསྡུར་རྒྱུ་མེད། །
ཧོར་སེར་དུ་རྟ་མང་ན་ཡང་། །
དཔའ་རྟུལ་དཔུང་ཚོགས་ཐུབ་ས་མེད། །

鸟王纵然有飞技，
不足以跟迦楼荼竞赛；
水鳌纵然很凶猛，
不足以跟海螺虫较量；
霍尔纵然兵马强，
不足以跟岭英雄作战。

༢ སྡེ་བརྒྱད་ཐོག་སེར་འགྲིམ་ལམ་ནས། །
རྒྱ་ཞིང་ལང་ཚོ་ངོམ་ས་མེད། །
འབྲོང་རྒོད་རྭ་རྩལ་སྦྱོང་ས་ནས། །
གླང་རྒན་འབོད་ངུར་བྱེད་ས་མེད། །
ཁྲ་ཡག་གཟིག་གི་རྩལ་ལམ་ནས། །
ཁྱི་རྒན་བཀག་ཟུག་བྱེད་ཕོད་མེད། །

天龙八部运雷雹的路上，
农田就不要炫耀青春了；
野牦牛训练角劲的地方，
老黄牛就不要乱哞了；
斑斓豹子炫技的路上，
老狗就不要吠叫了。

༣ སྟག་དམར་ཡག་སྔུན་ལ་མ་མཆོང་དགོས། །
མཆོང་ཚར་ན་འཛུམ་ཧྲུག་ལོན་ལེ་དགོས། །
འབྲོང་བྲེ་སེར་སྔུན་ལ་མ་ལྡེབས་དགོས། །
ལྡེབས་ཚར་ན་རུ་ཐུར་ལོན་ངེས་དགོས། །
བུ་དཔའ་བོའི་གདོང་ལ་མ་བཅར་དགོས། །
བཅར་ཚར་ན་མགོ་འཕྱུ་ལོན་ལེ་དགོས། །

不可跳到猛虎眼前去，
既然跳了，就要剥下虎皮；
不可站到野牛眼前去，
既然站了，就要折下牛角；
不可向那英雄眼前靠，
既然靠了，就要摘下盔旗。

ཐང་ཕྲུག་འབུམ་ནག་ཐོད་བཙན།

唐楚・奔那推赞

སུམ་རྩེན་ལྷ་གནས་ཕོ་བྲང་ནས། །

未到忉利天上天宫中，

ལྷ་དབང་བརྒྱ་བྱིན་མ་ཐུག་བར། །
ལྷ་རེ་རེའི་གོང་ལ་ལྷ་རེ་གདའ། །
གངས་རི་ཇམ་བརྗིད་ལྷུན་ས་ནས། །
དུང་སེང་གཡུ་རལ་མ་ཐུག་བར། །
ཁ་མཆེ་སྡེར་གོང་ལ་རེ་རེ་གདའ། །
ཨ་ཆེན་ཧོར་ཡུལ་རྒྱལ་ཁམས་ནས། །
བ་དུར་ཤན་རྟོད་མ་ཐུག་བར། །
བུ་རེ་རེའི་གོང་ལ་རེ་རེ་གདའ། །

众天主宰帝释天王前，
一层更比一层高；
未见到巍峨雪山上，
雪狮绿色鬃毛前，
一兽更比一兽凶；
未遇到阿钦霍尔国境里，
悍猛帕图尔辛巴前，
一人更比一人猛。

ཐང་རྩེ་གཡུ་འབྲུག

唐泽玉珠

༡ མཐོ་རི་རྒྱལ་རྩེ་མོ་དགུང་ལ་མཉམ། །
ཐམས་ཅད་ནམ་མཁའི་མར་ཞབས་རེད། །
མཐོ་ཐག་ཆོད་ཉི་ཟླ་སྐར་གསུམ་རེད། །
རྒྱ་མཚོ་དེ་ང་ཆེ་ཁོ་ཆེ་བསམ། །
ཐམས་ཅད་གྲུ་ཟམ་མར་འོག་རེད། །
ཆེ་ཐག་ཆོད་གྲུ་གཟིངས་ངོ་མ་རེད། །
ཕྱི་རྒྱལ་ཆེན་ང་བཙན་ཁོ་བཙན་རེད། །
བཙན་ཐག་ཆོད་ཀླུ་བཙན་རྒྱལ་པོ་རེད། །
དེ་ཡང་སང་གསོད་གནངས་སོད་རེད། །

须弥山顶直摩天，
其实仍在苍穹下
日月星辰才算高；
大海宽阔到天边，
其实它在舟船下，
海面航船才算高；
诸王自视最强大，
鲁赞魔王才霸道，
随时会要你的命。

༢ ནགས་ཙན་དན་ཚལ་གྱི་དམར་ཡག་སྟག །
འཛུམ་ངོམ་ན་ངོམ་རན་ཆོག་ཆོད་ཡིན། །
ཁ་ཤ་དམར་རྫོན་ཟ་དུས་ལ་བབ། །
དེ་རིང་དམར་ཡག་རང་ཆོད་བཟུང་། །
ཛ་ཁྲ་ཡག་ཟུར་ནས་བྲི་སེར་འབྲོང་། །
རྭ་ངོམ་ན་ངོམ་རན་ད་ཆོད་རེད། །

檀香林中的猛虎啊，
今天该炫耀斑斓虎纹啦，
饕餮生肉的时机已成熟，
今天的猛虎要尽本分啊！
锦绣山梁上的野牦牛，
炫耀犄角的时机已成熟，

ལུས་རྩལ་གསུམ་རྭ་རྩེད་མགོ་རྩེད་རྩེས། །	摇头挥角施展力量吧，
དེ་མིན་འབྲོང་ཆུང་རང་ཚོད་བཟུང་། །	其它小野牛都要安分啊！
ན་དམར་གཞུང་ནས་ཁ་དཀར་རྐྱང་། །	沮洳滩中的白唇大野驴，
བང་ངོམ་ན་ངོམ་ཚོད་ད་རེས་རེད། །	炫耀能量的时机已成熟，
ཐང་ཆེན་གྲུ་གུ་ལྟོག་ཚོད་རེད། །	要把大草原线团般收起来啦，
དེ་རིང་རྐྱང་ཆུང་རང་ཚོད་བཟུང་། །	今天的小野骡都要安分啊！

ཁྲི་ཚ་དཔུང་དམར།　赤擦·崩玛

༡ མཁའ་ལྡིང་བྱ་ཁྱུང་རྒྱལ་པོ་ང་། །	我是翱翔的金翅鸟，
བྱ་བརྒྱ་གཤོག་ཐོགས་འདྲ་ན་ཡང་། །	别看飞禽同样有翅膀，
མཐོ་ནམ་འཕང་སྐྱོད་ལུགས་འདྲ་ས་མེད། །	穿越高空时不一样！
ནགས་རྒྱ་སྟག་དམར་པོ་ཁྲག་འཐུང་ང་། །	我是林中喝血的猛虎，
མཆེ་སྡེར་རྣོ་ངར་འདྲ་ན་ཡང་། །	别看同样生有尖牙厉爪，
ཁྱི་རྒན་ངར་ཡང་བསྡུར་རྒྱུ་མེད། །	老狗没办法和我比。
རྫ་ཡི་འབྲོང་རྒོད་དར་མ་ང་། །	我是山中的野牦牛，
མགོ་རུ་ཟུར་རྣོ་ངར་འཛོམས་ན་ཡང་། །	别看同样生有锋利的犄角，
གླང་རྒན་ཚོགས་ཀྱིས་ཐུབ་ས་མེད། །	老黄牛绝不可能牴得过我。

༢ མགོ་གསེར་ཞྭ་ཅན་གྱི་བླ་མ་དེས། །	头戴黄帽的上师，
ཆོས་གདམས་པ་ཉམས་སུ་མ་བླངས་ན། །	若不曾修得佛法教诫，
མིག་བཙུམ་བཙུམ་ཚེ་འདས་མགོ་སྐོར་རེད། །	只会闭着眼睛欺骗死者；
མགོ་དར་འཕྱུ་ཅན་གྱི་དམག་དཔོན་དེས། །	插有盔旗的将军，
སྡང་དགྲ་བོ་དབང་དུ་མ་བསྡུས་ན། །	若不能征服冤家敌人，
ལུས་ཁྲབ་དཀར་གོན་རྒྱུ་སྟོང་པ་རེད། །	空披了一身华贵的白甲；
རྟ་འདོད་བ་གསེར་གྱི་སྒ་སྲབ་ཅན། །	鞴有黄金鞍辔的骏马，
ཐང་ཡངས་པའི་མགྱོགས་དར་མ་ཐོན་ན། །	平原赛马拿不了绸带，

ནོར་རིན་ཆེན་སྒ་ཆས་སྟོང་པ་རེད། །

空鞴了一身珍贵的鞍鞯。

༢ ལྷ་བརྒྱད་རང་ཡུལ་བཞུགས་པའི་དུས། །
སྔགས་པས་ཐོག་བཟློས་བྱས་ནས་བྱུང་། །
ད་རྒྱ་ཞིང་སྙེ་མ་རྡུང་བའི་དུས། །
སྔགས་པ་མཐུ་རྩལ་ཅི་གདའ་བལྟ། །
དུང་དཀར་རང་གནས་འཚོ་བའི་དུས། །
ཆུ་སྲིན་གྱིས་ཐོག་བཟློས་བཏང་ནས་སོང་། །
ང་དུང་དཀར་རང་རྩལ་རྩོམ་པའི་དུས། །
ཆུ་སྲིན་གདུག་རྩུབ་ཅི་གདའ་བལྟ། །

天龙八部住在本地时，
黑咒师居然施咒术，
现在冰雹要打掉麦穗了，
看你个黑咒师还有啥能耐！
白螺本分地享受生活时，
海鳌居然降下了冰雹，
现在海螺要施展武艺了，
看你个海鳌还能凶到哪里去！

གསེར་པའི་ཉི་འབུམ་དར་ཡག

色巴·尼奔塔尔雅

གླག་ནག་རོག་པོ་འཁྱམ་ས་ནས། །
རི་བོང་བསྐོར་ལྡིང་ཅི་དགོས་རེད། །
ཀླད་ཁྲག་བར་སྣང་གཏོར་རྒྱུ་རེད། །
རི་སྤྱང་སྔོན་མོ་རྒྱུག་ལམ་ནས། །
གཡང་དཀར་ཁྱུ་སྣ་རི་ལ་བཀྲམ། །
བཙོ་ཁྲག་ས་སྟེང་འཐོར་རྒྱུ་རེད། །
ཆུ་སྲིན་ངར་མ་ཟམ་ས་ནས། །
ཉ་སྲམ་ཁྱུག་འཛྭགས་ཅི་ལ་རེད། །
ཁོག་ཁྲག་ཆུ་ནང་འཐོ་ལེ་ཡོང་། །

黑色雄鹰盘旋的地方，
野兔缘何要瞎奔瞎窜？
当心脑血会洒向天上去！
灰色野狼窜行的地方，
羊群散漫满山坡，
当心羊粪羊血溅满一地；
凶猛巨鳌暴食的地方，
鱼和水獭缘何要乱打转？
当心血会浸到海水里去。

སྣང་ཅ་གཡུ་སྟག །

囊乌玉达

ཤྭ་བོ་ཆེན་མགོ་ཡི་དུང་རྭ་རྩོམ། །
རྫོན་མདའ་སྐྱེན་ཅི་གདའ་ལྟད་མོ་ལྟོས། །

公鹿炫耀鹿角时，
猎手善射与否，有热闹看了；

སྤྱང་ཨ་ཐང་མཆེ་སྤྲེར་ལུག་ལ་ཛམ། །
གཟིག་ཁྲ་ཡག་ཐུག་དུས་ཅི་གདའ་བལྟ། །
ཧོར་སེར་པོའི་བ་དུར་དགུ་བརྒྱ་དེ། །
གླིང་དཔའ་རྟུལ་ཐུག་ཉིན་ལྟད་མོ་བལྟ། །

狼扑向羊群时，
撞上了斑斓豹子，瞧它怎么办！
霍国九百帕图尔，
遭遇岭国英雄时，有热闹看了！

ཤན་ཆུང་རླུང་ལྷ་དར་འབུམ།

辛琼·隆拉塔尔奔

མཆོང་ཆེ་ན་དུང་སེང་སྐེད་ཆོག་འཕུད། །
ཁམ་ཆེ་ན་སྟག་མོ་ཤ་ཡིས་བརྣངས། །
ངར་ཆེ་ན་རལ་གྲི་སོ་ཁ་གྲུག།
གཤིབས་ཆེ་ན་བུ་མོ་མ་ལ་འགྲས། །
ཛམ་ཆེ་ན་ཆུ་སྲིན་དུང་གིས་ཕུག།
ཟ་ཆེ་ན་རོགས་པ་དྲི་མས་བརྫད། །

跳得太猛，雪狮会碰折颈骨；
吞得太猛，猛虎会被肉噎死；
磨得太利，宝剑会卷了刃口；
靠得太近，女孩会嫌弃母亲；
贪得太甚，鳌身会被螺穿破；
吃得太多，臭气会熏了朋友。

ཐང་པའི་རི་གཟར་ཐབ་རྒོད།

唐巴·日撒跋布贵

གངས་དཀར་ཡག་ཟུར་ནས་དུང་སེང་དེས། །
དཔའ་རྩལ་དྲག་གཡུ་རལ་ངོམ་ས་ནས། །
ཁྱོད་ཝ་མོ་ཁྲག་ལ་བསྲི་རྒྱུ་རེད། །
སྤང་ཁྲ་ཡག་ཟེ་ནས་བྲི་སེར་འབྲོང་། །
མགོ་རུ་ཐུར་དགུང་ལ་ངོམ་པའི་དུས། །
དམའ་ལུང་གསུམ་མདོ་ཡི་གླང་རྒན་དེས། །
ཁོས་འབོད་དུར་བྱས་པ་མ་ལོ་བྱུང་། །
བཙོ་ཁྲག་ཐང་ལ་འཐོ་རྒྱུ་ཡིན། །

皑皑雪山上的白雪狮，
炫耀勇猛绿鬃的地方，
你这只狐狸不应贪鲜血；
美丽草山上的野牦牛，
朝天炫耀野犄角的地方，
山下谷口的那头老黄牛，
居然大声哞起来，
带血的牛粪就要泼地了。

སྟག་རོང་ཨ་ནུ་གཟིགས་འཕེན།

༡ ནགས་རྒྱ་སྟོང་འཛིན་པའི་སྟག་མོ་དེ། །
ལུས་འཇམ་དྲུག་ཐིག་ཁྲ་རི་མོ་བཀྲག །
ཁ་མཆེ་སྡེར་ཝ་གཅན་ཟེལ་གྱིས་གནོན། །
དེ་དམར་ཡག་སྟག་གི་ཁྱད་ཆོས་རེད། །
མཐོ་མཁའ་ལྡིང་འདབ་ཆགས་ག་རུ་ཊ། །
ལུས་གཞོག་དྲུག་བར་སྣང་ཁམས་སུ་འགྱིང་། །
སྦྲུལ་དྲུག་ཅན་ངར་མ་གཟན་དུ་རོལ། །
དེ་མ་ཚད་འདབ་ཆགས་ཟིལ་གྱིས་གནོན། །
དེ་བྱ་ཁྱུང་རྒྱལ་པོའི་ཁྱད་ཆོས་རེད། །

༢ ཧོར་ཁྱི་ནག་བྱིའུ་ཁྱུར་དཔེ་བཞག་ན། །
གླིང་དཔའ་རྟུལ་སྐྲ་ཁྲ་དར་མ་ཡིན། །
ཁྲ་དར་མས་བྱིའུ་ཁྱུ་ནམ་གཏོར་རེད། །
ཧོར་ཁྱི་ནག་གཡང་དཀར་ཁྱུ་ཚོགས་ལ། །
གླིང་དཔའ་རྟུལ་སྤྱང་ཐང་དར་མ་ཡིན། །
སྤྱང་དར་མས་ལུག་ཁྱུ་ནམ་ཟོས་རེད། །
ཧོར་ཁྱི་ནག་རམ་ནག་ཐང་གང་རེད། །
སྐྱེ་གླིང་པ་ཐོག་སེར་རྨོད་པོ་ཡིན། །
རམ་ནག་སེར་བས་གར་རྟུང་རེད། །
ཧོར་ཁྱི་ནག་ཉ་སྲམ་ཁྱུ་ཚོགས་རེད། །
གླིང་དཔའ་རྟུལ་ཆུ་སྲིན་ངར་མ་ཡིན། །
ཆུ་སྲིན་གྱིས་ཉ་སྲམ་ནམ་གསོད་རེད། །
ཧོར་ཁྱི་ནག་ཤར་མ་ཝ་ཚོགས་རེད། །
གླིང་དཔའ་རྟུལ་རྒྱ་སྟག་ངར་མ་ཡིན། །

达绒·阿努色潘

统治整个森林的猛虎，
斑纹光华绚丽，
爪牙降伏了狐狸等百兽，
那就是斑斓猛虎的风采！
翱翔高空的迦楼荼鸟，
凌空展现傲气，
把凶猛毒蟒当做了食物，
威风征服了所有的飞禽，
那就是迦楼荼鸟的风采。

拿一群小雀比喻黑狗霍尔人，
岭国英雄就是一只只凶猛的鹞，
凶猛鹞鹰能随时冲溃雀群；
拿一群绵羊比喻黑狗霍尔人，
岭国英雄就是一只只凶猛的狼，
凶猛的狼能随时吃掉羊群；
拿珠芽蓼比喻黑狗霍尔人，
洁白岭国就是凌厉的雷雹，
珠芽蓼随时都会被冰雹打掉；
拿鱼和水獭比喻黑狗霍尔人，
岭国英雄就是一条条凶暴的巨鳌，
巨鳌能随时杀死鱼和水獭；
拿一群狐狸比喻黑狗霍尔人，
岭国英雄就是一只只猛虎，

གཅན་ཕ་མོ་སྟག་མོས་གསོད་རྒྱུ་རེད། །

群狐就要被老虎咬死！

གུར་ནག་གཟའ་བདུད་ངོ་ནག

古尔那·撒堆奥那

ནགས་རྒྱ་རྫོང་དཀྱིལ་གྱི་རྒྱ་སྟག་ངས། །
རྟ་ཕོ་རྭ་མ་ཟོས་བསམ་པ་མེད། །
ད་རུང་ཅི་ཟ་ཞེ་ལ་ཡོད། །
དེ་དམར་ཡག་སྟག་གི་ཁྱད་ཆོས་རེད། །
དམའ་རྒྱ་མཚོ་གླིང་ནས་ཆུ་སྲིན་ཧམ། །
ཉ་སྲམ་མ་འཚས་བསམ་པ་མེད། །
ད་རུང་ཅི་འཚའ་ཞེ་ལ་ཡོད། །
དེ་ཆུ་སྲིན་ནག་པོའི་ཁྱད་ཆོས་རེད། །

我是只丛林深处的猛虎，
曾记得吃过很多马驹，
现如今还想吃更多，
这就是我猛虎的风格；
我是沧海里贪暴的巨鳌，
曾记得吃过众多鱼和水獭，
现如今还想吃更多，
这就是我黑鳌的风格。

ནག་པོ་ཁྲི་ཐུབ།

那波赤图

ཟས་ཞིམ་པོ་མར་དཀར་སྤྲུ་ལུ་དེ། །
ཟ་ཆེ་ན་མཁྲིས་པ་ན་རབས་ཡོད། །
གཏམ་བཟང་པོ་ཕ་མའི་ཁ་ཏ་དེ། །
བཤད་ཆེ་ན་དགྲ་རུ་བཟུང་རབས་ཡོད། །
འགྲོས་ཆེན་ཁ་དཀར་རྐྱང་ཆུང་དེ། །
ཞོན་ཆེ་ན་ཀླད་ཁྲག་གཏོར་རབས་ཡོད། །

可口的乳类和酥油，
吃多了会伤及胆囊；
正确的父母教诲语，
说多了会制造对立；
有脚力的白唇小野骡，
骑过头了会脑浆涂地。

ཀུང་རྗེ་གཡུ་ཡག་ཁྲི་བཙན།

孔吉·玉雅赤赞

ཕ་ཁུ་བོ་ཆུ་ཤིང་སྡོང་པོ་ལ། །
བུ་ཚ་བོ་ཙན་དན་ཡོད་རབས་མེད། །
བདའ་ལུ་ཁྱི་ནག་རིགས་རྒྱུད་ལ། །

不曾听说叔父的芭蕉树上，
能长出檀香木的子侄；
不曾听说黑色野狗的种子，

དམར་ཡག་འཛུམ་དྲུག་བཀྲག་རྒྱུ་མེད། །
ནེ་ལེ་ག་མའི་གཤོག་ལྟེབ་ལ། །
ཁྱུང་ཆེན་གསེར་སྒོང་ཚར་རབས་མེད། །

能绽放老虎的斑纹；
不曾听说老鹰鹧鸪的羽翼下，
能孵化迦楼荼的金蛋。

བ་ཏུར་སྐར་ཚོགས་ཁྲ་རིང་།

巴图尔•嘎措查仁

སྤྱང་ཐང་སྤྱོན་མོ་ཟ་ཧམ་ཆེ། །
ལུག་ཆུང་ཞིམ་ཤ་ཟ་བསམ་སྐྱེ། །
རྫི་འུ་བཟང་འུར་རྡོས་ཀླད་ཁྲག་གཏོར། །
ལུག་ཤ་ཟ་རྒྱུ་དཀའ་མོ་རེད། །
བྲི་སེར་འབྲོང་རྒོད་རྭ་ཐུར་རྣོ། །
རྔོན་རྒོད་པོས་ཞིམ་ཤ་ཟ་བསམ་སྐྱེ། །
འབྲོང་རྒོད་ཀྱི་དུ་ལམ་སློག་པའི་ཚེ། །
མགོ་རྭ་ཐུར་ལེན་རྒྱུ་ཕར་ལ་ཞོག །
ཟ་འདོད་ཆུ་སྲིན་ཧམ་ཆེན་མས། །
ཉ་སྲམ་ཁ་ལ་འདེབས་བསམ་སྐྱེ། །
དུང་དཀར་འབུ་ཡི་རྩལ་ལམ་ནས། །
ཉ་སྲམ་ཟ་རྒྱུ་ཕར་ཚད་རེད། །

灰色的狼爱饕餮，
正想吃可口小羊肉时，
牧人抛石让脑浆溅了一地，
那羊肉，很难吃得嘴啊！
野牦牛角很锋利，
猎人正想猎牛吃肉时，
野牦牛让他找不到道了，
野牦牛角，顾不上啦！
馋嘴贪婪的巨鳌，
想大口吞噬鱼和水獭时，
白螺虫要用绝招弄死它，
鱼和水獭，顾不上啦！

ཤན་རྒོད་སྐར་ཆེན་ཐོག་རྒོད།

辛贵•嘎尔钦托贵

མེ་དམར་པོའི་ཁ་ཡི་ཟས་མཆོག་དེ། །
ལེན་མ་ཤེས་ཁ་ལག་ཚིག་རབས་ཡོད། །
སྦྲུལ་དུག་གཅན་མགོ་ཡི་ནོར་བུ་དེ། །
ཐབས་མ་མཁས་རང་སྲོག་འཚོར་རབས་ཡོད། །
རོགས་མཛེས་མ་མིག་གི་བུ་ལོན་དེ། །
འདྲིས་མ་ཤེས་ངོ་ཚ་ཉོ་རབས་ཡོད། །

想吃烤在火上的美食，
不会取就会烫伤手和嘴；
夺取毒蟒顶上的宝珠，
策略失当反会丢掉自己性命；
跟那美丽娇艳的恋人，
不懂得相处会招致羞辱。

རྡོམ་ནག་ཐོག་སྐྱིད།

རྩལ་མེད་རྟ་ཕོ་རྒྱུག་རྒྱུ་དེ། །
མགོ་ཆག་རང་གིས་ཚོ་ལེ་རེད། །
སྙིང་མེད་གྱི་རིང་འཕྲེད་སྐོར་དེ། །
འགྲམ་ལྕག་རང་གིས་ཚོ་ལེ་རེད། །
ཤེས་མེད་གྲལ་མགོ་འདུག་ལེ་དེ། །
དམའ་འབེབ་རང་གིས་ཚོ་ལེ་རེད། །
ཁྲེལ་མེད་མནའ་མར་སྐོག་བཤད་དེ། །
རང་མཚང་རང་གིས་སྟོན་ལེ་རེད། །
མེད་ན་ཡོད་མདོག་བྱེད་ལེ་དེ། །
ཕམ་ཁ་རང་གིས་ཚོ་ལེ་རེད། །

童那托贵

没骑术偏要骑马驰骋，
是在自找摔破脑袋；
没胆量偏要横舞长刀，
是在找上前挨耳光；
没智慧偏要坐首席，
是在自寻被人贬损的话；
无耻的媳妇偷偷嘀咕，
是在向世人抖出见不得人的事；
没钱装作有钱样儿，
是在自己找亏吃。

རི་པའི་ཐོག་འབྲུག་རྩེ་སྐྱིད།

༡ ཤར་གྱི་རྒྱ་སྟག་དམར་ཡག་དེ། །
ཁ་མཆེ་སྡེར་རྣོ་ལེ་ཤེས་ཤེས་རེད། །
སྤར་མ་ཝ་མོས་ཅི་ལ་འགྲན། །
ཝ་གྲ་ལོ་ཁྲག་ལ་བསྒྲེ་རྒྱུ་རེད། །
ཝ་ལྤགས་གཞན་ལ་ལེན་རྒྱུ་ཡིན། །
ཁྲ་ཡག་རྫ་ཡི་འབྲོང་སྐོད་ང་། །
མགོ་རུ་ཟུར་རྣོ་ལེ་ཤེས་གསལ་རེད། །
གླང་རྒན་ཚོགས་ཀྱིས་ཅི་ལ་འགྲན། །
བཙོ་གྲོད་ཐང་ལ་གཏོར་རྒྱུ་རེད། །
མགོ་ཛ་གཞན་དུ་གཙོད་རྒྱུ་ཡིན། །

日巴•托珠泽贵

说起东方那只斑斓虎，
明明知道它有尖牙厉爪，
怯懦的狐狸还要跟它比一比，
结果狐狸毛上沾满了血，
收走狐狸毛皮当作了功勋；
我是壮丽山上的野牦牛，
明明知道我有锋利的牛角，
一群老黄牛还要比一比，
结果牛肚牛粪泼了一地，
收走牛角牛尾当作了功勋。

༢ མ་ངན་བུ་ཕྲུག་ཐོག་ཏུ་རྩུབ། །
ཁྱི་ངན་བདག་པོའི་ཉ་ལ་འཇུ། །
མོ་ངན་ཚེ་རོགས་དགྲ་ལག་སྤྲོད། །
གྲི་ངན་བདག་པོའི་ལག་ཏུ་རྣོ། །
ཟས་ངན་ཞིག་གིས་སྲོག་ལ་རྒོལ། །
གྲྭ་ངན་ཞིག་གིས་དགོན་གཉིས་ཕུང་། །

孬妈妈只对孩子横，
烂狗只会扑自己的主人，
烂女人会把丈夫交给敌人，
破刀割主人手时才会显锋利，
坏食物常会害性命，
浑僧人会乱了毁己毁寺。

ཀུན་དགའི་ཀློག་འཇུག་ཐོག་དམར།

更嘎·洛秋托玛

༧ ཁྲ་ཕྲུག་གཤོག་འཕྱུར་རྒྱུག་ས་ནས། །
བྱིའུ་ཆུང་ཤོར་བསམ་ཞེ་ལ་མེད། །
ཁྲ་ཡག་གཟིག་ཕྲུག་རྩལ་ལམ་ནས། །
ཁྱི་ཕྲུག་ཤོར་བསམ་ཡིད་ལ་མེད། །
སྤྱང་ཕྲུག་དར་མའི་ཁ་སྤུན་ནས། །
ལུག་ཆུང་མི་ཐུབ་བསམ་ཞིང་མེད། །

小鹞展翅飞翔处，
小雀要逃脱，绝不可能啊！
斑斓小豹奔跃处，
小狗要逃脱，想都别想啊！
敏捷的小灰狼，
斗不过小羊？想多了啊！

བ་ཏུར་མི་ཐུང་ཡ་མེད།

巴图尔·弥通雅美

རྒྱ་སྟག་ནགས་ལམ་འཛིན་པའི་དུས། །
རྟ་ཐོ་ཅུ་སྐོར་རྒྱུག་ཨ་བ་ཧི། །
སྤྱང་ཐང་རི་སྲིབ་འགྲིམ་པའི་དུས། །
ལུག་ཁྱུ་སྐོར་འཛོགས་ཤ་རེ་ཚ། །
སྐྱ་ཁྲས་ནམ་འཕང་བཀུགས་པའི་དུས། །
བྱིའུ་ཁྱུ་སྐོར་འཕུར་སྙིང་རེ་རྗེ། །

林中猛虎当道的时候，
马驹瞎蹦跶，要遭殃啦！
灰狼穿行山岭的时候，
羊群在瞎跑，叫人心疼啊！
鹞鹰翱翔天穹的时候，
雀群在盘桓，多可怜啊！

སྟོབས་ཆེན་གླང་པོ་ཁྲ་འབར། 多钦·朗波查跋尔

འབྲི་སེར་འགྲོང་གི་རུ་རྩལ་དེ། །
ཁྲ་ཡག་རྫ་ནས་མ་ཙོམ་ན། །
གད་ཁུགས་གླང་རྒན་ཁྱད་པར་མེད། །
ཁ་དཀར་རྐྱང་གི་བང་རྩལ་དེ། །
བྱང་ན་དམར་གཞུང་ནས་མ་ཙོམ་ན། །
གྲོང་གསེབ་བོང་རྒན་ཁྱད་པར་མེད། །
བྱ་རྒྱལ་ཁྱུང་གི་གཤོག་རྩལ་དེ། །
དགུང་སྔོན་དབྱིངས་ནས་མ་ཙོམ་ན། །
སྲིན་བྱ་འུག་པ་ཁྱད་པར་མེད། །

野牦牛犄角的力量，
不在美丽的山上炫耀，
它跟土坎下老黄牛没两样；
白唇野骡的能耐，
不在北方红沼泽地炫耀，
它跟村巷老驴没两样；
鸟王迦楼荼的飞技，
不在蔚蓝色天穹炫耀，
它跟猫头鹰没两样。

སྟོང་ཁོང་འབྲུག་གྲགས། 东匡珠扎

བར་སྣང་སྟོང་པའི་འགྲིམ་ལམ་ན། །
ཐང་དཀར་རྒོད་པོས་གཤོག་རྩལ་ཙོམ། །
འདབ་ཆགས་ནང་གི་མགོ་རྣ་བསམ། །
ལུང་གསུམ་དམར་ལ་ཟ་འདོད་ཤོར། །
ངོག་མོའི་ས་ནས་སྐོར་ལྡིང་བྱེད། །
རྒོད་པོའི་འཕུར་རྩལ་ཤ་ལ་ཤོར། །
རི་ཆེན་བྲག་གི་འཛིང་ཁུགས་ན། །
ཤ་ཆེན་ཤ་བས་རུང་རྭ་ཙོམ། །
རྩྭ་གཟན་ཀུན་གྱི་མགོ་རྣ་བསམ། །
སྒང་ཟུར་གཟན་ལ་འགྲིམ་པའི་ཚེ། །
ལུང་པའི་ཁོག་གི་རྩྭ་ལ་གཡེང་། །
རྔོན་མདའ་སྐྱེན་ཐུག་རུས་རུང་རྭ་ཤོར། །

天穹虚空飞鸟路，
凶猛的秃鹫在炫耀飞技，
它想做所有飞禽的领头者，
却心系山沟中的死肉，
盘旋在大地的上空，
结果秃鹫的飞技输给了肉；
嵯峨高山岩石下，
大公鹿在炫耀鹿角，
它想做食草动物的领头者，
翻过山梁去觅食，
沉浸在山沟丰茂的野草里，
结果鹿角输给了善射的猎人；

གཙང་ཆབ་གཞུང་རྒྱས་བཞུར་ས་ནས། །
གསེར་མིག་ཉ་མོས་གཤོག་འགྱུར་ངོམ། །
གསེར་གཤོག་ཅན་གྱི་མགོ་རྗེ་བསམ། །
ཉ་མོ་གཞུང་རྒྱ་གཤག་པའི་ཚེ། །
རྒྱ་ཤོད་རྒྱ་མཚོའི་ཆུ་ལ་གཡེང་། །
གཞུང་ཉ་པ་རྒན་པོའི་ཉ་རྒྱར་ཚུད། །

宽河床流淌的清澈河水里，
金目鱼在炫耀游泳技能，
它想做所有金鳍鱼的领头者，
沉浸在浩瀚沧海里，
结果落入了老渔夫的络网。

ཉ་པའི་ཆུ་བོ་གྲིན་སྟོག

年巴·曲沃浅导

དམར་ཡག་ནགས་རྫོང་འཛིན་པའི་དུས། །
རྟ་ཐོ་ཙ་སྐོར་འཚོགས་ཅི་ཞིག་རེད། །
ཆུ་སྲིན་རང་གནས་མཆོང་བའི་དུས། །
ཉ་སྲམ་གྱིས་སྐོར་འདེད་ཅི་ལ་རེད། །
སྐྱ་ཁྲ་དགུང་ལ་བཀྱགས་པའི་དུས། །
བྱིའུ་ཁྲུ་སྐོར་འཕུར་སྙིང་རེ་རྗེ། །

猛虎统治森林的时候，
马驹为何要瞎蹦跶？
巨鳌腾跃海域的时候，
鱼和水獭为何要追游？
鹞鹰翱翔天穹的时候，
雀群盘桓多可怜啊！

ཧོར་གླིང་གཡུལ་འགྱེད། སྟོད་སྨད།

《霍岭之战》上下

ཧོར་རྗེ་གུར་དཀར།

霍尔白帐王

1 ཕོ་ཁྱོད་ཕ་བོང་རྒས་རྒྱུ་མེད། །
མོ་ཁྱོད་ཤུག་པ་རུལ་རྒྱུ་མེད། །

男人的冤，像磐石一样不会老；
女人的冤，像柏木一样不会烂。

2 དགྲ་ལན་པོ་མེད་ན་ཝ་མོ་རེད། །
གཏམ་ལན་པོ་མེད་ན་ལྐུགས་པ་རེད། །

不能迎战的人是狐狸，
不能回答的人是哑巴。

3 རྗེ་རྒྱལ་པོའི་བཀའ་ལ་ཡར་ལྡོག་མེད། །
རི་གཟར་ཐབ་ལ་གྱེན་ལྡོག་མེད། །

国王的口谕不可违，
滚坡的石头不向上。

4 སྤྱང་མ་འདུག་སྒྲུ་རིང་ལམ་ཆེན་སྒུགས།
ལུག་ཚོན་པོའི་ཤ་དང་འཕྲད་ཤས་ཆེ། །
བཙོན་མ་འདུག་ལ་ལུང་གོང་བ་ནོན། །
ཤྭ་ཕོ་ཆེན་ལམ་ཐུག་ལ་ཐང་མེད། །
མགྲོན་མ་འདུག་རྒྱ་འགྲོ་དབུས་སྐོར་གྱིས། །
ཚོང་གྲོགས་སྐྱ་གར་ཡོད་ལ་ཐང་མེད། །

狼啊，你别闲着，到大路旁去等，
很有可能吃上肥羊肉；
猎人，你别闲着，去翻山穿沟吧，
很有可能撞上大公鹿；
旅客，你别闲着，去卫藏转经吧，
很有可能碰到好商机。

5 བུ་ཆུང་འོ་མས་གསོས་ལེ་དེ། །
དགྲ་ལ་འཐབ་ཉིན་བསམ་ལེ་ཡིན། །
རྟ་འདོ་བ་ཚས་ཀྱིས་གསོས་ལེ་དེ། །
མགྱོགས་དར་ལེན་ཉིན་བསམ་ལེ་ཡིན། །
བྱང་འབྲོང་གཡག་ལ་གསོས་ལེ་དེ། །

用乳汁喂养小男孩，
是为了长大后去迎敌；
用食料去饲养骏马，
是为了赛马时夺得彩带；
饲养北方的野牦牛，

སྟོན་ཤ་ཆང་དགོས་ཉིན་བསམ་ལེ་ཡིན། །
ཕྱུགས་ཟལ་དཀར་འབྲི་མོ་གསོས་ལེ་དེ། །
མར་རྒྱ་ཇ་བཀོལ་ཉིན་བསམ་ལེ་ཡིན། །

是为了秋季有肉储存；
饲养下奶的雌犏牛，
是为了熬茶时有酥油。

༨ མཐོ་ནམ་མཁའ་འོད་ཀྱི་ཞིང་ཁམས་ནས། །
སྤྲིན་དཀར་པོས་ཚག་རག་འཐེན་ས་ནས། །
རླུང་བསེར་བུས་གདེང་ཚོད་འཛིན་རྒྱུ་མེད། །
ཆར་ཨེ་འབབ་སྨུ་སྤྲིན་ང་རང་ཤེས། །
འབྲུག་ཨེ་གྲག་སྨུ་སྤྲིན་ལག་ན་ཡོད། །

光明的高空天穹中，
白云拉过一道道线的地方，
不应该由风儿来判断，
只有阴云知道会不会下雨，
会不会雷鸣全由阴云掌握。

༩ གཅེས་ཕྲུག་འོ་མས་དཀར་ལེ་དེ། །
དེ་ལ་དཀར་པོ་ཟེར་ལེ་མིན། །
སྐར་མ་བྲོས་ནས་ཐར་བ་ལ། །
དེ་ལ་རྒོད་པོ་ཟེར་བ་མིན། །

被乳汁养白的爱子，
不能瞎吹为生得白；
临阵逃脱的懦夫，
不能称其为勇猛者。

ཤན་པ་མེ་རུ་རྩེ།

辛巴梅如泽

༡ བསམ་བློ་བཞི་གསུམ་བཅུ་གཉིས་ཐོངས། །
བློ་རྩེ་ཉི་ཤུ་རྩ་ལྔ་ཕོད། །

要作三四一十二次思考，
要作五五二十五次权衡。

༢ དཔོན་གཉོམ་ན་གླ་པས་ཁྲིམས་གཏམ་བྱེད། །
བྱ་མེད་ན་བོང་བུས་ནམ་ཚོད་བཟུང་། །

垮了首领，佣人会发话断案，
没了公鸡，毛驴会代为司晨。

༣ གཡོག་ཨ་སྤྱུག་དཔོན་རྒྱུས་ལོན་པས་ན། །
དཔོན་ལ་ཁ་བཤད་བྱེད་རབས་ཡོད། །
རྟ་ལ་ལོང་ལྕག་རྒྱག་རབས་ཡོད། །
སྨན་གཡོག་སྤྱུག་དཔོན་རྒྱུས་ལོན་པས་ན། །

卑琐男仆掌握了首领的性格，
就会张口跟首领顶嘴，
就会挥鞭抽打首领的马；
卑贱女仆掌握了首领的性格，

འཕྱུ་དར་དགུང་ལ་ཕྱར་རབས་ཡོད། །
སྣ་ཁྱི་ལྟོ་སྐལ་གཅོད་རབས་ཡོད། །

就会把盔缨举到天上去，
就会断了首领家狗的狗食。

༤ གཡོག་པོ་རྒྱགས་ན་བྲོ་རྟུང་དྲན། །
གཡོག་མོ་རྒྱགས་ན་གླུ་ལེན་དྲན། །
བན་དེ་རྒྱགས་ན་ཆང་འཐུང་དྲན། །
བོན་པོ་རྒྱགས་ན་མཐུ་གཏོང་དྲན། །
མི་སྡེ་རྒྱགས་ན་རྗེ་ལ་འགྲན། །
བློན་ཆུང་རྒྱགས་ན་ཁ་བཤད་གཏམ། །

男仆吃饱后要跳舞娱乐，
女仆吃饱后要唱歌欢闹，
和尚吃饱后要喝酒买醉，
苯波吃饱后要放咒害人，
百姓吃饱后要跟国王较量，
小臣子吃饱后要吐金科玉律。

༥ དགུང་ཉི་ཟླ་མཐོ་ཚོད་མ་ཟིན་ན། །
གཟའ་ཁྱབ་འཇུག་གདོང་ལ་ཐུག་རན་གདའ། །
བར་བྲག་དཀར་བཙན་ཚོད་མ་ཟིན་ན། །
བཙན་བྲག་དཀར་ཐོག་གིས་གཏོར་རན་གདའ། །
དམའ་ཆུ་ཕྲན་འབབ་ལུགས་མ་ཤེས་ན། །
རྡོ་གྲམ་པ་སྐམ་ལ་ཕུད་རན་གདའ། །

日月控制不住自己的高度，
会撞上吞他们的罗睺罗曜；
白岩控制不住险固的程度，
白岩石就有被雷击毁的危险；
小溪不懂得自己流淌的规矩，
会干涸成一道鹅卵石滩。

༦ ཕོ་རབ་འདྲ་གཉིས་ཐུག་པ་ན། །
དཔའ་སྟག་གཟིག་ཁ་སྦྲོད་བྱས་པ་འདྲ། །
དེ་རྗེས་རྟ་ཐོག་འདུན་མ་གཏམ། །
ཕོ་འབྲིང་འདྲ་གཉིས་ཐུག་པ་ན། །
མགོ་མ་ཁྲ་འཐབ་སྤྱང་འཐབ་བྱེད། །
དེ་རྗེས་མགོ་ནས་རྨོག་དཀར་བརྗེ། །
དེ་ནས་ལུས་ཀྱི་ཁྲབ་དཀར་བརྗེ། །
སྐེད་འདོ་དུག་འཁོར་གསུམ་བརྗེ་རབས་ཡོད། །
ཕོ་ཐ་འདྲ་གཉིས་ཐུག་པ་ན། །
དང་པོ་ལུག་ཐུག་རྟུང་རྟུང་བྱེད། །

两个俊杰相遇的时候，
就像老虎邂逅了豹子，
骑在马上谈志向；
两个凡人相遇的时候，
先是如鹞似狼相交手，
然后结盟交换头上盔，
再次交换身上白铠甲，
最后交换腰间的刀矛弓箭；
两个烂货相遇的时候，
先要种羊般觝角一番，

དེ་ནས་ར་བྲོས་ལུག་བྲོས་བྱེད། །	接着像山羊绵羊分头逃命，
ཕྱི་བལྟས་མེད་པར་མཉམ་བྲོས་བྱེད། །	而且同时亡命头都不敢回。
༧ རི་ཡར་ཤམ་ཆད་པའི་མར་ཤམ་ན། །	上山塆的下头，
སྤྱང་ཨ་ཐང་འདུར་ཁ་སྐྱེན་ལེ་དེ། །	那只疾走的灰狼很敏捷啊，
ལུག་གཡང་དཀར་ཤ་ཟ་ཨེ་ཡོན་བསམ། །	思谋着如何把羊肉吃到嘴里来，
རྫི་འུར་རྡོ་གཅིག་གིས་ཀླད་ཁྲག་གཏོར། །	结果牧人的抛石让脑浆溅了一地；
བྱང་ན་དམར་གཞུང་གི་ས་ཆ་ན། །	北方的沮洳滩上，
རྒྱང་ཁ་དཀར་བང་ཁ་སྐྱེན་མོ་མ། །	那只白唇野鹿奔驰得很快啊，
ལུས་རྩལ་དྲུག་གོང་བ་རྫོམ་བསམ་ཡང་། །	思谋着如何炫耀身上的能耐，
མདའ་ཉག་ཕྲན་གཅིག་གིས་སྲོག་དམར་སྐྱེལ། །	结果让一支利箭夺走了性命。
༨ ཤར་རྒྱ་ཡི་ཡུལ་ནས་གླང་ཆེན་འཕྲུན། །	东方汉地有大象在喘息，
ས་དེ་ན་འཕྲུན་ན་འཕྲུན་ལེ་རེད། །	它在那里喘息，很合适，
ཡུལ་གཞན་ནས་འཕྲུན་ན་ལྟས་ངན་ཟེར། །	若在别处也喘息，那多晦气啊！
ཧོར་ཨ་ཆེན་ཐང་ན་རྔ་མོང་འཁྱམས། །	霍尔阿钦平原骆驼在游荡，
ས་དེ་ན་འཁྱམས་ན་འཁྱམས་ལེ་རེད། །	它在那里游荡，很合适，
ཡུལ་གཞན་ནས་འཁྱམས་ན་ལྟས་ངན་ཡིན། །	若在别处也游荡，那多晦气啊！
མཚན་མུན་པའི་སྨག་ལ་འུག་པ་བགད། །	漫漫黑夜有鸱鸮在狂笑，
དུས་དེ་ནས་བགད་ན་བགད་ལེ་རེད། །	它在那里狂笑，很合适，
ཉིན་དཀར་མོར་བགད་ན་ལྟས་ངན་ཟེར། །	若在别处也狂笑，那多晦气啊！
བྱང་གུ་གེས་གསེར་ཕྱེ་གཡག་རྔས་ཕྱགས། །	北方古格用牦牛尾扫金粉，
ས་དེ་ནས་ཕྱགས་ན་ཕྱགས་ལེ་རེད། །	在那地方扫金粉，很合适，
ཡུལ་གཞན་ནས་ཕྱགས་ན་ལྟས་ངན་ཡིན། །	若在别处也扫它，那多晦气啊！
ཡུལ་ཨ་བསེས་གཡུ་ལ་འབོ་འཇལ་བྱེད། །	阿赛地方拿斗量着松石，
ས་དེ་ནས་འཇལ་ན་འཇལ་ལེ་རེད། །	在那里斗量松石，很合适，
ཡུལ་གཞན་ནས་འཇལ་ན་ལྟས་ངན་ཟེར། །	若在别处也斗量它，那多晦气啊！

དཔྱར་ཟླ་གསུམ་ཁུ་བྱུག་གསུང་སྙན་གྲག།
དུས་དེ་དུས་གྲག་ན་གྲག་ལེ་རེད།།
དེ་དགུན་ལ་གྲག་ན་ལྟས་ངན་རེད།།
ས་གཞན་ལ་བླ་མའི་ཆོས་བཤད་དར།།
ཡུལ་དེ་ལ་བཤད་ན་བཤད་ལེ་རེད།།
ཧོར་སེར་པོར་བཤད་ན་ལྟས་ངན་ཡིན།།
སྤྱི་དབུ་ནག་བོད་ལ་དབང་ཞུ་དར།།
བོད་དབུས་གཙང་དར་ན་དར་ལེ་རེད།།
ཧོར་སེར་པོས་ཞུས་ན་ལྟས་ངན་ཡིན།།

杜鹃在三夏动听地鸣叫，
它在那时鸣叫，很合适，
若在冬天也发声，那多晦气啊！
外地流行着上师说佛法，
它在那些地方流行，很合适，
若在霍尔也流行，那多晦气啊！
黑头藏人中流行求灌顶，
那事在卫藏一带流行，很合适，
若在霍尔也有人求，那多晦气啊！

༩ བུ་གསོས་གསོས་འོ་མས་གསོས་ལེ་དེ།།
དགྲ་བྱུང་ཉིན་མགོ་སྐྱེ་སྡོན་ལ་སྐྱུག།
གཉེན་ཡིད་ཐང་ཆད་ལེ་ལ་ཐང་མེད།།
རྟ་འདོ་བ་ཆས་ཀྱིས་གསོས་ལེ་དེ།།
བང་རྒྱུག་ཉིན་མགོ་སྐྱེ་སྤྱ་ན་བཅོག།
རྟ་རྔུལ་ཆུ་འཁྱིན་ལེ་ལ་ཐང་མེད།།
བྱང་འབྲོང་གཡག་ལ་ལ་བུད་ལེ་དེ།།
སྟོན་ཤ་ཚང་མགོ་སྐྱེ་སྤྱ་ན་བཅོག།
ནང་ཤ་འབུས་གང་ལེ་ལ་ཐང་མེད།།
སྦྲུགས་ཟལ་དཀར་འབྲི་མོའི་མར་དཀར་དེ།།
ཇ་སྲུབ་ཉིན་མགོ་སྐྱེ་སྤྱ་ན་བཅོག།
ཞག་ཉ་མིག་ཤར་ལེ་ལ་ཐང་མེད།།

用乳汁养大的男孩，
迎敌时需要，但不要宠溺他，
说不定到时他会寒了亲戚的心；
用食料饲养的骏马，
奔跑时需要，但不能养得太肥，
说不定那时它会累出一身的汗；
野牦牛驯成家养牛，
储肉时需要，但不能宰太早，
说不定储存的肉过后生满蛆。
花白牦牛乳汁提炼的白酥油，
打酥油茶时需要，早了很糟糕，
说不定浮结出鱼眼油脂。

༡༠ ཧམ་པ་རི་རབ་ལས་མཐོ།།
རང་རྒྱུད་རེ་ལྷེ་ལས་རྩུབ།།

贪念比山王须弥还大，
性格比牛毛织品还粗。

སེང་ལྷམ་འབྲུག་མོ།

森姜珠牡

༡ སྡེ་ལ་དམུ་གབ་རྣམ་གསུམ་ཡོད། །
མོ་ཐིག་པོ་མ་འདེབས་དམུ་གབ་ཡིན། །
ཁྱི་རྒོད་པོ་མ་གསོ་དམུ་གབ་ཡིན། །
རྩིས་རྣོན་པོ་མ་བརྒྱག་དམུ་གབ་ཡིན། །

世上有三件闹心事，
别占太狠的卜，那会很闹心！
别养太凶的狗，那会很闹心！
别算太准的卦，那会很闹心！

༢ སྔོ་སྔོན་ལ་དྲན་ན་གྲུང་པོ་ཡིན། །
རྒྱབ་ནས་དྲན་ན་གླེན་པ་ཡིན། །
འགྱོད་པ་ལས་ཀྱི་མཐའ་མ་ཡིན། །
ཕོ་རབ་དེ་མ་ཐག་ཏུ་དྲན། །
ཕོ་འབྲིང་རི་ཐང་མཚམས་ནས་དྲན། །
ཕོ་ཐ་མས་བྱ་བ་ཚར་དུས་དྲན། །

事先明白的人是智者，
事后明白的人是呆子，
后悔是最无奈的事情。
上等人马上就明白，
中等人中途会明白，
下等人事后才明白。

༣ ཕོ་སར་དགྲ་རྒོད་ཆེ་ན་ངན། །
སྔ་དྲོ་ཁ་ཕོ་ཐམས་སེ་ཐམ། །
ཕྱི་དྲོ་སྙིང་ཁྲག་ཐང་ལ་འཐོ། །
རྟ་སར་རྒྱུག་དགའ་ཆེ་ན་ཡོད། །
སྔ་དྲོ་བསེར་མ་རླུང་དང་འགྲན། །
ཕྱི་དྲོ་ཐང་དཀྱིལ་ཕ་བོང་འདྲ། །
ལྕག་བརྒྱུས་བྲབ་ཀྱང་འགྲོ་ལེ་མེད། །
ཁལ་སར་འགེལ་དགའ་ཆེ་བ་ན། །
སྔ་དྲོ་བཞི་དོ་གོང་ཚྭ་ཁུར། །
ཕྱི་དྲོ་རྭ་གཉའ་སྨུར་ནས་འདུག །

喊打喊杀的少年爱犯浑，
上午说着满口的豪言壮语，
下午被人开膛心脏坠地了！
喜欢蹦跶的马儿爱泄气，
上午奋蹄要和风儿赛速度，
下午累趴后像一块磐石，
挥鞭策励百遍也走不动啦！
给新来的驮牛驮多了货物，
上午虽然能背四口大袋子，
下午垂角塌背趴下了！

༤ ཕར་འགྲོ་ཇག་གི་མགོ་མ་དེ། །

出门抢劫的领头人，

མོ་སྤྱང་འདྲ་བའི་རྩུལ་གཅིག་དགོས། །
ཚུར་འོང་རྫག་གི་རྗིང་མ་དེ། །
ཕོ་སྤྱང་འདྲ་བའི་བང་གཅིག་དགོས། །

要有母狼一样的凶猛；
撤退返回的殿后人，
要有公狼一样的速度。

༥ ཕར་འགྲོ་རྫག་ལ་བཙུན་གསུམ་ཡོད། །
ཕོ་རྒོད་པོ་མི་བཙུན་འཕྱུར་པོ་བཙུན། །
རྟ་མགྱོགས་པ་མི་བཙུན་འགྲོས་མ་བཙུན། །
མཚོན་ཤུབས་ཁྲ་མི་བཙུན་རྣོན་པོ་བཙུན། །

出门抢劫时有三件好用的，
猛汉不如帅气的有用，
快马不如耐走的有用，
华丽剑鞘不如利剑有用。

༦ ལུག་རྫི་ཁེར་འགྲོ་གཉིད་ལ་དགའ། །
གཡང་དཀར་ཕྱུ་སྟེ་ཆད་དོགས་ཡོད། །
ཕོ་སར་ཁེར་འགྲོ་ཚོང་ལ་དགའ། །
ཚོང་ཟོག་རྫག་ལ་ཤོར་དོགས་ཡོད། །
ཁལ་སར་ཁེར་འགྲོ་གཟས་ལ་དགའ། །
སྤྱང་རྐུན་སྣ་ནས་འཛུ་དོགས་ཡོད། །

独行的牧羊人爱睡觉，
羊群会丢掉一大半；
独行的少年爱经商，
商品会落入强盗手；
独行的驮牛爱草场，
狼和贼会扑向牛鼻子。

སྟག་རོང་ཨ་ཁུ་ཁྲོ་ཐུང་།

达绒·超同叔叔

༧ ལྷས་མི་མགོན་དུས་དེར་མཆོད་མི་རེད། །
འདྲེས་མི་གནོད་དུས་དེར་རྡུང་མི་རེད། །

这是神灵不会保护也要祭祀的人，
这是鬼怪不会施害也要打击的人。

༨ མདའ་གོམ་གསུམ་མཐེབ་མོས་མི་ཐོན་ལའི། །
ཐོག་དམར་པོ་ཁ་ལོ་སྒྱུར་མདོག་བྱེད། །

开弓射不了三步远，
还想控制霹雳的走向。

ཁྲོ་ལུའི་རྟ་འཕར་བ་ཟ་ནག།

超同坐骑帕琶那波

མ་ཡིན་ཡིན་མདོག་བྱེད་ལོང་ཡོད། །

明明是假的，偏要说成真的；

ར་གན་གསེར་མདོག་བྱེད་ལོང་ཡོད། །
ཞ་ཉེས་དངུལ་མདོག་བྱེད་ལོང་ཡོད། །

明明是黄铜，偏要说成纯金；
明明是铅块，偏要说成白银。

རྒྱ་ཚ་ཞལ་དཀར།

嘉擦谐嘎

༡ ཤིང་སྡོང་པོ་གཞོན་དུས་བྲེག་ན་དགའ། །
མེ་འབར་བ་ཆུང་དུས་བསད་ན་དགའ། །
སྟག་དམར་ཡག་མགོ་ནས་མཉེས་ན་ལེགས། །
སྡང་དགྲ་བོ་མགོ་ནས་བཅོམ་ན་དགའ། །

树木啊，最好趁小砍掉；
火焰啊，最好趁小扑灭；
猛虎啊，最好摁头制服；
敌人啊，最好打头击毙。

༢ གཅན་ཝ་མོས་རི་རྩ་འདུར་གྱིས་གཅོད། །
འདུར་མང་ན་ཝ་ཤུན་ཚོན་ཐག་འགེལ། །
བྱ་རྒོད་པོས་ལུང་ཁུག་གཤོག་སྒྲས་འགེངས། །
གྲངས་མང་ན་གཤོག་སྒྲོ་མི་ལ་ཤོར། །
ཉ་གསེར་མིག་ཆུ་གཞུང་འགྱུར་འགྲོས་ཅན། །
འགྱུར་ཆེ་ན་ཉ་ཁ་ལྕུགས་ཀྱུས་བཟུང་། །

狐狸总爱在山下乱窜，
窜久了狐皮会搭到帐绳上；
大雕总爱在山坳里飞，
飞久了羽翼会被人取走；
金目鱼总爱河中央游，
游久了会被鱼钩钓走。

༣ ཤིང་ལྗོན་པ་སྐྱེ་ཚུགས་མ་ཟིན་ན། །
ལམ་སྐྱ་རིང་ཟུར་ལ་གནོད་པ་སྐྱེལ། །
ཕོ་སྟ་ཐོགས་གཅིག་གིས་ཤིང་རྩེ་གཅོད། །
ཆབ་ཆུ་བོ་ཆེ་ཆོད་མ་ཟིན་ན། །
མགྲོན་ལམ་རིང་འགྲིམ་པའི་ལམ་ལ་གནོད། །
གྲུ་ཟམ་པས་ཆུ་ཆེན་གཉའ་ནས་གནོན། །

树木控制不好枝头，
它会对路形成危害，
结果会被持斧者砍伐；
江河控制不好流向，
它会对大道形成危害，
结果要受舟桥的压制。

སྤྱི་དཔོན་རོང་ཚ་ཁྲ་རྒན།

吉本·绒擦查根

༡ སྐྱེ་བ་རྒ་བ་འཆི་བ་གསུམ། །

生、老、死三件事，

སྔ་མའི་ལས་ཀྱིས་བསྐོས་ཐང་རེད། །

是前世注定的命。

༢ མི་རྒན་ཁྱི་རྒན་རྟ་རྒན་གསུམ། །
བྱས་པ་མེད་དེ་ཀུན་གྱིས་སྡང་། །
ཨ་ཕྲུག་ཁྱི་གུ་རྟེའུ་ཆུང་གསུམ། །
བྱས་པ་མེད་དེ་ཀུན་གྱིས་བྱམས། །

老人、老狗和老马，
没干坏事也被大家讨厌；
小孩、小狗和马驹，
没做好事也被大家喜欢。

༣ རྒད་པོ་མ་འགྲོ་མི་སླེབས་ཟེར། །
རྒད་པོས་མ་ཟ་མི་འཇུ་ཟེར། །
རྒད་པོས་མ་བཤད་མི་འགྲུབ་ཟེར། །

总爱说老汉别走了，走不到啊！
总爱说老汉别吃了，消化不了啊！
总爱说老汉别说了，办不成事啊！

༤ རྒད་པོ་མི་མཁོ་མཁོ་ས་ཡོད། །
བསྐལ་པའི་འཕོ་ལེན་བྱེད་ལ་མཁོ། །
རྟ་རྒན་མི་མཁོ་མཁོ་ས་རེད། །
དགྲ་ཚུར་ཡོང་སློ་རྒྱག་བྱུང་ཉིན་མཁོ། །
ཁྱི་རྒན་མི་མཁོ་མཁོ་ས་ཡོད། །
འཇབ་རྐུན་མཚན་གཏིབ་བྱས་ཉིན་མཁོ། །

说老汉没有用，有时还真有用，
消除隔阂疏通关系时用得着；
说老马没有用，有时还真有用，
遇到敌人突然袭击时用得着；
说老狗没有用，有时还真有用，
盗贼在黑夜里趸摸时用得着。

༥ དམར་ཡག་རི་བཀྲ་སྟག་མོ་དེ། །
ཙན་དན་ནགས་ཀྱིས་མ་བསྐོར་ན། །
ཁེར་འགྲོ་ཁྱི་དང་འདྲའོ་ཟེར། །
རྡོ་གོར་མོ་ཐོག་ན་ཁྲེལ་ཁ་འཛོག །
སྡེ་ཆེན་སྡེ་ཆེན་སྤྱིང་གི་དཔོན་ཆེན་དེ། །
བློན་ཆེན་སྟག་འདྲས་མ་བསྐོར་ན། །
ཁེར་རྐྱག་ཇག་དང་འདྲའོ་ཟེར། །
ཁྲམ་པ་ཟེར་བའི་ཁྲེལ་ཁ་འཛོག །
དགུང་སྔོན་དཀྱིལ་གྱི་གཡུ་འབྲུག་དེ། །

山中的斑斓猛虎啊，
若不被檀香木护拥，
跟一条独自流浪的野狗没两样，
一会挨石头留下耻辱的；
统治部落的首领啊，
若不被猛虎般的大臣护拥，
跟一个单枪匹马的强盗没两样，
会被骂做骗子留下耻辱的；
飞游在天穹的青龙啊，

ལྷོ་སྤྲིན་ཕྱུག་མོས་མ་བསྐོར་ན། །
ཁེར་འགྲོ་སྦྲུལ་དང་འདྲ་འོ་ཟེར། །
ལྟས་ངན་ཟེར་ནས་ཁྲེལ་ཁ་འཛོག །

若不被南来的乌云护拥，
跟一条独自爬行的毒蛇没两样，
会被骂成晦气留下耻辱的。

ཐེའུ་མོ་སྤུན་གསུམ།

泰乌摩三兄弟

བྱ་ངང་པ་འགྲོ་བ་བྱང་ལ་འགྲོ། །
བྱང་ན་དམར་མཚོ་ལ་གཏད་ནས་འགྲོ། །
མཚོ་མེད་ན་ངང་པ་འགྲོ་དོན་མེད། །
ལྷོ་བྱང་གཉིས་ས་དེ་བར་ཐག་རིང་། །
གཤོག་རྩེ་རྩ་ཟད་ཟད་འཕུར་དགོས་མེད། །
དྲེལ་སྨུག་ཆུང་འགྲོ་བ་དབུས་ལ་འགྲོ། །
རྒྱུ་ཉོ་ཚོང་ཟོང་ལ་གཏད་ནས་འགྲོ། །
ཟོང་གོང་ཐང་ཆུང་ན་འགྲོ་དགོས་མེད། །
མདོ་དབུས་གཉིས་བར་དེ་ས་ཐག་རིང་། །
རྐང་རྨིག་བཞི་བུག་བུག་རྒྱུག་དགོས་མེད། །
སྟག་ཤར་པ་འགྲོ་བ་ཚོང་ལ་འགྲོ། །
ཚོང་དོན་ཁེ་ཁ་བསམ་ནས་འགྲོ། །
ཚོང་མེད་ན་སྟག་ཤར་ཅི་ལ་འགྲོ། །
ལམ་འཕྲང་རྩུབ་རྒྱ་དབུས་ས་ཐག་རིང་། །
དགྲ་ཇག་པར་སྐྲག་སྐྲག་འགྲོ་དགོས་མེད། །

野鸭展翅要到北方去，
为着北方沮洳滩上湖泊而远飞，
如果没有湖泊何必飞那儿？
从南到北路途很远啊，
不应该为远飞而耗尽了翅膀；
骡子奋蹄要到拉萨去，
为着巨利运送货物而远行，
如果物价太低何必去那儿？
从朵康到拉萨路途很远啊，
不应该为长路耗尽了四蹄；
男儿出门要去做买卖，
为着赢得利润而远行，
如果商机渺茫何必出行？
从汉地到拉萨道路遥远啊，
不应该忌惮劫匪还要冒险。

སྟོང་ཧྲོམ་འབུམ་ཐུབ།

东雄奔图

ཕ་བླ་མའི་ཆོས་ར་ཤོར་བའི་དོན། །
ཆོས་གྲུབ་མཐའ་ཆགས་སྡང་བྱས་པས་ལན། །
གོང་དཔོན་པོའི་ཁྲིམས་ར་ཤོར་བའི་དོན། །

上师失掉寺院的原因，
是内心深处的教派偏见；
首领失掉衙门的原因，

ཁྲིམས་ཡོ་གཟུར་སློག་བརྫན་ཟློས་པས་ལན། །
སྡེ་ཁྲ་བོའི་རང་ཧྲུས་མི་ཉོན་དོན། །
དགྲ་ཕར་འགྲོ་དྲན་པས་ཚུར་ཤུང་བྱུང་། །

是收取贿赂枉法断冤案；
部落议事失策的原因，
是只想着未出击敌人就入侵了。

སྟག་རོང་ཉ་ཚ་ཨ་བརྟན།

达绒·年擦阿丹

༡ བཟང་པོ་གུད་ན་དར་ལས་འཇམ། །
ངན་པ་དར་ན་རྭ་ལས་གྲུང་། །

好人衰落时比绸缎还绵，
恶人发达时比牛角还硬。

༢ བྱེ་མའི་གླིང་ནས་གསེར་རྡོག་འབྱུད། །
ཞ་ཉེའི་ཁུ་བ་དངུལ་དཀར་འབྱུད། །
གླང་རིགས་ནག་རྒྱུད་ལ་ཁྱུང་དཀར་མཛོ། །
བོང་མགྲིན་བཟང་རྒྱུད་ལ་སྨུག་ཆུང་དྲེལ། །
ཕ་ཝ་ཐུང་རྒྱུད་ལ་དཔའ་བོ་སྟག །

沙漠中能开采金矿石，
铅汁中能提炼白银，
黄牛种子能产下犏牛，
毛驴种子能产下骡子，
狐父种子能生下虎子。

སེང་སྟག་ཨ་དོམ།

森达阿冬

༡ ཤར་ཁྲི་གདུགས་ཉི་མ་གཅིག་ལས་མེད། །
འོད་མཆེར་དུས་སྐར་ཚོགས་གར་སོང་མེད། །
འགྲོས་མགྱོགས་ལེ་གླིང་བཞི་ཞག་རེས་འཕོར། །

东方天际虽然只有一轮太阳，
光之所至，星辰全无踪影了，
步之迅疾，一宿能转四大洲。

༢ བྱ་ཁྭ་ཏས་ཅི་བྱེད་བརྒྱ་སྡེས་ཤེས། །
འབབ་ས་མཐོ་ན་ཨག་འཁྱུར་རྒྱུག །
སྔང་བ་མཐོ་བས་ལན་པ་རེད། །
ཝ་མོ་སྐྱར་བྲོས་ས་ཁུང་བཙལ། །
བཙན་ལ་དེ་ཡན་མེད་བསམ་ན། །
ཁྱི་ལུད་དྲི་མ་བདུག་པའི་དུས། །

乌鸦的伎俩，所有人都知道，
落在高处呱呱乱叫，
这全是傲气惹的祸；
仓皇逃跑的狐狸找到洞穴后，
认为没有比它更难攻克的地方，
狗屎臭味熏到鼻子前，

དཔའ་སྡར་ལྟད་མོ་མཐོང་ནས་ཡོང་། །

是勇是怯有洋相看了。

ཚ་ཞང་འདན་མ་བྱང་ཁྲ།

擦香·丹玛向查

མི་ངན་གླ་པ་ཚིག་སྦྱོབས་མཐོ། །
བྱ་ངན་གོ་བོ་གཤོག་རྒྱང་རིང་། །
ལམ་ངན་རྡོག་སྣེ་རྡོ་ལ་ཐུག །
ཁྱི་ངན་བདའ་ལུ་འཛུ་སྙིང་ཆེ། །

打工的孬种爱说大话，
狗头雕爱伸展大翅膀，
破路上脚步爱磕石头，
流浪的狗喜欢扑咬人。

ཀུང་རྗེ་ཁྲི་བཙན།

孔吉赤尊

༡ ཕ་ཁུ་བོ་དུག་ཤིང་སྡིག་མ་ལ། །
བུ་ཙན་དན་མེ་ཏོག་འཁྲུངས་ལོ་མེད། །
སྡར་མ་ཝ་ཡི་བུ་རྒྱུད་ལ། །
དམར་ཡག་འཛུམ་དྲུག་ཡོང་ལོ་མེད། །
བྱ་རྒྱལ་ཁྱུང་གི་སྒོ་ང་ལ། །
ཉེ་ལེ་སྦལ་ཟན་འཁྲུངས་རབས་མེད། །
ལྷ་བྱ་གོང་མོའི་གཤོག་ཞབས་ནས། །
འདྲེ་བྱ་སྲིག་པ་བཙས་རབས་མེད། །

父亲杜鹃毒树上，
不会开放子嗣檀香花；
懦夫狐狸的崽子，
不会出现老虎的斑纹；
金翅鸟的金蛋里，
不会孵出吃蛙的老鹰雏子；
神鸟雪鸡的羽翼下，
不会孵出鬼鸟鸱鸮。

༢ ཕོ་ཡ་རབས་མ་རབས་སྤྱོད་པས་ཤེས། །
ས་ཕྱོགས་གང་ཡིན་སྐད་ཀྱིས་འབྱེད། །

男子的优劣，可从行为判断；
是何方人氏，可从方言判断。

ཐང་རྩེ་གཡུ་འབྲུག

唐泽玉珠

༡ དཔྱིད་ཟླ་གསུམ་ཨུག་ཆོས་མེ་ཏོག་དེ། །
རྩྭ་སྔོང་རྒྱས་དུས་དགུང་ལ་ཡལ། །

春季三月盛开的角蒿花，
绿草丰茂时消失在天际，

སྦྲང་ཆར་ཟིལ་མ་མི་མཐོང་ངོ་།།
དེ་ནས་ཟླ་དུས་ཀྱི་བསྐོས་ཐང་རེད། །
འགྱོད་པ་ཨུག་ཚོས་པོ་ལ་མེད། །
དབྱར་སྐྱེས་སེར་ཆེན་མེ་ཏོག་དེ། །
ཆར་སྤྲིན་འཛོམས་དུས་དགུང་ལ་ཡལ། །
སོས་ཉི་མའི་དྲོད་འཇམ་མི་མཐོང་ངོ་།།
དེ་ནས་ཟླ་དུས་ཀྱི་བཀོད་ཐང་རེད། །
འགྱོད་པ་སེར་ཆེན་པོ་ལ་མེད། །

看不到和风细雨，
这是季节注定的命数，
角蒿心中不会有恨意；
夏季三月盛开的金莲花，
云雨相聚时消失在天际，
看不到温暖的夏日，
这是季节注定的命数，
金莲心中不会有恨意。

༢ དགུང་ཨ་སྔོན་ཟུར་གྱི་ཉི་ཟླ་གཉིས། །
འོད་བསིལ་དྲོད་གླིང་བཞི་སྐོར་ལམ་ནས། །
སྤྲིན་ནག་པོ་ལངས་ཀྱང་སྐྱུར་ལ་ཞོག།
ནམ་ཕྱུགས་རླུང་གིས་གཏོར་ངེས་ཡིན། །
གཞི་དོག་མོའི་རྒྱན་ལ་ཆུ་ཆེན་འབབས། །
ལུས་འཁྱོགས་འཁྲོས་འཛུམ་གྱིས་བསུ་ཙ་ན། །
ཆབ་ཐ་རླབས་འཁྲུགས་ཀྱང་བསྐྱུར་ལ་ཞོག།
སང་ནམ་ཕྱུགས་དལ་མོར་བགྲོད་ངེས་ཡིན། །
ལམ་སྐྱ་རིང་ཟུར་གྱི་ཚོང་པའི་འགྲུལ། །
ནོར་གསེར་དངུལ་གཡང་དུ་ལེན་པའི་དུས། །
དགྲ་ཇག་པ་བྱུང་ཡང་བསྐྱུར་ལ་ཞོག།
སང་ནམ་ཕྱུགས་རང་གཞིས་འཁོར་ངེས་ཡིན། །

出现在天际的太阳和月亮，
散放光芒转绕四洲的路上，
别在意涌出的那些乌云，
到了明天风会吹散了它；
看见奔流的江河装饰了山谷，
山谷笑迎其蜿蜒身段时，
别在意江河怒起的洪浪，
到了明天它自会慢下来；
灰色长路边的商旅，
盈利金银财富积累福泽时，
别在意突然出现了强盗，
到了明天财运自会走进你家。

༣ འབུམ་དམག་ཁ་ལོ་སྒྱུར་བ་ལ། །
སྤྱང་གྲུང་ཧོར་པ་ཁྲ་འདྲ་དགོས། །
དཔའ་རྩལ་དམར་ཡག་སྟག་འདྲ་དགོས། །
གསལ་བ་མེ་ལོང་གཟུགས་འདྲ་དགོས། །
ལས་ཨུ་ཚུགས་གཅིག་པུས་ཚོག་པ་མིན། །

统领十万大军的人，
需要鹞鹰似的灵敏与凌厉，
需要猛虎似的勇敢与武艺，
需要明镜似的洞彻见解，
仅靠执着是做不到的。

མི་འཆི་མ་སྔ་ན་ལྷ་ཤི་བའི་རོ་མཐོང་།
རྣ་འོན་མ་སྔ་ན་ཤིག་གཉིད་པའི་ཧུར་བ་གོ།

人若不过早地死去，
会看见神死后的尸体；
若不是耳朵早聋了，
会听到虱子睡后的鼾声。

རྩལ་ཆེན་ནམ་མཁའ་སྨར་འཛིན།

泽钦·南喀跋尔增

མི་མཉམ་མེ་དམར་ཕར་བུས་ན། །
གཉོམ་ཆུང་ཁ་སྤུ་གཞོབ་ཏུ་བསྲེགས། །
མི་ཐུབ་བྲག་ལ་རྡོ་བརྒྱབ་ན། །
མི་གྲག་འུག་པ་མཐའ་ནས་དཀྲོགས། །

用嘴吹乱窜的火焰，
会燎着弱者的胡须；
朝着岩峰扔石头，
会惊动惹不起的鸺鹠鸟。

སྐ་བདེ་ཆོས་སྐྱོང་བེར་ནག།

嘎德·曲炯贝那

ཁ་བཤད་ཆུ་ཡི་ལྦུ་བ། །
ལག་ལེན་ནམ་མཁའི་འཇའ་ཚོན། །

空谈像水面的泡沫，
实践像天上的彩虹。

གེ་སར་ཆིབས་པ་རྐྱང་རྒོད།

格萨尔御马江贵

ཕོ་རྒོད་པོས་གཅེས་གཅེས་རྟ་ལ་གཅེས། །
བུ་གཅེས་ནས་སྐྱོང་བ་ལས་ཀྱང་དགའ། །
ས་བྱང་ལམ་གཅོད་ཉིན་བུ་ལས་ལྷག།
རྟ་འདོ་བས་གཅེས་གཅེས་བདག་པོར་གཅེས། །
མ་རྒོད་མར་གཅེས་པ་ལས་ཀྱང་དགའ། །
ལྟོགས་འཁྱགས་པས་གདུང་ཉིན་མ་ལས་ལྷག།

勇敢的汉子最疼爱骏马，
爱骏马远超爱儿子，
远行北方时骏马会胜过儿子；
俊美的骏马最疼爱主人，
爱主人远超爱骒马，
受冻挨饿时主人会胜过骒马。

༢ ལམ་དྲང་པོར་སྟོན་པའི་བླ་མ་དཀོན། །
སེམས་རྩེ་གཅིག་གནས་པའི་སྒོམ་ཆེན་དཀོན། །
ཁྲེལ་ཕྱི་ཐག་རིང་བའི་གྲོགས་པོ་དཀོན། །
ཚོང་དྲང་པོར་གཏམ་པའི་ཁེ་པ་དཀོན། །
སེམས་དད་པ་མི་འགྱུར་སློབ་མ་དཀོན། །
ཁྱིམ་གཅིག་ཏུ་མཐུན་པའི་བཟའ་ཚང་དཀོན། །

指明正道的上师，极稀缺；
意念坚定的瑜伽师，极稀缺；
情谊长久的朋友，极稀缺；
公平交易的商人，极稀缺；
同心为家的夫妻，极稀缺。

༣ སྟོད་དབུས་གཙང་ལྷ་ཡི་ཆོས་སྒོ་ནས། །
ཆོས་གོ་དོན་སློབ་པའི་ཆོས་པ་ཚོ། །
ཡུལ་རྒྱ་བོད་ཧོར་གསུམ་གྲྭ་སར་འདུས། །
ཡིད་གཅིག་མཐུན་བུ་སྤུན་འདྲ་ན་ཡང་། །
ཡུལ་ཕ་མ་གཉེན་གཞིས་སྐུལ་བའི་ཚེ། །
འབྲལ་དགོས་པ་འཇིག་རྟེན་ཆོས་ཉིད་རེད། །
སྨད་རྒྱ་ནག་བཀྲ་ཤིས་ཁྲི་སྒོ་ནས། །
ཚོང་སྣ་ཚོགས་འགྲེམས་པའི་ཁེ་པ་རྣམས། །
ཡུལ་སྐད་རིགས་མི་གཅིག་ཁྲོམ་ཚོགས་འདུས། །
ནང་ཕན་ཚུན་སྤུན་ཟླ་འདྲ་ན་ཡང་། །
ལས་བྱུས་འཕྲོ་ངང་གིས་ཡིད་སྐུལ་ཚེ། །
ཡུལ་སོ་སོར་འཐོར་དགོས་ཆོས་ཉིད་རེད། །
མཚོ་སྔོན་མོ་ཐ་རླབས་གཡས་འཁྱིལ་ན། །
དཔྱིད་ས་ཆུ་དྲོན་མོས་སྣ་དྲངས་ཏེ། །
རིགས་མི་གཅིག་བྱ་རིགས་སྣ་ཚོགས་འདུས། །
སྒྲ་གང་སྙན་སྒྲོག་སྟེ་ཡོད་ན་ཡང་། །
སྟོན་བསིལ་བུའི་ནམ་ཟླས་སྐུལ་བའི་ཚེ། །
ཕྱོགས་སོ་སོར་འཕུར་དགོས་ཆོས་ཉིད་རེད། །

西面卫藏佛陀法门里，
研习佛法教义的学僧们，
来自从藏汉蒙古各地相聚在拉萨，
他们志同道合亲如兄弟，
只因受到家乡父母亲戚的催劝，
无奈的分别成了人间的规律；
东面汉地吉祥市场上，
经营不同生意的商人，
操着各种语言会聚在市场，
他们成为朋友亲如兄弟，
只因受到各种琐事的催赶，
返回各处成了无奈的规律；
青海湖浪花朝右卷起时，
全靠春季大地回暖万物复苏，
多种鸟类翔聚到了那里，
它们虽然鸣叫出了悦耳的声音，
只因季节递嬗秋寒在催促，
飞向各地成了无奈的规律。

༤ དགུང་ཨ་སྔོན་ལྗོ་སྤྲིན་ཐུག་མོའི་ཁྲོད། །

蓝天上涌起的磅礴阴云间，

གཟའ་སྐྱུ་སྐར་འོད་ཀྱིས་བཀྲག་མདངས་ཇོམ། །	罗睺罗曜行星炫耀着自己的光辉，
ཤར་ཁྲི་གདུགས་ཉི་མ་ཤར་བའི་ཚེ། །	东方升起了光芒万丈的太阳，
ས་གར་སོང་མེད་པར་སྟོང་ལ་ཡལ། །	星曜顿然消失不知所踪，
དེ་རྒྱུ་སྐར་ལས་ཀྱི་དགྲ་གཤེད་རེད། །	它是行星宿业注定的催命者；
ཆུ་རྒྱ་མཚོ་ཆེན་པོའི་རྦ་རླབས་ནས། །	浩渺沧海翻卷的巨浪间，
ལུས་ཆེ་བ་ཆུ་སྲིན་རང་གཟུགས་ཇོམ། །	体形庞大的巨鳌在炫耀自己的身姿，
འབུ་དུང་དཀར་གཡས་འཁྱིལ་ཐོན་པའི་ཚེ། །	一旦出现了右旋海螺虫，
ལུས་ཐལ་བྱུང་ཤུལ་མེད་ཕུག་ནས་བརྐགས། །	会穿过整个鳌身弄死它，
དེ་ཆུ་སྲིན་ལས་ཀྱི་དགྲ་གཤེད་རེད། །	它是巨鳌宿业注定的催命者；
ནགས་ཚང་ཚིང་འཁྲིགས་པའི་ གློང་གསེབ་ན། །	茂密的莽莽森林间，
སྟག་དམར་ཡག་འཛུམ་ཆུང་མཆེ་སྡེར་ཇོམ། །	猛虎炫耀着虎纹和爪牙，
ཕོ་རྒོད་པོས་ས་མདའ་བཙུགས་པའི་ཚེ། །	一旦壮士埋下了地弩暗器，
ས་འགག་མདོ་གཅིག་ནས་སྲོག་དམར་ཤོར། །	它会在一处狭路丢掉性命，
དེ་དམར་ཡག་ལས་ཀྱི་དགྲ་གཤེད་རེད། །	那是猛虎宿业注定的催命者；
བར་ནམ་མཁའ་སྟོང་པའི་བྱ་ལམ་ན། །	空旷苍穹飞鸟道上，
བྱ་ནེ་ལེ་གྭ་མས་ལྡིང་བསྐོར་ཇོམ། །	白额老鹰在肆意盘旋，
བྱ་རྒོད་པོས་གཤོག་རྡུག་རྒྱང་པའི་ཚེ། །	一旦大雕展翅到了那里，
བར་བྱ་ལམ་མི་ཟིན་ཆུ་དོང་སློགས། །	老鹰只能放弃天穹找水洼了，
དེ་ནེ་ལེ་ལས་ཀྱི་དགྲ་གཤེད་རེད། །	它是老鹰宿业注定的催命者。
༥ ནད་ཚ་གྲང་གསོ་བའི་སྨན་པ་དེས། །	能治疗寒热疾病的医生，
སྨན་སྔར་སྐྱེས་ལོ་མ་མ་ངེས་ན། །	若不辨认药材发芽时的叶子，
ཕྱིས་རྗེས་སྐྱེས་འབྲས་བུ་ངེས་དོན་མེད། །	不可能认出后来结成的果实；
ཡུལ་ཕ་མ་ན་སོ་རྒས་པ་དུས། །	家乡的父母年迈的时候，
མཆན་བུ་ཡིས་ཕ་མར་མ་ཕན་ན། །	儿子如果没尽到赡养的义务，
རང་ན་སོ་རྒས་དུས་ཕན་དོན་མེད། །	他自己晚年不会有儿子来赡养。

གེ་སར་ནོར་བུ་དགྲ་འདུལ།

བན་འཁྱམས་པོ་དབུལ་པོ་བླ་མཆོད་གཉིས། །
ཟས་འཚོ་བའི་བཀུར་སྟི་ཡུན་རིང་དཀོན། །
ཞྭ་ཟ་ཚོད་རང་གིས་མ་བཟུང་ན། །
དཔྱིད་ཉི་མ་རིང་པོ་ཚོད་ཐབས་དཀའ། །
དཔོན་བློ་མང་སྡེ་ཆུང་སྡེ་དཔོན་གཉིས། །
དཔྱ་ཁྲལ་བསྡུ་འཇལ་བ་ཡུན་རིང་དཀོན། །
ཁྲིམས་བཙན་ཚོད་རང་གིས་མ་བཟུང་ན། །
སྡེ་འཐོར་ཞིག་བྱུང་ན་འདུག་ཐབས་དཀའ། །

格萨尔·诺普占堆

流浪的托钵僧和贫穷的供养者，
极少能长时间用珍馐坚持供斋，
僧侣不能节制斋饭的享用，
极难熬过青黄不接的春季；
坏心眼的酋长和小部落官吏，
极少能长时间坚持缴纳税收，
自己不能节制酷法的实施，
定会众叛亲离无立足之地。

གེ་སར་སྤྲུལ་པའི་མོ་མ།

༡ ཁ་སྟོང་པས་མོ་མི་ཐེག །
ལག་སྟོང་པས་དཔྱད་མི་འབབ། །

༢ རང་གསལ་རིག་པ་གསེར། །
ཤ་ཆེ་ཀོ་མཐུག་རྒྱུ། །
ཁ་གསལ་ལག་ཡངས་རྒྱན། །

格萨尔化现之卦师

空嘴占不了卜，
空手算不成卦。

自知之明是金子，
肌壮肉肥皮才厚，
能说会干是美德。

ག་དར་ཕྱིང་སྔོན།

ཆར་ཁ་བ་འགྱུར་དུས་གཡུ་འབྲུག་སྐྱོ། །
ལྷུང་སྐྱི་སེར་ཐོན་དུས་ཁུ་བྱུག་སྐྱོ། །
མཚོ་འཁྱགས་པས་བསྒམས་དུས་ངང་པ་སྐྱོ། །
དགུན་ཉི་མ་ནུབ་དུས་སྤྲང་པོ་སྐྱོ། །

卡塔尔青恩

雨变雪花时，青龙很伤心；
寒风到来时，杜鹃很伤心；
冰封湖面时，野鸭很伤心；
太阳落山时，乞丐很伤心；

སྔོ་གཡུ་འབྲུག་ཉལ་དུས་རྨ་བྱ་སྐྱོ། །

青龙冬眠时，孔雀很伤心。

ཨ་སྟག་ཀླུ་མོ།

阿达鲁（拉）姆

མཁའ་བར་སྣང་སྟོང་པའི་བྱ་ལམ་ན། །
བྱ་རྒོད་པོས་ནམ་འཕང་གཅོད་ན་ཡང་། །
བློ་ཟབ་རྒྱ་ཆེ་བ་ཕ་ཝང་ཡིན། །
དགུང་ཨ་སྔོན་ཡངས་པའི་སྟོང་ལམ་ན། །
གཟའ་རྒྱུ་སྐར་འོད་ཟེར་འཕྲོ་ན་ཡང་། །
བོད་མགོ་ནག་མཚར་བ་འཇའ་ཚོན་ཡིན། །
ནགས་ཚང་ཚིང་འཁྲིགས་པའི་ལྗོང་དཀྱིལ་ན། །
ཤིང་སྐྱེར་པའི་ཁ་དོག་མཛེས་ན་ཡང་། །
ཕུགས་བཙན་པ་ལྷ་ཤིང་ཤུག་པ་ཡིན། །
བྱ་གཤོག་ཐོགས་མང་པོའི་འཕུར་གྲལ་ན། །
བྱ་སྐེ་སྔོན་རྨ་བྱ་མཛེས་ན་ཡང་། །
བོད་མགོ་ནག་དགའ་བ་ཁུ་བྱུག་ཡིན། །

高空寥廓飞鸟道上，
大雕虽能横飞天穹，
心思深广的是蝙蝠；
蔚蓝色空行道上，
罗睺罗曜星虽然闪光，
黑头藏人稀奇的是彩虹；
郁郁葱葱的密林中，
小蘖的颜色虽好看，
有价值的是神木柏树；
众多鸟类飞行处，
青颈孔雀虽好看，
黑头藏人喜爱的是布谷鸟。

མགར་ཆོས་དར།

嘎尔·曲塔尔

༡ དབྱར་ལྕགས་དང་དགུན་རྫ་མ། །
དུས་རྒྱུན་དུ་ཁ་ལ་བདག་བྱེད་དགོས།

夏日管好铁，冬日管好陶，
平时管好自己的嘴巴。

༢ རྫུན་ཁ་ལྟེ་རླུང་ཁའི་དར་ལྕོག་འདྲ། །
མཐུ་དམོད་མོ་བཤད་ལུགས་འདྲེ་མོ་འདྲ། །
ཁྱོད་བུ་མོའི་བློ་ལ་བློ་ཕུགས་མེད། །
བློ་རབ་ཅིག་ཡོད་ན་ཇ་ཐུན་གཅིག །
རྟ་རྒོད་མའི་རྒྱུག་ལ་ཕུགས་སོ་མེད། །

谎言和口角像风中的旗帜，
咒语和詈骂像鬼婆在说话。
姑娘的心意不会长久，
最多只能坚持一顿茶的时间；
骒马的奔跑没有后劲，

བང་རབ་ཅིག་ཡོད་ན་ས་ཁུག་ཅིག །

再快也是只能绕过一个山垮。

༣ རྟ་གྭ་པའི་རིགས་ལ་བཟང་བཤད་མེད། །
རྟ་གྭ་པས་དགྲ་ཁར་སྐྱེལ་རབས་ཡོད། །
སྨན་གྭ་མའི་རིགས་ལ་བཟང་བཤད་མེད། །
སྨན་གྭ་མས་བཟའ་ཟླ་དགྲ་ལ་སྐྱེལ། །

白额马没有好口碑，
白额战马会把勇士扔到敌前去；
白脸女人没有好口碑，
白脸女人会把丈夫出卖给敌人。

༤ ཁྱིམ་གཅིག་ན་བུ་སྤུན་མང་བ་དེ། །
དགྲ་ནག་པོ་འདུལ་བའི་ཐོ་བ་རེད། །
ཁྱིམ་གཅིག་ན་མཛོ་མོ་མང་བ་དེ། །
ཞོ་འོ་མ་རྒྱ་མཚོ་འཁྱིལ་འདྲ་ཡིན། །
ཁྱིམ་གཅིག་ན་དབང་ཆེན་མང་བ་དེ། །
ཁྱིམ་བཟའ་ཚང་འཐོར་བའི་སྔ་ལྟས་ཡིན། །
ཁྱིམ་གཅིག་ན་རྐོད་མ་མང་བ་དེ། །
རྟ་ལྟས་ར་གང་བའི་སྔ་ལྟས་ཡིན། །
ཁྱིམ་གཅིག་ན་བུད་མེད་མང་བ་དེ། །
གྱོད་ཁ་མཆུ་གཉིས་ཀྱི་སྣེ་ཁྲིད་ཡིན། །

一个家庭有许多兄弟，
他们就是消灭恶敌的铁锤；
一个家庭有许多雌犏牛，
他们家奶酪乳汁可比做汪洋；
一个家庭有许多掌权的人，
那便是家庭分崩离析的前兆；
一个家庭有许多匹骒马，
那就是马将蓄满马厩的前兆；
一个家庭有许多女人，
她们将会引来是非和口角。

༥ རྟ་གོམ་ལག་ཅན་ལ་དགྲ་རྐུན་འཚོར། །
རྒྱུ་ནོར་པ་ཅན་ལ་བཙན་པོ་འཚོར། །
སྨན་ཁྱི་སྤྱོད་ཅན་ལ་ཁ་མཆུ་འཚོར། །

能走善跑的马会招来盗贼，
积有钱财的人会招来恶霸，
轻佻淫荡的女人会招来是非。

༦ སྨན་བུ་མོ་རབ་འབྲིང་ཐ་གསུམ་ཡོད། །
སྨན་འགའ་རེ་ཕ་མའི་སྲོག་འཛིན་ཡིན། །
སྨན་འགའ་རེ་ཕ་མའི་སྲོག་གཅོད་ཡིན། །
སྨན་འགའ་རེ་ཕ་མའི་ལན་ཆགས་ཡིན། །

女孩分上中下三等，
有的女孩能让父母长寿，
有的女孩会使父母短命，
有的女孩是父母的宿债。

༄ མི་ཡ་རབས་རྒྱུད་ཀྱི་བུ་མོ་ཚོ། །
有着优秀血统的女孩，

དྲིན་ཕ་མའི་སྤྱན་ནས་གཡོག་མོ་འདྲ། །
在恩慈父母前像一名女仆，

གཡོག་ཉམ་ཆུང་འདྲ་བའི་གུས་ལུགས་ཡོད། །
会像弱小仆人一样恭敬伺候；

དྲིན་ཕ་མའི་སྤྱན་ནས་དར་དང་འདྲ། །
在恩慈父母前像一条绸带，

དར་དཀར་པོ་འདྲ་བའི་འཇམ་ཤ་ཡོད། །
会像白绸带一样柔软温顺；

སྤྲང་འཁོར་གཡོག་སྤྱན་ནས་ཕ་མ་འདྲ། །
在穷人奴仆前像他们的父母，

དྲིན་ཕ་མ་འདྲ་བའི་བྱམས་སེམས་ཡོད། །
有着恩赐父母般的仁慈。

སྡེ་ཡུལ་བ་རྣམས་ཀྱི་སྲོག་ཤིང་ཡིན། །
她们是村人乡党的中柱，

ཁྱིམ་བཟའ་པ་རྣམས་ཀྱི་རྟེན་ཕུར་ཡིན། །
是稳定所有家人的木桩，

གཉེན་ཉེ་བ་རྣམས་ཀྱི་འཁྲི་ཤིང་ཡིན། །
是缠在亲戚身上的藤条，

ས་ཐག་རིང་མགྲོན་པོའི་རང་ཁྱིམ་ཡིན། །
是远方来客的家园，

སྨན་དེ་འདྲ་ཕ་མའི་སྲོག་འཛིན་ཡིན། །
这样的女孩是父母的保命者。

ཡང་མ་རབ་རྒྱུད་ཀྱི་བུ་མོ་དེ། །
有着下贱血脉的女孩，

དྲིན་ཕ་མས་བཤད་ཚད་གོ་ལོག་ཐོས། །
恩赐父母的话都会听反，

བྱ་ཅི་བྱེད་རང་བློ་ཁེར་རྐྱང་ཡིན། །
干任何事都由着自己的性子，

དྲིན་ཕ་མའི་ཐོག་ལ་སྡང་མིག་བལྟ། །
用怒目仇视着恩慈的父母，

ལན་ཡར་རྫོགས་རྒྱ་སྟག་མཆོང་མཆོང་ཡིན། །
顶嘴时母老虎般扑向父母，

སྡེ་ཏུ་སྐོར་ཕྲ་མས་སོ་སོར་གཏོར། །
用挑拨的话搞散部落，

གཡོག་ཉམ་ཆུང་འདུལ་བའི་ཐོ་བ་ཡིན། །
对弱小奴仆成了砸他的铁锤，

དྲིན་ཕ་མ་རྒས་ན་ངོ་ལོག་བྱེད། །
见父母衰老就会忤逆他们，

བུ་མགོ་སྐྱོང་ཁྲམ་པར་བློ་སྙིང་གཏད། །
把心交给了浪荡的骗子，

གནས་བྱིན་སར་མི་འགྲོ་རང་བློ་དྲན། །
凭着自己想法不嫁所许的人家，

བློ་རང་དྲན་མཐའ་མས་ས་མཐར་འཁྱམས། །
因满心妄念会流落异乡，

ཡུལ་ས་མཐར་འཁྱམས་ཤིང་འཁྱགས་ལྟོགས་མྱོང་། །
流浪异乡时遭受饥寒，

མཐར་ཁྲེལ་མེད་བུ་ཡིས་ཁྱི་བཞིན་བསྐྱུར། །
结果被无耻荡子像狗般抛弃，

མིག་མཆི་མ་ཤ་རེ་རང་ཡུལ་ཐོན། །
双眼含着泪水回到了家里，

དྲིན་ཕ་མ་ལོ་ལོན་གོ་ཁར་ལྷུང་། །
这时父母双双垂垂老矣，

སྨན་དེ་འདྲ་ཕ་མའི་ལན་ཆགས་ཡིན། །
这样的女孩是父母的宿债。

སྤྲུལ་པའི་ཨ་གཡོག་ཐང་རྙེད།
奴仆塘聂（格萨尔的化身）

༡ ཕ་ཕྱུག་པོས་བསགས་པའི་རྟ་ཕོ་དེ། །
ཕོ་རྐུན་མ་བུ་ཡི་རྒྱུ་རྫས་རེད། །
དེ་བསགས་པའི་ཕྱུག་པོ་ཉམ་ཆུང་རེད། །
ཞོན་མཁན་ལམ་ཁའི་རྐུན་མ་རེད། །
དབྱར་གསུམ་ཨ་བྲས་རྩྭ་བསགས་དེ། །
དགུན་གསུམ་མཛོ་མོའི་ཁ་ཟས་རེད། །
གསོག་མཁན་ཨ་བྲ་པོ་རང་རེད། །
ཟ་མཁན་མཛོ་མོ་ཁྱུང་དཀར་རེད། །
ས་འོག་བྱི་ལོང་གྲོ་མ་དེ། །
གྲོ་བརྐོ་མི་ཡིས་ལོངས་སྤྱོད་རེད། །
དེ་གསོག་མཁན་བྱི་ལོང་སྣ་དམར་རེད། །
ལེན་མཁན་ས་སྟེང་གྲོ་རྐོ་རེད། །

富裕的叔父购置的骏马，
成了盗贼家男儿的财产，
购马的富人反成了弱者，
游荡的盗贼反成了骑马的人；
夏天里山鼠积累的食物，
成了冬季雌犏牛的饲料，
虽然积累者是山鼠，
享用者反成了雌犏牛；
土拨鼠地下积累的蕨麻，
成了地面挖蕨麻者的财富，
积累蕨麻者是赤鼻土拨鼠，
收获者是地面挖蕨麻的人。

༢ ཁ་སྟག་མོ་གྲ་ཡག །
དོན་ཝ་མོ་སྐྱར་མ། །

言听语像斑斓的猛虎，
看实力像懦弱的狐狸。

༣ ཟས་ལ་ལན་པོ་མ་བྱུང་ན། །
རྒྱུ་གསོག་པ་ཆེ་དང་མ་ཆེ་མེད། །
སྐྱེ་ལོ་རང་ལ་མ་ཡོད་ན། །
ཁ་སྟབས་གཟབ་དང་མ་གཟབ་མེད། །
ཐགས་ལ་ཚགས་བཟང་མ་ཕོག་ན། །
ལག་པས་བྱུགས་དང་མ་བྱུགས་མེད། །

吃饭不能够回请，
积累的财富再多也没有用；
自己不具备美貌，
再怎么和颜悦色也没有用；
织料毛线不能拉齐，
再怎么用手去捋它也没有用。

༥ ཐོ་ཁ་ཚོད་མཐོ་བ་སྡར་མས་གནོན། །
མི་སྡར་མ་རྒོད་ལེ་མ་རེད་དེ། །
ཞུ་ཐུག་ན་ཤི་འཇུ་རོ་འཐམ་བྱེད། །
མི་རྒོད་ཚོད་མ་ཟིན་མཐའ་མ་བྲོས། །
སྙིང་རྗེ་ནས་བྲོས་ལེ་མ་རེད་དེ། །
སྲོག་བསམ་ནས་ས་བྲོས་རྗེ་བྲོས་བྱེད། །
གཏམ་ཅི་བཤད་རང་འདོད་སྟེང་ལ་འགྲོ། །
བཤད་མཁས་ནས་ཡོང་ལེ་མ་རེད་དེ། །
རང་བསམ་ནས་མི་བཤད་དགུ་བཤད་བྱེད། །

口出狂言者会被懦夫打压，
那不是因为懦夫有多凶悍，
逼急了他也会豁出一条命；
豪横过头者最后会逃跑，
并不是因为心软而逃走，
是惜命让他夺路而逃的；
所说的话都向着自己的意愿，
不是因为有口才说了那么多，
是自私让他说尽了鬼话。

དགྲ་ལྷ་རྩེ་རྒྱལ།

扎拉泽嘉

༡ དགུང་མཐོ་གསུམ་སྤྲིན་དཀར་འཁྱིམ་ལམ་ནས། །
འབྲུག་ཐོ་ཐང་སློག་གི་ཟེ་བ་ཅན། །
ཁོང་ལྷོ་སྤྲིན་ཐུག་མོས་མ་བསྐོར་ན། །
འབྲུག་གཅེར་ལངས་བྱས་ན་ཐན་དུ་བརྩི། །
གངས་དཀར་པོ་ཤེལ་གྱི་བང་རིམ་ནས། །
སེང་དཀར་མོ་གཡུ་ཡི་རལ་པ་ཅན། །
ཁོང་གཅན་གཟན་འཁོར་གྱིས་མ་བསྐོར་ན། །
སེང་ཁེར་འཁྲམ་བྱས་ན་ཐན་དུ་བརྩི། །
ཡུལ་རྒྱ་གླིང་སྐྱིད་ཀྱི་ར་བ་ནས། །
དཔོན་གེ་སར་ཟེར་བའི་སྙན་གྲགས་ཅན། །
གླིང་དཔའ་རྟུལ་འཁོར་གྱིས་མ་བསྐོར་ན། །
དགྲ་ཧོར་ཡུལ་ཁེར་འཛུལ་འགྱོད་པའི་གཞི། །

高天白云飘游路，
闪出电光的青龙，
若不被磅礴阴云所护拥，
裸行的独龙会当做晦气事；
白色水晶落成的山，
那挥舞绿鬃的白雪狮，
若不被百兽所护拥，
独行的雪狮会当做晦气事；
东方岭国幸福国度里，
充满声誉的格萨尔，
若不被岭国众英雄所护拥，
独闯敌国霍尔将成为悔心事。

༢ མདོག་རབ་མཛེས་ཏ་ལོའི་མེ་ཏོག་དེ། །
དྲི་ཞིམ་དུས་ལྷ་ལ་མ་ཕུལ་ན། །

那美丽鲜艳的金锦花，
趁散发香气不献给神灵，

མདངས་ཉམ་དུས་འགྱོད་པའི་གཞི་མ་རེད།།
སྨན་ཤ་ཡོ་དཀར་བའི་བུ་མོ་དེ།།
གདོང་མཛེས་དུས་བག་མར་མ་སོང་ན།།
ལོ་རྒས་རྗེས་འགྱོད་པའི་གཞི་མ་རེད།།

等到变色就是悔恨的根；
那些皮肤白皙的姑娘，
不趁着年轻出阁做新娘，
等到年长就是悔恨的根。

༣ བྱིའུ་ཅོག་ཆུང་ཁྲ་མོ་མགོ་མཐོ་མ།།
ཁོ་རང་ཉིད་གར་འགྲོ་མི་ཤེས་པར།།
འབྲི་ནམ་བཞོ་ནམ་ཚོད་བཟུང་མདོག་ཁ།།

喜欢高飞的小小百灵鸟，
连自己要飞的方向都没弄清，
还想掌握清晨挤奶牛的时间。

ཧོར་འདུལ་གཡུལ་ལས་རྣམ་རྒྱལ།

གེ་སར་ནོར་བུ་དགྲ་འདུལ།

༡ ཉི་མ་ཟླ་བ་སྐར་མ་གསུམ། །
ལྷན་དུ་འཛོམས་པའི་དུས་ཚོད་བཟང་། །
རྒན་དང་གཞོན་ནུ་བུ་ཚ་གསུམ། །
ལྷན་དུ་འཛོམས་པའི་ཁྱིམ་ཚང་སྐྱིད། །
རྗེ་དང་བློན་པོ་ལྷ་འབངས་གསུམ། །
དར་ཞིང་རྒྱས་པའི་རྒྱལ་ཁམས་བཙན། །

༢ དཔྱིད་ཟླ་གསུམ་ཆུ་མ་ཞིང་ལ་རེམ། །
སྟོན་འབྲས་དྲུག་སྨིན་པའི་གཞི་མ་ཡིན། །
དབྱར་ཟླ་གསུམ་ནོར་ལུག་གཟན་ལ་བཀོད། །
འབངས་དར་ཞིང་སྐྱིད་པའི་རྩ་བ་ཡིན། །
དཀར་འོ་མའི་རྒྱ་མཚོ་དེ་ནས་བྱུང་། །

༣ དབྱེན་ཕྲ་མ་ཁ་བཤད་ཉུང་ན་བཟང་། །
ལས་དང་བྱ་བ་མང་ན་བཟང་། །

༤ དགྲ་འདུལ་གཡུ་འབྲུག་སྔོན་མོ་ང་། །
བྲག་རྫོང་སྟོང་གི་གཤེད་མ་རེད། །
གནམ་ལྕགས་ཐོག་ལྕེ་ངར་མ་དེ། །
འཕང་ཟེར་ན་རྒྱ་བྲག་ཐལ་ཕུང་བཟོ། །
སྟོབས་ལྡན་དྲག་པོའི་མེ་ལྕེ་ང་། །

《战胜霍尔国》

格萨尔•诺普占堆

太阳、月亮和星辰，
若能齐聚便是吉祥的时辰；
老人、青年和孩童，
若能齐聚便是幸福的家庭；
君王、臣僚和百姓，
全面发展的国家最强大。

春季三个月辛勤耕农田，
那是秋季六谷成熟的根本；
夏季三个月让牛羊吃好青草，
那是百姓繁荣幸福的根本，
洁白的乳海也来自这番劳作。

离间的话，少说几句最好；
福报的事，多做几件最好。

我这条制敌的青龙，
是屠戮千座岩山的刽子手，
那只凌厉的天铁霹雳，
一旦投下，岩石也会变粉末；
我是强大的猛烈火焰，

བདུད་རིགས་ནགས་ཚལ་སྲེག་མི་རེད། །
དམར་ནག་མེ་ཡི་ཞགས་པ་དེ། །
འབར་ཟེར་ན་སྔོན་མོའི་ཆུ་ཡང་སྐེམ། །

是专烧妖类森林的人，
那条深红色火舌的飞索，
一旦燃着，绿水也会被焦干。

༥ ཕུ་དཀར་ཡག་གངས་རི་རྩེ་རྒྱལ་ལ། །
སེང་དཀར་མོ་གཡུ་ཡི་རལ་པ་ཅན། །
དེ་གཅན་གཟན་ཡོངས་ཀྱི་རྒྱལ་པོ་ཡིན། །
དཔའ་ངར་སྐད་སྒྲོག་པའི་ཇམ་ཟིལ་དེས། །
ལྷོ་གཡུ་འབྲུག་ཡིན་ཡང་ཐང་ལ་ལྷུང་། །
ལྷོ་དཔལ་ཆེན་ནགས་རི་རྩེ་རྒྱལ་ནས། །
སྟག་དམར་ཡག་ཁྲག་གི་རི་མོ་ཅན། །
ཁ་དུག་མཆེ་བཛར་བའི་ངར་སྒྲ་དེས། །
སྤྲ་སྤྲེའུ་བདེ་ཡང་ཐང་ལ་ལྷུང་། །
སྟོང་མི་འགྱུར་མཐོང་ལམ་གོང་མ་ནས། །
བྱ་ཁྱུང་ཆེན་རླུང་གི་སྤུ་གྲི་ཅན། །
དེ་འདབ་ཆགས་ཡོངས་ཀྱི་རྒྱལ་པོ་ཡིན། །
སྒྲོ་གཤོག་དྲུག་གཡོ་བའི་རླུང་ཤུགས་དེས། །
བྲག་རྒྱ་རྫོང་ཡིན་ཡང་རླུང་གིས་གཏོར། །

高处皑皑雪山之巅，
长有绿鬃的白雪狮，
是一切猛兽的王者，
它那凶猛的狂吼声，
让云中青龙也能震落地；
南方大吉祥林山上，
身满红斑纹的猛虎，
嘴里磨牙的声音，
让舒适的猴子也会吓落地；
不变虚空最高飞行道中，
那只长有风刃的金翅鸟，
是一切飞禽的王者，
振翅掀起的飓风之力，
能吹垮巍峨的岩峰。

ཡབ་ཆེན་སེང་བློན།

王父森伦

༡ དབྱར་གསུམ་སྤང་ཁའི་མེ་ཏོག་དེ། །
ས་གསུམ་སྐྱེ་འགྲོའི་རྒྱན་ཆ་རེད། །
སྟོན་གསུམ་ལོ་ཡག་སྙེ་མ་དེ། །
འགྲོ་བ་མང་པོའི་ཁ་ཟས་རེད། །
ཇ་གཡང་ནོར་གྱི་བང་མཛོད་དེ། །
གངས་ཅན་བོད་ཀྱི་ཟས་བཅུད་རེད། །

三夏草甸上的鲜花，
是三界众生的饰品；
三秋庄稼累垂的谷穗，
是众多苍生的口粮；
茶福财宝的仓库，
是雪域饮食的精华。

༢ ཕུ་ཡ་ཀི་བྲག་དཀར་རྩེ་རྒྱལ་དེ། །
གནའ་སྔ་མོ་བྱ་རྒྱལ་གདན་ས་རེད། །
དུས་དེང་སང་ལྐུས་ངན་འུག་པས་བཟུང་། །
བྱ་སྤུ་ཡིན་བབ་ན་ཆོག་གིན་མེད། །
ཐད་ཕ་ཀི་ཙནྡན་ནགས་རི་འདི། །
གནའ་སྔ་མོ་རྒྱ་སྟག་འཁོར་ས་རེད། །
དུས་དེང་སང་ཝ་མོ་ཁྱུ་འགྲོས་བྱེད། །
གཞན་སྐྱེར་ཆགས་འཁོར་རྟེན་ལོ་ལེ་མིན། །

༣ ཤར་ཁྲི་གདུགས་གསེར་གྱི་ལན་ཚར་ཅན། །
སེར་གྱི་ལེ་གླིང་བཞི་བསྐོར་བའི་དུས། །
རྫ་རོག་པོའི་གདོང་གིས་ཁེབས་ལེ་མིན། །
ཆབ་གསེར་ལྡན་འབྲི་ཀླུང་རིང་མོ་དེ། །
འུར་གྱི་ལེ་ས་ཆེན་གཤག་པའི་དུས། །
ས་བྱེ་མའི་གདོང་གིས་ཐོག་ལེ་མིན། །

སྒྲོ་ལོའི་ཉེའུ་ཆུང་།

ཆང་རིན་ཆེན་ཡིན་ཡང་འཐུང་ཚོད་དགོས། །
ཚོད་ཟིན་ན་བདུད་རྩི་ལྷ་ཆང་ཡིན། །
ཚོད་མ་ཟིན་ནག་པོ་དུག་ཆང་ཡིན། །
གཏམ་རིན་ཆེན་ཡིན་ཡང་བཤད་ཚོད་དགོས། །
བཤད་ཤེས་ན་སྡེ་བཞིའི་རྒྱན་ཞིག་ཡིན། །
ཚོད་མ་ཟིན་ཁ་མཆུའི་གཞི་མ་ཡིན། །
རྒྱུ་རིན་ཆེན་ཡིན་ཡང་ཚོད་ཅིག་དགོས། །
ཚོད་ཟིན་ན་མི་དགའ་རང་སྐྱིད་ཡིན། །

上面的嵯峨白岩石，
是古时候金翅鸟的刹土，
如今被祟鸟猫头鹰占据，
还不许禽类在此飞游和栖息；
下面的檀木林山，
是古时候猛虎转悠的地方，
如今竟有狐狸成群穿行，
还不许兽类在此走动和停留。

东方戴满黄金彩结的太阳，
闪着金光照耀四洲的时候，
巍峨的大山遮掩不了它；
充满黄金的长江水，
喧腾着冲过大地的时候，
泥土和砂石都阻挡不了它。

鄂洛·尼琼

再珍贵的酒，喝时要把握量，
没有超量它是神饮甘露，
喝过了量就是黑色毒酒；
再珍贵的话，说时要懂得度，
说得恰到好处能庄严全部落，
说过了头会种下纠纷的根；
再珍贵的财宝，用时要有度，
能把握度会变得皆大欢喜，

ཚོད་མ་ཟིན་སྲོག་གི་གཤེད་མ་ཡིན། །

不能把握它会成为夺命的刽子手。

ཀུར་དཀར་གནམ་ལྷ་དཀར་པོ།

古嘎尔 · 南拉嘎尔波

༡ གཟི་བརྗིད་སྟོབས་ཀྱི་ཉི་གཞོན་དེས། །
གླིང་བཞི་བསྐོར་ཞིང་མུན་པ་སེལ། །
གསལ་གྲིབ་ལ་ནས་ཡོད་དོན་མེད། །
དུས་ད་ལོ་ན་བུན་སྤྲིན་གྱིས་འཚེ། །
སྤྲིན་ཕུང་གཏོར་ལུགས་ཅི་འདྲ་བྱེད། །
ཨ་ཆེན་སྟག་མོ་རི་བཀྲ་ང་། །
སྡེར་བཞི་རྒྱས་ནས་ཤ་མར་ཟོས། །
སྡེར་ཆགས་དབང་ལ་མ་འདུས་མེད། །
དུས་དེང་སང་ས་མདས་མདའ་ནས་བསྒུགས། །
འཛུམ་དྲུག་ཛོམ་ལུགས་ཅི་འདྲ་བྱེད། །

光荣神武的太阳，
转绕四洲消除了黑暗，
从来没有明暗之分，
今年云雾想迫害它，
就看太阳怎样驱雾霾；
毛色斑斓的母老虎，
四爪锋利经常吃生肉，
没有不曾征服的猛兽，
这时的地弩在沟口等待，
就看老虎怎样炫斑纹。

༢ ཤར་ནས་འོད་མདངས་འཕྲོ་བ་དེ། །
མུན་པ་མཐའ་ནས་གསལ་བའི་རྟགས། །
དགུང་ནས་འབྲུག་སྒྲ་གྲག་པ་དེ། །
སྤང་ལ་མེ་ཏོག་འཁྲུངས་པའི་བརྡ། །
སྤྲིན་གསར་ཤར་ནས་འཕྱུར་བ་འདི། །
སྦྲང་ཆར་ཟིལ་མ་འབབ་པའི་རྟགས། །

从东方出现的黎明晨光，
那是要照亮黑暗的前兆；
传出的隆隆雷声，
是草原开放鲜花的前兆；
东方涌起了新云团，
是降下纷纷细雨的前兆。

༣ ཆོས་གདམས་ངག་སྒོ་འགྲིམ་བྱུང་ཉིན་མོ། །
མ་ཞུས་དམ་ཉམས་སྐལ་ཆད་ཡིན། །
ཟས་ཞིམ་པོའི་སྟོན་གྲལ་སྒྲིག་ཉིན་མོ། །
མ་ཟོས་བསེ་རག་མཆུ་བཙིངས་ཡིན། །
གཏམ་སྒྲ་ལྡེའི་ཞལ་ལྡེ་གཅོད་ཉིན་མོ། །

佛法教言到门口的日子里，
不懂求法的是无缘的堕戒者；
用美食大设宴席的日子里，
不愿享受的是没福的显摆者；
用政策诉讼公案的日子里，

བཤད་མ་ཐུབ་འབྱུང་པོ་ཆོས་འགོང་ཡིན། །

无力辩论者中了魑魅的哑蛊。

༤ ཕོ་འགའ་རེས་བྲག་དམར་དཀྱིལ་ལ་སྒོམ། །
སེམས་སྐྱེ་མེད་རྒྱུད་ལ་ཤར་བས་ཟེར། །
རྒྱུད་ཞེན་ཆགས་མདུད་པ་གྲོལ་བས་ཟེར། །
ལུས་སྒོམ་ཐག་མིན་པ་མི་འབྱར་ལོ། །
ཟོག་ཐོད་པ་མིན་པ་མི་འཚགས་ཟེར། །

有人隐修住在红岩间，
说相续中映现了无生心，
解开了相续中贪著之结，
说身体除了禅绳不接触他物，
除了嘎巴拉碗无余物。

༥ ཕོ་ལ་ལས་དགོན་ཆེན་གྲྭ་ས་འགྲིམ། །
ཟོག་རྣམ་གསུམ་མིན་པ་མི་འཚགས་ཟེར། །
བཀའ་མདོ་ཆོས་བློ་ལ་སྦྱངས་སྦྱངས་ནས། །
དོན་ཆོས་ཀྱི་ཕུ་ཐག་ཆོད་པས་ཟེར། །
ཁྲིག་དམ་པོས་རང་ལུས་རང་གིས་བཙུམ། །
ཤིང་ཚེར་མའི་རྒྱུན་ལ་ཚེར་ཐོག་འཁྲུངས། །
ལྕེ་ལ་སྐྱུར་ཡང་མིག་ལ་ཕན། །
སྟེ་མེ་ཏོག་འབུམ་གྱི་དྭངས་མ་ལ། །
རོ་མངར་སྦྲང་དཀར་རིལ་བུ་དེ། །
ལྟོ་ལ་གནོད་ཀྱང་ཁ་ལ་ཞིམ། །

有人到寺入佛门，
说除了三宝不积累他物，
通过内心苦修经教真言，
参悟了佛法的究竟要义，
严守戒律时时照自身。
荆棘刺丛里生出沙棘果，
酸在舌尖但利于眼睛；
十万花朵的精华，
香甜的白蜜宝丸，
香在口里却对胃有害。

༦ སྒར་སྟོད་བླ་མ་གསེར་ཞྭ་ཅན། །
བྱིན་རླབས་འགྲོ་དོན་ཡོད་པས་ཟེར། །
གསེར་ཞྭ་ཐང་ལ་འཕེན་ཉིན་མོ། །
རྫུ་འཕྲུལ་ཅི་གདའ་དེ་དུས་བལྟ། །
སྒར་སྨད་དཔོན་པོ་མཐོ་འདོད་ཅན། །
ཁྲིམས་དྲང་ལྡན་བདག་པོ་ཡིན་པས་ཟེར། །
ཐག་ནག་ཤར་ལེ་ཁྲིད་ལ་ཐོག །
ཁྲིམས་དྲང་ཞན་ཅི་གདའ་དེ་དུས་བལྟ། །

上营头戴金冠的上师，
说自己能加持利益众生，
金冠掷地的那一天，
要看他到底有多大的神通；
中营自视位高权重的首领，
说自己是秉公执法的好官，
绑来犯人的那一天，
要看他的断案公正与否；

སྨར་སྨད་ཚོང་དཔོན་དར་ཐོད་ཅན། །
ཚོང་ཁེ་པོ་མིན་པ་མི་བྱེད་ཟེར། །
ནོར་གོང་ཆེན་དཔུང་གིས་བཅོམ་ཉིན་མོ། །
ཚོང་ཁེ་ཕམ་ཅི་གདའ་དེ་དུས་བལྟ། །

下营缠有丝头巾的商人，
说只会做盈利的买卖，
巨额财富被人劫走的那一天，
要看他在盈利还是在亏损。

སྤང་སྐྱེས་མེ་ཏོག་སྒྲོལ་མ།

邦吉梅朵卓玛

སྐྱེས་ཕོ་རབ་གཏམ་ཞིག་བཤད་ཉིན་མོ། །
དྲི་མི་དགོས་ཉི་མ་ཤར་འདྲ་བཤད། །
རྒྱ་བོད་བར་ལ་གསེར་ཟམ་འཛུགས། །
ང་དགའ་ཁྱོད་བཟང་གཉིས་ཀ་རེད། །
སྐྱེས་ཕོ་འབྲིང་གཏམ་ཞིག་བཤད་དུས་ལ། །
དྲིས་པའི་ཚིག་ལ་ལན་ཞིག་བྱེད། །
རང་གཞན་གཉིས་ཀ་འདུག་བདེ་ཐབ། །
མཐུན་གསུམ་མི་ཚེ་བདེ་ལ་ཟད། །
ཕོ་ཐ་མས་གཏམ་ཞིག་བཤད་དུས་ལ། །
ཚིག་མགོ་མ་མཐུ་ཡི་ཏོག་ཅིག་བརྩུགས། །
ཚིག་ཧ་ནག་པོ་མནའ་ཡིས་བཅད། །
དྲིས་ན་མི་བཤད་ཤིགས་ན་བཤད། །
སྡེ་གྲོང་གཉིས་ཕུང་གཞི་ཞིག་འཛུག །

杰出男儿说话时，
不用问，会像日出一样自然吐落，
会给汉藏间架金桥，
你好我好大家都高兴；
普通男儿说话时，
会对问话给出答案，
会让自己和对方都方便，
三事和合人生也幸福；
混账男儿说话时，
会给句首用咒嵌顶子，
到句尾会发黑毒誓，
问了不答骂了才说，
会给两个大部落埋祸患。

རི་པའི་དར་འབུམ།

日帕·塔奔

༧ ཕོ་ཆེན་ཤ་བའི་དུང་རྭ་དེས། །
རྒྱང་སོ་རྒྱུད་ལ་མ་བལྟས་ན། །
དུང་རྭ་གདོང་ལ་བཀལ་བས་ཟེར། །
སྲ་མཁྲེགས་རྭ་ཡི་གཞུ་མོ་དེ། །

大公鹿头上的鹿角，
如果不抬头看远方，
鹿角会倒挂在脸上；
那张坚硬的角弓，

ཐབས་མཁས་ཀྱི་གས་མ་བཏུམས་ན། །
ཐད་བཀུགས་སྙེད་ནས་ཆག་པས་ཟེར། །

不想办法用桦木来包，
直接硬拉只会折断了。

མོ་མ་རྒྱ་ཞགས།

曲霞卦师

༡ ཤར་ནས་འོད་མདངས་འཁྲོ་ཞིང་ཡོང་། །
གངས་དཀར་པོ་ཞུ་ན་ཡོང་དགའ་ཡིན། །
སེང་དཀར་མོའི་གཡུ་རལ་ཨེ་ཐོབ་བསམ། །
ང་མོ་མ་ཡོང་བ་གནམ་ནས་ཡོང་། །
ཐོག་དམར་པོ་ངེད་གཉིས་མཉམ་དུ་ཡོང་། །
བྲག་རྒྱ་རྫོང་ཞིག་ལ་གཏད་ར་ཡིན། །
རྒོད་ཐང་དཀར་གཤོག་རྡུག་ཨེ་ཐོབ་བསམ། །

日从东方伴光来，
光辉消融白雪山，
想的是获得雪狮绿鬃；
卦师本从天上来，
同红霹雳齐降下，
目标就在一座大岩峰，
想的是获得秃鹫的羽翼。

༢ གངས་དཀར་ཡག་མཐོ་བཙན་མཛེས་པའི་དུས། །
སེང་དཀར་མོས་འཁྱིལ་ཚོད་མ་ཐུབ་ན། །
ལྷ་དྲང་སྲོང་ཐུགས་རྒྱལ་བཞེངས་པས་ཟེར། །
དུས་ཐ་མར་ཁྲི་གདུགས་ཚ་འོད་རྒྱས། །
གངས་དཀར་ཡག་ཆབ་རོམ་འགྱུར་བས་ཟེར། །
སེང་དཀར་མོ་སྡུག་ཀྱང་རང་ཐུབ་རེད། །
སྤྲིན་དཀར་པོས་སྐྱོབ་པ་དཀའ་མོ་རེད། །
ནགས་ཙན་དན་དཔུང་རྫོང་བཙན་པའི་དུས། །
སྟག་དམར་ཡག་ཇམ་ཚོད་མ་ཐུབ་ན། །
ལྷ་བཙན་རྒོད་སྤྱན་ལ་གནོད་པས་ཟེར། །
དུས་ཐ་མ་མེ་སྟག་ཟི་ར་འཚུབ། །
ནགས་ཙན་དན་སོལ་དུམ་བཟོ་བས་ཟེར། །
སྟག་དམར་ཡག་སྡུག་ཀྱང་རང་སྡུག་རེད། །
ཆར་ཟིལ་མས་སྐྱོབ་པ་དཀའ་མོ་རེད། །

雪山巍峨陡峭处，
白雪狮发威不自制，
会使修禅大仙发怒，
让阳光更加炽盛，
雪山冰峰被消融，
雪狮悲伤也徒劳，
纵有白云也无力挽救。
茂密檀香林深处，
猛虎发威不自制，
会使威猛赞神厌烦，
引发火星燃火焰，
森林烧成檀木炭，
雪狮悲伤也徒劳，
纵有雨水也无力挽救。

བྲག་དཀར་རྫོང་སྲ་བརྟན་འཛོམས་པའི་དུས། །
རྒོད་ངང་མས་ལྡིང་ཚོད་མ་བྱས་ན། །
སྲིད་གཟའ་རྒོད་སྤྱན་ལ་གནོད་པས་ཟེར། །
དུས་ཐ་མ་ཐོག་ལྡེ་དགུང་ནས་ལྷུང་། །
བྲག་དཀར་རྫོང་ཐལ་ཕུང་བཟོ་ཉིན་མོ། །
རྒོད་ཐང་དཀར་སྡུག་ཀྱང་རང་སྡུག་རེད། །
རླུང་བསེར་མས་སྐྱོར་ཡ་དཀའ་མོ་རེད། །
མཚོ་ཆེན་པོ་ཁ་རྒྱ་ཆེ་བའི་དུས། །
ཉ་གསེར་མིག་འགྱུར་ཚོད་མ་ཟིན་ན། །
སྔགས་མཐུ་ཆེན་ཐུགས་རྩ་དཀྲུགས་པས་ཟེར། །
དུས་ཐ་མར་མཛེ་ཁྲག་ཐུན་གྱིས་བྲབས། །
མཚོ་ཡར་འཁྱིལ་གྲམ་ཐང་བཟོ་བས་ཟེར། །
ཉ་གསེར་མིག་སྡུག་ཀྱང་རང་སྡུག་རེད། །
ཆབ་སྟོན་མོས་སྐྱོར་ཡ་དཀའ་མོ་རེད། །

坚固无比的白石崖，
雄鹰无度的盘旋，
引起神灵的愤怒，
招致天打雷劈，
白石崖变成一堆石灰，
雄鹰悲伤也徒劳，
纵有疾风扶持也无力挽救；
浩渺汪洋大海里，
金目鱼游掠不自制，
会使大咒师意乱，
用法术进行惩罚，
让沧海变成砂石滩，
金目鱼悲伤也徒劳，
纵有源泉也无力挽救。

ཤན་པ་མེ་རུ་རྩེ།

辛巴梅如泽

༡ དུས་མི་སྲིད་བསྐལ་པའི་ཐ་མ་ལ། །
རྒྱང་ཁ་དཀར་ལྷོ་མོན་རོང་ལ་འཁྱར། །
འབྲོང་བྲེ་སེར་རྭ་ཅོ་ནགས་ལ་ཐོགས། །
ཞིང་འབྲུ་དྲུག་རེ་མིག་སྤང་ལ་འགྱུར། །
སྟག་དམར་ཡག་ན་ཐང་སྤང་ལ་འཁྱམས། །
རྒྱ་གོ་རའི་ཡ་ཐོད་རྫ་ལ་བཞག །
ཤིང་སྨྱིན་ནེའི་སྡོང་པོ་ནགས་ལ་འགྱུར། །
ལུས་ཆོས་གོས་ཅན་དེ་ཧོར་ལ་འཁྱར། །
དེ་མི་སྲིད་སྲིད་པའི་ལྟས་ངན་རེད། །

当末法时代来临，
白唇野鹿会流落门地，
野牦牛角会挂在树枝，
六谷农田变成草甸，
猛虎会流落到草滩上去，
岩羊顶骨会卸在山顶，
小柽柳长成大森林，
穿法衣的僧侣流落到霍尔，
那些是出现灾难的前兆。

༢ བླ་མ་རབ་འབྲིང་ཐ་མ་གསུམ། །
རབ་ཀྱིས་འགྲོ་བ་འདྲེན་སྟོན་བྱེད། །
ཆོས་ཕྱག་ཆེན་རྟོགས་པ་རྒྱུད་ལ་སྐྱེས། །
རྒྱུ་ནོར་ཟས་ཞེན་འཛིན་གཏིང་ནས་བྲལ། །
གནས་རི་ཁྲོད་འཁྲིམ་ཞིང་སློབ་མ་སྐྱོང་། །
འབྲིང་གིས་ཁམས་གསུམ་ཆོས་ལ་བསྒྱུར། །
སྐར་གྲྭ་ཚང་ཁྲ་མོས་མཐའ་ནས་བརྒྱན། །
ཆོས་སྤྱངས་རྟོགས་ཡོན་ཏན་འབྲས་བུ་སྨིན། །
གཞུང་དྲང་ངེས་བསྟན་པའི་ཉིན་མོར་བྱེད། །
ཐ་མས་གྱོད་ཀྱི་སྣ་འདྲེན་བྱེད། །
སྡེ་ཆེན་དཀྱིལ་ནས་གྱོད་ཆེན་གཡོ། །
གཡོ་ཆེན་ཁོག་ནས་ནོར་ལ་ཟམ། །
མ་མཐོང་ལྷ་མཐོང་འདྲེ་མཐོང་ཟེར། །
འབྲེལ་ཚད་དམྱལ་བའི་གཏིང་ལ་འཕེན། །

上师可分为上中下三类：
上等上师会指导众生证得解脱，
心相续中会生起妙法大手印观，
彻底断除对财富的贪著，
隐居山林培养众多弟子；
中等上师能让三界信奉佛法，
璀璨的寺院庄严着他，
从经教成熟断证功德的妙果，
充当了不了教理的太阳；
下等上师经常引发纠纷，
会在大部落当中掀起是非，
奸邪的内心爱贪图财富，
无所见时爱说见到了神鬼，
把所有结缘者投入地狱。

༣ དང་པོ་བླ་མ་བརྟགས་ན་བཟང་། །
ཕ་བླ་མ་མ་བརྟགས་མ་དཔྱད་ན། །
ཟོག་པོས་མི་མགོ་བསྐོར་བ་མང་། །
བླ་མས་སློབ་མ་མ་བརྟགས་ན། །
སློབ་མ་དམ་ཉམས་འབྱུང་བས་ཟེར། །

最初应该好好观察上师，
有许多当初未认真观察上师，
遇到的上师是骗子的例子；
上师最初若不观察弟子，
据说有招收堕戒弟子的隐患。

༤ བོང་བུའི་འབོ་ངར་བྱེད་པ་ལས། །
རྐྱང་ཆུང་ཁ་རོག་ཉལ་ན་མཛེས། །
ར་ཕོས་འབའ་རད་བྱེད་པ་ལས། །
གཡང་དཀར་རྩྭ་ཁ་འཁྲིམས་པ་བཟང་། །
ཤེས་མེད་ཤེས་མདོག་བྱེད་པ་ལས། །
ཤེས་ཆེན་ཁ་རོག་བསྡད་ན་བཟང་། །

与其像毛驴般瞎叫唤，
不如像野骡般默默卧睡；
与其像山羊般瞎折腾，
不如学绵羊去找丰茂草源；
与其不懂装懂瞎胡侃，
不如怀揣大智慧缄口不语。

༥ གསེར་སྐུ་ཤཱཀྱ་ཐུབ་པ་དེ། །
བསེ་རག་ལག་པས་མཐོ་འཇལ་ཐུས། །

佛陀释迦牟尼的金像，
岂容损耗鬼来量大小。

༦ རོང་བཞི་ནགས་ཀྱི་ར་བ་ནས། །
རྟ་ཐོ་ཏུ་བཟས་ལ་ཆས་པ་ལ། །
སྟག་ངར་མས་རྫ་རྩེད་རྩེ་ལེ་འདི། །
རྩེ་འདོད་མ་རེད་ཟ་འདོད་རེད། །
སྤང་དཀར་ན་ལམ་གོང་མ་ནས། །
ལུག་གཡང་དཀར་བཟས་ལ་འགྲོ་ལམ་ནས། །
སྤྱང་ཨ་ཐང་ངར་མས་ཁ་རྩེད་རྩེ། །
དེ་འདྲིས་འདོད་མ་རེད་ཟ་འདོད་རེད། །

农区谷地莽莽森林里，
两岁儿马去找水草的时候，
猛虎摇着尾巴说要逗它玩耍，
不是真想要逗它，是要吃它；
辽阔草原上沮洳道中，
洁白绵羊去觅水草的路上，
凶猛的灰狼说要逗它们玩耍，
那不是想要结交，是要吃它们。

༧ མ་གསོས་བུ་དེ་དགྲ་ལ་འགྱུར། །
མི་ཉམ་ཆུང་སྲོག་གི་བཤེད་མ་ཡིན། །
མ་བསོགས་ནོར་དེ་ཐན་གྱི་རྫས། །
བསེ་རག་འགོང་པོའི་འཕོར་རྟེན་ཟེར། །

养不熟的儿子是敌人，
会变成弱者的催命鬼；
攒不够的钱财是秽物，
会变成损耗鬼的基业。

༨ ཁྲ་ཡག་རི་བཀྲ་གཟིག་གི་བུ། །
སྒོ་ལ་བཏགས་ན་ནོར་ལ་འཇབ། །
ཁ་འཇམ་ཁོག་ངན་དགྲ་ཡི་བུ། །
ཁྱིམ་ལ་བཞག་ན་སྲོག་ལ་གཟན། །

美丽斑斓的豹崽子，
拴在门外蹑行图钱财；
口蜜腹剑的仇人子，
养在家里想夺你性命。

དཔལ་གྱི་སེང་གེ།

巴其森格

༡ ཤར་སེང་གེ་དཀར་མོའི་འོ་མ་དེ། །
སྣོད་རིན་ཆེན་གསེར་ཟོ་མ་ལགས་པ། །

给洁白雪狮挤奶的时候，
不拿珍贵的金桶去盛，

སྣོད་གཞན་ལ་བླུགས་ན་ཚོགས་ལེ་མིན། །
རྩི་བཅུད་མར་དཀར་གདར་ཞུན་དེ། །
བོད་དབུ་ནག་ཁོག་ལ་མ་གཏོགས་པ། །
ཁྱི་བདའ་ལྤུའི་ཁོག་ལ་མི་ཆགས་ཟེར། །
རིན་ཆེན་མཚལ་གྱི་ཞུན་ཐིགས་དེ། །
ར་ཚེ་རེའི་པགས་པ་མ་གཏོགས་པ། །
སྣོད་གཞན་ལ་བཞག་ན་མི་ཐུབ་ཟེར། །
ཟབ་ཐག་ཆོད་དམ་པའི་ལྷ་ཆོས་དེ། །
ཚོགས་བསགས་པའི་བུ་སློབ་མ་གཏོགས་པ། །
མི་སྡིག་ཆེན་ཇ་བར་མི་གོ་ཟེར། །

其它器皿兜不住它；
香甜充满营养的酥油，
除了黑头藏人的胃，
狗肚子是存不住的；
那珍贵的朱砂结晶，
除了山羊皮袋子，
其它容器是兜不住的；
那甚深微妙法教义，
除了积满善业资粮的弟子，
罪孽深重之人是听不到的。

༢ ཕ་བླ་མ་དགུང་གི་ཉི་ཟླ་དེ། །
དེ་མིན་པ་དགོས་ཆེད་མི་གདའ་སྟེ། །
ཤི་དམྱལ་བའི་བར་དོ་འགྲིམ་ཉིན་མཁོ། །
ཆོས་ཟབ་མོ་གདམས་པའི་བདུད་རྩི་དེ། །
དེ་མིན་ན་མཁོ་གལ་མི་ཆེ་སྟེ། །
ཤི་བར་དོའི་འཇིགས་སྐྲག་ཤར་ཉིན་མཁོ། །
བོན་གཡུང་དྲུང་དངུལ་དཀར་མེ་ལོང་དེ། །
དེ་མིན་ན་མཁོ་གལ་མི་ཆེ་སྟེ། །
མ་འགྲོ་དྲུག་ཐར་ལམ་བཀོད་ཉིན་མཁོ། །
བྲག་བྱ་ཨུག་པའི་སྤུ་ཙ་དེ། །
དེ་མིན་ན་མཁོ་གལ་མི་ཆེ་སྟེ། །
མཛོ་ཁྱུང་དཀར་ཛང་ལ་སྒྲིག་ཉིན་མཁོ། །

上师如空中的明月，
别的时候不怎么需要，
死后经中阴去地狱时需要他；
深奥妙法教诫的甘露，
别的时候不怎么需要，
死后感受中阴恐怖时需要它；
雍仲苯教的白银明鉴，
别的时候不怎么需要，
将众生导入解脱道时需要它；
岩石上猫头鹰的羽冠，
别的时候不怎么需要，
将犏牛拴成一排时需要它。

སྣང་གསལ་མེ་ཏོག་སྒྲོལ་མ།

囊赛·梅朵卓玛

༡ སྟོད་མངའ་རིས་གངས་ཀྱི་ར་བ་ན། །
སེང་དཀར་མོ་གཡུ་ཡི་རལ་པ་ཅན། །
དེ་སྲེར་ཆགས་ཡོངས་ཀྱི་རྒྱལ་མོ་ཟེར། །
ཁ་དམར་ཁྲག་གིས་ཨེ་རྒྱན་ནོ། །
རི་མ་ལ་ཙནྡན་ནགས་ཇོང་ན། །
སྟག་དམར་ཡག་ཁྲག་གི་འཇུམ་རིས་ཅན། །
དེས་མཐོང་ཚད་གསོན་ལ་མི་གཏོང་ཟེར། །
ཁ་ཏུག་མཆེ་ཐམ་ཟེལ་ཨེ་ཆེ་འོ། །
བར་དབུས་གཙང་ནོར་བུའི་ལྷ་ལུང་ན། །
ལྷ་ཇོ་ཤཱཀྱ་བསྟན་པའི་སྒྲོན་མེ་བཞུགས། །
དེ་མཐོང་ཚད་ངན་སོང་མི་འགྲོ་ཟེར། །
དུས་ད་ལྷ་འགྲོ་དོན་ཨེ་རྒྱས་ལགས། །
ས་བྱང་ར་ཡངས་པའི་གནམ་ཇོང་ན། །
བྱང་ཀླུ་བཙན་བདུད་པོ་ཁྲུང་ཐོད་དེ། །
ཁོས་ཐུག་ཚད་གསོན་ལ་མི་གཏོང་ཟེར། །
དཔའ་རྒོད་སྙིང་སྟོབས་ཨེ་རྒྱས་ལགས། །

上部阿里雪山环绕的地方，
听说住着长有绿鬃的白雪狮，
那是所有猛兽的君主，
它的嘴用血装饰了没有？
摩罗耶山檀香森林中，
听说住着绘有血色斑纹的猛虎，
见到的活物绝不会放过，
它嘴里的獠牙很厉害吧？
中部卫藏珍宝山谷里，
听说供有佛法明灯释迦牟尼像，
瞻仰过的都不会堕入恶道，
现在其利生事业宏大了没有？
辽阔北地魔国天堡中，
听说住着北国鲁赞王，
见到的苍生绝不给生路，
他那凶猛的胆量壮大了没有？

༢ སྐྱེས་པོ་རབ་པོ་འབྲིང་པོ་ཐ་གསུམ། །
གཏམ་བཤད་ན་ཁ་ཁ་སོ་སོ་ཡིན། །
སྐྱེས་པོ་རབ་ཉི་མ་ཤར་བ་འདྲ། །
པོ་འབྲིང་རང་གཞན་འདུག་བདེ་བྱེད། །
པོ་ཐ་མ་དཀྲུག་པའི་གཞི་མ་ཡིན། །

男儿也上中下三等，
不同三人所言各，
上等男儿所言如旭日，
中等男儿所言让人悦，
下等男儿所言致灾祸。

འཛོམ་པ་ཨ་རྒྱལ།

༡ རང་སྣང་ཆེ་ཚོད་མ་ཟིན་ན། །
མི་ཁས་ས་སྟེང་ཁྱབ་དོགས་ཡོད། །
དགྱེ་ལེས་དགྱེ་ཚོད་མ་ཟིན་ན། །
དགྱེ་དགྱེས་རྒྱུ་མ་ཆད་དོགས་ཡོད། །

༢ ལྟོ་ལྟོགས་པས་སྐེད་རགས་སྡོམ་ལེ་ལ། །
སྐེད་པ་མ་ཕྲ་རང་ཕྲ་རེད། །

ཐང་རྩེ་གཡུ་འབྲུག

༡ གདུགས་དང་རྒྱལ་མཚན་སྐྱུ་དར་གསུམ། །
རྒྱལ་པོ་རྔམ་པའི་རྒྱན་དུ་བྱུས། །
འཕན་དང་བླ་བྲེ་བ་དན་གསུམ། །
རྒྱལ་པོ་ཆེ་བའི་ཐབས་སུ་འོས། །
དར་དང་དུང་དང་པི་ཝཾ་གསུམ། །
རྒྱལ་པོའི་སྙན་གྲགས་མཚོན་ཕྱིར་བརྒྱན། །
རྔ་དང་རྒྱ་གླིང་རག་དུང་གསུམ། །
རྒྱལ་ཆེན་ཧོར་རྗེའི་རྒྱན་ལ་བྱུས། །
ཁྲི་དང་རྔ་མོང་འདོ་བ་གསུམ། །
རྒྱལ་པོ་དབང་ཐང་ཆེ་ཕྱིར་རྔམ། །
ཕེབས་བྱམས་གསེར་ཁྲི་འགྲོགས་ཁྲི་གསུམ། །
རྒྱལ་པོ་སྐུ་ཟིལ་ཆེ་བའི་རྒྱན། །

༢ ཤིང་ཚེར་མའི་སྟེང་གི་ཚེར་ཐོག་དེ། །

宗巴阿嘉

傲气太盛把不住度，
背后的闲话会传遍人间。
高兴过头把不住度，
会笑断自己的肠子。

饿肚子勒紧腰带，
腰自然会变细的。

唐泽玉珠

伞、幢和马旗三样，
是强大帝王的装饰物；
经幡、华盖和飞幡三样，
体现着强大帝王的雄才大略；
旗帜、螺号和琴瑟三样，
是为彰显强大帝王的声誉；
鼓、唢呐和铜号三样，
是霍尔国大王的装饰物；
宝座、骆驼和骏马三样，
是为扩大帝王神威而配备的，
轿子、金座和肩舆三样，
是为帝王充满威风而配饰的。

荆棘木上的果子，

བལྟས་ན་མིག་ལ་མཛེས་ཞན་འདྲ། །
ཟོས་ན་འཁྲམ་པས་ཐུབ་ལེ་མེད། །
མངར་ཆེན་སྦྲང་དཀར་རིལ་བུ་དེ། །
དང་པོ་ཁ་ལ་མངར་ཞན་འདྲ། །
མཐའ་མ་མཆིན་པ་ན་ལེ་ཡོང་། །

看起来很好看，
吃起来酸得双颊疼；
极甜的白蜜丸，
当初虽然嘴里甜，
到头会让肝脏痛。

མགར་བཟའ་ཆོས་སྒྲོན།

嘎尔萨·曲珍

༡ བླ་མ་བྱིན་རླབས་ཆེ་ཆུང་དེ། །
སེམས་ཅན་འདྲེན་སྟོན་སུ་བཟང་ཡིན། །
དཔོན་པོ་སྙན་གྲགས་ཆེ་ཆུང་དེ། །
ཉམ་ཆུང་མགོན་སྐྱོབ་ཡོད་མེད་ཡིན། །
དཔའ་བོ་གྲགས་པ་ཆེ་ཆུང་དེ། །
དཔའ་རྨོད་རྟིང་མ་སུ་ལོན་ཡིན། །

上师加持力的大小，
要看谁会导化众生；
首领声誉的大小，
要看能否保护弱者；
英雄荣耀的大小，
要看谁能取得战功。

༢ མ་སྡེ་ཆེན་རྒྱ་གྲོང་ཁྲ་མོ་ནས། །
བོད་སྐྱེ་འགྲོ་མ་རིག་མུན་པས་བསྒྲིབས། །
ལས་རྒྱུ་འབྲས་འཆོལ་པར་སྤྱད་ན་ཡང་། །
ཆོས་སྡིག་བཤགས་གསེར་གྱི་སྤུ་གྲི་དེས། །
ལས་སྔར་བྱས་སྡིག་སྒྲིབ་གཅོད་པས་ཟེར། །
དགོན་ཆོས་ཆེན་ཆོས་ར་ཁྲ་མོ་ནས། །
བསམ་མི་ཤེས་བཞེ་བརྒྱགས་པ་དེས། །
སྡིག་མི་དགེ་བཅུ་དེ་མཚར་རྗེད་བྱེད། །
ལྷ་རྒྱལ་བའི་བཀའ་ལས་འགལ་ན་ཡང་། །
ཆོས་དམ་ཆོས་ཡི་གེ་བརྒྱ་པ་དེས། །
སྐྱོན་ཀུན་དག་ཡོན་ཏན་རྫོགས་པས་ཟེར། །
ལུས་བཞི་བརྒྱ་ནད་ཀྱིས་ཐེབས་པའི་དུས། །

在大部落华丽的市镇里，
藏人众生被无明黑暗所遮蔽，
面对因果业报虽有颠倒行，
用来忏悔净罪的佛法金刃，
会隔断此前所造一切孽障；
在大寺院华丽的禅林中，
那些脑满肠肥的糊涂僧人，
虽然沾染了十不善法罪孽，
忤逆了佛陀胜者的教言，
听说微妙法百字明咒，
能清除一切恶态，圆满大功德；
身缠四百种疾病的时候，

གསོན་མི་ཡུལ་རེ་ཐག་ཆད་ན་ཡང་། །
སྨན་བཟང་དྲུག་བདུད་རྩིའི་སྦྱོར་བ་དེས། །
ཤི་མ་དགོས་སྙིང་སྟོབས་དར་བས་ཟེར།

虽然丧失苟活人间的希望，
据说有了六味甘露良药，
不仅不叫死，还能激发豪气。

པ་དུར་མཚོང་ལྷ།

巴图尔 · 琼拉

བཙན་པོ་གངས་དཀར་ཡང་སྟེང་ནས། །
ཡང་བཙན་གངས་སེང་གཡེར་པོ་ཆེ། །
སྡེར་ཆགས་ཟིལ་གྱིས་གནོན་པས་ཟེར། །
གཡུ་རལ་ལོ་རྒྱུས་རྒྱང་གྲགས་ཅན། །
དེ་སྟེ་གཡུ་རལ་བྲེགས་ནས་ཡོང་། །
གངས་རི་ཟེར་ལེ་འུད་བསྟོད་རེད། །
སེང་ལྷམ་ཟེར་ལེ་སྟོང་གཏམ་རེད། །
གངས་སྟོད་ཡི་མུག་སྐྱེ་ལེ་བྱུས། །
རྒྱ་རྫོང་ནགས་ཀྱི་ར་བ་ནས། །
དཔའ་གཏུམ་སྟག་རྐོད་གཡེར་པོ་ཆེ། །
སྲོག་ཆགས་གསོན་ལ་མི་གཏོང་ཟེར། །
འཛུམ་དྲུག་ལོ་རྒྱུས་རྒྱང་གྲགས་ཆེ། །
དེ་སྟེ་འཛུམ་དྲུག་བྲེག་ནས་ཡོང་། །
རྒྱ་རྫོང་ཟེར་ལེ་འུད་བསྟོད་རེད། །
རྒྱ་སྟག་ཟེར་ལེ་སྟོང་གཏམ་རེད། །
ནགས་རྫོང་ཡི་མུག་སྐྱེ་ལེ་བྱུས། །

皑皑雪山顶上，
最严酷霸道的雪狮，
据说因征服了所有的猛兽，
绿鬃的传说流传在远方，
现已割来了它那绿松色鬃毛，
所谓的雪山，全是瞎吹的，
所谓的狮子，全是空话，
已让雪山满怀悲怆；
莽莽密林深处，
凶猛霸道的老虎，
据说不会让任何生灵生还，
虎纹的传说流传在远方，
现已割来了它那斑斓的虎纹，
所谓的密林，全是瞎吹的，
所谓的猛虎，全是空话，
已让密林满怀悲怆。

ཤན་འདན་སྟག་སེང་ཁ་སྒྲོད། 《辛丹虎狮相争》

སྟག་རོང་ཨ་ཁུ་ཁྲོ་ཐུང་། 达绒·阿库超同

བྱ་རྨ་བྱ་ཤི་ན་སྒྲོ་མདོངས་གསལ། ། 孔雀死后，羽毛更鲜亮；
གསེར་སེར་པོ་བསྲེགས་ན་མདོག་ཁ་ཐོན། ། 黄金炼后，纯色会显现。

ཚ་ཞང་འདན་མ་བྱང་ཁྲ། 擦香·丹玛向查

༡ རྗེ་བླ་མའི་ཐུགས་དང་མ་འགྲོད་ན། ། 如果不合上师的意，
བན་སེར་ཆུང་སྐྱ་ས་རང་བབ་བྱེད། ། 小和尚自然会还俗；
གོང་དཔོན་པོའི་ཐུགས་ལ་མ་འགྲོད་ན། ། 如果不合国王的意，
བློན་གོ་ཆོད་གཞན་ལ་སྐྱབས་གནས་བཅལ། ། 能臣会投其他主子；
དྲིན་ཕ་མའི་ཐུགས་ལ་མ་འགྲོད་ན། ། 如果不合父母的意，
བུ་ཚ་ལུས་གསོག་པ་བཞག་ནས་འགྲོ། ། 儿子会留下积蓄而离去；
སྨན་བུ་མོའི་སེམས་ལ་མ་འགྲོད་ན། ། 如果不合姑娘的意，
སྟག་ཤར་པས་གཉེན་མགོ་གཞན་དུ་འཚོལ། ། 男子汉会找他人结婚。

༢ གོམ་གསུམ་གོམ་པ་མ་སྤོས་ན། ། 步迈三步路，
ལུང་པའི་ཕུ་ཐག་མི་ཆོད་དོ། ། 却不知沟之深；
ཚིག་གསུམ་ཡིན་ལུགས་མ་བཤད་ན། ། 不说之句话，
གཅིག་ངོ་གཅིག་གིས་མི་ཤེས་དོ། ། 此不知彼之意。

༣ བཟང་ལན་ངན་གྱིས་འཇལ་ལེ་རེད། ། 以恶怨报善德，
ཇ་ལན་ཆུ་ཡིས་སྤྲོད་ལེ་རེད། ། 拿清水报茶恩，

དགྲ་ནག་པོའི་རྒྱབ་གཉེན་བྱེད་ལེ་རེད། ། 甘做恶敌人后援。

གེ་སར་ནོར་བུ་དགྲ་འདུལ། 格萨尔·诺普占堆

གནམ་ཨ་སྔོན་གཞི་མ་མ་བདེ་ན། ། 蓝天如果不得安宁，
གསལ་ཉི་ཟླའི་བགྲོད་ལམ་དཀའ་མོ་རེད། ། 日月很难找到运行道；
ཆབ་གཙང་ཆེན་འབབ་ལམ་མ་བདེ་ན། ། 江河如果不得安宁，
ལུང་ཆུ་ཕྲན་འབབ་ས་དཀའ་མོ་རེད། ། 小溪很难找到注入处。

ཤན་པ་སྨེ་རུ་རྩེ། 辛巴梅如泽

ཕོ་ཡ་རབས་མ་རབས་སྤྱོད་པས་ཤེས། ། 是否君子观行为，
ས་ཆ་གང་ཡིན་སྐད་ཀྱིས་ཤེས། ། 来自何方听方言；
ལ་ཁའི་ཁ་བ་ཆེ་ཆུང་དེ། ། 想测山顶之积雪，
ལྷ་བྱ་གོང་མོའི་སྐད་ལ་ཉོན། ། 请听雪鸡之鸣声；
ལུང་པ་ཕུ་ཐག་རིང་ཐུང་དེ། ། 想测山谷之深浅，
གཙང་ཆབ་སྔོན་མོའི་ཤུགས་ལ་ལྟོས། ། 请看河流之湍急。

འཇང་གླིང་གཡུལ་འགྱེད།

《姜岭之战》

ལྷ་ལྕམ་མནྡཱ་ར་བ།

རི་སེར་ཡག་སྤོ་ལྗང་གཡུ་ལོའི་ཕྲེམ། །
ཕྱུགས་རྐང་བཞི་འཁོར་དོན་དེ་ལ་ཐུག །
དམའ་རྒྱ་མཚོ་མི་འགྱུར་གཡང་དུ་ཆགས། །
ཉ་གསེར་མིག་འགྱུར་དོན་དེ་ལ་ཐུག །

拉姜·曼达热瓦

锦绣山峰因绿叶青草而壮丽，
牲畜光顾山峰是为了它们；
浩渺沧海汇成了不变的福瑞，
金目鱼游掠其中是为了这个。

རྒྱ་བཟའ་ཁྲི་ལྕམ་བཟང་མོ།

དགུང་ཉི་མ་ཁེར་འགྲོ་གཟའ་ཡིས་འཛིན། །
དཔུང་སྐར་ཚོགས་གྲངས་མང་ཕན་པ་མེད། །

嘉撒·赤姜桑姆

天上独行的太阳会被罗睺罗曜所吞，
纵有浩繁的星辰做其部众也没啥用。

འཇང་གཡུ་ལྷ་ཐོག་འབྱུར།

༡ དགུང་ལྷ་ལམ་འཁྲིམ་པའི་ཉི་མ་ཁོང་། །
ལམ་ཤར་ནུབ་འཁྲིམ་ཚོད་མ་བཟུང་ན། །
དགྲ་སྒྲ་གཅན་ཟེར་བའི་གདུག་ཅན་དེས། །
ལུས་ཆུར་མིད་ལྟོ་ལ་མི་གནོད་དེ། །
དགུང་སྐར་ཚོགས་ཁྲ་མོའི་ངོ་སྐལ་འཛོག །

姜·玉拉托久

行走在苍穹天神路的太阳，
不能把握从东向西的轨道，
就会被那叫罗睺罗的邪曜，
囫囵吞下，而且不会损及它的胃，
天上繁星很本分，所以未吞噬。

༢ རྒྱ་རྫོང་ནགས་ཀྱི་དམར་ཡག་སྟག །
ཕྱུག་པོའི་སྒོ་ཁྱི་ཐུབ་རབས་མེད། །
ན་དམར་གཞུང་གི་རྐྱང་ཆུང་རྟ། །

不曾听说林海中的猛虎，
能做富贵人家的看门狗；
不曾听说荒滩上的野骡，

མགྲོན་པོའི་ཆིབས་པ་ཐུབ་སྒྲོལ་མེད། །

༣ སྟག་གི་སྒོ་ཁྱི་འོང་རབས་མེད། །
འབྲོང་གི་སྒོ་ཟོག་འོང་རབས་མེད། །
རྐྱང་གི་འོག་རྟ་འོང་རབས་མེད། །

༤ ལྷ་བླ་མ་གསེར་གྱི་དབུ་ཞྭ་ཅན། །
བྱམས་སྙིང་རྗེ་གདུལ་བྱའི་ས་བོན་རེད། །
དེ་མེད་ན་ཟོག་པོ་ཁྲེལ་མེད་རེད། །
གོང་དཔོན་པོ་བྱུ་རུའི་ཐམ་ག་ཅན། །
བྱམས་སྙིང་རྗེ་ཆོས་སྲིད་སྙིང་པོ་རེད། །
དེ་མེད་ན་ཁྱི་ངན་འབངས་ཀྱི་བདུད། །
སྟག་ཤར་པ་དུང་གི་སོ་སྒོ་ཅན། །
བྱམས་སྙིང་རྗེ་རང་གཞན་བདེ་འབྲས་རེད། །
དེ་མེད་ན་མདོ་ཤོར་ཁྲམ་པ་འདྲ། །
སྨན་བུ་མོ་བྱུ་རུའི་རྣ་རྒྱན་ཅན། །
བྱམས་སྙིང་རྗེ་འཛིག་རྟེན་བདེ་དགའི་གཞི། །
དེ་མེད་ན་ཁྲེལ་མེད་གྱོད་ཀྱི་གཞི། །

གེ་སར་ནོར་བུ་དགྲ་འདུལ།

༡ འདམ་ནག་པོའི་དཀྱིལ་གྱི་མེ་ཏོག་ཁོ། །
ཡར་མཆོད་པའི་གནས་སུ་ལས་ཀྱིས་བསྐོས། །
བྱི་སྒོ་ངའི་སྦུབས་ཀྱི་འདབ་ཆགས་ཁོ། །
དགུང་བྱ་ལམ་གཅོད་པ་ལས་ཀྱིས་བསྐོས། །

༢ དམར་པོ་མེ་ཡི་ཁ་རྩ་ནས། །

能做旅客旅途中的坐骑。

不曾听说老虎能当看门狗，
不曾听说野牦牛能当家畜，
不曾听说野骡能当马骑。

头戴金冠的上师啊，
慈悲是导化众生的种子，
没了它，你是骗人的混混。
上头掌有珊瑚官印的官员，
慈悲是政教的核心，
没了它，你是害民的狗妖精；
有着白螺牙齿的男子汉，
慈悲是成就自他乐果的因，
没了它，你是浪荡的骗子；
戴有珊瑚耳坠的女子，
慈悲是世界安乐欢喜的基础，
没了它，你会无耻地搬弄口角。

格萨尔·诺普占堆

黑泥中开出的鲜花，
命中注定会成为佛的供品；
孵自鸟蛋壳的飞禽，
命中注定会成为横飞天穹者。

在红色火焰前，

འཇག་ཉོབ་རང་སྣང་ཆེ་རྒྱུ་མེད། །
དུག་རླངས་ནག་པོའི་ཁ་རྩ་ནས། །
གཅན་སྤྱང་རང་འགར་འདུར་རྒྱུ་མེད། །

干草不应自以为是！
在黑色毒瘴前，
野狼不应四处窜奔！

འཇང་ས་དམ་རྒྱལ་པོ།

姜·萨当嘉波

སྤྱང་ཁྲིས་གཡང་དཀར་རྩེ་ར་གཏོར། །
ཀླད་ཁྲག་མི་དགྲུག་ཀ་མེད་བྱུང་། །
སྟག་མོའི་འདོ་ཕྲུག་སུག་བཞི་བྲེག །
འཛུམ་དྲུག་མི་སྐྱོག་ག་མེད་བྱུང་། །
སྟང་དགྲས་གཡུ་ལྷ་བཙན་བཟུང་བྱས། །
ཕ་རྟུས་མི་འཕྲོག་ཀ་མེད་བྱུང་། །

饿狼冲散了玩耍的羊群，
不得不让狼血溅一地；
母虎咬断了马儿的四蹄，
不得不弄脏虎皮纹理；
玉拉被敌劫，不得不夺敌基业了。

ཚ་ཞང་འདན་མ་བྱང་ཁྲ།

擦香·丹玛向查

༡ ལྷ་བླ་མ་དད་པས་མ་བསྙེན་ན། །
ཚེ་ཕྱི་མའི་མགོན་སྐྱབས་སུ་ཡི་བྱེད། །
སྟང་དགྲ་ལ་རྙིང་མ་མ་བླངས་ན། །
བུ་དཔའ་བོའི་མིང་དོན་གང་ནས་ཚང་། །
མ་མཛེས་མས་ཁྲོམ་ཐག་མ་ཆོད་ན། །
གཏམ་རྒྱ་སྟེའི་མཛེས་མ་ཅི་ལ་ཟེར། །

不以虔诚心来信仰上师，
让谁去做阴间的救怙尊？
不能向敌人报血仇，
英雄靠什么做到名实相符？
漂亮女子不能在集市被公认，
靠什么来说她是万人迷？

༢ གངས་དཀར་པོའི་རྩེ་རྒྱན་སེང་གེ་ལ། །
དམའ་ཁྱི་རྒན་བདའ་ལུས་འགྲན་རྒྱུ་མེད། །
ནགས་རྒྱ་རྫོང་དཀྱིལ་གྱི་སྟག་མོ་ལ། །
གདོན་ཞ་མོ་སྣ་ནག་འགྲན་རྒྱུ་མེད། །
བྲག་དམར་ཡག་རྫོང་གི་ཐང་དཀར་ལ། །

说到用来装饰雪山的白狮，
流浪的老狗比不了它；
说到莽莽密林中的母老虎，
黑鼻子狐狸比不了它；
说到红岩峰上的秃鹫，

ཁོ་བྱ་ངན་ཁྭ་ཏས་འགྲན་རྒྱུ་མེད། །

崇鸟乌鸦比不了它。

སེང་སྟག་ཨ་དོམ།

森达阿冬

ཨ་སྔོན་མཐའ་རྒྱ་ཆེ་བསམ་ཡང་། །
སྤྲིན་དཀར་ཕག་ན་ཁ་རེ་སྐྱེངས། །
རྒྱ་མཚོ་གཏིང་མཐའ་བྲལ་བསམ་ཡང་། །
འཁྱག་རོམ་འོག་ན་བག་ལ་འཁུམས། །

蓝天本以为自己寥廓无边，
被白云遮蔽时，会感到羞愧；
沧海本以为自己深广无极，
到坚冰封冻时，会感到郁闷。

ཁྲི་ལྷ་གནམ་ལྷུགས་ཐོག་རྒོད།

齐拉·南加托贵

བན་ཆོས་མེད་འཁྱོར་མདོག་ཆེ་ན་སྐྱུག།
མཐར་བཟའ་མང་མི་སོས་སྲུ་ལྷས་རེད། །
གྲོགས་ཁྲེལ་མེད་རྫུན་ལ་མཁས་ན་སྐྱུག།
མཐར་མུན་ནག་ཁྲིམས་ལ་ཤི་ཉེན་ཆེ། །
མ་མདོ་མེད་བུ་མོ་ཁྱོ་མང་སྐྱུག།
མཐར་ལྟོ་གེའི་འཆི་ན་སྐྱོབ་མཁན་མེད། །

没有道行的僧侣喜欢美人容颜，
可预见还俗了养不活妻儿老小；
无赖朋友喜欢撒谎的能耐，
他有最后死在黑刑狱的危险；
无脑的母亲喜欢女儿有许多男人，
最后要饿死时没人救助她们。

གསེར་པའི་ཉི་འབུམ་དར་ཡག།

色巴·尼奔塔雅

ངན་པས་རང་བསྟོད་སྐད་ཆ་བཤད། །
ཁྲེལ་མེད་རྒན་མོས་བུ་ཕྲུག་བསྟོད། །
ཞི་ཞིའི་རང་སྐྱག་གསེར་ལ་སྒོམ། །

孬种喜欢说自吹自擂的话，
无耻老太喜欢夸自己的儿子，
猫喜欢把猫屎观想为黄金。

མཚལ་དམར་དཔོན་པོ་མདུང་ཐུང་།

蔡玛·本波董彤

སྤྱང་རི་ཁྱིས་ལུག་ལ་འགྲོ་འགྲོ་དེ། །

恶狼扑向羊群的做法，

ཁོ་བྲེ་སེར་འབྲོང་ལ་འགྲོ་རབས་མེད། །
དཔའ་སྟག་མོ་ཤ་ལ་ཧམ་ཧམ་དེ། །
ཁོ་དུག་ཚེར་སྐང་ལ་འགྲོ་རབས་མེད། །

不可用在野牦牛身上；
母虎贪婪鲜肉的做法，
不可用在荆棘丛里。

ཉི་ཁྲི་ལྷ་བཟང་རྡོ་རྗེ།

尼赤 · 拉桑多吉

དུག་སྦྲུལ་ཁྲོས་པའི་ཁ་རླངས་ཀྱིས། །
སྐྱེ་འགྲོའི་སྲོག་གི་རྒྱུ་བ་གཅོད། །
གཟའ་བདུད་ནག་པོའི་དུག་མདའ་ཡིས། །
ཐོད་གཏུག་གསོན་ལ་ཤོར་བ་མེད། །

毒蟒愤怒喷出的毒气，
会喷断众生生命的传续；
罗睺罗黑曜射出的箭，
所射的性命都跑不掉。

འབྲི་སྲས་ནམ་མཁའ་ཐོག་རྒྱལ།

智赛 · 南喀托嘉

༡ མཐོ་བྲག་དཀར་གཡོ་བ་མེད་བསམ་ཡང་། །
དགུང་ཐོག་དམར་བརྒྱབ་ན་རང་དབང་མེད། །
ཆབ་ཆུ་བོ་རྒྱུན་ཆད་མེད་བསམ་ཡང་། །
དགུན་འཁྱག་རོམ་བྱུང་ན་ཡིད་རེ་སྐྱོངས། །
གངས་སེང་གེ་ཧམ་བརྗིད་ཆེ་བསམ་ཡང་། །
ཁོ་སྲིན་འབུ་ཐོན་ན་སྲོག་དང་བྲལ། །

巍峨的岩峰认为不可能撼动，
从天砸下霹雳时啥都由不了它；
奔腾的江河认为不会断流，
冬日寒冰一冻定会深感郁闷；
雪狮认为自己有巨大的威风，
虫子一来它会丢掉性命。

༢ མཐོ་སྤྲིན་རིམ་བརྩེགས་པའི་དཀྱིལ་འཁོར་ནས། །
འབྲུག་ཕོ་ཐང་གཡུ་ཡི་རལ་པ་ཅན། །
ལག་ཐོག་མདའ་དུག་གི་ངར་ཤུགས་འཛོམས། །
དགྲ་བྲག་རིའི་ཁྱུང་ཚང་མ་གཏོར་ན། །
སྐད་སྟོང་སྒྲ་ཆེ་བས་ཕན་པ་ཅི། །

高天云团堆起的坛场中，
那条长有绿鬃的飞龙，
手里的霹雳具有剧毒的力量，
不能摧毁岩石上的大琼鸟巢，
空有干雷声有什么用？

རྫོམ་ཚ་མེ་རུ་བློག་རྩེན།

རང་སྣང་ཆེ་བའི་བཙུན་གཟུགས་དེས། །
ཕ་མ་ཁྲིད་ལ་གཏུགས་པ་མང་། །
ཚོད་ཟིན་མེད་པའི་སྟག་ཤར་དེས། །
བཟའ་ཟླ་དུག་ཟས་དྲངས་པ་མང་། །
ཀླད་ཆུང་མདོ་མེད་བུ་མོ་དེས། །
རང་སྡུག་རང་གིས་ཉོས་པ་མང་། །

童擦·梅如洛赞

那些自以为是的伪僧中，
有许多让父母深陷公案的；
那些不懂节制的青年中，
有许多给配偶下毒的，
那些无脑任性的女人中，
有许多自讨苦吃的。

འདན་ལྷ་བཟང་ཐང་བཙན།

དགུང་སྤྲིན་ནག་འཁྲིགས་ཚོད་མ་ཟིན་ན། །
རླུང་སྐྱི་སེར་བྱུང་ན་གར་གཏོར་རེད། །
ཆབ་ཆུ་བྲན་བབས་ཚོད་མ་ཟིན་ན། །
གཉའ་ཟམ་པས་མནན་ན་ཨ་ཐང་ཆད། །

丹·拉桑唐赞

天上的黑云不能节制涌动的势头，
狂风一到，被吹散了；
小河小溪不能节制奔腾的势头，
桥梁定会压住它们后颈的。

ཐེའུ་རང་བླ་མ་མེ་འབར།

ཚེ་གཅིག་ལ་མཆོད་པའི་བླ་མ་དེ། །
ཤི་དམྱལ་བའི་སྡུག་བསྔལ་མ་བཟློག་ན། །
ཟོང་རྒྱུ་ནོར་དོན་མེད་ཆུད་ཟོས་རེད། །
སྐུ་ཞབས་ཕྱི་ངལ་བ་རང་སྡུག་ཡིན། །

泰让·喇玛梅跋尔

毕生供养的上师，
如果死后不能避免地狱，
所耗钱财毫无作用，纯属浪费，
为服侍他吃过的苦，纯属徒劳。

བཙན་རྐོད་མེ་སྟག་དམར་པོ།

赞贵·梅达玛波

ཞིང་ཕར་ལ་བཏབ་པའི་འབྲས་བུ་དེ། །

往地里播撒的种子，

ཚུར་སྨིན་པ་བསླུ་མེད་ལས་ཀྱིས་བསྐོས། །
གནོད་པར་ལ་བསྐྱལ་བའི་རྟེང་མ་ལ། །
ལན་ཚུར་ལ་སྨིན་པ་ཆོས་ཉིད་ཡིན། །

成熟果实因循的是业报的规律；
向对方制造祸患的果子，
成熟在自己身上也是业报的规律。

ཤན་ཚ་རླུང་ལྷ་མགྲོགས་ལྡན།

辛擦·隆达爵丹

དཔའ་བོའི་སྙིང་ཁམས་ཟེར་བ་དེ། །
འདྲ་གཉིས་གཡུལ་དུ་ཐུག་ཉིན་ཤེས། །
བྲི་སེར་འབྲོང་གི་རྭ་ཤེད་དེ། །
སྐྱ་རིང་གད་པ་རྫོད་ཉིན་ཤེས། །
ཁ་དཀར་རྐྱང་གི་བང་ཁ་དེ། །
བྱང་ལམ་རིང་མོ་གཅོད་ཉིན་ཤེས། །
ཉག་ཕྲན་མདའ་ཡི་སྐྱིན་ཞན་དེ། །
སྡང་དགྲ་གདོང་ཐུག་རྒྱག་ཉིན་ཤེས། །

所谓英雄的胆量，
在战场对搏时才能分晓；
野牦牛角的力量，
土坎下相觝时才能分晓；
白唇骡行走的能耐，
走北方长路时才能分晓；
长箭瞄得准与不准，
碰到仇人时才会分晓。

དུག་མི་བཙན་སྐྱ་ཡ་མེད།

毒弥·赞迦雅美

ལས་ཚོད་ཟིན་མེད་པའི་བན་གཟུགས་དེས། །
ལམ་བསླབ་པ་ཁྲིལ་མའི་ཕུང་བ་བརྗེ། །
མུག་སྣང་བ་མཐོ་བའི་བྱི་མོ་དེས། །
སྐྱིད་མི་ཚེའི་བདེ་བ་ནད་ལ་བརྗེ། །
དཔའ་མེད་པའི་གླིང་ཕྲུག་སྣར་མ་དེས། །
བདུད་ཕབ་འདོད་གཅེས་སྲོག་ནོར་ལ་བརྗེ། །

那些行为不检点的伪僧，
会拿所修的道换堕落；
那些无知骄慢的姑娘，
会拿幸福人生换疾病；
那些胆小的岭国懦夫，
想降魔却以性命换钱财。

སྟོང་ཆོས་ལུ་བུ་ཡི་དར་འཕེན།

董曲鲁·普依塔尔潘

ར་རྐན་བྲག་ལ་འཁྱིམ་ཆེ་ན། །

老山羊在岩石间转久了，

འཕར་ཚང་སྒོ་ནས་ཤོར་བ་མེད། །
བྱིའི་ཆུང་འཕུར་རྩལ་ངོམ་ཆེ་ན། །
རྒྱ་ཁྲའི་སྤྱན་ནས་ཤོར་བ་མེད། །

避不开豺狼的洞穴门；
小雀过分炫耀飞技，
避不开凶猛的鹞鹰。

དུག་མི་བཀྲ་ཤིས་ལྷ་མཚོ།

毒弥・扎西拉措

གད་པ་སྐྱ་བོའི་ཡར་ནང་ནས། །
གཡག་ཆུང་འབྲོང་ལ་འགྲན་སྣང་དེ། །
བྱང་གི་བྲེ་སེར་འབྲོང་རྐོད་ཀྱི། །
གདུག་རྩུབ་དེ་སྟོན་མ་མཐོང་ལན། །
བརྒྱ་ལམ་དོག་མོའི་ནང་ཞེད་ནས། །
བོང་ཆུང་རྐྱང་ལ་འགྲན་སྣང་དེ། །
སྟོད་ཀྱི་ཁ་དཀར་རྐྱང་རྐོད་ཀྱི། །
བང་ཁ་དེ་སྟོན་མ་མཐོང་ལན། །

走在灰色土坎上的，
牦牛想跟野牦牛较量的原因，
是它面对北方野牦牛，
不曾见识过它有多强悍；
走在漫漫长路上的，
小毛驴想跟野骡较量的原因，
是它面对白唇野骡子，
不曾见识过它的速度。

དུག་མི་ཨ་ཁྲོ་ཛོ་ནག

毒弥・阿超奥那

སེང་ཆུང་གཡུ་རལ་རྒྱས་ཆེ་བས། །
གཅན་གཟན་རྒྱལ་པོ་ལས་ཀྱིས་བསྐོས། །
ཁྱུང་ཆེན་གཤོག་རྩལ་རྒྱས་ཆེ་བས། །
འདབ་ཆགས་རྒྱལ་པོ་ལས་ཀྱིས་བསྐོས། །

因雪狮长有茂盛的绿鬃，
它注定要做百兽之王；
因琼鸟长有强大的翅膀，
它注定要做百鸟之王。

དགྲ་ལྷ་རྩེ་རྒྱལ།

扎拉泽嘉

སེར་རྐོད་འབེབ་པའི་ངར་ལམ་ནས། །
མེ་ཏོག་མཛེས་ཀྱང་འདབ་མ་གཏོར། །
སྨག་རུམ་འཐིབ་པའི་མུན་ལམ་ནས། །
གངས་རི་དཀར་ཡང་ཕན་པ་མེད། །

降下凌厉冰雹的地方，
花朵再美也会被摧残；
笼罩沉沉黑夜的地方，
雪山再白也没什么用。

མོན་གླིང་གཡུལ་འགྱེད།

《门岭之战》

ལྷ་ཚངས་པ་དཀར་པོ།

拉仓巴嘎尔波（大梵天）

ཕོ་ཉལ་བའི་བུ་ལ་ཡོན་ཏན་མེད། །
རྡོ་གོར་མོ་ཉལ་ན་འཁྱགས་ལ་འཁྱར། །
ཤིང་ཙན་དན་ཉལ་ན་རྩ་བ་རུལ། །
ལྷ་བླ་མ་ཉལ་ན་ཆོས་མགོ་ཉལ། །
གོང་དཔོན་པོ་ཉལ་ན་ཁྲིམས་མགོ་ཉལ། །
ཕོ་དཔའ་བོ་ཉལ་ན་དགྲ་མགོ་ཉལ། །
མ་སྲུ་མོ་ཉལ་ན་གནས་མགོ་ཉལ། །
ཕོ་ཞོགས་ཉལ་ཕོ་ཡི་ཐ་མ་ཡིན། །
ནོར་མེད་ན་མི་ཉལ་ཀ་མེད་རེད། །

贪睡的男儿没有美德，
贪睡的石板会冻在冰上，
贪睡的旃檀会烂掉树根，
上师贪睡，他的佛法会趴下，
官员贪睡，他的王法会趴下，
好汉贪睡，他的斗志会趴下，
女子贪睡，婆家门第会趴下，
早上贪睡的汉子是最怂的孬种，
只有没钱的乞丐，只懂得睡。

གེ་སར་ནོར་བུ་དགྲ་འདུལ།

格萨尔·诺普占堆

༡ གཏམ་ཕ་ལ་གསང་ན་སུ་ལ་བཤད། །
ཟས་མ་ལ་སྐུང་ན་སུ་ལ་སྟེར། །

话不跟父亲说，想说给谁？
饭不给母亲吃，想送给谁？

༢ དགྲ་དགྲ་ལན་མེད་ན་ཝ་མོ་རེད། །
གཏམ་གཏམ་ལན་མེད་ན་ལྐུགས་པ་རེད། །
ཟས་ཟས་ལེན་མེད་ན་ཁྲམ་པ་རེད། །

不能抗仇敌的人是狐狸，
不能回问话的人是哑巴，
不能回请饭的人是混混。

༣ རྟ་མགྱོགས་པ་ཆག་གིས་གསོས་ལེ་དེ། །
རྒྱང་རིང་པོའི་ས་ཐག་ཨེ་ཆོད་བསམ། །

用马料喂养快马的目的，
是希望它能走遥远的道路，

རྒྱང་རིང་པོའི་ས་ཐག་མ་ཆོད་ན། །
རྟ་ཤ་སུ་ཡིས་ཟོས་ཀྱང་ཟོས། །
ཞིང་ཆུ་མ་སྐྱེལ་ལུད་རྫོ་གསུམ་བྱེད། །
ལྟོགས་མུ་གེ་བྱུང་དུས་ཨེ་ཕན་བསམ། །
ལྟོགས་མུ་གེ་བྱུང་དུས་མ་ཕན་ན། །
ཕ་ཞིང་ལ་འཇག་རྩྭ་སྐྱེས་ཀྱང་སྐྱེས། །
རྒྱལ་ཆེན་པོའི་བློན་པོ་ཉར་ལེ་དེ། །
དགྲ་ཇག་པའི་གདོང་ལ་ཨེ་ཕན་བསམ། །
དགྲ་ཇག་པའི་གདོང་ལ་མ་ཕན་ན། །
བློན་ཇི་ལྟར་ཡིན་ཡང་དགོས་པ་ཆུང་། །

如果不能踩长路去远方，
马肉啊，哪个想吃就吃去吧！
给地施肥、播撒和耕耘的目的，
是希望在饥馑时有所裨益，
如果发生年馑时起不了作用，
田地啊，想长野草就长去吧！
帝王用俸禄豢养臣子的目的，
是希望他们能对抗来犯之敌，
如果要对抗敌人时起不了作用，
什么样的臣子，都没多大的用处。

༤ ལུག་བརྒྱ་ཟོས་པའི་སྤྱང་ཀི་དེ། །
མཐའ་མ་ཤ་ཡིས་བཙང་རབས་ཡོད། །
མི་བརྒྱ་བསད་པའི་ཤན་པ་དེ། །
མཐའ་མ་རང་ཉིད་མཚོན་གྱིས་གུམ། །

吃过上百只羊的狼，
据说最后会被肉噎死；
杀过上百个人的刽子手，
最后自己也会死在刀子下。

སྟག་རོང་ཨ་ཁུ་ཁྲོ་ཐུང་།

达绒·阿库超同

༧ རི་གངས་རིའི་རྩེ་ཡི་དུང་སེང་དང་། །
མཐོ་ནམ་མཁའི་དབྱིངས་ཀྱི་གཡུ་འབྲུག་གཉིས། །
སྐད་ཧུར་སྒྲ་ཆེ་ལེ་འདྲ་འདྲ་ལ། །
ལས་དབང་ཐང་ཆེ་ཆུང་ཁ་ཁ་རེད། །
ཆབ་ཆུ་བོ་འབབ་པའི་ཐ་རླབས་དང་། །
དམའ་རྒྱ་མཚོའི་གཏིང་གི་ཆུ་སྲིན་གཉིས། །
ཕར་བལྟས་ན་སྟོབས་རྩལ་འདྲ་འདྲ་ལ། །
ཆབ་ཆུ་བོའི་ཐ་རླབས་འགྲན་ཡ་མེད། །

雪山顶上的雪狮，
和飞游天穹的青龙，
虽然都能发出狂吼声，
福报威势的大小各不相同；
江河翻卷的浪涛，
和沧海深渊的巨鳌，
看似有着相同的威力，
怒卷的飞浪从无对手。

༢ མདའ་སྐྱེན་པོ་འཕངས་པའི་མཐེབ་ཚོད་གཅིག །
མཚོན་རྣོན་པོ་གཡུག་པའི་རྣོ་ངར་གཉིས། །
རྟ་མགྱོགས་པ་རྒྱུག་པའི་བང་ཁ་གསུམ། །
ལས་དེ་གསུམ་འཛོམ་ན་བསྡུར་ཡ་མེད། །

一是挽强弓射箭的臂力，
二是挥舞战刀的凌厉气势，
三是策马疾驰的速度，
具备了这三条，无人能敌。

༣ གཅན་གཟན་བརྒྱ་འདུས་སྟོང་ཚོགས་ལ། །
མཆེ་སྡེར་རྒྱས་པ་རི་བཀྲ་སྟག །
དར་ཐོབ་རྒྱལ་པོ་སེང་གེ་དེས། །
བཀའ་ལུང་གསེར་གྱི་ཅོད་པན་གནང་། །
འཛུམ་དྲུག་ངོམ་ཞིང་ནགས་ཟུར་འགྲིམ། །
དགྲ་ཐོ་ཏུའི་ཅི་བྱེད་ལྟ་ལ་ཡོང་། །

千百猛兽聚集的地方，
爪牙最利的当属斑斓虎，
等到掌旗的兽王雄狮，
降下黄金冕毓般圣旨时，
猛虎会炫耀斑纹巡逻树林边，
去看敌人小马在干什么。

ཤན་པ་མེ་རུ་རྩེ།

辛巴梅如泽

༡ གངས་སྟོད་སེང་གེ་དཀར་མོ་དེ། །
སེང་གེ་གངས་ལ་འགྱིང་པའི་དུས། །
གཡུ་རལ་ངོམ་ལུགས་མ་ཤེས་ན། །
དུས་མཐའ་མ་སེང་ལྟོག་འབུ་ཡིས་ཁེངས། །
གཡུ་རལ་འདམ་ལ་ཟགས་ཉེན་ཡོད། །
རྫ་སྟོད་འབྲོང་རྒོད་ཁེར་འགྲོ་དེ། །
འབྲོང་རྒོད་རུ་ཕྱུར་ངོམ་པའི་དུས། །
རུ་ཕྱུར་ངོམ་ལུགས་མ་ཤེས་ན། །
དུས་མཐའ་མ་འབྲོང་རྒོད་རྫ་ནས་ལྷུང་། །
མགོ་རུ་ཕྱུར་མི་ལ་ཤོར་རབས་ཡོད། །
ལྷོ་ནགས་མའི་དཀྱིལ་གྱི་དམར་ཡག་སྟག །
ནགས་ཙན་དན་དཀྱིལ་ནས་འཛུམ་དྲུག་ངོམ། །
སྟག་འཛུམ་དྲུག་ངོམ་ལུགས་མ་ཤེས་ན། །

雪山顶上的白雪狮，
在雪山炫耀绿鬃发威的时候，
如果不懂得炫耀绿鬃的法度，
最后会落得腹腔生满蛆虫，
绿鬃掉进泥潭中。
高山顶上独行的野牦牛，
野牦牛炫耀犄角的时候，
如果不懂得炫耀犄角的法度，
最后野牦牛会坠落悬崖，
犄角也会被人折走。
南方檀木林中的猛虎，
在林中炫耀斑纹的时候，
如果不懂得炫耀的法度，

དུས་མཐའ་མ་རྒྱ་རྙི་འོག་ལ་ཚུད། །
སྟག་འཛུམ་དྲུག་མི་ལ་ཤོར་རབས་ཡོད། །

༢ གངས་སྟོད་སེང་གེའི་སེང་ཕྲུག་དང་། །
ཁྱིམ་སྟོད་ཁྱི་ཡི་ཁྱི་ཕྲུག་གཉིས། །
འདྲ་བསམ་བསྡུར་རྒྱུ་ཅི་ལ་ཡོད། །
མགོ་གཡུ་རལ་རྒྱས་ལུགས་འདྲ་ལེ་མིན། །

བྲེ་སེར་འབྲོང་གི་འབྲོང་ཕྲུག་དང་། །
གླང་ཀན་ནག་པོའི་གླང་ཕྲུག་གཉིས། །
འདྲ་བསམ་བསྡུར་རྒྱུ་ཅི་ལ་ཡོད། །
རུ་ཐུར་རྒྱས་ལུགས་འདྲ་ལེ་མིན། །
དམར་ཡག་སྟག་གི་སྟག་ཕྲུག་དང་། །
ཁོ་ཚེར་གསེབ་ཀྱི་ཝ་ཕྲུག་གཉིས། །
འདྲ་བསམ་བསྡུར་རྒྱུ་ཅི་ལ་ཡོད། །
འཛུམ་དྲུག་རྒྱས་ལུགས་འདྲ་ལེ་མིན། །

༣ དཀར་ཡག་གངས་ཀྱི་དར་སེང་དང་། །
གྲོང་གསེབ་ཁྱི་ཀན་རྒྱ་བོ་གཉིས། །
འདྲ་དོ་བསམ་ཡང་འདྲ་ལེ་མིན། །
མཆེ་སྡེར་གཡུ་རལ་སེང་གེ་ཆེ། །
ཙན་དན་ནགས་ཀྱི་སྟག་མོ་དང་། །
ཝ་མོའི་གྲ་ཡག་ཛ་རྒྱང་གཉིས། །
འདྲ་དོ་བསམ་ཡང་འདྲ་ལེ་མིན། །
འཛུམ་དྲུག་རྒྱས་ལུགས་རྒྱ་སྟག་ལྷག །
སྨུག་པོ་རྫ་ཡི་འབྲོང་བུ་དང་། །
བོད་ཀྱི་གླང་བུ་ཁམ་པ་གཉིས། །

最后会套进猎人的套子，
美丽虎纹也会被人带走。

雪山上的小狮子，
和流浪老狗的狗崽子，
别认为一样而瞎比较，
头上绿鬃的长势不一样；

野牦牛的牛犊，
和黄牛的黑牛犊，
别认为一样而瞎比较，
头上牛角的长势不一样；
斑斓猛虎的虎子，
和荆棘丛中的狐狸，
别认为一样而瞎比较，
身上毛色花纹都不一样。

皑皑雪山上的雪狮，
和村头巷口的流浪老狗，
认为一样，其实很不一样啊，
雪狮因爪牙和绿鬃远胜老狗；
檀香丛林中的母虎，
和毛色漂亮的长尾狐，
认为一样，其实很不一样啊，
母虎因斑斓虎纹远胜狐狸；
苍山上的野牦牛犊子，
和藏地黄牛产下的灰牛犊，

འདྲ་དོ་བསམ་ཡང་འདྲ་ལེ་མིན། །
ཏུ་ཕྲུར་རྒྱུས་ལུགས་བྲི་སེར་ལྷག །

认为一样，其实很不一样啊，
野牦牛犊因强劲牛角远胜黄牛犊。

༤ སྤང་དཀར་ཡག་སྟེང་གི་ཤྭ་བ་དེ། །
ཕོ་ཆེན་དུང་རྭ་རྒྱས་དོ་ཟེར། །
རྔོན་པའི་ཤྭ་ཁྱི་ངར་མ་དེས། །
སྤང་དཀར་མཐའ་ནས་བསྐོར་བའི་དུས། །
ཡིད་སྨུག་པོ་ཨེ་གདའ་ཕོ་ཆེན་ཤྭ། །
ཚེར་ཤུང་ཡས་ཀྱི་བྱིའུ་ཆུང་དེས། །
འབུ་སྲིན་སྐམ་འཐུ་བྱེད་དོ་ཟེར། །
རྒྱ་ཁྲ་ཞྭགས་ཀྱི་ཧོར་པ་དེས། །
ཚེར་ཤུང་མཐའ་ནས་བསྐོར་བའི་དུས། །
ཡིད་སྨུག་པོ་ཨེ་གདའ་བྱིའུ་ཆུང་། །
གཙང་ཆབ་མ་ཀའི་ཉ་མོ་དེ། །
འཕྱུག་འགྲོས་གསེར་མིག་རྒྱས་དོ་ཟེར། །
ཉ་པའི་ལྕགས་ཀྱུ་ངར་མ་དེས། །
གཙང་ཆབ་མཐའ་ནས་བསྐོར་བའི་དུས། །
ཡིད་སྨུག་པོ་ཨེ་གདའ་གསེར་གཉོག་ཉ། །

美丽草甸上的公鹿，
你说你的鹿角长势很强劲，
等到猎人那凶猛的猎狗，
从草甸周围攻击你的时候，
心中很悲伤吧，大公鹿！
荆棘树上的小麻雀，
你说你要觅食般吃遍虫子，
等到凶猛残暴的鹞鹰，
从荆棘周围攻击你的时候，
心中很悲伤吧，小麻雀！
江水里的鱼儿，
你说你是擅长潜游的金鳍鱼，
等到渔夫那锋利鱼钩，
从江畔攻击你的时候，
心中很悲伤吧，金鳍鱼！

༥ ཝ་རྫ་མ་ཤར་རེ་བྲོས་པ་ལས། །
སྟག་འཇུམ་དྲུག་ཉིལ་ལེ་ཤི་ན་དགའ། །

与其拖着狐狸尾巴逃命，
不如绽放猛虎斑纹殉身。

ཨ་སྟག་ཀླུ་མོ།

阿达鲁（拉）姆

དགུང་ཁྲི་གདུགས་གནམ་ནས་ཤར་བའི་དུས། །
གསལ་ཉི་ཟླ་མཐོ་ཚོད་མ་ཟིན་ན། །
གཟའ་ཁྱབ་འཇུག་ཁ་ལ་ཚུད་ཉེན་ཡོད། །

天上出现日月的时候，
光明的日月把不住自己的高度，
就有落入罗睺罗曜之口的危险；

མཐོ་གངས་རི་ཆུ་ཆེན་འབབ་པའི་དུས། །
ཆབ་ཆུ་བོ་འབབ་ལུགས་མ་ཤེས་ན། །
ས་ནག་པོའི་སྦུབ་ལ་ཚུད་ཉེན་ཡོད། །

巍峨雪峰上流下雪水的时候，
雪水所汇江河不懂得奔流的规矩，
就有渗入黑土地的危险。

སྐུ་ལྷ་ཐོག་རྒྱལ།

古拉托嘉

༡ གནམ་ཨ་སྔོན་སྐར་ཁྲ་གླིང་བཞི་ལ། །
གླིང་བཞི་པོ་ཉི་ཟླའི་འོད་ཀྱིས་ཁྱབ། །
ཤར་སྨིན་དྲུག་མེད་ན་ཤར་ནུབ་འཛོལ། །

幽蓝天穹的繁星下有四洲，
四洲被日月的光辉所普照，
若无昴宿仍会弄错东和西。

༢ ནམ་མཁའི་སྟེང་གི་ནང་བཙུད་ནས། །
སྐར་ཚོགས་གླིང་བཞི་འཁྱིམ་པའི་དུས། །
གཡུ་འབྲུག་ཆར་སྤྲིན་འཁྲིགས་ནས་བྱུང་། །
སྦྲང་ཆར་བབས་ལུགས་ཅི་འདྲ་རེད། །
རྒྱ་མཚོ་དཀྱིལ་གྱི་ནང་བཙུད་ནས། །
མཚོ་ཆེན་རྒྱ་མཚོར་འཁྱིལ་བ་ལ། །
ཀླུ་བདུད་མཚོ་མོ་དཀྲུགས་ནས་བྱུང་། །
ཀླུ་རྒྱལ་འགྱིང་ལུགས་ཅི་འདྲ་རེད། །

从那高天苍穹的中心，
繁星转绕四大部洲时，
青龙运来了乌云和暴雨，
那时的雨水是如何落下的？
说那寥廓沧海中心，
海水汇聚成汪洋的地方，
被邪恶鲁魔搅浑了海水，
那时的龙王是何如发威的？

འཇང་གཡུ་ལྷ་ཐོག་འབྱུར།

姜·玉拉托久

༡ ཆབ་ཆུ་བོ་གངས་དཀར་ཟུར་ནས་འབབ། །
འགག་དོག་པོའི་དཀྱིལ་ལ་འབབ་འདོད་རེད། །
འབབ་པས་མི་ཚད་འཁྱིལ་འདོད་རེད། །
འཁྱིལ་བས་མི་ཚད་ལུད་འདོད་རེད། །
བྱ་ཁུ་བྱུག་དང་པོ་མོན་ནས་ཡོང་། །
དམའ་རྒྱ་ལྕང་སྟེང་ལ་འབབ་འདོད་རེད། །

江河源自皑皑雪山旁，
它想流进峡谷垭口里，
不仅想流，还想汇聚，
不仅想汇聚，还想涌出垭口；
杜鹃鸟来自门隅地方，
它想落在柳树上，

འབབ་པས་མི་ཚོད་འདུག་འདོད་རེད། །
ཀི་འགྱུར་རི་ཀླུང་བཀང་འདོད་རེད། །

不仅想落，还想栖息，
想让鸣叫声响彻在山谷中。

༢ ཞིང་ཆུ་མར་ལྷང་པ་འདེབས་ཉིན་མོ། །
སེར་ཆིལ་ལེ་འཁྲུངས་དུས་མ་བཏུས་ན། །
ཐོག་སེར་བ་ཕབ་དུས་འགྱོད་པ་ཆེ། །

地里耕种的庄稼，
麦黄之时不去收割，
降下冰雹时定会后悔的；

རྟ་མགྱོགས་པ་རླུང་གི་སྤུ་སྒྲོ་ཅན། །
ཚོང་ཁེ་ཁ་ཡོད་དུས་མ་བརྒྱབ་ན། །
དགྲ་ཇག་པས་བཞོན་དུས་འགྱོད་པ་ཆེ། །
ན་ཆུང་བུ་མོ་མཛེས་ལྡན་དེ། །
ཁ་འཇམ་པོས་སློང་དུས་མ་སྤྲད་ན། །
ཕོ་ངར་མས་བསུ་དུས་འགྱོད་པ་ཆེ། །

长有风翅的快马，
商人来时不卖给他，
被强盗骑走时定会后悔的；
年轻漂亮的姑娘，
温言求婚时不嫁给他，
被凶悍男子强娶时定会后悔的。

༣ ཆུ་འཛིན་མཐུག་པོའི་གྲིབ་མ་ལ། །
སྐྱི་སེར་རླུང་ཆེན་ཚ་རིག་བཏང་། །
ཆུ་འཛིན་མཐུག་པོ་མིང་མེད་གཏོར། །
དེ་ཉི་ཟླ་དབུ་འཕང་མཐོ་ཞོར་དང་། །
སྐྱི་སེར་བང་ཁ་མྱུར་རྟགས་རེད། །

从无限深广的苍穹，
密云投下的阴影，
被一股烈风吹没了，
那是日月威势高昂，
和烈风迅疾的标志。

ཚ་ཞང་འདན་མ་བྱང་ཁྲ།

擦香・丹玛向查

༡ ནམ་མཁའི་གཡུ་འབྲུག་སྔོན་མོ་ང་། །
གཡུ་འབྲུག་མཚོ་ལ་ཉལ་བའི་དུས། །
ཆར་སྦྲང་ཆར་ཟེགས་མས་བསུ་མ་བྱུང་། །
ང་གཡུ་འབྲུག་མི་ལངས་ཀ་མེད་རེད། །
བྲག་མཐོན་པོའི་སྟེང་གི་སྐྱ་ཁྲ་ང་། །

天空中松石色青龙，
睡眠在湖底的时候，
蒙蒙细雨来欢迎了，
青龙不得不起身；
岩峰顶上的鹞鹰，

ཁྲ་སྐྱ་ཁྲ་བྲག་ཏུ་སྡོད་པའི་དུས། །
བྱིའུ་ཆུང་ནམ་མཁར་གཞོག་གུར་ཕུབ། །
ང་སྐྱ་ཁྲ་མི་ལངས་ཀ་མེད་རེད། །

栖落在岩石的时候，
小雀用翅膀搭起了帐篷，
鹞鹰不得不起身了。

༢ བྱ་རྒྱལ་ཁྱུང་ཆེན་ལྡིང་ལམ་ལ། །
ཐང་དཀར་རྐོད་པོ་ལྡིང་དགོས་ཟེར། །
འཕུར་མ་མཉམ་བྲག་དཀར་ཁུང་ལ་ལུས། །
སེང་གེ་གངས་ལ་འགྱིང་བ་ལ། །
ཁྱི་རྒན་འགྱིང་སྟངས་བྱེད་དོ་ཟེར། །
མ་མཉམ་རྒྱ་གྲོང་དཀྱིལ་ལ་ལུས། །
འབྲོང་རྫ་ལ་རྭ་ཐུར་ངོམ་པ་ལ། །
གླང་ཁམ་པས་རྭ་ངོམ་བྱེད་དོ་ཟེར། །
རྭ་མ་དོ་ཁྲལ་བའི་འགེལ་གླང་བྱས། །
ན་དམར་རྐྱང་དམར་བགྲོད་ལམ་ལ། །
ས་མཐའི་བོང་བུས་བགྲོད་དོ་ཟེར། །
འགྲོས་མ་མཉམ་བོང་བུ་རོང་ལ་ཚུད། །

大琼鸟飞行的天路上，
秃鹫居然说它也要飞一飞，
飞不过，秃鹫被落在岩洞里；
狮子在雪山上发威的时候，
老狗说它也要抖一抖威风，
比不过，老狗被落在村巷里；
野牦牛在山上炫耀牛角的时候，
黄牛说它也要炫耀一下牛角，
角力不敌，沦为长工的驮牛；
红野骡穿过沮洳滩的路上，
边鄙的毛驴说它也要走一走，
脚力不敌，毛驴被落在农户家。

༣ ཙན་དན་ནགས་ཀྱི་དམར་ཡག་ང་། །
འགྲིམ་ཟེར་ན་ཙན་དན་ཟུར་ལ་འགྲིམ། །
ཐོ་རྟའི་སྙིང་ཁྲག་མ་བཏུང་བར། །
ནགས་རྫོང་བཟུང་བསམ་ཡིད་ལ་མེད། །
བྲག་གསེབ་འཕར་བ་སྤྱང་ནག་གིས། །
འགྲིམ་ཟེར་ན་ས་སོས་ལུང་ནས་འགྲིམ། །
ར་ཕོའི་སྙིང་ཁྲག་མ་བཏུང་བར། །
བྲག་གསེབ་བཟུང་བསམ་ཡིད་ལ་མེད། །

我这只檀香林中的猛虎，
想走时就会走到林边去，
喝不了小马心头血，
不想占据这座森林；
我这只岩峰上的豺狗，
想走时就会走到山沟去，
喝不了山羊心头血，
不想占据这座岩峰。

༤ རྐྱང་དཀར་བགྲོད་པའི་ཁྱུ་སྙེ་ལ། །

过路的野骡群末尾，

ཁོམ་འགྲོས་ཅན་དེ་ཕོ་རྐྱང་འདྲ། །	那个爱蹦跶的很像一匹公野骡，
དེ་རིང་ཞགས་པས་བཟུང་རྒྱུ་ཡིན། །	今天我要用飞索套走它；
ཉ་དཀར་འཁྱུག་པའི་ཁྱུ་ཟུར་ལ། །	游动的鱼群边，
འཁྱུག་འགྲོས་ཅན་དེ་གསེར་ཉ་འདྲ། །	那个白肚皮的很像一条金目鱼，
དེ་རིང་ལྕགས་ཀྱུས་འགུག་རྒྱུ་ཡིན། །	今天我要用鱼钩钓走它。

༥ གངས་དཀར་ཛམ་པའི་གཞི་དཀྱིལ་ནས། །	巍峨的雪山上，
སེང་གེས་སྡེར་བཞི་རྫོམ་ལམ་དུ། །	雪狮炫耀四爪的地方，
གཡུ་རལ་དཔའ་རྩལ་རང་རྒྱས་རེད། །	绿鬃和勇气自会勃发，
སྡེར་ཆགས་གཅན་གཟན་མཐའ་ནས་བསྡུ། །	会从边土招抚外道猛兽，
དེ་ཡང་གངས་དཀར་རྒྱན་ཞིག་རེད། །	那是皑皑雪山的一种饰品。
རི་རབ་རི་ཡི་རྩེ་མོ་ནས། །	巍峨须弥山上空，
བྱ་རྒྱལ་ཁྱུང་ཆེན་མཁའ་ལ་བསྐྱོད། །	翱翔的金翅鸟王，
གཤོག་སྒྲོ་དབྱིངས་སུ་བརྒྱངས་ལམ་ནས། །	于天际勃发羽翼的地方，
འདབ་ཆགས་བྱ་རིགས་དབང་དུ་བསྡུ། །	会招抚各种飞禽，
དེ་ཡང་རི་རབ་རྒྱན་གཅིག་རེད། །	这是须弥山王的一种饰品。

༦ རྟ་ཕོ་ཁེར་རྒྱུག་ཡི་རེ་མུག།	独自行走的马儿内心很凄凉，
ཁྱི་རྒན་ཁེར་འགྲོས་རྡོ་དང་ཐུག།	独自流窜的老狗会挨石头，
མི་ཕོ་ཁེར་འགྲོས་དགྲ་དང་ཐུག།	独自游荡的男儿会遭遇敌人。

༧ དམར་མོ་མེ་ལ་འབར་གྲོགས་དགོས། །	红色火焰需要帮它燃烧的助手，
སྔོན་མོ་ཆུ་ལ་འབབ་གྲོགས་དགོས། །	青青河水需要帮它流淌的助手，
དཔའ་བོའི་རྒྱབ་ལ་དཔུང་གྲོགས་དགོས། །	英雄背后需要一支帮他的队伍。

ཨ་ཆུང་གེ་རུ་དང་སྨུག་ཆུང་སྒུ་རུ་གཉིས།

阿琼格如、穆琼古尔如

༡ ལ་ཁར་སྐྱེས་པའི་སྤྱང་ཀི་གཅིག །
ཆུ་ཁར་སྐྱེས་པའི་ཉ་སྲམ་གཉིས། །
ལུང་ཁུག་སྐྱེས་པའི་འཕར་སྤྱང་གསུམ།
དཀའ་སྡུག་མྱོང་ནས་ཤི་རྒྱུ་རེད།

一是生存在山上的狼，
二是生存在水里的鱼和水獭，
三是生存在山谷里的豺，
都会吃尽苦头后死掉。

༢ མི་རྒས་ན་ཁང་རྒན་སྦུག་ལ་ཤི། །
ཁྱི་རྒས་ན་བདག་པོའི་སྒོ་ཁར་ཤི། །
ཟོག་རྒས་ན་ལྷས་རའི་ནང་ལ་ལྷུང་། །

人老了会死在老房子里屋，
狗老了会死在主人门口，
牛老了会死在牛圈里。

མོན་ཕྲུག་ཟླ་བ་ཁྲབ་བཙན།

门楚·达瓦彻赞

གངས་དཀར་ཟུར་ནས་ཆུ་ཆེན་བབས། །
ཆུ་བོ་ཆེན་པོས་རི་ཀླུང་བསྐོར། །
མཐའ་མ་ཆུ་ཆེན་ག་ན་རྒྱུག །

雪山旁流出的江河，
绕过许多大山后，
最后流到哪里去了？

སྨི་ལི་རྒྱལ་པོ་གྲགས་བཙན།

木里扎赞王

༡ ཆུ་འཛིན་མཐུག་པོ་ཆགས་དགོས་འདུག །
སྦྲང་ཆར་ཟིལ་མ་འབེབ་དགོས་ཟེར། །

需要层层浓云密布，
需要降下蒙蒙细雨。

༢ སྐྱི་སེར་བང་ཁ་མྱུར་དང་གཅིག །
རྟ་བདུན་ཟེར་མདངས་རྒྱས་དང་གཉིས། །
ལྗང་ཆུང་འཁྲུངས་ལུགས་སྡུག་དང་གསུམ། །
ཆུ་འཛིན་དགོངས་པ་ཞུས་ན་བསམ། །

一因风刮得太猛，
二因阳光太炽烈，
三因青苗长势差，
云朵直想请个假。

སེང་ལྷམ་འབྲུག་མོ།

འདུས་གྲྭའི་མགོ་འཛིན་བླ་མ་བབས། །
འབངས་མིའི་མགོ་འཛིན་དཔོན་ལ་འོས། །
ཡུལ་མི་གྲོས་མགོ་ཕ་ཁུས་འཛིན། །
ཞིམ་མངར་བཀོལ་སྤྱོད་མ་སྲུས་བྱེད། །
ཤིང་འཐུ་ཆུ་ལེན་གཡོག་ལ་བབས། །

森姜珠牡

主持法会的应该是上师，
率领百姓的应该是国王，
主持部落会议的应该是叔父，
料理香甜食物的应该是女人，
拾柴打水的应该是仆人。

སེང་སྟག་ཨ་དོམ།

༡ བྱ་ཆུ་བྱ་ངང་པ་སྐྱེ་རིང་དེ། །
མཚོ་མེ་ལོང་ཙམ་ལ་ཡིད་རྟོན་བྱེད། །
མཚོ་སྔོན་མོ་ཆབ་ཀྱི་ཉ་མོ་དེ། །
ཆུ་ཕུགས་གངས་ལ་ཡིད་རྟོན་བྱེད། །
ཁྲ་མོ་གླིང་གི་འབུམ་དམག་འདིས། །
ཉེ་རིང་རྒྱལ་སར་ཡིད་རྟོན་བྱེད། །

森达阿冬

那长颈水鸟鹅，
对湖水满怀着信心；
那碧绿湖水里的鱼儿，
对水源满怀着信心；
璀璨岭国十万大军，
对远近国土都充满着信心。

༢ དགུང་ལ་འཕྱིམ་པའི་གཡུ་འབྲུག་ང་། །
མངགས་ན་ལྷོ་ཕྱོགས་འཕྱིམ་རྒྱུ་ཡིན། །
མ་མངགས་ཐོག་དམར་འབེབ་རྒྱུ་ཡིན། །
བྲག་དཀར་ཐང་ལ་མ་བསྙིལ་ན། །
གཡུ་འབྲུག་མིན་པའི་རྟགས་ལ་ཞོག །
ཕྱོགས་བཞིར་གྲགས་པའི་གླིང་དམག་འདི། །
མངགས་ན་རྒྱ་ཡུལ་འགྲོ་ལེ་ཡིན། །
མ་མངགས་དཔའ་རྩལ་ཇོམ་ནས་སུ། །
སྨུག་གུ་དབང་དུ་མ་འདུས་ན། །

飞行在天际的青龙，
让飞就会飞向南方去，
若不让飞，定会降霹雳，
不能击毁白岩峰，
就当我不是一条真青龙；
誉满四方的岭国大军，
一但派出就会开向嘉地去，
若未派遣，定会炫耀武力，
不能征服穆古国，

དཔའ་རྟུལ་མིན་པའི་རྟགས་ལ་ཞོག །

就当我们不是真英雄。

རྐང་ཚ་འབར་བ།

冈擦·跋尔瓦

ཁྱོད་ཐང་དཀར་གར་འགྲོ་འདྲི་བ་ལ། །
བྱ་ཁྱུང་ཆེན་གཤོག་འཕྲུར་ཅི་ལ་རྒྱག །
ཁྱོད་འདོ་རྡུག་གར་འགྲོ་འདྲི་བ་ལ། །
རྐྱང་ཁ་དཀར་རྟབ་འཚྲུག་ཅི་ལ་བྱེད། །

正在问大雕你要飞哪儿？
那只金翅鸟没必要振翅飞翔；
正在问骏马你要去哪儿？
那匹白唇野骡没必要受惊撒野。

དམག་དཔོན་དགྲ་འདུལ།

玛本·占堆

བྲག་དཀར་སྟེང་གི་ཐང་དཀར་རྒོད། །
གཤོག་རྡུག་རྒྱས་ཤིང་གླིང་བཞི་བསྐོར། །
ལྡིང་ཟེར་ནས་ནམ་འཕང་མ་བཅད་ན། །
གཤོག་རྡུག་རྒྱས་པ་དོན་གོ་ཆུང་། །
སྤང་དཀར་ན་བའི་གཞུང་ཆེན་དུ། །
ཁ་དཀར་བང་མགྱོགས་ཐང་བཞི་བསྐོར། །
མགྱོགས་ཟེར་ལེ་བྱང་ཐང་མ་ཆོད་ན། །
རྐང་རྣ་བཞི་རྗེ་བ་དོན་གོ་ཆུང་། །
ཁྲ་མོ་གླིང་གི་དཔའ་རྟུལ་ཚོ། །
ངར་ཆེན་ཀུན་ལ་འབྲུག་ལྟར་གྲགས། །
ཕོ་བྱས་པའི་དཔའ་རྟགས་མ་ལོན་ན། །
འབྲུག་ལྟར་གྲགས་ཀྱང་དོན་གོ་ཆུང་། །

白岩峰上的秃鹫，
羽翼丰满飞遍了四大部洲，
展翅翱翔时不去横飞天穹，
羽翼丰满意义不大；
美丽绿野大草滩，
疾驰的白唇野骡跑遍了四野，
说快时不能横穿北方草原，
四蹄利索意义不大；
璀璨岭国的众英雄，
声震四方如雷贯耳，
做为男儿立不了战功，
声如雷鸣意义不大。

ཉི་མ་བཙན་རྒྱལ།

尼玛赞坚

བྲག་ཐོག་སླ་བ་སྐྱ་སྐེ་བ། །

岩峰上的灰颈獐子，

འདུག་ཐུབ་ན་བྲག་རྩྭ་ཁར་ཟོས་རེད། །
འདུག་མ་ཐུབ་ཟན་རྙིའི་སྟེང་ལ་རྒྱུག །
རྔོན་པའི་དབྱུག་པས་མགོ་བོ་གཅོག །

坐得住就可尽情享用岩间青草，
坐不住的会朝套子猛扑，
叫猎人用木棒敲碎脑壳。

ཁྲི་བློན་ཆོས་འགྲུབ།

齐伦 · 曲珠

ལྷོ་ནོར་བུ་འཛིན་པ་ཅུར་སྒྲ་ཆེ། །
ཅུར་ཆེ་ན་ནོར་བུ་འཚོར་རྟགས་ཟེར། །
ནུབ་ཕྱོག་ཞུ་བྱ་དམར་སྣང་འདོད་ཆེ། །
ཏམ་ཆེ་ན་སྒྲོ་མདངས་འཚོར་རྟགས་ཟེར། །
བྱང་རུས་སྦལ་རྒྱ་བོ་སྡོད་ལ་བཙན། །
སྡོད་མ་ཤེས་གནས་དང་འབྲལ་རྟགས་ཟེར། །
ཤར་རི་བཀྲ་སྟག་གི་མཚུམ་རིས་བཀྲ།
དཔའ་ཆེ་ན་འཛུམ་དྲུག་འཚོར་བས་ཟེར། །

南方持宝龙王爱喧闹，
过分喧闹是丢失宝贝的前兆；
西方有天冠的赤鸟心气高，
太高的心气是丢失彩翎的前兆；
北方乌龟王爱稳坐，
不懂得稳坐是离开居所的前兆；
东方猛虎毛色很绚烂，
过于勇猛是丢失斑斓虎皮的前兆。

ཁྱུང་ཆེན་གྲགས་པ།

琼钦扎巴

ནམ་མཁའི་གཡུ་འབྲུག་སྔོན་མོ་དེ། །
གྲག་འགྱུར་ཆེ་བས་གླིང་བཞི་ཁྱབ། །
སྔགས་པས་ཕུར་པ་ཐོགས་པའི་དུས། །
གྲག་འགྱུར་མེད་པ་ཅི་ཐོ་རེད། །
བར་སྣང་བྱ་རྒྱལ་རྒོད་པོ་དེ། །
གཤོག་དྲུག་རྒྱས་སྐྱམ་གླིང་བཞི་བསྐོར། །
སྐྱེན་པོས་མདུག་སྒྲོ་བླངས་པའི་དུས། །
ལྡིང་ནམ་འཕང་མི་ཚོད་ཅི་ཐོ་རེད། །
སྤང་དཀར་སྟེང་གི་ཤྭ་ཕོ་དེ། །
མགོ་དུང་ར་ངོམ་ཞིང་རྩི་ཐོག་ཟ། །

天上的绿松石色青龙，
隆隆雷鸣声传遍了四洲，
咒师拿起金刚橛的时候，
没了雷鸣声，这是为什么？
天际的凶猛大雕，
扶摇凌空飞遍了四洲，
神射手拿走羽翼的时候，
不会飞翔了，这是为什么？
草甸上的雄鹿，
炫耀鹿角吃着草卉，

རྔོན་པས་དུང་རྭ་ལེན་པའི་དུས། །
རྭ་རྔོམ་རྒྱུ་མེད་པ་ཅི་གོ་རེད། །

猎人取走鹿角的时候，
不炫耀鹿角了，这是为什么？

སྟག་གཟིག་ཞལ་དཀར་ལྡན་པ།

达色·谐嘎丹巴

༧ གཡུ་འབྲུག་སྔོན་མོའི་ངར་སྐད་ལ། །
སྦྲང་བུའི་ཟིར་སྒྲས་འགྲན་བསམ་ཡང་། །
སྐད་མ་མཉམ་བུང་བ་སྙིང་རྩ་གས། །
སེང་གེ་གངས་ལ་རྩལ་བསྒྱུར་ལ། །
རི་བོང་གྲུ་མས་རྒྱུག་རྩལ་འགྲན། །
རྩལ་མ་མཉམ་རི་བོང་གད་ལ་ལྷུང་། །
མཁའ་ལྡིང་བྱ་ལམ་འཕྲིམ་ལེ་ལ། །
ཁྱིམ་བྱས་གཤོག་རྩལ་འགྲན་བསམ་ཡང་། །
ལྡིང་མ་མཉམ་ཁྱིམ་བྱ་གྲོང་གསེབ་ལུས། །
རྒྱ་སྟག་འཛུམ་དྲུག་རྒྱས་ལེ་ལ། །
ཝ་མོས་གྲ་ཡ་འགྲན་བསམ་ཡང་། །
མ་མཉམ་ཝ་མོ་གད་ལ་ཚུད། །

青龙隆隆雷鸣时，
蜜蜂嗡嗡竟想比一比，
一比不一样，蜜蜂胆肝俱裂了！
白狮在雪山炫技时，
野兔竟想赛跑，
一赛不一样，野兔坠崖了！
金翅鸟飞过天路时，
家禽竟想比赛飞技，
一飞不一样，家禽被落在村子里！
猛虎斑纹鲜亮时，
狐狸竟想比毛色，
一比不一样，狐狸坠崖了！

འབྲུག་རྒྱལ་རྙོད་པོ།

竹嘉贵波

རི་རབ་བཟུང་བའི་ཁྱུང་ཆེན་ལ། །
སྡེར་མེད་ཁྭ་ཏ་བཅར་ས་མེད། །
གངས་དཀར་བཟུང་བའི་སེང་གེ་ལ། །
དཔའ་མེད་ཁྱི་རྒན་བཅར་ས་མེད། །
བྲག་དཀར་བཟུང་བའི་བྱ་རྒྱལ་ལ། །
ཕ་བོང་མ་གས་འགྲན་ས་མེད། །
ནགས་རྫོང་བཟུང་བའི་རྒྱ་སྟག་ལ། །

向占据须弥的金翅鸟，
破爪乌鸦不能靠近；
向占据雪山的绿鬃狮，
怯懦老狗不能靠近；
向占据岩石的琼鸟，
赤裸蝙蝠不能较量；
向占据森林的威猛虎，

ཚེར་གསེབ་ཝ་མོས་འགྲན་ས་མེད། །
ཛ་རྒོད་བཟུང་བའི་འབྲོང་བུ་ལ། །
སྤང་བུ་ཁམ་པས་འགྲན་ས་མེད། །
ན་དམར་བཟུང་བའི་རྐྱང་ཆེན་ལ། །
རྟ་རྒན་འདུར་པོས་འགྲན་ས་མེད། །

荆棘丛中狐狸不可较量；
向占据野山的野牦牛，
灰色黄牛不能较量；
向占据沼泽的大野骡，
疾行的老马不能较量。

འཇིགས་མེད་ནམ་མཁའ་བློ་གྲོས།

晋美·南喀洛珠

༡ དགུང་སྔོན་མཐོན་པོའི་དབྱིངས་ཏུམ་ནས། །
རྟ་བདུན་ཟླ་བ་རྒྱུ་སྐར་གསུམ། །
བཀྲག་མདངས་གླིང་བཞི་འོད་ཀྱིས་ཁེངས། །
དབུ་ནག་བཀའ་དྲིན་ལོས་ཆེ་ཡང་། །
མུན་པས་གླིང་བཞི་སྒྲིབ་པའི་དུས། །
དབུ་ནག་སྐྱབས་གནས་སུ་ལ་རེ། །
དཀར་རྫོང་བྲག་གི་ཡང་སྟེང་ནས། །
གཞོག་ཐོགས་བྱ་རྒྱལ་མ་བུ་གསུམ། །
གཞོག་སྒྲོས་བར་སྣང་དབྱིངས་སུ་བསྒྲོད། །
ཤ་དམར་ཟ་བཀའ་དྲིན་ལོས་ཆེ་ཡང་། །
རྒོད་པོ་ལག་རྙིས་བཟུང་བའི་དུས། །
རྒོད་ཕྲུག་སྐྱབས་གནས་སུ་ལ་རེ། །

层层苍穹虚空界，
太阳月亮和星辰，
光辉照耀遍四洲，
此为人类虽有恩，
黑暗遮蔽四洲时，
人类求护有谁肯？
白堡岩峰顶上栖，
大雕母子共三只，
凌空翱翔飞天穹，
今虽感激生肉噬，
夹子捕住大雕时，
雕雏向谁求抚育？

ཀླུ་རྗེ་ཁམས་གསུམ་སྲོག་བདག

鲁吉·康松索达

བྱ་ཤན་པ་ནེ་ལེ་ཁྲ་མིག་དེས། །
སྦལ་སྦོང་དུག་སྦྲུལ་ཟས་སུ་ཟ། །
ཀླུ་གདོལ་བ་ཁ་ལ་མ་ཕྱིན་མོད། །
དེ་མིན་ཅི་ཟ་ལག་པའི་མཐིལ། །

鸢眼鹰隼刽子手，
捕食毒蛇蛙蝌蚪，
除却啄噬暴痴龙，
易如掌握在其手；

རྒྱ་ཁྲ་ལྕགས་ཀྱི་རྡོར་པ་ང་། །
བྱི་འུ་མཆིལ་པའི་ཞིམ་ཤ་ཟ། །
བྱ་ཁྭ་ཏའི་ཤ་དེ་མ་རག་མོད། །
དེ་མིན་བྱིའུ་བརྒྱ་ཁྲ་ཡི་ལག །

我是凶暴铁鹞鹰，
捕食可口麻雀肉，
虽未吃得乌鸦肉，
其它百雀在鹞爪。

སོག་སྟག་དམར་སྟོབས་ཆེན།

索·达玛多钦

རྡོ་རྗེ་བྲག་གི་རྒོད་པོ་ཁྱོད། །
གཤོག་རྡུག་འཕུར་ཚོད་ཟིན་ལེ་དགོས། །
ལྷ་བརྒྱད་འདུས་པའི་ཐོག་དམར་དེས། །
བྲག་དཀར་ཐང་ལ་སླིལ་བའི་དུས། །
འགྱོད་པ་མ་བྱེད་ཐང་དཀར་རྒོད། །
ན་ཆེན་གཞུང་གི་ཁ་དཀར་ཁྱོད། །
བང་འགྲོས་རྒྱུག་ཚོད་མ་ཟིན་ན། །
སྨུར་མགྱོགས་གློག་ལྕེ་ངར་མ་དེས། །
ཁ་དཀར་ཞགས་པས་བཟུང་བའི་དུས། །
འགྱོད་པ་མ་བྱེད་ཁ་དཀར་རྐྱང་། །

金刚岩上的大雕，
你展翅翱翔要把住度，
等到天龙八部的红霹雳，
把白岩石轰然击溃的时候，
可别后悔啊，凶猛大雕！
大沮洳滩上的白唇野鹿，
你扬蹄驰骋要把住度，
等到迅疾凌厉的电光飞索，
套走你白唇野骡的时候，
可别后悔啊，白唇野骡！

རྩལ་ཆེན་འབྲོང་རྒོད་སྤར་འཛིན།

栽钦·仲贵跋尔增

གངས་དཀར་བཟུང་བའི་དར་སེང་དེ། །
དཀར་ཡག་ཉི་མས་ཨེ་བཞུ་ཤེ།
དཀར་ཡག་ཉི་མས་བཞུས་བྱུང་ན། །
དར་སེང་གངས་དཀར་གཞན་ལ་འཇུག།
ཡང་ཅིག་བུ་ཡུག་ཕབ་ནས་སུ། །
དེ་དུས་གངས་དཀར་ཨེ་ཟིན་བལྟ། །
ནགས་རྫོང་བཟུང་བའི་རི་བཀྲ་སྟག །

占据雪山的白雪狮，
知道太阳能否消融积雪，
积雪被阳光融化时，
雪狮会迁向别的雪山去，
等到新降雪花积峰巅，
会看能否占领新雪山；
占据森林的斑斓虎，

ཙན་དན་མེ་ཡིས་ཨེ་འཚིག་ཤེ། 知道檀香林会不会失火，
ཙན་དན་མེ་ཡིས་འཚིག་སོང་ན། ། 檀香林被火焚烧时，
རི་བཀྲ་ནགས་ལྗོངས་གཞན་ལ་འཛུག ། 斑斓虎会迁向别的森林去，
འབྱུང་བའི་ལས་ཀྱིས་ནགས་ཚལ་སྐྱེ། ། 等到新长树木成林时，
དེ་དུས་ནགས་ལྗོངས་ཨེ་ཟིན་བལྟ། ། 会看能否占领新森林。

ཉི་མ་བཙན་རྒྱལ། 尼玛坚赞

ཙན་དན་ནགས་ཀྱི་དམར་ཡག་ང་། ། 檀香林里的猛虎，
ཛོམ་ཟེར་དུས་འཛུམ་དྲུག་མ་ཛོམ་ན། ། 该炫耀时不炫耀斑纹，
ནགས་ལྗོངས་བཟུང་བས་ཅི་ལ་ཕན། ། 占领森林有什么用？
རོང་ཆེན་ཁུ་བྱུག་སྔོན་མོ་ང་། ། 农区绒地的青鸟杜鹃，
སྐད་སྙན་གསུང་སྒྲོག་མ་བྱས་ན། ། 若不鸣出悦耳的声音，
ཤུག་གུ་བཟུང་བས་ཅི་ལ་ཕན། ། 占据柏树有什么用？
གཙང་ཆབ་བཟུང་བའི་ཉ་དཀར་ང་། ། 占据江河的鱼儿，
འཕྱུག་རྩལ་ལྡེམ་འགྱུར་མ་བྱས་ན། ། 若不尽情潜游惊掠，
ཆུ་མོ་བཟུང་བས་ཅི་ལ་ཕན། ། 占领河流有什么用？

མ་ཡུམ་ཤེས་གསལ་སྒྲོལ་མ། 玛永·歇赛卓玛

སྤང་དཀར་ཡག་སྟེང་གི་མེ་ཏོག་དེ། ། 美丽草甸上的鲜花，
བ་མོའི་དབང་ལ་ཕྱིན་པས་ན། ། 一旦要受制于寒霜，
ངེད་ལྷ་ཕྲུག་མི་སྡོད་ཁོ་ཐག་ཆོད། ། 天神之子绝不会留下；
ཞིང་ཆུ་མའི་ནང་གི་ལྗང་བུ་དེ། ། 种在良田里的青苗，
མ་དབང་སེར་བས་བརྡུངས་པས་ན། ། 一旦要无奈遭雹打，
ངེད་ལྷ་བྱ་མི་སྡོད་ཁོ་ཐག་ཆོད། ། 神选灵鸟不会留在那儿；
གཙང་ཆབ་ཆུ་བོ་འཁྱིལ་བ་དེ། ། 江河汇聚成的水池，

དགུན་གསུམ་འཁྱག་ལ་ཤོར་བས་ན། །
ངེད་ཉ་སྲམ་མི་སྡོད་ཁོ་ཐག་ཆོད། །

一旦沦陷于寒冰，
鱼和水獭不会留在那儿。

ལྷོ་ཤིང་ཁྲི་རྒྱལ་པོ།

洛 · 欣赤嘉波

ཡུལ་གཉིས་འཁྲུག་པའི་རྒྱུད་གཞི་དེ། །
ཅི་བྱུས་རྩ་བ་མ་བཅད་ན། །
བདེན་རྫུན་གཉིས་ཀ་ནོར་ཉེན་ཆེ། །

激起两地交战的纠纷根源，
究竟在哪里，若不能溯清，
就有颠倒是非的危险。

ནུབ་རིན་ཆེན་བྱུ་རུའི་སྡོང་པོ།

《西方珍宝珊瑚树》

ནེ་ནེ་གནམ་སྨན་དཀར་མོ།

乃乃 · 南曼嘎尔姆

༡ ནང་འཁོར་བའི་རྩོལ་སྒྲུབ་མ་ཤེས་ན། །
སྡུག་ཕུ་གྲང་བཏབ་དང་མ་བཏབ་མེད། །
སེམས་སྐྱིད་པའི་དགའ་བ་མ་ཤེས་ན། །
ལུས་སྐྱིད་ཀྱང་སྡུག་གི་ཁུར་པོ་རེད། །
བདུད་ནག་པོ་དམ་ལ་མ་ཐོགས་ན། །
ཆོས་སངས་རྒྱས་བསྟན་པ་ཁག་པོ་རེད། །

不识天道酬勤，
何以怨天怨地；
不懂幸福之谛，
何以粉饰尸身；
不羁乱世黑魔，
何来佛法昌盛。

༢ ཚིག་ཆེན་ཚིག་ལ་དོན་ཆེན་དགོས། །
དོན་ཆེན་མེད་ན་འཕྲུལ་གཏམ་རེད། །
ལས་ཆེན་ལས་ལ་སྤྲུས་ཤིག་དགོས། །
སྤྲུས་མེད་ན་ཕྲུ་གུ་ལག་བདེ་རེད། །
ཤེས་ཆེན་ཤེས་ལ་འགྱུར་མེད་དགོས། །
ཤེས་མེད་ན་ཁ་དཀར་ཁོག་ནག་རེད། །

豪言壮语行大业，
大业不成是妄言；
天下之事贵以专，
左顾右盼成儿戏；
大仁大智菩萨心，
心无善念入魔道。

༣ སྐྱོས་འཁོར་བའི་རྟེན་གཞི་དཔོན་གྱིས་བཟུང་། །
དཔོན་སེམས་པ་བཟང་ན་འོག་སྡེ་འཇམ། །
སེམས་དཀར་པོའི་བློ་འདྲ་ཁྲིམས་དེ་དྲངས། །

世间诸事系于官，
上官存善下民安，
公正不阿行善法。

༤ གྲོང་ཡ་རབས་ཚང་ལ་ཟས་ནོར་མང་། །
རྒྱུ་ལོངས་སྤྱོད་གསོག་ཤེས་ཟ་ཤེས་དགོས། །
གྲོང་འབྲིང་པོ་ཚང་ལ་བརྟན་སྙིང་ཆེ། །

上等村寨俱殷实，
勤俭持家成家风；
中等村寨皆安稳，

ཕོ་རང་མགོ་ཐོན་ནས་བདེ་སྐྱིད་བྱུང་། །
གྲོང་མ་རབས་ཚང་ལ་ལབ་ལབ་མང་། །
དོན་མེད་སར་ཕ་མར་འཁྲུག་པ་བཟོ། །

自食其力勤为径；
下等村寨是非多，
无故争论废生计。

༥ རྒྱུད་ངན་དུས་ཕ་མར་རྒྱག་བརྡུང་གཏོང་། །
ཁྲོམ་ཁྲ་མོའི་དཀྱིལ་ལ་སྤྲོ་ལོ་ངོམ། །
ཁྲེལ་མེད་པའི་རྐུ་ཇག་ལྷུང་པ་ཁེངས། །
གཏམ་ཆ་འཇོག་བྱས་ན་བྱེད་ས་མེད། །
རྒྱུ་ཡོད་རྒྱུའི་གང་ཡང་ཚོག་ཤེས་མེད། །
ཚེ་ཕྱི་མར་སོང་ན་དམ་ཆོས་མེད། །
དུས་རྒྱུན་དུ་དམོད་ཕྲིག་གསོད་སེམས་བཅང་། །
དེ་མ་རབས་ཚང་གི་འགྲོ་ལུགས་རེད། །

家教废弛欺父母，
丢人现眼在众前，
盗匪猖狂于市集，
薄情寡义言无信，
贪得无厌不知足，
不修来世行恶业，
坑蒙拐骗害人心，
无耻之家修此道。

གེ་སར་ནོར་བུ་དགྲ་འདུལ།

格萨尔•诺普占堆

༡ བྲག་དཀར་ཐོག་གི་ཐང་དཀར་ང་། །
ནམ་འཕང་བཅད་ནས་གཤོག་རྩལ་ངོམ། །
བྱ་བརྒྱའི་ཁྲོད་ནས་ཨ་མ་མཚར། །
རྒྱ་མཚོའི་ནང་གི་གསེར་ཉ་ང་། །
འཁྱུག་རྩལ་ངོམ་ནས་མཚོ་མཐའ་བསྐོར། །
གསེར་གཤོག་ལོ་འདབ་ཨ་མ་མཚར། །

我乃白岩之巅那只鹰，
划破长空遨游海内，
百鸟争鸣谁与匹敌；
我乃北冥巡游那条鱼，
巡游四海飞驰环宇，
金翅银翼傲视蔚蓝。

༢ ཆགས་རི་རབ་ཙམ་ཞིག་འཛོག་པ་ན། །
ཧུས་ཏ་ཛ་ཙམ་ཞིག་ཤོར་ལུགས་མེད། །

计划缜密无虞，
哪有不成之理。

༣ དགུང་ནམ་མཁའི་ཉི་ཟླ་སྐར་གསུམ་དེ། །
དགུང་ཉི་མ་ས་ཆུ་དྲོས་ལ་མགོ། །

日月星辰初现，
暖日温润山川，

དུང་ཟླ་བ་མུན་ནག་གསལ་ལ་མགོ། །
སྐར་ཚོགས་མི་གཙང་བསལ་ལ་མགོ། །

皎月照亮暗黑，
星辰点饰苍穹。

༤ ཕ་མ་བཟང་པོའི་བུ་ཚ་དེ། །
བུ་ཚ་བཟང་ན་ཕ་མ་སྐྱིད། །
བློ་སེམས་བདེ་བས་ལུས་ཀྱང་བདེ། །
བདེ་ན་ཕ་མའི་དྲིན་ལན་ཡིན། །
རྒྱུ་ནོར་འཛོམས་ན་ལོངས་སྤྱོད་ཆེ། །
མ་ཤི་མི་ཡི་བསོད་ནམས་ཡིན།

父母慈佑子女，
子孝父母之福，
心宽意悦长寿，
此为报恩父母，
聚财富甲一方，
此为生者福报。

༥ བྱ་རྨ་བྱའི་བསྐོས་ཐང་དུག་ལ་རེད། །
ལུས་སྒྲོ་མདངས་ལྡིད་ཀྱང་སྟོན་ལས་རེད། །
བྱ་ཐང་དཀར་འཕུར་ས་ནམ་མཁའ་རེད། །
ལྷུང་ཁ་ཆར་རྒོད་ན་སྟོན་ལས་རེད། །
ཉ་གསེར་མིག་འཁྱུག་ས་ཆུ་ལ་རེད། །
ལུས་གྲང་ལེ་ཤེས་ཀྱང་སྟོན་ལས་རེད། །

孔雀食毒为生，
花羽虽重是命；
雄鹰翱翔天际，
历经风雨是命；
金鱼嬉戏在水，
寒水冻冰是命。

༦ བླ་མའི་ཁ་ལོ་གྲྭ་པས་བསྒྱུར། །
དཔོན་པོའི་ཁ་ལོ་བློན་པོས་བསྒྱུར། །
རྟ་པོའི་ཁ་ལོ་སྲབ་ཀྱིས་བསྒྱུར། །
མཛོ་མོའི་ཁ་ལོ་སྣ་གཙུས་བསྒྱུར། །

和尚左右方丈，
臣子左右主公，
嚼子左右骏马，
鼻环左右牦牛。

༧ ཕ་བཟང་པོའི་བུ་ལ་བཞག་པ་དགོས། །
བུ་བཟང་པོས་རྒྱུ་ལ་བདག་གཅེས་དགོས། །
དེ་འཛིན་ན་མི་རབས་མང་པོར་གྲགས། །
ཕ་ངན་པའི་བུ་ལ་བཞག་པ་མེད། །
རྒྱུད་ངན་པའི་ལང་ཤོར་མི་དེ་ངན། །

父产遗给子女，
孝子当知珍惜，
此道传福多代；
父无半寸遗产，
子辈浪迹市集，

དེ་ངན་དུས་གཏམ་རབས་ངན་པར་འགྱུར། །

流言数代不绝。

སེང་ལྕམ་འབྲུག་མོ།

森姜珠牡

༡ ཕོ་རབ་བྲེས་སྔོ་ལོན་དང་གཅིག །
ཕོ་འབྲིང་གཞིས་ལ་གཏན་ཕུར་གཉིས། །
ཕོ་ཐ་མ་རང་སྲོག་ཕུང་བ་གསུམ། །

上男开疆拓土，
中男坚守家园，
下男不保小命。

༢ གནམ་ཨ་སྟོན་གཅིག་གི་ཁེབས་ཞབས་ལ། །
ས་གར་སོང་རང་གི་ཕ་ཡུལ་བརྩིས། །
ས་དོག་མོ་གཅིག་གི་ཡང་སྙིང་ལ། །
གསོན་མགོ་ནག་ཅི་ཡོད་སྤུན་ཟླ་འདྲ། །

天下之大，
东西南北皆故乡；
方域万邦，
五湖四海皆兄弟。

༣ ཆོས་ཅན་བླ་མའི་ཆོས་ར་ནས། །
རྫོངས་པས་ཆོས་བཤད་ཇོ་རེ་ཚ། །
ཁེབས་ཆེན་དཔོན་པོའི་ཁྲིམས་ར་ལ། །
བློན་ངན་ཡར་ཞུ་ཇོ་རེ་ཚ། །
ཚོང་ཆེན་ཚོང་གི་ཇུས་འགོད་ལ། །
ནག་མོའི་ཇུས་ཆེན་ཇོ་རེ་ཚ།

佛法传习之地，
何故庸人释法；
天子统御之地，
何故奸臣当道；
巨贾宏伟之计，
何故女子筹谋。

༤ ཕྱི་དཀར་ཡོལ་དཀར་སང་དཀར་ལོ་ཡག །
ནང་རི་མོ་མཐིང་ཤོག་དཀྱུལ་ལོ་མཛེས། །
ཕྱི་མི་འགྱུར་བཀྲ་ཤིས་རྟགས་བརྒྱད་ཚང་། །
ནང་མི་འགྱུར་རྒྱལ་སྲིད་སྣ་བདུན་ཡོད། །

瓷碗白润在外，
青蓝点缀在内，
吉祥八宝在外，
国政七宝在内。

སྐྱེ་དཔོན་རོང་ཚ་ཁྲ་རྒན།

吉本·绒擦查根

༡ གངས་དཀར་ཡག་བཀྲ་ཤིས་ལྷུན་པོ་རེད། །
སེང་དཀར་མོ་དེ་ཡི་རྒྱན་ཆ་རེད། །
མགོ་གཡུ་རལ་རང་ལ་རང་གྲུབ་རེད། །
དུས་རྟག་ཏུ་འབྲལ་མེད་རྟེན་འབྲེལ་ཤོག །
ནགས་རྒྱ་རྫོང་མུན་པ་འཐིབས་འདྲ་རེད། །
སྟག་དམར་ཡག་དེ་ཡི་རྒྱན་ཆ་རེད། །
ལུས་སྙེར་བཞི་རང་ལ་རང་གྲུབ་རེད། །
ཚེ་གཅིག་ལ་འཛོམས་པའི་རྟེན་འབྲེལ་ཤོག །

须弥巍峨世间，
神兽雪狮为灵，
青绿狮鬃悠然，
祝愿世间安宁；
森林秘境暗处，
兽王猛虎为灵，
张牙舞爪啸林，
祝愿团聚不离。

༢ ཕུགས་ཇུས་ཕ་བཟང་བུ་ལ་འདུག །
ལོངས་སྤྱོད་རྩོལ་སྒྲུབ་གཉིས་ཀ་ཡོད། །
གཏམ་བཤད་ཕ་འབྲིང་བུ་ལ་འདུག །
ཕར་བཤད་ཚུར་གོ་གཉིས་ཀ་ཡོད། །
ཕུགས་མེད་ཕ་མཐའ་བུ་ལ་འདུག །
རྐུ་དང་རྫུན་དང་གཉིས་ཀ་ཡོད། །

上父之子多远谋，
勤奋上进富有；
中父之子有辩才，
口若悬河利人；
下父之子无胸怀，
常行偷盗之事。

༣ ཕྱུག་པོ་ཟས་འདོད་ཟས་ལ་ཧམ། །
མི་ཟས་ཧམ་ཞིང་རང་ཟས་སྐྱུང་། །
སྤྲང་མོ་གོས་འདོད་གོས་ལ་ཧམ། །
མི་གོས་ཧམ་ཞིང་རང་གོས་སྐྱུང་། །

富家贪财至极，
贪人之财；
女丐贪念至极，
贪人之衣。

༤ ཕ་ཁྲུང་དཀར་མཛོ་ཡི་རིགས་ལའང་། །
བུ་རྟོལ་ལེ་ངན་པ་སྐྱེ་ཉེན་ཡོད། །
ཕ་རྒྱ་དྲེལ་སྨུག་ཆུང་རིགས་ལའང་། །

虎父虽威，
亦有犬子；
骡父高大，

བུ་བོང་བུ་སུག་ཐུང་སྐྱེ་ཉེན་ཡོད། །

也产矮驴。

༥ ཕ་ཨ་ཁུ་ཉི་ཟླ་འདྲ་ཞེ་ལ། །
བུ་ཚ་བོ་ཐོ་རེངས་སྐར་ཆེན་འདྲ། །
སྐར་ཁྲི་མ་འབུམ་ནང་ནོར་ཡ་མེད། །

父如日月，
子似启明，
辉耀群星。

༦ མི་རྒན་གྲོད་ཆེན་གཏུགས་ཉེན་མགོ། །
ཇུས་ཆེན་ཉམས་མྱོང་དེ་ལ་ཡོད། །
ཁལ་རྒན་རྟ་བོ་སྐལ་ཉེན་མགོ། །
འགྲོ་དང་ལམ་རྒྱུས་དེ་ལ་ཡོད། །

争议之时需老人，
出谋划策有经验；
走山穿林需老马，
背驮货物它识途；

༧ ཕོ་རབ་བྱེས་ལ་སོང་དུས་སོ། །
བྱེས་སོང་དེ་ལ་ཉི་ཤར་འདྲ། །
རྒྱ་མཚོར་ཉི་མ་ཤར་བ་འདྲ། །
སྟོང་ཚོང་བུ་ཡུག་འཚུབ་པ་འདྲ། །
ཕོ་འབྲིང་བྱེས་ལ་སོང་དུས་སོ། །
བྱེས་སོང་དེ་ལ་ཟླ་ཤར་འདྲ། །
དགུང་གི་ཟླ་བ་ཤར་བ་འདྲ། །
བརྒྱ་ཚོང་སྐར་ཚོགས་བཀྲག་པ་འདྲ། །
ཕོ་མཐའ་བྱེས་ལ་སོང་དུས་སོ། །
བྱེས་སོང་དེ་ལ་མུན་ནག་འདྲ། །
ཉེར་དགུའི་མུན་པ་འཁྲིགས་པ་འདྲ། །
ཚོང་མེད་མགོ་འཁོར་ཕྱིར་ལོག་འདྲ། །

上男远足他乡，
犹如阳光照他乡，
犹如红日升海上，
商机就像暴风起；
中男远足他乡，
犹如月光照他乡，
犹如皎月现夜空，
商机就像众星闪；
下男远足他乡，
犹如黑暗降他乡，
犹如廿九之夜，
商机全无回到家。

༨ དགོས་རན་དུས་ཡི་དམ་ལྷ་མེད་ན། །
ནང་མཆོད་པ་བྱས་ཚད་སྟོང་པ་རེད། །
ནད་ན་དུས་བཟང་དྲུག་སྨན་མེད་ན། །

遇事不见护法，
敬奉它有何用？
染病不见良药，

མིང་སྨན་པ་ཟེར་བ་སྟོང་པ་རེད། །
སྤྱོད་རན་དུས་རྒྱུ་ནོར་མེད་པ་ན། །
མིང་ཕྱུག་པོ་ཟེར་བ་སྟོང་པ་རེད། །

医者何以立足？
急需不见钱财，
富贾徒有其名。

༩ བུ་སུ་རྒོད་དཔུང་པ་ངོམ་པ་དེ། །
དགྲ་ནག་པོའི་མགོ་སྙེ་གཅོད་ཉིན་མོར། །
དམར་ཛར་རེ་ལེན་ཉིན་དེ་དུས་ཤེས། །
སྨན་མཛངས་ཞན་སྐད་ཆ་བཤད་པ་དེ། །
གཞིས་འཁོར་བའི་གནས་ལ་འགྲོ་ཉིན་མོར། །
གཡང་ཆགས་སེ་གནས་ན་དེ་དུས་ཤེས། །
ལས་དམ་ཚིགས་སྲུང་སྡོམ་བཤད་པ་དེ། །
ཚེ་ཕྱི་མའི་ཡུལ་ལ་འགྲོ་ཉིན་མོར། །
དགའ་ཡ་ལེ་གཞིགས་ཚུལ་དེ་ཡི་ཤེས། །

要看谁是勇者，
只有杀敌立功，
血染疆场便知；
要看谁是贤女，
只有相夫教子，
安稳持家才知；
要看谁守誓戒，
只有临死之时，
喜悦面对就知。

ཚ་ཞང་འདན་མ་བྱང་ཁྲ།

擦香·丹玛向查

༡ ཁྲིམས་ཡོད་ཟེར་དཔོན་པོའི་ཟུན་གཏམ་རེད། །
དཔོན་གཡོ་སྒྱུ་ཅན་གྱི་ཁོག་འཁྲུལ་རེད། །
ཟས་ཡོད་ཟེར་དཔོན་མོའི་ཟུན་གཏམ་རེད། །
སྤྲིན་ཚབ་ཚུབ་སོས་ཁའི་གནམ་ཞོ་རེད། །

官家执法犹如戏，
自导自演酿阴谋；
官家爱民皆谎言，
犹如傍晚一缕光。

༢ ནད་ངོས་འཛིན་ལྷ་རྗེས་རྩ་ལ་བལྟས། །
སྨན་བཟང་དུག་ནད་ཀྱི་ཁ་གནོན་རེད། །

古来良医诊脉，
对症下药救民。

༣ སྟག་མོ་བརྒྱ་འཛོམས་སྟོང་འཛོམ་ནང་། །
ལྷོ་རོང་ནགས་ཀྱི་མི་གཟན་སྟག།
འཛུམ་དུག་རྒྱས་ལུགས་འདྲ་ལེ་མིན། །

万虎雄踞林间，
山南林中之虎，
要比众虎威猛；

ཏུ་ཕྱུར་བརྒྱ་འཛོམས་སྟོང་འཛོམ་ནང་། །
དར་ཐོབ་རྒྱལ་པོ་བྲི་སེར་འབྲོང་། །
སྙིང་ཁམས་རྒྱས་ལུགས་དོ་ལེ་མིན། །

百牛角斗圈中，
唯有金色牦牛，
非凡脱俗异常。

སྟག་རོང་ཨ་ཁུ་ཁྲོ་ཐུང་། 达绒·阿库超同

༡ ཕུ་ལྷ་ཤིང་ཤུག་པའི་རྒྱས་རོགས་དེ། །
དགུང་ཆར་ཆུ་མེད་ན་ཡོང་རབས་མེད། །
ཐོབ་སྲེ་ཆེན་དཔོན་པོའི་ཕྱུག་རོགས་དེ། །
བློན་ཤེས་ཆེན་མེད་པ་ཡོང་རབས་མེད། །

林间柏木葱郁，
源于雨水滋润；
王国安定繁荣，
源于智臣辅佐。

༢ ཆོས་པ་ང་ཡིན་ཁོ་ཡིན་ཟེར། །
བར་དོར་སྐྱེ་རྟགས་རྒྱག་ཉིན་མོ། །
མ་ཎི་ཚིག་མེད་ཏུ་ཆོམ་བྱེད། །
སྡིག་བསགས་ཐམས་ཅད་མིག་ལམ་འཁོར། །
དེ་འདྲ་བ་ཞིག་ཨ་དགོས་ཆུང་། །
དཔའ་བོ་ང་ཡིན་ཁོ་ཡིན་ཟེར། །
དགྲ་ནག་གདོང་ལ་སླེབས་ཉིན་མོ། །
སྒྲོག་ཐར་ཅམ་ལ་ཕྱ་སྦྲོས་བྱེད། །
དགྲ་བོའི་མཚོན་ཆ་མིག་ལམ་འཁོར། །
དེ་འདྲ་བ་ཞིག་ཨ་དགོས་ཆུང་། །

人皆佛子自居，
浮游中阴之时，
不积半句真言，
显现累累恶业，
愿君非为此类；
人皆英雄自居，
强敌当前之时，
抱头鼠窜惜命，
见到兵器丧胆，
愿君非为此类。

༣ ཕོ་ཁ་རྐོད་པ་དེ་ལབ་སྔ་ཆེ། །
རྟ་གུ་ཡང་བ་དེ་རྒྱུག་སྔ་ཆེ། །
སྨན་ལག་ཕྱུང་ཟས་དེ་གཏད་སྔ་ཆེ། །

豪言之人言之过早，
不羁之马急于奔跑，
吝啬之女献不当时。

༤ ཕོ་རབ་སོང་བའི་ལམ་ཁ་ལ། །

君子之行，

ཁ་གཙང་ཁོག་གཙང་ལག་གཙང་དགོས། །
གཙང་བའི་ཡོན་ཏན་ཚང་ཟེར་ན། །
ཕོ་རབ་བུ་ཡི་རྟགས་མཚན་རེད། །

净言净心净手，
三净之德，
君子处世之道。

མི་ཆུང་ཁ་བདེ།

弥琼喀德

༡ སེང་དཀར་མོ་མིན་ཏེ་གདངས་རྩལ་གདའ། །
འབྲོང་བྲི་མོ་མིན་ཏེ་ཞེ་རྩལ་གདའ། །
སྟག་དམར་ཡག་མིན་ཏེ་ནགས་རྩལ་གདའ། །
བྱ་རྒོད་པོ་མིན་ཏེ་འཕུར་རྩལ་གདའ། །

虽不是雪狮但有雪狮之志，
虽不及牦牛但有牦牛之心，
虽不是林虎但有兽王之威，
虽不及雄鹰但有雄鹰之眼。

༢ གྲོགས་ཡོད་ན་གྲི་རྩེ་ཁམ་བགོས་རེད། །
དགྲ་ཡོད་ན་གྲི་མགོ་མཉམ་འཕུར་རེད། །

遇知己刀剑归鞘，
会敌人刀剑相向。

༣ དཀར་ཡག་གངས་ཀྱི་སེང་གེ་དེ། །
གཡུ་རལ་ངོམ་ནས་གངས་སྟོད་འགྲིམ། །
སྐྱན་གྲགས་གཅན་གཟན་ཀུན་གྱི་རྒྱལ། །
བྲག་ཡག་ཞྭ་ཡི་འབྲོང་ཆུང་དེ། །
ཏུ་ཕྲུར་ངོམ་ནས་ཞྭ་ལ་འགྲིང་། །
སྐྱན་གྲགས་རྭ་ཅན་ཀུན་གྱི་རྒྱལ། །

雪狮盘踞雪山，
灵兽悠然自得，
此乃百兽之王；
高大岩山深处，
金色牦牛威武，
此乃角斗之王。

༤ སེང་དཀར་མོ་རྀག་བྱེད་གཡུ་རལ་རེད། །
དེ་མེད་ན་ཁྱི་ཀན་ སྤུ་མེད་འདྲ། །
སྟག་དམར་ཡག་རྀག་བྱེད་འཇུམ་རྡུག་རེད། །
དེ་མེད་ན་ས་ཁྲུག་ཞ་མོ་འདྲ། །

鬃毛饰雪狮，
无鬃如家犬；
斑纹壮虎威，
无纹如丘狐。

༥ དགུང་ཉི་མ་ལ་དུས་མུན་པ་བྲེལ། །

夕阳西下近黄昏，

དབྱར་ཆར་ཆུ་རྒྱས་དུས་གཡུ་འབྲུག་བྲེལ། །
མགོ་སྐྲ་ལོ་དཀར་དུས་ཤི་ལ་བྲེལ། །

夏江水暖近龙吟，
两鬓斑白近阴界。

གཟྭ་ཆེན་ཝེར་མ་ལྷ་དར།

斯钦 · 威玛拉塔尔

༡ གོང་དཔོན་པོའི་ཁྲིམས་ར་ཚོགས་པའི་དུས། །
ཕོ་བྲང་ཡིག་མཁས་པས་ཡི་གེ་ཀློག །
བཀའ་རྒྱལ་ཁྲིམས་བཀའ་ཆབ་གྲལ་ལ་བསྒྲགས། །
ལྷ་བླ་མའི་ཆོས་ར་ཚོགས་པའི་དུས། །
བཀའ་མདོ་སྔགས་མཁས་པས་དབུ་མཛད་བྱེད། །
ཆོས་མདོ་སྔགས་ཚོ་ག་མགོ་ནས་གསུངས།

君臣齐聚朝会，
侍从宣读诏书，
昭告天下民众；
师徒齐聚法会，
领诵浑厚之声，
昭示显密仪轨。

༢ ཁུ་ཡི་གངས་དཀར་མ་ཞུ་ན། །
སེང་གེ་དེ་ལ་དེ་འཁོར་རེད། །
མདོ་ཡི་གཙང་ཆབ་མ་སྐམ་ན། །
ཉ་ཆུང་དེ་ལ་དེ་འཁོར་རེད། །
དཔོན་བཟང་ཇུས་བཀོད་མ་འཛོལ་ན། །
འོག་སྡེ་དེ་ལ་དེ་འཁོར་རེད། །
ཕ་མས་ཁ་ཏ་མ་ནོར་ན། །
བུ་ཚ་དེ་ལ་དེ་འཁོར་རེད། །

雪山之雪不化，
灵兽终归雪山；
江水之水不枯，
鱼儿终归江水；
君臣谋划无误，
黎民终归家园；
父母教导有方，
子女终归堂屋。

སྔོ་ལོའི་ནེའུ་ཆུང་།

鄂洛 · 乃伍琼

གངས་དང་སེང་གེ་མཛོ་སྡེབ་རེད། །
དཀར་ཡག་མ་འགྱུར་ལྷེམ་མེར་བཞུགས། །
སེང་དཀར་གཡུ་རལ་རྒྱས་པར་ཤོག །
མཚོ་དང་ཉ་སྲམ་དམའ་སྡེབ་རེད། །

雪狮盘踞雪山，
相守本色不变，
祝愿鬃毛更密；
金鱼戏于湖海，

མཚོ་སྔོན་མ་འགྱུར་ལྷེམ་མེར་བཞུགས། །
相守本色不变，

གསེར་མིག་གཡུ་གཤོག་རྒྱས་པར་ཤོག །
祝愿双翅更坚；

ནགས་དང་རྒྱ་སྟག་མཉམ་སྡེབ་རེད། །
白虎踱步林间，

ནགས་ཚལ་མ་འགྱུར་ལྷེམ་མེར་བཞུགས། །
相守本色不变，

དམར་ཡག་འཛུམ་དྲུག་རྒྱས་པར་ཤོག །
祝愿斑纹更美。

སྟག་གཟིག་ནོར་རྫོང་།

བློན་ཆེན་ཤེས་གསལ་རབ་སྣང་།

༡ དཀྱུང་ཨ་སྔོན་འབུམ་པའི་ཡང་གོང་ནས། །
ལས་མི་བྱེད་སྤྲིན་པས་ཚག་རག་འཐེན། །
ཆར་སྔོན་མོ་རྒྱ་མཚོའི་མཐིལ་ལ་ལུས། །
དགོས་ངེས་པའི་ཆར་འབྲུ་དོན་ཡོད་མེད། །
མི་དགོས་པའི་རླུང་དམར་ཐལ་ཚུབ་སྤུད། །
ཡུལ་ཉི་ཐན་ཤར་བའི་སྔ་ལྟས་ཡིན། །

༢ སྤང་ལྗོངས་བཀྲ་བའི་མེ་ཏོག་དེ། །
གནམ་ལྕགས་སེར་བས་ཐང་ལ་བསྙིལ་། །
ཆིབས་རྟ་ནོར་བུ་གཡུ་སྔོང་དེ། །
ཤ་ཕ་གླིང་པས་ཇག་ལ་དེད། །

སྟག་གཟིག་རྒྱལ་པོ།

༡ བྱ་ཁྲུང་ཆེན་རྙི་ལ་ཟིན་ལེ་མིན། །
རྐྱང་ཁ་དཀར་ཞགས་བཟུང་ཐུབ་ལེ་མིན། །
སྟག་དམར་ཡག་ཐག་པས་བཏགས་རྒྱུ་མེད། །

༢ དགྲ་ཚུར་བྱུང་གདོང་ལ་ལན་གཅིག་དགོས། །
ལན་མེད་ན་བུ་མོ་གོ་རྒས་འདྲ། །
གཏམ་སྙན་པོའི་ཚིག་ལ་ལན་གཅིག་དགོས། །

《达色财宝（牦牛）宗》

伦钦·西赛饶囊

蔚蓝天空之上，
泛起滚滚乌云，
怎奈化于海中，
可惜甘露雨水，
又起风暴沙尘，
此乃干旱之兆。

草甸上绽放的花朵，
冰雹蹂躏了娇艳，
我的坐骑诺普玉岗，
被岭国仇敌掳走了。

达色嘉波

鸟笼锁不住琼鸟，
套绳套不住野驴，
绳子栓不住老虎。

敌人入侵要痛击，
不然就像老闺女，
忠言良语需回答，

ལན་མེད་ན་སྨྲ་མེད་ལྐུགས་པ་རེད། ། 不然就像是哑巴。

༣ རྒས་ཡ་ཐོད་གཉེར་མ་ཕྱི་རྒྱུ་མེད། ། 老来皱纹抹不平，
ལས་ཐོག་ཏུ་བབས་ན་འགོག་རྒྱུ་མེད། ། 命运使然谁能阻。

༤ དགོན་ཁྲ་མོ་འདུ་ར་འཚོགས་ས་ན། ། 僧侣齐聚之地，
མགོ་འཛིན་བླ་མ་མེད་ཐབས་མེད། ། 必须要有上师，
སྡེ་ཁྲ་མོ་ལས་བཀོད་བྱེད་ས་ལ། ། 村民议事之地，
འདི་བྱེད་གཙོ་བོ་མེད་ཐབས་མེད། ། 必须要有首领。

༥ གཡུ་འབྲུག་གངས་སེང་ངར་སྐད་ཐོས། ། 青龙闻狮吼，
ས་རླུང་སྨུག་པས་བསུ་མ་བྱུང་། ། 风云来迎接，
བར་སྣང་མི་འཕྱུག་ག་མེད་རེད། ། 只得游天空。

༦ གངས་སྟོད་འཛིན་པའི་སེང་གེ་དེ། ། 狮踞雪山虽威武，
དགྲ་མདའ་འཚུབ་མས་གཡུ་རལ་གཏོར། ། 有朝落难山谷间，
སྤང་དཀར་མི་འགྲིམ་ག་མེད་རེད། ། 唯有行走泥草地；
རྒྱ་ལྕང་འགྲིམ་པའི་ཁུ་བྱུག་དེ། ། 杜鹃啼鸣在柳梢，
སྟོན་རླུང་འཚུབ་མས་དྲུག་འགྱུར་བཀག ། 等到秋风来袭时，
མོན་ཡུལ་མི་འགྲོ་ག་མེད་རེད། ། 唯有远飞门域地；
བྱང་ཐང་ཡ་བདག་སྟག་གཟིག་རྒྱལ། ། 北方之主达色王，
རྒྱལ་སྲས་ཁོག་པའི་སྙིང་དང་བྲལ། ། 心中爱子已离去，
ང་རྒྱལ་པོ་མི་ཁྲོ་ག་མེད་རེད། ། 怎能让我不悲愤。

༧ བཟང་པོའི་གཉེན་ལ་ཆུ་མ་དྲངས། ། 以德报怨伪君子，
མ་ཐུབ་དགྲ་ལ་ཐལ་བ་ཐོབ། ། 认贼作父真小人。

༨ འཁྱུར་ཆེན་ཉོ་དཀར་ལྕགས་ཀྱུས་དྲངས། །
རྒྱུག་ཆེན་རྟ་ཕོ་སྲབ་ཀྱིས་བཏུལ། །
ངར་ཆེན་སེང་ཕྲུག་མཚོ་ལ་ལྷུང་། །

迷游大鱼命丧铁钩，
不羁骏马降于铁嚼，
蛮横幼狮夭折海中。

སྟག་རོང་ཨ་ཁུ་ཁྲོ་ཐུང་།

达绒·阿库超同

༡ བདུད་རྩི་ལྷ་ཡི་འབྲས་ཆང་དེ། །
སྐལ་ལྡན་བུ་ལ་མ་གཏོགས་པ། །
ཆང་འདོད་ཕལ་གྱིས་འཐོབ་མི་སྲིད། །
གདམས་ངག་བླ་མའི་བྱིན་རླབས་དེ། །
དད་ཅན་བུ་ལ་མ་གཏོགས་པ། །
སྐྱེ་བོ་ཕལ་གྱིས་འཐོབ་མི་སྲིད། །
དག་པ་ལྷ་ཡི་ལུང་བསྟན་དེ། །
སྟག་རོང་དཔོན་པོ་མ་གཏོགས་པ། །
དཔའ་རྒྱལ་གཞན་ལ་ཡོད་བསམ་མེད། །

甘甜的美酒，
只让贵客饮，
别人不可得；
上师传教法，
信徒得真传，
凡人不解义；
上天降授记，
除了达绒王，
与诸将无关。

༢ དཔྱིད་ཟླ་གསུམ་ཤུག་ཚེས་མ་ཡལ་ན། །
དབྱར་སྔོན་མོ་ཆར་གྱི་རང་བཞིན་རེད། །

密生波罗开三春，
天降雨花今三夏。

ཆིབས་ཛཱི་སྟོང་ཁྲི་ལྷ་ལོང་།

马倌·东赤拉略

༡ སྣང་དགྲ་ལ་དམིགས་པའི་མདའ་ཟེར་དེ། །
མ་བསམ་ཚོང་པའི་སྙིང་ལ་ཕོག །
ནང་ཕན་ཚུན་འཁྲུག་པའི་དཔྱང་ཤུགས་དེ། །
མ་བསམ་བར་པའི་ཐོག་ལ་བབས། །
ཕར་འགྲོའི་ར་མདའ་རེས་གཙོད་དེ། །
མ་བསམ་ཚུར་ཡོང་མགྲོན་ལ་ཐུག །

对敌之箭在弦上，
岂料射中那商贾；
嫌隙在内待仲裁，
岂料裁人卷其中；
按迹索盗在路上，
怎料客从前方来；

༢ ཟློག་པོའི་ཚོས་ལ་ཡིད་གཏད་མེད། །
ཕྱི་མ་དམྱལ་བའི་གཏིང་ལ་འཕེན། །
ཚོ་མེད་གཏམ་ལ་ཡིད་གཏད་མེད། །
ཐ་མ་མི་ཁ་གཏམ་ངན་གྲགས། །

勿迷他人骗局，
将会堕入地狱，
勿信随口之言，
事后人言可畏。

ལག་དོ་གཡུང་དྲུང་ལྷ་རྒྱལ།

喇妥 · 雍仲拉嘉

ལས་ཀ་ལེར་བྱས་ན་བསམ་དོན་འགྲུབ། །
གཏམ་ཀ་ལེར་བཤད་ན་རྒྱལ་ཁ་ཐོབ། །
རྟ་ཀ་ལེར་རྒྱུག་ན་མགྱོགས་དར་ལོན། །

凡事从缓事必成，
所言从缓能赢，
赛马从缓会胜。

དར་ཡུལ་སྒྲུང་པོ་ཡེ་ཤེས།

塔尔域益西

མི་རྒན་ཤི་ཁར་ཕ་ཡུལ་དྲན། །
བྱ་རྒན་ཤི་ཁར་ཤིང་རྩེ་དྲན། །
ཁྱི་རྒན་ཤི་ཁར་སྒོ་ཙ་དྲན། །

人老思故乡，
鸟老思巢穴，
狗老思家门。

སྲས་མོ་མེ་ཏོག་སྒྲོན།

赛姆 · 梅朵珍

༡ བླ་མས་བྱིན་རླབས་མ་ཐོབ་ན། །
སློབ་མས་དད་པ་ཅི་ལ་འཛིན།
དཔོན་པོ་སྐྱུ་དྲིན་མ་གནང་ན། །
འབངས་མིས་དར་བཏང་ཅི་ལ་བྱེད། །

上师未加持，
学徒何以信，
上官未抚慰，
黎民何以忠。

༢ ཨ་ཁྲུ་ཇག་འབབ་མེད་པ་ལ། །
སྡེ་གླིང་པས་དཔའ་དར་ཅི་ལ་ཡོད། །

未有外敌相侵，
何来岭国神勇。

༣ དཔོན་པོས་དུས་ཚོད་མ་ཟིན་ན། །
མངའ་ཐང་མི་ལ་ཤོར་ལེ་ཡོང་། །
ཕྱུག་པོ་སྡོད་ལུགས་མ་མཁས་ན། །
རང་སྣ་རང་གིས་ཕབ་ལེ་ཡོང་། །
མེད་པོ་ཟ་ཚོད་མ་ཟིན་ན། །
ལུས་ཕོངས་མི་བདེ་འོང་ལེ་ཡོང་། །

君王穷兵黩武，
山河破碎之兆；
富贾贪得无厌，
穷困潦倒之兆；
乞丐暴食暴饮，
百病侵身之兆；

སྟག་གཟིག་ཞལ་དཀར།

达色·谐嘎尔

ཡར་ལ་ཞུ་བ་རྣམ་གསུམ་ཡོད། །
མདོ་བརྒྱ་བཏོན་པའི་ཨ་མཆོད་དེས། །
ཡོན་ཁ་མ་རག་ཡར་ལ་ཞུ། །
ལོ་གསུམ་བསྡད་པའི་གླ་བ་དེས། །
གླ་ཆ་མ་རག་ཡར་ལ་ཞུ། །
དཔོན་པོ་ངན་པའི་བློན་པོ་དེ། །
བདེན་པ་ཡོད་ན་ཡར་ལ་ཞུ། །

世间诉讼有三，
诵者诵读三旬，
不见诵金一诉；
出工出力三年，
不结工钱二诉；
臣佐昏君一生，
倒行逆施三诉。

ཚ་ཞང་འདན་མ་བྱང་ཁྲ།

擦香·丹玛向查

༡ དགོན་ཁྲ་མོ་སྤྱག་ཤིང་བླ་མས་འཛིན། །
ལས་འདི་བྱེད་ཆོས་ཁྲིམས་ཞལ་ངོར་བབས། །
རྫོང་ཁྲ་མོ་ཡ་བདག་རྗེ་བོས་འཛིན། །
དུས་ཡག་ཉེས་འགྲོ་སྡོད་བློན་པོར་འབབ། །
ཤ་ཁྲ་མོ་སྙིང་བཙུད་དཔོན་པོས་འཛིན། །
ཕར་འགྲོ་གཏང་མ་གཡོག་ལ་བབས། །

寺有寺主上师，
寺务皆归执事；
城有城主上官，
城务尽归家臣；
寨有寨主夫妇，
寨务皆归管家；

༢ བླ་མས་ཅི་གསུང་སློབ་མས་བསྒྲུབ། །	弟子谨遵上师之言，
ཉམས་རྟོགས་དམ་ཚིག་སྲུང་བས་འཁྲུངས། །	誓守初衷能开智慧；
དཔོན་པོས་ཅི་གསུང་བློན་པོས་བསྒྲུབ། །	贤臣谨遵君王之令，
དཔོན་བློན་བསམ་དོན་མཉམ་དུ་འགྲུབ། །	君臣一心万事俱成；
ཕ་མས་གང་གསུང་བུ་ཚས་བསྒྲུབས། །	儿女谨遵父母之言，
དྲིན་ལན་བཟང་པོ་ངང་གིས་འགྲུབ། །	母慈子孝千古美谈。

༣ ཟས་ལན་མེད་དུར་སའི་གསུར་བསྔོ་རེད། །	墓前供食无回应，
གཏམ་ལན་མེད་ལྐུགས་པའི་ལག་བརྡ་རེད། །	聋子手语无回声，
དགྲ་ལན་མེད་ཤ་མོའི་ངུ་སྐད་རེད། །	敌前嚎啕无回答。

འཇང་གཡུ་ལྷ་ཐོག་འགྱུར། 姜·玉拉托久

༡ མི་ཤོག་གངས་ལ་རྐང་ཆུང་སྤྲོས། །	跬步思及山巅，
མཐོང་བྱེད་མིག་གིས་དབང་པོ་སྒྲིབ། །	有眼无识不明；
རྩལ་མེད་འདོ་བ་བང་ཤུགས་བཏང་། །	无勇跨上烈马，
མ་མནོན་ཀླད་རྒྱ་ཐང་ལ་འཐོར། །	仰翻脑壳碎裂；
དཔུང་མེད་ཅུ་གྲ་སྒྲིག་ལེ་དེ། །	无援列队待战，
གདང་མ་མི་ལ་ཤོར་བའི་རྒྱུ། །	溃败已成定局。

༢ འདོ་ཕྲུག་རྟ་ཕོ་ཆག་གིས་གསོ། །	马要精心饲养，
ལ་ཐང་ལུང་ཐང་བགྲོད་ཉིན་མཁོ། །	远行之日要骑；
བླ་མ་བཟང་པོ་ཕྱིན་རླབས་དེ། །	用心敬奉上师，
བར་དོའི་འཇིགས་པ་སེལ་ཉིན་མཁོ། །	消除中阴恐怖。

༣ བྱ་ཕོས་ངར་སྐད་འཚེར་བའི་དུས། །	公鸡起鸣，
ཉི་མས་ཤར་ཐག་བརྒྱངས་པའི་རྟགས། །	太阳东升；

ཁུ་བྱུག་སྔོན་མོ་གྲག་པའི་དུས། །
སྦྲང་ཆར་ཟིལ་མ་འབབ་པའི་རྟགས། །
ལྷ་ཡི་ལུང་ངག་གསལ་ལེ་དེ། །
སྟག་གཟིག་ནོར་རྫོང་འཞིབས་པའི་རྟགས། །

杜鹃啼声，
细雨启春；
上天降旨，
达色必亡。

༤ ལྕགས་ཚ་གྲང་ཤེས་ན་ཅི་བརྟུང་ཡིན། །
སྐྱིད་བདེན་རྫུན་ཤེས་ན་གཏན་དུ་བདེ། །
དམག་རྒྱལ་ཕམ་འཚམས་ན་འདུན་མ་ཡོད། །

冷热在手铁具自成，
是非在心今生安宁，
胜败之间须有和谈。

སྟག་གཟིག་བཙན་ལྷ་རྡོ་རྗེ།

达色·赞拉多吉

༡ གྲགས་འདོད་དཔོན་པོ་བྱེད་མི་ཚོ། །
སྤྱི་དཔོན་བར་ནས་ལོག་ཟས་ཟ། །
གཏམ་གཏམ་ཐ་མར་རང་ཚོས་ཤོར། །

食禄之人贪婪，
贪墨上主之财，
终得自取灭亡。

༢ ཚེ་ཕྱི་མ་རེ་བའི་བླ་མཆོད་ལ། །
འབུལ་བ་མཆོད་བསྐོད་མ་བྱས་མེད། །
མ་རབ་ངན་བཤད་གསུངས་གསུང་ནས། །
ཡོན་མཆོད་ཟེར་བ་ཞེ་རེ་འཁྲུག།

为修来世之福，
敬奉上师资粮，
闲言碎语入耳，
奈何悔不当初。

༣ དབྱར་སྤང་ལ་མེ་ཏོག་མ་འཁྲུངས་ན། །
ཕྱུགས་བའུ་ལུག་འཁོར་རྟེན་སུ་ལ་བྱེད། །
སྟོན་སྐྱེ་མ་མགོ་འབྲུ་མ་རྒྱས་ན། །
དགྲ་སེར་བས་ཐང་ཤོད་ཅི་ལ་བརྟུང་། །

夏花不开，
牛羊何处，
秋粮不丰，
何惧雹灾。

༤ གཞིས་རྒྱ་གོང་ཁྲ་མོ་སྤྲང་སྐྲ་ནས། །
སྨན་ན་ཆུང་ཁྱོད་འདྲ་འཚོར་བའི་དུས། །

十里花巷，
招摇之女，

གཉེན་ཕ་ཁུའི་སྔོན་ཡང་ངོ་ཚ་བྲལ། ། 何来羞愧，
ནོར་ལོངས་སྤྱོད་ཅན་གྱི་སྒོ་རྩ་ལ། ། 富豪门前，
དབུལ་པོའི་ཕངས་སེམས་འཚང་བའི་དུས། ། 穷人心寒。
མར་ཉལ་གཉིད་ཀྱང་མི་ཁུག་ཟེར། །

༥ སྡུག་སྡུག་མཐའ་མ་སྐྱིད་དུ་ཟིན། ། 苦尽甘来，
ཉལ་ཉལ་མཐའ་མ་ནམ་ཡང་ལངས། ། 睡醒天亮，
གཏམ་གཏམ་མཐའ་མ་ནོར་དང་འཕྲད། ། 恳谈遇财。

༦ མཚོ་མོ་ནང་ལ་ཉ་ཆུང་འཕྱོར། ། 鱼游湖中，
ཉ་ཆུང་མཚོ་མོའི་རྒྱན་དུ་ཆེ། ། 鱼为湖灵，
གཙང་ཆབ་རྒྱ་དར་མ་ཆགས་བར། ། 湖冰不结，
བྱེ་མའི་ཉ་མཁར་བཟུང་རྒྱུ་མེད། ། 鱼城自安；
བར་སྣང་དབྱིངས་ལ་གཡུ་འབྲུག་གྲག ། 深空啸声，
གཡུ་འབྲུག་བར་སྣང་རྒྱན་དུ་ཆེ། ། 有龙为灵，
སྐྱང་ཆེན་བ་མོས་མ་བཅོམ་བར། ། 白霜不降，
གཡུ་འབྲུག་རི་ལ་ཉལ་རྒྱུ་མེད། ། 龙腾长空。

༧ རྫོང་ཁྲ་མོའི་རྗེ་ནོར་བློན་པོས་སྲུང་། ། 贤臣守国，
ནང་བློན་པོ་རྗེ་བོའི་རྒྱན་དུ་ཆེ། ། 国之栋梁，
ལས་མཐའ་མར་ཅི་བྱུང་མ་ཤེས་བར། ། 难料未来，
འགྲོ་འདུག་ཡ་བྲལ་བྱེད་རྒྱུ་མེད། ། 奋斗不息。

འབུམ་དཔོན་ཐོག་རྒོད་འབར་བ། 奔本•托贵跋尔瓦

༡ ཕ་བླ་མའི་ཆོས་ར་འཁྲུག་པའི་དུས། ། 教派相争之时，
སེམས་བཟོད་པའི་གོ་ཆ་མ་ཟིན་ན། ། 如果没有忍心，

ཆོས་སྒྲུབ་མཐའ་ཆགས་སྡང་བྱས་ན་ལན། །
ཚེ་ཕྱི་མ་དམྱལ་བ་ལྟུང་ཉེན་འགྱོད། །
གོང་དཔོན་པོའི་ཁྲིམས་ར་འཁྲུག་པའི་དུས། །
ཧྲུས་བསམ་པའི་གཏམ་འགོ་མ་ཟིན་ན། །
ཁྲིམས་གཡོ་ཟོལ་ལོག་ཟོག་བྱས་ན་ལན། །
གོང་རྒྱལ་པོའི་བཀའ་ཁྲིམས་ཕབ་ཉེན་འགྱོད། །
མ་སྲུ་མོའི་གནས་ར་འཁྲུག་པའི་དུས། །
ལུས་འཁྱོར་མོ་རང་ཚོད་མ་ཟིན་ན། །
ཚུལ་རང་སྡུག་གཏམ་ངན་བཤད་ན་ལན། །
གནས་ཁྲ་མོ་བྲལ་ཉེན་འགྱོད་པ་ཆེ། །
དཔའ་སྟག་གླིང་གཡུལ་རྐོད་སྟོད་ས་ཏུ། །
ལས་དང་པོའི་འདུན་མ་མ་འཛིན་ན། །
གཏམ་ཁྲོལ་མེད་རང་གིས་ལབ་པས་ལན། །
དུས་ཐ་མ་སྐྱུ་ཧྲུས་ཤོར་ན་འགྱོད། །

将要堕入地狱，
当知悔不当初；
朝堂争论之时，
不思公正断案，
徇私枉法之果，
必有雷霆之怒；
妇女相争之时，
勿伤她人之心，
睚眦必报之人，
让人鸡犬不宁；
达岭相争之时，
若忘纯粹初心，
流言蜚语满天，
前功尽弃悔当初。

༢ བརྙས་ཆེ་ན་ཞེ་ནག་གཉིང་ནས་འཁྲུག །
ཟ་ཆེ་ན་སྦྲང་དཀར་མཆིན་ཁ་ན། །
ཡུན་རིང་ན་བུ་མོ་མ་དང་འཁོན། །

欺人太甚遭报复，
食蜜太多会伤胃，
相处太久终不和。

རོང་གསས་ལྷ་རྒོད་འབུམ་ལུ། 绒赛·拉贵奔鲁

རྒྱུད་སྣ་དགུའི་རྩ་བ་ནག་མོས་གཡོ། །
ཁྲིམས་ཧྲུས་ཆེན་བཀའ་ཆོག་ཕ་ཁྱུས་ཁྱུར། །
ཟས་ཞིམ་དགུ་འགང་ཆེན་དཔོན་པོས་གསོལ། །
ལས་སྡུག་དགུ་མཛོ་ཟི་གཡོག་གིས་བྱེད། །

是非争端源于女子，
父辈承担对错后果，
官吏享用饕餮美食，
牧人受尽风雨之苦。

འདན་སྲས་གཡུ་འོད་འབུམ་མེ།

丹赛·玉维奔梅

ཆེ་འདོད་མཐོ་གཏམ་བྱེད་མི་ཚོ། །
སྲུང་པོས་བརྙས་ན་ངོ་རེ་གནོངས། །
གཏམ་འདོད་ལྕེ་སྐྱེ་འབར་མི་ཚོ། །
ཁ་མཆུ་ཕམ་ན་ངོ་རེ་ཚ། །
ངར་འདོད་ཁ་པོ་འཆང་མི་ཚོ། །
དཔའ་མི་ལ་ཤོར་ན་ཧ་རེ་གོ།

自视甚高放豪言，
被人欺凌无人怜；
喜言善辩三寸舌，
辩时无言羞死人；
横行乡里称神勇，
大敌当前匿无声。

གྱུད་མི་ནག་སྟོབས་ལྡན།

且·弥那多丹

༡ བར་སྣང་ཡངས་པའི་སྟོང་ལམ་ནས། །
བྱིའུ་ཆུང་འཕུར་འདོད་ཆེ་བ་དེ། །
སྐྱ་ཁྲ་ཐོན་མོའི་བང་དང་ཐུག།
གཤོག་སྒྲོ་ཐང་སྟོང་དཀྱིལ་ལ་གཏོར། །

长空万里无云，
鸟欲翱翔其间，
怎奈撞上鹞鹰，
羽翼散落原野。

སྤང་དཀར་ན་བའི་འཛིང་ཁུག་ནས། །
རྟ་ཆུང་རྒྱུག་འདོད་ཆེ་བ་དེ། །
ཀོ་མོག་ངན་པའི་འདམ་དང་ཐུག།
ཤུགས་ཆེན་བང་ཁ་འདམ་ལ་ཚུད། །

湿地好似草原，
幼马想要驰骋，
怎奈陷入泥潭，
浸染一身泥泞。

སྨན་གསར་སྣང་བ་མཐོ་འདོད་དེ། །
འདོ་མེད་བྱི་པོའི་ལག་ཏུ་ཚུད། །
དུག་ཆེན་ནད་ཀྱི་ཁ་རླངས་ཐོག།
ཐ་མ་ཁྲི་ཀན་གུད་འདྲ་ཡོང་། །

高傲闺中之女，
青睐无耻青年，
身陷孽缘之中，
毁了大好青春。

༢ ཇེ་ཁྲིམས་མེད་ཉི་མ་ལ་བཀྱལ་ལ། །
ཕ་ཕྱུག་པོའི་ནོར་དེ་དབུལ་པོས་རྐུ། །
གཏམ་ཕ་ར་ལབ་དུས་ཚུར་ལ་བསྙོན། །

无法无天之时，
富人财穷人盗，
奈何无处说理。

༣ ས་བཙན་ནགས་མའི་འཛིང་ཁུག་ནས། །
ཐོ་དུ་ཁ་སྔོན་སྟག་གིས་གསོད། །
ད་དུང་ངར་སྒྲས་སྟོང་གསུམ་གཡོ། །

在那密林深处，
小马命丧虎口，
至今虎啸不断。

ཕ་ཇེ་དར་བའི་ནོར་སྐལ་དེ། །
རྟ་སྔོན་གཡུ་སྔོང་གླིང་དུས་རྐུས། །
ད་དུང་དཔུང་རྒོད་ས་གཞི་བཀང་། །
སྣང་ཆུང་དཔུང་པ་ངོམ་འདོད་དེ། །
ངར་རྒོད་ཤུགས་ཆེན་གདོང་དང་ཐུག །
སྙར་མའི་མདའ་འཁྱུར་འཕེན་ས་ལ། །
ལེན་མེད་གནམ་ལྕགས་མདེལ་དང་ཐུག །
ཐ་མ་སྙིང་ཁྲག་ཐང་ལ་འཐོར། །

祖辈昌盛之宝，
岭国盗走青马，
奈何勇士如林；
小人貌似豪横，
不料遇见强敌，
懦夫乱射暗箭，
人有金刚之身，
反之小命难保。

ཨ་སྟག་ཀླུ་མོ།

阿达鲁（拉）姆

༡ ལས་ཅི་བྱེད་བསམ་དུས་དེ་ཐོན་དེ། །
མགྱོགས་འདོད་རྐང་པ་རྡོ་ལ་ཐུག །

心有愿景事不顺，
欲速马蹄磕石头，
欲飞鸟翅被折损。

༢ ཁ་མང་རོག་དང་བྲལ་བས་ཟེར། །
བློ་མང་ཕ་རྒྱུས་ཤོར་བས་ཟེར། །

乱语招致家不和，
多心祖业恐不保。

སྤྲང་ཕྲུག་སྲོ་མ་བཛྲ།

བླ་མ་མི་ཆེན་དཔོན་པོ་གསུམ། །
ལ་ཕར་ནང་ཡོད་ཀྱང་ཚུར་ནང་གོ །
སྤྲང་པོ་དངོས་མེད་བཞི་རག་གསུམ། །
སྔོ་ནས་བོས་ཀྱང་ཨ་ལན་མེད། །
དྲུག་ཅུའི་དཔའ་བོའི་དཔུང་པ་དེ། །
དགྲ་ནག་ཤ་ཕའི་ལྷག་བདུད་དང་། །
བཅོ་ལྔ་བུ་མོའི་ཚེ་རོགས་ཟེར། །
སུམ་ཅུའི་རག་མ་གྱི་ཞིང་དེ། །
རྐྱང་འབྲོག་གཉིས་ཀྱི་རྒྱུགས་ཡ་དང་། །
རྟེའུ་ཆུང་གྭ་མའི་རྩེད་རོགས་ཟེར། །
ཡ་ཟེ་གོ་པོ་གཞོག་རིང་དེ། །
བསྐལ་པ་ཆགས་པའི་ཕྱི་ཉིན་བརྡུང་། །
གོ་བཙན་པོ་སྟོང་གི་ཤ་བདག་ཟེར། །

乞丐之子·索玛班杂

上师贵胄上官，
远在深山有人问；
乞丐穷主饿鬼，
近在眼前无人识；
六旬勇士，
能御四方强敌，
可伴少女终老；
神驹虽老，
可伴野驴之蹄，
能与马驹驰骋；
雕形宝刀，
初世神锻首刀，
坚甲犹如削泥。

ཏུང་སྐྱོང་སྟག་ལྷ་ཁྲི་དཀར།

༡ བྱ་རྒྱལ་ཁྱུང་ཆེན་འཕུར་ལམ་ལ། །
ནེ་ལེའི་གཤོག་འགྱུར་མི་འོང་ཡང་། །
མ་ཡོང་མི་ཕན་སྔོན་གྱིས་བསྔོས། །
ཁྲི་གདུགས་ལ་མོ་རྒྱག་ལམ་ལ། །
སྐར་ཆུང་མུན་སེལ་མི་འོང་ཡང་། །
མི་ཡོང་མི་ཕན་སྔོན་གྱིས་བསྔོས། །
རྒྱ་སྟག་ཚང་ནས་ལངས་ལམ་ལ། །
གཟིག་ཆུང་ཁེར་འདུག་མི་ཕོད་ཀྱང་། །

童炯·达拉赤嘎尔

琼鸟展翅千里，
老鹰不及一二，
皆为命中注定；
太阳照亮世界，
星辰何以比拟，
皆为命中注定；
虎踞深山老林，
花豹不敢前往，

མི་ཡོང་མི་ཕན་སྔོན་ལས་རེད། །
ཡབ་ཆེན་རྒྱལ་པོ་ཆོས་སྲིད་དེ། །
མགོས་ཆུང་ང་འདྲས་མི་ཟིན་ཀྱང་། །
མི་ཡོང་མི་ཕན་རྒྱལ་པོའི་བཀའ། །

皆为命中注定；
君王政教一统，
吾辈无法胜任，
只能遵从君令。

༢ བུ་ཆུང་གཅེས་ལངས་ཕ་མས་མངགས། །
ཞིམ་མངར་ཟས་ལ་ཕུད་འདྲེན་བྱས། །
ལུས་ཚད་རྫོགས་ནས་གཞན་སྒོ་འགྲིམ། །
ཕ་མ་རྒས་དུས་མ་ཕན་བྱུང་། །
བློན་པོའི་སྐྱིད་སྡུག་རྒྱལ་པོས་སྲུང་། །
གཅེས་ཕྲུག་འོ་མས་གསོ་གསོ་བྱས། །
ཧུས་མངའ་ཐང་ཤོར་ཉེན་ཕ་བྲོས་བརྒྱབ། །
རྗེ་རྒྱལ་པོའི་དྲིན་ལ་མ་ཕན་བྱུང་། །

父母溺爱之子，
不食可口饭食，
有朝自立门户，
恩重何以相报；
臣子食禄君王，
犹如慈父溺爱，
危难之际逃跑，
君恩何以相报。

ཉི་མ་མཆོག་རབ།

尼玛确饶

ཆོས་སློབ་མས་མ་ཉན་དམ་ཉམས་ཡིན། །
བུ་ཕས་ཟེར་མ་ཉན་ཁྲམ་པ་ཡིན། །
སྨན་མ་ལ་མ་ཉན་བྱི་མོ་ཡིན། །

众徒不遵上师之言为弃信，
儿子不听父亲之言为不孝，
女儿不听母亲之言为浪女。

འཇང་ཁུ་ཆུག་དཔོན་པོ་གཡུ་ཁྲབ།

姜·库雀·本波玉彻

༡ སེམས་དྲང་པོ་བཞག་ན་ཆོས་ལས་ལྷག །
ལས་དྲངས་པོ་བྱས་ན་མགོ་འཕང་མཐོ། །
གཏམ་དྲང་པོ་བཤད་ན་དགྲ་ཡང་མགུ། །

心正胜于修行，
行正高过爵位，
言正敌寇来投。

༢ ན་ཆུང་བུ་མོའི་སྐྱོ་རོགས་དེ། །

豆蔻少女之心，

ལྷ་བྱ་ཁུ་བྱུག་སྔོན་མོར་བབས། ། 唯有杜鹃能解；
གསུང་སྐད་སྙན་པའི་ཏྲུག་འགྱུར་དེས། ། 鸣叫美妙动听，
རི་ཀླུང་གྲག་པས་སྣང་བ་སྤྲོ། ། 山河陶醉其音；
ལྗང་ཚུང་སྔོན་མོ་སྐྱ་རེགས་དེ། ། 青绿草甸之美，
བར་སྣང་སྤྲང་ཆར་ཟིལ་མ་བབས། ། 唯有春雨知晓；
དྲོ་གྲང་འཇོམས་པའི་དགོས་འདོད་དེས། ། 温润如意时季，
མེ་ཏོག་ཁྲ་ཚུང་འཁྲུངས་ལ་སྐྱིད། ། 鲜花开遍原野；
རྒྱ་མཚོ་ཆེན་པོའི་སྐྱ་རེགས་དེ། ། 蔚蓝大海之美，
ངང་སེར་ཏུར་པའི་ཁྱུ་ལ་བབས། ། 唯有海鸥知晓；
རང་སྐད་འབྱིན་པའི་རྒྱལ་ཅལ་དེས། ། 海鸥发出啼鸣，
མཚོ་མོ་དྭངས་སྙིགས་འབྱེད་པས་སྤྲོ། ། 大海激浊扬清；
གླིང་དམག་ཁྲ་མོའི་དཔུང་རོགས་དེ། ། 岭国雄师有援，
བཙན་པོའི་མོན་འཇང་གཉིས་ལ་བབས། ། 门姜两军威武；
ངར་ཚོད་དཔུང་པའི་སྟག་གྲལ་བསྒྲིགས། ། 金戈铁马之声，
སྟག་གཟིག་ནོར་རྫོང་འབེབ་པས་སྤྲོ། ། 欲震达色宝库。

༢ ངང་པ་སེར་པོ་ཚོས་གོས་ཅན། ། 野鹅身披黄毛，
བྱ་བརྒྱའི་བླ་མ་ཡིན་སྣང་ཤར། ། 自以为是上师，
ཡོན་ཏན་མེད་པ་ཀུན་ཤེས་རེད། ། 百鸟皆知没知识。

སུ་ཤུད་ཁྲ་བོ་ལྷག་འཕྲུ་ཅན། ། 戴胜头戴缨盔，
བྱ་བརྒྱའི་དམག་དཔོན་ཡིན་སྣང་ཤར། ། 自以为是大将，
དཔའ་རྟགས་མེད་ལེ་ཀུན་ཤེས་རེད། ། 百鸟皆知无胆魄。

གྱད་ཀྱི་མི་སེར་སྤུ་རྟགས་ཅན། ། 力士黄色毛发，
དཔའ་རྟོད་ཡིན་བསམ་སྣང་བ་ཤར། ། 自以为是勇士，
སྙིང་མ་མེད་ལེ་ཀུན་ཤེས་རེད། ། 众人皆知少雄心。

༤ དགུང་ལ་འཕུར་བའི་ཁྲང་དཀར་དེ། །
བར་སྣང་ལྡབས་ཀྱིས་མ་ཆོད་ན། །
བྱ་རྒྱལ་ཟེར་བ་ངོ་རེ་ཚ། །
གཤོག་རྡུག་རྒྱས་པ་དོན་རེ་ཆུང་། །

雄鹰划破长空，
若是不能遨游，
何以禽王自居，
何以仗翅群鸟。

ནགས་ཀྱི་རྒྱ་སྟག་ཁྲ་བོ་དེ། །
ཁྲག་དམར་ཀན་སྒྲ་མ་བརྡབས་ན། །
རྒྱ་སྟག་ཟེར་བ་ངོ་རེ་ཚ། །
འཛུམ་རྡུག་ཞིགས་པ་དོན་རེ་ཆུང་། །

虎踞密林深处，
若是不能长啸，
何以兽王自居，
何以威震百兽。

བཙན་སྐྱ་དཔུང་རིང་།

赞迦崩仁

དབྱར་ཟ་སྒྲོག་པའི་གློག་འོད་དེ། །
དགུན་ལ་གྲག་ན་གཡུ་འབྲུག་མིན། །
དཔྱིད་ཀའི་ཁུ་བྱུག་གྲེ་འགྱུར་དེ། །
སྟོན་ལ་གྲག་ན་ལྷ་བྱ་མིན། །

夏之雷鸣自然，
龙吟冬日不祥，
杜鹃啼春自然，
秋日闻啼不祥。

ཀུང་རྗེ་མི་སྟག་མཚལ་ལུ།

孔吉·梅达蔡鲁

༡ ར་རྒན་ཐོང་ཁའི་བྲང་འོག་ནས། །
སྣང་འདོད་ཤན་པའི་རྣམ་པ་ལ། །
རྐོད་པོའི་གཏང་མ་ཡིན་སྣང་ཤར། །

老羊胸中，
何来日月天地，
辛巴狂妄，
何来勇士之功。

༢ མཐོན་པོས་མཐོ་ཚོད་མ་བཟུང་ན། །
ཁྱུང་སྒྲོ་སྤུ་གྲི་རླུང་གིས་གཏོར། །

琼鸟自不量力，
风剪其翼；

ངར་མས་ངར་ཚོད་མ་ཟིན་ན། །	猛虎自不量力，
སྟག་མོ་ཡིན་ཡང་གད་ལ་ལྷུང་། །	命丧断崖；
དཔའ་བོ་ངར་ཚོད་མ་ཟིན་ན། །	英雄自不量力，
རྒྱལ་སྲིད་ཡིན་ཡང་གཡུལ་ལས་འཇིག །	国之将倾。

ཁྲུད་མི་བཙན་རྗེ་ཁ་སོ། 且弥 · 赞吉喀秀

༡ གུ་ཤིང་གསེར་གྱི་གདམ་ཡ་དེ། །	黄金之贵，
ར་གན་སེར་པོ་ཡོང་ལེ་མིན། །	黄铜不及；
དངུལ་དཀར་ཞུན་མའི་འོད་ཡ་དེ། །	白银之光，
གཤའ་དཀར་འཛོང་མོས་འོང་ལེ་མིན། །	白锡不及；
བཙན་རྗེ་དམར་པོའི་དཔུང་ཡ་དེ། །	赞吉之师，
དཔའ་མེད་ཁྱོད་འདྲས་འོང་ས་མེད། །	尔等不及。

༢ བྱ་རྒྱལ་ཁྱུང་ཆེན་འཕུར་ཤུལ་ལ། །	琼鸟划破长空，
ལྟས་ངན་ཁྭ་ཏས་ཨག་འགྱུར་རྒྱབ། །	乌鸦啼鸣傍晚；
ཟམ་བཟེད་འབྲོང་ཆུང་འགྲིང་ཤུལ་ལ། །	牦牛昂首阔步，
གླང་རྐན་ཁ་ཡིས་འབོད་ངར་བྱེད། །	黄牛圈中哞叫；
འདོ་རིགས་རྟ་ཕོའི་རྒྱུགས་ཤུལ་ལ། །	骏马驰骋而过，
ཞི་སྤུག་བོང་བུས་སྐད་ངན་འཐེན། །	老驴树下哀嚎；
དཔའ་བོ་གྱད་མིའི་ཁྲང་རྗེས་ལ། །	勇士卸甲之后，
རྩལ་མེད་ཁྱོད་འདྲས་དཔུང་པ་ངོམ། །	尔等小人横行。

ཁྲི་རྗེ་གཉེད་དམར། 尺吉·歇玛

༡ དགོན་ཆེན་བླ་མ་བྱིན་རླབས་ཅན། །	德高望重之大师，
དཀའ་བ་སྤྱོད་པའི་རྣལ་འབྱོར་པ། །	长期修行瑜伽师，

གདམས་ངག་མ་རྟོགས་ཅི་ཡོད་དེ། །
རང་ཉིད་བེམ་རིག་བྲལ་ཉིན་གསལ། །

行持教授之验证，
色心相离自明了。

ཁྱུང་པོ་དཔའ་རྒྱལ།

琼波巴嘉

༡ བྱ་ཁུ་བྱུག་མོན་ནས་བོད་ལ་འཕུར། །
ལྟོ་འབྲུ་རྡུག་དཀོན་པ་མ་རེད་དེ། །
སྐད་སྙན་མོ་རྒྱ་ལྕང་ལས་དབང་རེད། །

杜鹃飞来吐蕃，
不是门域缺粮，
只因柳树相邀。

ཇ་ཡུ་ཟེ་རྒྱ་ནས་བོད་ལ་འཕུར། །
རྒྱ་ཇ་ངོ་མ་ཤེས་མ་རེད་དེ། །
མ་རྒྱ་བཟའ་སྨན་ཆུང་ཇ་སྐལ་རེད། །

茶叶运到吐蕃，
不是汉人不识，
只因公主爱喝。

ལྟོ་ཁྱུང་པོ་དཔའ་རྒྱལ་ནུབ་ལ་འཕུར། །
རྒྱབ་ཕ་ཡུལ་མེད་ལེ་མ་རེད་དེ། །
ལས་སྐྱིད་སྟུག་སྟག་གཟིག་རྒྱལ་ལ་བཙོལ། །

琼波巴嘉抵西隅，
不是故土无亲，
只因崇敬达色。

༢ ཚེ་དབང་ཐང་རྫོགས་པའི་ནད་པ་ལ། །
སྨན་བཟང་ཐུག་སྙེབ་ཀྱང་དུག་ཏུ་འགྱུར། །
ལས་ལྷ་བ་ལོག་པའི་བློན་པོ་ལ། །
ཐུགས་བྱམས་པས་སྲུང་ཡང་དགྲ་རུ་སོང་། །

病入膏肓之人，
奇药难以见效；
背有反骨之臣，
献策有利敌国。

ཤན་པ་མེ་རུ་རྩེ།

辛巴梅如泽

༡ ཕོ་རབ་བློ་དེ་མངོན་ཤེས་འདྲ། །
ཅི་བྱས་ཐམས་ཅད་ལམ་དུ་འགྲོ། །
ཕོ་འབྲིང་བློ་དེ་དཔྱད་ཤེས་འདྲ། །

上男之计有先知，
诸事顺遂人愿；
中男之计有经验，

ཅི་བྱུས་ལས་མཐའ་བརྟན་ལེ་ཡོང་། །
ཕོ་མཐའ་བློ་དེ་མུན་པ་འདྲ། །
ཅི་བྱུས་མུན་པ་རུབ་པ་འདྲ། །

诸事有头有尾；
下男之计无章程，
诸事一团乱麻。

སྟོང་ཐུབ་རྟོད་པོ། 东图贵波

༡ ཆོས་མེད་དཀོར་ཟན་བཤད་སྤོབས་མཐོ། །
སྐྱེ་མེད་བུ་མོ་འཕྱ་སྨོད་མཁས། །
སྙིང་མེད་སྐྱར་མ་མཚོན་ཆ་མང་། །
བདེན་མེད་ཁྲམ་པ་འགྲན་ཡ་མེད། །

庸僧好争辩，
丑女爱嘲笑，
懦夫兵器多，
骗子无敌手。

༢ བཟང་ལ་མཐའ་མར་ངན་ལན་འཇལ། །
ཕ་བསད་ཀྱོད་ཙ་ནོར་ལ་བརྗེས། །
བཤད་བཤད་མཐའ་མར་རྫུན་ལ་འགྱུར། །

以德报怨真小人，
杀父之仇换钱财，
言行不一皆谎言。

དགྲ་ལྷ་རྩེ་རྒྱལ། 扎拉泽嘉

བྱིའུ་ཚེར་མ་ལ་ཁྲ་ཞིག་སྐྱེས། །
དེ་ཡང་རང་དགྲ་རང་གཤེད་རེད། །
གོ་ཚེར་མ་ལ་ཁྱི་ཞིག་སྐྱེས། །
དེ་ཡང་རང་དགྲ་རང་གཤེད་རེད། །
སྟག་གཟིག་ཡུལ་ལ་ཁྱུང་གཤོག་འཕྲུངས། །
དེ་ཡང་རང་དགྲ་རང་གཤེད་རེད། །

小鸟孵出鹰隼，
最终害了小鸟；
雌雕生出猎狗，
最终害了雌雕；
达色琼翅宝驹，
最终害了达色。

གེ་སར་ནོར་བུ་དགྲ་འདུལ། 格萨尔·诺普占堆

ལས་བྱེད་རྒྱུ་མེད་པ་རྣམ་དྲུག་ཡོད། །

无力回天有六种，

ཆོས་སྡོམ་གསུམ་འགལ་བའི་གྲྭ་པ་གཅིག།	背信还俗，
ཉུབ་ཁྲི་གདུགས་བརྒྱལ་བའི་གྲིབ་སོ་གཉིས། །	日落阴影，
སེམས་ཞེ་ཐག་ཆོད་པའི་རོགས་དང་གསུམ། །	浪心伴侣，
མགོ་ཡ་ཐོད་སྐྲ་ལོ་དཀར་དང་བཞི། །	老人白发，
རི་གཟར་ཐབ་རྡོད་འཁྱིལ་དང་ལྔ། །	断崖滚石，
ལས་དབང་ཐང་རྫོགས་པའི་དཔའ་བོ་དྲུག།	寿终勇士，
དེ་བྱེད་རྒྱུ་མེད་པ་རྣམ་དྲུག་རེད། །	此六种无力回天。

སྟག་གཟིག་ནོར་འབྱེད། 《达色施财》

གེ་སར་ནོར་བུ་དགྲ་འདུལ། 格萨尔·诺普占堆

༡ རྒྱ་ཐེངས་དགུ་བསྐོར་བའི་མཛོ་རྒན་དེ། ། 老牛九次往返汉地，
དྲིན་རྒྱ་བོད་ཐོས་པ་ཕར་ལ་བརྗེད། ། 不思老牛之功，
རྒས་ར་རྩ་ཐུག་དུས་བཤས་རར་ཕབ། ། 临了卖于屠夫之手，
ཤ་ཚོ་ཞན་ཟེར་ཞིང་གྲི་གུ་བརྡར། ། 磨刀谈论肥瘦。

ཇག་ཐེངས་དགུ་བསྐོར་བའི་རྟ་རྒན་དེ། ། 老马九次征战沙场，
དྲིན་རྒྱ་བོད་ཐོས་པ་ཕར་ལ་བརྗེད། ། 不思老马之功，
ཁ་ན་སོ་མཐོ་དུས་མི་ལ་བཙོངས། ། 临了卖于农夫之手，
རྒས་ཚར་དུས་ཆས་ཁེབས་མི་བཟོ་ཟེར། ། 老而不去饲养。

ཁ་འོ་མ་འཐུང་བའི་མ་རྒན་དེ། ། 老母把儿女抚养大，
ལུས་གཅེས་སྐྱོང་བྱས་པ་ཕར་ལ་བརྗེད། ། 不思老母之恩，
མགོ་སྐྲ་ལོ་དཀར་དུས་སྒོ་ལ་ཕུད། ། 两鬓斑白被逐家门，
ཟས་ངན་མི་སྦྱིན་ཚིག་ངན་བྱེད། ། 冷食恶语相向。

དགྲ་ཐེངས་དགུ་བཏུལ་བའི་དམག་དཔོན་ང་། ། 出师四方伏魔，
རྗོང་དངོས་གྲུབ་གཏེར་ཁ་བོད་ལ་བྲངས། ། 发掘宝藏济民，
དྲིན་ཕན་བཏགས་ཡིན་པ་མ་ཤེས་ནས། ། 不思君王之功，
དེས་མི་ཚད་རྫུན་གྱིས་མགོ་བསྐོར་བྱེད། ། 还以谎言欺骗，
ལོ་ཕར་ཕར་སོང་དུས་ཡང་ཡང་བརྗེད། ། 伤我老将之心，
ཕོ་སེམས་ཅན་རྣམས་ལ་ཡག་རྒྱུ་མེད། ། 忘恩负义之徒。

༢ ནམ་མཁའ་མཐོན་པོའི་དབྱིངས་ལམ་ནས། །　万里长空之上，
བྱ་རྒྱལ་ཁྱུང་དང་དགོངས་པ་མཉམ། །　胸襟犹如琼鸟，
གཡོག་དྲུག་རྒོད་དང་གྲ་སྒྲིབས་འདི། །　左右雄鹰为伍，
ནམ་མཁར་ལྡིང་བའི་དོན་སྙ་རེད། །　遨游之义在此；
ཨ་སྔོན་རྒྱང་ཐག་ཆོད་རྒྱབ་ནས། །　遨游长空之后，
བྲག་དཀར་རང་ལ་བཟུང་ལེ་འདི། །　盘踞山崖之巅，
བྱ་རིགས་ཚང་ལ་འགྲོ་ལུགས་རེད། །　猛禽休憩于此；
དེ་ཕྱིན་ནམ་འཕང་གཅོད་པའི་དུས། །　只为划破长空，
མོན་གྱི་ལྷ་བྱ་ཁུ་བྱུག་དེ། །　门域杜鹃神鸟，
སྔོན་རྒྱབ་ནམ་མཁའ་འཁྱིམ་པའི་དུས། །　遨游天际之时，
ས་མོན་ཡུལ་འདུག་པ་བདེ་མོར་ཤོག །　祝愿门域吉祥，
མོན་ལྷ་བྱ་སྐུ་ཁམས་བཟང་བར་ཤོག །　祝福杜鹃安康；
སང་ཕར་ལམ་ཤིང་ཁ་འཁྱིམ་པའི་དུས། །　飞落大树枝头，
སྐད་དྲུག་འགྱུར་མང་པོས་ཁྱབ་པར་ཤོག །　祝愿啼鸣悠扬；
བྲག་དཀར་མཐོན་པོའི་ཐང་དཀར་རྒོད། །　崖顶盘旋之鹰，
ད་ལོ་བྲག་རྫོང་བསྐོར་མི་རེད། །　今年有你守山，
བྲག་དཀར་འབབ་ཐབས་བདེ་བར་ཤོག །　祝愿驻足无碍，
ཐང་དཀར་སྐུ་ཁམས་བདེ་བཟང་ཤོག །　祝愿山巅之鹰；
ཡང་དེ་ཕྱིན་ནམ་མཁའ་འཁྱིམ་མི་རེད། །　祝愿划破长空，
ལུས་གཡོག་དྲུག་འདབ་མ་རྒྱས་པར་ཤོག །　祝愿羽翼丰满，
ཏུ་ཤོག་དམག་དཔོན་ཆེ་བཞི་རྣམས། །　各方驻军威武，
ད་ལོ་རང་ཡུལ་བསྐོར་མི་རེད། །　坚守故土安宁，
གཞིས་ཕ་ཡུལ་རྒྱལ་ས་བདེ་བར་ཤོག །　誓佑国祚永昌，
དཔོན་ཆེ་བཞི་སྐུ་ཁམས་བཟང་བར་ཤོག །　祝愿诸将安康，
སང་ད་ཚོད་སྒྲིང་དཀར་བསྐོར་བར་ཤོག །　明年今日班师，
དགྲ་ཕར་འདུལ་སྤྲོག་རྩ་གཅོད་པར་ཤོག །　斩将杀敌而返回。

སྤྱི་དཔོན་རོང་ཚ་ཁྲ་རྒན།　**吉本·绒擦查根**

བློན་པོས་བསམ་པ་དཀར་ཚུལ་ལ། །　忠臣肺腑之言，
དཔོན་པོས་བདག་རྐྱེན་ལོས་ཡོད་རེད། །　明君自会采纳；
མགོ་འདྲེན་གནང་བའི་འོག་སྡེ་འདིའི། །　属臣如实上奏，
དཔོན་ལ་ཆབ་ཞུ་ཞིང་བས་ན། །　下属城邦安宁，
བྱམས་སྐྱོང་སྡེ་ལ་ལོས་ཡོད་རེད། །　君王定会护佑；
དགྲ་བཞི་འདུལ་བའི་དཔའ་བོ་དེ། །　降服四敌之英雄，
རྗིང་མ་གནང་ལ་བླངས་བས་ན། །　立下战功赫赫，
རྒོད་པོར་དཔའ་དར་ལོས་ཡོད་རེད། །　勇士之冠非你莫属。

ཤན་པ་མེ་རུ་རྩེ།　**辛巴·梅如泽**

བྱ་རྒྱལ་རྒོད་དང་ཁྱུང་ཆེན་གཉིས། །　雄鹰与琼鸟，
གཤོག་རྡུག་དགུང་དང་གྲ་སྡེབ་བྱས། །　展翅同游长空，
ནམ་མཁའ་འཕོར་བའི་ཕྱི་རེས་དུས། །　待到落地之时，
བྲག་རྫོང་རང་རང་བཟུང་ཉིན་མོར། །　自守山巅之巢，
ཁྱུང་ཆེན་སྐུ་ཁམས་བདེ་མོར་བཞུགས། །　祝愿雄鹰琼鸟，
སང་ད་ཕྱིན་ནམ་མཁར་མཉམ་དུ་འགྲོ།　将来再度振翅，
སྒྲོ་གཡང་དུ་འགྲོག་པའི་སྨོན་ལམ་ཡོད། །　同游蔚蓝长空。

དམར་ཡག་སྟག་དང་ཁྲ་ཡག་གཟིག །　红虎与花豹，
ནགས་ཚལ་དཔྱུང་ནས་གྲ་སྡེབ་བྱས། །　同踞密林深处，
ནགས་ཚལ་དང་ནས་འཕོར་བའི་དུས། །　待到回归之时，
གཟིག་ཁྲ་མོ་རང་ཡུལ་འཕོར་ཉིན་མོ། །　花豹自回山谷，
སྟག་དམར་ཡག་སྐུ་ཁམས་བདེ་མོར་བཞུགས། །　祝愿红虎安康；

སང་ཕྱི་རབས་ནགས་ཚལ་འཁྱིམ་པའི་དུས། ། 待到有朝一日，

ལུས་འཛུམ་དྲུག་ནགས་ཚལ་མཉམ་ཁྱེབ་ཤོག། 将来再次重逢，

གཟིག་སྟག་དང་འགྲོག་པའི་སྔོན་ལམ་ཤོག། 同游密林之中。

ཁྲ་བོ་རི་རྩིས།	《群山赞歌》
ནེ་ནེ་གནམ་སྨན་དཀར་མོ།	乃乃 · 南曼嘎尔姆
༡ གངས་དཀར་པོའི་ཡ་བདག་སེང་གེའི་བུ། །	雪山盘踞雪狮，
སྡེར་ཆགས་ཟིལ་གྱིས་མནན་ཞན་འདྲ། །	凌驾百兽之威，
ཁ་ཤ་དམར་ཞིམ་ཟས་མ་རག་ན། །	若是不得崇拜，
སེང་གཡུ་རལ་རྒྱས་པ་དོན་གོ་ཆུང་། །	雪狮之威何用；
ལྷ་ཡི་གཡུ་འབྲུག་སྔོན་མོ་དེས། །	空中翻腾巨龙，
སྐད་ངར་སྒྲས་འཇམ་གླིང་ཁྱབ་ཞན་འདྲ། །	吟啸响彻大地，
ཆར་ཟིལ་མ་ས་ལ་མ་ཕབ་ན། །	风雨不起空中，
ལག་ནོར་བུ་འཛིན་པ་དོན་གོ་ཆུང་། །	手持珍宝何用。
༢ མ་ཉལ་ཡར་ལ་བཞེངས་རྒྱུ་གྱིས།	日上三竿勿恋床，
ཉལ་བའི་བུ་ལ་ཡོན་ཏན་མེད། །	懒床之子无学问；
བན་སེར་མོ་ཉལ་ན་ཆོས་མགོ་ཤོར། །	僧侣懒惰荒修为，
གོང་དཔོན་ལུ་ཉལ་ན་ཁྲིམས་མགོ་ཤོར། །	官员懒惰废国政；
སྟག་ཤར་ལུ་ཉལ་ན་ཇག་མགོ་ཤོར། །	男子懒惰起盗匪，
སྨན་བུ་མོ་ཉལ་ན་གནས་མགོ་ཤོར། །	媳妇懒惰逐回家；
རྡོ་གོར་མོ་ཉལ་བས་འཁྱག་ལ་འཁྱེར། །	石头不移被冰封，
ཤིང་ཁེ་ཚེ་ཉལ་བས་རྩ་བ་རུལ། །	树木倒下烂于地，
རྩྭ་སྔོ་ཐོག་ཉལ་བས་སད་ཀྱིས་ཁྱེར། །	绿草不振被霜打。
༣ ཕོ་རབ་ཤ་སྐྱུ་ལངས་ལངས་ཡིན། །	上男起身如鹿，
ཕོ་འབྲིང་རྒོ་སྐྱུ་ལངས་ལངས་ཡིན། །	中男起身如羚，

ཕོ་ཐ་མ་བ་གླང་ལངས་ལངས་ལ། །
ཇ་སྦྲུ་ཞིག་དང་བཤུལ་སྐྱོང་ཞིག།

下男起身如牛，
需要鞭策其后。

གེ་སར་ནོར་བུ་དགྲ་འདུལ།

格萨尔·诺普占堆

༡ གངས་སྟོད་འཛིན་པའི་དར་སེང་དེས། །
མཆེ་སྒྲེར་ངོམ་ཞིང་སྒྲེར་ཆགས་འཇོམས། །
དབུ་གཡུ་རལ་རང་སྐྱེས་རང་འགྲུབ་རེད། །
དེ་གངས་སེང་དཀར་མོའི་ངང་ཚུལ་རེད། །

雪狮盘踞山巅，
吼声震慑百兽，
世间无出其右，
此为雪狮自性。

མཁའ་ལམ་འཛིན་པའི་ཕོ་ཐང་འབྲུག །
ཐོག་སེར་འབེབས་ཤིང་ངར་སྐད་སྒྲོག །
ལག་ནོར་བུ་རང་སྐྱེས་རང་འགྲུབ་རེད། །
སྔོ་གཡུ་འབྲུག་སྔོན་མོའི་ངང་ཚུལ་རེད། །

神龙幻化空中，
呼风唤雨降雹，
手持珍宝如意，
此为神龙自性。

༢ ཉིན་རེར་གཏམ་རེ་མ་གོ་ན། །
རྣ་བ་ལྕགས་ནག་སྦུ་གུ་རེད།
ཟླ་རེར་ཡུལ་རེ་མ་རིག་ན། །
མིག་ཁྲ་ཚུང་ཞ་ཉེའི་ཀོང་བུ་རེད། །
ལོ་རེར་དོན་རེ་མ་འགྲུབ་ན། །
མི་ལུས་ལྷས་འདབས་སྤྱང་ཐོ་རེད། །

一日不闻一言，
犹如耳朵变铁管；
一月不访一地，
眼睛犹如铅灯盏；
一年不成一事，
犹如圈边防狼坨。

ཚ་ཞང་འདན་མ་བྱང་ཁྲ།

擦香 · 丹玛向查

ཐད་ལ་ལངས་པའི་དགྲ་བོ་དེ། །
རྐང་རྗོག་པའི་ཡན་ལ་མངག་ལེ་མིན། །

来犯之敌虽猛，
定要踩在脚下。

དགྲ་ལྷ་རྩེ་རྒྱལ།

扎拉泽嘉

དགུང་ཨ་སྔོན་དབྱིངས་ཀྱི་ཁྲི་གདུགས་དེས། །
གླིང་བཞི་བསྐོར་ཞིང་མུན་པ་སེལ། །
བྱ་ཁུག་པའི་མིག་ལ་མ་མཛའ་ཡང་། །
དེ་ཁྲི་གདུགས་ཉི་མའི་ཤར་ལུགས་རེད། །

空中炽热的太阳，
普照四洲之地，
虽有鸱鹰不满，
太阳始终如一。

བར་སྣང་ལྡིང་བའི་རྒྱ་ཁྲ་དེས། །
གཤོག་རྩལ་བསྒྱུར་ཅིང་མཆུ་སྡེར་རྫོམ། །
བྱིའུ་ནག་སྲིག་སེམས་ལ་མ་འཐད་རུང་། །
དེ་སྐྱུ་ཁྲ་ཧོར་པའི་འཕུར་ལུགས་རེད། །

空中飞驰的鹰隼，
展翅追逐飞禽，
虽有飞禽不悦，
此乃习性鹰隼。

སྟག་གཟིག་ཞལ་དཀར།

达色・谐嘎尔

བྱ་རྒྱལ་ཁུ་བྱུག་སྔོན་མོ་དེས། །
གསུང་སྙན་བོད་ལ་སྒྲོག་པའི་དུས། །
ཤིང་རྩེའི་བྱིས་ཆུང་འཛོལ་མོ་དེས། །
སྐད་དྲུག་འགྱུར་ཅི་ཡོད་ལོས་རྒྱག་རེད། །

神鸟杜鹃前来，
啼鸣蕃域之春，
枝头待鸣小鸟，
定会齐鸣天籁。

གླིང་བཞི་བསྐོར་བའི་ཁྲི་གདུགས་དེས། །
འོད་ཟེར་དགུང་ནས་འཆར་བའི་དུས། །
མཚོ་མཐའི་མེ་ཏོག་པདྨ་དེས། །
དཀར་དམར་ལོ་འདབ་ལོས་རྫོམ་རེད། །

太阳之光四射，
照耀蔚蓝天空，
湖中洁白莲花，
定会绽放湖中。

འབྲོང་བཟང་མཚལ་དམར་ལྷ་རྒོད། 仲桑·蔡玛拉贵

༡ ཕ་ཨ་ཁུའི་གདུང་རབས་ཤེས་ལེ་དགོས། །	切记父辈传奇，
ཕ་ཨ་ཁུའི་གདུང་རབས་མ་ཤེས་ན། །	不识父辈历史，
མི་དེ་ལ་བ་མིན་སྤྲང་ཚ་ཟེར། །	好似圈中牛犊。
མ་ཨ་སྲུའི་མཛངས་རབས་ཤེས་ལེ་དགོས། །	切记母系传统，
མ་ཨ་སྲུའི་མཛངས་རབས་མ་ཤེས་ན། །	不识母系传统，
མི་དེ་ལ་རྫོལ་ལེ་གནམ་མཐོང་ཟེར། །	好似山中犏牛。
ས་ལུང་པའི་དོད་གནས་ཤེས་ལེ་དགོས། །	切记故乡历史，
ས་ལུང་པའི་དོད་གནས་མ་ཤེས་ན། །	不识故乡历史，
མི་དེ་ལ་རོ་མགོ་ཆུ་ཐྲུག་ཟེར། །	好似魂弃尸身。
༢ ལྷ་བླ་མས་བསམ་བསམ་ཆོས་ལ་བསམ། །	上师为法修法，
ཆོས་ལྷ་བའི་ཕུ་ཐག་མ་ཆོད་ན། །	不明因果了义，
ལག་ཊ་དྲིལ་བསྣམས་དང་མ་བསྣམས་མེད། །	仪轨法事何用，
སྤྱད་དབུ་གདུགས་བསྐོར་བ་དོན་མེད་རེད། །	头顶黄伞何用。
བན་སེར་སློས་བསམ་བསམ་གཞུང་ལ་བསམ། །	僧侣念经学法，
གཞུང་རིག་གནས་མཐའ་རྒྱ་མ་ཆོད་ན། །	不明佛法之谛，
ལུས་གཟན་ཤམ་ཡག་དང་མ་ཡག་མེད། །	身披袈裟何用，
དབུ་རིལ་རིལ་བྲེས་པ་དོན་མེད་རེད། །	剃度离家何用。
གོང་དཔོན་པོས་བསམ་བསམ་ཁྲུས་ལ་བསམ། །	上官善谋断事，
ཁྲུས་བདེན་པས་འོག་སྡེ་མ་ཕན་ན། །	不利民众邦国，

དཔང་ཁས་དྲག་ཆེ་དང་མ་ཆེ་མེད། ། 加官进爵何用，
ལག་ཐམ་ཀ་བཟུང་བ་དོན་མེད་རེད། ། 御前持印何用。

སྟག་ཤར་པས་བསམ་བསམ་ཇག་ལ་བསམ། ། 勇士抵御盗匪，
ཇག་ཁྲ་མོའི་རྩིང་མ་མ་ཆོད་ན། ། 不除盗匪之根，
དཔའ་རྩལ་དྲུག་འཛོམས་དང་མ་འཛོམས་མེད། ། 功夫在身何用，
སྐེད་འཕོར་གསུམ་བསྐོར་བ་དོན་མེད་རེད། ། 刀枪剑戟何用。

སྨན་བུ་མོས་བསམ་བསམ་གནས་ལ་བསམ། ། 贤女想要出嫁，
གནས་ཁྲ་མོའི་སྒོ་ཐེམ་མ་བརྒལ་ན། ། 不进婆家之门，
གཟུགས་སྐྱེ་ལོ་ཡག་དང་མ་ཡག་མེད། ། 美若天仙何用，
གཡུ་བྱི་རུས་བརྒྱན་པ་དོན་མེད་རེད། ། 金缕玉衣何用。

སྟག་རོང་ཨ་ཁུ་ཁྲོ་ཐུང་། 达绒·阿库超同

༡ བྱིན་རླབས་ཅན་གྱི་བླ་མ་དེས། ། 尊贵的上师，
ཆོས་གདམས་ངག་བདུད་རྩི་མ་གནང་ན། ། 不传佛法之义，
གྲྭ་བུ་སློབ་དྭངས་བ་མི་འདྲེན་པས། ། 学子何以修身，
རྒྱབ་ཆོས་གོས་མཛེས་དང་མ་མཛེས་མེད། ། 身披袈裟何用，
ངང་པ་མཚོ་ལ་ལྡིང་བ་འདྲ། ། 犹如水鸟入海。

ཁེབས་པ་ཅན་གྱི་དཔོན་པོ་དེས། ། 至高的长官，
ཁྲིམས་སྲིད་པ་བདེན་རྫུན་མ་ཕྱེས་ན། ། 秉公处断事务，
འབངས་མི་སེར་སྐྱིད་སྡུག་མི་ཤེས་པས། ། 不识黎民之苦，
ཁས་དྲག་ཆེ་དང་མ་ཆེ་མེད། ། 架子再大何用，
སེང་ཀོ་ཤུབ་མས་བརྒྱངས་པ་འདྲ། ། 犹如草徐狮皮。

སྐྱེས་གཟུགས་མཛེས་པའི་སྨན་ཆུང་དེས། །
ཞེས་རྒྱུ་བས་རང་ལུས་མ་སྲུང་ན། །
སྟོང་སྡེ་བའི་མི་ཁ་མི་ཆོད་པས། །
གཡུ་བྱུ་རུས་བརྒྱན་དང་མ་རྒྱན་མེད། །
སྐྱ་ཀ་རྡོ་ཐོག་བབས་པ་འདྲ། །

贤良的淑女，
不能洁身自好，
众人之口难调，
金缕玉衣何用，
犹如喜鹊落石。

༢ ཤར་སེང་གེ་དཀར་མོའི་འོ་མ་དེ། །
སྣོད་གསེར་ནག་བུམ་ཆུང་མ་ཡིན་པའི། །
ལྕགས་ནག་པོའི་སྣོད་ལ་འཚོག་ལེ་མིན། །

圣洁的狮乳，
唯有金桶盛之，
勿用黑铁之器。

ཟས་ཞིམ་པོ་མར་དཀར་སྤྲ་ལུ་དེ། །
ཕ་ཕྱུག་པོས་བུ་གཅེས་མ་གཏོགས་པ། །
ཁྲི་གདའ་ལུའི་ཁོག་པས་ཆུན་ལེ་མིན། །

美味的酥油，
唯有富人享受，
乞丐哪敢食用。

༣ གཏམ་ཅི་བཤད་རྗེས་ལ་ཀུ་རེ་དགོས། །
དེ་མེད་ན་དྲེད་མའི་སྐྱོ་གཏམ་རེད། །
ཟས་ཅི་ཟོས་རྗེས་ལ་ལྷག་མོ་དགོས། །
དེ་མེད་ན་ཁྲི་སྤུན་རྟག་རིལ་རེད། །
གོས་ཅི་གོན་རྗེས་ལ་ཐེད་རྒྱུ་དགོས། །
དེ་མེད་ན་ཟོག་སྟོང་པགས་གཅིག་རེད། །

诙谐之语结千言，
不然干涩无趣；
桌有剩食在宴会，
不然主家无颜；
身上之衣留几套，
不然千羊一皮。

མི་ཆུང་ཁ་བདེ། 弥琼喀德

༡ གཡག་ཆེན་པོ་རི་ཁྲོད་མཚམས་པས་མངགས། །
རང་མིན་པ་ཚོར་མི་མེད་སྣང་ཤར། །
ཀུ་ཆེན་པོ་ཐབ་ཆེན་ཇ་མས་བྱེད། །
རང་མིན་པ་རིག་མི་མེད་སྣང་ཤར། །

山中老僧放响屁，
自以为无人听到，
掌勺者盗取油盐，
自以为无人发现，

རྫུན་ཆེན་པོ་ཕ་ཁུ་འགའ་རེས་བཤད། །
རང་མིན་པ་ཤེས་མི་མེད་སྣང་ཤར། །

长辈叔父说假话，
自以为无人知晓。

༢ རྒྱུས་ཡོད་སྤུན་གྱི་སྟོང་གཏམ་དེ། །
བཤད་མི་ངོ་ཚ་མེད་ན་ཡང་། །
ཉན་མི་རྣ་བ་ཚ་རོགས་རེད། །

熟人跟前说空话，
说者虽无羞愧感，
听者却感难入耳。

མངའ་རིས་གསེར་རྫོང་།

《阿里金宗》

གེ་སར་ནོར་བུ་དགྲ་འདུལ།

格萨尔•诺普占堆

༡ བྱ་ཁུ་བྱུག་གསུང་སྙན་སྒྲོག་ས་དེ། །
གངས་ཅན་བོད་ཀྱི་ས་ཆ་རེད། །
མཐར་འགྲོ་ས་ལྷོ་མོན་ནགས་ལ་རེད། །
མོན་ལྷ་བྱའི་སྐུ་ཁམས་བདེ་བར་ཤོག །
སང་ཕར་ལམ་བོད་ལ་འབྱོན་རོགས་མཛོད། །
གསུང་སྙན་མོ་བོད་ལ་སྒྲོག་རོགས་མཛོད། །

雪域高原之上，
神鸟杜鹃啼鸣，
归返门域密林，
神鸟杜鹃辛苦，
明年再回此处，
在我雪域啼春。

༢ གཞན་ལ་ཕན་པའི་དོན་བསྒྲུབས་ན། །
རང་དོན་ཞར་མ་ཞོར་ལ་འགྲུབ། །

多行利人之事，
兼得个人之利。

༣ གནམ་སྤྲིན་པ་འཁྲིགས་པའི་ཡང་སྟེང་ནས། །
ལྷོ་གཡུ་འབྲུག་སྐད་སྙན་གྲགས་ཉིན་མོ། །
དབྱར་དུས་གསུམ་ཆར་ཆུ་བསུ་ལེ་རེད། །

空中乌云密布，
龙吟风起云涌，
三夏雨水润泽。

ས་དོག་མོ་སྨུག་ལོངས་འཁྲིགས་པའི་ཁྲོད། །
བྱ་ཁུ་བྱུག་གསུང་སྙན་གྲགས་ཉིན་མོ། །
རྩི་མེ་ཏོག་སྤང་ལ་བསུ་ལེ་རེད། །

山谷白雾升腾，
神鸟杜鹃啼鸣，
草甸绽放花朵。

རྟོགས་ལྡན་རྡོ་རྗེ།

多丹多吉

ཁྱོད་ཕར་འགེལ་ཕོ་རོག་མདའ་ཁུར་ཟེར། །

让人认罪犹如乌鸦背箭，

ཁྱོད་ཚུར་འགེལ་ཡུགས་སས་མདུང་ཐོགས་ཟེར། །

让己认罪犹如寡妇持枪。

ཐང་རྩེ་གཡུ་འབྲུག

唐泽玉珠

སྔགས་མེད་སེར་བ་ཁོག་མདོག་གཅིག །
དཔའ་མེད་དགྲ་ལན་འཁོར་མདོག་གཉིས། །
ནུས་མེད་སྒྲོག་ཁིབས་ཡོང་མདོག་གསུམ། །
རྫུན་གྱི་མགོ་བསྐོར་རྣམ་གསུམ་རེད།

无咒假装能挡冰雹，
无胆假意能报血仇，
无能假装有人撑腰，
虚情假意骗术有三。

སྒྲ་བདེ་ཆོས་སྐྱོང་བེར་ནག

嘎德·曲炯贝那

མར་མེ་འདས་ཁ་ལྷབས་སེ་འབར། །
བདུད་ཀན་ཤི་ཁ་ཧོབ་སེ་ཐོན། །

油灯将熄火更强，
黑魔将死有回光。

ཁྲུད་ཀྱི་མིག་དམར་ཁྲག་རལ།

且吉·米玛叉然

སྐྱན་ཞེ་གསོག་སྔ་ལོ་ཕྱི་ལོ་རེད། །
དགྲ་ཤ་ལན་སྔ་ཉིན་ཕྱི་ཉིན་རེད། །

蓄租偿还今明两年，
报仇雪恨今明两日。

སྟག་རོང་ཨ་ཁྲུ་ཁྲོ་ཐུང་།

达绒·阿库超同

རྟ་གསར་ཁྱི་གསར་ཕོ་གསར་གསུམ། །
བྱས་པ་མེད་དེ་ཀུན་གྱིས་གཅེས། །
མི་རྒན་ཁྱི་རྒན་རྟ་རྒན་གསུམ། །
གནོད་སྐྱེལ་མེད་དེ་ཀུན་གྱིས་སྡང་། །

小马幼犬青年，
虽无功劳众人爱戴，
老马老狗老人，
虽无害处众人嫌弃。

དུང་སྐྱོང་སྟག་ལྷ་ཁྲི་དཀར།

སྐྱེས་པོ་རབ་མགོ་མགོ་ཆོས་ལ་སྐྱོད། །
ཆོས་བསྒྲུབ་ན་འདི་ཕྱི་གཉིས་ལ་ཕན། །
སྐྱེ་པོ་འབྲིང་མགོ་མགོ་རྒྱུ་ལ་སྐྱོད། །
རྒྱུ་ཡོད་ན་ཚེ་འདིར་ལོངས་སྤྱོད་འཛོམས། །
པོ་ཐ་མགོ་མགོ་ཁྲོད་ལ་སྐྱོད། །
ཁྲོད་ཁ་མཚུ་ཐོག་ན་མི་ཁ་ཐོག།

童炯·达拉赤嘎尔

上等男人全心奉佛法，
敬奉佛法福佑今后世；
中等男人全力追财富，
财富使人今生无忧；
下等男人一生为争议，
争议一生鸡犬不可宁。

འཇང་གཡུ་ལྷ་ཐོག་འབྱུར།

སྦལ་བ་མཆོང་ཤེད་ཆེན་པོ་མ། །
སྙིང་ཁ་རྡོ་ལ་རྒྱུག་རབས་ཡོད། །
རྣོ་མེད་རལ་གྲི་ངར་མོ་མ། །
གོར་མོ་རྡོ་ལ་ཐུག་རབས་ཡོད། །
དཔའ་མེད་སྨར་མ་ཁ་ཤོམ་ཅན། །
མཐའ་མ་དགྲ་ལག་ཤི་རབས་ཡོད། །

姜·玉拉托久

善跳青蛙，
也有胸口磕石；
锋利宝剑，
也有剑刃撞石；
善言小人，
也有命丧敌手。

བདུད་སློན་རྟོགས་ལྡན་རྣོད་པོ།

དྲིན་ཕ་མའི་ཐོག་གི་ངན་ལངས་དེ། །
སྐང་དགྲ་བོའི་སྙིང་ལ་འགྲོ་ལེ་མིན།
ནང་ཕུ་ནུ་ཐོག་ལ་འགྲོ་འགྲོ་དེ། །
ཕྱི་དགྲ་བོའི་ཐོག་ལ་འགྲོ་ལེ་མིན།
མི་གཉོམ་ཆུང་གཉོམ་སྐང་བྱས་བྱས་དེ། །
ཕོ་བཙན་པོའི་སྙིང་ལ་འགྲོ་ལེ་མིན། །

堆伦·多丹贵波

吆五喝六父母前，
在外谁能容忍；
蛮横无理兄弟间，
在外谁能容忍；
欺凌弱小家门口，
在外谁能容忍。

སེང་སྟག་ཨ་དོམ།

སྦལ་བ་མཚོང་ཤེད་ཆེན་མོ་མ། །
མཚོང་ཚོད་རང་གིས་མ་ཟིན་ན། །
སྙིང་ཁ་རྡོ་ལ་རྒྱུག་རབས་ཡོད། །
དྲན་པ་རྡོ་ལ་རྡེབ་ཉིན་མོ། །
འགྱོད་པ་ཤོར་ན་འཕྱི་ལེ་རེད། །

森达阿冬

善跳青蛙，
若是自不量力，
也有胸口磕石；
胸口磕石之日，
悔之晚矣。

རྩ་རི་སྨན་རྫོང་།

《杂日药宗》

གེ་སར་ནོར་བུ་དགྲ་འདུལ།

格萨尔•诺普占堆

༡ གནམ་ལ་སྔོན་མི་འགྱུར་ཀ་བ། །
ས་དོག་མོ་མི་འགྱུར་ཀ་གདན། །
བོད་སྣང་པ་མི་འགྱུར་སྲོག་ཤིང་།

天空不变巨柱，
大地好似柱石，
人乃天地核心。

༢ ཚེ་ཕྱི་མ་འདྲེན་པའི་བླ་མ། །
གསོན་མི་ཡུལ་སྐྱབས་པའི་དཔོན་པོ། །

度化亡人的上师，
保护生者的君王。

༣ མི་གཅིག་འདྲ་བའི་མི་གཅིག །
མི་གཅིག་གེ་སར་རྒྱལ་པོ། །
རྟ་གཅིག་འདྲ་བའི་རྟ་གཅིག །
རྟ་གཅིག་རྐྱང་རྒོད་གཡེལ་བ། །

人中之龙，
乃格萨尔•诺普占堆也；
马中神骏，
乃江贵耶瓦也。

༤ རྒྱས་བཅུག་ན་རྒྱལ་བའི་བཀའ་འགྱུར། །
རྒྱལ་བའི་བཀའ་འགྱུར་རྫོགས་མེད། །
མདོར་བསྡུས་ན་མ་ཎི་ཡིག་དྲུག །
མ་ཎི་ཡིག་དྲུག་ཟད་མེད། །
བཤད་དགོས་ན་ཕ་ཚེ་བུ་རབས། །
ཉན་དགོས་ན་རྣ་བའི་བདུད་རྩི། །

广而述之可称甘珠尔，
佛经教义深甚并无尽，
精而言之可称六字真言，
六字真言功德无量也，
若讲将世代相传，
若闻将饶益听者。

སྟག་རོང་ཨ་ཁྲ་ཁྲོ་ཐུང་།

达绒•阿库超同

ལུས་མི་བདེ་ལྕང་ལོ་རླུང་གིས་གཡུགས། །
སེམས་མི་བདེ་ཆུ་ནག་ཚོག་ཁོལ་འདྲ། །
ཡིད་མི་བདེ་ཆུ་ནང་ཟླ་གཟུགས་འདྲ། །

身如柳枝风中摇，
心如沸水锅中腾，
意如映月水中动。

འདན་བཟའ་གསེར་མཚོ།

丹萨•色措

༡ རྗེ་རྒྱལ་པོའི་བཀའ་ལ་ཡར་ཟློག་མེད། །
རི་གཟར་ཐབ་ལ་གྱེན་ཟློག་མེད། །

王命犹如断崖滚石，
谁能不从。

༢ ས་ཡག་པ་འཛམ་གླིང་ཡངས་རྩེ། །
སྤང་མཛེས་པ་ཡུལ་གྱི་རྒྱན་ཆ། །
ཐང་ཡངས་པ་མེ་ལོང་གཡའ་སྟོན། །

最美不过世界屋脊，
绿色草地如饰品，
无垠旷野似明镜。

༣ འགྲོ་ཟེར་དུས་ཆུ་བོ་འབབ་འབབ། །
འདུག་ཟེར་དུས་རྒྱ་མཚོ་འཁྱིལ་འཁྱིལ། །

行如江河东流，
居如海湖沉淀。

ཨ་སྟག་ཀླུ་མོ།

阿达鲁（拉）姆

༡ རྨ་ཡུལ་མཐོང་བ་ཀུན་སྨོན། །
ལྷ་ཡུལ་ས་ལ་འཕོས་འདྲ། །
ཡང་སྐྱིད་དར་སྐྱེ་ཕྱུག་མོ། །
རྐྱང་ཁྲུ་ནགས་ལ་ཚོགས་འདྲ། །
ངར་རྔོད་དཔའ་རྩལ་བརྒྱད་ཅུ། །
ལྷ་བརྒྱ་དྲིན་གཡུལ་ལ་ཆས་འདྲ། །

玛域如意宝地，
犹如天堂降世；
兴旺岭嘎部族，
犹如野驴在林；
英勇八十大将，
犹如神兵天降。

ཡང་རྟུལ་དམ་པ་མི་བདུན། །
ཁྱབ་འཇུག་དགུང་ནས་ཁྲོས་འདྲ། །
རིགས་བཟང་མཁའ་འགྲོའི་ཚོགས་གྲལ། །
ནོར་བུ་སྤུང་ལ་སྤུང་འདྲ། །

其中骁悍七将，
犹如遍入下凡；
众多空行贤女，
犹如珍宝聚堂。

༤ ཆུ་ལེན་བྱིའུ་ཁྱུ་འཕུར་འཕུར། །
ཤིང་ཐུ་སེར་བ་ཡར་ཡར། །

背水人多如群鸟，
拾柴人密如雹雨。

༥ སྤྱན་མིག་ཐོ་རེངས་སྐར་རྒྱན། །
ཞལ་ངོ་བཅོ་ལྔའི་དུང་ཟླ། །

双眼犹如晨星，
脸庞犹如皎月。

ཤེ་བདུད་རི་བཀྲ།

西堆如扎

གནམ་ལ་འཕུར་བའི་གཤོག་པ་མེད། །
ས་ལ་འཛུལ་བའི་སྡེར་མོ་མེད། །
བར་ལ་སོང་བའི་རྐང་རྗེས་མེད། །

欲飞无翼，
欲钻无爪，
欲走无痕。

མོན་ཕྲུག་གཡུལ་རྒྱལ། 《战神门王子》

ཡ་མེད་ཟླ་བ་ཁྲབ་བཙན། 雅美·达瓦彻赞

ཀྲུག་འདོད་ར་མའི་རེའུ་ཚེ་དེ། །
ཟ་འདོད་སྤྱང་ཀིའི་ཚང་སྒོར་ཐོན། །
ཚེ་ཟད་རུ་ཏྲའི་ཧྲག་ཚོགས་དེ། །
ད་ལོ་མོན་གྱི་དགྲ་སྐལ་ཐོན། །

懵懂羊崽之命，
跑进饿狼之口，
如扎自取灭亡，
闯进门地虎口。

རུ་ཏྲ་སྟག་མོ་ཁེར་སྐྱེས། 如扎·达摩凯吉

༡ དབྱར་གསུམ་སྤང་ལ་མེ་ཏོག་བཞད། །
ཁྲ་ཚེམ་མེ་མི་སེམས་སྐྱིད་ལ་བསྐྱུལ། །
སྟོན་གསུམ་མེ་ཏོག་སད་ཀྱིས་བཅོམ། །
གྲང་ངར་སྐྱེས་ཤིང་འཁྱག་གིས་བསྡམས། །

三夏花开草甸，
花团锦簇心悦，
三秋霜打花瓣，
寒风吹冻原野。

༢ འབྲུག་ཕོ་ཐང་གཡུ་ཡི་རྣ་ཅོ་ཅན། །
ལག་ནོར་བུ་བཟུང་ཞིང་དགུང་ལམ་འཁྲིམས། །
ཐོག་དམར་པོ་གར་གཏད་མ་ཕོག་ན། །
སྐད་རི་ལུང་བསྐང་བ་དོན་མེད་རེད། །

天龙腾空万里，
手持珍宝如意，
天雷不及目标，
龙吟天地何用。

ཚ་ཞང་འདན་མ་བྱང་ཁྲ། 擦香·丹玛向查

གནམ་ས་གཉིས་ལ་འདུན་མ་ཡོད། །
ཆུ་འཛིན་འཁྲིགས་པའི་ཕུང་པོ་ལས། །

天地之间有默契，
空中乌云滚滚，

སྦྲང་ཆར་ཟིལ་མའི་རྗེད་འཛོ་རོལ། །
གཡུ་འབྲུག་སྔོན་མོས་གསུང་སྙན་སྒྲོག།
ས་ལ་འབྲུ་རིགས་ལོ་ཏོག་སྨིན། །
དེ་གནམ་སའི་བར་གྱི་འདུན་མ་རེད། །

酝酿细雨蒙蒙；
神龙低吟在天，
五谷丰登在地，
此乃天地之默契。

མེ་ཆུ་གཉིས་ལ་འདུན་མ་ཡོད། །
བུད་ཤིང་བཏུས་ནས་མེ་ལ་བསྲེགས། །
རྫ་སྣོད་ནང་དུ་ཆུ་བསྐོལ་ནས། །
མགོ་ནག་མི་ཡིས་འཚོ་བ་རོལ། །
དེ་མེ་ཆུ་བར་གྱི་འདུན་མ་ཡིན། །

水火之间有默契，
砍柴取火灶间，
陶器烧水灶上，
人间烟火气息，
此乃水火之默契。

ལྷ་བདུད་གཉིས་ལ་འདུན་མ་ཡོད། །
རྒྱུད་ཉོན་མོངས་དུག་ལྔའི་རྟོག་པ་དེ། །
གླིང་ཡེ་ཤེས་ལྔ་ཡི་ངོ་བོར་བསྒྱུར། །
མ་འགྲོ་ཀུན་མཐའ་དག་ཡི་སངས་རྒྱས། །
མཐར་སྣང་སྲིད་དག་པ་རབ་འབྱམས་ཤར། །
དེ་ལྷ་བདུད་གཉིས་ཀྱི་འདུན་མ་ཡིན། །

神魔之间有默契，
五种烦恼之苦，
幻化人间五智，
众生离苦得乐，
世间佛光普照，
此乃神魔之默契。

ཀླུ་བཟའ་བུ་མོ་ལྷ་མཛེས།

鲁萨·普姆拉泽

སྤྱང་ཨ་ཐང་འདུར་བའི་བང་ལམ་ནས། །
ལུག་གཡང་དཀར་ཞིམ་ཤ་ཟ་འདོད་ཀྱང་། །
ལུག་རྫི་ཀན་པོའི་ཁུར་རྡོ་ཡིས། །
སྤྱང་ཀིའི་སྲོག་དམར་ཤོར་བ་འདྲ། །

饿狼群出在途，
欲食鲜美羊肉，
怎奈牧人手中，
握有投石神器。

ཁ་ལ་མེ་འབར།	喀拉·梅跋尔
བར་སྣང་འཁྱིལ་པའི་གཡུ་འབྲུག་དེས། །	巨龙腾空盘云，
དབྱར་གསུམ་རི་ལུང་ཨུར་གྱིས་བཀང་། །	三夏山谷隆隆，
བྲག་དམར་ཐོག་གིས་མ་གཏོར་ན། །	天雷不摧红崖，
འབྲུག་ཕོ་ཐང་ཟེར་བ་སྟོང་གཏམ་རེད། །	称作巨龙何用；
ནགས་རི་ལུང་འཁྱིལ་པའི་རྒྱ་སྟག་དེས། །	猛虎长啸山林，
ལུས་རྩལ་དྲུག་མཆེ་སྙེར་མ་ཚོམ་ན། །	未能威慑百兽，
སྟག་དམར་ཡག་ཟེར་བ་སྟོང་གཏམ་རེད། །	称作猛虎何用。

འཇང་ལྷུགས་རྫེ་སེར་བ་ཡ་མེད།	姜加多·色瓦雅美
བྱ་ཆེན་སྔོན་ལ་བྱིའུ་ཆུང་འབབ། །	雀鸟先于雄鹰，
བར་སྣང་འཕུར་རྩལ་མཉམ་བསམ་སྙེ། །	雀鸟志得意满，
བྱ་ཆེན་བར་སྣང་ཕྲལ་བས་ཀྱིས་བསྐྱོད། །	岂知鹰击长空，
འགྲན་བསམ་ཡོད་ཀྱང་འདྲ་ལེ་མིན། །	遨游天际之能。

ནམ་མཁའི་ཐོག་བཟུང་།	南喀托耸
སྤྱང་ཨ་ཐང་འདུར་བའི་ཁ་ལམ་ན། །	雪狼群出之时，
ར་རྒྱ་མོས་མཚོང་ལྡིང་བྱེད་པ་དེ། །	山羊跃跃欲试，
ཁ་ཤ་ཁྲག་ཟ་ལེ་ཤེས་ཤེས་རེད། །	岂非自取灭亡；
འབྲོང་བྲི་སེར་རི་གསེབ་འཁྲིམས་ལམ་ནས། །	野牛出谷之时，
གླང་རྐན་རོག་པོས་རྭ་བརྡར་བྱེད། །	犏牛磨角崖边，
མགོ་ཏུ་ཐུར་ཤོར་ལེ་ཤེས་ཤེས་རེད། །	岂非自取灭亡；
ལྷོ་དུག་ཆེན་དམག་གི་དཔུང་པ་ལ། །	南国雄师所指，

བདུད་རྩ་ཙའི་དཔུང་གིས་ཚུར་རྐོལ་བྱས། ། 如扎小兵呐喊，
དཔའ་འགྲན་ཡ་མེད་ལེ་ཤེས་ཤེས་རེད། ། 岂非自取灭亡。

བཀའ་བློན་བློ་ཁོད་ཟམ་ཆེན། **噶伦 · 洛维昂钦**

སྡོམ་དམ་ཚིག་མེད་པའི་བླ་ངན་དེས། ། 无戒无律之僧，
ཤི་བར་དོ་འགྲེམ་ཉེན་ཡོད་རབས་མེད། ། 何以度化中阴；
དཔའ་སྙིང་སྟོབས་མེད་པའི་དམག་དཔོན་དེ། ། 无勇无谋之将，
དགྲ་གདོང་ཐུག་ཕྱུང་དུས་ཡོད་རབས་མེད། ། 何以抵御外敌；
ཁོག་ཤེས་ཁྲེ་མེད་པའི་སྨན་ཤར་དེ། ། 无知无耻之女，
དྲིན་ཕ་མ་ཧགས་དུས་ཡོད་རབས་མེད། ། 何以报恩双亲。

འབྲོང་བཟང་མཚལ་དམར་ལྷ་རྒོད། **仲桑·蔡玛拉贵**

སྤྱག་དམར་ཡག་འཛུམ་པའི་ཁ་རྗ་ནས། ། 狐狸低吟在，
ལྷ་གཱ་མའི་གྲ་འཛུམ་ཤ་རེ་ཚོ། ། 猛虎腋下；
སྐྱུང་ཨ་ཐང་འདུར་བའི་བང་ལམ་ནས། ། 绵羊哀嘶在，
ལུག་གཡང་དཀར་རྗེད་གར་ཤ་རེ་ཚོ། ། 饿狼爪下。

སོག་སྟོད་རྟ་རྫོང་། 《上索波马宗》

སྐྱ་ལོ་སྟོན་པ་རྒྱལ་མཚན། **嘉洛·顿巴坚赞**

བྱ་ཁུ་བྱུག་བོད་ལ་འགྲོར་བ་དེའི། །
དམའ་རྒྱ་ལྕང་ལོ་འདབས་རྒྱས་དང་གཅིག །
བྱ་ཁུ་བྱུག་དྲུག་འགྱུར་སྙན་དང་གཉིས། །
ཆར་ཟིགས་མའི་དཔྱུང་འབྲུ་མཐུག་དང་གསུམ། །
བྱ་ཁུ་བྱུག་སྐྱང་བ་ལོས་སྤྲོ་ཡང་། །
གཞིས་མོན་ཡུལ་ཤིང་གི་རྭ་བ་ནས། །
རླུང་ཟེར་མའི་ལྗོང་དུབ་ཆེ་བ་འདིས། །
མེ་འབར་བ་ནམ་ཡོང་ཆ་མེད་རེད། །

杜鹃飞抵吐蕃，
柳树枝叶繁茂，
杜鹃啼鸣悠扬，
雨水润泽方域，
杜鹃乐在其中，
却不知南门域，
狂风大作密林，
何时火起焚林。

བྱ་རྒོད་པོ་བར་སྣང་ལྡིང་བ་འདིས། །
སྟོད་བར་སྣང་མཐའ་རྒྱ་ཡངས་དང་གཅིག །
ལུས་གཤོག་ཐོགས་རང་གི་འཕྱོར་ལུགས་གཉིས། །
བོད་འཛམ་གླིང་མཐོང་བའི་ལྷུད་མོ་གསུམ། །
རྒོད་ཐང་དཀར་སྣང་བ་ལོས་སྤྲོ་ཡང་། །
གཞི་བྲག་དཀར་ལྷ་རྫོང་མཐོ་བ་དེར། །
འབྲུག་ཕོ་ཐང་སྐད་སྒྲ་ཆེ་ལུགས་འདི། །
ཐོག་དམར་པོ་ནམ་འོང་ཆ་མེད་རེད། །

雄鹰划破长天，
无尽蔚蓝高空，
展翅翱翔自得，
俯瞰世界之美，
雄鹰乐在其中，
遥望山巅巢穴，
听闻龙吟山谷，
雷霆会否击崖。

ཡབ་ཆེན་སེང་བློན། **雅布钦·森伦**

དམའ་ལུང་གསུམ་ཡུ་མོ་མདའ་ཐེབས་དེ། །

母鹿命丧箭下，

ཤི་ཟེར་ལ་འཚེར་བ་ཅི་ཡོད་དེ། །
ཤའུ་ཆུང་སྤང་དཀར་ཟུར་ལ་འདུས། །
མགོ་དུང་ར་རྒྱས་པའི་རེ་བ་ཆེ། །
ད་རུང་སྒང་འགྲོས་ཟིལ་རྩྭ་ཟ། །

死亡何惧之有，
小鹿聚在山谷，
期待头长犄角，
如今还在觅草。

འཕུར་གཤོག་ཐང་ཆད་པའི་ཁྲུང་ཁྲུང་བྱ། །
ཡུལ་མཐའ་མེད་སླེབས་ཀྱང་འགྲོད་པ་དེ། །
གསེར་སྒོང་ན་འཚམ་འགྲམ་ལ་ལུས། །
ལུས་གཤོག་དྲུག་རྒྱས་རྒྱུའི་རེ་བ་ཆེ། །
ད་དུང་མཚོ་མཐའ་རླབས་ཀྱིས་བསྐོར། །

仙鹤断翅坠地，
他乡何惧之有，
金蛋匿于湖边，
期待破荒而出，
如今还在水岸畔。

གེ་སར་ནོར་བུ་དགྲ་འདུལ། 格萨尔·诺普占堆

7 མཐོ་དགུང་སྔོན་བུམ་པའི་གསང་སྒོ་ནས། །
ཤར་ཁྲི་སྤུག་གསེར་གྱི་འོད་ཟེར་ཅན། །
རྟ་བདུན་མགྱོགས་པའི་བང་ཤུགས་དེ། །
འགྲོ་ཟེར་ན་གླིང་བཞི་ཞག་རེ་འཁོར། །
དུས་ད་རུང་སྡོད་པའི་དལ་ཁོམ་མེད། །

天空中，
太阳犹如金球，
七骏驰骋空中，
昼夜环行四洲，
至今还未得闲。

བྲག་དཀར་ལྷ་རྫོང་རིང་མོ་ནས། །
རྒོད་ཐང་དཀར་དར་གྱི་ཆ་ག་ཅན། །
ལུས་གཤོག་དྲུག་མགྱོགས་པའི་རྟ་ཕོ་དེ། །
འཕུར་ཟེར་ན་སྟོང་གསུམ་ཞུར་གྱིས་བསྐོར། །
དུས་ད་རུང་སྡོད་པའི་དལ་ཁོམ་མེད། །

山巅上，
雄鹰犹如神鸟，
展翅划破长空，
瞬间回转大千，
至今还未得闲。

ཟ་ས་གཞི་བདེ་མཆོག་ཛ་མ་ནས། །
གླིང་གེ་སར་ཟེར་བ་དགྲ་ལྷའི་དཔུང་། །

大地上，
格萨尔名扬大地，

ཆས་ཟེར་ན་དགྲ་དཔུང་ཆོམ་ལ་ཕབ། ། 战则统御万邦，
དུས་ད་ཅུང་སྡོད་པའི་དལ་ཁོམ་མེད། ། 至今还未得闲。

༢ མོ་རབ་མོ་འབྲིང་མོ་ཐ་གསུམ། ། 天下女子有三类，
མདའ་ཞག་ཕྲན་གཅིག་ལ་ཅི་འཛོམ་དེ། ། 一支箭之全优势，
མོ་རབ་གཅིག་ལ་འཛོམས་ནས་ཡོད། ། 上女身上所俱全；
བློ་རྒྱུ་དྲང་བ་སྨྱུག་དང་འདྲ། ། 品行正直如箭身，
བློ་གཞོག་ཡངས་པ་སྒྲོ་དང་འདྲ། ། 胸怀宽广如箭翎，
བློ་རྩེ་རྣོ་བ་མདེའུ་དང་འདྲ། ། 思想敏捷如箭头，
ཁ་ཡང་གསལ་གསུམ་སྟོང་ཁ་འདྲ། ། 轻便实用如箭弦，
སྡུག་སྡིག་པ་གཉིས་དེ་རྒྱབ་ལ་སྐྱུར། ། 不行罪过，
ཆོས་དགེ་བ་གཉིས་དེ་དང་དུ་ལེན། ། 践行佛法，
ཡར་བླ་མར་དད་པའི་ཕྱིན་རླབས་ཞུས། ། 上敬上师，
མར་སྤྲང་ཕོང་སྦྱིན་པའི་ཕན་ཡོན་ཞུས། ། 下施乞丐，
ཁ་བལྟས་པའི་བུ་ནོར་ཆོས་ལ་བཀོད། ། 劝子奉佛；
སྤང་དཀར་ཡག་ཅིག་ལ་ཅི་འཛོམ་དེ། ། 一方草原全优势，
མོ་འབྲིང་ཞིག་ལ་འཛོམས་ནས་ཡོད། ། 中女身上所俱全，
གཡོ་འགུལ་མེད་པ་རི་བོ་འདྲ། ། 坚守如山，
བློ་གསལ་མེ་ཏོག་འབྱུངས་པ་འདྲ། ། 智慧花开，
གཏམ་འཇམ་སྦྲང་ཆར་བབ་པ་འདྲ། ། 言语绵绵，
འགྲོན་ཇ་ཆང་གཉིས་དེའི་འཛུམ་གྱིས་བསུ། ། 用心待客，
གཏམ་གཡོ་ཟོལ་གཉིས་དེ་རྒྱབ་ཏུ་བསྐྱུར། ། 不打诳语，
གླུ་ཁ་མཚར་གཉིས་དེ་སྟོན་ལ་པང་། ། 能歌善舞，
ཁ་གཏད་པའི་བུ་ནོར་སྐྱིད་ལ་བཀོད། ། 教子有方；
འབུ་དུག་སྦྲུལ་ཞིག་ལ་ཅི་འཛོམ་དེ། ། 一条毒蛇全劣根，
མོ་ཐ་མ་གཅིག་ལ་འཛོམས་ནས་ཡོད། ། 下女身上所俱全，
སྡུག་མི་གེ་གཉིས་ཀྱིས་མུན་པ་འཁྲིགས། ། 衣食无方，

ངར་ཞེ་སྡང་གཉིས་ཀྱི་མེ་ལྕེ་འབར། །
གཏམ་མཚེ་མ་གཉིས་ཀྱི་ལོག་ཆར་འབེབས། །
ཤེས་པ་མི་ཆེ་ཧམ་པ་ཆེ། །
ཐོས་པ་མི་ཆེ་ང་རྒྱལ་ཆེ། །
གཏམ་བདེན་པ་གཉིས་དེ་རྒྱབ་དུ་སྐྱུར། །
དབྱེན་ཁ་ལྕེ་གཉིས་དེ་སྔོན་ལ་པང་། །
སྡེ་གཉིས་ཐོད་པ་གཏུག་རབས་ཡོད། །
སྡེ་གསུམ་ཀླད་ཡུ་བསྐོར་རབས་ཡོད། །

善妒他人，
恶语相向，
无知高傲，
寡闻无耻，
背信弃义，
离间邻里，
挑拨族群，
事端无安。

སོག་ཟླེ་ཉང་ཁྲི་རྒྱལ་པོ།

索・娘赤嘉波

༡ ནོར་བུ་རྒྱ་མཚོའི་མཐིལ་ལ་ཡོད། །
དཔྱད་ཤེས་ན་དགོས་འདོད་ཀུན་འབྱུང་ཡིན། །
དཔྱོད་མ་ཤེས་རྒྱ་མཚོའི་གྲམ་རྡོ་ཡིན། །

珍宝位于海底，
知之如意珍宝，
不知海边杂石。

ཁྲ་ཆུང་གཟི་ཡི་ཐོང་མིག་དེ། །
དཔྱད་ཤེས་ན་རིན་ཆེན་ནོར་བུའི་ཟོག།
དཔྱོད་མ་ཤེས་རྫ་ཡི་རྡོ་ཁྲོག་རེད། །

天珠开眼花纹，
知之珍宝无价，
不知犹如石斑。

དམར་ཆུང་བྱུ་རུའི་རྒྱན་ཕྲེང་དེ། །
དཔྱད་ཤེས་ན་ས་བདག་སྙིང་ནོར་རེད། །
དཔྱོད་མ་ཤེས་བྱེ་མའི་རྭ་ཅོ་རེད། །

暗红珊瑚项链，
知之海中精华，
不知沙滩犄角。

ཤར་གླིང་དཀར་སྟོད་ཀྱི་གེ་སར་དེ། །
དཔྱད་ཤེས་ན་ཐུགས་རྗེ་ཆེན་པོ་ཡིན། །
དཔྱད་མ་ཤེས་ཇོ་རི་ནག་ཇུག་བུ། །

岭国格萨尔・诺普占堆，
知之观音大士，
不知落魄觉如。

༢ རྒྱུ་ནོར་ཡོད་རང་གིས་མ་སྤྱད་ན། །　　财富在手不用，
ལུས་ཁེར་རྐོག་འཕེན་ཉིན་ཨ་ཙ་མ། །　　可怜尸体喂鹰；
ཕོ་གསོན་ཚེ་ཆོས་ཤིག་མ་བསྒྲུབས་ན། །　　在世不修佛法，
ཤི་བར་དོར་འགྲིམ་ཉིན་ཨ་ཙ་མ། །　　可怜中阴游魂；
རྒྱན་དར་གོས་གཞོན་ཚེ་མ་གྱོན་ན། །　　年少不着衣饰，
ལུས་ས་ཕུང་སོང་དུས་ཨ་ཙ་མ། །　　可怜身埋棺材。

༣ ནམ་ཐོ་རེངས་སྐྱ་རེངས་ཤར་བ་དེ། །　　天界初现曙光，
འོད་མི་འཚེར་མུན་པས་བཀག་པས་ན། །　　不敌暗夜之黑，
རང་ཕྱོགས་ཕ་དཔུང་ངར་བའི་རྟགས། །　　自家雄狮威武。

བར་སྣང་ཡངས་པའི་འགྲིམ་ལམ་དེ། །　　万里长空蔚蓝，
ཁོང་ཉི་མས་གླིང་བཞི་བསྐོར་དགོས་ཟེར། །　　日光普照大地，
དཔུང་ཤུགས་ཆེན་བར་སྣང་བཀག་པས་ན། །　　蔽日雄狮威武，
ཤར་རྒྱ་ཁམས་གེ་སར་ཐུབ་པའི་རྟགས། །　　降服岭国之兆。

རླུང་བསེར་མ་མཁར་ལ་ཚུད་པས་ན། །　　风卷金城内外，
རྟ་རྐྱང་བུའི་བང་ཁ་ཟིན་པའི་རྟགས། །　　神驹竞蹄之兆，
དགུང་ཐོག་དམར་ལག་གིས་བླངས་པས་ན། །　　赤手抓住雷电，
དཔའ་བདུད་ཨ་ཡ་ཡོང་བའི་རྟགས། །　　魔将来临之兆。

༤ དགོན་གསེར་ཁེབས་ཅན་གྱི་གདན་ས་ལ། །　　金顶寺庙当中，
བླ་བཟང་མདུན་གྱི་གྲྭ་བཙུན་དེ། །　　上师座下僧众，
བླ་མའི་བཀའ་དང་མ་བསྟུན་ན། །　　不尊上师之言，
ཁྲ་ཚུང་ཟུར་ནས་ན་ཚུང་སྟེ། །　　在外私会村姑，
རྒྱན་ཕྲེང་གཡུ་བྱུར་ཛོམ་ཛོམ་ནས། །　　松石珊瑚之盟，
ཐ་མ་དམ་ཚིག་སྡོམ་པ་ཉམས། །　　背信弃义而走，

ཡིད་གཏད་མི་རྙེད་ཡར་ལ་ཕྱོར། །

不得真心而还。

དར་ཐུག་ཅན་གྱི་རྫོང་སྔོ་ནས། །
ཕ་བཟང་མདུན་གྱི་ཕོ་སར་དེ། །
ཕ་ཁྲུས་ཁ་ལ་མི་ཉན་ནས། །
མཆོག་དཀར་བཟུང་ནས་ཉག་ཕྲན་སྡེ། །
ངར་རྐོད་དཔུང་པ་ངོམ་ངོམ་ནས། །
ཐ་མ་སྙིང་ཁྲག་ཐང་ལ་འཐོ། །
མཐའ་འབྲས་དེ་ཐོན་རྗེས་ནས་འགྱོད། །

城前金缕玉衣，
父有俊美爱子，
不听父亲之言，
引弓射箭在家，
恃强凌弱在外，
最终小命不保，
那时悔之晚矣。

སྲང་ཁ་ཅན་གྱི་རྒྱ་གྲོང་ནས། །
མ་བཟང་མདུན་གྱི་མོ་སར་དེ། །
ཨ་མའི་ཁ་ལ་མ་རྩིས་ནས། །
བྱི་ཕོའི་གདོང་པ་འཇུམ་གྱིས་སྤྲུང་། །
རྒྱན་ཆ་སྤྲད་འདོད་ཆེ་ཆེ་ནས། །
ཐ་མ་ནད་ངན་ཟུར་དང་འཕྲད། །
ངོ་ནག་ཡིད་ཕམ་མཆི་མ་འབྲུགས། །

市井商贩之家，
家有母子一对，
不听母亲之言，
淫人妻女为乐，
终得梅毒丧命。

༥ མཐོ་མཁའ་ལྡིང་ཁྱུང་གི་གཤོག་སྒྲ་དེ། །
ཀུན་ལ་སྣང་སྙེ་གསེར་ལ་གྲོགས། །
ལྷོ་ཁའི་སྟག་མོ་ཁ་དམར་དེ། །
ཀུན་ལ་སྣང་སྙེ་རྩེད་མའི་གྲོགས། །
རྒྱ་མཚོའི་ཆུ་ཡི་ཐ་རླབས་དེ། །
ཀུན་ལ་འཇིག་ཀྱང་ལྟོ་དཀར་རྒྱན། །
ས་མཐའི་ཇོ་ཏུ་དགྲ་དཔུང་དེ། །
ཀུན་ལ་ཞེན་ཡང་ང་ཡི་རྒྱན། །

琼鸟展翅翱翔，
皆烦其声金为友，
山南血口猛虎，
皆烦其威伴友乐，
海中巨浪滔天，
皆烦其势鲸为友，
在外岭国雄狮，
皆烦其威吾爱之。

སོག་ལྡོང་རྒྱལ་པོ་ཁྲ་ཡི་སྐྱབས།

索隆嘉波·库益加

སྟག་དམར་ཡག་ཁེར་འགྲོས་བྱས་པས་ན། །
ཁྱི་བདའ་ལུ་ཡིན་ཡང་སྐྱིད་ཉ་ཐབ། །
གླག་རོག་ཆུང་ཁེར་འཕྱུར་ལྡིང་བས་ན། །
བྱ་སྐྱ་ཁྲ་ཆུང་ཡང་འཇུམ་གྱིས་དགྲ། །
དཔའ་ངར་མ་ཁེར་འཕྱུར་བྱུང་བས་ན། །
སྨར་ཕ་མོ་ཁྲིས་པས་དགྲ་ལན་འཁྲོད། །

林虎独行，
家犬谋之，
雄鹰独飞，
鹞鸟攻之，
英雄独行，
小人图之。

ཤན་པ་མེ་རུ་རྩེ།

辛巴梅如泽

༡ ཕུ་ནས་སྤྱང་ཐང་འདུར་ལེ་དེ། །
མདའ་ནས་ལུ་གུ་ཁྱེར་ལེ་གཉིས། །
འགྲོ་སའི་ལམ་དེ་ཐུག་ལུགས་ལ། །
ཐུག་ནས་ཐར་ས་མེད་ལུགས་ལ། །
དགུང་ནས་ཀྱ་ཁྲ་འཇུམ་ལེ་དང་། །
བར་ནས་བྱིའུ་འཕུར་ལེ་གཉིས། །
འཇུམ་ལེའི་ལམ་ནས་ཐུག་ལུགས་ལ། །
ཐུག་ནས་ཐར་ས་མེད་ལུགས་ལ། །

谷中群狼奔走，
山下羊羔被抓，
恰巧迎面相逢，
别无他路可逃，
空中盘旋鹰隼，
雀鸟四处飞奔，
恰巧迎面相逢，
别无他路可逃。

༢ ཕུ་གངས་དཀར་འགྲམ་གྱི་སྒོམ་ཆེན་དེ། །
སེམས་འོད་གསལ་སྟོང་ཉིད་ཤར་ན་སྙོ། །
རྩ་གཞུང་ཆེན་ཐང་གི་རྟ་ཕོ་དེ། །
མགྱོགས་བསེར་བུ་བང་དང་འགྲན་ཉིན་སྙོ། །
མདའ་སྲང་སྐྱོའི་སྨད་འཚོང་བུ་མོ་དེ། །
ཁྱི་ལ་ལུང་པོ་བརྒྱུག་བྱུང་ན་སྙོ། །

山上的修行者，
只求证得空性，
草原上的骏马，
只求与风竞速，
城中的风尘女，
只求乡下莽夫，

དཔུང་རི་བཀོལ་ཉག་ཕྲན་འཕང་ལམ་ནས། ། 随军的弓箭手，
མཐོང་མ་སྙོང་རི་དྭགས་བྱུང་ན་སྨྲོ། ། 只求见得猎物。

སོག་སྟག་དམར་སྟོབས་ཆེན། 索 · 达玛多钦

འབུ་དུང་དཀར་གསོས་པས་ཆུ་སྲིན་ཐུལ། ། 海螺制伏鲸鱼，
རྒྱན་དར་གོས་མཛེས་པས་ཁྲོམ་ཐོག་ཆོད། ། 鲜衣惊艳市井。

སྟག་རོང་ཨ་ཁུ་ཁྲོ་ཐུང་། 达绒 · 阿库超同

༡ གནམ་སྔོན་མོའི་མདོག་འདྲ་བཻཌཱུརྻ། ། 天空之色蓝宝石，
རྒྱུ་བཟང་བ་རིན་ཆེན་ནོར་བུར་གྲགས། ། 可谓无上珍宝；
གོང་རིན་ཐང་ཆེ་བ་གསེར་ལས་ལྷག ། 价值不菲胜黄金，
མི་བླུན་པོའི་མཐོང་ན་སྦོ་ནེར་འཐོད། ། 无知者谓之瓷珠；
གཏམ་སྨད་པ་བྱས་ཀྱང་སྤུག་རྒྱུ་མེད། ། 无论怎样诋毁，
མ་བསོད་རེ་ཅན་གྱིས་དཔྱད་ན་ཤེས། ། 智者视为珍宝。

ཆར་སྲིན་ཕུང་འཁྲིགས་འདྲ་གུ་ཟི་གྲི། ། 寒光凛冽古斯刀，
རྒྱུ་བཟང་བ་ལྷ་འདྲེས་འཕྲུལ་རྟུང་བྱས། ། 神鬼惧其寒刃，
གཡུག་ལན་མེད་གཤིན་རྗེའི་ཁྲམ་དང་འདྲ། ། 挥刀无敌死神镰，
བུ་མ་རབས་བླུན་པོས་རྩ་ཟོས་ཟེར། ། 不识黄口谓杂色，
པ་ཕྲུག་པོའི་ལག་ལ་འཕྲད་ན་ཤེས། ། 智者视为珍宝。

རྒྱ་ནག་པོའི་འདོ་ཆུང་རྟེའུ་ཅག ། 源自汉地之小马，
རྒྱུད་བཟང་བ་འགྲོས་ཆེན་རྐྱང་ལས་མགྱོགས། ། 蹄急如风驰骋，
རྒྱུག་བང་ཁ་ཟིན་མེད་རླུང་ལས་མྱུར། ། 有人称它非马非驴，
མི་ཕལ་པས་རྟ་མིན་དྲེལ་མིན་ཟེར། ། 智者视为珍宝。

ཕོ་ཤེས་བྱ་ཙན་གྱིས་དཔྱད་ན་ཤེས། །

༢ སྟེང་བར་སྣང་མཐོང་རྒྱ་རྒོད་པོས་བཅད། །
ཚ་ཟེར་ཉི་མས་མི་གནོད་ཀྱང་། །
རླུང་སྐྱི་སེར་སྤྲུ་གྲི་ཐུག་པས་ན། །
བྱ་ལམ་བགྲོད་པ་ཁག་པོ་ཡོད། །

空中雄鹰翱翔，
太阳不夺其路，
若遇疾风骤雨，
雄鹰翱翔无望。

ཆར་སྤྲིན་མོས་དཔུང་གྲོགས་འབྲུག་གིས་འདྲེན། །
སྨུ་སྤྲིན་འཐོར་དོགས་ཚ་མ་འཆིས། །
དཔུང་ངར་འགྱུར་ཆེ་བས་ནོར་བུ་ཤོར། །
གནས་གང་དགའ་འགྲིམ་པ་ཁག་པོ་ཡོད། །

腾云驾雾之龙，
乌云不夺其翼，
失手珍宝落地，
神龙何以腾飞。

སོག་བློན་སྤྲེལ་ཚ།

索伦哲擦

མཐོ་སྣང་ལམ་ལྡིང་ཚོད་ཁྱུང་གིས་བཟུང་། །
ཁྱུང་ཕྲུག་ལྡིང་ཚོད་མ་བཟུང་ན། །
བྱ་སྤུ་ཐོག་གིས་རྫི་དོགས་ཡོད། །

山峰之高琼鸟自知，
幼鸟不知深浅，
招来雷击羽翼之祸。

བར་སྣང་ཡུར་ཚོད་འབྲུག་གིས་བཟུང་། །
འབྲུག་ཆུང་ངར་ཚོད་མ་ཟིན་ན། །
གློག་ལྕེ་རྭ་བདུན་ཤུགས་ཀྱིས་འཛིག །

天空之邃神龙自知，
幼龙不知深浅，
招来闪电断角之祸。

ས་གཞི་རྒྱུགས་ཚོད་འདོ་བས་བཟུང་། །
རྟ་སར་རྒྱུགས་ཚོད་མ་བྱས་ན། །
རྒྱུག་ཁ་སྲབ་མདངས་འཇོང་དོགས་ཡོད། །

大地之广骏马自知，
小马不知深浅，
招来赛场短腿之祸。

དགྲ་ཤུལ་ར་མདའ་དཔའ་བོས་བཟུང་། །

追击敌人英雄有方，

དཔའ་བོའི་ངར་ཚོད་མ་བཟུང་ན། །
སྙིང་ཁྲག་ཐང་ལ་འཕོ་དོགས་ཡོད། །

英雄不自量力，
招来战死沙场之祸。

སེང་སྟག་ཨ་དོམ།

森达阿冬

༡ རི་རབ་རི་ཡི་ཡང་སྤུལ་ནས། །
ལྷ་བརྒྱད་འབྱུང་པོས་ཐོག་སེར་བརྫངས། །
འབྲུ་དྲུག་ཐང་ལ་བསྐྱིལ་བསམ་ཡང་། །
སྒོམ་ཆེན་མི་རིས་ནུས་པས་བཞུ། །
ལྷ་བརྒྱད་ཡི་སྨུག་སྐྱོ་ལེ་བྱུང་། །

须弥神山之上，
八部天降雷雹，
企图夺走六谷，
怎奈修士神通，
天龙企图落空。

བར་སྣང་སྔོ་མོའི་མཁའ་ལམ་ནས། །
ཁྲི་གདུགས་ཉི་མས་རང་འོད་ངོམ། །
གངས་དཀར་རྩེ་ནས་བཞུ་བསམ་ཡང་། །
ཆུ་འཛིན་མཐུག་པོས་གྲིབ་མ་ཆགས། །
གངས་དཀར་བཀྲ་མདངས་ཧེ་ཆེ་བྱུང་། །
བསམ་ན་མི་ཞལ་ངོ་རེ་ཚ། །

蔚蓝天空之上，
太阳光芒万丈，
企图消融雪山，
怎奈云雾缭绕，
雪山巍峨矗立，
太阳颜面扫地。

ཐང་ཆེན་སྐྱ་མོའི་ཁུག་ཟུར་ནས། །
འདོ་ཆེན་རྟ་ཕོའི་བང་ཁ་ངོམ། །
ང་རྒྱལ་ཐང་ཆེན་གཅོད་བསམ་ཡང་། །
རྨིག་བཞི་གོར་མོ་རྡོ་ལ་ཐུག །
རྐ་བཞི་གནམ་ལ་གཡུག་ལེ་འོང་། །
བསམ་ན་རྟ་ཕོ་ངོ་རེ་ཚ། །

平原无垠一角，
宝马急蹄驰骋，
想要统御赛场，
怎奈蹄绊圆石，
四肢朝天之时，
宝马颜面荡然。

༢ ཆོས་ར་བཟུང་བའི་བླ་མ་ཚོ། །
ཁ་ཆོས་མཁས་གཏམ་སྤུའང་ཡོད། །

持教诸上师，
讲经说法似真佛，

ཉམས་ལེན་སྒོམ་ས་ཨེ་ཟིན་འདུག །

闭关修行谁能行。

ཁྲིམས་ར་བཟུང་བའི་དཔོན་པོ་ཚོ། །
ཁ་སྒོ་ཆེ་གཏམ་ཀུན་ལའང་ཡོད། །
དགོས་དུས་གཏམ་སྒོ་ཨེ་ཡོད་ན། །

执法诸官员，
阐释律法似判官，
公正执法谁能行。

མདའ་དར་བཟུང་བའི་སྟག་ཤར་ཚོ། །
ངར་འདོད་དཔའ་གཏམ་སུ་ལའང་ཡོད། །
དཔའ་དཔུང་འཐབ་དུས་ཨེ་ཡོད་ན། །

持箭诸青年，
豪言壮语似英雄，
大敌当前谁能战。

གནས་ར་བཟུང་བའི་ན་ཆུང་ཚོ། །
སྐྱེ་ཡག་གཟུགས་པོ་ཀུན་ལ་ཡོད། །
མཛོས་ཁྲིམ་ཐག་གཅོད་ཉིན་ཨེ་ཡོད་ན། །

持家诸媳妇，
年轻貌美似仙女，
相夫教子谁能全。

༣ ལྷ་བླ་མས་ཆོས་ར་མི་ཟིན་དོན། །
ཆོས་གྲུབ་མཐའ་ཆགས་སྡང་བྱས་པས་ལན། །
གོང་དཔོན་པོས་ཁྲིམས་ར་མི་ཟིན་དོན། །
ཁྲིམས་ཉོག་སྒྲུབ་གཡོ་སྒྱུ་བྱས་པས་ལན། །
སྡེ་ཁྲ་བོས་རང་ས་མི་ཟིན་དོན། །
ཇག་ཕར་འགྲོ་ཚུར་ཕུད་བྱུང་བས་ལན། །

上师镇不住寺院，
源于教派偏见；
上官守不住律法，
源于贪赃失公；
寨主守不住村落，
源于盗匪不绝。

ཇམ་ཆེན་འབྲུག་སྒྲ།

昂钦珠扎

བྱང་རླུང་འུར་བའི་མཐོ་ལམ་ནས། །
ཐང་དཀར་འཕུར་བས་གཤོག་སྒྲོ་མཐོར། །
གཡུ་འབྲུག་གྲག་པའི་ངར་ལམ་ནས། །
སྦྲང་ཆུང་འཕུར་བས་སྙིང་རྩ་འདར། །

北风狂啸空中，
雄鹰有断翼之险，
神龙低吟之地，
蜜蜂有裂肺之险。

འདོ་ཆེན་རྟ་ཕོ་རྒྱུགས་ལམ་ནས། །
བོང་རྐན་བྲོས་ན་སྐེད་པ་འབུད། །
དཔའ་བོ་ངར་རྒོད་འཁྲུག་ལམ་ནས། །
ཕྱར་མ་བྲོས་པས་སྙིང་སྲོག་གས། །

骏马飞驰之地，
老驴有断腰之险；
英雄血战之地，
小人有吓死之险。

དུང་སྐྱོང་སྟག་ལྷ་ཁྲི་དཀར།

童炯·达拉赤嘎尔

ཕུ་ཁྱུང་ཕྲུག་གཤོག་རྡུག་རྒྱས་ལེ་དང་། །
མདའ་བྱིའུ་ཆུང་སྤྲོ་མོ་རྒྱས་ལེ་གཉིས། །
རྒྱས་ལེའི་ཚང་ལུགས་འདྲ་བསམ་ཡང་། །
ནམ་འཕང་གཙོད་ལུགས་འདྲ་ལེ་མིན། །

幼琼期待翼丰，
幼雀期待长毛，
期待之事相同，
展翅飞驰有异。

ཕུ་སྟག་མོའི་འཇུམ་རྡུག་རྒྱས་ལེ་དང་། །
མདའ་ཝ་མོའི་དམར་ཆུང་གྲ་ལོ་གཉིས། །
འཇུམ་དང་གྲ་ལོ་འདྲ་བསམ་ཡང་། །
མི་ཤ་ཟ་ལུགས་འདྲ་ལེ་མིན། །

猛虎山谷啸林，
红狐崖下低吟，
啸吟看似相同，
觅食天差地别。

ཕུ་སྙན་མོའི་ཁུ་བྱུག་གྲག་ལེ་དང་། །
མདའ་སྨན་ཤར་གླུ་ཡི་རྒྱང་གྲག་གཉིས། །
སྙན་ལེའི་འགྱུར་ཁུགས་འདྲ་བསམ་ཡང་། །
སྙང་ལ་ཁྱབ་ལུགས་འདྲ་ལེ་མིན། །

神鸟杜鹃啼鸣，
牧女情歌悠扬，
委婉动听相同，
听者解读各异。

གནམ་ལྷ་ཐོག་ལྡེ།　南拉托结

མཐོ་སྤྲིན་ཕུང་རྒྱུད་ནས་སྦྲང་ཆར་འབབ། །
ཚོད་མ་ཟིན་སྐྱི་སེར་རླུང་གིས་གཏོར། །
དབྱར་སྤང་སྔོངས་རི་ལ་མེ་ཏོག་བཀྲག །
ཚོད་མ་ཟིན་བ་མོས་ཞུགས་ཀྱིས་སྐམས། །
གླིང་དཔའ་བདུད་ངར་བས་རྙིང་མ་ངོམས། །
ཚོད་མ་ཟིན་མགོ་སླིང་ཐང་ལ་སྒྲིལ། །

乌云降下细雨，
不料风吹云散；
三夏花开草甸，
不料霜打花瓣；
白岭勇士豪横，
不料战死沙场。

ཚ་ཞང་འདན་མ་བྱང་ཁྲ།　擦香·丹玛向查

༡ སྐྱེ་ཡག་པ་བྱི་མོའི་གདོང་ཁྲམ་དེ། །
ཕོ་བྱི་ཕོ་བརྒྱ་ཡི་ལག་གཡུག་རེད། །
ཤྭ་ཕོ་ཆེན་མགོ་ཡི་དུང་རྭ་དེ། །
རྔོན་མདའ་ཁུར་བརྒྱ་ཡི་ལག་གཡུག་རེད། །

乱世美人，
毁于浪子之手；
绝美鹿角，
毁于猎人之手。

༢ ཕུ་ནས་ཁུ་བྱུག་གྲག་ལི་དང་། །
མདའ་ནས་ཨུག་ཆོས་འཆར་ལི་གཉིས། །
བསམ་རྒྱུ་མེད་དེ་འགྲིག་ལུགས་ལ། །
དགུང་དུ་སྦྲང་ཆར་བབ་པའི་དུས། །
ཆུ་འཛིན་གྲིབ་མ་མ་ཆད་དགོས། །

深谷杜鹃啼鸣，
山底角蒿花开，
两者同时出现，
预示细雨连绵，
希望乌云升腾。

གངས་དཀར་ཕུ་ཆུ་འབབ་དང་གཅིག །
ས་ཞིང་ལྗང་ཆུང་འཁྲུངས་དང་གཉིས། །
བསམ་རྒྱུ་མེད་དེ་འགྲིག་ལུག་ལ། །
དོན་དུ་འབྲུ་དྲུག་སྨིན་པའི་དུས། །

雪山流淌雪水，
禾苗生长在地，
两者同时出现，
预示五谷丰登，

རྒྱ་ཐོར་ངར་མ་མ་ཟད་དགོས། །

希望镰刀锋利。

༣ སྟོང་ཆེན་མཁའ་ལམ་བཟུང་བའི་དུས། །
གཤོག་རྡུག་འདར་ན་བྱ་ཆེན་མིན། །
བྱང་གི་ཐང་ཆེན་གཅོད་ཉིན་མོ། །
རྟ་བཞི་འདར་ན་འདོ་ཆེན་མིན། །
དགྲ་མཐའ་དཔུང་གིས་གཅོད་ཉིན་མོ། །
ཕྱི་འགྱེད་བྱས་ན་སྙིང་དཀར་མིན། །

遨游天际之时，
翼展不足非琼鸟，
横越旷野之时，
四蹄不稳非骏马，
围歼黑魔之时，
倒退不前非勇士。

འཇང་གཡུ་ལྷ་ཐོག་འགྱུར།

姜·玉拉托久

༡ ཡོན་ཏན་མེད་པའི་བླ་མ་དེ། །
གཙང་སྦྲ་ཆོས་བཤད་གཞན་ལས་ཆེ། །
ལྐོག་ཟས་ཟ་བའི་དཔོན་པོ་དེ། །
ཁྲིམས་ཁ་ཁ་གྱོང་གཞན་ལས་ཆེ། །
མ་ངན་སྐྱེ་མེད་བུ་མོ་དེ། །
གཞན་སྨད་ཟུར་ཟ་གཞན་ལས་ཆེ། །
དཔའ་སྙིང་མེད་པའི་སྐྱེས་པ་དེ། །
ཧམ་པ་ཕོ་ཚོད་གཞན་ལས་ཆེ། །

无识上师，
讲究洁净善教导；
贪污官员，
衣冠楚楚善讲法；
荡妇之女，
善言是非话曲直；
无胆鼠辈，
豪横无比伪君子。

༢ ཐང་དཀར་འཕུར་བས་དགུང་ལ་སྐྱོད། །
བྱ་ལམ་མ་ཟིན་བྲག་རི་བཟུང་། །
གཤོག་རྡུག་ཚང་ན་བློ་རེ་བདེ། །
རྒྱ་སྟག་འཕྱོ་བ་ནགས་ལམ་འགྲིམ། །
ཤ་ཟ་མ་རིག་རང་ཚང་བཟུང་། །
འཇུམ་རྡུག་ཚང་ན་བློ་རེ་བདེ། །
གཡུ་ལྷས་འགྲོ་བ་གླིང་བཞི་བསྐོར། །

雄鹰翱翔长空，
长空不留盘山崖，
羽翼完好心自安，
猛虎长啸深林；
深林不留踞虎穴，
花毛未损心自安，
玉拉走遍天下；

ལྷ་རྟ་མ་ཟིན་རང་སྐར་བཟུང་། །
ཐུ་རྟ་ཚང་ན་བློ་རེ་བདེ། །

未到神马归家乡，
家马尚存心自安。

སྐྱི་དཔོན་རོང་ཚ་ཁྲ་རྒན།

吉本·绒擦查根

སྟག་ཤར་པ་ཇག་ལ་འགྲོ་འདོད་ཆེ། །
ཇག་མ་ཆོད་རྟིང་མ་མི་ལ་ཤོར། །
གྲོས་རང་ས་ཟིན་ཉིན་ངོ་རེ་ཚ། །
སྨན་བུ་མོ་གནས་ལ་འགྲོ་འདོད་ཆེ། །
གནས་མ་ཟིན་ཕ་མའི་སྙེ་ལ་ལོག །
ཕྱི་མི་སྤྱིའི་མཐོང་ན་ངོ་རེ་ཚ། །
ཕ་ཁྲོ་ཐུང་རི་བཤོལ་འགྲོ་འདོད་ཆེ། །
ཤྭ་མ་སོད་རྒོ་རོ་མགོ་སྤུམ་འཕྲད། །
དཔའ་གཟིངས་བསྟོད་བྱེད་ན་ངོ་རེ་ཚ། །

青涩少年喜打劫，
明盗不成丢盔弃，
无颜回乡见亲朋；
懵懂少女喜远嫁，
婚姻失败回娘家，
无颜返乡见故人；
无胆晁通喜出征，
战不成遍体鳞伤，
论功之日无颜面；

ཚངས་པ་ཏུང་གི་ཐོར་རྩུགས།

仓巴·童克托尔促

མ་བཏབ་འབྲས་བུ་སྨིན་གྱུར་ཅིང་། །
ནས་འབྲུ་སད་ཀྱིས་ཁྱེར་དགོས་གདའ། །
མ་ཐུབ་རྐྱང་ཆུང་ཟིན་གྱུར་ཅིང་། །
འདོ་ཆུང་རྨིག་བཞི་གུད་དོགས་ཆེ། །
མ་ལོན་ལྕང་དཀར་འབྲེག་རྒྱུ་ཡང་། །
རྒྱ་གྲི་ཤིང་ཡུ་འཐོར་དོགས་ཆེ། །
དངོས་མེད་བླ་གནས་ཐུལ་གྱུར་ཡང་། །
དངོས་ཡོད་ཤིང་རྟས་བརླག་དོགས་ཆེ། །

非种之果欲取之，
霜降稞粒无收，
不羁野驴欲降服，
却得马儿失蹄，
高耸白杨欲削枝，
长把叶刀被卡，
空性喇嘛欲伏之，
奈何人有马车。

དམུ་སྨྲུང་རིན་ཆེན་དར་ལུ།

སྤྲིན་པ་ཤར་ནས་ནུབ་ལ་འགྲོ །
སྦྲང་ཆར་མེད་པ་ཕོ་ཐག་ཆོད། །
ཤའུ་ཆུང་ན་བྲལ་སྤང་ལ་འགྲོ །
ན་དམར་ཤོར་བ་ཕོ་ཐག་ཆོད། །
སྒོམ་ཆེན་རྟོགས་ལྡན་གྲོང་ཡུལ་འཁྱམས། །
སྡོམ་པ་ཤོར་བ་ཕོ་ཐག་ཆོད། །
དཔུང་རྒོད་ཁ་འཐོར་ཕྱིད་དགོས་བྱུས། །
རྗིང་མ་ཤོར་བ་ཕོ་ཐག་ཆོད། །

穆江·仁钦塔尔鲁

云彩自东往西，
何来细雨绵绵；
小鹿迁往草甸，
必失湿地之草；
有为修士在市，
戒律必失不保；
雄狮分路行动，
必定溃败而归。

སྟག་དམར་སྟོབ་ཆེན།

བྲག་དཀར་མཐོ་རྫོང་ཆེ་ཞན་འདྲ། །
གནམ་ལྕགས་ཐོག་གིས་མི་འཇིག་མེད། །
ཐང་ཆེན་གཞུང་ལམ་རིང་ན་ཡང་། །
འདོ་ཆེན་བང་གིས་མི་ཆོད་མེད། །
རྒྱ་མཚོ་འཕོར་ཁྲིམ་ཡངས་ན་ཡང་། །
ཉྭ་དཀར་འགྱུར་གྱིས་མི་འཕོར་མེད། །
གླིང་དུས་བཙན་རྫོང་བཟུང་ན་ཡང་། །
ཁེར་བུད་དཔུང་དུབ་མི་ཐུབ་མེད། །

达玛·多钦

巍峨山崖虽高，
雷电不惧其高；
无垠荒野虽广，
骏马不惧其广；
蔚蓝大海奔腾，
鲸鱼不惧其腾；
岭军顽固守城，
出城独骑可伏。

ཡུམ་ཤེས་རབ་ཆེན་མོ།

ཆོས་འགྱུར་མེད་མ་ཎི་ཡིག་དྲུག་ཡིན། །
ཉན་མི་ཤེས་ཆོས་པའི་མཚང་སུ་ཆེ། །

母·西饶切姆

佛法无变六字真言，
不明之人笑人愚忠；

གཏམ་འགྱུར་མེད་ཕ་མའི་ཁ་ཏ་རེད། །
དཔྱད་མ་ཤེས་མཚང་འདྲུ་ཕྱིགས་མོ་ཆེ། །
ཟས་འགྱུར་མེད་ཚོ་རོགས་ལག་ཟས་རེད། །
ཟ་མ་ཤེས་བཟའ་ཚང་གོ་འཛིང་རྒྱུག །

教言无私父母之言，
不辨之人亵渎父母；
饭食单一爱人家常，
不智之人家庭失和。

འཇང་སྲས་གཡུ་ཁྲི་དཀུང་སྟོན།

姜赛 · 玉赤巩恩

ཕུ་བླ་མ་བཟང་ན་ཡུལ་གྱི་བཅུད། །
དཀོར་ཞུག་ཆེ་ན་དམྱལ་བར་ལྷུང་། །
མདའ་སྨན་ཤར་འཁོར་མོ་ལུང་པའི་རྒྱན། །
ཁྲིམ་ལང་ཚོ་མ་ཟིན་མི་ཁས་གང་། །
སྐད་རྫོང་མཁར་གཅིས་ཕྲུག་མཁར་གྱི་རྒྱན། །
དཔུང་ཁྲ་མོ་འགྲིམ་འདོད་མགོ་སྙིང་ཤོར། །
ཕ་མའི་བུ་སྐྱེས་ལངས་ཤོར་དེ། །
སྔང་བ་དགྲ་ལ་འགྲོ་ལེ་མིན། །
གཉེན་བྱམས་སྐྱོང་ཅན་གྱི་ཁྱུར་ཁྱུར་དེ། །
མ་འདྲིས་མི་ཡིས་ཁྱུར་ལེ་མིན། །

上师有为方域安宁，
贪墨寺产堕入地狱；
贤妻良母村寨之福，
不守妇道落人口舌；
俊美青年城镇之福，
喜言出征兵败之兆；
父母溺爱之子，
何以抵御外敌；
亲人溺佑之女，
外人谁能待之。

ཁྲེ་རི་སྟག་རྩེ་རྒྱལ་པོ།

齐日 · 达泽嘉波

སེང་དཀར་མོ་གངས་དཀར་སྤྲུག་ནས་ཆེ། །
སྟག་དམར་ཡག་ནགས་མའི་དཀྱིལ་ནས་ཆེ། །
དཔོན་བཙན་པོ་རང་གི་མཁར་ནས་ཆེ། །

雪狮威于雪山，
猛虎啸于深林，
上官令于属地。

སོག་སྨད་ཁྲབ་རྫོང་།

《下索波铠甲宗》

ལྷ་ཚངས་པ་དཀར་པོ།

拉仓巴嘎尔波（大梵天）

༡ ནམ་མཁའི་གཡུ་འབྲུག་སྔོན་མོ་དེ། །
ངར་སྒྲས་སྟོང་གསུམ་སྐོར་བའི་དུས། །
གཞིས་ལྷོ་སྤྲིན་ཞེ་ཆགས་བྱས་པས་ན། །
བྲག་དཀར་རྫོང་ཀླད་རྒྱ་སུ་ཡིས་བཤིགས། །

神龙腾空万里，
龙吟震慑大千，
此时有意回巢，
谁来雷击山崖。

སྟག་དམར་ཡག་མཚལ་གྱི་ཐིག་ལེ་ཅན། །
དམའ་ལུང་གསུམ་གཟན་ལ་ཞུགས་པའི་དུས། །
གཞིས་ནགས་རྫོང་སེམས་ཆགས་བྱས་པས་ན། །
དགྲ་ཐོ་ཏུའི་སྙིང་ཁྲག་སུ་ཡིས་འཐུང་། །

猛虎踞于密林，
虎啸穿透山谷，
此时有意回林，
谁来威慑敌首。

བུ་དཔའ་བོ་རྡོ་རྗེའི་གོ་ཁྲབ་ཅན། །
དགྲ་ནག་པོའི་གདོང་ལ་ཆས་ཉིན་མོ། །
གཞིས་བུད་མེད་སེམས་ཆགས་བྱས་པས་ན། །
སྔང་དགྲ་བོའི་སྒྲོ་སྙིང་སུ་ཡིས་ལེན།

英雄身着金甲，
来回杀敌之时，
想起心中恋人，
谁来攻城略地。

༢ མེ་ཆུང་ཆུང་དུས་ནས་མ་བསད་ན། །
སྤང་སེར་ཡུ་འབར་དུས་དཀའ་མོ་ཡོད། །
ཆུ་ཆུང་དུས་ཟམ་གྱི་མ་བཅད་ན། །
ཆར་ཆེན་པོར་སྟེབ་ན་དཀའ་མོ་ཡོད། །
དུས་བབས་ཉིན་སོག་སྨད་མ་བཏུལ་ན། །
དམག་གླིང་ལ་འབབ་ཉིན་དཀའ་མོ་ཡོད། །

火苗不扑灭，
火烧原野何以灭；
河水不建桥，
涨水建桥不明智；
时机已成熟，
索麦不灭待何时。

གེ་སར་ནོར་བུ་དགྲ་འདུལ། 格萨尔•诺普占堆

༡ བཟང་པོ་བྱས་ཀྱང་ངན་དུ་འགྲོ ། 好事变坏事，
ལས་བདེན་པ་བྱས་ཀྱང་རྫུན་རེད་ཟེར། ། 正义被歪曲，
སྨན་བཟང་དུག་བྱིན་ཀྱང་དུག་ཏུ་བསྒྱི། ། 良药变毒药。

༢ སྤྲིན་བར་གཡུ་འབྲུག་སྔོན་མོ་དེ། ། 神龙升腾在天，
སྔགས་ཆེན་ནུས་པས་གཡུལ་ངོ་བཟློག ། 修士抵御雷霆，
འབྲས་དཀར་ཐང་ལ་སྙིལ་ལེ་ཡིན། ། 原野烽火硝烟，
དོན་མེད་བྲག་དཀར་ཅི་ལ་གཏོར། ། 无辜山崖被平。

ནགས་རྫོང་རྒྱ་སྟག་དམར་མོ་དེ། ། 密林猛虎威猛，
དགྲ་ས་མདའི་གཡུལ་ངོ་བཟློག་པ་དང་། ། 抵御暗器地箭，
རྫོན་རི་བཤོལ་སྙིང་ཁྲག་འབྱུང་ལེ་ཡིན། ། 开膛破肚其身，
དོན་མེད་ཕྲོ་རུས་ཅི་ལ་དགྲ། ། 碍你小马何事。

དགྲ་འདུལ་དམག་དཔོན་གེ་སར་ངས། ། 前敌统帅格萨尔，
སོག་སྟོད་གཡུལ་ངོ་བཟློག་ལེ་ཡིན། ། 我与索多开战，
རྟ་རྫོང་གླིང་ལ་ཕབ་ལེ་ཡིན། ། 马宗被岭获取，
དོན་མེད་གླིང་ལ་ཅི་ལ་དགྲ། 岂是无故起事。

༣ གངས་སྟོད་སེང་གེ་དཀར་མོ་དེ། ། 雪山上的雪狮，
དགྲ་བུ་ཡུག་འཚུབ་མ་མ་བྱུང་ན། ། 外敌风暴未起，
ཀང་སྡེར་བཞི་དོན་མེད་ཅི་ལ་བདར། ། 雪狮为何磨爪。

རྫ་སྟོད་ཁོལ་མོ་འབྲོང་ཆུང་དེ། ། 山谷中的野牛，

དགྲ་ཞག་ཕྲན་སློ་དགྲ་མ་བྱུང་ན། །	外敌箭矢未发，
མགོ་རུ་ཐུར་རྗོ་རྟགས་ཅི་ལ་བཞོག།	野牛为何磨角。
གླིང་སྐྱེས་བུ་རང་ཡུལ་འགྲོ་བ་ལ། །	岭国勇士回城，
དགྲ་མང་རྗེས་ཚུར་རྐོལ་མ་བྱུང་ན། །	外敌未有堵击，
ང་སྐྱེས་བུ་ཕར་འགྲོ་ཅི་ལ་བབ། །	我方何以攻打。

སློབ་དཔོན་པདྨ་འབྱུང་གནས། **莲花生大师**

༡ དེད་དཔོན་གྲུ་བོ་བརྒལ་བའི་དུས། །	船长越洋而去，
ནོར་མ་ལོན་སྟོང་ལོག་ཅི་ལ་བྱེད། །	何以空手而归，
དཔའ་བོ་གཡུལ་ལ་ཆས་པའི་དུས། །	英雄沙场点兵，
དགྲ་མ་ཐུབ་རང་ཡུལ་ཅི་ལ་ཕྱིན། །	何以兵败而归，
སྨན་འཕྱོར་མོ་གནས་ལ་འགྲོ་བའི་དུས། །	女子远嫁他乡，
གཉེས་མ་ཟིན་རང་ཁྱིམ་ཅི་ལ་ཕྱིན། །	何以弃夫而归。
༢ ཕ་བླ་མ་རབ་ཀྱི་མཛད་ཚུལ་ལ། །	修行上师之行为，
ཐུགས་བྱམས་སེམས་འགྲོ་བ་ཀུན་ལ་གཟིགས། །	心怀怜悯利益众生，
བྱམས་སྙིང་རྗེས་རིགས་དྲུག་ཐར་ལམ་བཀོད། །	慈悲为怀度化六道，
ཕྱི་མཛེས་ཚུལ་སྤང་ཞིང་རང་རྒྱུད་དུལ། །	不饰其身御服己心；
རྒྱུ་ཟས་ནོར་ཏ་ལོའི་དུག་ལྟར་འཛེམས། །	视财如毒远而离之，
དུས་རྒྱུན་དུ་མི་རྟག་རང་ངོ་སྤྲོད། །	常修无常明了自性，
ལས་དེ་འདྲ་སྐྱེས་མཆོག་ཡོངས་ཀྱི་རྗེ། །	此类上师众人之长，
དེ་ཡ་རབ་བླ་མའི་མཛད་ཆོས་རེད། །	此为修行上师。
ད་མ་རབས་བླ་མའི་མཛད་ཚུལ་དེ། །	不修上师之行为，
ཁ་བྱམས་སེམས་ཐུགས་རྒྱུད་རྣ་ལྟར་སྒྲོང་། །	善言佛法心怀执念，

བྱམས་སྙིང་རྗེ་ཡོད་ཁུལ་སྲོག་ལ་ཛམ། །
རྒྱུ་ཟས་ནོར་ཁེ་སྲོགས་ལས་ལ་བརྩོན། །
མིར་མི་རྟག་ཟེར་ནས་རང་རྟག་བྱེད། །
ཕྱི་མཛེས་ཚུལ་ཆོས་གོས་དར་ཤམ་ཅན། །
ནང་ཚུལ་ཁྲིམས་ཉམས་པས་གྲོང་ཡུལ་འགྲིམ། །
ལས་དེ་འདྲ་ཆོས་བྱེད་ཀུན་གྱི་མཚང་། །

假以慈悲心怀杀心，
贪图财富不择手段，
宣扬无常自行常驻；
身着华服金缕玉衣，
内废戒律走街串巷，
如此行为让人不齿。

གོང་དཔོན་པོ་རབས་ཀྱི་མཛད་ཚུལ་ལ། །
མི་དགེ་སྤངས་ཤིང་དགེ་ཁྲིམས་སྲུང་། །
ཐུགས་བརྩེ་བས་མངའ་འབངས་ཀུན་ལ་གཟིགས། །
བྱམས་སྙིང་རྗེས་མ་རུས་བདེ་ལ་བཀོད། །
ལས་བདེན་རྫུན་བག་ཕྱེ་བས་ཀྱང་ཞིབ། །
རྒྱུ་ཟས་ནོར་འགོ་བའི་ནད་བཞིན་འཛེམ། །
དུས་རྒྱུན་དུ་མི་འཇིག་སྲོག་སྦྱིན་གནང་། །
ལས་དེ་འདྲ་ཁྲིམས་ཐོག་སངས་རྒྱས་ཐོབ། །

有为上官之行为，
不行无道践行善法，
心怀慈悲护佑黎民，
常怀怜悯佑民安宁；
是非曲直泾渭分明，
不贪不墨胸有准绳，
不卑不亢英勇无畏，
此为上官之德。

ད་དཔོན་པོ་ཐ་མའི་བྱ་བ་ལ། །
མི་དགེ་སྤྱོད་ནས་དགེ་བཅུ་སྤངས། །
ཐུགས་བྱམས་མེད་འབངས་སྡེ་ཟ་བའི་གཤེད། །
བྱམས་སྙིང་རྗེ་མེད་པར་གསོད་ཅིང་གཏུབ། །
ལས་བདེན་རྫུན་མི་དབྱེ་རྒྱུ་ལ་ལྟ། །
རྒྱུ་ཟས་ནོར་རིག་དུས་འཛུམ་ཞིང་མགུ། །
འབངས་བྱམས་མེད་གཤེད་མའི་ལག་ཏུ་བཞག །
རང་སྡེ་རྟ་བོའུ་གྲི་ལ་རྗེ། །
དུས་རྒྱུན་དུ་ལེ་དཀྲི་ཁག་བཙས་འདོགས། །
གསུངས་བཞག་པའི་དགེ་ཁྲིམས་རྒྱབ་ཏུ་བོར། །
ལས་དེ་འདྲ་སྡེ་བཤིག་ཁྲམ་པའི་སྤུ། །

无为官员之行为，
倒行逆施善恶不明，
不怀慈悲残害黎民，
不知怜悯搜刮脂膏，
是非曲直不断不辨，
贪得无厌胸无准绳，
唯唯诺诺废弛国法，
部落赖官马枪换小刀，
还想败事过错怪他人，
言定善法良律抛脑后，
如此败损部落像盗贼。

ཚ་ཞང་འདན་མ་བྱང་ཁྲ།

擦香·丹玛向查

༡ སྐྱ་རེངས་ནམ་མཁའ་མི་ལངས་ཀྱུ། །
ཁྲི་གདུགས་ཉི་མས་རྒྱབ་ནས་རེད། །
མེ་ཏོག་སྤང་ལ་མི་བཀྲ་ཀྱུ། །
ས་ཆུ་དྲོད་ཀྱིས་རྗེང་ནས་ཕུལ། །
གླིང་དམག་སོག་ལ་མི་དྲངས་ཀྱུ། །
གོང་མ་ལྷ་ཡི་ལུང་ལས་དྲངས། །

曙光瞬间显现，
是因太阳光芒，
夏花开在草甸，
是因水土滋润，
岭师征战索波，
是因上天有旨。

༢ དགུང་སྔོན་སེར་བ་འབབ་པའི་དུས། །
ལག་པས་ལུས་པོ་ཁེབ་ལེ་མིན། །
ཆུ་བོས་གཞུང་ཐང་བཀང་བའི་དུས། །
རྡོ་སྤོ་ཐོས་སྣ་ལེན་ཐུབ་ལེ་མིན། །
སྐྱན་ཆུང་སྦྲུམ་མ་བཙའ་བའི་དུས། །
མཐེབ་གུས་ཐེམས་པས་ཁོགས་ལེ་མིན། །
གླིང་དཀར་འབྲུམ་དམག་བཤར་བའི་དུས། །
དཔའ་མེད་རྒྱང་མདས་ཁོགས་ལེ་མིན། །

冰雹从天而降，
双手难遮身，
河水灌满洼地，
块石难抵挡，
女子将要生产，
拇指无法挡，
白岭雄狮出征，
鼠辈何以抵抗。

སྐྱི་དཔོན་རོང་ཚ་ཁྲ་རྒན།

吉本·绒擦查根

བྱ་དཔའ་བོས་དཔའ་རྟགས་འཛོག་ཉིན་མོ། །
དཔའ་ཁ་གསེར་གྱིས་མ་བརྒྱན་ན། །
མ་ཐུབ་དགྲ་བོ་སུ་ཡིས་འདུལ། །
ངན་པས་ཡུལ་གཉིས་དཀྲུག་པའི་དུས། །
ལུས་གཟུགས་བཞི་ཁྲིམས་ལ་མ་ཕབ་ན། །
རྒྱལ་པོའི་བཀའ་ཁྲིམས་སུ་ལ་གཙོད། །

论功行赏之时，
不赏用功之将，
谁赴沙场杀敌；
横行乡里之人，
不斩七尺之身，
王法何以存续；

ངག་དབང་འབུམ་མེ།

阿旺奔梅

༡ གོ་མཚོན་རྣོ་རྟགས་བཤིག་རྒྱུ་དེ། །
དཔའ་འདྲ་གཉིས་ཐུག་དུས་མ་གཟུར་དགོས། །
འདོ་བའི་བང་ཁ་ངོམ་རྒྱུ་དེ། །
ལམ་སྐྱ་མོ་བྱུང་ཉིན་མ་གཟུར་དགོས། །
ཟོབ་གཟུགས་པོའི་རང་མདངས་ངོམ་རྒྱུ་དེ། །
ཁྲོམ་ཁྲ་མོ་འཛོམས་ཉིན་མ་གཟུར་དགོས། །

炫耀武器锋利者，
两勇逢时别躲避，
炫耀骏马疾驰者，
遇到长路别躲避，
炫耀假美身姿者，
广众街上别躲避。

༢ ཁྲིམས་སྲོལ་མི་འཛིན་དཔོན་པོ་དེ། །
ཞུ་ཁ་བདེ་ཡང་དོན་གོ་ཆུང་། །
སྙིང་རུས་མེད་པའི་སྟག་ཤར་དེ། །
ལུས་གོ་ཁྲབ་གྱོན་ཡང་དོན་གོ་ཆུང་། །
བྱ་བྱེད་མང་བའི་མོ་བཙུན་རྣམས། །
གཟུགས་ཁ་དོག་ཡག་ཀྱང་དོན་གོ་ཆུང་། །

不明法理之官，
断判无理无用；
无胆鼠辈青年，
身着甲胄何用；
不守妇道之女，
美若天仙何用。

༣ ཉི་མའི་འོད་ལ་མེ་ཁྱེར་འགྲན། །
སྦྲང་ཆུང་སྣང་འདོད་ཆེ་བས་ལན། །
འདོ་ཆེན་བང་ལ་བོང་བུས་འགྲན། །
ཕུག་ཐུང་རང་འདོད་ཆེ་བས་ལན། །
རྨ་བྱའི་མདངས་ལ་སྐྱ་ཀས་འགྲན། །
སྐྱག་ཟན་སྣང་འདོད་ཆེ་བས་ལན། །
མང་རྫེའི་སྟོབས་ལ་གླིང་གིས་འགྲན། །
ཇོ་རུ་རང་འདོད་ཆེ་བས་ལན། །

萤火欲盖日光，
虫儿自不量力；
狡驴欲竞马蹄，
家驴自不量力；
喜鹊欲比孔雀，
鸟儿自不量力；
白岭欲敌芒吉，
觉如自不量力。

གཡུ་རྩེ་མདུང་དམར། 玉泽董玛

གཏམ་ལན་མེད་ཁ་མཆུ་བརྒྱབ་བརྒྱབ་ནས། ། 尽争无果之事，
རྗེ་རྒྱལ་པོའི་ཁྲིམས་ནས་ཐར་དུས་མེད། ། 未能免于国法；
མི་ཉེས་མེད་རྒྱུ་ནོར་འཕྲོག་འཕྲོག་ནས། ། 尽夺他人之财，
ཚེ་ཕྱི་མའི་བུ་ལོན་སོད་དུས་མེད། ། 来世罪债累累；
གཞན་དོན་མེད་དགྲ་ཙ་སྡང་སྡང་ནས། ། 尽恨无辜之敌，
མ་ཨ་སྲུ་སྡུག་ལ་དྲངས་དུས་མེད། ། 妇人深受其害。

བྲག་ལྷ་རྩོད་རྒྱལ། 扎拉泽嘉

གངས་སྟོད་སེང་གེ་དཀར་མོ་དེ། ། 雪山狮子威武，
གཡུ་རལ་ཙོམ་ཚོད་མ་ཟིན་ན། ། 若是自不量力，
ཀློ་ལྡན་རི་བོང་སྦོ་ལུ་དེས། ། 自有聪明兔子，
ཐང་དུ་རྡེབས་པ་ལ་ཐང་མེད། ། 让其颜面扫地。

ནམ་མཁའི་གཡུ་འབྲུག་སྟོན་མོ་དེས། ། 腾空神龙威武，
ངར་སྒྲ་ཅུར་ཚོད་མ་ཟིན་ན། ། 若是不自量力，
རྫས་ངན་ནག་པོའི་འཕྲུལ་འཁོར་དེས། ། 山谷抛出毒械，
གཡང་དུ་ཟགས་པ་ལ་ཐང་མེད། ། 神龙颜面扫地。

ས་འོག་ལྟོ་འགྲོ་རྩལ་ལྡན་དེས། ། 爬行巨蟒威武，
དུག་རླངས་འདེབས་ཚོད་མ་ཟིན་ན། ། 若是自不量力，
དུག་མཆེ་བཙུད་ཀྱི་ནུས་སྟོབས་དེས། ། 自有天敌御之，
གན་རྒྱལ་བསྒྲིལ་བ་ལ་ཐང་མེད། ། 巨蟒颜面扫地。

ཞེ་ཆ་འབུམ་ལུ། 协擦奔鲁

༡ ཕྱི་མ་མི་བདེ་འདོད་པས་ན། །
རྩ་བའི་བླ་མའི་དམ་ཚིག་དཀྲུག །
ད་གང་མི་བདེ་འདོད་པས་ན། །
རང་མིན་ཀུན་ལ་དགྲ་རུ་སྣང་། །

若是不修来世，
违背根本上师，
若是不修此世，
会以天地为敌。

༢ དར་སེང་དཀར་མོའི་གཡུ་རལ་དེ། །
གཅན་གཟན་ཁྲིམ་ཐོག་གཙོད་བསམ་ཡང་། །
འོབས་མའི་ཐང་ལ་འཁྱིམ་ལེ་མིན། །

雪狮踞于雪山，
想要降服其身，
雪狮不降谷地。

ཐང་དཀར་འཕུར་བའི་གཤོག་སྒྲ་དེ། །
འདབ་ཆགས་ཁྲིམ་ཐོག་གཙོད་བསམ་ཡང་། །
འགུག་རྙིའི་གདོང་ལ་འཁྱིམ་ལེ་མིན། །

雄鹰盘旋高山，
想要降服其翼，
奈何不进鸟笼。

བཙོ་བརྒྱད་ཤྭ་ཕོའི་དུང་ར་དེ། །
རྩྭ་གཟན་ཁྲིམ་ཐོག་གཙོད་བསམ་ཡང་། །
ཉག་ཕྲན་གདོང་ལ་འཁྱིམ་ལེ་མིན། །

白鹿驰于原野，
想要得到鹿角，
奈何不见其身。

༣ མཐོ་དགུང་སྔོན་ལྡིང་བའི་ཁྱུང་ཕྲུག་དེ། །
གཤོག་སྒྲས་བར་སྣང་བཀང་བསམ་ཡང་། །
བྱ་འདབ་དམར་པོ་ཐོག་གིས་གཏོར། །

展翅高飞的琼鸟，
想要翱翔太空，
怎料双翼被毁。

བར་སྣང་འཁྱིམ་པའི་གཡུ་འབྲུག་དེས། །
ངར་སྒྲས་སྟོང་གསུམ་སྐྱོར་བསམ་ཡང་། །
གློག་ལྕེ་རྟ་བདུན་ཤུགས་ཀྱིས་འཛིག །

腾云驾雾的神龙，
想要威慑大千，
怎料太阳施压。

ས་གཞི་རྒྱུག་པའི་འདོ་ཕྲུག་རྟ། །
བང་ཁས་མགྱོགས་དར་ལེན་བསམ་ཡང་། །
རྣ་བཞི་གོར་མོ་རྡོ་ལ་ཐུག།

飞速奔驰的小马，
想要赛场夺冠，
怎料蹄绊石上。

ཕ་ཆེན་བུ་མོ་མཛེས་མ་དེ། །
མཚོན་ཁ་དོག་སྐད་གྲགས་བཞོག་བསམ་ཡང་། །
གོས་གསེར་འབྲུག་ཐིག་མ་ཁྲག་གིས་བརྒྱན། །

富贵人家的千金，
想要鲜衣绽放，
怎料毁于野汉。

ཁྲི་ཚ་དཔའ་ཆོད་ངར་མ།

赤擦 · 巴贵阿尔玛

ལུས་སྦལ་རོ་སྙིང་གི་ཁྲབ་དཀར་དེ། །
དགོས་དང་དགོས་ཏེ་ནང་རྫོང་དཀལ། །
དཔུང་ཁོ་ཤོག་སྙིང་གི་མདའ་འཕེན་དེ། །
དགོས་དང་དགོས་ཏེ་དོན་གོ་ཆུང་། །
མགོ་སྐྲ་དཀར་སྙིང་གི་རྨོག་དཀར་དེ། །
དགོས་དང་དགོས་ཏེ་ཁེ་པ་ཆུང་། །

蛙尸套上白甲，
想法离奇也不配；
箭向刺丛射，
想法无知也无用；
白首戴白胄，
精神可佳但无用。

སྨི་ལི་དཔོན་པོ་བྲག་བཙན།

木里·本波扎赞

བན་ཚུགས་མེད་རྒྱབ་དེ་བླ་མས་འཚོ། །
ཆོས་མི་འགྲུབ་སྐྱུང་སྟོམ་གྲོགས་ལ་ཤོར། །
གོས་ངུར་སྨིག་གྱོན་ཉིན་ངོ་རེ་ཚ། །

无良僧侣有上师，
不修佛法喜俗事，
身着袈裟让人恶。

ཕོ་ཁྲམ་པའི་རྒྱབ་དེ་དཔོན་གྱིས་འཚོ། །
ཡུལ་མི་བདེ་མི་ཤ་ཟོག་ཤོར་ལང་། །
སྲིད་རང་ཆུས་འཚོ་ཉིན་སྣོ་རེ་ཕམ། །

无良歹人官家护，
横行乡里盗匪起，
凡间世态让人恶。

དམན་རྐུབ་འཚོའི་རྒྱབ་དེ་ཕ་མས་འཚོ། །
ལུས་མི་བདེ་ནལ་ཕྲུག་ནད་ཀྱིས་ཟིན། །
གནས་ཁྲ་མོ་ཟེར་ཉིན་བློ་རེ་ཕམ། །

无道之妇父母护，
病染身躯毁了身，
莫问婆家让人恶。

བློན་སྟག་དམར་རྒྱབ་དེ་མང་རྗེས་འཚོ། །
ཚོད་མ་ཟིན་རི་ལུང་དམག་གིས་གང་། །
དཔུང་བུ་རྟ་ཤོར་ཉིན་སེམས་རེ་སྐྱོ། །

达玛身后有芒吉，
自不量力起兵事，
身首异处让人怜。

མགྲོགས་པ་འཕར་བ་རྗེས་གཅོད།

爵巴·帕瓦结觉

གཡང་དཀར་ལྷས་ར་བཟུང་བ་ལ། །
དོན་མེད་སྤྱང་མོ་ཅི་ལ་འདུར། །
ཉེས་མེད་ཞིམ་ཤ་ཅི་ལ་ཟ། །

圈中无辜绵羊，
饿狼何以聚之，
何以贪得羊肉。

ཤྭ་ཕོས་རི་རྩྭ་ཟ་བ་ལ། །
དོན་མེད་མདའ་ཤར་ཅི་ལ་དགོས། །
ཉེས་མེད་ཁྲག་རྭ་ཅི་ལ་ལེན། །

林中无辜小鹿，
猎箭何以对之，
何以贪得鹿角。

ཉ་མོ་རྒྱ་མཚོ་འཛིན་པ་ལ། །
དོན་མེད་ལྕགས་ཀྱུས་ཅི་ལ་འཛིན། །
ཉེས་མེད་དམར་གསོད་ཅི་ལ་བཏང་། །

海中无辜金鱼，
铁钩何以钓之，
何以贪得鱼肉。

ཁྲི་ཐུབ་དོམ་ནག

赤图·童那

ཁྲེལ་མེད་དཔོན་པོའི་ཁྲིམས་ཆད་དེ། །
རང་སྤྱོད་བསྒྱུར་ནས་གཞན་སྟེར་ཛམ། །

无耻上官之判决，
待人傲慢废国政，

ཐ་མ་རང་ཚུས་གཞན་ལ་ཤོར། ། 最后为人做嫁妆，
སྲིད་ཁྲིམས་འཛིན་ཟེར་ཞེ་རེ་ཕམ། ། 何以执掌国政。

དགེ་སྡིག་མེད་པའི་ཁྲམ་པ་དེ། ། 恶贯满盈之人，
རང་རྒྱུ་བཞག་ནས་མི་རྒྱུ་འཕྲོག ། 放着家产夺人财，
ཐ་མ་རང་ལུས་ཁྲམ་ལ་ཚུད། ། 最后自己也被骗，
སྡེ་ཁྲ་མོ་ཚོགས་དུས་ཞེ་རེ་ཕམ། ། 有何颜面自处。

ཁྲེལ་གཞུང་མེད་པའི་སྨན་ཚུང་དེ། ། 不知羞耻之女，
ཚེ་རོགས་སྐྱུར་ནས་གཞན་རོགས་འཚོལ། ། 背着夫淫于外，
ཐ་མ་བཟའ་གཉིས་ཁ་ཡ་འཐོར། ། 落得家破人亡，
མ་སྤུ་མོའི་མདུན་ནས་ངོ་རེ་ཚ། ། 有何颜面自处。

ངར་རྒོད་སྡིག་པ་ར་རྒོད། 阿尔贵 · 迪巴热贵

མི་ཉམས་ཆུང་རང་མལ་འདུག་པ་ལ། ། 无辜之人在家，
ཕོ་བཙན་པོས་སྣང་དོན་ཅི་ལ་རེད། ། 恶人何以欺凌；
ཟོག་ཉེས་མེད་རི་རྩྭ་ཟ་བ་ལ། ། 无辜牛羊在野，
དོན་མེད་སྤྱང་མོས་ཅི་ལ་དགྲ། ། 恶狼何以猎杀；
བྱིའུ་ཉེས་མེད་ཀྲུམ་བུ་འཐུ་བ་ལ། ། 无辜小鸟觅食，
དོན་མེད་སྐྱ་ཁྲས་ཅི་ལ་བཙེམ། ། 恶隼何以捕杀。

འབྲོང་སར་དཔའ་བོ་རྒོད་པོ། 仲萨尔 · 巴沃贵波

༡ སྤྲིན་བར་གཡུ་འབྲུག་སྔོན་མོ་དེ། ། 云中之龙，
ཉི་ཟེར་ཤར་ན་ཟུར་དུ་བྲོས། ། 遇着太阳不见踪影；
བྱ་རྒྱལ་ཁུ་བྱུག་སྔོན་མོ་དེ། ། 神鸟杜鹃，

སྐྱ་ཁྲ་བྱུང་ན་གར་སོང་མེད། །
ནམ་མཁའ་སྤྲིན་ལྗང་སྨུག་མོ་དེ། །
བྱང་རླུང་བྱུང་ན་མཐའ་ལ་ཡལ། །

遇着鹰隼不见踪影；
空中乌云，
遇着狂风不见踪影。

༢ རྒྱང་མཛེས་གངས་རི་དཀར་པོ་དེ། །
མཐོ་ཙམ་ཆེ་ཡང་ཆབ་ཏུ་ཞུ། །
གསེར་ལྡན་དལ་འགྲོ་སྨུག་མོ་དེ། །
རྦ་རླབས་ཆེ་ཡང་གྲམ་ལ་འགྱུར། །
གཞོན་ཞིང་ལོ་ཡག་སྙེ་མ་དེ། །
སྐྱི་ཙམ་མཐོ་ཡང་ཐང་ལ་ཉལ། །
དཔའ་རྗོད་སོག་གི་བེར་ཐུལ་དེ། །
དཔའ་ཙམ་ཆེ་ཡང་མགོ་ལག་ལེན། །

高耸的雪山，
也有冰雪融化时，
奔腾的江水，
也有浪平滩涂时；
茁壮的禾苗，
也有风吹身倒时，
英勇的培突，
也有手护头颅时。

ཨ་སྟག་ཀླུ་མོ།

阿达鲁（拉）姆

གོང་ཚིད་ཆད་པའི་སྒ་དང་གཅིག །
མཆན་ཁོང་དཀྲུག་པའི་ཤིག་དང་གཉིས། །
མཐུན་གསུམ་དཀྲུག་པའི་ལྕེ་དང་གསུམ། །
བྱེད་པོ་རང་གི་ཐོག་ལ་འབབ། །

断绳之鞍，
腋下之虱，
离间之舌，
自作自受。

དམུ་སྒྲུང་རིན་ཆེན་དར་ལུ།

穆江·仁钦塔尔鲁

༡ སྤྲིན་དཀར་ཤར་ནས་ནུབ་ལ་འགྲོ །
སྤྲང་ཆར་མེད་པ་ཁོ་ཐག་ཆོད། །
ཤེའུ་ཚུང་ན་དམར་གཞུང་ལ་ཕབ། །
སྤང་དཀར་ཤོར་བ་ཁོ་ཐག་ཆོད། །
སྒོམ་ཆེན་རྟོགས་ལྡན་གྲོང་ཡུལ་འཁྲིམས། །

白云从东游向西，
晴天无雨定无疑；
小鹿觅食沼泽谈，
失去草原定无疑；
上师逛街不修行，

སྡོམ་པ་ཉམས་པ་ཕོ་ཐག་ཆོད། །
དཔུང་རྐོད་ཁ་འཐོར་ཕྱི་མར་བསྒོས། །
ཧྲིང་མ་ཉམས་པ་ཕོ་ཐག་ཆོད། །

无疑已是破了戒；
排兵布阵一乱套，
交战失利定无疑。

༢ བྲག་དམར་གོ་ཀྲན་ཚང་ཁ་མཐོ། །
བཙན་ལ་དེ་ཡན་མེད་བསམ་ཡང་། །
ཚ་གྲང་འཐབ་པས་སྨིང་ནས་གཏོར། །
ས་འོག་སྒྲོམ་ཆེན་དཔའ་འགྱིང་ཆེ། །
སྐུ་ལ་བསྒོ་བ་མེད་བསམ་ཡང་། །
ནོར་སྲུང་གཉུམ་པོས་ངར་གྱིས་བཙོམ། །
སྤང་ཐོག་ཤ་བ་སྨུག་ཆུང་དེ། །
རླུང་གི་དྲི་ཚོར་མཁས་བསམ་ཡང་། །
མཐེབ་རྩལ་སྐྱེན་པོས་རྒྱུམ་བུ་འཐུ། །
སོག་སེར་བེར་ཐུལ་དཔུང་གི་ཚོགས། །
ཇམ་འཇིགས་དཔའ་རྟགས་འཇོག་བསམ་ཡང་། །
དཔའ་རྟུལ་དཔུང་གིས་ཡུ་མེད་བཟོ། །

高山之巅筑巢，
实为天险无敌，
奈何不敌雷电，
土鼠聚食地下；
好似不为人知，
奈何猎犬狡诈，
草原上的小鹿，
好似能懂风语；
奈何不懂猎箭，
索波培突之师，
雄壮威武无比，
奈何岭军无敌。

བརྒྱ་དཔོན་ཏ་ནག་ཧ་རི། **贾本·达那哈日**

ཁ་དགུ་འཕོར་བའི་དྲེད་མ་དེ། །
རང་སྐྱུས་མ་ཤེས་མི་ལ་བཤད། །
རྟགས་དགུ་ཚང་བའི་མི་ངན་དེ། །
རང་ལུས་མི་མཐོང་གཞན་ལ་འབར། །
སློག་སྡོམ་ཉམས་བའི་གྲྭ་པ་དེས། །
རང་སྐྱུས་བརྗེད་ནས་ཆོས་གཏམ་བཤད། །

不知所云之女，
将己之短言于外；
十恶不赦之人，
不识自我怒于人；
违反戒律之僧，
不记己为传佛法。

གཟའ་བདུད་ཟླ་བ་མིག་དགུ།

撒堆·查瓦米古

སྤྲིན་དཀར་རླུང་གིས་གཡོར་གཡོར་དེ། །
དཀར་ཡག་གངས་ལ་འཁྱིམ་ལེ་མིན། །
འཁྱིམ་ན་གངས་རི་ཅི་ལ་ཟེར། །

风吹云走空中，
不及雪山之巅，
若及山巅何以巍峨。

བྱེ་ཕུང་ཆུ་ཡིས་བཤར་བཤར་དེ། །
བྲག་དཀར་རྫོང་ལ་འགྲོ་ལེ་མིན། །
འཁྱིམ་ན་དཀར་རྫོང་ཅི་ལ་བཏགས། །

水带沙泥而走，
不及山崖之顶，
若及崖顶何以险峻。

ཆུ་ཆུང་གྲུ་བོས་བརྒལ་བརྒལ་དེ། །
མི་ནུབ་མཚོ་ལ་འགྲོ་ལེ་མིན། །
སོང་ན་རྒྱ་མཚོ་ཅི་ལ་བཏགས། །

船过小河之上，
不及汪洋大海，
若及海面何以壮阔。

ཚོ་ཆུང་དཔུང་པས་བཅོམ་བཅོམ་དེ། །
རྒྱ་ཆེན་སོག་ལ་འགྲོ་ལེ་མིན། །
འཁྱིམ་ན་གཟའ་བདུད་ཅི་ལ་ཡིན། །

盗匪劫掠村寨，
何以攻击索军，
若能便不叫我威武。

གསེར་པའི་ཉི་འབུམ་དར་ཡག

色巴·尼奔塔尔雅

སྤྱང་ཐང་རི་བོའི་རྩེ་ནས་འདུར། །
ལུག་ཁྲུ་མ་དཀྲུག་རྩལ་མེད་ཡིན། །
གཡང་དཀར་གསོན་ལ་གཏོང་རྒྱུ་མིན། །
ཁྱུ་རྫིང་ཧྲི་བོ་མི་འགྲོད་དམ། །

狼群聚于山上，
群羊命在旦夕，
不放半条羊命，
牧人哀嚎无用。

རྒྱ་ཁྲ་བར་སྣང་ཁམས་ནས་འཕུར། །

鹰隼盘旋在天，

བྱིའུ་ཁྲུ་མ་དཀྲུག་རྩལ་མེད་ཡིན། །
ནག་སྲུག་གསོན་ལ་གཏོང་རྒྱུ་མིན། །
ཁྲུ་རྙིང་ཕུ་ཤུད་མི་འགྱོད་དམ། །

雀群尽数危矣，
不放一雀东飞，
老雀哀鸣无用。

ངར་རྒོད་དཔུང་གི་རུ་སྣ་ཁྲིད། །
སྐར་ཚུང་མ་གཏོར་དཔའ་བོ་མིན། །
མི་གཅིག་གསོན་ལ་གཏོང་རྒྱུ་མིན། །
དཔུང་རྙིང་ཞུར་མ་ཡི་རེ་སྨུག །

勇士率领雄狮，
敌营尽数危矣，
不放一人逃遁，
鼠辈求饶何用。

ཤན་པ་མེ་རུ་རྩེ།

辛巴梅如泽

གནམ་ལྕགས་དགོང་སྔོན་མཐོང་ནས་འབབ། །
རི་བྲག་བརྩན་ཀྱང་ཅི་ལ་བརྟེན། །
ཁྱུང་ཕྲུག་རི་ཆེན་རྩེ་ན་འབབ། །
གྱང་རླུང་རྗེས་འདེད་སྒུ་ལ་སྡིགས། །
ཆུ་ཆེན་ལམ་གཞུང་ཕུར་སེ་འབབ། །
ས་ནག་གད་པས་ཅི་ལ་ཁེག །
རྟ་མགྱོགས་རླུང་དང་རྩེ་མོ་རྩེ། །
བོང་བུ་འདུར་ཡང་ཅི་ལ་དོ། །

天雷从天而降，
岩山坚固有何用；
琼鸟降于高山，
狂风在后有何用；
洪水滔天而来，
断崖阻挡有何用；
骏马与风为伴，
毛驴颠步有何用。

སོག་བློན་སྟག་དམར་བྲེ་ཡག

索伦·达玛普雅

ཚོང་མཁས་པས་རྒྱ་དབུས་བསྐོར་བའི་དུས། །
མཛོ་ཁྱུང་དཀར་ཤི་ཆད་སྟོན་གྱི་ལམ། །
དེ་ལ་ཚོང་དཔོན་འགྱོད་རྒྱུ་མེད། །
ནོར་རིན་ཐང་བྲལ་བ་ནོར་བུའི་རིགས། །
མཁར་ཁྲ་མོས་བང་མཛོད་གང་ནས་ཡོང་། །

商贾走游天下，
驮牛累死在途中，
商贾不悔行商路，
奇珍异宝价更高，
堆积邦国之金库。

ཕ་ཕྱུག་པོའི་རྒྱུ་ནོར་གསོག་པའི་དུས། །
རི་ཁ་ཐུང་ཞིང་སྐྱུ་སེར་བས་རྡུང་། །
དེ་ལ་ཕྱུག་པོ་འགྱོད་རྒྱུ་མེད། །
རྨ་རྒྱ་ཤོད་འབྲུ་རིགས་སྨ་ལྷ་དེས། །
གཞི་ཕ་མཁར་རྫོང་གཞིས་ཁེངས་ནས་ཡོད། །

有为之父积财，
风霜摧毁禾苗命，
富人不悔撒种子，
待到五谷丰登时，
粮食堆满自己仓。

ཕ་འབྲོག་པས་རྟ་ནོར་གསོག་པའི་དུས། །
ལུག་གཡང་དཀར་སྤྱང་པོས་ཟོས་ན་ཡང་། །
དེ་ལ་འགྱོད་ཚིག་བྱེད་རྒྱུ་མེད། །
སྒོ་རྟ་ནོར་ལུག་དང་དུད་འགྲོའི་རིགས། །
ས་གཞུང་དྲུག་ཕྱོགས་མེད་ཁེངས་ནས་ཡོད། །

有为牧人增牛羊，
羊入狼口在圈中，
牧人不悔饲养苦，
门前马牛羊等畜，
将会洒满方域内。

ཡུལ་ཤོག་གཉིས་སོག་གླིང་འཐབ་པའི་དུས། །
དམག་བུ་རྟ་ཤི་ཆད་སྟོན་གྱི་ལས། །
དེ་ལ་རྒྱལ་བློན་འགྱོད་རྒྱུ་མེད། །
དཔའ་ངར་ཁོང་གི་སྐྱུ་བྱུས་བཟུང་ནས་ཡོད། །

索岭大战正当时，
将士死伤在沙场，
君臣不悔征伐计，
英雄胸中自有主。

སོག་བློན་རིན་ཆེན་གྲགས་པ།

索伦·仁钦扎巴

བྱུས་མ་བསམ་ཞ་བྲོས་བྱེད་པ་ལས། །
དཔའ་དཔུང་རྟགས་བཞག་ནས་ཤི་ན་དགའ། །
ནོར་མ་སོགས་སེར་སྣ་བྱེད་པ་ལས། །
ཁྲིལ་མ་ཁུར་རྒྱལ་ཁམས་འགྲིམ་པ་དགའ། །
སེམས་མི་མཐུན་ཁྱིམ་ཐབ་བྱེད་པ་ལས། །
འཛིང་འཐབ་མོ་མེད་པའི་གོ་ལུས་དགའ། །

贪生怕死逃遁，
不如血洒沙场；
惜财吝啬守护，
不如远走乞讨；
无爱之妻在家，
不如孤寡一生。

ཨ་གྲགས་གཟི་རྫོང་། 《阿扎天珠宗》

ཁྲི་རི་སྟག་རྩེ་རྒྱལ་པོ། 齐日·达泽嘉波

རྒྱ་མཚོར་གནས་པའི་དུང་དཀར་དེས། ། 白螺长于海中，
ཆུ་སྲིན་གཙང་པ་རོ་ཟན་གསོད། ། 其身能御巨鳌，
དུང་དཀར་ཆེ་ལོ་མ་རེད་དེ། ། 白螺其实不大，
སྔོན་གྱི་ལས་དབང་བཙན་ཤོར་རེད། ། 因缘际会而已。

སྔགས་པས་དབལ་ལྷན་གཡུག་ལམ་ན། ། 咒师抛出铁杵，
ངར་སྐད་གཡུ་འབྲུག་ཐང་དུ་ལྷུང་། ། 神龙低鸣落地，
དབལ་ལྷན་རྣོ་ལོ་མ་རེད་དེ། ། 不是铁杵锋利，
སྔགས་ནག་ནུས་པ་ཆེ་ཤོར་རེད། ། 法力威猛而已。

བཙན་དུག་ཟིལ་ཆུ་ཐྲ་མོ་དེས། ། 饮下一滴毒液，
རྨ་བྱའི་གཙུག་སྒྲོ་ཐང་ལ་འཛོག ། 孔雀顶羽散落，
དུག་ཆེན་ངར་ལོ་མ་རེད་དེ། ། 不是毒液非凡，
སྔ་རབས་ལས་འབྲས་སྨིན་པ་རེད། ། 前定命该如此。

རྒོད་ལྷུམ་དཀར་མོ། 贵姜嘎尔姆

མཁར་ཁྲ་མོའི་ནང་གི་ཕ་ཁྲུ་རྣམས། ། 城中勇士齐聚，
འཛོམས་ཆིལ་ལེ་ཡོངས་སྐྱོད་ཡོས་རང་ཆེ། ། 欢声笑语殿宇，
རྨ་རྒྱ་ཞིང་འབྲས་དུག་སེར་བས་གཏོར། ། 雹灾降于庄稼，
སྔགས་ཡུང་ཟེར་འབེབས་པའི་དུས་ལ་བབ། ། 该是迎请咒师。

སྦྲ་རེ་ལུ་ནང་གི་ན་ཆུང་རྣམས། །
ཡིད་དལ་སོས་ཁ་མཚར་ཟློས་དགོས་ཀྱང་། །
ལུག་གཡང་དཀར་ཁྱུ་དཔུང་སྤྱང་ཀིས་དཀྲུགས། །
ཀི་ཅོ་ཅོ་འབོད་པའི་དུས་ལ་བབ། །

帐中青年欢聚，
打趣说笑在内，
羊群突遭饿狼，
该是大呼小叫。

རྫོང་ཁྲ་མོའི་ནང་གི་དཔོན་པོ་རྣམས། །
ཐུགས་བདེ་འཇམ་དལ་བ་ཟློས་དགའ་ཡང་། །
དགྲ་ཡ་མེད་བཙན་པོ་ཐོག་ཧྲུང་གདའ། །
སྐྱིད་འཁོར་གསུམ་བསྐོར་བའི་དུས་ལ་བབ། །

宫中君臣悠然，
轻松自在换盏，
外敌进入国境，
该是披挂上阵。

གེ་སར་ནོར་བུ་དགྲ་འདུལ།

格萨尔·诺普占堆

༡ དགུང་མི་འགྱུར་དགུ་ཐིག་སྐྱ་རེངས་དེ། །
ལྷ་དྲང་སྲོང་མིན་པ་བདག་མི་མེད། །
དམའ་རྒྱ་མཚོ་བཅུད་ཀྱི་ནོར་བུ་དེ། །
ཀླུ་དགའ་བོ་མིན་པ་དབང་ལེ་མིན། །
རྒྱུ་སྐར་སྨག་ལ་བཙུད་མི་དེ། །
དུང་ཟླ་མིན་པ་ཡོད་ལེ་མིན། །

天空初现曙光，
唯有大仙统御，
海底珍宝无双，
唯有鲁神能取，
星辰暗然失色，
唯有月亮之光。

༢ རླུང་བསེར་མ་ཉལ་བ་སྤྲིན་པས་སློང་། །
སྤྱང་པོ་ཐང་ཉལ་བ་ལུ་གུས་དཀྲོག །
སེ་གླིང་ཏུ་ཉལ་བ་བྱང་མིས་སློང་། །

风欲静而云在催，
狼欲眠而羊蹄急，
岭国修养北人侵。

༣ གཏམ་ལན་པོ་མེད་ན་ལྐུགས་པ་རེད། །
ད་ཏུང་ལྐུགས་པས་མཛུབ་རིས་བྱེད། །
ཟས་ལེན་པོ་མེད་ན་ཁྲམ་པ་རེད། །

有问无答装哑巴，
装模作样有笑意；
有恩不报伪君子，

ད་རུང་ཁྲམ་པས་ཁ་ཡག་བཤད། །
དགྲ་ལེན་པོ་མེད་ན་ཕ་མོ་རེད། །
ད་རུང་ཕ་མོས་ཟ་རྒྱང་ངོམ། །

惺惺作态口酿蜜；
有仇不报非君子，
头头是道非人言。

༤ སེར་གཟུགས་རྫུན་གྱི་མཁས་གཏམ་དེ། །
བདེན་དུ་བསམས་ཏེ་ཉན་ན་ཕུང་། །
ལ་རྒྱབ་ཁྲམ་པའི་རྫུན་གཏམ་དེ། །
བདེན་དུ་བསམས་ཏེ་ཉན་ན་ཕུང་། །
སྨད་འཚོང་བུ་མོའི་སྙིང་གཏམ་དེ། །
བདེན་དུ་བསམས་ཏེ་ཉན་ན་ཕུང་། །

假僧能言善辩，
若愿听信必悔之；
假意奸人善言，
若愿听信必悔之；
花巷妓女心里话，
若愿听信必悔之。

དཔལ་འབར་རྒྱ་མཚོ་བཀྲ་ཤིས།

巴跋尔•嘉措扎西

༡ གངས་དཀར་མོའི་སྐང་དྲུག་གཟིགས་ཉིན་མོ། །
སེང་དཀར་མོ་གར་འགྲོ་རང་དབང་ཆེ། །
མགོ་གཡུ་རལ་སྤྱུང་སེ་གངས་རིའི་རྒྱན། །

雪映众山之时，
雪狮自由随心，
绿鬃随风摇曳。

རྫ་ལེབ་མའི་སྐང་ཟེ་གཟིགས་ཉིན་མོ། །
འབྲོང་བྲི་མོ་གར་འགྲོ་རང་དབང་ཆེ། །
མགོ་རུ་ཕྱུར་ཉིལ་ལེ་ལྷུང་པའི་རྒྱན། །

草绿岩山之时，
野牛自由随心，
巨角状严崖间。

རོང་ནགས་མའི་བཙན་རྫོང་འཛིན་ཉིན་མོ། །
སྟག་དམར་ཡག་གར་འགྲོ་རང་དབང་ཆེ། །
ལུས་འཛོམས་དྲུག་ཉིལ་ལེ་ནགས་མོའི་རྒྱན། །

盘踞密林之时，
猛虎自由随心，
啸天踱步林间。

དགྲ་ཕར་འདུལ་སྐྱུ་རིང་བཟུང་ཉིན་མོ། །
ལམ་གར་འགྲོ་དཔའ་བོ་རང་དབང་ཆེ། །

天下大乱之时，
勇士自由随心，

སྐྱེད་འཁོར་གསུམ་ཤར་རི་དཔུང་གི་རྒྱན། །
厉兵秣马在野。

རོང་གསས་ལྷ་རྒོད་འབུམ་ལུ།
绒赛・拉贵奔鲁

གུག་ཐུང་གྲུམ་པ་རྒྱུག་ཚོད་དེ། །
ཞེའུ་ཁྱི་ཡིས་ཤེས་ལེ་རེད། །
སྤར་མ་ཝ་ཡི་དཔའ་ཚོད་དེ། །
དམར་ཡག་སྟག་གིས་ཤེས་ལེ་རེད། །
བྱིའུ་ཚང་འཕུར་བའི་གཤོག་ཐག་དེ། །
སྐྱུ་ཁྲ་རྟོར་པས་ཤེས་ལེ་རེད། །

短腿獾猪步调，
猎犬自有把握；
红狐觅食之胆，
猛虎心知肚明；
雀鸟飞翔之能，
鹰隼了如指掌。

སྟག་རོང་ཨ་ཁུ་ཁྲོ་ཐུང་།
达绒・阿库超同

༡ བཟང་པོ་རྒུད་ན་དར་ལས་འཇམ། །
ངན་པ་ཚར་ན་རྭ་ལས་གྱོང་། །
རྭ་འབྲས་རྩེ་མོ་མིག་གི་བདུད། །

君子没落变谦和，
小人末路更执拗，
羊角卷曲会伤眼。

ཁྲ་ཡག་རི་བཀྲ་གཟིག་གི་བུ།
སྒོ་ལ་བཏགས་ན་ནོར་ལ་འཇབ། །
བྲག་ནག་འུག་པ་བདུད་ཀྱི་བྱ། །
ཁྱིམ་ལ་གསོས་ན་ལྟས་ངན་ཛོམ། །

驯服野狗凶悍，
拴在门前守财，
黑崖鸱枭虽美，
留于家中不祥。

༢ དབང་མེད་མཐོ་གནམ་བྱེད་ལེ་དེ། །
ཚིག་གསུམ་བཤད་ན་རྗེས་ནས་འཕྱ། །
གོམ་གསུམ་སྤྱོས་ན་རྗེས་ནས་འཕྱ། །
དཔའ་མེད་སྟོང་གནམ་བཤད་ལེ་དེ། །
ཐད་གསུམ་ཚང་ན་རྗེས་ནས་འཕྱ། །

好言无权之人，
三句不出被骂，
三步不迈被骂，
好言无胆之人，
三遇其敌被骂。

༣ ཐང་དཀར་རྒོད་པོའི་ཧམ་པ་ལ། །
རི་རབ་ཟུར་བཞི་མི་ཤེས་དུས། །
གླིང་བཞི་ཉིན་བསྐོར་བྱེད་རྒྱུ་ཟེར། །
དེ་མི་འཕོར་ཁྱུང་གི་ཨེ་མི་ཤེས། །

雄鹰贪欲不足，
不识须弥左右，
豪言飞跃四洲，
怎奈飞而不成。

འདོ་ཆེན་རྟ་པོའི་ཧམ་པ་ལ། །
ཐང་ཆེན་བང་གིས་མི་ཚོད་དུས། །
ཟ་ཆེན་གྱེན་ལ་རྒྱུག་གི་ཟེར། །
མི་ཐོག་ཁ་དཀར་རྐྱང་གི་ཤེས། །

骏马贪欲不足，
急蹄不过原野，
豪言翻越雪山，
怎奈翻而不成。

སྦལ་ཀན་རྒྱ་པོའི་ཧམ་པ་ལ། །
ཉ་མོའི་འཕྱུག་རྩལ་མི་ཤེས་དུས། །
གཙང་ཆེན་ཕ་རིར་འགྲོ་རྒྱུ་ཟེར། །
མི་ཚོད་ཉ་མོའི་ཨེ་མི་ཤེས། །

蟾蜍贪欲不足，
未学飞鱼之技，
豪言飞跃大河，
怎奈跃而不成。

གསེར་པའི་ཉི་འབུམ་དར་ཡག

色巴·尼奔塔尔雅

སེང་དཀར་གངས་རིའི་སྙིང་བཅུད་རེད། །
གཡུ་རལ་དེ་ལ་དེ་འཕོར་རེད། །
རྒྱ་སྟག་ནགས་རྫོང་སྙིང་བཅུད་རེད། །
འཛུམ་དྲུག་དེ་ལ་དེ་འཕོར་རེད། །
ཁྱུང་ཆེན་རི་རབ་སྙིང་བཅུད་རེད། །
གཤོག་དྲུག་དེ་ལ་དེ་འཕོར་རེད། །

雪山之灵雪狮，
坐镇雪山之上，
密林之灵猛虎，
踞守密林之中，
须弥之灵琼鸟，
盘旋须弥之上。

འཛང་སྲས་གཡུ་ཁྲི་དཀྲུང་སྔོན། 姜赛·玉赤巩恩

མཐོ་གནམ་མཁའི་བྱ་ལམ་བར་མ་ནས། །
ལྕག་རོག་རྒྱས་ལྕུགས་ཀྱི་སྡེར་མོ་ཅན། །
མདའ་སྐྱེན་པོའི་རྒྱུག་རྩལ་མ་ཟིན་ན། །
ཁང་ལྕུགས་སྡེར་ཡོད་ལེ་རང་དགྲ་རེད། །

万里长空，
铁爪雄鹰翱翔，
躲不过飞驰之箭，
铁爪反而害自己。

རི་ནགས་མ་སྟུག་མའི་དཔུང་ཟུར་ན། །
ཤྭ་ཕོ་ཆེན་དུང་གི་དར་རྭ་ཅན། །
ཙ་རྩེ་མོས་ཁྱི་ངོ་མ་ལོན་ན། །
མགོ་རྭ་རྫིང་ཆེ་ལེ་རང་དགྲ་རེད། །

密林深处，
银角神鹿驰骋，
蹄不及猎犬之速，
头长银角有何用。

ཐང་རྒྱ་ཤོད་སྐྱ་མོའི་ཡང་སྟེང་ན། །
རྟ་འདོ་བ་གསེར་གྱི་ཁ་ཙ་ཅན། །
ལམ་སྐྱ་མོ་འགྲོས་ཀྱིས་མ་བཅད་ན། །
ཁ་གསེར་སྲབ་ཡག་ལེ་རང་དགྲ་རེད། །

平原之上，
骏马驰骋在野，
若不能急蹄万里，
口衔金嚼有何用。

དཔུང་ཁྲ་བོ་དམག་གི་ཙ་སྣེ་ན། །
སྟག་ཤར་ར་ལྕུགས་ཀྱི་འཕོར་དགུ་ཅན། །
མདའ་ཉག་ཕྲན་འཕངས་རྟགས་མ་བླངས་ན། །
སྙིད་འཕོར་གསུམ་བསྐོར་ལེ་རང་དགྲ་རེད། །

沙场之上，
勇士箭术神勇，
若不封箭术之冠，
箭术神勇有何用。

མ་ནེ་འོད་དཀར། 玛乃维嘎尔

གཅོད་ཟེར་ན་འགུ་ཟེ་གྲི་ལ་བབ། །
གྲི་འགུ་ཟེའི་ངས་ཚོད་མི་བསམ་སྟེ། །

都说古斯之刀锋利，
却不知古斯之刃，

ཁྱུ་དཔའ་བོའི་དཔུང་ཤུགས་བཙན་ཤོར་རེད། །

在于英雄之勇。

འཕེན་ཟེར་ན་ཉག་ཕྲན་མདའ་ལ་བབ། །
མདའ་ཉག་ཕྲན་ངས་ཕོག་མི་བསམ་སྟེ། །
གཞུ་འཁྱོག་དཀར་འཕངས་ཚན་ཆེ་ཤོར་རེད། །

都说神箭之镞锋利，
却不知神箭之利，
在于神弓之力。

འགྲོ་ཟེར་ན་འདོ་བ་རྟ་ལ་བབ། །
རྟ་འདོ་བས་ང་འགྲོ་མི་བསམ་སྟེ། །
ལག་བཙན་པོའི་ལྕུང་ལྕག་ཚ་ཤོར་རེད། །

都说骏马之蹄神速，
却不知骏马之蹄，
在于神鞭之策。

རྒྱ་ལོའི་གཡུ་སྟག

嘉洛玉达

རྫོང་ཐང་དཀར་ཟེར་བ་བྲག་དཀར་རྒྱན། །
འཕུར་ཟེར་ན་བར་སྣང་ཀླབས་ཀྱིས་ཆོད། །
ལུས་གཤོག་དྲུག་རྒྱས་པས་གླིང་བཞི་བསྐོར། །
བྱ་ཁྱུང་ཆེན་མིན་ཏེ་འདྲ་ལ་ཁད། །

高山之鹰山之灵，
展翅遨游天际，
羽翼丰满环游四洲，
不比琼鸟好似琼鸟。

བྱིའུ་འཇོལ་མོའི་སྐད་སྙན་ལྗོན་ཤིང་བརྒྱན། །
གྲག་ཟེར་ན་རི་ཀླུང་ལྷུང་ལྷུང་ལྷུང་། །
ཤིང་ཤུག་གུའི་རྩེ་ནས་འགྱུར་སྐྱ་ལེན། །
བྱ་ཁུ་བྱུག་མིན་ཏེ་འདྲ་མདོག་ཁ། །

密林画眉林之灵，
啼鸣缭绕林间，
天籁醉林柏树枝头，
不比杜鹃好似杜鹃。

སྐྱི་དཔོན་རོང་ཚ་ཁྲ་རྒན།

吉本·绒擦查根

༡ རྟ་རྒོད་མ་ཤིང་མ་རྟེའུ་མ་གསུམ། །
རྟ་རྒོད་མ་རྒྱུག་ན་དཔྱིད་ལ་རྒྱུག།
དཔྱིད་ཟླ་གསུམ་ཁ་བ་བབས་དུས་རྒྱུག།

跑马猎马和母马，
跑马竞速在三春，
三春雪花飘飞时，

དཔུང་ཤ་གཞན་སྐྱོད་པས་འདུལ་བས་སླ། ། 马无膘肉易驯服。

རྟ་ཡིང་མ་རྒྱུག་ན་དབྱར་ལ་རྒྱུག། 猎马竞速在三夏，
དབྱར་ཟླ་གསུམ་རྩི་ཐོག་ཡོད་དུས་རྒྱུག། 三夏绿草争艳时，
ཆས་ཟ་རྩྭ་ཡོད་དུས་རྟ་ལ་བྱམས། ། 路有青草马温顺。

རྟ་རྟེའུ་མ་རྒྱུག་ན་སྟོན་ལ་རྒྱུག། 母马竞速在三秋，
སྟོན་ཟླ་གསུམ་འབྲས་དྲུག་སྨིན་དུས་རྒྱུག། 三秋六谷归于仓，
མ་རྩལ་བུ་ལ་བྱང་རྒྱུ་ཡོད། ། 母马可教驹跑速。

༢ གངས་དཀར་ཤེལ་གུར་དཀར་མོ་ནས། ། 雪山之巅，
གདོང་ལྷ་སེང་རྒོད་ངར་མ་དེས། ། 雪狮威武，
གཞོངས་བཞི་ཁུལ་ཞིང་གངས་ལ་འབེབས། ། 游巡山巅雪谷，
སེང་གཡུ་རལ་ཅི་འདུག་དེ་ནས་བལྟ། ། 傲视世间百兽。

མདའ་རྒྱ་ཤོད་བྱེ་མའི་གཞུང་ཐང་ནས། ། 农田无垠
ལོ་ཡག་སྐྱེ་མ་ཞིང་གི་རྒྱན། ། 丰年吉祥
གྲ་ཐོད་རླུང་དང་རྩེད་མོ་རྩེ། ། 禾穗迎风摇曳
དཔུང་མང་ཞན་ཅི་འདུག་སྟོན་ལ་བལྟ། ། 秋收自知麦重

ཆུ་འཛིན་འཁྲིགས་པའི་མཁའ་གློང་ནས། ། 长空万里，
གནམ་ལྕགས་ངར་མའི་སེར་རྒོད་དེ། ། 神龙初现，
བར་སྣང་བཟུང་ཞིང་ཐང་དུ་འབེབས། ། 从云降于平原，
དྲག་རྩལ་ཅི་གདའ་དེ་ནས་བལྟ། ། 神龙呼风唤雨。

༤ ནམ་མཁའ་སྐར་མས་ཁེངས་ན་ཡང་། ། 星辰虽众，
མུན་སེལ་ཉི་ཟླར་དོ་ས་མེད། ། 不敌日月；

ས་གཞི་ཤིང་གིས་གང་ན་ཡང་། །
ཙན་དན་ཨ་གར་དོ་ས་མེད། །
སྤང་དཀར་མེ་ཏོག་ཁེངས་ན་ཡང་། །
ཨུ་དུམ་ཝ་ར་དོ་ས་མེད། །

树木虽多，
不敌紫檀；
小花遍野，
不敌昙花。

༥ སྐྱེས་པ་ཕོ་ལ་བསྐྱོས་ཐང་གསུམ། །
དགྲ་ཕར་འདུལ་རྟེང་མ་ལེན་དང་གཅིག །
འབྲོང་བྲི་མོའི་འབྲོང་ཤ་ཟ་དང་གཉིས། །
རྟ་འདོད་བའི་གོང་གནོན་བྱེད་དང་གསུམ། །

勇士应行三事，
沙场杀敌之奖，
猎杀野牛之肉，
驯服野马之能。

ཟ་མ་མོ་ལ་མཛངས་གསུམ་ཡོད། །
མགྲོན་ལ་ཇ་ཚང་སྟེར་དང་གཅིག །
དབྱེན་ཁ་གཏམ་འདྲི་ཤུང་དང་གཉིས། །
གྲོགས་དང་ཁྱིམ་མཚེས་མཐུན་དང་གསུམ། །

贤女应行三事，
奉宾茶食桌前，
不行离间之事，
睦邻友好在家。

༦ གནམ་ས་གཉིས་ལ་འདུན་མ་དར། །
དགྲ་གཉེན་གཉིས་ལ་འདུན་མ་དར། །
འདུན་མ་སྲིད་པའི་བསྐོས་བཞག་རེད། །

天地际会是自然，
敌我并存在商议，
商讨乃存世之本。

ཚ་ཞང་འདན་མ་བྱང་ཁྲ།

擦香·丹玛向查

༡ བརླིང་ཆེ་ན་རི་བོ་ཐལ་བས་གཡོག །
ཆུ་དལ་ན་གྲུ་བོས་སྐེད་ནས་གཅོད། །

山虽稳尘土裹之，
水虽缓船截两头。

༢ དགུང་ལ་ཁའི་སྤྱང་ཐང་གཅུམ་མོ་དེས། །
མ་རྩལ་བུ་ལ་སྦྱོང་བའི་དུས། །
རྒྱ་ལུག་ཤ་ལ་མ་ཟོས་མེད། །

坡上羸弱母狼，
授幼狼围猎时，
食百羊之肉。

སྟོང་ལུག་ཁྲག་ལ་མ་འཐུང་མེད། །
དུང་མཆེ་སོ་ཁ་ཡལ་བའི་དུས། །
རྒྱུག་སྙིང་ཡོད་དེ་ནུས་ཤུགས་མེད། །

饮千羊之血，
待到狼牙掉落，
心有余而力不足。

ན་དམར་རྐྱང་མོ་ཁ་དཀར་དེ། །
རྨིག་བཞི་འགྲོས་ལ་ཁུག་པའི་དུས། །
འདབ་ཆགས་གྱིབ་མ་མ་བདས་མེད། །
རླུང་ཆེན་བང་ཁ་མ་བགོས་མེད། །
ན་ཚོད་སོ་རིས་ཡལ་བའི་དུས། །
རྒྱུག་སྙིང་ཡོད་དེ་ནུས་ཤུགས་མེད། །

原上瘦弱野驴，
四蹄顺遂之时，
飞禽不见其后，
疾风不绊其蹄，
待到牙纹磨平，
心有余而力不足。

དམའ་རྒྱ་མཚོའི་ལྟོ་དཀར་གསེར་མིག་དེ། །
རླུང་སྟོབས་ཆབ་ལ་ལྡིང་བའི་དུས། །
མཚོ་ཆེན་གཡས་སྐོར་མ་བྱས་མེད། །
མཚོ་ཆུང་གཡོན་སྐོར་མ་བརྒྱབ་མེད། །
ཉ་ཁ་འདམ་གྱིས་ཚོད་པའི་དུས། །
འགྱུར་སྙིང་ཡོད་དེ་ནུས་ཤུགས་མེད། །

海中漂浮鲸鱼，
鳍动龙宫之时，
日游四方之海，
旬有方域小湖，
待到落鲸之时，
心有余而力不足。

༣ བྲག་དཀར་པོ་ང་མཐོ་མ་བསམ་དང་། །
དེའི་ཡན་ལ་ཐོག་མདའ་ངར་མ་ཡོད། །
རྡོ་དཀར་སྒོང་རྡོ་ཕྱེ་སྦུར་གང་རེད། །
ཆུ་ཆེན་པོས་ང་ཆེ་མ་བསམ་དང་། །
དེ་ཡན་དེ་རྒྱ་ཟམ་ཁྲ་མོ་ཡོད། །
ཆབ་ཆུ་བོ་ཧྲ་ཛའི་འཛག་མ་རེད། །

山崖再高，
雷电在天，
击之尘也，
水流再急，
索桥在上，
水流如丝。

༤ དགུན་ཟླ་གསུམ་སྲིབ་རི་ཁ་བས་བཟུང་། །
ཕུ་གངས་རི་ལུང་པའི་རྒྱན་དུ་ཆེ། །

山阴积雪三冬，
雪山屹立山谷，

དཔྱིད་ཟླ་གསུམ་རྒྱ་མཚོ་རྡོད་དུ་ཁུག།
གངས་དཀར་ཡག་ཆབ་ལ་འགྱུར་བའི་དུས། །
སེང་དཀར་མོ་ཁྱོད་ལ་ཤ་རེ་ཚ། །
དབྱར་ཟླ་གསུམ་གཡའ་རི་སྤང་ལྗང་འཁྲུངས། །
མེ་ཏོག་རྩེ་བཙུད་མིག་གི་རྒྱན། །
དགུན་ཟླ་གསུམ་སྔོ་ལྗང་རླུང་གིས་ཁྱེར། །
སྤང་རྩེ་བཙུད་ཁྱོད་ལ་ཤ་རེ་ཚ། །

洋流送来三春，
雪山融于雪水，
可怜雪狮空吼，
草甸花开三夏，
花儿绽放草甸，
寒冬带走花香，
可怜娇嫩小花。

༥ ཕུ་ཡ་ཀའི་སྤང་ལུང་ཤོག་ཅན་ན། །
ཤྭ་ཕོས་ཁྲུ་ཏུ་ཁྲིམ་ཐུག་ནས་འདུག།
ཕོ་བསོད་ཆེན་མདའ་རྟགས་བཞག་ས་ལ། །
མགོ་དུང་རྭ་ཅན་ཞིག་ལ་ཐང་མེད། །

山谷间，
鹿群觅食，
勇士弯弓搭箭，
鹿死谷间。

སྙེད་ཕ་རི་ཤུག་གསེབ་ཁྲབ་ཁྲིབ་ལ། །
གླ་ཕོ་གླས་ཉིན་རྩྭ་ཟ་གི་འདུག།
དབུལ་པོས་མདའ་རྟགས་བཞག་ས་ལ། །
རྩི་བཟང་དྲུག་ཅན་ཞིག་ལ་ཐང་མེད། །

柏木林，
麝群觅食，
猎人弯弓搭箭，
麝死林间。

མདའ་མ་གའི་རྫོང་ཆེན་ལམ་འགྲམ་ན། །
ཇག་པ་ཚུར་ཡོང་ཐུག་གི་འདུག།
སྐྱེན་པོའི་མདའ་རྟགས་བཞག་ས་ལ། །
དཔོན་ལས་དབང་ཅན་ཞིག་ལ་ཐང་མེད། །

城镇中，
盗匪群聚，
勇士弯弓搭箭，
匪首坠马。

༨ གཏམ་སྔོན་ནས་བཤད་པ་རྗེས་ནས་འཚོ། །
གཏམ་མང་པོ་གྲོས་ཁ་འཐོར་བའི་རྒྱུ། །
ཟས་ཞིམ་པོ་མར་དཀར་སྤྲུ་ལུ་རེད། །
ཟ་ཆེ་ན་ཞེན་ཁ་གཏིང་ནས་ལོག།

言在前事在后，
议事不宜多言，
酥油疙瘩虽好，
多食必然伤胆。

གོས་རྡྲ་པོ་ལུ་གུའི་ཚ་ཏུ་དེ། །
གྱོན་ཆེ་ན་ཤིག་གིས་ཟ་འཕྲུག་སློང་། །
གཏམ་སྙན་པོ་ཕ་མའི་ཁ་ཏ་རེད། །
བཤད་ཆེ་ན་ཞེ་སེམས་འཁྲས་སྐྱུད་རེད། །
གྲོས་བཟང་པོ་དཔོན་པོའི་འདུན་གྲོས་རེད། །
ཁུ་ཆེ་ན་དགོངས་པ་འཚོམ་བྱེད་རེད། །

羊羔皮毛虽好，
常穿必生虱虫，
父母之言虽好；
多言必起反心，
天地之谋虽好，
言多必遭不快。

དགྲ་ལྷ་རྩེ་རྒྱལ།

扎拉泽嘉

༡ གནང་ཁྲ་མི་རན་ཚོད་ཐོབ་པའི་དུས། །
དཔའ་རང་ཚོད་བཟུང་ན་མཁས་པ་ཡིན། །
མདའ་སྐྱིན་པོ་ཕར་ཚུར་འཕེན་པའི་དུས། །
གོ་བཙན་པོ་བཟུང་ན་མཁས་པ་ཡིན། །
རྒྱུ་ནོར་རྫས་ཏུ་བགོས་བྱེད་པའི་དུས། །
གཏམ་ངང་རྒྱུད་བསྲིང་བ་མཁས་པ་ཡིན། །
དགྲ་ཚུར་ཆས་ཐོག་བརྫིས་བྱུང་བའི་དུས། །
དཔུང་གང་ཐུག་གཏོར་བ་མཁས་པ་ཡིན། །

君王论功行赏，
智者急流勇退，
沙场万箭齐发，
智者盔甲护身；
在内分钱分物，
智者守口如瓶，
外敌入侵之时，
智者遇敌就战。

༢ གངས་དཀར་མོའི་ཡ་བདག་སེང་གེ་རེད། །
མགོ་གཡུ་རལ་འཁྱིལ་བ་ཀུན་གྱིས་ཤེས། །
རྫ་རོག་པོའི་སྙིང་བཅུད་འབྲོང་བུ་རེད། །
ལུས་དཔའ་བརྗིད་ཆེ་བ་ཀུན་གྱིས་ཤེས། །
བྲག་དཀར་རྫོང་བཟུང་མཁའ་ཐང་ཕྱུག་རེད། །
ལུས་ནམ་འཕང་ཚོད་པ་ཀུན་གྱིས་ཤེས། །

雪狮威武，
皆知雪山之灵；
野牛壮美，
皆知山谷之灵；
雄鹰翱翔，
皆知山崖之灵。

༣ མཐོ་རི་རབ་འཛིན་པའི་ཁྱུང་ཆེན་བྱ། །
ལུས་གཤོག་ཧྲུག་འཕུར་ཐག་རིང་ཞན་འདྲ། །

琼鸟出自须弥，
展翅翱翔虽远，

ད་རུང་ནམ་འཕང་གཅོད་རྒྱུ་ཡིན། །
མཐོ་རྒྱ་ཆོད་པ་སྔོན་གྱི་བསྔོས། །
མོན་ཤིང་རོང་འཛིན་པའི་ཁུ་བྱུག་བྱ། །
ས་ཐག་རིང་གཤོག་སྟེ་ཟད་ཞན་འདྲ། །
ད་རུང་དྲུག་འགྱུར་རྒྱུག་རྒྱུ་ཡིན། །
སྐད་སྙན་མོ་སྒྲོག་པ་སྔོན་གྱི་བསྔོས། །
དམའ་རྒྱ་མཚོ་འཛིན་པའི་ངང་དཀར་བྱ། །
མཚོ་མཐའ་ཁོར་འཁྱག་གིས་བཟུང་ཞན་འདྲ། །
ད་རུང་བྱང་ལ་འགྲོ་རྒྱུ་ཡིན། །
བྱང་མཚོ་རྒྱ་བཟུང་བ་སྔོན་གྱི་བསྔོས། །

亦能划破长空，
源于善法因缘；
杜鹃源自门域，
前来路途虽远，
亦能啼春在林，
源于善法因缘；
天鹅嬉于海边，
寒冬冰封海边，
毅然飞往北境，
源于善法因缘。

ཤན་པ་མེ་རུ་རྩེ།

辛巴梅如泽

༡ སྐྱེས་ཕོ་རབ་གཏམ་ཞིག་དྲིས་པས་ན། །
སྣང་ཟེ་མོར་རྒྱ་དར་འཕྱུར་བ་འདྲ། །
དར་ཡུ་རང་གིས་བཟུང་བ་འདྲ། །

上男有问有答，
好似山旗飘扬，
旗杆握于手中。

ཕོ་འབྲིང་གཏམ་ཞིག་དྲིས་པས་ན། །
ལྷ་ཁང་སྒོ་མོ་ཕྱེས་པ་འདྲ། །
མི་ལ་ལྷ་མཇལ་བཅུག་པ་འདྲ། །
ལྡེ་མིག་རང་གིས་བཟུང་བ་འདྲ། །

中男有问有答，
好似佛堂开示，
让人瞻仰佛像，
钥匙持于手中。

ཕོ་ཐ་མར་གཏམ་ཞིག་དྲིས་པས་ན། །
ཁྱི་ལུད་དར་གྱིས་གཏུམ་པ་འདྲ། །
ཁ་འཇམ་རྫུན་གཏམ་སྔོན་ལ་བྱེད། །
གཡོ་སྒྱུ་དྲི་མ་རྒྱབ་ནས་སྒྲོ། །
དེ་འདྲ་བ་གཅིག་ལ་ཙོ་རང་ཚོ། །

下男有问有答，
好似丝裹狗屎，
蜜语谎言在前，
狡诈企图在后，
不交此等鼠辈。

༢ གཏམ་དྲིས་ན་རང་འདོད་ཐོག་ཏུ་འགྲོ །
ཆུ་འབབ་ན་ལུང་པའི་དབང་དུ་འགྲོ །

问人能遂己心，
流水归于山谷。

༣ བཙན་པོ་འགག་གཅོད། མང་བས་ཤུང་བཟུང་།

勇士当关万夫莫开。

༤ ཤ་ཁྲ་བོ་ལེན་མི་ཉག་ཕྲན་མདའ། །
བཅུད་རོ་སྨྱུང་སྟེར་མི་སོ་དཀར་དཔུང་། །
མདའ་ཉག་ཕྲན་སྡུག་སྡེ་སྡོན་གྱིས་བསྐོས། །

鹿命归于箭下，
鹿肉给予营养，
命丧箭下因缘。

ཆུ་མར་བབ་གཞའ་སྣ་ཟམ་པས་གཏད། །
དོན་ཡོད་མེད་བཤར་བ་མགྲོན་པོ་དཔུང་། །
དམའ་རྒྱ་ཟམ་སྡུག་སྡེ་སྡོན་གྱིས་བསྐོས། །

水流湍急桥下，
索桥便利万众，
桥水之和因缘。

ཞིང་ཆུ་མའི་རིས་ཁུག་མཛོ་ཕོས་བསྲུང་། །
སྟོན་འབྲས་དྲུག་ཟ་མི་དབུ་ནག་པོད། །
མཛོ་ཁྲུང་དཀར་སྡུག་སྡེ་སྡོན་གྱིས་བསྐོས། །

耕牛犁于田垄，
六谷养育万民，
耕牛之苦命也。

དགྲ་ཕར་འགྲོ་སྔོན་མ་ཤན་པས་བཏུལ། །
གྲུང་གསེར་གཡང་འབེབ་ཁ་འབུམ་སྣར་བཟུང་། །
ང་ཤན་པ་སྡུག་སྡེ་སྡོན་གྱིས་བསྐོས། །

敌之先锋被屠，
城池归于同袍，
辛巴命债苦也。

༥ བྱང་ཡངས་ཐང་བྱེ་མའི་གླིང་ཐང་ནས། །
སྤྱང་ཕོ་ཐང་འདུར་ལ་རྒྱུག་རྒྱུག་དེས། །
ལུག་གཡང་དཀར་ལྷས་ར་ཟིན་ལོ་མེད། །
ཕྱུགས་ཇི་རྐོད་ཅུར་རྡོ་ཁབ་སྒྲ་ཆེ། །
ལ་གསུམ་བཀག་མ་སོང་ན་བསམ། །

羌塘之原，
群狼相聚，
羊难归圈，
羊倌威武，
投绳斥狼。

མོན་ཁར་ཚོར་མའི་ལུང་སྐྱ་ན། །
ཁྲ་ཧོར་པས་གཤོག་སྒྲོ་ངོམ་ངོམ་དེས། །
བྱིའུ་ཆུང་ཚེར་ཤུང་ཟིན་ལེ་མེད། །
རླུང་སྐྱི་སེར་སྤུ་གྲི་རེག་གཙོད་ཆེ། །
ལུང་གསུམ་སྐྲུག་མ་སོང་ན་བསམ། །

门域之谷，
鹰隼觅食，
雀难归林，
风起林间，
风刀御隼。

རོང་ཆེན་སྟེན་ནེ་སྟག་བཀྲ་འདིར། །
ཡ་མེད་དཀྱིལ་གཤགས་བྱུས་བྱུས་དེས། །
འབུམ་དམག་འཐབ་ར་ཟིན་ལེ་མེད། །
དཔའ་རྟུལ་དཔུང་སྒྲིག་ཐོག་དམར་འདྲ། །
ཐང་ཡངས་སྤྲ་མཁར་བཟུང་ན་བསམ། །

绒钦达扎，
英勇无敌，
万军难全，
岭军救援，
铩羽而归。

༤ རི་ལུང་གྲང་ངར་ཁ་བས་བཟུང་། །
སྐྱེ་འགྲོ་གསོད་པ་ལོས་ཡིན་ཡང་། །
མེ་ཤེལ་ཉི་མའི་དྲོད་ཀྱིས་བཞུ། །
གཞུང་གསུམ་དམར་པོ་ཚབ་ཀྱིས་བཀང་། །
ཡིན་ན་ཁྲི་གདུགས་དེ་འདྲ་ཡིན། །

冰封山谷，
融于太阳，
雪水灌谷，
太阳之能。

ས་གཞི་སྲ་བརྟན་བྲག་གིས་བཟུང་། །
མཐོ་འཛིང་ཆེ་བ་ལོས་ཡིན་ཏེ། །
གནམ་ལྕགས་ཤུགས་ཀྱིས་རྒྱང་མེད་གཏོར། །
ལུང་པ་རྫོ་ཡིས་གང་ལེ་བྱེད། །
ཡིན་ན་ཐོག་འབྲུག་དེ་འདྲ་ཡིན། །

巍峨高山，
山高万丈，
雷击山崖，
谷飞山石，
神龙在天。

རྒྱ་ཞིང་འབྲས་ལྗང་སྔོན་མོས་བཟུང་། །
ལོ་འབྲས་མཐུག་པོ་ལོས་ཡིན་ཏེ། །

稻田茵茵，
稻花飘香，

ཐོག་སེར་འཁྲུག་པས་ངར་གྱིས་བཅོམ། ། 雹灾天降，
འབྲས་དྲུག་སྟོན་པོ་ཐང་དུ་གཏོར། ། 稻花被摧，
ཡིན་ན་སེར་ཆུང་དེ་འདྲ་ཡིན། ། 谷物无存。

༄ ཤེས་གསལ་བློ་ལ་ཐུག་པའི་དུས། ། 心生明了，
འཆར་སྒོ་སྒྲུ་རིངས་ནམ་ལངས་རེད། ། 自有智灵，
ནམ་མཁའ་ཉི་མའི་རང་བཞིན་རེད། ། 如日在天。

དཔེ་བཟང་ཅན་ལ་ཐུག་པའི་དུས། ། 以喻言之，
དཔེ་ལ་མདའ་སྨྱུག་འདོན་འདོན་རེད། ། 言正意正，
དཔེ་མཐའ་བདེན་པའི་རང་བཞིན་རེད། ། 正喻正言。

མདུན་ཟུར་གྲལ་འགོ་འཛིན་པའི་དུས། ། 位于正中，
སེང་གེ་གངས་ལ་འགྱིང་བ་འདྲ། ། 狮踞雪山，
རྩལ་དྲུག་གཡུ་རལ་རྒྱས་པ་འདྲ། ། 六艺通融。

སྡང་དགྲའི་གཡས་རུ་མནན་པའི་དུས། ། 战于敌阵，
གནམ་ལྕགས་དགུང་ནས་བབ་པ་འདྲ། ། 如雷如电，
བྲག་ལ་ཐོག་ལྟེ་འཕྲད་པ་འདྲ། ། 如毁山崖。

བཀའ་བློན་འཕྲིན་གསོལ་བྱེད་པའི་དུས། ། 噶伦奏请，
གསེར་ལྷན་གཡུ་ཡི་པ་ཏྲ་འདྲ། ། 如金如玉，
སྨྱུག་ཆུང་དྲུག་འགྱུར་སྙན་པ་འདྲ། ། 如画眉声。

བྱུས་དང་འདུན་མ་མཐུད་པའི་དུས། ། 转危为安，
དར་དཀར་ནང་གི་རི་མོ་འདྲ། ། 冰面作画，
ཤེལ་སྒོ་ནང་གི་དངུལ་ཆུ་འདྲ། ། 晶中水银。

༨ དེ་རིང་མཐུན་གྲལ་ཁྲ་མོ་ནས། །
གཡོ་ཟོལ་མེད་པའི་གཏམ་ཞིག་བཤད། །
ཉེས་འགྱུར་མེད་པའི་འདུན་མ་གཏམ། །
ངོ་ལྐོག་མེད་པའི་གཟུ་གཅིག་བརྒྱུག །
ཉེ་ཟླ་འདྲ་བའི་དཔེ་ཞིག་འགྲན། །
ཀློ་མུན་སེལ་བའི་འོད་ཅིག་ཤར། །

在此和谐之地，
说句真心之言；
要有不变之计，
要有正直之人；
要有表率之人，
要有指引之人。

༩ དཔེ་དང་པོ་དུང་དཀར་འཁྱིལ་བ་འདྲ། །
དུང་སྐད་ཕྱོགས་བཅུར་སྒྲོག་པ་འདྲ། །
ཕུ་ལུང་པའི་དབྱེ་བ་མ་མཆིས་ཏེ། །
བསིལ་ལྡན་དགོངས་པ་མ་འཚོམ་དང་། །
སེང་དཀར་མོ་འཕོར་བའི་འདུན་མ་བྱེད། །
མགོ་གཡུ་རལ་གངས་སྟོད་རྒྱན་ལ་འཛོག །
གནས་གཞན་དུ་མི་འགྲིམ་དམ་བཅའ་ལེན། །
གངས་དཀར་ཡག་འཚོ་སྡོད་བྱེད་པས་ཆོག །

喻以白螺右旋，
螺声悠扬方域；
不识山谷何处，
月亮无须在意；
雪狮前来之意，
雪山熠熠生辉，
希望不离不弃，
永驻雪山谷地。

སྐྱེད་ལྗོན་ཤིང་དབྱེ་བ་མ་མཆིས་ཏེ། །
རི་ནགས་མ་དགོངས་པ་མ་འཚོམ་དང་། །
སྟག་དམར་ཡག་འཕོར་བའི་འདུན་མ་ཡོད། །
ལུས་འཇུམ་དྭག་ནགས་མའི་རྒྱན་ལ་འཛོག །
རྫོང་གཞན་དུ་མི་འགྲིམ་དམ་བཅའ་ལེན། །
ལྗོ་ནགས་རོང་འཚོ་སྡོད་བྱེད་པས་ཆོག །

不识百树有别，
密林无须在意，
猛虎踞林之意，
林中百兽欢喜，
希望不离不弃，
永驻林谷之间。

མདའ་ལུང་ཆུ་དབྱེ་བ་མ་མཆིས་ཏེ། །
དམའ་རྒྱ་མཚོ་དགོངས་པ་མ་འཚོམ་དང་། །
ཉ་གསེར་མིག་འཕོར་བའི་འདུན་མ་བྱེད། །

不识涧水之别，
大海无须在意，
金鱼嬉戏之意，

ལུས་གསེར་གཉོག་མཚོ་མོའི་རྒྱུན་ལ་འཛོག །
འགྱུར་གཞན་དུ་མི་འགྱོ་དམ་བཅའ་ཡིན། །
དམའ་གཡུ་མཚོ་འཚོ་སྡོད་བྱེད་པས་ཆོག །

遨游蔚蓝深海，
希望不离不弃，
永驻蔚蓝深海。

གླིང་དཔའ་རྩལ་དབྱེ་བ་མ་མཆིས་ཏེ། །
ཁྱེད་མི་བཅུ་དགོངས་པ་མ་འཚོམ་དང་། །
དགྲ་མཚན་ཞབས་ཚུད་པས་འདུན་མ་བྱེད། །
རྒྱུ་ཟབ་དགུ་རྒྱལ་བློན་ཕྱག་ལ་ཕུལ། །
བློན་ངན་པ་མི་འགྱུར་དམ་བཅའ་ཡིན། །
ཤར་སྨར་ཁམས་འཚོ་སྡོད་བྱེད་པས་ཆོག །

不识白岭勇士，
十位勇士莫怪，
商谈归降是由，
身内外奉于王，
希望不离不弃，
永居此间乐土。

དཔེ་གཉིས་པ་དར་དཀར་ཕྱར་བ་འདྲ། །
དམའ་རྒྱ་ཤོད་སྟོ་ལྷུང་གཡུ་ལས་མཛེས། །
རྩི་འབྲས་དྲུག་སེར་བ་དགྲ་སྐལ་རེད། །
གཏོར་བསམས་ན་རང་དབང་ཆེ་འདུག་སྟེ། །
དེ་མི་གཏོར་ཁྲི་གདུགས་ངོ་ལ་འཛོག །

喻以白绫高扬，
松绿谷地田间，
六谷将入敌手，
虽能摧毁六谷，
让其任意生长。

ཕུ་སྤང་དཀར་ལུག་ཁྲུ་གངས་ལས་དཀར། །
ལུག་ཨ་ཐང་སྤྱང་པོའི་དགྲ་སྐལ་རེད། །
བསད་བཞག་ན་རང་དབང་ཆེ་འདུག་སྟེ། །
དེ་མི་གསོད་རྫི་བཟང་ངོ་ལ་འཛོག །

草原羊群如云，
羊入狼口命也，
虽有宰杀之权，
放于羊倌之手。

འབྲུ་ནོར་བུའི་བང་མཛོད་ཀླུ་ལས་ཕྱུག །
སྐང་ཨ་གྲགས་གླིང་ཙའི་དགྲ་སྐལ་རེད། །
བསད་བཞག་ན་རང་དབང་ཆེ་འདུག་སྟེ། །
དེ་མི་གསོད་འཕྲུལ་སྲས་ངོ་ལ་འཛོག །

六谷丰仓廪足，
岗阿扎岭之敌，
虽有宰割之力，
不绝神子之面。

དཔེ་གསུམ་པ་གསེར་གཞོང་བཀང་བ་འདྲ། །
སྤང་དཀར་ཡག་གཡུ་ཡི་མཎྜལ་དང་། །
སྤང་དེ་ལ་འཁྲུངས་པའི་མེ་ཏོག་གཉིས། །
བཅུད་དེ་ལ་འཁོར་བའི་ནོར་དང་གསུམ། །
ལྷ་མི་འབྲལ་དམ་ཚིག་ཅན་ལ་འབུལ། །
སྐུ་འཁོན་གྲིབ་ཉམས་ཆག་བཀང་བར་ཞུ། །

喻以盆满金银，
草甸美如绿盘，
夏花绽放草甸，
牛羊依偎草甸，
希望人神不离，
消除一切灾难。

སྟོད་རྒྱ་གར་བྱེ་མའི་གླིང་རོང་དང་། །
ཡུལ་དེ་ལ་འཁོར་བའི་རྨ་བྱ་གཉིས། །
བྱ་དེ་ལ་རྒྱས་པའི་སྒྲོ་མདངས་གསུམ། །
མདངས་འཛའ་རིས་བུམ་པའི་རྒྱན་ལ་འབུལ། །
ཁ་མི་གཙང་ཟས་པ་མཐོལ་ཞིང་བཤགས། །

天竺岭绒之地，
此地神鸟孔雀，
金色孔雀之羽，
宝瓶插羽圣洁，
能御不净之食。

སྨད་ཨ་གྲགས་རྒྱལ་ཁམས་ཆེན་པོ་དང་། །
ཡུལ་དེ་ལ་ཆགས་པའི་སྡེ་དང་གཉིས། །
སྡེ་དེ་ལ་དབང་བའི་གཟི་རྫོང་གསུམ། །
ཤར་སྨར་ཁམས་གླིང་ལ་དགྲ་བཤགས་ཕུལ། །
ཐུགས་འཁྲུགས་པ་ཡོད་ན་བཟོད་པར་གསོལ། །
དཔེ་དེ་གསུམ་འདུན་མའི་སྙིང་པོ་ཡིན། །

岗上阿扎国境，
国境之内小邦，
小邦天珠之宗，
给予白岭赔付，
不快鼠辈息怒，
此为计划之本。

ནུ་བོ་བཙན་སྐྱ་ཡ་མེད།

努沃·赞迦雅美

ཁྱུང་མཁའ་ལྡིང་སྟོང་ལམ་ཡན་གྱི་བྱ། །
ལུས་སྟོབས་རྩལ་གཤོག་གདེང་མ་དགུག་ན། །
དབུས་རི་རབ་བཟུང་བས་ཅི་ལ་ཕན། །

琼鸟意为神鸟，
不能展翅翱翔，
盘踞须弥何用。

ས་དོག་མོར་རྒྱུག་པའི་འདོ་རྟུག་རྟ། །

骏马驰骋原野，

ཀང་རྨིག་བཞི་བཤུལ་ལམ་མ་བཅད་ན། །
དམའ་གྲལ་ར་བཟུང་བས་ཅི་ལ་ཕན། །

不及敌之项背，
军前昂首何用。

ཤ་ཁྲ་བོ་ཟ་བའི་ཨ་ཐང་སྤྱང་། །
ལུས་རྩལ་བདེས་ལུག་ཁྱུ་མ་དཀྲུག་ན། །
ཕུ་ལུང་སྟོང་བཟུང་བས་ཅི་ལ་ཕན། །

食鹿在野之狼，
不觅圈中羊群，
守于郊野何用。

༢ སྡེ་ཁྲ་མོ་དཀྲུག་མཁན་བཙེ་བཙོག །
ལུས་ཆོས་གོས་ཞབས་ནས་དུག་མདའ་འཕེན། །
དེ་དུས་མཐའི་གྲྭ་པ་ཕལ་ཆེར་ཡིན། །

恶僧乱邦国，
袈裟藏凶器，
此为末世恶僧。

བྲུས་ཕྱི་ནང་བསྒྱུར་བ་བློན་པོ་བཙོག །
དགྲ་ཕྱི་དགྲ་ཤ་པ་ནང་ན་ཁྲིད། །
ནང་གྲོགས་དཔོན་འབངས་མི་དགྲ་ལ་བཙོང་། །

奸臣乱朝野，
引敌入内室，
君臣毁于其手。

སྐྱིད་ནག་པོ་གཡོ་ཅན་ནག་མོ་བཙོག །
ཁ་ཚིག་འཇམ་རྒྱུད་ནས་ཞེ་སྦྲུ་སྦྲོང་། །
ཁྱིམ་བཟའ་ཚང་ཏུ་རོགས་སྡུག་ལ་བསྐྱལ། །

恶女乱邻里，
口蜜腹刀剑，
家政丧于其口。

ཨ་གྲགས་ཉི་མ་གྲགས་པ།

阿扎·尼玛扎巴

༡ རི་ཆེན་པོའི་རྫོས་ཀྱི་ཤྭ་བ་དེ། །
སྣང་ཟུར་འཁྱིམ་དྲི་ཚོར་སྐྱེན་པོ་དགོས། །
ཆུ་ཆེན་པོའི་ནང་གི་ཉ་མོ་དེ། །
ལུས་ལྡེམ་འཕྱུར་རབ་ཁ་ཟིན་པ་དགོས། །
དཔུང་ཆེན་པོའི་ནང་གི་དམག་དཔོན་དེ། །
ཀློ་བཀྲ་ལག་ནམ་མཁའི་གློག་ལྟར་དགོས། །

行走垭口之鹿，
要有闻风十里之能；
游历大河之鱼，
要有飞跃拦坝之能；
率领大军之将，
要有雷厉风行之能；

ད་དུང་དགོས་པ་རྣམ་གསུམ་གདའ། །
སྤྱང་གྲུང་ཧོར་པ་ཁྲ་འདྲ་དགོས། །
སྙིང་གདོས་རྒྱ་སྟག་ངར་འདྲ་དགོས། །
རྩལ་དྲུག་གནམ་ལྕགས་ཐོག་འདྲ་དགོས། །

还有三种需要，
智慧犹如鹰隼；
勇猛犹如林虎，
本领犹如雷电。

༢ དབྱར་གནམ་ཆོད་འཁྲུག་པའི་སེར་བ་དེ། །
གཏོར་བསམ་པ་རྒྱ་ཞིང་འབྲས་དྲུག་རེད། །
སྔགས་མི་ཆེན་འབར་བས་འཁྲུག་སྐད་ཆག །
དགོས་མེད་པ་སྤང་གི་མེ་ཏོག་བརྟུང་། །

盛夏冰雹，
欲催五谷，
密士御之，
殃及花儿；

སྤྱང་ཨ་ཐང་སྔོན་པོ་རུག་འཛོམ་མ། །
གཏོར་བསམ་པ་གཡང་དཀར་ལུག་ཁྱུ་རེད། །
རྫི་ཨུར་རྡོ་སྐྱེན་པས་རྩལ་དྲུག་ཆག །
དགོས་མེད་པ་ས་བདག་རྩེད་ར་གཏོར། །

原聚狼群，
欲袭羊群，
羊倌御之，
殃及土鼠。

༣ ཆར་མ་བབ་ལུང་ཆུ་ཧུར་མོ་དེ། །
ཕར་འབུད་སའི་སྐས་ཟམ་མ་བཙུག་ན། །
དམར་ཨུ་རེ་འབབ་དུས་བྱེད་རྒྱུ་མེད། །

山泉潺潺而下，
当思建桥渡河，
不待洪水滔天。

མེ་རྡོ་ལྕགས་ཁམ་པའི་ཟི་ར་དེ། །
མེ་ཆུང་ཚེ་མཐིབ་ཀྱི་མ་འོན་ན། །
དམར་ཨུ་རེ་འབར་ཉེན་ཐུབ་རྒྱུ་མེད། །

林中火苗虽小，
当时未雨绸缪，
不待火光冲天。

༤ མདོ་བརྒྱ་འདོན་པའི་ཨ་མཆོད་དེས། །
འཁོར་བ་ཡར་འདྲེན་ཡོང་ས་མེད། །
ལུག་བརྒྱ་གསོད་པའི་སྤྱང་ཐང་དེས། །
སྤང་དཀར་བཟུང་ན་ཡོང་ས་མེད། །

诵师经典在口，
何以度得轮回；
饿狼百羊在口，
何以守得原野；

མི་བཀྲ་གསོད་པའི་ཤན་པ་དེས། །	刺客杀人无数，
རང་མཁར་བཟུང་ན་ཡོང་ས་མེད། །	何以统御城邦。
༤ དར་སེང་གངས་རྫོང་བཟུང་ས་ལ། །	雪狮统御雪城，
འོ་མའི་གངས་ཆུ་ཅི་ལ་དགུག །	何以威慑百兽，
མི་ཤ་མ་ཟོས་དར་སེང་མིན། །	当食人之骨肉。
རྒྱ་སྟག་ནགས་རྫོང་བཟུང་ས་ལ། །	猛虎雄踞密林，
ཐོ་ཏུ་རྨིག་སྒྲ་ཅི་ལ་བརྫུང་། །	何以威慑林间，
ཏ་ཁྲག་མ་འཕྲུང་དམར་ཡག་མིན། །	当食马之骨肉。
སྤྱང་ཐང་སྤྲང་ལམ་བཟུང་ས་ན། །	饿狼苦守垭口，
གཡང་དཀར་འབབ་ཚག་ཅི་ལ་བརྫུང་། །	何以威慑羊群，
ཁྱུ་གསོད་མ་བྱས་སྤྱང་ཐང་མིན། །	当食羊之骨肉。

སྟག་ར་གོ་གདོང་། 达热廓董

༡ དགྲ་དང་གཉེན་གཉིས་ཤོར་ས་མེད། །	能辨敌我，
གྲོགས་དང་ཟན་གཉིས་ཤོར་ས་མེད། །	能识远近，
ཡི་དམ་གཤིན་རྗེ་ཤོར་ས་མེད། །	能辨祜主阎王，
ཨ་མ་འདྲེ་མོ་ཤོར་ས་མེད། །	能辨母亲与魔女，
ལ་བཙས་སོ་པ་ཤོར་ས་མེད། །	能识拉则和山哨。
༢ མི་ལྷ་ཡ་བྲལ་ཡོང་དོན་མེད། །	人神依存不离，
རྒྱུ་འབྲས་ངོས་ལྐོག་ཡོང་ས་མེད། །	因果源于业力。
༣ ལ་ཁའི་ཁ་བ་ཆེ་ཆུང་དེ། །	山垭积雪厚薄，

ལྷ་བྱ་གོང་མོའི་སྐད་ལ་ཉོན། །
ལུང་པའི་ཕུ་ཐག་རིང་ཐུང་དེ། །
གཙང་རྒྱུས་ཆབ་ཀྱི་འགྲོས་ལ་ལྟོས། །

在于雪鸡鸣声有别，
山谷悠长与否，
在于谷河流速有别。

སྟོང་ཁྲི་ཡ་མའི་ཀུ་རུ།

东赤・雅弥古如

རླུང་ཆེན་འུར་བའི་མཁའ་ལམ་ནས། །
བྱ་རྒོད་འཕུར་བ་གཤོག་རྡུག་འཐོར། །
མེ་ཆེན་འབར་བའི་འོད་ལམ་ནས། །
འདབ་ཆགས་འཕུར་བ་འཚུབ་ཀྱིས་འཆི། །
ཆུ་ཆེན་ཟ་རྒོད་ལྡང་ལམ་ན། །
ཉ་སྲམ་བདེ་ཡང་གཞུང་ན་ཁྱེར། །

狂风大作空中，
雄鹰折翼在天；
大火起于林间，
飞禽溺于火中；
旋涡起于河面，
鱼獭卷入其中。

ལྷ་མོ་བཀྲ་ཤིས་ཚེ་རིང་།

拉姆・扎西次仁

ཁུ་བྱུག་འཕུར་བ་བོད་ལ་གཏད། །
ཐང་ཤིང་གང་སར་མ་གྲག་ན། །
ལྷ་ཤུག་བཟུང་བས་ཅི་རང་ཕན། །

杜鹃飞往蕃地，
林间不闻啼声，
落在树梢何用。

གཡུ་འབྲུག་འཁྱུག་པ་དགུང་ལ་གཏད། །
དགུང་སྒྲོན་གྲག་པས་མ་ཁྱབ་ན། །
སྤྲིན་པ་བཟུང་བས་ཅི་རང་ཕན། །

神龙遨游天际，
空中雷声不作，
腾云驾雾何用。

ངང་པ་འགྲོ་བ་བྱང་ལ་གཏད། །
རྒྱ་མཚོའི་གཏིང་ཚད་མ་ལོན་ན། །
མཚོ་སྐྱེ་བཟུང་བས་ཅི་རང་ཕན། །

南雁远足归北，
不识海洋之广，
盘旋海边何用。

སེང་སྟག་ཨ་དོམ། 森达阿冬

༡ སྒ་ཆས་འདོ་དྲུག་རྟ་ལ་གདད། །
རྒྱུག་རེས་འདོགས་རེས་གཉིས་ཀ་ཡོད། །
གསེར་བྱུར་ཕ་ཕྱུག་བུ་མོས་བཏགས། །
འདོགས་རེས་ཚོང་རེས་གཉིས་ཀ་ཡོད། །
རྟགས་མ་རྒོད་པོའི་བུ་ལ་བབ། །
ཁེ་རེས་ཕམ་རེས་གཉིས་ཀ་ཡོད། །

好鞍配好马，
能饰能跨齐两全，
金银配嫁女，
能戴能用两齐全，
奖惩配将士，
奖功惩过两齐全。

༢ དགུང་སངས་སྔོན་པོ་རྒྱང་མཛེས་ནས། །
མི་ཤེལ་ཉི་མ་གཟའ་ཡིས་སྒྲིབ། །
སྐར་ཚོགས་མང་ཡང་མ་ཕོག་གདའ། །
སྤྲ་སྤྲིན་མཐུག་ཀྱང་མ་བཏན་གདའ། །

万里长空，
天狗食日，
众星无助，
厚云无奈。

སྤང་དཀར་མེ་ཏོག་རྒྱང་མཛེས་ནས། །
གཡང་དཀར་ལུ་གུ་སྤྱང་ཀིས་ཁྱེར། །
ཁྱུ་དཔུང་མཐུག་ཀྱང་མ་བརྟེན་འདུག །
རྫི་བཟང་ཅུར་གྱིས་མ་ཕོག་གདའ། །

青青草甸，
狼叼羔羊，
羊众无助，
羊倌无奈。

བྲག་རྫོང་ལྷ་ཤུག་རྒྱང་མཛེས་ནས། །
བྱིའུ་ཚང་གཤོག་སྒྲོ་ཁྲ་ཡིས་བཅོམ། །
གཤོག་དྲུག་ཡོད་ཀྱང་མ་ཕར་གདའ། །
སྡོན་ཤིང་མཐུག་ཀྱང་མ་བཏན་པ་དའ། །

密林深处，
隼捕雀鸟，
鸟翼何用，
密林无助。

རྐོད་ལྷམ་དཀར་མོ།

ཕ་བླ་མས་བླ་མ་འདོད་ལེ་མིན། །
མཁས་ཡོན་ཏན་ཅན་དེ་འདོད་ལེ་མིན། །
གོང་དཔོན་པོས་དཔོན་པོ་འདོད་ལེ་མིན། །
དཔོན་ཁེབས་པ་ཅན་དེ་འདོད་ལེ་མིན། །
བུ་དཔའ་བོས་དཔའ་བོ་འདོད་ལེ་མིན། །
དཔའ་སྙིང་རྩལ་ཅན་དེ་འདོད་ལེ་མིན། །
ཕ་ཁུ་བོས་ཁུ་བོ་འདོད་ལེ་མིན། །
བློ་སྟོབས་ནུས་ཅན་དེ་འདོད་ལེ་མིན། །
སྨན་འཕྱོར་མས་འཕྱོར་མ་འདོད་ལེ་མིན། །
མཛེས་རྒྱང་གྲགས་ཅན་དེ་འདོད་ལེ་མིན། །
སྔགས་སྒོམ་པས་སྒོམ་པ་འདོད་ལེ་མིན། །
ངག་ནུས་མཐུ་ཅན་དེ་འདོད་ལེ་མིན། །

贵姜嘎尔姆

上师总不服其他上师，
心里不服学识渊博的；
官员总不服其他官人，
心里不服能力高强的；
英雄总不服其他豪杰，
心里不服善谋有勇的；
叔父总不服其他叔伯，
心里不服意志坚定的；
美女总不服其他丽人，
心里不服美名远扬的；
咒师不服其他密修者，
心里不服能说会道的。

གཙང་སྲས་གྲགས་པ་ལྷུན་གྲུབ།

༡ བྱ་སྔོན་མོ་མོན་ཡུལ་མཐིལ་ནས་ཡོང་། །
འབབ་ཟེར་ན་རྒྱ་ལྕང་རྩེ་ལ་འབབ། །
སྐད་སྙན་མོའི་དྲུག་འགྱུར་ཡིད་རེ་སྐྱོ། །
ཤིང་རྒྱ་ལྕང་སྣང་བ་ཨེ་དགའ་བསམ། །
ཉ་གསེར་མིག་རྒྱ་མཚོའི་མཐིལ་ནས་ཡོང་། །
འཁྱུག་ཟེར་ན་ཡར་ཁམས་མཚོ་ལ་འཁྱུག །
ལུས་གསེར་གཤོག་འགྱུར་རྩལ་ཡིད་རེ་སྐྱོ། །
བྱང་གནམ་མཚོ་སྣང་བ་ཨེ་དགའ་བསམ། །
ཆབ་སྔོན་པོ་གངས་དཀར་ཟུར་ནས་ཡོང་། །

藏赛·扎巴伦珠

青鸟从那门隅飞过来，
说要降落在柳树梢上，
妙音宛转让人心喜悦，
只想柳树有个好景象；
金鱼从那大海中央来，
说要嬉戏在那湖泊中；
金翅闪动让人心喜悦，
只想纳木措湖景象好；
清水从那雪山边流来，

འབབ་ཟེར་ན་རྒྱ་མཚོའི་གློང་ན་ཐིམ། །　说要汇入浩瀚大海里，
ཆབ་དལ་འབབ་ལྡེམ་འགྲོས་ཡིད་རེ་སྤྲོ། །　缓慢流淌让人心喜悦，
དམའ་རྒྱ་མཚོ་སྣང་བ་ཨེ་དགའ་བསམ། །　只想大海有个好景象；
དབུས་གཙང་ནས་ཡོང་བའི་ལྷུན་གྲུབ་དཔལ། །　来自卫藏的吉祥伦珠，
ཡོང་ཟེར་ན་ཨ་གྲགས་སྐོ་དེར་ཡོང་། །　专程来到那阿扎地方，
གཏམ་དེ་ལན་སླ་བ་ཡིད་རེ་སྤྲོ། །　答话如解缚让人愉快，
བྱུས་འདུན་མའི་སྡེ་གཉིས་ཨེ་དགའ་བསམ། །　只想双方部族有好景。

༢ ཕོ་ཚོད་དེ་གྲལ་ལ་བསྡད་ན་བརླིང་། །　男子稳坐座席便庄重，
མོ་ཚོད་དེ་གནས་ལ་བསྡད་ན་བཙུན། །　女儿长居夫家更纯洁，
གཏམ་ཚོད་དེ་ཐོག་ཏུ་བཞག་ན་དགའ། །　说话说到点子上就好。

༣ ནམ་མཁའ་འདི་ལ་དཔེ་ཞིག་འཛུག།　拿天空打个比方，
མཁའ་ལ་གསལ་བའི་ཉི་ཟླ་ཤར། །　空中自有日月照，
ཉི་ཟླ་ཤར་ན་གླིང་བཞི་དྲོས། །　日月照耀暖四洲；
རྣམ་རྟོག་སྤྲིན་པ་འཚུབ་པས་ན། །　若生疑虑如云漫，
གཡུ་འབྲུག་སྔོན་པོ་ལྷོ་ན་ཡོད། །　青龙盘旋南天上，
ཐོག་མདའ་ངར་མ་གཡས་ལ་བཞག།　猛烈霹雳击右方，
སེར་རྡོད་མེ་ཏོག་བཏུ་རྒྱུ་རེད། །　冰雹将要采鲜花。
དོག་མོ་ས་ལ་དཔེ་ཞིག་འཛུག།　拿大地打个比方，
ས་གཞི་ཞིང་ལ་ལྗང་ཆུང་འཁྲུངས། །　大地田间生幼苗，
ལྗང་ཆུང་འཁྲུངས་ན་འབྲས་དྲུག་སྨིན། །　绿苗茁壮六谷丰，
འབྲས་དྲུག་སྨིན་ན་དབུ་ནག་སྐྱིད། །　丰收使人更喜悦；
རྣམ་རྟོག་སྐྱི་སེར་འཁྲུག་པས་ན། །　若生疑虑似寒风，
ཁྲི་གདུགས་མེ་ཤེལ་དགུང་ལ་ཡོད། །　火轮赤日悬碧空，
འབར་བ་མེ་ཆེན་གཡས་དེར་བཞག།　炽热大火燃右方，
སྔོ་ལྗང་ཉི་མས་བསྲེག་པས་ཆོག།　烈日会把绿苗烧。

དགྲ་ཆེན་དམག་ལ་དཔེ་ཞིག་འཛོག། 拿大敌打个比方，
འདུན་མ་བྱུང་ན་ཡུལ་གཉིས་བདེ། ། 双方和解彼此安，
ཡུལ་གཉིས་བདེ་བས་དགེ་བ་འགྲུབ། ། 两地安稳成善事，
དགེ་མཐའ་སྐྱིད་པའི་ཆོས་ཆར་འབེབས། ། 善业终会降甘露；
རྣམ་རྟོག་བཙོས་མེད་འཆར་བས་ན། ། 若生疑虑遭猜忌，
བོད་དམག་ཆུ་གཉིས་བར་ན་ཡོད། ། 蕃军集结两河间，
གླིང་དཀར་དཔུང་ཚོད་གཡས་དེར་བཞག། 岭嘎强兵右方入，
ཟླུགས་རྫོང་ཤུལ་མེད་བཏང་བས་ཆོག། 朱古铁城将毁灭。

བྱེ་རི་བྱུར་རྫོང་།

《齐日珊瑚宗》

ལྷ་ཡི་ལུང་བསྟན།

མཁའ་དབྱིངས་རབ་གསལ་མཐོན་པོ་ནས། །
ཁྲི་གདུགས་དར་གྱིས་འོད་ཞམ་ཅན། །
བསིལ་ལྷན་གྲང་ངར་མ་འཇོམས་ན། །
དགུང་ལ་བྱོན་པས་ཅི་ལ་ཕན། །
སྟོང་ལམ་ཡངས་པའི་བར་ལམ་ནས། །
ཆུ་འཛིན་སྨུག་པོའི་དྲི་མ་ཆགས། །
སྦྲང་ཆར་ཟིལ་མ་མ་བབ་ན། །
བར་སྣང་འཁྲིགས་པས་ཅི་ལ་ཕན། །
ལྷ་གུར་དཀར་པོའི་གཡས་ཟུར་ནས། །
ངར་རྒོད་དཔའ་བོའི་དཔའ་རྩལ་དེས། །
སྡང་དགྲ་ཚོམ་ལ་མ་ཕབ་ན། །
རང་སྒར་བཟུང་བས་ཅི་ལ་ཕན། །

神预言

纯净明亮天穹中，
金日高悬现光晕；
冰冷寒风不驱散，
驾行高空有何用？
宽阔无边半空中，
布满阴云昏暗罩；
若不降下及时雨，
云在空中有何用？
白色神帐之右边，
勇士气概冲山河，
若是不把敌阵破，
守住本营有何用？

སྐྱི་དཔོན་རོང་ཚ་ཁྲ་རྒན།

༡ ཉེ་ཤག་གཉིས་ལ་སྔ་གཏམ་དགོས། །
སྔ་གཏམ་མེད་ན་བཙན་གཏམ་ཡིན། །
གཏམ་འདུན་མ་གཉིས་ལ་ཁོག་གཅིག་དགོས། །
ཁོག་མེད་ན་མེ་ཐོག་ཤིང་བཞག་རེད། །
དགྲ་ཤ་ཕ་གཉིས་ལ་མིག་སྔ་དགོས། །
མིག་སྔ་མེད་ན་གླེན་པ་ཡིན། །

吉本·绒擦查根

亲朋说话必有前奏，
没有前奏就会生硬；
谈判和解须有智慧，
不讲智慧火上添柴；
面对世仇要有先见，
缺乏先见就是愚夫。

༢ ད་ལྷོད་ན་ལྡན་པ་རྣམ་གསུམ་ཡོད། །
ཆོས་ཅན་བླ་མ་གསེར་ཞུ་ཅན། །
དོན་མེད་ལོག་ལྟ་བྱུང་གྱུར་ཀྱང་། །
གསེར་ཁྲི་གོང་ན་ལྷོད་ཀྱིས་བཞུགས། །
སྤྱི་ཆེན་དཔོན་པོ་སྤྱང་ཐུལ་ཅན། །
དགྲ་ཤོར་ཇག་པ་བྱུང་གྱུར་ཀྱང་། །
མི་འཛིགས་རྫོང་ལ་ལྷོད་ཀྱིས་བཞུགས། །
པ་ཆེན་བུ་མོ་ལྟག་ཤུད་ཅན། །
མི་ངན་ཁ་འཆེ་བྱུང་གྱུར་ཀྱང་། །
པ་མའི་གོ་ཁར་ལྷོད་ཀྱིས་བཞུགས། །

从容需要具备这三样：
头戴金冠的修行上师，
即使无端生出了邪见，
却能从容稳坐金座上。
身穿狼皮大氅的族长，
虽有仇敌强盗来入侵，
却能从容坐在城堡里。
出生豪门的长发少女，
虽然遭到小人恶语伤，
却能无视稳坐父母旁。

བྱང་བློན་ལྷ་བཟང་ཀླུ་དགའ།

北臣拉松鲁噶

རྒྱུགས་ཆེ་ན་རྟ་ཕོ་འདམ་གྱིས་འཛིན། །
ངར་ཆེ་ན་གླེན་པས་རང་སྲོག་ཤུང་། །
བརྙས་ཆེ་ན་བདའ་ཁྱུ་ཉ་ཡུར་འཇུ། །

骏马太快容易陷泥潭，
愚夫太强会把性命丢，
劣狗被欺也会咬腿肌。

བྱང་ཡེ་ཐུབ་བྱ་ཡི་ཐོག་རྒོད།

羌·益图普依托贵

དབྱར་རྫ་སྤང་གཉིས་ཀྱི་ས་མཚམས་ནས། །
སྤྱང་ཨ་ཐང་འདུར་ལམ་བདེ་མོ་མ། །
ཁ་གཡང་དཀར་མིན་པ་མི་གཏམ་སྟེ། །
ཕུར་སྐྱིན་པོའི་ཀླད་རྒྱ་གཏོར་ལེ་འོང་། །
སྟོང་བར་སྣང་བྱ་ལམ་ཡངས་པ་ནས། །
གླག་རོག་པོ་ལྕགས་ཀྱི་སྡེར་མོ་ཅན། །
ཁ་བྱིའུ་མིན་པ་མི་གཏམ་སྟེ། །

夏天岩山草地交界处，
苍狼步履悠闲任意跑，
扬言只喜欢吃白绵羊，
小心用抛石鞭砸脑袋。
飞禽行走的广阔天空，
总有锐利铁爪黑岩雕，
口出狂言只把小鸟吃，

ལྡུ་རྗེབ་སྒྲོ་རིས་འཐོར་ལེ་འོང་། །
དམའ་རྒྱ་གྲོང་བཀྲ་ཤིས་རྫོང་སྔོ་ནས། །
སྨན་བུ་མོ་བྱུ་རུའི་རྒྱན་ཆ་ཅན། །
ཁ་གནས་འགྲོ་མིན་པ་མི་གཏམ་སྟེ། །
སྨན་ན་ཆུང་གོ་ཁར་རྒས་ལེ་འོང་། །

小心翎羽脱落把命丢。
平地有座扎西宗果城，
用红珊瑚装扮的姑娘，
嘴里总说要远嫁他乡，
小心妙龄女子闺中老。

གེ་སར་ནོར་བུ་དགྲ་འདུལ།

格萨尔•诺普占堆

༡ ཕ་བླ་མས་བརྩོན་བརྩོན་ཆོས་ལ་བརྩོན། །
ཆོས་གྲུབ་མཐའ་དམྱལ་བའི་གཏིང་རྗེ་རེད། །
སྟག་ཤར་བས་བརྩོན་བརྩོན་འཕོར་གསུམ་བརྩོན། །
དགྲ་མི་ཐུབ་རང་སྲོག་མི་ལ་ཤོར། །
སྨན་བུ་མོས་བརྩོན་བརྩོན་རྒྱན་ལ་བརྩོན། །
གནས་མི་རེག་རང་ཁྱིམ་གོ་སྡུག་ཁུར། །

如父上师勤奋修佛法，
教派偏见打开地狱门；
壮汉勤奋练习三兵器，
若不胜敌自己就丧命；
美丽姑娘勤快忙装扮，
没人要娶在家受煎熬。

༢ ང་རྒྱལ་ཐང་ཆེན་གཅོད་པ་ན། །
ཆད་ལུས་མེད་པའི་རྟ་ཞིག་དགོས། །
བརྩོན་འགྲུས་རྟ་ཕོ་དེ་ལ་ཟེར། །
འདོད་ཆགས་ཆུ་བོ་འབབ་འབབ་ལ། །
གཡོ་འགྲུལ་མེད་པའི་གྲུ་ཞིག་དགོས། །
ཉམས་རྟོགས་གྲུ་བདག་དེ་ལ་ཟེར། །
ཕྲག་དོག་རླུང་དམར་འཚུབས་འཚུབ་ལ། །
བུ་ག་མེད་པའི་མཁར་ཞིག་དགོས། །
བཟོད་པའི་ཕར་རོལ་དེ་ལ་ཟེར། །
གཏི་མུག་མུན་པ་འཐིབས་འཐིབ་ལ། །
མེ་ཤེལ་བུམ་པའི་མདངས་ཤིག་དགོས། །
ཏིང་འཛིན་འོད་གསལ་དེ་ལ་ཟེར། །

若想征服傲慢的草原，
要有一匹善跑的坐骑，
这马称作勤奋的骏马。
贪欲就像奔流的大江，
要有一条坚固的航船，
这船要有领悟的舵手。
嫉妒就像翻卷的腥风，
需有无门城堡来抵挡，
此堡称作忍耐的彼岸。
被那漆黑笼罩的愚痴，
需有一副聚光宝镜照，
它叫定心三昧的光明。

༣ ཉི་མ་ཁེར་འགྲོས་གླིང་བཞི་བསྐོར། །
སྐར་ཚོགས་མེད་ཀྱང་གནོད་ལེ་མེད། །
གཡུ་འབྲུག་ཁེར་འགྲོས་བྲག་རྫོང་བཤིགས། །
གྲོག་རོགས་མེད་ཀྱང་གནོད་ལེ་མེད། །

太阳独自围绕四洲转，
没有星星陪伴也无妨；
青龙独自撞击岩石山，
没有其它帮手也无妨。

ཁྲི་རིའི་སྟག་རྫོང་བཙན་པོ།

齐日•达宗赞普

མི་ཚེ་ཟད་སྲིན་པོའི་སྒོ་ཁར་ཐུང་། །
ར་ཚེ་ཟད་འཕར་བར་གདོང་ཐུག་བརྒྱབ། །

寿终之人来到魔门口，
短命山羊遇到了豺狼。

དུང་སྐྱོང་སྟག་ལྷ་ཁྲི་དཀར།

童炯•达拉赤嘎尔

༡ ཤར་གྱི་ཁྲི་གདུགས་ཉི་མ་དེ། །
ཨེ་དྲོ་བསམ་ནས་འཕྲོ་བའི་དུས། །
འོད་ཁྱིམ་ཟེར་མདངས་མ་ཤར་ན། །
སྤྲིན་དང་སྡེབ་པས་ཅི་ལ་ཕན། །
ཟླ་ཆབ་གངས་ཆུ་བསིལ་མ་དེ། །
ཨེ་ལོན་བསམ་ནས་ལེན་པའི་དུས། །
རྒྱ་ཇའི་མདངས་དང་མ་འགྲོགས་ན། །
འཁྱགས་དང་སྡེབ་པས་ཅི་ལ་ཕན། །
འབུམ་སྐར་སྙིང་བཙུད་ལྷ་སྲས་དཔོན། །
ཞལ་མཇལ་གསུང་སྙན་མ་ཐོས་ན། །
དཔུང་དང་སྡེབ་པས་ཅི་ལ་ཕན། །

东边那轮红太阳，
为了温暖来照耀；
若不能放出光芒，
只伴云彩有何用？
清澈甘洌的雪水，
为了解渴来舀取；
若无汉地良茶配，
只伴冰凌有何用？
十万军营神子将，
不见其面不闻声，
与众同在有何益？

༢ འཛའ་ཚེན་རྨ་བྱའི་སྒྲོ་མདངས་དེ། །
བུམ་ཆུང་རྒྱན་ལ་ཕུལ་བས་ན། །

五彩孔雀的翎羽，
若作供品饰宝瓶，

རྨ་བྱའི་སྣང་བ་སྤྲོ་འོ་ཟེར། །
གྱད་ཀྱི་སྟོབས་ལྡན་དཔའ་བོ་དེ། །
ལྷ་སྲས་གདན་གྲལ་འཛོམས་པས་ན། །
རྒན་པོའི་སྣང་བ་སྤྲོ་འོ་ཟེར། །

孔雀才感到喜悦。
身强力壮英雄男，
齐聚俊杰之行列，
老者感觉好欢喜。

སྟོང་དཔོན་ཡ་ཚ་ཀློག་དམར།

东本·雅擦洛玛

ངང་བ་མཚོ་ལ་གཏད་ཞེན་འདུག །
བྱང་མཐའ་མེད་ས་མཐའ་འཁྱག་གིས་བཟུང་། །
གཏིང་མཐའ་གཤག་པ་དཀའ་མོ་རེད། །
འཇོལ་མོ་ཤིང་ལ་གཏད་ཞེན་འདུག །
ཙནྡན་སྡོང་ཆེན་ཚེར་མས་བཟུང་། །
རྩེ་གུར་ཐོན་པ་དཀའ་མོ་རེད། །
འདོ་ཆེན་ཐང་ལ་གཏད་ཞེན་འདུག །
ཐང་ཆེན་ཆུ་ཡིས་གྲམ་ཐང་བཟོས། །
རྒྱུག་ཐག་ཆོད་པ་དཀའ་མོ་རེད། །
གླིང་དམག་བྱང་ལ་གཏད་ཞེན་འདུག །
མཐའ་འཁོབ་ཛག་པ་ཤི་ལ་སྐྱིད། །
མངའ་ཐང་བསྲུ་བ་དཀའ་མོ་རེད། །

鸭子迷恋着湖泊，
无边北疆遭冰封，
想要破冰实在难。
画眉迷恋着树木，
檀香大树长满刺，
想落树梢实在难。
骏马迷恋着草原，
水冲草地变沙滩，
想去奔跑实在难。
岭军向北方进发，
边地强盗多拼命，
看守领地实在难。

འབྲོང་སྲས་ཞི་བ་འོད་དཀར།

仲赛·西瓦沃嘎尔

༡ ཉམས་རྟོགས་ཅན་གྱི་བླ་མ་ལ། །
བྱིན་རླབས་ཡོད་པ་བཤད་མ་དགོས། །
བག་ཆགས་དྲི་མས་ཐོག་ཀྱང་རུང་། །
ད་རུང་ཉིང་འཛིན་སྒོམ་པས་ཆོག །
ཁ་བ་ཅན་གྱི་དཔོན་པོ་ལ། །

具有悟性的上师，
身怀神力无需说；
即使习气沾污垢，
依然还能修定法。
雪域高原的首领，

དབང་ཐང་ཡོད་མེད་བཤད་མི་དགོས། །	有无福分不必说；
གཡོག་གིས་མདུན་ཞུས་ཕུལ་ན་ཡང་། །	即使侍从进谗言，
ཡིད་ཆད་ཐུགས་སེམས་མ་འཁྲུག་དང་། །	只要信念不动摇，
ད་དུང་སྟོང་སྡེ་བསྐྱུར་བས་ཆོག།	依旧还能率万众。
དར་འཕྱུ་ཅན་གྱི་དམག་དཔོན་དེ། །	盔顶插旗的将军，
དཔའ་སྙིང་ཡོད་པ་བཤད་མི་དགོས། །	有多勇猛不必说；
གཡུལ་ཉེས་རླུང་རྟ་དར་རྒུད་རེད། །	胜败要靠运气定，
དེ་ཐོན་འགྱོད་པ་མ་བྱེད་དང་། །	暂败不必生懊恼，
ད་དུང་རྟེང་མ་བཅད་པས་ཆོག།	日后还能得胜利。
ཆ་ག་གནམ་རི་རྫོང་དྲུག་དེ། །	恰卡囊日六宗地，
སྙིང་བཅུད་ཡིན་པ་བཤད་མ་དགོས། །	是那重地不用说；
ལན་གཅིག་གླིང་ལ་ཤོར་ཡང་དུང་། །	虽曾失手于岭国，
རྒྱལ་བློན་ཐུགས་སུན་མ་མཛད་དང་། །	君臣不要心沮丧，
རྫོང་ས་རང་གིས་བཟུང་བས་ཆོག།	宗堡还可夺回来。
༢ བྱ་ཁྲུང་ཁྲུང་དར་གྱི་སྣམ་བུ་ཅན། །	身披氆氇的仙鹤，
བྱ་ཕ་ཡུལ་བྱང་ལ་ལོས་དགའ་སྟེ། །	肯定喜欢北方湖；
དུས་ཀྱིས་ཁ་བ་འབབ་ལ་ལྟོས། །	看到飘雪季节来，
རོང་རྒྱ་ཤོད་འགྲིམ་པ་ཨེ་མི་དགའ། །	最好飞向那低谷。
བྱ་ཁུ་ཡུག་གཡུ་ཡི་འཇུག་སྒྲོ་ཅན། །	翠绿翎羽杜鹃鸟，
བྱ་གཞན་ཡུལ་སྡོད་པ་ལོས་དགའ་སྟེ། །	虽然喜欢栖他乡，
འབྲས་དྲུག་སྙེ་མའི་མདོངས་ལ་ལྟོས། །	请看六谷抽穗头，
མོན་ཡུལ་འགྲིམ་པ་ཨེ་མི་དགའ། །	最好飞向那门隅。
སྟག་རྫོང་བཙན་གྱི་དཔོན་པོ་དེ། །	坚固虎宗的君主，
བྱང་ཡུལ་སྡོད་པ་ལོས་དགའ་སྟེ། །	虽然喜欢住北疆，
མཐའ་རུ་གླིང་དགྲ་བབས་ལ་ལྟོས། །	请看岭军在城下，
གྲུ་ཡུལ་འགྲིམ་པ་ཨེ་མི་དགའ། །	最好投奔那朱域。

རྨ་རི་ལུ་གུ་དཀར་མོ།

དབུས་རི་རབ་རི་ཡི་རྩེ་མོ་ནས། །
བྱ་ཁྱུང་ཆེན་ནོར་བུའི་གཙུག་ཕུད་ཅན། །
ཉི་ཟླ་མིན་ཏེ་འདྲ་མདོག་ཁ། །
གླིང་བཞི་བསྐོར་བ་འདྲ་འདྲ་རེད། །
ལྷོ་རོང་ནགས་མའི་དཀྱིལ་ལྗོང་ནས། །
བྱ་ཁུ་ཡུག་གཡུ་ཡི་གཤོག་པ་ཅན། །
ཕོ་བྱ་རྒྱལ་མིན་ཏེ་ཡིན་མདོག་ཁ། །
དབྱར་དགུན་འབྱེད་པ་འདྲ་འདྲ་རེད། །
དམའ་ས་བཙན་ནགས་ལྗོང་ཕྱུག་མོ་ནས། །
གཟིག་རི་བཀྲ་ཁྲག་གི་རི་མོ་ཅན། །
ཕོ་རྒྱ་སྟག་མིན་ཏེ་ཡིན་མདོག་ཁ། །
ཁ་ཤ་དམར་ཟ་བ་འདྲ་འདྲ་རེད། །
དཔུང་དགྲ་དར་ཅན་གྱི་འབུམ་སྐར་ནས།
ཀློན་པོ་ཆེད་ཐོག་མདའ་ངར་མ་དེ། །
ཕོང་དཔའ་རྟུལ་མིན་ཏེ་འདྲ་མདོག་ཁ། །
སྣང་དགྲ་བོ་འདུལ་བ་འདྲ་འདྲ་རེད། །

玛日•鲁古嘎尔姆

中心须弥山顶上，
宝珠髻顶大琼鸟，
不是日月是日月，
围绕四洲都一样。
南方谷地林海中，
翠绿翎羽杜鹃鸟，
不是鸟王似鸟王，
分辨冬夏都一样。
低谷险地林海中，
美丽斑纹那豹子，
不是猛虎似猛虎，
食肉习性都一样。
万军聚集阵营中，
能干顶用急先锋，
不是勇将似勇将，
征服敌军都一样。

ལྗང་ཐོག་ལྷ་བཙན་པོ།

ཉི་ཟླ་གཉིས་ཀྱིས་གླིང་བཞི་བསྐོར། །
ཁྱུང་ཕྲུག་གཤོག་ལྡབ་ནམ་འཕང་གཅོད། །
འདྲ་འདྲ་བསམ་སྤྱི་འདྲ་ས་མེད། །
ཁྱུང་ཕྲུག་སྣང་བ་མཐོ་བས་རེད། །
སྟག་དམར་ཡག་སྨྱུག་མའི་རི་ལ་འགྱོ། །

羌•托拉赞普

日月绕着四洲转，
鹏鸟展翅在苍穹，
二者相似却不同，
鹏鸟自觉更高强。
猛虎跳跃竹山间，

གཟིག་རི་བཀྲ་ཁྱི་རོའི་འགྲམ་ནས་ངར། །	花豹显威狗尸旁，
འདྲ་འདྲ་བསམ་སྟེ་འདྲ་ས་མེད། །	二者相似却不同，
གཟིག་ཕྲུག་སྣང་བ་མཐོ་བས་རེད། །	花豹自觉更高强。
བློན་པོ་གཡུ་འབྲུག་ཐོག་ལས་ངར། །	将臣勇猛如霹雷，
གླིང་དཔལ་རྟུལ་ཟེར་བའི་རྒྱང་གྲགས་ཅན། །	岭国英豪名远扬，
འདྲ་བསམ་འདུག་ཏེ་འདྲ་ས་མེད། །	二者相似却不同，
ཁྱོད་བུ་ཆུང་སྣང་བ་མཐོ་བས་ལན། །	是你小子太傲慢。

གདོང་ཚ་འབྲོང་རྒྱས་ཞལ་དཀར། 董擦·仲杰谐嘎

ཚོས་བརྒྱད་བླ་མ་དཀོར་ལ་དགའ། །	八风上师爱财物，
དཀོར་ནག་དམྱལ་བའི་གཉིང་ཇོ་གྲུབ། །	下地狱时是黑财。
སྲི་ཟུར་དཔོན་པོ་ནོར་ལ་དགའ། །	边寨官吏爱财物，
ལྐོག་ཟས་ཟོས་ན་བདེན་པ་འཚོར། །	偷吃食物失正义。
ན་ཆུང་བུ་མོ་ཕོ་ལ་དགའ། །	妙龄女子爱俊男，
འགྱུ་འགྱུར་ཆེ་ན་རྗེས་ནས་འགྱོད། །	过于放肆会后悔。
དགྲ་འདུལ་དཔའ་བོ་དམག་ལ་དགའ། །	杀敌英雄爱士兵，
གནང་ལ་རྫམ་འདོད་ཁྲག་ལ་བསྐྱེས། །	过度争功招血灾。

གུང་བློན་སྟག་ལྷ་རྫམ་ཡག 贡伦·达拉昂雅

ཕུ་ཡར་ལ་ལྟོས་དང་དཔེ་ཞིག་གདའ། །	看上面有个例证，
ནགས་ཙནྡན་ཟུར་ནས་རྒྱ་སྟག་ངར། །	檀林边上虎凶猛，
དཔའ་ཆེ་ནས་ངར་ལེ་མ་རེད་དེ། །	不是有胆才凶猛，
ལྟོ་ལྟོགས་ནས་སེམས་ཀྱི་སྡུག་ཡུས་རེད། །	因为饥饿露凶相。
སྐྱིད་གན་ན་ལྟོས་དང་དཔེ་ཞིག་གདའ། །	看近旁有个例证，
ཇ་ཐབ་ཟུར་ནས་མ་སྲུ་ངུ། །	茶灶旁边姨娘哭，

སྡུག་ནས་ངུས་པ་མ་རེད་དེ། །
ངུས་མ་ཆང་གིས་སྨྱོས་ན་ངུ། །
སྐར་ཁྲ་མོའི་ཟུར་ན་དཔེ་གཅིག་གདའ། །
དཔུང་ཁ་འཐོར་བུ་རྟ་སྟུན་ཆས་འདི། །
དཔའ་ཆེ་ནས་ཁས་ལེན་མ་རེད་དེ། །
སྤུར་མས་བྲོས་ལམ་བཙལ་ལེ་རེད། །

不是悲伤而哭泣，
因为醉酒才哭泣。
看军中有个例证，
乱军提前备马鞍，
不是英勇而备战，
因为胆怯寻逃路。

ཚ་ཞང་འདན་མ་བྱང་ཁྲ།

擦香•丹玛向查

༡ ནགས་ཙན་དན་སོལ་དུམ་བཟོས་པ་དང་། །
སྟག་དམར་ཡག་ཁེར་ལུས་བྱུང་བའི་དུས། །
འགག་བཙན་པོའི་ས་མདའ་ཨ་དགོས་ཆུང་། །
དམའ་རྒྱ་མཚོ་གྲམ་ཐང་བཟོས་པ་དང་། །
ཉ་གསེར་མིག་ཁེར་ལུས་བྱུང་བའི་དུས། །
ཉ་རྒྱ་ལྷུགས་ཀྱུ་ཨ་དགོས་ཆུང་། །
བྱང་བློན་ཡེ་མེད་གཏང་བ་དང་། །
རྒྱལ་པོ་ཁེར་ལུས་བྱུང་བས་ན། །
འབུམ་དམག་ས་བསྲུང་ཨ་དགོས་ཆུང་། །

林中檀木烧成炭，
老虎独自留险地，
无需要隘和地弩。
大海变成卵石滩，
金鱼独自留险滩，
无需鱼网和鱼钩。
北臣全都被消灭，
君王独自留守时，
无需万军守疆土。

༢ སྐྱེས་པོ་རབ་ཁོག་པ་ནམ་མཁའ་འདྲ། །
རྒོད་དང་མས་ལྡིང་བསྐོར་བྱེད་ས་ཡོད། །
ཕོ་འབྲིང་ཁོག་པ་སྒྱེ་དང་འདྲ། །
འབྲུ་སྔོན་མོ་ནང་ན་ལྷུག་ས་ཡོད། །
ཕོ་ཐ་མའི་ཁོག་པ་སྒ་དང་འདྲ། །
མཐིང་རིལ་ཟུར་འགྲོས་བྱེད་ས་མེད། །

豪杰心胸似天空，
雄鹰自有翱翔地；
好男心胸如大袋，
青色谷物能装进；
贱男心胸似鞍凹，
鸥鸟侧行也不通。

༣ བོད་ལ་མ་བརྟུང་མཁར་གསུམ་ཡོད། །

蕃地三城是天成：

ཕ་ཨ་ཁུ་བཟང་ན་རྒྱབ་མཁར་ཡིན། །	好叔父是倚仗城，
གཉེར་པ་བཟང་ན་བློ་མཁར་ཡིན། །	好管家是托心城，
རྫི་བོ་བཟང་ན་ཟོག་མཁར་ཡིན། །	好牧人是牲畜城。

༄ གུར་དཀར་མོས་སྐང་གཞོང་འགེང་པ་ལ། །	白帐搭满坡和沟，
ཕ་བླ་མ་མེད་ན་གང་ལེ་མིན། །	没有上师怎会满，
ཆོས་པོ་ཏི་མེད་ན་ཁྱབ་ལེ་མིན། །	没有佛经怎能全；
སྐར་ཁྲ་མོའི་སྐང་གཞོང་འགེང་པ་ལ། །	安营扎寨坡和沟，
གོང་དཔོན་པོ་མེད་ན་གང་ལེ་མིན། །	没有首领怎会满，
ཁྲིམས་ཀྱི་མོ་མེད་ན་གནོན་ལེ་མིན། །	没有严法怎治理；
སྦྲ་ནག་པོའི་སྐང་གཞོང་འགེང་པ་ལ། །	黑帐搭满坡和沟，
ཕྱུགས་བེའུ་ལུག་མེད་ན་གང་ལེ་མིན། །	没有牲畜怎会满，
མ་སྲུ་མོ་མེད་ན་ཁྱབ་ལེ་མིན། །	没有女人怎能全。

ཐང་ལྷའི་ལུང་བསྟན།　唐拉隆丹

ཕ་བླ་མའི་ཆོས་ར་ཤོར་བའི་དོན། །	上师失掉其道场，
ཆོས་གྲུབ་མཐའི་ཆགས་སྡང་ཆེ་བས་ལན། །	教派相斗所造成；
གོང་དཔོན་པོའི་ཁྲིམས་ར་ཤོར་བའི་དོན། །	君臣失去其政权，
ཁྲིམས་གཡོ་སྒྱུས་སློག་ཟས་ཟོས་པས་ལན། །	执法施诈所造成；
དཔུང་བཙན་པོའི་གཡུལ་ངོ་མི་ཐུབ་པ། །	不抵强兵失阵地，
བློ་མི་མཐུན་སོག་ལེ་འདྲ་བས་ལན། །	军心涣散所造成。

ཁ་ཆེའི་གཡུ་རྫོང་། 《卡切松石宗》

ཏུས་མཚན་གློག་འབྲུ་ལྷ་མོ།	**推参·洛居拉姆**
ལི་ལིའི་རང་མདོག་གསེར་དུ་བསྒོམས། །	猫儿自认是金色，
སྦལ་པས་ན་འབུར་རི་ལ་བརྩི། །	蛙把青苔当成山，
འབུ་ཆུང་ཤིང་ལོ་གསེར་དུ་སྣོམ། །	虫把树叶当成金，
གླེན་པས་རང་ཆེ་རང་མཐོ་ཟེར། །	愚夫自认最高大。
སྐྱེ་དཔོན་རོང་ཚ་ཁྲ་རྒན།	**吉本·绒擦查根**
1 ཤྭ་ར་བཅུའི་རྭ་ཕྱུར་དགུང་ལ་ངོམས། །	十枝鹿角空中展，
རྔོན་མདའ་སྐྱེན་འབོད་པའི་གཡབ་མོ་ཡིན། །	是招猎人的旗子；
ལྷོ་ལྷོ་འགྲོ་སྦྲུལ་གྱི་འཁྱུག་རྩལ་ངོམས། །	南蛇炫耀爬行技，
ཁྱུང་མཁའ་ལྡིང་འགུགས་པའི་གཡབ་མོ་ཡིན། །	是招琼鸟的旗子；
ནུབ་ཁ་ཆེའི་ལས་དམག་གླིང་ལ་ཕབ། །	西方卡切伐岭国，
གླིང་དཔའ་རྟུལ་འབོད་པའི་གཡབ་མོ་ཡིན། །	是招岭将的旗子。
2 སྐྱ་རེངས་སྟོན་ལ་མི་ཤར་རྒྱུ། །	曙光东出不得已，
ཁྲི་གདུགས་ཉི་མས་རྗེས་ནས་དེད། །	是因太阳要升起；
མེ་ཏོག་སེར་ཆེན་མི་བཀག་རྒྱུ། །	花儿开放不得已，
ས་ཆུའི་དྲོད་ཀྱིས་སྙིང་ནས་སྤུལ། །	是因时节水土暖。

མི་ཆེན་ལྷ་འབུམ།

弥钦拉奔

ནད་ཚབས་ཆེན་ཕོག་ཉིན་ལྷ་རྗེ་མེད། །
མི་འགངས་ཆེན་ཤི་ཉིན་བླ་མ་མེད། །

身患重病无医生，
贵人去世无上师。

རྡོ་རྗོད་མེ་འབར།

多贵梅跋尔

༡ ཉི་མས་གླིང་བཞི་ཁྱབས་ན་ཡང་། །
ཉིན་མཚན་གསལ་ཚོད་སོ་སོར་ཡོད། །
གཡུ་འབྲུག་ངར་སྐད་ཆེ་ཞན་འདྲ། །
དབྱར་དགུན་གྲག་ཚོད་སོ་སོར་ཡོད། །

太阳虽照四洲地，
夜晚不见其光明；
雷声虽大震天空，
冬季难闻其轰鸣。

༢ ཆུ་སྲིན་ཆུ་གནས་ཟོས་ཟོས་དེ། །
དཀར་མོའི་དུང་ལ་མ་འགྲིམ་བྱུང་། །
གསེར་རྩི་ཟངས་ལ་འགྲིམ་འགྲིམ་དེ། །
སྔོན་མོ་ལྕགས་ལ་མ་འགྲིམ་བྱུང་། །
རྒྱལ་ཕྲན་གཞན་ལ་བརྙས་བརྙས་དེ། །
གླིང་དཀར་ཐོག་ལ་འགྲིམ་ལེ་མེད། །

鳄鱼常食水生物，
触碰白螺自倒霉；
金粉通常镀红铜，
要镀青铁浪费金；
经常欺凌小邦国，
侵犯岭国自倒霉。

ཁྲེ་བློན་ཆོས་འགྲུབ།

齐伦•曲珠

མ་ངན་བུ་མོའི་རང་སྣང་དེ། །
སྟོང་གསུམ་མི་ཁས་ཁྲེལ་རྒྱུ་རེད། །
ཁྱི་ངན་བདའ་ལུའི་འཇུ་འདོད་དེ། །
གོར་མོ་རྡོ་ཡི་ལག་གཡུག་རེད། །

恶母女儿显傲慢，
三千世界会耻笑；
恶狗习惯乱咬人，
那是想要挨石子。

ཚ་ཞང་འདན་མ་བྱང་ཁྲ།

ནད་པད་ཀན་མིག་ལ་ཕོག་ཁ་དེར། །
གཅིག་མི་ཚད་གཉིས་ཙམ་རིག་སྣང་ཤར། །
སྨན་མགོ་ཆུང་གནས་ཉེས་ཁྲུར་ཁ་དེར། །
གཅིག་མི་ཚད་མཁོ་དགུ་དགོས་ཁ་བ། །
ཁ་ཆེའི་རྒྱལ་སྲིད་ཤོར་ཁ་ལ། །
ནོར་མི་ཚད་གླིང་ཆུས་འཕྲོག་མདོག་ཁ། །

擦香•丹玛向查

涎分病症在眼前，
眼睛会现两重影；
女子婚内犯错前，
不满一个想得九；
卡切王权失落前，
劫财又想兼并岭。

ཞང་ཞུང་མུ་ཏིག་རྫོང་།

སྟག་རོང་ཨ་ཁུ་ཁྲོ་ཐུང་།

༡ ཕོ་ཆེན་ཤྭ་ཕོའི་ཏུང་ར་དེ། །
བསམ་མི་མང་སྟེ་འཐོབ་མི་དཀོན། །
གཡུ་འབྲུག་ལག་གི་ནོར་བུ་དེ། །
བསམ་མི་མང་སྟེ་འཐོབ་མི་དཀོན། །

༢ སྨན་མོ་རབ་མོ་འབྲིང་མོ་ཐ་གསུམ། །
སྨན་མོ་རབ་ཁོག་པ་དར་ལས་འཇམ། །
མོ་འབྲིང་ཁོག་པ་རྩིད་ལས་རྩུབ། །
མོ་ཐ་མའི་ཁོག་པ་ལི་དང་འདྲ། །
ལི་འཕྲིས་བརྡར་མང་ན་ཆག་ཧྲུལ་མང་། །

རྒྱ་ལྕམ་མེ་ཏོག་ལྷ་མཛེས།

ཁྲ་ཆུང་མིག་གིས་རྒྱུ་མཐོང་ན། །
གངས་དཀར་སེམས་ལ་འདྲེ་ཞིག་བཞུགས། །
ཕ་མ་ངན་པའི་བཞག་པ་དེས། །
བུ་རྒྱུད་ཡིན་ཡང་དགྲ་ལག་འཇོག །

ཀུར་ལུ་མཚོ།

སྔ་དྲོ་སྦྲུལ་གྱི་སྒྲོག་ཅིག་བཅད། །

《象雄珍珠宗》

达绒•阿库超同

雄鹿头顶白螺角，
念者多而得者少；
青龙爪中那宝珠，
念者多而得者少。

女有上中下三等：
上等温柔如丝绸，
中等心糙如毛尖，
下等胸怀像响铜，
响铜擦拭就破碎。

嘉姜•梅朵拉泽

明亮眼睛见财物，
纯洁心儿会着魔；
善良父母积攒财，
会被逆子送仇人。

古尔鲁措

上午遇蛇险吓死，

དགོང་མོ་ཐག་ཁྲར་ཡིད་མི་ཆེས། ། 傍晚见绳也害怕；
སྔ་དྲོ་སྤྱང་གིས་ལུག་བརྒྱ་གཏོར། ། 上午野狼驱羊群，
དགོང་མོར་ལྷས་རར་ཡིད་མི་ཆེས། ། 傍晚怀疑圈羊栏。

དགྲ་ལྷ་རྩེ་རྒྱལ། 扎拉泽嘉

༡ ཕ་ཁུ་ཆང་གིས་རྒྱགས་ཉིན་མོ། ། 叔父喝酒兴奋时，
གཏམ་རྒྱུད་ཆུ་ལས་རིང་ཡོང་ཟེར། ། 话儿比那河流长；
ཕོ་གསར་དགྲ་ཉེས་ཕྱིར་ཁ་ལ། ། 小伙败给敌手前，
དོན་མེད་དཔུང་པ་འཕྱུར་ཡོང་ཟེར། ། 没事也会搓胳膊。

༢ འཆི་བདག་ཞགས་པ་གཡུག་པའི་དུས། ། 阎王甩来死绳时，
ཤི་ལོ་ཛོ་འཁྲོད་ཁག་པོ་རེད། ། 谁会想到死期到。

གཞི་བདག་ཨ་སྨྱེ་དབུ་དཀར། 西达•阿尼乌嘎尔

ངར་ཆེན་སྟག་མོས་མི་ཤ་ཟ། ། 凶猛母虎吃人肉，
ཛོན་མཁས་པས་སྟག་མོ་མདའ་འབེན་འཛོག། 聪明猎手会瞄杀，
སྲོག་དམར་ནགས་གསེབ་དཀྱིལ་ལ་གཡུགས། ། 虎命丢在密林中，
སྟག་ལྤགས་གདན་ལ་འདིང་རབས་ཡོད། ། 虎皮用来做垫子。
བྲི་སེར་འབྲོང་ཆུང་ང་རྒྱལ་ཅན། ། 骄横傲慢野牦牛，
རུ་ཐུར་ངར་སྟོབས་ཆེ་བསམ་ཏེ། ། 以为角长力无比，
རྫ་རི་ཐང་ལ་ཉིལ་བའི་དུས། ། 岩山崩落草地时，
མགོ་རྭ་ཅོ་རྫ་འོག་ལུས་རབས་ཡོད། ། 长角也会埋岩下。
དུག་སྦྲུལ་སྔོན་མོ་ཞེ་སྡང་ཆེ། ། 青色毒蛇易恼怒，
ཁྱུང་ཆེན་མཁའ་ནས་ལྡིང་པའི་དུས། ། 琼鸟盘旋高空时，
སྦྲུལ་ཞེ་སྡང་ཆེ་ཡང་ཅི་ལ་ཕན། ། 毒蛇恼怒有何用？

ཞང་ཞུང་བྲག་རྭ་རྒོད་ལྡེམ།

象雄•扎热贵丹

༡ བརྒྱ་ལུག་འགྲོ་འདོད་ཆེན་པོ་མ། །
བསམ་ཤེས་ན་འཕར་སྤྱང་ཤ་སྐལ་རེད། །
གསེར་མིག་ཉ་མོ་འཕྱུག་འདོད་ཅན། །
ལྕགས་ཀྱུས་ངར་ལ་འདྲེན་འདོད་རེད། །

总喜欢走动的羊群，
应想到是豺狼美食；
总喜欢跳跃的金鱼，
应想到被鱼钩钓住。

༢ རི་རབ་ལྷུན་པོ་རྩེ་མོ་ནས། །
བྱ་ཆེན་ཁྱུང་གི་རྒྱལ་པོ་དེ། །
སྒོ་ངའི་ནང་ནས་གཤོག་རྡུག་རྒྱས། །
ནམ་འཕང་མི་ཚོད་བསམ་པ་མེད། །
དུག་སྦྲུལ་ས་སྟེང་ཨེ་ལུས་ཤེ། །

在那须弥山顶上，
琼鸟是飞禽之王，
卵壳中长出翅膀，
翱翔苍穹无需忧，
地上毒蛇皆不留。

༣ ལུག་གཡང་དཀར་འཕོར་རྩྭ་ཟ་ས་ལ། །
དོན་མེད་སྤྱང་གི་ཁྱུ་དེད་བྱས། །
ང་ལུག་རྫི་མི་ངར་ཀ་མེད་རེད། །
སྤྱང་གི་ཀླད་ཁྲག་གཏོར་རྒྱུ་ཡིན། །

羊群悠闲吃野草，
狼群肆意来追杀，
牧人不得不逞强，
定砸野狼脑飞溅。

༤ ར་རྫིས་འུར་ཐག་གཡུག་ལེ་དེ། །
གཡུག་མ་ཤེས་རང་མགོ་གཅོག་བྱེད་རེད། །

牧人常用抛石鞭，
抛出石子砸自己。

གདོང་བེ་རུ་ཉི་མ་རྒྱལ་མཚན།

董•培如•尼玛坚赞

སྐྱེས་ཕོ་རབ་བསགས་པའི་རྒྱུ་ནོར་དེ། །
འབུལ་ས་དཀོན་མཆོག་ལྷ་ལ་འབུལ། །
སྦྱིན་པ་དགེ་འདུན་དམངས་ལ་བཏང་། །

好男积攒的财物，
供奉三宝和神灵，
布施大德众僧人，

ཚེ་ཕྱི་མའི་ལམ་སྟོན་སྒྲོན་མེ་ཡོད། །　　来世就有指路灯。
པོ་འབྲིང་བསགས་པའི་རྒྱུ་ནོར་དེ། །　　中男积攒的财物，
ཕ་ཁུ་བུ་སྤུན་ཅི་ཡོད་དང་། །　　会让叔侄和兄弟，
ཚེ་རོགས་ཨ་ཉོག་ཀུན་ལ་ཡོད། །　　还有妻儿都来用，
མི་སྨོན་རང་སྐྱིད་བཟོ་ནས་ཡོང་། །　　别无所求自寻福。
པོ་ཐ་མས་བསགས་པའི་རྒྱུ་ནོར་དེ། །　　贱男积攒的财物，
ཁྲམ་གཡོ་སྒྱུ་གཉིས་ཀྱིས་ཨེ་ལོན་བལྟ། །　　全靠欺诈耍手段，
རྒྱུ་གར་ཡོད་གར་འགྲོ་ཤེས་ལེ་མིན། །　　财物去留概不知，
རྒྱུ་ཕྱིར་གང་ཆེད་དུ་རང་སྲོག་ཕུང་། །　　为点小财把命丢。

ཞང་རྒྱལ་ལྷུན་གྲུབ་གྲགས་པ།　　象嘉·伦珠扎巴

༡ ཐང་དཀར་རྐོད་པོས་མི་ཤ་ཟ། །　　秃鹫常吃死人肉，
བཙོག་ལེ་ཤེས་ཏེ་སྔོན་གྱིས་བསྐོས། །　　虽知肮脏前世定；
སྦུག་ཚུང་དྲིལ་གྱིས་རྒྱ་བོད་བསྐོར། །　　驴子辗转在西东，
དཀའ་ལེ་ཤེས་ཏེ་སྔོན་གྱིས་བསྐོས། །　　虽知辛苦前世定。

༢ ཉ་དང་སྦལ་པ་ལྕོང་མོ་གསུམ། །　　鱼龟蝌蚪三水物，
ཆུ་ཆེན་དཀྱིལ་ལ་མཉམ་གནས་རེད། །　　大河里面共生存，
དུས་ཐ་མ་སྲམ་གྱིས་ཁ་ཟས་རེད། །　　最后成了水獭食。

༣ དུག་སྦྲུལ་ནག་པོས་ས་གཞི་ཁེངས། །　　黑色毒蛇满地爬，
ཡུལ་སྡེ་བདེ་སྐྱིད་མ་ཡོང་གདའ། །　　村寨没有安乐日，
ཁྱུང་ཆེན་བྱ་ཡི་རྒྱལ་པོ་ངས། །　　琼鸟乃是鸟中王，
གཤོག་རྡུག་མི་ཛོམ་ཀ་མེད་རེད། །　　炫耀金翅属无奈。
གངས་དཀར་ཏི་སེ་བཞུགས་ས་ལ། །　　冈底斯山屹立处，
ཆུ་འགག་མང་པོ་ཐུག་ནས་གདའ། །　　遇到险路和峡谷，

ཐ་སློང་མི་འཁྲུག་ཀ་མེད་རེད། །
གསེར་མིག་མཚོ་ནང་ཉལ་ས་ལ། །
ལྕགས་ཀྱུ་ངར་མས་མགོ་སྐོར་བཏང་། །
གསེར་ཉ་མི་འཕག་ཀ་མེད་རེད། །

翻起波山洪无奈。
金鱼生息的海里，
锋利鱼钩来引诱，
金鱼跳跃属无奈。

༤ ཆོས་གདམས་ངག་མེད་པའི་བླ་མ་དེ། །
ལུས་ཆོས་གོས་སེར་དང་མ་སེར་མེད། །

不守清规戒律的上师，
袈裟黄与不黄都一样。

༥ ནམ་སྟོད་དཀར་ལ་ནམ་སྨད་ནག །
ཆར་ནག་པོ་འབབ་པའི་གཞི་མ་རེད། །

半夜天晴半夜阴，
大雨来临之前兆。

༦ མི་ཆེན་ཁོག་པ་རྫུན་གྱིས་གང་། །
རི་ཆེན་ཁོག་པ་ཆུ་ཡིས་གང་། །

大人满腹是谎言，
大山深处满是水。

༧ ལྷ་བླ་མ་སྡོམ་པ་ཉོར་ཁ་ལ། །
དགོན་ཁྲ་མོ་བཞག་ནས་རྒྱ་གྲོང་འགྲིམ། །
ལག་པས་ཇ་བོ་བརྡུང་ན་ཡང་། །
སེམས་པ་ན་ཆུང་སྨན་ལ་ཟུག །
དགོན་ཁྲ་མོ་ཉོར་བའི་སྔ་ལྟས་རེད། །
དཔོན་ཆེན་པོས་ཁྲིམས་ས་བཟུང་བའི་དུས། །
བཀའ་ཁྲིམས་གཞུང་གཤག་མ་མཛད་ན། །
དུས་ཐ་མ་རི་ཀླུང་ཇག་པས་ཁེངས། །
དཔོན་ཁྲིམས་ས་ཉོར་བའི་སྔ་ལྟས་རེད། །

上师失去戒律前，
弃寺游荡在闹市，
手中虽然摇法鼓，
心中却想妙龄女，
寺庙衰败之前兆。
君王执掌政权时，
如果秉公不执法，
最终盗匪满山野，
王权衰败之征兆。

སོག་སྟག་དམར་སྟོབས་ཆེན།

索•达玛多钦

༡ སླག་ནག་གནམ་ནས་བཙུམ་པའི་དུས། །

黑雕空中盘旋时，

རེའུ་ཆུང་བདེ་ཐང་ཨེ་ཡོང་ཤེ། །
གཟིག་མོ་སྡེར་ཅན་ངར་ལམ་ནས། །
ཁྱི་གསར་མཆེ་བས་ཨེ་ཕན་ཤེ། །
ཁྱུང་ཆེན་ནམ་འཕང་གཅོད་པའི་དུས། །
དུག་སྦྲུལ་ཐར་བ་ཨེ་ཡོད་ཤེ། །
སྐྱ་ཁྲས་གཤོག་འཁྱུར་བརྒྱག་པའི་དུས། །
བྱིའུ་ཆུང་ཐར་བ་ཨེ་ཡོང་ཤེ། །

羔羊是否有安宁？
母豹锋利爪子下，
小狗乳齿有何用？
琼鸟展翅高空时，
毒蛇是否能逃脱？
猎隼展翅盘旋时，
小鸟是否能逃脱？

༢ རྒྱ་གསེར་སེར་པོའི་ཁ་རྩ་རུ། །
རག་གན་གསེར་མདོག་ཡོང་ལོ་མིན། །
རྒྱ་དངུལ་ཁམ་པའི་རྒྱན་ཡ་དེ། །
ཏི་ཚས་དངུལ་མདོག་ཡོང་ལོ་མིན། །
དྲུག་དཀར་གཡུ་ཡི་བརྒྱན་པ་ལ། །
རྡོ་ལོས་གཡུ་མདོག་ཡོང་ལོ་མིན། །

黄色金丝缎面前，
黄铜扮金行不通；
褐色银饰要配对，
锡合金它不对色；
白瑭饰品要配对，
葱石佩饰不对色。

༣ མཐོ་གངས་དཀར་སྟེང་གི་དུང་སེང་དེ། །
མགོ་གཡུ་རལ་མེད་ན་ཁྱི་རྒན་རེད། །
བྲག་དཀར་རྩེ་ཡི་ཐང་དཀར་རྒོད། །
ལུས་གཤོག་དྲུག་མེད་ན་ཐང་ལ་ལྷུང་། །

雪山顶上的白狮，
头无绿鬃是老狗，
白岩山顶的岩雕，
没有翅膀掉到地。

༤ དགུང་སྔོན་དཀྱིལ་གྱི་ཉི་ཟླ་དེ། །
ཉི་ཟླ་འཁྱིམ་ལུགས་མ་མཁས་ན། །
གཟའ་ཁྱབ་འཇུག་ཁ་ལ་ཚུད་རབས་ཡོད། །
མཐོ་ཉི་ཟླ་འོད་ཟེར་ཆེ་ཞན་འདྲ། །

蓝色空中那日月，
如果不按轨道行，
会落罗睺星曜口，
日月光辉会大弱。

ཞང་ཞུང་ཐོག་བཙན་ཀླིག་སྒང་།

དཔོན་ཡོས་འགོ་འདྲ་དེས་ཡུལ་སྡེ་ཕུང་། །
སྨན་མགོ་གཉིས་མ་དེས་ཚོ་རོགས་ཕུང་། །
རྟ་དར་སྐྱ་འདྲ་དེས་བདག་པོ་ཕུང་། །
དེ་བོད་ལ་ཕུང་བ་རྣམ་གསུམ་ཟེར། །

象雄•托赞洛囱

搅局的君主害部族，
滥情的女子害伴侣，
爱飘的马儿害主人，
这便是蕃巴之三害。

འཛང་གཡུ་ལྷ་ཐོག་འབྱུར།

༡ གཡུ་འབྲུག་སྔོ་མོའི་ཁ་སྤུན་ལ། །
འབྲོང་རྒོད་འབོད་ངར་ཨ་བ་རི། །
དུང་སེང་གཡུ་རལ་འཕྱིང་ས་ལ། །
ཁྱི་རྒན་སྐྱག་རལ་ཨ་བ་རེ། །
ལྷ་བྱ་ཁུ་བྱུག་འགྱུར་ས་ལ། །
གོང་མོའི་ཉིན་གླུ་ཨ་བ་རེ། །

༢ དགུང་གཡུ་འབྲུག་ངར་སྐད་ཆེན་པོ་མ། །
ཐོག་མེད་ན་ངར་སྐད་སྟོང་པ་རེད། །
བུ་དཔའ་མདོག་སྐད་སྒྲ་ཆེན་པོ་མ། །
གདོང་ཐུག་དུས་མེད་ན་སྟོང་པ་རེད། །

༣ ཉ་ཆུང་གསེར་ཉ་འཕྱུག་འདོད་ཅན། །
གསེར་གཤོག་ལུས་ལ་མ་རྒྱས་གོང་། །
མཐའ་རྒྱ་མཚོ་དཀྲུག་འདོད་ཁག་པོ་རེད། །
གསེར་གཞིའི་ཤོག་བྱང་ཐང་གཡུག་ལེ་ཡོང་། །

姜•玉拉托久

青色玉龙狂啸时，
野牦牛吼声可悲；
白狮抖鬃傲立时，
如屎老狗真可悲；
神鸟杜鹃鸣叫时，
雪鸡啼声真可悲。

空中吼叫的青龙，
没有打雷是空鸣；
喜欢逞强的男人，
遇敌无声是空喊。

爱跳跃的小金鱼，
金色鱼鳞没长全，
想去遨游大海难，
小心金鳞甩滩上。

ཤན་ཚ་ཀླུང་ལྷ་མགྱོགས་ལྡན།

༡ རྟ་སྒྲབ་མེད་པའི་རྐྱང་ཕྲུང་དེ། །
ན་དམར་རྫེད་བྲོ་མི་འཁྲབ་པར། །
མི་འཛོན་རྫ་ལམ་འགྲིམ་ལེ་དེ། །
རྐྱང་ཕྲུང་ལྟོགས་ཤི་བརྒྱུག་འདོད་རེད། །
འདབ་ཆགས་ཐང་དཀར་རྒོད་པོ་དེ། །
ལྡིང་ཚོད་རང་གིས་མི་བཟུང་བར། །
རླུང་ལམ་གོང་མ་འགྲིམ་པ་དེ། །
གཤོག་རྒྱུག་རླུང་གིས་གཏོར་འདོད་རེད། །
ཁྱི་རྐན་ལོ་དགུའི་ཚེ་ཚད་ཅན། །
འགྲོ་འགྲིམ་ཡོངས་ལ་དགྲ་རུ་བཟུང་། །
རྒོད་མདོག་ངར་ཚོད་མ་བཟུང་ན། །
རྒྱབ་རྡོ་རང་གིས་ཉོ་འདོད་རེད། །

辛擦•隆拉爵丹

没有鞍鞯小野驴，
不在沮洳地嬉戏，
妄想走上乱石岭，
小野驴是想饿死。
禽类之中那雄鹰，
盘旋分寸把不好，
遇到大风气流时，
小心羽翎被风毁。
九岁狗命是天数，
把那路人都当敌；
如果再不自量力，
是想找人挨肋石。

༢ མཐོ་ཉི་ཟླ་མཐོ་ཚོད་མ་ཟིན་ན། །
གཟའ་ཁྱབ་འཛུག་ཁ་ལ་ཚུད་རན་གདའ། །
གསལ་ཉི་ཟླ་སྨག་ལ་གཏུམ་རན་གདའ། །
ནགས་རྒྱ་སྟག་རྒོད་ཚོད་མ་ཟིན་ན། །
ས་མདའི་རྫོན་པས་འཛོམ་རན་གདའ། །
སྟག་ལྤགས་ཐང་ལ་འདིང་རན་གདའ། །

天上日月升过高，
小心落入罗睺口，
明亮日月黑暗罩。
林中老虎太凶猛，
小心会被地弩猎，
当心虎皮铺地上。

ཨ་སྟག་ཀླུ་མོ།

༡ སྐྱེས་པ་ཕོ་ཡི་དགྲ་ལན་དེ། །
ལོ་དགུ་སོང་ཡང་སྔ་ལེ་རེད། །

阿达鲁（拉）姆

君子要想报血仇，
九年十年还显早；

ཟ་མ་མོ་ཡི་ཟས་ལན་དེ། །
ཞག་གསུམ་སོང་ཡང་འཕྱི་ལེ་རེད། །

女人想报食物恩，
两日三日都显晚。

༢ བཀའ་ཁྲིམས་མེད་པའི་དཔོན་པོ་དེས། །
ཁྲིམས་ལུགས་རང་གིས་མི་སྲུང་ནས། །
ཡུལ་སྡེ་མི་སེར་རྩ་མེད་གཏོང་། །
དགྲ་ཤ་པས་སློ་བརྟུང་ཕྱུད་ཉིན་མོ། །
དགྲ་ཡ་བུ་གཅེས་གསོ་གསོ་བྱེད། །

不讲律法的君王，
首先自己不守法，
部族百姓遭毁灭，
一旦世仇找上门，
还把仇人当儿养。

ཞང་བློན་ཤེས་ཆེན་ཉི་མ།

象伦•西钦尼玛

དུག་སྦྲུལ་འཁྱུག་ཚོད་མ་ཟིན་ན། །
ཁྱུང་ཆེན་གནམ་ནས་ལྡིང་ཟེར་ན། །
ས་ནག་དུག་སྦྲུལ་ཨེ་ལུས་ཤེ། །
གཡུ་འབྲུག་མཚོ་ནང་འབབ་པའི་དུས། །
ཆུ་སྲིན་རྐན་སྒྲ་རྡེབ་ཞན་འདྲ། །
དམའ་རྒྱ་མཚོའང་མེ་འོད་མཆེད་རྒྱུ་རེད། །

如果毒蛇爬动多，
一旦琼鸟空中飞，
地上毒蛇可剩几？
青龙落入大海时，
胡乱咂腭的鳄鱼，
当心大海燃火光。

འཛང་སྲས་གཡུ་ཁྲི་དཀྲུང་སྟོན།

姜赛•玉赤巩恩

མཐོ་གངས་དཀར་ཉི་མས་བཞུ་ཟེར་ན། །
སེང་གཡུ་རལ་མི་ཛོམ་ཀ་མེད་རེད། །
དམའ་ནགས་རི་མེ་ཡིས་འཇོམས་ཟེར་ན། །
ང་རྒྱ་སྟག་མི་ངར་ཀ་མེད་རེད། །
གནམ་སྔོན་མོ་ཆུ་སྤྲིན་འཁྲིགས་ཟེར་ན། །
ང་གཡུ་འབྲུག་མི་ངར་ཀ་མེད་རེད། །
རྗེ་རྒྱལ་པོས་ཆུས་ལ་རྐོལ་ཟེར་ན། །

太阳硬要融雪山，
狮子怎能不抖鬃；
烈火硬要烧森林，
猛虎怎能不发威？
乌云硬要遮蓝天，
青龙怎能不鸣响；
君王硬要坏朝纲，

ང་བློན་པོ་མི་ཁྲོ་ཀ་མེད་རེད། །

贤臣怎能不发怒？

ཤན་པ་མེ་རུ་རྩེ།

辛巴•梅如泽

༡ ཆར་མེད་པའི་འབྲུག་སྐད་ཆེན་པོ་ཅན། །
འབྲུག་ཤུར་སྒྲ་ཆེ་ལེ་སྟོང་སྐད་རེད། །
དྲག་སྔགས་དམོད་པས་གཡུ་འབྲུག་བསྒྲལ། །
མཐོ་ལ་ཁའི་སྤྱང་ཀི་ཁེར་འགྲོ་ཅན། །
མཉམ་ལུང་ཆུང་གཤོར་དང་མ་གཤོར་མེད། །
ཕོ་ལུག་རྡེ་ངར་མས་ཀླད་ཁྲག་གཏོར། །
དཔའ་མདོག་ཆོད་མདོག་ཁེར་འགྲོ་ཅན། །
དམག་མང་བསད་དང་མ་བསད་མེད། །
རལ་གྲི་ངར་མས་ཀླད་ཁྲག་གཏོར། །

无雨的强烈霹雷声，
声响再大也是空鸣，
施放恶咒将玉龙灭。
山顶上独行的野狼，
小沟中不必去逐猎，
羊倌会砸碎狼脑袋。
无勇装胆独行将，
杀戮众兵无意义，
先把单骑脑袋取。

༢ སྤང་དཀར་མེ་ཏོག་ཁྲ་ཆུང་དེ། །
མཛེས་མོ་སྤང་རྒྱན་ཡིན་བསམ་ཏེ། །
སད་སེར་གཉིས་ཀྱིས་གཏོར་བའི་དུས། །
མཛེས་མོ་ཟེར་བ་ག་ན་ཡོད། །

草滩上的那鲜花，
以为美丽了草原，
霜冻冰雹袭来时，
哪里还有美可言。

༣ ས་ནག་ཚེར་གསེབ་ནང་རྒྱུད་ནས། །
རི་བོང་ཁ་ཤོ་སྤྲོ་སྣང་ཅན། །
སེང་གེའི་གཡུ་རལ་ཡོད་སྣང་འཆར། །
རང་ཁ་ཤོ་ལེ་མ་ཤེས་གདའ། །

黑土滩的刺丛里，
豁唇兔子好欢喜，
以为自己有狮鬃，
哪知自己是唇裂。

ཞང་བློན་གནམ་ལྷ་འབྲུག་གྲག

象伦•南喀珠扎

གཡུ་དྲུག་དཀར་གོང་ཐང་ཆེ་ཆུང་དེ། །

白璁价格高与低，

ཁྲོམ་ཆེན་དཀྱིལ་ལ་སྟོན་ཉིན་ཤེས། །
རྟ་ཕོ་མགྱོགས་ཞན་ཅི་ཡོད་དེ། །
ཡ་ཆེན་ཐང་ལ་རྒྱུག་ཉིན་ཤེས། །
བྱ་ཆེན་གཤོག་དྲུག་རྒྱས་ཞན་དེ། །
ནམ་འཕང་སྟེང་ནས་གཅོད་དུས་ཤེས། །

市场展出才知道；
骏马跑得有多快，
驰骋草原才知道；
大鸟翅膀有多大，
展翅天空才知道。

ཨ་གྲགས་ཉི་མ་གྲགས་པ།

阿扎•尼玛扎巴

༡ ཆར་མེད་འབྲུག་སྐད་ཆེན་པོ་མ། །
ཅུར་སྒྲ་ཆེ་ལེ་སྟོང་པ་རེད། །
གངས་སེང་ཟེར་བ་གཡེར་པོ་ཆེ། །
མགོ་གཡུ་རལ་མེད་ན་ཁྱི་ཀན་རེད། །

无雨震天的响雷，
响声再大也是空；
雪狮虽说很威武，
没有绿鬃就是狗。

༢ ནགས་ལུང་སྟག་གཟིག་གཡེར་པོ་ཆེ། །
སྟག་གཟིག་འགྲོ་མཁས་མ་ཤེས་ན། །
དམའ་ས་མདའི་འོག་ལ་འཛོམས་ནས་ཡོང་། །
པགས་པ་གདན་ལ་འདིང་ཉིན་མོ། །
ཁར་མཆེ་བ་ཡོད་ལེས་མ་ཕན་གདའ། །
སྟོབས་ཆུ་སྲིན་ཟེར་བ་གཡེར་པོ་ཅན། །
འབུ་དུང་ཕྲུག་ཆུང་ཡང་ཏ་ལ་འཕེན། །
ཆུ་སྲིན་ངར་ཚོད་དེ་ཙམ་རེད། །
ཤུན་སྟོང་ཆུ་ཡིས་ཁྱེར་ཉེས་གདའ། །
ལུས་ཆེན་པོ་ཡོད་ལེས་མ་ཕན་གདའ། །

林中虎豹再威猛，
如果不知怎么走，
就会遭到地弩灭。
皮子铺成垫子时，
口有獠牙也无用。
鳌鱼虽说力无穷，
小螺也会把它灭；
鳌鱼再猛就这命，
皮壳正被海水冲，
身体再大也没用。

༣ གཤིན་རྗེས་ཞགས་པ་གཡུགས་པས་ན། །
ལས་ངན་ཐར་བ་ཨེ་ཡོད་ཤེ། །
ཆོས་པ་ཡིན་ཟེར་བཤད་ས་མེད། །

阎王抛来死绳时，
罪孽哪里能逃脱？
信徒没有诉说处，

དཔོན་པོ་ཁྲིམས་འཛིན་ཟེར་ས་མེད། །
དཔའ་བོ་དཔུང་པ་ངོམ་ས་མེད། །
སྨན་འཕྱོར་མོས་སྐྱེ་ལོ་ངོམ་ས་མེད། །
ཀྲུ་མེད་མཐེབ་མོ་བསླངས་ས་མེད། །

首领没有施法处，
英雄没有显威处，
美女没有炫貌处，
乞丐没有讨要处。

༩ འབུ་ཚེ་ཟད་གྲོག་མའི་སྒོ་ལ་སླེབས། །
ཚེ་ཡང་ཟད་གྲོག་ཚང་ནང་དུ་འཛུལ། །
མི་ཚེ་ཟད་སྲིན་པོའི་སྒོ་ལ་སླེབས། །
ཚེ་ཡང་ཟད་སྲིན་ཚང་ནང་དུ་འཛུལ། །
ར་ཚེ་ཟད་འཕར་བའི་སྒོ་ལ་སླེབས། །
ཚེ་ཡང་ཟད་འཕར་ཚང་ནང་དུ་འཛུལ། །

短命虫到蚁穴口，
而且直入蚂蚁窝；
短命人到罗刹门，
而且直进恶鬼窝；
短命山羊到豺门，
而且直入豺窝里。

ཞང་བློན་སྐར་མ་གྲགས་པ།

象伦•噶玛扎巴

༡ ཉི་མ་གཟའ་ཡིས་མ་འཛོམས་ན། །
རྩི་ཤིང་མེ་ཏོག་ལོས་རྒྱས་རེད། །
རྒྱ་སྡོང་ཤིང་ལོ་མ་འཛིགས་ན། །
སྟག་མོ་འཛུམ་དྲུག་ལོས་རྒྱས་རེད། །
ཆུ་བོ་མཐའ་ནས་མ་སྐམ་ན། །
ཆབ་ལ་གསེར་ཉ་ལོས་འཁོར་རེད། །

太阳若不逢凶曜，
花草树木定茂盛；
茂林若是不受灾，
斑斓猛虎定兴旺；
河水若是不干涸，
金鱼始终不离水。

༢ བེར་སྨུག་འབྲོང་ཆུང་ནག་པོ་དེ། །
མཐོན་པོ་རྫ་ལ་མི་འདུག་ནས། །
ཐང་ལེབ་ཆེན་སྟེང་ལ་རུ་རྩལ་ངོམ། །
རྔོན་མཁན་པས་འབྲོང་ཆུང་ཐང་ལ་བརྡབ། །
མཐོ་གངས་དཀར་དཀྱིལ་གྱི་དུང་སེང་དེ། །
མགོ་གཡུ་རལ་གངས་ནས་མི་འགྱིང་པར། །

那褐色小野牦牛，
高山坡上不居住，
却在大滩要角技，
会被猎手摔滩上。
巍峨雪山上狮子，
不在雪山展绿鬃，

སྤོད་མི་ཚུགས་འདམ་མཚོ་ཁྲ་མོ་དཀྲུག།
དུས་མཐའ་མ་སེང་ཁོག་འབུ་ཡིས་གང་། །

却到泥滩乱搅泥，
最终狮腹满蛀虫。

རོང་སྲས་ལྷ་རྒོད་འབུམ་ལུ།

绒赛·拉贵奔鲁

བྱ་རྒྱལ་རི་རབ་བཟུང་བའི་དུས། །
ཁྭ་ཏས་ཉིན་ཟུག་མཚན་ཟུག་བྱས། །
ཁྱུང་ཆེན་མི་ལངས་ཀ་མེད་རེད། །
ཤྭ་ཕོ་རི་རྩེ་འགྲིམ་པ་ལ། །
དོན་མེད་ཤ་ཁྱིས་དེད་ནས་བྱུང་། །
ལ་དགུ་མི་རྒྱག་ཀ་མེད་རེད། །

鸟王占据须弥山，
乌鸦日夜叫不停，
琼鸟不得不起飞。
雄鹿走过山顶时，
猎犬无故来追赶，
不得不翻九座山。

སེང་སྟག་ཨ་དོམ།

森达阿冬

༡ ར་རྒན་ཚིལ་ཡོད་མ་ཟེར་ར། །
ཤ་ཀོ་ཐང་ལ་བདལ་རན་གདའ། །
འབྲོང་སེར་ངར་རླབས་མ་ཆེ་ར། །
རྭ་ཐུར་ཐང་ལ་གཡུག་རན་གདའ། །
སྟག་མོ་མཆེ་བ་མ་རྩོམ་ར། །
སྟག་ལྤགས་གདན་ལ་བཏིང་རན་གདའ། །
ཉ་མོ་གཤོག་འཕྱུར་མ་ཆེ་ར། །
ལྕགས་ཀྱུ་ངར་ལ་འཛིན་རན་གདའ། །

老羊别说体肥壮，
当心皮肉铺地上；
野牦牛也莫逞凶，
小心牛角摔地上；
母虎不要显獠牙，
小心虎皮当垫铺；
鱼儿跳得别太高，
锋利鱼钩会钓走。

༢ ཕྲུད་བྱ་གསར་གཤོག་པ་བདེ་མོ་མ། །
མཐོན་པོའི་ནམ་འཕང་གཅོད་བསམ་ཏེ། །
གཤོག་རྡུག་རླུང་གིས་རྡེབ་རབས་ཡོད། །
རླུང་སྨུ་གྲིའི་གདོང་ལ་འགྲིམ་ལེ་མིན། །

雏鸟翅膀真灵巧，
想到高空去飞翔，
小心风疾折鸟翅，
狂风面前不要飞。

མཐོན་པོའི་ཉི་ཟླ་སྐར་གསུམ་དེ། །
ཁོ་ཡན་ཆད་མཐོ་བ་མེད་བསམ་སྟེ། །
གཟའ་ཁྱབ་འཇུག་ཁ་ལ་ཚུད་རབས་ཡོད། །
མཐོ་ཉི་ཟླ་འཁྱིམ་ཚོད་དེ་ཙམ་རེད། །
རྟ་གསར་རྒྱུག་ཁ་བཤན་པོ་མ། །
ཁོ་ཡན་ཆད་མགྱོགས་པ་མེད་བསམ་སྟེ། །
མགྱོགས་རྒྱལ་ཆེན་བང་ལམ་ཚུད་རབས་ཡོད། །
ཐང་ཆེན་པོ་འཁྱིམ་ཚོད་དེ་ཙམ་རེད། །

日月星辰挂高空，
以为再无比这高，
小心落入罗睺口，
日月运行也如此。
新马上路快速跑，
以为自己快如风，
虽能进入赛马滩，
奋蹄疾驰也如此。

ཞང་བློན་ཉི་མ་འོད་ལྡན།

香伦•尼玛维丹

ཉ་གསེར་མིག་མཚོ་ཆེན་གཙོད་ས་ལ། །
སྤོབས་ཆུ་སྲིན་ཁན་སྤྲ་ཛེབ་དོན་མེད། །
སྟག་དམར་ཡག་ནགས་རྫོང་འཁྱིམ་ས་ལ། །
ནགས་རི་མེ་ཡིས་འཛོམས་དོན་མེད། །

金鱼游在大海时，
鳄鱼何必要咂腭；
猛虎漫游森林时，
山林不该被火毁。

དུང་སྐྱོང་སྟག་ལྷ་ཁྲི་དཀར།

童炯•达拉赤嘎尔

ལྷོ་མོན་མོན་གྱི་ཁུ་བྱུག་བྱ། །
དབྱར་ཟླ་གསུམ་གྲག་ན་ལྷ་བྱ་རེད། །
དགུན་ཟླ་གསུམ་གྲག་ན་ལྟས་ངན་རེད། །

南方门隅布谷鸟，
三夏鸣叫是神鸟，
三冬鸣叫是凶兆。

མོན་ཕྲུག་ཟླ་བ་ཁྲབ་བཙན།

门楚•达瓦彻赞

ཤྭ་ཕོ་ཆེན་དུང་ར་ཡོད་བསམ་ནས། །
ལ་མཐུར་མེད་པ་བཤར་ནས་འགྲོ། །
མདའ་སྐྱེན་པོས་ཐོད་མདའ་སྦྲོད་ཉིན་མོ། །

雄鹿以为有螺角，
山上山下随意跑，
射手利箭射中时，

མགོ་རྭ་ཅོ་ཡོད་ལེས་མ་ཕན་གདའ། །
སྟག་དམར་ཡག་ནགས་གསེབ་དཀྱིལ་ནས་ཡོང་། །
ལུས་འཛུམ་དྲུག་སྲིར་བཞི་ཡོད་བསམ་སྟེ། །
རྫོན་པས་འཇབ་མདའ་འཕངས་བའི་དུས། །
ལུས་སྲིར་བཞི་ཡོད་ཀྱང་མ་ཕན་གདའ། །
སྟག་ལྤགས་གདན་ལ་འདིང་ལེ་ཡོང་། །

ཅི་བློན་ཆོས་འགྲུབ།

ཙན་དན་དཀྱིལ་གྱི་དམར་ཡག་སྟག།
སྟག་མོ་གཡེར་ཆེན་ཡིན་བསམ་ཏེ། །
འཛུམ་དྲུག་ཐང་ལ་རྗེབ་ཉིན་མོ། །
ཁ་མཆེ་བ་ཡོད་ལེས་ཅི་ལ་ཕན། །
རྒྱ་མཚོ་ཆུ་ཡི་དཀྱིལ་འཁོར་ནས། །
སྟོབས་ཆུ་སྲིན་ཟེར་བ་གཡེར་པོ་ཅན། །
འབུ་དུང་ཕྲུག་ཆུང་ཡང་ཏ་ལ་འཕེན། །
ལུས་སྲིར་བཞི་ཡོད་ལེས་ཅི་ལ་ཕན། །
བྲག་རག་དཀར་དཀྱིལ་གྱི་ཁོལ་མ་འབྲོང་། །
མགོ་རྭ་ཅོ་ཡོད་བསམ་བྲག་ནས་རྫོམ། །
ཤ་ཀོ་ཐང་ལ་འདིང་ཉིན་མོ། །
མགོ་རྭ་ཅོ་ཡོད་ལེས་ཅི་ལ་ཕན། །

ཚ་ཞང་འདན་མ་བྱང་ཁྲ།

༡ ཨ་སྔོན་གནམ་གྱི་གཞི་དཀྱིལ་ནས། །
མཐོ་ཉི་ཟླས་འཛམ་གླིང་འོད་ཀྱིས་བསྐོར། །
ལྟས་ངན་པ་གཟའ་ཆེན་ལུས་ནས་གདའ། །

头长鹿角也没用。
猛虎从那密林来，
身虽有爪和斑纹，
猎手暗箭射来时，
身有纹爪也没用，
小心虎皮成坐垫。

齐伦·曲珠

檀木林中的猛虎，
认为自己最漂亮；
斑斓虎皮展地时，
长着獠牙有何用？
苍茫的大海中央，
凶猛鳄鱼再伶俐，
小螺喷射出毒液，
身长四爪有何用？
岩山中的野牦牛，
头有利角想炫耀；
皮肉铺展地上时，
头长利角有何用？

擦香·丹玛向查

蓝色天空之中央，
日月高悬照世界，
不祥煞星遗空中，

མཐོ་ཉི་ཟླ་འཁྱིམ་ལུགས་ཅི་འདྲ་བྱེད། །	日月怎样运转好？
རི་རབ་ལྷུན་པོའི་དབུ་རྩེ་ནས། །	在须弥山之顶上，
བྱ་ཆེན་གཤོག་རྒྱལ་རྫོམ་པའི་དུས། །	琼鸟展翅盘旋时，
ལྟས་ངན་པ་མདའ་མོ་ལུས་ནས་གདའ། །	不祥箭矢在等待，
དུག་སྦྲུལ་ཟ་ལུགས་ཅི་འདྲ་བྱེད། །	毒蛇怎样来捕杀？
རྒྱ་མཚོ་ཐ་རླབས་དྲག་པོའི་ནང་། །	波涛翻滚大海中，
གསེར་ཉ་འཁྱུག་བསྒྲོད་གངས་ཆུ་འཐུང་། །	金鱼游动喝雪水，
ལྟས་ངན་པ་ལྕགས་ཀྱུ་འཕང་ནས་གདའ། །	不祥鱼钩甩过来，
གསེར་ཉ་འཁྱུག་ལུགས་གང་འདྲ་བྱེད། །	金鱼怎样去游动？

༢ མཐོ་བྲག་དཀར་བཙན་ཚོད་མ་ཟིན་ན། །	高高岩山太险要，
གནམ་ལྕགས་ཐོག་གིས་གཏོར་རབས་ཡོད། །	当心遭到天雷劈；
སྤང་མེ་ཏོག་རྒྱས་ཚོད་མ་ཟིན་ན། །	草地花开太茂盛，
སད་སེར་བ་གཉིས་ཀྱི་གཏོར་རབས་ཡོད། །	当心会被雹霜打；
སྟག་དམར་ཡག་ངར་ཚོད་མ་ཟིན་ན། །	要是猛虎太凶狠，
འཛུམ་དྲུག་མི་ལ་ཤོར་རབས་ཡོད། །	斑斓虎皮落人手。

གྲུམ་མོ་ཤེས་རབ་སྒྲོལ་མ། **赛姆·西饶卓玛**

སྟོད་གངས་དཀར་ཏི་སེ་དཀར་མོ་རེད། །	高大的冈底斯山，
གངས་དེ་ལ་ཞུ་རལ་མི་ཡོང་ཟེར། །	都说雪山不融化；
ས་འོག་དྲོད་ཀྱིས་ཁེངས་པའི་དུས། །	地下充满热能时，
གངས་དཀར་མི་ཞུ་ཅི་ལ་སྲིད། །	雪山怎能不融化？
མཐའ་རྒྱ་མཚོ་ཟེར་བ་གཡེར་པོ་ཆེ། །	浩瀚无垠之大海，
ཆབ་དེ་ལ་བྲི་སྐམ་མི་ཡོང་ཟེར། །	都说大海不干涸；
འབྱུང་བཞི་མེ་ཡིས་བསྐོར་བའི་དུས། །	四大种火燃烧时，
མཐའ་རྒྱ་མཚོ་མི་སྐམ་ཅི་ལ་སྲིད། །	大海怎能不干涸？

ཞང་བློན་སྐྱང་མོ་ཁེར་སྐྱེས།

ཁྲུང་དཀར་མཛོ་མོའི་རྟོལ་ལེ་དེ། །
མགོ་རུ་ཐུར་ཡོད་དང་མ་ཡོད་མེད། །
ཕྱུ་ནག་གྲལ་ལ་འཛོག་ལེ་མིན། །
ཝ་སྤྲེ་གཉིས་ཀྱི་ཅུ་སྐད་བརྒྱབ། །
གྲ་ལོ་ཡག་དང་མ་ཡག་མེད། །
གཅན་གཟན་གྲལ་ལ་འཛོག་ལེ་མིན། །
བན་ཆོས་མེད་དཀོར་འགམ་དཀོར་རྒྱུག་བྱེད། །
གོས་སེར་པོ་གྱོན་དང་མ་གྱོན་མེད། །
ལྷ་བླ་མའི་གྲལ་ལ་བརྩི་ལེ་མིན། །
དཔོན་ཁྲེལ་མེད་མི་འཕུང་རང་བརླགས་ཅན། །
ཕྱི་ཚུགས་ཀ་རྫིག་དང་མ་རྫིག་མེད། །
ལས་རྒྱུ་འབྲས་ཅན་ལ་བརྩི་ལེ་མིན། །

象伦·江摩凯吉

犏牛杂交的牛犊，
不管有没有犄角，
不会归入牛之列；
狐狸沙狐再嚎叫，
毛梢亮艳也无用，
不会归入猛兽类；
僧人失戒敛信财，
不管披不披袈裟，
再不能算作上师；
损人害己无耻官，
不管外表威严否，
不能算作德行者。

ཞང་བློན་ཐོག་བཙན་འབར་བ།

ལྷོ་གཡུ་འབྲུག་ཟེར་བའི་ངར་སྐད་ཅན། །
ཆར་མེད་ན་འབྲུག་སྐད་སྟོང་པ་རེད། །

象伦·托赞跋瓦尔

南边咆哮的苍龙，
不见落雨空雷鸣。

ཞང་བློན་དཔུང་རིང་།

ཆབ་ཆུ་བོའི་དཀྱིལ་གྱི་གསེར་ཉ་དེ། །
ཆབ་ཆུ་བོར་འཁྱུག་ཚོད་མ་ཐུས་ན། །
དུས་མཐའ་མ་ཆུ་སྲིན་ཁ་ལ་བརྒྱག །
གསེར་གཤོག་ངོམ་རྒྱུ་པ་ཚད་རེད། །

象伦·崩仁

河水中央的金鱼，
到处游动不自持，
最后会落鳄鱼口，
显摆金翅是枉然。

རག་དཀར་རྫ་ཡི་འབྲོང་རྒོད་དེ། །
སྟོད་མི་ཚུགས་རྫ་ལམ་གཉའ་འོག་བཤེར། །
དུས་མཐའ་མ་རྔོན་པས་ཐོད་མདའ་སྤྲད། །
ཤ་ཀོ་ཐང་ལ་འདིང་ཉིན་མོ། །
མགོ་རུ་ཐུར་ཡོད་ཞིའི་ཅི་ལ་ཕན། །

白岩山间野牦牛，
岩山道上上下蹿，
最后猎手射额头，
皮肉铺在滩地时，
头长利角有何用？

འབྲུ་མི་དཀར་ལྷའུ་བསམ་འགྲུབ།

智·弥嘎拉伍桑珠

༡ ང་འཕར་སྤྱང་རི་ལུང་འགྲིམས་ས་ལ། །
ཁྱོད་ལུག་ཁྱུས་འགྲོ་ལམ་བཀག་ནས་བྱུང་། །
ལུག་རེ་གཉིས་མི་ཟ་ཀ་ཅེད་ལ། །
ཚེ་སྔོན་ལས་ཀྱི་བསྐོས་ཐང་རེད། །

豺狼跋山涉水时，
羊群阻挡狼行路，
不吃几只枉为狼，
这是前世缘注定。

༢ སྟག་རྒོད་དཔང་བཙན་གཡེར་པོ་ཅན། །
ལས་མ་དག་དཔའ་བོ་ང་དང་ཐུག།
དགྲ་འཆི་བདག་མནལ་མགོར་སླེབས་ལེ་རེད། །
ཁྱོད་ཐར་བ་ཡོང་བསམ་ཁག་པོ་ཡིན། །

凶猛张狂斑斓虎，
不幸与那猎手遇，
如敌死神到枕边，
想逃实在太困难。

གོ་ར་ཚྭ་རྫོང་། སྟོད་སྨད།

《廓热盐宗》上下

ཐོག་རི་སྟོང་ཁྲི་རྒོད་པོ།

托日·东赤贵波

བྱ་རྒྱལ་རྒོད་པོས་སྟོང་ལམ་བཟུང་། །
ཤ་དམར་མི་རེག་ཐྲུ་ལུ་འཐོར། །
བྲག་རྫོང་མི་འཁྱིམ་ག་མེད་རེད། །
རྒྱ་སྟག་དམར་པོས་ལུང་གསུམ་འཁྱིམས། །
ཐོབ་རྒྱུ་མ་འཕྲད་དྲུང་མཆེ་བརྡབས། །
ནགས་རྫོང་མི་འཁྱིམ་ག་མེད་རེད། །
སྟག་རི་ལས་དམག་ར་མདར་ཆས། །
ནོར་ཤོར་མ་ཐོབ་གཡུལ་ཉེས་ཤོར། །
རང་ཡུལ་མི་འཁྱིམ་ག་མེད་རེད། །

鸟王琼鸟飞天上，
没遇猎物羽翅脱，
只能围绕岩山转；
猛虎行走三谷间，
未获猎物獠牙坏，
不走林间没办法；
达日兵马追劫匪，
失财未得又战败，
不返家乡怎奈何？

གོ་ར་ཐོག་ཁྲི་བཙན་རྒྱལ།

廓热·托赤赞嘉

༡ དུས་ངན་བསྐལ་པའི་ཁུགས་སོ་ནས། །
ཆོས་སྒོམ་པ་མི་བརྩི་ངོམ་པ་བརྩི། །
མི་བདེན་པ་མི་བརྩི་རྫུན་པ་བརྩི། །

恶时劫运到绝境，
不崇佛法尚炫耀，
不敬真理重虚假。

༢ རང་ཁྱིམ་ཞིའུ་ཁྱི་ཡིས་སྲུང་། །
ཡུལ་དགྲ་བུ་མོ་གོ་མས་འགྲན། །

自家院子家犬护，
入侵敌人闺女挡。

༣ གཡུ་འབྲུག་དགུང་ནས་འཁྱིམ་པའི་དུས། །
ཐོག་དམར་མེད་ན་སྟོང་སྒྲ་རེད། །

青龙漫游天空时，
没有雷击是空响，

བྲག་དཀར་སྐད་རྒྱ་བཤིག་རྒྱུ་ཡིན། །　　白岩顶峰被击毁。
བྱ་རྒྱལ་དགུང་ལ་འཕུར་བའི་དུས། །　　琼鸟飞翔天空时，
རྔམ་འཇིགས་མེད་ན་སྟོབས་ལྡན་མིན། །　　不显威猛无气力，
དུག་ཅན་སྐེད་པ་བསྡམ་རྒྱུ་ཡིན། །　　反被毒蛇缠腰身。

༤ ཤར་སྤང་རིའི་ལོགས་ཀྱི་ཤྭ་བའི་ཁྱུ། །　　东边草山旁鹿群，
ཕ་རྗོན་པས་མདའ་རྣགས་འཇོག་པའི་དུས། །　　猎手射出利箭时，
མགོ་དུང་རྭ་ཅན་ཞིག་ལ་ཐང་མེད། །　　有角雄鹿或许得；
སྐེད་ཤུ་ཅུ་རོག་པོའི་གདོང་ཟུར་ན། །　　偏坡黑色柳梢边，
རྙི་གོར་མོས་ལག་ལེབ་བཞག་པའི་དུས། །　　狩猎夹子已埋放，
ཁ་དུང་མཆེ་ཅན་ཞིག་ལ་ཐར་མེད། །　　白獠香獐无处逃；
སྒར་དཔུང་ཆེན་ཟུར་གྱི་འཐབ་ར་ནས། །　　大军阵营边缘地，
ཕོ་རྒོད་པོའི་མདའ་རྣགས་འཇོག་པ་ལ། །　　英雄射出锋利箭，
དཔོན་ལས་དབང་ཅན་ཞིག་ལ་ཐང་མེད། །　　头领首级或许得。

༥ གངས་སྟོད་སེང་གེ་དཀར་མོ་དེ། །　　雪山顶上白狮子，
གཡུ་རལ་བསིག་ལུགས་འདྲ་ས་མེད། །　　抖鬃之势不一样，
བུ་ཡུག་བྱུང་ཡང་ཉམ་ང་མེད། །　　暴雪袭来不畏惧；
ནགས་སྟོད་རྒྱ་སྟག་དམར་པོ་དེ། །　　山林顶上红老虎，
འཛུམ་དྲུག་རྒྱས་ལུགས་འདྲ་ལེ་མིན། །　　虎斑长的不一样，
ས་མདའ་བྱུང་ཡང་ཉམ་ང་མེད། །　　遇到地弩不畏惧；
རྒྱ་མཚོའི་ཉ་ཆེན་ཡོལ་མོ་དེས། །　　大海里面那大鱼，
ཆུ་ཀླུང་འཁྱིམ་ལུགས་འདྲ་ལེ་མིན། །　　水中游法不一样，
ལྕགས་ཀྱུ་བྱུང་ཡང་ཉམ་ང་མེད། །　　遇到鱼钩不畏惧。

༦ རི་རབ་སྟེང་གི་ཁྱུང་ཆེན་དེ། །　　须弥山上大琼鸟，
མཁའ་ལ་འཕྱོ་བ་ལས་ཀྱིས་བསྐོས། །　　飞翔天空命注定；

དུག་ཅན་ཁ་རླངས་ཕྱུང་བའི་དུས། །
ལས་ལ་གཏད་པའི་ཁྱུང་ཆེན་དེས། །
རྒྱལ་ཆེན་ལྟོ་འགྲོ་མ་འདུལ་ན། །
རི་རབ་བཟུང་བས་ཅི་ལ་ཕན། །
དགུང་སྔོན་དཀྱིལ་གྱི་གཡུ་འབྲུག་དེས། །
སྤྲིན་རླུང་འཛིན་པ་འབྱུང་བའི་སྟོབས། །
སྔགས་ཆེན་ངན་སྔགས་ཕྱུང་བའི་དུས། །
ལས་ལ་གྲུབ་པའི་ཐོག་སེར་དེས། །
ཤུགས་ཆེན་འབྲས་དྲུག་མ་གཏོར་ན། །
སྟོང་སྒྲ་སྒྲོག་པས་ཅི་ལ་ཕན། །

毒蛇喷出毒气时，
深藏业力之琼鸟，
若不制伏猛毒蛇，
占据须弥山何用。
碧空中央之玉龙，
驾驭云雨靠五行，
咒师施用恶咒时，
缘起注定的雷雹，
若不能打尽六谷，
只是空鸣有何用？

༄ བར་སྣང་གཡུ་འབྲུག་སྔོན་མོ་དེ། །
ངར་སྒྲ་འབྱུང་ལྔའི་སྟོབས་ལས་གཡར། །
འབྲས་དཀར་ཐང་ལ་བསྙིལ་བསམ་ཡང་། །
སྔགས་ཆེན་ནུས་པས་མཐུ་ཆིངས་བཀྱབས། །
འབྲས་དྲུག་དབུ་ནག་སྤྱི་ལ་འཇོག།
ནམ་མཁའི་སྐྱ་ཁྲ་སྔོན་མོ་དེས། །
གཤོག་ཆེན་སྐྱི་བསེར་རྟ་ལ་བྱེད། །
འཛོལ་མོ་སྤར་གྱིས་བཟུང་བསམ་ཡང་། །
རྒྱ་བྲག་ཟུར་ནས་དང་རུས་ཆགས། །
སྙན་འགྱུར་སྤང་དཀར་རྒྱན་ལ་བཞག།
ནགས་རྫོང་རྒྱ་སྟག་དམར་མོ་དེ། །
སྟོབས་རྒྱལ་རུས་པའི་མཚོན་ལ་བྱེད། །
ཐོ་རུ་ཐང་ལ་བརྡེབ་བསམ་ཡང་། །
ས་མདའ་ངར་མས་སྙིང་ཁྲག་འཕོ། །
ཐོ་རུ་ན་དམར་རྒྱན་ལ་འཇོག།
གླིང་དཀར་གཞི་གླིང་ཇོ་རུ་དེ། །

半空蓝色之玉龙，
怒吼出自五行力，
想把稻谷全打掉，
被那咒师法术缚，
六谷怎分头人定。
空中蓝色之鹞鹰，
巨翅如乘顺风马，
想用爪子捕画眉，
不料撞岩折翅骨，
画眉妙音美草原。
密林深处红老虎，
威力硬骨作武器，
想捕马驹摔地上，
尖利地弩把命夺，
马驹美了红草滩。
岭嘎根基那觉如，

སྟོབས་རྩལ་བདུད་བཞི་རྩལ་ནས་གཡར། །
སོག་སྨད་དབང་ལ་བསྡུས་བསམ་ཡང་། །
མང་རྗེའི་སྟོབས་ཀྱིས་མགོ་སྙིང་ལེན། །

降伏四魔力大增，
欲想收复下蒙古，
借力芒王取首级。

༨ རི་རབ་ཆེན་པོའི་ཁོང་སེང་ནས། །
ཁྱུང་ཆེན་ཟེར་བའི་གཤོག་རླབས་ཅན། །
མ་མཐོང་རྒྱང་གྲགས་ཆེན་པོ་མ། །
བཅར་ན་འདབ་ཆགས་འཕུར་ཤོམ་ཅན། །
གཤོག་རྩལ་ཅི་འདུག་ད་རེས་བལྟ། །
ཙནྡན་ནགས་ཀྱི་གཞི་དཀྱིལ་ནས། །
རྒྱ་སྟག་དམར་པོ་མཆེ་སྡེར་ཅན། །
མ་མཐོང་རྒྱང་གྲགས་ཆེན་པོ་མ། །
བཅར་ན་ཞི་མི་སྟག་རིས་ཅན། །
མཆོང་རྩལ་ཅི་འདུག་ད་རེས་བལྟ། །

巨大须弥山之上，
琼鸟双翅威力大，

眼见却是一飞鸟，
飞技如何试试看。
檀木密林的中央，
尖爪利牙红猛虎，
威名远扬未目睹，
眼见不过花皮猫，
跳技如何试试看。

༩ གཤོག་སྡོགས་ནམ་འཕུར་མང་ན་ཡང་། །
ཁྱུང་ཆེན་རྩལ་ལ་འགྲན་ཟླ་མེད། །
ནམ་འཕང་གཅོད་ལུགས་འདྲ་ལེ་མིན། །
ས་གཞི་སྡེར་སྡོགས་མང་ན་ཡང་། །
གངས་སེང་སྟོབས་ལ་འགྲན་ཟླ་མེད། །
རྩལ་ལྡན་མཆོང་ལུགས་འདྲ་ལེ་མིན། །

空中有翅飞禽多，
琼鸟飞力没法比，
搏击高空不一样；
地上有爪野兽类多，
雪狮威力无法比，
跳跃姿态不一样。

༡༠ དགུང་ལ་འགྲིམས་པའི་ཁྲི་གདུགས་དེས། །
གླིང་བཞི་བསྐོར་བ་བསྐོར་ན་ཡང་། །
ཁྱབ་འཇུག་གདོང་ལ་འགྲོ་ལེ་མིན། །
ནགས་རྫོང་བཟུང་བའི་དམར་ཡག་སྟག །
འཛུམ་དྲུག་རི་མོ་བཀྲག་ན་ཡང་། །

遨游天空之红日，
虽然围着四洲转，
罗睺罗前从不去；
盘踞密林之猛虎，
虽然虎斑很光彩，

ས་མདའི་གདོང་ལ་འགྲིམ་ལེ་མིན། །
རྒྱ་མཚོའི་ཆུ་སྲིན་ངར་མ་དེ། །
རྫམ་འཇིགས་སྟོབས་རྩལ་ཆེ་ན་ཡང་། །
དུང་དཀར་གདོང་ལ་འགྲིམ་ལེ་མིན། །

地弩前面从不走；
大海之中那凶鳌，
虽然力大而威猛，
白螺面前从不游。

༡༡ བྱ་ཁྲུང་ཆེན་རི་རབ་ཡོགས་ལ་གནས། །
སྦྲུལ་དུག་ཆེན་བསུ་མ་བྱུང་བའི་དུས། །
འཕུར་བར་སྣང་ཧླབས་ཀྱིས་མ་བཅད་ན། །
བྱ་ཁྲུང་ཆེན་ཟེར་བ་ངོ་རེ་ཚ། །
སྟག་དམར་ཡག་ནགས་སྟོད་འཛིན་པའི་དུས། །
དགྲ་ས་མདའ་དོན་མེད་རི་ལུང་བཀྲམ། །
དཔའ་མཆེ་སྡེར་ཤ་ལ་མ་ཟུག་ན། །
སྟག་འཛུམ་དྲུག་རྒྱས་པ་ངོ་རེ་ཚ། །
དུང་དཀར་མོས་གྲུ་གཟིངས་འཛིན་པའི་དུས། །
དགྲ་ཆུ་སྲིན་འཇིགས་པ་ཅི་ལ་ངོམ། །
ལུས་གཟུགས་བཞི་ཐལ་བྱུང་མ་ཕུག་ན། །
དུང་དཀར་མོ་བཏགས་པ་དོན་རེ་ཆུང་། །

琼鸟须弥山上居，
发现身带剧毒蛇，
若不展翅显威武，
琼鸟名称羞难叫。
猛虎盘踞森林时，
敌人处处布地弩，
爪牙若不抓肉食，
虎斑虽艳难遮羞；
白螺执掌航船时，
巨鳌怎能不畏惧，
四肢要是不穿透，
取名白螺没意义。

ཀོད་ལྷམ་དཀར་མོ།

贵姜嘎尔姆

༡ དགུང་གི་རྟ་བདུན་དབང་པོ་དེས། །
གླིང་བཞི་བསྐོར་བ་རྒྱག་ལུགས་ལ། །
བརྒྱབ་ནས་མུན་པ་བསལ་ལུགས་ལ། །
སྐྱེ་འགྲོ་སྣང་བ་ཡོས་རང་སྤྲོ། །
རི་རབ་མཁའ་ལྡིང་ཁྲུང་ཆེན་དེས། །
བར་སྣང་ཧླབས་ཀྱིས་ཆོད་ལུགས་ལ། །
ཆོད་ནས་དུག་ཅན་འཛོམས་ལུགས་ལ། །

太阳是那天宇主，
围绕四洲不停转，
驱除黑暗引光明，
众生注定永幸福；
神山宠儿那琼鸟，
任意叱咤九宵天，
看那毒蛇尽被吞，

དཀར་ཕྱོགས་སྣང་བ་ལོས་རང་སྐྱི། ། 百善之洲永幸福。
ནགས་སྟོད་རྒྱ་སྟག་ཁྲ་བོ་དེས། ། 猛虎是那林中王，
འཇོམ་དྲུག་མཐའ་ནས་བཀྲག་ལྱུགས་ལ། ། 满身斑纹显威猛，
བཀྲག་ནས་ཤ་དམར་ཟ་ལྱུགས་ལ། ། 看那捕食红肉样，
གཅན་གཟན་སྣང་བ་ཨེ་མི་སྐྱི། ། 兽类怎能不欢喜。

༢ སྟག་དམར་ཡག་འཇོམ་དྲུག་ལེན་ལེ་ལ། ། 要想获得锦虎皮，
འགག་བཙན་པོའི་འཕྲང་ལམ་ཆོད་པ་དང་། ། 需要穿行隘狭路，
ཀློ་རིག་པའི་ས་མདར་མ་འཕྲད་ན། ། 找准时机放地弩，
སྟག་དམར་ཡག་འཇོམ་དྲུག་ཡོན་ལེ་མིན། ། 不然猛虎降不住；
འབྲོང་བྲི་མོའི་ཞིམ་ཤ་ཟ་ལེ་ལ། ། 要想捕食野牦牛，
རྫ་ཟེར་མོའི་སྐང་ལམ་འཁྱིམ་ལེ་དང་། ། 需要翻山又越岭，
མཐེབ་སྐྱེན་པོའི་སྙིང་མདའ་མ་འཕྲོད་ན། ། 适时射出穿心箭，
འབྲོང་བྲི་མོའི་ཞིམ་ཤ་རག་ལེ་མིན། ། 不然难获野牛肉。

༣ མཁྱེན་ལྔ་ཡི་ཤེས་སྒྲོན་མེ་སྦར། ། 点燃五智之明灯，
སྟོབས་བཅུ་བརྩོན་འགྲུས་ལམ་ལྔ་བགྲོད། ། 行走十力与五道，
ཤེས་རབ་མཚོན་ཆས་བསྒྲལ་ཞིང་འདྲེན། ། 以智慧武器救度，
དྲི་མེད་ཚུལ་ཁྲིམས་ཆོས་གོས་གྱོན། ། 穿无垢戒律袈裟；
བསམ་གཏན་ཡེངས་མེད་སྒྲོན་མེ་སྦར། ། 点燃禅定不散灯，
བཟོད་པ་གསུམ་གྱི་སྙིང་རྗེའི་མགྲོན། ། 三忍乃是慈悲友，
མི་ཟད་སྦྱིན་པ་མཛོད་ཀྱི་གཏེར། ། 无尽布施库中宝，
ཚད་མེད་བཞི་ཡིས་ས་ལ་བགོད། ། 入四无量心禅观。

གེ་སར་ནོར་བུ་དགྲ་འདུལ། 格萨尔·诺普占堆

གླིང་བཞི་ཉིན་བསྐོར་བྱེད་མི་ལ། ། 一日转完四洲者，

ཁྲི་གདུགས་མིན་པ་ཡོད་བསམ་མེད། །
མུན་པའི་སྨག་རུམ་གསལ་མི་ལ། །
དུང་ཟླ་མིན་པ་ཡོད་བསམ་མེད། །
རྒྱ་མཚོའི་ནོར་བུ་ལེན་མི་དེ། །
དགའ་བོ་མིན་པ་ཡོད་བསམ་མེད། །

除了太阳没其它；
驱除夜晚黑暗者，
除了月亮没其它；
打捞大海珍宝者，
除了鲁王没别人。

སེང་ལྕམ་འབྲུག་མོ།　　**森姜珠牡**

དགུང་གི་གཡུ་འབྲུག་སྔོན་མོ་དེ། །
གནམ་མཐའ་འཁྱིམ་པ་ལས་བསྐོས་རེད། །
བྲག་དཀར་ཐོག་གིས་མི་གཏོར་རྒྱུ། །
མཐོ་ཚོད་བྲག་གི་མ་ཟིན་ཟེར། །
འབྲུ་དྲུག་སེར་བ་འཐབ་རྒྱུ་དེ། །
དངོས་མེད་དྲི་ཟའི་ཚོ་འཕྲུལ་རེད། །

天上青色之玉龙，
漫游天边是天命；
白岩遭遇雷电劈，
只因岩山高过天；
六谷遭遇冰雹打，
无形寻香乃幻变。

སྟག་རི་གློག་ལྕམ་འཕར་མ།　　**达日·洛姜帕玛**

ཁྲ་ཚང་འོག་གི་བྱིའུ་ཚང་འདྲ། །
ལྟོ་ཟས་གནང་བ་དོན་མེད་རེད། །
བུ་ཡོད་ཕ་མར་མ་ཕན་ན། །
གོ་ཆེར་མ་ལ་ཁྱི་སྐྱེས་འདྲ། །
ལུས་སྟོབས་རྒྱས་དུས་མ་ལ་སྡང་། །

像鹞窝下的鸟窝，
等于白白送的食；
父母有儿不孝顺，
犹如鹰雕产狗仔，
强壮之后害其母。

སྒ་བདེ་ཁྲོ་རྒྱལ་བེར་དམར།　　**嘎德·超嘉贝玛**

བྱས་ཉེས་ལག་རྗེས་རང་གིས་བཞག །
ཁྲེལ་ངན་ཁག་དེ་མི་ལ་འགེལ། །

恶行自己之所为，
无耻嫁祸赖他人；

ར་བཟང་པོ་གཡང་དཀར་ལུག་གིས་ཟ། །	白色绵羊吃好草，
ཁག་ངན་དེ་ཚེ་ཚེ་ར་ལ་འགེལ། །	却由山羊担罪名。

མི་ནག་སྲོག་གཅོད། 弥那索觉

བར་སྣང་ལྷོ་སྤྲིན་གུར་ཁང་ནས། །	空中南云帷幕里，
གཡུ་འབྲུག་གྲག་ཚོད་མ་ཤེས་བྱུང་། །	玉龙雷声把不准，
ཀྱུམ་ཅུའི་སྐར་མདའ་རེག་གཅོད་ཡོད། །	流星似箭划夜空，
ནོར་བུ་ལེན་བསམ་ཕན་པ་མེད། །	想取珍宝也枉然，
གང་སར་འཁྱིམ་པ་དགྲ་ལ་བསྐུར། །	玉龙休想太狂妄；
སྟོང་ཉིད་ཉི་མའི་གུར་ཁང་ནས། །	天空太阳日晕里，
ཐང་དཀར་ལྡིང་ཚོད་མ་ཤེས་བྱུང་། །	飞鹰高度把不准，
རླུང་ཆེན་སྤུ་གྲི་རེག་གཅོད་ཡོད། །	狂风似刀刮云空，
གཤོག་རྡུག་ལྡན་བསམ་ཡིད་ལ་མེད། །	虽有翅膀也没用，
ཁྲིང་བཞི་བསྐོར་བ་དགྲ་ལ་བསྐུར། །	白鹫休想任意飞；
ས་གཞི་ཡངས་པའི་གུར་ཁང་ནས། །	广阔大地幕帐里，
རྟ་ཕོ་རྒྱུག་ཚོད་མ་ཤེས་བྱུང་། །	骏马速度把不准，
རྡོ་ཟུར་རྡིག་པ་རེག་གཅོད་ཡོད། །	尖角石头撞蹄壳，
བང་རྩལ་ཡོད་བསམ་ཡིད་ལ་མེད། །	虽有跑技也没用，
གང་དགའ་བགྲོད་པ་དགྲ་ལ་བསྐུར། །	马儿休想任意跑。

སོག་ཁྲི་ཏུང་ཟླ་ཡ་མེད། 索赤•童达雅美

༡ མཐོ་བྲག་དཀར་དཀྱིལ་གྱི་ཐང་དཀར་རྒོད། །	岩山顶上的鹰雕，
ལུས་གཤོག་རྡུག་ཡོད་བསམས་རང་སྣང་རྒྱས། །	仰仗有翅就任性，
འཕུར་བྱ་ལམ་བཟུང་ཚོད་མ་བྱས་ན། །	翔道尺度把不准，
རླུང་སྐྱི་བསེར་སྤུ་གྲི་རེག་གཅོད་དེས། །	翅遭刀般寒风割，

ལུས་ཐུ་ལུའི་བར་སྣང་ཁེངས་ལེ་ཡོང་། །
དཔུང་ནགས་མའི་དཀྱིལ་གྱི་དམར་ཡག་སྟག །
ལུས་འཇོམ་དྲུག་ཡོད་བསམ་རང་སྣང་རྒྱུས། །
རྐང་སྙེར་བཞི་བསྒྲད་ཚོད་མ་ཐུབ་ན། །
དམའ་ས་མདའ་སྒྲོག་གི་སྤྲུ་གྲི་དེས། །
ལུས་འཇོམ་དྲུག་གདན་དུ་འདིང་ལེ་ཡོང་། །

翎羽撒满天空中。
密林深处的猛虎，
心想有纹就任性，
四爪张力把不准，
遭那利刃般地弩，
斑斓虎皮做成垫。

༢ དགྲ་ཕམ་ཤུལ་བལ་ལས་མ་འཇམ་ན། །
དུས་ལན་གཅིག་རྒྱལ་དང་མ་རྒྱལ་མེད། །

胜敌若不摆平后续事，
获胜一次未必是全胜。

༣ རྫོང་བཙན་པོ་བུ་ཚས་བཟུང་རེས་དང་། །
གཡུ་བྱུ་རུ་མ་སྲུས་འདོགས་རེས་ཟེར། །

坚固王宫会被儿孙占，
松石珊瑚会被姨母戴。

སྟག་དམར་བཙན་རྒྱལ་ཁ་སོ།

达玛·赞嘉喀秀

ལ་ཁའི་སྤྱང་ཐང་སྔོན་མོ་དེས། །
ལུང་གསུམ་ཤ་ལ་ཧམ་འདོད་དེ། །
རྫི་བཟང་འུར་གྱིས་ཀླད་ཁྲག་གཏོར། །
ཤ་དམར་མི་རེག་དེ་ཟེ་ཁ། །
དགུང་སྔོན་སྐྱ་ཁྲ་སྔོན་མོ་དེས། །
སྒང་གསུམ་བྱིའུ་ཆུང་ཧམ་འདོད་དེས། །
དོང་རུ་རྡོ་ལ་ཐུག་འདོད་རེད། །
བྱི་ཤ་མི་རེག་དེ་ཟེ་ཁ། །

山垭上的青灰狼，
想到山下吃肉食，
牧人抛石砸狼脑，
未获鲜肉挨石子；
碧空高飞铁色鹞，
想在三岗寻鸟翅，
不料翅骨撞石头，
未碰鸟儿送自命。

བྱང་བློན་གཡུ་འབྲུག་དགྲ་འདུལ།

羌伦·玉珠占堆

འགྲོ་ན་རྟ་བཟང་གོང་ལ་སོང་། །

行路就骑好马匹，

བསྡད་ན་གདན་ཁྲི་གང་དགའ་གནོན། །
ཐད་ལངས་དགྲ་བོ་དཔུང་གིས་བཏུལ། །
གཉེན་དང་ཉེ་བ་ཟས་ཀྱིས་སྐྱོང་། །
ཅི་འདོད་གང་དགའི་ལས་ལ་བརྩོན། །
གཏམ་ཚིག་གསུམ་བཤད་ན་དཔའ་གཏམ་བཤད། །
ཟས་ཤ་དམར་རིག་ན་ཞིམ་བཙོག་བལྟ། །
རི་འབར་འབུར་རིག་ན་ཀི་ཤར་བྱེད། །
དེ་དཔོན་དྲིན་གཡོག་ལ་ངསྐྱུང་ལེ་རེད། །

入座就坐好座位，
迎敌就用强兵灭，
远近亲戚用食养，
随心所欲把事做。
口出之言皆狂语，
看到肉食还挑拣，
眼看山岳尖声喊，
全拜官人之所赐。

༢ དཔོན་མཁས་བཙུན་འཛོམས་ན་འབངས་སྐྱིད་དར། །
རྒྱུ་ཟས་ནོར་འཛོམས་ན་སྣང་བ་མཐོ། །
ཕ་ཁུ་བོ་འཛོམས་ན་མཁས་ཡོན་ཆེ། །

贤君管辖百姓旺，
衣食无忧自尊贵，
叔父齐聚诸事顺。

༣ སྦྲུལ་དུག་ཅན་རི་བོའི་ཕག་ལ་གནས། །
གཡུ་སྒོང་ནོར་བུ་ཤོར་བའི་དུས། །
ཁ་དུག་རླངས་ཏ་ལ་མ་འཕང་ན། །
ལུས་དུག་ཅན་ཟེར་བ་གང་ལ་འདོད། །
སྟག་དམར་ཡག་གནས་སྟོད་འཛིན་པའི་དུས། །
དམའ་ས་མདས་འགུགས་པ་བྱུང་བ་ལ། །
ལུས་སྟེར་བཞིས་ཞིམ་ཤ་མ་བླངས་ན། །
སྟག་དམར་ཡག་ཟེར་བ་གང་འ་བཏགས། །

毒蛇盘踞在山中，
宝贝蛇蛋遭劫时，
若不投放那毒气，
满身剧毒有何用？
猛虎占踞山地时，
猎手埋设地弩阵，
四爪不把猎肉抓，
猛虎美称是虚名。

༤ དམར་ཡག་སྟག་གི་ཚང་སྒོ་ལ། །
དང་པོའི་དུས་ནས་མ་བཅར་དགོས། །
བཅར་ཚར་ནས་འཇུམ་དྲུག་ལོན་ལེ་དགོས། །
ཁོལ་མོ་འབྲོང་གི་རྭ་གདོང་ལ། །
དང་པོའི་དུས་ནས་མ་བཅར་དགོས། །

猛虎盘踞洞穴口，
最好莫去接近它，
一旦接近就拿下；
遇见尖角野牦牛，
最好莫去接近它，

བཙར་ཚར་ནས་རུ་ཐུར་ལོན་ལེ་དགོས། །
一旦接近取双角。

༥ གཡུ་འབྲུག་སྔོན་མོའི་ངར་སྐད་དེ། །
དབྱར་ལ་གྲག་ན་གྲག་བདེན་རེད། །
དགུན་ལ་གྲག་ན་དགྲ་ལྟས་ཟེར། །
ཤ་བ་སྨུག་པོས་སྒོ་འགྲིམ་དེ། །
ཡུལ་ཡོད་འགྲིམ་ན་འགྲིམ་བདེན་རེད། །
ཡུལ་མེད་འགྲིམ་ན་ལྟས་ངན་རེད། །

青龙发出了吟啸，
夏季响起是真雷，
冬季响起是凶兆；
黑鹿来到家门前，
家有人在是福运，
家中无人是凶兆。

༦ ཕ་བླ་མ་ཟེར་བའི་དམར་སེར་མཆོན། །
ཆོས་ཟབ་མོ་དོན་གྱི་གདམས་ངག་དེས། །
དམའ་རིགས་དྲུག་དགེ་ལ་མི་བསྐུལ་བར། །
ཆོས་ཆགས་སྡང་གྲུབ་མཐའ་རྩོད་རྩོད་ནས། །
རྒྱུད་ལོག་ལྟ་བྱས་པས་གཉིས་ཕུང་བྱུང་། །
ཚེ་ཕྱི་མ་ཟེར་བ་དེ་ག་རེད། །
གོང་དཔོན་པོ་ཟེར་བ་སྟག་འབྲུ་ཅན། །
ཁྲིམས་དྲང་དོན་གསེར་གྱི་གཉའ་ཤིང་དེ། །
འབངས་ཉམ་ཆུང་བདེ་ལ་མི་བགོད་པར། །
དགྲ་རྐུན་མའི་རྒྱབ་རྟ་བྱས་བྱས་ནས། །
ཤོག་ཕན་ཚུན་མི་བདེ་གཉིས་ཕུང་བྱུང་། །
ཁྲིམས་དྲང་ལམ་ཟེར་ན་དེ་ག་རེད། །

至尊上师着红裟，
深奥博大之佛法，
不给信众传真法，
满心嫉妒争教派，
授持邪见害彼此，
来世因果在哪里？
要说首领有盔旗，
律法如同金牛轭，
不能保证百姓安，
却去支持那盗匪，
使得双方人遭殃，
所谓律法在哪里？

༧ དམར་སེར་རབ་བྱུང་བཙུན་པའི་ཚོགས། །
མདོ་སྔགས་རྒྱུད་ལུང་མ་ཤེས་གོང་། །
ཆོས་ཆགས་སྡང་གྲུབ་མཐའི་ལ་རྒྱ་རྩོད། །
དཀོར་ནག་ཟ་མ་གསོག་འཇོག་བྱེད། །
འཁོར་བ་ཡར་འདྲེན་པར་ར་ཞོག །

红黄袈裟出家人，
不知显密佛经前，
一味贪念争教派，
积聚信众之供物，
超度众生别奢望，

རང་ཉིད་གར་འགྲོ་ཨ་ཙ་མ། །　堕入恶途真悲哀！
དུང་ཏོག་ཅན་གྱི་དཔོན་པོ་ཚོ། །　白螺顶冠首领们，
དགེ་བཅུའི་བླང་དོར་མ་ཤེས་པར། །　十善取舍都不知，
ཉེ་རིང་དབྱེ་བའི་ཕྱོགས་ཆེའི་ཁྲིམས། །　区分长短偏袒法，
སྣག་ཟས་རྒྱ་ནོར་གང་ཐོབ་སྡུད། །　暗地设法收财物，
རང་དོན་འགྲུབ་པ་ཕར་ར་ཞོག །　抑恶扬善别奢望，
ངོ་ཚ་དམའ་འབེབས་ཨ་ཙ་མ། །　众人唾弃真悲哀！

༨ ལ་ཁའི་སྤྱང་ཐང་སྔོན་མོ་དེ། །　山顶那只灰色狼，
གྲ་རྒྱས་ཁེར་འགྲོའི་སྒང་ཟེ་འགྲིམ། །　膘肥独自荡山脊，
རྒྱུག་ཚོད་རང་གིས་མ་ཟིན་ནས། །　不知控制乱跑动，
ལུག་དགུ་ཟོས་པས་མ་འགྲངས་ན། །　吃完九羊不收敛，
འགྲུག་ལ་རྫུད་པ་ཡོས་རང་ཤེས། །　迟早会被夹或套。
གངས་སྟོད་སེངྒེ་དཀར་མོ་དེ། །　雪山顶上之白狮，
གཅན་གཟན་ཀུན་གྱི་གཙོ་བོ་ཡིན། །　是那所有野兽王，
ཆེ་ཚོད་རང་གིས་མ་ཟིན་ན། །　妄自尊大不自量，
བློ་ལྡན་ཐབས་ཀྱིས་གཡུ་རལ་ཤོར། །　智者施计失绿鬃，
ངོ་བཤུ་སྨ་ཕབ་ཡིད་རེ་སྐྱོ། །　受辱丢命真可怜。
བྲག་སྟོད་འབྲོང་བུ་རུ་རིང་དེ། །　岩山顶上野牦牛，
རུ་རྒྱས་གཙོ་བོ་ཡིན་གྱུར་ཀྱང་། །　虽是角类动物王，
ཆེ་ཚོད་རང་གིས་མ་བཟུང་ན། །　妄自尊大不自量，
ནོར་སྲུང་གཏུམ་པོས་ཉྭ་ནས་ཕབ། །　凶猛猎犬咬腿肚，
ཤ་དམར་བཀྲམ་ན་ཡིད་རེ་ཕམ། །　红肉铺地真寒心。

༩ ཨ་ཐང་སྤྱང་མོ་འདུར་འགྲོས་མཁན། །　漫步草原之母狼，
གཡང་དཀར་གསོད་པའི་ཕོ་ཉ་རེད། །　那是杀羊的使者；
སྐྱ་ཁྲ་སྔོན་མོ་འཕུར་རྩལ་མཁན། །　青色铁鸟飞技高，

བྱིའུ་ཚང་སྔོན་མོའི་དགྲ་སྐལ་རེད། །
བྱང་བློན་དཔའ་བོ་སྟག་ཆས་ཅན། །
གླིང་ཕྲུག་བཅོམ་པའི་གཤེད་མ་རེད། །

是那群鸟之天敌；
北臣英雄虎皮袍，
是灭岭军之屠夫。

༡༠ དམར་མོ་མེ་ལ་ཕུ་བྱས་ན། །
ཨ་ར་རྒྱ་བོ་ཚུར་ལ་ཚིག །
མི་ཐུབ་དགྲ་ལ་དོ་བསྡོས་ན། །
ནུས་མེད་ཤི་བ་ཚུར་ལ་ཡོང་། །
མི་ཁུག་མཛེས་མར་སེམས་ཞོར་ན། །
ནུབ་གཉིད་མི་ཁུག་རང་མགོ་ན། །

如果吹燃红火焰，
会把络腮胡须烧；
若要对抗不敌者，
无能之人死无疑；
若恋无缘之美女，
彻夜难眠头会疼。

ཞེལ་ལུང་ཏུང་ལྡ་ཡ་མེད།

协隆•童达雅美

༡ རི་སྤྱང་སྔོན་མོ་མ་རབས་རྒྱུད། །
ཕྱུགས་ལུག་སྟོང་ལ་བསྐྱུར་མི་རེད། །
གླ་བ་རོག་པོ་བྲག་གི་བུ། །
རྒྱ་བྲག་བཤིག་པའི་རྩ་བ་རེད། །
མི་ངན་རྐུན་པོ་ཁྲམ་པའི་བུ། །
མི་བདེ་དཀྲུག་པའི་གཞི་མ་རེད། །

灰色野狼劣等种，
是毁千万牛羊者；
黑色香獐岩之子，
是那破坏岩根者；
恶棍小偷骗子仔，
是那不安挑拨源。

༢ སྤྱང་ཐང་སྔོན་མོ་མཆེ་སྡེར་ཅན། །
གཡང་དཀར་ཁྲུ་དཔུང་མཐུག་ཞན་འདྲ། །
ཤ་དམར་ཐང་ལ་བཀྲམ་ནས་འགྲོ། །
སྐྱ་ཁྲ་ཧོར་པ་འཛུམ་རྩལ་ཅན། །
བྱིའུ་ཚང་ཁྲུ་དཔུང་མཐུག་ཞན་འདྲ། །
བྱིའུ་སྤུ་བར་སྣང་གཏོར་ནས་འགྲོ། །

有爪牙的大灰狼，
遇到聚集羊群时，
会把血肉散满地；
飞技无双铁青鹞，
碰到聚集鸟群时，
会把鸟羽撒满天。

སྟག་རོང་ཨ་ཁུ་ཁྲོ་ཐུང་།

达绒•阿库超同

༡ མཐོ་གངས་དཀར་འཁྱིམ་པ་སེངྒེའི་བུ། །
གར་མཆོང་རང་དབང་ཆེ་ན་ཡང་། །
གངས་རླུང་བུ་ཡུག་འཚུབ་པའི་དུས། །
གངས་དཀར་བཟུང་བ་དཀའ་མོ་རེད། །
རྫ་ཁྲ་ཡག་བཟུང་བ་འབྲོང་གི་བུ། །
གར་འགྲོ་རང་དབང་ཆེ་བསམ་ཡང་། །
ཁྱིའུས་ཉྭ་ནས་ཟབ་པའི་དུས། །
རྫ་ཁྲ་ཡག་བཟུང་བ་ཁག་པོ་བྱུང་། །
དགྲ་གདོང་ཐུག་ཆས་པ་གཡུ་འབྲུག་བུ། །
ཅི་བྱེད་རང་དབང་ཆེ་བསམ་ཡང་། །
ཁྲོ་ལུས་ཐབས་ཤེས་བྱས་པའི་དུས། །
དགྲ་འདུལ་སྙིང་མ་ཁག་པོ་བྱུང་། །

漫游雪山的狮子，
虽能自由地跳跃，
狂风暴雪到来时，
雄踞雪山实在难。
盘踞岩山野牦牛，
虽然能够自由走，
狗咬腿肚的时候，
栖息岩山实在难。
面遇敌人的玉珠，
以为对付很轻松，
超同巧妙施法时，
玉珠获胜实在难。

༢ དགུང་སྔོན་སྔོ་སྤྲིན་ཁྲུག་མོ་ནས། །
གཡུ་འབྲུག་སྔོན་མོ་ཐོག་མདའ་ཅན། །
འབྲས་དཀར་སེར་བས་བཙོམ་ཚོག་སྟེ། །
དབུ་ནག་བོད་ལ་ལན་པ་ཆུང་། །
རྒྱུ་བ་འགོང་པོའི་ཚོ་འཕྲུལ་རེད། །
དེ་བསམ་ཐོག་དམར་རང་ཚོད་བཟུང་། །
ལྷོ་རོང་ནགས་མའི་གཞི་དཀྱིལ་ནས། །
རྒྱ་སྟག་དམར་པོ་འཛུམ་དྲུག་ཅན། །
ཐོ་ཏུའི་གདོང་ལ་མི་འཇིགས་ཏེ། །
འདོ་དགའ་རྟ་ལ་ལན་པ་ཆུང་། །
རྒྱུ་བ་རྔོན་པ་མདའ་ཁྱུར་རེད། །

南天青云翻滚处，
载着雷电的玉龙，
白粒冰雹虽能降，
黑头蕃人没过错，
是因邪魔善幻变，
还请天雷要自重。
南方的密林深处，
红色凶猛斑斓虎，
马驹遇到不畏惧，
鞍下马儿没过错，
只因猎人持弓箭，

དེ་བསམ་མཆེ་སྡེར་ཞི་རེ་སློད། །	还请放松那獠牙。
ཀྱི་དཔོན་རོང་ཚ་ཁྲ་ཀན།	**吉本·绒擦查根**
༡ མི་འགྱུར་སྐར་མ་ཨ་བརྟན་ཡིན། །	不变就像北极星，
མི་ཞིགས་རྡོ་རྗེ་བྲག་རི་ཡིན། །	不塌就像金刚岩。
༢ གཡག་འབྲོང་འཐབ་པའི་རྭ་བར་ལ། །	牦牛野牛角斗时，
གླང་རྐན་བཙར་བས་སྐེད་པ་བྲུད། །	黄牛凑近折断腰；
ཁྲ་གླག་འཛུམ་པའི་གཤོག་བར་ནས། །	鹞子岩雕斗翅时，
ནེ་ལེ་འཇུམ་པས་གཤོག་རྡུག་འཐོར། །	老鹰逞能折断翅；
སྟག་སེང་འཐབ་པའི་སྤྱར་བར་ན། །	狮子老虎斗爪时，
ཝ་མོ་མཆོང་ཡང་གད་ལ་ཆུད། །	母狐跳窜坠断崖。
༣ ཤི་མ་སྨྱོང་དམྱལ་བའི་ལོ་རྒྱུས། །	未死讲起地狱史，
རྒས་མ་སྨྱོང་ཕ་ཚེ་བུ་རིགས། །	未老高谈父子史；
མི་ཆོས་གཙང་མའི་ལོ་རྒྱུས། །	纯正世俗律法史，
ལྷ་ཆོས་དམ་པའི་འབྱུང་ཁུངས། །	源泉就是圣教法；
བསྐལ་པ་ས་ལ་ཆགས་ལུགས། །	初有初劫形成史，
བར་དུ་བསྐལ་པ་དར་ལུགས། །	中有中劫发展史，
ཐ་མ་བསྐལ་པ་འཇིག་ལུགས། །	末有末劫灭亡史。
ཤན་པ་མེ་རུ་རྩེ།	**辛巴·梅如泽**
༡ ཐང་དཀར་རྒོད་པོའི་བྱ་ལམ་བཟུང་། །	雄鹰占领飞禽道，
གཤོག་རྡུག་རླུང་རྒྱ་མ་བཅད་ན། །	双翼不驱那暴风，
ཤ་ལ་ཧམ་པས་ཅི་ལ་ཕན། །	只贪吃肉有何用？

འདོ་ཙུག་རྟ་ཕོ་ཐང་ནས་རྒྱུག།　骏马驰骋在草原，
བང་འགྲོས་དབུགས་རྟ་མ་བསྲིང་ན། །　要用飞步和耐力，
བྲེལ་ལ་ཛམ་པས་རྡོ་ལ་འཕྲད། །　急于奔跑易撞石。

༢ བུ་དཔའ་བོའི་རྒྱབ་ལ་དཔུང་ཞིག་དགོས། །　英雄背后靠军队，
དཔུང་མེད་ན་ནགས་ནང་རྐུན་མ་འདྲ། །　无军就如林中贼；
ཁ་བདེ་མོའི་རྒྱབ་ལ་རྒྱུ་ཞིག་དགོས། །　巧嘴背后要有财，
རྒྱུ་མེད་ན་ལྟོགས་མགོ་མུག་ལྕེ་ཟེར། །　无财称作穷舌根。
རྟ་འདོ་བའི་ཁོག་ལ་ཆག་ཅིག་དགོས། །　骏马腹中要有料，
ཆག་མེད་ན་བྱོལ་སོང་ཛྭ་ཛེ་ཟེར། །　无料马儿怎能跑。

༣ མང་ཆེས་ན་འབྲོང་བུ་ཁྱི་ཡིས་ཕབ། །　群狗能把野牛吃，
དཔུང་མཐུག་ན་བྱེའུ་ཁྲུ་འཛིགས་ལས་བྲལ། །　群鸟能将灰鹞抵。

༤ རི་རབ་མགོ་ཡི་ཁྱུང་ཆེན་དེ། །　须弥山顶的琼鸟，
གཤོག་ཐོགས་མང་ཡང་འགྲན་ཟླ་བྲལ། །　鸟类虽多无法比，
དགུང་སྔོན་འགྲིམ་ལུགས་ཁ་ཁ་རེད། །　碧空飞技不一样；

གངས་ཀྱི་སེང་གེ་དཀར་མོ་དེ། །　雪山顶上的白狮，
སྡེར་ཐོགས་མང་ཡང་འགྲན་ཟླ་བྲལ། །　爪类虽多无法比，
མཆོང་པའི་རྩལ་ཤུགས་ཁ་ཁ་རེད། །　跳跃技能不一样。
རྒྱ་མཚོའི་ཆུ་སྲིན་དར་མ་དེ། །　大海之中的巨鳌，
ཆུ་གནས་མང་ཡང་དོ་ཟླ་མེད། །　鱼类虽多却无双，
རྒྱ་མཚོ་རྐྱལ་ལུགས་ཁ་ཁ་ཡིན་ །　遨游大海技不同。

ཆོས་རྒྱལ་ནམ་མཁའ་འཇིགས་མེད། 曲嘉·南喀晋美

༡ མ་ཤི་འཕོ་བ་འདེབས་ལེ་དེ། །
མི་དགོས་ལས་ལ་སྔ་བས་ཟེར། །
ཤི་ནས་རོ་ལ་དབང་བསྐུར་དེ། །
དགོས་པའི་ལས་ལ་འཕྱི་བས་ཟེར། །

未死之前通窍（超度），
为时尚早没必要；
死后为尸授灌顶，
为时已晚做形式。

༢ དཔོན་དྲིན་ཆེན་བཤའ་ལུག་སྔོ་ལ་འདོགས། །
བསད་བསམ་པའི་སྡིག་གུ་ཇོ་རུ་ཁྲིད། །
སྨག་མུན་པའི་ནང་ནས་དགྲ་ལ་སྤྲད། །
ཁྲི་ཤ་ཁྲག་ཧོར་རུས་ལ་རྒྱར་བཞག།
ནང་དོན་དྲུག་ཕྱུང་ལ་ཇོ་རུས་ཁུར། །
གཏམ་ཆེ་བཤད་འཇིགས་འདོད་ངོ་རེ་ཚ། །

恩主门前拴菜羊，
心怀杀心骗觉如，
黑夜出卖给敌人；
血肉赢得霍氏誉，
内脏被抽觉如拎，
大言恐吓不知耻。

༣ ཐོང་རྐན་ཕུར་མ་འགམ་འགམ་དེ། །
ཁ་དཀར་རྐྱང་གིས་འགམ་ལེ་མིན། །
གླང་རྐན་ན་ཆུ་བཙག་བཙག་དེ། །
བྲི་སེར་འབྲོང་གིས་བཙག་ལེ་མིན། །

老驴舔吃的麦芒，
白唇野驴不会吃；
黄牛啃的沮洳地，
野牦牛它不会吃。

བྱང་སྨེ་རུ་དམར་པོ། 羌·梅如玛波

གཡང་དཀར་སྐང་ཟེར་བུད་ལེ་དང་། །
སྤྱང་མོས་ལ་ལུང་བརྒལ་ལེ་གཉིས། །
མ་གྲོས་སྲོག་གི་ལན་ཆགས་རེད། །
བྱིའུ་ཆུང་ཆུ་ལ་རུབ་ལེ་དང་། །
སྐྱ་ཁྲ་དགུང་ནས་བཙུམ་ལེ་གཉིས། །

羊群出现于山脊，
母狼翻山过陵谷，
无约注定是命债；
小鸟会聚于河水，
空中铁鹞来俯冲，

མ་གྲོས་སྔོན་གྱི་ལས་ཀྱིས་རེད། །
无约注定是命债。

པ་ཚའི་ནམ་མཁའ་སྐྱ་རེངས།
帕擦•南喀迦仁

སེང་དཀར་མོ་འགྲོ་འགྲོ་གངས་ནས་མཆོངས། །
གཡུ་རལ་ཁྲིམ་ཐོག་གཅོད་བསམ་ཡང་། །
འོ་ཐང་ཕྱུག་མོའི་སྒུག་མ་ཡོད། །
གཡུ་རལ་ཐང་ལ་བཀྲམ་ལེ་ཡོང་། །
རྒྱ་སྟག་མཆོང་མཆོང་ནགས་ནས་མཆོངས། །
འཛུམ་དྲུག་ཁྲིམ་ཐོག་གཅོད་བསམ་ཡང་། །
ཇམ་ཆེན་མདའ་མོའི་སྒུག་མ་ཡོང་། །
འཛུམ་དྲུག་གདན་ལ་འདིང་ལེ་ཡོང་། །

白狮跳跃在雪山，
想炫绿鬃抖威风，
卧塘措湖在等候，
当心绿鬃铺平地；
猛虎跳跃在密林，
想炫虎斑抖威风，
威风利箭在等候，
小心虎皮作垫铺。

སྟོང་ཧོང་སྨུག་མོ་རྗེ་རྒྱལ།
东匈•穆波泽嘉

༡ བྱ་ཁུ་བྱུག་སྔོན་མོ་མོན་གྱི་བྱ། །
འཕུར་མ་ཤེས་ལུང་སྟོང་ཡི་རི་མུག །
སྐད་སྙན་མོའི་དྲུག་འགྱུར་ག་ན་ཐལ། །
རྒོད་ཐང་དཀར་ཟེར་བ་བྲག་གི་བྱ། །
འཕུར་མ་ཤེས་ཁ་སྐོམ་ཡི་མུག་སྐྱེས། །
ལུས་གཤོག་དྲུག་གྲུ་གྲུ་ག་ན་བསྒྲིས། །
བྱང་ངང་པ་ཟེར་བ་མཚོ་མོའི་བྱ། །
འཕུར་མ་ཤེས་ནམ་ཟླའི་འཁྱག་གིས་བསྡམས། །
ས་གྲང་ཅན་གཤོག་འགྱུར་གང་ན་ངོམ། །

杜鹃鸟是门隅鸟，
可悲无知飞空谷，
悦耳声音在哪里？
白色鹫鹰岩山鸟，
可悲错飞而口渴，
六翅飞技怎炫耀？
野鸭属于湖泊鸟，
错飞冬季受冰冻，
寒地怎样展翅飞？

༢ སྡེ་ཡུལ་གཉིས་དཀྲུག་མི་རྐུན་པོ་ཡིན། །
བུ་མཐུན་གཉིས་དཀྲུག་མི་མནའ་མ་ཡིན། །

盗贼挑事两村乱，
媳妇离间兄弟情，

སྤང་ཞོག་གཉིས་དཀྲུག་མི་ཨ་བྲ་ཟེར། །

地鼠毁坏阴阳坡。

དགྲ་ལྷ་རྩེ་རྒྱལ།

扎拉泽嘉

༡ རྒོད་ཐང་དཀར་ཟེར་བའི་གཤོག་རྩལ་ཅན། །
རླབས་པོ་ལས་ཆེ་བ་མེད་བསམ་ཡང་། །
དེ་ཡན་ལ་མཁའ་ལྡིང་ཁྱུང་ཆེན་ཡོད། །
འཕུམ་ལྡིང་གཅིག་གོང་ནས་ནམ་མཐའ་གཅོད། །
སྟག་དམར་ཡག་ཟེར་བའི་འཛུམ་དྲུག་ཅན། །
ཁོ་མི་འཇིགས་ནགས་སྐྱོད་འཛིན་བསམ་ཡང་། །
དེ་ཡན་ལ་ས་མདའ་ངར་མ་ཡོད། །
ལུས་འདུར་གཅིག་གོང་ནས་ཧ་ལ་འཕེན། །

鹫鹰飞技本无疑，
翅力却不是最大，
可知还有大琼鸟，
它能一飞到天边。
身有斑纹红色虎，
想占森林为大王，
可知地弩在等候，
一下就会被撂倒。

༢ བུ་སློབ་བྲལ་བའི་བླ་མ་དེ། །
འགྲོ་དོན་མི་ཡོང་ལྟ་སྒོམ་བོར། །
ས་མཐའ་འགྲིམ་ན་སྲུང་སྡོམ་འཆོར། །
མིས་འཕྱ་རང་སྡུག་འཁོར་བར་ལྷུང་། །
འབངས་འཁོར་བྲལ་བའི་མི་དཔོན་དེ། །
ཁྲིམས་འཛིན་མི་ཡོང་དབང་ཐང་ཉམས། །
ས་མཐའ་འགྲིམ་ན་སྤྲང་དང་ནོར། །
ཤག་འདེབས་མཚང་འབྲུ་རྣ་བ་གཟན། །
དཔུང་དང་བྲལ་བའི་དམག་དཔོན་དེ། །
དགྲ་ཛོ་མི་ཐོན་ཕམ་ཁ་ཁུར། །
ས་མཐའ་འགྲིམ་ན་ཆོམ་རྐུན་ནོར། །
སྙིང་ཆོམ་བརྡར་ཞིང་ངན་མཚང་བྲུ། །

离开徒弟的上师，
不能利众失闻修，
出行他乡失信戒，
陷入人讥自苦境。
失去民众的首领，
不行律法失权威，
出走他乡变穷人，
揭短诋毁贯耳中。
离开士兵的将帅，
不能制敌遭失败，
流落他乡当贼抓，
幸灾乐祸揭人短。

སྒ་བདེ་ཆོས་སྐྱོང་བེར་ནག
嘎德·曲炯贝那

དཔའ་ཡོད་ན་ལག་ཆ་རྡོ་ཡིས་འགྲིག །
བློ་ཡོད་ན་རིགས་རུས་དམན་ཀྱང་ཆོག །
ཤེས་ཡོད་ན་གཡོག་མོས་གཞི་འཛིན་ཡོང་། །

有胆石头能当武器用，
智者血统卑微又何妨，
聪慧女仆可作贤内助。

སྟག་རི་སྟོབས་ལྡན་མེ་འབར།
达日·多丹梅跋尔

༡ ཕོ་ཚོད་བཟུང་མེད་ན་སྡེ་གཉིས་དཀྲུགས། །
མོ་ཚོད་བཟུང་མེད་ན་མཐུན་གཉིས་དཀྲུགས། །
དཔའ་ཚོད་བཟུང་མེད་ན་རང་སྲོག་ཤོར། །

男人若不自控搅两村，
女人若不自控搅好友，
英雄若不自控失性命。

༢ ཇག་ཐེངས་དགུ་བསྐོར་བའི་འདོ་བ་དེ། །
ལ་ཁྲ་མོའི་གོང་ལ་ལྟུ་གེས་ཤི། །
ཇ་ཐེངས་དགུ་འགྲིམ་པའི་མཛོ་རྒན་དེ། །
ལུས་སྐལ་ལྷགས་བྱ་ཁྱིའི་ལྟོ་ལ་ཟ། །
སྨན་ཁ་དགུ་བསྐོར་བའི་དྲེད་མ་དེ། །
སྤྲང་བེར་ཀས་སྡེ་སྒོ་འགྲིམ་ལེ་ཡོང་། །
དགྲ་ཐེངས་དགུ་འཛིང་བའི་ངན་ཟོབ་དེ། །
མགོ་དར་འཕྲུ་དཔའ་བོས་ལེན་ལེ་ཡོང་། །

久经沙场的坐骑，
谁料饿死在山上；
长期运茶老驮牛，
谁料皮肉鹰狗吃；
多次改嫁的泼妇，
谁料变成乞讨女；
经常斗殴的恶汉，
谁料头颅被人取。

༣ ལྷོ་སྤྲིན་དཀྱིལ་གྱི་གཡུ་འབྲུག་དེ། །
མཁའ་ལ་འཁྱོ་ཞིང་གློག་དམར་འཚུབ། །
བྲག་སྟོད་བྱ་རྒྱལ་རྒོད་པོ་དེ། །
བར་སྣང་ལྡིང་ཞིང་དམར་ལ་རྔམ། །
མཆོང་ལུགས་མི་འདྲ་སྟོབས་ལ་ལྟོས། །

南边云中的玉龙，
旋滚天空闪红电；
岩山顶上鸟王鹫，
翱翔空中贪红食，
天路飞技各不同。

ནགས་སྟོད་རྒྱ་སྟག་དམར་པོ་དེས། །
སྡེར་བཞི་བསྒྲད་པས་ཤ་དམར་ཟ། །
གད་རྩའི་ཝ་མོ་དམར་ཆུང་དེས། །
ལུང་གསུམ་འཁྱིམ་ཞིང་ཨ་ཁྲད་མུར། །
དམར་ལུགས་མི་འདྲ་སྟོབས་ལ་ལྟོས། །

森林之中红猛虎，
展开四爪吃鲜肉；
雪山脚下红狐狸，
行走三谷啃靴底，
红法不同看威力。

ལ་དྭགས་དཔལ་ལྡན་ཆོས་བཟང་།

拉达·巴丹曲桑

༡ རྩ་བ་མེ་སྟག་ཆུང་ངུ་ལ། །
རྩོད་པ་ནགས་རི་བསྲེགས་ནས་ཐལ། །
རྩད་པ་ཕྱོལ་སོང་རྩྭ་རྫེ་ལ། །
རྩོད་པ་རྒྱལ་གཉིས་ཕུང་ལ་ཐུག །

为了火苗一点事，
互争烧毁那林山；
牧场之争本为畜，
大动干戈伤两国。

༢ ཉེས་མེད་ཤ་རྐན་འགུག་ལ་ཚུད། །
ཀོ་པོ་གཤོག་ཅན་ཉི་མ་ལྷེ། །
བྱུས་ཆེན་རྐུན་མས་ཐུར་ནས་བལྟ། །
ཁྲིམས་ཁང་ནང་ལ་ཨ་མཚོད་ཚུད། །

无故老鹿入圈套，
有翅老雕暗自喜，
惹事窃贼得逃脱，
经师却受牢狱苦。

མགྱོགས་པའི་རླུང་ནག་རྗེས་གཙོད།

爵贝·隆那结觉

༡ དགུང་ལ་འཁྱིམ་པའི་གཡུ་འབྲུག་དེ། །
ཐོག་དམར་ཡོད་བསམ་སྣང་བ་མཐོ། །
སྔོན་མོའི་ཆབ་ལ་འཁྱིམ་ལེ་མིན། །
ཁྱུང་ཆེན་འཕུར་རྩལ་མཁའ་ལ་ངོམ། །
གཤོག་དྲུག་ཡོད་བསམ་སྣང་བ་མཐོ། །
གསེར་རིའི་གདོང་ལ་འཁྱིམ་ལེ་མིན། །
འདོ་ཆེན་རྟ་པོ་ཐང་ནས་བརྒྱུགས། །

傲游空中的玉龙，
以为有雷而高傲，
蓝色河水从不游；
琼鸟飞技天空展，
身具六翅而高傲，
从来不飞金山跟前。
高大骏马驰平原，

བང་རྩལ་ཡོད་བསམ་སྣང་བ་མཐོ། །　以为能跑而高傲，
འཁྱག་དཀར་སྟེང་ལ་འགྲོ་ལེ་མིན། །　从来不走白冰上。

༢ ལུག་ཁྱུ་འབའ་སྒྲ་དི་རི་རི། །　羊群叫声咩咩响，
སྤང་རི་བསྐོར་བ་བརྒྱབ་ཞན་འདྲ། །　喜欢围着草山转，
ཅེ་སྤྱང་ཁ་ཟས་མ་གཏོགས་མེད། །　只能成为野狼食；
བྱིའུ་ཆུང་གཤོག་སྒྲ་ཤུར་རུ་རུ། །　小鸟拍翅沙沙响，
ས་ཞིང་ཛོ་ལོག་བརྗེས་ཞན་འདྲ། །　喜欢扒土田野间，
སྐྱ་ཁྲའི་ལྟོ་ལ་མ་གཏོགས་མེད། །　却成铁鹞腹中餐。

ཨ་སྟག་ཀླུ་མོ།　阿达鲁（拉）姆

༡ དམར་ཆུང་ཝ་མོའི་བཅར་འབོད་དེས། །　红母狐的狂叫声，
དམར་ཡག་སྟག་གི་དཔའ་རྩལ་དཀྲུགས། །　打乱了虎的勇气；
ཁྱི་ནག་དོམ་བུའི་ངུ་ཟུག་དེས། །　黑色狗熊嚎叫声，
རི་བཀྲ་གཟིག་གི་མཆོང་ལམ་བཀག།　阻拦了豹的行路；
བྱང་ཡུལ་ཇག་པའི་དཔུང་ཚོགས་དེས། །　北方盗匪的团伙，
རྒྱལ་བཅུའི་དམག་གི་བགྲོད་ལམ་བཀག།　挡住十万军队路。

༢ གཅན་གཟན་རྒྱལ་པོ་གཡུ་རལ་ཅན། །　野兽之王绿鬃狮，
སྡེར་ཆགས་ཀུན་གྱིས་མ་འགྲན་ལེའི། །　有爪兽类都不斗，
ཁྱི་རྒན་ངར་མས་ཅི་ལ་འགྲན། །　凶猛老狗怎敢斗？
བྱང་གི་འབྲོང་བུ་ར་རྒྱས་དེ། །　北方长角野牦牛，
རུ་ཐོག་ཀུན་གྱིས་མ་འགྲན་པ། །　有角畜类都不斗，
གླང་རྒན་རུ་ཡི་ག་ནས་འགྲན། །　黄牛之角怎敢斗？
འདོ་ཆེན་རྟ་ཕོའི་བང་འགྲོས་དེ། །　驰骋骐骥那飞步，
མགྱོགས་འགྲོས་བརྒྱ་ཡིས་མ་ཟིན་ལེ། །　百马奔驰追不过，

བོང་རྒན་སྤར་གྱིས་ག་ལ་ཟིན། །

如龟老驴又怎追。

༣ དགུང་སྔོན་གཡུ་འབྲུག་མང་ན་ཡང་། །
ཐོག་དམར་ཡོད་པ་རེ་རེ་ཙམ། །
གངས་དཀར་སེང་གེ་མང་ན་ཡང་། །
གཡུ་རལ་ཡོད་པ་རེ་རེ་ཙམ། །
ས་གཞི་འདོ་ཕྲུག་མང་ལགས་ཀྱང་། །
བང་ཁ་ཡོད་པ་རེ་རེ་ཙམ། །
དགྲ་འདུལ་དཔའ་བོ་མང་ན་ཡང་། །
སྟོབས་དང་ལྡན་པ་རེ་རེ་ཙམ། །

碧空玉龙虽然多，
带雷电者一两条；
雪山狮子虽然多，
有绿鬃者一两只；
大地骏马虽然多，
称骐骥者一两匹；
杀敌英雄虽然多，
狭路勇者一两位。

ཚ་ཞང་འདན་མ་བྱང་ཁྲ།

擦香•丹玛向查

༡ བར་སྣང་གཡུ་འབྲུག་སྔོན་མོ་དེ། །
ཅུར་སྒྲ་ཆེ་བ་སྟོང་པ་རེད། །
དཔྱད་ན་འབྱུང་བཞིའི་ཚ་གྲང་རེད། །
དགུང་ལམ་འཇའ་ཚོན་དཀར་དམར་དེ། །
ཟིལ་མདངས་ལེགས་ཀྱང་སྟོང་པ་རེད། །
དོན་ལ་ཆར་ཉི་འཇའ་ཚོན་རེད། །
ས་གཞིར་མེ་འཁོར་སྒྲོགས་མདའ་དེ། །
སྐད་སྒྲ་ཆེ་ཡང་སྟོང་སྒྲ་རེད། །
མེ་འཕྲུལ་སྦྱོར་བའི་ཅུར་སྐད་རེད། །

别信空中有玉龙，
响声虽大却是空，
四大种里有冷暖。
别信空中那彩虹，
光彩夺目也是空，
光雨交辉显彩虹。
地上火轮和箭炮，
响声虽大都是空，
那是火药的响声。

༢ འདབ་ཆགས་བྱ་རིགས་མང་ན་ཡང་། །
ཁྱབས་ཆེན་གཙོ་བོ་མཁའ་ལྡིང་རེད། །
བར་སྣང་འཕྲིམ་ལུགས་ཁ་ཁ་ཡིན། །
ས་གཞི་སྤྱིར་ཐོགས་མང་ན་ཡང་། །

飞禽鸟类虽然多，
唯独琼鸟最伟大，
翱翔天空不一样。
地上走兽虽然多，

གཅན་གཟན་གཙོ་བོ་གངས་སེང་རེད། །	野兽之首是狮子，
སྡེར་བཞི་རྡོམ་ལུགས་ཁ་ཁ་ཡིན། །	张开利爪不一样。
ལྷོ་གླིང་རྒྱལ་ཁབ་མང་ན་ཡང་། །	南岭虽然部族多，
གཡུལ་ལས་རྒྱལ་བ་གླིང་དཀར་རེད། །	胜者乃是岭嘎尔，
རྙིང་མ་རྡོམ་ལུགས་ཁ་ཁ་རེད། །	利众功德不一样。
༣ ཁྱིམ་བྱ་དེ་ཕོའི་གཤོག་རྡབས་དེས། །	家养公鸡那翅力，
ནམ་མཁའི་མཐའ་རྒྱ་ཚོད་ལེ་མིན། །	飞翔不到天空中，
དེ་ཚོད་ན་མཁའ་ལྡིང་ཁྱུང་ཆེན་འདྲ། །	能飞就和琼鸟同。
སྦལ་ངན་ལྕོང་མོ་ལག་ཐུང་མས། །	短手蛙类那蝌蚪，
རྒྱ་མཚོའི་གཏིང་ཚད་ལོན་ལེ་མིན། །	海的深度难测量，
དེ་ལོན་ན་ལྷོ་དཀར་གསེར་ཉ་འདྲ། །	能测就和鱼一样。
༤ རི་རབ་མཁའ་ལྡིང་ཁྱུང་ཆེན་དེ། །	须弥山上的琼鸟，
ཀླུ་གཉན་འདུལ་བའི་གཤེད་མ་རེད། །	是降鲁念之杀手，
བྱ་ཕྲན་འགྲན་པ་ག་ལ་ནུས། །	幼小鸟儿怎能比？
གངས་དཀར་སེང་གེ་གཡུ་རལ་ཅན། །	雪山之上绿鬃狮，
གཅན་གཟན་ཀུན་གྱི་གཙོ་བོ་རེད། །	是野兽中的王者，
སྡེར་ཆགས་འགྲན་པ་ག་ལ་ནུས། །	有爪兽类怎能比？
༥ དགུང་གི་ཧ་བདུན་དབང་པོ་ལ། །	穹宇之中红太阳，
མེ་ཁྱེར་སྲིན་བུས་ག་ལ་འགྲན། །	萤火虫光怎能比？
བྱ་རྒྱལ་ཁུ་བྱུག་གསུང་སྐད་ལ། །	鸟王杜鹃之妙音，
ཅོག་ཆུང་ཁྲ་མོས་ག་ལ་འགྲན། །	花羽云雀怎能比？
ཁྱུང་ཆེན་མཁའ་ལྡིང་གཤོག་རྩལ་ལ། །	空中琼鸟之飞技，
སྤུ་མེད་པགས་བྱིའུ་ག་ལ་འགྲན། །	无毛蝙蝠怎能比？

༨ གནམ་ལྕགས་ཐོག་གི་རྩལ་ཤུགས་དེ། །
གཙང་རྒྱུས་ཆབ་ལ་མ་འགྲིམས་བྱུང་། །
ལྷ་བྱ་ཁུ་བྱུག་སྙན་འགྱུར་དེ། །
སྐྱ་ཁྲའི་གདོང་ལ་མ་འགྲིམས་བྱུང་། །
འདོ་ཆེན་རྟ་ཕོའི་བང་རྩལ་དེ། །
འཁྱག་དཀར་སྟེང་ལ་མ་འགྲིམས་བྱུང་། །

天空霹雷的威力，
对于江河没作用；
神鸟杜鹃的妙音，
鹞隼面前难奏效；
奔驰如飞的骏马，
白冰原上难行走。

ཀོང་པོ་སྟོང་ཁྲི་ཡ་མེད།

贵波·东赤雅美

༧ གཡང་དཀར་ལུག་གི་གཤེད་མ་དེ། །
ལ་ཁའི་སྤྱང་ཐང་སྔོན་མོ་རེད། །
བྱིའུ་ཆུང་འཇོལ་མོའི་སྲོག་བདག་དེ། །
དགུང་གི་སྐྱ་ཁྲ་ཧོར་པ་རེད། །
ཉ་ཆེན་ཡོལ་མོའི་སྲོག་བདག་དེ། །
མཚོ་མཐའི་ལྕགས་ཀྱུ་ངར་མ་རེད། །

那白绵羊的克星，
是山岭上的灰狼；
那画眉鸟的命主，
是飞游中的灰鹞；
那大肥鱼的死敌，
是海边的利钩。

༢ དགུང་སྔོན་དཀྱིལ་གྱི་གཡུ་འབྲུག་ངས། །
ཐོག་དམར་མ་འཕངས་བསམ་པ་མེད། །
བྲག་དཀར་རྡོ་ཕྱེ་སྦར་གང་བཏང་། །
ཐ་མ་གྲང་ངར་བྱུང་ཡང་རུང་། །
འགྱོད་པ་གཡུ་འབྲུག་ང་ལ་མེད། །
གྲགས་པས་སྟོང་ལམ་བཀང་ཡང་ཚར། །
ཙནྡན་ནགས་ཀྱི་རྒྱ་སྟག་ངས། །
མཆེ་སྡེར་མ་རྫོམ་བསམ་པ་མེད། །
ན་དམར་ཐོ་རུ་ཡུ་མེད་བྱས། །
ཐ་མ་ས་མདའ་བྱུང་ཡང་རུང་། །
འགྱོད་པ་རྒྱ་སྟག་ང་ལ་མེད། །

蓝天中央的玉龙，
打雷不止多少次，
砸得白岩变成粉，
终究寒风会来袭，
玉龙从来不懊悔，
声名早已扬四方。
檀树林中的猛虎，
不知舞爪多少次，
滩地马驹已被灭，
终究地弩会来袭，
猛虎从来不懊悔，

འཛུམ་དྲུག་ཟེར་ནས་ཀུན་གྱིས་སྨོན། །
斑斓虎名众人羡。

༣ གནམ་འཕུར་གཤོག་ཐོགས་མང་ན་ཡང་། །
འགྲན་གྱི་དོ་མེད་བྱ་རྒྱལ་ཡིན། །
སྡེར་ཐོགས་གཅན་གཟན་མང་ན་ཡང་། །
སྟོབས་ལ་འགྲན་མེད་གདོང་ལྔ་ཡིན། །
ས་གཞིར་རུ་རྒྱས་མང་ན་ཡང་། །
འགྲན་མེད་བྱང་གི་འབྲོང་བུ་ཡིན། །

空中飞禽虽很多，
却与琼鸟比不了；
利爪野兽虽很多，
力大无比是雄狮；
长角动物虽很多，
无敌北方野牦牛。

༤ ནམ་མཁའ་གཡུ་འབྲུག་སྔོན་པོ་དེའི། །
སྟོབས་ལ་ཨེ་འགྲན་བྲག་ལ་ལྟོས། །
བྱ་རྒྱལ་མཁའ་ལྡིང་གཤོག་རྩལ་དེ། །
རྩལ་ལ་ཨེ་འགྲན་སྦྲུལ་ལ་ལྟོས། །

天空那青色玉龙，
能否比力看岩山；
琼鸟飞翔的技能，
能否比技看毒蛇。

གཟའ་བདུད་མེ་རུ་འཆུག་ཤེས།

撒堆·梅如秋西

གངས་ཀྱི་སེང་གེ་དཀར་མོ་དང་། །
ཁྲི་ནག་དོམ་བུའི་ལྷུགས་རལ་གཉིས། །
མི་འདྲ་གཡུ་རལ་ཁ་ཁ་རེད། །
བྱང་སྟོད་འབྲོང་བུ་རྭ་རྒྱས་དང་། །
གད་རྩའི་སླང་ཆན་རུ་འཁྱོག་གཉིས། །
མི་འདྲ་སྟོབས་རྩལ་ཁ་ཁ་རེད། །
ན་དམར་གཞུང་གི་རྐྱང་ཚུང་དང་། །
ས་རོང་ཐོང་བུའི་འདུར་འགྲོས་གཉིས། །
མི་མཉམ་བགྲོད་ལུགས་ཁ་ཁ་རེད། །

雪山上的白狮子，
与那黑鬃之狗熊，
鬃毛不同各有样。
北方长角野牦牛，
与那崖边歪角牛，
力量不同各有样。
沮洳滩上小野驴，
与那谷地蹿步驴，
二者不同各有样。

ཏུང་སྐྱོང་སྟག་ལྷ་ཁྲི་དཀར།

童炯•达拉赤嘎尔

༡ དཔའ་རྒྱ་སྟག་བཞིན་དུ་འཛུམ་དྲུག་བཀྲ། །
གཡེར་གཡུ་འབྲུག་བཞིན་དུ་རྒྱང་གྲགས་ཆེ། །
སྟོབས་ཐོག་དམར་བཞིན་དུ་བྲག་གི་བསྙིལ། །

胆如猛虎炫斑斓，
声如玉龙响彻天，
力如霹雳毁岩山。

༢ བྲག་དཀར་མཐོ་ཚོད་མ་ཟིན་ན། །
དེ་ཡན་གཡུ་འབྲུག་སྟོན་མོ་ཡོད། །
ཐོག་དམར་པོས་བྲག་རི་གཏོར་རྒྱུ་ཡིན། །
འབྲས་དཀར་སྐྱེ་ཚོད་མ་ཐུབ་ན། །
དེ་ཡན་རྒྱ་ཟོར་འགུག་མོ་ཡོད། །
འབྲས་དྲུག་ཐང་ལ་འབེབས་རྒྱུ་ཡིན། །
ཉ་ཆེན་འཕྱུར་ཚོད་མ་ཐུབ་ན། །
དེ་ཡན་ལྕགས་ཀྱུ་ངར་མ་ཡོད། །
གསེར་གཉོག་སྐམ་ལ་འདོན་རྒྱུ་ཡིན། །

岩山高傲若无度，
要知玉龙在顶上，
霹雷会把岩山劈；
稻穗高长若无度，
要知还有那镰刀，
会把六谷割滩上；
大鱼跳跃若无度，
要知还有那鱼钩，
钓来金鱼晒干翅。

འཇང་སྲས་གཡུ་ཁྲི་དགུང་སྔོན།

姜赛•玉赤巩恩

༡ ཁྲི་གདུགས་ཉི་མའི་ཁ་རྩ་ནས། །
གངས་དཀར་མཐོ་ཚོད་ཟུང་དང་དགའ། །
གནམ་ལྕགས་འབབ་པའི་ཁ་རྩ་ནས། །
རྒྱ་ཞིང་ཕྱུག་མོའི་སྐྱེ་ཚོད་གྱིས། །
ལྕགས་ཀྱུ་འགུག་མོའི་ཁ་རྩ་ནས། །
ཉ་ཆེན་ཡོལ་མོས་འཕྱུར་ཚོད་གྱིས། །

烈日当空暖无比，
雪山不要高过天；
天铁霹雳力无比，
作物长势把控好；
弯曲鱼钩不胜防，
大鱼自须安分游。

༣ སེང་དཀར་མོ་འགྱིང་བ་གངས་ལ་འགྱིང་། །

白狮跳跃在雪山，

འཕྱིང་ཆེ་ན་འོབ་ཆེན་ཐང་ལ་ལྷུང་། །	过分跳跃会摔落，
མགོ་གཡུ་རལ་ནི་ཁྭའི་ཚང་གདན་བྱེད། །	绿鬓变成鹰窝垫。
སྟག་དམར་ཡག་ངར་བ་ནགས་ལ་ངར། །	猛虎发威在森林，
ངར་ཆེ་ན་ས་མདས་སྙིང་མདའ་སྤྲད། །	过分发威会穿心，
ལུས་འཛུམ་དྲུག་ཚན་པའི་གྲལ་ལ་ཚུད། །	斑斓虎皮成标本。
བུ་དཔའ་གསར་ངར་བ་དཕུང་ལ་ངར། །	新兵威武在军中，
ངར་ཆེ་ན་དཔའ་བོའི་ལག་ལ་ཚུད། །	过分显威落敌手，
མགོ་དར་འཕྲུ་ཕ་རོལ་དགྲ་བོས་ལེན། །	盔旗头颅被敌取。
༄ འབྱུང་གཞི་འདུས་པའི་སྒྱུ་ལུས་དེ། །	四大聚集之幻身，
དྲག་པོ་ཟུག་རྔུས་མནར་བའི་དུས། །	遭受剧烈疼痛时，
དཔྱད་དང་རིམ་འགྲོ་མ་བྱས་ན། །	若不诊治和祈福，
འཆི་བདག་ཞགས་ཀྱིས་བཏང་ལེ་མེད། །	无法逃脱死神手。
སོ་ནམ་བྱས་པའི་འབྲས་བུ་དེ། །	耕种之后那硕果，
དུས་ནམ་ས་ཆུ་གསོ་བའི་དུས། །	土肥水丰之时节，
བརྩོན་པས་ས་བོན་མ་བཏང་ན། །	若不辛勤播种子，
ལས་དང་ཐོད་པས་འགྲུབ་ལེ་མེད། །	只靠福缘难成果。
གླིང་ལ་ཆོལ་བའི་རྒྱལ་བློན་དེ། །	反对岭国那君臣，
ཐབས་ཤེས་བློ་ཡིས་མ་བསྒོར་ན། །	若不用谋定对策，
ཧམ་གཏམ་དཕུང་པ་ཁྲུར་བས་ན། །	随意狂言撸袖子，
དགྲ་ལན་དཕུང་གིས་ཟིན་ལེ་མེད། །	想去复仇不可能。

ཡང་རིན་ཆེན་བེར་སེར། 旺仁钦培色

མེ་ཆུང་ཆུང་རྡོ་ལྕགས་བར་ནས་བྱུང་། །	铁石撞出火星来，
དམར་ཞུར་རི་ནགས་རི་བསྲེག་པའི་དུས། །	红火烧毁山林时，
འགྱོད་པ་ཅི་གདའ་དམར་ཡག་སྟག།	斑斓老虎多懊悔；

ལུས་འཇོམ་སྟག་ཐང་ལ་འཁྱམས་པའི་དུས། །
དགྲ་ས་མདས་བཙོམ་པ་འགྱོད་རེ་ཆེ། །
ཆུ་ཆུང་ཆུང་གངས་རིའི་ཟུར་ནས་བབས། །
ཚོ་ཆེམ་མེར་རྒྱ་མཚོར་འཁྱིལ་ཉིན་མོ། །
འགྱོད་པ་ཅི་འདུག་མཁར་ཞིང་བདག །
མཁར་ས་ཞིང་གྱང་རྡུལ་བྱེད་པའི་དུས། །
འགྱོད་པ་ཅི་འདུག་ཞིང་གི་བདག །
ཛག་རྟ་དེད་ར་མདའ་བྱང་ནས་འཁྲུགས། །
དམག་དཔུང་ཆེན་ཁ་ལོ་བསྒྱུར་བའི་དུས། །
འགྱོད་པ་ཅི་འདུག་སྟོང་ཁྲི་བུ། །
དཔུང་རིམ་ཟད་དགྲ་སྐར་གཞོག་པའི་དུས། །
དགྲ་གླིང་གིས་བཙོམ་པ་འགྱོད་རེ་ཆེ། །

斑虎游荡滩地时，
更悔又遭地弩箭。
溪水雪山边上流，
河水流入大海时，
堡主会有多懊悔；
田地成为废墟时，
地主又会多悔恨。
追击盗马战北野，
率领大军出战时，
东赤大将多懊悔，
还有兵临营地时，
被岭攻占更悔恨。

༢ ཕོ་བྱུས་ཚོད་ཟིན་ན་མཁས་པ་ཟེར། །
མོ་ཟས་ཚོད་ཟིན་ན་མཛངས་མ་ཟེར། །
གཏམ་བཤད་ཚོད་ཟིན་ན་སྤྱང་པོ་ཟེར། །

男儿权衡利弊是智者，
女子膳食有度是淑女，
说话讲分寸是聪明人。

ཐོག་རི་སྟོང་ཁྲི་ཡ་མེད།

托日·东赤雅美

༡ སྤྱང་མོ་འདུར་བའི་ལམ་བར་ནས། །
ལུག་ཆུང་སྙིང་རྗེ་གང་བྱས་རེད། །
སྐྱ་ཁྲ་འཇུམ་པའི་གཤོག་ལམ་ནས། །
བྱིའུ་ཆུང་སྤྱར་མོས་བཏང་ལྷོད་ཡིན། །
གླག་མོ་བཙུམ་པའི་རྒྱལ་ལམ་ནས། །
གླ་བའི་སྐལ་ལྷགས་གར་བཤུས་རེད། །

母狼横行的路上，
小羊实在是可怜；
鹞鹰展翅盘旋时，
小鸟任其爪中捏；
母雕展翅盘旋时，
麝鹿脊皮任其剥。

༢ ལེ་ལན་ཇ་དང་ཇ་ལྕུག་དང་། །

报仇就像槌击鼓，

སྐྱེས་ལན་བྲག་དང་ཤུག་པ་ཟེར། །

回礼就像岩山松。

སྟག་རི་རྒྱ་སྟག་དམར་པོ།

达日·嘉达玛波

༡ སྤྱང་ཐང་མ་མོ་དགུ་ཟོས་དེ། །
ཐ་མ་ལུང་ཁུང་དོང་ལ་ཚུད། །
ར་གཟན་འཕར་བ་དམར་མོ་དེ། །
ཐ་མ་མདའ་མོས་ཏ་ལ་འཕེན། །

野狼滩地吃惯羊，
最后掉进陷阱里；
捕吃山羊之红豺，
最后被那箭射死。

༢ རྫུན་ཅི་བཤད་ཐམས་ཅད་གཙོ་བོས་བཤད། །
རྫུན་གཙོ་བོས་བཤད་ན་ཡུལ་གཉིས་འཁྲུག། །
མགོ་ཅི་བསྐོར་ཐམས་ཅད་ཉེ་བས་བསྐོར། །
མགོ་ཉེ་བས་བསྐོར་ན་བློ་སེམས་ཕམ། །
དུད་ཅི་དཀྲུག་ཐམས་ཅད་ཨ་མས་དཀྲུགས། །
དུད་ཨ་མས་དཀྲུགས་ན་བྱེ་བྲལ་འགྲོ། །

所有谎言被那首领说，
首领说谎两地起冲突；
欺骗都是被那亲戚骗，
被那亲戚骗了会心寒；
挑拨家人之事母亲做，
如果母亲挑拨会离散。

རྒོད་རྒྱལ་གྲགས་པ།

贵嘉扎巴

༡ སྟོང་ལམ་འཕྲིམ་པའི་ཐང་དཀར་རྒོད། །
བྱ་ལམ་གྲུ་གུ་མ་བསྒྲིལ་ན། །
མཐོ་ཆེ་ན་རླུང་གི་སྤྲུ་གྱི་ཡོད། །
གཤོག་ཧྲུག་བར་སྣང་གཏོར་ལེ་ཡོང་། །
རྫ་ལ་འཁྲིམ་པའི་བྲི་མོ་འབྲོང་། །
བྱང་ལམ་རྫ་རྩ་མ་ཟོས་ན། །
ན་དམར་འཁྲིམ་ན་སྙིང་མདའ་སྤྲོད། །
ཤ་ཁྲག་ཐང་ལ་བཀྲམ་ལེ་ཡོང་། །

空中飞行的雄鹰，
若不展翅飞禽道，
任意高飞被风吹，
翅翼拆散在空中；
岩山行走野牦牛，
北道岩草若不吃，
偏走沼泽箭穿心，
血肉洒满沼泽地。

རྐོང་པོ་སྟོང་སྟག་དམར་ལུ།　　贵波·东达玛鲁

༡ དང་པོ་ངོ་མེད་རྟ་ཇག་རྐུག །
བར་དུ་རྐུན་རྒྱབ་ཁྲམ་པས་འཚོས། །
ཐ་མ་སྡེ་གཉིས་ཁྲག་ལྷར་དཀྲུགས། །
མི་འཕུང་རང་ཕུག་ལས་ལ་སྤྱོས། །

先是无耻贼盗马，
再者骗子袒护贼，
最后部族引纷争，
干的害人害己事。

༢ ཤི་ཟེར་བ་འགྲོ་བའི་སྐྱི་སྐལ་རེད། །
ལྷ་བཙོང་བ་ཕྱི་རབས་གཏམ་ངན་རེད། །

死亡乃有情众生规律，
人活一世莫留坏名声。

༣ ཇག་ཐེངས་དགུ་བསྐོར་བ་ཤི་འདོད་ཟེར། །
མདའ་སེར་ཁ་ལོང་ན་འཐོར་ལྟས་ཟེར། །
རྒས་གཞོན་རྩེད་བརྩེས་ན་གྲུམ་འདོད་ཟེར། །

野滩上转多了是找死，
手拿残箭是离散之兆，
那老人装嫩就是找死。

༤ ཁྱི་ལ་མ་འཕྲད་གྲུམ་པ་དེས། །
སྟག་ལ་འཕྲད་ཀྱང་ངར་སྒྲ་སྒྲོགས། །
རྒྱལ་ཁྲིམས་མ་འཕྲད་རྐུན་པོ་དེས། །
རྒྱུ་བདག་ཐོག་ལ་ང་རྒྱལ་བྱེད། །
རྐོད་པོ་མ་འཕྲད་ཕོ་གསར་དེས། །
འཆི་བདག་འཕྲད་ཀྱང་དཔུང་པ་འཕུར། །
རྡོ་ལ་མ་འཕྲད་ཁྱི་སར་དེས། །
མགྲོན་ལ་འཕྲད་ན་མཆོངས་རྩལ་ཆེ། །

与狗儿不和的獾熊，
虽与虎相伴却爱叫；
与国法不融的盗贼，
失主面前竟要傲慢；
没遇过强人的小子，
遇到了阎王还擦掌；
未碰过石头的小狗，
见到客人跳得更欢。

༥ སྦྲུལ་དུག་ཅན་མགོ་ཡི་ནོར་བུ་དེ། །
དབུལ་བ་སེལ་བའི་ནོར་གྱི་མཆོག །
རྙེད་ནི་དབུལ་པོ་བུ་ཡིས་རྙེད། །

毒蛇头顶上那珍宝，
是消除贫穷之珍宝，
寻到宝物者是穷孩，

ཐོབ་པ་བསོད་ནམས་ཅན་ལ་ཐོབ། །
ཐན་ སླ་བ་རོག་པོའི་སྙིང་ཚིལ་དེ། །
གཟགས་ལྷོག་སེལ་བའི་གཉེན་གཅིག་ཡུ། །
བཙལ་བ་སྡིག་པོ་ཆེ་ཡིས་བཙལ། །
ཐོབ་པ་གཞན་ཕན་ཅན་གྱིས་ཐོབ། །
མཚན་དང་ལྡན་པའི་ཀ་པ་ལ། །
བསོད་ནམས་བསགས་པ་ནོར་གྱི་སྣོད། །
སྲིད་པ་དབུལ་པོའི་བུ་ལ་སྲིད། །
ཐོབ་པ་ཕྱུག་པོ་བུ་ལ་ཐོབ། །

得到者却是有福人。
不祥黑麝那护心油，
治愈毒疔疮似良友，
寻到者是有罪之人，
得到者却是利他人。
名副其实的嘎巴拉，
是积聚福泽的宝器，
拥有者是那穷孩子，
最后落入富男手里。

གསེར་པའི་ཉི་འབུམ་དར་ཡག

色巴·尼奔塔尔雅

ཐང་དཀར་འཕུར་ཚོད་མ་བྱས་ན། །
ཁྱུང་ཆེན་འཕུར་རྩལ་རྗེས་ལ་ཡོད། །
བར་སྣང་འཕྲིམ་ལུགས་འདྲ་ལེ་མིན། །
ནོར་སྲུང་ཁྱིར་སྒྲ་མ་ཆེ་དང་། །
རི་བཀྲའི་ཐིག་ལེ་རྗེས་ལ་ཡོད། །
མཆོངས་རྩལ་མཆོང་ལུགས་འདྲ་ལེ་མིན། །

雄鹰适度不飞翔，
琼鸟飞技在后面，
空中飞法不一样；
守财狗儿别狂叫，
花豹还在那后面，
跳法绝技不一样。

སྟག་ལ་དབང་རྒོད།

达拉旺贵

༡ མི་དགའ་དགའ་མདོག་བྱེད་པ་དེ། །
ཕོ་གསར་ཇག་ལ་འགྲོ་ཉིན་རེད། །
དགྲ་གདོང་ཐུག་བྱུང་ན་ཧ་རེ་གོ །
ཁ་ཕྱི་ལྟས་མེད་པར་ཁྱིམ་ལ་བྲོས། །
མི་སྡུག་སྡུག་མདོག་བྱེད་མི་དེ། །
ན་ཆུང་གནས་ལ་འགྲོ་ཉིན་རེད། །

不喜欢装喜欢样，
小子初上战场样，
遇到敌人才知晓，
不顾一切逃回家；
高兴还装痛苦样，
姑娘出嫁正如此，

རོགས་སེམས་མཐུན་ཁྱུང་ན་ཏ་རེ་གོ།
དྲིན་ཕ་མའི་གདོང་ལ་མིག་ཡོག་ལྟ། །

来到夫家才知晓，
曾对父母斜眼看。

༢ སེང་ཕྲུག་གངས་དཀར་གཤོག་གཤོག་དེ། །
ན་དམར་གཞུང་ལ་འགྲོ་ལེ་མིན། །
རྒྱ་སྟག་ནགས་ནས་ངར་ངར་དེ། །
ས་མདའི་གདོང་ལ་འགྲིམ་ལེ་མིན། །
ཉ་མོས་ཆུ་ཀླུང་དཀྲུག་དཀྲུག་དེ། །
བྱེ་མའི་ཐང་ལ་འགྲིམ་ལེ་མིན། །

狮子雪山行自如，
沼泽地里行不通；
密林威风之猛虎，
地弩跟前行不通；
鱼儿河里游自如，
沙滩之上游不动。

འཇང་གཡུ་ལྷ་ཐོག་འབྱུར།

姜·玉拉托久

གཤོག་མེད་ཕ་བང་སྐྱི་མོའི་གཤོག།
འཕུར་ན་གནམ་འཕང་མི་ཆོད་ལེས། །
བྱ་རྒྱལ་ཁྱུང་ལ་འགྲན་སྣང་ཤར། །
གད་རྩིབ་ཝ་སྐྱེས་དམར་ཆུང་དེ། །
མཆོངས་ན་གད་རྩར་མི་ཆོད་ལེས། །
དམག་ཡག་སྟག་ལ་འགྲན་སྣང་ཤར། །
སྦལ་ངན་ལྟོང་མོ་ལག་ཐུང་མ། །
ཆུ་ཆུང་རབ་སོ་མི་ཆོད་ལེས། །
རྒྱ་མཚོའི་གདིང་ཚད་ཡོན་མདོག་ཁ། །

无翼蝙蝠的翅膀，
不能飞向那天空，
想与琼鸟比高低；
断崖边的小红狐，
跳也跳不过断崖，
还想与虎比高下；
蛙类短手小蝌蚪，
小河浅滩游不动，
还装能测海深度。

ཀུར་སེར་ཟམ་ཆེན་འབྲུག་སྒྲ།

古尔色尔·昂钦珠扎

དམར་ཆུང་ཝ་མོས་བྱ་ལོ་ངོམ། །
དམར་ཡག་སྟག་ལ་ཁ་རྩེད་བརྩེས། །
ཁྱི་ནག་དོམ་བུའི་རང་སྒྲ་སྒྲོག།

红狐炫耀亮毛梢，
把那猛虎用言戏；
黑色狗熊自嚎叫，

ཐིག་ལེ་གཟིག་ལ་སྤར་འཛིང་བསྒོས། །
ཀུག་ཐུང་བོང་བུའི་འདུར་རྒྱུག་དེས། །
འདོ་བ་རྟ་ལ་བང་རྩལ་སྦྱོང་། །

与那花豹相扑抓；
短腿毛驴颠窜步，
要跟骏马学快步。

སོག་སྟག་དམར་སྟོབས་ཆེན།

索•达玛多钦

བྱིའུ་བརྒྱ་ཁྲ་མོ་ཁྲ་ཡིས་བཙུམ། །
འཇོལ་མོ་ཁེར་ལུས་དྲུག་འགྱུར་ལེན། །
བསམ་ན་སྐྱ་ཁྲ་རྒོད་རེ་བྲོ། །
སྒོ་ནོར་ཕྱུགས་ལུག་སྤྱང་མོས་གཏོར། །
ར་ཀན་ཁེར་ལུས་བྲག་ལ་འཛེག །
བསམ་ན་རི་སྤྱང་རྒོད་རེ་བྲོ། །

花鹞控制着百鸟，
画眉鸟儿独自鸣，
花鹞暗自觉可笑；
家养牛羊被狼驱，
山羊独自爬岩山，
野狼暗自觉可笑。

ཀ་ཤ་སྨན་རྫོང་།　　《卡霞药宗》

གེ་སར་ནོར་བུ་དགྲ་འདུལ།　　**格萨尔·诺普占堆**

རང་གི་ལུས་ལ་དཔེ་ལོངས་ལ། །　　以己为例，
གཞན་ལ་གནོད་འཚེ་མ་བྱེད་ཅིག །　　莫伤他人！
ཆོས་རྣམས་ཐམས་ཅད་སེམས་ཡིན་པས། །　　诸法为心，
དེ་ཀྱུ་དེ་བཞིན་གཤེགས་པས་གསུངས། །　　如来宣说。

སྐྱི་དཔོན་རོང་ཚ་ཁྲ་རྒན།　　**吉本 · 绒擦查根**

མཁའ་ལྡིང་ཁྱུང་གི་གཤོག་ལམ་ནས། །　　在琼鸟飞翔的地方，
དུག་སྦྲུལ་གབ་ཀྱང་ཐར་ས་མེད། །　　毒蛇躲藏也难以逃生；
འབུ་དུང་དཀར་རྒྱུག་པའི་ལམ་སོ་ནས། །　　在白螺飘移的地方，
དགྲ་ཆུ་སྲིན་ངར་ཡང་ཐར་ས་མེད། །　　巨鳌虽凶也难以逃生；
སྟག་དམར་ཡག་མཆོང་བའི་རྒྱལ་ལམ་ནས། །　　在红虎飞跃的地方，
ཧ་ཐོ་ཏུ་མགྱོགས་ཀྱང་ཐར་ས་མེད། །　　小驹再快也难以逃生。

སྒ་བདེ་ཆོས་སྐྱོང་བེར་ནག　　**嘎德 · 曲炯贝那**

སྡེ་བརྒྱད་ཁྲོས་པའི་ངར་ལམ་ནས། །　　八部鬼神动怒，
འབྲུ་དྲུག་སེར་བས་གར་བཅོམ་རེད། །　　冰雹随意毁六谷；
གཟིག་ཁྲ་ཡག་མཆོང་བའི་ངར་ལམ་ནས། །　　花色猎豹跳跃，
སྤྱང་ཨ་ཐང་འདུར་རྒྱུག་ཨ་བ་རི། །　　灰狼蹿跑是枉然；
གླག་མོ་འཇུམ་པའི་རྒྱལ་ལམ་ནས། །　　雌雕扑向猎物，

བྱ་གོང་མོ་ཀླད་ཁྲག་གར་གཏོར་རེད།།

可打爆雪鸡脑浆。

འདན་སྲས་གཡུ་འོད་འབུམ་མེ།

丹赛•玉维奔梅

རྒྱ་ཁྲ་མཁའ་ལམ་བསྐྱོད་པའི་དུས།།
བྱེའུ་ཆུང་རྗེས་འདེད་ཨ་བ་རི།།
འབྲོང་རྒོད་རྫ་ལམ་འགྲིམ་པའི་དུས།།
གླང་རྒན་ཪུ་བརྡར་ཨ་བ་རི།།
དམར་ཡག་ནགས་རྫོང་འཛིན་པའི་དུས།།
ཁྱི་རྒན་རྗེས་འདེད་ཨ་བ་རི།།
དཔའ་རྒོད་རྟ་ཐག་གཅོད་པའི་དུས།།
སྡར་མས་རྗེས་འདེད་ཨ་བ་རི།།

鹰隼飞翔天路，
小鸟追逐自找麻烦；
野牛行走山岭，
老牛磨角自找麻烦；
红虎守护丛林，
老狗追踪自找麻烦；
英雄打劫马群，
懦夫讨伐自找麻烦。

སྟག་རོང་ཨ་ཁྲུ་ཁྲོ་ཐུང་།

达绒 · 阿库超同

རྒྱལ་ཚབ་ཤོར་ཁ་རྒྱལ་སེམས་འཚུབ།།
དབྱར་དགུན་ཐེ་ཁ་ལྷོ་སྤྲིན་འཚུབ།།
ཤི་བར་དོ་འཁྲུམས་ཁ་རྣམ་ཤེས་འཚུབ།།

政权丢失前必失民心；
夏冬交替前必起南云；
堕入中阴前必乱意识。

ཤན་པ་མེ་རུ་རྩེ།

辛巴梅如泽

༧ ནགས་རྫོང་བཟུང་བའི་དམར་ཡག་སྟག།
སྡེར་ཆགས་གཞན་ལ་འགྲོ་འགྲོ་དེ།།
དར་སེང་ང་ལ་འགྲོ་ལོ་མིན།།
མཁའ་ལམ་བཟུང་བའི་སྐྱ་ཁྲ་དེས།།
འདབ་ཆགས་བྱེའུ་ཆུང་ཟ་ཟ་དེ།།
མཁའ་ལྡིང་ཁྱུང་ལ་འགྲོ་ལོ་མིན།།

守护丛林的红虎，
欺惯禽类的方法，
遇到冰狮行不通，
占领高空的鹞隼，
捉惯小鸟的方法，
遇到琼鸟行不通；

རྒྱ་མཚོའི་ནང་གི་སྲུ་ཁྲ་སྲམ།།
ཆུ་གནས་ཉ་སྦལ་ཟ་ཟ་དེ།།
ཆུ་སྲིན་གདོང་ལ་འགྲིམ་ལེ་མེད།།

畅游大海的水獭，
吃惯鱼蛙的方法，
遇到巨鳌行不通。

༢ སྟོང་གཏམ་ནམ་མཁའི་འབྲུག་ལ་འགྲན།།
ལག་ལེན་ཆར་འབྲུ་རྡོག་གཅིག་མེད།།

空话如空中龙鸣，
实践难有见一滴水。

སྦྲུལ་དུག་ཅན་ཟེར་བའི་གཡེར་ཆེན་མ།།
མཁའ་ལྡིང་རྒྱལ་པོའི་ལྟོ་རྟེན་རེད།།
ནགས་རྒྱ་སྟག་ཟེར་བའི་གཡེར་ཆེན་མ།།
བཙོན་སྐྱིན་པོ་བུ་ཡི་རྟགས་མ་རེད།།
དམའ་ཆུ་སྲིན་ཟེར་བའི་གཡེར་ཆེན་མ།།
འབུ་དུང་ཕྲུག་ངར་མའི་ལག་སྡིག་རེད།།

所谓大有名气的毒蛇，
只是鹏鸟大王裹腹的食物；
所谓大有名气的猛虎，
只是猎人好汉狩猎的目标；
所谓大有名气的鲸鱼，
只是凶恶白螺造孽的猎物。

༣ བྱ་ཁུ་བྱུག་སླེབས་ཁ་ཁྭ་ཏ་སྨྱོ།།
སྨན་གནས་ཉེས་ཁུར་ཁ་བུ་མོ་སྨྱོ།།
ཐུབ་སྨན་རྫོང་ཕབ་ཁ་སྟོབས་བདུད་སྨྱོ།།

布谷即将来临，乌鸦变得疯狂；
媳妇遭受挫折，姑娘变得疯狂；
征服药宗之前，强魔变得疯狂。

དགྲ་ལྷ་རྩེ་རྒྱལ།

扎拉泽嘉

༡ ཁྱི་ཕྲུག་རྡོ་ཚག་བྱས་བྱས་དེ།།
དམར་ཡག་སྟག་ལ་འགྲོ་ལེ་མེད།།
བྱེའུ་ཆུང་འགུག་གིས་བཟུང་བཟུང་དེ།།
མཁའ་ལྡིང་ཁྱུང་ལ་འགྲོ་ལེ་མེད།།

用石头打惯了小狗，
遇到红虎行不通；
用套子捉惯了小鸟，
遇到琼鸟行不通。

༢ དགྲ་ལ་དེ་ལན་མ་འཁོར་ན།།
བརྒྱད་ཅུ་རྒན་མོའི་དཔའ་གྲལ་རེད།།

对敌人不能报仇，
属于老人之列；

བཟང་ལ་དེ་ལན་མ་སོད་ན།།
ཁྲེལ་མེད་ཇག་པའི་ལས་ལུགས་རེད།།
ངན་ལ་དེ་ལན་མ་སོད་ན།།
ཕ་བཟང་བུ་མིང་སྟོང་གཏམ་རེད།།

对恩人不能戴德，
就是无耻强盗；
对恶人不能惩处，
空有好汉之名。

ཆོས་ལུ་རིན་ཆེན་གྲགས་པ། **曲鲁 · 仁钦扎巴**

རི་བོ་ང་མཐོ་བསམ་ན་ཡང་།།
དེའི་ཡན་ལ་རི་རྒྱལ་ལྷུན་པོ་ཡོད།།
ཆུ་བོ་ང་ཆེ་བསམ་ན་ཡང་།།
དེའི་ཡན་ལ་མཐའ་ཡི་རྒྱ་མཚོ་ཡོད།།

山自以为最大，
还有须弥山更高；
河自以为最大，
还有海洋更浩瀚。

ཚེ་བློན་ཆོས་འགྲུབ། **齐伦 · 曲珠**

༡ དུག་སྦྲུལ་ཞེ་སྡང་ཆེ་ན་ཡང་།།
མཁའ་ལྡིང་ཁྱུང་ང་དོ་ས་མེད།།
ཆུ་སྲིན་ཇམ་བརྗིད་ཆེ་ན་ཡང་།།
དུང་ཕྲུག་འབུ་དེ་ཐུབ་ས་མེད།
འཕར་སྤྱང་ར་ལུག་ཟ་ཟ་དེ།།
ཁྲ་ཡག་གཟིག་ལ་འགྲོ་ས་མེད།།

毒蛇虽然凶残，
但不能强得过琼鸟；
巨鳌虽然威武，
但不能敌得过白螺；
豺狼虽吃山羊，
但不能咬得过花豹。

༢ དཔོན་ངན་ཞིག་གིས་འོག་སྡེ་ཕུང་།།
ཕོ་ངན་ཞིག་གིས་རང་སྲོག་ཕུང་།།
མོ་ངན་ཞིག་གིས་རང་ལུས་ཕུང་།།

一个坏头领会断送掉手下庶民；
一个坏男人会断送掉自己性命；
一个坏女人会断送掉自己身体。

༣ དཔོན་ཆོས་རྒྱལ་མཇལ་ཁ་ལས་མཁན་རྒྱུག།
ཚེ་འདས་ཐར་པའི་བར་གཅོད་བྱེད།།

在晋见阎王前先碰到小鬼，
对往者解脱带来了障碍；

བླ་མས་ཅི་གསུང་མ་ཤེས་གོང་།།
གྲྭ་པས་འདོན་སྒྲ་ཁུ་ཙུ་ཙུ།།
དཔོན་པོས་བཀའ་བཀོད་མ་གནང་དུས།།
གཡོག་པོའི་ཁྲིམས་གཏམ་ཤ་ར་ར།།

在不知上师说出什么话前，
和尚先朗朗念起了经文；
在首领没发话安排事务前，
仆役先滔滔说起了规矩。

ལྷོ་སྲས་ཉི་མ་རང་ཤར།

洛赛·尼玛让夏

ལྷོ་གཡུ་འབྲུག་ཟེར་བའི་རྔམ་ཆེན་མ།།
ཐོག་གནམ་ལྕགས་ཟེར་བའི་གཡེར་གྲགས་ཅན།།
སྒོམ་ཏིང་འཛིན་གདོང་ལ་མ་འཁྲིམ་ཟིག།
སྦྲུལ་དུག་ཅན་ཟེར་བའི་རྔམ་ཆེན་མ།།
ཁ་དུག་ལྕེ་ཟེར་བའི་གཡེར་གྲགས་ཅན།།
བྱ་མཁའ་ལྡིང་ཁྱུང་ལ་མ་འཁྲིམ་ཟིག།

所谓南龙威武者，
所谓天雷惊鸣者，
只是未遇三昧修定者；
所谓毒蛇威武者，
所谓毒舌惊伸者，
只是未遇高飞琼鸟鸟。

འཇང་གཡུ་ལྷ་ཐོག་འབྱུར།

姜·玉拉托久

༡ བྱ་རྒྱལ་ཁྱུང་ཆེན་འཇུམ་ལམ་ནས།།
དུག་སྦྲུལ་ངར་ཡང་ཟ་རྒྱུ་རེད།།
རྒྱ་སྟག་མཆོང་བའི་རྩལ་ལམ་ནས།།
ཐོ་ཙུ་བྲོས་ཀྱང་ཐར་ས་མེད།།
འབུ་དུང་ཕྲུག་ཤོར་བའི་ལམ་སོ་ནས།།
དགྲ་ཆུ་སྲིན་བཙན་ཡང་སྲོག་དམར་ཤོར།།

在琼鸟禽王俯冲的地方，
毒蛇虽凶也会被吞噬；
在林中猛虎飞跃的地方，
小狗虽逃也无处可逃；
在白螺幼虫冲破的地方，
巨鳌虽强也会丢性命。

༢ མ་ངན་བུ་མོ་རང་སྣང་ཅན།།
ལུས་ལན་ཆགས་འཁོར་བའི་སྔ་ལྟས་རེད།།
ཁྱི་ངན་བདའ་ལུ་འཇུ་འདོད་ཆེ།།
གོར་མོ་རྡོ་ཡི་ལག་གཡུག་རེད།།

恶妇之女皆傲慢，
此乃冤孽缠身的前兆；
流浪野狗常伏击，
此乃招引石头的招待。

མེ་ཏོག་མཛེས་སྒྲོན།

梅朵泽珍

༡ ས་དབྱར་གསུམ་སྤོ་ལྗང་མེ་ཏོག་དེ།།
དགུན་གསུམ་རྩྭ་སྐྱ་ཁ་བས་གཡོགས།།
རྩེ་གངས་དཀར་འགྱུར་མེད་ཤེལ་གྱི་མདོག།
སེང་གཡུ་རལ་ཅན་ལ་འགྱུར་བ་མེད།།
དམའ་ཆུ་ཆེན་ཆར་བས་རྒྱ་མཚོ་འཁྱིལ།།
དབྱར་གསུམ་སྨུག་པས་ཞལ་ཁེབས་ཡོད།།
དགུན་འཁྱག་དུས་དར་དཀར་ན་བཟའ་གསོལ།།
འོག་ཀླུ་ཡུལ་འགྱུར་མེད་སྔོན་བཞིན་གནས།།
ཀླུ་རྒྱུ་ནོར་ལོངས་སྤྱོད་དར་ཞིང་རྒྱས།།

夏月绿草铺满千朵花，
冬月白雪覆盖枯黄草，
雪峰不变露出水晶色，
绿鬃雄狮依然展雄姿；
低处洼地积雨变大海，
夏月雾气濛濛罩海面；
寒冬之时披上冰衣裳，
海底龙宫不变永常驻，
龙宫财富必将更兴旺。

༢ ལུག་རྫི་ཁེར་འགྲོ་གཉིད་ཀྱིས་བསྣུ།།
གཡང་དཀར་ཁྱུ་སྣེ་སྤྱང་ལ་ཤོར།།
ཚོང་པ་ཁེར་འགྲོ་ཆང་གིས་བཟི།།
ཚོང་རྫས་ཅི་ཡོད་རྐུ་ལ་ཤོར།།

独行牧人睡意来，
成群绵羊落狼口；
独行商人美酒醉，
所有货物被贼偷。

ཁྲ་སྟོང་བསྟན་འཛིན་གྲགས་པ།

查董 · 丹增扎巴

གྲི་རྣོན་པོའི་ངར་ལ་མ་དྲངས་ན།།
བུ་ཁྲ་ལྡོང་ཟེར་བ་སྟོང་གཏམ་ཡིན།།
སྡར་མའི་ལག་སྔ་ཁྱོད་ཀྱི་ཚར།།
དཔའ་བོའི་ལག་ལེན་རྗེས་ནས་ཡོད།།

若是利刀不淬砺，
枉自称为明眼人；
懦夫小儿先下手，
英雄之举后有招。

ཇུ་མའི་ཨ་སྟག་ཁྲ་མིག

མཁའ་ལམ་བཟུང་བའི་གླག་རྒོད་དེས།།
རི་བོང་གཉོམ་རྡུང་བྱས་བྱས་དེ།།
མཁའ་ལྡིང་ཁྱུང་ལ་འགྲོ་ལེ་མེད།།
འཕར་སྤྱང་ཟེར་བའི་གཅན་གཟན་དེས།།
གཉོམ་ཆུང་ར་ལུག་ཟ་ཟ་དེ།།
བྲི་སེར་འབྲོང་ལ་འགྲོ་ལེ་མེད།།

居玛·阿达叉米

占领高空的大雕，
欺惯了小兔子，
遇到琼鸟行不通；
称为豺狼的野兽，
吃惯了小山羊，
遇到野牛行不通。

ཨ་སྟག་ལྷ་མོ།

ས་རོང་བོང་བུ་འདུར་རྒྱུག་དེ།།
ཁ་དཀར་རྐྱང་ལ་འགྲན་རྒྱུ་མེད།།
འཇུམ་ཆེན་གླག་མོའི་གཤོག་རྒྱལ་ལ།།
སྲིན་བྱ་འུག་པས་འགྲན་ས་མེད།།
རྒྱ་སྟག་ངར་མའི་འཛུམ་དྲུག་ལ།།
ཝ་དམར་གྲ་ལོ་ཙོམ་ས་མེད།།

阿达鲁（拉）姆

峡谷毛驴再去蹿跑，
也无法与白唇野马相比；
展翅大雕翱翔蓝天，
鬼鸟猫头鹰怎能去抗争；
猛虎身上显出斑纹，
红狐粗毛怎能去相比较。

དྲན་པ་རབ་གསལ།

སྤྱང་རྒན་མཆེ་བ་རྒས་ན་ཡང་།།
ལུག་ཆུང་ཐོར་བསམ་ཞེ་ལ་མེད།།
ཁྲ་རྒན་གཤོག་རྒྱལ་རྒས་ན་ཡང་།།
བྱེའུ་ཆུང་ཐོར་བསམ་ཞེ་ལ་མེད།།

禅巴饶赛

老狼即便老掉獠牙，
也不曾想过让小羊逃脱；
老隼即便老掉翅膀，
也不曾想过让小鸟逃脱。

གཡུ་འབྲུག་ཐོག་བཙན།

玉珠托赞

༡ མཐོ་ཡ་སྔོན་དགུང་ནས་ཉི་ཟླ་འཆར།།
སྤྲིན་དཀར་ཐུག་ཀྱང་སྒྲིབ་ས་མེད།།
སྨག་རུམ་མུན་པ་མཐའ་ནས་གསལ།།
ཉི་ཟླ་གཉིས་ཀྱི་ནུས་རྩལ་རེད།།

日月从高空冉冉升起，
云层再厚也无法遮挡，
黑暗必将从天边驱散，
此乃日月二者之力量。

༢ འཕར་བས་ར་ཁྱུ་ཟ་ཟ་དེ།།
ཁྲ་ཡག་གཟིག་ལ་ཨེ་འགྲོ་ན།།
སྐྱ་ཁྲས་བྱིའུ་ཆུང་ཟ་ཟ་དེ།།
མཁའ་ལྡིང་ཁྱུང་ལ་ཨེ་འགྲོ་ན།
སྲམ་ཁྲས་ཉ་ཆུང་ཟ་ཟ་དེ།།
ཆུ་སྲིན་གདོང་ལ་ཨེ་འགྲོ་ན།།

豺狼虽吃惯了成群山羊，
但遇到花豹还能行得通吗?
花隼虽吃惯了无数小鸟，
但遇到琼鸟还能行得通吗?
水獭虽吃惯了小小吓鱼，
但遇到鲸鱼还能行得通吗?

༣ ཁ་ཧོམ་གཡུ་འབྲུག་གྲགས་གྲག་རེད།།
ལག་ལེན་འཇའ་ཡི་རི་མོ་འདྲ།

夸起口来犹如青龙之鸣，
论起实践好比彩虹之虚。

༤ ཁྲ་ཡག་གཟིག་གི་ཁ་སྔུན་ནས།།
ཁྱི་བདའ་ལྕུ་ཧུ་ཟུག་བྱེད་ས་མེད།།
ཆུ་སྲིན་ནག་པོའི་ཁ་སྔུན་ནས།།
ཉ་སྲམ་ཁྱུག་འཛོགས་བྱེད་ས་མེད།།
གླག་ནག་རོག་པོ་འཇུམ་ས་ནས།།
རི་བོང་འཁྱུག་ལྡིང་བྱེད་ས་མེད།།

在花豹之前，
那有野狗狂吠的地方；
在巨鳌之前，
那有鱼獭逃跑的地方；
在黑雕之前，
那有兔子蹦跶的地方。

སྟག་རྒོད་མཐེབ་བཙན།

༡ བྲག་དཀར་རྫོང་སྲ་བརྟན་ཆེ་བསམ་ཡང་།།
གནམ་ལྕགས་ཐོག་གིས་ཐར་རེ་གཏོར།།
སྦྲུལ་དུག་ཅན་ཞེ་སྡང་ཆེ་བསམ་ཡང་།།
བྱ་མཁའ་ལྡིང་རྒྱལ་པོས་ལྡོ་རྟེན་རེད།།
དམའ་ཆུ་སྲིན་གཏུམ་ཛམ་བརྗིད་ན་ཡང་།།
འབུ་དུང་ཕྲུང་ཆུང་ཡང་ཏ་ལ་འཕེན།།

༢ དཔའ་ལ་རྒྱ་སྟག་ངར་མ་ཡིན།།
དགྲ་ཤ་མ་ཟོས་བསམ་པ་མེད།།
འཇུམ་ཆེན་གླག་མོ་མཁལ་དཀར་ངས།།
རི་བོང་མ་ཟོས་བསམ་པ་མེད།།
གནམ་ལྕགས་ཐོག་རྒོད་ངར་མ་ངས།།
བྲག་རི་མ་གཏོར་བསམ་པ་མེད།།

达贵太赞

原想坚硬白岩不可破，
不料却被天铁雷霆粉碎；
原想愤怒毒蛇不可欺，
不料却被禽王琼鸟吞食；
原想凶狠巨鳌不可犯，
不料却被小小螺虫杀死。

巴拉就是凶残的猛虎，
生吃过无数敌人的鲜肉；
我这冲飞的白肚大雕，
吞食过数不胜数的兔子；
我这凶猛的天铁惊雷，
摧毁过不计其数的岩石。

སྟག་རྒོད་ཛམ་བཙན།

༡ སྡེ་བརྒྱད་དྲེགས་པའི་གདུག་རྩུབ་ཀྱིས།།
འབྲུ་དྲུག་ལོ་ཏོག་བཙོམ་བསམ་ཡང་།།
དྲག་རྩལ་ཅན་གྱི་སྔགས་འཆང་གིས།།
འབྲུ་དྲུག་མི་བསྐུར་སེམས་ཐག་ཡིན།།
གཟའ་རྒོད་དྲག་པོའི་དུག་རླངས་ཀྱིས།།
ཉི་ཟླའི་གཟེར་མདངས་འཕྲོག་བསམ་ཡང་།།
ཉི་ཟླའི་འོད་མདངས་སྔར་ལས་འཚེར།།
སྨག་རུམ་མུན་པ་ཇེ་གསལ་ཡིན།།

达贵昂赞

以八部傲慢的暴行，
虽想把六谷作物打蔫，
但勇武绝伦的咒师，
肯定不让打劫六谷作物；
以曜星剧烈的毒气，
虽想把日月色泽抹掉，
但日月光芒更灿烂，
黑暗必将照得越来越亮。

༢ ནུས་མེད་སྔགས་པའི་ཕཊ་ཤར་དེས།།
ལྷ་འདྲེ་མི་ཐུབ་རང་སྲོག་ཕུང་།།
སྐྱེ་མེད་བུ་མོས་རྒྱ་གྲོང་འགྲིམ།།
འཚོར་བ་མི་ཟིན་རང་ལུས་རྫད།།
དཔའ་མེད་བུ་ཡིས་དགྲ་སྣོ་ལུལ།།
དཔའ་རྟགས་མི་ལོན་རང་སྲོག་ཤོར།།

无能的咒师发出啪声，不仅没有制服鬼神反而断送了自己的性命；
丑陋的女人招摇过市，不仅没有过好日子反而弄脏了自己的身体；
无勇的小子招惹敌人，不仅没有取得战果反而失去了自己的性命。

སྟག་མོ་ཁྲི་བརྟན།

达摩赤丹

སྟག་དམར་ཡག་སྔོན་དུ་མ་མཆོང་དགོས།།
མཆོང་ཚར་ན་འཛུམ་དྲུག་ལོན་ལེ་དགོས།།
འབྲོང་བྲེ་སེར་སྔོན་ལ་མ་བཅར་དགོས།།
བཅར་ཚར་ན་རུ་ཐུར་ལོན་ལེ་དགོས།།
སྡེ་གཉིས་འཁྲུག་པ་མ་བྱུང་དགོས།།
བྱུང་ཚར་ན་རྒྱལ་ཁ་ལོན་ལེ་དགོས།།

最好别跳到红虎面前，
一旦跳了就必须夺取六纹；
最好别靠近野牛之侧，
一旦靠近就必须取下长角；
两族之间最好别争斗，
一旦争斗就必须获得胜利。

ཏུང་སྐྱོང་སྟག་ལྷ་ཁྲི་དཀར།

童炯•达拉赤嘎尔

མི་ཚེ་ཟད་ཇག་པ་ཁེར་རྒྱུག་ཟེར།།
དཔའ་རྟགས་མགོ་འཕྱུ་མི་ལག་ཤོར།།
ལས་འགྱོད་པ་ཤོར་དུས་སྡུག་གྱོང་རེད།།
བྱིའུ་ཆུང་མཁའ་འགྲིམ་གཤོག་རྩལ་ཅོམ།།
ཤ་ཁྲག་སྐྱ་ཁྲའི་ཁ་ཟས་རེད།།
བྱིའུ་སྒྲོ་རླུང་གིས་ཁྱུར་ཉིན་འགྱོད།།

短命之人独行盗，
头翎彩头落入敌人之手，
方知后悔便是自讨苦吃；
小鸟高飞展翅力，
血肉必成鹞隼口中之物，
羽翼被风吹散方知后悔。

དཔའ་གསར་དུང་གི་ཟླ་བ།

སྤྱང་རྐན་འདུར་རྒྱུག་ཆེ་ལེ་དེ།།
སྙིང་མདའ་རང་གིས་ཉོ་ལེ་རེད།།
མི་ངན་ཇག་ལ་རྐོད་རྐོད་དེ།།
ཧྲགས་མ་མི་ལག་སྒྲོད་བསམ་རེད།།
མོ་ངན་རང་སྣང་མཐོ་རྒྱུ་དེ།།
ཕྲི་ཕྲུག་ཁུར་བའི་སྔ་ལྟས་རེད།།

巴萨尔•童克达瓦

老狼蹿跑过多，
就会招来穿心之箭；
坏人打劫过多，
就要失去不义之财；
恶婆过于自傲，
就是暗怀私胎之兆。

ཐེ་ཧ་ར་སོག་ཁ་རྒྱལ་པོ།

དཔོན་ངན་འོག་སྡེའི་སྟེང་དུ་ངར།།
རང་ཆུས་ཤོར་བའི་སྔ་ལྟས་རེད།།
ཁྱི་ངན་བདག་པོའི་སྟེང་དུ་ངར།།
ཀླད་ཁྲག་འཐོར་བའི་སྔ་ལྟས་རེད།།
མོ་ངན་ཚེ་རོགས་སྟེང་དུ་ངར།།
ལྟོག་གེས་ཤི་བའི་སྔ་ལྟས་རེད།།
བུ་ངན་ཕ་མའི་སྟེང་དུ་ངར།།
སྤྲང་ལམ་འཁྱམས་པའི་སྔ་ལྟས་རེད།།
མི་ངན་ཁྱིམ་མཚེས་སྟེང་དུ་རྒྱུག།
ཡུ་མེད་ཡོང་བའི་སྔ་ལྟས་རེད།

百哈热•索喀嘉波

坏头领对庶民凶狠，
这是失去江山的前兆；
看门狗对主人凶狠，
这是迸裂脑浆的前兆；
恶女人对伴侣凶狠，
这是饥荒挨饿的前兆；
坏小子对母亲凶狠，
这是踏上乞路的前兆；
坏主人对邻居凶狠，
这是家破人亡的前兆。

གཡུ་འབྲུག་ཐོག་རྒོད།

༡ འཇུམ་ཆེན་གླག་མོའི་ཁ་སྔུན་ནས།།
རི་བོང་གབ་ཀྱང་ཐར་ས་མེད།།

玉珠托贵

在俯冲的母雕面前，
兔子躲也没有可躲之地；

ཆུ་སྲིན་འཁྱུག་པའི་ཁ་སྔུན་ནས།།
ཉ་སྲམ་གབ་ཀྱང་ཐར་ས་མེད།།
ཁྲ་ཡག་གཟིག་གི་ཁ་སྔུན་ནས།།
སྤྲ་སྤྲེལ་བྲོས་ཀྱང་ཐར་ས་མེད།།

在游动的巨鳌面前，
鱼獭藏也没有可藏之处；
在行走的花豹面前，
猴子逃也没有可逃之路。

༢ སླག་ཚེར་མ་ལ་ཨོ་ཡོ་སྐྱེས།།
དེ་ཡང་རང་དགྲ་རང་གཤེད་རེད།།
ཁྱིའུ་ཚེར་མ་ལ་ཁྲ་ཞིག་སྐྱེས།།
དེ་ཡང་རང་དགྲ་རང་གཤེད་རེད།།

双胎大雕孵化出狗崽，
此乃自己的宿世冤家；
双胎小鸟孵化出隼雏，
此乃自己的宿世冤家。

༣ དཔོན་ངན་གྱིས་འོག་མི་ཕུང་ས་ཡོད།།
གྲྭ་ངན་གྱིས་བླ་གྲྭ་གཏོར་ས་ཡོད།།
ཁྱི་ངན་གྱིས་བདག་པོ་འཇུ་ས་ཡོད།།
མོ་ངན་གྱིས་ཚེ་རོགས་ཕུང་ས་ཡོད།།
གཡོག་ངན་གྱིས་དཔོན་པོ་བསད་ས་ཡོད།།

坏头领会断送自己的庶民；
坏和尚会破坏自己的僧众；
看门狗会咬伤自己的主人；
坏女人会祸害自己的丈夫；
坏仆人会杀死自己的家主。

༤ བྱ་རྒྱལ་ཁྱུང་ཆེན་འཕུར་ལམ་ནས།།
ནེ་ལེའི་གཤོག་འགྱུར་ཨ་བ་རི།།
རི་རྒྱལ་མཐོན་པོའི་བརྗིད་ངམ་ལ།།
རི་ཕྲན་བསྙམ་བསམ་ཤ་རེ་ཚ།།

在琼鸟展翅翱翔的地方，
鹞鹰扇翅尤显可怜；
在大山巍峨屹立的地方，
小山想争尤显可怜。

༥ བུ་དགྲ་ཡིས་གནོད་ཉིན་རྒྱབ་རྟ་མེད།།
ལྟོ་བོ་ཁ་ལྟོགས་ཉིན་ཟ་མ་མེད།།
གངས་བུ་ཡུག་འཚུབ་ཉིན་གོན་རྒྱུ་མེད།།
ནད་བན་ཀན་ན་ཉིན་ལྷ་རྗེ་མེད།།
མི་དམྱལ་བ་འཁྱམས་ཉིན་བླ་མ་མེད།།

男人在敌人侵害时没有后援支持；
肚子在饥饿受苦时没有食物裹腹；
风雪在咆哮肆虐时没有衣服可穿；
身体在涎分缠身时没有大夫救治；
人在堕入地狱时没有喇嘛来超渡。

༦ རྒྱལ་ཆེན་སྦྲག་མོ་འཇུམ་ས་ནས།།
རི་བོང་ཀླད་ཁྲག་གར་གཏོར་རེད།།
རྒྱ་ཁྲ་ཧོར་པ་འཕུར་ལམ་ནས།།
བྱིའུ་ཆུང་སྙིང་ཁྲག་གར་གཏོར་ཡིན།།

在母雕俯冲的地方，
兔子随时都会迸裂脑浆；
在鹞隼飞翔的地方，
小鸟随时都会洒尽血液。

༧ སྐྱིད་ན་སེམས་འཕང་དམའ་དམའ་དགོས།།
སྡུག་ན་མགོ་འཕང་དགྱུ་དགྱུ་ཟེར།།

高兴时要放低心气；
痛苦时要抬高头颅。

༨ ཆུ་ཆེན་ཐ་རླབས་ཆེ་ན་ཡང་།།
ཟམ་པ་བརྒྱ་ཡི་མར་ཞབས་རེད།།
རི་རྒྱལ་རྫི་ལྷུར་མཐོ་ན་ཡང་།།
ལྷོ་སྤྲིན་འདི་ཡི་མར་ཞབས་རེད།།

大河浪涛再大，
也在百桥之下；
高山巅峰再高，
也在南云之下。

སྣང་ཆུང་ཐོག་རྒོད།

囊琼托贵

༡ རྒྱ་མཚོའི་ཀློང་ནས་ཆུ་སྲིན་ཇམ།།
དུང་ཕྲུག་འབུ་ཡི་ལག་སྡིག་རེད།།
ས་རྫོང་བོང་བུའི་འདུར་རྒྱུག་དེས།།
ཁ་དཀར་རྐྱང་ཆུང་དོ་ས་མེད།།
ནགས་ཚལ་དཀྱིལ་ནས་དུག་སྦྲུལ་ཇམ།།
མཁའ་ལྡིང་ཁྱུང་ལ་འགྲོ་ས་མེད།།

大海里鲸鱼虽最威风，
但也可能变成螺虫造孽的对象；
峡谷中毛驴虽能蹿跑，
但也无法赛过白唇野驴的速度；
丛林中毒蛇虽最威风，
但也无法对抗琼鸟禽王的力量。

༢ ལུག་བརྒྱ་ཟོས་པའི་སྤྱང་ཀི་དེ།།
རྫི་བཟང་ཨུར་རྡོའི་ཀླད་ཁྲག་གཏོར།།
མི་བརྒྱ་བསད་པའི་ཤ་ཕ་དེ།།
ཕ་མཁར་ནང་དུ་སྙིང་ཁྲག་འཕོ།།
བྱིའུ་བརྒྱ་ཟོས་པའི་རྒྱ་ཁྲ་དེ།།

吃过百羊的野狼，
不幸被牧人石簧砸碎了脑袋；
杀过百人的仇人，
不幸在祖堡窝里流尽了血液；
捉过百鸟的鹞隼，

ཚེར་ཕུང་རྩ་ལ་སྒྲོ་ཏུས་ཆག །

不幸在荆棘旁边折断了翅翼。

༣ བྱང་གི་འབྲོང་ཐོད་ར་ཁ་ཚ།།
གླང་རྒན་རོག་པོའི་འགྲན་རྒྱུ་མེད།།
བྱང་རྟ་ཁ་དཀར་བང་རྩལ་མགྱོགས།།
ལྷོ་རོང་བོང་བུའི་འགྲན་རྒྱུ་མེད།།

北方的野牛角力强大，
年老黄牛无法对其对抗；
北方的良驹脚力飞快，
洛绒毛驴无法对其赛跑。

འབྲོང་བཟའ་དཔལ་སྐྱིད།

仲萨• 巴吉

རྫ་ཁྲ་ཡག་མགོ་ནས་སྨུག་པ་འཁྲིགས།།
ཉི་མ་མ་དྲོས་ཚར་ལེ་རེད།།
འབྱུང་གཞི་ཚ་གྲང་ནད་ཀྱིས་བཟུང་།།
ལུས་ཁམས་མ་བདེ་ཚར་ལེ་རེད།།
ཤ་གཟུགས་བཞི་མགོ་ནས་བཙོ་དྲི་དྲོ།།
རྒྱུ་མ་མ་ཞིམ་ཚར་ལེ་རེད།།

乱石山岭薄雾缭绕，
注定阳光不会变暖；
身体患上冷热疾病，
注定身体无法安康；
四大肉块散发草味，
注定肉肠难吃不香。

བདུད་འཇོམས་ཐུ་ལུ།

堆降突鲁

༡ རྒྱ་སྟོང་དཀར་པོའི་རང་མདངས་དེས།།
ཁམ་པ་དངུལ་ལ་འགྲན་རྒྱུ་མེད།།
རག་གན་སེར་པོའི་འོད་མདངས་དེས།།
རིན་ཆེན་གསེར་ལ་འགྲན་རྒྱུ་མེད།།

白锡之色，
不如银子；
黄铜之光，
不如黄金。

༢ རྒྱ་སྟག་ནགས་ཇོང་འཛིན་པའི་དུས།།
ཁྱི་བདའ་ལུས་རྔ་གཡུག་བྱས་ནས་བྱུང་།།
ལུས་གཟུགས་བཞི་དུམ་བུར་མ་བཏང་ན།།
སྟག་འཛུམ་དྲུག་རྒྱས་པ་དོན་མེད་རེད།།

在猛虎守护丛林时，
野狗摇起了尾巴。
若是不能撕碎四块躯体，
身长虎纹六斑就失去了意义；

སྔགས་པས་སྒོམ་སྒྲུབ་བྱེད་པའི་ཚེ།།
གཡུ་འབྲུག་ངར་སྐད་སྒྲོག་ནས་བྱུང་།།
ལག་ནོར་བུ་ཐང་ལ་མ་འཕངས་ན།།
མཐུ་མན་ངག་ཟེར་ཡང་སྟོང་པ་རེད།།

在咒师修定三昧时，
璁龙发出了雷鸣。
若是不能打下爪间珍宝，
称为恶咒秘法就变成了空谈。

༣ ཕ་ཕྱུག་པོའི་རྒྱུ་གྲོད་གཏམ་ས་ལ།།
དམའ་སྤྲང་འཁྱམས་གཟུ་བ་དགོས་པ་མེད།།
གོང་དཔོན་པོས་རྒྱལ་ཁྲིམས་གཟིགས་པའི་དུས།།
གཡོག་ཨ་སྡུག་ཁ་ཏ་དགོས་པ་མེད།།
ལྷ་བླ་མས་ཆོས་བཤད་གནང་ས་ལ།།
བན་ཤེས་མེད་ཁ་བདེ་དགོས་པ་མེད།།

在富人商谈损失的地方，
根本不需要低下的乞丐作公正人；
在君王执掌国政的时候，
根本不需要可怜的仆人说教规劝；
在上师宣说佛法的地方，
根本不需要愚昧的沙弥耍舌卖弄。

སྟོབས་ཆེན་ཕྱུག་རིང་།

多钦恰仁

༡ དར་སེང་མགོ་ཡི་གཡུ་རལ་དེ།།
ཁྱི་རྒན་སྐྱག་རལ་འགྲན་རྒྱུ་མེད།།
དམར་ཡག་སྟག་གི་འཛུམ་དྲུག་ལ།།
ཝ་མོའི་གྲ་ལོ་ཟོམ་ས་མེད།།
བྱ་རྒྱལ་ཁྱུང་གི་གཤོག་རྩལ་ལ།།
ནེ་ལེས་གཤོག་འགྱུར་ཨ་བ་རི།།

雪狮头上的绿鬃，
无法与老狗屎毛去对比；
红虎身上的六斑，
无法与狐狸粗毛去对比；
琼鸟鸟王的翅力，
无法与鹞鹰小翅去对比。

༢ སེང་གེ་དཀར་མོ་རྩལ་གསུམ་རྫོགས།།
མགོ་གཡུ་རལ་ཨ་སྔོན་དགུང་ལ་མཉམ།།
མཆེ་སྡེར་ཅན་གྱིས་མཐའ་ནས་བསྐོར།།
དུས་ནམ་ཡང་བསྐོར་བའི་རྟེན་འབྲེལ་འགྲིག།
མཐོ་རི་རབ་སྟེང་གི་བྱ་རྒྱལ་ཁྱུང་།།
ཚང་སྒོ་ངའི་ནང་ནས་རྩལ་གསུམ་རྫོགས།།

白色雪狮身具六力，
头上绿鬃与天长齐，
獠牙利爪围绕四周，
愿永久围绕身旁！
高山上的鹏鸟王，
在蛋中已经圆满三力，

དུག་སྦྲུལ་ནག་པོའི་སྙིང་ཁྲག་གསོལ། །
འོག་ཀླུ་བདུད་ནག་པོའི་ཁ་གནོན་རེད། །
དུས་ནམ་ཡང་ནོན་པའི་རྟེན་འབྲེལ་འགྲིག །
དཔོན་ཁུ་མཚན་གསུམ་གྱིས་གཞན་དོན་འགྲུབ། །
འཛམ་གླིང་འདི་ཡི་རྒྱལ་པོ་རེད། །
དཔའ་རྟུལ་གྲུབ་ཆེན་བརྒྱད་ཅུས་བསྐོར། །
བདུད་དགྲ་འདུལ་བའི་གཉེན་པོར་བཞེངས། །
སྨན་རྫོང་ཕབ་པའི་རྟེན་འབྲེལ་འགྲིག །

吸取黑色毒蛇心液，
变成地下龙王的降伏者，
愿能永久降伏诸魔！
叔侄三人成就利他事业，
成为南赡部洲的主宰，
八十大勇士围在左右，
成为魔敌的征服者，
愿征服药宗夺胜利！

སྲིན་ནག་ལག་རིང་།

珍那喇仁

༡ བྱིའུ་ཆུང་ཚེ་ཟད་མཁའ་ལམ་འགྲིམས། །
སྐྱ་ཁྲ་ཧོར་བའི་ཁ་གྲོགས་རེད། །
དུག་སྦྲུལ་ཚེ་ཟད་ཐང་ནས་འཁྱུག །
བྱ་རྒྱལ་ཁྱུང་གིས་ལྟོ་རྟེན་རེད། །
དམའ་རྒྱ་མཚོའི་དཀྱིལ་ནས་ཆུ་སྲིན་རྫམ། །
འབུ་དུང་ཕྱུག་འབོད་པའི་ལག་བརྡ་རེད། །
རི་བོང་བང་རྩལ་རྫོམ་རྒྱུ་དེ། །
གླག་ཕོད་འབོད་པའི་ལག་བརྡ་རེད། །
ཁྱི་རྒན་ངར་སྐད་ཆེ་རྒྱུ་དེ། །
ཁྲ་ཡག་གཟིག་གི་ཁ་ཟས་རེད། །
ཕོད་མདོག་ཕོ་གསར་དཔུང་རྫོམ་དེ། །
ཤི་བདུད་དཔའ་བོའི་ལག་སྡིག་རེད། །

短命小鸟飞上天空，
便是鹞隼的口福；
短命毒蛇盘伏平地，
便是禽王的食物；
巨鳌畅游低处海里，
便是向螺虫招手；
兔子炫耀奔跑速度
便是在召唤雄鹰；
老狗发出狂吠咆哮，
便是花豹的美食；
年轻小子耀武扬威，
便与死神的对接。

༢ རྒྱ་མཚོ་རྦ་རླབས་གནམ་ལ་འཕྱུར། །
གྲུ་དང་ཟམ་པས་ཁོག་ས་མེད། །
ཐོག་སེར་ཁྲོས་པའི་ངར་ལམ་ནས། །

大海惊涛喷向高空，
船与大桥无法阻挡；
雷雹发威动怒之处，

འབྲུ་དྲུག་སྨི་མ་ཡ་རི་ང་།།
འཆི་བདག་སྲོག་ལེན་ཐོག་ཏུ་བབ།།
གཤིན་པོ་ཐྲོས་ཀྱང་ཐར་ས་མེད།།

六谷禾穗必遭厄运；
死神降临夺取性命，
遇到谁都无路可逃。

༣ དགའ་སྡུག་སྔོན་གྱི་ལས་འབྲས་རེད།།
ཟློག་མེད་རྒྱུ་འབྲས་ཚངས་ཐིག་རེད།།

好坏都是前世业果，
因果不灭便是基线。

༤ བུ་ལ་རྒོད་ཞན་ཟེར་བ་དེ།།
ཉིན་གཅིག་རླུང་རྟ་དར་རྒུད་རེད།།
རྟ་ལ་མགྱོགས་ཞན་ཟེར་བ་དེ།།
ཞག་གཅིག་རྩྭ་ཆུ་གཟན་ལུགས་རེད།།
མཚོན་ལ་རྣོ་རྟོད་ཟེར་བ་དེ།།
དཔའ་བོའི་སྙིང་ཁམས་སུ་ཆེ་རེད།།

所谓男人的强弱，
只是一天时运的兴衰；
所谓骏马的快慢，
只是一天水草的喂法；
所谓武器的利钝，
只是英雄豪气的大小。

༥ ཟ་ཆེ་ན་རོགས་པ་དྲི་མས་ཟད།།
བཤད་ཆེ་ན་བུ་མོ་མ་ལ་འཁོན།།
བརྙས་ཆེ་ན་དཔའ་རྒོད་ཞེ་སྡང་འཁྲུགས།།

吃多了，伙伴也会薰坏臭气；
说多了，女儿也会怨起母亲；
欺多了，勇士也会动起怒火。

གཡུ་འབྲུག་རྩེ་རྒྱལ།

玉珠泽嘉

སྤྱང་དར་མས་ལུག་ཁྱུ་གཏོར་ན་དྲན།།
སྐྱེན་པོའི་མདའ་མོ་ལག་གཡུག་རེད།།
ཝ་ཀྭ་མས་ཟས་ཞིམ་ཟོས་ན་བསམ།།
དུག་ནག་པོ་འབོད་པའི་ལག་བརྡ་རེད།།
ནུབ་ག་ཞས་སོག་ཁ་ཟ་བསམ་འཛོགས།།
དེ་ཕ་ཚུས་ཤོར་བའི་སྔ་ལྟས་རེད།།

灰狼想把羊群打散，
这是飞箭在向它招手；
狐狸想把美食吞咽，
这是黑毒召唤的手势；
卡霞想把索喀吞并，
这是失去祖业的前兆。

ཁྱུང་རྒྱལ་གྲགས་པ།

琼嘉扎巴

༡ བྱེ་མའི་རྔ་མོང་སྐེ་རིང་དེ།།
རི་དྭགས་གཞན་ལས་རང་སྐེ་རིང་།།
སྐེ་རིང་ཡང་གནམ་ལ་དོ་ལེ་མེད།།
བསྐྱས་ངན་སུ་བ་སུག་ཐུང་དེ།།
རི་དྭགས་གཞན་ལས་བོངས་ཚད་ཐུང་།།
དེ་ཐུང་ཡང་རྒྱ་མཚོ་དཀྲུག་ཐབས་མེད།།

沙漠里的长颈骆驼，
比起其它动物脖子长一些，
但脖子再长也够不到天空；
不走运的短腿旱獭，
比起其它动物个子小一些，
但个子再小也搅不了大海。

༢ མི་སླེབས་གནམ་ལ་བསྣབ་རྒྱུ་དེ།།
རྐང་རྒྱུས་པའི་ཕྱི་ཐག་ཆད་སྤྱོད་རེད།།
འགྲོས་མེད་རྟ་ཕོ་གཤིབ་རྒྱུ་དེ།།
རྐང་རྨ་བཞི་རྡོ་ལ་རྒྱག་སྤྱོད་རེད།།
མ་ངན་བུ་མོ་གྲོང་མཐའ་འགྲིམ།
ལུས་ལན་ཆགས་ཁུར་བའི་སྔ་ལྟས་རེད།།

够不着的天上伸手，
只能是造成脚胫奔断的行为；
跑不快的马儿参赛，
只能是造成四蹄撞石的愚笨；
教不好的女子逛街，
只能是造成身怀业缘的前兆。

༣ གཡང་དཀར་གཟན་ལ་འགོད་པའི་དུས།།
རྫི་བོས་བྱམས་སེམས་མ་སྐྱོང་ན།།
རི་སྤྱང་སྤྱོན་མོའི་ཟ་རྒྱུ་རེད།།
ཚེ་འདས་བར་དོ་འཁྱམས་ཉིན་མོ།།
རྩ་བའི་བླ་མས་མ་སྐྱབས་ན།།
གཉིན་པོ་དམྱལ་བ་ལྟུང་རྒྱུ་རེད།།

羊群在山上吃草时，
如果牧人不能细心照料，
必会成为灰狼美食；
往者在中阴游荡时，
如果上师不能慈悲救渡，
必会堕入地狱受苦。

ཀ་ཞ་སྟོབས་བདུད་རྒྱལ་པོ།

卡霞·多堆嘉波

༡ གངས་རི་ཉི་མས་ཞུ་བའི་དུས།།

当雪山被阳光融化时，

གངས་སེང་སྐྱིད་སྡུག་མཉམ་ཞི་དགོས།།
ནགས་རི་མེ་ཡིས་ཚིག་པའི་དུས།།
སྟག་གཟིག་བསམ་པ་མཉམ་ཞི་དགོས།།
ཆུས་སྲིད་དགྲ་ཡིས་བརླག་ཉིན་མོར།།
དཔོན་གཡོག་བསམ་པ་མཐུན་ཞི་དགོས།།

白狮必须要同甘共苦；
当丛林被大火燃烧时，
虎豹必须要共同进退；
当政权被强敌侵害时，
君臣必须要同仇敌忾。

༢ ལུག་ཚེ་ཟད་སྤྱང་གི་སྔོན་དུ་ཐོན།།
ཉ་ཚེ་ཟད་ཆུ་སྲིན་ཁ་སྔོན་རྒྱུག།
འབུ་ཚེ་ཟད་བྱིའུ་སྔོན་ནས་འགྲོ།།

该死的羊儿跑到饿狼之前；
该死的鱼儿游到巨鳌之前；
该死的虫子飞到小鸟之前。

༣ ནད་བན་ཀན་ན་བའི་ནད་པ་དེ།།
རྒྱུ་ཕྱུག་པོ་ཡིན་ཡང་ལྟུག་གེས་ཤི།
སྨན་ཡ་ཐོད་གཉེར་མ་གང་བའི་དུས།།
གནས་ཁྲ་མོ་འཁྲིམ་བསམ་ཡི་རེ་ལྟུག།
རྟ་རྒན་ན་སོ་དགུ་པ་དེས།།
མགྱོགས་དར་ཞེན་བསམ་འཕྱི་ཞི་རེད།།

患有涎分重疾的病人，
即使富人也会饿死；
女人额上布满皱纹时，
还想嫁人特显可怜；
那匹九岁齿龄老公马，
还想夺冠为时已晚。

༤ མཐོ་བ་མཁའ་ནས་མི་འགྲིག་པ།།
ཉི་ཟླ་གཉིས་དང་ར་ཧུ་ལ།།
བར་སྣང་གླིང་ནས་མི་འགྲིག་པ།།
སྲིན་བྱ་ཨུག་པ་ཕོ་རོག་བྱ།།
ས་གཞི་སྟེང་ནས་མི་འགྲིག་པ།།
བྲག་ཐོག་གླ་བོ་ཁ་འཐབ་རེད།།

在高空不和谐的，
就是日月和罗睺罗；
在云端不和谐的，
就是乌鸦和猫头鹰；
在地上不和谐的，
就是岩獐相互搏斗。

༥ མ་ཡག་སྐྲ་ལ་མ་འཇུ་དགོས།།
འཇུས་བཞག་ན་སྤུར་གང་ལོན་ཞི་དགོས།།
ཀྱོད་ཁ་མཆུ་ལ་ནས་མ་ཐུག་དགོས།།

最好别揪住头发，
揪住了必须薅下一簇发；
最好别发生口角，

ཐུག་ཚར་དུས་འགྱོད་མེད་ལས་གཅིག་དགོས།།
ཧོག་གཉིས་འཁྲུག་པ་མེད་ན་དགའ།།
འཁྲུག་ཚར་དུས་སུ་རྒྱལ་སུ་ཕམ་ཡིན།།

发生了必须赢得一口气；
最好别引起战争，
引起了必须打胜一场仗。

༤ ཁྱི་ཕྲུག་རྡོ་ཚག་བྱས་བྱས་དེ།།
དམར་ཡག་སྟག་ལ་ཨི་འགྲོ་ཞེས།།
བྱིའུ་ཕྲུག་ཐུར་ཚག་བྱེད་བྱེད་དེ།།
མཁའ་ལྡིང་ཁྱུང་ལ་ཨི་འགྲོ་ན།།

用石子打惯了小狗，
对红虎肯定行不通；
用棍子玩惯了雏鸟，
对琼鸟肯定行不通。

༥ གངས་སེང་མཆོང་བའི་ལམ་སོ་ནས།།
རི་བོང་མཆོང་ན་ལྷུང་རྒྱུ་རེད།།
སྟག་དམར་ཡག་མཆོང་བའི་ལམ་སོ་ནས།།
ཁྱི་རྒན་རྒྱུག་ན་ཤི་རྒྱུ་རེད།།
འབྲོང་རྒོད་ངར་མའི་ར་ལམ་ནས།།
གླང་རྒན་སྲོག་དམར་ཤོར་རྒྱུ་རེད།།

在雪狮跳跃的地方，
兔子去蹦跶必将坠毁；
在红虎飞跃的地方，
老狗去追逐必将死亡；
在野牛猛斗的地方，
黄牛去掺和必将丢命。

༦ བཙན་ཆོད་མེད་མཐོ་ཆོད་མ་ཟིན་ན།།
མཐོ་བྲག་རི་ཐོག་གིས་གཏོར་རྒྱུ་རེད།།
སྟག་དམར་ཡག་ངར་ཆོད་མ་ཟིན་ན།།
རྔོན་པའི་ལག་ཏུ་འགྲོ་རྒྱུ་རེད།།
ཁྲ་དར་མ་འཇུམ་ཆོད་མ་ཟིན་ན།
སྙིང་ག་རྡོ་ལ་ཐོག་རྒྱུ་རེད།།

若强者不知如何强悍，
岩石也会被雷摧毁；
若红虎不知如何凶猛，
终会落入猎人之手；
若猎隼不知如何俯冲，
也会前胸碰到石头。

༧ དཔོན་ཡིན་ན་ཁྲེལ་མེད་འོག་མི་སྡུག།
བློན་ཡིན་ན་ནང་བཤིག་ཕུང་འདྲེ་སྡུག།
སྡེ་ཡིན་ན་མི་འཆམ་ཁ་འཐོར་སྡུག།

王者，以无耻庶民为忧；
臣子，以内乱祸害为忧；
族民，以不和分离为忧。

༡༠ སྨུག་པོ་རྫ་ཡི་མཛེས་རྒྱན་དེ།།
སྲིད་པའི་གངས་རི་དཀར་པོ་རེད།།
དེ་མེད་ན་ལྷུན་བཟེད་ག་ན་ཆེ།།
ཨ་སྔོན་གནམ་གྱི་དྭངས་གསལ་དེ།།
རྒྱ་མཚོ་སྔོན་མོའི་རང་འོད་རེད།།
དེ་མེད་ན་མཐིང་གསལ་ག་ན་ཆེ།།
ནོག་མོ་ས་ཡི་རྒྱན་ཆ་དེ།།
བར་སྣང་སྤྲང་ཆར་བསིལ་མ་རེད།།
དེ་མེད་ན་རྩི་ཤིང་མི་རྒྱས་འདུག།

黑色山岭的点缀，
就是洁白的初世冰川，
否则怎么会如此雄伟高耸；
蓝色天空的晴朗，
就是蔚蓝的海洋光泽，
否则怎么会如此清澈透明；
肥沃大地的滋养，
就是空中的雨露甘霖，
否则怎么会如此草木茂盛。

༡༡ ལྟ་བ་ལོག་པའི་སེམས་ཅན་དང་།།
སྤྱོད་པ་ཉམས་པའི་དམ་ཉམས་གཉིས།།
སེམས་ཅན་གསོད་པའི་ཤན་པ་གསུམ།།
བླ་མའི་ཐུགས་འགལ་རྣམ་གསུམ་རེད།།
ཡ་མེད་རྐུ་ཇག་ཁྲམ་གསུམ་དང་།།
རྒྱུ་འབྲས་མེད་པའི་སྡིག་ཅན་གཉིས།།
ཡུལ་སྡེ་དཀྲུག་པའི་ཕྱུང་ཅན་གསུམ།།
དཔོན་པོས་མི་འདོད་རྣམ་གསུམ་རེད།།
བྱམས་སེམས་མེད་པའི་བུ་རྒྱུད་དང་།།
ཤེས་པ་མེད་པའི་མནའ་མ་གཉིས།།
སྤྱོད་པ་རྩུབ་པའི་གཡོག་ཅན་གསུམ།།
དྲིན་ཕ་མ་མི་འདོད་རྣམ་གསུམ་རེད།།

错误见解的邪见之人，
行为失范的弃盟之人，
杀害生命的杀戮之人，
为师命相违的三种人；
偷盗抢劫的不良之人，
不讲因果的罪孽之人，
祸国殃民的捣乱之人，
为君王鄙视的三种人；
毫无爱心的为人之子，
毫无良智的为人之妻，
行为粗暴的为君之臣，
为父母唾弃的三种人。

༡༢ མོན་བྱ་ཁུ་བྱུག་སྔོན་མོ་ངས།།
ནམ་ཟླ་དཔྱིད་ཀྱི་བསུ་བའི་དུས།།
ལན་གཅིག་ནགས་ཚལ་འགྲིམ་ན་བསམ།།
དྲུག་འགྱུར་ཅི་གདའ་དེ་དུས་ཡིན།།

我这来自门隅的杜鹃，
在新春迎接的时候，
希望能够飞越丛林，
那时可以欣赏六变之调；

མཐོ་ཆུ་འཛིན་སྔོང་གི་གཡུ་འབྲུག་ངས།།
སང་དཔྱིད་ཀ་མཁའ་ལམ་འཕྱིམ་པའི་དུས།།
ལུས་རྩལ་དྲུག་གནམ་ལྕགས་ཐོག་དམར་དེས།།
བྲག་དཀར་མིང་མེད་བྱས་ན་བསམ།།

我这腾飞云层的青龙，
在春季高飞的时候，
希望能够摧毁岩石，
那时可以看到六力之雷。

༡༣ དགུང་སོ་ཉི་མ་ལ་ཁར་ཐོན།།
དེ་ནི་ཚུར་ལ་འཐེན་རྒྱུ་མེད།།
ཚེ་ཟད་འཆི་བདག་ཁ་རྩ་ཐོན།།
ཚེ་འགུགས་སྲོག་བསླུ་བྱེད་རྒྱུ་མེད།།

太阳落入西山之上，
不可能拉得回来；
生命落入死神嘴边，
不可能延寿赎命。

རྨི་ལི་དཔོན་པོ་བྲག་བཙན།

木里·奔波扎赞

༡ མཚོ་མེད་ན་སྨུག་པ་ལངས་དོན་མེད།།
སྤྲིན་མེད་ན་ཁ་བ་འབབ་དོན་མེད།།

若没有海水，就不会起雾；
若没有乌云，就不会下雪。

༢ ས་སྲིན་འབྱུང་པོ་མགོ་ནག་དེས།།
དོན་མེད་ས་བརྐོ་རྡོ་སློག་བྱས།།
སྡེ་བརྒྱད་མ་དགའ་ཁྲག་དོག་གིས།།
ཐོག་དང་སེར་བ་གློག་དམར་འཁྲུག།
ཞིང་འབྲུ་དྲུག་ཐང་ལ་བསྙིལ་ལེ་རེད།།

害虫这只黑头生灵，
无故地刨土翻石，
招来八部鬼神猜忌，
引起雷霆电雹攻击，
必将田间六俗打蔫在地。

ཕུ་བཀྲ་དུག་གི་ཚེ་རིང་མ།

普扎·毒克策玛

༡ ནགས་ཚལ་མཐུག་པོ་རྐང་གྲངས་མང་།།
མེ་སྟག་གཅིག་གིས་ཐལ་ཕུང་བསྒྱུར།།
གཡང་དཀར་ལུག་ཁྲུ་ཁ་གྲངས་མང་།།
སྤྱང་ཐང་གཅིག་གིས་ཡུ་མེད་བྱེད།།

虽然丛林生长着无数棵植物，
但会被一把火苗烧为灰烬；
虽然羊群里面有许多只绵羊，
但会被一只饿狼杀得尽光；

རྒྱ་མཚོའི་ནང་དུ་ཉ་སྲམ་མང་།།
ཆུ་སྲིན་ངར་མས་ཏ་ལ་འཕེན།།

虽然大海之中有许多条鱼獭，
但会被一条巨鳌轻易吞杀。

མི་རྒོད་ཀླུ་བདུད་ཁྲག་འབར།

弥贵·鲁堆叉跋尔

༡ ཁྱི་མོ་ཚང་རོ་རྡོ་ཚག་བྱེད།།
ཕབ་ཕབ་མི་བཟློག་ཀ་མེད་རེད།།
བྱིའུ་ཆུང་ཚང་འདུག་ཁྲ་ཡིས་འདེད།།
གཞོག་རྒྱལ་མི་ངོམ་ཁག་མེད་རེད།།

下崽母狗被石子驱赶，
不得不汪汪吠叫；
巢中小鸟被鹞隼追逐，
不得不扑翅逃命。

༢ ཁྲི་གདུགས་ཉི་མ་ཁེར་འགྲོ་བྱེད།།
གངས་རི་འཁྱག་དཀར་ཡུ་མེད་བྱེད།།
སྐར་ཚོགས་མང་ཡང་ཕན་ས་མེད།།
མཁའ་ལྡིང་ཁྱུང་གི་སྟོབས་རྒྱལ་གྱིས།།
དུག་སྦྲུལ་ནག་པོ་སྦར་གྱིས་འཛིན།།
འདབ་ཆགས་མང་ཡང་ཕན་ས་མེད།།

太阳独自在高空运行，
消融了雪山冰川，
星辰再多又有何义？
琼鸟鸟王强大的力量，
擒住了黑色毒蛇，
小鸟再多又有何义？

འབུམ་ཐུབ་རྒོད་པོ།

奔图贵波

མཐོ་བྲག་དམར་ཐོག་གིས་གཏོར་བསམ་ཡང་།།
གཏོར་མ་ཐུབ་གཡུ་འབྲུག་ཐང་ལ་ལྷུང་།།
གངས་དཀར་ཡག་ཉི་མས་བཞུ་བསམ་ཡང་།།
བཞུ་མ་ཐུབ་ཏ་བདུན་གཟའ་ཡིས་སྒྲིབ།།

雷霆虽想摧毁红岩，
青龙反而坠落大地；
阳光虽想融化雪山，
曜星反而吞噬红日。

ཀླུ་བདུད་ནག་པོ།

鲁堆那波

༡ ཟ་ཆེ་ན་སྦྲང་དཀར་མཆིན་པ་ན།།

吃多了，蜂浆也会伤害肠胃；

གཞིབ་ཆེ་ན་བུ་མོ་མ་ལ་འཁོན།།
མཆོང་ཆེ་ན་སེང་གེ་སྐེ་རུས་འབུད།།

陪长了，女儿也会怨恨母亲；
跳高了，狮子也会折断脖子。

ཀ་ཞ་སྟོབས་བདུད་རྒྱལ་པོ།

卡霞 · 多堆嘉波

ཁྱི་ཞིའུ་རྡོ་ཚག་བྱས་བྱས་དེ།།
སྟག་དམར་ཡག་གདོང་ལ་འགྲོ་ལི་མིན།།
གླང་རོག་པོ་དབྱུག་པས་འདེད་འདེད་དེ།།
བྲི་སེར་འབྲོང་ལ་འགྲོ་ལི་མིན།།

用石子打惯了小狗，
遇到红虎排不上用场；
用木棍抽惯了黄牛，
遇到野牛排不上用场。

ར་འདྲ་འཚི་བདག་ཡ་མེད།

热扎·其达雅美

དུག་སྦྲུལ་ཁེར་འཁྱུག་ནགས་ཚལ་འགྲིམ།།
མཁའ་ལྡིང་ཁྱུང་གི་ལག་སྡིག་རེད།།
བྱིའུ་ཆུང་ཁེར་འགྲོ་མཁའ་ལམ་འགྲིམ།།
སྐྱ་ཁྲ་ཧོར་བའི་ཁ་ཟས་རེད།།
རི་སྤྱང་སྡོན་མོ་གཟན་ལ་ཇམ།།
ཁྲ་ཡག་གཟིག་གིས་ཧ་ལ་འཕེན།།

毒蛇在林中独自爬行，
只能是鹏鸟爪间的孽缘；
小鸟在天上独自飞行，
只能是鹞隼嘴里的美食；
灰狼贪婪地捕食猎物，
只会被花豹轻易地杀死。

སྟོབས་ཆེན་དཔང་བསྡུས།

多钦旺堆

སྐྱེས་པ་ཕོ་ཡི་དགྲ་ལན་དེ།།
ལོ་གསུམ་སོང་ཡང་འཕྱི་ལི་མིན།།
ཟ་མ་མོ་ཡི་ཟས་ལན་དེ།།
ཞག་གསུམ་སོང་ན་འཕྱི་ལི་རེད།

君子报仇，
三年不晚；
淑女报恩，
三天已晚。

ཟ་ར་མཐིང་གཟིག་འཕྲུལ་སྐྱེ།

达热•亭秀楚结

རྒྱ་ཁྲ་འཕུར་པ་གཡོག་རྩལ་ཆེ། །
བྱིའུ་ཆུང་ཟ་རྒྱུ་ཕར་ལ་ཞོག །
སྙིང་རུས་རྫོ་ཡིས་གཏོར་རབས་ཡོད། །
དམའ་རྒྱ་མཚོའི་གློང་ནས་རྩ་སྒྲིན་རྩམ། །
ཉ་སྲམ་ཟ་རྒྱུ་ཕར་ལ་ཞོག །
དུང་ཕྲུག་སྲོག་རྩ་གཅོད་རབས་ཡོད། །
ནགས་ཚལ་དཀྱིལ་ནས་དུག་སྦྲུལ་འཁྱུག །
བྱི་བ་ཟ་རྒྱུ་ཕར་ལ་སྐྱུར། །
མཁའ་ལྡིང་ཁྱུང་གིས་ཁྱེར་རྒྱུ་རེད། །

鹞隼虽能飞冲蓝天，
有时别说捉住小鸟，
也会把胸骨撞上石头；
巨鳌虽能畅游大海，
有时别说捕食鱼獭，
也会被螺虫夺取性命；
毒蛇虽能盘旋林中，
有时别说吃上老鼠，
也会被琼鸟生擒活剥。

འབྲོང་རུ་རྒོད་རྒྱལ་གྲགས་པ།

仲如•贵嘉扎巴

མཛེས་ཕུག་རྨ་བྱའི་སྒྲོ་མདངས་ལ། །
ཕུག་རོན་སྤོ་སྐྱའི་འགྲན་རྒྱུ་མེད། །
ཁམ་པ་དངུལ་གྱི་རང་མདངས་ལ། །
དཀར་པོ་སྣང་གིས་འགྲན་རྒྱུ་མེད། །
རིན་ཆེན་གསེར་གྱི་ཁ་མདོག་ལ། །
ར་གན་སེར་པོས་འོང་ས་མེད། །

鸽子无法与孔雀媲美；
白锡无法与纯银媲美；
黄铜无法与黄金媲美。

སྨི་ལི་གསེར་རྫོང་།

《木里金宗》

ནེ་ནེ་གནམ་སྨན་དཀར་མོ།

乃乃·南曼嘎尔姆

༡ རི་རབ་ཆེན་པོའི་ཁོང་གསེང་ནས།།
མཁའ་ལྡིང་རང་གནས་བཟུང་ཞན་འདྲ།།
བར་ཆད་དུག་ལྡིས་སྦྲུག་མ་གདའ།།
བར་སྣང་ལྡིང་བའི་དུས་ལ་བབས།།
སྡེ་འགྲོའི་སྐེད་ནས་མ་སྡོམ་ན།།
གཤོག་དྲུག་རྩ་སྡེར་གང་ལ་ངོམ།།

在大山深处，
琼鸟即便守着自己的领地，
也有毒蛇在暗处吐舌等待，
现在到了该飞翔天空的时候，
若不能利爪擒拿盘腰，
向谁炫耀自己的六翼利爪？

༢ སྤྲིན་དཀར་ཕྱུག་མོའི་ཀློང་དཀྱིལ་ནས།།
གཡུ་འབྲུག་རང་གནས་བཟུང་ཞན་འདྲ།།
བར་ཆད་ཐན་པས་སྐྱོ་དགྲ་འདུག།
ཐོག་དམར་ཕབ་པའི་དུས་ལ་བབས།།
འབྲས་དཀར་ཐང་ལ་མ་བསྐྱིལ་ན།།
འབྱུང་བཞིའི་སྟོབས་རྩལ་སུ་ལ་ངོམ།།

在白云之中，
青龙即便守着自己的领地，
也有干旱隐患在窥视等待，
现在到了该敲打红雷的时候，
若不能打蔫麦田禾苗，
向谁张扬自己的四大之力？

༣ ལྷོ་རོང་ནགས་མའི་གཞི་དཀྱིལ་ནས།།
རྒྱ་སྟག་རང་མལ་བཟུང་ཞན་འདྲ།།
བར་ཆད་ས་མདས་སྦྲུག་མ་གདའ།།
མཆེ་སྡེར་ངོམ་པའི་དུས་ལ་བབས།།
ཁྱི་ཕྲུའི་སྙིང་ཁྲག་མ་འཐུང་ན།།
འཛུམ་དྲུག་ལྷད་མོ་སུ་ལ་ངོམ།།

在南绒林间，
猛虎即便守着自己的巢穴，
也有地箭在暗处伺机等待，
现在到了该露出爪牙的时候，
若不能吞噬小狗鲜血，
向谁展现自己的身上斑纹？

༤ ལྷ་གོང་མའི་བཀའ་ལ་མ་ཉན་ན།།
若不能听从上天之命，
བོད་དབུ་ནག་མི་དགེའི་སྡུག་ལ་སྤྱར།།
蕃域黑头必将引来灾难；
གོང་དཔོན་པོའི་བཀའ་ལ་མ་ཉན་ན།།
若不能听从君王之命，
འབངས་མི་སེར་དགྲ་བོས་ཧབ་ཐོབ་བྱེད།།
黎民百姓必将遭到杀戮；
དྲིན་ཕ་མའི་ཁ་ལ་མ་ཉན་ན།།
若不能听从父母之言，
ལུས་འདོམ་གང་མི་དགེའི་དབང་ལ་ཤོར།།
一庹之躯必将招来厄运；
བཟའ་ཚོ་རོགས་ཁ་ལ་མ་ཉན་ན།།
若不能听从伴侣之言，
ལུས་མི་བདེ་ཐར་མེད་བཙོན་རར་ཚུད།།
健康之身必将陷入病牢。

༥ རི་ནགས་མ་འཐིབ་པའི་སློང་དཀྱིལ་ནས།།
在丛林密布中，
མོན་རྒྱ་ཤོད་འཁྱིམ་པ་རྨ་བྱའི་གཟུགས།།
出没门隅的孔雀，
སྒྲོ་མདངས་ལེགས་པ་ཆ་མཆིས་ཀྱང་།།
虽身显漂亮翎毛，
གྲི་གསང་དྲི་མ་མ་ཚོར་ན།།
但若净喉分辨不出气味，
སྒྲོ་གུར་ཕུབ་པ་དཀའ་མོ་ཡོད།།
很难撑起美丽的彩屏；
སྤང་དཀར་ན་བའི་འཁྱིང་ཁུག་ནས།།
在沮洳草滩中，
ཤྭ་ཕོ་ཆེན་ཟེར་བའི་དུང་རྭ་ཅན།།
长有螺角的公鹿，
མགོ་རྭ་བཅུ་ལེགས་པ་ཆ་མཆིས་ཀྱང་།།
虽头有十叉大角，
ཧྲི་སྤྱང་པོའི་དྲི་ཚོར་མ་བྱུས་ན།།
但若嗅觉感知不到方向，
རི་སྐང་ལོག་འཁྱིམ་པ་ཁག་པོ་ཡོད།།
很难翻越崎岖的山坡；
བྲག་དཀར་ལྷ་རྫོང་གོང་མ་ནས།།
在白岩堡垒上，
རྒོད་ཐང་དཀར་དར་གྱི་སྣམ་བུ་ཅན།།
身披氆氇的灵鹫，
ལུས་གཤོག་དྲུག་རྒྱས་པ་ཆ་མཆིས་ཀྱང་།།
虽身具六翼美翅，
འཕུར་ཚོད་རླུང་དང་མ་བསྟུན་ན།།
但若翅膀不能顺风拍打，
ནམ་འཕང་སྐྱོད་པ་ཁག་པོ་ཡོད།།
很难飞越广阔的天空。

༦ ཉ་བདུན་བགྲོད་པའི་སྣ་ཟེལ་དེས།།
太阳发出的光芒，
གླིང་བཞི་དྲོད་ལ་མ་ཁྱུག་ན།།
如果不能温暖四洲，

རྩི་ཤིང་འདབ་མ་གང་ནས་རྒྱས།།
རྩི་བཅུད་སྤང་ལ་མ་ཤར་ན།།
ཕྱུགས་ལུག་ཡིད་གཏད་སུ་ལ་བྱེད།།
རྒྱ་མཚོའི་ཐིལ་མའི་སྤྲིན་ཆར་དེ།།
ས་ནག་བཅུད་ལ་མ་བབ་ན།།
འབྲུ་དྲུག་ཕྱུག་མོ་གང་ནས་འཁྲུངས།།
སྟོན་འབྲས་ལྷང་ཚུང་མ་སྨིན་ན།།
དབུ་ནག་འཚོར་རྟེན་གང་ལ་བྱེད།།

树木怎会枝繁叶茂？
如果不能滋润草地，
牛羊希望寄托谁?
大海形成的云雨，
如果不能滋润大地，
六谷怎会生根发芽？
如果不能结出秋果，
人类生存依靠谁?

༧ གངས་སྟོད་སེངྒེ་དཀར་མོ་དེས།།
གཡུ་རལ་དགུང་ལ་གཟེངས་པའི་དུས།།
དགྲ་བུ་ཡུག་གདོང་ལ་ཅི་ལ་འཇིགས།།
དེ་འཇིགས་ན་རྒྱལ་ལྷན་གང་ལ་ཟེར།།
ནམ་མཁའི་གཡུ་འབྲུག་སྔོན་མོ་དེས།།
ངར་སྐད་རི་ལུང་བཀང་པའི་དུས།།
བྲག་དཀར་གདོང་ལ་ཅི་ལ་འཇིགས།།
དེ་འཇིགས་ན་གཡུ་འབྲུག་སུ་ལ་ཟེར།།
ནགས་མའི་རྒྱ་སྟག་ཁྲ་བོ་དེས།།
འཛུམ་དྲུག་སྡེར་བཞི་བསྒྲད་པའི་དུས།།
དགྲ་ཁྱི་ཕྲུའི་གདོང་ལ་ཅི་ལ་འཇིགས།།
དེ་འཇིགས་ན་རྒྱ་སྟག་གང་ལ་ཟེར།།

雪山之巅的白狮，
在绿鬃抖向高空时，
怎能畏惧风雪之敌，
否则岂能称得上雄狮？
高空之上的青龙，
在雷鸣响彻大地时，
怎能畏惧白岩之敌，
否则岂能称得上璁龙？
丛林之中的猛虎，
在露出獠牙利爪时，
怎能畏惧小驹之敌，
否则岂能称得上猛虎？

༨ གཡུ་འབྲུག་དགུང་ནས་འཕྱོ་བའི་དུས།།
དབྱར་རྔའི་སྒྲ་སྐད་ཆེ་ལུགས་ལ།།
འབྲུ་དྲུག་གཏེར་ཁ་ལེན་རན་གདབ།།
སྟག་དམར་ནགས་ནས་མཆོང་བའི་དུས།།
འཛུམ་དྲུག་རི་མོ་བཀྲག་ལུགས་ལ། །

在青龙腾飞高空时，
雷鸣之声轰隆作响，
该是收割六谷宝藏的时候；
在红虎飞跃丛林时，
斑驳之纹展现眼前，

ཤ་དམར་མཆེ་བ་རྒྱན་རན་གདའ།།
ཁྱུང་ཆེན་དགུང་ནས་འཕྱམ་པའི་དུས།།
མཆུ་སྤྱིར་གཤོག་རྡུག་རྒྱས་ལུགས་ལ།།
སྦྲུ་འཁྱོའི་སྐེད་ནས་འཛིན་རན་གདའ།།

该是獠牙染成血红的时候；
在琼鸟翱翔蓝天时，
羽翼之力丰满显露，
该是擒拿盘蛇之腰的时候。

༩ བདེ་མོ་སྡོད་ཁར་གཟར་མོ་འཁྲིག།
སྐྱིད་པོ་ཡོང་ཁར་སྡུག་པོ་རེག།
རྫོགས་སངས་རྒྱས་ཁར་བཀྲེས་སྐོམ་མཐོང་།།

平稳之前要走陡坡；
快乐之前要受苦难；
成佛之前要见饥渴。

༡༠ བརྩོན་འགྲུས་བྱས་ན་རྒྱུ་དང་འཕྲད།།
བདེ་བར་ཉལ་ན་ཟས་དང་བྲལ།།
དཀའ་བ་སྤྱད་ན་བདེ་འགྲོ་ཐོབ།།
ནག་ཕྱོགས་བཏུལ་ན་དཀར་ཕྱོགས་རྒྱལ། །

立志奋斗能遇到机会；
安逸贪睡会失去食物；
历经磨难会得到善趣；
降服邪恶会盛行白道。

སྟག་རོང་ཨ་ཁུ་ཁྲོ་ཐུང་།

达绒·阿库超同

༡ ཨ་སྔོན་གནམ་ལ་གྲགས་ཆེ་བ།།
གཡུ་འབྲུག་སྔོན་མོ་ངེད་གཉིས་རེད།།
བར་སྣང་ཁམས་ལ་གྲགས་ཆེ་བ།།
ཧ་བདུན་དབང་པོ་ངེད་གཉིས་རེད།།

在天空出名的，
就是我和青龙；
在高空出名的，
就是我和太阳。

༢ གཏམ་དང་མདའ་མོ་དྲང་ན་དགའ།།
དྲང་ན་དགའ་བས་དྲང་གཏམ་གྱིས།།
ལམ་དང་གཞུ་མོ་འཁྱོག་ན་དགའ།།
འཁྱོག་ན་དགའ་བས་འཁྱོག་གཏམ་སྤུར།།

话与箭要直，
喜欢正直就要坚持直言；
路与弓要弯，
喜欢弯曲就要放弃曲言。

༣ རྩྭ་ཕོ་ཐུར་ཆག་ན་གསེར་ཐུར་དགོས།།

雄株折断需用金株来替换，

མོ་ཐུར་ཆག་ན་དངུལ་ཐུར་དགོས།།
ཟྭ་ཕྱེ་ཕུང་བྱུང་ན་དངུལ་ཕྱེས་གསོས།།
རྡོ་གཡའ་མ་ཆག་ན་ལ་ཆས་སྦྱོར།།
ལམ་རལ་ཤོ་དོད་ན་མར་གྱིས་འདོན།།
རྗེས་ས་གད་ནག་དར་གྱིས་ཁེབས།།
རྡོ་སྔོ་ཐོ་བླངས་ན་ཇ་ཡིས་འཚབས།།

雌株折断需用银株来替换，
变成碎株需用碎银来修复；
青石断裂需用胶液来粘合，
路基裂缝需用酥油来添补，
身后断岩需用绸缎来掩盖，
取用土石需用茶叶来偿还。

༤ ཡང་ལྗི་སྲང་ལ་བཀྱག་ལེ་ཡིན།།
མང་ཉུང་བྲེ་ལ་འཇལ་ལེ་ཡིན།།

轻重用秤来称；
多少用斗来量。

༥ གཏམ་ལ་ལན་མེད་ལྐུགས་པའི་ལུས།།
དགྲ་ལ་ལན་མེད་སྡར་མའི་ལུས།།

问话不答是哑巴；
有仇不报是懦夫。

༦ སྐྱེས་པ་ཕོ་ཡི་དགྲ་ལན་དེ།།
ལོ་གསུམ་སོང་ཡང་སྔ་བས་ཟེར།།
ཟ་མ་མོ་ཡི་ཟས་ལན་དེ།།
ཞག་གསུམ་སོང་ན་འཕྱིས་པས་ཟེར།།

君子报仇，
三年不晚；
淑女报恩，
三天已晚。

༧ རྫོང་ཕ་མཁར་བུ་ཚས་བཟུང་རེས་ཟེར།།
རྒྱན་གཡུ་བྱུར་བུ་མོས་འདོགས་རེས་ཟེར།།

子孙轮流继承祖堡；
女人轮流佩戴璁珊。

༨ རྫུན་ཅི་བཤད་ཐམས་ཅད་གཙོ་བོས་བཤད།།
རྫུན་གཙོ་བོས་བཤད་ན་ཡུལ་གཉིས་དཀྲུག།
ཕུང་ཅི་གཡོ་ཐམས་ཅད་ནག་མོས་གཡོ།།
ཕུང་ནག་མོས་གཡོས་ན་མཐུན་གསུམ་གཏོར།།
སྡིག་ཅི་བྱེད་ཐམས་ཅད་བན་དེས་བྱེད།།
སྡིག་བན་དེས་བྱས་ན་དགེ་འདུན་གུད།།

说谎官吏说的最多，
官吏说谎搅乱部族关系；
捣乱女人捣的最多，
女人捣乱破坏三方友谊；
造孽僧人造的最多，
僧人造孽败坏僧团信誉。

༩ ཚོང་དཔོན་རྒས་ན་མཛོ་ཛི་བྱེད།།
ལག་སྒྲོ་རྒས་ན་ལུད་སྒྲོ་ཟེར།།

商人老了只能牧犏牛；
皮袋旧了只能装垃圾。

༡༠ མི་རིགས་བཟང་རྒྱུད་དེ་བློ་རྒྱ་ཆེ།།
གཏམ་ཉེ་རིང་མེད་པ་ཀུན་དང་མཐུན།།
ཕྱོགས་ཕན་ཚུན་ཐམས་ཅད་བྱམས་ཀྱིས་སྐྱོང་།།
འབངས་མི་སྡེ་བཙན་ཕྱུག་དར་ཞིང་རྒྱས།།
མི་རིགས་མེད་རྒྱུད་དེ་བློ་རྒྱ་དམན།།
གཏམ་གཡོ་སྒྱུའི་རང་འདོད་སྤྲིན་ཁ་འཚུབ།།
རང་མིན་པ་ཀུན་ལ་དགྲ་རུ་སྡང་།།
འབངས་མི་སྡེ་སྡུག་བསྔལ་རིན་གྱིས་ཉོ།།

高贵之子心胸广，
说话至理众人敬，
各方皆以仁爱治，
国富民强佳话传；
低贱之人眼光浅，
坑蒙拐骗私利谋，
为我独尊众人弃，
民众苦难厄运招。

༡༡ རྒྱུག་གོམ་པ་འདོ་བ་རྟ་ལ་ཡོད།།
འགྲོ་མ་བསམ་རང་ཚོད་བཟུང་ཞན་འདྲ།།
ལག་བེར་ཀས་བཙན་སྐུལ་བྱས་པའི་དུས།།
དེ་མི་འགྲོ་འཕོང་གིས་མ་བཟོད་ཐལ།།
སྨན་བུ་མོ་བྱུ་རུའི་ལན་ཚར་ཅན།།
འགྲོ་མ་བསམ་རང་ཁྱིམ་བཟུང་ཞན་འདྲ།།
ཕ་ཁུ་བོས་བཙན་རྫོང་བྱས་ཉིན་མོ།།
ང་མི་འགྲོ་རྣ་བས་མ་བཟོད་ཐལ།།

骏马具有奋蹄驰骋的本领，
不想奔跑而停止不前有何用，
当木条抽打强行策马时，
不跑只会使屁股疼痛难忍；
少女拥有珊瑚点缀的发辫，
不想出嫁而留守家中有何用，
当叔父逼迫许配嫁出时，
不嫁只会使耳朵生出茧子。

༡༢ གནམ་གོ་ལོག་དུ་བ་མཇུག་རིང་དེ།།
ནུབ་མུན་པའི་སྐག་ལ་མེ་ལྷར་འབར།།
སྨན་གོ་ལོག་བཙན་དུག་བོང་ང་དེ།།
ནད་བདུན་དུག་བྱུང་ཉིན་མཆོག་ཏུ་གྱུར།།
ཁྲིམས་གོ་ལོག་ཕྱོགས་བཞིའི་མི་ངན་དེ།།

错乱的长尾彗星，
黑暗时燃起了火光；
配错的乌头草药，
瘟疫时变成了良药；
犯错的四方坏人，

དུས་ཡིང་ཡོག་བྱུང་ཉིན་དཔོན་ལ་ཐོབ། །

动乱时得到了王权。

༧༣ ཁ་བདེ་མོའི་རྒྱབ་ལ་རྒྱུ་གཅིག་དགོས། །
རྒྱུ་མེད་ན་ལྟོགས་ཁ་མུག་ལྷེ་རེད། །
ཕོ་རྒོད་པོའི་རྒྱབ་ལ་དཔུང་གཅིག་དགོས། །
དཔུང་མེད་ན་ནགས་ནང་རྐུན་མ་རེད། །
མོ་འཕྱོར་མོའི་རྒྱབ་ལ་རྒྱན་གཅིག་དགོས། །
རྒྱན་མེད་ན་བྱ་ནག་མཆུ་དམར་རེད། །

夸口需要财富依仗，
若没有财富只是穷耍嘴巴；
男人需要身后帮手，
若没有帮手只是林中小贼；
女人需要身上装饰，
若没有装饰只是红嘴乌鸦。

༧༤ རྩྭ་ཞིམ་པོ་ལ་ཁའི་ཤ་བས་ཟོས། །
ཁག་ངན་པ་གླ་བའི་གླིའུ་ལ་བཞག །

雄鹿吃尽了山头鲜草，
罪责却留给了獐崽。

༧༥ མཛོ་རྒན་བཤས་ལ་མ་ཕབ་ན། །
ཁ་ལུང་སྣ་ལུང་བཅོ་བརྒྱད་ཟེར། །
རྟ་རྒན་ལྕག་གིས་མ་བྲབ་ན། །
ལ་དགུ་ལུང་པ་བཅོ་བརྒྱད་ཟེར། །
ཁྲོ་ཐུང་སྲོག་དང་མ་བྲལ་ན། །
བྱུས་ཕྱི་ནང་ཕ་ཚུས་རང་བདག་ཟེར། །

如果老牛不赶入屠场，
可以自诩嘴扣鼻环十八件；
如果老马不抽打鞭子，
可以自诩翻越九山十八谷；
如果超同不失去性命，
可以自诩打理内外大小事。

༧༦ རི་རྩེ་ཤིན་ཏུ་ཉིལ་བ་དང་། །
ཁང་པའི་ཡང་ཐོག་གྲུམ་པ་གཉིས། །
སྡིག་སྤྱོད་རྒྱལ་པོར་བསྙོས་པ་གསུམ། །
འོག་ཏུ་གནས་པ་རྒྱུན་དུ་སྐྲག །

山上的滚石，
屋顶的砾石，
当王的罪人，
常怕被压下。

༧༧ ལྷོ་ཁའི་སྟག་མོ་ཁྲག་གཟན་དེས། །
སྡེར་བཞི་གླིང་ལ་བསྒྲད་པས་ཟེར། །
ལུང་གསུམ་ས་མདའི་སྒྲུག་མ་དེས། །

南方嗜血的母虎，
大言利爪伸向了四洲。
等待射飞的地箭，

སྙིང་གཟེར་གྲ་འཇུམ་ལེན་དགོས་ཟེར།།
བར་སྣང་གཡུ་འབྲུག་སྔོན་མོ་དེས།།
སྒྲོག་ལྕེས་བྲག་དཀར་གཏོར་དགོས་ཟེར།།
ཏ་བདུན་དབང་པོའི་འོད་ཟེར་དེས།།
རྭ་ལྕེ་ཐན་པས་སྲེག་དགོས་ཟེར།།

又称穿心摘取斑纹；
高空蓝色的璁龙，
大言雷舌摧毁了白岩。
太阳照射的光芒，
又称烧毁龙角成灰。

༡༨ དགུང་དང་སེར་བཅོ་ལྔའི་དུང་ཟླ་དེ།།
གཟའ་སྒྲ་གཅན་ངན་པའི་ཁ་རླངས་ཐེབས།།
སྨག་མུན་པ་དགོངས་པ་ཅི་ལ་འཚོམས།།
དུས་འགྱུར་མེད་མུན་པ་ཡོལ་རང་གསལ།།
གསེར་སེར་པོ་རིན་ཆེན་མདངས་ལྡན་དེ།།
རྫས་དངུལ་ཆུ་ངན་པས་སྦྲིབ་གཡོགས་ཐེབས།།
ལྷ་ཇོ་ཤཱཀ་དགོངས་པ་འཚོམས་དོན་མེད།།
མདངས་འགྱུར་མེད་རང་འོད་ཡོལ་ཀྱང་གསལ།།
དངུལ་དཀར་མོའི་མེ་ལོང་འོད་ཅན་དེ།།
ལྕུས་གཡའ་དུག་ཅན་གྱི་ཁ་རླངས་ཐེབས།།
དམའ་ཡོན་བདག་དགོངས་པ་གང་ནས་འཚོམས།།
ནད་ཟུག་རྔུ་སེལ་ན་ཁ་དོག་གསལ།།

高挂的十五月鸭，
被罗睺毒气所笼罩，
黑暗大雾怎能生气动怒，
不变之夜终将过去；
发光的黄金珍宝，
被水银之物所溶解，
圣尊觉释怎能生气动怒，
不变之色终将恢复；
晶莹的银质镜子，
被锈渍之液所侵蚀，
低劣施主怎能生气动怒，
消除疼痛必会发亮。

༡༩ ཉི་མའི་མདངས་དེ་སྤྲིན་པས་བཀབ།།
ཆུ་ནང་ཉ་མོའི་མགོ་བོ་གཏུབ།།
ཁག་དེ་ཝ་སྦྲེ་གཉིས་ལ་བཞག།
སྟོང་དེ་ཤ་རྐྱང་མ་བུས་འཇལ།།
རྒྱུ་དེ་སྦལ་རྒན་རྐུ་བོས་ཟོས།།

阳光被乌云无情遮住，
水里的鱼儿砍断了头，
罪责由狐狸和沙狐承担，
命价由鹿和野马来赔偿，
鱼肉却被老乌龟私自吞食。

༢༠ སྐྱིད་མེ་ཏོག་རྒྱས་དུས་ཀུ་རུ་སྨྱོ།།
མགོ་ར་རྩ་སེ་དུས་བན་རྒན་སྨྱོ།།

鲜花开了小驴就会变疯；
鬓角白了老僧就会变疯；

ན་ཚོད་ལ་སླེབས་དུས་བུ་མོ་སྨྱོ།།

年龄大了女人就会变疯。

༢༡ གཡུ་འབྲུག་གསུང་སྙན་སྒྲོག་ལེ་དང་།།
རྨ་བྱས་སྒྲོ་གུར་ཕུབ་ལེ་གཉིས།།
ཉི་མས་ཟེར་ཐག་བརྐྱང་ལེ་གསུམ།།
རྒྱུ་འབྲས་ལས་ཀྱིས་འཛོམས་ལེ་རེད།།

龙鸣轰隆，
孔雀开屏，
白昼拉长，
因果相符。

༢༢ ཕོ་རྒ་རྩ་སེ་ན་གཞོན་ལས་དར།།
ཕོ་སར་བརྒྱ་ཡིས་དོ་ཟླ་མེད།།
རྟ་སོ་རིས་ཡལ་ན་འགྲོས་ཤུགས་རྒྱས།།
བྱང་མ་བརྒྱ་ཡིས་ཛོ་ཡ་མེད།།

鬓霜男人正当年，
千万青年谁能争；
马过齿龄更能跑，
枵腹千骏望尘埃。

༢༣ ཡར་སྐྱེས་གཡུ་ལྗང་ཕྱུག་མོ་དེ།།
སྟོན་གསུམ་བ་མོས་བཀབ་པའི་དུས།།
འཛག་མ་ཁེར་སྐྱེས་ཉིན་ལ་གབ།།
ཟོར་བར་འཕྲད་ཉིན་གང་འདྲ་འདུག།
ཡར་སྐྱེས་རྭ་བཅུའི་ཤ་བ་དེ།།
ལ་གསུམ་ཤྭ་ཁྱིས་ཕབ་པའི་དུས།།
ཤའུ་ཆུང་ཁེར་ལུས་བྲག་ལ་གབ།།
མདའ་ཉག་ཕྲན་འཕྲད་ཉིན་ཅི་འདྲ་འདུག།

破土而出的绿苗，
当被冬霜覆盖时，
一根独苗躲在了阳坡，
当遇到镰刀收割时还能怎么躲藏？
十叉长角的雄鹿，
当被猎狗追逐时，
一只幼鹿藏在了岩缝，
当遇到细箭射来时还能怎么躲藏？

གྲགས་པ་མཐའ་ཡས།

扎巴塔野

༡ བྲག་གི་ཐང་དཀར་རྐོད་པོ་དེ།།
འཕུར་ཚོད་རླུང་དང་མ་བསྟུན་ན།།
བར་སྣང་སྟོང་པའི་རང་བཞིན་རེད།།

山崖上的雄鹰，
若不顺风飞越，
奈何飞越虚空无边。

དཔའ་རྒྱལ་རྒོད་པོ། 巴嘉贵波

༡ སྤྲིན་ནག་ལྡོང་ནས་འབྲུག་སྒྲ་ལྡིར།།
ཐོག་སེར་འབེབས་འདོད་སྐྱེ་ལེ་རེད།།
ངར་སྐད་ཐང་ལ་མ་ཕབ་ན།།
སྔགས་ཆེན་ཏིང་འཛིན་ཅི་ལ་ཟེར།།
སྤང་དཀར་ཡོཏ་ནས་སྤྱང་མོ་འདུར།།
གཡང་དཀར་གཏོར་འདོད་སྐྱེ་ལེ་རེད།།
གྲ་འཇུམ་པགས་པ་མ་བཤུས་ན།།
ཁྲ་རིང་ཟེར་བ་ཅི་ལ་བཏགས།།

乌云中雷鸣轰隆，
此乃欲把雷雹击打。
若不能打落雷声，
谈何三昧咒师?
草地上灰狼蹿跑，
此乃欲把羊群打散。
若不能剥离皮毛，
谈何花枪之名?

༢ རྩ་བ་སྤུ་ཙམ་མེད་ས་ལ།།
རྩོད་པ་གནམ་ས་གང་ནས་ཐལ།།

没有丝毫原因的地方，
引起天崩地裂般的争论。

༣ ཁ་གྲུ་བཞི་རྒྱུད་ཀྱི་སྒོ་མོ་ཡིན།།
ཕྱེ་བ་སླ་སྟེ་མདུན་པ་དཀའ།།
ལྕེ་ལེབ་ཆེན་རྒྱུད་ཀྱི་གཞི་མ་ཡིན།།
རྐྱང་བ་སླ་སྟེ་བསྐུམ་པ་དཀའ།།
མི་ལུས་རིན་ཆེན་གསེར་བས་དཀོན།།
གསོད་པ་སླ་སྟེ་གཏམ་པ་དཀའ།།

方口就是纠纷之门，
开门容易闩紧难；
长舌就是纠纷之源，
伸长容易缩紧难；
人生难得珍贵如金，
毁灭容易扬名难。

༤ སྡང་བའི་དགྲ་ལ་ཕྱར་རྒྱུ་ཡིན།།
བྱམས་པའི་གཉེན་ལ་ངོམ་རྒྱུ་ཡིན།།

可以向有仇的敌人挥动，
可以向有爱的亲人炫耀。

༥ དོན་མེད་དགྲ་རུ་སྡང་སྡང་ནས།།
མ་སྤུའི་སྡུག་ལ་དྭངས་དུས་མེད།།

无故地把别人视为敌人，
母姨痛苦永无消除之日；

རིན་མེད་རྒྱུ་ནོར་འཕྲོག་འཕྲོག་ནས།།
ཕྱི་མའི་བུ་ལོན་སོད་དུས་མེད།།

廉价地抢夺别人的财产，
来世孽债永无清偿之时。

༨ ཆུ་ཆུང་ཟམ་པ་བཙུགས་ཀྱང་རུང་།།
འབབ་ས་རྒྱ་མཚོ་ཕྱུག་མོ་རེད།།
ཀླུ་རྒྱལ་དགྲ་རུ་འཛིན་པ་དཀའ།།

小河即便修了桥，
最后只能流向大海，
谁也不能与龙王为敌。

༩ བདེན་དང་ལུང་པ་ཕུ་ཐག་རིང་།།
རྫུན་དང་ཨ་བྲ་མཇུག་མ་ཐུང་།།

真与山谷距离长；
假与鼠兔尾巴短。

འབུམ་རྒྱལ་ཁྲི་བདུད་གྲགས་པ།

奔嘉赤堆扎巴

༡ བྱ་ངང་པ་མཚོ་ལ་ལྡིང་ཁ་དེར།།
ཁ་བལྟས་ཞབས་བལྟས་གཉིས་ཀ་དགོས།།
ཤ་ཕོ་ཆེན་ལ་ཁར་འགྲོ་བ་ལ།།
སྔ་བལྟས་ཕྱི་བལྟས་གཉིས་ཀ་དགོས།།
སྤྱང་ཐང་ལུག་ལ་འཇབ་ཁ་ལ།།
འདེད་ལམ་བྲོས་ལམ་གཉིས་ཀ་དགོས།།

鸭子飞入大海前，
必须要看清上下；
雄鹿翻越山坡前，
必须要看清前后；
灰狼伏击羔羊前，
要探清进退之路。

༢ བྲག་གི་ཐང་དཀར་རྒོད་པོ་དེ།།
འཕུར་ཚོད་རླུང་དང་མ་བསྟུན་ན།།
བར་སྣང་སྟོང་པའི་རང་བཞིན་རེད།།
བྱ་འདབ་ཐོག་གིས་གཏོར་བས་ཆོག།
ལ་ཁའི་སྤྱང་མོ་ལག་དཀར་དེ།།
འདུར་ཚོད་རི་དང་མ་བསྟུན་ན།།
ལུང་གསུམ་འགུག་རྙིའི་རང་བཞིན་རེད།།
སྤྲ་ཚོམ་ཐང་ལ་འཕངས་པས་ཆོག།

山崖上的白雕，
若不顺风而飞，
奈何飞越虚空无边，
羽翼就会被雷击落；
山坡上的灰狼，
若不依山蹿跑，
奈何挣脱网罟陷阱，
粗毛就会散落大地；

རྒྱ་མཚོའི་ཉྭ་དཀར་གསེར་མིག་དེ།།
འགྲུར་ཚོད་ཆབ་དང་མ་བསྟུན་ན།།
མཚོ་མཐའ་ལྕགས་ཀྱུའི་རང་བཞིན་ཡིན།།
གསེར་གཤོག་སྐམ་ལ་བཏོན་པས་ཚོག།

大海里的金鱼，
若不顺流游动，
奈何抵御铁钩诱惑，
金翅就会无情晒干。

༣ དགྲ་ལན་པོ་མེད་ན་ཝ་མོ་རེད།།
ཟས་ལན་པོ་མེད་ན་དུར་ཟས་ཡིན།།

敌仇不能报，便是狐狸；
食恩不能报，便是冥供。

༤ སྤྱང་ཐང་ལུག་བརྒྱ་ཟོས་པས་ན།།
ཕྲ་འཇམ་མི་ལ་ཤོར་བས་ཟེར།།
ཁྲ་དར་མས་བྱིའུ་བརྒྱ་ཟོས་པས་ན།།
གཤོག་དྲུག་ཐང་ལ་འཐོར་བས་ཟེར།།
ཁྲམ་པས་མི་སྡེ་དཀྲུགས་པས་ན།།
མིག་ཁྲ་ཆུང་ཤུབས་ནས་ཕྱུང་བས་ཟེར།།

因为灰狼吃了百只羊，
所以细毛被人夺取；
因为鹞隼捉了百只鸟，
所以六翼被人打落；
因为骗子搅乱了邻里，
所以双眼被人剜除。

༥ སྟོང་བར་སྣང་ཧ་བདུན་དབང་པོ་དེ།།
སེར་དཀྱིལ་ལེར་དགུང་ནས་འཁྱིམ་པའི་དུས།།
ལྷོ་སྨག་རུམ་མ་གསལ་ཉི་མདངས་མིན།།
མཐོ་སྤྲིན་བར་ཕྱུག་མོའི་གཡུ་འབྲུག་དེ།།
ངར་དིར་རེ་སྤྲིན་བར་བགྲོད་ཉིན་མོ།།
དམའ་འབྲས་དཀར་མ་གཏོར་གཡུ་འབྲུག་མིན།།
ལྷོ་ནགས་རོང་དཀྱིལ་གྱི་སྟག་མོ་དེ།།
ཁྲ་ཁྲུག་གེ་གཟན་ལ་འཁྱིམ་པའི་དུས།།
དམའ་ཐོ་རུ་མ་བརྡབ་རྒྱ་སྟག་མིན།།

高悬万里虚空的红日，
当金灿灿地运行天空时，
若不能照亮黑暗何为阳光？
出现万里云层的青龙，
当轰隆隆地腾飞云端时，
若不能打蔫麦苗何为青龙？
行走南方丛林的红虎，
当凶煞煞地捕食猎物时，
若不能扑倒马驹何为猛虎？

༦ ཆུ་ཆུང་ཙུར་སྒྲ་མི་ཆེ་རྒྱུ།།
ཆུ་ཕུག་གངས་རྒྱལ་ཕྱུག་མོ་རེད།།

小溪之所以没涛声，
那是因为源于雪山深处；

ཝ་མོས་རྒྱུག་འདུར་མི་སྐྱེན་རྒྱུ།།
འགྲོས་ཡ་སྤྱང་ཐང་སྟོན་མོ་རེད།།

狐狸之所以跑得慢，
那是因为与狼竞赛。

༧ ཁ་བརྙས་མ་རེད་དོན་བརྙས་རེད།།
བརྙས་ཆེ་ན་ཞེ་ནག་གཏིང་ནས་འཁྲུག།
ཟ་ཆེ་ན་སྦྲང་དཀར་མཆིན་པ་ན།།
ཡུན་རིང་ན་བུ་མོ་མ་ལ་འཁོན།།
སྐྱིད་ཆེ་ན་ཆུང་མས་མགོ་ཡངས་འཁྲབ།།
བྱམས་ཆེ་ན་གཡོག་གིས་རྗེ་ལ་རྒོལ།།

不止是口诛，而是切实的欺负。
欺得太狠，怒意会从心里升起；
吃得太多，蜂蜜会把肠胃伤害；
陪得太长，女儿会怨恨起母亲；
过得太好，妻子会萌生起轻浮；
过于仁慈，仆从会违逆起主子。

༨ སྔགས་ཆེན་ནུས་པའི་སྲུང་འོག་ནས།།
འདྲེ་གདོན་རྗེས་མེད་མ་བྱས་ན།།
གནོད་པ་ཆེ་བའི་རྒྱུ་རུ་འགྲོ།།
བཟང་དྲུག་སྨན་གྱི་སྦྱོར་སྡེབ་དེས།།
འབྱུང་འཁྲུགས་ཟུག་རྔུ་མ་སེལ་ན།།
འབྱུང་བཞི་འཁྲུགས་པའི་རྒྱུ་རུ་འགྲོ།།

在咒师强大保护下，
如果不能消灭鬼怪作祟，
必成作乱起祸的隐患；
在配制六味良药时，
如果不能消除身上病痛，
必成四大紊乱的祸根。

༩ གོང་དཔོན་པོའི་བློ་གཏད་བློན་ལ་བྱས།།
བློན་ཁྲེལ་མེད་དགྲ་ལ་ཝ་ཐོས་རྒྱབ།།
ཕམ་མི་ཁ་ཁུར་བ་ཀུན་གྱིས་ཤེས།།
དྲིན་ཕ་མའི་བློ་གཏད་བུ་ལ་བྱས།།
བུ་བྱམས་མེད་ཕ་མ་རྒྱབ་ལ་བཞག།
སེམས་སྡུག་བསྔལ་ཡོད་པ་ལོས་ཀྱང་ཤེས།།
སྐྱག་ཤར་པའི་བློ་གཏད་རོགས་ལ་བྱས།།
རོགས་ཁྲེལ་མེད་བྱི་ཕོ་མཛོད་ལ་བཅུག།
གཏམ་མི་ཁ་ཁུར་བ་ལོས་ཀྱང་ཤེས།།

头领完全偏信自己的愚臣，
无耻之臣见敌就逃，
应该知道会招来失败非议；
父母完全相信自己的儿子，
不良小子背弃不管，
应该知道会带来心疼折磨；
男人完全相信自己的伴侣，
无耻女人私藏奸夫，
应该知道会引来流言蜚语。

༡༠ མཛོ་རྒན་ལྟོ་ཆད་ཁུར་ལེ་ལ།།
ཆུ་ར་ཙོ་གང་གིས་ཕན་གནོད་མེད།།
ཁྲ་རྒན་དམྱལ་བར་འགྲོ་ཁ་ལ།།
བྱིའུ་གཅིག་དང་གཉིས་ལ་མང་ཉུང་མེད།།

在老牛饥饿难耐时，
喝一角桶水也起不了什么作用；
在老隼堕入地狱时，
杀一两只鸟也坏不了什么事情。

བཟང་ལ་དཔའ་དར་དམག་གི་སྲོལ།།
ངན་ལ་ཆད་པ་རྒྱལ་ཁྲིམས་ལུགས།།

对英雄奖励是军队之风；
对恶人惩罚是国法之严。

༡༡ ཤ་ཤོར་ཤ་ལན་མ་བླངས་ན།།
ཡུལ་གཞིས་བུ་མོ་འཕང་བཟུང་ཟེར།།
ཟོག་ཤོར་ར་མདའ་མ་ཆོད་ན།།
མི་ཤི་ཡུགས་ས་སྒྲ་ཕུབ་རེད།།

如果有仇不能报，
就如同纺织的女人；
如果被抢不追回，
就好比独居的孀妇。

༡༢ སྟོབས་ལ་འགྲན་མེད་བྱ་རྒྱལ་ཁྱུང་།།
ནམ་མཁའ་འཁྲིམས་པ་ཨ་ཙུ་ཙི།།
གཤོག་རྡུག་ཁ་ལོ་གར་སྒྱུར་ཡིན།།
རྩལ་ལ་འགྲན་མེད་གཡུ་འབྲུག་སྐད།།
ལྷོ་སྤྲིན་བཟུང་བ་ཨ་ཙུ་ཙི།།
ཐོག་དམར་གར་འཕངས་རང་དབང་ཡིན།།

所向无敌的琼鸟，
翱翔蓝天是件小事一庄，
可以扇动翅膀随意达到；
无与伦比的雷鸣，
捕捉南云是件小事一庄，
可以击打轰雷自由收拢。

༡༣ སྤྲིན་མེད་དགུང་ནས་འབྲུག་ཅིག་གྲག།
འབྲས་དྲུག་གཏོར་བ་ཕར་ལ་ཞོག།
ཉིང་འཛིན་སྔགས་ཀྱི་གྲི་ཆིངས་བརྒྱབ།།
ཆར་མེད་བྱུང་ནས་རླུང་ཞིག་ལྡང་།།
ས་ཆུ་གསོ་བ་ཕར་ལ་ཞོག།
མེ་ཏོག་འདབ་མ་ས་ལ་གཏོར།།

无云之空响起雷声，
别说打蔫六谷作物，
只会受咒堵住嗓子咽；
无雨之处刮起强风，
别说滋润水土根基，
只会把花瓣吹散飘落。

༡༤ གླ་བ་རོག་པོ་ཐན་གྱི་བུ།།
བྲག་བཤིག་པའི་རྩ་བ་རེད།།
དུག་གི་མེ་ཏོག་ཁ་དོག་མཛེས།།
མི་སྲོག་གཅོད་པའི་བཙན་དུག་རེད།།

黑色香獐不祥之子，
便是摧毁岩石的祸根；
颜色鲜艳剧毒之花，
便是夺人性命的奇毒。

༡༥ གངས་སྟོད་སེང་གེའི་སྟོབས་རྩལ་ལ།།
ཁྱི་ནག་དོམ་བུས་ཡོང་ལེ་མིན།།
དབྱར་ཟ་སྔོག་པའི་གད་རྒྱངས་ལ།།
ཁང་བུག་བུང་བས་འགྲན་རྒྱུ་མེད།།

雪山雄狮之威势
黑猎狗怎能相比
夏日青龙之雷鸣
六足蜂怎能相比

༡༦ དུག་ཆེན་སྦྲུལ་གྱི་ནོར་བུ་དེ།།
ལེན་བསམ་རང་ཉིད་དུག་གིས་ཤི།།
དམར་ཡག་སྟག་གི་ཁྲ་འཇུམ་དེ།།
ལེན་བསམ་ཤ་དམར་རི་ལུང་གང་།།

毒蛇头上的珠宝，
若想摘取必将中毒而亡；
红虎身上的斑纹，
若想剥取必将尸横遍野。

༡༧ སྤྱང་ཐང་སྐྱོན་མོ་ཤ་ལ་དགའ།།
ངན་ལོབ་གནག་ཕྱུགས་ནོར་ལ་འཇབ།།
སྟོང་ཐག་རྡོ་བཟང་ཨུར་གྱིས་གཅོད།།
མ་ངན་བུ་མོ་བྱི་ལ་དགའ།།
ངན་ལོབ་ཐ་མ་ཉིན་ལ་ཉལ།།
སྟོང་ཐག་སྐྱེ་ཆེན་མི་ཁས་གཅོད།།

灰狼喜欢肉食，
习惯于伏击牦牛，
后被牧人石簧打死；
恶女喜欢奸夫，
习惯育白天偷情，
后被族人口水吞没。

༡༨ བརྩེ་བའི་གྲོགས་དང་ཐོད་པའི་དགྲ།།
དྲིན་དུ་འཇལ་བའི་འོག་རྟ་གསུམ།།
ལན་ཆགས་དགྲ་གྲོགས་འཕོར་རེས་རེད།།

挚友、宿敌和报恩的座下骏马，
敌友业缘必将轮换不断。

རྒྱལ་ལྷམ་རིན་ཆེན་སྒྲོལ་མ།

嘉姜•仁钦卓玛

༡ རི་རྒྱལ་གཡོ་འགུལ་མ་བྱུང་ན།།
ལོ་མ་རླུང་གིས་གཏོར་ཡང་བཟོད།།
རི་བོ་ནགས་ཚལ་རང་བཞིན་ཡིན།།
དེ་ལ་ལྷ་བྱ་འགྱོད་རྒྱུ་མེད།།
དབྱར་གསུམ་གསེར་མིག་མཚོ་མཐའ་ཁེངས།།
རྒྱ་མཚོ་སྐམ་དུས་མ་བྱུང་ན།།
ཉ་ཆུང་ལྕགས་ཀྱུས་བཟུང་ཡང་རུང་།།
རྒྱ་མཚོ་ཉ་སྲམ་རང་བཞིན་རེད།།
དེ་ལ་ཀླུ་རྒྱལ་འགྱོད་རྒྱུ་མེད།།
ཆབ་སྲིད་གསེར་གྱི་འཁོར་ལོ་འདྲ།།
རྒྱལ་བྱུས་འཐོ་འཁྲུག་མ་བྱུང་ན།།
ཟས་ནོར་ཇག་ལ་ཤོར་ཡང་རུང་།།
མངའ་འབངས་སྔོན་ལས་སྐྱོབས་ཀྱིས་འབྱུང་།།
དེ་ལ་རྒྱལ་བློན་འགྱོད་རྒྱུ་མེད།།
སྟོན་གསུམ་ཟས་ནོར་བང་མཛོད་ཁེངས།།

只要大山不再动摇，
既便树叶被风吹散也能忍，
这是大山丛林的本性，
神鸟对此不能后悔；
夏日大海满是鱼，
只要大海不枯竭，
既便小鱼被钩钓走也能忍，
这是大海鱼獭的本性，
龙王对此不能后悔；
政权就像金色的轮子，
只要国事不再混乱，
既便财富被贼抢劫也能忍，
这是百姓注定的缘分，
君臣对此不能后悔。
三界财富必将堆满粮仓。

༢ དར་སེང་དཀར་མོའི་སྟོབས་ཡ་དེ།།
ཁྱི་ནག་དོམ་བྱུས་ཡོང་ལེ་མིན།།
གཡུ་འབྲུག་སྔོན་མོའི་ངར་ཡ་དེ།།
སྦྲང་ཆུང་ཟེར་མས་ཡོང་བ་མེད།།
རྒྱ་སྟག་ཁྲ་མོའི་མཆོང་ཙལ་དེ།།
གད་ཙའི་ཝ་མོས་ཡོང་བ་དཀའ།།

白色雪狮的力量，
黑猎狗怎能相比；
青色飞龙的咆哮；
小蜜蜂增能相比；
猛虎飞跃的架势，
小狐狸增能相比。

༣ མེ་ཆུང་ཆུང་དུས་ནས་མ་བསད་ན།།

火势小时不去浇灭，

དམར་འུར་རེ་ནགས་རི་སྲེག་ཉིན་མོ།། 一旦火势吞没整片森林时，
ཤིང་ཙན་དན་འགྱོད་ཀྱང་འཕྱི་ལི་ཡོང་།། 檀木后悔为时已晚；
ཆུ་ཆུང་ཆུང་ཡུར་བ་མ་བརྐོས་ན།། 河水较小时不挖渠，
སྔོ་ཆེམ་མེར་ཕ་ཞིང་ཁྱུགས་ཉིན་མོ།། 一旦洪水冲跨祖传良田时，
འབྲུ་སྔོ་ལྗང་འགྱོད་པས་འཕྱི་ལི་ཡོང་།། 禾苗后悔为时已晚。

༤ གནམ་ལྕགས་སྔོན་པོའི་རལ་གྲི་ལ།། 蓝色天铁之剑，
གཙང་རྒྱུན་ཆབ་ཀྱིས་སྐྱོར་མ་བྱས།། 若用清净之水去淬砺，
སོ་ཁ་གྲུམ་པའི་གཞི་རུ་སོང་།། 必能炼出锋利的剑刃；
རྒྱ་ཞིང་འབྲུ་བཅུད་ལོ་ཏོག་ལ།། 阡陌良田之麦，
ཞོ་དྲུག་ཕབ་ཀྱིས་སྐྱོར་མ་བྱས།། 若用六钱酒曲去发酵，
ཚད་མེད་སྨྱོ་བའི་གཞི་རུ་རྫུང་།། 必能酿出醉人的琼浆。

༥ བླ་མ་མེད་པའི་གྲྭ་ཚང་དེ།། 没有上师的寺庙，
དགེ་འདུན་རང་ཁྲིམས་མ་སྲུང་ན།། 若是僧侣不能守戒，
ཤེས་མེད་རྩིད་སྐུད་མགོ་བྲེག་རེད།། 那只是剃去粗发的无知人，
གདམས་ངག་སློབ་སྟོན་མ་རྫུང་ཞུ།། 祈求别吝啬巧诀教诲之恩；
དཔོན་པོ་མེད་པའི་ཆབ་འབངས་དེ།། 没有君王的民众，
རང་ཚོད་རང་ཚུགས་མ་བཟུང་ན།། 若是百姓不能自律，
སྐྱབས་མེད་ཁྲམ་པ་ལུང་གང་རེད།། 那只是遍地无助的骗子手，
བྱམས་གཟིགས་བཀའ་དྲིན་མ་ཆུང་ཞུ།། 祈求别吝啬慈悲关照之恩。

བློན་རྒན་ཀུན་གསལ་རབ་སྣང་། **伦根·衮赛饶囊**

༡ སྤྲིན་གློང་ཁྱུག་མོའི་དཔུང་དཀྱིལ་ནས།། 在密云缭绕之中，
གཡུ་འབྲུག་རང་གནས་བཟུང་ན་བསམ།། 青龙希望守住自己的领地。
གློག་ལྕེ་འཁྱུར་ཚོད་མ་ཟིན་ར།། 如果不知电舌如何闪烁，

བར་ཆད་ཐན་པས་སྒྲོ་དགྲ་ཡོད།།
ལྷོ་རོང་ནགས་མའི་གཞི་དཀྱིལ་ནས།།
རྒྱ་སྟག་རང་ས་བཟུང་ན་བསམ།།
མཆེ་སྡེར་ངོམ་ཚོད་མ་ཟིན་ན།།
ས་མདས་སྲོག་ལ་གཟན་ཉེན་ཡོད།།
རྒྱ་མཚོ་ཡངས་པའི་གློང་དཀྱིལ་ན།།
ཉོ་དཀར་ཆུ་ཀླུང་བཟུང་ན་བསམ།།
གཤོག་འཕྲུར་རྒྱག་ཚོད་མ་ཟིན་ན།།
ལྕགས་ཀྱུས་སྐམ་ལ་འདོན་ཉེན་ཡོད།།

会被障碍作乱；
在南方丛林之中，
猛虎希望守住自己的领地。
如果不知爪牙如何伸展，
会被地箭吞噬；
在浩瀚大海之中，
飞鱼希望守住自己的领地。
如果不知翅膀如何扇动，
会被鱼钩之饵诱惑。

༢ འབྲས་དཀར་སེར་བས་གཏོར་ཞན་འདྲ།།
རྫོང་མཁར་མ་གཏོར་འཚམ་པོ་ཡིན།།
གནམ་ལྕགས་ཐོག་ལ་ཨ་ཡ་མེད།།
ཉོ་འགྲོའི་མཇུག་མ་བྲེག་ཞན་འདྲ།།
གདོལ་པ་མ་ཟོས་འཚམ་པོ་ཡིན།།
མཁའ་ལྡིང་ཁྱུང་ལ་ཡ་བོ་མེད།།
ལྗོན་ཤིང་ལོ་མ་སྲེག་ཞན་འདྲ།།
སྡོང་པོ་མ་སྲེག་འཚམ་པོ་ཡིན།།
དམར་མོ་མེ་ལ་ཡ་བོ་མེད།།

冰雹即便打散麦穗，
但城堡未毁安然屹立，
天铁雷霆无人能敌；
鹏鸟即便割断蛇尾，
但蛇王未吞安然无恙，
高飞琼鸟无人能敌；
野火即便焚毁了树叶，
但树木未烧安然绿意，
红色火焰无人能敌。

༣ ཕོ་རོག་ཤ་སྐད་རྒྱག་ལུགས་ལ།།
སྤྱང་ཐང་ཨེ་ཡོད་མ་ཤེས་བྱུང་།།
གཡང་དཀར་ལྷས་ར་བཟུང་ན་བསམ།།
ནེ་ལེའི་གཤོག་འཕྲུར་རྒྱག་ལུགས་ལ།།
རོག་རྒྱུས་ཨེ་ཡོད་མ་ཤེས་ཐལ།།
རི་བོང་གད་ལ་བཅར་ན་བསམ།།

乌鸦发出贪肉声，
不知饿狼何时侵袭，
羊群最好留在羊圈里；
老鹰拍打双翼翅，
不知乌鸦何时侵袭，
兔子最好靠在断岩处。

༤ འགྲས་ཡ་རྒྱ་རྡོ་ངོ་དམར་སྡུག།
འགྲོས་ཡ་ཁྲེལ་མེད་རོགས་ལུ་སྡུག།

与死硬分子结仇最麻烦；
与无耻伙伴同行最麻烦。

༥ སྤང་དཀར་མེ་ཡི་སྲེག་ཞན་འདྲ།།
ནགས་རི་མ་སྲེག་འཚམ་པོ་ཡིན།།
ཆུ་ཆུང་ཟམ་གྱིས་བཅད་ཞན་འདྲ།།
རྒྱ་མཚོ་མ་དཀྲུགས་འཚམ་པོ་ཡིན།།

草坡虽被大火吞没，
但林山未烧仍安然；
小河虽被大桥阻割，
但大海未搅仍平安。

༦ སྐྱ་ཁྲ་འཛུམ་རྩལ་མང་བས་ན།།
དང་རུས་རྡོ་ལ་ཐུག་པས་ཟེར།།
སྤྱང་ཐང་འདུར་འགྲོས་མང་བས་ན།།
མགྱོགས་ལག་དོང་ལ་ཚུད་པས་ཟེར།།

花鹞飞技炫无度，
不定胸骨撞石头；
野狼旷野奔无度，
不定掉进地洞里。

༧ ཕུ་གསུམ་གངས་ཀྱི་རི་བོ་དེ།།
ཏ་བདུན་ཟེར་གྱི་སྐྱུལ་བའི་དུས།།
གཞུང་ཆེན་ལུང་པ་རྡུབ་ཀྱིས་བཀང་།།
ཆུ་སྣ་བྱེ་རིའི་བཏན་ལེ་མེད།།
མཐོ་གསུམ་སྤྲིན་པའི་ཀློང་དཀྱིལ་ནས།།
འབྱུང་ལྔའི་སྟོབས་ཀྱིས་སྐྱུལ་བའི་དུས།།
གནམ་ལྕགས་སེར་བ་དཔུང་ལ་བརྫངས།།
ཐོག་སྣ་བྲག་གི་བཏན་ལེ་མེད།།
དགུན་གསུམ་ས་གཞིའི་ཡང་སྟེང་ནས།།
ལྷགས་རླུང་སྟོབས་ཀྱིས་སྐྱུལ་བའི་དུས།།
སྐྱི་སེར་ལྷགས་པ་ཤུགས་ཀྱིས་སྐྱོད།།
སད་སྣ་མེ་བཙས་བཏན་ལེ་མེད།།
ཆོས་ཞུ་ན་བླ་མའི་མདུན་ནས་ཞུ།།
ཉམས་རྟོགས་པ་རྒྱུད་ལ་སྐྱེ་བ་དགའ།།

深谷皑皑雪山，
当被太阳之光融化时，
洪流就会冲破河谷，
沙丘无法阻割水流；
高空朵朵云彩，
当被五大之力驱散时，
冰雹就会击打大地，
山崖无法阻挡雷霆；
冬天凛凛大地，
当被狂飙之风袭来时，
寒风就会刺痛皮肤，
火苗无法抵挡霜冻。
求法要在上师之前求，
更能在心续间悟出真谛；

ཁྲིམས་ཞུ་ན་བཙན་དྲག་ཅན་ལ་ཞུ། །
བདེན་རྫུན་གཉིས་དེ་དབྱེ་བ་སླ། །

断法要在强者之前断，
更加容易辨别真假之分。

རྐྱེན་ལ་གད་རྩའི་རི་བོང་ཟེར། །
གྲོགས་ལ་གསེར་ཞུ་སེར་པོ་ཟེར། །
དོན་ལ་མི་ལུས་རིན་ཆེན་ཟེར། །

缘为断岩兔子；
助为金色溶液；
实为珍贵人生。

༨ སྐྱབས་པའི་མི་ཞིག་བྱུང་བས་ན། །
སོར་གསུམ་ཕྱི་དེར་བཞག་ལེ་མིན། །
འགྲན་པའི་མི་ཞིག་བྱུང་བས་ན། །
གོམ་གསུམ་ཕན་དེར་བཏང་ལེ་མིན། །

只要出现一个救渡的人，
便不会放在三指之外；
只要出现一个争雄的人，
就不会放过三步之遥。

༩ སྤྲིན་མེད་པའི་དགུང་ནས་སེར་བ་བབས། །
དོན་མེད་པའི་རྒྱ་ཞིང་ཐང་ལ་བསྣོལ། །
དེའི་རྩ་བ་རྫོན་པ་ཤ་ཁུར་རེད། །
རི་མེད་པའི་ཐང་ནས་རྡབ་གཅིག་འགྲིལ། །
དོན་མེད་པའི་ཕྱུགས་ཀྱི་མགོ་བོ་བརྡུང་། །
དེའི་རྩ་བ་འབྱུང་པོའི་གནོད་པ་རེད། །

没有云的天上下起冰雹，
无故砸坏地上麦苗，
这要怪背肉的猎人；
没有山的地方滚落石头，
无故地砸伤家畜脑袋，
这主要怪作祟的魑魅。

༡༠ ཁུན་མ་བརྒྱགས་པས་ཁྲིམས་གཏམ་བཤད། །
ནག་ཉེས་ཐོར་པོའི་བུ་ལ་འགེལ། །

吃饱的小偷讲起法律，
把罪责转嫁给脱罪的小孩。

༡༡ རྒྱལ་ཁྲིམས་གསེར་གྱི་གཉའ་ཤིང་ལ། །
ངན་ལོབ་སྟ་རེ་ཚད་ལེ་རེད། །

惯犯之斧，
竟然对抗国法金轭。

༡༢ མུ་སྟེགས་ལོག་པའི་སྟོན་པ་དེ། །
སྐྱབས་འགྲོའི་སློབ་དཔོན་བཟང་བས་ན། །

外道邪见之人，
只要有好的皈依上师，

འགྲོ་བ་འདྲེན་པའི་དེད་དཔོན་འགྱུར།།
ཏ་ལ་དུག་གི་ལོ་མ་དེ།།
སྦྱོར་ཡ་བཟང་དྲུག་བྱུང་བས་ན།།
གཉེན་ལྷོག་སེལ་བའི་གཉེན་པོར་འགྱུར།།

也能成为救渡众生的舵手；
有毒草乌之叶，
只要有六佳良药辅助，
也能成为消除炎症的对治。

༡༣ དབང་ཆེ་ན་གཏམ་ལ་གང་ཟེར་ཆོག །
ནད་མེད་ན་ཟས་ལ་ཅི་ཟོས་འགྲིག །

有权力什么话都可以说；
没病什么食物都可以吃。

གེ་སར་ནོར་བུ་དགྲ་འདུལ།

格萨尔•诺普占堆

༡ མེ་ཏོག་སྤང་ལ་མི་ཤར་རྒྱུ། །
འབྱུང་བཞིའི་དྲོད་ཀྱིས་སྨིང་ནས་ཕུད། །
སྐྱ་རེངས་ནམ་མཁའ་མི་གསལ་རྒྱུ། །
ཏ་བདུན་འོད་ཀྱིས་རྒྱབ་ནས་དེད། །
གཡུ་འབྲུག་སྔོན་མོ་མི་གྲག་རྒྱུ། །
སྤྲིན་རླུང་ཕྱུག་མོས་མདུན་ནས་བསུས། །

繁花绽放在草甸，
皆因春风化雨故。
晨曦启明黑暗夜，
皆因日光破晓故。
春雷响彻震天地，
皆因风云际会故。

༢ རྒོ་ཨ་ཛུག་སྤང་རྩྭ་ཟ་བའི་དུས། །
རྩྭ་ཀུ་ཤས་སྒོ་དགྲ་མ་ཡོད་ཀྱང་།།
ཛོན་ཤ་ཁྱིས་ཕབ་ཉེན་ཁག་པོ་ཡོད། །
ཝ་དམར་ཆུང་སྒང་བཞི་འགྲིམ་ཉིན་མོ། །
བྱི་ནེ་ལེས་སྒོ་དགྲ་མ་ཡོད་ཀྱང་།།
ཁུང་དུ་བས་བདུག་ཉེན་ཁག་པོ་ཡོད། །

原羚觅食嫩草时，
留意草丛之动静，
警惕猎犬来突袭。
红狐穿行山脊时，
留意鼠鹰之动静，
当心洞穴被烟熏。

༣ མཐོ་རི་རབ་མཁའ་ལྡིང་ཁྱུང་ཆེན་དེའི། ། []
མཆུ་རྣ་ཟོར་ཀླུ་བདུད་ཟ་བའི་གཤེད། །
འཕུར་བར་སྟོང་རླབས་ཀྱིས་མ་བཅད་ན། །

妙高山上琼鸟[]鸟，
啄食水族镇鲁魔，
若不乘风破天际，

བྱ་ཁྱུང་ཆེན་མིན་པའི་རྟགས་ལ་ཞོག །
སྟོང་བར་སྣང་གཡུ་འབྲུག་སྔོན་མོ་དེའི། །
ལག་ཐོག་དམར་རི་བྲག་གཏོར་བའི་བདུད། །
སྐད་ང་རོས་སྟོང་གསུམ་མ་བཀང་ན། །
འབྲུག་ཕོ་ཐང་མིན་པའི་རྟགས་ལ་ཞོག །
ནགས་ཚན་དན་དཀྱིལ་གྱི་དམར་ཡག་སྟག །
ཁ་དུག་མཆེ་མི་ཤ་ཟ་བའི་དགྲ། །
དཔའ་མཆེ་སྡེར་ཁྲག་གིས་མ་རྒྱན་ན། །
སྟག་དམར་ཡག་མིན་པའི་རྟགས་ལ་ཞོག །

琼鸟也是泛泛鸟。
云天之上青璁龙，
挟持雷电摧山崖，
若不怒吼震三界，
青龙也是毛毛虫。
密林之中斑斓虎，
毒獠巨嘴吃人肉，
若不鲜血染爪牙，
猛虎也是乖乖猫。

༤ རྟ་བདུན་འོད་དང་མཉམ་སྡེབ་བྱས། །
གླིང་བཞིའི་མུན་པ་མ་བསལ་མེད། །
གཡུ་འབྲུག་སྐད་དང་མཉམ་གྲགས་བྱས། །
བྲག་དཀར་མ་བཤིག་བསམ་པ་མེད། །
ཟེར་མ་རླུང་དང་མཉམ་འུར་བྱས། །
འཛམ་གླིང་སྐོར་བ་མ་ཕོག་མེད། །

与那太阳齐辉耀，
普照四洲驱黑暗。
与那青龙共轰鸣，
摧毁山崖逞威风。
与那风暴同飞行，
南瞻部洲全转遍。

༥ གངས་སྟོད་སེངྒེ་དཀར་མོ་དེས། །
གཡུ་རལ་གཟེངས་ནས་ངར་སྒྲ་འབྱིན། །
སྡེར་ཆགས་མ་ལུས་ཟིལ་གྱིས་གནོན། །
གངས་སྟོད་འཛིན་པ་ཉམས་རེ་དགའ། །
དགྲ་བུ་ཡུག་གདོང་ལ་ཨ་ཙུ་ཅི། །
མཁའ་དབྱིངས་གཡུ་འབྲུག་སྔོན་མོ་དེས། །
ངར་སྐད་སྒྲོག་ནས་ཐོག་དམར་འཕེན། །
གྲགས་པས་ས་སྟེང་ཡོངས་ལ་ཁྱབ། །
སྟོང་ལམ་འཕྲིམ་པ་བག་རེ་དྲོ། །
དགྲ་འབྲུ་དྲུག་གདོང་ལ་ཨ་ཙུ་ཅི། །

雪山顶上白雄狮，
奓起璁鬃发怒吼，
兽类悉数被威伏，
盘踞雪峰乐逍遥，
狂风暴雪视等闲。
辽阔天际青璁龙，
发起怒吼出霹雳，
雷声传遍大地上，
空中飞行乐逍遥，
雹打六谷不留情。

ནགས་མའི་རྒྱ་སྟག་ཁྲ་བོ་དེས། །
སྡེར་བཞི་བསྒྲད་ཅིང་མཆེ་བ་རྩོམ། །
འཇུམ་དྲུག་རྒྱས་པས་དགྲ་བཞི་འདུལ། །
ནགས་མ་བཟུང་བ་ཉམས་རེ་དགའ། །
དགྲ་ཕོ་རྟའི་གདོང་ལ་ཨ་ཁུ་ཙོ། །

从林深处锦毛虎，
张开四爪亮獠牙，
斑斓虎纹震敌胆，
栖居林莽乐逍遥，
掠食儿马平常事。

༤ ཕུ་གངས་རིའི་ཡོཏ་ལ་སེང་གེ་འཁྱིང་། །
དེ་སྡེར་ཆགས་ཡོངས་ཀྱི་གཙོ་བོ་རེད། །
མགོ་གཡུ་རལ་རྒྱས་ཤིང་སྡེར་བཞི་རྩོམ། །
གངས་དབྱར་དགུན་མེད་པའི་སྐུ་དྲིན་རེད། །
དགུང་སྤྲིན་པའི་ཀློང་ནས་གཡུ་འབྲུག་ལྡིར། །
དེ་གྲགས་པ་ཆེ་བའི་གཙོ་བོ་རེད། །
ལག་ཐོག་དམར་འཕེན་པའི་སྟོབས་པོ་ཆེ། །
དབྱར་ཆར་སྤྲིན་འཛོམས་པའི་སྐུ་དྲིན་རེད། །

雄狮宣威在雪山，
成为兽类之共主，
抖起璁鬃舞四爪，
仰仗四季冰雪恩。
青龙轰鸣密云中，
成为雷霆之主尊，
手持雷电展威力，
仰仗夏季云雨恩。

༥ དགུང་གི་རྟ་བདུན་དབང་པོ་དེ། །
ཤར་ནས་ཤར་ཞིང་ནུབ་ནས་ཡལ། །

天上太阳七驾主，
出自东边落西边。

༦ དགྲ་རེ་རེ་བཏུལ་དུས་རེ་རེ་ལངས། །
ཚེ་གཅིག་ལ་དལ་དུས་མ་དར་ཟིག །

消灭此敌起彼敌，
此生未得闲暇时。

ཁྱུང་ར་རྒོད་ལྡེམ།

琼热贵丹

༡ གླག་རོག་ནག་དགུང་ནས་འཇུམ་པའི་དུས། །
ས་དོག་མོའི་སྒང་གཤོང་མ་བལྟས་ན། །
འཇུམ་མཁས་ཀྱང་རི་དྭགས་སོད་ལེ་མིན། །
སྤྱང་ཝོ་ཐང་སྒང་བཞི་འགྲིམ་པའི་དུས། །

黑雕从天俯冲前，
地形凹凸不详察，
飞得再巧难捕猎。
苍狼巡行山梁时，

ས་གཞུང་གསུམ་ལམ་དེ་མ་སྲུང་ན། །
ལུག་གཡང་དཀར་ཞིམ་ཤ་རག་ལེ་མིན། །

隘口岔路不扼守，
无法吃到肥羊肉。

༢ ཆོས་ཞུ་ན་བླ་མའི་མདུན་ནས་ཞུ། །
སེམས་ལྟ་བའི་ཕུ་ཐག་ཆོད་པས་ན། །
ལམ་བར་དོའི་འཇིགས་པར་ཅི་ལ་སྐྲག །
དེ་འཇིགས་ན་རྫོགས་ཆེན་ཅི་ལ་ཟེར། །
ཁས་བླངས་ན་དཔའ་བོའི་གྲལ་ནས་ལེན། །
དཔའ་མི་འཇིགས་སེམས་ཐག་ཆོད་པས་ན། །
དགྲ་གདོང་ཐུག་ཕྱུང་ཉེན་ཅི་ལ་འཇིགས། །
དེ་འཇིགས་ན་རྒོད་པོ་ཇི་ལྟར་ཟེར། །

求法需到上师前，
只要获得究竟见，
何惧中阴恐怖道，
若惧何谓大圆满。
称雄该在勇士中，
只要敢于下决心，
何惧遭遇强悍敌，
若惧何谓英雄汉。

༣ ཉོས་པས་དགྲ་བོ་ཁྲུག་ལེ་མིན། །
བྱས་པས་ཡུལ་སྡེ་དཀྲུག་ལེ་མིན། །

并非赎买招敌寇，
也非有意扰乡邻。

༤ ཐུབ་མི་ཐུབ་སྨོན་གྱི་རྒྱུ་འབྲས་རེད། །
མགྱོགས་མི་མགྱོགས་རྟ་ཆུ་སྐྱོད་ལུགས་རེད། །

人因果报定胜负，
马凭饥饱论快慢。

༥ དགྲ་མ་ཐུབ་གཙུག་ཏུ་ཁུར་བ་ལས། །
ཤི་བར་དོའི་འཕྲང་ལམ་འགྲིམས་པ་དགའ། །

与其仇敌捧上头，
不如杀身赴中阴。

༦ ལ་གསུམ་རྒྱབ་ཀྱི་སོ་པ་དེ། །
གླེན་པ་མི་མངགས་གྲུང་པོ་མངགས། །
ལུང་གསུམ་མདོ་ཡི་ཉུལ་མ་དེ། །
ཕྱར་མ་མི་གཏོང་སྙིང་པོ་གཏོང་། །

山外探子需精细，
莫派粗心大意汉，
川内巡哨需警觉，
莫派惊慌失措人。

༧ སྟོད་རྒྱ་གར་ཆོས་ཞུ་ཤེས་ལེ་མིན། །

不拜上路天竺之佛法，

སྨད་རྒྱ་ནག་ཁྲིམས་ཞུ་དར་ལེ་མིན། །
བར་དབུས་གཙང་ལམ་གཡར་བྱེད་ལེ་མིན། །

不尊下路汉地之律法，
不借中路卫藏之道途。

༨ མཁར་མཐོ་བའི་ཐོག་ལ་གསེར་འཕྲུ་བཙུགས། །
ཚོང་ཁེ་བའི་ཐོག་ལ་སྐྱེད་ཀ་ཟ། །
རྒྱུ་འཕྲོག་པའི་ཁ་ལ་ལས་དམག་བསྡུ། །

高楼顶上盖金顶，
买卖赢利还加息，
劫掠之后抓壮丁。

༩ འདྲེ་འཆི་བདག་བདུད་ལ་ཚོད་འཛིན་མེད། །
སྔགས་ཏིང་འཛིན་ཨར་ལ་མ་གཏད་ན། །
མི་གང་གཅེས་སྲོག་ལ་ཏུར་ཐུམ་བྱེད། །
སྤྱང་ཕོ་ཐང་ཤ་ལ་ངོམས་ཚོད་མེད། །
མདའ་སྐྱེན་པོས་དུང་ཕོར་མ་གཏོར་ན། །
སྤྱང་རི་ཡན་བཏང་ན་རང་སྡུག་ཡིན། །

夺命魔鬼杀无度，
若不密咒来除灭，
放任就会害亲人。
恶狼奢肉杀无度，
若不利箭破头颅，
放任就会吃苦头。

༡༠ ཕ་བླ་མས་བསྟེན་པ་ཆོས་ལ་བསྟེན། །
ཆོས་ཟབ་མོ་ཉམས་ལེན་མ་བྱས་ན། །
སྡིག་མི་དགེའི་ལས་ལ་འཇུག་པས་ན། །
ཤི་བར་དོ་འཁྲིམ་ཉིན་འགྱོད་ཀྱང་འཕྱི། །
གོང་དཔོན་པོས་བསྟེན་པ་ཁྲིམས་ལ་བསྟེན། །
ཁྲིམས་དྲང་དོན་བདེ་ལ་མ་བཀོད་ན། །
ལས་གཡོ་སྒྱུའི་ལྐོག་ཟས་ཟོས་པས་ན། །
འབངས་གྱེན་ལངས་ངོ་བཤུ་འགྱོད་པས་འཕྱི། །
སྟག་ཤར་པའི་བསྐོས་ཐང་སྡང་དགྲའི་སྟེང་། །
སྡང་དགྲ་བོའི་གཡུལ་ངོ་མི་ལྡོག་པར། །
ཟ་འདོད་བློའི་མི་རྒྱུ་འཕྲོག་པས་ན། །
ཁྲིམས་དྲག་པོ་ཕབ་ཉིན་འགྱོད་ཀྱང་འཕྱི། །

上师理当求正法，
甚深佛法不观修，
误入不善恶业道，
流落中阴悔已晚。
官员理当求善法，
公平正义不秉持，
贪赃枉法徇私情，
众叛亲离悔已晚。
壮士理当赴沙场，
阵战杀敌不出力，
图财害命去劫掠，
身受严刑悔已晚。

༡༡ འདྲིས་འདོད་སྐྱ་བས་ཛ་མ་བརྫར། ། 多事獐子蹭尾巴，
འགུག་རྙི་མི་འཛོག་ཁ་མེད་རེད། ། 不得不下捕兽夹，
ཚད་འདོད་ར་ཕོས་གེར་ལངས་བརྒྱབ། ། 好斗山羊要直立，
འཕར་བས་མི་བཙོམ་ཁ་མེད་རེད། ། 不得不被豺狗咬。

༡༢ དམག་འཁྲུག་བུ་རྟ་ཕྱེད་མ་ཟེར། ། 打仗兵马损一半，
ཚྭ་ཚོང་གཡག་ཁལ་ཕྱེད་མ་ཟེར། ། 贩盐驮牛折一半。

༡༣ སྤང་དཀར་ན་བའི་འཛིང་ཁུག་ནས། ། 山湾草甸原野上，
ཤའུ་ཚང་མ་བུ་ཤ་ཁྱིས་ཕབ། ། 小鹿母子被狗追，
དེ་ལ་སྡེ་བརྒྱད་འགྱོད་རྒྱུ་མེད། ། 八部神灵不遗憾，
དེ་འགྱོད་ན་ལྷ་འདྲེ་ཅི་ལ་ཟེར། ། 遗憾何苦称神灵。
རྒྱ་མཚོ་ཁྱུག་མོའི་ཀློང་དཀྱིལ་ནས། ། 汹涌海洋漩涡中，
ཉ་སྲམ་མ་བུ་ལྕགས་ཀྱུས་བཟུང་། ། 海獭母子被钓住，
དེ་ལ་ཀླུ་རྒྱལ་འགྱོད་རྒྱུ་མེད། ། 海王鲁君不遗憾，
དེ་འགྱོད་ན་ལྷ་ཀླུ་གང་ལ་ཟེར། ། 遗憾岂可称鲁君。

༡༤ ལུག་བརྒྱ་ཁྲུ་དཔུང་མཐུག་ཞན་འདྲ། ། 百只绵羊成集群，
སྤྱང་ཐང་གཅིག་གིས་ཡུ་མེད་བྱེད། ། 一只恶狼可杀光。
བྱིའུ་ཚང་ཁྲ་མོའི་ཁྲོམ་ཚོགས་དེ། ། 鸟雀集结成群落，
སྐྱ་ཁྲ་གཅིག་གིས་རྗེས་མེད་བཟོ། ། 一只鹞隼可灭绝。
ཉ་བརྒྱ་འགྱུར་བའི་ཆུ་ཀློང་དེ། ། 鱼群遨游在水域，
ལྕགས་ཀྱུ་གཅིག་གིས་འཛོན་པར་བྱེད། ། 一张渔网可打尽。

༡༥ འདྲེ་ཉལ་བའི་ཁ་ལ་ཕཏ་ཀྱིས་བསླངས། ། 吽声吵醒沉睡鬼，
ནད་ཉལ་བའི་དུས་ལ་རླུང་གིས་བསླངས། ། 气虚撩起将息病，
མེ་ཉལ་བའི་དུས་ལ་ཤིང་གིས་བསླངས། 柴火捅燃暗蓄火。

སྐར་བརྒྱ་འདུས་པའི་ཁྲིམ་ཚོགས་དེ། །
ཏྲ་བདུན་གཅིག་གིས་ཟེར་མདངས་འཕྲོག །
ནད་བརྒྱ་འདུས་པའི་སྐྱུ་ལུས་དེ། །
བཟང་དྲུག་གཅིག་གིས་འཇོམས་པར་ནུས། །
མི་བརྒྱ་འདུས་པའི་དཔུང་ཚོགས་དེ། །
དཔའ་བོ་གཅིག་གིས་མེད་པར་བྱེད། །

群星聚合闪寒芒，
一轮红日夺其光。
罹患杂症身虚弱，
一剂良药可痊愈。
众卒集结布阵法，
一员骁将能闯破

༡༤ གངས་དཀར་སྤུག་གི་ཕོ་ཐང་སེང་། །
གཅན་གཟན་ཀུན་གྱི་གཙོ་བོ་ཟེར། །
མ་མཐོང་རྒྱང་གྲགས་ཆེ་བ་དེ། །
བཅར་ན་ཁྱི་དང་ནོར་བས་ཟེར། །
གཡུ་རལ་ཟེར་བ་སྟོང་གཏམ་རེད། །
ནགས་མའི་སྤུག་གི་སྟག་དམར་དེ། །
མ་མཐོང་རྒྱང་གྲགས་ཆེན་པོ་མ། །
སྙིང་ཁྲག་ཐང་ལ་འཕོ་བས་ཟེར། །
བཅར་ན་ཝ་དང་ནོར་ལེ་འདུག །
བཅར་ན་སྤྲུལ་དང་ནོར་དོགས་གདའ། །
འཇོམ་དྲུག་ཟེར་བ་སྟོང་གཏམ་རེད། །
དགུང་ལ་འཁྲིམ་པའི་གཡུ་འབྲུག་དེ། །
མ་མཐོང་རྒྱང་གྲགས་ཆེན་པོ་མ། །
ཐོག་དམར་ཟེར་བ་སྟོང་གཏམ་རེད།

藏身冰雪白雄狮，
称作兽类之王者，
声名远播未目睹，
靠近或许错当狗，
璁鬃无非是妄言。
栖身林莽红毛虎，
据说泼洒众生血，
久负盛名未目睹，
靠近或许错当狐，
斑纹无非是空话。
传言能把山崖毁，
美名远扬未目睹，
靠近或许错当蛇，
雷电不过是虚言。

༡༧ དགུང་སྔོན་ཡངས་པའི་གུར་ཁང་ནས། །
ཏྲ་བདུན་དབང་པོའི་འོད་མདངས་དེས། །
ས་གཞི་མ་བསྲེག་བསམ་པ་མེད། །
སྲ་གཅན་ཁ་རླངས་ཐེབས་ཀྱང་བཟོད། །
འགྱོད་པ་ཁྲི་གདུགས་ང་ལ་མེད། །

天宇辽阔帐幕中，
七驾太阳之光芒，
灼尽大地难记数，
即便身染曜煞气，
本轮太阳不后悔。

ནགས་རྫོང་སྨུག་མོའི་གཞི་དཀྱིལ་ནས། །　茂密森林纵深处，
དམར་ཡག་སྟག་གི་མཆེ་སྡེར་ངོམ། །　斑斓猛虎炫爪牙，
ཤ་ཁྲག་མ་ཟོས་བསམ་པ་མེད། །　噬尽血肉难记数，
ས་མདའ་སྙིང་ལ་ཐེབས་ཀྱང་བཟོད། །　即便暗箭穿心头，
འགྱོད་པ་སྟག་སྨུག་ང་ལ་མེད། །　本只猛虎不后悔。
སྔོ་སྤྲིན་སྨུག་མོའི་གཞི་དཀྱིལ་ནས། །　彤云密布天空中，
གཡུ་འབྲུག་ངར་བའི་གད་རྒྱངས་དེས། །　璁龙怒吼发威力，
འབྲས་དྲུག་མ་གཏོར་བསམ་པ་མེད། །　毁尽六谷难记数，
གློག་ལྕེ་ཐན་པས་བཙོམ་ཀྱང་བཟོད། །　即便旱灾焦电舌，
འགྱོད་པ་གཡུ་འབྲུག་ང་ལ་མེད། །　本条青龙不后悔。

༡༨ གསོན་ན་དེ་བྱས་ལག་རྗེས་འཇོག །　活着创业留伟绩，
ཤི་ན་དུར་ས་བྱང་ལ་འདེབས། །　死了坟冢遗荒野

༡༩ དགུང་སྤྲིན་ཐག་ཆོད་པའི་ཉི་མ་དེས། །　极度晴天之日头，
ས་གཞུང་དྲུག་མི་བསྲེག་ཀ་མེད་རེད། །　不晒川谷无奈何。
བྱ་འཕུར་ཐག་ཆོད་པའི་ཁྲུང་ཁྲུང་དེ། །　极度疲惫之飞鹤，
དམའ་ས་ཁར་མི་འབབ་ཀ་མེད་རེད། །　不落地面无奈何。
སེམས་ཁོ་ཐག་ཆོད་པའི་རོགས་ལུ་དེ། །　极度绝望之情人，
བློ་གཞན་ལ་མི་གཏད་ཀ་མེད་རེད། །　不移别恋无奈何。
དམག་སུ་རྟ་ཤོར་བའི་དཔོན་པོ་ང་། །　折尽兵马之败将，
ས་གཞན་ཡུལ་མི་འགྲིམ་ཁ་མེད་རེད། །　不投他乡无奈何。

༢༠ བྲག་སྟོད་ཐང་དཀར་རྒོད་པོ་ངས། །　盘旋崖顶白鹫鹰，
གཤོག་དྲུག་དབྱིངས་ལ་ངོམ་ངོམ་ནས། །　惯把健翅炫深渊，
སྐྱི་སེར་ཟེར་བ་རྫུན་དུ་གདའ། །　只当劲风不存在。
སྔོ་རོང་རྒྱ་སྟག་ཁྲ་བོ་ངས། །　峡谷密林锦毛虎，

འཛུམ་དྲུག་ཐང་ལ་ཛོམ་ཛོམ་ནས། །
ས་མདའ་ཟེར་བ་རྫུན་དུ་མདའ། །
རྒྱ་མཚོའི་ལྟོ་དཀར་གསེར་མིག་ངས། །
གཤོག་འགྱུར་རྒྱ་མཚོ་དཀྲུགས་དཀྲུགས་ནས། །
ལྕགས་ཀྱུ་ཟེར་བ་རྫུན་དུ་གདའ། །

惯把斑纹炫平原，
只当地弩不存在。
海中白腹金眼鱼，
惯用鱼鳍搅洋流，
只当钓钩不存在

༢༡ སེང་ཕྲུག་འགྲོ་འགྲོ་གངས་ལ་འགྲོ། །
བུ་ཡུག་བྱུང་ན་འཇིགས་རྒྱུ་མེད། །
སྟག་ཕྲུག་འགྲོ་འགྲོ་ནགས་ལ་འགྲོ། །
ས་མདའ་བྱུང་ན་འཇིགས་རྒྱུ་མེད། །
དཔའ་བོ་འགྲོ་འགྲོ་དགྲ་ལ་འགྲོ། །
དཔའ་བདུད་བྱུང་ན་འཇིགས་རྒྱུ་མེད། །

幼狮应当踏雪行，
何惧风雪来迎接。
虎仔应当穿丛林，
何惧地弩来袭击。
勇士应当赴沙场，
何惧猛士来迎战。

༢༢ ལ་ཁའི་སྤྱང་ཐང་སྔོན་མོ་དེ། །
གཡང་དཀར་ལུག་གི་སྲོག་བདག་རེད། །
དགུང་གི་སྐྱ་ཁྲ་ཧོར་པ་དེ། །
བྱིའུ་ཆུང་འཛོལ་མོའི་གཤེད་མ་རེད། །
རྒྱ་མཚོའི་ལྕགས་ཀྱུ་ངར་མ་དེ། །
ཉ་ཆེན་ཡོལ་མོའི་སྲོག་བདག་རེད། །

山顶健硕大灰狼，
本是绵羊刽子手。
空中灰斑健翅隼，
本是小雀大克星。
海洋尖利铁钓钩，
本是大鱼夺命者。

༢༣ གནམ་འཕུར་གཤོག་ཐོགས་མང་ན་ཡང་། །
ཁྱུང་ཆེན་ལྡབས་ལ་འགྲན་རྒྱུ་མེད། །
གཤོག་དྲུག་རྒྱུས་ལུགས་ཁ་ཁ་རེད། །
ལྟོ་འགྲོས་འབྲུག་ལ་ཉམ་ང་མེད། །
ས་གཞི་སྡེར་ཐོག་མང་ན་ཡང་། །
གངས་སེང་རྩལ་ལ་འགྲན་རྒྱུ་མེད། །
གཡུ་རལ་རྒྱུས་ལུགས་ཁ་ཁ་རེད། །

虽然羽族鸟类多，
没有企及琼鸟者，
翅膀力道不一样，
不惧爬行游动类。
虽然尖爪兽类多，
没有企及雄狮者，
璁鬃威势不一样，

ནོར་སྲུང་ངར་ལ་ཉམ་ང་མེད། །

不惧守财犬发怒。

གཟིག་རོང་འབུམ་པ། 色绒奔巴

༡ སྔར་བྱས་ཀྱི་ལག་རྗེས།
ཕྱིན་ཆད་ཀྱི་ངན་སེམས།

先彰劣迹，
后怀恶意。

༢ བྱས་པ་མེད་པའི་ཁྲིམས་ཡིག །
ཐོབས་པ་མེད་པའི་རྩོམ་ཡིག །

未犯过错开罚单，
未欠债务具欠条。

༣ ཚིག་གསུམ་བཤད་ཡོང་མེད་པར་ལྕེ་སྣེ་བཅད།
གོམ་གསུམ་སྤོ་ཡོང་མེད་དུས་རྒྱུས་པ་བྲེག །

没说三句割舌头，
没迈三步挑脚筋。

སྒྲུང་དྲ་ཐུ་ཁྲི་དཔུང་རིང་། 江塔・恰赤崩仁

༡ དགྲ་མཆན་ལ་ཚུད་ན་བུ་བས་བྱམས།
བུ་རི་ལ་ཞོར་ན་དགྲ་བས་སྡང་།

敌寇诚服亲如子，
逆子不孝恶如敌。

༢ རྒྱུ་ཕུགས་ལ་ཡོད་ན་སེམས་པ་མཐོ། །
གོས་སྒམ་ལ་ཡོད་ན་རྒྱབ་མི་འཁྱག །
ཟས་མཛོད་ལ་ཡོད་ན་སེམས་མི་ལྷོགས། །

家中有财心气高，
柜中有衣心不凉，
仓中有粮心不慌。

༣ སེང་དཀར་མོས་གངས་སྟོད་མི་འཛིན་ནས། །
རྫ་རོག་པོའི་འཕྲང་ལམ་ཅི་ལ་འགྲིམ། །
ལུས་གཡུ་རལ་ལྟད་མོ་ངོམ་བསམ་ཡང་། །
མགོ་གཡུ་རལ་ནེ་ལེའི་ཚང་སྟན་བྱེད། །
སྟག་དམར་ཡག་ནགས་རྫོང་མི་འགྲིམ་ནས། །

白狮不占雪峰顶，
何苦浪迹石山道，
本想炫耀绿鬃毛，
绿鬃变成鹫巢垫。
红虎不居密林中，

དམའ་ན་དམར་ཐང་ལ་ཅི་ལ་འབབ། ། 何苦流落沼原上，
ཐོ་རུའི་སྙིང་ཁྲག་འཐུང་བསམ་ཡང་། ། 本想舔舐马驹血，
འཇམ་དྲུག་མི་ལ་ཤོར་ལེ་ཡོང་། ། 猎人剥下斑斓皮。
ཤྭ་ཕོ་ཆེན་སྤང་རི་མི་བཟུང་ནས། ། 公鹿不依野草岭，
དམའ་གསོང་བཞིའི་ལུང་དམར་ཅི་ལ་འགྲིམ། ། 何苦穿行峡谷底，
མགོ་དུང་རྭའི་ལྷུད་མོ་ཛོམ་བསམ་ཡང་། ། 本想张扬白头角，
ཁྱི་ཞེ་འུས་གད་ལ་ཕབ་ལེ་ཡོད། 猎犬追剿陷绝地。

སེང་ཆོད་འབུམ་ཐུབ་གྲགས་པ།

森贵·奔图扎巴

༡ གངས་དཀར་ཡག་རང་མལ་བཟུང་བ་ལ། ། 冰雪固定在其位，
སེར་ཉི་མས་མར་འབབ་ཆབ་ལ་བསྒྱུར། ། 日光把它融成溪，
གཟའ་སྐྲ་གཅན་འབོད་པའི་ལག་གཡུག་རེད། ། 招惹煞星之前兆。
ཆབ་ཆུ་བོ་གཞུང་ལམ་འབབ་པ་ལ། ། 江水畅流在河道，
གྲུ་ཟམ་པས་མར་བབ་སྐེད་ནས་བཅད། ། 桥梁横截拦腰斩，
ཀླུ་གདོལ་པ་ཁྲོས་པའི་དུས་ལ་བབས། ། 招惹鲁魔之预兆。

༢ སྐྱིད་ཉི་མ་ཤར་རེས་ནུབ་རེས་ཟེར། ། 太阳有升也有落，
རྫོང་བཙན་པོ་འཛིན་རེས་སྟོང་རེས་ཟེར། ། 堡垒有守也有弃，
གཡུ་དྲུག་དཀར་བཏགས་རེས་འཛོག་རེས་ཟེར། ། 松石有戴也有收。

༣ སྔ་དྲོ་ལ་ལ་འཛེག་པ་ལ། ། 早晨若是爬山去，
དགོང་མོ་ཐུར་ལ་འབབ་རྒྱུ་ཟེར། ། 傍晚必须下山来。

༤ མཐོ་ཚོད་མ་ཟིན་ཉི་ཟླ་དེ། ། 日月之高无极限，
གཟའ་སྐྲ་གཅན་ཁ་རླངས་ཐེབས་པས་ཟེར། ། 曜煞口气会玷污。
སྐྱེ་ཚོད་མ་ཟིན་ཐང་ཤིང་དེ། ། 大树生长不规范，

ལྕགས་ངར་མའི་སོག་ལེས་དྲ་བས་ཟེར། ། 锋利锯子会伐倒。
རྩམ་ཚོད་མ་ཟིན་བྲག་རི་དེ། ། 过于高耸之孤峰，
གནམ་ལྕགས་ཐོག་གིས་གཏོར་བས་ཟེར། ། 必然时常遭雷击。

༥ དོན་མེད་རི་ལུང་ཁ་བས་བཀག ། 冰雪覆盖压山谷，
ཕྱུགས་ལུག་སྟོང་ལ་བསྐྱུར་བསམ་ཡང་། ། 欲把牛羊冻饿绝，
ཉི་བདུན་དབང་པོས་རྨང་མེད་བཟོས། ། 日光照得雪融尽，
འགྱོད་པ་ཅི་འདུག་སྡེ་བརྒྱད་དཔུང་། ། 八部神鬼空懊悔。
དོན་མེད་ལྷོ་སྤྲིན་ནུབ་ལ་བསྡུས། ། 南天浓云聚西天，
འབྲས་དཀར་ཐང་ལ་བསྒྲིལ་བསམ་ཡང་། ། 欲把山崖尽摧毁，
སྔགས་ཆེན་ནུས་པས་གྲི་ཚིངས་བརྒྱབ། ། 法师放咒来阻挡，
འགྱོད་པ་ཅི་འདུག་ཀླུ་ཟའི་དཔུང་། ། 雨神鲁念空懊悔。

༦ གཡང་དཀར་ལུག་གི་གཤེད་མ་དེ། ། 宝畜绵羊掠杀者，
ལ་ཁའི་སྤྱང་ཐང་སྔོན་མོ་རེད། ། 便是山梁青灰狼。
བྱེའུ་ཆུང་ཁྲ་མོའི་སྲོག་བདག་དེ། ། 花羽鸟雀夺命者，
ནམ་མཁའི་སྐྱ་ཁྲ་ཧོར་པ་རེད། ། 必是空中灰斑隼。
ཉ་ཆུང་འགྲུར་མོའི་གཉའ་ནོན་དེ། ། 弱小鱼儿危害者，
ངར་ཆེན་ལྕགས་ཀྱུ་འགུག་མོ་རེད། ། 就是锋利弯钓钩。

༧ ཚུལ་ཁྲིམས་མེད་པའི་བླ་མ་དེ། ། 不持戒律之喇嘛，
དཀོར་བུ་ལོན་གཉིས་ཀྱི་རྒྱ་མཚོ་འཁྱིལ། ། 信财债务积成湖，
དགོན་གྲྭ་ཚང་གཉིས་ལ་དར་དུས་མེད། ། 寺庙僧众兴无期。
ཚོད་འཛིན་མེད་པའི་དཔོན་པོ་དེས། ། 不讲操守之官员，
དགྲ་ཁ་མཆུ་གཉིས་ལ་རི་བོ་ཁུར། ། 怨仇纠纷堆成山，
འབངས་མི་སྡེའི་སྡུག་ལ་དྭངས་དུས་མེད། ། 部众百姓苦无尽。
ཞེས་རིག་མེད་པའི་སྨན་ཆུང་དེས། ། 不守妇道之女流，

ཁྲེལ་མི་ཁ་གཉིས་ཀྱི་ཁུར་པོ་ཁུར། །
གྲོགས་ཉེ་བའི་སེམས་ལ་དྭངས་དུས་མེད། །

臭名羞辱背成驮，
亲朋好友面无光。

༨ སེམས་གདངས་དཀར་བདུད་ཀྱིས་བསླུས་ལེ་གཅིག །
ཁང་གཟུགས་བཞི་མི་ཡུལ་འགྲིམ་ལེ་གཉིས། །
རྒྱུ་གནང་ཆེན་ཛག་ལ་བཅད་ལེ་གསུམ། །
ལུས་འབྱུང་བཞི་འཇིགས་པའི་སྔ་ལྟས་རེད། །

一是心中生魔障，
二是浪迹逛他乡，
三是劫掠贵重财，
都是送命之征兆。

༩ བྲག་རི་ཁེར་སྐྱེས་མཐོ་ཟམ་ཆེ། །
གནམ་ལྕགས་ཐོག་དམར་དེ་རིང་ཡོད། །
སྙེ་མ་ཏར་ལངས་མགོ་འཕང་མཐོ། །
ངར་ཆེན་ཟོར་བ་ད་རེས་ཡོད། །
ཤིང་ཤུག་ཁེར་སྐྱེས་ལོ་མ་སྔུག །
དམར་མོའི་མེ་ཆེན་ད་རེས་ཡོད། །

孤峰高峻昂头立，
招来天怒遭雷击。
空穗麦秆翘首望，
招来镰刀被收割。
独木柏树叶苍翠，
招来火苗烧成灰。

༡༠ ཉི་མས་གླིང་བཞི་གསལ་ན་ཡང་། །
མཚན་མོ་མི་གསལ་མུན་པས་སྒྲིབ། །
གཡུ་འབྲུག་ངར་སྒྲ་ཆེ་ན་ཡང་། །
དགུན་ལ་མི་གྲག་གློག་ལྕེ་སྐམ། །

太阳虽然照四洲，
夜间隐没黑暗中。
青龙虽然吼声大，
冬季闪电舌枯焦。

བཀའ་བཞི་གྲགས་པ། 噶西·扎巴

༡ སྟོང་གཏམ་རྫ་ཆུ་ཁོལ་མ་ལ། །
ཆུ་སྒྲ་ཆེ་ལ་ཐ་འཚུབ་འཕོར། །
འབབ་རྒྱུ་མེད་པ་དོང་ལ་གབ། །

空话犹如石间溪，
水声哗哗起白沫，
隐入坑底不见流。

༢ ཆབ་ཆུ་བོ་རང་མལ་འཁྱིལ་བའི་དུས། །

涓涓溪流积洼地，

ཆར་ཟིལ་མས་མཚོ་ལ་སྐྱུལ་མ་བྱས།།　风雨激荡成湖泊，
སྤོ་ཤར་རེ་མི་འབབ་ཀ་མེད་རེད།།　最终奔流浪滔天；
མེ་དམར་མོ་རང་མལ་འབར་བའི་དུས།།　点点火苗守本位，
རླུ་རྒྱི་ཤིང་ཟེར་མ་རླུང་ལ་སྲེབ།།　风助火势燃草木，
དམར་ཞུར་རེ་མི་འབར་ཁ་མེད་རེད།།　最终焚烧烈焰腾。

༣ བྱ་གྲག་འདོད་ཁུ་བྱུག་མོན་ནས་ཡོང་།།　杜鹃欲鸣出门域，
སྐད་མི་ཐོག་རི་ལུང་ཐན་པས་སྡང་།།　山川干旱声哑然，
སྤོ་འཁྱོག་གེར་རང་ཡུལ་ལོག་ཉིན་མོ།།　转归故里灰溜溜，
བྱ་འདབ་ཆགས་མདུན་ནས་ངོ་རེ་ཚ།།　禽类面前扫颜面。
ཏ་རྒྱུག་འདོད་ཐང་ཆེན་ཟུར་ནས་ཡོང་།།　马儿欲跑踏旷野，
ངར་མི་ལོན་རྣ་བཞི་རྡོ་ལ་ཐུག།　狂奔四蹄碰石头，
ཀྱིལ་འཐིང་ངེར་སྐར་ལ་ལོག་པའི་དུས།།　瘸马回转营寨时，
ཁྲོམ་ཁྲ་མོའི་མདུན་ནས་ངོ་རེ་ཚ།།　市井人前失光彩。

༥ དབུས་ཀྱི་རི་བོ་མཆོག་རབ་དེ།།　世界中心须弥山，
འདོ་ཆེན་བང་གིས་འཁོར་ལེ་མིན།།　骏马驰骋转不了，
དེ་འཁོར་ན་རི་རབ་སུ་ལ་བཏགས།།　若可绕行非山王；
མཐའ་བཞིའི་རྒྱ་མཚོ་སྦྲུག་མོ་དེ།།　无边无际大海洋，
སྦལ་ངན་ལྕོང་མོས་ཆོད་ལེ་མིན།།　蛤蟆蝌蚪游不了，
དེ་ཆོད་ན་རྒྱ་མཚོ་ཅི་ལ་བཏགས།།　若可泅渡非海洋。

ཤན་པ་མེ་རུ་རྩེ།　辛巴梅如泽

༡ འཁྱིང་ཆེན་སེང་གེ་དཀར་མོ་དེ།།　雪山雄狮太张狂，
འཁྱིང་ཆེ་ན་ན་བུན་མཐའ་ནས་འཁོར།།　阴霾缠裹不张狂；
ཛམ་ཆེན་ཟེ་སྟོད་འབྲོང་རྒྱུང་དེ།།　碛山野牛太狂暴，

ཛམ་ཆེ་ན་མདའ་མོས་ཐོད་པ་གཏོར། །

箭矢破头不狂暴。

༢ གཤོག་མེད་ཁྱིམ་བྱ་དེ་ཕོ་དེས། །
འཛམ་གླིང་ཉིན་བསྐོར་གང་ནས་ཕོག །
དེ་ཕོག་ན་གྲོང་འདབ་ཅི་ལ་ཉལ། །
ལག་མེད་ལྕོང་མོ་མགོ་ཆེ་དེས། །
རྒྱ་མཚོའི་གདིང་ཚད་གང་ནས་ལོན། །
དེ་ལོན་ན་འདམ་རྫ་ཅི་ལ་གནས། །
འགྲོས་མེད་ཕོང་རྒན་གྭ་མ་དེས། །
ཐང་ཆེན་མགྱོགས་དར་གང་ནས་ལོན། །
དེ་ལོན་ན་ཞིང་ལུད་ཅི་ལ་འགེལ། །

无翼家禽花公鸡，
怎能周游大世界，
能游何必守村落；
无臂大头小蝌蚪，
怎能测量海深度，
能测何必困泥潭；
羸弱白脸老毛驴，
怎能掠原夺冠军，
能夺何必驮粪肥。

༣ ཆུ་ཆུང་ཆུང་ཟམ་པས་བཅད་ཀྱང་བཟོད། །
འབབ་ས་མཐའ་བཞིའི་གཙང་པོ་རེད། །
སྤོ་འཁྱིལ་ལེ་ལུང་པ་མ་བཀང་ན། །
ཆབ་ཆུ་བོ་མིན་པའི་རྟགས་ལ་ཞོག །

堤坝拦截小溪流，
阻碍奔向大江河，
不把山谷积成湖，
称作江河也枉然。

༤ སྟོང་གཏམ་བྱང་རླུང་བསིལ་མ་ལ། །
ལག་ལེན་ནམ་མཁའི་འཇའ་ལྟར་ཡལ། །
ཁ་བཤད་ཆུ་ཡི་ལྦུ་བ་ལ། །
ལག་ལེན་ཏིལ་གྱི་འབྲུ་ཙམ་མེད། །

空谈犹如北风吹，
实践好似彩虹散；
言谈犹如大水泡，
行动好似小菜子。

༥ བྱས་ངན་བྱ་བ་རང་གིས་སྤྱད། །
ཁག་ངན་ཡ་རབས་མི་ལ་འགེལ། །
ཀུ་ངན་སྒོ་གཡོག་བུ་ཚས་བྱེད། །
ཀུ་ཁག་ཞེའུ་ཁྱི་ལ་བཞག །

自己做尽龌龊事，
罪责推给善良人；
奴仆偷盗家中财，
贼名扣向看门狗。

༦ དབྱར་སྤྲིན་པའི་འོག་ནས་སྦྲང་ཆར་འབབ། །　夏日云雨润万物，
རི་ཁྲ་ཡག་སྤོ་ལ་རྩྭ་ལྡང་རྒྱས། །　山川葱茏花草盛，
དེ་ཕྱུགས་ལུག་སྐྱོང་བའི་ཕ་མ་རེད། །　养育家畜如考妣；
དགུན་བསེར་མའི་རྒྱུད་ནས་གྲང་ངར་ལྡང་། །　冬季凛冽起寒风，
ཆུ་ཆེ་ཆུང་མེད་པར་ཡོལ་བ་རྒྱག །　江河封冻天萧瑟，
དེ་འགྱུར་བ་བསྡམ་པའི་དུས་བབ་རེད། །　四季轮转至节气；
སྟོན་ས་ནག་ཞིང་ལ་འབྲས་བུ་སྨིན། །　秋天地头作物熟，
རི་སྤང་གཞོང་མེད་པ་གསེར་ལས་སེར། །　牧野山川似鎏金，
དེ་དབུལ་ཕོངས་སེལ་བའི་ནོར་བུ་རེད། །　消除贫瘠福临门。

༧ གངས་དཀར་ང་མཐོ་མ་བསམ་དང་། །　冰峰不该太自负，
དེའི་ཡན་ལ་ཁྲི་གདུགས་ཉི་མ་ཡོད། །　烈日悬在头顶上，
གངས་མར་འབབ་ཆབ་ལ་བསྒྱུར་བས་ཆོག །　冰雪消融水横流；
ནགས་ཙནྡན་ང་སྡུག་མ་བསམ་དང་། །　茂林不可太自满，
དེའི་ཡན་ལ་དམར་མོའི་ཚ་ངར་ཡོད། །　烈火危机伏身旁，
ཤིང་ཤུག་གུ་ཐལ་བར་བསྒྱུར་བས་ཆོག །　焚林灰烬埋焦土；
ཆབ་ཆུ་བོས་ང་ཆེ་མ་བསམ་དང་། །　江河不要太自大，
དེའི་ཡན་ལ་གྲུ་ཤན་རྟ་མགོ་ཡོད། །　负舟载船压江面，
ཆུ་མར་འབབ་ཐ་རླབས་དཀྲུག་པས་ཆོག །　汹涌波涛自平服。

༨ བྲག་རི་དཀར་པོའི་གཡས་ཟུར་ནས། །　白崖石峰绝顶上，
ཐང་དཀར་རྒོད་པོ་ཤ་ལ་ཧམ། །　白翎鹫鹰寻肉食，
འཛུམ་རོགས་ཁྭ་ཏ་བྱ་ཡིས་བྱས། །　乌鸦作伴来助威，
ཐང་དཀར་གཤོག་རྡུག་རླུང་གིས་གཏོར། །　鹫鹰羽翎被风摧，
ཁྭ་ཏས་ཨག་འགྱུར་རི་ལུང་བཀང་། །　乌鸦哀鸣传山野，
མདོག་ནག་དུང་ལ་འགྱུར་བས་ན། །　倘若黑毛变螺色，
ཧོར་གླིང་དཔུང་གིས་ཁྱུང་ཆེན་བཏགས། །　霍岭联手擒琼鸟，

གཤོག་རྡུག་ནགས་རིའི་རྒྱན་ལ་བཞག །
བྱ་འདབ་ཆགས་ནགས་སུ་ཕྱིན་པས་ན། །
བྱ་སྤུ་སྤུ་གྲིས་མ་གཏུབ་ན། །
མ་ཤི་ཨག་ངན་མི་ཆད་ཟེར། །
ནགས་མ་རི་ཡི་གཡས་ཟུར་ནས། །
སྟག་དམར་ཡག་ཟ་འདོད་ཤ་ལ་ཛམ། །
མཚོང་རོགས་གད་སྟེབ་ཝ་མོ་བྱས། །
དམར་ཡག་འཛུམ་རྡུག་མདའ་མོས་གཏོར། །
ཝ་ཁ་སྔོན་མོ་གཡུ་ལས་སྔོ། །
སྐད་ངན་གཡང་དུ་བྱུང་བས་ན། །
ཧོར་གླིང་དཔུང་གིས་སེང་ཆུང་བཏགས། །
གཡུ་རལ་གངས་རིའི་རྒྱན་ལ་བཞག །
གྲ་ཡོས་རང་རྟགས་ངོམ་པས་ན། །
ཝ་ཁྲུང་དུ་བས་མ་བཏུག་ན། །
མ་ཤི་འདྲེ་འབོད་མི་ཆད་ཟེར། །

撒遍羽翎饰山林，
禽族妄想来迎击，
利刃斩尽鸟类羽，
否则反心不会死；
葱郁林峰绝顶上，
斑斓猛虎寻肉食，
狐狸作伴来助威，
猛虎斑纹被箭摧，
狐狸悔恨嘴唇青，
倘若澄清坏名声，
霍岭联袂擒雄狮，
撒遍璁鬃饰雪山，
狐族妄想炫赤毫，
否则鬼叫不间断。

༩ སྤྲིན་ནག་ཟུར་ནས་ཐོག་སེར་འབེབས། །
སྟོན་འབྲས་སྨིན་ཚོད་དེ་ཙམ་ཡིན། །
དགུང་སྔོན་དབྱིངས་ནས་ཧ་བདུན་ཤར། །
གངས་དཀར་མཐོ་ཚོད་དེ་ཙམ་ཡིན། །
རྒྱ་མཚོའི་ཀློང་ནས་ལྕུགས་ཀྱུས་འཛེར། །
ཉ་སྲམ་འགྱུར་ཚོད་དེ་ཙམ་ཡིན། །

乌云携雷降冰雹，
秋收指望被终结；
晴空万里烈日炎，
雪峰增高被终结；
河湖布撒捕鱼钩，
鱼獭游弋被终结；

༡༠ ལུག་ཆུང་མགོ་རྩེད་མ་རྩེ་དང་། །
སྤྱང་ཐང་ཟུར་ལ་སླེབས་ནས་ཡོད། །
བྱིའུ་ཆུང་གཤོག་སྒྲ་མ་ཆེ་དང་། །
སྐྱ་ཁྲ་བར་སྣང་ལྡིང་ནས་ཡོད། །

羔羊嬉戏失警惕，
恶狼逼近没察觉；
鸟雀自恋振翅声，
鹞隼悬停在上空；

༡༡ གངས་སེང་དཀར་མོ་མཆོང་ལམ་ནས། །
རི་བོང་ལྡིང་བས་གཡང་ལ་ལྷུང་། །
དམར་ཡག་སྟག་གི་ངར་ལམ་ནས། །
ཝ་མོ་འདུར་བས་གད་ལ་ཚུད། །
འབྲོང་རྐོད་འཁྲབ་པའི་རྭ་བར་ནས། །
གླང་རྐན་འབོ་ངར་སྐེད་པ་བུད། །

白毛雪狮腾跃处，
兔子蹦跳坠悬崖；
红毛猛虎怒吼处，
狐狸踽行困土坎；
棕毛野牛尖角前，
黄牛叫唤闪老腰。

༡༢ ཁྱི་རྐན་ངར་མའི་ལམ་བཀག་དེ། །
གོར་མོ་རྡོ་ཡི་སྣ་འདྲེན་རེད། །
གཡང་དཀར་ལུག་གི་འབའ་སྒྲ་དེ། །
ཨ་ཐང་སྤྱང་གི་སྣ་འདྲེན་རེད། །

凶恶老狗想当道，
招惹自己挨石头；
宝畜绵羊呼唤声，
招引野狼来袭击。

༡༣ ལྷོ་རོང་ནགས་ལ་སྤྲེའུ་འཁྱིང་། །
བྱང་ཐང་འཁྱིམ་ན་རྫ་མ་ཆད། །
མུན་པའི་སྨག་ལ་ཨུག་པ་འཛུམ། །
ཉི་མས་གསལ་ན་དོང་ལ་གབ། །

洛域林中猴撒欢，
游走冻原掉尾巴；
黑暗夜里枭翻飞，
太阳光下隐洞穴；

༡༤ ཧ་བདུན་རང་ཚོད་མ་ཟིན་ན། །
གནམ་སྟོང་སྒོ་མོ་ཕྱེ་བའི་དུས། །
སྒྲ་གཅན་ཁ་ནས་ཐར་རེ་མེད། །
ཉ་དཀར་འགྱུར་ཚོད་མ་ཟིན་ན། །
དཔྱིད་ཟླ་ར་བའི་ཕོང་གསེང་ནས། །
ལྕགས་ཀྱུའི་ཁ་ནས་ཐར་ལེ་མིན། །

炎炎烈日欠谨慎，
一旦苍穹开天门，
煞曜口中难逃脱。
白腹鱼儿总翻腾，
春季回游险滩中，
渔夫掌中难逃脱。

འབུམ་རྒྱལ་ཧ་ལ་ནག་པོ།

奔嘉哈拉那波

༡ རྩ་བ་སྤུ་ཙམ་མེད་ས་ལ། །
རྩོད་པ་གནམ་ས་གས་ནས་ཐལ། །

无需丝毫之缘由，
纷争充斥天地间。

༢ མཐུ་གཏད་གཞན་ལ་བརྒྱབ་པས་ན། །
ལྟས་ངན་རང་ལ་འཁོར་བས་ཟེར། །

针对他人发恶咒，
自己得到凶恶报。

༣ ཧ་ལོ་དམར་པོའི་མེ་ཏོག་དེ། །
གནམ་ལྕགས་སེར་བས་བརྡུང་རྒྱུ་བྱེད། །
སྦྲང་ཆུང་ཟེར་མའི་གླུ་དབྱངས་དེ། །
གཡུ་འབྲུག་ངར་གྱིས་བཙོམ་རྒྱུ་ཡིན། །
གཡང་དཀར་ལུག་གི་ཁྱུ་དཔུང་དེ། །
སྤྱང་ཐང་སྤྱོན་མོས་ཟ་རྒྱུ་ཡིན།

鲜艳夺目锦葵花，
天降冰雹砸稀烂；
小虫蜜蜂唱歌音，
震耳雷鸣夺其声；
白福宝畜绵羊群，
青灰野狼做口粮。

འཛང་གཡུ་ལྷ་ཐོག་འགྱུར།

姜楚·玉拉托久

༡ གཡུ་འབྲུག་ངར་ཚོད་མ་ཟིན་ན། །
གློག་ལྕེ་ཐན་པས་གཙོབ་ཉེས་ཚེ། །
སྟག་མོ་མཆོང་ཚོད་མ་ཟིན་ན། །
ས་མདས་སྲོག་ལ་གཟན་ཉེས་ཚེ། །

青龙发威不收敛，
当心酷旱焦电舌；
猛虎腾跃不收敛，
当心地弩害性命。

༢ དཔའ་མེད་ན་དཔུང་པ་ཁ་རོག་སྡོད། །
གཏམ་མེད་ན་སྨྲ་ལྕེ་དམ་དུ་ཟུངས། །

胆怯别举粗胳膊，
无言紧闭大嘴巴。

༣ གནམ་ལྕགས་འབེབས་པའི་ཁ་ལམ་ནས། །

霹雳铁雹过境处，

འབྲས་དྲུག་སྐྱེ་མ་ཅི་ལ་འཇོག །
ཆུ་ཆེན་འབབ་པའི་ཁ་རྒྱ་ནས། །
ས་ནག་གད་པས་ཅི་ལ་བརྟན། །
དམར་པོ་མེ་ཆེན་འབར་ལམ་ནས། །
རྩི་ཤིང་ནགས་ཀྱིས་ཅི་ལ་བརྟན། །

谷穗怎么会幸存；
大河奔腾流经处，
土坎岂能挡得住。
烈焰焚山过火处，
草木哪能剩得下。

༤ དཀར་པོ་དུང་གི་རང་མདངས་དེ། །
མཁྲིས་ནད་ཅན་གྱིས་སེར་པོར་མཐོང་། །
བཟང་དྲུག་སྨན་གྱི་སྦྱོར་སྡེབ་དེ། །
ལྟ་བ་ནོར་ན་དུག་ཏུ་བརྩི། །

纯白海螺之本色，
胆病患者见黄色；
六味良药之配方，
认知错误视做毒

༥ སྐྱེས་པོ་རབ་དཔའ་སྙིང་སེང་གེ་འདྲ། །
སེང་གཡུ་རལ་རྒྱས་པས་དགྲ་བཞི་ཐུལ། །
ཕོ་འབྲིང་དཔའ་སྙིང་སྟག་ལ་འདྲ། །
སྟག་འཇུམ་དྲུག་རྒྱས་པས་རང་ས་ཟིན། །
ཕོ་ཐ་མའི་དཔའ་སྙིང་ཝ་དང་འདྲ། །
ཝ་སྤུ་ལོ་རྒྱས་ན་བྲོས་ལ་དགའ། །

好汉胆气如雄狮，
雄狮抖鬃镇敌寇
儿郎胆气似猛虎，
猛虎炫纹守疆土；
怂包胆气像狐狸，
狐狸耸毛要逃命

༦ ཕུ་ཡི་ནས་ཤ་གཟན་ཨ་ཐང་སྤྱང་། །
མདའ་ལུང་གསུམ་འདུར་ལ་ཛམ་པ་དང་། །
མདའ་མ་ནས་གཡང་དཀར་ལུག་གི་ཁྱུ། །
སྤང་སེར་ཡུའི་ལོགས་ལ་འཁྱམ་ལེ་གཉིས། །
འདུར་ལེ་གྲམ་ལེ་ཐུག་ལུགས་ལ། །
ཐུག་ནས་ཐར་པ་མེད་ལུགས་ལ། །
དགུང་ནས་འཇུམ་ཆེན་སྐྱ་ཁྲ་ཅྱ། །
བར་སྣང་ཁམས་ནས་འཕུར་ལེ་དང་། །
ཐང་ནས་བྱིའུ་ཚང་ཁྲ་མོའི་དཔུང་། །

沟垴嗜肉大灰狼，
匆忙奔向三岔口，
沟口白毛绵羊群，
漫步走上黄草岭，
相向而行会遭遇，
羊群似乎难逃命；
天上鹞隼翅矫健，
恰好飞翔在空中，
地上鸟雀乌合众，

བར་སྣང་ཁམས་ལ་འུར་ལེ་གཞིས། ། 哄然惊起腾上天，
བྱ་ལམ་གོང་ནས་འཕྲད་ལུགས་ལ། ། 半空之中要遭遇，
འཕྲད་ནས་ཐར་པ་མེད་ལུགས་ལ། ། 雀群似乎难逃命；
ཕུ་ནས་མདའ་ཁྱེར་བཙོན་པ་དེ། ། 上游持箭猎人来，
སྤང་དཀར་ཡོགས་ལ་སླེབས་ལེ་དང་། ། 到达草岭坪坝上，
བར་ནས་ཏུ་རྒྱས་ཤྭ་བའི་ཁྱུ། ། 中游大角雄鹿群，
ལ་མཐོ་གསུམ་མགོ་ལ་བྱུད་ལེ་གཞིས། ། 刚好出现在山头，
ཚོར་ལེ་ཡོང་ལེ་ཐུག་ལུགས་ལ། ། 猎手猎物相遭遇，
ཐུག་ནས་ཐར་པ་མེད་ལུགས་ལ། ། 鹿群似乎难逃命。

༨ བྱ་རྨ་བྱ་འཇའ་ཡི་ཐིག་ལེ་ཅན། ། 俊鸟孔雀彩虹纹，
ཟས་བཅན་དུག་སྔོ་ལ་ཟོས་ཟོས་ནས། ། 吞噬毒物当食品，
དུས་ཐ་མ་རང་ཉིད་དུག་གིས་ཤི། ། 终究自己中毒亡；
བྱ་ནེ་ཙོ་ཟེར་བའི་ཨ་ལུང་མཆུ། ། 所谓鹦鹉弯喙鸟，
སྐད་དྲུག་འགྱུར་མི་སྐངས་བྱས་བྱས་ནས། ། 巧嘴模仿人说话，
ལུས་འཕུར་དབང་མེད་པར་གཟེབ་ལ་ཚུད། ། 身陷鸟笼不自由。

༩ རྒྱལ་ཆེན་སེང་གེ་དཀར་མོ་ལ། ། 雪山雄狮威力大，
སྡེར་ཐོག་བྱུང་ན་ཡང་དགའ་རེད། ། 兽类挑战才惬意；
སྟོབས་ཆེན་གནམ་ལྕགས་ཐོག་དམར་ལ། ། 天空雷霆威力大，
བྲག་དཀར་བྱུང་ན་ཡང་སྐྱིད་རེད། ། 劈击山崖才过瘾；
དམར་པོ་མེ་ཡི་ཚ་ངར་ལ། ། 彤红烈焰威力大，
ནགས་རི་བྱུང་ན་ཡང་སྤྲོ་རེད། ། 焚烧森林才高兴。

༡༠ སྐྱི་སེར་ལྷགས་ཀྲུང་ལྡང་བའི་དུས། ། 寒风霜冻袭来时，
མེ་ཏོག་རང་ས་ཟིན་ལེ་མིན། ། 花卉难以恋草滩，
བཟང་དུག་སྦྱོར་མ་ཞུས་ན་བསམ། ། 求佐良药入配方，

ཟུག་ཏུ་སེལ་བ་ལ་ཐང་མེད། །
འབྱུང་བཞིའི་དབྱར་དགུན་བརྗེ་བའི་དུས། །
གཡུ་འབྲུག་སྤྲིན་གློང་ཟིན་ལེ་མིན། །
རྒྱ་མཚོར་སྐྱོར་མ་ཞུས་ན་བསམ། །
ནོར་བུ་ལོན་པ་ལ་ཐང་མེད། །

或可缓解患者痛。
夏季换为冬季时，
青龙难以游云海，
求借海洋暂栖身，
或可探取摩尼宝。

༡༡ སྙེ་མ་ཧར་ལངས་མགོ་འཕང་མཐོ། །
འབྲས་བུ་མི་སྨིན་སད་ཀྱིས་སྣང་། །
མ་ངན་བུ་མོ་རང་སྣང་ཆེ། །
རང་ཉམས་མི་ཕན་མི་ཁས་སྣང་། །
དཔའ་མེད་ངན་ལོབ་ཧམ་པ་ཆེ། །
རང་ཡུས་མི་ཟིན་མགོ་ལག་ཤོར། །

干瘪麦穗头高昂，
不结颗粒被霜打；
贱娘女儿心气高，
过分自恋被耻笑；
骄惯懦夫性狂妄，
丧失家园送性命。

༡༢ ར་སྐྱེས་སྐྱིད་པའི་ཞུར་རྡོ་དེ། །
རང་གི་ར་འགྲམ་གཅོག་པའི་གདོན། །

山羊毛编抛石绳，
砸断山羊下颌骨。

ཀླུ་བདུད་མེ་རུ་དམར་པོ།

鲁堆·梅如玛波

༡ ས་འགྱུར་རྡོ་འགྱུར་དུས་ཚོད་འགྱུར། །
བསྐལ་བ་ངན་པའི་གཡོག་པོ་འགྱུར། །

土变石变世道变，
生逢乱世奴才变。

༢ ཕ་ཁུ་བོ་བསད་པའི་ཤ་པ་དེ། །
དུས་ཞིང་ལོག་བྱུང་ཉིན་གཙུག་ཏུ་ཁུར། །

杀死长辈之仇敌，
世风颠倒敬头顶。

རྒྱུ་ཟས་ནོར་སྐྱོང་བའི་གསོས་ཕྲུག་དེས། །
ཐོད་མི་ངོ་རིག་དུས་རྒྱབ་གཏད་བྱེད། །
རྒྱན་གསེར་གཡུ་འདོགས་པའི་སྨན་ཆུང་དེས། །

费钱费粮养义子，
当众甩脸背恩义；
金玉装扮亲女儿，

གྲོང་གྱི་ཕོ་འཕྲད་ཉིན་ཕ་མ་གཡུགས། ། 遇到野汉弃父母。

༣ ཉམས་རྟོགས་མེད་པའི་བླ་མ་ལ། ། 没有得道上师处，
གདམས་ངག་ཞུས་དང་མ་ཞུས་མེད། ། 请教道法无意义，
མཐོ་རིས་ཐར་ལམ་ཕར་ལ་ཞོག ། 别说踏上解脱道，
ངན་སོང་སྡུག་བསྔལ་བཟོད་ལས་འདས། ། 恶道痛苦无尽头，
རྫོགས་རིམ་མི་ཞུ་ཁོ་ཐག་ཆོད། ། 绝了圆满次第道；
ཁེབས་པ་མེད་པའི་དཔོན་པོ་ལ། ། 没有威德官宦处，
མགོན་སྐྱབས་ཞུས་དང་མ་ཞུས་མེད། ། 请求德佑无意义，
འཇིགས་པ་སྐྱོབ་པ་ཕར་ལ་ཞོག ། 别说解救施恩德，
ཁྲིམས་སྤྱོད་ཟ་འདོད་བཟོད་ལས་འདས། ། 缺德苛政无尽头，
སྐྱབས་ཡུལ་མི་ཞུ་ཁོ་ཐག་ཆོད། ། 绝了依怙救济德。

ཚ་ཞང་འདན་མ་བྱང་ཁྲ། 擦香·丹玛向查

༡ སྙེ་མ་མགོ་འཕང་མ་མཐོ་དང་། ། 翘首麦穗头高昂，
འབྲས་རྡུག་ཟོར་བའི་དགྲ་སྐལ་རེད། ། 须知镰刀是克星；
ལྗོན་ཤིང་སྐྱེ་ཧམ་མ་རིང་དང་། ། 树木枝丫叶繁茂，
དམར་པོ་མེ་ཡི་དགྲ་སྐལ་རེད། ། 须知烈火是克星；
བྲག་དཀར་མཐོ་ཧམས་མ་ཆེ་དང་། ། 高峻山崖形伟岸，
གནམ་ལྕགས་ཐོག་མདེའུ་རྗེས་ལ་ཡོད། ། 须知雷霆是克星。

༢ འབྲུག་ཕོ་ཐང་ཟངས་ཀྱི་ཟེ་བ་ཅན། ། 猛龙竖起红铜鬃，
ལག་ཐོག་དམར་བྲག་དཀར་གཏོར་བསམ་ཡང་། ། 欲持雷电摧石崖，
སྔགས་མཐུ་ཆེན་གྱི་ཆིངས་བརྒྱབ་པའི་དུས། ། 咒师法力锁喉时，
མཐོ་བྲག་རི་གཏོར་བ་ཕར་ཚད་རེད། ། 别说雷电毁山崖，
ལུས་བྲལ་མེད་ལག་གི་ནོར་བུ་ཤོར། ། 手中宝珠被夺走，

འབྲུག་ཕོ་ཐང་སྦྲུལ་དང་ནོར་ལེ་འོང་།། 猛龙好比小草蛇。
སེང་དཀར་མོ་གཡུ་ཡི་རལ་པ་ཅན།། 雪山绿鬃白雄狮，
སྟོབས་རྩལ་ཆེན་སྡེར་ཆགས་འདུལ་བསམ་ཡང་།། 欲展威力震群兽，
རི་བློ་ལྡན་ཐབས་ཀྱིས་བསླུས་པའི་དུས།། 智谋兔子设巧计，
ཁང་སྡེར་ཆགས་འདུལ་བ་ཕར་ཚད་རེད།། 别说威震众野兽，
ཛོང་གངས་དཀར་ཤོར་བས་གད་ལ་ལྷུང་།། 陷落冰堡坠悬崖，
མགོ་གཡུ་རལ་ཁྱི་དང་ནོར་ལེ་འབྱུང་།། 雄狮好比丧家犬。

༣ སྟག་སེང་ངར་འཐབ་མི་བྱ་རྒྱུ།། 狮虎争斗有原由，
ཝ་མོས་སྣ་ཁྲིད་བྱས་པས་ཟེར།། 狐狸挑拨离间故，
ཝ་ལག་རོང་ལ་བཙུད་དགོས་ཀྱང་།། 该把骚狐囚进坑，
མི་བཙུད་བྱང་བཙན་ངོ་ལ་བཞག། 赞神求情放一马，
ལྷས་ངན་འདྲེ་འབོད་མི་བྱེད་པའི།། 妖言鬼嚎不再出，
འདྲེ་སྲིན་བཙན་གྱིས་ཁག་ཁུར་གྱིས།། 魑魅魍魉要担保，
ཝ་དམར་རང་གིས་སྡུག་ཚོད་ཟུངས།། 狐狸自己须自律。
ཁྱུང་ཆེན་གཤོག་འཛིང་མི་བྱེད་རྒྱུ།། 琼钦[]翅斗有原由，
ལྟོ་འགྲོས་སྣ་འདྲེན་བྱས་པས་ཟེར།། 蛇蟒引诱挑唆故，
ཛི་ཆུའི་ཆབ་ཀྱིས་བྲན་དགོས་ཀྱང་།། 该用麝水除蛇类，
མི་གཏོར་གདོལ་པའི་ངོ་ལ་བཞག། 鲁王求情放一马，
དུག་ཅན་སློག་ལྕེ་མི་གཡུག་པའི།། 蛇信毒舌不再伸，
མི་མགོན་ཀླུ་ཡིས་ཁག་ཁུར་གྱིས།། 水族鲁君[]要担保，
ལྟོ་འགྲོ་རང་གིས་འཁྲུག་ཚོད་གྱིས།། 爬蛇自己须自律。

༄ ཁ་གྲུ་བཞི་གཏམ་གྱི་སྒོ་མོ་རེད།། 四方嘴巴话语门，
ཕྱེ་བ་སླ་སྟེ་འདད་པ་དཀའ།། 打开容易关上难。
ལྕེ་ལེབ་ལེབ་རྒྱུད་ཀྱི་གཞི་མ་རེད།། 扁条舌头是非根，
བརྐྱང་བ་སླ་སྟེ་བསྐུམ་པ་དཀའ།། 伸出容易缩回难。

སེམས་གདངས་དཀར་མི་དགེའི་བང་མཛོད་རེད། ། 硬冷心思罪恶库，
དེ་འཕྲེད་པ་སླ་སྟེ་བསྡུ་བ་དཀའ། ། 释放容易回收难。

༥ རྫུན་མས་བདེན་ལ་མ་ཉེས་འགེལ། ། 造假反倒怪真相，
རྐུན་པོས་རྒྱུ་བདག་ཁྲིམས་ལ་སྐྱུར། ། 盗贼反坐告失主

༦ ཤ་གཟན་སྤྱང་མོས་ཉི་མ་ལྡེ། ། 食肉恶狼晒太阳，
ཆུ་འཐུང་ཝ་མོ་གད་ལ་ཚུད། ། 饮水狐狸落陷阱。

༧ དགུང་ལ་ཁྲི་གདུགས་ཁེར་སྐྱེས་དེས། ། 天上太阳孤独身，
གླིང་བཞི་སྐོར་ཞིང་མུན་པ་བསལ། ། 绕转四洲驱黑暗，
རྒྱུ་སྐར་མང་ཡང་དོ་ཟླ་མེད། ། 群星虽众比不了。
ས་ལ་སྨྱུག་མ་ཁེར་སྐྱེས་དེ། ། 地上修竹孤独身，
སྒྲོ་བཞི་འཛོམས་ཤིང་དགྲ་སྲོག་གཅོད། ། 配备四翼灭敌寇，
ལྗོན་ཤིང་མང་ཡང་དོ་ཟླ་མེད། ། 树木虽众比不了。

༨ གཡུ་འབྲུག་དགུང་ནས་འཕྱོ་བའི་དུས། ། 青龙游弋天空时，
གློག་ལྕེ་སེར་འཁྲུག་རང་དབང་ཡིན། ། 驾驭雷雹入化境，
འབྲས་དྲུག་མང་ཡང་ཨ་ཙུ་ཙི། ། 万倾良田要遭殃。
རྒྱ་སྟག་ནགས་ནས་མཆོང་བའི་དུས། ། 猛虎蹦跳森林中，
མཆེ་སྡེར་གར་རྩེམ་རང་དབང་ཡིན། ། 张牙舞爪逞自如，
ནོར་སྐྱོང་མང་ཡང་ཨ་ཙུ་ཙི། ། 群狗众犬要遭殃。

༩ ས་འོག་འཕྱི་བ་རག་པ་དེ། ། 地底旱獭土黄色，
ཁུང་ལ་གབ་ཀྱང་ཆུ་ཡིས་གཤལ། ། 藏身洞穴被水灌。
ལྟས་ངན་འུག་པ་ཡུ་ལུ་མགོ། 怪貌苍枭不祥鸟，
བྲག་ལ་གབ་ཀྱང་བྱི་བས་འཛུ། ། 藏身石崖被鼠咬。

༡༠ ཝ་མོ་སྟག་བརྫུས་གཡུ་ལོ་ཁ། །
འཛུམ་དྲུག་ཡོད་པ་ག་ལ་སྲིད། །
སྒོམ་ཆེན་ཕ་ཝང་སྐྱི་མོས་བརྒྱན། །
གཤོག་དྲུག་ཡོད་པ་ཅི་ལ་སྲིད། །

冒充老虎骚狐狸，
怎会拥有斑斓纹。
冒充禅师光皮蝠，
怎会拥有羽翎翅。

༡༡ གཡུ་འབྲུག་དགུང་ནས་འཕྱོ་བའི་དུས། །
སྤྲ་སྤྲིན་དཔུང་སྡེབ་སྐྱིད་རེ་ཟམ། །
སེར་རྔོད་དཔུང་ལ་བརྫང་བའི་དུས། །
བྲག་རི་ཤུལ་མེད་མ་གཏོར་ན། །
ཐོག་དམར་ཟེར་བ་གང་ལ་བཏགས། །

青龙游动天空时，
浓云助威心欢喜，
兴云布雨霹雳响，
不把山崖变齑粉，
称做雷霆实枉然。

དར་སེང་གངས་ནས་བགྲོད་པའི་དུས། །
བུ་ཡུག་དཔུང་སྡེབ་གཞི་བརྙིང་ཆེ། །
གཡུ་རལ་གནམ་ལ་ཕྱུར་བའི་དུས། །
སྡེར་ཆགས་ཟིལ་གྱིས་མ་མནན་ན། །
དར་སེང་ཟེར་བ་སུ་ལ་འཛིན། །
རྒྱ་སྟག་ནགས་ནས་འཕྱོ་བའི་དུས། །
ནགས་ལྗོང་དཔུང་སྡེབ་དཔའ་རེ་ཆེ། །
མཆེ་བ་དགྲ་ལ་བསྟད་པའི་དུས། །
ཐོ་རྟའི་སྙིང་ཁྲག་མ་འཐུང་ན། །
འཛུམ་དྲུག་ཟེར་བ་གང་ལ་ཟམ། །

雄狮遨游雪山时，
风雪助威展英姿，
璁鬃甩向云天外，
不把兽类都镇服，
看作兽王实枉然。
猛虎穿行树丛时，
茂林助威身矫健，
亮出尖利獠牙时，
不噬肥美马驹肉，
身披炫纹实枉然。

༡༢ ཨ་ཐང་སྤྱང་ཀིའི་འདུར་ལམ་ནས། །
ལུག་ཆུང་རྩེད་གར་ཤ་རེ་ཚ། །
ཞིམ་ཤ་མ་ཟོས་སྤྱང་ཀི་མིན། །
གླག་མོ་རོག་རྒྱས་འཕུར་ལམ་ནས། །

苍狼奔跑路途上，
羔羊嬉戏真可怜，
不吃鲜肉非苍狼。
金雕翱翔翼展下，

རི་བོང་མཚོང་འགྲོས་སྙིང་རེ་རྗེ། །
སྒལ་སྤགས་མ་བཤུས་རོག་རྒྱུས་མིན། །
རི་བཀྲ་ངར་བའི་ཁ་སྔུན་ནས། །
གཅུམ་པོའི་ཅུ་ཟུག་ཀོད་རེ་བྲོ། །
ཁྱི་ཁྲག་མ་འཐུང་རི་བཀྲ་མིན། །

兔子蹦跳真可叹，
不剥背皮非金雕。
老虎怒啸爪牙前，
癞狗吠叫真可笑，
不饮狗血非老虎。

མེ་ཁྱེར་སྲིན་བུའི་རང་འོད་དེ། །
རྟ་བདུན་ཤར་ན་གར་སོང་མེད། །
ས་སྐྱང་བོང་བུའི་འདུར་འགྲོས་དེ། །
འདོ་ཆེན་འཕྱོ་ན་གར་སོང་མེད། །

萤火小虫身上光，
太阳照耀失踪影。
黄瘦毛驴颠走力，
骏马驰骋失踪迹

༡༣ མེ་དམར་མོའི་འབར་སྣ་རླུང་གིས་ཁྲིད། །
ནགས་ཙན་དན་མི་སྲིག་ཁག་མེད་རེད། །
སྟག་དམར་ཡག་འགྱོད་པ་བྱས་ཞན་འདྲ། །
ལུས་འཛུམ་དྲུག་རྒྱས་པ་དེ་རིང་རེད། །
ཐོག་དམར་པོའི་འབྲུག་སྣ་སྒྲོག་གིས་ཁྲིད། །
བྲག་དཀར་འཛོང་མི་གཏོར་ཁ་མེད་བྱུང་། །
རྒོད་དང་མ་འགྱོད་པ་བྱས་ཞན་འདྲ། །
མཐོ་ནམ་མཁའ་འཕྲིམ་པ་དེ་རིང་ཡིན། །

大风扇得烈火起，
焚烧山林难熄灭，
锦毛老虎黯神伤，
威风日子已到头。
电光闪得霹雳响，
雷击山崖被崩塌，
白羽鹫鹰空遗憾，
腾空日子已到头。

༡༤ ཕྱི་ཡག་ལེ་བཀྲ་ཤིས་རྟགས་བརྒྱད་ལ། །
ནང་མི་སྲོག་གཅོད་པའི་ཏ་ལའི་དུག །
ཕྱི་མཛེས་ལེ་གསེར་གྱི་ཤུབས་ཁྲ་ལ། །
ནང་མི་མགོ་བྲེག་པའི་རྣོན་མོ་མཚོན། །
ཕྱི་གཞན་ཕན་བྱང་ཆུབ་སེམས་དཔའི་གཏམ། །
ནང་རང་དོན་བསྒྲུབ་པ་ངན་གཡོ་འཕྲུལ། །

外表靓丽八宝纹，
内盛夺命砒霜毒。
外表华美金镂鞘，
内装枭首锋利刀。
外表利他菩提言，
内藏自私奸诈心。

སྤྱང་དྭ་སྟོབས་ལྡན་རྒོད་པོ།	**江塔 · 多丹贵波**
༡ ཆུང་སོ་བཞི་ཟུག་པའི་གཞོན་སེམས་དེ། །	皓齿少年顽劣心，
ཀས་ར་རྩ་སེ་དུས་སྐྱུར་རྒྱུ་མེད། །	霜鬓垂暮仍不弃。
ལུས་དར་བའི་མི་རྒྱུ་འཕྲོག་ལེ་དེ། །	壮年劫掠他人财，
ཀས་དྲུག་ཅུ་ལོན་དུས་ཟ་སྤྱིང་འདོད། །	妄想花甲能享用。
སྨན་ལང་ཚོ་རྒྱས་པའི་ཕོ་དད་དེ། །	妙龄怀春滥情女，
ཁ་དྲུང་སོ་བུད་དུས་གཞང་ལ་སྐྱང་།	没齿责怪生殖器。
འབྲོང་ཕྲུག་རྒོད་རྒྱལ་གྲགས་པ།	**仲楚 · 贵嘉扎巴**
༡ མང་ཁ་རུབ་ན་འབྲོང་ཁྱིས་གསོད།	聚众群狗杀野牛。
༢ སྤྱང་ཐང་འདུར་འགྲོས་མང་བས་ན། །	野狼光顾太频繁，
རྫི་བཟང་ཙུར་གྱིས་རྡད་ཁྲག་གཏོར། །	牧人抛石打破头。
རྒྱ་སྟག་མཆོང་འགྲོས་མང་བས་ན། །	老虎出没太频繁，
ས་མདའ་ངར་མས་ཏ་ལ་འཕེན། །	陷阱地弩害性命。
ཉོ་དཀར་འགྱུར་འགྲོས་ཆེ་བས་ན། །	鱼儿游动太频繁，
ལྕགས་ཀྱུ་ངར་མས་གསེར་མིག་འཛིན། །	渔夫钓钩挣不脱。
༣ བར་སྣང་བྱ་རྒྱལ་ཁྱུང་ཆེན་དེ། །	天上羽王大琼鸟，
འཕུར་ཚོད་རླུང་དང་མ་བསྟུན་ན། །	若不乘风巧借力，
བྱ་འདབ་ཐོག་གིས་གཏོར་བས་ཚོག །	恐遭雷击折翅膀。
གངས་སྟོད་སེངྒེ་དཀར་མོ་དེ། །	雪山兽王白雄狮，
འཕྱིང་ཚོད་གངས་དང་མ་བསྟུན་ན། །	若不凭雪显尊贵，
ཀླ་ལྡན་ཐབས་ཀྱིས་འདུལ་བས་ཚོག །	恐被狡兔灭威风。

ནགས་སྤོད་སྟག་མོ་རི་བཀྲ་དེ། །
ངར་ཚོད་དུས་དང་མ་བསྟུན་ན། །
ས་མདས་སྙིང་ཁ་འཛེར་བས་ཆོག །

林中霸主斑斓虎，
若不审时出奇招，
恐被地弩穿心口。

༤ ཁྲི་གདུགས་ཉི་མའི་ཚ་ངར་དེས། །
གངས་དཀར་རྩེ་ནས་བཞུ་བསམ་ཡང་། །
ཆུ་འཛིན་མཐུག་པོས་སྒྲིབ་གཡོགས་བརྒྱབ། །
གངས་དཀར་བཀྲག་མདངས་ཇེ་ཆེར་སོང་། །
དེས་ལ་ཧ་བདུན་ངོ་རེ་ཚ། །

万丈阳光之酷热，
欲化高山冰峰雪，
浓密云翳遮日光，
皑皑冰雪更耀眼，
耀晔日头该羞愧。

གཡུ་འབྲུག་སྔོན་པོའི་ངར་སྒྲ་དེས། །
བྲག་དཀར་ཐང་ལ་བསྙིལ་བསམ་ཡང་། །
བྱང་རླུང་སེར་བུས་ལྷོ་སྤྲིན་དེད། །
བྲག་དཀར་མཐོ་རྫམ་ཇེ་ཆེར་སོང་། །
དེས་ན་གཡུ་འབྲུག་ངོ་རེ་ཚ། །

青璁游龙之怒吼，
欲把白色山岩摧，
北风吹得彤云散，
巍巍石峰更高峻，
青璁游龙该羞愧。

༥ སྦྲུ་འགྲོས་འཁྱུག་ཚོད་མ་བྱས་ན། །
མཁའ་ལྡིང་འབོད་པའི་གཡབ་མོ་ཡིན། །
མགོ་ནོར་བུ་རྒྱན་ལ་མ་བླངས་ན། །
ཁྱུང་ཆེན་མིན་པའི་རྟགས་ལ་ཞོག །
ཉ་དཀར་འཁྱུར་ཚོད་མ་བྱས་ན། །
ལྕགས་ཀྱུ་འབོད་པའི་གཡབ་མོ་རེད། །
གསེར་མིག་སྐམ་ལ་མ་བཏོན་ན། །
ལྕགས་ཀྱུ་མིན་པའི་རྟགས་ལ་ཞོག །
བྱ་ནེ་ཚོས་སྨྲ་ཚོད་མ་བྱས་ན། །
འགྲུག་རྙེ་འབོད་པའི་གཡབ་མོ་རེད། །
ལུས་འཚེར་མེད་གཟེབ་ལ་མ་བཙུད་ན། །

爬蛇游动不收敛，
似在召唤空中琼，
不夺顶宝做妆饰，
琼鸟不算猛禽王。
鱼儿游动不收敛，
似在召唤钓鱼钩，
不把鱼儿拽上岸，
钓钩不算捕鱼具。
鹦鹉学舌不收敛，
似在召唤捕鸟套，
不逮鹦鹉锁铁笼，

ཉི་འགུག་ལུང་མིན་པའི་རྟགས་ལ་ཞོག །

套子不算捕鸟器。

༤ སྐྱ་ཁྲ་ཧོར་པའི་ཁ་ལམ་ནས། །
འཇོལ་མོའི་གཤོག་སྒྲ་ཤ་རེ་ཚ། །
བྱ་སྤུ་དགུང་ལ་གཏོར་ལེ་ཡོང་། །
སྤྱང་ཐང་སྔོན་མོ་འདུར་ལམ་ནས། །
གཡང་དཀར་འདུར་རྒྱུག་འདར་ར་ར། །
ཤ་དམར་ཐང་ལ་བཀྲམ་ལེ་ཡོང་། །

猛禽鹞隼飞行前，
画眉振翅太可悲，
鸟毛必然撒满天。
猛兽苍狼奔跑前，
绵羊蹦跳太可怜，
鲜血必将撒满地。

༥ ཐང་དཀར་གཤོག་རྩལ་ཆེ་བསམ་ཡང་། །
དེའི་ཡན་བྱ་རྒྱལ་ཁྱུང་ཆེན་ཡོད། །
བྲག་དཀར་མཐོ་འདོད་ཆེ་བསམ་ཡང་། །
དེའི་ཡན་རི་རྒྱལ་ལྷུན་པོ་ཡོད། །
ཆུ་ཆུང་ཙུར་སྒྲ་ཆེ་བསམ་ཡང་། །
དེའི་ཡན་རྒྱ་མཚོ་ཕྱུག་མོ་ཡོད། །

自视鹫翅最强劲，
岂知琼翼更矫健。
自视崖峰最高峻，
岂知须弥更伟岸。
自视小溪最喧哗，
岂知海涛更呼啸。

སེང་སྟག་ཨ་དོམ།

森达阿冬

༡ ཁ་བཤད་ཆུ་ཡི་ལྦུ་བ། །
ལག་ལེན་གསེར་གྱི་ཐུར་མ། །

言谈犹如水中泡，
行动仿佛黄金箸。

༢ དགུང་ལམ་འཕྲིམ་པའི་ཐང་དཀར་རྒོད། །
འཕྱུར་ཚོད་རླུང་དང་མ་བསྟུན་ན། །
བྱ་ལམ་བགྲོད་པ་ཁག་པོ་ཡོད། །
སྐྱི་སེར་སྤུ་གྲི་རེག་གཅོད་དེས། །
གཤོག་རྫུག་གཡང་ལ་གཏོར་བས་ཟེར། །
བར་སྣང་འཕྲིམ་པའི་གཡུ་འབྲུག་དེ། །

腾飞天空之鹫鹰，
若不乘风搭气流，
翱翔禽道有难度，
凌厉寒风利如刀，
或把翅翼斩下来。
遨游苍穹之青龙，

ངར་ཚོད་སྤྲིན་དང་མ་བསྟུན་ན། ། 若不兴云借威势，
ཐོག་དམར་འབེབས་པ་ཁག་པོ་ཡོད། ། 持掌雷霆有难度，
རྟ་བདུན་མགྱོགས་པའི་བང་འགྲོས་དེས། ། 炽炎烈日似火烧，
གློག་ལྕེ་ཐན་པས་བརྡུང་བས་ཟེར། ། 酷旱烤焦雷电舌。
རྟ་ཐང་ཆེན་འགྲིམ་པའི་འདོ་ཕྲུག་རྟ། ། 驰骋莽原之悍马，
རྒྱུག་ཚོད་ལམ་དང་མ་བསྟུན་ན། ། 若不谨慎踏坦途，
མགྱོགས་དར་ལོན་པ་ཁག་པོ་ཡོད། ། 夺取冠军有难度，
གོར་མོ་དགྲ་ཟོར་ངར་མ་དེས། ། 锋锐乱石尖似矛，
རྨ་བཞི་རྟ་ལ་འཕེན་པས་ཟེར། ། 石锋刺破四脚蹄。

༣ ཁྱུང་ཆེན་འཕུར་བའི་གཤོག་ལམ་ནས། ། 琼钦展翅飞翔处，
ནེ་ལེས་འཇུམ་རྩལ་སྙིང་རེ་རྗེ། ། 鼠鹰俯冲太猥琐。
གཡུ་འབྲུག་ལྡིར་བའི་ཁ་ལམ་ནས། ། 青龙发声怒吼处，
སྦྲང་ཆུང་ཟེར་སྐད་ཤ་རེ་ཚ། ། 蜜蜂吟唱太渺小。
རྒྱ་སྟག་འཕྱོ་བའི་ཁ་ལམ་ནས། ། 猛虎舞爪腾跃处，
ཝ་མོས་ཇ་རྒྱང་ཡིད་རེ་སྐྱོ། ། 狐狸抻尾太可怜。
དཔའ་བདུད་ཁྲོས་པའི་ངར་ལམ་ནས། ། 勇士发怒冲锋处，
སྡར་མས་རྒོད་མདོག་ཞེ་རེ་ཕམ། ། 懦夫逞能太悲惨

༤ ཕུ་གསུམ་གངས་རི་དཀར་པོ་དེ། ། 沟垴雪峰白冰山，
ཡེ་སྲིད་བསྐལ་བའི་གངས་རྒྱན་རེད། ། 亘古积雪成冰川，
ཉི་མ་ཤར་ན་ཇེ་གསལ་རེད། ། 阳光照射更明亮。
མདའ་གསུམ་རྒྱ་མཚོ་ཕྱུག་མོ་དེ། ། 谷口江河汇入海，
མ་རྫས་ཀླུ་ཡི་ཕོ་བྲང་རེད། ། 鱼族鲁王坐宫殿，
གྲུ་ཤན་བཀལ་ན་ཇེ་ཛམ་རེད། ། 载舟行船更浩瀚。

༥ རྟ་བདུན་དབང་པོའི་གཟི་མདངས་ལ། ། 天上太阳之光芒，

རྒྱུ་སྐར་མང་ཡང་འགྲན་རྒྱུ་མེད། །
གངས་སྟོད་གདོང་ལྔའི་མཆོང་རྩལ་ལ། །
སྡེར་ཆགས་མང་ཡང་འགྲན་རྒྱུ་མེད། །

灿烂星汉比不了。
雪峰雄狮之腾跃，
凶悍群兽比不了。

༤ རྒྱུ་སྐར་ཁྲ་མོའི་རང་མདངས་དེ། །
ནམ་མཁའ་གསལ་ན་ཨེ་འདུག་བལྟ། །
སྲིན་བྱ་འུག་པའི་བཞད་སྒྲ་དེ། །
ཉི་མ་ཤར་ན་ཨེ་འདུག་བལྟ། །

繁星闪烁之光亮，
旦看黎明是否有。
苍枭暗夜之笑声，
旦看日出是否有。

༥ དུག་ཆེན་སྦྲུལ་གྱི་ཁ་ནོན་དེ། །
གླ་བ་རོག་པོའི་སྙིང་ཚིལ་དགོས། །
ཆུ་སྲིན་ཛམ་པའི་ཁ་ནོན་ལ། །
དུང་དཀར་འོ་མའི་བཅུད་ལྡན་དགོས། །

剧毒蛇类镇伏者，
需要黑麝心头脂。
恐怖摩羯镇伏者，
需要白螺精华奶。

༦ ར་རྒྱས་ཤ་བའི་ཛམ་ཛམ་དེ། །
མཚལ་དམར་མདའ་དང་མ་འཕྲད་ཟེར། །
ཨ་ཐང་སྤྱང་མོའི་འདུར་འགྲོས་དེ། །
འགུག་རྙིའི་ངར་དང་མ་འཕྲད་ཟེར། །

壮角雄鹿敢逞凶，
只因未遇朱栝箭。
荒野苍狼敢漫步，
只因未逢捕兽夹。

ཨ་རྒོད་འབུམ་པ་ཡ་མེད།

阿贵 · 奔巴雅美

༡ བསམ་པ་རྒྱ་ཞིང་དམར་པོ་ལ། །
བསྐོས་པ་ཐོད་པའི་རི་མོ་རེད། །
སང་ཕར་རེས་འབྲས་བུ་སྨིན་བསམ་ཡང་། །
སྐྱུ་སེར་ངེར་ཐན་པས་སྐམ་ཡང་སྲིད། །
བསམ་པ་རྒྱལ་གཞིས་ཕ་མཁར་ལ། །
བསྐོས་པ་རང་དགྲ་རང་བསུས་རེད། །

心如精耕百倾田，
命似注定颅骨纹，
期待丰年好收成，
或遇旱灾无颗粒。
有心护持祖辈业，
无意惹祸招敌寇，

སང་ཕར་རིས་ཉུང་བརྫུང་བྱེད་བསམ་ཡང་། །
དགྲ་ལན་མེད་པོས་པས་འཛོམས་ཀྱང་སྲིད། །

本想恃强吞弱邻，
也许招来强劲敌。

༢ རྒྱང་མཛེས་གངས་རི་དཀར་པོ་དེ། །
མཐོ་ཟམ་ཆེ་ན་ཆབ་ལ་ཞུ། །
གསེར་ལྡན་དལ་འགྲོ་སྦྲུག་མོ་དེ། །
ཐ་རླབས་ཆེ་ན་གྲམ་ལ་འགྱུར། །
གཞོང་ཞིང་ལོ་ཡག་སྙེ་མ་དེ། །
སྐྱེ་བོང་ཆེ་ན་ཐང་ལ་ཉལ། །

皑皑雄姿远山雪，
巍峨过头会消融。
款款流淌金沙江，
巨浪过高摔滩头。
洼地茂盛好麦穗，
生长过度要倒伏。

༣ དབྱར་སྤྲིན་པའི་འོག་ནས་སྦྲང་ཆར་འབབ། །
རི་ཁྲ་ཡག་ལོགས་ལ་རྩྭ་ལྗང་རྒྱས། །

云雾袅袅雨蒙蒙，
芳草萋萋山青青。

ཉང་ཁྲི་ལྷ་དཀར།

娘赤 · 拉嘎尔

༡ སྐྱབས་དཀོན་མཆོག་གསུམ་ལ་ཞུས་པས་ན། །
ཚེ་ཕྱི་མ་བདེ་འགྲོ་ཐོབ་པས་ཟེར། །
མགོན་ཁྱབས་ཆེན་དཔོན་ལ་བཙར་བས་ན། །
གཏམ་དྲང་བདེན་བསླུ་བ་མི་དར་ཟེར། །
རྒྱུ་ཟས་ནོར་སྦྱིན་པ་བཏང་བས་ན། །
ཕྱུགས་བེའུ་ལུག་འཕེལ་ཁ་མང་བས་ཟེར། །

如若皈依佛法僧，
据说来生得解脱。
如若求助威德主，
据说真诚不欺诈。
如若施舍衣食财，
据说兴旺羔犊畜。

༢ གངས་རི་སྣད་རྒྱ་ཆེ་བས་ན། །
གངས་སྟོད་སེང་གེ་དཀར་མོ་དེ། །
གཡུ་རལ་རྒྱས་ལུགས་འདྲ་ལེ་མེན་། །
བུ་ཡུག་ཟིལ་གྱིས་གནོན་པས་ཚོག །
ནགས་རི་ལྗོན་ཤིང་སྦྲུག་པས་ན། །

倘若雪山仍广袤，
盘居雪峰白雄狮，
璁鬃威势更非凡，
顶风冒雪展雄姿。
倘若森林常茂密，

ནགས་མའི་རྒྱ་སྟག་ཁྲ་བོ་དེ། །
འཛུམ་དྲུག་བཀྲག་ལུགས་འདྲ་ལེ་མེན། །
སྡེར་ཆགས་དབང་དུ་བསྒྱུར་བས་ཆོག །

栖息山林斑斓虎，
锦毛华纹更绚丽，
叱咤风云霸群兽。

༣ ཁྲ་མོའི་དམག་ལ་བཙན་གསུམ་དགོས། །
དཔའ་འདྲ་གཉིས་རལ་ཁ་འདྲེན་པའི་དུས། །
ཀླད་ཕོ་ཏུས་མི་བཙོང་བཙན་ཞིག་དགོས། །
གནང་ཁྲ་མོ་ཧབ་ཐོབ་བྱུས་ཉིན་མོ། །
གཏམ་མི་ཁ་མི་ཁུར་བཙན་ཞིག་དགོས། །
ཕོ་གཡོ་ཆེན་མི་མགོ་བསྐོར་བའི་དུས། །
དཔའ་སྤྱང་གྲུང་འཛོམས་པའི་བཙན་ཞིག་དགོས། །

出征需要三定力，
刀战旗鼓相当时，
谨防出丑需定力；
纵兵劫掠敌辎重，
不留骂名需定力；
对付老奸巨滑者，
耳聪目明需定力。

གདོང་ཚ་འབྲོང་རྒྱས་ཞལ་དཀར།

董擦·仲杰谐嘎尔

༡ དགུང་གི་ཁྲི་གདུགས་ཉི་མ་དེ། །
སྐར་ཚོགས་མང་ཡང་དོ་ཟླ་མེད། །
མུན་ནག་འཛོམས་ཤིང་གླིང་བཞི་བསྐོར། །
དབྱར་དགུན་ནམ་ཟླའི་དེད་དཔོན་རེད། །
གངས་སྟོད་སེང་གེ་དཀར་མོ་དེ། །
སྡེར་ཆགས་མང་ཡང་དོ་ཟླ་མེད། །
གངས་སྟོད་འཛིན་ཅིང་གཡུ་རལ་གཟེངས། །
གཅན་གཟན་ཀུན་གྱི་མགོ་དཔོན་རེད། །
རི་རབ་མཁའ་ལྡིང་ཁྱུང་ཆེན་དེ། །
གཤོག་ཐོགས་མང་ཡང་འགྲན་ཟླ་བྲལ། །
བྱ་ལམ་འཕྲིམ་ཞིང་ཀླུ་བདུད་འཛོམས། །
འདབ་ཆགས་ཀུན་གྱི་མགོ་དཔོན་རེད། །

天上晖耀之太阳，
星辰虽众比不了，
驱散黑暗照四洲，
四季轮转做舵手。
雪山顶上白雄狮，
野兽虽多比不了，
雄居冰峰抖绿鬃，
君临兽群做舵手。
须弥山上大琼鸟，
羽族虽众比不了，
翱翔天路诛鲁魔，
统辖鸟类做舵手。

༢ ལྗོ་རོང་ཤིང་གི་པ་ཏྲ་ནས། །
འགྱུར་སྙན་སྒྲོག་པའི་ཁུ་བྱུག་བྱ། །
དཔྱིད་ཟླ་གསུམ་རྩི་བཅུད་རྒྱས་པའི་དུས། །
སྙན་ལྷང་ངེར་རི་ལུང་མ་བཀང་ན། །
བྱ་ཁུ་བྱུག་མིན་པའི་རྟགས་ལ་ཞོག །
གངས་མཐོ་མཐིང་རྒྱལ་མོའི་ར་བ་ནས། །
ཆབ་མར་འབབ་གསེར་ལྡན་སྨུག་མོ་དེ། །
དབྱར་ཟླ་གསུམ་ཆར་གྱིས་སྐྱིལ་བའི་དུས། །
དམའ་ས་ནག་རུབ་ལ་མ་དྲང་ན། །
ཆབ་ཆུ་བོ་མིན་པའི་རྟགས་ལ་ཞོག །
རི་མཐོ་ཆེན་ན་བའི་འཛིང་ཁུག་ནས། །
འདུར་བང་རྩལ་ལྡན་པའི་ཨ་ཐང་སྤྱང་། །
ལུག་གཡང་དཀར་རི་རྩྭ་ཟ་བའི་དུས། །
ཐང་དམར་པོ་ཁྲག་ལ་མ་བསྒྱུར་ན། །
ཁ་དུང་སོ་མེད་པའི་རྟགས་ལ་ཞོག །

洛绒连枝茂林中，
悠扬婉转杜鹃鸟，
三春草木茁壮时，
不把啼鸣满山谷，
岂能算作杜鹃鸟。
高耸冰雪圩垣处，
洪流奔泻浪花腾，
夏季雨水丰沛时，
不把黑土豁成坎，
岂能算作洪流水。
高地沼原草甸上，
野狼奔腾速度快，
绵羊采食野草时，
不把沼原染鲜血，
岂能算作尖牙狼。

༣ དགུང་སྤྲིན་ཀློང་སྨུག་མོའི་གཞི་དཀྱིལ་ནས། །
འབྲུག་ཕོ་ཐང་ལྕགས་ཀྱི་རལ་པ་ཅན། །
ལག་ཐོག་དམར་གནམ་ལྕགས་རྩལ་ལམ་ནས། །
བྲག་དཀར་པོའི་ཇམ་ཚོད་ཟུངས་དང་དགའ། །
མཐོ་རི་རབ་རི་ཡི་ཁོང་གསེང་ནས། །
བྱ་ཁྲུང་ཆེན་ནོར་བུའི་ཐོར་ཚུགས་ཅན། །
སྟེང་བར་སྣང་ཀླབས་ཀྱིས་སྐྱོད་པའི་དུས། །
སྦྲུལ་དུག་ཅན་འཁྱུག་ཚོད་ཟུངས་དང་དགའ། །
ནགས་ཙན་དན་ར་བའི་འཛིང་ཁུག་ནས། །
སྟག་དམར་ཡག་མཚལ་གྱི་ཐིག་ལེ་ཅན། །
ཁ་དུག་མཆེ་གཟན་ལ་ཇམ་པའི་དུས། །

天空阴云翻腾处，
身披铁鬃凶猛龙，
挥手击打雷电时，
山崖姿态放低点。
雄伟须弥山坳中，
头顶宝珠大琼鸟，
腾空翱翔天际时，
毒蛇游动谨慎点。
檀林环绕山湾内，
红毛猛虎朱砂纹，
亮起獠牙捕猎时，

དགྲ་ཐོ་རྟའི་འདུར་ཚོད་ཟུངས་དང་དགའ། ।	小马奔跑小心点。
༤ ལྷ་ཞལ་མཇལ་སར་འདྲེ་སྤོད་མི་ཚུགས་པ་ཅི་མེད།	能瞻仰佛面的地方，
	不见得混不进鬼怪。
༥ སྤྲང་པོས་ཁྱི་རྒྱུས་ལོན་ན།	乞丐摸透狗性，
བེར་ཀ་གནམ་ལ་ཕྱར།	棍棒举向天空。
༦ གངས་སྟོད་སེང་གེ་དཀར་མོ་ལ། ।	雪山之巅白雄狮，
གཡུ་རལ་ཡོད་པ་ཀུན་ཤེས་རེད། ।	头披绿鬃都清楚。
བྲི་སེར་འབྲོང་གི་རྭ་ཐུར་ལ། ।	黄褐野牛头顶角，
རྣོ་ངར་ཆེ་བ་ཀུན་ཤེས་རེད། ।	坚硬锋利是周知。
བྱེ་དམར་བྱང་གི་བློན་པོ་ལ། ।	黄沙羌国之臣子，
དཔའ་རྒོད་ཡོད་པ་བཤད་དགོས་མེད། ।	骁勇善战不待言。
༧ མཐོ་བྲག་དཀར་བཟུང་བའི་ཐང་དཀར་རྒོད། ।	栖息崖峰白鹫鹰，
ལུས་གཤོག་རྡུག་འཛོམས་པ་ཀུན་གྱིས་ཤེས། ।	体生双翼都知晓，
སྟེང་བར་སྣང་ཁམས་ལ་ཡང་རྩལ་སྦྱང་། ।	高空练就腾飞力，
བོད་རྒྱལ་ཁམས་ལྟད་མོ་མ་རིག་ན། ।	若不游览蕃河山，
རྒོད་ཐང་དཀར་ཟེར་བ་སྟོང་སྒྲ་རེད། ।	称作雄鹰是谬赞。
ལྷོ་ནགས་རོང་བཟུང་བའི་སྟག་གི་བུ། ।	盘踞丛林猛虎崽，
ལུས་འཛུམ་རྡུག་རྒྱུས་པ་ཀུན་གྱིས་ཤེས། ।	身纹斑斓都清楚，
ལྷོ་ནགས་མའི་རི་ལ་ཡང་རྩལ་སྦྱང་། ।	洛域山中练功夫，
ཁ་ཤ་དམར་ཁྲག་གིས་མ་བརྒྱན་ན། ।	若不血肉填嘴巴，
ལུས་མཆེ་སྡེར་འཛོམས་པ་ངོ་རེ་ཚ། ।	尖牙厉爪惹人笑。
བྱང་ཡར་ཤོག་བཟུང་བའི་འདོ་རིགས་རྟ། ।	游牧旷野骠骏骥，
རྐང་རྨིག་བཞི་བསྒྲོད་པ་ཀུན་གྱིས་ཤེས། ।	四蹄矫健都明了，

ཐང་ཡངས་པའི་སྟེང་ལ་བང་རྩལ་སྦྱང་། །
རྒྱུག་བང་ཤུགས་མགྱོགས་དར་མ་སླངས་ན། །
མགྱོགས་ཤུགས་ལྡན་ཟེར་བ་ངོ་རེ་ཚ། །

辽阔原野练足力，
若不驰骋夺冠军，
誉为快马应害臊。

སོག་སྟག་དམར་སྟོབས་ཆེན། 索·达玛多钦

༡ ཆུ་འཛིན་གྲིབ་མ་མཐུག་བསམ་ཡང་། །
ཟེར་མ་རླུང་གིས་ཡུ་མེད་གཏོར། །
བྲང་གཡག་རོག་པོ་འཇིགས་བསམ་ཡང་། །
སྣང་ཆེན་ཤུགས་ཀྱིས་མིང་མེད་གཏོར། །
ཤུགས་ཆེན་རྟ་མཆོག་མྱུར་བསམ་ཡང་། །
ཁ་དཀར་ཤུགས་ལམ་རླུང་ལས་མྱུར། །

乌云阴霾虽浓厚，
狂风吹得无踪影。
乌黑野牛虽恐怖，
弩箭射得灭威风。
骏马良驹虽迅捷，
白唇野驴比风快。

༢ རི་རབ་མཁའ་ལྡིང་ཁྱུང་ཆེན་དེ། །
སྟོང་ལམ་བཟུང་ཞིང་ཀླུ་གཉན་འདུལ། །
འདབ་ཆགས་གང་གིས་མ་འགྲན་ཟེར། །
བར་སྣང་གཡུ་འབྲུག་སྔོན་མོ་དེ། །
བར་སྣང་འཁྱིམ་ཞིང་ཐོག་དམར་འཁྱེན། །
སྐད་སྙན་ཀུན་གྱིས་མ་འགྲན་ཟེར། །
གངས་སྟོད་སེངྒེ་དཀར་མོ་དེས། །
གཡུ་རལ་ངོམ་ནས་སྡེར་བཞི་བསྒྲད། །
སྡེར་ཐོགས་ཀུན་གྱིས་མ་འགྲན་ཟེར། །

妙高山顶大琼鸟，
盘旋苍穹降鲁念[]，
任何禽类难媲美。
天空云间青璁龙，
遨游天际出雷声，
任何声响难比拟。
雪山冰峰白雄狮，
炫耀璁鬃亮爪牙，
任何兽类难企及。

༣ ཁྱབ་འཇུག་གཟའ་ཡི་ཁ་ལམ་ནས། །
བཅོ་ལྔའི་དུང་ཟླས་གསལ་ཚོད་ཟུངས། །
ངར་ཆེན་ཟོར་བའི་ཁ་ལམ་ནས། །
འབྲས་དྲུག་ཕྱུག་མོས་སྙི་ཚོད་གྱིས། །

罗睺煞星运行处，
十五皓月该黯淡。
锋锐镰刀收割处，
六谷秸秆该服软。

སྤྱང་ཐང་སྔོན་མོ་འདུར་ལམ་ནས། །　青灰野狼奔跑处，
གཡང་དཀར་ལུ་གུ་འབབ་ཆོད་གྱིས། །　羊羔叫唤该低声。

༤ ཕོ་ཚོད་བཟུང་མེད་ན་སྲོག་དང་བྲལ། །　男无节操丢性命，
མོ་ཚོད་བཟུང་མེད་ན་རང་ལུས་བརྫིད། །　女无节操毁身体，
གཏམ་ཚོད་བཟུང་མེད་ན་རང་མཚང་འབྱུད། །　话无节操扬私丑。

༥ བླ་མ་ཆོས་མེད་དཀོར་ལ་དགའ། །　无道喇嘛贪信财，
ཤི་ན་དམྱལ་བའི་འདམ་ལ་ཚུད། །　死后深陷地狱淖，
དེ་ཐོན་འགྱོད་པ་ཤ་རེ་ཚ། །　幡然悔悟真可怜。
དཔོན་པོ་ཁྲིམས་མེད་རྒྱུ་ལ་དགའ། །　不法官吏贪贿赂，
རྒྱལ་པོ་མ་དྲང་འོག་སྡེ་ཕུང་། །　徇私枉法害属众，
དེ་ཐོན་འགྱོད་པ་སྙིང་རེ་རྗེ། །　幡然悔悟真可怜。
མོ་ངན་འཕྱོར་མོ་འདྲིས་ལ་དགའ། །　缺德荡妇贪淫欲，
ཁྲེལ་མེད་ཁྲམ་པའི་ལམ་ལ་ཚུད། །　受困无耻奸人手，
དེ་ཐོན་འགྱོད་པ་སྙིང་རེ་རྗེ། །　幡然悔悟真可怜。

སྤྱང་ཏྭ་སྟག་དམར་སྟོང་བདུད།　江塔·达玛东堆

༡ དགྲ་ལ་ཕྱར་བའི་རལ་གྲི་དང་། །　举向敌人如利剑，
གཉེན་ལ་ཇོམ་པའི་དར་དཀར་ཡིན། །　擎向亲人似白帛。

༢ བྲག་སྟོད་ཐང་དཀར་རྒོད་པོ་དེ། །　山峰崖顶白鹫鹰，
གཤོག་རྡུག་ལེགས་པ་ཆ་མཆིས་ཀྱང་། །　虽然体生矫健翅，
འཕུར་ཚོད་རླུང་དང་མ་བསྟུན་ན། །　若不乘风巧飞行，
གཤོག་རྡུག་སྤུ་གྲིས་གཏོར་བས་ཟེར། །　风刀斩毁羽翎翼。
རྒྱ་མཚོའི་ལྟོ་དཀར་གསེར་མིག་དེ། །　海洋白腹金睛鱼，

འགྱུར་རྩལ་མཁས་པ་ཆ་མཆིས་ཀྱང་། །
འགྱུར་ཚོད་ཆབ་དང་མ་བསྟུན་ན། །
གསེར་མིག་ལྕགས་ཀྱུས་བཟུང་བས་ཟེར། །

虽然身怀遨游技，
若不借浪巧翻腾，
铁钩钓走金睛鱼。

འཛང་སྲས་གཡུ་ཁྲི་དཀྲུང་སྟོན།

姜赛・玉赤巩恩

༡ སེར་པོ་གསེར་དང་དྲུག་དཀར་གཡུ། །
སྐྱེ་ཡུལ་མི་གཅིག་ཐ་དད་ཀྱང་། །
འཛོམས་ས་འཕྱོར་པོའི་ལུས་ལ་རེད། །
མཛེས་པའི་ཁྲོམ་ཐག་མ་བཅད་ན། །
རྒྱན་མཛེས་སྤེལ་བྱས་པ་དོན་རེ་ཆུང་། །
ཁྲ་ཆུང་གཟི་དང་དམར་པོ་བྱུར། །
སྐྱེ་ཡུལ་མི་གཅིག་སོ་སོ་ལ། །
འཛོམས་ས་མཛེས་མའི་ལུས་ལ་རེད། །
མདངས་མཛེས་གནས་ས་མ་ཟིན་ན། །
གདན་གཡུང་དྲུང་བཟུང་བ་དོན་རེ་ཆུང་། །
ཉག་ཕྲན་མདའ་དང་མཆོག་དཀར་གཞུ། །
སྐྱེ་ཡུལ་འབྱུང་ཁུངས་མི་གཅིག་ཀྱང་། །
འཛོམས་ས་དཔའ་བོའི་རྒྱན་ལ་རེད། །
སྡང་དགྲའི་སྲོག་རྩ་མ་ཆོད་ན། །
ངར་མཉེན་སྤེལ་བྱས་པ་དོན་རེ་ཆུང་། །

足赤黄金绿松石，
各自产地不一样，
相聚配饰美男身，
无助众中抢风头，
组佩美饰无意义。
花眼天珠红珊瑚，
各自产地不一样，
相聚装饰美女身，
无益美艳嫁得好，
端坐喜垫无意义。
铁镞箭矢弯臂弓，
各自产地不一样，
相聚装备勇士身，
无力射断敌命脉，
强势相配无意义。

༢ སྐྱེས་པོ་རབ་བྲོས་ན་སྟག་དང་འདྲ། །
སྟག་ཐང་ནས་བྲོས་ཀྱང་ནགས་ལ་འཁྱིང་། །
ཁ་ཏུང་སོ་ཛམ་པས་མཆེ་སྤེར་ངོམ། །
ཕོ་འབྲིང་བྲོས་ན་འབྲོང་དང་འདྲ། །
འབྲོང་ཤོད་ནས་བྲོས་ན་སྒང་ནས་འཁྱིང་། །

君子出逃似猛虎，
逃离平原占林莽，
张牙舞爪逞威风。
凡夫出逃如野牛，
逃脱峡谷上山梁，

མགོ་རུ་ཐུར་རྒྱུས་པ་དགྲ་ལ་ངོམ། ། 高耸尖角向敌炫。
ཕོ་ཐ་མ་བྲོས་ན་ཝ་དང་འདྲ། ། 庸人出逃像狐狸，
ཝ་ཀྭ་མ་བྲོས་པས་ཕྱི་བལྟས་མེད། ། 逃命骚狐不回头，
རྐུབ་རྟུག་པ་ཤར་རེ་ཁུང་ལ་འཛུལ། ། 喷泻稀屎入洞穴。

༣ སྐྱེ་བ་ན་བ་ཤི་བ་གསུམ། ། 出生患病和死亡，
ཚེ་སྔོན་ལས་ཀྱིས་བསྒོས་པ་རེད། ། 前世业力所注定，
བྲོས་པས་མི་ཕན་བཟུར་རྒྱུ་མེད། ། 无法逃避躲不开。

༤ དགུང་གི་རྟ་བདུན་དབང་པོ་དེ། ། 天上太阳七驾主，
ཚ་ངར་ཆེ་བ་ཀུན་གྱིས་ཤེས། ། 焦灼炎热众皆知，
ལོ་ཏོག་ཐན་པས་མི་དགྲ་ལེ། ། 酷暑不把庄稼旱，
ལྷོ་སྤྲིན་ཐུག་མོས་ཁག་ཁུར་བྱེད། ། 南天密云来作保，
སྐྱེ་སེར་རང་གིས་ཁུར་ཚོད་བཟུངས། ། 庄稼自己需得体。
བར་སྣང་གཡུ་འབྲུག་སྔོན་པོ་དེ། ། 空中璁龙青蓝色，
ངར་སྐད་ཆེ་བ་ཀུན་ཤེས་རེད། ། 吼声巨大众皆知，
བྲག་དཀར་ཐོག་གིས་མི་གཏོར་ལེ། ། 白崖不被雷击碎，
གློག་ལྕེ་དམར་མོས་ཁག་ཁུར་བྱེད། ། 红光闪电来担保，
བྲག་དཀར་རང་གིས་མཐོ་ཚོད་བཟུངས། ། 白崖自己需得体。

༥ དམ་ཆོས་རྫོགས་པ་ཆེན་པོ་དེ། ། 正宗佛法大圆满，
ཉམས་ལེན་བྱས་ན་ཐར་ལམ་ཟིན། ། 实修踏入解脱道。
ཁེབས་ཆེན་དཔོན་གྱི་ཁ་ཏ་དེ། ། 德高主公开导言，
རྒྱུད་ལ་འཆང་ན་ཀུན་ལ་མཐུན། ། 牢记大家都和睦。
རྩ་བའི་བླ་མའི་གདམས་ངག་ལ། ། 根本上师赐教诫，
ལྟ་བ་མ་ལོག་མོས་གུས་སྐྱེས། ། 不持邪见生敬信。
བསོད་ནམས་ཡིད་བཞིན་ནོར་བུ་ལ། ། 如意宝贝增福气，

སྨོན་ལམ་མ་ལོག་བྱི་དོར་གྱིས། །
དྲིན་ཆེན་ཕ་མའི་ཁ་ཏ་ལ། །
ལོག་པར་མ་བསྒོམ་བརྩེ་སེམས་ཟུངས། །

不要亵渎需洁净。
恩重父母唠叨语，
不要忤逆请悲悯。

༨ ཕོ་རང་ཚོད་ཟིན་ན་རང་ཞ་གོ་ཐོན། །
བན་སྡོམ་ཚོད་ཟིན་ན་ཐར་ལམ་ཐོབ། །
མོ་བྱི་ཚོད་ཟིན་ན་གནས་ས་ཟིན། །

男子自重保平安，
僧侣持戒得解脱，
女子贞洁婆家敬。

རླུང་བདུད་མེ་རི་བཙན་པོ།

隆堆·梅如赞波

༡ རི་རབ་མཁའ་ལྡིང་ཁྱུང་ཆེན་ངས། །
ཀླུ་བདུད་འཇོམས་ཤིང་རི་རབ་བཟུང་། །
ནེ་ལེས་རྗེས་འདེད་ཅི་ལ་རེད། །
ནགས་མའི་རྒྱ་སྟག་ཁྲ་བོ་ངས། །
མཆེ་སྡེར་རྩམ་ཞིང་མི་ཁྲག་འཐུང་། །
ཝ་མོས་རྒྱབ་འདེད་ཅི་ལ་རེད། །

妙高山顶大琼鸟，
诛灭鲁魔栖须弥，
鼠鹰跟踪为那般。
丛林猛虎斑斓纹，
张牙舞爪喝人血，
狐狸跟踪为那般。

༢ སྟོང་ལམ་འཁྱིམ་པའི་རྟ་བདུན་དེས། །
གླིང་བཞི་བསྐོར་ཚོད་མ་ཟིན་ན། །
སྒྲ་གཅན་ཁྲོས་པས་མུན་ལ་བསྒྱུར། །
བར་སྣང་བགྲོད་པའི་གཡུ་འབྲུག་དེས། །
གློག་ལྕེ་འགྱུར་ཚོད་མ་བཟུང་ན། །
བྱང་རླུང་སེར་བུས་སྤྲིན་ལམ་གཏོར། །
ནགས་སྟོད་འཛིན་པའི་རྒྱ་སྟག་དེས། །
མཆེ་སྡེར་ངར་ཚོད་མ་བྱས་ན། །
ས་མདའ་གཏུག་པས་སྲོག་སྙིང་དྲངས། །
གཡུལ་ངོ་འདྲེན་པའི་དཔའ་བདུད་དེས། །

穿行天路七驾主，
绕转四洲不自持，
曜煞发怒变暗夜。
行走半空青璁龙，
爆闪电舌不自持，
北风寒气破云道。
盘踞山林凶猛虎，
张牙舞爪不自持，
地弩穿透心命脉。
奔赴沙场英雄汉，

བྱུས་གཞི་དགྲ་ཚོད་མ་ཟིན་ན། །
དཔའ་བོ་ངར་མས་མགོ་ལག་ལེན། །

少谋斗狠不自持，
猛士骁将取首级。

༣ རྒྱ་ཁྲ་འཇུམ་པའི་གཤོག་ལམ་ནས། །
བྱིའུ་ཚུང་སྙིང་རྗེས་གང་བཏང་རེད། །
སྤྱང་ཐང་འདུར་བའི་བང་ལམ་ནས། །
ལུག་ཚུང་སྙིང་རྗེ་ཅི་བྱས་རེད། །
སེར་རྨོད་འབབ་པའི་ཁ་ལམ་ནས། །
འབྲུ་དྲུག་སྙིང་རྗེ་ཅི་བྱས་རེད། ། །

鹞隼俯冲途径上，
小鸟全凭发慈悲。
野狼奔跑途径上，
羔羊全凭发慈悲。
天降冰雹途径上，
六谷全凭发慈悲。

གཉེད་དམར་སྟོང་བདུད། 歇玛东堆

ཁྱུ་རྒྱལ་འཕུར་བའི་མཁའ་ལམ་ནས། །
གཤོག་ཐོགས་མང་ཡང་འགྲན་ཟླ་བྲལ། །
དར་སེང་མཆོང་བའི་རྩལ་ལམ་ནས། །
སྡེར་ཆགས་མང་ཡང་འགྲན་པར་དཀའ། །
དུག་སྦྲུལ་འགྲུག་པའི་ངར་ལམ་ནས། །
ཆུ་གནས་མང་ཡང་དོ་ཟླ་མེད། །

琼鸟腾飞天路上，
羽族虽众无法比。
雄狮腾跃道路上，
爪类虽众无法比。
毒蚺游动水路上，
水族虽众无法比。

སྤྱང་ཁྲོལ་ཀླུ་བདུད་རཀྵ། 江突・鲁堆让夏

གསེར་མདོག་ཅན་གྱི་དགོན་པ་ནས། །
རབ་བྱུང་བཙུན་པས་གྲྭ་ཆས་སྒྲོས། །
ཆོས་ལ་མི་དགའ་སྡིག་ལ་བརྩོན། །
མཐའ་མ་རང་ཉིད་འཁོར་བར་འཁྱམས། །
འདི་ཕྱི་གཉིས་མེད་དམྱལ་བར་འགྲོ །
རྫོང་ཆེན་མཁར་གྱི་སྒོ་མོ་ནས། །

金碧辉煌寺庙内，
出家和尚穿僧袍，
不喜佛法勤造孽，
最终自己堕轮回，
生死两误下地狱。
高堂大殿衙门内，

ཁྲིམས་ཆེན་དཔོན་པོ་རྒྱུ་ལ་དགའ། །
བདེན་པར་མི་འགྲིམ་རྫུན་ལ་འགྲིམ། །
མཐའ་མ་རང་ཉིད་མི་ཁས་སྨང་། །
རྒྱུ་འབྲས་གཉིས་མེད་ཕམ་ཁ་ཁུར། །
སྲང་ཁ་ཅན་གྱི་རྒྱ་གྲོང་ནས། །
ཀླད་མེད་བུ་མོ་བྱི་ལ་དགའ། །
ཚོ་རོགས་སྐྱུར་ནས་གཞན་རོགས་འདྲིས། །
མཐའ་མ་རང་ལུས་ནད་ཀྱིས་ཟིན། །
མིས་འཕྱ་རང་སྡུག་གོ་ལ་རྒས། །

司法大官爱钱财，
不信实据信伪证，
最终自己招人骂，
因果两误吃大亏。
街道纵横城市内，
无脑姑娘好淫荡，
丢下丈夫追人夫，
最终自己染脏病，
吃苦受辱老守寡。

གཟའ་བདུད་བྲ་བ་མིག་དགུ།

萨堆・查瓦米古

༡ ལྷོ་སྤྲིན་འགྲོ་འགྲོ་ཤར་ནས་འགྲོ །
སྦྲང་ཆར་མ་ཁུག་བྱང་ལ་འཆར། །
ད་དུང་བྱང་རླུང་སེར་བས་གཏོར། །
ཁུ་བྱུག་འགྲོ་འགྲོ་ལྷོ་ལ་འགྲོ །
འབྲས་ལྡུག་མི་རིག་མོན་ལ་ལོག །
ད་དུང་སྐྱ་ཁྲས་རྗེས་དེད་བྱེད། །
འདོ་ཆེན་འགྲོ་འགྲོ་ཐང་ནས་འགྲོ །
མགྱོགས་དར་མི་ལོན་བང་ཁ་ཟད། །
ད་དུང་འཕོང་ཚར་ལྕག་གིས་བྲབ། །

南天流云向东飘，
未得雨露困北方，
还遭北风吹零落。
杜鹃流落去洛境，
未得六谷归门域，
还被游隼紧追踪。
骏马奔驰在赛场，
未能夺魁力已衰，
还挨鞭子抽后胯。

༢ ཁྱིམ་བྱ་དེ་ཕོ་ཤ་ཞུ་ཅན། །
ནམ་མཁའི་མཐའ་རྒྱ་མི་ཚོད་ལེའི། །
ཐང་དཀར་གཤོག་ལ་འགྲན་འདོད་བྱེད། །
སྦལ་ངན་ལྕོང་མོ་ཛ་མ་ཅན། །
རྒྱ་མཚོའི་གཏིང་ཚད་མི་ལོན་པར། །

家禽公鸡戴肉冠，
无力腾空飞起来，
欲与雄鹰试比高。
蛤蟆蝌蚪细尾巴，
无力入海动起来，

ཉྭོ་དཀར་འགྲུར་ལ་མཉམ་མདོག་བྱེད། །　　欲与白鲨较游劲。

འོམ་བུ་སྤྱང་ཁྲི་ཇམ་ཆེན།　　文普·江赤昂钦

༡ བྱུས་ཕྱི་ནང་བརྗེ་བའི་མཁན་པོ། །　　出卖社稷之能人，
རྫུན་མགོ་སྐོར་བའི་སློབ་དཔོན། །　　撒谎欺诈之导师，
དགྲ་ནང་ལ་ཁྲིད་པའི་དེད་དཔོན། །　　招引敌寇之向导，
གཏམ་མི་ཁ་ཁྱུར་བའི་བྱད་གཏེ། །　　败坏名声之小丑，
དགྲ་ཕམ་ཁ་ཁྱུར་བའི་ཝ་མོ། །　　落败蒙羞之骚狐，
ཀྱོད་ཁ་མཆུ་ཉོ་བའི་ཚོང་དཔོན། །　　惹是生非之贩夫。

༢ ལྟོགས་ན་ནོར་བུ་བཙོང་། །　　饥饿卖宝贝，
བཀྲུགས་ན་སྟོང་གཏམ་བཤད། །　　吃饱吹牛皮；
བསྟོད་ན་ཁྲིམས་ལྕུག་ཕྱར། །　　夸赞举鞭子，
སྐྲག་ན་ཕྱག་རྒྱ་བཅའ། །　　吓唬手合十。

༣ བྱུས་ཕྱི་ནང་གཉིས་དེ་དངུལ་ལ་བརྗེ། །　　内政外交兑白银，
ཁྲིམས་གདམས་ངག་གཉིས་དེ་གསེར་ལ་བརྗེ། །　　法度教诫易黄金，
དགྲ་རྐུན་མ་གཉིས་དེ་ནང་ལ་འཁོད། །　　强盗小偷招进门，
དམག་བུ་རྟ་གཉིས་དེ་སྨུ་ལ་བརྗེ། །　　士兵战马换女色。

༤ བུ་ཤོར་མ་མོ་འབའ་ཁ་ལ། །　　失羔母羊喊叫前，
ཤ་ཟོས་སྤྱང་གིས་ངུ་སྐད་སྒྲོག །　　食肉野狼先哀嚎。

སྐྱི་དཔོན་རོང་ཚ་ཁྲ་རྒན།　　吉本·绒擦查根

༡ ཐ་མི་བྱེད་མི་དེ་བྱ་བྱེད་མང་། །　　难成事者是非多，

གཏམ་མེད་པའི་མི་དེ་བཤད་དཀའ་ཆེ། ། 难陈理者废话多。

༢ སྐྱ་རེངས་ནམ་མཁའ་མ་ཁ་སལ་ན། ། 晨曦之光不启明，
ཁྲི་གདུགས་ཉི་མ་ཤར་ལོ་མེད། ། 彤彤旭日难升起，
ཧ་བདུན་འོད་མདངས་མ་ཤར་ན། ། 骄阳之光不照耀，
སྨག་ནག་མུན་པ་མི་གསལ་འདུག ། 沉沉暗夜难消散。
ས་ཆུ་རླུང་གིས་མ་གསོས་ན། ། 水土不被春风暖，
རྩྭ་ལྗང་མེ་ཏོག་སྐྱེ་ཐབས་མེད། ། 青青芳草难生长，
མེ་ཏོག་སྤང་ལ་མ་ཤར་ན། ། 草地不被鲜花铺，
ཕྱུགས་ལུག་འཚོ་ཐབས་མི་འདུག་ལགས། ། 群群牛羊难放牧。

༣ བུ་དཔའ་བོས་རྗེང་མ་མིག་གི་རྒྱན། ། 勇士立功扬威风，
དཔའ་ངོ་བསྟོད་མེད་ན་ཞེ་རེ་ཕམ། ། 不予褒奖会心寒。
ཕོ་སྨར་མས་བྱུས་བཙོང་ཕོ་རུས་རྡུད། ། 懦夫出丑辱祖宗，
ལུས་ཆད་ལས་མེད་ན་རྒྱལ་ཁྲིམས་གང་། ། 不被惩治失法度。

༤ བྱུས་ཕྱི་ནང་མེད་ན་བསྟན་ང་ཤོར། ། 计无内外失政权，
གཏམ་ཕྱི་ནང་མེད་ན་རང་མཚང་བུད། ། 话无内外泄私密，
གོས་ཕྱི་ནང་མེད་ན་མི་གཙང་འདོར། ། 衣无内外现脏垢。

༥ གསེར་སེར་པོའི་མདངས་འོད་མ་འགྱུར་ན། ། 虽然黄金质不变，
རྫས་དངུལ་ཆུའི་སྒྲིབ་གཡོགས་བརྒྱབ་ལེ་དེ། ། 倘若水银遮光华，
མགར་མཁས་པས་བཞུ་རྫུང་མ་བྱས་ན། ། 不由巧匠来熔铸，
མདོག་འགྱུར་བ་ཕར་ཚད་སྐད་ཆ་རེད། ། 彰显本色谈何易。
དངུལ་དཀར་པོའི་རང་འོད་མེ་ལོང་དེ། ། 虽然白银镜光洁，
གཡའ་ངན་པས་སྒྲིབ་གཡོགས་བརྒྱབ་ལེ་ལ། ། 倘若锈迹遮光华，
ལྷ་དྲག་པོས་ཨར་ལ་མ་གཏད་ན། ། 不由神力来擦拭，

དཏུལ་མདངས་འོད་ཆགས་པ་དཀའ་མོ་རེད། ། 彰显本色谈何易。

༦ བླ་མ་སྙིང་རྗེ་ཆེ་བས་ན། ། 如果上师太慈悲，
བན་ཁྲིམས་ཉམས་པས་བཞེས་ལ་འབར། ། 破戒和尚涨脾气。
རྗེ་དཔོན་བྱམས་པ་ཆེ་བས་ན། ། 如果上官太和善，
རྐུན་པོས་བདེན་ལ་མ་ཉེས་འགེལ། ། 盗贼污蔑老实人。

༧ སྟོད་བར་སྣང་ཐང་དཀར་རྒོད་པོ་དེ། ། 天空翱翔之鹫鹰，
ཤ་ཟ་འདོད་ལུང་གསུམ་མདོ་ལ་འཕུར། ། 寻肉盘旋三岔口，
རླུང་སྐྱི་སེར་སྒྲོ་འདབ་ཏ་ལ་འཕངས། ། 劲风吹折翎羽翼，
ཤ་མི་རག་རྒོད་པོ་བྲག་སྟོད་བཟུང་། ། 未得肉食栖崖顶，
འགུགས་ཁྲ་མོས་འཛིན་ཉེན་ཨ་ཙ་མ། ། 套扣羁住就麻烦。
རི་སྤང་དཀར་ལོག་གི་ཨ་ཐང་སྤྱང་། ། 巡行草岭之苍狼，
ཕྱུགས་བེའུ་ལུག་བཙོམ་འདོད་གཤོང་བཞི་འགྲིམ། ། 欲猎羔犊穿山谷，
ཁ་དུང་མཆེ་རྡོ་བཟང་ཞུར་གྱིས་གཏོར། ། 牧鞭击碎口中牙，
ལྟོ་མི་རག་སྤྱང་པོས་ལ་མོ་བརྒལ། ། 未得食物翻山头，
མདའ་ཉག་ཕྲན་འཛོམས་ཉེན་ཤ་རེ་ཚ། ། 遭遇箭矢就麻烦。

༨ མ་ཨ་ཟའི་པང་ལ་བུ་གཅིག་འཁྲུངས། ། 好娘生养好儿郎，
བུ་ཨེ་འདྲ་འཁྲུངས་ན་རེ་རེས་ཆོག ། 生子如斯已足够，
དགྲ་ཕ་རོལ་འདུལ་བ་ཨ་ཙུ་ཙི། ། 征服敌寇很轻松。
རྒོད་མའི་པང་ལ་རྟེའུ་འཁྲུངས། ། 好牝生育好驹子，
རྟ་ཨེ་འདྲ་འཁྲུངས་ན་རེ་རེས་ཆོག ། 生驹如斯已足够，
མགྱོགས་དར་དཀར་ཐོན་པ་ཨ་ཙུ་ཙི། ། 驰骋夺冠很容易。

༩ འཛིན་པ་མེད་པ་རྣམ་གསུམ་ཡོད། ། 素有三样不计较，
ཆུང་ནས་བྱིས་པའི་འཁྲུལ་གཏམ་གཅིག ། 一是童言无忌语，

ཆང་བཟི་ཕག་གི་སྨྱོས་གཏམ་གཉིས། །　　二是醉汉说疯话，
མི་རྒན་བཙོས་པའི་ལྐུག་གཏམ་གསུམ། །　　三是愚翁唠叨言，
འཛིན་རྒྱུ་མེད་པ་རྣམ་གསུམ་རེད། །　　此乃三样不计较。

༡༠ སེང་དཀར་མོ་རྒས་པའི་ང་རོ་དེས། །　　老迈雄狮璁鬃败，
མགོ་གཡུ་རལ་ཉམས་ཀྱང་རྣ་མཆོག་སྒྲུག །　　吼声依然震耳廓，
གངས་བུ་ཡུག་གཤགས་པའི་བག་ཆགས་རེད། །　　迎风破雪存遗风。
སྟག་དམར་ཡག་རྒས་པའི་འཛུམ་དྲུག་དེ། །　　老迈猛虎锦纹褪，
ཁ་དུང་སོ་བུད་ཀྱང་སྤར་མོ་བསྒྲད། །　　獠牙虽脱仍舞爪，
ཁ་ཤ་དམར་ཟོས་པའི་བག་ཆགས་རེད། །　　啖噬鲜肉存遗风。
སྨན་བུ་མོ་རྒས་པའི་ཟི་ལོ་དེས། །　　老迈俏娘颜色衰，
ལུས་འབྱུང་གཞི་རྒས་ཀྱང་གདོང་པ་བཀྲུ། །　　身姿虽枯爱打扮，
ཆུང་རོགས་ལོ་འདྲིས་པའི་བག་ཆགས་རེད། །　　芳华风流存遗风。

༡༡ དཔུང་པས་རྡོ་ལེབ་མི་ཆོག་ལེའི། །　　手臂难以拎石片，
རི་རབ་ཚད་ལ་ལེན་མདོག་ཁ། །　　妄想掂量须弥山。
སྦལ་ལྕོང་འདམ་དཀྱིལ་མི་བརྒལ་ལེའི། །　　蝌蚪难以越泥洼，
རྒྱ་མཚོའི་གཏིང་ཚད་ལེན་མདོག་བྱས། །　　妄想测量海深浅。

༡༢ དགྲ་འཐབ་ཁ་འཚོར་ན་དཔའ་བོ་མིན། །　　临战胆怯非好汉，
བུ་སྐྱེ་ཁ་དུས་ན་འཛངས་མ་མིན། །　　临产哭泣非贤妇。

༡༣ ནོར་བུ་དགོས་འདོད་དཔུང་འཛོམས་དེ། །　　满足欲望如意宝，
དབུལ་བ་སེལ་བའི་གཉེན་པོ་ཡིན། །　　解决贫困结善缘。
བཟང་དྲུག་སྨན་གྱི་སྦྱོར་སྡེབ་དེ། །　　按照妙方配良药，
བཞི་བརྒྱ་ནད་ཀྱི་གཉེན་པོ་ཡིན། །　　解除病痛得方法。
རྩ་བའི་བླ་མའི་གདམས་ངག་དེ། །　　具格上师赐教诫，

དམྱལ་ཁམས་བཅོམ་པའི་གཉེན་པོ་ཡིན། །
解脱地狱有保障。

གསེར་པའི་ཁྱུང་ཕྲུག་རྩེ་རྒྱལ། 色贝·琼楚泽嘉

བྱ་ཁྱུང་ཆེན་བརྒྱ་དེ་གཡས་ལ་བཞག །
百只琼鸟弃右边，
རྒོད་ངང་མ་བརྒྱ་དེ་གཡོན་ལ་བཞག །
百只雄鹰丢左边，
ཆུང་ཐང་ཕྲུག་གསུམ་ལ་འཕུར་ཁྲལ་བབ། །
三只雏鹫顶徭役，
བྱ་མཁའ་ལྡིང་གཟིགས་མོ་ཡག་པས་ན། །
要是禽鸟瞧得起，
ཁྱུང་སྒོ་ངའི་ནང་ནས་གཤོག་དྲུག་རྒྱས། །
蛋壳之中育翼翅，
སྟོང་བར་སྣང་རླབས་ཀྱིས་བགྲོད་བས་ཆོག །
遨游苍穹无不可。
རྟ་འདོ་ཆེན་བརྒྱ་དེ་གཡས་ལ་བཞག །
百匹骏马弃右边，
འདོ་ཆུང་བརྒྱ་དེ་གཡོན་ལ་བཞག །
百匹良骥置左边，
ཆུང་སྐྱ་བསྟོད་རིག་ལ་མགྱོགས་ཁྲལ་བབ། །
试鞍小驹顶徭役，
ཁྱིད་འདོ་ཆེན་སྣང་བ་སྤྲོ་བས་ན། །
要是良驹心欢喜，
རྒོད་ཨ་མའི་ལོག་ནས་རྒྱུག་རྩལ་རྫོགས། །
母腹之中成捷足，
ཆུང་སྐྱ་བསྟོད་ཐང་ཆེན་བགྲོད་པས་ཆོག །
驰骋莽原无不可。

འོམ་བུའི་གངས་སེང་རྩེ་རྒྱལ། 文普·冈森泽嘉

མཐོ་རི་རབ་ཁྱུང་གི་ཕྲུ་གུ་དེ། །
须弥山坳琼鸟雏，
ཆུང་སྒོ་ངའི་ནང་ནས་གཤོག་དྲུག་རྒྱས། །
幼在蛋中羽翼丰，
འཕུར་བར་སྣང་འགྲིམ་པ་ཨ་ཙུ་ཙི། །
腾空遨游等闲事，
ལུས་གཤོག་དྲུག་བར་སྣང་མ་བཅད་ན། །
不展六翼闯天域，
ཁྱུང་མཁའ་ལྡིང་ཕྲུ་གུ་མིན་རྟགས་ཀྱིས། །
雏鸟不是腾飞禽。
ནགས་ཙན་དན་སྟག་གི་ཕྲུ་གུ་དེ། །
檀林丛中老虎崽，
ལུས་མ་ལོག་ནང་ནས་འཛུམ་དྲུག་བཀྲ། །
幼在母腹显斑斓，
ཁང་སྡེར་བཞི་བསྒྲད་པ་ཨ་ཙུ་ཙི། །
展开利爪服群兽，

ལུས་འཛུམ་དྲུག་ཞིམ་ཤ་མ་ཟོས་ན། །
སྟག་དམར་ཡག་ཕྲུ་གུ་མིན་རྟགས་ཀྱིས། །

不亮锦毛啖鲜肉，
幼崽不是猛虎种。

སྟག་ཕྲུག་ནོར་བུ་རྩེ་རྒྱལ།

达楚·诺普泽嘉

༡ ཁྱུང་ཆེན་རི་རབ་རྩེ་ནས་ལྡིང་། །
གནམ་འཕང་མ་ཆོད་ཁྱུང་ཆེན་མིན། །
ཉ་ཆེན་རྒྱ་མཚོའི་ནང་ནས་འགྱུར། །
རྦ་རླབས་མ་ཆོད་ཉ་མོ་མིན། །
ཁུ་བྱུག་ལྗ་ཤིང་རྩེ་ནས་གྲག །
དྲུག་འགྱུར་མེད་ན་ལྗ་བྱ་མིན། །

琼鸟盘旋须弥顶，
不冲霄汉非琼鸟。
巨鲸畅游大海中，
不破浪涛非巨鲸。
杜鹃啼鸣柏树枝，
不鸣悠扬非杜鹃。

༢ བྲག་རིའི་བྲག་ཕྲུག་ངང་མའི་བུ། །
གཤོག་དྲུག་ཇོམ་པས་བྱ་ལམ་བཅད། །
གངས་རིའི་གངས་ཕྲུག་སེང་གེའི་བུ། །
གཡུ་རལ་ཇོམ་པས་དགྲ་བཞི་ཐུལ། །
ནགས་རིའི་ནགས་ཕྲུག་སྟག་མོའི་བུ། །
འཛུམ་དྲུག་ཇོམ་པས་མི་ཁྲག་འཐུང་། །

山崖之子是雏鹰，
展翅腾飞冲云霄。
雪山之子是幼狮，
抖起璁鬃镇群兽。
森林之子是虎崽，
彰显斑纹饮人血。

རྒོད་ལྕམ་དཀར་མོ།

贵姜嘎尔姆

ནགས་རི་མེ་ཡི་སྲེག་ཞན་འདྲ། །
སྟག་དམར་འཛུམ་དྲུག་མ་བླངས་ན། །
ཉག་ཕྲན་ཟེར་བ་སུ་ལ་བཏགས། །
གངས་རི་ཆབ་ལ་བསྐྱུར་ཞན་འདྲ། །
གཡུ་རལ་གདན་དུ་མ་འདིང་ན། །
ཁྲག་འཐུང་རྣོ་ངར་གང་ལ་རྗེག །

纵然山林被焚毁，
不把虎皮剥下来，
何谓穿心锋利箭。
纵然雪山被融化，
不把璁鬃当坐垫，
何谓饮血锋锐箭。

སེང་ལྕམ་འབྲུག་མོ། **森姜珠牡**

ཁོལ་མོ་འབྲོང་གི་རྭ་གདོང་ལ། །　雄壮野牛尖角前，
མདའ་རྒྱན་པོ་ཡོད་ཀྱང་འཛེམ་དགོས་ཡོད། །　箭法虽好该忌惮。
དམར་ཡག་སྟག་གི་ཚང་སྒོ་ལ། །　锦毛猛虎洞穴前，
མཚོན་རྣོན་པོ་ཡིན་ཡང་འཛེམ་དགོས་ཡོད། །　刀剑虽利该忌惮。
ཁྱི་མོ་ཚང་རོའི་སྒོ་རྩ་ལ། །　育崽母狗窝门前，
ཕོ་རྩོད་པོ་ཡོད་ཀྱང་འཛེམ་དགོས་ཡོད། །　好汉虽勇该忌惮。

སྣང་གསལ་མེ་ཏོག་མཛེས་ལྡན། **囊赛梅朵泽丹**

དཔྱིད་ཀྱི་ཁ་ཆར་འདབ་མ་དེ། །　春季所降雨夹雪，
ཕྱུགས་ལ་སྤང་སྐྱེ་ཞིང་གི་གྲོགས། །　有害家畜利播种。
ཉག་ཕྲན་མཚལ་དམར་སྒྲོ་བཞི་དེ། །　朱栝四羽锋锐箭，
སྲོག་ལ་སྤང་སྐྱེ་དོང་པའི་གྲོགས། །　有害性命利箭筒。
གླིང་དཀར་རྒྱལ་པོ་གེ་སར་དེ། །　白岭君王格萨尔，
ནག་ཕྱོགས་སྤང་སྐྱེ་དཀར་ཕྱོགས་གྲོགས། །　有害黑品利白品。

སྒང་སྟོད་ཉི་མ་གྲགས་པ། **岗多·尼玛扎巴**

ཐང་དཀར་འཕུར་ཚོད་མ་ཟིན་ན། །　白鹫腾飞莫过高，
བར་སྣང་སྟོང་པའི་རང་བཞིན་ཡིན། །　苍穹原本是虚空，
བྱ་འདབ་ཐོག་གིས་གཏོར་ལེ་ཡོང་། །　鸟羽或许被雷击。
རྒྱ་སྟག་མཆོང་ཚོད་མ་ཟིན་ན། །　猛虎腾跳莫张狂，
མདའ་གསུམ་འགུག་གི་རང་བཞིན་ཡིན། །　岔口布满捕兽夹，
ས་མདས་སྲོག་ལ་རྐོལ་ལེ་ཡོང་། །　地弩或许害性命。

ཉ་མོས་འཁྱུར་ཚོད་མ་བྱས་ན། །
རྒྱ་མཚོའི་རླབས་ཀྱི་རང་བཞིན་རེད། །
ལྕགས་ཀྱུས་སྙིང་ལ་གཟེར་ལེ་ཡོང་། །

鱼儿游动莫过度，
大海波涛虽汹涌，
鱼叉或许穿心脏。

པད་མཁར་ལྷུན་གྲུབ།

白喀尔 · 伦珠

༡ ཁྱི་ནག་དོམ་བུའི་སྐད་རྒྱངས་དེས། །
སེངྒེ་དཀར་མོའི་སེམས་རྩ་དཀྲུག །
དམར་ཆུང་ཝ་མོའི་རྔ་རྒྱང་དེས། །
དམར་ཡག་སྟག་གི་སྙིང་རྩ་དཀྲུག །

黑毛癞狗嚎叫声，
搅得雄狮意烦乱。
红毛骚狐竖尾巴，
搅得猛虎意烦乱。

༢ སྡར་མ་ཝ་མོའི་ཁྲུ་ཚོགས་དེ། །
གློག་ལྕམ་ཁྱི་ཡི་དགྲ་སྐལ་རེད། །
ཉམ་ཆུང་བྱིའུའི་ཁྲུ་ཚོགས་དེ། །
སྐྱ་ཁྲ་ཧོར་པའི་ཁ་ཟས་རེད། །
གླེན་པ་ལུག་གི་ཁྲུ་སྣ་དེ། །
སྤྱང་ཐང་སྤོན་མོའི་ལྟོ་སྐལ་རེད། །

懦夫骚狐乌合众，
凶猛獒犬当猎物。
弱小鸟雀集结众，
猛禽游隼做食物。
痴呆羊群聚集众，
凶悍恶狼视口粮。

༣ ཁྱི་སྡུག་རྡོ་ཚག་སླིང་ཏུ་མདའ། །
སྟག་ལ་ཨེ་འགྲོ་དེ་རིང་བལྟ། །
བྱིའུ་ཆུང་བཟུང་བའི་འགྲུག་ཆུང་དེ། །
ཁྱུང་ལ་ཨེ་འགྲོ་དེ་རིང་བལྟ། །

击打狗崽之石子，
对付老虎试试看。
抓捕麻雀之套扣，
对付神琼试试看。

དཔའ་བོ་དོམ་ནག་འཛིགས་མེད།

巴沃·冬那晋美

༡ ལྷས་མི་མགོན་དུས་དེར་མཆོད་མི་རེད། །
འདྲེས་མི་གནོད་དུས་ལ་སྐྱུལ་མི་རེད། །

神不佑时供奉者，
鬼无害时刺激者。

༢ མ་དར་དར་ཚོག་འཛུགས་པས་ན། །
དར་ལྷེ་རླུང་གིས་སྐྱོད་པས་ཟེར། །
མི་སྲིད་སྲིད་དབང་སྒྱུར་བས་ན། །
དམའ་ཕབ་རིན་གྱིས་ཉོ་བས་ཟེར། །

不宜之处扬旗幡，
大风必定撕旗幡。
不宜之策来执政，
动乱必定找上门。

༣ གཡུ་འབྲུག་ཐོག་དམར་འཕེན་ལམ་ནས། །
གནམ་ལྕགས་ཕ་བོང་ཧ་ལ་འཕངས། །
རྒྱ་སྟག་ངར་མའི་འགྲུགས་ལམ་ནས། །
ཐོ་རྟའི་སྙིང་ཁྲག་མ་འཐུང་མེད། །
ལྕགས་ཀྱུ་ངར་མ་རྫེག་ལམ་ནས། །
གསེར་གཉོག་ཉམ་ལ་མ་བཏོན་མེད།

青龙劈击雷电时，
陨铁磐石也粉碎。
凶猛老虎捕食时，
马匹心血随意饮。
尖锐铁钩垂钓时，
金鳍鱼儿尽情捞。

དགྲ་ལྷ་རྩེ་རྒྱལ།

扎拉泽嘉

༡ དར་སེང་གངས་དཀར་བཟུང་བའི་དུས། །
དགྲ་བུ་ཡུག་འཚུབ་པས་ཉལ་སར་ལྷུང་། །
སྟག་དམར་ཡག་ནགས་སྡོད་བཟུང་བའི་དུས། །
དགྲ་ཐོ་རྟའི་འཚེར་སྐད་བྱུར་གྱིས་དེད། །
འདྲེ་འཆི་བདག་རང་གནས་སྡོད་པའི་དུས། །
སྔགས་ཉུས་མེད་པཏ་སྒྲས་ཇམ་རྟོག་ལྷང་། །

雄狮栖居雪山时，
狂风暴雪助睡眠。
猛虎栖居山林时，
马驹嘶鸣惹恼怒。
死鬼栖居本处时，
咒师呸声遭忌讳。

༢ ནགས་མའི་རྒྱ་སྟག་ཁྲ་བོ་དེས། །
མི་ཁྲག་འཐུང་བས་འཛུམ་དྲུག་རྒྱས། །
ས་མདའ་ཟེར་བ་མ་རིག་ཐལ། །
ལ་ཁའི་སྤྱང་ཐང་སྔོན་མོ་དེས། །
ཤ་དམར་ཟོས་ཟོས་དུང་མཆེ་རྒྱགས། །

丛林之内斑斓虎，
因喝人血锦纹彰，
所谓地弩未曾见。
山梁之上青灰狼，
因吃鲜肉獠牙壮，

མདའ་སྐྱེན་ཟེར་བ་མ་མཐོང་ཐལ། །
རྒྱ་མཚོའི་ཆུ་སྲིན་ངར་མ་དེས། །
ཆུ་གནས་ཟོས་ཟོས་རལ་པ་བྱི། །
དུང་ཕྲུག་ཟེར་བ་མ་མཐོང་སོང་། །

所谓利箭未曾见。
海洋之中摩羯鱼，
因吞水族鬃髯竖，
所谓螺雏未曾见。

༣ རྟ་བདུན་དབང་པོའི་བང་ཤུགས་དེས། །
གླིང་བཞི་བསྐོར་ནས་འགྲོ་བའི་དུས། །
མུན་པ་བསལ་ལུགས་ག་འདྲ་འདུག །
སྲིན་བྱ་ཡི་མུག་ཨེ་སྐྱོ་བྱུང་། །
རི་རབ་མཁའ་ལྡིང་ཁྱུང་ཆེན་དེས། །
གཤོག་དྲུག་དགུང་ནས་ཛོམ་པའི་དུས། །
དུག་ཆེན་འཇོམས་ལུགས་ཅི་འདྲ་བྱུང་། །
ཀླུ་བདུད་ཡི་མུག་ཨེ་སྐྱོ་ཐལ། །

太阳运转凭驰力，
绕转四洲行走时，
照亮黑暗光如何，
罗刹枭鸟凄凉否？
翱翔须弥大琼鸟，
六翅在天炫耀时，
消除巨毒力如何，
鲁族妖魔凄凉否？

༤ སྔོན་ལ་ཤོར་བའི་བྱས་ཉེས་དེ། །
རྒོད་ངང་མའི་གཤོག་གིས་མི་སླེབས་ཟེར། །
རྗེས་ལ་ལུས་པའི་བྱས་དོན་དེ། །
ཚོད་ཐིག་པོ་མེད་ན་མི་ཟིན་ཟེར། །

先前犯下的过错，
虽生鹫翅难追悔；
留给日后的事业，
把握不准难掌控。

༥ ཉི་མའི་མདངས་དང་མེ་ཁྱེར་འོད། །
མུན་གསལ་མི་འདྲ་ལས་ཀྱིས་དབང་། །
རྨ་བྱའི་མདངས་དང་སྐྱ་ཀའི་སྒྲོ། །
མཛེས་བཀྲག་མི་མཉམ་ཐིག་ལེའི་མདངས།

太阳辉耀萤虫光，
亮光不同因业愿；
孔雀羽翎喜鹊毛，
华丽不等凭纹饰。

༦ རྐུན་པོས་རྗེས་ལ་བརྙས་གཏམ་དང་། །
སྤྱང་ཀིའི་ཐོད་ལ་ཛོམ་ཟས་གཉིས། །
ཁྲམ་པས་དཔུང་ལ་ཐོག་རྫིས་བཅས། །

小偷行窃还羞辱，
恶狼食肉并炫耀，
强盗劫舍袭军队，

རང་སྲོག་ཕུང་བའི་གཞི་མ་རེད། །

都是送命种祸根。

གསེར་ལྷ་མེ་ཧྲུ་དམར་པོ།

色拉 · 梅如玛波

༡ གནམ་ལྕགས་རྡོ་རྗེའི་ཕ་བོང་དེ། །
ཐོག་དམར་པོས་མ་ཕུབ་ལུས་ལེ་རེད། །
ལྷོ་ཁའི་སྟག་མོ་ཁ་དམར་དེ། །
མདའ་སྐྱེན་པོས་མ་ནོན་ཤོར་ལེ་རེད། །

陨铁金刚硬磐石，
虽遭雷击无损伤。
血盆大口洛隅虎，
虽中箭矢仍脱险。

༢ ནོར་སྲུང་གཏུམ་པོའི་རྔ་རྒྱང་དེས། །
དམར་ཡག་སྟག་ལ་འགྲན་ལེ་མིན། །
སྦྲང་ཆུང་ཟེར་མའི་ངར་སྐད་དེས། །
གཡུ་འབྲུག་གད་རྒྱངས་དོ་ལེ་མིན། །
བོང་བུ་གྭ་མའི་འདུར་འགྲོས་དེས། །
འདོ་ཆེན་བང་ཁ་ཟིན་ལེ་མིན། །

守财獒犬竖尾巴，
不可比肩锦毛虎。
小虫蜜蜂振翅音，
不可比拟霹雳声。
白脸毛驴颠走力，
不可比赛追骏马。

༣ གངས་དཀར་ར་བའི་ཁོང་གསེང་ནས། །
ཕ་ཤོར་སེང་ཕྲུག་ཁེར་ལུས་དེ། །
གཡུ་རལ་གཡུ་ལྡིང་འཕྱུར་བའི་དུས། །
སྡེར་བཞི་ཟིལ་གྱིས་གནོན་ལེ་བྱུང་། །
དེས་ན་དར་སེང་ཡིད་རེ་སྐྱིད། །
ལྷོ་རོང་ནགས་མའི་དཀྱིལ་ཤོད་ནས། །
སྟག་ཕྲུག་ཕ་ཤོར་ཁེར་ལུས་དེ། །
འཛུམ་དྲུག་རི་མོ་བཀྲ་བའི་དུས། །
དུག་མཆེ་ཁྲག་གིས་རྫོམས་ནས་བྱུང་། །
དེས་ན་རྒྱ་སྟག་ཡིད་རེ་སྤྲོ། །

白雪圩垣山坳中，
丧父幼狮成孤儿，
长成绿鬃猛兽时，
能够威震众爪类，
狮群自然心欢喜。
洛戎密林峡谷中，
丧父幼虎成孤儿，
长成斑斓猛兽时，
能够鲜血染爪牙，
虎类自然感欣慰。

༤ སྟོང་གཏམ་བྱང་རླུང་སྐྱ་མོ་དེ།། 空话犹如北风吹，
སྤར་མོས་འཛིན་རྒྱུ་གང་ན་འདུག། 岂可用手去抓握。
ལག་ལེན་ནམ་མཁའི་འཇའ་ཚོན་དེ།། 行动犹如空中虹，
སྒམ་ལ་བསྡུ་རྒྱུ་ཅི་ལ་འདུག། 谁能锁进箱柜中。

༥ དགུང་སྔོན་གཡུ་འབྲུག་སྔོན་མོ་དེ།། 青天之上青璁龙，
ལྷོ་སྤྲིན་ཕྱུག་མོའི་དཔུང་དང་སྦེབ།། 协同南天浓密云，
འབྲས་དྲུག་ཐང་ལ་མ་བསྒྲིལ་མེད།། 摧毁六谷难计数，
སྔགས་ཆེན་ནུས་པ་མ་རིག་ཟེར།། 咒师法力何曾见。
ལྷོ་རོང་རྒྱ་སྟག་ཁྲ་བོ་དེ།། 洛戎林莽斑斓虎，
ནགས་ཀླུང་ཕྱུག་མོའི་དཔུང་དང་སྦེབ།། 协同山林强劲风，
དུང་མཆེ་ཁྲག་གིས་མ་བརྒྱན་མེད།། 血染爪牙难计数，
འགུག་ཟོར་ཟེར་བ་མ་རིག་ཐལ།། 捕兽套扣何曾见。

༦ ནགས་མ་ཡོགས་ཀྱི་དམར་ཡག་སྟག། 丛林之中锦毛虎，
འཛུམ་དྲུག་རི་མོ་བཀྲ་བའི་དུས།། 身披斑斓虎纹时，
ཤ་དམར་མ་ཟོས་བསམ་པ་མེད།། 掠食鲜肉难计数，
ས་མདའི་འགུག་ལ་ཚུད་ཉིན་མོ།། 一旦身困陷阱中，
འགྱོད་པ་སྟག་ཕྲུག་ང་ལ་མེད།། 老虎不必太懊悔，
གྲ་རི་མོ་ཟེར་ནས་བཞག་པ་བཟང་།། 华纹锦毛留美誉。
དགུང་སྔོན་མཐིང་གི་ངར་ཆེན་འབྲུག། 蓝天之上青璁龙，
ཆར་རླུང་སྤྲིན་པ་འཛོམས་ཉིན་མོ།། 风雨云雾齐聚时，
ཐོག་དམར་པོས་རི་བྲག་མ་གཏོར་མེད།། 雷电摧崖难计数，
འཁྱུང་བའི་དབྱར་དགུན་བརྗེ་ཉིན་མོ།། 四季变换冬夏易，
འགྱོད་པ་གཡུ་འབྲུག་ང་ལ་མེད།། 青龙不必太懊悔，
ལག་ནོར་བུ་ཟེར་ནས་བཞག་པ་བཟང་།། 掌中宝珠留美誉。

༧ ཇོ་ཁྲམ་པས་ནོར་རྫས་མཐོང་བའི་དུས། །
རྒྱུ་འདོད་དགུ་ཧག་ལ་མ་ཐོབ་བར། །
སེམས་གངས་དཀར་ཁོག་ལ་མི་ཚུད་ཟེར། །
སྨན་རྐུབ་ཚོང་ཁྱི་ཇོ་མཐོང་བའི་དུས། །
ལུས་ཆགས་པས་ལན་ཆགས་མ་ཁུར་བར། །
མིག་ཁྲ་ཚུང་ཤུབས་ལ་མི་ཚོགས་ཟེར། །
གནའ་གེ་མོས་མཐའ་རྩྭ་མཐོང་བའི་དུས། །
ལུས་གཟུགས་བཞི་གཡང་ལ་མ་ལྷུང་བར། །
ལྕེ་ལེབ་ལེབ་ཁ་ལ་མི་ཚུད་ཟེར།

盗贼觊觎贵重财，
若不得手填欲壑，
腹中难容贪婪心。
娼妇盯上风流汉，
若不淫欲欠孽债，
眼眶难容色迷珠。
岩羊看到崖壁草，
若不失足坠悬崖，
嘴中难缩扁条舌。

སྟོབས་རྒྱལ་གྲགས་པ།

多嘉扎巴

༡ མ་བཅར་གངས་སེང་གཡུ་རལ་ཅན། །
བཅར་ན་ཁྱི་ནག་རལ་ལུ་ཅན། །
མགོ་སྐྱག་རལ་ཤིག་གེར་ཕ་བྲོས་བརྒྱབ། །
མ་བཅར་དམར་ཡག་འཛུམ་རིས་ཅན། །
གདོང་ཐུག་ན་ཕ་མོ་གཡུ་ལོ་ཁ། །
ཁུང་དུད་པ་སྦུར་རེ་ཕྱི་བྲོས་བྱས། །

远观璁鬃雪山狮，
靠近蓬头黑毛狗，
浑身屎尿去逃命。
远观华纹锦毛虎，
靠近黑嘴骚狐狸，
洞穴冒烟去逃命。

༢ ཆབ་ཆུ་བོ་གངས་དཀར་ཟུར་ནས་བབས། །
དམའ་ས་ནག་རུབ་ལ་མ་དྲང་བར། །
ཆབ་ཆུ་བོས་རང་ཚོད་འཛིན་ལེ་མིན། །
མེ་དམར་མོ་རྗེ་ལྷུགས་བར་ནས་བྱུང་། །
སྤྱང་དཀར་ཡག་ངོ་ལྷགས་མ་བཀབ་བར། །
མེ་དམར་མོས་འབར་ཚོད་བཟུང་ལེ་མིན། །

冰下溪流淌成河，
谷底黑土不冲豁，
滔滔浊浪难平息。
铁石碰撞闪火花，
草甸表层不焚尽，
彤彤火焰难熄灭。

དགྲ་འདུལ་ཁྲི་བདུད་གྲགས་པ། **占堆赤堆扎吧**

དགུང་གི་རྟ་བདུན་དབང་པོ་དེས། ། 天上日头七驾主，
གླིང་བཞི་བསྐོར་བ་རྒྱག་པའི་དུས། ། 环绕四洲轮转时，
སྐྱ་རེངས་མུན་པ་མ་གསལ་ན། ། 不用晨曦驱黑夜，
ཁྲི་གདུགས་ཟེར་བ་ངོ་རེ་ཚ། ། 称作太阳臊得慌。
སྤྲིན་ནང་གཡུ་འབྲུག་སྔོན་མོ་དེས། ། 云中青龙松石色，
རྒྱ་བྲག་ཐལ་ཕུང་བཟོ་བའི་དུས། ། 百崖碎成灰堆时，
སྙེ་ལོ་མགོ་སྐེ་མ་ཕྲལ་ན། ། 不把麦穗身首离，
ངར་སྐད་ཟེར་ཡང་ངོ་རེ་ཚ། ། 称作雷声臊得慌。
རི་རབ་མཁའ་ལྡིང་ཁྱུང་ཆེན་དེས། ། 须弥山顶大琼鸟，
ཀླུ་གཉན་ཟིལ་གྱིས་གནོན་པའི་དུས། ། 威震鲁族妖精时，
སྦྲུ་འགྲོའི་སྐེད་ནས་མ་བཅད་ན། ། 不将爬蛇拦腰斩，
གཤོག་རླབས་ཆེ་ཡང་ངོ་རེ་ཚ། ། 称作琼钦臊得慌。

རོང་སྲས་ལྷ་རྒོད་འབུམ་ལུ། **绒赛 · 拉贵奔鲁**

བྱིའུ་ཆུང་གཤོག་སྒྲ་མ་ཆེ་དང་། ། 小鸟翅声莫太响，
སྐྱ་ཁྲ་ཧོར་པའི་ཁ་ཟས་རེད། ། 沦为游隼之口粮。
ལུ་གུའི་མགོ་རྩེད་མ་རྩེ་དང་། ། 羔羊嬉戏别甩头，
སྤྱང་ཐང་སྔོན་མོའི་ཞིམ་ཟས་རེད། ། 沦为灰狼之美食。

ངམ་གྱི་བདུད་པོ་ཁམ་པ། **昂其 · 堆波康巴**

གངས་དཀར་ང་མཐོ་མ་བསམ་དང་། ། 皑皑雪山休得意，
དེའི་ཡན་ལ་ཁྲི་གདུགས་ཉི་མ་ཡོད། ། 顶上更有大太阳，

གངས་མར་འབབ་ཆབ་ལ་མ་བསྒྱུར་ན། །
དགུང་རྟ་བདུན་མིན་པའི་རྟགས་ལ་ཞོག །
སྟོན་འབྲས་དྲུག་སྐྱེ་བོང་མ་ཆེ་དང་། །
དེའི་ཡན་ལ་གནམ་ལྷགས་སེར་བ་ཡོད། །
འབྲུ་སྤོན་མོ་བམ་ཐང་མ་བཀྲམ་ན། །
དགུང་སེར་བ་མིན་པའི་རྟགས་ལ་ཞོག །

不把冰雪融成水，
天上所照非太阳。
秋日六谷休翘首，
顶上更有大冰雹，
不把颗粒撒满地，
天上所降非冰雹。

ཆོས་རྒྱལ་གྲགས་པ།

曲嘉扎巴

༡ བྱ་ནག་ཁྭ་ཏའི་ཨག་འགྱུར་སྒྲུ། །
རོང་ཆེན་ནགས་ནས་གྲག་གྲག་དེ། །
རོག་རྒྱས་སླག་ལ་འགྲིམ་ལེ་མིན། །
འདོ་ཆེན་རྟ་ཕོའི་བང་ཁ་དེ། །
བྱང་ཐང་དཀྱིལ་ནས་ཤོར་ཤོར་འདྲ། །
དོག་མོའི་འཕྲང་ལ་འགྲིམ་ལེ་མིན། །

黑鸟乌鸦亮嗓子，
密林谷中瞎叫嚷，
面对黑鹰可不行。
矫健骏骥想奔跑，
莽原旷野任驰骋，
面对狭路可不行。

༢ རྟ་འདོ་བ་ཡིན་པ་འདྲ་འདྲ་ལ། །
རྒྱུག་བང་ཁ་སུ་སྐྱེན་ཐང་ནས་གཞིབ། །
མདའ་ཉག་ཕྲན་འཕེན་ས་འདྲ་འདྲ་ལ། །
སྐྱེན་ཐག་ཚོད་སུ་རེད་འབེན་ལ་བལྟ། །

同样都是烈性马，
原上赛跑见分晓。
同样有的放箭矢，
谁更精准看靶子。

དུང་སྐྱོང་སྟག་ལྷ་ཁྲི་དཀར།

童炯·达拉赤嘎尔

༡ རི་རབ་འཛིན་པའི་ཁྱུང་གི་བུ། །
ཡང་རྩལ་རྫོགས་པའི་འདབ་གཤོག་དེ། །
འཕུར་ཟེར་བར་སྣང་ནབས་ཀྱིས་གཅོད། །
ནམ་མཁར་འཕྱོ་བའི་འབྲུག་གི་བུ། །

身居妙高琼鸟雏，
羽翼丰满振翅膀，
一飞冲天翔高空。
遨游天空蛟龙儿，

དབྱར་ཟ་སྒྲོག་པ་འབྱུང་བའི་སྒྲ། །
གྲག་ཟེར་རི་ལུང་ཨུར་གྱིས་བཀང་། །
ནགས་མ་རི་བཀྲ་སྟག་གི་བུ། །
ཤ་དམར་ཟོས་པས་འཛུམ་དྲུག་རྒྱས། །
ངར་ཟེར་དུད་འགྲོ་ཟིལ་གྱིས་གནོན། །

借助自然生雷鸣，
响声轰隆震山川。
盘踞山林猛虎崽，
鲜肉滋养显斑纹，
怒啸震慑众畜类。

༢ བྱ་གྲག་འདོད་བྱང་ལ་མ་ཡོང་ཡང་། །
ས་ཆུའི་འབྱུང་བས་བསྐུ་མ་བྱུང་། །
སྙན་ལྷང་ངེར་རི་ལུང་གྲག་པའི་དུས། །
འགྱོད་པ་ཅི་འདུག་ཡི་མུག་ཚོ། །
འབྲུག་ཨུར་འདོད་དགུང་ལ་མ་མཆོང་ཡང་། །
སྨུ་སྤྲིན་ནག་འཁྲུགས་པས་བསྐུ་མ་བྱུང་། །
ཐོག་དམར་པོས་བྲག་དཀར་གཏོར་བའི་དུས། །
འགྱོད་པ་ཅི་འདུག་བྱ་རྒྱལ་རྒོད། །

杜鹃北归非为啼，
只因季节来召唤，
啼声响彻山川时，
悲凉愁人更伤感。
蛟龙腾空非为吼，
只因阴云来召唤，
霹雳击碎山崖时，
鸟王鹫鹰更沮丧。

༣ གཡུ་འབྲུག་སྔོན་མོའི་འགྱུར་རྩལ་ལ། །
ཐོག་དམར་ཡོད་པ་ཀུན་གྱིས་ཤེས། །
འབྱུང་བཞི་འཁྲུགས་པའི་ཁྲུ་བ་རེད། །
གངས་སེང་དཀར་མོའི་དབང་ཐང་ལ། །
གཡུ་རལ་ཡོད་པ་ལོས་ཀྱང་ཤེས། །
སྡེར་ཆགས་ཀུན་གྱི་རྗེ་བོ་རེད། །
ཁྲི་གདུགས་ཉི་མའི་སྣུ་ཟེལ་གྱིས། །
མུན་པ་སེལ་བ་ལོས་ཀྱང་ཤེས། །
གཟའ་ཆེན་བརྒྱད་ཀྱི་གཙོ་བོ་རེད། །

青璁猛龙翻腾力，
生出雷霆都知晓，
四大混乱之结果。
白色雪狮威武身，
生有璁鬃都知晓，
成为兽类之君主。
太阳放射之光辉，
驱散黑暗都知晓，
成为八曜之主尊。

༤ གསེར་མདོག་ཅན་གྱི་བླ་མ་དེས། །
དབང་བསྐུར་ཆོས་བཤད་ལོས་དགོས་ཀྱང་། །

金光灿灿之喇嘛，
讲经灌顶本应该，

སེམས་ཉིད་རང་ངོ་མ་འཕྲོད་ན། །
གྲོང་འཁྱིམ་མང་ན་སྡོམ་པ་ཤོར། །
གོ་ཁྲབ་ཅན་གྱི་དཔའ་བོ་དེས། །
དཔའ་རྩོད་གདོང་ལེན་ཡོང་དགོས་ཀྱང་། །
དགྲ་ཚོད་སྟབས་དང་མ་བསྟུན་ན། །
ངར་འདོད་ཆེ་ན་སྲོག་དམར་ཤོར། །
དར་གོས་ཅན་གྱི་ན་ཆུང་དེར། །
མཛེས་འདོད་རྒྱན་ཆ་ཡོང་དགོས་ཀྱང་། །
མཚར་འདོད་ལུས་ཚོད་མ་ཟིན་ན། །
ཕྱི་དགའ་ཆེ་ན་རང་ལུས་བརྫད། །

心性自性不参悟，
走街串巷破戒律。
身披铠甲之武士，
迎战猛士本应该，
战略战术不得当，
匹夫之勇送性命。
身穿绫罗妙龄女，
爱美打扮本应该，
一味风骚不守身，
过分放荡毁躯体。

༥ དུས་ལ་ཡེང་ལོག་བྱུང་བའི་དུས། །
སྲོག་ལ་ཉོ་ཚོང་བྱེད་དགོས་མེད། །
ལུས་ལ་ན་ཚ་བྱུང་བའི་དུས། །
ཟས་ལ་གང་འདོད་སྤྱོད་རྒྱུ་མེད། །

世道发生混乱时，
不可拿命做交易。
身体发生疾病时，
不可随意吃食物。

༦ སེང་དཀར་མོའི་ངར་སྒྲ་གངས་ནས་སྒྲོག །
གངས་དཀར་ཆབ་ལ་ཉི་མས་བསྐྱུར། །
མགོ་གཡུ་རལ་ཟེར་བ་སྟོང་གཏམ་རེད། །
རྫ་རོག་པོ་འཁྱིམ་ན་ཁྱི་དང་ཉེར། །
མགོ་སྐྱག་རལ་ཤོར་བ་ལག་པའི་མཐིལ། །
འབྲུག་ཐོ་ཐང་གྲག་གྲག་དགུང་ནས་གྲག །
དགུང་ལྷོ་སྤྲིན་བྱང་རླུང་སྐྱ་མོས་གཏོར། །
ལག་ཐོག་དམར་ཟེར་བ་སྟོང་གཏམ་རེད། །
འབྲུག་སྤྲིན་མེད་འཁྱོ་ན་སྦྲུལ་དང་ཉེར། །
ཁ་ན་ལྕེ་སྐམ་པ་ལག་པའི་མཐིལ། །

狮吼发自雪山上，
阳光融雪化成水，
徒有璁鬃之虚名，
黑石山侧不如狗，
丢掉屎鬃如指掌。
龙吟发自天空中，
北风吹散南天云，
徒有携雷之虚名，
无云游龙不如蛇，
口干舌燥如指掌。

༧ བསྐོས་པ་ཐོད་པའི་རི་མོ་ལ། །
གཟུར་བས་ཐར་བ་ག་ལ་སྲིད། །

命运犹如颅骨纹，
规避岂能逃得过。

༨ སྲིབ་རི་ནགས་མའི་གདོང་ཟུར་ནས། །
ཝ་གུ་མས་ཁྱི་ལ་ལག་གཡུག་བྱས། །
ཀྲ་དམར་ཞྭ་ལ་མ་བརྒྱབ་མེད། །
སྤང་དཀར་ན་བའི་འཛིང་ལོགས་ནས། །
ཤ་བས་རྔོན་ལ་བང་ཁ་ངོམ། །
རྭ་བཅུ་གནང་ལ་མ་བཅད་མེད། །

阴坡灌丛梁子上，
狐狸招手惹猎狗，
常使毛皮做成帽。
山湾沼原草甸上，
雄鹿奔跑惹猎人，
常使头角被斩获。

༩ ཕ་བླ་མས་བརྩོན་པ་ཆོས་ལ་བྱས། །
ཆོས་གྲུབ་མཐའ་ཆགས་སྡང་ཆེ་བས་ན། །
རང་སྐྱོབ་པའི་ལྷ་ཡང་བདུད་དུ་འབབ། །
དུས་ཐ་མ་ལྟ་ལོག་དམྱལ་བར་ལྷུང་། །
གོང་དཔོན་པོས་བརྩོན་པ་ཁྲིམས་ལ་བྱས། །
ཁྲིམས་དྲང་དོན་རྒྱུ་ཇོ་བལྟས་པས་ན། །
རང་གུས་པའི་མི་ཡང་དགྲ་རུ་སྡང་། །
དུས་ཐ་མ་རྒྱལ་ཁྲིམས་རང་ལ་འབབ། །

上师勤奋学佛法，
讲究教派生嫉妒，
救怙神灵观成魔，
终因邪见堕地狱。
官员勤奋掌律法，
贪财受贿失公平，
恭良顺民当贼寇，
终因渎职落法网。

གླང་ཆེན་ནམ་མཁའི་ཐོག་བཟུང་།

朗钦 · 南喀托耸

༡ སྤྱང་པོ་ཐང་ཟེར་བའི་ཇོ་ར་མགོ། །
སྤང་སེར་ཡུའི་ལོགས་ནས་ཕྱུ་ལ་ལ། །
ལུག་གཡང་དཀར་ཞིམ་ཤ་ཟ་བསམ་ཡང་། །
མདའ་ཉག་ཐྲན་ལྕགས་ནག་སྒྲོ་བཞི་མས། །
ལུས་ཀྲ་ཆོམ་གཏོར་ཉིན་འགྱོད་རེ་ཆེ། །
ཤྭ་པོ་ཆེན་ཟེར་བའི་དུང་རྭ་ཅན། །

所谓野狼长耳朵，
黄草岭上急匆匆，
想吃绵羊肥美肉，
身中四羽铁镞箭，
射破皮毛才后悔。
所谓雄鹿白骨角，

སྒང་ལ་གསུམ་མགོ་ནས་ཟེ་རེ་རེ། །	高山顶上气昂昂，
མགོ་རྭ་བཅུས་ཁྲིམ་ཐག་གཅོད་བསམ་ཡང་། །	想用头角耍威风，
ཁྱི་སྒྲོག་ལྕམ་ཛ་གྲ་མགུལ་རྒྱན་གྱིས། །	牛尾项饰凶猛犬，
དམའ་གཤོང་བཞིར་ཕབ་ཉིན་འགྱོད་རེ་ཚེ། །	追下谷底才后悔。

ཨ་སྟག་ལྷ་མོ།　　**阿达鲁（拉）姆**

༡ མཁར་སྒོའི་གནམ་ལྕགས་ཁྲོ་ཆུ་དེ། །	门前生铁拴马桩，
མར་འབབ་ཆུ་ལ་མ་འཁྱིམ་ཟེར། །	浸入水中就生锈。
འདོ་བ་རྟ་ཡི་བང་ཁ་དེ། །	骏马良驹爱驰骋，
གོར་མོའི་ལམ་ལ་མ་འཁྱིམ་ཟེར། །	乱石道上折断腿。
རྒྱ་མཚོའི་ཉྭ་དཀར་འཕྱུག་ཤེས་དེ། །	湖中鱼儿善游动，
ལྕགས་ཀྱུས་གདོང་ལ་མ་འཁྱིམ་ཟེར། །	吞食钓钩必送命。
༢ མེ་ཏོག་སྤང་ལ་མི་བཀྲག་རྒྱུ། །	繁花绽放在草甸，
ས་ཆུའི་དྲོད་ཀྱིས་སྐྱེང་ནས་ཕུད། །	皆因春风化雨故。
སྐྱ་རེངས་ནམ་མཁའ་མི་ལངས་རྒྱུ། །	晨曦启明黑暗夜，
ཁྲི་གདུགས་ཉི་མས་རྒྱབ་ནས་དེད། །	皆因日光破晓故。
༣ ན་ཉིང་བཙོས་པའི་ལོ་ཆང་དེས། །	去年所酿周岁酒，
འདི་ལོ་གླད་ཡུ་འཁོར་རན་ཡིན། །	今年喝了会晕头。
ན་ཉིན་བོས་པའི་ཨ་མགྲོན་དེས། །	去年宴请的贵客，
འདི་ལོ་སྟོན་ཆེན་འཛོམ་རན་ཡིན། །	今年必然会盛宴。
༤ སྐྱ་ཁྲ་འཕུར་བའི་གཤོག་ལམ་ནས། །	游隼飞行利爪下，
བྱ་ཕྲུ་མང་པོ་ཐང་ལ་བརྡབ། །	众多小鸟被掠杀，
བྱིའུ་ཆུང་ཤོར་བསམ་ཞེ་ལ་མེད། །	小雀怎么能逃脱。

ཡ་ཐང་སྤྱང་ཀི་འཁྲིམ་ལམ་ནས། །
ནོར་ཕྱུགས་མང་པོ་ཧ་ལ་འཕངས། །
ལུག་ཆུང་ཤོར་བ་དཀྲ་ལ་བསྒྱུར། །

凶恶野狼尖牙下，
众多家畜被掠杀，
小羔怎么能逃脱。

༥ སྐར་ཚོགས་ཁྲ་མོའི་ཁྲུ་དཔུང་དེ། །
སྐྱ་རེངས་ཟེར་གྱིས་འཇོམས་པའི་དུས། །
སྐར་རྒྱན་རང་ས་ཟིན་ལེ་མིན། །
ཧ་བདུན་དབང་པོས་རྗེས་འདེད་ཡོད། །
མེ་ཏོག་ཁྲ་མོའི་དཔུང་ཚོགས་དེ། །
སད་དང་སེར་བས་བཅོམ་པའི་དུས། །
སྤང་རྒྱན་རང་ས་ཟིན་ལེ་མིན། །
སྐྱི་སེར་ལྷགས་རླུང་རྗེས་འདེད་ཡོད། །

寒光闪烁之群星，
遭到晨曦驱散时，
启明星也难坚守，
为有旭日要东升。
竞相盛开之繁花，
遭到雹打霜冻时，
龙胆花也难坚守，
为有寒风袭大地。

སྟོབས་ཆེན་མེ་འབར།

多钦梅跋尔

༡ རི་རབ་འཛིན་པའི་ཁྱུང་ཆེན་ལ། །
སྟོབས་རྩལ་འགྲན་མེད་ཀུན་གྱིས་ཤེས། །
མཁའ་ལམ་འཁྲིམ་པའི་གཡུ་འབྲུག་ལ། །
ངར་སྐད་ཆེ་བ་ཀུན་གྱིས་ཤེས། །
རྒྱ་མཚོ་དཀྲུག་པའི་ཆུ་སྲིན་ལ། །
ཇམ་འཇིགས་ཆེ་བ་ཀུན་གྱིས་ཤེས། །

盘踞须弥大琼鸟，
威力无比都清楚。
遨游天道青璁龙，
吼声巨大都清楚。
翻腾海洋摩羯鱼，
凶恶威猛都清楚。

༢ བླ་མས་སྲོག་ལ་ཉེར་འཚེ་གཅིག །
དཔོན་པོས་འབངས་ལ་ཁྲལ་འཇལ་གཉིས། །
ཁྲམ་པས་རོ་ལ་འཕོ་འདེབས་གསུམ། །
རྐུན་པོས་འབངས་ལ་ཁྲིམས་བཤད་བཞི། །
ནག་མོས་དམག་གི་གཙོ་བོ་ལྔ། །

一是喇嘛害性命，
二是官向民交税，
三是骗子度亡魂，
四是窃贼讲律法，
五是弱女统大军，

མི་སྲིད་སྲིད་པའི་ལས་ཀ་རེད། ། 都是无奇不有事。

༣ བྲག་དཀར་ཐོག་གིས་གཏོར་ཡང་བཟོད། ། 即使山崖被雷击，
ཐང་དཀར་གཤོག་དྲུག་མ་འཐོར་ན། ། 只要鹫鹰羽翼在，
སྒྲོ་ཁ་གར་བསྒྱུར་རང་དབང་ཡིན། ། 驾驭翅膀就随意。
ནགས་མ་མེ་ཡིས་ཚིག་ཞན་འདྲ། ། 即使山林被焚毁，
འཛུམ་དྲུག་མ་ཚིག་འཚམ་པས་ན། ། 只要猛虎锦毛在，
ཐོ་རྟའི་སྙིང་ཁྲག་གར་འཐུང་ཡིན། ། 啖噬马肉就随意。

༤ གངས་སྟོད་དར་སེང་དཀར་མོ་དེས། ། 雪山顶山白雄狮，
གཡུ་རལ་ངོམ་པས་སྡེར་ཆགས་བཀུམ། ། 炫耀璁鬃镇兽类，
སྟོང་ལམ་གངས་ལ་བགྲོད་པའི་དུས། ། 踏上回归雪山路，
ཁྲི་རྐན་རྗེས་འདེད་ཅི་ལ་རེད། ། 老狗何故来跟踪，
སྐྱུག་རལ་རླུང་ལ་མ་བསྐྱུར་ན། ། 不把屎鬃撒风中，
སྡེར་ཐོགས་རྒྱལ་པོ་ཅི་ལ་ཟེར། ། 如何配叫兽中王。
ནགས་མའི་རྒྱ་སྟག་ཁྲ་བོ་དེས། ། 丛林之中斑斓虎，
དུང་སོ་ངོམ་པས་མི་ཤ་ཟོས། ། 亮起獠牙吃人肉，
མཆེ་སྡེར་ནགས་ནས་བསྒྲད་པའི་དུས། ། 林中张开爪牙时，
ཝ་ཡོས་རྗེས་འདེད་ཅི་ལ་རེད། ། 狐狸何故来跟踪，
ཝ་ཡག་ཁྲག་ལ་མ་བསྙིས་ན། ། 不把狐毫蘸鲜血，
འཛུམ་དྲུག་ཟེར་བ་སུ་ལ་བཏགས། ། 如何配叫锦毛虎。

༥ ཕ་བླ་མའི་བློ་གཏད་ཆོས་ལ་བྱས། ། 喇嘛师父心向佛，
དཀོར་གསོག་འཛོག་གཉིས་དེ་རི་ལྟར་སྤུངས། ། 积攒信财堆成山，
སེམས་རང་ངོ་མི་འཕྲོད་སྲུང་སྡོམ་ཤོར། ། 不悟心性破戒律，
སྒོམ་ཉམས་རྟོགས་ཟེར་ཉིན་ཡི་རེ་མུག། 论起修行太寒酸，
ཚེ་ཕྱི་མ་འཁྲིམ་ཉིན་ཏ་རེ་གོ། 流落来生才醒悟。

གོང་དཔོན་པོས་བརྩོན་པ་ཁྲིམས་ལ་བྱས། །　　尊贵官员勤执法，
རྒྱུ་ཟས་ནོར་གཉིས་དེས་དཀོར་མཛོད་བཀང་། །　　赃资贿财满府库，
ཁྲིམས་དྲང་དོན་ལྐོག་ཟས་དབང་ལ་ཤོར། །　　贪赃枉法失公平，
ཁྲིམས་དྲང་ལམ་ཟེར་ཉིན་ངོ་རེ་ཚ། །　　说起公道太可耻，
ཤོག་ཕན་ཚུན་འཁྲིམ་ཉིན་ཧ་རེ་གོ།　　互换位置才醒悟。
སྨན་བུ་མོས་བློ་གཏད་གླུ་ལ་བྱས། །　　妙龄少女爱唱歌，
ཟོ་ཟི་ལོ་གཉིས་དེས་ཁུར་པོ་ཁུར། །　　春心荡漾起淫心，
ལུས་རང་ཚུགས་མི་ཐུབ་མི་དེ་སྨུང་། །　　不能守身失贞洁，
ཞེས་ཡོད་མེད་ཟེར་ཉིན་ཡ་རེ་ང་། །　　论起贤淑太可笑，
ཕོ་ཁྲམ་པས་གཡུག་ཉིན་ཧ་རེ་གོ།　　负心抛弃才醒悟。

༦ དམར་ཆུང་ཝ་མོས་གྲ་ངོམ་དེ། །　　红毛狐狸炫色泽，
དམར་ཡག་སྟག་ལ་འཁྲིམ་ལེ་མིན། །　　锦毛老虎难接受。
ཁྱི་ནག་ཧོམ་བུའི་ངར་སྒྲ་དེ། །　　黑毛癞狗吠叫声，
རི་བཀྲ་གཟིག་ལ་འཁྲིམ་ལེ་མིན། །　　花毛豹子难接受。
གླང་རྒན་ཁ་ཡི་འབོད་ངར་དེ། །　　黄毛老牯发怒吼，
བྲི་སེར་འབྲོང་ལ་འཁྲིམ་ལེ་མིན། །　　褐毛野牛难接受。

༧ མི་ཁྱག་ཁུར་པོ་ཁུར་ཉིན་མོ། །　　背负沉重包袱时，
ཁྲི་གདུགས་ཉི་མ་སྐྱོ་རོགས་རེད། །　　灼热阳光最讨厌。
མི་དགའ་ཞེ་ལ་ཤར་ཉིན་མོ། །　　心烦意乱生气时，
ཁ་མཚར་ཚིག་པ་ཟ་རོགས་རེད། །　　诙谐玩笑最讨厌。
ཡིད་སྨུག་སེམས་ལ་ཡོད་ཉིན་མོ། །　　悲伤凄凉痛苦时，
བྱ་ཁུ་བྱུག་སྐང་བ་སྐྱོ་རོགས་རེད། །　　杜鹃啼鸣最讨厌。

༨ མགོ་རྭ་བཅུ་རྒྱས་པའི་ཤྭ་བ་དེས། །　　十叉头角大雄鹿，
རྩེ་མང་ཡང་ཁྱི་ངོ་མི་ལོན་ཟེར། །　　角尖虽多狗难挡。

ལུས་གཞོག་རྡུག་མཛེས་པའི་ཁྱིམ་བྱ་དེས། །　美丽羽毛花公鸡，
སྒྲོ་མཛེས་ཀྱང་ནམ་འཕང་མི་ཆོད་ཟེར། །　羽翼虽美飞不起。
གླ་རོག་པོའི་ཁ་ཡི་དུང་མཆེ་དེས། །　黑麝口中白獠牙，
རྩེ་རྣོ་ཡང་དགྲ་ངོ་མི་ལོན་ཟེར། །　尖虽锋利敌难挡。

༩ བྱ་རྒྱལ་ཁྱུང་གི་མཆུ་སྡེར་དེ། །　尖喙利爪大琼鸟，
དུག་ཅན་ཟ་བའི་གཤེད་མ་རེད། །　啄食毒蛇成克星，
ནོར་བུ་མ་བླངས་བསམ་པ་མེད། །　夺取宝珠数不清，
རི་རབ་འཛིན་པས་བློ་རེ་བདེ། །　心满意足居妙高，
གཞོག་རྡུག་འཐོར་ཡང་འགྱོད་པ་མེད། །　羽翼飘零也无悔。
རི་བཀྲ་གཟིག་གི་ཐིག་ལེ་དེ། །　纹饰绚烂花豹子，
ཁྱི་ནག་དོམ་བུའི་གཤེད་མ་རེད། །　猎杀黑狗成克星，
ཁྱི་ཁྲག་མ་འཐུང་བསམ་པ་མེད། །　啜饮狗血数不清，
ལྗོ་རོང་འཁྱིམ་པ་བློ་རེ་བདེ། །　心满意足穿密林，
གྲ་འཛུམ་ཤོར་ཡང་འགྱོད་པ་མེད། །　华纹丧失也无悔。

༡༠ སྤྲིན་མེད་གནམ་ནས་འབྲུག་གཅིག་གྲག །　无云天上雷鸣声，
འབྲས་རྡུག་གཏོར་བ་ཕར་ལ་ཞོག །　别说冰雹砸六谷，
གློག་ལྕེ་ཐན་པས་སྐམ་ལེ་ཡོད། །　干旱枯焦闪电舌。
བྱ་མེད་ཐང་ན་ཁུ་བྱུག་འགྱུར། །　无鸟荒野杜鹃啼，
སྙན་འགྱུར་གླུ་དབྱངས་ཕར་ལ་ཞོག །　别说唱出婉转歌，
གཞོག་རྡུག་སྐྱ་ཁྲས་གཏོར་ལེ་ཡོད། །　游隼袭击鸟毛撒。

༡༡ མ་ངན་བུ་ལ་ཡག་བཤད་མེད། །　恶娘儿子行不端，
རྟ་ངན་ཕོ་རུ་རྒྱུག་ཤེད་མེད། །　驽马驹子跑不快。

༡༢ ཁ་བཤད་རྫ་ཆུ་ཧུར་མ་ལ། །　废话犹如石涧溪，

ཆུ་སྒྲ་ཆེ་ཡང་འབབ་རྒྱུ་ཉུང་། །	涛声虽大流量小。
སྟོང་གཏམ་བྱང་རླུང་སྐྱ་མོ་ལ། །	空话好似北风吹，
ཉུར་སྒྲ་ཆེ་ཡང་ཆར་པ་ཉུང་། །	风声虽大雨点小。
༧༣ རྒྱང་བལྟས་ན་དམར་ཡག་སྟག་རིས་ཅན། །	远看见到老虎纹，
འགྲམ་བཅར་ན་ཝ་མོ་ཛ་རྒྱང་ཅན། །	走近发现狐狸尾。
མགོ་སྐྲ་དཀར་སྙིང་གི་རྫོག་དཀར་དེ། །	皓首白发戴头盔，
དུས་ལིང་ལོག་ལྟད་མོ་བལྟ་འདོད་རེད། །	想看乱世多痛苦。
ལུས་སྦལ་རོའི་སྙིང་གི་ཁྲབ་དཀར་དེ། །	身如蛙尸披铠甲，
བུ་ཚ་བོའི་ཧ་བ་སྐྱོ་རོགས་རེད། །	想给儿孙添悲伤。
དཔུང་པོ་ཤོག་སྙིང་གི་དགྲ་སྟ་དེ། །	臂似朽木提战斧，
དགྲ་མ་ཐུབ་དཔུང་ལྷུ་བྲལ་རོགས་རེད། །	想把肩膀甩脱臼。
༧༤ པ་བླ་མའི་འདྲེན་སྟོན་ཆེ་ཆུང་དེ། །	上师度化之法力，
ཤི་དམྱལ་བའི་ཟངས་ཁ་འགྲིམ་ཉེན་རེད། །	流落地狱才见识。
གོང་དཔོན་པོའི་གཟིགས་པ་ཆེ་ཆུང་དེ། །	主公恩德之大小，
གཡོག་ཨ་སྨྱུག་བྱ་བ་ཉེས་ཉེན་རེད།	奴仆犯错才见识。
༧༥ རྒྱ་ཇ་མེ་ཏོག་ཡང་འཛིན་དེ། །	芳香四溢好茶叶，
རྒྱ་ལ་སྐྱེས་ཀྱང་བོད་ལ་འདྲེན། །	产自汉地销藏区，
འབྲི་བཅུའི་མར་གྱི་སྐྱོར་རོགས་རེད། །	成为酥油好佐料。
ལྷ་བྱ་ཁུ་བྱུག་སྔོན་མོ་དེ། །	青色仙禽杜鹃鸟，
ལྷོ་ལ་སྐྱེས་ཀྱང་བྱང་ལ་གྲགས། །	生于南国鸣北方，
ལྷ་ཤུག་ཕྱུག་མོའི་སྐྱེ་རོགས་རེད། །	成为柏树好伙伴。
༧༦ པ་བླ་མས་ཅི་གསུང་མ་བསྒྲུབ་ན། །	不尊喇嘛师父言，

བན་གྲྭ་ཚང་སྲུང་སྡོམ་གྲོང་ལ་ཤོར། །
ཁྲེལ་མི་ཁ་ཁུར་ནས་འཁོར་བར་འཁྱམས། །
ཚེ་ཕྱི་མ་འགྲིམ་ཉིན་ཧ་རེ་གོ། །
གོང་དཔོན་པོས་ཅི་གསུང་མ་བྱས་ན། །
འབངས་མི་སྡེའི་ཚེ་གསོག་ཇག་ལ་ཤོར། །
བྱུས་ཕམ་ཁ་ཁུར་ཞིང་རང་སྣ་བཙོང་། །
ཁྲོམ་མི་མང་འགྲིམ་ཉིན་ངོ་རེ་ཚ། །

僧团入市破戒律，
身背骂名堕轮回，
奔赴黄泉才明白。
不听上级官长话，
百姓生命遇寇患，
既打败仗又受辱，
游街示众更羞愧。

༡༧ མཚན་མོའི་མུན་པ་སེལ་བྱེད་ལ།
ཁྲི་གདུགས་ཉི་མ་མ་དགོས་ཐལ། །
སྐྱ་རེངས་འོད་ཀྱིས་གསལ་ནས་སོང་། །
ལྷ་བྱ་ཁུ་བྱུག་སྔོན་མོ་ལ། །
སྐྱ་ཁྲ་ཧོར་པ་མ་དགོས་ཐལ། །
ཁ་ལྕེ་ཐན་པས་སྐམ་ནས་སོང་། །
གསེར་ལྡན་ལྟོ་དཀར་ཉ་མོ་ལ། །
ལྕགས་ཀྱུ་ངར་མ་མ་དགོས་ཐལ། །
འཁྱུར་གཤོག་འཁྱག་ལ་འཁྱར་ནས་སོང་། །

对付夜幕之黑暗，
无需万丈太阳光，
黎明晨光能驱散。
对付青灰杜鹃鸟，
无需猛禽花鹞鹰，
旱热焦灼枯嘴舌。
对付河中白腹鱼，
无需铁钩来垂钓，
鱼鳍冻结在冰中。

ཁྱུང་རྫོང་ཁྲི་བདུད་གྲགས་པ།

琼宗·赤堆扎巴

༡ ཁྱུང་ཆེན་རི་རབ་འཛིན་པའི་དུས། །
སྦྲུ་འགྲོས་འཁྱུག་ཚོད་མ་བྱས་ཐལ། །
དུག་ཅན་ནོར་བུའི་ཐོར་ཚུགས་དེ། །
མཁའ་ལ་མི་ཁྱེར་ཁ་མེད་རེད། །
གཡུ་འབྲུག་སྤྲིན་བར་བཟུང་བའི་དུས། །
སྔགས་པས་རང་ཚོད་མ་བྱས་ཐལ། །
འབྲུ་བཅུད་ནོར་བུའི་གཏེར་ཁ་དེ། །

神琼雄踞须弥山，
爬蛇游动不停歇，
毒蛇顶上摩尼宝，
只有抓到天上去。
青龙遨游浓云间，
法师发咒不停歇，
珍贵粮食饱满粒，

དཀྱུང་ལ་མི་གཏོར་ཁ་མེད་རེད། ।	只有撒到地上去。
༢ ཞེ་ཕམ་ན་དགྲ་ལ་ཁ་ཕོ་བསྐམ། ।	心中委屈恨仇家，
ལྟོ་ལྟོགས་ན་ལས་ལ་བརྩོན་པ་གྱིས། ।	腹中饥饿勤劳动。
༣ མ་ཡོའི་པང་གི་བུ་གཅེས་དེ། ।	母亲怀抱娇宠儿，
ཕ་མ་རྒས་དུས་མ་ཕན་ན། ।	父母年迈不孝敬，
བུ་ཚ་ཡོད་མེད་འདྲ་འདྲ་རེད། ।	抚养子孙无意义。
འབུ་དུང་དཀར་འོ་མས་གསོས་ལེ་དེ། ।	牛奶滋养白螺虫，
དགྲ་ཆུ་སྲིན་གདོང་ལ་མ་ཕན་ན། ।	遇到摩羯不出力，
བཅུད་འོ་མ་སྙེར་བ་དོན་མེད་རེད། ।	喂食鲜奶无意义。
རྟ་འདོ་བ་ཆས་ཀྱིས་གསོས་ལེ་དེ། ।	精选饲料喂马匹，
ཐག་རིང་པོ་བགྲོད་ཉིན་མ་ཕན་ན། ।	远足途中用不上，
ཆས་ཁེབས་མ་བྱས་པ་དོན་རེ་ཆུང་། ।	呵护饲养无意义。
༤ གནམ་འཕུར་གཤོག་ཐོགས་མང་ན་ཡང་། ।	翔天翼族虽然多，
བྱ་རྒྱལ་ཁྱུང་ལ་འགྲན་ཟླ་མེད། ।	无法比拼大琼鸟，
འཕུར་བའི་གཤོག་རྡབས་ཁ་ཁ་རེད། ।	腾飞翅膀力不同，
ཀླུ་གཉན་འདུལ་ཞིང་རི་རབ་འཛིན། ।	降服鲁念踞妙高。
ས་འཛུལ་སྡེར་ཆགས་མང་ན་ཡང་། ।	入地爪类虽然多，
གངས་སྟོད་སེང་ལ་འགྲན་ཟླ་མེད། ।	无法比拼雪山狮，
སྟོབས་རྩལ་ཆེ་ལུགས་ཁ་ཁ་རེད། ।	勇猛威武力不同，
ངར་སྒྲ་སྒྲོག་ཅིང་གཡུ་རལ་གཟེངས། ।	发出怒吼抖绿鬃。
རྔོག་ཆགས་དུད་འགྲོ་མང་ན་ཡང་། ।	鬃毛畜类虽然多，
འདོ་ཆེན་བང་ལ་འགྲན་ཡ་མེད། ।	无法比拼骏骥驰，
རྐྱིག་པ་བགྲོད་ལུགས་ཁ་ཁ་རེད། ।	四蹄步伐力不同，
ཐང་ཆེན་བརྒྱལ་ཞིང་མགྱོགས་དར་ལེན། ।	跨越莽原夺冠军。

༥ རྟོགས་ལྡན་རྒན་པོའི་གདམས་ངག་ལ། །
བར་དོར་མི་འཇིགས་གདེང་ཞིག་དགོས། །
བྱ་རྒྱལ་ཐང་དཀར་ཆོད་པོ་དེ། །
གཡང་ལ་མི་ལྟུང་གདེང་ཞིག་ཡོད། །

开悟老者之教诫，
不惧中阴须自信。
鸟王白鹫之腾飞，
不坠深渊须自信。

༦ ཉི་མས་ལ་མོ་མ་བརྒལ་གོང་། །
མུན་པས་ཚུར་འགེལ་ཅི་ལ་རེད། །
རྒྱུ་བདག་ཙ་ར་མ་བྱས་གོང་། །
རྐུན་པོའི་ཁྲིམས་གཏམ་ཅི་ལ་ཡིན། །

日头没有落山前，
凭啥黑夜就降临。
失主没有指认前，
凭啥窃贼讲律法。

༧ གླེན་པ་ལུག་ཁྱུ་མང་ན་ཡང་། །
མ་ཐུབ་ཨ་ཐང་སྤྱང་པོ་རེད། །
ཞིམ་ཤ་མ་ཟོས་བསམ་པ་མེད། །
ཉམ་ཆུང་བྱིའུ་ཁྱུ་མཐུག་ན་ཡང་། །
ཙལ་ལ་མ་འགྲན་སྐྱ་ཁྲ་རེད། །
གཤོག་སྒྲུག་གཏོར་གཏོར་བཤད་ཚོད་མེད། །

傻憨绵羊虽然多，
无法战胜孤独狼，
所吃羊肉难计数。
弱小雀群虽众多，
无法对抗孤独隼，
所扯鸟毛难计数。

༨ བླ་མས་མི་ཆོས་དང་དུ་ལེན། །
སྡོམ་པ་ཤོར་བའི་སྔ་ལྟས་རེད། །
ཁྲམ་པས་རོ་ལ་འཕོ་བ་འདེབས། །
དམྱལ་བར་འགྲིམ་པའི་གཞི་མ་རེད། །
ནག་མོས་དམག་གི་དཔོན་པོ་བྱེད། །
གཡུལ་ཉེས་འོང་བའི་སྔ་ལྟས་རེད། །

喇嘛乐于务俗事，
违犯戒律露端倪。
无赖作法度尸首，
堕入地狱造业原。
妇道带兵做将帅，
沙场兵败现预兆。

༩ ཙན་དན་ནགས་རྒྱལ་སྤྲུག་མོ་ལ། །
གཡས་བསྐོར་རྒྱག་ནས་འགྲོ་བའི་དུས། །

檀香树木茂密林，
向右绕转行走时，

སྟག་དམར་ཡག་ཁྲོད་དང་འཕྲད་ན་བསམ། །
ཁྲ་ཁྲུག་གེར་འཛུམ་ཧྲུག་མ་བླངས་ན། །
དམའ་ས་མདའ་ཟེར་བ་ཅི་ལ་བཏགས། །
སྤང་སེར་ཡུའི་ཉག་ལམ་གོང་མ་ནས། །
གཡོན་བསྐོར་རྒྱུག་ནས་འགྲོ་བའི་དུས། །
ཤྭ་ཕོ་ཆེན་ཁྲོད་འདྲ་ཨེ་འཕྲད་བསམ། །
ངང་ཐ་རི་རྭ་བཅུ་མ་བླངས་ན། །
གཞུ་རྭ་ཤིང་འགུག་པ་དོན་རེ་ཆུང་། །
དམའ་རྒྱ་མཚོའི་ཐ་རླབས་འཕྱུར་ས་ནས། །
མཚོ་མཐའ་སྐོར་ནས་འགྲོ་བའི་དུས། །
ཉ་གསེར་མིག་ཁྲོད་དང་ཨེ་འཕྲད་བསམ། །
འོད་ཁྲུག་གེར་གསེར་མིག་མ་བཏོན་ན། །
རྣོ་ལྕགས་ཀྱུ་ཟེར་བ་གང་ལ་བཏགས། །

盼望遇到锦毛虎，
不把斑斓虎皮剥，
捕兽地弩名不符。
黄草山岭小径上，
向左绕转行走时，
期盼遇到大公鹿，
不把十叉鹿角卸，
弯弓搭箭无意义。
低洼湖泊涌波涛，
沿着湖边绕转时，
期望遇到金睛鱼，
不把光滑大鱼捞，
锋利钓钩声誉毁。

༡༠ དགུང་གི་ཧ་བདུན་དབང་པོ་དེས། །
གླིང་བཞི་གསལ་བ་ཡིན་ན་ཡང་། །
གཅོང་རོང་མི་གསལ་མུན་པའི་ཀློང་། །
དེས་ན་སྙོམ་ཆེན་དགོད་རེ་བྲོ། །
སྲོད་ལ་མ་ཇམ་སྲིན་བྱ་མིན། །
གནམ་ལྕགས་ཤེལ་གྱི་རལ་གྲི་དེ། །
སྲོག་ལ་ཇམ་པ་ཡིན་ན་ཡང་། །
ང་ལ་མི་འགྲིམ་གྲུབ་པའི་གཞི། །
དེས་ན་ཕ་ཝང་དགོད་རེ་བྲོ། །
གླད་ཁྲག་མ་གཏོར་གོར་མོ་མིན། །

天上辉耀太阳光，
虽然四洲都照遍，
深渊黑暗难照耀，
遭到鼹鼠之嘲笑，
不下杀手非苍枭。
钢刀亮如水晶柱，
虽然杀生是利器，
坚硬磐石难劈斩，
遭到蝙蝠之嘲笑，
不溅脑浆非石子。

༡༡ སྐྱེ་འཆི་འཛམ་གླིང་སྐྱེ་ཡི་སྐལ། །
དགའ་སྡུག་རེས་མོས་འཁོར་བའི་ལས། །

生死世人都有份，
苦乐交替轮回业。

རྟག་བརྟན་ཞིག་རལ་འཕྲུལ་པའི་གཞི། ། 恒定破败皆幻象，
མི་སྡུག་མི་འཇིགས་དཔའ་བོའི་གདེང་། 不悲不惧勇士品。

༡༢ གཏད་པའི་མདའ་མོ་སྒྲོ་བཞི་དེ། ། 四羽箭矢瞄得准，
འཕངས་པའི་འབེན་དང་འཕྲོད་ལེ་ཡིན། ། 必中所向之靶心。

སེར་བ་ཡ་མེད། **色瓦雅美**

༡ རྨ་བྱས་དུག་འཐུང་སྒྲོ་ཐིག་བཀྲག ། 孔雀饮毒华翎艳，
གཤོག་དྲུག་གནང་ལ་མི་ལེན་རྒྱུ། ། 为何羽翼被斩走，
རྩ་བ་མཛེས་པའི་སྒྲོ་ཀོར་རེད། ། 都是华翎惹的祸。
སྤྱང་མོས་ཤ་ཟོས་གྲ་ལོ་རྒྱས། ། 野狼食肉毛色亮，
གྲ་ཡག་ཁྲག་ལ་མི་བསྒྱུར་རྒྱུ། ། 为何好毛蘸鲜血，
རྩ་བ་ཕྱུགས་ལུག་འཕེལ་ཁ་རེད། ། 皆因危害家畜故。

༢ དགུང་གི་རྟ་བདུན་དབང་པོ་དེས། ། 天上太阳七驾主，
གླིང་བཞི་བསྐོར་ཚོད་མ་ཟིན་ན། ། 绕转四洲不停歇，
སྒྲ་གཅན་གདོང་ལ་ཧམ་རེ་ཆེ། ། 遭遇曜煞还狂妄，
མུན་པས་སྒྲིབ་ན་ཧ་རེ་གོ། 黑幕遮光才醒悟。
ནགས་མའི་རྒྱ་སྟག་ཁྲ་བོ་དེས། ། 苍茫山林花猛虎，
གཤོང་བཞི་འགྲིམ་ཚོད་མ་ཟིན་ན། ། 穿行川谷不停歇，
ས་མདའི་གདོང་ལ་ཛམ་རེ་ཆེ། ། 地弩当前还耍横
འཛུམ་དྲུག་ཤོར་ན་ཧ་རེ་གོ། 丢失锦毛才醒悟。
ལྷ་བྱ་ཁུ་བྱུག་སྔོན་མོ་དེས། ། 仙禽神鸟灰杜鹃，
བྱང་སྟོད་འགྲིམ་ཚོད་མ་བྱས་ན། ། 行走荒野不停歇，
ཐན་པའི་གདོང་ལ་ཉམ་རེ་དམའ། ། 面临干旱姿态低，
ཁ་ལྕེ་སྐམ་ན་ཧ་རེ་གོ། 口干舌燥才醒悟。

སྟག་དམར་ཀླུ་བདུད་གྲགས་པ།

达玛·鲁堆扎巴

༡ ལ་ཁའི་སྤྱང་ཐང་སྔོན་མོ་དེས། །
ལ་གསུམ་སྐང་བཞི་མི་འགྲིམ་ནས། །
ལུང་གསུམ་གཟན་ལ་ཅི་ལ་ཛམ། །
གཡང་དཀར་ཕྱུ་སྣ་གཅོད་བསམ་ཡང་། །
ཁྲ་རིང་འུར་རྡོས་སྲོག་དང་བྲལ། །
ནམ་མཁའི་སྐྱ་ཁྲ་ཧོར་པ་དེས། །
མཐོ་ལམ་ལྷབས་ཀྱིས་མི་གཅོད་པར། །
ལུང་གསུམ་ཆུ་ལ་ཅི་ལ་འཇུམ། །
བྱིའུ་ཚང་ཕྱུ་ཚོགས་གཏོར་བསམ་ཡང་། །
གནམ་ལྕགས་རྡོ་ཡིས་དང་རུ་གཞོག །

山岗那只青灰狼，
不到梁上去巡行，
为啥谷底谋掠食，
想把绵羊群分割，
花绳抛石会要命。
天上那只灰斑隼，
不到高空去翱翔，
为啥冲向谷底河，
想把山雀群冲散，
碰撞石头折锁骨。

༢ འབྱུང་བཞི་འཁྲུག་པའི་སྐད་སྒྲ་དེ། །
དགུང་སྔོན་འགྲིམས་པ་སྔོན་གྱིས་ལས། །
ཐོག་དམར་བྲག་རི་གར་གཏོར་རེད། །

四大[]混乱之动静，
运行青空前世业，
雷击石崖太容易。

༣ མི་འཇིགས་གདོང་ལྔའི་རྒྱལ་པོ་དེ། །
གངས་སྟོད་འཛིན་པ་ལས་ཀྱིས་བསྐོས། །
ངར་སྒྲས་སྡེར་ཐོགས་གར་མནན་རེད།

无畏五面之君王，
盘踞雪峰业注定，
怒吼震兽太容易。

༤ མཁའ་ལ་འཕྱོ་བའི་ཁྱུང་ཆེན་དེ། །
མ་དྲོས་ཀླུ་ཡི་ཁ་གནོན་རེད། །
བྱ་ཕྲན་མང་ཡང་འགྲན་རྒྱུ་མེད། །
ནགས་ལ་འཕྱོ་བའི་རྒྱ་སྟག་དེ། །
ཤ་དམར་ཟ་བའི་གཤེད་མ་རེད། །

腾空飞翔大琼鸟，
冷血鲁族镇伏者
凡鸟虽多无法比。
游走森林凶猛虎，
吞食鲜肉刽子手，

སྡེར་ཆགས་མང་ཡང་འགྲན་པར་དཀའ། །

爪类虽多无法比。

༥ ལྷོ་ཁའི་གཟིག་མོ་ཁ་དམར་དེས། །
ཁྱི་ཁྲག་འཐུང་འཐུང་ཐིག་ལེ་བཀྲག །
ཉག་མདའ་ཕྱུང་ཡང་འགྱོད་རྒྱུ་མེད། །
དགུང་སྔོན་གཡུ་འབྲུག་སྔོན་མོ་དེས། །
གློག་ལྷེ་འཁྱུག་འཁྱུག་རི་བྲག་གཏོར། །
ལྷགས་ལྷུང་ཕྱུང་ཡང་ཅི་ལ་འགྱོད། །

洛境母豹血红嘴，
狗血喝得斑纹艳，
利箭射来也无悔。
蓝天青龙松石色，
电光闪得山石破，
寒风到来也无悔。

སྟག་གཟིག་ཞལ་དཀར་ལྡན་པ།

达色・谐嘎尔丹巴

༡ གཡུ་འབྲུག་སྔོན་མོའི་སྐད་སྒྲ་དེ། །
འབྱུང་བཞི་འཁྲུག་པའི་ངར་སྐད་རེད། །
སྔགས་ཆེན་གདོང་ལ་ཅི་ཡོད་ཤེས། །
ཁུ་བྱུག་སྔོན་མོའི་གསུང་སྙན་དེ། །
དབྱར་དང་འགྲོགས་པའི་དྲུག་འགྱུར་རེད། །
སྐྱ་ཁྲའི་གདོང་ལ་ཅི་ཡོད་ཤེས། །

青色璁龙有声音，
四大开战才怒吼，
法师面前掂得清。
青鸟杜鹃有妙音，
夏日为伴才婉转，
鹞鹰面前掂得清。

༢ ནུས་མེད་ཨ་མྱེས་ཟོར་འཕེན་དེ། །
ཕར་ལ་ཐད་ཀྱང་ཚུར་ལ་གནོད། །
ཞ་ནེ་སྔོན་པོའི་རྗེ་ཁབ་དེ། །
ཕར་ལ་ཕུག་ཀྱང་ཚུར་ལ་འགུག །

无能法师抛咒品，
指向彼方伤此方。
铅条制成缝衣针，
戳向彼方弯此方。

གཞོན་ནུ་སྟོབས་ལྡན།

旋努多丹

༡ ཕོ་ལ་ཐོད་ཞན་ཟེར་བ་དེ། །
ཉིན་གཅིག་རླུང་རྟ་དར་རྒུད་རེད། །

所谓好汉之强弱，
一日时运之兴衰。

རྟ་ལ་མགྱོགས་ཞན་ཟེར་བ་དེ། ། 所谓骏马之快慢，
ཞག་གཅིག་རྩྭ་ཆུ་འགྲོ་ལུགས་རེད། ། 一夜水草之良莠。

དགུང་གི་རྟ་བདུན་དབང་པོ་དེས། ། 天上太阳七驾主，
གླིང་བཞི་བསྐོར་ཞིང་མུན་པ་བསལ། ། 绕转四洲驱暗夜，
སྒྲ་གཅན་བྱུང་ཡང་འགྱོད་རྒྱུ་མེད། ། 遭遇曜煞也无悔，
སྲིད་པ་སྔ་ཡི་བསྐོས་ཐང་རེད། ། 世间业缘已注定。

སྤྲིན་བར་གཡུ་འབྲུག་སྔོན་མོ་དེས། ། 青璁游龙在云间，
ངར་སྐད་སྒྲོག་ཅིང་ཐོག་དམར་ཕབ། ། 发着怒吼降霹雳，
ལྷགས་རླུང་བྱུང་ཡང་འགྱོད་རྒྱུ་མེད། ། 寒风来袭也无悔，
འབྱུང་བ་བརྗེ་བའི་བསྐོས་ཐང་རེད། ། 五行更迭有定数。

༢ མཁའ་ལྡིང་བྱ་ལམ་མི་བཟུང་རྒྱུ། ། 琼鸟无奈入天路，
ལྟོ་འགྲོ་ངན་པའི་དུག་ལྕེ་ལྡང་། ། 爬行害虫伸毒舌，
རྩ་བ་མ་དྲོས་ཀླུ་བདུད་རེད། ། 冷血鲁魔是祸根。
གཡུ་འབྲུག་ལྷོ་ལ་མི་འཕྱོ་རྒྱུ། ། 青龙无奈游南方，
བྱང་རླུང་བསེར་བུས་སྤྲིན་ཕུང་གཏོར། ། 寒冷北风吹云朵，
རྩ་བ་འབྱུང་བཞིའི་བརྗེ་ལན་རེད། ། 季节更替是祸根。

༣ སྟག་དམར་ནགས་ལ་ལོག་པ་ལ། ། 红虎回归山林时，
ཐོ་རུས་རྗེས་འདེད་ཤ་རེ་ཚ། ། 马驹跟踪太可怜，
ཤ་དམར་སྤྱང་ལ་མ་བཀྲམ་ན། ། 不把鲜肉布草甸，
འཛུམ་དྲུག་མིན་པའི་རྟགས་ལ་ཞོག ། 说明不是斑斓虎。
ཀྱུ་ཁྲ་ནམ་མཁར་ལྡིང་བའི་དུས། ། 游隼悬停空中时，
བྱིའུ་ཚང་གཤོག་འགྱུར་སྙིང་རེ་རྗེ། ། 小鸟翻飞太可怜，
གཤོག་དྲུག་བར་སྣང་མ་གཏོར་ན། ། 不把羽毛撒满天，

འཇུམ་ཆེན་མིན་པའི་རྟགས་ལ་ཞོག།　　说明不是猛禽隼。

༤ གངས་དཀར་ཟུར་གྱི་དར་སེང་ང་། །　　皑皑雪山凶猛狮，
གཡུ་རལ་གདོང་ལ་ཛོམ་པའི་དུས། །　　当面炫耀璁鬃时，
སྡེར་ཆགས་ཡོད་དགུ་ཟིལ་གྱིས་གནོན། །　　所有兽类被震慑，
གངས་དཀར་རྫོང་ལ་འགྲོ་བའི་དུས། །　　前往冰雪城堡时，
ཁྱི་ནག་དོམ་བུས་རྗེས་འདེད་བྱུང་། །　　黑狗居然来尾随，
ཁྱི་ཁྲག་མ་འཐུང་དར་སེང་མིན། །　　不饮狗血非雄狮。
ལྷོ་སྤྲིན་སྤྲིབ་ཀྱི་གཡུ་འབྲུག་ངས། །　　南天云间青璁龙，
ཐོག་དམར་དགུང་ནས་འཕེན་པའི་དུས། །　　空中劈下雷霆时，
རི་བྲག་མང་པོ་ཐལ་ཕུང་བཟོ། །　　许多石峰成土堆，
དགུང་སྔོན་མཐོངས་ན་འགྲོ་བའི་དུས། །　　腾空飞翔霄汉时，
རྒྱ་ཞིང་ཕྱུག་མོའི་ཤུ་སྒྲུ་བྱུང་། །　　百亩良田吹口哨，
འབྲས་དྲུག་མ་གཏོར་སེར་སྤྲིན་མིན། །　　不撒六谷非雹云。

༥ འདུར་སྐྱེན་སྤྱང་ཐང་སྔོན་མོ་དེས། །　　青灰野狼善奔跑，
རྒྱུག་ཚོད་སྐབས་དང་མ་བསྟུན་ན། །　　奔跑时机不掌握，
རྫི་བཟང་ཅུར་གྱིས་ཀླད་ཁྲག་གཏོར། །　　牧人抛石破脑门。
འཁྲུར་མཁན་ཁུ་བྱུག་སྔོན་མོ་དེས། །　　青灰杜鹃善啼鸣，
གྲགས་ཚོད་དུས་དང་མ་བསྟུན་ན། །　　啼鸣时机不掌握，
གྲགས་སྔ་ན་རྣ་ལྕེ་ཐན་པས་སྐམ། །　　过早啼鸣喙舌干。

༦ ཕ་བསད་སྟོང་འཇལ་གང་ལ་བབས། །　　杀父命债向谁讨，
མ་བསད་མོ་གྱོད་སུ་ལ་ཐུག།　　害母冤仇向谁报。

༧ ཉ་བདུན་འགྲོ་འགྲོ་ཤར་ནས་འགྲོ །　　太阳冉冉从东升，
མུན་པ་གསལ་གསལ་བཤད་ཚོད་མེད། །　　暗夜沉沉被驱散，

ནུབ་རི་བརྒལ་ཡང་འགྱོད་རྒྱུ་མེད། ། 翻过西山别遗憾，
ཉིན་མཚན་གཡལ་ཏུ་མགོ་སྤྲེལ་རེད། ། 昼夜相接如褡裢。
གཡུ་འབྲུག་འཕྱོ་བ་ལྷོ་ནས་གྲགས། ། 雷声隆隆从南来，
ཐོག་དམར་འཕང་འཕང་བཤད་ཚོད་མེད། ། 霹雳滚滚数不尽，
ཐན་པ་བྱུང་ཡང་འགྱོད་རྒྱུ་མེད། ། 遇上干旱别遗憾，
དབྱར་དགུན་ནམ་ཟླ་བརྗེ་རེས་རེད། ། 冬夏更替换季节。

མི་བསད་ཤ་པ་གཙུག་ཏུ་བཀུར། ། 杀人罪犯捧上头，
ཁྲིམས་ཁང་ནང་ལ་ཨ་མཆོད་བཙུད། ། 诵经师父关进牢。
མ་རབས་བུ་མོ་ཕྱུག་ལ་འཇོག ། 凶恶女人迎进家，
དྲིན་ཅན་ཕ་མ་སྒོ་ལ་ཕུད། ། 恩重父母赶出门。
རྒྱུད་བཟང་ཡ་རབས་སྨྲ་ཕབ་བྱེད། ། 正人君子被羞辱，
མཐུན་དཀྲུག་མི་རྣམས་ངོ་སོ་བསྟོད། ། 奸诈恶徒受表彰。

དུག་རུའི་ཁྲ་ནག་བཙན་པོ། 毒如·恰那赞普

པ་བླ་མ་ཟེར་བའི་དམར་སེར་ཙ་དོག ། 喇嘛师父红黄衣，
ཆོས་ཟག་མེད་རིག་པའི་ངོ་སྤྲོད་དེ། ། 介绍无漏佛法明，
བདུད་ནག་པོས་བསླུས་པས་རྩོད་པ་བྱེད། ། 魔障诱惑瞎议论，
རྒྱ་ཟས་ནོར་གསེར་དངུལ་མཛོད་ཕུག་བཀང་། ། 金银财宝盈仓库，
ཁྲིད་གདམས་ངག་དབང་བསྐུར་ཤ་ར་ར། ། 讲经说法还灌顶，
སྡིག་རང་ལ་འཁོར་ལེ་མ་ཤེས་ཟེར། ། 自招恶业没觉察。
གོང་དཔོན་པོ་ཟེར་བ་ཁྲིམས་པའི་བུ། ། 位高权重执法官，
ཁྲིམས་དྲང་དོན་གསེར་གྱི་གཉའ་ཤིང་དེ། ། 公平正义金权杖，
མི་མཁས་པས་བསླུས་པ་རྒྱུ་ལ་བརྗེ། ། 奸佞诱惑换钱财，
དགྲ་ཁ་མཆུ་གཉིས་དེས་མཛོད་ཕུག་བཀང་། ། 鸣冤叫屈满公堂，
གཏམ་མགོ་བསྐོར་བསླུ་ཐབས་ཤ་ར་ར། ། 说谎欺诈还诓骗，

ཉེས་རང་ལ་འཁོར་ལེ་མ་ཤེས་ཟེར། །　　自招罪责没察觉。

སྐ་བདེ་ཆོས་སྐྱོང་བེར་ནག　　嘎德·曲炯贝那

༡ ཤེད་མེད་ཤེད་ལ་ཅི་ལ་འགྲན། །　　无力何苦比力气，
ཀླད་རྒྱ་འཐོར་ལེ་ཡོས་ཀྱང་ཤེས། །　　摔破脑袋很显然。
རྩལ་ཆུང་རྟ་ལ་མཐུར་སྐྱ་ཐབ། །　　无技何苦马冲坡，
རང་མགོ་ཆག་ལེ་ཡོས་ཀྱང་ཤེས། །　　撞破头颅很显然。
དཔའ་མེད་སྨི་ལི་གླིང་ལ་འགྲན། །　　无胆木里斗岭国，
བྱུས་ཕམ་ཡོང་བ་ཡོས་ཀྱང་ཤེས། །　　战败亡国很显然。

༢ བྲག་ལ་སྒོམ་པའི་རྟོགས་ལྡན་དེ། །　　禅修岩洞觉悟者，
ཉམས་སད་རྟོགས་པའི་རྒྱལ་ས་ཟིན། །　　开悟通达得尊位，
རྣམ་རྟོག་ཤར་བ་རྟོགས་པའི་གྲོགས། །　　产生疑虑助觉醒，
བར་དོ་འཁྲིམ་ལ་ཡ་ང་མེད། །　　奔赴中阴不惊慌，
འབྲེལ་ཚད་འདྲེན་པ་ཨ་ཁུ་ཅི། །　　度化有缘就轻松。
ནུས་ལྡན་ཨ་མྱེའི་དྲག་སྐུལ་ལ། །　　功力法师修猛咒，
ཏིང་འཛིན་སྔགས་ཀྱི་ནུས་སྟོབས་འཕེལ། །　　禅定密咒增法力，
རྒོལ་བ་ཐར་པའི་གྲོགས་སུ་ཤར། །　　受到侵犯助解脱，
བསྒྲལ་ཚད་འདྲེན་ལ་ཡ་ང་མེད། །　　度脱所诛不惊慌，
མཐོང་ཐོས་འདྲེན་ལ་ཨ་ཁུ་ཅི། །　　度化见闻就轻松。

སྐྱུང་ཐུལ་ཧ་རི་ཀླུ་དཔལ།　　江突·哈日鲁巴

༡ ངར་རྣོད་དུག་གི་སྤུ་གྲི་ལ། །　　锋利毒刃波米刀，
རྣོ་ཆོད་ཡོད་པ་བཤད་དགོས་མེད། །　　劈斩功能不用说。
ཤུགས་ཆེན་གནམ་ལྕགས་ཐོག་དམར་ལ། །　　威力巨大天上雷，

སྟོབས་རྩལ་ཆེ་བ་གླེང་དགོས་མེད། །
སྐད་གྲག་ཁུ་བྱུག་སྔོན་མོ་ལ། །
གསུང་སྐད་སྙན་པ་བཤད་དགོས་མེད། །

摧毁功能不用说。
驰名杜鹃青灰鸟，
声音动听不用说。

༢ མི་ཕོ་ཅི་ཤི་ཕྱུས་ལ་ཤི། །
མི་ཕོ་ཕྱུས་ཤི་མ་ནུས་ན། །
ཝ་མོས་ཚང་བཟུང་ཨ་བ་རེ། །
རྟ་ཕོ་ཅི་ཤི་རྒྱུག་ལ་ཤི། །
འདོ་བ་རྒྱུག་ཤི་མ་ནུས་ན། །
གྱང་ཧྲུལ་ལོགས་ཀྱི་ལྷ་བྲིས་འདྲ། །

好男赴死为家国，
要是不能为国死，
如狐躲洞太可悲。
好马赴死为奔跑，
要是不能奔跑死，
就像断壁绘画像。

༣ ལུག་གཡང་དཀར་ལྷས་ར་བཟུང་བ་ལ། །
སྤྱང་ཐང་འདུར་འགྲོས་ཅི་ལ་རེད། །
ཨུར་ཁྲ་མོས་མགོ་སྟོད་ཀླད་ཁྲག་གཏོར། །
སྲི་བརྒྱུད་རང་མལ་སྡོད་པའི་དུས། །
སྔགས་པས་ཐུན་ཟོར་ཅི་ལ་རེད། །
ཐོག་དམར་པོས་ཁ་ལོ་མི་བསྒྱུར་རེ། །

绵羊赶进羊圈时，
野狼慢跑有图谋，
花绳抛石脑浆迸。
鬼神安居守本位，
法师放咒有图谋，
驾驭雷电来回击。

སེང་ཕྲུག་ཐོག་ལྷ་བཙན་པོ།

森楚托拉赞波

དར་སེང་གངས་སྡོད་འཛིན་པའི་དུས། །
བུ་ཡུག་འཚུབ་མས་ལག་གཡུག་བྱུང་། །
སྡེར་བཞི་མི་བསྒྲད་ཀ་མེད་རེད། །
གཡུ་འབྲུག་སྤྲིན་ཀློང་བཟུང་བའི་དུས། །
ཆུ་རླུང་སྨུག་པས་བསུ་མ་བྱུང་། །
འབྲས་དཀར་མི་གཏོར་ཀ་མེད་རེད། །
གླིང་དཀར་རང་སར་བཟུང་བ་ལ། །

雄狮闲居雪山上，
狂风暴雪来招手，
利爪不得不张开。
青龙漫游乌云间，
风雨雾霾来迎接，
冰雹不得不横扫。
白岭据守营盘时，

ཁྲུང་སྟག་བློན་པོས་བསུ་མ་བྱུང་། །
སྐར་ཚུང་མི་གཏོར་ཀ་མེད་རེད། །

琼那大臣来挑衅，
小寨不得不攻破。

མེ་འཁྲིལ་གློག་འོད།

梅齐洛维

ཁྱི་ནག་རྡོ་འདེད་བྱས་བྱས་དེ། །
དམར་ཡག་སྟག་ལ་འགྲིམ་ལོ་མིན། །
ཆུ་སྲིན་ཆུ་གནས་ཟོས་ཟོས་དེ། །
དུང་དཀར་འབུ་ལ་འགྲོ་ལོ་མིན། །

投石追狗之作法，
对待老虎行不通。
摩羯吃鱼之作法，
对待螺虫行不通。

སྨར་ཁམས་ཆོས་རྒྱལ་གྲགས་པ།

玛康·曲嘉扎巴

༡ ཚེ་རབས་ལས་ཀྱི་རྟ་ཕོ་དེ། །
བློ་ཁྲེལ་བ་བྱུང་ན་ལྕག་གིས་བྲབ། །
གཏན་དུ་སྐྱོང་བའི་མ་འབྲི་དེ། །
ལྟོ་ལྟོགས་པ་བྱུང་ན་བཤས་ལ་ཕབ། །
སྲོག་བྱུས་ལ་བཏང་བའི་བློན་པོ་དེ། །
གཡུལ་ཕམ་ན་དྲག་པོའི་ཁྲིམས་ལ་སྦྱར། །

终身服役老战马，
情急之下会鞭打。
向来恩重老母牛，
腹中饥饿会屠宰。
舍命护国老忠臣，
打了败仗会法办。

༢ ས་འགྱུར་རྡོ་འགྱུར་དུས་ཚོད་འགྱུར། །
བསྐལ་པ་ངན་པས་མགོ་དཔོན་འགྱུར། །
ཚེ་རོགས་ངན་ན་ཆུང་མ་འགྱུར། །

地变石变时代变，
世道变乱头人变，
丈夫变坏妻子变。

རོམ་རྒོད་ལྷ་དཀར།

童贵多嘎尔

༡ དགུང་སྔོན་མཐོངས་ཀྱི་གཡུ་འབྲུག་དེ། །
མཁའ་ལ་འཕྱོ་བ་ལས་ཀྱིས་བསྐོས། །

青天之上青璁龙，
遨游天空业注定，

འབྲས་དྲུག་བཅོམ་པ་ཨ་ཙ་ཅི། །
སྔོན་མོ་མཚོན་གྱི་ལྕགས་ཀྱུ་དེས། །
རྒྱ་མཚོ་དཀྲུག་པ་ལས་ཀྱིས་བསྐོས། །
གསེར་མིག་འདོན་པ་ཨ་ཙ་ཅི། །
ས་གཞི་སྟེང་གི་འདོ་ཕྲུག་རྟ། །
མགྱོགས་འགྲོས་ལྡན་པ་ལས་ཀྱིས་བསྐོས། །
ཐང་ཆེན་བགྲོད་ལ་ཨ་ཙ་ཅི། །

劫掠六谷平常事。
青锋铁器钓鱼钩，
搅动湖水业注定，
捕捞金睛平常事。
大地之上骠骏马，
善于奔跑业注定，
驰骋旷野平常事。

བ་དུར་ཐང་དཀར་རྩེ་རྒོད།

巴图尔·唐嘎尔泽贵

མེ་དམར་མོའི་འབར་སྣ་རླུང་གིས་ཁྲིད། །
ནགས་ཙན་དན་མི་བསྲེག་ཁ་མེད་རེད། །
སྟག་དམར་ཡག་ཡི་མུག་ཨེ་སྐྱེ་འདུག །
གློག་དམར་པོའི་འབྲུག་སྒྲ་སྒྲོག་གིས་ཁྲིད། །
བྲག་དཀར་པོ་མི་གཏོར་ཁ་མེད་བྱུང་། །
རྒོད་ངང་མ་ཡི་མུག་ཨེ་སྐྱེ་འདུག །

清风引燃红火焰，
焚烧檀林不得已，
赤虎必定生悲凉。
闪电引出霹雳声，
摧毁白崖不得已，
白鹫必定生悲凉。

ཁྱ་ཁྲི་ཁམ་པ་ཡ་མེད།

恰赤·康巴雅美

༡ རྨ་བྱས་ལྟོ་ལ་བཙན་དུག་ཟ། །
ཐ་མ་རང་ཉིད་དུག་གིས་ཤི། །
སྤྱང་ཀིས་ཟས་ལ་ཤ་དམར་ཟ། །
ཐ་མ་མགྱོགས་ལག་དོང་ལ་ཚུད། །
ཁྲམ་པས་རྒྱུ་ལ་ཧབ་ཐོབ་བྱེད། །
ཐ་མར་རང་ཉིད་དབང་པོ་ཤོར། །

孔雀腹中吞毒物，
最终自己被毒死。
豺狼食物吃鲜肉，
最终手爪困陷阱。
强盗劫掠他人财，
最终自己丢五官。

༢ ཕུ་གསུམ་གངས་ཀྱི་ར་བ་དེ། །

上部山谷雪山围，

མར་འབབ་ཆབ་ལ་ཉི་མས་བསྒྱུར། །　阳光化成东流水。
མདའ་གསུམ་སྤང་དཀར་ཞུན་མ་དེ། །　下部谷口平草地，
ས་ནག་ཞིང་ལ་ཐོང་སོས་བསྒྱུར། །　犁头耕成黑土田。

༣ ཤག་རོགས་བཟང་པོའི་དྲིན་ལན་དེ། །　贤良朋友之恩德，
མ་ཞུས་མཐུན་གསུམ་གྱིས་པའི་གཞི། །　不思报答必失睦。
ཚད་མེད་དགྲ་བོའི་ངན་ལན་དེ། །　凶恶敌寇之宿怨，
མ་འཁྲོད་ནམ་ཕུག་བརྙས་པའི་གཞི། །　不思报仇常受辱。

གླིང་སྒྲུང་གི་གཏམ་དཔེ་དང་གདམས་ཚིག་གཅེས་བཏུས།

ཡུལ་ཤུལ་བོད་རིགས་རང་སྐྱོང་ཁུལ་གི་སར་རིག་གནས་ལས་གཞི་
གཞུང་ལས་ཁང་གིས་བསྒྲིགས།

རྩོམ་སྒྲིག་འགན་འཁུར་བ། ཚངས་པོ།

གདན་ཞུས་རྩོམ་སྒྲིག་པ། ཏ་མགྲིན་རྒྱལ། ཚེ་རིང་ཕུན་ཚོགས། དགེ་ལེགས་ཆོས་འཕེལ། ཕྲིན་ལས། ཚེ་དཔལ་སྐྱབས། བཀྲ་ཤིས་ཚེ་རིང་།

མདུན་ཤོག་རྩུས་འགོད། པེ་ཅིང་ཐེན་ཆི་མྱུར་གསར་རིག་སྤེལ་ཚད་ཡོད་སྤྱི་གཉེར་ཁང་།

པར་གཞི་སྒྲིག་སྦྱོར། གཙུག་ལག་ཐྲིང་བ་པར་སྒྲིག་ལས་གཉེར་ཁང་།

པར་སྐྲུན་འགྲེམ་སྤེལ། ཀྲུང་གོའི་བོད་རིག་པ་དཔེ་སྐྲུན་ཁང་།

པར་འདེབས། པེ་ཅིང་ཀོང་དབྱི་པར་འདེབས་ཚད་ཡོད་སྤྱི་གཉེར་ཁང་།

དེབ་ཚད། 787mm×1092mm 1/16

དཔར་ཤོག 96

པར་གཞི། 2023ལོའི་ཟླ་12པར་པར་གཞི་དང་པོ་བསྒྲིགས།

དཔར་ཐེངས། 2023ལོའི་ཟླ་12པར་དཔར་ཐེངས་དང་པོ་བཏབ།

དཔེ་རྟགས། ISBN 978-7-5211-0496-7

རིན་གོང་སྒོར། 350.00 (སྟོད་སྨད་ཀ།)

ཡུལ་ཤུལ་བོད་རིགས་རང་སྐྱོང་ཁུལ་རིག་གནས་ལས་གཞི་ཆེན་མོའི་《གེ་སར་》རྣམ་གྲངས་དཔེ་ཚོགས།
玉树藏族自治州重大文化工程《格萨尔》项目丛书

《格萨尔》史诗谚语警句选录

༄། །གླིང་སྒྲུང་གི་གཏམ་དཔེ་དང་གདམས་ཚིག་གཅེས་བཏུས།

（སྨད་ཆ།）

ནོར་བུ་དབང་ལྡན་དང་། འགྱུར་མེད་རྡོ་རྗེ། རྡོ་སྔོ་ངག་དབང་དགེ་ལེགས་ཀྱིས་གཙོ་སྒྲིག་བྱས།
诺布旺丹　久美多杰　昂文格来　主编

ཡུལ་ཤུལ་བོད་རིགས་རང་སྐྱོང་ཁུལ་གེ་སར་རིག་གནས་ལས་གཞི་གཞུང་ལས་ཁང་གིས་བསྒྲིགས།
玉树藏族自治州《格萨尔》项目办公室 编
ཀྲུང་གོའི་བོད་རིག་པ་དཔེ་སྐྲུན་ཁང་། 中 国 藏 学 出 版 社

图书在版编目 (CIP) 数据

《格萨尔》谚语警句选录 : 上下册 : 藏汉对照 / 诺布旺丹 , 昂文格来主编 ;
玉树藏族自治州《格萨尔》项目办公室编 .
-- 北京 : 中国藏学出版社 , 2023.12
ISBN 978-7-5211-0496-7

I. 1 格 ... II. 1 诺 . . 2 昂 ... 3 玉 ... III. 1《格萨 尔》– 谚语
– 汇编 – 藏、汉 2《格萨尔》– 警句 – 汇编 – 藏、汉
IV. 1I207.9142H214

中国国家版本馆 CIP 数据核字 (2023) 第 255960 号

《格萨尔》谚语警句选录

玉树藏族自治州《格萨尔》项目办公室　编

责任编辑 : 聪博
特约编辑 : 旦正加　次乃　格列群培　泽波　才怀杰布　扎西泽仁
封面设计 : 北京天琪创捷文化发展有限公司
设计排版 : 宗拉昌瓦排版工作室
出版发行 : 中国藏学出版社
印　　刷 : 北京广益印刷有限公司
开　　本 : 787mm×1092mm　1/16 开
印　　张 : 96
版　　次 : 2023 年 12 月第 1 版
印　　次 : 2023 年 12 月第 1 次印刷
书　　号 : ISBN 978-7-5211-0496-7
定　　价 : 350.00 元（上下册）

༄ དགྲ་ལྷའི་རྒྱལ་པོ་གེ་སར་གཙོ་འཁོར་བརྗིད། །རླུང་རྟའི་གཙོ་བོ་ཁྲ་སྤྱང་ཁྱུང་གསུམ་རྗེས།།

伟哉战神之王格萨尔及诸将臣　胜哉好运当以鹞狼雕将为之最

སུམ་གླིང་གཡུལ་འགྱེད།

ཤེས་རབ་འོད་དཀར།

སྐད་སྙན་ཁུ་བྱུག་སྔོན་མོ་དེ། །
འཇམ་རྩལ་གླག་གིས་ཕབ་ལེ་འདྲ། །
གཡའ་ཡི་ར་རྒོད་རྒྱ་བོ་དེ། །
རྒྱ་སྟག་འཇོམ་པས་ཕབ་ལེ་འདྲ། །
སྤང་རྒྱན་ཨུཏྤལ་མཛེས་མོ་དེ། །
གྲང་ངར་སད་ཀྱིས་ཁྱེར་ལེ་འདྲ། །

བློན་ཆེན་ཐོག་རྒོད།

༡ དཔྱིད་ཁུ་བྱུག་སྔོན་མོ་མ་སླེབས་བར། །
སྤུ་ཆར་སྤྲིན་མཐུག་པོ་འཚུབ་རན་མེད། །
དབྱར་གཡུ་འབྲུག་སྔོན་མོ་མ་གྲག་བར། །
ཤར་རྨ་བྱའི་སྒྲོ་མདངས་རྫོམ་རན་མེད། །
སྟོན་ནམ་ཟླའི་ཟླ་ཞལ་མ་མཐོང་བར། །
ཞིང་འབྲུ་དྲུག་ལག་ཏུ་ལེན་རན་མེད། །
དགུན་གྲང་ངར་རླུང་འཚུབ་མ་བྱུད་བར། །
ཆུ་སྔོན་མོར་དར་ཁ་འཁྱིག་རན་མེད། །
ཚེས་བཅོ་ལྔའི་དྭང་ཟླ་མ་ཤར་བར། །
ཡུལ་སྨེ་བའི་ཉ་ཁྲིམས་ལྷོད་རན་མེད། །
བྱ་དེ་ཕོའི་ངར་སྐད་མ་འབྱིན་བར། །
གཡོག་ཨ་སྟུག་ཤིང་འཐུ་འགྲོ་རན་མེད། །

《松岭之战》

西饶维嘎尔

妙音青色布谷鸟，
惨遭猛禽雕追逐。
岩壁长须野山羊，
惨遭猛兽豹追逐。
点缀草甸野菊花，
惨遭寒冻霜侵害。

伦钦托贵

春天杜鹃不抵达，
未到雨云飘动时。
夏季雷声不响起，
未到孔雀开屏时。
秋季月亮不变圆，
未到收割六谷时。
冬季寒流不到来，
未到行走冰面时。
十五皓月不升起，
未到望戒解除时。
家禽公鸡不打鸣，
未到奴仆砍柴时。

༢ མཐོ་ནམ་མཁའ་སྔོན་མོའི་དཀྱིལ་འཁོར་ལ། །	高空青天坛城上，
སྤྲིན་ར་མ་ཏུ་དགུ་མཚར་བསམ་ཡང་། །	云蒸霞蔚虽壮观，
མཁའ་འཇའ་ཆེན་སྣ་ལྔ་འཁྲིགས་པའི་དུས། །	出现缤纷彩虹时，
སྤྲིན་སྔོན་མོས་འཇའ་ལ་འགྲན་རྒྱུ་མེད། །	云霞无法比彩虹。
སྟེང་བར་སྣང་ཡངས་པའི་མཁའ་ལམ་ལ། །	高空辽阔天路上，
འདབ་བྱ་གླག་ནམ་འཕང་གཅོད་བསམ་ཡང་། །	鹫鹰腾飞虽冲宵，
བྱ་ཁྱུང་ཆེན་གཤོག་རྩལ་སྒྱུར་བའི་དུས། །	琼鸟展翅翱翔时，
འདབ་བྱ་གླག་ཁྱུང་ལ་དོ་ཟླ་མེད། །	鹫鹰无法比琼鸟。
དམའ་གཞུང་དྲུག་ས་གཞི་ངོས་ཡངས་ལ། །	川谷平阔原野上，
ཚེར་ཝ་སློག་སྤུ་རིས་མཛེས་བསམ་ཡང་། །	棘丛狼犊毛色美，
ནགས་རྒྱ་སྟག་འཛུམ་དྲུག་རྒྱས་པའི་དུས། །	林莽虎炫锦纹时，
ཝ་སྤུ་རིས་སྟག་གྲལ་འགྲན་ཟླ་མེད། །	狐毛岂堪比虎纹。

༣ མི་ངན་ཡུལ་གྱི་དཀྲུག་ཤིང་ཟེར། །	坏蛋能够搅乡邻，
རྡོ་ངན་རྩིག་པའི་དཀྲུག་ཤིང་ཟེར། །	石蛋能够搅墙体。

དཔལ་སྲས་སྟག་ལྷ་མེ་འབར། 娲赛·达拉梅跋尔

ཕོ་གསར་མོ་ལ་བསམ་ལེ་དེ། །	少年钟情心仪女，
སྤང་ལ་མདའ་མོ་འཛུགས་པ་འདྲ། །	就像箭镞入草皮。
མོ་གསར་ཕོ་ལ་བསམ་པ་དེ། །	少女怀春如意郎，
བྲག་ལ་རི་མོ་བྲིས་པ་འདྲ། །	犹如岩壁绘图案。

སྟག་རོང་ཨ་ཁུ་ཁྲོ་ཐུང་། 达绒·阿库超同

༧ ཕུག་ཏིང་འཛིན་བསྒོམ་པའི་བླ་མ་དེས། །	密修禅定之上师，

སེམས་སྟོང་ཉིད་ལྟ་བ་མ་རྟོགས་ན། །
བདུད་ནག་པོས་བསྟན་པ་བསྒྲུབ་ཐབས་མེད། །
རྫོང་ཁྲ་མོའི་ཡ་བདག་དཔོན་པོ་དེས། །
ལས་བདེན་རྫུན་ཞིབ་ཀྱིས་མ་དཔྱད་ན། །
དཔོན་ཆེན་པོའི་གསེར་ཁྲི་ཟིན་ཐབས་མེད། །
ཐབ་ཁྲ་མོ་ཡ་བདག་སྨན་ཆུང་དེས། །
ཇ་འུ་ཟིའི་སྐོལ་ལུགས་མ་ཤེས་ན། །
ཁྱིམ་གྲུ་བཞིའི་ཐབ་ཚང་ཟིན་རབས་མེད། །

心中未悟空性观，
黑魔邪道难诛灭。
坐拥城堡之首领，
甄别真伪不仔细，
黄金宝座难安稳。
掌管灶炊之巧妇，
熬茶手艺不掌握，
四方厨内难持家。

༢ ཤ་ཟོས་སྤྱང་མོ་རི་ལ་མངགས། །
དོན་མེད་རི་བོང་རྡོ་ཡིས་བརྡུངས། །

食肉母狼纵山野，
无辜兔子挨石头。

༣ ཁྭ་ཏ་ནག་ལུའི་སྡུག་རྒྱུབ་ཀྱིས། །
ངང་པ་སེར་པོ་འདམ་ལ་ཚུད། །
ཆོས་མེད་གྲྭ་པའི་གཡོ་ངན་གྱིས། །
ཚུལ་ལྡན་བླ་མ་ཁྲིམས་ལ་སྦྱར། །
གཡོག་ངན་ཁྲམ་པའི་ངན་རྫུས་ཀྱིས། །
བཟའ་ཚང་ཁ་འཐབ་ནང་འཁྲུག་བྱེད། །

黑鸟乌鸦使暴虐，
赤黄麻鸭陷泥潭。
无德僧徒耍阴谋，
具格上师陷囹圄。
狡诈恶仆出损招，
夫妻吵架陷内讧。

༤ དགྲ་དང་གཉེན་གཉིས་ནོར་ས་ཡོད། །
དུག་དང་ཟས་གཉིས་ནོར་ས་ཡོད། །

敌人亲友会混淆，
毒药美食会混淆。

སུམ་བློན་ཕུང་བདུད།

松伦·砰堆

༡ བན་ཆོས་མེད་བར་དོ་འགྲིམ་པའི་དུས། །
རང་སྐྱོབ་པའི་ལྷ་ཡང་དགྲ་རུ་བཟུང་། །
དམའ་དམྱལ་བར་ལྷུང་དུས་འགྱོད་པ་སྐྱེས། །

无良僧徒赴中阴，
救怙神灵当仇敌，
堕入地狱才后悔。

སྨན་ཤེས་མེད་གནས་ལ་ཉུལ་བའི་དུས། །
དྲིན་ཕ་མའི་ཁ་ཏ་དགྲ་རུ་བཟུང་། །
ཕོ་ཁྲམ་པས་པང་དུས་འགྱོད་པ་སྐྱེས། །

无知女人找夫家，
父母教诲当恶语，
无赖拥抱才后悔。

༢ ཁྲིམས་མེད་བློན་པོས་རྗེ་དཔོན་ཕུང་། །
ཆོས་མེད་བན་དེས་སྡོམ་པ་བརླག །
མ་ངན་བུ་མོས་རང་ཁྱིམ་གཏོར། །

不法臣子害君主，
无道僧徒毁戒律，
恶娘女儿破自家。

སུམ་བློན་ཟླ་བ།

松伦达瓦

རྒོད་པོ་ཤ་ཡིས་ཚིམ་ན་ནམ་འཕང་གཅོད། །

秃鹫吃足了腐肉就会升空。

གསེར་པའི་ཉི་འབུམ་དར་ཡག

色贝 · 尼奔塔尔雅

༡ ལ་ཁའི་སྤྱང་དང་ཚེར་གསེབ་འཕར། །
ངན་འབྲེལ་ལུག་ཁྱུ་དཀྲུག་ཡོང་ཟེར། །
ཕྱི་ཡི་དགྲ་དང་ནང་གི་ཁྲམ། །
ངན་འབྲེལ་ལུང་པ་དཀྲུག་ཡོང་ཟེར། །
༢ ནང་ཁྲམ་པས་ལག་གཡུག་མ་བྱས་ན། །
ཕྱི་དགྲ་བོ་ནང་དུ་འཛུལ་བ་དཀའ། །

山顶狼和刺丛豺，
勾结起来扰羊群。
外部敌寇和内奸，
勾结起来扰乡井。
若非内鬼去召唤，
外敌难以来入侵。

གེ་སར་ནོར་བུ་དགྲ་འདུལ།

格萨尔·诺普占堆

༡ གྲོགས་ལ་ཇ་ཆང་འདྲེན་དགོས་ཟེར། །
དགྲ་མགོར་དབྱུག་པས་བརྡུང་དགོས་ཟེར། །

朋友来了敬茶酒，
敌人来了挥棍棒。

༢ ཕོ་མོ་ཕན་ཚུན་སྦྲོར་བ་དེ། །

男女相互处对象，

སྲིད་པ་ལུགས་ཀྱི་འགྲོ་ལུགས་ཡིན། །	合规随俗平常事，
མ་སྲིད་རྟ་ཡི་རྭ་ཅོ་མིན། །	并非稀奇如马角。
༣ གཟའ་ཆེན་མཁའ་ལ་འགྲིམས་པའི་དུས། །	天上运行大煞星，
ཉི་ཟླའི་འགྲོ་ལམ་ཁག་པོ་ཡིན། །	日月上路有困难。
ཆུ་སྲིན་སྡེར་མོ་བརྐྱང་པའི་དུས། །	水怪伸出爪子时，
ཉ་མོ་ཐར་ལམ་དཀའ་མོ་ཡིན། །	鱼儿逃脱有困难。
༤ ཁྱི་བདའ་ལུས་བསྐོར་ཐག་འཐེན་འཐེན་དེ། །	獒犬挣拽拴狗绳，
མཐར་མདུང་རྩེར་རྔ་མ་བཀོན་རབས་ཡོད། །	或被矛尖挑尾巴。
རྟ་འདོ་བ་ཐང་ཆེན་གཤགས་གཤག་དེ། །	骏马驰骋掠莽原，
འོབ་བྱེ་མའི་ནང་ལ་ལྷུང་རབས་ཡོད། །	或会陷入流沙坑。
མེ་ཚ་དངར་སྔོན་ཤིང་འཚིག་འཚིག་དེ། །	烈火焚烧树木林，
གྲངས་ཆུ་ཀླུང་འབབ་པས་འཇོམས་རབས་ཡོད། །	或用河水来浇灭。
༥ ཤར་ཁྲི་གདུགས་འོད་ལམ་འཆར་བའི་དུས། །	旭日东升放光芒，
གངས་བ་མོ་གྲང་ངར་ཤུགས་ཀྱིས་བཞུ། །	冰雪寒霜自消融。
གངས་དར་སེང་ངར་སྒྲ་འབྱིན་པའི་དུས། །	雪山雄狮发怒吼，
འབྲུག་ཕོ་ཐང་སྐད་སྒྲ་རང་བཞིན་འཇོམས། །	威龙叫声自哑然。

སེང་ལྷམ་འབྲུག་མོ།　　**森姜珠牡**

ལྷ་སྡེ་བརྒྱད་རང་སར་འདུག་པ་ལ། །	八部神灵安稳居，
ནུས་མེད་སྔགས་པས་འགྲན་སྣང་བྱེད། །	无能法师想比划。
མཐའ་རྒྱ་མཚོ་ཆུ་སྲིན་སྟོབས་ཆེན་ལ། །	海洋摩羯大威力，
ལྕོང་མོ་སྦལ་པས་འགྲན་འདོད་བྱེད། །	青蛙蝌蚪想比划。

དུང་ཁྲི་འོད་དཀར། 童赤维嘎尔

ནགས་གཞིབ་སྟག་མོའི་འཛུམ་ལྤགས་དེ། ། 林中老虎花皮子，
རང་སྲོག་ཕུང་བའི་རྐྱེན་དུ་འགྱུར། ། 成为送命的原因。
རི་གཞིབ་གླ་བའི་རྫི་ཐུམ་དེ། ། 山中獐子麝香囊，
རང་སྲོག་སྐྱེལ་བའི་རྒྱུ་རུ་འགྲོ ། 成为送命的原因。
སྲམ་ནག་ཆུ་ནས་འཁྱུག་པ་དེ། ། 河中水獭黑毛皮，
སྲིན་བུ་ཞུག་པ་འབོད་པ་འདྲ། ། 成为送命的原因。

ཐོག་ལྷ་འོད་དཀར། 托拉维嘎尔

བློན་ངན་པས་རྒྱལ་པོ་དགྲ་ལ་སྤྲོད། ། 逆臣通敌卖君王，
སྨན་ངན་པས་ཚེ་རོགས་འདྲེ་ལ་སྦྱིན། ། 凶妇招鬼害丈夫，
ཁྱི་ངན་པས་བདག་པོའི་ལྟ་ཡུ་རྨུག ། 恶狗扑咬主人腿。

ཚེ་བློན་ཆོས་འགྲུབ། 齐伦·曲珠

༡ ཕྱུག་ཁྱིམ་བྱ་གཤོག་རྩལ་རྒྱས་ན་ཡང་། ། 家鸡虽然生翅膀，
སྤོབས་བྱ་རྒོད་མདུན་ལ་བསྡུར་ས་མེད། ། 难与鹫鹰作比较。
སྒོ་ཁྱི་ཕྲུག་སྤུ་རལ་རྒྱས་ན་ཡང་། ། 家狗虽然生鬃毛，
སེང་གཡུ་རལ་གདོང་ལ་དོ་ས་མེད། ། 难与雄狮作比较。
ཝར་ཝ་སློག་སྤུ་རིས་མཛེས་ན་ཡང་། ། 狐狸虽然生美毫，
སྟག་འཛུམ་དྲུག་སྟེར་ལ་འགྲན་ཡ་མེད། ། 难与猛虎作比较。

༢ རྒོད་ཐང་དཀར་འཕུར་ཚོད་མ་ཟིན་ན། ། 鹫鹰飞得太出格，
རླུང་སྨུ་གྲི་ཐུག་དུས་ཡ་རེ་ང་། ། 撞上飓风很悲惨。

ཉ་གསེར་མིག་འཕྱུག་ཚོད་མ་ཟིན་ན། །
སྲམ་སྐྱ་ཁྲས་ཟ་དུས་སྙིང་རེ་རྗེ། །
ཁྱི་བདའ་ལུས་རྒྱུག་ཚོད་མ་ཟིན་ན། །
བེར་སྣ་ལ་ཐོག་དུས་སྐད་ངན་ཤོར། །
བློན་ཐ་ཤལ་ངར་ཚོད་མ་ཟིན་ན། །
སྲོག་དམར་པོ་ཤོར་དུས་འགྱོད་པ་ཆེ། །

花鱼游得太出格，
撞上水獭很悲惨。
恶狗咬得太出格，
撞上棍棒很悲惨。
奸臣坏得太出格，
撞上暴君很悲惨。

རྒྱང་ཚ་ཁེར་རྒོད།

江擦·凯贵

༡ བྲག་སྟོད་ཐང་དཀར་གཤོག་སྒྲོ་རྒྱས། །
མཁའ་རླུང་སྤྲུ་གྲི་གཙོད་ནས་འཕང་། །
ལྟོ་དཀར་གསེར་མིག་ལྗེམ་གཤོག་རྒྱས། །
རྒྱ་མཚོའི་ཟ་རླབས་གཤགས་ནས་འཕང་། །

崖顶白鹫羽翼丰，
顶风破云翔苍穹。
水中鱼儿尾鳍壮，
劈波斩浪游沧海。

༢ ཉི་ཟླ་མཁའ་ལ་འོད་འཚེར་ཡང་། །
སྒྲ་གཅན་གཟའ་ཡིས་ཁྱུར་མིད་གཏོང་། །
རྒྱ་སྟག་ནགས་ལ་ངར་ཆེ་ཡང་། །
རྔོན་པའི་མདའ་ཡིས་སྲོག་དམར་གཅོད། །

天上日月放光芒，
罗睺煞星能吞没。
山林老虎够威风，
猎手利箭能要命。

འཇང་གཡུ་ལྷ་ཐོག་འབྱར།

姜·玉拉托久

ཁྱུང་ཆེན་རི་རབ་འཛིན་པ་ལ། །
ཁྭ་ཏས་འགྲན་འདོད་བྱེད་པ་དེ། །
སྒྲོ་སྤུ་རི་རྩར་གཏོར་འདོད་རེད། །
དར་སེང་གངས་སྟོད་འཛིན་པ་ལ། །
བདའ་ལུས་འགྲན་འདོད་བྱེད་པ་དེ། །
རོ་ཁོག་གངས་དཀྱིལ་རྡེང་འདོད་རེད། །

神琼雄踞妙高山，
乌鸦挑衅不自量，
黑毛散落在山根。
雄狮盘踞雪山顶，
癞狗挑衅不自量，
尸首僵硬在冰下。

ཕོ་རྒོད་དཔུང་ཆེན་འཛིན་པ་ལ། །
སྡར་མས་འགྲན་འདོད་བྱེད་པ་དེ། །
རང་སྲོག་དགྲ་ཁར་བསྐྱེལ་འདོད་རེད། །

好汉统兵挥雄狮，
懦夫挑衅不自量，
性命葬送在阵前。

རྒྱང་ལྷ་རྒོད་ལྡན།

隆拉贵丹

དགུན་རང་མདོག་འགྱུར་ཁར་སྔོ་སྤྲིན་འཚུབ། །
འབྲས་ལྗང་ཆུང་འཇོམས་པའི་གཞི་མ་རེད། །
ཆབ་རང་མདོག་འགྱུར་ཁར་ཐ་གློང་བྲེལ། །
ཕུ་ལུང་ཆུང་འདེད་པའི་གཞི་མ་རེད། །
བྱ་ཁུ་བྱུག་འོང་ཁར་ཁྭ་ཏ་བྲེལ། །
མི་རྣ་བ་སུན་པའི་གཞི་མ་རེད། །
མི་རྒན་ཤི་ཁར་རང་གཤིས་འགྱུར། །
ནང་ཁྱིམ་ཚང་མི་བདེའི་གཞི་མ་རེད། །

变天之前云涌动，
导致良田禾苗毁。
洪水之前溪涌波，
导致山谷被冲毁。
杜鹃来前乌鸦燥，
导致人心生厌烦。
老翁死前变性子，
导致家庭不和睦。

སོག་སྟག་དམར་སྟོབས་ཆེན།

索·达玛多钦

ཁྱི་རྒན་རྡེབ་རྡོ་ཉོ་ཁ་དེར། །
རྔ་མ་གནམ་ལ་སློང་རབས་ཡོད། །
རྒྱ་སྟག་འཇུམ་རིས་ཤོར་ཁ་དེར། །
ངུ་ཟུག་ནགས་ནས་བྱེད་རབས་ཡོད། །
དར་སེང་གཡུ་རལ་ཕུང་ཁ་དེར། །
རི་བོང་ཁ་ལ་ཉན་རབས་ཡོད། །
སྡར་མ་རང་སྲོག་ཤོར་ཁ་དེར། །
རྒོད་པོའི་གདོང་ལེན་བྱེད་རབས་ཡོད། །

老狗没挨石头前，
总把狗尾翘上天。
老虎剥下皮子前，
总在林中发哀嚎。
狮子失去鬃毛前，
总会听信兔鬼话。
懦夫失去性命前，
总去招惹英雄汉。

སེར་བྲེད་ཁེར་གཅིག

1 ཚོད་མེད་ཐོག་པོའི་དབང་བསྒྱུར་དེ། །
རྒྱལ་ཁམས་བསྒྱུར་འདེབས་བྱེད་པའི་རྒྱུ། །
ཕུགས་མེད་ཁྲམ་པའི་རྫུན་གཏམ་དེ། །
རྒྱལ་ཁམས་ཡུལ་སྡེ་འཁྲུག་པའི་རྒྱུ། །
དཔའ་མེད་སྨར་མའི་ལག་ཆ་དེ། །
རང་སྲོག་རང་གིས་ཕུང་བའི་རྒྱུ། །

2 ཚོང་ཆེན་རྒྱུ་ནོར་ཤོར་ཁ་དེར། །
ཉིན་མོ་ཉལ་ལ་དགའ་རབས་ཡོད། །
བོན་བཙན་དར་ཐོད་ཤོར་ཁ་དེར། །
དག་སྣང་ཚོང་ལ་བྱེད་རབས་ཡོད། །
གླེན་པ་རང་སྲོག་ཤོར་ཁ་དེར། །
དཔུང་མེད་ཁེར་རྐྱག་བྱེད་རབས་ཡོད། །

色柴凯吉

胡作非为统治者，
遭受攻讦和诽谤。
无端造谣生事者，
搅乱民心扰国体。
怂人手中拿武器，
断送自己成凶器。

巨贾富商赔本前，
据说白昼也昏睡。
苯波教主失势前，
据说喜欢做生意。
笨蛋断送性命前，
据说孤身赴沙场。

སྟག་གཟིག་ཞལ་དཀར།

ནམ་མཁའ་འདོམ་ལ་འཇལ་བ་ལ། །
བྱ་ཆེན་ཁྱུང་གི་གཤོག་རླབས་དགོས། །
བར་སྣང་ཁུར་གྱིས་བཀང་བ་ལ། །
གཡེར་ཆེན་འབྲུག་གི་ང་རོ་དགོས། །
སྡེར་ཆགས་ཟིལ་གྱིས་གནོན་པ་ལ། །
གངས་སྟེང་སེང་དང་མཉམ་ལེ་དགོས། །

达色・谐嘎尔

用庹丈量天空者，
要有琼鸟展翅力。
嗓音响彻天空者，
要有蛟龙怒吼声。
发威震慑群兽者，
要有雪山狮雄风。

སུམ་བློན་ཁྲོ་ནག	**森伦・超那**
༡ དགུང་གི་དབྱར་ཟ་ཨུར་ཆེན་དེས། །	夏日天龙雷声大，
གློག་ལྕེ་བར་སྣང་ཀུན་ཏུ་འཁྱུག །	电芒闪烁耀乾坤，
ད་དུང་ཐོག་དམར་འབེབས་གྲབས་བྱེད། །	更想把那雷霆发，
ནོར་བུ་མཚོ་ལ་ཤོར་འདོད་རེད། །	害得宝珠坠海中。
གོས་སྔོན་མོན་གྱི་ཁུ་བྱུག་དེས། །	门隅杜鹃青衣鸟，
ནགས་ཚལ་ཀུན་ལ་གྲེ་འགྱུར་སྒྲོག །	林中传遍婉转声，
ད་དུང་འབྲས་དྲུག་འཁྱེར་གྲབས་བྱེད། །	还想取走六谷籽，
གཡུ་ཤོག་ཁྲ་ལ་འཕྲོག་འདོད་རེད། །	惹得鹞鹰夺璁翼。
༢ བུ་ཆུང་འགྲམ་ལྕག་རག་ཁ་དེར། །	顽童遭到掌掴前，
ཐོ་ཐལ་གནམ་ལ་མཆོད་རབས་ཡོད། །	灶灰扬到天上去。
སྟག་ཤར་རང་སྲོག་ཕུང་ཁ་དེར། །	小伙丢掉性命前，
དཔུང་མེད་ཁེར་རྒྱུག་བྱེད་རབས་ཡོད། །	单人独骑闯敌营。
༣ ཕོ་རྒོད་པོ་དཔའ་བོའི་གདོང་ཁར་མཆོངས། །	好汉正面迎勇士，
ཝ་སྐོར་མ་གླག་གི་རྒྱབ་ནས་འགྲུལ། །	狐狸绕到鹰背后。
མཐིང་ཤོད།	**亭秀**
སྔ་དྲོ་ཅི་བྱས་ལས་དེ་ཕྱི་དྲོ་རང་ལ་འཁོར་ཡོང་། །	朝造业夕报应。
སུམ་བློན་གཡུ་འབྲུག	**森伦・玉珠**
༡ ཚེར་གསེབ་ཝ་མོ་ཁྱུ་ཤོག་བསྒྲིགས། །	刺丛狐狸凑成群，

ནགས་སྡོད་སྟག་ཚང་གཏོར་བསམ་ཡང་། །
རྔོན་པས་མཐའ་མ་ཝ་ཚང་འདོན། །
ཁྱིམ་སྡོད་བྱིའུ་ཆུང་དཔུང་གཤོག་བསྒྲིགས། །
མཁའ་ལྡིང་རྒོད་ཚང་བཅོམ་བསམ་ཡང་། །
མཐའ་མ་རྒྱ་ཁྲས་བྱིའུ་ཚང་གཏོར། །
དཔའ་མེད་སྡར་མ་དཔུང་པ་བསྒྲིགས། །
དཔུང་དམག་སྒར་ཆེན་དཀྲུགས་བསམ་ཡང་། །
མཐའ་མ་ཤ་པས་རང་སྒར་འཕྲོག །

谋攻林中老虎穴，
最终猎人掏狐洞。
居家麻雀抱成团，
谋夺腾空鹫鹰巢，
最终游隼端鸟窝。
胆小懦夫结成伙，
图谋攻击敌大营，
最终仇敌夺营寨。

༢ དགུང་ཉི་ཟླ་མཐོ་ཚོད་མ་བཟུང་ན། །
གཟའ་ཁྱབ་འཇུག་ཁ་ལ་ཤོར་རབས་ཡོད། །
འཛུམ་རྒྱ་སྟག་མཆོང་ཚོད་མ་བཟུང་ན། །
རྔོན་ངན་པའི་ལག་ཏུ་ཤོར་རབས་ཡོད། །

天上日月高无度，
落入毗纽天口中。
斑斓猛虎蹦无度，
落入猎人手掌中。

འཛང་སྲས་གཡུ་ཁྲི་དགུང་སྔོན།

姜赛・玉赤巩恩

༡ ཧམ་ཅན་ཁ་ནས་གཏམ་འཆལ་བྱུང་། །

狂人口中出妄语。

༢ དགུང་སྔོན་མཐིང་ལ་ཆར་སྤྲིན་འཚུབ། །
སྦྲང་ཆར་ཟིལ་རྒྱུན་ས་གཞིར་དྲངས། །
འབྲས་དྲུག་གཏེར་ཁ་ལེན་བསམ་ཡང་། །
གཡུ་འབྲུག་སྒྲོག་ལྕེས་འབྲུ་སྐྱེ་ཕབ། །
གཞུང་དྲུག་ས་ལ་ཁ་བ་འཚུབ། །
གངས་ཀྱི་ཆུ་རྒྱུན་ས་ལ་དྲངས། །
ལོ་ཡག་རྟ་བ་འཛུགས་བསམ་ཡང་། །
ཚ་ངར་ཐན་པས་སྐམ་ལ་བཏོན། །

青天之上聚雨云，
毛毛细雨落地上，
原本指望获丰收，
雷雹灾害避不开。
河谷地带飘雪花，
融雪之水浇土地，
原本指望兆丰年，
酷热干旱避不开。

སུམ་རྒྱལ་གའུ་རྒྱལ་མཚན།　　松嘉·卡伍坚赞

༡ ཕོ་ལ་རྒོད་ཞན་ཟེར་ལེ་དེ། །　　汉子强弱之区别，
ཉིན་གཅིག་རླུང་རྟ་དར་རྒུད་རེད། །　　一日运势兴与衰。
རྟ་ལ་མགྱོགས་ཞན་ཟེར་ལེ་དེ། །　　马匹快慢之区别，
ནུབ་གཅིག་རྩྭ་ཆུ་འཐོབ་ལུགས་རེད། །　　一夜水草得与失。
དཔའ་བོ་སྙིང་རྩ་རྒོད་ཞན་དེ། །　　武夫勇怯之区别，
སོ་སོའི་ལག་ཆ་ཡག་ཉེས་རེད། །　　手中武器优与劣。
མཛངས་མའི་བློ་རིག་བཟང་ངན་དེ། །　　主妇贤愚之区别，
ཇ་ཐབ་ཡོ་བྱད་འཛིན་ཉིན་གསལ། །　　持家掌勺巧与拙。
སྟག་ཤར་སྙིང་སྟོབས་ཆེ་ཆུང་དེ། །　　小伙软硬之区别，
རྒོད་པོ་འདྲ་གཉིས་ཐུག་ཉིན་གསལ། །　　狭路相逢进与退。

༢ ལམ་བར་དོའི་འགྲོ་འདྲེན་མ་བྱུང་ན། །　　中阴众生不度脱，
ལུས་སེར་གོས་གྱོན་པ་ཨ་དགོས་ཆུང་། །　　身披袈裟不值当。
འབངས་ཁྲ་མོའི་སྐྱིད་སྡུག་མ་རིག་ན། །　　百姓苦乐不明察，
རྒྱལ་གསེར་ཁྲི་གནོན་པ་དོན་གོ་ཆུང་། །　　高坐金銮不值当。
རྗེ་རྒྱལ་པོའི་བྱུས་ལ་མ་ཕན་ན། །　　国政君权不维护，
བློན་གོ་ཚོད་ཟེར་བ་ཨ་དགོས་ཆུང་། །　　贤臣名节不值当。

༣ གཡོ་ཐབས་ལ་བརྩོན་པའི་ཏུ་འདྲེན་དེ། །　　精于算计领头人，
ཕན་གང་མེད་ཁྱིམ་གསོས་བདའ་ལུ་འདྲ། །　　犹如笨狗无益处，
ཇག་རྐུན་མ་འོང་ཉིན་ཇ་མ་གཡུགས། །　　盗贼闯入摇尾巴，
མགྲོན་དྲིན་ཆེན་འོང་ཉིན་ཧ་ཡུ་འཇུ། །　　贵客莅临扯小腿。

དགྲ་ལྷ་རྩེ་རྒྱལ། 扎拉泽嘉

སེང་དཀར་མོ་གངས་རི་འགྲིམས་པའི་དུས། ། 雄狮漫步雪山时，
ཁྱི་བདའ་ལུས་འགྲན་འདོད་ཡ་རེ་ང་། ། 犬只挑逗诚可怜。
འབྲོང་བྲེ་སེར་རྫ་ལ་འགྲེངས་པའི་དུས། ། 野牛傲立石山时，
ཁྱིམ་སྐྱང་ཀན་འགྲན་འདོད་ཡི་རེ་སྨུག། 老牯寻衅真可悲。

བློན་ཆེན་དྲན་པ་རང་ཤར། 伦根・禅巴让夏

མེ་ཏོག་པད་མ་འདམ་ལ་སྐྱེས། ། 莲花生于污泥中，
འདམ་གྱི་དྲི་མ་མ་གོས་པར། ། 烂泥脏垢不染污，
ལྷ་ཁང་བུམ་པའི་ཁ་རྒྱན་ཟེར། ། 神殿宝瓶做装饰。

བློན་ཆེན་དུང་ཁྲི་འོད་ལྡན། 伦根・童赤维丹

མཁའ་ཁྲི་གདུགས་འོད་འབུམ་ཉི་མ་ལ། ། 光芒万丈之天日，
མཆུ་མེ་ཁྱེར་འབུ་ཡིས་འགྲན་ནས་བྱུང་། ། 萤火小虫思争辉。
རི་རྫོ་རྗེ་བྲག་གི་རྫོང་ཆེན་ལ། ། 石山崖峰金刚岩，
བྱ་སྲིག་པའི་སྒོ་ངས་འགྲན་ནས་བྱུང་། ། 山鹑鸟蛋欲碰硬。
ཐང་ཡངས་ཆེན་ཁ་དཀར་རྐྱང་མོ་ལ། ། 旷野白唇壮野驴，
ཁྱིམ་རྒྱུག་མེད་བོང་བུས་འགྲན་ནས་བྱུང་། ། 家畜毛驴想赛跑。

སོག་བློན་ནམ་མཁའ་ཐོག་བརྫུང་། 索伦・南喀托耸

བོན་ཆུང་རང་མགོ་ཐོན་ཁ་དེར། ། 小苯功德圆满前，
གདམས་ངག་མ་ཉམས་བན་བོན་ཚོ། ། 不要犯戒僧苯们。

སྟག་ཤར་དགྲ་མགོ་འདུལ་ཁ་དེར། །
ནང་ཁྲོད་མ་བྱེད་ཕོ་གསར་ཚོ། །
སྨན་ཆུང་གཞན་སྒོ་འགྲིམ་ཁ་དེར། །
གནས་ཉེས་མ་འཁྱུར་བུ་མོ་ཚོ། །

壮士出征杀敌前，
不要内讧小伙们。
少女嫁做人妇前，
不要跟错姑娘们。

རྒྱ་ལོ་སྟོན་པ་རྒྱལ་མཚན།

嘉洛•顿巴坚赞

གཡའ་དྭངས་ནམ་མཁའི་མཐོང་ཡངས་ལ། །
སྐར་ཚོགས་དཔུང་འཁོར་འགྲིག་ནས་གདའ། །
དབུ་ནག་བདེ་སྐྱིད་ཡར་དར་ལ། །
སངས་རྒྱས་བསྟན་པ་དར་ནས་གདའ། །
ལྗང་ཞིང་ཆུ་མོ་ཡར་སྐྱེས་ལ། །
འབྲས་དྲུག་གཏེར་ཁ་རྒྱས་ནས་གདའ། །

湛蓝如洗穹宇内，
灿烂群星布满天。
黔首福乐兴旺日，
佛陀教法也昌盛。
青苗茁壮水浇地，
六谷丰登好收成。

མཐིང་ཤོད་འཛུལ་ལྕེ།

亭秀楚结

དཔོན་ཆག་སྐྱོ་ཡོང་དུས་གཡུལ་ལ་ཤོར། །
བོན་ཆག་སྐྱོ་ཡོང་དུས་གྲོང་ལ་ཤོར། །
ཕོ་ཆག་སྐྱོ་ཡོང་དུས་གྲི་ཁར་ཤོར། །

君王惹祸上战场，
苯波惹祸上市井，
男人惹祸上刀锋。

སུམ་པའི་མཛོ་རྫོང་།

《松巴犏牛宗》

གཙུག་ན་འོད་དཀར།

祖纳·维嘎尔

ཁུ་བྱུག་སྐད་སྙན་གྲག་པའི་དུས། །
དུས་བྱ་གར་སོང་འདིར་སོང་མེད། །
རྒྱ་སྟག་འཛུམ་དུག་ཛོམ་པའི་དུས། །
མཆེ་སྤྱིར་ཐང་ལ་ལྷུང་འདུག་ཟེར། །
སྤང་རྒྱན་མེ་ཏོག་བཀྲ་བའི་དུས། །
ཨུ་དུམ་སད་ཀྱིས་ཁྱེར་འདུག་གསུང་། །

待到杜鹃来啼鸣，
候鸟杳然无踪影。
待到猛虎亮爪牙，
群兽伏地不神气。
待到龙胆花盛开，
昙花早已被霜冻。

རྔོད་པོ་ཐོག་རྔོད་འབར་བ།

贵波·托贵跋尔瓦

༡ མཐོ་དགུང་སྔོན་བཻཌཱུརྱ་རྒྱང་མཛེས་ལ། །
སྤྲིན་ར་མ་དུ་ཡི་འདུས་མདོ་ན། །
རྒྱུན་བྱང་རླུང་སེར་བུས་གཏོར་ནས་བྱུང་། །
དགུང་གཡུ་འབྲུག་མི་གྲག་ཀ་མེད་རེད། །
ལག་ཐོག་དམར་འཕེན་པའི་རང་བཞིན་ཡིན། །

高天湛蓝琉璃色，
片片乱云飞渡处，
北风吹来终零落，
天龙不鸣无奈何，
抛打雷霆诚自然。

༢ སྟོང་བར་སྣང་ཡངས་པའི་མཁའ་ལམ་ནས། །
བྱ་ཁྲུང་ཆེན་གཤོག་གདོང་སྒྲིག་པའི་དུས། །
རྒྱུན་སྤུ་གྲི་ངར་མས་གཤོག་སྒྲོ་གཏོར། །
དགུང་ནམ་འཕང་མི་ཚད་འོང་བསམ་མེད། །
སྦྲུལ་དུག་ཆེན་ཟ་ལ་ཉམ་མི་ང་། །
ཐབས་མཁས་པའི་ནོར་བུ་གང་ལོན་གྱིས། །

高空辽阔天路上，
琼鸟并排列阵势，
风刀图谋斩羽翼，
何须担心冲天难，
吞食毒蟒不畏惧，
蚺顶宝珠任巧取。

༣ མི་ངན་ཡུལ་གྱི་དཀྲུག་ཤིང་ཟེར། །
ཟོག་ངན་ནོར་གྱི་སྐྱི་གླུད་ཟེར། །
གཡུ་ངན་གྲམ་གྱི་རྗོ་ཞུན་ཟེར། །

乡中恶棍是祸害，
牛中孽畜是崇秽，
璁中废料是顽石。

༤ བྱང་ན་ཐང་ལྷགས་པ་མདའ་ལས་ཚ། །
ལུས་ཚར་གོས་མི་མནབས་ཅི་ལ་ཡིན། །
ཁྱོད་ཐོབ་ཐང་ཅན་གྱི་སྒོམ་ཆེན་ཟེར། །
ལུས་སྒོམ་ཐག་མི་མནབས་ཅི་ལ་ཡིན། །

荒野寒风凌如箭，
何必不穿羔皮袍。
身份尊贵大禅师，
何故不缠缚膝带。

༥ གནམ་ཨ་སྔོན་མི་འགྱུར་འདུག་པའི་དུས། །
དཀྱུང་སྔོ་སྤྲིན་ཉི་མདངས་བཀབ་ནས་བྱུང་། །
བྱང་བསེར་རླུང་བུའི་ཤུགས་ཀྱིས་གཏོར། །
གནམ་ཨ་སྔོན་རང་མདོག་སྟོན་པའི་དུས། །
ཁྱོད་མི་ཤེས་ལྐུད་མོ་ཅི་འདྲ་གདའ། །

蓝天恒常无变化，
阴云遮住太阳光，
劲风吹得云翳散，
蓝天依然现本色，
无知愚夫当奇观。

༦ མཚོ་སྔོན་མོའི་འཁྱུག་འགྲོ་གསེར་མིག་ཁོ། །
གཏིང་ཟབ་མྱུར་ཚོད་མ་ཤེས་ན། །
ལྕགས་སྔོན་པོས་སྐམ་ལ་འདོན་པའི་དུས། །
ལུས་གསེར་གཤོག་དྲངས་ལ་ཨ་མ་མཚར། །

畅游碧湖金眼鱼，
深浅快慢无分寸，
钓钩捞到岸上来，
穿起鳍鳃真好笑。

འབུ་དུང་དཀར་སྔོན་ལ་མ་བཏང་ན། །
དགྲ་ཆུ་སྲིན་ཁྱུར་མིད་བྱས་ཡོང་གསུངས། །
ཁྱི་ངར་མ་སྔོན་ལ་མ་བཏང་ན། །
དྲེད་སོག་དཀར་གཞའ་བསུབ་བྱེད་ཡོང་གསུངས། །

先不放出白螺虫，
恐怕摩羯来生吞。
先不放出凶猛犬，
恐怕棕熊来袭击。

ཏུང་ཁྲི་འོད་ལྡན།

རི་བཀྲ་སྟག་མོའི་རང་ལྤགས་དེ། །
རང་སྲོག་ཕུང་བའི་གཤེད་དུ་གྱུར། །
རི་གསེབ་གླ་བའི་རྩི་ཐུམ་དེ། །
སྦྲུལ་དུག་ཅན་འཛོམས་ཏེ་རང་གི་དགྲ། །
སྲིན་བྱ་ཝུག་པའི་རང་སྐད་དེ། །
སྲམ་ནག་འབོད་པ་བྱས་ཞན་འདྲ། །

童赤维丹

林中老虎花皮子，
成为送命之祸根。
山中獐子麝香囊，
能解蛇毒害自己。
猫头鹰的鸣叫声，
像在呼唤黑水獭。

བློན་ཆེན་ཁྲོ་ཚ་དམར་ལེབ།

༡ མཐའ་རྒྱ་མཚོ་ཆེན་པོའི་མཁའ་ཀློང་ནས། །
འབུ་དུང་དཀར་རང་སར་འདུག་པའི་དུས། །
དགྲ་ཆུ་སྲིན་སྐད་སྒྲ་བཏབས་ནས་བྱུང་། །
སྐད་ཝུར་སྒྲ་རང་གིས་ཉོས་ལེ་རེད། །
ནགས་ཙན་དན་ཟུར་གྱི་སྟག་མོ་ཁོ། །
ལུས་འཛུམ་དྲུག་རང་སར་འདུག་པའི་དུས། །
ཐན་ཝ་མོས་གྲ་ལོ་ངོམ་ནས་བྱུང་། །
ཝ་གྲ་ཨོར་རང་གིས་ཉོས་ལེ་རེད། །

伦钦・超擦玛莱

辽阔无边海洋中，
白螺虫子归本位，
摩羯发出砸颚声，
痛苦哀嚎是自招。
苍茫茂密林海中，
斑斓猛虎归本位，
狐狸炫耀鲜亮毛，
跟踪紧追是自招。

༢ གངས་དཀར་ཡག་རང་མདངས་ཉི་མས་འཛོམས། །
སེང་དཀར་མོའི་འཁོར་རྟེན་གང་ལ་བྱེད། །
མགོ་གཡུ་རལ་རྒྱན་ལ་ཨོར་དོགས་ཡོད། །
ནགས་ཙན་དན་རྐང་གྲངས་མེ་ཡིས་འཛིག །
སྟག་དམར་ཡག་འཁོར་རྟེན་ཅི་ལ་བྱེད། །
ལུས་འཛུམ་དྲུག་གདན་ལ་འཁྲུར་དོགས་གདའ། །

白雪消融于阳光，
雄狮栖身何所依，
头上璁鬏被猎取。
森林焚毁于大火，
老虎栖身何所依，
身上花皮被剥走。

༤ བན་ཆོས་མེད་བར་དོ་འགྲིམ་པའི་དུས། །
རང་སྐྱོབ་པའི་ལྷ་ལ་དགྲ་རུ་བཟུང་། །
མར་དམྱལ་བར་ལྟུང་ཉིན་འགྱོད་པ་ཆེ། །
དམན་ཤེས་མེད་བུ་མོ་གནས་ལ་འཁྱེར། །
དྲིན་ཕ་མའི་ཁ་ཏ་དགྲ་རུ་བཟུང་། །
གོ་རང་སྒོ་འཁྱེར་ཉིན་ངོ་རེ་ཚ། །

无德僧侣赴中阴，
救度神灵观成敌，
堕入地狱才懊悔。
无知姑娘去婚嫁，
父母教诲当恶语，
送回娘家臊得慌。

༥ རྐུ་ལག་ལ་བཞག་ཀྱང་ཁུར་མ་སྤྱོང་། །
རྫུན་ཁ་ལ་བསླབས་ཀྱང་བཤད་མ་སྤྱོང་། །

身怀偷技不行窃，
能编瞎话不撒谎。

སྟག་རོང་ཨ་ཁུ་ཁྲོ་ཐུང་།

达绒 · 阿库超同

༡ དགྲ་གཉེན་གཉིས་ལ་ནོར་དོགས་ཡོད། །
དུག་མ་ཤེས་ཟས་སུ་བཟའ་གྲབས་ཡོད། །

敌我可能会混淆，
毒食也许分不清。

༢ ཕུ་བསམ་གཏན་སྒོམ་པའི་བླ་མ་དེ། །
སེམས་སྟོང་ཉིད་ལྟ་བ་མ་རྟོགས་ན། །
བདུད་ནག་པོའི་བསམ་གཏན་ཕུང་རབས་ཡོད། །
རྫོང་ཁྲ་མོའི་ཡ་བདག་དཔོན་པོ་དེ། །
ལས་བདེན་རྫུན་ཞིབ་ཀྱིས་མ་དཔྱད་ན། །
དཔོན་ཆེན་པོའི་གསེར་ཁྲི་ཤོར་རབས་ཡོད། །

山里修行之喇嘛，
本心空性不开悟，
魔障必然毁禅定。
身居华堂之官宦，
是非曲直不明察，
糊涂必然失高位。

༣ ཕོ་ཁྲམ་པའི་ཁ་ལ་ཉན་རྒྱུ་མེད། །
ཁྲམ་པའི་ཁ་ལ་ཉན་པས་ན། །
ལུས་འདོམ་གང་དོན་མེད་ཁྲིམས་ལ་སྦྱར། །
འཕང་དབྱུག་པས་བརྡུངས་ན་ཐོན་ལེ་ཡིན། །

奸佞教唆不能听，
听信教唆受蛊惑，
无端犯法被处罚，
自招屁股挨板子。

སྨན་བུ་མོས་གནས་ར་སྐྱོད་ཉེན་མོ། །
ཐབ་ཁྲ་མོའི་ཡོ་བྱད་འཛིན་པའི་དུས། །
དམན་དྲེད་མོའི་ཁ་ལ་ཉན་རྒྱུ་མེད། །
དུས་ཐ་མ་མིས་འཕྱ་རང་སྐྱུག་འོང་། །

泼妇狠话不能听，
听信狠话使性子，
鸡飞狗跳家不宁，
自认倒霉被笑话。

༤ གནམ་གཡོ་ཆེན་ལྷོ་སྤྲིན་བྱང་ནས་ལངས། །
དེ་ས་ནག་འོབ་ལ་འདྲེན་འདོད་རེད། །
ཚོ་གཡོ་ཆེན་ལ་གཏམ་ལུང་གཏམ་བྱེད། །
གླེན་པའི་ཁ་ཚིག་བླུ་འདོད་རེད། །

迷天南云起北方，
欲冲黑土成沟壑。
奸徒东拉又西扯，
欲掏憨夫口中话。

༥ ཤར་ཁྲི་གདུགས་ཉི་མའི་འོད་ཟེར་དེས། །
གངས་དཀར་པོའི་ལྷད་ལ་གནོད་གྲབས་འདུག །
དགུང་ལྷོ་སྤྲིན་མ་འཛོམས་ཁ་མེད་རེད། །
སྔོ་འཁྱིལ་ལེ་ལྗང་ཆུང་འབྲུངས་པའི་དུས། །
རྟ་འདོ་བས་ལོ་ལ་ཇམ་གྲབས་འདུག །
དྲེད་སོག་དཀར་མི་འབོད་ཐབས་བྲལ་རེད། །

旭日东升放光芒，
照得雪山要融化，
不聚云雾奈若何。
茁壮禾苗长势好，
馋得马匹要啃食，
不招棕熊奈若何。

༦ དགུང་སྐར་ཚོགས་གྲངས་མང་འཛོམས་ཞན་འདྲ། །
བྱ་ཁྱུང་ཆེན་གཤོག་སྒྲོ་ངོམ་པའི་དུས། །
ཐན་ཁྭ་ཏའི་ཁྱུ་ལ་ཉམས་མི་ང་། །
ལུག་གཡང་དཀར་ཁྱུ་དཔུང་མཐུག་བཞིན་འདྲ། །
སྟག་དམར་ཡག་གདོང་ལ་ཨེ་བཏན་ན། །
ཁོ་སླང་རྐན་འབོད་ངར་ཆེ་བཞིན་འདྲ། །
འབྲོང་བྲེ་སེར་གདོང་ལ་ཨེ་བཏན་ན། །

天上星星虽然多，
出现曜煞难抵挡。
天上乌鸦虽然多，
琼鸟亮翅难抵挡。
绵羊成群虽然多，
老虎出招难抵挡。
老牯叫声虽然响，
野牛发威难抵挡。

༧ ཁྭ་ཏ་ནག་པོའི་སྡིག་གྲིབ་ཀྱིས། །

黑鸟乌鸦之罪过，

ངང་པ་སེར་པོ་འདམ་ལ་ཚུད། །
ཁྲེལ་མེད་རོགས་མོའི་ངན་ཁག་དེས། །
དོན་མེད་དགེ་སློང་སྡོམ་ཉམས་ཐོག །
ཆོས་མེད་གྲྭ་པའི་གཡོ་ངན་དེས། །
ཚུལ་ལྡན་བླ་མ་ཁྲིམས་ལ་སྦྱར། །
གཡོ་ངན་ཁྲམ་པའི་ལག་གཡུག་གིས། །
བཟའ་ཚང་ཁ་འཐབ་ནང་འཁྲུག་བྱེད། །

黄鸟野鸭陷泥沼。
无耻女伴之诬陷，
无辜比丘谤破戒。
不法僧徒之阴谋，
如法上师受刑罚。
狡诈奸夫之勾引，
夫妻吵架搞内斗。

༨ འགྲུས་ཡ་སྔགས་པ་དར་མ་འདུག །
འགྲུས་རོགས་མ་ངན་བུ་མོ་འདུག །

恶咒法师做仇家，
恶娘女儿做情侣。

༩ རྟོགས་ལྡན་སྔགས་པ་བཙོམ་པས་ན། །
མི་རབས་རྒྱུད་ནས་ཆད་འདོད་རེད། །

抢劫通达密咒师，
招来断子绝孙祸

༡༠ གངས་སྟེང་སེང་གེའི་གཡུ་རལ་དང་། །
གྲོང་གསེབ་བདའ་ཁྱིའི་སྐྱག་རལ་གཉིས། །
སེར་པོ་གསེར་དང་རག་གན་གཉིས། །
འདྲ་འདྲ་བསམ་སྟེ་འདྲ་ལེ་མིན། །

狮子璁鬃狗屎鬃，
看似相同实不同。
黄色足金黄色铜，
看似相同实不同。

གེ་སར་ནོར་བུ་དགྲ་འདུལ།

格萨尔•诺普占堆

༡ དོམ་ཐོང་དཀར་འཛབ་མདས་གསོད་ཞན་འདྲ། །
ད་རུང་རྒྱ་སྟག་ལུས་འདུག་ཟེར། །
དྲེད་སོག་དཀར་གཉའ་བསུབ་ཐུབ་ཞན་འདྲ། །
ད་རུང་སྤྱང་ཀུ་ལུས་འདུག་ཟེར། །
གྲོགས་ནོར་བུ་མཚོ་ནས་ལོན་ཞན་འདྲ། །
ད་རུང་བྱང་ཚྭ་ལུས་འདུག་ཟེར། །

虽然暗箭灭黑熊，
还有猛虎仍健在。
虽然棕熊被摁住，
还有野狼袭绵羊。
虽然湖中取宝贝，
还有盐巴未获取。

༢ མ་ནུས་སྐྱབས་གནས་ཞུ་ཉིན་མོ། །
ཕྱིགས་གཏམ་མཚང་འབྲུ་བྱེད་རྒྱུ་མེད། །
ཉེས་ལས་བཙན་པོ་བྱེད་པའི་དུས། །
ཉམ་ཆུང་བརྡར་ཤ་བྱེད་རྒྱུ་མེད།

落难向你求救时，
不该讽刺又挖苦。
犯错请你原谅时，
不该质问又责骂。

སེང་ལྷམ་འབྲུག་མོ།

森姜珠牡

༡ བླ་མས་བཀའ་ཆོས་གནང་བའི་དུས། །
སློབ་བུས་མི་ཉན་ཅི་ལ་སྲིད། །
རྒྱལ་པོས་བཀའ་བཅད་གནང་བའི་དུས། །
བློན་པོས་མི་ཉན་ཅི་ལ་སྲིད། །
ཕ་མས་ཁ་ཏ་བྱེད་པའི་དུས། །
བུ་ཆུང་མི་ཉན་ཅི་ལ་སྲིད། །

上师讲经说佛法，
弟子怎能不恭听。
君王下诏发旨意，
臣子怎能不尊奉。
父母垂恩赐教诲，
儿女怎能不领受。

༢ ཁྱི་བདའ་ལུའི་སྐོར་ཐག་འཐེན་འཐེན་དེ། །
དོན་ཡང་དག་ཤོར་ཉིན་ཇ་མ་ཕབ། །
རྟ་འདོད་བས་ཐང་ཆེན་གཤགས་གཤག་དེ། །
འོབ་བྱེ་མའི་ནང་དུ་འགྲུབ་རབས་མེད། །

獒犬挣拽拴狗绳，
挣脱反而夹尾巴。
马儿喜欢闯旷野，
沙滩反而腿难迈。

རྐོད་པོ་ཐོག་ལྷ་འོད་དཀར།

贵波·托拉维嘎尔

བློན་ངན་པས་བདག་པོ་དགྲ་ལ་སྲུད། །
སྨན་ངན་པས་ཚེ་རོགས་འདྲེ་ལ་སྦྱིན། །
ཁྱི་ངན་པས་བདག་པོའི་རྐང་ཡུ་འཇུ། །

逆臣通敌卖君王，
凶妇招鬼害丈夫，
恶狗扑咬主人腿。

ཁྲི་བློན་ཆོས་འགྲུབ།

齐伦 · 曲珠

དཔའ་མེད་གྱི་མགོ་འཕྱུར་ལེ་བས། །
ནག་མོའི་སོར་རྡོ་གཡུག་ས་མཐུ། །
བང་མེད་འདུར་རྒྱུག་བྱེད་ལེ་བས། །
ཁྲིལ་པོ་རྒྱབ་ལ་ཁུར་ལེ་དགའ། །

比起怂人握刀把，
女人弹石更厉害。
与其骑乘颠子马，
背包步行更舒服。

འཛང་གཡུ་ལྷ་ཐོག་འགྱུར།

姜 · 玉拉托久

ཁྱུང་ཆེན་རི་རབ་འཛིན་འཛིན་དེ། །
ཁྭ་ཏས་འགྲན་འདོད་ཞེ་རེ་ཁྲེལ། །
དར་སེང་གངས་སྟོད་འཛིན་འཛིན་དེ། །
ཁྱི་བདའ་ལུས་འགྲན་འདོད་ཨ་བ་རེ། །

神琼雄踞须弥山，
乌鸦模仿很可笑。
雄狮傲立雪山样，
癞狗模仿很可悲。

ཕུང་བདུད་ལག་དམར།

砰堆喇玛

ཁྲེལ་མེད་བློན་པོས་རྗེ་དཔོན་ཕུང་། །
ཆོས་མེད་གྲྭ་པས་སྡོམ་པ་ཕུང་། །
མ་ངན་བུ་མོས་རང་ཁྱིམ་ཕུང་། །

无耻臣子害君主，
缺德僧徒破戒律，
阴毒女人毁家园。

ཁ་ཆེ་མཐིང་ཤོད་འབྲུག་སྒྱེ།

卡切 · 亭秀珠结

དཔོན་ཆག་སྐྱོས་འདེད་ཁ་གཡུལ་འབྲུག་བྱེད། །
བན་ཆག་སྐྱོས་འདེད་ཁ་གྲོང་གསེབ་འགྲིམས། །
སྨན་ཆག་སྐྱོས་འདེད་ཁ་ཁ་རྒོད་ཆེ། །

王要遭殃起战火，
僧要遭殃逛村镇，
女要遭殃会撒泼。

སྟོང་ཐུབ་ལྷ་རྒོད།

东图拉贵

དགུང་རང་མདོག་འགྱུར་ཁར་སྨུ་སྤྲིན་འཚུབ། །
ཞིང་ལྗང་ཆུང་སྨྱུག་པའི་རང་བཞིན་རེད། །
སྙན་ཁུ་བྱུག་འོང་ཁར་ཁྭ་ཏ་བྲེལ། །
འབོད་རྔ་བ་སྙན་པའི་རང་བཞིན་རེད། །
མི་ཐོབ་ཆེན་ཤི་ཁར་རང་གཤིས་འགྱུར། །
ནང་ཁྱིམ་ཚང་སྡུག་པའི་རང་བཞིན་རེད། །

变天先要起云雾，
滋润青苗是必然。
杜鹃要到乌鸦忙，
啼鸣动听是必然。
望族死前习性变，
折腾亲属是必然。

སོག་སྟག་དམར་སྟོབས་ཆེན།

索 · 达玛多钦

ཁྱི་རྒན་རྩིབ་རྫོས་ཉེན་ཁ་དེར། །
རྔ་མ་གནམ་ལ་སློང་རབས་ཡོད། །
དར་སེང་གཡུ་རལ་ཤུང་ཁ་དེར། །
མཐའ་རི་བོང་ཁ་ལ་ཉན་རབས་ཡོད། །
སྡར་མའི་རང་སྲོག་ཤུང་ཁ་དེར། །
རྒོད་པོའི་གདོང་ལེན་བྱེད་རབས་ཡོད། །

老狗打断肋骨前，
尾巴翘到天上去。
狮子失去鬃毛前，
听信狡兔瞎扯淡。
懦夫断送性命前，
招惹挑衅英雄汉。

བློན་ཆེན་སེང་ཁྲི་ཁེར་སྐྱེས།

伦钦 · 森赤凯吉

༧ ཚོད་མེད་ཐོག་པོའི་དབང་སྒྱུར་དེ། །
རྒྱལ་ཁམས་བཀུར་འདེབས་བྱེད་སའི་རྒྱུ། །
ཐོག་མེད་ཁྲམ་པའི་རྫུན་གཏམ་དེ། །
དོན་མེད་རྒྱ་སྡེས་ཁྲིལ་བའི་རྒྱུ། །
དཔའ་མེད་སྡར་མའི་ལག་ཆ་དེ། །
རང་སྲོག་རང་གིས་ཤུང་བའི་རྒྱུ། །

胡作非为统治者，
遭受攻讦和诽谤。
无端造谣生事者，
搅乱民心扰国体。
怂人手中拿武器，
断送自己成凶器。

༢ ཚོང་ཆེན་རྒྱུ་ནོར་ཤོར་ཁ་དེར། །
དགོང་མོ་ཉལ་བར་དགའ་རབས་ཡོད། །
བན་བཙུན་སྡོམ་པ་ཤོར་ཁ་དེར། །
དགའ་སྣང་སྨན་ལ་བྱེད་རབས་ཡོད། །
གླེན་པས་རང་སྲོག་ཕུང་ཁ་དེར། །
དཔུང་ཆེན་ཁེར་རྒྱུག་བྱེད་རབས་ཡོད། །

巨贾损失财货前，
昼夜都在睡懒觉。
僧侣丧失戒律前，
喜欢亲近风骚女。
傻子断送性命前，
孤身闯入敌阵中。

སྟག་གཟིག་ཞལ་དཀར།

达色 · 谐嘎尔

ནམ་མཁའ་འདོམ་ལ་འཇལ་མི་དེར། །
མཁའ་ལྡིང་ཁྱུང་གི་གཤོག་རླབས་དགོས། །
བར་སྣང་ཁུར་གྱིས་བཀང་མི་ལ། །
གཡེར་ཆེན་འབྲུག་གི་ང་རོ་དགོས། །
སྡེར་མོས་ཟིལ་གྱིས་གནོན་པ་ལ། །
གངས་སྟོད་སེང་དང་མཉམ་ལེ་དགོས། །

用庹丈量天空者，
要有琼鸟展翅力。
嗓音响彻天空者，
要有蛟龙怒吼声。
发威震慑群兽者，
要有雪山狮雄风。

ཁྲོ་ཆུ་དུག་ནག

超曲毒那

གངས་ཀྱི་དར་སེང་དཀར་མོ་ཁོས། །
འདོ་བ་བསད་པས་མི་ཚོག་ནས། །
ད་དུང་རྐྱང་ལ་ཇམ་གྲབས་འདུག།
གཡུ་རལ་རྒྱན་ལ་ཤོར་འདོད་རེད། །
དགུང་གི་དབྱུར་ཇ་ཐིག་ལེ་ཅན། །
བར་སྣང་ཁུར་སྒྲས་བཀང་ནས་བྱུང་། །
གློག་ལྡེ་འཁྲུག་པས་མི་ཚད་ནས། །
ད་རུང་ཐོག་དམར་འབེབས་འདོད་གདའ། །

雪山顶上白雄狮，
掠杀马匹不知足，
又在准备猎野驴，
想把璁鬃葬送掉。
天上蛟龙鳞片者，
电闪雷鸣不知足，
准备霹雳震天地，
想把宝珠丢海中。

ལག་ནོར་བྱུ་མཆོ་ལ་ཤོར་འདོད་རེད། །
མོན་བྱ་མགྲིན་སྔོན་ཁུ་བྱུག་ཁོས། །
ལུང་ཆུང་འགྲུར་གྱིས་བཀང་ནས་བྱུང་། །
ཤིང་རྒྱ་ལྕང་འཕྲི་བས་མི་ཚོག་ནས། །
ད་རུང་འཐས་རྡུག་ཁྱེར་འདོད་གདའ། །
གཡུ་གཤོག་ཁྲ་ལ་ཤོར་འདོད་རེད། །

门域灰颈布谷鸟，
占居树林不知足，
准备啄食六谷穗，
想把羽翼赠鹞鹰。

མཐིང་ཤོད་འབྲུག་ལྷ།

亭秀珠拉

༡ དཔེ་ཁྲིག་གེར་རང་རྩུས་མ་བཟུང་ན། །
གཡང་ཆཏ་ཞིའི་འཕོར་གསུམ་ཤོར་ངེས་ཡིན། །

不把堡垒守牢固，
夺走护身好武器。

༢ སྤྲང་པོས་སྡིགས་ཚོད་མ་བཟུང་ན། །
བེར་ཀས་རྡུང་ཕོར་གཅོག་གྲབས་ཡོད། །
དམག་ཁྲ་མོ་དཀྲུག་ཚོད་མ་ཟིན་ན། །
མཐའ་མ་མགོ་ལག་ཤོར་ལེ་འོང་། །

乞丐谩骂无休止，
棍子敲破脑袋壳。
骁将闯阵无休止，
利刃劈开脑袋壳。

༣ ཤྭ་ཕོ་ཆེན་ལུང་ཁུག་འཁྱིམ་ལེ་དང་། །
རྫོན་པས་ཤྭ་བ་སྒྲུག་གཉིས་ཐུག །
མགོ་རུ་དར་རིང་ན་ལེན་པར་སླ། །
ཁྱོད་དེ་རིང་སྤང་ལ་བབས་ལེ་དང་། །
ང་མཐིང་ཤོད་རྗེས་ལ་སླེབས་གཉིས་འཁྱིག །
བེམ་རུས་པ་གོ་བོའི་ཁ་མུར་རེད། །

公鹿走进山坳中，
碰上埋伏的猎人，
头角虽长取走易。
今日你到草地上，
被我滕秀追赶到，
掏出脏腑喂狗吃。

གཡུ་འབྲུག་ཁྲོ་ཆུ་ནག་པོ།

玉珠・超曲那波

༡ སྨན་ཆུང་གནས་ཉེས་ཁུར་ཁ་དེར། །

女子即将嫁错郎，

ཉེ་བ་དགྲ་རུ་བཟུང་རབས་ཡོད། །
སྟག་ཤར་རང་སྲོག་ཤུང་ཁ་དེར། །
དཔུང་མེད་ཁེར་རྒྱུག་བྱེད་རབས་ཡོད། །

会把至亲当仇敌。
小伙即将送性命，
离群孤身赴敌营。

༢ རྒྱ་སྟག་ནགས་ལ་འཁྱིམ་པའི་དུས། །
ཝ་མོས་རྗེས་འདེད་ཅི་གོ་རེད། །
གངས་སེང་ཤ་ལ་ཆས་པའི་དུས། །
བདའ་ལུས་ཧུ་གཟུཏ་ཞེ་རེ་ཁྲེལ། །
རྒྱ་ཁྲ་བར་སྣང་འཕྱུམ་པའི་དུས། །
བྱིའུ་ཆུང་གཤོག་སྒྲ་ཨ་བ་རི། །

猛虎回归山林时，
狐狸尾随真疯狂。
雪狮啖噬鲜肉时，
狗崽哀嚎真可笑。
鹞鹰空中翻飞时，
小雀振翅真可怜。

ཡ་མེད་གཡུང་དྲུང་ཐོག་རྒོད།

雅美・雍仲托贵

སྡར་མའི་དཔུང་སྒྲིག་བྱས་ལེ་དེ། །
དཔའ་བོའི་ཞེ་རྩ་དཀྲུག་རོགས་རེད། །
ཆོས་མེད་རྫོག་པོའི་གྲུབ་རྫུ་དེས། །
རང་གཞན་ཐམས་ཅད་ཤུང་ལ་སྦྱར། །
ཁྱི་ངན་འཛུ་འདོད་ཆེ་བ་དེ། །
རྩིབ་རྗེ་རིམ་གྱིས་ཉོ་བའི་རྒྱུ། །

懦夫并肩结成群，
撩拨勇士起杀心。
无道伪僧假法术，
自他悉数被祸害。
喜欢扯咬之恶狗，
打断肋骨纯自招。

འཇང་སྲས་གཡུ་ཁྲི་དཀུང་སློན།

姜赛玉赤孔恩

༧ དུག་གི་འདམ་ལ་ཨུཏྤལ་འཁྲུངས། །
མཆོད་ཁང་བུམ་པའི་ཁ་རྒྱན་བྱས། །
བླ་མའི་བྱིན་རླབས་ཆེ་ཞོར་རེད། །
ཐེའུ་རང་རྒྱུད་ལ་ལྷ་སྲས་འཁྲུངས། །
ལྷ་དམག་དཔུང་གི་རྒྱན་དུ་ཆེ། །

腐臭烂泥生莲花，
佛堂宝瓶做装饰，
皆因上师赐加持。
泰让氏族生天子，
天兵神将增威风，

རྒྱལ་པོ་ལས་དབང་ཆེ་ཞོར་རེད། །

皆因君王有洪福。

༢ དགུང་སྔོན་མདངས་ལ་ལྷོ་སྤྲིན་འཁྲིགས། །
སྦྲང་ཆར་ཟིལ་མའི་འབབ་རྒྱུན་གྱིས། །
འབྲས་དྲུག་གཉེར་ཁ་ཕྱུག་བསམ་སྟེ། །
གཡུ་འབྲུག་སྒྲོག་ལྡི་འཁྲུག་ལམ་ནས། །
སྙེ་མ་ཐང་ལ་བསྙིལ་ཡང་སྲིད། །

青天颜色被云遮，
淅淅沥沥雨不停，
期盼获得大丰收，
雷电交加天突变，
或许冰雹砸麦穗。

སུམ་པ་ཀུང་བཙན་ཁྲི་རྒྱལ།

松巴·孔赞赤嘉

༡ ལམ་བར་མདོ་འདྲེན་སྟོན་མ་ཐུང་ན། །
ལུས་སེར་གོས་གྱོན་པའི་དོན་རེ་ཆུང་། །
འབངས་ཁྲ་མོའི་སྐྱིད་སྡུག་མ་རིག་ན། །
གདན་གསེར་ཁྲི་གནོན་པས་ཅི་ལ་ཕན། །
གཡོག་ཨ་ཐང་ངོ་ཚུལ་མ་རིག་ན། །
སླན་མཛངས་མའི་ལག་ཟས་ཡིད་རེ་སྨུག།

中阴道上不度脱，
身着僧袍无意义。
百姓苦乐不明察，
坐镇金座有啥用。
奴仆饥色瞧不见，
主妇掌厨太抠逼。

༢ རྫ་ཡི་འབྲོང་བུ་རྭ་སྔོན་ལ། །
སླང་ཀན་རྭ་འགྲན་མི་ཐུབ་ཟེར། །
ན་དམར་རྐྱང་བུ་ཁ་དཀར་ལ། །
འདོ་བའི་བང་ཁས་མི་དོ་ཟེར། །
ཆབ་ཀྱི་ཉ་མོ་འཁྱུག་འགྲོ་ལ། །
ཀོ་མོའི་སྦལ་པས་མི་འགྲན་ཟེར། །
ལྷ་བྱ་གོང་མོ་ཁྲ་ཡིས་ཁྱེར། །
སླག་ནག་ལན་ཁ་མེད་པས་ཟེར། །

石山野牛铁青角，
老牯抵顶非对手。
白唇野驴驰莽原，
马匹奔跑非对手。
鱼儿游动江河中，
水洼蝌蚪非对手。
神鸟雪鸡被鹞捉，
黑鹰不该担罪过。

དགྲ་ལྷ་རྩེ་རྒྱལ།

扎拉泽嘉

སེང་དཀར་མོ་གངས་ཁྲོད་འགྲིམ་པའི་དུས། །
ཁྱི་བདའ་ལུའི་སྐྱག་རལ་ཞེ་རེ་ཁྲེལ། །
དོམ་ཐེང་དཀར་ནགས་གསེབ་ཉལ་བའི་དུས། །
ཁྱི་ངར་མའི་རྗེས་ཟུག་ཨ་བ་རི། །

白狮游走雪山时，
犬只屎鬃被笑话。
黑熊栖息林中时，
猛犬吠叫被小瞧。

ཐྲན་པ་རང་ཤར།

禅巴让夏

༡ གངས་དཀར་སྟུག་གི་དར་སེང་དེ། །
 བུ་ཡུག་གཡུ་རལ་རྒྱན་དུ་ཆེ། །
སྡེར་བཞི་བགྲད་པའི་རང་བཞིན་རེད། །
མཚོ་ཆུང་ཉ་མོ་འཕྱུག་འགྲོ་ཁ། །
རྦ་འཚུབ་འཁོར་ཡང་གནོད་མི་ཐུབ། །
གསེར་མིག་ཕྲུ་རྒྱལ་རྒྱན་དུ་མཛེས། །

雪山深处之雄狮，
风雪庄严绿鬃毛，
舞动四爪是本性。
湖泊之中鱼游动，
波涛汹涌无危害，
金睛装点是本色。

༢ མི་ཐུབ་དཔོན་ལ་འགྲན་ཡ་བཟུང་། །
རང་ནོར་ཟ་འདོད་བྱས་ནས་སོང་། །
མི་ཐར་བྲག་ལ་འཛེག་འདོད་བྱས། །
རང་མགོ་རང་གིས་རྡིབ་ནས་སོང་། །

难敌头人做对手，
夺走自己的财产。
无缝崖壁欲攀爬，
摔碎自己的脑袋。

དུང་ཁྲི་འོད་ལྡན།

童赤维丹

ཚ་ཤིལ་འོད་ལ་ཉ་མོས་འགྲན། །
གསེར་མིག་འཚུབ་ཤིང་འཇིགས་ཏེ་སོང་། །
རྡོ་རྗེ་བྲག་ལ་སྒོ་ངས་འགྲན། །

萤火虫比太阳光，
只好隐没草丛中。
麻雀蛋比金刚岩，

སེར་རིལ་དཀྲུང་ལ་ཡལ་ནས་སོང་། །
ཁ་དཀར་རྐྱང་ལ་བོང་བུས་འགྲན། །
རྨིག་བཞི་གནམ་ལ་འཐོར་ནས་སོང་། །

蛋黄飞溅到天上。
家毛驴比白唇驴，
四蹄朝天撞石子。

ནམ་མཁའ་ཐོག་བཟུང་།

南喀托耸

བན་ཆུང་རང་མགོ་ཐོན་ཁ་དེར། །
མགོ་བོ་མ་འཁོར་ཕ་ཡི་བུ། །
སྟག་ཤར་དགྲ་མགོ་ཐུལ་ཁ་དེར། །
ནང་འཁྲུད་མ་བྱེད་ཕོ་གསར་ཚོ། །
སྨན་ཆུང་གཞན་སྒོ་འགྲིམ་ཁ་དེར། །
གནས་ཉེས་མ་ཁྱེར་བུ་མོ་ཚོ། །

小僧想要得善果，
不要迷茫好小子。
壮士想要打胜仗，
不要内耗小伙们。
女子想要好姻缘，
不要嫁错姑娘们。

སྐྱ་ལོའི་སྟོན་པ་རྒྱལ་མཚན།

嘉洛·顿巴坚赞

སྒྲ་གཅན་རྒྱུག་པའི་ངར་ལམ་ནས། །
སྐར་ཚོགས་དཔུང་གྲལ་གཏོར་ལུགས་ལ། །
འཛམ་གླིང་བཞག་པ་ཡག་ནས་བྱུང་། །
དབུ་ནག་བདེ་སྐྱིད་ཡར་དར་ལ། །
ཞྭ་དམར་སེར་བསྟན་པ་རང་ཚུགས་ཆེ། །
ལྗོན་ཤིང་སྨྱུག་མོ་ཡར་སྐྱེས་ལ། །
འབྲས་ལྡུག་གཏེར་ཁ་རྒྱས་ནས་འདུག །
ཞིང་བདག་སྨྱུག་པའི་རང་བཞིན་རེད། །

曜煞急速运行，
虽然破了星阵，
世间留下好习俗。
黔首得福运势昌，
红黄僧帽更尊贵。
参天大树果实丰，
青苗庄稼长势好，
老农喜获大丰收。

སྨུ་གུ་དྲེལ་རྫོང་།

《穆古骡宗》

སྟག་རྒོད་ཟམ་བཙན།

达贵昂赞

སེང་གེ་གངས་ལ་འཁོར་འཁོར་དེ། །
གཡུ་རལ་རྫོམ་པའི་དུས་ལ་བབས། །
བྱ་རྒོད་བྲག་ལ་གནས་གནས་དེ། །
གཤོག་སྒྲོ་རྫོམ་པའི་དུས་ལ་བབས། །
རྒྱ་སྟག་ནགས་ལ་འཛུལ་འཛུལ་དེ། །
འཛུམ་དྲུག་རྫོམ་པའི་དུས་ལ་བབས། །
རྐྱང་དཀར་བྱང་ལ་རྒྱུགས་རྒྱུག་དེ། །
འགྲོས་གོམ་རྫོམ་པའི་དུས་ལ་བབས། །
ཤྭ་བ་སྤང་ལ་རྒྱུ་རྒྱུ་དེ། །
དུང་རྭ་རྫོམ་པའི་དུས་ལ་བབས། །
ཉ་མོ་ཆུ་ལ་འཁྱུག་འཁྱུག་དེ། །
གསེར་མིག་རྫོམ་པའི་དུས་ལ་བབས། །

雄狮盘踞雪山上，
正是炫耀银鬃时。
雄鹰栖居岩石上，
正是炫耀羽翼时。
猛虎深入密林中，
正是炫耀斑纹时。
野驴驰骋羌塘上，
正是炫耀蹄力时。
鹿儿信步草原上，
正是炫耀茸角时。
鱼儿游弋江河中，
正是炫耀金眼时。

འཇང་གཡུ་ལྷ་ཐོག་འབྱུར།

姜•玉拉托久

སྟོངས་སྡེ་བརྒྱད་སེར་བ་ཕབ་པ་ལ། །
འབྲུག་ཕོ་ཐང་གྲོགས་ལ་དགོས་དོ་ཟེར། །
དགུང་སེར་བ་ལོ་ཡག་ཞིང་ལ་ཕབ། །
འབྲུ་སྟོན་མོའི་གཏེར་ཁ་ལེན་དགོས་ཟེར། །
གླིང་དཔུང་དམག་དཔའ་རྩལ་རྫོམ་པ་ལ། །
འཇང་དམག་མང་གྲོགས་སུ་དགོས་ལེ་གསུང་། །

董氏八部降霜雹，
还需青龙作朋伴。
冰雹落在良田上，
要取稻谷好收成。
岭军显示军威时，
还需姜兵来相援，

ཕྱོགས་འབུམ་དམག་སྨུ་ཀུ་ཡུལ་དུ་ཐབ། །
རྡེལ་སྨུག་ཆུང་རྫོང་ཆེན་ཐབ་དགོས་ཡོད། །

十万兵马往木古，
誓取穆琼[]大宗堡。

ཨ་གྲགས་ཉི་མ་གྲགས་པ།

阿扎·尼玛扎巴

འབུ་དུང་དཀར་འོ་མས་གསོས་ལེ་དེ། །
དགྲ་ཆུ་སྲིན་སྡིང་ལ་ཡོས་ཀྱང་མངགས། །
ཁྱི་ཕྲུག་ཟན་གྱིས་གསོས་ལེ་དེ། །
དགྲ་རྐུན་པོ་བྱུང་ན་ཡོས་ཀྱང་མངགས། །

白螺乳汁所养育，
为的就是灭鳌鱼。
小狗糌粑所养育，
为的就是防偷盗。

བདུད་རྩི་སྨན་རྫོང་། 《甘露药宗》

མགར་བཟའ་ཆོས་སྒྲོན། 嘎尔萨・曲珍

༡ ཤར་ནས་མགྲོན་པོ་ཡོང་བ་དེ། ། 有客从东方来，
ལྷོ་ཕྱོགས་རྒྱལ་པོའི་གྲོགས་ལ་ཆས། ། 要做南国之友，
གསེར་དངུལ་ཚོང་ཟོག་ས་གཞི་གང་། ། 金银钱货满地。

༢ སྐྱེས་པོ་རབ་པོ་འབྲིང་པོ་ཐ་གསུམ། ། 男分三等上中下，
སྐྱེས་པོ་རབ་ཡུལ་ལུང་གསེར་དངུལ་བཀང་། ། 其上为国赚金钱，
སྐྱེས་པོ་འབྲིང་ཇ་ཡིས་ཡུལ་སྤྱི་ཚིམ། ། 其中得茶遂众愿，
སྐྱེས་པོ་ཐའི་ཚོང་ལ་ཇ་སྟོང་འཇལ། ། 其下反赔千捆茶，
རྒྱུ་ལག་ལེན་ཆུ་ཁའི་ལྦུ་བ་འདྲ། ། 经营财富似水沫。

ལྡོང་ཆོས་ལུ་བུ་ཡི་དར་འཕེན། 董・曲鲁普依塔尔潘

མི་བརྒྱ་ཁ་ཚིག་གཅིག་གི་དཔེ། ། 百人众口需一词，
རྟ་བརྒྱའི་སྲབ་མདའ་མཉམ་དུ་འཛིན། ། 百马缰绳需齐抓，
མི་འགའ་རེས་གཏམ་ངན་ཕྱི་ནང་བརྗེ། ། 有人颠倒内外言，
ལས་དེ་འདྲར་དོགས་ཟོན་ལེགས་ན་དགའ། ། 如斯事体需谨防。

འཕགས་མཆོག་སྤྱན་རས་གཟིགས། 观世音菩萨

ཕྱི་ཁམས་གསུམ་འཁོར་བའི་བདེ་སྡུག་དེ། ། 三界轮回苦乐事，
དོན་གཉིས་སྣང་རྟོག་པའི་འཁྲུལ་འཁོར་ཡིན། ། 二法思虑实虚幻，
གཉིས་མེད་ཀུན་བཟང་ཀློང་དུ་གཅིག ། 无二尽美实为一；

ང་དང་ཁྱོད་གཉིས་འཛིན་པས་འཆིང་། །
གཉིས་མེད་བདེ་གཤེགས་གཅིག་གི་དབྱིངས། །
ཁམས་གསུམ་ཡ་འཐས་བག་ཆགས་རྣམས། །
གཉིས་མེད་རང་གཞིའི་ངང་དུ་གཅིག །

你我俱为世俗绊，
无二善逝实为一；
三界固强诸印象，
无二本质实为一。

སྟག་རོང་ཨ་ཁུ་ཁྲོ་ཐུང་།

达绒 · 阿库超同

མི་རྒན་པའི་ཁ་ན་གཏམ་ཞིག་ཡོད། །
དཔོན་ཆེན་པོའི་སེམས་ན་བློ་རེ་ཡོད། །
རྗེ་བླ་མའི་ཐུགས་ལ་བསྐྱེད་རྫོགས་ཡོད། །
མི་དཔའ་བོའི་དཔུང་ལ་དཔའ་གསར་ཡོད། །
ཆུང་བྱིས་པའི་ཁ་ན་དོན་ཆེན་ཡོད། །
གཏམ་ཕྱི་ནང་མང་པོའི་བདེན་གཏམ་ཡོད། །

老人口中有警言，
君王心中有计谋，
上师心底有生圆，
英雄队伍有新勇，
孩童所言属大事，
言语内外俱实情。

སྐྱི་དཔོན་རོང་ཚ་ཁྲ་རྒན།

吉本 · 绒擦查根

༡ དབྱར་མེ་ཏོག་བཀྲག་མདངས་ལྷ་ཡུལ་འདྲ། །
དགུན་ཁ་བ་བུ་ཡུག་འདྲེ་ཡུལ་མཚུངས། །
དེ་ནས་ཟླ་དུས་འགྱུར་མི་རྟག་རེད། །

夏花烂漫似仙界，
冬雪狂舞如鬼境，
此乃四时无常季。

༢ དེ་རིང་དགའ་བའི་དགོད་སྒྲ་སྒྲོག་ཀྱང་། །
སང་ཉིན་སྡུག་གི་ངུ་འབོད་གང་བའི། །
མི་རྟག་མངོན་སུམ་མིག་གིས་རིག་ཀྱང་། །
ད་དུང་རྟག་འཛིན་སྨྱོན་པ་མིན་ནམ། །

今日欢乐虽发笑，
明朝痛苦亦哭嚎
此般无常已亲见，
仍然执著岂非癫。

༣ ཁ་ཤ་རི་བོའི་རྩེ་ལ་ཤོར། །
ཉ་ཤ་ཆུ་ཆེན་འགྲམ་ལ་ཤོར། །
སྡོམ་པ་སོམ་ཉི་བར་ལ་ཤོར། །

马鹿逃向山头，
失却鱼肉江河边，
破戒仅在犹疑间。

ཤང་ཤང་སྨན་རྫོང་།

གེ་སར་ནོར་བུ་དགྲ་འདུལ།

༡ ཐག་རིང་པོ་སོང་གི་འདོ་བ་འདི། །
ཆག་ཆུ་འདུར་ཁེབས་མ་མ་ཡོད་ན། །
ལྕག་ཚ་མོས་མགྱོགས་འདེད་བྱས་བྱས་ནས། །
སྐད་ཐེངས་གསུམ་འཚེར་ཏེ་འཇྲོགས་སྙིང་འདོད། །
ཚོང་རིང་པོ་བསྐོར་བའི་ཁལ་མ་གཡག །
གཟན་རྩྭ་ཆུ་འཚོ་སྐྱོང་མ་ཡོད་ན། །
དོ་ལྕི་མོས་གོང་ནོན་བྱས་བྱས་ནས། །
ཁ་ཐེངས་གསུམ་འཁོར་ཏེ་བརྫུང་སྙིང་འདོད། །
དགྲ་དཔུང་ཆེན་འདུལ་བའི་གེ་སར་ང་།
བཀའ་གོང་མའི་དངོས་གྲུབ་མ་གནང་ན། །
ལུང་བདག་མེད་བཀའ་བཙན་ཕབ་ཕབ་ནས། །
ཚིག་ཐེངས་གསུམ་ཡིད་ཆད་ཞུ་སྙིང་འདོད། །

༢ ནགས་ཙན་དན་ཐང་ཀང་བར་མ་ནས། །
དཔའ་རྒྱ་སྟག་ཟེར་བའི་གཡེར་པོ་ཆེ། །
འཛུམ་མེ་རི་ཁྲག་གི་པ་ཏ་དེ། །
ངོམ་ཟེར་ན་མཆོང་སྟབས་ཡོད་ལེ་དགོས། །
ཁ་དུང་མཆེ་ངར་མའི་འཛིན་སྟབས་དེ། །
ཇམ་ཟེར་ན་མི་ཤ་ཟ་ལེ་དགོས། །
དེ་མིན་རྒྱ་སྟག་ཨ་དགོས་ཆུང་། །
གངས་རྩེ་རྒྱལ་ཤེལ་གྱི་བང་རིམ་ནས། །

《香香药宗》

格萨尔·诺普占堆

驰行远方好骏马，
若无草料和披盖，
单凭挥鞭来催马，
马嘶三声即惊惧。
客商远行牦牛驮，
若无饲草和饮水，
还将重驮负其身，
小心转身将你顶。
我乃制敌格萨尔，
未得天界神奇力，
还来接连下军令，
想说三句牢骚话。

且看檀木密林间，
猛虎威风何凛凛，
虎纹斑斓红似血，
欲显本领跳涧崖，
口中雪白大獠牙，
欲显威势食人肉，
不然猛虎亦妄称。
层层水晶雪山上，

སེང་དཀར་མོ་ཟེར་བའི་གཡེར་པོ་ཆེ། ।	银狮威风何凛凛，
མགོ་གཡུ་རལ་ནོར་བུའི་རྒྱན་ཆ་དེ། ।	头上银鬃属珍宝，
ངོམ་ཟེར་ན་འཛིགས་རྫམ་ཡོད་ལེ་དགོས། ।	欲要显示需威猛，
རྩལ་སྡེར་བཞི་གདུག་པའི་དཔལ་ཟེར་དེ། ।	猛健四爪显威势，
སྟོན་ཟེར་ན་སྟོང་ཁྲག་འཐོ་ལེ་དགོས། ।	挥动须得洒千血，
དེ་མིན་ན་སེང་ལྷམ་ཨ་དགོས་ཆུང་། ।	非此森姜[]用处小。
༣ མགྲོན་ལམ་རིང་བརྒྱུད་གི་ཚོང་པ་དེ། ।	商贾贩运行远途，
རྒྱུ་རིན་ཆེན་ནོམ་ལ་འདྲེན་བསམ་ནས། ।	自是欲售珍奇宝，
ཇག་བུ་རྐའི་གདོང་ལ་མ་འཛེམ་པར། ।	不惧盗匪迎面来，
སེམས་འདོད་པའི་ཡུལ་དུ་སླེབས་པའི་དུས། ।	方到心中所欲地，
ཁེ་མི་ནོར་གཡང་ལ་མ་ཁུག་ན། ।	如若不能赢利财，
ཐག་རིང་པོ་བགྲོད་པ་དོན་རེ་ཆུང་། ।	长途跋涉属白费。
གཟིངས་གཡོར་ཤིང་བཙིངས་པའི་དེད་དཔོན་དེས། ।	开动巨帆商船主，
ཟོང་ནོར་བུའི་གཏེར་ཁ་ལེན་བསམ་ནས། ।	欲取宝物启库门，
དགྲ་ཆུ་སྲིན་ཏུབ་ལ་མ་འཛེམ་པར། ।	不惧巨鳌群起攻，
མཚོ་ཆེན་པོའི་ཕ་རོལ་སླེབས་པའི་དུས། ।	方到大洋彼岸处，
ནོར་འདོད་འབྱུང་ལག་ཏུ་མ་ལོན་པར། ।	宝物若是不到手，
གྲུ་སྟོམ་ཐག་བཅས་པ་དོན་རེ་ཆུང་། ।	远行航船属白费。
གཞོང་ས་ནག་གཤོང་གི་ཞིང་པ་དེས། ।	沃土之上农夫忙，
འབྲུ་མི་ཟད་བང་བ་འགེངས་བསམ་སྟེ། ।	欲要谷物满仓廪，
ལས་དཀའ་ཚོགས་སྡུག་ལ་མི་འཛེམས་པར། ।	不惧田中耕种苦，
སྟོན་འབྲུ་དྲུག་བཅུད་ལ་འབྲུངས་པའི་དུས། ।	秋日五谷丰登时，
ཟས་འབྲུ་བཅུད་མཛོད་ལ་མ་ལོན་ན། ।	五谷若未满粮仓，
ཞིང་སོ་ནམ་བྱས་པ་དོན་རེ་ཆུང་། ।	田中耕作属无用。
༤ སྨར་མ་ཝ་ཡི་གྲ་འགྲེད་ལ། ।	身虽懦夫狐狸皮，

དཔའ་བོ་སྟག་གི་སྙིང་གདོས་ཡོད། །　内里却有猛虎胆。
རྒས་པ་ལོ་ཡི་འབྱུང་ལུས་ལ། །　虽然已是老迈年，
ཕོ་གསར་བརྒྱ་ཡི་འཛུམ་ཞལ་ཡོད། །　却有青年笑容颜。
འདྲ་འདྲ་དཔའ་ཐུལ་ནང་རོལ་ནས། །　相似英雄好汉中，
མི་འདྲ་སྔགས་ཀྱི་ནུས་པ་ཡོད། །　更有咒术他人无。

༥ ཁྲ་མོ་དམག་གི་བཤར་ལུགས་ལ། །　花岭军队出征时，
ཏ་སྣེ་གསལ་བ་ཁྲ་འདྲ་དགོས། །　前军明路需似鹞，
ཏ་ཟུར་སྐྱེན་པ་གླག་འདྲ་དགོས། །　翼军迅疾需似雕，
ཏ་རྟིང་འཛེམ་པ་སྤྱང་འདྲ་དགོས། །　后军警惕需似狼。

༦ དགྲ་མཐིང་བདུད་དཔུང་རྒོད་གཡས་ནས་ཕབ། །　妖敌部众从右降，
ཤང་ཐེ་མོའི་འཕྲུལ་འཁོར་གཡོན་ནས་བཞིག།　香国妖术从左灭，
བྱང་རྒྱ་མཚོའི་རླབས་རྒོད་གདོང་ནས་གཞག།　北海波涛迎面破。

༧ དགུང་གི་ཁྲི་གདུགས་ཉི་མ་ལ། །　苍穹之中火红日，
གྲིབ་འཛིན་འདོད་པའི་སྤྲིན་ནག་ཁྱོད། །　乌云想要将其遮，
ཤུགས་ཆེན་རླུང་གིས་མ་གཏོར་ན། །　如若不被飓风吹，
སྨུག་ནག་མུན་པ་གང་ནས་སེལ། །　黑暗如何能驱散，
སྐྱེ་འགྲོ་དྲོད་ལ་ཅི་ཡིས་བཀོད། །　众生怎能得温暖。
དགོས་འདོད་རྒྱ་མཚོའི་གྲུ་གཟིངས་ལ། །　舟船海中欲取宝，
ཁྱུར་མིད་བསམ་པའི་ཆུ་སྲིན་ཁྱོད། །　巨鳌想要吞食之，
གཡས་འཁྱིལ་དུང་གིས་མ་བཅོམ་ན། །　如若不用宝螺降，
ནོར་བུའི་གླིང་ལ་ཅི་ལྟར་བགྲོད། །　如何前往珍宝洲，
སེམས་ཅན་དབུལ་བ་གང་ནས་སེལ། །　众生贫苦怎能消。

མ་ནེ་ནེ་གནམ་སྨན་དཀར་མོ།

མཐོ་རི་རབ་ཁ་ཡི་ཁྱུང་ཆེན་དེ། །
ཟས་དུག་ཆེན་སྲིད་པ་མ་ཡིན་ཡང་། །
ཀླུ་གདོལ་བའི་ཁ་གཏོན་ལས་ཀྱིས་བསྐོས། །
འཕུར་ཡང་རྩལ་གཤོག་དྲུག་ཛོམ་ཡང་དགོས། །
མཆུ་རྣ་སྡེར་ཁྲག་ལ་བསྒྲི་ཡང་དགོས། །
གངས་བུ་ཡུག་ཁྲིད་ཀྱི་སེང་ཆུང་དེ། །
ལུས་བསིལ་འདོད་གནས་པ་མ་ཡིན་ཡང་། །
ཤེལ་དཀར་མོའི་སྐུ་རྫོང་ལས་ཀྱིས་བསྐོས། །
མགོ་གཡུ་རལ་ལྷུད་མོ་ཛོམ་ཡང་དགོས། །
བུ་ལྷ་ནས་བསྐོས་པའི་སེང་ཆེན་དཔོན། །
ཇག་ནོམ་འདོད་དམག་ལས་མ་ཡིན་ཏེ། །
བདུད་ཙ་ཏའི་ཁ་གཏོན་ལས་ཀྱིས་བསྐོས། །
སྟོབས་རྫུ་འཕྲུལ་སྒྱུ་རྩལ་ཛོམ་ཡང་དགོས། །
ཐབས་ཐུགས་རྗེས་འགྲོ་དོན་མཛད་ཀྱང་དགོས། །

玛乃乃·南曼嘎尔姆

巍峨高山大琼鸟，
口食剧毒非贪欲，
降服鲁妖前世定，
既要展翅显翼力，
亦需爪喙染鲜血。
小狮屹立冰雪中，
并非贪凉立其地，
水晶宫殿前世定，
即需炫耀银色髯。
天神下凡格萨尔，
征战并非本所欲，
降妖伏魔天注定，
既要展示法力高，
也需慈悲为众生。

རྐོང་པོ་དཔལ་ཡག་འབུམ་ལུ།

རྒྱ་ཤོད་འབྲུ་ཡི་ས་ཆ་ནས། །
བྱིའུ་ཆུང་ཟ་འདོད་གཤོག་སྒྲ་ཙུར། །
རྒྱ་ཁྲག་ཧོར་བ་ལྡིང་ལམ་ནས། །
བྱིའུ་སྤུ་རླུང་ལ་འཐོར་བའི་དུས། །
འགྱོད་པ་ཨེ་ཡོད་གཤོག་ཆུང་བྱིའུ། །
ནགས་ཤོད་ལྗང་མོའི་ཡང་སྟེང་ནས། །

贵波·巴雅奔鲁

嘉秀智部之地方，
小鸟欲食振翅飞，
途遇鹞鹰空中转，
等到羽毛四散时，
悔恨是否涌心头？
在那林间绿茵上，

ཐོ་ཏུ་རྒྱུག་འདོད་མགོ་འཕང་མཐོ། །	马驹想要试马蹄，
སྟག་དམར་འཁྱིམ་པའི་གཟན་ལམ་ནས། །	途遇猛虎觅食物，
རྫོག་མ་ཐང་ལ་ཉིལ་བའི་དུས། །	鬃毛散落一地时，
འགྱོད་པ་ཨེ་ཡོད་རྩ་གསར་ཚོ། །	悔恨是否涌心头？
བྱང་སྟོད་ཧོར་གྱིས་ས་ཆ་ནས། །	北方上部霍尔地，
ཇག་ཆུང་རྒྱུག་འདོད་དཔུང་བ་རྫོམ། །	小股盗匪欲显威，
ར་མདའ་ངར་མའི་འཁྱིམ་ལམ་ནས། །	途遇强敌追赶后，
མགོ་ལག་མི་ལ་ཤོར་བའི་དུས། །	首级输于他人手，
འགྱོད་པ་ཨེ་ཡོད་བསམ་ཆུང་ཚོ། །	悔恨是否涌心头？

ཨ་རྒོད་སྐྱེན་པོ་མིག་དམར། 阿贵·坚波米玛

གཙང་བཙོག་མེད་པའི་བྱི་ལ་དེས། །	不知秽净之野猫，
ཟ་བ་རྫོམ་ནས་རྟུག་པ་བསྐུངས། །	欲显吃食憋屎粪。
ངོ་ཚ་མེད་པའི་ཁྲམ་པ་དེས། །	不知羞耻之骗子，
གཡེམ་པ་རྫོམ་ནས་བྱིས་པ་གསོད། །	欲显淫行弑孩童。
སྐྱིད་སྡུག་མེད་པའི་རྐུན་མ་དེས། །	不识礼义之盗匪，
རང་རྒྱུ་རྫོམ་ནས་གཞན་ནོར་བསྐུངས། །	欲显己财藏他财。

མཐིང་རྗེ་གཡུ་རལ་རྒྱལ་པོ། 亭吉·玉然嘉波

༧ གྱོད་བློ་རྙོག་བྱུང་དུས་མཁས་པ་དགོས། །	疑窦生时需智者，
བློ་འགྱུར་འགྱུར་སྐོར་ཆ་མ་ཐོག་ན། །	犹疑之时不决断，
ཁ་རིང་ཐུང་མཁས་གཏམ་སྟོང་སྒྲ་རེད། །	平日箴言是空言。
དགྲ་གློར་རྒྱུག་བྱུང་དུས་དཔའ་བོ་དགོས། །	敌人忽至需英雄，
དཔའ་ངོ་མའི་ངོ་ལེན་མ་འཕྲོད་ན། །	对敌若是不招架，
དུས་རིང་ཐུང་དཔའ་རྫོམ་ཁ་ཤོམ་རེད། །	平日英勇有何用。

མགྲོན་སྒོ་བབ་བྱུང་དུས་ཟ་མ་དགོས། །　宾客至屋需饭食，
ཟས་སྣ་ལེན་གྲ་བསྒྲིགས་མ་འཛོམས་ན། །　招待如若不周全，
ཁ་སོས་དལ་སྟོན་མོ་མཚར་ཟས་རེད། །　闲时宴席只为奇。

༢ བྱ་ཁུ་བྱུག་ཆར་ལ་སྨྲུག་ན་ཡང་། །　杜鹃虽则喜雨水，
སྤྲིན་དཀར་པོ་མི་སྡོད་རླུང་གིས་འདེད། །　怎奈白云被风催，
ཆར་ཟིལ་མ་འབབ་ཟེར་དཀའ་མོ་རེད།　细雨欲落成难事，
ཆར་མ་བབ་ལེ་ཁག་སྤྲིན་ལ་མེད། །　无雨岂是云之过。
གྲོང་ཞིང་པ་འབྲུ་ལ་སྨྲུག་ན་ཡང་། །　农夫虽则喜五谷，
ས་དོག་མོའི་མཆིན་པ་ཐན་པས་སྐམ། །　怎奈天旱伤地肝，
ལྗང་སྐྱེ་མ་འཁྲུངས་ཟེར་དཀའ་མོ་རེད། །　青苗长成无希望，
ལོ་མ་ཡག་ལན་ཁག་ཞིང་ལ་མེད། །　歉收岂是田之失。

༣ བང་གསང་དྲུག་འཛོམས་པའི་འདོ་བ་རྟ། །　身具六窍骐骥马，
ལྕག་ཁྲ་མོའི་གསང་རྒྱུད་མ་ཕྱེས་ན། །　不用细鞭通六窍，
གང་འདོད་ས་ལ་མི་སླེབས་ཟེར། །　所欲之地不可达。
བློ་མཁས་དགུ་ལྡན་པའི་མཁས་པ་བུ། །　身具智谋智者子，
ཚིག་སྨོན་པའི་བསྐུལ་བརྡ་མ་སྤྲད་ན། །　若无言语来点明，
ལས་ལེགས་ཉེས་བླང་དོར་མི་ཤེས་ཟེར། །　不知善恶取舍理。
ནང་ཡོན་ཏན་འཛོམས་པའི་ནོར་བུ་དེ། །　内具功德诸珍宝，
རྒྱན་ཕྱི་དོར་མཆོད་པ་མ་ཕུལ་ན། །　若不净扫常礼拜，
སེམས་བསམ་པའི་དངོས་གྲུབ་མི་འབྱུང་ཟེར། །　所欲功德不可得。

༤ སྐྱེས་ཕོ་རབ་ཕོ་འབྲིང་ཕོ་ཐ་གསུམ། །　男分上中下三等，
སྐྱེས་ཕོ་རབ་བྱ་བ་ཐབས་ཀྱིས་སྒྲུབ། །　其上成事用计谋，
རྐྱེན་བར་ཆད་མི་འབྱུང་བློ་མཐའ་གསལ། །　不遇险阻心明澈。
ཕོ་འབྲིང་བྱ་བ་དཔའ་ཡིས་སྒྲུབ། །　其中成事靠勇猛，

དགྲ་ཐད་ལ་བྱུད་ན་ལན་པོ་བྱེད། །
ཕོ་ཐ་མའི་བྱ་བ་ངན་གཡོས་སྒྲུབ། །
མཐར་རང་ཕུང་རྫུན་ཕུག་ཁོག་ནས་རྡིབ། །

迎面来敌无所惧。
其下成事靠狡诈，
终致毁败损己身。

ཀུང་བློན་ཡེ་ཁྲི་ལྷུན་པོ། 孔伦·益赤伦波

༡ སྐྱེས་ཕོ་རབ་ཕོ་འབྲིང་ཕོ་ཐ་གསུམ། །
ཕོ་རབ་བློ་རྩེ་ཉི་མའི་ཟེར། །
འོད་གླིང་བཞི་བསྐོར་ཞོར་མུན་པ་སེལ། །
དེས་མི་ཚད་རང་སྲོག་གཡུལ་ལས་སྐྱོབ། །
ཕོ་འབྲིང་བློ་རྩེ་མདའ་མོའི་ཤུགས།
རླུང་བསེར་མ་གཤག་ཞོར་དགྲ་སྲོག་གཅོད། །
དེས་མི་ཚད་རང་སྲོག་གཡུལ་ལས་བསྐྱབས། །
ཕོ་ཐ་མའི་བློ་ཁ་རང་འཐག་སོ། །
འབྲི་སྟོན་མོ་འཐག་ཞོར་རང་ཁ་སྣོག །
དེས་མི་ཚད་དཔུང་པའི་ཚིགས་ཁ་གཟེར། །

男子三分上中下，
上等心智如日光，
照耀四洲驱黑暗，
还能沙场全己命。
中等心智似箭力，
破风还将敌命取，
还能沙场全己命。
下等心智似磨盘，
磨麦之时失方向，
肩头还会隐作痛。

༢ ཤྭ་ཕོ་ཆེན་མཐོང་ན་མདའ་རྒྱང་ཟེར། །
དེ་ཤྭ་བ་བུ་ཡི་ཡ་རྩལ་རེད། །
དགྲ་ལག་དམར་མཐོང་ན་ལན་པོ་ཟེར། །
དེ་སྐྱེས་པ་ཕོ་ཡི་ཡ་རྩལ་རེད། །
གཅན་སྟག་སྐད་ཐོས་ན་རུ་བརྡར་ཟེར། །
མགོ་རུ་ཐུར་ཅན་གྱི་ཡ་རྩལ་རེད། །

看见雄鹿速射箭，
此乃猎手真本色。
看见仇敌施颜色，
此乃男儿真本色。
闻听虎啸磨牛角，
此乃野牛真本色。

ཤན་པ་མེ་རུ་རྩེ། 辛巴梅如泽

༡ ཕྱུག་པང་མཛོད་སྦྱིན་པ་གཏོང་ས་ནས། །

富者库外施舍时，

སྤྲང་ཧུ་གེའི་ཕོར་ཁ་ལག་པས་སྐྱོར། །　　乞丐举钵行至前，
དེ་ཁག་མེད་ལྟོགས་སྐོམ་ཡིད་ལ་བཞག །　　此属无奈因饥渴。
དཔའ་སྟག་མོ་ངར་འཐབ་བསྡོ་ས་ནས། །　　二雄凶猛相斗处，
ཕོ་སྙར་མས་བྲོས་ལམ་མིག་གིས་འཚོ། །　　懦夫只能寻路逃，
དེ་ཁག་མེད་སྲོག་དམར་གོང་ཐང་ཆེ། །　　此属无奈为保命。

༢ དགྲ་ལ་ཕོ་ཚོད་མ་ཤོར་དགོས། །　　敌前莫失男儿勇，
ཀུན་ལ་སློ་བརྡབ་མ་བྱུང་དགོས། །　　对众莫冷众人心。

༣ ཤར་རི་ཤེའི་དུང་ཤ་དཀར་པོ་དེ། །　　东方岭中[]白色鹿，
རྔོན་པའི་མདའ་ཡིས་ཟིན་ཟིན་ནས། །　　猎人利箭射出时，
ཡང་མིན་ན་དུང་ར་སྤང་ལ་འཛོག །　　要不鹿角置草上，
ཡང་མིན་ན་ཕྱོགས་མེད་ས་མཐའ་འགྲིམ། །　　抑或逃命奔四方。

ཆབ་སྔོན་མོའི་རྒྱུད་ཀྱི་གསེར་མིག་ཉ། །　　湛蓝水底金目鱼，
ཉོལ་ལྕུགས་ཀྱུའི་འགྱུགས་ལ་ཟིན་ཟིན་ནས། །　　渔夫鱼钩抛出时，
ཡང་མིན་ན་གཤོག་ཆུང་སྐམ་ལ་བསྐུར། །　　要不鱼鳍晒滩上，
ཡང་མིན་ན་རྒྱ་མཚོའི་ཆུ་རྫོང་སྙོག །　　抑或海水弄浑浊。
སྐང་རི་རྒྱབ་སྤྱང་ཐང་སྔོན་མོ་དེ། །　　崎岖山岗青饿狼，
ས་འགག་བཞིའི་རྙི་ལ་ཟིན་ཟིན་ནས། །　　遇见地上陷阱时，
ཡང་མིན་ན་མཆེ་བ་ཐང་ལ་འཐོར། །　　要不獠牙碎地上，
ཡང་མིན་ན་གཡང་དཀར་ཞིམ་ཤ་ཟ། །　　抑或肥羊口中食。

ལྷ་ཕྲུག་ཚངས་པ་འོད་འབུམ།　　拉楚·仓巴维奔

འཕང་བའི་མདའ་དང་མངགས་པའི་མི། །　　放出箭矢遣出人，
གར་གཏད་ས་དེར་འགྲོ་རབས་ཡོད། །　　发往何处即往彼，

སོང་ནས་དོན་དེ་ཆོད་རབས་ཡོད། །

发出大抵能成事。

མཐིང་གི་སྲས་མོ་མཛེས་སྒྲོན།

亭克・赛摩泽珍

༡ དགུང་ཉི་ཟླ་འོད་ཀྱིས་གསལ་ཁྱབ་ལ། །
མར་མེ་སྣང་སྒྲོན་མི་དགོས་ཟེར། །
མི་དགོས་ཟེར་ཡང་དགོས་ལེ་ཡོད། །
ཁང་ཆུང་མུན་པ་མར་མེས་སེལ། །
རྟ་མཆོག་འགྲོས་ཀྱི་སྟོང་པོ་ལ། །
ལྕག་ཚན་སྐྱལ་འདེབས་མི་དགོས་ཟེར། །
མི་དགོས་ཟེར་ཡང་དགོས་ལེ་ཡོད། །
རྟ་བྱང་མའི་གསེང་རྒྱུད་ལྕག་གིས་ཕྱེས། །
རྣོ་ངར་ཆེན་ཐོབ་པའི་རལ་གྲི་ལ། །
རྡོ་སྔོན་མོའི་བརྡར་ལེན་མི་དགོས་ཟེར། །
མི་དགོས་ཟེར་ཡང་དགོས་ལེ་ཡོད། །
གྲི་འགུ་ཟེའི་སོ་ཁ་བརྡར་གྱིས་ཕྱུང་། །

日月当空光耀世，
不需灯火来照明，
虽说不需亦有需，
灯照屋中驱黑暗。
骐骥骏马奔驰健，
不需皮鞭来相催，
虽说不需亦有需，
骏马自是鞭下来。
宝刀刃口几锋利，
不需青石来磨砺，
虽说不需亦有需，
宝剑锋从磨砺出。

༢ ཀློ་རྒན་གྱིས་བསླུས་ན་གཞོན་གྱིས་ཉན། །
དེ་ཡ་རབས་སྐྱེས་བུའི་ཡ་ཚུལ་རེད། །
ཟས་མ་ཡིས་བྱིན་ན་བུ་མོས་འཕོང་། །
དེ་མ་རབས་ངན་པའི་སྤྱོད་སྟངས་ཟེར། །
གཏམ་མཁས་པས་བཤད་པ་བླུན་པོས་ཉན། །
དེ་འཛིག་རྟེན་སྔ་མའི་དར་ཚུལ་ཟེར། །
ཆོག་པ་ཡིས་བཤད་ན་བུ་ཡིས་རྩོལ། །
དེ་བསོད་ནམས་འཛད་པའི་སྔ་ལྟས་ཟེར། །
རྒྱལ་བློན་འདུན་མའི་གྲོས་ཆོད་དེ། །
ཀློ་ཕྱུགས་རྒས་ཀྱིས་མཛད་ན་བསམ། །

长者所言青年从，
此乃有礼之举止；
母施饭食女厌恶，
此乃无礼之举止；
智者言教愚者听，
此乃世间初始理；
父所言说子违逆，
此乃福泽消减兆；
君臣共议诸般事，
长远而后属功绩。

༣ སྐྱེས་ཕོ་རབ་ཕོ་འབྲིང་ཕོ་ཐ་གསུམ། །	男分三等上中下，
ཕོ་རབ་ཁོག་པ་ནམ་མཁའ་འདྲ། །	上等胸襟似天阔，
སྤྲིན་དཀར་ནག་འཁྲུག་པས་ཡོ་འགྱུར་མེད། །	乌白层云天不变，
བློ་ཉི་ཟླའི་གསལ་ཆ་འགག་སྒྲིབ་མེད། །	心如日月无遮挡。
ཕོ་འབྲིང་བློ་ཁོག་ཆུ་བོ་འདྲ། །	中等胸襟似江河，
ཆབ་ཆུ་བོ་འབབ་པས་འཕེལ་འགྲིབ་མེད། །	江河流动无涨落，
ཆབ་སྟོན་མོའི་རྒྱུ་ལམ་ཡོ་འགྱུར་མེད། །	江河流向终不变。
ཕོ་ཐ་མའི་ཁོག་དེ་རྐྱལ་བ་འདྲ། །	下等胸襟似皮囊，
རླུང་བསེར་བུས་བཀང་ན་ཐེར་གྱིས་སྤུར། །	狂风吹来速鼓起，
རྡོ་གོར་མོ་ཕོག་ན་ཤུབ་ཀྱིས་ཞི། །	石头击中便泄气。
༤ དགུང་ཨ་སྔོན་དཀྱིལ་གྱི་ཉི་མ་འདི། །	苍穹之间火红日，
མདངས་གསལ་གྲིབ་མེད་ན་ཉི་མ་ཡིན། །	光无明暗方红日，
གཟུགས་འཆར་ནུབ་མེད་ན་འོད་གསལ་ཡིན། །	身无升落才光明，
དེ་དྲོ་གྲང་སྣང་བ་མ་མཉམ་ན། །	如若冷暖不均匀，
འགྲོས་གླིང་བཞི་བསྐོར་བ་ཐང་རེ་ཆད། །	转遍四洲何劳苦，
ཞར་ནམ་མཁའི་གོ་འབྱེད་དོན་རེ་ཆུང་། །	分开昼夜无用处。
ལྷོ་ནགས་མ་རོང་གི་ཁུ་བྱུག་དེ། །	南方林中杜鹃鸟，
དུས་དབྱར་དགུན་མེད་ན་ལྷ་བྱ་ཡིན། །	时无冬夏方神鸟，
གསུང་འགག་སྒྲིབ་མེད་ན་ངག་སྙན་ཡིན། །	声无通阻方妙音，
དེ་དུས་བཞི་སྙན་ལ་མ་འགྱུར་ན། །	如若四时声不常，
བྱ་མི་གྲག་ཡོད་པ་ཞེ་རེ་སྨོངས། །	鸟未啼时心忧戚，
རྣ་གྲོག་གི་ཉན་པ་དོན་རེ་ཆུང་། །	竖耳倾听有何用？
༥ ཆབ་ཆུ་བོའི་ཆུ་གནས་རྟོར་བ་ལ། །	江河之中有水妖，
དཔའ་ངར་མའི་གདོང་འཛིན་དཀའ་མོ་ཡིན། །	勇士强迎举步艰，

འབུ་དུང་ཆུང་གསོས་པའི་དུག་མདའ་དགོས། །
སྙན་ཤང་པའི་བུ་མོ་མདོ་སྒྲོན་ལ། །
ལས་སླ་མོའི་མགོ་སྐོར་ཁག་པོ་ཡིན། །
གཟུགས་ངོ་མཚར་སྒྱུ་མའི་བསླུ་བྲིད་དགོས། །
བྱ་ཤང་ཤང་ཨ་ཟིའི་གཡོ་ཐབས་ལ། །
ཚིག་ཅ་ཅོའི་སྟོང་སྐད་འཁྲིམ་བློ་མེད། །
ངག་སྙན་མོ་དྲི་ཟའི་དྲུག་འགྱུར་དགོས། །

须有螺虫之毒箭。
香香美姬朵珍[]女，
简单伎俩难虏获，
还须神采英拔诱。
啾啾鸣叫阿斯[]鸟，
没有喧嚣乱叫心，
须得梵音妙语声。

༨ ལས་དོན་མེད་བརྒྱ་ཤ་སྟོང་ཁྲག་བསྒྲིས། །
བྱ་དེ་རྗེས་བསྐལ་པའི་ཁྱུག་སོ་ལ། །
སྤྲོ་སྤྲིན་དཀར་ཞུག་ནས་སྤྲིན་ནག་ལངས། །
ཐོག་སེར་བ་གཉིས་དེ་མཉམ་འབེབས་བྱུས། །
ལྗང་ལོ་ཏོག་སྐྱེ་བའི་ཡུལ་མེད་བྱུས། །
གྲོང་ཞིང་ས་རྟེན་པའི་གནས་མེད་བྱུས། །
བྱང་སྐྱི་བསེར་རྒྱུད་ནས་འཚུབ་མ་ལངས། །
རྡུལ་རྗེ་ཆར་གཉིས་དེ་མཉམ་ཐོན་བྱུས། །
ཤིང་ཙན་དན་འཁྲུངས་པའི་ཡུལ་མེད་བྱུས། །
བྱང་འདབ་ཆགས་འཕོར་བའི་གནས་མེད་བྱུས། །

千百人命无故亡，
从此很长时间里，
白云落后乌云起，
雷电冰雹一齐落，
青苗庄稼无地长，
田地已然无依仗，
北方狂风沙尘起，
坐石雨水一齐来，
檀木已是无处生，
北地众鸟无地栖。

༩ འགྲོས་རྟ་བཞི་འཛོམས་པའི་འདོ་བ་རེད། །
ཨ་ཁྱུ་ཁྱུ་ཟེར་དུས་མ་སོང་ན། །
ལྕག་ཚ་མོས་བྲབ་དུས་ཨ་དགོས་ཆུང་། །
མགོ་ཏུ་དར་ཅན་གྱི་ཁྱུང་དཀར་དེས། །
ཧོ་གཡང་ལྷ་ཟེར་དུས་མ་ཁུར་ན། །
གཞུག་བེར་ཀས་བརྡུང་དུས་ཨ་དགོས་ཆུང་། །
ལས་བསགས་པ་མེད་པའི་ཉེས་ཅན་དེས། །
སྐྱོན་དེ་སྤོངས་ཟེར་དུས་མ་གཟབ་ན། །

驰力强劲骐骥马，
口中吆喝不前奔，
皮鞭加身为时晚。
头饰旌旗白犏牛，
吆喝之时不驮物，
木棒挥身为时晚。
积累业障巨恶人，
口说戒恶不悔改，

ད་ཐབས་མེད་ཟེར་དུས་ཨ་དགོས་ཆུང་། །	待到无解为时晚。
< མཐོ་ཐང་དཀར་ས་ལ་འབབ་འདོད་ན། །	雄鹰想要落地时，
དམར་ཐག་རྙིའི་དོགས་པ་མི་དགོས་ལགས། །	莫要疑惧有陷阱，
གཟན་ཤ་དམར་ཟས་ཀྱི་སྟོན་མོ་ཡོད། །	血肉盛宴来招待。
སྟག་དམར་ཡག་ལམ་ལ་འགྲིམ་པས་ན། །	猛虎行至道途间，
དམའ་ས་རྙིའི་དོགས་པ་མི་དགོས་ལགས། །	莫要疑惧有陷阱，
མགོ་ཏོག་ཆུང་གཟན་གྱི་ཞིམ་ཟས་ཡོད། །	自有美食在等待。
ཉ་གསེར་མིག་ཆུ་ལ་འཕྱོ་འདོད་ན། །	鱼儿想要跳跃时，
དོལ་ལྕགས་ཀྱུའི་དོགས་པ་མི་དགོས་ལགས། །	莫要疑惧有鱼钩，
དྲོ་ཉི་ཟེར་འཕྲུལ་གྱི་འཁོར་འདས་ཡོད། །	自有阳光在普照。

ཐོག་དམར་མཚལ་རྩེ། **托玛蔡泽**

བྱང་རི་ཤིའི་ཤ་ཐང་གཡས་ཟུར་ནས། །	从那北部山岭中，
བྱ་ཕོ་རོག་ནག་པོས་ཤ་སྐད་འགྱུར། །	黑鸟乌鸦发嚎声，
དོ་དགོང་བདེ་མོའི་ཚང་ལ་འཕུར།	今夜且归安稳巢，
སང་ཉི་མ་རང་ཚོད་མ་ཟིན་ན། །	明日若再不自量，
དུས་དེ་དུས་ནག་ཆུང་ཧ་རེ་གོ།	彼时下场自知晓。
གཡང་དཀར་གཟས་ཀྱི་གཡས་ཟུར་ནས། །	从那绵羊牧场地，
སྤྱང་ཐང་སྟོན་མོའི་བང་ཁ་འདུར། །	饿狼想要比奔力，
ད་ནངས་ཤ་ཟོས་རི་རྩིབ་འགྲིམ། །	晨间食肉返山去，
དོ་དགོང་རང་ཚོད་མ་ཟིན་ན། །	今晚若再不自量，
སྤོ་ཤ་ལོ་སྤྱང་ལྤགས་གདང་ལ་གཟར། །	将那狼皮晾架上，
དུས་དེ་དུས་རི་སྤྱང་ཞེ་རེ་ཕམ། །	彼时饿狼自悔恨。
འབུམ་སྐར་ཁྲ་མོའི་ཧུ་སྣེ་ནས། །	十万营帐先遣师，
དཔའ་རྔོད་དགྲ་ཟུར་གནང་ལ་ཆས། །	英勇冲入敌阵中，

སྔ་དྲོ་གཏང་མ་དཔུང་གིས་བཅད། །	晨间赢得小胜仗，
ཕྱི་དྲོ་རང་ཚོད་མ་ཟིན་ན། །	晚间若再不自量，
ཁྲ་སྙོར་རེ་མགོ་འཕྱུ་མི་ལ་ཤོར། །	小心头盔失敌手，
དེ་དུས་དཔའ་བོ་ཡི་རེ་སྨུག །	那时英雄自伤怀。

མགྱོགས་པའི་དྲེལ་རྐོད་ཡ་མེད།　**爵贝尺贵雅美**

༡ ཁྱོད་སྣང་བ་མཐོན་པོའི་ར་རྒན་དེ། །	眼望高处之山羊，
མཐོ་འགྲོས་མང་ན་གཡང་ལ་ལྷུང་། །	常走高处必落崖。
བསམ་པ་ཆུང་བའི་ན་ཆུང་དེ། །	眼界狭窄之青年，
རོགས་དད་ཆེ་ན་མི་ཁ་འཁོར། །	结友过多招口舌。
དགྲ་དགའ་ཆེ་བའི་ཤན་པ་ཁྱོད། །	争强好斗之辛巴，
འཐབ་གྲངས་མང་ན་རང་སྲོག་འཚོར། །	贪恋战斗丢性命。

༢ རྒས་བརྒྱད་ཙུའི་རྟ་ཞོན་ཧམ་པ་ཆེ། །	八旬骑马几蛮横，
ཕོ་ང་ལ་འཁྲན་འདོད་འགྱོད་པའི་གཞི། །	欲与我战必悔恨。

ཚ་ཞང་འདན་མ་བྱང་ཁྲ།　**擦香・丹玛向查**

བློ་ཚེ་གཅིག་གཏད་པའི་ཆུང་མ་དེ། །	相托一生之妻子，
འགག་ཐུག་ཉིན་བློ་རྒྱབ་མ་ཡོད་ན། །	遇到困苦不相依，
གཏན་གང་གི་གྲོགས་པོ་ཁྲེལ་མེད་རེད། །	唤作侣伴属无耻。
ལས་སྐྱིད་སྡུག་བཅོལ་བའི་འོག་སྡེ་དེ། །	共同盟誓诸部属，
གལ་ཆེ་ཉིན་མགོ་དཔོན་མ་ཡོད་ན། །	紧要关头无首领，
ཚེ་གང་གི་མི་རྗེ་ཁྲེལ་མེད་རེད། །	唤作人主属无耻。
ཚེ་འདི་ཕྱི་རེ་བའི་བླ་མ་དེས། །	前世今生求上师，
གནས་འཁོར་བའི་ཡར་འདྲེན་མ་ཡོད་ན། །	如若轮回不超度，

སྐྱབས་མགོན་གྱི་བླ་མ་ཁྲེལ་མེད་ཟེར། །
唤作上师属无耻。

སེང་ལྷམ་འབྲུག་མོ།
森姜珠牡

༡ ཨ་ཕྲིག་བྱིས་པའི་རྩེད་མོ་ལ། །
ཉི་མའི་ཁ་ཆུ་དགོས་པས་ཟེར། །
རིན་ཆེན་གསེར་གྱི་མདངས་འདོན་ལ། །
ཆུ་ཆང་གར་མ་དགོས་པས་ཟེར། །
ཕར་འགྲོ་ཇག་གི་རྟེན་འབྲེལ་ལ། །
མ་སྲུའི་སྐྱེམས་ཞུ་དགོས་པས་ཟེར། །

小儿游戏和玩耍，
还需太阳之光照。
言说金子显色泽，
还需醇酒来提色。
出征要去行匪事，
还需母姨所敬酒。

༢ གཞི་བྱེས་ཞལ་འཛོམས་ཉམས་རེ་དགའ། །
མདོ་གླིང་བསྟན་ཆུས་དགུང་དང་མཉམ། །
ལྷ་རྒྱལ་དར་ཆེན་གནམ་དུ་ཕྱར། །
སྐྱིད་པའི་གླུ་གར་དགྱེས་སྟོན་རོལ། །
དཔའ་རྟུལ་དྲག་པོའི་ཐོག་སེར་དེས། །
མཐིང་རྐོད་དགྲ་བདུད་ཆོམ་ལ་ཕབ། །
སྐྱེས་མཆོག་རྫུ་འཕྲུལ་སྨོན་ལམ་ལས། །
བདུད་རྩི་སྨན་རྫོང་གཡང་དུ་ཁུག །

内外欢聚几欢乐，
岭国洪福齐天高，
经幡纛旗挥空中，
欢歌乐舞共饮宴。
英雄胜似雷电猛，
将那魔敌俱降服。
人杰神威来祈福，
甘露药宗收治下。

བློན་ཆན་ལྷུན་པོ་འགྱུར་མེད།
伦根•伦波久美

༡ གངས་དཀར་པོ་རྒྱན་མེད་འོང་ལོ་ཞིག །
སེང་དཀར་མོ་གནས་མེད་འོང་ལོ་ཞིག །
རི་ཁྲ་མོ་རྒྱན་མེད་འོང་ལོ་ཞིག །
ཤྭ་ཕོ་ཆེན་གནས་མེད་འོང་ལོ་ཞིག །
བྲག་དཀར་འཛོང་རྒྱན་མེད་ཡོང་ལོ་ཞིག །

雪山亦会失光彩，
银狮亦会失居处；
山峰亦会失光彩，
雄鹿即会无居处；
白岩亦会失光彩，

རྒོད་ཐང་དཀར་གནས་མེད་འོང་ལེ་ཞིག །　雄鹰即会无栖处。
ལས་ཅི་འོང་མི་སྲིད་ཆ་མེད་རེད། །　世间诸事俱无常。

༢ སྟོད་གངས་དཀར་ཆུ་ཕུག་དྲོས་ལེ་རེད། །　雪山深处水渐暖，
ས་གཞོང་དྲུག་བརྟན་གྱིས་འགེབ་རྒྱུ་རེད། །　必将泽及沟谷地，
ས་དོག་མོའི་སྤང་དཀར་གྲུ་བཞི་ལ། །　边鄙四方草场地，
ཆུ་མ་བཞུར་ཟེར་ན་དཀའ་མོ་རེད། །　要说水融是必然，
རྡོ་ར་བ་ཟེར་ན་སྐོར་རན་རེད། །　石墙水坝自必要。

༣ མཐོ་རི་རབ་རྩེ་ཡི་ཁྱུང་ཆེན་དེ། །　巍峨山上大琼鸟，
རྒྱ་མཚོ་གླིང་བཞི་བསྐོར་བསྐོར་ནས། །　转遍海洋四大洲，
ཟས་དུག་ཅན་ལྟོ་རུ་འཁྱིམ་དྲགས་ན། །　食取毒物若过度，
མཐའ་མ་ཁོང་སྙིང་མེ་རུ་འབར། །　最终腹内烧火焰。
དམའ་ཆུ་བོའི་གཞུང་གི་ཉ་ཆེན་དེ། །　低处河中之大鱼，
ཆ་རླབས་ཟུར་ཁ་འཁྱིམ་འཁྱིམ་ནས། །　波浪翻涌游其间，
དམར་གང་ཕྱུང་ཧུབ་གྱིས་འདྲེན་ཆེ་ན། །　吞食小鱼若过度，
མཐའ་གསེར་མིག་སྤང་ལ་འགྲེམ་ཉན་ཆེ། །　最终殒命草甸上。
སྟོད་གངས་དཀར་ཟུར་གྱི་སེང་ལྕམ་དེ། །　上部雪山之母狮，
མགོ་གཡུ་རལ་ལྟད་མོ་ཐོམ་ཐོམ་ནས། །　银鬃威风显于外，
ཁྲུང་བུ་ཡུག་གདོང་ལ་འབུད་དྲགས་ན། །　面迎寒风吹过度，
མཐའ་མ་སྡེར་བཞི་འཁྱག་ལ་འབྱར། །　最终四爪被冰冻。
གདོང་རྭ་རྒོད་འཁྱིལ་བའི་མཆོག་དཀར་དེ། །　弯弓由那良角制，
ཤིང་གཉེན་དགུའི་འགུག་ལྡེམ་འཛོམས་འཛོམས་ནས། །　弓木弯展俱齐全，
འཐེན་དཔུང་བས་བརྒྱུང་ཤིང་བཙུགས་དྲགས་ན། །　如若拉弓过度猛，
མཐའ་མ་ཆང་ཟུང་ཁ་ལོ་འཐོར། །　最终抓握失方向。

དགྲ་ལྷ་རྩེ་རྒྱལ།　扎拉泽嘉

རྐྱང་རྒོད་ཁྲོས་པའི་རུ་སྔོན་ནས། །
ཁྱི་ནག་དོམ་བུས་མཆེ་བ་གཉེར། །
སྟག་དམར་ཧམ་པའི་སྡེར་ཟུར་ནས། །
ཇོག་ཆུང་ཐོ་རུས་རྩེ་གར་འཁྲབ། །
གླག་ནག་གཟན་ལ་འཇུམ་ལམ་ནས། །
རི་བོང་ཀུ་མས་རྣ་མཆོག་རྫོམ། །
དཔའ་རྒོད་ལྷ་འཁོར་ཆས་ལམ་ནས། །
སྡར་མ་ཁྱོད་འདྲས་དཔུང་བ་འཕུར། །

野象愤怒队伍前，
黑狗却将獠牙显。
猛虎凶恶利爪旁，
马驹还在蹦跳忙。
黑雕擒食路途上，
白额兔子竖长耳。
英雄神兵出征处，
如此懦夫还敢战？

འཇང་གཡུ་ལྷ་ཐོག་འབྱུར།　姜·玉拉托久

༡ དཔའ་རྟུལ་སེང་ཕྲུ་ངར་མ་རྣམས། །
ནམ་སྐྱ་མོའི་དགུ་ཚིགས་ལག་པས་བཟུང་། །
ཤར་ཐོ་རངས་སྐར་ཆེན་ཕྲག་ལ་གཟར། །
བྱང་ཤ་བའི་སྐྲོན་སྐར་ཐོད་ལ་བཅིངས། །
ལ་མཐོན་པོ་དྲུ་གུ་སྒྲིལ་སྒྲིལ་བྱས། །
རྟ་འདོ་བ་རླུང་དམར་འཁོར་འཁོར་བྱས། །
ཤར་ཉི་ཟེར་རི་ལ་བབས་པའི་དུས། །
བྱང་གཡེར་བའི་ཟླ་ལ་བཅད་ལེ་ཡིན། །

英雄勇猛似狮群，
苍穹银河握手中，
启明星曜扛肩上，
北方明星戴额头，
翻山好似缠线球，
骏马好似疾旋风，
东边红日照山时，
必定大破北岩地。

༢ སེང་དཀར་མོ་ཁེར་འགྲིམ་བྱས་བྱས་ནས། །
མགོ་གཡུ་རལ་གཟི་བརྗིད་ཤོར་མ་མྱོང་། །
སྔོ་གཡུ་འབྲུག་གདོང་ལ་གཟུར་མ་མྱོང་། །
སྔོ་གཡུ་འབྲུག་ཁེར་རྒྱུག་བྱས་བྱས་ནས། །

雪山银狮独行时，
银鬃威风不曾弱，
青龙来时亦不避。
空中青龙独行时，

སྐད་ང་རྒྱལ་ཐང་ལྷོད་ཤོར་མ་སྐྱོང་། །
བྱ་ཐན་པས་གཡར་འཛིན་བྱེད་མ་སྐྱོང་། །
དཔའ་སུ་རྒོད་གདོང་ལེན་བྱས་བྱས་ནས། །
ལུས་རྩལ་དྲུག་གདོང་ཕམ་ཁུར་མ་སྐྱོང་། །
ཕོ་རྒོད་པོའི་གདོང་ལ་གཟུར་མ་སྐྱོང་། །

吼声阵阵不曾息，
凶鸟亦未招祸端。
自从当得先锋将，
六艺齐具未落败，
遇见英雄亦不避。

༣ གླང་རྒན་གད་ལ་བཅར་བས་ན། །
སྒྲག་པས་རུ་གཡུག་བྱེད་རབས་ཡོད། །
ཁྱི་རྒན་སྐོར་ལ་དྲངས་པས་ན། །
ལྟོགས་པས་ངུ་ཟུག་བྱེད་རབས་ཡོད། །
སྡར་མ་དམག་གིས་བསྐོར་བས་ན། །
སྡུག་པས་ཤི་ལྟེབ་བྱེད་རབས་ཡོད། །

老牛行至悬崖边，
惊恐会将角摇晃；
老狗带至人群中，
饥饿便会发哭嚎；
懦夫被敌包围时，
自寻短见是常事。

སྟག་ལྷ་ཟམ་རྒོད།

达拉昂贵

སྟོད་སྲ་བྲག་དཀར་པོའི་ཕོ་བྲང་ནས། །
རྒོད་ཐང་དཀར་འབབ་རྩལ་མ་ཉམས་ན། །
སྒྲོ་ཐུ་ཕྲན་རླུང་གཤོག་ཡར་རྒྱས་ཡིན། །
བྱ་འཕུར་བརྒྱའི་འདབ་གྲལ་ཞིག་བསམ་མེད། །
བྲག་དཀར་འཛོང་རྒྱན་མེད་འོང་བསམ་མེད། །
ཕུ་བསིལ་ལྷུན་གངས་རིའི་ཕོ་བྲང་ནས། །
སེང་དཀར་མོའི་རྩལ་དྲུག་མ་ཉམས་ན། །
མགོ་གཡུ་རལ་ལྟེད་མོ་རང་ཆས་ཡིན། །
དམན་རི་དྭགས་རྩེ་ར་འཁོར་བསམ་མེད། །
གངས་དཀར་པོ་རྒྱན་མེད་འོང་བསམ་མེད། །

上部白岩宫殿内，
雄鹰落姿若不减，
翼力自是随风长，
鸟飞路途不会散，
白岩亦不失其宝。
里部雪山宫殿里，
雄狮六艺若不减，
银髯威风本自具，
走兽家园不会散，
雪山亦不失其宝。

ཨ་སྟག་ལྷ་མོ།

སྐྱེ་ཡོ་མེད་པའི་ན་ཆུང་དེ། །
གནས་ཁྲ་མོའི་གོང་བ་འགྲིམ་པའི་དུས། །
རྒོད་འདོད་རྟ་ཞོན་པ་སྐྱོད་ཀྱི་གཞི། །
མི་འགྲོ་ཕ་ཁུས་ཞེ་ཁྲེལ་འཛོག །
སོང་ན་བརྒྱ་སྐྱེས་ཁྲེལ་ཁ་འཛོག །
ཐ་མ་གནས་མགོ་སྤྲང་ལ་འགྱུར། །
དཔའ་རྩལ་དྲུག་མེད་པའི་བུ་ཚ་དེ། །
ཇག་བུ་རྟའི་གོང་བ་འགྲིམ་པའི་དུས། །
རྒོད་འདོད་རྟ་ཞོན་པ་སྐྱོད་ཀྱི་གཞི། །
མི་འགྲོ་ཕ་ཁུས་ཞེ་ཁྲེལ་འཛོག །
སོང་ན་རང་སྙིང་ཚབ་ལ་ཤོར། །
ཐ་མ་སྲོག་དམར་མི་ལ་སྐྱེལ། །

阿达鲁（拉）姆

相貌丑陋之少女，
时至出嫁年龄段，
若骑嫁马引纷乱，
不嫁即是家中耻，
若去众口成笑柄，
最终只能沦乞丐。
身无六艺之子侄，
去往盗匪人马处，
若骑战马引纷乱，
不去叔父又耻笑，
若去性命又难保，
最后小命送人手。

གཡུ་རྒོད་མདའ་བཙན།

འབབ་མ་མྱོང་དཔྱིད་ཀྱི་སྦྲང་ཆར་དེ། །
ས་དོག་མོའི་སྟེང་ན་གཡང་རེ་ཆགས། །
ཤིང་རྩི་འབྲས་ཡོངས་ཀྱི་དཔལ་དུ་སྨིན།
བྱང་ཐན་པའི་ལྷབས་ལ་ཤོར་བས་ན། །
བྱ་ཁུ་བྱུག་ཡིད་ལ་སྐྱོ་བ་སྐྱེ། །
ཐུག་མ་མྱོང་ལམ་ཁའི་མགྲོན་ཆུང་དེ། །
ལམ་སྐྱ་མོའི་རྒྱུད་ན་འབབ་རེ་བྲེལ། །
ས་མདོ་དྲུག་སྟེང་ནས་མགོ་འཕང་མཐོ། །
ཇག་ངར་མའི་དཔུང་ལ་འགྲན་པས་ན། །

玉贵达赞

未曾落下春季雨，
落到大地俱呈祥，
花朵树木全盛放，
若是失于北地旱，
杜鹃鸟儿心哀伤。
路口客人不曾见，
行走路途几忙碌，
大道之间眼界高，
若要与那盗匪战，

ས་ཐག་རིང་མགྲོན་ཚུང་ཏ་རེ་གོ། །།

客人傲慢是否有？

ལྷའུ་གཡང་དཀར།

拉伍央嘎尔

རྒྱ་མཚོའི་གསེར་གླིང་བར་མ་ནས། །
ཤང་ཤང་སྨན་རྫོང་གཡང་དུ་ཡོན། །
མི་འཆི་བདུད་རྩིའི་སྲོག་གཏེར་བླངས། །
བོད་ལ་འཆི་མེད་བཅུད་ལེན་སྤེལ། །
དུས་མིན་འཆི་བ་དབྱིངས་སུ་བསྒྲོག །
མགོ་ནག་ནད་ཀྱི་གནོད་པ་བསལ། །
བཞི་བརྒྱ་ནད་ཀྱི་ཁ་བྲྙངས་བཅོམ། །
ཕྱི་རབས་བཞག་པ་བཟང་བར་ཤོག །

大海金洲中间途，
夺取香香药之宗，
取得不死甘露药，
藏地广传长生理，
非时之死全克服，
黑头藏人病厄愈，
四百病症全灭伏，
遗留后世俱为善。

སྒྱུ་མའི་བུ་མོ་སྤུན་བདུན།

幻化七姐妹

༡ རྒྱ་མཚོའི་རྦ་བས་ཀྱི་སྒོ་བཙན་ལ། །
ཉ་གསེར་མིག་མིན་ན་ཐར་ས་མེད། །
བཙན་དུག་ལྕགས་ཀྱི་ར་བ་ལ། །
སྟོབས་རྫུ་འཕྲུལ་མེད་ན་འོང་ལུགས་མེད།
ཀླུ་བདུད་འབྱུང་པོའི་སྲུང་མ་ལ། །
སྔགས་ཏིང་འཛིན་མེད་ན་བགྲོད་ལུགས་མེད། །
བར་སྣང་བྱ་ཡི་ཉུལ་མ་ལ། །
ཁྲོད་ཐང་དཀར་ཡིན་ཡང་གཟུར་ས་མེད། །

大海波浪何牢固，
除却鱼儿不能过。
剧毒所围铁栅栏，
未有幻术不应来。
妖鲁幻化护法神，
若无禅咒不可行。
空中鸟儿巡逻时，
雄鹰亦是无法避。

༢ སྟོང་གཏམ་ཆུ་ཡི་ལྦུ་བ་ལ། །
ཆག་བཞག་བྱས་ན་གླད་མེད་རེད། །
སྟོང་སྣང་ནམ་མཁའི་འཇའ་རིས་ལ། །

空言好似水中泡，
当真就是愚笨人。
天空之中架彩虹，

འཛིན་སྣམ་སྐྱེས་ན་གླེན་པ་རེད། །	想要抓取是蠢人。
སྟོང་ཉིད་སྒྱུ་མའི་ལྷ་གཟུགས་ལ། །	空性幻化美身姿，
བློ་གཏད་བཅས་ན་བླུན་པོ་རེད། །	倾心于此是蠢人。

སྟག་རོང་ཨ་ཁྲ་ཁྲོ་ཐུང་།　　达绒 · 阿库超同

བྱང་རི་རབ་ཁྱུང་དང་ལྷོ་ཁའི་འབྲུག།	北山琼鸟南青龙，
མ་སྡེབ་བཙན་པོ་གནམ་གྱི་དགྲ། །	未合威势天之敌，
འཐབ་ན་གཟའ་ལྷར་ཁྲམ་ལ་འདེབས། །	若战降服似星曜，
སྡེབ་ན་མཐུན་གསུམ་སྲིད་པའི་བྱ། །	若合俱是三相合，
མི་སྲིད་སྲིད་པའི་སྲོག་ཆགས་སྲིད། །	世间万物皆可能，
དེ་འཛིག་རྟེན་དགེ་བའི་རྟེན་འབྲེལ་རེད། །	便此世间呈吉祥。
བཟང་དྲུག་སྨན་དང་ཧ་ལོ་དུག།	六种良药哈罗毒，
མ་བཅོས་སྐྱེ་འགྲོའི་སྲོག་གི་བདུད། །	乃为众生命之敌，
ཟོས་ན་གསོན་ཚད་ཧ་ལ་འཕེན། །	若食身体受伤害，
བཅོས་ན་བདུད་རྩི་ལུས་ཀྱི་གསོས། །	若医乃为甘露药，
ངོ་མཚར་ཚེ་ཡི་བཅུད་ལེན་སྟེར། །	寿数可起神奇效。
དཔའ་སྟག་རོང་ང་དང་ན་ཆུང་སྨན། །	达绒猛将与小女，
མ་མཐུན་ས་སྔོན་ལས་ཀྱི་གཤེད། །	不合乃是前世怨，
འཁྲུག་ན་གཅིག་ཤི་གཅིག་ལུས་བྱེད།	若战一死和一生，
མཐུན་ན་འཛིག་རྟེན་མི་ཡི་རྒྱན། །	若合必是世间美，
དགའ་སྐྱིད་མངའ་ཐང་འགྲན་ཟླ་བྲལ། །	喜乐富饶无法比，
བདེན་ཨེ་བསམ་ན་ཆུང་དོན་འགྲུབ་ཚོ། །	是否如此且细思。

སྤྱི་དཔོན་རོང་ཚ་ཁྲ་རྒན།　　吉本 · 绒擦查根

མེ་དམར་མོ་ཁ་ཡི་ཟས་མཆོག་དེ། །	红火上头烹美食，

ལེན་མ་ཤེས་ལག་པ་ཚིག་པས་ཟེར། །
སྦྲུལ་དུག་ཅན་མགོ་ཡི་ནོར་བུ་དེ། །
ཐབས་མ་མཁས་རང་སྲོག་གཅོད་བྱེད་ཟེར། །
རོགས་ངོ་གསར་གདོང་གི་ཨ་གསར་དེ། །
འདྲིས་མ་ཤེས་ངོ་ཚ་ཉོ་བས་ཟེར། །

取法不当手被烫。
毒蛇本是顶上宝，
取法不当陨己命。
结识新友喜新面，
结法不当自丢脸。

གསེར་པའི་ཉི་འབུམ་དར་ཡག

色贝·尼奔塔尔雅

ཁྱོད་ཤང་ཤང་སྒྱུ་མའི་ངན་ཐབས་དང་། །
ང་གྲུབ་པ་ཐོབ་པའི་རྫུ་འཕྲུལ་གཉིས། །
འདྲ་བསམ་བསྡུར་རྒྱུ་ཨེ་ཡོད་ལྟོས། །
ངའི་ལག་གི་ཐབས་ཤེས་མདའ་དང་གཞུ། །
བརྫུང་ན་རི་རབ་འཕར་ཞིང་གཡོ། །
བཀུག་ན་རྒྱ་མཚོ་ཁོལ་ཞིང་གཏུ། །
འཕང་ན་བདུད་སྡེ་ཐལ་བར་བརླག །
དེ་ཨེ་བདེན་ད་ལྟ་གསལ་ནས་འོང་། །

你有香香妖幻法，
我有得道神通术，
若觉一样可比试。
我手之中有弓箭，
敲击即可撼高山，
收回亦可摇大海，
施出灭敌似灰飞，
此言真否今可观。

རྗེ་ཀརྨ་དོན་འགྲུབ།

吉·噶玛顿珠

ཚོང་ནོམ་ཆེན་རྒྱུ་ཡི་ལག་འབབ་དེ། །
ལམ་རྒྱ་དབུས་མ་བགྲོད་མི་ལོན་ཟེར། །
གནས་སྐྱིད་པོའི་བདེ་ཐང་ར་བ་དེ། །
ས་འཕྲང་ལམ་མ་བཅད་མི་སླེབས་ཟེར། །
ཆོས་ཟབ་མོའི་སངས་རྒྱས་དགོངས་པ་དེ། །
ལུས་དཀའ་བ་མ་སྤྱད་མི་རྟོགས་ཟེར། །

手中行商万贯财，
不行远途怎能得。
安稳喜乐土地上，
不行险径怎能至。
佛陀精深教法意，
不行苦修怎能明。

ཕུ་མོ་མདོ་སྒྲོན།

普姆朵珍

༡ ལབ་མགོ་གཏམ་གྱི་མཚར་ལུགས་ལ། །
མི་ཐུབ་ཁས་ལེན་ཆེ་ལུགས་ལ། །
མི་དགོས་དོན་གོ་མང་ལུགས་ལ། །
མི་ཐར་ལམ་འཕྲང་བགྲོད་ལུགས་ལ། །
གཡོ་ཆེ་ན་རང་ལུས་འདམ་ལ་ཟུག །
འགྲོས་མང་ན་རྐང་པ་རྡོ་དང་ཐུག །

所言真是称惊奇，
允诺己所难为事，
本来无需事体多，
难行窄径偏要过，
太过狡诈足陷泥，
行路若多石绊脚。

༢ མཐོ་ནམ་མཁའི་བྱ་ལམ་གོང་མ་ན། །
རྒོད་ཐང་ལོས་ལྡིང་སྐོར་ཀྱི་ལི་ལི། །
བྱ་ས་ལ་མི་འབབ་མ་རེད་དེ། །
དམར་ཐག་རྙི་ཨེ་ཡོད་དོགས་པ་རེད། །
ནགས་ཙན་དན་ཐང་རྐང་བར་མ་ན། །
སྟག་དམར་པོ་གཟུར་འགྲོ་ཤ་ར་ར། །
སྟག་ལམ་ལ་མི་ཞེན་མ་རེད་དེ། །
དམའ་ས་མདའ་ཨེ་ཡོད་དོགས་པ་རེད། །
ཆབ་ཆུ་བོའི་འཁྱིལ་ཁུག་ཞོལ་མ་ནས། །
ཉ་ལྕོ་དཀར་འཕྱུག་འགྲོས་ལམ་སེ་ལམ། །
ཉ་ཆུ་ཁ་མི་འགྲིམ་མ་རེད་དེ། །
དོ་ལ་ལྕུགས་ཀྱུ་ཨེ་ཡོད་དོགས་པ་རེད། །

苍穹上层鸟飞途，
雄鹰盘旋在其上，
何故不敢落地面，
乃疑地上有陷阱。
密林中路步行途，
猛虎却在避路行，
不是猛虎不欲走，
只惧地下有陷阱。
江河当中有水路，
鱼儿游弋却迅疾，
不是鱼儿不靠岸，
只惧岸上有鱼钩。

སྲས་ཐོག་རྗེ་གཡུ་རལ།

赛•托吉玉然

ཟས་གཡུ་སྔོང་ཤོར་བའི་སྦྲུལ་ནག་དེ། །
ལམ་སྤུ་གྲིའི་སོ་ལ་མི་གཟུར་ཟེར། །

失却松石之毒蛇，
何须再惧利刀刃。

རྒྱུ་གནང་ཆེན་ཤོར་བའི་རྗེས་གཅོད་དེ། ། 已然失去重财物，

ཆུ་དམར་པོའི་རབ་ལ་མི་ལྟ་ཟེར། ། 不再试蹚水渡口。

དྲིན་པ་ཤོར་རྗེས་ཀྱི་དྭ་ཕྲུ་དེས། ། 失去父亲之孤儿，

དགྲ་གཤིན་རྗེའི་གདོང་ལ་མི་འཛེམ་ཟེར། ། 不惧直面阎罗王。

ཀྱི་ཀུ་གོ་རྫོང་། 《朱古兵器宗》

ནེ་ནེ་གནམ་སྨན་དཀར་མོ། 乃乃·南曼嘎尔姆

༡ ཕ་བླ་མས་བསམ་བསམ་ཆོས་ལ་བསམ། །	上师所思俱佛法，
ཆོས་གྲུབ་མཐའི་རྩོད་གླྭ་མ་ཤེས་ན། །	如若不识辩经法，
ཀ་ཡིག་ངོ་ཤེས་པས་མི་ཕན་འདུག །	即使识字亦枉然。
ཕ་ཁུ་བོས་བསམ་བསམ་གཏམ་ལ་བསམ། །	父叔所思是话语，
གཏམ་མཁས་པའི་གྲོས་གཞི་མ་ཟིན་ན། །	所言不符智者议，
བློ་གཞན་དཔྱད་བཏང་བས་ཅི་ལ་ཕན། །	别处深思有何用。
སྟག་ཤར་པས་བསམ་བསམ་ཇག་ལ་བསམ། །	少年所思做盗匪，
ནོར་དགའ་མོའི་ནོམ་དང་མ་འཕྲད་ན། །	如若不遇重财货，
དཔའ་གཏམ་ཚིག་བཤད་ཀྱང་ཅི་ལ་ཕན། །	仅说豪言有何用。
སྨན་བུ་མོས་བསམ་བསམ་གནས་ལ་བསམ། །	女子所思是嫁娶，
གནས་ས་མཐོ་བདམ་ག་མ་ཟིན་ན། །	如若不择好夫家，
གཞན་མི་སྒོ་འཁྱིམ་པས་ཅི་ལ་ཕན། །	只为出嫁有何用。
༢ སྟོན་རི་སྨུག་པས་སྐེ་རགས་བཅིངས། །	秋山云雾似腰带，
འདབ་རྒྱས་རྩི་བཅུད་སྨིན་པའི་དུས། །	花木俱开盛放时，
སྐར་ཚོགས་བཀྲག་མདངས་ངོམ་པའི་རྟགས། །	恰似繁星光耀眼。
དགུན་རི་དུང་གི་ཁ་ཆར་འབབ། །	冬日常纷飞大雪，
མཚོ་ལ་འཁྲམ་དར་ཆགས་པའི་དུས། །	待得湖面结冰时，
ཏ་བདུན་དྲོད་ལ་ཁྱུག་པའི་རྟགས། །	自是天气转晴时。
དབྱར་རི་གཡུ་ཡི་རྩྭ་ལྗང་འཁྲུངས། །	夏山草木均成绿，
དུས་བྱ་ཁུ་བྱུག་སྙན་པའི་དུས། །	杜鹃啼鸣悦耳时，

གཙང་ཆབ་རང་ཁུངས་འབབ་པའི་རྟགས། །

天下江河自奔流。

༣ གངས་དཀར་སེང་རྫོང་ཐབ་པའི་དུས། །
གངས་སྟོད་འཛིན་པའི་དུང་སེང་ཁོ། །
འོབ་ཐང་སྲིར་བཞི་སྐྱུམ་ཡང་རུང་། །
གཡུ་རལ་སྲིར་མོ་ངོམ་པས་ཆོག །
བྲག་དཀར་ལྷ་རྫོང་ཐབ་པའི་དུས། །
བྲག་རྫོང་བཟུང་བའི་ཐང་དཀར་རྒོད། །
ད་ལྟ་ལྡིང་བསྐོར་བྱེད་ཀྱང་རུང་། །
གཤོག་དྲུག་ལྟད་མོ་ངོམ་པས་ཆོག །
ནགས་ཁྲོད་མཐུག་ལྱུང་གཤག་པའི་དུས། །
ནགས་རྫོང་འཛིན་པའི་རྒྱ་སྟག་དེ། །
ས་མདར་དོགས་ནས་བསྡད་ནའང་། །
འཇུམ་དྲུག་ལྟད་མོ་ངོམ་པས་ཆོག །

攻取雪山顶巅时，
栖息此处白雄狮，
大可不必伸四爪，
炫耀绿鬃便足矣。
占据白岩神穴时，
据得岩宗银雄鹰，
大可不必去翱翔，
炫耀六翅便足矣。
破开茂密丛林时，
据得林中斑斓虎，
即可原地安稳坐，
炫耀斑纹便足矣。

རྡོ་རྗེ་མཁའ་འགྲོ་མ།

多吉康卓玛

ཆོས་ཕྱོགས་རིས་མེད་ན་བླ་མ་ཡིན། །
ཁྲིམས་སྐྱོག་ངོས་མེད་ན་དཔོན་པོ་ཡིན། །
གཏམ་ངོ་སྐྱོག་མེད་ན་དྲང་པོ་ཡིན། །

摒弃门户真上师，
执法持正真君王，
话无明暗是实言。

བྲུ་གུ་ཐོག་རྒོད་རྒྱལ་པོ།

朱古•托贵嘉波

༡ དགུང་ནས་འགྲོ་བའི་ཉི་མ་དེ། །
ཨེ་ལྡེ་བསམ་ནས་ཤར་ཞིང་གདའ། །
དལ་ཁོམ་བྱུང་ན་ལྡེ་རབས་ཡོད། །
གཞུང་གསུམ་འདུ་བའི་ཆུ་བོ་དེ། །

空中升起之红日，
无论晒否日自升，
时有空闲自来晒。
三水汇流之江河，

ཡེ་འཁྱུང་བསམ་ནས་བབས་ཤིང་གདའ། ། 无论饮否水自流，
བཀྲེས་སྐོམ་བྱུང་ན་འཁྱུང་རབས་ཡོད། ། 口中干渴自会饮。
སྲང་མདོར་ལྡེམ་པའི་ན་ཆུང་དེ། ། 巷口游荡之少年，
ཡེ་འདྲིས་བསམ་ནས་བརྩེ་ཤིང་གདའ། ། 无论熟否自爱护，
སྐེག་ཆོས་ཡོད་ན་འདྲིས་རབས་ཡོད། ། 样貌美丽自相处。

༢ གཉེན་ལ་བློ་ལན་མ་བྱས་ན། ། 对亲如若不报恩，
ཁྲམ་པ་ཤ་ཟ་ངོ་རེ་ཚ། ། 骗子食肉当羞愧。
དགྲ་ལ་དེ་ལན་མ་འཁོད་ན། ། 对敌若未施报复，
ཀན་མོ་ཕང་བཟུང་ཡི་རེ་མུག ། 纺锤老妇亦伤怀。

༣ ནགས་མའི་རྒྱ་སྟག་མི་ཟན་དེ། ། 林中食人之猛虎，
ཟ་འདོད་ཤ་དང་མ་འཕྲད་ན། ། 不得食肉己所欲，
འཛུམ་དྲུག་རྒྱས་པས་ཅི་ལ་ཕན། ། 斑斓虎纹有何用。
བྲག་གི་བྱ་རྒྱལ་རྒོད་པོ་དེ། ། 岩上雄鹰鸟中王，
ཡང་རྩལ་བྱ་ལམ་མ་ཐེན་ན། ། 不用技艺占鸟途，
གཤོག་དྲུག་རྒྱས་པས་ཅི་ལ་ཕན། ། 翼力强劲属无用。
རྒྱ་མཚོ་གསེར་ཉ་ཁྲ་མོ་དེ། ། 海中金鱼翅斑斓，
གཏིང་ཟབ་འབབ་ལམ་མ་ཆོད་ན། ། 如若不知海深浅，
གསེར་གཤོག་མཛེས་པས་ཅི་ལ་ཕན། ། 金黄鳍翅有何用。
གྲུ་གུའི་རྟ་དམག་རྒྱལ་པོ་དེ། ། 朱古国王之骑兵，
གནང་ཤོར་ར་མདའ་མ་ཕོད་ན། ། 如若不能降敌人，
རྒྱང་གྲགས་ཆེ་བས་ཅི་ལ་ཕན། ། 徒有威名有何用？

༤ མཐོ་རི་རབ་འཛིན་པའི་ཁྱུང་ཆེན་ལ། ། 占据高峰大琼鸟，
བྱ་ཁོལ་ལེའི་གཤོག་པས་མི་འགྲན་ཡང་། ། 鹞鹰翼力非敌手，
ཐེངས་རེར་སླག་ནག་ཁྱུ་དང་བསྙེབས། ། 一日鹞鹰遇琼鸟，

སྤྲོ་ཕྲན་དང་ཐུལ་ཕྲན་གླག་ལ་ཤོར། །
དེ་ཤོར་ཡང་ཁྱུང་ཆེན་ཅི་ལ་དོགས། །
དཔའ་གཤོག་དྲུག་རྒྱས་ལྕུགས་ཁ་ཁ་ཡིན། །
གནམ་ས་རླབས་ཀྱིས་གཅོད་པས་ཆོག །
ནགས་ཙན་དུན་འཛིན་པའི་དམར་ཡག་སྟག །
ཚེར་སྤྲུབ་ཝ་མོས་མི་འགྲན་ཡང་། །
ཐེངས་རེ་རི་བཀྲའི་ཁྱུ་དང་བསྡེབས། །
འཛུམ་ཆུང་ཁྱུ་ལ་ཤོར་ལེ་ཡོང་། །
དེ་ཤོར་ཡང་སྟག་མོ་ཅི་ལ་དོགས། །
དཔའ་མཆེ་སྡེར་རྒྱས་ལྕུགས་ཁ་ཁ་ཡིན། །
རི་ལུང་དམར་གྱིས་བཀང་བས་ཆོག །
མཁར་གཉན་རྫོང་འཛིན་པའི་ཐོག་རྒོད་རྒྱལ། །
ཁྱོད་ཐ་སྨུག་བོད་ཀྱིས་མི་འགྲན་ཡང་། །
དུས་ད་ལོ་གླིང་དགྲའི་དཔུང་དང་སྡེབ། །
བུ་རྟ་ཆག་གྲུམ་མང་ཙམ་ཤོར། །
དེ་ཤོར་ཡང་འགྱོད་པ་ང་ལ་མེད། །
དཔའ་རྩལ་དྲུག་རྒྱས་ལྕུགས་ཁ་ཁ་ཡིན། །
སྡང་དགྲ་བོ་ཐལ་བར་བརླག་པས་ཆོག །

琼鸟亦会输鹞鹰，
虽败勿要疑琼鸟，
六翼齐展自不同，
能将天地尽划破。
占据密林锦毛虎，
刺丛狐狸非敌手，
一日狐狸遇猛虎，
猛虎亦会输狐群，
虽败勿要疑猛虎，
利爪钢牙自不同，
能将山谷血染红。
占据宗堡之国王，
边鄙藏地非敌手，
今番遇见岭国兵，
损失人马何其多，
虽败我亦不悔恨，
六艺齐具自不同，
能使敌人灰飞灭。

༥ ཞ་ཚ་མོའི་ཁུ་བྱུག་སྔོན་ལ་ཐལ། །
ཡིད་སྐྱོ་མོའི་དྲུག་འགྱུར་རྗེས་ནས་བརྒྱབ། །
ཞ་ཚ་མོའི་སྤྲིན་པ་སྔོན་ལ་ཐལ། །
ཡིད་སྐྱོ་མོའི་ལྗང་ཆུང་རྗེས་ནས་སྐམ། །
ཞ་ཚ་མོའི་ཆུ་བོ་སྔོན་ནས་འབབ། །
ཡིད་སྐྱོ་མོའི་འཁྱགས་རོམ་རྗེས་ནས་བསྡམས། །
ཞ་ཚ་མོའི་གནམ་ལྷ་སྔོན་ལ་ཤོར། །
ཡིད་སྐྱོ་མོའི་ཐོག་རྒོད་རྗེས་ནས་རྒྱུག །

美丽杜鹃行在前，
悲戚韵律从后来。
美丽层云行在前，
青苗悲戚从后枯。
潺潺流水行在前，
悲戚冰封在后头。
庄重天神行在前，
悲戚天雷从后来，

༤ གསོས་ན་ཕུག་རོན་རུལ་མ་རེད། །	豢养鸽子非好事，
ཕྱི་ལ་བཏང་ན་ཡར་ལ་འཛུལ། །	赶至外头反入内。
མི་ངན་གླ་པ་བུ་སྡུག་དེ། །	所雇恶人坏男子，
ཁྱིམ་ལ་བཞག་ན་ཕུགས་ལ་རྒྱུ། །	留在屋中祸长远。
མོ་ངན་གཞིས་གྱོང་བུ་མོ་དེ། །	生性倔强恶女子，
གནས་ལ་སོང་ན་མ་ལ་རྩོད། །	嫁至别家与母争。
ཞུ་སྡུག་བློ་ངན་བློན་པོ་དེ། །	歹心大臣戴劣帽，
བྱུས་ལ་བཏང་ན་ཕ་ཆུས་བཙོང་། །	为国谋策反卖国。
༥ གངས་དཀར་ཤེལ་གྱི་ཟུར་ཕུད་ཅན། །	雪山水晶层叠峰，
བསྐལ་བ་ཆགས་པའི་རི་བོ་རེད། །	亘古时期即立此，
ནམ་ཟླ་ཉི་མས་མ་ཞུ་བྱུང་། །	日月光芒仍未融，
སྐྱི་བསེར་རླུང་ལ་འཇིགས་པ་ཅི། །	何惧狂风来吹袭。
བྲག་རི་གཡའ་མའི་ཁོང་གསེང་ཅན། །	岩山腹内俱青石，
བྲག་རྡོད་ས་ཡི་རྟེན་ཕུར་རེད། །	岩石乃是大地根，
གནམ་ལྕགས་ཐོག་གིས་མ་འཇིགས་བྱུང་། །	霹雳仍未使其碎，
རྫི་བོའི་ལག་རྡོ་འཇིགས་པ་ཅི། །	何惧牧童手抛石。
སྤང་རི་ནགས་ཀྱི་དྲ་བ་ཅན། །	草山密林似网状，
ཀླུ་ཆེན་བརྒྱད་ཀྱི་འཁོར་གཡང་རེད། །	乃有八龙祥瑞聚，
དམར་པོ་མེ་ཡི་མ་འཇིགས་བྱུང་། །	红色火焰未能烧，
ཚ་གདུང་དྲོད་ལ་འཇིགས་པ་ཅི། །	何惧夏日闷热季。
གྲུ་གུ་འབུམ་བརྒྱད་དམག་གི་དཔུང་། །	朱古十万兵马将，
གླིང་བཞི་ཀུན་གྱི་གཙོ་བོ་ཡིན། །	乃在四洲中居主，
སྤུ་རྒྱལ་བོད་ཀྱིས་མ་འགྲན་བྱུང་། །	蕃地军也无奈何，
སྨར་ཁམས་གླིང་ལ་འཇིགས་པ་ཅི། །	何惧玛康岭之军。

༨ ཐལ་ཕུང་ནང་གི་མེ་སྟག་དེ། །	灰烬之中留火星，
ཡིད་དོགས་ རྐང་གིས་མ་བརྫིས་ན། །	若不即刻脚踩灭，
རླུང་དང་བསྡེབས་ན་དཀའ་རབས་ཡོད། །	遇风便会酿大祸。
གཉོམ་ཆུང་ཁ་ཡི་སྨུག་གཏམ་དེ། །	弱小口中出狂言，
འཇམ་པོ་ཆིངས་གིས་མ་བསྡུས་ན། །	若然不用约法束，
རྗེ་ཡི་གསན་ན་དཀའ་རབས་ཡོད། །	君王听闻必遭祸。
སྲིབ་ལུང་ལུང་ཆུ་ཀླུང་མོ་དེ། །	偏僻村中流河水，
དགུན་ཚེ་ཟམ་པ་མ་བཙུགས་ན། །	冬季若然不架桥，
ཆར་དང་སྡེབ་ན་དཀའ་རབས་ཡོད། །	入夏暴雨酿洪灾。
ས་མཐའི་ཛོ་ཏུ་ནག་རྫོང་འདི། །	边地觉如黑小儿，
ཆ་སྨད་འདུག་ཉིན་མ་སོད་ན། །	微弱之时若不杀，
རྫོང་ཆེན་སྡེབ་ན་དཀའ་རབས་ཡོད། །	占据城堡便困难。

༩ དཀྱུང་བསངས་ཡངས་པའི་མཐའ་ལམ་ན། །	广阔苍穹之边际，
བྱ་རྒོད་བར་སྣང་དབྱིངས་ལ་ལྡིང་། །	雄鹰翱翔在其间，
བར་སྣང་དབྱིངས་ལ་མ་ལྡིང་ན། །	若然不在空中飞，
མཐོ་བའི་བྲག་དཀར་མི་ཟིན་དོ། །	高高山岩无法据，
བྲག་དཀར་མ་ཟིན་མི་སྨུག་སྟེ། །	不据山岩无紧要，
གཤོག་རྒྱུག་རླུང་གིས་གཏོར་དོགས་གདའ། །	只惧羽翼被风吹。
སྤང་དཀར་རི་ཡི་འཛིང་ལོགས་ན། །	水草丰美山坡上，
ཤའུ་ཆུང་མ་བུ་སྒང་ལ་འགྲིམ། །	幼鹿母子上山岗
ཤའུ་ཆུང་སྒང་རྩྭ་མ་ཟོས་ན། །	幼鹿不食岗上草，
ལྟོགས་པས་གནས་རྫོང་མི་ཟིན་དོ། །	饥饿难以占好地，
གནས་རྫོང་མ་ཟིན་མི་སྨུག་སྟེ། །	不占好地无紧要，
དུང་རྭ་མི་ལ་ཤོར་དོགས་གདའ། །	只惧鹿角遭人斩。
རྒྱ་མཚོ་ཡངས་པའི་གཏིང་ཏུམ་ནས། །	宽阔大海之深处，
ངང་པས་གསེར་སྒོང་ལྷུམ་ལོ་བསྒུག།	天鹅等待鹅卵生，

མཚོ་ནང་ལྡུམ་ལོ་མ་བསྒུག་ན། །　　如若不在海中等，
ལྟོགས་པས་མཚོ་མཐའ་མི་འཕོར་དོ། །　　饥饿难以到海边，
མཚོ་མཐའ་མ་འཕོར་མི་སྡུག་སྟེ། །　　难到海边无紧要，
གསེར་སྒོང་གཞན་ལ་ཤོར་དོགས་གདའ། །　　只惧金卵失他手。
འབུམ་སྐར་ཁྲ་མོའི་གཡས་ཟུར་ན། །　　在那营帐之右角，
བྲུ་གུ་རྒྱལ་བློན་རང་མལ་བཟུང་། །　　朱古君臣守已土，
རྒྱལ་བློན་རང་མལ་མ་བཟུང་ན། །　　如若不守已方土，
ཤ་ཤོར་ཤ་ལན་མི་སོད་དོ། །　　受欺无法行报复，
ཤ་ལན་མ་སོད་མི་སྡུག་སྟེ། །　　不行报复无紧要，
རྒྱལ་ཆུས་མི་ལ་ཤོར་དོགས་གདའ། །　　只惧江山失人手。

༡༠ གཏམ་ལ་ལན་མེད་ལྐུགས་པར་ལུས། །　　话无回言视作哑，
ཟས་ལ་ལན་མེད་ཁྲམ་པར་ལུས། །　　食无回礼视作诈，
དགྲ་ལ་ལན་མེད་ཕམ་པར་ལུས། །　　敌无招架视作败。

༡༡ འབར་བ་མེ་ཡི་ཛམ་འཇིགས་དེ། །　　火焰燃烧何猛烈，
སྔོན་མོ་ཆབ་ལ་མ་འཕྲིམ་བྱུང་། །　　只是未遇蓝色水。
མགྱོགས་རྩལ་རྟ་ཡི་བང་ཁ་དེ། །　　骐骥骏马善驰骋，
ས་ལམ་བྲག་ལ་མ་འཕྲིམ་བྱུང་། །　　只是未遇岩山路。
ཁྲ་རིང་བོའུ་ཡི་མདའ་ཤུགས་དེ། །　　长缨矛枪威力大，
གོ་ཁྲབ་བཙན་རྫོང་མ་འཕྲིམ་བྱུང་། །　　只是未遇坚甲胄。
དཔའ་རྐོད་བྲུ་གུའི་དམག་དཔུང་དེ། །　　朱古军队何勇猛，
སྐུ་རྒྱལ་བོད་ལ་མ་འཕྲིམ་བྱུང་། །　　只是未入岭国境。

༡༢ རྟ་ཨེ་མགྱོགས་བསམ་ནས་ཐང་ལ་རྒྱུག །　　欲试马蹄驰原野，
དེ་མ་མགྱོགས་ལམ་ངན་འཕྲང་ལ་ཐུག །　　遇见狭窄恶路途，
མི་རིན་ཆེན་བརྫབས་དོན་དེ་ནས་བྱུང་། །　　人坠马下即因此。

མདའ་ཨེ་ཐོག་བསམ་ནས་རྒྱང་ལ་འཕེན། །
གཞུ་མ་ཐུབ་མཆོག་དཀར་ཀླད་རྒྱ་འཐོར། །
ཤྭ་ཕོ་ཆེན་ཤོར་དོན་དེ་ནས་བྱུང་། །
གཞིས་ཨེ་ཟིན་བསམ་ནས་མཛངས་མ་མངགས། །
དེ་མ་ཟིན་རང་མཚང་མི་ལ་ཤོར། །
སྨན་གནས་མགོ་འཁྱུར་དོན་དེ་ནས་བྱུང་། །
དགྲ་ཨེ་ཐུབ་བསམས་ནས་འབུམ་དམག་ཕབ། །
ད་མ་ཐུབ་མགོ་ལག་དགྲ་ལ་ཤོར། །
བྱུས་བསྟན་པ་འཚོར་དོན་དེ་ནས་བྱུང་། །

本欲尝试箭射远，
怎料强弓弓弦断，
雄鹿逃脱即因此。
欲守家户遣贤女，
未能守住失家户，
女子流落即因此。
欲胜敌人派万兵，
不敌己命失敌手，
失却社稷即因此。

༧༣ བྱ་ཁུ་བྱུག་མོན་ནས་མ་འཁོར་གོང་། །
སྤང་དཀར་མོའི་ཨུག་ཚོས་དགུང་ལ་ཡལ། །
བྱ་རྟ་མོ་རོང་ནས་མ་འཁོར་གོང་། །
ཤིང་ལྡོན་པའི་ལོ་མ་ཐང་དུ་ཟགས། །
བྱ་ངང་པ་བྱང་ནས་མ་འཁོར་གོང་། །
ཆབ་མར་འབབ་རབ་ཁ་འཁྱགས་ལ་ཤོར། །
བློན་བྱ་ནག་ཁྱེས་ནས་མ་འཁོར་གོང་། །
རྗེ་གྲུ་གུའི་བུ་གཅེས་དགྲ་ལ་ཤོར། །

杜鹃门域归返前，
豆蔻已然没空中。
谷地未归啄木鸟，
树木叶子俱落地。
鹅从北方归返前，
水流河滩已结冰。
大臣恰纳未归前，
朱古王子落敌手。

༧༤ བྱེ་ཐང་གླང་ཆེན་སྨྱོན་པ་དེ། །
གཟུགས་བཞི་ཐང་ལ་བསྒྲིལ་ཞན་འདྲ། །
ཕམ་ཡང་སྣ་ལྷུགས་གློག་ལྟར་གཡུག །
སྐྱིན་པོ་ཡིན་ཡང་མཐེབ་ལྡིང་འདར། །
ནགས་མའི་རྒྱ་སྟག་ཁྲ་བོ་དེ། །
འཇུམ་དྲུག་ཁྲག་ལ་བསྒྲིས་ཞན་འདྲ། །
ཤི་ཡང་དུང་མཆེ་དགྲ་ལ་གཙིགས། །
དཔའ་བོའི་མཐོང་ཡང་སྐྱི་ལྡིང་འདར། །

荒漠之中疯癫象，
四蹄快要摔下地，
虽败象鼻挥如电，
即使射手亦战栗。
密林之中斑斓虎，
虎纹快要染鲜血，
虽死獠牙刺向敌，
即使英雄也胆寒。

རོང་གི་དོམ་ནག་ངར་མ་དེ། །
རྩ་ཚིད་ཤ་རུས་ཕྲལ་ཞན་འདྲ། །
སྲོག་དམར་ཆད་ཀྱང་གོམ་དགུ་མཆོང་། །
ངར་རྒོད་ཆེ་ཡང་ཉྭ་ཡུ་འདར། །
གྲུ་གུ་གེ་སར་རྒྱལ་པོ་ང་། །
བློན་འབངས་དགྲ་ལ་ཤོར་ཞན་འདྲ། །
ཞེ་རྒོད་དཔའ་བོས་རྫོང་བཙན་བཟུང་། །
དཔའ་རྟུལ་ཡིན་ཡང་ཁྲབ་ཤམ་འདར། །

深谷之中强悍熊，
似是要被拆筋骨
虽失性命仍跳跃，
即使雄强腿打颤。
朱古国王真英豪，
臣属似要失敌手，
勇猛英豪占孤堡，
即使英雄亦颤抖。

༧༥ བསམ་བཟང་དངུལ་དཀར་མེ་ལོང་འདྲ། །
ཕར་ལ་བལྟས་ན་ཚུར་ལ་ཤར། །
ཇོ་ལྐོག་མེད་པའི་མི་དེ་དགའ། །
ཞེ་ངན་དུག་གི་ལོ་མ་འདྲ། །
ཉིན་ལ་སོང་ཡང་གྲིབ་མ་ནག །
གཡོ་རྒྱུ་ཅན་དེ་མ་མཐོང་དགོས། །
ཁྲེལ་མེད་སྣང་ཁའི་དར་ལྕོག་འདྲ། །
བྱང་རླུང་སྐྱ་མོས་གར་བཅད་རེད། །
སོང་ཡང་ཉུང་ལ་མེད་ཀྱང་དགའ། །

善心纯明似银镜，
眼望彼处光照此，
表里如一其人善。
狠心好似剧毒叶，
虽在白昼其影黑，
狡诈之人莫要见。
左摇右摆似经幡，
命运全看风吹处，
如此小人没有好。

༧༦ འབྲོང་བུ་རྫ་ནས་མ་འཁྲིད་དུས། །
གླང་བུས་ཐལ་གཏོར་ཨ་བ་རི། །
སྟག་མོས་འཛུམ་དྲུག་མ་ངོམ་དུས། །
ཝ་མོས་ཛ་རྒྱངས་ཨ་བ་རི། །
ཁུ་བྱུག་དྲུག་འགྱུར་མ་གྲག་དུས། །
ཁྭ་ཏས་ཨག་འགྱུར་ཨ་བ་རི། །

野牦牛犊立岩前，
黄牛扬沙真可怜！
母虎未曾显威前，
狐狸摇尾真可怜！
杜鹃还未啼鸣前，
乌鸦嚎叫真可怜！

༧༧ དུག་ཤིང་རྩེ་ཡི་མེ་ཏོག་དེ། །

毒树枝头之花朵，

ཟེའུ་འབྲུ་རྒྱས་ན་ཇེ་ནག་འགྲོ །　花瓣盛开反愈黑。
བྱ་ངན་ཁྭ་ཏའི་སྒོ་ང་དེ། །　恶鸟乌鸦所生蛋，
གཤོག་དྲོད་མ་བྲལ་ཇེ་ནག་འགྲོ །　不失羽温反愈黑。
རྟ་ངན་སྐྲན་མགོ་ཏར་མ་དེ། །　恶马秉性本暴烈，
བདག་དྲིན་ཆེ་ན་ཇེ་ངན་འགྲོ །　主人爱护反愈恶。
མི་ངན་གཡོ་སྒྱུ་ཆེ་བ་དེ། །　恶人其行多狡诈，
སེམས་དཀར་གཏད་ན་ཇེ་སྡུག་འགྲོ །　倾心结交反愈恶。

༡༨ ནགས་ཀྱི་རྒྱ་སྟག་ཁྲ་བོ་ང་། །　吾乃林中斑斓虎，
སྙིང་མདས་མ་དོས་ཤོར་ལེ་ཡིན། །　避开利箭已逃脱。
སྤྱང་གི་སྤྱང་མོ་རྒྱུག་འཛོམས་ང་། །　吾乃驰行母饿狼，
ཁྲ་རིང་མ་དོས་ཤོར་ལེ་ཡིན། །　避开枪矛已逃脱。
དཀར་ཡག་ཤྭ་བ་ཕོ་ཆེན་ང་། །　吾乃白毛大雄鹿，
རྔོན་པས་མ་དོས་ཤོར་ལེ་ཡིན། །　避开猎手已逃脱。
མཚོ་མོའི་གསེར་ཉ་ཁྲ་ཚུང་ང་། །　吾乃湖中金色鱼，
ལྕགས་ཀྱུས་མ་ཟིན་ཤོར་ལེ་ཡིན། །　避开鱼钩已逃脱。
བྱེ་ཐང་རྐྱང་ཚུང་ཁ་དཀར་ང་། །　吾乃荒原小野驴，
ཞགས་པས་མ་ཟིན་ཤོར་ལེ་ཡིན། །　避开套索已逃脱。

༡༩ རྒྱ་ལྕང་སྐྱེ་ཚུལ་མ་འགྱུར་ན། །　杨柳生长若不变，
ཁུ་བྱུག་སྐད་ལ་འགྱུར་བ་མེད། །　杜鹃啼声亦无改。

གསེར་གླིང་སེང་གེ་གྲགས་པ།　色岭·森格扎巴

༡ ལྷ་བྱ་ཁུ་བྱུག་སྔོན་མོ་དེ། །　神鸟杜鹃蓝色羽，
བྱ་བརྒྱའི་ནང་ནས་སྐད་ལོ་སྙན། །　白鸟群中啼声佳。
གྱི་ལིང་རྒྱུགས་རྟ་འཕར་མ་དེ། །　奔驰骐骥好骏马，

རྟ་བརྒྱའི་ནང་ནས་འགྲོས་ཁ་གསལ། །　　百马群中蹄力健。
རིགས་བཟང་ཕ་ཆེན་བུ་མོ་དེ། །　　好父所生良家女，
མོ་བརྒྱའི་ནང་ནས་ངོ་མདངས་གསལ། །　　百女群中面容佳。

༢ ཐབས་མཁས་གྲུ་ཆེན་བཀལ་བས་ན། །　　如若掌舵技艺高，
རྒྱ་མཚོའི་ནོར་བུ་ལོན་ཡང་སྲིད། །　　可往海中取珍宝。
གཡོ་ཆེན་ཐབས་ཀྱིས་བསྐོར་བས་ན། །　　如若能用狡诈计，
རྒྱལ་ཁ་རང་གིས་ལོན་ཡང་སྲིད། །　　亦可胜利在己手。
བྱ་མ་འདྲོགས་སྒོ་ང་ལོན་ཡང་སྲིད། །　　取卵亦可不惊鸟，
དགྲ་མ་བརྒྱབ་གཏང་མ་ལོན་ཡང་སྲིད། །　　取胜亦可不战敌。
མཚོན་མ་གཡུག་དགྲ་མགོ་ལོན་ཡང་སྲིད། །　　杀敌亦可不挥刀，
ཤྭ་མ་བསད་རྭ་ཅོ་ལོན་ཡང་སྲིད། །　　得角亦可不杀鹿。

༣ མོ་མཐུག་པོ་མ་འདེབས་དམུ་གབ་ཡིན། །　　凶卦莫问招毁败，
ཁྱི་རྒོད་པོ་མ་གསོ་དམུ་གབ་ཡིན། །　　恶犬莫养招毁败，
རྩིས་མཐུག་པོ་མ་རྒྱག་དམུ་གབ་ཡིན། །　　算计莫精招毁败。

༤ འདྲེན་སྟོན་མེད་པའི་བླ་མ་དེ། །　　不能度引伪上师
དཀོར་ལ་ཐུག་ན་ཇག་ལས་ཛམ། །　　事关钱财比匪贪，
དམྱལ་བ་འགྲིམ་ན་ལོང་བ་འདྲ། །　　堕入地狱便成盲。
སྙིང་སྟོབས་མེད་པའི་སྟག་ཤར་དེ། །　　胸无志气小青年，
དགྲ་ལ་ཐུག་ན་ཝ་དང་འདྲ། །　　遇敌怯懦似狐狸，
རང་སྡེ་བཤིག་ལ་སྟག་ལས་དཔའ། །　　内斗之时猛如虎。
ཤེས་རིག་མེད་པའི་མཛངས་མ་དེ། །　　没有见识之女子
ཇ་ཐབ་བཟུང་ན་ཡི་དྭགས་འདྲ། །　　灶台边上吝啬鬼，
དབྱེན་ཁ་བྱུང་ན་སྡེ་དགུ་དཀྲུགས། །　　挑起纷争乱聚落。

༥ གནམ་ཆར་མི་ཐེན་མགོ་སྦྲ་ལས། །　不挡漏雨破帐篷，
ཕྱང་རྫོན་སྟེང་གི་རྫི་བོ་དགའ། །　不如雨中小牧童。
ལག་ལས་མེད་པའི་མནའ་མ་ལས། །　不识活计家中妇，
ཁ་རྗེ་བཟང་བའི་གླ་པ་དགའ། །　不如勤奋雇佣工。
དགྲ་ཉེས་ཕྱུང་བའི་རུ་འཛིན་ལས། །　溃败于敌领军人，
རྒྱལ་ཁམས་འཁྱིམ་པའི་སྤྲང་པོ་དགའ། །　不如游荡乞讨者。

༦ ལམ་སྐྱ་མོ་གཅིག་གི་ཁུག་སོ་ལ། །　灰白路途角落里，
རྟ་འདོ་ལུ་ཆ་མེད་རྒྱུས་མེད་ལ། །　所遇骏马吾不识，
ཁ་སློད་ནས་རྒྱུག་ཚོད་མ་ཟིན་བྱུང་། །　不敢脱缰再奔驰。
འཕྲང་དོག་པོ་གཅིག་གི་ཁུག་སོ་ལ། །　狭窄险径弯路里，
ཆབ་ཆུ་བོ་རབ་མེད་ཞེང་ཆེན་ལ། །　江河无堤宽几许，
ལྷམ་ཕུད་ནས་འབུད་ཚོད་མ་ཟིན་བྱུང་། །　不敢脱靴来渡河。
གྲོང་བཙན་པོ་གཅིག་གི་སྒོ་རྩ་ལ། །　城池坚固城门旁，
སྨན་བུ་མོ་ཆ་མེད་རྒྱུས་མེད་ལ། །　所遇女子吾不识，
བློ་གཏད་ནས་འགྲོགས་ཚོད་མ་ཟིན་བྱུང་། །　不敢倾心相结伴。
ཕྱིའི་དགྲ་ཆེན་དམག་གི་ཁུག་སོ་ལ། །　外部大敌当前时，
རྗེ་བཙན་པོ་ཆ་མེད་རྒྱུས་མེད་ལ། །　所遇君王吾不识，
གཏམ་ཉན་ནས་བཙར་ཚོད་མ་ཟིན་བྱུང་། །　不敢近前听细言。

གངས་ཀྱི་བྲུ་མོ་སེང་ལྕམ།　冈其•普姆森姜

༧ མི་ཐུབ་དཔོན་ལ་འགྲན་པ་ལས། །　无权却与官相斗，
བྲག་དམར་གཡང་ལ་ལྡིབས་པ་དགའ། །　不如跳崖去自杀。
མི་ནུས་དཔོན་མོ་བྱེད་པ་ལས། །　无能却去当女酋，
རྒྱལ་ཁམས་ཕྱོགས་མེད་བསྐོར་བ་དགའ། །　不如周游四方国。
མི་ཤེས་ཕྱོགས་ཁ་གཏམ་པ་ལས། །　无智却去择方向，

ཕྱེ་ཁུག་རྒྱུན་བུས་སྒྲོག་པ་དགའ། །

不如缝补糌粑袋。

༢ སྡེ་ཆུས་རྒྱལ་ཁྲིམས་ཁྲ་མོ་དེ། །
རྗེ་དབུ་འཕང་མཐོ་དུས་མ་ཟིན་ན། །
ཉམ་ཆུང་རེ་ལྟོས་སུ་ལ་བྱེད། །
དཔོན་ཆུས་མདུང་མོའི་བ་དན་དེ། །
སྡེ་ཁྲ་བོ་དར་ཉིན་མ་གསོས་ན། །
བུ་ཁེར་འཁྱར་བྱུང་དུས་སུ་ལ་རེ། །
བྱུས་པ་ཤོར་གནང་གི་འཇུ་ཐག་དེ། །
བུ་སྤུན་གསུམ་འཛོམ་ཉིན་མ་ཐོན་ན། །
སེམས་ཡི་མུག་བྱུང་ཉིན་སུ་ལ་རེ། །

国之大计是国法，
君王威望重时行，
人微言轻怎指望。
官之计谋似枪旗，
村户兴旺不树立，
凋敝之时靠谁人。
失却家业如吊绳，
三子齐聚不能抓，
心中伤怀靠谁人。

༣ ཇག་པ་བརྒྱབ་བུ་ཤོར་བྱུང་རེས་ཡོད། །
གཡུལ་ཁེ་རེས་ཕམ་རེས་གཉིས་ཀ་ཡོད། །
ཕྱུགས་པ་ནོར་བུ་བཏགས་བྱུང་རེས་ཡོད། །
གདགས་རེས་བཙོང་རེས་གཉིས་ཀ་ཡོད། །
ཞིང་ཆུ་མ་མས་ལུས་བུ་མོས་ལས། །
ཁོམ་རེ་ལུས་རེ་གཉིས་ཀ་ཡོད། །

做匪父战子亦死，
既有输来又有赢。
放牧有父又有子，
既有养来又有卖。
灌溉有母又有女，
既有忙来又有闲。

གེ་སར་ནོར་བུ་དགྲ་འདུལ།

格萨尔•诺普占堆

ཕ་བླ་མ་རྒས་རྒས་ཆོས་ལ་རྒས། །
སེམས་དོན་མེད་འཁྱར་བ་བདུད་ཀྱིས་བསླུས། །
གོང་དཔོན་པོ་ཅི་རྒས་ཁྲིམས་ལ་རྒས། །
ཁ་སྙིག་ཟས་བཟོས་པ་བདུད་ཀྱིས་བསླུས། །
སྟག་ཤར་པ་ཅི་རྒས་དགྲ་ལ་རྒས། །
སེམས་གྲིམ་མེད་སློད་པ་བདུད་ཀྱིས་བསླུས། །

上师修法渐垂老，
心思游离被鬼迷。
长官执法渐垂老，
徇私贪污被鬼迷。
男子阵前渐垂老，
遇敌大意被鬼迷。

སོག་ལུང་ཁྲ་ཡེ་བསོད་རྒྱལ། **索隆•库益索嘉**

ཤི་ན་མཉམ་ཤི། ། 生需同生，
གསོན་ན་མཉམ་གསོན། ། 死亦同死。

བློན་པོ་མི་ནག་བོངས་རིང་། **伦波•弥那彭仁**

ཆོས་བསྒྲུབ་ལ་མི་བརྩོན་བཤད་ལ་སྦྱངས། ། 不去修炼只讲经，
དུས་མཐའི་བླ་མ་ཕལ་ཆེར་ཡིན། ། 大抵末世之上师。
ལས་བདེན་རྫུན་མི་བལྟ་ནོར་ལ་བལྟ། ། 不辨善恶只看财，
དུས་མཐའི་ཁྲིམས་པ་ཕལ་ཆེར་ཡིན། ། 大抵末世之法官。
གཏམ་དྲང་པོ་མི་བཤད་རྫུན་དུ་བཤད། ། 不说实话只说谎，
དུས་མཐའི་སྐྱ་བོ་ཕལ་ཆེར་ཡིན། ། 大抵末世黑头人。

སྟག་རོང་ཉ་ཚ་ཨ་བརྟན། **达绒•年擦阿丹**

༡ རི་མཐོ་ལེ་ཟེར་སྐྱུད་བྲག་དཀར་ཡིན། ། 山高还需白色岩，
བྲག་མེད་ན་རི་ཕྲན་རྫ་སྤང་རེད། ། 无岩只剩乱石坡。
ཆུ་ཆེ་ལེ་ཟེར་སྐྱུད་ཆར་པ་ཡིན། ། 江河还需靠雨水，
ཆར་མེད་ན་འབབ་ཆུ་རང་སྐམ་རེད། ། 无雨江河自干涸。
དཔོན་ཆེ་ལེ་ཟེར་སྐྱུད་འབངས་སྡེ་ཡིན། ། 君王还需靠属民，
འབངས་མེད་ན་དཔོན་ཞིག་དགོས་མེད་རེད། ། 无民哪里需君王。
དཔའ་ཆེ་ལེ་ཟེར་སྐྱུད་དཔུང་རྫོང་རེད། ། 勇士还需有部队，
དཔུང་མེད་ན་ཇག་པ་ཁེར་འགྲོ་རེད། ། 无军就是独行匪。

༢ བུ་གསོས་གསོས་དགྲ་ལ་མ་ཕན་ན། ། 子嗣战时若无用，

ཕ་དྲིན་ཆེན་ཡི་མུག་སྐྱེ་རོགས་རེད། །
རྟ་གསོས་གསོས་རྒྱུག་ལ་མ་ཕན་ན། །
དྲིན་ཐོག་བདག་ཡི་མུག་སྐྱེ་རོགས་རེད། །
བློན་བསྐྱངས་བསྐྱང་དུས་ལ་མ་ཕན་ན། །
ཚེ་གཏན་བསྐྱངས་ཡི་མུག་སྐྱེ་རོགས་རེད། །

养子父亲徒伤怀。
骏马驰行若无用，
养马主人徒伤怀。
大臣遇事若无用，
养臣君王徒伤怀。

སྟག་དམར་གནམ་ལྷ་བཙན་པོ། 达玛·南拉赞普

༡ ཁས་ལེན་སྟག་མོ་ངར་ངར་རེད། །
སྟོང་གཏམ་གཡུ་འབྲུག་གྲག་གྲག་རེད། །

应诺似声声虎啸，
空言似滚滚雷声。

༢ ཉམས་ལེན་མེད་པའི་བླ་མ་དེ། །
བདག་འཛིན་འགོང་པོའི་དབང་དུ་སོང་། །
དམྱལ་བའི་ཟངས་ཁང་འཁྱིམས་པའི་དུས། །
འདྲེན་སྟོན་མེད་པ་ཁོ་ཐག་ཆོད། །
ཁྲིམས་གཞུང་མི་སྲུང་དཔོན་པོ་དེ། །
གཡོ་དང་ལྐོག་ཟས་དབང་དུ་སོང་། །
འཇིག་རྟེན་ཕ་རོལ་འགྲོ་བའི་དུས། །
ཐར་བ་མི་ཐོབ་ཁོ་ཐག་ཆོད། །
སྙིང་རྩལ་མེད་པའི་སྟག་ཤར་ཚོ། །
ནམ་དགོས་བྲོས་པའི་དབང་དུ་སོང་། །
འགག་ཐུག་དགྲ་མཚམས་ཆོད་པའི་དུས། །
གདང་མ་མི་ཡོང་ཁོ་ཐག་ཆོད། །
ཡིད་བརྟན་མེད་པའི་ན་ཆུང་དེ། །
སུ་ཐུག་ངོ་བསྲུང་དབང་དུ་སོང་། །
སྐྱེ་འཆི་ན་རྒས་ཕྱུང་བའི་དུས། །
ཉམས་ཕན་མེད་པ་ཁོ་ཐག་ཆོད། །

不思践行之上师，
心之所思俱我执，
待到堕入地狱时，
不得引渡是必然。
不守律法之长官，
狡诈并要索贿赂，
待到前往他界时，
不得解脱是必然。
胆怯无勇诸青年，
心中所思几时逃，
行至关口敌界前，
难得胜利是必然。
心思未定小青年，
四处结交赔笑脸，
待到生老病死至，
方知无用是必然。

རང་ཕྱོགས་འབུམ་དམག་གང་ཡོད་དེ། །
དགོས་དུས་བྲོས་པའི་དབང་དུ་སོང་། །
ཡང་ཧྲིག་ཧྲིང་མ་ལན་པའི་དུས། །
རྫོང་ཆུང་མི་ལོན་ཁོ་ཐག་ཆོད། །

己方虽有十万兵，
用时多数夺路逃，
待到真正对敌时，
难破小城是必然。

༣ སྐྱིད་ཉི་མའི་འོད་ལ་ལྟེ་རོགས་ཡིན། །
སྡུག་གྲིབ་མའི་སྨུག་ལ་གབ་རོགས་ཡིན། །

喜时照日之友伴，
悲时荫下之友伴。

༤ ཉིན་གྱི་བྲག་མཁར་རྡོ་རྒྱང་དེས། །
ལྟས་ངན་འུག་པ་མཐའ་ལ་འཕང་། །
ཆབས་ཀྱི་འཁྱགས་རོམ་ཆེན་མོ་དེས། །
ལྟོ་དཀར་ཉ་མོའི་ཀླད་ཁྲག་བསྲི། །

岩堡滚下石头子，
将那鸱鸮打下崖。
江河封冻掉冰块，
白腹鱼儿脑浆裂。

ཚ་ཞང་འདན་མ་བྱང་ཁྲ།

擦香•丹玛向查

༡ ཕོ་འགའ་རེས་དགྲ་ལ་གཉེན་དུ་བཟུང་། །
གཉེན་མ་བསམ་ལྷུན་གྱིས་རང་གྲུབ་ཡོང་། །
ཕོ་འགའ་རེས་གཉེན་ལ་དགྲ་རུ་བཟུང་། །
རང་མིན་ཀྱང་སྡང་བ་རང་གིས་བཟོས། །

有人将敌当作友，
福瑞自是会生成。
有人将友当作敌，
嫉恨皆由自心生。

༢ སྐྱེས་ཕོ་རབ་འདུན་མ་བྱེད་དུས་དེ། །
བར་མིའི་ངོ་ཆེན་བྱེད་རབས་ཡོད། །
ཕོ་འབྲིང་འདུན་མ་བྱེད་དུས་དེར། །
བློ་ཕྱེད་རོགས་ལ་འགེལ་རབས་ཡོད། །
ཕོ་ཐ་མས་མདུན་མ་བྱེད་དུས་དེར། །
བར་པ་དགྲ་ལ་ཕྱོགས་རབས་ཡོད། །

上等男子结交友，
将那介引视贵人。
中等男子结交友，
心思一半付友伴。
下等男子结交友，
将那介引当敌人。

༣ མཐུན་རྒྱུ་མེད་པའི་བཟའ་ཚང་ལས། །
སུ་ཐུག་རོགས་དང་འགྲོགས་ན་དགའ། །
འགྲུབ་རྒྱུ་མེད་པའི་འདུན་མ་བས། །
ཞེ་ཐག་ཆོད་པའི་དགྲ་གཅིག་དགའ། །

夫妻长久非一心，
不如偶遇者为伴。
长久调和无结果。
不如一战定胜负。

༥ གསེར་མདོག་ཅན་གྱི་དགོན་པ་ནས། །
ཆོས་མཛད་བླ་མ་དཀོར་ལ་ཧམ། །
གྲོང་ནང་འགྲིམ་ན་སྡོམ་པ་ཤོར། །
དར་ཐུག་ཅན་གྱི་རྫོང་སྒོ་ནས། །
ཁྲིམས་འཛིན་དཔོན་པོ་ནོར་ལ་ཧམ། །
སྙིག་ཟོས་ཆེ་ན་རང་མཚང་ཤོར། །
འབུམ་སྐར་དམག་གི་གྲལ་མགོ་ནས། །
ངར་རྐོད་དཔའ་བོ་དགྲ་ལ་ཧམ། །
གླེན་ཡུས་ཆེ་ན་རང་སྲོག་ཤོར། །
རས་ལུ་སྦྲ་ཡི་ནང་བཙུད་ནས། །
སྨང་ཆུང་བུ་མོ་གནས་ལ་ཧམ། །
མགོ་ཡང་ཆེ་ན་རང་ཚུགས་ཤོར། །

在那金色庙宇内，
作法僧人爱钱财，
常跑村落失戒律。
在那城堡门户前，
执法官长爱钱财，
贪污若多终必毁。
十万兵将队伍中，
英雄杀敌虽可贵，
盲目冲杀会送命。
在那牧家帐篷中，
无知女子急出嫁，
如若轻浮失己道。

༦ མི་རེའི་ཁ་ནས་བློ་རེ་ཐོན། །
བྱ་རེའི་ཁ་ནས་སྐད་རེ་རྒྱབ། །

人们各抒己见，
鸟儿鸣声各异。

༧ ལུས་པོ་མགོ་འོག་ཆུད་པ་དགོས། །
ལྕགས་དམར་སྐམ་པས་འཆུན་པ་དགོས། །

躯体需在头颅下，
钢铁还需钳来夹。

༨ གནམ་ཨ་སྟོན་སྐར་ཚོགས་ཁྲམ་དཀྱིལ་ན། །
ཚོད་ཉི་ཟླ་ཁེར་འགྲོས་གཟའ་དང་ཐུག།
དཔུང་ལྷོ་སྤྲིན་མཐུག་ཀྱང་མ་ཁེག་ཟིག།

漫天繁星当空时，
明月独行遇罗睺，
云层虽厚难抵挡。

རི་འཛིང་ཆེན་གཡང་དཀར་འཁོར་དཀྱིལ་ན། །　山峰之下聚羊群，
སྤྱང་ཤ་ཐང་ཁེར་འགྲོས་མདའ་དང་ཐུག །　饿狼独行遇利箭，
དཔུང་རྒྱུག་རྩལ་བདེ་ཡང་མ་ཐར་ཟིག །　驰力虽健逃不脱。
བྱང་ཤ་ཡན་ཇག་པའི་གཞི་དཀྱིལ་ན། །　羌塘北地盗匪多，
ཕྱོད་མགྲོན་ཆུང་ཁེར་འགྲོས་དགྲ་དང་ཐུག །　旅客独行遇不测，
རྒྱབ་ཕ་ཡུལ་བཙན་ཡང་མ་ཕན་ཟིག །　母国虽强在远方。

༨ ཁོལ་མོ་འབྲོང་གི་ཁ་སྟུན་ལ། །　野种牦牛之眼前，
དང་པོ་དུས་ནས་མ་བཅར་དགོས། །　初识最好莫近前，
བཅར་ནས་ཕྱིར་ཐུད་དགྲ་ལ་བསྒྱུར། །　挨近后退即成仇。
ཐུགས་དཀར་དོམ་གྱི་བཙོ་ཡ་ལ། །　白心熊罴之眼前，
དང་པོ་དུས་ནས་མ་བཅར་དགོས། །　初识最好莫近前，
བཅར་ནས་བྲོས་པ་དགྲ་ལ་བསྒྱུར། །　挨近再逃即成仇。
སྐྱེན་པོ་བུ་ཡི་མདའ་རྩལ་ལ། །　迅疾男儿之射术，
དང་པོ་དུས་ནས་མ་འགྲན་དགོས། །　初遇最好不要比，
འགྲན་ནས་སྐྱབས་ཞུ་དགྲ་ལ་བསྒྱུར། །　比后告饶便成仇。
མཐའ་མེད་གྲུ་གུའི་མཁར་སྒོ་ལ། །　无边朱古之国门，
དང་པོ་དུས་ནས་མ་བཅར་དགོས། །　初识最好莫近前，
བཅར་ནས་འདྲུན་མ་དགྲ་ལ་བསྒྱུར། །　挨近求知即成仇。

རྒྱལ་མཚན་སེང་གེ　坚赞森格

༡ སྔོན་མོ་ཆུ་ལ་མེ་ཡིས་འགྲན། །　蓝色水儿由火敌，
ངར་མ་ལྕགས་ལ་ཤིང་གིས་འགྲན། །　锋利钢铁由木敌，
སྲུ་རྒྱལ་བོད་ལ་གྲུ་གུས་འགྲན། །　恰如朱古敌吐蕃。

༢ རྩལ་མེད་ཐུར་གྱི་རྟ་རྒྱུག་དེ། །　无技还赛下坡马，

མགོ་ཆག་རིན་གྱིས་ཉོ་རྒྱུ་རེད། །
ཤེས་མེད་གྲལ་མགོ་སྡོད་པ་དེ། །
རང་དམའ་རང་གིས་འབེབས་རྒྱུ་རེད། །
དཔུང་མེད་ཙ་གྲལ་བསྒྲིགས་པ་དེ། །
ཕམ་ཁ་རང་གིས་ཉོ་རྒྱུ་རེད། །
གྲུ་དམག་བོད་ལ་ཆས་ལེ་འདི། །
རང་ཚུས་རླུང་ལ་བསྐུར་རྒྱུ་རེད། །

好似花钱买祸端。
无智席间坐上首，
自取其辱必无疑。
无兵还要列对阵，
自取灭亡必无疑。
朱古军队攻吐蕃，
自是送命必无疑。

ཕོ་བདུད་བྱ་ནག་མིག་གཅིག

颇堆•恰那米吉

༡ རྒྱ་སྟག་ངར་འཛིང་བྱེད་ས་ལ། །
ཝ་སྐྱ་འགྲིམ་པས་སྐེད་པ་བུད། །
ཁྲ་གླག་སྡེར་འཛིང་བྱེད་ས་ལ། །
བྱིའུ་ཆུང་འཕུར་བས་གཤོག་དྲུག་འཐོར། །
སེར་འབྲུག་ངར་སྒྲ་འདེབས་ས་ལ། །
སྦྲང་ཆུང་འཕུར་བས་སྙིང་རྩ་གས། །
གྲུ་བོད་སྙིང་རྩལ་འགྲན་ས་ལ། །
གླིང་སྟག་འགྲིམ་པས་སྐར་ལ་ཚུད། །

猛虎凶恶相斗处，
狐狸路过会闪腰。
鹞雕对爪相争处，
小鸟飞过羽翼散。
青龙振翅怒吼处，
小蜂飞过心胆惊。
朱蕃二国相争处，
岭国行过陷营中。

༢ འབྲུག་ཕོ་ཐང་ཐོག་སེར་མ་ཕབ་ན། །
དམའ་ལྗང་ཆུང་ཞིང་གི་འབྲས་བུ་དེ། །
ཟོ་རྒྱ་ཟོར་ངར་ཚན་མེ་ལས་ཚ། །
མཁར་ཁྲ་ཡག་བརྒྱན་ལེ་རང་ལག་རེད། །
རླུང་སྐྱི་བསེར་དྲག་ངར་མ་འཚུབ་ན། །
རི་ནགས་མའི་རྨ་བྱའི་གཙུག་སྒྲོ་དེ། །
ཤིང་སྨྱུག་མདོང་སྒྲོ་མདེལ་གློག་ལས་མྱུར། །
གཞི་བུམ་ཆུང་བརྒྱན་ལེ་རང་ལག་རེད། །

青龙若不降冰雹，
青苗田中之果实，
镰刀锋刃比火烈，
装满宫仓在己手。
如若狂风不卷集，
林山孔雀美翎羽，
羽箭射出急如电，
装饰宝瓶在己手。

རྫོ་གོར་མོའི་ཐབ་རྫོ་མ་ཤོར་ན། །
ཐང་བདེ་མོའི་སྤང་དཀར་ལེབ་ཆེན་ན། །
རྒྱུག་དར་མའི་བང་ཁ་གློག་ལས་མྱུར། །
མགྱོགས་རྟ་ཕོ་འཁོར་ལེ་རང་ལག་རེད། །
ཤར་གླིང་དཀར་འབུམ་དམག་མ་ཕབ་ན། །
བོད་སྐྱ་རྒྱལ་ཆོས་སྲིད་བདེ་སྐྱིད་དེ། །
དགྲ་རྒྱུག་རྟ་དམག་ཐོག་ལས་ཚ། །
ཕོ་གྲུ་གུས་ཐོབ་ལེ་རང་ལག་རེད། །

圆形滚石不落下，
平原大片草甸处，
骏马驰力疾如电，
宝马归转在己手。
岭国不遣十万兵，
吐蕃君民喜乐地，
乃遭敌摧如雷电，
必当沦入朱古手。

༣ འབྲུ་མ་རབས་རམ་ནག་རྩམ་པ་དེ། །
ཞིམ་བསམ་ནས་ཁ་ཟས་མ་བྱས་ཏེ། །
ཞུ་ཐུག་ནས་ལྟོ་ལ་ཨེ་འཛགས་བསམ། །
ཟས་བཅུད་ཆེན་ཤ་ཁུ་མར་རྫོག་དེ། །
ལྟོ་ཆེ་ནས་ཟོས་ལེ་མ་ཡིན་ཏེ། །
ཞུ་ཐུག་ནས་རླུང་ཁ་ཨེ་འོན་བསམ། །
ལུས་མི་འཛམ་འཕྲི་སློག་ནང་གོས་དེ། །
རྒྱུ་ཡོད་ནས་ངོམ་ལེ་མ་ཡིན་ཏེ། །
ཞུ་ཐུག་ནས་ཤིག་ལ་ཨེ་ཕན་བསམ། །
ཡུལ་མི་སྐྱིད་སྐྲུང་ལུང་བཟུང་ལེ་དེ། །
སེམས་སྤྲོ་ནས་སྐྱོ་བསང་མ་སོང་སྟེ། །
ཞུ་ཐུག་ནས་རང་སྲོག་ཨེ་ཁེབ་བསམ། །

黑穗野草让巴粉，
非因馋嘴食口中，
而为暂息腹中饥。
肉汤乳酪营养物，
非因肚大食口中，
而是欲防虚风寒。
身着旱獭皮内衣，
非是炫耀有钱财，
而是欲治虮虱病。
隐居无乐藏秘谷，
非因欣喜去游走，
而是为了保性命。

སྟག་རོང་ཨ་ཁུ་ཁྲོ་ཐུང་། 达绒·阿库超同

༡ ཉེས་ཅན་ཁྲམ་པ་ཟུར་ལ་བཞག །
ཁྲིམས་ཁང་ནང་ལ་ཨ་མཆོད་བཙུད། །

罪犯逍遥在外，
法师关进牢中。

༢ བླ་མ་ཆོས་ལ་བྱོན་པའི་དུས། །	上师前往做法事，
ཉིན་གྱི་སྤྱང་མོ་ཐུར་རྒྱུག་དེ། །	遇见阳面下坡狼，
ཆོས་ར་མི་ཟིན་དམུ་གབ་ཡིན། །	失去道场之恶兆。
སྟག་ཤར་ཇག་ལ་ཆས་པ་ན། །	青年落草为寇时，
སྲིབ་ཀྱི་གོ་རྒན་དོང་ལྷུང་དེ། །	遇见老鹰掉山洞，
དགྲ་མགོ་མི་ཐུལ་དམུ་གབ་ཡིན། །	无法克敌之前兆。
མ་སྲུ་གནས་ལ་འགྲོ་བ་ལ། །	女子将要出嫁时，
འདྲེ་བྱ་སྲིག་པས་ལམ་སྒུག་དེ། །	凶鸟鸺鹠在等候，
གནས་ར་མི་ཟིན་སྔ་ལྟས་ཡིན། །	出嫁不利之预兆。
༣ བླ་བཟང་མཁས་པ་དགོན་གྱི་རྒྱན། །	高僧大德寺之宝，
གཞན་ཕན་འགྲོ་དོན་ལོས་ཀྱང་དགོས། །	自需多行利他业，
ཉོན་མོངས་ལས་ཀྱི་དབང་དུ་ཤོར། །	莫使众生堕愚昧。
དྲིན་ཆེན་དཔོན་པོ་རྫོང་གི་རྒྱན། །	恩深君王国之宝，
བདེན་རྫུན་དྲང་ཐིག་ལོས་ཀྱང་དགོས། །	自需秉公且持正，
གཡོ་དང་ཀློག་ཟས་དབང་དུ་འཚོར། །	莫要狡诈蓄私财。
མཁར་བཟང་བུ་མོ་མཁར་གྱི་རྒྱན། །	婀娜女子家之宝，
གཉེན་ལ་མཐོ་སྨན་ལོས་ཀྱང་དགོས། །	虽说戚友有贵贱，
ལས་ངན་དབུལ་ཕོངས་དབང་དུ་འཚོར། །	莫说命苦沦贫贱。
༤ དགེ་སྡིག་གཉིས་དེ་མ་བཤད་ན། །	如若不言善恶别，
འདྲེན་སྟོན་ཅན་གྱི་བླ་མ་མིན། །	不是渡人真上师。
བདེན་རྫུན་གཉིས་དེ་མ་ཕྱེས་ན། །	如若不辨真假别，
རྒྱལ་ཁྲིམས་བཟུང་བའི་དཔོན་པོ་མིན། །	不是秉公执法官。
དགྲ་གཉེན་གཉིས་དེ་མ་ཕྱེས་ན། །	如若不分亲仇别，
འཕོར་གསུམ་ཐོགས་པའི་དཔའ་བོ་མིན། །	不是持枪弓箭兵。

༥ སྐྱེས་པ་ཕོ་ལ་རུས།　　男儿须有骨气，
ཟ་མ་མོ་ལ་བློ།　　女子须有智慧。

༦ དཔོན་བཙན་ན་མི་དགའ་འཇམ་ན་དགའ། །　　不喜暴君喜仁君，
མི་གཉོམ་ཆུང་བྱམས་ན་མངའ་འོག་བདེ། །　　慈爱弱小属民安。
ཟས་ཞིམ་ལ་མི་དགའ་མང་ལ་དགའ། །　　不喜美食喜其多，
བཟའ་མང་ཉག་སོས་ན་ཁྱིམ་ཚང་བདེ། །　　养育子女家道安。
རོགས་མཛེས་ལ་མི་དགའ་བཟང་ལ་དགའ། །　　不喜美女喜其善，
ཡུན་རིང་པོ་འགྲིག་ན་སྣང་བ་བདེ། །　　长久相伴心中安。

༧ ཀང་ལག་ཐག་པས་སྦྲིང་ནའང་། །　　手脚绑在绳子上，
ཨ་སྔོན་དགུང་ལ་སླེབས་ལེ་མིན། །　　欲登天上实枉然。
ཞ་བོ་པུས་ནུད་བྱེད་པ་དེས། །　　跛足靠膝向前行，
རྒྱལ་ཁམས་བསྐོར་བ་འཕོར་ལེ་མིན། །　　岂能周游列国归。
ལོང་བས་ས་ལ་བསྣབ་པ་ན། །　　盲人伸手触地上，
རྒྱུ་ནོར་རང་ལག་འབྱུང་ལེ་མིན། །　　岂能捡拾意外财。
བདའ་ལུའི་ཛ་མ་གཡུག་ནའང་། །　　小狗摇尾欲求偶，
སྟག་མོ་ཆགས་པ་སྐྱེ་ལེ་མིན། །　　母虎怎会心倾慕。
བ་གླང་རླུང་སྣོམ་བྱས་ནའང་། །　　黄牛虽则闻气味，
བྲི་སེར་འགྲམ་ལ་བཅར་ལེ་མིན། །　　怎敢行至野牛前。
ཡི་དྭགས་སྐོམ་ཚད་ཆེ་ནའང་། །　　饿鬼腹中虽饥饿，
བདུད་རྩི་སྐོམ་རྩི་རག་ལེ་མིན། །　　怎知甘露何滋味。
སྐྱ་ཁྲ་སྣང་འདོད་ཆེ་ནའང་། །　　鹞鹰虽是爱炫耀，
རྨ་བྱའི་སྤྱོགས་མདོག་དོ་ལེ་མིན། །　　岂能孔雀齐比美。

༨ གོ་མ་གནས་ལ་མ་སོང་ན། །　　闺女如若不出嫁，
མཐའ་མ་མནའ་མས་བརྫུང་དོགས་ཡོད། །　　最终会被儿媳欺。

མནའ་མ་སྐྱིད་ཆེ་མ་བསྡད་ན། །
མཐའ་མ་འཁྲིམ་ལམ་འཁྱུར་དོགས་ཡོད། །

儿媳喜时不安坐，
最终招致沦落命。

༩ དཔོན་ཁྲིལ་མེད་བཅར་བས་རང་ཆུས་ཤུང་། །
སྨན་ཁྲིལ་མེད་འགྲོགས་པས་རང་བླ་བརྩོང་། །
རྟ་ཧྲར་མ་གསོས་པས་བདག་པོ་ཤུང་། །

相交贪官终害己，
结伴恶女失魂魄，
驯养恶马伤主人。

༡༠ ལངས་སྔ་ན་ལས་རྒྱུ་སྔོན་ལ་ཐོན། །
འགྲོ་སྔ་ན་རྒྱ་དབུས་ཡུད་ཀྱིས་འཕོར། །
ལག་སྔ་ན་དགྲ་བོ་ཚོམ་ལ་ཕབ། །

起身若早事先成，
出行若早周游快，
下手若早降敌人。

༡༡ བཅུ་འཛོམས་ཤ་ཕོ་ཏུ་རྒྱས་དེ། །
དགོས་ངེས་ཁྱི་ངོ་མ་ལོན་ན། །
ཡལ་ག་མང་བས་ཅི་རང་ཕན། །
གྲོང་མཐའ་བྱ་ཕོ་ཨོག་ཟེབ་ཆེ། །
དགོས་ངེས་ནམ་འཕང་མ་ཚོད་ན། །
སྒྲོ་མདངས་ལེགས་པས་ཅི་རང་ཕན། །
དུས་བྱ་ཁུ་བྱུག་སྔོན་མོ་དེ། །
འཁྱུར་སྐད་སྐང་བཞི་མ་སྒྲོག་ན། །
མོན་ནས་ཡོང་བས་ཅི་རང་ཕན། །
ངར་རྒོད་དཔའ་བོའི་སྙིང་རྩལ་དེས། །
བཅར་ནས་དགྲ་མགོ་མ་བླངས་ན། །
སྟོང་གཏམ་ཆེ་ཡང་ཅི་རང་ཕན། །

十枝雄鹿大犄角，
如若不能抵恶犬，
角枝茂盛有何用？
村边雄鸡鸡冠大，
如若不能飞天际，
羽毛靓丽有何用？
青色候鸟名杜鹃，
啼声不能振四洲，
门域归返有何用？
勇猛英雄具肝胆，
若不近前取敌命，
空放豪言有何用？

༡༢ དཔོན་སྐུ་བསོད་ཆེ་ན་དགྲ་བོས་བསྟོད། །
ཤུ་རི་བོ་ཆེ་ན་རི་དྭགས་མང་། །
མཚོ་གཏིང་མཐའ་མེད་ན་ཉ་སྲམ་འཕོར། །

君王福高敌亦夸，
山峰巍峨走兽多，
大海若深聚鱼鳌，

ས་དྲོ་སའི་སྙིང་ལ་དབུ་ནག་ཆགས། །
ཡུལ་གཞིས་བཟང་ཞིང་ལ་འབྲུ་དྲུག་སྨིན། །
མ་མཛངས་གཡེར་ཅན་ལ་གཡོག་དྲུག་འཁོར། །

温暖地方聚黑头，
地方好来五谷生，
母亲贤惠仆众多。

༡༣ ཕྱི་གྲོས་པོ་ཏི་བསྡམས་འདྲ་དགོས། །
ནང་གྲོས་སྒོ་མོ་གཏན་འདྲ་དགོས། །

外议需似经卷捆，
内商需似门般牢。

༡༤ གསེར་དང་ར་གན་འདྲ་འདྲ་རེད། །
གཡུ་དང་རྡོ་ལུ་འདྲ་འདྲ་རེད། །

铜与黄金何相似，
松耳石头亦相似。

༡༥ གཏམ་མདོ་མེད་བཤད་ན་རྣ་ལ་གཟན། །
ཤ་རུས་པ་ཟོས་ན་སོ་ལ་གནོད། །

乱语逆耳，
啃骨伤牙。

འཇང་གཡུ་ལྷ་ཐོག་འགྱུར།

姜·玉拉托久

༡ སྟག་དམར་ཡག་འཇུམ་དེ་དཔའ་འཇུམ་ཡིན། །
ཝ་སྐྱར་མའི་གྲ་དེ་བ་སྤུ་ཡིན། །
མཐོ་ཉི་མའི་འོད་དེ་ཚ་ཟེར་ཡིན། །
འབུ་མེ་ཁྱེར་འོད་དེ་སྣང་བ་ཡིན། །
མཐེབ་སྐྱིན་པོའི་མདའ་དེ་ཐོག་དམར་ཡིན། །
བུ་སྣང་ཆུང་འཕང་དེ་རྩེ་མདའ་ཡིན། །

猛虎花纹显勇猛，
狐狸发梢是毫毛。
红日之光实温暖，
萤火小虫光若无。
扳指施箭似雷电，
小儿所施是玩乐。

༢ ཚད་རོང་ཉི་མའི་སྟོང་པོ་ལ། །
འདྲེ་བྱ་སྲེག་པའི་ཚག་རག་དེ། །
ནགས་ཀྱི་སྲིབ་ནས་མི་འཕྱམས་པར།
ཡུལ་ཁྱིམ་རྒྱ་གྲོང་ཁྲ་མོ་གཤགས། །
ཚག་རག་སྒྲོག་པ་ཡི་རེ་ཞུག །

红日在那当空照，
凶鸟鹧鸪叫不停，
不在林间自在飞，
却来行经村户间，
鹧鸪叫声徒伤怀。

རི་རབ་རི་ཡི་ཁོང་གསེང་ནས། ། 在那高山间隙里，
བར་སྣང་སྟོང་ལ་དབང་བསྒྱུར་བ། ། 统治万里苍穹者，
ཁྱུང་ཆེན་གསེར་མིག་འཁྱིལ་བ་ཡོད། ། 自是金目大琼鸟，
བྱ་གྲིབ་ས་ལ་མ་བབས་ན། ། 如若阴影不落地。
གཤོག་རྡུག་རྒྱས་པ་ཡི་རེ་སྨུག། 翼力虽大徒伤怀。
བྱང་ཐང་ན་བའི་འཛིང་ཁུགས་ནས། ། 羌塘草原深处地，
རླུང་རྒྱལ་ཤུགས་ལ་དབང་བསྒྱུར་བ། ། 掌握狂风吹方向，
རྐྱང་ཆུང་རླུང་གི་གཤོག་པ་ཡོད། ། 自有旋风小野驴，
ཐང་ཆེན་འགྲོས་ཀྱིས་མ་བཅད་ན། ། 如若不在原野奔，
རྨིག་བཞི་ཐོགས་པས་ཡི་རེ་སྨུག། 四蹄虽健徒伤怀。
བར་སྣང་སྤྲིན་དཀར་འབྲུག་ལམ་ནས། ། 空中云朵层叠处，
ལོ་འབྲས་བཅུད་ལ་དབང་བསྒྱུར་བ། ། 掌握收成好坏者，
བདུད་རྩི་སྦྲང་ཆར་ཟིལ་བ་ཡོད། ། 自是空中所降雨，
ནམ་དུས་གྲོགས་ལ་མ་བབས་ན། ། 如若降雨不合时，
ཆུ་འཛིན་མཐུག་པོ་ཡི་རེ་སྨུག། 云朵虽厚徒伤怀。
རུ་བཞི་ཁྲ་བོའི་གོང་སྔོ་ལ། ། 四队兵马列山岗，
འབུམ་དམག་ལས་ལ་དབང་བསྒྱུར་བ། ། 十万兵把统领者，
དཔའ་རྒྱལ་གནམ་ལྷུགས་ཐོག་རྒོད་ཡོད། ། 自有南嘉托贵将，
དེ་ལན་སྙིང་བསྡོས་མ་བཅར་ན། ། 此番不将敌命取，
རྒྱང་གྲགས་ཆེ་ཡང་ཡི་རེ་སྨུག། 威名虽远徒伤怀。

༣ དཔྱིད་རིང་དཔྱིད་དེ་དཔྱིད་ཟླ་གསུམ། ། 春日长来春三月，
དཔྱིད་ཟླ་གསུམ་གྱི་མགོ་མོ་ལ། ། 三春开头时日里，
ཁུ་བྱུག་ང་དང་ནམ་ཟླ་གཉིས། ། 杜鹃鸟与三春季，
གཟུར་རྒྱུ་མེད་པ་སྔོན་ལས་རེད། ། 无可回避是前缘，
དུས་ཚོས་ཆར་དང་བསྡེབས་ནས་འགྲོ ། 并与细雨相始终。
དབྱར་རིང་དབྱར་དེ་དབྱར་ཟླ་གསུམ། ། 夏日长来夏三月，

དབྱར་ཟླ་གསུམ་གྱི་མགོ་མོ་དེ། ། 三夏开头时日里，
གཡུ་འབྲུག་ང་དང་བྲག་དཀར་གཉིས། ། 青龙雷与白岩山，
གཟུར་རྒྱུ་མེད་པ་སྔོན་ལས་རེད། ། 无可回避是前缘，
དེ་རིང་རི་མཐོ་ཐང་དུ་འབེབས། ། 今从山巅落地上。
སྟོན་རིང་སྟོན་དེ་སྟོན་ཟླ་གསུམ། ། 秋日长来秋三月，
སྟོན་ཟླ་གསུམ་གྱི་མགོ་མོ་ལ། ། 三秋开头时日里，
སེར་རྔོད་ང་དང་འབྲུ་དྲུག་གཉིས། ། 冰霜雹与五谷穗，
གཟུར་རྒྱུ་མེད་པ་སྔོན་ལས་རེད། ། 无可回避是前缘，
དེ་རིང་འབྲུ་དྲུག་ཐང་ལ་བསྒྲིལ། ། 今将五谷摧地间。
དགུན་རིང་དགུན་དེ་དགུན་ཟླ་གསུམ། ། 冬日长来冬三月，
དགུན་ཟླ་གསུམ་གྱི་མགོ་མོ་ལ། ། 三冬开头时日里，
བྱང་རླུང་ང་དང་བུ་ཡུག་གཉིས། ། 北风伴着雪花飘，
གཟུར་རྒྱུ་མེད་པ་སྔོན་ལས་རེད། ། 无可回避是前缘，
དེ་རིང་བུ་ཡུག་སྒང་ནས་གཏོར། ། 今将雪花洒山岗。

༤ བོད་ལ་དགོས་པ་རྣམ་གསུམ་ཡོད། ། 藏地所需三件事，
དང་པོའི་སྲུང་མདའ་མ་ལུས་ན། ། 起先未忘护身箭，
ཡང་འགྲན་དགྲ་དེ་མ་ཤོར་དགོས། ། 莫使敌人去逃脱，
སྣང་བ་སྟོང་ལ་ཡེངས་པས་ན། ། 心神空闲游离时，
སེམས་ཉིད་རྟོགས་པ་མ་ཤོར་དགོས། ། 心底智慧不可失，
གཏམ་མཚར་འཕྲུལ་བ་འཆད་ན་ཡང་། ། 虽则口说惊奇语，
རང་དོན་བྱ་བ་མ་ཤོར་དགོས། ། 做事还需保完全。

༥ བོད་ལ་ཁག་པ་རྣམ་གསུམ་ཡོད། ། 藏地困难三样事，
བྱ་རྒོད་བར་སྣང་བཟུང་བ་ལ། ། 雄鹰翱翔天空时，
བྱ་སྒྲོ་སྐྱི་བསེར་རླུང་གིས་གཏོར། ། 狂风吹来鹰羽散，
བྱ་ལམ་བཟུང་བ་ཁག་པོ་ཡོད། ། 占据鸟途属困难。

རྒྱ་སྟག་ནགས་མ་བཟུང་བ་ལ། །　猛虎占据密林时，
འཛུམ་དྲུག་ཤག་ཕྲན་མདའ་ལ་ཤོར། །　性命失于利箭手，
ཅན་དན་བཟུང་བ་ཁག་པོ་ཡོད། །　占据密林属困难。
ཉོ་དཀར་གསེར་ལྷན་བཟུང་བ་ལ། །　白肚鱼儿占水中，
ལྡེམ་འོད་འཕྱོ་བ་ལྕགས་ཀྱུས་བཟུང་། །　畅游之时被钩钓，
རྒྱ་མཚོ་འཛིན་པ་ཁག་པོ་ཡོད། །　占据大海属困难。

མགར་དབང་ཕྱུག་རྒྱལ་མཚན།　嘎尔•旺秋坚赞

༡ བྲག་དཀར་རྫོང་སྟེང་གི་ཐང་དཀར་རྒོད། །　白岩之上立雄鹰，
སྟོང་བར་སྣང་འཕྲིམས་པ་རང་གི་དོན། །　翱翔天际鹰自性，
གཤོག་དྲུག་དར་ནག་ལེབ་ཆེན་འདི། །　展翼乌黑宽又大，
འཕུར་ངེས་པའི་བར་སྣང་མ་བཅད་ན། །　如若不能破苍穹，
འདབ་གཤོག་རྒྱས་པས་ཅི་ལ་ཕན། །　双翼巨大有何用？
དམའ་རྒྱ་མཚོ་མཐིལ་གྱི་ངང་བ་བྱ། །　大海之上飞天鹅，
བྱ་གནམ་མཚོ་འཕྲིམ་པ་རང་གི་དོན། །　飞向天湖鹅自性，
གཉིང་ཆུ་མཐའ་འཁྱུར་བའི་ལྡིང་རྒྱལ་དེ། །　在那水边几盘旋，
མགོ་ངེས་པའི་ལྟོ་བཅུད་མ་ལོན་ན། །　如若不获腹中食，
སེར་རིལ་ལེ་ལྡིང་བས་ཅི་ལ་ཕན། །　空中盘旋有何用？
ཤྭ་ཕོ་ཆེན་དུང་གི་ར་ཕྲུར་ཅན། །　雄鹿头上银犄角，
སྤང་རྩྭ་རྩེ་ཟ་བ་རང་གི་དོན། །　觅食草地自家事，
མགོ་ར་ཚེར་ལྟད་མོ་མ་ཆེ་ན། །　犄角如若不美艳，
ར་ཡལ་ག་རྒྱས་པས་ཅི་ལ་ཕན། །　枝杈盛开有何用？
སྤྱང་ཨ་ཐང་དུང་གི་དང་ཁ་ཅན། །　饿狼胃口几巨大，
བྱང་ལུང་རྒྱ་འཕྲིམ་པ་རང་གི་དོན། །　奔走北方苍狼性，
རྩལ་ཆེན་རླུང་གི་ལྡེམ་འཕྲུལ་དེས། །　奔驰迅疾如疾风，
མགོ་ངེས་པའི་ལུག་ཁྱུ་མ་དཀྲུག་ན། །　如若不将羊群搅，

རྒྱུགས་བང་ཁ་ཡོད་པས་ཅི་ལ་ཕན། ། 奔驰力健有何用？
བོད་དབུས་གཙང་སྟོང་སྡེའི་རྟ་དམག་དེ། ། 卫藏千户马骑军，
བྱང་གྲུ་གུ་འགྲིམ་པ་རང་གི་དོན། ། 征伐朱古藏家事，
ཕོ་སྙིང་རྩལ་ཅན་གྱི་རྣོ་ཆོད་དེ། ། 男儿虎胆锋利刀，
མགོ་རེངས་པའི་དགྲ་ལ་མ་གཡུག་ན། ། 如若不能挥向敌，
འཁོར་གསུམ་བཏགས་པས་ཅི་རང་ཕན། ། 身携兵器有何用？

༢ ཆུ་ལ་ཡར་འབབ་མི་དར་ཏེ། ། 江河本是不上流，
དབུ་ཆུ་སྔོན་མོ་ཡར་ལ་འབབ། ། 碧绿卫曲向上流。
གྲོས་ལ་ཕྱིར་ལོག་མི་དར་ཏེ། ། 事体议定不反悔，
མ་འགྲིག་གྲོས་དེ་ཕྱིར་ལོག་འདྲ། ། 如若未定似反悔。
ཀོ་ལོག་ཞུག་ལོག་མི་དར་ཏེ། ། 颠倒事情本不兴，
མ་ངན་བུ་མོ་ཁྱིམ་ལ་སླེབས། ། 贱女出嫁返娘家。

༣ བན་སེར་པོའི་ལུས་དེ་ཆོས་གོས་རིས། ། 僧人身为法衣色，
ཆོས་མཁས་པས་སྒྲོ་འདོགས་མ་ཆོད་ན། ། 不识智者增益法，
ལུས་ཆོས་ཚུལ་མཁས་པས་ཅི་རང་ཕན། ། 徒有其表有何用？
སྟག་ཤར་པའི་ལུས་དེ་ཁྲབ་དཀར་རིས། ། 男儿身为甲胄色，
སྡང་དགྲ་བོའི་སྲོག་སྙིང་མ་ལོན་ན། ། 如若不能取敌命，
སྐེད་འཁོར་གསུམ་བསྐོར་བས་ཅི་རང་ཕན། ། 身携三器有何用？
མ་སྲུ་མོའི་ལུས་དེ་དར་གོས་རིས། ། 女子身为绫罗色，
སྨན་བཟང་པོ་གནས་ར་མ་ཟིན་ན། ། 好女不能持家户，
རྒྱན་གཡུ་བྱུར་བཏགས་ཀྱང་ཅི་ལ་ཕན། ། 多饰珍宝有何用？

༤ བན་ཆོས་པའི་སྡོམ་པ་གཙང་ལུགས་དེ། ། 僧人戒律怎严明，
ལུས་ཆགས་སྣང་བཟོད་པ་སྒོམ་ལུགས་ཡིན། ། 要看流连凡尘否。
བུ་དཔའ་བོའི་སྙིང་སྟོབས་ཆེ་ཆུང་དེ། ། 英雄胆色有几何，

སེམས་གངས་དཀར་བསམ་བློ་གཏོང་ལུགས་ཡིན། །　　要看心中何所思。
རྟ་འདོ་བའི་གོམ་པ་མགྱོགས་དལ་དེ། །　　骏马奔驰疾或缓，
རང་གསོ་ཆས་རྒྱུག་རྩལ་སྐྱུང་ལུགས་ཡིན། །　　要看草料充足否。
མདའ་ཞག་ཕྲན་གཟེ་གཏད་ཆེ་ཆུང་དེ། །　　利箭是否中目标，
གཞུ་མཆོག་དཀར་ར་ཤིང་སྲ་སྙི་ཡིན། །　　要看弓材优或劣。
སྨན་བུ་མོ་ཁོག་ཤེས་ཆེ་ཆུང་དེ། །　　女子胸襟大或小，
རྒྱབ་ཕ་མས་ཁ་ཏ་ཡག་བཙོག་ཡིན། །　　要看父母怎教诲。

༥ བུམ་པ་གུར་གུམ་རྨ་བྱ་གསུམ། །　　宝瓶红花与孔雀，
བླ་མས་འཚོགས་པའི་ནོར་གསུམ་རེད། །　　上师必备三样物，
ཆོས་ལ་ཕྱིན་ཉིན་མེད་ཐབས་མེད། །　　出门修法不可缺。
རྟ་དང་ངར་ཆེན་བཙན་རྫོང་གསུམ། །　　宝马利刃与坚城，
དཔའ་བོས་འཚོགས་པའི་ནོར་གསུམ་ཡིན། །　　战时必备三样物，
ཇག་ལ་ཕྱིན་ཉིན་མེད་ཐབས་མེད། །　　对战盗匪不可缺。
གསེར་ལྷུན་གཡུ་དང་དར་གོས་གསུམ། །　　黄金松石和绸衣，
བུ་མོས་འཚོགས་པའི་ནོར་གསུམ་ཡིན། །　　女子必备三样物，
གནས་ལ་འགྲོ་ཉིན་མེད་ཐབས་མེད། །　　出嫁之时不可无。
བློན་པོ་བུ་རྟ་ཐུ་འདྲེན་གསུམ། །　　大臣人马和先锋，
རྒྱལ་པོས་འཚོགས་པའི་ནོར་གསུམ་ཡིན། །　　君王所需三样物，
དགོས་གལ་ཆེ་དུས་མེད་ཐབས་མེད། །　　大事当前不可无。

༨ མི་ཤོ་ཅི་ཤི་ཐྲུས་ལ་ཤི། །　　男儿当死死于战，
མི་ཤོ་ཐྲུས་ཤི་མ་ནུས་ན། །　　人若并非死于战，
ཝ་ཚང་སྒོ་འགྲིམས་ཅི་མི་འདྲ། །　　窥探狐穴何相似。
རྟ་ཤོ་ཅི་ཤི་རྒྱུག་ལ་ཤི། །　　马死当死奔跑故，
རྟ་ཤོ་རྒྱུག་ཤི་མ་ནུས་ན། །　　马若不可奔至死，
ལ་ཁའི་ཤ་རྐྱང་ཅི་མི་འདྲ། །　　山边野驴何相似。

བཟང་ལ་ངོ་བསྟོད་དཔའ་བོར་བསྟོད། །
དཔའ་བོའི་དགྲ་ལྷ་མ་བསྟོད་ན། །
མ་ཐུབ་དགྲ་བོ་སུ་ཡིས་འདུལ། །
ངན་པ་ཚར་བཅད་ལུས་ལ་བཅད། །
ལྐུ་བཞི་ཁྲིམས་ལ་མ་གཏུགས་ན། །
རྒྱལ་པོའི་བཀའ་ཁྲིམས་རྩིས་མེད་རེད། །

要说赞誉赞英雄，
不赞英雄战神将，
难破之敌由谁灭？
终结恶人取其命，
恶人若不使伏法，
君王之命不复行。

སྤྱི་དཔོན་རོང་ཚ་ཁྲ་རྒན། 吉本·绒擦查根

༡ དགྲ་ཤ་ལ་དང་ལུང་ལ་ཡོད། །
ཁ་ལྕེ་བུད་མེད་འདུས་རར་ཡོད། །
ཚོང་ཟོག་མདོ་དང་ཐེས་རར་དར། །

血仇当在狭路口，
口舌妇女所聚处，
货物当在集市里。

༢ སྟག་ཤར་ཇག་འགྲོ་རྙིང་མ་ངོམ། །
དཔའ་དར་མེད་ན་དཔོན་པོའི་མཚང་། །
ན་ཆུང་གནས་འགྲོ་རྫོང་གཞིས་བཟུང་། །
རྫོང་བ་མེད་ན་ཉེ་བའི་མཚང་། །
འདོ་རིགས་འགྲོས་ལྡན་སྐྱ་ལམ་བཟུང་། །
སྒ་ཆས་མེད་ན་བདག་པོའི་མཚང་། །

男子行匪显威势，
若不授带首领过。
女子出嫁居寨堡，
若无陪嫁娘家失。
善驰骏马跑长路，
若无鞍鞯怪主人。

༣ གསོད་མ་ཐུབ་ཤ་པ་ལག་དམར་དེ། །
སྐྱབས་ཐེངས་གསུམ་ཞུས་ན་བུ་བས་བྱམས། །
གོང་མ་འདུལ་རྟ་རྒོད་ཀྱོང་པོ་དེ། །
ལྷོད་འཁོར་སེ་བྱུང་ན་ཆག་གིས་གསོ། །
གནས་མ་བབས་ཆུང་མ་མགོ་ཡན་དེ། །
སེམས་ཚུར་འཁོར་བྱུང་ན་འཇམ་གྱིས་སྐྱོང་། །

屠夫凶手难击杀，
求护三回待若子。
难驯烈性之骏马，
等到安闲精心育。
出嫁女子心气高，
心意回转要慈爱。

༤ ནགས་རྒྱ་ལྗོང་གཡུ་ལོའི་དགའ་ཚལ་ནས། །　　松石绿叶密林中，
བྱ་བྲེ་བ་སྔོན་མོའི་གཙུག་སྒྲོ་དེ། །　　青鸟头顶一束毛，
མདངས་མཛེས་ལེ་རྨ་བྱའི་སྒྲོ་དང་འདྲ། །　　靓美好似孔雀翎，
དེ་བུམ་པའི་ཁ་རྒྱན་མ་དར་ཟེག།　　但却不能饰宝瓶，
མ་བསྐོས་མ་དར་འདྲ་འདྲ་རེད། །　　只因命中未注定。
རོང་ནགས་མའི་ཚལ་གྱི་ཀླུང་ཤོད་ནས། །　　绒地深林沟谷间，
གཅན་གཟན་ཨོག་ཁྲའི་པགས་པ་དེ། །　　走兽猫熊之兽皮，
འཛུམ་དྲུག་སྟག་གི་རིས་དང་འདྲ། །　　斑斓好似猛虎纹，
དེ་འབུམ་པའི་ཁྲབ་ཤམ་མ་དར་ཟེག།　　但却不能饰甲胄，
མ་བསྐོས་མ་དར་འདྲ་འདྲ་རེད། །　　只因命中无此运。
ཡུལ་སོ་ཁྲི་གསེར་ལྷན་དལ་འགྲམ་ནས། །　　在那缓流河水边，
མདོག་སྔོན་པོའི་གཙང་ཆེན་རྗེའུ་དེ། །　　绿色河边小石子，
ཕྱི་སྔོ་ལུགས་གཡུ་ཡི་མདོག་དང་འདྲ། །　　外部绿色似松石，
སྨན་བུ་མོའི་རྒྱན་དུ་མ་དར་ཟེག།　　但却不能做首饰，
དེ་མ་བསྐོས་མ་དར་འདྲ་འདྲ་རེད། །　　只因命中无此运。
བྱང་བྱེ་རོང་གཉིས་ཀྱི་ས་མཚམས་ནས། །　　北方齐绒二地界，
གཏམ་སྙན་མོ་གྲུ་གྲུའི་ཞུ་བ་དེ། །　　朱古所说俱美言，
ཕོ་མཁས་པའི་གཏམ་གྱི་སྙོ་དང་འདྲ། །　　好似智者所说言，
དེ་ཡིན་ཡང་འདུན་མ་མ་དར་ཟེག།　　但却不能相结好，
དེ་མ་བཀོས་མ་དར་འདྲ་འདྲ་རེད། །　　只因命中无此运。

༥ དལ་འབྱོར་ལུས་རྟེན་ཐོབ་ན་ཡང་། །　　虽已得获暇满身，
བདེ་འགྲོ་བགྲོད་ལ་སླ་མོ་མེད། །　　通往安乐非易事，
དགེ་སྡིག་བླང་དོར་ཚུལ་བཞིན་དགོས། །　　善恶取舍当如法。
དམ་པའི་ལྷ་ཆོས་བསྟེན་ན་ཡང་། །　　虽然修习圣教法，
ཐར་ལམ་བགྲོད་ལ་སླ་མོ་མེད། །　　修得圆满非易事，
བསླབ་གསུམ་རྣམ་པར་དག་པ་དགོས། །　　心中还需存虔敬。

ཞི་བ་མྱང་འདས་ཐོབ་ན་ཡང་། །
ཛོགས་བྱང་འགྲུབ་ལ་སླ་མོ་མེད། །
ཐེག་པ་ཆེན་པོའི་བསམ་སྦྱོར་དགོས། །

虽是已然得涅槃，
佐钦之法非易事，
还需修习大乘法。

བྱང་རི་ཤི་ཀུན་པོ།

羌•日西根波

བྲག་གས་ན་སྐམ་པས་འཚུད་ལེ་མིན། །
བྱ་ཤི་ན་གཤོག་པས་འཛྲོངས་ལེ་མིན། །
སྲོག་འདྲེ་ལ་བཅོལ་ཡང་ཆོག །
བློ་བདུད་ལ་དྲིས་ནའང་བསླབ། །

岩裂岂能用钳合，
鸟亡其翼不能展。
性命可托魔鬼手，
计策妖魔也可教。

བཙན་བདུད་སྲིན་མོ་ཁྲག་འཐུང་།

赞堆•森摩叉彤

༡ ལྟས་ངན་ཁྭ་ཏ་ནག་རིལ་དེས། །
དྲི་ལ་སྣོམ་ཞིང་སྐད་ངན་འདོན། །
མ་ངན་གོ་མེད་བྲན་མོ་དེས། །
སྒོ་ལ་བུད་ན་འཕོན་ལ་བསྡོ། །
རྟ་ངན་ལང་ཤོར་རྒྱང་པོ་དེས། །
ལམ་ལ་འགྲོ་ན་སྒྲོ་ལ་འཛྲོགས། །

黑色乌鸦引恶兆，
闻味并且发恶声。
恶母无识似婢女，
出门便与他人斗。
枣骝恶马顽劣性，
行至路上便受惊。

༢ དཔུང་མེད་རུ་བསྒྲིག་ཆག་སྐྱོས་དེད། །
སྐྱེ་མེད་ཟིལ་པོ་སྣང་བས་རྒྱངས། །
མི་འཇོན་གཏམ་འདོད་རང་མཚང་བུད། །

少人列队招灾祸，
丑女自傲无人理，
无能狂言是贱人。

བྱ་རོད།

恰贵

ཟས་ཟ་རན་ཙམ་དེར་མ་ངུ། །

还未进食莫哭嚎，

ལས་ཐོན་རན་ཙམ་དེར་མ་འགྱོད། །

还未发生莫后悔。

ཁྲོ་ཐུང་སྤྲུལ་པའི་བྱིས་པ།

超同化身为孩童

ཕུ་ལུང་བའི་གཙང་ཆབ་སྔོན་མོ་དེ། །
སེམས་ཐག་གངས་དཀར་ལོགས་ནས་ཆོད། །
བློ་གཏད་ས་མཐའ་ཡས་རྒྱ་མཚོ་ཡིན། །
མཚོ་ཁྱེད་ལ་འཁོར་ཁྱིམ་མ་བཟུང་ན། །
སྔོ་ཤར་རེ་ཕྱིར་ལོག་འབབ་ཐབས་མེད། །
བར་རི་སྐྱིད་ཤ་ཕོ་ཁེར་འགྲོས་དེ། །
སེམས་ཐག་སྤང་དཀར་ལོགས་ནས་ཆོད། །
བློ་གཏད་ས་ན་མར་ལོགས་ན་ཡིན། །
ནགས་ཁྱོད་ལ་བཙན་རྫོང་མ་ཟིན་ན། །
ཁྲ་ཟོམ་མེར་ཕྱིར་ལོག་འགྲོ་ཐབས་མེད། །
མདའ་ཡུལ་སྡུག་གནས་འཁྱར་བུ་མོ་དེས། །
སེམས་ཕུགས་ཐག་བཟའ་ཚང་ནང་ནས་ཆོད། །
བློ་གཏད་ས་རང་ཁྱིམ་སྣོ་ལ་ཡིན། །
དྲིན་ཕ་མའི་རྩ་ལ་མ་བྱུང་ན། །
འཛུམ་དམུལ་ལེ་ཕྱིར་ལོག་འགྲོ་ཐབས་མེད། །
བོན་སྟོན་པའི་རྟོགས་ལྡན་ཁེར་འཁྱར་ང་། །
སེམས་ཁོ་ཐག་ཕྲ་མོ་དགོན་ནས་ཆོད། །
བློ་གཏད་ས་བཙན་པོ་རྗེ་ལ་གཏད། །
དཔོན་ཁྱེད་འདྲའི་ཆབ་ཕྱིར་མ་ཁྲིད་ན། །
སེམས་སྡུག་ནས་ཞང་ཞུང་ལོག་ཐབས་མེད། །

高处所流江河水，
雪山之处心意决，
心之所向是大海，
如若心不向大海，
潺潺流水流何处。
山腰独行大雄鹿，
草山之上心意决，
心之所向是山下，
如若不占密林区，
怎能安闲往回返。
谷口游荡之女子，
夫家之中心意决，
心之所向自己家，
如若没有父母亲，
如何能够笑面返。
吾乃得道独行客，
庙宇之中心意决，
心之所向是君王，
君王若是不相携，
心伤怎能归象雄。

རྒན་མོ།

老妇人

༡ ཞུ་བ་རྒྱལ་པོ་བུ་ལ་སྲིད། །
ཞུ་རྟེན་མེད་ན་ཐུགས་དང་འགལ། །

王子亦需求人，
若无进礼难行。

༢ བདེན་ཟེར་བའི་ཁ་ལ་མ་ཉན་ན། །
རུས་སྦལ་ཁ་ཡི་ཤིང་ཐོར་འདྲ། །

不听他人劝，
乌龟掉地上。

སྲིད་པའི་སྲན་མོ་སྤུན་གསུམ།

初世三姐妹

གཙོ་བོ་བཙན་པོ་གཉོམ་ཆུང་གསུམ། །
རྒྱུ་འབྲས་དབང་གི་བསྐོས་ཐང་ཡིན། །
བླ་མ་སློབ་མ་ཡོན་བདག་གསུམ། །
འཇིག་རྟེན་ཆོས་ཀྱི་གཞི་མ་ཡིན། །
ཕ་དང་ཁུ་བོ་ཚ་བོ་གསུམ། །
ཕུ་ནུ་ནང་གི་གཙོ་བོ་ཡིན། །
ཨ་མ་བུ་མོ་མནའ་མ་གསུམ། །
འཁོར་བ་བཅའ་བའི་སྡོང་པོ་ཡིན། །
ཕོ་གསར་མོ་གསར་རྟ་གསར་གསུམ། །
མི་ཐུབ་འཁྲུག་པའི་གཞི་མ་ཡིན། །
ཚོང་དང་རྩེད་མོ་རྒྱལ་ཁ་གསུམ། །
དེ་གསུམ་ཁེ་ཕམ་ཆོས་ཉིད་ཡིན། །

强势害人和弱小，
乃是因果早注定。
上师弟子和施主，
世间教法之根基。
父亲叔伯与子侄，
兄弟之中乃居首。
母亲女儿和儿媳，
乃是轮回所依归。
新妇新夫和新马，
乃是动乱纠纷因。
商贸赌博和胜利，
自有输赢是正理。

འུག་རྒན།

猫头鹰

ལྟ་ཞིང་ལྟ་ཡག་མ་བྱས་ན། །

若不再三瞧分明，

དུ་བ་རླངས་པ་ནོར་དོགས་ཡོད། །

烟火水汽可混淆。

ཡ་མེད་ཐིག་པ་ར་རྒོད།

雅美•迪巴热贵

སྤྱང་ཐང་སྐང་ཁར་འཁྱིམ་ལམ་ནས། །
མ་འགྲོ་ཨེ་གོ་ཚེ་ཚེ་ར། །
གསད་རྒྱུ་གཡང་དཀར་ལུ་གུ་ཡིན། །
རྒྱ་སྟག་སྐང་ཁར་འཁྱིམ་ལམ་ན། །
མ་འགྲོ་ཨེ་གོ་ག་ཡུ་སྣ། །
གསད་རྒྱུ་ཐོ་དུ་ཁ་སྔོན་ཡིན། །
རྒྱ་ཁྲ་སྐང་ཁར་འཁྱིམ་ལམ་ན། །
མ་འགྲོ་ཨེ་གོ་བྱི་བ་བྲ། །
གསད་རྒྱུ་ནག་རོག་བྱི་བ་ཡིན། །
དཔུང་རྒོད་གཡུལ་རྒྱལ་འཁྲུག་ས་ན། །
མ་འགྲོ་ཨེ་གོ་དཔུང་མེད་དམག །
གསད་རྒྱུ་སྐུ་རྒྱལ་བོད་དམག་ཡིན། །

饿狼行走山岗时，
莫要近前山羊群，
狼要吃那绵羊群。
猛虎行至山岗时，
莫要近前圈鼻牛，
虎要抓那青唇驹，
鹞鹰飞至山岗时，
莫要近前小草鼠，
鹞要叼那林黑鼠。
在那兵马厮杀地，
无阵弱兵莫近前，
我要杀那藏地兵。

མཁར་ལྷ་སྟག་རྒོད།

喀尔拉达贵

གོ་ཁའི་བུ་མོ་སྐྱིད་འདོད་ཆེ། །
གནས་ཚོད་མ་ཟིན་འཁྱམ་ན་འགྱོད། །
རྟ་རྒོད་ངར་མ་འཇོགས་སླིང་ཆེ། །
རྒྱུག་ཚོད་མ་ཟིན་འགྱེལ་ན་འགྱོད། །
ཁྱི་ཀན་རྒྱ་བོ་འཇུ་སླིང་ཆེ། །
བཙར་ཚོད་མ་ཟིན་བརྡུངས་ན་འགྱོད། །
དགྲ་འདུལ་དམག་དཔུང་དར་འཕྱུ་ཅན། །
དཔའ་ཚོད་མ་ཟིན་ཕམ་ན་འགྱོད། །

灶边少女喜又乐，
出嫁不当终后悔。
烈性野马易受惊，
奔跑倒地终后悔。
黑黄老狗不安分，
趋近挨打终后悔。
灭敌大军插盔旗，
恃勇遭败终后悔。

ཀླུང་ཤོད་པ་སྐར་མ་རབ་བརྟན།

སྐྱིད་ན་སེམས་འཕང་རང་གིས་བསྟོད། །
ལྟོགས་ན་མི་ལ་ཁ་ཟས་སློང་། །
འཁྱགས་ན་སློག་རལ་སྐུད་པས་ཚེམས། །

隆秀巴嘎尔玛饶旦

喜时心中自赞颂，
饥时向人乞饭食，
冷时破袄用线缝。

ཤན་པ་མེ་རུ་རྩེ།

༡ ཤར་གྱི་གངས་དཀར་ཏི་སེ་དེ། །
རིག་ན་བསམ་པས་འཆུམ་ས་མེད། །
ནུབ་ཀྱི་ཁྲི་ཤོག་མཚོ་མོ་དེ། །
སྦལ་ངན་ལྕོང་མོ་འཁོར་ས་མེད། །
ལྷོ་ཡི་རོང་ལྷ་རྒྱལ་མཚན་དེ། །
བསྟོད་ན་བསངས་མཁར་འཛུགས་ས་མེད། །
ཧོར་གྱི་འབུམ་དམག་ཕྲ་མོ་འདི། །
ཚོ་ཆུང་དཔུང་གིས་འགྲན་ས་མེད། །

༢ གདུགས་དང་རྒྱལ་མཚན་བ་དན་གསུམ། །
ཕྱུར་རེས་ཕབ་རེས་གཉིས་ཀ་ཡོད། །
ཨ་མ་བུ་མོ་མནའ་མ་གསུམ། །
འགྲོ་རེས་འདུག་རེས་གཉིས་ཀ་ཡོད། །
མདའ་དང་རྒོ་བ་ཤ་ཁྱི་གསུམ། །
སོད་རེས་ཤོར་རེས་གཉིས་ཀ་ཡོད། །
དགྲ་དང་དཔུང་རྒོད་འདུན་མ་གསུམ། །
ཁེ་རེས་ཕམ་རེས་གཉིས་ཀ་ཡོད། །

辛巴梅如泽

东方雪山冈底斯，
眼中哪里可尽收。
西方圣湖赤雪措，
蟾蜍蝌蚪无法留。
南方绒拉坚赞山，
祈神无处建桑台。
霍尔十万大军团，
小部兵马怎能敌。

飞幡宝伞胜利幢，
挥动有时收有时。
母亲女儿和儿媳，
相处有时别有时。
利箭黄羊和猎狗，
擒获有时逃有时。
敌人友伴和军队，
胜利有时败有时。

༣ ཡར་བཅད་ཚིག་ལ་དཔེ་ཞིག་དགོས། །	上禀话语用比喻，
དཔེ་མེད་ན་གཏམ་ལ་གོང་བ་མེད། །	无喻好似无领衣。
མར་བཅད་གཏམ་ལ་མདོ་ཞིག་དགོས། །	下达话语需核心，
མདོ་མེད་ན་གཏམ་ལ་མཐའ་ཁ་མེད། །	无核话语无边际。
༤ ཁྲིམས་ཅན་དཔོན་པོས་ཕྱོག་ཟ་ཆེ། །	执法官长贪私财，
མཐའ་མ་རང་སྣ་རང་གིས་ཕབ། །	最终所毁乃自身。
དུས་ངན་གཙོ་བོ་གཡོ་སྒྱུ་ཆེ། །	乱世官吏多狡诈，
མཐའ་མ་ཁྲོད་གཏེ་རང་ལ་ཐུག །	最终官司缠自身。
སྨྱོད་ངན་མནའ་མ་ངན་སེམས་ཆེ། །	恶媳心计何歹毒，
མཐའ་མ་རང་ཉིད་གནས་མགོ་འཁྱར། །	最终便得流落运。
༥ གངས་དཀར་ཡག་གཤོང་རྩེ་དགུག་ཉིན་མོ། །	说那雪山探险时，
སེང་དཀར་མོ་ཐུག་ན་ཡ་མེད་ཟེར། །	途遇银狮不能敌，
མཚོན་རྟོ་མཉེན་གཡུགས་ནས་གཡུ་རལ་བླངས། །	挥动利刃斩银鬃。
རི་ནགས་མའི་འཛིང་ཁྲུག་གཤོག་ཉིན་མོ། །	说那密林打猎时，
སྟག་དམར་ཡག་ཐུག་ན་ཡ་མེད་ཟེར། །	途遇猛虎不能敌，
མདའ་ཉག་ཕྲན་བརྫངས་ནས་འཇོམ་དྲུག་བླངས། །	射出利箭伏猛虎。
རྫ་ཁྲ་ཡག་སྐང་བཞི་འཁྲིམ་ཉིན་མོ། །	说那乱石山岗上，
འབྲོང་བྲེ་སེར་ཐུག་ན་ཡ་མེད་ཟེར། །	途遇野牛不能敌，
རྩལ་ཆེན་པོ་ཞགས་པས་སྐེ་ནས་ཁྲིད། །	力士绳索套野牛。
རྫོང་ཁྲ་བོའི་གྲུང་མཁར་གཏོར་ཉིན་མོ། །	说是破城宫堡时，
མིང་རྒྱུང་གྲགས་ཐུག་ན་ཡ་མེད་ཟེར། །	途遇骁将不能敌，
མདུང་སྒྲུ་རིང་བཏབ་ནས་མགོ་ལག་བླངས། །	直刺长矛斩敌首。
༦ སྐྱེས་ཕོ་རབ་དེ་མ་ཐག་ནས་དྲན། །	上等男儿计谋有顿悟，
ཕོ་འབྲིང་རི་ཐང་མཚམས་ནས་དྲན། །	中等男儿计谋也不晚，

ཕོ་ཐ་མས་ཅི་ཐོན་ཚར་ནས་དྲན། །

下等男儿计谋在事后。

༦ ཁྲུང་ཆེན་རི་རབ་རྩེ་ནས་ལྡིང་། །
ཚེར་གསེང་འཁྱིམ་ན་དེ་ཕོ་ཡིན། །
རྒྱ་སྟག་ནགས་ཀྱི་གསེབ་ནས་ངར། །
གྲོང་མཐའ་འཁྱུལ་ན་ཁྱི་རྒན་ཡིན། །
ཆུ་སྲིན་རྒྱ་མཚོའི་དཀྱིལ་ན་ཛམ། །
ཀ་མོག་ལྡིང་ན་སྦལ་བ་རེད། །
དཔོན་ཆེན་རྫོང་མཁར་དཀྱིལ་ན་ཆེ། །
སྲང་མདོར་འཁྱིམ་ན་སྤྲང་པོ་རེད། །

琼鸟翱翔在峰尖，
跳跃刺丛是公鸡。
猛虎怒啸在林间，
游走村户是老狗。
巨鳌扬威在海中，
游弋水池是青蛙。
君王稳坐城堡中，
行走街巷是乞儿。

བྱ་ཁྲག་དུང་སེང་དཀར་ལུ།

恰扎童森嘎尔鲁

བོད་ལ་དགའ་བ་རྣམ་བཞི་ཡོད། །
མི་འཁྲུན་དཔོན་པོའི་ཟས་ཟ་བས། །
རྒྱལ་ཁམས་བསྐོར་བའི་བྱ་བྲལ་དགའ། །
མི་ཕྲུབ་གནས་ལ་འགྲོ་བ་ལས། །
ཨ་མའི་དྲུང་དུ་བསྡད་པ་དགའ། །
མི་ཁོག་བཀག་མ་སྡོད་པ་ལས། །
འཁང་ར་ལུས་པའི་བུད་མེད་དགའ། །
མི་ཕྲུབ་དཔུང་བ་ཇོམ་པ་བས། །
ཁག་མེད་ཁ་རོག་སྡོད་པ་དགའ། །

蕃巴所乐四样事，
欲得吝啬君王食，
不如游历出世法。
出嫁去往坏夫家，
不如安坐母亲旁。
难劝仍要去阻拦，
不如安坐似妇人。
遇到强敌逞威风，
不如安坐莫生事。

དགྲ་ལྷ་རྩེ་རྒྱལ།

扎拉泽嘉

༧ རི་ནགས་མའི་རྒྱུན་ལ་ཁུ་བྱུག་མཛེས། །
ཤིང་རྒྱ་ལྕང་སྔོ་དུས་མོན་ཡུལ་དྲན། །

林山丛中杜鹃美，
杨柳绿时思门域，

སྐད་དྲུག་འགྱུར་གྲགས་ཉིན་སྣང་བ་སྐྱོ། །	妙音鸣时心忧戚。
བྲག་དཀར་རྫོང་རྒྱན་ལ་ཐང་དཀར་མཛེས། །	白岩山上雄鹰美，
མཐོ་བྱ་ལམ་བཟུང་ཉིན་བྲག་སྟོད་དྲན། །	占据鸟途思上岩，
ལུས་ཡང་རྩལ་རྫོགས་ཉིན་སྣང་བ་སྐྱོ། །	技艺绝时心忧戚。
བྱང་གསེར་མཚོའི་རྒྱན་ལ་ངང་བ་མཛེས། །	北方湖面天鹅美，
དཔྱིད་གཡུ་འབྲུག་གྲག་ནས་གནམ་མཚོ་དྲན། །	青龙春鸣思天湖，
གངས་བུ་ཡུག་འཚུབ་ཉིན་སྣང་བ་སྐྱོ། །	风雪飘时心忧戚。
དཔུང་ཁྲ་མོའི་རྒྱན་ལ་དཔའ་བོ་མཛེས། །	行伍之中英雄美，
ས་རང་ཡུལ་འདྲ་ན་ཕ་ཡུལ་དྲན། །	地似家乡思故乡，
ད་ལྟོས་དང་ཟེར་དུས་སྣང་བ་སྐྱོ། །	见得此景心忧戚。

༢ ཁྱུང་མཁའ་ལྡིང་གཤོག་འཛིང་རྒྱག་ས་ལ། །	琼鸟挥翅相争地，
བྱ་འོལ་བའི་སྐར་སྐད་ཅི་ལ་རེད། །	鹞子颤声为哪般？
སྟག་དམར་གཡག་སྡེར་འཛིང་བརྒྱག་ས་ལ། །	猛虎挥爪相斗处，
ཁྱི་བདའ་ལུའི་ངར་ཟུག་ཅི་ལ་རེད། །	小狗狂吠为哪般？
རྐྱང་གྭ་མས་བང་ཁ་འགྲན་ས་ལ། །	野驴蹄力相争处，
བོང་རྒན་ཨོག་ངར་ཅི་ལ་རེད། །	老驴哀嚎为哪般？
གྲུ་གླིང་གཡུལ་རྒོད་འཁྲུག་ས་ལ། །	朱岭二国相战处，
སྟག་རོང་ཝ་བྲོས་ཅི་ལ་རེད། །	达绒狐狸为何逃？

༣ ཞིམ་པོ་སྦྲང་རྩི་བུ་རམ་དེ། །	甜美似蜂蜜蔗糖，
ཟ་མ་ཤེས་ཚ་མཁྲིས་ན་རབས་ཟེར། །	不懂食法得肝病。
མཛེས་མོ་ཨ་སྟག་ལྷ་མོ་དེ། །	美丽如仙阿达女，
ལེན་མ་ཤེས་ཆད་པ་ཕོ་རབས་ཟེར། །	不懂迎娶反受罪。

༤ སྟེང་བར་སྣང་ཡངས་ལམ་སྐྱ་མོ་ནས། །	上路广阔天空中，
བྱ་ཁྱུང་ཆེན་ཅོར་བུའི་རྭ་རྒྱན་ཅན། །	琼鸟角上饰珍宝，

རྩལ་ཆེ་ནས་གླིང་བཞི་ཡུད་ཀྱིས་བསྐོར། ། 技高刹那转四洲，
དེ་བྱ་ནག་ཁ་ཏས་ཅི་ལ་འགྲན། ། 黑鸟乌鸦怎能比？
རྨ་ཡངས་པའི་རྫ་ལམ་བར་མ་ནས། ། 中路广阔岩路上，
འབྲོང་བྲེ་སེར་ལྕགས་ཀྱི་རུ་རྒྱན་ཅན། ། 野牛双角似钢铁，
རྩལ་ཆེ་ནས་རྫ་མགོ་སྨུག་སེ་བཟུང་། ། 技高占踞乱石山，
ཁོ་གླང་རྐན་རོག་པོས་ཅི་ལ་འགྲན། ། 黑毛黄牛怎能比？
རི་ནགས་མ་ཡངས་པའི་རྒྱ་ཤོད་ནས། ། 且看广阔林山间，
དཔའ་རི་བཀྲ་མཚལ་གྱི་ཐིག་ལེ་ཅན། ། 斑斓猛虎何威猛，
དཔའ་ཆེ་ནས་མི་ཁྲག་ཧྲོན་མོ་འཐུང་། ། 热饮人血英豪状，
ཁོ་རི་ཁྱི་དམར་པོས་ཅི་ལ་འགྲན། ། 原上饿狼怎能比？
དཔུང་ཁྲ་བོ་དམག་གི་ཡང་རྫོང་ནས། ། 岭国军队阵营里，
གླིང་དཔའ་རྟུལ་དུག་གི་འཁོར་གསུམ་ཅན། ། 英雄戎装三俱全，
དཔའ་ཆེ་ནས་དགྲ་བཞི་ཟིལ་གྱིས་མནན། ། 勇猛震慑四方敌，
ཁོ་ཞྭ་ཕྲུག་གྲུ་གུའི་ཅི་ལ་འགྲན། ། 朱古似狐怎能敌？

ཁྲབ་ལ་ཁྲི་སྡེ་བཙན་པོ། **彻拉·赤德赞波**

གཤོག་ཐོགས་ནང་གི་ཁྱུང་ཆེན་ཡིན། ། 具翅之中是琼鸟，
སྡེར་ཐོགས་ནང་གི་སེང་གེ་ཡིན། ། 具爪当中是雄狮。
རྭ་ཐོགས་ནང་གི་འབྲོང་བུ་ཡིན། ། 具角当中野牦牛，
ངར་རྒོད་ནང་གི་ཡ་མེད་ཡིན། ། 勇猛冠绝是无敌。

ཀ་གྲོང་ཀརྨ་འབུམ་ཐུབ། **噶仲·噶玛奔图**

དཔའ་བརྫིད་བྲེ་མོ་འབྲོང་ལ་ཡོད། ། 野种牦牛自威猛，
འཁྱིང་ཚོད་མ་ཟིན་སྲོག་དང་བྲལ། ། 如若过猛失性命，
ངར་ཆེན་དམར་ཡག་སྟག་ལ་ཡོད། ། 锦毛猛虎自凶猛。

མཚོང་ཚོད་མ་ཟིན་དཔའ་ཁ་ཤོར། །
སྙིང་བསྙོས་པ་བཟང་བུ་ལ་ཡོད། །
རྒོད་ཚོད་མ་ཟིན་སྙིང་ཁྲག་འཐོར། །

如若过猛失勇力，
好父子嗣具虎胆，
若不自量心血洒。

ངར་རྒོད་ཐོག་ཁྲི་བུ་བཙན།

阿尔贵·托赤普赞

མཁས་པ་རྒྱ་དབུས་བར་ལ་གྲགས། །
དཔེ་འདྲེན་མེད་ན་ཡོད་རབས་མེད། །
མཛངས་མ་སྡེ་གཉིས་བར་ན་གྲགས། །
གནས་མགོ་འཁྱུར་ན་ཡོད་རབས་མེད། །
སྨར་མ་མང་པོའི་དཀྱིལ་ནས་ངར། །
ཁེར་ཐུག་ཕྱུང་ན་ཡོད་རབས་མེད། །

智者扬名藏印汉，
若无学识名自匿。
美女名声村户间，
出嫁之后名自匿。
懦夫恃勇人群中，
单人独行便不敢。

ཛོམ་ལྷག་ར་གཡུལ་རྒྱལ།

翁·达热宇嘉

དགྲ་ལ་ལན་གཅིག་འཁྱོད་ལེ་དགོས། །
དགྲ་ལ་ལན་གཅིག་མ་འཁྱོད་ན། །
ཕ་ལ་བུ་སྐྱེས་ཝ་དང་འདྲ། །
རྔ་མ་སྦོམ་པས་ཅི་ལ་ཕན། །
གཉེན་ལ་བྲོ་གཅིག་འཁྱོད་ལེ་དགོས། །
གཉེན་ལ་བྲོ་གཅིག་མ་འཁྱོད་ན། །
མ་ལ་བུ་སྐྱེས་ཁྲམ་པ་འདྲ། །
ཁྱིམ་ཕྱུག་སྟུམ་པས་ཅི་རང་ཕན། །

对敌当能施报复，
对敌若是不能报，
好似所生是狐狸，
尾巴粗大有何用？
对友当需慷而慨，
对友若是不慷慨，
母亲所生如骗子，
家财殷实有何用。

སྲོག་བདག་རྡོམ་བུ།

索达童普

༧ སེམས་སྡུག་ལེ་རང་ཐོག་མ་བབས་ན། །

直到苦难及己身，

དོན་སྐྱིད་ལེ་གཞན་ལ་མི་གསལ་དུ། །
དབྱར་ཟླ་གསུམ་ཉི་མ་དྲོ་ལེ་དེ། །
དགུན་ཟླ་གསུམ་མིན་པ་མི་གསལ་དུ། །
སྟོན་ཟླ་གསུམ་ཕོ་བ་བཀྲངས་ལེ་དེ། །
དཔྱིད་ཟླ་གསུམ་མིན་པ་མི་གསལ་དུ། །
ཚོ་ཕྲུར་སྐྱོད་ཕ་མ་བཟང་ལེ་དེ། །
ལུས་ཚོ་སྨད་མིན་པར་མི་གསལ་དུ། །
གཞོན་ཆུང་ཚོ་འདུག་སྐྱིད་ཆེ་ལེ་དེ། །
རྒས་ཚར་དུས་མིན་པ་མི་གསལ་དུ། །
མི་མ་ན་ལུས་པོ་བདེ་ལེ་དེ། །
རང་ན་ཉིན་མིན་པ་མི་གསལ་དུ། །
རྟེན་མི་ལུས་རྩ་བ་བཟང་ལེ་དེ། །
ཐ་ཤེ་ཉིན་མིན་པ་མི་གསལ་དུ། །

方知幸福为何物。
三夏太阳之温暖，
三冬严寒才明白。
三秋腹中饱食足，
三春饥饿才明白。
父母养育之恩德，
自身老了才明白。
青春生活几美好，
老时才能有感受。
健康之躯多重要，
身患重疾才明白。
轮回为人多不易，
阴间辗转才明白。

༢ དགྲ་ཐོག་དཔའ་བོ་ངར་མ་དེ། །
ཕོ་བརྒྱའི་ནང་ནས་དཔའ་སྙིང་ཆེ། །
དགྲ་ཤ་ཟོས་ན་ཡང་དཔའ་ཡིན། །
ཤ་ཐོག་མདའ་མོ་སྒྲོ་དཀར་དེ། །
མདའ་བརྒྱའི་ནང་ནས་སྐྱེ་ཟོ་མཐོ། །
ཚལ་བར་གཤག་ན་ཡང་སྐྱེན་ཡིན། །
གནས་ཐོག་ན་ཆུང་འཕྱོར་མོ་དེ། །
མོ་བརྒྱའི་ནང་ནས་ངོ་མདངས་གསལ། །
འགྲོགས་སེམས་མཐུན་ན་ཡང་སྐྱིད་ཡིན། །

对敌勇猛英雄汉，
百人之中具虎胆，
生啖敌肉更英豪。
射中鹿身白羽箭，
百箭之中独一支，
穿透敌心箭之最。
出嫁女子俊俏颜，
百女之中肤色美，
心随夫家女更美。

ཐོག་རྒོད་ཕུ་ཡི་གློག་དམར།

托贵•普依洛玛

ཤིང་ཙན་དན་སྐྱེས་པའི་རྩེ་མོ་ནས། །

檀香生长树尖上，

བྱ་ཁྱུང་ཆེན་འཕུར་བས་དང་རུ་ཆག། 琼鸟欲飞胛骨碎，
སྦྲུལ་དུག་ཆེན་བརྗིད་ལེ་མ་རེད་དེ། ། 非因毒蛇多威猛，
ཁྱུང་མཁའ་ལྡིང་འཕུར་རྩལ་ཉམས་ལེ་རེད། ། 而是琼鸟翼力弱。
རྨ་རྒྱ་ཤོད་ཆུ་ལུང་གཡས་ཟུར་ནས། ། 嘉雪河谷近旁地，
ཤིང་སྡོང་པོ་མ་ཚར་ས་དོང་གྱུར། ། 树木未生成树洞，
ས་དོག་མོའི་མི་ཁྱག་མ་རེད་དེ། ། 非是大地难承受，
ཤིང་རྒྱ་ལྕང་སྐྱེ་དབང་རྫོགས་ལེ་རེད། ། 而是杨柳失生机。
མཚོ་གཏིང་མཐའ་མེད་པའི་འཁོར་ཁྱིམ་ནས། ། 无底深海漩涡间，
ཉ་གསེར་མིག་མགོ་བོ་གངས་ལ་གཏད། ། 金鱼头朝雪原栽，
གཉོམ་ཆེ་ནས་ཤི་ལེ་མ་རེད་དེ། ། 非是鱼儿太柔弱，
ཉ་ཚེ་ཟད་འབྱུང་རྩལ་རྫོགས་ལེ་རེད། ། 乃是鱼儿寿数尽。
ལྕང་ཐང་འབུམ་དམག་གཞི་དཀྱིལ་ནས། ། 原野十万军阵中，
དཔོན་གཡུ་འབྲུག་སྐུ་སྨད་བོད་ལ་ཤོར། ། 玉珠[]性命失敌手，
བོད་དཔའ་རྩལ་ཆེ་ལེ་མ་རེད་དེ། ། 非是藏兵多强悍，
བུ་དཔའ་བོའི་འགྲོ་དོན་རྫོགས་ལེ་རེད། ། 只是英雄寿数尽。

རྟ་ནག་གྲགས་པ་ལྷུན་གྲུབ། 达那•扎巴伦珠

ཟ་ཚོད་ཟིན་ན་ལྟོ་ལ་འཇགས། ། 饮食有度肚腹安，
གཏམ་ཚོད་ཟིན་ན་རྒྱལ་ཁ་ཐོབ། ། 辩论有度得胜利，
ཚོང་ཚོད་ཟིན་ན་ཁེ་དང་འཕྲད། ། 买卖有度便赢利。

དུང་སྐྱོང་སྟག་ལྷ་ཁྲི་དཀར། 童炯•达拉赤嘎尔

སྟོང་བར་སྣང་ཡངས་པའི་མཁའ་དབྱིངས་ནས། ། 广阔无垠苍穹中，
འབྲུག་ཕོ་ཐང་ཟངས་ཀྱི་ཟེ་བ་ཅན། ། 青龙肩上铜色鬃，
སྐད་གྲུང་གྲགས་ཆེ་བ་ཆ་མཆིས་ཀྱང་། ། 虽说吼声几巨大，

ལྷོ་སྤྲིན་དཔུང་དང་མ་བསྡེབས་ན། །	如若未有层云布，
ངར་སྒྲ་སྒྲོག་པ་དཀའ་མོ་རེད། །	青龙吼雷是难事。
སྐྱེད་ཚལ་མཛེས་པའི་ལྗོན་ཤིང་སྟེང་། །	密林美丽树木上，
མོན་རོང་རྒྱ་ཤོད་རྨ་བྱའི་གཟུགས། །	门域孔雀美身姿，
སྒྲོ་མདངས་ལེགས་པ་ཆ་མཚིས་ཀྱང་། །	虽说孔雀翎羽美，
དབྱར་ཧའི་སྒྲ་དང་མ་བསྟུན་ན། །	如若不应夏时季，
སྒྲོ་གུར་ཕུབ་པ་དཀའ་མོ་རེད། །	孔雀开屏是难事。
སྤང་དཀར་རི་བོའི་འཛིང་ཁུགས་ནས། །	金色草坡山塆里，
ཤྭ་ཕོ་ཆེན་ཟེར་བ་དུང་རྭ་ཅན། །	雄鹿头顶银色角，
མགོ་རུ་ཁྱུར་ལེགས་པ་ཆ་མཚིས་ཀྱང་། །	虽说雄鹿犄角美，
སྣ་རྫིས་དྲི་སྣོམ་མ་ཤེས་ན། །	如若鼻子无嗅觉，
སྒང་ཟེ་འཁྱིམ་ཟེར་བ་ཁག་པོ་རེད། །	站守山岗是难事。

ཨ་སྟག་ཀླུ་མོ། 阿达鲁（拉）姆

ངང་པ་སེར་པོ་ཆོས་གོས་ཅན། །	黄鸭好似披法衣，
བྱ་བརྒྱའི་བླ་མ་ཡིན་སྣང་འཆར། །	自以为是百鸟师，
ཡོན་ཏན་མེད་ལ་ཀུན་ཤེས་རེད། །	身无学问众所知。
ཕུག་རོན་སྔོན་མོ་གཡུ་མགུལ་ཅན། །	青色鸽子彩色颈，
བྱ་བརྒྱའི་མཛངས་མ་ཡིན་སྣང་འཆར། །	自以为是鸟美人，
སྐྱེ་ཡོ་མེད་ལ་ཀུན་ཤེས་རེད། །	身姿不雅众所知。
པུ་ཤུད་ཁྲ་བོ་སྟག་འཕྲུ་ཅན། །	戴胜头顶花色冠，
བྱ་བརྒྱའི་དམག་དཔོན་ཡིན་སྣང་ཤར། །	自以为是鸟将军，
དཔའ་ཁ་མེད་ལ་ཀུན་ཤེས་རེད། །	其鸟无胆众所知。

ཕེ་ཐུལ་བུ་ཡི་ལྷ་རྒོད།

༡ བྲག་དཀར་མཐོ་རྫོང་ཆེ་ན་ཡང་། །
གནམ་ལྕགས་ཐོག་གིས་མི་འཐོར་མེད། །
ཐང་ཆེན་གཞུང་ལམ་རིང་ན་ཡང་། །
འདོ་ཆེན་བང་གིས་མི་སླེབས་མེད། །
རྒྱ་མཚོ་འཕོར་རྒྱ་ཆེ་ན་ཡང་། །
ཉོ་དཀར་འགྱུར་གྱིས་མི་འཕོར་མེད། །
ཞུ་གསུམ་བདུད་སྲོག་སྲ་ན་ཡང་། །
ལྷ་མཚོན་སོ་ཁས་མི་ཆོད་མེད། །
གྲུ་གུ་སྲིན་དམག་རྒོད་ན་ཡང་། །
དཔའ་རྟུལ་ལྷ་ཡིས་མི་ཐུབ་མེད། །

༢ གངས་དཀར་ཡག་ཉི་མས་བཞུ་བའི་དུས། །
སེང་དཀར་མོ་གཡུ་རལ་ངོམ་ས་མེད། །
ནགས་ཙན་དན་མེ་ལ་བསྲེགས་པའི་དུས། །
སྟག་འཛུམ་དྲུག་མཆེ་སྡེར་ངོམ་ས་མེད། །
སྤང་དཀར་ཡག་རྩི་བཅུད་ཡལ་བའི་དུས། །
ཤ་ཕོ་ཆེན་དུང་རྭ་ངོམ་ས་མེད། །
ཆབ་སྔོན་པོ་རྒྱ་དར་ཆགས་པའི་དུས། །
ཉ་གསེར་མིག་འཁྱུག་འགྱུར་རྩེད་ས་མེད། །

培突·普依拉贵

白岩城堡虽高大，
霹雳震天怎不碎。
原野大道虽然长，
骐骥奔驰怎不达。
大海无边虽广阔，
鱼儿游转怎不达。
妖魔身儿虽坚固，
神佛兵刃怎不破。
朱古魔兵虽强悍，
遇见神将怎不降。

日照雪山雪消融，
银狮无处显银鬃。
檀木密林被火烧，
猛虎无处显爪牙。
草场枯黄尽消失，
雄鹿无处显鹿角。
河水封冻结冰时，
鱼儿无处去畅游。

འཇང་ལྕགས་རྫོ་སེར་བ་ཡ་མེད།

ཐང་དཀར་རྒོད་པོ་ལྡིང་ལ་དགའ། །
བར་སྣང་གཅོད་ཚོད་མ་ཟིན་ན། །

姜嘉朵·色瓦雅美

雄鹰喜好翔空中，
翱翔如若不自量，

ཐ་མ་གཤོག་ཧྲུག་རླུང་གིས་གཏོར། །
རྒྱ་སྟག་ཁྲ་བོ་ཤ་ལ་དགའ། །
འཛུམ་ཧྲུག་ཛོམ་ཚོད་མ་ཟིན་ན། །
ཐ་མ་སྡེར་བཞི་མཐའ་ནས་སྐམ། །
འདོ་རིགས་རྟ་ཕོ་རྒྱུག་ལ་དགའ། །
ཐང་ཆེན་གཅོད་ཚོད་མ་ཟིན་ན། །
ཐ་མ་རྨིག་བཞི་གྲམ་ལ་གདལ། །
ངར་རྒོད་དཔའ་བོ་བཅར་ལ་དགའ། །
འབུམ་དམག་དཀྲུགས་ཚོད་མ་ཟིན་ན། །
ཐ་མ་ཁྲི་སྲོག་དགྲ་ལ་ཤོར། །

小心羽毛风吹散。
锦毛猛虎爱食肉，
炫耀虎纹若无度，
小心四爪渐干瘪。
骐骥骏马喜奔跑，
原野驰骋若无度，
小心四蹄落河滩。
勇猛英雄喜近前，
冲杀敌阵若无度，
小心己命陨敌手。

རྨེ་ད་འཕྲིན་གནོག

梅塔·诚秀

ནགས་མའི་རྒྱ་སྟག་ཁྲ་བོ་དེ། །
མངགས་ན་སྐྱང་བཞི་འཁྱིམ་ཤོམ་ཡོད། །
མ་མངགས་རྟ་ཁྱུ་དཀྲུག་རྒྱུ་ཡིན། །
བྱང་གི་སྤྱང་ཐང་ལྟོན་མོ་དེ། །
མངགས་ན་སྐྱང་བཞི་འཁྱིམ་ཤོམ་ཡོད། །
མ་མངགས་ལུག་ཁྱུ་དཀྲུག་རྒྱུ་ཡིན། །
ཤིང་རོང་རྒྱ་ཁྲ་ཧོར་བ་དེ། །
མངགས་ན་སྐྱང་བཞི་འཁྱིམ་ཤོམ་ཡོད། །
མ་མངགས་བྱིའུ་ཁྱུ་དཀྲུག་རྒྱུ་ཡིན། །
ཡ་མེད་གྲུ་གུའི་སྟག་ཟན་ང་། །
མངགས་ན་སྐྱང་བཞི་འཁྱིམ་ཤོམ་ཡོད། །
མ་མངགས་འཇང་དམག་དཀྲུག་རྒྱུ་ཡིན། །

密林之中斑斓虎，
放任踏遍四岗地，
不然搅乱马匹群。
北方原野之饿狼，
放任踏遍四岗地，
不然搅乱绵羊群。
密林地方之鹞鹰，
放任踏遍四岗地，
不然搅乱飞鸟群。
无敌朱古猛虎将，
放任踏遍四岗地，
不然搅乱姜部军。

སོག་སྟག་དམར་སྟོབས་ཆེན།

༡ ཡར་འདྲེན་བླ་མ་ཞྭ་སེར་ཅན། །
ཆོས་གོས་ཁྲིར་ཚུལ་མཁས་ཞན་འདྲ། །
དམྱལ་བ་འགྲིམ་ཉིན་ཡོད་རབས་མེད། །
རྗེ་བཙུན་དཔོན་པོ་ཧམ་འཛིགས་ཅན། །
རང་སྡེ་གཙུམ་ལུགས་མཁས་ཞན་འདྲ། །
ཕ་རོལ་ཐུག་ན་ཡོད་རབས་མེད། །
དགྲ་འདུལ་དཔའ་བོ་སྟག་ཆས་ཅན། །
རྟ་ཞོ་ཁྲིར་ལུགས་མཁས་ཞན་འདྲ། །
གདོང་ཐུག་བྱུང་ཉིན་ཡོད་རབས་མེད། །
གནས་ཐོག་འཕྱོར་མོ་དར་གོས་ཅན། །
གྲགས་མཛངས་ལྷེམ་འགྲོས་མཁས་ཞན་འདྲ། །
རང་ཐོག་བབས་ཉིན་ཡོད་རབས་མེད། །

༢ ཁུ་བྱུག་རྒྱ་ལྕང་བཟུང་བ་ལ། །
ནེ་ལེ་གལ་ཆེན་བསུ་མ་ཡིན། །
རྒྱ་སྟག་ནགས་རྫོང་བཟུང་བ་ལ། །
ཐོ་རྟུ་གལ་ཆེན་བསུ་མ་ཡིན། །
འབྲོང་ཞོ་རྫ་རྡོད་བཟུང་བ་ལ། །
གཡག་ཁྱུ་གལ་ཆེན་བསུ་མ་ཡིན། །
རྟ་ཞོ་བྲེས་ར་བཟུང་བ་ལ། །
བོང་བུ་གལ་ཆེན་བསུ་མ་ཡིན། །

索•达玛多钦

度人上师戴黄冠，
法衣着身似高明，
堕下地狱便却无。
君王威势何其大，
治理疆域似高明，
遇到敌对便无策。
英武战神着虎衣，
骑马姿势似威武，
正面遇敌便却无。
未嫁女子着绸衣，
似乎婀娜多姿身，
出嫁以后便却无。

杜鹃占据杨柳时，
还有鹞鹰来欢迎。
猛虎占据密林时，
还有马驹来欢迎。
野牛占据巨岩时，
自有牛群来欢迎。
骏马占据槽头时，
还有老驴来欢迎。

སྟག་རྒོད་ཁྱུང་གླིང་། 达贵琼顶

༡ རྟ་ངན་ཕོ་རྟ་ཁ་སྔོན་དེ། །
དབྱར་རྩྭ་རེག་ན་ལྷུམ་ལྷུམ་ལྷུམ། །
གསེར་སྒ་སྒྲོན་ན་སྒུར་རུ་རུ། །
ཁྱི་ངན་བདའ་ལུ་གཉའ་ཆད་དེ། །
མི་སྐད་ཐོས་ན་འོབ་འོབ་འོབ། །
འགག་ལ་ཐུག་ན་བྱོལ་ནས་འགྲོ། །
མི་ངན་སྙིང་མེད་སྤྲོ་ཐུང་དེ། །
ཚིག་ཟུར་བྱུང་ན་སྟག་ལས་ངར། །
དགོས་ཆེན་ཐུག་ན་གཞའ་ནས་འགྲོ། །

难驯马驹青色嘴，
口食夏草步矫健，
马鞍上身就驼背。
哈巴小狗细脖颈，
听闻人声急狂吠，
紧要关头忙奔逃。
恶人暴躁无胆子，
开点玩笑暴如虎，
大事当前紧避开。

༢ བླ་ཆེན་ཡུལ་ལ་ཐེབས་པས་ན། །
འགྲོ་དྲུག་ཆོས་ལ་བཀོད་པས་ཟེར། །
མ་འདྲེན་ཟེར་ན་ཡི་རེ་མུག།
དཔོན་ཆེན་སྡེ་ལ་ཐེབས་པས་ན། །
ཁམས་གསུམ་བདེ་ལ་བཀོད་པས་ཟེར། །
མ་གཟིགས་ཟེར་ན་ཡི་རེ་མུག།
སྟག་ཤར་ཇག་ལ་ཆས་པས་ན། །
དགྲ་དཔུང་ཚོམ་ལ་ཕབ་པས་ཟེར། །
མ་ཐུབ་ཟེར་ན་ཡི་རེ་མུག།
ལྷ་སྲས་བོད་ལ་ཐེབས་པས་ན། །
རྒྱ་བོད་གཉིས་དེ་བར་བ་མཛོད། །
མ་གསན་ཟེར་ན་ཡི་རེ་མུག།

大德到得地方时，
需引众生俱归法，
若然不度心内伤。
君王到得地方时，
需使三界俱安康，
若然不视心内伤。
男儿落草为匪寇，
需将敌人俱降伏，
若然不敌心内伤。
神子到得吐蕃时，
朱蕃二国调和好，
若然不听心内伤。

༣ བླ་མ་བཟང་པོའི་བཀའ་ཆོས་དེ། །

得道高僧传教法，

སྡིག་ཆེན་ཡིན་ཡང་ཉན་རབས་ཡོད། །　　巨恶亦会倾心听。
མགར་བས་བརྡུངས་པའི་གསེར་ཚག་དེ། །　　铁匠所制金烟斗，
ལྕགས་ངར་ཡིན་ཡང་ལེན་རབས་ཡོད། །　　即使精钢亦能打。
གོང་བློན་ཤེས་ཅན་ཞུ་བ་དེ། །　　智高重臣所禀奏，
ཁྲིམས་ཁ་ཚ་ཡང་གསན་རབས་ཡོད། །　　法纪严苛亦要听。

༤ བཙར་བའི་དཔོན་ལ་ཁེབས་པ་དགོས། །　　君王还需有担当，
ཁེབས་པ་མེད་ན་ཁེ་ཚེ་ཡིན། །　　若无担当有何用。
བསྟེན་པའི་ལྷ་ལ་དངོས་གྲུབ་དགོས། །　　所拜神明需成就，
དངོས་གྲུབ་མེད་ན་འགོང་པོ་ཡིན། །　　若无便同鬼无异。
འགྲོགས་པའི་རོགས་ལ་མཐུན་སེམས་དགོས། །　　亲爱相伴需同心，
མཐུན་སེམས་མེད་ན་ཁྲེལ་མེད་ཡིན། །　　异心便是无耻行。

༥ མགོ་བསྒུར་བའི་མི་དེ་དང་གིས་སྐྱོང་། །　　已降之人慈爱护，
སྐྱབས་ཞུས་པའི་དགྲ་དེ་ཚེ་ཐར་བཏང་། །　　敌求庇佑便饶命。

འབྲི་མི་དཀར་ལྷ་འུ་བསམ་འགྲུབ།　　智·弥嘎尔拉伍桑珠

དགུང་སྔོན་ཡངས་པའི་མཁའ་ལམ་ན། །　　广阔苍穹天路中，
སེར་སྤྲིན་ཐོག་རྒོད་ངར་ས་མེད། །　　乌云莫要太猖狂，
བྱང་རླུང་སྐྱ་མོ་རྗེས་ལ་ཡོད། །　　且看北风在后头，
སྤྲིན་པ་ཕྱོགས་མེད་གཏོར་བས་ཆོག །　　吹得云朵四处散。
རྫོང་ཆེན་ནགས་མོའི་སྲིབ་ལམ་ན། །　　茂密森林道路间，
རྒྱ་སྟག་ཁྲ་མོ་ངར་ས་མེད། །　　猛虎莫要太猖狂，
སྨང་ཆེན་མདའ་མོ་རྗེས་ལ་ཡོད། །　　且看箭簇后头追，
འཇོམ་དྲུག་ཁྲག་ལ་བསྒྲེ་བས་ཆོག །　　染得虎身俱是血。
རྫོང་ཆེན་སྒོ་མོའི་གཡས་ཟུར་ན། །　　城堡门户侧方里，

ཀྱ་ཁྱི་འུར་སྒྲ་ཆེ་ས་མེད། ། 小狗莫要吠声大，
གྲ་ཡག་རི་བཀྲ་རྗེས་ལ་ཡོད། ། 且看猛虎在后头，
ཁྱི་ཇ་སྡེར་མོའི་བཟློས་པས་ཆོག ། 将那狗尾用爪按。
དགྲ་རྫོང་གཉིས་ཀྱི་མཁར་ལམ་ན། ། 两军对峙中间处，
གྲུ་བློན་ཝ་མོ་ངར་ས་མེད། ། 朱臣狐狸莫猖狂，
དཔའ་རྟུལ་ཡ་མེད་རྗེས་ལ་ཡོད། ། 无敌英雄在后头，
མགོ་འཕྲུ་ཕྱི་རྟ་བསྣམས་པས་ཆོག ། 将你首级挂马鞍。

བཱ་དུར་གནམ་ལྷ་ཐོག་འབེབས། 巴图尔·南拉托别

བླ་མ་ཆོས་མེད་དཀོར་ལ་དགའ། ། 无法上师爱信财，
ཤི་ན་དམྱལ་བའི་འདམ་ལ་ཚུད། ། 死后堕入地狱中，
དེ་ཐོན་འགྱོད་ལ་དེ་བྱུས་ཚར། ། 即使懊悔亦无用。
དཔོན་ཆུང་ཤེས་མེད་རྒྱུ་ལ་དགའ། ། 无智小官爱钱物，
རྒྱལ་ཁྲིམས་མ་དྲང་ཁུག་ལ་ཚུད། ། 国法不严入彀中，
དེ་ཐོན་འགྱོད་དེ་དེ་བྱུས་ཚར། ། 即使懊悔亦无用。
མ་ངན་འཆལ་མོ་འགྲུལ་ལ་དགའ། ། 轻浮女子喜游荡，
ཁྲེལ་མེད་ཁྲམ་པའི་ལག་ལ་ཚུད། ། 落入无耻骗子手，
དེ་ཐོན་འགྱོད་དེ་དེ་བྱུས་ཚར། ། 即使懊悔亦无用。

མོན་ཤུག་ཟླ་བ་ཁྲབ་བཙན། 门楚·达瓦彻赞

མ་ནུས་ཉམ་ཆུང་རེ་བ་དེ། ། 无能弱小所请求，
ཞེ་བཅར་བྱུང་ན་མ་བརྗེད་དགོས། ། 牢记心间莫忘记。
མ་ཚོར་གཉེན་མགྲོན་ཤག་རོགས་དེ། ། 无欺宾客及亲朋，
སྒོ་ལ་བྱུང་ན་མ་ཡིབ་དགོས། ། 来到家门莫躲避，
མ་ཐུབ་ཤ་ཕ་ལག་དམར་དེ། ། 血仇敌人再难敌，

གདོང་ཐུག་བྱུང་ན་མ་གཟུར་དགོས། །	迎面来时不可躲。
གསེར་ལུང་སྟག་དམར་བྲེ་ཡག	**色隆•达玛普雅**
༡ སྤང་དཀར་ཡག་དེ་ཡི་གཡས་ཟུར་ནས། །	在那草地左前方，
དགོ་ཨ་ཛུག་སྤང་གི་མེ་ཏོག་འདྲ། །	黄羊好似原上花，
འདུག་ཤེས་ན་ལུང་བའི་རྒྱན་ཅིག་རེད། །	识相便是草地美，
འདུག་མ་ཤེས་ཁྱི་དང་བང་ཁ་བགོས། །	不识与狗比跑速，
རི་རྫ་རྨོད་བྲག་ལ་ཚུད་པའི་དུས། །	当其追到岩缝时，
སྨུག་ཛུག་གེ་བྱུང་ན་གར་འགྲོ་མེད། །	彼时便是无处走。
མཚོ་སྔོན་མོ་དེ་ཡི་གཡས་ཟུར་ནས། །	在那青海湖岸畔，
བྱ་ཁྲུང་ཁྲུང་གཡུ་ཡི་སྐེ་ཟོ་ཅན། །	天鹅颈部串松石，
འདུག་ཤེས་ན་མཚོ་མོའི་རྒྱན་ཅིག་རེད། །	识相即为湖中宝，
འདུག་མ་ཤེས་སྤྲིན་དང་གཤོག་རྩེད་བགོས། །	不识便与云朵争，
དུས་མཐའ་མ་ཐང་ཆེན་གོར་མོར་ཚུད། །	最终落在原野中，
སྤོ་གེ་རེ་བྱུང་ན་འགྲོ་ས་མེད། །	彼时便是无处走。
རི་ཚེར་རོང་རྫ་ཡི་ཁོང་གསེང་ལ། །	在那岩山缝隙间，
ཝ་གྲ་ཡག་གྲ་ཡི་འཛུམ་དྲུག་ཅན། །	狐狸将那皮纹显，
འདུག་ཤེས་ན་སྒང་གི་རྒྱན་ཅིག་རེད། །	识相即是山岗宝，
འདུག་མ་ཤེས་རི་བོང་བང་རྩེད་བགོས། །	不识与那兔子争，
དུས་མཐའ་མ་ཆུ་རོང་གད་ལ་ཚུད། །	最终行至深沟边，
འཐོང་ཞུམ་མི་ཡིབ་དུས་འགྲོ་ས་མེད། །	兔子隐去无路走。
དཔུང་ཁྲ་བོ་འདི་འདྲའི་གཡས་ཟུར་ནས། །	在那队伍左前方，
ཁྱོད་མི་ཕོ་དར་དཀར་འཕྱུ་ཐོད་ཅན། །	你乃白旗英雄汉，
འདུག་ཤེས་ན་ཁྲ་མོའི་རྒྱན་ཅིག་རེད། །	识相你是军队宝，
འདུག་མ་ཤེས་གཡུལ་རྗོག་འགྲན་པ་ན། །	不识偏要去争锋，
དུས་མཐའ་མ་དྲི་ཟའི་སྐར་ལ་ཚུད། །	最终沦落敌营内，

དུས་དེ་ལ་བབ་ན་འགྲོ་ས་མེད། །

彼时亦是无处走。

༢ བྲི་སེར་འབྲོང་གི་དཔའ་སྒོ་ལ། །
ནུས་མེད་གླང་བུ་བཅར་ས་མེད། །
དམར་ཡག་སྟག་གི་དཔའ་སྒོ་ལ། །
དཔའ་མེད་གླིང་ཕྲུག་བཅར་ས་མེད། །

野种牦牛威猛处，
无能牛犊难靠前。
斑斓猛虎威猛处，
岭国小子难靠前。

འཕྱུང་རྒྱས་རྡོ་རྗེ་གནམ་བཙན།

琼杰·多吉南赞

དར་ཐུག་ཅན་གྱི་རྫོང་སྒོ་ནས། །
ཁེ་གྲགས་ཅན་གྱི་དཔོན་པོ་དེ། །
རང་བཅར་བུ་དེ་མ་སྐྱབས་ན། །
བློ་མེད་དཔོན་པོ་ཡོད་མེད་འདྲ། །
དཔུང་རྫོང་ཅན་གྱི་འབུམ་སྐར་ནས། །
སྟག་ཆས་ཅན་གྱི་དཔའ་བོ་དེ། །
དགྲ་བོའི་སྡེ་ལེན་མ་ཕོད་ན། །
ཕ་བྲོས་བརྒྱབ་ན་ཡོད་མེད་འདྲ། །
དར་ཕྱུག་ཅན་གྱི་རྒྱ་གྲོང་ནས། །
འཕྱོར་ལྡེམ་ཅན་གྱི་ན་ཆུང་དེ། །
གནས་སའི་ཕ་ཁང་མ་ཟིན་ན། །
གནས་མགོ་འཁྱུར་ན་ཡོད་མེད་འདྲ། །

在那城堡之门口，
喜爱资财之大官，
不救前来庇护子，
无智大臣仿若无。
在那大军营帐里，
身着虎衣英雄汉，
敌人当前不抵挡，
英雄逃命仿若无。
在那繁华市井间，
少女服饰几华丽，
如若负了嫁女命，
流落街头仿若无。

ཨ་ཐང་སྐྱུང་རྐོད་ཡ་མེད།

阿塘·江贵雅美

ཀླུ་ཕྲུག་ནོར་བུ་འོད་ལྡན་དེས། །
བྱ་ནག་གཞོག་གྲིབ་ཁུར་ལེ་མིན། །
ཁོང་གསེང་གསེར་སྦལ་སེར་པོ་དེས། །

诺普维丹鲁神子，
黑鸟晦气不治身。
钻进缝隙金色蛙，

ཉི་མའི་འོད་མདངས་ཁུར་ལེ་མིན། ། 太阳光芒难照身。
སྤྲིན་སྒྲོགས་གཡུ་འབྲུག་སྟོན་མོ་དེས། ། 空中青龙云之友，
ས་ནག་རོང་ཆུ་འཐུང་ལེ་མིན། ། 不饮黑土沟中水。
ངར་རྒོད་བྲུ་གུའི་བློན་པོ་དེས། ། 勇猛朱古国中臣，
ཨ་ཆུང་རྒྱུག་རྩེད་ཁུར་ལེ་མིན། ། 不与小儿论短长。

མགྲོགས་པ་གཟའ་རྒོད་རྨེ་རུ། 爵巴•撒贵梅如

སྒྲོ་མདངས་ལེགས་པའི་རྨ་བྱ་དེ། ། 羽毛艳丽孔雀鸟，
ཟ་ལྷུམ་ནགས་དང་མ་འགྲོགས་ན། ། 若不栖身密林中，
སྒྲོ་ནད་སྲིན་བུས་གཏོར་རབས་ཡོད། ། 小心羽毛遭虫噬。
གསུང་སྐད་སྙན་པའི་ཁུ་བྱུག་དེ། ། 歌声美妙杜鹃鸟，
ནམ་ཟླ་དུས་དང་མ་འགྲོགས་ན། ། 如若不应时季变，
ཁ་ལྷུང་ངར་མས་དཀྲོགས་རབས་ཡོད། ། 需知会被风雪吹。
རྩལ་དྲུག་འཛོམས་པའི་དཔའ་རྟུལ་དེ། ། 身具六艺英雄汉，
འབུམ་དམག་དཔུང་དང་མ་འགྲོགས་ན། ། 如若不随军队征，
ཁེ་འཁྱུར་སྙིང་ཁྲག་འཐོར་རབས་ཡོད། ། 独斗小心会送命。

སྟག་ལྷ་རྒོད་པོ། 达拉贵波

ལ་ཁའི་སྤྱང་མོ་རྣ་ཡན་དེ། ། 崖边饿狼长耳贼，
ཨ་ཐང་ལུག་ཁྱུ་དཀྲུག་བསམ་སྟེ། ། 想要冲散绵羊群，
ཛི་རྒོད་ཝར་རྡོས་ཀླད་རྒྱ་གཏོར། ། 羊倌抛石碎其颅，
སྤྱང་མོ་ཡི་ཟུག་ཨེ་སྐྱེ་ཤེ། 试问饿狼懊恼否？
རྩལ་ཆེན་གླག་མོ་སྒྲོ་ཁྲ་དེ། ། 艺高大雕花羽色，
རེའུ་ཞོ་འཐུང་གསོད་བསམ་སྟེ། ། 欲杀羊羔正吮奶，
སྒྲོ་རྐན་བཅུམ་པས་དང་རུ་ཆག ། 俯冲羽翼根骨碎，

རོག་ཆུང་ཡི་ཞུག་ཨེ་སྐྱོ་ཤེ།	试问大雕懊恼否？
རྩལ་ཆེན་གླིང་དཀར་དཔའ་རྟུལ་ཚོ། །	技高岭国众大将，
གྲུ་གུའི་འབུམ་སྐར་གཏོར་བསམ་སྟེ། །	欲要摧毁朱古营，
སྲོག་དམར་ཁྲ་རིང་སྲུ་གུས་འདྲེན། །	命丧朱古长枪下，
ཇོ་རུ་ཡི་ཞུག་ཨེ་སྐྱོ་ཤེ།	试问觉如懊恼否？

འཇང་སྲས་གཡུ་ཁྲི་དགུང་སྔོན། **姜赛•玉赤巩恩**

གངས་དཀར་ཡག་རྩེ་རྒྱས་རྩེ་མོ་རྒྱས། །	白雪皑皑雪峰巅，
རྩེ་ཡང་རྒྱས་གོང་གི་རྩེ་མོ་ནས། །	在那雪山至高处，
སེང་དཀར་པོ་གཡུ་ཡི་སྨིན་མ་ཅན། །	银狮双眉俱银白，
རྩལ་མ་ཐོམ་དུང་སེང་གཡུ་རལ་འཁྱིལ། །	技艺未显银鬃飘，
ཐོམ་ཟེར་ན་གངས་རི་ཟྲ་ལ་བསྒྱུར། །	若显雪山变岩山。
བྲག་རི་པོ་རྩེ་རྒྱས་རྩེ་མོ་རྒྱས། །	青青岩石之巅顶，
རྩེ་ཡང་རྒྱས་གོང་གི་རྩེ་མོ་ནས། །	峣峥交锋显巍峨。
རྒོད་དང་མ་དུང་གི་སྐེ་ཟེ་ཅན། །	雄鹰颈色俱银白，
རྩལ་མ་ཐོམ་སྒྲོ་ཆུང་རི་མོ་འཁྱིལ། །	技艺未显羽色靓，
ཐོམ་ཟེར་ན་བར་སྣང་གཤོག་སྒྲས་བཀང་། །	若显空中尽翼声。
ནགས་ཙན་དན་རྩེ་རྒྱས་རྩེ་མོ་རྒྱས། །	檀木密林巅顶上，
རྩེ་ཡང་རྒྱས་གོང་གི་རྩེ་མོ་ནས། །	在那密林至高处，
སྟག་དམར་ཡག་ལྕགས་ཀྱི་སེན་མོ་ཅན། །	锦毛猛虎钢铁爪，
རྩལ་མ་ཐོམ་འཛུམ་དྲུག་ལུས་ལ་འཁྱིལ། །	技艺未显斑斓纹，
ཐོམ་ཟེར་ན་སྙིང་ཁྲག་དམར་པོ་འཐུང་། །	若显口饮鲜红血。
གུར་དཀར་མོ་རྩེ་རྒྱས་རྩེ་མོ་རྒྱས། །	白色营帐之巅顶，
རྩེ་ཡང་རྒྱས་གོང་གི་རྩེ་མོ་ནས། །	在那营帐至高处，
དཔའ་ཡ་མེད་ཁྲོ་ཆུའི་ཕ་བོང་དེ། །	超曲猛将勇无敌，
རྩལ་མ་ཐོམ་ཕ་ཆེན་ལྷ་ཡི་བུ། །	未显严父神之子，

རྒྱལ་ངོམ་ན་འཆི་བདག་སྲོག་གི་བདུད། །

བདེ་ཆེན་ཤེས་རབ་གྲགས་པ།

བར་སྣང་ཡངས་པའི་གཞལ་ཡས་ནས། །
སེར་འབྲུག་གཉིས་ཀྱི་ངར་དགྲ་དེས། །
འབྲས་དྲུག་ཞིང་དེ་ཆགས་ལེ་མེད། །
དར་ནག་བཟུང་བའི་སྔགས་པ་དེ། །
སྐུ་བབས་ཟེར་ན་ཨ་སྨྱོ་བབས། །
ནགས་མ་རི་ཡི་འདུས་མདོ་ནས། །
སྟག་གཟིག་གཉིས་ཀྱི་ངར་དགྲ་དེས། །
སྤང་ཐོག་སྲོག་ཆགས་བཞག་ལེ་མེད། །
ཨུར་ཁྲ་རིང་བཟུང་བའི་གཟེ་སྨུར་དེ། །
སྐུ་བབས་ཟེར་ན་རྫི་བོ་བབས། །
རི་ཚོད་ཚེར་མའི་ཁོང་གསེང་ནས། །
ཁྲ་དར་མ་གཉིས་ཀྱི་ངར་དགྲ་དེས། །
བྱིའུ་ཅོ་ག་རྒྱུམ་བུ་རག་ལེ་མེད། །
རྫོང་བཙན་པོ་བཟུང་བའི་སྲོག་སྐྱོབ་དེ། །
སྐུ་བབས་ཟེར་ན་ཚེར་ཕུང་བབས། །
ཐང་རྫོང་གཉིས་ཀྱི་བར་ལམ་ནས། །
བོད་གླིང་དམག་གི་ངར་དགྲ་དེས། །
གྲུ་གུའི་དཔའ་ཁ་ཐོབ་ལེ་མེད། །
ཡུལ་གཉིས་མཐུན་པའི་བར་བ་དེ། །
སྐུ་བབས་ཟེར་ན་རྒྱལ་ཁག་བབས། །

显威后阎罗之魔。

德钦·西饶扎巴

广阔苍穹宫殿里，
二龙相争怒吼声，
五谷已然无处生，
手执黑旗之咒师，
此时全靠咒师威。
在那林山相会处，
虎豹二者来相争，
原上他物未留存，
手执精准石绳者，
此时全靠牧童技。
山地刺丛间隙中，
两只鹞鹰相争斗，
百灵怎能得食料，
守护群鸟之坚堡，
此时倚仗刺林丛。
城堡原野中间途，
岭蕃两军声势大，
朱古未能得胜利，
二国和解中间人，
此时全靠诸邦国。

སྒ་བདེ་ཆོས་སྐྱོང་བེར་ནག

嘎德·曲炯贝那

༡ ཐང་ཆེན་ཁ་ཞུ་ཞབས་འཁྱགས་ལ། །
རྟ་ཕོའི་བང་ཁ་རྩོམ་ས་མེད། །
ན་ཆེན་སྤང་ཆུ་འདྲེས་མ་ལ། །
རྐྱང་རྒོད་འགྲོས་རྩལ་རྩོམ་ས་མེད། །
ནགས་རྒྱལ་ལུང་བཙན་དོག་པོ་ལ། །
ཐང་དཀར་གཤོག་རྒྱངས་རྩོམ་ས་མེད། །
རྫོང་བཙན་དམག་གི་ཟིག་ཟིག་ལ། །
བོད་གླིང་བགྲོད་འགྲིམ་ཕོད་ས་མེད། །

原野上融下冰冻，
骏马不宜比驰力。
草滩水草交汇处，
野驴不宜显脚力。
密林深谷地势窄，
雄鹰不宜显翼力。
城堡森严军威振，
蕃岭军队不易攻。

༢ ནགས་རྫོང་འཛིན་པའི་དམར་ཡག་སྟག །
འཛུམ་དྲུག་མེད་ན་ཁྱི་ལས་སྡུག །
བྲག་རྫོང་འཛིན་པའི་ཐང་དཀར་རྒོད། །
གཤོག་དྲུག་མེད་ན་བྱི་ལས་སྡུག །
རྒྱ་མཚོ་འཛིན་པའི་ལྟོ་དཀར་ཉ། །
གསེར་གཤོག་མེད་ན་འབུ་ལས་སྡུག །
བཙན་རྫོང་འཛིན་པའི་ངར་རྒོད་བུ། །
དཔའ་སྙིང་མེད་ན་ཝ་ལས་སྡུག །

占据林密斑斓虎，
若无虎纹比狗惨。
占据岩穴白色鹰，
若无翼力比鼠惨。
占据大海白腹鱼，
若无金翅比虫惨。
占据城堡英勇男，
若无胆色比狐差。

ཟུར་སློན་གྲགས་པ་ཤེས་རབ།

俗隆·扎巴西饶

༡ སྟོད་ཀྱི་སྤང་དཀར་འཛིང་ཡོགས་ན། །
ཤྭ་ཕོས་ལ་དགུ་བཟུང་ལེ་དང་། །
ཡུ་མོས་ཤེའུ་ཆུང་ཁྲིད་ལེ་གཉིས། །
གཅིག་ཡུས་གཅིག་ལ་འགེལ་རྒྱུ་མེད། །

上部草甸山坡上，
雄鹿占据山头地，
母鹿养育其幼鹿，
两者不应互诉苦，

ཤ་ཕོས་ལ་རྟོད་བཟུང་ལེ་དེ། །	雄鹿占据山头地，
དགྲ་ཁྱི་ཅེ་གདའ་སོ་བ་ཡིན། །	是为监视豺狗行，
ཡུ་མོས་གཞོང་རིང་བསྒུགས་ལེ་དེ། །	母鹿沟中在等待，
ཤའུ་ཆུང་འཚོ་བའི་རྩིའུ་ཡིན། །	是为养育其幼鹿。
བར་གྱི་གཡའ་རྫའི་ཁོང་གསེང་ལ། །	中部岩山腹心里，
གོང་མས་རྫ་ཟེ་བཟུང་ལེ་དང་། །	雪鸡占据岩山地，
ཁུ་བྱུག་མོན་ནས་འཕོར་ལེ་གཉིས། །	杜鹃从那门域归，
གཅིག་ཡུས་གཅིག་ལ་འགེལ་རྒྱུ་མེད། །	二者不应互诉苦，
གོང་མོས་གཡའ་རྫ་བཟུང་ལེ་དེ། །	雪鸡占据岩山地，
ལྷ་བྱ་ཡིན་པའི་ཐོབ་ཐང་ཡིན། །	自是因其为神鸟，
ཁུ་བྱུག་མོན་ནས་འབྱོར་ལེ་དེ། །	杜鹃从那门域归，
ནམ་ཟླ་ཕྱེད་པའི་དུས་བྱ་ཡིན། །	只因须把季时报。
མདའ་ཡི་གཙང་ཆབ་སྟོན་མོའི་ནང་། །	清澈江河归海中，
དུང་ཕྲུག་འོ་མས་གསོས་ལེ་དང་། །	海螺用那牛奶养，
ངང་བ་བྱང་ནས་འཕོར་ལེ་གཉིས། །	天鹅从那北地返，
གཅིག་ཡུས་གཅིག་ལ་འགེལ་རྒྱུ་མེད། །	二者不应互诉苦，
དུང་འབུའི་རྒྱ་མཚོ་བཟུང་ལེ་དེ། །	海螺用那牛奶养，
མ་དྲོས་ཀླུ་ཡི་ཚ་བོ་ཡིན། །	因其自是鲁神孙，
ངང་བ་ཆབ་ལ་ལྡིང་ལེ་དེ། །	天鹅水中去游弋，
མཚོ་མོའི་གཏིང་ཚད་ལེན་མི་ཡིན། །	是看江河几许深。
དཀར་མོ་གཉེན་རྫོང་མཁར་ནང་ནས། །	白色念宗宫堡中，
རྒྱལ་པོས་གདན་ས་བཟུང་ལེ་དང་། །	君王自在宫中坐，
བློན་པོ་ཇག་ནས་འཕོར་ལེ་གཉིས། །	大臣征战来归返，
གཅིག་ཡུས་གཅིག་ལ་འགེལ་རྒྱུ་མེད། །	二者不应互诉苦，
རྗེ་བཙན་ཕོ་བྲང་འཛིན་ལེ་དེ། །	君王坐镇宫殿中，
མངའ་ཁོངས་སྐྱོང་བའི་མངའ་བདག་ཡིན། །	因是属民之人主，
བློན་པོ་དགྲ་གདོང་འབུད་ལེ་དེ། །	大臣沙场去征战，

ཤ་སྐོར་ཤ་ལན་སྤྲོད་མི་རེད། །

是为血债血来偿。

༢ རྗེ་ལ་ཡར་ཞུ་ཕོད་ལེ་མིན། །
ལི་ལ་མཐར་རྡུང་འགྲོ་ལེ་མིན། །

言语未敢禀君王，
响铜不敢重锤敲。

༣ གྲི་ངན་ངར་མེད་ལག་ལ་རྨོ། །
རྟ་ངན་ཤུགས་མེད་སྒོ་ནས་འདྲོགས། །
གཡོག་ངན་ལས་མེད་ལས་ཡུས་ཆེ། །

劣刀无刃反伤手，
劣马无力门前惊，
恶仆无事却邀功。

༤ སྔོན་མ་གང་ཐོན་མིག་གིས་ལྟོས། །
ཕྱིས་མ་གང་དགོས་ཡིད་ལ་ཞོག །
བྱ་ཤི་གཤོག་བཀྲབ་སྔོན་ལ་ལྟོས། །
ཕྱིས་མའི་ཁྲུམ་བུ་དེ་ལུགས་ཐུབས། །
གླེན་པ་སྔོན་ཤི་རོ་ལ་ལྟོས། །
ཕྱིས་མའི་ཟུར་འཐབ་ཟུར་ཐྲོས་ཀྱིས། །

从前诸事需眼看，
而后所需记心上。
看懂先前死鸟翅，
后鸟觅食要谨慎。
看懂早死愚人尸，
而后应知怎避免。

ཁ་ད་སྣང་ཆེན་སྨྲོན་པ།

喀塔·朗钦渊巴

ལྟོ་ཚོད་མ་ཟིན་རྒྱུ་མ་འཁྲུག །
ཁྲམ་ཚོད་མ་ཟིན་མི་ཁ་སྡང་། །
བརྙས་ཚོད་མ་ཟིན་རང་སྲོག་ཕུང་། །

饮食无度乱肠胃，
欺骗无度众人骂，
欺凌无度陨己命。

ཨ་གྲགས་ཉི་མ་གྲགས་པ།

阿扎 · 尼玛扎巴

ཐང་དཀར་རྒོད་པའི་འཕུར་རྩལ་དེ། །
ཨེ་མཐོ་བསམ་ཞིང་ལྡིང་བསྐོར་བྱེད། །
སྟོང་ལམ་ཡངས་པ་ཟད་མཐའ་མེད། །

雄鹰展翅显翼力，
翱翔欲探高几何，
茫茫天域无边际。

འདོ་རིགས་རྟ་ཕོའི་རྒྱུག་རྩལ་དེ། །	骐骥展显驰骋力，
ཨེ་མགྱོགས་བསམ་ནས་རྒྱུག་ཅིང་གདའ། །	奔跑欲知力几何，
སྐྱ་རིང་ལམ་ལ་ཟད་མཐའ་མེད། །	遥远路途无尽头。
རྩལ་ཆེན་གླག་མོའི་འཇུམ་རྩལ་དེ། །	技高鹞雕展技艺，
ཨེ་སྐྱེན་བསམ་ནས་འགྱུར་ཞིང་གདའ། །	展翅欲知其快慢，
རི་རབ་བརྡིང་ལ་གཡོ་འགུལ་མེད། །	山峦威严不动摇。
གཡོ་ཅན་ཀྲུ་གུའི་དྲན་འཕྲུལ་དེས། །	狡诈朱古阴谋计，
ཨེ་ཐུབ་བསམ་ནས་བསྐོར་ཞིང་གདའ། །	欲探成否施计谋，
ཤེས་ཆེན་ཁོག་ལ་ཉི་ལྟར་གསལ། །	智者心中却明晰。

འདན་བློན་འབྲུ་དམར།　　**丹伦•初玛**

གཤོག་དྲུག་མ་རྒྱས་འདབ་ཆགས་བྱ། །	翅翼未展空中鸟，
ལྡིང་སྐོར་བྱེད་འདོད་གཤོག་པ་བཀྲབ། །	欲要翱翔展羽翼，
བྱ་ཚང་ཟུངས་ལ་སྡོད་དང་དགའ། །	还是安稳居巢好，
བར་སྣང་མཐའ་རྒྱ་ཆོད་ས་མེད། །	茫茫天空难越渡，
རྨིག་བཞི་མ་བྱུང་འདོ་རིགས་རྟ། །	四蹄不劲之马匹，
རྒྱུག་འདོད་ཇ་མ་གནམ་ལ་གཡུག།	欲跑尾巴翘上天，
མ་རྒྱུག་གྲལ་ར་ཟུངས་དང་དགའ། །	莫跑还占槽头好，
ཡ་ཆེན་ཐང་རྒྱ་ཆོད་ས་མེད། །	茫茫原野难越渡。
ཀྲུ་གུ་དཔའ་མེད་སྡར་མའི་རིགས། །	朱古无勇懦夫军，
སྡོན་འགྲོ་འགོག་འདོད་འཇབ་མདའ་འཕེན། །	想要御敌施暗箭，
མ་འགོག་ཕྱག་འབུལ་ཞུས་དང་དགའ། །	还是就擒归降好，
འབུམ་དམག་ངོ་ལེན་ཐུབ་ས་མེད། །	十万兵马怎抵挡。

འབྲུ་གོད་དབྱུང་དམར།

初贵崩玛

སྦྲུལ་དུག་ཅན་ཚང་ལ་ཉལ་བ་ལ། །
དེ་དགོས་མེད་ཐུར་ཚུག་མི་ལོ་ཟེར། །
དུག་ཅན་ལྕེ་གཉིས་བརྒྱངས་པས་ན། །
མི་འདོད་དུག་གིས་ཏ་ལ་འཕེན། །

毒蛇自卧洞穴时，
莫要无事去招惹，
毒蛇吐出舌头来，
射来剧毒会丧命。

འབུམ་ཐུབ་ངར་མ།

奔图•阿尔玛

ཁྲུང་མཁའ་ལྡིང་རང་ས་བཟུང་བ་ལ། །
ཁྱོད་ཁྭ་ཏས་གཤོག་འགྱུར་ཅི་ལ་བྱེད། །
ངེད་རྒྱ་སྟག་རང་ས་བཟུང་བ་ལ། །
ཁྱོད་ཝ་ཡག་སྣ་ཐུལ་ཅི་ལ་བྱེད། །
ངེད་དཔའ་བོས་མཁར་རྫོང་བཟུང་བ་ལ། །
གླིང་སྤྲང་དམག་སྐར་བཅར་ཅི་ལ་བྱེད། །

琼鸟翱翔在空中，
乌鸦展翅为哪般？
猛虎占据为己土，
狐狸嗅闻为哪般？
英雄占据城堡时，
岭军为何逼近前？

ཀླུ་བདུད་སྦྲུལ་ནག་མེ་འབར།

鲁堆•主那梅跋尔

སྦྲིབ་ལུང་སྟག་མོ་མི་ཟན་འདི། །
མ་དཀྲོག་རང་སྐར་བཞག་ན་དགའ། །
དཀྲོག་ན་འདོ་རིགས་རྟ་ལ་སྨང་། །
གཅིག་གི་མི་ཚད་ཀུན་ལ་སྨང་། །
སྤང་ཐོག་སྤྱང་མོ་རྒྱུག་འཛོམས་འདི། །
མ་དཀྲོག་རང་སྐར་བཞག་ན་དགའ། །
དཀྲོག་ན་གཡང་དཀར་ལུག་ལ་གཟན། །
གཅིག་གི་མི་ཚད་ཁྲུ་ལ་གཟན། །

秘境母虎食人肉，
莫要理会勿惊扰，
若扰猛虎恶骏马，
岂止一匹均遭殃。
草上饿狼疾驰行，
莫要理会勿惊扰，
若惊饿狼食绵羊，
岂止一只均遭殃。

རི་སྐེད་འཕར་བ་དམར་པོ་དེ། །　山腰之上红色豺，
མ་དཀྲོག་རང་སྐར་བཞག་ན་དགའ། །　莫要理会勿惊扰，
དཀྲོག་ན་ཚེ་ཚེ་ར་ལ་གཟན། །　若惊豺狗吃山羊，
གཅིག་ལ་མི་ཚད་ཀུན་ལ་གཟན། །　岂止一只均遭殃。
རྫོང་བཙན་དཔའ་བོ་ཡ་མེད་དེ། །　城堡之中无敌将，
མ་ཕུད་རང་སྐར་བཞག་ན་དགའ། །　莫要理会勿驱逐，
ཕུད་ན་བུ་ཧ་དམག་ལ་མཆོང་། །　若想驱逐逼无度，
གཅིག་ལ་མི་ཚད་ཀུན་ལ་དགྲ།　岂止一人众皆危。

ཕོ་ལྷ་དུང་སེང་འོད་དཀར།　颇拉•童森维嘎尔

ནགས་ཙན་དན་དུག་ཚེར་རྒྱས་ས་ན། །　檀木密林荆棘生，
སྟག་དམར་ཡག་ཤ་ལ་ཧམ་པ་ལ། །　锦毛猛虎欲食肉，
ཧ་ཕོ་ཏུའི་འཚེར་ལྷང་ཤ་རེ་ཚ། །　马驹嘶鸣太可怜，
ཤ་དམར་པོ་མ་ཟོས་རྒྱ་སྟག་མིན། །　不食血肉非猛虎。
སྤང་དཀར་ཡག་རི་ཡི་རི་སོལ་ན། །　水草丰美山坡上，
སྤྱང་ཨ་ཐང་སྐང་བཞི་འགྲིམས་ལམ་ནས། །　饿狼行走四岗地，
ལུག་གཡང་དཀར་འབའ་དིར་ཤ་རེ་ཚ། །　绵羊叫声太可怜，
ཁ་ཞིམ་ཤ་མ་ཟོས་སྤྱང་ཐང་མིན། །　不食羊肉非饿狼。
དོང་ས་ནག་གད་པའི་ཐང་ཁུག་ན། །　黑土断岩角落里，
ཁྲ་ཧོར་བ་གཟན་ལ་འགྲིམས་ལམ་ནས། །　鹞鹰觅食路途中，
བྱིའི་ཚུང་ཚུང་གཤོག་སྒྲ་ཡི་རེ་མུག།　小鸟扑翅太可怜，
བྱིའུ་སྒྲོ་སྤུ་མ་གཏོར་རྒྱ་ཁྲ་མིན། །　鸟羽不散非鹞鹰。
འབུམ་སྐར་དམག་གི་གཡས་ཟུར་ན། །　在那十万军营前，
ངེད་དཔའ་རྟུལ་གཡུལ་འཁྲུག་རྒོད་ས་ནས། །　我部英雄欲扬威，
ཁྱོད་སྡར་མས་དཔུང་ངོམ་སྙིང་རེ་རྗེ། །　懦夫还在显威力，
གསོན་ཐར་བ་གཏང་ན་དཔའ་བོ་མིན། །　若让生还非英雄。

གཡུ་འབྲུག་ཐོག་རྒོད།

༡ མགྱོགས་པ་རླུང་རྟ་ཁ་སྤྲོད་དེ། །
སྐྱི་བསེར་བང་ཁ་སུ་སྐྱེན་ཡིན། །

༢ དཀར་ཡག་གངས་རི་གཡས་ཟུར་ནས། །
སེང་དཀར་མོས་རང་མཁར་བཟུང་བ་ལ། །
ཐོ་རུའི་འཚེར་སྐད་ཅི་ལ་བྱེད། །
རྫོང་ཆེན་ནགས་ཀྱི་སྦིབ་ལུང་ན། །
ཐུག་དཀར་རང་ཁྱིམ་བཟུང་བ་ལ། །
ཝ་མོ་གྲ་རྫོམ་ཅི་ལ་བྱེད། །
མཚོ་རླངས་ཅན་གྱི་འཁོར་ཁྱིམ་ན། །
ཉ་མོ་བྱེ་མཁར་བཟུང་བ་ལ། །
ཉ་རྒྱ་ལྕགས་ཀྱུ་ཅི་ལ་གཡུགས། །
གྲུ་ཡུལ་འདོད་དགུ་ཞིང་ས་ལ། །
རང་མཁར་ཕ་བདག་བུ་བཟུང་ལ། །
དོན་མེད་གླིང་དགྲ་ཅི་ལ་ཕབ། །

玉珠托贵

迅疾风马双争雄，
还需看谁风力劲。

银白雪山左近处，
银狮自据己宫堡，
马驹何故来嘶鸣。
茂密森林深处地，
熊罴自己睡洞穴，
狐狸何故来显威。
在那湖海漩涡里，
鱼儿自据己之窝，
渔夫何故来抛钩。
朱古聚德净土上，
宫堡都是父传子，
岭国何故来侵扰。

གནམ་རུ་བཙན་རྒོད།

དམར་ནག་གཤིན་རྗེ་དམག་ཚོགས་དེ། །
དྲང་སྲོང་གཟའ་ཡིས་ཁོག་ས་མེད། །
ན་དམར་སྟག་མོའི་དཔའ་རྫོང་དེ། །
སྣང་ཆེན་མདའ་མོས་གཞོག་ས་མེད། །
རོང་ཆེན་སྦྲུལ་གྱི་སྦས་མཁར་དེ། །
གནམ་ནག་སེར་བས་གཞོག་ས་མེད། །

南如赞贵

黑红阎王麾下军，
罗睺罗曜不能敌。
红色林中猛虎强，
利箭怎能将其射。
深谷毒蛇隐居宫，
霹雳怎能将其斩。

ཤན་པ་ངམ་ཆེན་འབྲུག་སྒྲ། 辛巴•昂钦珠扎

གངས་དཀར་བཟུང་བའི་ཕོ་ཐང་སེང་། ། 雄狮盘踞雪山上，
སྲུ་ཡུག་གཤགས་གཤག་གཡུལ་རལ་རྒྱས། ། 劈开风雪银鬃飘。

གཡུ་ཡག་མདའ་སྐྱེན། 玉雅达坚

ཁུ་བྱུག་རྒྱ་ལྕང་བཟུང་བ་ལ། ། 杜鹃占据杨柳上，
ནེ་ཞེས་ལྡིང་སྐོར་ཅི་ལ་བྱེད། ། 老鹰何须来盘旋。
རྒྱ་སྟག་ནགས་རྫོང་བཟུང་བ་ལ། ། 猛虎占据大森林，
ཐོ་ཏུས་འཁྲོས་བསྐོར་ཅི་ལ་བྱེད། ། 马驹何须来打转。
འབྲོང་ཕོ་རྫ་རྐོད་བཟུང་བ་ལ། ། 野牛占据岩石上，
གཡག་ངན་རྭ་བརྡར་ཅི་ལ་བྱེད། ། 牦牛何须磨牛角。
འདོ་རིགས་བྲེས་ར་བཟུང་བ་ལ། ། 骏马占据槽头位，
བོང་རྐན་འདུར་རྒྱུག་ཅི་ལ་བྱེད། ། 老驴何须来小跑。

སེང་སྟག་ཨ་དོམ། 森达阿冬

གླིང་དམག་གཡག་ཁྱུ་བཀྲམ་བཀྲམ་ལ། ། 岭军散落似牛群，
ཁྱོད་བྱ་ནག་འབྲོང་ནག་འགྲོ་འགྲོ་རེད། ། 恰那仿若野牦牛，
ནག་འབོལ་ཞེ་རྭ་ཞགས་འདེབས་བསམ་སྟེ། ། 本想用那绳索套，
བོའུ་ཁྲ་རིང་སྒྲོག་བདག་རྫེས་ལ་ཡོད། ། 不料怒箭已技弓，
ནག་སྐྱུར་རེ་མ་འཕངས་ཁྲ་རིང་མིན། ། 不毙恰那非枪矛。
གླིང་དམག་གཡང་དཀར་ཁྱུ་བརྒྱ་ལ། ། 岭军仿似绵羊群，
ཁྱོད་བྱ་ནག་འཕར་བ་འགྲོ་འགྲོ་རེད། ། 恰那似豺行其间，
དམར་ཐར་རེ་ཤ་དམར་ཟ་བསམ་སྟེ། ། 想要食取红血肉，

མདའ་ཞག་ཕྲན་སྲོག་བདག་རྗེས་ལ་ཡོད། །	不知利箭在后头，
ཁྲག་ཛར་རེ་མ་འཕངས་ཞག་ཕྲན་མིན། །	血不淋漓非利箭。
གླིང་དམག་ལོ་ཡག་སྙེ་མ་ལ། །	岭军仿似稻禾穗，
ཁྱོད་བྱ་ནག་སེར་རྡོད་འབབ་འབབ་རེད། །	恰那仿似霜雹来，
ནག་ཐ་རེ་ཐང་ལ་གཏོར་བསམ་སྟེ། །	想要将那稻田催，
སྔགས་སྐྱིན་པའི་ཨ་ཁྱི་རྗེས་ལ་ཡོད། །	不知咒师在后头，
སྟོ་སི་ལེ་མ་བཏང་སྔགས་རྒན་མིན། །	不灭霜雹非咒师。
གླིང་དམག་བྱེ་ཐང་ཕྱུག་མོ་ལ། །	岭军在那荒原中，
བྱ་ནག་རྐྱང་རྒན་རྒྱུག་རྒྱུག་རེད། །	恰那好似野驴奔，
སྐྱུ་ཕྱུར་རེ་སྒང་གཞོང་གཏོར་བསམ་སྟེ། །	想要将那山岗毁，
ང་དཔའ་ལ་སྲོག་བདག་རྗེས་ལ་ཡོད། །	巴拉猛将在后头，
ལུས་བེམ་རིག་མ་ཕྲལ་སེང་སྟག་མིན། །	不拆骨肉非森达。

གངས་རིའི་ཤེལ་རྫོང་།

གེ་སར་ནོར་བུ་དགྲ་འདུལ།

༡ རྒྱུ་ཤོར་ར་མདའ། །
མི་བསད་ཤ་ལན། །

༢ སྡུག་འཕྲད་ཀྱང་མགོ་བོ་མི་དུད་ལེ། །
རྒོད་པོ་བུ་ཡི་ངང་ཚུལ་ཡིན། །
ཁ་སྐམ་ཡང་ཡུར་ཆུ་མི་འཐུང་ལེ། །
ཁུ་བྱུག་སྔོན་མོའི་ངང་ཚུལ་ཡིན། །
སྡུག་ཐུག་ཀྱང་མིག་ཆུ་མི་གཏོང་བ། །
སྐྱེས་པ་ཕོ་ཡི་ཁྱད་ཆོས་ཡིན། །

༣ དར་རྒྱུད་རྒྱལ་པོའི་བུ་ལའང་ཡོད། །
གསལ་སྒྲིབ་ཉི་ཟླ་གཉིས་ལའང་གདའ། །

༤ དགྲ་ག་ལེར་འདུལ་ན་དགྲ་མགོ་ནོན། །
མཚོན་ག་ལེར་གཡུག་ན་རྣོ་ངར་ཆེ། །
རྟ་ག་ལེར་རྒྱུག་ན་བང་ཁ་བརྟན། །

སྒྲོལ་མ་ཤི་བདུད་ནག་མགོ །

འཆི་བ་རོལ་འགྲོ་བའི་ཚེ་འདས་དེ། །
བླ་ཡར་ལ་འདྲེན་ཐབས་བླ་མར་བསྟེན། །

《冈日水晶宗》

格萨尔·诺普占堆

劫财要追讨，
杀人需偿命。

遇到困苦不低头，
乃是英雄真秉性。
口渴不饮沟渠水，
乃是杜鹃真秉性。
遇到困苦不流泪，
乃是男儿真秉性。

贵若王子亦有盛衰，
空中日月亦有明暗。

缓慢降敌可克尽，
兵刃缓挥更锋利，
骏马缓行脚力健。

卓玛·西堆那果

离开阳世已故人，
超度亡魂靠上师。

གསོན་མི་ཡུལ་བསྡད་པའི་མགོ་ནག་མི། །
ཆོས་དམ་ཆོས་སྒྲུབ་མི་བླ་མ་ཟེར། །

仍居世间黑头人，
修习佛法靠上师。

སྐྱི་དཔོན་རོང་ཚ་ཁྲ་རྒན།　吉本•绒擦查根

༡ སྟག་དམར་མོའི་འཛུམ་དྲུག་མ་ཉམས་ན། །
ནགས་ཙན་དན་ག་དུས་འགྲིམས་འགྲིམས་རེད། །
ཉ་གསེར་མིག་འཁྱུག་རྩལ་མ་ཉམས་ན། །
མཐའ་རྒྱ་མཚོར་ག་དུས་འཁྱུག་འཁྱུག་རེད། །
གླིང་བུ་རྟའི་དཔའ་རྩལ་མ་ཉམས་ན། །
དགྲ་མགོ་ལག་ག་དུས་བླང་བླང་རེད། །

斑斓虎纹无减损，
密林随时可前往。
金鱼游术无减损，
随时均可游海中。
岭军武艺无减损，
随时都可取敌首。

༢ དམག་བརྒྱབ་ན་བུ་རྟ་ཤི་ལེ་ཞིག།
མགྲོན་བྱུང་བས་ཟས་ནོར་རྫོགས་ལེ་ཞིག།

征战需马革裹尸，
待客需家财散尽。

ཚ་ཞང་འདན་མ་བྱང་ཁྲ།　擦香•丹玛向查

༡ ང་བྱ་ཆེན་མཁའ་ལ་ལྡིང་ས་ལ། །
ཁྱོད་ཁྭ་ཏའི་གཤོག་འཁྱུར་ཡ་རེ་ང་། །
ང་དམར་ཡག་ནགས་གསེབ་འགྲིམས་ས་ལ། །
ཁྱོད་ཝ་མོའི་འདུར་རྒྱུག་ཞེ་རེ་ཁྲེལ། །
ང་སེང་གེ་གངས་ལ་འགྱིང་ས་ལ། །
ཁྱོད་ཁྱི་རྒན་ཅ་ཟུག་ཤ་རེ་ཚ། །

大鸟翱翔天际时，
乌鸦挥翅真可怜。
猛虎行走密林间，
狐狸奔走真可耻。
雄狮屹立雪山顶，
老狗哭嚎真可怜。

༢ དང་པོ་འབྲུག་དང་མ་འགྲན་དགོས། །
འགྲན་ཚར་ན་མེ་དཔུང་ནོར་བུ་དེ། །
མ་ཡོན་ཟེར་ན་སྡེ་བརྒྱད་མིན། །

莫与青龙争高下，
若争就需取其宝，
不然不是八部神。

དང་པོ་འབྲོང་དང་མ་འགྲན་དགོས། །
འགྲན་ཚར་ནས་འབྲོང་གི་རུ་ཐུར་དེ། །
མ་ལོན་ཟེར་ན་རྔོན་པ་མིན། །
དང་པོ་སྟག་དང་མ་འགྲན་དགོས། །
འགྲན་ཚར་ནས་སྟག་གི་འཛུམ་དྲུག་དེ། །
མ་ལོན་ཟེར་ན་ཕོ་རྐོད་མིན། །

莫与野牛争高下，
若争就需夺牛角，
不然不是好猎手。
莫与猛虎争高下，
若争就需夺虎纹，
不然不是英雄汉。

༣ མི་ཆེན་ཞུ་བ་འཐེན་ས་མེད། །
མི་ཆུང་ནོར་གྱིས་བསླུ་ས་མེད། །

大人也不可空口求，
人微也不可赂财物。

ཛམ་བདུད་དཔལ་བོ།

翁堆巴沃

༡ གཞན་རྒྱུ་ཡོས་ཁྲ་འགམ་འགམ། །
རང་རྒྱུ་གསེར་ཕྱེ་བསྒྲིལ་སྒྲིལ། །

散他财如舔食炒麦，
聚己财似沙里淘金。

༢ རི་ཉིལ་ཐག་པས་མི་སྡོམ། །
ཉི་ཤར་སྤར་མོས་མི་ཁེབ། །

山倒不能用绳拴，
日出不能用掌遮。

འཇང་གཡུ་ལྷ་ཐོག་འགྱུར།

姜•玉拉托久

གཏམ་ག་ལེར་བཤད་ན་དོན་གོ་ཆོད། །
མཚོན་ག་ལེར་གཡུག་ན་རྣོ་ངར་ཆེ། །
རྟ་ག་ལེར་རྒྱུགས་ན་བང་ཁ་བརྟན། །

言语缓说派用场，
兵刃缓挥更锋利，
骏马缓行脚力健。

ཨ་གྲགས་ཉི་མ་གྲགས་པ།

阿扎•尼玛扎巴

ངར་ཚོད་མ་བཟུང་ཁྱི་རྒན་དེ། །

老犬狂吠不收敛，

རྡོ་དབྱུག་པ་གཉིས་དེ་ཉོ་བའི་རྟགས། །
ལྡིང་ཚོད་མ་བཟུང་འདབ་ཆགས་དེ། །
བྱ་སྒྲོ་རླུང་ལ་བསྐྱུར་འདོད་རྟགས། །

引来棍棒和石头。
飞鸟盘旋若无止，
鸟羽会被风吹散。

གྲུ་གུ་ཐོག་འཛིན།

朱古·托增

༡ ཆུ་མ་ཤོར་གོང་གི་ཆུ་རགས། །
རྐྱེན་ཆག་སྔོ་གཉིས་ཀྱི་བཟློག་ཐབས། །

筑坝需在大水前，
消灾需在未然前。

༢ བཙན་རྒོད་བཙན་ཚོད་མ་ཟིན་ན། །
བྲག་དམར་ཐོག་གིས་གཏོར་རབས་ཡོད། །
རྒོད་པོས་རྒོད་ཚོད་མ་ཟིན་ན། །
གཉོམ་ཆུང་ཡ་ལན་འཇལ་རབས་ཡོད། །

强悍若无自控力，
红岩亦遭雷电劈。
强汉如若不克制，
弱小亦会来报复。

༣ ཁྱི་རྒན་གྱང་རྩར་བཀར་ཆེ་ན། །
ཡ་སོ་མི་རྒྱག་ཀ་མེད་རེད། །

若将老狗逼墙角，
撕咬自是没奈何。

ལ་དྭགས་གཞོན་ནུ་དགའ་བོ།

拉达·旋努嘎尔沃

༡ ཕོ་ལ་རྒོད་ཞན་ཟེར་ལེ་དེ། །
ཉིན་གཅིག་རླུང་རྟའི་དར་རྒུད་ཟེར། །
རྟ་ལ་མགྱོགས་ཞན་ཟེར་ལེ་དེ། །
ཞག་གསུམ་རྩྭ་ཆུའི་འཕྲོད་ལུགས་ཟེར། །
སྨན་ལ་མཛེས་ཞན་ཟེར་ལེ་དེ། །
རིན་ཆེན་རྒྱན་ཆའི་མཚོར་ལུགས་ཟེར། །

若说男子分强弱，
只是时运高或低。
若说骏马分快慢，
只是水草足或缺。
若说女子分美丑，
只因首饰多或少。

༢ སྐྱེས་པའི་བུ་རྟ་ཆག་ཉིལ་བཏང་། །

所部人马俱被戮，

བསགས་པའི་རྒྱུ་ནོར་ནོམ་ལ་བཅད། །	所蓄钱财俱被劫。
༣ ཁྱི་ཤི་ཁ་ངར་ཤུགས་སྟག་ལས་ཆེ། །	犬死之前力胜虎，
ཕོ་སྣར་མ་ཤི་ཁར་སྨྱོ་དང་མཚུངས། །	懦夫死前似疯子。
༤ མཐོ་རྒྱལ་པོས་བློན་པོ་འཚོགས་ལེ་དེ། །	君王手下养大臣，
དགྲ་ཤ་པའི་གདོང་ལ་ཨེ་ཕན་བསམ། །	是为对敌派用场，
དགྲ་ཤ་པའི་གདོང་ལ་མ་ཕན་ན། །	对敌若是无用处，
བློན་ཇི་ལྟར་མཛངས་ཀྱང་ཨ་དགོས་ཆུང་། །	贤臣规矩似何用，
བློན་པོ་འཚག་ན་ཕན་མེད་ཟེར། །	君养臣子也如此。
རྟ་འདོ་བ་ཆག་གིས་གསོས་ལེ་དེ། །	草料所养骐骥马，
རྒྱང་རིང་པོའི་ས་ཐག་ཨེ་ཆོད་བསམ། །	是为能行远方路，
རྒྱང་རིང་པོའི་ས་ཐག་མ་ཆོད་ན། །	若是不能行远路，
རྟ་འདོ་བ་མཛེས་ཀྱང་ཨ་དགོས་ཆུང་། །	骏马虽美有何用，
འདོ་བ་གསོས་ན་ཕན་མེད་རེད། །	养马也是徒劳功。
༥ མཛོ་ཁྲུང་དཀར་རྒས་ཀྱང་ལམ་རྒྱུས་ཆེ། །	犏牛虽老识路途，
མི་ཤེས་ཆེན་རྒས་ཀྱང་ཉམས་མྱོང་ཆེ། །	智者虽老经验足。

ཨ་སྟག་ལྷ་མོ། **阿达鲁（拉）姆**

རྫ་སྟོད་ཁོལ་མོ་འབྲོང་གཡག་དེ། །	乱石山上野牦牛，
མཐོ་རྫ་སྟོད་བཞགས་ན་འབྲོང་གཡག་རེད། །	履山如地真野牛，
ཀླུང་ཐང་འཁྱུར་ན་གླང་རྒན་རེད། །	沦落平阳是黄牛。
མཐོ་ནམ་མཁའི་དབྱིངས་ཀྱི་གཡུ་འབྲུག་དེ། །	苍穹之间青玉龙，
ཐོག་སེར་ཆར་ཡོད་ན་གཡུ་འབྲུག་རེད། །	若引雨雹真青龙，
ལས་དེ་གསུམ་མེད་ན་ཀོ་ཤུབས་རེད། །	若无便是臭皮囊。

ནེ་ནེ་གནམ་སྨན་དཀར་མོ། 乃乃·南曼嘎尔姆

རྫོ་ཕ་བོང་ཉལ་ན་འཁྱགས་ལ་འབྱར། །
ཤིང་ཙན་དན་ཉལ་ན་རྩ་བ་རུལ། །
ཕ་བླ་མ་ཉལ་ན་ཆོས་མགོ་འཆོར། །
བུ་དཔའ་བོ་ཉལ་ན་དགྲ་མགོ་འཆོར། །
མ་སྲུ་མོ་ཉལ་ན་གནས་མགོ་འཆོར། །
ཕ་ཁུ་བོ་ཉལ་ན་དོན་སྒོ་ཡལ། །
ཆུང་ཨ་ནུ་ཉལ་ན་རྩེད་ར་ཉལ། །
ཕོ་ཉལ་བའི་བུ་ལ་ཡོན་ཏན་མེད། །
ཕོ་ཉོགས་ཉལ་སྐྱིད་ཀྱི་ཐ་མ་ཡིན། །

岩石若睡粘冰上，
檀木若睡坏根基，
上师若睡失道法，
英雄若睡失战机，
姨娘若睡毁家屋，
父叔若睡坏大事，
小童若睡睡乐园，
男子若睡无学问，
男子贪睡好运尽。

རོང་སྲས་ལྷ་རྒོད་འབུམ་ལུ། 绒赛·拉贵奔鲁

༡ དམར་ཡག་སྟག་གི་འཛུམ་དྲུག་ཡིན། །
བྲི་སེར་འབྲོང་གི་རུ་ཐུར་ཡིན། །
ཕོ་ཆེན་ཤྭ་བའི་ཁྲག་རྭ་ཡིན། །
གངས་དཀར་སེང་གེའི་གཡུ་རལ་ཡིན། །
རྒྱ་མཚོའི་ནང་གི་ནོར་བུ་ཡིན། །
མཁའ་ལྡིང་ཁྱུང་གི་སྒོ་ང་ཡིན། །

自是猛虎斑斓纹，
自是野牛锋利角，
自是雄鹿血色角，
自是雄狮银色鬃，
自是深海当中宝，
自是大琼鸟之蛋。

༢ གྱོད་ཡ་མེད་ན་ཁ་ཕོ་ཆེ། །
འགྲན་ཡ་མེད་ན་དཔའ་རྩལ་ཆེ། །

若无官司口气大，
若无仇敌武艺高。

༣ ཁྱོད་ཁྱི་རྒན་གང་སར་རྒྱུག་རྒྱུག་དེ། །
ཆག་སྒོ་རིན་མེད་ཉོ་བའི་རྟགས། །

老狗四处乱窜，
必然招惹灾祸。

༨ རྒྱ་མཚོ་བཏུང་ཡང་མི་ངོམས། །
རི་བོ་བཟས་ཀྱང་མི་རྒྱག །

饮海水仍觉渴，
食大山还觉饥。

ཤན་པ་མེ་རུ་རྩེ།

辛巴梅如泽

༡ དཔའ་དཔུང་བ་འགྲན་ན་རྒྱལ་བ་ཡིན། །
གཏམ་ཤེས་བྱ་བསྡུར་ན་བཟང་བ་ཡིན། །

斗勇自能胜出，
斗智亦是赢家。

༢ བཙན་པོ་བརྡུང་བའི་ཐོ་བ། །
གཉོམ་ཆུང་སྐྱོང་བའི་ཕ་མ། །

除暴强之铁锤，
救弱小之父母。

༣ བྱིའུ་ཆུང་འཕུར་རྩལ་ཆེ་ན་ཡང་། །
བྱ་ཁྲ་དར་མར་ཡ་བོ་མེད། །
ཝ་མོ་གྲ་ལོ་མཚར་ན་ཡང་། །
རྒྱ་སྟག་དམར་པོར་ཡ་བོ་མེད། །

小鸟虽称能飞翔，
高飞怎能比鹞鹰。
狐狸皮纹虽艳丽，
怎比斑斓猛虎纹。

བློན་ཆེན་ཀུན་བཟང་གྲགས་པ།

伦钦•衮桑扎巴

༡ རི་བོའི་རྒྱབ་ལ་རི་བོ་དང་། །
ཕོ་རྒོད་རྒྱབ་ལ་དེ་བས་རྒོད། །

山外有山，
人外有人。

༢ མི་རྒྱུ་ཡོས་ཁྲ་བཞིན་དུ་འགམ། །
རང་རྒྱུ་གསེར་ཕྱེ་བཞིན་དུ་བསྲིལ། །

他财散尽似麦粉，
己财守护似金粉。

༣ མི་ཐུབ་ཁྲ་ལ་འཛིངས་པ་དེ། །
ནམ་མཁའ་བྱ་སྤུས་ཁིངས་པའི་རྒྱུ། །

不自量力战鹞鹰，
乃为散落鸟羽因。

༤ དམར་ཡག་སྟག་གི་ཕྱུ་གྲ།
བྲི་སེར་འབྲོང་གི་སྙིང་ཚིལ། །
ཆགས་ཆེན་བློན་གྱི་ཁོག་གཞི། །

猛虎斑斓纹，
野牛心胆脂，
贤臣之妙计。

༥ ནམ་དགུང་སྤྲིན་ནག་འཁྲིགས་ས་ནས། །
སེར་རྡོད་ཐོག་ཆར་འབེབས་པའི་དུས། །
ཞིང་ཆུང་ལོ་ཡག་བརྟན་ལེ་མེད། །
གངས་དཀར་ཉི་མས་བཞུས་པའི་ཆོ། །
བཞུར་ཆུ་ཐུར་ནས་འབབ་པ་ལ། །
ཕྱུར་གང་ས་ཡིས་ཁོག་ལེ་མེད། །

乌云密布天空中，
暴雨冰雹落下时，
田地丰收也无用。
日照雪山雪消融，
融水俱往低处流，
大地岂能来阻挡。

མཐིང་སྨུ་མེན་རྫོང་།

《亭青金石宗》

མཐིང་རྒྱལ་སྟག་རྒོད་ཟམ་བཙན།

亭嘉 · 达贵昂赞

༡ རྐྱང་བསད་སྟེང་ལ་ལག་བྲོ་དང་། །
འབྲོང་བསད་སྟེང་ལ་ཇ་བྲོ་འཁྲབ། །
ཨ་ཙི་ཧམ་པ་ཆེ་ལུགས་ལ། །
ཤ་ཤོར་མ་མོ་མ་འབའ་གོང་། །
ཤ་ཟོས་སྤྱང་ཀི་ཚུར་ལ་ངུ། །
རྒྱུ་ཤོར་བདག་པོས་མ་གླེང་གོང་། །
ཧམ་ཆེན་རྐུན་མས་ཚུར་སྐད་འདོགས། །

杀得野驴还踩踏，
杀得野牛还扇尾，
如此举止几蛮横；
受伤绵羊还未叫，
吃肉饿狼反哭嚎；
失财主人还未说，
盗匪恶人先告状。

༢ ལག་དམར་སྒོ་ལ་སླེབས་པའི་དུས། །
ཡུགས་ས་སྡུག་ཀྱང་གྲི་མདུང་ཕྱར། །
སྤྱང་ཀི་ལྷས་མཐར་བྱུང་བའི་དུས། །
སྒོ་ཁྱི་སྡུག་ཀྱང་རྗེས་འདེད་བྱེད། །
གླ་བས་ཉིན་རྩྭ་ཟ་བའི་དུས། །
རྫི་བོ་སྡུག་ཀྱང་ཨུར་རྡོ་འཕེན། །

杀夫凶手抵门前，
寡妇虽弱需挥刃；
饿狼抵达羊圈边，
门犬虽弱亦需逐；
麝鹿啃食阳坡草，
牧童虽弱需抛石。

༣ ཤ་ཤོར་ཤ་ལེན་མ་ལོན་ན། །
ཤ་ཙ་སྙིང་མེད་ཡིན་རྟགས་རེད། །
རྒྱུ་ཤོར་ར་མདའ་མ་འཕྲོད་ན། །
རྒྱུ་བདག་ནུས་མེད་ཡིན་རྟགས་རེད། །

受伤未能行报复，
当是胸中无骨气；
失财未能行报复，
就是物主怂无能。

༤ དཔེ་མེད་དུང་གི་མཆོད་རྟེན་ལ། །

洁白无瑕白螺塔，

ལུང་མེད་སོལ་བའི་རབ་གནས་གཏོར། །
ལྷ་ལུང་ནང་ལ་འདྲེ་ལག་བརྐྱངས། །
དར་དཀར་སྟེང་ལ་དྲི་ནག་བྱུགས། །

无理碳粉来开光，
神域伸进黑魔爪，
白绫之上抹黑染。

༥ རྒྱ་སྟག་མཚལ་གྱི་ཐིག་ཁྲ་ཅན། །
ནགས་ཙན་དན་རང་ས་བཟུང་བ་ལ། །
ཁྱི་ནག་དོམ་བུའི་ཟ་རྒྱང་ངོམ། །
མཆེ་བ་ཁྲག་ལ་མ་བསྒྲེས་ན། །
ནགས་ལྗོང་བཟུང་བ་ངོ་རེ་ཚ། །
འཛུམ་དྲུག་རྒྱས་པ་དོན་གོ་ཆུང་། །
འབྲོང་རྒོད་ལྕགས་ཀྱི་རྭ་ཐུར་ཅན། །
ཁྲ་ཡག་རི་རྩེ་འཛིན་པ་ལ། །
གླང་རྒན་རོག་པོས་རྭ་བརྡར་བྱེད། །
མགོ་སྟོད་ཀླད་རྒྱ་མ་གཏོར་ན། །
ཟ་སྟོད་བཟུང་བ་ངོ་རེ་ཚ། །
རྭ་ཐུར་རྣོ་བ་དོན་གོ་ཆུང་། །

密林猛虎斑斓纹，
占据檀木密林时，
黑犬狂吠来寻衅，
不将獠牙染红血，
占据林地亦枉然，
虎纹斑斓属无用。
钢锋双角野牦牛，
占据花岩山头时，
黄牛前来拼角力，
不将其颅撞粉碎，
占据上岩亦枉然，
双角锋利属无用。

༦ གོང་སྨན་པ་ལག་རྩལ་མཁས་ཞན་དེ། །
ཚབས་ཆེན་པོའི་ནད་ལ་ཐུག་ཉིན་ཤེས། །
མི་མ་ན་བདེ་མོར་སྡོད་མི་ལ། །
སྨན་བཟང་དྲུག་ཁ་ལྕེ་སྦྲིད་རོགས་རེད། །
གོང་དཔོན་པོ་ཁེབས་པ་ཆེ་ཆུང་དེ། །
མི་ཉེས་ཆེན་ཁྲིམས་ཞབས་ཚུད་ཉིན་ཤེས། །
ཉེས་མེད་རང་གར་འགྲོ་མི་ལ། །
དཔོན་པོ་ངོ་སྲུང་ཁག་རོགས་རེད། །
ཕ་བླ་མ་འདྲེན་སྟོན་བཟང་ངན་དེ། །
ཕོ་སྡིག་ཅན་དམྱལ་ཁམས་འགྲིམ་ཉིན་ཤེས། །

医者医术好与坏，
急症之前见分晓。
其人无病安坐者，
施药仅能苦其口。
君王威望大与小，
大恶伏法见分晓，
对于无罪自行人，
不需君王来维护。
上师超度好与坏，
巨恶堕地狱时知，

སྡིག་མེད་རང་མགོ་ཐོན་མི་ལ། །
ལམ་སྟོན་མ་དགོས་ཐོར་ཅིག་རེད། །

对于非恶自度者，
自然无需指引者。

ཚགས་ཆེན་པདྨ་གྲགས་པ།

恰钦·白玛扎巴

༡ རང་བྱུས་མ་ཤེས་རོགས་ལ་དྲིས། །
སོ་ནམ་མ་ཤེས་གྲོང་སྡེ་སྲུངས། །

心中无计问友伴，
不识农耕守家户。

༢ བསམ་བཟང་ཚིག་ལ་སྙན་པོ་མེད། །
མཁྲིས་ནད་སྨན་ལ་མངར་མོ་མེད། །

善心所语无美言，
治愈肝病无甘药。

༣ བྱ་རྒྱལ་གཤོག་རྩལ་ངོམས་ས་ལ། །
ཕྱེ་ལེབ་འཕུར་ལྡིང་མ་བབས་ཀྱང་། །
ཡུས་གཤོག་དྲུག་ཅན་གྱི་མགོ་རྙ་བསམ། །
གཡག་རྒོད་རུ་བརྡར་བྱེད་པ་ལ། །
གླང་རྒན་ཨོ་ངར་མ་བབས་ཀྱང་། །
མགོ་རུ་ཐུར་ཅན་གྱི་ལ་རྒྱ་བསམ། །
རྒྱལ་བློན་དཔའ་སྐད་སྒྲོག་པ་ལ། །
བློན་རྒན་ཕྲར་གཏམ་མ་བབས་ཀྱང་། །
རྒྱལ་རབས་གོང་མའི་དམ་ཚིག་བསམ། །

鸟王展现翼力时，
蝴蝶飞空虽不妥，
俱念飞类之声誉。
牦牛比试角力时，
黄牛发嚎虽不妥，
俱念角类牛声誉。
君臣豪言壮语时，
老臣虚言虽不妥，
只因前朝之恩德。

༤ ཇག་ཐེངས་དགུ་བཅད་པའི་རྟ་རྒན་ལ། །
ལྕག་སྦོན་མོས་ཚ་ཁྲབས་མ་བསམ་ཏེ། །
དགྲ་ཐོག་འགེལ་བྱུང་ན་ལ་ཐབ་མེད། །
མདོ་རྒྱ་དབུས་སྐོར་བའི་གཡག་རྒན་ལ། །
བཞི་དོས་དྲུག་གོང་ཚ་མ་བསམ་སྟེ། །
ཚོང་ཁེ་རྒྱལ་བྱུང་ན་ལ་ཐབ་མེད། །

战匪九回骐骥马，
马鞭加身本非愿，
如若敌至怎奈何？
游历藏汉老驮牛，
重驮负身本非愿，
如若经商怎奈何？

ལུས་དྲིན་གྱིས་བསྐྱངས་བའི་ཕ་མ་ལ། ।	养育恩深父母亲，
ཚིག་ངན་པའི་ཞེ་ཤ་མ་བསམ་སྟེ། ।	怒言出口本非愿，
སེམས་གདངས་དཀར་འཁྲུག་ན་ལ་ཐང་མེད། ।	善心激动怎奈何？
རྒྱལ་བློན་དགོངས་པ་ཕྱོགས་མཐུན་ལ། ।	君臣本应属一心，
བློན་ཆན་ཡར་ཞུ་མ་བསམ་སྟེ། ।	老臣本不欲禀告，
དོན་གལ་ཆེན་མི་ཞུ་ཀ་མེད་རེད། ।	大事怎能不禀告。
༥ འབྲས་དྲུག་ལོ་ཏོག་སེར་བས་བརྟུང་། ।	五谷俱被冰雹摧，
སུ་ལན་ཟེར་ན་ལྷོ་སྤྲིན་ལན། ।	若问谁故乌云故，
གནམ་ལ་ལྷོ་སྤྲིན་མ་འཁྲིགས་ན། ।	空中若不布层云，
ས་ལ་སེར་རྡོད་འབབ་དོན་མེད། ।	地上怎会落冰雹。
རྒྱ་ཤོད་ཞིང་ཆུང་སད་ཀྱིས་ཁྱེར། ।	田地被那风霜摧，
སུ་ལན་བྱས་ན་སྐྱི་བསེར་ལན། ।	若问谁过寒风过，
སྐྱི་བསེར་བ་མོ་མ་བབ་ན། ।	寒风若不携霜至，
རྒྱ་ཞིང་སད་ཀྱིས་ཁྱེར་དོན་མེད། ।	田地如何被霜摧。
༦ བུ་སྤུན་གཉིས་ཁ་ཡ་འཐོར་ཞན་འདྲ། ।	兄弟将要分财物，
ཁྱིམ་ཡུ་མེད་མ་སོང་འཚམ་པོ་རེད། ।	莫将家户尽拆散，
འཆི་བདག་བདུད་ལ་ཡ་བོ་མེད། ।	需知阎王随时至。
རྩྭ་ཐང་མེ་ཡིས་ཚིག་ཞན་འདྲ། ।	草原已被大火烧，
ནགས་རི་མ་ཚིག་འཚམ་པོ་རེད། ।	林山未烧实侥幸，
དམར་པོའི་མེ་ལ་ཚོད་བཟུང་མེད། ।	红色火焰无章法。
བྲག་རི་ཐོག་གིས་གཏོར་ཞན་འདྲ། ।	岩山已遭雷击劈，
ས་སྙིང་འོག་མ་བརྗེས་འཚམ་པོ་རེད། ।	土地未翻实侥幸，
གནམ་ལྕགས་ཐོག་ལ་གདོང་ལེན་མེད། ।	天雷霹雳不可挡。
༧ སྡིག་ཆེན་བར་དོ་འཁྲིམ་པའི་དུས། ।	巨恶到达中阴时，

ལྷ་ཡི་དམ་མཇལ་ན་འཇིགས་སྐྲག་སྐྱེ། །
ཉེས་ཅན་ཁྲིམས་རར་ཚུད་པའི་དུས། །
ཁྲིམས་བཀའ་ཤོག་མཐོང་ན་བླ་སྲོག་འདར། །
ཤེས་མེད་ཆག་སྐྱོན་དེད་པའི་དུས། །
བསམ་དཀར་གཏམ་ལ་དགྲ་རུ་འཛིན། །

见到本尊心惊惧。
罪犯赶赴法场时，
见到判书身心颤。
无智遇到灾祸时，
反将良言当恶语。

༨ བློ་དང་རིག་པ་གཉིས་པོ་དེ། །
རང་ལ་ཡོད་ཀྱང་མི་ལ་དྲིས། །
དགེ་དང་ཡོན་ཏན་གཉིས་པོ་དེ། །
མི་ལ་གདའ་ན་རང་གིས་སློབ། །

心智见识两般事，
己身虽具仍要问。
功德长处两般事，
他身若具即需学。

༩ ཚིག་གསུམ་སྐད་ཆ་མ་དྲིས་ན། །
ཕ་རྒྱུས་བུ་ཡིས་མི་ཤོན་ཟེར། །
གོམ་གསུམ་གོམ་པ་མ་སྤྱོས་ན། །
སྒོ་ཐེམ་ལ་མོ་མི་བརྒལ་ཟེར། །
མ་བཤད་མཁས་པ་སུ་ཡིས་ཤེས། །
མ་བརྡུང་རོལ་མོ་སུ་ཞིག་གྲག །

若不开口互问询，
儿女亦不知父亲。
若不向前迈步走，
即使门槛亦难越。
智者不言谁人知，
乐器不奏怎会响。

གནམ་རུ་ཁྲི་བརྟན།

南如赤丹

དགྲ་ལ་ཡ་ལན་སྤྲད་འདོད་ན། །
གཉེན་གྱི་ཁ་སེམས་མཐུན་ལེ་དགོས། །
ཕྱི་ལ་ཞབས་བྲོ་རྒྱག་འདོད་ན། །
ནང་དུ་རྫོག་སྦྲ་འཁྲིག་ལེ་དགོས། །

若欲对敌行报复，
友伴先要齐心力。
若欲人前显舞姿，
舞者脚步需齐整。

འཇང་གཡུ་ལྷ་ཐོག་འགྱུར།

姜·玉拉托久

༡ ལྷོ་སྤྲིན་བྱང་ལ་འགྲོ་བའི་དུས། །
ནུས་མེད་སྔགས་པས་ཡུངས་དཀར་གཏོར། །
སྲེ་བརྒྱུད་སྟོབས་ཤུགས་བལྟ་འདོད་རེད། །
ཐོག་མདའ་མ་འཕངས་གཡུ་འབྲུག་མིན། །
རྒྱ་མཚོ་རང་སར་འཁྲིལ་བའི་དུས། །
གྲུ་ཆུང་སྐྱ་བས་ཐ་རླབས་དཀྲུག།
ཀླུ་བདུད་ནུས་མཐུ་བལྟ་འདོད་རེད། །
ཁྱུར་མེད་མ་བཏང་ཆུ་སྲིན་མིན། །

南方云朵北飘时，
无能咒师击层云，
此乃欲看青龙力，
不施雷电非青龙。
大海本自翻涌时，
小船欲要搅波浪，
此乃欲探鲁妖力，
若不吞食非巨鳌。

༢ ལུག་བརྒྱ་བསད་པའི་སྤྱང་རྒན་དེ། །
ལ་བཙས་ཟུར་ལ་ལྟུ་གེས་འཆི། །
བྱེའུ་བརྒྱ་ཟོས་པའི་ཁྲ་རྒན་དེ། །
ཚེར་ཤུང་ཟུར་ལ་དང་རུས་ཆག།
མི་བརྒྱ་བསད་པའི་ཤ་ཕ་དེ། །
དཔུང་ཆེན་དམག་གིས་གྲི་རུ་གསོད། །

杀羊百只老饿狼，
殒命垭边却因饥。
猎鸟百只老鹞鹰，
荆棘丛边骨头碎。
屠戮百人巨恶人，
军中亡命刀剑下。

༣ སྐྱེས་པོ་རབ་པོ་འབྲིང་པོ་ཐ་གསུམ། །
སྐྱེས་པོ་རབ་མི་ཚེ་ཆོས་ལ་སྦྱངས། །
དམར་སྣུག་ན་བཟའ་ལུས་ལ་མཛེས། །
ཐོས་གསུམ་སྒོམ་གསུམ་རྒྱུད་ལ་ཚང་། །
ལྟ་བ་མཐོ་བས་རང་རྒྱུད་གྲོལ། །
རྟོགས་པ་བཟང་བས་གཞན་དོན་མཛད། །
འདི་བདེ་ཕྱི་སྐྱིད་གཉིས་ཀ་རེད། །
པོ་འབྲིང་མི་ཚེ་དམག་ལ་སྦྱངས། །

男分三等上中下，
上等男子习佛法，
紫红袈裟身上美，
其身兼具闻思修，
见识深厚得解脱，
道行高深度他人，
今生来世俱安乐。
中等男子习兵法，

འཁོར་གསུམ་མདོ་དྲུག་ལུས་ལ་ཚང་། །
དཔའ་རྟོད་བཙན་གསུམ་རང་ལ་འཛོམས། །
དཔའ་དང་དཔུང་པས་དགྲ་མགོ་གནོན། །
བྱམས་དང་སྙིང་རྗེས་གཉེན་འཁོར་སྐྱོང་། །
མི་སྨོན་རང་སྐྱིད་གཉིས་ཀ་རེད། །
ཕོ་ཐ་མའི་མི་ཚེ་ཆང་གིས་གཅོད། །
ཚེ་གང་གསོག་པ་ཆུ་ལ་བཟེ། །
ཁྱིམ་ཚང་གྲུ་བཞི་སྐྱུག་པས་བཀང་། །
ཟ་སྡོད་ཟེའུ་གསུམ་ཆག་འགྲུམ་བཟོ། །
ཕ་མ་བུ་གསུམ་ཁ་རྩོད་ཤོར། །
མིས་འཕྱ་རང་སྡུག་གཉིས་ཀ་རེད། །

三兵六艺身齐具，
勇猛果敢身所具，
武艺勇力降敌人，
慈悲睦爱护戚友，
人慕己悦两相全。
下等男子酒度日，
终生积蓄换酒酿，
屋中俱是呕秽物，
锅碗瓢盆俱稀碎，
家中争吵无宁日，
人欺己悲二者全。

༄ ཕུ་ཐུག་ནས་ངོ་ཤེས་གཏོང་རྒྱུ་གཅིག །
ཕོ་རྒས་ནས་ཡོན་ཏན་སློབ་རྒྱུ་གཉིས། །
མོ་རྒས་ནས་གནས་ལ་འགྲོ་རྒྱུ་གསུམ། །
དགོས་ལེ་འདྲ་སྟེ་ཕྱིས་ལེ་རེད། །
ཕུ་ཐུག་བྱུང་ཚེ་ཉེ་བ་སྨོན། །
ཉེ་གཅིག་འཚོལ་ཚེ་ཉེ་བརྒྱ་འཁོན། །
ཁྱི་རུབ་བརྒྱབ་ཉིན་ཐང་རྡོ་འཚོལ། །
ཐང་རྡོ་སྒྲུག་ཚེ་རུམ་བྲོ་ལྷུང་། །

结交友伴窘迫时，
男儿老时去学习，
女子老时再出嫁，
虽说需要为时晚。
身处困境寻亲友，
寻到一友百友忌。
群狗围时寻石头，
捡石却丢怀中。

ཨ་ཁུ་རྡོ་རྗེ་རྒྱལ་མཚན།

阿库·多吉坚赞

འདོ་ཕྲུག་རྟ་ཕོའི་རྒྱུག་སྟང་དེ། །
མགྱོགས་བུལ་ཐབས་དང་མ་བསྟུན་ན། །
རྒྱུག་ཟད་ཧར་ལ་འབུད་རབས་ཡོད། །
པི་ཝང་སྙན་མོའི་རྒྱུད་ཐག་དེ། །

骐骥骏马奔跑姿，
快慢如若不得宜，
奔跑过度易猝死。
悦耳琴瑟之丝弦，

གྲིམ་ལྷོད་རན་ཙམ་མ་བྱུང་ན། །　　如若松紧不适宜，
དམ་ཆེ་ན་སྒྲོང་སྐུད་ཆད་རབས་ཡོད། །　　过紧琴弦当易断。
ངར་རྒོད་དཔའ་བོའི་སྙིང་གདོས་དེ། །　　勇猛英雄英豪气，
ཐབས་མཁས་བློ་དང་མ་བསྟུན་ན། །　　若然不用计谋合，
ཚོད་མེད་ཕམ་ཁ་ཁུར་རབས་ཡོད། །　　无度逞能必失败。

སྐྱེ་དཔོན་རོང་ཚ་ཁྲ་རྒན།　　吉本·绒擦查根

༡ དགུང་སྔོན་ནམ་མཁའི་དབྱིངས་ཟུམ་ན། །　　且看蔚蓝苍穹中，
ཁྲི་གདུགས་ཉི་མས་གླིང་བཞི་ཁྱབ། །　　红日照耀遍四洲，
དཀར་གསལ་ཟླ་བས་མུན་པ་སེལ། །　　银月映照驱黑暗，
སྐར་ཚོགས་ཁྲ་མོས་མཐའ་ནས་བསྐོར། །　　繁星周遭来围绕，
ཨ་སྔོན་དགུང་གི་རྒྱན་དུ་ཆེ། །　　俱为天空增光彩。
བར་སྣང་ཡངས་པའི་འགྲིམ་ལམ་ནས། །　　天空广阔道途中，
གཡུ་འབྲུག་སྔོན་མོའི་ངར་སྐད་ཆེ། །　　青龙吼声何其大，
སྤྲ་སྤྲིན་སྨུག་མོའི་ཁྱུ་དཔུང་མཐུག །　　云朵叠嶂何其厚，
སྦྲང་ཆར་སིལ་མའི་འབབ་རྒྱུན་བཟང་། །　　细雨飘洒善落地，
བར་སྣང་ཡངས་པའི་རྒྱན་དུ་ཆེ། །　　俱为天空增光彩。
ས་གཞི་བརྟན་པའི་དཀྱིལ་འཁོར་ནས། །　　不动大地之中央，
གཡུ་མཚོ་སྔོན་མོ་གཏིང་རིམ་ཟབ། །　　青色湖泊深无底，
ཆབ་དང་ཆུ་བོ་གྲངས་རེ་མང་། །　　江河流水不胜数，
རྩི་ཤིང་ནགས་ཚལ་ལྷུན་རེ་སྟུག །　　花木树林何繁茂，
ཏོག་མོ་ས་ཡི་རྒྱན་དུ་ཆེ། །　　俱为大地增光彩。

༢ ཁ་དལ་ཚེ་མ་ཎི་མ་བཏོན་ན། །　　闲时口中不诵经，
ཤི་རན་དུས་བློ་འགྱོད་སྐྱེ་གྲངས་མང་། །　　临死心中生悔恨。
ལག་ཁོམ་ཚེ་ལས་ཀར་མ་རེམ་ན། །　　闲时干活若不勤，

འགྲོ་རན་དུས་ལྷམ་ཞབས་བུག་གྲངས་མང་། །
ཐབ་ཁོམ་ཚེ་བརྗེ་བཏག་མ་དྲན་ན། །
ཟ་རན་དུས་རྩམ་ཁུག་སྟོང་གྲངས་མང་། །
དགྲ་ཐུབ་ཚེ་རྩ་མེད་མ་བཏང་ན། །
དུས་ཡིང་ལོགས་གོང་ལ་ཤོར་གྲངས་མང་། །

欲行鞋上多破洞。
灶台空时不炒麦，
欲食糌粑袋中空。
灭敌如若不除根，
待到反叛招毁灭。

༢ ན་ཚ་དྲག་ན་སྨན་པ་བརྗེད། །
ཆུ་ཕ་རིར་ཐོན་དུས་ཟམ་པ་བརྗེད། །

病愈忘医，
水过忘桥。

གྲགས་པ་འབུམ་དགའ།

扎巴奔嘎

སྟག་ཤར་དགྲ་ལ་འཐབ་པའི་དུས། །
དགྲ་ཤུལ་བལ་ལས་མ་འཛམ་ན། །
གཡུལ་ལན་གཅིག་རྒྱལ་དང་མ་རྒྱལ་མེད། །
སྨན་ཤར་གནས་རི་འགྲིམ་པའི་དུས། །
གཏན་འཛག་ཁྱིམ་སོ་མ་ཟིན་ན། །
གནས་ཐེངས་གཅིག་རག་དང་མ་རག་མེད། །

英勇男子出征时，
需把敌人彻底灭，
战胜一回属无益。
女子出嫁去外户，
若无夫家兴旺心，
多次出嫁属无益。

གྲགས་པ་མཆོག་བཟང་།

扎巴确桑

མཐོན་པོས་མཐོ་ཚོད་མ་ཟིན་ན། །
མཐོ་ཉི་ཟླ་གཟའ་ཡིས་བཟུང་རབས་ཡོད། །
བཙན་པོས་བཙན་ཚོད་མ་ཟིན་ན། །
བཙན་བྲག་དམར་ཐོག་གིས་གཏོར་རབས་ཡོད། །
རྒོད་པོས་རྒོད་ཚོད་མ་ཟིན་ན། །
རྒོད་མཐའ་རང་སྲོག་ཤུང་རབས་ཡོད། །

虽在高位若恃高，
日月亦被罗睺擒。
虽则强悍若恃强，
岩石亦会遭雷劈。
虽则勇猛若恃勇，
最终戕害乃自身。

རྨི་ལི་དཔོན་པོ་བྲག་བཙན།

ལམ་རིང་ཤུལ་ལ་ཚོང་པའི་འགྲུལ། །
ཁེ་སྐྱིད་མི་རག་རྐུན་མས་བཅོམ། །
གྲོང་ནག་དཀྱིལ་ལ་ཟློག་པོའི་སྒོམ། །
གྲུབ་པ་མི་ཐོབ་སྲོག་རླུང་ཞུགས། །
དམག་ཆེན་ཟུར་ལ་ཇག་པའི་འགྲོས། །
རྟིང་མ་མི་ལོན་རང་སྲོག་ཕུངས། །

木里·本波扎赞

遥远路途客商行，
未得利润遭匪劫。
骗子伪装坐禅修，
未能得道反昏厥。
大军行旁有盗匪，
不知深浅陨自身。

ཏུར་བ་བུ་ཡི་སྒོ་སྐྱ།

སྤྲང་སྤྱོངས་འབྲོག་པའི་གཟན་ས་ལ། །
མན་ཚར་ཅན་གྱི་ཚེ་ཚེ་ར། །
ལུག་གཡང་དཀར་ཁྱུ་ལ་མི་དོ་སྲི། །
ཕྱུགས་དཀར་ནག་ཁྱུ་ལ་མེད་ཐབས་མེད། །
གྲུ་བཞི་མཁར་གྱི་སྒོ་ཁྱིམ་ནས། །
གསུང་སྐད་སྙན་པའི་དེ་ཕོ་བྱ། །
རྒོད་ཐང་དཀར་འཕུར་རྩལ་མི་དོ་སྲི། །
དུས་ནམ་ཚོད་འཛིན་ལ་མེད་ཐབས་མེད། །
མཐིང་རོང་རྒྱལ་གྱི་ས་ཆ་ལ། །
ལན་མེད་བྱང་དགྲ་ཇག་མི་བཞི། །
སློན་ཟླ་ཐུལ་རྩལ་ལ་མི་དོ་ཡང་། །
ཡུལ་ས་མཚམས་འཛིན་ལ་མེད་ཐབས་མེད། །

图尔瓦·普依果迦

牧家畜牧草场中，
常有驯养山羊群，
虽然不及绵羊好，
畜群之中不可无。
方形城堡门户间，
啼鸣公鸡声优美，
不及雄鹰飞天翼，
司晨报晓不可无。
亭绒王之国土里，
北方英名四盗将，
勇武虽不敌达突，
守护边界不可无。

ངར་རྐོད་ཏ་ལ་མེ་འབར།

༡ ཨ་གསར་བུ་མོའི་ངོ་འཛུམ་དེ། །
འདྲིས་ཡག་ཚར་དུས་ཡོད་རབས་མེད། །
ཁྱི་གསར་བདའ་ལུ་ངར་མདོག་དེ། །
སྐོར་ཐག་ཆད་དུས་ཡོད་རབས་མེད། །
ཕོ་སར་ཇག་འགྲོའི་དཔའ་གཏམ་དེ། །
དགྲ་ཐོག་རྒྱག་བྱུང་དུས་ཡོད་རབས་མེད། །

༢ ཆོས་མེད་བན་དེ་ཤེས་བློ་མང་། །
ཆོས་རྗེས་མ་ལོབ་དུས་སྔ་མ་བརྗེད། །
ཨ་གསར་ཁྲམ་པ་རྟ་རྩིས་ཆེ། །
རྟ་གསར་པ་ཉོ་ཞིང་རྙིང་པ་བཙོང་། །
ཤེས་མེད་བུ་མོ་གླད་རྒྱ་ཡངས། །
རོགས་གསར་པ་འཚོལ་ཞིང་རྙིང་པ་བསྐྱུར། །
མདོ་མེད་བློན་པོ་ཕྱི་ཐག་ཐུང་། །
དཔོན་སྔ་མ་བཞག་ནས་ཕྱི་མ་བསྟེན། །

༣ རི་མགོའི་ཁ་བ་མཐོ་དམན་དེ། །
ལྐ་བྱ་གོང་མོའི་སྐད་ལ་ལྟོས། །
ལུང་པའི་ཞུ་ཐག་རིང་ཐུང་དེ། །
གཙང་ཆབ་སྔོན་མོའི་འགྲོས་ལ་ལྟོས། །
ཡ་རབས་མ་རབས་སྤྱོད་པས་ཤེས། །
ས་ཆའི་མཐོ་དམན་སྐད་ཀྱིས་ཤེས། །

阿尔贵・哈拉梅跋尔

厌旧女子笑容面，
渐熟而后便无存。
小狗狂吠威武状，
拴绳若断便无存。
男子出征豪放言，
待到战场便无存。

无术僧人心思多，
念诵后卷忘前卷。
无良骗子算计多，
买得新马卖旧马。
无知女子心眼多，
识得新友弃旧友。
无耻大臣寡情义，
抛弃旧主拜新主。

欲知山头雪几何，
且听鹧鸪啼鸣声。
欲知山谷深几许，
且看江河流淌状。
有礼无礼看举止，
地位高低看言语。

དཔའ་བོ་རྡོ་རྗེ་རྒྱལ་མཚན། 巴沃·多吉坚赞

བུ་དཔའ་བོའི་རྒྱབ་ལ་དཔུང་གཅིག་དགོས། ། 英雄身后需大军，
དཔུང་མེད་ན་གཅིག་ཤི་ཀུན་རྫོགས་ཟེར། ། 无援便会全部灭。
ཁ་བདེ་མོའི་རྒྱབ་ལ་རྒྱུ་གཅིག་དགོས། ། 巧舌之人需家财，
རྒྱུ་མེད་ན་ལྟོགས་མགོ་སྨུག་ལྡི་ཟེར། ། 无财便会遭饥饿。
མདའ་སྐྱེན་པོའི་རྗེས་ལ་མཐེབ་གཅིག་དགོས། ། 利箭还需好箭术，
མཐེབ་མེད་ན་མུན་ནག་མདའ་འཕེན་ཟེར། ། 无此便是夜射箭。

སེང་སྟག་ཨ་དོམ། 森达阿冬

༡ བན་བཙུན་ཚུང་ཡོད་ཏན་མཁས་ན་ཡང་། ། 沙弥虽然学问高，
རྒྱུད་སྡོམ་པ་མེད་ན་དེ་ཕོ་འདྲ། ། 不守戒律即雄鸡。
གོང་དཔོན་པོ་དབང་ཐང་ཆེ་ན་ཡང་། ། 官长虽然权势重，
ལས་རྒྱུ་འབྲས་མ་སྲུང་རི་སྤྱང་འདྲ། ། 不遵因果即饿狼。
ཕ་ཕྱུག་པོ་ལོངས་སྤྱོད་འཛོམ་ན་ཡང་། ། 父亲虽然家财富，
སེམས་སེར་སྣ་ཆེ་ན་ཡི་དྭགས་འདྲ། ། 心中吝啬即饿鬼。
བུ་དཔའ་བོ་ངར་རྗོད་ཆེ་ན་ཡང་། ། 男子虽然勇无敌，
རྟུས་བརྟན་བསླིང་མེད་ན་དར་ལྕོག་འདྲ། ། 计无长远即旗幡。
སྨན་བུ་མོ་སྐྱེ་གཟུགས་མཛེས་ན་ཡང་། ། 女子虽然身姿美，
ཤེས་མཛངས་འཕྲུལ་མེད་ན་ཁྱི་མོ་འདྲ། ། 若非贤惠即母狗。

༢ བན་ཆོས་མེད་ཆོས་གོས་ཡག་ལེ་དེ། ། 无学僧人袈裟美，
མཚོ་འགྲམ་ངུར་པ་སེར་པོ་འདྲ། ། 却似湖畔黄色鸭。
ཕོ་དཔའ་མེད་གོ་མཚོན་མང་ལེ་དེ། ། 无勇男子兵刃多，
སྒང་ཁའི་ཤྭ་ཕོ་རུ་བཅུ་འདྲ། ། 却似原上雄鹿角。

མོ་ཤེས་མེད་རྒྱན་གོས་མཛེས་ལེ་དེ། །
ཁྱི་ལུད་དར་གྱིས་བཏུམ་པ་འདྲ། །

无知女子衣裳美，
却似绸缎包狗粪。

ཨ་སྟག་ཀླུ་མོ།

阿达鲁（拉）姆

ཕོ་གཡོ་ཆེན་ཕུང་གི་སྣ་འདྲེན་ཡིན། །
མོ་གཡོ་ཆེན་གྱོད་ཀྱི་གཞི་མ་ཡིན། །

奸诈男子引灭亡，
狡猾女子是祸根。

མི་ཆུང་ཁ་བདེ།

弥琼喀德

༡ ཟ་ཚོད་འཐུང་ཚོད་མ་ཤེས་ན། །
ཁྱིམ་འཛིན་མ་རྒན་གླེན་མ་རེད། །
འགྲོ་ཚོད་འདུག་ཚོད་མ་ཤེས་ན། །
ཐག་རིང་ཨ་མགྲོན་གླེན་པ་རེད། །

饮食无节，
乃为愚主妇。
住行无度，
乃为愚游子。

༢ ཇག་པ་དགྲ་ལ་འཐབ་ཚེ་བོན་པོ་བྲོ་ལ་འཇབ། །

强盗同敌搏斗，苯人却偷膳食。

སྟག་རོང་ཨ་ཁྲ་ཁྲོ་ཐུང་།

达绒·阿库超同

༡ ནངས་སྔ་མོའི་ལྕགས་དང་ལྕེ་སྣེ། །
དགོང་ཕྱི་དྲོའི་མིག་དང་ཉི་མ། །
མི་མཐུན་རྟ་གཡག་མགོ་སྦྲེལ། །
དགྲ་གཉེད་དུང་དང་རུ་སྲིན། །

凌晨寒铁遇舌尖，
午后双目望艳阳，
牛马异类难并头，
狭路相逢螺与鳌。

༢ དགུང་གི་གཡུ་འབྲུག་སྔོན་མོ་དེ། །
སྔོ་སྤྲིན་གསེབ་ན་རྒྱང་གྲགས་ཆེ། །
ཁེར་འགྲོས་སྦྲུལ་དང་ཉོར་རབས་ཡོད། །

空中青龙，
云中响雷，
独行如蛇。

ལྷོ་ཡི་རྒྱ་སྟག་ཁྲ་བོ་དེ། །
ནགས་མའི་གསེབ་ན་ཇམ་བརྗིད་ཆེ། །
ཁེར་འགྲོས་ཁྱི་དང་ནོར་རབས་ཡོད། །
ཁྲིམས་ཆེན་འཛིན་པའི་དཔོན་པོ་དེ། །
གསེར་ཁྲིའི་སྟེང་ན་དབང་ཐང་ཆེ། །
ཁེར་འགྲོས་འབངས་དང་ནོར་རབས་ཡོད། །

南山猛虎，
林中威猛，
独行如犬。
持政大官，
台上权大，
独行如民。

༣ བྲག་ཐོག་གླ་བས་རྡབ་ཅིག་བསྒྲིལ། །
ཆུ་ནང་ཉ་མོའི་མིག་དེ་བཅར། །
ལེ་ལན་ཝ་སྤྲེ་གཉིས་ལ་དེད། །
སྟོང་འཇལ་ཤྭ་རྐྱང་གཉིས་ལ་སྐོགས། །

岩山香獐滚石头，
击中河里游鱼眼，
无端追责草上孤，
又向鹿驴讨命价。

གེ་སར་ནོར་བུ་དགྲ་འདུལ།

格萨尔·诺普占堆

གཞོ་ངན་གཤིས་ལ་སྒྱུར་རྒྱུ་མེད། །
གཤིས་དེ་འདྲ་སྒྱུར་ན་ཤི་ལྟས་ཡིན། །
ཚིག་ངན་གཏམ་ལ་བརྗེད་རྒྱུ་མེད། །
ཚིག་དེ་འདྲ་བརྗེད་ན་སྨྱོ་རྟགས་ཡིན། །

庸人陋习改不掉，
若改意味着死亡。
伤人恶言不会忘，
若忘意味着疯症。

སྒྲོན་ཆུང་ལྷ་མོ།

卓琼拉姆

༡ ཕུ་ལ་ཏིང་འཛིན་སྒོམ་པ་བས། །
མདའ་ནས་ཡུལ་གཉིས་འདུམ་པ་དགའ། །
མདོ་བརྒྱ་བཏོན་པའི་ཕན་ཡོན་ལས། །
མི་གཅིག་སྲོག་བསླུ་བསོད་ནམས་ཆེ། །

远遁沟脑闭门修行之功德，
不及沟口两族纷争调和者。
念诵百部佛经祈福之造化，
不及救人一命功德之无量。

༢ ནག་མོའི་གཏམ་ལ་ཟད་རྒྱུ་མེད། །

多嘴女人话难尽，

ལག་རྒྱབ་དྲིག་པ་ཡལ་རྒྱུ་མེད། །

手背污垢难自净。

ཟླ་ཐུལ་སོག་པོ་ཁྲག་མིག

达突·索波叉米

ངན་ལངས་ཤོར་བའི་སྐྱུག་ཕྲུག་དེ། །
གཉེན་ལ་བཏང་དུས་ཆོས་ལ་ཤོར། །
གྲྭ་སར་བཞག་དུས་སྐྱ་སར་འབབ། །
ཐ་མ་སྟེ་བརྒྱའི་བཤས་པ་བྱེད། །
བྱ་བྱེད་མང་བའི་སླན་ཤར་དེ། །
གོ་ལ་སྡོད་ཚེ་གནས་ལ་ཇམ། །
གནས་ལ་བཏང་ན་གོ་ལ་ལོག །
ཐ་མ་ཕྱི་ཕྲུག་ཁ་མཐར་འཁོར། །
རང་ཚུགས་མི་བརྟན་སྟག་ཤར་དེ། །
གཞིས་ལ་བཞག་ན་བྱེས་ལ་དགའ། །
བྱེས་ལ་མངག་ན་དམག་ལ་འགྲོ །
ཐ་མ་རང་སྲོག་མི་ལ་ཤོར། །

娇生惯养的小子，
成家之时要出家，
住进寺庙又还俗，
终成百户之屠夫。
朝三暮四的女人，
在家急着想出嫁，
出嫁后想返娘家，
最终私生子来围。
缺乏主见小伙子，
不愿持家出远门，
在外无聊去当兵，
最终命丧敌手下。

ཁྱི་བློན་ཆོས་འགྲུབ།

齐伦曲珠

༡ ཟེ་རི་མཐོན་པོ་ཨ་གསར་ཆེ། །
ནམ་མ་ལངས་གོང་ནས་ཉི་མ་ཤར། །
དྲོད་ཉི་ཁྱིམ་འབབ་དུས་སྐྱི་སེར་འཚུབ། །
ཁྲེལ་མེད་བུ་མོ་བླད་རྒྱ་ཡང་། །
ལུས་མ་འདྲིས་གོང་ནས་སྙིང་གཏམ་བཤད། །
བློ་ངོ་མ་གཏད་ན་སྙིང་ནོར་རྐྱུ། །
དཔའ་མེད་སྟག་ཤར་བྲེལ་བ་ཆེ། །
གཏམ་མ་བཤད་གོང་ནས་གྲི་མགོ་ཕུར། །

高山独峰变化快，
未见天亮日照峰，
暖阳正当刮寒风。
无耻女人头脑轻，
未建感情诉衷肠，
对方有意却变卦。
无胆小伙性子急，
出言之前攥刀柄，

དཔའ་མཚོན་ཁ་འགྲན་དུས་ཝ་བྲོས་རྒྱུག། 较量之时如狐逃。

༢ ཚོད་མགྱོགས་པོ་མིན་སྐྱེ་ཟིན་མི་དཀོན། ། 具自控能力的人少，
སྐྱིད་ལྡིད་པོ་མིན་སྐྱེ་ཁྱག་མི་དཀོན། ། 富有而低调的人少。

༣ མཐོན་པོ་མཐོ་ཚོད་མ་ཟིན་ན། ། 日月亮无度，
མཐོ་ཉི་ཟླ་གཟའ་ཡིས་བཟུང་རབས་ཡོད། ། 也有曜煞吞食时。
བཙན་པོ་བཙན་ཚོད་མ་ཟིན་ན། ། 称霸若无度，
བཙན་བྲག་དམར་ཐོག་གིས་གཏོར་རབས་ཡོད། ། 岩山也有雷劈时。
དཔའ་བོ་དཔའ་ཚོད་མ་ཟིན་ན། ། 勇猛若无度，
དཔའ་གླིན་འཐབ་རང་སྤྲོག་ཤུང་རབས་ཡོད། ། 也有莽汉刀下鬼。

༤ ཁྱུང་མཁའ་ལྡིང་ཟེར་བའི་གཡེར་པོ་ཆེ། ། 劲飞天空琼鸟，
ནམ་འཕང་གཅོད་ཚོད་མ་ཟིན་ན། ། 若如超高飞驰；
རླུང་གི་སྤུ་གྲི་རེག་གཅོད་ཡོད། ། 高空似刀疾风，
གཤོག་སྒྲོ་དགུང་ལ་འཐོར་ལེ་འོང་། ། 会使翎羽吹散。
དམའ་རྒྱ་སྲིན་ཟེར་བའི་གཡེར་པོ་ཆེ། ། 被称深海大鳌，
རྒྱ་མཚོ་དཀྲུག་ཚོད་མ་ཟིན་ན། ། 过度搅动大海；
ཤུགས་ཆེན་དུང་དཀར་གཡས་འཁྱིལ་ཡོད། ། 右旋大力白螺，
སྙིང་ཁྲག་མཚོ་ལ་འཁྲིམ་ལེ་འོང་། ། 会把心血洒海。
སྟག་དམར་ཡག་ཟེར་བའི་གཡེར་པོ་ཆེ། ། 凶猛密林红虎，
ཤ་དམར་ཟ་ཚོད་མ་ཟིན་ན། ། 过度猎食红肉；
ལུང་གསུམ་ས་མདའ་ངར་མ་ཡོད། ། 三沟利箭等候，
མགོ་པགས་རྐང་ལ་བཤུ་ལེ་འོང་། ། 皮从头剥到脚。

༥ འབྲུག་ཕོ་ཐང་གནམ་ནས་གྲག་ལེ་དེ། ། 空中雷声惊天，
མ་གོ་ཟེར་ན་འོན་པ་རེད། ། 说未闻是聋子，

གློག་དམར་པོ་ས་ལ་འབྲུག་ལེ་དེ། །
མ་མཐོང་ཟེར་ན་ལོང་བ་རེད། །

闪电火流落地，
说未见是瞎子。

རྡོ་རྗེ་གཡུ་སྒྲོན་མ།

多吉玉珍玛

གངས་རྫོང་སེང་གེའི་ངར་སྐད་དེ། །
དགྲ་བོ་ཡུག་ཐུང་དུས་མ་བསྒྲགས་ན། །
རྩལ་གསུམ་རྫོགས་པ་དོན་གོ་ཆུང་། །
བྲག་སྟོད་རྒོད་པོའི་གཤོག་རྩལ་དེ། །
རླུང་སྐྱི་བསེར་ཐུང་དུས་མ་ཡོད་ན། །
གཤོག་དྲུག་རྒྱས་པ་དོན་གོ་ཆུང་། །
ཆུ་ནང་ཉ་མོའི་འབྲུག་འགྲོས་དེ། །
ཆབ་རྦ་གློང་འབྲུག་དུས་མ་འཕྱོ་ན། །
གསེར་མིག་འཁྱིལ་པ་དོན་གོ་ཆུང་། །

雪域狮子怒吼声，
强敌当前若无声，
力强凶猛也无用。
崖上秃鹫之翅力，
劲风当前无抗力，
雄健翅膀也无用。
河中畅游之鱼儿，
潮涌缺乏跃浪力，
金眼翻跃也无用。

ཚ་ཤང་འདན་མ་བྱང་ཁྲ།

擦香 · 丹玛向查

༡ ཐུས་དལ་ཚེ་རྒྱལ་པོ་བསྡད་ན་དགའ། །
གནས་ཐོབ་ཚེ་སྨད་ཤར་སོང་ན་དགའ། །
གླ་རག་ཚེ་གཡོག་པོ་འདུར་ན་དགའ།

兴政之王应自省，
定亲之女应出嫁；
获酬佣人应勤劳。

༢ ཕོ་བསོད་ཟད་ཧག་ལ་འགྲོ་ཉིན་མོ། །
ཉི་མ་ལོག་ཆར་དེ་དུས་འབབ། །
མོ་བསོད་ཟད་གནས་ལ་འགྲོ་ཉིན་མོ། །
དྲང་སྲོང་ཡན་ཀུང་དེ་ཉིན་འཆར། །

无运小子出门时，
恰遇日后暴雨天；
无运女子出嫁时，
正碰不祥之日子。

༣ བརྙས་བཙོས་ལེ་ལོ་རྣམ་གཡེང་གསུམ། །

欺人懒惰和散漫，

ལས་དོན་མི་འགྲུབ་སྐྱོན་གསུམ་ཟེར། །
གཉིད་དང་རྩེད་མོ་ཆང་འཐུང་གསུམ། །
རང་ཕྱུས་ཤོར་བའི་སྐྱོན་གསུམ་ཟེར། །
རྐུ་དང་གཡོ་སྒྱུ་རྫུན་གཏམ་གསུམ། །
མི་ཕུང་རང་བརླག་སྐྱོན་གསུམ་ཟེར། །
སྐྱེ་དང་ན་དང་འཆི་བ་གསུམ། །
བཟུར་ཐུ་མེད་པའི་ལས་གསུམ་ཟེར། །

成就事业之三碍。
贪睡贪玩和饮酒，
失去事业之三过。
偷盗阴谋和谎言，
害人害己之三过。
出生患病和死亡，
无法逃避三命运。

༤ རྟོགས་ལྡན་ཟྲོག་པོའི་གདམ་ངག་དེ། །
ཉི་མས་དྲོས་པའི་ཁ་བཤད་རེད། །
འབྱུང་བཞིའི་གཡར་པོ་ཞིག་པའི་དུས། །
གདེངས་ཚོད་ཅི་གདའ་མཐོང་ནས་ཡོང་། །
གཡུང་དྲུང་བོན་གྱི་མཐུ་རྩལ་དེ། །
ཆང་བཟི་ཕག་གི་ཁ་ཕོ་རེད། །
དགྲ་འདྲེས་ཐོག་ཟིས་ཕྱུང་བའི་དུས། །
ནུས་མཐུ་ཅི་གདའ་ཤེས་ནས་ཡོང་། །
རྒྱ་གྲོང་ཕྱི་མོའི་ཁ་མཁས་དེ། །
ན་ཆུང་སླུ་བའི་མགོ་བསྐོར་རེད། །
ལན་ཆགས་ལུས་ལ་འཁོར་བའི་དུས། །
བརྩེ་དུང་ཅི་གདའ་གསལ་ནས་ཡོང་། །

悟道者之诀窍，
阳光暖身之言；
四大回归时刻，
分明修功如何。
苯波教之法术，
酒话猪嚎一般；
鬼敌雷击之时，
方知法术如何。
城里放荡浪女，
引诱小伙骗术；
正当缘份临时，
方知有无真情。

༥ མི་སུ་སྡུག་ཕྱུས་ཀྱང་ཉེ་བ་དྲག །
སེམས་སྙིང་ཐག་ཉེ་ཞན་འདྲ་ལེ་མིན། །
ཟེར་ལུགས་ཡོད་དེ་བདེན་ལུགས་མེད། །
ཉེ་བ་སྡུག་ན་དགྲ་བས་ཐུ། །
ནང་ཉེ་བའི་དགྲ་དང་ཕུ་དུང་ཤིག །
ཕྱི་མི་རིག་ནང་ནས་ཡིད་ཟ་འཕྲུག །

是非再多亲人好，
内心远近不一样；
此说并非为实话，
亲人变坏超敌人；
内人成敌袖内虱，
外人不见内痛苦。

གོས་སུ་སྟུག་བྱུས་ཀྱང་ལྭ་བ་དྲོ། །	衣类依然长袍好，
དགུན་གྲངས་ལྷག་ཁོག་ཞན་འདྲ་ལེ་མིན། །	寒冬保暖不一样；
ཟེར་ལུགས་ཡོད་དེ་བདེན་ལུགས་མེད། །	此说并非为实话，
ལྭ་བ་རྙིང་ན་རྡོ་བས་གྲང་། །	长袍变旧比石冷；
གོས་ལྭ་བའི་ཕྱུག་དང་ལྷམ་ནང་རྡོ། །	破旧袍和靴底石，
ཕྱི་མི་རིག་ནང་ནས་ཡིད་ཟ་འཕྲུག །	外人不见内不适。

ཁྲི་ཐུབ་དར་མ་རྩེ་རྒྱལ།　**赤图·塔尔玛泽嘉**

རི་བོང་སླག་གིས་ཁྱེར་ཁ་དེར། །	金雕叼兔之前，
མགོ་རྩེད་ལན་གསུམ་རྩེ་རབས་ཡོད། །	小兔活蹦乱跳。
བུ་ཆུང་འགྲམ་ལྕག་རག་ཁ་དེར། །	小孩挨掴之前，
གོ་ཐལ་གནམ་ལ་གཏོར་རབས་ཡོད། །	灶灰满天挥撒。
སྨན་ཆུང་རང་ལུས་ལད་ཁ་དེར། །	少女失身之前，
སྣང་བ་གཞན་ལས་མཐོ་རབས་ཡོད། །	自高激情超人。
སྡིག་ཅན་དམྱལ་བ་ལྷུང་ཁ་དེར། །	恶人堕地狱前，
བསོད་ནམས་མེ་ལྟར་འབར་རབས་ཡོད། །	福运如同燃火。
སྟག་ཤར་དགྲ་ལག་འགྲོ་ཁ་དེར། །	儿郎送命之前，
སྙིང་གདོས་གཞན་ལས་ཆེ་རབས་ཡོད། །	胆量超过他人。

ཧ་ལ་མེ་འབར།　**哈拉梅跋尔**

སྐྱེས་པོ་རབ་རྩོད་རྩོད་ཆོས་ལ་རྩོད། །	上等男子辩理论，
ཆོས་གྲུབ་མཐའ་མཁས་པས་འཕྲུལ་ཕྱུགས་འཚོངས། །	教派之辩求究竟。
པོ་འབྲིང་རྩོད་རྩོད་གཏམ་ལ་རྩོད། །	中等男子辩口才，
གཏམ་ཁེ་གྲགས་ཐོབ་པས་རྒྱལ་ས་ཟིན། །	辩才高低求赢家。
པོ་ཐ་མ་རྩོད་རྩོད་ཟས་ལ་རྩོད། །	下等男子争食物，

ཟས་ཟོས་པས་མི་བརྒྱག་རྐུ་རྫུན་དྲན། །
སྨན་མོ་རབ་རྩོད་རྩོད་ལས་ལ་རྩོད། །
ལས་ལག་ཤེས་བཟང་བས་མཛངས་འཕྲུལ་མཁས། །
མོ་འབྲིང་རྩོད་རྩོད་གནས་ལ་རྩོད། །
གནས་འདུན་མ་ཟིན་པས་ཁྱིམ་གཞིས་ཚུགས། །
མོ་ཐ་མ་རྩོད་རྩོད་མི་འཁྱམས་རྩོད། །
ལུས་འདོམ་གང་མ་ཤི་རོ་ལ་བསྒྱུར། །

食饱还想争着偷。
上等女子争勤劳，
争得手艺成巧妇。
中等女子争出嫁，
出嫁成家当主妇。
下等女子争放荡，
终成行尸走肉类。

འབྲུ་སྣ་བདེ་ཆོས་སྐྱོང་བེར་ནག

智·嘎德·曲炯贝那

སྦལ་པས་ན་འབུར་རི་ལ་སྟེ། །
ལྕོང་མོས་ཀོ་མོག་མཚོ་ཏུ་རྩིམ། །
ཞིམ་བུས་རང་རྟུག་གསེར་དུ་སྒོམ། །
དུད་འགྲོས་རང་རྐུབ་ལྕེ་ཡིས་ལྡག །
ངན་པས་རང་བསྟོད་རང་ལ་བྱེད། །

青蛙土丘视山，
蝌蚪水凼当海；
猫把自屎当金，
畜牲舔砥自屁；
小人自诩自夸。

ཀླུ་ཡག་རྩེ་རྒོད།

鲁雅泽贵

ཉེ་བ་ཐག་ཙམ་རེ་གཏམ་ས་ལ། །
དར་ཧ་སྐུད་ཙམ་རེ་མེད་ཐབས་མེད། །
ཀྲོད་རྫས་ལུད་ཙམ་རེ་གཏུག་ས་ལ། །
རྒྱུ་རིལ་མ་ཙམ་རེ་མེད་ཐབས་མེད། །
གནས་ཕོར་ཁ་ཙམ་རེ་བདག་ས་ལ། །
ཚང་མཁྲིས་པ་ཙམ་རེ་མེད་ཐབས་མེད། །
རྟ་ར་ཕོ་ཙམ་རེ་རྒྱུག་ས་ལ། །
རྒྱན་ཁབ་རྩེ་ཙམ་རེ་མེད་ཐབས་མེད། །
ཁྲབ་སྟོད་ཁེབས་ཙམ་རེ་གྱོན་པ་ལ། །

说媒谈情，
必备哈达。
调处纠纷，
必有押物。
大小婚礼，
必有小酒。
马儿赛跑，
必有赌注。
披甲上阵，

གླུ་ཨ་ལ་ཙམ་རེ་མི་ཐབས་མེད། །
必唱啊啦。

ཁྲབ་པ་ལག་རིང་།
洽布巴喇仁

༡ མགྱོགས་ཆེན་ཤ་ཁྱིའི་བང་ལམ་ནས། །
ཝ་མོ་ཁུང་ལ་གབ་ཞན་འདྲ། །
ཝ་སྲོག་ཁུང་བུས་ཁེབས་རབས་མེད། །
དུ་བས་དབུགས་འཚུབ་བཏང་བས་ཆོག།
རྒྱལ་ཆེན་གླག་མོའི་འཇུམ་ལམ་ནས། །
རི་བོང་གད་ལ་བཅར་ཞན་འདྲ། །
རི་སྲོག་གད་པས་ཁེབས་རབས་མེད། །
སྡེར་མོས་སྐྱལ་པགས་བཤུས་པས་ཆོག།

猎狗飞驰，
狐藏洞穴；
难保狐命，
熏烟窒息；
金雕俯冲，
兔藏坎下；
难保兔命，
爪抓脊皮。

༢ ནད་ཚབ་ཆེན་པོག་ཉིན་ལྷ་རྗེ་མེད། །
མི་གང་གཅེས་ཤི་ཉིན་བླ་མ་མེད། །
དགྲ་ཚུལ་འགེལ་བྱུང་ཉིན་དཔོན་པོ་མེད། །

身患沉病无医者，
亲人去世无上师；
仇敌当前无首领。

མགྱོགས་པ་ཤ་བ་ཡ་མེད།
爵巴·夏瓦雅美

བུ་བུ་མོའི་ངོ་ལ་དཔའ་སྙིང་མེད། །
རྟ་རྒོད་མའི་ངོ་ལ་རྒྱུག་ཤོད་མེད། །
མཚོན་ཞ་ཉེའི་ངོ་ལ་རྣོ་ངར་མེད། །

女样郎儿无胆量，
雌体马儿缺跑速；
铅质兵器无伤力。

དུང་སྐྱོང་སྟག་ལྷ་ཁྲི་དཀར།
童炯·达拉赤嘎尔

ཡག་འདོད་ལྷ་ཁང་ཁྲ་མོ་བཞེངས། །
མ་ཡག་བྱ་བྱིའུ་ཚང་སྡུན་བྱུས། །

图华丽造殿堂，
不雅却成鸟巢。

མཛེས་འདོད་གདོང་ལ་འོ་ཁྲུས་བརྒྱབ། ། 爱美用乳洗面，
མ་མཛེས་མིག་ལ་ཡིང་ཐོག་དོན། ། 不美却患眼疾。
མཐོ་འདོད་ལག་པ་གནམ་ལ་སྐྱོབ། ། 欲高一手遮天，
མ་མཐོ་རྐང་པའི་རྟིང་རྩ་ཆད། ། 不高伸断脚筋。

ཤན་ཚ་རླུང་ལྷ་མགྱོགས་ལྡན། **辛擦·隆拉爵丹**

ཉམས་ལེན་མ་ནུས་ཆོས་པ་ཚོ། ། 无能修心持教者，
ཁ་བཤད་ཆོས་གཏམ་མཁས་ཞན་འདྲ། ། 看似讲经实则假，
ལམ་བར་དོ་འཕྲིམ་ཉེན་ཡོད་རབས་མེད། ། 步入中阴生恐惧。
ངག་ནུས་མེད་པའི་སྔགས་པ་ཚོ། ། 所念无果持咒者，
མིག་འཕྲུལ་ཨོ་རྦབ་ཤེས་ཞན་འདྲ། ། 炫耀魔幻与咒术，
འདྲེ་གདོན་ཐུག་དུས་ཡོད་རབས་མེད། ། 遇上妖鬼却乏术。
སྙིང་གདོས་མེད་པའི་དམག་དཔོན་དེ། ། 本无胆量的军师，
དཔའ་འདོད་ཁ་ཕོ་ཆེ་ཞན་འདྲ། ། 自诩胆量无人及，
དགྲ་ཐོག་རྒྱག་བྱུང་དུས་ཡོད་རབས་མེད། ། 临阵之际吓破胆。

ཁྱུང་སྲས་ཨོ་ཙི་ལེགས་པ། **羌赛·欧支列巴**

དཔོན་རྒྱལ་ས་ཤོར་ཁ་བྱ་བྱེད་མང་། ། 官宦失政前夕乱作为，
ཕོ་དགྲ་ལག་འགྲོ་ཁ་སྙིང་གདོས་ཆེ། ། 汉子阵亡之前增勇气，
སྨན་རང་ལུས་ལད་ཁ་མགོ་འཕང་མཐོ། ། 女人失身之前现自高，
ཟོག་སྤྱང་ཀིས་ཟ་ཁ་ཁེར་འགྲོ་རྒོད། ། 牲畜狼害之前离群走。

ཟླ་ཐུལ་ཐོག་འབྲུག་གྲགས་པ། **达图 · 托竹扎巴**

༡ མི་ཕོ་རྟ་ཕོ་མཛོ་ཕོ་གསུམ། ། 男儿骏马和犏牛，

ཕྱི་ནས་བལྟས་ན་ནང་ནས་ཤེས། །	外表可知内在性；
ཉི་མ་ཟླ་མ་སྐར་གསུམ། །	太阳月亮和星星，
གནམ་ནས་ཤར་ན་ས་ནས་མཐོང་། །	空中闪光地上见；
ཛ་དང་སིལ་སྙན་འཁར་ཛ་གསུམ། །	鼓和铃铛及铜锣，
རྩེ་ནས་བརྡུང་ན་གཤམ་ནས་གོ །	山顶敲击山下闻；
དུང་དང་རྒྱ་གླིང་ཟངས་དུང་གསུམ། །	海螺唢呐和铜罐，
ནང་ནས་བོས་ན་ཕྱི་ནས་ཐོས། །	室内吹奏室外闻。
༢ དྲིན་ཆེན་ཕ་མའི་ཁ་ཏ་དང་། །	大恩父母忠言，
ཚེ་རོགས་བཟང་པོའི་སྨོན་ལམ་གཉིས། །	永恒爱人祝福，
རྩ་བའི་བླ་མའི་ཞལ་གདམས་གསུམ། །	根本上师窍诀，
བསླུ་བ་མེད་པ་རྣམ་གསུམ་རེད། །	三种无欺之言。

འདན་སྲས་གཡུ་འོད་འབུམ་མེ།　丹赛•玉维奔梅

༡ ཆུ་ཆུང་སྐམ་ཁ་ཤག་སྒྲ་ཆེ། །	临枯小溪响声大，
མར་མེ་ཤི་ཁ་ཚག་སྒྲ་མང་། །	临灭油灯嚓嚓响，
ཕྲུ་གུ་ངུ་ཁ་ཧབ་དགོད་ཚ། །	临哭小孩哈哈笑。
༢ མི་སྡུག་ན་ལྷ་ལ་ཡུས་འཁང་བྱེད། །	人到绝望埋怨神，
ཁྱི་ལྟོགས་ན་གནམ་ལ་ངུ་ཟུག་རྒྱག །	饿狗无奈向天叫。
༣ གཡུ་འབྲུག་འདྲ་བའི་གཞུ་མོ་ལ། །	似青龙之弯弓，
གློག་དམར་འདྲ་བའི་མདའ་ལྟོང་སྒྲིད། །	配闪电般箭筈，
གནམ་ལྕགས་འདྲ་བའི་མདེའུ་རྩེ་ལ། །	似雷铁般箭镞，
ཐོག་ལྕེ་འདྲ་བའི་ཟེ་ར་འཚུབ། །	配霹雳般箭翎。

ཟླ་ཐུལ་དོམ་ནག་ཡ་མེད།

达图·童那雅美

སྐྱེས་ཕོ་རབ་ཁོག་སྟོད་སེང་གེ་འདྲ། །
དཔའ་སྟོབས་ཤུགས་གཉིས་ཀ་དེ་ལ་ཡོད། །
ཕོ་འབྲིང་སྐེད་པ་རྡོ་རྗེ་འདྲ། །
ཅིས་ཡོན་ཏན་གཉིས་ཀ་དེ་ལ་ཡོད། །
ཕོ་ཐ་མའི་ལྟོ་བ་ཆང་རྫ་འདྲ། །
ཀུ་ཡོང་ཁ་གཉིས་ཀ་དེ་ལ་ཡོད། །
སྨན་མོ་རབ་སྐྱེ་གཟུགས་མདའ་དང་འདྲ། །
མཛངས་ཁོག་ཤེས་གཉིས་ཀ་དེ་ལ་ཡོད། །
མོ་འབྲིང་མཛུབ་མོ་སྤོས་ཕུར་འདྲ། །
ལས་ལག་ཤེས་གཉིས་ཀ་དེ་ལ་ཡོད། །
མོ་ཐ་མའི་མིག་ཙ་ཕུག་རོན་འདྲ། །
རྫུན་སྦྲ་ལག་གཉིས་ཀ་དེ་ལ་ཡོད། །

好男身姿如雄狮，
胆儿力量个个全；
中上男儿金杵身，
智商品德样样全；
贱男酒囊饭袋身，
胃口吓人还偷窃。
上女身材如竹箭，
知识聪颖个个全；
中女手指如香纤，
勤劳手艺样样全；
贱女眼角红如鸽，
谎言搅合还偷窃。

ཨ་ཧྲུ་ཁྲ་གཟིག

阿努查秀

༡ མ་ཤེས་དོན་ལ་བསྐྱར་བཤད་དང་། །
མདོ་དོན་ཚིག་གི་བརྡ་དཀྲོལ་གཉིས། །
གནས་ལུགས་དོན་གྱི་ལོ་རྒྱུས་གསུམ། །

不懂重讲，
重点释义，
所讲有据。

༢ ནགས་རི་མེ་ལྕེས་བསྲེགས་འདྲ་དང་། །
འབྲས་དྲུག་སེར་བས་བརྡུང་འདྲ་གཉིས། །
བྲག་རི་ཐོག་གིས་གཏོར་འདྲ་གསུམ། །
ཡ་མཚན་ལྟད་མོ་ཆེ་ལུགས་ལ། །

林山着火，
雹毁庄稼，
雷劈崖山，
惊愕三观。

༣ ལྕགས་རི་མེད་པའི་མཁར་རྫོང་དང་། །

无城墙城堡其一，

བློན་འཁོར་མེད་པའི་རྒྱལ་པོ་གཉིས། །　　无众臣国王其二，
ཉོར་ལ་ཁད་པའི་རྒྱལ་གཞིས་གསུམ། །　　将衰败国政其三，
མི་རྟག་རླུང་གསེབ་མར་མེ་འདྲ། །　　无常如风中油灯。

༤ གནའ་མིའི་བགྲེས་པོའི་ངག་རྒྱུན་དང་། །　　古人传说和故事，
སྒང་པ་བོད་ཀྱི་ཁ་དཔེ་གཉིས། །　　岗巴蕃巴之谚语，
ལོ་རྒྱུས་དོན་གྱི་འདྲ་མ་གསུམ། །　　真实历史和记载，
དཔྱད་ན་གནས་ལུགས་འདྲ་གཏམ་རེད། །　　细思甚是有奥妙。

༥ སྡོམ་པ་ཉོར་བའི་བན་དེ་དང་། །　　一数已失戒的出家人，
བོ་ཀས་ལུས་པའི་སྨན་ཤར་གཉིས། །　　二数难嫁出的深闺女，
མི་རབས་ཆད་པའི་རྒན་རྐོན་གསུམ། །　　三数无后嗣的老年人；
སྟོན་ཀའི་ཁལ་རྒན་སྣ་ཉོ་དང་། །　　一数秋日豁鼻的老牛，
དཔྱིད་ཀའི་ར་ཐུག་རྗེ་སྐྱི་གཉིས། །　　二数春日带癣的公羊，
གྲོང་གསེབ་ཁྱི་འཁྱམས་བདག་མེད་གསུམ། །　　三数乡下无主的浪狗；
གཟན་ལ་རེ་བའི་ནེ་ཙོ་དང་། །　　一数求食的鹦鹉，
ཤ་ལ་ཧམ་པའི་ཉ་མོ་གཉིས། །　　二数贪饵的游鱼，
རྙིང་མ་ཡིན་འདོད་ཟླ་ཐུལ་གསུམ། །　　三是凯旋的达突；
མེ་ལ་ལྷེབས་པའི་ཕྱེ་ལེབ་དང་། །　　一数扑入火中的蛾子，
བྲག་ལ་བརྡབ་པའི་སྒོ་ང་གཉིས། །　　二是击砸山崖的鸟蛋，
གླིང་ལ་འགྲན་པའི་མཐིང་རྒྱལ་གསུམ། །　　三是比试岭国的亭；
ལྟག་ཆུ་ཆད་པའི་ཞ་ཁ་དང་། །　　一是断源的水槽，
རྫིང་བུ་སྐམ་པའི་ཉ་ཆུང་གཉིས། །　　二是旱干的泥沼，
དཔུང་རོགས་མེད་པའི་གླིན་འཐབ་གསུམ། །　　三是无助的鏖战；
རླུང་འཚུབ་དཀྱིལ་གྱི་མར་མེ་དང་། །　　风中摇曳的灯火，
ཤན་པའི་ལག་གི་ར་ལུག་གཉིས། །　　屠夫刀下的山羊，
ཨ་ནུའི་མདུན་གྱི་མཐིང་ཕྲུག་གསུམ། །　　阿努眼前的亭儿。

དཔའ་རྫོགས་དཀྲོང་པའི་ཤ་ལན་དང་། །
དམག་མང་བསད་པའི་ཡང་ལེན་གཉིས། །
ངར་རྐོད་དཔའ་བོའི་རྟིང་མ་གསུམ། །

一是为报战友仇，
还有刀下众兵魂，
更为英豪凯旋誉。

༨ གཞུ་མོ་ཨ་ལོང་བཀུག་འདྲ་དང་། །
མདའ་མོ་གློག་དམར་འཁྱུག་འདྲ་གཉིས། །
མདེའུ་རྩེ་ཐོག་རྐོད་ལྡུང་འདྲ་གསུམ། །

弩弓已拉满，
箭簇疾如电，
威猛如霹雳。

བརྒྱ་བྱིན་ཕྱག་གི་རྡོ་རྗེ་དང་། །
སྐེམ་བྱེད་ལག་གི་མདུང་ཐུང་གཉིས། །
ཁྲ་ཤོག་ཨ་ནུའི་མདའ་མོ་གསུམ། །

梵天手持的金刚，
旱魔挥舞的短矛，
阿努手中的箭簇。

ཀ་ལི་ཚོགས་ཕུད་བླངས་འདྲ་གཅིག །
གླད་ཁྲག་འོ་ཞོ་གཏོར་འདྲ་གཉིས། །
ཕུང་པོ་ཤིང་སྡོང་འགྱེལ་འདྲ་གསུམ། །

像供食般摘走的头盖骨，
如奶乳般抛洒的脑血浆，
似大树般倾倒的身躯壳。

རྨུ་རུ་ལུང་དམར་དཔོན་པོ།

穆如·隆玛本波

ཚོད་མི་ཤེན་རྐུན་མས་ཡང་འཛབ་དེ། །
རྐུ་ཐར་ལོན་ཕྱིར་སྤྲོད་བྱེད་པ་འདྲ། །
དོམ་བུ་ལོན་གཅིག་ཐོག་ཉིས་བརྩེགས་དེ། །
སྐྱིད་ཁེ་བཟང་མི་ལ་གསོག་པ་འདྲ། །
ཤྭ་ཕོ་ཆེན་ཁྱུ་ཐོག་ཡང་འཁོར་དེ། །
རྔོན་མདའ་སྐྱེན་ཤ་ཐོག་ཚིལ་ཁན་འདྲ། །
འབུ་ཕྱེ་ལེབ་མེ་ལ་ཡང་མཆོང་དེ། །
སྲོག་དམར་པོ་འབེན་ལ་བཞག་པ་འདྲ། །

无知小偷再次来，
如同赃物归还者；
债台高筑老不还，
如同为人积利财；
雄鹿重归鹿群中，
如同猎者肉上脂；
飞蛾反复扑火光，
如同自命当做靶。

བྱང་ཐུར་པ་ཕུ་ཡི་ངན་ཐུང་།

羌吾巴·普依安同

༡ འབུ་དུང་དཀར་པོ་འོ་མས་གསོས་ཞེ་དེ། །
དགྲ་ཆུ་སྲིན་བྱུང་ཉིན་ཨེ་མགོ་བསམ། །
མགོ་མ་ཆོད་འབུ་སྐོག་སྟོང་པ་རེད། །
རྟ་འདོ་བ་ཆག་གིས་གསོས་ཞེ་དེ། །
རྒྱུག་མགྱོགས་དར་ལེན་ཉིན་ཨེ་མགོ་བསམ། །
དར་མ་ལོན་དུད་འགྲོ་རྫ་ཟན་རེད། །
རྗེ་རྒྱལ་པོས་བདག་རྐྱེན་མཛད་ཞེ་དེ། །
གལ་ཆེན་ཕྱུག་ཉིན་ཨེ་ཕན་བསམ། །
དེ་མ་ཕན་བདའ་ལུ་ཁྲི་དང་འདྲ། །

白螺喂乳养育，
只为应对鳌鱼，
不然无须空壳；
喂马饲料养身，
是为参赛夺冠，
不然无须宠养；
众人尊崇头人，
是盼造福黎民，
不然何苦养奸。

༢ ཐང་དཀར་གཤོག་འགྱུར་རྒྱག་ས་ལ། །
འདྲེ་བྱ་སྲེག་པས་ཚ་རག་འཐེན། །
རྒྱ་སྟག་འཛོམ་དྲུག་རྒྱས་ས་ལ། །
སྙར་མ་ཝ་ཡིས་གྲ་ལོ་རྫོམ། །
དཔའ་བོས་མཆོན་ཁ་འགྲན་པ་ལ། །
བུད་མེད་ནག་མོས་ཕུང་མདའ་འཕེན། །

雄鹰展翅盘旋时，
鬼鸟鹧鸪扑打翅；
猛虎花纹丰满时，
胆小狐狸亮针毛；
勇士对阵决斗时，
妇女射出不祥箭。

༣ ཕུ་རུའི་རྫ་ལམ་གཤག་གཤག་དེ། །
དཔུང་ཆེན་དམག་ལ་འགྲོ་ཞེ་མིན། །
བྱང་འབྲོང་རི་དྭགས་བསད་བསད་དེ། །
ཧག་མིའི་སྙིང་ལ་འགྲོ་ཞེ་མིན། །

“德如”惯走山岩间，
大军不吃这一套；
野牛抵死千万兽，
猎人不吃这一套。

བལ་བཟའ་མཐིང་ལྷམ་རྒྱལ་མོ།　　泊萨·亭姜嘉姆

༡ ལྷ་ཤིང་ཤུག་པའི་ཡང་རྩེ་ལ། །	圣树柏木枝上，
ཁུ་བྱུག་སྔོན་མོས་གསུང་སྙན་སྒྲོག །	青鸟杜鹃鸣啼，
སྒང་པ་བོད་ཀྱི་རྣ་བའི་བཅུད། །	高原藏人悦耳，
སྟོན་འབྲས་སྨིན་ན་མོན་ཡུལ་འགྲིམས། །	秋收时节迁南，
དེ་ལྷ་བྱ་རང་གི་ཆོས་ཉིད་རེད། །	那是生存规律，
སང་ཕྱི་ལོའི་དཔྱར་ཟླ་མགོ་མ་ལ། །	待到来年初春，
སྐད་ཡང་ཡང་ཐོས་པའི་སྨོན་ལམ་འདེབས། །	祈愿再次听见；
མ་ཕམ་མཚོ་ཡི་མཐའ་འཁོར་ལ། །	玛旁雍措湖中，
ངང་པ་སེར་པོས་ཆུ་རྐྱལ་རྩེ། །	赤麻鸭在漫游，
གཡུ་མཚོ་སྔོན་མོ་མིག་གི་རྒྱན། །	装点清清湖泊，
དགུན་སྐྱི་བསེར་ལངས་ནས་རོང་བཞི་འགྲིམས། །	冬季飞往农区，
དེ་དུས་བཞི་འགྱུར་བའི་ཆོས་ཉིད་རེད། །	那是生存规律，
སང་ཕྱི་ལོར་ས་ཆུ་གྲོལ་བའི་དུས། །	来年水土解冻，
མཚོ་ཡང་ཡང་བསྐོར་བའི་སྨོན་ལམ་འདེབས། །	祈愿再转圣湖。
མཐིང་ཡུལ་སྐྱིད་ཀྱི་ས་ཆ་ལ། །	美丽亭域地方，
ལྷ་སྲས་མེ་ཏོག་སྒྲོན་ཆུང་འཁྲུངས། །	天女梅朵珍琼，
མ་གཅིག་བུ་གཅིག་ཁོག་པའི་སྙིང་། །	独生心肝宝贝，
ལུས་ལང་ཚོ་རྒྱས་ནས་མི་སྣ་འགྲིམས། །	少女之时离乡，
དེ་ན་ཆུང་བུ་མོའི་ཆོས་ཉིད་རེད། །	那是女性命运，
སང་ཕྱི་རེས་དུས་དང་རྣམ་པ་ཀུན། །	来年何时何地，
ཞལ་ཡང་ཡང་མཇལ་བའི་སྨོན་ལམ་འདེབས། །	祈愿再次相聚。

༢ དྲིན་ཕ་མ་ལ་ཁའི་ཉི་མ་འདྲ། །	父母如同夕阳，
ཡུན་རིང་པོ་རྟག་པ་སུ་ལ་མེད། །	未来时日无常；

བཟའ་ཚོ་རོགས་ཡིད་བཞིན་ནོར་བུ་འདྲ། །	夫妻本为一对宝，
གཤིབས་མཁས་ན་བསམ་དོན་ལྷུན་གྱིས་འགྲུབ། །	善于相处心想成。
༣ ཚེ་རོགས་ཡག་ན་ཚེ་སྐྱིད་ཟེར། །	爱人好常快乐，
ཚེ་སྐྱིད་ཉི་མ་ལ་མེད་རེད། །	如同不落太阳；
ཚེ་རོགས་སྡུག་ན་ཚེ་སྡུག་ཟེར། །	爱人坏常痛苦，
ཚེ་སྡུག་མུན་པ་དྭངས་མེད་རེད། །	如同不明之夜。
༤ སྣམ་བུ་བཟོང་ཐག་འཐག་ས་ལ། །	编织毪子之时，
རྒྱུ་གྲུབ་སྤུན་གྲུབ་གཉིས་ཀ་དགོས། །	需要经纬二线；
མི་ཚེ་སྐྱིད་མཐའ་འཁྱོལ་བ་ལ། །	人生终生幸福，
ང་བཟང་ཁྱོད་ཡག་གཉིས་ཀ་དགོས། །	双方善良为主。

བོད་ཕྲུག་མི་ཆུང་ཁ་བདེ། **蕃楚·弥琼喀德**

དཀུང་སྔོན་དབྱིངས་ལ་ཉི་ཟླ་ཤར། །	空中高悬日月，
ལྷ་ལམ་མཛེས་པའི་རྒྱན་གཅིག་རེད། །	同时庄严蓝天，
འོད་སྣང་ས་གཞི་གསལ་བའི་རྗེས། །	光耀大地之后，
ཉིན་མཚན་དབང་གིས་སོ་སོར་འགྲོ། །	昼夜各自轮回；
དབྱར་གསུམ་སྤང་ལ་མེ་ཏོག་བཞད། །	夏日草地花香，
ས་གཞི་མཛེས་པའི་རྒྱན་གཅིག་རེད། །	同时庄严大地，
སྤང་ལྗོངས་མཛེས་སྡུག་བཀྲ་བའི་རྗེས། །	山花烂漫之后，
དབྱར་དགུན་དབང་གིས་སོ་སོར་འགྲོ། །	夏冬各自远离；
ལྷ་ཤིང་རྩེ་ནས་ཁུ་བྱུག་གྲག།	圣树杜鹃啼叫，
སྒང་པ་བོད་ཀྱི་རྒྱན་གཅིག་རེད། །	同时庄严藏地，
སྐད་སྙན་རི་ལུང་གང་བའི་རྗེས། །	妙音荡谷之后，
ཚ་གྲང་དབང་གིས་སོ་སོར་འགྲོ། །	冷热各自远离；

གླིང་ཡུལ་མཐིལ་ལ་འབུམ་དམག་འཛོམས། །
བདུད་དགྲ་འདུལ་བའི་རྒྱན་གཅིག་རེད། །
རྙིང་མའི་རྒྱལ་ཁ་ལེན་པའི་རྗེས། །
སོ་སོར་ཁ་གྲལ་རེ་ཤོག་གཟུང་པར་ཚོལ། །
སྡོད་གནས་དབང་གིས་སོ་སོར་འགྲོ །

岭域拥兵十万，
同时庄严制敌，
争战获胜之后，
各自分别回家。

མི་ནུབ་དར་རྫོང་།	《弥努绸缎宗》
ཟམ་ལྷ་འབྲུག་གྲགས།	昂拉珠扎
༡ རླུང་ཚུར་ལྷང་ཁ་ལ་མེ་ཐབ་བརྒྱབ། །	顺风之处建炉灶，
མེ་ཕར་འབུད་ཁ་སྤུ་ཚུར་ལ་ཆིག །	逆风燃火燎胡须。
༢ ནགས་ཙན་དན་སྦྲུལ་མགོའི་ནོར་བུར་རློམ། །	欲取蛇头宝物，
དེ་མ་ཡོན་དུག་གི་ཁ་རླངས་ཐོག །	未成反遭毒气。
༣ ཁ་དཀར་རྐྱང་གི་འགྲུལ་ལམ་ནས། །	白唇野驴之跑道，
བོང་བུ་རྣ་རིང་རྒྱུག་ཚད་འགྲན། །	长耳驴子想比拼，
དེ་མི་སྡེས་རིག་ན་ཇོ་རེ་ཚ། །	见者认为是丢丑；
དམར་ཡག་སྟག་གི་ཁ་ཟུ་ལ། །	花纹美虎之身边，
ཕ་སྐྱེས་དམར་རིལ་སྤྲ་ཙོམ་བྱེད། །	草地火狐炫针毛，
དེ་མི་སྡེས་རིག་ན་ཇོ་རེ་ཚ། །	见者认为在丢丑。
སྟོབས་ཆེན་རྨ་བྱ་རྒྱལ་པོ།	多钦玛恰嘉波
རི་ཆུ་གཞུའ་ལམ་གཏོད་གཏོད་དེ། །	山水冲出小水渠，
དཀར་ཡག་གངས་ལ་འགྲོ་ཞི་མིན། །	洁白雪山行不通；
འབྲོང་མྱུག་མདའ་མོས་དེད་དེད་དེ། །	飞箭射惯野牛犊，
བྲེ་སེར་འབྲོང་ལ་འགྲོ་ཞི་མིན། །	凶猛野犛行不通；
སྟོབས་ཆུང་བཙན་ཤེད་བྱས་བྱས་དེ། །	强压弱者之恶习，
སྟོབས་ཆེན་དཔོན་ལ་འགྲོ་ཞི་མིན། །	势强官前行不通。

མདུང་ནག་གདུག་པ་ཟིལ་གནོན།

ཟ་འདོད་ཅན་གྱི་སྤྱང་ཀི་དེ། །
ཚོད་མ་ཟིན་རྫོན་པའི་མདའ་ཁར་སླེབས། །
མཆོང་འདོད་ཆེ་བའི་སྟག་མོ་དེ། །
ཚོད་མ་ཟིན་བྲག་འོག་སྐེད་ཚིགས་ཆག །
ཤི་འདོད་ཅན་གྱི་ལོང་བ་ཁྱོད། །
ཚོད་མ་ཟིན་ཨ་ནུའི་ལག་འོག་སླེབས། །

董那·独巴斯弄

贪吃饿狼，
撞入箭口；
虎跳过度，
腰折崖下；
欲死盲人，
将兵所擒。

ཕོ་བདུད་གློག་དམར་འཚུབ་ཤེས།

དགུང་སྔོན་གཡུ་འབྲུག་གྲག་ས་ནས། །
འབུ་བུང་བའི་ཨུར་སྒྲ་ཤ་རེ་ཚ། །
སེང་གེ་དཀར་མོ་འགྱིངས་ས་ལ། །
ཁྱི་བདའ་ལུའི་ཙོག་འདུག་སྙིང་རེ་རྗེ། །

颇堆·洛玛促西

空中青龙雷鸣时，
可怜蜜蜂嗡嗡叫；
白狮炫耀威风时，
可怜劣狗坐立地。

བཙན་རྗེ་ཁ་ཤོ།

བར་སྣང་འཇའ་ཚོན་སྣ་ལྔ་དེ། །
ཕར་བལྟས་ན་བཀྲག་མདངས་ཆེ་ན་ཡང་། །
འགྲམ་བཅར་ན་རི་མོ་སྟོང་པ་རེད། །
ནགས་ཀྱི་ཝ་མོའི་གྲྭ་འཛུམ་དེ། །
ཕར་བལྟས་ན་སྤུ་ཁ་མཛེས་ན་ཡང་། །
བཅང་བཞག་ན་ཝ་སྤུ་སྤར་གང་རེད། །

赞吉喀秀

空中现彩虹，
远看呈亮彩，
走近一场空；
林间长毛狐，
远看毛色美，
一攥一撮毛。

ཨ་སྟག་ཀླུ་མོ།

མཐོ་ནམ་མཁའི་བྱ་ལམ་གོང་མ་ནས། །
གསལ་ཉི་ཟླ་ཡིན་ཡང་མཐོ་ཚོད་བཟུང་། །
མཐོན་པོས་མཐོ་ཚོད་མ་ཟིན་ན། །
གཟའ་སྒྲ་གཅན་ཁ་རུ་ཚུད་རབས་ཡོད། །

དམའ་རྒྱ་མཚོའི་འཛིང་ཁུག་འོག་མ་ནས། །
ཉ་གསེར་མིག་ཡིན་ཡང་དམའ་ཚོད་བཟུང་། །
དམའ་སོས་དམའ་ཚོད་མ་ཟིན་ན། །
ཁ་ལྕགས་ཀྱུའི་འགུག་ལ་འཛེར་རབས་ཡོད། །

阿达鲁（拉）姆

高天飞禽腾云路，
日月辉映有轨迹，
肆意妄行量天高，
终落罗睺腹中食。

低海游鱼翻越处，
中规中矩有通途，
随心所欲测海深，
终沦饵钩入中阴。

འཇང་གཡུ་ལྷ་ཐོག་འགྱུར།

མི་ཚེ་ཟད་སྲིན་པོའི་སྒོ་ཁར་སླེབས། །
ར་ཚེ་ཟད་འཕར་རའི་ཚང་སྒོར་སླེབས། །

姜・玉拉托久

将死之人善入精怪洞，
将死山羊善钻豺狗窝。

ཤེ་བདུད་ནག་མགོ།

བྱ་ཆེན་ནམ་འཕང་གཅོད་ས་ལ། །
བྱ་ཆུང་ལད་མོ་བྱས་ནས་འཕུར། །
ནམ་འཕང་མ་ཆོད་སྒྲོག་རུས་ཆག །
ལུང་གསུམ་མདོ་ལ་ལྟུང་ལྟས་རེད། །
ཁ་དཀར་རྐྱང་གིས་ན་ཐང་གཤག །
བོང་བུ་རྣ་རིང་འདུར་འགྲོས་བྱས། །
ན་ཐང་མ་ཆོད་རྐང་པ་ཆག །

西堆那果

琼鸟高空翱翔时，
小鸟模仿跟着飞，
不及大鸟折翅膀，
落于沟口之前兆。
白唇野驴奔湿地，
长耳毛驴跟着跑，
半途落后跑断腿，

བྱང་ཐང་ཐོག་ལ་ལྟུ་གེས་ཤི། །

饿死荒原之前兆。

དགྲ་ལྷ་རྩེ་རྒྱལ།

扎拉泽嘉

༡ སེང་གེ་དཀར་མོའི་འགྲོ་ལམ་ན། །
འཕར་རའི་ཟུར་འདུག་ཡི་རེ་འཛུམ། །
གཡུ་འབྲུག་སྔོན་མོ་གྲག་ལམ་ལ། །
སྦྲང་འབུའི་ཟིར་སྒྲ་སྙིང་རེ་རྗེ། །

白狮出没路上，
豺狼坐立逗笑；
空中响雷之际，
可怜苍蝇嗡嗡叫。

༢ སྟག་སེང་ངར་མ་འཁྲིམ་ལམ་ལ། །
འཕར་བའི་གཟུར་འགྲོས་ཤ་རེ་ཚ། །
ཁྲ་གླག་འཐབ་པའི་གཤོག་ལམ་ནས། །
བྱིའུ་ཆུང་འཕུར་ལྡིང་སྙིང་རེ་རྗེ། །

狮虎争雄之境，
豺狗耀威可悲；
鹰雕斗威之处，
小鸟翻腾可怜。

སྟོང་དཔོན་ཡ་མི་སོ་ཁྲ།

东本•雅弥索查

སྟག་མོས་མཆོང་རྩལ་ངོམ་ས་ལ། །
རི་བོང་འཕག་ཚག་ཡིད་རེ་འཛུམ། །
བྱ་རྒྱལ་ནམ་འཕང་གཅོད་ས་ལ། །
བྱིའུ་ཆུང་གཤོག་འཕྱུར་ཤ་རེ་ཚ། །

赤虎腾跃之境，
山兔蹦跶可悲；
琼鸟腾空之处，
雏鸟扑翅可悲。

ཐེ་གསུམ་སྟོབས་ཆེན་ཕྱུག་རིང་།

百赛•多钦恰仁

མཚོ་ཆེན་རླབས་ཕྲེང་གཤག་སི་ལ། །
ཉ་དཀར་ཉ་མོའི་འགྱུར་རྩལ་དགོས། །
བར་སྣང་མཁའ་ལ་ལྡིང་སི་ལ། །
ཐང་དཀར་རྒོད་པོའི་གཤོག་རྩལ་དགོས། །

大海破浪之行，
应具大鱼游技；
空中展翅飞行，
应具白鹫翅力；

འབུམ་དམག་གཏོར་བའི་ཡ་བོ་ལ། །
དཔའ་རྟོད་ཁྲོ་ཆུའི་ཕ་བོང་དགོས། །

破阵十万兵营，
应有铁打英雄。

རི་འཛིན་ཁྱུང་ནག་སྤར་འཛིན།

日增·琼那跋尔增

ནམ་མཁའ་ཁུར་གྱིས་བཀང་མི་ལ། །
རླུང་ཟེར་མ་ཡན་ལ་མེད་བསམས་ཀྱང་། །
གཡུ་འབྲུག་སྔོན་མོའི་ངར་སྐད་དེ། །
དེ་བས་བརྒྱ་འགྱུར་ཆེ་ལོ་རེད། །
བར་སྣང་ནམ་འཕང་གཅོད་མི་ལ། །
རྒོད་ཐང་དཀར་ཡན་ལ་མེད་བསམས་ཀྱང་། །
ཁྱུང་ཆེན་མཁའ་ལམ་བགྲོད་པ་ན། །
གཤོག་རྩལ་དེ་བས་བརྒྱ་འགྱུར་ཆེ། །

空中充满响声，
以为只有风声，
那知雷声轰鸣，
远比风声还大；
蓝天远行之王，
以为只有白鹫，
琼鸟天路之行，
远比白鹫还强。

གེ་སར་ནོར་བུ་དགྲ་འདུལ།

格萨尔·诺普占堆

ཆུང་མ་ངན་པས་ཚེ་རོགས་ཤུང་། །
མཐའ་མར་རང་ཉིད་ཡུགས་ལ་ལུས། །
མགྲོན་ཟས་བཙོག་པས་ནད་ཁམས་དཀྲུག །
མཐའ་མར་ལུས་ཁམས་ནད་ཀྱིས་གང་། །

恶妻断送夫命，
结局自成寡妇；
脏食引来疾病，
结果重病缠身。

ཤར་བདུད་དོམ་ནག་དཔུང་རིང་།

夏堆·童那崩仁

བྱིས་ཆུང་གཤོག་འགྱུར་རྒྱག་ལེ་དེ། །
ཁྲ་དར་མས་བཟུང་བའི་སྔ་ལྟས་རེད། །
བུད་མེད་འགྲོ་འདུག་མང་ལེ་དེ། །
ལྟས་ངན་བྱུར་གྱི་སྔ་ལྟས་རེད། །

小鸟玩飞技，
鹞抓之前兆；
女人外出多，
祸殃之前兆。

ཚ་ཞང་འདན་མ་བྱང་ཁྲ།

擦香·丹玛向查

ཁྱི་བདའ་ལུའི་རིགས་ལ་སྙིང་ཤེད་མེད། །
མཚོན་ཞ་ཉེའི་གྲུས་ལ་རྣོ་ངར་མེད། །
ཟས་རུལ་དྲི་བྲོ་ན་ཡི་ག་མེད། །
རྟ་བོང་བུའི་རྒྱུད་ལ་འགྲོས་གོམ་མེད། །

劣种狗胆小，
铅兵器无锐，
腐臭无食欲，
毛驴步不稳。

སེང་སྟག་ཨ་དོམ།

森达阿冬

ལུག་ཕོ་ཤབ་ཤི་ཁ་ཤེད་སྨོང་རྒྱག །
གསལ་མར་མེ་འདས་ཁ་ཚག་སྒྲ་སྒྲོག །
མི་ཚེ་འདས་ཤི་ཁ་རྣམ་རིག་གསལ། །

临死之羊变肥壮，
临灭之灯嚓嚓响，
临终之人神知清。

གཤིན་བདུད་དུག་ཆུ་ནག་པོ།

辛堆·毒曲那波

དུག་སྦྲུལ་མགོ་ཡི་ནོར་བུ་དེ། །
ཨ་ལོན་དམིགས་པ་གཏད་མི་མང་། །
དར་གཡང་གཏེར་མཛོད་བཅུ་གཉིས་དེ། །
ཨ་ལོན་རེ་བ་རྒྱག་མི་མང་། །

毒蛇头顶之宝，
人人都想获取；
十二丝绸宝藏，
人人期待获得。

ཤན་པ་མེ་རུ་རྩེ།

辛巴梅如泽

རྒྱ་ཁྲ་ཧོར་པ་འཕུར་ལམ་ནས། །
བྱིས་ཆུང་ཤོར་བ་སྲིད་ལེ་མིན། །
གཟིག་ཁྲག་འཐུང་ཁྲོས་པའི་རྒྱུག་ལམ་ནས། །
ཁྱི་བདའ་ལུ་ཤོར་བ་སྲིད་ལེ་མིན། །

花翎鹞飞行处，
小鸟不会逃掉；
饮血怒豹路上，
劣狗不会逃掉。

བྱེ་གླིང་གཡུལ་འགྱེད།

《百岭之战》

གོང་སྨན་གཡུ་ཡི་སྒྲོལ་མ།

贡曼·玉依卓玛

༡ ཆོས་བྱེད་བསྐུལ་མ་ཆོས་པས་བྱེད། །
དཔོན་པོའི་བསྐུལ་མ་དགྲ་ཡིས་བྱེད། །

正见须有觉者教诲，
头领须有寇仇点醒。

༢ སྟོད་ན་ལུང་རྫ་རིའི་རྩེ་མོ་ན། །
དུག་སྤྲིན་ནག་པོ་དགུང་ལ་འཕྱོ། །
སྔགས་ནུས་པའི་མཐུ་ཡིས་མ་བཟློག་ན། །
འདི་སེར་བ་དྲག་པོའི་འབབ་སྒོ་རེད། །
འབྲུ་སྣེ་ལོ་ས་ལ་གཏོར་ཡང་སྲིད། །
བར་རྩྭ་ཕྱུག་རྩྭ་རྫོང་ར་བ་ན། །
སྤྱང་པོ་ཐང་རྒྱུག་འདུར་རླུང་ལ་སྐྱོད། །
དེ་སྐྱེན་པོ་མདའ་ཡིས་མ་བཏུལ་ན། །
འདི་ཤ་དམར་ཁྲག་གི་འབབ་སྒོ་རེད། །
ལུག་གཡང་དཀར་ཕྲུ་སྣེ་གཏོར་ཡང་སྲིད། །

上谷石山顶上，
黑色毒云腾空，
咒者若不施法，
乃是强雹之门，
将砸五谷之穗；
中游牧地草场，
苍狼加快步伐，
若不尽快射杀，
乃是流血之门，
将会惊散羊群。

བྱེ་བཟའ་ཉི་ཁྲི་མཛེས་སྒྲོན།

百萨·尼赤泽卓

མགོ་སྐྲ་ལོ་བལ་དཀར་ཁ་ཆུ་འདྲ། །
ཐོབ་ཐམ་གར་འབབ་པའི་དུས་ཚོད་འདས། །
ལྷ་ཐུགས་རྗེ་ཆེན་པོ་སྒོམ་རན་ཡིན། །
ཁ་སོ་མེད་བྲག་ཁུང་སྟོང་བ་འདྲ། །
སྨན་བཙུན་མོ་མགོ་བའི་དུས་ཚོད་འདས། །

白发如同羊毛，
争权之时已过，
时至观音修期；
无牙口如洞穴，
娶妻之时已过，

གཟུངས་མ་ཏི་ཡིག་དྲུག་འདོན་རན་ཡིན། །

时至诵经时候。

གཅེས་ཕྲུག་ནོར་བུ་རྩེ་རྒྱལ། **诺普泽嘉**

ནངས་སྔ་མོར་ནམ་མཁའ་ལངས་དང་གཅིག །
དགུང་ཕྱི་དྲོ་མུན་པ་རུབ་དང་གཉིས། །
མཐར་ཕྱི་མར་འགྲོ་བའི་ལམ་དང་གསུམ། །
འདི་མཐོ་དམན་ཀུན་ལ་ཁྱད་པར་མེད། །
དབུལ་ཕྱུག་པོ་གང་ཡང་ཐར་ས་མེད། །
བཙན་གཉོམ་ཆུང་སུ་ཡང་དེ་བཞིན་ཡིན། །

早晨朝阳东升，
下午夜幕临近，
最终前去来世，
没有高低之分，
贵贱无法逃脱，
强弱谁都一样。

གྲོ་ལོ་བུ་མོ་མཛེས་སྒྲོན། **卓洛·普姆泽卓**

ཕོ་རང་མགོ་ཐོན་ན་དཔའ་བོ་ཟེར། །
ཟས་གཞན་ལ་མ་རེ་ཕྱུག་པོ་ཟེར། །
ཀྱིད་ཁ་མཚུ་མ་ཉོས་བཙན་པོ་ཟེར། །

自立自强是英雄，
衣食不愁是富人，
与世无争是强人。

སྟག་རོང་ཨ་ཁུ་ཁྲོ་ཐུང་། **达绒·阿库超同**

༡ སྤྲིན་ནག་དགུང་ནས་འཕྱུར་ལེ་དེ། །
ཆར་ནག་བསིལ་བའི་སྔ་ལྟས་རེད། །
སྤྲང་རྒྱུ་མེད་ས་མཐར་འཁྱམས་པ་འདི། །
གོས་བཟའ་བཏུང་སློང་བའི་སྔ་བལྟས་རེད། །

天上乌云翻滚，
降下暴雨预兆；
穷人流浪在外，
乞讨人生预兆。

༢ ཆོས་ཉིད་བཤད་ན་དེ་ཉིད་དགོས། །
འཇིག་རྟེན་བཤད་ན་མགོ་ཁུངས་དགོས་། །
དམ་པའི་ཆོས་ལ་དམ་ཚིག་དགོས། །

讲经要有行动，
讲史要有依据，
圣教应具誓戒，

སེར་གཟུགས་ཙམ་གྱིས་ཆོག་པ་མིན། །
并非外表僧服。

༣ ཕ་བླ་མར་རབ་འབྲིང་ཐ་གསུམ་ཡོད། །
上师分为三等人，
བླ་རབ་རི་ཁྲོད་དབེན་ལ་བཞུགས། །
上等远遁僻静处，
ཆོས་བྱང་ཆུབ་སེམས་ཀྱིས་རྒྱུད་བསྐུལ་ནས། །
菩提之心具相续，
ལམ་བདེ་སྟོང་ཟུང་འཇུག་ཉམས་སུ་བླངས། །
乐空之道双运修，
ཚེ་འདི་རུ་སངས་རྒྱས་གོ་འཕང་ཐོབ། །
此生证得佛果位，
འཁོར་སློབ་མར་མ་དང་མཁའ་འགྲོ་བསྐོ། །
围众弟子空行母，
མཚན་ཐོས་ཚད་ངན་སོང་གནས་ནས་འདྲེན། །
闻得亡灵皆超荐，
དེ་བླ་མ་རབ་ཀྱི་ལོ་རྒྱུས་རེད། །
如是上等上师也；
བླ་འབྲིང་དམ་པའི་ཆོས་གྲྭར་གནས། །
中等求修圣佛法，
བཀའ་པོ་ཏི་ལྔ་ལ་ཐོས་བསམ་གནང་། །
闻思五部大典经，
བཤད་སྒྲུབ་བསྟན་པའི་རྒྱལ་མཚན་འཛིན། །
讲修佛法立宝幢，
འཁོར་སློབ་མ་དགེ་སློང་དགེ་ཚུལ་མང་། །
弟子比丘沙弥众，
ཁོང་འབྲེལ་ཚད་ཐར་བའི་གླིང་དུ་འདྲེན། །
结缘引向解脱界，
དེ་བླ་མ་འབྲིང་གི་ལོ་རྒྱུས་རེད། །
如是中等上师也；
བླ་ངན་ཞིག་གི་རུ་སྡེ་འཁྱམ། །
下等时常逛村落，
སེམས་ཆགས་སྡང་གཡོ་སྒྱུའི་འཁོར་ལོ་བསྐོར། །
转动贪憎算计轮，
དད་ཟས་ཤི་ཟས་གཤིན་ཟས་ལ། །
活人死人皆献物，
སྐོམ་པའི་ཆུ་བཞིན་འཐུང་ལ་ཟམ། །
如饥似渴欲获得，
སྤང་རྟོག་ཡོན་ཏན་ཐམས་ཅད་ཀུན། །
所有取舍之功德，
ཉིན་མོའི་སྐར་མ་བཞིན་དུ་གྱུར། །
如是白天之星星，
གྲོགས་སློབ་མ་ན་ཆུང་བུ་མོར་བྱེད། །
弟子朋友为少女，
མིག་སྔར་མཛེས་ཆོས་སྒྲ་ཚོགས་མངོན། །
人前假装修法者，
ཆོས་བཤད་མི་ཤེས་ཤེས་མདོག་བྱེད། །
不懂讲经骗听众，
ཆོས་ཤེས་ཀྱང་ཁ་ཁོག་མི་མཚུངས་པས། །
懂而表里不一者，
ཁོར་འབྲེལ་ཚད་དམྱལ་བའི་གནས་སུ་འཕེན། །
结缘皆堕地狱界，

དེ་བླ་མ་ངན་པའི་ལོ་རྒྱུས་རེད། ། 如是下等上师也。

༄ ཕོ་ལ་རབ་འབྲིང་ཐ་གསུམ་ཡོད། ། 男子上中下三等，
ཕོ་རབ་གཏམ་གྱི་ཉན་ལུགས་ལ། ། 上等男子听讲话，
ཚིག་སྔ་ཕྱི་ཡིད་ནས་འདོར་མི་སྲིད། ། 所讲头尾记心间，
དོན་སྔ་ཕྱི་འགལ་མིན་ཞིབ་པར་ལྟ། ། 前后关联细思量，
འགལ་བཞག་ཚེ་ཚིག་གིས་ཡང་ཡང་གནོན། ། 若有矛盾即反驳，
དགྲ་འཐབ་ཚེ་གནམ་ལྕགས་ཐོག་དང་འདྲ། ། 战敌之际如霹雳，
ནང་ཕུ་ནུར་ཕ་དང་མ་འདྲ་བྱམས། ། 至爱弟兄如父母，
དམའ་གཉོམ་ཆུང་ཚིག་ལ་ལྷག་པར་བརྩི། ། 尊重弱者之诉求，
འདི་ཕོ་རབ་གཅིག་གི་ལོ་རྒྱུས་རེད། ། 如是上等男子也；
ཕོ་འབྲིང་གཏམ་གྱི་ཉན་ལུགས་ལ། ། 中等男子听讲话，
ཚིག་བཟང་ངན་ཐམས་ཅད་སེམས་ལ་འཛིན། ། 好恶之言皆记住，
དོན་དམ་པའི་གནད་ཀྱི་ཕུ་ཐག་གཅོད། ། 分辨重点与实质，
དགྲ་འཐབ་ནི་སྒྱུ་གྲུང་དཔའ་གསུམ་འཛོམས། ། 战时武艺灵双全，
ནང་ཕུ་ནུ་ཕན་ཚུན་བརྩི་བཀུར་ཆེ། ། 兄弟之间互尊重，
འདི་ཕོ་འབྲིང་ཞིག་གི་ལོ་རྒྱུས་རེད། ། 如是中等男子也；
ཕོ་ངན་གཏམ་གྱི་ཉན་ལུགས་ལ། ། 下等男子听讲话，
ཚིག་གཅིག་གི་ཚིག་ཇ་མ་རྫོགས་གོང་། ། 别人一句未说完，
དེ་མ་རེད་ཟེར་ནས་ཚིག་རྩོད་བྱེད། ། 否定他言始争辩，
བདེན་མེད་ཀྱང་ནས་ཡང་མནའ་རེ་ཟ། ། 无理之言加发誓，
མནའ་ཟློས་མ་ཐག་ཏུ་རྫུན་གཞུག་ཕུད། ། 参战之时无踪影，
དགྲ་འཐབ་ཚེ་གར་སོང་ཆ་མེད་ཡིན། ། 吓昏之际寻逃路，
དེ་མིན་ན་བརྒྱལ་ཞིང་འབྲོ་གྲབས་བྱེད། ། 战后大话说得欢，
ཕྱིར་ཐོན་ཚེ་དཔའ་སྐད་སྣ་ཚོགས་བརྗོད། ། 兄弟之中示高傲，
ནང་ཕུ་ནུའི་སྔོན་ནས་སྣང་བ་མཐོ། ། 仇人相遇笑脸迎，
དགྲ་རིག་ཚེ་སྐྱོག་ནས་ངོ་དགའ་བྱེད། ། 喜指他人之过错，

གཞན་སྐྱོན་ལ་མིག་བཙ་མཆུ་སྣོན་བྱེད། །
རང་སྐྱོན་ཐམས་ཅད་ངོས་མི་ཟིན། །
འདི་ཕོ་ཐ་ཞིག་གི་ལོ་རྒྱུས་རེད། །

自己过错无认知，
如是下等男子也。

༥ ཁྱིམ་འཁོར་བ་འཛིན་ན་བུད་མེད་དགོས། །
མོ་སྐྱེ་གཟུགས་ཙམ་གྱི་ཆོག་པ་མིན། །
མོ་ལ་རབ་འབྲིང་ཐ་གསུམ་ཡོད། །
མོ་རབ་ཀྱིས་ཁྱིམ་གཞི་སྐྱོང་ཚུལ་དེ། །
ཁྱིམ་ཕྱི་ནང་གད་དར་ཡང་དར་བྱེད། །
དཀར་འོ་མའི་བཙུད་མདངས་ཇེ་བཟང་ཡིན། །
ནང་བཟའ་ཚང་ཁྱིམ་མཚེས་ཐམས་ཅད་ལ། །
ཚིག་འཇམ་ཞིང་ཀུན་ལ་བརྩི་བཀུར་ཆེ། །
བྲན་སྐྱོ་ཁྱི་ཀུན་ལ་གང་བྱམས་བྱེད། །
ཡང་དག་ཁྱོ་བོའི་ཅི་བཤད་བརྩི། །
མགྲོན་ཐོན་ཚོ་ཇ་མགྲོན་ཤ་མགྲོན་བྱེད། །
དེ་མིན་ཀྱང་གང་དགའ་གང་བཟང་བྱེད། །
མགྲོན་བྲེལ་བ་ཆེ་རུང་འདུག་འདོད་སྐྱེ། །
མགྲོན་ཕར་སོང་བཟང་སྐད་རྒྱང་ནས་གྲགས། །
དེ་བུད་མེད་རབ་ཀྱི་ལོ་རྒྱུས་རེད། །
མོ་འབྲིང་ཁྱིམ་གཞི་སྐྱོང་ཚུལ་དེ། །
བཟང་ངན་བླང་དོར་ཆེ་ཆུང་བརྩི། །
ཁྱིམ་བཟའ་ཚང་ཀུན་ལ་ལྷག་པར་བྱམས། །
དཀར་འོ་མའི་བཙུད་མདངས་ཇེ་རྒྱས་ཡིན། །
རུ་ཁྱིམ་མཚེས་གང་ལ་ཁ་མཆུ་མེད། །
སྤྱོད་བཟང་ངན་ཐག་རིང་ཡུལ་ནས་གྲགས། །
དེ་བུད་མེད་འབྲིང་གི་ལོ་རྒྱུས་རེད། །
ཚུལ་དེ་དག་བྲལ་ན་མོ་ཐ་རེད། །

操持家务需妇女，
只顾美貌还不够，
女人分为三等人，
上等女子持家务，
居室内外勤打扫，
乳白鲜奶更洁净，
所有家人及邻里，
和言轻语皆尊重，
善待仆人和家狗，
尊重夫之正确话，
茶肉款待家来客，
为客乐意尽全力，
忙碌过客愿暂留，
客人赞语传远方，
如是上等女子也；
中等女子持家务，
任性取舍能明知，
爱心善待全家人，
乳白鲜奶也洁净，
邻里之间无是非，
德行如何远扬名，
如是中等女子也，
若缺上述则下等。

སྒྲུང་པོ་བཀྲ་ལོ།

章波·扎罗

༡ མི་ཆེན་དཔོན་ཆེན་བླ་ཆེན་གསུམ། །
གཏམ་ངོ་དགའ་བཤད་ན་དེ་ལ་དགའ། །
ཕོ་རབ་མོ་རབ་དཔོན་རབ་གསུམ། །
གཏམ་དྲང་བཤད་བྱས་ན་དེ་ལ་འགྲིག །
ཕོ་གསར་མོ་གསར་ཁྲམ་པ་གསུམ། །
གཏམ་ཧམ་ཚིག་བཤད་ན་དེ་ལ་མགུ། །

大人大官和喇嘛，
喜听赞颂面子语。
善男信女和好官，
喜欢实话实说人。
少男少女和骗子，
喜听大话和谎言。

༢ སེམས་གངས་དཀར་འཕྲུལ་གྱི་ལྡེ་མིག་ལ། །
ཅི་བསམ་བསམ་ཐོག་ཏུ་མི་ཁེལ་ཡང་། །
བསམ་བཞག་ན་འཛད་ཀྱི་དོགས་པ་མེད། །
ས་དོག་མོ་དཀྱིལ་འཁོར་རང་གྲུབ་ལ། །
རྐང་ཆ་ཟུང་རླུང་གི་འཁོར་ལོ་དེ། །
སོང་བཞག་ན་འཛད་ཀྱི་དོགས་པ་མེད། །
ཁ་གྲུ་བཞི་གཏམ་གྱི་སྒོ་མོ་ལ། །
ལྕེ་དམར་མའི་སྙེབ་ལེགས་མ་འཚུར་ན། །
བཤད་བཞག་ན་འཛད་ཀྱི་དོགས་པ་མེད། །

心为幻化钥匙，
所思不会皆得，
思虑没有尽头。
地为自然坛城，
双足风之转轮，
行走没有尽头。
口为语言之门，
只要红舌能动，
言语没有尽头。

ཤེས་ཆེན་ཉི་མ་རང་ཤར།

西钦·尼玛让夏

༡ ཝ་དམར་པོའི་སྤུ་ཁ་མཛེས་ན་ཡང་། །
སྟག་དམར་པོ་འཛིན་པའི་དཔའ་ཧམ་མེད། །
གླང་རོག་པོའི་རྭ་རྩ་སྦོམ་ན་ཡང་། །
འབྲོང་བྲེ་ཡོར་འཐབ་པའི་རྭ་རྩལ་མེད། །
སྦྲུལ་ནག་པོ་འཁྱུག་འགྲོས་ཆོད་ནའང་། །

火狐毛色虽美，
却无伏虎勇气。
黄牛犄角虽粗，
不敢角顶野牛。
黑蛇爬行虽快，

འབྲུག་སྔོན་མོ་འདྲ་བའི་ངར་སྐད་མེད། །

却无龙之巨声。

༢ ནོར་བུ་གཟི་ཡི་འོད་ཟེར་དེ། །
ཉིན་ལ་མི་ངོམ་མཚན་ལ་ངོམ། །
མཚན་མུན་ནག་འཐིབ་ན་ལྷག་པར་ངོམ། །
འདོ་བ་རྟ་ཡི་བང་ཤུད་དེ། །
ནངས་སྔ་དྲོ་མི་འགྲོ་ཕྱི་དྲོ་འགྲོ །
སྔོ་ཚྭ་ཆས་བྱུང་ན་ལྷག་པར་འགྲོ །
ང་ཤེས་ཅན་བློན་གྱི་བློ་ཤུག་དེ། །
ད་ལྟ་མི་མཐོང་རྗེས་ནས་མཐོང་། །
རྗེ་རྒྱལ་བློན་འགྱོད་པས་ཟིན་ཉིན་མཐོང་། །

天珠宝石之光明，
白天不亮夜里亮，
漆黑夜里更明亮。
好马行走之步伐，
上午慢而下午快，
消化草水步更快。
智谋双全忠臣言，
当下不懂后渐明，
王臣后悔才明白。

༣ སྙིང་མེད་ཀྱི་ངར་འཕྲེད་གཡུག་འདི། །
སེམས་ངན་དགྲ་ལ་མི་ཕོག་པར། །
སེམས་བཟང་བར་བའི་མགོ་ལ་ཕོག།
ཁྲེལ་མེད་དཔོན་པོའི་ཁྲིམས་ཁ་དེ། །
བཙན་པོའི་དགྲ་བོ་མི་འཁྲུམ་པས། །
བསམ་དཀར་བློན་ཆེན་ཚོག་ལ་གཟིར། །

胆小者抡横刀，
未砍仇恶之敌，
却伤好心劝者。
无耻官宦之法，
强敌面前无用，
却害好心忠臣。

༤ ཚེ་ཕྱི་མ་གཤིན་རྗེ་ཆོས་རྒྱལ་རེད། །
ཚེ་འདི་ན་ས་དམ་གནམ་རྒྱལ་རེད། །
དཔོན་དེ་གཉིས་ཕན་ཆད་རྒྱལ་ཕྲན་ཡིན། །

阴间唯有阎罗王，
阳间唯有萨当王，
除此皆为小邦主。

༥ བན་སེར་པོའི་ལྟ་བ་ལོག་ཉིན་དེར། །
དམ་པའི་ཆོས་ལ་སུན་སྣང་སྐྱེས། །
སྨན་བུ་མོའི་སྔོན་ནས་གྲིག་གྲིག་བྱེད། །
སྡོམ་དམ་ཚིག་ཉམས་པའི་སྔ་ལྟས་རེད། །

僧人生邪念时，
厌倦神圣教法，
女人面前显摆，
那是破戒恶兆。

སྟག་ཤ་ར་ལྟ་བ་ལོག་ཉིན་དེར། །	汉子生邪念时，
རང་རུ་སྡེ་ཚོ་བར་སུན་སྣང་སྐྱེས། །	讨厌所属部落，
ཇག་ཧྲ་འདེད་ཕྱོགས་ལ་རིག་རིག་བྱེད། །	关注盗马行为，
ལུས་ཁྲིམས་ལ་སྦྱོར་བའི་སྔ་ལྟས་རེད། །	那是法惩预兆。
སྨན་བུ་མོ་ལྟ་བ་ལོག་ཉིན་དེར། །	女人生邪念时，
དྲིན་ཕ་མའི་ཚིག་ལ་སུན་སྣང་སྐྱེས། །	讨厌父母教诫，
ཁྲམ་འཁྱམས་པོའི་ཕྱོགས་ལ་དུང་པ་སྐྱེས། །	爱上流浪强盗，
མཐར་བདག་མེད་འགྱུར་བའི་སྔ་ལྟས་རེད། །	那是活寡预兆。
རྗེ་རྒྱལ་པོའི་ལྟ་བ་ལོག་ཉིན་དེར། །	国王生邪念时，
རང་རྒྱལ་འབངས་སྐྱོང་བར་སུན་སྣང་སྐྱེས། །	治国产生厌倦，
དཀྲ་ཡིན་མིན་ཀུན་ལ་ཁ་མཆུ་ཉོ། །	不分是非惹争，
འདི་རྒྱལ་ས་འཚོར་བའི་སྔ་ལྟས་རེད། །	那是失位前兆。

༥ རྗེ་བཙུན་བླ་མའི་ལུང་བསྟན་དེ། །	尊者上师之授记，
རྐྱེན་མ་ཕྱུང་བར་དུ་དད་པ་མེད། །	未受挫折缺信心，
རྐྱེན་ཕྱུང་དུས་དད་རུང་བླ་མ་མེད། །	受挫再信无上师。
དྲིན་ཆེན་ཕ་མའི་ཁ་ཏ་དེ། །	大恩父母之忠言，
དུས་རྒྱུན་པར་ཡིད་ལ་དྲན་རྒྱུ་དཀའ། །	平时难以记心间，
དོན་ཡོད་ལ་དྲན་དུས་ཕ་མ་མེད། །	想起之时无父母。
ང་བསམ་དཀར་བློན་པོའི་སྙིང་གཏམ་འདིར། །	好心大臣之忠告，
གཡུལ་ཧྲིང་ཕམ་མ་ཕྱུང་ཆ་བཞག་མེད། །	战时不当一回事，
དེ་བདེན་འདུག་ཟེར་དུས་རྩ་ནས་ཕམ། །	战败之后明忠告。

༦ བཟང་དྲུག་སྨན་ལ་ཁ་མོ་ཡོད། །	六味妙药苦口，
དེ་ཁ་ཡང་ནད་ལ་ཕན་པའི་སྨན། །	虽苦确能治病。
སྙིང་གི་གཏམ་ལ་ཚིག་རྩུབ་མང་། །	忠言虽带粗话，
དེ་མང་ཡང་སེམས་དཀར་ཁ་ཏ་རེད། །	但确出自好心。

ཧྲེ་རྒྱལ་དར་མ་ཁྲི་བཙན།

百嘉塔尔玛赤赞

༡ ལྷ་བླ་མ་བཟང་པོར་ཆོས་ཤིག་དགོས། །
ཆོས་མེད་ན་ངང་པ་རྒྱབ་སེར་འདྲ། །
ཚེ་འདི་ལ་སྐྱིད་ཀྱང་ཕྱི་མ་སྡུག །
སྟག་ཤ་ར་བཟང་པོར་དཔའ་ཞིག་དགོས། །
དཔའ་མེད་ན་བུད་མེད་ཁྲབ་གྱོན་འདྲ། །
དགྲ་ནག་པོར་ཐོ་གཏུག་བྱེད་ཚེ་སྡུག །
མ་བུ་མོ་མཛེས་ཀྱང་ཤེས་རྒྱ་དགོས། །
དེ་མེད་ན་ཐོ་ཁོག་སྐྱ་ཀ་འདྲ། །
སྐྱ་རིལ་ལེ་གོང་བུ་འཛིན་ཉིན་སྡུག །
དཔོན་དབང་ཐང་ཅན་ལ་རྩལ་དཔུང་དགོས། །
རྩལ་མེད་ན་གཉོམ་ཆུང་ཕྱུག་པོ་འདྲ། །
དམག་བུ་རྟ་དཔུང་པས་བདའ་ཉིན་སྡུག །

༢ རྐང་འོག་རྡུལ་དེ་མཐོ་ཆེ་ན། །
དཔྲལ་བའི་མིག་ལ་གནོད་ཀྱང་སྲིད། །
རི་བོང་ཁ་ཤོ་བློ་རྐོད་ན། །
སེང་གེ་ཡིན་ཟུང་གསོད་ཀྱང་སྲིད། །

༣ བྱ་ནག་ཆུང་ཁྭ་ཏ་རོག་པོ་དེས། །
ལྟོ་འགྲང་ན་བྱ་རྒྱལ་ཁྱུང་ལ་འགྲན། །
གྲོང་མཐའ་སྐོར་འཁྱིམ་པའི་ལྟོགས་ཁྱི་དེས། །
གཟན་རྒྱེད་ན་སྟག་ལ་འཕོན་ཁ་འཛིན། །

༤ རང་ཚོད་ཀྱི་གཏམ་ཞིག་མ་བཤད་ན། །

上师应具佛性，
缺者如同黄鸭，
此世乐来世苦。
好男应有胆气，
缺者如同女人，
遇敌之时痛苦。
美女应具善智，
缺者如同喜鹊，
成家之后痛苦。
大官应具权势，
缺者弱势富人，
遇到强敌痛苦。

足下灰尘上扬，
也会伤害双眼。
聪明豁嘴兔子，
也会算计狮子。

黑翎小小乌鸦，
饱时与琼比飞。
转村流浪饿狗，
饱时与虎较量。

量力而行说话，

ཧམ་ཆེ་བའི་གཏམ་གྱིས་རང་སྲོག་གཅོད། །
རྒྱུར་བསྟུན་ནས་གོས་ཤིག་མ་གོན་ན། །
མི་གཞན་གྱིས་འཕྱ་སྨོད་བྱེད་པའི་རྒྱུ། །

大话过度惹祸。
看自财力穿衣，
否则招来闲话。

༥ དགྲ་བཙན་པོ་མགོ་སླེ་ཡོན་མིན་དེ། །
ཉིན་དེའི་རླུང་རྟ་དར་རྒུད་རེད། །
རྟ་རླུང་གཤོག་བང་ཁ་རྒྱས་མིན་དེ། །
ཉིན་གཅིག་ཆས་ཀྱིས་གསོ་ལུགས་རེད། །

能否斩首强敌，
就看当天运气。
飞马跑速增否，
就看一天喂料。

རྐོལ་བའི་ཕྲུ་ཡག

果瓦普雅

ཁ་དུང་སོ་ཤོར་བའི་རི་སྤྱང་སྡུག །
ལྟོ་ལྟོགས་ཚེ་ཤ་ཚོལ་རག་ལེ་མིན། །
བུ་གཅེས་ཕྲུག་ཤོར་བའི་ཕ་མ་སྡུག །
ལུས་རྒས་ཚེ་རང་གཡོག་ཐུབ་ལེ་མིན། །
རྒྱུ་ཚེ་བསགས་ཤོར་བའི་སྐྱེས་བུ་སྡུག །
མི་གཞན་ལ་ཕན་འདོགས་ཐུབ་ལེ་མིན། །

可怜落牙苍狼，
饥饿无法食肉。
可怜丧子父母，
老时无人照顾。
可怜失财男子，
帮人之时无能。

སྟོབས་ཆེན་དཔུང་དམར།

多钦崩玛

༡ ཆུ་གཙང་པོ་མི་དཀྲུགས་ཀ་མེད་འདི། །
ལ་ཁའི་ཁ་བ་ཉི་མས་བཞུས། །
ལྷོ་སྤྲིན་མི་དཀྲིགས་ཀ་མེད་འདི། །
བསེར་བུ་རླུང་གིས་རྒྱབ་ནས་དེད། །
ང་རྗེ་ར་མི་འོངས་ཀ་མེད་འདི། །
གླིང་ཁྲོ་ཐུང་ཁ་ཡི་དགྲ་འབོད་རེད། །

江河搅浑不得已，
只因雪山在融化。
南山飞云不得已，
只因劲风在后赶。
百热征战不得已，
只因超同在叫唤。

༢ ཞྭ་ཡ་མེད་དོམ་ར་ནག་པོ་དེ། །
གོན་བཞག་ན་ཀླད་མཐིལ་ཚིག་རོགས་རེད། །
ཛ་ཡ་མེད་དགོན་པའི་མཁར་ཛ་འདི། །
རྡུང་བཞག་ན་རྣ་བ་ཚ་རོགས་རེད། །

无顶熊皮遮帽，
戴上晒热头顶。
无二寺庙铜锣，
敲击雷耳欲聋。

དཔའ་སེང་ནོར་བུ་རྩེ་རྒྱལ།

巴森·诺普泽嘉

༡ ང་རྒྱ་ཁྲ་ཧོར་བའི་འཕུར་ལམ་ནས། །
ཁྱོད་བྱིའུ་ཆུང་སྔོན་མོས་གཤོག་རྩལ་ངོམ། །
བྱ་བྱིའུ་ཆུང་ཚེ་སྲོག་མི་མཁོ་ན། །
ཁྲ་རྒོད་པོས་ཁ་ཟས་ནམ་བྱས་རེད། །
ང་རི་སྤྱང་སྔོན་མོའི་འདུར་ལམ་ནས། །
ཁྱོད་གཡང་དཀར་ལུག་གིས་རྩེ་བྲོ་འཁྲབ། །
ལུག་གཡང་དཀར་འཆི་རྒྱུར་མི་སྐྲག་ན། །
སྤྱང་སྔོན་མོའི་ཤ་དམར་ནམ་ཟོས་རེད། །
ང་མི་གཟན་སྲིན་པོའི་སྒོ་འགྲམ་ནས། །
ཁྱོད་ཚེ་ཟད་མི་ཡིས་ཀི་བསྒོ་བསྒྲགས། །
མི་ལས་ངན་ཚེ་ལུས་མ་འཛིག་ན། །
བཙན་སྲིན་པོར་ཁ་ཟས་ནམ་ཟོས་རེད། །

我花鹞飞行道上，
你小青鸟炫飞技，
小鸟若不想活命，
随时变成鹞食物。
我青狼出没路上，
你白毛羊在嬉戏，
白羊若不惧怕死，
青狼肉食随时得。
我食人罗刹鬼门，
你短命人在呐喊，
恶运人若不怕死，
随时成为鬼食品。

༢ མ་ངན་བུ་མོའི་འཕྱོར་འདོད་འདི། །
སྐྱེ་འཕྱུ་སྨོད་བྱེད་པའི་སྣ་འདྲེན་ཡིན། །
ཉ་གསེར་མིག་ཟས་ལ་ཧམ་པ་འདི། །
ཇོ་ལྕགས་ཀྱུ་རྣོན་ལ་ཟུག་འདོད་རེད། །
མི་དཔའ་མེད་ཇག་རྒྱག་བྱེད་པ་འདི། །
ཚེ་ཕྱི་མ་འབོད་པའི་ལག་གཡུག་རེད། །
དགེ་མི་བསགས་དཀོར་ལ་ཧམ་པ་འདི། །

贱母之女爱打扮，
引来别人的闲话。
金眼小鱼贪食物，
招来利钩穿上嘴。
无胆之人当强盗，
意味死神在招手。
不积善而贪财物，

ཕྱི་དམྱལ་བར་འགྲིམ་པའི་གཏིང་རྫ་རེད། །

预示死后堕地狱。

ཐོག་ལྷ་བཙན་པོ།

托拉赞波

༡ དཔའ་དེ་ཡོད་ནང་གི་དེ་དྲག་ཡིན། །
རི་གཅན་གཟན་ནང་གི་སེང་གེ་ཡིན། །
བྱ་འདབ་ཆགས་ནང་གི་ཁྱུང་ཆེན་ཡིན། །
དཔའ་ཡང་དག་དགུ་བརྒྱའི་དྭངས་ཕུད་ཡིན། །

俊山杰海独气魄，
威吓群兽赛雄狮，
气吞飞禽比琼鸟，
英豪九百尊魁首。

༢ དགུང་གནམ་གྱི་སྐར་ཚོགས་མང་ན་ཡང་། །
ཚེས་བཅོ་ལྔའི་དུང་ཟླ་འགྲན་ཡ་མེད། །
ནགས་རྒྱ་རྫོང་གཅན་གཟན་མང་ན་ཡང་། །
གངས་སེང་གེ་དཀར་མོ་འགྲན་ཟླ་མེད། །

天上繁星虽多，
不及十五圆月，
林中野兽虽多，
不及雪山白狮。

ཁབ་རྩེ་འོད་ཀྱི་འབུམ་མེ།

卡泽·维吉奔梅

༡ ཝ་རྒྱུ་མོ་ཟེར་བའི་གྲ་ཡག་མ། །
བྲ་ཙི་གུ་གསོད་དུས་སྣང་བ་མཐོ། །
སྡུག་ཐུག་ན་བསེ་དྲི་ཐུལ་ལི་ལི། །
ཁྱོད་གཅན་གཟན་གྲས་ལ་ངས་མི་བརྩི། །
བྱ་ཁུ་བྱུག་ཟེར་བའི་རྒྱང་གྲགས་ཅན། །
འབུ་སྲིན་འབུའི་སྟེང་ལ་བདེ་མྱུར་ཆེ། །
སྡུག་ཐུག་ན་སྨུག་བྱ་ཕྱོ་སྐྱ་ཡིན། །
ཁྱོད་བྱ་མང་གྲས་ལ་ངས་མི་བརྩི། །

毛色美丽之狐，
捕鼠之际得意，
落难之际发臭，
你非猛兽之列。
名扬杜鹃飞鸟，
捉虫之际跳动，
无食青翎饿鸟，
你非禽类之列。

༢ ཨ་བྲའི་སྟེང་ལ་སྤྲེ་མོང་སྟག །
སྟག་དམར་ཡག་ཐོན་དུས་སྤྲེ་མོང་འཁུམ། །

遇鼠黄鼠狼为虎，
猛虎一到吓破胆。

གྲུམ་པའི་སྙིང་ལ་ཁྱི་ནག་དོམ། །	遇獾黑狗为黑熊，
དོམ་ནག་པོ་ཐོན་དུས་ཁྱི་ནག་འཁུམ། །	黑熊一到吓破胆。
སྦལ་པའི་སྙིང་ལ་ཁྭ་ཏ་ཁྱུང་། །	遇蛙乌鸦为琼鸟，
ཁྱུང་བྱ་རྒྱལ་ཐོན་དུས་ཁྭ་ཏ་འཁུམ། །	琼鸟一到吓破胆。
༣ གཅན་གཟན་རི་དྭགས་འཚོགས་ས་ནས། །	各种动物相聚时，
རི་བོང་ཁ་ཤོས་མཁས་མདོག་བྱེད། །	豁嘴兔子炫口才。
འགོ་མེད་སྡེ་བ་འཚོགས་ས་ནས། །	无首百姓相聚时，
ཁྲེལ་མེད་ནག་མོས་ཀྲོད་གཏམ་བྱེད། །	无耻女人诉案件。

མདུང་རྩེ་གནམ་ལྷ་འབྲུག་གྲགས། **董泽·南拉珠扎**

༡ དགུང་ཨ་སྔོན་ཁ་རྒྱ་ཆེ་ན་ཡང་། །	苍天虽然无际，
བྱ་ཁྱུང་ཆེན་གར་འཕུར་རང་འདོད་ཡིན། །	琼鸟自在任飞。
ཆུ་རྒྱ་མཚོ་ཁ་ཞེང་ཆེ་ན་ཡང་། །	大海虽然广阔，
ཉ་གསེར་མིག་གར་རྐྱལ་རང་འདོད་ཡིན། །	鱼儿自在任游。
ཐང་སྤང་དཀར་ཁ་རྒྱ་ཆེ་ན་ཡང་། །	草原虽然广袤，
རྐྱང་ཁ་དཀར་གར་རྒྱུག་རང་འདོད་ཡིན། །	野驴自在任奔。
༢ ནགས་རྒྱ་ལྗོང་སྟུག་པོ་ཡིན་ན་ཡང་། །	森林虽然茂密，
མེ་དམར་པོས་སྐད་ཅིག་ཐལ་ཕུང་བཟོ། །	火来瞬间变灰。
ཆར་སྤྲིན་གྱི་ཕུང་པོ་མཐུག་ན་ཡང་། །	乌云虽然翻滚，
རླུང་བསེར་བུས་སྐད་ཅིག་མེད་པར་བཟོ། །	风来瞬间消失。
༣ དགྲ་ལག་ལ་ཚུད་དུས་བུ་ལས་བྱམས།	俘敌父母般相待

གེ་སར་ནོར་བུ་དགྲ་འདུལ།

格萨尔·诺普占堆

༡ ཤར་སྐྱ་རེངས་མི་མགྱོགས་ཀ་མེད་ལ། །
དགུང་ཁྲི་གདུགས་ཉི་མས་རྗེས་ནས་དེད། །
སའི་རྩི་ཤིང་མི་འཁྲུངས་ཀ་མེད་ལ། །
དབྱར་ཆར་ཆུ་བསིལ་མས་མདུན་ནས་བསུས། །

曙光唯有速速显现，
背有旭日紧追不舍；
草木唯有快快生长，
春日细雨润泽连绵。

ཕྱིའི་རྒྱ་མཚོ་མི་འཁྲུག་ཀ་མེད་ལ། །
ཆུ་གཙང་པོ་མང་པོས་ཁ་སྣོན་བྱས། །
སྤྲིན་ནག་པོ་མི་དྭངས་ཀ་མེད་ལ། །
རླུང་སྐྱི་བསེར་ཨ་སྔོན་དགུང་ནས་གཡུགས། །
ངས་དམག་འདྲེན་མི་བྱེད་ཀ་མེད་ལ། །
གོང་མས་སྔོན་ནས་ལུང་བསྟན་ཡོད། །

奈何浊浪排天际，
千江万河聚集来；
奈何积云散碎游，
狂风卷起斥苍穹；
奈何我军出征讨，
上有神谕明示唉。

༢ གཏམ་བཤད་ཚེ་དོན་སྙིང་མ་གོ་ན། །
ཤོག་སྐྱ་རླུང་ལ་བསྐུར་བ་འདྲ། །
དོན་གང་ཡིན་ཡིད་ཀྱིས་མ་དཔྱད་ན། །
ཆུང་བུ་ཕྲུག་ཀུ་ཅོ་སྒྲོག་པ་འདྲ། །

所讲不解其义，
如同风卷白纸；
所讲不会分析，
如同小孩喧闹。

༣ ཐམས་ཅད་མཁྱེན་པའི་སངས་རྒྱས་དེ། །
བྱོན་ན་ཆོས་ཀྱི་འཁོར་ལོ་བསྐོར། །
རིགས་དྲུག་ཐར་ལམ་བདེ་ལ་བཀོད། །
འདི་སངས་རྒྱས་བྱོན་པའི་ཁྱད་ཆོས་རེད། །
ཁྲི་གདུགས་ཉི་མའི་འོད་ཟེར་དེས། །
ཕྱོགས་བཞིའི་མུན་པ་རིམ་གྱིས་སེལ། །
འགྲོ་ཀུན་གསལ་བའི་ལམ་ལ་བཀོད། །

全知全解之佛，
来则妙转法轮，
度脱六道众生，
此乃佛之特点；
光芒万丈太阳，
驱散四方黑暗，
众生引向明道，

འདི་ཁྲི་གདུགས་ཉི་མའི་ཁྱད་ཆོས་རེད། ། 此乃太阳特点；
ནོར་བུ་དགོས་འདོད་དཔུང་འཇོམས་དེ། ། 如意克敌大宝，
མགོ་དགུའི་འདོད་པ་ཡིད་བཞིན་འགྲུབ། ། 所求如意皆获，
འགྲོ་བའི་དབུལ་ཕོངས་སྡུག་བསྔལ་སེལ། ། 消除贫众之苦，
འདི་ཡིད་བཞིན་ནོར་བུའི་ཁྱད་ཆོས་རེད། ། 此乃该宝特点。

༤ ཤིང་ཙན་དན་དམར་པོའི་མེ་ལྕེ་དེ། ། 燃烧紫檀之火焰，
ཤིང་ཕལ་བའི་མེ་ཡི་དོ་ཟླ་མིན། ། 其它树木不可比；
བྱ་རྒྱལ་ཁྱུང་གི་གཤོག་རྩལ་དེ། ། 禽王琼鸟之飞枝，
བྱ་འདབ་ཆགས་གཞན་གྱི་དོ་ཟླ་མིན། ། 其它鸟类不可比。

༥ ལ་མཐོན་པོའི་གོང་ལ་མ་བུད་ན། ། 不翻高山，
ས་བདེ་མོའི་ཐང་ལ་ཐོན་མི་སྲིད། ། 不到平地；
སྐྱིད་སྡུག་གཉིས་ཀ་མ་མཐོང་ན། ། 不受苦乐，
སྐྱིད་པོ་གང་ཡིན་ངོས་ཟིན་དཀའ། ། 不知何乐。

༦ ས་གསེར་ལྡན་སྐང་གཤོང་ཆེ་ན་ཡང་། ། 大地虽有高低不平，
གནམ་ཨ་སྔོན་ཀུན་ལ་ཆ་སྙོམས་ཡིན། ། 天穹却无高低之分。

མངའ་བདག་དཔལ་བོ་ཆོས་འགྲུབ། **阿达・巴沃曲珠**

༡ སྐར་ཚོགས་དཀྱིལ་ན་ཟླ་བ་མཛེས། ། 星耀间挂明月，
ཟླ་བྲལ་སྐར་མས་སྨག་མི་སེལ། ། 月落暗散不尽；
རིན་ཆེན་ཁྲོད་ན་ནོར་བུ་མཛེས། ། 贵重唯数珍宝，
ནོར་བྲལ་རིན་ཆེན་འཕེལ་མི་ནུས། ། 失宝何以增福；
དགེ་མདུན་དཀྱིལ་ན་བླ་མ་མཛེས། ། 善中尊胜上师，
བླ་བྲལ་དགེ་མདུན་སངས་མི་རྒྱས། ། 失其何处证悟；

དམག་དཔུང་དཔུས་ན་དམག་དཔོན་མཛེས། །	军中威信将士，
དཔོན་མེད་དམག་གིས་རྒྱལ་མི་ལོན། །	失将军难凯旋。
༢ གངས་རིའི་ནང་བཅུད་སེང་གེ་རེད། །	雪山之中狮子美，
སེང་མེད་ན་གངས་རི་སྟོང་པ་རེད། །	无狮雪山为空山；
ནགས་རྒྱ་རྫོང་ནང་བཅུད་སྟག་དམར་རེད། །	森林之中老虎美，
སྟག་མེད་ན་ནགས་རྫོང་སྟོང་པ་རེད། །	无虎则为空山林；
དགུང་སྔོ་སྤྲིན་ནང་བཅུད་གཡུ་འབྲུག་རེད། །	南云之中青龙美，
འབྲུག་མེད་ན་སྤྲིན་ནག་སྟོང་པ་རེད། །	无龙乌云徒飘飖；
དཔུང་ཁྲ་མོའི་ནང་བཅུད་རྒྱལ་བློན་རེད། །	众人核心为王臣，
འདི་མེད་ན་ཇག་པ་མགོ་འཁོར་འདྲ། །	无众如同迷路盗。

ཚ་ཞང་འདན་མ་བྱང་ཁྲ། **擦香·丹玛向查**

༡ དམག་མགོ་ཁྲིམས་བཟང་ན་ཆག་སྒོ་ཉུང་། །	军律严明少事端，
རྟ་སྒྲོག་གིས་བསྡམ་ཡང་བང་རྩལ་ཡོད། །	马蹄虽绊不减速。
ཆོས་ཟབ་མོ་གསུང་མཁན་སངས་རྒྱས་རེད། །	佛陀三转法轮后，
དེ་བླ་མས་འཛིན་སྐྱོང་སྤེལ་གསུམ་བྱས། །	上师续传弘教法。
ཁྲིམས་བཙན་པོ་འཛུགས་མཁན་རྒྱལ་པོ་རེད། །	国王创制律法，
དེ་བློན་དང་འབངས་ཀྱིས་བསྲི་སྲུང་བྱས། །	臣民尊奉信守。
༢ བྱ་བ་ཐམས་ཅད་ལད་མོ་ཡིན། །	行为皆系模仿，
ལད་མོའི་ནང་ནས་སུ་མཁས་ཡིན། །	就看谁有创意。

ཨ་སྟག་ཀླུ་མོ།

阿达鲁（拉）姆

༡ ཏ་ལ་དུག་གི་མེ་ཏོག་འདི། །
བྱ་རྨ་བྱ་མ་གཏོགས་ཟ་ལེ་མིན། །
ཟོས་བཞག་ན་ཕྱི་མའི་ལམ་ཆེན་རེད། །
སེང་གཡུ་རལ་ཅན་གྱི་འོ་མ་འདི། །
སྣོད་ཕལ་བའི་ནང་དུ་ཚོགས་ལེ་མིན། །
བླུག་བཞག་ན་ཕྱི་ལ་འབོ་རྒྱུ་རེད། །
དུག་སྦྲུལ་གཙུག་གི་ནོར་བུ་དེ། །
བྱ་ཁྱུང་ཆེན་མ་གཏོགས་ཐོབ་ལེ་མིན། །
འཕྲོག་འདོད་པ་འཆི་བའི་སྔ་ལྟས་རེད། །

草乌之毒花，
非孔雀不食，
若食只有死；
绿鬃狮子乳，
莫盛普通器，
若盛则会漏；
毒蛇头顶宝，
非琼鸟莫属，
欲抢只有死。

༢ བཟང་པོ་གཅིག་ལ་བཟང་ཀུན་ཚང་། །
ངན་པ་གཅིག་ལ་ངན་སྣ་འཛོམས། །

一个好人优点多，
一个恶人恶习全。

ར་འདྲ་འཆི་བདག་ཡ་མེད།

热扎•其达雅美

༡ གཡུལ་འཐབ་འབྲུག་སྟེང་གི་རོ་གསུམ་བཙོག །
བན་སེར་མོ་སྔགས་པ་ནག་མོ་གསུམ། །
གྲི་ངར་མའི་ཁ་རུ་ཤི་ན་བཙོག །

阵亡尸首有三邪，
僧人咒师和妇女，
被刀砍亡视为邪。

༢ བྱིའུ་ཆུང་སྟེང་གི་སྟ་རེ་རེད། །
རྡོ་ཆུང་སྟེང་གི་གནམ་ལྕགས་རེད། །
འབུ་གྲོག་མའི་སྟེང་གི་གཤིན་རྗེ་རེད། །

拿斧来劈砍雏鸟，
用天杵敲击石子儿，
请阎王审判蝼蚁。

སེང་སྟག་ཨ་དོམ། 森达阿冬

མཛེས་སྤུག་རྨ་བྱའི་སྒྲོ་མདོངས་དང་། །
ཕུག་རོན་ཀེ་ཡིས་ལྡང་མདངས་གཉིས། །
སུ་མཛེས་དཀྱིལ་འཁོར་འགྲམ་ནས་བལྟ། །
སེར་པོ་གསེར་གྱི་ལན྄ན྄་དང་། །
རྡོ་ཐོག་ལྷ་མ་ལྷང་ཚེ་གཉིས། །
སུ་མཛེས་ལྷ་ཁང་ནང་ནས་བལྟ། །
ཡིད་བཞིན་ནོར་བུའི་གཟི་འོད་དང་། །
སྲིན་འབུ་མེ་ཁྱེར་ཁ་དོག་གཉིས། །
སུ་མཛེས་རིན་ཆེན་ཁྲོད་ནས་གསལ། །
རྒྱ་སྟག་དམར་པོའི་པགས་པ་དང་། །
གྲུམ་པ་རྒྱ་བོའི་ཤུན་ལྤགས་གཉིས། །
སུ་བཟང་གདན་ཆས་ཁྲོད་ནས་ཤེས། །
སྨོན་ལོག་བདུད་ཀྱི་ངན་འཕྲུལ་དང་། །
དཀོན་མཆོག་ལྷ་ཡི་ཐུགས་དམ་གཉིས། །
སུ་བདེན་ལས་འབྲས་སྨིན་ཚེ་ཤེས། །

美丽孔雀翎，
鸽子脖绿翎，
谁美见坛城。
黄金之纹饰，
石上云母光，
谁美见佛殿。
如意宝之晖，
荧光虫之光，
谁美见珍宝。
红虎之皮毛，
灰毛獾之皮，
谁优见坐垫。
恶愿魔之幻，
圣宝佛之禅，
谁真见业果。

ཀླུ་གཏོལ་བ་ནག་པོ། 鲁·朵瓦那波

༡ དཀྱུང་ཨ་སྔོན་ཀུན་གྱི་མགོ་ཁེབས་རེད། །
འདི་ངའི་ཡིན་ཟེར་བ་སྟོང་གཏམ་རེད། །
ཕུགས་མེད་པའི་སྟོང་གཏམ་དགོད་རེ་བྲོ། །
ས་དོག་མོ་ཀུན་གྱི་གནས་ས་རེད། །
འདིར་མ་འདུག་ཟེར་བ་སྨྲ་གཏམ་རེད། །
ཆང་བཟི་བའི་སྨྲ་གཏམ་སྐྱུག་རེ་བྲོ། །

蓝天无不覆盖，
说属我为空话，
无据空话欲笑。
大地无不承载，
说属我为空话，
酒醉话语恶心。

མཚོ་རི་ཀླུང་ཀུན་ལ་མི་མིན་གནས། །	山水皆居非人，
དེར་མ་འདུག་ཟེར་བ་བཙན་གཏམ་རེད། །	说驱逐为霸道，
བཙན་ཚོད་མེད་གཏམ་གྱིས་རང་སྲོག་གཅོད། །	无度自取灭亡。
༢ ནད་ངོས་འཛིན་བྱེད་པའི་སྨན་པ་དཀོན། །	精准诊断医生少，
ཚེ་འདི་ཕྱི་མཁྱེན་པའི་བླ་མ་དཀའ། །	二世全知上师难，
རླུང་རང་དབང་བསྒྱུར་བའི་སྔགས་པ་དཀོན། །	气脉自在咒师少，
ལས་རྒྱུ་འབྲས་བརྩི་བའི་དཔོན་པོ་དཀའ། །	珍视业果官员少，
མཆོད་སྦྱིན་པ་གཏོང་བའི་ཕྱུག་པོ་དཀོན། །	上供下施富人少，
དྲིན་ཕ་མར་བཀུར་བའི་བུ་ཕྲུག་དཀའ། །	孝敬父母孝子少。
༣ ཤྭ་ཕོ་ཆེན་ཁྲག་རྭ་ལེན་འདོད་ཀྱིས། །	欲取白唇鹿茸角，
ཐང་གྲུམ་པ་རྒྱ་བོ་གསོད་དོན་མེད། །	为何肆杀野棕獾；
བྱ་ཕོ་རོག་ནག་པོའི་སྡིག་གྲིབ་ཀྱིས། །	黑乌鸦造下恶果，
ཚུ་ངང་པ་འདམ་ལ་ཟུག་དོན་མེད། །	株连天鹅陷泥潭。

དྲང་ཟླ་རང་ཤར།

童达让夏

༡ དགུང་བར་སྣང་སྟོང་བའི་དབྱིངས་ཧུམ་ནས། །	高高天空之中，
འཇའ་ཚོན་མདོག་བཀྲ་བའི་རི་མོ་གསལ། །	明现五彩之虹，
དེ་ཆར་དང་ཉི་ཟེར་འཕྲད་རྐྱེན་རེད། །	那是雨遇阳光。
གཞི་ནོར་འཛིན་ས་ཡི་ལྟེ་བ་ན། །	存宝大地轴心，
དབྱར་མེ་ཏོག་སྣ་ཚོགས་འཇའ་ལྟར་བཀྲ།	夏日花儿缤纷，
འདི་འབྱུང་བཞིའི་དྲོ་གྲང་སྙོམས་རྟགས་རེད། །	那是四季轮回。
སྟོད་དབུས་གཙང་ལྷ་ཡི་དཀྱིལ་འཁོར་ལ། །	上卫藏法坛城，
ཕྱོགས་ཀུན་ནས་དད་ལྡན་མང་པོ་འདུས། །	云集四方信徒，
འདི་སངས་རྒྱས་སྐུ་ལ་མཇལ་འདོད་རེད། །	那是想谒佛像。

སྨད་རྒྱ་ནག་བཀྲ་ཤིས་ར་བ་ལ། །
ཕྱོགས་ཀུན་ནས་ཚོང་དཔོན་གང་མང་འདུས། །
འདི་མཁོ་དགུའི་ཚོང་ཟོང་བསྐྱུབ་འདོད་རེད། །

汉地吉祥乐园，
云集四方商贾，
那是交易商品。

༢ སྟེང་གནམ་ས་གཉིས་ལ་འདུན་མ་ཡོད། །
ཆར་བསིལ་མ་གནམ་སའི་འདུན་མ་རེད། །
ནགས་རྩྭ་ཤིང་གནམ་སའི་སྲས་པོ་རེད། །
དགུང་ཉི་ཟླ་གཉིས་ལ་གྲོས་ཞིག་ཡོད། །
གྲོས་འདུན་མ་ཕན་ཚུན་འོད་ཟེར་རེད། །
ཤིང་པདྨ་ཨུཏྤལ་ཉི་ཟླའི་སྲས། །

天地本有约定，
细雨则为约定，
树草天地之子。
日月本有约定，
光为双方约定，
花树日月之子。

འཛང་གཡུ་ལྷ་ཐོག་འགྱུར།

姜玉拉托久

༡ ཁྱི་ཚང་སྒོ་ཁའི་ཁྱི་མོ་བཙན། །
དེ་བཙན་ལེ་མ་རེད་ཞུ་ཐུག་རེད། །
ཕྱི་ཁུང་ཁ་ཡི་ཕྱི་བ་ངར། །
དེ་ངར་ལེ་མ་རེད་སྐྲག་ལེ་རེད། །
ས་བཙན་ཕུག་གི་ཝ་མོ་དཔའ། །
དེ་དཔའ་ལེ་མ་རེད་སྐྲར་ལེ་རེད། །

狗窝门前母狗恶，
并非真恶是被逼。
旱獭洞口旱獭恶，
并非真恶是惊吓。
安全洞中狐狸恶，
并非真恶是惧怕。

༢ མི་ཐུབ་དགྲ་ལ་ཕོད་མ་བཙུགས། །
རང་སྒྲོག་ལ་བབས་ཚེ་འགྱོད་ཀྱང་འཕྱི། །
གདོན་མི་ཐུབ་པ་ལ་ཕཊ་མ་ཟེར། །
མཐུ་ནུས་པ་མེད་ན་བར་ཆད་འབྱུང་། །

强敌面前莫硬拼，
败于敌手后悔晚，
不能驱邪莫呼“呸”，
缺乏咒术生违缘。

ངམ་ནག་སྨྱོ་རྒོད།

སླག་ཚེར་མ་ཡི་ཕྲུ་གུ་དེས། །
གཤོག་རྩལ་རྫོགས་དུས་ཕ་མ་བསོད། །
ཤུག་གེས་མནར་བའི་སྦོམ་པོ་དེས། །
ལྟོ་འགྲངས་ན་བཟང་ལན་ངན་འཇལ་རེད། །

昂那扭贵

鹫鹰卵蛋各相异，
羽翼丰硕弑父母；
食不果腹昧心人，
忘恩负义饱满后。

སྒང་སྐྱེས་འཇམ་དབྱངས་ཤེས་རབ།

ཆར་རླུང་དཀྱིལ་གྱི་མར་མེ་འདི། །
ནག་འཕྱིབས་སེ་ནམ་འགྲོ་ཆ་མེད་ཡིན། །
རྒྱ་ལམ་དཀྱིལ་གྱི་འབུ་སྲིན་དེ། །
སྲོག་ནམ་འཚོར་རང་དབང་ཡོད་པ་དཀའ། །
རྒྱ་མཚོའི་ནང་གི་ཉ་མོ་དེ། །
ཟས་ལ་ཧམ་ནས་ལྕགས་ཀྱུས་བཟུང་། །
བདའ་ལུ་ཁྱི་ཡི་ངར་སྐད་དེ། །
གོར་མོ་རྡོ་ལོག་ཉེ་འདོད་རེད། །

广吉・蒋央西饶

风雨之中油灯，
不测何时熄灭。
路中爬行小虫，
不知何时丧命。
海中游动鱼儿，
贪吃导致上钩。
劣狗狂吠声大，
挨石子是必然。

ཤན་པ་རྨེ་རུ་རྩེ།

སྡིག་ཆེ་རུང་དམ་ཆོས་བསྒྲུབས་ན་ཐར། །
ཆོས་དམ་ཚིག་ཉམས་ན་དམྱལ་བར་ལྷུང་། །

辛巴梅如泽

恶大修法得度，
犯戒堕入地狱。

ཡ་མེད་སྟག་མོ་ཁྲི་ཐུབ།

རྫ་ཡག་ལ་ཡི་དར་ལྕོག་འདེགས། །

雅美・达摩赤图

山上经幡飘，

སྐྱི་བསེར་རླུང་ལ་འགྲན་འགྲན་ནས། །
ཐ་མར་དར་ལྷེ་རླུང་གིས་བསྐྱོད། །

常伴清风摇，
终断狂风间。

ཆུ་ཆེན་སྟེང་གི་གྲུ་གཟིངས་འདིས། །
གཙང་པོ་ཆུ་ལ་འགྲན་འགྲན་ནས། །
ཐ་མ་ཐ་གློང་དཀྱིལ་ལ་ཐིམ། །

江上一方舟，
波面摇曳走，
终卷浊浪间。

གྲོང་མའི་དར་མ་དར་ལུ།

仲玛・塔尔玛塔尔鲁

༡ དུས་བབས་ཚེ་མེ་ཡིས་སྤང་དཀར་ཞུག།
མེ་དམར་མོ་རྣོ་ནི་ག་ལ་ཡིན། །
ཚེ་དུས་བབས་སེང་གེ་འབུ་ཡིས་གསོད། །
འབུ་རྩལ་ཆེན་ཡིན་པ་ག་ལ་ཡིན། །
རྒྱ་སྟག་དམར་པོ་སྒང་གིས་གསོད། །
སྒང་རྩལ་ཆེན་ཡིན་པ་ག་ལ་ཡིན། །

缘生火穿草地，
并非红火锐利。
命终虫夺狮命，
并非虫子力大。
刺猬杀害老虎，
并非刺猬力大。

༢ ར་གན་བཞུ་བླུགས་མཛེས་ན་ཡང་། །
གསེར་དང་གཤིབ་དུས་རང་མཚང་སྟོན། །
ཞ་དཀར་ཁ་དོག་དཀར་ན་ཡང་། །
དཀར་པོ་དངུལ་དང་བསྡུར་ན་ཤེས། །
གསོམ་དཀར་ཚོན་གྱིས་བསྒྱུར་ན་ཡང་། །
ཙནྡན་ཤིང་དང་འདྲ་ས་མེད། །

铜铸饰物虽美，
相比黄金逊色。
白铅虽然洁白，
但同白银分明。
松木彩染虽美，
但与檀木不同。

སོག་སྟག་དམར་སྟོབས་ཆེན།

索•达玛多钦

༡ སྟག་མོའི་སྣ་དེ་ཁྱི་མོས་རྐྱུག།
སེང་ཆེན་གཡུ་རལ་འབུ་ཡིས་ཟོས། །

狗咬老虎鼻，
虫食狮子鬃，

ལྷ་རྒོད་ཁྲག་འབར།
拉贵查跋尔

རང་ཐོག་ཁ་བ་མི་ལྟ་བར། །
满身披雪已不见，
གཞན་ཐོག་བ་མོར་མཛུབ་མོ་སྟོན། །
他人霜点话三四。

དཔའ་ཆེན་ཟླ་བ་ལག་དམར།
巴钦·达瓦喇玛

རྗེ་བཙུན་བླ་མའི་ལུང་བསྟན་དེ། །
尊者上师授记，
ཐོག་ཏུ་མ་སོང་འགྱུར་ལྡོག་མེད། །
未现应验不变。
དམར་ནག་བྲག་གི་རི་མོ་དེ། །
红黑悬崖之画，
བསྐལ་པར་བསྐྱོད་ཀྱང་ཉོག་རྒྱུ་མེད། །
时过万劫不变。

ར་སྦྲུག་སྟག་སྒྲོན་ཁྲག་བཟི།
热楚达淵叉斯

༡ ཤྭ་ཕོ་ཆེན་མགོ་ཡི་ཁྲག་རྭ་དེ། །
雄鹿头顶之茸，
རྒྱུས་ཆེ་ན་ཀུན་ལ་ཡིད་སྨོན་སློང་། །
知者皆欲获得，
དེ་རང་སྲོག་གཅོད་པའི་ལག་ཆ་རེད། །
那是丧生之器。
སྨན་རྩི་ལྡན་གླ་བ་རོག་པོ་དེ། །
林中黑色香獐，
རྩི་རྒྱུས་ཆེ་ཀུན་གྱི་ནད་འཇོམས་སྨན། །
拥有妙药麝香，
དེ་བསམ་ནས་རང་སྲོག་ཕུང་བྱེད་རེད། །
那是克己之物。

༢ མར་མེའི་འོད་དེས་མུན་པ་སེལ། །
酥油之灯虽除暗，
སྲིན་འབུས་མཐོང་ན་རང་སྲོག་གཅོད། །
飞蛾扑火且丧命。

བཟའ་བཏུང་ཟས་དེ་ཀུན་ལ་བཟང་། །
饮食虽众生所求，
ཉ་མོས་མཐོང་ན་ལྕགས་ཀྱུས་འཛིན། །
鱼儿却落饵挣扎。

བྲོ་མཆོག་ཚྭ་དེ་ཀུན་ལ་མངར། །
སྦལ་པར་ཐུག་ན་སྐྲོག་ལ་རྡོལ། །

盐巴虽入口弥香，
青蛙却崩裂暴毙。

དྲི་ལྡན་སྨ་རྩིས་ཀུན་ལ་ཕན། །
ཞི་སྡང་སྦྲུལ་གྱི་སྐྲོག་ཞེན་རེད། །

麝香虽灵丹妙药，
毒蛇却望而却步。

སྤྱི་དཔོན་རོང་ཚ་ཁྲ་རྒན།

吉本・绒擦查根

༡ དམར་པོ་མེ་ཡི་ཚ་ཟེར་དེ། །
ཐུར་ལ་བསྐྱུར་ཀྱང་གྱེན་ལ་འགྲོ། །
བསིལ་ལྡན་ཆུ་ཡི་གཤིས་ལུགས་དེ། །
གྱེན་ལ་བསྐྱུར་ཀྱང་ཐུར་ལ་འབབ། །
གསེར་མ་རླུང་གི་གཤིས་ལུགས་དེ། །
གར་ཕྱོག་འདིར་ཕྱོག་ཆ་མ་མཆིས། །

彤红炽烈之火焰，
即使倒置往上蹿。
清凉流水之习性，
即使上引向下流。
清风吹拂之习性，
来龙去脉难捉摸。

༢ ས་འཛིན་རི་རྒྱལ་ལྷུན་པོ་དེ། །
འཇིག་རྟེན་ཆགས་ནས་གཡོ་འགྱུལ་མེད། །
འབྱུང་བཞིའི་གཤིས་ལུགས་ཁ་ཁ་བཞིན། །
རང་རང་ལས་འབྲས་སོ་སོ་རེད། །

须弥山中之尊，
亘古从不变动，
四大各有自性，
业果也有各异。

༣ རྒྱང་མ་རིག་རི་ཡི་རྩེ་ལ་བུད། །
རི་མཐོན་པོའི་རྩེ་ནས་ས་ཕྱོགས་གསལ། །
དོན་མ་ཤེས་སེམས་དཀར་རྒན་ལ་དྲིས། །
རྒན་ཤེས་པ་ཅན་གྱི་ཁོག་ན་གསལ། །

不见远方要登山，
高山顶上能远眺。
不懂世事问耆老，
老者肚中有道理。

ལྷུན་གསར་ཉི་མ་འབྲུག་གྲགས།

༡ ཤྭ་ར་རིང་ནགས་ལམ་འཐེན་པའི་ཚེ། །
མགོ་ཁྲག་ར་དོགས་ཟོན་ལེགས་པར་གྱིས། །
བྱ་རྨ་བྱས་དུག་ཚེར་ཟ་བའི་ཚེ། །
ཁོག་ལྟོ་བར་མི་གནོད་ཡིད་ཟོན་དགོས། །

༢ རི་སྤྱང་སྔོན་མོ་དེ་སྒོ་ཁྱི་མི་ལོ། །
མ་གཅིག་སྲིང་མོ་དེ་ཁྱིམ་ཐབས་མི་རུང་། །

༣ བཟང་ལན་ངན་གྱིས་འཇལ། །
ཆང་ལན་ཆུ་ཡིས་འཇལ། །

伦萨尔尼玛珠扎

公鹿穿行林荫道，
头上鹿茸需警惕。
孔雀吞食毒刺时，
肚腹无害需谨慎。

青灰野狼难为守门犬，
同胞妹子不做掌厨娘。

好心恶报，
送酒还水。

སྒ་བདེ་ཆོས་སྐྱོང་བེར་ནག

མཚོ་ཆེན་དཀྱིལ་གྱི་ཉ་མོ་དེ། །
མཚོ་མཐའ་ཉུལ་གྲངས་མང་བས་ན། །
འཚོར་མེད་ལྕགས་ཀྱུས་འཛིན་ཉེན་ཡོད། །
བར་སྣང་ཁམས་ཀྱི་བྱིའུ་ཆུང་དེ། །
གཤོག་འགྱུར་རྒྱུག་ཚོད་མ་ཟིན་ན། །
རྒྱ་ཁྲ་ཧོར་བར་ཐུག་ཉེན་ཡོད། །
ནོར་འཛིན་ས་ཡི་ལྟེ་བ་ནས། །
སྲོག་ཆགས་གྲོག་མ་འདུར་ཆེ་ན། །
ཡན་ལག་ཐང་ཆུར་འཁྱུར་ཡང་སྲིད། །

嘎德·曲炯贝那

遨游大海之鱼儿，
频繁寻游到海边，
铁钩钓走也可能。
翱翔空中之小鸟，
上下翻飞太随意，
遭遇鹞鹰也可能。
藏宝厚土之中央，
动物蚂蚁太匆忙，
困于积水也可能。

ཐོག་རྒྱལ་གྲགས་པ། 托栽扎巴

པ་རོལ་དགྲ་ལ་མེ་ཏོག་གཏོར། །
དྲིན་ཅན་ལམ་ལ་ཇོག་པས་མནན། །
ཁྲེལ་མེད་སྤར་མའི་ཁྱད་ཆོས་རེད། །
ངོ་ཚ་མེད་པ་ཀུན་ཤེས་རེད། །

见敌人献出花，
遇恩人绕道走，
此等人即无耻，
又懦夫人人知。

ཉེ་ར་ར་རྫོང་། 《百热山羊宗》

ནེ་ནེ་གནམ་སྨན་དཀར་མོ། 乃乃·南曼嘎尔姆

གངས་རིའི་སྟེང་གི་སེང་གེ་དེ། ། 雪山白狮，
གཡུ་རལ་གངས་ནས་མ་ཙོམ་ན། ། 不亮绿鬃，
སེང་གེ་ཡོད་མེད་འདྲ་འདྲ་རེད། ། 有无一样。
རྫ་རི་དཀྱིལ་གྱི་འབྲོང་མོ་དེ། ། 山中野牛，
རྭ་ཐུར་རྫ་ནས་མ་ཙོམ་ན། ། 不炫犄角，
འབྲོང་ཆུང་ཡིན་མིན་འདྲ་འདྲ་རེད། ། 有无一样。
སྤང་རི་སྟེང་གི་ཤྭ་བ་དེ། ། 草地鹿子，
དུང་རྭ་དཀྱུང་ནས་མ་ཙོམ་ན། ། 不炫白角，
དུང་རྭ་ཡོད་མེད་འདྲ་འདྲ་རེད། ། 有无一样。

ཤན་ཚ་ཀླུང་ལྷ་མགྱོགས་ལྡན། 辛擦·隆拉爵丹

༡ བསགས་ཆེ་ན་རྒྱུ་ལ་སྙིང་པོ་མེད། ། 过度聚财无义，
བསྲི་ཆེ་ན་ཟས་ལ་གསེ་རག་ཤོར། ། 过度节食自耗，
འཛེམ་ཆེ་ན་ཁྱིམ་ལ་རྒྱལ་འགོང་ཞུགས། ། 过度忌讳引鬼，
གཅེས་ཆེ་ན་བུ་རྒྱུད་དགྲ་ལ་འགྱུར། ། 过度爱子成仇。

༢ སྤྱང་ཐང་ཤ་དམར་སྟག་ལ་སློང་། ། 苍狼红肉向虎讨，
ཤ་ཟ་སྤྱང་མོ་ཆེ་ན་ཡང་། ། 食肉野狼虽凶猛，
ཡ་སོ་ཅན་གྱི་ལ་རྒྱ་བསམ། ། 欲争犬类家族气；
ར་བཙན་མགོ་འབུལ་གླིང་ལ་ཞུ། ། 热赞[]投诚向岭国，

ཉེས་པ་ར་བཙན་ཆེ་ན་ཡང་། །
གཉེན་དང་ཉེ་བའི་རུས་ལ་བསམ། །

热赞自知大有罪，
国计族亲怎不顾。

ལྷ་བྱ་ཁྲུང་ཁྲུང་སྤུན་གསུམ།

三子神鸟

རི་རྩྭ་ཆུ་འཛོམས་ན་དགའ་རེ་ཆེ། །
ལྷ་གནས་བདག་རྒྱས་པའི་བཀའ་དྲིན་རེད། །
ཞིང་ལོ་ཡག་རྒྱས་ན་དགའ་རེ་ཆེ། །
དེ་སོ་ནམ་བཟང་བའི་བཀའ་དྲིན་རེད། །

水草丰美惬意，
神山道主恩赐；
五谷丰盛惬意，
那是农人恩赐。

བློན་པོ་མགར།

伦波・嘎尔

ཤྭ་ཕོ་ཆེན་སྤང་རི་འགྲིམ་ཉིན་མོ། །
དུང་རྭ་མ་བོར་འོས་རེ་ཆེ། །
དབྱར་དགུན་ནམ་ཟླ་བརྗེ་ཉིན་མོ། །
ཁུ་བྱུག་མ་བོར་འོས་རེ་ཆེ། །
རྟ་ཕོ་བྱང་ཐང་འགྲིམ་ཉིན་མོ། །
སྒ་སྲབ་མ་བོར་འོས་རེ་ཆེ། །
བུ་ཚ་དམག་ལ་འགྲོ་ཉིན་མོ། །
མཚོན་གོ་ཆ་མ་བོར་འོས་རེ་ཆེ། །

雄鹿行走草山，
不丢白角要紧。
夏冬换季时节，
不丢杜鹃为要。
骏马远行北野，
不丢鞍辔要紧。
子孙行军之时，
不丢兵器为要。

རོང་བཟའ་དཔལ་སྒྲོན་ཆོས་མཚོ།

绒萨・巴珍曲措

ཉི་མ་དུས་སུ་ནུབ་པ་ལ། །
མགྲོན་པོས་ཕྱིར་བཤོལ་བྱེད་རྒྱུ་མེད། །

日落西山，
客莫谢绝，

ནང་བློན་འཕར་བ་སྟག་རྒྱལ།

བྱང་ཐང་མ་ཟིན་རྐྱང་ཕྲུག་དེ། །
ནགས་ནང་སླེབས་ན་བོང་རྒན་འདྲ། །
མགོ་རྣ་ཅོ་རིང་བས་ཅི་ལ་ཕན། །
ནགས་སྟོད་མ་ཟིན་སྟག་ཕྲུག་དེ། །
བྱང་ཐང་འཁྱམ་ན་ཁྱི་རྒན་འདྲ། །
ལུས་འཛུམ་དྲུག་རྒྱས་པས་ཅི་ལ་ཕན། །

囊伦・帕瓦达嘉

弃守莽原之野驴，
流落林中像老驴，
竖起长耳有何用？
弃守密林之虎崽，
流落荒原像老狗，
身披斑纹有何用？

ཚ་ཞང་མདན་མ་བྱང་ཁྲ།

༡ གནམ་ལྕགས་རལ་གྲི་ངར་མ་དེ། །
གོར་མོ་རྡོ་ལ་འགྲོ་ལེ་མིན། །
གངས་དཀར་སེང་གེའི་དཔའ་རྩལ་དེ། །
ཐང་ཆེན་སྤྱིང་ལ་འགྲོ་ལེ་མིན། །
དམར་ཡག་སྟག་གི་མཆེ་སྡེར་དེ། །
ས་མདའི་སྤྱིང་ལ་འགྲོ་ལེ་མིན། །
སླད་ཚོང་འཕྱོར་མོའི་བསླུ་བྲིད་དེ། །
སྒོམ་ཆེན་བན་ལ་འགྲོ་ལེ་མིན། །
མི་ངན་ཁྱིམ་གྱི་ལང་ཤོར་དེ། །
རྒོད་པོའི་བུ་ལ་འགྲོ་ལེ་མིན། །

༢ བྲག་ཁའི་རྒོད་ཚང་མཐོན་པོ་མ། །
མཐོ་དུས་མཐོ་ཚོད་མ་ཟིན་ན། །
ནམ་མཁའི་ཐོག་གིས་གཏོར་རབས་ཡོད། །
གསེར་ཉ་འཁྱུག་རྩལ་བདེ་མོ་མ། །

擦香・丹玛向查

天铁利剑，
砍石不行。
雪狮虽凶，
草地无策。
猛虎牙爪，
遇箭不行。
放荡美女，
诱僧无用。
小人家恶，
遇强不行。

高崖鹰巢，
无度拔高，
雷击存险。
翻滚游鱼，

དམའ་དུས་དམའ་ཚོད་མ་ཟིན་ན། །
རྒྱ་མཚོའི་གཏིང་ལ་ཤི་རབས་ཡོད། །

过度沉游，
死于海底。

ཐོག་ཁྲི་རབ་བརྟན།

托赤・饶丹

ཁྱེར་འགྲོ་ཉི་མའི་ཚ་ངར་དེས། །
སྲིད་པ་གངས་རི་ཆབ་ལ་བསྒྱུར། །
སྐར་ཕྲན་མང་བས་ཕན་པ་ཅི། །
མཁའ་ལྡིང་ཁྱུང་གི་སྟོབས་རྩལ་གྱིས། །
ས་ནག་དུག་སྦྲུལ་སྐར་གྱིས་བཟུང་། །
འདབ་ཆགས་མང་བས་ཕན་པ་ཅི། །

用独行太阳之光，
让远古雪山融化，
星星再多有何用？
用空行琼鸟之力，
地上毒蛇瞬间抓
飞禽再多有何用？

ར་འདྲ་འཚེ་བདག་ཡ་མེད།

热扎・其达雅美

༡ དགུང་སྔོན་ཉི་མ་བསེར་ཤམ་ཅན། །
གླིང་བཞི་སྐོར་ལ་མི་དཀའ་སྟེ། །
དྲང་སྲོང་གཟའ་ཡིས་བར་ཆད་ཡོད། །
འོད་ཟེར་ཤོར་ལ་མི་འགྱོད་དེ། །
གླིང་བཞིའི་འགྲོ་ལ་སྙིང་རེ་རྗེ། །
ཕ་བླ་མ་གསུམ་ལྡན་ཆོས་གོས་ཅན། །
སེམས་རྩ་རླུང་སྒོམ་ལ་མི་དཀའ་སྟེ། །
ལུས་བདུད་བཞིའི་བར་གཅོད་འོང་ཉེན་ཡོད། །
ལུས་འབྱུང་གཞི་ཞིག་ལ་མི་འགྱོད་དེ། །
མ་འགྲོ་དྲུག་འདི་ལ་སྙིང་རེ་རྗེ། །

天空金色太阳，
绕行四洲不累，
但有仙曜施碍，
失光并非遗憾，
怜悯四洲众生。
三具披袈上师，
修行风脉不累，
但有四魔施碍，
害身并非遗憾，
怜悯六度众生。

༢ མདོ་ཁམས་དཀྲུག་པའི་ཕྱུར་མ་དེ། །
ད་རེས་ཆག་རན་ཨེ་ཡིན་བསམ། །

扰乱朵康搅屎棍，
想必此刻要折断。

བྱང་ཐང་རྟ་ཕོའི་བང་ཁ་དེ། །
荒野骏马驰骋蹄，

རོང་ཆེན་རྡོ་ལ་ཐུག་རན་བསམ། །
将要碰到峡谷石。

སྟག་མོས་མི་ཤ་ཟ་ཟ་དེ། །
惯于啖噬人肉虎，

བྱང་ཆེན་འབྲོང་ལ་ཐུག་རན་བསམ། །
时逢荒原野牦牛。

ཁྲམ་པའི་ཧམ་ཆོག་ཟ་འདོད་དེ། །
巧取豪夺之强盗，

ཁྲིམས་ལྡན་དཔོན་ལ་ཐུག་རན་བསམ། །
会遇秉公执法官。

ལྕགས་ནག་སོག་ལེ་ཁ་གཉིས་དེ། །
黑铁锯子双面刃，

འཛེར་ནག་ཤིང་ལ་ཐུག་རན་བསམ། །
必将遭遇硬木疖。

ར་འདྲ་དུག་ཆུ་ཁོལ་མ། 热扎·毒曲盔玛

ན་ས་ཤི་ས་དུར་ས་གསུམ། །
病死坟三地，

གཤིན་རྗེའི་ཁྲམ་ཁ་གར་བཏབ་རེད། །
全由死神定。

སྐྱེ་འཆི་གནམ་གྱི་སྐར་མ་དེ། །
生灭天上星，

འཇིག་རྟེན་ཀུན་གྱི་འགྲོ་ལུགས་རེད། །
宇宙之规律。

ར་བཙན་གཡུ་རྒོད། 热赞玉贵

རྒྱ་སྟག་ངར་མའི་འཇུམ་དྲུག་དེ། །
老虎凶猛之态，

ཙན་དན་ནགས་ནས་མ་ངོམ་ན། །
不在林中显威，

དུང་སོ་ཡོད་མེད་འདྲ་འདྲ་རེད། །
有无利牙一样。

ཁུ་བྱུག་སྙོན་མོའི་གསུང་སྐད་དེ། །
妙音悦耳杜鹃，

ལྗོན་ཤིང་རྩེ་ནས་མ་གྲག་ན། །
不在树上啼叫，

དྲུག་འགྱུར་ཡོད་མེད་འདྲ་འདྲ་རེད། །
有无妙音一样。

ར་བཙན་དུག་རལ་མེ་འབར། 热赞·毒然梅跋尔

མཐུ་མན་ངག་མེད་པའི་སྔགས་པ་དེ། །
འདྲེ་སྲིན་པོ་ཐུག་ཉེན་ཞ་རེ་ཚ། །
དཔའ་སྙིང་སྤོབས་མེད་པའི་སྨར་མ་དེ། །
བུ་དཔའ་བོ་ཐུག་དུས་ཞ་རེ་ཚ། །
གཟུགས་སྐྱེ་ལོ་མེད་པའི་བོ་རྒས་དེ། །
གཏམ་མི་ཁ་རྒྱུག་དུས་ཞ་རེ་ཚ། །

没有法力密咒师，
遇上妖怪就可怜。
没有胆气怯懦人，
遇上好汉就可怜。
没有姿色老姑娘，
传出绯闻就可怜。

གེ་སར་ནོར་བུ་དགྲ་འདུལ། 格萨尔·诺普占堆

༡ རང་ལུས་མི་རྟག་ཟིལ་པ་ཀྱུ། །
ནོར་རྫས་མི་རྟག་ནམ་མཁའི་སྤྲིན། །
མཁར་ཁང་མི་རྟག་རྨི་ལམ་མཁར། །
ཡུལ་ཞིང་མི་རྟག་སྣང་བའི་འཇའ། །
བཟའ་ཚང་མི་རྟག་ཚོང་དུས་འགྲོན། །

生命无常如露珠，
财产无常如行云，
楼宇无常如梦楼，
农田无常如彩虹，
家人无常如客商。

༢ གཉེན་ལ་ཆགས་ཞིང་དགྲ་ལ་སྡང་། །
དམྱལ་བ་ཚ་གྲང་ཟད་དུས་མེད། །
ཟད་ལ་ཞེན་ཅིང་ཟ་ལ་དགའ། །
ཡི་དྭགས་སྡུག་བསྔལ་ཟད་དུས་མེད། །

恋亲憎敌，
热狱无尽。
吝啬贪吃，
饿狱无尽。

༣ ཁ་དཀར་རྐྱང་གི་རྒྱུག་ཡ་ལ། །
མདོ་ཆེན་རྟ་ཕོ་རྟེད་དགོས་གསུང་། །
གཡུ་འབྲུག་སྔོན་མོའི་འཕྲུག་ཡ་ལ། །
བྱ་རྒྱལ་ཁྱུང་ཆེན་འཕུར་དགོས་གསུང་། །

能和野驴同跑者，
必是善走之骏马。
可与青龙共翔者，
必是善飞之鹏鸟。

༤ རྒོད་ཐང་དཀར་བྱ་ལམ་གཅོད་རྒྱུ་དེ། །
བསམ་པ་མིན་ཏེ་བསྐོས་པ་རེད། །
སྤྱང་ཨ་ཐང་རི་སུལ་འཁྱིམ་རྒྱུ་དེ། །
དཀའ་ལེ་ཤེས་ཏེ་བསྐོས་ཐང་རེད། །

白鹫展翅高飞，
无意却为命定，
苍狼奔跑山地，
知累却为命定。

ར་འདྲ་སྟག་མོ་ཁེར་རྒོད།

热扎·达摩凯贵

༡ གཡུ་འབྲུག་སྔོན་མོ་གྲག་དུས་དེར། །
ཆར་ཆུ་འབབ་ལེ་ཤེས་ཤེས་རེད། །
རྒྱ་མཚོ་ཁ་ཞེང་ཆེ་ལེ་དེར། །
ཆུ་སྲིན་ངར་མ་ཤེས་ཤེས་རེད། །
རི་རབ་དཔངས་ཚད་མཐོ་ལེ་དེར། །
རྩི་ཤིང་སྐྱེས་ལེ་ཤེས་ཤེས་རེད། །

空中雷声隆隆，
可知雨水将至。
大海宽广无际，
可知鳌之凶猛。
高山绵长宽厚，
可知生长植物。

༢ འགྲོས་མེད་རྒྱུག་སྔ་བྱེད་པ་ལ། །
རྟ་གཞི་རྡོ་ལ་ཐོགས་ལེ་བསམ། །
རྣོ་མེད་གཡུག་སྔ་བྱེད་པ་ན། །
གོར་མོ་རྡོ་ལ་ཐུག་ལེ་བསམ། །

驽马抢先之原故，
唯恐石头拌四蹄。
钝刀抢先之原故，
唯恐碰到硬石头。

སེང་སྟག་ཨ་དོམ།

森达阿冬

སྐྱེས་ཕོ་རབ་གཏམ་དེ་སྔོན་ནས་དྲན། །
སྔོན་ནས་དྲན་ན་བསམ་དོན་འགྲུབ། །
ཕོ་འབྲིང་གཏམ་དེ་དུས་སུ་དྲན། །
དུས་སུ་དྲན་ན་ཐོག་ཏུ་ཁེལ། །
ཕོ་མཐའ་མའི་གཏམ་དེ་རྗེས་ནས་དྲན། །

上等男言出有备，
有备者如意事成。
中等男言出及时，
及时言切中要害。
下等男言后想起，

དྲན་ལེ་འགྱོད་ལེ་དུས་གཅིག་རེད། །
错言后悔同一时。

ར་བཙན་ཐོག་རྒོད་རྒྱལ་པོ།
热赞托贵嘉波

༡ ཤར་ནས་ཉི་ཟླ་ཤར་བ་དང་། །
东方升起的日月，
བགྲོད་པས་ནུབ་ནས་ནུབ་པ་དེ། །
行至西方会陨落，
གཟུར་རྒྱུ་མེད་པའི་ལས་ཤིག་རེད། །
难以躲避之宿命。
དགུན་དུས་ས་ཆུ་འཁྱག་གིས་བཟུང་། །
冬季大地被封冻，
དཔྱིད་དུས་ས་ཆུ་དྲོས་ལ་ལྷོད། །
春天回暖水土松，
གཟུར་རྒྱུ་མེད་པའི་ལས་ཤིག་རེད། །
难以躲避之宿命。
རྒས་པའི་སྐྲ་དཀར་གཉེར་མ་དང་། །
衰老白发皱纹生，
འཆི་བདག་གཤིན་རྗེ་སླེབས་པ་དེ། །
死神阎罗必来临，
གཟུར་བ་མེད་པའི་ལས་ཤིག་རེད། །
难以躲避之宿命。

གནམ་ཨ་སྔོན་ཆར་སྤྲིན་འཁྲིགས་ཉིན་མོ། །
青天凝聚雨云时，
གཡུ་ལྷ་གཡུ་འབྲུག་མི་གྲག་ཐབས་མེད་རེད། །
青龙不鸣奈若何。
གངས་དཀར་པོའི་བུ་ཡུག་འཚུབ་ཉིན་མོ། །
雪山掀起风雪时，
སེང་དཀར་མོ་མི་འགྲིང་ཐབས་མེད་རེད། །
白狮不迎奈若何。

༢ མི་ཚེ་ཟད་དཔའ་བོ་ལག་འོག་རེད། །
英雄手下短命人，
རྟ་ཚེ་ཟད་སྟག་གི་ཚང་སྒོ་རེད། །
虎穴门口短命马，
ར་ཚ་ཟད་འཕར་བའི་སྒོ་ཁ་རེད། །
豺狼洞口短命羊。

ཤེས་རབ་བཟང་པོ།
西饶桑波

སྤྲིན་དཀར་ནམ་མཁའ་གང་བས་ན། །
白云聚满天空时，
སྦྲང་ཆར་མི་འབབ་ཀ་མེད་རེད། །
不降甘霖无奈何。

སྟོན་དུས་བ་མོ་བབ་པས་ན། །
ཁུ་བྱུག་མི་འགྲོ་ཀ་མེད་རེད། །
དབྱར་དགུན་ནམ་ཟླ་བརྗེ་བའི་དུས། །
ཁ་ཆར་མི་འབབ་ཀ་མེད་རེད། །

秋季霜冻降临时，
杜鹃不去无奈何。
冬夏季节更替时，
不降雨雪无奈何。

མི་ཆུང་ཁ་བདེ།

弥琼喀德

གཡུ་འབྲུག་སྔོན་མོའི་ངར་སྐད་དེ། །
བར་སྣང་ཁམས་ལ་གྲག་ཞི་ལ། །
སྦྲང་ཆར་ཡོད་ལོ་ཤེས་ཤེས་རེད། །
ཁུ་བྱུག་སྔོན་མོའི་གསུང་སྙན་དེ། །
རྒྱ་ཇོང་ནགས་ནས་གྲག་ཞི་ལ། །
སྡོང་ལོ་རྒྱས་ལོ་ཤེས་ཤེས་རེད། །
གསེར་ཉ་ཁྲ་མོའི་འགྱུར་རྩལ་དེ། །
རྒྱ་མཚོ་ནང་ནས་འཁྱུག་ཞི་ལ། །
གསེར་གཤོག་ཡོད་ལོ་ཤེས་ཤེས་རེད། །

青龙怒吼之声音，
响彻天空的时候，
就可知道要下雨。
杜鹃美妙的声音，
响彻茂密树林时，
可知枝叶将茂盛。
金鳞花鱼翻腾力，
洋流之中游动时，
就能知道有金鳍。

སེང་ལྷམ་འབྲུག་མོ།

森姜珠牡

ཨ་སྔོན་གནམ་གྱི་གྲ་སྒྲིབ་དེ། །
ཉི་ཟླ་སྐར་གསུམ་དེ་དང་གཅིག །
གནམ་ལ་འཛོམས་ན་རྒྱན་ཆ་རེད། །
རི་རབ་རྩེ་ཡི་གྲ་སྒྲིབ་དེ། །
རྩྭ་ཆུ་མེ་གསུམ་དེ་དང་གཅིག །
ཁྲ་བོ་རི་ཡི་རྒྱན་ཆ་རེད། །

蓝天之上同行者，
太阳月亮和星星，
装扮苍穹成美饰。
高山之上共生者，
青草繁花和泉水，
装扮山岗成美饰。

རྒྱ་གར་ཆོས་རྫོང་།

《天竺佛法宗》

གེ་སར་ནོར་བུ་དགྲ་འདུལ།

格萨尔•诺普占堆

༡ དུས་སྲིད་པའི་གངས་རི་དཀར་པོ་ཡི། །
གངས་དཀར་ཡག་ཁ་རྒྱ་ཆེ་ན་ཡང་། །
སེང་དཀར་མོ་མི་འདུག་འགྲོ་རན་འདུག །
མགོ་གཡུ་རལ་གངས་ནས་མ་རྫོམ་ན། །
གངས་རྒྱ་ཆེན་ཉི་མས་བཞུ་ཉེན་འདུག །
ནགས་རྒྱ་རྫོང་ཤིང་ལོའི་ཡང་དཀྱིལ་ལ། །
ནགས་ཙན་དན་ཁ་རྒྱ་ཆེ་ན་ཡང་། །
སྟག་དམར་ཡག་མི་འདུག་འགྲོ་རན་འདུག །
ལུས་འཛུམ་དྲུག་ནགས་ནས་མ་རྫོམ་ན། །
ནགས་ཙན་དན་མེ་ལ་ཤོར་ཉེན་འདུག །
སྟོད་རྒྱ་གར་ཡུལ་གྱི་ས་ཆ་ལ། །
ཆོས་སངས་རྒྱས་བསྟན་པ་དར་ན་ཡང་། །
ང་གེ་སར་མི་འདུག་འགྲོ་རན་འདུག །
རྒྱ་ཆོས་རྫོང་བོད་ལ་མ་ཕབ་ན། །
མ་སེམས་ཙན་ཆོས་ལ་མི་འཕོད་འདུག །

皑皑世间亘古雪，
虽然壮美且辽阔，
白色雄狮该离去，
若不雪上炫绿鬃，
艳阳将要融冰雪。
枝繁叶茂莽丛林，
虽然茂密且辽阔，
赤色老虎该离去，
若不林中炫斑纹，
山火将要焚密林。
上部天竺疆土中，
虽然佛法很兴盛，
格萨尔我将离去，
你不把佛法传蕃域，
教化众生无指望。

༢ མཐོ་བྲག་དཀར་སྟེང་གི་ཐང་དཀར་རྒོད། །
དགུང་ཡེ་ནས་གཤོག་རྩལ་རྫོམ་རྫོམ་ནས། །
བྲག་དཀན་གཟར་རྫོས་ལ་མ་འབྱོར་ཐལ། །
ད་རེས་འབྱོར་བའི་ཉི་མ་ལ། །
བྲག་དཀར་རྫོང་སྐུ་ཁམས་ཨེ་བདེ་ལགས། །

高嵩崖顶白鹫鹰，
惯于翱翔在天空，
未能到达峭壁上，
如今终于到达时，
请问崖壁安康否？

རྫ་བྲུར་གསུམ་བཟུང་གི་བྲི་མོ་འབྲོང་། ।	三棱石山褐野牛，
ར་ཐུར་བྱང་ལ་ངོམ་ངོམ་ནས། ।	惯于长角亮荒野，
རྫ་ཁྲ་ཡག་མིག་གིས་མ་མཐོང་དུས། ।	未曾目睹花石山，
ད་རེས་ཁྲ་ཡག་རྫ་ལ་སླེབས། ।	如今到达花石山，
རྫ་ཁྲ་ཡག་སྐུ་ཁམས་ཨེ་བཟང་ལགས། ।	请问石山安泰否？

༣ མགོ་གཡུ་རལ་ཅན་གྱི་སེང་དཀར་དེ། ।	绿鬃白狮，
སྐང་བུ་ཡུག་འཚུབ་པའི་ཁ་ལམ་ནས། ।	风雪卷山，
འགྲོ་བསམ་པ་ཞེ་ལ་མི་འདུག་ཀྱང་། ।	无心远走，
འགྲོ་དགོས་པ་སྔ་མའི་ལས་ཀྱིས་བསྐོས། ।	命运所定。
ལུས་གསེར་གཤོག་ཅན་གྱི་ཉོ་དཀར་ཉ། ।	金翅白鱼，
དམའ་རྒྱ་མཚོ་ཆེན་པོའི་གཏིང་རུམ་དུ། ।	游于深海，
རྒྱལ་བསམ་པ་སེམས་ལ་མ་ཡོད་ཀྱང་། ।	无心畅游，
རྒྱལ་དགོས་པ་སྔ་མའི་བསྐོས་ཐང་རེད། ।	命运所定。
སྒྲོ་ཐུ་ལུ་ཅན་གྱི་ངང་ཆུང་ཀོད། ।	丰羽白鹫，
མཐོ་དབྱིངས་རུམ་ནམ་མཁའི་བྱ་ལམ་འཁྱིམ། ।	翱翔高空，
འཁྱིམ་ཟེར་བའི་ཁས་ལེན་མ་བྱས་ཀྱང་། ।	未诺飞行，
འཁྱིམ་དགོས་པ་སྔ་མའི་ལས་ཀྱིས་བསྐོས། ।	前生命定。

༤ གནམ་ཨ་སྔོན་ཁ་བ་མ་བབས་ན། ।	如果青天不下雪，
སེང་དཀར་མོའི་གཡུ་རལ་གང་ལ་ངོམ། ।	白狮绿鬃何以壮，
སེང་དཀར་མོའི་གཡུ་རལ་མ་ངོམ་ན། ।	白狮若不亮绿鬃，
རྐང་སྤྱིར་ཆགས་ཟིལ་གྱིས་གང་ནས་གནོན། ।	何以震慑走兽类。
ནགས་ཙན་དན་མེ་ཏོག་མ་བཀྲག་ན། ।	如果檀林不开花，
སྟག་དམར་ཡག་འཛུམ་དྲུག་གང་ནས་རྒྱས། ।	赤虎斑纹何以壮，
སྟག་དམར་ཡག་འཛུམ་དྲུག་མ་རྒྱས་ན། ।	赤虎若不亮斑纹，
སྐད་ངར་མའི་དཔའ་རྩལ་གང་ནས་ངོམ། ।	何以称雄发怒吼。

གླིང་དཀར་པོའི་ལྷ་དམག་རྒྱ་གར་ཕྱིན། །
སྟོད་རྒྱ་གར་ཆོས་རྫོང་མ་ཕབ་ན། །
ཆོས་སངས་རྒྱས་བསྟན་པ་གང་ནས་དར། །
ཆོས་སངས་རྒྱས་བསྟན་པ་མ་དར་ན། །
མ་སེམས་ཅན་བདེ་ལ་གང་ནས་འགོད། །

白岭神兵赴天竺，
天竺佛经不取回，
何以弘佛兴正法，
如果不能兴佛法，
有情何以的解脱。

༥ དཔྱིད་གསུམ་ར་བ་ཆོས་དུས་སོ། །
ཤིང་ཡལ་གའི་རྩེ་ལ་མེ་ཏོག་འབྲུངས། །
དབྱར་ཟླ་གསུམ་ཉི་མས་གླིང་བཞི་བསྐོར། །
དྲོད་ཆེན་པོས་འཛམ་གླིང་མུན་པ་སེལ། །
སྟོན་ཟླ་གསུམ་ཞིང་ལ་འབྲུ་དྲུག་སྨིན། །
ཕ་ཕྱུག་པོའི་བང་མཛོད་འབྲུ་ཡིས་བཀང་། །
དགུན་ཟླ་གསུམ་ས་ཆུ་འཁྱག་གིས་བསྡམས། །
རྩེ་མེ་ཏོག་གངས་དཀར་སྦུབས་སུ་སྦས། །

三春时节，
树枝吐花。
三夏日长，
温暖世界。
三秋粮熟，
富家满仓。
三冬冻土，
白花深隐。

༦ གངས་དཀར་ཡག་ཁ་དོག་ཡག་ནའང་། །
དབྱར་ཟླ་གསུམ་ཉི་མའི་དྲོད་ཀྱིས་བཞུ། །
དཔེ་དེ་བཞིན་དལ་འབྱོར་མི་ལུས་རེད། །

白雪虽美，
夏日消融，
人生亦如。

༧ རི་རྩེ་གསུམ་ཁ་བ་མ་བབས་ན། །
སྤང་མེ་ཏོག་འདབ་མ་ཅི་ལ་རྒྱས། །
ཤ་ཕོ་ཆེན་དུང་རྭ་མ་རྒྱས་ན། །
བཟང་དྲུག་སྨན་སྣ་གང་ནས་འབྱུང་། །
ཆོས་ཟབ་མོས་ཐར་ལམ་མ་བཀོད་ན། །
འདི་ཕྱི་བདེ་ཐབས་གང་ནས་ཡོང་། །

山顶不落雪，
何长草地花。
雄鹿不长茸，
何来六味药。
深法不解脱，
何具三世乐。

༨ མདའ་མེད་ན་གཞུ་མོས་ཅི་ཕོ་མེད། །

无箭弓无用，

གཞུ་མེད་ན་མདའ་མོས་ཅི་ལོ་མེད། །
གཉིས་འཛོམས་ན་གར་གཏད་ས་ལ་ཐོག །
མི་མེད་ན་ལྷ་ཡིས་སུ་མགོན་མེད། །
ལྷ་མེད་ན་མི་ཡིས་སུ་མཆོད་མེད། །
གཉིས་འཛོམས་ན་བསམ་དོན་ཡིད་བཞིན་འགྲུབ། །

无弓箭无用，
二具才射出。
无人神救谁，
无神人何祭，
二具心想成。

ལྷ་མོ་ཚེ་རིང་མ།

拉姆次仁玛

རྡོ་གོར་མོ་ཉལ་ན་འཁྱགས་ལ་འབྱར། །
ཤིང་ཙན་དན་ཉལ་ན་རྩ་བ་རུལ། །
གོང་དཔོན་པོ་ཉལ་ན་ཁྲིམས་སྲོ་འཚོར། །
ལྷ་བླ་མ་ཉལ་ན་ཆོས་མགོ་འཚོར། །
སྨན་བུ་མོ་ཉལ་ན་གནས་མགོ་འཚོར། །

石睡底冻，
树睡根烂，
师睡失法，
女睡失嫁。

ནེ་ནེ་གནམ་སྨན་དཀར་མོ།

乃乃 · 南曼嘎尔姆

གྲྭ་བའི་སྐྱུལ་མ་བླ་མས་དགོས། །
བུ་རྒྱུད་སྐྱུལ་མ་ཕ་མས་དགོས། །
བློན་པོའི་སྐྱུལ་མ་དཔོན་པོས་དགོས། །
ཕྱུགས་ཀྱི་སྐྱུལ་མ་རྫི་བོས་དགོས། །

上师育僧人，
父母育子女，
官宦育臣子，
牧人养育畜。

ཁྲུང་ཚ་སྤུན་ལྔ་འདུལ་བའི་གཡུལ་འཁྲུག།

《琼擦五兄弟之战》

སློབ་དཔོན་པདྨ་འབྱུང་གནས།

ཉལ་བའི་བྱ་ལ་ཡོན་ཏན་མེད། །
མེད་པ་དེ་ཡི་ཆོས་ཉིད་ནི། །
ཤིང་སྡོང་ཁོག་རུལ་དཔེ་ལྟ་བུ། །

落本·白玛炯奈

贪睡无优点，
此说有道理，
如同空朽木。

སྲིན་ཡན་ཡ་མ་གྲི་ཤིང་།

གནམ་སྔོན་པོ་མཐོ་ཡང་སྒུ་སྒུར་དགོས། །
གནམ་སྔོན་པོར་ཐུག་དོགས་མི་དགོས་ཏེ། །
མཐོ་ཉི་ཟླ་གཉིས་ལ་གུས་གུས་དགོས། །
སྟོང་སྐྱེ་པའི་མིག་ལམ་མཛེས་ལ་ཕན། །
ས་དོག་མོ་སྲ་ཡང་ཞུམ་ཞུམ་དགོས། །
ས་དོག་མོ་རྡིབ་དོགས་མི་དགོས་ཏེ། །
རྩི་མེ་ཏོག་གཉིས་ལ་གུས་གུས་དགོས། །
སྟོང་སྐྱེ་པའི་མིག་ལམ་མཛེས་ལ་ཕན། །

森延·雅玛其岭

天高也要弯腰，
并非头触蓝天，
以此敬重日月，
众人看着顺眼。
地厚也要轻步，
并非踩塌大地，
以此敬重花草，
对你人见人爱。

སེང་སྟག་ཨ་དོམ།

མཁའ་ལྡིང་རྒྱལ་པོའི་བགྲོད་ལམ་དུ། །
ཁྱོད་ནི་ལེ་གཤོག་འགྱུར་སྟོང་འགྱུར་རེད། །
ལྷ་བྱ་ཁུ་བྱུག་གྲག་ལམ་ནས། །
བྱ་ཁྭ་ཏའི་སྐད་ལ་རྣམ་རྟོག་ཟ། །

森达阿冬

行空之王行程，
隼鸟飞技无用。
神鸟杜鹃啼叫，
忌讳乌鸦叫声。

ཀླུ་སྦྲུག་ཁྲག་མིག

鲁楚叉米

༡ རི་མཐོན་པོ་རྫ་བྲག་འདྲེས་མ་ལ། །
ཤྭ་ཕོ་ཆེན་རྫམ་པ་རྩྭ་ལ་རྫམ། །
རྫོན་རི་བས་ཁྲ་རིང་བོའུ་ཡིས་རྒྱག། །
གངས་གཉན་ཆེན་མི་ཁྲོ་ག་མེད་རེད། །
དམའ་རྒྱ་མཚོ་ཆེན་པོའི་གཞི་ཀླུང་དུ། །
ཉ་གསེར་མིག་འགྱུར་འགྱུར་ཆབ་ནས་འགྱུར། །
ཚོད་མེད་པས་ལྕགས་ཀྱུས་ཁ་ཏུ་དྲངས། །
འོག་ཀླུ་རྒྱལ་མི་ཁྲོ་ག་མེད་རེད། །

崖峰乱石混合山，
雄鹿贪吃恋青草，
成为猎人长枪靶，
惹怒雪山念神灵。
汪洋大海涡流中，
金眼鱼儿自畅游，
无端铁钩捞上来，
惹得龙王爷发怒。

༢ ཚབས་ཆེན་ནད་ཅིག་ཕོག་དུས་དེར། །
ཁྲིན་ཆེན་ལྷ་རྗེ་ཡོད་རབས་མེད། །
ཀྲོད་སྣ་ཆེན་པོར་ཐུག་དུས་དེར། །
བྱམས་སྐྱོང་ཉེ་དུ་ཡོད་རབས་མེད།

身患沉病，
恰无良医。
重案临头，
没有亲人。

སྲིན་ཡན་ཨ་མ་མི་ཟན།

森延·阿妈弥散

དུག་ཆེན་ཏ་ལའི་མེ་ཏོག་དེ། །
མཛེས་སྡུག་མིག་ལ་ཡོད་ན་ཡང་། །
བསྐྱུར་མཁན་མ་གཏོགས་འཐུ་མཁན་མེད། །
སྟག་ཐང་རྩྭ་བཅུད་མེ་ཏོག་དེ། །
ཁྲ་ཁྲ་མིག་ལ་མཛེས་ན་ཡང་། །
ཟ་མཁན་ཉོ་མཁན་ཡོད་ལོ་མིན། །

毒草锦葵花，
眼中虽然美，
无人去采集。
虎塘草地花，
五彩虽悦目，
无人做食材。

ཚ་ཞང་འདན་མ་བྱང་ཁྲ།

ཉི་མ་ལ་མོ་མ་བརྒྱལ་གོང་། །
མུན་པས་ཚུར་འགེལ་ཅི་ཞིག་ཡིན། །
ཉིན་གྱི་ལྷ་བྱ་མ་གྲག་དུས། །
ཐན་བྱུས་ཏ་བགད་ཅི་ཞིག་ཡིན། །

擦香·丹玛向查

太阳还没落山，
为何阴影提前。
阳山神鸟没叫，
为何鬼鸟发笑。

བཙུན་མོ་ཟླ་བ་ལྷ་མོ།

གཏམ་བསྡུས་ནས་བཤད་ན་མཁས་པའི་ཚིག །
ཟས་ཞིམ་པོ་ཟོས་ན་གྲོད་པའི་བཅུད། །

尊摩·达瓦拉姆

言简意赅贤者语，
精美食物滋补品。

སྲིན་པོ་ཁྲག་མིག

གཞོག་ཐོགས་བྱིའུ་ཆུང་རང་སྣང་ཅན། །
བདུད་རྒན་ཁྲ་ལ་སྦར་འཛིན་བྱེད། །
མི་ཐུབ་རང་སྲོག་འཕུང་ལྟས་རེད། །

森波叉米

得意小飞鸟，
欲抓老妖鹞，
惹来杀身祸。

མ་ནེ་ནེ་གནམ་སྨན་དཀར་མོ།

སེང་གེས་ཤ་ལ་མ་བསྐྱབས་ན། །
ཤ་དམར་རང་བྱུང་འོང་རྒྱུ་མེད། །
སྤྲིན་ཚོགས་མྱུར་དུ་མ་འདུས་ན། །
གཡུ་འབྲུག་ངར་སྐད་འོང་རྒྱུ་མེད།
གེ་སར་རྫུ་འཕྲུལ་མ་ངོམ་ན། །
སྒ་བདེ་རང་ཡུལ་སླེབས་རྒྱུ་མེད། །

玛乃乃·南曼嘎尔姆

雄狮不去夺肉食，
鲜肉不会自然生。
浓云迅速不聚集，
青龙无法发怒吼。
格萨尔不使神通，
嘎德无法到故乡。

ཀླུ་དགྲ་ཡ་མ་བྱ་མིག

ཟ་ཆེས་ན་སྦྲང་རྩིས་མཆིན་པ་ན། །
བཤད་ཆེས་ན་བུ་མོ་མ་དང་འགྲུས། །

鲁扎雅玛恰米

吃多了蜂蜜患肝病，
说多了女儿嫌亲娘。

བྱང་གླིང་གཡུལ་འགྱེད། 《美岭之战》

མགར་བདུད་ནག་པོ། 嘎尔堆那波

༡ བཙན་པོ་སྟག་སེང་ཁ་སྦྱོད་བྱེད། །
ཞིམ་པོ་མར་ཐུད་སྤུམ་སྤེབ་བྱེད། །

好汉虎狮合璧，
美食酥油糕点。

༢ སྐོམ་ན་ཡུར་ཆུ་མི་འཐུང་བ། །
ཁ་དཀར་རྒྱང་གི་ཨ་ལུགས་རེད། །

渴不和浍水，
野驴之本性。

ལྟོགས་ན་ཕུག་རྩྭ་མི་ཟ་བ། །
བྲི་སེར་འབྲོང་གི་ལུགས་སྲོལ་རེད། །
སྡུག་དུས་མཆི་མ་མི་གཏོང་བ། །
སྐྱེས་པ་ཕོ་ཡི་ཨ་ལུགས་རེད། །

饿不食腐草，
野牛之本性。
悲时不掉泪，
男儿之本性。

༣ སྐྱེས་པ་ཕོ་ལ་ཀླད་གཅིག་དགོས། །
ཀླད་མེད་ན་ཁྲམ་པ་ལང་ཤོར་རེད། །
ཟ་མ་མོ་ལ་འཛུམ་ཞིག་དགོས། །
འཛུམ་མེད་ན་བུ་མོ་ངོ་ནག་རེད། །
འདོ་བ་རྟ་ལ་གོམ་ཞིག་དགོས། །
གོམ་མེད་ན་བོང་བུ་སྒྲུར་རྒྱུག་འདྲ། །
ངར་ཆེན་མཚོན་ལ་རྣོ་ཞིག་དགོས། །
རྣོ་ངར་མེད་ན་བེར་ཀ་འདྲ། །

男子汉要有定力，
没有定力是奸佞。
贤惠女要有笑容，
没有笑容是怨妇。
良驹骏马需善走，
若不善走像驴奔。
刀剑兵器需锋利，
若不锋利像棍棒。

༤ མཐོ་གངས་སྟོད་བཟུང་བའི་སེང་གེ་དེ། །

盘踞雪山之狮，

ཁ་མཆེ་སྤྱིར་ཅན་གྱི་རྒྱལ་པོར་འབོད། །
མགོ་གཡུ་རལ་དུང་སེང་ཁྱད་ཆོས་རེད། །
དགྲ་ཕ་སྐྱེས་ཟིལ་གནོན་ཀུན་གྱིས་གསལ། །
རྫ་ཁྲ་ཡག་མགོ་ཡི་བྲི་སེར་འབྲོང་། །
མགོ་རུ་ཐུར་ཅན་གྱི་རྒྱལ་པོར་འབོད། །
དཔའ་སྙིང་ཁམས་འབྲོང་རྒོད་ཁྱད་ཆོས་རེད། །
གཡག་རོག་པོའི་གཉའ་གནོན་ཡོངས་སུ་གྲགས། །

人称兽中之王，
绿鬃白狮特征，
威震胆小之敌。
乱石山中野牛，
人称有角之王，
凶猛为其特征，
镇住黑毛家牛。

༥ སྟག་དམར་ཡག་ཤ་ལ་ཧམ་པ་དེ། །
ལུས་འཇུམ་དྲུག་རྒྱས་པའི་དོན་གོ་རེད། །
བྱ་ཁྱུང་ཆེན་མཁའ་ལམ་བཟུང་བ་དེ། །
ལུས་གཤོག་དྲུག་རྒྱས་པའི་དོན་གོ་རེད། །
དགྲ་ཆུ་སྲིན་ཉ་སྲམ་ཧམ་པ་དེ། །
ཁ་མཆེ་སྤྱིར་རྫོགས་པའི་དོན་གོ་རེད། །

老虎贪食肉，
不负花纹美。
琼鸟飞高空，
不负翅膀力。
大鳌贪食鱼，
不负獠爪力。

༦ གྲྭ་ངན་གཅིག་གིས་དགེ་འདུན་དཀྲུག །
དམྱལ་བ་འཁྱམས་པའི་སྔ་ལྟས་རེད། །
བློན་ངན་གཅིག་གིས་དཔོན་གཉིས་དཀྲུག །
ཡུལ་གཉིས་མི་བདེ་སྔ་ལྟས་རེད། །
མོ་ངན་གཅིག་གིས་སྤུན་གཉིས་དཀྲུག །
ཁྱིམ་གཞིས་འཐོར་བའི་སྔ་ལྟས་རེད། །

恶僧离间僧团，
堕地狱之前兆。
奸臣离间二官，
二地之争前兆。
恶女离间兄弟，
分裂家室前兆。

སྲིན་པོའི་རི་ཆེན་རྒྱལ་པོ།

森波·日钦嘉波

༡ ཉི་མས་གླིང་བཞི་བསྐོར་དང་གཅིག །
སྤྱང་ཐང་རི་སྐང་འཁྱིམ་དང་གཉིས། །
བུ་མོ་མི་སྒོ་འགྲོ་དང་གསུམ། །

太阳运行四洲，
苍狼奔跑山地，
女人嫁出他门，

དེ་གསུམ་སྲིད་པའི་བསྐོས་ཐང་རེད། །

三者世间命运。

ངར་ཆེན་སྟག་ཁྲི་ཁྱུང་འབུམ།

阿尔钦·达赤琼奔

༡ རྒྱ་སྟག་ནགས་རི་འཛིན་པའི་དུས། །
ཁྱི་བདའ་ལུས་དུ་ཟུག་ཅི་ལ་བྱེད། །
འཛུམ་དྲུག་མི་ཙོམ་ཁ་མེད་རེད། །
སྡེར་བཞི་ཐང་ལ་མ་བཀྲམ་ན། །
རྒྱ་སྟག་འཛུམ་དྲུག་ཡལ་རྟགས་གྱིས། །
སྤྱང་ཐང་རང་ཚང་འཛིན་པའི་དུས། །
ལུག་ཆུང་སྒོ་འགྲིམ་ཅི་ལ་བྱེད། །
ཁ་དུང་མཆེ་མི་ཙོམ་ཀ་མེད་རེད། །
མགོ་སྲུག་བཙོ་གསུམ་མ་གཏོར་ན། །
སྤྱང་ཐང་སྡེར་བཞི་འཐོར་རྟགས་གྱིས། །

猛虎盘踞山林时，
赖狗何苦来嚎叫，
逼得猛虎亮斑纹，
不把狗毛撒满地，
就算猛虎失威风。
苍狼栖居洞穴时，
绵羊何苦来串门，
逼得苍狼亮獠牙，
不把羊血撒满地，
就算苍狼失威风。

༢ བྱ་རྒོད་ཐང་དཀར་འཕུར་ལམ་ནས། །
བྱིའུ་ཆུང་འཕུར་བསམ་འཁྲུལ་སྣང་རེད། །
བྱ་སྒྲོ་རླུང་གིས་གཏོར་རྒྱུ་རེད། །

秃鹫飞行之路，
幻想小鸟欲飞，
将会鸟毛撒地。

བྱ་རྒྱལ་ཁུ་བྱུག་གསུང་སྙན་ལ། །
ཁྭ་ཏས་ཨག་འགྱུར་ཡི་རེ་མུག །
ཁྲ་ཡག་གཟིག་ཕྲུག་རྩལ་ལམ་ལ། །
ཁྱི་རྒན་བདའ་ལུ་ཨ་བ་རི། །

鸟王杜鹃妙音，
可怜乌鸦乱叫，
花斑小豹路上，
可怜劣狗狂吠。

ཚ་ཞང་འདན་མ་བྱང་ཁྲ།

擦香·丹玛向查

༡ སྟག་མོས་མི་ཤ་མ་ཟོས་ན། །

虎若不食人，

ས་མདའ་རྣོན་པོས་སྨུག་དོན་མེད། །	利箭不会等，
ས་མདའ་རྣོན་པོས་མ་སྨུག་ན། །	若无利箭等，
འཛུམ་དྲུག་མི་ལ་ཤོར་དོན་མེད། །	不会丧其命，
འཛུམ་དྲུག་མི་ལ་ཤོར་ལེ་དེ། །	丧命猎手下，
རྒྱ་སྟག་རང་བྱས་རང་སྨིན་རེད། །	业果虎自取。
སྤྱང་དར་མས་ལུག་ཁྲུ་མ་གཏོར་ན། །	狼不搅羊群，
རྫི་བོས་ཁུར་རྡོ་འཕེན་དོན་མེད། །	牧人不掷石，
རྫི་བོས་ཁུར་རྡོ་མ་འཕངས་ན། །	牧人不抛石，
སྤྱང་ཐང་ཤ་རུས་གཏོར་དོན་མེད། །	狼不会碎尸，
སྤྱང་ཐང་ཤ་རུས་འཐོར་བ་དེ། །	粉碎狼肉骨，
སྤྱང་ཐང་རང་བྱས་རང་སྨིན་རེད། །	业果狼自取。
༢ བྱ་ཁུ་བྱུག་གཡུ་ཡི་སྒྲོ་མདངས་ཅན། །	绿光布谷鸟，
སྐད་སྙན་མོའི་དྲུག་འགྱུར་ངོམ་ནས་ཤོག །	妙音传起来，
ས་རོང་ཆེན་ནགས་ལ་དབྱར་དགུན་མེད། །	温带无冬夏。
རི་ཕོ་ཆེན་ཤྭ་ཕོ་དུང་རྭ་ཅན། །	白角大雄鹿，
སྤང་གསེར་མདོག་སྐང་བཞི་འགྲིམ་ལ་ཤོག །	山地走起来，
ས་བཟང་པོའི་རྩྭ་ལ་ཉིན་སྲིབ་མེད། །	好地无阴阳。
༣ བྱ་ངང་པ་གསེར་གྱི་སྒྲོ་མདངས་ཅན། །	金色羽毛黄野鸭，
དཔྱིད་གསུམ་མཚོ་མཐའ་མེ་ཏོག་བཀྲག །	犹如三春湖畔花，
མཚོ་སྔོན་མོའི་གཏིང་ཟབ་མ་གསལ་བར། །	碧湖深浅不明了，
བྱ་ངང་དཀར་འདུག་དབང་ཅི་ལ་ཡོད། །	野鸭怎么会盘桓，
ལུས་གཤོག་དྲུག་མཁའ་ལམ་སྐྱོད་དགོས་གདའ། །	势必展翅腾空去。
རྒྱང་ཁ་དཀར་རྫོག་དྲུག་བང་རྩལ་ཅན། །	竖鬃驰骋藏野驴，
བྱང་ན་དམར་གཞུང་དྲུག་རྒྱས་པའི་དུས། །	莽原芳草萋萋时，
ས་བྱང་ཡུལ་གཏིང་མཐའ་མ་གསལ་བར། །	旷野情势不明了，

རྐྱང་ཁ་དཀར་འདུག་དབང་ཅི་ལ་ཡོད། །
མགྱོགས་པང་རྩལ་གོམ་འགྲོས་མྱུར་དགོས་གདའ། །

野驴怎么会盘桓，
势必急速奔驰去。

༨ ལུག་ཆུང་ཁེར་འགྲོ་རི་ལུང་འགྲིམ། །
སྤྱང་ཨ་ཐང་འབོད་པའི་ལག་གཡུག་རེད། །
བྱིའུ་ཆུང་ཁེར་འཕུར་དགུང་སྔོན་འགྲིམ། །
བྱ་ཁྲ་སྔོན་མོའི་ལྟོགས་སྐལ་རེད། །
ཉ་སྲམ་ཁེར་འཁྱུག་རྒྱ་མཚོར་འགྲིམ། །
ཆུ་སྲིན་ཟམ་པའི་ཞིམ་ཤ་རེད། །

绵羊孑然游山川，
就像招手唤恶狼。
小鸟孤身翔蓝天，
必成游隼腹中餐。
鱼虾单独游大海，
必成摩羯嘴中肉。

འཇང་གཡུ་ལྷ་ཐོག་འབྱར།

姜·玉拉托久

༡ སྤྱང་ཨ་ཐང་མཆེ་བ་ངར་ན་ཡང་། །
དམར་ཡག་སྟག་ལ་འགྲན་རྒྱུ་མེད། །
འགྲན་འདོད་བྱས་ན་རང་སྲོག་ཤུང་། །
གླག་ནག་འཛུམ་རྩལ་ལྡན་ན་ཡང་། །
མཁའ་ལྡིང་ཁྱུང་ལ་འགྲན་རྒྱུ་མེད། །
འགྲན་འདོད་བྱས་ན་གཤོག་རྡུག་འཐོར། །

苍狼獠牙虽利，
无法比拼老虎，
若拼自取灭亡。
黑雕冲劲虽强，
无法比拼琼鸟，
若拼翅膀散架。

༢ དགོན་ཆེན་བླ་མའི་སྐུ་མདུན་ནས། །
ཆོས་ཞུ་ལོང་གནང་ལོང་གཉིས་ཀ་ཡོད། །
ཁྲིམས་ཆེན་དཔོན་གྱི་ཁ་སྟུན་ནས། །
གཏམ་ལོང་བཤད་ལོང་གཉིས་ཀ་གདའ། །

高僧大德法座前，
求法施法都从容。
清正法官审案时，
控诉辩护都允许。

༣ དཔའ་རྒོད་འདྲ་གཉིས་ཐུག་པའི་དུས། །
འཐབ་ལོང་འཛིང་ལོང་གཉིས་ཀ་ཡོད། །
ཤ་ཟ་མ་གང་ལ་ཚོས་ལོང་ཡོད་ན། །

两强相遇对阵时，
你攻我伐都不慌。
既然有空煮熟满瓮肉，

སྡེར་མ་གང་ལ་གྲང་ཤོང་ཤོས་ཡོད། །

必然有空放凉一碟肉。

༄ དུང་སེང་གཡུ་རལ་རྩོམ་ས་ལ། །
རི་བོང་བསྐྱོར་ལྡིང་ཐོད་ས་མེད། །
ལྡིང་བཞག་ན་སྐེད་ཚིགས་འབུད་རྒྱུ་རེད། །
གཡུ་འབྲུག་ངར་སྐད་གྲགས་ས་ལ། །
ཁྱིམ་བྱ་དེ་ཐོས་འགྲན་ས་མེད། །
འགྲན་བཞག་ན་བྱ་ཐོ་ཕམ་རྒྱུ་རེད། །
ཆུ་སྲིན་མཆེ་བ་རྩོམ་ས་ལ། །
ཉ་སྲམ་བསྐྱོར་འཁྱུག་ཐོད་རབས་མེད། །
འཁྱུག་བཞག་ན་སྲོག་དམར་ཤོར་རྒྱུ་རེད། །

白狮耀武扬威处，
兔子岂敢乱跳腾，
跳腾必定会折腰。
青龙怒吼发威处，
家鸡怎敢强出头，
出头必定会惨败。
摩羯张牙舞爪处，
鱼虾哪敢来遨游，
遨游必定会送命。

སོག་བློན་སྟག་དམར་སྟོབས་ཆེན།

索伦·达玛多钦

མེ་དམར་མོ་རླུང་གིས་རྗེས་དེད་བྱས། །
ནགས་ཙན་དན་མི་བསྲེག་ཀ་མེད་རེད། །
ནགས་རྒྱ་རྫོང་སོལ་དུམ་འགྱུར་བའི་དུས། །
ཆུ་སྟོན་མོ་འདེབས་རྒྱུ་འཕྱི་སོང་རེད། །
ཐོག་སེར་བའི་སྣ་འདྲེན་རོ་ཡིས་བྱས། །
དམའ་ལོ་ཏོག་མི་གཏོར་ཁག་མེད་བྱུང་། །
འབྲུ་སྟོན་མོ་ཐང་ལ་བརྡལ་བའི་དུས། །
སྔགས་ཨ་མྱེའི་མཐུ་ཟོར་འཕྱི་སོང་རེད། །

风助熊熊烈火，
势必森林着火，
森林化为灰烬，
再来洒水已晚。
随雷冰雹来袭，
势必毁坏庄稼，
青穗撒满地时，
咒师施法已晚。

ཁྲི་དཔོན་གཡུ་ཉེ་ལྷ་དཀར།

赤本玉乃·拉嘎尔

མཐོ་བྲག་དཀར་འཛིན་པའི་བྱ་རྒོད་དེ། །
འཕུར་ཚོད་ལྡིང་ཚོད་མ་ཟིན་ན། །

栖高崖山秃鹫，
如果腾飞过度，

གཤོག་རྡུག་རླུང་གིས་གཏོར་རབས་ཡོད། །
རི་གཞིབ་འཁྲིམ་པའི་སྤྱང་ཐང་ཁྱོད། །
ཟ་ཚོད་རྒྱུག་ཚོད་མ་ཟིན་ན། །
ཝུར་རྡོས་ཀླད་ཁྲག་གཏོར་རབས་ཡོད། །

疾风损翅有之。
奔波阴山之狼，
为食奔波过度，
乌朵砸脑有之。

ཁ་སྲས་གཡུ་འབྲུག་ཐོག་བཙན།

喀赛·玉珠托赞

༡ དགྲ་མཚན་འོག་ཚུད་དུས་བུ་ལས་བྱམས། །
ལས་དཀར་ནག་གཉིས་ལས་བདེན་པ་རྒྱལ། །

降敌顺过孝子，
事实胜于雄辩。

༢ གནམ་ལྷུགས་ཐོག་རྒོད་འབེབས་ལམ་ནས། །
བྲག་རིའི་མགོ་འཕང་མཐོ་ས་མེད། །
བྲག་དཀར་རྫོང་ཐང་ལ་བསྒྲིལ་རྒྱུ་རེད། །
རྒྱ་ཁྲ་ཧོར་པ་འཇུམ་ས་ནས། །
བྱིའུ་ཚང་གཤོག་རྩལ་སྦྱོང་ས་མེད། །
བྱ་སྤུ་མཁའ་ལ་གཏོར་རྒྱུ་རེད། །
འབྲོང་རྒོད་རྭ་རྩལ་ངོམ་ལམ་ནས། །
གླང་རྒན་ཏུ་བརྡར་བྱེད་ས་མེད། །
བཙོ་གྲོད་གནམ་ལ་གཏོར་རྒྱུ་རེད། །

天上雷霆轰击处，
岂容山崖头高昂，
山头必定落平地。
猛禽鹞鹰俯冲处，
岂容燕雀亮翅膀，
鸟毛必定飘满天。
野牛抖角逞雄处，
岂容老牯磨头角，
草囊必定被抛洒。

གེ་སར་ནོར་བུ་དགྲ་འདུལ།

格萨尔·诺普占堆

ཆུ་སྲིན་མཆེ་ངོམ་བྱེད་ས་ནས། །
རང་སྲོག་དུང་གིས་གཅོད་རབས་ཡོད། །
རྒྱ་སྟག་ཤ་ལ་ཇམ་ས་ནས། །
ས་མདངས་འཛུམ་རྡུག་སྣོག་རབས་ཡོད། །
སྐྱ་ཁྲ་བྱིའུ་ལ་འཇུམ་ས་ནས། །

摩羯炫耀獠牙时，
性命丧于白螺手。
猛虎贪食鲜肉时，
斑纹失于沼泽地。
鹞鹰捕捉小鸟时，

སྙིང་ཁྲག་རྡོ་ཡིས་གཏོར་རབས་ཡོད། །

热血溅于石头上。

སྟོབས་ཆེན་དགྲ་རྒོད་དཔུང་འཛོམ།

多钦・扎贵崩增

༡ མཐོ་བྲག་དཀར་འཛིན་པའི་བྱ་རྒོད་ངས། །
གཤོག་དྲུག་མཁའ་ལམ་མ་བརྒྱན་ན། །
སྒྲོ་ཐྲུ་ལུ་རྒྱས་པ་དོན་གོ་ཆུང་། །
ནགས་རྒྱ་རྫོང་འཛིན་པའི་སྟག་ཕྲུག་ངས། །
ཁ་མཆེ་སྡེར་ཤ་དམར་མ་རེག་ན། །
ལུས་འཇུམ་དྲུག་བཀྲག་པ་དོན་གོ་ཆུང་། །
རྫ་ཁྲ་ཡག་བཟུང་བའི་འབྲོང་རྒོད་ངས། །
གླང་ཀན་བཙོ་གྲོད་མ་གཏོར་ན། །
མགོ་ཏུ་ཐུར་རྒྱས་པ་དོན་གོ་ཆུང་། །

栖居山崖的雄鹰，
若不展翅翔天空，
体生双翼有何用。
栖居山林的猛虎，
若不张牙食鲜肉，
身披斑纹有何用。
栖居石山野牦牛，
若不抵破老牯肚，
头顶尖角有何用。

༢ དུང་སེང་མཆོང་ཚོད་མ་ཟིན་ན། །
སེང་གེའི་སྐེད་ཆོགས་ཞུད་རབས་ཡོད། །
སྐྱུ་ཁྲ་འཇུམ་ཚོད་མ་ཟིན་ན། །
ཚེར་ཤུང་རྩ་ལ་ཤི་རབས་ཡོད། །
སྤྱང་ཀན་ཟ་ཚོད་མ་ཟིན་ན། །
སྤྱང་ཀིའི་གླད་ཁྲག་གཏོར་རབས་ཡོད། །

白狮跳跃无度，
跳断虎腰有例。
鹞鹰捕食无度，
死于荆丛有例。
老狼食肉无度，
打破脑浆有例。

རྒྱལ་སྲས་ནམ་མཁའི་ཐོག་བཟུང་།

嘉赛・南喀托耸

༡ སྟེང་ནས་ཤར་བའི་ཉི་ཟླ་དེ། །
འོག་ནས་མི་འདེ་ཀ་མེད་རེད། །
ཐད་ལ་ལངས་པའི་དགྲ་བོ་དེ། །
གཡུལ་འགྱེད་མི་བྱེད་ཀ་མེད་རེད། །

上头照耀日月光，
下头不晒无奈何。
迎面来犯之敌寇，
不去迎战无奈何。

ཐུབ་མི་ཐུབ་བུ་ཡུའི་དཔའ་རྩལ་ཟེར། །
གཡུག་མ་ཐོད་མི་ཁ་ངན་པ་རེད། །

胜败勇力来确定，
怯战留下坏名声。

༢ རི་གསེབ་སྤྱང་ཐང་སྔོན་མོ་དེ། །
ལུག་ཚུང་ཟོས་པས་མི་ཚིམ་ནས། །
གཡང་དཀར་ཁྲུ་ཚོགས་གཏོར་རྒྱུ་དྲན། །
རྫི་བཟང་འུར་རྡོ་ལན་གཅིག་གིས། །
སྤྱང་སྲོག་ཕྲོར་བའི་སྔ་ལྟས་རེད། །
སྐྱ་ཁྲ་ཧོར་བའི་གཤོག་རྩལ་གྱིས། །
བྱིའུ་ཕྲུག་བཟུང་པས་མི་ཚིམ་པར། །
ད་རུང་བྱིའུ་ཁྲུ་གཏོར་འདོད་ཀྱང་། །
གཤོག་རྩལ་ལན་གསུམ་རྒྱག་བསམ་ཡང་། །
སྒྲོག་རུས་ཆག་པའི་སྔ་ལྟས་རེད། །

山中青灰大野狼，
吃了羊羔不满足，
还想冲散绵羊群，
遇上牧人抛石索，
夺走狼命之预兆。
灰斑鹞鹰翅矫健，
捉到小鸟不满足，
还想冲散鸟雀群，
欲要再三展翼力，
撞断锁骨之预兆。

༣ གངས་དཀར་ཡག་སྟེང་གི་ཐོ་ཐོང་སེང་། །
སེང་གཡུ་རལ་རྒྱས་པའི་དོན་གོ་ལ། །
ཁ་མཆེ་སྡེར་ཤ་དམར་མ་ཟོས་ན། །
སེང་རྩལ་གསུམ་རྫོགས་པ་དོན་གོ་ཆུང་། །
མཐོ་རི་རབ་འཛིན་པའི་ཁྱུང་ཆེན་ང་། །
ལུས་གཤོག་ཧྲུག་འཛོམས་པའི་དོན་གོ་ལ། །
སྦྲུལ་དུག་གཅན་སྲོག་དམར་མ་ཆོད་ན། །
ཁྱུང་ལྕགས་སྡེར་རྣོ་བ་དོན་སྒོ་ཆུང་། །
ལུས་གཤོག་ཧྲུག་རྫོགས་ཀྱང་ཕན་པ་མེད། །

皑皑雪山白雄狮，
璁鬃茂盛有作用，
若不爪牙啖肉食，
身怀绝技无意义。
盘踞须弥大鹏鸟，
体生翎羽之作用，
若不断送毒蛇命，
铁爪尖利无意义，
虽生健翅没有用。

ཤན་པ་མེ་རུ་རྩེ།

辛巴梅如泽

༡ ཟས་ཞིམ་པོ་མིག་གིས་མཐོང་ཉིན་མོ། །

眼见美食，

ཕྱོ་སྨིད་པའི་འགྲམ་ཆུ་ལྷང་མ་སྐྱོང་། །　从不垂涎。
སྨན་མཛེས་མ་གྲོགས་ལ་འགྲུག་ཉིན་མོ། །　交友美女，
ལུས་འདོད་པའི་གཟི་ཁ་ཤོར་མ་སྐྱོང་། །　从不非礼。
དགྲ་ནག་པོ་གདོང་ལ་ཐུག་ཉིན་མོ། །　相遇仇敌，
སེམས་གདངས་དཀར་པོང་ཤིང་ཆག་མ་སྐྱོང་། །　从不胆怯。

༢ གཡུ་འབྲུག་སྔོན་མོ་སྤྲིན་ལ་འགྲོགས། །　青龙伴随云，
དལ་འགྲོས་སྦྲང་ཆར་ཟིལ་མ་དེ། །　细雨绵绵下，
ནམ་ཟླ་དུས་བབས་ཆེས་ལ་འབབ། །　时季如期至，
གཡུ་འབྲུག་སྔོན་མོའི་སྒྲ་དབྱངས་སྒྲོག།　雷声隆隆响，
དཔྱིད་དཔལ་བཞད་པའི་རྟེན་འབྲེལ་རེད། །　报得吉祥春。
ལྷ་བྱ་ཁུ་བྱུག་ནགས་ཚལ་འཁྲིམ། །　神鸟林中啼，
སྤེ་ཤིང་མེ་ཏོག་ལོ་འདབ་བཀྲག།　花草绽放美，
ཆར་ཆུ་ལོ་ཕྱུགས་རྟག་ཏུ་འཕེལ། །　雨顺谷畜丰，
བྱ་རྒྱལ་སྔོན་མོའི་གྲེ་སྐད་ཀྱིས། །　青毛杜鹃声，
ཡིད་གསོས་རྟེན་འབྲེལ་བདུད་རྩི་ཡིན། །　惬意之甘露。

༣ འཇུམ་ཆེན་གླག་མོ་མཁལ་དཀར་གྱིས། །　力大白腰雕，
རི་བོང་སྐལ་ལྷུགས་ནམ་གཏོར་རེད། །　随可叼兔儿。
ཟམ་ཆེན་ཆུ་སྲིན་ངར་མ་ཡིས། །　凶残威猛鳌，
ཆུ་གནས་ཉ་སྲམ་ནམ་ཟོས་རེད། །　随可食鱼獭。
རྩལ་ཆེན་ཁྲ་ཡག་གཟིག་མོ་དེས། །　力强花斑豹，
ཁྱི་རྒན་སྲོག་དབུགས་ནམ་བཅད་རེད། །　随可夺狗命。

༤ རི་ཆེན་སྨུག་པས་མ་བསྒྲིབས་ན། །　大山若无浓雾，
ཁྲི་གདུགས་ཉི་མས་གཟི་འོད་ཇོམ། །　太阳光芒四射，
གསལ་བས་སྟོང་གསུམ་དྲོས་པ་རེད། །　温暖三千世界。

ཆུ་བོ་དལ་འགྲོས་བཞུར་ས་ནས། །
ཆུ་ཆེན་ཟམ་པས་མ་བཅད་ན། །
ཉ་སྲམ་བདེ་སྐྱིད་འབྱུང་བར་ངེས། །

若无横桥阻隔，
大河缓流向东，
鱼獭安全无犹。

༥ སྐྱེས་ཕོ་རབ་ཕོ་འབྲིང་ཕོ་ཐ་གསུམ། །
སྐྱེས་ཕོ་རབ་སློ་དེ་ཉི་མ་འདྲ། །
དགུང་ཉི་མས་ས་ཆུ་ཏྲོས་པ་འདྲ། །
ཕོ་འབྲིང་སློ་དེ་དུང་ཟླ་འདྲ། །
མུན་ནག་མཐའ་ནས་བསལ་བ་འདྲ། །
ཕོ་ཐ་མའི་སློ་དེ་སྤྲིན་ནག་འདྲ། །
རླུང་སྐྱེ་བསེར་སྤུད་ན་གར་སོང་མེད། །

男分上中下三等，
上等男儿像太阳，
如同阳光化冻土，
中等男儿像月亮，
照亮夜空驱黑暗，
下等男儿像乌云，
劲风吹到即消失。

ཀར་མ་ཀློག་འབྲུག

嘎尔玛洛秋

གངས་ཀྱི་དུང་སེང་དཀར་མོ་དེ། །
མགོ་གཡུ་རལ་མེད་ན་ཁྱི་རྒན་འདྲ། །
ནགས་ཀྱི་རྒྱ་སྟག་ཁྲ་མོ་དེ། །
ལུས་འཛམ་དྲུག་མེད་ན་ཝ་མོ་འདྲ། །
ཟ་ཁྲ་ཡག་འབྲོང་རྣོད་ར་རིང་དེ། །
མགོ་རུ་ཐུར་མེད་ན་གླང་རྒན་འདྲ། །
སྟོབས་ཆེན་ཆུ་སྲིན་ངར་མ་དེ། །

雄踞雪山白狮，
无鬃如同老狗。
林中花纹老虎，
无纹如同狐狸。
山中长角野牛，
无角如同黄牛。
力强凶猛海鳌，
无牙如同鱼儿。

དཔའ་མི་འབྱུར་སེང་གེ་སྟོང་ཐུབ།

巴弥久森格东图

༧ ཐང་དཀར་ནམ་འཕང་བཀྱག་ས་ལ། །
བྱིའུ་ཆུང་འཕུར་བསམ་འཁྲུལ་སྣང་རེད། །

雄鹰腾空飞行时，
小鸟欲飞是幻觉。

བྲི་སེར་འབྲོང་རྒོད་རྭ་རྩལ་ལ། །
གླང་རྒན་འགྲན་རྒྱུ་འཁྲུལ་སྣང་རེད། །
ཁྲ་ཡག་གཟིག་གི་རྩལ་ལམ་ལ། །
ཁྱི་རྒན་འདུར་རྒྱུག་འཁྲུལ་སྣང་རེད། །

野牦牛角力无双，
老牛欲比是幻觉。
花斑豹显威之时，
老狗欲试是幻觉。

༢ སྟག་དམར་ཡག་འཛུམ་དྲུག་རི་མོ་ཅན། །
དྲེད་སོག་དཀར་འཇོམས་པའི་གཉེན་པོ་རེད། །
གཟིག་ཐིག་ཁྲ་པ་ཏྲའི་རི་མོ་ཅན། །
རི་སྤྱང་སྔོན་མོའི་སྲོག་བདག་རེད། །
ཁྱུང་མཁའ་ལྡིང་གསེར་གྱི་སྒྲོ་ཐུར་ཅན། །
ཀླུ་གདོལ་པ་ནག་པོའི་གཉེན་པོ་རེད། །

身具花纹老虎，
为棕熊之杀手。
身具斑点花豹，
为青狼之命主。
空行金翅琼鸟，
为鲁妖之天敌。

༣ རི་མཐོ་གསུམ་ཤ་བོའི་ཁྱུ་ཚོགས་རྣམས། །
མགོ་དུང་རྭ་ངོམ་ཚོད་མ་ཟིན་ན། །
རྔོན་མདའ་སྐྱིན་ལག་པ་ཟ་ཞིང་གདའ། །
སྡེ་བརྒྱད་དྲེགས་ཚོགས་ཇམ་ན་ཡང་། །
ཐོག་སེར་རྒྱུག་ཚོད་མ་ཟིན་ན། །
དྲག་སྔགས་ཨར་ལ་གཏད་བསམ་གདའ། །

高山顶上雄鹿群，
肆意炫耀白鹿角，
惹得猎人手痒痒。
八部骄横诸凶神，
雷电冰雹太肆虐，
招惹凶咒来灭除。

དགྲ་ལྷ་རྩེ་རྒྱལ།

扎拉泽嘉

༡ བདེན་ལུང་པ་གཉིས་དེ་ཐུ་ཐག་རིང་། །
རྫུན་ཨབ་ཐྲ་གཉིས་པོ་ཇ་མ་ཐུང་། །
ཡང་ལྗི་སྲང་ལ་འཇལ་ན་གསལ། །
དཀར་ནག་དབྱེ་བ་འབྱེད་ན་ཤེས། །

真相与山谷可致远，
谎言与兔尾长不了。
轻重上称就明白，
是非甄别就清楚。

༢ རི་སྟོད་ཤྭ་ཕོས་དུང་རྭ་ངོམ། །

山头雄鹿亮白角，

རྭ་ལ་ཏུ་ལག་བཅོ་བརྒྱད་རྒྱས། །	鹿角长成十八叉，
ས་སྐྱང་ཟེར་ཐོན་དུས་ཟིངས་སེ་ཟིང་། །	到了坡顶高又耸，
རྔོན་མདའ་སྐྱེན་འབོད་པའི་ལག་གཡུག་རེད། །	像是召唤好猎手，
མགོ་དུང་རྭ་ཤོར་ཉིན་འགྱོད་པ་ཆེ། །	失去鹿角才懊悔。
ནགས་ཀྱི་རྒྱ་སྟག་འཛུམ་དྲུག་ངོམ། །	林中猛虎炫斑纹，
ལུས་ལ་རྩལ་དྲུག་ཡོངས་སུ་རྫོགས། །	身怀全套捕杀术，
ནགས་ལས་བུད་ན་ཁྲ་ལྷུག་ལྷུག།	走出茂林花凛凛，
ས་མདའ་འབོད་པའི་དུང་བརྡ་རེད། །	像是召唤地弩箭，
ལུས་འཛུམ་དྲུག་ཤོར་ཉིན་འགྱོད་པ་ཆེ། །	失去斑纹才懊悔。
ན་དམར་རྐྱང་ཆུང་རྔོག་དྲུག་ངོམ། །	草甸野驴抖鬃毛，
རྐང་བཞི་བང་རྩལ་མྱུར་མགྱོགས་ཆེ། །	四蹄驰骋真迅疾，
ན་དམར་གཞུང་ནས་འགྲོས་ཀྱིས་གཅོད། །	奔驰掠过草甸原，
ཕ་ཕྱུག་པོ་བུ་ཡི་སེམས་ལ་གཟན། །	牧主心中不痛快，
མགོ་རྔོག་དྲུག་ཤོར་ཉིན་འགྱོད་པ་ཆེ། །	失去头鬃才懊悔。

༣ གངས་དཀར་ཡག་རི་ཡི་སེང་གེ་དེ། །	洁白雪山之狮，
དགྲ་བུ་ཡུག་འཚུབ་ཀྱང་ཉམ་ང་མེད། །	风雪来袭无碍，
མཐོ་སྟོང་ལམ་འཕྲིམ་པའི་གཡུ་འབྲུག་དེ། །	高空飞行青龙，
དགྲ་ཨ་མྱེ་མང་ཡང་ཉམ་ང་མེད། །	咒师施咒无碍。

༤ ཁོ་སྤྲིན་དཀར་ཕྱུག་མོ་དཔུང་མཐུག་ན། །	白云笼罩无碍，
ཉི་ཟླས་གསལ་འགྲོས་ཤར་ཕྱོགས་བསྟུན། །	日月光辉东方，
འཁྱག་དཀར་མེད་པར་གཏོང་རྒྱུ་ཡིན། །	白色冰川将消。
ཁྱོད་སྡེ་བརྒྱད་ཐོག་སེར་འཁྲིགས་པས་ན། །	八部降雷无碍，
མཐུ་ཆེན་སྔགས་པས་གཟེར་ལུགས་ཤིག།	咒师法力至伟，
ངས་སྡེ་བརྒྱད་ཨར་ལ་གཏད་རྒྱུ་ཡིན། །	施法镇住八部。

༥ འབུ་ཚེ་ཟད་གྲོག་མའི་སྒོ་ཁ་རེད། །　短命蚤虫撞蚁穴，
ཚེ་ཡང་ཟད་རྒྱ་གྲོག་དམར་པོའི་ཁ། །　更险那是红蚂蚁。
ར་ཚེ་ཟད་འཕར་བའི་ཚང་ནང་རེད། །　短命羊至豺窝口，
ཚེ་ཡང་ཟད་འཕར་སྤྱང་དམར་མོའི་ཁ། །　更险那是红豺狼。
མི་ཚེ་ཟད་སྲིན་པོའི་སྒོ་ཁ་རེད། །　短命人至罗刹门，
ཚེ་ཡང་ཟད་སྲིན་མོ་དམར་མོའི་ཁ། །　更险那是红罗刹。

༨ ནགས་ཀྱི་རྒྱ་སྟག་དམར་པོ་དེ། །　森林之中赤老虎，
ཁ་ཤ་དམར་ཟོས་པའི་དོན་གོ་ལ། །　掠食鲜肉长本事，
ཝ་སྐྱར་མ་ཤོར་ན་རྒྱ་སྟག་མིན། །　逃脱骚狐非猛虎。
དགུང་གི་ཐང་དཀར་རྒོད་པོ་དེ། །　半空之中白鹫鹰，
ལུས་གཤོག་རྡུག་རྒྱས་པའི་དོན་གོ་ལ། །　体生健翅有意义，
ལུས་ནམ་འཕང་མ་ཆོད་ཐང་དཀར་མིན། །　不能冲天非鹫鹰。
དམའ་རྒྱ་མཚོའི་ནང་གི་ཆུ་སྲིན་ངར། །　大海之中摩羯凶，
ཁ་རྡུང་མཆེ་ཡོད་པའི་དོན་གོ་ལ། །　口生獠牙有作用，
ཉ་གསེར་མིག་ཤོར་ན་ཆུ་སྲིན་མིན། །　鱼儿逃生非摩羯。

ཐོག་འབྲུག་གྲགས་པ།　**托珠扎巴**

བྱིའུ་བརྒྱ་བསད་པའི་ཁྲ་རྒན་དེ། །　杀死百鸟老鹞，
ཚེར་ཕུང་རྩ་ལ་དང་རུས་ཆག །　刺丛中断锁骨。
ལུག་བརྒྱ་ཟོས་པའི་སྤྱང་རྒན་དེ། །　咬死百羊老狼，
ཕ་ཕྲུག་པོའི་ལྟས་ཁྲུག་མུ་གེས་ཤི། །　不料饿死牧场。

སྐ་བདེ་ཆོས་སྐྱོང་བེར་ནག　**嘎德·曲炯贝那**

སྐྱེས་པོ་རབ་པོ་འབྲིང་པོ་ཐ་གསུམ། །　君子凡夫和庸人，

སྐྱེས་པོ་རབ་དྲན་པ་ཆོས་དང་འཕྲད། །　君子心思合佛法，
དམ་ཆོས་ལྟ་བ་རང་གྲུབ་ཡིན། །　正教之见自然成，
ཕྱི་མ་སྐྱིད་དང་ད་གང་དགའ། །　来世安逸今生乐，
འདི་ཕྱི་གཉིས་ལ་བདེ་སྐྱིད་ལྡན། །　今生来世都幸福。
ཕོ་འབྲིང་རྒྱལ་ཁམས་ཐབས་ཀྱིས་སྐྱོང་། །　凡夫乡邻巧经营，
རང་སྡེ་དགའ་ཞིང་མི་སྡེ་དལ། །　本族惬意他族安，
སྡེ་གཉིས་ཞི་བདེའི་ལམ་ལ་བཀོད། །　两族引向平安路，
བྱུས་མཐའ་ང་དགའ་ཁོ་སྐྱིད་རེད། །　本族他族都安全。
ཕོ་ཐ་མ་གཅིག་གི་བྱུས་ཉེས་ངན། །　庸人行径真恶劣，
མི་ཐུབ་དགྲ་ལ་དཔུང་པ་འཕུར། །　无端招惹强悍人，
ད་ཡིན་ཟེར་དུས་རང་སྲོག་ཤོར། །　真正交手送小命，
ཞེ་ནག་སྡིག་པའི་བསམ་ངན་དེས། །　怨恨嗔怒积恶业，
ཐ་མ་གྲུབ་འབྲས་དམྱལ་བར་ལྷུང་། །　结果堕入地狱道，
འདི་ཕྱི་གཉིས་ལ་ཕུང་བའི་གཞི། །　今生来世都损毁。

ཡ་མེད་ཚངས་པ།　雅美仓巴

དུང་སེང་གཡུ་རལ་ངོམ་ས་ལ། །　白狮炫耀绿鬃，
ཁྱོད་རི་བོང་མཆོང་ལྡིང་ཕོད་ས་མེད། །　兔子胆敢跳跃，
འགྲན་བཞག་ན་གཡང་ལ་ལྷུང་རྒྱུ་རེད། །　若敢兔堕深渊。
གཟིག་ཐིག་ཁྲ་རྩལ་དྲུག་ངོམ་ས་ལ། །　花斑豹发威处，
སྤྱང་དར་མ་མཆེ་ངོམ་བྱེད་ས་མེད། །　苍狼亮出獠牙，
བསྡུར་བཞག་ན་སྤྱང་སྲོག་ཤོར་རྒྱུ་རེད། །　比拼狼会丧命。
རྐྱང་ཁ་དཀར་བང་རྩལ་ངོམ་ས་ནས། །　野驴炫奔速处，
བོང་སྒྲུར་ཏུས་བསྐོར་རྒྱུག་བྱེད་ཕོད་མེད། །　胆敢毛驴比试，
རྒྱུག་བཞག་ན་བོང་སྒྲུར་ལུས་རྒྱུ་རེད། །　若比驴会落后。

དམག་དཔོན་རུ་བཙན་དམར་པོ།

玛本·如赞玛波

མཐོན་པོའི་ལ་མོ་བརྒལ་ཉིན་མོ། །
ལམ་གར་བདེ་ལ་བཙས་ལྟ་ཞིང་འགྲོ། །
ཆུ་ཆེན་རབ་སོ་བརྒལ་ཉིན་མོ། །
ཆུ་གཞུང་དྲུག་རབ་སོ་གར་བདེ་འགྲོ །
དྲག་པོའི་དམག་འཁྲུག་རྒྱག་ཉིན་མོ། །
དཔའ་སྙིང་གྱུང་ཐབས་ཤེས་ལྟ་ཞིང་འགྲོ །

翻越高山时，
选择捷径道。
渡过大河时，
选择渡口处。
大军开战时，
当具智与勇。

སྨི་ལི་དཔོན་པོ་བྲག་བཙན།

木里·奔波扎赞

སྡེ་བརྒྱད་ཟེར་བའི་གཡེར་པོ་ཆེ། །
སད་སེར་རྒོད་ཚོད་མ་ཟིན་ན། །
དྲག་པོ་མཐུ་ཆེན་སྔགས་པ་ཡིས། །
དྲེགས་ཆེན་ཨར་ལ་གཏད་པ་མང་། །
སྤྱང་ཨ་ཐང་ཟེར་བའི་གཡེར་ཆེན་མ། །
གཡང་དཀར་གཏོར་ཚོད་མ་ཟིན་ན། །
ལུག་བདག་སྟག་ཤར་ཕོ་གསར་གྱིས། །
སྤྱང་རྐན་ཀླད་ཁྲག་གཏོར་བ་མང་། །

势大八部神灵，
霜雹损害庄稼，
忿怒神通咒者，
施法镇住八部。
山中凶恶苍狼，
过分惊散羊群，
牧羊年轻主人，
砸碎老狼脑浆。

དཔའ་ཡ་མེད་དུག་རི་དམར་པོ།

巴雅美·毒日玛波

རྒྱ་སྟག་ཤ་དམར་མ་ཟོས་གོང་། །
ཝ་མོས་གྲ་ལོ་ཅི་ལ་རྫོམ། །
འབྲོང་རྒོད་རུ་ཐུར་མ་རྫོམ་གོང་། །
གླང་རྐན་འབོད་དུར་ཅི་ལ་བྱེད། །

猛虎尚未食肉，
狐狸何亮针毛。
野牛还未亮角，
黄来何来怪叫。

ཁ་དཀར་བོང་རྒྱལ་མ་རྫོམ་དུས། །
བོང་སྒུར་ཏུ་སྐོར་རྒྱུག་ཅི་ལ་བྱེད། །

白唇驴未奔驰，
毛驴何来急跑。

ཤེས་གསལ་དྲན་པ་རང་ཤར།

西赛•禅巴让夏

༡ དུང་སེང་གཡུ་ཡི་རལ་པ་ཅན། །
དཔའ་རྒྱལ་ཅི་གདའ་དེ་རིང་ལྟ། །
འབྲོང་རྣོད་ཏུ་ཐུར་རྣོ་ངར་ཅན། །
འབྲོང་རྭ་རྒྱལ་ཅི་གདའ་དེ་རིང་ཡིན། །
མཁའ་ལྡིང་ཁྱུང་ཆེན་གཤོག་རྒྱལ་ཅན། །
ནམ་འཕང་ཅི་བཀྲུག་དེ་རིང་ཡིན། །
ཁ་དཀར་རྐྱང་ཆུང་གོམ་མ་འདུར། །
བོང་རྒྱལ་ཅི་གདའ་དེ་རིང་བསྡུར། །
རྣོ་ཆོད་མཚོན་ཆའི་འཕྲུལ་འཁོར་ཅན། །
རྣོ་ངར་ཅི་གདའ་དེ་རིང་བལྟ། །

绿鬃白毛雄狮，
就看今日勇猛；
尖利角野牦牛，
就看今日角力；
行空琼鸟展翅，
就看今日高飞；
白唇野驴小跑，
就看今日跑速；
锐利兵器幻轮，
就看今日杀力。

༢ མི་གཅིག་བསམ་པའི་སེམས་འདྲ་དགོས། །
གཡུག་གཅིག་སྟ་རེའི་སོ་འདྲ་དགོས། །

众人当齐心，
犹如斧一砍。

ཁྲི་རྗེ་གཤེན་ལྷ་འོད་དཀར།

赤吉・辛拉维嘎尔

༡ ཁྲག་མི་ཆགས་ཐུར་དུ་མགོ་དམར་ཟེར། །
ཞོ་མི་ཆགས་ད་ར་ཏུལ་པ་རེད། །

妨碍凝血的搅血棍，
败坏酸奶的臭奶水。

༢ མཐོན་པོ་མཐུན་པོ་གྲ་སྡེབ་བྱས། །
དཀྱུང་ལ་ཉི་ཟླ་མཐོ་སྡེབ་འདྲ། །
དམའ་མོ་མཐའ་ནས་གྲ་སྡེབ་ན། །

高贵阶层团结，
如同日月和谐。
低层平民团结，

ཉ་དང་ཆུ་གཉིས་མཐུན་སྡེབ་རེད། །
如同鱼水和谐。

༤ ཁྲ་ཡག་རྫ་རིའི་གཡས་ཟུར་ནས། །
花石高山右方，
གནའ་རྒྱ་མོས་བྲག་ལ་སྲོག་སྐྱབ་བྱེད། །
石羊命依悬崖，
རང་སྲོག་ཁེབས་པའི་རྟེན་ཡོད་བསམས། །
以为确保性命，
རྔོན་པས་ཉག་ཕྲན་མདའ་གཅིག་རྒྱག །
猎人一箭射出，
གནའ་ཡག་རྗོ་རྗེའི་བྲག་ལས་ལྷུང་། །
雄羊掉下深渊，
དེ་དུས་འགྱོད་ཀྱང་འཕྱི་ཚར་རེད། །
此时遗憾不及。
ན་དམར་གཞུང་གི་ཡར་གོང་ནས། །
沼泽湿地上方，
རྐྱང་ཁ་དཀར་བང་རྩལ་ན་དམར་འཁྲིམ། །
白唇野驴奔驰，
མགྱོགས་པའི་རང་ས་ཟིན་ཡོད་བསམས། །
以为跑速超群，
རྟ་འདོ་བ་མགྱོགས་པའི་བང་རྩལ་གྱིས། །
谁知骏马跑速，
རྐྱང་ཁ་དཀར་དབུགས་ཟད་འདམ་ལ་ལྷུང་། །
野驴气衰陷泥，
དུས་དེ་ཉིན་འགྱོད་ཀྱང་སྡུག་གྱོང་རེད། །
此时遗憾何该。

ཁྲི་བློན་ཆོས་འགྲུབ། 齐伦·曲珠

སྤྱང་རྒན་ཨ་ཐང་ངན་ལང་ལོབ། །
老狼恶行之惯纵，
གཡང་དཀར་ལུག་ཁྱུ་ཁྲག་ལ་བསྙེས། །
会使绵羊染淋血，
ད་རུང་ཁ་ལྡག་སྣ་ལྡག་བྱེད། །
还要舔嘴又舔鼻。
ལྐུས་ངན་ཐོ་ཏུ་གཡོ་སྒྱུ་མཁས། །
邪恶小马善诡计，
བདག་པོའི་རྐང་པ་དུམ་མེ་གཅོག །
踢断主人足腿后，
ད་རུང་ས་ཁུག་ཡ་ཟུར་འཛོགས། །
还要远跑想躲避。

དཔའ་རྒོད་ནམ་མཁའ་ཐོག་བཟུང་། 巴贵南喀托耸

གཙང་ཆབ་ཆུ་བོ་བབས་བདེ་བྱུང་། །
江河流淌得平缓，

ལྟོ་དཀར་མ་བདེ་བྱུང་ན་ཡང་། །
སྲིད་པ་ས་གཞི་ཡང་སྟེང་ནས། །
ཆུ་བོ་དལ་འགྲོས་བཞུར་རྒྱུ་རེད། །
ལྟོ་དཀར་མཚོ་ནས་ཡོང་རྒྱུ་རེད། །
ནམ་མཁའ་མཐོ་རྒྱ་ཆེ་ས་ནས། །
བྱ་རྒོད་འཕུར་ལམ་མ་བདེ་ན། །
སྤྲིན་ནག་སྤུ་གྲི་ངར་མ་དེ། །
སྐྱི་བསེར་རླུང་གིས་གཏོར་རྒྱུ་རེད། །
ཐང་དཀར་འཕུར་བདེ་ཡོང་རྒྱུ་རེད། །

虽然也许饿肚子，
只要广阔大地上，
江河可以缓缓流，
食物也从海中来。
在那无际天空中，
猛鹫飞道不稳当，
锋利如刀之黑云，
可由大风去冲散，
猛鹫飞翔可安稳。

ཐོག་རུ་མི་རྒོད་ཛམ་ཆེན།

托如弥贵昂钦

སྟག་དམར་ཡག་ཤ་ལ་ཛམ་པ་དེ། །
ལུས་འཛུམ་རྡུག་བཀྲག་པའི་དོན་གོ་རེད། །
རྟ་ཐོ་རུའི་ཁྱུ་སྣེ་གཅོད་རྒྱུ་ཡིན། །
འབྲུག་ཕོ་ཐང་ངར་སྒྲ་ཆེ་རྒྱུ་དེ། །
ལག་ནོར་བུ་འཛིན་པའི་དོན་གོ་རེད། །
ཐོག་སེར་བས་རྒྱ་ཞིང་བསྐྱིལ་རྒྱུ་ཡིན། །

猛虎贪吃新鲜肉，
故而身上斑纹艳，
冲散驹群时有之。
青龙如此大咆哮，
所恃爪握摩尼宝，
雷雹会炸大田穗。

འཛང་བེ་ཐུལ་ཕུ་ཡི་ལྷ་རྒོད།

姜培突•普依拉贵

བྲི་སེར་འབྲོང་རྒོད་དར་མ་དེ། །
རྫ་ཟུར་འགྲིམ་ན་ཁྱད་ཆོས་རེད། །
ལྷས་འདབས་འགྲིམ་ན་གླང་རྒན་རེད། །
ནགས་ཀྱི་རྒྱ་སྟག་ཁྲ་མོ་དེ། །
རྒྱ་རྫོང་འཛིན་ན་དམར་ཡག་རེད། །
གྲོང་མཐའ་འགྲིམ་ན་ཁྱི་རྒན་རེད། །

山上健硕粗狂野牦牛，
走在岩山岗上是个性，
走在牛圈边上是老牛。
林中斑斓花纹的猛虎，
坚守森林之中是个性，
流浪村落边沿是老狗。

མཁའ་ལྡིང་རྒྱལ་པོ་གསེར་མིག་ཁྱུང་། །　　翔天之王金目大鹏鸟，
མཁའ་ལམ་བཟུང་ན་ཁྱུང་ཆེན་རེད། །　　高翔霸占天道是个性，
ཐང་ལ་བབས་ན་སྲིན་བྱ་རེད། །　　掉落地上就是邪恶鸟。

བྱང་བློན་ཉི་མ་དབང་བཙན།　　羌伦 · 尼玛旺赞

༡ མེ་ཏོག་ཁ་མདོག་མཛེས་ན་ཡང་། །　　花朵虽然很鲜艳，
དུག་ཏ་ལ་ནག་པོས་སྲོག་ལ་གཟན། །　　遭到剧毒摧残后，
རིན་ཐང་ཡོད་ཟེར་དཀའ་མོ་རེད། །　　还想值钱就难了。

༢ ན་དམར་གཞུང་གི་ཁ་དཀར་རྐྱང་། །　　沼泽滩上白唇驴，
བང་རྩལ་རླུང་ལས་མགྱོགས་ན་ཡང་། །　　奔跑已经如疾风，
ད་རུང་རྒྱུག་འདོད་ཧྲང་པ་བརྡར། །　　还想加速蹭蹄子，
རྨིག་བཞི་རྡོ་ལ་ཐུག་འདོད་རེད། །　　那是让蹄碰石上。
ནགས་ཀྱི་རྒྱ་སྟག་ཁྲ་བོ་དེ། །　　森林中的斑斓虎，
ཁ་ཤ་དམར་ཟ་དུས་ངར་སྒྲ་སྒྲོག །　　吃着鲜肉还怒啸，
ད་རུང་མཆེ་སྡེར་མི་ལྟར་འབར། །　　还要呲牙展利爪，
དགྲ་ས་མདའ་ངར་མས་གློ་སྙིང་འདོན། །　　想招地弩穿心肺，
ལུས་འཇམ་དྲུག་ཁྲག་ལ་བསྒྲེ་བའི་དུས། །　　斑斓花皮遭血染，
ལས་དེ་དུས་འགྱོད་ཀྱང་ཕན་པ་མེད། །　　此时悔也无益处。

དམུ་སྲས་རིན་ཆེན་གྲགས་པ།　　穆赛 · 仁钦扎巴

རྫོང་གྲུ་བཞི་དམར་མོ་ཐོག་གིས་གཏོར། །　　四方城堡被雷毁，
སྔགས་ཨ་མྱེ་མི་ཁྲོ་ཀ་མེད་རེད། །　　被迫咒师阿聂怒，
གཡུ་འབྲུག་ངར་སྐད་ཤ་རེ་བཀུག །　　降服青龙之轰鸣，
སྡེ་བརྒྱད་མ་དགའ་སྨུག་སྐྱོང་རེད། །　　八部不快是活该。

དཔའ་རྒྱ་སྟག་ཁྲ་མོས་རྟ་ཁྱུ་གཏོར། །
རྫོན་མདའ་སྐྱེན་མི་ཁྲོ་ཀ་མེད་རེད། །
མདའ་ཐོག་དམར་གཅིག་གིས་སྙིང་ཤ་འཛེར། །
ལུས་འཇུམ་དྲུག་ཉིལ་ལེ་མགོ་ལྤགས་བཤུ། །
ནགས་རྒྱ་རྗོང་མ་དགའ་སྡུག་གྱོང་རེད། །

花纹老虎破马群，
被迫激怒猎人箭，
一箭射穿虎心脏，
花纹虎皮从头剥，
森林不快是活该。

སྤྱི་དཔོན་རོང་ཚ་ཁྲ་རྒན།

吉本·绒擦查根

མཐོ་བར་སྣང་མཁའ་ཡི་སྐྱ་ཁྲ་དེ། །
བྱིའུ་གར་འཕུར་གཤོག་རྩལ་མ་སྦྱངས་ན། །
འཕྱུམ་ཆེ་ན་སྒྲོག་རུས་ཆག་སེར་འཐོར། །

高天飞翔的灰鹞，
若不跟鸟练飞技，
一旦速飞会断翅。

དམའ་རྒྱ་མཚོའི་ནང་གི་ཆུ་སྲིན་དེ། །
ཉ་སྲམ་ཞིམ་ཤ་ཧམ་ཆེ་ན། །
དུང་ཕྲུག་འབུ་ཡིས་སྲོག་ལ་གཟན། །

深海之中的海鳌，
贪吃鱼獭太狂妄，
螺虫让你丧生命。

ཛ་དགུའི་ཡང་གོང་སྤྱང་རྒན་དེ། །
ལུག་གཡང་དཀར་དཀྲུགས་ཚོད་མ་ཟིན་ན། །
སྣང་ལ་གཉིས་བར་ནས་ཀླད་ཁྲག་གཏོར། །

九峰岩上的老狼，
贪吃绵羊无节制，
狼脑击碎两垭口。

བདུད་རྗེ་དབང་ཕྱུག།

堆吉旺秋

དོན་མ་ཡག་སྐྲ་ལ་མ་འཇུ་དགོས། །
འཇུས་ཚར་དུས་སྤུར་གང་ལོན་པ་དགོས། །
དོན་མེད་དགྲ་ཡ་མ་བཙལ་དགོས། །
འཚོལ་ཚར་དུས་སྲོག་དམར་ཆོད་པ་དགོས། །
དང་པོ་མགྱོགས་པ་མ་གཤིབ་དགོས། །

无需不揪发，
一揪薅一把。
无需不惹敌，
若惹必杀死。
争先莫赛马，

གཞིབ་ཚར་དུས་མགྱོགས་དར་ཡོན་པ་དགོས། །　要赛必获胜。
རྡོ་མཚོན་སོ་ཁ་མ་འགྲན་དགོས། །　无需不交锋，
འགྲན་ཚར་དུས་དགྲ་སྲོག་ཆོད་པ་དགོས། །　要交必殛敌。

སྟག་གཟིག་ཞལ་དཀར་།　达色·谐嘎尔

ར་སྐྱེས་ཤ་ཕོ་དུང་ར་ཅན། །　长着螺角的雄鹿，
ཁྱོད་དུང་ར་ངོམ་ཚོད་མ་ཟིན་ན། །　炫耀螺角无节制，
རྫོན་མདའ་སྐྱེན་ཞིག་གིས་ཐག་སེར་གསོད། །　死在带箭猎人手，
ངང་ཐར་རེར་དུང་ར་ཤོར་ཉིན་མོར། །　白色鹿角割走时，
ཤྭ་ཕོ་ཆེན་འགྱོད་ཀྱང་འཕྱི་བ་རེད། །　雄鹿悔恨已太晚。

ནགས་ཀྱི་རྒྱ་སྟག་ཁྲ་མོ་ཁྱོད། །　盘踞森林的花虎，
ཁ་མཆེ་སྡེར་ངོམ་ཚོད་མ་ཟིན་ན། །　炫耀獠爪无节制，
ས་མདའ་ངར་མ་ལན་གཅིག་གིས། །　地弩射出的利箭，
ལུས་འཛུམ་དྲུག་ཁྲག་ལ་བསྒྲི་ཉིན་མོར། །　花皮泡染血中时，
དམར་ཡག་འགྱོད་ཀྱང་འཕྱི་བ་རེད། །　花虎悔恨已太晚。

རྫ་སྟོད་འབྲོང་རྒོད་ཇམ་ཟིལ་རྒོད། །　岩山威武的野牛，
མགོ་རུ་ཕྱུར་ངོམ་ཚོད་མ་ཟིན་ན། །　炫耀犄角无节制，
ཇམ་ཆེན་ཐོག་མདའ་ཤར་གཅིག་གིས། །　射出如雷利箭时，
འབྲོང་མགོ་ར་ཤོར་ཉིན་འགྱོད་པ་ཆེ། །　失去犄角悔恨大。

འདན་བློན་ཨ་ལོང་མཐེབ་དྲུག　丹伦·阿隆太楚

ཆོས་ཆེན་བླ་མས་འགྲོ་དོན་དགོངས། །　高僧想着利生事，
སེམས་ཅན་ཐར་ལམ་འདྲེན་དགོས་སྙམ། །　想把众生解脱掉，

ཡོན་བདག་བར་ཆད་སེལ་དགོས་བསམ། །
ཤི་བར་དོ་འཕྲུམས་ཉིན་དཀའ་མོ་གདའ། །

想把施主祸障禳解掉，
走上中阴道上却难办。

སྡེ་བརྒྱད་དྲེགས་ཚོགས་གདུག་རྩུབ་ཅན། །
རྒྱ་ཞིང་ཐང་ལ་སྙིལ་དགོས་བསམ། །
འབྲུ་དྲུག་གནང་ལ་ལེན་དགོས་བསམ། །
སྔགས་མཐུ་རྩལ་ཐུག་ཉིན་དཀའ་མོ་གདའ། །

天龙八部傲慢而残暴，
想把麦田炸得稀巴烂，
想把大功告成抢麦穗，
遇到猛厉咒师却难办。

ཆོས་ཆེན་བླ་མའི་འདུལ་ཁྲིམས་ལ། །
དབང་མེད་ཁུངས་མེད་གསུང་སྒྲོལ་མེད། །
ན་ཆུང་མཛེས་པའི་གནས་ར་ལ། །
ཕུགས་མེད་སྟོང་འཛུག་བྱེད་རབས་མེད། །

高僧讲解戒律时，
不讲无根无据话。
美丽姑娘出嫁时，
不做无始无终事。

སེང་སྟག་ཨ་དོམ།

森达阿冬

༡ བུ་ལ་ཁེ་རེས་ཕམ་རེས་སྲིད། །
རྟ་ལ་མགྱོགས་རེས་ཞན་རེས་གདའ། །
སྐྱེ་འཆི་དབུ་ནག་མི་ལ་གདའ། །
འདས་གྲོངས་ཉི་ཟླ་གཉིས་ལ་ཡོད། །
ཞིག་རལ་རྡོ་རྗེའི་བྲག་ལ་སྲིད། །

男儿争斗有赢也有输，
马儿赛马有快也有慢。
黑头藏人有生死，
太阳月亮有出没，
金刚岩山有破碎。

༢ བྱ་སྐྱ་ཁྲ་ཧོར་པ་རྩལ་དྲུག་མྱུར། །
བྱ་རིགས་མང་པོའི་སྲོག་བདག་འདོད། །
མཁའ་དབྱིངས་འཕྲིམས་པའི་དོན་གོ་ལ། །
བྱིའུ་ཆུང་གསོད་པའི་དུས་ལ་བབས། །

鹞子飞技太急速，
乃是众鸟之死神，
高飞天空之好处，
就是小鸟丧命时。

ན་དམར་གཞུང་གི་ཁ་དཀར་རྐྱང་། །

沼泽滩上白唇驴，

མགོ་རྫོག་རྡུག་ཀུན་གྱི་བདག་པོར་འདོད། །
རྒྱུག་བང་རྩལ་མྱུར་བའི་དོན་གོ་ལ། །
བྱང་ན་དམར་འགྲིམ་པའི་དུས་ལ་བབས། །

拥有鬃尾的主人，
高速善跑的好处，
跨越藏北沼泽时。

ཛ་སྔོད་བྲེ་སེར་འབྲོང་རྐོད་ང་། །
མགོ་རུ་ཐུར་ཅན་གྱི་བདག་པོར་འདོད། །
མགོ་རུ་ཐུར་རྣོ་བའི་དོན་གོ་ལ། །
བཙོ་གྲོད་གཏོར་བའི་དུས་ལ་བབས། །

岩山棕黑野牦牛，
拥有犄角的主人，
犄角锋利的好处，
抵破其他牛肚时。

བྱང་རྗེ་གཡུ་འབྲུག་བཙན་པོ།

羌吉玉珠赞波

༡ ལ་དང་ལུང་པ་མགོ་སྦྲེལ་རེད། །
ཆུ་དང་གྲམ་པ་མཉམ་ཚགས་རེད། །

山谷山垭在相连，
河流河川在一起。

༢ གནམ་ལ་ཉི་ཟླ་མཛོ་སྡེབ་ན། །
བསྐལ་མུན་བསལ་བའི་སྒྲོན་མེ་རེད། །
ས་ལ་སྦྲང་ཆར་མཐུན་སྡེབ་ན། །
རྩི་མེ་ཏོག་བཀྲག་པའི་རྟེན་འབྲེལ་རེད།

天上日月若能结伴话，
乃是驱散黑暗的明灯。
地上雨露若能结伴话，
乃是花草生长的祝福。

༣ ཉི་ཟླ་དགུང་ནས་མ་དབང་ན། །
སྐར་ཚོགས་བཀྲག་དང་མ་བཀྲག་མེད། །
འདབ་བརྒྱའི་མེ་ཏོག་མ་བཞད་ན། །
རྩི་ཤིང་རྒྱས་དང་མ་རྒྱས་མེད། །
སེམས་ཅན་བདེ་སྐྱིད་མ་དབང་ན། །
བྱམས་སེམས་ཆེ་དང་མ་ཆེ་མེད། །

若无空中日月，
群星不亮大地。
若无百瓣艳花，
茂盛树草逊色。
众生无权安乐，
慈心再大无用。

༤ རྒྱ་རྫོང་ནགས་ཀྱི་དམར་ཡག་སྟག །

林间红老虎，

ཁ་མཆེ་སྡེར་ཞ་དམར་མ་ཟོས་ན། །
ལུས་འཇུམ་དྲག་བཀག་པའི་དོན་གོ་ཆུང་། །
སྟོང་མཁའ་ལམ་བཟུང་བའི་བྱ་རྒྱལ་ཁྱུང་། །
སྦྲུལ་དུག་ཅན་གསོན་ཟོས་མ་བྱས་ན། །
ལུས་གཤོག་དྲག་རྒྱས་པའི་དོན་གོ་ཆུང་། །
དམའ་རྒྱ་མཚོའི་གླིང་གི་ཆུ་སྲིན་ཟམ། །
ཆུ་གནས་ཉ་སྲམ་མ་འགམ་ན། །
ཁ་མཆེ་ཟམ་རྐོད་པའི་དོན་གོ་ཆུང་། །

牙爪未触肉，
威猛有何用。
行空琼鸟王，
未能活吞蛇，
劲翅有何用。
深海凶恶鳌，
未食鱼和獭，
亮牙有何用。

༥ རི་མཐོ་གསུམ་ཤ་ཕོའི་དུང་རྭ་ངོམ། །
རྔོན་མདའ་སྐྱེན་ཞིག་གིས་ཐག་སེ་གསོད། །
བཀའ་གཞི་བདག་མི་ཁྲོ་ག་མེད་བྱུང་། །
ཐོག་སེར་དྲག་པོའི་འཁོར་ལོ་བསྐོར། །
ཁྱོད་རྔོན་པ་ཐོག་གིས་མ་བསྒྲལ་ན། །
བཀའ་ལྷ་སྲིན་སྡེ་བརྒྱད་མིང་རྟགས་ཀྱིས། །
ཁྱོད་ཨ་མྱེ་མཐུ་རྩལ་ཅི་གདའ་ལྟ། །

山顶雄鹿亮角，
猎人一箭毙命，
迫使山神发怒，
转动雷雹之轮，
若不雷殛猎人，
虚名天龙八部，
看你咒师法术。

སྟག་རོང་ཨ་ཁུ་ཁྲོ་ཐུང་།

达绒·阿库超同

གཏམ་ཅི་བཤད་མགོ་ལ་རྩེད་མོ་དགོས། །
གཏམ་རྩེད་མོ་མེད་ན་ལོང་གཏམ་འདྲ། །
ཟས་གར་གསོལ་མགོ་ལ་མཆོད་པ་དགོས། །
ཟས་མཆོད་པ་མེད་ན་གཤིན་ཟས་འདྲ། །
རྟ་ཅི་རྒྱུག་མགོ་ལ་མགྱོགས་དར་དགོས། །
དེ་མགྱོགས་དར་མེད་ན་སྟོང་རྒྱུག་འདྲ། །

讲话开头风趣话，
若无风趣则无味。
食物开头应上敬，
食无上敬如死食。
赛马应有赌注物，
不下赌注为空跑。

ཇང་སྤྲང་ཚའི་སྤྲུལ་ནག་མི་འབར།

羌江擦·主那梅跋尔

སྡེ་བརྒྱད་དྲག་ཏུ་འཁྲུག་ས་ནས། །
ཁྱོད་ཨ་ཉེ་མཐུ་རྩལ་ཧོམ་ས་མེད། །
རྒྱ་ཞིང་སྐྱེ་མ་བརྡུང་རྒྱུ་རེད། །
སྤྱང་ཀིས་གཡང་དཀར་ཧམ་ས་ནས། །
ལུག་རྫིའི་ཡུར་རྡོར་འཛིགས་ས་མེད། །
བརྒྱ་ལུག་ལྷས་ནས་གཏོར་རྒྱུ་རེད། །
ཁྲ་ཡག་རྩལ་དྲུག་ཧོམ་ས་ནས། །
ཁྱི་བདའ་ལུས་འོ་དོད་འབོད་ས་མེད། །
ཁྱོད་ཁྱི་རྒན་སྲོག་དམར་ཤོར་རྒྱུ་རེད། །

八部发怒之际，
阿聂无力施法，
庄稼将要打灭。
狼袭羊群之际，
牧人无从掷石，
羊群将要搅散。
花豹发威之际，
劣狗哭叫无用，
定将老狗命丧。

ཤན་ཚ་རླུང་ལྷ་མགྱོགས་ལྡན།

辛擦·隆拉爵丹

ཚིག་བདེན་པ་བཤད་ན་དོན་འབྲས་ཡག །
ཇ་མགོ་མ་བཀོལ་ཤོག་ཁ་ཞིམ་ཆེ། །
བུ་སུ་རྒོད་དཔུང་པ་བསྡུར་དུས་ཤེས། །
རྟ་སུ་མགྱོགས་བང་རྩལ་གཤིབ་ཉིན་ཤེས། །

说实话效果好，
头道茶味道佳，
谁好男较量明，
马谁快比赛知。

ཇང་སྲས་སྨུ་ཁྲི་ལེགས་པ།

羌赛·牟赤列巴

༡ མཁའ་ལྷོ་སྤྲིན་རང་ཚོད་མ་ཟིན་ན། །
སྐྱི་བསེར་རླུང་གིས་གཏོར་རྒྱུ་རེད། །
ཀོ་སྡེ་བརྒྱད་ཁྲོས་ཚོད་མ་བཟུང་ན། །
སྔགས་པས་ཨར་ལ་གཏད་རྒྱུ་རེད། །
སྨད་བུད་མེད་མཐོ་ཚོད་མ་ཟིན་ན། །

如果南云密集无分寸，
就会遭到大风的冲散。
如果八部暴怒无分寸，
就会遭到咒师的驱逐。
如果女人居高无本分，

དྲིན་པ་མ་ལྟོག་གིས་གསོད་རྒྱུ་རེད། །
大恩父母可能会饿死。

༢ ཁྱོད་ཨ་ཐང་སྤྱང་མོ་ངུ་ཟུག་ཆེ། །
ལུག་བརྒྱ་ཟོས་པའི་ངན་ལང་ཡོབ། །
ད་ལོ་བརྒྱད་ཅུ་དགུ་མིག་ཐོག །
རྫི་བཟང་ཨུར་རྡོས་ཀླད་ཁྲག་གཏོར། །

你这野狼向来嚎声大，
这是惯吃百羊的恶习，
今年八十九岁寿关口，
牧人乌多炸碎狼脑袋。

གསེར་ཉ་རྒྱ་མཚོའི་གཏིང་ནས་འགྱུར། །
ཟམ་པས་ལྕགས་ཀྱུས་ཀླད་ལ་གཟེར། །
དུས་ད་ལོ་ཞིམ་ཤའི་གཟན་ལ་བཀུག །
ཉ་འཛིན་ལྕགས་ཀྱུའི་འགུག་ལ་ཚུད། །
ཉ་སྲོག་ཐལ་བའི་དུས་ལ་བབས། །
ཉ་ཤ་ཛོན་པའི་ཁ་ཟས་རེད། །

金鱼游荡深海底，
锋锐钓钩悬头顶，
今年诱钓美味鱼，
钓鱼套进鱼钩圈，
金鱼已到丧命时，
渔夫美食是鱼肉。

ཁུ་བོ་རྡོ་ཁྲི་གྲགས་པ།

库沃 · 朵赤扎巴

ཕོ་དཔའ་རྒོད་ཅི་ཤི་གྱུལ་ལ་ཤི། །
དཔའ་རྒོད་གྱུལ་ཤི་མ་ནུས་ན། །
སྙར་མ་ཝ་མོར་ཁྱད་ཅི་ཡོད། །
རྟ་མགྱོགས་པ་ཅི་ཤི་རྒྱུག་ལ་ཤི། །
རྟ་མགྱོགས་པ་རྒྱུག་ཤི་མ་ནུས་ན། །
བོང་སྒྲུར་ཏུར་ཁྱད་པར་ཅི་ལ་ཡོད། །
མཚོན་ངར་མ་ཅི་ཟད་གཡུག་ལ་ཟད། །
ངར་མ་གཡུག་ཟད་མ་ཐུབ་ན། །
ངར་མེད་ཨ་ལུར་ཁྱད་པར་མེད། །

英雄血洒战地，
若不死于阵地，
如同胆小狐狸。
快马死于奔跑，
若不死于奔跑，
如同躬背毛驴。
锐器损于挥砍，
若不损于挥砍，
如同无刃棍棒。

ཁྱུང་རྒོད་ཀླུ་སྲིན་ཁྲག་མིག

ར་ཚེ་ཚེ་རང་སྣང་ཆེན་པ་ལ། །
སྐྱིད་ཉི་ཟླ་ཨོག་ཞབས་ཡོད་སྣང་ཤར། །
དེས་མི་ཚད་རི་གསེབ་བྲག་ལ་འབྱར། །
འཕར་བ་དམར་མོའི་ཁ་ཟས་རེད། །
སྦལ་ཀན་རྒྱ་བོ་རང་སྣང་ཅན། །
ས་ཆེན་སྤར་འོག་ཚུད་སྣང་ཤར། །
དེས་མི་ཚད་ན་འདམ་ཆུ་འདམ་དཀྲུག །
གཡང་མོ་ལུག་གི་ཁ་ཟས་རེད།

琼贵・鲁森叉米

自高自大山羊，
妄想日月之上，
还要攀爬悬崖，
终成红豺美食。
自高自大青蛙，
妄想爪覆大地，
还要搅浑滩水，
终成绵羊美食。

གནམ་ལྕགས་ཕ་བོང་།

དུང་སེང་རྒྱལ་དྲུག་སྨྱུར་ན་ཡང་། །
གཡུ་རལ་དགྲ་ལག་ཤོར་ཡང་སྲིད། །
འབྲོང་རྒོད་རྭ་ཐུར་རྒོད་ན་ཡང་། །
ཞིམ་ཤ་རྫོན་ལ་ཤོར་ཡང་སྲིད། །
ཁྲ་ཡག་མཆོང་རྒྱལ་སྨྱུར་ན་ཡང་། །
ཐིག་ཁྲ་མདའ་ལམ་ཤོར་ཡང་སྲིད། །

南加帕彭

白狮虽然凶猛，
也会败于敌手。
野牛虽有尖角，
也会命送猎人。
花豹虽具跑技，
也被飞箭射中。

ཁྱི་སློན་འབྲུག་ལྷ་ཐོག་རྒོད།

བག་མ་དུང་ཆབ་བྱུར་མགུལ་ཅན། །
དྲིན་པ་མའི་སྔོན་ནས་འགྲོ་འདོད་ལངས། །
སྐྱེ་ཤ་ལོ་མེད་དུས་ཡ་རེ་ང་། །
གོ་མ་ཆོད་སྟོང་སྡེའི་ཁྲེལ་ཁ་འཛོག །

其伦•珠拉托贵

新娘珊瑚项链螺腰带，
面对大恩父母想出嫁，
缺乏貌美姿色心悲凉，
出嫁未成招致村人笑。

ཚོང་ཕྲུག་བ་སོའི་མགུལ་རྒྱན་ཅན།།
རིན་ཆེན་གསེར་དངུལ་སྤེལ་ཚོང་བྱེད།།
རྒྱུ་མེད་ཡུལ་མཐའ་འཁྱམ་པའི་དུས།།
ཚོང་ཟོག་སྟོང་དུས་ཡི་ཐང་ཆད།།

佩戴象牙项链的小商，
本想趸卖珍贵的金银，
没有资金转游他乡时，
遇到千商万货就沮丧。

ཇག་ཕྲུག་ཁྲམ་པ་རྟ་ཞོན་ཅན།།
མི་རྒྱུ་དཔལ་ཡོན་འཕྲོག་འདོད་བྱེད།།
ཇག་མ་ཐོབ་རང་སྲོག་ཤོར་ཉིན་སྡུག།

骑着马儿小小的强盗，
本想抢夺他人的财富，
结果丢掉性命太悲哀。

ཨ་སྟག་ཀླུ་མོ།

阿达鲁（拉）姆

༡ སྟག་དམར་ཡག་མདུན་ལ་མ་བཅར་དགོས།།
བཅར་ཚར་དུས་འཇོམ་དྲུག་ལོན་པ་དགོས།།
འབྲོང་བྲེ་སེར་རྭ་གདོང་མ་འགྲོ་དགོས།།
འགྲོ་ཚར་དུས་མགོ་རྭ་ཐོབ་པ་དགོས།།
སྡེ་བརྒྱད་གདུག་རྩུབ་མ་འཁྲུན་དགོས།།
འཁྲུན་ཚར་དུས་ཨར་ལ་གཏད་པ་དགོས།།

本就不可靠近斑斓虎，
一旦靠近剥下花虎皮。
本就不要靠近野牦牛，
一旦靠近割下野牛角。
本就别跟天龙八部斗，
一旦斗了施咒斗赢它。

༢ ཆེ་འདོད་མཐོ་གཏམ་བཤད་མི་ཚོ།།
དོན་ཆེན་མི་འགྲུབ་ཞེ་རེ་ཕམ།།
མེད་པོ་ཡོད་མདོག་བྱེད་མི་ཚོ།།
མི་ཆེན་སྔོན་ནས་ངོ་རེ་ཚ།།
གཏམ་འདོད་ལྷེ་བདེ་བསམ་མི་ཚོ།།
ཁ་མཆུ་ཕམ་དུས་ཞེ་རེ་འགྱོད།།
མཛེས་འདོད་འོ་ཁྲུས་བྱེད་མི་ཚོ།།
ཁྲོམ་ཐག་མི་ཚོད་ངོ་རེ་ཚ།།

自视位高口出狂言者，
无力处置大事太可怜。
穷而无财炫耀富裕者，
富豪大人面前丢尽脸。
想用巧嘴巧舌善辩者，
口讷而遭失败太可怜。
自视漂亮用奶洗脸者，
难赢俊男美女就丢脸。

ངར་འདོད་ཁ་ཕོ་བཅངས་མི་ཚོ། །
མགོ་འཕྲུ་ཤོར་ཉིན་ཏ་རེ་གོ། །

自视有胆有勇想战者，
丢了脑袋之日才知道。

༣ བུ་ངན་སྙིང་སྡུག་ཨ་མས་སྐྱོང་། །
འཁྱག་ལྟོགས་མ་ཤར་མ་ཡོའི་དྲིན། །
མི་གཙང་གཅིན་སྐྱག་ལག་པས་ཕྱིས། །
གཞོན་དར་ལ་བབས་དུས་ཕ་གཞིས་འཕྲོག །
མ་ཡོ་དྲིན་ཆེན་འགྱོད་སེམས་ཆེ། །
རྒྱལ་པོས་སྐྱོང་སྐྱོང་བློན་པོ་གཅེས། །
དགྲ་ངན་ཐུག་དུས་གར་སོང་མེད། །
བྱ་ལས་ཐུག་དུས་ཛམ་བརྗིད་ཅན། །
དོན་གལ་ཆེན་ཐུག་ཉིན་ཅི་བྱེད་ཤེས། །
བློ་འགྱོད་ཆེ་ཡང་བྱ་ཐབས་བྲལ། །

母亲养育害心不孝儿，
从无饥寒就是母亲恩，
不净屎尿母亲来擦拭，
养大成人之时抢家业，
大恩母亲多么的痛悔。
君王抚养恩被御下臣，
遇到大敌不知臣下落，
办起事来显得很威风，
遇上大事不知其所措，
君王懊悔却也很无奈。

༤ ཤིང་ངན་ཏཱ་ལའི་སྡོང་པོ་ཡང་། །
ཐུར་ལ་འདྲིལ་ཞིང་རྩ་རྩེ་ཡོད། །
བྱང་ཐང་ཆུ་བོ་དཀྱིལ་རྒྱུག་བབས། །
དགུ་རྒྱུག་བབས་ཀྱང་ཆུ་སྣེ་ཡོད། །
ཁྲེལ་མེད་ཡུལ་ལུང་ཁྲམ་པས་གང་། །
ཞིབ་རྩིས་བརྒྱབ་ན་ཁྲིམས་བདེན་ཡོད། །

劣木多罗树杆轻飘飘，
往下滚去也有根和梢。
羌塘的河水七弯八拐，
再多的拐弯也有尽头。
无耻村落山谷强盗多，
细数罪行也有公正法。

ཕུ་བོ་གཉེན་བདུད་ལག་རིང་།

普沃・辛堆喇仁

༡ ཁྱོད་སྤྱང་རྐན་འདུར་ཚོད་མ་ཟིན་ན། །
ཁྲ་ཡག་གཟིག་གི་ཁ་ཟས་རེད། །
ཁྱི་སྲོག་གཅོད་ཉིན་ཨི་རེ་སྨུག །
ཁྱོད་ཁྲ་རྐན་འཇུམ་ཚོད་མ་ཟིན་ན། །

老狗无休无止去浪荡，
肯定就是花豹的美食，
失去性命之日太可怜。
老鹞无休无止的俯冲，

གཤོག་རྡུག་སྒྲོག་རུས་རྡོ་ལ་རྒྱག།
དང་རུས་ཆག་ཉིན་འགྱོད་སེམས་ཆེ། །
ཁྱོད་ཐོག་སེར་འབེབ་ཚོད་མ་ཟིན་ན། །
སྡེ་བརྒྱད་སྔགས་པས་ཡར་ལ་གཏད། །
ཐོག་སེར་ནུས་མེད་ཤ་རེ་ཚ། །

羽翼就会撞在石头上，
折断胛骨之日有大悔。
雷雹无休无止的降落，
咒师驱赶天龙八部时，
雷雹变成无能太可怜。

ཀླུ་རོང་ལུག་རྫོང་།

མ་ནེ་ནེ་གནམ་སྨན་དཀར་མོ།

ཆོས་ཆེན་བླ་མའི་སྐུ་མདུན་ལ། །
དངུལ་དཀར་བུམ་ཆུང་འཛོམས་ན་ཡང་། །
རྨ་བྱའི་སྒྲོ་མདོངས་མ་ཡོད་ན། །
དབང་བསྐུར་ལས་ལ་མི་འགྲིག་གདའ། །
དགྲ་འདུལ་ལས་ཀྱི་དཔའ་བོ་ལ། །
མཆོག་དཀར་རྭ་གཞུ་སྲ་ན་ཡང་། །
སྲོག་གཅོད་ཞག་ཕྲན་མ་འཛོམས་ན། །
དགྲ་འདུལ་ལས་ལ་མ་འགྲིག་གདའ།

གེ་སར་ནོར་བུ་དགྲ་འདུལ།

༡ རྟ་བདུན་མེ་ཤེལ་ཉི་མ་ཡིས། །
གླིང་བཞི་འོད་ཀྱིས་གསལ་ཞན་འདྲ། །
ཀུ་མུད་འཛུམ་མདངས་མི་ཙོམ་ཟེར། །
བསིལ་བྱེད་དུང་ཟླའི་དཀྱིལ་འཁོར་གྱིས། །
རྒྱ་དར་ཡོལ་བ་མ་ཕྱེས་ན། །
བྱེ་མའི་ཉ་མཁར་མི་ཞིག་ཟེར། །

༢ རི་མཐོ་གསུམ་ཤེལ་དཀར་གངས་རི་ལ། །
གངས་བུ་ཡུག་འཚུབ་པའི་འཁྱག་སློང་ཁྲིད། །
དཔའ་ཁས་ལེན་འགྲོ་འདོད་མ་ཡོད་ཀྱང་། །

《吉绒绵羊宗》

玛乃乃·南曼嘎尔姆

大法上师座前，
白银宝瓶虽美，
若缺孔雀翎扇，
有损灌顶之礼。
从军制敌英雄，
白驱角弓虽好，
若缺致命飞箭，
有损制敌之业。

格萨尔·诺普占堆

驾驭七匹骏马之太阳，
不管怎样照耀其四洲，
睡莲不会绽放其艳丽。
清凉皎洁明月之坛城，
若不拉开缣帛之云帘，
不能摧毁鱼窝河砂堡。

三山高峰之雪山，
雪雾弥漫寒冷中，
并非发誓自愿去，

མགོ་གཡུ་རལ་ཅན་གྱི་ལས་བསྐོས་འདྲ། །
དམའ་གཏིང་ཟབ་མི་མཐོང་རྒྱ་མཚོའི་འཛིངས། །
རླབས་ལྷ་ཕྲེང་འཁྲུག་པའི་གློང་ཆེན་ནང་། །
འགྱུར་ལྡེམ་འགྲོས་འཁྲུག་འདོད་མ་བྱས་ཀྱང་། །
ལུས་གསེར་གཤོག་ཅན་གྱི་བསྐོས་ཐང་རེད། །

而是有鬃狮的命。
深渊无底的湖心，
波涛汹涌的湖中，
并非自愿去翔游，
而是金翅鱼的命。

གནམ་བཙན་རྒྱལ་པོ།

南赞嘉波

1 ལོ་ཡག་སྐྱེ་མའི་འབྲས་བཟང་ལ། །
སྡེ་བརྒྱད་འབྱུང་པོ་མ་བཟོད་ནས། །
སེར་སྦྲིན་དཔྱང་དུ་སྟེབ་པས་ཟེར། །
ཕུར་ཐོགས་ཨ་མྱོ་མ་ཡེངས་ཞིག །
སྤང་དཀར་ཤེད་བཟང་གཡང་ལུ་ལ། །
ངན་ལོབ་རི་སྤྱང་མ་བཟོད་ནས། །
ལ་ལུང་འདུར་གྱིས་བཅད་པས་ཟེར། །
ཙུར་ཐོགས་རྫི་བཟང་མ་ཡེངས་ཞིག །

丰年庄稼好，
八部未忍耐，
说降大冰雹，
咒师莫分心。
草地骠肥羊，
山狼未忍耐，
奔走山沟里，
牧羊莫分心。

2 ཧྲ་ལྡང་མེ་ཤེལ་འོད་པོ་ཆེ། །
ཤར་ནས་འཆར་ཞིང་ནུབ་ལ་འགྲོ། །
གླིང་བཞི་བསྐོར་ཞིང་མུན་པ་སེལ། །
ས་ཆུ་གསོ་ཞིང་སྐྱེ་དངོས་འཕེལ། །
བྱང་ལྟའི་ཕུག་དང་སྲིན་བྱ་ཡི། །
མིག་ལ་གཟན་ཡང་བྱ་ཐབས་ཅི། །
རི་བོང་འཛིན་པ་བསིལ་ཟེར་ཅན། །
སྐར་ཁྱིམ་འཁོར་ཞིང་སྐྱེ་བོའི་གྲོགས། །
རྒྱ་མཚོ་འཕེལ་ཞིང་ཀུ་མུད་འཛུམ། །
ཆུ་སྐྱེས་དམར་དམར་ཟུམ་ཡང་རུང་། །

闪光火晶的太阳，
升出东方往西走，
转游四洲驱黑暗，
温地养水长植物，
黑洞之中猫头鹰，
阳光刺眼也无奈。
怀抱玉兔清凉月，
群星簇围伴星辉，
海在涨潮月莲笑，
红色水莲也闭合，

ཉིན་མཚན་སྲིད་པ་ལས་ཀྱི་དབང་། །
无奈昼夜之轮回。

༣ ཉིན་སྲིབ་ཉི་མ་འཆར་རེས་ཡོད། །
དབྱར་དགུན་ནམ་ཟླ་བརྗེ་རེས་ཡོད། །
སྐྱིད་ན་མགོ་འཕང་མར་ལ་ཐོབ། །
སྡུག་ན་སེམས་འཕང་ཡར་ལ་བསྟོད།

日照阴阳山，
夏冬轮换季，
乐时莫得意，
苦时提心信。

༤ ཆུ་སྤྲིན་དཔུང་རྫོང་མཐུག་ཞན་འདྲ། །
དྲག་སྔགས་སྒྲུབ་པའི་ཨ་མྱེ་ངས། །
ཆུ་སྤྲིན་གཏོར་ནས་གློག་ལྕེ་བསྲེག །
འབྲུ་སྣས་བང་མཛོད་བཀང་རྒྱུ་ཡིན། །
ཉི་མས་གླིང་བཞི་བསྐོར་ཞན་འདྲ། །
སྒྲ་གཅན་ཁ་རུ་མིད་རྒྱུ་ཡིན། །
གནམ་སྟོང་ཉིན་མོ་མཚན་དུ་བཟློ། །
འུག་པ་ཀྭན་པོ་གྲག་རྒྱུ་ཡིན། །
འཕར་སྤྱང་དཔུང་པ་སྡེབ་ཞན་འདྲ། །
རྫི་བཟང་ཨུར་རྡོས་སྒྲུག་མ་སྦྲད། །
ཀླད་རྡོ་སྦྲད་དེ་སྤྱང་ལྤགས་བཏིང་། །
གཡང་ཁྱུ་ལྷས་ལ་བཀོད་རྒྱུ་ཡིན། །

管你雨云多浓厚，
善诵密咒的咒师，
驱散雨云烧闪电，
定让谷籽满仓廪。
管你太阳转四洲，
凶曜定要吞噬你，
将使白昼变黑夜，
猫头鹰就会鸣叫。
管你豺狼伴双走，
抛石牧鞭等候你，
砸碎脑袋铺狼皮，
绵羊全群归羊圈。

༥ དགོན་ཆེན་བླ་མ་གསེར་ཞྭ་ཅན། །
དགྲ་གཉེན་ཆགས་སྡང་མ་ཞིག་ན། །
རི་དྭགས་འཁྲུལ་པས་འཁོར་བར་འཁྱམས། །
སྤྱི་ཆེན་དཔོན་པོ་ལ་ཐོད་ཅན། །
བདེན་རྫུན་རྩ་བ་མ་བཅད་ན། །
ཕྲོག་ཟས་གཡོ་སྒྱུས་རྒྱལ་ཁྲིམས་ཉམས། །
དཔུང་གཉིས་གཡུལ་གྱི་དགྲ་འཁྲུག་གི།

大寺金帽上师，
远亲爱憎不明，
漂泊幻觉轮回。
缠头部落首领，
若不是非不明，
贪污狡诈失政。
两军开战之时，

གྱོད་རྩ་གང་ཡིན་མ་རྟོགས་ན། །
དོན་མེད་མི་ཤ་བགོ་བས་ཟེར། །

如果不明缘由，
伤害生命无义。

འབྲུག་སྒྲ་འབུམ་ཐུབ་རྡོད་པོ།

珠扎•奔图贵波

༡ སྤང་དཀར་སྨུག་ཆུང་ཁྲག་རྭ་དེ། །
རྫོན་མདའ་རྒྱན་འཕོད་པའི་གཡབ་མོར་གྱུར། །
ནགས་སྐྱུང་ལུང་བཟང་དྲུག་སླ་བའི་རྫི། །
འགུག་ཐག་རྗེས་བསྣམས་པའི་རང་གཤེད་བྱུང་། །

草地血角紫鹿，
成为射手之靶，
林中香药林麝，
注定死神套绳。

༢ ལུག་བརྒྱ་ཟོས་པའི་སྤྱང་རྒན་དེ། །
རྫི་བཟང་འུར་རྡོས་ཀླད་ཞོ་འགེམ། །
རྟ་བརྒྱ་ཟོས་པའི་སྟག་མོ་དེ། །
ས་མདའ་རྣོན་པོས་སྙིག་སྙིང་འཛེར། །
ཇོ་བརྒྱ་དཀྲུག་པའི་ཁྲམ་པ་དེའི། །
དབང་པོའི་དྭངས་མ་དཔོན་ལ་ཤོར། །

咬死白羊老狼，
牧人石击破脑。
咬死百马老虎，
利箭射穿心脏。
搅乱百户盗贼，
命送首领之手。

༣ ཁྲུང་མཁའ་ལྡིང་རི་རབ་བཞུང་བ་ལ། །
སྦྲུལ་དུག་ཅན་འཁྲུག་འགྲོས་ངོམ་ནས་བྱུང་། །
ལུས་ཞིམ་ཟས་མ་བྱས་བྱ་རྒྱལ་མིན། །
གཅན་འཕར་བ་ཚང་དུ་ཉལ་བ་ལ། །
ར་ཚེ་ཚེས་སྒོ་འཁྱིམ་བྱས་ནས་བྱུང་། །
གཟུགས་ལྷུ་དྲུག་མ་ཕྲལ་དུང་མཆེ་མིན། །
འབུ་གྲོག་མ་རྡོག་པས་བརྫིས་བརྫིས་དེ། །
གཤོག་ཐོགས་ཅན་ལ་འགྲོ་ལེ་མིན། །
གླང་རོག་རྭ་འཇུ་བྱས་བྱས་དེ། །
བྲི་མོ་འབྲོང་ལ་ཅི་ལ་འགྲོ།

大鹏傲居大山时，
毒蛇腾挪来示威，
若不吃蛇非大鹏。
豺狼睡在窝里时，
山羊来到窝门口，
若不肢解非豺狼。
踩死蚂蚁的惯例，
岂能对付有翅类。
手抓黄牛的惯例，
岂能抓住野牦牛。

ཁན་པ་རྨེ་རུ་རྩེ།

辛巴梅如泽

༡ ལ་གསུམ་སོ་པའི་ལག་སྔ་དེས། །
སྡེ་གཉིས་ཐོད་པ་གཏུག་པས་ཟེར། །
ལུང་གསུམ་སྤར་མ་ཧར་པ་དེས། །
དོན་མེད་མི་ཤ་བགོ་བས་ཟེར། །
བདེན་རྫུན་མི་འབྱེད་དཔོན་པོ་ཡིས། །
ཉེས་མེད་ཁྲིམས་ལ་སྦྱར་བས་ཟེར། །
རང་ཚུགས་མི་ཐུབ་གཞི་འཛིན་མས། །
གསང་གྲོས་གཞན་ལ་འཆོར་བས་ཟེར། །

山上岗哨先下手，
挑起两村之争斗。
三岔沟的傻吊子，
无缘无故就杀人。
不分真假的头人，
无罪之人被判刑。
不懂自立的主妇，
家秘泄露给他人。

༢ སྒྲོ་ཁྲ་ནམ་འཕང་གཅོད་པའི་དུས། །
བྱིའུ་ཆུང་སྔོན་ནས་གཤོག་པ་ཛོམ། །
བྱིའུ་སྤུ་མ་གཏོར་ལྕུགས་སྡེར་མིན། །
སྟག་མོ་ཚང་དུ་ཉལ་བའི་དུས། །
ཐོ་རུས་ཐང་ནས་མགོ་རྩེད་བརྩེས། །
གསོན་ཁྲག་མ་འཐུང་འཛུམ་བཀྲ་མིན། །

鹞鹰高飞之时，
小鸟先亮翅技，
不拔鸟羽非鹞。
老虎卧穴之时，
地上小马嬉戏，
不喝马血非虎。

ཐོག་ལྷ་དཔའ་བོ།

托拉巴沃

༡ བོང་བུ་ཡོག་ཧུང་བྱས་བྱས་དེ། །
ཁ་དཀར་རྐྱང་ལ་འགྲོ་ལེ་མིན། །
བདའ་ལུ་རྡེབ་རྡོ་བརྒྱབ་བརྒྱབ་དེ། །
ཕོ་ཐོང་སེང་ལ་འགྲོ་ལེ་མིན། །
ཝ་མོ་ཟན་གྱིས་བསླུས་བསླུས་དེ། །
གྲ་ཡག་སྟག་ལ་འགྲོ་ལེ་མིན། །

打惯毛驴方式，
休想对付野驴。
石打劣狗方式，
休想对付狮子。
放饵捉惯狐狸，
休想对付老虎。

༢ ཕ་བླ་མ་ཆོས་མགོ་མི་ཐོན་དུས། །
དགོན་གྲྭ་ཚང་བསྐྱུར་ནས་གྲོང་སྡེ་ཉུལ། །
གོང་རྗེ་དཔོན་རྒྱལ་ཁྲིམས་ཞིག་ཁ་ཏ། །
ལས་བདེན་རྫུན་མི་འབྱེད་སྣག་ཟས་ཟ། །
སྨན་མགོ་ཆུང་གནས་ཉེས་ཁྱུར་ཁ་ལ། །
རྫོན་གཏན་གྲོགས་བསྐྱུར་ནས་གསར་གྲོགས་དྲན། །
མི་རྒན་པོ་ཤེ་ཉེས་ཁྱུར་ཁ་དེར། །
གཞི་ཕ་ཁྲིམ་བསྐྱུར་ནས་གཡུལ་ངོ་འགྲིམ། །

上师无能持法，
弃寺弃僧逛城。
首领失政之时，
不辩是非受贿。
女人失足之时，
弃夫另寻新欢。
老人失策之时，
弃家赶赴战场。

ཚ་ཞང་འདན་མ་བྱང་ཁྲ།

擦香・丹玛向查

༡ གཡུ་འབྲུག་སེར་བ་དཔུང་སྦྲེལ་གྱིས། །
ལོ་ཡག་སྙེ་མ་བཅོམ་བསམ་ཡང་། །
སྔགས་ནུས་ལྡན་ཡུངས་ཐུན་ཟོར་ལམ་དུ། །
གློག་ལྕེ་ཐན་པས་ཚིག་ཉེན་ཡོད། །
ཉི་མ་སྤྲིན་དང་ཆར་ཟླུམ་དུས། །
དབང་གཞུའི་ཚོན་སྣ་བཀྲ་ན་ཡང་། །
རླུང་སེར་རླུང་དང་འཕྲད་པ་ན། །
གར་སོང་རྗེས་མེད་དགུང་ལ་ཡལ། །

雷电冰雹相配合，
妄想摧毁庄稼穗，
密咒大师施咒时，
雷电就会烧毁的。
日光云朵雨三者，
虽可呈现其彩虹，
一旦遇到大风时，
无影消失在天空。

༢ བསྲེགས་བཙད་བརྡར་བའི་སེར་པོ་གསེར། །
ཁ་དོག་རྒྱུ་སྤུས་ཇེ་ལེགས་ཡིན། །
ལོ་འདབ་མཛེས་པའི་ལྗོན་པ་ཤིང་། །
ཆབ་ཆུ་བོས་བརླན་ན་ཇེ་རྒྱས་ཡིན། །

精炼黄金，
色质渐美，
树木绿叶，
雨中更美。

གཡུ་ཆུང་མདའ་རྒྱན།

༡ རི་བོ་གཡང་ཆགས་བརྗིད་པ་ལ། །
གཡང་དཀར་ཁྱུ་ཚོ་སྐྱིད་ཞན་འདྲ། །
དུག་མཆེ་ཤ་ལ་ཇམ་ལུགས་འདེས། །
རྩྭ་བཅུད་ཞིམ་ཟས་དཀའ་འདུག་བསམ། །
དཀར་ཆུང་འཚོ་བའི་རྫི་བོ་ཡིས། །
ཀླད་རྗེ་སྤྲོད་ལུགས་ཇི་ལྟར་བྱེད། །
གཏིང་ཟབ་མ་དྲོས་འཛིངས་ཆེན་དུ། །
གསེར་ཉ་ཉི་མའི་འོད་ལ་ལྡེ། །
ཉ་རྒྱས་མཐའ་ནས་བསྐོར་ལུགས་འདི། །
གསེར་གཤོག་ཇོམ་པ་སླ་མོ་མེད། །
མཚོ་བདག་ཀླུ་ག་གཙུག་ནའི་སྟེས། །
རྦ་རླབས་གཡོ་ལུགས་ཇི་ལྟར་བྱེད། །
ལྗ་ཤིང་གཡུ་ཤུག་རབ་མཛེས་རྩེར། །
དཔྱིད་བྱའི་མགྲིན་དབྱངས་སྙན་ན་ཡང་། །
ཆར་སྤྲིན་རླུང་བུས་གཏོར་ལུགས་འདི། །
གསུང་སྙན་འགྱུར་བ་དཀའ་བར་གདའ། །
དུས་བཞི་དཔྱིད་ཀྱི་རྒྱལ་མོ་ཡིས། །
སྤྲིན་བཅུད་སྤྲིལ་ལུགས་ག་འདྲ་བྱེད། །

༢ ཤར་དུང་ཟླས་གླིང་བཞི་བསྐོར་བ་ལ། །
གཟའ་སྒྲ་གཅན་གདོང་ཐུག་ཅི་ཡིན་ན། །
ཕུ་སྒོམ་ཆེན་རང་སེམས་བཟུང་བ་ལ། །
ལྷ་འདྲེས་ཉམས་ཚོད་ཅི་ཡིན་ན། །

玉琼达坚

嵯峨瑞福山，
洁白羊群欢，
狼牙贪羊肉，
悠闲吃草难，
就看牧羊人，
如何砸狼头。
广阔深海面，
金鱼沐阳光，
渔网从边围，
亮翅鱼危险，
就看海主王，
如何掀浪潮。
玉绿圣树尖，
春鸟虽音美，
风吹云和雨，
树上啼叫难，
就看时季顺，
如何降春雨。

明月行四洲，
为何相遇睺。
深山修行者，
为何鬼试探。

༣ སྟག་མོ་ནགས་རྫོང་སྡོད་པའི་དུས། །　　猛虎盘踞密林时，
ཁྱི་ནག་སྒོ་ནས་ཁ་ཤ་གཉེར། །　　黑狗门前张大口，
གསོན་ཁྲག་མ་འཐུང་འཛུམ་དྲུག་མིན། །　　不饮狗血非花虎。
རི་སྤྱང་ཁུང་དུ་ཉལ་བའི་དུས། །　　野狼卧在洞窝中，
རང་ཀྱོལ་ལུག་ཆུང་སྒོ་ནས་འབབ། །　　小小绵羊洞口叫，
ཞིམ་ཤ་མ་ཟོས་དུང་སྤྱང་མིན། །　　不吃小羊非野狼。
སྐྱ་ཁྲ་ཚང་དུ་འཛུལ་བའི་དུས། །　　鹞子安卧巢穴中，
བྱིའུ་ཆུང་ནམ་མཁར་སྒྲོ་གཤོག་ངོམ། །　　小鸟飞天炫耀翅，
བྱིའུ་སྤུ་མ་གཏོར་ལྷུགས་སྐྱེར་མིན། །　　不撕鸟翅非鹞子。

འཇང་གཡུ་ལྷ་ཐོག་འགྱུར།　　姜·玉拉托久

༡ དབྱར་རི་གཡུ་ལྗང་མདངས་མཛེས་མ། །　　夏日青山美，
མེ་ཏོག་དཀར་དམར་ཡིད་དབང་འཕྲོག །　　五彩花诱人，
སྟོན་སེར་ཁ་བས་ས་འཛིན་བསྒྲིབས། །　　秋日雪盖山，
འབྲུག་སྒྲ་སྙན་ཡང་གྲག་ས་མེད། །　　青龙雷声无，
མཇུག་མ་རྫ་ལ་གབ་དུས་རེད། །　　龙身没岩山。
གཏིང་མཐའ་མི་མངོན་ཆུ་གཏེར་ཆེ། །　　河深不见底，
གསེར་བྱེ་འདྲེན་ཞིང་ལྷུ་ཕྲེང་གཡོ། །　　闪光浮沤莲，
གསེར་མིག་ཉི་འོད་ལྡེམ་ཞིང་འཕྱོ། །　　阳光下鱼跃，
གྲང་རེག་བསིལ་བས་ཆུ་དར་ཆགས། །　　寒风结冻冰，
འབྲུག་འགྲོས་མཁས་ཀྱང་འགྱུར་ས་མེད། །　　鱼儿无处游，
བྱེ་མའི་ཉ་མཁར་བཟུང་རེ་རན། །　　时逢筑沙堡。

༢ མཁའ་ལམ་བཟུང་བའི་ཉ་བདུན་དབང་། །　　穹宇主太阳，
གླིང་བཞི་ཉིན་ཞག་གཅིག་ལ་བསྐོར། །　　昼夜转四洲，
ཆུ་སྤྲིན་མཐུག་ཀྱང་མ་ཁེགས་པར། །　　浓云未阻挡，

ས་ཆུ་གསོས་ཤིང་གཟི་འོད་ངོམ། །
འབུ་མེ་ཁྱེར་རྗེས་འདེད་ཡི་རེ་སྨུག །
གངས་དཀར་ཆགས་བཟུང་བའི་ཕོ་ཐོང་སེང་། །
སྡེར་ཆགས་ཡོངས་ལ་མངའ་དབང་བསྒྱུར། །
བུ་ཡུག་འཚུབ་ཀྱང་མི་འཇིགས་པར། །
གཡུ་རལ་རྒྱས་ཤིང་སྡེར་བཞི་བགྲད། །
གྲོང་བདའ་ལུས་འགྲན་བསམ་ཨ་བ་རི། །

阳光育自然，
可怜萤火虫。
雄踞雪山狮，
称霸类猛兽，
风雪无畏惧，
盛鬃利爪威，
劣狗算什么。

༣ གླིང་བཞིའི་མུན་པ་བསལ་བ་ལ། །
འོད་ཆེན་ཉི་ཟླ་ལས་ཀྱི་དབང་། །
གྲིན་བྱ་སྐྱོ་ཡང་ཅི་བྱེད་མེད། །
དགེ་སྡིག་ལ་ཤན་འབྱེད་པ་ལ། །
ཆོས་ཀྱི་རྒྱལ་པོ་ལས་ཀྱིས་བསྐོས། །
སྡིག་ཅན་མ་མོས་ཅི་བྱེད་མེད། །

太阳照四洲，
日月之业运，
鸱鸮愁何用。
明辨善恶者，
阎王自有断，
恶孽无奈何。

ར་ཚེ་ཚེ་སྲོག་ལུས་བྲལ་ཁ་ཏུ། །
ལུག་གཡང་ཁྱུ་བསྒྱུར་ནས་བྲག་རྩ་འགྲིམ། །
འབུ་སྦྲང་ཆུང་རང་ལུས་བརྗེ་ཁ་ཏུ། །
ཚང་ཁྱུང་བུ་བསྒྱུར་ནས་རྡོ་ལེབ་ཉུལ། །
སྨན་ལས་ངན་རང་ལུས་རྫོད་ཁ་ཏུ། །
གཞིས་པ་ཁྱིམ་བསྒྱུར་ནས་རྒྱ་གྲོང་འགྲིམས། །

山羊丧命前，
离群走崖壁。
苍蝇丧命前，
弃窝居石下。
女人失身前，
弃家游街巷。

སེང་སྟག་ཨ་དོམ།

森达阿冬

༧ དཔའ་རྟོད་པོ་ཡིན་ཡང་དཔུང་རོགས་དགོས། །
རོགས་མེད་ན་མཚན་གྱི་རྐུན་མ་འདྲ། །
མི་གཅིག་བསད་ཡོངས་རྫོགས་ཚར་དང་མཚུངས། །

虽为勇士也要陪护将，
若无陪将就像夜行贼，
杀掉头领如杀所有兵。

ཁ་ལྟེ་བདེའི་རྗེས་ལ་ནོར་གཅིག་དགོས། །
དེ་མེད་ན་ཁྲམ་པའི་ཧམ་གཏམ་འདྲ། །
ཚིག་བདེན་པ་ཡོད་ཀྱང་རྙིང་གནོན་མེད། །
སྨན་འཕྱོར་མ་ཡིན་ཡང་རྒྱན་གོས་དགོས། །
ནོར་གསེར་གཡུས་མ་བརྒྱན་སྤྲང་པོ་འདྲ། །
ལུས་ལང་ཚོ་མཛེས་ཀྱང་གོ་ཁར་ལུས། །

虽为善言也要靠财气，
若无财富就像说狂言，
有其真话但是无后劲。
虽为美女也要佩美饰，
若无金玉佩饰像穷人，
青春美丽也难嫁出去。

༢ དམའ་རྒྱ་གྲོང་སྲང་གི་གཞི་མདོ་ནས། །
བོང་གུ་མས་མགོ་རྩེད་འདུར་རྒྱུག་བྱེད། །
མགྱོགས་འདོ་བའི་བང་ཚོད་མ་ཤེས་ལན། །
དེ་ཤེས་ན་མགོ་རྩེད་ཅི་ལ་བྱེད། །
སྤྲ་ཁྱིམ་ཆེན་སྒོ་ཁའི་སྙུག་འདབས་ནས། །
ཁྱི་བདའ་ལུས་ངར་བསམ་མཆེ་བ་གཙིགས། །
གཟིག་ཁྲ་ཡག་མཆེ་སྡེར་མ་མཐོང་ལན། །
དེ་ཤེས་ན་ཧུ་ཟུག་དགོད་རེ་བྲོ། །

城市中的大街上，
白颜毛驴在欢蹦，
此乃不知快速马，
若见不敢欢蹦走。
帐篷门外垃圾处，
懒狗呲牙在狂吠，
此乃未见豹爪牙，
若知不敢乱吠叫。

༣ གླིང་གཞི་སྤྱི་མཐུན་བསོད་ནམས་མཐུས། །
མེ་ཤེལ་ཉི་མས་ས་ཆུ་གསོས། །
ཆུ་ཤེལ་ཟླ་བས་རྒྱ་མཚོ་འཕེལ། །
གཟའ་སྐར་མང་པོའི་ཚོགས་ཀྱིས་བསྐོར། །
འོད་ཆེ་ཡང་ཁེར་འགྲོ་མ་དར་གདའ། །
འདི་ཕྱིའི་སྐྱབས་གནས་དགོན་ཆེན་དུ། །
སྡོམ་ལྡན་བླ་མས་དབང་བསྐུར། །
མཁན་པོའི་སྡེ་སྣོད་རྒྱུད་ལུང་འཆད། །
དམར་སེར་སློབ་བུའི་འཁོར་གྱིས་བསྐོར། །
ཆོས་མཁས་ཀྱང་ཁེར་སྡོད་ཕན་པ་ཆུང་། །
སྤང་པད་ཚལ་འབྲོག་གི་ཁྱིམ་ཆེན་དུ། །

四洲和谐共享福，
火晶太阳暖地气，
水晶明月涨海潮，
无数星光绕日月，
都具明光不独行。
大寺生死皈依处，
三戒喇嘛赐灌顶，
堪布宣讲显密法，
僧侣徒弟在围坐，
都有学问不独坐。
遍地花草牧人家，

ཕ་ཁུ་བོས་བློ་བཀོད་འདུན་མ་འཛིན། །
མ་སྲུ་མོའི་སོ་ནམ་གསོག་སྤུང་མཁན། །
བུ་ཚ་བོས་རྒྱུད་འཛིན་སྔ་སྲོལ་བཟུང་། །
རང་ཁེར་འགྲོ་ཕོ་ཧྲེང་མོ་ཧྲེང་ཟེར། །

父亲智慧谋未来，
母亲持家积财富，
子孙继承古传统，
独行就是懒男女。

ལྷུགས་འབུམ་ཅོ་ག་ཡ་མེད།

加奔•觉卡雅美

དབྱར་གཡུ་ལྗང་སྤང་ལྗོངས་ཁ་བས་མནན། །
ལྷོ་གཡུ་འབྲུག་ངར་ཡང་གྲག་དབང་མེད། །
མཚོ་གཏིང་ཟབ་ཉལ་ན་ཨེ་མི་དགའ། །
ཤིང་གསེར་ལོ་རྒྱོན་ནས་འདབ་མ་བྲུལ། །
བྱ་མགྲིན་སྔོན་སྐད་ཡང་འགྱུར་དབང་མེད། །
ལྷོ་མོན་ཡུལ་འགྲིམ་པའི་དུས་ལ་སླེབས། །

夏日绿草覆雪，
龙雷无权作声，
最好卧于深海。
树木披上金叶，
杜鹃无权啼叫，
时至南迁季节。

དཔལ་ཡ་མེད་གཟའ་རྐོད་དཔུང་དམར།

巴雅美 · 撒贵崩玛

བྱེ་རི་སྨུག་པོ་ཞིག་ན་ཕུང་། །
ཆེ་ན་ཡུལ་གྲོང་རྩ་ནས་བརླག། །
ཆུང་ན་སྤང་ཐང་ས་ནག་བསྒྱུར། །
ཆུ་ཆེན་རབ་སོ་འགྱུར་ན་ཕུང་། །
ཆེ་ན་ཚོང་མགྲོན་གང་ཡོད་འཁྱེར། །
ཆུང་ན་རབ་སྲུང་རྫུན་མར་འགྱུར། །

沙山垮塌为灾，
大垮毁坏树落，
小垮覆盖草地。
大河渡口变移，
大变冲走过客，
小变渡口白守。

གོང་རྗེ་གནམ་བཙན།

贡吉南赞

དཔྱིད་ཞིང་པས་སོ་ནམ་ལས་ལ་བརྩོན། །
ཀླུ་གདེངས་ཅན་དགའ་ནས་སྦྲང་ཆར་བབས། །

春天农人种田，
鲁王开心降雨，

འབྲུ་སྨིན་མའི་འབྲས་བུའི་མགོ་ལྡོག་ལྡེམ། །
ཁོ་འབྱུང་པོ་སྡེ་བརྒྱད་རློམ་སེམས་ཀྱིས། །
སད་སེར་བ་དཔུང་སྐྱེབ་བཙེམ་བསམ་ཡང་། །
སྔགས་ནུས་པས་སྒྲོག་ལྡེ་མ་བསྒྲིགས་ན། །
མགོ་དོམ་ར་བཞག་པ་དོན་རེ་ཆུང་། །

成熟麦穗摆头，
贪婪自然八部，
欲降雹霜袭击，
咒师若不施法，
不配头戴熊带。

གནམ་བདུད་མི་འབར།

南堆梅跋尔

༡ གསེར་ཆུ་ཟངས་ལ་བྱུག་བྱུག་དེ། །
སྔོན་མོའི་ལྕགས་ལ་འགྲོ་བ་མིན། །
གཡོག་མོ་ལས་ལ་བཀོལ་བཀོལ་དེ། །
གོང་མ་དཔོན་ལ་འགྲོ་ལེ་མིན། །
རྨོས་གླང་ལྕག་གིས་དེད་དེད་དེ། །
བྲོང་ཁའི་གཡག་ལ་འགྲོ་བ་མིན། །

金汁镀铜的做法，
青铁不吃这一套；
女佣随意之奴役，
头人不吃这一套；
耕牛随意之鞭打，
野牛不吃这一套。

༢ གཙང་ཆབ་གཞུང་ནས་འབབ་པ་ལ། །
རྒྱ་ཟམ་གཉའ་བ་ཅི་ལ་གནོན། །
རྟེའུ་ཆུང་ན་འདུར་རྩེ་བ་ལ། །
ཉེས་མེད་སྒ་སྲབ་ཅི་ལ་རྒྱག །
བྲག་དཀར་རང་ས་བཟུང་བ་ལ། །
དོན་མེད་གློག་ལྕེ་འབབ་དོན་ཅི། །

江河流淌，
为何桥压，
小马嬉地，
为何上鞍，
自立白崖，
为何雷击。

༣ ཆུ་བོའི་གཉའ་གནོན་ཟམ་པའི་ཀྲང་། །
རྩ་བརླག་མ་བཏང་དལ་འགྲོ་མིན། །
གཟིགས་བཞི་རྟུང་བའི་ལྷུ་བཞིའི་སྒ། །
ཁྲི་མར་མ་བཏང་མགྱོགས་འགྲོ་མིན། །
བྲག་དཀར་བཤིག་པའི་གློག་གི་ལྕེ། །

横桥压在河流上，
不能冲毁非江河。
四斤缀联的马鞍，
不能拆散非快马。
击碎岩山的雷电，

ཐན་པས་མ་བསྲེགས་སྔགས་པ་མིན། །

不能旱烧非咒师。

སྟག་དམར་སྟོབས་ཆེན།

达玛多钦

ནོར་རིན་ཆེན་གསེར་གྱི་དྭངས་མ་དེ། །
རྡོ་རྭ་ཙིའི་ངོས་ལ་བསྐུ་བ་མིན། །
ལུག་ཨ་ཐོང་ཞིམ་ཤ་ཟ་མི་ལ། །
ང་རི་ཁའི་ཤ་ཟན་སྤྱང་ཀི་ཡོད། །
ཤིང་ཁེར་སྐྱེས་སྐེད་ནས་གཅོད་མི་ལ། །
རྣོ་ཚོད་སྟྭ་རེ་ཁ་ཆེ་ཡོད། །

珍贵金汁之精华，
不会涂在石角上。
享用绵羊之肥肉，
有我山间的野狼。
可以砍伐独木者，
有我宽刃大斧头。

དགྲ་ལྷ་རྩེ་རྒྱལ།

扎拉泽嘉

མོན་གྱི་ལྷ་བྱ་ཁུ་བྱུག་དེ། །
དཔྱིད་གསུམ་བོད་ལ་འགྲིམ་པ་དེ། །
ནམ་ཟླ་དུས་ཀྱི་འགྲོ་ལུགས་རེད། །
ཁྭ་ཏ་སྨྱོ་ནས་ཨག་འགྱུར་རྒྱག །
བྱ་རྒྱལ་ལྷ་ཤིང་རྩེ་མོ་འགྲིམ། །
སྐད་སྙན་རི་ལུང་བཀང་རྒྱུ་ཡིན། །

门域神鸟杜鹃鸟，
春夏之季来藏地，
乃是季节轮回故。
乌鸦疯癫呱呱叫，
大鹏落在神柏上，
好音盈满山和沟。

དབང་ཕྱོགས་ཤར་གྱི་འགྲོ་བའི་མིག །
ཉིན་མོ་ལྷོ་གླིང་བསྐོར་བ་དེ། །
གླིང་བཞི་བསྐོར་བ་ཧ་བདུན་ཤུགས། །
སྲིན་བྱའི་མིག་ལ་གཟན་ཞན་འདྲ། །
ས་ཆུ་དྲོད་ཀྱིས་གསོས་ནས་ཀྱང་། །
སྐྱེ་དངོས་ལོ་འབྲས་འཛུམ་རྒྱུ་ཡིན། །

东山之眼的太阳，
白天漫游南部洲，
运转四洲太阳力，
阳光刺伤鸱枭眼，
阳春温暖养山河，
植物硕果结喜气。

དཔའ་ཡ་མིད་གླུ་བདུད་ཐོག་ལྷ།

巴雅美鲁堆托拉

བྲག་གི་བྱ་རྒྱལ་རྒོད་པོ་དེས། །
ཤ་མར་ཟོས་ཟོས་ངན་ལོབ་ཀྱིས། །
གསོན་པོའི་སྤྱིང་ནས་བསྐོར་འཕུར་བྱེད། །
ཐ་མ་དང་རུས་རྡོ་ལ་ཐུག །
ལུག་བརྒྱ་གསོན་ཟོས་སྤྱང་ཀན་གྱིས། །
ལ་ལུང་འདུར་གྱིས་བཅད་བཅད་ནས། །
ཐ་མ་ལྷས་རའི་ནང་ལ་འཛུལ། །
མི་ཁྱི་མཉམ་རུབ་རྡོ་ཡིས་བསད། །

巢居岩山的鹫王，
食肉贪欲之恶惯，
盘旋活人头顶上，
结果翅骨碰石上。
活吃百羊的野狼，
跑遍山山谷谷后，
最后钻进羊圈里，
人狗合力被石杀。

གནམ་ལྷུགས་རྒྱལ་པོ།

南加嘉波

ནོམ་པ་འཁོར་གསུམ་ཆས་ལ་བྱུས། །
གཡུལ་ངོར་འགྲོ་དུས་ཨེ་ཕན་བསམ། །
མ་ཕན་རང་ལུས་ལྗིད་རོགས་རེད། །
གསོ་ཆས་འདོ་བ་རྟ་ལ་བྱིན། །
ཐག་རིང་འགྲོ་ཉིན་ཨེ་ཕན་བསམ། །
མ་ཕན་དཀའ་ཆོགས་ཆེ་རོགས་རེད། །
གཅེས་སྐྱོང་པང་གི་བུ་ལ་བྱས། །
ན་སོ་རྒས་དུས་ཨེ་ཕན་བསམ། །
མ་ཕན་སྙིང་རླུང་བསླང་རོགས་རེད། །

用尽财富三武挂身上，
只是为了出征之时用，
结果无用只是身负重。
用尽饲料喂肥其骏马，
只为远走之时有所用，
结果无用只能生闷气。
用尽爱心抚养其儿子，
只为年迈之时有依靠，
结果无用自己白辛苦。

ཤན་པ་རྨེ་རུ་རྨེ།

辛巴梅如泽

༡ བྲག་སྟོད་མཐོ་བ་རྒོད་པོའི་གནས། །

巢居岩峰之上的鹫鸟，

ཚང་བཙན་པས་གཞན་ལ་མི་ཞེད་ཀྱང་། །
དབྱར་གནམ་རྔོད་སྒྲོག་ལྕེས་ཕྱེ་མར་གཏོར། །
གཤོག་འཕུར་རྩལ་ཆེ་ཡང་ཅི་བྱ་མེད། །
དམའ་གཏིང་ཟབ་རྒྱ་མཚོ་གསེར་ཉའི་ཁྱིམ། །
གཏིང་ཟབ་པས་ལྕགས་ཀྱུས་མི་གནོད་ཀྱང་། །
ཆེ་ཆུ་སྲིན་སྡུག་ཁ་གདང་པའི་དུས། །
ལུས་ཡང་རྩལ་ཆེ་ཡང་ཁོག་ཏུ་མིད། །
མཐོ་མཁའ་དབྱིངས་ཉི་ཟླ་གཟའ་སྐར་ལམ། །
ཁྱིམ་རང་འགྲོས་གཡས་སུ་འཁོར་ན་ཡང་། །
གཟའ་དགྲ་གཅན་གདོང་དང་ཐུག་པའི་དུས། །
སྐབས་ཐེངས་རེ་མུན་པའི་དབང་དུ་འགྲོ། །

本来凭险巢坚无所惧，
结果盛夏雷霆所击碎，
虽说鹫鸟善飞也无奈。
大海深处鱼类之家园，
凭借深渊不怕鱼钩钓，
鲸鲨张开大嘴的时候，
鱼翔灵巧也会被吞噬。
高天极空日月星星路，
本可自行运转到家里，
一旦碰上凶恶星曜时，
有时只能走进黑暗中。

༢ དཔྱིད་གསུམ་གཡུ་བྱའི་གསུང་སྙན་དང་། །
བྱ་ངན་ཁྭ་ཏའི་ཨག་འཛུར་གཉིས། །
ཨེ་འདྲ་སྤྲིན་བཙུད་སྐྱིལ་ཉིན་ཤེས། །
འཛུམ་བཀྲ་སྟག་གི་ངར་སྒྲ་དང་། །
གྲོང་འདབས་ཁྱི་ཡི་ཧུ་ཟུག་གཉིས། །
ཨེ་འདྲ་ཤ་དམར་ཟ་ཉིན་གསལ། །
ན་མར་གཞུང་གི་རྐྱང་དཀར་དང་། །
ས་རྟོང་བོང་བུའི་འདུར་འགྲོས་གཉིས། །
ཨེ་འདྲ་གྲུ་གྲུ་སྒྲིལ་ནས་གསལ། །

夏日杜鹃啼叫，
恶鸟乌鸦乱叫，
降雨之时明辩。
猛虎声声怒吼，
村边劣狗吠叫，
食肉之时明辩。
湿地白唇野驴，
农地小跑毛驴，
赛跑之时明辩。

༣ མཚོ་ཆེན་པོ་ཁྲི་ཤོར་རྒྱལ་མོ་ཡིན། །
ན་ཆུ་ཀོ་མཚོས་འགྲན་ཟླ་མེད། །
ཤིང་ཆེན་དཔག་བསམ་ལྗོན་བཟང་ཡིན། །
ནགས་ཐང་ཤིང་མང་ཡང་འགྲན་ཟླ་མེད། །
འོད་འགྲན་གྲལ་མེ་ཤེལ་དབང་པོ་ཡིན། །

宽广无边青海湖，
湿地水函不可比。
大树如意圣界树，
杉树虽多不可比。
无比光亮为太阳，

ཚུང་སྐར་སྐྱ་མང་ཡང་འགྲན་རྒྱུ་མེད། །
གངས་ལ་སྟོད་ཕོ་ཐང་སེང་གེ་ཡིན། །
གཅན་སྡེར་ཆགས་མང་ཡང་འགྲན་ཟླ་མེད། །

星星再多不可比。
雪山上方白雄狮，
猛兽虽多不可比。

དམུ་སྒྲུང་རིན་ཆེན་དར་ལུ།

穆江·仁钦塔鲁

ཉི་མས་གསལ་ཚོད་མ་ཟིན་ན། །
ཁྲབ་འཛུག་གཟའ་ཡི་ཁ་རུ་ཚུད། །
དཔྱིད་རླུང་འཚུབ་ཚོད་མ་ཟིན་ན། །
སྤྲིན་བཙུད་སྙིལ་དུས་རང་ཡལ་འགྲོ། །
དབྱར་ཆུ་འབྲུག་ཚོད་མ་ཟིན་ན། །
གྲང་ལྷགས་བྱུང་དུས་རྒྱ་དར་ཆགས། །
སྟོན་སྤྲིན་འཚུབ་ཚོད་མ་ཟིན་ན། །
རླུང་ཆེན་ཤུགས་ཀྱིས་ཕྱོགས་བཞིར་གཏོར། །
གངས་ཐན་འབབ་ཚོད་མ་ཟིན་ན། །
ཉིན་བྱེད་དྲོད་ཀྱིས་ས་ལ་བསྟིམ། །

太阳过分发光，
进入罗睺嘴里。
春风过分吹来，
下雨之际自灭。
夏季河水过涨，
寒风袭来冻冰。
秋日浓云过渡，
大风吹散四方。
大雪过分降雪，
暖阳化雪融土。

གཟའ་བདུད་དཔུང་དམར།

撒堆崩玛

༡ སོ་ནམ་འབད་པའི་ཞིང་པ་ལ། །
སྤྲིན་བཙུད་གྲོགས་སུ་མ་སླེབ་ན། །
ལོ་འབྲས་སྨིན་པ་དཀའ་མོ་གདའ། །
གདེངས་ཅན་ཀླུ་ལ་ར་མདའ་སྦྲན། །
སྤྲིན་བཙུད་སྙིལ་བ་ལག་པའི་མཐིལ། །
གཡང་ཁྲུ་སྐྱོང་བའི་འཚོ་ཐེ་ཡིས། །
ཁྲ་ཟེ་ཚགས་སུ་མ་ཚུད་ན། །
གཟས་ལ་འགྲམ་པ་དཀའ་མོ་གདའ། །

为了丰收苦干的农民，
如果没有浓雲来帮忙，
很难庄稼获得其丰收，
若向可靠龙宫求救援，
定会降下丰沛的雨水。
管护财宝畜群的牧人，
如果没有漂亮的杈枪，
赶往草山护牧是难事，

རྫས་མདེལ་རང་ཆང་འགྲིག་པས་ན། །	只要准备齐全枪和弹，
འཕར་སྤྱང་སྙིང་མདའ་འཕྲོད་ངེས་ཡིན།	肯定能够射杀其豺狼。

༢ གླུ་སྐྱན་མོ་ལ་ཁའི་ལུག་རྫིས་ལེན། །	高地牧人唱高歌，
དེ་དགའ་བས་མ་ཡིན་སྐྱོ་བ་ཡིན། །	并非乐来而是忧。
ལུས་མཛེས་ཚོན་བུ་མོ་གོ་མས་བྱེད། །	来嫁女人好打扮，
དེ་མཛེས་ཕྱིར་མ་ཡིན་དམིགས་ཚུལ་ཡིན། །	不只为美有他意。
དཔའ་གཏམ་ཕོ་གཞོན་གསར་པས་བྱེད། །	年轻男子讲豪言，
དེ་དཔའ་བས་མ་ཡིན་སྣང་བས་ཡིན། །	并非好汉而高傲。
སིག་གྱེན་བློག་རྡོ་ཐོག་སྐྱ་ཀས་བྱེད། །	石上喜鹊向上看，
དེ་འདྲེན་ཕྱིར་མ་ཡིན་རང་གཤིས་ཡིན། །	并非渡脱是自性。
ཆོས་ལུང་འདྲེན་ཁྲམ་པ་ཇོག་པོས་འཆད། །	盗贼引经讲佛法，
དེ་མཁས་ནས་མ་ཡིན་རྒྱུ་འདོད་ཡིན། །	并非善知而图财。
ལས་རྒྱུ་འབྲས་ཁྲི་ཐོག་དཔོན་གྱིས་བཤད། །	台上官员讲因果，
ཁྲིམས་དྲང་ནས་མ་ཡིན་གྲགས་ཕྱིར་ཡིན། །	并非公正而图名。

༣ སྲིད་པའི་གངས་དཀར་མཐོན་པོ་དང་། །	有世以来千秋雪，
གཡུ་རལ་རྒྱས་པའི་དུང་སེང་གཉིས། །	蓬长绿鬃的雄狮，
ལས་དབང་བསིལ་ལྷན་རི་ལ་འཛོམས། །	同住共寒前世缘，
བུ་ཡུག་གཤགས་པ་སྔོན་གྱི་ལས། །	踏雪迎雾共命运。
མཐོ་བ་དགུང་སྔོན་ནམ་མཁའ་དང་། །	高高蔚蓝的天空，
ཡང་རྩལ་རྫོགས་པའི་བྱ་རྒྱལ་རྒོད། །	翅力超群的鹫鸟，
སྤྲོ་གཤོག་དགུང་དུ་གྲ་སྙེབ་བྱུང་། །	共天同翔前世缘，
རླུང་རྒྱ་གཤགས་པ་སྔོན་གྱི་ལས། །	穿云迎风共命运。
གཏིང་མཐའ་མི་མངོན་ཆུ་གཏེར་དང་། །	流长无际的河源，
གཡེར་ཞིང་མཛེས་པའི་གཡོར་གྲུ་གཟིངས། །	宽敞漂亮的帆船，
དེད་དཔོན་མཁས་པ་མཉམ་འཛོམས་དུས། །	加上驭船好舵手，

ནོར་བུ་ལེན་པ་བསོད་ནམས་མཐུ། །

海底捞宝共福运。

ཨ་གྲགས་ཉི་མ་གྲགས་པ།

阿扎尼玛扎巴

རྒྱ་སྟག་ནགས་རྫོང་བཟུང་བའི་དུས། །
ཐོ་ཏོ་ཐང་ནས་མགོ་རྩེད་རྩེ། །
རྫོག་དྲུག་ས་ལ་མ་གཏོར་ན། །
འཛུམ་དྲུག་བཀྲ་བས་ཅི་ལ་ཕན། །
ཁྱུང་ཆེན་རི་རབ་འཛིན་པ་ལ། །
དུག་ཆེན་སྦྲུ་འགྲོའི་འཁྱུག་རྩལ་ངོམ། །
ཞིམ་ཟས་ཀྱུར་མིད་མ་བྱས་ན། །
མཆུ་སྡེར་རྒྱས་པས་ཅི་ལ་ཕན། །

猛虎傲守树林时，
马驹摇头玩原野，
不把鬃尾撒地上，
虎纹漂亮有何用。
大鹏盘踞高山时，
毒蛇炫耀爬行技，
不把毒蛇吞囫囵，
爪牙锋利有何用。

རྒྱལ་སྲས་དར་མ་ལྷ་བཙན།

嘉赛·塔尔玛拉赞

༡ མཁའ་ལམ་ཡངས་པའི་བྱ་ལམ་ནས། །
གཤོག་རྩལ་ཆེ་བའི་ཐང་དཀར་རྒོད། །
ཡང་རྩལ་སྦྱངས་ནས་ཤ་དམར་ཟ། །
བྲག་དཀར་མཐོ་རྫོང་བཟུང་བསམ་ཡང་། །
མཁའ་ལྡིང་གཤོག་རླབས་རྗེས་ལ་ཡོད། །
འཕུར་སྒྲོ་མདའ་མོའི་རྒྱན་ལ་འགྲིག །
སྤེ་ཐོག་རྒྱས་པའི་སྤང་རི་ནས། །
གཡང་བལ་དྲུད་པའི་དཀར་ཆུང་ལུག །
རྩི་བཅུད་ཟ་ཞིང་གངས་ཆུ་འཐུང་། །
འདུག་མལ་ལྷས་རི་ཟྲིན་བསམ་ཡང་། །
རི་སྤྱང་འདུར་བའི་བང་ལམ་ནས། །
ཞིམ་ཤ་བྱ་ཁྱིའི་གཟན་ལ་འགྲིག །

在鸟儿飞翔的广阔天空，
飞力巨大的雄鹰，
练就了本领食到肉。
原想占领高高的悬崖，
却不知被琼鸟追赶，
其羽恰成了箭翎。
在花儿盛开的草原，
吉祥皓白的小绵羊，
吃着青草饮着山泉，
原想占领羊圈栖息地，
却不幸途中遇青狼，
其肉成了野狗和鸟儿的食物。

གཏིང་མཐའ་མི་མངོན་རྒྱ་མཚོ་ནས། །
གསེར་མིག་རྒྱས་པའི་འགྱུར་ལྡུམ་ཉ། །
འཁྱུག་རྩལ་ངོམ་བཞིན་མཚོ་མཐའ་བསྐོར། །
ཉི་མའི་འོད་ལ་ལྡེ་བསམ་ཡང་། །
ལྕགས་ཀྱུ་རྣོན་པོས་མཚོ་མཐའ་བསྐོར། །
ཉ་ཤ་རྫོན་པའི་རྒྱན་ལ་འགྲིག །

在深不见底的大海里，
遨游海洋的金眼鱼，
施展游泳技能转海边，
原想晒晒太阳的光，
却不知锋利的鱼钩围着海，
鱼肉成了渔者的美味。

༢ སྐྱོང་ལམ་ཉི་ཟླའི་འཁོར་ཁྱིམ་ནས། །
གནམ་ནག་འཁྲིགས་པས་ཅི་ལ་ཚད། །
ཐོག་འབྲུག་གློག་ཞགས་ངོམ་རྒྱུ་ཡིན། །
རྩི་བཅུད་སྤང་གི་པད་ཚལ་ནས། །
གཡང་ཁྱུ་དཀྲུག་པས་མི་ཚད་པར། །
ཤ་དམར་རི་ལུང་བཀང་རྒྱུ་ཡིན། །
ཆུ་སྲིན་གནས་མལ་མ་དྲོས་ནས། །
ཐ་རླབས་གཡོ་བས་མི་ཚད་པར། །
ནོར་བུ་རྒྱན་ལ་ལེན་རྒྱུ་ཡིན། །

在日月运转的轨道，
不只是黑云翻滚，
还要展示雷闪电鸣。
在花草盛开的莲花地，
不只是打散羊群，
还要横尸遍野。
在鲨鱼栖息的无热海底，
不只是掀起海浪，
还要夺取珍宝。

༣ སྤྱི་ཐོ་ཆུང་ཡང་རི་རབ་རྒྱུད། །
སྦལ་པ་ཆུང་ཡང་ཀླུ་ཡི་བུ། །
ལོ་ན་ཕྲ་ཡང་རྒྱལ་པོའི་སྲས། །

草皮虽小也属于大山，
青蛙虽小也属于鲁族，
年龄虽小也属于王子。

༤ ཉི་མའི་འགྲོས་ཀྱིས་གླིང་བཞི་བསྐོར། །
མུན་པ་བསལ་ཞིང་ས་ཆུ་གསོ། །
སྐྱེ་འགྲོ་དྲོད་ཀྱིས་གསོ་ནས་འགྲོ། །
གཟའ་སྒྲ་གཅན་ཐུག་ཀྱང་འགྱོད་པ་མེད། །
ན་ཆུང་བུ་མོ་གནས་ལ་འགྲོ། །
ཁྱིམ་གཞིས་སྐྱོང་ཞིང་ལུགས་མཐུན་སྤེལ། །

太阳运转着四洲，
驱散黑暗养护水土，
用温暖滋养万物生灵，
即使遇到罗睺罗也无所悔。
少女嫁到别人家，
守护家事传世俗，

འཇིག་རྟེན་མཐུན་མཐུག་བདེ་ཞིང་སྐྱིད། །
ཕྱིར་ལོག་བྱུང་ཡང་འགྱོད་པ་མེད། །
ཆུ་བྱ་ངང་པ་བྱང་ལ་འགྲོ། །
མཚོ་མོ་ཆེ་བའི་གཏིང་ཚད་ལེན། །
འདམ་རྩྭ་ཟ་ཞིང་མཚོ་མཐའ་འཁྱུལ། །
ཆབ་རྒྱ་དར་ཆགས་ཀྱང་འགྱོད་པ་མེད། །

随顺世道安宁又幸福，
即使返回娘家也无所悔。
天鹅飞向北方，
试探湖泊的深浅，
吃着海藻巡游湖边，
即使湖泊结冰也无所悔。

སྟག་རོང་ཨ་ཁྲུ་ཁྲོ་ཐུང་།

达绒·阿库超同

༡ རྟ་བདུན་དབང་པོ་ཟེར་བརྒྱ་པ། །
ཆུ་འཛིན་སྤྲིན་དང་མ་གཟུར་དགོས། །
ས་ཆུ་རྡོད་ཀྱིས་གསོས་ནས་ཤོག །
གྲང་ངར་ལྡང་ན་ཉི་མ་མིན། །
དཔྱིད་དཔལ་བསུ་བའི་མགྲིན་སྔོན་བྱ། །
ཚ་གདུང་ཐན་པར་མ་གཟུར་དགོས། །
ཆར་འབོད་གླུ་ཆུང་ལོངས་ལ་ཤོག །
སྐན་ངག་སྐུགས་ན་ཁུ་བྱུག་མིན། །
གློག་ལྕེས་ཁྲིད་པའི་གནམ་ལྕགས་མདའ། །
སྟོང་ལམ་མཁའ་ནས་མ་གཟུར་དགོས། །
ས་ཐེལ་ཨར་ལ་གཏོད་ལ་ཤོག །
མ་ནུས་གཟུར་ན་ཐོག་མདའ་མིན། །

光芒万丈的太阳，
别躲避翻滚的云海，
要滋养着万物而来，
只闪寒光非太阳。
迎接春天的青鸟，
别躲开酷热干旱，
要唱着呼雨小曲儿而来，
哑了嗓音非青鸟。
闪电引来的霹雳箭，
别躲开虚空而失，
要瞄准在大地标记而来，
若无能绕开非雷电。

༢ ཉི་མའི་འོད་ཡ་དུང་ཟླ་དགོས། །
མེད་ན་མུན་པའི་དབང་དུ་འགྲོ །
མཚན་འགྲོ་དགོས་ཚེ་ཅི་བྱ་མེད། །
གཞུ་མོའི་སྐྱོར་ཡ་མདའ་མོ་དགོས། །
དེ་མེད་ར་ཤིང་འཁྱོག་པོ་ཡིན། །

太阳需要皎月，
若无皎月会成为黑暗的世界，
需要夜行时无计可施。
弯弓须以利箭配，
若无利箭仅是一个弯牛角，

དགྲ་ལ་ཐུག་ན་ཅི་བྱ་མེད། །

遇到敌人无计可施。

ནག་ཆུའི་སྐྱེན་པོ་མཐེབ་དྲུག །

那曲 · 坚波亭楚

དབྱར་རི་སྔོན་པོ་སེར་སྐྱ་ཆགས། །
གཡུ་འབྲུག་མཇུག་མ་རྫ་ལ་གབ། །
གཡུ་ལོ་སྤང་རྒྱན་སྐྱེ་ཚད་སྐྱོ། །
སད་སེར་དབང་དུ་འགྲོ་རེ་རན། །
མཚོ་བྱ་ཁྲུང་ཁྲུང་དབུས་ལ་འཕུར། །
བྱང་ཐང་གཡུ་མཚོ་ཞལ་ཁེབས་བཀབ། །
ཆུ་བྱ་མཐིང་རིལ་སླེབས་ཚད་སྐྱོ། །
ལྷགས་རླུང་ཁ་བའི་དབང་དུ་འགྲོ། །
གཡུ་ཤུག་འདབ་ལོ་རླུང་གིས་བྲུལ། །
གཡུ་བྱ་རོང་ཆེན་མོན་ལ་ཕེབས། །
བྱ་ངན་ཁྭ་ཏ་ཀྲག་ཚོད་སྐྱོ། །
སྟོང་གསུམ་སྐྱེ་བའི་དམོད་པ་བོར། །

夏季青山发黄了，
青龙躲进了石山，
绿叶草花皆悲哀，
将会屈服霜降和冰雹。
湖里的仙鹤飞向卫藏，
羌塘的碧湖结了冰，
水鸟红鸥皆悲哀，
将会屈服于寒冷和风雪。
柏树绿叶随风落，
青鸟飞向门隅峡谷，
鬼鸟乌鸦叫声哀，
将会受到千人骂。

རོང་སྲས་ལྷ་རྒོད་འབུམ་ལུ།

绒赛拉贵奔鲁

༡ མཐོན་པོ་དགུང་གི་ཉི་མ་ཡིན། །
སྐར་ཕྲན་མང་ཡང་འགྲན་ས་མེད། །
རྒྱ་མཚོའི་ནོར་བུ་འདོད་འབྱུང་ཡིན། །
འཆིང་བུ་མང་ཡང་འགྲན་རྒྱུ་མེད། །
དགོས་འབྱུང་དཔག་བསམ་ལྗོན་པ་ཡིན། །
ཤིང་འཕྲུང་མང་ཡང་འགྲན་བྱར་མིན། །

九霄云外是太阳，
星星再多无法比。
海中觅得如意宝，
假宝再多无法比。
如意宝树才如愿，
其他树木无法比。

༢ དབྱར་གྱི་ས་གཞི་བརླན་པའི་དུས། །

夏天土地湿润时，

དྲང་སྲོང་གཟིགས་མོ་སྤྲོ་བ་བྱུང་། །	仙人光顾生欢喜，
སྣ་ལྔའི་མེ་ཏོག་འཛུམ་ཞིང་བཞད། །	五色花朵正盛开；
སྟོན་སེར་བ་མོས་སྣང་བའི་དུས། །	秋末被霜侵害时，
སྤང་ནས་ཡལ་བ་སྲིད་པས་བསྐོས། །	消失于草原是自然律，
སྐྱོ་བ་སེམས་ཀྱི་ཟུར་ལ་མེད། །	心中没有一丝哀伤。
མཚོ་ལྗང་སྔོན་འདབ་ལོ་མཛེས་པའི་དུས། །	当碧湖青叶鲜美时，
ཆུ་བྱ་རིགས་ལྡིང་ཞིང་འཕྱོ་ལ་ལྡེམ། །	各种水鸟腾跃于湖面，
འགྱུར་སྙན་པས་ཡིད་སེམས་སྤྲོ་ལེ་བྱུང་། །	美妙的鸣叫心欢喜；
གྲང་ལྷགས་པས་ཞལ་ཁེབས་འགེབས་པའི་དུས། །	当寒冷给它盖上面罩时，
རོང་ལྷོ་ལ་འཕུར་བ་དུས་བཞིའི་དབང་། །	飞往南方峡谷是季节的运转，
སེམས་སྐྱོ་བ་སྐྱེ་བ་སྲིད་ན་མེད། །	绝不会心生悲哀。
གཡུ་ཤུག་ལོ་འདབ་བཀྲ་བའི་དུས། །	柏树生出绿叶时，
ཁུ་བྱུག་གྲེ་བ་འགྱུར་བའི་སྐད། །	青鸟的美妙鸣叫，
སྐྱེ་འགྲོ་སྣང་སེམས་འཕྲོག་ལེ་བྱུང་། །	会吸引所有生灵的心；
འདབ་ལོ་རླུང་གིས་གཏོར་བའི་དུས། །	当绿叶被风吹散时，
གཞི་རང་ཡུལ་འཁྱིམ་པ་གྲང་བའི་དབང་། །	飞回故里是因为寒气所逼，
བྱ་ཁྭ་ཏ་འགྱུར་ཡང་འགྱོད་པ་ཆུང་། །	即使乌鸦鸣叫也不悔。

༣ ཁྲག་ནག་རོག་པོའི་ལྕགས་གཞུ་དེ། །	那黑色金雕铁爪，
བྱིའུ་ཆུང་སྟེང་དུ་མི་བཀུག་ཀྱང་། །	本来不会伸向小鸟，
འཕུར་ལམ་འགོག་འདོད་བྱས་ནས་བྱུང་། །	却其挡住飞翔之路，
སྤུ་ཆུང་མི་གཏོར་ཀ་མེད་རེད། །	打散羽毛是无奈。
གངས་སེང་དཀར་པོའི་དུང་མཆེ་དེ། །	雪狮的螺色獠牙，
ཁྱི་ནག་ཐོག་ཏུ་མི་གཉེར་ཡང་། །	本来不会相向于黑狗，
ཛ་རྒྱང་ངོམ་ཚོད་མ་བྱས་པས། །	却其甩尾显示威严，
ཁྱི་ཁྲག་མི་འཐོ་ཀ་མེད་བྱུང་། །	抛洒狗血是无奈。
ཛམ་བརྗིད་འབྲོང་བུའི་རུ་ཐུར་དེ། །	雄威的野牦牛角，

གླང་རྒན་སྤྱིང་ལ་ངོམ་མིན་ཡང་། །
ཨོ་ངར་རྒྱག་ཚོད་མ་བྱས་པས། །
རྭ་རྩེར་མ་འཛོར་མཐུ་མེད་རེད། །

本来不会冲向老黄牛，
却其哞叫没有限度，
挂于角尖是无奈。

༤ སྐར་མང་ནུབ་ཀྱི་ལ་མོ་བརྒལ། །
སྐར་རྒྱན་གསལ་ཡང་ཕན་པ་མེད། །
འོད་ཆེན་ཉི་མས་རྗེས་ནས་དེད། །
འོད་མདངས་མི་རིང་ཉམས་ལ་ཉེ། །
དཀར་དམར་མེ་ཏོག་སྤང་ནས་ཡལ། །
གཡུ་ལོ་མཛེས་ཀྱང་ཕན་པ་ཅི། །
སྟོན་སེར་ལྷགས་པས་རྗེས་ནས་དེད། །
རྩ་བ་སྐམ་པའི་དུས་ལ་ཉེ། །
འགྱུར་ལྡུམ་ཉ་མོས་བྱེ་མཁར་བཟུང་། །
སྦལ་རྒན་འཕར་འགྲོས་བརྒལ་བ་མེད། །
འཁྱག་དཀར་ཞལ་ཁེབས་ཕལ་ཆེར་བཀབ། །
ས་ཞབས་ཡིབ་པའི་དུས་ལ་ཉེ། །

繁星沉落到西山，
启明星再亮也无用，
万丈光芒的太阳在后头，
亮光不久会暗淡。
五色花朵消失于草原，
绿叶再美有何用？
寒冷的秋天在追后，
根部几近于枯萎。
轻巧的鱼儿占领沙屋，
老青蛙跳动难跨越，
寒冰几乎覆盖了大海，
几近于躲避地下的时日。

ཁྱུང་རྒོད།

琼贵

༡ ཆོས་མེད་བླ་མ་དཀོར་ལ་དགའ། །
ཤི་ནས་དམྱལ་བའི་འདམ་ལ་ཚུད། །
འགྱོད་པ་བྱས་ཀྱང་དེ་ཐོན་ཚར། །
ཤེས་མེད་དཔོན་ངན་རྒྱུ་ལ་དགའ། །
སྲིད་སྟེགས་ཁྲི་ལ་འཕོ་འགྱུར་བྱུང་། །
དེ་ནས་འགྱོད་ཀྱང་དེ་བྱས་ཚར། །
མ་ངན་འཆལ་མོ་གཡེམ་ལ་དགའ། །
རུས་མེད་ནལ་བུས་གོ་ཕུགས་གང་། །

无德的喇嘛贪恋信财，
死后堕入地狱道，
后悔莫及已到此。
无知的官员贪恋钱财，
出现政海沉浮的现象，
后悔莫及已成现实。
贱妇的女儿贪恋于淫乱，
无姓氏的私生子满居室，

དེ་ཐོན་འགྱོད་དེ་བཅོས་ས་མེད།།

后悔无用不能改变。

༢ སྲ་བརྟན་ཆེ་བ་རྡོ་རྗེའི་བྲག།
ཞིག་རལ་ཡོད་པ་གདོས་བཅས་དང་།།
འོད་སྟོང་རླུང་འགྲོས་ཉི་ཟླ་ཡང་།།
ཤར་ནུབ་སྲིད་པ་ལས་ཀྱི་དབང་།།
དབང་ཕྱུག་མན་ནས་འབུ་སྲིན་ཡན།།
མ་ཤི་ཚེ་ཐར་ཅི་ལ་ཡོད།།

坚硬的金刚岩石，
有毁灭是因为物质。
风轮承运的日月，
有升有落是业力所致。
上至自在天下至蝼蚁，
无一长生而不死者。

༣ སེར་སྤྲིན་གནམ་ནག་འཁྲིགས་ལམ་ནས།།
འབྲུ་སྙེ་མའི་སྙིང་ལ་གཟན་ཡོང་བྱས།།
ཉི་མའི་ཟེར་བརྒྱ་འཕྲོ་ལམ་ན།།
སྲིན་བྱའི་མིག་ལ་གཟན་ཡོང་བྱས།།
འཕར་སྤྱང་དཔུང་པ་མཉམ་སྡེབ་ཀྱིས།།
གཡང་སྐར་ཁྱུ་ལ་གཟན་ཡོང་བྱས།།

乌云密布，
针对穗子。
太阳光芒，
针对猫头鹰的眼睛。
狼狈为奸，
针对羊群。

ལྷ་དཀར་སྒྲོན་མ།

拉嘎尔卓玛

༡ སྦྲང་ཆར་སྙུམ་གྱིས་ས་ཆེན་བརླན།།
མེ་ཏོག་དཀར་དམར་སྤང་ལྗོངས་ཁེངས།།
ཨུག་ཆུས་མེ་ཏོག་གོང་ལ་ཡལ།།
སྐྱེས་ཚོད་བསམ་ནས་སེམས་པ་སྐྱོ།།
ཉི་མའི་ཟེར་གྱིས་ས་གཞི་གསོས།།
ལྗོན་ཤིང་འདབ་བརྒྱ་བཞད་ཅིང་འཛུམ།།
མེ་ཏོག་ཀུ་མུད་ཕྱག་རྒྱ་ཟུམ།།
ཏུང་ཟླ་དྲན་ཞིང་སེམས་པ་སྐྱོ།།

甘霖湿润大地，
五色花儿满草原，
邦锦花儿枯萎了，
想到开花时节心儿伤。
阳光温暖大地，
树木百花齐放，
睡莲花朵闭合了，
想念皎月心生哀。

༢ འབུ་མེ་ཁྱེར་སྣང་བ་མཐོ་བའི་རྐྱེན། །
མི་ཉིལ་འོད་ལ་འགྲན་པ་ནོངས། །
ཀོ་མོག་ཆུང་གི་ཆུ་འཁྱིལ་གྱིས། །
རྒྱ་མཚོ་ཆེ་ལ་འགྲན་ལ་འབྲུལ། །

自负的萤火虫，
想比试太阳是无耻；
洼地里的积水潭，
想比试大海是妄想。

སེང་ལྷམ་འབྲུག་མོ།

森姜珠牡

དབྱར་ཆུ་འཛིན་སྤྲིན་བཙུད་སྙིལ་བའི་དུས། །
གངས་འཁྱག་རོམ་བཞུ་ཞིང་ཐལ་རླུང་ཞི། །
སྔོ་རྩི་ཐོག་འཕེལ་ཞིང་ཕང་བཞི་སྐྱིད། །
དེ་མི་དགའ་ཟེར་ཡང་སྐྱིད་ཅིག་ཡོད། །
དགོན་བླ་ཆེན་ཡུལ་དུ་ཕེབས་པའི་དུས། །
ཤི་ཚེ་འདས་འདྲེན་ཞིང་སྡིག་ཅན་གྲོལ། །
ཚེ་འདི་ཕྱི་བདེ་བའི་ཆོས་འཁོར་བསྐོར། །
དེ་མི་དར་ཟེར་ཡང་སྐྱིད་ཅིག་རེད། །
གོང་དཔོན་ཆེན་སྡེ་ལ་ཕྱོན་པའི་ཚེ། །
ཇག་དགྲ་རྐུན་འདུལ་ཞིང་མ་ནུས་སྐྱོང་། །
ཁྲིམས་སྲུང་མདས་ཡུལ་ཁམས་བདེ་ལ་བཀོད། །
གྲ་མི་འགྲིག་ཟེར་ཡང་སྐྱིད་ཅིག་ཡོད། །
ལུས་བསྐྱེད་པའི་ཕ་མ་རྒས་པའི་དུས། །
ཐོ་གཡས་གཡོན་འདན་ཞིང་འབབ་བཙོག་བསྲི། །
ཁ་ཀོ་ལོང་མང་བས་རྣ་བ་སྲུན། །
གཡོག་མི་ཡོང་ཟེར་ཡང་སྐྱིད་ཅིག་ཡོད། །

夏日暖云降雨水，
融化冰川尘埃息，
草木旺盛牲畜欢，
说不喜欢却有幸福在其中。
大喇嘛进入百姓家，
引导亡魂得解脱，
转起今生来世安乐的法轮，
说不兴盛却有幸福在。
大官进入百姓家，
降伏盗贼扶起弱者，
一法的天平安稳地区，
说其不好却有幸福在。
生身父母年迈时，
占着灶台左右生脏乱，
说话废话多却耳朵生茧，
虽说难以伺候却有幸福在。

གེ་སར་སྒྲོན་མ།

格萨尔珍玛

༡ རྒྱ་མཚོ་ཆེན་པོའི་ཐ་སློང་ནས། །

大海浪涛中，

ན་བུན་སྤྲུག་པ་མཁའ་ལ་འགྲོ། །	升腾雾气到空中，
སྦྲང་ཆར་ཟིལ་མས་ས་གཞི་བརླན། །	甘霖湿润大地，
ལོ་འབྲས་སྤང་སྤོངས་པད་ཚལ་རྒྱས། །	草原花儿怒放五谷丰登，
དེ་སྐྱེ་འགྲོ་ཡོངས་ཀྱི་བསོད་ནམས་མཐུ། །	此乃众生共同福报。
ལུས་དར་བརྒྱད་འབྱོར་བཅུའི་ཛམ་གླིང་ནས། །	在八暇十满的南瞻部洲，
ལས་ཅན་བན་ཆུང་ཆོས་ལ་འགྲོ། །	具缘的小僧人去求法，
ཆོས་ལུང་རིགས་མན་ངག་རྒྱུད་ལ་སྦྱངས། །	用心修习佛法论藏及秘诀，
རྒྱུད་བདག་འཛིན་འདུལ་ཞིང་བྱང་སེམས་སྒོམ། །	克服我执修习菩提心，
དེ་འཁོར་ལོ་བཞི་ཚང་འབྲས་བུ་ཡིན། །	此乃圆满四法轮的果报。
༢ གངས་བུ་ཡུག་འཚུབ་པའི་གདོང་ལེན་དང་། །	冲锋大雪风暴前，
དགུན་གྲང་ལྷགས་ལྷང་བའི་རི་མཐོ་རྩེར། །	在冬季寒冷的高山顶，
སེང་དཀར་མོ་ང་འགྲོ་མ་བྱས་མོད། །	虽未说雪狮要前往，
གཅན་སྐྱེར་ཆགས་གཙོ་བོར་ལས་ཀྱིས་བསྐོས། །	百兽之王是业力所造，
ལུས་མ་གྲང་གཡུ་ཡི་རལ་པ་རྒྱས། །	身不寒冷长起了绿鬃毛，
གྲོང་ནོར་སྲུང་ཁྱི་ཡིས་འགྲན་ཟླ་བྲལ། །	不是看家狗所能比。
དམའ་གཏིང་ཟབ་མཐའ་ཡས་རྒྱ་མཚོ་ཡི། །	那深不见底的大海，
ཆུ་བོ་རླབས་འཁྲུག་པའི་འཛིངས་ནང་དུ། །	在浪花翻滚的中央，
ཉ་འགྱུར་ལྕམ་ང་འགྲོ་མ་བྱས་ཏེ། །	虽未说金鱼要前往，
ཆབ་ལྦུ་བ་དཀྲུགས་པའི་འཁྱིམ་ནང་དུ། །	在搅动水泡的涡旋里，
འཚུབ་མ་ཤི་གསེར་མིག་མདངས་དང་ལྡན། །	游不死的金鱼更光鲜，
ན་ཀོ་མོའི་སྦལ་ཅོང་ཅི་ལ་འགྲན། །	积水潭里的青蛙怎能比。
དཀྱུང་ཕ་མཐའ་མི་མངོན་ལྷ་ལམ་ངོགས། །	在不见边际的天空，
རླུང་སྦུ་གྲི་ངར་མའི་ངོ་ལེན་དུ། །	为遮挡锋利刺骨的寒风，
རྒོད་དང་མས་ང་འགྲོ་མ་བྱས་ཀྱང་། །	雄鹰虽未说要前往，
མཐོ་གནམ་འཕང་གཅོད་པ་སྔོན་གྱི་ལས། །	鹫鹰翱翔是业力所造，
སྒྲོ་མ་འཐོར་མཁའ་ལམ་རླབས་ཀྱིས་གཅོད། །	翅膀未碎飞跃天空时，

རྩལ་ནུས་མེད་གོ་བོས་ཅི་ལ་འགྲན། །

无能的秃鹫怎可比。

དུང་སྐྱོང་སྟག་ལྷ་ཁྲི་དཀར།

童炯·达拉赤嘎尔

༡ ཉི་མ་ཟླ་བ་སྐར་མ་གསུམ། །
དབང་ཕྱོགས་ཤར་རི་ཕྲག་ནས་ཤར། །
མུན་པ་སེལ་ཞིང་ཆུ་གཏེར་རྒྱས། །
ཨ་སྟོན་ཡངས་པར་ལྷན་དུ་འདུས། །
མི་སྡོད་གླིང་བཞིའི་འཁོར་ཁྱིམ་བསྐོར། །
དགུང་སྟོན་མི་འགྱུར་གཡོ་མེད་བཞུགས། །
གཟའ་རྒྱུ་སྐར་རང་གནས་སྐར་ཁྱིམ་བསྐོར། །
ཡུན་མི་རིང་སྟོང་ལམ་ལྷན་འཛོམས་ཤོག །

太阳月亮和星星，
从东方山顶升起来，
驱散黑暗涨潮汐，
相会在无际天空。
不停运转于四洲星空，
天空不变无动摇，
星辰循轨在运转，
愿不久相逢于虚空。

༢ རྫ་ཆུ་གངས་ཆུ་གཡའ་ཡི་ཆུ། །
མཐོ་གསུམ་གངས་དང་རྫ་ལས་རྫོལ། །
སྐྱེ་འགྲོ་གསོ་ཞིང་སྐྱེ་ཤིང་རྒྱས། །
རྒྱ་མཚོ་ཆེ་དང་ལྷན་དུ་འཛོམས། །
མི་སྡོད་ནོར་འཛིན་བརླན་ཞིང་འཁོར། །
མཐའ་ཆུ་གཏེར་ཕྲི་མེད་གཡོ་མེད་བཞུགས། །
ངེད་བསིལ་ཆབ་ཐོན་ཁུངས་བརྒྱུད་ནས་འོང་། །
ཡུན་མི་རིང་གཡུ་འབྲུག་མ་བུ་འགྲོགས། །

山泉雪泉石山泉，
源于高坡雪和石子山。
滋养众生和生物，
相逢在大海，
不停流动湿润大地。
大海不增不减无动摇，
淡水间接源于那大海，
愿不久青龙母子相伴而来。

རི་ནུབ་དར་རྫོང་། སྟོད་སྨད།

《日努丝绸宗》上下

དགྲ་ལྷ་རྩེ་རྒྱལ།

扎拉泽嘉

༡ མནའ་ཡ་ཤག་པོ་ཉེ་འབྲེལ་གསུམ།
མི་རྒྱུས་མེད་ཡིན་ཡང་ཉེར་མཁོ་ཡོང་།

盟友伙伴和亲戚，
即使不熟也可做近随。

མི་ཕོས་ཚིག་གསུམ་བཤད་ཉིན་ཤེས།།
རྟ་ཕོས་གོམ་གསུམ་སྤོ་ཉིན་ཤེས།།

男儿说话之日能知其，
骏马走起三步知其性。

༢ བླ་མས་སེམས་ངོ་མ་ཤེས་ན།།
གོས་སྣེ་གསུམ་ཁྱི་ལུད་དར་གཏུམ་རེད།།

若喇嘛不明心见性，
袈裟如同绸缎包裹的狗屎。

གོང་དཔོན་པོས་སྡེ་ཉམས་མ་ཤེས་ན།།
མགོ་ཏོག་ཤྭ་ཤ་ཕོའི་རྡུང་རྭ་རེད།།

大官不知百姓苦，
顶戴如同雄鹿角。

དཔའ་བོའི་དགྲ་ངོ་མ་ལོན་ན།།
ལུས་འཁོར་གསུམ་ཁེ་ཚེ་གོས་བསྐོན་རེད།།

英雄不能抗击敌人，
武装如同木桩穿戴衣饰。

སྐྱན་བུ་མོས་གནས་གོ་མ་ཆོད་ན།།
མགོ་གཡུ་དངུལ་རྡོ་ཐོག་ཤིང་སྐྱེས་རེད།།

女人不起出嫁之用，
头饰宝石银器如同石上长树。

མདའ་འཕངས་པས་འབེན་ལ་མ་ཕོག་ན།།
སྨྱུག་ཚིགས་གསུམ་ཐུ་ཏ་ཁ་ཤོ་རེད།།

射箭不中靶子，
三节竹竿不过是豁嘴木棍。

རྟ་རྒྱུག་པས་མགྱོགས་དར་མ་ཐོན་ན། །
ཆས་དེ་བླུད་དོང་ནང་ཆུ་བླུགས་རེད། །

赛马不获奖励，
喂料等于洞里倒水。

མི་མངགས་པས་མི་གོ་མ་ཆོད་ན། །
ལུས་གཟུགས་དྲུག་དུད་འགྲོ་གླེན་ལྐུགས་རེད། །

派人不起作用，
身子不过是愚痴畜生而已。

༣ གཤོག་དྲུག་ཐོགས་པའི་འདབ་ཆགས་བྱ། །
གཤོག་སྒྲོ་ཐོགས་པ་འདྲ་ན་ཡང་། །
བྱ་ལམ་བཟུང་དུས་སོ་སོ་ཡིན། །

带有六翅的鸟类，
虽然都有俱足翅膀，
展翅高飞时却大相径庭。

རྫོག་དར་ཅན་གྱི་འདོ་བ་རྟ། །
རྫོག་དྲུག་ཆགས་པ་འདྲ་ན་འང་། །
བྱང་ལམ་བཟུང་དུས་སོ་སོ་ཡིན། །

鬃毛饰有绸布的骏马，
虽然都有鬃毛，
但远涉荒野时各有不同。

གཡུ་དངུལ་བརྒྱན་པའི་ན་ཆུང་སྨན། །
མགོ་གཡུ་དངུལ་བརྒྱན་པ་འདྲ་ནའང་། །
ལས་ཕ་གཞིས་ཟ་དུས་ཁ་ཁ་རེད། །

装饰宝石的少女，
虽然都有宝石银器的装饰，
但是操持家务时各有不同。

དཔའ་བོ་ཁྲབ་ཅན་གྱི་དམག་དཔོན་ཚོ། །
ལུས་གོ་ཆས་བྱས་པ་འདྲ་ནའང་། །
དགྲ་དཔུང་ཆེན་འདུལ་དུས་ཁ་ཁ་ཡིན། །

披挂铠甲的将士们，
虽然都有同样的武装，
但是征服大军时各有不同。

སྟོབས་རྒྱལ་འབར་བ་སྨུག་པོ།

多嘉·跋瓦尔穆波

༡ ལ་ཁའི་སྤྱང་ཀི་ངན་ཐོབས་ཀྱིས། །
དེ་སྔ་ལུག་བརྒྱ་ཁྲག་ལ་བསྒྱུར། །
ད་དུང་ལུག་ལ་འཇབ་བཟུང་བརྒྱག །

山野青狼嗜血成性，
过去血腥屠戮百只羊，
仍然还要偷袭羊群，

ང་རྫི་བཟང་ཨུར་རྡོས་ཀླད་ཁྲག་གཏོར། །

好牧人用抛石绳打碎脑壳。

ཁྲ་རྒན་སྔོན་ལ་ངན་ལོབས་ཀྱིས། །
དེ་སྔ་བྱིའུ་ཆུང་གཡང་ལ་གཏོར། །
ད་དུང་བྱིའུ་ཁྱུར་འཇབ་འདོད་ཀྱི། །
ངས་སྙིང་རྡོ་གཅིག་གིས་སྒྲོག་རུས་གཏོར། །

老猎隼嗜杀成性，
往昔小鸟扔下悬崖，
仍然还想偷袭鸟群，
我用一块圆石打碎翅骨。

༢ ནགས་ཀྱི་རྒྱ་སྟག་ཁྲ་མོ་དེ། །
ཁ་ཤ་དམར་ཟོས་པའི་ངན་ལོབས་ཀྱང་། །
ས་མདས་སྙིང་ཁྲག་གཏོར་རྟགས་རེད། །

森林里的猛虎，
习惯于嗜血成性，
是地弩打爆心血的前兆。

དགུང་སྔོན་དཀྱིལ་གྱི་སྐྱ་ཁྲ་དེ། །
བྱིའུ་ཁྱུ་གཏོར་བའི་ངན་ལོབས་ཀྱང་། །
བྲང་རུས་རྡོ་ལ་ཐུག་རྟགས་རེད། །

天空中的猎隼，
打散小鸟成性，
是胸口碰撞石头的前兆。

༣ རྐམ་པ་ཆེ་བའི་སྤྱང་ཐང་དེས། །
ལུག་གཡང་དཀར་ཡག་ཤ་ཁ་ལ་ཟོས། །
ར་ཁྱུ་དཔུང་གིས་གཏོར་སོང་ཡང་། །
གཏོར་ལུགས་རྐམ་པ་ཆེན་པོ་རེད། །

狂妄的野狼，
吃着绵羊的鲜肉，
冲散了山羊群，
冲散方式恨狂妄。

རྐམ་པ་ཅན་གྱི་སྐྱ་ཁྲ་དེས། །
བར་སྣང་གཤོག་སྒྲོ་ཨུ་རུ་རུ། །
བྱིའུ་ཁྱུ་དཔུང་པས་གཏོར་བའི་དུས། །
བྱིའུ་འཇོལ་མོའི་གཤོག་འགྱུར་འཕུར་རྩལ་ཆེ། །
ཁྱོད་སྐྱ་ཁྲས་ཟ་འདོད་རྐམ་པ་རེད། །

狂妄的猎隼，
空中扑翅哗哗响，
小鸟强力冲散时，
云雀飞力本强大，
猎隼欲吃是妄想。

ཁྱ་ཁྲི་སྟག་མོ་ཁྲི་བཙན།

བྲག་དཀར་ཐང་དཀར་རྐོད་པོ་ཁྱོད། །
ལྡིང་ཚད་རང་གིས་མ་ཟིན་ན། །
མཐོ་ནམ་མཁའ་སྟོང་པར་ཟད་དུས་མེད། །
སྐྱིད་ཉི་མའི་ཐན་པས་དགྲ་ཞིག་ཡོད། །
རླུང་སྤྲུ་གྱི་གཤོག་པའི་དཀའ་ཁག་ཡོད། །

གྲོང་འཁྱམ་བདས་པའི་དགོར་ཆན་དེ། །
སློ་ཟས་ཟ་ཚོད་མ་ཟིན་ན། །
འཁོར་བའི་མཐའ་ལ་ཟད་དུས་མེད། །
ཤི་དམྱལ་བ་ཟེར་བའི་དགྲ་ཞིག་ཡོད། །
ཕྱི་མ་དམྱལ་བར་སྐྱེ་རྟགས་རེད། །

སློ་བཀྲུ་ཟོས་པའི་དཔོན་ངན་དེ། །
ཤི་བའི་ལས་ལ་མ་འཇིགས་ན། །
མི་སེམས་སྟོང་པར་གང་རྒྱུ་མེད། །
དགྲ་འཁོར་ཟེར་བའི་དགྲ་ཞིག་ཡོད། །
དཔོན་གོ་ས་ཤོར་བའི་སྔ་རྟགས་རེད།

恰赤·达摩赤赞

悬崖上的雄鹰，
不知控制自己的飞行高度，
虚空没有尽头，
有太阳炽热的伤害，
有冲破气流的艰难。

流浪城镇的化缘僧，
不知控食信众的斋饭，
轮回没有尽头，
有死后被称为地狱的敌人，
是死后投胎地狱的前兆。

贪食庶民钱财的劣官，
不怕死后的业力，
人心虚空难填满，
有被称为王法的敌人，
是丢失官位的前兆。

ཤན་སྲས་སྟག་མོ་སྟོང་འདུས།

བྱིའུ་ཆུང་གཤོག་རྩལ་ཆེ་མདོག་ཁ། །
མཁའ་ལ་བྲོས་པས་མི་ཕན་པ། །
ཁྲ་དར་མས་གཤོག་རྩལ་གར་བསྒྱུར་རེད། །
ཉམ་ཆུང་བྱིའུ་ཆུང་ཤ་རེ་ཚ། །

辛赛·达摩东堆

小鸟假装飞力大，
逃往空中无好处，
猎隼随时飞扑来，
可怜弱小的小鸟。

གླ་བ་རྒྱུག་རྩལ་ཆེ་མདོག་ཁ། །
ཁྲ་ཡག་རྫ་ནས་འཕག་ལྡིང་བྱེད། །
གླག་རོག་པོས་སྙེར་མོ་གར་བསྒྲད་རེད། །
ཉམ་ཆུང་གླ་བ་ཤ་རེ་ཚ། །

雄麝演示其跑速，
在石子山上蹦蹦跳，
金雕随时冲卷而来，
弱小的麝鹿真可怜。

བཀའ་བློན་གསེར་ལྷ་ཡ་མེད།

噶伦·色拉雅美

དགུང་ཉི་ཟླ་མཐོ་ཚོད་མ་ཟིན་ན། །
གཟའ་སྒྲ་གཅན་ནག་པོས་ཁ་ལ་ཚུད། །
རྟ་མགྱོགས་པས་རྒྱུག་ཚོད་མ་ཟིན་ན། །
རྟ་རྨ་བཞི་གོར་མོ་རྗེ་ལ་ཐུག །
སྟག་དམར་ཡག་མཆོང་ཚོད་མ་ཟིན་ན། །
གློ་སྙིང་ས་མདས་ཕུག་ནས་གསོད། །

太空中的太阳不知其高，
就会落入黑色罗睺嘴里；
骏马不知自己跑速，
马蹄就会碰到石头；
猛虎不知蹦跳劲，
心胸被地弩刺穿而死。

རི་རྒྱབ་སེང་གེ་རྒྱལ་པོ།

日努·森格嘉波

༡ རང་གྲོང་བོང་བུར་འགྲོ་འགྲོ་དེ། །
དམར་ཡག་སྟག་ལ་འགྲོ་ལེ་མིན། །
ཆོས་མེད་བན་དེའི་མགོ་བསྐོར་དེ། །
བར་དོའི་འཕྲང་ལ་འགྲོ་ལེ་མིན། །

自家驴子所做事，
不会适合猛虎；
无佛的僧人行骗，
不适合阴间峡道，

༢ འབུ་གྲོག་མ་མགྱོགས་མྱུར་ཆེ་ན་ཡང་། །
ས་གླིང་ཕྲན་ཤུགས་ཀྱིས་བརྒལ་ལེ་མིན། །
ཉ་གསེར་མིག་འཕྱུག་རྩལ་ཆེ་ན་ཡང་། །
དམའ་རྒྱ་མཚོའི་གཏིང་མཐའ་བརྒལ་ལེ་མིན། །
བྱིའུ་ཅོག་ཆུང་འཕུར་རྩལ་ཆེ་ན་ཡང་། །

蚂蚁行走再快，
岛屿难以跨越；
金鱼游水再厉害，
深广大海不能度；
小鸟虽飞力再大，

སྟོང་མཁའ་གློང་སྟོང་མཐའ་ཆོད་ལེ་མིན། །

不能飞越虚空。

བཙན་རྒྱལ་ཀློག་འོད།

赞嘉洛维

༡ ཁྲ་ཆེན་འུག་པ་ལྷུགས་སྡེར་ཅན། །
བྱིའུ་ཆུང་བསད་པའི་ངན་ལོབས་དེ། །
དར་མ་གླག་ལ་འགྲོ་ལེ་མིན། །
ཨེ་བདེན་ལྟོས་དང་འགྲན་ན་ཆོག།

铁爪的猫头鹰，
习惯于残杀小鸟，
却不会适合于金雕，
是否比试便知道。

རི་སྤྱང་སྔོན་མོ་འདུར་རྒྱུག་གིས། །
ལུག་ཁྱུ་གཏོར་བའི་ངན་ལོབས་དེ། །
དར་མ་འབྲོང་ལ་འགྲོ་ལེ་མིན། །
ཤུགས་རྩལ་སུ་ཆེ་འགྲན་ན་ཆོག།

野狼匆匆于山野，
习惯于冲散羊群，
却不会适合于野牦牛群，
比试蛮力就知晓。

༢ བླ་མ་ནུས་མཐུ་ཆེ་ཆུང་དེ། །
བར་དོའི་འཇིགས་སྐྲག་འཁྲིམ་དུས་ཤེས། །
རྒྱལ་ཁམས་སྟོབས་རྩལ་ཆེ་ཆུང་དེ། །
གཡུལ་ཆེན་འདྲ་གཉིས་འཐབ་ན་ཤེས། །

喇嘛法力大小，
游历阴间恐怖时知晓；
国家势力大小，
强国对阵时揭晓。

རིན་ཆེན་རིན་ཐང་ཆེ་ཆུང་དེ། །
རྡོ་རྗེ་ཕ་ལམ་སྤེབ་ན་ཤེས། །
དཔའ་བོའི་སྙིང་སྟོབས་ཆེ་ཆུང་དེ། །
རྐོད་པོ་འདྲ་གཉིས་འཕྲད་ན་ཤེས། །

宝物价值贵贱，
比试钻石时知晓；
英雄胆胸有几何，
狭路相逢时便知。

འཇང་གཡུ་ལྷ་ཐོག་འགྱུར།	姜楚·玉拉托久
༡ བྱ་རྒྱལ་ཁྱུང་གི་གཤོག་རྩལ་དེ། །	鸟王琼的飞翅力，
ནམ་མཁའ་རླབས་ཀྱིས་མ་ཆོད་ན། །	若不能飞越高空，
གཤོག་དྲུག་རྒྱས་པ་དོན་མེད་འདྲ། །	生长六翅无意义，
བྱ་ཁྱུང་སྤེར་འཛིན་བཏགས་ལེ་མིན། །	不能称为琼鸟猛禽。
ཁུ་བྱུག་སྔོན་མོའི་གསུང་སྐད་དེའི། །	青鸟的美妙鸣叫，
སྙན་མོས་རི་ལུང་མ་བཀང་ན། །	不能响彻山野，
སྐད་དྲུག་འགྱུར་ཡོད་པ་དོན་མེད་འདྲ། །	有六音变化无意义，
སྐད་སྙན་ལྷ་བྱ་ཐོགས་ལེ་མིན། །	难叫它妙音神鸟。
༢ རྒྱ་མཚོའི་གསེར་ཉ་སེར་པོ་དེ། །	那大海里的金鱼，
ལུས་གཤོག་དྲུག་རྒྱས་པའི་དོན་གོ་ལ། །	因有六翅的作用，
རྒྱ་མཚོའི་སྟེང་འོག་བསྒྱུར་རྒྱུ་རེད། །	翻漩大海上下。
ཆུ་སྲིན་ངར་མའི་ཁ་སྔུན་ནས། །	在凶猛鲨鱼眼前，
ཉ་ཆུང་སྲོག་རྩ་གཅོད་རྒྱུ་ཡིན། །	小鱼命根就会断。
བྱིའུ་ཆུང་འཕུར་འདོད་ཆེན་པོ་མ། །	小鸟飞越有欲望，
ནམ་མཁའི་གཤོག་སྒྲ་ཙུར་གྱིས་གང་། །	看空满是扑哧声。
རྒྱ་ཁྲ་བཙུམས་པའི་ཁ་ལམ་ནས། །	在猛力猎隼眼前，
བྱིའུ་ཆུང་གཤོག་དྲུག་གཏོར་རྒྱུ་ཡིན། །	要打碎小鸟六翅。
༣ ཐག་རིང་དགུང་གི་སྐར་མ་དེ། །	遥远太空的星星，
རྒྱུག་འདོད་ས་ལ་ལྷུང་ལེ་རེད། །	想跑是坠落大地的前兆。
གད་ཁུག་རི་བོང་སྐྱ་ལི་དེ། །	崖间灰色兔子，
མགྱོགས་འདོད་ཝ་མོས་བཙོམ་ལེ་རེད། །	想跑是狐狸追杀的前兆。
བྲག་ཁུག་ར་རྒན་རྒྱ་བོ་དེ། །	石山间的山羊，

མགྱོགས་འདོད་འཕར་བས་དེད་ལེ་རེད། །

想跑是豺来追杀的前兆。

ཀླུ་མི་འབྲུག་ལྷ་ཐོག་རྒོད།

鲁弥·珠拉托贵

སྤྱང་པོ་ཐང་སྐང་ཟེ་འགྲིམ་པའི་དུས། །
གཡང་དཀར་ལུག་གིས་རྒྱང་བལྟས་བྱེད། །
ལུག་གཡང་དཀར་ཤི་ལ་མ་འགྱོད་ན། །
ཁ་ཞིམ་ཤ་ཟ་འདོད་ཡོས་ཡོད་རེད། །

当青狼匆行于山岗，
绵羊会遥望它，
若绵羊死也不悔，
狼有想吃鲜肉的欲望。

བྱ་ཁྲ་ཧོར་པའི་འགྲིམ་ལམ་ནས། །
བྱིའུ་ཁྲུས་ཧོར་པ་རྒྱང་འདེད་བྱེད། །
ཁྱོད་བྱིའུ་ཁྲུ་སྲོག་ལ་མ་གཅེས་ན། །
རྒྱ་ཁྲས་གཤོག་འཕྲུར་ཡོས་རྩོམ་རེད། །

在猎隼飞过的地方，
鸟群遥望猎隼，
小鸟不惜自身命，
猎隼必会展示翅力。

གཟིག་ཐིག་ལེ་ནགས་ལ་མཛོས་ལམ་ནས། །
ཁྱོད་ཞིའུ་ཁྱི་ཡིས་རྗེས་འདེད་བྱེད། །
ཁྱི་བདའ་ལུ་རང་སྲོག་ཆད་པའི་རྟགས། །
ལུས་གཟུགས་གཞི་ཁྲག་ལ་ཡོས་བསྒྲེ་རེད། །

豹子穿越森林时，
老狗却追踪而去，
这是狗命丢失的前兆，
将会全身被血染。

སྟག་གསུས་སྣང་ཆུང་།

达赛·囊琼

ཆུ་འཛིན་སྨུག་པོ་མ་འཁྲུགས་ན། །
སྦྲང་ཆར་ཟིལ་མ་ཅི་ལ་འབབ། །
གཡུ་འབྲུག་སྔོན་མོ་མ་གྲག་ན། །
གནམ་ལྕགས་ཐོག་སེར་གང་ནས་ཡོང་། །
ས་ལ་མུན་པ་མ་འཁྲིགས་ན། །
སྐར་ཚོགས་ཁྲ་མོ་ཅི་ལ་ཤར།

若不翻滚乌云，
怎会下起甘霖。
若无青龙雷鸣，
天铁霹雳怎会落。
夜暗若不遮盖大地，
星星怎会照耀天空。

ར་འདྲ་འཆི་བདག་ཡ་མེད།

1 གནམ་ལྕགས་དགུང་ནས་བབས་ལ་དེ། །
འབྲུ་དྲུག་སེར་བས་རྡུང་ཤོར་ཡིན། །
བྲག་རི་ཐོག་གིས་གཏོར་ཤོར་ཡིན། །
རྒྱ་སྟག་ནགས་ནས་མཆོང་བ་འདི། །
ཝ་མོའི་གྲ་ལོ་ལེན་ཤོར་ཡིན། །
མཆེ་རིང་ཁྲག་ལ་བསྐྱི་ཤོར་ཡིན། །

2 ང་སྲིད་པ་ཆགས་པའི་གངས་རྒན་ལ།
ཁྱོད་མདང་སུམ་ཆགས་ཀྱི་བ་མོ་རེད།
ང་སྟོང་གསུམ་དམག་གི་འཁོར་ལོ་ལ།
ཁྱོད་འགྲན་བསམ་སྣང་བ་འབྲུལ་ལེ་རེད།

3 དམར་པོ་མེ་ཡི་ཚ་གཟེར་དེ། །
ཐུར་ལ་རྒྱུག་ཞིང་གྱེན་ལ་འགྲོ། །
བསིལ་ལྡན་ཆུ་ཡི་གཤིས་ལུགས་དེ། །
གྱེན་ལ་འགྲོ་ཞིང་ཐུར་ལ་འབབ། །
བསིལ་མ་རླུང་གི་གཤིས་ལུགས་དེ། །
གར་སོང་འདིར་སོང་ཆ་མི་འགྱུར། །

ཨ་སྔོན་དགུང་གི་ཉི་ཟླ་དེ། །
སྒྲ་གཅན་གཟའ་ཡིས་བཟུང་རན་གདའ། །
བར་འདུག་ཆུ་བོའི་ཅུར་སྒྲ་འདི། །
ཚ་ངར་སྐམ་ལ་བསྒྱུར་རན་གདའ། །
ཁ་དཀར་རྐྱང་གི་བང་ཤུགས་འདི། །

热扎·其达雅美

天铁从天而降时，
顺便打击六谷，
随手击毁石山。
猛虎林中行走时，
随手取走狐狸毛，
獠牙随口染红血。

我乃世界初始的冰川，
你只是昨夜降下的霜。
我乃三界军队的统领，
你想比试岂不是荒谬。

红色的火焰，
向下延伸往上升；
清凉的水性，
向上翻漩往下流；
凉爽的威风，
吹向不明无踪迹；

高空在天的太阳，
该将被罗睺吞噬；
涛声不断的大河，
该将变成干涸的河谷；
奔跑极速的野驴，

ཁྲམ་པས་དབུགས་ཟད་ཕུད་རན་གདའ། 该将被侠盗追逃而亡。

༥ དུག་ཏ་ལའི་མེ་ཏོག་རྒྱས་ན་ཡང་། ། 毒花再艳丽，
ངས་བཟང་དུག་སྨན་གྱིས་གསོད་རྒྱུ་ཡིན། ། 也难抗解毒之药。
ཁྱོད་འདྲེ་རྒོད་གདུག་རྩུབ་ཆེ་ནའང་། ། 厉鬼再猖獗，
ངས་སྙིང་རྗེའི་མཚོན་གྱིས་འདུལ་རྒྱུ་ཡིན། ། 也难逃慈悲之箭。

ཚ་ཞང་འདན་མ་བྱང་ཁྲ། **擦香・丹玛向查**

༡ འོན་པ་མིན་ན་གོ་ཚོད་རེད། ། 若非聋子应听到，
ལོང་བ་མིན་ན་རིག་ཚོད་རེད། ། 若非瞎子应看到。

༢ བན་དེ་ཆོས་འདོད་གཞན་ཆོས་འཚོལ། ། 僧人求法去别处，
བཙལ་མི་དགོས་གདམས་ངག་རང་ལ་ཡོད། ། 不求自己有秘诀，
ཆོས་ཉམས་ལེན་བན་དེའི་ལག་ན་ཡོད། ། 修佛就在僧人手。
སྒོམ་ཟབ་མོ་ཐེག་ཆེན་ལྟ་བ་དེ། ། 甚深佛法大乘见，
དོན་མ་ནོར་ལག་ལེན་ཡག་སོང་ན། ། 若能正确去修炼，
སངས་ཨེ་རྒྱས་བན་དེ་རང་ལ་ཐུག། 成佛关键在僧人。

སྟག་ཤར་ཇག་འགྲོ་དགྲ་བོ་འཚོལ། ། 男子行盗寻敌手，
འགྲོ་མི་དགོས་ཚོང་འགྲིམ་ལམ་ནས་ཐུག། 不必找寻在商道会遇见，
ནོར་ཅི་ལེན་སྟག་ཤར་ལག་ན་ཡོད། ། 想要何物请自便。
ཟོག་རིན་ཆེན་རྒྱུ་ཡི་སྙིང་མ་དེ། ། 牲畜乃是财产之本，
ཐབས་མ་ནོར་ནང་ལ་འགུགས་ཤེས་ན། ། 若不失方法能拥有，
ཇག་ཨེ་ཡག་སྟག་ཤར་ལག་ན་ཐུག། 行盗好坏男儿一念间。

སྨན་ན་ཆུང་གནས་འདོད་རྩེ་རར་རྒྱུ། ། 少女欲嫁逛游园，

ལས་མ་བོས་ཐང་དྭག་གདོང་ལ་འཛོམས། །
གྲོགས་མཛའ་བརྩེ་བུ་མོའི་ལག་ན་ཡོད། །
གནས་ཁྲ་མོ་སྐྱིད་པའི་འཛུམ་ར་དེ། །
བདམས་མ་ནོར་རང་གིས་བལྟ་ཤེས་ན། །
རྐྱེན་ཅི་ཐུག་བུ་མོ་རང་ལ་ཐུག །

随缘相聚在塘外，
如何爱恋看少女，
婚后甜蜜之生活，
若会判断和选择，
全靠少女一念间。

༣ འཆི་བདག་གཤིན་རྗེའི་ཁ་ལམ་ནས། །
ཚེ་འདས་བྲོས་ཀྱང་འགྲོ་ས་མེད། །
སྤྱང་ཐང་སྔོན་མོའི་ཁ་སྣུན་ནས། །
ལུག་ཚུང་བྲོས་ཀྱང་ཐར་ལེ་མིན། །
སྐྱ་ཁྲ་འཕུར་བའི་གཤོག་ལམ་ནས། །
བྱིའུ་ཚུང་བྲོས་ཀྱང་ཐར་ས་མེད། །

在死神面前，
死者无处可逃。
在野狼眼前，
绵羊逃也无路。
猎隼飞过的空中，
小鸟逃也无路。

༤ རི་གཟར་སྤྱང་ཐང་སྔོན་མོ་ང་། །
ལ་ལུང་མང་པོ་འགྲིམ་ནས་འོང་། །
ལུག་ཚུང་ཁ་ལ་མ་ཐུག་བར། །
ཨ་ཐང་རང་ཚུགས་བཟུང་ལེ་མིན། །

陡坡上的野狼我，
穿越了许多山和谷，
若没有遇见羊群前，
野狼我不会停下脚步。

ནམ་མཁའི་སྐྱ་ཁྲ་ཧོར་པ་ངས། །
སྟོང་བར་སྣང་གཤོག་རྩལ་བང་གིས་བསྐྱོད། །
བྱིའུ་ཁྲུའི་དཔུང་ལ་མ་ཐུག་ན། །
སྒྲོ་འཕུར་གཤོག་རང་ཚུགས་བཟུང་ལེ་མིན། །

空中猎隼，
翅力飞越。
未见鸟群，
不停扑翅。

༥ སྤྱང་ཨ་ཐང་ཤ་ལ་འདུར་ཞན་འདྲ། །
མི་རིན་ཆེན་ཟ་བའི་སྐལ་བ་མེད། །
ཁྱི་བདའ་ལུ་འགྲོ་ལ་དགའ་ཞན་འདྲ། །
གངས་བུ་ཡུག་གཤགས་པའི་སྐལ་བ་མེད། །

野狼为寻肉食而行，
它没有吃到珍贵人肉的福份。
小狗虽然喜于游走，
它没有抖雪炫鬃的福份。

༦ འབྲུག་དམར་འབབ་པའི་སྤྱི་སོ་ན། །
རྒྱ་བྲག་སྐུ་ཁམས་ཨེ་བཟང་ན། །
ཁྲ་ཡག་གཟིག་གི་ཁ་སྐྱུན་ནས། །
ཁྱི་ནག་ཁམས་བཟང་ཨེ་འོང་ན། །
རྒྱ་ཁྲ་དར་མའི་སྤྱི་སོ་ལ། །
བྱེའུ་ཁམས་བཟང་ཨེ་འོང་ན། །
སྤྱང་ཐང་འདུར་བའི་ཁ་ལམ་ནས། །
ལུ་གུ་སུག་བཞི་ཨེ་ཚང་ན། །
འཆི་བདག་བདུད་ཀྱི་ཁ་སྐྱུན་ན། །
མི་ཆེན་སྲོག་གིས་ཨེ་བརྟན་ན། །

天上雷击，
岩石安否？
豹子眼前，
黑狗安否？
猎隼近前，
小鸟安否？
青狼行前，
羔尸全否？
死神眼前，
大人安否？

༧ རྐྱང་ག་མས་བང་ཁ་རྩོམ་ས་ལ། །
ཐང་རྒྱང་ཐག་རིང་ན་བསམ་པ་དགའ། །
སེང་དཀར་སྨོས་གཡུ་རལ་རྩོམ་ས་ལ། །
གངས་བུ་ཡུག་ཆེ་ན་བསམ་པ་དགའ། །
སྔོ་གཡུ་འབྲུག་ངར་སྐད་སྒྲོག་ས་ལ། །
བྲག་སླུང་རྒྱ་རྒྱས་ན་བསམ་པ་དགའ། །

藏野驴展示跑速，
平地越远心欢喜。
雪狮抖甩绿鬃毛，
风雪越大心欢喜。
青龙雷声大作时，
岩石宽广心欢喜。

༨ དབྱར་གསུམ་ནང་གི་སྤྲང་ཆར་དེ། །
སྤྲིན་དཀར་ཕྱུག་མོའི་གཞི་ལས་བྱུང་། །
སྟོན་གསུམ་ཞིང་གི་འབྲས་བུ་དེ། །
རྒྱ་ཞིང་ཆུ་མའི་གཞི་ལས་བྱུང་། །

夏季雨，
源自白云。
秋季谷，
源自灌溉水。

༩ ཁ་མཆེ་སྟེར་རྒྱས་པའི་དམར་ཡག་སྟག །
དགྲ་ས་མདའི་གདོང་ལ་འགྲིམ་པ་མིན། །
འབྲོང་ཏུ་ཕྲུར་རྒྱས་པའི་ངར་འདོད་ཅན། །

猛虎獠牙利爪，
于天敌利箭前无用。
野牦牛的粗壮犄角，

དགྲ་རྫོན་པའི་གདོང་ལ་འགྲིམ་ལེ་མིན། །
བོང་རང་སྐྱེས་རྐྱང་གི་རྨིག་བཞི་དེ། །
བྱང་ཐང་འཁྱག་ལ་འགྲིམ་ལེ་མིན། །
མུ་སྟེགས་སྟོབས་འབྱོར་སྒྱུ་མའི་ནོར། །
བདེན་དོན་ཆོས་ལ་འགྲིམ་ལེ་མིན། །

猎人跟前行不通。
驴子生的野驴蹄，
寒冷羌塘走不通。
邪教兴隆幻化财，
岂能蒙蔽正理教。

༡༠ ཕུ་རི་རབ་གངས་ཀྱི་ར་བ་ན། །
སེང་གེ་གཟི་བརྗིད་ཆེ་ན་ཡང་། །
མདའ་གསུམ་སྨྱུག་མདའ་ངར་མས་འཇོམས། །
སྟག་དམར་ང་རོ་ཆེ་ན་ཡང་། །
མདའ་གསུམ་ས་མདའ་ངར་མས་འཇོམས། །
རྒྱ་མཚོ་ཆུ་སྲིན་ཇམ་ཆེན་དེ། །
དུང་ཆུང་འབུ་ཡིས་འཇོམས་པས་ཟེར། །

雪山围绕的山谷，
狮子有再大威风，
会被山口的竹箭所杀。
猛虎呼啸声再大，
会被山口地弩所杀。
海里鲨鱼再威风，
会被海螺小虫所杀。

གཟའ་བརྒྱད་གཞོབ་ཀྱིས་མ་དཀུགས་ན། །
ཐོག་སེར་ར་ཐབ་དོན་ཅི་ལ་ཡོད། །
ཀླུ་བདུད་རྒྱ་མཚོ་མ་དཀྲུགས་ན། །
མཛེ་ནད་འོང་དོན་ཅི་ལ་ཡོད། །
ཚེ་འདིར་སྡིག་པ་མ་བསགས་ན། །
ཕྱི་མ་དམྱལ་བ་ཅི་ལ་ཡོད། །

若以焦臭不招引八曜，
怎会招来冰雹雷电。
若不搅浑鲁魔大海，
怎会染上麻风病。
若此生不造恶业，
来世怎会堕入地狱。

༡༡ ཟོས་པའི་ཧམ་པ་ཆེ་བ་དེ། །
རི་ཡི་སྤྱང་ཐང་ལྟོན་མོ་རེད། །
ཉེས་པའི་ངན་ལམ་ཆེ་བ་དེ། །
ཁྲེལ་མེད་ཧམ་ཆེན་ཁྲམ་པ་རེད། །
སྨྱོད་པའི་འདོད་ཆགས་ཆེ་བ་དེ། །
ཆོས་མེད་བན་དེ་ངན་ལོབ་རེད། །

贪婪的吞噬者，
是山里的饿狼。
狂妄的犯罪者，
是无耻的盗贼。
疯狂的欲念者，
是无戒养的惯僧。

༧༢ ཤེས་མེད་བུ་ཚ་ངན་ཤོར་དེ། །	惯坏的无知子孙，
ངན་པའི་ལམ་ལ་བཏང་བས་ན།	一旦走上歧途，
ཕ་མ་ཟུར་ལ་ཕུད་པ་ཟེར། །	就会把父母赶出家门。

༧༣ ཆོས་མེད་བླ་མ་བཀའ་ལོག་དེས། །	愚昧的邪教喇嘛，
ཤི་པོ་དམྱལ་བ་བཏང་བས་ཟེར། །	会将死者堕入地狱。
ཁྲེལ་མེད་ངན་ལོབ་བུ་མོ་དེས། །	惯坏的无耻姑娘，
ཚོ་རོགས་ཁྲིམས་ཁ་བཞག་པས་ཟེར། །	会把伴侣推到官司处。
དཔའ་མེད་བུ་ཚའི་དཔུང་ཇོམ་དེས། །	伪装的勇者子孙，
འཁོར་གསུམ་དགྲ་ལ་ཤོར་བས་ཟེར། །	会将兵器矢于敌手。

༧༤ ཉེས་ཆེན་མི་དེ་ཞུ་བ་མང་། །	有罪之人多理由，
རྒྱུ་མེད་བུ་དེ་སྣང་བ་མཐོ། །	无财之子心气高，
ཤེས་མེད་བུ་མོ་ངན་བཙན་ཆེ། །	无知之女太执拗，
སྙིང་མེད་ནག་མོ་འབྲེལ་ཡ་མང་། །	无心之女交友多。

༧༥ སྒང་བཞི་འགྲིམ་པའི་ཝ་མོ་དེས། །	行走山岗之狐狸，
ཛ་མས་ལག་གཡུག་མི་དགོས་དང་། །	尾巴不必去招摇，
ཤ་ཁྱི་འགྲམ་དུ་སླེབས་ནས་ཡོད། །	猎犬已经到跟前。
ཤོད་བཞི་འགྲིམ་པའི་ནགས་གསེབ་བྱེའུ། །	飞过山腰的小鸟，
གཤོག་པས་ལག་གཡུག་མི་དགོས་དང་། །	翅膀无需去招摇，
རྒྱ་ཁྲ་འགྲམ་དུ་སླེབས་ནས་ཡོད། །	猎隼已经到跟前。
སྡིག་ཅན་བརྩོན་པའི་འཆལ་གཏམ་དེས། །	大罪狱中多疯话，
འཆི་བདག་འབོད་པ་མི་དགོས་དང་། །	死神无须去召唤，
ཉི་གྲིབ་བཞིན་དུ་སླེབས་ནས་ཡོད། །	阴影一般到跟前。

༡༥ བྲག་དཀར་སྒྲད་རྒྱ་ཐོག་གིས་བཤིག།
ངང་མ་ལྡིང་དོན་དེ་ནས་བྱུང་། །
རྒྱ་མཚོ་ཁྱུག་མོ་འཁྱག་གིས་བཟུང་། །
ངང་པ་འཕུར་དོན་དེ་ནས་བྱུང་། །
དབྱར་གསུམ་གཞུང་ལས་ཐན་ཤེད་དེ། །
ལྗང་ཚུང་ཚིག་དོན་དེ་ནས་བྱུང་། །

白石山被雷击碎，
因此天鹅要腾飞。
大海被冰封住，
因此天鹅要飞走。
夏季出现大干旱，
因此树苗已干枯。

༡༦ བྱས་པ་མི་དྲན་ཁྲམ་པའི་བུ། །
གོང་དོན་མདུན་ནས་གཏམ་ཀང་ཕུད། །
ལུས་གཟུགས་མནར་མེད་ཁྲིམས་ལ་ཚུད། །
ངོ་ཚ་མི་ཤེས་ཁྲིམས་མེད་ལས། །
ཁྲིམ་ཆེན་དཀྱིལ་ནས་ཨོ་རྦབ་བསྐྱོད། །
རང་མཚང་ཁྲ་མོ་མི་ལ་ཤོར། །

忘了犯罪盗贼儿，
法官面前说漏嘴，
自己打入地牢里；
无耻法官乱执法，
大庭之下装威风，
徇私枉法被戳穿。

༡༧ དགེ་མེད་རྐུན་འཁྱམ་ནོར་ལ་ཆགས། །
ལུས་གཟུགས་དཔོན་པོའི་ཁྲིམས་ལ་ཐུག།
འདོད་ཆེན་བུ་མོ་མི་ལ་ཆགས། །
ལན་ཆགས་བྱིས་པས་ཁོག་གཞི་གང་། །
བཤལ་འདོད་བྱས་ནས་གསོས་པའི་ཕག།
དང་པོ་དགའ་སྟེ་ཐ་མ་དཀའ། །

无善贪财行窃者，
触法身陷囹圄中。
贪欲女人恋奸人，
孽缘身怀私生子。
想宰杀而养的猪，
始时欢喜末了难。

༡༨ ཕ་ཤི་གཞེས་ཉིང་ལོ་ལ་རེད། །
ངུ་འབོད་ད་ལོ་ཡི་རེ་སྨུག།
ཡུལ་ཤོར་མི་ལོ་དྲུག་ཅུ་རེད། །
ལན་མོ་ད་ལོ་ཡི་རེ་སྨུག།

父亲前年已过时，
如今哭丧真可怜。
失地已去六十载，
如今回归真可怜。

མི་ངན་ཞེ་སྡང་གྲོགས་ལ་ལངས། །
དཔུང་པ་ཚེ་རོགས་སྟེང་ལ་འཕུར། །

小人对友泄脾气，
拳头落在伴侣上。

རྟ་ཤོར་ཇག་པ་བུ་ལ་ཤོར། །
རྒྱུག་རྒྱུག་གྲོང་ཁྱེར་དཀྱིལ་ལ་རྒྱུག །

马被贼盗，
马主却向城里跑。

མི་ཁ་སྟོང་སྟེ་མི་ཡིས་བཤད། །
ཡུས་ཆེན་མ་རྒན་སྟེང་ལ་བྱེད། །

诽言被众人传，
却怪罪于老母。

རྒྱུག་རྟུང་ཁྲོད་པོ་གཞན་གྱིས་བྱས། །
ཞ་ལན་རང་གི་སྣོད་ཆས་བཅག །

受了别人的气，
打碎自己的锅。

༢༠ སྐྱ་ཀ་ཁྲ་མོའི་སྒྲོ་མཇུག་དེ། །
བུམ་པའི་རྒྱན་ལ་བསྐོས་པ་མེད། །
སྲིན་བྱ་སྦུ་རུ་ངན་པ་དེ། །
དུས་འཛིན་བྱ་ལ་བསྐོས་པ་མེད། །
ཁྱིམ་བྱ་དེ་ཕོའི་གཤོག་རྩལ་དེ། །
ནམ་འཕང་ཚོད་པའི་སྐལ་བ་མེད། །
སྐར་མ་ཝ་ཡི་དཔའ་རྩལ་དེས། །
ཞ་ལན་ལོན་པའི་སྐལ་བ་མེད། །

喜鹊的尾翎，
无法饰宝瓶。
夜行猫头鹰，
无法当候鸟。
家鸡的翅力，
无法飞越高空。
胆小的狐狸，
无法报仇血恨。

༢༡ མཁའ་ལྡིང་ཁྱུང་གི་གཤོག་ལམ་ལ། །
ནེ་ལེའི་འཕུར་རྐྱབས་རང་སྒྲོ་ཐོར། །
ཁྱུང་ཆེན་རྐྱབས་ལ་གནོད་པའི་གཞི། །
སྟག་མོའི་མཆེ་འཛིང་བྱེད་ས་ལ། །
ཝ་མོས་གྲ་ཛོམ་རང་ལུས་ཤོར། །

琼鸟飞翔在高空，
大鹫想飞散了架，
还会脏了琼鸟翅。
虎豹相向獠牙时，
狐狸登场失了命，

སྟག་གཟིག་གྲ་ལ་གནོད་པའི་གཞི། །

还会脏了虎豹毛。

༢༢ གླང་བུ་རོག་པོའི་ཨོ་ངར་དེས། །
བྲི་མོ་འབྲོང་གི་སྙིང་ཁམས་དཀྲུགས།

黄牛哞叫，
搅乱了野牦牛的心。

ཁྱི་ནག་ཧ་སྐད་ཝུག་ཝུག་དེས། །
གྲ་ཡག་གཟིག་གི་སྙིང་ཁམས་དཀྲུགས།

黑狗乱吠，
搅乱了花豹子的心。

༢༣ སྟག་མོའི་འཛུམ་དྲུག་ལེན་ས་ལ། །
ཟེར་མ་རླུང་གི་སྤུ་གྲི་དགོས། །

要取猛虎皮，
需要锋利飓风刀。

གཡུ་འབྲུག་ཐག་པས་བཏགས་ས་ལ། །
ཀླུ་ཡི་ཞགས་པ་སྤྲིན་འཛིན་དགོས། །

要拴青龙身，
需要龙宫套云绳。

༢༤ ཝ་བྲོས་བྲོས་ལ་དགུའི་ཕ་མཐའ་ན། །
བྲོས་ས་བཙན་ཤི་བའི་ཁུང་བཙན་བཟུང་། །
ལུས་གྲ་ཡག་འཕྱོར་མོའི་ཞྭ་མོ་རེད། །

狐狸翻越九座山，
逃到最后死在地洞里，
恰好成了美女的装饰。

སྨན་ན་ཆུང་འགྲོ་འགྲོ་གྲོང་ཡུལ་འགྲོ། །
འགྲོ་ཐ་མ་ཁྲེལ་མེད་གྲོགས་དང་འཕྲད། །
ལུས་གཡུ་དངུལ་ཁྲམ་པའི་རྒྱན་དུ་འགྲིག །

少女走在市井里，
走到最后遇见无耻男，
身上宝石恰好成了奸人的装饰。

ཕོ་ཁྲམ་པ་འགྲོ་འགྲོ་སྣེ་དགུ་འགྲོ། །
འགྲོ་ཐ་མ་དྲག་པོའི་ཁྲིམས་ལ་ཐུག །
ལུས་འཕོར་གསུམ་དཔོན་ལུའི་རྒྱན་དུ་འགྲིག །

盗行男人到处去闯荡，
走到最后无脑触犯法，
身上刀箭恰好成了大官的装饰。

འབྲུལ་མི་གནམ་ལྷགས། 楚弥南加

༡ སྤྱང་ཨ་ཐང་ཟས་ལ་འཛབ་ལེ་དེ། །
ལུག་གཡང་མོ་ཟ་འདོད་ཁ་ཆུ་ཛར། །
ང་ལུག་བདག་རྫི་བོའི་ཞུར་རྗེ་དེས། །
སྤྱང་ཨ་ཐང་ཀླད་རྒྱ་གཏོར་རྒྱུ་ཡིན། །

饿狼扑食，
垂涎于绵羊。
放羊牧人，
要打碎狼脑，

སྟག་མོའི་ཟ་འདོད་ནགས་ལས་མཆོང་། །
རྟ་ཐོ་རྡའི་ཁྲུ་སྣ་གཏོར་བསམ་ཡང་། །
རྟ་བདག་ཁྲམ་པ་ཀླད་མེད་དེས། །
ས་མདས་སྙིང་མདའ་སྦྱོད་རྒྱུ་ཡིན། །

饿虎猛扑林中，
想要冲散马群，
侠盗马群主人，
要以地弩射其心脏。

༢ ཤར་གྱི་ཁྲི་གདུགས་ཉི་མ་དེ། །
ཉི་མའི་འོད་མདངས་གླིང་བཞིར་ཁྱབ། །
གསལ་ཚོད་ཤར་ཚོད་མ་ཟིན་ན། །
གཟའ་དགྲ་གཅན་ཟེར་བའི་དགྲ་ཞིག་ཡོད། །
ནག་ཚུབ་སེ་བཟོ་ཉིན་ཡི་རེ་མུག །

东方万丈阳光，
照耀四大部洲。
若不知明暗时机，
天敌罗睺罗在等候，
漆黑一片之时蛮可怜。

ལྷོ་ཡི་གཡུ་འབྲུག་སྔོན་མོ་དེ། །
ངར་སྐད་སྟོང་གསུམ་རི་ལུང་བཀང་། །
གྲག་ཚོད་ངར་ཚོད་མ་ཟིན་ན། །
སྔགས་མེ་ཟེར་བའི་དགྲ་ཞིག་ཡོད། །
ལུས་མེ་རིས་གང་ཉིན་ཡི་རེ་མུག །

南方青龙，
雷声满乾坤。
若不知雷鸣时机，
天敌咒师咒火已点燃，
青龙满身被烧焦蛮可怜。

ཤན་ཚ་ཀླུང་ལྷ་མགྲོགས་ལྡན།

辛擦·隆拉爵丹

༡ རྩ་བ་མེད་པའི་རྩོད་པ་དེ།
ཚིག་ལ་བཤད་རྒྱུ་གང་ན་ཡོད།
ལྭ་བ་མེད་པའི་ལྷན་པོ་དེ།
རྒྱག་རྒྱུ་ལྷན་རྒྱུ་གང་ན་ཡོད།

无根之争执，
哪有据理之言。
无衣的补丁，
怎能打补丁。

༢ མགོ་གསེར་ཞྭ་ཅན་གྱི་བླ་མ་དེ། །
ཤི་བར་དོའི་རང་ངོ་མ་ཟིན་ན། །
མགོ་གསེར་ཞྭ་གོན་ལེ་སྟོང་པ་རེད། །
རྒྱ་འབུལ་བ་ཟེར་བ་རྫུན་གཏམ་རེད། །
ལུས་ཁྲབ་དཀར་གྱོན་པའི་དཔའ་བོ་དེ། །
དགྲ་ནག་པོའི་གཡས་རུ་མ་ནོན་ན། །
ལག་མཚོན་ཐོགས་ཟེར་བ་སྟོང་པ་རེད། །
མགོ་རྨོག་དཀར་གྱོན་པ་རྫུན་གཏམ་རེད། །

头戴金冠喇嘛，
不知阴间之事，
金冠毫无意义，
献供乃是谎言。
身披铠甲勇士，
不压敌阵右翼，
手持武器无用，
头戴盔帽是谎言。

༣ དགུང་སྔོན་འབུམ་པའི་མཁའ་ཀློང་ནས། །
ཉི་མ་ཚ་བ་མ་ཆེ་ན། །
དྲང་སྲོང་གཟའ་ཡིས་ཅི་ལ་བསྒྲིབས། །
བར་སྣང་སྟོང་བའི་མཁའ་ཀློང་ནས། །
རྒོད་ངང་མ་འཕུར་རླབས་མ་ཆེ་ན། །
སྤུ་གྲི་རླུང་གིས་ཅི་ལ་གཏོར། །
སྡེ་གྲངས་མང་བའི་མཁའ་ཀློང་ནས། །
བན་དེ་འདུག་ཚོད་ཟིན་པས་ན། །
སྡོམ་པ་བུ་མོས་ཅི་ལ་འཇིག

太空星际轨道，
若不太阳过于炽热，
怎会被罗睺所遮蔽。
在空无障碍的天空，
若不雄鹰飞力太大，
怎会被风打散羽毛。
村落众人集聚处，
僧人你能自持，
戒律怎会被女人所破。

༤ གནམ་སའི་བར་གྱི་སྦྲང་ཆར་དེ། ། 天地间的甘霖，
ཞིང་གི་རྒྱན་དུ་ཆེ་ན་ཡང་། ། 虽于农田是大装饰，
གོས་མེད་བུ་ལ་གཤེད་དུ་འཁོར། ། 却对缺衣人是灾难。
ཁུ་བྱུག་སྙན་པའི་གསུང་དབྱངས་དེ། ། 青鸟美妙声，
དབུ་ནག་མི་ལ་སྙན་ན་ཡང་། ། 对黑发人是妙音，
སེམས་སྡུག་ཅན་གྱི་གཤེད་དུ་བབ། ། 却对痛苦之人是烦恼。

༥ མི་ཤེལ་མུན་སེལ་འགྲོ་བའི་མགོན། ། 太阳是众生的救星，
སྲིན་བྱ་འུག་པའི་གཤེད་དུ་བབ། ། 却对猫头鹰是灾难。
དམ་ཆོས་འགྲོ་བ་ཀུན་གྱི་སྨན། ། 佛法是众生的良药，
ལོག་ལྟ་ཅན་གྱི་གཤེད་དུ་བབ། ། 却对邪见者是毒药。

༦ གཡང་དཀར་ལུག་གི་དཔུང་སུག་འདི། ། 绵羊腿脚，
ཨ་ཐང་སྤྱང་ལ་འགྲིམ་ལེ་མིན། ། 不是用来走向饿狼的。
ཚེ་ཚེ་ར་ཡི་ཨོག་ཞུ་དེ། ། 山羊颌须，
འཕར་རའི་ཁ་ལ་འགྲིམ་ལེ་མིན། ། 不是用来炫耀豺狗的。

༧ མཐོ་ཉི་ཟླ་དགུང་ནས་ཤར་བ་དང་། ། 日月空中走，
ཟྭང་སྒྲོང་གཟའ་དང་ངར་ཐུག་དེ། ། 遇见罗睺罗，
མདངས་ལྡན་གསལ་ན་ཉི་ཟླ་ཟེར། ། 更加明亮才是日月。

གངས་སེང་གངས་ལ་འགྲིམ་པ་དང་། ། 雪狮行走雪山，
མཁའ་ལྡིང་ཁྱུང་དང་མཉམ་ཐོན་བྱུང་། ། 遇见大琼鸟，
གཡུ་རལ་ཐོན་ན་གངས་སེང་ཟེར། ། 出现绿鬃是雪狮。

སྟག་གཟིག་ནགས་ནས་ཐོན་ལེ་དང་། ། 虎豹行于林，
ས་མདའ་སྒྲོ་ལམ་བཙུགས་པ་གཉིས། ། 地弩埋于路，

འཛུམ་དྲུག་ཐོན་ན་རྒྱ་སྟག་ཟེར། །

炫毛无敌才是猛兽。

༨ དཔའ་ཤ་གཟན་སྟག་གི་ངར་རྩལ་ལ། །
གཅན་སྐྱེར་ཐོགས་བརྒྱ་ཡིས་འགྲན་རྒྱུ་མེད། །
བྱ་རྒྱལ་ཁྱུང་གི་གཤོག་རྩལ་ལ། །
བྱ་ཕྲན་བརྒྱ་ཡིས་འགྲན་རྒྱུ་མེད། །

食肉猛虎，
非百兽所敌。
金翅琼鸟，
非百禽能比。

དུང་སྐྱོང་སྟག་ལྷ་ཁྲི་དཀར།

童炯·达拉赤嘎尔

༡ དགུང་སྔོ་སྤྲིན་སྨུག་མོའི་ནང་རོལ་ནས། །
སྔོ་གཡུ་འབྲུག་སྟོན་མོ་ངར་སྐད་ཅན། །
སྐད་ཐེངས་གསུམ་ཨ་སྟོན་གནམ་ནས་གྲག། །
ཐོག་དམར་པོ་དོག་མོ་ས་ལ་འཕེན། །
ཡར་སྐྱེས་བྲག་དམར་ཐོག་གིས་གཏོར། །
ཞིང་པའི་འབྲུ་དྲུག་སེར་བས་བཅོམ། །
སྔགས་ནུས་མཐུ་ཅན་གྱི་ཨ་མྱེ་དེ། །
མཐུ་ནུས་མཐུ་ཡོད་ན་མ་འཆུག་ཤོག །

在南方云雨里，
隆隆雷声响，
三声响彻天空，
红色雷电击打大地，
砸碎了突兀的岩石山，
打击了农田的庄稼，
有咒语魔力的阿聂，
若有能力别错过。

ནགས་ཀྱི་རྒྱ་སྟག་ཁྲ་བོ་དེ། །
ཁ་མཆེ་སྐྱེར་ངར་མོས་ཤ་དམར་ཟ། །
ལུས་འཛུམ་དྲུག་ངོམ་བཞིན་གྲ་སྒོ་ཕྱེ། །
ནགས་རྒྱ་རྫོང་འཁྱིམ་བཞིན་འཛུམ་དྲུག་ངོམ། །
ཁྱོད་རྫོན་པའི་སྐྱེན་པོ་མདའ་མོ་དེ། །
དུས་དེ་རིང་ཡོད་ན་མ་འཆུག་ཨ། །

林中猛虎，
用尖牙食血肉。
展示着毛色耍威风，
行走林中亮相毛色，
那猎人凶猛的利箭，
若有今日别错过。

༢ མ་ངན་བུ་མོ་རང་སྣང་ཆེ། །
རང་སྣང་ཆེ་ཞིང་རང་ལུས་བརྫོད། །

贱女的女儿大傲慢，
傲慢大而坏自身。

སྟོང་སྡེའི་ནང་ནས་ཞེ་ཁྲེལ་ཤོར། །	众里人人耻笑她，
དེ་འདྲ་བྱས་ན་ངོ་རེ་ཚ། །	如此做法真羞耻。
རྟ་ངན་བོང་བུ་སྨུར་རྒྱུག་བྱེད། །	劣马如驴低头跑，
དགུང་ཐལ་འཚུབ་ཕྱུར་རེ་ས་ལ་འགྱེལ། །	飞尘之中跌倒地，
དུས་ཐ་མ་ཐལ་རླུང་གསེང་ལ་འཆི། །	最终命丧风尘间，
རྟ་འདོད་པའི་རང་སྣང་ངོ་རེ་ཚ། །	马儿自满真羞耻。

ཨ་སྟག་ཀླུ་མོ།　　**阿达鲁（拉）姆**

1 དྲིན་ཕ་མའི་སྟེང་གི་གཅེས་ལང་དེ། །	对恩重父母的叛逆，
དགྲ་ནག་པོའི་སྟེང་ལ་འགྲོ་ལེ་མིན། །	不适合用于仇敌。
ནང་སྡེ་པའི་སྟེང་གི་བཙན་ཆོད་དེ། །	对自家人的强势，
ཕྱི་སྡེ་པའི་སྟེང་ལ་འགྲོ་ལེ་མིན། །	不适合用于外族。
བོང་སྦུ་རུ་ལྕག་གིས་སྐྱུལ་སྐྱུལ་དེ། །	抽打驴身的鞭子，
རྒྱང་ཁ་དཀར་སྟེང་ལ་འགྲོ་ལེ་མིན། །	不适合用于野驴。
གླང་རོག་པོར་ཚ་སྣ་བྱུས་བྱུས་དེ། །	对棕色犏牛穿鼻拴绳，
འབྲོང་བྲེ་མོའི་སྟེང་ལ་འགྲོ་ལེ་མིན། །	不适合用于野牦牛。
ཁྱོད་ཉམ་ཆུང་སྐེ་རུས་འཕུར་འཕུར་དེ། །	欺负弱者摸脖子，
ཕོ་བཙན་པོའི་སྟེང་ལ་འགྲོ་ལེ་མིན། །	不适合用于强势人。
2 གངས་དཀར་ཡག་སྟེང་གི་ཕོ་ཆེན་ཤྭ། །	白雪皑皑上的雄鹿，
མགོ་རུང་རྭ་གནམ་ལ་ཡོ་རེ་རེ། །	角向空中晃悠悠，
ཁྱོད་ཡན་ན་རྭ་ཅོ་མེད་སྣང་ཤར། །	感觉自己之上无大角，
མདའ་སྐྱེན་པོ་མགོ་ཐོག་རྒྱག་ཉིན་མོ། །	利箭射击头颅时，
མགོ་རུང་རྭ་མི་ངོམ་ཐག་ཆོད་རེད། །	就不会炫耀头上角。

བྱང་ན་དམར་གཞུང་གི་ཁ་དཀར་རྐྱང་། །
ལུས་བང་རྩལ་ཐང་ཆེན་དཀྱིལ་ནས་ངོམ། །
མགོ་རྫོག་ཏྲུག་ཟིང་མོ་ཁྲུགས་སེ་ཁྲུག །
ཕ་ཁྲམ་པའི་བུ་ལ་ཐུག་ཉིན་མོ། །
མགོ་རྫོག་ཏྲུག་ཁྲམ་པས་ཡུངས་ཧིང་འབྲེག །

北部湿地的野驴，
跑速展于大平川，
头上鬃毛乱纷纷，
碰到猎人的日子，
鬃毛连根被斩断。

༣ བུ་མོ་གནས་ཉེས་མི་དྲན་ནས། །
མ་ལ་མི་འདོད་ངན་ཚིག་སྨྲ། །
བན་དེ་སྡོམ་ཤོར་མི་དྲན་ནས། །
ལོག་ལྟ་བླ་མའི་གསུང་ལ་བྱེད། །
ཁྲམ་པས་རང་ཉེས་མི་དྲན་ནས། །
དཔོན་པོའི་ཁྲིམས་ལ་ལོག་པ་སེམས། །

女儿不思嫁错人，
却对母亲说坏话。
僧人不记犯了戒，
却听邪师之教诲。
骗子不思自己罪，
却说法官不公正。

༤ རང་བྱས་རང་ལ་སྨིན་ལེ་ལ། །
གཞན་ལ་སྙོག་པ་ག་ན་ཡོད། །

我行我素自食其果，
埋怨别人于事无补。

༥ འབྲི་མོ་འབྲོང་གི་དཔའ་སྒོ་ནས། །
མདའ་སྐྱེན་པོ་ཡིན་ཡང་མར་ལ་འཛེམ། །
ཁྱི་མོ་ཚང་གི་ཁ་སྣུན་ནས། །
བུ་དཔའ་བོ་ཡིན་ཡང་མར་ལ་འཛེམ། །
བུད་མེད་ངྲིད་མའི་ཁ་སྣུན་ནས། །
ཕོ་ཤེས་ཆེན་ཡིན་ཡང་མར་ལ་འཛེམ། །

在野牦牛的勇武面前，
即使快箭也有顾忌。
在母狗窝的前面，
即使英雄也会忌讳。
在无耻女人面前，
即使君子也会忌讳。

༦ ཟས་ངན་བསྲིས་པའི་འཕྲོ་མ་དེ། །
ཁ་ལ་མ་སོང་ཁྱི་ལ་ཤོར། །
དམག་ངན་སྐྱེས་པའི་བུ་གཅིག་དེ། །
བུ་ལ་མ་ཐུག་བུ་མོ་མོས་བསད། །

节省食物之残羹，
未进嘴里被狗吃。
败军阵中一怂男，
未碰男人被女杀。

འབྲོང་ཕྱུག་ཀོད་རྒྱལ་གྲགས་པ།

ལུག་གཡང་མོ་གཟས་ལ་བུད་པའི་དུས། །
སྤྱང་དར་མའི་འདུར་རྒྱུག་ཤ་རེ་ཚ། །
ང་བཙན་པོའི་ཨུར་རྡོ་ཀླད་བསྐོར་གྱིས། །
ཀླད་ཁྲག་ཐང་ལ་མ་འཕངས་ན། །
རྫི་བཟང་ཨུར་རྡོ་ཅི་ལ་བཏགས། །
རྟ་ཐོ་ཏུ་ཆུ་སྣ་བཀྲམས་པའི་དུས། །
ཁྱོད་རྒྱ་སྟག་ངར་མ་ལམ་སེ་ལམ། །
འཛུམ་དྲུག་ནང་ལ་མ་བླངས་ན། །
རྫོན་པའི་མདའ་མོ་སྐྱེན་པོ་དེ། །
ལག་ལ་ཐོགས་པ་ངོ་རེ་ཚ། །

སྟོབས་ཆེན་འགྲན་མེད་ནག་པོ།

རྫ་ཕུ་ཡི་སྤྱང་མོ་ངོ་དྲེད་ཆེ། །
ལུག་ཟ་བཞིན་བདག་པོའི་ངོ་ལ་ཅེར། །
བྱང་ཡི་ནས་ཁྲམ་པ་ཀོད་མདོག་ཅན། །
རྟ་འདེད་བཞིན་ཡུལ་ཕྱེར་སྒོ་འགྲིམ་བྱེད། །
ཕོ་ཤེས་མེད་བུ་མོ་རང་སྣང་མཐོ། །
རང་ལུས་བཙོང་བཞིན་ཡུལ་སྡེ་དཀྲུགས། །

སོག་སྟོབས་རྒྱལ་རིན་ཆེན་གྲགས་པ།

༡ ངར་འདོད་རྒྱ་སྟག་ཁྲ་བོ་ཁྱོད། །
དེ་རིང་མེད་ན་སྟག་ཕྲུག་མིན། །

仲楚·贵嘉扎巴

绵羊成群出栏时，
野狼乱窜真可怜，
我将甩起抛石绳，
将其脑浆不测地，
怎叫牧人好抛石？
马驹河边喂水时，
猛虎路上晃悠悠，
若不取下猛虎皮，
利箭在手猎人我，
来说一种耻辱也。

多钦·占美那波

深山的母狼不知羞，
吃着羊儿还对视着主人的脸；
北方佯装勇武的无赖汉，
盗马顺道串门去；
无知的女人自大，
卖身还要扰乱村寨。

索多·嘉仁钦扎巴

凶猛的老虎，
今日无能非老虎；

རྒྱུག་འདོད་ཐོ་ཏུ་སྔོན་པོ་ཁྱོད། །
དེ་རིང་མ་རྒྱུག་ཐོ་ཏུ་མིན། །

想跑的马驹，
今日不跑非马驹。

༢ ལྟོ་དཀར་ཉ་མོ་འཕྱུར་ཤེད་ཅན། །
དམའ་རྒྱ་མཚོའི་འགྲམ་ནས་འཕྱུར་གྲབས་ཀྱིས། །
ལྕགས་ཀྱུ་ངར་མའི་ངར་ལ་འཛིན། །
ཁྱོད་དེ་དུས་ཡིད་སེམས་སྐྱོ་བ་ལ། །
རྒྱུག་འདོད་རྒྱ་སྟག་ཁྲ་བོ་དེ། །
ངར་འདོད་མཆེ་བ་བགྲད་པ་ན། །
ས་མདའ་ངར་མས་སྙིང་ནས་འཛིན། །
དེ་དུས་ཡིད་སེམས་སྐྱོ་བ་ལ། །

遨游大海白肚鱼，
试着游到海岸边，
强力钩住鱼儿时，
那时鱼儿真伤心；
想跑的林中斑斓虎，
亮出了凶猛的虎牙，
强力地弩射心脏，
那时老虎真伤心。

རྒྱལ་གསས་སྟོང་རི་ཧ་དྭ།

嘉赛·东日哈塔

༡ ནུབ་ཀྱི་རྒྱ་སྟག་ཁྲ་བོ་ང་། །
ཁ་མཆེ་བས་ཤ་དམར་ཟོས་ཟོས་ནས། །
དགྲ་ཐོག་ཏུ་ཐུག་ན་ཡང་དགའ་རེད། །
ལྷོ་ཡི་གཡུ་འབྲུག་སྔོན་མོ་ང་། །
སྐད་སྙན་མོ་སྟོང་གསུམ་བཀང་བཀང་ནས། །
རླུང་ཟིལ་མ་སྤྲུད་དུས་ཡང་དགའ་རེད། །

西边花斑猛虎，
大嘴吃惯血肉，
遇到敌人更好。
南方青色玉龙，
雷声响彻世界，
狂风骤起更好。

༢ དགའ་བའི་རྒྱབ་ལ་སྡུག་ཅིག་ཡོད། །
ལ་རེ་བརྒྱབ་དུས་ཐུར་རེ་ཡོད། །
སྐྱིད་སྡུག་དགོ་བའི་རྭ་ཁྲིག་འདྲ། །
དྲོ་གྲང་ཁོལ་མོའི་འབུད་ཁ་འདྲ། །
སྐྱེ་འཆི་དབུ་ནག་བོད་ལ་སྲིད། །
འདས་གྲོངས་ཉི་ཟླ་གཉིས་ལ་ཡོད། །

喜乐背后存困苦，
上坡之后有下坡；
苦乐就像黄羊的角纹，
冷暖就像鼓风袋之口；
黑发藏人有生死，
日月也有生和落。

༣ ཚེར་ཕུང་ཤིང་ལོའི་གཡས་ཟུར་ནས། །
བྱིའུ་ཆུང་འཕུར་རྩལ་ཆེ་མོ་མ། །
དེ་ཕན་ཤོར་ན་སྐྱ་ཁྲ་མིན། །
སྤང་དཀར་ལུང་གི་གོང་རོལ་ནས། །
ལུག་ཆུང་འབའ་ཚག་ཆེན་པོ་མ། །
དེ་ཕན་ཤོར་ན་སྤྱང་ཐང་མིན། །
ཐང་ཆེན་སྐྱ་མོའི་གཡས་འགྲམ་ནས། །
ཐོ་ཏུ་བང་རྩལ་ཆེན་མོ་མ། །
དེ་ཕན་ཤོར་ན་རྒྱ་སྟག་མིན། །

在荆棘右下角，
小鸟飞力大，
让它飞了一寸非猎鹰；
在草原上谷口，
小羊咩声大，
让它往前走了非青狼；
在灰色平川的右边，
马驹跑速快，
让它多走一步非老虎。

༤ སྐྱིད་ན་མགོ་འཕང་མི་མཐོ་པ། །
སྡུག་ན་མགོ་འཕང་མི་དམའ་པ། །
སྐྱིད་སྡུག་ཆ་སྙོམས་ཡོང་བ་དེ། །
ཕོ་རབ་ཅིག་གི་འགྲོ་ལུགས་ཡིན། །

乐时不高傲，
苦也不低头
苦乐常相随，
是君子所为。

ཤི་བདུད་བྲུ་གུ་ནག་མགོ།

西堆·朱古那果

ཤར་སེང་གེ་དཀར་མོའི་གཡུ་རལ་འདི། །
ཁྱི་བདའ་ལུས་ལེན་བསམ་སྣང་བ་འཁྲུལ། །
མཁའ་ལྡིང་ཁྱུང་གི་གཤོག་རྩལ་དེ། །
བྱ་འུག་པས་ལེན་བསམ་སྣང་བ་འཁྲུལ། །

东边的白狮鬃毛，
小狗想取走是幻想。
琼鸟翅膀之力，
猫头鹰想取走是幻觉。

སྟག་ཕྲུག་ཀུང་བཙན།

达楚孔赞

སྟག་མོའི་སྣ་དེ་ཁྱི་མོས་བཀྲུས། །
སེང་ཆེན་གཡུ་རལ་འབུ་ཡིས་ཟོས། །

老虎鼻子被母狗洗，
大狮子绿鬃被虫吃，

རང་ཐོག་ཁ་བ་མི་རྟོགས་པར། །
གཞན་ཐོག་བ་སོར་འཛོམ་ཁུལ་བྱེད། །

不见自家门前雪，
还指别家瓦上霜。

གཡུ་འཁྱིང་སེང་གེ།

玉璟森格

ནགས་ཀྱི་རྒྱ་སྟག་ཁྲ་བོ་ང་། །
ནགས་རྫོང་མེ་ཡིས་འཚིག་པའི་དུས། །
ཁེར་འཁྱམ་སྟག་མོ་ལུས་སྤྲོལ་མེད། །
གཙང་ཆབ་ཉ་མོ་ལྟོ་དཀར་ང་། །
རྒྱ་མཚོ་འཁྱག་པས་བསྡམས་པའི་དུས། །
ཉ་མོ་ཁེར་ལུས་ཡོང་ས་མེད། །

林中斑斓猛虎，
森林被大火烧毁时，
独行老虎不会有。
淡水白腹鱼，
冰封河面时，
鱼儿不会独游。

ཁྲ་སྟོང་བསྟན་འཛིན་གྲགས་པ།

查董 · 丹增扎巴

སྒང་ལ་ཁའི་ཤྭ་བ་དུང་རྭ་ཅན། །
མགོ་དུང་རྭ་ངོམ་ཚོད་མ་ཟིན་ན། །
མདའ་སྐྱེན་པོའི་དུང་རྭ་གནང་ལ་ལེན། །
དམའ་རྒྱ་མཚོའི་གསེར་ཉ་འཁྱུག་རྩལ་ཅན། །
ལུས་གསེར་གཤོག་ངོམ་ཚོད་མ་ཟིན་ན། །
ལྕགས་ཀྱུ་ངར་མས་ཁ་ནས་འཛིན། །

山岗上的带角鹿，
展现鹿角不知度，
快箭取走长鹿角。
低海灵巧金眼鱼，
展现金翅不知敛，
强钩将会挂嘴角。

ཟླ་བ་རྒྱལ་མཚན།

达瓦坚赞

སྡུག་ན་མགོ་འཕང་མ་དམའ་ཟེར། །
སྐྱིད་ན་མགོ་འཕང་མ་མཐོ་ཟེར། །
སྐྱིད་སྡུག་འཛིག་རྟེན་མི་ལ་ཡོད། །
ཚ་གྲང་དབྱར་དགུན་སྟོན་ལ་ཡོད། །

苦时不要低头，
乐时不要昂头。
苦乐世人皆有，
寒暑冬夏秋皆有。

གནམ་སྔོན་པོས་མི་ཁེབས་ས་གཞི་མེད། །
ཆབ་ཆུ་པོས་མི་ཁེབས་གྲམ་པ་མེད། །

没有蓝天盖不住的大地，
没有河水淹不住的河川。

པེ་ཐུལ་ལྷ་རྒོད།

培突·拉贵

རི་བོང་ཚེར་གསེབ་གབ་ན་ཡང་། །
བྱ་ནག་རོག་པོས་གར་ཁྱེར་རེད། །
ཁྱིའུ་ཆུང་ཚང་ཁར་འགྲིམ་ན་ཡང་། །
སྐྱ་ཁྲ་ཧོར་པས་གར་ཟོས་རེད། །

即使兔子躲到刺丛，
黑鸟也能随心叼走。
小鸟虽向窝里跑去，
猎隼把鸟随时可吃。

བྱང་མཚོའི་གྲགས་པ་ཨ་ཚང་།

羌措扎巴阿仓

༡ བླ་མས་རང་ཚོད་མ་ཟིན་ན། །
ལྷ་ཁང་ནང་ནས་ཁྲིམས་གཏམ་བྱེད། །
ཐ་མ་རང་གཞན་འདི་ཕྱིར་ཕུང་། །

无修喇嘛不自重，
要把经堂当公堂，
最终害己又害人。

གོང་དཔོན་པོས་རང་ཚོད་མ་ཟིན་ན། །
ས་ཐང་སྟོང་ཏམ་པས་ཁ་བདག་བྱེད། །
ཁ་མི་ལོན་རང་སྡེ་སྐྱོད་ལ་ཟད། །

上司不自制，
荒地独霸占，
与民争利惹众怒。

སྨན་བུ་མོས་རང་ཚོད་མ་ཟིན་ན། །
ཁྲེལ་མེད་ཁྲམ་པ་ཟ་རོགས་འཚོལ། །
སེམས་མི་གཅིག་རང་གིས་བསགས་པ་ཟད། །

女人不自制，
找奸当食友，
耗尽家财终孤独。

སྟག་ཤར་པས་རང་ཚོད་མ་ཟིན་ན། །
ཤ་ཕུ་ནུ་ནང་ནས་དཔུང་པ་འཕུར། །

男儿不自制，
向内施粗暴，

ཚོད་མི་ཟིན་ཡུལ་དང་གྲེས་བྲལ་འོང་། །

失去亲友弃家园。

༢ གཡང་དཀར་ལུག་གི་ཁྱུ་ཚོམ་དེ། །
སྤྱང་ཐང་སྤུན་ནས་མང་ཉུང་འདྲ། །
ནམ་འཕུར་ཁྲའུ་ཁྱུ་ཁྲ་མོ་དེ། །
ཁྲ་དར་མའི་སྔོན་ནས་མང་ཉུང་འདྲ། །
ཚེ་ཚེ་ར་ཡི་ཁྱུ་ཚོགས་དེ། །
འཕར་བའི་ཐད་ནས་མང་ཉུང་འདྲ། །

狼吃羊群好对付，
数量多少不在乎。
猎隼捕鸟好对付，
成群鸟儿不在乎。
豺吃山羊好对付，
成群山羊不在乎。

༣ སྟོ་སྤྲིན་འཛིན་པའི་ཕོ་ཐང་འབྲུག །
མ་མཐོང་ཁ་ཡི་གྲུང་གྲགས་ཆེ། །
མཐོང་ན་སྟོ་འགྲོ་སྦྲུལ་གྱི་གཟུགས། །
རྫ་ཡི་འབྲོང་བུ་རུ་དམར་དེ། །
མ་མཐོང་ཁ་ཡི་གྲུང་གྲགས་ཅན། །
མཐོང་ན་གཡག་རྒན་སྒུར་པོའི་གཟུགས། །
གངས་ཀྱི་དར་སེང་དཀར་མོ་དེ། །
མ་མཐོང་ཁ་ཡི་གྲུང་གྲགས་ཅན། །
མཐོང་ན་ཁྱི་རྒན་སྐྱག་དྲི་ཅན། །

爪握白云的青龙，
未见鸣声大，
看到只是一蛇身。
山上红角野牦牛，
未见名声大，
看到只是一驼背老牛。
雪山白色狮子，
未见名声大，
看到只是一臭狗。

༤ བན་ཆོས་མེད་དཀོར་གྱིས་རང་ཉིད་ཕུང་། །
དཔོན་ཁྲེལ་མེད་ཁྲིམས་ཀྱིས་ཉམ་ཆུང་ཕུང་། །
སྨན་ཤེས་མེད་བྱ་བས་ཚོ་རོགས་ཕུང་། །

无德僧人贪财害了己，
无耻的官枉法害弱者，
无智女人淫荡害伴侣。

ཤང་ཁྲི་དཔལ་ལྡན་འཇིགས་མེད། 香赤巴丹晋美

༡ ཤིང་གསོམ་དཀར་སྟེང་ལ་འགྲོ་འགྲོ་དེ། །
ཤིང་འཛེར་ཅན་སྟེང་ལ་འགྲོ་ལེ་མིན། །

随意砍伐白松树，
青杠木上不适用。

ཐང་ཆེན་གྲུ་གྲུ་སྒྲིལ་སྒྲིལ་དེ། །
བྱེ་མའི་ཐང་ལ་འགྲོ་ལེ་མིན། །
རྫ་ཁྲ་ཡག་ཉག་ལམ་བརྡོད་བརྡོད་དེ། །
དཀར་ཡག་གངས་ལ་འགྲོ་ལེ་མིན། །
འབྲོང་བུ་མདའ་མོས་བསད་བསད་དེ། །
ཕོ་ཐང་སེང་ལ་འགྲོ་ལེ་མིན། །
འདོ་རྡུག་རྟ་ཕོས་གཤོག་གཤོག་དེ། །
ཁ་དཀར་རྐྱང་ལ་འགྲོ་ལེ་མིན། །

烈马奔驰在平原，
沙漠地里行不通。
野牛穿越岩山劲，
雪山路上行不通。
用箭杀死野牦牛，
猛狮那里行不通。
马儿试蹄草坪间，
何与风驰野马比。

༢ ལུག་བརྒྱ་ཤ་ཡིས་མ་འགྲངས་ལེ། །
སྤྱང་ཐང་གཟན་ལ་འདུར་བས་ན། །
ཨུར་དཀྱུས་མ་ཞིག་གིས་སྐད་ཁྲག་བསྲི། །

百只羊也吃不饱，
野狼还要贪羊群，
终被抛石绳所杀。

སྨན་བུ་མོ་རོགས་ཀྱིས་མ་ངོམ་ན། །
མོ་ངན་སྐྱེས་རང་རྒྱུས་མི་ཡིས་ཤེས། །
ཕ་བླ་མ་དཀོར་གྱིས་མ་ངོམ་ན། །
ལས་རོ་ཚས་ངན་པས་དམྱལ་བར་འགྲིམ། །
གོང་དཔོན་པོ་ཁྲིམས་ལམ་མ་དྲང་ན། །
རྒྱུ་བཟང་དོན་ཁྲིམས་ལོག་ཕ་བྱུས་ཤོར། །
བུ་དཔའ་བོས་དགྲ་ཚོས་མ་ཟིན་ན། །
དགྲ་མང་བས་རང་གི་ཕ་བྱུས་ཤོར། །
ཕ་ཕྱུག་པོ་ཟས་ཀྱིས་མ་ངོམ་ན། །
བསྲི་ཆེ་ན་ཟས་ལ་འགོང་པོ་ཞུགས། །

女人不满足于伴侣，
生性被人所熟知。
上师不知足于信财，
尸首陪葬入地狱。
为官不公正，
贪赃枉法丢祖业。
英雄树敌太多，
恐失自己祖业。
富家若不知足，
过省招来食鬼魔。

༣ སྲིན་བྱ་ཁྲ་ཆུང་རྟ་མ་མགོ། །
དུས་འཛིན་དབྱར་བྱ་བསྐོས་པ་མེད། །
མ་ངན་བུ་མོ་རང་འདོད་ཅན། །

斑斓的马头小妖鸟，
没有候鸟之命定。
贱母贪欲女，

ཧམ་པའི་འཕྱོར་ཆས་བྱས་ཞན་འདྲ། །
མ་བསོད་གཞིས་བདག་བསྐོས་པ་མེད། །
ཆོས་མེད་བན་དེ་ཀུན་རྫོབ་ཅན། །
ཤི་པོ་འདྲེན་པའི་བསྐོས་པ་མེད། །
མི་ངན་སླ་བ་རང་ཤོར་དེ། །
ཡུལ་ཆེན་གཙོ་བོ་བསྐོས་པ་མེད། །
མི་ངན་སྤྲང་པོ་རང་འདོད་ཅན། །
དཔའ་བོའི་ཁ་ཡ་བསྐོས་པ་མེད། །

狂妄自己做装饰，
没有当家主的命。
无知僧人世俗化，
没有引导死人的命。
坏人当差失工钱，
没有一方当官的命。
自私无赖之乞丐，
没有做英雄对手的命。

ཉ་པའི་བྲུ་ཆུང་ལྷེ་བདེ།

年巴・普琼结德

༡ གཡུ་འབྲུག་སྤྲིན་གྱིས་མ་བོས་ན། །
སྟོང་པའི་མཁའ་ལ་འོང་དོན་མེད། །
ཁུ་བྱུག་དབྱར་གྱིས་མ་བོས་ན། །
རང་བཞིན་སྐྱོ་ནས་འོང་དོན་མེད། །
འབྲུ་དྲུག་ས་ལ་མ་བཏབ་ན། །
རང་བཞིན་ས་ལ་འཁྲུངས་དོན་མེད། །
རིང་ནས་མཚོ་ཆེན་མ་དྲོས་ན། །
ངང་པ་འཁོར་ས་ག་ན་ཡོད། །
གངས་རིར་བུ་ཡུག་མ་ཆགས་ན། །
སེང་གེ་འཁོར་གནས་ག་ན་ཡོད། །
རི་ཆེན་ནགས་ཀྱིས་མ་བཟུང་ན། །
སྟག་གཟིག་འཁོར་གནས་ག་ན་ཡོད། །

青龙若没有被云召唤，
没必要来空中。
布谷鸟若没被夏天所召唤，
自然而来没必要。
五谷不种地，
不会自然生出来。
远处大海不暖，
怎会有野鸭栖息处？
雪山不起风雪，
怎会有狮子栖息地？
高山不为森林所占据，
怎会有虎豹栖息地？

༢ སྤྲེལ་རྐན་རྩལ་སྟོབས་ཆེ་ཞན་འདྲ། །
ཙན་དན་ཚེར་མས་འཇིགས་པས་ཟེར། །
དཔའ་བོ་དགྲ་ངར་ཆེ་ཞན་འདྲ། །

猴子的本领貌似大，
说是惧怕檀香刺。
英雄临敌很勇猛，

རྒན་མོའི་བློ་ཡིས་འཛིགས་པས་ཟེར། །
གཡུ་འབྲུག་ངར་སྐད་ཆེ་ཞན་འདྲ། །
གློག་ལྡེ་ཐན་པས་ནོན་ཡང་སྲིད། །
ཉི་ཟླ་འོང་པ་མཐོ་ཞན་འདྲ། །
དྲང་སྲོང་གཟའ་ཡིས་སྒྲིབ་ཀྱང་སྲིད། །
སྡར་མ་རྒྱན་གོས་ཡག་ཞན་འདྲ། །
དཔའ་བོས་ལག་སྔས་གསོད་ཀྱང་སྲིད། །

说是害怕老妇人的计谋。
苍龙咆哮隆隆声，
可能会被干旱所覆灭。
日月貌似很高，
也许会被罗睺所遮挡。
懦夫服饰貌似很美丽，
也许被英雄先下手杀死。

ཀླ་བ་བཙན་པོ།

噶瓦赞波

༡ རོག་རོག་གླང་བུས་འབྲོང་ལ་འགྲན། །
རྭ་ཡ་ཤོར་བའི་རྒྱན་དུ་ཆེ། །
སེར་ཆུང་ཝ་མོས་སྟག་ལ་འགྲན། །
ཁྲ་ཡག་ཤོར་བའི་རྒྱན་དུ་ཆེ། །
རྒྱུམ་འཐུ་ཕྱིའུས་ཁྲ་ལ་འགྲན། །
གཤོག་རྡུག་ཤོར་བའི་རྒྱན་དུ་ཆེ། །

黄牛与野牦牛较量，
失去犄角的可能性大。
小狐狸同老虎比，
失去毛色的可能性大？
小鸟与猎隼争小虫，
失掉翅膀可能性大。

༢ བྲག་དཀར་རྡོ་རྗེའི་གཤེད་མ་དེ། །
དགུང་གི་ཟྲི་ར་དམར་པོ་རེད། །
མི་ཤེས་བྲག་ཆ་ཙུ་རུ་རུ། །
དམར་ཡག་སྟག་གི་གཤེད་མ་དེ། །
ནགས་ཀྱི་སྐང་ཕྱིའུ་ནག་པོ་རེད། །
མི་ཤེས་ཊན་སྒྲ་ཐག་སེ་ཐག །
དུག་ཆེན་སྦྲུལ་གྱི་གཤེད་མ་དེ། །
བཟང་དྲུག་རི་དྭགས་གླ་རྩི་རེད། །
མི་ཤེས་དུག་རླངས་ཀྱུ་རུ་རུ། །

金刚白岩的天敌，
是天空的红色闪电，
击碎回音闹哄哄。
猛虎的天敌，
是林子里的黑鸟，
还有颚声嗒嗒声。
毒蛇的天敌，
是好药麝香，
死蛇毒气蒸腾腾。

༣ རྫ་ཡི་འབྲོང་ཆེན་འགྱིང་ཆེན་ལ། །
རུ་ཐོགས་བརྒྱ་ཡིས་མ་ཐུབ་པས། །
གླང་རྒན་རུ་ཡིས་འགྲན་རྒྱུ་མེད། །
གངས་ཀྱི་དར་སེང་དཀར་མོ་ལ། །
སྡེར་ཐོགས་བརྒྱ་ཡིས་མ་ཐུབ་པས། །
ཁྱི་ནག་མཆེ་བས་འགྲན་རྒྱུ་མེད། །
དགུང་གི་རྩལ་ལྡན་ཁྱུང་ཆེན་ལ། །
གཤོག་ཐོགས་བརྒྱ་ཡིས་མ་ཐུབ་པས། །
སྦལ་ཟན་ནེའུ་ལེས་འགྲན་རྒྱུ་མེད། །

乱石山里的野牦牛，
角类动物谁能敌，
别说田间老黄牛。
雪山上的雪狮，
兽类谁都不能敌，
别说流浪老黑狗。
空中猛禽大琼鸟，
禽类谁都飞不过，
别说吃蛙鹫来敌。

༤ ཧམ་ཆེ་ན་སྤྱང་མོ་ཤ་ཡིས་བརྡངས། །
འགྱིང་ཆེ་ན་སེང་གེ་གངས་ནས་འགྲིལ། །
མཐོ་ཆེ་ན་ཁྱུང་ཆེན་རླུང་གིས་རྡིབ། །
བཙན་ཆེ་ན་དཔོན་པོའི་ཕ་བྱུས་ཤོར། །
སྲ་ཆེ་ན་རྒྱ་བྲག་ཐོག་གིས་བཤིག །
ངར་ཆེ་ན་དུག་སྦྲུལ་ཁྱུང་གིས་ཟ། །

太狂妄狼也被肉呛，
太傲慢雪狮也滚下山，
太高了琼鸟被风刮，
太强硬官也失祖业，
太过硬岩石被雷毁，
太强大毒蛇被琼吃。

༥ བན་དེ་དམ་ཚིག་ཤུང་ཁ་ལ། །
གར་སོང་བུ་མོ་ལམ་ཉལ་རྒྱུག །
དཔོན་པོས་ཕ་བྱུས་ཤོར་ཁ་ལ། །
བདེན་རྫུན་གཉིས་ཀྱི་ལྟ་བ་ཡོག །
སྡར་མ་གྲི་ཁར་ཤི་ཁ་ལ། །
དཔའ་སྙིང་ཁོག་པའི་གདིང་ནས་རྡོས། །
བུ་མོས་རང་ལུས་བརྫོད་ཁ་ལ། །
ཉིན་མཚན་མི་འདུག་མི་སྒོ་འགྲིམ། །

僧人失去戒律前，
到处路遇睡觉女。
大官失去祖业前，
失去真假之判断。
懦夫临死刀口前，
内心生起勇武心。
女人失去贞洁前，
日夜不停去串门。

སྟག་རོང་ཨ་ཁྲ་ཁྲོ་ཐུང་།	**达绒•阿库超同**
༡ སྤྲིན་པས་ནམ་མཁའ་མ་གང་ན། །	浓雾不笼罩着天空，
སྦྲང་ཆར་བབས་དོན་ཡེ་ནས་མེད། །	根本不会下甘霖。
གཡུ་འབྲུག་གནམ་ནས་མ་གྲགས་ན། །	苍龙不从天上鸣声，
ཐོག་དམར་བབས་དོན་ཡེ་ནས་མེད།	根本不会有雷电。
༢ མཁའ་ལྡིང་ཁྱུང་གི་ཕྲུ་གུ་ལ། །	琼鸟的雏鸟，
གཤོག་རྡུག་མེད་པ་ག་ན་ཡོད། །	自幼翅力不一样，
སེང་གེ་དཀར་མོའི་བུ་རྒྱུད་ལ། །	白狮的崽子，
གཡུ་རལ་མེད་པ་ག་ན་ཡོད། །	没有绿鬃的怎会有？
བྲི་མོ་འབྲོང་གི་བུ་རྒྱུད་ལ། །	野牦牛的后代，
རྭ་ཐུར་མེད་པ་ག་ན་ཡོད། །	没有粗角的怎会有？”
དམར་ཡག་སྟག་གི་བུ་རྒྱུད་ལ། །	猛虎的崽子，
གྲ་འཛུམ་མེད་པ་ག་ན་ཡོད། །	没有毛色的怎会有？
༣ རྒྱ་མཚོའི་སྟེང་གི་གསེར་ཉ་དེ། །	海洋上的金目鱼，
འཁྲུག་ཚོད་ཡེ་ནས་མ་ཟིན་ན། །	不知遨游海洋度，
ལྕགས་ཀྱུ་ངར་མའི་འཇུག་ལ་ཚུད། །	就会被铁钩所抓住。
དགུང་སྔོན་ནམ་མཁའི་ཡང་སྟེང་ནས། །	在蓝蓝的天空，
ཐང་དཀར་འཕུར་ཚོད་མ་ཟིན་ན། །	鹰飞过了头，
སྤྲུ་གྲི་རླུང་གིས་གཤོག་རྡུག་གཏོར། །	就被风刮破翅膀。
ལ་ལུང་གཉིས་ཀྱི་བར་སོང་ནས། །	在翻山越岭时，
ཚོང་དཔོན་འགྲོ་ཚོད་མ་ཟིན་ན། །	商官走了过头，
ཚོང་ནོར་སྡང་བའི་དགྲ་ལ་ཤོར། །	商品会被仇敌所抢。
གྲོང་ཡུལ་སྟེ་ཡི་བར་ལམ་ནས། །	在城郊通途之间，

སྨན་བུ་མོ་འགྲོ་ཚོད་མ་ཟིན་ན། །
ལུས་མི་བདེ་བྱིས་པས་ཁོག་པ་གང་། །

女人走路不节点，
肚里怀着私生子。

༤ གངས་ཀྱི་དར་སེང་དཀར་མོ་དེ། །
གཅན་གཟན་བརྒྱ་ཡིས་འགྲན་ཟླ་བྲལ། །
རྫ་ཡི་འབྲོང་བུ་རུ་དམར་དེ། །
རྭ་ཐོགས་བརྒྱ་ཡིས་འགྲན་ཟླ་བྲལ། །
ཨ་རུ་རྣམ་རྒྱལ་འབྲུ་སེ་དེ། །
སྨན་སྣ་བརྒྱ་ཡིས་དོ་ཟླ་མེད། །
གསེར་བསྲེགས་བསགས་པའི་རོལ་ཆ་དེ། །
ཞ་ནེ་བརྒྱ་ཡིས་དོ་ཟླ་མེད། །

雪山上的雪狮，
百兽不可战胜它。
石子山的野牦牛，
犄角类多也难觝。
金黄的诃子药，
普通百药不可比。
烧金制造的乐器。
铅制劣品不可比。

༥ ཤྭ་ཕོ་ཆེན་གྲོང་ཡུལ་འཁྱམ་ལེ་འདི། །
མགོ་དུང་རྭ་ཤོར་བའི་རྐྱེན་དུ་འགྱུར། །
སྟག་དམར་ཡག་བྱང་ཐང་འགྲོ་བ་འདི། །
ལུས་འཇམ་དྲུག་ཤོར་བའི་རྐྱེན་དུ་གྱུར། །
སྨན་བུ་མོ་གྲོང་ཡུལ་འཁྱམ་ལེ་འདི། །
ལུས་འཕྱོར་རྒྱུས་ཉེས་པའི་རྐྱེན་དུ་གྱུར། །

雄鹿游走城廓，
会成为失去鹿角的因缘。
猛虎出走羌塘，
会成为失去皮毛的因缘。
女人进城游玩，
会成为失去贞节的因缘。

༦ ཝ་གྲ་ཡག་ཛ་མ་སྣུམ་ཞན་འདྲ། །
སྟག་དམར་ཡག་གདོང་ལ་འཛིང་རྒྱུ་མེད། །
གླང་རོག་རོག་རྭ་རྩ་སྦོམ་ཞན་འདྲ། །
འབྲོང་བྲེ་སེར་ཐད་ལ་འཛིང་རྒྱུ་མེད། །
ཁྱི་ཞེའུ་ཡ་སོ་རྣོ་ཞན་འདྲ། །
ང་སྟག་རྒྱལ་སྔོན་ལ་རྣོ་རྒྱུ་མེད། །
གཡང་དཀར་ཅི་ལྟར་ཞན་ན་ཡང་། །
ར་མ་རྒྱ་མོས་དོ་ཟླ་མེད། །

狐狸尾巴有点油，
不能与猛虎争斗。
黄牛角根貌似粗，
却不可与野牛斗。
小狗犬牙貌似锋利，
却在老虎面前难锋利。
绵羊即使再差劲，
却比山羊强许多。

རྟ་འདོ་བ་ཅི་ལྟར་ཞན་ན་ཡང་། །
བོང་ངན་སྐྱ་བོས་དོ་ཟླ་མེད། །

无论骏马再差劲，
却比灰驴强许多。

བསོད་ནམས་གཡུང་དྲུང་།

索南雍仲

༡ སྟོན་འབྱུང་བས་བསྡམས་པའི་ཐ་མ་ལ། །
བྲག་དཀར་ཀླད་རྒྱ་ཐོག་གིས་བཞིགས། །
སྣང་ཉི་མ་བཀལ་བའི་ཐ་མ་ལ། །
འོད་ཟེར་དགྲ་གཅན་གཟའ་ཡིས་བཅོམ། །
མི་རྒན་ཚེ་ཡི་ཐ་མ་ལ། །
སྲོག་དམར་སྡང་བའི་དགྲ་ལ་ཤོར། །

秋天的季节临近结束时，
不料白岩被霹雷所毁。
太阳快要落到西下时，
不料光明被罗睺所吞。
老人快要生命终结时，
不料丧命于仇恨的敌手。

༢ རྟ་བརྒྱ་དེད་པའི་ཇག་པ་དེ། །
ལས་ཟད་དཔོན་པོའི་ཁྲིམས་ལ་བབ། །
ལུག་བརྒྱ་བསད་པའི་སྤྱང་ཀི་དེ། །
ལས་ཟད་རྡོ་ཡིས་ཀླད་ཁྲག་བསྲི། །
རོགས་བརྒྱ་བསྐྱུར་བའི་བུད་མེད་དེ། །
ལས་ཟད་ལན་ཆགས་ཕྲུ་གུ་སྐྱེ། །

盗走百匹马的歹徒，
落于大官法网。
杀了百只羊的狼，
以石头敲碎了脑浆。
遗弃百位伴侣的女人，
最终怀了野种。

༣ དབྱར་བྱས་དྲུག་འགྱུར་གྲག་པ་ལ། །
སྦྲང་ཆར་ཟིལ་བུའི་གྲོགས་དན་དགོས། །
གཡུ་འབྲུག་ངར་སྐད་ཐོན་པ་ལ། །
ལྷོ་སྤྲིན་སྨུག་མོའི་གྲོགས་དན་དགོས། །
རྟ་ཕོ་བྱང་ལམ་འགྲིམ་པ་ལ། །
ཁ་དཀར་རྐྱང་གི་སྤུ་ཙུ་དགོས། །
བྱ་ནག་ནམ་འཕང་གཅོད་པ་ལ། །
མཁའ་ལྡིང་ཁྱུང་གི་གཤོག་དྲུག་དགོས།

夏天候鸟唱美乐，
需要细雨甘露。
苍龙咆哮雷鸣，
需要南云做伴。
骏马行走北路，
需要野驴皮毛。
黑鸟飞翔天空，
需要琼鸟翅力。

༤ ཝ་མོའི་སྤུ་ཡི་ག྄་རྫོང་དེས། །
དམར་ཡག་སྟག་ལ་འགྲན་རྒྱུ་མེད། །
བྱིའུ་སྔོན་ནེའི་འཕུར་ལྐབ་དེས། །
ཐང་དཀར་རྒོད་ལ་འགྲན་རྒྱུ་མེད། །

狐狸毛的毛色，
不能争于猛虎。
小鸟扑翅小技，
不能比于雄鹰。

༥ འབྲོང་བྲེ་མོ་སུག་བཞི་མ་ཐུད་ན། །
རྫ་ཁ་ཞེང་ཆེ་ཡང་ཉམ་ང་མེད། །
སེང་དཀར་མོ་དབང་ཐང་མ་ཟློགས་ན། །
གངས་བུ་ཡུག་ཆེ་ཡང་ཉམ་ང་མེད། །
སྟག་དམར་ཡག་དབང་ཐང་མ་ཟློགས་ན། །
དགྲ་བོང་བུ་མང་ཡང་ཉམ་ང་མེད། །

野牛四肢不疲乏，
石子山再宽也无所惧。
白狮子威势未尽，
暴风雪再大也无所惧。
老虎威势不消退，
敌人驴子再多也无所惧。

སྟག་དྭ་མི་འོད་གློག་སྐྱེ།

达塔·美沃洛结

༡ བྱིའུ་ཤུང་གཤོག་རྩལ་མྱུར་ཞན་འདྲ། །
ཁྲ་དར་མའི་སྔོན་ལ་ཐར་བ་མིན། །
རྟ་འདོ་བ་རྐང་མགྱོགས་ཆེ་ཞན་འདྲ། །
རྐྱང་ཁམ་ཤུང་བང་ཁ་དོ་ལེ་མིན། །
ཝ་མོའི་གྲ་ལོ་དམར་ཞན་འདྲ། །
འཛུམ་དྲུག་སྟག་ལ་འགྲན་རྒྱུ་མེད། །

鸟的飞翔力虽大，
猎隼之前难通过。
好像骏马脚力大，
野驴跑速力不强。
狐狸毛色虽红火，
却不能与老虎毛色比。

༢ དཔའ་རྩལ་མེད་པའི་བུ་རྟ་དེས། །
ཁམས་ཆེན་དགྲ་བོ་ཐུལ་ལེ་མིན། །
དུག་ཆེན་མེད་པའི་རྒྱ་སྟག་དེས། །
མི་ཤ་ཟ་བའི་སྐལ་པ་མེད། །
དུང་གཤོག་མེད་པའི་བྱ་རིགས་དེས། །

缺乏勇气的骑兵，
不能征服大敌军。
没有剧毒的老虎，
就没有吃人的机会。
没有翅膀的鸟儿，

བར་སྣང་བྱ་ལམ་ཟིན་པ་མིན། །
不能占领翎飞鸟道。

༣ སྟག་མོས་རྒྱ་རྫོང་མ་ཟིན་ན། །
老虎未能占领森林，
འཛུམ་རྒྱས་ཟེར་ན་རང་མཚང་རེད། །
毛色鲜亮是耻辱。
འབྲོང་བུས་རྫ་སྟོད་མ་ཟིན་ན། །
野牛不能占领乱石山，
རུ་རྒྱས་ཟེར་ན་རང་མཚང་རེད། །
角力粗壮是耻辱。
བུ་ཚས་ཕ་ས་མ་ཟིན་ན། །
儿孙不能继承父业，
ཕོ་རྒོད་ཟེར་ཡང་རང་མཚང་རེད། །
说他硬汉是耻辱。

༤ ཕུ་གངས་དཀར་གངས་ལ་རྩོད་རྒྱུ་མེད། །
雪山归属无争议，
མདའ་ས་ནག་རུས་པ་རྩོད་རྒྱུ་མེད། །
田地归属无争议。

ཕོ་ཧམ་པས་རི་ལ་དཔུང་ཚད་བྱེད། །
狂妄之徒与山争，
ལས་མི་ཐུབ་དཔུང་པའི་ཚིགས་བཞི་ཐོར། །
不能战胜散骨架，
ཁྱི་ཞེའུ་ཟིག་ལ་ཁ་ཚད་སྒྲོ། །
与一只狗也争高下，
དཔའ་མི་མཉམ་གཟུགས་དྲུག་ཐང་ལ་བརྡབས། །
勇武不敌摔地上。

ཆོས་ལུ་རིན་ཆེན་གྲགས་པ།

曲鲁·仁钦扎巴

༡ ཁྱུང་ཕྲུག་ལུས་ཚད་མ་རྫོགས་ཀྱང་། །
金翅小鸟虽未长大，
བྱ་རིགས་གཞན་གྱིས་འགྲན་ཟླ་ཐལ། །
其他鸟类却望尘莫及。
སེང་ཕྲུག་འགྲན་བསམ་ཆུང་ནའང་། །
小狮子虽然无攀比之心，
གཅན་གཟན་བརྒྱ་ཡིས་འགྲན་ཟླ་ཐལ། །
百兽都不可战胜它。
འབྲོང་ཤེད་རུ་རྩལ་མ་རྫོགས་ཀྱང་། །
野牛虽未成熟角力，
རུ་ཐོགས་བརྒྱ་ཡིས་འགྲན་ཟླ་ཐལ། །
普通犄角类不可战胜它。

༢ གངས་དཀར་ཟུར་གྱི་ན་བུན་དེ། །
白雪皑皑的云雾，

མཐོན་པོ་གངས་ལ་ཆགས་པ་ལ། །	眷恋于高高的雪，
རླུང་སྐྱི་སེར་ཕྲག་དོག་དགོས་པ་ཆུང་། །	风儿嫉妒无意义。
རྒྱ་མཚོའི་སྟེང་གི་གསེར་མིག་ཉ། །	海中金眼鱼，
བདེ་སྨྱུར་ཆབ་ལ་འཕྱོར་བ་ལས། །	灵活游于水中，
དུག་འབུའི་ཕྲག་དོག་དགོས་པ་ཆུང་། །	蚊子嫉妒无意义。
༣ ཕ་བླ་མ་བཟང་པོ་དགོན་གྱི་རྒྱན། །	好喇嘛是寺院的庄严，
དཀོར་ཟུལ་ཚོད་མ་ཟིན་དམྱལ་བར་སྐྱེ། །	过分敛财堕入地狱中。
མདའ་སྨན་ཆུང་བཟང་པོ་ཡུལ་གྱི་རྒྱན། །	淑女是地方的装饰，
ཕྱི་ཟུལ་ཚོད་མ་ཟིན་མི་ཁས་སྣང་། །	过分闲逛落口舌。
ཐད་ཇག་པ་ཛམ་ཆེན་ནོར་གྱི་གཤེད། །	土匪是财富之敌，
རྒྱུ་འཕྲོག་ཚོད་མ་ཟིན་ཁྲིམས་ཀྱིས་མནར། །	过分抢财落法网。
སྟག་དམར་ཡག་ཛམ་ཆེན་ནགས་ཀྱི་རྒྱན། །	猛虎是森林的装饰，
ཤ་ཟ་ཚོད་མ་ཟིན་ས་མདས་བསད། །	过分食肉被地弩射杀。

ངག་སྟོན་གཡུང་དྲུང་སྟོབས་རྒྱལ།　阿顿·雍仲多嘉

༡ བསམ་པའི་སོག་ལེ་སོ་གཉིས་ཁ། །	心神锯两齿，
ཤིང་ཚེར་སྐྱེས་སྟེང་ལ་འགྲོ་ལེ་མིན། །	不适合树杈上。
འདོ་རྟུག་རྟ་ཕོའི་གོམ་པ་དེ། །	骏马步姿，
ཁ་དཀར་རྐྱང་ལ་འགྲོ་ལེ་མིན། །	不适宜野驴。
༢ སྤྱང་ཐང་དཔའ་རྩལ་ཆེ་བས་ན། །	野狼大勇武，
བྲི་མོ་འབྲོང་ལ་འགྲན་པར་གྱིས། །	可与野牦牛比一比。
གཡུ་འབྲུག་སྟོབས་རྩལ་ཆེ་བས་ན། །	青龙力量大，
གངས་དཀར་སེང་ལ་འགྲན་པར་གྱིས། །	试着去挑战一下雪狮。
བྱ་ཕྲན་སྨྱུར་རླབས་ཆེ་བས་ན། །	小鸟跑得快，

རྩལ་ལྡན་ཁྱུང་ལ་འགྲན་པར་གྱིས། །

可与猛禽琼鸟比。

༣ སྤྲེལ་རྒན་བྱ་ལག་མང་བས་ན། །
ལག་པ་ཐང་ཆུས་འབྱར་ཉེན་ཡོད། །
ཁྱི་རྒན་འགྲོ་འདུག་མང་བས་ན། །
ཁྱི་རྐང་རྡོ་ལ་ཐུག་ཉེན་ཡོད། །

老猴爱惹事，
手可能粘上滩水。
老狗常乱走，
狗腿可撞石头。

ལྷོ་ཟུར་པའི་སྟོང་དཔོན་པདྨ།

洛俗贝·东本白玛

༡ ཕོ་དྲང་པོ་བཏགས་ཚད་གཡོ་སྒྱུ་ཆེ། །
སྨན་མཛེས་མ་ཐོགས་ཚད་མཛའ་ཡ་མང་། །
བན་ཀུན་རྫོབ་མཁས་ཚད་དོན་དམ་མེད། །
དཔོན་གྲགས་པ་ཆེ་ཚད་བདེན་མེད་ཡིན།

被称君子者，其实阴险多。
被称美女者，其实男人多。
被称善识僧，其实无修行。
被称好官员，其实虚伪多。

༢ ཟོས་ཟོས་སྤྱང་ཐང་སྔོན་མོ་དེ། །
འབྲོང་བྲི་སེར་ཤ་དེ་ཨེ་དར་ན། །
ཟོས་ཟོས་ཁྲམ་པ་སྡེ་ཟོས་དེ། །
དཔའ་བོ་གྲགས་དེ་ཨེ་ཟོས་ན། །
འཁྲིལ་འཁྲིལ་བུད་མེད་སྨད་འཚོང་དེ། །
ལུས་སྡོམ་གསུམ་ལྡན་དེ་ཨེ་འཁྲིལ་ན།

惯于食肉的青狼，
能否吃到野牦牛肉？
抢掠百姓的强盗，
可否抢劫英雄呢？
招引男人的卖淫女，
能否接近真修僧？

༣ ཏབ་ཆེ་ན་སྤྱང་མོ་ཤ་ཡིས་བཙངས། །
ཟ་ཆེ་ན་སྦྲང་དཀར་མཆིན་པ་ན། །
བཏུང་ཆེ་ན་སྐྱེམས་པོས་ཀླད་ཡུ་འཁོར། །
འགྲོ་མང་ན་འོག་རྟ་རྐང་པ་བུལ། །
དགྲ་མང་ན་རང་མིས་རང་མགོ་སྐོར། །

贪多了狼也被肉噎，
吃多了白蜜也伤肝，
喝多了茶也会头晕，
走多了马腿也瘫软，
敌多了内部人也骗。

༤ སྤང་སེར་ཆེན་གཏིང་ན་བ་མོ་བྱུང་། །
ཤྭ་ཕོ་ཆེན་ཡིད་རྩ་ཆུ་བས་གྲང་། །
མགོ་དུང་ར་རུས་པའི་གསེར་མཁར་རེད། །
སྤང་ཤོག་གསུམ་མི་འགྲིམ་ཀ་མེད་རེད། །

草原出现白霜时，
雄鹿伤心比水凉，
鹿角乃是骨城堡，
不得不离大草原。

མཚོ་སྔོན་མོ་འཁྱགས་ཀྱིས་བཟུང་བའི་དུས། །
བྱ་ངང་པའི་ཡིད་རྩ་ཆུ་བས་གྲང་། །
ལུས་གཤོག་ཟེར་མ་རླུང་གིས་དེད། །
ས་རང་ཤོད་མི་འགྲིམ་ཀ་མེད་རེད། །

寒风冰封碧湖时，
野鸭伤心比水凉，
风卷翅膀飘着走，
不得不往低处飞。

ཞིང་སྔོན་མོའི་སྙེ་མ་ཁ་དོག་སེར། །
བྱ་ཁུ་བྱུག་ཡིད་རྩ་ཆུ་བས་གྲང་། །
ཆར་ཟིལ་བུའི་སྟེང་ལ་གངས་ཀྱིས་བཟུང་། །
ལྷོ་མོན་ཡུལ་མི་འགྲིམ་ཀ་མེད་རེད། །

青田麦穗颜色黄，
杜鹃伤心比水凉，
雨露被雪覆盖时，
不得不往南方飞。

༥ རྫ་རི་གངས་ཀྱིས་བཟུང་བ་ལས། །
འབྲོང་མོ་ངར་ཤི་སོང་ན་དགའ། །
ནགས་རྫོང་མེ་ཡིས་ཚིག་པ་ལས། །
སྟག་མོ་ངར་ཤི་སོང་ན་དགའ། །
བན་དེ་སྡོམ་པ་ཤོར་བ་ལས། །
གཤིན་རྗེའི་ཁྲམ་ལ་ཐེབས་ན་དགའ། །
འོག་རྟ་དགྲ་ལ་ཤོར་བ་ལས། །
སྟག་ཤར་གཟུགས་གཞི་ཞིག་ན་དགའ། །

石子山一旦被雪覆盖，
野牦牛不如暴烈而亡。
森林一旦被大火烧毁，
老虎不如暴烈而亡。
僧人失去戒律，
还不如中了死神之箭。
坐骑被敌所抢夺，
好汉不如粉身碎骨。

ངང་འཕྲུ་རྗེས་མེད།

昂初吉美

༡ མཁའ་ལྡིང་འཕུར་བའི་གཤོག་ལམ་ལ། །
སྦྲུལ་ཆེན་སོད་ཀྱང་བརྟན་པར་དཀའ། །
འཇོམ་ཆེན་སྟག་གི་ངར་ལམ་ནས། །
ཀུ་ཏུ་བོང་གིས་བརྟན་པ་དཀའ། །
ཁྲ་ཡག་གཟིག་གི་ཁ་སྔུན་ནས། །
ཁྱི་ནག་དཔུང་གིས་བརྟན་པ་དཀའ། །
འབུམ་མེ་ཁྲབ་ཀྱི་བཙན་རྫོང་ནས། །
སྨྱིན་མེད་མདའ་མོས་འབིགས་པ་དཀའ། །
ཉ་ཆེན་ཁོག་གི་ཨོལ་འདོག་ལ། །
ཞ་ནེའི་མདའ་ཡིས་འབིགས་པ་དཀའ། །

琼鸟飞行的翼道，
即使叼得猛蛇也难收手。
凶猛老虎气势下，
驼背驴子无作用。
美斑豹子眼底下，
黑狗之力无作用。
坚固无比堡垒，
钝箭难以破门。
鳄鱼坚固喉头，
铅弹难以穿透。

༢ རྟ་ཕོ་ཅི་ཤི་རྒྱུག་ལ་ཤི། །
དེ་ལ་འགྱོད་པ་བྱ་རྒྱུ་མེད། །
མི་ཕོ་ཅི་ཤི་ཆུས་ལ་ཤི། །
དེ་ལ་འགྱོད་པ་བྱེད་རྒྱུ་མེད། །

骏马死于奔跑，
对此无可后悔。
男人死于事业，
对此无可后悔。

༣ ཕོ་རབ་ཤི་བ་ཆོས་ལ་ཤི། །
དེ་ནི་འགྲུབ་པ་བླ་ན་མེད། །
ཕོ་འབྲིང་ཤི་བ་བྱུས་ལ་ཤི། །
དེ་ནི་བསྐོས་པ་བླ་ན་མེད། །
ཕོ་མཐའ་ཤི་བ་ལྟུ་གེས་ཤི། །
དེ་ནི་མ་སྐྱེས་བླ་ན་མེད། །

君子为法而死，
那是成就至尊。
好男为事业而死，
那是命运的至尊。
恶男被饥饿而死，
那是轮回最悲哀。

འཇང་དཔོན་གཡུལ་རྒྱལ། 姜本·宇嘉

༡ དབྱར་གསུམ་སྤང་གི་མེ་ཏོག་འདི། །
སྤྲང་ཆར་ཟིལ་བུའི་གཞི་ལས་བྱུང་། །
བཀག་མདངས་བཟང་ཞན་ཆར་གྱིས་ཤེས། །

夏季花草，
源于雨露，
雨水自知。

རི་ལ་འཁྲིགས་པའི་ན་བུན་འདི། །
དམའ་རྒྱ་མཚོ་ཆེན་པོའི་གཞི་ལས་བྱུང་། །
ཆར་ཆེན་ཨེ་འབབ་སྤྲིན་གྱིས་ཤེས། །

迷漫山雾，
源于大海，
云儿自知。

༢ ཁྲི་གདུགས་ཤར་ནས་ནུབ་ལ་འགྲོ། །
གླིང་བཞི་བསྐོར་བ་མ་ཐོག་ན། །
བར་སྣང་འཁྱིམ་པའི་དོན་གོ་ཆུང་། །
ལྷོ་གཡུ་འབྲུག་ཟངས་ཀྱི་རལ་པ་ཅན། །
བྲག་དམར་ཀླད་རྒྱ་མ་བཤིག་ན། །
ལག་ཐོག་ཞགས་བཟུང་བ་དོན་གོ་ཆུང་། །

太阳从东向西，
四洲不循环，
太空运行无意义。
南方青龙铜鬃毛，
不摧毁红色岩顶，
手持火绳无意义。

འབྲོང་བྲེ་ལུ་ལྕགས་ཀྱི་རྨིག་བཞི་ཅན། །
རྫ་རོག་པོའི་ཉག་ལམ་མ་གཏོད་ན། །
རྐང་ལྕགས་རྨིག་ཡོད་པས་དོན་གོ་ཆུང་། །
ལྷོ་མི་མཛེད་ཞིང་གི་རྒྱལ་པོ་དེ། །
ལྷོ་གཡང་ཅན་ཕོ་བྲང་མ་ཞིག་ན། །
མིང་སེང་གེ་བཏགས་པ་དོན་གོ་ཆུང་། །

铁蹄野牦牛，
若不开辟石子山通道，
虽有铁蹄无意义。
南方欣国暴君，
不毁神奇宫殿，
起名狮子无意义。

༣ རྒོད་ངང་མ་གཡང་ལ་ལྷུང་བ་མིན། །
དེ་ལྷུང་ན་གཤོག་དྲུག་མ་རྒྱས་རེད། །

雄鹰不会掉悬崖，
若是掉下六翅不成熟。

ཉ་གསེར་མིག་ཆབ་ཀྱིས་འཚུབ་པ་མིན། །
དེ་འཚུབ་ན་གསེར་མིག་ཅི་ལ་ཟེར། །
སྤྱང་ཨ་ཐང་ཤ་ཡིས་བརྣངས་བ་མིན། །
དེ་བརྣངས་ན་ཤ་གཟན་ཅི་ལ་ཟེར། །

金鱼之眼不会被水伤，
若被伤着怎叫金眼鱼。
大灰狼不会被肉噎，
噎着怎叫肉食狼？

༣ ནགས་ཀྱི་རྒྱ་སྟག་ཁྲ་མོ་དེ། །
དགྲ་མི་རྔོད་བརྒྱ་ཡིས་མ་ཐུབ་པས། །
ཞིའུ་ཁྱི་ཡིས་བརྟན་ལེ་མིན། །
ན་དམར་འགྲིམ་པའི་རྐྱང་ཆུང་དེ། །
བྱང་ཆེན་ལྷགས་པས་མི་འཇིགས་པར། །
སྤྱེར་ཆགས་གང་གིས་འཇིགས་པ་མིན། །

斑斓林中虎，
百名猎人斗不过，
老狗怎可敌得过。
行走沼泽的藏野驴，
不惧北部的寒冷，
怎怕带爪食肉禽。

༤ ཉེས་པ་ཆེ་བའི་དཔོན་པོ་དེས། །
སྡེ་ལ་ཉེས་ཆེན་བསྒྲགས་པར་བྱེད། །
རང་བྱུས་ཆེ་བའི་ཆུང་མ་དེས། །
ཇོ་མཚང་ཚེ་རོགས་འབྲུ་བར་བྱེད། །
ཇོ་ཚ་མེད་པའི་བུ་ཚ་དེས། །
སྙིང་གཏམ་ཤེས་མེད་བུ་མོར་བྱེད། །
དཔའ་མེད་བུ་ཚའི་དཔུང་པ་དེ། །
རང་ཁྲིམ་ཚེ་རོགས་སྟེང་ལ་ཇོམ། །
ཆོས་མེད་བན་དེའི་ཆོས་བཤད་དེ། །
རྨོངས་པའི་མི་ལ་གྲོལ་ཆོས་བཤད། །

罪大恶极的长官，
却向属民诬陷罪；
自作孽的坏女人，
常常会侮辱丈夫；
毫无羞耻之心男，
心里话透露给无知女人；
胆小如鼠的双拳，
常会落在在伴侣上；
没有修为的僧人讲经，
就用迷信蒙骗无知人。

༥ ཁྲ་བོ་སྟག་གི་པགས་པ་དེ། །
འབུམ་མེ་ཁྲབ་ལ་ལྷག་པར་མཛེས། །
དུག་ཟན་རྨ་བྱའི་སྒྲོ་མདོངས་དེ། །
བུམ་པའི་རྒྱན་ལ་ལྷག་པར་མཛེས། །

斑点猛虎皮，
对于铠甲尤为美。
食毒孔雀尾屏，
对于宝瓶更显美。

བྱ་རིགས་གླག་གི་སྒྲོ་མོ་དེ། །
སྲོག་གཟན་མདའ་ལ་ལྷག་པར་མཛེས། །

鸟类金雕羽毛，
对于食肉箭更匹配。

སེང་གེ་གྲགས་པ།

森格扎巴

༡ ལུག་བདེན་པས་སྤང་རྩྭ་ཟ་བ་ལ། །
སྤྱང་མོས་བར་ཆད་ཅི་གོ་རེད། །
བྱིའུ་ཉམ་ཆུང་རྒུན་འབུ་འཐུ་བ་ལ། །
ཁྲ་བྱ་ཁྲས་བར་ཆད་ཅི་གོ་རེད། །

老实绵羊吃着山岗草，
为何老狼来扰乱？
弱小的鸟儿在啄食，
为何猎隼干扰它？

༢ གངས་སེང་དཀར་མོའི་དཔུང་ཡ་ལ། །
ཁྱི་ནག་འགྲན་འདོད་ཆག་སྐྱོའི་གཞི། །
རྩལ་མི་མཉམ་ཁྱི་རྒན་རྐེད་པ་བུད། །

白雪狮的敌手，
黑狗欲战惹祸事，
力不均老狗闪了腰。

གཡུ་འབྲུག་སྔོན་མོའི་སྐད་ཡ་ལ། །
སྦྲང་བུས་འགྲན་འདོད་ཆག་སྐྱོའི་གཞི། །
སྐད་མི་མཉམ་རང་སྲོག་ཆད་ལེ་འོང་། །
བྱ་ཁྲ་འཛུལ་བའི་གཤོག་ལམ་ལ། །
བྱིའུ་ཆུང་འཕུར་འདོད་ཧམ་པའི་གཞི། །
རྩལ་མི་མཉམ་སྒྲོག་ཐུས་བུད་ནས་འོང་། །

苍龙雷鸣的声音，
蜜蜂相比惹祸根，
声音不齐必自毙。
猎隼飞越的翅膀下，
小鸟想飞是狂妄，
力不均羽毛会弹出来。

༣ ཤྭ་ཕོ་ཆེན་སྒོ་འགྲིམ་བྱེད་ལེ་འདི། །
རི་ཁྲག་གིས་རྒྱས་པའི་ར་མདའ་རེད། །
ཡུལ་ཕྱོག་ཆེན་གོད་ཀྱིས་ཇོམ་ས་མེད། །

雄鹿出入人家门，
是山野血流成河的追债，
一方地域从此无安宁。

འབྲུག་ཕོ་ཐང་ཐང་ལ་བབ་ལེ་འདི། །
ལྷ་གྲིབ་ཆུང་ཕོག་པའི་ར་མདའ་ཡིན། །

青龙落地平川，
是神仙被玷污的追债，

ཡུལ་ལྷ་བསང་བཀྲུས་བཤགས་རྒྱུ་མེད། །

山神煨桑也不可忏悔。

སྦྲུལ་དུག་ཆེན་ཁྱིམ་ལ་འོང་ལེ་དེ། །
མགོ་ནོར་བུ་ཤོར་བའི་ར་མདའ་རེད། །
མི་ཕོའི་སྲོག་གིས་བཤགས་རྒྱུ་མེད། །
སྨན་བུ་མོས་སྒོ་འཁྱིམ་བྱེད་ལེ་དེ། །
ལུས་ཉོན་མོངས་སྐྱོབས་ཀྱི་ར་མདའ་རེད། །
སྐྱེས་ཕོ་བརྒྱ་འདུས་པས་ངོམ་ས་མེད། །

巨蛇入室内，
是失却珠宝的追债，
用男人的生命不可忏悔。
女人出入家门口，
是身体被烦恼奴役的追踪，
百名男人也难满足她。

མི་ཤི་གསོན་ལ་ལྟ་བའི་དུས། །
རྒྱུ་རིན་ཆེན་དེ་ལ་ཆགས་པ་ཆེ། །
བཀའ་ཆོས་བྱས་པས་ཕན་པ་མེད། །
ལྷ་དྲང་སྲོང་མཆི་མ་ཟགས་ལེ་དེ། །
ལས་བདེན་རྫུན་སློག་པའི་ར་མདའ་རེད། །
ལས་ཆོས་སྐོར་ཞུགས་ཀྱང་བཤགས་རྒྱུ་མེད། །

死人睁眼盯活人，
是格外贪恋其财宝，
经忏佛事也没有用。
仙人落泪，
是为颠倒是非的追踪，
求佛也不可忏悔。

༤ གངས་དཀར་བུ་ཡུག་མ་གཤགས་ན། །
སེང་གཡུ་རལ་ཐོགས་པས་ཅི་ལ་ཕན། །
ནགས་ཀྱི་ཚེར་མར་མ་གཤོག་ན། །
སྟག་འཛུམ་དྲུག་རྒྱས་པས་ཅི་རང་ཕན། །
རྫ་ཡི་སྒོ་ཁང་མ་བཤིག་ན། །
འབྲོང་ཏུ་རྒྱལ་བཏགས་པས་ཅི་རང་ཕན། །

不去穿越雪山，
狮有绿鬃有何益？
不突破林中刺头，
老虎威风有何益？
不攀越石子山，
取名野牛角王有何益？

༥ རྒོད་ངང་མ་གཤོག་དྲུག་ཡར་རྒྱས་རེད། །
ནམ་མཁར་འགྲོ་བ་དབང་ན་ཡང་། །
རླུང་སྤུ་གྲི་འབར་བས་ཕྱེ་མ་བཟོ། །
དམའ་རྒྱ་མཚོའི་ནང་གི་གསེར་མིག་ཉ། །

雄鹰羽翎正丰满，
飞翔天空虽自由，
风如利剑成粉末。
大海里的金眼鱼，

ལུས་བདེ་འགྱུར་ཆབ་ལ་དབང་ན་ཡང་། །	虽然可自由游戏大海，
ཉོ་ལྕགས་ཀྱུ་ངར་མས་སྐམ་ལ་འཐེན། །	却被鱼钩拉到海岸上。
སྟག་དམར་ཡག་ཟེར་བའི་འཛུམ་རིས་ཅན། །	美丽的猛虎，
དཔའ་མི་ཤ་ཟ་ལ་དབང་ན་ཡང་། །	虽然食人很自在，
སྐང་བྱི་བ་ངན་པས་ཕོང་ཁ་གཏོར།	刺猬却能穿破胃。
༦ ཁྲ་བྱིའུ་བརྒྱ་སོད་ན་འཆི་རན་ཟེར། །	猎隼杀死百只鸟儿将命尽，
སྤྱང་ལུག་བརྒྱ་སོད་ན་བརྡངས་རན་ཟེར། །	狼杀百只绵羊将会噎，
སྨན་རོགས་བརྒྱ་བཙལ་ན་བྱེ་རན་ཟེར། །	淫女寻百男将迎破败。
༧ བྱང་ན་དམར་གོང་བ་འཁྱག་གིས་བཟུང་། །	北部沼泽被冰冻，
རྐྱང་ཚུང་ཡག་ཉེས་འཁྱག་གིས་ཤེས། །	冰知野驴好不好。
གངས་དཀར་ཁ་བ་ཉི་མས་བཞུས། །	白雪被太阳融化了，
སེང་གེའི་སྐྱིད་སྡུག་ཉི་མས་ཤེས། །	太阳知道狮子的苦乐。
དམའ་རྒྱ་མཚོ་ཕྱུག་མོ་ཐན་པས་སྐམ། །	富饶的大海干旱枯竭，
གསེར་ཉའི་སྐྱིད་སྡུག་ཐན་པས་ཤེས། །	旱灾知金鱼的苦乐。
སྨན་བུ་མོའི་ལུས་གཟུགས་ཁྲམ་པས་སྨད། །	女人的身体被骗子所奸污，
ལས་སྐྱིད་སྡུག་ཅི་བྱེད་ཁྲམ་པས་ཤེས། །	骗子知道苦乐之命运。
ཤི་པོའི་ནོར་རྫས་བླ་མས་ཁྱེར། །	死者信财被喇嘛所拿，
ལམ་བཟང་ངན་གར་སྟོན་བླ་མས་ཤེས། །	喇嘛知道引向善恶途。
༨ ནམ་མཁའ་ཁྱུང་གི་གཤོག་ལམ་ནས། །	从琼鸟的翅膀下，
བྱ་ཕྲན་འགྲན་འདོད་སྒྲོག་ཏུས་འཐོར། །	小鸟想比必粉碎。
སྤྱང་ཐང་སྟོན་མོའི་ངར་ལམ་ལ། །	青狼展现之凶相，
ལུ་གུས་འགྲན་འདོད་རང་སྲོག་ཤོར། །	羊羔想比会丢命。
གྲ་ཡག་གཟིག་གི་ཁ་སྟུན་ནས། །	美丽豹子之眼前，
ཁྱི་ནག་འགྲན་འདོད་རྔ་མ་ཤོར། །	黑狗想比就会丢尾巴。

རྒྱུས་མེད་ཁྲམ་པའི་སྔོན་ལམ་ན། །
བུད་མེད་སྐྱེ་ངོམ་རང་ལུས་ཉེས། །
ཁྲ་ཕྲུག་བྱིའུ་ལ་རྐོད་རྐོད་དེ། །
རྩལ་ལྡན་གླག་ལ་འགྲོ་ལེ་མིན། །
སྤྱང་མོ་ལུག་ལ་རྐོད་རྐོད་དེ། །
བྲི་སེར་འབྲོང་ལ་འགྲོ་ལེ་མིན། །
རྐྱང་ཆུང་བྱང་ནས་མགྱོགས་མགྱོགས་དེ། །
ཐང་ཆེན་འཁྱག་ལ་འགྲོ་ལེ་མིན། །

在陌生奸诈人之前，
女人招摇贱自身
小猎隼欺侮小鸟之做法，
不适合于猛禽大雕。
野狼欺负小绵羊之做法，
不适合于褐色野牦牛。
藏野驴在北方之飞跑，
不适合于冰冻滩地。

(འབྲུག་ཕོ་ཐང་ས་ལ་བབ་པ་འདི། །
དམའ་ས་གཉན་རྔོས་པའི་ར་མདའ་རེད། །
ཡུལ་ཞོག་ཆེན་ཞིང་གིས་བརྟན་པ་མེད། །
འབྲོང་བྲི་མོ་སྒོ་རྒྱུག་བྱེད་པ་དེ། །
ཕྱུགས་བདག་བརྙས་པའི་ར་མདའ་རེད། །
མི་སུ་གཅེས་སྲོག་གིས་བརྟན་ལེ་མིན། །

青龙落地，
是翻挖地脉的追债，
一方区域农田将枯干。
野牦牛冲击家门，
是触犯守神的回应，
谁宠生命不稳固。

མགོ་མེད་རོ་ཡི་སྒོ་བསྐྱལ་དེ། །
མདའ་མཚལ་དམར་དཀྲུག་པའི་ར་མདའ་རེད། །
དྲིན་ཨ་མའི་སྲོག་གིས་བརྟན་ལེ་མིན། །

无头尸首送门前，
是红箭搅打的追债，
偿还恩母生命也无用。

ཁྱིམ་གྲུ་བཞིར་ཤ་མོང་སྐྱེ་རྒྱུ་དེ། །
ས་བདག་འཁྲུག་པའི་ར་མདའ་རེད། །
མི་གང་དྲག་སྲོག་གིས་བརྟན་ལེ་མིན། །

家里长出了蘑菇，
是扰乱土地爷的追击，
所有大人命也难抵债。

ཤྭ་ཕོ་ཆེན་སྒོ་འཁྲིམ་བྱེད་པ་དེ། །
ལྷ་ཡུལ་བུད་འགྲོ་བའི་ཐན་ལྟས་ཡིན། །
ནོར་གང་དམར་གོད་ཀྱིས་བརྟན་ལེ་མིན། །

雄鹿出入人家门，
乃是善神遗弃的凶兆，
倾其所有家财求神也无用。

དཔལ་བོན་སྟོབས་རྒྱལ་འཇིགས་མེད།

娲苯·多嘉晋美

༡ གཡུ་ཆུང་རྒྱ་མཚོའི་ཆུ་སྐྱེས་ལ། །
བ་མོས་ སྤྱི་དགྲ་ཅི་ལ་རེད། །
སུར་ཡ་ནམ་མཁའི་མེ་ཏོག་ལ། །
དྲང་སྲོང་དམོད་པ་ཅི་ལ་རེད། །
འབྱུང་བཞི་རྒྱས་པའི་མདངས་ལྡན་ལ། །
ཨ་ཇག་རྩེ་རྩེ་ཅི་གོ་རེད། །
ཚོས་སྨིན་ས་ཡི་འབྲུ་བཅུད་ལ། །
སེར་བས་གློ་དགྲ་ཅི་གོ་རེད། །

小玉乃大海水生，
霜降玉上却为何？
辣椒空中的花，
仙人何为施咒之？
拥有四大之花，
阿佳怎能随手摘，
肥田结出果实，
冰雹来袭却为何？

༢ སྟག་མོ་ནགས་ཀྱི་ཕ་ས་ལ། །
ས་མདའི་ལམ་སྐུག་ཅི་འདྲ་ཡིན། །
བྱ་ཕྲན་བྲག་དཀར་ཕ་ས་ལ། །
དོན་མེད་འགུག་མ་ཅི་འདྲ་ཡིན། །

老虎栖息林中，
地弩等候是何为？
小鸟栖息白岩，
无故套索是何为？

༣ ཤ་དམར་ཡོད་པས་མི་ངོམ་ལེ། །
ཟ་འདོད་སྤྱང་ཀི་སྔོ་ལུ་དེ། །
རྫི་བོའི་ཀི་ལ་མི་འཇིགས་དུས། །
སྙིང་ཁྲག་ཐང་ལ་ཨེ་མ་ཞོ། །
རོགས་བརྒྱ་ཡོད་པས་མི་ཕན་ལེ། །
འཁྱོར་ཆེན་བུ་མོ་གླད་མེད་དེ། །
མི་སྨེའི་ཁྲེལ་ལ་མི་འཇིགས་དུས། །
ལུས་གཟུགས་ཡག་ཉེས་ཨེ་མ་འགྲོ། །
ཟ་འདོད་ཅན་གྱི་ཁྲམ་པ་དེས། །
རྟ་བརྒྱ་ཡོད་པས་མི་ཕན་ལེ། །

有了鲜肉不知足，
那贪食的青狼，
当不惧牧人呼号时，
何否抛洒心血到滩地？
有了百侣不知足，
淫乱无知之荡妇，
当不惧众人之流言，
身甲何否致祸端？
那贪得无厌的盗贼，
有了百匹马儿不知足，

མ་ཟིན་མི་རྟ་ཁྲུ་འདེད་བྱེད། །
ལུས་གཟུགས་ཁྲིམས་ལ་ཨེ་མ་ཕབ། །

捕捉无果赶种群，
何否身陷囹圄中。
何否身陷囹圄中。

ཚེ་མར་ཨ་ཚེར།

次玛·阿策

༡ བོང་ལྟོགས་འདྲ་བའི་བླ་མ་དེ། །
ཚེ་འདས་ངན་སོང་གཏོང་བའི་གཞི། །
བོང་བུ་འདྲ་བའི་རྟ་ཕོ་དེ། །
བདག་པོ་ས་རྒྱག་བྱེད་པའི་གཞི། །
སོལ་ཕུང་འདྲ་བའི་དཔོན་པོ་དེ། །
འོག་སྡེ་གཞན་ལ་ཤོར་བའི་གཞི། །
ཌ་རུ་འདྲ་བའི་ངོ་གཉིས་བློན། །
སྡེ་དཔོན་བྱེ་བྲལ་བྱེད་པའི་གཞི། །
ཝ་མོ་འདྲ་བའི་སྐྲག་ཤར་དེ། །
འོག་རྟ་མི་ལ་ཤོར་བའི་གཞི། །
ཞབས་རྫོལ་སྡོམ་མེད་བན་དེ་དེ། །
དགོན་སྡེ་མི་ཁར་བརྫང་བའི་གཞི། །
རྒྱ་སྒོ་འདྲ་བའི་བུད་མེད་དེ། །
ཚེ་རོགས་ཡིད་གཏད་མེད་པའི་གཞི། །
ཕྲག་དོག་ཆེ་བའི་ཕུགས་ལྷ་དེ། །
རང་ནོར་འགོང་ལ་སྦྱར་བའི་གཞི། །

饿驴似的喇嘛，
是亡者堕入地狱的祸根。
那驴子似的黑心马儿，
是主人摔地之祸根。
一堆煤似的黑心官员，
是失掉庶民的祸根。
拨浪鼓式的两面之臣，
是官民脱离之根源。
胆小如狐的男人，
坐骑会投送敌人。
漏底的无戒僧人，
是寺庙失信于民的祸根。
大门似的女人，
是伴侣不信之祸根。
易于嫉妒的家神，
是失去财产之祸根。

༢ ཁྱོད་བསམ་པ་སོག་ལེ་ཁ་གཉིས་དེ། །
ཤིང་གསོམ་དཀར་སྟེང་ལ་འགྲོ་འགྲོ་དེ། །
བེ་འཛེར་ནག་སྟེང་ལ་འགྲོ་ལེ་མིན། །

你两齿锯子般的想法，
到白松树上随意使用，
却不适合于青杠木。

འདོ་ཙུག་རྟ་ཕོར་ཤོག་ཤོག་དེ། །
ཁ་དཀར་རྐྱང་ལ་འགྲོ་ལེ་མིན། །
ཐང་ཆེན་གྲུ་གུ་སྒྲིལ་སྒྲིལ་དེ། །
བྱེ་མའི་ཐང་ལ་འགྲོ་ལེ་མིན། །
ཟ་རི་ཉག་ལམ་བརྟོད་བརྟོད་དེ། །
སྲིད་པའི་གངས་ལ་འགྲོ་ལེ་མིན། །
འབྲོང་མོ་མདའ་མོས་བསད་བསད་དེ། །
ཕོ་ཐང་སེང་ལ་འགྲོ་ལེ་མིན། །
རྒོད་ཕྲུག་ཐག་རྙིས་བཟུང་བཟུང་དེ། །
བྱ་རྒྱལ་ཁྱུང་ལ་འགྲོ་ལེ་མིན། །

对呼叫骏马之哓哓声，
不适合于白唇野驴。
马儿平地如卷线球般跑速，
不适合于沙漠。
野牛开辟石子山垭口，
不适合于千年雪山。
用箭射死野牦牛的方式，
不适用于凶猛狮子。
绳线套住小鹰的方式，
不适用于大琼鸟。

༣ དྲང་སྲོང་གཟའ་ཡི་དགའ་སྟོ་ལ། །
ལོངས་སྤྱོད་གཞན་གྱིས་འགྲན་ཟླ་བྲལ། །
སྟོབས་ཆེན་གཟའ་ཡི་ཁ་རླངས་ལ། །
ཟེར་ཅན་ཉི་ཟླས་འགྲན་ཟླ་བྲལ། །

仙人星曜之喜悦，
受用财富无人敌。
强大罗睺罗之口，
日月之光不可敌。

༤ ཁྲ་དར་མས་བྱིའུ་དེད་དེད་ནས། །
མཐའ་མ་སྒྲོག་ཙུས་རྡོ་ལ་ཐུག །
སྤྱང་ཐང་ལུག་ལ་ངར་ངར་ནས། །
མཐའ་མ་རང་སྐེ་ཁྲག་གིས་འགག །
ཕོ་ཁྲམ་པས་མི་ཟས་བརྐུས་བརྐུས་ནས། །
མཐའ་མ་རང་ལུས་ཁྲིམས་ཀྱིས་མནར། །
སྨན་མཛངས་མས་མི་སྒོ་འཁྱིམ་འཁྱིམ་ནས། །
མཐའ་མ་ཁྲེལ་གཏམ་རང་ལ་ཕོག །

猎隼常追着小鸟，
最终羽毛碰石头。
狼对绵羊凶巴巴，
最终喉咙被血呛。
强盗贪图别人财，
最终自身受惩罚。
淑女窜溜别家门，
最终羞耻招自身。

༥ སྐར་བཞི་འཁྱིམ་པའི་ཉི་མ་དེ། །
དྲང་སྲོང་གཟའ་ཡི་ཁ་ལ་འགྲོ།

四洲运转的太阳，
时而走进罗睺口，

དེ་མ་ཧུང་ཟེར་བའི་སྐྱེ་འགྲོ་མང་། །
ཡུལ་དགུ་ཕུང་བའི་ཁྲམ་པ་དེ། །
དྲག་རྒྱལ་བདེན་པའི་ཁྲིམས་ལ་ཐུག །
དེ་འོས་དོ་ཟེར་བའི་མི་སེར་མང་། །
འགྲོ་འདོད་ཅན་གྱི་བུ་ཚ་དེ། །
ལམ་གསུམ་ཇག་པས་ཚོང་ནོར་འཕྲོག །
དེ་འོང་རན་ཟེར་བའི་མགྲོན་པོ་མང་། །
རོགས་དགུ་བཙལ་བའི་མཛེས་མ་སྨན། །
ལུས་གཟུགས་གཞི་བུ་ནད་གྲངས་བཞིན་འཕོན། །
དེ་དགོས་མེད་ཟེར་བའི་ཡུལ་སྡེ་མང་། །

众生都说不吉利。
贻害四方的强盗，
遇到强大律法，
百姓都说真应该。
到处流浪的男子，
三路匪徒抢劫了商品，
客人都说迟早会出事。
找了诸多男人的浪女，
身子怀种还落满身病，
众人都说那是自找的。

སེང་སྟག་ཨ་དོམ།

森达阿冬

༡ ཁ་དཀར་རྐྱང་བུ་འདམ་ལ་ཚུད། །
རྒྱལ་དྲུག་ཨེ་བདེ་ད་རེས་བལྟ། །
ལྗོ་ལྗང་ལོ་མ་ཐན་པས་ཚིག །
སྦྲང་ཆར་ཨེ་འདུག་ད་རེས་བལྟ། །
ན་ཆུང་ལག་ལ་ཕ་གཞིས་བཞག །
ཞེས་མཛངས་ཨེ་འདུག་ད་རེས་བལྟ། །

白唇野驴陷泥沼，
是否有力看今朝。
绿叶被强光晒焦，
有无小雨看今朝。
少年继承父辈财，
是否孝忠看今朝。

༢ འབྲོང་མོ་ཟེར་བའི་དཔའ་ངོམ་ཅན། །
དགྲ་རྫོན་པའི་སྟོབས་དེ་མ་ལོན་ན། །
འབྲོང་རུ་རྒྱལ་ཟེར་བས་ཅི་ལ་ཕན། །
ནགས་ཀྱི་རྒྱ་སྟག་ཁྲ་བོ་དེས། །
དགྲ་མི་ཤ་དམར་རྗེན་མ་ཟོས་ན། །
སྟག་མི་ཟན་ཟེར་བ་ཅི་རང་ཕན། །

被称为野牦牛的炫耀者，
不威服猎人之强势，
称为角王野牦牛有何益？
林中斑斓猛虎，
若不嗜血又吞肉，
何以称其食人虎？

༣ བན་དེ་བྱ་ལག་མ་མང་ན། །
སྡོམ་གསུམ་བུ་མོས་འཕྲོག་དོན་མེད། །
བུ་མོ་བྱ་ལག་མ་མང་ན། །
རང་ལུས་གནས་ཉེས་འགྲོ་དོན་མེད། །
གོང་དཔོན་བྱེད་ཚོ་མ་མང་ན། །
འོག་སྡེ་སྦྲང་པོ་འབུད་དོན་མེད། །

若僧人自己不多事，
三律仪不会被女人抢走。
若女孩子不招引风骚
自身不会失贞节。
若上官理政不无为，
庶民怎会变穷困。

མི་གླིང་གཟི་རྫོང་།　　《梅岭天珠宗》

མི་གླིང་སྲས་ཟླ་དགའ་ཉི་མ།
梅岭·赛达嘎尼玛

ནམ་ཟླ་དབྱར་ལ་མ་ཚོས་བར། །
དུག་ཅན་མེ་ཏོག་བཀྲག་མདངས་ཆེ། །
季节不到初夏前，
具毒花朵真烂漫。

ས་ཆུ་འཁྱག་གིས་མ་བསྡམས་བར། །
ཁུ་བྱུག་སྐོན་མོ་གྲེ་འགྱུར་སྙན། །
大地未被冰冻前，
杜鹃嗓音真悦耳。

འདོ་དྲུག་རྟ་དང་མ་ཐུག་བར། །
གྲོང་འདབ་བོང་བུ་རྒྱུག་ཁ་ཚ། །
未见骏马奔驰前，
城郊驴子跑的快。

ཁབ་ཆེན་དཔོན་དང་མ་ཐུག་བར། །
ཚོ་ཆུང་དཔོན་པོ་ཁྲིམས་ཁ་ཚ། །
为遇大官贵人前，
芝麻官也律法严。

རྟ་ཐུལ་གཉེན་རྗེ་རོ་དམར།
达图·辛吉奥玛

སྨན་བུ་མོ་གནས་ལ་འགྲོ་ཉིན་མོ། །
འདུག་མ་མཁས་རྒྱ་གྲོང་ཤར་དགས་བསླུས། །
དུས་ཐ་མ་སྤྲང་ཕྲུག་ཨོལ་འདུད་བསྒྲིགས། །
女人出嫁吉日，
轻浮易被诱惑，
最终乞儿搂颈。

ཁ་སྲས་གཡུ་འབྲུག་ཐོག་རྒོད།
喀赛·玉珠托贵

ཐང་དཀར་རྒོད་དང་མ་ཐུག་བར། །
未遇到雄鹰前，

སེ་ཆེན་གོ་བོ་གཤོག་རྒྱང་ཆེ། །

兀鹫展翅随意。

ཤིག་ཙན་ཁྲ་དང་མ་ཐུག་བར། །
བྱིའུ་གྭ་མ་འཕུར་རྩལ་ཆེ། །

未遇见猎隼前，
白额鸟儿飞得欢。

ཁྲ་ཡག་གཟིག་དང་མ་ཐུག་བར། །
ཁྱི་རྒན་ཐུག་སྐད་ངར་སྤོབས་ཆེ། །

未遇到花豹前，
老狗吠好威风。

ཨ་སྟག་ཀླུ་མོ།

阿达鲁（拉）姆

དམའ་ཚེར་གསེབ་རི་བོང་གད་ལ་གཉིད། །
སླག་རོག་པོས་མ་བསད་སྙིང་རྗེས་བཞག །
རྫོང་བཙན་པོ་ཡིན་བསམ་སྣང་བ་མཐོ། །
དེ་རི་བོང་ཁོ་ཡི་རང་ཆེ་རེད། །

刺丛里的兔子睡土窝，
处于可怜没被雕叼走，
自认为是一坚固堡垒，
那正是兔子不知趣。

བར་སྤང་སྤོངས་ཁུང་གི་འཕྱི་བ་དེ། །
དྲེད་ཁམ་པས་མ་བསད་སྙིང་རྗེས་བཞག །
ཁུང་བཙན་པོ་ཡིན་བསམ་སྣང་བ་མཐོ། །
དེ་སྨོམ་ཆེན་འཕྱི་བའི་རང་ཆེ་རེད། །

中间草坪洞里的旱獭，
处于可怜没被棕熊吃掉，
自认为洞里很安全，
那正是旱獭不知趣。

མཐོ་མཁའ་དབྱིངས་བྱིའུ་ཕྱུ་ཚོགས་དེ། །
ཁྲ་ཧོར་བས་མ་བསད་སྙིང་རྗེས་བཞག །
རྩལ་འགྱུར་ཆེན་ཡིན་བསམ་སྣང་བ་མཐོ། །
དེ་བྱིའུ་ཆུང་ཨོ་ཟོབ་མཐོ་བས་ལན། །

高空飞翔的群鸟，
处于可怜没被猎隼抓走，
自认为飞驰有力量，
那正是小鸟不知趣。

ཤན་ཚ་རྒྱང་ལྷ་མགྱོགས་ལྡན།

辛擦·隆拉爵丹

ཝ་མོས་འདུར་ཚོད་མ་ཟིན་ན། །
མཐའ་མ་གད་ནས་ལྷུང་རབས་ཡོད། །

狐狸不知溜达度，
最终会坠入悬崖。

ཤྭ་ཕོས་སྒང་འགྲིམ་སྐྱེན་པས་ན། །
དུང་རྭ་གནང་ལ་ཤོར་ཉེན་ཡོད། །

公鹿太勤于爬坡，
有丢失鹿角的危险。

བུ་དཔའ་བོས་དཔའ་ཚོད་མ་ཟིན་ན། །
མཐའ་མ་མགོ་སྐྱི་དགྲ་ལ་ཤོར། །

壮士不知勇武度，
结果头颅被敌砍。

འཇང་གཡུ་ལྷ་ཐོག་འབྱར།

姜·玉拉托久

བན་བཙུན་ཆུང་སྡོམ་པ་ཤོར་ཁ་ལ། །
འཛུམ་རིལ་ལེ་བ་ཞིག་ཡོད་རབས་ཡོད། །

小僧失戒前，
据说表现笑眯眯。

སྨན་བུ་མོ་གནས་ཉེས་ཁྱུར་ཁ་ལ། །
སྨྱོ་ཧྲིག་གེ་བ་ཞིག་ཡོད་རབས་ཡོད། །

据说女人出轨前，
表现出神经兮兮的样子。

ཁྱི་བདའ་ལུ་གཟིག་གིས་ཁྱུར་ཁ་ལ། །
སྡོད་མི་ཚུགས་པ་ཞིག་ཡོད་རབས་ཡོད། །

猎狗被豹子叼走前，
据说表现出坐立不安的样子。

ཁྱ་ལྷ་གནམ་རུ་ལྷ་བཙན།

恰拉·南如拉赞

རྗེ་རྒྱལ་པོས་མངའ་འབངས་ཤོར་ཁ་རུ། །
ཁ་བཤད་ཚིག་ལ་གནས་རབས་མེད། །

国王在失去臣民前，
据说言而无可信。

ལྷ་བླ་མས་དགོན་ཆུང་ཤོར་ཁ་ལ། །
མི་མགོ་གདུགས་ལྟར་བསྐོར་རབས་ཡོད། །
སྨན་བུ་མོ་རོགས་དང་བྲལ་ཁ་རུ། །
ཉལ་རོགས་འཚོལ་ཞིང་ཟ་རོགས་བཙན། །
བུ་དཔའ་མེད་དགྲ་ཁར་ཤི་ཁ་རུ། །
བྲེལ་འཚབ་འཚུབ་འབབ་ཞིག་ཡོང་རབས་ཡོད། །

喇嘛失去寺院前，
骗人转得像伞盖。
女人失去伴侣前，
寻找情夫和食友。
懦夫临死敌阵前，
总是匆匆又忙忙。

དགྲ་ལྷ་རྩེ་རྒྱལ། **扎拉泽嘉**

མི་ཚེ་ཟད་ཇག་པ་ཁེར་རྒྱུགས་བྱེད། །
དཔུང་ཇོམ་ནང་ནས་མགོ་ལག་ཤོར། །

将死之匪单人跑，
耀武扬威丢性命。

བྱིའུ་ཆུང་སྐང་ཟེ་གོང་འཁྱིམ་དེ། །
སྡིག་ཅན་ཁྲ་ཡིས་ཧ་ལ་འཕེན། །

小鸟飞去山岗上，
罪恶猎隼会扑灭。

སྟག་མོ་ཐང་ལ་ཁེར་འཁྱིམ་དེ། །
ཉག་ཕྲན་མདའ་མོས་འཛོམ་དྲུག་ལེན། །

老虎独自去平川，
箭取红色猛虎命。

རི་སྐེད་ཝ་མོ་ཁེར་འདུག་དེ། །
ས་མདའ་རྡོན་པོས་ངར་ལ་འགྲུན། །

山腰独坐之狐狸，
地弩将会杀死它。

ཚ་ཞང་འདན་མ་བྱང་ཁྲ། **擦香·丹玛向查**

༡ གཟུར་རྒྱུ་མེད་པ་རྣམ་གཉིས་ཡོད། །
སྔོན་གྱི་ལས་དང་འཆི་བདག་གཉིས། །
གཟུར་རྒྱུ་མེད་པ་ཀུན་ཤེས་རེད། །

不可回避有两个，
前世业力和死神，
不可回避众皆知。

༢ དཔའ་བོ་ཐུས་ཤི་འགྱོད་རྒྱུ་མེད། །	壮士阵亡不后悔，
རྟ་ཕོ་རྒྱུག་ཤི་འགྱོད་རྒྱུ་མེད། །	骏马跑死无可悔，
མཛངས་མ་གནས་ཤི་འགྱོད་རྒྱུ་མེད། །	贤妻嫁死不可悔，
དེ་འགྱོད་རྒྱུ་མེད་པ་རྣམ་གསུམ་རེད། །	这是三个无可悔。
༣ དམ་ཆོས་སྒྲུབ་ཁ་ཤི་ན་འགྱོད། །	修法即死生后悔，
ཕོ་རྒོད་ཁྲིམས་ལ་ཚུད་ན་འགྱོད། །	汉子归案必懊悔，
སྨར་མ་ཕ་བྲོས་རྗེས་ནས་འགྱོད། །	懦夫逃跑后生悔，
དེ་འགྱོད་ཀྱང་མི་ཕན་རྣམ་གསུམ་རེད། །	这是三个悔也无益事。

ཐོག་གླིང་གཡུལ་འགྱེད།

《托岭之战》

གེ་སར་ནོར་བུ་དགྲ་འདུལ།

格萨尔·诺普占堆

༡ སྙོན་མེད་ཀླད་ཁྲག་གཏོར་བ་དང་། །
ཐང་ཆད་རང་སྲོག་ཕུང་བ་གཉིས། །
རྒྱུས་མེད་ལམ་ལོག་འགྲོ་བ་སོགས། །
བྱུང་ན་དམག་ཉེས་ཡོང་རྒྱུ་ཟེར། །

无理打碎脑浆溅，
力竭毁灭自己命，
不熟走进歪路等，
若有就会招致失败。

༢ དམ་ཆོས་གསེར་ཞིགས་སིལ་མ་དེ། །
བརྩོན་འགྲུས་ཤུགས་ཀྱིས་མ་བསྒྲུབས་ན། །
ལེ་ལོ་བྱས་ན་འགྲུབ་པ་དཀའ། །

正法金汁玉叶，
若不勤精不修，
懒惰之举难成就。

མགྱོགས་འགྲོ་རྟ་ཕོའི་བང་རྩལ་དེ། །
དགུན་གསུམ་འཁྱུག་སྐྱང་མ་གསོས་ན། །
ས་བྱང་ལམ་གཅོད་ཉིན་ཚོད་པ་དཀའ། །

快速跑的骏马，
若不冬季饲养，
行走羌塘难穿越。

གཟི་རྫོང་གཏེར་གྱི་ནོར་བུ་དེ། །
སྔོན་ལས་གཏེར་འདོན་མ་བྱས་ན། །
ཧམ་པས་གཉེར་ན་ལོན་པ་དཀའ། །

玛瑙城堡之宝，
若非业力来所致，
贪婪之举难收获。

༣ དྲིན་ཕ་མ་སྐྱོབ་ཕྱིར་སྲོག་མ་གཅོད། །
རྒྱུ་རང་ལ་ཐུག་ཀྱང་རྫུན་མ་གཏམ། །
སྡུག་ཅི་ལ་ཐུག་ཀྱང་ཆོས་མ་རྗེད། །
ཆོས་དགེ་བ་འདིའི་ལྷག་ཁྱད་ནོར་མེད། །

不要为救父母而杀生，
面对金钱也别撒谎，
即使再不幸也勿忘佛法，
这是善法之要诀。

ཀྱི་དཔོན་རོང་ཚ་ཁྲ་རྒན།

吉本·绒擦查根

ས་ནག་ཕ་དམར་གྲ་ལོ་ཅན། །
ཨ་བྲ་ཟོས་པའི་ངན་ལང་དེ། །
དམར་ཡག་སྟག་ལ་འགྲོ་བསམ་སྟེ། །
རྒྱ་རྫོང་འགྲིམས་ནས་རི་བྲག་ཞུལ། །

黑地里的红狐狸，
常吃鼠兔成习惯，
想试猛虎之威风。
穿林攀崖寻猛虎

གྲོང་འདབས་བདའ་ལྕུ་ཇ་རིང་མས། །
ར་ཚེར་བསྲུབ་པའི་ངན་ལང་གིས། །
སེང་དཀར་གཡུ་རལ་ལོན་བསམ་སྟེ། །
དཀར་ཡག་འགྲིམས་ནས་སེང་གེ་ཞུལ། །

城郊长尾小狗狗，
常耍山羊成习惯，
想取白狮绿鬃毛，
行走雪山找雄狮。

སེང་སྟག་ཨ་དོམ།

森达阿冬

༡ མ་ངན་བུ་མོ་རང་སྣང་མཐོ།
སྟོང་སྡེའི་མི་ཁས་དེ་ལ་སྡང་། །
སྙེ་མ་ཧར་ལངས་མགོ་འཕང་མཐོ། །
སད་དང་སེར་བས་དེ་ལ་སྡང་། །
དཔའ་མེད་སྡར་མ་ཁ་སྒྲོབ་ཆེ། །
དཔའ་བོ་ཁྲོས་པས་རང་སྲོག་ཤོར། །

贱母之女有傲慢，
千村蜚语就议她。
麦穗高翘独出头，
霜冻和冰雹就恨它，
懦夫装腔又作势，
英雄愤怒把其杀。

༢ ཤ་ཤོར་ཤ་ལན་མ་བླངས་ན། །
སྒོ་ཁའི་ནག་མོའི་འཕང་བཟུང་འདྲ། །
རྒྱུ་ཤོར་ར་མདའ་མ་ཚོད་ན། །
ནུས་མེད་ཐང་དཀྱིལ་ལོང་བ་འདྲ། །

有仇不报者，
就像是门口纺线女。
财失不追赃，
就像无能平地之瞎子。

༣ གཏམ་རྒྱུས་མེད་བཤད་ན་མི་སེམས་དཀྲུག །
སྨར་མའི་སྟོང་སྒྲོབ་རང་སྲོག་ཕུང་། །

讲不知情的话乱人心，
怂男吹牛招来杀身祸。

༤ སྟག་དམར་ཡག་གདོང་ལ་མ་གཅར་དགོས། །
བཅར་ཚར་དུས་ཕྱིར་ནུད་མ་ཤོར་དགོས། །
ཁྲིད་ཁ་མཆུ་མི་ལ་མ་ཐུག་དགོས། །
ཐུག་ཚར་དུས་མིའི་གདོང་ཐུབ་པ་དགོས། །
བུ་དཔའ་བོའི་གདོང་ལ་མ་ལངས་དགོས། །
ལངས་ཚར་དུས་ཁེ་ཁ་ལོན་པ་དགོས། །

最好不要靠近红猛虎，
靠近了就不能向后退。
最好不与人打官司，
打了就要敢面对面。
最好不与英雄直面战，
若战就必须要取胜。

༥ ཟ་ཆེ་ན་སྟག་མོ་ཤ་ཡིས་བཙངས། །
རྒྱུག་ཆེ་ན་རྟ་གསར་འགྲེ་ལོག་བསྒྱུར། །
འགྲས་ཆེ་ན་རྒྱལ་ཆུས་མི་ལག་འཚོར། །

吃的过多老虎被肉噎，
跑得过度马驹翻跟头，
仇恨太深国政被篡夺。

༦ སེང་དཀར་མོའི་འཁྲིང་ཡ་ལུག་གིས་བྱས། །
ཁྱོད་ལུ་གུ་སྣང་བ་མཐོན་པོ་རེད། །
སྟག་རི་བཀྲའི་རྩེད་ཡ་ཝ་མོས་བྱས། །
ཁྱོད་ཝ་ཕྲུག་སྣང་བ་མཐོན་པོ་རེད། །

绵羊做了白狮之伴，
羔羊心气好高昂。
狐狸做了老虎之伴，
小狐心气好高昂。

སྒྲ་བདེ་ཆོས་སྐྱོང་བེར་ནག།

嘎德 · 曲炯贝那

༧ རྟ་གསར་མགོ་ཀྲུབ་ལོག་ཁ་ལ། །
ཨ་ཆེན་ཐང་སྟོང་རྒྱུག་གིས་གཤོག །
རྒྱལ་ངན་རང་ཆུས་འཚོར་ཁ་ལ། །
རང་སྡེ་བརླག་ཅིང་མི་སྡེ་འཛོམས། །
སྨར་མ་སྲོག་སྙིང་འཚོར་ཁ་ལ། །

新马栽下跟头前，
阿钦羌塘跑着过。
暴君快要亡国前，
毁了庶民灭他国。
懦夫将要丢命前，

འབུམ་སྐར་དཀྲུག་ཅིང་དཔའ་བོ་འདེད། །
捣乱军营追英雄。

༢ སྦལ་བས་ན་འབུར་རི་ལ་བརྩི། །
ཞི་ཞིས་རང་རྟུག་གསེར་ལ་སྒོམ། །
བྱིས་པས་ཤིང་ལོ་ནོར་ལ་བརྩི། །

青蛙把草垛当山峰，
小猫把己粪当黄金，
小孩把树叶当做宝。

ཚ་ཞང་འདན་མ་བྱང་ཁྲ།

擦香·丹玛向查

༡ ཤ་ཤོར་ཤ་ལན་མ་བླངས་ན། །
ཤི་བའི་མི་དང་ཁྱད་པར་མེད། །
རྒྱུ་ཤོར་ར་མདའ་མ་ཆོད་ན། །
གོ་ཁའི་རྒན་མོར་ཁྱད་པར་མེད། །

仇人不报仇，
和死人无别。
财失不追击，
和守灶老太无二别。

༢ རེའུ་ཆུང་ཟེ་སྒང་འགྲིམ་པ་དེ། །
སྤྱང་ཕྲུང་འབོད་པའི་ལག་གཡུག་རེད། །
བྱེའུ་ཆུང་མཁའ་ལ་ལྡིང་བ་དེ། །
སྐྲ་ཁྲ་འབོད་པའི་ལག་གཡུག་རེད། །
སྡར་མས་སྟོང་སྒྲོབ་བཤད་པ་དེ། །
རང་སྲོག་ཆད་པའི་སྔ་ལྟས་རེད། །

羊羔在山岗行走，
如同向小狼招手。
小鸟在高空飞翔，
如同猎隼招手。
懦夫装勇武吹牛，
如同丢命之预兆。

༣ སྲིན་འབུ་སོང་རྗེས་ཡི་གེ་དོད། །
ཤེས་རིག་མཁས་ནས་བྱུང་བ་མིན། །
སྟེས་དབང་དག་གིས་ཡི་གེ་བྱུང་། །

昆虫足印显文字，
并非有才而出现，
缘于偶然之巧合。

དམག་མང་བསད་བསད་སྡར་མས་བསད། །
དཔའ་ཆེ་ནས་སོད་པ་མ་རེད་དེ། །
ཙ་ཐུག་ནས་ཤི་འཐབ་བྱས་ནས་སོད། །

众兵多被懦夫杀，
不是勇敢才杀死，
被逼无奈而死拼。

༤ འུག་པ་འཆི་ཁར་གླག་ནག་འདེད། །
གྲོག་མ་འཆི་ཁར་གཤོག་པ་ཐོགས། །

猫头鹰临死追黑雕，
蚂蚁临死长翅膀。

༥ སྐྱེས་པ་ཕོ་ཡི་ལུས་ཐོག་ལ། །
སྐྱིད་སྡུག་རྒོ་ཕོའི་ར་ཁྲིག་ཡོད། །

一个男人一生中，
苦乐如同黄羊之角纹，

ཚ་གྲང་མགར་བའི་ཁོལ་ཁ་འདྲ། །
སྡུག་དུས་སེམས་ཁམས་མ་དམའ་ཟེར། །
སྐྱིད་པའི་དུས་ཞིག་ཚོས་རྒྱུ་ཡོད། །

冷热就像铁匠鼓风袋，
困苦之时情绪不能低，
欢喜之日随之而将至。

སྐྱིད་དུས་ང་རྒྱལ་མ་ཁེངས་ཟེར། །
སྡུག་པའི་བཙོན་ཞབས་ཚུད་ན་ཐང་། །

欢喜之时心气不能高，
牢狱之灾将至有可能。

༦ རྟ་འདོ་བས་མི་འདོད་ཡོང་ལྕུག་རེད། །
ཕ་ཕྱུག་པོས་མི་འདོད་རྐུན་མ་རེད། །
མི་དཔའ་བོས་མི་འདོད་བརྙས་གཏམ་རེད། །

骏马不喜抽鞭子，
富家不愿遇盗贼，
英雄不愿被嘲笑。

ཨ་སྟག་ཀླུ་མོ།

阿达鲁（拉）姆

༡ དོན་ཆུང་བྱིས་པའི་རྩོད་པ་ལ། །
ཁྲིམས་ཆེན་དཔོན་པོ་ཕེབས་རབས་མེད། །

小事小儿之争执，
法官不会来现场。

ཤ་ཆེན་ཞིག་གིས་ཟ་ས་ལ། །
མཚོན་ཆེན་སྟ་རེ་གཡུག་རྒྱུ་མེད། །

身上被虱叮咬时，
不会挥去大斧子。

ས་ཆེན་ཨ་བྲས་བརླག་ས་ལ། །

大地被鼠破坏时，

སྒྲོགས་ཆེན་དཔུང་སྒྲིག་བྱེད་ས་མེད། །

怎会大炮来布阵。

༢ མི་དགའ་དགའ་མདོག་བྱེད་མི་དེ། །
ཕོ་གསར་དམག་ལ་འགྲོ་དུས་རེད། །
ཨེ་དགའ་དགྲ་གདོང་ཐུག་ཉིན་ཤེས། །

不乐也装快乐者，
会是男儿出征时，
遇敌便知快乐否？

མི་སྡུག་སྡུག་མདོག་བྱེད་མི་དེ། །
བུ་མོ་གནས་ལ་འགྲོ་ཉིན་རེད། །
ཨེ་སྡུག་རང་ཚུས་འཚོ་ཉིན་ཤེས། །

不苦也装痛苦者，
会是女人出嫁时，
持家便知痛苦否？

ཤན་པ་མེ་རུ་རྩེ།

辛巴梅如泽

ཕོ་སྤྱང་པོས་བཙན་ས་བཟུང་དགོས་ཟེར། །
འདུག་མ་ཤེས་ཐང་སྟོད་རོ་ཡིས་གང་། །

聪明人说要占制高点，
站错地形遍野满横尸。

གླུ་སྙན་མོ་ལ་ཁའི་ལུག་རྫིས་ལེན། །
དེས་མི་ལེན་ཀ་མེད་ཉི་མ་རིང་། །

悠扬的歌由山头牧人唱，
他不得不唱日太长。

བཟོ་མཁས་པ་བུ་མོ་གོ་མས་བཟོ། །
དེས་མི་བཟོ་ཀ་མེད་ལག་པ་ཁོམ། །

巧手女人是在家女，
她不得不缝手闲着。

མི་ཅི་གསོད་སྣར་མ་བུ་ཡིས་གསོད། །
དེས་མི་གསོད་ཅུ་ཐུག་གད་ལ་སླེབས། །

懦夫有时杀敌多，
那是逼出来的胆。

དགྲ་ལྷ་རྩེ་རྒྱལ།

扎拉泽嘉

ནགས་རྒྱ་རྫོང་གཤག་པའི་སྲོག་ཆགས་དེ། །
སྟག་དམར་ཡག་ལྷག་པའི་སྙིང་གདོས་དགོས། །
གངས་བུ་ཡུག་གཤག་པའི་སྲོག་ཆགས་ལ། །
སེང་དཀར་མོ་ལྷག་པའི་རྩལ་སྟོབས་དགོས། །

穿越茂密森林，
需要比猛虎胆大的勇气。
走过暴风雪的生灵，
比白狮更须有力量。

ཐོག་རི་ནམ་མཁའ་རྒྱལ་མཚན།

托日・南喀坚赞

༡ བྱང་ན་དམར་གཞུང་གི་བྱ་མ་རྟ། །
ཐང་བདེ་མོའི་མགྱོགས་དར་མ་ཐོབ་ན། །
མགྱོགས་བང་རྩལ་ལྡན་པས་ཅི་ལ་ཕན། །
རྡོ་ཆེན་གནམ་ལྕགས་རལ་གྲི་འདི། །
དགྲ་བོའི་མགོ་སྙིང་མ་ཆོད་ན།
གྲགས་པ་ཆེ་བས་ཅི་ལ་ཕན། །

飞速如鸟北泽地骏马，
平原赛跑不能夺彩带，
跑得再快又有何用？
坚硬锋利天杵剑，
不能砍断敌人头，
仅有盛名有何用？

༢ བྱང་ཐོག་རི་རྒྱལ་བློན་གྲགས་པ་ཆེ། །
དཔའ་རྙིང་མའི་བྱུས་རྗེས་མ་ཐོག་ན། །
དམག་བུ་རྟ་འཛོམས་པས་ཅི་ལ་ཕན། །
ས་མཐའི་ཇོ་ཁྲམ་ལུང་གང་འདྲ། །

听闻托日王臣威，
若不英勇立大功，
兵马齐备有何用？
如同强盗一山窝。

༣ སྟག་དམར་ཡག་མེད་པའི་ནགས་གླུང་ནས། །
སྤྲེལ་གདོང་གཉེར་འཁྱིང་འགྲོས་དཔོན་ཚུགས་སྟོན། །
གླག་རོག་པོ་མེད་པའི་བྱ་ལམ་ནས། །
བྱ་ཁྭ་ཏས་འཇིགས་པའི་ཨག་འགྱུར་འཐེན། །
ཉ་གསེར་མིག་མེད་པའི་གཙང་ཆུ་ནས། །

没有猛虎的森林间，
猴子傲立装官样。
没有金雕的天空中，
乌鸦发出恐惧叫声。
没有金鱼眼的河流里，

སྦལ་གཅེར་ཀན་ཀྱུ་བོས་ཀྱལ་རྩལ་ངོམ། །

赤裸的青蛙在展示游技。

༦ གནའ་སྤྲ་ཡུ་སྤང་འདྲེད་ཁུར་བ་དང་། །
མདའ་རླུང་འཕོར་སྲོག་ལན་ཐུག་ལེ་ལ། །
རྔོན་རི་དྭགས་གསོད་མཁན་ཟེར་ལེ་མག །
སྤྱང་པོ་རྐན་མུ་གེས་འཆི་བ་དང་། །
ཇི་ཙུར་ཐོགས་རི་སྐྱང་འགྲིམ་ལེ་ལ། །
སྤྱང་སོད་རྫི་བཟང་ཟེར་ལེ་མག །

小岩羊滑倒绿草地，
风吹之箭中其身，
不能称其为猎手。
老狼无食被饿死，
拿鞭牧人撞死狼，
不叫杀狼好牧人。

༥ སྤང་དཀར་དཀྱིལ་གྱི་མེ་ཏོག་དེ། །
སྟོན་དུས་སད་ཀྱིས་མ་ཐུབ་ཀྱང་། །
དགུན་ལྷགས་པའི་གདོང་ལ་ཨེ་འདུག་བལྟ།
འབྲུ་དྲུག་ལོ་མའི་སྐྱེས་སྟབས་དེ། །
གངས་ཆར་འདྲེས་མས་མ་ཐུབ་ཀྱང་། །
རྣོ་ཟོར་བའི་སོ་ལ་ཨེ་འདུག་བལྟ། །

草原上的花朵，
秋来虽不能霜冻，
看冬天是否还健在？。
六谷幼苗的长势，
雨夹雪虽挡不住
看锋利镰刀能否割？”

༤ ཁྱི་འཁྱམ་དབྱུག་པས་རྡུང་ལོབ་དེ། །
དམར་ཡག་སྟག་ལ་འགྲོ་ལུགས་མེད། །
བྱིའུ་ཆུང་འགུག་གིས་བཟུང་ལོབ་དེ། །
བྱ་རྒྱལ་ཁྱུང་ལ་འགྲོ་ལུགས་མེད། །

流浪狗被棍棒打惯的，
却不适宜与老虎。
用绳线诱捕小鸟的习惯，
却不适宜于大琼鸟。

ཐོག་བློན་ཀུན་གྲགས་དོན་ཡོད།

托伦·衮扎顿越

༡ ཟ་ཆེ་ན་སྦྲང་དཀར་མཆིན་པ་ན། །
བརྙས་ཆེ་ན་གཉོམ་ཆུང་སྙིང་རླུང་ལངས། །
རྒྱུག་ཆེ་ན་མགྱོགས་པ་བང་ཁ་ལོག །

食量过大蜂蜜伤肝脏，
欺人太甚弱者会发怒，
跑得过快骏马会失蹄。

༢ མཐོ་རྒྱལ་པོ་དྲན་རྒྱུ་མང་བས་ལན། །
གློ་གྱུ་གྱུ་མང་ན་རྒྱལ་ས་འཚོར། །
རྟ་ངར་མ་ཁ་ཐུ་མ་འཚོས་ན། །
རྡོ་གཡའ་མས་ལག་ངར་གཅོག་རབས་ཡོད། །
སྤྱང་དར་མས་ཟ་ཚོད་མ་ཟིན་ན། །
ཀི་ཐྲི་བོས་ཀླད་ཁྲག་གཏོར་རབས་ཡོད། །

高高的国王太多虑，
多虑则国亡。
烈马不勒紧缰绳，
青石砸断前腿。
狼不知饱食，
牧人会打碎脑浆。”

༣ རྩལ་མེད་རྟ་རྒོད་ཐུར་ལ་རྒྱུག །
མགོ་ཆག་རང་གིས་ཉོ་བ་རེད། །
ཤེས་མེད་རྒྱ་གྲོང་འགྲིམ་པ་དེ། །
རང་མཚང་རང་གིས་ཕུད་སྤྱོད་རེད། །

无技的马下坡猛，
头破是自讨苦吃。
无知者穿巷走街，
自家丑恶会暴露。

ཐོག་ལྷོན་དུག་ནག་རྩལ་ཆེན།

托伦·毒那栽钦

༡ ས་ཐག་རིང་བཅད་པའི་རྟ་རྒན་དེ། །
རྒས་ན་སོ་ཐོན་དུས་ཆས་སྐལ་གཅོད། །
ཇག་ཐེངས་དགུ་བསྐོར་བའི་དམག་དཔོན་དེ། །
རྒས་དཔྲལ་རྩ་སེ་དུས་བློན་ཁར་ཕུད། །
བྱམས་སྙིང་རྗེས་བསྐྱངས་པའི་ཕ་མ་དེ། །
རྒས་ལ་ཁར་ཐོན་དུས་སྒོ་ལ་ཕུད། །

远走路途的老马，
老了就断饲料。
九次出征的老将，
鬓角染霜挤出臣。
养育身生的大恩父母，
到了老年就赶出门。

༢ གཞི་ཆེན་སྤྲིན་པ་མ་ལངས་ན། །
ཆར་རྒྱུན་ས་ལ་འབབ་དོན་མེད། །
ནམ་ཟླའི་ས་བཅུད་མ་འཕེལ་ན། །
གཡུ་འབྲུག་མཁའ་ནས་སྒྲུར་དོན་མེད། །
ལམ་མགྲོན་པར་འགེལ་མ་བྱས་ན། །
མགྲོན་པོས་ཚུར་དགྲ་རྒོལ་དོན་མེད། །

巨大云团不起来，
不会下起大雨。
季节没有回春暖，
天空不必有苍龙雷鸣。
不去打劫客商货，
客户怎么会反扑。

༣ གོ་བོ་འཆི་ཁར་ནམ་འཕང་གཅོད། ། 秃鹫临终要飞翔，
གྲོག་མ་འཆི་ཁར་གཤོག་པ་ཐོགས། ། 蚂蚁临终长翅膀，
འཇོན་མེད་ཉེས་ཁར་ཚོང་ཉོ་དྲན། ། 庸人临亏想买卖。

༤ ཤི་པོས་མི་འདོད་སེར་སྣ་རེད། ། 死者最烦吝啬鬼，
གསོན་པོས་མི་འདོད་བརྙས་བཅོས་རེད། ། 生者难忍受欺辱。

༥ གནའ་རྒྱ་མོས་བྲག་རྫོང་འཛིན་པ་ལ། ། 岩羊占据悬崖，
ར་ཚེ་རེས་ཐུབ་ཚོད་ཐུབ་རྒྱུ་མག། 小山羊怎能欺凌它？
སྟག་དམར་ཡག་ནགས་རྫོང་འཛིན་པ་ལ། ། 猛虎占领森林，
ཁྱི་བདའ་ལུས་བརྙས་བཅོས་ཐུབ་རྒྱུ་མག། 小狗怎能欺凌虎？

༦ རྒྱ་རྫོང་ནགས་ནས་བདའ་ལུ་ཟུག། 林中听到狗叫声，
སྟག་དམར་ཡག་མི་འོང་ཀ་མེད་བྱུང་། ། 猛虎不得不前来。
ཐང་ཆེན་གཞུང་ནས་བོང་བུ་འདུར། ། 平川跑起小毛驴，
རྐྱང་ཁ་དཀར་མི་རྒྱུག་ཀ་མེད་བྱུང་། ། 野马不得不奔跑。

༧ ཤེས་མེད་སྡེ་ཆེན་ན་ཟླ་དེས། ། 无德大家闺秀，
རང་མཚང་མི་ཤེས་མི་མཚང་འབྲུ། ། 总爱说长道短。

བྲག་རྒྱལ་རྒོད་པོ། **扎嘉贵波**

ལྷོ་བྲག་རི་མཐོ་ཚོད་མ་ཟིན་ན། ། 南岩峰不控制其高度，
ཉིན་གཅིག་གནམ་ལྕགས་ཐོག་གིས་གཏོར། ། 某天会被霹雳击毁。
ནུབ་གངས་དཀར་མཐོ་ཚོད་མ་ཟིན་ན། ། 西雪山不控其高度，
ཉིན་གཅིག་ཁྲི་གདུགས་ཉི་མས་བཞུ། ། 某天会被太阳晒化。

གླིང་དཀར་བཙན་ཚོད་མ་ཟིན་ན། །
ཉིན་གཅིག་ཐོག་རིའི་དམག་གིས་གཏོར། །

岭嘎尔不收敛强横，
某天会被托日军打散。

ཐོག་རྒྱལ་མེ་འཁྱེར་སློག་འོད།

托嘉·梅切洛维

༡ སྤྱང་དར་འདུར་བའི་ལམ་སོ་རུ། །
ཕྱུགས་བེའུ་འཚོ་རྫི་མི་བདེ་ཟེར། །
སྤྱང་དར་མའི་གླད་ཁྲག་མ་གཏོར་ན། །
འཚོ་རྫི་པོ་ཟེར་བ་ཅི་ལ་བདེན། །

野狼行走之途径，
牧羊人儿需警惕。
不能防住狼突袭，
牧人名子不符实？

ཀུན་ཇག་འགྲིམ་པའི་ལམ་སོ་རུ། །
རྒྱ་ནོམ་ཆེན་འཚོང་འདྲེན་མི་བདེ་ཟེར། །
གོང་དཔོན་པོས་ཇག་ལམ་མ་བཅད་ན། །
དཔོན་ཁབས་ཆེན་ཟེར་བ་ཅི་ལ་བདེན། །

盗贼行走的路上，
商贾驮队需警惕，
官员不断土匪路，
官人之名不符实？

གནམ་ལྕགས་ཐོག་སེར་རྒྱུ་ལམ་ནས། །
འབྲུ་དྲུག་སྨིན་པ་མི་སྲིད་ཟེར། །
སྔགས་ཨ་མྱེས་སྡེ་བརྒྱད་མ་བཟློག་ན། །
མགོར་ཞྭ་ནག་གྱོན་པ་ཅི་ལ་བདེན། །

天雷冰雹猛击处，
五谷丰收不曾有。
咒师不击八部妖，
头戴黑帽有何用？

༢ བྱ་ཆེན་སྔུན་ལ་བྱིའུ་ཆུང་འཕུར། །
འཕུར་རྩལ་གཤོག་རླབས་འདྲ་བསམས་ཀྱང་། །
ནམ་འཕང་གཅོད་ལུགས་ཅི་ལ་འདྲ། །
བྱིའུ་ཆུང་གཤོག་པས་གར་འཕངས་ཡིན། །
ཆུ་སྲིན་སྔུན་ནས་ཉ་ཆུང་འགྱུར། །
གསེར་གཤོག་འགྱུར་རྩལ་འདྲ་བསམས་ཀྱང་། །
གཏིང་ཆེན་དཀྲུག་ལུགས་ཅི་ལ་འདྲ། །

大鸟前面飞小鸟，
看似翅力有些像，
飞越高空怎相同？
小鸟羽翅被风折。
鲨鱼之前小鱼游，
看似游力有些像，
深海遨游怎相同？

ཉ་ཆུང་གསེར་གཤོག་གར་གཏོར་ཡིན། །	小鱼金翅随处散。
ཆགས་མེད་ཀུན་གྲགས་དོན་ཡོད།	**恰美·衮扎顿越**
༡ ར་བོ་ཐག་རིང་ཡང་བདག་པོས་བརྙས། །	山羊虽可长挤奶，却被主人欺，
ཤེས་རྣམས་པ་ཆེ་ཡང་གཞོན་པོས་སྨང་། །	老人见识虽广，却被年轻人欺。
༢ སྟོན་མཇུག་འཕུར་བའི་ཙུར་པ་ཅིའུ། །	秋后飞翔的云雀，
ལྷུང་སྐྱི་བསེར་གཤོག་ཁ་གཏོར་ཁ་ལ། །	刮风将要拆翼时，
མཐོན་པོའི་བྱ་ལམ་གཅོད་སྣང་ཤར། །	还想要飞越高空，
ཐང་དཀར་རྒོད་ལ་འགྲན་སྣང་ཤར། །	想与雄鹰做竞争。
གནས་མཐར་འཁྱམས་པའི་ཨ་འབེ་སྤྲེལ། །	流落他乡的猴儿，
དམར་ཡག་སྟག་དང་ཐུག་ཁ་ལ། །	将遇猛虎前，
ཐང་ཆེན་གཞུང་ལ་འགྲོ་སྣང་ཤར། །	还想走大平川，
རྐྱང་གྭ་མ་འོག་རྟ་བྱེད་སྣང་ཤར། །	想当野驴为坐骑。
ཨ་རྐོད་དཔལ་འབོ་ཁབ་ཆེན།	**阿贵·巴沃克钦**
༡ ཁྲོད་ཁ་མཆུ་མི་ལ་མ་གཏུག་ཟེར། །	不要与人打官司，
རྩ་བ་རང་གིས་མ་སློང་ཟེར། །	不要自找祸根。
ཁང་རྙན་རྩིག་གཞི་མ་སྒུལ་ཟེར། །	老屋不要动墙基，
གཟུ་སྣེ་རང་གིས་མ་གནོན་ཟེར། །	不能压歪地基线。
༢ སྟག་དམར་ཡག་ནགས་ཀྱི་ཁྱིམ་གཞི་བཟུང་། །	猛虎占据林中的家园，
ཁྱི་བདའ་ལུས་རྗེས་ཟུག་ཤ་ར་ར། །	小狗追着汪汪叫。
དེས་མི་ཚད་སྟག་ཕྲུག་ཟ་སྣང་ཤར། །	甚至还想吃虎仔，
སྟག་རི་བཀྲ་མི་ཁྲོ་ཀ་མེད་རེད། །	猛虎不得不发怒。

གཟི་ཆེན་དཔའ་བོ། 斯钦·巴沃

འབུ་ཆུང་ཐུར་འཛུལ་བྱེད་ཡོང་དེ། །
དུག་ཆེན་སྦྲུལ་ལ་འགྲོ་བ་མིན། །
སྒོ་ཁྱི་རྡོ་ཚག་བྱེད་ཡོང་དེ། །
དམར་ཡག་སྟག་ལ་འགྲོ་བ་མིན། །

养成小虫钻土的习惯。”
不适合于毒蛇。
习惯用石子打看门狗，
不适合于猛虎。

རྒོད་པོ་ལྷགས་ཁྲི། 贵波加赤

༡ འུག་པ་ཤི་ཁར་ནམ་འཕང་གཅོད། །
སྡར་མ་ཤི་ཁ་དཔའ་བོ་འགོག །
ཁྱི་རྒན་ཤི་ཁར་ནགས་ལམ་འགྲིམ། །

猫头鹰临死飞天空，
懦夫找死拦英雄，
老狗临死走林荫道。

༢ ཕོ་གྱོད་ཕ་བོང་རྒས་རྒྱུ་མེད། །
ལོ་བརྒྱ་སོང་ཡང་འཕྱི་བ་མིན། །
མོ་གྱོད་ཤུག་པ་རུལ་རྒྱུ་མེད། །
གནས་གསུམ་རྗེས་ཀྱང་ཡལ་རྒྱུ་མེད། །

男人官司如石永不老，
一百年也不算晚。
女人官司如柏树永不腐，
移地三处也生长。

སྟོབས་ཆེན་ཁྲག་མིག 多钦查米

༡ སྟག་རི་བཀྲས་ནགས་རི་བཟུང་ས་ནས། །
ཁྱི་བདའ་ལུས་བརྙས་བཅོས་ཐུབ་ས་མེད། །

猛虎占林地，
小狗不可辱。

གླག་རོག་ཕོས་བྱ་ལམ་བཟུང་ས་ནས། །
བོང་རོག་བཙོག་འགྲན་སྣང་ཞེ་རེ་ཁྲེལ། །

黑雕飞翔处，
驴子相比会羞耻。

༢ རྒྱལ་མེད་རྟ་རྒོད་ཐུར་ལ་རྒྱུག །
མགོ་ཆག་རང་གིས་ཉོ་བ་རེད། །
དོན་མེད་གྱོད་གཞི་སློང་བ་དེ། །
རང་ཉིད་བརླག་པའི་གཞི་མ་ཡིན། །

无力野马下坡猛，
头破乃自讨苦吃。
无理闹纠纷，
是自我毁灭的祸根。

༣ ཪོ་བཙན་པོས་བཙན་ཚོད་མ་ཟིན་ན། །
བཙན་ཆེ་ན་འོག་སྡེའི་རྒྱལ་ཆུས་བརླག །
མཐོན་པོ་མཐོ་ཚོད་མ་ཟིན་ན། །
མཐོ་བྲག་རི་གནམ་ལྕགས་ཐོག་གིས་གཏོར། །
མི་ཕྱུག་པོས་ཕྱུག་ཚོད་མ་ཟིན་ན། །
དམའ་ཁྲམ་པས་ཁྱིམ་རྒྱུད་བརླག་རབས་ཡོད། །

强横不知控制，
霸道失国政
不知高度，
悬崖被霹雳击毁。
富人不知富，
骗子会毁了家族。

ཨ་ལ་དཔའ་རྒྱལ།

阿拉巴嘉

བདའ་ལུས་རང་སྒོ་སྲུང་བ་ལ། །
དེ་ལ་སྟག་དམར་ཟེར་ལུགས་མེད། །
བོང་བུ་འདུར་རྒྱུག་བྱེད་པ་དེ། །
ཁ་དཀར་རྐྱང་དང་འདྲ་ལུགས་མེད། །
ཤེས་མེད་ན་ཟླའི་རང་སྣང་དེ། །
ཁྲ་མོའི་གྲོང་ལ་ཡོད་ལུགས་ཡིན། །
སྙར་མས་འཇབ་སྙུག་བྱེད་པ་དེ། །
དཔའ་བོའི་དཔུང་དང་འདྲ་ལུགས་མེད། །

小狗守家门，
这可不叫红猛虎。
驴子奔跑，
怎与野驴相同？
无知女人高傲样，
在市井里常能看到。
懦夫偷袭，
与英雄队伍不一样。

སྟག་མོ་སྟོང་ཐུབ།

达摩东图

ཤྭ་ཪོ་ཆེན་གསོད་སྤྱད་མདའ་ཡིན་ཟེར། །
མི་སེམས་པ་དཀྲུག་སྤྱད་ཚིག་ཡིན་ཟེར། །

杀雄鹿用的是箭，
伤人心用的是言词。

སྟོང་བདུད་ཀ་བ་ལག་རིང་།

东堆·夏瓦喇仁

ར་ཚེ་ཟད་འཕར་བའི་ཚང་སྒོར་སླེབས། །
ད་བྲོས་པས་མི་ཐར་ཐག་གིར་བཟུང་། །
མི་ཚེ་ཟད་སྲིན་པོའི་སྒོ་ལ་སླེབས། །
འཐབ་པས་མི་དོ་ཁྱུར་མིད་བྱེད། །

将死山羊来到豺狼洞穴口，
逃跑无望被抓住。
将死人儿来到罗刹洞口，
挣扎无望被吞食。

ཨ་ལ་བྲུ་ལུ་གདོང་ནག།

阿拉·普鲁董那

སྤྱང་རྐན་རྒྱུག་པའི་བང་རྩལ་དེ། །
གླག་རོག་པོའི་རྗེས་ལ་མ་སླེབས་བྱུང་། །
གཡུ་འབྲུག་སྔོན་མོའི་ངར་སྒྲ་དེ། །
གངས་སེང་སྟོབས་ལ་མ་དོ་བྱུང་། །

老狼奔跑速度，
赶不上金雕飞速。
青龙怒吼，
难敌雪狮威猛。

སོག་བཟའ་དར་འཛམ་ལྷ་མོ།

索萨·塔尔蒋拉姆

དམར་མོ་མེ་ཡི་འབར་ཤུགས་དེ། །
རྩྭ་སྐྱ་མང་བས་འགོག་རྒྱུ་མེད། །

赤色火焰的燃烧力，
干草再多只是助燃。

ཨ་སྔོན་ཁ་ཞེང་ཆེ་ས་ནས། །
ཉི་ཟླ་ལག་པས་གཡོལ་རྒྱུ་མེད། །

苍天广阔，
日月不能用手遮。

བདུད་རྒྱལ་བྱུར་གྱིས་དེད་པ་ལ། །
བསམ་བཟང་བློན་པོས་བཤོལ་རྒྱུ་མེད། །

魔王行将灭亡，
怎能听得进忠臣良言。

ཨ་འབར་བྲུ་ཡི་སྟོང་ཐུབ།

阿跋尔普依东图

༡ གངས་རི་མཐོ་ཚོད་མ་ཟིན་ན། །
ཁྲི་གདུགས་ཉི་མའི་འོད་ཀྱིས་བཞུ། །
རྒྱ་རྫོང་སྡུག་ཚོད་མ་ཟིན་ན། །
དམར་མོ་མེ་ཡིས་སོལ་ཕུང་བསྒྱུར། །
རྒྱལ་པོས་བཙན་ཚོད་མི་ཟིན་ན། །
ཁྲ་མོས་རྒྱལ་ཆུས་འཁྲོག་རབས་ཡོད། །

雪山不惧高度，
就被太阳晒化。
森林茂密无度，
会被烧成煤灰。
国王强暴无度，
会被百姓造反。

༢ ཐོག་འབྲུག་སེར་བའི་འགྲིམ་ལམ་ནས། །
འབུ་ཕྱེ་ལེབ་འཕུར་ན་ཐར་ས་མེད། །

雷鸣冰雹倾泻处，
蝴蝶无处去逃脱。

ཟམ་ཆེན་འབྲུག་ལྷ།

昂钦珠拉

མཐོ་རི་རབ་རྩེ་མོའི་བྱ་རྒྱལ་ཁྱུང་། །
ལུས་ཡང་རྩལ་རྫོགས་པའི་འདབ་གཤོག་དེ། །
མཐོ་བྱ་ལམ་ལྡིང་ཚོད་མ་ཟིན་ན། །
རླུང་སྐྱི་བསེར་སྤུ་སྒྲོ་གཏོར་རབས་ཡོད། །

须弥山顶大琼鸟，
飞翔自在的翅膀，
不知腾飞之高度，
强风会吹散羽毛。

ཤན་པ་ར་ཁྲ་དམར་པོ།

辛巴查玛波

སྤྱང་ལུག་བརྒྱ་ཟོས་ན་འཆི་ལྟས་རེད། །
མདའ་འཕེན་གྲངས་མང་ན་ཡོ་ལྟས་རེད། །

吃多了羊，狼的死期也不远。
射多了箭，偶尔也有射偏的。

མེ་གླིང་གསེར་རྫོང་།

《梅岭金宗》

མེ་གླིང་བྲག་ལྷ་རྒྱལ་པོ།

梅岭·扎拉嘉波

༡ སྤྱང་དར་མས་ལུག་ཁྲུ་གཏོར་བ་དེ། །
ཤ་ལན་ཁྲ་རིང་འུར་རྡོས་ལེན། །
རྡོ་དེ་ལ་སྤྱང་ཐང་ལྟད་མོ་ལྟོས། །
དེ་གཡང་དཀར་ལུག་གི་རྒྱན་དུ་ཆེ། །

成年狼破坏羊群之仇，
将以枪和抛石绳来报
那块石头让狼去欣赏，
它可以装饰绵羊群。

སྟག་དམར་ཡག་རྐྱང་ཁྲུ་གཏོར་བ་དེ། །
ཤ་ལན་ཉག་ཕྲན་མདའ་མོས་ལེན། །
མདའ་དེ་ལ་སྟག་མོའི་ལྟད་མོ་ལྟོས། །
དེ་ཁ་དཀར་རྐྱང་གི་རྒྱན་དུ་ཆེ། །

猛虎冲散野驴群，
其仇以箭去回报。
老虎去欣赏那支箭，
它可以装饰白唇野驴。

ཡུལ་དགྲ་ཨབ་ཤ་ནག་རྫོ་ལ། །
ཕྱོགས་བཞིའི་བདུད་སྡེའི་རྒྱལ་སྲིད་ཤོར། །
ང་མེ་གླིང་རྒྱལ་ལ་ལྟད་མོ་ལྟོས། །
དགྲ་ལན་བྲག་ལྷ་རྒྱལ་པོས་སྤྲོད། །
དེ་བདུད་སྡེ་རྣམས་ཀྱི་རྒྱན་དུ་ཆེ། །

公敌食鼠黑觉如，
四方魔国已覆盖，
还要攻我梅岭国，
石神之王今报复，
用来装饰诸魔界。

༢ དགྲ་ཐུང་གདོང་ལ་ལན་ཞིག་དགོས། །
ལན་མེད་བུ་མོ་འཕང་བཟུང་རེད། །

遇到敌人要反击，
不去打是纺线女。

ཀློན་ཀན་མ་འོངས་ད་མཁྲེན།

伦根玛旺塔钦

སྤང་ལྗོངས་བཀྲ་བའི་མེ་ཏོག་དེ། །
སྐྱི་སེར་བ་སོས་བཙན་འཕྲོག་བྱས། །
ནམ་ཟླ་དུས་ཀྱི་བསྐོས་ཐང་རེད། །
ཕྱུག་བེའུ་ལུག་དེ་ལ་འགྱོད་རྒྱུ་མེད། །
སྤང་ལྗོངས་སྙིང་གི་རྩྭ་བཟང་ཟོ། །
སྐྱི་སེར་བ་སོས་ལན་མི་འཕྲོད། །
ཐ་མ་དགུན་ལ་འགྱུར་བས་ན། །
དེ་དུས་འགྱོད་པ་ཡོད་ཤས་ཆེ། །

草原盛开的花儿，
却被风霜所夺取，
这是时季之缘由。
牛犊绵羊并无悔。
仍然可吃原上草，
风霜对草无奈何，
接着严冬又来临，
四季交替无奈何。

ཞིང་ཆུ་མར་འཁྲུངས་པའི་འབྲས་དྲུག་དེ། །
གནམ་ལྕགས་སེར་བས་ཐང་ལ་བསྒྱེལ། །
དེ་གནམ་ས་བར་གྱི་ལས་སྐལ་རེད། །
དེ་ལ་དབུ་ནག་འགྱོད་རྒྱུ་མེད། །
ད་འབྲས་དྲུག་ས་ལ་སྨིན་པས་ན། །
སྡེ་བརྒྱད་འགྲན་ཡ་མི་ཆོད་འདུག །
སྔགས་ནག་རང་མཁར་བཟུང་ན་དགའ། །
ཐ་མ་སྲོག་དང་བྲལ་ཉེན་མོ། །
དེ་དུས་འགྱོད་པ་ཡོད་ཤས་ཆེ། །

农田生长的六谷，
被霹雳击倒在地面，
那是天地之间的缘分。
对它黑发人无可悔，
当六谷成熟时，
八部天龙无可敌，
黑咒不如自居城，
最终失去生命时，
到时可能会后悔。

ནུ་བོ་དུག་རི།

努沃・毒如

ལས་ག་ལེར་བྱས་ན་བསམ་དོན་འགྲུབ། །
གཏམ་ག་ལེར་བཤད་ན་ཀྱལ་ཁ་འཐོབ། །
རྟ་ག་ལེར་རྒྱུག་ན་མགྱོགས་དར་ཡོན། །

活慢慢干会有好结果，
话慢慢说不会出差错，
马慢慢跑会到目的地。

གེ་སར་ནོར་བུ་དགྲ་འདུལ།

格萨尔•诺普占堆

༡ སྟག་མོར་བཀྲ་བའི་འཇུམ་མདངས་དེ། །
བྲི་ཆུང་གཡག་ལ་མི་འགྲོ་ཟེར། །
གླིང་རྒྱལ་བློན་དཔའ་བོའི་ངར་རྒོད་དེ། །
མེ་གླིང་རྒྱལ་ལ་མི་འགྲོ་ཟེར། །

老虎的美丽毛色，
不适合于野牦牛；
岭嘎王臣的英雄气概，
不适宜于梅岭国。

༢ བླ་བཟང་མདུན་གྱི་གྲྭ་པ་དེ། །
སྡོམ་པ་ཤོར་ཁ་དམ་ཚིག་ཉམས། །
བརྩེ་འགྲོགས་ཆུང་མ་སྨན་རིང་དེ། །
གནས་དང་འབྲལ་ཁ་ཁྱོ་དང་འགལ། །
མེ་གླིང་བྲག་ལྷ་རྒྱལ་པོ་དེ། །
རྒྱལ་སྲིད་ཤོར་ཁ་གླིང་དང་འགྲས། །

好上师前的僧人，
失戒之前失盟言；
情感融洽之妻子，
离开家时违背了丈夫；
梅岭国的扎拉国王，
亡国之前与岭嘎结了仇。

༣ དམར་ཡག་སྟག་གི་ངར་སྒྲ་ལ། །
རྐྱང་ཆུང་ག་མས་མཚེར་རྩུབ་བྱེད། །
མི་ཕན་རྨིག་བཞི་ཐང་ལ་ཐོར། །
དུང་སྤྱང་དཀར་མོ་འཕྱོ་ལམ་ནས། །
གཡང་དཀར་ལུག་གིས་འབའ་ཚག་བྱེད། །
མི་ཕན་མིག་འབྲས་ཐང་ལ་འཕེན། །

猛虎呼啸时，
野驴也嘶鸣，
四蹄散落地。
白狼奔山岗，
绵羊咩咩叫，
眼珠掉落地。

༤ དགྲ་ལན་པོ་མེད་ན་བུ་མོ་རེད། །
ཟས་ལན་པོ་མེད་ན་ཁྲམ་པ་རེད། །
གཏམ་ལན་པོ་མེད་ལྐུག་པ་རེད། །

敌不反击是女人，
饭无回礼是骗子，
问话不答是哑巴。

༥ བྲག་གི་ཐང་དཀར་རྒོད་པོ་དེ། །

岩上雄鹰之本色，

ཤ་ཆེན་ཟ་ཞིང་བྲག་སྟོད་འཛིན། །	食人肉占据悬崖，
མཁའ་ལ་ལྡིང་ཚོད་ཟིན་པས་ན། །	飞越天空要有度，
འདབ་ཆགས་ཀུན་གྱི་རྒྱལ་པོ་རེད། །	有度就是百鸟王，
ལུས་གཤོག་དྲུག་རྒྱས་པ་ཀུན་གྱིས་སྨོན། །	百鸟羡慕其羽翼。
ལུང་གསུམ་མདོ་ཡི་དམར་ལ་ཛམ། །	若是贪那谷口肉，
ལུས་གཤོག་དྲུག་ཟེར་མ་རླུང་ལ་ཤོར། །	风吹散六翅羽毛，
དེ་དུས་ཐང་དཀར་ཡི་རེ་མུག།	那时雄鹰怪可怜。

སྐྱི་དཔོན་རོང་ཚ་ཁྲ་རྐན།　吉本·绒擦查根

༡ གོ་རྒྱུ་མེད་པ་ཡུལ་བུད་ཟེར། །	听不到出走者的音讯，
ཐུག་རྒྱུ་མེད་པ་ཤི་བོ་ཟེར། །	见不到死去的熟人。
༢ ནགས་ཀྱི་རྒྱ་སྟག་ཁྲ་བོ་དེ། །	林中老虎，
ཤ་དམར་ཟ་ཞིང་ནགས་སྟོད་འཛིན། །	吞食血肉居林中，
འཛུམ་དྲུག་ལེགས་པ་ཀུན་གྱིས་སྨོན། །	都赞美丽毛色，
རང་ས་ནགས་སྟོད་བཟུང་བས་ན། །	因占领了森林，
གཅན་གཟན་ཀུན་གྱི་རྒྱལ་པོར་བཤད། །	所有动物都称其为王者，
ཚོད་མ་ཟིན་ལུང་མདོ་ཉུལ་བས་ན། །	若自持盲目走谷口，
ས་མདའ་སྙིང་ལ་ཕོག་ཉེན་ཆེ། །	有地弩击其心脏之险，
དེ་དུས་རྒྱ་སྟག་ཡི་རེ་མུག།	那时老虎就可怜。

རྒྱ་ཚ་ཞལ་དཀར།　嘉擦谐嘎尔

༡ ཉུ་དཀར་ཉ་མོའི་ཚེ་རོགས་དེ། །	白鳍豚的伴侣，
མཐོན་པོ་གངས་དཀར་རྩེ་ན་ཡོད། །	在高高的雪山顶。
དེ་སུ་ཡིན་ཁྱོད་ཚོས་མ་ཤེས་ན། །	若不知道那为何物？

གངས་ཀྱི་སྦལ་བ་གྲོད་པུ་རེད། །

那是冰川之雪蛙。

རྨ་བྱ་མཛེས་མོའི་ཡབ་ཆེན་དེ། །
མཐོན་པོ་བར་སྣང་ཁམས་ན་ཡོད། །
ཐོད་མི་ཤེའི་སུ་ཡིན་མ་ཤེས་ན། །
བར་སྣང་གཡུ་འབྲུག་སྔོན་མོ་རེད། །

美丽孔雀之父，
在高高的天空中。
若不知道那为何物？
那是天空中的青龙。

༢ སྦྲང་མས་འབྲོང་ལ་རྭ་རྩལ་འགྲན། །
འབུ་ཁོ་ཡིས་སེམས་ཀྱི་དྲན་ལུགས་རེད། །
ཐ་མ་ཡན་ལག་ཁ་ཁར་འགྲོ། །
དེ་དུས་སྦྲང་ཆུང་ངོ་རེ་ཚ། །
ལུག་ཚེ་ཟད་སྤྱང་ལ་བང་རྩལ་འགྲན། །
ལུག་ཆུང་སེམས་ཀྱི་དྲན་ལུགས་རེད། །
འདུར་རྒྱུག་དུས་སུ་མིག་འབྲས་ཕྱུང་། །
དེ་དུས་གཡང་དཀར་ངོ་རེ་ཚ། །

蜜蜂要与野牦牛斗角，
那是虫子自己的想法。
最终肢节被野牛分开，
那时小蜜蜂害羞来不及。
将死绵羊与狼争跑速，
那是小羊自己之想法。
最终眼珠被狼挖，
那时小羊害羞来不及。

༣ ཆུ་མར་འབབ་ཉི་མས་སྐམ་པའི་དུས། །
མཚོ་ཡར་འཁྱིལ་ཟེར་བ་དཀའ་མོ་རེད། །

水流被太阳晒枯，
大海涨潮不会有。

༤ ཧ་བདུན་དབང་པོའི་བང་ཤུགས་ལ། །
སྐར་ཚོགས་ཁྲ་མོས་མ་བརྟན་ཡང་། །
བང་འགྲོས་ཚོམ་ཚོད་མ་ཟིན་ན། །
དྲང་སྲོང་གཟའ་ཡིས་ཁ་ཧྲངས་ཐོག།
དེ་དུས་ཧ་བདུན་ངོ་རེ་ཚ། །
དབྱར་ཟ་ལྡིར་བའི་སྒྲ་སྐད་ལ། །
ཆུ་འཛིན་སྤྲིན་གྱིས་མ་བརྟན་ཡང་། །
སྟོང་གསུམ་ཁུར་ཚོད་མ་ཟིན་ན། །

太阳运行的力量，
虽让繁星不安稳，
但是如果无节制，
会被天狗所吞噬，
那时太阳就生羞。
隆隆雷声响天庭，
不依云气所托举，
龙鸣如若无节制，

གློག་ཞྭེ་ཐན་ལ་འགྱུར་ལེ་འོང་།།
དེ་དུས་གཡུ་འབྲུག་ངོ་རེ་ཚ།།

闪电就会变干旱，
那时青龙就生羞。

སྐུ་ཚ་ཁྲང་ཁྲང་རྒོད་པོ།

古擦·冲冲贵波

བསོད་ཟད་ར་མ་རྒྱ་མོ་དེ།།
རྩྭ་ཟ་འདོད་འཕར་སྤྱང་སྤུན་ལ་སླེབས།།
རྩྭ་བཟང་པོ་མ་རེག་ཡི་རེ་མུག།
ཚེ་ཟད་མ་མོ་གྭ་པ་དེ།།
མ་བསམ་སྤྱང་ཚང་སྒོ་ལ་སླེབས།།
རྩྭ་བཟང་པོ་ཟོས་ཀྱང་སྟོང་ཟ་རེད།།
ཕྱོགས་མེད་ཇག་པ་སྐྱ་བདུན་དེ།།
མ་བསམ་མི་གླིང་ཡུལ་ལ་སླེབས།།
ཚེ་ཟད་པས་ཁྲུང་ཁྲུང་ང་དང་ཐུག།

可怜褐色母山羊，
欲吃草来到豺窝，
吃不着良草生怜悯。
寿尽白面母绵羊，
不想却到狼窝前，
吃了好草也白吃，
无所定居七流寇，
不想却到麦岭国，
寿尽遇到冲冲将。

རྒོད་འབྲོང་ནག་པོ།

贵仲那波

༡ འབྲུག་ཕོ་ཐང་རྫ་ལ་ཉལ་བའི་དུས།།
དཔྱིད་ས་ལྷངས་དྲོད་མོས་བསུ་བ་བྱུང་།།
གཡུ་འབྲུག་མི་ལངས་ཀ་མེད་རེད།།
བྲག་དཀར་རྫོང་ཐོག་གིས་མ་གཏོར་ན།།
གཡུ་འབྲུག་མིན་པའི་རྟགས་ལ་ཞོག།

龙卧乱石深山中，
温暖春风来迎接，
青龙不得不升空，
若不毁灭白石崖，
青龙升空有何义。

༢ དམར་མོའི་མེ་ལ་ཕུ་བརྒྱབ་ན།།
ཕར་ལ་མི་མཆེད་ཚུར་ལ་མཆེད།།
དེས་མི་ཚད་སྨ་ར་གཞོབ་ཀྱིས་ཚིག།

吹气赤红火焰，
火焰反扑吹气口，
还把胡须会烧焦。

༣ བླ་མ་བཟང་པོའི་གྲྭ་པ་དེ། །
སྡོམ་པ་ཤོར་ཏེ་དམ་ཚིག་ཉམས། །
ལོ་གསུམ་བསྐྱད་པའི་གླ་བ་དེ། །
ཟས་ཟ་ཡུན་རིང་ན་རྗེ་དང་འགྲུས། །
ན་ཆུང་བུ་མོའི་ཁྲམ་གཏམ་དེ། །
དུས་རྫ་བར་ཐུག་ན་མ་དང་འགྲུས།

好上师的僧徒，
失戒又失守。
当了三年的长工，
日子久了雇主烦。
年轻女子口无遮，
日子久了生母烦。

ཟག་དཔོན།

洽本

སྟག་མོ་བཀྲ་བའི་འཛུམ་དྲུག་དང་། །
སེར་ཆུང་ཝ་མོའི་གྲ་ལོ་གཉིས། །
འདྲ་རྒྱུ་མེད་དེ་བསྡུར་རྒྱུ་གྱིས། །

老虎花纹毛色，
狐狸红色皮毛，
虽不一样也可比。

སྟག་རྒྱལ་སྟག་མོ་རུ་ཏ།

达嘉・达摩如扎

སེང་དཀར་མོས་གངས་སྐྱོད་འཛིན་པའི་དུས། །
ཁྱི་བདའ་ལུས་རྗེས་ནས་བསུ་མ་བྱུང་། །
སེང་དཀར་མོ་གངས་དཀར་རྩེ་ནས་ཐོན། །
བང་འདུར་རྒྱུག་གཅིག་གིས་ཁྱི་ལྤགས་བཤུས། །

白狮在占领雪山时，
小狗在石山望狮子。
岂料雪狮猛下山，
爪把那狗皮剥。

ཉེ་གླིང་གཡུལ་འགྱེད།

《岱岭之战》

ཉེ་ར་ཁྱུང་ཁྲ་རྒྱལ་པོ།

岱热·琼查嘉波

༡ ཚིག་མཐོན་པོ་དཔོན་གྱི་བཀའ་རྒྱ་ཡིན། །
འདི་འགལ་ན་ཁྲིམས་དང་མཐུན་ལེ་མིན། །
མཚོན་རྣོན་པོ་གཤིན་རྗེའི་རལ་གྲི་ཡིན། །
འདི་འགལ་ན་ལས་དབང་དོར་ལེ་ཡིན། །

高官之言是命令，
违反就是不合法。
利器是阎罗之剑，
惹反了就会失去运数。

༢ ནང་ཁ་བཤད་ཚིག་ལ་རྒྱན་ཅིག་དགོས། །
དེ་མིན་ན་ཁ་སྒོ་སྟོང་པ་རེད། །
ཟས་ཕུན་ཚོགས་ནང་ལ་ཚྭ་ཞིག་དགོས། །
དེ་མེད་ན་ཟས་བཅུད་ཕུགས་མེད་རེད། །
མཁར་བཙན་པོའི་ནང་ལ་བཅུད་ཅིག་དགོས། །
དེ་མེད་ན་བྲག་སྟོང་ཕུག་རུལ་རེད། །

说话需要一点形容，
不然就是空口一场。
丰盛食物需要一份盐，
没有它就无口味。
坚固的城堡需要藏宝，
没有它就是空山腐洞。

༣ བྱིས་པ་རྩེད་མོར་མགོ་འཕོར་དེ། །
ནམ་ཉི་མ་གང་འགྲོ་ཤེས་ལེ་མིན། །
རྒྱལ་པོའི་སྐྱིད་པའི་སྟོན་མོ་དེ། །
ནམ་ཉི་མ་གང་འགྲོ་རིག་ལེ་མིན། །
ན་ཆུང་བུ་མོས་མཚར་གཏམ་དེ། །
ནམ་ཉི་མ་གང་འགྲོ་རིག་ལེ་མིན། །

儿童沉迷于游戏，
不知道时间如何去。
国王幸福的欢宴，
看不到时间怎么过。
年轻姑娘说笑时，
不觉时间怎过去。

༤ དཔའ་ཆེན་ཤན་པ་རྒྱལ་པོ་དེས། །
གཏམ་བཤད་ཚད་རྫུན་གྱི་འཕོར་ལོ་རེད། །

勇士屠鹰辛巴王，
说话皆是谎言轮，

ཁ་ལབ་ཚད་དཔའ་གཏམ་སྟོང་པ་རེད། །
མི་རྫུན་ཐན་གཏམ་ལ་ཆ་འཛོག་མེད། །
རྟ་འདུར་གྱི་བང་ལ་གཏན་ཁེལ་མེད། །
དམན་དཀྲུག་རིལ་ཚིག་ལ་གཏན་ཁེལ་མེད། །

满口皆是装勇空话；
说谎之言不可信，
就像小跑之马无定式，
就像挑拨之词无定论。

༥ གཡུ་དྲུག་དཀར་བདག་གཅེས་མ་རིག་དུས། །
ཧོ་ལོ་རིག་དུས་ཡིད་སེམས་འཁྲུགས། །
ཇུ་བྱུ་རུའི་རིན་ཐང་མ་ཤེས་དུས། །
ངས་སྔོ་ནེ་རིག་དུས་སེམས་པ་ཤོར། །
ཕོ་རྒོད་པོའི་ལོ་རྒྱུས་མ་གོ་དུས། །
ཕོ་སྟར་མའི་དཔའ་གཏམ་མཚར་སྣང་ཤར། །

不见翡翠珍藏，
看到绿石就激动。
不懂得珊瑚价值，
看到青瓷被吸引。
未听英雄传，
懦夫狂语也惊奇。

༦ སྟག་དམར་ཡག་ལུས་ལ་འཛུམ་དྲུག་རྒྱས། །
ཛོམ་ཟེར་ན་མེ་རི་འབར་བས་བསྟོད། །
སེང་དཀར་མོ་མགོ་ལ་གཡུ་རལ་ཅན། །
ཛོམ་ཟེར་ན་ཆར་སྤྲིན་སྨུག་པོས་བསྟོད། །
ཕོ་དཔའ་བོའི་ལུས་ལ་འཁོར་གསུམ་བསྐོར། །
ཛོམ་ཟེར་ན་རྒྱ་སྡེ་མི་ཡིས་བསྟོད།

猛虎毛色很鲜亮，
要是炫耀，就以火山来赞美；
白狮头上有绿鬃，
要是炫耀，就以云雨来赞美；
勇士全身武装，
要说威武，就由百姓来称赞。

སྟག་དམར་སྟོབས་ཆེན།

达玛多钦

གྱད་ཆེན་འབྲོང་གི་ཟླ་ཡ་དེ། །
གླང་ནག་རོག་པོས་ལོ་ལེ་མིན། །
ལོ་བསམ་ན་རྭ་རྩེ་དོ་ལེ་མིན། །
རྒྱ་སྟག་ངར་མའི་འཛིང་ཡ་དེ། །
མགོ་ནག་ཁྱི་ཡིས་ལོ་ལེ་མིན། །
ལོ་བསམ་ན་མཆེ་སྡེར་དོ་ལེ་མིན།

巨力野牦牛的敌手，
黄牛根本不算数，
即使算数也抵不过它。
猛虎斗勇的对象
黑头狗根本非对手，
即使要斗也斗不过爪牙

སྟོབས་ཆེན་ངར་མའི་དཔུང་ཡ་དེ། །
ཁྱི་ཕྲུག་ཁྱོད་ཀྱིས་ལོ་ལེ་མིན། །
ལོ་བསམ་ཡང་ཤུགས་ཚད་དོ་ལེ་མིན། །

凶猛将士的敌手，
小狗根本非对手
想也力度不够强。

ཁྲིད་གདོང་མིག་དམར།

尺董米玛

ཁྲ་སྐྱོ་ཡང་གཤོག་རྩལ་ཉམས་ལེ་མིན། །
སྟག་རྒས་ཀྱང་དཔལ་རྩལ་ཞུམ་ལེ་མིན། །
དམག་ཕམ་ཡང་ངོ་གདོང་ཉམས་ལེ་མིན། །

猎隼哀伤不失力，
老虎年老不减勇，
英雄战败不气馁。

སྟག་རོང་ཨ་ཁུ་ཁྲོ་ཐུང་།

达绒·阿库超同

དགྲ་བསད་བརྒྱ་ལ་བརྩི་རྒྱུ་མེད། །
དགྲ་དཔོན་བསད་ན་རྒྱལ་ཁ་ཡོད། །
གྲོགས་པོ་བརྒྱ་ལ་ལྟ་རྒྱུ་མེད། །
བློས་ཐུབ་གྲོགས་པོ་གཅིག་གིས་ཆོག །
གནས་མོ་བརྒྱ་ལ་ལྟ་རྒྱུ་མེད། །
གནས་རྟེན་ཚེ་རོགས་གཅིག་གིས་ཆོག །

杀敌一百不算数，
杀敌军官算胜利。
百个朋友不算数，
一个知己就足够。
玩过百女不算数，
固定伴侣一位足。

དགྲ་ལྷ་རྩེ་རྒྱལ།

扎拉泽嘉

དྲ་རྒྱས་ཉ་ལེན་མ་ཐུབ་ན། །
ཆུ་ཆེན་གཏིང་པ་སྐམ་པའི་དུས། །
གྲམ་ཐང་སྤྲོབས་དང་མ་སྤྲོབས་མེད། །

网收不到鱼，
大河枯水时，
网撒河滩有何用。

ཨ་ཁྱུང་ནོར་བུ་ཁྱུང་བཙོན།

阿琼·诺普琼旋

༡ ར་ཚེ་ཟད་པ་ལ་ནོར་ཡ་མེད། །
འཕར་ཚང་ནང་ལ་ཀེ་རེར་ཡོང་། །
ལུག་ཚེ་ཟད་པ་ལ་ནོར་ཡ་མེད། །
སྤྱང་ཚང་སྒོ་ཁར་ཀེ་རེར་ཡོང་། །
མི་ཚེ་ཟད་པ་ལ་ནོར་ཡ་མེད། །
བདུད་སྲིན་པོའི་སྒོ་ལ་བཙན་འཛུལ་བྱེད། །

将死山羊不会错，
径直走进豺狼窝。
将死绵羊不会错，
径直走进野狼窝。
寿尽之人很明显，
强力侵入鬼门关。

༢ མགར་མཁས་པའི་ཀླད་པ་བསྐོར་བསྐོར་དེ། །
ཁྲབ་བྱང་བུའི་རྒྱུ་ལྕགས་རྡུང་དུས་ཡིན། །
བརྡུང་ཟེར་ན་འཕོར་གསུམ་རྩིས་ཀྱིས་ཆོད། །
སྨན་ལྷ་རྗེའི་ཀླད་པ་བསྐོར་བསྐོར་དེ། །
ནད་ཚབས་ཆེན་ངོས་ལ་བལྟ་ཉིན་ཡིན། །
བཙོས་ཟེར་ན་ཚེ་ཟད་སྨན་གྱིས་བཙོས། །

铁匠有定数，
打铁甲片之时，
需要几斤几俩铁。
医师有经验，
在重症治疗时，
开抓几钱几俩药。

༣ མི་ཤེས་དགྲ་ལ་ཚོད་རྒྱུག་དེ། །
དམག་གཡུལ་ངོ་ཕམ་པའི་སྔ་ལྟས་རེད། །
མི་འཆམ་བག་མར་གཏོང་རྒྱུ་དེ། །
མི་འགྲིག་ཟེར་བའི་སྔ་ལྟས་རེད།

不知敌情盲冲，
是战争失败的预兆，
不睦新娘出嫁，
是未来散伙之预兆。

༤ གཡང་མོ་དུང་ཕྲེང་དགྲ་ཡིས་གཏོར། །
ལུག་རྫི་མི་ལངས་ཀ་མེད་རེད། །
ཆུ་མོ་འགྲམ་རྒྱས་ཉ་པས་ཁེངས། །
ཀླུ་གདོལ་པ་མི་ཁྲོས་ཀ་མེད་རེད། །
བྲག་དཀར་བཙན་རྫོང་ཐོག་གིས་གཏོར།

如海螺念珠般的绵羊被狼冲散，
牧羊人不得不站出来。
水涨岸边渔者多，
鲁王非怒不可。
被雷电砸开了白岩堡垒，

གཟའ་སྡེ་བརྒྱད་མི་ལངས་ཀ་མེད་རེད། །

天龙八部不得不站出来。

ཆོས་ཁྲི་དར་ལུ།

曲赤塔尔鲁

དགྲ་ནག་པོར་མཐོང་ཆུང་ཆེ་ཟེར་ན། །
སྨན་བུ་མོའི་དམག་གིས་དཔུང་ཆེན་གཏོར། །
ཆབ་ཆུ་པོར་མཐོང་ཆུང་ཆེ་ཟེར་ན། །
ཆུ་ཆུང་ཆུང་རྒྱས་ན་མི་རྟ་འཁྱེར། །

如果太轻视仇敌，
女子也能击溃了大军。
如果太轻视河流，
小水涨了也能冲走人马。

ཚ་ཞང་འདན་མ་བྱང་ཁྲ།

擦香·丹玛向查

༡ དགུང་ནས་ཆར་སྤྲིན་འཁྲིགས་ལེ་དེ། །
ཡང་མིན་ན་སེར་བའི་སྔ་འདྲེན་རེད། །
ཞིང་ལོ་ཏོག་སད་ཀྱིས་བཅོམ་རྒྱུ་རེད། །
ཆབ་ཆུ་མོ་གཞུང་ལ་འབབ་ལེ་དེ། །
ཡང་མིན་ན་རྫ་ཆུ་ཐུར་འབབ་རེད། །
གཤོང་རི་ཟུར་གྲམ་ཐང་གཏོར་མི་རེད། །

天上乌云密布，
抑或是冰雹的前导，
农作物将会被霜打。
河水向宽谷流走，
抑或是下坡洪水，
定会冲卷山中河床。

༢ ཝ་མོ་ཁུང་འདོན་བྱེད་མི་ལ། །
ཁྱི་མགྱོགས་པའི་བང་རྩལ་གང་ནས་དགོས། །
ལག་རྡོ་བ་འཛོག་ནས་སྣ་རྡོ་བརྒྱབ། །
དམར་ཁྲུག་སེ་མགོ་ལག་ལེན་རྒྱུ་ཡིན། །
མཛེས་སྡུག་ཅི་འདུག་ལྟད་མོ་ལྟ། །
མཛེས་པའི་ཝ་མོ་ཁེར་རྒྱུག་བླངས། །
བྱ་ཨུག་པའི་ཚང་སྒོ་གཏོར་ས་ལ། །
ཕོ་བྱེས་སོང་སྐྱུ་མཚར་གང་ནས་དགོས། །
ལྷུག་ཧྲི་རྒྱུག་པས་ཨུར་རྡོ་འཕངས། །

狐狸捞出地洞，
怎需猎狗迅跑。
放下小锤砸鼻石，
红色狐皮即可得。
是否好看要欣赏，
破坏猫头鹰的窝，
男人无需专门猎，
牧人跑去抛石绳，
直接取下其羽毛。

སྒྲོ་སྤུ་ཏ་གོང་སྒྲོ་ཤར་རེ་ཞེན། །

鸱枭毛撮即可得。

ཁྲི་བློན་ཆོས་འགྲུབ།

齐伦·曲珠

སྟག་དམར་ཡག་ཚང་གི་སྟག་ཕྲུག་དེས། །
འཁོར་རྒྱུག་རྒྱང་ལྟ་མ་བྱས་ན། །
དགྲ་གར་ཡོད་མི་ཤེས་འཇོམ་དྲུག་ཤོར། །
དྲིན་ཅན་མར་སྐྱེས་པའི་ན་ཆུང་དེས། །
གནས་ཁྲ་མོའི་མཛོས་ཚད་མ་ཤེས་ན། །
སྒོ་གང་ཡིན་རྒྱུག་ན་གནས་སྒོ་ཤོར། །
དྲིན་ཕ་ཡིས་གསོས་པའི་བུ་ཆུང་དེས། །
ལུས་དྲག་རྩལ་གང་ཡང་མ་སྦྱངས་ན། །
ཕོ་ངར་མ་ཐུག་ན་རང་སྲོག་ཤོར། །

猛虎窝里小虎仔
若不照看远放哨，
不定敌会取皮毛。
生于恩母的少女，
如果出嫁不确定，
随意入门失婆家。
恩父抚养的男孩，
什么功夫也不练，
遇到强敌丢性命。

ཤང་པ་ཤུང་བདུད་རྡོ་རྗེ།

香巴·砰堆多吉

ཕོ་ཤི་ན་ནག་མོས་འཁོར་གསུམ་བསྐོར། །
རྟ་མེད་ན་བོང་བུར་སྒ་སྲབ་སྒྲིས། །
ཁལ་མེད་ན་གླང་གོག་དོ་པོ་བཀལ། །

男人死了女人来武装，
无马就给驴套上鞍辔，
无驮牛就让黄牛载驮子。

ཤན་པ་མེ་རུ་རྩེ།

辛巴梅如泽

༧ འབྲོང་གསད་ན་ཁྲ་ཡག་རྫ་ནས་གསོད། །
མགོ་ཏ་ཐུར་ཤ་ཚིལ་མེད་པས་ན། །
འབྲོང་བྲེ་མོ་བསད་ན་སྨྱོན་པ་རེད། །
གཙོད་གོག་པོ་བསད་ན་རྭ་ལ་གསོད། །
ར་རྣོན་པོའི་ས་ཚོད་མ་ཤེས་ན། །

杀野牦牛要在石子山，
无角也无肥肉油，
杀死野牛是疯子。
藏羚羊为角而杀，
尖角角质无评估，

གཙོད་གོག་པོ་བསད་པས་ཅི་ལ་ཕན། །
མི་བསད་ན་མི་ཆེན་སྐད་གྲགས་གསོད། །
དེ་བསད་པའི་སྐད་གྲགས་མ་ཆོད་ན། །
མི་ཉམ་ཆུང་བསད་ན་ཅི་ཕན། །

杀死羚羊有何益？
杀人就杀出名人，
杀他没有出名声，
杀死弱者有何益？

༢ སླང་ནག་རོག་པོའི་སྒྱུར་རྒྱུག་དེ། །
མགོ་རུ་ཐུར་ཅན་གྱི་དཔའ་རྟགས་རེད། །

黑黄牛弓腰跑劲，
那是对野牦牛的奖赏。

མ་ནེ་ནེ་གནམ་སྨན་དཀར་མོ།

玛乃乃·南曼嘎尔姆

འཁོར་བའི་ལས་ལ་ཟད་དུས་མེད། །
ཞེ་སྡང་འདོད་པ་སངས་དུས་མེད། །
གཏི་མུག་གཉིད་ལ་ཇོགས་དུས་མེད། །

轮回无尽头，
贪嗔无满足，
愚痴无休眠。

རྒྱལ་སྲས་རྟ་ར་མེ་འབར།

嘉赛·达热梅玻尔

རྟ་ཕོ་ཆེན་ཆས་ཀྱིས་གསོས་ལེ་དེ། །
ས་ཐག་རིང་ཆོད་ལ་མ་མཁོ་ན། །
རྟ་ཕོ་ཆེན་གསོས་དང་མ་གསོས་མེད། །
འབུ་དུང་ཕྲུག་འོ་མས་གསོས་ལེ་དེ། །
དགྲ་ཆུ་སྲིན་ཐོག་ལ་མ་མཁོ་ན། །
འབུ་དུང་ཕྲུག་གསོས་དང་མ་གསོས་མེད། །
ཞི་ཞི་གསོ་སྐྱོང་བྱེད་ལེ་དེ། །
དགྲ་བྱི་བའི་ཐོག་ལ་མ་མཁོ་ན། །
ཞི་ཞི་གསོས་དང་མ་གསོས་མེད། །
ཁྱི་སྐྱ་ཁྱི་ཁྱི་ཕྱོས་གསོས་ལེ་དེ། །
མཚན་སྲུན་ནག་དགྲ་ངོ་མ་ལོན་ན། །

饲养骏马，
远行用不上，
养不养骏马是一样。
乳养螺虫，
对付鲨鱼用不上，
养不养螺虫是一样？
养宠小猫，
老鼠身上用不上，
养不养小猫是一样？
养条小狗，
看家用不上，

ཁྱི་སྲོ་ཁྱི་གསོས་དང་མ་གསོས་མེད། ། 养不养家狗是一样？

སེང་སྟག་ཨ་དོམ། **森达阿冬**

མགོ་དཔོན་སྡུག་ན་འོག་སྡེ་ཐོར། ། 头人不好庶民散，
ཆུ་མིག་རྐས་ན་གྲམ་ཐང་འགྱུར། ། 泉水枯竭成石滩。

ཐྲིད་བདུད་གླང་ཆེན་སྒྲོན་པ། **尺堆・朗钦渊巴**

ཆུ་གད་ཁ་དམའ་རེས་མཐོ་རེས་རེད། ། 水与堤坝相顺相克，
ནམ་ཉི་མ་རིང་རེས་ཐུང་རེས་རེད། ། 昼夜时间交替长短。

གེ་སར་ནོར་བུ་དགྲ་འདུལ། **格萨尔・诺普占堆**

༡ དཔོན་ངན་ན་འོག་སྡེ་ལས་ཀྱིས་འཐོར། ། 官不好庶民解散，
རི་ངན་ན་ལུང་པ་ལས་ཀྱིས་སྟོང་། ། 穷山恶水无人居，
ས་ངན་ན་རྩྭ་ཤིང་ལས་ཀྱིས་སྐམ། ། 劣质地上不长草，
ཆུ་སྐམ་ན་ཉ་སྲམ་ལས་ཀྱིས་ཤི། ། 水干鱼獭自然死。

༢ དཔོན་པོས་དཀྲུག་ན་འོག་སྡེ་འཁྲོམ། ། 官逼民会来造反，
དེ་མི་འཁྲོམ་ཀ་མེད་དབང་ཆ་ཆེ། ། 不得已大官太昏庸。
རླུང་ཆེན་བརྒྱབ་ན་ཤིང་ནག་འཁྲོམ། ། 大风刮得树木摇，
དེ་མི་འཁྲོམ་ཀ་མེད་ལུང་རྒྱ་ཆེ། ། 不得已摇晃风太大。
ཆར་ཆེན་བབས་ན་རྒྱ་མཚོ་འཕྱུར། ། 大雨滂沱大海涨，
དེ་མི་འཕྱུར་ཀ་མེད་གཏིང་རྒྱ་ཆེ། ། 不得已汹涌海深广。

ངམ་གླིང་གཡུལ་འགྱེད།

སེང་ལྕམ་འབྲུག་མོ།

མཐོ་ཉི་ཟླ་གཉིས་ཀྱིས་ཞར་རེས་གསལ། །
སྐར་ཚོགས་ཁྲ་མོས་མཐའ་ནས་བསྐོར། །
སྡུག་སྨུན་ནག་བསལ་བའི་རྟེན་འབྲེལ་རེད། །
བར་སྣང་མཁའ་ནས་སྦྲང་ཆར་འབབ། །
དམའ་ས་གཞིའི་སྟེང་ན་རྩི་ཤིང་རྒྱས། །
ཚེ་བསོད་ནམས་རྒྱས་པའི་རྟེན་འབྲེལ་རེད། །

ཕུ་བོ་དུག་རི་དམར་པོ།

༧ ནངས་སྔ་མོ་དཀར་ཡག་གངས་ལ་སོང་། །
སེང་དཀར་མོ་ངེད་གཉིས་དཔའ་རྩལ་འགྲན། །
སེང་གཡུ་རལ་ཉིལ་ལེ་གནང་དུ་བླངས། །

ང་ཉིན་གུང་ཁྲ་ཡག་རྫ་ལ་སོང་། །
འབྲོང་བྲེ་སེར་ངེད་གཉིས་རྭ་རྩལ་འགྲན། །
མགོ་རྭ་དཔའ་བོའི་དཔའ་རྟགས་བླངས། །

དགོང་མོ་ན་དམར་གཞུང་ལ་སོང་། །
རྐྱང་ཁ་དཀར་ངེད་གཉིས་བང་རྩལ་འགྲན། །
མགོ་རྫོག་ཏུག་ཞར་རེ་གནང་དུ་བླངས། །

《昂岭之战》

森姜珠牡

高悬日月昼夜交替，
群星环绕，
是驱除痛苦黑暗的缘起。
天空下着甘露雨，
大地植被就茂盛，
是福寿吉祥的缘起。

普沃毒日玛波

大清早去了雪山，
雪狮我俩比武力，
夺取了绿鬃为己有。

中午去了石子山，
野牛同我比角力。
已取牛角为我有。

晚上去了沼泽地，
我与野驴赛跑速，
已取鬃毛为我有。

༢ དམར་ཡག་སྟག་གི་རྩལ་ལམ་ནས། །
ཁྱི་རྒན་སྐྱུག་རལ་འགྲན་ས་མེད། །
འབྲོང་རྒོད་ཏ་ཐུར་ངོམ་ས་ལ། །
བ་གླང་འབོད་ངུར་རྒྱག་ས་མེད། །
རྩལ་ཆེན་གླག་མོ་འཛུམ་ས་ལ། །
རི་བོང་བསྐོར་ལྡིང་བྱེད་ས་མེད། །

猛虎凶悍之处，
老狗没处比试。
野牛示威的地方，
黄牛无处哞叫。
勇猛金雕翻飞处，
兔子无处欢蹦。

ངོམ་རི་སྟོང་བཙན་ཁྲི་རྒྱལ།

昂日东赞赤嘉

༡ དཀར་ཡག་གངས་ཀྱི་དུང་སེང་ལ། །
ཁྱི་རྒན་སྐྱུག་རལ་འགྲན་སྣང་ཤར། །
དམར་ཡག་སྟག་གི་རྩལ་དྲུག་ལ། །
གད་ཁུག་ཝ་མོས་ཁ་རྩེད་རྩེ། །
བྱ་རྒྱལ་ཁྱུང་གི་གཤོག་ལམ་ནས། །
སྲིན་བྱ་འུག་པ་འཕུར་སྣང་ཤར། །

对洁白的雪狮，
吃屎的老狗想比试。
对凶猛的老虎，
崖间的狐狸想逗着玩。
在大琼鸟的翅膀前，
猫头鹰也想飞翔。

༢ ཀུ་རུས་འབྲོང་ལ་རྭ་རྩེད་རྩེ། །
བཙོ་གྲོད་གཏོར་བའི་སྔ་ལྟས་ཚང་། །
ཁྱི་བདའ་ལུས་གཟིག་ལ་དགྲ་ཡ་བཟུང་། །
ཁྱི་ལྤགས་ཤོར་བའི་ལྟས་ངན་རེད། །
ཁྭ་ཏས་ཁྱུང་ལ་གཤོག་རྩལ་འགྲན། །
མཇུག་སྒྲོ་འཐོར་བའི་སྔ་ལྟས་ཚང་། །
གླིང་དམག་ངོམ་གྱི་སྙིང་དུ་ཐབ། །
གླིང་ཆུས་ཤོར་བའི་རྒྱུ་འབྲས་འཕོར།

毛驴的想逗野牦牛耍角，
是破肚倒脏腑的预兆。
老狗以豹子为敌，
是丢失狗皮的前兆。
乌鸦与琼鸟比翼。
是尾羽崩溃的预兆。
岭军袭击昂邦，
是岭嘎亡国的前兆。

༣ ཁྲག་མི་ཆགས་ཐུར་ཏ་མགོ་དམར་ཟེར། །
ཞོ་མི་ཆགས་དར་བ་རུལ་པ་ཟེར། །

血不凝固，因木棍搅动。
奶不凝固，因酪浆腐霉。

༤ ལྕགས་ཀྱི་བུ་ཆུང་ལོ་བརྒྱད་ལ། །
བཞུ་རྡུང་མཁས་པའི་མགར་ར་ཞིག །
ཨ་ལུགས་པགས་པ་མཉེད་ལུགས་ཤིག །
ར་ཤུན་རྩ་ཁ་འབྱུར་ལུགས་ཡོད།

八岁顽童如铁硬，
当需善锻之铁匠。
就像羊皮搓揉需皮匠，
山羊腿皮最需揉到柔。

༥ ང་ཁྲ་ཀན་ཏོར་བ་འཇུམ་ལམ་ནས། །
ཁོ་བྱིའུ་ཆུང་ཤོར་བསམ་ཞེ་ལ་མེད། །
ང་བྱ་རྒྱལ་ཁྱུང་ཆེན་གཤོག་ལམ་ནས། །
ཁོ་དུག་སྦྲུལ་ཤོར་འགྲོ་བསམ་བཞིན་མེད། །
ང་དམར་ཡག་རྒྱ་སྟག་མཆོང་ལམ་ནས། །
ཁོ་ཐོ་རྟུ་མི་སོད་བསམ་བཞིན་མེད། །

老猎隼飞扑的途中，
失去小鸟不可能。
大琼鸟的飞翔处，
失手毒蛇不可能。
猛虎跳跃的路上，
失手小马不可能。

༦ ཉི་ཟླ་སྐར་གསུམ་བཀྲག་མདངས་ལ། །
སྲིན་འབུ་མེ་ཁྱེར་འགྲན་སྣང་ཤར། །
དེ་ཡང་སེམས་ཅན་འཁྲུལ་སྣང་རེད། །
དུང་སེང་མགོ་ཡི་གཡུ་རལ་ལ། །
ཁྱི་ཀན་སྐྱག་རལ་འགྲན་སྣང་འཆར། །
དེ་ཡང་བསམ་པའི་འཁྲུལ་སྣང་རེད། །

对日月星辰亮光，
萤火虫也想挑战，
那是生灵的错觉。
白狮头上的绿鬃，
老狗也想去挑战，
这也是一种心理错觉。

༧ ཤ་ཚོན་པོ་གསོལ་ཉིན་དཔུང་པ་འཕྱར། །
ཇ་ཡུ་དམར་འཐུང་ཉིན་དཔའ་ངོམ་བྱེད། །
ཆང་སྐྱེམས་པོ་བཞེས་དུས་ཇམ་ཇམ་འདྲ། །

吃肥肉时磨拳檫掌，
喝红茶时逞英雄，
喝到美酒耍威风。

༨ བྲག་དཀར་རྫོང་ཐོག་གིས་གཏོར་ཉིན་མོར། །
རྒོད་ཐང་དཀར་མི་འཕུར་ཀ་མེད་རེད། །
ནགས་རྒྱ་རྫོང་མེ་ལ་ཤོར་ཉིན་མོར། །

白岩被雷砸毁时，
雄鹰不得不飞走。
森林失火那一天，

སྟག་དམར་ཡག་མ་བྲོས་རང་བྲོས་རེད། །

猛虎不得不逃跑。

༩ ཕུ་གངས་རི་དཀར་མདངས་ཆེན་པོ་མ། །
དྲོད་ཆེན་ཉི་མས་མི་བཞུ་བའི། །
འཁྱག་རོམ་སྣང་བ་མཐོ་ལུགས་ལྟོས། །
ནགས་ཚན་དན་རྐང་གྲངས་མཐུག་པོ་མ། །
དམར་ཤུར་རེ་མེ་ཡིས་མ་ཚིག་གོང་། །
སྟག་དམར་ཡག་སྣང་བ་མཐོ་ལེ་རེད། །
སྐྱིད་དབྱར་ཐས་ས་ཆུ་གསོ་ཉིན་མོར། །
བྱ་ཁུ་བྱུག་དྲུག་འཁྱུར་མ་བརྒྱབ་གོང་། །
བྱ་ཁྭ་ཏ་སྣང་བ་མཐོན་པོ་རེད། །

皑皑雪峰，
高温太阳也不化，
看那冰川多高傲。
檀树茂林，
森铃着火毁烧前，
猛虎必定很高傲。
青龙吟大地，
杜鹃六旋未鸣前，
乌鸦必定很高傲。

ཚ་ཞང་འདན་མ་བྱང་ཁྲ།

擦香·丹玛向查

༡ དམར་མོ་མེ་ལྩེ་ངར་མ་དེ། །
སྔོན་མོ་ཆུ་ལ་མ་འགྲིམ་བྱུང་། །
གནམ་ལྕགས་ཐོག་གི་གློག་དམར་དེ། །
རྒྱ་མཚོའི་གཏིང་ལ་མ་སོང་ཐལ། །

红色烈火，
不进清水。
红色霹雳，
不入海底。

༢ ང་སྐྱ་ཁྲ་ནམ་འཕང་བཀུག་པའི་དུས། །
བྱིའུ་ཚུང་འཕུར་གྲབས་ལ་མོར་གྱིས། །
གཤོག་འཁྱུར་ཐེངས་གསུམ་རྒྱག་པའི་དུས། །
ཁྱོད་བྱིའུ་ཚུང་གཤོག་དྲུག་འཐོར་ཉེན་ཆེ། །
ང་རྒྱ་སྟག་ནགས་རྫོང་འཛིན་པའི་དུས། །
ཁྱོད་ཐོ་ཙུ་ཐག་རིང་བྲོས་ཆེས་གྱིས། །
མཆེ་སྡེར་རྩལ་དྲུག་ངོམ་ཉེན་མོར། །
རྟ་ཐོ་ཙུ་སྲོག་དམར་ཤོར་ཉེན་ཆེ། །

白斑猎隼升空时，
小鸟准备快飞跑。
当隼三次翻飞时，
小鸟有可能打散翅膀。
猛虎占领林中时，
小母马你要跑远点。
老虎爪牙展露时，
小马你有丢命的危险。

༣ སྐྱེས་ཕོ་རབ་ཕོ་འབྲིང་ཕོ་ཐ་གསུམ། །
ཕོ་རབ་གཅིག་གི་བྱུས་རྗེས་ལ། །
མི་དགའ་རང་སྐྱིད་གཉིས་ཀ་རེད། །
ཕོ་འབྲིང་གཅིག་གི་བྱ་བཞག་ལ། །
འགྲོ་ཚོད་འདུག་ཚོད་གཉིས་ཀ་ཟིན། །
མི་དེ་མི་གནོད་རང་བདེ་གནས། །
ཕོ་ཐ་གཅིག་གི་བྱ་བཞག་ལ། །
དང་པོའི་དུས་ནས་རྐོད་མདོག་ཁ། །
མི་དེ་མི་ཐུབ་རང་སྲོག་ཤོར།

男人可分上中下三等，
一个好男所做事，
别人欢喜己也乐。
中等人所做事，
明白进退知分寸，
不损别人自己安。
下等男人所做事，
开始表现很粗野，
不胜别人己丢命。

༤ སྔོ་སྔོན་ནས་དྲན་ན་མཁས་པ་རེད། །
རྗེས་ནས་དྲན་ན་གླེན་པ་རེད། །
འགྱོད་པ་ལས་ཀྱི་ཐ་མ་རེད། །

提前想到是智者，
事后想起是愚人。
后悔皆在事发后。

༥ བྱ་བརྒྱའི་ནང་ནས་མཁའ་ལྡིང་བཙན། །
དུག་ཅན་སྦྲུལ་ཡང་ཧ་ལ་འཕེན། །
མཆེ་སྡེར་ཅན་ནང་དུང་སེང་བཙན། །
རྒྱ་སྟག་ཡིན་ཡང་ཧ་ལ་འཕེན། །
མགོ་རུ་ཐུར་ནང་ནས་འབྲོང་རྐོད་བཙན། །
གླང་རྒན་ཡིན་ཡང་བཙོ་གྲོད་གཏོར། །

百鸟强者是琼鸟，
毒蛇也会被吞服。
兽类强者是雪狮，
猛虎也要被杀灭。
带角强者是野牦牛，
老黄牛也被戳肚皮。

གཡུ་འབྲུག་གྲགས་པ།

玉珠扎巴

ཁོས་གཏད་གཏད་ཁྲ་ཡག་རྫ་ལ་གཏད། །
སྒུག་སྒུག་བྲི་སེར་འབྲོང་ལ་སྒུག །
རྫ་ཁྲ་ཡག་ཟེ་ནས་འབྲོང་རྐོད་བསམ། །

望眼欲穿乱石山，
等的就是野牦牛，
想的就是野牦牛，

དེ་ཐུག་ན་མགོ་རྭ་ལེན་བསམ་གདའ། །

大肉大角是目的。

རི་བའི་དགྲ་གཅན་ཁ་སོ།

日瓦 · 扎坚喀秀

དུང་སེང་འགྱིང་ཚོད་མ་ཟིན་ན། །
གཡུ་རལ་འབུ་ལ་ཤོར་རབས་ཡོད། །
རྒྱ་སྟག་ངར་ཚོད་མ་ཟིན་ན། །
འཛུམ་དྲུག་མི་ལག་ཤོར་ཉེན་ཡོད། །
ཆུ་སྲིན་ཛམ་ཚོད་མ་ཟིན་ན། །
དུང་ཕྲུག་འབུ་ཡིས་གསོད་རབས་ཡོད། །

雪狮不知傲立时，
绿鬃据说被虫咬。
老虎不知顽劣度，
皮毛失于猎人手，
鲨鱼不知傲慢度，
会被螺虫所杀死。

བཀའ་བློན་གུང་ལྷ་བཙན་པོ།

噶伦 · 孔拉赞波

ཁྲིམས་ཆེན་དཔོན་གྱི་མདུན་ས་ནས། །
བཤད་ལོང་གྲོས་ལོང་གཉིས་ཀ་གདའ། །
དགོན་ཆེན་བླ་མའི་སྐུ་མདུན་ནས། །
ཞུ་ལོང་གསུང་ལོང་གཉིས་ཀ་གདའ། །
དཔའ་རྒོད་འདྲ་གཉིས་གཏུག་པའི་དུས། །
ཚོད་ལོང་འཐབ་ལོང་གཉིས་ཀ་ཡོད། །
ཁོལ་མོ་འབྲོང་གི་ཚ་ཤ་དེ། །
ཚོས་ལོང་གྲང་ལོང་གཉིས་ཀ་གདའ། །

切莫慌，在法官大人面前，
诉说商量皆有暇。
切莫躁，在大寺喇嘛面前，
祈请赐福皆有暇。
切镇定，两个英雄相遇时，
较量厮杀皆有暇。
切莫急，鲜美的野牦牛肉，
煮熟冷却皆有暇。

སྟོང་པའི་གཟའ་རྒོད་ཁེར་ཐུབ།

东贝•撒贵凯图

ནམ་མཁའ་ཡག་ལ་མཐིང་གསལ་འཚེར། །
ཉི་ཟླ་སྐར་གསུམ་ཤར་རེས་གདའ། །
ནངས་སྔ་མོར་ཉི་མ་ཤར་ནས་ཤར། །

蓝天放光，
日月星辰相互映照。
早晨太阳从东边升起，

དགུང་ཕྱི་ཉི་མ་ནུབ་ནས་བརྒྱལ། །
午后太阳向西沉

གདོལ་པའི་ནམ་མཁའ་འབྲུག་གྲག
朵卫·南喀珠扎

བྱིའུ་ཚུང་ཐུར་ཚག་བྱས་བྱས་དེ། །
小鸟啄趾，
མཁའ་ལྡིང་ཁྱུང་ལ་འགྲོ་ལེ་མིན། །
不适琼鸟。
ཁྱི་རྒན་བེར་ཀས་རྡུང་རྡུང་དེ། །
棍打老狗，
དམར་ཡག་སྟག་ལ་འགྲོ་ལེ་མིན། །
猛虎不当。
གླང་རྒན་བརྙས་གསོད་བྱེད་བྱེད་དེ། །
那虐待老牛，
འབྲི་སེར་འབྲོང་ལ་འགྲོ་ལེ་མིན། །
野牛不受。
བོང་བུར་ཐུར་ལྕག་བྲབ་བྲབ་དེ། །
鞭打驴子，
ཁ་དཀར་རྐྱང་ལ་འགྲོ་ལེ་མིན། །
不适野驴。

གསེར་པའི་ཉི་འབུམ་དར་ཡག
色贝·尼奔塔尔雅

ནམ་མཁའ་ཡར་ལ་ལངས་དང་གཅིག །
一是天儿要从东方亮，
མུན་པ་སྨག་གིས་ཐུབ་དང་གཉིས། །
二是黑暗笼罩茫茫天，
གཤིན་རྗེའི་ཁྲིམ་ལ་ཐེབས་དང་གསུམ། །
第三阴间阎罗裁善恶，
ལས་དེ་གསུམ་གཟུར་རྒྱུ་ག་ན་ཡོད། །
这三件规律怎能逃避呢？

རུ་བོ་གཡུ་ནེ་བཙན་རྒོད།
努沃玉乃赞贵

༧ ཁོ་བྱིའུ་བརྒྱ་བསད་པའི་ཁྲ་རྒན་དེ། །
杀了百只小鸟的猎隼，
ཚེར་ཕུང་རྩ་རུ་གཤོག་རྡུག་ཆག །
在刺丛里折断了翅膀。
ལུག་བརྒྱ་ཟོས་པའི་སྤྱང་རྒན་དེ། །
吃了百只羊儿的老狼，
དུས་མཐའ་མ་ལྷས་འདབ་ཁྱི་ཡིས་གསོད། །
最后却被狗咬死。
མི་བརྒྱ་བསད་པའི་ཤན་རྒོད་དེ། །
杀死百人的暴徒，

དུས་མཐའ་མ་ལྗེ་འདབ་ལྟ་གེས་ཤི།།

最后饿死在荒野。

༢ ལུག་ཁྱུ་ཝུར་རྡོས་དཀྲོག་དཀྲོག་དེ།།
ཨ་ཐང་སྤྱང་ལ་འགྲོ་ལེ་མིན།།
བྱིའུ་གཉོམ་སྐྱེ་འཕུར་འཕུར་དེ།།
མཁའ་ལྡིང་ཁྱུང་ལ་འགྲོ་རྒྱུ་མེད།།

羊群一鞭哄走，
不适荒野野狼。
欺侮小鸟一招，
琼鸟那里行不通。

སེང་སྟག་ཨ་འདོམ།

森达阿冬

༡ དཔའ་བོར་མི་འདོད་ཀི་སྒྲ་སྒྲོག།
རྟ་ཕོར་མི་འདོད་ཁན་སྒྲ་རྗེབ།།
བླ་མ་མི་འདོད་བརྙས་བཅོས་རེད།།
དཔོན་པོར་མི་འདོད་དགྲ་ཇག་རེད།།
གཤིན་པོར་མི་འདོད་སྡིག་པ་རེད།།

英雄最气被嚎叫，
马儿最烦咂腭声，
喇嘛不悦是侮辱，
当官不悦是盗贼，
死人不愿有罪过。

༢ ཁ་དཀར་རྐྱང་གི་བང་རྩལ་ལ།།
ས་རྡོང་བོང་རྒན་ཡོང་ས་མེད།།
ཁྲ་ཡག་གཟིག་གི་ཁ་ཡ་ལ།།
ཁྱི་རྒན་བདའ་ལུས་ཡོང་ས་མེད།།
བྱ་རྒྱལ་ཁྱུང་ཆེན་གཤོག་རྩལ་ལ།།
བྱ་ཕྲན་ནེའུ་ལེས་ཡོང་ས་མེད།།

藏野驴跑速，
老驴子不可比。
美色豹之对手，
老狗难替补。
大琼鸟飞翔，
鹭鸟不可比。

༣ ཤར་གྱི་དུང་སེང་དཀར་མོ་ང་།།
གཅན་གཟན་ཀུན་གྱི་རྒྱལ་པོར་འབོད།།
ཝ་སྐྱེས་ཚོགས་ཀྱིས་ཅི་ལ་འགྲན།།
གྲ་ལོ་ཁྲག་ལ་མ་བསྒྲེས་ན།།
གཡུ་རལ་རྒྱས་ལེ་དོན་མེད་རེད།།

东方白色狮子，
被称为百兽之王。
狐群怎能与它比？
若不把狐群都吞吃，
长了绿鬃有何用？

ཁྲ་ཡག་རྫ་ཡི་འབྲོང་རྐོད་ང་། །
རི་དྭགས་ཀུན་གྱི་རྒྱལ་པོར་འབོད། །
བ་གླང་ཚོགས་ཀྱིས་ཅི་ལ་འགྲན། །
ལུས་བཙོ་གྲོད་ཐང་དུ་མ་གཏོར་ན། །
མགོ་ཏུ་ཐུར་རྣོ་ཡང་དོན་མེད་རེད། །

石子山的野野牛，
被称为山野之王。
黄牛群怎能与它比？
不穿破肚皮倒内脏，
头上尖角锋利有何用？

ཐང་ལྷ་རྡོ་རྗེ་འབར་བ།

唐拉·多吉跋尔瓦

༡ བུ་དཔའ་རྐོད་རྒྱབ་ལ་དཔུང་ཞིག་དགོས། །
དཔུང་མེད་ན་ཇག་པ་ཁེར་འགྲོ་འདྲ། །
དཔའ་མེད་ན་དཔུང་གིས་ཕན་པ་མེད། །
དཔུང་མེད་ན་དཔའ་བོས་རང་སྲོག་སྐྱེལ། །
གཉིས་འཛོམས་ན་དགྲ་བོའི་སྲོག་རྩ་ཆོད། །
མདའ་མེད་ན་གཞུ་མོས་ཅི་ལོ་མེད། །
གཞུ་མེད་ན་མདའ་མོ་འཕེན་རྒྱུ་མེད། །
གཉིས་འཛོམས་ན་གར་གཏད་ས་ལ་ཐོག །

男儿勇士背后要有一支队伍，
无大军好似孤贼。
说是没有勇气，军队无益处，
但无兵则英雄找死路，
两全可歼灭敌人。
没有箭，弓有何用？
无弓箭也发不出，
两全可击中目标。

༢ དཔའ་བོའི་རྒྱབ་ཀྱི་དཔུང་ཆད་སྡུག །
མི་རྒས་པའི་དུས་སུ་རྒྱུ་མེད་སྡུག །
ཟས་ཞིམ་པོ་ཟ་ཉིན་ནད་པ་སྡུག །
གཏམ་ཁ་མཚར་བཤད་ཉིན་ལྐུགས་པ་སྡུག །
ས་ཐག་རིང་འགྲོ་ཉིན་རྟ་མེད་སྡུག །

英雄背后缺兵苦，
人到老时穷酸苦，
吃饭时那病人苦，
说笑之时哑巴苦，
远行之日无马苦。

འཆི་བདག་རྐོད་པོ།

其达贵波

ཁྱོད་བྱིའུ་ཆུང་ཚེ་ཟད་དགུང་སྔོན་འཕྱིམ། །
ང་སྐྱ་ཁྲ་རྔོར་པའི་ཁ་གྲོགས་རེད། །

将死小鸟飞天空，
定是猎鹰的美食。

ལུག་ཆུང་ཁེར་འགྲོ་རི་ལུང་འཁྱིམས། །
ང་སྤྱང་ཐང་སྔོན་མོའི་སྣོ་ཧྲེན་རེད། །
གླིང་སྡུག་མི་འགའ་ཇོམ་སྐར་ཤོར། །
མགོ་འཕྲུ་ཤོར་བའི་སྔ་ལྟས་རེད། །

小羊独行山野里，
是那青狼的美味。
岭嘎残兵攻昂营，
是丢盔弃甲的预兆。

གཡུ་བདུད་མེ་ལྗེ་ལག་རིང་།

玉堆 · 梅结喇仁

གླག་རྐོད་མཁའ་ལ་བཀྱུགས་ས་ནས། །
རི་བོང་ཤོར་བསམ་ཞེ་ལ་མེད། །
ཁྲ་ཡག་རྒྱལ་སྟག་ཇོམ་ས་ནས། །
བདའ་ལུ་མི་སོད་བསམ་བཞིན་མེད། །

鹰展翅高飞时，
相信兔子跑不掉，
美色猛虎出没时，
相信定能杀老狗。

སྟོང་བདུད་ཤ་བ་ལག་རིང་།

东堆 · 夏瓦喇仁

གནམ་ལྕགས་ཐོག་མདའ་འགྲན་ཡ་མེད། །
སྲ་རྒྱ་བྲག་ཡིན་ཡང་ཐལ་བར་བརླག།
ཚ་བའི་མེ་ལ་འགྲན་ཡ་མེད། །
ནགས་ཙན་དན་མེ་སྟག་གཅིག་གིས་ཚིག།

霹雳天铁无敌手，
即使坚固岩石也能毁。
灼热之火无敌手，
檀木林能被星火点燃。

འཇང་གཡུ་ལྷ་ཐོག་འགྱུར།

姜 · 玉拉托久

བྲེ་སེར་འབྲོང་རྐོད་ར་གདོང་ལ། །
གླང་རྐན་འབོད་ངུར་ཕོད་ས་མེད། །

老黄牛在野牦牛面前，
怎敢发出哞叫声。

ཤན་པ་མེ་རུ་རྩེ།

辛巴梅如泽

༈ རྒྱ་སྟག་ནགས་ནས་མཆོང་པའི་དུས། །

猛虎从丛林中飞跃时，

སྐྱེན་པོ་མདའ་ཡིས་སྙིང་ཤ་འཛེར། །
ཁ་ཤ་དམར་ཟ་རྒྱུ་ཕར་ཚད་རེད། །

神箭手必将射穿心脏，
要吞噬血肉为时尚早。

ཁྱོད་སྤྱང་ཐང་སྤང་ནས་མཆེད་པའི་དུས། །
ང་རྫི་བཟང་འུར་རྡོས་ཀླད་ཁྲག་གཏོར། །
ཁ་ལུག་ཤ་ཟ་རྒྱུ་ཕར་ལ་ཞོག །
སྤྱང་ལྤགས་མི་ལག་ཤོར་ལེ་ཡོང་། །

这灰狼在草地奔跑时，
牧人用石带打爆脑浆，
别说嘴里能吃上羊肉，
就连狼皮也会被人剥。

༢ གཟིག་ཁྲ་ཡག་རྩལ་དྲག་ཆེ་བསམ་ན། །
དེའི་ཡན་ལ་རྒྱ་སྟག་ངར་མ་གདའ། །
ཁ་མཆེ་སྡེར་སུ་རྣོ་དེ་ནས་གསལ། །
གཡག་དཀར་སེ་འཁྱིང་ཧམ་ཆེ་བསམ་ཡང་། །
ཟ་ཁྲ་ཡག་འབྲོང་ཀོད་རྭ་ཐུར་ངར། །
མགོ་རྭ་ཐུར་སུ་བཙན་དེ་ནས་ཤེས། །

即便花豹认为自己力量强大，
但之上还有更强大的猛虎，
会分清谁的牙爪更尖锐锋利；
即便花牛认为自己威武强大，
但野牦牛的角力更加勇猛，
会看清谁的长角更坚硬无敌。

ཁྲི་ལྡན་ཆོས་འགྲུབ།

齐伦·曲珠

བྱིའུ་ཆུང་ཁེར་འགྲོ་ནམ་འཕང་བཀུགས། །
སྐྲ་ཁྲ་ཧོར་པའི་ཁ་གྲོགས་རེད། །
ལུག་ཆུང་ཁེར་འགྲོ་རི་ལུང་འགྲིམ། །
སྤྱང་ཐང་སྤོན་མོའི་ལྟོ་རྟེན་རེད། །

小鸟孤飞高空，
便是鹞隼的口福；
羊羔独行山间，
便是灰狼的美食。

སྒ་བདེ་ཆོས་སྐྱོང་བེར་ནག།

嘎德·曲炯贝那

ང་གླག་ནག་གཟན་ལ་འཇུམ་ཉིན་མོར། །
ཁྱོད་རི་བོང་སྐྱོར་ལྡིང་ཤ་རེ་ཚ། །
ང་རྒྱ་སྟག་ནགས་ནས་མཆོང་ཉིན་མོར། །

在我这黑雕捕捉猎物时，
你这兔子蹦跶真是可怜；
在我这猛虎飞跃丛林时，

ཁྱོད་ཐོ་ཏ་བྲོས་བསམ་འཁྲུལ་སྣང་རེད། །
ང་མཁའ་ལྡིང་དགུང་ནས་འཛུམ་པའི་དུས། །
ཁྱོད་དུག་སྦྲུལ་འཕག་འཚག་སྣང་བ་འཁྲུལ། །

你这马驹想逃真是幻想；
在我这琼鸟翱翔高空时，
你这毒蛇挣扎真是妄想。

སྟོབས་ཆེན་ཧར་བ་མི་གཟན།

多钦·哈尔瓦弥散

ཁྱོད་ར་ཀན་རྒྱ་བོའི་ཨོག་ཚོམ་འོག །
ཉི་ཟླ་སྐར་གསུམ་ཤར་སྣང་འཆར། །
སྨན་ཆུང་བུ་མོ་སྣང་བ་མཐོ། །
སྐྱེས་བརྒྱའི་ཚོ་རོགས་བྱེད་སྣང་ཤར། །

你这老山羊的长须下，
幻想出现日月星辰的异象；
你这妙龄女的天真里，
奢望成为百名俊杰的伴侣。

གོང་བློན་དབང་རྒྱལ།

贡伦·旺嘉

དུང་སེང་གངས་ནས་མཆོང་ས་ལ། །
ཁྱོད་རི་བོང་མཆོང་ལྡིང་ཤ་རེ་ཚ། །
མཁའ་ལྡིང་ནམ་འཕང་བཀྱུགས་ས་ལ། །
ཁྱོད་སྲིན་བྱ་ཨུག་པ་བགད་རེ་ཤོར། །

雄狮飞跃的雪山，
你这兔子也想跳跃真是可怜；
琼鸟飞翔的高空，
你这老鸮也想学样真是可笑。

དགྲ་ལྷ་རྩེ་རྒྱལ།

扎拉泽嘉

༡ བྱ་སྔོན་མ་ཤི་བའི་རོ་ལ་ལྟོས། །
རྗེས་མ་མི་རྟག་སྒྱུ་མ་རེད།

看到已经死亡的小鸟，
就可推断后面的鸟也是无常幻化的。

༢ ཝ་ཛ་མ་ཤར་རེ་བྲོས་པ་ལས། །
སྟག་འཛུམ་དྲུག་ཉིལ་ལེ་ཤི་ན་དགའ། །

与其像狐狸一样夹着尾巴逃跑，
不如像老虎一样留着斑纹死去。

༣ རྒོད་ཐང་དཀར་དུང་གི་ཐུ་ལུ་ཅན། །

满身白羽的雄鹰，

རྩལ་མ་ཇོམ་བྲག་དཀར་རྒྱན་དུ་ཆེ། །
ཇོམ་ཟེར་དུས་བར་སྣང་རྒྱན་དུ་ཆེ། །
བྱ་འདབ་ཆགས་ཀུན་གྱིས་འགྲན་ཟླ་བྲལ། །
སྟག་དམར་ཡག་མཚལ་གྱི་རི་མོ་ཅན། །
རྩལ་མ་ཇོམ་ནགས་རིའི་རྒྱན་དུ་ཆེ། །
ཇོམ་ཟེར་ན་ཐོ་ཏུ་ཁྱུ་སྣེ་གཅོད། །
ཁ་མཆེ་སྡེར་ཅན་གྱིས་འགྲན་ཟླ་བྲལ། །

即便不炫耀也可成为白崖的装饰，
一旦展翅翱翔便可成为天空的装饰，
所有飞禽百鸟必然望尘莫及；
满身朱纹的红虎，
即便不飞跃也可成为丛林的装饰，
一旦纵身飞跃就会截断成群的小驹，
所有獠牙猛兽必将望洋兴叹。

སོག་སྟག་དམར་སྟོབས་ཆེན།

索·达玛多钦

བྲག་སྟོད་འཛིན་པའི་ཐང་དཀར་ང་། །
ནམ་འཕང་བཀུགས་ལེ་ཤེས་གསལ་རེད། །
གཤོག་དྲུག་བར་སྣང་རྒྱན་དུ་ཆེ། །
ནགས་ཚལ་ཁྲིད་ནས་རྒྱ་སྟག་ང་། །
ལུས་འཇུམ་དྲུག་ཡོད་ལེ་ཤེས་གསལ་རེད། །
ཤ་དམར་གཅན་གཟན་རྒྱན་དུ་ཆེ། །
དམའ་རྒྱ་མཚོའི་ནང་གི་ཆུ་སྲིན་ང་། །
ཛམ་བརྗིད་ཆེ་ལེ་ཀུན་གྱིས་གསལ། །
རྒྱ་མཚོ་ཀུན་གྱི་རྒྱན་དུ་ཆེ། །

我这飞落崖顶的白雕，
应该清楚会高飞天空，
六翼成为空中的装饰；
我这行走丛林的猛虎，
应该清楚会身显六纹，
成为食肉动物的装饰；
我这畅游大海的鲸鱼，
应该清楚会展现威武，
必将成为大海的装饰。

གཡུ་རྒོད་ཚངས་པ་གློག་ཞགས།

玉贵·仓巴洛霞

༡ བྱེའུ་ཁྲ་སྐྱ་ལྐེབ་ངན་ལང་ཡོབ། །
བྱེའུ་ཆུང་བརྙས་གསོད་བྱས་བྱས་དེ། །
འཇུམ་ཆེན་སླག་ལ་ཨི་འགྲོ་ན། །
འཕར་བ་དམར་སོས་ར་ལ་ཛམ། །
རིའུ་ཆུང་གསོན་ཟ་བྱས་བྱས་དེ། །

惯于使坏的鹞隼，
常常欺负小飞鸟，
难道对岩雕也能如此欺负？
贪于山羊的豺狼，
常常活吞山羊羔，

ཁྲ་ཡག་གཟིག་སྟེང་ཨི་འགྲོ་ན། །
难道对花豹也能如此张口？

ཁྱི་ཨོ་ཡོ་རྡོ་ཚག་བྱུས་བྱུས་དེ། །
用石子打惯了小狗，
དམར་ཡག་སྟག་ལ་འགྲོ་ལེ་མིན། །
在红虎身上怎能如此抽打；
ས་སྙི་སའི་གྲོ་མ་བརྐོ་བརྐོ་དེ། །
在松土挖惯了蕨麻，
རྡོ་རྫེ་བྲག་ལ་འགྲོ་ལེ་མིན། །
在岩石之上怎能如此开挖。

༢ གཏམ་ཁ་སྙོམ་ཅན་ལ་དོན་སྙོམ་མེད། །
说话装腔，必无内容可听；
བ་རྒྱ་ཡུ་མ་ལ་འོ་མ་མེད། །
无角黄牛，必无乳汁可挤。

༣ མི་ཕུང་དགུ་ཕུང་ཁ་ཡིས་ཕུང་།
惹祸之灾出于口里，
ར་མ་རྒྱ་མོ་ཚིལ་གྱིས་ཕུང་།
山羊之灾源于肥膘。

སོག་ཟླ་ཁྲི་རྟ་རྫོང་།

《索列赤马宗》

མ་ནེ་ནེ་གནམ་སྨན་དཀར་མོ།

玛乃乃·南曼嘎尔姆

༡ མཁར་དང་སྒོ་མོ་ལྕགས་རི་གསུམ། །
ཨེ་བརྟན་བསམ་ནས་བཟོས་ལེ་རེད། །
དུང་དང་རྐྱ་གླིང་འཁར་ཛ་གསུམ། །
ཨེ་སྙན་བསམ་ནས་བརྡུངས་ལེ་རེད། །
ཐུག་དང་བ་དན་རྒྱལ་མཚན་གསུམ། །
ཨེ་མཐོ་བསམ་ནས་བཙུགས་ལེ་རེད། །
གཉེན་དང་ཉེ་བ་ཤག་པོ་གསུམ། །
ཨེ་མཐུན་བསམ་ནས་བསྒྲིགས་ལེ་རེད། །

城堡、大门和铁栅，
只为坚固而建造；
白螺、骨笛和铜锣，
只为悦耳而打造；
毛幢、飞幡和胜幢，
只为高扬而竖立；
近亲、远亲和盟友，
只为和睦而相交。

༢ ཤར་ནས་ཉི་མ་མ་ཤར་ན། །
འཛམ་གླིང་དྲོད་ལ་འཁོད་རྒྱུ་མེད། །
བར་ནས་སྦྲང་ཆར་མ་བབས་ན། །
རྩྭ་ལྗང་ལོ་འབྲས་སྨིན་རྒྱུ་མེད། །
ནུབ་ནས་གྲིབ་སོ་མ་ཁུག་ན། །
མུན་པས་གླིང་བཞི་ཁྱབ་རྒྱུ་མེད། །
ལྷ་དཀོན་མཆོག་གསུམ་ལ་མ་བརྟེན་ན། །
དོན་ཡོན་ཏན་རྒྱུ་འབྲས་བསྟེ་རྒྱུ་མེད། །

若是东方太阳不能升起，
大地很难回到温暖怀抱；
若是空中不能降落甘露，
青草绿苗很难成熟结果；
若是西边不能日落成阴，
黑暗很难笼罩四洲大地；
若是不能依靠三宝加持，
因果之见很难遵从践行。

༣ ཚེ་བསོད་ནམས་དབང་ཐང་ལོངས་སྤྱོད་གསུམ། །
དུས་རྟག་ཏུ་བརྟན་པ་ཁག་པོ་ཡིན། །

生命、运气和财富三样，
很难永恒不变。

༤ སྐད་གཡེར་ཆེན་གནམ་གྱི་གཡུ་འབྲུག་དེ། །
དབྱར་ཟླ་གསུམ་ལ་སྐད་སྒྲ་ཆེ། །
སྤྲིན་རླུང་ཕྱུག་མོའི་བཀའ་དྲིན་རེད། །

空中轰隆的雷鸣声，
之所以在夏季三月如此响亮，
是受风云骤增的恩惠。

༥ སྟོན་བསེར་ལྷགས་ངར་བ་མོའི་ཤུགས། །
གཡུ་འབྲུག་གྲག་པའི་ལམ་སོ་བཀག །

秋天纷飞的寒霜，
阻挡了青龙的雷鸣之路。

ཁམས་གསུམ་དཔོན་པོ་དབང་ཐང་ཅན། །
ཚེ་སྟོད་འཛམ་གླིང་སྙན་གྲགས་ཁྱབ། །
ཤི་ནས་དམྱལ་བའི་གཏིང་ཛོར་ལྷུང་། །

好运当头的三界大王，
上半辈子名扬南赡部洲，
死后却堕入了地狱深渊。

༦ ལྷ་བླ་མ་གསེར་གྱི་ཆོས་གོས་ཅན། །
ཆོས་སྟོང་ཉིད་གདིང་ཚད་མ་ཡོན་ན། །
མིང་བླ་མ་ཐོགས་ཀྱང་དགོས་པ་ཆུང་། །
གོང་དཔོན་པོ་ཟེར་བའི་གཡེར་ཆེན་མ། །
འབངས་ཁྲ་མོའི་ཉམས་རྒྱུས་མ་ཡོན་ན། །
དཔོན་གྲགས་གཡེར་ཆེ་ན་དགོས་པ་ཆུང་། །

身穿法衣的上师，
若是没有领悟空性，
称为上师也是枉然；
声名显赫的头领，
若是没有了解民情，
称为头领也是枉然。

གེ་སར་ནོར་བུ་དགྲ་འདུལ།

格萨尔•诺普占堆

༡ ཐང་དཀར་རྒོད་པོའི་གཤོག་རྩལ་ལ། །
འདབ་ཆགས་བྱིའུས་འགྲན་ཡོ་མེད། །
དེ་ལས་ལུང་རྩ་བཟུང་ན་དགའ། །
ཁྱུང་ཆེན་འཕུར་བའི་གཤོག་ལམ་ལ། །
དུག་སྦྲུལ་ཁ་ལྕེས་སླེབ་ལེ་མིན། །
དེ་ལས་སྦྲུལ་ཚང་བཟུང་ན་དགའ། །
ཆུ་སྲིན་ངར་མའི་ཁ་རྩ་ལ། །

雄鹰展翅飞翔之处，
小鸟很难较真飞越，
不如守着山谷飞落；
琼鸟展翅翱翔之处，
小蛇很难吐舌企及，
不如守着蛇窝盘旋；
鲸鱼张嘴发威之处，

སེར་མིག་ཉ་མོ་འཁྱུག་ས་མེད། །
དེ་ལས་ཉ་ཚང་བཟུང་ན་དགའ། །

小鱼很难闪身游动，
不如守着鱼巢游弋。

༢ གཏམ་རྩེད་མོ་མེད་ན་མཚར་བློ་མེད། །
གོས་གོང་བ་མེད་ན་གྱོན་བློ་མེད། །
ཟས་གང་རིག་ཟོས་ན་ཁྱི་ཕག་རེད། །

说话不开玩笑无法让人开心，
衣服没有衣领无法穿在身上，
见什么食物吃什么便是猪狗。

༣ དགྲ་ཆུང་ཚེ་མདའ་མོས་མ་བཏུལ་ན། །
ཡུན་རིང་ན་གྲི་ཡིས་ཆོད་ལུགས་མེད། །
མེ་ཆུང་ཚེ་མཐེབ་མོས་མ་གསད་ན། །
ཐ་མ་ཆུ་ཡིས་ཐུབ་ལུགས་མེད། །

若是敌人弱小时没有用箭降伏，
时间长了就很难用刀杀死；
若是火苗微弱时没有用手掐灭，
到了最后就很难用水浇灭。

མི་ཆུང་ཁ་བདེ།

弥琼喀德

༡ མི་ཆུང་གཏམ་གྱི་སྡོང་པོ་ཡིན། །
རྟ་ཆུང་འགྲོས་ཀྱི་གཤོག་པ་ཡིན། །

米琼是语言的大树；
马驹是飞驰的翅膀。

༢ སྡོ་ཐོ་ཆུང་ཡང་རི་ནས་ཆད། །
ཨ་བྲ་ཆུང་ཡང་གཟུགས་བཞི་ཚང་། །

土块虽小却落自大山，
鼠兔虽小却四肢齐全。

སྐྱི་དཔོན་རྫོང་ཚ་ཁྲ་རྒན།

吉本·绒擦查根

༡ སྐྱེས་པོ་རབ་གཏམ་ཞིག་བཤད་ལེ་དེ། །
རི་མགོར་དར་ཤིང་བཙུགས་པ་འདྲ། །
དར་ལྕེ་རླུང་གིས་བརྡབས་ན་ཡང་། །
དར་ཤིང་རང་གིས་བཟུང་བ་འདྲ། །
པོ་འབྲིང་གཏམ་ཞིག་བཤད་ལེ་དེ། །

上等人说出的话，
好像山顶竖起的旗杆，
即使狂风肆意吹打旗舌，
也像被旗杆紧紧抓牢不可动摇；
中等人说出的话，

རི་མགོ་སྤྲིན་མགོ་ཐུག་ལེ་བཞིན། །
མཐོ་ལེ་ཡང་ལེ་གཉིས་ཀ་ཡོང་། །
ཕོ་ཐ་མས་གཏམ་ཞིག་བཤད་པའི་དུས། །
ར་ཤ་ཆང་སྐྱུར་འཐུང་བ་བཞིན། །
ན་སྦོས་སྐྱུག་གསུམ་དེ་ནས་ཡོང་། །

好像山顶飘落的云朵，
既高又轻，琢磨不定；
下等人说出的话，
好像吃了山羊肉和喝了酸性酒一样，
听了就会出现胃疼、腹涨和呕吐的现象。

༢ མ་རིག་མཐོན་པོའི་སྟེང་ལ་ཐུད། །
མཐོན་པོའི་སྟེང་ནས་རྒྱང་རིང་མཐོང་། །
མ་ཤེས་རྒན་པའི་ཁ་ལ་ཉོན། །
རྒན་པའི་ཁ་ལ་ཉམས་མྱོང་ཡོད། །

不见要攀高处去看，
高处能一揽无余；
不知要听老人之言，
老人嘴里有经验之谈。

ལྷ་ཚངས་པ་དཀར་པོ།

拉仓巴嘎尔波（大梵天）

༡ རྡོ་གོར་མོ་ཉལ་ན་འཁྱགས་ལ་འགྱུར། །
ཤིང་ཙནྡན་ཉལ་ན་རྩ་བ་རུལ། །

石头沉睡久了就会冰冻，
梼檀沉睡久了就会烂根。

༢ ཞོགས་ཉལ་སྐྱིད་པའི་ཐ་མ་ཡིན། །
ནོར་མེད་ན་མི་ཉལ་ཀ་མེད་རེད། །

早晨沉睡便是最后的幸福，
若无家畜不得不睡懒觉。

ཀླུ་ཁྲི་ནམ་མཁའ་སྟག་ཞལ།

鲁赤·南喀达谐

༡ དགྲ་ལ་ཞེ་བརྙས་མ་བྱེད་ཟེར། །
གཉེན་ལ་ནང་བརྙས་མ་བྱེད་ཟེར། །

对敌人不要轻视，
对亲人不要欺侮。

༢ གངས་དཀར་ཡག་རང་མལ་བཟུང་བ་ལ། །
སེར་ཉི་མས་མར་འབབ་ཆབ་ལ་བསྒྱུར། །

美丽的雪花飘落原处，
却被阳光化成流水，

གཟའ་སྒྲ་གཅན་འབོད་པའི་ལག་གཡུག་རེད། ། 这是呼唤罗睺的招手；
ཆབ་ཆུ་བོ་གཞུང་ལམ་འབབ་པ་ལ། ། 蓝色的河水流向大道，
གྲུ་ཟམ་པས་མར་བབས་སྐེད་ནས་བཅད། ། 却被桥船拦腰切断，
ཀླུ་གདོལ་པ་ཁྲོས་པའི་དུས་ལ་བབ། ། 这是鲁王发威的时候。

༣ ནམ་མ་ལངས་གོང་ནས་སྤྲིན་ནག་འཁྲིགས། ། 天空未亮就乌云密布，
ཉི་མ་མ་དྲོས་ཐག་གིས་ཆོད། ། 可以确定天气不热变冷；
ཉི་མ་བཞུད་གོང་ནས་མུན་པ་རུབ། ། 太阳未落就黑暗笼罩，
རྒྱང་མིག་མི་མཐོང་ཐག་གིས་ཆོད། ། 可以确定视野不见远处；
དགྲ་ཕར་འགེལ་མེད་པའི་ཚུར་བརྙས་བྱུང་། ། 敌人未惩就反被藐视，
སོས་དལ་མ་བྱུང་ཐག་གིས་ཆོད། ། 可以确定事情不闲忙碌。

༤ ཨེ་མགྱོགས་བསམ་པའི་རྟ་ཕོ་དེ། ། 希望跑得快的骏马，
མ་མགྱོགས་ཐང་ཆེན་ཟུར་ལ་ལུས། ། 不快反而落在平川角落；
ཨེ་ཆོད་བསམ་པའི་རལ་གྲི་དེས། ། 希望斩得断的宝刀，
མ་ཆོད་ཡུ་བ་རྩ་ནས་བུད། ། 未断反而从根脱落刀柄。

གཡུ་རུ་སྟག་དམར་བྲུ་ཡག། 玉如·达玛普雅

རྒྱུ་ཕྱུགས་ལ་ཡོད་ན་སེམས་པ་མཐོ། ། 屋有财富心情就高，
གོས་སྣམ་ལ་ཡོད་ན་རྒྱབ་མི་འཁྱག ། 箱有衣裳背部不寒，
ཟས་མཛོད་ལ་ཡོད་ན་སེམས་མི་ལྟོགས། ། 库有粮食感觉不饿。

བཀའ་བློན་མེ་རི་རླུང་ནག། 噶伦·梅如隆那

༡ ར་ཚེ་ཟད་འཕར་སྤྱང་སྒོ་རྩར་ཐོན། ། 该死的羊跑到豺狼门口，
ཚེ་ཡང་ཟད་སྤྱང་ཚང་སྒོ་ནང་རེད། ། 遇到必死无疑的豺狼巢穴；

མི་ཚེ་ཟད་དྲེད་ཚང་སྒོ་ཁར་བོན། །
ཚེ་ཡང་ཟད་དྲེད་མོང་སོག་ཁྲར་ཁྲུག །
རྟ་ཚེ་ཟད་ནགས་ཚལ་ནང་དུ་བོན། །
ཚེ་ཡང་ཟད་ཏུ་བཀྲ་སྟག་ལ་ཁྲུག །

该死的人跑到棕熊门口，
遇到必死无疑的花胛棕熊；
该死的马跑到丛林深处，
遇到必死无疑的猛兽老虎。

༢ མཁར་མཐོ་བའི་ཐོག་ལ་གསེར་འཕྲུ་བརྩུགས། །
ཚོང་ཁེ་བའི་ཐོག་ལ་སྐྱིད་ཀ་ཟ། །
རྒྱུ་འཕྲོག་པའི་ཁ་ལ་ལས་དམག་བསྡུ། །

高高的城堡之上竖起了金顶，
盈余的买卖之外获得了利息，
财物被夺之外还被强征兵役。

༣ འདྲེ་འཆི་བདག་བདུད་ལ་ཚོད་འཛིན་མེད། །
ཐུགས་ཉིང་འཛིན་ཨར་ལ་མ་གཏད་ན། །
མི་གང་གཅེས་སྲོག་ལ་ཧུར་ཐུམ་བྱེད། །
སྤྱང་པོ་ཐང་ཤ་ལ་ངོམ་ཚོད་མེད། །
མདའ་སྐྱིན་པོས་ཏུང་ཕོར་མ་གཏོར་ན། །
སྤྱང་རི་ཡན་བཏང་ན་རང་སྡུག་ཡིན། །

死亡之魔对生命无满足之时，
若不依靠坚定的禅念，
就会吞噬所爱之人生命；
灰色之狼对血肉无满足之时，
若不利用飞射的羽箭，
任其游荡便会自讨苦吃。

༤ དམར་ཡག་སྟག་གི་ཚང་སྒོ་ལ། །
དང་པོའི་དུས་ནས་མ་བཅར་དགོས། །
བཅར་ནས་འཛུམ་རྡུག་ལོན་ལེ་དགོས། །
ཁོལ་མ་འབྲོང་གི་རྭ་གདོང་ལ། །
དང་པོའི་དུས་ནས་མ་བཅར་དགོས། །
བཅར་ནས་ཐོད་མདའ་འཕྲོད་ལེ་དགོས། །

在红虎巢穴之前，
一开始就别去靠近，
一旦靠近了就必须取下斑纹；
在野牛抖角之前，
一开始就别去靠近，
一旦靠近了就必须射箭击中。

༥ བྱ་ངན་ཁྭ་ཏ་ནག་པོ་དེས། །
མི་གཙང་དྲི་མ་ཁོག་ལ་སྦས། །
གསེར་འཕྲུའི་རྩེ་ལ་ཨག་འགྲུར་རྒྱག །
འབུ་ངན་སྦྲང་ནག་མཆུ་རིང་དེས། །

那些黑色的恶鸟乌鸦，
腹中藏有不净污垢，
但会在金顶上哑哑鸣叫；
那些黑色的长嘴苍蝇，

ཆབ་ཁང་ནང་ལ་འཚོ་བ་སྐྱོད། །
ཤ་ཐུད་སྟེང་ལ་སྦྲང་ཐལ་གཏོར། །

一直活在黑暗厕所，
但会在肉酪上留下虫卵。

གོ་རྒས་ལུས་པའི་བུ་མོ་དེས། །
རང་བྱུས་མ་ཤེས་གཞན་བྱུས་འཚོལ། །
གནས་མཐོ་དམན་ཟེར་ཞིང་གཞན་ལ་འཕྱ། །
སྡོམ་པ་ཤོར་བའི་བན་དེ་དེས། །
རང་སྐྱོན་མི་དྲན་གཞན་སྐྱོན་སྒྲོག །
ཆོས་བཟང་ངན་ཟེར་ཞིང་བསྐུར་པ་འདེབས། །

那些终老的女人，
不会管理自己的事却去染指他人的事，
还常常埋怨家势的高低并讥毁别人；
那些破戒的和尚，
不会记得自己的错却去高谈别人的误，
还常常起论佛法的好坏并诋毁圣法。

ཤན་པ་མེ་རུ་རྩེ།

辛巴梅如泽

༡ བར་སྣང་སླག་པོ་རོག་ཐེར་དེས། །
ལྡིང་ཁོ་ལས་ཆེ་བ་མེད་བསམ་ཡང་། །
དེའི་ཡན་ན་ཐང་དཀར་རྐོད་པོ་ཡོད། །

空中飞翔的黑雕，
自认为自己最能盘旋，
殊不知还有白雕更能飞旋。

༢ འདས་གྲོངས་ཉི་ཟླ་གཉིས་ལ་ཡོད། །
ཞིག་རལ་རྫོ་རྫེའི་བྲག་ལ་ཡོད། །
རྒྱུན་ཆད་ཕྱུག་པོའི་རྒྱུ་ལ་ཡོད། །

日月也有起落，
岩石也有崩塌，
富人也有盈亏。

༣ ཕ་ཤོར་རྒྱབ་ཀྱི་བུ་རྒྱུད་དེ། །
མགོ་བོ་སྒུར་ནས་འདུག་ཐབས་མེད། །
ང་རྒྱལ་ཤ་ཁྲག་གཟུགས་ལ་སྐྱེད། །
འཁོར་གསུམ་ཤ་པ་དགྲ་ལ་ངོམ། །

失去父爱的子孙，
没法低着头颅而活着，
血肉间凝结着傲骨，
腰间三器必向仇敌亮起。

འདོ་ཆེན་རྟ་ཕོ་ཆག་གིས་གསོས། །
གཟུགས་སྤུ་རིས་ངོམ་ནས་སྡོད་ཐབས་མེད། །

骏马靠饲料喂养，
没法身显毛纹而停业，

སྒ་སྲབ་བརྒྱན་ནས་མགྱོགས་ལ་ངོམ། །
རྟ་བརྒྱའི་ནང་ནས་མགྱོགས་དར་ཐོན། །

鞍辔在速度中展示，
在百马中必能夺取旗帜。

ན་ཆུང་བུ་མོ་སྐྱེས་ཡག་མ། །
འཕྱོར་སྐྱེས་ལོ་ངོམ་ནས་སྡོད་ཐབས་མེད། །
ཕ་ཁྱིམ་བཞག་ནས་མི་ཁྱིམ་འགྲིམས། །
རྒྱུ་ནོར་ཟས་གསུམ་ལས་ལ་བརྩོན། །
མི་ཚེ་སྐྱིད་ཀྱི་མཐའ་རུ་འཁྱོལ། །

美丽的年轻姑娘，
无法保持美貌而守家，
放弃娘家走向婆家，
勤奋地积累财富，
幸福地度过一生。

བུམ་པ་འཛིན་པའི་བླ་མ་དེ། །
དཀོར་ཟས་ཟོས་ནས་སྡོད་ཐབས་མེད། །
བསྐྱེད་རྫོགས་གནད་ལ་སྨིན་པ་གྱིས། །
འགྲོ་དོན་གཤིན་པོའི་དོན་ལ་གྱིས། །
དམྱལ་ཁམས་ཆོས་ལ་བསྒྱུར་རོགས་མཛོད། །

手持宝瓶的上师，
无法吃着祈福斋而等待，
悟透生圆两次第，
从事往生的事业，
以善法度化地狱众生。

༤ དར་སེང་མགོ་ཡི་གཡུ་རལ་དང་། །
ཁྱི་ནག་མགོ་ཡི་སྐྱུག་རལ་གཉིས། །
འདྲ་བསམ་ཡོད་དེ་འདྲ་རྒྱུ་མེད། །
སེར་པོ་གསེར་གྱི་གོང་ཐང་དང་། །
རག་གན་གསེར་མདོག་སྟོན་པ་གཉིས། །
མདོག་འདྲ་ཡང་གོང་ཚད་ཁ་ཁ་རེད། །
རྒྱ་དར་ཞིབ་ཆེན་དཀར་མོ་དང་། །
ཚ་རུ་པགས་རུལ་ཤོར་ལེ་གཉིས། །
འདྲ་བསམ་ཡོད་ཀྱང་འདྲ་རྒྱུ་མེད། །

雄狮头上的绿鬃，
黑狗身上的杂毛，
看似相同实非同；
黄色金子的价值，
与发亮的黄铜，
看似相同实非同；
宽大的绫罗绸缎，
烂掉的羔羊皮，
看似相同实非同。

༥ ཕུ་ནས་སྤྱང་ཐང་འདུར་ལེ་དང་། །
མདའ་ནས་ལུ་གུ་ཁྲིར་ལེ་གཉིས། །

深谷蹿跑的灰狼，
谷口叼走的羔羊，

འགྲོ་སའི་ལམ་དེ་ཐུག་ལུགས་ལ། ། 迎面相遇的时候，
ཐུག་ནས་ཐར་ས་མེད་ལུགས་ལ། ། 全无逃生之路；
དགུང་ནས་རྒྱ་ཁྲ་འཇུམ་ལེ་དང་། ། 高空冲飞的鹰隼，
བར་ནས་བྱིའུ་འཕུར་ལེ་གཉིས། ། 低空飞翔的小鸟，
འཇུམ་ལེའི་ལམ་ནས་ཐུག་ལུགས་ལ། ། 迎面相遇的时候，
ཐུག་ནས་ཐར་ས་མེད་ལུགས་ལ། ། 全无逃生之路。

༦ སྤྱང་ཐང་ཤ་ལ་ཇམ་ལེ་དེ། ། 灰狼如此贪食鲜肉，
འུར་ཁྲ་སོས་འགྲམ་པ་གཅོག་རན་རེད། ། 就是该被抛石之带打碎腮颊的时候；
ཇག་པས་ནོར་ལ་ཇམ་ལེ་དེ། ། 强盗如此贪图财物，
ལུས་འདོམ་གང་བཙོན་ལ་ཚུད་རན་རེད། ། 就是该把一庹之身打入囹圄的时候。

༧ ཙན་དན་ནགས་ཀྱི་དཔའ་རྫོང་ནས། ། 在茂密的梅檀丛林中，
སྟག་དང་གཟིག་རྣོད་ངར་འཛིང་བྱེད། ། 虎与花豹猛斗，
མཆེ་བཞི་སུ་བཟང་ད་གཟོད་ལྟ། ། 就看谁的獠牙更坚硬；
བར་སྣང་ཡངས་པའི་སྟོང་ལམ་ནས། ། 在广阔的高空云层间，
གླག་དང་བྱ་རྣོད་གཤོག་འཛིང་བྱེད། ། 雕与秃鹫翅斗，
མཚུ་སྡེར་སུ་རྣོ་ད་གཟོད་ལྟ། ། 就看谁的爪子更锋利；
རྫ་རི་ཇམས་པའི་འཁྱིང་ཁུག་ནས། ། 在巍峨的乱石山岭处，
འབྲོང་དང་གཡག་རྣོད་རུ་འཛིང་བྱེད། ། 牛与野牛角斗，
གཉའ་ཤེད་སུ་ཆེ་ད་གཟོད་ལྟ། ། 就看谁的颈力更强大。

༨ ཐུ་ཡ་གིའི་སྤང་དཀར་ཡང་སྟེང་ནས། ། 在山上的白色草地上，
སྤྱང་ཨ་ཐང་སྔོན་མོ་རྡོ་ཡིས་བསད། ། 青色的壮狼被石头砸死，
གཡང་དཀར་དུང་ཕྲེང་མ་གཏོར་ན། ། 如若不去打散绵羊螺串，
སྤྱང་དོན་མེད་ཀླད་རྒྱ་ཅི་ལ་བཀྲོལ། ། 谁会无故打烂狼的脑袋；
མདའ་རྫོང་དཀར་ཁྲ་མོའི་མཁར་སྒོ་ནས། ། 在白色的羽箭堡垒前，

ཕོ་རྒོད་པོའི་འཕོངས་ལ་ལྕག་གིས་བྲབ། །
མཁར་བུམ་ཆུང་འཕྲུལ་གྱིས་མ་གཏོར་ན། །
མི་ཉེས་མེད་ཁྲིམས་ཁར་ཅི་ལ་ཐབ།

强悍的汉子被鞭子抽打，
如若不去摧毁城堡宝瓶，
谁会把无罪之人赶进法场。

རོང་སྲས་ལྷ་རྒོད་འབུམ་ལུ།

绒赛・拉贵奔鲁

༡ ཁྱོད་སྤྱང་ཀི་མཚན་འགྲོ་ལུག་ལ་འཛབ། །
གཡང་དཀར་ཁྲུ་ཚོ་གཏོར་ནས་གདའ། །
ང་ལུག་རྫི་ང་རྒྱལ་གཏིང་ནས་སྐྱེས། །
ཁྲ་རིང་ཤུར་རྡོའི་རྒྱབ་རྫི་ཡོད། །
ཁྱོད་ཁྱི་རྒན་ཁུང་ལ་གབ་དང་དགའ། །

你这夜行灰狼如此伏击羊群，
把羊群惊得东奔西跑，
我这牧羊人肯定生气。
看到我拥有花长石带的保护，
发现你这老狗就躲在了洞穴。

༢ མི་ངན་ཆང་གིས་བཟི་ཉིན་མོ། །
ཕོ་མ་འཁྲུག་གོང་ནས་གྲི་མགོ་ཕུར། །
ཁྲིམས་ཕྲ་མོའི་མདུན་ལ་ངུ་འབོད་བྱེད། །
ཁྱི་ངན་སྐྱག་པས་བཀྲུགས་པའི་དུས། །
ཕྱི་ནང་མི་ཤེས་རྐ་འཛུ་བྱེད། །
རྡོ་དབྱུག་པས་ཐུག་དུས་ཕྱིར་ནུད་བྱེད། །
རྟ་ངན་ཆས་ཀྱིས་བཀྲུགས་པའི་དུས། །
རྟ་རའི་ནང་ནས་འཚེར་སྐད་བྱེད། །
ས་ཐག་རིང་འགྲོ་ཉིན་རྔུལ་ཆུས་ཁེངས། །

小人喝醉酒时，
对方未动前摸起刀柄，
当走上法场时却痛苦流涕；
恶狗吃饱屎时，
不分里外人扑向腿脚，
当遇到石棍时却后退逃跑；
劣马吃饱草时，
躲在马厩里嘶噪长鸣，
当踏上远征时却累出汗水。

༣ ཁྱོད་ཤ་ཟན་སྤྱང་ཀི་རི་རྩེ་འགྲིམས། །
ང་རྫོན་རྒན་མདའ་ཁུར་ལུང་མདོར་སྒུག །
ཁྱོད་ཐང་དཀར་རྒོད་པོ་གནམ་ལ་འཕུར། །
ང་སྒྲི་བསེར་རླུང་གིས་བར་སྣང་བསྐོར། །
ཁྱོད་ཉེས་ཅན་ཁྲམ་པས་ས་མཐའ་བསྐོར། །

你这食肉灰狼行走山顶时，
我这背箭的老猎人在山口等待；
你这雄鹰展翅飞翔高山时，
我这冰凉的打头风在空中旋转；
你这带罪坏人流浪四处时，

ང་བདེན་འཛིན་ཁྲིམས་དཔོན་རྒྱབ་ནས་ཡོང་། །　我这正义的裁判官在背后监督。

༤ སྔོ་གཡུ་འབྲུག་སྔོན་མོ་མེ་གཤོག་ཅན། །　南方火翅青龙，
གནམ་ཨ་སྔོན་དབྱིངས་ནས་ཨུ་རུ་རུ། །　在天空发出隆隆声，
ལག་ཐོག་སེར་འཁོར་ལོ་ཤ་ར་ར། །　爪中金轮哗哗转。
ཁྱོད་གཡུ་འབྲུག་རང་ཚོད་མ་བཟུང་ན། །　若是青龙不能自控，
སྔགས་ནུས་མཐུས་གཡུ་འབྲུག་གཉའ་ནས་གནོན། །　必然会被咒师降服。
སྔོ་གཡུ་འབྲུག་གཉའ་ནས་བཀུག་ལེ་བྱེད། །　必将会扭断青龙脖子，
ད་མ་བྱུང་བྱས་ན་སྔགས་པ་མིན། །　否则就当非大咒师；
ནགས་ཀྱི་རྒྱ་སྟག་ཁྲ་བོ་དེ། །　丛林中的猛虎，
ནགས་རྫོང་དཀྱིལ་ནས་གོ་རོ་རོ། །　在森林走得飘飘然，
ཤིང་ཙན་དན་སྟེང་ནས་གཡའ་ལ་ལ། །　栴檀之上悠悠哉，
ངར་སྒྲ་གྲག་ཅིང་མཆེ་སྡེར་འཛོམ། །　发出虎啸露出利爪。
སྟག་ངར་མས་ངར་ཚོད་མ་ཟིན་ན། །　若是猛虎不懂自控，
ས་མདའ་ངར་མའི་སྒྲོ་གཤོག་དེས། །　必然会用地弩羽箭，
ལུས་འཛུམ་དྲུག་ཐང་ལ་འཕེན་ལེ་ཡོང་། །　夺取老虎美丽的斑纹，
སྟག་མ་ཤི་གསོན་ལྤགས་བཤུ་ལེ་ཡོང་། །　终将活剥身上的虎皮。

༥ ནངས་སྔ་མོའི་ལྕགས་དང་ལྕེ་སྦྱེ་རེད། །　早晨的铁和舌头黏了舌烂，
དགུང་ཕྱི་དྲོའི་མིག་དང་ཉི་ཟེར་རེད། །　下午的眼和强光看了流泪。

ཟག་ལྷ་བདུད་རྫེ་ཇོ་ནག།　扎拉·堆吉奥那

དགུང་གཡུ་འབྲུག་ལག་གི་ནོར་བུ་དེ། །　青龙爪间的珍宝，
བྱ་ཁྭ་ཏས་ཐོབ་འདོད་འཁྲུལ་སྣང་ཡིན། །　乌鸦想把它夺取那是痴心妄想；
སྟག་དམར་ཡག་རྒྱབ་ཀྱི་གྲ་ཁ་དེ། །　红虎身上的毫毛，
ཁྱི་བདའ་ལུས་འདོད་ན་འཁྲུལ་སྣང་ཡིན།　野狗想把它获取那是痴心妄想。

གསེར་ལྷ་སྟག་རྒྱལ་རྒོད་པོ།

色拉·达嘉贵波

༡ རྟ་ཕོ་ཅི་ཤི་རྒྱུག་ལ་ཤི།
རྟ་རྒྱུག་ལ་ཤི་ན་འགྱོད་པ་ཆུང་། །
མི་ཕོ་ཅི་ཤི་དགྲ་ལ་ཤི། །
དེ་དགྲ་ལ་ཤི་ན་འགྱོད་པ་ཆུང་། །
རྒོད་ཐང་དཀར་ཅི་ཤི་འཕུར་ལ་ཤི།
སྟོང་པར་སྣང་ཤི་ན་ཤི་གོ་ཆོད། །

骏马往往死在奔跑中，
因奔跑而死亡有何悔；
男人往往死在沙场上，
因敌人而死亡有何悔；
雄鹰往往死在飞行中，
死在天空就死得其所。

༢ རྒྱ་གྲོང་ཉུལ་བའི་བདའ་ལུ་དེ། །
དམར་ཡག་སྟག་མོ་ཡིན་སྣང་ཤར། །
སྒོ་རྒྱབ་གཡོག་མོས་ཁྲིམས་གཏམ་བཤད། །
ཁྲི་ཐོག་དཔོན་པོ་ཡིན་སྣང་ཤར། །
ལྐུས་ངན་ཁྭ་ཏའི་ཨག་འགྱུར་དེ། །
བྱ་རྒྱལ་ཁྱུང་ཆེན་ཡིན་སྣང་ཤར། །

街头流浪的野狗，
感觉自己就是红毛老虎；
门后作态的女佣，
感觉自己就是座上王者；
哑哑鸣叫的乌鸦，
感觉自己就是禽王琼鸟。

གཡུ་འབྲུག་ཐོག་རི་ལག་བཟུང་།

玉珠·托日喇耸

གླང་རོག་པོས་རྫ་མགོ་འགྲིམས་རྒྱུ་དེ། །
རྩྭ་མ་དགོས་འཇག་མ་རག་ལེ་མིན།
བོང་སྤྲུ་རུས་ལམ་ཐག་གཅོད་རྒྱུ་དེ། །
ས་མི་ཆོད་བྱང་ལ་ལྟུ་གེས་འཆི། །

黄牛在乱石山岭乱跑，
别说鲜草连茅草都吃不上；
低头的毛驴长途赶路，
别说兼程还会饿死在途中。

ཚེ་བློན་ཆོས་འགྲུབ།

齐伦·曲珠

བྱ་ཁྱུང་ཆེན་སྒོ་ངའི་ནང་ནས་འཁྲུངས། །

琼鸟孵化于蛋中，

ལུས་གཞོག་རྩལ་མེད་པ་ག་ལ་སྲིད། །
སེང་དཀར་མོ་གངས་ཀྱི་བུ་ཆུང་དེར། །
མགོ་གཡུ་རལ་རྒྱས་ལུགས་འདྲ་ས་མེད། །
སྟག་དམར་ཡག་འཛུམ་དྲུག་བུ་རྒྱུད་དེ། །
དཔའ་སྙིང་སྟོབས་ཆེ་ལུགས་འདྲ་ས་མེད། །

身上怎么会长不出翅膀；
白狮是雪山之子，
头上绿鬃必然与众不同；
红虎是斑纹之后，
勇敢强大自然不同凡响。

སྟག་དམར་ཁ་ལ་མེ་འབར།

达玛·喀拉梅跋尔

1 གནམ་ཨ་སྔོན་སྤྲིན་པ་མ་འཁྲིགས་དུས། །
ཐོག་སེར་བས་ས་གཞི་ཅི་ལ་བཀང་། །
ནད་ན་ཚ་ཅི་ཡོད་མ་ཤེས་གོང་། །
ཧུྃ་ཕཊ་ཤར་ལུང་པ་ཅི་ལ་བཀང་། །
དབྱར་ལྷ་རི་མགོ་མ་སྔོ་གོང་། །
བྱ་ཁུ་བྱུག་སྐད་འགྱུར་ཅི་ལ་རྒྱག །

在碧空没有被乌云遮挡前，
怎么会雷雹之力覆盖大地；
在不清楚身患什么疾病前，
怎么会吽啪之声响彻山谷；
在夏季山头没有变绿草前，
怎么会发出杜鹃的鸣叫声。

2 ཤ་ཚོན་པོ་གནམ་ལ་བཏགས་ཡེ་དེ། །
ཁྱི་བདའ་ལུའི་ཁ་ལ་རེག་རྒྱུ་མེད། །
ཕྱུག་པོའི་བུ་ཡི་ནོར་རྫས་དེ། །
བསམ་མི་མང་སྟེ་གསོག་མི་དགོན། །
སྐྱེ་ཡག་བུ་མོའི་ཚོ་རོགས་དེ། །
བསམ་མི་མང་སྟེ་བསྐོས་མི་དཀའ། །

肥肉高挂在空中，
始终不会落入野狗的嘴里；
富人之子的财富，
羡慕的人虽多却无法觊觎；
漂亮美女的伴侣，
想当的人虽多却很难有缘。

ཨ་གྲགས་ཉི་མ་གྲགས་པ།

阿扎·尼玛扎巴

1 ཆུ་ཆེན་འབབ་པའི་གཞུང་དྲུག་ནས། །
ཀླུ་བདུད་གོང་ལ་མེད་བསམས་ཏེ། །
ཧུྃ་ཆེན་སྔགས་པར་འགྲན་ཟླ་མེད། །

在大河流过大地时，
鲁魔之上感觉无其他，
不料大吽咒师无人能及；

ལྷོ་རོང་ནགས་ཛོང་བཟུང་ཉིན་མོ། །
སྟག་མོའི་ཡན་ལ་མེད་བསམས་ཏེ། །
ཛོན་པ་མདའ་ཁྱུར་མདོ་ནས་བསྒུགས། །
བར་སྣང་སྤྲིན་ལམ་འགྲིམས་ཉིན་མོ། །
གཡུ་འབྲུག་ཡན་ལ་མེད་བསམ་སྟེ། །
རྐྱི་བསེར་ལྷགས་པས་སྤྲིན་ཀླུང་གཏོར། །

在占领南谷丛林时，
猛虎之上感觉无其他，
不料拿箭猎人山口等待；
在行走空中云层时，
青龙之上感觉无其他，
不料狂飙肆虐席卷云层。

༢ བན་ཆོས་མེད་ཆོས་གོས་ཡག་ལེ་དེ། །
མཚོ་འགྲམ་དུར་པ་སེར་པོ་འདྲ། །
ཕོ་དཔའ་མེད་གོ་མཚོན་མང་ལེ་དེ། །
སྐང་ཁའི་ཤྭ་ཕོ་རུ་བཅུ་འདྲ། །
མོ་ཤེས་མེད་རྒྱན་གོས་མཛེས་ལེ་དེ། །
ཁྱི་ལུད་དར་གྱིས་བཏུམ་པ་འདྲ། །

不懂法的和尚法衣再好，
也像湖边乱跑的黄野鸭；
没胆量的勇士武器再多，
也像山上十叉角的野鹿；
不贤慧的女人装饰再美，
也像用绸缎包裹的垃圾。

བདུད་རྗེ་ཐོག་རྒོད་བཙན་པོ།

堆吉・托贵赞普

༡ རི་ལ་ཆགས་པ་སྔ་བ་དེ། །
གངས་རི་དཀར་པོ་ཏི་སེ་རེད། །
ནགས་ལ་འཚར་བ་སྔ་བ་དེ། །
ཙནྡན་ལྷ་ཤིང་ཤུག་པ་རེད། །
ཆུ་ལ་ཆགས་པ་སྔ་བ་དེ། །
མཐའ་ཡས་རྒྱ་མཚོ་ཆེན་མོ་རེད། །
སྡེ་ལ་ཆགས་པ་སྔ་བ་དེ། །
ཕ་རུས་མཐོ་བའི་མི་ཆེན་རེད། །

最早形成的大山，
就是冈底斯大雪山；
最早生长的森林，
就是神树栴檀柏树；
最早形成的大河，
就是渺渺浩瀚大海；
最早出现的部落，
就是尊贵父性大人。

༢ མེ་ལྕེ་ནགས་ལ་མཆེད་པ་འདྲ། །
རི་བོ་འཚིག་པ་ལག་པའི་མཐིལ། །

火焰蔓延丛林，
必将烧毁整个山林；

གདོལ་པ་ཀླུ་ལ་འགྲས་ཡ་བཟུང་། །
རང་ལུས་མཛེ་ནད་ཁེངས་རན་གདལ། །
མི་ཐུབ་དགྲ་ལ་འགྲན་ལེ་དེ། །
རང་སྲོག་ཤོར་བའི་སྔ་ལྟས་རེད། །

要与鲁作对，
必使自己患上麻风；
与不敌之人为敌，
就是失去生命的前兆。

མི་སླེབས་གནམ་ལ་སྤར་འཛིང་དེ། །
མཁལ་མའི་རྩ་ཐག་ཆད་འདོད་རེད། །
མི་ཐར་བྲག་ལ་རྟ་རྒྱུག་དེ། །
ཀླད་ཁྲག་ཐང་ལ་འཐོར་འདོད་རེད། །

够不及就向天乱抓，
就是想弄断自己的肾脉；
爬不上的崖壁赛马，
就是想迸裂自己的脑浆。

བློན་ཆེན་ཤེས་པ་རང་གསལ།

伦钦·西巴让赛

༡ ནད་པ་རྒས་དུས་སྨན་པ་དྲན། །
ཚ་གྲང་བཅོས་ཐབས་སྨན་པས་ཤེས། །
ཕ་མ་རྒས་དུས་བློ་འདྲི་བྱེད། །
འཕོར་བའི་ཆགས་སྟངས་གཞི་མ་ཤེས། །
བློན་པོ་རྒས་དུས་དཔོན་པོ་ཡིན། །
སྡེ་མགོ་འཚོ་ཐབས་བློན་པོས་ཤེས། །
གཡོག་པོ་རྒས་དུས་སྦྱིན་བདག་ཡིན། །
ཟ་ཚོད་འཐུང་ཚོད་གཡོག་པོས་ཤེས། །
གཡོག་མོ་རྒས་དུས་མ་སྲུ་ཡིན། །
མེ་འབུད་ཆུ་སྐོལ་གཡོག་མོ་མཁས། །

病人老了想起大夫，
大夫知道治逾冷热之病；
父亲老了才去请教，
老人掌握生存基本道理；
大臣老了就是首领，
大臣明白部族管理事务；
男仆老了就是施主，
男仆知道如何安排饮食；
女佣老了就是母姨，
女佣明白如何烧水生火。

༢ མི་ཐུབ་བྲག་ལ་རྡོ་བརྒྱབ་ན། །
ཀ་ལིའི་རྒྱ་གསང་གཏོར་རབས་ཡོད། །
མི་མཉམ་མེ་ལ་ཕུ་བརྒྱབ་ན། །
ཁ་སྤུའི་གྲ་རྩེ་གཞོབ་རབས་ཡོད། །

向不敌的岩石砸石头，
听说会打破自己的头颅；
向不灭的火焰吹口气，
听说会烧燋自己的胡须。

༣ དར་ལྕེ་མ་འགྱུལ་བརྟན་པས་ན། །
དར་ཤིང་རླུང་གིས་གཙོག་ཐབས་མེད། །
གཉོམ་ཆུང་རང་ས་བཟུང་བས་ན། །
བཙན་པོས་ལེ་དཀྲི་བྱེད་ཐབས་མེད། །

如果旗舌不动，
就不会刮断旗杆；
如果老实人安居乐业，
就算强者也无可奈何。

གཡུ་རུ་སྒྲོལ་ཀན་ཛོ་དམར།

玉如・哲根奥玛

༡ རི་བོང་གླག་གིས་ཁྱེར་ཁ་ལ། །
མགོ་རྩེད་ལན་གསུམ་རྩེ་རབས་ཡོད། །
བུ་ཆུང་འགྲམ་ལྕུག་རག་ཁ་དེར། །
གོ་ཐལ་གནམ་ལ་གཏོར་རབས་ཡོད། །
སྨན་ཆུང་རང་ལུས་ལད་ཁ་དེར། །
སྣང་བ་གཞན་ལས་མཐོ་རབས་ཡོད། །
སྡིག་ཅན་དམྱལ་བ་ལྷུང་ཁ་དེར། །
བསོད་ནམས་མེ་ལྟར་འབར་རབས་ཡོད། །
སྟག་ཤར་དགྲ་ལག་འགྲོ་ཁ་དེར། །
སྙིང་གདོས་གཞན་ལས་ཆེ་རབས་ཡོད།

兔子被雕捕捉前，
听说会要弄三遍自己的脑袋；
男孩被煽嘴巴前，
听说会调皮地到处乱撒灶灰；
少女失身败坏前，
听说自我感觉比别人更良好；
罪人堕入地狱前，
听说福气好像火焰一般高涨；
男人遇到敌人前，
听说勇气好像比别人更强大。

༢ གཞུང་དྲུག་ཆུ་ཆེན་འབབ་ལམ་དེ། །
ས་ཕུང་བྱེ་མས་ཁོག་ལེ་མིན། །
དམར་མོ་མེ་ལྕེའི་འབར་ལམ་དེ། །
རྩྭ་སྐྱུ་འཛག་མས་ཁོག་ལེ་མིན། །

山谷大江流出的河道，
不是被泥土能够阻挡的；
红色火舌吞没的火口，
不能被茅草能够捕灭的。

ཚ་ཞང་འདན་མ་བྱང་ཁྲ།

擦香・丹玛向查

༡ ནམ་མཁའ་སྤྲིན་མེད་ཚ་ངར་དེ། །

无云的天空如此蒙热，

ཐོག་སེར་བ་འབབ་པའི་སྔ་ལྟས་རེད། །
ཁྭ་ཏ་ནག་ལུའི་ཨག་འགྱུར་དེ། །
བྱ་ཁུ་བྱུག་གྲག་པའི་སྔ་ལྟས་རེད། །

这是雷电交加的前兆；
黑乌鸦发出哑哑之声，
这是杜鹃鸣叫的前兆。

༢ སེམས་བདག་མེད་རྒྱ་དབུས་སྐོང་བསྐོར་དེ། །
ལུས་བེམ་རོ་རླུང་ལ་བསྐུར་འདོད་རེད། །
ཟོག་བདག་མེད་རི་མགོའི་རི་དྭགས་དེ། །
མདའ་སུ་སྐྱེན་ཤ་ཁྲག་ཟ་རྒྱུ་རེད། །

慢游汉藏两地的无主之心，
是想把自己的尸首撒在风里；
攀登陡峭山顶的无主之兽，
一定会被快箭手吞噬其血肉。

༣ བྱ་ཁྲིམས་མེད་འུག་པ་ཉིན་ལ་དགོད། །
ཡུལ་རྒྱ་སྡེ་ཀུན་གྱིས་ཐལ་རྗེ་རྒྱག །
གཏམ་ཁྲེལ་མེད་བུ་མོས་བྱི་གླུ་ལེན། །
དེ་རྒྱ་སྡེ་ཀུན་གྱིས་འཕྱ་ཁྲེལ་བྱེད། །
ཟས་ཁྲེལ་མེད་ཁྲམ་པའི་རྐུ་ཟས་ལ། །
ཡུལ་སྐྱོད་སྨད་མེད་པས་མི་ཁ་ཆེ། །

没有规矩的老鸮白天发笑，
会被所有族人喊杀喊打；
没有羞耻的女人唱起儿歌，
会被所有族人嘲讽取笑；
没有羞耻的坏人偷盗食物，
会被所有的人耻笑鄙夷。

༤ ལེ་ལན་ཇ་དང་ཇ་ལྕུག་སྒྲོད། །
སྐྱེ་ལན་བྲག་དང་ཤུག་པ་ཡིན། །
རྒྱུ་འབྲས་སྒྲོ་མ་སྒྲོ་ཡུ་ཡིན། །

谴责如重锤击打响鼓；
轮回似松柏依附岩石；
因果像茎叶连接蕨麻。

༥ སྤང་དཀར་ཡག་རི་ཡི་ཡང་གོང་ནས། །
ལུག་གཡང་དཀར་བདག་ཟས་ཟ་བ་ལ། །
སྤྱང་ཨ་ཐང་རྒྱུག་ནས་མིག་འབྲས་ཕྱུང་། །
སྒང་ལ་གཅིག་རྒྱབ་པས་ཆོག་བསམ་སྟེ། །
རྫི་བཟང་འུར་རྡོས་ཀླད་ཁྲག་གཏོར། །
དེ་ཁྲ་རིང་ཟིལ་མོའི་དཔའ་རྟགས་རེད། །
རི་ནགས་རྒྱལ་ཕྱུག་གི་སྤང་ལུང་ན། །

在郁郁葱葱的草山上，
绵羊吃着自己的鲜草，
却被跑来的狼剜去了眼珠，
灰狼想着爬过山坡躲避追责，
不料被牧人抛石带打暴了脑袋，
这就是石带精准的结果；
在丛林密布的山谷，

རྟ་འདོ་བས་བདག་ཟས་ཟ་བ་ལ། །
སྟག་དམག་ཡག་ངར་བས་རྨིག་བཞི་བཟབས། །
ནགས་རྫོང་ཆེན་ཡིབ་པས་ཚོག་བསམ་ཡང་། །
གྲ་འཇུམ་སྐྱིན་པོའི་མདའ་མོས་གཏོར། །
གཞུ་ར་ཁོད་བཀུག་པའི་དཔའ་རྟགས་རེད། །

骏马吃着自己的草料，
却被凶恶的红虎咬下了四蹄，
红虎想着藏匿林中躲避追责，
不料被飞射的羽箭打散了斑纹，
这就是角弓拉满的结果。

༨ ཆབ་སྔོན་མོ་འཁྱིལ་པའི་གཙང་གྲགས་དེ། །
ཉ་སྲིན་མང་པོའི་ཁ་ཟས་རེད། །
ཤིང་ཚེར་མའི་སྟེང་གི་བྱིའུ་ཆུང་དེ། །
བྱ་ཁྲ་སྔོན་མོའི་ལྟོ་སྐལ་རེད། །

清水漩积的大江，
就是许多鱼类的美食；
荆棘树上的小鸟，
就是蓝色鹞隼的食物。

༩ གཏམ་ཁུངས་མེད་རི་མགོའི་སྤྱང་ཀི་ངུ། །
ལམ་འགྲོ་ཀུན་གྱིས་ཐལ་བ་འདེབས། །
བྱ་ཁྲིམས་མེད་འུག་པ་ཉིན་ལ་དགོད། །
ཡུལ་རྒྱ་སྡེ་ཀུན་གྱིས་ཐལ་རྗོ་རྒྱག །
གཏམ་ཁྲེལ་མེད་བུ་མོས་བྱི་སླུ་ལེན། །
དེ་རྒྱ་སྡེ་ཀུན་གྱིས་འཕྱ་ཁྲེལ་བྱེད། །
ཟས་ཁྲེལ་མེད་ཁྲམ་པའི་རྐུ་ཟས་ལ། །
ཡུལ་སྟོད་སྨད་མེད་པས་མི་ཁ་ཆེ། །

无聊之语如同山上的狼在哭嚎，
所有路过的人都会撒灰驱赶；
没有规矩的猫头鹰在白天发笑，
所有部族的人都会喊杀喊打；
没有羞耻的女儿之家唱起儿歌，
所有部族的人都会嘲讽讥笑；
没有羞耻的狡猾之人偷取食物，
所有族里的人都会耻笑鄙夷。

བྲག་དཀར་ཐང་སྲས་འཇིགས་མེད།

扎嘎尔·唐赛晋美

མཚོ་སྔོན་མོ་ཟེར་བའི་གཡུ་མདོག་ཅན། །
དགུན་ཁ་དར་འོག་ལ་མ་ཚུད་པར། །
སྔོ་མཐིང་ངེར་འཁྱིལ་ན་དགའ་རྒྱུ་ལ། །
ཆབ་ཆུ་བོ་ཟེར་བའི་དལ་འགྲོ་དེ། །
མཐོ་རྒྱ་ཟམ་འོག་ལ་མ་ཚུད་པར། །

蓝色之湖泛起绿光，
未被冬季寒冷所冰封，
露出湛蓝之色为幸事；
清净之水缓缓流动，
未被高大桥梁所截断，

གནམ་སྦྲང་ཆར་བབ་ན་དགའ་བ་ལ། །

天上落下甘露为幸事。

དུང་སྐྱོང་སྟག་ལྷ་ཁྲི་དཀར།

童炯·达拉赤嘎尔

༡ མཚོ་ཆེན་རླབས་ཕྲེང་གཤགས་མི་ལ། །
ལྟོ་དཀར་ཉ་མོའི་འཁྱུག་རྩལ་དགོས། །
བར་སྣང་སྤྲ་ལམ་འགྲིམ་མི་ལ། །
ཐང་དཀར་རྒོད་ཀྱི་འཕུར་རྩལ་དགོས། །
གླིང་དཀར་གདོང་ལ་འགྲན་མི་ལ། །
འཆི་བདག་གཤིན་རྗེ་དངོས་འདྲ་དགོས། །

划开大海浪涛的，
需要像白肚鱼儿一样的游姿；
行走天空云层的，
需要像展翅雄鹰一样的飞姿；
抵挡白色岭国的，
需要像死神阎罗一样的气势。

༢ བྱིའུ་བརྒྱ་བསད་པའི་ཁྲ་རྒན་དེ། །
ད་ལོར་གླག་ནག་རོག་པོས་བཙོམ། །
འཕུར་ཡང་བྱ་ལམ་ཟིན་ལེ་མིན། །
དེ་བྱིའུ་སྤྲུག་ཟོས་པའི་ལས་འབྲས་རེད། །
ལུག་བརྒྱ་བསད་པའི་སྤྱང་རྒན་དེ། །
ད་ལོར་དམར་ཡག་སྟག་གིས་བཙོམ། །
འདུར་ཡང་ས་ལམ་ཟིན་ལེ་མིན། །
དེ་དཀར་ཚུང་ཟོས་པའི་ལས་འབྲས་རེད། །

杀死百鸟的老隼，
今年被黑雕捕杀，
即便飞也飞不上高空，
这就是蚕食雏鸟的报应；
杀死百羊的老狼，
今年被红虎猎杀，
即便跑也跑不出活路，
这就是吞食绵羊的报应。

༣ གངས་དཀར་མོའི་ཡ་བདག་སེང་གེས་བཟུང་། །
ཤར་ཁྲི་གདུགས་དྲོད་ལ་ཁུག་པས་ན། །
གངས་ཁ་བ་མར་བབ་ཆབ་ལ་ཞུ། །
སེང་དཀར་མོ་འགྲོ་པའི་ཁོ་ཐག་ཆོད། །
མགོ་གཡུ་རལ་འདམ་ལ་བསྒྲི་ཉན་ཡོད། །
སེང་དཀར་མོ་ཟེར་བ་སྔ་གཏམ་རེད། །
བྲག་དཀར་རྫོང་ཟེར་བ་རྒོད་པོས་བཟུང་། །

雪山之顶被狮子占领，
若是东方日出变暖，
飞落之雪融化成水，
白狮就失去了飞跃的机会，
有可能绿鬃陷入泥潭，
所谓白狮将会成为过去；
岩崖堡垒被灵鹫占领，

འབྲུག་ཕོ་ཐང་ངར་མས་སྒུག་པ་ན། །
བྲག་དཀར་རྫོང་ཐོག་གིས་གྲམ་ལ་བཞིག །
རྒོད་ཐང་དཀར་འགྲོ་པའི་ཁོ་ཐག་ཆོད། །
མཐོ་བཙན་པོ་ཟེར་བ་སྔ་གཏམ་རེད། །
ནགས་ཙན་དན་རྫོང་ས་སྟག་མོས་བཟུང་། །
མེ་ལྕེ་འབར་ནས་བསྲེགས་པས་ན། །
ནགས་རྫོང་ཐལ་སྐྱ་རླུང་ལ་བསྐུར། །
རྒྱ་སྟག་འགྲོ་བའི་ཁོ་ཐག་ཆོད། །
ནགས་མ་ཟེར་བ་སྔ་གཏམ་རེད། །

若是壮年青龙等待，
白崖之垒雷击摧毁，
雄鹰就失去了坚守的机会，
所谓岩石将会成为过去；
栴檀丛林被猛虎占领，
若是火舌蔓延烧毁，
丛林堡垒变成飞尘，
猛虎就失去坚守的机会，
所谓丛林将成为过去。

༤ དམར་མོ་མེ་ཡི་འབར་ཤུགས་དེ། །
སྔོན་མོ་ཆུ་ལ་འགྲོ་ལེ་མེད། །
ངར་ཆེན་རལ་གྲིའི་སོ་རྣོན་དེ། །
གར་མོ་རྡོ་ལ་འགྲོ་ལེ་མེད། །

红色火焰的燃烧力，
烧不干蓝色的流水；
锋利宝剑的利刃口，
斩不断坚硬的石头。

༥ ཚབས་ཆེན་ནད་ཀྱི་སྔས་མགོ་ལ། །
བན་དེ་བོན་པོས་གླུ་དབྱངས་གྱེར། །
འདྲེ་གདོན་ཐུལ་བ་དགྲ་ལ་བསྐུར། །
རྒྱུ་ཟས་གཉིས་ཀྱི་སག་བཟར་རེད། །
རྒྱ་གྲོང་ཁྲ་མོའི་སྲང་ལམ་ལ། །
བྱི་ཕོ་བྱི་མོ་འགབ་མཐུན་བྱེད། །
མི་ཚེ་འཁྱོལ་བ་དགྲ་ལ་བསྐུར། །
གཏམ་ངན་མི་ཁའི་འབབ་གདན་རེད། །

在重疾缠身的病人枕前，
佛教徒唱诵苯波之歌，
别说降服鬼妖，
这是损耗财力物力的锉刀；
在人头攒动的集市之中，
奸夫淫妇在暗中偷情，
别说过上日子，
这是引起流言蜚语的祸根。

འབྲོང་རུ་རྡོ་རྗེ་གྲགས་པ། 仲如·多吉扎巴

༡ ཁྱི་ལུད་སྟེང་ལ་མེ་ཏོག་ཤར། །

狗屎之上开花朵，

འདབ་ལྡན་ཚོས་ཁ་ཡག་ཞན་འདྲ། །
ལྷ་ལ་མཆོད་པ་མི་ཉན་ཟེར། །
སྐྱག་རྫིང་ནང་དུ་ལོ་ཏོག་སྨིན། །
འབྲུ་དྲུག་ལོ་འདབ་ཡག་ཞིན་འདྲ། །
སྐྱེ་འགྲོའི་ཡི་གར་དེ་མི་ཡོང་། །

即便花瓣看相再美丽，
也不能用作供品；
粪堆之中长谷物，
即便六谷枝叶再茂盛，
也不能引起食欲。

༢ དམའ་རྒྱ་མཚོའི་ཀློང་གི་གསེར་མིག་ཉ། །
ལུས་གསེར་ཐུལ་རྒྱལ་རྩལ་མཚོ་ལ་ངོམ། །
ཀླུ་གདོལ་བར་ཕོག་ཐུག་ཁྲོད་ནའང་། །
ངས་ལྕགས་ཀྱུས་མི་འདྲེན་བསམ་ཞིང་མེད། །
མཐོ་རི་བོའི་ཟེ་ཡི་ཕོ་ཆེན་ཤྭ། །
མགོའི་དུང་རྭ་སྤང་ལྗོངས་དཀྱིལ་ནས་ངོམ། །
སྣེ་གཞི་བདག་བཀའ་བཙན་གཉན་ནའང་། །
ངའི་མདའ་མོས་མི་སོད་བསམ་ཞིང་མེད། །

大海里的金眼鱼，
金身游姿展现在大海，
即便鲁王再愤怒，
我也没想着放弃用钩垂钓；
高山上的长角鹿，
头上螺角展现在草坡，
即便地祇再暴戾，
我也没想着放弃用箭射杀。

གཡུ་རུ་ཚངས་པ་ལྷན་མེད།

玉如 · 仓巴蓝美

༡ བྱེ་རིའི་ཕུང་པོ་མཐུག་ཞན་འདྲ། །
ཆུ་ཆེན་ལམ་གཞུང་གར་གཤག་རེད། །
སྤང་དཀར་མེ་ཏོག་བཀྲག་ཞན་འདྲ། །
སྟོན་མཇུག་བ་མོས་གར་བརླག་རེད། །
གླིང་དམག་ཁ་གྲངས་མང་ཞན་འདྲ། །
རྒོད་པོའི་རྩལ་གྱིས་གར་གཏོར་རེད། །

即便沙丘之体再厚重，
也会被大河随意冲破；
即便草坡之花再鲜艳，
也会被秋霜随意打蔫；
即便岭国战士再众多，
也会被勇者力量歼灭。

༢ དགོན་ཆུང་ཁྲ་མོའི་ནང་རོལ་ནས། །
བན་ཆུང་མ་བསྡད་གྲོང་ལ་ཐོན། །
བདག་འཛིན་རྩ་བ་མ་ཆོད་པར། །

从花色小寺庙里，
小和尚不耐进了城市，
未能断除我执之根，

མ་དག་འཁོར་བའི་འདམ་ལ་ཚུད།།
ཐ་མ་འདི་ཕྱི་གཉིས་མེད་བྱས།།

陷入不净轮回之中，
最后成了不得善终的恶人；

༣ ཕ་ཁྱིམ་གྲུ་བཞིའི་ནང་རོལ་ནས།།
ན་ཆུང་བུ་མོ་གནས་ལ་སོང་།།
རང་སྐྱིད་གཞན་སྨོན་མ་འོང་བར།།
བུ་སྤུན་བར་གྱི་རྩོད་འདྲེར་གྱུར།།
ཐ་མ་མིས་འཕྱ་རང་སྡུག་འོང་།།

从四方祖宅里，
妙龄少女不耐出了嫁，
未能得到自乐他贺，
成为兄弟不和之祸，
最后成了天怒人怨的对象。

༤ ཞེ་ངན་ལོ་མ་དུག་གིས་འཆི།།
ནུས་མེད་དམོད་ཟོར་རང་ལ་ཁྲུག།
ཤེས་མེད་གཏམ་གིས་རང་མཚང་ཕུད།།

黑心之叶会被毒汁侵害；
无力之咒就会重创自己；
无知之语就会说漏己错。

༥ བར་སྣང་ཀླབས་ཀྱིས་གཅོད་མི་ལ།།
ཤོད་ཐང་དཀར་འཕུར་རྩལ་ཆེ་ན་ཡང་།།
སྟོང་པའི་དབྱིངས་མཐའ་ཚོད་རྒྱུ་མེད།།
ཐང་ཆེན་བང་གིས་གཅོད་མི་ལ།།
འདོ་ཤུགས་ཧ་བོ་མགྱོགས་ཞན་འདྲ།།
རིན་ཆེན་ས་ལ་ཟད་མཐའ་མེད།།

在空中展翅飞翔的白雕，
即便飞行之力再强大，
也飞不出虚空边缘；
在平地极速飞奔的骏马，
即便奔跑速度再飞快，
也跑不出大地边缘。

ཨ་སྟག་ཀླུ་མོ།

阿达鲁（拉）姆

༧ མཁའ་ལྡིང་ཁྱུང་གི་བང་ལམ་ནས།།
ཐང་དཀར་ཡན་ལ་ཅི་ལ་ཐོན།།
ཨ་ཐང་སྤྱང་མོ་འགྲོ་ལམ་ནས།།
གཡང་དཀར་གཟས་ལ་ཅི་ལ་ཐར།།
རྒྱ་ཁྲ་འཇུམ་པའི་གཤོག་ལམ་ནས།།

在琼鸟飞翔的路上，
白雕之上谁能飞得更高；
在灰狼行走的路上，
绵羊觅食那能逃出魔掌；
在鹞隼扇翅的路上，

བྱིའུ་ཆུང་འཕུར་བ་ག་ལ་སྲིད། །
དུང་དཀར་འགྱུལ་བའི་རྒྱ་མཚོ་ལ། །
ཆུ་སྲིན་འཁོར་བ་དགྲ་ལ་བསྒྱུར། །

小鸟那能获得飞逃机会；
在白螺移动的海里，
鲸鱼众随必将成为敌人。

༢ སྤུ་མེད་པགས་བྱིའུ་འཕུར་སྟངས་དེས། །
ནམ་མཁའི་ཕ་མཐའ་ཅི་ལ་ཆོད། །
སུག་ཐུང་རི་བོང་རྒྱུག་ཤུགས་དེས། །
ལུང་ཆེན་ཁ་བ་ཅི་ལ་ཤོག །
སྦལ་ཆུང་མཆོང་བའི་ལག་རྩལ་དེས། །
ཆུ་བོའི་ཕ་མཐའ་གང་དུ་སྒྲོལ། །

无毛之鸟的飞姿，
那能飞出天空边缘；
短腿之兔的速度，
那能划开深谷积雪；
虾蟆之类的跃力，
那能飞越大河彼岸。

རྒོད་པོ་ཐོག་མདའ་ལན་མེད།

贵波·托达蓝美

གངས་སྟོད་འཛིན་པའི་སེང་གེ་དེ། །
གཡུ་རལ་འཚུབ་མའི་རྒྱན་ཆ་གཏོར། །
སྤང་དཀར་མི་འགྲིམ་ཀ་མེད་རེད། །
ནགས་མའི་རྫོང་ལ་སྟག་མོ་འགྲིང་། །
འཛུམ་ཆུང་གྲ་ལོ་དམར་པོ་འཐོར། །
ཐང་སྟོད་མི་འགྲིམ་ཀ་མེད་རེད། །
རྒྱ་ལྕང་ཤིང་ལ་ཁུ་བྱུག་འགྲིམས། །
ལྷོ་མོན་ཡུལ་དུ་གོང་བ་ཆེ། །
རང་ཡུལ་མི་བསྒྲོད་ཀ་མེད་རེད། །

固守雪山的狮子，
拔光了头上的鬃饰，
不得不行走在草坡；
横行丛林的老虎，
脱光了身上的粗毛，
不得不行走在空地；
飞落树枝的杜鹃，
成为了门隅的衣领，
不得不返回到故土。

ནང་བློན་ཀ་བ་སླག་གདོང་།

囊伦·卡瓦腊董

༡ ཆུ་འཛིན་གྲིབ་མ་མཐུག་བསམ་སྟེ། །
བསེར་མ་ལངས་ན་ཡུ་མེད་གཏོར། །

云层阴影再厚重，
也能被狂风席卷打散；

བྱང་གཡག་རོག་པོ་བརྗིད་བསམ་སྟེ། །
སྣང་ཆེན་ཤུགས་ཀྱིས་མིང་མེད་འགྲུབ། །
ཤུགས་ཆེན་རྟ་མཆོག་མྱུར་བསམ་ཡང་། །
ཐང་དཀར་ཤུལ་ལམ་རླུང་ལས་ལྷག །

北方野牛再伟岸，
也能被明弓之力毁灭；
驰骋良驹再飞快，
也能被白雕足风压过。

༢ རྒོ་རྒན་རྒྱ་ལ་འཛིན་འཛིན་དེ། །
མཁའ་ལྡིང་ཁྱུང་ལ་འགྲོ་ས་མེད། །
རྟ་རྒན་ལྕག་གིས་ཐྲབ་ཐྲབ་དེ། །
ཁ་དཀར་རྐྱང་ལ་འགྲོ་ས་མེད། །
ཁྱི་རྒན་བེར་ཀ་གཡུག་གཡུག་དེ། །
དམར་ཡག་སྟག་ལ་འགྲོ་ས་མེད། །
གླང་རྒན་རྭ་ནས་འཇུས་འཇུས་དེ། །
ཁོལ་མ་འབྲོང་ལ་འགྲོ་ས་མེད། །

常常张网捕捉老鹰，
在琼鸟身上行不通；
常常抽鞭策动老马，
在野马身上行不通；
常常举棍抽打老狗，
在红虎身上行不通；
常常投手拉拽牛角，
在野牛身上行不通。

དུག་ཆུ་ཀླུ་བདུད་བཙན་པོ།

毒曲·鲁堆赞普

སེང་དཀར་མོས་གངས་སྐྱོང་མི་འཛིན་ནས། །
རྫ་རོག་པོའི་འཕྲང་སྣ་ཅི་ལ་འགྲིམ། །
ལུས་སྐྱེས་གཟུགས་ལྟད་མོ་ངོམ་བསམ་ཡང་། །
མགོ་གཡུ་རལ་རླུང་གིས་གཏོར་ལེ་འོང་། །
སྟག་དམར་ཡག་ནགས་རྫོང་མི་འཛིན་ནས། །
དམའ་ན་དམར་ཐང་རྒྱ་ཅི་ལ་བཟུང་། །
ཐོ་ཏུའི་སྙིང་ཁྲག་འཐུང་བསམ་ཡང་། །
ལུས་འཛུམ་དྲུག་མི་ལ་ཤོར་ལེ་འོང་། །
ཤྭ་ཕོ་ཆེན་སྤང་རི་མི་བཟུང་ནས། །
དམའ་གཤོང་བཞིའི་རི་མཐའ་ཅི་ལ་འགྲིམ། །
མགོ་ཏུ་རྒྱས་ལྟད་མོ་ངོམ་བསམ་ཡང་། །

如果白狮不能守护雪山，
那怎能行走乱石山岭，
虽想展现自己身材，
说不准头上绿鬃会被风吹散；
如果红虎不能守护丛林，
那怎能守住沮洳之地，
虽想畅饮小驹鲜血，
说不准身上斑纹被人夺走；
如果公鹿不能守护草坡，
那怎能行走山脚平原，
虽想展现头上角枝，

ཁྱི་ཞི་ལུས་གད་ལ་ཕབ་ལེ་འོང་། །
说不准被狗与孩童赶进断岩。

ཟེལ་དཀར་རྒྱང་གྲགས།
协嘎尔蒋扎

དམར་མོ་མེ་ཡི་འབར་ཤུགས་དེ། །
སྔོན་མོ་ཆུ་ལ་འགྲོ་ལེ་མིན། །
ངར་ཆེན་རལ་གྲིའི་སོ་རྣོན་དེ། །
གར་མོ་རྡོ་ལ་འགྲོ་ལེ་མིན། །
དམག་ཉིབ་སྙིང་གི་དཔའ་རྩལ་དེ། །
དམུ་པའི་བློན་ལ་འགྲོ་ལེ་མིན། །

红色火焰的燃烧力，
在蓝色河水上行不通；
锋利宝剑的尖利刃，
在坚硬石头上行不通；
虾兵蟹将上的豪情，
在木氏大臣上行不通。

ཐོག་རྗེ་བདུད་པོ་ལན་མེད།
托吉・堆波蓝美

མཚོ་ཆུང་སྔོན་མོའི་ཁ་གཏིང་ནས། །
ཉ་ཆུང་ལྟོ་དཀར་འཁྱུག་འཁྱུར་བྱེད། །
མཐའ་མ་ཉ་པའི་དྲ་རྒྱར་ཚུད། །
རྒྱ་རྫོང་ནགས་ཀྱི་ཚང་ཚིང་ནས། །
རྒྱ་སྟག་ཁྲ་མོས་མཆོང་རྩལ་རྒྱག །
མཐའ་མ་ས་མདའི་འོག་ཏུ་འཆི། །

在蓝色湖泊深层，
白肚小鱼在游动，
最后只能落入鱼网；
在茂密丛林之中，
斑玟猛虎在飞跃，
最后只能死于箭下。

སོག་སླུ་ཁྲི་སྟག་ཞལ་རྒྱལ་པོ།
索・鲁赤达谐嘉波

ཤྭ་ཕོ་རི་སྟོང་རྩྭ་ཟ་ལ། །
དོན་མེད་རྔོན་པས་ཅི་ལ་འདེད། །
ཉེས་མེད་རྭ་ཅོ་ཅི་ལ་ཕབ། །

公鹿吃着空山上的草，
怎么会被猎人无故追赶，
怎么会无罪斩断长角。

སེང་སྟག་ཨ་དོམ།

森达阿冬

༡ བྱ་ཁུ་བྱུག་སྔོན་མོ་མོན་ནས་ཡོང་། །
སྐད་མ་ཁུག་དར་ལྕེ་ཐན་པས་སྐམས། །
འཕུར་ཤ་རེ་འགྲོ་ཉིན་ངོ་རེ་ཚ། །
ཀོང་རྒན་པོས་ཉ་དྲྭ་རྒྱབ་ལ་ཁུར། །
ཉ་མ་སོད་རླིག་པ་རྡོ་ཡིས་ཕྱིད། །
ཚ་ཕ་ལེ་འགྲོ་ཉིན་ངོ་རེ་ཚ། །
སྨན་བུ་མོ་ཕ་མས་གནས་ལ་བཙོངས། །
གནས་མ་ཟིན་རང་ཁྱིམ་ཕྱིན་ཉིན་མོ། །
ཡུལ་གྲོང་རོགས་སྔོན་ནས་ངོ་རེ་ཚ། །

蓝色杜鹃来自门隅，
发不出声音反被燥热僵硬了舌头，
当怀着急慌慌的心情飞逃时，
必将丢人现眼；
贡布老人背着鱼网，
未捞上小鱼反被石头刮伤了肾囊，
当流着热呼呼的鲜血返回时，
必将丢人现眼；
妙龄少女嫁给别人，
未持好家业反被婆家赶回了娘家，
当面对气呼呼的亲友责骂时，
必将丢人现眼。

༢ འབྲུག་ཕོ་ཐང་ངར་བའི་ཁ་རྩ་ནས། །
བྲག་དཀར་རྫོང་མཐོ་ཡང་ཐལ་ཕུང་བྱེད། །
སྟག་རི་བཀྲ་ངར་བའི་ཁ་རྩ་ནས། །
དགྲ་ཁྱི་ནག་ངར་ཡང་ཟུག་ཡོང་མེད། །
འབྲོང་བྲི་མོ་ངར་བའི་ཁ་རྩ་ནས། །
ཁལ་བྲི་ཆུང་ངར་ཡང་ཀླད་ཁྲག་གཏོར། །

在面对青龙雷鸣发威时，
悬崖再高也会被摧毁成灰；
在面对红虎呼啸发威时，
黑狗再凶也会吠不出声音；
在面对野牛哞叫发威时，
牛犊再强也会被爆脑致残。

༣ སྐྱེས་ཕོ་རབ་དགྲ་ལ་ཐུག་ཉིན་མོར། །
གཡུ་འབྲུག་དགུང་ལ་འཕྱུར་པ་འདྲ། །
སྐེད་འཕོར་གསུམ་ཐོག་མདའ་ཤ་ར་ར། །
སྐྱེས་ཕོ་འབྲིང་དགྲ་ལ་ཆས་ཉིན་མོར། །

上等之人遇到敌人时，
就像青龙腾飞高空，
腰间箭矢哗哗作响；
中等之人出征迎敌时，

འབྲོང་དར་མ་རྫ་ནས་ཆས་པ་བཞིན། །
就像野牛游走山岭，
སྐྱིད་འཕོར་གསུམ་ཏུ་ཐུར་ཟེང་སེ་ཟེང་། །
三兵长角林立竖起；
ཕོ་ཐ་མ་དགྲ་ལ་འགྲོ་ཉིན་མོར། །
下等之人讨伐敌人时，
ཁྱི་བདའ་ལུ་ཉྭ་ལ་འཛབ་པ་བཞིན། །
就像野狗背后咬人，
ཁ་མི་གྲག་རྒྱབ་ནས་བསྐོར་ར་བྱེད། །
不发声音悄悄偷袭。

སྐུ་སྲུང་བཙན་རྒོད་ཡ་མེད།
古松·赞贵雅美

༡ ཉེ་བ་ཐག་ཙམ་རེ་གཏམ་ས་ལ། །
在亲家说媒之时，
དར་ན་སྐུད་ཙམ་རེ་མེད་ཐབས་མེད། །
至少不能没有细丝大的哈达互礼；
གྱོད་རྫས་ལུད་ཙམ་རེ་གཏུག་ས་ལ། །
在发生纠纷之时，
རྒྱུ་རིལ་མ་ཙམ་རེ་མེད་ཐབས་མེད། །
至少不能没有粪粒大的实物疏通；
གནས་ཕོར་ཁ་ཙམ་རེ་བདག་ས་ལ། །
在宴请宾客之时，
ཆང་མཁྲིས་པ་ཙམ་རེ་མེད་ཐབས་མེད། །
至少不能没有胆囊大的好酒助兴；
རྟ་ར་ཕོ་ཙམ་རེ་རྒྱུག་ས་ལ། །
在马驹赛跑之时，
རྒྱན་ཁབ་རྩེ་ཙམ་རེ་མེད་ཐབས་མེད། །
至少不能没有针尖大的赌注作押；
ཁྲབ་སྟོད་ཁེབས་ཙམ་རེ་གྱོན་པ་ལ། །
在身穿铠甲之时，
གླུ་ཨ་ལ་ཙམ་རེ་མེད་ཐབས་མེད།
至少不能没有啊啦调的短歌激励。

༢ གླུ་ལན་ཚིག་གསུམ་མ་གཏང་གོང་། །
在未唱出三句短歌前，
སྨྱོ་རྒྱུག་དྲེད་འཛིང་ཅི་གོ་རེད། །
何必弄得猛冲瞎撞；
གཏམ་ལན་ཚིག་གསུམ་མ་འཛལ་གོང་། །
在未听出三名回话前，
མི་ཤི་རྟ་གྱོད་ཅི་གོ་རེད། །
何必弄得人死马翻。

༣ སྟག་མོ་ངར་འཛིང་བྱེད་ས་ལ། །
在猛虎相斗的地方，
ཁྱི་རྒན་ཞུག་སྣ་བྱེད་ས་མེད། །
那有老狗鼻寻的机会；
གླག་ནག་སྡེར་འཛིང་བྱེད་ས་ལ། །
在黑雕爪斗的地方，

བྱིའུ་ཆུང་གཤོག་འགྱུར་རྒྱག་ས་མེད། །
འབྲོང་རྒོད་ཏུ་འཛིང་བྱེད་ས་ལ། །
ཕྱུག་སེར་མགོ་རྩེད་རྩེ་ས་མེད། །
དཔའ་རྒོད་གཡུལ་ངོ་འཁྲིད་ས་ལ། །
བུ་ཆུང་རྩེ་མདའ་འཕེན་ས་མེད། །

那有小鸟冲飞的机会；
在野牛角斗的地方，
那有黄牛耍角的机会；
在勇士搏斗的地方，
那有小孩嬉戏的机会。

འདན་ཁ་ར་སྲས་པོ་ནོར་བཟང་།

丹·喀然公子·赛波诺桑

སྐྱེས་པ་ཕོ་ལ་སྐྱེས་ཁུངས་དགོས། །
དེ་མེད་ན་ནགས་གསེབ་སྤྲེལ་རྐན་འདྲ། །
ཟ་མ་མོ་ལ་སྐྱེ་གཟུགས་དགོས། །
དེ་མེད་ན་ཀོ་མོག་སྦལ་པ་འདྲ། །
ཟངས་དཀར་སྣོད་ལ་འཛུ་ལུང་དགོས། །
དེ་མེད་ན་རྡོ་ཕོག་སྟོང་པ་འདྲ། །

男子需要身份，
若是没有就像林中的猴子；
女人需要长相，
若是没有就像水坑的青蛙；
铜器需要把子，
若是没有就像空洞的石罐。

སྨུ་སྤྲང་དམུ་རྒོད་ངར་མ།

古松·穆贵阿尔玛

ར་རྒན་རྒྱ་བོའི་བྲང་འོག་ནས། །
ཉི་ཟླ་སྐར་གསུམ་འཆར་སྣང་ཤར། །
སྦལ་རྒན་རྒྱ་བོའི་ཀོ་མཚོ་དེ། །
ནམ་མཁའི་མཐའ་དང་མཉམ་སྣང་ཤར། །
སྨན་ཆུང་བུ་མོའི་རང་སྣང་ལ། །
གཞན་དབང་ཟིལ་གྱིས་བསྣུ་སྣང་འཆར། །
ཁྱི་རྒན་རྒྱ་བོའི་བསམ་ཚུལ་ལ། །
མི་ནོར་འཁོར་བཅས་བདག་སྣང་ཤར།

在老山羊的前胸下，
感觉能升起日月星辰；
这老青蛙的积水坑，
感觉比天空更加广阔；
在小姑娘的自慢中，
感觉能以貌倾倒众人；
在老黄狗的想法里，
感觉能打理主人财物。

སྐུ་སྲུང་ཧ་ལ་འབར་བ།

古松·哈拉跋尔瓦

མགྱོགས་ཆེན་ཤ་ཁྱིའི་བང་ལམ་ནས། །
ཝ་མོ་ཁུང་ལ་གབ་ཞན་འདྲ། །
ཝ་སྲོག་ཁུང་བུས་ཁེབས་རབས་མེད། །
དུ་བས་དབུགས་འཚུབ་བཏང་བས་ཆོག །

在飞快的猎狗追逐中，
狐狸即便躲进岩洞也枉然，
听说洞穴难以救回狐狸的命，
只要用浓烟熏呛就能逼出来。

རྩལ་ཆེན་གླག་མོའི་འཇུམ་ལམ་ནས། །
རི་བོང་གད་ལ་བཙར་ཞན་འདྲ། །
རི་སྲོག་གད་པས་ཁེབས་རབས་མེད། །
སྡེར་མོས་སྐལ་པགས་བཤུས་པས་ཆོག །

在强大的雌雕飞扑时，
兔子即便站在断崖也枉然，
听说断崖难以救回兔子的命，
只要用利爪捕捉就能撕碎掉。

གཡུ་འབྲུག་གྲག་ཚོད་མ་ཟིན་ན། །
སྟོན་གསུམ་ནམ་མཇུག་བ་མོས་བསྡུ། །
ཐ་མ་རྒྱ་མཚོའི་ནང་དུ་ལྷུང་། །
ཉ་མོ་འཕྱུར་ཚོད་མ་ཟིན་ན། །
དགུན་གསུམ་ཆུ་བོ་འཁྱག་པས་བསྡམས། །
ཐ་མ་ལྕུགས་ཀྱུས་སྐམ་ལ་འདོན། །

如果青龙不会控制雷鸣，
就会被秋季三月雪霜收尾，
最后只能坠落大海；
如果鱼儿不会控制飞跃，
就会被冬季三月冰雪冻结，
最后只能落入铁钩。

ནད་ཚབས་ཆེན་ཕོག་ཉིན་ལྷ་རྗེ་མེད། །
མི་གང་གཅེས་ཤི་ཉིན་བླ་མ་མེད། །
དགྲ་ཚུལ་འགེལ་བྱུང་ཉིན་དཔོན་པོ་མེད། །

患重病之时，没有医生救治；
亡爱人之时，没有上师超度；
遇强敌之时，没有将领指挥。

སྐུ་སྲུང་མི་ནག་ལག་རིང་།

古松·弥那喇仁

སྐང་ཟེ་ཟེ་རི་ཡི་ཡོགས་འདབ་ནས། །

在高高的山脚下，

ཤྭ་ཕོ་ཆེན་དུང་གི་རྭ་སྤར་ཅན། །
མགོ་དུང་རྭ་བོད་ལ་རྩོམ་བསམ་ཡང་། །
རྔོན་མདའ་ཁྱེར་རི་ཡི་ཞོགས་ནས་འཕྲད། །
མགོ་རྭ་ཙོ་ཤར་རེ་མ་འཕངས་ན། །
རྔོན་རི་ཤ་ཟེར་བ་དཀྲ་ལ་བསྒྱུར། །

头长螺角的公鹿，
虽想把头上的螺角炫耀藏地，
不料在山下遇到带箭的猎人，
若不能斩断头上的螺角，
被称为好猎手也是枉然。

སོག་སྟག་དམར་སྟོབས་ཆེན།

索·达玛多钦

ཆབ་ཆུ་བོ་ལུང་པའི་ཕུ་ནས་འབབ། །
དེ་འཁྱིལ་ལེ་མ་རེད་འབབ་མི་རེད། །
དམའ་ས་ནག་རུབ་ལ་འདྲེན་མི་རེད། །

大河从山谷中流淌，
这不是积水而是流水，
是划开低处渠道的流动者。

དགུང་ལྷོ་སྤྲིན་འཁྲིགས་ནས་ཐོག་སེར་འབེབས། །
དེ་སྡོད་མི་མ་རེད་འབེབས་མི་རེད། །
འབྲུ་དྲུག་ཐང་ལ་བརླིལ་མི་རེད།

雷雹从南云中滚落，
这不是停顿而是击打，
是打蔫平地六谷的击打者。

འཇང་གཡུ་ལྷ་ཐོག་འགྱུར།

姜·玉拉托久

༡ ན་ནིང་བཙོས་པའི་ཆང་རྙིང་དེ། །
ད་ལོ་ཀླད་ཡུ་སྐོར་མི་ཡིན། །
གནམ་རྡོ་ཡར་ལ་འཕངས་པ་དེས། །
བུ་ཆུང་མགོ་བོ་གཏོར་རན་ཡིན། །

去年酿造的陈酒，
就是今年晕头转向的祸根；
抛上天空的石头，
就是砸烂小孩脑袋的祸害。

༢ དུང་སེང་གཡུ་རལ་རྩོམ་ས་ལ། །
རི་བོང་བསྒོར་ལྡིང་ཕོད་ས་མེད། །
ལྡིང་བཞག་ན་སྐེད་ཚིགས་འཕྱུད་རྒྱུ་རེད། །

在白狮炫耀绿鬃的地方，
兔子怎敢招惹蹦跳，
若去蹦跳必会闪腰。

གཡུ་འབྲུག་ངར་སྐད་གྲག་ས་ལ། །
ཁྱིམ་བྱ་དེ་ཕོས་འགྲན་ས་མེད། །
འགྲན་བཞག་ན་བྱ་ཕོ་ཕམ་རྒྱུ་རེད། །

在青龙发出雷鸣的地方，
公鸡怎敢较量鸣叫，
若去鸣叫必会落败。

ཆུ་སྲིན་མཆེ་བ་ཛོམ་ས་ལ། །
ཉ་སྲམ་བསྐོར་འཕྱུག་ཕོད་རབས་མེད། །
འཕྱུག་བཞག་ན་སྲོག་དམར་ཤོར་རྒྱུ་རེད། །

在鲸鱼露出獠牙的地方，
水獭怎敢挑逗跳跃，
若去跳跃必会丧命。

སྐུ་སྲུང་ཏུ་རུ་ཐོད་དཀར།

古松・图热推嘎尔

བྱ་རྒོད་འཕུར་ལ་མི་འཚེར་ན། །
དགུང་སྔོན་གནམ་ལ་འཁོར་མཐའ་མེད། །
གཤོག་རྩལ་ཅི་གདའ་དེ་རིང་ལྟོ། །
ཉ་མོ་རྐྱལ་ལ་མི་འཚེར་ན། །
མ་ཕམ་མཚོ་ལ་འཕེལ་འགྲིབ་མེད། །
འཕྱུག་འགྲོས་ཅི་གདའ་དེ་རིང་ལྟོ། །
རྟ་ཕོ་རྒྱུག་ལ་མི་འཚེར་ན། །
ཨ་ཆེན་ཐང་ལ་ཟད་མཐའ་མེད། །
གོམ་འགྲོས་ཅི་གདའ་དེ་རིང་ལྟོ། །

只要雄鹰不疲于飞行，
天空怎么会有边界，
有何翅力就看今天；
只要鱼儿不疲于游动，
玛旁怎么会有涨落，
有何游姿就看今天；
只要骏马不疲于驰骋，
大地怎么会有边界，
有何速度就看今天。

ཨོམ་བུ་སྤྱང་ཁྲི་ཟམ་ཆེན།

文普・江赤昂钦

དཔོན་རྒྱལ་ས་ཤོར་ཁ་བྱ་བྱེད་མང་། །
ཕོ་དགྲ་ལག་འགྲོ་ཁ་སྙིང་གདོས་ཆེ། །
སྨན་རང་ལུས་ལད་ཁ་མགོ་འཕང་མཐོ། །
ཟོག་སྤྱང་ཀིས་ཟ་ཁ་ཁེར་འགྲོ་རྒོད། །

大王失去政权前事情多；
男子死于沙场前雄心满；
女人失去身子前心气高；
牲畜被狼咬死前独自行。

སྒ་བདེ་ཆོས་སྐྱོང་བེར་ནག

嘎德·曲炯贝那

༡ ལ་ཁའི་སྤྱང་ཐང་སྔོན་མོ་ཁྱོད། །
ལུག་ཆུང་ཞིམ་ཤ་ཟོས་ཟོས་དེ། །
བྲི་སེར་འབྲོང་ལ་འགྲིམ་ལེ་མིན། །
འགྲིམ་ན་འབྲོང་བུ་ཅི་ལ་ཐོགས། །

你这草坡上的灰狼，
虽吃惯了羔羊鲜肉，
但怎能吃得了野牛，
若能吃怎会称得上野牛。

༢ ན་མའི་རྐྱང་ཆུང་ཁ་དཀར་ཁྱོད། །
སྤང་ཐང་འགྲོས་ཀྱིས་གཤོག་གཤོག་དེ། །
ས་རོང་གྲམ་པར་འགྲོ་ལེ་མིན། །
འགྲོ་ན་གྲམ་ཐང་ཅི་ལ་ཐོགས། །

你这沮洳滩的野马，
虽跑惯了草地平坝，
但怎能通得过峡谷石滩，
若能通过怎会称得上大滩。

༣ རི་ཤོག་ཆེན་སྤང་གི་འཛིང་ཁུག་ནས། །
ཤྭ་ཕོ་རྭ་རྒྱས་སྣང་མཐོ་ཅན། །
ཤྭ་ཕོ་བརྒྱའི་ནང་ནས་སྣང་བ་མཐོ། །
མགོ་དུང་རྭས་ཁྲིམ་ཐོག་བཅད་བསམ་ཡང་། །
ཅུ་རྒྱས་ཉག་ཕྲན་མདའ་ལ་ཤོར། །
ཤུག་གུ་ཤིང་གི་པ་ཏྲ་ནས། །
ནེ་ཙོ་བྱ་ཡི་སྒྲོ་མདངས་ཅན། །
བྱ་འཕུར་བརྒྱའི་ནང་ནས་ལྐེ་བདེ་ཟེར། །
ལུས་འཕུར་དབང་མེད་པར་བཙོན་དུ་བཟུང་། །

在大山草地弯道处，
有头高傲的雄鹿，
在百鹿中最为傲慢，
虽想抬着螺角行走，
不料角枝被箭射断；
在林中柏树枝叉上，
有只开屏的孔雀，
在百鸟中最能鸣叫，
不料失去自由放入了笼子。

༤ དགུང་སྔོན་ཁྲི་གདུགས་ཉི་མ་དེ། །
སྐར་ཚོགས་འོད་ཀྱིས་བསྒྲིབས་ཐུབ་ཀྱང་། །
ཚོད་མ་ཟིན་སྒྲ་གཅན་ཁ་རུ་མིད། །
ལུང་ཆུང་སྤྲུག་གི་ཆུ་ཆུང་དེ། །

高空中的太阳，
虽不会被星光遮挡，
但若不懂自持必被罗睺吞噬；
山谷里的小溪，

གཞུང་གྲམ་ཐང་བཟོ་བས་ཆོག་བསམ་ཡང་། །
དེའི་ཡན་ཉི་མའི་ཤུགས་ཀྱིས་སྐམ། །

虽能平地变成河滩，
但若不懂自持必被太阳晒干。

སྐུ་སྲུང་སྟག་གཡག་རྫམ་པ། 古松·达雅昂巴

རྟ་མགྱོགས་པས་མགྱོགས་ཚོད་མ་ཟིན་ན། །
བང་སྣེ་རྡོ་ལ་ཐུག་རབས་གདའ། །
སེང་དཀར་མོའི་འཁྱིང་ཚོད་མ་ཟིན་ན། །
སྡེར་བཞི་གངས་ལ་ཟུག་རབས་ཡོད། །
སྟག་དམར་ཡག་ངར་ཚོད་མ་ཟིན་ན། །
འཛུམ་དྲུག་མི་ལ་ཤོར་དོགས་ཡོད། །
སྤྲང་པོས་སློང་ཚོད་མ་ཟིན་ན། །
ཉྭ་ཡུ་ཁྱི་ཁར་ཤོར་ལེ་ཡོང་། །

如果快马不会控制速度，
最后就会失蹄撞上石头；
如果白狮不会控制傲立，
最后就会四爪陷入雪地；
如果红虎不会控制发威，
最后就会斑纹输给他人；
如果乞丐不会控制讨要，
最后就会后腿被狗咬伤。

སྐུ་སྲུང་དུར་ལྷ་རྒོད་པོ། 古松·图尔拉贵波

༡ ཉམས་ལེན་མ་ནུས་ཆོས་པ་ཚོ། །
ཁ་བཤད་ཆོས་གཏམ་མཁས་ཞན་འདྲ། །
ལམ་བར་དོ་འཁྲིམ་ཉིན་ཡོད་རབས་མེད། །
ངག་ནུས་མེད་པའི་སྔགས་པ་ཚོ། །
མིག་འཕྲུལ་ཨོ་ཟློབ་ཤེས་ཞན་འདྲ། །
འདྲེ་གདོན་ཐུག་དུས་ཡོད་རབས་མེད། །
སྙིང་གདོས་མེད་པའི་དམག་དཔོན་དེ། །
དཔའ་འདོད་ཁ་ཕོ་ཆེ་ཞན་འདྲ། །
དགྲ་ཐོག་རྒྱག་ཕྱུང་དུས་ཡོད་རབས་མེད། །

不能实践的修行人，
即便再会讲也是枉然，
总会有走入中阴的时候；
不能发声的大咒师，
即便再翻眼也是枉然，
总会有面临鬼妖的时候；
没有雄心的大将军，
即便再勇猛也是枉然，
总会有遇到强敌的时候。

༢ མེ་ཤེལ་ཉི་མའི་རང་འོད་ལ། །
མེ་ཁྱེར་སྲིན་བུས་འགྲན་ཡ་བཟུང་། །
འོད་མ་མཉམ་སྲིན་བུ་ཐན་པས་སྐམ། །
གཡུ་འབྲུག་སྔོན་མོའི་ངར་སྐད་ལ། །
སྦྲང་ཆུང་ཟིར་མས་འགྲས་ཡ་བཟུང་། །
སྐད་མ་མཉམ་སྦྲང་མ་གློག་ལྕེས་ཚིག །

太阳火晶的光芒，
怎会是荧火虫能比，
因为不同光而被干旱枯竭；
蓝色璁龙的雷鸣，
怎会是嗡嗡声能比，
因为不同声而被电光烧烬。

ཨ་རོང་ཐྲས་མཁར་ལྷུན་འགྲུབ། 阿绒·柏喀尔伦珠

༡ འབྲོང་བསད་ཛ་མ་གནམ་དུ་ཕྱར། །
ཤྭ་བསད་རྭ་ཅོ་ཁྲོམ་ལ་བཀྲམ། །
བརྙས་བརྙས་ལས་ཀྱི་མགོ་མོ་བཙུགས། །

杀死了野牛尾巴抖向天，
杀死了公鹿长角摆在市，
这是事事欺辱的开头局。

༢ གསོན་པོས་མི་འདོད་བརྙས་བཅོས་རེད། །
གཤིན་པོས་མི་འདོད་བསེ་རག་རེད། །

活人忌讳欺负，
死者忌讳吝啬。

༣ མི་སྡུག་ན་ལྷ་ལ་ལེ་འདེད་བྱེད། །
ཁྱི་ལྟོགས་ན་གནམ་ལ་ཧུ་ཟུག་རྒྱག །

人卑微就会向天怨，
狗饥饿就会向天叫。

སྐུ་སྲུང་མཁར་ལྷ་སྟག་རྒོད། 古松·喀尔拉达贵

འདོན་རན་ཁ་བླ་མའི་གསུང་སྐད་འགག །
འབུལ་རན་ཁ་སྦྱིན་བདག་ལག་པ་འཁོབ། །
རྒྱུག་རན་ཁ་ཤ་ཁྱི་སྡེར་སེན་འཐོར། །
འགྲོ་རན་ཁ་རྐང་མཐིལ་གཉན་འབུར་རྡོལ། །

快念经时，上师哑了嗓音；
快供养时，施主僵了双手；
快追赶时，猎狗伤了爪子；
快走路时，脚掌起了热疖。

འབྲོང་ཕྱུག་རྒོད་རྒྱལ་གྲགས་པ།

仲楚·贵嘉扎巴

སྤྱང་ཐང་འདུར་འགྲོས་མང་བས་ན། །
རྫི་བཟང་ཙུར་གྱིས་ཀླད་ཁྲག་གཏོར། །
རྒྱ་སྟག་མཆོང་འགྲོས་མང་བས་ན། །
ས་མདའ་ངར་མས་ཏ་ལ་འཕེན། །
ཉོ་དཀར་འགྱུ་འགྱུར་ཆེ་བས་ན། །
ལྕགས་ཀྱུ་ངར་མས་གསེར་མིག་འཛིན། །

灰狼过于蹿跑，
会被牧人的石带打爆脑浆；
猛虎过于飞跃，
会被锋利的土箭夺走生命；
鱼儿过于跳跃；
会被粗野的铁钩钓走性命。

རི་ཤི་བྲག་ལྷ་རྒོད་པོ།

日西·扎拉贵波

སེང་དཀར་མོ་འཁྱིང་འདོད་གངས་ལ་རྫམ། །
གཡུ་རལ་ཁྲོམ་ཐོག་གཙོད་བསམ་ཡང་། །
གྲོ་མ་ནག་མགོས་སྒུག་མ་ཡོད། །
གཡུ་རལ་ཐང་ལ་འཐོར་ལེ་འོང་། །
རྒྱ་སྟག་འཁྲིམ་འདོད་ནགས་ལ་ངར། །
འཛུམ་དྲུག་ཁྲོམ་ཐོག་གཙོད་བསམ་ཡང་། །
རྫམ་ཆེན་མདའ་མོའི་སྒུག་མ་ཡོད། །
འཛུམ་དྲུག་ཁྲག་ལ་བསྒྲི་ལེ་ཡོང་། །
གླིང་སྨར་དཔུང་དམག་སོག་ལུང་འཁྲིམ། །
འཕོར་གསུམ་ཁྲོམ་ཐོག་གཙོད་བསམ་ཡང་། །
ཐང་ཆེན་དམག་གི་སྒུག་མ་ཡོད། །
མགོ་རྨོག་དགྲ་ལ་ཤོར་ལེ་འོང་། །

白狮欲在雪山傲立，
绿鬃更想展现众兽，
却有黑蚁在伺机等待，
鬃毛或许会散落大地；
猛虎欲在丛林呼啸，
斑纹更想展现众兽，
却有羽箭在伺机等待，
六纹或许会被染成血色；
岭军欲在索谷横扫，
三兵更想展现众人，
却有大军在伺机等待，
盔甲或许会被敌人夺取。

རི་ཤི་སྟག་དམར་རྐང་རིང་།

དོན་མ་ཡག་སྐྲ་ལ་མ་འཇུ་དགོས། །
འཇུས་ཚར་དུས་སྤུར་གང་ལོན་ལེ་དགོས། །
དོན་མེད་དགྲ་ཡ་མ་བཙལ་དགོས། །
འཚོལ་ཚར་དུས་སྲོག་དམར་ཆོད་ལེ་དགོས། །
དང་པོ་མགྱོགས་པ་མ་གཤིབ་དགོས། །
གཤིབ་ཚར་དུས་མགྱོགས་དར་ལོན་ལེ་དགོས། །
རྣོ་མཚོན་སོ་ཁ་མ་འགྲན་དགོས། །
འགྲན་ཚར་དུས་དགྲ་སྲོག་ཆོད་ལེ་དགོས། །
དཔའ་རྣོད་རྟིང་མ་མ་བསྟུར་དགོས། །
བསྟུར་ཚར་དུས་མགོ་འཕྲུ་ལོན་ལེ་དགོས། །

日西·达玛冈仁

最好别无故去揪别人的头发，
一旦揪了就必须拔下一把；
最好别无故去找自己的敌人，
一旦找了就必须取下性命；
最好别一开始就去跟人赛跑，
一旦赛了就必须拿下旗帜；
最好别轻易去动手中的宝剑，
一旦动了就必须杀死敌人；
最好别随便去显自己的武力，
一旦显了就必须夺取顶翎。

སྟག་གཟིག་ཞལ་དཀར།

ཡར་སྐྱེས་ཤྭ་ཕོ་དུང་རྭ་ཅན། །
ཁྱོས་དུང་རྭ་ངོམ་ཚོད་མ་ཟིན་ན། །
རྔོན་མདའ་སྐྱེན་ཞིག་གིས་ཐག་སེ་གསོད། །
ངང་ཐར་རེ་དུང་རྭ་ཤོར་ཉིན་མོར། །
ཤྭ་ཕོ་ཆེན་འགྱོད་ཀྱང་འཕྱི་ལེ་རེད། །
ནགས་ཀྱི་རྒྱ་སྟག་ཁྲ་མོ་ཁྱོད། །
ཁ་མཆེ་སྡེར་ངོམ་ཚོད་མ་ཟིན་ན། །
ས་མདའ་ངར་མ་ལྡན་གཅིག་གིས། །
ལུས་འཇུམ་དྲུག་ཁྲག་ལ་བསྒྲེ་ཉིན་མོར། །
སྟག་དམར་ཡག་འགྱོད་ཀྱང་འཕྱི་ལེ་རེད། །
རྫ་སྟོད་འབྲོང་རྣོད་ཧམ་ཟིལ་རྣོད། །

达色·谐嘎尔

你这长有螺角的公鹿，
如若不会控制怎样去炫耀，
终会被带箭的猎人射杀，
一旦失去白白的螺角，
公鹿后悔也已经来不及；
你这活在丛林的猛虎，
如若不会控制怎样去炫耀，
终会被锋利的土箭杀死，
一旦血染鲜艳的六纹，
红虎后悔也已经来不及；
你这山岭凶猛的野牛，

མགོ་ཏུ་ཐུར་ངོམ་ཚོད་མ་ཟིན་ན། །
ཛམ་ཆེན་ཐོག་མདའ་འཕེན་ལམ་ནས། །
འབྲོང་མགོ་རྭ་ཤོར་ཉིན་འགྱོད་པ་ཆེ། །

如若不会控制怎样去炫耀，
在威猛之箭射飞的地方，
野牛失去长角必会后悔莫及。

རི་ཤི་ཤྭ་བ་ཁང་བཟུང་།

日西·夏瓦冈耸

སྔོན་མ་ཅི་ཤི་རོ་ལ་ལྟོས། །
རྗེས་མས་གྲོས་འཐབ་ཟུར་འཐབ་གྱིས། །
བྱ་ཤི་གཤོག་བཀྲབ་སྔོན་ལ་ལྟོས། །
རྗེས་མས་སྐྱུམ་འབུ་དེ་ལུགས་ཐུས། །

看到前面死掉的尸体，
就会明白后面的怎样去躲避；
看到前面死鸟的羽翼，
就会明白后面的怎么去觅食。

སེང་ཕྲུག་ཀླུ་བདུད་དར་མ།

森楚·鲁堆塔尔玛

༡ ཤར་ཁྲི་གདུགས་ཉི་མའི་འོད་ལམ་ལ། །
སྐར་ཆུང་དཔུང་འགྲོས་ངོམ་ས་མེད། །
ཨ་ཐོང་སྤྱང་གི་རྒྱུག་ལམ་ལ། །
གཡང་དཀར་ལུག་ཆུང་རྒྱུག་ས་མེད། །

在阳光照耀的地方，
星光无处耀眼；
在壮狼飞奔的地方，
羔羊无处可逃。

༢ བུ་ཕ་མོའི་ངོ་ལ་དཔའ་སྙིང་མེད། །
མཚོན་ཞ་ནེའི་སོ་ལ་རྣོ་ཁ་མེད། །

怯懦的小孩没有胆量，
铅制的刀子没有利刃。

མི་གྭ་མས་དགྲ་ལ་ཕྱུག་རྒྱ་བཙའ། །
རྟ་གྭ་མས་བདག་པོ་དགྲ་ལ་སྐྱེལ། །
སྨན་གྭ་མས་ནང་གཏམ་ཕྱི་ལ་བཤད། །

白面之人向敌人跪拜求饶，
白面之马把主人送给敌人，
白面之女把私语传给外人。

ཀླུ་ཁྲི་ཆུ་སྲིན་ཁོལ་མ།

གཡུ་འབྲུག་མཚོ་ལ་ཉལ་བའི་དུས། །
དཔྱིད་རླུང་དྲོན་མོའི་བསུ་མ་བྱུང་། །
མཁའ་དབྱིངས་སུ་འགྲོ་ཀ་མེད་རེད། །
བྲག་དཀར་ཐོག་གིས་མ་གཏོར་ན། །
ཐོག་འབྲུག་འཛོམས་པ་དོན་གོ་ཆུང་། །

鲁赤·曲森盔玛

龙潜在大海深处之时，
温暖的春风前来迎请，
不得不再次腾飞天空，
若是白岩不能被雷摧，
雷龙如此相交有何用。

ལི་ཁྲིའི་རྟ་རྫོང་།

《列赤马宗》

སོག་རྒྱལ་ནམ་མཁའ་སྟག་ཞལ།

索嘉·南喀达谐

༡ ཁ་ཟས་ཞིམ་ཟ་ལུགས་མ་ཤེས་ན། །
ལྟོར་མ་བཞུ་ནད་ལ་གྱུར་པ་མང་། །
གདམ་སྣན་མོའི་འབྲས་དོན་མ་རྟོགས་ན། །
ཚིག་གོ་ལོག་རྣ་བར་དགྲ་གཉེན་ཟེར། །

如果不会享受美食，
会因消化不良而生病；
如果不懂良言相劝，
会因彼此误解而记恨。

༢ སེང་དཀར་མོ་གཡུ་རལ་རྫོམ་ལམ་ནས། །
ཝ་གྭ་མ་རང་སྣང་ཆེ་ཡང་ཕམ། །
སྟག་དམག་ཡག་ནགས་ལ་འགྲིམ་ལམ་ནས། །
རྟ་མདོ་བ་གོམ་ལག་བདེ་ཡང་ཤི། །

在白狮炫耀绿鬃的地方，
白面狐狸再傲慢也会失败；
在猛虎行走丛林的地方，
骏马良驹再飞蹄也会丢命。

བེ་ཐུལ་ཀླུང་ལྷ་འབྲུག་ནག།

培突·隆拉珠那

༡ མུན་ནག་མདའ་འཕེན་མི་རུང་ཟེར། །
ཆོས་མེད་སྒོམ་བཤད་མི་ལོ་ཟེར། །
ཡུལ་མེད་གྱོད་བཤད་མི་ཉན་ཟེར། །

在黑暗之中不能乱射羽箭，
对不懂法的人不能讲禅修，
没有诉讼对象就不能起诉。

ཚ་ཞང་འདན་མ་བྱང་ཁྲ།

擦香·丹玛向查

༡ ཆོས་མི་ཤེས་སྒོམ་བཤད་གསང་བསྒྲགས་དང་། །
ཡུལ་ལུགས་མེད་གྱོད་བཤད་ངན་པ་ཡིས། །
སྡེ་ཆེན་པོ་གཏོར་ཞིང་ཕུ་ནུ་བརྒྱག།

对不懂佛法的人泄密讲禅，
在没有规矩之地说法讲理，
这都会既扰民又会起内讧。

༢ འབུ་ནག་འགོང་པོ་འདུར་འདུར་ནས། །
གྲོག་ཚང་སྔོ་ནས་སུག་བཞི་འཐོར། །
སྣུམ་ཟད་མར་མེ་ལྷེམ་ལྷེམ་འབར། །
རླུང་ནག་སྔོན་ནས་འོད་སྣང་ཡལ། །

黑虫厉鬼跑来跑去，
在蚁穴之前失去了四腿；
油尽之灯火焰闪烁，
在黑风跟前失去了光芒。

བེ་ཐུལ་སྤྱང་ལྷ་ཁྲ་མགོ།

培突•江拉查果

བྲག་དམར་པོ་ཏེ་བརྩེགས་ཡག་ན། །
རྒྱ་ཁྲ་ཚོར་པའི་གནས་ཚང་ཡོད། །
བྱིའུ་ཕྲུག་བསམ་བློ་མ་བཏང་ནས། །
ཁྲ་ཚང་བཅར་ན་སྒྲོ་སྤུ་ཐོར། །
ལྕང་གླིང་ལྗོན་པའི་ཕ་ཡུལ་ན། །
ཛོམ་ཆེན་སྟག་གི་ཉལ་ས་ཡོད། །
རྟེའུ་ཆུང་བསམ་བློ་མ་བཏང་ན། །
སྟག་ཚང་ཟུལ་ན་གཅེས་སྲོག་ཤོར། །

在像经函垒起般的红岩上，
就会有鹞隼筑起的巢穴，
如果小鸟不小心靠近，
就会散落身上的羽毛；
在枝繁叶茂的杨树树林中，
就会有老虎沉睡的窝穴，
如果小驹不小心靠近，
就会失去宝贵的生命。

བེ་ཐུལ་རི་ལྷ་ལག་བརྒྱུད།

培突 · 日拉喇杰

༡ འགག་རོང་དུག་གི་མདའ་མོ་དེས། །
དམར་ཡག་སྟག་གི་འཛུམ་དྲུག་སྣོག། །
ཀོ་ལྕགས་ཤིང་གི་སྣི་ཞགས་དེས། །
ལྡིང་ཤེས་གླ་བ་ཐང་ལ་བསྒྲེལ། །
སྐུད་པའི་སྐྱ་ཡི་ལྕགས་ཀྱུ་དེས། །
གསེར་མིག་ཉ་མོ་སྐམ་ལ་དྲངས། །

峡沟里的毒箭，
能把老虎的斑纹弄脏；
铁皮木制的机括，
能把善跳的狍子套死；
长线连着铁钩，
能把金鱼的嘴唇钩住。

༢ གནམ་ལྕགས་ཐོག་གི་ངར་ཤུགས་དེ། །

天铁雷击的力量，

གཤེར་མོ་ཆུ་ལ་འགྲོ་རབས་མེད། །　　对湿润的河水不起作用；
བསྐལ་པ་དུས་ཀྱི་མེ་དཔུང་དེ། །　　时间远隔的火焰，
སྲ་མོ་བྲག་ལ་འགྲོ་རབས་མེད། །　　对坚硬的石头不起作用；
བཙན་དུག་ཏ་ལའི་ངར་ཤུགས་དེ། །　　毒性强烈的乌草，
སྒྲོ་ལྡན་རྨ་བྱར་འགྲོ་རབས་མེད། །　　对有翅的孔雀不起作用。

༣ རྟ་རྐོད་ཆས་ཀྱིས་གསོས་ན་ཡང་། །　　虽用饲草喂养过烈马，
བྱང་མཐའ་མ་ཆོད་ཐང་ལ་འགྱེལ། །　　但因不能逾越北疆而累倒；
བྱམས་བརྩེའི་སྙིང་གྲོགས་བསྐྱངས་ན་ཡང་། །　　虽以善良对待过挚友，
མངོན་ལྐོག་གཡོ་སྒྱུས་སྡུག་ལ་སྦྱར། །　　但因陷入明争暗斗而苦恼。

ཟེ་ཐུལ་གླག་ལྷ་རྩལ་ལྡན།　　培突·腊拉栽丹

གཡུལ་འཁྲུག་པ་ལྷ་ཁང་ནང་ནས་ལངས། །　　战争发生在佛堂，
སྡུག་སི་གེ་མཛོད་ཁང་ནང་ནས་བྱུང་། །　　饥荒发生在粮仓。

ཟག་ལྷ་དགུ་རྒྱལ།　　查拉古嘉

སྟག་ཤར་དགྲ་དར་རི་མོ་ཅན། །　　高举战旗的男人，
གོ་གོ་གཏམ་དེ་མི་བཤད་ཟེར། །　　不要把听到的话都说出去，
བཤད་ན་ཁ་མཆུ་འཕོན་རབས་ཟེར། །　　说了就会引起是非口舌；
ན་ཆུང་ལང་ཚོའི་མེ་ཏོག་ཅན། །　　青春年华的少女，
རིག་རིག་གཡུ་དེ་མི་འདོགས་ཟེར། །　　不要把见到的璁都戴出去，
བཏགས་ན་ཆག་སྒོ་ཅི་རབས་ཟེར། །　　戴了就会招来各种灾祸。

བེ་ཐུལ་སྟག་ལྷ་དགྲ་འདུལ།

ནངས་ཡར་ལང་ཉི་མའི་འོད་ཟེར་ཇོམ། །
རི་མཐོན་པོའི་ཉི་མ་ག་ལ་ཡོལ། །
སྲུན་མར་རུབ་སྨག་གི་སྨུག་བསྡིལ་སྒྲོང་། །
ལག་སྐྱུར་སོས་ཁོག་རབས་ག་ལ་ཡོད། །

དགྲ་ལྷ་རྩེ་རྒྱལ།

བླ་མའི་གདམས་ངག་བུ་ལ་བསྐུལ། །
དམ་མེད་མངོན་ལྐོག་གཡོ་རྒྱུ་ཆེ། །
དམྱལ་བའི་ཡུལ་ལ་ཐོན་པའི་དུས། །
འགྱོད་པ་དྲག་པོ་རྟས་མི་ཁྱོག །
ཕ་མའི་བྱམས་སྐྱོང་བུ་ལ་བྱས། །
བུ་ངན་ཁྲེལ་གྱིས་ཕ་མར་སྨད། །
དགྲ་ནག་གདོང་ལ་ཐུད་པའི་དུས། །
བྲོས་ཁུང་ཞུལ་བ་ངང་ཚུལ་རེད། །

འོམ་བུའི་ཁྲ་ཚ་གློག་འཁྱུགས།

རྐང་ཐུང་མེ་ཏོག་ར་བ་ལ། །
སེར་རྡོད་གློ་བུར་འབབ་པའི་དུས། །
མཐུ་སྔགས་གྲོགས་ལ་མ་བཀུག་ན། །
སེར་བའི་བསམ་དོན་འགྲུབ་ལེ་འོང་། །
གཡང་དཀར་ལུག་གི་རྩེ་ར་ལ། །
འཕར་སྤྱང་གློ་བུར་རྒྱུགས་པའི་དུས། །

培突·达拉占堆

日出阳光灿烂，
怎能被高山挡住太阳；
落日黑暗笼罩，
怎能用双手阻挡黑夜。

扎拉泽嘉

上师的要诀传给弟子，
失言的弟子就会明里暗里耍狡猾，
当自己堕入地狱的时候，
沉重的后悔之心用马驮也驮不动；
父亲的疼爱给予子女，
无耻的孩子就会人前人后说坏话，
当自己遇到仇敌的时候，
遥远的逃脱之路求人找也找不到。

文普 · 查擦洛秋

当足饮的鲜花腐烂时，
该是冰雹突然降落的时候，
若是不请咒师来驱散，
冰雹的愿望就会达成；
当白色的绵羊嬉戏时，
该是豺狼突然出现的时候，

རྫི་བཟང་གྲོགས་ལ་མ་ཞེབས་ན། །
སྤྱང་ལྟོགས་བསམ་དོན་འགྲུབ་ལེ་ཡོད། །

若是不请牧人来帮忙，
饿狼的愿望就会达成。

པེ་ཐྲུལ་སྒྲིན་ལྷ་བློག་སྐྱེ།

培突 · 珍拉洛结

ཁ་ཚིག་བཤད་པ་རྫུན་མ་སླད། །
ཁ་དགའ་གཏམ་སྙན་ཁོག་མ་སྦས། །
ཁ་སྐྱིད་རྭ་ཁའི་བཅུད་མ་རོལ། །
ཁ་དན་ཁོག་དན་རན་པ་གྱིས། །

说出的话别去掺假，
高兴的话别去隐瞒，
角桶的酒别去过饮，
表与里始终要一致。

གུང་པ་བུ་ཡི་སྐྱ་ཁྲ།

孔巴·普依迦查

ཐན་བྱིའུ་ཆུང་སྙིང་མིག་ཁྲ་ལ་གཡེང་། །
ཁྲ་དར་མའི་ཁ་ཟས་སྔོན་ལས་རེད། །
རྟ་འདོ་བའི་སྙིང་ནད་སྟག་ལ་བཅངས། །
སྟག་དམར་ཡག་ཁ་ཟས་བསྒྱུར་རྒྱུ་མེད། །

小鸟看着鹞隼发呆，
注定成为鹞隼嘴里的食物；
骏马想着老虎发狠，
不能改变红虎食物的习惯。

པེ་ཐྲུལ་བདུད་ལྷ་སོག་རིང་།

培突·堆拉索仁

མ་ངན་བུ་མོ་རང་རྩིས་ཆེ། །
རང་སྐྱོན་ངན་པ་མི་དྲན་པར། །
བསོད་ནམས་ཟད་པའི་ཐ་མ་ལ། །
ཕོ་ངན་བྱི་ཕོའི་གཡོ་ལ་ཚུད། །
སྡུག་བསྔལ་མུན་པ་འཁྱིབ་པ་མང་། །
སྟོང་སྣང་རང་བདེ་གར་སོང་མེད། །

坏母亲的女儿更自私，
不会反省自己身上的错误，
在失去福报之时，
就会落入不良奸夫的欺骗，
痛苦黑暗常常不离左右，
幸福的幻想从此变成了泡影。

མི་ཉག་ལྷ་བཟང་ཐོག་བཙན།

རྒྱ་སྟག་འཛུམ་དྲུག་རྒྱས་ན་ཡང་། །
ཝ་མོའི་གཡོ་ལ་ཚུད་ནས་བྱུང་། །
ཁྱུང་ཆེན་གཡོ་རྩལ་རྒྱས་ན་ཡང་། །
ནེ་ལེའི་འགྲན་རྗོད་བརྒྱབ་ནས་བྱུང་། །
ཁྲི་གདུགས་ཉི་མའི་དཀྱིལ་འཁོར་ལ། །
མེ་ཁྱེར་འོད་ཛོམ་བྱུས་ནས་བྱུང་། །

弥聂•拉松托赞

红虎虽已斑毛丰满，
却落入了狐狸的陷阱；
琼鸟虽已羽翼丰满，
却引起了飞鸢的抗争；
太阳虽已高挂天空，
却亮起了虫子的萤火。

སྟོབས་ཆེན་འབྲོང་ནག་རུ་འཛིན།

མཚོ་ཆེན་པོ་མཐའ་དབུས་བར་མེད་དཀྲུགས། །
ཉ་ལྷང་ལ་མི་འབུད་ཀ་མེད་བྱུང་། །
ནགས་ཆེན་པོ་ཤར་བསྲེགས་ནུབ་བསྲེགས་བྱས། །
དཔའ་སྟག་མོ་མི་འཁྱམ་ཀ་མེད་བྱུང་། །
བྲག་དམར་པོ་གཡས་གཏོར་གཡོན་གཏོར་བྱས། །
བྱ་རྒོད་པོ་མི་འཕུར་ཀ་མེད་བྱུང་། །

多钦•仲那如增

把大海搅了个里外不分，
鱼儿不得不跳出水面；
把丛林烧了个尽光淋漓，
猛虎不得不游走他乡；
把山崖塌了个东倒西歪，
灵鹫不得不飞向天空。

རྩལ་ཆེན་ཤྭ་བ་རྐང་འཛིན།

བྱང་གི་འབྲི་སེར་འབྲོང་མོ་དེས། །
རྫ་རིའི་འགག་ཁྲེང་མ་ནོར་ན། །
སྤྲོ་བའི་ཉལ་ས་དེ་ན་གདའ། །
ཆུ་ནང་གསེར་གཉོག་ཉ་མོ་དེས། །
གཡང་འཁྱིལ་རླབས་ཁྲེང་མ་ནོར་ན། །
སྐྱིད་པའི་འཁྱུག་ས་དེ་ན་གདའ། །

栽钦•夏瓦冈增

北方的野牦牛，
只要不弄错乱石隘口，
舒服的栖息地就在这里；
水里的金眼鱼，
只要不弄错浪涛漩涡，
幸福的畅游地就在这里。

བེ་ཁྲུལ་གཟིག་ལྷ་རྒོད་པོ།

培突•色拉贵波

འབར་བ་མེ་ཡི་ངར་ལམ་ནས། །
སྡོང་རྐན་ཐལ་བའི་རྡུལ་ལ་བསྒྱུར། །
ཐོག་དམར་མདའ་ཡི་འཕེན་ལམ་ནས། །
བྲག་རི་ཤར་གཏོར་ནུབ་གཏོར་བྱེད། །
སེར་རྒོད་ཆར་བའི་འབབ་ལམ་ནས། །
མེ་ཏོག་འདབ་མ་ས་ལ་བསྒྲིལ། །

在火焰燃烧处，
朽木必将烧成灰烬；
在雷霆击打处，
山崖必将东倒西歪；
在冰雹飞落处，
花朵必将落叶纷飞。

འབྲུ་སྲས་བྱང་རོང་བཙན་པོ།

智赛•羌绒赞普

མེ་འབར་བ་ཚ་དྲག་ཆེ་ན་ཡང་། །
ཆབ་སྔོན་མོ་ཆུ་ལ་འགྲོ་ལེ་མེད། །
ཤིང་སྡོང་པོ་དགུང་ལ་སླེག་ངེས་རེད། །
ཐོག་དམར་པོ་སྒྲོང་སྒྲ་ཆེ་ན་ཡང་། །
དགུན་ཁ་བའི་རི་ལ་འགྲོ་ལེ་མེད། །
བྲག་མཐོན་པོའི་དབུ་རྩེ་དགུང་ལ་མཛོན། །
ཆར་སེར་རྒོད་རླུང་གིས་ཁྲིད་ན་ཡང་། །
དམའ་གཞུང་བཟང་ཤོད་ལ་འགྲོ་ལེ་མེད། །
མཛེས་མེ་ཏོག་འདབ་མ་རྒྱས་ངེས་ཡིན། །

即便火焰再旺盛，
烧不干清澈河水，
树枝必将高耸入云；
即便红雷再响亮，
推不倒严冬雪山，
崖峰必将直插云霄；
即便暴雨再狂打，
淹不满低洼平地，
花瓣必将绽放盛开。

བེ་ཁྲུལ་གནམ་ལྷ་འབུམ་ཁྲུབ།

培突 · 南拉奔图

༡ སྲིད་པ་རླུང་གི་འཕྲུལ་འཁོར་ཏེ། །
བྲག་ནག་ཡོལ་བས་གང་གཡོལ་ཡིན། །
ལྷོ་འབྲུག་སྒྲོང་པའི་ངར་སྒྲ་སྒྲེ། །

世间风之转轮，
可以把黑崖之幕随意遮挡；
南方龙之雷鸣，

དགུན་གྱི་དུས་ལ་དོང་དུ་ཡིབས། །

可以在严冬之季随意藏匿。

༢ ལུག་ཆུང་ཤ་ཤེད་རྒྱས་དྲགས་ན། །
ཐ་མ་རི་སྤྱང་ཁ་ལ་ཤོར། །
འདོ་དྲུག་བང་ཤ་རྒྱས་དྲགས་ན། །
ཐ་མ་བང་ཁ་རྡོ་ལ་ཐུག །
ཐང་དཀར་གཤོག་རྩལ་རྒྱས་དྲགས་ན། །
ཐ་མ་སྤྲུ་གྲིས་སྲོག་དམར་གཅོད། །

小羊肥得越膘，
最后必落灰狼之口；
骏马跑得越快，
最后必会失蹄摔伤；
雕羽长得越满，
最后被风必夺生命。

ཕེ་ཁྲུལ་གློག་ལྷ་དམར་པོ།

培突•洛拉玛波

བན་རྒན་ལས་གྲལ་འཚང་བ་དེ། །
སྡོམ་པ་རྩིས་མེད་བྱེད་ཤོམ་རེད། །
རྒན་ཁོག་སྐྱོད་ལ་དགའ་བ་དེ། །
བུ་ཚ་དགྲ་ཁར་སྐྱེལ་རྟགས་རེད། །
ན་ཆུང་ཧུར་མགོ་མཐོ་བ་དེ། །
ལན་ཆགས་ལས་ལ་འཁོར་རྟགས་རེད། །
ཁྱི་རྒན་ལམ་ནས་འདུར་བ་དེ། །
རྡོ་ཡོག་ཀླད་ལ་ཕོག་རྒྱུ་རེད། །

老僧事情多了，
就是想把戒律不当会事；
老人惹事多了，
就是想把子孙送入枪口；
少年狂妄多了，
就是想把麻烦招到身上；
老狗乱窜多了，
就是想把石头引上脑袋。

རྒྱལ་སྲས་ཨ་སྟག་རྩེ་རྒོད།

嘉赛•阿达泽贵

༡ དཔའ་མེད་པའི་སྟར་མ་ཁྲབ་གྱོན་འགལ། །
སྡེ་རྒྱལ་ཁམས་དཀྲུག་པའི་གཞི་མ་བྱེད། །
ཤེས་མེད་པའི་བློན་པོ་ཨུ་ཐུག་འགལ། །
ཁྱིམ་བདེ་སྐྱིད་བརླག་པའི་གཞི་མ་བྱེད། །

穿上铠甲的懦夫，
就是搅乱部落和睦的祸根；
无知落魄的大臣，
就是破坏家庭幸福的祸根。

༢ བན་ཆུང་ཆུང་དགོན་དུ་མ་ཞུགས་ན།།
གྲོང་སྲང་ལ་འཁྱམ་ན་སྡོམ་པ་ཤོར།།
བུ་ཆུང་ཆུང་རྫོང་དུ་མ་ཞུགས་ན།།
དམག་གཡུལ་ལ་ཆས་ན་སྲོག་དང་བྲལ།།
སྨན་ཆུང་ཆུང་ཁྱིམ་དུ་མ་བཞུགས་ན།།
གཏམ་མི་ཁའི་མདའ་མོ་ཐོག་ཉེན་ཆེ།།

如果小和尚不呆在寺里，
老在集市闲逛必会破戒；
如果小孩子不呆在城里，
老在沙场厮杀必会阵亡；
如果小姑娘不呆在家里，
迟早会被流言之箭中伤。

བེ་བྲུལ་བཙན་ལྷ་ཁ་སོ།

培突•赞拉喀秀

ཉ་གསེར་མིག་དཀར་མོ་གཤོག་དྲུག་ཅན།།
མཚོ་མཐའ་སྐོར་བྱེད་ཚོད་མ་ཟིན་ན།།
སྲམ་སྨུག་ནག་ཟ་ཁ་དར་རྒྱུ་རེད།།
བྱིའུ་གཤོག་ཐོགས་ཁ་སེར་ར་མཆུ་ཅན།།
དགུང་བར་སྣང་འཕུར་ཚོད་མ་ཟིན་ན།།
ཁྲ་རྒྱ་ཁྲ་བསམ་དོན་འགྲུབ་རྒྱུ་རེད།།

六翅金眼小鱼，
若不会控制畅游大海，
必会使黑獭增添口福；
有翅黄嘴小鸟，
若不会控制高飞天空，
必会使鹞隼心想事成。

འབྱུང་ལྔའི་གོ་རྫོང་།

《五行兵器宗》

ཞང་ནེ་འཕྲུལ་གྱི་ལྷ་བློན།

གཡོག་པོས་ཡར་ཞུ་མ་བྱས་ན། །
གཡོག་དེ་ལ་མི་དགེ་སྣ་ལྔ་སྨིན། །
དཔོན་པོས་སྒྲིག་བཀོད་མ་མཐུན་ན། །
དཔོན་དེ་ལ་མི་ཚང་དགུ་ཚང་སྨིན། །

象乃·楚吉拉伦

仆人不及时报告，
这仆人肯定心怀鬼胎；
主人不合理安排，
这主人肯定居心叵测。

སྟག་རོང་ཨ་ཁུ་ཁྲོ་ཐུང་།

རི་བོང་ཚེ་ཟད་རྩེད་མོ་རྩེ། །
གླག་ནག་པོ་མཁའ་ནས་འཇུམ་པས་ན། །
ལྷག་དིར་རེ་ནམ་མཁར་མ་ཁྱུར་ན། །
གླག་ནག་པོ་ཟེར་བ་ངོ་རེ་ཚ། །

达绒·阿库超同

在短命的兔子嬉戏蹦跶时，
遇到黑雕飞冲着捕捉猎物，
若不能把兔子惨叫着叼上天空，
称为黑雕就只能是自取其辱。

སྟག་རོང་ཁྲོ་རྒྱལ་བེར་དམར།

ཝ་གྲ་ཡག་ཟེར་བའི་གྲ་ལོ་ཅན། །
ནགས་རྒྱ་རྫོང་འགྲིམ་དོན་ཅི་ལ་ཡིན། །
སྟག་དམར་ཡག་ནགས་ལ་མ་སྦྱོན་གོང་། །
ཝ་མོས་ནགས་རྫོང་ཅི་ལ་བཟུང་། །

达绒·超嘉贝玛

粗毛光亮的狐狸，
为何行走在丛林？
在红虎未到丛林前，
狐狸为何守住丛林？

ཚོང་དཔོན་ཟླ་བ་རྒྱལ་མཚན།

聪本 · 达瓦坚赞

བྲག་དཀར་འཛོང་རྩེ་མོ་མཐོ་ན་ཡང་། །
རྒོད་ཐང་དཀར་འབབ་ས་ཨེ་ཡོད་ཤེས། །

即便山崖巅峰再高耸，
白雕也能知道有无飞落之处。

མི་ཁྲི་ཐོག་རྒོད་རྒྱལ་པོ།

梅赤 · 托贵嘉波

རྟ་ངན་པས་བདག་པོ་ས་ལ་རྒྱག །
གྲི་ངན་པས་བདག་པོ་རྨ་རྨས་གཏོང་། །
བློན་ངན་པས་རྗེ་ལ་ཡར་ཞུ་བྱེད། །

劣马会把骑手摔在地上，
钝刀会把手指划出伤口，
愚臣会向主子提出异议。

ཡ་མེད་སེང་གེ་དཀར་ལུ།

雅美 · 森格嘎尔鲁

བྲག་དཀར་རྫོང་ཐོག་གིས་གཏོར་ཁ་ལ། །
རྒོད་ཐང་དཀར་སྒྲོ་དེ་གཅོད་རབས་ཡོད། །
དམག་དཔོན་དགྲ་ལག་འགྲོ་ཉིན་མོ། །
བློ་ལ་འཚབ་འཚུབ་དྲན་རབས་ཡོད། །

在白崖被迅雷摧毁之前，
听说先会打断白雕羽翼；
在将军被敌人杀死之前，
听说先会心里焦躁不安。

ཡ་མེད་སྟག་མོ་སྟོང་བདུད།

雅美 · 达摩东堆

བྱིའུ་ཆུང་རྡོ་ཚག་རྩེས་རྩེས་དེ། །
མཁའ་ལྡིང་ཁྱུང་ལ་འགྲོ་ལེ་མིན། །

常常用石子戏弄小鸟，
这在琼鸟身上行不通。

མི་སྲས་གཡུ་འབྲུག་ཐོག་རྒོད།

梅赛 · 玉珠托贵

༡ དྲིན་ཨ་མས་གསོས་པ་འདྲ་འདྲ་རེད། །

同样是慈母抚养，

སྟོབས་དཔའ་རྩལ་མེད་པ་ཡུ་རེ་མུག །
རྟ་རྒོད་མས་གསོས་པ་འདྲ་འདྲ་རེད། །
མགྱོགས་པང་རྩལ་མེད་པ་ཉམ་རེ་ང་། །

没有豪情便显可怜；
同样是母马喂养，
没有速度便显可怜。

༢ སྨན་ངན་པས་ཚེ་རོགས་དགྲ་ལ་ཞོག །
བན་ངན་པས་སྡོམ་པ་ཀླིག་ནས་སྤྱངས། །
བུ་ངན་པས་ཕ་མ་དགྲ་ལག་བཞག །

坏女人会把伴侣送入敌人枪口，
坏僧人会把清规戒律暗中破出，
坏孩子会把父母送入敌人之手。

༣ ནགས་རྒྱ་རྫོང་སྟག་གིས་བཟུང་ཉིན་མོ། །
ཁྱོད་བདའ་ལྕུས་རྗེས་འདེད་ཅི་ལ་ཡིན། །
ཁྱི་བདའ་ལྕུའི་མགོ་ལྤགས་མ་བཤུས་ན། །
ང་དམར་ཡག་སྟག་མོ་མིན་རྟགས་ཀྱིས། །

在红虎守护丛林之时，
你这野狗为何追击？
若不能剥掉野狗头皮，
就可当我为非红虎。

༤ ཐག་རིང་སྐད་ཆ་རྒྱང་ནས་ཐོས། །
བྲག་དཀར་གྲིབ་མ་རིང་ནས་མཐོང་། །

远方的话过时后才能听到，
白崖的阴影远处就能看到。

༥ བུ་ཕོ་རྒོད་ཤི་ཤི་དགྲ་ལ་ཤི། །
རྟ་ཕོ་ཆེན་ཤི་ཤི་རྒྱུག་ལ་ཤི། །

男人要死就要死在敌人手中，
骏马要死就要死在奔跑途中。

༦ ·ར་ཚེ་ཟད་འགྲོ་འདུག་མང་བས་ན། །
ལྷུག་རྫི་བོས་འུར་རྡོས་ཀླད་ཁྲག་གཏོར། །
བུ་ཆུང་ཆུང་ཚིག་ཤེད་ཆེ་བས་ན། །
ལས་མཐའ་མ་དགྲ་ཡིས་གསོད་རབས་ཡོད། །

短命的山羊到处乱跑，
会被牧人石带打爆脑浆；
倔强的孩子说话强势，
听说最后会被敌人杀死。

༧ སེང་གེ་ཟེར་བའི་རྩལ་ཆེན་མ། །
དགོས་པའི་གངས་རྫོང་མ་ཟིན་ན། །
སེང་གཡུ་རལ་ཤོར་ཡང་ཅི་འགྱོད་མེད། །

凶猛的狮子，
若不能守住该守的雪山，
即便丢失绿鬃也不后悔；

ནགས་རྒྱ་རྫོང་ཁྲོད་ཀྱི་དམར་ཡག་སྟག།
དགོས་པའི་ནགས་རྫོང་མ་ཟིན་ན། །
སྟག་འཇུམ་དྲུག་ཤོར་ན་ཅི་ལ་འགྱོད། །

林中的红虎，
若不能守住该守的丛林，
即便丢失斑纹也不后悔。

༢ ཤ་ཤོར་ཤ་ལན་མ་ལོན་ན། །
རྒྱུ་ཤོར་ར་མདའ་མེད་པས་ན། །
ཉམས་ཐག་གོ་ཁའི་རྒས་མོ་འདྲ། །

若是有仇不能报仇，
若是被抢不能讨回，
就像灶边的老女人。

ཁན་ཚ་རླུང་ལྷ་མགྲོགས་ལྷུན།

辛擦·隆拉爵丹

༡ དགོང་ཉི་མ་ཨེ་ཏྲོ་མ་ཤེས་གོང་། །
འབུ་གྲོག་མ་ཚང་ཁར་ཅི་ལ་ཡོང་། །
བྲག་དཀར་བཙན་རྫོང་མ་ཟུང་གོང་། །
རྒོད་ཐང་དཀར་སྒྲོ་ངོམ་ཅི་ལ་ཡིན།

在不能搞清阳光温度前，
蚂蚁为何挤得忙忙碌碌；
在未能守住山崖堡垒前，
白雕为何显得神采奕奕。

༢ ཁྱི་སར་རྡོ་ལ་མ་ཐུག་རེད། །
ཕོ་སར་དགྲ་ལ་མ་ཐུག་རེད། །

野狗就是没有遇到石头，
男人就是没有遇到强敌。

དྲིན་ཕ་མའི་སྙིང་གི་ངན་ལངས་དེ། །
སྣང་དགྲ་བོའི་སྙིང་ལ་འགྲོ་ལེ་མིན། །

对父亲撒惯了娇，
对仇敌那能同样撒娇。

༣ སྟག་དམར་ཡག་དཔའ་ཚོད་བཟུང་པའི་དུས། །
ཝ་སྤར་མས་གྲ་ངོམ་ཤ་རེ་ཚ། །

在红虎收起豪情时，
狐狸显毛略显可怜。

ཚ་ཞང་འདན་མ་བྱང་ཁྲ།

擦香·丹玛向查

༡ གཉེར་མ་ལུས་ལ་བབས་ན་ཡང་། །

既然身上出现了皱纹，

ནས་འབྲུ་ཙམ་ཞིག་ལ་ཉམ་ང་མེད། །
ནགས་རྫོང་སྟུངས་དེ་མཐུག་ན་ཡང་། །
སྟག་མོ་འགྲོ་ལ་ཉམས་ང་མེད། །

那就豆粒大小的皱纹不会在意；
即便丛林密度再大，
母虎穿行也不会辛苦。

༢ སྐར་མ་ཝ་ཡི་ཝ་ཚང་དེ། །
དམར་ཡག་སྟག་ལ་ཁ་གཏད་བྱས། །
ཝ་ལྤགས་མགོ་ནས་མ་བཤུས་བར། །
ཝ་མོས་ཛ་རྒྱང་ཨ་བ་རི། །

懦夫狐狸的巢穴，
朝着红虎筑起。
在狐皮未被剥下前，
狐狸拖着尾巴奈它如何。

འབྲུ་སློན་སྲས་ཚ་ཐོག་འབེབས།

智伦 · 赛擦托别

ཝ་དམར་མོའི་གྲ་ཛོམ་བྱེད་རྒྱུ་དེ། །
སྟག་དམར་ཡག་ཁ་ལ་འགྲོ་ཉེན་ཡོད། །

红狐显摆自己的毛色，
总有落入虎口的危险。

རྒྱལ་སྲས་རྩེ་རྒྱལ་ཡ་མེད།

嘉赛 · 泽嘉雅美

༡ ཤར་རི་རྩེ་ཡི་ཉི་མ་དེ། །
ནུབ་ལ་ཡལ་བ་སྔོན་ལས་རེད། །

东方山顶的太阳，
日落西山早已注定。

༢ ད་ནངས་སྐྱ་རེངས་གསལ་བ་དང་། །
དོ་དགོང་མུན་ནག་ཐུབ་ལེ་གཉིས། །
དེ་གཉིས་ལས་ལ་གཟུར་རྒྱུ་མེད། །

早上天边渐亮，
晚上黑夜骤降，
二者无法避免。

༣ ན་ས་འཆི་ས་དུར་ས་གསུམ། །
གཤིན་རྗེའི་ཁྲམ་ལ་གར་བསྐོས་རེད། །
ཚེ་རོགས་འགེལ་ཁལ་འོག་རྟ་གསུམ། །
ཚེ་སྔ་མའི་ལས་ཀྱིས་གར་བསྐོས་རེད། །

病房、亡处和墓地这三样，
就看阎王怎么安排；
伴侣、驮牛和骏马这三样，
就看前世怎么注定。

རྐོང་པོ་སེང་གེ་དཀར་ལུ།

༡ སྙན་གྲགས་ཆེ་ལེ་སྟོང་གྲགས་རེད། །
འབྲུག་ཅུར་སྒྲ་ཆེ་ཡང་སྟོང་པ་རེད།

༢ བྱིའུ་ཆུང་རྡེའུ་རྩེད་རྩེས་རྩེས་དེ། །
མཁའ་ལྡིང་ཁྱུང་ལ་འགྲོ་ལེ་མིན། །
འབུ་གྲོག་ཆུང་ཐུར་ཚག་བྱས་བྱས་དེ། །
གཡུ་འབྲུག་ངར་ལ་འགྲོ་ལེ་མིན། །

贡波·森格嘎尔鲁

名声再大也是虚名，
雷声再大也是空响。

用石子玩惯了小虫，
在琼鸟身上行不通；
用棍子戳惯了蚂蚁，
在青龙身上行不通。

འཇང་གཡུ་ལྷ་ཐོག་འགྱུར།

༡ ར་ཚེ་ཟད་འགྲོ་འདུག་མང་རྒྱུ་དེ། །
འཕར་སྤྱང་སྐྱ་མོར་ཐུག་འདོད་རེད། །

༢ དྲིན་པ་མ་རྒས་དུས་བུ་རྒྱུད་དགོས། །
རྒས་དུས་བུ་རྒྱུད་མེད་པས་ན། །
དུས་རྒྱུན་པར་ཡོད་མེད་འདྲ་འདྲ་ཡིན། །
རྒྱང་ས་ཐག་སྐྱོད་དུས་རྟ་ཕོ་དགོས། །
རྒྱང་རིང་ས་ཐག་མ་ཆོད་ན། །
རྟ་འདོ་བ་ཡོད་མེད་འདྲ་འདྲ་རེད། །
གྲི་རྣོན་པོ་སྡང་དགྲ་ཐུག་ཉིན་དགོས། །
སྡང་དགྲ་བོའི་མགོ་སྐྱེ་མ་ཆོད་ན། །
གྲི་རྣོན་པོ་ཡོད་མེད་འདྲ་འདྲ་རེད། །

姜·玉拉托久

短命的山羊跑得多了，
就是想豺狼不期而遇。

在父母年老时需要子女，
若是老了无后代，
平时有无都一样；
在长途赶路时需要骏马，
若是走不到远处，
骏马无有都一样；
在遇到敌人时需要利刀，
若是斩不断脑袋，
利刀有无都一样。

རྡོ་ཁྲི་དར་ལྷ་རྒྱལ་པོ།

ཨ་སྔོན་གནམ་གྱི་ཐང་དཀར་དེས། །
བསིལ་མ་རླུང་ལ་གཤོག་རྩལ་ངོམས། །
འགྲོ་ལུགས་འབྱོན་ལུགས་མ་ཤེས་ན། །
གཤོག་དྲུག་རླུང་གིས་གཅོད་རབས་ཡོད། །
རྫ་ཁྲ་ཡག་འཁྲིམ་པའི་འབྲོང་ཆུང་དེས། །
ཏུ་ཐུར་སླུག་པོ་རྫ་ལ་ངོམས། །
འགྲོ་ལུགས་འདུག་ལུགས་མ་ཤེས་ན། །
རྐང་རྣ་བཞི་རྫ་ལ་འཆར་རབས་ཡོད། །

多赤・塔尔拉嘉波

天空中的白雕，
向疾风炫耀翅膀，
若是不知如何起落，
会把六翼风中折断；
山岭中的小牛，
向山岭炫耀小角，
若是不知如何住行，
会把四蹄陷入石缝。

འཛང་སྲས་གཡུ་ཁྲི་དཀྲུང་སྔོན།

ཝ་ཚེ་ཟད་གྲ་ལོ་རྒྱས་པའི་དུས། །
དམར་ཡག་སྟག་ལ་འགྲན་སྣང་ཤར། །
ཝ་མོ་རང་སེམས་འཕྲུལ་ལེ་རེད། །

姜赛・玉赤巩恩

短命的狐狸长齐粗毛时，
想着与红虎较力，
这是狐狸出现的幻想。

ནུས་མེད་བྱིའུ་རྒན་གཤོག་འགྱུར་དེས། །
སྐྱ་ཁྲའི་སྟོབས་ལ་འགྲན་སྣང་ཤར། །
བྱིའུ་རྒན་རང་སྣང་མཐོ་ལེ་རེད། །
ནུས་མེད་རི་བོང་སྐྱ་རིལ་དེ། །
གླག་ཆེན་འཕུར་བའི་ངར་ལམ་ནས། །
རི་བོང་ཚེ་སྲོག་གཅོད་རྒྱུ་རེད། །
ནུས་མེད་བོང་བུ་སྐྱ་བོ་དེས། །
འདོ་བ་རྟ་ལ་འགྲན་བསམ་ཡང་། །
འདོ་ཆེན་རྒྱུག་པའི་ངར་ལམ་ནས། །

无能的拍翅老鸟，
想与鹞隼斗翅，
这是老鸟太自以为是了；
无力的灰色兔子，
想在大雕前飞奔，
这只能使兔子丢失小命；
无能的灰色毛驴，
想与骏马赛跑，
这是想让毛驴累死在路上。

བོང་ཅན་དབུགས་ཐག་ཕུད་རྒྱུ་རེད། །

ཀུན་ཤེས་དོན་ཡོད།

衮西顿越

རྫ་ཁྲ་ཡག་འགྲིམ་པའི་འབྲོང་མོ་དེ། །
དགུན་ཟླ་གསུམ་རྫ་རི་གངས་ཀྱིས་བཟུང་། །
རྫ་ཁྲ་ཡག་འགྲིམ་རྒྱུ་དཀའ་མོ་རེད། །

游走山岭的雌性野牛，
冬季的山岭已被冰封，
再也很难行走在山岭上。

སེང་ཕྲུག་ཐོག་ལྷ་བཙན་པོ།

森楚・托拉赞普

༡ ནགས་རྒྱ་རྫོང་བཟུང་བའི་དམར་ཡག་སྟག །
ད་ལོར་འཛུམ་དྲུག་ཤོར་ལ་ཉེ། །
རྔོན་པས་ནགས་རྫོང་སྐོར་བའི་དུས། །
སྟག་འཛུམ་དྲུག་ཨེ་བཀྲ་མི་ཤེས་འདུག །
གངས་དཀར་རྫོང་འཁྱིང་བའི་ཕོ་ཐང་སེང་། །
ད་ལོར་གཡུ་རལ་ཤོར་ལ་ཉེ། །
གངས་དཀར་པོ་ཉི་མས་བཞུས་པའི་རྗེས། །
སེང་གཡུ་རལ་ཨེ་རྒྱས་མི་ཤེས་འདུག །

守护丛林的红虎，
今年有可能失去斑纹，
当猎人进林巡察时，
不知虎纹还能否依然鲜艳?
傲立雪山的雄狮，
今年有可能失去绿鬃，
当太阳融化雪山后，
不知狮鬃还能否依然丰满?

༢ རི་བོང་གླག་གིས་ཁྱུར་བའི་དུས། །
འབོད་ས་ཨ་སྔོན་གནམ་ལས་མེད། །

兔子被雕叼走时，
只能朝天呼救命。

༣ སྟག་དམར་ཡག་ནག་རྫོང་འགྲིམ་ལེ་ལ། །
ཁྱོད་ཕོ་རུས་རྗེས་འདེད་ཤ་རེ་ཚ། །
མགོ་ལྤགས་ཐང་ལ་མ་བཤུས་ན། །
ང་སྟག་མོ་ཤི་བའི་རོ་དང་འདྲ།

红虎行走在丛林，
你这小驹跟踪真可笑。
若是不能剥下头皮，
就当我这母虎变成了死尸。

ཁྲ་མོ་དཔའ་བརྩན་རྒྱལ་པོ།

恰摩 · 巴赞嘉波

སྟག་དམར་ཡག་རང་ཚང་བཟུང་ཞེ་ལ། །
ཝ་སྐྱར་མས་ཚང་ཁར་སྐོར་ཞིང་བྱེད། །

在红虎守护自己巢穴时，
懦夫狐狸胆敢绕转虎穴。

ཐོག་བརྩན་དཔའ་འབར།

托赞巴跋尔

འཇོམ་དྲུག་ཅན་གྱི་རྒྱ་སྟག་ལ། །
ཝ་མོས་རྗེས་འདེད་བྱེད་པ་འདྲ། །
ཝ་ལྤགས་མགོ་ནས་མ་བཤུས་ན། །
རྒྱ་སྟག་མིན་པའི་རྟགས་ལ་ཞོག །
གངས་དཀར་ཡག་གནས་པའི་ཕོ་ཐང་སེང་། །
ཁྱི་བདའ་ལུས་གདོང་ཞེན་བྱེད་པ་འདྲ། །
ཁྱི་ལྤགས་མགོ་ནས་མ་བཤུས་ན། །
སེང་ཕོ་ཐང་མིན་པའི་རྟགས་ལ་ཞོག །

六纹炫耀的猛虎，
狐狸跟踪也白跟踪，
如若狐皮不能从头上剥下，
就当这是非猛虎的标志；
游走雪山的雄狮，
猎狗跟踪也白跟踪，
如若狗皮不能从头上剥下，
就当这是非雄狮的标志。

འདན་སྲས་གཡུ་འོད་འབུམ་མེ།

丹赛•玉维奔梅

ནགས་ཇོང་མེ་ཡིས་ཚོག་པའི་དུས། །
སྟག་དམར་ཡག་ཡིན་ཡང་ཐར་རབས་མེད། །

发生森林大火时，
即使红虎也难以逃脱。

སྨུ་ཀུའི་ལི་རྫོང་།

《穆古青铜宗》

རྡོ་ཁྲི་འབུམ་དཀའ་གྲགས་པ།

多赤·奔嘎扎巴

༡ སེམས་དང་བསམ་པ་སུ་ལ་དཀར། །
སྐྲ་དང་རྫི་མ་སུ་ལ་ནག །

心与所思向谁好，
发与眉毛向谁黑。

༢ བྱེའུ་བརྒྱ་གསོད་པའི་སྐྱ་ཁྲ་ཧོར། །
གཤོག་འཁྲུར་ལན་གསུམ་རྒྱག་པའི་དུས། །
བྱེའུ་ཁྱུ་འཕུར་བའི་མཁའ་ལམ་ནས། །
བྱེའུ་ཕྲུག་གར་ཟ་རང་དབང་ཡིན། །
ལུག་བརྒྱ་ཟོས་པའི་སྤྱང་ཀན་ང་། །
རི་ལུང་མང་པོ་འཁྱིམ་པའི་དུས། །
གཡང་དཀར་ཁྱུ་ཚོགས་མང་ན་ཡང་། །
ལུག་ཆུང་གར་ཟ་རང་དབང་ཡིན། །

百鸟捕杀的鹞隼，
只要拍打三下翅膀，
就算百鸟飞翔的高空，
也可以随意捕食小鸟；
百羊吞食的灰狼，
只要寻走满山遍野，
就算成群结队的绵羊，
也可以随意捕食小羊。

༣ བྱེའུ་བརྒྱ་ཟོས་པའི་ཁྲ་རྒན་དེ། །
ཚེར་ཕུང་ཙ་རུ་སྒྲོག་རུས་ཆག །
ལུག་བརྒྱ་བསད་པའི་སྤྱང་ཀན་དེ། །
རྫི་བཟང་ཨུར་རྡོས་ཀླད་ཁྲག་གཏོར། །
རྟ་བརྒྱ་ཟོས་པའི་སྟག་མོ་དེ། །
སྐྱེན་པོ་ཞིག་གིས་མདའ་རྟགས་བཞག །

捕食了百鸟的老隼，
在荆棘边折损了翅膀；
捕杀了百羊的灰狼，
被牧人石带爆了脑浆；
吞食了百马的母虎，
被箭手羽箭成了标识。

རྨ་རོང་ལྷ་དབང་བཙན་པོ།

玛绒·拉旺赞普

༡ ནམ་མཁའི་སྤྲིན་ཚོགས་བཀའ་དྲིན་གྱིས། །
སྦྲང་ཆར་སིལ་མ་ས་ལ་ཐིམ། །
རྩི་ཤིང་མེ་ཏོག་སྔ་འདྲེན་བྱེད། །
དེ་ཡང་གནམ་སའི་རྟེན་འབྲེལ་རེད། །
རྟ་བདུན་དབང་པོ་མཁའ་ནས་ཤར། །
སྟོང་གསལ་མུན་པའི་སྨག་རུམ་བསལ། །
དྲོད་བཅུད་སེམས་ཅན་གསོས་སུ་འགྱུར། །
དེ་ཡང་རྒྱུ་རྐྱེན་རྟེན་འབྲེལ་རེད། །

深受天上云彩的恩赐，
甘露终究浸润大地，
花草成为春天的使者，
此乃天地因缘的结果；
太阳从天空徐徐升起，
阳光照亮黑暗夜晚，
温暖变成众生的添补，
这是因缘和合的结果。

༢ ལམ་སྐྱ་མོ་ཀུན་གྱི་འགྲོ་ལམ་རེད། །
དེ་མི་དབང་ཟེར་ན་བཙན་གཏམ་རེད། །
ཆུ་སྔོན་མོ་ཀུན་གྱི་འཐུང་ཆུ་རེད། །
འཐུང་མི་ཚོག་ཟེར་ན་བཙན་གཏམ་རེད། །
དམའ་ས་གཞི་ཀུན་གྱི་འཚོ་གནས་རེད། །
འདུག་མི་ཚོག་ཟེར་ན་བཙན་གཏམ་རེད། །

灰色的路是所有人的道路，
若不让通过便是强人所难；
蓝色的水是所有人的饮水，
若不让饮用便是强人所难；
平坦的地是所有人的居所，
若不让生活便是强人所难。

༣ འབྲོང་བྲེ་སེར་སྔོན་དུ་མ་མཆོངས་དགོས། །
མཆོངས་ཚར་དུས་མགོ་རྭ་ལོན་ལེ་དགོས། །
སྟག་དམར་ཡག་འགྲམ་དུ་མ་བཙར་དགོས། །
བཙར་ཚར་དུས་འཛུམ་དྲུག་ལོན་ངེས་དགོས། །
སྦྲུལ་རིག་འཛོམ་གདོང་ཐུག་མ་རེད་དགོས། །
ཐུག་ཚར་དུས་ནོར་བུ་ལོན་ལེ་དགོས། །

不要靠近野牛的角前，
一旦靠近就必须夺下长角；
不要靠近红虎的跟前，
一旦靠近就必须取下斑纹；
不要触摸柔蛇的身体，
一旦触摸就必须取下蛇珠。

༤ ཕུ་གངས་དཀར་གོང་བ་རྩོད་པ་མེད། །

对高处雪山之顶没有异议，

དམའ་ས་ནག་འཚེར་ས་རྩོད་གླེང་མེད། །

对低处黑土之家没有争议。

༥ སྡེ་བརྒྱད་དྲེགས་པའི་གདུག་རྩུབ་ཅན། །
རང་མལ་བཞག་ན་དགའ་རྒྱུ་རེད། །
འདུག་མ་བཅུག་ཕཊ་ཤར་བརྒྱབ་ཟེར་ན། །
ཐོག་སེར་བ་ཟེར་བའི་གཡེར་ཆེན་མ། །
རྒྱ་ཞིང་ཐང་དུ་བསྐྱིལ་རྒྱུ་རེད། །
དེས་མི་ཚད་རྒྱལ་ཁམས་མི་ལ་གནོད། །

骄傲凶狠的八部鬼众，
最好让他们处在原处，
若是不让安处发出啪声，
可怕的雷雹就降下来，
定会打蔫良田，
还会伤及世间所有人。

སྲིབ་ལུང་ནགས་ཚལ་རྒྱས་ས་ནས། །
ཏ་བཀྲ་དམར་ཡག་རྒྱ་སྟག་འདི། །
མ་དཀྲོགས་རང་མལ་བཞག་ན་དགའ། །
དཀྲོག་བཞག་ན་ཐོར་ཏ་ཕྲུ་སྡེ་གཟན། །
རྟ་མི་ཚད་རིན་ཆེན་མི་ལ་ཛམ། །

在枝繁叶茂的丛林山谷中，
最好不要惊动红虎，
让它安静地处在原处。
若是惊动了就会伤害马驹群，
不仅伤害马驹还会连累人类。

གསེར་ལྷའི་སྟག་མོ་ཁྲི་བཙན།

色拉·达摩赤赞

དགྲ་ལ་དེ་ལན་མ་སློད་ན། །
ག་ཁའི་བུ་མོ་འཕང་བཟུང་རེད། །
ཟས་ལ་དེ་ལན་མ་འཁོད་ན། །
ཁྲེལ་མེད་ཁྲམ་པའི་ལས་ལུགས་རེད། །

如果对敌人不能报仇，
就像灶边纺缍的女人；
如果对施主不能报恩，
就是无耻的强盗行径。

སྨི་ལི་དཔོན་པོ་བྲག་བཙན།

木里·本波扎赞

༧ སྐྱིད་སྡུག་གལ་ཏ་མགོ་འབྲེལ་རེད། །
དབང་ཐང་རི་མོ་ཅི་བྲིས་རེད། །

苦乐就像连体褡裢；
运势福气乃前世印记。

༢ དབྱར་གསུམ་ནམ་མཁའི་སྦྲང་ཆར་དེ།།
སྤྲིན་དཀར་ཕྱུག་མོའི་ཁམས་ལས་བྱུང་།།
སྟོན་གསུམ་ཞིང་གི་འབྲས་བུ་དེ།།
ས་ཆེན་འདི་ཡི་བཅུད་ལས་བྱུང་།།

夏三月的天上雨露，
源于白云的福泽；
秋三月的良田硕果，
源于大地的精华。

༣ རྒྱ་ཁྲས་བྱིའུ་ཆུང་གསོད་གསོད་དེ།།
ད་མཁའ་ལྡིང་ཁྱུང་ལ་ཨེ་འགྲོ་བལྟ།།
འགྲོ་མ་དགོས་གཤོག་དྲུག་འཐོར་རྒྱུ་རེད།།
སྤྱང་ཀན་ལུག་ཆུང་ཟ་ཟ་དེ།།
ཁྲ་ཡག་གཟིག་སྟེང་ཨེ་འགྲོ་ན།།
འགྲོ་མ་དགོས་སྤྱང་ལྤགས་ཤོར་རྒྱུ་རེད།།

鹞隼常常捕杀小鸟，
在琼鸟身上怎能行得通，
不仅如此还会打散六翼；
老狼常常捕猎小羊，
大花豹身上怎能行得通，
不仅如此还会失去狼皮。

༤ བྲག་རི་མཐོ་པོའི་རྩེ་མོ་ནས།།
ཐང་དཀར་རྒོད་ཀྱིས་སྐོར་ལྡིང་བྱེད།།
རྒྱ་རྫོང་ནགས་ཀྱི་གཞི་དཀྱིལ་ནས།།
དམར་ཡག་སྟག་ལ་བློ་ཞིག་འདྲི།།
ན་དམར་གཞུང་དྲུག་ཡང་སྟེང་ནས།།
ཁ་དཀར་རྐྱང་ཆུང་བང་རྩལ་གཡར།།

在山崖之巅，
学白雕打了个盘旋；
在丛林之中，
向红虎询了个计策；
在沮洳之滩，
向野马借了个速度。

༥ གཡང་དཀར་གཟན་ལ་བཀྲམ་པའི་དུས།།
སྤྱང་ཨ་ཐང་འཛབ་རྒྱུག་བྱས་ནས་བྱུང་།།
རྫི་བོའི་ཀི་སྒྲ་བསྒྲགས་ས་ནས།།
ཡུལ་ཁམས་མི་དཀྲོགས་ཀ་མེད་རེད།།
བྱིའུ་ཕྱུ་སྤང་ཐོག་གྲམས་ས་ནས།།
སྐྱ་ཁྲས་གཤོག་འཕྱུར་བརྒྱབ་ནས་བྱུང་།།
ཚེར་ཕུང་མི་འཕྲིམ་ཀ་མེད་རེད།།

在绵羊放山吃草时，
灰狼突然伏击了羊群，
牧人不得不大喊，
惊扰周围世界无奈何；
在鸟群草地觅食时，
鹞隼突然袭击了小鸟，
小鸟不得不受惊飞入荆棘之林。

༨ རྒྱ་ཞིང་སྙེ་མ་མགོ་བོ་མཐོ། །
སད་དང་སེར་བས་དེ་ལ་སྡང་། །
མི་ངན་ཡུལ་སྡེ་དཀྲུགས་ཤིང་ཟེར། །
མཐུ་དང་བྱད་ཁས་དེ་ལ་སྡང་། །
མོ་ངན་བུ་མོ་རང་སྣང་ཆེ། །
གཏམ་དང་མི་ཁས་དེ་ལ་སྡང་། །

对昂首的良田穗头，
雪霜和冰雹最有杀伤力；
对祸害部族的坏人，
诅咒与凶殃最有杀伤力；
对傲慢的妙龄少女，
谣言和咒骂最有杀伤力。

ཤེལ་དཀར་གྲགས་པ།

协嘎尔扎巴

མངག་པའི་མི་ཕོ་གོ་ཆོད་དགོས། །
འཕངས་པའི་མདའ་མོས་དགྲ་ཐུབ་དགོས། །

派出的男人必须完成任务，
射出的长箭必须击准敌人。

གེ་སར་ནོར་བུ་དགྲ་འདུལ།

格萨尔•诺普占堆

༧ དགྲ་གདའ་ན་མདུང་སོ་མཉམ་བཟུང་དགོས། །
གྲོགས་བྱུང་ན་གྲི་རྩེས་ཁམ་དགོས་བྱེད། །
མི་གཅིག་བསམ་པའི་སེམས་འདྲ་དགོས། །
གཡུག་གཅིག་སྟ་རེའི་སོ་འདྲ་དགོས། །
རྟ་བརྒྱ་ཁ་ལུང་མཉམ་སྤུབ་དགོས། །
གྲི་བརྒྱ་དཔའ་ལུང་མཉམ་བཟུང་དགོས། །
མདའ་བརྒྱ་ལྟོང་ཁ་མཉམ་སྤྲད་དགོས། །

若遇敌人必须同仇敌忾，
若有口福必须有福同享，
要有一人一样的心思，
要有一斧一样的刃口，
百马要齐头并进，
百刀要把柄同握，
百箭要弦筈同置。

༢ སྡེ་བརྒྱད་དྲེགས་པའི་ཆོ་འཕྲུལ་གྱིས། །
གཡུ་འབྲུག་སྔོན་མོས་ངར་སྒྲ་དང་། །
གནམ་ལྕགས་ཐོག་གིས་ཚག་སྒྲ་བསྒྲགས། །
དྲག་སྔགས་ཅི་གདའ་ལྟད་མོ་བལྟ། །
གཞི་བདག་འབྱུང་པོའི་ཆོ་འཕྲུལ་གྱིས། །

八部鬼神骄傲的神能，
促成青龙发出震耳的雷鸣，
天雷轰隆作响，
强咒之力如何便能见分晓；
地祇魑魅傲慢的神能，

གངས་རི་སྤྲེང་ནས་དུང་སེང་མཆོང་། །
གཡུ་རལ་ཨ་སྔོན་གནམ་ལ་བསིགས། །
མཆེ་སྡེར་གཅན་གཟན་ཟིལ་གྱིས་གནོན། །
འབྲོང་རྐོད་ཅི་གདའ་ལྟད་མོ་བལྟ། །

促成白狮跳跃雪山之巅，
绿鬃抖向蓝天，
獠牙利爪征服猛兽，
野牛之猛如何便能见分晓。

ནགས་ཚལ་ཁྲོད་ནས་དུག་སྦྲུལ་རྔམ། །
ལྕེ་གཉིས་དུག་གི་རླངས་པ་འཕྱུར། །
ཞེ་སྡང་དྲག་པོའི་གདུག་རྩུབ་དེས། །
སྐྱེ་འགྲོ་སེམས་ཅན་འཇིགས་སྐུལ་བྱེད། །
ཁྱུང་མཁའ་ལྡིང་འཛུམ་ཉིན་ལྟད་མོ་བལྟ། །

剧毒青蛇在林中发威，
双舌冒出毒汁之气，
凶狠野蛮的暴行，
震撼了有情众生，
在琼鸟飞冲之时再看好戏。

སྟག་རོང་ཨ་ཁུ་ཁྲོ་ཐུང་།

达绒 · 阿库超同

༡ ནད་བད་ཀན་འཕྲི་སའི་སྤུ་ཉག་རེད། །
བྱུས་ངན་པ་སྐྱོད་ཀྱི་རྩ་འདྲེན་རེད། །

涎分病依附于毛发之上，
奸计是引发纠纷的根源。

༢ ཞིང་སྐྱེ་མའི་རྒྱ་ཞིང་མངའ་བའི་དུས། །
རྡོ་ཟོར་བ་ཟེར་བའི་གཡེར་གྲགས་མ། །
ཞིང་ལྗང་ཆུང་ཐོག་ཏུ་འགྲོ་དགོས་ཟེར། །
ལུག་གཡང་དཀར་ཁྱུ་སྣ་གཅོད་པའི་དུས། །
རྗེ་བཟང་ཅུར་རྡོའི་གཡེར་གྲགས་མ། །
སྤྱང་དར་མའི་ཀླད་ཁྲག་གཏོར་དགོས་ཟེར། །
དམའ་རྒྱ་མཚོའི་འགྲམ་གྱི་དུག་སྦྲུལ་དེ། །
བྱ་ཁྱུང་ཆེན་ཟེར་བའི་གཡེར་ཆེན་མ། །
མཁའ་ལྡིང་རྒྱལ་པོའི་ལྟོ་སྐལ་རེད། །

当良田禾苗出穗时，
镰刀必须去收割绿芽；
当灰狼打散羊群时，
石带必须去打爆狼头；
当毒蛇游走海岸时，
琼鸟必须去吞入腹中。

ཚ་ཞང་འདན་མ་བྱང་ཁྲ།

༡ མཐོ་བྲག་དཀར་བཟུང་བའི་ཐང་དཀར་རྒོད། །
འཕུར་ཟེར་ན་ནམ་མཁའི་གློང་ནས་བསྐྱོད། །
བྱ་བྲན་མང་པོའི་རྒྱལ་པོ་རེད། །
ནགས་རྒྱ་རྫོང་དཀྱིལ་གྱི་དམར་ཡག་སྟག །
ཁ་མཆེ་སྡེར་ཛོམ་ནས་ཤ་དམར་ཟ། །
ལུས་རྩལ་གསུམ་རྫོགས་པའི་ཁྱད་ཆོས་རེད། །

༢ དར་སེང་དཀར་མོའི་རྩལ་ཡ་དེ། །
ཁྱི་ཀན་རྒྱ་བོའི་ཨི་ཡོང་ན། །
འགྲན་བཞག་ན་ཁྱི་ཀན་ཕམ་རྒྱུ་རེད། །
རྩལ་ཆེན་སླག་རྒོད་འཇུམ་ས་ནས། །
རི་བོང་མཆོང་ལྡིང་ཨི་ཐོད་ན། །
མཆོང་བཞག་ན་རི་བོང་ཟ་རྒྱུ་རེད། །
འབུ་དུང་ཕྲུག་ངར་མའི་འགྲོ་ལམ་ནས། །
དགྲ་ཆུ་སྲིན་ལམ་བསྐུགས་ཨི་ཐོད་ན། །
བསྐུགས་བཞག་ན་སྲོག་དམར་ཤོར་རྒྱུ་རེད། །

༣ དཀར་ཡག་གངས་ཀྱི་སེང་གེ་དེ། །
ལུས་རྩལ་གསུམ་རྫོགས་ལུགས་འདྲ་ས་མེད། །
ན་དམར་གཞུང་གི་ཁ་དཀར་རྐྱང་། །
མགྱོགས་བང་འགྲོས་ཟེར་ན་འདྲ་ས་མེད། །
ནགས་རྫོང་དཀྱིལ་ནས་དམར་ཡག་སྟག །
ལུས་འཇམ་དྲུག་རྒྱས་ལུགས་འདྲ་ས་མེད། །

擦香·丹玛向查

固守白崖的雄鹰，
自由地飞翔在高空，
这是百鸟之众的领头；
丛林之中的红虎，
露出牙爪吞噬血肉，
这是力量圆满的标志。

白色冰狮的对手，
老黄狗能否充当？
硬要做对必将失败；
岩雕飞冲的地方，
小兔子能否跳跃？
硬要蹦跳必将活吞；
螺虫游走的大海，
大鳖鱼能否驻足？
硬要驻足必将丢命。

雪山上的雄狮，
身体之力根本不会一样；
沮洳滩的野马，
飞驰之速根本不会一样；
丛林中的红虎，
身毛之纹根本不会一样。

༥ བྱ་སྔོན་མ་ཤི་བའི་རོ་ལ་ལྟོས། །
རྗེས་མ་མི་རྟག་སྒྱུ་མ་རེད། །
སྒྲོ་ཐུ་ལུ་འཐོར་སར་ལྟད་མོ་ལྟོས། །

要从前面死掉的小鸟尸体上，
看到后面的生命也会是无常幻化的，
去看身上羽翼散落的好戏吧！

༦ མི་ངན་རྒྱུགས་དུས་ཇེ་ངན་ཟེར། །
སྟང་དགྲ་མི་ཐུབ་ནང་མི་བརྡུང་། །
རྟ་ངན་རྒྱུགས་དུས་བདག་པོར་འདྲོགས། །
རྒྱུགས་དུས་མི་འདྲོགས་དལ་དུས་འདྲོགས། །
ཁྱི་ངན་རྒྱག་དུས་ཧུ་འབོད་བྱེད། །
རྐུན་མར་མི་ཟུག་བདག་པོ་འཇུ། །

恶人越打越凶残，
打不过敌仇就知道殴打自己的家人；
被打的劣马见了主人就惊，
抽打时不惊闲暇时无端惊惶；
恶狗被打就会乱吠，
不咬贼人只会咬上自己的主人。

༥ བྱིའུ་ཆུང་ཁེར་འགྲོས་ནམ་འཕང་གཅོད། །
སྐྱ་ཁྲ་ཧོར་པའི་ཁ་གྲོགས་རེད། །
ལུག་ཆུང་ཁེར་འགྲོ་རི་ལུང་འགྲིམ། །
སྤྱང་ཐང་སྔོན་མོའི་ལྟོ་རྟེན་རེད། །
ཉ་སྲམ་རྒྱ་མཚོའི་གཏིང་མཐའ་བསྐོར། །
ཆུ་སྲིན་ངར་མའི་ཁ་ཟས་རེད། །

小鸟独自飞上天空，
就是鹞隼等待的口福；
羔羊独自游遍山谷，
就是灰狼裹腹的食物；
鱼獭独自畅游大海，
就是巨鳌嘴里的美食。

གངས་བཙན་སྟོབས་ལྡན།　冈赞多丹

༡ མཐོ་ཉི་ཟླ་ཟེར་བའི་གཡེར་ཆེན་མ། །
གཟའ་སྒྲ་གཅན་གདོང་ན་མ་འཛོལ་དགོས། །
སྦྲུལ་དུག་ཅན་ཟེར་བའི་གཡེར་གྲགས་ཅན། །
ཁྱུང་མཁའ་ལྡིང་གདོང་ནས་མ་འཛོལ་དགོས།

所谓高高在上的日月，
不能在罗睺面前出现闪失；
所谓凶残无比的毒蛇，
不能在琼鸟面前出现闪失。

༢ གྲོང་རྐན་བོང་བུས་རྐྱང་ལ་རྩེ། །
དཔུང་ཚིགས་བུད་པའི་སྔ་ལྟས་ཚང་། །

街上老驴招惹野马，
就是关节脱臼的前兆；

སྤང་རྐན་རོག་པོས་འབྲོང་ལ་རྡེ། །
བཙོ་གྲོད་གཏོར་བའི་སྔ་ལྟས་རེད། །

黑色牯牛挑衅野牛，
就是草肚剖开的前兆。

༣ མེ་སྟག་ཆུང་ཡང་ནགས་ཚལ་བསྲེགས། །
འབུ་དུང་ཕྲུག་ཆུང་ཡང་ཆུ་སྲིན་གསོད། །

星火虽小，可以烧毁森林，
螺虫虽小，可以杀死巨鳌。

༤ སྟིག་ཆེན་སྐྱ་ཁྲའི་གཤོག་རྩལ་ལ། །
བྱིའུ་ཆུང་འཇོལ་མོས་འགྲན་སྣང་ཤར། །
གཤོག་དྲུག་འཐོར་བའི་སྔ་ལྟས་རེད། །
ཀྱི་སྟག་དམར་མོ་མཆོང་ལམ་ནས། །
ཁྲི་རྐན་བདའ་ལུས་འགྲན་སྣང་ཤར། །
ཤ་རུས་འཐོར་བའི་ཤེ་ལྟས་ཚང་། །
མཁའ་ལྡིང་ཁྱུང་ཆེན་འཕྱུམ་ལམ་ནས། །
དུག་ཅན་སྦྲུལ་གྱི་འཁྱུག་རྩལ་ངོམ། །
སྒྱུ་ལུས་ཤོར་བའི་སྔ་ལྟས་རེད། །

画眉鸟想去招惹，
那罪恶的鹞隼，
这是六翼散落的前兆；
流浪狗想去招惹，
那飞跃的红虎，
这是血肉分离的前兆；
剧毒蛇想去招惹，
那飞冲的琼鸟，
这是幻身破灭的前兆。

༥ གངས་རི་སྟེང་གི་དར་སེང་དཀར། །
གཡུ་རལ་ཡོད་ལོ་ཤེས་གསལ་རེད། །
མཁའ་ལྡིང་ཁྱུང་གི་སྒོ་ང་དེ། །
ལུས་རྩ་གསུམ་རྫོགས་ལོ་ཤེས་གསལ་རེད། །
ནགས་རྫོང་དཀྱིལ་ནས་རྒྱ་སྟག་ངར། །
ལུས་འཛུམ་དྲུག་ཡོད་ལོ་ཤེས་གསལ་རེད། །

雪山上的白狮，
谁都知道拥有发鬃；
大琼鸟的蛋儿，
谁都知道浮化成长；
丛林中的猛虎，
谁都知道满身斑纹。

༦ མཁའ་ལྡིང་ཁྱུང་གི་གཤོག་ལམ་ནས། །
དུག་སྦྲུལ་འཁྱུག་ལྡིང་ཨ་བ་ཧྲི། །
ཆུ་སྲིན་ཛམ་པའི་མཆེ་ལམ་ནས། །
ཉ་སྲམ་སྐོར་རྒྱུག་སྙིང་རེ་རྗེ། །

在琼鸟展翅的地方，
毒蛇爬行真显可怜；
在巨鳌亮牙的地方，
鱼獭游动真显可爱；

ཁྲ་ཡག་གཟིག་གི་རྩལ་ལམ་ནས། །
ཁྱི་རྒན་སྐོར་རྒྱུག་ཡ་རེ་ང་། །

在花豹伸爪的地方，
老狗绕跑真显渺小。

དགྲ་ལྷ་རྩེ་རྒྱལ།

扎拉泽嘉

༡ མཚན་སྙན་གཡུ་འབྲུག་གྲག་པ་ལྟར། །
དེ་མ་གོ་ཟེར་ན་འོན་པ་རེད། །
མཁའ་ནས་གློག་དམར་འཁྱུག་པ་ལྟར། །
དེ་མ་རིག་ཟེར་ན་ལོང་བ་རེད། །

如雷鸣般的名声，
说没有听见那是聋子；
如闪电般的天空，
说没有看见那是瞎子。

༢ བྲག་དཀར་བཟུང་བའི་ཐང་དཀར་རྐོད། །
ནམ་འཕང་རླབས་ཀྱིས་མ་ཆོད་ན། །
གཤོག་རྡུག་རྒྱས་པ་དོན་གོ་ཆུང་། །
ནགས་ཚལ་འགྲིམ་པའི་དམར་ཡག་སྟག །
ཁ་དུང་མཆེ་ཤ་ཁྲག་མ་འདྲེས་ན། །
ལུས་འཛུམ་རྡུག་རྒྱས་པ་དོན་གོ་ཆུང་། །
རི་ལུང་འགྲིམ་པའི་སྤྱང་ཐང་གིས། །
གཡང་དཀར་ལུག་ཁྱུ་མ་གཏོར་ན། །
རྒྱུག་རྩལ་ཆེ་བ་དོན་གོ་ཆུང་། །

守护白崖的大雕，
若是不能飞越蓝天，
羽翼丰满也就失去了意义；
行走丛林的红虎，
若是不能撕咬血肉，
斑纹鲜艳也就失去了意义；
游走山谷的灰狼，
若是不能打散羊群，
速度飞快也就失去了意义。

༣ ནགས་ཚལ་རྐང་གྲངས་མཐུག་ས་ལ། །
རྒྱ་སྟག་ཡོད་ལོ་ཤེས་གསལ་རེད། །
ཁ་ཤ་དམར་ཟ་ལོ་ཆོས་ཉིད་རེད། །
མཐོ་རི་རབ་རྩེ་མོ་དགུང་ལ་མཉམ། །
བྱ་རྒྱལ་ཡོད་ལོ་ཤེས་གསལ་རེད། །
སྦྲུལ་དུག་ཅན་ངར་ཡང་གསོད་རྒྱུ་རེད། །
རྒྱ་མཚོ་ཁ་ཞེང་ཆེ་ས་ནས། །

在丛林密布中，
明知道猛虎横行，
血肉必然会被吞噬；
在高山顶峰上，
明知道琼鸟飞落，
毒蛇必然会被杀死；
在大海开阔里，

ཆུ་སྲིན་ཧམ་བརྗིད་ཇེ་ཆེ་རེད། །
ཉ་སྲམ་འཆའ་ལེ་ཞེས་གསལ་ལྟར། །

明知道巨鳌畅游，
鱼獭必然会被咬碎。

༤ སྨག་མུན་པ་གསལ་བའི་སྒྲོན་མེ་དེ། །
དགུང་གི་ཉི་ཟླ་སྐར་གསུམ་རེད། །
བཞི་བརྒྱ་ནད་ཀྱི་གཉེན་པོ་དེ། །
སྨན་མཆོག་ཨ་རུ་རྒྱལ་པོ་རེད། །
དུག་གསུམ་ཉོན་མོངས་ཁ་གནོན་དེ། །
ལྟ་བ་ཕྱག་རྫོགས་དབུ་གསུམ་རེད། །

照亮黑暗的明灯，
就是天上的日月星辰；
对治百病的良药，
就是人间的诃子药粒；
压制三毒的善法，
就是印、圆和中三己见。

༥ སྐྱིད་ན་རྟ་པོ་མཉམ་གཞོན་ཡིན། །
སྡུག་ན་ཁུར་པོ་མཉམ་ཁུར་ཁྱེར། །

有福同乘一匹骏马；
有苦共背一个包袱。

༦ དགྲ་གདའ་ན་མདུང་ཡུ་མཉམ་བཟུང་ཡིན། །
གྲོགས་གདའ་ན་གྲི་རྩེས་ཁམ་བགོས་དགོས། །

遇到敌人同握矛柄；
遇到朋友共享干粮。

ཛེ་སྲས་སྟོབས་ཆེན།

百赛·多钦

༡ རི་བོང་སྐོར་ལྡིང་ཆེ་རྒྱུ་དེ། །
འཇུམ་ཆེན་གླག་མོའི་ལག་བརྡ་རེད། །
ལུག་ཆུང་འབའ་སྒྲ་མང་རྒྱུ་དེ། །
ཨ་ཐང་སྤྱང་ཀི་འབོད་སྒྲ་རེད། །
བྱིའུ་ཆུང་གནམ་ནས་སྐོར་འཕུར་དེ། །
སྒྲ་ཁྲ་དར་མའི་ཁ་ཟས་རེད། །

兔子如此跳跃而蹦，
就是看到飞雕的招手；
羔羊如此咩咩发叫，
就是听到灰狼的嗷嚎；
小鸟如此空中盘旋，
就是想成鹞隼的食物。

༢ རྐུ་མ་གནོང་ཆེན་དེ་གནོང་ཆེ། །
གཡག་གུ་རྒྱབ་ཆད་དེ་འཕག་ཆེ། །

罪大恶极的小偷过于懊悔；
背部磨烂的牛犊过于挣扎。

༣ ངས་གཡང་དཀར་སྤང་ལ་བཀྲམ་ས་ནས། །
ཁྱོད་སྤྱང་ཀིས་ལུག་ཁྱུ་གཏོར་སོང་ཐལ། །
ངས་ཀི་སྒྲ་མི་རྒྱག་ཁག་མེད་རེད། །
ངས་རྟ་ཁྱུ་ཐང་ལ་མངགས་ས་ནས། །
ཁྱོད་ཁྲམ་པས་ཁྱུ་སྡེ་བཅད་སོང་ཐལ། །
ངས་ར་མདའ་མི་རྒྱུག་ཀ་མེད་ཡིན། །

在我这白羊散布的草地，
被你这可恶的狼打散了羊群，
我不得不大声呼喊驱赶；
在我这骏马放牧的平地，
被你这狡诈的人打乱了马群，
我不得不奋力追踪讨伐。

༤ སོས་ཀོ་ལོག་རི་རྒྱལ་རྩེ་ནས་ཤར། །
གཏམ་གོ་ལོག་ཁྱིམ་མཚེས་རྒན་པོས་གོ །
གནམ་གོ་ལོག་ཉི་མ་ནུབ་ནས་ཤར། །

时季失调春风先暖高山顶，
传言失真守家老翁先听到，
日轮倒转太阳从西面升起。

༥ དཔོན་ཆེན་སྔོན་ནས་ཉེས་ཆེན་འདར། །
མི་འདར་ཀ་མེད་ཁྲིམས་ལ་སྐྲག །
ཆོས་རྒྱལ་མདུན་ནས་སྡིག་ཆེན་འདར། །
མི་འདར་ཀ་མེད་དམྱལ་བར་འཇིགས། །
སྤྱང་ཀིའི་སྔོན་ནས་ལུག་ཆུང་འདར། །
མི་འདར་ཀ་མེད་ཚེ་སྲོག་བྲལ། །

过错的人在大王面前颤抖，
因害怕严律而不得不颤抖；
罪过的人在阎王面前颤抖，
因害怕地狱而不得不颤抖；
弱小的羊在灰狼面前颤抖，
因害怕丧命而不得不颤抖。

གླང་ཆེན་ཁ་ལ་མེ་འབར།

朗钦·喀拉梅跋尔

སྤྱང་ལུག་བརྒྱ་ཟོས་པའི་ངན་ལོབ་དེ། །
ཁྲ་ཡག་གཟིག་སྟེང་འགྲོ་ས་མེད། །
བྱིའུ་བརྒྱ་བསད་པའི་ཁྲ་རྐན་དེ། །
མཁའ་ལྡིང་ཁྱུང་ལ་འགྲོ་ལེ་མག །
ཉ་སྲམ་ཟོས་པའི་ཆུ་སྲིན་དེ། །
དུང་ཕྲུག་སྟེང་དུ་འགྲོ་ལེ་མིན། །

吃惯了百羊的狼，
在花豹身上行不通；
捉惯了百鸟的隼，
在琼鸟身上行不通；
吞惯了鱼獭的鳌，
在海螺身上行不通。

རྒྱལ་སྲས་དུག་རི་མེ་འབར།

ལུག་གཡང་དཀར་ཐོག་ཏུ་མཆེ་སྡེར་ཅན། །
སྤྱང་ཀི་ཟེར་བའི་གཡེར་ཆེན་མ། །
གཟིག་ཁྲ་ཡག་ཐུག་ཉིན་ཨེ་གདའ་བལྟ། །
བྱིའུ་ཆུང་སྡིང་གི་འཇུམ་རྩལ་ཅན། །
ཁྲ་ཧོར་པ་ཟེར་བའི་གཡེར་གྲགས་ཅན། །
ཁྱུང་མཁའ་ལྡིང་ཐུག་ཉིན་ཅི་གདའ་བལྟ། །
ཆུང་ཉ་སྲམ་ཐོག་ཏུ་དྲག་གདུམ་ཅན། །
དགྲ་ཆུ་སྲིན་ཟེར་བའི་གཡེར་ཆེན་མ། །
འབུ་དུང་དཀར་ཐུག་ཉིན་ཨེ་གདའ་བལྟ། །

嘉赛·毒日梅跋尔

向绵羊伸出利爪的，
是那嚣张的青灰狼，
试看遇到花豹还能如此凶残?
向小鸟展翅飞扑的，
是那迅捷的鹞隼，
试看遇到琼鸟还能如此厉害?
向鱼獭露出血口的，
是那猛毒的巨鳌，
试看遇到海螺还能如此凶猛?

ཀླུ་བདུད་ཁྲ་མིག།

༡ ཆུ་མ་བབས་གོང་ནས་ཡུར་བ་འཐེན། །
རྐྱེན་མ་བྱུང་གོང་ནས་རིམ་འགྲོ་སྒྲུབས། །

༢ བྱ་འདབ་ཆགས་ནང་གི་ཐང་དཀར་ཡིན། །
ཤིང་ཡར་སྐྱེས་ནང་གི་ཙན་དན་ཡིན། །
ཆུ་མར་བབས་ནང་གི་བདུད་རྩི་ཡིན། །

༣ རྫ་ཁྲ་ཡག་མགོ་ནས་སྨུག་པ་འཁྲིགས། །
ད་ཉི་མ་མི་དྲོས་སེམས་ཐག་ཆོད། །
ཤ་ལྷུ་བཞི་མགོ་ནས་བཙོ་དྲི་བྲོ། །
ད་རྒྱུ་མ་མི་ཞིམ་ཚར་སོང་ཐལ། །
སྨན་བུ་མོའི་ལུས་ལ་ལན་ཆགས་འཁོར། །

鲁堆查米

在没有暴发洪水前就要挖渠引流；
在没有发生意外前就要念经驱灾。

鸟类中的灵鹫，
树木中的栴檀，
河水中的甘露。

山顶雾气蒙蒙，
必将天气不热；
肉块草味腾腾，
必将肉肠难吃；
少女业缘重重，

གཞི་འཁོར་བ་མ་ཟིན་ཚར་སོང་རིག །

必将家业难守。

༤ ཤ་ཟོས་ལེ་མི་ཚད་རུས་པ་མུར། །
ཁྲག་འཐུང་ལེ་མི་ཚད་རྐང་ཞུགས་འཛིབས། །
འབྲོང་བསད་ལེ་མི་ཚད་ཇ་མ་འཕྲུར། །
མི་བསད་པ་མི་ཚད་མགོ་འཕྲུ་ཁྱེར། །

不仅吃了肉还啃了骨头，
不仅喝了血还吸了骨髓，
不仅杀了牛还割了尾巴，
不公杀了人还取了顶翎。

༥ ནམ་ལངས་ཤིང་རི་མགོ་ཧེ་རིག་རེད། །
རི་རིག་ཅིང་རིག་པ་ཧེ་གསལ་རེད། །
དམག་འཐབ་ཞོར་དམག་ཇུས་ཧེ་མཁས་རེད། །
སྡང་དགྲ་བོའི་གཡུལ་ངོ་ཧེ་རྒྱལ་ཡིན། །

天越亮越看清山顶，
越看清越能来精神；
仗越打越熟悉战术；
越熟悉越能打胜仗。

༦ རང་སྨེ་མ་ཤེས་ས་གནམ་སྲུངས། །
ཨ་རོགས་གཡས་ལྟ་གཡོན་ལྟ་གྱིས། །

盲目地守护所谓的天地，
最好看清左右的情况。

༧ གཡུ་འབྲུག་ནང་གི་ནོར་བུ་ཡིན། །
ལུས་མེ་གཤོག་ཡོད་པ་ཤེས་ཤེས་རེད། །
བྱ་རྒྱལ་ཁྱུང་གི་སྒོང་ང་ཡིན། །
ལུས་གཤོག་ཧྲུག་ཡོད་ལེ་ཤེས་ཤེས་རེད། །
དུག་སྦྲུལ་མགོ་ཡི་ནོར་བུ་ཡིན། །
དུག་ལྕེ་ཡོད་ལེ་ཤེས་ཤེས་རེད། །

既然是青龙之宝，
就应该知道身有火翅；
既然是琼鸟之蛋，
就应该知道身有羽翼；
既然是蛇头之珠，
就应该知道舌有毒液。

༨ མཐོ་ཉི་ཟླ་ཟེར་བའི་གསལ་མདངས་ཅན། །
གཟའ་དགྲ་གཅན་ཁ་རུ་ཚུད་ཉིན་མོར། །
འོད་ཟེར་མདངས་ཅི་གདའ་དེ་དུས་ཤེས། །
ནགས་དུག་སྦྲུལ་ཟེར་བའི་གཡེར་ཆེན་མ། །
བྱ་མཁའ་ལྡིང་ཁྱུང་ལ་ཐུག་ཉིན་མོར། །

明亮的高空太阳，
当被罗睺吞噬时，
再看是否依然灿烂？
凶狠的林中毒蛇，
当被琼鸟吞噬时，

སྦྲུལ་རིག་འཇམ་ཨེ་རེད་དེ་དུས་ཤེས། །
དམའ་རྒྱ་མཚོ་ནང་གི་ཆུ་སྲིན་ཛམ། །
འབུ་དུང་དཀར་གདོང་ཐུག་བྱུང་ཉིན་མོར། །
དགྲ་ཆུ་སྲིན་ཨེ་རེད་དེ་ཉིན་གསལ། །

再看是否依然柔软?
凶恶的大海巨鳌,
当被海螺吞噬时,
再看是否依然强大?

༩ སྐྱ་ཁྲ་ཧོར་པའི་རྩལ་ལམ་ནས། །
བྱིའུ་ཆུང་གསོན་ཟ་བྱས་བྱས་དེ། །
མཁའ་ལྡིང་ཁྱུང་ལ་འགྲོས་ས་མེད། །
སྤྱང་ཨ་ཐང་ཟེར་བའི་མཆེ་སྡེར་ཅན། །
ལུག་ཆུང་བརྙས་གསོད་བྱས་བྱས་དེ། །
ཁྲ་ཡག་གཟིག་ཐོག་འགྲོས་ས་མེད། །
དགྲ་ཆུ་སྲིན་ཟེར་བའི་ཛམ་ཆེན་མ། །
ཆུ་གནས་གྲོ་ཡོས་འཆའ་འཆའ་དེ། །
དུང་ཕྲུག་འབུ་ལ་འགྲོས་ས་མེད། །

展翅飞翔的花隼,
活吞惯了小鸟,
在琼鸟身上行不通;
獠牙利爪的灰狼,
欺负惯了羔羊,
在花豹身上行不通;
凶猛无比的巨鳌,
嚼碎惯了小鱼,
在海螺身上行不通。

༡༠ མཐོ་མི་རྟག་ཉི་ཟླ་གཟའ་ཡིས་བསྒྲིབས། །
བར་མི་རྟག་བྲག་དཀར་ཐོག་གིས་གཏོར། །
དམའ་མི་རྟག་ཉ་སྲམ་ལྕགས་ཀྱུས་འཛིན། །

高处无常日月被曜星吞噬,
中间无常白岩被迅雷击摧,
低处无常鱼獭被铁钩垂钓。

ཕུ་བོ་གཡུ་ཉེ་བཙན་པོ།

普沃・玉乃赞普

༡ ལུག་ཆུང་སྡིང་གི་སྤྱང་ཀན་དེ། །
ཁྲ་ཡག་གཟིག་སྡིང་འགྲོ་ས་མེད། །
བྱིའུ་ཆུང་ཐོག་གི་སྐྱ་ཁྲ་དེ། །
མཁའ་ལྡིང་ཁྱུང་ལ་འགྲོ་ས་མེད། །
རྟ་རྒན་ཟོས་པའི་རྒྱ་སྟག་དེ། །
རྔོན་སྐྱེན་པོའི་ཐོག་ཏུ་འགྲོ་ས་མེད། །

对羔羊凶残的灰狼,
在花豹身上那能如此对待;
对小鸟凶残的花隼,
在琼鸟身上那能如此对待;
吃惯了老马的猛虎,
在猎人身上那能如此对待;

ཁ་དཀར་རྒྱང་གི་བང་རྩལ་ལ། །
བོང་བུ་འདུར་རྒྱུག་བྱེད་ས་མེད། །
བྲི་སེར་འབྲོང་གི་ར་སྟོན་ནས། །
གླང་ཆན་འབོད་ངུར་བྱེད་ས་མེད། །
ཁྲ་ཡག་གཟིག་གི་ཁ་སྟོན་ནས། །
བདའ་ཝུ་ཏུ་ཟུག་བྱེད་ས་མེད། །

在白唇野马奔跑之处，
那有毛驴随意蹿跑的地方；
在棕色野牛亮角之处，
那有黄牛随意哞叫的地方；
在花色豹子跳跃之处，
那有野狗随意哭吠的地方。

༢ ཆུ་སྲིན་ཁྲོས་པའི་མཆེ་ལམ་ནས། །
ཉ་ཕྲུག་ཟོས་ཟོས་ཁྲི་མ་འབུམ། །
ད་ཏུང་ཟ་རྒྱུ་ཁྲི་མ་འབུམ། །
སྐྱ་ཁྲ་འཛུམ་པའི་ཁ་སྟོན་ནས། །
བྱེའུ་ཚང་བཟུང་བཟུང་ཁྲི་མ་འབུམ། །
ད་ཏུང་བཟུང་རྒྱུ་ཁྲི་མ་འབུམ། །

在巨鳌动怒露牙处，
曾吞噬过无数的小鱼，
还会吞噬更多的小鱼小虾；
在鹞隼展翅飞冲处，
曾捕杀过无数的小鸟，
还会捕杀更多的小鸟小虫。

༣ ན་ནིང་བཙོས་པའི་ནས་ཆང་དེ། །
ད་ལོ་ཤར་པས་གསོལ་རན་ཐལ། །
དེ་ཉིན་འཕྲོག་པའི་མི་ནོར་དེ། །
ད་རེས་ཤ་ལན་གསོད་རན་ཐལ། །

去年酿制的酒，
到了今年该喝了；
那天被劫的物，
到了现在该讨了。

༤ རྟ་ཕོ་ཅི་ཤི་རྒྱུག་ལ་ཤི།
རྟ་ཕོ་རྒྱུག་ཤི་མ་ནུས་ན། །
ཆས་རྟ་ཁེབས་བྱས་པ་དོན་མེད་རེད། །

骏马都会死在奔跑途中，
如若骏马不敢死在奔跑途中，
喂草盖毯就失去了意义。

སྟག་རྒྱལ་བྲག་བཙན།

达嘉扎赞

༡ ཁྱི་ངན་བདག་པོའི་ཉྭ་ལ་འཛུ། །

恶狗不仅伏击主人的后腿，还会假

ད་ཉུང་མི་སྡེ་སྲུང་ཁུལ་བྱེད། །
མོ་ངན་ནག་མོས་རང་ལུས་བཙོངས། །
ད་ཉུང་མི་སྡེའི་ཁྲིལ་ཁ་འཛོག །

装守护家人；
恶女不仅出卖自己的肉体，
还会推向众人之口。

༢ དཔོན་ངན་རིགས་ཀྱིས་འོག་སྡེ་ཕུང་། །
དམག་འཁྲུག་ཁྲག་གི་འཁོར་ལོ་བསྐོར། །
མངའ་འབངས་ཁྲ་མོ་སྡུག་ལ་སྐྱུར། །
བུ་ངན་རིགས་ཀྱིས་ཕ་མ་ཕུང་། །
རྒས་ན་ཚོད་མཐོ་དུས་སྒོ་ལ་ཕུད། །
བྱམས་སྐྱོང་མི་བྱེད་ཁ་རྫུང་བྱེད། །
ཟས་ངན་རིགས་ཀྱིས་ཚེ་སྲོག་ཕུང་། །
ལུས་མི་བདེ་འབྱུང་བཞི་ནད་ཀྱིས་བཟུང་། །
དེས་མི་ཚད་ལུས་སྲོག་བྲལ་ནས་འགྲོ། །

坏头领只会伤害族民，
不仅引起血雨风云的战争，
还会把民众推向灾难；
坏孩子只会伤害父母，
父母老了赶出自己的家门，
不仅不赡养还会谩骂；
坏食物只会伤害性命，
不仅身体患上严重的恶疾，
还会夺取鲜活的生命。

ལི་ཚ་ཁྲག་འཐུང་།

里擦叉彤

གནམ་ལྕགས་ཐོག་གི་ངར་ལམ་ནས། །
སྲ་རྒྱ་བྲག་ཡིན་ཡང་ཐལ་བར་གཏོར། །
མེ་སྟག་དམར་མོའི་འབར་ལམ་ནས། །
ནགས་ཚལ་མཐུག་ཀྱང་ཐལ་བར་བསྒྱུར། །
དུག་ཏ་ལ་ནག་པོའི་ཁ་རྩ་ནས། །
ཕོ་དཔའ་རྩལ་ཆོད་ཀྱང་སྲོག་ལ་གཟན། །

天铁严雷打击下，
岩石再牢固也会被摧毁；
红色火焰燃烧下，
丛林再密布也会被烧烬；
黑色乌草污染下，
好汉再勇敢也会被毒死。

ནམ་མཁའ་བློ་གྲོས།

南喀洛珠

གཡོག་ངན་རིགས་ཀྱིས་དཔོན་པོ་ཕུང་། །
མོ་ངན་རིགས་ཀྱིས་བཟའ་ཟླ་ཕུང་། །

不好的仆人毁了首领，
不好的女人毁了男人，

ཁྱི་ངན་ཞིག་གིས་བདག་པོ་འཇུ། །
ཡུལ་ངན་རིགས་ཀྱིས་སྡེ་གཉིས་དཀྲུགས། །

不好的家狗咬了主人，
不好的地方起了内乱。

སྨུ་གུ་སྟོང་ནག་ལག་རིང་།

穆古 · 东那喇仁

༡ རྫུན་གཡོ་སྒྱུ་གཉིས་དེས་མཐའ་ནས་ཤུང་། །
རྐུན་བཙོམ་འཕྲོག་གཉིས་དེ་ཕུགས་ནས་སྨུག །
ལས་བདེན་རྫུན་གཉིས་དེ་མཐའ་ནས་གསལ། །

谎言与狡诈终有被揭穿的时候，
偷盗与抢劫终有被自毁的时候，
真话和假话终有被分辨的时候。

༢ ཁྲམ་པའི་དཔུང་པ་དར་གྱིས་བཀྱན། །
རྐུ་མའི་ལག་པ་གསེར་དངུལ་བཀྱན། །

狡诈之人的臂上系上红绳，真悲哀，
毛贼小偷的手上戴上金银，真悲哀。

༣ ཡག་མདོག་གི་ཚིག་ཟུར་ང་ལ་བཤད། །
མཛེས་མདོག་གི་ཨར་མགོ་ང་ལ་སྟོན། །

漂亮的话语说给我听，
美丽的毡帽戴给我看。

༤ དཔོན་ངན་ཡུལ་སྡེའི་དཀྲུགས་ཤིང་ཟེར། །
མོ་ངན་ཁྱིམ་མཚེས་ཤུང་དཀྲུག་ཟེར། །
གྲྭ་ངན་དགོན་པའི་ལྷག་བདུད་ཟེར། །
གྲོགས་ངན་ཚེ་སྲོག་གདོན་བགེགས་ཟེར། །

坏头领是部族里的搅屎棍，
坏女人是邻居间的捣乱人，
坏和尚是寺庙里的恶魔，
坏朋友是人生中的魔障。

རྒྱལ་སྲས་སེར་རྒོད་འབུམ་ཐུབ།

嘉赛 · 色贵奔图

གནམ་ལྕགས་ཐོག་གི་རྩལ་ལམ་ནས། །
མཐོ་བྲག་དཀར་སྲ་ཡང་བརྟན་ས་མེད། །
རྒྱ་མཚོ་ཐ་རླབས་འཕྱུར་ས་ནས། །
རི་ཕྲན་མང་ཡང་ཁེག་ས་མེད། །
སྡེ་བརྒྱད་དྲེགས་པ་ཁྲོས་ལམ་ནས། །

天铁惊雷击打处，
白岩再牢固也不能屹立；
大海浪涛拍打处，
山峦再叠嶂也不能阻挡；
八部鬼神动怒处，

རྒྱ་ཞིང་སྙེ་མགོ་གར་རྟུང་ཡིན། །

田间穗子必将随意打蔫。

སོག་བློན་མི་ནག་དཔུང་རིང་།

索伦·弥那崩仁

འབྲུག་ཤུར་སྒྲ་ཆེ་ཡང་སྟོང་སྒྲ་རེད། །
འཇའ་ཁ་མདོག་གསལ་ཡང་ཡལ་རྒྱུ་རེད། །

雷声再大也是空响，
彩虹再美也会消失。

སོག་སྟོབས་རྒྱལ་རིན་ཆེན་གྲགས་པ།

索多嘉仁钦扎巴

ལུག་བརྒྱ་ཟོས་པའི་སྤྱང་ཀི་དེ། །
རྡི་བཟང་ཤུར་རྫོས་ཀླད་ཁྲག་གཏོར། །
བྱེའུ་བརྒྱ་བསད་པའི་སྐྱ་ཁྲ་དེ། །
ཚེར་ཤུང་ཙ་ཏུ་སྒྲོག་ཏུས་ཆག །
ཉ་སྲམ་འཆའ་བའི་ཆུ་སྲིན་དེ། །
དུང་ཕྲུག་འབུ་ཡིས་སྲོག་དམར་ལེན། །

捕杀了百羊的灰狼，
被牧人石带爆了脑浆；
捕食了百鸟的老隼，
在荆棘之旁折了翅膀；
咬碎了鱼獭的巨鳌，
被海螺夺走宝贵性命。

སྲིན་བདུད་སྤྱང་མོ་ལག་རིང་།

森堆·江摩喇仁

དཔའ་རྒྱ་སྟག་ཤ་ལ་ཇམ་ས་ནས། །
ཝ་མོའི་གྲ་ལོ་མ་རྫོམ་དགའ། །
ངར་སྒྲ་ལན་གསུམ་གྲག་པའི་དུས། །
གྲ་ལོ་ཁྲག་ལ་བསྒྲེས་ནས་འགྲོ།

在猛虎吃肉的地方，
最好狐狸别去招惹显毛，
发出三声呼啸后，
粗毛必将染成血色。

སྒྲོག་མ་ཤེ་བདུད་ནག་མགོ།

卓玛·西堆那果

དཔོན་ངན་གཅིག་གིས་འོག་སྡེ་ཤུང་། །
མོ་ངན་གཅིག་གིས་ཚོ་རོགས་ཤུང་། །

一个坏头领就会危害庶民，
一个坏女人就会祸害伴侣，

ཟས་ངན་ཞིག་གིས་ཚེ་སྲོག་ཕུང་། །

一碗坏食物就会毒害性命。

མོན་ཕྲུག་ཟླ་བ་ཁྲབ་བཙན།

门楚·达瓦彻赞

རི་བོང་མཆོང་རྩལ་ལྡན་པས་ན། །
རྩལ་ཡ་དར་སེང་དཀར་མོ་གྲུགས། །
གཡུ་རྐོད་མཆེ་སྡེར་ཟམ་ཤེས་ན། །
དམར་ཡག་སྟག་གི་སྐེ་ཁྲག་འཇིབས། །
དུང་དཀར་འབུ་དེ་འགྲོ་ཤེས་ན། །
དགྲ་ཆུ་སྲིན་ངར་མའི་སྲོག་རྩ་གཅོད། །

只要兔子跳得足够有力，
就可以与白狮并驾齐驱；
只要猞猁露出獠牙利爪，
就可以吸尽红虎颈部血液；
只要白螺学会走路移动，
就可以杀死凶猛无比的巨鳌。

གླག་རྐོད་མཁའ་ནས་འཚུམ་པའི་དུས། །
རི་བོང་མཆོང་ལྡིང་ཤ་རེ་ཚ། །
ཨག་ཚིར་རེ་འགྲོ་ཉིན་འཕྱི་ས་རེད། །

在岩雕飞冲天空时，
兔子蹦蹦跳跳真可笑，
当呼天叫地时已经太晚了。

གཡུ་འབྲུག་རབ་གསལ།

玉珠饶赛

ང་ཐང་དཀར་རྐོད་ཀྱི་གཤོག་རྩལ་ལ། །
ཁྱོད་ཨུ་གུ་ཆུང་གི་འཕུར་ས་མེད། །
ང་ཁ་དཀར་རྐྱང་གི་བང་རྩལ་ལ། །
ཁྱོད་ས་རོང་བོང་བུ་རྒྱུག་ས་མེད། །
ང་ཁྲ་ཡག་གཟིག་གི་མཆོང་ལམ་ནས། །
ཁྱོད་ཁྱི་ཐན་དུ་ཟུག་བྱེད་ས་མེད། །

在我这雄鹰展翅的地方，
那有你这老枭飞翔的机会；
在我这野马奔驰的地方，
那有你这毛驴蹿跑的机会；
在我这花琼飞跃的地方，
那有你这野狗乱吠的机会。

སེང་སྟག་ཨ་དོམ།

森达阿冬

༡ དཀར་རྫོང་བྲག་གི་ཐང་དཀར་རྐོད། །

岩山上的灵鹫，

ལྡིང་ལམ་ནམ་མཁའ་བཅད་བཅད་ནས། །
རླུང་སྨུ་གྲི་ཐང་དཀར་སྐྲག་ལེ་མག །
དཀར་ཡག་གངས་ཀྱི་སེང་གེ་དེ། །
གངས་དཀར་རི་བོ་འཁྲིམ་འཁྲིམ་ནས། །
དགྲ་བུ་ཡུག་སེང་གེ་སྐྲག་རྒྱུ་མེད། །

飞惯了虚空天路，
灵鹫怎会在呼风刃；
雪山上的雄狮，
走惯了雪山密道，
雄狮怎会害怕风雪。

༢ མཐོ་གངས་རི་སྟེང་གི་དར་སེང་ང་། །
དགྲ་བུ་ཡུག་ཕྱུང་ན་ཧེ་དགའ་རེད། །
མགོ་གཡུ་རལ་མ་ངོམ་བསམ་པ་མེད། །
དེ་དར་སེང་དཀར་མོའི་ཁྱད་ཆོས་རེད། །
མཐོ་རི་རབ་སྟེང་གི་མཁའ་ལྡིང་ང་། །
སྦྲུལ་དུག་ཅན་ཧམ་ཀྱང་ཧེ་དགའ་རེད། །
ལུས་སྒྲོ་རྩལ་མ་ངོམ་བསམ་པ་མེད། །
དེ་མཁའ་ལྡིང་ཁྱུང་གི་ཁྱད་ཆོས་རེད། །
དམའ་རྒྱ་མཚོའི་ནང་གི་དུང་དཀར་འབུ། །
དགྲ་ཆུ་སྲིན་མང་ཡང་ཧེ་དགའ་ཡིན། །
འབུ་དུང་དཀར་མ་མཚོངས་བསམ་པ་མེད། །
དེ་དུང་ཕྲུག་འབུ་ཡི་ཁྱད་ཆོས་རེད། །

我这雪山上的冰狮，
遇到风雪之敌越来越兴奋，
炫耀过无数次头上的绿鬃，
这就是白色冰狮的习性；
我这高山上的琼鸟，
遇到毒蛇之敌越来越兴奋，
展示过无数次身上的翅膀，
这就是冲天琼鸟的习性；
我这大海里的海螺，
遇到巨鳌之敌越来越兴奋，
显示过无数次漂亮的游姿，
这就是白色海螺的习性。

བཙན་སྲས་སྟག་མོ་བཙན་རྒོད།

赞赛·达摩赞贵

༡ རྒྱུག་ཆེ་ན་ཤ་ཁྱིའི་ལག་ཡ་གོག །
བཤད་ཆེ་ན་བུ་མོ་མ་ལ་འཁོན། །
ཟ་ཆེ་ན་བད་ཀན་ནད་ཀྱི་གཞི། །
ངར་ཆེ་ན་ལི་གྲི་སོ་ཁ་གྲུག །

跑得太猛，猎狗不能直立；
说得太多，女儿怨恨母亲；
吃得太饱，身体患上涎病；
淬得太烈，铜剑碎裂刀锋。

༢ དཔའ་མཉམ་ན་སྟག་རོ་གཡག་རོ་བྱེད། །

勇气相同就会虎死牛亡，

མ་མཉམ་ཁྱི་ཤི་སྤྱང་ལུས་བྱེད། །

不同则会狗死狼剩。

སྒྲ་བདེ་ཆོས་སྐྱོང་བེར་ནག

嘎德·曲炯贝那

༡ ཉི་མས་གླིང་བཞི་བསྐོར་བའི་དུས། །
ཉིན་མཚན་གོ་ལོག་དབྱེ་བ་ཆེ། །

在太阳绕转四洲时，
就会分辨出昼夜之乱。

སེང་གེ་རྩལ་ཆེན་ཡིན་ན་ཡང་། །
སྲིན་འབུ་ཁོག་ལ་གར་ཞུགས་རེད། །

虽然狮子具有强大的力量，
但蛔虫可以随意进入脏腑。

༢ རི་བོ་ང་མཐོ་བསམ་མི་ཆོ། །
རི་རྒྱལ་ལྷུན་པོར་འགྲན་ཟླ་བྲལ། །
ཆུ་བོ་ང་ཆེ་ཁོ་ཆེ་སེམས། །
གང་གཱའི་ཆུ་བོར་དོ་ཟླ་མེད། །

一座比一座更高的山，
也无法与须弥山比较；
一条比一条更大的河，
也无法与恒河水相比。

༣ འབུ་ཚེ་ཟད་གྲོག་མའི་ཚང་ནང་ཐོན། །
ཚེ་ཡང་ཟད་རྒྱ་གྲོག་དམར་པོའི་ཁ། །
ལུག་ཚེ་ཟད་འཕར་སྤྱང་སྐྱ་ཚར་ཐོན། །
ཚེ་ཡང་ཟད་སྤྱང་ལྟོགས་ལྟོ་རྟེན་རེད། །

该死的虫子跑到蚂蚁巢，
更该死地飞入了蚂蚁嘴里；
该死的小羊跑到灰狼窝，
更该死地成为了饿狼食物。

བྱང་སྲས་ཨོ་རྡི་ལེགས་པ།

羌王子·欧支列巴

རིན་ཆེན་གསེར་དང་རག་གན་གཉིས། །
རྒྱུ་འདྲ་འདྲ་བསམ་ཡང་འདྲ་ས་མེད། །
འདང་རིན་ཐང་ཆེ་ཆུང་ཁ་ཁ་རེད། །
ཁམ་པ་དངུལ་དང་ཞ་ནེ་གཉིས། །
མདོག་འདྲ་འདྲ་བསམ་ཡང་འདྲ་ས་མེད། །

黄金与黄铜，
即便想是一样的质量也不会一样，
价值大小根本不在一个档次；
黑银与白铅，
即便想是一样的颜色也不会一样，

དངུལ་དཀར་རང་མདངས་དོ་ས་མེད། །
ཁ་དཀར་རྐྱང་དང་བོང་རྐན་གཉིས། །
བང་འདྲ་འདྲ་བསམ་ཡང་འདྲ་ས་མེད། །
རྒྱུག་བང་རྩལ་འགྲན་ན་ཁ་ཁ་རེད། །

怎么能比得过白银发亮光泽；
野马与毛驴，
即便想是一样的速度也不会一样，
如果进行比赛就能分出快慢。

ཁྱུང་ཁྲི་དཔལ་ལྡན་གྲགས་པ།

琼赤 · 巴丹扎巴

བྱ་རྒྱལ་མཐོ་ལམ་བཀྱུག་ས་ནས། །
འུག་པས་ཧབ་བགད་ཅི་ཞིག་རེད། །
འབྲོང་རྐོད་རྫ་ལམ་འགྲིམ་ས་ནས། །
གླང་རྐན་ངུར་འབོད་ཅི་ཞིག་ཡིན། །
རྒྱ་སྟག་ནགས་རྫོང་འཛིན་ས་ནས། །
ཐོ་རུས་རྗེས་འདེད་ཅི་ཞིག་རེད། །

在琼鸟高飞的天空，
猫头鹰怎能发笑；
在野牛行走的山岭，
老黄牛怎能哞叫；
在猛虎横行的丛林，
小马驹怎能跟踪。

ར་འདྲ་འཚི་བདག་ཡ་མེད།

热扎 · 其达雅美

༡ ཁུ་བྱུག་ནགས་ཚལ་བཟུང་བའི་དུས། །
ནེ་ལེ་གལ་ཆེན་བསུ་མ་རེད། །
གསུང་སྐད་ཅི་གདའ་དེ་རིང་ཡིན། །
རྒྱ་སྟག་ནགས་རྫོང་འཛིན་པ་ལ། །
ཐོ་རུ་ལྟད་མོ་ཡོང་ལེ་རེད། །
རྩལ་དྲུག་ཅི་གདའ་དེ་རིང་བལྟ། །
དར་སེང་གངས་སྐྱོད་འཛིན་པ་ལ། །
ཝ་མོའི་གྲ་ཡག་ཙོམ་ལེ་རེད། །
མགྱོགས་འགྲོ་ཅི་གདའ་དེ་རིང་ཡིན། །

在杜鹃飞落树林时，
鹞鹰就是前来迎接，
声音好不好就看今天；
在红虎守护丛林时，
小驹就是前来观看，
力量大不大就看今天；
在冰狮守护雪山时，
狐狸就是前来挑衅，
速度快不快就看今天。

༢ མགོ་དཔོན་རྗེས་ན་འོག་སྡེ་འཁྱམས། །

头领换了族人就会流浪，

ཚོང་དཔོན་ཤི་ན་དམྱལ་བར་འཁྱམས། །
ཕ་མ་མེད་ན་དྭ་ཕྲུག་འཁྱམས། །
ནགས་ཚལ་ཁྲོད་ནས་སྟག་ཕྲུག་ཛམ། །

商贾死了就会堕入地狱，
父母没了孤儿就会流浪，
丛林中的虎崽只会发威。

༣ ཇོན་སྐྱེན་པོའི་ཕྱུག་མདའ་མ་ཤེས་ཟེག །
ལུས་འཇོམ་དུག་ཤོར་ཉིན་འགྱོད་པ་ཆེ། །

不了解猎人手中的长箭，
丢失毛纹时就会后悔。

དམའ་ས་གཞི་མཐིལ་ནས་རི་ཕྲུག་ལྡིང་། །
འཇུམ་ཆེན་གླག་མོའི་ཁ་སྟུན་ནས། །
ཀླད་ཁྲག་བསྲེ་ཉིན་ཞེ་འགྱོད་ཤོར། །

洼地奔跑的小兔子，
在岩雕飞冲处迸裂脑浆时，
才知道心中后悔。

འབྲི་མི་དཀར་ལྷའུ་བསམ་འགྲུབ།

智 · 弥嘎尔 · 拉伍桑珠

གནམ་ལྕགས་ཐོག་དང་ཉག་ཕྲན་མདའ། །
སུ་བཏབ་ཐལ་བར་གཏོར་རྒྱུ་རེད། །
རི་གཟར་རྡབ་དང་ཉག་ཕྲན་མདའ། །
ཛོ་ལེན་མེད་པ་ཀུན་ཤེས་རེད། །
འཆི་བདག་བདུད་དང་ཉག་ཕྲན་མདའ། །
གར་ཐེབས་སྲོག་དམར་གཅོད་རྒྱུ་རེད། །

天铁之雷和细长之箭，
谁挨上谁就会彻底摧毁；
滚落之石和细长之箭，
谁都知道谁也不可阻挡；
死神之魔和细长之箭，
谁碰上谁就会丢失性命。

ཁྲི་རྗེ་ལྷ་བ་རྐང་གཅིག

赤吉 · 拉瓦冈吉

བྱེའུ་ཆུང་སྟེང་གི་སྐྱ་ཁྲ་རྟོར། །
གླག་རྒོད་ཐོག་ཏུ་འགྲོ་ས་མེད། །
ཉ་སྲམ་ཐོག་ཏུ་ཆུ་སྲིན་ངར། །
དུང་ཕྲུག་གདོང་དུ་འགྲོ་ས་མེད། །
ནགས་ཚལ་ཁྲོད་ནས་དུག་སྦྲུལ་ཛམ། །

鹞隼欺负惯了小鸟，
在岩雕身上行不通；
巨鳌欺负惯了鱼獭，
在海螺身上行不通；
毒蛇在丛林中发威，

མཁའ་ལྡིང་ཁྱུང་ལ་འགྲོ་ས་མེད། །　在琼鸟身上行不通。

ཁྲ་སྟོང་བསྟན་འཛིན་གྲགས་པ།　查董 · 丹增扎巴

དར་སེང་དཀར་མོ་མཆོང་ས་ལ། །　在白色冰狮飞跃的地方，
རི་བོང་སྐྱོར་ལྡིང་ཡོད་ས་མེད། །　小兔子怎么敢蹦跶；
རྩལ་ཆེན་མཁའ་ལྡིང་གཤོག་ལམ་ནས། །　在琼鸟强力飞翔的地方，
དུག་སྦྲུལ་སྐྱོར་འཁྱུག་ཡོད་ས་མེད། །　小毒蛇怎么敢爬行；
སྡེ་བརྒྱད་ཐོག་སེར་འཁྲིམ་ལམ་ནས། །　在八部雷雹击打的地方，
རྒྱ་ཞིང་སྙེ་མ་ངོམ་ས་མེད། །　小穗子怎么敢逞能。

དམུ་སྲས་རིན་ཆེན་གྲགས་པ།　穆赛 · 仁钦扎巴

སྟོད་ཀྱི་གངས་དཀར་ཏི་སེ་དེ། །　上方冈底斯雪山，
རི་མགོ་དགའ་ལྡན་ལྷ་གནས་མཉམ། །　山峰与喜足天宫相忘，
རི་དེ་ལ་འཁོར་བའི་སེང་གེ་དེ། །　栖息在这山顶的狮子，
མགོ་གཡུ་རལ་རྒྱས་ལུགས་འདྲ་ས་མེད། །　头上的绿鬃独具特色；
ལྷོ་ཡི་རོང་ལྷ་རྒྱལ་མཚན་དེ། །　南方绒拉坚赞丛林，
ནགས་ཚལ་ཙན་དན་ལོ་འདབ་རྒྱས། །　林中栴檀树枝茂盛，
རི་དེ་ལ་འཁོར་བའི་རྒྱ་སྟག་དེ། །　栖息在这林山的猛虎，
ལུས་འཛུམ་དྲུག་རྒྱས་ལུགས་འདྲ་ས་མེད། །　身上的斑纹独具特色；
མ་ཕམ་གཡུ་མཚོ་ཕྱུག་མོ་དེ། །　浩瀚玛旁神湖，
ཆུ་དྭངས་གཙང་བདུད་རྩི་ཞིལ་མ་རེད། །　湖水清澈透明犹如甘露，
ཆུ་དེ་ལ་འཁོར་བའི་གསེར་ཉ་དེ། །　栖息在这湖底的金鱼，
ལུས་གསེར་གཤོག་རྒྱས་ལུགས་འདྲ་ས་མེད། །　身上的鱼翅独具特色。

རུ་ཙ་ཁ་དམར།

如扎喀玛

བླ་མ་ངན་པས་གྲྭ་ཚང་ཕུང་། །
དཔོན་པོ་ངན་པས་འོག་སྡེ་ཕུང་། །
ཕ་མ་ངན་པས་བུ་རྒྱུད་ཕུང་། །
ཆོ་རིགས་ངན་པས་བཟའ་ཟླ་ཕུང་། །
མི་གཤིས་ངན་པས་རང་རྒྱུད་ཕུང་། །

坏上师会破坏寺规，
坏头领会危害族民，
坏父母会教坏子女，
坏女人会祸害伴侣，
坏习性会断送自己。

ཁྲི་བློན་ཆོས་འགྲུབ།

齐伦曲珠

ཆོས་ཆེན་བླ་མ་མ་བཞུགས་ན། །
ཕེབས་གྲངས་མང་ན་འཁོར་བའི་རྒྱུ། །
ཆེ་བཙན་དཔོན་པོ་མ་བཞུགས་ན། །
ལས་རྗོད་པ་མང་ན་རང་སྲོག་འཚོར། །
ཕ་ཆེན་ཕྱུག་པོ་མ་བཞུགས་ན། །
ཚེ་གང་གསོག་པ་མི་ལག་ཤོར། །

若是学法上师不去静修，
出门多了就会走入世俗；
若是大王强者不去静观，
事情多了就会丢失性命；
若是富贵权者不去静思，
一生财富流入他人手中。

ལྷོ་སྲས་ཉི་མ་རང་ཤར།

洛赛·尼玛让夏

༡ དར་སེང་དཀར་མོའི་རྩལ་ལམ་ནས། །
རི་བོང་ཀླད་ཁྲག་འཐོར་རྒྱུ་རེད། །
རྒྱ་སྟག་ངར་མའི་མཆེ་ལམ་ནས། །
ཐོ་ཏུ་སྲོག་རྩ་ཤོར་རྒྱུ་རེད། །
ཆུ་སྲིན་ཧམ་པའི་མཆོངས་ལམ་ནས། །
ཉ་སྲམ་ཁ་ཟས་བྱེད་རྒྱུ་རེད། །

在冰狮强大的力量下，
小兔子必将迸裂脑浆；
在猛虎锋利的獠牙下，
小马驹必将斩断命脉；
在巨鳌威猛的飞扑下，
小鱼獭必将吞入口中。

༢ ལུས་འདབ་ཆགས་ནང་གི་ཁྱུང་ཆེན་ངས། །
དུག་ཅན་སྦྲུལ་ནག་སྦར་འཛིན་བྱེད། །
ཁ་མཆེ་སྡེར་ཅན་གྱི་རྒྱ་སྟག་ངས། །
ཐོ་ཏུ་དར་མའི་སྐེ་ཁྲག་འཇིབས། །
རྩལ་ཆེན་དུང་དཀར་འབུ་ཕྲུག་ངས། །
དགྲ་ཚུ་སྲིན་ངར་མའི་སྲོག་སྙིང་གཟན། །

我这飞禽之中的琼鸟，
必然会爪斗黑色的毒蛇；
我这獠牙利爪的猛虎，
必然会吸尽马驹的血液；
我这强大无比的白螺，
必然会吞噬巨鳌的生命。

༣ སྤྱང་ཐང་སྔོན་མོ་རྒྱུག་ལམ་ནས། །
ལུག་ཆུང་འབའ་སྒྲ་གྲག་ས་མེད། །
དམར་ཡག་སྟག་གི་མཆོང་ལམ་ནས། །
ཐོ་ཏུ་ཁྱུ་ཚོགས་བྲོས་ས་མེད། །
འཇུམ་ཆེན་གླག་མོའི་ཁ་རྩ་ནས། །
རི་བོང་མཆོང་ལྡིང་བྱེད་ཡོད་མེད། །

在灰狼飞奔的地方，
羔羊那有呼叫的机会；
在红虎跳跃的地方，
小驹那有逃跑的机会；
在岩雕飞冲的地方，
兔子那有蹦跳的机会。

ཨ་གླིང་དངུལ་རྫོང་།

《邬岭银宗》

གེ་སར་ནོར་བུ་དགྲ་འདུལ།

格萨尔·诺普占堆

༡ མཐོ་ཨ་སྔོན་མཐིང་གི་སྐྱ་རེངས་དེས། །
སྨག་མུན་པ་བཅོམ་པའི་ཕོ་ཉ་བྱས། །
ཤིང་རྒྱ་ལྕང་རྩེ་ཡི་ཁུ་བྱུག་དེས། །
ཆབ་འཁྱག་རོམ་བཅོམ་པས་མི་ཚད་པས། །
དཔྱིད་དཔལ་ཡོན་བསུ་བའི་ཕོ་ཉ་བྱས། །

蓝天显现黎明之曙光，
是乃驱散黑暗之使者；
柳树枝头的杜鹃，
不仅融化了冰雪
而且迎来了春天。

༢ ཨ་སྔོན་ནམ་མཁའི་རྒྱང་ལམ་ནས། །
ཁྲི་གདུགས་ཉི་མ་འོད་རེ་ཆེ། །
སྒྲ་གཅན་ཁ་ལ་མ་ཤོར་དགོས། །
ཤོར་ན་འོད་སྟོང་ངོ་རེ་ཚ། །
གཙང་ཆབ་སྔོན་མོའི་ཆུ་ནང་ན། །
གསེར་མིག་ཉ་མོ་འཁྱུག་འགྲོས་བྱེད། །
ལྕགས་ཀྱུས་ངར་ལ་མ་ཤོར་དགོས། །
ཤོར་ན་གཤོག་དྲུག་ངོ་རེ་ཚ། །

在蓝色的遥远天路，
太阳依然光芒万丈，
最好不要落入罗睺之口，
若是落入光芒就会丢尽脸面；
在蓝色的大海深层，
金鱼依然闪身飞跃，
最好不要落入铁钩之口，
若是落入六翼就会丢尽脸面。

༣ མེ་དམར་པོས་ཁ་ཡ་འོང་མཁན་ལ། །
ཆབ་གངྒཱའི་ཆུ་རླུང་མ་གཏོགས་མེད། །
དུག་ནག་པོའི་ཁ་ཡ་ཡོང་མཁན་ལ། །
སྔོ་སྒྲོ་ལྡན་རྨ་བྱ་མ་གཏོགས་མེད། །

能够抵挡火焰的，
除了恒河之水就没有别的；
能够抵挡毒性的，
除了孔雀之力就没有别的。

ཡ་མེད་ཁྲག་རལ་རྒྱལ་པོ།

ཐང་མེ་ཏོག་མགོ་ལྷོག་ལྷེམ་ན་ཡང་། །
སད་སེར་བའི་སྔོན་ལ་མཛེས་ཞན་འདྲ། །
ནགས་རྒྱ་རྫོང་ཤུག་ལོ་རྒྱས་ན་ཡང་། །
མེ་དམར་པོའི་སྔོན་ལ་རྒྱས་ཞན་འདྲ། །
བྲག་དཀར་རྫོང་དབུ་འཕང་མཐོ་ན་ཡང་། །
ཐོག་གནམ་ལྕགས་སྔོན་ལ་མཐོ་ཞན་འདྲ། །

雅美·叉然嘉波

虽然大地花朵婀娜多姿，
但在霜雹之前再美丽也枉然；
虽然丛林柏树枝繁叶茂，
但在火焰之前再旺盛也枉然；
虽然岩石堡垒巍然屹立，
但在雷霆之前再高大也枉然。

བལ་སྲས་ཐོག་རྒོད།

ཤི་ཤ་དམར་པོའི་རྩོད་གཞི་དེ། །
ཤི་བསམ་ས་ནས་བཙལ་ནས་ཕྱུང་། །

泊赛·托贵

在无缘无故中，
找来了仇深似海的矛盾。

ཤན་ཚ་རླུང་ལྷ་མགྱོགས་ལྡན།

མེ་དམར་པོ་འབར་བའི་ངར་ལམ་ནས། །
ཤིང་སྡོང་རྒན་ཐར་ས་ཨེ་འདུག་ཤེ། །
མདའ་ཐོག་དམར་འཕེན་པའི་ངར་ལམ་ནས། །
མཐོ་བྲག་དམར་བརྟན་ས་ཨེ་འདུག་ཤེ། །
ཆར་སེར་རྒོད་འབབ་པའི་ངར་ལམ་ནས། །
མཛེས་མེ་ཏོག་འཁྲུངས་ས་ཨེ་འདུག་ཤེ། །

辛擦·隆拉爵丹

在火焰燃烧的地方，
能有老树幸免的机会?
在迅雷击打的地方，
能有岩山耸立的机会?
在暴雨降落的地方，
能有花朵绽放的机会?

མེ་རུ་རྩེ་རྒྱལ།

རྒྱང་མཛེས་རི་རྒྱལ་མཐོན་པོའི་ངོར། །

梅如泽嘉

远处美丽的大山上，

ལུག་ཚུང་ཟས་ལ་གྲམ་གྲམ་ནས། །
ཐ་མ་རི་སྤྱང་ཁ་ལ་ཤོར། །
ཞིམ་ཤ་བསྐྱོལ་དུ་འོང་བ་འདྲ། །

小羊常常觅食鲜草，
最后落入饿狼之口，
好像上门送去鲜肉一样。

སོག་བློན་ཁེ་ཚེ་འབྲུག་རྒྱལ།

索伦 · 克次珠嘉

ཁྱི་སྐྱག་ཟན་ལམ་ནས་རྒྱུགས་པ་དེ། །
རྡོ་གོར་མོ་ཧུལ་བའི་སྣ་འདྲེན་འདྲ། །
སྤྲང་འཁྱམ་པོའི་མུག་སྣང་མཐོ་བ་དེ། །
གཏམ་དམའ་འབེབས་འཕྱ་དམོད་ཧུལ་བ་འདྲ། །

脏野狗乱窜，
招致石头殴打；
穷乞丐傲慢，
招致他人辱骂。

ཆུ་འདྲེན་རྐང་རིང་།

曲整冈仁

སེང་གེ་དཀར་མོའི་འགྱིང་ཚབ་ལ། །
གླང་རྒན་ལས་ཀྱིས་བསྙོས་སོང་ཟེར། །
ཁྲ་ཡག་གཟིག་གི་འཛུམ་ཚབ་ལ། །
ཁྱི་རྒན་མི་སྡོད་ཐབས་མེད་ཟེར། །
ཁུ་བྱུག་སྙན་མོའི་གསུང་ཚབ་ལ། །
ཁྭ་ཏ་མི་གྲག་ག་མེད་རེད། །

高贵傲立的狮子，
无奈被老黄牛替代；
花斑亮丽的豹子，
无奈被老野狗替代；
布谷鸟儿的妙音，
无奈被乌鸦声替代。

གནམ་ལྕགས་འགྱུར་མེད་ཆོས་དཀའ།

南加 · 久美曲嘎

གནམ་ལྕགས་ཐོག་མདའ་གྲགས་ཆེ་ཡང་། །
འཆི་མེད་རླུང་ལ་འགྲོ་ལོ་མིན། །
བསྐལ་པའི་མེ་དཔུང་འབར་བ་དེ། །
འབྱུང་བ་ཆུ་ལ་འགྲོ་ལོ་མིན། །

天铁雷箭再出名，
也对不死之风无可奈何；
世间火焰再旺盛，
也对四大之水无可奈何。

ཚལ་ལྡན་ལུ་ཆུང་།

དུས་ངན་སྙིགས་མའི་ཐ་མ་རུ། །
ཟོག་པོ་རིན་ཆེན་གསེར་ལ་བརྩི། །
མཁས་དང་གྲུབ་པ་མཐའ་རུ་སྐྱོད། །
མ་ཐུབ་དགྲ་བོ་ཕ་བཞིན་བརྩི། །
མཛའ་བའི་གྲོགས་པོ་རིང་དུ་དོར། །

泽丹鲁曲

在这五浊末法之时，
骗子比金子还重视，
贤哲之人抛之脑后，
敌人比父亲还尊重，
挚诚之友弃之不顾。

ཁྱད་མི་གཟའ་ཆོད་གྲགས་པ།

༡ ཁྲོད་ཞ་བོའི་ཚོད་ཀྱི་རྐང་བདེ་རེད། །
ཞེ་ལོང་བའི་ཚོད་ཀྱི་མིག་ཡོད་རེད། །
ཁ་ལྐུག་པའི་ཚོད་ཀྱི་ལྕེ་བདེ་རེད། །
མི་སྡར་མའི་ཚོད་ཀྱི་དཔའ་བོ་རེད། །

且弥·撒贵扎巴

比瘸子强一点的腿脚，
比瞎子强一点的眼睛，
比哑巴强一点的口舌，
比懦夫强一点的胆量。

༢ བྱ་རྒྱལ་ཁྱོད་པོའི་འཕུར་ཡ་ལ། །
ཉེ་ལེས་མི་འོང་ལད་མོ་ཙམ། །
མགྱོགས་པ་རྐྱང་གི་བང་ཡ་ལ། །
བོང་བུས་མི་ཚོད་སྙོང་སེམས་ཙམ། །
ཙན་དན་ལོ་མའི་སྐྱེ་ཡ་ལ། །
འཇག་མས་མི་འོང་འཁྲུལ་སྣང་ཙམ། །

老鹰不能与琼鸟齐飞，
最多也只是模仿；
毛驴不能与野马齐走，
最多也只是空想；
茅草不能与栴檀齐长，
最多也只是错觉。

བྱང་བཟའ་ཚེ་འཛིན་ལྷ་མོ།

ལྟོགས་ནའང་མི་ཤ་མི་ཟ་རྒྱུ། །
འཇིག་རྟེན་མི་ཡི་ཆོས་ཉིད་རེད། །

羌萨·次增拉姆

饿了不吃人肉，
就是世人的本性；

སྐོམ་ན་འདམ་ཆུ་མི་འཐུང་རྒྱུ། །
ཁ་དཀར་རྐྱང་གི་ངང་ཚུལ་རེད། །

渴了不喝泥水，
就是野马的习性。

ཁྱད་མི་ཁྲག་འཐུང་དཔལ་བཟང་།

且弥 · 叉彤巴桑

སྦྲང་མས་བསགས་པའི་སྦྲང་རྩི་དེ། །
ཐ་མ་གཞན་གྱིས་ཁ་ཟས་རེད། །
སྡར་མས་གྱོན་པའི་དཔའ་ཆས་དེ། །
ཡ་མེད་དཔའ་བོའི་ལག་ཆ་རེད། །

蜜蜂采集的花粉，
最后会变成别人的美食；
懦夫身穿的铠甲，
最后会变成英雄的武器。

མཐའ་བཙན་ནོར་བུ་དཔལ་བཟང་།

塔赞•诺普巴桑

༡ ཕ་མའི་སྔོན་གྱི་དཔའ་གཏམ་དེ། །
བཙན་པོ་དགྲ་ལ་འགྲོ་བ་མིན། །
བརྩེ་བའི་གྲོགས་ལ་ཁ་སྤྱོབས་དེ། །
ལག་ལེན་དངོས་ལ་འབབ་པ་མིན། །

父母跟前说起的豪言，
对强大的敌人不起作用；
挚友跟前说起的壮语，
在实践中不能得到落实。

༢ ཕོ་སར་དཔའ་གྲོགས་མང་ན་ངར། །
མདའ་གསར་ཕ་རོལ་འཕེན་ལ་སྙིན། །
རྟ་གསར་རྩྭ་ཆུས་འགྲང་ན་རྒྱུག །

男人有人协助更能勇猛，
新箭有人射出更能飞快，
马驹有人喂草更能疾驰。

༣ བན་གསར་སྣང་བ་མཐོ་དྲགས་ན། །
སྡོམ་པ་འཆོར་བའི་སྔ་ལྟས་རེད། །
ཞིས་མེད་བུ་མོ་རང་སྣང་ཆེ། །
ཁ་དགུ་འཕོར་བའི་སྔ་ལྟས་རེད། །

小和尚过于兴奋，
就是破出戒律的前兆；
小女人过于傲慢，
就是返回娘家的前兆。

ཤེས་རབ་ལྷ་དར།

༡ སྐྱིད་སྡུག་མི་རྟག་སོས་ཀའི་གནམ། །
དེ་ཡང་མི་རྟག་ནམ་དུས་འགྱུར། །

༢ སྐྱིད་འདོད་མི་ཚེ་སྟོང་ཟད་སྡུག །
བརྒྱད་ཅུས་འབོད་པ་བྱུང་བའི་དུས། །
རེ་ས་བླ་མ་མ་གཏོགས་མེད། །

西饶拉塔尔

苦乐无常好比春季的天气，
无常天气随时会变化。

白白流失了希望幸福的人生，
当被八十高龄召唤时，
除了上师没有任何依托之人。

སེང་སྟག་ཨ་དོམ།

བླ་མ་རབ་འབྲིང་མཐའ་གསུམ་སྟེ། །
བླ་རབ་མཁྱེན་དཔྱོད་སྔོན་ལ་མངའ། །
འགྲོ་དོན་གདུལ་བྱ་དེ་ལ་རྒྱས། །
བླ་འབྲིང་རྒས་གཞོན་མཚམས་ནས་མཁས། །
ཚེ་མཐར་ཆོས་ཀྱི་སྙིང་པོ་ལོན། །
བླ་མཐའ་མི་ཚེ་གྲོང་ཆོག་རྒྱུག །
འཆི་རྐྱེན་བྱུང་དུས་ཆོས་མེད་ཡིན། །
ཕོ་ལ་རབ་འབྲིང་མཐའ་གསུམ་སྟེ། །
ཕོ་རབ་བློ་ཁོག་མཁའ་ལས་ཡང་། །
དྲན་འཕྲུལ་སྤྲིན་ཁ་འཐབ་པ་མེད། །
ཕོ་འབྲིང་སྐྱིད་ཐུབ་སྡུག་ཐུབ་ཡིན། །
རང་ཚོད་ངང་ནས་ཚེ་མཐའ་འཁྱོལ། །
ཕོ་མཐའ་བློ་མང་བྱ་ཟིན་མེད། །
སྡུག་ཐུག་ངང་ནས་མི་ཚེ་ཤོར། །
སྨན་ལ་རབ་འབྲིང་མཐའ་གསུམ་སྟེ། །

森达阿冬

上师分上中下三等人：
上等上师本来就具有智慧，
度化众生的事业更加发达；
中等上师到了中年变智慧，
生命终结时悟得人生真谛；
下等上师一生在俗家经忏，
遇到死亡成了不懂法的人。
男人分上中下三等人：
上等之人心胸比天广阔，
不会被乌七八糟的想法搅乱；
中等之人过上安逸生活，
自觉地渡过自己的平凡一生；
下等之人一生想如非非，
最后无奈地消磨了宝贵人生。
女人分上中下三等人：

མོ་རབ་ཡོན་ཏན་ཀུན་ལྡན་ཞིང་། །
བདེ་སྐྱིད་ངང་ལ་ཚེ་མཐའ་འཁྱོལ། །
སྨན་འབྲིང་དུད་ཀྱི་གནས་གཞི་ཡིན། །
བཟའ་མི་ཚོ་ཡོད་སྐྱིད་ལ་སྤྱོད། །
སྨན་མཐའ་ལ་ཁའི་དར་ལྕོག་སྟེ། །
རླུང་ཕྱོགས་གར་གཡུག་འགྱོ་འདྲ་ཟད། །

上等之女贤惠聪明过人，
幸福完美地走完一生；
中等女人成为家庭顶梁，
全家都过上幸福生活；
下等女人就像山顶经幡，
就会随风摇摆而不定。

ཨུ་ཡན་དངུལ་རྫོང་།

ནེ་ནེ་གནམ་སྨན་དཀར་མོ།

༡ ལྷོ་མོན་མཐིལ་གྱི་ཁུ་བྱུག་བྱ། །
ལྷོ་མོན་ས་བཟུང་ཡོས་དགའ་སྟེ། །
ནམ་ཟླ་དུས་ཀྱི་ཚོད་འཛིན་ལ། །
དབུ་ནག་བོད་ཡུལ་འཁྱིམ་ལ་བསྐོས། །
དྲུག་འགྱུར་རྣ་བར་སྙན་ལེ་དགོས། །
རྒྱ་མཚོའི་ཀླུ་རྒྱལ་དབང་པོ་དེ། །
རང་ས་བཟུང་བ་ཡོས་དགའ་སྟེ། །
ས་ནག་འབྲས་དྲུག་སྨིན་སྨད་དུ། །
ཆུ་འཛིན་སྤྲིན་ཕུང་སྤུད་ལ་བསྐོས། །
ཆར་ཆེན་པོའི་འགྲོ་བློ་ཚིམས་ལེ་དགོས། །
བྱ་རྗེ་བོ་དང་མ་རྒོད་པོ་ནི། །
བཙན་བྲག་དཀར་བཟུང་བ་ཡོས་དགའ་སྟེ། །
གཤོག་རྒྱལ་ནམ་འཕང་གཅོད་ལ་བསྐོས། །
ལྡབས་གཅིག་གིས་ནམ་འཕང་ཆོད་ལེ་དགོས། །
ནགས་མའི་རྒྱ་སྟག་ཁྲ་བོ་དེ། །
ནགས་ཙན་དན་བཟུང་བ་ཡོས་དགའ་སྟེ། །
ཤ་དམར་ཞིམ་ཤ་ཟ་ལ་བསྐོས། །
མཆེ་སྡེར་ཁྲག་ལ་འགྲེ་ལེ་དགོས། །

༢ སྙན་གྲགས་ཅན་གྱི་གཡུ་འབྲུག་དེས། །
སྐད་གསང་འཇིག་རྟེན་ཁྱབ་དང་བཅས། །

《邬延银宗》

乃乃·南曼嘎尔姆

南方门隅的布谷鸟，
肯定想守好南方门隅，
但受季节变化影响，
注定要飞回黑头蕃域，
也会发出悦耳动听的歌声；
大海中的鲁王主宰，
肯定想守好自己故土，
但为黑地六谷收获，
注定要卷起天上云朵，
也会满足众生雨露的渴望。
鸟类之王雄鹰，
肯定希望守着岩山，
但注定要展翅翱翔蓝天，
一声拍翅必须要飞上高空；
丛林中的花虎，
肯定希望守着檀林，
但注定要血口吞噬血肉，
也要把獠牙利爪染成血色。

名声响亮的青龙，
不仅要雷鸣响彻世间，

ལྷོ་སྤྲིན་མགྲོན་དུ་ཁུག་ལེ་དགོས། །
གངས་སྟོད་སེང་གེ་དཀར་མོ་དེས། །
སྟོབས་རྩལ་གོང་དུ་བུད་དང་གཅིག །
གཡུ་རལ་གྲ་ཛོམ་ཕེར་ལེ་དགོས། །
ནམ་མཁའི་ཆུ་འཛིན་སྤྲིན་ཕུང་གིས། །
ནམ་མཁའ་ཡངས་པར་བཀང་ནས་ཀྱང་། །
ཆར་ཆེན་མི་ཡུལ་འབབ་ལེ་དགོས། །
རྨ་རྒྱལ་དགྲ་འདུལ་གེ་སར་དེས། །
བུ་རྟས་དགྲ་དཔུང་བཏུལ་ནས་ཀྱང་། །
རྫོང་གཏེར་གཡང་དུ་ལོན་ལེ་དགོས། །

也要把南云收为己有；
雪山顶上的白狮，
不仅要豪情锋芒毕露，
也要把绿鬃淋漓展现；
碧空漂移的云彩，
不仅添满浩瀚的天空，
也要让雨露洒向人间；
玛嘉制敌格萨尔，
不仅要兵马横扫敌军，
也要把财富夺取收回。

༣ གླེན་ཆེ་ན་རི་བོང་གླག་གིས་ཁུར། །
ཉལ་ཆེ་ན་འགྲོ་འདུག་རྒྱུས་པ་ན། །
ཟ་ཆེ་ན་མི་ཞུ་ཕོ་བ་ན། །

过于愚笨兔子会被岩雕捕捉，
过于贪睡腿脚就会抽筋受损，
过于吃饱肚子就会消化不良。

༤ ཕུ་ཡི་ནམ་སྤྲིན་ནག་འཁྲུག་ཅིང་ཡོད། །
སྡེ་བརྒྱད་བྲན་དུ་ཁོལ་ཞིང་ཡོད། །
གཡུ་འབྲུག་ངར་སྐད་ལྡིར་ཞིང་ཡོད། །
གློག་དམར་ཞགས་པ་བརྐྱངས་ཤིང་ཡོད། །
ཐོག་སེར་དྲག་ཏུ་འཁྲིགས་ལེ་དེ། །
མདའ་ཡི་ལྗང་ཆུང་གཏོར་འདོད་རེད། །
གཏོར་འདོད་མེད་ན་འཁྲིགས་དོན་མེད། །
སྔགས་ཆེན་ཨ་མྱེའི་གཏོར་ཟོར་དེ། །
ད་རེས་དུས་ལ་བབ་ངེས་རེད། །

山沟乌云密布处，
八部鬼神成奴隶，
青龙腾空怒吼声，
闪电观之似长索。
冰雹严厉如弹雨，
欲想谷口打绿苗，
否则乌云何聚集，
咒师该念朵玛咒，
发力时机是当下。

༥ ཤར་ཕྱི་གདུགས་ཉི་མའི་འོད་མདངས་དང་། །
སྲིན་བུ་མེ་ཁྱེར་སྣང་བ་གཉིས། །

东方太阳的光芒，
萤火虫发出的微光，

ཕོ་སྣང་མཐོས་འགྲན་འདོད་ཡོད་ན་ཡང་། །	高傲的男人虽想把二者进行比较，
དོན་ཡང་དག་འགྲན་ན་འདྲ་ལེ་མེན། །	但真正比起来不可相比。
འཇའ་ཚེན་རྨ་བྱའི་མདོངས་སྒྲོ་དང་། །	孔雀展开的彩羽，
སྣང་ཚེན་སྐྱ་གའི་རི་མོ་གཉིས། །	喜鹊身上的毛纹，
ཕོ་མཐོ་འདོད་འགྲན་སེམས་ལུས་ཡོད་ཀྱང་། །	高傲的男人虽想把二者进行比较，
དོན་ཡང་དག་བསྡུར་ན་འདྲ་ལེ་མེན། །	但真正比起来没法比较。
༤ རྒྱ་ཁྲ་འཕུར་བའི་འཇུམ་ལམ་ནས། །	在鹞隼飞冲的地方，
བྱིའུ་ཐུག་ཐར་བ་ཨ་འུ་ཙི། །	很难使小鸟逃命。
༥ ཡུལ་མཐིང་རོང་ནགས་མའི་གཞི་དཀྱིལ་ནས། །	在亭绒树林之中，
དོམ་ཐུགས་དཀར་ཟེར་བའི་གཡེར་པོ་ཆེ། །	有出了名的白胸熊，
ཁོས་མཆེ་སྡེར་ངར་མའི་ཁ་ལམ་ནས། །	它那尖利的牙爪，
མི་རྟ་ཚག་རྩེར་བཟོ་བས་ཟེར། །	经常会撕碎人马；
དགྲ་ས་མདས་སྙིང་ལ་གཟེར་དུས་དེར། །	当敌箭穿过胸间时，
དཔའ་མཆེ་སྡེར་རུས་པ་ཚག་གང་རེད། །	这獠牙利爪便变成一堆碎骨。
ཤིང་བཟང་པོ་ཤུག་གུའི་གཞི་དཀྱིལ་ནས། །	在柏木枝杈中间，
བྱ་ཁུ་བྱུག་ཟེར་བའི་གཡེར་པོ་ཆེ། །	有出了名的布谷鸟，
སྐད་དྲུག་འགྱུར་སྙན་མོའི་ཁ་ལམ་ནས། །	它那美妙的歌声，
རྣ་སྒྲ་འཛིན་བརྟན་པ་འཁྲོག་པས་ཟེར། །	每天都吸引耳根。
སྙན་མོ་ཤང་ཤང་འགྱུར་ལམ་ནས། །	当共命鸟显身时，
ངག་དེ་ཚོ་ལྐུགས་པའི་གྲེ་འགྱུར་རེད། །	这歌声却变成一声嘶哑。
༦ གངས་རིར་འཕྱོད་བའི་སེང་གེ་དེ། །	傲立雪山的狮子，
གངས་དེ་དང་འགྲོགས་ན་སེང་གེ་ཡིན། །	若与雪山为伴称为狮子，
དམའ་རྒྱ་གྲོང་འཁྱམ་ན་ཞེའུ་ཁྱི། །	若在街头流浪成为野狗；
སྤྲིན་ཕུང་པོར་འགྲོགས་པའི་གཡུ་འབྲུག་དེ། །	云朵为伍的青龙，

སྤྲིན་དེ་དང་མ་བྲལ་གཡུ་འབྲུག་རེད། །
དམའ་རྒྱ་ཐང་ལྷུང་ན་ལྟས་ངན་སྦྲུལ། །
ནགས་མའི་རྒྱ་སྟག་འཇུམ་རྒྱས་དེ། །
ནགས་དེ་ལ་འཁོར་ན་རྒྱ་སྟག་རེད། །
དམའ་ཐང་སྟོང་འཁྱིམ་ན་ཝ་མོ་རེད། །

若与云彩不离称为青龙，
若是掉落平地成为盘蛇；
行走丛林的斑虎，
若是回归林中称为猛虎，
若在平地游荡便是狐狸。

གེ་སར་ནོར་བུ་དགྲ་འདུལ། 格萨尔·诺普占堆

༡ བོད་ལ་བསྐོས་པ་རྣམ་གསུམ་ཡོད། །
དགོན་ཆོས་གཞི་བཟུང་མི་བླ་མ་བསྐོས། །
ཆོས་གར་དར་གདན་ས་ཟིན་ལེ་དགོས། །
གོང་ཁྲིམས་ར་བཟུང་མི་དཔོན་པོ་བསྐོས། །
ཁྲིམས་ཁྲ་མོའི་གདན་ས་ནོན་ལེ་དགོས། །
རྫོང་ཕ་གཞིས་བཟུང་མི་མཛངས་མ་བསྐོས། །
ཁྱིམ་ཕ་མཁར་གོང་བ་ནོན་ལེ་དགོས། །
དེ་བོད་ཀྱི་བསྐོས་པ་རྣམ་གསུམ་ཟེར། །

藏族有三件注定之事：
上师注定为四法之寺的主持，
必须要管好佛法弘扬之寺；
法官注定为法场之严的监督，
必须要压住严法惩罪之场；
淑女注定为家庭之事的管家，
必须要承担父业兴旺之责。
这就是蕃域三大注定事。

༢ ཆུ་འཛིན་སྤྲིན་ཕུང་མ་བསལ་ན། །
ཉི་ཟླའི་འོད་མདངས་མི་གསལ་གསུངས། །
འོད་ཟེར་དྲྭ་བ་མ་རྒྱས་ན། །
དུས་ཀྱི་དྲོད་ཡང་མི་འབེབ་གསུངས། །

如果天上乌云不散去，
日月之光就不会照亮；
如果光芒之网不照耀，
大地温度就不会变暖。

དུས་དྲོད་ས་སྟོབས་མ་རྒྱས་ན། །
དབུ་ནག་ལྗང་ཆུང་མི་སྐྱེ་ཟེར། །
ལྗང་ཆུང་སྙེ་མ་མ་འཁྲུངས་ན། །
འབྲས་དྲུག་གཏེར་ཁ་མི་ལོན་གསུངས། །
འབྲས་དྲུག་བོད་ལ་མ་སྨིན་ན། །

如果不春回大地，
黑头幼苗就不会露出嫩芽；
如果幼苗不发芽，
六谷作物就不能获得丰收；
如果蕃域无六谷，

དབུ་ནག་སེམས་རྟེན་ཅི་ལ་བྱེད། །　黑头蕃人生存就无处依靠。

བདུད་ཁམས་ཆོས་ལ་མ་ཕབ་ན། །　如果不降服魔域，
རྒྱལ་བསྟན་མཐའ་རྒྱས་མི་འབྱུང་གསུངས། །　佛陀善法就不能发扬广大；
རྫོང་གཏེར་གཡང་དུ་མ་བླངས་ན། །　如果不夺取宝藏，
བོད་ཁམས་ནོར་གྱིས་འཕོང་པས་གསུངས། །　蕃域大地就困于财物匮乏。

༣ དགུང་སྔོན་ནམ་མཁའི་ཀློང་དཀྱིལ་ནས། །　在蓝天高空之中，
གཡུ་འབྲུག་གསུང་སྐད་ཆེ་ཞན་འདྲ། །　青龙之声再大也是枉然，
དྲང་སྲོང་འཕྲུལ་གྱི་སྡེ་བརྒྱད་དེས། །　或许会被八部鬼神，
ཐོག་རྡིས་ངར་མ་བྱེད་དོགས་གདའ། །　凶猛踩地脚下；
མཁའ་ཁམས་རླུང་གི་དཀྱིལ་འཁོར་ནས། །　在天空风云之中，
ཁྲི་གདུགས་འོད་ཟེར་བཀྲག་ཞན་འདྲ། །　太阳之光再强也是枉然，
དགྲ་གཅན་གདོང་གི་མཆེ་དུག་དེས། །　或许会被罗睺毒牙，
འོད་ཟེར་མུན་པར་སྒྲིབ་དོགས་གདའ། །　吞噬掉万丈光芒；
ཕ་མཁར་མཐུ་ཡི་བཙན་རྫོང་ནས། །　在神秘城堡之中，
མཐུ་མཁན་ཟོར་ལ་མཁས་ཞན་འདྲ། །　咒师能力再强也是枉然，
དགྲ་ཆོམ་རྐུན་གདུག་པའི་སྦྱོར་བ་དེས། །　或许会被强盗暴行，
མཐུ་ཟོར་རྡུན་དུ་ཤོར་ཉེན་གདའ། །　削弱了他们。

༤ མཐའ་བཞིའི་རྒྱ་མཚོའི་འགྲམ་ཟུར་ནས། །　四大海洋的边缘，
དམར་ཆུང་བྱུ་རུའི་རྒྱན་ཆ་དེ། །　那串红色珊瑚装饰品，
ཐབས་ཀྱིས་ལག་ཏུ་ལོན་ལེ་གྱིས། །　要千方百计取到手里，
མགོ་དཔོན་ལུའི་རྒྱན་དུ་ཨེ་མཛེས་གཟིགས། །　试看戴在头领项上是否漂亮；
རྒྱ་མཚོ་ཆུ་ཡི་སྙིང་པོ་ལ། །　大海之水的精华，
པདྨ་རཱ་གའི་རྒྱན་ཕྲེང་དེ། །　那串红莲宝石装饰品，
ཐབས་ཀྱིས་མགྲོན་དུ་ཁུག་ལེ་གྱིས། །　要千方百计得到手里，

སྟག་ཤར་རྒྱན་དུ་ཨེ་མཛེས་གཟིགས། །

试看戴在俊男身上是否漂亮。

༥ བོད་ལ་བསྐོས་པ་རྣམ་གསུམ་ཡོད། །
མེ་ཤེལ་ཉི་མའི་དཀྱིལ་འཁོར་དེ། །
བསྐོས་ཐང་བར་སྣང་གསང་སྔོ་འཁྱིམ། །
ལས་སུ་མུན་སེལ་བྱ་བ་བྱེད། །
ཨུ་དུམ་ཝ་རའི་མེ་ཏོག་དེ། །
བསྐོས་ཐང་སྐྱེད་ཚལ་ཐང་རྒྱ་འཁྱིམ། །
ལས་སུ་སྦྲང་བཅུད་བདུད་རྩི་འཛོ། །
མ་དྲོས་ཀླུ་ཡི་དབང་པོ་དེ། །
བསྐོས་ཐང་མཚོ་མོར་འཁྱིམ་ལ་བསྐོས། །
ལས་སུ་སྦྲང་ཆར་ཟིལ་མ་འབེབས། །
དེ་བོད་ལ་བསྐོས་པ་རྣམ་གསུམ་ཟེར། །

蕃域有三个注定的事情：
火热的太阳，
注定在高空中运行，
要从事驱散黑暗的大业；
优昙钵罗花，
注定在苑地里绽放，
要从事产出花粉的大业；
无热恼鲁王，
注定在大海中居住，
要从事降落甘雨的大业。
此乃蕃域三注定之事。

༦ ལ་ལུང་ཁ་བའི་དཔུང་གནོན་དེ། །
ཁྲི་གདུགས་ཉི་མ་ཁོང་ལས་མེད། །
འོད་ཆེན་དྲོད་དུ་ཁྱུག་པས་ན། །
གངས་དཀར་ཡག་ཆབ་ལ་བཞུ་བས་ཆོག །
བྲག་དཀར་བཙན་པོའི་སྟེང་གནོན་དེ། །
གནམ་ལྕགས་ཐོག་དམར་ཁོང་ལས་མེད། །
ངར་ཆེན་གྲགས་ཤིང་བརྡེག་པས་ན། །
ཐལ་མེད་ཐང་ལ་བཤིལ་བས་ཆོག །
ཆུ་འཛིན་འཁྲིགས་པའི་སྤྲིན་གཡོགས་དེ། །
བསལ་མི་རླུང་ཆེན་ཁོང་ལས་མེད། །
ཤུགས་ཆེན་དྲི་བཞོན་སྐྱུལ་བས་ན། །
མུན་སེལ་འོད་སྣང་རྒྱས་པས་ཆོག །

控制山谷雪花的，
只能是高挂红日，
一旦发光变暖，
可以雪花融化成为水珠；
压制坚固岩石的，
只能是天铁迅雷，
一旦猛击重打，
可以岩石摧毁成为尘埃；
抑制乌云密布的，
只能是狂风怒号；
一旦怒吼卷起，
可以黑暗驱散成为光明。

༧ རྒྱ་ལྟོ་འགྲོ་འཁྱུག་པའི་འགྲོས་ཁ་དང་། །
དགུང་མཁའ་ལ་རྒྱུ་བའི་གཡུ་འབྲུག་གཉིས། །
འདྲ་བསམ་མི་འདྲ་སོ་སོ་ཡིན། །
སྤུ་མེད་པགས་བྱིའུ་འཕུར་ལྡེབ་དང་། །
རྒོད་དང་མ་མཁའ་ལ་ལྡིང་བ་གཉིས། །
འདྲ་བསམ་ཡོད་ཀྱང་འདྲ་ས་མེད། །
ཁྱི་བདའ་ལུས་རྗེ་འཛིན་བྱེད་ལེ་དང་། །
སྟག་དམར་ཡག་དགུང་ནས་མཆོང་ལེ་གཉིས། །
འདྲ་བསམ་མི་འདྲ་སོ་སོ་ཡིན། །

平地游走的行蛇，
高空腾飞的青龙，
二者想一样也各不相同；
无毛蝙蝠的扑闪，
高飞灵鹫的翱翔，
二者想一样也各不相同；
流浪野狗的鼻寻，
红色老虎的飞跃，
二者想一样也各不相同。

༨ མཐོ་ཡངས་ལ་ལྡིང་བའི་ཁྱུང་ཆེན་དེས། །
གཤོག་སྒྲོས་ནས་འཕང་སྐྱོད་པ་ལ། །
རླུང་ཆེན་ངར་མས་ཐོག་བརྫི་བསམ། །
མ་ཐུབ་གཤོག་རྩེའི་སྐྱོར་ཡ་བྱུང་། །
གནམ་མཐའ་མི་སྐོར་ལུས་བསམ་མེད། །
གངས་དཀར་ཡག་བཟུང་བའི་སེངྒེ་དེས། །
ཝ་སྐྱེས་གཟན་ལ་རྫམ་པ་ལ། །
འཁྲུན་འདོད་དམར་ཡག་ཐོག་རྫིས་དེས། །
མ་ཐུབ་སེང་གེའི་དཔའ་རོགས་བྱུང་། །
ཞིམ་ཤ་མི་ཟ་བསམ་པ་མེད། །
མཚོ་ལ་འགྲིམ་པའི་གསེར་མིག་ཉ། །
འཕྱུར་ཆེན་པོའི་ཡང་རྩལ་སྦྱོང་ལེ་ལ། །
ཆུ་རླབས་འཁྲུག་པའི་ཐོག་རྫིས་དེས། །
མ་ཐུབ་ཉ་མོའི་འཕྱུར་རོགས་བྱུང་། །
མཚོ་མཐའ་མི་འཁོར་བསམ་པ་མེད། །

飞越高空的琼鸟，
在天空展翅翱翔时，
欲把疾风踩在脚下。
未成变为拍翅之助，
不曾怀疑不能飞转天际；
守护雪山的雄狮，
在张口吞噬狐狸时，
欲把红狐踩在脚下。
未成变为狮子之伴，
不曾怀疑不能吃上鲜肉；
畅游大海的金鱼，
在飞跃移动练姿时，
欲把浪花踩在脚下。
未成变为鱼儿游伴，
不曾怀疑不能游转海际。

ཉག་ཕྲན་རྒོད་སྒྲོ་འཕུར་ཤེས་དེས། །

带羽飞射的细箭，

དགྲ་ནག་པོ་སྙིང་མདའ་སྤྲད་བསམ་ལ། །
རླུང་བསེར་བུ་ཡུར་བས་ཐོག་རྫིས་བསམ། །
མ་ཐུབ་མདའ་མོའི་རྫོངས་རོགས་བྱུང་། །
སྟག་མ་བུ་འཛུམ་དྲུག་ཤིག་སེ་དེས། །
ཤ་དམར་གཟན་ལ་ཇམ་དུས་དེར། །
བདུད་ཆེན་མདའ་མོའི་ཐོག་རྫིས་བྱུང་། །
མ་ཐུབ་སྟག་མོའི་རྒྱན་ཆ་རེད། །

在射穿仇敌心间时，
欲把疾风踩在脚下，
未踩成反而变为推箭之伴；
长毛飘动的狮子，
在贪食血肉食物时，
欲把魔箭踩在脚下，
未踩成反而变为母虎装饰。

༨ བྲག་དམར་པོའི་སྟེང་ན་ཉལ་བ་ཡི། །
གོ་རྒན་དེ་ལ་ཁྱིའུ་སྐྱེས། །
དེ་རང་གི་དགྲ་གཤེད་མ་བསམ་སྟེ། །
རང་དགྲ་འཁོར་ལེ་སྔོན་ལས་རེད། །
སྤང་སྔོ་ལྗུའི་གསེབ་ན་སྦྲུར་བ་ཡི། །
བྱིའུ་ཚེར་མོའི་རྩམ་ན་ཁྲ་ཞིག་སྐྱེས། །
དེ་རང་གི་དགྲ་གཤེད་མ་བསམ་སྟེ། །
དགྲ་རང་འཁོར་སྔོན་གྱི་ལས་འཕྲོ་རེད། །
གྲོང་མཁར་ནག་གདུང་གསེབ་ཉལ་བ་ཡི། །
བྱིའུ་ཀ་ལན་ད་ཀར་སྦྲུལ་ཞིག་སྐྱེས། །
དེ་རང་གི་དགྲ་གཤེད་མ་བསམ་སྟེ། །
དགྲ་རང་འཁོར་སྔོན་གྱི་ལས་འཕྲོ་རེད། །

红岩上筑巢的秃鹫，
意外地孵化出狗崽，
虽不希望变成自己的敌人，
但也成了自己宿命中的强敌；
绿坡上筑巢的小鸟，
意外地孵化出鹞隼，
虽不希望变成自己的敌人，
但也成了自己宿命中的强敌；
屋椽上筑巢的小鸟，
意外地孵化出毒蛇，
虽不希望变成自己的敌人，
但也成了自己宿命中的强敌。

ཚ་ཞང་འདན་མ་བྱང་ཁྲ།

擦香·丹玛向查

༡ གངས་སེང་གཡུ་རལ་རྒྱས་པ་དེས། །
སྡེར་ཆགས་གྲོགས་སུ་ཁུག་པས་ན། །
སྤང་ཝ་སྐྱེས་མི་ཐུབ་བསམ་པ་མེད། །
ནགས་མའི་རྒྱ་སྟག་འཛུམ་རྒྱས་དེས། །

绿鬃丰满的雪狮，
只要降服食肉兽，
怎能不敌小小的狐狸；
斑纹圆满的林虎，

རི་བཀྲ་མགྲོན་དུ་ཁུག་པས་ན། །
རྟ་ཐོ་ཏུའི་སྙིང་ཁྲག་ཐང་ལ་འཐོ། །
དགུང་གི་གཡུ་འབྲུག་སྟོན་མོ་དེས། །
ལྷོ་སྤྲིན་གྲོགས་སུ་འཐིབས་པས་ན། །
སྦྲང་ཆར་མི་འབེབས་ལ་ཐང་མེད། །
ལ་ཁའི་སྤྱང་ཐང་སྟོན་མོ་དེས། །
གསའ་ཁྲུ་མགྲོན་དུ་ཁུག་པས་ན། །
གཡང་དཀར་ཁྲུ་སྣ་མི་ཚད་མེད། །

只要请来花纹豹，
怎能不敌小小的马驹；
腾飞高空的青龙，
只要搅动南方云，
怎能不降淋淋的雨露；
站立山坡的灰狼，
只要制服雪豹群，
怎能不敌小小的羊群。

༢ ནམ་མཁའི་མཐིང་གུར་སྨུག་མོ་ནས། །
ཆུ་འཛིན་སྤྲིན་པ་དབང་དུ་བསྡུས། །
ཆར་ཆེན་མི་འབེབས་རང་དབང་མེད། །

在蔚蓝的天帐处，
只要聚集起云彩，
自然降下甘露。

མཁའ་ཁམས་བདུད་རྩིའི་སྤྲིན་ཕུང་ལས། །
གཡུ་འབྲུག་གསུང་སྙན་སྒྲོག་པས་ན། །
རྨ་བྱ་མཆོར་ལུའི་བློས་གར་གྱིས། །
མཛེས་མོའི་གདུགས་སྐོར་མི་བཀྲ་མེད། །

在天空云彩中，
只要青龙发出轰隆声，
孔雀就会跳起舞蹈，
撑开美丽的彩屏。

༣ གོང་ཁྲིམས་ར་བཟུང་མི་དཔོན་པོ་བསྐོས། །
ལས་འཛིན་བློན་འབངས་འཁོར་ལ་བབས། །
ཁྲིམས་པའི་འདུ་ར་མ་ཤོར་དགོས། །
གཞིས་ཕ་མཁར་བཟུང་མི་མཛངས་མ་བསྐོས། །
མངགས་བདེ་ཞལ་ཏ་འཁོར་ལ་བབས། །
གཞིས་འཛིན་ལས་དོན་འགྲུབ་ལེ་དགོས། །

既然赋予守护法场的重任，
还左右簇拥着许多大臣，
就必须严管法场的秩序；
既然成为经营家业的贤妇，
还配有听从使喊的仆人，
就必须完成兴家的大事。

༤ གཏམ་ངོ་གཉིས་མ་དེས་རྒྱུད་གཞི་འཛོག།
སྨན་ངོ་གཉིས་མ་དེས་མཛའ་བོ་ཕུང་། །

两面话容易引起纠纷，
两面女容易伤害密友。

༥ མཐོ་དགུང་སྔོན་ཁྲི་གདུགས་འོད་མདངས་དང་། །	上之高天的太阳，
ས་དོག་མོའི་རྒྱན་གྱི་པདྨ་གཉིས། །	下之大地的莲花，
བར་དམ་སེལ་ཆུ་འཛིན་མ་བསྒྲིབས་རྟགས། །	只要未被云彩隔断，
འཇུམ་སྦྲང་རྩིའི་གཏེར་ཁ་རྒྱས་ལེ་རེད། །	蜂蜜精华必将增长；
ཚེས་བཅོ་ལྔའི་འོད་དཀར་དུང་ཟླ་དང་། །	上之十五的月亮，
དམའ་ས་གཞིའི་དཀྱིལ་གྱི་ཆུ་གཏེར་གཉིས། །	下之地上的大河，
བར་ཚད་སྒྲ་གཅན་མ་འོང་རྟགས། །	只要未被罗睺遮挡，
རྙོག་མེད་ཛིང་བུ་གང་ལེ་རེད། །	清澈湖泊必将添满；
མཐོ་གཡུ་འབྲུག་སྔོན་མོའི་གསུང་སྐད་དང་། །	上之青龙的雷鸣，
མདངས་མཚར་ལྡན་རྨ་བྱ་སྔོན་མོ་གཉིས། །	下之孔雀的彩羽，
བར་གཅོད་ལྷགས་པས་མ་ཉེན་རྟགས། །	只要未被寒冷阻隔，
ཡིད་དགའ་སྒྲོའི་སྒྲོ་སྐོར་ཕྱུབ་ལེ་རེད། །	美丽彩羽必将展开。
༦ མཐོ་དགུང་སྔོན་དབྱིངས་ཀྱི་གསང་ལམ་ནས། །	在高空密道上，
དུང་ཟླ་བ་འགྲོ་འདོད་མི་ཆེ་སྟེ། །	明月虽不愿运行，
གླིང་བཞིའི་མུན་པ་སེལ་བ་དང་། །	为驱散四洲黑暗，
དཀར་ནག་དུས་ཚེས་འབྱེད་ལ་བསྐོས། །	为分辨出昼夜黑白之分，
བསྐོས་པ་ལས་ཀྱི་བྱ་གཞག་རེད། །	这是注定要做的事业；
ལྷ་ཤིང་ཤུག་པའི་ཡང་རྩེ་ནས། །	在神树柏枝上，
ཁུ་བྱུག་འགྱུར་འདོད་མི་ཆེ་སྟེ། །	杜鹃虽不想鸣叫，
བོད་དབུ་ནག་རྣ་བའི་སྐྱོ་རོགས་དང་། །	但为取悦蕃人耳根，
དབྱར་དགུན་ནམ་ཟླ་འབྱེད་ལ་བསྐོས། །	为区分冬夏季节之分，
བསྐོས་པ་ལས་ཀྱི་བྱ་གཞག་རེད། །	这是注定要做的事业；
དབྱར་གྱི་སྤང་གཞོན་མཐིང་ཆུང་ནས། །	在夏季绿草上，
རྩེ་ཏོག་ཁྲ་འདོད་མི་ཆེ་སྟེ། །	花草虽不愿绽放，
དབྱར་སྐྱིད་པོའི་དགའ་སྟོན་ངོམ་པ་དང་། །	但为展现夏季愉悦，

དབྱར་སྟོན་དུས་ཚོད་འབྱེད་ལ་བསྐོས། །
བསྐོས་པ་ལས་ཀྱི་བྱ་གཞག་རེད། །
དགོན་ཆོས་སྡེ་ཁྲ་མོའི་ཡ་གོང་ནས། །
བན་རྒན་པས་བཤད་འདོད་མི་ཆེ་སྟེ། །
བྱུས་བསྟན་སྲིད་ལས་དོན་བྱུས་ཉམས་ཆེ། །
ལེགས་ཉེས་བྱུས་ཚོད་འཛིན་ལ་བསྐོས། །
བསྐོས་པ་ལས་ཀྱི་བྱ་གཞག་རེད། །

为区分夏秋季节之分，
这是注定要做的事业；
在花色寺庙里，
老僧虽不愿多说，
但为拯救没落佛法，
为控制好坏善恶之策，
这是注定要做的事业。

ཤན་ཚ་ཀླུང་ལྷ་མགྲོགས་ལྡན།

辛擦·隆拉爵丹

༡ གངས་དཀར་དུང་སེང་གཡུ་རལ་ཅན། །
མཆེ་སྡེར་དགྲ་ལ་ཛམ་འདོད་གདའ། །
ཛམ་ནས་ཞིམ་ཤ་ཟ་འདོད་གདའ། །
རི་རབ་དཀྱིལ་གྱི་ཁྱུང་ཆེན་དེས། །
འོག་གི་རྒྱ་མཚོ་དཀྲུག་འདོད་གདའ། །
དཀྲུགས་ནས་ཀླུ་བདུད་ཟ་འདོད་རེད། །
བྱ་བརྒྱའི་གླག་མོ་རོག་རྒྱས་དེས། །
རྒྱལ་ཆེན་ནམ་འཕང་གཅོད་འདོད་གདའ། །
འཛུམ་ནས་རེའུ་ལུག་ཟ་ངེས་རེད། །

雪山上的鬃狮，
欲把牙爪亮给敌人，
亮出后还想吞食鲜肉；
大山中的琼鸟，
欲把大海彻底搅乱，
搅乱后还想吞噬鲁魔；
百鸟之王黑雕，
欲把天际划开飞冲，
飞冲后还想吃掉羔羊。

༢ དུས་ཆར་ས་སྟེང་མ་ཕབ་ན། །
ས་ནག་བརླན་གཤེར་མི་འབྱུང་ལ། །
བོད་ཡུལ་འབྲས་དྲུག་མི་སྨིན་གསུངས། །
ཤར་གྱི་ཁྲི་གདུགས་ཉི་མ་དེས། །
གླིང་བཞི་རིམ་གྱིས་མ་འཁྱིམ་ན། །
མུན་པ་མཐའ་རུ་མི་བསལ་གསུངས། །
མཚོ་དབུས་ཀུནྡའི་སྐྱེད་ཚལ་དེས། །

如若季雨不能降落大地，
怎能湿润黑色沃土，
蕃域也不会六谷丰收；
东方耀眼的太阳，
如若不能绕转四洲，
怎能照亮黑暗之边；
湖水中的莲花，

འཛུམ་རླབས་ཕྱོགས་སུ་མ་བཀྱེས་ན། །
སྦྲང་བུའི་རྩི་བཅུད་ཅི་ལ་རེ། །

如若不能绽放异彩，
怎能采撷甘露蜂浆。

འབུམ་གཅེས་ཁྲི་བཙན།

奔吉赤赞

༡ མདངས་མཚར་རྨ་བྱའི་བྲོས་གར་དེ། །
འབྲུག་སྒྲ་མ་བྱུང་སྒྱུར་དོན་མེད། །
གསུང་སྙན་དབྱར་རྔའི་སྐད་གསང་དེ། །
དུས་ལ་མ་བབས་སྒྲོག་དོན་མེད། །
སྐྱིད་ཚལ་པད་དཀར་འཛུམ་ལི་དེ། །
ནམ་ཟླར་མ་བབས་རྒྱས་དོན་མེད། །

若是雷鸣不响，
怎会改变孔雀翩跹的舞姿；
若是时间不到，
怎会敲响夏雷悦耳的鼓声；
若是季节不变，
怎会绽放白莲多彩的花瓣。

༢ གངས་ཏི་སེ་གཏད་ཕུགས་བཟུང་བཟུང་ནས། །
དུང་སེང་གཡུ་རལ་ཇེ་རྒྱས་རེད། །
སེང་ཕྲུག་རྩལ་དྲུག་ཇེ་རྫོགས་རེད། །
རི་རབ་ཐེམ་སྟེགས་བཟུང་བཟུང་ནས། །
ཁྱུང་ཆེན་སྤོབས་ཤུགས་ཇེ་ཆེ་རེད། །
ཁྱུང་ཕྲུག་གཤོག་རྩལ་ཇེ་རྫོགས་རེད། །
མཐའ་བཞིའི་རྒྱ་མཚོ་ཕྱུག་ཕྱུག་ནས། །
གསེར་མིག་གསེར་གཤོག་ཇེ་རྒྱས་རེད། །
ཉོ་དཀར་ལྡེམ་འཕྱུར་ཇེ་བྱང་རེད། །
གེ་སར་གཏད་ཕུགས་བཟུང་བཟུང་ནས། །
རྒྱལ་པོ་མངའ་ཐང་ཇེ་ཆེ་རེད། །
འབངས་མི་བཙན་ཕྱུག་ཇེ་འཇོམས་ཡིན། །

只要守住冈底斯山这归宿，
狮鬃就会越来越丰满，
狮崽力量也会越来越强大；
只要守住须弥大山这高台，
琼鸟就会越来越强大，
琼雏羽翼也会越来越丰满；
只要涨起四边大海这潮水，
鱼翅就会越来越丰满，
小鱼飞姿也会越来越熟练；
只要守好格萨尔•诺普占堆这依靠，
王权就会越来越巩固，
庶民生活也会越来越富强。

༣ དགུང་མཐོན་པོའི་ཁྲི་གདུགས་ཉི་མ་དེས། །
གླིང་བཞི་ཉིན་བཞིན་བསྐོར་བསྐོར་ཏེ། །

高挂天际的太阳，
经常环绕着四洲，

འོད་ཀྱི་དྲ་བས་ཁྱབ་ནས་ཀྱང་། །
པད་དཀར་བཞད་པའི་འཛུམ་ཕྲེང་ལས། །
སྦྲང་རྩིའི་གཏེར་ཁ་འབྱེད་ནའང་། །
ཉི་མས་མཐའ་རྒྱ་མ་འཁོར་སའི། །
མུན་གླིང་དྭངས་མེད་ཐྲག་ཕུག་ལ། །
པད་དཀར་འཛུམ་པ་མ་ངོམ་སྟེ། །
སྦྲང་བཅུད་གཏེར་ཁ་མང་པོ་ཡོད། །

光芒照耀了大地，
莲花绽放了笑脸，
开采蜂蜜的矿藏，
然而无光的角落，
昏暗洞穴的里头，
莲花虽未绽放，
蜂蜜矿藏颇丰。

༤ རི་རབ་རྩེ་ཡི་ཁྱུང་ཆེན་དེས། །
ཧླབས་ཀྱིས་ནམ་འཕང་བསྐྱོད་བསྐྱོད་ནས། །
ཀླུ་ཀུན་འདུལ་རྒྱ་མཚོའི་ཕ་མཐའ་བགྲོད། །
ནོར་བུའི་གཏེར་ཁ་རྒྱུན་དུ་འཁྱིམ། །
ད་ཅུང་ཧླབས་ཀྱིས་མ་ཚོད་སའི། །
མཐའ་མེད་དུག་མཚོ་འཁྲུགས་གླིང་ན། །
ནོར་བུའི་གཏེར་ཁ་བག་ལ་ཞ། །
དགོས་འདོད་རེ་འབྲས་མ་བསྐུལ་ཡོད། །

须弥山顶的琼鸟，
展翅飞翔在高空，
跨越大海到龙宫，
载满珍宝而回归
琼鸟未到的地方，
无边毒海的深处，
如意珍品在原处，
无法满足其愿望。

༥ གངས་དཀར་ཡག་རྩེ་མོ་དགུང་ལ་བསྙེགས། །
སེང་དཀར་མོ་གཡུ་རལ་མཐའ་ནས་རྒྱས། །
འབྲུག་ཕོ་ཐང་སྐད་རྒྱང་མ་ཆེ་མི། །
དམའ་ས་ནག་ཐོག་ལ་འབེབས་ལེ་འོང་། །
ནགས་ཙན་དན་རི་བོ་དཔུང་ཡང་བཙན། །
སྟག་དམར་ཡག་འཛུམ་དྲུག་མཐའ་ནས་རྒྱས། །
ཝ་གྭ་མའི་གྲ་ངོམ་མ་ཆེ་མི། །
ཕེ་སྙིང་ཁྲག་ཐང་ལ་འཛོ་ལེ་འོང་། །
སྟེང་དགུང་སྔོན་མཐོན་པོ་འཁྱིམ་རྒྱ་ཡངས། །
ཀླག་རོག་པོའི་འཕུར་རྩལ་མཐའ་ནས་རྒྱས། །

雪山之巅高耸入云，
白狮绿鬃四周抖动，
龙吟之声别那么强大，
会有使其摔落黑土的时候；
栴檀之林坚如磐石，
红虎斑纹四周炫耀，
白狐之毛别那么卖弄，
会有使其血洒大地的时候；
蔚蓝之天浩瀚无边，
黑雕飞姿四周展露，

རི་བོང་ཐང་རྒྱ་མ་འཁྱིམ་མི། །
ལུས་གཅེས་སྲོག་ཀླད་རྒྱ་ཕྲལ་ལེ་འོང་། །

༨ བྱང་སྤང་ཐང་ཡངས་པའི་འཛིང་ཁུག་ན། །
ཁ་དཀར་རྐྱང་གི་བང་རྩལ་ངོམས། །
སུག་ཐུང་བོང་བུའི་འདུར་འགྲོས་དེས། །
འགྲན་བསམ་ཐང་རྒྱ་ཚོད་ལེ་མིན། །
མཐོ་ནམ་མཁའ་ཡངས་པའི་གུར་ཁྱིམ་ནས། །
རྒོད་ངང་མས་ནམ་འཕང་ལྡབས་ཀྱིས་གཅོད། །
སྤུ་མེད་པགས་ཕྱིའུ་འཕུར་སྐྱོད་དེས། །
འགྲན་བསམ་ནམ་འཕང་ཚོད་ལེ་མིན། །

༩ ཏི་སེ་དུང་རིའི་རྩེ་མོ་དེ། །
ཨ་སྔོན་གནམ་ལ་བསྙེག་པས་ཟེར། །
ཉི་ཟླས་གཡས་སྐོར་རྒྱག་པས་ཟེར། །
ཟེར་ཚད་གཏམ་དེ་མ་བདེན་ཟིག།
འགྲམ་བཅར་ན་གངས་རི་དེལ་ཆུང་ཙམ། །
ནུབ་མ་ཕམ་གཡུ་ཡི་མཚོ་མོ་དེ། །
གནམ་ཨ་སྔོན་ཐང་ལ་ལྷུང་འདྲ་ཟེར། །
རྟ་ལམ་དྲུག་གིས་མི་འཁོར་ཟེར། །
ཟེར་ཚད་གཏམ་དེ་མ་བདེན་ཟིག།
འགྲམ་བཅར་ན་ཀོ་མིག་ཕོར་ཁ་ཙམ། །
སྡེ་ཨུ་ཡན་ཡུལ་གྱི་དཔའ་རྒོད་ཁྱོད། །
མདའ་སྐྱེན་པོ་རང་དབང་ཐོབ་པས་ཟེར། །
ཐུག་ཚད་གསོན་ལ་མི་མངགས་ཟེར། །
ཟེར་ཚད་གཏམ་དེ་མ་བདེན་ཟིག།
འགྲམ་བཅར་ན་མི་རྒན་ཞི་ལ་ཁད། །

兔子之足别那么蹦跳，
会有使其命丧异处的时候。

在北方平原之角，
白唇野马炫耀速度，
短腿毛驴虽想蹿跑追赶，
但难以逾越平川之边；
在高天宽广之幕，
雄鹰展翅飞翔高空，
无毛蝙蝠虽想扑翅追逐，
但难以逾越天空之边。

冈底斯雪山巅，
说是高耸入云，
又说日月右盘，
所说未必真实，
近看只是个小土丘；
西方玛旁圣湖，
说是天如落地，
又说马程不归，
所说未必真实，
近看只是个小水坑；
邬颜部落英雄，
说是自通箭术，
又说所遇必杀，
所说未必真实，
近看只是个老年人。

༨ ཀྱ་རག་སེར་པོའི་འཛུམ་མདངས་དེས། །　　黄铜之色，
སྣང་ཆེན་གསེར་དུ་བརྫུས་ན་ཡང་། །　　装成金子，
ཆུ་གསེར་དྭངས་མའི་འོད་ལམ་ནས། །　　真金之前，
རང་མཚང་མི་སྟོན་འོང་ས་མེད། །　　自显其瑕；
ཀྱ་སྙོང་གྭ་མའི་འོད་དཀར་དེས། །　　白铝之光，
སྣང་ཆེན་དངུལ་ལ་བརྫུ་བསམ་ཡང་། །　　装成白银，
དངུལ་དཀར་དྭངས་པའི་མདངས་ལམ་ནས། །　　真银之前，
རང་མཚང་མི་སྟོན་འོང་ས་མེད། །　　自显其瑕；
ཕུག་རོན་སྐྲེ་ཡི་འཛའ་རིས་དེས། །　　乌鸦之斑，
འཛའ་ཆེན་མདོངས་སྒྲོར་བརྫུ་བསམ་ཡང་། །　　装成彩屏，
མཛེས་མོ་རྨ་བྱའི་མདོངས་ལམ་ནས། །　　孔雀之前，
རང་མཚང་མི་ངོམ་འོང་ས་མེད། །　　自显其瑕；
འཛོལ་ཆུང་སྐད་མེད་ཀྱི་འགྱུར་དེས། །　　画眉之音，
ལྷ་བྱའི་སྐད་ལ་བརྫུ་བསམ་ཡང་། །　　装成神鸟，
ཁུ་བྱུག་གསུང་སྙན་འགྱུར་ལམ་ནས། །　　杜鹃之前，
རང་མཚང་མི་ངོམ་འོང་ས་མེད། །　　自显其瑕。

༩ དགུང་སྔོན་ཆུ་འཛིན་གསེང་རུམ་ནས། །　　蓝天云层之中，
ཐོག་འབྲུག་གད་རྒྱངས་སྒྲོག་ལེ་དེ། །　　青龙发出隆隆之声，
ནུས་མེད་ཡུལ་ལ་འཁྲིམ་ཞན་འདྲ། །　　只在弱者之前发威，
སེང་དཀར་མོའི་གདོང་ལ་མ་འཁྲིམ་ཟིག །　　那敢在白狮之前吼叫；
སྤྱི་ཚང་སུ་རུའི་ནགས་གསེབ་ནས། །　　灌木树林之中，
སེར་ཆུང་ཝ་མོའི་ཁྲ་ངོམ་དེ། །　　黄狐展现丝丝粗毛，
དགྲ་ཤབ་རའི་གདོང་ལ་འཁྲིམ་ཞན་འདྲ། །　　只在鼠兔之前炫耀，
སྟག་དམར་ཡག་གདོང་ལ་མི་འཁྲིམ་ཏུག །　　那敢在红虎之前招摇；
བྱ་ལམ་བར་སྣང་ཡངས་པ་ནས། །　　鸟飞高空之中，

བྱེའུ་ཆུང་ཛི་ཉིའི་གཤོག་རླབས་དེ། །	小鸟拍打小小翅膀，
དག་སྦྲང་བུའི་གདོང་ལ་འཕྲིམ་ཞན་འདྲ། །	只在蜜蜂之前拍翅，
རྒྱ་ཁྲའི་གདོང་ལ་མི་འཕྲིམ་ཉུག།	那敢在鹞隼之前展翅；
རོང་ཆེན་རྩུབ་པའི་ཞིང་ཐང་ནས། །	险峻峡谷之中，
ཐོང་བུའི་འདུར་འགྲོས་རྒྱུག་རྩལ་དེས། །	毛驴踏蹄蹿蹿奔跑，
གྲུམ་པའི་གདོང་ལ་འཕྲིམ་ཞན་འདྲ། །	只在河滩之边蹿跑，
ཁ་དཀར་རྐྱང་ལ་མི་འཕྲིམ་ཉུག།	那敢在野马之前扬蹄。

༡༠ སྟོད་སྲིད་པའི་གངས་གཅིག་ཆགས་ལེ་དེ། །	初世形成的冰川，
རི་མི་འགྱུར་གངས་དཀར་ཏི་སེ་རེད། །	就是不变的冈底斯山，
གངས་དེ་ལ་འཁོར་བའི་དུང་སེང་ང་། །	守护此山的是我这狮雄，
རྩལ་དྲུག་གཡུ་རལ་བཟང་པོ་དེ། །	头上丰满飘动的绿鬃，
མ་བཏགས་ལུས་ལ་རྒྱས་ནས་ཡོད། །	不是挂的而是长在头上，
ངོམ་ཟེར་ན་གཡུ་འབྲུག་སྟེང་ལ་ངོམ། །	若要炫耀就向青龙炫耀，
དམའ་ས་ལ་མི་ཕབ་བསམ་པ་མེད། །	从未怀疑不能拉下高空；
བར་ཙན་དན་ནགས་རྒྱལ་ཕྱུག་མོ་དེ། །	郁郁葱葱的檀林，
རི་མི་འགྱུར་མ་ལའི་ནགས་ཚལ་རེད། །	就是不变的玛拉丛林，
ནགས་དེ་ལ་འཁོར་བའི་རྒྱ་སྟག་ངས། །	黄卧此林的是我这猛虎，
ལུས་དཔའ་རྩལ་འཛུམ་དྲུག་རི་མོ་དེ། །	勇敢之身绽放的毛纹，
མ་བྲིས་ལུས་ལ་གསལ་ནས་ཡོད། །	不是写的而是显在身上，
ངོམ་ཟེར་ན་ཐོ་ཉུའི་སྟེང་ལ་ངོམ། །	若要炫耀就向马驹炫耀，
དཔའ་སྙིང་ཁྲག་མི་འཕོ་བསམ་པ་མེད། །	从未怀疑不能泼洒血水；
དམའ་མཐའ་མེད་རྒྱ་མཚོ་འཁྱིལ་ལེ་དེ། །	无边无际的湖泊，
མ་དྲོས་བདུད་རྩིའི་མཚོ་མོ་རེད། །	就是不热甘露的湖泊，
མཚོ་དེ་ལ་འཁོར་བའི་ཆུ་སྲིན་ང་། །	栖息此湖的是我这巨鳌，
སྟོབས་རྩལ་ཤུགས་མཆེ་སྡེར་རྣོ་སོ་དེ། །	身上锋利无比的牙爪，
མ་བརྡར་ལུས་ལ་མཛེས་ནས་ཡོད། །	不是磨的而是显在身上，

ཟོམ་ཟེར་ན་སྐྱེ་འགྲོ་གཟན་ལ་ཟོམ། །	若要显示就向食物显示，
ཞིམ་ཤ་དམར་མི་ཟ་བསམ་པ་མེད། །	从未怀疑不能吃上鲜肉。
༡༡ སེར་ཆུང་ཝ་མོའི་ཁྲུ་སྣ་དེས། །	小小的黄毛狐狸，
དམར་ཡག་གདོང་ལ་མི་འཇོམ་མདོག །	面对红虎假装不害怕，
ང་རྒྱ་སྟག་གྲ་ཡག་མཆེ་སྟེར་ཟོམ། །	一旦露出獠牙利爪，
གྲ་ལོ་ཁྲག་ལ་བསྒྲི་ནས་འགྲོ། །	粗毛必将染成血色，
ལས་ལྟད་མོ་ཅི་འདུག་དེ་རིང་གཟིགས། །	有何好戏就看今天；
སྤང་ཆུང་རི་ཡི་འཛིང་ལོགས་ནས། །	坡上的长角公鹿，
ཤྭ་ཕོ་ཆེན་མགོ་ཡི་རུ་ཐུར་ཟོམ། །	面对猎人假装不忌讳，
རྫོན་མདའ་རྐྱེན་གདོང་ལ་མི་འཇོམ་མདོག །	一旦亮出噬血长刀，
ངས་ཤིང་པ་ཤ་ཟན་ལག་དམར་ཟོམ། །	螺角必将斩为两截，
མགོ་དུང་ར་གཞང་དུ་བཅད་ནས་འགྲོ། །	有何好戏就看今天；
ལས་ལྟད་མོ་ཅི་འདུག་དེ་རིང་གཟིགས། །	白色的绵羊之群，
གཡང་དཀར་ལུག་གི་ཁྲུ་སྣ་དེས། །	面对饿狼假装不惧怕，
སྤྱང་ཨ་ཐང་གདོང་ལ་མི་འཇོམ་མདོག །	饿狼总是凶残相，
ང་སྤྱང་ཐང་རྒྱུག་པའི་མཆེ་ཞགས་ཟོམ། །	一旦露出饿狼獠牙，
བལ་འདབས་ཁྲག་ལ་བསྒྲི་ནས་འགྲོ། །	羊毛必将染成血色，
ལས་ལྟད་མོ་ཅི་འདུག་དེ་རིང་གཟིགས། །	有何好戏就看今天。
བྱིའུ་དཔུང་ཁྲུ་མཐུག་གཤོག་སྒྲ་ལྡིར། །	小鸟成群扑打翅膀，
ཁྲ་དར་མའི་གདོང་ལ་མི་འཇོམ་མདོག །	面对鹞隼假装不忌讳，
ང་ཧོར་པ་འཇུམ་གཅིག་ཁ་ལམ་ནས། །	一旦鹞隼飞冲捕猎，
བྱིའུ་སྤུ་གནམ་ལ་གཏོར་ནས་འགྲོ །	鸟羽必将散落天空，
ལས་ལྟད་མོ་ཅི་འདུག་ད་རེས་གཟིགས། །	有何好戏就看今朝。
༡༢ དབྱར་སྒང་གསུམ་སྟེ་ཐོག་ཁྲ་མོ་དེ། །	夏季三坡的花草，
མདངས་ད་ལྟ་མཛེས་ཀྱང་ད་ལྟ་མེད། །	现在虽美但马上就会消失，

སད་པ་མོ་ངར་མས་ནམ་བཅོམ་ཡིན། ། 冻霜可以随时把它打蔫；
དམའ་རྒྱ་ཞིང་འབྲུ་དྲུག་ལྷུག་མོ་དེ། ། 平地良田的谷物，
དུས་ད་ལྗང་རྒྱས་ཀྱང་ད་ལྗང་མེད། ། 现在虽绿但马上就会消失，
ཟོ་ཚོད་ཟོར་བས་ནམ་བཟས་ཡིན། ། 镰刀可以随时把它收割；
མཐོ་བར་སྣང་འཛའ་རིས་ཁྲ་ཁྲུག་དེ། ། 高空虚幻的彩虹，
མདངས་ད་ལྗང་མཛེས་ཀྱང་ད་ལྗང་མེད། ། 现在虽美但马上就会消失，
ཁྲི་གདུགས་ཏྲོད་མདངས་ནམ་བསྟན་ཡིན། ། 日光可以随时让它隐退。

འཛར་དཔོན་དུག་རི་མེ་འབར། 甲本·毒日梅跋尔

༡ ཡུལ་མཐིང་ཤོད་ནགས་མའི་འཛིང་ཇོང་ནས། ། 亭秀密林之深处，
རྒྱ་སྟག་དམར་ཡག་འཇོམ་དྲུག་ཅན། ། 有只凶猛的老虎，
མཆེ་སྡེར་དགྲ་ལ་ངོམ་པས་ཟེར། ། 露出牙爪让敌看，
དགྲ་ཝ་མོའི་སྙིང་ཁྲག་ཐང་ལ་འཐོ། ། 撕碎狐狸洒热血，
དཔའ་རོགས་རི་བཀྲ་གྲོགས་ལ་བཀུག ། 结交花豹为帮手，
ཞིམ་ཤས་ཐམས་ཅད་ཚོམ་ལེ་བྱེད། ། 尽情分享肥美肉：
ཤར་རིན་ཆེན་རི་ཡི་ཡང་སྟེང་ནས། ། 东方宝山之颠上，
བྱ་ཁྱུང་ཆེན་ཟེར་བའི་གཤོག་རྩལ་ཅན། ། 有只琼鸟飞技高，
མཆུ་སྡེར་སྲུ་བདུད་གཟན་ལ་ཟམ། ། 露出牙爪撕鲁魔，
ཐེངས་གཅིག་སྙིང་ཁྲག་འཐོ་བས་ཟེར། ། 一刹那间热血溅，
དཔའ་རོགས་ཁྱུང་ཕྲུག་གྲོགས་ལ་བཀུག ། 邀来琼雏为帮手，
ནོར་རིན་ཆེན་གཏེར་ཁ་རྒྱན་དུ་ལེན། ། 宝藏用来做配饰。

༢ འཛའ་མདངས་རྨ་བྱའི་གདུགས་སྐོར་དེ། ། 孔雀彩屏，
མདངས་མཛེས་མིག་གི་དབང་པོའི་དཔྱིད། ། 就是眼根之春，
ཡིད་འོང་ཁྲིམ་ཐག་གཅོད་ལ་བསྐོས། ། 注定美得出尽风头。
བསྐོས་པ་ལས་ཀྱི་དུས་ཚོད་ལ། ། 时季恰好，

དཔྱིད་གསུམ་ནམ་ཟླ་རྒྱས་པའི་དུས། །
མཁའ་ཁམས་གཡུ་འབྲུག་མགྲིན་ཇ་འཁྲོལ། །
ཁྲིམ་ཐག་མི་ཆོད་ལ་ཐང་མེད། །
ལྷ་བྱ་ཤང་ཤང་ཏེའུ་དེའི། །
སྙན་འགྱུར་རྣ་བའི་དབང་པོའི་དཔྱིད། །
གདངས་ཡིད་འོང་གོང་བ་ལེན་ལ་བསྐོས། །
སྟོན་བསྐོས་ལས་ཀྱི་དུས་ཚོད་ལ། །
དབྱར་གསུམ་རྩི་ཤིང་རྒྱས་པའི་དུས། །
སྤྲང་ཆར་ཁྲུས་ཀྱི་བྱ་བ་བྱེད། །
གོང་བ་མི་ལོན་ལ་ཐང་མེད། །
ཁྲ་ཆུང་བུང་བ་གཞོན་ནུ་དེ། །
རྩི་བཅུད་བཏུང་བ་རོ་འཛིན་དཔྱིད། །
གཞིབ་མཁན་གོང་བ་ལེན་ལ་བསྐོས། །
སྟོན་བསྐོས་ལས་ཀྱི་དུས་ཚོད་ལ། །
པདྨ་གཞོན་ནུའི་འཛུམ་མདངས་ཕྱེ། །
གེ་སར་ཕྲེང་བ་རྣམ་པར་དགོད། །
སྤྲང་བཅུད་མི་ལོན་ལ་ཐང་མེད། །

从春季增溢之始，
空中青龙雷鸣轰隆，
出尽风头水到渠成；
共命鸟声，
就是耳根之春，
注定美得夺取桂冠。
时季恰好，
从夏季成熟之始，
接受雨露滋润洗礼，
夺取桂冠水到渠成；
蜜蜂采粉，
就是舌根之春，
注定成为采撷高手。
时季恰好，
从莲花绽放之始，
成串花蕊尽相开放，
采撷蜂桨水到渠成。

༣ མཚོ་དབུས་ངང་པ་གཞོན་ནུ་དེ། །
ལུས་ངུར་སྨྲིག་རྟགས་ཙམ་འཛིན་ཞན་འདྲ། །
སེམས་ལ་དུལ་བའི་ཆོས་མེད་ན། །
དོན་བདེ་འབྲས་འགྲུབ་པ་དཀའ་མོ་རེད། །
བྱང་ན་དམར་གཞུང་གི་རྐྱང་ཆུང་དེ། །
ལུས་མཛེས་པའི་ཤ་ཚུགས་བཟང་ཞན་འདྲ། །
རྨིག་བཞི་རླུང་འཁོར་མ་གཡོག་ན། །
རྒྱུག་གོང་བ་ལོན་པ་དཀའ་མོ་རེད། །
བྱ་བརྒྱའི་སྐྱག་མོ་མཁལ་དཀར་དེས། །

湖中年轻的野鸭，
即便身上留有黄色标识，
若是心中没有温和之性，
获得快乐是件困难的事；
北方沮洳地的野马，
即便体格健壮美丽，
若是四蹄风轮不能转动，
夺冠取胜是件困难的事；
百鸟中的白肚岩雕，

ལྡབས་གཅིག་གིས་ནམ་འཕང་གཅོད་ཞེན་འདྲ། ། 即便一拍翅膀飞越天际，
འཛམ་མཆུ་སྡེར་རྣོ་ངར་མ་རྒྱས་ན། ། 若是牙爪不再锋利，
དགྲ་རི་བོང་ཐུབ་པ་དཀའ་མོ་རེད། ། 捕杀兔子是件困难的事；
འཁྲོག་ནུས་མཐུ་ཅན་གྱི་སྔགས་ཀན་ཚོ། ། 边地强大的咒师，
མཐུ་རལ་པ་དཔུང་མང་གཟེངས་ཞེན་འདྲ། ། 即便竖起施咒长发，
རྫས་སྔགས་ཀྱི་འཕྲུལ་འཁོར་མ་ཚང་ན། ། 若是咒物神轮不再齐全，
བདུད་བགེགས་དཔུང་ཐུལ་བ་དཀའ་མོ་རེད། ། 驱除魔障是件困难的事。

༤ ཤར་དུང་སེང་རྒྱུ་བའི་ངར་ལམ་ན། ། 雄狮往来的旷野上，
ཝ་གྭ་མའི་གྲ་ངོམ་མ་ལེགས་བྱུང་། ། 狐狸不该炫毛色，
འཇོམ་གྲ་ལོ་ཤོར་བའི་སྔ་ལྟས་རེད། ། 那是折损盛气的预兆；
སྤྱང་ཨ་ཐང་འགྲིམ་པའི་གཟན་ལམ་ན། ། 豺狼寻食的草原上，
ལུག་གཡང་དཀར་ཁྲུ་ངོམ་མ་ལེགས་བྱུང་། ། 绵羊不该炫数量，
ལུས་སྲོག་དམར་ཤོར་བའི་སྔ་ལྟས་རེད། ། 那是牺牲生命的预兆；
རྒྱ་ཁྲ་ཧོར་པའི་འཛུམ་ལམ་ནས། ། 鹞鹰腾跃的天空中，
བྱེའུ་ཆུང་ཁྲུ་ངོམ་མ་ལེགས་བྱུང་། ། 小鸟不该炫灵活，
སྒྲོ་འདབ་གཤོག་འཕྱོར་བའི་སྔ་ལྟས་རེད། ། 那是丢掉羽翅的预兆；
རྔོན་མདའ་རྒྱེན་འགྲིམ་པའི་གསང་ལམ་ནས། ། 猎人射箭的隐蔽处，
ཤྭ་ཕོ་ཆེན་རྭ་ངོམ་མ་ལེགས་བྱུང་། ། 鹿子不该炫头饰，
མགོ་དུང་རྭ་ཤོར་བའི་སྔ་ལྟས་ཡིན། ། 那是失去茸角的预兆。

༥ ཚིག་ཁ་བཤད་ལྦུ་བ་རླབས་ཕྲེར་ལ། ། 千言万语的飞沫里，
དོན་ལག་ལེན་གསེར་གྱི་ཐིགས་པ་དགོས། ། 需要几滴实践的金液。

༦ གངས་ཀྱི་དུང་སེང་དཀར་པོ་དེས། ། 雪山上的狮子，
འབྲུག་ཕོ་ཐང་ཚོམ་ལ་འབེབ་པའི་དུས། ། 在降伏青龙时，
སྐབས་ལེགས་པོས་གཟབ་ཆ་མ་བྱས་ན། ། 若不谨慎提防，

ཐོག་དམར་པོས་རང་མགོ་གཏོར་ཡི་གདའ། །　　会被雷电摧毁。
བྱ་ཁྲུང་ཆེན་འཕུར་བའི་གཤོག་རྩལ་དེས། །　　大琼鸟的翼翅，
བར་སྣང་མཐའ་རྒྱ་ལུས་གཅོད་ཀྱང་། །　　虽能搏击长空，
སྐབས་གཟབ་འགྲོ་ཚོད་མ་བསྟུན་ན། །　　若不收敛低飞，
རླུང་སྤུ་གྲིས་གཤོག་རྡུག་གཏོར་ཡི་གདའ། །　　会被气流撕碎。
སྦྲུལ་དུག་ཅན་མཆེ་བའི་རྣོ་སོ་དེས། །　　有毒蛇的牙齿，
སྲོག་ཆགས་དམར་ཟན་ལོས་བྱེད་དེ། །　　咬住所有猎物，
ཟ་ཚོད་གཟབ་ཆ་མ་བྱས་ན། །　　若不控制排量，
རྩི་དུག་རང་མས་འཆི་དོགས་གདའ། །　　会被自己毒死。

༄ གངས་ཞིལ་གུར་མཛེས་རྒྱན་དུང་སེང་དེ། །　　雪上顶上的狮子，
མགོ་གཡུ་རལ་རྒྱས་ལ་རྩལ་དྲུག་ཅན། །　　鬃毛旺盛力无穷，
མ་མཐོང་རྒྱང་གྲགས་ཆེ་ན་ཡང་། །　　听闻传言威名扬，
འགྲམ་བཅར་ན་ཅི་ཡོད་ང་ཡིས་ཤེས། །　　走到近前才知道，
ཁྱི་བདའ་ལུ་སྐྱུག་རལ་ཉིལ་ལེ་བ། །　　好像一条懦弱狗，
དགྲ་ཐོག་དམར་བྱུང་ན་བྲོས་ནས་འགྲོ། །　　遇到闪电便溜走。
ནགས་ཙན་དན་མཛེས་རྒྱན་སྟག་མོ་དེ། །　　森林深处的老虎，
འཛུམ་དྲུག་བཀྲག་ལ་མཆེ་སྡེར་ངོམ། །　　花纹亮丽炫利爪，
མ་མཐོང་རྒྱང་གྲགས་ཆེ་ན་ཡང་། །　　听闻传言威名扬，
འགྲམ་བཅར་ན་ཅི་ཡོད་ང་ཡིས་ཤེས། །　　走到近前才知道，
བྱི་ལ་སེར་པོ་སྤུ་རིས་ཅན། །　　好像一只黄毛猫，
དགྲ་འདྲ་གཉིས་ཐུག་ན་ཕྱི་བྲོས་རྒྱུག །　　遇到对手就逃跑。
དམའ་མཚོ་མོའི་མཛེས་རྒྱན་ཆུ་སྲིན་ཉ། །　　大海中央的鲸鱼，
དཔའ་མཆེ་སྡེར་རྒྱས་ལ་ཁ་དུག་ཅན། །　　牙齿锋利吐毒气，
མ་མཐོང་རྒྱང་གྲགས་ཆེ་ན་ཡང་། །　　听闻传言威名扬，
འགྲམ་བཅར་ན་ཅི་ཡོད་ང་ཡིས་ཤེས། །　　走到近前才知道，
ཉ་གཟུགས་ཆེན་ཁ་བཀྲ་ཉིལ་ལེ་བ། །　　身形庞然反应慢，

དགྲ་དུང་དཀར་འཕྲད་ན་ཐལ་བྱུང་འབིགས། །
遇到白螺任其叮。

༨ འཇའ་ཆེན་རྨ་བྱའི་མདངས་རིས་དེ། །
孔雀身上的羽翎，
རྒྱང་བལྟས་མིག་ལ་མཛེས་མོ་མ། །
远看多么美丽，
ལག་བླངས་ན་བྱ་སྤུའི་ཚོམ་ཚོམ་རེད། །
拿在手里是一把鸟毛。
བཙོ་བརྒྱད་ཤྭ་ཕོའི་དུང་རྭ་དེ། །
鹿子头上的茸角，
རྒྱང་བལྟས་མིག་ལ་ཇམ་པོ་མ། །
远看多么雄伟，
ལག་བླངས་ན་ཁྲག་རློན་ཐུམ་པོ་རེད། །
拿在手里是一个血团。
གསེར་སྦྲང་སེར་པོའི་གསུང་སྐད་དེ། །
蜜蜂发出的声音，
འཕུར་ལྡིང་ཇ་བར་འབབ་མོ་མ། །
飞舞时很动听，
དོན་ལག་ལེན་སྒྲོ་ཚུང་གཤོག་སྒྲ་རེད། །
其实那是翅膀在振动。
དབྱར་ཆར་ཉིའི་བར་སྤྲིབ་དབང་པོའི་གཞུ། །
夏日雨后的长虹，
ཚོན་མདངས་རིས་བཀྲ་བའི་རྒྱང་མཛེས་ཅན། །
色彩无比艳丽，
དོན་ལག་ལེན་གར་སོང་རྗེས་མེད་ཡིན། །
伸手去抓就没有影迹。

༩ སྣང་ཆེན་རྒོད་པོ་དུང་གོས་ཅན། །
螺色的傲慢鹰鹫，
འཕུར་ལྡིང་རྩལ་གོང་ལ་བྱུད་སྙམ་ནས། །
自以为飞技出众，
ནམ་མཁའི་མཐོ་ཚད་བཟུང་བསམ་སྟེ། །
想要衡量天的高度，
མཐོ་ནམ་མཁའ་ཀུན་ཁྱབ་རང་བཞིན་ལ། །
太空浩瀚无际，
སྡུག་ཁྱོད་འདྲས་ཚད་བཟུང་ག་ལ་ནུས། །
渺小的你怎能衡量？
མཐའ་ཀླད་ཡུ་འཁོར་ནས་ལྷུང་རབས་ཡོད། །
当心眩晕坠落深谷。
སྣང་ཆེན་མདོ་ཕྲུག་བང་ཁ་ཅན། །
善跑的傲慢骏马，
རྒྱུག་རྩལ་གོང་ལ་བྱུད་བསམ་ནས། །
自以为速度出众，
བྱང་ན་བའི་གཞུང་མཐའ་སྙོག་བསམ་སྟེ། །
想要奔到沼泽边缘，
རིན་ཆེན་ས་ལ་ཟད་མཐའ་མེད། །
大地没有尽头，
སྡུག་པོ་འདྲས་མཐའ་རྒྱ་ག་ལ་ཚོད། །
渺小的你怎能实现？
མཐའ་ཏར་ལོག་ཁྱེར་ནས་འགྲོ་རབས་ཡོད། །
当心迷路疲劳倒下。

སྣང་ཆེན་ཉ་མོ་རྒྱལ་འགྲོས་ཅན། །
ལྡེམ་རྒྱུར་གོང་ལ་བྱུད་སྙམ་ནས། །
མཐའ་མཚོ་ཆེན་གཏིང་ཚད་གཞལ་སྙམ་སྟེ། །
གཏིང་རབ་ཟབ་རྒྱ་མཚོ་འཁྲིལ་ཡག་ལ། །
སྤྱུག་ཁོ་འདྲས་མཐའ་ཚད་ག་ལ་ལོན། །
མཐའ་དབུགས་འཚུབ་ངར་མས་འཆི་རབས་ཡོད། །

敏捷的傲慢鱼儿，
自以为游泳出众，
想要潜入深水底部，
海洋波浪翻滚，
渺小的你怎能实现？
当心耗尽气力死去。

༡༠ འཆི་བདག་དཔུང་ལ་ཕྱི་འགྱེད་མེད། །
གཤིན་རྗེའི་ཁྲམ་ལ་རྗོ་རྟུགས་མེད། །

死神军团不会后退，
阎王传令无法改写。

དགྲ་ལྷ་རྩེ་རྒྱལ།

扎拉泽嘉

༡ དགུང་ཨ་སྔོན་མཐོན་པོའི་མཁའ་ལམ་ནས། །
སྤྲིན་ནག་པོ་དྲག་ཏུ་འཁྲིགས་རྒྱུ་དེ། །
དམའ་ས་ནག་འབྲས་དྲུག་གཏོར་འདོད་རེད། །
སྤང་ཐང་སྔོན་མོའི་གཡོན་ཟུར་ནས། །
འཕར་སྤྱང་ཁྲ་སྡེབ་མི་བྱེད་རྒྱུ། །
གཡང་དཀར་ཁྲུ་སྣ་གཅོད་འདོད་རེད། །
བྱང་ཨ་ཆེན་སྤང་ཐང་སྔོན་མོ་ནས། །
རྟ་འདོ་བ་རྒྱུག་ལ་མི་སྤྱང་རྒྱུ། །
བང་རྩལ་གོང་བ་ལེན་འདོད་རེད། །
དམའ་ཡར་ཆབ་མཚོ་མོ་འཁྱིལ་གླིང་ནས། །
ཉ་ལྟོ་དཀར་འགྱུར་ལ་མི་སྤྱང་རྒྱུ། །
གསེར་གཤོག་རྒྱས་པའི་དོན་གོ་རེད། །

蔚蓝的天空中，
出现翻滚的乌云，
那是想毁掉地上的六谷。
碧绿的原野上，
野狼分散在各处，
那是想切断羊群后路。
阿钦草地返青，
骏马在肆意奔跑，
那是想夺取赛跑桂冠。
雅鲁江水如湖，
白肚鱼儿在畅游，
那是金翅丰满的表现。

༢ རྩལ་ཆེན་སེངྒེའི་འགྲིང་ལམ་ནས། །
རྒྱ་སྟག་ངར་འདོད་མ་ཡིན་ཏེ། །

雄狮傲立的地方，
不是老虎要逞强，

སྤང་ཕ་སྐྱེས་འཛོམས་པ་ང་ལ་བབས། །
མཛེས་པོ་རྨ་བྱའི་མདོངས་ལམ་ནས། །
སྤུ་ཤུད་མདངས་ཛོམ་མི་མཛེས་ཏེ།
སོས་ཀའི་བསུ་མ་ང་ལ་བབས། །
སྙན་མོ་ཤང་ཤང་འགྱུར་ལམ་ནས། །
ཁུ་བྱུག་འགྱུར་འདོད་མི་ཆེ་སྟེ། །
ཆར་ཟིམ་བུ་འབོད་པ་ང་ལ་བབས། །
ཁྲི་གདུགས་ཉི་མའི་མདངས་ལམ་ནས། །
དུང་ཟླས་གསལ་གསལ་མ་ཡིན་ཏེ། །
མཚན་མུན་པ་སེལ་མི་ང་ལ་བབས། །
སྒོམ་ཆེན་བླ་མའི་སྐུ་མདུན་ནས། །
བན་ཚོལ་ཆུང་བཤད་འདོད་མ་ཡིན་ཏེ། །
བཀའ་མདོ་དོན་འཛིན་མི་ང་ལ་བབས། །
བྱ་ཁྱུང་ཆེན་འཕུར་བའི་རྩལ་ལམ་ནས། །
རྐོད་ངང་མས་རླབས་རྩལ་མི་འགྲན་ཏེ། །
ཞིམ་ཤ་དམར་ཟ་མི་ང་ལ་བབས། །

征服狐狸轮到了我。
孔雀开屏的乐园，
不是戴胜想炫美，
迎接春天轮到了我。
共命鸟叫的时节，
不是布谷献歌声，
呼唤细雨轮到了我。
阳光灿烂的世界，
不是月亮驱黑暗，
照亮夜晚轮到了我。
禅定法师的座前，
不是弟子抢话题，
念诵经文轮到了我。
琼鸟翱翔的高空，
不是鹰隼比翼翅，
猎食鲜肉轮到了我。

༣ ཡུལ་དབུས་འགྱུར་པད་མའི་དགའ་ཚལ་ལ། །
དྲི་འདབ་བཟང་ཡོད་པ་ཆ་མཆིས་ཀྱང་། །
ཤར་ཁྲི་གདུགས་འོད་ཟེར་མ་བཀྱེས་ན། །
འཛུམ་རླབས་ཁྲིང་ཛོམ་པ་དཀའ་མོ་རེད། །
ལྷོ་གཡུ་འབྲུག་སྔོན་མོའི་གསུང་སྐད་དེས། །
བོད་འཛམ་གླིང་འགེངས་པ་ཆ་མཆིས་ཀྱང་། །
སྤྲིན་ཆུ་ཁུར་ཕུང་པོར་མ་འགྲོགས་ན། །
སྐད་གྲགས་པ་ཐོབ་ལ་དཀའ་མོ་རེད། །
ལྷོ་ནགས་མའི་རྒྱ་སྟག་འཛུམ་རྒྱས་དེས། །
འཛུམ་རི་མོ་བཀྲ་ལེ་ཆ་མཆིས་ཀྱང་། །

中心地带莲花苑，
到处是鲜花飘香，
若没有阳光的照射，
也无法绽开笑容；
南天青龙长啸声，
响彻了整个雪域，
若没有湿云的配合，
也不会威力十足；
密林主宰是猛虎，
身上斑纹很显眼，

རྩལ་མཆེ་སྡེར་རྣོ་སོ་མ་བགྲ་ན། །　若没有锋利的爪牙，
ཞིམ་ཤ་དམར་ཟ་བ་དཀའ་མོ་རེད། །　也难以吃到鲜肉。

༤ སྔང་དགྲ་བོར་གདོང་ཐུག་བྱུང་བའི་དུས། །　与仇敌正面交锋，
མི་བརྒྱ་བསམ་པ་གཅིག་ལ་དགོས། །　万众一心最重要；
གྲི་ཕར་གཡུག་འཆང་སོར་མ་འཁྱོད་ན། །　手握刀柄不舒服，
དགྲ་ཛམ་ཆེན་སྙིང་རྩ་ནོན་ལེ་མིན། །　就无法砍到心脏；
རྟ་ཕར་རྒྱུག་སྲབ་ཁ་མ་བསྐྱངས་ན། །　驰骋疆场不拉辔，
རྒྱུག་ཤག་ཤག་བང་ཁ་ལོན་ལེ་མིན། །　便很难驾驭坐骑；
རྨོག་དཀར་མོ་ཕོ་བྱང་མ་འཁྱོད་ན། །　头上帽盔戴不好，
མཚོན་སྔོ་མཉེན་སོ་ཁ་གཟན་དོགས་ཆེ། །　有可能利刃夺命；
ཁྲབ་དཀར་མོའི་རྒྱུན་ཐག་མ་བསྡམས་ན། །　铠甲连接不紧密，
མདའ་དུག་ལྡེ་ངར་མས་ལུས་ལ་གཟན། །　带毒箭镞会伤身。

༥ ཆོས་སྒྲུབ་བསམ་ཅན་གྱི་བཙུན་པ་ཚོ། །　想修行的僧侣们，
མཚོ་བྱ་ངུར་བའི་སྐད་ལ་ཉོན། །　请听湖中野鸭声，
ཚེ་གཅིག་གི་དམ་ཆོས་སྒྲུབ་ལུགས་དང་། །　今生修行的方法，
བཀའ་སྡོམ་པའི་ཚུལ་ཁྲིམས་སྲུང་ལུགས་དེ། །　必须遵守的戒律，
ལྷ་བླ་མའི་སྐད་ཀྱིས་འབོད་ཅིང་ཡོད། །　它以上师之言在传授。

གནས་ཁྲ་མོ་བསྐོར་བའི་ན་ཆུང་ཚོ། །　要出嫁的姑娘们，
བྱིའུ་ཅོག་ཆུང་ཛེ་ནེའི་སྐད་ལ་ཉོན། །　请听天上云雀声，
ཚེ་གཅིག་གི་སྐྱིད་སྡུག་བཟང་ངན་དང་། །　苦乐吉凶的化解，
གནས་གཞིས་ཁྲ་འཛིན་ལུགས་སྐྱོད་པ་དེ། །　操持家务的要领，
མ་སྲུ་མོའི་སྐད་ཀྱིས་འབོད་ཅིང་ཡོད། །　它以姑嫂之言在传授。

རྒྱ་ནག་པོར་འགྲིམ་པའི་ཚོང་དཔོན་ཚོ། །　去嘉那的商贾们，

ཕོད་རི་སྲེག་སྐྱ་ཁྲའི་སྐད་ལ་ཉོན། །
ཚོང་སོ་ནམ་ཕྱུས་བསྐྱུར་བྱ་ལུགས་དང་། །
ཁེ་རྒྱལ་ཁ་རང་གི་ཐོབ་མིན་དེ། །
གནས་མོའི་སྐད་ཀྱིས་འབོད་ཅིང་ཡོད། །

请听门前喜鹊声，
货品价值的提升，
赚取利润的经验，
它以店女之言在传授。

སོ་ཉུལ་མ་འཁྲིམ་པའི་ཤར་ལུ་ཚོ། །
རི་བྱ་གོང་མོའི་སྐད་ལ་ཉོན། །
དགྲ་དཔུང་ཆེན་བུ་ཏ་འཁྲིམ་མིན་དང་། །
མིག་རྣ་བའི་སྦྱོང་བསྒྲི་བཏང་ལུགས་དེ། །
གཉེན་ཕུ་བོའི་སྐད་ཀྱིས་འབོད་ཅིང་ཡོད། །

探情报的男儿们，
请听山里雪鸡声，
敌军有什么动静，
耳听目察的技巧，
它以兄弟之言在传授。

གནང་ད་གཅོད་བསམ་པའི་སྟག་ཤར་ཚོ། །
བྱ་ཁྭ་ཏ་ནག་ལུའི་སྐད་ལ་ཉོན། །
བུ་དཔའ་བོས་དགྲ་དཔུང་འདུལ་ལུགས་དང་། །
གནང་ཚུར་ཡོན་བསམ་དོན་འགྲུབ་ཞན་དེ། །
གྲོས་ཆ་འདེབས་སྐད་ཀྱིས་འབོད་ཅིང་ཡོད། །

劫财物的好汉们，
请听树梢乌鸦声，
勇士狭路战对手，
能否得利返回家，
它以商讨之言在传授。

༨ ཀུ་ལང་འཛམ་བུ་ཆུ་གསེར་དང་། །
རྒྱ་རག་སེར་པོའི་འཛུམ་མདངས་དེ། །
སེར་པོ་ཡིན་པ་འདྲ་བསམ་ཡང་། །
དུས་ནམ་ཕུགས་མི་འདྲ་སོ་སོ་ཡིན། །
མཁའ་ལྡིང་ཁྱུང་གི་གཤོག་རྒྱལ་དང་། །
རྐོད་ངང་མས་ནམ་འཕང་གཅོད་ལེ་གཉིས། །
ནམ་མཁར་འཕུར་ལེ་འདྲ་བསམ་ཡང་། །
དུས་ནམ་ཕུགས་མི་འདྲ་ཁ་ཁ་ཡིན། །

阿里古朗的纯金，
产自印度的黄铜，
眼看都是一个色，
日久便知各不同。
大琼鸟振翅划过，
雄鹰翱翔在蓝天，
眼看都是一样强，
日久可显有差异。

དབང་བཙན་ཁྱུང་རྒོད་རྒྱལ་པོ།	旺赞琼贵嘉波
༡ ཤ་བོའི་རུ་བཅུ་དགུང་ལ་སྐྱེག །	鹿的茸角指向天，
ཟོན་མདའ་རྐྱེན་འབོད་པའི་གཡབ་མོ་རེད། །	那是利箭的召唤，
བྱ་ཁུ་བྱུག་བྱང་ལ་གྲག་ལེ་དེ། །	布谷声音朝北鸣，
དབྱར་སྤྲང་ཆར་འབོད་པའི་གཡབ་མོ་རེད། །	那是夏雨的召唤。
དགུང་སྔོན་མཐོན་པོའི་མཁའ་ལམ་ལ། །	在高远的天空中，
རྒྱུ་སྐར་གྲལ་ར་འཚོགས་ས་ན། །	众多星辰聚一起，
སྤྲིན་ནག་ཆུང་བར་ཆད་ཡོད་དོ་སྐད། །	就有乌云来遮盖，
གདོང་ལེན་རླུང་ཆེན་དགོས་པས་ཟེར། །	只有狂风能吹走，
སྨུལ་མ་སྨྲི་སེར་ཟེར་བ་དེ། །	需要微岚催发时，
དུས་ལ་འབབ་དུས་ཡོད་རབས་མེད། །	却不见它的身影。
དོག་མོ་ས་ཡི་གཞི་དཀྱིལ་ལ། །	在广袤的大地上，
ལྗང་ཆུང་འབྲས་དྲུག་སྨིན་ས་ན། །	谷类即将成熟了，
སེར་བའི་བར་ཆད་ཡོད་དོ་སྐད། །	就有冰雹来侵袭，
གདོང་ལེན་སྔགས་ཟེར་འཁྲིམ་དགོས་ཟེར། །	只有咒师能施法，
ཞིང་པ་ཡུལ་གྱི་སྐད་བརྡ་དེ། །	需要农夫报信时，
དོན་གལ་ལ་ཐུག་དུས་ཡོད་རབས་མེད། །	却不见人的身影。
དབྱར་གསུམ་དུས་ཀྱི་བབ་སོ་ལ། །	在温热的夏日里，
མེ་ཏོག་ལོ་འདབ་རྒྱས་ས་ན། །	鲜花绚烂地绽放，
བ་མོའི་བར་ཆད་ཡོད་དོ་སྐད། །	就有寒霜来摧残，
གདོང་ལེན་སྤྲིན་ཤུང་བསྐྱུ་དགོས་ཟེར། །	只有阳光能驱散，
བྱ་ཁུ་བྱུག་སྐད་ཀྱི་སྨུལ་མ་དེ། །	需要布谷呼唤时，
དུས་ཐུག་ཡག་བྱུང་དུས་ཡོད་རབས་མེད། །	却不见鸟的身影。
༢ དགྲ་ཚུར་བྱུང་གདོང་ལ་ལན་གཅིག་དགོས། །	敌军来犯要回击，

ལན་མེད་ན་བུ་མོ་གོ་རྒན་འདྲ། ། 不然就像老妇人；
གཏམ་སྙན་མོའི་ཚིག་ལ་ལན་གཅིག་དགོས། ། 好言良语应回复，
ལན་མེད་ན་སྐྱ་མེད་ལྐུགས་པ་འདྲ། ། 否则如同聋哑者。

འཕྲུལ་མི་ཤི་བདུད་ཡ་མེད། **楚米西堆雅美**

༡ བྱ་ཁྱུང་ཆེན་ལྡིང་བའི་ངར་ལམ་ནས། ། 大琼鸟的飞翔区，
སྦྲུལ་དུག་ཅན་ངར་འདོད་འཁྱུག་རྩལ་ངོམས། ། 长蛇在灵活爬行，
འཛུམ་མཆུ་སྡེར་གཅིག་གིས་མཁའ་ལམ་ཁྱེར། ། 喙爪并用叼上天，
དུག་ཐོག་འཁྱིལ་ཟེར་བ་རྫུན་དུ་གདའ། ། 说能毒死是谎言。

༢ གཟིག་ཁྲ་ཡག་རྒྱུ་བའི་ཁ་རྩ་ན། ། 在豹子奔跑的地方，
ཁྱི་བདའ་ལུ་ཟུག་འདོད་སྣང་བ་མཐོ། ། 狗儿狂妄想吠叫，
སྲོག་ཐང་དགུ་ཆད་ལ་བྲེལ་ལེ་རེད། ། 它那是急着要断气。
ཆུ་གནས་སྲམ་གྱི་ཁ་ལམ་ནས། ། 在水獭出没的地方，
ཉ་གསེར་མིག་འགྱུར་འདོད་ཆེ་ཞན་འདྲ། ། 鱼儿敏捷地游玩，
ལུས་གསེར་གཤོག་ཤོར་འདོད་བྲེལ་ལེ་རེད། ། 它那是急着当猎物。
རྒྱ་ཁྲ་ཧོར་པའི་འཛུམ་ལམ་ནས། ། 在鹞鹰捕食的地方，
བྱིའུ་ཕྲུག་སྣང་ཆེན་གཤོག་སྒྲ་ཅན། ། 小鸟大意拍翅膀，
ལུས་སྤུ་སྤུག་གཏོར་འདོད་བྲེལ་ཞན་འདྲ། ། 它那是急着丢羽毛。

བདུད་ཕྲུག་ཀེའུ་ཤི་ཀ། **堆楚格乌西噶**

༡ བྱིའུ་ཕྲུག་ཁྱུ་སྣ་གཏོར་མི་དེ། ། 驱散成群小鸟的，
ང་རྩལ་ཆེན་རྒྱ་ཁྲ་ཧོར་པ་ཡིན། ། 是我凶猛的鹞鹰；
གཡང་དཀར་ཁྱུ་སྣ་གཅོད་མི་དེ། ། 惊扰成群绵羊的，
ང་ཤ་ཟན་ཨ་ཐང་སྤྱང་སྔོན་ཡིན། ། 是我嗜血的青狼；

ཚོ་ཟད་ར་ཁྱུ་དཀྲུག་མི་དེ། ། 侵乱成群山羊的，
ང་ཤན་པ་འཕར་བ་དམར་པོ་ཡིན། ། 是我残暴的豺狗。

༢ ཡུལ་ནམ་མཁའི་ལྷ་སྲིན་སྡེ་བརྒྱད་དེས། ། 虚空中的天龙八部，
གནམ་ལྕགས་ཐོག་སེར་འཁྲུལ་འཁོར་གྱིས། ། 转动雷电冰雹之轮，
ལོ་ཡག་སྙེ་མ་གཏོར་གཏོར་དེ། ། 打落无数丰收的麦穗，
སྔགས་ནག་ཞིང་ལ་མ་འགྲིམ་ཟིག 可不敢越界咒师的农田，
སྔགས་ཟོར་ཁས་ཚུར་ལ་བརླག་རབས་གདའ། ། 他善于施法灭妖魔。
མཚོ་སྔོན་པོའི་དཀྱིལ་གྱི་ཆུ་སྲིན་དེས། ། 青海湖底无敌巨鱼，
ཁ་ཧབ་ཆེན་མཆེ་བའི་རྣོ་སོ་ཡིས། ། 张开大嘴露出尖牙，
ཆུའི་ཉ་རིགས་ཆེ་ཕྲ་ཟོས་ཟོས་དེ། ། 吞食无数水中的同类，
འབུ་དུང་དཀར་གདོང་ལ་མ་འགྲིམ་ཟིག 可不敢靠近小巧的白螺，
ལས་ཐལ་བྱུང་ཚུར་ལ་བརླག་རབས་གདའ། ། 它最懂惩罚过头者。

༣ ཚེར་གསེབ་རི་བོང་དྲེལ་རྣ་དེ། ། 荆棘丛中野兔的长耳朵，
ར་མེད་ལེས་ཚོད་ལ་མཛེས་ཙུག་སྙེ། ། 在不长角的同类中显得很美，
ཤྭ་ཕོ་ཆེན་གདོང་ལ་མ་འགྲིམ་ཟིག 可它无法与雄鹿站在一起；
ཝ་གྭ་མའི་འཛུམ་ཆུང་གྲ་ལོ་དེ། ། 白面狐的毛面富有光泽，
གྲ་མེད་ལེས་ཚོད་ལ་མཛེས་ཙུག་སྙེ། ། 在不鲜艳的同类中显得很美，
སྟག་དམར་ཡག་གདོང་ལ་མ་འགྲིམ་ཟིག 可它无法与红虎走在一起；
ནུས་མེད་ཁུག་རྟའི་འཕྱུམ་རྣབས་དེ། ། 弱小燕子猛烈扑向前方，
འཛུམ་མེད་ལེས་ཚོད་ལ་མཛེས་ཙུག་སྙེ། ། 在不敏捷的同类中显得很美，
གླག་དར་མའི་གདོང་ལ་མ་འགྲིམ་ཟིག 可它无法与鹰隼飞在一起。

ར་འདྲ་འཆི་བདག་ཡ་མེད། 热扎·其达雅美

༡ འཇའ་ཆེན་ནགས་མའི་རྨ་བྱ་དེས། ། 林中美丽的孔雀，

མདོངས་མཛེས་གོང་བ་ལོན་པས་ཟེར། །　羽毛华丽无与伦比，
དུག་ཅན་ཟས་ལ་འགྲོགས་འགྲོགས་ནས། །　经常吃毒性食物，
ཟ་ཚོད་ཚོད་ཟིན་མ་བྱས་ན། །　如果不能克制自己，
མཐའ་དུག་ནད་ངར་མས་འཆི་དོགས་གདའ། །　难免会中毒而亡，
འཇའ་ཆེན་སྒྲོ་སྐོར་ཤོར་ཉེན་གདའ། །　终究有失去羽毛之险。
ཆབ་ཆེན་གཞུང་གི་གསེར་མིག་ཉ། །　河里自在的鱼群，
འགྱུར་རྒྱལ་གོང་བ་ལོན་པས་ཟེར། །　来回游动令人羡慕，
གཤོག་རླབས་འགྱུར་ཚོད་མ་བཟུང་ན། །　如果不能克制自己，
ལྕགས་ཀྱུའི་ཇོ་སོར་ཟིན་དོགས་གདའ། །　难免会被利钩钓起，
རླབས་འགྱུར་རྒྱལ་རྫུན་དུ་ཤོར་ཉེན་གདའ། །　终究暴露迟钝的真相。
ལྷོ་རོང་ཆེན་སྨྲ་མཁས་ནེ་ཙོ་དེས། །　南方深谷的鹦鹉，
ལྕེ་བདེ་མོའི་མི་སྐད་སྨྲོའི་ཟེར། །　口齿伶俐会说人话，
སྐད་བདེ་འགྱུར་ཚོད་ཙམ་མ་བྱས་ན། །　如果不能克制自己，
མཐའ་ལྕགས་སྒྲོག་རྒྱ་ཡིས་འཛིན་དོགས་གདའ། །　难免会被抓进鸟笼，
ཁ་བདེ་འདོད་ལུས་ཆུང་བཙོན་ལ་ཟིན། །　终究因学舌身陷囹圄。
ཁྲི་གདུགས་ཉི་མ་རྟ་བདུན་ཅན། །　空中灿烂的太阳，
འོད་ཀྱིས་མུན་པ་སེལ་བས་ཟེར། །　万丈光芒驱散黑暗，
གླིང་བཞི་ཉིན་བཞིན་བསྐོར་ཏེ་རྒྱུག །　每日绕着四洲在跑，
རྒྱུག་ཚོད་དུས་དང་མ་བསྟུན་ན། །　如果不按规律运行，
དགྲ་གཅན་གདོང་ལ་འཕྲད་དོགས་གདའ། །　难免遇到罗睺罗星，
འོད་མུན་སེལ་རྫུན་དུ་ཤོར་ཉེན་གདའ། །　会有失去光芒的危险。
དགུང་གི་ཁྲི་གདུགས་ཉི་མ་དེས། །　高空中的金太阳，
མུན་སེལ་གླིང་བཞི་ཉིན་བཞིན་བསྐོར། །　每日绕着四洲转，
རྒོད་པོ་ཡིན་བསམ་ལོས་ཡོད་དེ། །　好像以为是雄鹰，
འགྲོ་ཚོད་གཟབ་ཆ་མ་བྱས་ན། །　如果运行不谨慎，
ཐ་མ་དགྲ་གཅན་གདོང་གིས་ཟིན། །　天狗可能会吞咬，
མུན་སེལ་རྫུན་དུ་བཟོ་ཉེན་ཡོད། །　驱散黑暗变谎言。

ཙན་དན་ནགས་མའི་འཛིང་ཁྲུག་ནས། །
རྒྱ་སྟག་ཟེར་བའི་གཡེར་པོ་ཆེ། །
སྐྱེ་འགྲོ་གཟན་ལ་ཟམ་པས་ཟེར། །
རྩལ་དྲག་རྒྱུ་བའི་དཔའ་རྩལ་དེ། །
ངོམ་ཚོད་གཟབ་ཆ་མ་བྱས་ན། །
ཐ་མ་ས་མདས་སྙིང་ལ་གཟེར། །
འཛུམ་དྲག་ཁྲག་ལ་བསྐྲེ་བ་འོང་། །
མཐོན་པོ་ཨ་སྔོན་མཁའ་ལམ་ནས། །
བྱ་ཁྱུང་ཆེན་ཟེར་བའི་གཤོག་རྩལ་ཅན། །
ལྡབས་ཆེན་ནམ་འཕང་གཅོད་པས་ཟེར། །
གཤོག་དྲག་རྒྱས་པའི་འཛུམ་རྩལ་དེ། །
ངོམ་ཚོད་དུས་དང་མ་བསྟུན་ན། །
ཐ་མ་བསེར་མ་རླུང་ལ་ཐུག །
སྒྲོ་གཤོག་མིང་མེད་བཟོ་ལེ་འོང་། །

旃檀树林的霸王，
老虎威名扬四方，
杀害生灵当美食，
异常凶猛而强大，
如果张扬不低调，
地箭也会穿心脏，
殷红鲜血染斑纹。
蓝天下的大琼鸟，
力量雄厚羽翼硬，
翱翔万里在瞬间，
敛翅俯冲急速飞，
如果攀升不自制，
可能进入大气层，
身躯撕裂名声败。

༢ མི་ཕོ་ཅི་ཤི་བྱུས་ལ་ཤི། །
མི་ཕོ་བྱུས་ཤི་མ་ནུས་ན། །
སྐང་གཉིས་ལ་བཙས་རྒྱན་བཟང་འདྲ། །
རྟ་ཕོ་ཅི་ཤི་རྒྱུག་ལ་ཤི། །
རྟ་ཕོ་རྒྱུག་ཤི་མ་ནུས་ན། །
ས་ངན་བོང་བུའི་འདུར་རྩེད་འདྲ། །

男儿多死于大计，
如果不为大计死，
便是山顶的神堡。
骏马多死于奔跑，
如果不是奔跑累，
就像毛驴在路上。

༣ གཤོག་རྩལ་དྲག་རྒྱས་པའི་ངང་མ་རྒོད། །
བྲག་དཀར་རྫོང་བཟུང་བས་མི་ཕན་ནས། །
གཤོག་དྲག་རྒྱས་པའི་དོན་སྙོ་དེ། །
ནམ་འཕང་མཐའ་རྒྱ་བཅད་ནས་འགྲོ། །
རྒྱལ་ཁམས་ལྟད་མོ་ལྟ་བཞིན་འགྲོ། །

羽翅厚实的鹰隼，
不满足悬崖峭壁，
拥有强劲的羽翅，
就应该翱翔蓝天，
去领略无限风光。

ཁ་དུང་སོ་ལྷན་པའི་དོམ་བུ་དེ། །
ནགས་བཙན་ཇོང་བཟུང་བས་མི་ཕན་པར། །
ལུས་རྩལ་དྲག་ཇོགས་པའི་དོན་སྒོ་དེས། །
སྐྱི་འགྲོ་གཟན་ལ་ཧམ་ཞིང་འགྲོ། །
ཁ་ཞིམ་ཤ་ཟོས་པས་ཚིམ་ལེ་བྱེད། །

牙齿尖利的棕熊，
不满足茂密森林，
拥有健壮的身躯，
就应该到处捕猎，
去品尝鲜美血肉。

༤ མཐོ་དགུང་སྔོན་འཁྱིམ་པའི་རྟ་བདུན་དབང་། །
ཉིན་བཞིན་གླིང་བཞི་བསྐོར་ཞིང་འགྲོ། །
འོད་ཟེར་ངོམ་འདོད་མ་རེད་དེ། །
འཇིག་རྟེན་མུན་པ་སེལ་ལ་བསྐོས། །
སྤྲ་མཐོའི་བྲག་གི་ངང་མ་རྒོད། །
ཤེབ་སྒྲོ་བར་སྣང་ཡངས་ལ་བརྒྱངས། །
གཤོག་དྲུག་ངོམ་འདོད་མ་རེད་དེ། །
གླིང་བཞི་ལྟད་མོ་བལྟ་ལ་བསྐོས། །
ལྷ་ཤུག་རྩེ་ཡི་ཁུ་བྱུག་དེ། །
དྲུག་འགྱུར་འཇིག་རྟེན་ཡོངས་ལ་གྲག། །
གསུང་སྐད་ངོམ་འདོད་མ་རེད་དེ། །
དབྱར་དགུན་ནམ་ཟླ་ཕྱེ་ལ་བསྐོས། །
བྱང་ན་མར་འཁྱིམ་པའི་ཁ་དཀར་རྐྱང་། །
རྨིག་བཞི་བདེ་མོའི་ཐང་ལ་སྦྲུངས། །
འགྲོས་ཁ་ངོམ་འདོད་མ་རེད་དེ། །
ཐང་ཆེན་མཐའ་རྒྱ་གཅོད་ལ་བསྐོས། །

高空中的太阳，
每天绕着四洲走，
那不是炫耀光芒，
它是黑暗驱散者。
悬崖边的鹰隼，
把翅膀展向蓝天，
那不是炫耀羽毛，
它是美景观赏者。
柏树间的布谷，
歌声传遍了世界，
那不是炫耀嗓音，
它是冬夏季分季者。
荒漠上的野驴，
四蹄敲击着原野，
那不是炫耀跑速，
它是大地丈量者。

༥ ནགས་མ་བཟུང་བའི་འཛུམ་དྲུག་སྟག།
མཆེ་སྡེར་ཁྲག་ལ་མ་བསྒྲེས་ན། །
དགྲ་ཝ་མོའི་གདོང་ལ་ཅི་སྟེ་འགྲོ། །
སྤྱོད་སྤང་དཀར་བཟུང་བའི་ཨ་ཐང་སྤྱང་། །

统治森林的猛虎，
要是爪子不沾血，
如何面对狐狸众？
称雄草地的青狼，

ཞིམ་ཤ་དམར་ཁམ་དགུ་མ་རག་ན། །	要是嘴巴不沾肉，
གཡང་དཀར་ཁྲུ་སྣ་ཅི་ལ་དགུགས། །	怎样追逐绵羊群？
འཇུམ་རྩལ་ཆེ་བའི་ཧོར་པ་དེས། །	飞冲自如的鹞鹰，
བྱིའུ་ཕྲུག་ཀླད་རྒྱ་མ་གཏོར་ན། །	要是不能捉小鸟，
འཇུམ་སྦྱོར་ཆགས་འཕུར་རྩལ་ཅི་ལ་སྦྱོང་། །	学练轻功有何用？
ལན་མེད་འཆི་བདག་ཁྲོས་པ་ངས། །	愤怒无敌的死神，
ཁྱོད་དགྲ་བོའི་མགོ་སྐེ་མ་བྲལ་ན། །	要是不割你的头，
ནམ་ཡིན་རྩལ་དྲུག་ཅི་ལ་འགྲན། །	我干吗来到战场？

༨ སྟོན་ཟླ་གསུམ་སེར་རྒོད་འབབ་པའི་དུས། །	秋季冰雹来袭时，
མདའ་བཞིའི་འབྲས་དྲུག་ཅི་ལ་ལུས། །	田间谷物剩几颗？
དེ་བསྒྱུར་ན་སེར་རྒོད་མིང་ཡང་མེད། །	留下果实就不是冰雹。
ཁྱུང་ཆེན་མཁའ་ལ་སྐྱོད་པའི་དུས། །	金翅琼鸟翱翔时，
ནམ་འཕང་མི་ཚོད་ག་ལ་ལུས། །	飞遍了所有空间，
དེ་ལུས་ན་ཁྱུང་ཆེན་ཡིན་དོགས་མེད། །	留下遗憾便不是琼鸟。
ལྟོ་དཀར་ཉ་མོ་མཚོ་ལ་རྩེ། །	白肚鱼儿畅游时，
མཚོ་མཐའ་མ་འཁོར་ག་ལ་ལུས། །	造访过每个海岸，
དེ་ལུས་ན་གསེར་ཉ་ཡིན་དོགས་མེད། །	留下角落就不是鱼儿。
འཆི་བདག་ནག་པོ་སྐྱེ་འགྲོའི་གཤེད། །	黑色死神众生敌，
མ་ཟིན་ཤོར་ནས་ལུས་དོགས་མེད། །	不曾漏掉任何人，
དེ་ཤོར་ན་འཆི་བདག་ཡིན་དོགས་མེད། །	留下情面便不是死神。

ནུ་བོ་དགྲ་འདུལ་གཡུལ་རྒྱལ།	**努沃 · 占堆宇嘉**

༧ བར་སྣང་ཡངས་ལ་སྐྱོད་མི་དེ། །	悠闲翱翔蓝天者，
བྱ་རྒོད་པོ་འཕུར་རྩལ་ཆེ་ཞན་འདྲ། །	是那强劲的雄鹰，
སྟོང་ཉིད་ནམ་འཕང་ཟད་ས་མེད། །	虚幻太空没边际，

ཚོད་མེད་ལྷབས་ཁ་སྐྱོད་ཆེ་ན། །
ལྷུང་སྲུ་གྲི་ངར་མར་གདོང་ཐུག་འོང་། །
སྒྲོ་གཤོག་བར་སྣང་གཏོར་ལེ་འོང་། །
ང་རྒྱལ་ཐང་ཆེན་གཅོད་མི་ལ། །
ཤུགས་ཆེན་འདོ་ཕྲུག་སྨུར་ཞན་འདྲ། །
རིན་ཆེན་ས་ལ་ཟད་མཐའ་མེད། །
ཚོད་མེད་བང་ཁ་བཏང་ཆེ་ན། །
རྨིག་བཞི་གོར་མོ་རྗེ་ལ་ཐུག །
ལུས་ཕུང་ཐང་ལ་རྡེབ་ལེ་འོང་། །

任凭自己随意飞，
当心遇到强气流，
如剑斩断你羽翅。
孤傲驰骋原野者，
是那健硕的骏马，
聚宝大地无尽头，
任凭自己随意跑，
当心四蹄撞顽石，
跌倒再也爬不起。

༢ དགོན་ཆོས་གཞི་འཛིན་པའི་བླ་མ་བསྐོས། །
ཆོས་ག་དར་གོང་བ་འཛིན་ལེ་ལ། །
སྲོག་ལས་གཅེས་པའི་ལས་གཅིག་དགོས། །
གོང་ཁྲིམས་ར་འཛིན་མི་དཔོན་པོ་བསྐོས། །
ཁྲིམས་དྲང་ཐིག་སྲང་སྐྱུད་འཛིན་པ་ལ། །
རང་སྲོག་ལྷ་བུའི་གཅེས་དམར་དགོས། །

被认定为寺院的住持，
就应该把修学和戒律，
视作比生命还要宝贵。
被任命为执法的官员，
就应该把公平和正义，
视作比生命还要宝贵。

༣ སྤང་ལྗང་ཚུང་མེ་ཏོག་འཁྲུངས་ས་ལ། །
གཏམ་སྙན་པོའི་འབྲུག་སྒྲ་སྒྲོགས་ཉིན་མོ། །
དང་ལེན་ཆུ་འཛིན་མ་བསྡུས་ན། །
སྲི་སེར་བ་མོའི་ཁ་རྩ་ནས། །
འཛུམ་མདངས་ཤོར་ཉིན་འགྱོད་པ་ཆེ། །
སྤང་ཐང་ཡངས་པའི་གཞི་དཀྱིལ་ནས། །
འདོ་ཕྲུག་བང་ཁ་བཏང་ལེ་ལ། །
གོང་མིས་ཁ་ཏུ་མ་ལྷོད་ནས། །
དོན་མེད་ལྕག་ཤེད་བྲུས་པས་ན། །
དམའ་ས་ལ་རྡེབ་ཉིན་འགྱོད་པ་ཆེ། །

开满鲜花的草地上，
传来悠扬雷声时，
如果不收敛云彩，
在风霜的蹂躏下，
失去笑容为时已晚。
一望无际的原野上，
骏马奋蹄扬鬃时，
如果不放松辔头，
在皮鞭的抽打下，
骑手摔伤为时已晚。

༤ དོན་ཡིན་ལུགས་གཏན་ལ་འབེབས་ཙ་ན། །
སྟོང་གཏམ་ཚིག་འབྲུ་གཅོད་ལུགས་མེད། །

事物的是非曲直，
不能用空话判断。

༥ འཇའ་ཚེན་རྨ་བྱའི་སྒྲོ་མདོངས་དེ། །
དབྱར་རྔའི་གསུང་སྙན་བསྒྱུར་བ་ན། །
སྒྲོ་མདོངས་གོང་བ་སྟོན་རབས་མེད། །
དུས་དེང་སང་དགུན་ལ་ཇེ་ཛོམ་རེད། །
ནམ་མཁའ་ཐོག་གི་གུར་ཁང་དེ། །
སྤྲིན་ནག་མགྲོན་དུ་མ་ཁུག་ན། །
གནམ་གཡའ་དག་ཐོག་དམར་འབེབས་རབས་མེད། །
དུས་དེང་སང་སྤྲིན་མེད་ཐོག་ལྡུང་མང་། །

这艳丽的孔雀，
没有苍龙吟唱，
本不会轻易开屏，
如今冬天也炫美。
那高远的天穹，
没有乌云光临，
本不会随便闪电，
如今晴空也打雷。

༦ ཁྱི་རྒན་བདའ་ལུའི་ངར་སྐད་དེ། །
གཟིག་ཁྲ་ཡག་གདོང་ལ་མི་འགྲིམ་དོ། །
དོམ་ཐོང་དཀར་མཆེ་བའི་ཇོ་སོ་དེ། །
དགྲ་ས་མདའི་གདོང་ལ་མི་འགྲིམ་དོ། །
སུག་ཐུང་བོང་བུའི་འདུར་འགྲོས་དེ། །
ཁ་དཀར་རྐྱང་ལ་མི་འགྲིམ་དོ། །

老饿狗的吠声，
无法与花豹比；
白胸熊的尖牙，
不能和地箭比；
短腿驴的速度，
怎可跟野马比？

༧ མི་བརྒྱ་བསམ་པ་གཅིག་ལེ་དགོས། །
རྟ་བརྒྱ་ཁ་ཧུ་མཉམ་ལྷོད་གྱིས། །

千人要齐心，
百马应同步。

༨ ཕ་བླ་མ་དམ་ཆོས་ཟབ་པས་བསྟོད། །
ཆོས་ཟབ་མོས་བློ་རྒྱུད་མ་གྲོལ་ན། །
མདངས་མཛེས་ལེ་ངང་པ་སེར་པོ་འདྲ། །
གོང་དཔོན་ལུ་རྒྱལ་ཁྲིམས་བཟང་པོས་བསྟོད། །

上师因佛法而尊贵，
若不能智慧调心，
好比黄色的鸭子。
长官因法治而位高，

རྒྱལ་ཁྲིམས་དྲང་ཐིག་མ་ནོན་ན། །
སྒང་ལ་དར་ལྕོག་བཙུགས་པ་འདྲ། །
སྟག་ཤར་ལུ་དགྲ་འདུལ་དཔུང་གིས་བསྟོད། །
དགྲ་འདུལ་ཤུགས་ཀྱིས་མ་བཏུལ་ན། །
འཁོར་གསུམ་ལ་རྟེ་རྒྱན་བཟང་འདྲ། །

若不能秉公办事，
就像山顶的经幡。
勇士因雄狮而威猛，
若不能击溃敌人，
兵器盔甲是装饰。

ཤན་པ་མེ་རུ་རྩེ།

辛巴梅如泽

1 ཚེར་གསེབ་རི་བོང་རྣ་རྫོར་དེས། །
ཁེར་འགྲོས་རི་ལ་འགྲིམ་མདོག་དེ། །
གླག་དར་མའི་འཇུམ་གྱིས་མ་ཟིན་ན། །
གླག་དར་མའི་མིང་དེ་ཅི་ལ་འཛིན། །
བྱིའུ་ཚང་ཕྲུ་དཔུང་གཤོག་སྒྲ་ལྡིར། །
ཀྱུ་ཁྲ་འི་གདོང་ལ་མི་འཛེམ་མདོག །
འཇུམ་གཅིག་ཕྲུ་སྣ་མ་གཏོར་ན། །
ཁྲ་རྟོར་པའི་མིང་དེ་ཅི་ལ་འཛིན། །
གཡང་དཀར་ལུག་ཚང་ཕྲུ་སྣ་དེས། །
ཨ་ཐོང་སྤྱང་སྟོན་མི་འཛེམ་མདོག །
སྤྱུག་གཅིག་གིས་ལུག་ཚང་མ་བསད་ན། །
སྤྱང་ཨ་ཐོང་མིང་དེ་ཅི་ལ་འཛིན། །

荆棘下的长耳兔，
假装胆大到山岭，
鹰鹫要是不能捉，
那它只是徒有名。
结队而飞的小鸟群，
假装胆大玩得欢，
游隼要是不驱散，
那它徒有虚名。
草甸上的绵羊群，
假装胆大四处跑，
青狼要是不捕杀，
那它只是徒有名。

2 ཤུ་ཡ་གིའི་གངས་རི་རྟེ་རྒྱས་དེས། །
སེང་གཡུ་རལ་རྒྱས་པའི་འཁོར་ས་བྱས། །
དགྲ་གངས་སྦལ་གསོད་པའི་གཤིད་དུ་བསམ། །
བར་ཕ་གིའི་ཙན་དན་ནགས་མ་དེས། །
སྟག་འཛུམ་དྲུག་ཙན་གྱི་འཁོར་ས་བྱས། །
དགྲ་ཝ་སྐྱེས་འཛོམས་པའི་གཤིད་དུ་བསམ། །

沟脑雪山之巅，
是白狮盘踞的地方，
想必它把雪蛙猎杀。
沟中栴檀之林，
是猛虎称霸的地方，
想必它把狐狸征服。

མཐའ་མ་གིའི་ཡར་ཆབ་གཙང་པོ་དེས། །
ཀླུ་རིན་ཆེན་ཅན་གྱི་འཕོར་ས་བྱས། །
ནོར་དགོས་འདོད་ཕོངས་པ་ཨེ་སེལ་བསམ། །
སྟེང་ཡ་གིའི་ཆུ་འཛིན་སྤྲིན་ཕུང་དེས། །
སྐད་གྲགས་ཅན་གཡུ་འབྲུག་འཕོར་ས་བྱས། །
གྲགས་སྙན་གོང་བ་ཨེ་ཐོབ་བསམ། །
ཕྱོགས་ཕ་གིའི་མཐུ་མཁར་སྒུག་རྫོང་ནས། །
སྔགས་ནག་ཨ་མྱེས་ཟོར་ཁ་བསྒྲུབས། །
ཟོར་མཐུ་རྫས་ཚོགས་སུ་བཙུད་བཙུད་དེ། །
དགྲ་མཐུ་ཞེན་དགོས་ཉིན་ཨེ་ཕན་བསམ། །

下面河流之底，
是鲁神隐藏的地方，
想必它把财宝施舍。
上方彩云之间，
是雷声响起的地方，
想必它把美名传播。
侧旁城堡之内，
是修士做法的地方，
物体已被诵了咒，
想必它把敌人消灭。

༣ མཐོ་ནམ་མཁའི་སྤྲིན་སྔོ་འཁྱིད་པ་ལ། །
ཟེར་མ་ཀླུང་གི་ཤུགས་ཡ་དེ། །
བྱ་རྒོད་གཤོག་པས་འོང་ཞེ་མིན། །
དམའ་མཚོ་ཆེན་གཏིང་ཚད་ཞེན་པ་ལ། །
འགྲུར་ཆེན་གསེར་མིག་གཤོག་ཡ་དེ། །
སྙལ་ཆུང་རྒྱ་ཐོས་འོང་ཞེ་མིན། །
ས་མདོ་ཆེན་ཐང་རྒྱ་གཅོད་པའི་དུས། །
ཁ་དཀར་རྐྱང་གི་བང་ཡ་དེ། །
ཐང་བུའི་འདུར་གྱིས་འོང་ཞེ་མིན། །

驱散空中的密云，
鹰鹫的翅膀
怎能胜过劲风呢？
测量大海的深度，
青蛙的扑腾，
怎能替代游鱼呢？
穿越无垠的荒原，
毛驴的小跑，
怎能赶超野马呢？

༤ ཕུ་ཡི་ནས་ཤ་ཟན་ཨ་ཐོང་སྤྱང་། །
གཟན་ལ་རྒམ་ནས་རྒྱུག་ཞི་དང་། །
མདའ་ནས་གཡང་དཀར་ལུག་གི་ཁྱུ། །
སྤང་ཐང་ཕྱོགས་ལ་འཁྲམས་ཞི་གཉིས། །
འཁྲམས་ཞིའི་ལམ་ནས་ཐུག་ལུགས་ལ། །
ཐུག་ནས་ཐར་བ་མེད་ལུགས་ལ། །

沟脑嗜血的狼，
正在四处奔波，
沟口很多绵羊，
朝着草坡移动，
二者恰巧相遇，
相遇哪有好结果？

དགུང་སྔོན་མཐོན་པོའི་གསང་ལམ་ནས། །	高空凶猛的隼，
སྐྱུ་ཁྲ་གཟན་ལ་འཚུམ་ལེ་དང་། །	想着捕食美味，
ཕྱིའུ་ཚུང་ཚེ་ཟད་ཁྱུ་སྣ་དེ། །	低空一群小鸟，
སྣང་ཆེན་གཤོག་སྒྲ་འུར་ལེ་གཉིས། །	振翅尽情飞舞，
འཕྱུར་ལེའི་ལམ་ནས་ཐུག་ལུགས་ལ། །	二者恰巧相遇，
ཐུག་ནས་ཐར་བ་མེད་ལུགས་ལ། །	相遇哪有好结果？
སྤང་དཀར་རི་ཡི་འཛིང་ལོགས་ནས། །	冈岭侧面的箭，
མདའ་རྐྱེན་པོ་རྫོན་ལ་འགྲོ་ལེ་དང་། །	就要射向猎物，
ཚེ་ཟད་ཤ་ཕོ་དུང་རྭ་ཅན། །	短命八角雄鹿，
རི་མཐོ་གསུམ་སྐང་ལ་བུད་ལེ་གཉིས། །	爬到高山顶端，
འགྲོ་ལམ་གཅིག་ནས་ཐུག་ལུགས་ལ། །	二者恰巧相遇，
ཐུག་ནས་ཐར་བ་མེད་ལུགས་ལ།	相遇哪有结果？

༥ ལྷོ་མོན་ནས་བྱུང་བའི་ཁུ་བྱུག་བྱ། །	南方飞来的布谷，
དབྱར་ནམ་རྒྱས་འགྱུར་ཁ་བདེ་འདུག་སྟེ། །	每到夏季就鸣叫，
སྤང་སྔོ་ལྷང་རི་མགོ་ཁ་བས་བཏུམས། །	草山被大雪覆盖，
དམའ་རྒྱ་ལྕང་ལོ་འདབ་ས་ལ་བྲུལ། །	柳叶掉落地上时，
དུས་དེ་སྐབས་འགྱུར་མེད་ཅི་གོ་རེད། ། ?	为何没有了声音？
རི་ནགས་རྒྱས་རྒྱུ་བའི་དམར་ཡག་སྟག།	称霸森林的老虎，
མཚོང་མཆེ་སྡེར་ཛམ་སྟོབས་ཆེ་ཏུག་སྟེ། །	凶猛强壮爪牙利，
ནགས་ཙནྡན་ལྗོན་པ་སྟྭ་རེས་བྲེག།	旃檀被斧头砍倒，
ཤིང་སྡོང་དུམ་དམར་མེའི་ཁ་ལ་བཏབ། །	树枝扔进红火时，
དུས་དེ་སྐབས་མེད་ལེ་ཅི་གོ་རེད། །	为何不见了身影？
བྲག་གདོང་ཟུར་འཁྱིང་ཛམ་བྲེ་སར་འབྲོང་། །	岩石丛中的野牛，
རྩལ་ཏུ་ངོམ་ཤུགས་རྩལ་ཆེ་ཏུག་སྟེ། །	犄角宽大力无比，
བྲག་ཁྲ་ཡག་རི་ལ་ཉག་ལམ་བཏོད། །	山梁被走出新路，
རྡོ་གོར་མོ་སིལ་མར་གཏོར་ཉིན་མོ། །	砂砾碾得粉碎时，

དུས་དེ་སྐབས་མེད་ལེ་ཅི་གོ་རེད། །

为何消失了踪迹？

༨ རྟ་གསར་ཐོ་ཏུ་བྲེལ་མགོ་མ། །
མ་རྒྱུག་གོང་ནས་འཚབ་མ་འཚུབ། །
རྒྱུག་བང་ཁ་བཏང་ཉིན་རྗེས་ལ་ལུས། །
སྒོ་ཁའི་ཨོ་ཡོ་ཁྲ་ཆུང་དེ། །
མི་དགོས་སྒོ་ནས་ཧུར་ཧུར་ཟུག།
མགོ་དུས་ཁྱིམ་ཕུགས་ཡར་ལ་འཛུལ། །

性情奔放的小马驹，
还没有跑开就急躁，
奋蹄驰骋时落后面。
门口跳跃的小花狗，
平常在外叫个不停，
正当需要时躲家里。

༩ ཐོ་ཆེན་ཤྭ་བ་དུང་རྭ་ཅན། །
སྒང་ཡར་ལ་འབུད་ཚོད་མ་བྱས་ན། །
མགོ་དུང་རྭ་རྔོན་པའི་དཔའ་སྒོར་ལྷུང་། །
གླག་མོ་མཁའ་དཀར་འཕུམ་རྩལ་ཅན། །
འཕུམ་བང་ཁ་སྙེབ་ཚོད་མ་བྱས་ན། །
དང་ཏུས་རྗེ་ལ་རྡེབ་ལེ་འོང་། །

坡上吃草的雄鹿，
爬山要是不警惕，
茸角会落猎人手。
空中盘旋的雌鹰，
飞翔要是不谨慎，
胫骨会撞到岩石。

ཁྲི་ལྡེའི་ཀླུ་ལྷ་དཀར་ཆུང་།

赤德鲁拉嘎尔琼

གངས་ཀྱི་དུང་སེང་དཀར་མོ་དེ། །
གཡུ་རལ་ལུས་ལ་རྒྱས་ཞན་འདྲ། །
དགྲ་རི་སྐྱེས་ཚོམ་ལ་མ་ཕབ་ན། །
མགོ་གཡུ་རལ་རྒྱས་པ་དོན་སྒོ་ཆུང་། །
དམའ་ཡར་ཆབ་གསེར་མིག་ཉ་མོ་དེ། །
ལུས་གསེར་གཤོག་འགྱུར་རྩལ་རྒྱས་ཞན་འདྲ། །
དགྲ་ལྕགས་ཀྱུས་གདོང་ཐོལ་མ་ཕན་ན། །
ལུས་འགྱུར་རྩལ་བདེ་བ་དོན་སྒོ་ཆུང་། །
ནགས་ཙན་དན་དཀྱིལ་གྱི་རྒྱ་སྟག་དེ། །

雪山顶上的雄狮，
绿色鬃毛有气势，
若不能压服众兽，
长了鬃毛没用处。
低处河里的鱼儿，
金色翅膀很灵敏，
若不能避开铁钩，
拥有翅膀没用处。
梅檀林中的猛虎，

ལུས་འཇོམ་ཐྲུག་རི་མོ་བཀྲ་ཞན་འདྲ། །	皮毛斑纹好漂亮，
དགྲ་ས་མདའི་གདོང་ལེན་མ་ཐེར་ན། །	若不能对付地箭，
ལུས་འཇོམ་ཐྲུག་བཀྲ་བ་ཨ་དགོས་ཆུང་། །	炫耀斑纹没用处。

ཆོས་ལུ་རིན་ཆེན་གྲགས་པ།　曲鲁仁钦扎巴

དགུང་གྲགས་པ་ཅན་གྱི་གཡུ་འབྲུག་དེ། །	惊动大地的青龙，
ལུས་སྤྲིན་དཀར་འགྲོགས་པའི་སྐད་གསང་དེས། །	与云相伴的吟啸，
སྐད་གཡེར་གྲགས་ཐོབ་འདོད་ཡོས་ཡིན་ཏེ། །	想必是要赢得美名，
སེང་མཆེ་སྡེར་རྩོམ་པའི་སྐུལ་མ་བྱུང་། །	激起狮子炫耀爪牙。
དགུང་ནམ་མཁའི་ལྷ་སྲིན་སྡེ་བརྒྱད་ཀྱིས། །	空中的天龙八部，
སེར་དྲག་པོའི་སྣ་གདོང་ཞིང་ལ་གཏད། །	向农田降下冰雹，
རྒྱ་ཞིང་གནང་དུ་གཅོད་འདོད་ཀྱང་། །	想必是要毁掉收成，
སྔགས་མི་ཟོར་འཐབ་པའི་སྐུལ་མ་བྱུང་། །	促使法师施咒对付。

དུང་སེང་ཉི་ཟླ་ལག་འཛིན།　童森·尼达拉增

བྱིའུ་ཕྲུག་ཁྱུ་སྣ་ཅི་མཐུག་ཀྱང་། །	小鸟数量再多，
རྒྱ་ཁྲའི་གདོང་ལེན་མི་ཡོང་ངོ་། །	也无法胜过鹞隼；
ལུག་གཡང་དཀར་གཟས་སྣ་ཅི་མང་ཡང་། །	羊群要吃再多，
སྤྱང་ཨ་ཐང་གདོང་ལེན་མི་ཡོང་ངོ་། །	也不敢与狼相撞；
ཝ་གྭ་མའི་འཇོམ་རིས་ཅི་བཀྲག་ཀྱང་། །	花脸狐狸再艳，
སྟག་དམར་ཡག་འཇོམ་ཡ་མི་ཡོང་ངོ་། །	也不和老虎比美。

ཉི་མ་གྲགས་པ།　尼玛扎巴

སེང་དཀར་མོ་ཟེར་བའི་གཡུ་རལ་ཅན། །	长有绿鬃的狮子，

གངས་དཀར་ཡག་སྤུར་ནས་རྒྱ་གྲོང་འགྲིམ། །
གངས་དཀར་བཟུང་དུས་མ་གྲགས་ན། །
དམའ་རྒྱ་གྲོང་བཟུང་ཉིན་ཞིའུ་ཁྱི། །
སྟག་དམར་ཡག་ཟེར་བའི་འཛུམ་དྲུག་ཅན། །
ནགས་ཙན་དན་སྤུར་ནས་གྲོང་མཐའ་འགྲིམ། །
ནགས་ཙན་དན་བཟུང་དུས་མ་གྲགས་ན། །
ས་གྲོང་མཐའ་འགྲིམ་ཉིན་སྤར་མ་ཡ། །
འབྲུག་ཕོ་ཐང་ཟེར་བའི་སྐད་གྲགས་ཅན། །
སྤྲིན་ཕུང་པོ་བསྐྱུར་ཏེ་ས་ཞབས་འགྲིམ། །
སྤྲིན་དཀར་པོ་བཟུང་དུས་མ་གྲགས་ན། །
ལུས་གཅེར་རྒྱུག་ས་བསྐོར་ལྟས་ངན་སྦྲུལ། །

离开雪山去村庄，
雪山顶上不显威风，
称霸村庄像条猎狗。
全身斑纹的老虎，
离开森林到荒原，
森林深处不显威风，
走在荒原如同狐狸。
响彻世界的青龙，
离开云层来地上，
云层之中不显威风，
爬行地上恰似长蛇。

ཁྲི་དཔོན་སྟོང་ཁྲི་ལྷ་དགའ།

赤本·东赤拉嘎

རྒྱ་སྟག་འཛུམ་རྒྱས་ངར་སྒྲ་དེ། །
སོག་དཀར་དྲེད་ལ་མ་འགྲིམ་བྱུང་། །
དམར་མོ་མེ་ཡི་ཚ་ངར་དེ། །
སྔོན་མོའི་ཆུ་ལ་མ་འགྲིམ་བྱུང་། །
ནོར་སྲུང་གཏུམ་པོའི་ང་རོ་དེ། །
ཁྲ་ཡག་གདོང་ལ་མ་འགྲིམ་བྱུང་། །

老虎威猛的长啸，
在大熊面前行不通；
红色炙热的火焰，
遇到河水就没效力；
看家老狗的吠叫，
花豹才不理它呢。

གུང་བློན་གནམ་ལྷ་ཁྲི་བརྟན།

孔伦·南拉赤丹

དཀར་ཡག་གངས་ཀྱི་རི་ཟུར་ནས། །
དུང་སེང་ཚང་སྒོ་འགྲིམ་ལེ་ལ། །
ཁྱི་བདའ་ལུའི་ངར་འདོད་མ་ལེགས་བྱུང་། །
སྲོག་དམར་པོ་ཕོར་ལྟས་ཕོས་རང་ཡིན། །

洁白雪山的一侧，
闯入狮子洞穴口，
瘦狗逞强不值得，
这是在葬送性命。

ཙན་དན་ནགས་མའི་གཞི་དཀྱིལ་ནས། །
རྒྱ་སྟག་ཚང་དུ་སྡོད་ལེ་ལ། །
ཝ་གྭ་མས་ཁྲ་ངོམ་མ་ལེགས་བྱུང་། །
འཇུམ་ཁྲ་ལོ་ཉོར་ལྟས་ལོས་རང་ཡིན། །
དགུང་སྔོན་ཡངས་པའི་མཁའ་ལམ་ནས། །
ཁྲི་གདུགས་གླིང་བཞི་བསྐོར་ལེ་ལ། །
སྲིན་བུའི་འོད་ངོམ་མ་ལེགས་བྱུང་། །
རང་མཚང་ཉོར་ལྟས་ལོས་རང་ཡིན། །
རོག་ཆུང་ གླག་མོ་འཇུམ་ལམ་ལ། །
རི་བོང་སྔོ་ལུའི་རྣ་ཅོག་ངོམ། །
རང་སྲོག་ཕུང་ལྟས་ལོས་རང་ཡིན། །

梅檀树林的中央，
傲立老虎洞穴口，
狐狸逞能不值得，
这是在自取灭亡。
蓝色浩瀚的天空，
太阳绕着四洲转，
萤火虫来比光亮，
只会出丑露缺点。
雌鹿盘旋寻猎物，
青灰野兔竖长耳，
只会招来杀身祸。

ཏ་མིང་ཀེའུ་ཡུང་གེར།

༡ དབྱར་ཀའི་རྩི་ཤིང་འབྲས་དྲུག་དེ། །
མདངས་ད་ལྟ་མཛེས་ལེ་ལོས་ཡིན་ཡང་། །
ཞོག་ཆུང་བ་མོས་གནང་དུ་གཙོད། །
སྤྲིན་དཀར་ཡི་མུག་སྐྱོ་ལེ་དང་། །
མདངས་མཛེས་གོང་བ་ཉོར་ཉེན་གདའ། །
ཤར་ཁྲི་གདུགས་ཉི་མའི་སྐུ་ཟིལ་དེ། །
ད་ལྟ་འོད་མདངས་རྒྱས་ཞན་འདྲ། །
དགྲ་གཅན་གདོང་གིས་གནང་དུ་གཙོད། །
རྒྱལ་ཁམས་མུན་པ་འཐིབ་ལེ་དང་། །
མདངས་འོད་ཟེར་རྫུན་དུ་ཉོར་ཉེན་གདའ། །
དམར་ཡག་སྟག་གི་འཇུམ་རིས་དེ། །
ད་ལྟ་ཁྲ་ལོ་བཀྲག་ཞན་འདྲ། །
དགྲ་ས་མདའ་ངར་མས་གནང་དུ་གཙོད། །

达明该伍永格

夏日的草木谷类，
青翠葱茏让人羡，
却要被霜露糟蹋，
令白云感到伤心，
这田野怕要变色了。
太阳的无限光芒，
如今似乎在减弱，
天狗时常来吞食，
黑暗笼罩着世界，
论明朗几乎成谎言。
老虎的全身斑纹，
现在没有那么美，
锋利地箭随处藏，

དཔའ་མཆེ་སྡེར་སྟོང་པའི་བྲག་ཆ་དང་། །
ལུས་འཇུམ་ཆུང་ཤོར་བའི་ཉེན་གཅིག་གདའ། །

爪牙好像空有名，
凶猛之躯受威胁。

༣ དགྲ་ལ་དེ་ལན་འཁོད་པས་ན། །
མཐར་ཐུས་ཤོར་ཡང་འགྱོད་མེད་དགོས། །

只要精准还击敌人，
暂时失策也不用悔。

༤ མི་ལ་དཔའ་བའི་དཔུང་སྐྱོར་དང་། །
རྟ་ལ་མགྱོགས་པའི་རྒྱབ་རྟེན་བྱེད། །

人需人相助，
马要马后援。

ཐོག་ཁྲི་འབུམ་བཙན།

托赤奔赞

༡ སྤང་ལྗང་བཀྲ་བའི་མེ་ཏོག་དེ། །
འཛུམས་མདངས་སྦྲང་བཅུད་ངོམ་ས་ལ། །
སྐྱི་སེར་བ་མོའི་ཐོག་བརྡེས་བཏང་། །
ང་ས་བདག་སྲོད་ཐབས་ཡོད་ལེ་མིན། །
ཞིང་ཆུ་མའི་ནང་གི་ལྗང་ཆུང་དེ། །
ལོ་ཏོག་འབྲས་དྲུག་སྨིན་ལེ་ལ། །
གནམ་ལྷགས་སེར་བས་ཐང་ལ་བསྙིལ། །
ང་སྔགས་ཆུང་སྲོད་ཐབས་ཡོད་ལེ་མིན། །

原野上的鲜花，
绽放笑容采蜜时，
遭到寒风的欺凌，
土地神能不管吗？
农田里的禾苗，
扬花灌浆成熟时，
遭到冰雹的侵袭，
密咒师能不管吗？

༢ སྤང་ཆུང་རི་ཡི་འཛིང་ཟུར་ནས། །
ཤྭ་ཕོ་ཆེན་སོད་ལེ་ལོས་ཡིན་ཡང་། །
ཡུལ་བདག་ཐུགས་དགོངས་འཁྲུགས་པས་ན། །
སྟོང་ལེན་མེད་མངགས་པ་ཨེ་སྲིད་ན། །
དགུང་སྔོན་ཡངས་པའི་མཁའ་ལམ་ནས། །
ཡུལ་གྱི་ལྷ་སྲིན་སྡེ་བརྒྱད་དེས། །
ཞིང་ལྗང་ཆུང་སེར་བས་ལོས་གཏོར་ཡང་། །

在那草坡一侧，
定能把雄鹿猎杀，
可神灵一旦发怒，
会不会惩罚空手而归。
在那高空中央，
天龙能降下冰雹，
可咒师一旦生气，

སྡིགས་ཨ་ཐྱེའི་ཐུགས་ལ་ཕོག་པས་ན། །
ཟོར་མཐུ་རྟགས་མི་འགྲིམ་ཨེ་སྲིད་ན། །

会不会施法进行报复。

༣ ཁྲི་གདུགས་ཉི་མའི་སྐུ་ཟིལ་ལ། །
སྲིན་བུས་སྣང་བས་ཨེ་དོ་ཤེས། །
འཇའ་ཚོན་རྨ་བྱའི་སྒྲོ་མདོངས་ལ། །
སྐྱ་ཀའི་རི་མོས་ཨེ་དོ་ཤེས། །

太阳的万丈光芒，
萤火虫怎能比较？
孔雀的艳丽羽翎，
花喜鹊如何媲美？

དཔའ་གསལ་ཏུང་ལྷ་ཁྲི་བརྟན།

巴萨尔・童达赤丹

སྟག་དམར་ཡག་འཛུམ་དྲུག་ངོམ་ས་ལ། །
ཝ་མོའི་གྲ་ངོམ་ངོ་རེ་ཚ། །
སེར་ཆུང་རང་མགོ་ཉར་དང་དགའ།

猛虎炫耀斑纹时，
狐狸无耻抖皮毛，
最好低调保性命。

སོག་སྟག་དམར་སྟོབས་ཆེན།

索・达玛多钦

༡ གཤོག་རྩལ་དྲུག་མ་འཛོམས་ཁྱུང་ཕྲུག་དེ། །
བར་སྣང་འགྲིམ་འདོད་སྣང་བ་མཐོ། །
ཐབས་མ་ཚོད་ས་ནག་གཡང་ལ་ལྷུང་། །
ལུས་རྩལ་དྲུག་མ་འཛོམས་སྟག་ཆུང་དེ། །
སྙིང་ཁྲག་ཞིམ་ཤ་ཟ་འདོད་དེ། །
རྩལ་མ་ཚོད་ས་མདས་སྙིང་ལ་འཛེར། །
དཔའ་རྩལ་དྲུག་མ་འཛོམས་མི་ངན་ཁྱོད། །
དཔུང་ཆེན་འགྲིམ་འདོད་ལོས་ཆེ་སྟེ། །
དཔའ་མ་ལོན་རང་སྲོག་ཤོར་ལེ་གདའ། །

翅膀未硬的雏雁，
自不量力冲上天，
结果跌落黑峡谷。
身体羸弱的幼虎，
因为贪吃新鲜肉，
结果地箭穿心脏。
没有武艺的狗才，
跟着大军来参战，
结果送命没功劳。

༢ བྱ་འཕུར་བརྒྱའི་ནང་གི་ཁྱུང་ཆེན་དེ། །

飞禽中的琼鸟，

རླབས་ཆེན་འགྲན་ཡ་འོང་བསམ་མེད། །
ཁང་སྡེར་ཆགས་ནང་གི་རྒྱ་སྟག་དེ། །
དཔའ་འཛུམ་ཏྲུག་མཆེ་སྡེར་འགྲན་ཟླ་མེད། །

不要担心有对手；
走兽里的老虎，
爪牙威猛无可敌。

༣ སྐར་ཆེན་ཟུར་ལ་ཛག་པ་འདྲེན། །
ཕོ་མི་བྱེད་རང་སྡུག་ཤོར་བའི་ལྟས། །

把盗贼引向营帐边，
是男儿遭殃的开端。

༤ དཀར་ཆུང་ལུ་གུའི་གཤེད་མ་དེ། །
ལ་ཁའི་སྦྲང་ཐང་སྟོན་མོ་བབས། །
བྱིའུ་ཚང་ཁྲུ་སྣ་གཅོད་མི་དེ། །
རྩལ་ཆེན་རྒྱ་ཁྲ་ཧོར་པ་བབས། །
རི་བོང་ཀླད་ཁྲག་གཏོར་མི་དེ། །
རོག་ཆུང་གླག་མོ་མཁལ་དཀར་བབས། །

冻死成群羔羊者，
是高处的寒流；
打乱成群小鸟者，
是凶猛的鹞隼；
劈开野兔脑袋者，
是黑色的雌鹰。

༥ ལུག་གཡང་དཀར་ཁྲུ་སྣ་སྤྱང་གིས་དཀྲུགས། །
ཞིམ་ཤ་ཟ་ཚོད་མ་ཟིན་ན། །
ཁྲ་རིང་འུར་རྡོའི་རྫོངས་འདེབས་ཡོད། །
མགོ་ཀླད་རྒྱ་གཏོར་ཉིན་འགྱོད་པ་ཆེ། །

驱散羊群的灰狼，
捕食鲜肉不克制，
就用抛石索对付，
打烂脑袋别后悔。

༦ དགུན་གསུམ་རི་ལ་ན་བུན་འཁོར། །
སྟོན་གསུམ་འབྲས་ཏྲུག་སད་པའི་ལྟས། །
དཔྱིད་གསུམ་རླུང་དམར་ཚག་ར་འཐེན། །
དབྱར་གསུམ་སྔོ་ལྗང་བསྲེག་པའི་ལྟས། །
ཁྱི་རྒན་ངར་འདོད་ཉ་ལ་འཇུས། །
རྡོ་གོར་མོས་ཀླད་ཁྲག་བསྲི་བའི་ལྟས། །

三冬山上起雾，
预示秋麦遭霜凌。
三春狂风肆虐，
预示夏苗遇烈日。
老狗逞能偷袭，
预示顽石砸破头。

རྒྱ་ཏྲ་ལ་སྟོད་རྨ་ཁྲི་པདྨ།

百扎·拉多玛赤白玛

༡ ཟ་ཆེ་ན་སྤྲང་དཀར་མཆིན་པ་ན། །
གླེན་ཆེ་ན་རི་བོང་གླག་གིས་ཁྱུར། །
གཉེན་ཆེ་ན་བུ་མོ་མ་དང་འཁོན། །

太能吃，糌粑也伤胃；
太愚蠢，野兔被鹰叼；
太宠爱，女儿与母吵。

༢ མདའ་རྐྱེན་རྫོན་པའི་དཔའ་སྒོ་ལ། །
ཤའུ་ཚང་མ་བུས་རྒྱུག་རྩེད་རྩེ། །
སྙིང་ཁྲག་ཐང་ལ་འཐོ་ལེ་འོང་། །
རྐྱང་དཀར་རྩེ་བའི་བང་ཡ་ལ། །
མདོ་ཕྲུག་ངར་རྒོད་རྒྱུག་ཁ་འགྲན། །
བང་ཁ་ཏ་ལ་འཕེན་ལེ་འོང་། །

弯弓猎人射程内，
野鹿母子在嬉戏，
热血定会洒地上。
白唇野驴在奔驰，
高傲驽马来赛跑，
差距十万八千里。

༣ སྐྱེས་པ་ཕོ་ལ་དགྲ་རེས་ཡོད། །
ཟ་རེས་འཇལ་རེས་གཉིས་ཀ་ཡོད། །
ཟ་མ་མོ་ལ་ཟས་ལན་ཡོད། །
སྦྱིན་རེས་ལེན་རེས་གཉིས་ཀ་ཡོད། །
དཔའ་བོའི་དཔུང་ལ་འཐབ་རེས་ཡོད། །
རྒྱལ་རེས་ཕམ་རེས་གཉིས་ཀ་ཡོད། །

男人都会遇到对手，
有时获赔有时在补偿；
厨娘都会得到回馈，
有时赠予有时在接受；
好汉都会经常打斗，
有时能赢有时在认输

ཛག་པ་མི་ནག་དཔའ་བོ།

洽巴·弥那巴沃

༡ ཤིང་ཆེན་རང་གར་སྐྱེས་ལེ་ལ། །
ཉེས་མེད་སྟ་རེས་ཅི་ལ་བསྲེས། །
ཆུ་ཚུང་རྒྱུན་མར་འབབ་ལེ་ལ། །
གྲུ་ཟམ་གཉའ་སྣ་ཅི་ལ་བསྟོད། །

自己长高的树木，
何必用斧头砍伐？
经常流动的小溪，
干吗要强架桥梁？

༢ ངར་མ་མཚོན་གྱི་རྣོ་སོ་དེ། །
གནམ་ལྕགས་བྲག་ལ་འགྲིམ་ལེ་མིན། །
བཙོ་བརྒྱུད་ཤྭ་ཕོའི་རུ་ངོམ་དེ། །
མདའ་རྐྱེན་གདོང་ལ་འགྲིམ་ལེ་མིན། །
ལྗིང་ཚུང་གཏོར་བའི་སེར་བ་དེ། །
སྔགས་ཨ་མྱེའི་གདོང་ལ་འགྲིམ་ལེ་མིན། །

再锋利的刀剑，
也不要砍向岩石；
长犄角的雄鹿，
也不要挑衅猎人；
毁农田的冰雹，
也不要试探咒师。

སེང་སྟག་ཨ་དོམ།

森达阿冬

༡ དགུང་སྔོན་མཐོན་པོའི་འགྲིམ་ལམ་ནས། །
རྒོད་དང་མ་ཟེར་པའི་གཤོག་རྩལ་ཅན། །
རྩལ་ཆེ་འདོད་སེམས་པ་ཞུགས་ལ་བཅུག །
བར་སྣང་མཐའ་རྒྱ་གཅོད་བསམ་ཡང་། །
རླུང་སྤྲུ་གྱི་རིག་གཅོད་སྒྲོ་གཤོག་འཐོར། །
བྱང་སྤང་ཐང་ལེབ་མོའི་ཁུག་བྱུར་ནས། །
རྟ་འདོ་བ་རླུང་གི་བང་རྩལ་ཅན། །
རྒྱུག་རྐྱེན་འདོད་སེམས་པ་ཞུགས་ལ་བཅུག །
བྱང་ཐང་མཐའ་རྒྱ་གཅོད་བསམ་ཡང་། །
རྡོ་གོར་མོས་རྨིག་བཞི་ཐང་ལ་རྫེབ། །

在高远的蓝天上，
翅翼强劲的雄鹰，
自以为势力非凡，
想要升入太空中，
却被强气流撕碎。
在广袤的草地上，
跑速飞快的骏马，
自以为没有对手，
想要横穿荒原时，
却被小石子撞倒。

༢ སེང་དཀར་མོ་གཡུ་རལ་རྒྱས་ན་ཡང་། །
དགྲ་བུ་ཡུག་ཐོག་བརྫིས་མ་བཏང་ན། །
སེང་དཀར་མོའི་མིང་དེ་ཅི་ལ་འཛིན། །
རྒྱ་སྟག་འཇམ་དྲུག་རྒྱས་ན་ཡང་། །
དགྲ་ཝ་མོའི་གྲ་ལོ་མ་བཅོམ་ན། །
སྟག་དམར་ཡག་མིང་དེ་ཅི་ལ་འཛིན། །

雄狮绿鬃虽然威武，
要是不能镇住寒风，
怎么会称作雪山狮？
猛虎斑纹虽然优美，
要是难以胜过狐狸，
就不该称作林中虎。

༧ མཐོ་གངས་དཀར་ངང་མ་སྐྱ་ཟིལ་ཅན། །	异常寒冷的雪山，
ཁྲི་གདུགས་ཉི་མའི་ཟྟོད་ཀྱིས་བཞུས། །	被阳光融化殆尽，
སེང་དཀར་མོ་འཁོར་ལའི་རི་ཐག་ཆད། །	让白狮无意登顶，
དོན་འགྲུབ་དུ་ཨེ་བསམ་སེང་ལྕུ་ལགས། །	白狮心愿是否满足？
དམའ་ཙན་དན་ནགས་ཇོང་མཐུག་ཛམས་ཅན། །	遍地旃檀的森林，
དམར་མོ་མེ་ཡིས་རྗེས་མེད་བསྲེགས། །	被火灾化为灰烬，
སྟག་དམར་ཡག་འཁོར་ལའི་རི་ཐག་ཆད། །	让老虎无家可归，
དོན་འགྲུབ་དུ་ཨེ་བསམ་ཁྲ་ཡག་ལགས། །	老虎心愿是否满足？
མཐོ་སྲ་བརྟན་བྲག་དཀར་ཛམ་མཐོ་མ། །	坚硬如铁的岩崖，
ཐོག་དམར་པོའི་ངར་གྱིས་ཐལ་བར་གཏོར། །	被霹雳击得粉碎，
ཐོད་ངང་མ་འཁོར་ལའི་རི་ཐག་ཆད། །	让雄鹰无处落脚，
དོན་འགྲུབ་ཏུ་ཨེ་བསམ་ཐང་དཀར་ལགས། །	雄鹰心愿是否满足？
དམའ་མཚོ་མོ་ཡར་འཁྱིལ་མཛེས་མོ་མ། །	浩荡宽阔的大海，
ཤར་ཉི་འོད་ཚད་པས་སྐམ་ཐག་བཅད། །	被酷暑蒸发消失，
ཉ་གསེར་མིག་འཁོར་ལའི་རི་ཐག་ཚོད། །	让游鱼无法存活，
དོན་འགྲུབ་དུ་ཨེ་བསམ་ལྟོ་དཀར་ལགས།	游鱼心愿是否满足？

༨ གངས་དཀར་ཟུར་གྱི་སེང་གེ་དང་། །	雪山上的狮子，
སྤྲིན་ཏུམ་ཉལ་བའི་གཡུ་འབྲུག་གཉིས། །	和那云中之龙，
ཐོ་སྲུ་རྩོད་ཚད་གཅིག་ད་རེས་བལྟ། །	今日比试谁更强。
ལུས་འཛུམ་དྲུག་བཀྲ་བའི་དམར་ཡག་དང་། །	全身斑纹的虎，
ཁྲ་ཁྲུག་ཁྲུག་རི་བཀྲའི་ངར་རྩོད་གཉིས། །	和那凶残的隼，
ཐོ་སྲུ་རེད་ཚད་གཅིག་ད་རེས་བལྟ། །	今日比试谁更强。
མཐོ་ནམ་མཁའ་ལྡིང་གི་ཁྱུང་ཆེན་དང་། །	高空中的琼鸟，
རྩོད་ངང་མ་འཕུར་བའི་གཤོག་རླབས་གཉིས། །	和那鹰的翅膀，
རླབས་སྲུས་རྩོད་ཚད་གཅིག་ད་རེས་བལྟ། །	今日比试谁更强。

༥ མཐོ་གངས་དཀར་བརྟན་པའི་སྐུ་མཁར་ནས། །
སེང་གཡུ་རལ་རྒྱས་པའི་སྤར་འོག་ནས། །
དགྲ་ཕ་མོ་ཐོར་བ་འོང་མ་མྱོང་། །
བྱང་གཞུང་ཐང་ན་དམར་གོང་ཁ་ནས། །
རྒྱང་བང་རྩལ་བྱང་མའི་ཁ་ལམ་ནས། །
འདོ་ཕྲུག་གོང་ལ་ཐོར་མ་མྱོང་། །
མཐོ་དགུང་སྔོན་པར་སྣང་སྟོང་དབྱིངས་ནས། །
ཁྲ་ཧོར་པ་འཛུམ་ལ་བྱང་བྱང་ནས། །
བྱིའུ་ཆུང་ཐོར་བསམ་སྲིད་མ་མྱོང་། །
རྗེ་སེང་ཆེན་དབུ་འཕང་མཐོ་བཞིན་དུ། །
ངེད་དཔའ་རྟུལ་རྩལ་དྲུག་རྒྱུས་རྒྱུས་ནས། །
འདྲེ་འཆི་བདག་ཡིན་ཡང་འཚོར་མི་སྲིད། །

巍峨雪山的城堡里，
狐狸从来不曾逃出，
绿鬃毛雄狮的利爪。
北方沼泽的荒原上，
骏马从来不曾胜过，
善跑者野驴的四蹄。
蓝色高远的天空中，
小鸟从来不曾摆脱，
那飞窜自如的鹞隼。
格萨尔高贵又超凡，
岭国英雄各怀绝技，
死神也难全身而退。

༨ དབུས་ལྷ་སའི་སེང་ལྡེང་ཌ་རུ་དང་། །
རྒྱ་ནག་པོའི་དངུལ་དཀར་དྲིལ་ཆུང་གཉིས། །
དུས་གཅིག་ལ་ལྷན་འཛོམས་མ་བསམ་སྟེ། །
ལྷ་བླ་མའི་ཕྲུག་ཏུ་དུས་གཅིག་འཛོམས། །
བྱང་སྡེ་པའི་འབྲི་མར་ཞུན་མ་དང་། །
རྒྱ་ནག་པོའི་རྒྱ་ཇ་འུ་ཟེ་གཉིས། །
དུས་གཅིག་ལ་ལྷན་འཛོམས་མ་བསམ་སྟེ། །
ཕ་ཕྱུག་པོའི་ལག་ལ་དུས་གཅིག་འཛོམས། །
ལྷོ་ཚ་རོང་སྨྱུག་མའི་འབྲི་ཤིང་དང་། །
ངང་མ་ཁོད་ཀྱི་སྒྲོ་གཤོག་གཉིས། །
དུས་གཅིག་ལ་ལྷན་འཛོམས་མ་བསམ་སྟེ། །
སྟག་ཤར་ལུའི་ལག་ལ་དུས་གཅིག་འཛོམས། །

拉萨的紫檀蔑鼓，
汉地的白银法铃，
没有想过会相遇见，
却相聚在上师面前。
牧区的牦牛酥油，
汉地的新鲜茶叶，
没有想过会遇见，
却相聚在富人碗里。
南部的深谷竹子，
天上的雄鹰羽毛，
没有想过会遇见，
却相聚在勇士手中。

༧ འཛུམ་རྒྱས་རི་བཀྲ་སྟག་མོ་དེས། །
དགྲ་ཝ་མོའི་ཞིམ་ཤ་ཟ་ལུགས་ལྟོས། །
འཇུམ་རྒྱས་གླག་མོ་རོག་ཆུང་གིས། །
དགྲ་རི་ལུའི་ཀླད་ཁྲག་གཏོར་ལུགས་ལྟོས། །
ཤ་ཟན་སྤྱང་ཐང་སྔོན་མོ་དེས། །
ལུག་གཡང་དཀར་ཞིམ་ཤ་ཟ་ལུགས་ལྟོས། །

斑纹华丽的老虎，
看它怎样撕咬狐狸肉；
俯冲捕食的黑鹰，
看它怎样击烂野兔头；
嗜血成性的青狼，
看它怎样品尝肥羊油。

མི་ནག་ཐོག་ཆེན་མདའ་འཕེན།

弥那·托钦达潘

སྐྱ་རེངས་མཐའ་ནས་མ་ལངས་བར། །
ཁྲི་གདུགས་ཉི་མ་ཤར་ཐབས་མེད། །
དགུན་ཆེན་གྲང་ངར་མ་ཡལ་བར། །
ཁུ་བྱུག་གསུང་སྐད་སྒྲོག་ཐབས་མེད། །
ཆུ་འཛིན་མཐའ་ནས་མ་ཡལ་བར། །
དགུང་སྔོན་བཞིན་མདངས་ངོམ་རྒྱུ་མེད། །

没有黎明的出现，
就不会升起太阳；
没有冬风的消失，
就不会听到布谷；
没有云彩的飘逝，
就不会看见晴空。

ཟླ་ཁྲིའི་ཀློག་སྐྱེ་དགུ་འགྱུར།

达赤·洛结古久

༡ སྟག་མ་ཤི་ཁ་སྤྱོར་མཉེ་མི་ཡིན། །
འབྲོང་མ་ཤི་རྭ་ཐུར་ལེན་མི་ཡིན། །

老虎活着，由我鞣它的皮；
野牛未死，是我摘了犄角。

༢ རྒྱལ་གཡུ་རལ་རྒྱས་པའི་ཕོ་ཐང་སེང་། །
དགྲ་བུ་ཡུག་གདོང་ལ་གཟུར་ལེ་མིན། །
སྔོ་ཁྱུག་ཁྱུག་གཡེར་ཆེན་ཕོ་ཐང་འཁྱུག།
དམའ་ས་ནག་ཐོག་ལ་འབེབས་རྒྱུ་ཡིན། །
ལུས་འཛུམ་དྲུག་བཀྲ་བའི་དམར་ཡག་སྟག།
དགྲ་ས་མདའི་གདོང་ལ་གཟུར་ལེ་མིན། །

强悍凶猛的狮子，
不曾躲避过飓风，
飞在天空的游龙，
今日让你掉地上。
斑纹华丽的老虎，
不曾躲避过地箭，

དཔའ་རྒོད་མདོག་མདའ་ཀྱེན་རྫོན་པའི་བྱ། །
ས་ནག་པོའི་རྒྱན་ལ་སྙིང་ཁྲག་འཐོ། །
ལུས་འདབ་གཤོག་རྒྱས་པའི་འཇུམ་ཆེན་གླག །
དགྲ་བསེར་བུའི་གདོང་ལ་གཟུར་ལེ་མིན། །
སྣང་ཆེན་རི་བོང་དྲེལ་རྣ་ཅན། །
ཀླད་ཁྲག་དྭངས་མ་ཐང་ལ་འཐོ། །

英勇善射的猎人，
今日让你洒热血。
翅膀坚硬的苍鹰，
不曾躲避过气流，
趾高气扬的野兔，
今日让你脑开裂。

སྐྱ་ལོའི་སྣང་སྲས་དྲི་མེད།

嘉洛·囊赛智美

ཁྱོད་རྩལ་རྫོགས་སེང་གེ་ཡིན་ཞན་འདྲ། །
ང་ཕོ་ཐང་འབྲུག་ལ་བརྙས་རྒྱུ་མེད། །
ཐོག་དམར་མོའི་ཀླད་རྒྱ་གཏོར་ཆོག་ཡིན། །
ཁྱོད་འཇུམ་རྒྱས་སྟག་མོ་ཡིན་ཞན་འདྲ། །
ང་མདའ་ཀྱེན་རྫོན་པར་བརྙས་རྒྱུ་མེད། །
མདའ་ཞག་ཕྲན་གང་གཏད་འཕྲོག་ངེས་ཡིན། །

强悍的狮子别得意，
天上的游龙不要惹，
我那雷电会劈脑袋；
华丽的老虎别得意，
英勇的猎人不要惹，
我那弓箭必定夺命。

ཏུང་སྐྱོང་སྟག་ལྷ་ཁྲི་དཀར།

童炯·达拉赤嘎尔

༡ མི་ཤི་འདོད་ཚེ་ཟད་རྡོག་འཁྱར་དེ། །
མ་བསམ་སྲིན་པོའི་ཚང་སྒོར་སླེབས། །
མི་ཤི་ཐར་བསམ་ག་ལ་ཡོད། །
ཁྱི་ཚེ་ཟད་བདའ་ལུ་ཛ་རྒྱང་ཅན། །
ཁྲ་ཡག་རི་བཀྲའི་ཁ་སྒོ་འགྲིམ། །
མི་ཤི་ཐར་བསམ་ག་ལ་ཡོད། །
ཉ་ཚེ་ཟད་ལྟོ་དཀར་འགྱུར་མོ་ཆེ། །
མ་བསམ་སྲམ་གྱི་ཁ་སྒོ་འགྲིམ། །
མི་ཟ་ལུས་པ་ག་ལ་སྲིད། །

四处流浪的短命人，
不慎闯入了罗刹门，
想要逃生已不可能。
翘起尾巴的短命狗，
不慎闯入了老虎洞，
想要逃生已不可能。
忘情游荡的短命鱼，
不慎闯入了水獭穴，
想要逃生已不可能。

༢ དགུང་ཨ་སྔོན་མཐོ་དེ་ཁྱབ་རྒྱ་ཆེ། །
ཁྲི་གདུགས་ཉི་མས་སྐུ་ཟིལ་ངོམ། །
དགྲ་མུན་པའི་གདོང་ལ་ཞེད་ས་མེད། །
འོད་ཟེར་སྨག་རུམ་གཤེད་མ་རེད། །
དེ་འཇིག་རྟེན་ལས་ཀྱི་བསྐོས་བཞག་རེད། །
ཕུ་གངས་དཀར་ཏི་སེ་མཐོ་ལ་བཙན། །
དཔའ་དུང་སེང་དཀར་མོ་རྩལ་དྲུག་རྫོགས། །
དགྲ་གཅན་གཟན་གདོང་ལ་ཞེད་ས་མེད། །
གངས་སེང་གཅན་གཟན་རྒྱལ་པོ་རེད། །
དེ་འཇིག་རྟེན་སྲིད་པའི་བསྐོས་བཞག་རེད། །
སྐེད་ཙན་དན་ནགས་མ་མཐུག་ལ་ཛམས། །
རྒྱ་སྟག་ཁྲ་མོ་འཛུམ་དྲུག་རྒྱས། །
དགྲ་ཐོ་རུའི་གདོང་ལ་ཞེད་ས་མེད། །
དེ་ཡང་སྔོན་ལས་དགྲ་གཤེད་རེད། །
འཇིག་རྟེན་སྲིད་པའི་བསྐོས་བཞག་རེད། །
དམའ་རྒྱ་མཚོ་ཕྱུག་མོ་མཐའ་རྒྱ་ཆེ། །
ཆུ་སྲིན་ཁྲོས་པ་མཆེ་དུག་རྒྱས། །
དགྲ་ཆུ་གནས་གདོང་ལ་ཞེད་ས་མེད། །
དེ་ཡང་སྔོན་གྱི་དགྲ་གཤེད་རེད། །
འཇིག་རྟེན་སྲིད་པའི་བསྐོས་བཞག་རེད། །

天空高远且广阔，
太阳在展示魅力，
它从来不怕黑暗，
光明是黑暗之敌，
那是命运的安排。
冈底斯山好雄伟，
白色雪狮很凶猛，
他从来不怕野兽，
雪狮是兽中之王，
那是命运的安排。
山腰树林多茂密，
花斑猛虎太显眼，
它从来不怕马驹，
曾经前世的宿敌，
那是命运的安排。
汪洋大海无边际，
巨鲸利牙发毒性，
它从来不怕水生，
曾经前世的宿敌，
那是命运的安排。

གནམ་ལྷ་ཁྲི་བརྟན།

南拉赤丹

༡ དགུང་སྐར་ཚོགས་ཁྲ་མོའི་གྲལ་ར་དེ། །
ནུབ་ཕག་ནས་ལ་མོ་མ་བརྒྱབ་པར། །
ཁྲི་གདུགས་ཤར་ནས་ཤར་རབས་མེད། །

灿烂星光在高空
若不及时落西山，
太阳怎么会升起？

གངས་དཀར་ཡག་ཆབ་དེ་མ་ཞུ་བར། ། 不遇到雪山融化，
སེང་དཀར་ལུ་གྲོང་མཐའ་འཁྲིམ་རབས་མེད། ། 白狮怎么会流浪？
ཆབ་ཆུ་བོ་མཐའ་ནས་མ་སྐམ་བར། ། 不遭遇河流枯竭，
ཉ་གསེར་མིག་སྐམ་ལ་འཁྲིམ་རབས་མེད། ། 鱼儿怎么会渴死？

༢ དགུང་སྔོན་མཐོན་པོའི་རྒྱན་ཆ་དེ། ། 高远蓝天的装饰物，
མཐོ་ཉི་ཟླ་གཟའ་ཡིས་ཟོས་ཀྱང་བཟོད། ། 日月能忍受天狗吞噬，
འཛམ་གླིང་མུན་པ་སེལ་མི་ལ། ། 为了驱散世界的黑暗，
གླིང་བཞི་མི་བསྐོར་འོང་ལེ་མིན། ། 不可能拒绝绕行四洲。
བྲག་དཀར་སྤོ་མཐོའི་རྒྱན་ཆ་དེ། ། 悬崖峭壁的装饰物，
རྒོད་ངང་མ་སྒྲོ་གཤོག་འཐོར་ཡང་བཟོད། ། 鹰鹫能忍受两翼散落，
བར་སྣང་རླབས་ཀྱིས་སྐྱོད་མི་ལ། ། 为了挑战最强气流，
གཤོག་རྩལ་མི་ངོམ་འོང་ལེ་མིན། ། 不可能拒绝翱翔天空。
ན་བ་ཁྲ་ལེབ་རྒྱན་ཆ་དེ། ། 平坦沼泽的装饰物，
རྐྱང་ཁ་དཀར་རྡོ་ལ་ཐོགས་ཀྱང་བཟོད། ། 野驴能忍受蹄撞顽石，
ཐང་ཆེན་བང་ཁ་ལེན་པ་ལ། ། 为了穿越无边的荒原，
རྒྱུག་རྩལ་མི་ངོམ་འོང་ལེ་མིན། ། 不可能拒绝展示跑速。
གཡུ་མཚོ་ཆེན་སྔོན་མོའི་རྒྱན་ཆ་དེ། ། 无边大海的装饰物，
ཉ་གསེར་མིག་ལྕགས་ཀྱུར་ཐོགས་ཀྱང་བཟོད། ། 鱼儿能忍受铁钩捕捉，
རྒྱ་མཚོའི་གཏིང་ཚད་ལེན་པ་ལ། ། 为了测量汪洋的深度，
གཤོག་འགྱུར་མི་རྒྱུག་འོང་ལེ་མིན། ། 不可能拒绝凌敏游动。

༣ ཤར་དར་སེང་དཀར་མོ་འགྱིང་ལེ་དང་། ། 白狮子的傲立，
ཉུབ་ཁྱི་རྒན་བདའ་ལུས་འཐེན་ལེ་གཉིས། ། 和那老狗的挣脱，
འགྲན་བསམ་ཡང་མི་འདྲ་སོ་སོ་ཡིན། ། 无法比较各不相同，
ཧུང་སེང་ཆེན་འགྱིང་ཡ་གངས་ལ་བྱེད། ། 狮子傲立雪山之巅，
ཁྱི་རྒན་སྐོར་ཐག་གཏོང་ནས་འཐེན། ། 老狗只想挣脱铁链，

ཤོར་ཞེས་ན་གོར་མོའི་རྫོང་བ་ཞུ། །
བྱ་ཁྱུང་ཆེན་མཁའ་ལམ་གཅོད་ལེ་དང་། །
བྱིའུ་འཛོལ་སོས་འཕུར་རྩལ་ངོམ་ལེ་གཉིས། །
འགྲན་བསམ་ཡང་མི་འདྲ་སོ་སོ་ཡིན། །
བྱ་རྒྱལ་འཁྱིང་ཡ་རི་རབ་བཟང་། །
བྱིའུ་ཚང་ཚེར་ཕུང་ཟུར་ནས་རྩེ། །
འཕུར་ཞེས་ན་སྐྱ་ཁྲའི་ཕྱུག་རྗེས་འདེབས། །
འབྲོང་བུ་ངར་མ་འཁྱིང་ལེ་དང་། །
ཉུབ་གླང་ཀན་ཙ་ཕྱུར་བརྡར་ལེ་གཉིས། །
འགྲན་བསམ་ཡང་མི་འདྲ་སོ་སོ་ཡིན། །
འབྲོང་བྲེ་སེར་ཙ་ཕྱུར་རྫ་ནས་ཛམ། །
གླང་ཀན་ས་ནག་གད་ལ་བརྡར། །
གཡུག་ཞེས་ན་ས་ནག་རྒྱུན་ལ་རྡེབ། །

如果失控就用石头对付。
大琼鸟的翱翔，
和那小雀的飞窜，
无法比较各不相同，
琼鸟翱翔须弥山上，
小雀在荆棘旁嬉戏，
如果大意就会遭遇鹞隼。
野牦牛的雄姿，
和那黄犊的犄角，
无法相比各不相同，
野牦牛在岩石山中，
黄犊经常去黑土沟，
如果摇晃就要栽跟头。

འཛང་གཡུ་ལྷ་ཐོག་འགྱུར།

姜玉拉托久

༡ སྐྱེས་ཕོ་རབ་དཔའ་སྙིང་སེངྒེ་འདྲ། །
སེང་གཡུ་རལ་རྒྱས་ནས་དགྲ་སྙིང་ལོན། །
ཕོ་འབྲིང་དཔའ་སྙིང་སྟག་དང་འདྲ། །
འཛུམ་དྲུག་རྒྱས་ནས་རང་མགོ་ཐེན། །
ཕོ་ཐ་མའི་དཔའ་སྙིང་ཝ་དང་འདྲ། །
ཝ་གྲ་ལོ་རྒྱས་ནས་བྲོས་ལ་དགའ། །

上等男儿勇如雄狮，
狮鬃发达击溃强敌。
中等男儿猛似老虎，
虎纹显眼能够自立。
下等男儿就像红狐，
狐皮艳丽喜欢逃跑。

༢ རྒོད་ཐང་དཀར་ནམ་འཕང་གཅོད་པ་ལ། །
གཤོག་རླབས་ང་ཆེ་ལོས་བསམ་སྲི། །
མཁའ་ལྡིང་ཁྱུང་ལ་འགྲན་ཟླ་མེད། །
སྤྱང་ཨ་ཐང་ཤ་དམར་ཟ་བ་ལ། །

飞在空中的鹰鹫，
自以为翅翼强硬，
大琼鸟不可战胜。
嗜好血肉的灰狼，

མཆེ་སྡེར་རྣོ་སོ་ཛམ་བསམ་སྟེ། །
དམར་ཡག་སྟག་ལ་འགྲན་ཟླ་མེད། །
ཅོག་ཆུང་ཁྲ་མོ་འགྱུར་དགའ་མ། །
འགྱུར་སྙན་མོའི་གོང་བ་ཡོན་བསམ་སྟེ། །
ཁུ་བྱུག་དབྱངས་ལ་འགྲན་ཟླ་མེད། །
ས་སྟོང་བོང་བུའི་གད་རྒྱངས་དེས། །
སྐད་ཆེན་པོའི་གོང་བ་ཡོན་བསམ་སྟེ། །
གཡུ་འབྲུག་སྐད་ལ་འགྲན་ཟླ་མེད། །

自以为爪牙锋利，
老虎才是无敌兽。
喜爱鸣啼的云雀，
自以为嗓音美妙，
布谷唱歌让人醉。
旷野叫嚷的毛驴，
自以为吼声高亢，
青龙吟啸谁能比？

༣ ལྷོ་སྤྲིན་འགྲོ་འགྲོ་ཤར་ནས་འགྲོ། །
སྦྲང་ཆར་མ་ཁུག་བྱང་ལ་འཕྱུར། །
ད་དུང་བྱང་རླུང་སྐྱ་བོས་གཏོར། །
ཁུ་བྱུག་འགྲོ་འགྲོ་ལྷོ་ནས་འགྲོ། །
འབྲས་ལྡུག་མ་ཡོན་མོན་ལ་འཕོར། །
ད་དུང་སྐྱ་ཁྲའི་འཇུམ་རྩལ་བྱུང་། །
འདོ་ཆེན་འགྲོ་འགྲོ་ཐང་ལ་འགྲོ། །
བང་ཁ་མ་ཡོན་བྱང་ལ་འཕོར། །
ད་དུང་འཕོང་ཚོས་ལྕུག་གིས་བྲབ། །
ཕོ་སར་འགྲོ་འགྲོ་ཛག་ལ་འགྲོ། །
གཏང་མ་མ་ཡོན་ལམ་ལོག་ཁུར། །
ད་དུང་དགྲ་བོས་ཐོག་བརྙས་བྱུང་། །

云朵朝东飘飞，
没能降下甘霖，
反被朔风吹散。
布谷从南而来，
没能迎接禾苗，
却遭鹞隼袭击。
骏马跑在草原，
没能超越同类，
屁股挨了鞭子。
男儿出门越货，
迷路走偏方向，
还遇匪徒欺辱。

༤ དཀྱུང་སྤྲིན་མེད་ཉི་མ་སྐྱུ་ཟིལ་ཅན། །
ཤར་ནས་ཤར་ཞིང་ནུབ་ལ་འགྲོ། །
གླིང་བཞི་འོད་ཀྱིས་མ་རྡོས་ན། །
ཁྲི་གདུགས་མིང་དེ་ག་ནས་འཛིན། །
མཐོ་བྱ་ལམ་ལྡིང་བའི་ངང་མ་རྒོད། །

晴空中的太阳，
东边升起西边落，
假如不能温暖世界，
怎么会叫太阳呢？
蓝天上的雄鹰，

མཁའ་ལ་འཕུར་ཞིང་མཁའ་ལ་རྒྱེ། །	始终盘旋在苍穹，
ནམ་འཕང་མཐའ་རྒྱ་མ་ཆོད་ན། །	假如不能飞得更远，
ངང་མའི་མིང་དེ་ཅི་ལ་འདོགས། །	怎么会叫雄鹰呢？
རྒྱུག་ཐག་ཆོད་པའི་ཁ་དཀར་རྐྱང་། །	善奔跑的野驴，
རྨིག་བཞི་རླུང་དང་བང་ཁ་རྒྱེ། །	四蹄与疾风比赛，
བྱང་ཐང་མཐའ་རྒྱ་མ་བཅད་ན། །	假如不能穿越荒原，
རྐྱང་དར་མའི་མིང་དེ་ཅི་ལ་འདོགས། །	怎么会叫野驴呢？
༥ དགུང་ཨ་སྔོན་ནམ་མཁའི་ཀློང་དཀྱིལ་ནས། །	在高远的天空中，
ཁྲི་གདུགས་མིང་དུ་ཨེ་མ་གྲགས། །	太阳璀璨名扬宇宙，
འོད་སྣུན་སེལ་པོ་འདྲ་མེད་བསམ་ནས། །	以为驱散黑暗无与伦比，
ཉིན་བཞིན་གླིང་བཞི་བསྐོར་ཙ་ན། །	环绕四洲途中，
མཐའ་མ་དགྲ་གཅན་ཁ་རུ་ཚུད། །	经常被罗睺罗星吞食。
བར་མཐོ་མཛེས་བྲག་རི་སྤོ་མཐོའི་རྒྱན། །	在陡峭的悬崖上，
བྱ་རྒྱལ་རྒོད་པོར་ཨེ་མ་གྲགས། །	鹰鹫威猛名声在外，
འཕུར་རླབས་ཆེན་པོ་འདྲ་མེད་བསམ་ནས། །	以为飞技高超无与伦比，
བར་སྣང་ཡངས་ལ་ལྡིང་ལྡིང་ནས། །	高度不断上升，
མཐར་སྒྲོ་གཤོག་རླུང་གི་སྤུ་གྲིས་གཏོར། །	最终被气流撕毁翅膀。
རྫ་ཁྲ་ཡག་རི་ཡི་འཛིང་ལོགས་ནས། །	在石山的侧坡边，
འབྲོང་བྲི་སེར་མིང་དུ་ཨེ་མ་ཟེར། །	野牛强壮名不虚传，
སྟོབས་རྩལ་ཆེན་པོ་འདྲ་མེད་བསམ་ནས། །	以为高大剽悍无与伦比，
ཤེད་ཏུ་ངོམ་གད་རྒྱུད་འཁྲིམ་འཁྲིམ་ནས། །	到处炫耀自己，
མཐར་ས་ནག་གད་ལ་འགྲིལ་རབས་ཡོད། །	当心滚落到黑土沟壑。

སྐྱེ་ཏྲ་གཟི་ཁྲིའི་ཟྱི་ར་འཚུབ་རེས།　　**百扎・斯赤・斯热促歇**

༧ མཁའ་ལྡིང་ཁྱུང་ཆེན་ལྡིང་ལམ་ནས། །	琼鸟翱翔的地方，

ཐང་དཀར་ཡན་པར་ག་ལ་གཏོང་། །	哪能给鹰鹫让道？
རྒྱ་ཁྲ་འཇུམ་པའི་ཁ་ལམ་ནས། །	鹞隼捕食的时候，
བྱིའུ་ཕྲུག་ཐར་བ་ག་ལ་སྲིད། །	怎会让小雀逍遥？
དུང་དཀར་གསོས་པའི་ཁ་སྒོ་ནས། །	海螺进食的嘴唇，
ཆུ་སྲིན་ཐར་བ་ག་ལ་སྲིད། །	不会错过鲸鲨鱼。
གཟིག་རི་བཀྲ་འཁྱུག་པའི་ངར་ལམ་ནས། །	虎豹横行的路上，
ཁྱི་བདའ་ལུ་གསོན་པོར་ལུས་སྐམ་མེད། །	弱狗无法得生存。
སྤྱང་ཨ་ཐང་རྒྱུག་པའི་ཁ་སྒོ་ནས། །	豺狼跑步寻猎物，
ལུག་གཡང་དཀར་བཟས་ལམ་ཅི་ལ་མངགས། །	为何要把绵羊放？
༢ སུག་ཐུང་གྲུམ་པའི་འདུར་འགྲོས་དེས། །	短腿獾猪的奔跑，
ལ་ལུང་ཁ་བ་ག་ན་གཞོག།	能清扫山里积雪吗？
སྤུ་མེད་པགས་བྱིའུ་འཕུར་སྟངས་དེས། །	无毛蝙蝠的翅膀，
ནམ་མཁའི་མཐའ་རྒྱ་ཅི་ལ་ཆོད། །	能翱翔辽远天空吗？
སྦལ་ཆུང་རྐང་ལག་རྐྱལ་འགྲོས་དེ། །	四肢游泳的青蛙，
རྒྱ་མཚོའི་ཕ་མཐར་ག་ན་སྒྲོལ། །	能越过大洋彼岸吗？
༣ དགུང་ལ་འཁྱིམ་པའི་བྱིའུ་ཆུང་དེས། །	天空中的小鸟，
སྒྲོ་གཤོག་ཁ་ལ་འཕུར་འཕུར་ནས། །	拍着翅膀飞啊飞，
རང་ཟས་རྒྱུམ་བུ་རག་ཙམ་ཡིན། །	只找到几粒食物。
སྤང་ཐང་འཁྱིམ་པའི་ཐོར་ཆུང་རྟ། །	草地上的马驹，
རྨིག་བཞིའི་འགྲོས་ཁ་སྤྱང་ལེ་ལ། །	奋起四蹄跑啊跑，
ས་མཐའ་མ་ཆོད་ལུས་བསམ་ཡོད། །	还未跑到边际，
ནམ་ནམ་འདམ་དུ་ག་ལ་ཟུག།	当心陷入泥沼里。
ཆབ་ཆེན་ཟུར་འགྲོས་གསེར་མིག་ཉ། །	大河里的鱼儿，
ལྡིམ་འགྱུར་འགྲོས་ལ་བརྩེས་བརྩེས་ནས། །	动作灵敏游啊游，
ནམ་ནམ་ལྕགས་ཀྱུས་ག་ལ་བཟུང་།	当心铁钩钓上岸。

༄ གངས་དཀར་ཡག་མཛེས་འདོད་ཆེ་ལེ་དེ། །
ཁྲི་གདུགས་འོད་ལ་བརྙས་ཞན་འདྲ། །
གཟི་ཆེན་དྲོད་དུ་ཁྱུག་པས་ན། །
གངས་དཀར་ཆུ་ལ་བསྒྱུར་བས་ཚོག །
རི་གཡའ་མ་ནག་ཉིལ་བཏང་བས་ཚོག །
བྲག་དཀར་མཐོ་མཛེས་ཆེ་ལེ་དེས། །
གཡུ་འབྲུག་སྔོན་མོར་བརྙས་འདོད་རེད། །
གནམ་ལྕགས་ཐོག་ཆེན་ཕབ་པས་ན། །
རྡོ་གོར་མོ་ཆག་ཅོ་བཟོས་ན་ཚོག །
ལུང་གསུམ་གྲམ་ཐང་བཟོས་ན་ཚོག །
ཆུ་ཆུང་སྔོན་པོ་གྱ་མ་གྱུ། །
དགུན་གྲང་ངར་གདོང་ལ་བརྙས་འདོད་རེད། །
ངར་ཆེན་ལྷགས་པས་ཉེན་ཅ་ན། །
འཁྱག་དཀར་སྦུབ་ལ་བཙུད་པས་ཚོག །
ལུང་ཆུང་སྐམ་ལ་བཏོན་ན་ཚོག །

洁白美丽的雪山，
太过张扬是欺辱太阳，
一旦散发炙热的光芒，
积雪就要化成液体，
只剩下灰色的岩片。
直插云霄的悬崖，
太过张扬是欺辱青龙，
一旦抛出迅猛的雷电，
石头就会劈成砂砾，
农田草地变为河床。
蜿蜒曲折的河水，
太过张扬是欺辱冬季，
一旦遭到严寒的侵袭，
清流会被压在冰下，
山谷显得干涸荒凉。

མི་འོད་འབུམ་སྟག།

梅沃奔独

དཀུང་སྔོན་པོའི་དཀྱིལ་ནས་ཉི་མ་འཆར། །
འོད་ཟེར་དྲྭ་བ་མུ་མེད་བརྒྱངས། །
ཆུ་འཛིན་སྨུག་པོས་སྒྲིབ་བསམ་ཡང་། །
བྱང་རླུང་བསིལ་བུས་ལིང་ངེར་གཏོར། །
དེ་བྱང་རླུང་དར་བའི་དཔའ་རྟགས་ཡིན། །
སྟག་ནགས་རྫོང་དཀྱིལ་ནས་གྲ་ཡག་ཟམ། །
འཛུམ་རི་མོ་བཀྲག་བཞིན་ཆས་ལེ་ལ། །
དགྲ་ས་མདའ་ངར་མས་གསོད་བསམ་ཡོད། །

太阳在高空升起，
光芒射向了宇宙，
乌云试图去遮挡，
却让北风给吹散，
那是北风强大的表现。
猛虎在密林长啸，
斑纹那么的威武，
地箭试图去伤害，

དཔའ་རི་བཀྲའི་གྲོགས་བྱུང་ས་མདའ་གཏོར། །
དེ་གཟིག་ཐང་ངར་བའི་དཔའ་རྟགས་ཡིན། །

却让花豹给扯乱，
那是花豹勇敢的象征。

སྟག་རོང་ཨ་ཁྲུ་ཁྲོ་ཐུང་།

达绒·阿库超同

༡ གངས་དཀར་ཟུར་གྱི་ཕོ་ཐང་སེང་། །
རང་སྙེར་ཆགས་ཀུན་གྱི་རྒྱལ་པོ་ཟེར། །
ས་མཐོང་རྒྱང་གྲགས་ཆེན་པོ་ཅན། །
བཅར་ན་ཁྱི་དང་ནོར་དོགས་ཆེ། །
གཡུ་རལ་ཟེར་བ་སྟོང་གཏམ་རེད། །
ནགས་ཙན་དན་ཟུར་གྱི་དམར་ཡག་སྟག །
ཞིམ་ཤ་ཟན་ཀུན་གྱི་རྒྱལ་པོ་ཟེར། །
ས་མཐོང་རྒྱང་གྲགས་ཆེ་བ་ལ། །
བཅར་ན་ཝ་དང་ནོར་དོགས་ཆེ། །
འཛུམ་དྲུག་ཟེར་བ་སྟོང་གཏམ་རེད། །
དགུང་ལ་འཁྱིམ་པའི་གཡུ་འབྲུག་དེ། །
རྒྱལ་ཆེན་ཐོག་མདའི་ཡ་བདག་ཟེར། །
ས་མཐོང་རྒྱང་གྲགས་ཆེ་བ་ལ། །
བཅར་ན་སྦྲུལ་དང་ནོར་དོགས་ཆེ། །
ངར་སྐད་ཟེར་བ་ངོ་ཡང་ཚ། །

雪山旁边的雄狮，
自称是百兽之王，
听起来威名远扬，
近看就跟狗一样，
绿色鬃毛只是装饰。
旃檀树下的老虎，
自称是森林之冠，
听起来威名远扬，
近看与狐狸相似，
美丽斑纹空有其表。
飞游空中的青龙，
自称是霹雳之主，
听起来威名远扬，
近看和蛇类混淆，
雷声轰鸣是个笑话。

༢ གཡུ་འབྲུག་གྲག་པའི་དབྱངས་སྙན་དེ། །
བོང་བུའི་སྐད་རྒྱངས་དོ་ན་བསམས། །
མུན་སེལ་ཉི་མའི་འོད་ཡ་དེ། །
མེ་ཁྱེར་སྣང་བས་དོ་ན་བསམས། །

青龙发出的吟啸，
毛驴希望超过它；
驱散黑暗的阳光，
萤火虫想要比试。

༣ སྟག་དམར་འཛུམ་རྒྱས་ཁྲུ་གཅིག་དེས། །

一群凶猛的老虎，

དགྲ་ལྷ་གཅན་གཟན་ལ་རྫམ་ལགས་ཀྱང་། །	狐狸面前很威风，
དུང་སེང་ཁོང་ལ་འགྲན་རྒྱུ་མེད། །	却与雄狮没法比。
རྒོད་ངང་དཀར་རླབས་རྒྱལ་ཆེན་པོ་ཡིས། །	翼翅强劲的鹰鹫，
ནམ་འཕང་མཐའ་རྒྱ་ཆོད་ཞན་འདྲ། །	翱翔蓝天多潇洒，
མཁའ་ལྡིང་ཁྱུང་ལ་འགྲན་ཟླ་མེད། །	却与琼鸟没法比。

མདའ་རྐྱེན་ཡན་ཐུབ་གཅིག་ཆོག། 神箭手延图吉确

༡ དཔའ་མཉམ་སྟག་རོ་གཡག་རོ།	强强相遇两败俱伤，
མ་མཉམ་ཁྱི་ཤི་སྤྱང་ལུས།	强弱分明狗死狼活。

༢ མཐོ་གངས་དཀར་ཆགས་ཀྱི་ཡ་གོང་ལ། །	最初形成的雪山，
གངས་ཏི་སེ་ཤེལ་གྱི་མཆོད་རྟེན་ཟེར། །	冈底斯水晶之塔，
མ་མཐོང་གོང་ནས་གཡེར་ཆེ་བ། །	未见时早有耳闻，
མཐོང་ནས་འགྲམ་ལ་བཅར་ཙ་ན། །	走到近前去观看，
རི་མགོ་ཁ་བས་གཏུམ་པ་ཞིག།	只是山头有积雪，
དེ་ལ་སྨུག་པའི་ལྷུག་དཀྲིས་ཅན། །	周围萦绕着云雾，
མཐོང་ན་ངོ་མཚར་ཆེ་རྒྱུ་མེད། །	其实没那么神奇。
དམའ་མཚོ་མོ་ཆགས་ཀྱི་ཡ་གོང་ལ། །	最早形成的湖泊，
ནུབ་མ་ཕམ་གཡུ་ཡི་མཚོ་མོ་ཟེར། །	是西部玛旁雍措，
མ་མཐོང་གོང་ནས་གཡེར་ཆེ་བ། །	未见时早有耳闻，
མཐོང་ནས་འགྲམ་ལ་བཅར་ཙ་ན། །	走到近前去观看，
ན་གཞུང་གོ་མོག་འཁྱིལ་བ་ཞིག།	只是洼地的积水，
དེ་ལ་ཆབ་ཀྱིས་བསྐོར་བ་ཞིག།	周围流淌着河溪，
མཐོང་ན་ངོ་མཚར་ཆེ་རྒྱུ་མེད། །	其实没那么神奇。
རི་རབ་རི་ཡི་ཡ་གོང་ན། །	在须弥山的顶端，
བྱ་མཁའ་ལྡིང་རླུང་གི་སྒྲོ་གཤོག་ཟེར། །	琼鸟名叫金翅鸟，

མ་མཐོང་གོང་ན་གཡེར་ཆེ་བ། །	未见时早有耳闻，
མཐོང་ནས་འགྲམ་ལ་བཅར་ཙ་ན། །	走到近前去观看，
བྱ་ཆན་སྒྲོ་ཐུལ་གྱོན་པ་ཞིག།	只是身披羽衣者，
དེ་ལ་ཉི་མ་འདེ་ལེ་ཞིག།	蹲在那里晒太阳，
མཐོང་ན་ངོ་མཚར་ཆེ་རྒྱུ་མེད། །	其实没什么特别。
གངས་དཀར་སྟོད་ལ་གནས་པ་ཡི། །	傲立雪山的王者，
སེངྒེ་གཡུ་ཡི་རལ་ཅན་ཟེར། །	是绿色鬃毛狮子，
མ་མཐོང་གོང་ན་གཡེར་ཆེ་བ། །	未见时早有耳闻，
མཐོང་ནས་འགྲམ་ལ་བཅར་ཙ་ན། །	走到近前去观看，
ཁྱི་བདའ་ལུ་ཛ་རྒྱང་ཆེན་པོ་ཅན། །	只是一条大尾狗，
མགོ་ལ་སྐྲུག་རལ་ཉིལ་ལེ་ཅན། །	头上缠着粗发辫，
མཐོང་ན་ངོ་མཚར་ཆེ་རྒྱུ་མེད། །	其实没什么特别。
༣ ལེ་ལན་ཛ་དང་ཛ་ལྕུག།	冤家如鼓与木槌，
སྐྱེ་ལན་བྲག་དང་ཤུག་པ། །	缘合像悬崖松柏。

འཛང་སྲས་གཡུ་ཁྲི་དཀུང་སྟོན། 姜赛·玉赤孔恩

མཐོ་མུན་པ་སེལ་ལེ་ནམ་མཁའི་རྒྱན། །	驱散黑暗的光明，
ཤར་ཁྲི་གདུགས་ཉི་མའི་སྐུ་ཟེལ་ཅན། །	灿烂辉煌的太阳，
ཉིན་བཞིན་གླིང་བཞི་བསྐོར་བསྐོར་ནས། །	每天绕着四洲跑，
ཐ་མ་སྒྲ་གཅན་གདོང་ལ་ཐུག།	最终遇到罗睺罗，
འོད་ཟེར་དྲ་བ་གནང་ལ་ཤོར། །	万丈光芒被吞噬，
དེ་མི་སྡོད་འགྲོ་རྒྱུ་མང་ནས་བྱུང་། །	走动多了就这样。
སྤང་དཀར་ཁྲ་མོའི་གོང་བ་ན། །	百花争艳的原野，
བཙོ་བརྒྱད་ཤྭ་པོ་དུང་རྭ་ཅན། །	头长茸角的雄鹿，
ཉིན་བཞིན་གཟས་ལ་འགྲིམ་འགྲིམ་ནས། །	每天都去吃嫩草，

ཐ་མ་མདའ་རྐྱེན་རྫོན་ལ་ཐུག །
དུང་རྭ་ཁྲ་མོ་གཞན་ལ་ཤོར། །
དེ་གཟས་ལམ་འགྲོ་ཁ་རྐྱེན་པས་ཕུང་། །
དམའ་ཆབ་ཆེན་ཆུ་བོའི་འཛིང་ཁུག་ན། །
ཉ་ཆེན་ལྗོ་དཀར་གསེར་གཤོག་ཅན། །
ཉིན་བཞིན་འགྱུར་ལ་རྩེ་རྩེ་ནས། །
ཐ་མ་རྡོ་མྱུར་ལྕགས་ཀྱུར་ཐུག །
གསེར་གཤོག་སེར་པོ་གཞན་ལ་ཤོར། །
དེ་ཟ་འདོད་ཞེན་འཁྲི་ཆེ་བས་ཕུང་། །
རི་སྤང་ལྗོན་ན་བཀྲ་གོང་མ་ནས། །
གཡང་དཀར་ལུག་ཐོང་སོག་བལ་ཅན། །
ཉིན་བཞིན་སྐང་ཟེ་འགྲིམ་འགྲིམ་ནས། །
འགྲིམ་མང་ཨ་ཐོང་སྤྱང་ལ་ཐུག །
ཐ་མ་རང་སྲོག་ཤོར་ལེ་འོང་། །

最终遇到捕猎者，
珍贵茸角被摘取，
经常觅食就这样。
大河拐弯的地方，
金色翅膀的鱼儿，
每天在水里游玩，
最终遇到了铁钩，
肥美身躯被烹煮，
贪吃诱饵就这样。
高处碧绿的草山，
一群洁白的绵羊，
每天移动在坡上，
最终遇到了饿狼，
不懂防备丢性命。

སྟག་སྲས་ཁྱུང་རྒྱལ་འཇིགས་མེད།

达赛 · 琼嘉晋美

མཐོ་ཨ་སྔོན་དགུང་གི་རྒྱན་ཆ་དེ། །
ནམ་མཁའི་ཐིག་ལེར་མིང་དུ་གྲགས། །
འོད་ཟེར་དྲ་བ་མཛེས་མོ་མ། །
ཉིན་བཞིན་དལ་མེད་གླིང་བཞི་བསྐོར། །
མུན་པ་མཐའ་ནས་ཡོངས་སེལ་ཏེ། །
མཐའ་མ་སྒྲ་གཅན་ཁ་ལ་ཤོར། །
འོད་མཛེས་མོའི་གོང་བ་ཤོར་ལེ་འོང་། །
བྱང་ན་དམར་གཞུང་ཁ་འགྲིམ་པ་དེ། །
ཁ་དཀར་རྐྱང་བུ་མིང་དུ་གྲགས། །
རྨིག་བཞིའི་གོམ་སྟབས་བདེ་མོ་མ། །

蔚蓝天空的装饰，
誉为宇宙的中心，
照射无尽的光芒，
不停地巡游世界，
驱散了所有黑暗，
却让罗睺罗吞噬，
光明使者美名陨。
北方沼泽的生灵，
强壮矫健的野驴，
四蹄平稳善奔跑，

ཉིན་བཞིན་རྒྱུག་རྩེད་བང་ཁ་རོམ། །
འགྲོས་མཛེས་པས་ས་མཐའ་གཅོད་བསམ་སྟེ། །
མཐའ་མ་རྡིག་བཞི་རྗེ་ལ་ཤོར། །
གཟུགས་གཞི་ཐང་ལ་ཤོར་ལེ་འོང་། །
སྤང་དཀར་ཁྲ་མོའི་ཡ་གོང་ན། །
ཤྭ་བ་དུང་རྭ་མིང་དུ་གྲགས། །
མགོ་ཏུ་ཐུར་དཀར་ལ་མཛེས་མོ་མ། །
ཉིན་བཞིན་སྐང་གསུམ་ཡེ་རེ་རེ། །
ཏུ་ཐུར་གོང་བ་ལེན་འདོད་དེ། །
མཐའ་མ་ཏུ་ཐུར་རྗེན་ལ་ཤོར། །
མཛེས་མཚར་པོའི་གོང་བ་ཤོར་ཉེན་གདའ། །

整日驰骋在路上，
穿越无垠的旷原，
却让石块给绊倒，
恐怕肢体受重伤。
花草相间的山坡，
身躯光滑的雄鹿，
茸角庄严而珍贵，
每天走动在峰峦，
却被贪婪者惦记，
最终让猎人捕获，
优美姿态将消失。

ནང་བློན་ལྷའུ་ལྡེམ་ཡག།

内臣拉伍丹雅

༡ སྡེར་ཆགས་གཅན་གཟན་ངར་འདོད་དེས། །
ཤ་དམར་གཟན་ལ་ཡོས་ཟམ་མོད། །
སེང་གེ་རལ་ཅན་ཁ་ལམ་ན། །
སྡེར་ཆགས་ངར་འདོད་འཁྲུལ་ལེ་རེད། །
ངང་མ་དུང་གི་ཕྲོད་ཆུང་དེས། །
ལྷུང་བསེར་བུར་གྲ་སྟེབ་ཡོས་བྱེད་དེ། །
ལྷུང་སྤུ་གྲི་ཅན་གྱི་ཁ་ལམ་ན། །
སྒྲོ་གཤོག་རོམ་འདོད་འཁྲུལ་ལེ་རེད། །
རབ་འབར་ཚ་བའི་མེ་དཔུང་དེས། །
འཇིག་རྟེན་རྩི་ཤིང་ཡོས་བསྲེག་སྟེ། །
བདུད་རྩི་ཆར་ཆེན་འབེབས་ལམ་ནས། །
མེ་དམར་པོ་ཙུར་འདོད་འཁྲུལ་ལེ་རེད། །

众多野兽显威风，
想要捕食新鲜肉，
绿鬃雄狮的嘴边，
众兽逞凶也枉然。
雏鹰羽翅渐丰满，
想和飓风一起飞，
高处气流如利剑，
羽翅逞强是梦幻。
猛烈燃烧的火焰，
想把植物化成灰，
甘霖雨水从天降，
火势逞猛也徒劳。

༢ བྱ་བརྒྱ་འཕུར་བའི་གཤོག་ལམ་ན། །
གོ་ཀན་རྒྱ་བོ་གཤོག་རྒྱང་རིང་། །
མོ་བརྒྱ་འཚོགས་པའི་གནས་ར་ལ། །
སྐྱི་མེད་བུ་མོ་ཟི་ལོ་ཆེ། །

百鸟齐飞的空中，
黄色大雕双翅宽，
众妇聚集的场所，
丑陋女子最风骚。

ཨ་སྲས་གཡུ་ཁྲི་རྩེ་རྒྱལ།

阿赛玉赤泽嘉

༡ དགུང་སྔོན་ཡངས་པའི་མཁའ་ལམ་ན། །
བྱིའུ་ཆུང་རྗེ་ནེའི་འཕུར་རྩལ་ངོམས། །
ནམ་མཁའི་མཐའ་རྒྱ་མི་ཆོད་དེ། །
སྐྱ་ཁྲའི་སྡེར་འོག་ཚུད་པའི་རྟགས། །
བྱིའུ་སྤུས་ལུང་པ་བཀང་བའི་རྟགས། །
སྤང་དཀར་ན་བའི་འཛིང་ཁུག་ནས། །
རྟ་ཆུང་ཐོ་ཏུའི་རྒྱུག་རྩེད་དེས། །
མདོ་ཆེན་ཐང་རྒྱ་མི་ཆོད་དེ། །
རྫིག་བཞི་སྙི་མོའི་འདམ་ལ་ཟུག །
བང་ཁ་སྒྲོག་ཏུ་ཚུད་པའི་རྟགས། །
ཆབ་ཆུང་ཆུང་ཟ་མ་ཡར་འཁྱིལ་ནས། །
ཉ་ཆུང་ལྟོ་དཀར་འགྱུར་རྩལ་སྦྱངས། །
འགྱུར་ཆེན་གོང་བ་མི་ཡོན་ཏེ། །
གཟུགས་ཆུང་ལྕགས་ཀྱུའི་རྡོ་སོར་ཐོགས། །
ཐོགས་ནས་སྐམ་ལ་འདྲེན་པའི་རྟགས། །

在蔚蓝的高空下，
小鸟展翅炫飞技，
它无法到达天边，
就会被鹞隼捕捉，
羽毛将落满谷地。
在辽阔的草原上，
小驹奋蹄奔跑忙，
它无法超越骏马，
就要陷入泥沼里，
受到羁绊不能动。
在蜿蜒的河流上，
白肚鱼儿习游泳，
它无法超越前辈，
就有铁钩来骚扰，
诱饵将其引上岸。

༢ མཐོ་དགུང་ནས་གཡུ་འབྲུག་གྲག་ལེ་ལ། །
སྦྲང་བུའི་གསུང་གིས་འགྲན་རྒྱུ་མེད། །
དུང་ཟླས་མུན་པ་སེལ་ལམ་ནས། །
མེ་ཁྱེར་སྣང་བས་འགྲན་རྒྱུ་མེད། །

青龙在高空吟啸，
蜜蜂声音没法比；
明月驱散了黑暗，
萤火虫它没法比；

རྒྱ་སྟག་གཟན་ལ་ཛམ་ལེ་ལ། །	猛虎出山捕猎物，
ཝ་མོའི་མཆོང་ལྡིང་འགྲན་རྒྱུ་མེད། །	狐狸奔跳没法比；
ཆུ་གསེར་འཛུམ་པའི་འོད་རིས་ལ། །	水中纯金发光芒，
རག་གན་མདངས་ཀྱིས་འགྲན་རྒྱུ་མེད། །	黄铜颜色没法比；
མཁའ་ལྡིང་ཁྱུང་ཆེན་གཤོག་རྩལ་ལ། །	琼鸟振翅飞上天，
སྐྱི་གཤོག་ཀླབས་ཀྱིས་འགྲན་རྒྱུ་མེད། །	蝙蝠怎能和它比？

ཀླུ་ཁྲི་ཀ་པ།　　鲁赤卡巴

གཡུ་འབྲུག་སྔོན་མོ་གསུང་སྙན་མ། །	声音洪亮的青龙，
རྫ་རིའི་གསེབ་ནས་ཉལ་ན་ཡང་། །	睡在石山缝隙里，
སྨུག་གུ་འཚུབ་མས་བསུ་མ་བྱུང་། །	云雾缭绕来迎接，
མཁའ་ལམ་མི་འཕྱིམ་ཀ་མེད་རེད། །	不得不飞升天空。
ལྷོ་མོན་ཡུལ་གྱི་ཁུ་བྱུག་དེ། །	来自门隅的布谷，
ཤུག་ཆུང་གསེབ་ལ་ཉལ་ན་ཡང་། །	落在柏香树枝上，
སྦྲང་ཆར་ཟིམ་བུས་སྐུལ་མ་བྱུང་། །	细雨甘霖在催促，
ཀྲུག་འགྱུར་མི་ལེན་ཀ་མེད་རེད། །	不得不发出鸣叫。
འདོ་ཕྱུག་རྟ་མཆོག་བང་ཁ་ཅན། །	善于奔跑的骏马，
རྟ་ར་ཁྲ་མོར་སྡོད་ན་ཡང་། །	身在辽阔牧场里，
སྒ་སྲབ་ལྕུག་གིས་སྐུལ་མ་བྱུང་། །	鞍鞯辔头在召唤，
ཐང་རྒྱུ་མི་གཅོད་ཀ་མེད་བྱུང་། །	不得不奋蹄驰骋。
དཔའ་གཏུམ་ཅན་གྱི་ཐྲུགས་དཀར་དོམ། །	凶猛异常的棕熊，
རྒྱ་ནགས་ཚང་ལ་ཉལ་ན་ཡང་། །	躺在舒适洞穴中，
སྲོག་ཆགས་ཁྲ་མོའི་སྐུལ་མ་བྱུས། །	幼小动物在求救，
མཆེ་སྡེར་མི་ཛོམ་ཀ་མེད་བྱུང་། །	不得不展露爪牙。

ཀླུ་ཁྲི་ཟླ་འོད་རང་ཤར།

鲁赤达沃让夏

༡ བྱ་མཁའ་ལྡིང་གཤོག་རྩལ་སྒྱུང་ལམ་ནས། །
བྱིའུ་ཅོག་ཆུང་འཇུམ་རྩལ་ཤ་རེ་ཚ། །
སྤྱང་ཨ་ཐང་སྤང་སྟོན་འགྲིམ་ལམ་ནས། །
ལུག་གཡང་དཀར་གཟན་འགྲོས་ཤ་རེ་ཚ། །
བྱ་ལྷུགས་ཁྲ་ཧོར་པའི་འཇུམ་ལམ་ན། །
བྱིའུ་ནག་ཆུང་འཕུར་ལྡབས་ཤ་རེ་ཚ། །
ང་སོག་སྲུས་རྒོད་པོའི་དཔའ་སྒོ་ན། །
ཁྱོད་བདུད་བློན་ངར་འདོད་ཤ་རེ་ཚ།

琼鸟翱翔的天空里，
飞窜的云雀真可怜；
野狼守候的绿原上，
觅食的羊群真可怜；
鹞隼捕猎的范围内，
振翅的黑雀真可怜；
英勇善战的我面前，
逞强的敌将你可怜。

༢ སྐྱེས་ཕོ་རབ་བློ་དེ་ཤེས་རྒྱ་ཆེ། །
དུས་གསུམ་ལས་ལ་དཔྱད་པ་ཐོངས། །
ཕོ་འབྲིང་བློ་དེ་ཁོག་ཡངས་ལྷོད། །
ཅི་དྲག་བརྟག་དཔྱད་བསྐོར་ལོང་ཡོད། །
ཕོ་ཐ་མའི་བློ་དེ་ཚབ་མ་འཚུབ། །
ཅི་མིན་འགྲུབ་ནས་ཕྱི་འགྱོད་སྐྱེ། །

上等男人有远见，
凡事考虑很周全；
中等男人有胸怀，
凡事权衡利和弊；
下等男人易急躁，
凡事过后多悔恨。

ཡ་མེད་ཨ་རྒྱས་སྐྱབས།

雅美阿杰加

༡ ཤར་གྱི་ལྷ་ཤིང་ནགས་མ་ལྗོན། །
རང་ཡུལ་ལོ་འདབ་རྒྱས་ལེ་ལ། །
ཉེས་མེད་སྟ་རེས་ཅི་ལ་གསིལ། །
ཤར་གྱི་གངས་རི་རྩེ་བརྒྱད་དེ། །
རང་ཡུལ་སྐྱ་དཀར་ཙེམ་ལེ་ལ། །
ཁྲི་གདུགས་འོད་ཀྱིས་ཅི་ལ་བཞུ། །

长势茂密的柏树，
在山上四季长青，
为何无辜遭斧砍？
雄伟壮丽的雪峰，
洁白无瑕在沟脑，
为何被阳光融化？

ཆབ་ཆེན་ཆུ་བོ་སྔོན་མོ་དེ། །	清澈碧绿的大河，
མར་འབབ་ས་སྟོང་འཁྱིམ་ལེ་ལ། །	朝着下游在流淌，
གྲུ་ཟམ་གཉའ་སྣ་ཅི་ལ་བསྟོད། །	为何放船又架桥？
འདོ་ཕྲུག་རྟ་ཕོ་འགྲོས་ལྡན་དེ། །	自由驰骋的马驹，
རང་བཞིན་བང་རྩལ་སྦྱོང་ལེ་ལ། །	本在草原练跑技，
འཕོང་ཚོས་ལྕག་གིས་ཅི་ལ་བྲབ། །	为何屁股挨鞭子？
༢ བྱ་ངང་པའི་གསེར་སྔོང་མཚོ་ལ་བཙལ། །	野鸭让湖水孵蛋，
འཕུར་མ་ཤེས་ལུས་སྐམ་ཡི་སྨུག་རྒྱུ། །	不会起飞干着急；
ཁྲ་ཧོར་པའི་འཛུམ་རྩལ་བྱིའུ་ཚུང་བཙལ། །	鹞子让小鸟捕食，
འཛུམ་མ་ཤེས་དང་ཙ་རྡོ་ལ་ཐུག །	不会俯冲撞石头。
རྟ་བྱང་མའི་རྒྱུག་གིས་ཐང་རྒྱ་གཅོད། །	善跑马儿穿荒野，
རྒྱུག་མ་ཤེས་ས་ནག་གད་ལ་ལྷུང་། །	不识路途掉进沟；
སྦྲུལ་དུག་ཅན་འཁྱུག་འགྲོས་གཟན་ལ་ཧམ། །	毒蛇爬行贪猎物，
འཁྱུག་མ་ཤེས་འོལ་པས་གནམ་ལ་ཁྱེར། །	不会潜伏被鹰叼。
སེང་ཕྲུག་དཔའ་བོ་ཐོག་ལྷ།	**森楚巴沃托拉**
༡ གཡུ་རལ་རྒྱས་འདྲའི་སེང་ཕྲུག་ལ། །	绿鬃发达的幼狮，
དགྲ་བུ་ཡུག་བྱུང་ཉིན་དགའ་རབས་ཡོད། །	狂雪来袭很兴奋，
གངས་སིལ་མ་ཆགས་ལེ་རྒྱན་ཆ་ཡིན། །	冰山将会更雄伟。
མདོངས་སྒྲོ་གཤོག་རྒྱས་པའི་རྨ་བྱ་ལ། །	羽翎丰满的孔雀，
འབྲུག་སྐད་རྒྱངས་བྱུང་ན་དགའ་ལེ་ཡིན། །	听见雷声很兴奋，
སྒྲོ་གཤོག་མདོངས་རྫོམ་པའི་བསུ་མ་ཡིན། །	那是开屏的前奏。
རླུང་བསེར་མའི་བང་ལྡན་འདོ་ཕྲུག་ལ། །	疾驰如风的马驹，
ཀི་ལྕག་ཤེད་བྱུང་ན་ཡང་ཡང་དགའ། །	加鞭呐喊很兴奋，
ཐང་ཆེན་པོའི་དཀུས་ཐག་ཚོད་ཞོར་རེད། །	力量爆发跑更快。

རྩལ་དྲུག་འཛོམས་པའི་དཔའ་བོ་དེ། །
དགྲ་གདོང་ལེན་བྱུང་དུས་ཡང་རེ་དགའ། །
གཏང་མ་རང་འཁོར་འོང་ཞོར་རེད། །

武艺高强的勇士，
遇到对手很兴奋，
增强信心获胜利。

༢ མཐོན་པོ་དགུང་གི་གཞི་དཀྱིལ་ནས། །
བྱ་རྒྱལ་ཁྱུང་ཆེན་འཕུར་ལམ་ལ། །
ཐང་དཀར་རྒོད་ཀྱིས་སྒྲོ་མོ་ངོམ། །
བྱ་བརྒྱའི་རྒྱན་དུ་བྱེད་བསམ་སྟེ། །
མཐའ་མ་སྒྲོ་གཞོག་རླུང་གིས་གཏོར། །
དེ་ཉག་ཕྲན་མགྱོགས་པའི་རྒྱན་ལ་ཤོར། །
རི་ནགས་མ་རྒྱས་པའི་ཡང་གོང་ལ། །
སྟག་འཛུམ་རྒྱས་རི་མོ་ངོམ་པ་ལ། །
ཝར་མ་ཕ་མོས་སྤྲ་ལོ་ངོམ། །
འཛུམ་དྲུག་ཅན་གྱི་རྒྱན་ལ་བསམ། །
རི་སུལ་མང་ལྗོངས་ལ་འགྲིམ་འགྲིམ་ནས། །
ཐ་མ་འཕྱོར་པོའི་ཞྭ་ལ་ཁུག།
བྱང་ཐང་ཆེན་ཡངས་པའི་གཞི་དཀྱིལ་ནས། །
རླུང་བསེར་བུ་ཤུར་བའི་ཁ་ལམ་ནས། །
འདོ་ཕྲུག་རྟ་ཕོས་འགྲན་འདོད་ཆེ། །
རྐང་རྫིག་བཞི་མགྱོགས་པའི་རྒྱན་དུ་བསམ། །
ཐ་མ་ཇག་མིའི་འོག་རྟར་ཁུག།

在那高远的天空，
琼鸟的飞翔区域，
鹰鹫在展翅盘旋，
想要让百鸟羡慕，
结果被强风撕扯，
成了利箭的目标。
在那茂密的森林，
猛虎的斑纹面前，
狐狸在炫耀皮毛，
想要让百禽羡慕，
结果在山地落网，
成了男人的帽子。
在那广袤的草原，
疾风在呼呼叫嚣，
幼驹在奋蹄赛跑，
想要让马群羡慕，
却成了强盗坐骑。

༣ སྣང་ཆེན་སྐྱ་ཀ་སྒྲོ་ཁྲ་མས། །
རྨ་བྱའི་མདོངས་ལ་འགྲན་བསམ་སྟེ། །
རང་སྣང་མཐོ་ལེ་མ་རེད་དམ། །
སུག་ཐུང་གྲུམ་པའི་བང་ཁ་དེས། །
ཁ་དཀར་རྐྱང་ལ་འགྲན་འདོད་དེ། །

孤高冷傲的喜鹊，
想要跟孔雀比美，
这不是盲目自信吗？
四肢粗短的獾猪，
想要跟野驴赛跑，

རང་སྣང་མཐོ་ལེ་མ་རེད་དམ། །
བྱིའུ་ཆུང་ཅོ་གའི་གཞོག་རྩལ་དེས། །
ཁྱུང་ཆེན་ལྡབས་ལ་འགྲན་བསམ་སྙེ། །
སྣང་བ་མཐོ་ནས་མ་རེད་དམ། །
ཁྱི་རྒན་བདའ་ལུའི་ཐེ་ཟུག་དེས། །
ཁྲ་ཡག་གདོང་ལ་འགྲིམ་འདོད་དེ། །
རང་སྣང་མཐོ་ལེ་མ་རེད་དམ། །
འབུ་ཆུང་སྦལ་པའི་གཟུགས་ཡོག་དེས། །
སྦྲུལ་ཆེན་གདོང་ལ་འཛེག་བསམ་དེ། །
རང་སྣང་མཐོ་ལེ་མ་རེད་དམ། །

这不是盲目自信吗？
跃上天空的云雀，
想要跟琼鸟齐飞，
这不是盲目自信吗？
到处吠叫的老狗，
想要攀登石山顶，
这不是盲目自信吗？
只会蹦跳的青蛙，
想要爬到蟒蛇头，
这不是盲目自信吗？

སྟོབས་ཆེན་ཁྱུང་ར་ཟམ་ཡག།

多钦琼热昂雅

༡ མཐོ་གངས་ལ་གནས་པའི་དར་སེང་དཀར། །
ལོ་གྲངས་རྒས་པས་མཐར་ན་ཡང་། །
སྤྱང་ཨ་ཐང་མང་པོ་འཇོམས་སྲིད་ཀྱང་། །
ད་དུང་ཞེད་བསམ་ཕོ་ལ་མེད། །
དཔའ་གཡུ་རལ་ཛོམ་ཚམ་བྱེད་ན་བསམ། །
ནགས་ཚན་དན་བཟུང་བའི་འཛུམ་རྒྱས་སྟག།
ལོ་ན་སོ་རྒས་ལ་ཐུག་ཀྱང་བཟོད། །
འཕར་ཁྱུ་མང་པོ་ཡོང་སྲིད་ཀྱང་། །
ད་དུང་ཞེད་བསམ་ཕོ་ལ་མེད། །
དཔའ་སྡེར་བཞི་ཛོམ་ཚམ་བྱེད་ན་བསམ། །
ཆབ་ཆུ་བོར་འཁྱིང་བའི་ཡོར་མོ་ཉ། །
ལོ་རྒས་པས་འགྱུར་རྩལ་དམན་ཡང་བཟོད། །
ཉ་ཕྲོ་དཀར་མང་པོས་འགྲན་སྲིད་ཀྱང་། །
ད་དུང་ཞེད་སྣམ་ཕོ་ལ་མེད། །

傲立雪山的雄狮，
年迈体衰不如前，
虽有狼群来围攻，
却没有半点胆怯，
抖动绿鬃露威风。
称霸森林的猛虎，
年迈体衰不如前，
虽有豺狗来挑衅，
却没有半点畏惧，
张牙舞爪显气概。
稳居河流的游鱼，
年迈体衰不如前，
虽有同类来比拼，
却没有半点退缩，

ཏྲུག་འགྱུར་སྐྱིད་ཙམ་བྱེད་ན་བསམ། །
མདོངས་འཛའ་རིས་བཀྲ་བའི་རྨ་བྱ་དེ། །
ལུས་རྒས་པས་མདོངས་སྒྲོ་དམན་ཡང་བཟོད། །
དམན་ཕུག་རོན་སྐྱེ་རིས་འགྲན་སྲིད་ཀྱང་། །
ད་དུང་ཞེད་བསམ་ཁོ་ལ་མེད། །
སྒྲོ་གྲུར་ཕུབ་ཙམ་བྱེད་ན་བསམ། །

摆动鳍翅想应战。
美如彩虹的孔雀，
年迈体衰不如前，
虽有鸽子来斗艳，
却没有半点心虚，
欣然开屏展风采

༢ ཕོ་སར་དཔུང་པ་ཇོམ་འདོད་ཆེ། །
གདོང་ལེན་བྱུང་ན་ལྷོད་ཀྱིས་འགྲོ། །
རྟ་སར་འགྲོ་འདོད་བང་ཁ་རྒྱེན། །
འགྲན་ལྷོད་མ་ཤེས་ཕྱི་དྲོ་ལུས། །

小伙子狂妄至极，
遇到强手泄了气。
小马驹急着奔跑，
张弛无度落后面。

༣ ནམ་མཁའ་མཐིང་འོད་གྱུར་ཁྱིམ་ན། །
སྐར་ཚོགས་ཁྲ་མོ་བཙུན་ཞན་འདྲ། །
ཁྲི་གདུགས་གསལ་བའི་འོད་ལམ་ན། །
སྐར་ཚོགས་མིང་མེད་ཡལ་ལེ་བཟོ། །
ས་གཞི་གཡུ་ཡི་ར་བ་ན། །
མདངས་མཛེས་མེ་ཏོག་ཁྲོམ་དུ་ཚོགས། །
སྐྱི་སེར་བ་མོ་འབབ་ལམ་ནས། །
མདངས་མཛེས་ནག་ཉིལ་སྐམ་ན་ཆོག །
ཕ་ཞིང་ལྦུག་གི་འཁོར་ཁྱིམ་ན། །
སྟོན་གསུམ་འབྲས་ཏྲུག་བཙུན་ཞན་འདྲ། །
ངར་ཆེན་སེར་རྡོད་འཁྲུག་ལམ་ནས། །
འབྲས་ཏྲུག་ཐང་ལ་བསྐྱིལ་ན་ཆོག །

在蔚蓝的天空中，
繁星闪烁真绚丽，
阳光灿烂的日子，
不见星辰的身影。
在碧绿的大地上，
百花齐放真好看，
风霜降临的时候，
所有花朵枯萎了。
在家乡的田园里，
庄稼成熟真高兴，
遇到冰雹的侵袭，
谷物撒落泥土中。

གནམ་ལྷགས་ཁོལ་མ།

༡ མཐོ་ཨ་སྔོན་ཡངས་པའི་དཀྱིལ་འཁོར་ནས། །
འབྲུག་ཆེན་ངར་འདོད་ཅུར་སྒྲ་དེས། །
གནམ་ལྕགས་འབེབས་འདོད་ལུས་ཡོད་ཀྱང་། །
དར་སེང་དཀར་ལ་འགྲིམ་ལེ་མིན། །
ས་ནག་རྒྱན་ལ་འབེབས་པས་ཆོག །
ནགས་མ་རི་ཡི་འཛིང་ཁུག་ནས། །
རི་བཀྲ་ངར་བའི་ཁ་སྐོ་ནས། །
སྲོག་ཆགས་གཟན་ལ་ཇམ་འདོད་ཀྱང་། །
དམར་ཡག་སྟག་ལ་འགྲིམ་ལེ་མིན། །
མཆེ་སྡེར་གཞན་ལ་ལེན་པས་ཆོག །

༢ མཐོན་པོས་མཐོ་ཚད་མ་ཟིན་ན། །
ཁྱུང་སྒྲོ་གཤོག་རྒྱས་པ་སྦྲུ་གྲིས་གཏོར། །
ངར་མོའི་ངར་ཚད་མ་བཟུང་ན། །
བཙན་སྟག་མོ་རྐོད་ཀྱང་གད་དུ་ལྷུང་། །
མགྱོགས་པས་འགྲོ་ཚད་མ་ཟིན་ན། །
མཐོ་ཉི་ཟླ་གསལ་ཡང་སྒྲ་གཅན་འཛིན། །
དཔའ་བོས་དཔའ་ཚད་མ་ཟིན་ན། །
དཔའ་སྟོབས་ཆེན་ཡིན་ཡང་གཡུལ་ངོར་འཛིགས།

༣ གངས་སྟོད་སེངྒེ་རལ་ཅན་དེས། །
གཡུ་འབྲུག་ཐང་ལ་འབེབ་བསམ་སྟེ། །
ཐོག་དམར་མོས་ཀླད་རྒྱ་གཏོར་ཤིང་གདལ། །
ནགས་རྫོང་སྟག་མོའི་མཆེ་སྡེར་དེས། །

南加盎玛

在蓝色的天空中，
青龙发出了长啸，
是想要降下霹雳，
这对雄狮行不通，
雷电只能击黑土。
在茂密的山林里，
野兽显示着威猛，
是想捕捉新猎物，
这对老虎行不通，
爪牙只能向别处。

飞翔不掌握高度，
强风撕毁琼鸟翅；
发威不掌握分寸，
猛虎跌入悬崖中；
运行不掌握规律，
罗睺罗吞食日月；
勇士不掌握战术，
大军临阵也畏惧。

雪山上的绿鬃雄狮，
想把青龙打落地面，
却被雷电击破脑壳。
森林里的凶猛老虎，

ཤ་དམར་གཟན་ལ་རྔམ་བསམ་ཡང་། །
ས་མདའ་སྙིང་ལ་གཟེར་ལེ་བྱུང་། །
དམར་མོ་མེ་ཡི་ཚ་ངར་དེས། །
རྒྱལ་ཁམས་བསྲེག་ལ་ཆས་བསམ་སྟེ། །
ཆབ་ཆེན་ཆུ་བོས་ཐོག་བརྫིས་བྱུང་། །

想要捕食新鲜猎物，
却让地箭射穿心脏。
燃烧中的炽烈火焰，
想把世界化为灰烬，
却遭雨水践踏扑灭。

རྩལ་ཆེན་ནམ་མཁའི་ཀློག་འཛིན།

栽钦·南喀洛增

༡ བྱ་ལམ་མཐོ་བའི་ཡང་གོང་ནས། །
ངང་མ་ཁྲོད་ཀྱི་གཤོག་ངོམ་ལ། །
བྱིའུ་ཆུང་ལྡབས་ཀྱིས་འགྲན་བསམ་ཡང་། །
སྒྲོ་གཤོག་བར་སྣང་མ་གཏོར་གོང་། །
རང་ཕྲུག་ནང་ལ་ཉར་དང་དགའ། །
དམར་རྫོང་བྲག་དམར་ཞེབ་ཆེན་ནས། །
ཤྭ་ཁྲ་ཡག་དར་བའི་བང་རྩེད་རྩེ། །
ར་རྐན་རྒྱ་བོས་འགྲན་བསམ་དེ། །
འཇིགས་པའི་གཡང་ལ་མ་ལྷུང་གོང་། །
རང་ཁྱིམ་ཤོད་ཁང་ཟུངས་དང་དགའ། །
བྱང་ཐང་ཡངས་པའི་གོང་བ་ནས། །
ཁ་དཀར་རྐྱང་གིས་ཡང་རྩལ་སྦྱོང་། །
རྔོང་ཆེན་བོང་བུས་འདུར་འགྲན་བསམ། །
རྨིག་བཞི་འདམ་དུ་མ་ཟུག་གོང་། །
ཟས་ཤུག་རྩྭ་ཟོས་ནས་སྐྱུར་དང་དགའ། །

在高远的天空下，
鹰鹫展翅翱翔时，
小鸟想要比翼飞，
趁着还完好羽毛，
照顾巢中幼仔吧！
在陡峭的红岩上，
獐子撒腿跑着玩，
山羊想要比高低，
趁着没有跌深谷，
守住自家棚圈吧！
在北方的荒原里，
野马奋蹄向前冲，
毛驴想要比速度，
趁着没有陷泥潭，
低头吃饱麸子吧！

༢ རི་གངས་དཀར་མཐོན་པོ་སྐྱ་ཟིལ་ཅན། །
མཐོན་པོ་དགུང་ལ་བསྙེགས་ཀྱང་བཟོད། །
ངེད་ཉི་མ་འཛུམ་པའི་འོད་རིས་དེས། །

雄伟壮观的雪峰，
高傲地插向云天，
等到太阳放光芒，

གངས་དཀར་སྙིང་རྩ་ཆབ་ལ་བཞུ། །
སེང་དཀར་ལུ་ཡི་ཐུག་སྐྱོ་ལེ་བཟོ། །
རི་ཙན་དན་ནགས་མ་རྫམ་ཟིལ་ཅན། །
བཙན་ཐུན་པ་འཁྲིགས་པ་འདྲ་ཡང་བཟོད། །
ངེད་དམར་མོ་མེ་ལྕེའི་ངར་ལམ་ནས། །
ནགས་ལྗོན་པའི་སྙིང་རྩ་ཐལ་བར་བཟོ། །
སྟག་དམར་ཡག་ཡི་ཐུག་སྐྱོ་ལེ་བྱེད། །
སྐྱོ་ལྷོག་གི་མ་བྱུས་མེ་དཔུང་མིན། །
མཐའ་གཙང་རྒྱས་ཆུ་བོ་ཡར་འཁྱིལ་དེ། །
དབྱར་འཕེལ་སྤོབས་གོང་ལ་བུད་ཡང་བཟོད། །
ངེད་དགུན་གསུམ་གྲང་ངར་དཔའ་སྣོ་ནས། །
ཆབ་ཆུ་བོའི་སྙིང་རྩ་འཁྱག་ལ་བསྒྱུར། །
ཉ་ལྟོ་དཀར་ཡི་ཐུག་སྐྱོ་ལེ་བཟོ། །
སྲུ་གོར་རེ་མ་བཟོས་ལྷགས་རླུང་མིན། །

冰雪融化成水流，
让白狮心灰意冷。
繁盛的栴檀树林，
茂密得不见天日，
在红色烈焰面前，
森林将化为灰烬，
让暴虎失望懊恼，
否则就不算猛火。
汹涌奔腾的江河，
夏季上涨溢满岸，
在寒流经过之处，
河水将冻成坚冰，
让鱼儿沮丧悲哀，
否则就不算冬风。

བདུད་ཕྲུག་ཁྱུང་ནག་སྡེར་འཛིན།

堆楚·琼那迭增

༡ ཁྱོད་མཐོ་ལ་ནམ་མཁའ་ཡངས་པར་སྐྱོད། །
ངང་མ་སེར་པོས་སྒྲོ་ངོམ་ཡང་། །
ཁྱོད་འདྲའི་གོང་ལ་མེད་བསམ་ཡང་། །
ད་དུང་ཁྱུང་ཆེན་འཕུར་རྩལ་ལྷག །
ཁྱོད་ནགས་བཙན་རི་ལ་དཔའ་རྗོང་བཅས། །
དམར་ཡག་ཟེར་བའི་འཛུམ་དྲུག་ངོམ། །
ཤ་ཟན་གོང་ལ་མེད་བསམ་སྟེ། །
ད་དུང་སེང་དཀར་དཔའ་རྫམ་ཆེ། །
ཆབ་ཆེན་ཆུ་བོའི་འཛིངས་ལ་བརྟེན། །
ལྟོ་དཀར་ཟེར་བས་འགྱུར་རྩལ་རྩེ། །

飞到无边的天空，
黄鹅在炫耀羽毛，
以为没有更高超，
琼鸟比你还强大。
钻进茂密的山林，
老虎在炫耀斑纹，
以为没有更凶横，
狮子比你还勇猛。
畅游宽阔的河流，
鱼儿在炫耀动作，

མྱུར་རྩལ་གོང་ལ་མེད་བསམ་སྙེ། ། 以为没有更敏捷，
ད་དུང་ཡོར་མོ་དྲུག་འགྱུར་མཁས། ། 船帆比你还灵活。
ལྷ་ཤིང་ཕྲུག་མོའི་ཡང་རྩེ་ནས། ། 柏香树枝的顶端，
བྱིའུ་ཆུང་འཇོལ་མོའི་མགྲིན་གླུ་ལེན། ། 夜莺在炫耀歌喉，
སྐད་སྙན་འགྱུར་གོང་ལ་མེད་བསམ་སྙེ། ། 以为没有更优美，
ད་དུང་ཁུ་བྱུག་གསུང་སྐད་སྙན། ། 布谷比你还动听。

༢ ཤར་རྒྱལ་ཆེན་སྐུ་བྱུས་གངས་རི་དཀར། ། 安邦大计如雪山，
གླིང་ཁྲི་གདུགས་འོད་ཟེར་མང་ཐོག་ཀྱང་། ། 虽然被阳光照射，
བྱུས་བརྟན་བརླིང་སྐུ་ཟིལ་ཇེ་ཆེ་ཡིན། ། 大计却稳固不变；
ཤར་རྒྱལ་སྲིད་མེ་ཏོག་ར་བ་ལ། ། 国政仿佛百花园，
གླིང་བ་སོས་ཐོག་བརྫིས་ལོས་བསམ་སྙེ། ། 始终有寒霜袭击，
གྲོགས་དཔའ་བོའི་ན་བུན་འཐིབས་སེ་ཡོད། ། 只要勇士像雾气，
ཁྲོད་བ་མོ་ཟིལ་པས་བཞུས་པས་ཆོག ། 露水把寒霜融化。

༣ བྱིའུ་གནམ་ལ་འཕུར་བའི་གཤོག་རླབས་དེས། ། 小鸟冲向了高空，
རྒོད་དང་མའི་རླབས་རྗེས་དོ་སྲིད་དམ། ། 它能跟上鹰鹫吗？
གྲོང་ཁྱི་ཀན་བདའ་ལྕུས་ཐྲི་འཐེན་དེས། ། 老狗想挣脱铁链，
གཟིག་རི་བཀྲའི་གདོང་ལེན་ནུས་སྲིད་དམ། ། 它能拦住豹子吗？
དམའ་ལྟོ་འགྲོ་འཁྲུག་པའི་འགྲོས་ཁ་དེས། ། 青蛇爬行在地面，
འབྲུག་མཁའ་ལ་རྒྱུ་རྗེས་བསྙེགས་སྲིད་དམ། ། 它能紧追飞龙吗？

འབྲུག་སྒྲ་འཆི་བདག་དགུ་འགྱུར། 珠扎其达古久

༡ མཐོ་གངས་རི་ཞེལ་གྱུར་དཀར་མོའི་རྒྱན། ། 巍峨的雪山顶上，
དཔའ་དུང་སེང་དཀར་པོ་ཨེ་མ་ཟེར། ། 据说有勇猛狮子，
མགོ་མཛེས་པའི་གཡུ་རལ་ཤིག་སེ་བ། ། 绿色鬃毛在飘扬，

རྒྱལ་མཆེ་སྡེར་གོང་ལ་བྱུད་པས་གྲགས། །	爪牙锋利无敌手，
མ་མཐོང་རྒྱང་གྲགས་ཆེན་པོ་མ། །	声名远扬未曾见，
དེ་རིང་གདོང་ལ་བྱུང་ལེ་རེད། །	今日出现在眼前，
དཔའ་རྒྱལ་དྲག་ཅི་འདུག་ཁྱོད་ཚོས་ལྟོས། །	要看究竟多险恶。
ལྗོ་ནགས་རོང་ལྗ་ཤིང་འཁྲིགས་པའི་རྒྱན། །	茂密的森林深处，
སྟག་དམར་ཡག་ཟེར་བ་མིང་དུ་གྲགས། །	据说有凶悍老虎，
ལུས་འཛུམ་དྲུག་རི་མོ་ཤིག་གེ་བ། །	美丽斑纹显威风，
རྒྱལ་མཆེ་སྡེར་ལན་མེད་ཀུན་ལ་ཁྱབ། །	爪牙锋利无敌手，
མ་མཐོང་རྒྱང་གྲགས་ཡོས་རང་གོ། །	声名远扬未曾见，
དེ་རིང་གདོང་ལ་བྱུང་ལེ་རེད། །	今日出现在眼前，
རྒྱལ་མཆེ་སྡེར་རྩེ་སོ་ཅི་གདའ་ལྟོས། །	要看究竟多厉害。
དམའ་མཐའ་བཞིའི་མཚོ་མོ་ཡར་འཁྱིལ་རྒྱན། །	汹涌的海洋世界，
ཆུ་སྲིན་མིང་དུ་ཨེ་མ་ཟེར། །	据说有霸气鲸鱼，
ལུས་ཛམ་ཆེན་འཇིགས་ཟིལ་འཁྱུག་གེ་བ། །	张口吞噬不会吐
འཇོན་ཤེས་ལ་གཏོང་མེད་ཀུན་ལ་གྲགས། །	庞然大物无敌手，
མ་མཐོང་རྒྱང་གྲགས་ཡོས་རང་གོ། །	声名远扬未曾见，
དེ་རིང་གདོང་ལ་བྱུང་ལེ་རེད། །	今日出现在眼前，
སྲོག་དམར་གཟན་ལ་ཅི་གདའ་ལྟོས། །	要看究竟多蛮横。

༢ དབྱར་རྩྭ་ལྦང་སྐྱི་ཕུང་མཐུག་ཞན་འདྲ། །	夏草似乎不茂盛，
དགུན་དྲང་རླུང་བསེར་བུས་གར་བདས་ཡིན། །	冬风轻易能吹散；
སྤང་སྤོ་ལྦང་མེ་ཏོག་བཀྲག་ཞན་འདྲ། །	野花似乎不鲜艳，
སད་བ་མོ་ངར་མས་ནམ་བཅོམ་ཡིན། །	寒霜随时可摧残；
མེ་དམར་མོ་འབར་དབང་བཙན་ཞན་འདྲ། །	火势似乎不猛烈，
ཆབ་ཆུ་ཐོས་ནག་ཐུམ་ནས་བསད་ཡིན། །	雨水立刻会扑灭。

ཨ་སྟག་ཀླུ་མོ།

རི་མཐོ་གསུམ་གངས་དཀར་སྐྱ་ཐྱིལ་དེ། །
མཐོ་ཚོད་དུས་དང་མ་བསྟུན་ན། །
ཤར་ཁྲི་གདུགས་འོད་མདངས་གསལ་ལམ་ནས། །
གངས་དཀར་ཆབ་ལ་ཞུ་ལེ་འོང་། །
གངས་རི་ཡི་ག་ཆད་ལེ་འོང་། །
ལྗོ་ཅན་དན་ནགས་མའི་འཛིགས་ཐྱིལ་དེ། །
ངོམ་ཚོད་དུས་དང་མ་བསྟུན་ན། །
དམར་མོའི་མེ་ལྕེ་འབར་ལམ་ནས། །
ནགས་མ་གདོང་ཐལ་ཆབས་ཅིག་བཟོ། །
ནགས་མ་ཡི་ཐང་ཆད་ལེ་འོང་། །
མཐའ་གཙང་རྒྱས་ཆུ་བོ་རྒྱུན་འབབ་དེ། །
རྒྱས་ཚོད་དུས་དང་མ་བསྟུན་ན། །
དགུན་གྲང་ལྷུང་ངར་བའི་དཔའ་སྒོ་ནས། །
འཁྱག་རོམ་དཀར་པོས་མཚམས་རྒྱ་བསྡམས། །
གཙང་ཆབ་ཡི་ཐང་ཆད་ལེ་འོང་། །

阿达鲁（拉）姆

雄伟壮丽的雪山，
若不能把握高度，
在阳光的照射下，
会被融化为清水，
令其它雪山失望。
茂密葱郁的森林，
若不问季节更替，
在烈火的攻击下，
会被燃烧成灰烬，
令其它森林失望。
奔流不息的江河，
若不管何时上涨，
在冬日的寒风中，
会被凝结成坚冰，
令其它江河失望。

སྟག་མོ་ཟམ་ཆེན།

ཛ་ཁྲ་ཡག་རི་ཡི་གདོང་ཟུར་ནས། །
འབྲོང་བྲི་ལུས་རུ་ཐུར་ངོམ་ས་ལ། །
སྒང་རོག་པོའི་རུ་བརྫར་ཤ་རེ་ཚ། །
བྱང་ཡངས་ཐང་ན་བ་ཁྲ་ལེབ་ནས། །
རྐྱང་ཁ་དཀར་བང་རྩལ་སྦྱོང་ས་ལ། །
གྲུམ་རྒྱ་རིས་འདུར་ངོམ་ཤ་རེ་ཚ། །

达摩昂钦

高大石山的坡上，
野牦牛展示犄角，
家畜比试尽出丑。
辽阔荒原的深处，
野驴都练习跑速，
獾猪比试尽出丑。

མཐོ་དགུང་སྔོན་ཡངས་པའི་སྤང་སྟོ་ནས། །	无边天空的中央，
བྱ་ཁྱུང་ཆེན་གཤོག་རླབས་སྐྱོད་ཞེ་ལ། །	金翅鸟翱翔寰宇，
པགས་བྱིའུ་གཤོག་རྫོམ་ཤ་རེ་ཚ། །	蝙蝠比试尽出丑。

སྟག་གཟིག་ཞལ་དཀར།　　达色·谐嘎尔

1 ཡུལ་ཤིང་སྔོང་ནགས་མའི་གསེབ་ལམ་ནས། །	在葱郁的树林中，
སྙང་ཆེན་རི་བོང་སྤྲོ་ལུ་དེས། །	傲气十足的野兔，
མགོ་རྣ་ཅོག་མཐོ་དེ་རྭ་རུ་བསྒོམས། །	把长耳当成双犄，
རྭ་ཅན་ཁྱུ་ལ་འགྲམ་བསམ་སྟེ། །	想和牛群比强弱，
རྟུང་སྲ་ཤུགས་མ་འཛོམས་ཧ་ཅང་འགྱོད། །	恨犄角硬度不够。
བྲག་དམར་སྤོ་མཐོའི་གཡང་ལམ་ནས། །	在陡峭的悬崖上，
སྙང་ཆེན་ཕ་ཝང་སྐྱི་མོ་དེས། །	傲气十足的蝙蝠，
ཤ་གཤོག་སྤྲོ་མོ་ཞིགས་ལ་བསྒོམས། །	把翼膜当成羽翅，
རླབས་ཅན་གྲལ་ལ་སྙེག་བསམ་སྟེ། །	想和鹰类比高低，
རླབས་ནམ་འཕང་མ་ཆོད་ཧ་ཅང་འགྱོད། །	恨不能冲向云层。
བྱང་ཡང་ཐང་ན་བཀྲ་གོང་མ་ནས། །	在北方的荒漠里，
སྙང་ཆེན་གྲུམ་པ་རྒྱ་རིས་མས། །	傲气十足的獾猪，
ཀང་སུག་བཞི་ཐུང་ཡང་སྟེར་ཆགས་བསྒོམས། །	把自己当成猛兽，
ཤ་ཟན་འདུར་གྲས་སྙོག་བསམ་ཡང་། །	想和虎狼同捕猎，
བྱང་ཐང་རྒྱ་མ་ཆོད་ཧ་ཅང་འགྱོད། །	恨四肢奔跑太慢。
སྤང་ཁྲ་ཡག་གསེབ་རྫོང་ནང་རོལ་ནས། །	在高寒的草甸下，
སྙང་ཆེན་ཤྭ་ཕོ་རུ་ཐུར་རྒྱུས། །	傲气十足的雄鹿，
མགོ་ཁྲག་རློན་ཡིན་ཡང་རྭ་རུ་བསམ། །	把血茸当成利角，
འབྲོང་རུ་རྒྱུས་གྲལ་ལ་བསྙེག་བསམ་ཡང་། །	想和野牦牛为伍，
རུ་ཁྲག་ཐུམ་རྫེ་སོ་མེད་པས་འགྱོད། །	恨血包长得短小。

༢ སྣང་ཆེན་སྐྱ་ཀ་སྒྲོ་ཁྲ་མས། །	娇气的花喜鹊，
ལུས་དུང་སྒྲོས་བརྒྱན་ཡོད་བསམ་རབས་ཡོད། །	自以为浑身是白螺；
ཇིའུ་ཕུ་ཤུད་བྱ་སྤུ་རང་སྐྱེ་ལ། །	华丽的戴胜鸟，
ལུས་སྟག་ཐུལ་གྱོན་ཡོད་བསམ་རབས་ཡོད། །	自以为穿着虎皮衣；
ཕུག་རོན་སྔོན་མོ་མགུལ་རིས་ཅན། །	花颈的青鸽子，
སྐེ་འཇའ་ཚོན་བརྒྱན་ཡོད་བསམ་རབས་ཡོད། །	自以为有彩虹装饰；
དོན་ཡང་དག་བྱ་སྤུ་སྤར་གང་རེད། །	实际只是一把羽毛。

༣ ཚེར་གསེབ་རི་བོང་རྣ་རྫོམ་དེ། །	荆棘丛里长耳兔，
གླག་མཁལ་དཀར་གདོང་ལ་འགྲིམ་ལེ་མིན། །	不能暴露鹞鹰前；
གདུང་གསེབ་བྱི་བའི་རྒྱུག་རྩལ་དེ། །	屋中老鼠的跑速，
ལི་ལིའི་གདོང་ལ་འགྲིམ་ལེ་མིན། །	不能跟猫儿相比；
སྐང་གསུམ་ཤྭ་ཕོའི་རུ་རྫོམ་དེ། །	山坡上的雄鹿群，
རྫོན་མདའ་རྐྱེན་གདོང་ལ་འགྲིམ་ལེ་མིན། །	不能靠向弓箭手。

ཐོག་ལྷ་དབང་བཙན། 托拉旺赞

རྫ་ཁྲ་ཡག་རི་ཡི་འཛིང་ཟུར་ནས། །	高大石山的旁侧，
འབྲོང་བྲེ་སེར་རུ་ཐུར་རྫོམ་ས་ནས། །	面对野牛的凶暴，
དགྲ་སྐྱང་རྐན་སུག་བཞི་མི་ཚུགས་ཏེ། །	家畜怎么能立足？
རུ་ཐུར་ལེགས་པའི་རྒྱན་ལ་བཞག །	它是荒野的霸主。
ནགས་མ་རི་ཡི་འཛིང་ཁུག་ནས། །	葱茏森林的坡下，
སྟག་འཛུམ་དྲུག་མཆེ་སྡེར་རྫོམ་ས་ནས། །	面对老虎的爪牙，
གསའ་ཁྲ་ཡག་གསོན་ལ་མི་སྐྱུར་ཏེ། །	雪豹怎么能活命？
རྐང་སྡེར་ཆགས་ཡོངས་ཀྱི་རྒྱན་ལ་བཞག །	它是百兽的霸主。
བྱང་ཡང་ཐང་ན་བ་ཁྲ་ལེབ་ནས། །	无垠荒漠的深处，
རྐྱང་ཁ་དཀར་རྨིག་བཞིའི་འཕྱུལ་འཁོར་དེས། །	面对野驴的疾蹄，

རྟ་འདོ་ཕྲུག་སྔོན་ལ་མི་གཏོང་སྟེ། །	马驹怎么能超越？
རྐང་རྒྱུང་ཤུགས་དར་བའི་རྒྱན་ལ་བཞག །	它是奔跑的霸主。

## སྟོབས་ཆེན་རྒྱང་ནག་སྤར་བཅངས།	多钦·隆那巴尔江

༡ མཐོ་ནམ་མཁའི་སྤྲིན་ཙུམ་རྒྱུ་བ་ཡི། །	云间飞翔的青龙，
འབྲུག་པོ་ཐང་མིང་དུ་ཨེ་མ་གྲགས། །	声名多么地响亮，
དུས་ནམ་ནམ་སྤྲིན་ནག་ཚག་རག་བཅས། །	虽然腾云与驾雾，
ཅུར་སྒྲོང་སྒྲ་མང་པོ་སྒྲོག་ན་ཡང་། །	发出轰隆的巨响，
ང་སེང་ཚུང་གཡུ་རལ་རྒྱས་པ་ཚོ། །	欲想恐吓我狮群，
ཞེད་ཡོང་བསམ་པ་སེམས་ལ་མེད། །	惧怕之心将无存，
མཚོང་གཅིག་སྤར་འོག་སྤར་འཛིན་ཚོག །	利爪擒拿是易事；
བར་ཙནྡན་ནགས་ཀྱི་གསེབ་རྒྱུ་བའི། །	檀香林中的猛虎，
སྟག་དམར་ཡག་མིང་དུ་ཨེ་མ་གྲགས། །	声名多么地响亮，
དུས་ནམ་ནམ་འཛུམ་རིས་ཡག་དང་བཅས། །	尽管炫耀其斑纹，
སྐད་ངར་སྒྲས་ས་ཆེན་བསྒུལ་ན་ཡང་། །	天动地摇的呐喊，
ང་མདའ་རྐྱེན་རྫོན་པ་རྐོད་པོ་ཚོ། །	欲想恐吓猎人我，
ཞེད་ཡོང་བསམ་པ་སེམས་ལ་མེད། །	惧怕之心将无存，
མདའ་གཅིག་གིས་ཐང་ལ་བསྒྲིལ་བས་ཚོག །	箭镞射杀是易事。

༢ ཟ་ཆེ་ན་སྦྲང་དཀར་ཕོ་བ་ན། །	吃多蜂蜜会伤胃，
གཉེན་ཆེ་ན་བུ་མོ་མ་དང་འཁོན། །	宠坏女儿与母争，
རྒྱུག་ཆེ་ན་རྨིག་བཞི་རྡོ་ལ་ཐོགས། །	爱跑四蹄撞石头，
བརྙས་ཆེ་ན་རང་སྲོག་མི་ལག་ཤོར། །	欺人太甚遭杀身。

༣ ཤྭ་པོ་ཆེན་དུང་རྭ་ལོན་གྱུར་ན། །	只要能获取鹿茸，
ཡུལ་བདག་ཕོག་ཐུག་བྱུང་ན་ཡང་། །	即便惹怒了山神，

མགོ་ཐོག་དམར་གཏོར་ཡང་འགྱོད་པ་མེད། །
དམའ་རྒྱ་མཚོའི་གཏིང་ཚད་ལོན་གྱུར་ན། །
མཚོ་བདག་ཐུགས་ལ་ཐོག་ན་ཡང་། །
ཀླུ་ནད་ལུས་པོ་འཐོར་ཡང་བཟོད། །

霹雷惩罚也无悔。
只要测量出深度，
即便得罪了海神，
染上龙病也情愿。

ཀ་བདེ་ཆོས་སྐྱོང་བེར་ནག།

嘎德·曲炯贝那

༡ མཐོ་ནམ་མཁའ་ཀུན་ཁྱབ་རང་བཞིན་ལ། །
ཀོད་ངང་མ་འཕུར་རྩལ་ཀོད་ཞན་འདྲ། །
མཐའ་ཚད་བཟུང་བྱེད་བསམ་སྣང་བ་འཁྲུལ། །
བྱང་ཡང་ཐང་ན་བ་གཞུང་རིང་ལ། །
རྟ་འདོ་ཕྲུག་རྒྱུག་རྩལ་བྱང་ཞན་འདྲ། །
ས་མཐའ་རྒྱུ་གཅོད་བསམ་སྣང་བ་འཁྲུལ། །
དམའ་རྒྱ་མཚོའི་གཏིང་མཐའ་མི་མངོན་ལ། །
ཉ་ཆུང་འགྲུར་རྩལ་མཁས་ཞན་འདྲ། །
གཏིང་ཚད་ལེན་སྙམ་སྣང་བ་འཁྲུལ། །

在那浩瀚的宇宙，
鹰鹫它过于渺小，
穿越天边是幻想。
在那无垠的荒野，
骏马它过于自信，
跑到尽头是幻想。
在那深邃的大洋，
小鱼它过于幼稚，
丈量海底是幻想。

༢ མདངས་ཆེན་རྨ་བྱའི་འཇའ་རིས་ལ། །
སྣང་ཆེན་སྐྱ་ཀས་འགྲན་བསམ་ཡང་། །
འགྲན་མི་བཟོད་གཟུ་བོའི་བློ་ཡིས་ཤེས། །
བྱ་ཁྱུང་ཆེན་འཕུར་བའི་གཤོག་ཡ་དེ། །
སྣང་ཆེན་སྐྱ་ཁྲས་འགྲན་བསམ་ཡང་། །
འགྲན་ཨེ་བཟོད་གཟུར་གནས་བློ་ཡིས་ཤེས། །
སྟག་འཇུམ་རྒྱས་ནགས་ལ་འཚུ་ལེ་ལ། །
ཝ་སེར་ཆུང་དེ་རྫིས་འགྲན་བསམ་ཡང་། །
འགྲན་ཨེ་བཟོད་གཟུར་གནས་བློ་ཡིས་ཤེས། །

孔雀的羽毛真艳丽
自负的喜鹊想比美，
旁观者心里最清楚。
琼鸟的翼翅很强劲，
自负的鹞隼想挑战，
旁观者心里最清楚。
老虎的性情都残暴，
自负的狐狸想争雄，
旁观者心里最清楚。

༣ བྱ་ངང་ཆུང་སྒྲོ་གཤོག་ལེགས་ཀྱང་འདྲ། །
མདའ་ཉག་ཕྲན་རྒྱན་ལས་འགྲོ་ས་མེད། །
སྟག་དམར་ཡག་འཇུམ་རིས་བཀྲག་ན་ཡང་། །
ལུས་ཁྲབ་ཤམ་རྒྱན་ལས་འགྲོ་ས་མེད། །
འབྲོང་བྲི་སེར་རུ་ཐུར་ལེགས་ན་ཡང་། །
གཞུ་མཆོག་དཀར་རྒྱན་ལས་འགྲོ་ས་མེད། །

飞鸟的羽毛再漂亮，
终会用来装饰箭镞；
老虎的斑纹再漂亮，
终会用来点缀衣甲；
野牦牛犄角再漂亮，
终会用来制作硬弓。

འོལ་མོའི་སྟག་བཙན་དགྲ་འདུལ།

维摩·达赞占堆

༡ སྟག་དམར་ཡག་འཇུམ་དྲུག་ངོམ་པའི་གདོང་། །
སེར་ཆུང་གྲ་ངོམ་མ་ལེགས་བྱུང་། །
འཁྱིང་ཡ་ནགས་མ་བཙན་ལེ་དང་། །
རྩལ་དྲུག་མཆེ་སྡེར་བཀྲ་བས་ན། །
གྲ་ལོ་ཁྲག་ལ་བསྒྲེ་རྒྱུ་ཡིན། །
སྐྱ་ཁྲ་སྔོན་མོ་འཇུམ་ལམ་ལ། །
བྱིའུ་ཆུང་འཕུར་ངོམ་མ་ལེགས་བྱུང་། །
འཇུམ་ཡ་རྩལ་ཆེན་རླུང་ལ་བྱས། །
སྡེར་མོ་རྡོ་སོའི་སྤུར་གྱིས་འཛིན། །
བྱིའུ་གཤོག་ཐང་ལ་གཏོར་རྒྱུ་ཡིན། །
གླག་མོ་མཁའ་དཀར་འཇུམ་ལམ་ལ། །
རི་བོང་རྣ་ངོམ་མ་ལེགས་བྱུང་། །
འཇུམ་ཡ་བར་སྣང་ཡངས་ལ་བྱས། །
མཆུ་སྡེར་རྣོ་བའི་ཁ་ལམ་ནས། །
གླད་ཁྲག་ཐང་ལ་གཏོར་རྒྱུ་ཡིན།

猛虎发威的地方，
狐狸不应该张扬，
傲立在森林深处，
凶猛强劲的力量，
要血染你的皮毛。
鹞隼俯冲的区域，
小鸟不应该闯入，
与风较量在天上，
善于捕猎的双爪，
要撕烂你的羽翅。
鹰鹫盘旋的时候，
野兔不应该竖耳，
从空中锁定目标，
无比锋利的硬喙，
要扒开你的胸腔。

༢ མགྱོགས་རྟ་ཕོ་རྒྱུག་ཚོད་མ་ཟིན་ན། །
རྨིག་བཞི་གོར་མོ་རྡོ་ཡིས་བཅོམ། །

跑马不能够自控，
顽石将毁掉四蹄。

མེ་དམར་པོ་འབར་ཚོད་མ་བཟུང་ན། །
ཆབ་ཆུ་བོ་སྔོན་མོས་ཐོག་བཟི་འོང་། །
འབྲོང་བྲི་སེར་འཁྱིང་ཚོད་མ་བཟུང་ན། །
རུ་ཕྱུར་ས་ནག་གད་ལ་ཐོགས། །

烈火不能够自控，
江河会汹涌扑来，
野牛不能够自控，
犄角撞到岩石上。

རྒྱལ་མཚན་གྲགས་པ་སྟོབས་ལྡན།

坚赞扎巴多丹

༡ མཐོ་ཨ་སྔོན་དགུང་གི་གསང་ལམ་ནས། །
ནམ་ལངས་སྐར་ཆུང་ཁྲ་མོའི་འཛུམ། །
གར་སོང་རྗེས་མེད་ཡལ་ཡང་བཟོད། །
ད་དུང་ཁྲི་གདུགས་འོད་སྟོང་དེས། །
དགུང་སྔོན་མཁའ་ལ་རྒྱན་པས་ཆོག །
སྤང་དཀར་ཁྲ་མོའི་མེ་ཏོག་དེ། །
སྟོན་གསུམ་པ་མོའི་ངར་ལམ་ནས། །
གར་སོང་རྗེས་མེད་ཡལ་ཡང་བཟོད། །
ད་དུང་ས་བཅུད་དྲོད་ཆེན་དེས། །
འདབ་ཡངས་མེ་ཏོག་རྒྱས་ན་ཆོག །

在深邃的太空中，
那闪烁的启明星，
虽然消失没踪影，
但是还有金太阳，
即将从东山升起。
在辽阔的草原上，
那争艳的各色花，
尽管被寒霜摧残，
然而春天还会来，
大地回暖万物生。

༢ ཕོ་ལ་རྒོད་ཞན་ཟེར་བ་དེ། །
ཉིན་གཅིག་རླུང་རྟ་དར་རྒུད་རེད། །
རྟ་ལ་མགྱོགས་ཞན་ཟེར་བ་དེ། །
ཉིན་གཅིག་རྩྭ་ཆུ་འཕྲོད་ལུགས་ཡིན། །

两个好汉的强与弱，
关系当天运气好坏；
一匹骏马的快和慢，
关系当天草料优劣。

སྲས་མོ་ལྷ་ལྷུམ་འབྲུལ་དགའ།

赛摩・拉姜楚嘎

༡ མི་གཅིག་དཔའ་ཡང་དཔའ་ས་མེད། །
རྟ་གཅིག་མགྱོགས་ཀྱང་མགྱོགས་ཡུལ་མེད། །

只有一位好汉，再勇也无处施展；
只有一匹骏马，再快也没法显示。

༢ དགུང་ཡེ་ནས་སྤྲིན་ནག་མཐུག་པོ་མ། །
འབྲུག་སྐད་རྒྱངས་ཤ་ལི་སེར་བ་དེས། །
མདའ་ལྷོང་ཆུང་འབྲས་དྲུག་མ་གཏོར་དུས། །
དཔྱིད་ཟླ་གསུམ་ཁུ་འཕང་ས་སིལ་དེས། །
སྤོ་ལྷོང་མགོ་གནོན་ཡོང་ལི་མེད། །
མཐོ་དཀར་རྫོང་བྲག་ར་སྤྲུག་མོ་དེ། །
སྲ་བརྟན་བརླིང་གོང་བ་མ་ལོན་ནས། །
དགུང་ཐོག་མདངས་ས་ལ་གཏོར་ཟེར་ན། །
རྡོ་ཁྲབ་ཁྲོབ་སེར་བ་ཆག་གང་གིས། །
མཐོ་གནམ་ལྕགས་བཟོད་བཟོད་ཡོད་ལི་མིན། །
མཐོ་དཀར་ཡག་གངས་རི་མཐུག་པོ་མ། །
སྲ་གྲང་ཤུགས་མདངས་མཛེས་མ་ལོན་ནས། །
དགུང་ཁྲི་གདུགས་ཉི་མས་བཞུ་ཟེར་ན། །
གཞོང་གསུམ་འཁྱག་དཀར་གོང་བུ་འདིས། །
མཐོ་ཉི་ཟེར་འདི་བཟོད་ཡོད་བསམ་མེད། །

天空中乌云密布，
青龙吟啸降冰雹，
此时不毁庄稼地，
春季飘下的雪粒，
无法压住青禾苗。
富饶秀美的悬崖，
巍峨坚硬不可摧，
要是让天雷去劈，
山上整块的石片，
怎么能承受轰击。
洁白庄严的雪峰，
寒冷而神奇美丽，
如果有太阳照射，
平时堆积的冰雪，
无法对抗光和热。

སེང་གེ་ཐོག་བཙན།

森格托赞

༡ མཐོ་གངས་རྫོང་དཀར་པོ་བཙན་ཞན་འདྲ། །
སེང་དཀར་ལུ་གཡུ་རལ་ཤོར་ཡང་བཟོད། །
དུས་ད་ཙུང་རྣོན་པོའི་སྤར་འོག་ནས། །
དགྲ་ཝ་མོ་སུ་ཐུང་གསོད་རྒྱུ་ཡིན། །
བར་ནགས་མ་བཙན་རྫོང་བཟང་ཞན་འདྲ། །
སྟག་དམར་ཡག་འཇུམ་དྲུག་ཡལ་ཡང་བཟོད། །
དུས་ད་ཙུང་མཆེ་སྡེར་རྣོ་སོ་དེས། །
དགྲ་རི་སྐྱེས་སུ་ཐུང་གསོད་རྒྱུ་ཡིན། །

壮丽巍峨的雪山上，
雄狮虽然失去绿鬃，
但仍有无穷的掌力，
要拍死遇到的狐狸。
葱郁成片的森林里，
猛虎虽然失去斑纹，
但仍有锋利的爪牙，
会捕杀遇到的野牲。

དམའ་མཐའ་བཞིའི་མཚོ་མོ་ཟབ་ཞན་འདྲ། །
ཆུ་སྲིན་ལུས་གཟུགས་ཉོར་ཡང་བཟོད། །
དུས་ད་ཏུང་མཆེ་བའི་རྗོ་ངར་དེས། །
དགྲ་ཆུ་གནས་སུ་བྱུང་གསོད་རྒྱུ་ཡིན། །

低处辽阔的大海中，
鲸鲨虽然身躯变小，
但仍有尖锐的锯齿，
将咬碎遇到的鱼类。

༢ སེང་དཀར་ལུ་གྲོང་གསེབ་འགྲིམ་ཞན་འདྲ། །
ཁ་སྐྱག་འཁིངས་མི་ཟ་ཡ་ཚུལ་ཡིན། །
རྐྱང་ཁ་དཀར་ལྟོགས་གྱིར་འཆི་ཡང་བཟོད། །
ཁ་ཤུག་ཏུལ་མི་ཟ་ཡ་ཚུལ་ཡིན། །
བྱ་ཁུ་བྱུག་སྐོམ་གྱིར་འཆི་ཡང་བཟོད། །
གྲོང་ཡུར་ཆུ་མི་འཐུང་ཡ་ཚུལ་ཡིན། །

狮子流落在村庄，
也不会去闻冻屎堆；
野驴即便要饿死，
也不会去吃烂麦糠；
布谷口渴难忍受，
也不会去喝臭沟水。

༣ མཐོ་གསུམ་གངས་དཀར་རྩེ་བརྒྱད་ནས། །
སེང་གེ་དཀར་མོའི་ངར་རྒྱངས་དེས། །
འབྲུག་སྔོན་མོ་ཐང་ལ་འབེབ་བསམ་སྟེ། །
མ་ཐུབ་ཐོག་དམར་གླད་རྒྱ་གཏོར། །
སེང་དཀར་ཡི་སྨུག་སྐྱེ་ལོ་བྱུང་། །
བར་གསུམ་ཙན་དན་ནགས་ལྗོན་ནས། །
རྒྱ་སྟག་ངར་བའི་མཆེ་སྡེར་དེས། །
རྟ་ཐོར་ཆུང་སྙིང་ཁྲག་འཐོ་བསམ་སྟེ། །
མ་ཐུབ་ས་མདས་སྙིང་ལ་འཛེར། །
དམར་ཡག་ཡི་སྨུག་སྐྱེ་ལོ་བྱུང་། །
མཐའ་གསུམ་རྒྱ་མཚོ་འཁྱིལ་ཡག་ནས། །
ཆུ་སྲིན་ཁྲོས་པའི་མཆེ་དུག་དེས། །
ཆུ་གནས་གཟན་ལ་ཛམ་བསམ་སྟེ། །
མ་ཐུབ་དུང་དཀར་ཐལ་བྱུང་ཤུག།
ཆུ་སྲིན་ཡི་སྨུག་སྐྱེ་ལོ་བྱུང་། །

上部八峰雪山上，
雄狮它愤怒咆哮，
想把青龙扔到地，
却被雷电击头颅，
让雄狮非常失落。
中部栴檀森林里，
猛虎它耀武扬威，
想把马驹心脏挖，
却被地箭射穿身，
让猛虎非常失落。
下部浩渺大海中，
鲸鲨它露出尖牙，
想把鱼类全吞噬，
却被白螺叮肌肤，
让鲸鲨非常失落。

སྲས་ཆུང་ཟླ་ཁྲི་ཟམ་ཆེན།	赛琼达赤昂钦
མཐོན་པོ་དགུང་སྔོན་ཡངས་པ་ནས། །	在那浩瀚的宇宙，
ཁྲི་གདུགས་འོད་མདངས་ལོས་ཟོམ་སྐྱེ། །	太阳肯定要发光，
བར་ཆད་སྤྲིན་པ་བྱུང་བ་ན། །	假如被云彩遮挡，
འོད་བྲ་བ་སྐྱོང་ལ་དཀའ་མོ་གདའ། །	就很难灿烂明媚。
རིན་ཆེན་རི་ཡི་ཟོམ་ཁ་ནས། །	在那静美的山冈，
བྱ་ཁྱུང་ཕྲུག་འཕུར་རྩལ་ལུས་ཟོམ་སྐྱེ། །	雏雁肯定要腾飞，
བར་ཆད་ན་བུན་མཐུ་སྒྲིབ་ཚེ། །	假如被浓雾萦绕，
རླབས་རོགས་དྲི་བཞོན་མེད་པས་ན། །	没有轻风的驱赶，
མཁའ་མཐའ་རྒྱ་ཆོད་པ་དཀའ་མོ་གདའ། །	就很难展翅翱翔。
གངས་རི་ཤེལ་གྱུར་དཀར་པོ་ནས། །	在那洁白的冰峰，
སེང་ཕྲུག་གཡུ་རལ་ལོས་ཟོམ་སྐྱེ། །	幼狮肯定要发威，
བར་ཆད་སྐྱི་སེར་བྱུང་བའི་དུས། །	假如被寒流侵袭，
རྩལ་རོགས་རླུང་ཆེན་མ་ལྡང་ན། །	没有强风来吹散，
མཐོ་སྤྲིན་གསང་འབྱེད་ལ་དཀའ་མོ་གདའ། །	就很难拨开阴霾。
མཐོ་དགུང་སྔོན་སྤྲིན་ནག་ཕྲུག་མོ་ནས། །	在那黑云的间隙，
སྦྲུ་བརྒྱུད་སེར་རྒོད་ལོས་ཟོམ་སྐྱེ། །	天龙肯定要降雹，
གདོང་ལེན་སྔགས་ཟོར་འཕྲིམ་པའི་ཚེ། །	假如被咒师施法，
རྩལ་རོགས་ཐོག་དམར་མེད་པས་ན། །	没有电闪和雷鸣，
ཞིང་ལྷང་ཆུང་གཏོར་ལ་དཀའ་མོ་གདའ། །	就很难摧毁庄稼。

སྟོད་ཧོར་གཡུལ་འཁྲུག 《上部霍尔之战》

གེ་སར་ནོར་བུ་དགྲ་འདུལ། 格萨尔·诺普占堆

༡ ཕོ་ཁྲམ་པས་བསླུ་དུས་བགད་ཞོར་བགད་ཞོར་བསླུ། །
སྨན་ཁྲམ་མས་བསླུ་དུས་ངུ་ཞོར་ངུ་ཞོར་བསླུ། །

男骗子都笑着诱骗人，
女骗子会哭着诱骗人。

༢ ནག་མོའི་བློ་ལ་བློ་ཕུགས་མེད། །
རྒོད་མའི་བང་ལ་བང་ཁ་མེད། །

女性思虑缺乏远见，
母马奔跑没有速度。

མི་ཆུང་ཁ་བདེ། 弥琼喀德

༡ ཟས་ཟོས་ལན་མེད་ལ་སྨྱོན་པ་བཟློ། །
གཏམ་ལན་མོ་མེད་ལ་ལྐུགས་པ་བཟློ། །

吃饭不谢恩的是疯子，
问话不答复者叫哑巴。

༢ ཟས་ཁམ་གང་ཟ་དུས་མཆོད་པ་རེད། །
མཆོད་པ་མེད་ན་སྤྲང་ཟས་རེད། །
གཏམ་ཚིག་གསུམ་བཤད་ན་རྩེད་མོ་རེད། །
རྩེད་མོ་མེད་ན་སྐྲན་ཚིག་རེད། །

饭前都要供三宝，
不供就是乞丐饭；
说话少不了玩笑，
没玩笑就是干话。

ཤན་པ་མེ་རུ་རྩེ། 辛巴梅如泽

མངགས་པའི་མི་ཕོ་གོ་ཆོད་ཡིན། །
འཕངས་པའི་མདའ་མོ་དགྲ་སོད་ཡིན། །

派遣的人要得力，
射出的箭能杀敌。

དགྲ་ལྷ་རྩེ་རྒྱལ།	扎拉泽嘉
༡ ཤི་སོང་ན་རོ་གོ་ཆོད་ལེ་བྱེད། །	死要死得有价值，
གསོན་བསྡད་ན་དེ་བྱུས་གྲགས་ལེ་བྱེད། །	活要活得有名声。
༢ ཕོ་རབ་བློ་དེ་སྔོན་ནས་གཏོང་། །	大丈夫超前谋划，
དྲན་ལེ་ཤེས་ལེ་མཉམ་གཅིག་རེད། །	考虑清楚再行动；
ཕོ་ཐ་མས་ཚར་ཡག་ཚར་དུས་དྲན། །	小男人事后才想，
ཚར་ལེ་ཤི་ལེ་མཉམ་གཅིག་རེད། །	等到明白全完了。
༣ འགྱོད་པ་ལས་ཀྱི་ཐ་མ་རེད། །	后悔是最没用的，
བློ་སྔོན་ནས་དྲན་དུས་མཁས་པ་ཐོགས། །	谋事在先是智者，
རྗེས་ནས་དྲན་དུས་འགྱོད་པ་ཐོགས། །	事后想到是愚蠢。
༤ ཨ་ཐོང་སྤྱང་ཀི་སྲུལ་བཞི་འགྲིམ། །	青灰野狼走山路，
ཁ་སྐོམ་ལེ་ཤེས་ཏེ་བསྐོས་ཐང་རེད། །	忍渴挨饿是宿命；
ཐང་དཀར་རྒོད་པོས་མི་ཤ་ཟ། །	白胸鹰鹫吃人肉，
བཙོག་ལེ་ཤེས་ཏེ་བསྐོས་ཐང་རེད། །	嘴有腐臭是前定。
༥ དམར་ཡག་སྟག་གི་རིགས་རྒྱུད་ལ། །	红色猛虎的后代，
སྟག་འཛུམ་དྲུག་ཡོད་པ་ལོས་ཤེས་རེད། །	要知道都有斑纹；
གངས་སེང་དཀར་མོའི་གདུང་རྒྱུད་ལ། །	白色雪狮的族群，
མགོ་གཡུ་རལ་ཡོད་ལེ་ལོས་ཤེས་རེད། །	要知道都长绿鬃。
༦ རྟ་རང་མགོ་ཐོན་དུས་མགྱོགས་པ་ཟེར། །	马驹自强就能飞驰，
སྨན་རང་མགོ་ཐོན་དུས་མཛེས་མར་འདོད། །	女孩自信便成佳人，

ཕོ་རང་མགོ་ཐོན་དུས་དཔའ་རྩོད་རེད། ། 小伙自立要当豪杰。

༧ ཁོ་ཨ་ཐོང་སྤྱང་ཀིས་ལུག་ཁྱུ་གཏོར། ། 饿狼驱散了羊群，
ཤ་དུག་ལ་འཁྲུལ་ཡང་བསྐོས་ཐང་རེད། 误食毒肉是命定。

༨ ནད་མཁྲིས་པའི་སྨན་ལ་ཞིམ་པོ་མེད། ། 利胆药物都苦口，
ཤ་ཚ་བའི་ཚིག་ལ་སྙན་མོ་མེད། ། 衷心劝告不顺耳。

༩ རྒྱུ་མི་རྟག་རྩྭ་མགོའི་ཟིལ་པ་རེད། ། 财富无常像草露，
ཚེ་མི་རྟག་རྡོ་ཐོག་བ་མོ་རེད། ། 生命有限如晨霜。

༡༠ ཞིའུ་ཁྱི་ལ་མཉམ་ཟུག་ཡོད། ། 众狗会齐声吠叫，
དབུ་ནག་བོད་ལ་མཉམ་བཤད་མེད། ། 蕃人不同时说话。

སྐྱི་དཔོན་རོང་ཚ་ཁྲ་རྒན། 吉本·绒擦查根

༡ མཐོན་པོའི་ལ་དེ་མ་བརྒྱབ་ན། ། 不翻越那座高山，
བདེ་མོའི་ཐང་ལ་སླེབས་ལེ་མིན། ། 就无法抵达平原；
ཞིམ་པོའི་རྐང་དེ་ལྡག་དགོས་ན། ། 想品尝牛羊骨髓，
ངར་མོའི་རུས་དེ་གཅོག་དགོས་རེད། 必须砸断那胫骨。

༢ ཁྲ་ཐང་དཀར་རྩོད་པོས་ཁྱི་རོ་ཟ། ། 鹰鹫吃狗肉，
ཁ་བཙོག་ལེ་ཤེས་ཏེ་བསྐོས་ཐང་རེད། ། 嘴臭是命运。

༣ ཕོ་ངན་པ་དགྲ་ལ་འགྲོ་དུས་མོ། ། 懦夫出阵与敌斗，
ཡུལ་སྡེ་པའི་སྟོབས་ཤུགས་ཟད་རོགས་རེད། ། 会让己方士气颓；
སྨན་ངན་པ་གནས་ལ་འགྲོ་དུས་མོ། ། 恶女出嫁进新门，

ཀྱོད་མི་ཁེམ་ཚིག་གི་གཞི་མ་རེད། ། 不分是非传闲话。

ཆགས་ཆེན་རི་པའི་དར་འབུམ། 洽钦·日巴塔尔奔

༡ སྤྱང་དར་མ་སྐྱོ་ཁྱི་གསོས་པས་ན། ། 把狼崽当狗养，
ཡར་ཆེ་དུས་ལུག་ཁྱུ་གཏོར་མི་རེད། ། 长大后会吃掉羊群；
དགྲ་ནག་པོ་རང་རྒྱུད་གསོས་བསྐྱེད་ན། ། 认仇敌作儿子，
ཡར་ཚར་དུས་རང་སྲོག་གཅོད་མི་རེད། ། 总有一天要害你命。

༢ བཟུང་མི་ཐུབ་རྟ་རྒོད་ཉོ་རྒྱུ་དེ། ། 买来无法驾驭的烈马，
སྒ་ལྷུ་བཞི་འཐོར་བའི་གཞི་མ་རེད། ། 它会让好鞍散架；
གཞན་མི་ཐུབ་དགྲ་ལ་འཛིང་བསྐྱེད་ན། ། 冲向无力打败的敌人，
སྲོག་དམར་པོ་ཤོར་བའི་སྔ་རྟགས་རེད། ། 就是丢命的先兆。

༣ མགོ་དཔོན་མེད་པའི་འོག་སྡེ་དེ། ། 没有头目的村落，
རྩམ་སྐྱ་རླུང་གིས་གར་ཁུར་རེད། ། 像糌粑粉随风飘散；
ཕ་མ་མེད་པའི་དྭ་ཕྲུག་དེ། ། 失去父母的孤儿，
ཁྱི་བདའ་ལུ་ཁེར་འགྲོ་འདྲ་འདྲ་རེད། ། 如流浪狗居无定所。

༤ ལྟོགས་ན་རྡོ་ས་མི་ཟ་རྒྱུ། ། 饥饿不吃砂土，
བྲི་སེར་འབྲོང་གི་ཆ་ལུགས་རེད། ། 是野牦牛的本性；
སྐོམ་ན་ཡུར་ཆུ་མི་འཐུང་རྒྱུ། ། 口渴不喝沟水，
ཁ་དཀར་རྐྱང་གི་ཆ་ལུགས་རེད། ། 是野驴们的本性；
སྡུག་ན་མིག་ཆུ་མི་གཏོང་འདི། ། 悲痛不流眼泪，
སྐྱེས་པ་ཕོ་ཡི་ཆ་ལུགས་རེད་རེད། 是大丈夫的本性。

༥ བུ་དགྲ་ལ་འགྱུར་ན་གསོད་རེས་ཕ་ལ་བབས། 儿子成仇就与父相残。

༨ མགོ་གསེར་སྐུས་བཅག་དང་རྡོ་ལུས་བཅག །
ཆོས་བྱིན་རླབས་མེད་ལེ་འདྲ་འདྲ་རེད། །
དམའ་ཉེ་བས་ཕབ་དང་དགྲ་ཡིས་ཕབ། །
སེམས་བསམ་པ་སྡུག་ལུགས་འདྲ་འདྲ་རེད།

用佛像或石块砸头，
若无加持都一样痛；
亲戚和敌人谁侮辱，
内心深处是一样寒。

གུར་ནག་རྒྱལ་པོ། 古那嘉波

༡ དགུང་ནས་ཤར་བའི་ཉི་མ་དེ། །
འོག་ནས་མ་ལྡེ་རང་ལྡེ་རེད། །
ཐོག་ལ་ལྷུང་པའི་དགྲ་བོ་དེ། །
ཁ་གཏད་མ་འཐབ་རང་འཐབ་རེད།

天上发光的太阳，
你不想晒也得晒；
眼前出现的敌人，
你不愿战也得战。

༢ དགྲ་ལ་ཤ་ལན་མ་ལོན་ན། །
འཁོར་གསུམ་བཏགས་པ་དོན་མེད་རེད། །
ཕ་རོལ་ར་མདའ་མ་ལོན་ན། །
རྒྱུ་བདག་བསམ་པ་ཕམ་བྱེད་རེད། །

敌人来犯不还击，
携带兵器有何用；
遭遇盗贼不追讨，
物主心里多寒碜。

༣ གནམ་ཨ་སྔོན་འོག་ལ་ཉི་མ་རེད། །
འོག་དེ་ནས་མ་འདུག་རང་འདུག་རེད། །
ཐད་དེ་ན་ཡོད་པ་དགྲ་བོ་རེད། །
དཔའ་མེད་ཟེར་བྲོས་ས་ཡོད་ལེ་མིན། །

头顶上空是太阳，
不得不活在它下面；
面对凶恶的敌人，
不能不迎击而逃跑。

༤ ཤི་ལན་གཅིག་ཆོས་རྒྱལ་མདུན་ལ་རེད། །
སྐྱེ་ལན་གཅིག་ཨ་མའི་པང་ལ་རེད། །

死一回是要去见阎王，
生一次是在母亲怀里。

༥ ཟས་ལ་ཟས་ལན་མི་གདའ་ན། །

吃饭不懂感恩，

དེ་ལ་ལྐུགས་པ་ཟས་གཟན་རེད། །
གཏམ་ལ་གཏམ་ལན་མི་གདའ་ན། །
དེ་ལ་འོན་པ་གཏམ་བཤད་རེད། །

等于喂饱哑巴；
问话没有反应，
就是遇见聋子。

༨ ལམ་སྐྱ་མོ་ཀུན་གྱི་འགྲོ་ལམ་རེད། །
དེ་མ་འགྲོ་ཟེར་ན་བཙན་པོ་རེད། །
ཆབ་ཆུ་བོ་ཀུན་གྱི་འཐུང་ཆུ་རེད། །
དེ་མ་འཐུང་ཟེར་ན་བཙན་པོ་རེད། །

地上的路属于大众，
不准通行就是霸道；
流淌的水归于生灵，
不许饮用就是欺辱。

༩ བཙན་པོའི་རྟ་རྒྱབ་རྒྱབ་ལ་ནོར། །
ཆག་སྒོ་ནང་གི་ཆེ་བ་རེད། །
དྲིན་ཆེན་དཔོན་པོའི་ཉམས་རྒྱུད་དགྲ། །
ལྟས་ངན་ནང་གི་ཆེ་བ་རེད། །

豪强马背的财物，
是他最大的祸根；
首领树立的敌人，
是他衰微的征兆。

ཟླང་བདུད་རུ་ཊ་དཔལ་འབོ།

羌堆·如扎巴沃

བྱ་ཐང་དཀར་རྐོད་པོ་ནམ་འཕང་འཕུར། །
ཁོའི་ཡན་ལ་བྱ་ཞིག་མི་གདའ་སྙམ། །
ཁོའི་ཡན་ལ་བྱ་རྒྱལ་ཁྱུང་ཆེན་གདའ། །
ཨ་ཐོང་སྤྱང་གིས་སྤུལ་བཞི་འགྲིམ། །
ཁོའི་ཡན་ལ་ས་ཚོད་མི་གདའ་བསམ། །
དེའི་ཡན་ལ་གོག་པོ་གཙོད་ཆུང་གདའ། །

鹰鹫翱翔在天空，
自以为飞得最高，
它上面还有琼鸟。
野狼奔跑在草地，
自以为速度最快，
他前面还有羚羊。

ཐོག་ཁྲི་བྲུ་བཙན།

托赤普赞

གཏམ་ཨ་ཕས་བཤད་རྒྱུ་ཨ་མས་བཤད། །
ཁྱི་བདའ་ལུའི་གབ་ཁུང་མགྲོན་པོས་བཀག །

父亲的话让母亲说，
看门的狗由客人挡。

འོམ་བུ་ཨ་ནུ་དཔལ་སེང་།

ལྷ་བླ་མས་སློབ་མ་བྱེད་རྒྱུ་དེ། །
ཆོས་མདོ་སྔགས་སྒྲུབ་དུས་ཨེ་ཕན་བསམ། །
ཆོས་མདོ་སྔགས་སྒྲུབ་དུས་མ་ཕན་ན། །
གོས་དམར་དམར་བྱས་པ་དོན་མེད་རེད། །
རྗེ་རྒྱལ་པོའི་བློན་པོ་བྱེད་རྒྱུ་དེ། །
དགྲ་ངར་མའི་གདོང་ལ་ཨེ་ཕན་བསམ། །
དགྲ་ངར་མའི་གདོང་ལ་མ་ཕན་ན། །
མགོ་རྨོག་དཀར་གྱོན་པ་དོན་མེད་རེད། །

文普·阿努巴森

去当上师的弟子，
是为学懂显密宗，
如果对修行无益，
身披袈裟有何用。
担任国王的将臣，
是为率兵打敌寇，
如果不对阵抗击，
头戴白盔有何用。

སེང་གེ་ཁྲི་བཙན།

བྱ་ཐང་དཀར་རྒོད་པོ་ནམ་འཕང་སྐྱོད། །
དེའི་ཡན་ལ་ཕྱོར་ས་མི་གདའ་བསམ། །
བྱ་ཁྱུང་ཆེན་ཡོད་ལོ་མ་ཤེས་རེད། །
རི་བོང་རྒྱུག་རྩལ་ཆེ་ཞན་འདྲ། །
ཁྱོའི་ཡན་ལ་ས་ཚོད་མི་གདའ་བསམ། །
གཙོད་གུག་པོ་ཡོད་ལོ་མ་ཤེས་རེད། །

森格赤赞

翱翔天空的雄鹰，
自以为飞得最高，
不知还有大琼鸟；
穿行草丛的野兔，
自以为跑得最快，
不知还有藏羚羊。

ཚ་ཞང་འདན་མ་བྱང་ཁྲ།

ཕོ་ཚེ་ཟད་དགྲ་ལ་འགྲོ་དུས་སོ། །
ཐུག་མི་ཉན་བུ་དེ་ཐུག་རྒྱུ་རེད། །
ད་སྲོག་མགོ་ཐོན་རྒྱུ་དཀའ་མོ་རེད། །
སྨན་བསོད་ཟད་མནའ་མ་འགྲོ་དུས་སོ། །

擦香·丹玛向查

短命男人出阵时，
遇到不该遇的人，
保住性命很困难。
福薄女子出嫁日，

ཉི་མ་ཡོག་ཆར་འབབ་རྒྱུ་རེད། །
དེའང་དྭངས་རྒྱུ་མེད་ལེ་རེད། །

正好是阴雨天气，
恐怕不会见太阳。

ཏང་ཟླ་ཡ་མེད།

童达雅美

ཤ་ཤོར་བརྒྱ་ཡི་ཤ་ལན་ལ། །
དཔའ་སྙིང་མེད་ཤ་ལན་འོང་དོན་མེད། །
རྒྱུ་ཤོར་རྒྱུ་ཡི་ར་མདའ་ཡིན། །
རྒྱུ་ཆེན་པོ་མ་ཤོར་ར་མདའ་མེད།

为千百死者报仇，
胆怯懦夫谁敢来？
追讨抢劫的财物，
损失不大谁会来？

དམུ་སྤྱང་རིན་ཆེན་དར་ལུ།

穆江·仁钦塔尔鲁

དཔའ་ངར་མ་ཤི་ལ་སྐྲག་རྒྱུ་མེད། །
མི་ཤི་འགྲོ་ས་མེད་ལུགས་རེད།

勇士不惧怕死亡，
人不死无处可去。

འཇར་གླིང་གཡུལ་འགྱེད།

《甲岭之战》

གོད་ལྷམ་དཀར་མོ།

贵姜嘎尔姆

༡ དགུང་སྔོན་ཡངས་པའི་མཁའ་ལམ་ན། །
ཆུ་འཛིན་སྤྲིན་གྱིས་བང་རྩེད་རྩེ། །
རླུང་བསེར་བུ་གྲོགས་སུ་མ་སྦྲན་ན། །
ཉི་ཟླ་བཙོན་དུ་འཛིན་ཉེན་ཆེ། །
རྩྭ་ཕུང་ནང་གི་མེ་སྟག་དེ། །
ཆུང་ཚེ་ཆུ་ཡིས་མ་བསད་ན། །
ལུང་པ་མེ་ཡིས་དགང་ཉེན་ཆེ། །

那蔚蓝的天空中，
云彩在任意飞扬，
若没有风的帮助，
日月会遭到囚禁。
那草丛里的火星，
若不趁早扑灭它，
就会有燎原之险。

༢ དགུང་སྔོན་ཡངས་པའི་མཁའ་ལམ་ན། །
ཆུ་འཛིན་སྨུག་མོས་བང་རྩེད་རྩེ། །
གཡུ་འབྲུག་གསུང་སྐད་སྒྲོར་ལས་ཆེ། །
སྐྱི་སེར་དྲག་པོ་ལྷང་དབང་བཙན། །
ལྗང་ཆུང་ལུས་བསམ་ཡིད་ལ་མེད། །
སྤང་ཐང་ཡངས་པའི་འཛིང་ཁྲུག་ནས། །
སྤྱང་ཨ་ཐོང་མ་བུས་བང་རྩལ་ངོམ། །
མཆེ་སྡེར་རྣོན་པོ་ཇེ་རྒྱས་རེད། །
རྩལ་དྲུག་ལུས་ལ་རྫོགས་ཉིན་མོ། །
ཞིམ་ཤ་དམར་སི་ཟ་བསམ་པ་མེད། །
ཨ་ལུང་སྐྱིད་པའི་རྩེད་ར་ན། །
བུ་རྟ་རྩལ་དྲུག་རླུང་ལས་མྱུར། །
དཔའ་རྟུལ་ངར་གོད་ཐོག་ལས་ཆེ། །

蔚蓝无边的天空，
沸腾翻滚的乌云，
青龙呼啸的声音，
狂风暴雨更猛烈，
欲将青苗全冲毁。
辽阔无边的草原，
野狼母子在奔跑，
尖牙利齿更锋利，
等到身强力壮时，
捕杀猎物品新肉。
欢乐聚会之地方，
骏马驰骋比风快，
男儿比武似霹雳，

གུང་རྗེ་དབུ་འཕང་དགུང་ལས་མཐོ། །
འདི་འདྲ་འཛོམས་པའི་དུས་ཚོད་ལ། །
དགྲ་དཔུང་མི་ཐུལ་ཅི་ལ་སྲིད། །

首领雄气头高昂，
如此盛大节庆时，
遇到敌军准击溃。

སྐྱི་དཔོན་རོང་ཚ་ཁྲ་རྒན།　吉本•绒擦查根

འབུ་དུང་དཀར་པོ་མས་གསོས་ལེ་དེ། །
དགྲ་ཆུ་སྲིན་འཇིགས་པ་བྱུང་ན་བསམ། །
ཚེ་གཏན་དུ་དམ་ཆོས་བསྒྲུབས་ལེ་དེ། །
བར་དོའི་འཁྲུལ་བ་ཨེ་སེལ་བསམ། །
སྔགས་ཆུང་ཟློར་ཁ་བསྒྲུབས་ལེ་དེ། །
དགྲ་གདོང་ཐུག་བྱུང་ཉིན་ཨེ་ཕན་བསམ། །

用乳汁养育海螺，
是为预防鲸鲨的威胁；
一辈子念经修行，
是为消除中阴的幻觉；
密咒师做威猛法，
是为击退凶恶的敌军。

ཨུ་ལང་འབྲུམ་གཅེས་ཁྲི་བཙན།　邬朗•奔吉赤赞

༡ དགུང་གི་གཡུ་འབྲུག་སྔོན་མོ་དེ། །
སྐད་གྲགས་གཡེར་ཆེ་བའི་ཚད་གཅིག་རེད། །
ལྷོ་སྤྲིན་སྨུག་མོར་གྲ་སྡེབ་བྱས། །
སྐད་གྲགས་མི་ཆེ་ག་ལ་སྲིད། །
རི་རབ་རྩེ་ཡི་མཁའ་ལྡིང་ཁྱུང་། །
གཤོག་རྩལ་ཆེ་བའི་ཚད་གཅིག་རེད། །
མཁའ་དབྱིངས་རླུང་དང་གྲ་སྡེབ་བྱས། །
རྩལ་ཆེན་གོང་བ་མི་ཡོན་མེད། །
ན་དམར་གཞུང་གི་ཁ་དཀར་རྐྱང་། །
བང་ཁ་སྨུར་བའི་ཚད་གཅིག་རེད། །
རྒྱིག་བཞི་རླུང་དང་གྲ་སྡེབ་བྱས། །
རྒྱུག་བང་ཁ་མི་ཡོན་འོང་ལེ་མིན། །

天空中的青龙，
吟啸响彻四方，
与南云相配合，
声音不大才怪。
高山顶的琼鸟，
翅翼强过百禽，
与气流相配合，
飞得不高才怪。
荒原上的野驴，
奔跑起来惊人，
与疾风相配合，
速度不快才怪。

༢ གཤོག་རླབས་ཆེ་བའི་ཁྱུང་ཆེན་དེ། །
འཕུར་ཚོད་སྟབས་དང་མ་བསྟུན་ན། །
བསེར་བུ་རླུང་དང་གདོང་ཐུག་འོང་། །
གཙང་ཆབ་གློང་གི་གསེར་མིག་ཉ། །
འཁྱུར་ཚོད་ཆབ་དང་མ་བསྟུན་ན། །
ལྕགས་ཀྱུ་རྣོན་པོར་གདོང་ཐུག་འོང་། །

翅翼强劲的琼鸟，
如果不顺势而飞，
就会遇到强气流。
江河深处的鱼儿，
如果不随水而游，
就会遇到铁钓钩。

༣ ཆུ་འཛིན་སྤྲིན་གྱི་གུར་ཁྱིམ་ནས། །
གཡུ་འབྲུག་ཕྱུག་མོའི་སྐད་ཡ་དེ། །
ས་སྟོང་བོང་བུའི་སྐད་རྒྱངས་ཀྱིས། །
འགྲན་སེམས་ཡོད་ཀྱང་དོ་ལེ་མིན། །
དཀར་ཡག་གངས་ཀྱི་གདོང་ཟུར་ནས། །
སེང་གེའི་གཡུ་རལ་རྒྱས་ཡ་དེ། །
གྲོང་གསེབ་ཁྱི་རྒན་སྐྱག་ཟན་གྱིས། །
འགྲན་སེམས་ཡོད་ཀྱང་དོ་ལེ་མིན། །

在飘飞的白云中，
青龙发出了吟啸，
地上毛驴放声吼，
要比高下是妄想。
在纯洁的雪山上，
雄狮抖动着绿鬃，
村里老狗吃粪便，
要比高下是妄想。

༤ ཁ་དཀར་རྐྱང་གི་བང་ཡ་ལ། །
རྟ་ལན་མེད་ཡོད་ན་རྒྱུག་ཡ་ཡག།
དུང་སེང་འཁྱིང་བའི་ངར་ལམ་ན། །
འབྲུག་སྐད་རྒྱངས་ཆེ་ན་དགའ་ངེས་ཡིན། །
བུ་དཔའ་བོ་ཆས་པའི་གཡུལ་ངོ་ན། །
བུ་ལན་མེད་ཡོད་ན་འཛིང་ཡ་བཟང་། །

野驴奋蹄疾驰，
只有骏马才算对手；
雄狮傲立高山，
听到龙吟才会欢跃；
勇士奔赴沙场，
遇到骁将才是幸运。

༥ སྡེ་བརྒྱད་གར་འགྲོ་མི་ཤེས་དུས། །
སྔགས་ནག་ཟོར་ཁ་ཅི་ལ་འཕྲིམ། །
ཁུ་བྱུག་ནམ་གྲག་མི་ཤེས་དུས། །

不知天龙八部去哪里，
密咒师干嘛还要施法；
不知杜鹃鸟啥时候鸣，

ཁྭ་ཏའི་ཨག་འགྱུར་མ་ལོ་བྱུང་། །

乌鸦发出粗劣的叫声。

༤ སེར་དཀར་ལུ་ཟེར་བའི་གཡེར་པོ་ཆེ། །
རོམ་ཟེར་ན་དཀར་ཡག་གངས་ལ་རོམ། །
དེ་མ་རོམ་སེང་དཀར་ཡིན་དོགས་མེད། །
སྟག་དམར་ཡག་ཟེར་བའི་འཛུམ་དྲུག་ཅན། །
འཛོམས་ཟེར་ན་ཙན་དན་ནགས་ལ་འགྲོ། །
དེ་མ་རོམ་དམར་ཡག་ཅི་ལ་ཕན། །
འབྲོང་བྲི་སེར་ཟེར་བའི་གཡེར་པོ་ཆེ། །
རུ་རོམ་ས་མཐོན་པོ་རྫ་ལ་རོམ། །
དེ་མ་རོམ་འབྲོང་བུ་ཅི་ལ་ཡིན། །
རྐྱང་ཁ་དཀར་ཟེར་བའི་བང་ཁ་ཅན། །
རྒྱུག་བསམ་པས་ན་མར་གཞུང་ཁ་འགྲིམ། །
བང་མ་ཕུད་རྐྱང་དཀར་ཅི་ལ་ཡིན།

声名远扬的白狮，
炫耀绿鬃应登雪峰，
否则只是空有名。
斑纹漂亮的红虎，
显示威力应进森林，
否则只是空有名。
强壮凶猛的野牛，
卖弄犄角应攀高坡，
否则只是空有名。
疾驰如飞的野驴，
表现实力应去荒原，
否则只是空有名。

དགྲ་ལྷ་རྩེ་རྒྱལ།

扎拉泽嘉

༡ སྟོ་སྤྲིན་ཕྲུག་མོའི་གཡོན་ཟུར་ནས། །
སྐད་ཆེན་གཡུ་འབྲུག་གསུང་སྙན་དེ། །
མ་གྲག་ཡུལ་གཅིག་མེད་བསམ་སྟེ། །
ཁྲི་གླིང་འཛར་ལ་མ་གྲག་ཟེར། །
ལྷ་ཤིང་རྒྱ་ལྕང་རྩེ་མོ་ནས། །
ཁུ་བྱུག་སྙན་མོའི་གསུང་སྙན་དེ། །
མ་ཁྱབ་ཡུལ་གཅིག་མེད་བསམ་སྟེ། །
ཆེན་པོ་འཛར་ལ་མ་ཁྱབ་ཟེར། །

在翻滚的白云左侧，
震耳欲聋的雷声，
以为响彻整个宇宙，
听说没传到嘉尔国。
在夏日的柳树枝头，
布谷动听的歌喉，
以为奉献给了大地，
听说没传到嘉尔国。

༢ དགོན་སྟོད་བླ་མ་སེར་ཞྭ་ཅན། །

戴着金冠的上师，

གནས་ཆོས་གདན་ས་འཛིན་པའི་དུས། །
ལས་འཛིན་གྲྭ་སློབ་འཁོར་ལ་བབ། །
སྟོབས་ཆེན་དཔོན་པོ་ལ་ཐོད་ཅན། །
རྫོང་ཆོས་སྲིད་གོང་བ་འཛིན་པའི་དུས། །
གསུང་གི་ཞལ་ཏ་བློན་ལ་བབ། །
དཔའ་ཆེན་དམག་དཔོན་གོ་ཁྲབ་ཅན། །
དཔུང་ཆེན་གཡུལ་ངོ་འཛིན་པའི་དུས། །
ཁས་ལེན་ཏུ་འཛིན་དཔུང་ལ་བབ། །

在主持寺庙的时候，
具体事务由徒众处理。
缠着头巾的长官，
在掌管政务的时候，
所有命令让臣吏执行。
披着铠甲的元帅，
在率军出阵的时候，
沙场交战靠将士完成。

༣ ཚེ་གཅིག་བསྒོམས་པའི་ཏིང་འཛིན་གྱིས། །
ཕྱི་མའི་འཁྲུལ་བ་ཨེ་སེལ་བསམས། །
ལྷ་སྤྲིན་ཕྱུག་མོའི་གོས་རྒྱན་དེས། །
ཉི་ཟེར་ཚད་པ་ཨེ་སྐྱོབ་བསམས། །
གནས་གསར་བག་མའི་འཕྱོར་འགྲོས་དེས། །
མཛའ་བོ་མགྲོན་དུ་ཨེ་ཁུག་དྲན། །

一生坐禅修行，
是希望在中阴界不迷途；
空中飘起云彩，
是为了纾解炎热的天气；
出嫁新娘娇媚，
是想要爱侣专心地陪伴。

༤ སྟག་དམར་ཡག་ཟེར་བའི་འཛུམ་དྲུག་ཅན། །
མཆེ་སྡེར་འཇོམས་པའི་དཔའ་སྒོ་ནས། །
དགྲ་སུ་ཕྱུག་གསོན་པོར་མི་གཏོང་ཟེར། །
ཐ་མ་ཉག་ཕྲན་སྙིང་གདའ་སྦྲིད། །
ལུས་འཛུམ་དྲུག་ཁྲབ་དཀར་རྒྱན་ལ་མཛེས། །
དགྲ་ཡ་མེད་ཟེར་བ་རྫུན་དུ་གདའ། །
རྐོད་ངང་མ་ཟེར་བའི་འཕུར་རྩལ་ཅན། །
སྒྲོ་གཤོག་དྲུག་རྒྱས་པའི་བང་ལམ་ནས། །
ཕོ་སུ་ཕྱུག་སྟོན་ལ་མི་གཏོང་ཟེར། །
ཐ་མ་བསེར་བུ་རླུང་གིས་གཏོར། །
ལུས་གཤོག་དྲུག་མདའ་མོའི་རྒྱན་ལ་མཛེས། །

漂亮斑纹的老虎，
爪牙锋利力量强，
说不让冤家活着，
却被地箭穿心脏，
皮毛镶了甲衣边，
凶猛无敌是谎言。
翱翔蓝天的鹰鹫，
翅翼宽大飞速快，
说不让众鸟超越，
却被气流给撕碎，
羽毛装饰了箭镞，

འཕུར་ལན་མེད་ཟེར་བ་རྫུན་དུ་གདའ། །　空中无敌是谎言。

མགྱོགས་འདོ་རིགས་རྟ་ཕོ་བང་ཁ་ཅན། །　驰骋草原的骏马，

ལུས་རྒྱུག་རྒྱལ་སྐྱིན་པའི་ངར་ལམ་ནས། །　奔跑途中尘土扬，

བང་སུ་མགྱོགས་སྡོན་ལ་མི་གཏོང་ཟེར། །　说不让同类赶上，

ཐ་མ་རྡོག་བཞི་རྗེ་དང་ཐུག །　却被石头撞四蹄，

ལུས་མཛེས་མོ་ས་ནག་རྒྱན་ལ་འགྲིམ། །　矫健身躯翻在地，

བང་ལན་མེད་ཟེར་བ་རྫུན་དུ་གདའ། །　追风无敌是谎言。

སྲིན་མོ་ཨ་ཀྲི་དཀྱུ་འབྱུར།　女罗刹阿支古久

དཀར་ཡག་གངས་ལམ་འཛིན་མི་དེ། །　傲立在洁白的雪山，

དུང་སེང་དཀར་མོ་ཨེ་བོ་གྲགས། །　誉满天下的白狮，

རང་ཚོད་ཟིན་ནས་མ་བསྡད་པར། །　不控制自己的行为，

དམའ་རྒྱ་གྲོང་ས་མཐའ་བསྐོར་བྱས་ནས། །　竟然跑到村庄周围，

གཡུ་རལ་གྲགས་པ་འཛོག་བསམ་ན། །　想要卖弄绿色鬃毛，

ཞིའུ་ཁྱི་དང་ནོར་དོགས་ཡོད། །　弄不好被当成野狗。

སྤྲིན་གསེབ་སྟོང་སྐད་ཆེན་པོ་མ། །　飞游在翻滚的云里，

གཡུ་འབྲུག་སྔོན་མོ་ཨེ་བོ་གྲགས། །　名震四海的青龙，

རང་ཚོད་ཟིན་ལ་མ་བསྡད་པར། །　不控制自己的行为，

སྤྲིན་དཀར་བསྐྱུར་ནས་ས་ནག་འགྲིམས། །　竟然钻进黑土洞穴，

སྐད་ཆེན་གྲགས་པ་འཛོག་བསམ་ན། །　想要表现特异啸声，

ལྟས་ངན་སྦྲུལ་དང་ནོར་དོགས་ཡོད། །　弄不好被看作毒蛇。

རྨ་ཡུལ་ས་བཙན་འཛིན་མི་དེ། །　雄踞在圣洁的玛域，

མ་ངན་ཇོ་རུ་ཨེ་བོ་གྲགས། །　无人不晓的觉如，

རང་ཚོད་བཟུང་ནས་མ་བསྡད་པར། །　不控制自己的行为，

མཐའ་མེད་ཡུལ་ལ་འགྲུས་ཡ་བྱས། །　竟然来挑衅诸邻邦，

གཡེར་ཆེན་གྲགས་པ་འཛོག་བསམ་ན། །　想要留下更大声望，

ཐ་མ་རང་རྒྱུས་འཚོར་ལེ་འོང་། །

弄不好会乱了大计。

མཐུ་ཆེན་གངས་བཙན་དགུ་བརྒྱ།

突钦·冈赞古久

འབྲོང་བྲི་སེར་བསད་པས་མི་ཚོག་ལེ། །
ཁྲ་ཡག་རྫ་ལ་གཞའ་ལམ་བརྡོད། །
སྟག་དམར་ཡག་བསད་པས་མི་ཚོམ་ལེ། །
ནགས་ཙན་དན་ཕྲུག་མོར་ལམ་གཅིག་བརྡོད། །
ཉ་ལྟོ་དཀར་བསད་པས་མི་ཚོག་ནི། །
མཚོ་སྔོན་མོ་ལྷགས་ཀྱུས་དཀྲུག་མདོག་བྱེད། །

不但杀死野牦牛，
还要在石山上开路；
不但杀死红老虎，
还要在森林里开路；
不但杀死白肚鱼，
还要在湖泊中放钩。

ཛག་དཔོན་སེང་ལྷམ་ལྷ་དགའ།

洽本·森姜拉嘎

༡ སེང་དཀར་ཉིད་དང་མ་ཐུག་གོང་། །
སྤྲིན་ནག་མ་བུས་ཚག་རག་འཐེན། །
སྔོན་མོས་འབྲུག་སྐད་ཅུར་སྒྲ་སྒྲོག །

雪狮还没见阳光，
乌云母子遮住天，
青龙发出吟啸声。

༢ གནམ་ལྕགས་ཐོག་གི་མདའ་མོ་ཡིས། །
དུང་སེང་ཀླད་རྒྱ་གཏོར་བསམ་སྟེ། །
མཐའ་མ་མཆེ་སྡེར་རྣོན་པོ་དེ། །
དམའ་ས་ནག་ཐོག་ལ་འབེབས་ལེ་འོང་། །

天上发出霹雳箭，
想要砸碎雄狮头，
结果被那锋利爪，
拍落在黑土地上。

༣ དུང་སེང་འགྲིམས་པའི་གངས་ལམ་ན། །
ལམ་མེད་ལམ་གཅིག་བརྡོད་ནས་ནི། །
སེང་ཆུང་གྲ་ངོམ་ཅི་ལ་བྱེད། །
སེང་གེའི་མཆེ་སྡེར་གཡུག་ལམ་ནས། །
བྲོས་པས་ཐར་བསམ་ཡིད་ལ་མེད། །

雄狮占据的雪山中，
另外开辟一条新路，
幼狮干吗要出头？
雄狮张牙舞爪时，
没有想过要逃命。

རྒྱ་མཚོའི་ཀླུ་སྲིན་ཁྲོས་ལམ་ནས། །
ལམ་མེད་ས་ལ་བགྲོད་འགྲིམ་བྱེད། །
ཆེ་ཟད་སྲིན་འབུ་ཅི་ལ་འོང་། །
ཆུ་གནས་ཁྲོས་པའི་མཆེ་དུག་དེས། །
ཟིན་ནས་ཐར་བསམ་ག་ལ་ཡོད། །
ལན་མེད་ཇག་པའི་དཔའ་སྒོ་ནས། །
ལམ་མེད་ཡུལ་ལ་ལམ་གཅིག་བརྡོད། །
ཚོ་ཆུང་དཔུང་ངོམ་ཅི་ལ་བྱེད། །
ཇག་མི་གཤིན་རྗེའི་ངར་ལམ་ནས། །
ཁྲོས་དང་གབ་པས་ཕན་ལེ་མིན། །

鲸鲨作威的海洋里，
另外开辟一条新路，
鱼儿干吗要出头？
鲸鲨发怒攻击时，
就只有死路一条。
强盗横行的大地上，
另外开辟一条新路，
乡官干吗要出头？
强盗大开杀戒时，
你哪有躲藏之处。

ཇག་དཔོན་གང་དཀའ།

洽本·康嘎尔

བུ་བུ་མོའི་ངོ་ལ་དཔའ་སྙིང་མེད། །
མཛོ་མཛོ་མོའི་ངོ་ལ་གཉའ་ཤེད་མེད། །
རྟ་རྒོད་མའི་ངོ་ལ་རྒྱུག་ཤེད་མེད། །
གནམ་ལི་ཁྲིའི་མདོག་ལ་ཆར་པ་མེད། །
གྲི་ཞ་ཉེའི་མདོག་ལ་རྣོ་ཚོད་མེད། །

女人脸上没胆魄，
母牛肩上没气力，
骒马蹄下没跑劲，
红霞满天不下雨，
铅色刀子不锋利。

ནམ་མཁའ་འཆི་བདག་རྒོད་པོ།

南喀·其达贵波

༧ སྐྱི་བསེར་འདི་ཡི་འབབ་ལུགས་ལ། །
སྔགས་ཟོར་ལ་མོ་མ་བསྒྲུབས་ན། །
ལྗང་ཆུང་ལུས་བསམ་ཡོང་ལེ་མེད། །
བ་མོ་འདི་ཡི་འབབ་ལུགས་ལ། །
ལྷོ་སྤྲིན་ལ་མོ་མ་ལངས་ན། །
འབྲས་སྙུག་ལུས་བསམ་ཡོང་ལེ་མེད། །

看这风的吹向，
若不诵咒施法，
冰雹要毁青禾。
看这霜的架势，
若不涌起南云，
麦穗将会枯死。

༢ གནམ་ལྕགས་ཐོག་གི་མདའ་མོ་ཡིས། །
དུང་སེང་ཀླད་རྒྱ་གཏོར་བསམ་སྟེ། །
མཐའ་མ་མཆེ་སྡེར་རྣོན་པོ་དེ། །
དམའ་ས་ནག་ཐོག་ལ་འབེབས་ལེ་འོང་། །

天上发出霹雳箭，
想要砸碎雄狮头，
结果被那锋利爪，
拍落在黑土地上。

༣ དུང་སེང་འཁྱིམ་པའི་གངས་ལམ་ན། །
ལམ་མེད་ལམ་གཅིག་བཏོད་ནས་ནི། །
སེང་ཆུང་གྲུ་ངོམ་ཅི་ལ་བྱེད། །
སེང་གེའི་མཆེ་སྡེར་གཡུག་ལམ་ནས། །
བྲོས་པས་ཐར་བསམ་ཡིད་ལ་མེད། །
རྒྱ་མཚོའི་ཀླུ་སྲིན་ཁྲོས་ལམ་ནས། །
ལམ་མེད་ས་ལ་བགྲོད་འཁྱིམ་བྱེད། །
ཆེ་ཟད་སྲིན་འབུ་ཅི་ལ་འོང་། །
ཆུ་གནས་ཁྲོས་པའི་མཆེ་དུག་དེས། །
ཟིན་ནས་ཐར་བསམ་ག་ལ་ཡོད། །
ལན་མེད་ཇག་པའི་དཔའ་སྒོ་ནས། །
ལམ་མེད་ཡུལ་ལ་ལམ་གཅིག་བཏོད། །
ཚོ་ཆུང་དཔུང་ངོམ་ཅི་ལ་བྱེད། །
ཇག་མི་གཤིན་རྗེའི་ངར་ལམ་ནས། །
བྲོས་དང་གབ་པས་ཕན་ལེ་མིན། །

雄狮占据的雪山中，
另外开辟一条新路，
幼狮干吗要出头？
雄狮张牙舞爪时，
没有想过要逃命。
鲸鲨作威的海洋里，
另外开辟一条新路，
鱼儿干吗要出头？
鲸鲨发怒攻击时，
就只有死路一条。
强盗横行的土地上，
另外开辟一条新路，
乡官干吗要出头？
强盗大开杀戒时，
你哪有躲藏之处。

གནམ་ས་ཐོག་བཙན་རྒྱལ་པོ།

南萨·托赞嘉波

༡ རྒྱ་སྟོང་ག་མའི་འོད་ཡ་དེ། །
གུ་ལང་དངུལ་གྱིས་མི་ཡོང་མེད། །
རག་ཀན་གཡའ་མའི་འོད་ཡ་དེ། །

铝矿石的颜色，
不能与白银并论；
锈黄铜的光泽，

ཆུ་གསེར་དྭངས་མོས་མི་ཡོང་མེད། །
ཀླད་མེད་ཧུས་ཤོར་དཔུང་ཡ་དེ། །
ཆུས་ཟིན་དམག་གིས་མི་ཐུབ་མེད། །

无法跟纯金相比；
没头脑的军队，
被智慧之师打败。

༢ ཟེ་གཉིས་འདུན་མ་གཏམ་དུས་དེར། །
རང་ཚུགས་མ་ཤོར་ལེ་ཞིག་དགོས། །
དཔའ་བོའི་སྙིང་རུས་བཅར་དུས་དེར། །
རང་སྲོག་མི་ཕངས་ལེ་ཞིག་དགོས། །
རྒྱལ་པོའི་བསྟན་ཧུས་སྐྱབ་དུས་དེར། །
རང་བླ་མི་འཚོང་ལེ་ཞིག་དགོས། །

铝矿石的颜色，
不能与白银并论；
锈黄铜的光泽，
无法跟纯金相比；
没头脑的军队，
被智慧之师打败。

དུག་ཆུ་མེ་འབར།

毒曲梅跋尔

༡ དབྱར་གསུམ་དུས་ཀྱི་བབ་སོ་ལ། །
མེ་ཏོག་བཀྲག་མདངས་རྒྱས་ལེ་ལ། །
དོན་མེད་བ་མོས་ཐོག་བརྫིས་བཏང་། །
སྒང་གསུམ་མེ་ཏོག་སད་ཀྱིས་ཁྱེར། །
གཤོང་ཞིང་ནགས་མའི་རི་དྲུག་ན། །
ཞིང་ལྗང་ཆུང་གཡུ་ལོ་ཛོམ་ལེ་ལ། །
སྐྱི་བསེར་དྲག་པོས་ཐོག་བརྫིས་བཏང་། །
ལྗང་ཆུང་རྩེ་དྲུག་རྩང་ནས་གཏོར། །

到了三夏季节，
鲜花到处绽放，
遭到寒霜蹂躏，
满山枯萎之象。
林坡下的农田，
麦苗葱茏茂盛，
被那强风侵袭，
庄稼连根拔起。

༢ ཚིག་གསུམ་གཏམ་ལ་བཤད་རེས་ཡོད། །
ཉན་རེས་འདྲི་རེས་གཉིས་ཀ་ཡོད། །
དགྲ་གསུམ་དམག་ལ་འཛིང་རེས་ཡོད། །
ཁེ་རེས་ཕམ་རེས་གཉིས་ཀ་ཡོད། །
གནས་གསུམ་ཟས་ལ་སྦྱིན་རེས་ཡོད། །

说话要坦诚交流，
彼此听讲彼此问；
军队会经常参战，
有时获胜有时败；
食物应共同品尝，

སྤྲིན་རེས་ཟ་རེས་གཉིས་ཀ་ཡོད། །

互相赠送互相换。

སྣང་ཆུང་ཐོག་རྒོད་རྒྱལ་པོ།

囊琼•托贵嘉波

གངས་དཀར་ཡག་དཀྱིལ་ཀྱི་ཐོ་ཐང་སེང་། །
གཡུ་རལ་མཐའ་ནས་རྒྱས་ལེའི་བུ། །
དེ་རིང་དཔའ་བོའི་དཔུང་དང་སྡེབ། །
གངས་མཐའ་འགྲིམ་ནས་འོང་ལེ་ཡིན། །
སྨུག་ཚགས་ཟན་ལ་ཇམས་འདོད་ཡོད། །
ཙན་དན་ནགས་ཀྱི་དམར་ཡག་སྟག །
འཛུམ་དྲུག་མཆེ་སྡེར་རྒྱས་ལེའི་བུ། །
ཁྲ་ཡག་གཟིག་དང་གྲ་སྡེབ་བྱས། །
ནགས་མཐའ་འགྲིམ་ནས་འོང་ལེ་དེ། །
དགྲ་ཐོ་རྟའི་ཀླད་ཁྲག་གཏོར་འདོད་ཡོད། །
སྤྱང་ཐང་རི་ཡི་འཛིང་ལོགས་ནས། །
ཅེ་སྤྱང་སྡོན་མོ་མཆེ་སྡེར་ཅན། །
འཕར་བ་དམར་མོ་གྲ་སྡེབ་བྱས། །
སྤྱང་རིའི་འཛིང་ལམ་འགྲིམ་ནས་འོང་། །
ལུག་ཐོང་པ་གཟན་ལ་ཇམ་འདོད་ཡོད། །

雪峰上的雄狮，
鬃毛长得够多，
今与勇士为伍，
想要捕杀猎物。
檀树下的猛虎，
斑纹长得漂亮，
今与豹子为伴，
走出丛林之外，
打烂马驹脑袋。
草地上的野狼，
爪牙长得锋利，
今与豺狗为友，
并肩经过坡路，
准备扑向羊群。

ཚ་ཞང་འདན་མ་བྱང་ཁྲ།

擦香•丹玛向查

ཙན་དན་ནགས་རྒྱལ་ཕྱུག་མོ་ལ། །
གཡས་སྐོར་བརྒྱབ་ནས་འགྲོ་བའི་དོན། །
སྟག་དམར་ཁྱོད་འདྲ་ཨེ་ཐུག་བསམ། །
ཁྲ་ཁྲུགས་སེ་འཛུམ་དྲུག་མ་བླངས་ན། །
གཞུ་རྣ་ཤིང་བཀུག་ལེ་དོན་མེད་རེད། །

森林之最栴檀林，
穿梭林间是何意，
是想遇见老虎你，
若不剥下花纹皮，
用力弯弓没意义。

སྤྲང་སེར་ཡུའི་རི་ལ་གཉའ་ལམ་བཏོད། །
སྐང་གསུམ་གཡས་སྐོར་རྒྱག་པའི་དོན། །
ཤྭ་ཕོ་ཆེན་ཁྱོད་འདྲ་ཨེ་ཐུག་བསམ། །
ཁྲ་སྤུང་ངེ་དུང་རྭ་མ་བླངས་ན། །
མདའ་ཞག་ཕྲན་མཐེ་བོང་ཚ་རོགས་རེད། །
རྫ་ཁྲ་ཡག་རི་ལ་གཡས་བསྐོར་བརྒྱབ། །
སྐང་གསུམ་སོ་པ་འགྲིམ་འགྲིམ་བྱས། །
འབྲོང་བྲེ་སེར་ཁྱོད་འདྲ་ཨེ་ཐུག་བསམ། །
སྨུག་ཤིགས་སེ་རུ་ཐུར་མ་བླངས་ན། །
མདུང་ཕྲ་རིང་སྐལ་པ་རྟུང་རོགས་རེད། །

顺着小路到草坡，
穿越三山为何意，
是想遇见雄鹿你，
若不摘下珍贵茸，
夹紧箭镞没意义。
爬上石山为何意，
眺望四处如哨兵，
是想遇见野牛你，
若不取下大犄角，
背着长矛有何用。

ཤན་པ་མེ་རུ་རྩེ།

辛巴梅如泽

༡ བན་བླ་མ་ཆོས་གྲལ་མཁས་ས་ལ། །
བན་རྒན་བཤད་འདོད་དགོས་པ་མེད། །
བུ་སྟག་ཤར་དགྲ་ལ་སྦྱང་ས་ལ། །
རྒས་པོས་མཁས་འདོད་དགོས་པ་མེད། །

讲经说法有上师，
老僧费舌没必要；
抗击敌人有小将，
老兵出阵何苦呢？

༢ གངས་དཀར་མཐོ་ལ་གཉའ་ལམ་བཏོད། །
དུང་སེང་ཚང་སྒོ་འགྲིམ་ལེ་དེ། །
སེང་གེའི་གདོང་ལ་ཨེ་མི་ཡིན། །
གཡུ་རལ་ལག་ཏུ་ལོན་ལེ་དགོས། །
ཙན་དན་ནགས་ལ་ཉུལ་མ་བྱས། །
དམར་ཡག་ཚང་སྒོ་ཉུལ་ལེ་དེ། །
རི་བཀྲ་སྟག་ལ་ཨེ་མི་ཡིན། །
འཇུམ་དྲུག་ཁྲག་ལ་བསྒྲེ་ལེ་དགོས། །
ཁྲ་ཡག་རྫ་ལ་གཡས་སྐོར་བྱས། །

在雪峰上开路，
爬到了洞穴口，
就是来找白狮，
要把鬃毛拔走。
在森林中观察，
溜到了洞穴口，
就是来找猛虎，
要鲜血染斑纹。
在石山间穿行，

བྲེ་ལུ་འགྲོང་གི་ཁྲུ་སྣ་ཤུལ། །
ཁོལ་མ་འགྲོང་ལ་ཨེ་མི་ཡིན། །
རུ་ཐུར་གནང་ལ་ལོན་ལེ་དགོས། །

向栖居地靠近，
就是来找野牛，
要它献出犄角。

ཧ་རི་མེ་འབར།

哈日•梅跋尔

༡ མི་རེར་ཁ་བཤད་གླུ་རེ་གླངས། །
རྟ་རེར་མགྱོགས་པའི་བང་རེ་བསྒྱུར། །
སུ་རྐོད་དཔའ་བོའི་ཚོད་རེ་འཛོག།

给每一个人唱首歌，
与每一匹马比快慢，
跟每一勇士争高下。

༢ གཉེན་ཕུ་ནུ་དགྲ་རུ་མ་སྣང་དགོས། །
གཉེན་ངོ་ནག་དགྲ་རུ་སྣང་བས་ན། །
སྒོ་མེད་ལྕགས་མཁར་མི་ཁོག་ཐེར། །
གཉེན་ཆེན་འཁོན་དང་མ་འབགས་དགོས། །
གཉེན་ཆེན་བུ་ལ་འཁོན་པས་ན། །
རྒྱུས་ཡོད་ཧུས་ལ་ཧམ་པས་ཐེར། །
དཔའ་མེད་གྲོགས་དང་མ་འཕྲད་དགོས། །
དཔའ་མེད་གྲོགས་ལ་འགྲོག་ལམ་ནས། །
བྲོས་རྗེས་མི་ཐེན་ཨེ་བོ་ཐེར། །

不与兄弟反目成仇，
一旦相互视作敌人，
无门铁城难以阻挡。
不与近亲心怀怨恨，
一旦彼此引起争端，
了解底细无法对付。
不与无勇懦夫为伴，
一旦遇到这类小丑，
临危逃命速度超快。

གསེར་པའི་ཉི་འབུམ་དར་ཡག།

色贝•尼奔塔尔雅

དགུང་མཐོན་པོའི་དཀྱིལ་གྱི་ཁྲི་གདུགས་པོ། །
ཐེར་ཁོ་ལ་མིན་པ་མེད་བསམ་ནས། །
གླིང་བཞི་ཉིན་བཞིན་བསྐོར་ན་ཡང་། །
ཐ་མ་སྒྲ་གཅན་གདོང་དང་ཐུག།
འོད་ཐེར་གསལ་བ་རྫུན་དུ་ཐལ། །

天空中的太阳，
以为只有自己最亮，
每日绕着四洲转，
结果遇到罗睺罗，
光明之源是谎言。

ལྷ་ཤིང་གསེབ་ཀྱི་སེར་ཚུང་ཝ། །
གྲ་ལོ་ཁོ་མིན་པ་མེད་བསམ་ནས། །
ཛོམ་འདོད་སྣང་བ་མཐོ་བས་ན། །
ཐ་མ་རྒྱ་སྟག་གདོང་དང་ཐུག །
གྲ་ལོ་ཁྲག་ལ་བསྒྲེ་ལེ་འོང་། །

柏树林的红狐，
以为只有自己最美，
无比贪婪和高傲，
结果遇到了猛虎，
皮毛将被血浸染。

བེ་ཐུལ་གཟའ་ཕྱུག་ཉི་ཁྲི།

培突·撒楚尼赤

མི་ཚེ་ཟད་སྲིན་པོའི་སྒོ་རྩར་སླེབས། །
ར་ཚེ་ཟད་འཕར་བའི་ཚང་སྒོ་འགྲིམ། །
འབུ་ཚེ་ཟད་གྲོག་མའི་ཚང་སྒོ་ཞུལ། །
ལུག་ཚེ་ཟད་སྤྱང་ཀིའི་སྒོ་ལ་སླེབས། །

寿尽之人到罗刹殿，
短命山羊闯豺狗洞，
倒霉虫子逛蚂蚁穴，
死期绵羊来到狼窝。

དུང་སྐྱོང་སྟག་ལྷ་ཁྲི་དཀར།

童炯·达拉赤嘎尔

༡ དབྱར་སྟོན་བྱེ་ཁ་ལྷོ་སྤྲིན་འཚུབ། །
ཁུ་བྱུག་གྲག་ཁར་ཁ་ཏ་བྲེལ། །
མི་ཚོ་ཤི་ཁར་ལུས་པོ་བྲེལ། །

夏秋之交南云起，
布谷鸣时乌鸦躁，
人到临终身心忙。

༢ ནགས་ནང་ཁྭ་ཏ་རང་ཆེ་ཅན། །
སྐྱག་ཟན་ཡིད་ལ་མི་དྲན་ནས། །
ཁུ་བྱུག་ཡག་ལ་བཤད་པ་འཛིན། །
སྐྱ་ག་ཁྲ་མོ་འཁྱོར་རིས་མ། །
བསེ་བདུག་ཆེ་ལེ་མི་དྲན་ནས། །
རྨ་བྱ་ཡག་ལ་བཤད་པ་འཛིན། །
འུག་ཕན་གསེར་མིག་མཚན་མོའི་བྱ། །
ཐན་རང་ལ་ཡོད་པ་མི་དྲན་ནས། །

林中骄傲的黑乌鸦，
不去想自己常吃粪便，
却在议论布谷的歌声。
鲜艳繁杂的花喜鹊，
不去想自己身上臭味，
却在议论孔雀的羽翎。
夜间出行的猫头鹰，
不去想自己凄惨怪叫，

ཐང་དཀར་ཡག་ལ་བཤད་པ་འཛིན། །

却在议论秃鹫的盘旋。

༣ ཁ་ཧམ་ཆེན་གྲོད་ཀྱི་གཞི་མ་རེད། །
ཕོ་རྒོད་མདོག་དཔུང་ཆེན་དཀྲུག་གཞི་ཡིན། །
དཔའ་མེད་ཧམ་ཆེན་ཀང་འདྲེན་བྱེད། །

口无遮拦引起争端，
狂妄男人扰乱大军，
无勇叫嚣会成败类。

སེང་གེ་དགྲ་འདུལ།

森格占堆

སྤྲིན་ནག་ཚ་རག་འཐིབ་ས་ནས། །
འབྲུག་མ་བུའི་སྟོང་སྐད་རང་སྒྲ་ཆེ། །
སྔགས་མི་ཟོར་གཏོང་ལ་འགྲིམ་ཉིན་མོ། །
སྒྲ་ཆེ་ལེ་ནམ་མཁའི་སྟོང་སྐད་རེད། །
ནག་འཐིབ་འཐིབ་ནགས་མའི་ཡུལ་ལྗོང་ནས། །
སྟག་དམར་ཡག་སྐད་གཡེར་ངར་སྐད་ཆེ། །
དགྲ་ས་མདས་སྙིང་མདའ་སྦྱོད་ཉིན་མོ། །
གཡེར་ཆེ་ལེ་ལུང་སྟོང་ཆུ་བྲུབ་རེད། །
དམག་ཁྲ་མོའི་དཔུང་གི་གཞི་དཀྱིལ་ནས། །
མི་སྐྱ་བོའི་སྟོང་གཏམ་ཆེ་ལུགས་ལ། །
བུ་དཔའ་བོ་ང་དང་ཐུག་པའི་དུས། །
དཔའ་སྟོང་གཏམ་རྫུན་ལ་ཤོར་ལེ་འོང་། །

满天乌云翻滚时，
青龙母子在咆哮，
咒师施法之日，
你声音再高也是一场空。
茂密森林的深处，
红色老虎在吟啸，
地箭射中之日，
你名气再大也是一场空。
开赴前线大军中，
俗子嘴里吐狂言，
与我相遇之日，
大话都会变谎言。

གནམ་བསྐོས་འཕྲུལ་གྱི་རྒྱལ་པོ།

南郭·楚其嘉波

གངས་དཀར་ཡག་ཆགས་པའི་གཡས་ཟུར་ནས། །
སེང་དཀར་མོས་རང་གཞིས་བཟུང་ལེ་ལ། །
འབྲུག་སྔོན་མོས་སྐད་རྒྱངས་ཅི་དགོས་རེད། །
ནགས་ཙན་དན་ཆགས་པའི་གཡས་ཟུར་ནས། །

积雪覆盖的山上，
雪狮在守护家园，
青龙为何要咆哮？
长满旃檀的森林里，

སྟག་དམར་ཡག་ཚང་ནང་ཉལ་ལེ་ལ། ।	猛虎在洞穴睡觉，
དགྲ་ས་མདས་ཐོག་བརྫིས་ཅི་དགོས་རེད། ।	地箭为何要欺辱？
རྫ་རོང་པོ་ཆགས་པའི་གཡས་ཟུར་ནས། ।	石岩突兀的坡面，
འབྲོང་བྲི་ལུ་རང་ཡུལ་འགྲིམ་ལེ་ལ། ।	野牛在准备回家，
མདུང་ཁྲ་རིང་ཐོག་བརྫིས་ཅི་དགོས་རེད། ।	矛头为何要刺我？

གེ་སར་ནོར་བུ་དགྲ་འདུལ།

格萨尔•诺普占堆

༡ བར་སྣང་མཐོན་པོའི་གཡུ་འབྲུག་དེ། ।	高空中的青龙，
སྨོན་ལོག་སྐད་ངན་མ་ཆེ་ན། ।	若不发出邪愿之音，
སེང་དཀར་མོས་སྡེར་བཞི་ཅི་ལ་ངོམ། ।	雪狮怎会伸利爪？
དེ་ལས་སྨོན་འཇོམས་པའི་དགྲ་གཤེད་རེད། ।	因为是命中的怨敌。
ཚེར་གསེབ་རི་བོང་སྔོ་ལུ་དེ། ।	荆棘中的灰兔，
ལས་ལོག་རྣ་ཏུ་མ་ངོམ་ན། ।	若不竖起邪愿之耳，
ཁླག་རོག་རྒྱས་འཇུམ་རྩེད་ཅི་ལ་རྩེ། ।	苍鹰怎会冲下来？
དེ་ཡང་སྔོན་ལས་རྐྱེན་འབྲེལ་རེད། ।	因为是前世的业障。
ས་ཁུང་འཛུལ་བའི་ཝ་མོ་དེ། ।	洞穴里的狐狸，
སྨོན་ལོག་གྲ་ལོ་མ་རྒྱས་ན། ।	若不生满邪愿之毛，
ཞིང་པ་ངར་མས་ཅི་ལ་གསོད། ।	脉瘤怎会折磨它？
སྔོན་སྨོན་ལས་ཀྱི་དགྲ་གཤེད་རེད། ।	因为是命中的怨敌。
སྤང་དཀར་ཟུར་གྱི་ཤྭ་ཕོ་དེ། ।	草甸上的雄鹿，
སྨོན་ལོག་རུ་བཅུ་མ་རྒྱས་ན། ।	若不长出邪愿之茸，
ས་མདའ་ངར་མས་ཅི་ལ་འཛེར། ।	地箭怎会伤害呢？
དེ་ཡང་སྔོན་ལས་དགྲ་གཤེད་རེད། ।	那也是命中怨敌。
འཇིག་རྟེན་མི་ཡི་བདུད་ཕྲུག་ཚོ། ।	人世间的恶魔，

སྐྱོན་ལོག་ལས་སྐྱོབས་མ་ཟློགས་ན། །
ང་ལྷ་ཕྲུག་དགྲ་ཏུ་ཅི་ལ་སྨང་། །
དེ་ཡང་སྔོན་ལས་དགྲ་གཤེད་རེད། །

若能消除诸多逆缘，
神子怎会惩罚你？
那也是命中怨敌。

༢ དུང་སེང་གཡུ་རལ་རྒྱས་པ་དེས། །
དགྲ་གངས་སྦལ་ཞིམ་ཤ་མ་ཟོས་ན། །
སེང་དཀར་མོའི་མིང་དེ་ཅི་ལ་འཛིན། །
འཛུམ་རི་མོ་བཀྲ་བའི་རྒྱ་སྟག་དེས། །
དགྲ་མཐོ་ཏུའི་ཀླད་ཁྲག་མ་བཏབ་ན། །
སྟག་དམར་ཡག་མིང་དེ་ཅི་ལ་འཛིན། །
གཤོག་བཙུམ་རྩལ་རྒྱས་པའི་ཧོར་པ་ངས། །
དགྲ་བྱིའུ་ཆུང་ཐང་ལ་མ་བཏབ་ན། །
ཁྲ་དར་མའི་མིང་དེ་ཅི་ལ་འཛིན། །

鬃毛旺盛的白狮，
若不品尝雪蛙鲜肉，
怎能被称作白狮？
斑纹优美的红虎，
若不砸出马驹脑浆，
怎能被称作红虎？
翅翼强劲的鹞隼，
若不打落几只鸟雀，
怎能被称作鹞隼？

སེང་སྟག་ཨ་དོམ།　　森达阿冬

སེང་དཀར་མོ་གཡུ་ཡི་རལ་པ་ཅན། །
དགྲ་བུ་ཡུག་གདོང་ལ་མི་འཇིགས་ལོ། །
རྟེན་མི་འགྱུར་གངས་དཀར་ཏི་སེ་ཡོད། །
བྱ་ཁྱུང་ཆེན་ཟེར་བའི་གཤོག་ཧུག་ཅན། །
དགྲ་བསེར་བུ་རླུང་གིས་མི་འཇིགས་ལོ། །
ཀླབས་གཅོད་ས་དགུང་སྔོན་མཐོན་པོ་ཡོད། །
ཉ་སྟོ་དཀར་ཟེར་བའི་འགྱུར་རྩལ་ཅན། །
དགྲ་ལྕགས་ཀྱུ་ངར་མར་མི་འཇིགས་ལོ། །
འགྱུར་སྐྱོང་ས་མཐའ་བཞིའི་རྒྱ་མཚོ་ཡོད། །
དཔའ་དུག་རི་ཟེར་བའི་སྐྱོབས་རྩལ་ཅན། །
དགྲ་ཕ་རོལ་གནས་ལ་མི་འཇིགས་ལོ། །

绿色鬃毛的雪狮，
从不畏惧寒流，
因为足下有冈底斯山。
翅膀宽长的琼鸟，
从不畏惧强风，
因为眼前是蔚蓝天空。
水中畅游的鱼儿，
从不畏惧钓钩，
因为周围是汪洋大海。
无比剽悍的勇士，
从不畏惧强敌，

ཐུགས་རྟེན་ས་སྐྱུ་ཛེ་གེ་སར་ཡོད། །

因为心中有格萨尔•诺普占堆。

ནེ་ནེ་གཡུ་ཡི་མདངས་ཅན།

乃乃•玉依档坚

དགྲ་སྟག་ལྤགས་གཉིས་ཀ་མགོ་ནས་མཉེས། །
གཉེན་ཝ་མོ་གཉིས་ཀ་མཐའ་ནས་ཐུལ། །

敌人和老虎要从头部压制，
亲属和狐狸要从侧面治服。

བདུད་ཐུག་ཁ་ལ་མེ་འཁྱིལ།

堆楚•喀拉梅齐

ཕོ་རྒྱུས་མེད་མི་ལ་བློ་མ་གཏད། །
ཡུལ་ཆ་མེད་ལམ་ལ་ཐོད་མ་བརྩུག །
སྨན་ཁྲིལ་མེད་ཟས་ལ་ཡིད་མ་ཆེས། །

生疏男子别交心，
异乡道路不硬闯，
贱女饭食要警惕。

སེ་རོང་ལྕགས་རྫོང་། 《赛绒铁宗》

ཚ་ཞང་འདན་མ་བྱང་ཁྲ།　　擦香·丹玛向查

༡ ང་འདན་མ་མི་འདོད་མི་གསུམ་ཡོད། །
དེ་མིན་པ་ཀུན་གྱིས་འདན་མ་འདོད། །
སྨན་བུ་མོས་འདན་མ་འདོད་ལེ་མིན། །
ང་འདན་མ་ཤ་རྩ་སྔོ་བས་ཡིན། །
སྟག་ཤ་རས་འདན་མ་འདོད་ལེ་མིན། །
ང་འདན་མ་མདའ་ཁ་ཚ་བས་ཡིན། །
སྡང་དགྲ་བོས་འདན་མ་འདོད་ལེ་མིན། །
ང་འདན་མ་དཔའ་རྩལ་རྒོད་པས་རེད། །

有三种人不喜欢丹玛：
女人都不喜欢我，
因为丹玛皮肤青；
勇男都不喜欢我，
因为丹玛射箭猛；
敌将都不喜欢我，
因为丹玛太强悍。

༢ མདུང་སྐྱ་རིང་གཅིག་ལ་མཆིལ་མ་ཐོབས། །
གྲི་སྔོན་མོ་གཅིག་གི་དཔའ་ལུང་འཛུས། །

握一支长矛，先要吐唾沫；
拿一把刀剑，应抓牢柄绳。

༣ གོར་མོ་གཅིག་ལ་རྡོག་ཁ་གཏད། །
མདུང་སྐྱ་རིང་གཅིག་གི་ཡུ་བ་འཛིན། །

迈步要迈向目标，
握抢要握住长杆。

༥ རྟ་མགྱོགས་པ་རྒྱུག་ཤེད་སུ་ཆེ་དེ། །
ག་ལེར་བྱུས་ན་རིམ་བཞིན་གསལ། །

哪匹骏马跑力强，
长途路上才能知。

༦ ར་དེ་ཤུར་རྡོས་མ་དགྲོགས་ན། །
ཤུར་ཐག་བཟུང་ཡང་ཅི་ཞིག་ཕན། །

驱赶山羊不用石子，
手拿抛石鞭有何用？

སེང་ལྷམ་འབྲུག་མོ།

森姜珠牡

བླ་མ་བཟང་པོའི་སྨོན་ལམ་གཅིག །
ཕ་མ་བཟང་པོའི་སྨོན་ལམ་གཉིས། །
ཚེ་རོགས་བཟང་པོའི་སྨོན་ལམ་གསུམ། །
བདབ་ན་འགྲུབ་པའི་རྒྱུ་གསུམ་ཟེར། །

贤德上师的祈愿，
慈祥父母的祈愿，
勤慧伴侣的祈愿，
有这三种祈愿诸事顺。

བློན་ཆེན་ཉི་མ་དོན་ཡོད།

伦钦 · 尼玛顿越

༡ ཚིག་རྩ་བ་མེད་ན་བཤད་ཐབས་མེད། །
བ་ནུ་མ་མེད་ན་བཞོ་ཐབས་མེད།

话无中心没法说，
牛缺奶头不能挤。

༢ སྲིད་པ་ཆགས་པའི་གངས་རྒན་ཡིན། །
ཅ་ལག་འགེལ་སའི་ཁལ་རྒན་ཡིན། །

世界形成时的古老雪山，
运输物资用的得力驮牛。

༣ ཐག་རིང་སྐད་ཆ་རྒྱང་ནས་གོ། །
བྲག་དཀར་གྲིབ་མ་རྩ་ལ་གུག། །

远方的消息会传到耳边，
高峰的阴影终将到山根。

སེ་རོང་རྒྱང་ཚ་རྒྱལ་པོ།

赛绒 · 江擦嘉波

༡ ཐང་དཀར་རྐོད་ཀྱི་ཐུ་ལུ་དང་། །
བྱ་ངན་ཁྭ་ཏའི་སྒྲོ་ཐུར་གཉིས། །
འདྲ་འདྲ་བསམ་ཡང་ལེ་འདྲ་ལེ་མིན། །
མདའ་ཉག་སྲན་བཟོ་ཉིན་གསལ་ལེ་ཡིན། །
སེང་གེ་དཀར་མོའི་གཡུ་རལ་དང་། །
བདའ་ལུ་ཁྱི་ཡི་མགོ་ཀོ་གཉིས། །

那鹰鹫的双翼，
和乌鸦的羽翅，
看似一样其实不同，
制作箭镞就会明白。
那白狮的绿鬃，
与凶狗的头皮，

འདྲ་འདྲ་བསམ་ཡང་འདྲ་ཞེ་མིན། །
གངས་དཀར་པོ་བཟུང་ཉིན་གསལ་ལེ་ཡིན། །
ཨ་བྲའི་མགོ་ཡི་སྤུ་ཐིག་དང་། །
དམར་ཡག་སྟག་གི་རི་མོ་གཉིས། །
འདྲ་འདྲ་བསམ་ཡང་འདྲ་ཞེ་མིན། །
ནགས་ཇོང་བཟུང་ཉིན་ཁ་ཁ་ཡིན། །

看似一样其实不同，
傲立雪山就会明白。
那地鼠的毛色，
和老虎的斑纹，
看似一样其实不同，
走进森林就会明白。

༢ མཐོ་ཡི་ཉི་མ་སེར་པོ་འདི། །
མཐོ་ཚོད་རང་གིས་མ་ཟིན་ན། །
གཟའ་ཁྱབ་འཇུག་ཁྱུར་མིད་གཏོང་རན་རེད། །
མདའ་ཕུའི་ནགས་ཀྱི་དམར་ཡག་སྟག །
ངར་ཚོད་རང་གིས་མ་ཟིན་ན། །
མདའ་མོ་སྙིང་མདའ་སྤྲོད་རན་རེད། །
སྟོད་གངས་ཇོང་ཅན་གྱི་སེང་གེ་དེ། །
ངར་ཚོད་འཁྱིང་ཚོད་མ་ཟིན་ན། །
སེང་ཐང་ལ་ལྷུང་བ་ཡོད་རབས་གདའ། །

天空中的太阳，
若不把握高度，
会被罗睺罗星吞食。
山林里的老虎，
若不控制傲气，
会让利箭射穿心脏。
雪峰上的狮子，
若不收敛张狂，
会滚落到大山脚下。

གླུ་བདུད་ཁྲི་སྐྱེས།

鲁堆凯吉

རྟ་མགྱོགས་པའི་བང་རྩེད་རྩེ་ས་ལ། །
རྒྱུག་བསམ་མི་མང་སྔེ་དོ་མི་དཀོན། །

快马驰骋的赛场上，
谁都想跑而胜出难。

ཡ་མེད་གཉན་བདུད་ཁྲི་སྐྱེས།

雅美·念堆凯吉

ཙུག་ཆུང་རྡོ་རྡུང་བྱེད་བྱེད་དེ། །
མཁའ་ལྡིང་ཁྱུང་ལ་འགྲོ་ཞེ་མིན། །
འབུ་ཆུང་ཐུར་ཚག་བྱེད་བྱེད་དེ། །

用石头打猫头鹰，
对琼鸟可行不通；
拿木棍戳小虫子，

དུག་སྦྲུལ་ཐོག་ལ་འགྲོ་ལི་མིན། །
对长蛇可行不通。

ཕུ་བོ་མེ་ཚ་ཐོག་རྡུགས།
普沃・梅擦托独

སེང་གངས་དཀར་རྩེ་ནས་འཁྱིང་ལི་དང་། །
ཁྱི་ཐལ་ཐོ་མགོ་ནས་ཟུག་ལི་གཉིས། །
འདྲ་འདྲ་བསམ་ཡང་འདྲ་ལི་མིན། །

雄狮在雪山顶上咆哮，
老狗在灰土堆里狂吠，
看似相同其实不一样。

སྒོ་ང་བཙན་བདུད་ཁེར་སྐྱེས།
果阿・赞堆凯吉

༡ ལྷ་བླ་མ་གདུགས་དང་མ་བྲལ་ཟེར། །
གོང་དཔོན་པོ་ཁྲི་དང་མ་བྲལ་ཟེར། །

上师不能离开伞盖，
长官不宜离开座椅。

༢ སྟག་དམར་ཡག་ནགས་རྫོང་འཛིན་ལི་ལ། །
འདུག་མི་བཙུག་རྔོན་པས་ཅི་ལ་འདེད། །
ཤྭ་ཕོ་ཆེན་སྤང་རི་འཛིན་ལི་ལ། །
འདུག་མི་བཙུག་མདའ་མོ་ཅི་ལ་རྒྱག །

猛虎卧在密林中，
为何猎人不让睡？
雄鹿立在草坡上，
为何箭镞来袭击？

༣ ཚོ་ཏྲུག་ཟོས་པའི་གླ་པ་དེ། །
ལས་རྒྱུ་མེད་ཀྱང་སྒུ་ཙ་ཙ། །
ཉམས་ལེན་བྱེད་པའི་བླ་མ་དེ། །
ཕྱི་མ་བསམ་ནས་སྒོམ་ལ་བཞུགས། །
བསྒོམ་རྒྱུ་མེད་ཀྱང་ཁ་བཏོན་འདོན། །

拿了工钱的佣人，
没事也得弯着腰；
正在修行的上师，
想起来世忙禅定，
不观想也得念经。

༤ ཨེ་ཤར་བསམ་པའི་ཉི་མ་དེ། །
ཤར་ནས་འོད་ཀྱིས་མ་དྲོས་ན། །
ཤར་དང་མ་ཤར་ཅི་ལ་ཁྱད། །

盼望升起的太阳，
若不能带来温暖，
升与不升无所谓。

༥ སྟག་དམར་ཡག་ནགས་རྫོང་བཟུང་ལེ་ལ། །
ཝ་གྭ་པས་རྗེས་འདེད་ཅི་ལ་རེད། །
ང་སྤྱང་ཐང་རི་རྩེ་འགྲོ་ས་ལ། །
ལུ་གུས་རྗེས་འདེད་ཅི་ལ་རེད། །

老虎统治着森林，
狐狸为何要跟踪？
野狼向山上爬行，
羊羔为何要跟踪？

སེང་སྟག་ཨ་དོམ།

森达阿冬

བྲག་དཀར་མཐོ་ཚོད་མ་ཟིན་ན། །
མཐོ་སྔ་ན་ཐོག་གིས་གཏོར་རན་རེད། །
དཔའ་བོ་ངར་ཚོད་མ་ཟིན་ན། །
མགོ་འཕྲུ་དགྲ་ལག་ཤོར་རན་རེད། །

山崖过分挺拔，
当心遭到雷击；
勇士过分强势，
当心盔缨被抢。

ཡ་མེད་ཤེད་ཆེན་ཛ་ནག།

雅美·歇钦奥那

རྩྭ་སྔོང་ཡུལ་དུ་སྐྱེ་ལེ་ལ། །
དམར་མོའི་མེ་ལྕེ་ཅི་ལ་འབར། །
ཆབ་སྔོན་མོ་གཡས་སུ་འཁྱིལ་ལེ་ལ། །
ཆུ་མཐའ་རྡོ་ཡིས་ཅི་ལ་བཀག །

牧草长在旷原上，
为何要燃起大火？
河水向右方流淌，
为何被石头挡住？

བེ་ཐྲུལ་དཔོན་པོ་ལྷ་རྒོད།

培突·本波拉贵

༡ ཀས་ཡ་ཐོད་གཉེར་མ་ཕྱི་མེད་རེད། །
ཚེ་སྔོན་བསྐོས་ལས་ལ་གཟུར་མེད་རེད། །

额头皱纹擦不掉，
前世业力躲不开。

༢ ཝ་སྒྲོ་ལོའི་གྲ་ཛོམ་བྱེད་ལེ་དེས། །
སྟག་དམར་ཡག་འགྲོ་ལམ་ཁོག་ལེ་མིན། །

狐狸炫耀皮毛，
无法阻拦老虎的路；

བོང་ཀན་འདུར་རྒྱུག་བྱེད་ལེ་རེས། །
རྐྱང་ཁ་དཀར་འགྲོ་ལམ་ཁོག་ལེ་མིན། །

毛驴肆意小跑，
不能挡住野马的道。

འཇང་གཡུ་ལྷ་ཐོག་འགྱུར།

姜·玉拉托久

༡ སྔ་དྲོ་མི་ལ་ཞེད་སྣང་སྐྱེར། །
དགོང་ཕྱི་དྲོ་རང་ལ་འཕོར་ཚར་རེད། །
ཕྱེད་སྔ་དྲོ་མི་ལ་ངན་རྩེད་དེ། །
ཕྱི་དྲོ་རང་ཐོག་སྨིན་ནས་ཡོང་། །

早晨吓唬别人，
夜晚自己受惊；
上午戏弄他人，
后晌自己受辱。

༢ རང་སྣང་འཁྲུལ་བའི་ཅོལ་ཆུང་དེ། །
སྔ་དྲོ་དཔའ་ཡང་ཕྱི་དྲོར་སྡར། །
གསེར་གྱི་ཉི་མ་སེར་པོ་དེ། །
ཤར་ནས་ཤར་ཡང་ནུབ་ནས་ནུབ། །

意识混乱的小人，
上午英勇下午懦弱；
金光灿烂的太阳，
东边升起西边沉落。

༣ སྔོ་གཡུ་འབྲུག་གྲག་པ་དབྱར་ལ་གྲག། །
དེ་དགུན་ལ་གྲག་ན་ཐན་ལྟས་རེད། །
སྟག་དམར་ཡག་འཁྱིང་བ་ནགས་ལ་འཁྱིང་། །
དེ་སྤང་ལ་འཁྱིང་ན་ཐན་ལྟས་རེད། །
སེང་དཀར་མོ་འཁྱིང་བ་གངས་ལ་འཁྱིང་། །
དེ་ཐང་ནས་རྒྱུག་ན་ཐན་ལྟས་རེད། །

青龙应在夏天鸣，
冬季发声不吉利；
猛虎应在林中行，
跑到草原不吉利；
雄狮应在雪山上，
傲立平地不吉利。

ཤན་ཚ་རླུང་ལྷ་མགྲོགས་ལྡན།

辛擦·隆拉爵丹

༡ ཐུགས་གདངས་དཀར་དཀྱིལ་ནས་མ་བཏང་ན། །
བྱས་ཚར་བའི་ལས་དེ་གཟུར་རྒྱུ་མེད། །
མེ་སྟག་ཆུང་དུས་མ་བཏུལ་ན། །

心中提前不思虑，
事情结果无法改；
发现火苗不扑灭，

སེས་རི་ལུང་གང་དུས་ཅི་བྱེད་མེད། །
ཆུ་བོ་ཆུང་དུས་མ་བཀག་ན། །
ཆུས་ཁ་བཞི་བསྐོར་དུས་ཅི་བྱེད་མེད། །

蔓延山野无法救；
水流小时不筑坝，
泛滥成灾无法拦。

༢ བྲག་དཀར་མཐོ་ཚོད་མ་ཟིན་ན། །
མཐོ་ཆེན་ཐོག་གིས་གཏོར་རབས་ཡོད། །
དཔའ་བོས་དཔའ་ཚོད་མ་ཟིན་ན། །
དཔའ་ཆེན་མགོ་འཕྲུ་ཤོར་རབས་ཡོད། །

山崖显示高大，
曾被雷电击毁；
勇士炫耀武艺，
小心丢了盔缨。

༣ ཝ་ཡིས་སྟག་ལ་ཁ་ཚད་བྱས། །
ཐ་མ་སྟག་མོས་ཁྱུར་མིད་དུས། །
འཕྱི་ཁུང་བཟུང་ཡང་ཕན་ལེ་མིན།

狐狸朝着虎张嘴，
却被老虎撕咬时；
旱獭洞也不能救。

ལ་དྭགས་དཔལ་ལྡན་འགྱུར་མེད།

拉达·巴丹久美

ཝ་མོ་གྲ་སྤུ་མཐུག་ན་ཡང་། །
དམར་ཡག་སྟག་མོས་དོ་ལེ་མིན། །
ཁྱི་ཀན་སྐྱུག་སྐད་ཆེ་ན་ཡང་། །
སེང་གེ་དཀར་མོས་དོ་ལེ་མིན། །

狐狸毛虽厚，
也不能跟虎比；
老狗吠声高，
也无法斗雄狮。

འབྲུ་ལྡན་བསྟན་པ།

智伦·丹巴

ཝ་མོ་ཁུང་ནང་འཛུལ་ཉིན་མོ། །
ཁུང་སྒོ་དུ་བས་བཀང་ཉིན་མོ། །
ཡིད་བདེ་མོ་ཨེ་བྱུང་ཝ་སྐྱིས་ལགས། །

狐狸钻进洞穴里，
遭到烟熏之日，
心情是否舒畅？

སྤྱི་དཔོན་རོང་ཚ་ཁྲ་རྒན།

吉本・绒擦查根

མི་རྒན་རྟ་རྒན་ཁྱི་རྒན་གསུམ། །
བྱས་པ་མེད་ཀྱང་ཀུན་གྱིས་བརྙས། །
ཨ་ཕྲུག་ཨོ་ཡོ་རྟེའུ་ཆུང་གསུམ། །
བྱས་པ་མེད་ཀྱང་ཀུན་གྱིས་གཅེས། །

老人老马和老狗，
没做坏事众人嫌；
小孩小驹与小犬，
没做好事众人疼。

མི་རྒོད་ཀུན་བཟང་།

弥贵衮桑

འབུ་གྲོག་མ་ཤི་ཁར་གཤོག་པ་ཐོགས། །
ཐ་མ་མེ་བུམ་ནང་དུ་ཤི། །
སྦུར་དུ་རོག་པོ་ཤི་ཁ་ལ། །
བྲི་སེར་འབྲོང་ལ་རྭ་རྒྱེད་རྒྱེ། །

蚂蚁临终长翅膀，
最后死在花瓶里；
甲虫实在不想活，
要跟野牛斗犄角。

གེ་སར་ནོར་བུ་དགྲ་འདུལ།

格萨尔•诺普占堆

༡ སྐྱེ་འཆི་གཉིས་ལ་རང་དབང་མེད། །
སྔོན་ཆད་ལས་ཀྱིས་གང་བསྒྲོས་རེད། །

生死不由己，
一切是前定。

༢ སྡུག་ན་མཆི་མ་མི་གཏོང་ཞིང་། །
སྐྱིད་ན་དགོད་འཛུམ་མི་ཤོར་བ། །
སྐྱེས་པ་ཕོ་ཡི་རང་ཚུགས་རེད། །

悲痛不流泪，
高兴不露笑，
是男人的本色。

ཁྲོ་གླིང་གཡུལ་འགྱེད།

《超岭之战》

བློན་ཆེན་སྤྲུལ་ནག་མི་འབར།

伦钦·主那梅跋尔

༡ ཁོ་སློབ་པ་བུ་ཡིས་བསླབས་ལེ་དེ། །
ཁྱོད་ལོབ་པ་བུ་ལ་ལོབ་སོང་འདུ། །

别人怎么教导，
都成你的习惯。

༢ ཇོ་ཁྲམ་པ་རི་འགྲོ་བྱང་འགྲོ་རེད། །
བྱང་མི་མེད་ཐང་ནས་ཁྲམ་པ་འགྲོ །
སྤྱང་དར་མ་རི་འགྲོ་ལུག་འགྲོ་རེད། །
ལུག་ཟོག་གནས་ས་ནས་སྤྱང་ཀི་འགྲོ །

盗贼走南串北，
无人荒野有盗贼；
苍狼翻山越岭，
有羊之地出现狼。

དགྲ་ལྷ་རྩེ་རྒྱལ།

扎拉泽嘉

མི་གཅིག་བསམ་པའི་སེམས་འདྲ་དགོས། །
གཡུག་གཅིག་སྟ་རེའི་སོ་འདྲ་དགོས། །

同心要像一人，
锋利要像斧头。

སྲོག་བདག་ཧ་ལ་ནག་པོ།

索达·哈拉那波

འབྲོང་བྲེ་སེ་རྭ་ཁར་མ་ལྕེབ་དགོས། །
ལྕེབ་ཚར་དུས་རུ་ཐུར་ལོན་ལེ་དགོས། །
དགྲ་དཔུང་ཆེན་ཁ་ཡ་མ་བྱེད་དགོས། །
ཐུག་ཚར་དུས་ཕྱིར་ནུད་མི་བྱེད་དགོས། །

最好不要惹野牛，
要惹就夺下犄角；
最好不要拦敌军，
要拦就不能撤退。

དུང་སྐྱོང་སྟག་ལྷ་ཁྲི་དཀར།

童炯·达拉赤嘎尔

༡ བཟློ་རྒྱུ་འཛིང་རྒྱུ་མེད་ན་དགའ། །
ཟ་རྒྱུ་འཐུང་རྒྱུ་མང་ན་དགའ། །

是非越少越轻松，
食物越多越快活。

༢ སྒ་ཨ་འཇོག་མི་ལ་བདེ་ཐབས་དང་། །
གཟར་བལ་གདན་རྟ་ལ་འཇམ་ཐབས་ཞིག །

鞍鞯要让骑者稳当，
背垫应使马儿舒适。

༣ ཁྱོད་ཝ་མོ་བྲོས་ཀྱང་ཐར་ས་མེད། །
ང་ཤ་ཁྱི་མགྱོགས་པའི་རྗེས་འདེད་ཡོད། །
ཁྱོད་སྡར་མ་བྲོས་ཀྱང་ཐར་ས་མེད། །
ང་དཔའ་རྒོད་དུང་སྐྱོང་རྗེས་འདེད་ཡོད། །

狐狸再跑也没用，
猎犬跟在后面追；
懦夫逃命有何用，
猛将就在后面追。

གངས་བཙན་སེང་རྒོད་ཡ་མེད།

冈赞·森贵雅美

བེའུ་ཆུང་འབྲོང་ལ་རྭ་རྡེད་རེད། །
ཁྱི་རྒན་སྟག་ལ་འཆེ་རྡོམ་རེད། །
མི་རྒན་དགྲ་ལ་ཚོད་འདོད་རེད། །

小犊与野牛斗角，
弱狗朝猛虎张牙，
老人想击退敌军。

ཚ་ཞང་འདན་མ་བྱང་ཁྲ།

擦香·丹玛向查

༡ རྫ་ཁྲ་ཡག་བྲེ་སེར་འབྲོང་གིས་དཀྲུག །
སྡེ་ཁྲ་བོ་ཁྲེལ་མེད་དཔོན་གྱིས་དཀྲུག །
ཤག་ཕུ་ནུ་བཟའ་ངན་རོགས་ཀྱིས་དཀྲུག །

石山被野牛破坏，
村落被昏官搅乱，
兄弟被恶妇分离。

༢ ནད་བད་ཀན་ཆགས་བཞག་མ་ཞེས་དུས། །

没患胆病时，

ཟས་རིག་རིག་ཁ་ལ་ཟ་སྙིང་འཆར། །
ཁྲིད་ནག་པོའི་གཞི་རྩ་མ་ཤེས་དུས། །
ཚིག་གོ་གོ་མི་ལ་བཤད་སྙིང་འཆར། །

见啥都想吃；
不遇纠纷前，
有话就愿说。

ཁྲོ་རྒྱལ་སྟག་ལྷ་དབང་བཙན།

超嘉·达拉旺赞

རྒོད་ཐང་དཀར་འཕུར་ཚོད་མ་ཟིན་ན། །
སྒྲོ་ཐུལ་ཕྲན་རླུང་གིས་གཏོར་རབས་ཡོད། །
དཔོན་བཙན་པོས་བཙན་ཚོད་མ་ཟིན་ན། །
གཞིས་པ་ཆུས་རང་གིས་བརླག་རབས་ཡོད། །

雄鹰飞得太高，
会被气流撕掉翅膀；
首领专横无度，
恐将毁了长远大计。

ཨ་རྒོད་གངས་བཙན་ཡ་མེད།

阿贵·冈赞雅美

ཁྲིད་གནའ་གཡག་མཐའ་ནས་མཆོང་མཆོང་དེ། །
རྐང་སྲུག་བཞི་མ་ཆག་ངན་ལོབ་དང་། །
ཕོ་ཁྲམ་པས་མི་མགོ་སྐོར་སྐོར་དེ། །
ཅི་བསམ་འགྲུབ་པའི་ངན་ལོབ་འདུག །

岩羊能蹦跳跨越，
是敏捷的四蹄给惯的；
骗子会欺诈敛财，
是轻易得手给惯的。

སྟག་མོ་མིག་གཅིག།

达摩米吉

གཡུ་འབྲུག་ཟེར་བའི་གྲགས་ཆེན་དེ། །
ཐོག་སེར་ངར་མས་གནམ་ས་གང་། །
གློག་ཞགས་དམར་པོ་འོད་ཟེར་མཆེད། །
རམ་ནག་སེར་བས་གཏོར་བ་དང་། །
སེ་སྡི་ལྷུམ་སོགས་སད་ཀྱིས་བཅོམ། །
ཞིང་ཆུ་མའི་འབྲུ་རིགས་རྩ་མེད་གཏོར། །
སྔགས་ནུས་ལྡན་ཅན་གྱི་ཨ་མྱེ་དེས། །

名震天下的青龙，
用雷声撼动山河，
让闪电照亮大地，
叫冰雹打断作物，
令寒霜摧残草木，
使庄家颗粒无收。
能力非凡的咒师，

མཐུ་ངན་སྔགས་དྲག་པོས་གནམ་ས་འདར། །
ལག་གཏོར་ཟོར་དམར་པོས་སེར་བ་བཀག །
འབྲུག་ཕོ་ཐང་ངར་སྐད་ཇེ་གཉོམ་འགྲོ། །
གློག་དམར་པོའི་ཟི་ར་གར་སོང་མེད། །

念诵威猛的咒语，
用红色食子施法，
凶恶的雷声渐息，
疯狂的闪电逃遁。

སྣ་བདེ་ཆོས་སྐྱོང་བེར་ནག།

嘎德·曲炯贝那

ཐང་དཀར་རྟོད་པོས་ཁྱི་རོ་ཟ། །
བཙོག་ལེ་ཤེས་ཏེ་སྙོམས་ཐང་རེད། །
རི་སྤྱང་སྤོན་མོ་སུལ་བཞི་འགྲིམ། །
དཀའ་ལེ་ཤེས་ཏེ་བསྙོམས་ཐང་རེད། །

秃鹫在享用狗尸，
知道已经腐烂了，
可这是它的命运；
苍狼在四处奔波，
感觉自己很劳累，
可这是它的前定。

ཁྲིད་ལྷ་དཔུང་དམར།

尺拉崩玛

༡ དགྲ་ཤ་ལེན་སྔ་ཉིན་ཕྱི་ཉིན་ཟེར། །
འབྲི་ཐུལ་མ་ཡར་རེས་གྲུས་རེས་ཟེར། །

报冤仇可以是前日，也可以是后天；
母牦牛今载是牛犊，明年就成二岁。

༢ ང་ཁྲེལ་མེད་རྔོན་པ་ཕར་འགྲོ་དེ། །
ཁྱོད་ཚེ་ཟད་ཤ་བོ་ཚུར་ཡོང་ཐུགས། །
མགོ་ཏུང་ར་རྔོན་པས་མ་བླངས་ན། །
ང་ཁྲེལ་མེད་རྔོན་པ་སྟོང་གཏམ་རེད། །

无情的猎人迈步向前，
遇到短命的雄鹿走来，
若不摘下头顶的茸角，
说我无情那就是假话。

མོན་བུ་གཡུ་འབྲུག་ཐོག་རྒྱལ།

门普·玉珠托嘉

༡ ཕུ་ཁ་བ་ཆགས་ཆགས་རྫ་ལ་ཆགས། །

雪落高山上，

རྫ་མེད་ན་ཁ་བ་ཆགས་དོན་མེད། །	没有高山不会落雪；
མདའ་སྨུག་པ་ལངས་ལངས་མཚོ་ནས་ལངས། །	雾从湖泊起，
མཚོ་མེད་ན་སྨུག་པ་ལངས་དོན་མེད། །	没有湖泊不会起雾。
༢ གཏམ་བདེན་པ་བཤད་ན་ཡིད་མི་ཆེས། །	说出真话不相信，
རྒྱུ་ལོངས་སྤྱོད་ཆེ་ན་སྐྱིད་མི་ཚོར། །	有了财富不知福。
སྲོག་བདག་ཧ་ལ་ནག་པོ།	**索达・哈拉那波**
༡ དབྱར་གནམ་འབབ་རེས་དྭངས་རེས་ཟེར། །	夏天时雨时晴，
དགུན་གནམ་འཁྱག་རེས་དྲོས་རེས་ཟེར། །	冬季有寒有暖。
༢ བྱ་གོ་བོ་འཕུར་ཐག་རིང་ཆེ་ན། །	雕鹗飞程太远，
སྒྲོ་རྩ་རྣག་གིས་ཟྲོས་ནས་འཆི། །	翅根发脓而死；
སྦལ་པ་མཚོང་ཤེད་ཆེ་སོང་ན། །	青蛙蹦跳过猛，
སྙིང་ཁ་རྡོ་ལ་བརྡབ་ནས་འཆི། །	胸部撞石而亡；
གླིང་དམག་ས་མཐར་འགྲོ་ཆེ་ན། །	岭军战线拉长，
ཕུང་པོ་དགྲ་ཁར་བསྐྱལ་ནས་འཆི། །	等于敌前送命。
དེ་ཚོད་མེད་འཆི་ལུགས་རྣམ་གསུམ་ཟེར། །	这就叫三种盲目的死法。
༣ གླིང་དམག་རི་སྤྱང་སྔོན་མོ་འདྲིས། །	岭军就像一条青狼，
ལུག་གཡང་དཀར་ཟ་འདོད་སྒང་བཞི་འགྲིམ། །	想吃绵羊来到山上，
དུས་མཐའ་མ་རྔོན་པའི་ལག་འོག་ཤི། །	结果死在猎人手里；
གླིང་དམག་ཝ་མོ་ཀྲ་ཡག་འདྲ། །	岭军如同一只红狐，
ཟན་འཚོལ་འདོད་ལུང་སུལ་ཀུན་ནས་ཉུལ། །	寻食奔波在山谷中，
དུས་མཐའ་མ་ཤ་ཁྱིའི་ཁ་ཁུག་ཤི། །	最终会被猎狗咬死。

རྒྱ་ཚ་ཞལ་དཀར། 嘉擦谐嘎尔

༡ ཉན་ཤེས་ན་དམ་པའི་ཆོས་ཁྲིད་ཡིན། ། 听懂了是宣说佛法，
ཉན་མ་ཤེས་ཇོ་མཚང་སྐད་ཆ་འདྲ། ། 听不懂就像在挖苦。

༢ སྐྱིད་མི་རྟག་ནམ་མཁའི་ཉི་མ་དེ། ། 空中太阳无常，
ལ་བའི་དུས་སུ་ལ་འགྲོ་རེད། ། 该落时会落山，
འཆར་བའི་དུས་ལ་འཆར་ཡོང་རེད། ། 该升就要升起，
དེ་སྐྱེ་འཆི་གཉིས་ཀྱི་འགྲོ་ལུགས་རེད། ། 这是生死法则。
ཚེ་མི་རྟག་དབྱར་ཁའི་མེ་ཏོག་དེ། ། 夏季花朵命短，
དབྱར་འབྲིང་པོའི་ནམ་ཟླ་བཟང་བའི་དུས། ། 天气温热之时，
སྤེ་མེ་ཏོག་བཀྲག་མདངས་ཇེ་རྒྱས་རེད། ། 叶瓣华丽绽放，
སྟོན་བར་མའི་ནམ་ཟླ་སད་ཀྱིས་བཅོམ། ། 秋日寒霜来临，
སྤེ་མེ་ཏོག་བྱང་ནག་ལྷུང་གིས་ཁུར། ། 会让北风刮走，
ཚེ་མི་རྟག་དེ་དང་དེ་བཞིན་རེད། ། 生命如此无常。

ཧ་ལ་དུག་རུ་ནག་པོ། 哈拉·毒如那波

༡ འབྲུག་ཅུར་སྒྲ་ཆེ་ཡང་སྟོང་སྒྲ་ཟེར། ། 雷声再大一场空，
འཇའ་མཁའ་ལ་ཤར་ཡང་ཡལ་རྒྱུ་ཟེར། ། 天上彩虹会消失，
ཁྱོད་ཁ་བཤད་ཆུ་ཡི་ལྦུ་བ་དེ། ། 说话如同水中泡，
དོན་ལག་ལེན་བྱེད་ན་དངོས་མེད་རེད། ། 付诸行动无形影。

༢ སངས་རྒྱས་ཡིན་ན་སྲོག་མི་གཅོད། ། 是佛不会杀生，
ཆོས་ཆེན་ཡིན་ན་སྡིག་མི་སྤྱོད། ། 正经不让作恶。

༢ སྐྱེ་རིས་བུ་ཚའི་ལྟད་མོ་རེད། ། 一生如眼前戏，
བསྐལ་པ་རྟ་རྒོད་འགྲེ་ལོག་རེད། ། 一劫像马打滚。

སྟོག་བདག་སྟག་མོ་མིག་གཅིག　索达·达摩米吉

འབྲུག་ཕོ་ཐང་ཟེར་བའི་གྲགས་ཆེན་དེ། ། 名震天下的青龙，
མཐོ་ཡ་སྟོན་སྤྲིན་ལམ་གོང་མ་ནས། ། 在云层的最高处，
ཐོག་སེར་བའི་དཔུང་དང་མ་སྡེབ་ན། ། 不与雷电相配合，
ཐང་ཡངས་པའི་དཀྱིལ་ནས་གྲག་བསམ་ཡང་། ། 想到平地来吟啸，
འབྲུག་ས་ལ་ཐོན་དུས་ཅི་བྱེད་མེད། ། 龙在地上能做啥？

བཙན་རྗེ་ཁམས་གསུམ་སྟོག་བདག　赞吉·康松索达

༡ འབྲོང་བྲི་སེར་བུ་དེ་རྡུང་ལོབ་ཡོད། ། 野牛犊子用角顶，
རྐྱང་ཁ་དཀར་བུ་ལ་འདྲོགས་ལོབ་ཡོད། ། 野驴驹子易受惊，
ཕོ་རྒོད་པོའི་བུ་ལ་འཛིང་ལོབ་ཡོད། ། 勇士儿子爱打斗，
ཁྱུང་སྒོ་ངའི་ནང་ནས་གཤོག་དྲུག་རྒྱས། ། 琼鸟蛋中长翅膀，
སྟག་མ་ཡི་ལོག་ནས་འཛུམ་དྲུག་རྒྱས། ། 虎在母腹有斑纹。

༢ རྒོད་ཐང་དཀར་མི་རོ་ཟ་ལོབ་དེ། ། 鹰鹫习惯吃腐尸，
མི་གསོན་པོ་རིག་དུས་གཤོག་གུར་ཕུབ། ། 见到活人张翅膀，
མཐར་རྒོད་སྒྲོ་མདའ་མོའི་རྒྱན་ལ་ཤོར། ། 使之最终成箭羽。

སྟག་ལྷ་དབང་བཙན　达拉旺赞

གད་ཞབས་རི་བོང་མ་ལངས་ན། ། 沟底若不冒出野兔，
འདོ་ཕྲུག་རྟ་ཕོ་འདྲོགས་དགོས་མེད། ། 马儿也就不受惊，

འདོ་ཕྲུག་རྟ་ཕོ་མ་འདྲོགས་ན། ། 要是坐骑不受惊吓，

མི་ལུས་རིན་ཆེན་རྡེབ་དགོས་མེད། ། 宝贵人身怎会摔。

འདམ་གླིང་གཡུལ་འགྱེད། 《当岭之战》

ནེ་ནེ་གནམ་སྨན་དཀར་མོ། 乃乃·南曼嘎尔姆

༡ ཉལ་བའི་བུ་ལ་ཡོན་ཏན་མེད། །
ཡོན་ཏན་ཨེ་གདའ་རྡོ་ལ་ལྟོས། །
རྡོ་གོར་མོ་ཉལ་ན་འཁྱག་ལ་འབྱར། །

懒觉男子不成事，
如同地下沉埋石，
封冻已久不可醒。

༢ ཆོས་སྒྲུབ་ཚོད་བྱས་ན་ཆོས་པ་ཡིན། །
བསྒོམ་རྒྱག་ཚོད་བྱས་ན་སྒོམ་ཆེན་ཡིན། །

修法有度不称悟，
修禅有度乃禅师。

༣ དགྲ་འདུལ་བ་དེ་ལ་བྱམས་ཟིག་དགོས། །
བྱམས་མེད་ན་དགེ་མེད་ཤན་པ་རེད། །
བྱམས་སྙིང་རྗེའི་ངང་ལ་གྲུང་ཟིག་དགོས། །
གྲུང་མེད་ན་གླེན་པ་མགོ་འཐོམ་རེད། །

开疆拓土需仁爱，
否则变成残暴屠；
仁爱伴有大智慧，
否则变成愚昧人。

ཤན་པ་མེ་རུ་རྩེ། 辛巴梅如泽

༡ ཡོད་པོའི་རྟ་སྒ་བཤུ་ས།
མེད་པོའི་ཁུ་རུ་ཕོག་ས།

富人的卸鞍地，
穷人的卸囊处。

༢ ཡར་འགྲོ་བརྒྱ་ཡི་གནས་ཚང་།
མར་འོང་སྟོང་གི་ཞག་ས།

来者的借宿，
去者的夜宿。

༄ ཁེབས་ཆེན་དཔོན་པོ་མཇལ་བའི་དུས། །	拜见达官贵人，
མཇལ་རྟེན་མེད་པའི་ཡར་ཞུ་དེ། །	勿缺以礼相赠，
ཟུག་མགོའི་ནང་གི་ཟུག་ལྡེ་ཟེར། །	否则嗟来之食。
ཆོས་ཆེན་བླ་དགའ་མཇལ་བའི་དུས། །	拜见至尊喇嘛，
མཇལ་དར་མེད་པའི་ཆོས་ཞུ་དེ། །	手捧哈达献礼，
མགོ་གོག་སྐམ་པོས་དབང་ཞུ་ཟེར། །	否则不宜灌顶。
འདང་ཆེན་གྲོགས་ལ་འཕྲད་ཉིན་མོ། །	遇见患难之友，
ལག་རྟགས་མེད་པའི་མཚམས་འདྲི་དེ། །	不宜赤手空拳，
ཁ་སྟོང་ནང་གི་སྐྱབས་འགྲོ་ཟེར། །	否则坐而论道。

ར་འདྲ་འཆི་བདག་ཡ་མེད། **热扎·其达雅美**

སྐྱེས་ཕོ་རབ་ཕོ་འབྲིང་ཕོ་ཐ་གསུམ། །	男子可分三类别：
ཕོ་རབས་བློ་དེ་ཁོག་ལ་ཡོད། །	君子心怀大志勇
ཁོག་ལ་ཡོད་དུས་ཕན་པ་ཆེ། །	先思后行顾百姓，
དཔོན་གཉིས་མཐུན་སྒྲིབ་བྱེད་ལེ་རེད། །	使双官共和谐，
སྡེ་གཉིས་འདུག་སྡེ་བྱེད་ལེ་རེད། །	使两族变和睦；
ཕོ་འབྲིང་བློ་དེ་ཁ་མ་སྙིག།	中等男子志在心，
ཁ་མ་སྙོག་ལ་ཕན་པ་ཡོད། །	乐善好施自然行，
རང་སྡེ་སྐྱིད་ཐབས་དེ་དང་གཅིག།	左右逢源乐融融，
མི་སྡེ་འདུག་ཐབས་དེ་དང་གཉིས། །	两庄和睦似水乳。

ཕོ་ཐ་མའི་གློ་དེ་ཁ་ལ་ཡོད། །
ཁ་ལ་ཡོད་དུས་ཕན་པ་མེད། །
ལས་བྱ་བ་ཚར་ཡག་ཚར་དུས་དྲན། །
ཚར་ལེ་ཤི་ལེ་ཐོད་གཏུགས་རེད། །
ཤི་ལེ་འགྱོད་ལེ་དུས་མཉམ་རེད། །

下等男为空谈者，
百事无成双手空，
放马后炮论大局，
大败亏输同时降，
悲痛欲绝怀怨恨。

ཛོམ་ནག་ཡ་མེད།

童那雅美

མི་ཚེ་ཟད་སྲིན་པོའི་སྒོ་ཁར་འཁྱམས། །
ཚེ་ཡང་ཟད་སྲིན་ཚང་ནང་ལ་ཐོན། །
ར་ཚེ་ཟད་འཕར་བའི་སྒོ་འགྲིམ་བྱེད། །
ཚེ་ཡང་ཟད་འཕར་ཚང་ནང་ལ་ཐོན། །

命尽之人碰魔穴，
倒霉再陷魔洞内；
命尽之羊经豺窝，
倒霉再陷豺狼口。

ཚ་ཞང་འདན་མ་བྱང་ཁྲ།

擦香・丹玛向查

༡ ཁོལ་མ་འབྲོང་གི་ཚོ་ཤ་དེ། །
ཚོས་ལོང་ཡོད་ན་གྲང་ལོང་ཡོད། །
དབང་ཆེན་དཔོན་པོའི་ཁ་རྩ་ནས། །
བཤད་ལོང་གཏུག་ལོང་གཉིས་ཀ་ཡོད། །

膘肥体壮野牛肉，
可等煮熟亦可凉；
抵达权重官人前，
可讲道理可告状。

༢ མཐོ་བྲག་དཀར་རྩེ་ལ་ཐང་དཀར་འཁྱིང་། །
སྲུག་འུག་རྐན་སེར་པོས་གཤོག་རྩལ་འགྲན། །
རྒོད་ཐང་དཀར་ནམ་འཕང་སྐྱོད་ཉིན་མོ། །
ཁྲོད་འུག་རྐན་བྲག་གསེབ་ཤ་རེ་ཚ། །
དམའ་རྒྱ་མཚོའི་ནང་ལ་གསེར་ཉ་འཁྱུག །
སྲུག་སྦལ་རྐན་རྒྱ་བོས་འཁྱུག་རྩལ་འགྲན། །
ཉ་གསེར་མིག་ཐ་རླབས་གཤོག་ཉིན་མོ། །

高山屹立飞雄鹰，
枭鸟与它比翅膀，
雄鹰展翅高飞时，
可怜枭鸟在岩廊；
金鱼低游于大海，
龟在和鱼赛游功，
鱼儿冲泳浪涛时，

ཁྱོད་སྦལ་རྐན་འདམ་ནང་ཤ་རེ་ཚ། ། 可怜龟在泥泞中。

༣ བདེན་པའི་ལུ་གུ་དཀར་ཆུང་དེ། ། 实事如羔毛，
ལ་རེ་རེ་རྒྱུག་དུས་ཛེ་དཀར་རེད། ། 越经风霜越洁白；
རྫུན་གྱི་སྲོ་ཐོ་ནག་རིལ་དེ། ། 伪事如土坨，
དམའ་མཐུར་ལ་འགྲིལ་བཞིན་ཛེ་ནག་རེད། ། 越往下滚越黑。

སྟག་དམར་བཙན་པོ། **达玛赞普**

༡ རྐོད་ཐང་དཀར་གནམ་ལ་འཕུར་ཉིན་མོ། ། 雄鹰遨游长空时，
ཁོའི་ཡན་ལ་གཤོག་རྩལ་མེད་སྣང་ཤར། ། 自命不凡展翅飞，
དེའི་ཡན་ལ་བྱ་རྒྱལ་ཁྱུང་ཆེན་གདའ། ། 实为琼鸟乃高者；
སྤྱང་ཨ་ཐང་རི་གསེབ་འགྲིམ་ཉིན་མོ། ། 浪在山里的灰狼，
ཁོའི་ཡན་ལ་སྤྱང་གྲུང་མེད་སྣང་ཤར། ། 自认为聪明绝顶，
དེའི་ཡན་ལ་རྫི་བཟང་ཨུར་རྡོ་གདའ། ། 却不知牧鞭厉害。

༢ རླུང་སྤྲུ་གྲིའི་ངར་ལ་མ་ཐུག་བར། ། 不见大风呼啸，
རྐོད་ཐང་དཀར་འཕུར་རྩལ་ཆེ་སྣང་ཤར། ། 雄鹰高自期许；
རྫི་དར་མའི་ཨུར་རྡོ་མ་ཐོག་བར། ། 不见牧人挥鞭，
སྤྱང་དར་མ་སྤྱང་གྲུང་ཆེ་སྣང་ཤར། ། 狼子更显野心。

འདམ་གནམ་འབྲུག་རྒྱལ་པོ། **当 · 南珠嘉波**

མཐོ་གངས་དཀར་དཀྱིལ་གྱི་སེང་གེ་དེ། ། 雪峰之巅的狮子，
སེང་གཡུ་རལ་རྫོམ་ནས་གངས་སྟོད་བཟུང་། ། 头缀玉鬃巡山头，
ཁྱི་བདའ་ལུའི་ཧུ་ཟུག་ཅི་དགོས་རེད། ། 此地浪狗不许叫。

ནགས་ཅན་དན་གསེབ་ཀྱི་དམར་ཡག་སྟག །
འཛུམ་དྲུག་ཛོམ་ནས་ནགས་ཚལ་བཟུང་། །
ཝ་གུ་མས་རྒྱུག་འདུར་ཅི་ལ་ཡིན། །

檀木林中的老虎，
身耀美纹占森林，
此地狐狸不许蹿。

གེ་སར་ནོར་བུ་དགྲ་འདུལ།

格萨尔•诺普占堆

༡ ཕུ་སྲིད་པའི་གངས་རི་ཞུ་ལེ་མིན། །
ཞུ་སོང་ན་གངས་རི་ཟོགས་ལེ་མིན། །
མདོ་ཁྲི་ཤོར་མཚོ་མོ་སྐམ་ལེ་མིན། །
སྐམ་སོང་ན་མཚོ་མོ་ཟོགས་ལེ་མིན།

千年雪山不融化，
若是化了非雪山；
青海湖水不枯竭，
若是竭了非湖海。

༢ སྐྱེས་ཕོ་རབ་ཕོ་འབྲིང་ཕོ་ཐ་གསུམ། །
ཕོ་རབ་ཐག་ལ་འགྲོ་ཉིན་མོ། །
སྡེ་གཉིས་འདུག་བདེ་བྱེད་ལེ་རེད། །
ང་དགའ་ཁྱོད་སྐྱིད་བྱེད་ལེ་རེད། །

男子可分三类别，
上等男子出行时，
两庄安居，
乐己乐人。

༣ ཕོ་འབྲིང་ཐག་འགྲོ་བྱེད་ཉིན་མོ། །
རང་བདེ་གཞན་སྨོན་བྱེད་ལེ་རེད། །
ཕོ་ཐ་ཐག་ལ་འགྲོ་ཉིན་མོ། །
སྡེ་གཉིས་འཁྲུག་པའི་གཞི་མ་བྱེད། །
འཐབ་ཡ་ཐུག་དུས་ཝ་ཐོས་རྒྱུག །
མཐའ་མ་རང་སྲོག་དགྲ་ལ་ཤོར། །

中等男子出行时，
双方和睦人人赞；
下等男子出行时，
搅乱两庄扰民心；
遇到仇敌如狐狸，
最终性命沦敌手。

སེང་སྟག་ཨ་ཛོམ།

森达阿冬

ཕ་བླ་མས་སློབ་མ་ཉར་རྒྱུ་དེ། །
ཆོས་མདོ་སྔགས་སྒྲུབ་ལ་ཨེ་ཕན་བསམ། །

尊者喇嘛育教徒，
宗旨在于弘佛法，

ཆོས་མདོ་སྔགས་སྒྲུབ་ལ་མ་ཕན་ན། །
གོས་དམར་སེར་བཙོན་ལ་བཟུང་ཞེ་རེད། །

若对弘法无益处，
身穿袈如囚犯；

རྗེ་རྒྱལ་པོས་བློན་པོ་ཉར་རྒྱུ་དེ། །
སྡང་དགྲ་བོ་འདུལ་དུས་ཨེ་ཕན་བསམ། །
སྡང་དགྲ་བོ་འདུལ་དུས་མ་ཕན་ན། །
སྐེད་འཁོར་གསུམ་བཙོན་ལ་བཟུང་རོགས་རེད། །

权重大王育臣相，
宗旨在于灭敌人，
若对上阵不见效，
佩戴武器有何用；

ཧ་འདོད་བ་ཆས་ཀྱིས་གསོས་ཞེ་དེ། །
ས་ཐག་རིང་གཅོད་ཉིན་ཨེ་མཁོ་བསམ། །
ས་ཐག་རིང་གཅོད་ཉིན་མ་མཁོ་ན། །
ཆས་ཁིབས་མ་བྱས་པ་དོན་མེད་རེད། །

饲料喂食养坐骑，
宗旨在于行千里，
启程之日若无用，
饲养坐骑有何用。

སྟག་དམར་དཔལ་རྫོང་། 《达玛银宗》

ནེ་ནེ་གནམ་སྨན་དཀར་མོ། 乃乃·南曼嘎尔姆

ཁྱ་མེད་དུས་བྱིའུ་ཡིས་ནམ་ཚོད་བཟུང་། །
ཁྱི་མེད་དུས་ར་ཡིས་རུས་པ་འཆལ། །

无鸡时鸟儿报晓，
无犬时山羊啃骨。

ཤན་པ་མེ་རུ་རྩེ། 辛巴梅如泽

༡ སྤྱིང་ལ་ཤར་བའི་ཉི་མ་རེད། །
འོག་ནས་མ་འདོད་ཅི་འདོད་བསྲོ། །
ཐད་ལ་ལངས་པའི་དགྲ་བོ་རེད། །
ཐོད་ལ་མི་གཅུག་དཀའ་མེད་རེད། །
གོང་ལ་ཕྱུར་བའི་རལ་གྲི་རེད། །
འོག་ནས་མ་འཛུལ་ཅི་འཛུལ་རེད། །

日照头顶，
非晒不可，
敌达眼前，
非战不可，
剑在头上，
非挡不可。

༢ སྨན་ཧ་ར་གནས་ལ་མ་འགྲོ་ཨ། །
གཏམ་མང་པོ་སྐྱོད་ཀྱི་གཞི་མ་རེད། །
ཕོ་ཞར་རྗེ་དགྲ་ལ་མ་འགྲོ་ཨ། །
ཡུལ་སྡེ་གཏོར་བའི་གཞི་མ་རེད། །

大意女子不可嫁，
省得惹起事端来，
鲁莽男子莫上阵，
省得扰乱民众心。

༣ གཏམ་ཨ་ཕས་བཤད་རྒྱུ་ཨ་མས་བཤད། །
ཁྱི་བདའ་ལུའི་བཀག་སྐལ་མགྲོན་པོས་བཀག །

母亲抢出父亲头，
客人抢揽恶犬责。

༄ སེང་གེ་དཀར་མོའི་རྩལ་ཡ་ཡིན། །
སྤྱུག་ཨབ་ར་སྐྱ་མོའི་ཛོ་ཡ་དེ། །
མི་ཡོང་ཞེ་ལ་གདའ་ལེ་མེད། །

能与雪狮抗衡，
何需畏惧地鼠，
何惧与之对峙。

དམར་ཡག་སྟག་གི་འཛུམ་དྲུག་ཡིན། །
བདའ་ལུ་རྒྱ་བོའི་ཟྱུག་ཡ་དེ། །
མི་ཡོང་ཞེ་ལ་གདའ་ལེ་མེད། །

能与斑虎抗衡，
何需畏惧恶犬，
何惧与之对峙。

བྱང་གི་སྟག་དམར་རྒྱལ་པོ།

羌克·达玛嘉波

རྟ་བྱང་མའི་རྒྱབ་ལ་ཤ་ཞིག་དགོས། །
ཤ་མེད་ན་ས་ཐག་ཚོད་ལེ་མག །

坐骑必足身上膘，
否则岂能行千里。

བུ་དཔའ་བོའི་རྒྱབ་ལ་དཔུང་ཞིག་དགོས། །
དཔུང་མེད་ན་རྒྱལ་ཁ་ཐོབ་རྒྱུ་མག །

英雄上阵须后盾，
孤身一人岂能赢。

སེང་སྟག་ཨ་རྡོམ།

森达阿冬

ཁྲིལ་ལ་རྒྱ་མ་ཤེ་བར་དུ་དགོས། །
མགོ་རྣ་ཅོག་མ་རྙས་བར་དུ་ཁུར། །

骨气不可受屈，
尊严不可践踏。

སྟག་སྲས་བྱང་ཚ་དཔུང་དམར།

达赛·羌擦崩玛

༧ གཞི་འཁོར་བ་བུ་ཡིས་བཟུང་རྒྱུ་དེ། །
ཤི་དམྱལ་བའི་ཁ་ལ་འགྲོ་ཉིན་མོ། །
ཕ་ཆོས་བུ་ཡིས་ཨེ་ཟིན་བསམ། །
བསགས་པའི་རྒྱུ་ནོར་ཨེ་སོག་བསམ། །

所谓红白喜事，
家父寿终之时，
家产欲留子孙，
只为续兴家业。

༢ ཨ་ཐང་སྤྱང་གིས་སྲུག་བཞིར་འདྲེན། །
ཁོའི་ཡན་ལ་ས་ཚོད་མི་གདའ་བསམས། །
དེ་ཡན་ལ་གུག་པོ་གཙོད་ཆུང་གདའ། །

走在荒野的灰狼，
自觉行走最为快，
岂知羚羊更迅速。

༣ སྐྱིད་ཀྱི་ཉི་མ་རིང་ན་དགའ། །
དགྲ་རྒྱུག་ཉི་མ་ཐུང་ན་དགའ། །

幸福日子愿长久，
战乱岁月愿刹那。

༤ གངས་དཀར་ཡག་བཟློ་དུས་སེང་ཞིག་དགོས། །
སེང་མེད་ན་སྲིབ་ཁྲུག་གངས་ཆགས་རེད། །
ནགས་དམར་ཡག་བཟློ་དུས་སྟག་ཅིག་དགོས། །
སྟག་མེད་ན་ནགས་དམར་སྟོང་པ་རེད། །
སྡེ་ཁྲ་མོ་བཟློ་དུས་དཔོན་ཞིག་དགོས། །
དཔོན་མེད་ན་ཡུལ་སྡེ་བསོད་ཟད་རེད། །

论及雪山念雪狮，
若无雪狮成旷野；
论及森林思老虎，
若无斑子不称林；
千户百家要有官，
若无官者民福尽。

༥ བུ་མོའི་བློ་དང་ས་གཞིའི་ཆུ། །
ལ་ལ་མི་འབབ་ཐུར་ལ་འབབ། །

女心好似地上水，
不思进取低处流。

༦ གསེར་ཉི་མ་ལ་ནས་བརྒྱལ་བའི་ཚེ། །
མཚན་སླག་ནག་མུན་པའི་ཞྭ་མོ་གྱོན། །
གསལ་མར་མེ་མ་སྒྲོན་ཅི་སྒྲོན་རེད། །

金色太阳落西山，
四处漆黑不见路，
不点油灯岂能行。

༧ ཚྭོ་ཡ་བལ་གྱིས་མ་ནོན་ན། །
བལ་ཆུ་ཤན་བྱེད་ནས་ཨེ་ནོན་བལྟ། །

直路走不成，
只好寻弯路。

ཛོམ་ནག་ཁྲག་འཐུང་།

ནད་བད་ཀན་ལུས་ལ་ཐོག་པས་ན། །
ཚེ་ཕྱི་མའི་ལམ་ལ་འགྲོ་རྒྱུ་རེད། །
དཔོན་ཆོས་རྒྱལ་མདུན་ལ་ཐོན་ཚར་ན། །
དཔའ་ངར་མས་དཔུང་གཏམ་འཆད་ས་མེད། །

童那叉彤

痰瘾在身，
必死无疑；
面见阎王，
人微言轻。

བྱང་གི་སྟག་དམར་རྒྱལ་པོ།

རྟ་བྱང་མ་རྒྱུག་ཚོད་མ་ཟིན་ན། །
ཀང་རྣ་བཞི་རྗེ་ལ་ཐུག་རབས་ཡོད། །
བུ་དཔའ་བོའི་འཐབ་ཚོད་མ་ཟིན་ན། །
དགྲ་ནག་པོའི་དབང་ལ་ཤོར་རབས་ཡོད། །

羌克・达玛嘉波

跑马不宜过速奔，
马失前蹄则遭殃；
英雄上阵莫嚣张，
兵败将亡无不有。

སྤྱི་དཔོན་རོང་ཚ་ཁྲ་རྒན།

༡ རྟ་གཅིག་རྒྱུག་ཨང་གི་དཀའ་མོ་རེད། །
མཚོན་གཅིག་གཡུག་དགྲ་སྒྲོག་དཀའ་མོ་རེད། །
བུ་ཁེར་ཏུ་རྟིང་མ་དཀའ་མོ་རེད། །

༢ རྟ་བྱང་མ་སྒོ་སྐྱིད་ཤ་ཤེད་དགོས། །
ཤ་མེད་ན་འགྲོས་གོམ་ཇི་ལྟར་སྒོ། །
བུ་དཔའ་བོ་གྲགས་པར་དཔུང་ཞིག་དགོས། །
དཔུང་མེད་ན་རྟིང་མ་ཅི་འདྲ་ལེན། །

吉本・绒擦查根

一次赛马难获奖，
一剑难砍敌人头，
孤身一人难获胜。

跑马上路靠膘肥，
瘦骨嶙峋岂能行；
英雄战敌须后盾，
单枪匹马岂能胜。

ཁྲི་བློན་ཆོས་འགྲུབ།	**齐伦·曲珠**
དགྲ་དགྲ་ལན་མེད་དུས་ནག་མོ་རེད། །	仇恨不报女子也，
ད་རུང་ནག་མོས་དམོད་ཟེར་གདལ། །	且得引来女子欺；
གཏམ་གཏམ་ལན་མེད་དུས་ལྐུགས་པ་རེད། །	问话无答哑巴也，
ད་རུང་ལྐུགས་པས་མཛུབ་བརྡ་གདལ། །	且被哑巴指手脚。
ཁྲི་བློན་དུང་ཟླ་དཀར་ཆུང་།	**齐伦·童达嘎尔琼**
མགོ་དཔོན་མེད་དུས་འོག་སྡེ་སྡུག །	上无君苦黎民，
ཕ་མ་མེད་དུས་དྭ་ཕྲུག་སྡུག །	无双亲苦孤儿。
ཟླ་བ་རང་ཤར།	**达瓦让夏**
སེམས་དཀར་ལེའི་ཚིག་ལ་སྙན་མོ་མེད། །	忠言逆耳，
ནད་ཕན་ལེའི་སྨན་ལ་ཞིམ་པོ་མེད། །	良药苦口。
ཚ་ཞང་འདན་མ་བྱང་ཁྲ།	**擦香·丹玛向查**
༡ སྐྱེ་གཟུགས་ཨ་མའི་པང་ལ་རེད། །	要论容颜溯父母，
ཤི་ན་ཆོས་རྒྱལ་མདུན་ལ་རེད། །	死后必到阎王前。
༢ རྟ་པོ་འགྲོས་ཆེན་སྒྲོ་སྒྲོ་དེ། །	骏马一日千里行，
ཉིན་གཅིག་ཉི་མ་ཤར་བ་ལྟར། །	步伐无变如一日，
སྒྲོ་མི་སྒྲོ་དགུ་སྒྲོ་ཤེས་ལེ་མག །	走路正当不失蹄。

གནམ་ལྕགས་ཐོག་འབྱུར།

南加托久

ར་ཚེ་ཟད་སྤྱང་ཚང་སྒོ་ལ་སླེབས། །
ཚེ་ཡང་ཟད་སྤྱང་ཚང་ནང་ལ་རེད། །
མི་ཚེ་ཟད་བཙན་པོའི་ཁ་ཁྲུག་རེད། །
ཚེ་ཡང་ཟད་སྲིན་ཚང་ནང་ལ་རེད། །

不幸山羊陷狼穴，
命尽山羊入狼窝；
不幸之人落敌手，
命尽之人入魔洞。

ཤེས་ཆེན་བསམ་པའི་དོན་འགྲུབ།

歇钦・桑贝顿珠

༡ མི་ཐུབ་རྟ་གསོད་ཉར་རྒྱུ་དེ། །
སྒ་ལྒུ་བཞི་འཐོར་བའི་གཞི་མ་རེད། །
མི་ཐུབ་དགྲ་ལ་འཛིང་རྒྱུ་དེ། །
སྲོག་དམར་པོ་ཤོར་བའི་སྔ་རྟགས་རེད། །

饲养未驯之马，
使鞍破碎不堪；
硬敌不胜之战，
使人命丧黄泉。

༢ ལུ་ཐུག་དུས་མེ་དྲོད་དྲན་བཞིན་གདའ། །
མེ་དམར་མོ་ཡོད་ན་ཡིད་སྨོན་གདའ། །
ཐང་ཆེན་པོར་རྟ་ཕོ་དྲན་བཞིན་གདའ། །
རྟ་འདོ་བ་ཡོད་ན་ཡིད་སྨོན་གདའ།

身冷念火暖，
更羡火焰光；
旷原思坐骑，
更羡驰骋马。

༣ ཕོ་རང་མགོ་ཐོན་དུས་མཁས་པ་བཟློ། །
མོ་རང་མགོ་ཐོན་དུས་མཛེས་མ་བཟློ། །

自强男人称智者，
自立女人称美人。

རི་ཤི་ཤ་རྫོང་།

《日西肉宗》

གེ་སར་ནོར་བུ་དགྲ་འདུལ།

格萨尔•诺普占堆

༡ མགོ་གཡུ་རལ་ཅན་གྱི་སེང་གེ་དེ། །
གངས་བུ་ཡུག་གཉིས་ཀྱི་གདོང་དུ་འགྲོ། །
ལུས་དཀའ་ལེ་ཤེས་ཏེ་བསྐོས་ཐང་རེད། །

头缀碧鬃的雪狮，
风雪阻挡无畏惧，
颠沛流离成定局。

སྟག་དམར་ཡག་ཁྲག་གི་མཆེ་བ་ཅན། །
ནགས་ལྗོ་རོང་གསེབ་ནས་མཆོང་རྩལ་འགྲན། །
ནགས་ནག་ལེ་ཤེས་ཏེ་བསྐོས་ཐང་རེད། །

牙尖渗血的猛虎，
森林之中比勇猛，
林中险恶无奈何。

ཉ་ལྟོ་དཀར་གསེར་གྱི་མཇུག་སྒྲོ་ཅན། །
ཆུ་རྒྱ་མཚོ་སྔོན་མོའི་གཏིང་མཐའ་འཁྱིམ། །
གྲང་འཁྱག་ལེ་ཤེས་ཏེ་བསྐོས་ཐང་རེད། །

肚白尾黄的鱼儿，
苦游大海之深处，
饥寒交迫无奈何。

༢ བྱང་རི་རྩེ་མཐོན་པོའི་ཡང་རྩེར་འགྲན། །
བྱ་གོ་བོ་གཅིག་ལ་སྒོ་ང་གསུམ། །
བྱ་ཚང་གཅིག་གི་ནང་ལ་འཕོར། །
བྱ་གཤོག་རྩལ་རྒྱས་དུས་རང་རང་འཕུར། །
དེ་ཡང་སྔ་མའི་བསྐོས་ཐང་རེད། །

一峰更比一峰高，
一只兀鹫孵三蛋，
不约聚到一窝处，
羽翼丰满各自飞，
此事早已成注定。

༣ ཤར་ཁྲི་གདུགས་ཉི་མ་འོད་ཟེར་ཅན། །
ཉིན་ཕྱི་དྲོ་ལ་རྒྱབ་བཀལ་རྒྱུ་རེད། །
སྤང་མེ་ཏོག་སེར་ཆེན་མཛེས་མོ་མ། །

东升太阳闪光芒，
走到西山自然落；
花儿草丛争鲜艳，

རླུང་སྐྱི་བསེར་བྱུང་དུས་འགྲོ་རྒྱུ་རེད། །　寒风吹来即凋零；
སྤྱིང་ལ་ཁའི་ཝ་མོ་བྲ་ཡག་མ། །　山中狐狸艳红毛，
དགྲ་རྔོན་པ་ཐུག་དུས་ཤི་རྒྱུ་རེད། །　遇到猎人死无疑，
བཙན་ལ་ཆེན་ཁ་བ་དཀར་པོ་དེ། །　大山之垭累积雪，
དགུང་ཉི་མ་ཤར་དུས་ཞུ་རྒྱུ་རེད། །　日照之时必融化。

༤ རྟ་རྒྱུག་ཞོར་མདའ་མོ་འཕེན་ཞོར་ཡིན། །　跑马顺便放箭，
གཞུ་བཀུག་ཞོར་གཞུ་རྒྱུད་འཐེན་ཞོར་ཡིན། །　握弓同时拉弦。

༥ བོད་ལ་དགའ་བ་རྣམ་གསུམ་ཡོད། །　藏族故有七喜愿：
ལྷ་བླ་མ་ཡོན་ཏན་འཛོམས་ན་དགའ། །　愿上师大智大德，
བན་ཆོས་པ་འདུལ་ཁྲིམས་གཙང་ན་དགའ། །　愿僧侣戒律清规，
གོང་དཔོན་པོའི་བཀའ་ཁྲིམས་དྲངས་ན་དགའ། །　愿官人秉公任直，
མར་གཉོམ་ཆུང་འདུག་སོས་དལ་ན་དགའ། །　愿黎民安居乐业，
ཕ་ཕྱུག་པོར་ནོར་བརྒྱ་འཁོར་ན་དགའ། །　愿富人腰缠万贯，
སྨན་མཛེས་མས་གནས་གོ་ཆོད་ན་དགའ། །　愿妇女爱子忠夫，
བུ་དཔའ་བོས་དགྲ་མགོ་ནོན་ན་དགའ། །　愿男子赢敌获胜。

༦ ལྷ་བླ་མ་ཟེར་ན་ཆོས་ཞིག་དགོས། །　身为喇嘛必修法，
ཆོས་མེད་ན་བླ་མ་དོན་མེད་རེད། །　否则转世无意义；
གོང་དཔོན་པོ་ཟེར་ན་ཁྲིམས་ཤིག་དགོས། །　身为君王需严法，
ཁྲིམས་མེད་ན་རྒྱལ་པོ་དོན་མེད་རེད། །　若无王法无意义；
ཕ་ཕྱུག་པོ་ཟེར་བར་རྒྱུ་ཞིག་དགོས། །　身为富翁需财富，
རྒྱུ་མེད་ན་ཕྱུག་པོ་དོན་མེད་རེད། །　若无财富无意义；
བུ་དཔའ་བོ་ཟེར་བར་མཚོན་ཞིག་དགོས། །　身为硬汉需佩剑，
མཚོན་མེད་ན་དཔའ་བོ་དོན་མེད་རེད། །　若无佩剑无意义；
རྟ་མགྱོགས་པ་ཟེར་བར་བང་ཞིག་དགོས། །　身为宝马需驰骋，

བང་མེད་ན་མགྱོགས་པ་དོན་མེད་རེད། ། 若不驰骋无意义；
བོད་དབུ་ནག་ཟེར་བར་ཆོས་ཤིག་དགོས། ། 黑头藏人需佛法，
ཆོས་མེད་ན་དབུ་ནག་དོན་མེད་རེད། ། 若无信仰无意义。

རྒྱ་ཕྲུག་སོ་མ་བཛྲ། **嘉楚 · 索玛班杂**

༡ དམའ་རྒྱ་མཚོ་སྔོན་མོ་གཏིང་རེ་ཟབ། ། 鱼儿游海需有度，
ཉ་གསེར་ཉ་མཚོང་ཚོད་མ་ཟིན་ན། ། 狂游深海丢自命，
ལུས་སྒྲོ་གཤོག་ཡོད་ཀྱང་ཕན་པ་མེད། ། 满身鱼鳞有何用，
གནམ་ལ་སྔོན་གཡུ་མདོག་ཁ་རྒྱ་ཆེ། ། 广阔天空无边界，
རྒོད་ཐང་དཀར་འཕུར་ཚོད་མ་ཟིན་ན། ། 雄鹰翱翔可需度，
སྒྲོ་སྒྲུ་རླུང་གིས་གཏོར་ཉེན་ཡོད། ། 否则羽翼被损伤，
ལུས་སྟོབས་ཤུགས་ཆེ་ཡང་ཕན་པ་མེད། ། 身壮力强有何义。

གངས་དཀར་རི་བོའི་རྩེ་མོ་མཐོ། ། 雪峰高耸入云层，
སེང་གཡུ་རལ་ངོམ་ཚོད་མ་ཟིན་ན། ། 雪狮炫鬃需有度，
ཕོ་དཔའ་རྩལ་ཆེ་ཡང་ཕན་པ་མེད། ། 否则大胆引麻烦。

༢ གཏམ་འདྲ་གཉིས་བཤད་ན་ཤ་པས་ཉན། ། 有理之言人人听，
རྟ་འདྲ་གཉིས་ཞོན་ན་བྱང་ལམ་ཆོད། ། 有力之马行千里，
མདའ་འདྲ་གཉིས་འཕངས་ན་དགྲ་བོ་ཐུབ། ། 射手好箭能中敌。

རི་ཤི་རི་དཀར་རྒྱལ་པོ། **日西 · 日嘎尔嘉波**

ནམ་མཁའི་གཡུ་འབྲུག་སྔོན་མོ་དེ། ། 青龙在天飞，
ངར་སྐད་འཛམ་གླིང་ཁྱབ་ལུགས་ལ། ། 怒吼响世间，
སྒྲ་ནམ་མཁའི་གླིང་གཞི་ཡོངས་ནས་ལྡིར། ། 雷声满苍穹。

བྱང་བཟའ་སྟག་ཆེན་ཆོས་སྒྲོན།

羌萨·达钦曲珍

ནམ་ལངས་སྐར་མ་ལ་ན་དགའ། །
མུན་ཚུབ་སྐར་མས་ནམ་མཐའ་གསལ། །

晨星消失早，
昏星引黎明。

རི་ཤི་རི་ནག་རྒྱལ་པོ།

日西·日那嘉波

༡ དགུང་ཨ་སྔོན་དབྱིངས་ནས་གཡུ་འབྲུག་ལྡིང་། །
ས་རྡོག་མོའི་གཞི་ནས་གླང་རྐན་ངུར། །
དེ་ངུར་ཡང་གཡུ་འབྲུག་འཇིགས་པ་མེད། །

上空雷声隆隆，
世间黄牛怒吼，
青龙无所畏惧。

༢ བུ་དཔའ་བོ་ཟེར་བའི་དཔའ་རྩལ་དེ། །
མཚོན་སྔོན་མོ་དགྲ་ལ་ཛོམ་དུས་ཤེས། །
རྟ་མགྱོགས་པ་ཟེར་བའི་བང་རྩལ་དེ། །
ཨ་ཆེན་བྱང་ཐང་གཤག་དུས་ཤེས། །
མདའ་སྐྱེན་པོ་ཟེར་བའི་དཔའ་གཏམ་དེ། །
བུ་དཔའ་བོས་སྟེང་ལ་རྒྱག་ཉིན་ཤེས། །

上阵不畏刀枪，
可谓英雄；
不畏跋山涉水，
可谓骏马；
所谓射手名号，
遇敌便知。

༣ ལ་མགོ་འགྲིམ་པའི་སྤྱང་ནག་དེ། །
གཡང་དཀར་གཟན་ལ་མ་ཡོང་ཡང་། །
ལ་མགོ་འགྲིམ་པས་སྣང་བ་སྐྱིད། །

行在山垭的黑狼，
并非为羊而游走，
只是天性爱翻岭。

གཤོག་རྩལ་ཅན་གྱི་ཧོར་པ་དེ། །
འཇོལ་མོ་ལག་ལ་མ་འཁྱོར་ཀྱང་། །
དབྱིངས་ལ་འཕུར་དུས་སྣང་བ་སྐྱིད། །

灵巧敏捷的鹞子，
虽无得到百灵肉，
飞在天空即欣喜。

རི་ཤི་རི་ཁྲ་རྒྱལ་པོ། 日西·日查嘉波

རྟ་ངར་རྒྱུག་བྱས་ན་བང་ལ་བུལ། ། 策马扬鞭易疲劳，
མཚོན་ངར་གཡུག་བྱས་ན་སོ་ཁ་ཆག ། 愤怒挥剑损刀口，
དཔའ་ངར་འཐབ་བྱས་ན་སྟབས་རེ་ལུག ། 硬战仇敌则败亡。

ཨ་སྟག་ཀླུ་མོ། 阿达鲁（拉）姆

སྤྱང་ཨ་ཐང་དུང་གི་ཡ་སོ་ཅན། ། 嘴露獠牙狼，
ལུག་བརྒྱ་ཚོ་ཕྱི་ལ་ཐོན་དུས་སུ། ། 遇见羊群时，
ཤ་དམར་པོའི་ཁྲག་ལ་མ་བསྒྲེས་ན། ། 若不袭击之，
ཁ་དུང་སོ་ཟེར་བས་ཅི་ལ་ཕན། ། 獠牙有何义。

མཐོ་ནམ་མཁའི་སྐྱ་ཁྲ་ཧོར་པ་དེས། ། 飞于天空鹞，
དགུང་བྱིའུ་བརྒྱའི་གཤོག་སྒྲོ་གཏོར་དུས་ལ། ། 若不袭击鸟，
སྒྲོ་སྤུ་ཁ་ཁྲག་ལ་མ་བསྒྲེས་ན། ། 羽翼不沾血，
ཁྲ་སྐྱ་ཁྲ་ཟེར་བ་ཅི་ལ་ཐོགས། ། 称鹞有何义。

སྟག་མོ་བྲུ་བཙན། 达摩普赞

གནམ་ཨ་སྟོན་ཆགས་པའི་ཕྱེད་ཀ་ཡིན། ། 贵于半边天，
ས་དོག་མོ་ཆགས་པའི་ཞིང་ཡ་ཡིན། 重于半江山。

ཁྱུང་གདོང་བྲུ་བཙན། 琼董普赞

༡ སོན་ལྷ་བྱ་ཁུ་བྱུག་བོད་ལ་ཡོང་། ། 布谷喜到藏，

ཁ་གནམ་ཆུ་བབས་ན་དགའ་ཞིང་ཡོད། །
ང་རྒྱ་སྟག་རི་བཀྲ་ནགས་ལ་ཡོད། །
ར་ཚེ་ཚེ་འབའ་སྒྲ་དགའ་ཞིང་ཡོད། །

如愿得雨水，
猛虎行于林，
喜闻山羊叫。

༢ ཕོ་སུ་རྒོད་རྩིང་མ་ཟེར་རྒྱུ་དེ། །
མདུང་ཁྲ་རིང་སོ་ཁ་རྩོད་ཉིན་ཤེས། །
མགྱོགས་རྟ་ཕོའི་སུ་མགྱོགས་ཟེར་བ་དེ། །
ས་བྱང་ཐང་སྐྱ་མོར་གཙོད་ཉིན་ཤེས། །

比矛技时，
晓真英雄；
行羌塘路，
知上等马。

དུང་སྐྱོང་སྟག་ལྷ་ཁྲི་དཀར།

童炯 · 达拉赤嘎尔

ཁ་དཀར་རྐྱང་གི་བང་ཁ་དེ། །
རྩེ་ན་ན་དམར་གཞུང་ནས་རྩེ། །
དམར་ཡག་སྟག་གི་འཛུམ་དྲུག་དེ། །
རྫོམ་ན་རྒྱ་རྫོང་ནགས་ནས་རྫོམ། །

白唇野马赛跑速，
唯有驰骋在草原；
老虎身斑显于林，
唯有林中聚猛虎。

ཁྲི་གླིང་འཕྲུལ་རྫོང་།

《其岭神变宗》

ཁྲི་གླིང་ནམ་མཁའ་རྒྱལ་པོ།

其岭 · 南喀嘉波

སྐྱེས་ཕོ་དགྲ་ཕྱི་ཡིས་བརྙས་པས་ན། །
རང་སྲོག་ཆད་ཀྱང་འགྱོད་མེད་དགོས། །

男子若被敌人欺，
丢了性命也不悔。

རྡོ་རྗེ་ཐོག་འབེབ།

多吉托别

ཤྭ་ཕོ་ཆེན་མགོ་ཡི་དུང་རྭ་དེ། །
དབྱར་ཟླར་སྐྱེ་ཞིང་སྟོན་ལ་ངོམས། །
དགུན་ལ་རྒྱས་ནས་དཔྱིད་ཀར་ལྷུང་། །

螺角立于雄鹿头，
长于夏季炫于秋，
壮于冬季落于春。

རླུང་ལྷ་ཧར་བ་སྐྱ་རེངས།

隆拉 · 哈尔瓦迦仁

ཉི་ཟླ་མཐོ་ལ་མཐོ་ཚོད་དགོས། །
ཉི་ཟླ་མཐོ་ཚོད་མ་ཟིན་ན། །
ཁྱབ་འཇུག་ཁ་ནས་ཐར་རབས་མེད། །
གསེར་ཉིག་དམའ་ན་དམའ་ཚོད་དགོས། །
གསེར་ཉིག་དམའ་ཚོད་མ་ཟིན་ན། །
ལྕགས་ཀྱུས་བཟུང་ན་ཡིད་ཐང་ཆད། །

日月再高可有度，
若是不知有多高，
最终被那曜煞吞；
金鱼游水需有度，
若是不知水深度，
最终毁于鱼钩上。

ཁྱུང་རྨོད་ཀུ་ནེ་གྲགས་པ།

琼贵 · 古乃扎巴

༡ བྲག་དཀར་བཟུང་བའི་ཐང་དཀར་ང་། །

雄鹰统治岩山时，

ཆ་ལུགས་ཁུག་པས་ཅི་ཤེས་རེད། །　　枭鸟岂能知鹰界；
རྒྱ་རྫོང་བཟུང་བའི་སྟག་མོ་ང་། །　　猛虎统治森林时，
ཆ་ལུགས་ཐོ་རུས་ཅི་ཤེས་རེད། །　　马驹岂能知虎威。

༢ རྒྱ་རྫོང་འགྲིམ་པའི་སྟག་མོ་དེ། །　　走在林中虎，
ཤ་དམར་ཁ་ལ་རེག་ན་ཡང་། །　　虽得新鲜肉，
རང་སེམས་མི་བདེ་ད་རུང་དགུག །　　但此不知足，
ས་མདའ་སྙིང་ལ་ཕོག་ཉེན་མོ། །　　身中猎人箭，
སྟག་མོ་འཛུམ་དྲུག་ཤོར་རན་གདའ། །　　不久失性命。

དགྲ་ལྷ་རྩེ་རྒྱལ།　　扎拉泽嘉

མེ་ལྕེ་ཡར་ལ་མཆེད་པའི་དུས། །　　燎原烈火，
རྩྭ་ཤིང་ལྷག་བསྐྱོ་དཀའ་མོ་རེད། །　　寸草不生；
རླུང་ཆེན་གནམ་ནས་གཡུག་པའི་དུས། །　　狂风怒吼，
བྱིའུ་ཆུང་འཕུར་བསྐྱོ་དཀའ་མོ་རེད། །　　小鸟难飞。

ཁྲ་གླིང་གཡུལ་འགྱེད།　　《库岭之战》

ནེ་ནེ་གནམ་སྨན་དཀར་མོ།　　乃乃·南曼嘎尔姆

༡ ནགས་རྒྱ་ལྗོང་འཛིན་མཁན་དམར་ཡག་སྟག །	统治森林之虎，
ལུས་འཇོམ་དྲུག་ཤ་ཟ་མ་ཐོམ་ན། །	若不享用血肉，
ནགས་རི་སྲུལ་འཛིན་པ་དོན་མེད་རེད། །	执掌森林无用。
གངས་དཀར་ཡག་བཟུང་མཁན་ཕོ་ཐང་སེང་། །	统治雪山之狮，
སེང་ངར་སྐད་གཞན་ལ་མ་ཐོམ་ན། །	若不怒吼雪原，
གངས་ས་བཙན་བཟུང་བ་སྟོང་པ་རེད། །	执掌雪山无用。
དཔའ་བློན་གྲལ་བཟུང་མཁན་སྟག་ཤར་དེ། །	宽仁大度宰相，
དགྲ་ཐོག་རྒྱག་གདོང་ལ་མ་བྱུང་ན། །	若不英战仇敌，
དཔུང་ཁྲ་མོའི་གདན་གྲལ་སྟོང་པ་རེད། །	立于臣位无意用。
༢ ཤྭ་ཕོ་ཆེན་མགོ་ཡི་དུང་ར་དེ། །	立于鹿头的螺角，
བསམ་ཤེས་ན་རང་སྲོག་ཕུང་སྒྱུད་རེད། །	猎人觊觎的目标；
ཝ་གུ་མའི་ལུས་ཀྱི་གྲ་ལོ་དེ། །	狐狸鲜红的绒毛，
བསམ་ཤེས་ན་རང་སྲོག་ཕུང་སྒྱུད་རེད། །	夺取性命的祸根；
སྨན་བུ་མོའི་ལུས་ཀྱི་སྐྱེས་གཟུགས་དེ། །	女子绝世的容颜，
བསམ་ཤེས་ན་འཁོར་བར་འཁྱམ་སྒྱུད་འདྲ། །	陷于轮回的根源。
༣ ཡུན་རིང་ཉལ་བའི་གོར་མོ་རྫོ། །	沉埋已久的石头，
དབྱར་གཞུང་ཡིན་ཡང་འཁྱག་ལ་འབྱར། །	虽临盛夏亦封冻；

ཡུན་རིང་གསོས་པའི་འདོ་རིགས་རྟ། །
གོམ་ད་འགྲོ་ཟེར་དུས་བང་ཁ་ཧེབ། །

喂养已久的马儿，
赛跑之日掉链子。

༥ སྐྱེས་ཕོ་རབ་ཅིག་ལ་འདང་ཞིག་དགོས། །
ཁྲ་ཧོར་པ་འདྲ་ཡིའི་བློ་རིག་དགོས། །
སྟག་དམར་ཡག་འདྲ་ཡིའི་སྙིང་སྟོབས་དགོས། །
ཝ་གྭ་མ་འདྲ་ཡིའི་གྲུ་ཤེམ་དགོས། །

男儿就要有男样，
需鹞鹰般的智慧，
需猛虎般的勇气，
需狐狸般的聪慧。

གེ་སར་ནོར་བུ་དགྲ་འདུལ།

格萨尔•诺普占堆

༡ གངས་དཀར་ཡག་བཟུང་བའི་ཕོ་ཐང་སེང་། །
མགོ་གཡུ་རལ་སྤེར་བཞི་མ་ངོམ་ན། །
ས་གངས་སྟོད་བཟུང་ལེ་སྟོང་པ་རེད། །

游走雪山的狮子，
若不炫耀鬃毛爪，
居于雪山无意义。

ནགས་རྒྱ་རྫོང་འཁྱིམ་པའི་དམར་ཡག་སྟག །
ཝ་གྲ་ཡག་ཤ་དམར་མ་ཟོས་ན། །
ནགས་རང་འཁོར་བཟུང་བ་སྟོང་པ་རེད། །

游走林中的老虎，
若不食那林中狐，
占领森林无意义。

༢ སྔ་དྲོ་མ་ཤེས་འཁྲུལ་བའི་ལས། །
ཕྱི་དྲོ་རིག་པ་གདན་ལ་འགོད། །

上午不明则误解，
下午自然揭是非。

ཤི་བདུད་ཧ་ཤང་འབར་བ།

西堆 · 哈香跋尔瓦

༡ རྒྱལ་པོའི་བཀའ་ལ་ཡར་ལན་མེད། །
རི་གཟར་ཐབ་ལ་གྱེན་ལྡོག་མེད། །

皇命不可违，
滚石不可逆。

༢ སྐྱེས་ཕོ་རབ་ཕོ་འབྲིང་ཕོ་ཐ་གསུམ། །

男人可分三类别：

སྐྱེས་པོ་རབ་ཅིག་གི་འགྲོ་ལུགས་དེ། །　一等男人之作为，
གཏམ་མགོ་ནས་བཤད་དུས་མཐུན་ལེ་བཤད། །　言行一致大事成，
ལས་བྱ་གཉིས་ཞོར་ནས་འགྲུབ་ལེ་བཤད། །　时时与人无争论；
ཕར་དགྲ་ཚུར་སྐྱོད་མེད་ལེ་བཤད། །

སྐྱེས་པོ་འབྲིང་ཞིག་གི་གཏམ་བཤད་ལ། །　二等男人之作为，
ཕྱ་འདང་ཕྱི་འདང་ཚོག་ལེ་བཤད། །　深思熟虑顾大局，
ཕར་ཚུར་གཉིས་ལ་གློ་ཞིག་འདྲི། །　说话做事共商讨，
རང་མགོ་ཐོན་ལེའི་གཏམ་ཞིག་བཤད། །　独善其身最为妙；

པོ་ཐ་མ་ཞིག་གི་གཏམ་བཤད་དེ། །　三等男人之作为，
རང་མགོ་མི་ཐོན་སྐྱོད་མགོ་ཁུར། །　独善不成搅大局，
སྐྱོད་གཞིའི་སྡེ་གཉིས་བར་ནས་དཀྲུགས། །　挑拨离间争是非，
གཏམ་ངན་ཡུལ་ཁམས་གྲགས་ལེ་བྱེད། །　臭名昭著扬四方。

༣ རྒྱལ་ཁམས་འཁོར་ལོ་བསྐོར་བསྐོར། །　四海为家游于世，
སྟོང་ཁམས་ཡོག་ག་ཡོག་ཡོག །　走东游西闯四方。

༤ པོ་བཙན་པོའི་བཙན་གཏམ་ཚོད་མེད་རེད། །　暴人狂言无节度，
བཙན་ཚོད་མེད་ཏམ་པས་ཅི་ཡང་བྱེད། །　处处贪得且无厌，
བུ་དཔའ་བོའི་དཔུང་ལ་མ་ཐུག་རེད།　遇到英雄才收敛。

༥ ས་སྐྱི་སའི་གྲོ་མ་བརྐོས་ལེ་དེ། །　松土蕨麻容易挖，
གོར་མོ་རྡོ་ལ་འགྲོ་ལེ་མིན། །　坚硬石头不易砸；
མི་ཉམས་ཆུང་གནོམ་སྐྱེ་གཙུས་ལེ་དེ། །　无能之人被人欺，
བཙན་པོའི་བུ་ལ་འགྲོ་ལེ་མིན། །　强权之子岂能惹；
ཁྱི་རྒན་དབྱུག་གིས་རྡུང་ལེ་དེ། །　老狗棒打无厚非，

དམར་ཡག་སྟག་ལ་འགྲོ་ལེ་མིན། །
若是老虎自买亏。

༨ སྐྱེ་ས་ཚར་ས་གྲགས་ས་གསུམ། །
སྔོན་ལས་ཐོད་པས་གར་བསྐོས་ཟེར། །
ན་ས་ཤི་ས་དུར་ས་གསུམ། །
གཤིན་རྗེའི་ཁྲམ་ལ་གར་བཏབ་ཟེར།
无论身处在何地，
一切皆由前世定；
生老病死于何地，
一切皆由阎王定。

༩ ཐོ་ཁྲེལ་མེད་གཅིག་གི་སྐད་ཆ་དེ། །
མི་ལ་སློགས་བཞིན་རང་ལ་བསྟོད། །
无耻之人出一言，
损害他人吹自己。

ཚ་ཞང་འདན་མ་བྱང་ཁྲ།
擦香·丹玛向查

༡ དགྲ་ལ་ཕྱུར་བའི་སྟ་རེ་རེད་གདའ། །
གཉེན་ལ་ཕྱུར་བའི་རྒྱ་དར་རེད་གདའ། །
斩杀敌人之刀斧，
成就姻缘之哈达。

༢ འབྲོང་བྲི་མོ་རྫ་ལ་འགྲོ་བ་ལ། །
རྫ་ཁྲ་ཡག་བདག་མེད་མ་ཡིན་ཡང་། །
འབྲོང་བྲི་སེར་རྫ་ལ་བསྐྱུར་ན་གདའ། །
野牛居于山，
并非山无主，
野牛乐于此。

ཉ་གསེར་མིག་མཚོ་ལ་རྒྱལ་བ་ལ། །
མཚོ་སྔོན་མོ་བདག་མེད་མ་ཡིན་ཡང་། །
ཉ་གསེར་མིག་མཚོ་ལ་བསྐྱུར་ན་དགའ། །
金鱼游于海，
并非海无主，
鱼儿乐于此。

༣ སྤྱང་ཨ་ཐང་ཡར་འགྲོ་ལུག་ལ་ཐུག །
ལུག་ལྷས་ལ་བསྡད་ན་བདེ་མོ་རེད། །
ལུག་མ་བསྡད་འཇོག་ན་སྤྱང་ཀིས་ཟ། །
圈内绵羊本无畏，
若想随意浪山谷，
定会沦为野狼餐。

༣ གསེར་གྱི་ཕ་བོང་སྒོ་ལ་འདྲིལ། །
ཉི་མའི་སྐྱབ་མདའ་ལག་ལ་ཐོན། །

金磐落门口，
鸿运当头来。

ཁུ་རྒྱལ་ཀ་བ་ཁྲི་བཙན།

库嘉·卡瓦赤赞

༡ བུ་དཔའ་བོ་དགྲ་ལ་འཁྲུག་ཉིན་མོ། །
མི་རེས་འགའ་ཙམ་ཞིག་ཤོར་ལེ་དེ། །
གཡུལ་འཁྲུག་དམག་གི་འགྲོ་ལུགས་རེད། །

英雄上战场，
死伤亦难免，
胜败乃家常事。

༢ ཐད་ལ་ལངས་པའི་དགྲ་བོ་དེ། །
ཐོད་ལ་མི་བཏུག་ཀ་མེད་རེད། །
སྟེང་ནས་ཤར་བའི་ཉི་མ་དེ། །
འོག་ནས་མི་ལྡེ་ཀ་མེད་རེད། །

相逢的敌人，
非战不可；
头顶的太阳，
非晒不可。

༣ ཐད་ལ་ལངས་པའི་དགྲ་བོ་དེ། །
རྐང་རྡོག་གསུམ་ཡན་ལ་ཤོར་མ་སྦྱོང་། །

敌站我跟前，
不让逃三步。

༤ མངགས་པའི་མི་དེ་གོ་ཆོད་རེད། །
འཕངས་པའི་མདའ་དེ་འབེན་ཐོག་རེད། །

所派之人有效之，
所放之箭无失的。

༥ ཝ་སྐྱར་མས་ཁུང་ཁ་བཟུང་ལེ་དེ། །
བཙན་པོ་རེད་བསློ་བཏགས་ལེ་མིན། །

怯弱狐狸守洞口，
并非因为它强势。

༦ གངས་དཀར་ཡག་རྒྱ་ཡི་ཕོ་ཐང་སེང་། །
སེང་སྡེར་བཞི་གཡུ་རལ་མ་ངོམ་ན། །
གངས་དཀར་ཡག་བཟུང་ན་དོན་མེད་རེད། །

居于雪山的狮子，
鬃毛四爪不炫耀，
身居此处无意义。

ནགས་དམར་ཡག་འཛིན་པའི་སྟག་མོ་དེས། །
གཟི་ཤ་ཟ་ཁ་ལ་མ་རག་ན། །
ནགས་རྒྱ་རྫོང་བཟུང་ན་དོན་མེད་རེད། །

居于林中的母虎，
若不享用新鲜肉，
执掌森林无意义。

༨ སྤྱང་ཨ་ཐང་ཨེ་ཐུག་གཡང་དཀར་ལུག །
ཕོ་རྫི་པོས་ཨེ་ཐུག་ཨ་ཐང་སྤྱང་། །

饿狼盼望遇绵羊，
牧人盼望遇饿狼。

ཐར་པ་སྟོབས་ལྡན་ནག་པོ།

太巴·多丹那波

༡ སྐྱེས་ཕོ་རབས་དགྲ་ལ་སོང་དུས་སུ། །
སྔ་ལྟས་བར་ལྟས་ཕྱི་ལྟས་དགོས། །
ཕོ་འབྲིང་དགྲ་ལ་སོང་དུས་སུ། །
དགྲ་མགོ་ནོན་ཏེ་རྗེས་འཛོག་ལེགས། །
ཕོ་ཐ་དགྲ་ལ་སོང་དུས་སུ། །
ཕ་བྲོས་ཐ་མ་རང་སྲོག་ཤོར། །

上等男子上战场，
三思后行事周全；
中等男子上战场，
克敌又把战场扫；
胆怯男子上战场，
逃命无用丧自命。

༢ དགྲ་ལ་དགྲ་ལན་མེད་པ་དེ། །
ཝ་མོ་སྣར་འཛམ་ཨེ་མི་རེད། །
བཟང་ལ་བཟང་ལན་མེད་ལེ་དེ། །
མི་ཁྲེལ་མེད་ཅན་པོ་ཨེ་མི་རེད། །

不报敌之仇，
犹如胆小狐；
不报恩人德，
无耻小人也。

༣ མགོ་ལ་ཡོད་པའི་དཔོན་པོ་དེ། །
ཞྭ་རྩེ་མོའི་མན་ལ་དམའ་མ་སྦྱོང་། །
ཐད་ལ་ཡོད་པའི་དགྲ་བོ་དེ། །
ཀང་ལྷམ་སྣའི་ཡན་ལ་བཏང་མ་སྦྱོང་། །

达官贵人，
敬捧头顶；
仇恨之人，
寸步不放。

གསེར་པའི་ཉི་འབུམ་དར་ཡག། 色贝 · 尼奔塔尔雅

1 བུ་དཔའ་བོ་འདྲ་གཉིས་ཐུག་ས་ནས། །
གཏམ་ཚིག་གསུམ་སྐད་ཆ་བཤད་ལོང་ཡོད། །
རྟ་ཕོ་འདྲ་གཉིས་ཐུག་ས་ནས། །
འགྲོས་རིང་པོའི་ས་ཐག་སྐྱོད་ལོང་ཡོད། །

英雄相刀戈，
先理而后战；
骏马赛速度，
远跑知等级。

2 ཁྱོད་ཨབ་ར་སྐྱ་མོ་བང་ཡོད་ན། །
ཐང་ཆེན་དཀྱིལ་ནས་རྒྱུག་ལོང་ཡོད། །

地鼠有速度，
可在平原见。

3 ཆུང་བྱིས་པའི་སྣང་བ་འཕྲུལ་དུས་ལ། །
གནམ་ཨ་སྔོན་མགོ་སྦྲ་རེད་གདའ་བསམ། །
འཇའ་སྣ་ལྔའི་ཁྱོན་ཐག་རྐྱང་ཡོད་བསམ། །
ཆུང་བྱིས་པའི་འཕྲུལ་སེམས་ཨེ་མི་རེད། །

孩童充满好奇心，
想把上空当帐篷，
想把彩虹当帐绳，
所谓童心是如此。

འཇང་གཡུ་ལྷ་ཐོག་འབྱུར། 姜 · 玉拉托久

1 སྤྱང་དར་མ་རི་ཁ་འགྲིམས་པའི་དུས། །
ལུག་གཡང་དཀར་ཁྲུ་ཚོགས་ཤ་རེ་ཚ། །
འཕར་བས་བྲག་སྒོ་འགྲིམ་པའི་དུས། །
ར་ཚེ་ཚེ་ཁྲུ་ཚོགས་ཤ་རེ་ཚ། །

野狼行于山头时，
可怜羊群在惧悚；
豺狼经过山洞时，
可怜山羊在颤抖。

2 གཏམ་ཁ་བཤད་ཆུ་ཡི་ལྦུ་བ་རེད། །
དོན་ལག་ལེན་ནམ་མཁའི་འཇའ་ཚོན་རེད། །

豪言似泡沫即出，
行动似彩虹即失。

དགྲ་ལྷ་རྩེ་རྒྱལ།	扎拉泽嘉
༡ སེང་དཀར་མོས་གངས་དཀར་འཛིན་པའི་དུས། །	雪狮执掌雪山时，
འབྲུག་ཕོ་ཐང་མ་བསྟོད་ངར་སྒྲ་གྲག །	青龙怒吼传四方，
སེང་དཀར་མོའི་ངར་སྒྲ་གཅིག་གི་སྐར། །	雪狮怒吼一声时，
འབྲུག་ཕོ་ཐང་བྱེ་ཚན་ནང་དུ་ལྷུང་། །	青龙坠于烫沙上，
འབྲུག་དེ་དུས་སྡུག་ཀྱང་ཕྱི་ལེ་རེད། །	此时懊悔已晚矣。
སྟག་དམར་ཡག་ནགས་རྒྱལ་བཟུང་བའི་དུས། །	猛虎统治森林时，
ཁྱི་བདའ་ལུ་མ་བསྟོད་དུ་ཟུག་བྱས། །	癞狗哭叫传森林，
སྟག་དམར་ཡག་འཕྱུགས་ཐེངས་གཅིག་གི་སྐར། །	猛虎一跃扑过去，
ཁྱི་བདའ་ལུའི་མགོ་ལྷགས་ཐང་ལ་བཤུས། །	癞狗顷刻变美食，
ཁྱི་དེ་དུས་སྡུག་ཀྱང་ཕྱི་ལེ་རེད། །	此时懊悔已晚矣。
༢ སྐྱེས་ཕོ་རབ་ཅིག་གི་བསམ་པ་དེ། །	上等男子者，
སྔར་ཆགས་ཕྱི་འདང་གཉིས་ཀ་ཡོད། །	知瞻前顾后，
འདི་ཕྱི་གཉིས་ལ་འདང་རེ་རྒྱག །	想今生来世，
ལས་རྒྱུ་འབྲས་གཉིས་ལ་བསམ་གཞིག་བྱེད། །	分黑白是非，
ཚེ་འདིར་ལུས་སེམས་བདེ་སྐྱིད་དང་། །	安今生今世，
ཕྱི་མར་གར་འགྲོ་ཐུབ་ལེ་བྱེད། །	畅来世之道；
ཕོ་འབྲིང་ཞིག་གིས་བསམ་པ་དེ། །	中等男子者，
ཚེ་འདིར་དགྲ་ཐུབ་གཉེན་སྐྱོང་བྱེད། །	知御敌自强，
རང་གི་རང་ལུས་སྲུང་བ་དང་། །	保自身平安，
རྒྱལ་ཁམས་བདེ་བའི་ཐབས་བཀོད་བྱེད། །	忧国泰民安，

པོ་ཐ་མ་ཞིག་གི་བསམ་པ་ལ། །
ཉི་མ་དེ་རིང་སང་ཉིན་ལ། །
ཁེ་རྒྱུ་ཕམ་རྒྱུ་བསམ་བློ་བཏང་། །
མཐའ་མ་རང་སྲོག་དགྲ་ལ་ཤོར། །

下等男子者，
只顾眼前利，
终身难自保。

གཡུ་འབྲུག་རལ་བ་མིག་དམར།

玉珠然瓦米玛

སྤྱང་ཨ་ཐང་ལུག་ཁྲུར་འདྲིས་པའི་དུས། །
ལུག་ཡ་ཟུང་ཤོར་ཡང་བྱ་ཐབས་མེད། །

饿狼袭击羊群时，
难免失亡几只羊。

ཤན་པ་མེ་རུ་རྩེ།

辛巴梅如泽

ལུག་གཡང་དཀར་སྐྱོང་བའི་ལུག་བདག་ངས། །
སྤྱང་ཨ་ཐང་ནམ་ཡོང་སྒུག་བསྡད་ཡོད། །
རྟ་ཁྲ་ཁྲུ་སྐྱོང་བའི་ཁྲམ་པ་ངས། །
རྟ་འགྲོས་ཆེན་ནམ་ཡོང་སྒུག་བསྡད་ཡོད། །

放牧羊群的牧人，
迫不及待遇饿狼；
饲养马群的马夫，
期待与骐骥有缘。

ཤ་གཟན་སྤྱང་མོ་ཛོ་ནག

夏散・江摩奥那

༡ པོ་ཁྲོད་ཤུག་པ་རུལ་རྒྱུ་མེད། །
མོ་ཁྲོད་རྩ་བ་རྒས་རྒྱུ་མེད། །

男子深仇不烂，
女子仇恨不老。

༢ ཁྲོད་ཕ་ཐོང་གཉིས་ལ་རྒས་རྒྱུ་མེད། །
ངོམ་བུ་ལོན་གཉིས་ལ་ཡར་དུས་མེད།

仇恨没有终老时，
负债没有还完日。

༣ ཕ་བསད་ཤ་ཕ་ལག་དམར་དེ། །
ལོ་དགུ་སོང་ཡང་འཁྲུག་པ་བྱེད། །

杀父之仇，
九年不完。

ཙེ་དམ་འཕྲུལ་རྫོང་།

《孜当神变宗》

རྒོད་རྒྱལ་བཙན་པོ།

གཏད་སོ་མེད་པའི་མདའ་འཕེན་དེ།།
མེས་པོའི་མིག་ལ་ཕོག་ཉེན་ཆེ།།
ན་ཚ་མེད་པའི་སྨན་བཅོས་དེ།།
བཅོས་མེད་ནད་ལ་འགྱུར་ཉེན་ཆེ།།

贵嘉赞普

无的之箭，
或中人眼；
无病之诊，
或成绝症。

བསྟན་པ་དར་རྒྱས།

དགུང་ཉི་མའི་འོད་ཟེར་མཛེས་མོ་དེ།།
བྱ་འུག་པས་མི་མཐོང་ལས་ཀྱིས་བསྐོས།།
ལྷོ་ལྷ་བྱ་ཁུ་བྱུག་དབྱངས་སྙན་དེ།།
ཞ་འོན་པས་མི་ཐོས་རྐྱེན་གྱིས་བྱས།།
ཇོ་ཤཱཀྱ་བསྟན་པའི་བྱིན་རླབས་དེ།།
མི་སྡིག་ཅན་མི་ཐོས་སྐྱོན་ལམ་ལོག །

丹巴塔尔杰

目光明媚照乾坤，
鸱枭不见命注定，
南来杜鹃之妙音，
聋子未闻因耳疾，
释迦大佛之真传，
恶人未闻因罪孽。

སློག་དམར་ལྡེམ་ལྡན།

ཚ་བ་རོང་གི་སྨྱུག་མ་དེ།།
རྒོད་པོའི་སྒྲོ་ཡི་རྒྱན་ཆ་སྤྲས།།
གར་གཏད་ས་ལ་མ་ཕོག་ན།།
ཉག་ཕྲན་བཏགས་པ་དོན་མེད་རེད།།

洛玛丹丹

察瓦隆的绿竹，
缀上秃鹫之羽，
若不射中目标，
称箭也将无意；

རྒྱ་མཚོའི་གཏིང་གི་དུང་ཆུང་དེ། །
ཐུལ་དཀར་འོ་མས་སྐྱེད་སྲིང་བྱས། །
ཆུ་སྲིན་གནོད་ལ་མ་ཕན་ན། །
དུང་དཀར་གསོས་ཀྱང་དོན་མེད་རེད། །

深海处的白螺，
被那牛乳喂养，
若不抵御鲸袭，
喂乳也将无益。

རུ་ཧྲ་གདོང་ནག

如扎董那

རི་སྤྱང་དུང་གི་མཆེ་བ་ཅན། །
སྤང་ཤོད་ལུག་ཆུང་ཁྲུ་ལ་འགྲོ། །
ཤ་དམར་ཞིམ་ཟས་ལག་པའི་མཐིལ། །
འོན་ཀྱང་ཡིད་ཟོན་མ་བྱས་ན། །
རྫི་བོས་འུར་ཆ་སྐོར་ལམ་ནས། །
སྤྱང་མོས་ཕམ་ཁ་ཉོ་ཡང་སྲིད། །

尖牙利齿的野狼，
偷袭山丘的羊群，
虽食得新鲜羊肉，
若不谨慎且提防，
牧人甩动牧鞭子，
引祸上身终害己；

སྡེ་བརྒྱད་ཐོག་སེར་མཚོན་ཆ་ཅན། །
དབྱར་གསུམ་ཆུ་མ་ཞིང་ལ་འགྲོ། །
འབྲུ་ཁྲལ་བསྡུ་བ་ལག་པའི་མཐིལ། །
འོན་ཀྱང་ཡིད་ཟོན་མ་བྱས་ན། །
སེར་སྲུང་ཡུངས་དཀར་ཟོར་ལམ་ནས། །
སྡེ་བརྒྱད་ཕམ་ཁ་ཉོ་ཡང་སྲིད། །

八部神器雷雹至，
三夏横扫肥沃田，
收取粮税必无疑，
若不提防咒师法，
八部或许会送命。

ཛེ་རྒྱལ་ཟླ་བ་བཟང་པོ།

吉嘉・达瓦桑波

ལུག་ལ་ཤ་ཤེད་རྒྱས་པ་དེ། །
རི་སྤྱང་ཟ་འདོད་ལངས་པའི་རྒྱུ། །
བྱིའུ་ཚང་ཁྲུ་ཚོགས་འཕེལ་བ་དེ། །
རྒྱ་ཁྲ་གཤོག་རྩལ་རྒྱས་པའི་རྒྱུ། །

膘肥体壮的绵羊，
馋嘴饿狼欲吞咽，
百鸟成群飞于天，
鹞鹰羽翼因此丰，

ཕྱུག་པོར་དཔལ་འབྱོར་རྒྱས་པ་དེ། །
རྐུན་མའི་ལག་མགོ་འགུལ་བའི་རྒྱུ། །

富人荣华必富贵，
致使贼人手痒痒。

ཚ་ཞང་འདན་མ་བྱང་ཁྲ། 擦香 · 丹玛向查

༡ གཅན་རི་སྤྱང་སྤྱོན་མོའི་ཚང་སྒོ་ལ། །
ར་ཚེ་ཚེ་དང་པོ་མ་སོང་དགོས། །
སོང་ཚར་ནས་ཐར་བ་ཡོད་ལེ་མིན། །

命尽的山羊，
不能经狼穴，
若进妄想逃；

བྱ་ཁྱུང་ཆེན་ག་རུའི་སྒོ་ཁ་རུ། །
སྦྲུལ་དུག་ཅན་དང་པོ་མ་ནུད་དགོས། །
ནུད་ཚར་ནས་གསོན་པོར་གཏོང་ལེ་མིན། །

琼鸟巢穴前，
毒蛇莫爬行，
若爬不可活。

༢ སེང་ཆེན་དཀར་མོའི་གཡུ་རལ་དེ། །
གངས་དཀར་རྒྱན་དུ་གཡོ་བ་ལ། །
ཝ་སྐྱེས་སྐད་ངན་ཤ་རེ་ཚ། །

洁白雪狮之鬃玉，
与那雪峰相辉映，
狐狸吼嚎真可悲；

གཡུ་འབྲུག་སྔོན་མོའི་རྒྱང་སྐད་དེ། །
ཨ་སྔོན་རྒྱན་དུ་སྒྲོག་པ་ལ། །
ཐེའུ་མོས་ལག་གཡུག་ཡི་རེ་ཆད། །

青龙雷鸣在天际，
响彻云霄震九天，
母妖招手真可悲。

བཙན་བདུད་རུ་ཏྲ་གདོང་ནག 赞堆 · 如扎董那

ཆུ་ཆུང་ཟུར་སྒྲ་ཆེ་བ་དེ། །
ཕུ་ན་རྫ་རི་མཐོ་བའི་རྟགས། །
གཡུ་འབྲུག་སྐད་གདངས་མཐོ་བ་དེ། །
སྔོ་སྤྲིན་འཐིབས་པ་མཐུག་པའི་རྟགས། །

小溪哗哗响，
仰仗源头；
雷声震双耳，
仰仗空中云。

སེང་སྟག་ཨ་དོམ།

森达阿冬

རི་རབ་རྩེ་ཡི་ཁྱུང་ཆེན་དེས། །
གནམ་ལྕགས་མཆུ་སྡེར་བགྲད་པའི་དུས། །
སྦྲུལ་ནག་འཕག་ཚག་སྙིང་རེ་རྗེ། །
ཀླད་ཁྲག་ས་ལ་ནམ་བསྡིམ་སྒྲུགས། །

大山之巅琼鸟，
开爪伸喙之时，
可怜黑蛇蠕动，
脑浆将洒一地。

ཀྱ་རྫོང་ནགས་ཀྱི་རི་བཀྲ་དེས། །
འཛིགས་པའི་ང་རོ་སྒྲོག་པའི་ཚེ། །
ཁྱི་ནག་སྐོར་རྒྱུག་ཤ་རེ་ཚ། །
མགོ་ལག་ཁྲག་ལ་ནམ་སྦག་སྒྲུགས། །

森林之中老虎，
怒啸震天之时，
可怜遛狗逃跑，
头脚将被血染。

སྐྱི་དཔོན་རོང་ཚ་ཁྲ་རྒན།

吉本·绒擦查根

མཐོ་མཁའ་ལམ་རྒྱན་གཅིག་ཉི་འོད་ཀྱིས། །
གླིང་བཞི་པོའི་མུན་པ་བསལ་བའི་སྐབས། །
བྱ་འུག་པ་ལྕག་སྤུའི་སྒྲོ་འཕྲུ་ཅན། །
ཞེ་སྐྱིད་པོ་མིན་ཡང་ཐབས་མེད་རེད། །

挂于碧霄的太阳，
光芒万丈照四方，
头长羽簇猫头鹰，
虽不愉快却认命。

བྱང་ཤན་པ་གཡུལ་འགྱེད།

《羌辛巴之战》

བྱང་ཤན་པ་སྟག་དམར་རྒྱལ་པོ།

羌·辛巴达玛嘉波

༡ བོད་ཡུལ་ཡུལ་ཁམས་བཅུ་གཉིས་ནས། །
ཁ་མ་ཧི་འདོན་མཁན་སུ་ཐུག་དང་། །
མི་ཐུག་ཐུག་ཁྲག་གི་ལྦོར་ལོ་བསྐོར། །
རྟ་ཐུག་ཐུག་སྒ་སྟོང་གཡའ་ལེ་མངགས།

走进雪域十二区，
口诵经者皆难脱，
遇到之人皆杀光，
杀到马上无人骑。

༢ ར་ཚེ་ཟད་འཕར་རའི་སྒོ་ཁ་རེད། །
མི་ཚེ་ཟད་དྲེད་ཚང་སྒོ་ཁ་རེད། །

命尽山羊遇豺窝，
倒霉人儿遇熊穴。

ཚ་ཞང་འདན་མ་བྱང་ཁྲ།

擦香·丹玛向查

བུ་དཔའ་བོ་བཤད་ལོང་འཛིང་ལོང་ཡོད། །
ཤ་ཁྲ་ཚོད་ཚོས་ལོང་ཟ་ལོང་ཡོད། །

英雄先礼后兵，
肥肉先煮后食。

ཤ་བ་ལག་རིང་།

夏瓦喇仁

བུ་དཔའ་བོ་སྟོན་ལ་མ་བུད་གོང་། །
ཁྱོད་སྐར་མ་ཁ་ཤོམ་ཆེན་པོ་མ། །
དཔའ་བོ་དགྲ་ཁ་རྒྱུག་རོགས་རེད། །

英雄还未展雄风，
懦夫满嘴是狂言，
实则只会临阵脱。

མདའ་རྔོད་ཐོག་བཙན་གྲགས་པ།

达贵•托赞扎巴

བྲི་སེར་འབྲོང་གི་ཚོ་ཤ་ལ། །
ཟ་ལོང་ཚོས་ལོང་གཉིས་ཀ་ཡོད། །
དབང་ཆེན་དཔོན་པོའི་ཁྲིམས་ར་ལ། །
ཞུ་ལོང་བསྐོར་ལོང་གཉིས་ཀ་ཡོད།

肥美野牛肉，
食前需煮熟；
法庭官人前，
可据理力争。

ཧོར་ཁྱི་ལ་ར་རྫོང་།

《霍其巴山羊宗》

ཧོར་རྗེ་ཀུར་དཀར།

霍尔吉•古尔嘎尔

༡ འབུ་དུང་ཕྲུག་འོ་མས་གསོས་ལེ་དེ། །
དགྲ་ཆུ་སྲིན་གདོང་ལ་ཨེ་ཕན་བསམ། །
དགྲ་ཆུ་སྲིན་གདོང་ལ་མ་ཕན་ན། །
འབུ་དུང་ཕྲུག་གསོས་ན་དགོས་པ་མེད། །

奶乳养海螺，
目的在鲸鱼，
若不驱鲸鱼，
养螺无意义。

རྟ་འདོ་ཆེན་ཆག་གིས་གསོས་ལེ་དེ། །
རྒྱང་རིང་པོའི་ས་ཐག་ཨེ་ཆོད་བསམ། །
རྒྱང་རིང་པོའི་ས་ཐག་མ་ཆོད་ན། །
རྟ་འདོ་བ་གསོས་ན་དགོས་པ་མེད། །

饲养坐骑，
欲行千里，
不送一程，
养马无义。

ང་ཀུར་དཀར་ནང་བློན་རྩལ་དྲུག་ཁྱིད། །
དགྲ་ཛག་པའི་གདོང་ལ་ཨེ་ཕན་བསམ། །
དགྲ་ཛག་པའི་གདོང་ལ་མ་ཕན་ན། །
བློན་རྩལ་དྲུག་འཛོམས་པ་ཨ་དགོས་ཆུང་། །

六艺俱全古嘎臣，
用在敌人入侵时，
若不上阵灭敌人，
培养武臣有何义。

༢ རྒྱལ་པོའི་བཀའ་ལ་ཡར་བཟློག་མེད། །
རི་གཟར་ཐབ་ལ་གྱེན་ལྡོག་མེད། །
སྔོན་མོའི་ཆུ་ལ་ཡར་འབབ་མེད། །

皇命不可违，
滚石不可逆，
河流不可返。

གེ་སར་ཆིབས་པ་རྒྱང་གོད།

格萨尔御马江贵

༡ ཕོ་གྱོད་ཕ་བོང་ལངས་རན་རེད། །
མོ་གྱོད་ཤུག་པ་སྐྱེས་རན་རེད། །

男儿复仇之石已抬起，
女人复仇之树已开花。

༢ ནོར་བ་འཁྲུལ་བ་འཛོལ་བ་གསུམ། །
རྒྱལ་པོའི་བུ་ལའང་འབྱུང་ཡང་སྲིད། །
ཆག་པ་གས་པ་གྲུམ་པ་གསུམ། །
རྡོ་རྗེའི་བྲག་ལའང་ཡོང་ཡང་སྲིད། །

人人都会犯错误，
不分身份皆如此，
金刚岩山再坚硬，
既会裂开又会碎。

མ་ཨ་བཟའ་ལྷ་མོ།

玛阿萨拉姆

༡ ཆབ་ཆེན་པོ་རྒྱ་མཚོའི་ནང་རྒྱུད་ན། །
སྟོབས་ཆེན་པོ་ཆུ་སྲིན་མཚོ་ནང་ཉལ། །
མཚོ་ཆེན་པོ་ཆུ་སྲིན་མ་འདོད་ཀྱང་། །
ཚེ་སྔོན་མ་ལས་ཀྱིས་བསྐོས་ཐང་རེད། །

凶神恶煞的鲸鱼，
居于涌动的海底，
虽不愿活在此处，
命中注定生于此。

གངས་དཀར་ཡག་དཀྱིལ་གྱི་གཡས་ཟུར་ནས། །
སྦལ་གངས་སྦལ་གངས་ལ་འཕོར་ལེ་རེད། །
གངས་དཀར་ཡག་གངས་སྦལ་མ་འདོད་ཀྱང་། །
ཚེ་སྔོན་མ་ལས་ཀྱིས་བསྐོས་ཐང་རེད། །

万年冰川之右方，
雪蛙生于冰雪间，
虽不愿意活此处，
此生投胎为雪山。

སྨན་འབྲུག་མོ་ཧོར་པས་བཙན་གྱིས་འཕྲོག །
བློ་འདོད་པ་མེད་ཀྱང་ལས་ཀྱིས་བཀུག །
ལས་ངན་པས་ཧོར་ལ་ལན་གཅིག་བསྐོས། །
ལས་དེ་དག་སུས་ཀྱང་ཟློག་ཐབས་མེད། །

珠牡沦于霍尔国，
并非珠牡之情愿，
此生注定有此劫，
前世孽缘谁能违。

ཀ་མ་གཟིག་མགོ།

卡玛色果

དོན་གྱི་རྩ་བ་མ་ཤེས་པར། །
རྩེ་མོ་ཟིང་ཟིང་མ་བྱེད་ཟེར། །

不知事之真相，
不可是非乱言。

ཚ་ཞང་འདན་མ་བྱང་ཁྲ།

擦香•丹玛向查

༡ འབྲུག་ཕོ་ཐང་ནས་མཁའི་དབྱིངས་ནས་རྒྱུ། །
གནམ་ལྕགས་ཐོག་དམར་རྒྱག་འདོད་རེད། །
བྲག་དམར་བཙན་པོ་གཏོར་འདོད་རེད། །
སྨིག་མེད་ཐལ་ཕུང་བཟོ་འདོད་རེད། །

天上雷声隆隆，
预兆天打雷劈，
欲把岩山摧毁，
让岩变成灰堆。

ཆབ་ཆུ་བོ་ཏི་སེ་གངས་ནས་འབབ། །
འབབ་པས་མི་ཚད་རྒྱུག་འདོད་རེད། །
ས་གཞི་ཆུ་ཡིས་གང་འདོད་རེད། །
ལུང་ཆེན་ཆུ་ཡིས་འཁྱུར་འདོད་རེད། །

冈底斯山江河源，
若水流过于湍急，
则大地淹于河中，
洪水溢满整山涧。

སྟོབས་འགྲན་མེད་དཔའ་རྒོད་གླིང་ནས་འོང་། །
ཡོང་བས་མ་ཚད་འགྲན་འདོད་རེད། །
ཧོར་ཕ་གཞིས་གླིང་པས་བཟུང་འདོད་རེད། །
ཧོར་གུར་དཀར་གཉའ་སྣ་སློད་འདོད་རེད། །

英雄来自岭嘎尔，
闯荡江湖比武艺，
霍国领地被岭占，
欲把霍王败于胯。

༢ ཕུ་ལ་གངས་རི་མ་ཆགས་ན། །
མདའ་ལ་གཡུ་མཚོ་འཁྱིལ་དོན་མེད། །

山谷若无积雪，
河流岂能成湖。

༣ རྒོད་ཐང་དཀར་ནམ་མཁར་ལྡིང་ལྡིང་དེ། །
དོན་བསམ་ཀྱུ་ཁྲ་བོ་ཤ་ལ་བསམ། །
གཅན་སྤྱང་གི་རི་མགོར་ཀྱུག་ཀྱུག་དེ། །
མཐའ་བསམ་ཀྱུ་གཡང་དཀར་ལུག་ཤ་བསམ། །
ང་འདན་མ་ས་འདིར་ཀྱུག་ཀྱུག་དེ། །
དོན་དམིགས་ས་ར་རྒྱལ་ཁྱོད་ལ་རེད། །

雄鹰翱翔于天空，
仅想食得一口肉；
穿行山谷的野狼，
唯念一口肥羊肉；
英雄丹玛来于此，
只想夺取热王命。

ཐོག་མདའ་སྐར་ཆེན།

托达嘎尔钦

ར་ཚེ་ཚེ་སྤྲང་ཁའི་གཞུང་དུ་གནས། །
འདུག་མི་ཚུགས་སྤྱང་ཚང་སྒོ་ཁར་འོང་། །
ཚེ་ཡང་ཟད་སྤྱང་ཐང་ང་དང་ཐུག །

香獐本居乱石处，
奈何太闲来狼窝，
遇我野狼且丧命。

གླ་རོག་པོ་རྫ་སྤྲང་གཉིས་ལ་གནས། །
འདུག་མི་ཚུགས་གཟིག་ཚང་སྒོ་ཁར་འོང་། །
ཚེ་ཡང་ཟད་གཟིག་མོ་ང་དང་ཐུག །

岩羊本居山之顶，
奈何太闲来豹窝，
遇我母豹且丧命。

ཕོ་རྩོད་མེད་རང་སར་མི་འདུག་པར། །
རྒོད་བསམས་ནས་གཞན་སར་ངར་ངར་བྱེད། །
ཚེ་ཡང་ཟད་ང་ཡི་མཚོན་རྩེར་མཚོངས། །

狂妄之人来他乡，
妄想称霸其异地，
遇我长剑且丧命。

ཀ་བཞི་དཔོན་པོ་ལྷུན་གྲུབ།

噶西·本波·伦珠

༡ ཕོ་ཁྲམ་པ་བུ་དེ་ཁ་གཏམ་ཆེ། །
དོན་ཞག་ལ་ཐུག་ན་ལྐུགས་པ་ཟེར། །

不靠谱者爱吹牛，
事到关键成哑巴。

༢ སྨན་བཟང་པོའི་ཟས་ལན་འཇལ་ལེ་དེ། །
ཞག་གསུམ་ལ་སོང་ཡང་འཕྱི་ལེ་ཟེར། །
དམག་བུ་རྟའི་དགྲ་ལན་འཇལ་ལེ་དེ། །
དུས་ལོ་དགུ་སོང་ཡང་སྔ་ལེ་ཟེར། །
ལས་ཕ་མ་བསད་པའི་ཤ་ལན་དེ། །
ལོ་བརྒྱ་སྐོར་སོང་ཡང་ལན་ལེ་ཟེར། །

贤妇报那食物恩，
过了三宿为时晚；
兵家男儿报雪恨，
时过九年也显早；
弑父弑母之仇恨，
时过百年也得报。

རྒོད་པོ་རློག་འཁྱུག་དམར་པོ།

贵波·洛秋玛波

ལ་ཁའི་སྤྱང་ཀིས་ལུག་ཁྱུ་གཏོར། །
ཨ་སྡུག་ལུག་རྫིས་རྡོ་རྟང་བྱེད། །

山顶羊群被狼驱散，
无奈牧人拿石砸狼。

འབུམ་དཔོན་ཐོག་རྒོད་འབར་བ།

奔本·托贵跋尔瓦

ར་གན་སེར་པོ་གསེར་ལ་བརྫུས། །
མེ་དམར་ནང་དུ་ཉམས་དཔྱད་ན། །
རང་བཞིན་རག་གི་རང་མདོག་ཐུང་། །

黄铜掩人称为金，
浴火提炼显真伟，
黄铜自然是假的。

ཨ་ཁྲུ་གུར་ནེ་ལྷ་མཁན།

阿库·古尔乃拉堪

མཐོ་སྣང་པ་བོད་ཀྱི་ཡུལ་ཁམས་ལ། །
ལྷ་བླ་མས་ཆོས་ཀྱི་འཁོར་ལོ་བསྐོར། །
ཆོས་དམ་ཆོས་ཐོབ་པའི་དགེ་འདུན་ལ། །
སྐྱབས་མི་ཞུ་གཞན་པ་སུ་ལ་ཞུ། །

雪域佛法之福地，
高僧大德讲经卷，
修得真经的僧侣，
此乃唯一皈向也。

ཁྲི་དཀར་རྒྱལ་སྲས།

赤嘎尔嘉赛

༡ མཐོ་དཀར་ཡག་གངས་དཀར་རྩེ་མོ་དེ། །
མཁའ་ཉི་མའི་ཧྲོད་ཀྱིས་བཞུས་ཟེར་ན། །
གངས་དུང་སེང་ཆགས་གནས་སུ་ལ་བྱེད། །
ཡུལ་འཁྱར་ནས་རྫ་གསེབ་འཁྱིམ་རྒྱུ་རེད། །

白雪皑皑的雪峰，
若被阳光所融化，
雪狮又该居何处，
终将浪于山峦间；

དམའ་ཐ་རླབས་འཁྲུག་པའི་གཡུ་མཚོ་དེ། །
བརྒྱ་གལ་སྲིད་སྐམ་ལ་འགྱུར་ཟེར་ན། །
ཉ་གསེར་མིག་འཁྱུག་གནས་སུ་ལ་བྱེད། །
མཐའ་ས་གཞིའི་གྲམ་ཐང་འཁྱིམ་རྒྱུ་རེད། །

波涛汹涌的玉措，
若有干涸那一天，
鱼儿又该何处游，
终将陷于卵石间；

འདྲེ་སྤྲང་ཕྲུག་ཇོ་རུའི་ལས་དམག་དེ། །
དུས་ད་ལོ་ངེད་ཚོའི་རྒྱལ་སར་ཕབ། །
ཡུལ་སྡེ་འབངས་འདུག་གནས་སུ་ལ་བྱེད། །
དུས་ཐ་མ་གཞན་ཡུལ་འཁྱམ་རྒྱུ་རེད། །

鬼胎觉如乞丐儿，
领兵犯我之国土，
子民流离失家园，
颠沛异乡流亡路。

༢ ཞིང་ཆུ་མ་ཆུ་ལུད་རྫོ་གསུམ་བྱས། །
སོན་འབྲུ་སྲན་སྣ་ལྔ་ཞིང་ལ་བཏབ། །
ཞིང་པ་ཞིང་འབྲས་དྲུག་ཨེ་སྨིན་བསམ། །
ལོ་པ་ཞིང་འབྲས་དྲུག་མ་སྨིན་ན། །
ཞིང་ཁ་རྒྱ་ཆེ་ཡང་ཨ་དགོས་ཚུང་། །

为田地开垦施肥，
耕五谷粮食之种，
盼秋时五谷丰登，
若得颗粒无收获，
田地之大有何义；

རྟ་འདོད་ཆེན་ཆག་གིས་གསོས་ལེ་དེ། །
ཁ་འབྲུ་སྲན་སྣ་ལྔས་སྐྱོ་ཆས་བྱས། །
རྒྱང་རིང་པོའི་ས་ཐག་ཨེ་ཕན་བསམ། །

坐骑所以精饲养，
常年喂以五谷粮
只图需时行万里，

རྒྱང་རིང་པོའི་ལམ་ཐག་མ་ཆོད་ན། །
རྟ་འདོ་བ་མཛེས་ཀྱང་ཨ་དགོས་ཆུང་། །

如若不达主之意，
骠肥体壮有何义；

མཐོ་རྒྱལ་པོས་བློན་རྒོད་གསོས་ལེ་དེ། །
དུས་ཉིན་མཚན་བུ་གཅིག་གསོ་གསོ་བྱས། །
དགྲ་ཐོག་རྒྱུག་སྟིང་ལ་ཨེ་ཕན་བསམ། །
དགྲ་ཐོག་རྒྱུག་སྟིང་ལ་མ་ཕན་ན། །
བློན་ཛེ་ལྟར་རྒོད་ཀྱང་ཨ་དགོས་ཆུང་། །

高居王位之君王，
培养大臣亲如子，
只为敌临城下时，
果敢无畏手拿擒，
如若无用养何用。

བློན་ཆེན་བྱ་རོག་གདོང་བཙན།

伦钦•恰若董赞

གནམ་ཨ་སྔོན་མཐིང་གི་ར་བ་ལ། །
སྤྲིན་ཅོག་སྐྱོང་ཙམ་ཞིག་མེད་ས་ནས། །
ཐོག་གཡག་རོ་ཙམ་ཞིག་བརྒྱབ་ནས་བྱུང་། །
སྲ་བྲག་དམར་རི་དེ་གཏོར་ནས་བྱུང་། །
བྲག་གཏོར་དོན་རྒྱུ་བ་ཅི་འདྲ་རེད། །

高空清天如镜，
没有一朵云彩，
瞬间雷击岩石，
天神怎被触怒。

རི་ཏི་སེ་གངས་ཀྱི་རི་རྩེ་ལ། །
དགུང་ཚ་ཟེར་ཉི་མ་མ་འཁྲོས་པར། །
ཏི་སེ་གངས་དཀར་བཞུས་ནས་བྱུང་། །
གངས་ཆུ་ས་ལ་འཁྱིལ་ནས་བྱུང་། །
ཆུ་འཁྱིལ་དོན་རྒྱུ་བ་ཅི་འདྲ་རེད། །

冈底斯山雪峰，
无烈日之照耀，
闻见积雪化成水，
水源追溯为何处。

མི་གཉོམ་ཆུང་རང་ས་བཟུང་ས་ལ། །
སྣང་དགྲ་པོའི་བཙན་དབང་བྱས་ནས་བྱུང་། །
བརྒྱ་གལ་སྲིད་འདི་འདྲ་བརྙས་ཟེར་ན། །
སེམས་བདེ་མོར་འདུག་རྒྱུ་ཨེ་ཡོད་ཤེ། །

老实之人守故土，
外敌带兵来入侵，
如若继而受欺辱，
岂能安心坐等之。

བློན་ཆེན་གྲགས་པ་ཧག་ཤར། **伦钦·扎巴哈夏**

དཔའ་སྙིང་རྩ་མེད་པའི་བུ་ཕོ་དེ། ། 无勇之人，
བུ་གཉོམ་ཆུང་མགོ་ལ་ངར་ངར་འདྲ། ། 欺软怕硬，
ཕོ་ངར་མའི་གདོང་ན་བཤོལ་བཤོལ་འདྲ། ། 当之鼠辈。

སྒ་བདེ་ཆོས་སྐྱོང་བེར་ནག། **嘎德·曲炯贝那**

གླང་ཀན་རྭ་རྩ་རྒྱས་ན་ཡང་། ། 黄牛触角再坚硬，
འབྲོང་རྐོད་རྭ་ཙོར་འགྲན་ཡ་མེད། ། 较之野牛抵不过。

བློན་ཆེན་ཤ་བ་ཐ་མགོ། **伦钦·夏瓦塔果**

དགུང་ཁྲི་གདུགས་ཕུ་ཤར་མདའ་ཤར་རེད། ། 太阳光辉照四方，
ཉིན་མ་ཤར་ཆུ་ནག་གད་ཁུག་རེད། ། 不照阴沟黑暗处，
ཡང་མིན་ན་ཁྲི་གདུགས་ཁྲེལ་མེད་རེད། ། 或是太阳无耻也，
དེ་མིན་ན་ཆུ་ནག་བསོད་ཟད་རེད། ། 亦或阴沟无福祉。

བྱ་ཁུ་བྱུག་ཕུ་གྲག་མདའ་གྲག་རེད། ། 杜鹃鸣声传四方，
སྐད་མ་གྲག་སྟག་ལུང་ཡུལ་ལ་རེད། ། 无传之地达龙谷，
ཡང་མིན་ན་ཁུ་བྱུག་ཁྲེལ་མེད་རེད། ། 或是杜鹃无耻也，
དེ་མིན་ན་སྟག་ལུང་བསོད་ཟད་རེད། ། 亦或达龙无福祉。

ཧོར་བཙན་རྐོད་ཕུ་འགྲོ་མདའ་འགྲོ་རེད། ། 霍人霸行游四方，
འགྲོ་མི་ཕོད་གླིང་སྒར་ཕྲ་མོ་རེད། ། 不敢前去岭兵营，
ཡང་མིན་ན་གླིང་པ་འགྲན་མེད་རེད། ། 或是岭人无敌也，

དེ་མིན་ན་ཧོར་པ་སྤོབས་ཞན་རེད། ། 亦或霍人无胆量。

ར་རྫོང་སྟོབས་ཀྱི་རྒྱལ་པོ། **热宗•多吉嘉波**

ཁྲེལ་མེད་ཤག་པོར་རྟེན་པ་དེ། ། 与无耻之人为友，
མཐའ་མ་ཕུང་གི་གཞི་མ་ཟེར། ། 终将成失败之根。

སྤྲང་ཕྲུག་སྲོ་མ་བཛྲ། **乞儿索玛班杂**

སྐྱེས་པོ་རབ་འདྲ་གཉིས་ཐུག་པའི་དུས། ། 君子会盟之时，
རང་གཞན་གཉིས་ཀ་དྲང་པོར་བརྗོད། ། 各自坦诚抒怀，
ཡུལ་མི་གཉིས་ཀྱི་བདེ་སྡུག་སྙིང་། ། 心怀民众安危，
མི་གཉིས་དོན་ཆེན་འགྲུབ་རབས་ཡོད། ། 必将安邦定国，
ཡུལ་གཉིས་བདེ་ལ་འགོད་རབས་ཡོད། ། 来往畅行无阻，
མགོ་ནག་སྐྱིད་མོ་གནས་རབས་ཡོད། ། 百姓安居乐业。

ཕོ་ཐ་མ་འདྲ་གཉིས་ཐུག་པའི་དུས། ། 小人相约商谈，
ཚིག་གསུམ་གཏམ་གྱི་རྫུན་མགོ་བསྐོར། ། 三句不离欺瞒，
མི་ཆེན་ཁོག་པ་རྫུན་གྱིས་བརྒྱངས། ། 各自心怀鬼胎，
རི་ཆེན་ཁོག་པ་ཆུ་ཡིས་བརྒྱངས། ། 就像山包积水，
མི་གཉིས་ཐོད་པ་གཏུག་རབས་ཡོད། ། 无谓唇枪舌剑，
སྡེ་གཉིས་ཀླད་ཁྲག་བསྐྱིལ་རབས་ཡོད། ། 终至两败俱伤。

ཏིག་ག་བློན་ཆུང་། **底卡•伦琼**

༡ མ་ཐུག་བསམ་པས་ཐུག་ལེ་རེད། ། 避而不见偏相撞，
ལས་ལན་ངན་པས་བསྐོས་ལེ་རེད། ། 孽缘如此之奇巧，

བསྐོས་པའི་ལས་ལ་གཟུར་ཐབས་མེད། །

命中注定无法躲。

༢ རྐོད་ཐང་དཀར་མཁའ་ལ་ལྡིང་ལེ་དེ། །
ཤ་ཁྲ་བོ་གཅིག་ལ་རྩམ་ལེ་རེད། །
དཔོན་ར་རྒྱལ་གླིང་སྐར་ཆས་ལེ་དེ། །
སྟོབས་ལྷ་སྲུས་ཁྲིད་ལ་རྩམ་ལེ་རེད། །

雄鹰展翅高飞，
欲食一块鲜肉，
然王赴于岭国，
欲振国之战力。

༣ མི་ཆུང་ཡང་ལྕགས་ཀྱི་མདེའུ་རེད། །
ཉག་ཕྲ་ཡང་སྟོང་སྐུད་བཞི་བསྒྲིགས་རེད། །

人小却是射箭手，
线细却是丝捻线。

རྟ་ཆུང་ཡང་འགྲོས་ཀྱི་གཞི་མ་རེད། །
མཚོན་ཐུང་ཡང་ཤ་ཟ་ཁྲག་འཐུང་རེད། །

马小却是千里马，
刀小却是噬肉刀。

༤ ཞུ་བ་རྒྱལ་པོའི་བུ་ལ་ཡོད། །
ཞུ་རྟེན་མེད་ན་ཁྲིམས་དང་འགལ། །

觐见国王之子，
无礼不成规矩。

དགྲ་ལྷ་རྩེ་རྒྱལ།

扎拉泽嘉

མཐོ་གངས་རི་འཁྱིམ་པའི་དཀར་ཡག་སེང་། །
མགོ་གཡུ་རལ་རྒྱས་དུས་མ་རྟོམ་ན། །
དེ་གཡུ་རལ་ཟིག་ལེས་ཅི་ལ་ཕན། །

盘踞雪山之狮，
不炫茂密鬃毛，
雄狮徒有虚名。

སྟ་ནགས་ཚལ་འཁྱིམ་པའི་དམར་ཡག་སྟག །
ལུས་འཇམ་དུག་རྒྱས་དུས་མ་རྟོམ་ན། །
དེ་འཇམ་དུག་མཚར་ལེས་ཅི་ལ་ཕན། །

称雄森林之虎，
不炫绚丽斑纹，
猛虎徒有虚名。

གླིང་དཀར་ཁྲ་མོའི་ནང་རོལ་ནས། །

岭嘎花花国度，

གླིང་འབུམ་པའི་ལྷ་སྲས་དགྲ་ལྷ་ང་། །
དགྲ་ར་རྫོང་རྒྱལ་དང་མ་གཏུགས་ན། །
དཔའ་དགུང་ལ་གྲགས་ཞེས་ཨ་དགོས་ཚུང་། །

神子扎拉泽嘉，
若不降伏热王，
神子徒有虚名。

བློན་ཆེན་ཤ་བ་ཐན་མགོ།

伦钦•夏瓦添果

གླང་རྒན་སུག་བཞི་མ་ཐེག་པར། །
ད་རུང་འབྲོང་ལ་འགྲན་འདོད་བྱེད། །
གླང་རྭ་ཐང་ལ་གདབ་འདོད་རེད། །
གླང་རོ་ཁྱི་ལ་སྟེར་འདོད་རེད། །

老牛四蹄踏不稳，
还想与那野牛斗，
老牛犄角定折损，
牛肉被那野狗吃。

ཆུ་སྲིན་རྒྱ་མཚོར་འཁྱུག་པ་ལ། །
དོན་མེད་སྦལ་རྒན་འཁྱུག་འདོད་བྱེད། །
ཆུ་སྲིན་འཁྱུག་པའི་རླབས་ཟུར་གྱིས། །
ཨ་སྡུག་སྦལ་རྒན་སྐམ་ལ་འདོན། །

鳌鱼畅游海洋中，
老蛙也想试比游，
鳌鱼击水一浪花，
就把老蛙拍沙滩。

གླིང་སྡུག་སྤར་མ་ཝ་བློན་བཞི། །
ངེད་ར་རྫོང་རྒྱལ་བློན་སྟོབས་ལ་འགྲན། །
མི་བཞི་སྲོག་དང་བྲལ་འདོད་རེད། །
ཤ་ཁྲག་བྱ་ཁྱིར་སྟེར་འདོད་རེད། །
གོ་ཁྲབ་རྟགས་མར་འབུལ་འདོད་རེད། །
རྟ་བཞི་ཉོམ་ལ་འཛལ་འདོད་རེད། །

岭国四臣懦如狐，
欲热王臣比英武，
四臣性命危在夕，
将把鲜肉供于禽，
奇得盔甲献热王，
四马也是热王礼。

གསེར་པའི་ཉི་འབུམ་དར་ཡག།

色贝・尼奔塔尔雅

བྱ་ཁྱུང་ཆེན་གཤོག་པ་བརྒྱངས་ལེ་དེ། །
སྟོབས་དུག་སྦྲུལ་མགོ་ལ་ཟམ་ལེ་རེད། །

琼鸟展翅飞翔，
毒蛇毒性何烈？

སྦྲུལ་དུག་ངར་ཆེ་ཚུང་ཁྱུང་གིས་ཤེས། །
བར་མཁའ་ལམ་ཡངས་པའི་ནང་རྒྱུད་ནས། །
འབྲུག་གཡུ་འབྲུག་སྔོན་མོ་གྲག་ལེ་དེ། །
ཕུ་རྒྱ་རྫོང་བྲག་ལ་ཛམ་ལེ་རེད། །
འབྲུག་ཐོག་རྩལ་ཅི་ཡོད་སྔགས་པས་ཤེས། །

琼鸟心知肚明；
天空雷声轰鸣，
欲把高山击碎，
雷神是否英勇，
咒师心知肚明；

དུས་ད་ལོ་ཕྱི་པའི་རྒྱལ་ས་ལ། །
གླིང་འབུམ་དམག་ཕྲ་མོ་ཕབ་ལེ་འདི། །
ཕྱི་ར་རྒྱལ་བློན་ལ་ཛམ་ལེ་རེད། །
དཔའ་སྟོབས་རྩལ་ཅི་ཡོད་གླིང་པས་ཤེས། །

岭国列兵布阵，
攻战热王国土，
霍国是否威武，
岭国心知肚明。

མགར་བཟའ་ཆོས་སྒྲོན།

嘎尔萨曲珍

ཆུ་རྫ་ཆུ་འབབ་ཆུ་གངས་ཆུ་གསུམ། །
འབབ་ས་ལུང་པ་མི་གཅིག་ཀྱང་། །
འཛོམས་ས་མ་ཕམ་གཡུ་མཚོ་ཟེར། །

冰川山涧三河流，
流经不同峡谷地，
水尾汇于玛旁湖。

རྒྱ་ཇ་མར་དཀར་བཟང་ཚྭ་གསུམ། །
འབྱུང་ས་ལུང་པ་མ་གཅིག་ཀྱང་། །
འཛོམས་ས་ཇ་ཐབ་ཕྲ་མོ་ཟེར། །

茶叶酥油和青盐，
产于藏汉不同地，
有缘聚在花灶台。

ཤན་པ་དུང་སྐྱོང་འཇང་ཕྲུག་གསུམ། །
སྐྱེས་སའི་ཕ་ཡུལ་མ་གཅིག་ཀྱང་། །
འཛོམས་ས་གླིང་དཀར་སྟོད་ལ་རེད། །

辛巴童炯和姜楚，
生于霍门姜三地，
有缘相聚在岭国。

སྐྱི་དཔོན་རོང་ཚ་ཁྲ་རྒན། 吉本・绒擦查根

༡ ལྷ་ཚོགས་གྲལ་ལ་འདུག་པའི་དུས། །
ཚོགས་ཉིས་སྐལ་ལེན་མི་སྲིད་དེ། །
ཚོགས་སྐལ་ཆད་ན་རྣམ་རྟོག་ཟེར། །

身在众神间，
只求一人份，
以免起疑心。

༢ གནམ་ཨ་སྔོན་སྨུག་ཐུམ་མུན་པས་བཀབ། །
ས་གཞུང་དྲུག་གྲང་ངར་འཁྱག་གིས་བསྡམས། །
མི་དབུ་ནག་སྡུག་གིས་མནར་བའི་དུས། །
ཤར་ཁྲི་གདུགས་ཉི་མས་གླིང་བཞི་བསྐོར། །
དམའ་ས་གཞིའི་འཁྱགས་ཐུམ་དྲོད་ཀྱིས་བཅོམ། །
འགྲོ་རིགས་དྲུག་བདེ་སྐྱིད་ཉི་མ་ཤར། །

天空漆黑一团，
大地已被冻僵，
人类深陷苦海，
太阳转行四洲，
驱走世间之寒，
六道幸福快乐。

ར་དཀར། 热嘎尔

ལྷ་འབོད་མི་མང་དེ་སྐྱབས་མི་ཉུང་། །

求神多而赐佑少。

འཛམ་གླིང་གསེར་རྫོང་།

《世界金宗》

གེ་སར་ནོར་བུ་དགྲ་འདུལ།

格萨尔·诺普占堆

༡ ཉ་གསེར་མིག་མཚོ་ནང་འགྲོ་བ་ལ། །
ཆུ་ཐ་རླབས་གཡོས་པས་ཡིད་རེ་སྐྱོ། །
གངས་སེང་གངས་ལ་འགྲོ་བ་ལ། །
སྤྲིན་སེར་བ་འཐབ་ན་ཡིད་རེ་སྐྱོ། །

金鱼畅游大海时，
大风骇浪鱼儿悲，
雪狮走在雪山巅，
乌云翻滚狮子悲。

༢ རྩི་ཤིང་མེ་ཏོག་རྒྱས་པའི་ནགས་ཚལ་དབུས། །
ཁུ་བྱུག་སྔོན་མོ་དབྱངས་སྙན་སྒྲོག་པའི་ཚེ། །
རྒྱང་རིང་གླུ་ཡིད་འཕྲོག་པ་སྙན་མོའི་ཁྱབ། །
ནམ་ཟླ་འདས་ན་དབྱངས་སྒྲ་སྙན་མོ་འགགས། །

花草茂林之处，
布谷悠扬传唱，
歌声传遍四方，
时过再无歌喉。

མཐིང་སྨུ་ཉི་ལྷ་རྫོང་།

རྡོམ་ནག་ཁྲག་མཐུང་།

ང་རྒྱ་སྟག་ནགས་རྫོང་བཟུང་བ་ལ། །
ཁྱོད་ཝ་མོས་གྲ་ཙོམ་དགོས་དོན་མེད། །
ང་སྐྱ་ཁྲ་ནམ་འཕང་བཀྱགས་ལེ་ལ། །
ཁྱོད་བྱིའུ་ཚང་གཤོག་འགྱུར་རྒྱག་དོན་མེད། །

གསེར་པའི་ཉི་འབུམ་དར་ཡག།

༡ བྱ་རྒྱལ་ཁྱུང་ཆེན་སྒོ་ང་དང་། །
ཐན་བྱ་སྨྱིག་པའི་ཕྲུ་གུ་གཉིས། །
དེ་འདྲ་འདྲ་བསམ་ཡང་འདྲ་ལེ་མིན། །
ལུས་གཤོག་རྩལ་རྒྱས་ལུགས་ཁ་ཁ་རེད། །

༢ འབྲོང་བྲི་སེར་རྫ་ལམ་འགྲིམ་པའི་དུས། །
གླང་རོག་ནག་ཧུར་ཤང་ཅི་ལ་རེད། །

སེང་སྟག་ཨ་རྡོམ།

༡ ཁྱི་བདའ་ལུ་ངར་སྒྲ་ཆེ་ན་ཡང་། །
སྟག་ངར་མར་ཐུག་ན་ཝ་ཐུག་རེད། །
ཝ་གུ་པ་འགྲོ་འདོད་ཆེ་ན་ཡང་། །
སྤྱང་དར་མར་ཐུག་ན་བང་མེད་རེད། །

《亭伞尼神宗》

童那叉彤

森林之王那老虎，
狐毛耀眼有何义，
鹞鹰腾空飞升时，
小鸟展翼有何义。

色贝·尼奔塔尔雅

飞禽之王琼鸟蛋，
不祥之鸟枭鸟蛋，
看似相同却不同，
展翅高飞却迥然。

野牦牛行于山里，
为何黄牛在乱吼。

森达阿冬

主弃劣犬汪汪叫，
碰见老虎如狐狸，
狐狸虽爱乱跳窜，
碰见野狼无速度。

༢ ཁྲི་གདུགས་ཉི་མ་ཤར་ཤར་ནས། །
ཐ་མ་སྤྲ་གཅན་ཁ་ལ་ཚུད། །
དུང་དཀར་ལུག་ཚུང་འབའ་འབའ་ནས། །
ཐ་མ་སྤྱང་ཐང་ཁ་ལ་ཚུད། །

日出东山光亮，
可被乌云遮住，
绵羊咩咩喊叫，
可被野狼叼走。

སྟོང་དཔོན་སོ་ཁྲ་ཡ་མེད།

东本·索查雅美

ལས་ངན་བོང་རྐན་གྭ་མ་དེས། །
འདོ་བ་རྟ་ལ་འགྲན་སྣང་ཤར། །
ཨུག་རྐན་མཚན་གྲག་རང་སྣང་ཅན།
ཁུ་བྱུག་སྐད་ལ་འགྲན་སྣང་ཤར། །

苦命白脸驴，
想和马儿赛；
夜行猫头鹰，
欲赛杜鹃鸣。

དུག་རི་འབུམ་དགའ།

毒日·奔嘎

རྒྱུག་ཆེ་ན་ཝ་སྣ་རྡོ་ལ་ཐུག །
འགྱིང་ཆེ་ན་སེང་གེ་སྐེད་རུས་འབུད། །
བཀུག་ཆེ་ན་གཞུ་མོ་དཀྱིལ་ནས་ཆག །
ངར་ཆེ་ན་རལ་གྲི་སྐེད་ནས་ཆག །

过快的狐鼻撞石头，
挺立的狮子扭颈骨，
拉大的弩弓会折断，
锐利的大刀断刀柄。

ཅེ་བློན་ཆོས་འགྲུབ།

齐伦·曲珠

སྟག་དམར་ཡག་ནགས་ལ་འགྲིམ་པའི་དུས། །
ཝ་གྭ་མས་གྲ་ལོ་ངོམ་ནས་བྱུང་། །
ང་རྒྱ་སྟག་མི་ཁྲོ་ཀ་མེད་རེད། །
དུས་མཐའ་མ་ཝ་མོ་སྲོག་རྩ་གཅོད། །
ལས་དེ་དུས་འགྱོད་ཀྱང་ཕྱི་ལེ་རེད། །

猛虎走在树林，
狐狸炫耀皮毛，
虎吼震响森林，
狐狸难逃性命，
悔恨当初嚣张。

སྟག་རོང་ཨ་ཁྲུ་ཁྲོ་ཐུང་། 达绒·阿库超同

རྔོན་པས་ཤྭ་བོ་མ་བསད་ན། ། 倘若猎人未杀鹿，
གཞི་བདག་ཕོག་ཐུག་འགྲོ་དོན་མེད། ། 岂能惹怒地方神，
ནམ་མཁར་སྤྲིན་ནག་མ་འཁྲིགས་ན། ། 若是晴空不遮云，
ལོ་ཏོགས་སེར་བས་རྡུང་དོན་མེད། ། 庄稼怎会遭雹打。

ཟེ་སྲུས་སྟོབས་ཆེན། 百赛·多钦

ནགས་ཀྱི་རྒྱ་སྟག་ཁྲ་བོ་དེ། ། 树林之中的老虎，
མཆེ་སྡེར་ཙམ་ཚོད་མ་ཟིན་ན། ། 若不到处炫獠牙，
ས་མདས་འཛུམ་རྡུག་ཞེན་ནས་ཡོང་། ། 怎会身中猎人箭，
ལས་དེ་དུས་འགྱོད་ཀྱང་ཕྱི་ལེ་རེད། ། 悔恨当初太嚣张。

མཐིང་རྗེ་ནམ་མཁའ་རྒྱལ་མཚན། 亭吉·南喀坚赞

ང་གཡང་དཀར་ལྷས་ར་བཟུང་ས་ལ། ། 绵羊居于羊圈，
ཁྱོད་སྤྱང་ཀིས་རྗེས་འདེད་ཅི་ལ་ཡིན། ། 为何野狼来袭，
ང་བྱིའུ་ཚང་ཚེར་ཕུང་བཟུང་ས་ལ། ། 小鸟栖息荆棘，
ཁྱོད་སྐྱ་ཁྲས་གཞོག་འཕྲུར་ཅི་ལ་ཡིན། ། 为何鹞鹰偷袭。

འབྲུ་རུ་མཆོང་རྫོང་།

《智如玛瑙宗》

འབྲུ་རྗེ་ནམ་མཁའ་རྒྱལ་མཚན།

智吉·南喀坚赞

1 ཝ་ཀྭ་མ་ཁུང་ལ་འཛུལ་བ་དེ། །
དེ་ལ་དཔའ་ཟེར་བཤད་རབས་མེད། །
ཝ་རྫ་མ་ཤར་ལེ་བྲོས་པ་ལས། །
སྟག་འཛུམ་དྲུག་ཉེ་ལེ་ཤི་ན་དགའ། །

狐狸钻进洞穴中，
不配称作为胆儿，
夹着狐狸尾巴跑，
宁可壮烈地死去。

2 རྡོ་གོར་མོ་ཉལ་ན་འཁྱག་ལ་འགྱུར། །
སྟག་ཤ་ར་ཉལ་ན་དགྲ་མགོ་ཤོར། །
སྨན་བུ་མོ་ཉལ་ན་གནས་མགོ་ཤོར། །

沉埋的石头被冻僵，
懒睡的男子战不胜，
慵懒的女子无人娶。

3 ཐད་ལ་ཡངས་པའི་དགྲ་བོ་དེ། །
ཐོད་ལ་མི་གཏུག་ཁ་མེད་རེད། །

狭路相逢之仇人，
宁死也要对着干。

4 དམག་བུ་རྟ་མང་བའི་དཔོན་པོ་དེ། །
དབང་བསྐྱོད་ན་དཔོན་པོ་ལོས་དགའ་སྟེ། །
འོག་འབངས་མི་ཆག་གྲུམ་ཤོར་བས་ན། །
གོང་དཔོན་པོའི་ཡུལ་ཁམས་སྡུག་གིས་གང་། །

率领千军显威武，
此事永驻可多好，
若是黎民受遭殃，
国之将倾无宁日。

5 དགུན་གསུམ་ཁ་བ་འབབ་པ་དེ། །
དབྱར་གསུམ་ཉོད་ཀྱིས་ཞུ་རྒྱུ་རེད། །

冬季飘落的雪花，
夏季被阳光融化。

6 ཁྲི་རྐན་གཡུག་པས་རྡུང་ལེ་དེ། །

拿起棍子可打狗，

དམར་ཡག་སྟག་ལ་མི་འགྲོ་ཟེར། །　碰见老虎行不通，
མི་གཅེས་ཕྲུག་ཕ་མས་བྱམས་ལེ་དེ། །　父母在家宠儿子，
ཕྱི་མི་སྤྱིའི་སྤྱིང་ལ་མི་འགྲོ་ཟེར། །　遇到别人别指望。

༧ དགྲ་ནག་ཕོར་མགོ་འབུལ་ཞུ་བ་ལས། །　向敌求救投降，
ཤི་དམྱལ་བར་འགྱུར་ན་ཨེ་མ་དགའ། །　宁愿死入地狱。

གྲུས་མོ་དར་བཟའ་ཆོས་སྒྲོན།　赛姆·塔尔萨曲珍

༡ ཁ་བ་འབབ་ཉིན་ལུག་རྫི་སྡུག།　下雪放牧苦了牧人，
མུན་པ་རུབ་དུས་ཇག་འགྲོ་སྡུག།　夜里行窃苦了劫匪。

༢ སྐྱེས་ཕོ་རབ་ཕོ་འབྲིང་ཕོ་ཐ་གསུམ། །　男子可分三类别，
སྐྱེས་ཕོ་རབ་སེམས་ཁོག་གནམ་ལས་ཡངས། །　上等男子胸如天，
ཕོ་འབྲིང་སེམས་ཁོག་ཐང་ལས་ཆེ། །　其次心胸广如原，
ཕོ་ཐ་མའི་སེམས་ཁོག་ཁབ་མིག་འདྲ། །　小人心胸如针眼。

༣ སྐྱེས་ཕོ་རབ་སེམས་རྒྱ་གནམ་ལས་ཡངས། །　上等男子胸如天，
ཕོ་འབྲིང་སེམས་རྒྱ་ཐང་ལས་ཆེ། །　其次心胸如广原，
ཕོ་ཐ་མའི་སེམས་རྒྱ་ཕོར་ལས་ཆུང་། །　小人心眼如碗口。

༤ ཕོ་རབ་འདང་ཞིག་རྒྱག་ལེ་དེ། །　上士思虑事，
ནམ་ལངས་ནས་ཉི་མ་ཤར་འདྲ་ཡོད། །　犹如阳光照；
ཕོ་འབྲིང་འདང་ཞིག་རྒྱག་ལེ་དེ། །　中士思虑事，
མུན་རུབ་ཀུང་ཟླ་བ་ཤར་འདྲ་ཡོད། །　犹如照月光；
ཕོ་ཐ་མས་འདང་ཞིག་རྒྱག་ལེ་དེ། །　下士思虑事，
རང་སྲོག་ཕུང་ལེའི་འདང་ཞིག་རྒྱག།　害人又害己。

ཚ་ཞང་འདན་མ་བྱང་ཁྲ།	擦香·丹玛向查
༡ གངས་དཀར་ཡག་བཟུང་ལེའི་ཟེ་ཐོང་སེང་། ।	占领雪山的狮子，
ད་ཉམས་རྒྱུས་ལོན་ན་ཅི་ཡོད་ཤེས། ।	彼此熟悉知本领，
ཆབ་ཆུ་བོའི་ནང་གི་ཉ་མོ་དེ། ।	游在河里的鱼儿，
འགྲམ་བཅར་ན་གཤོག་འགྱུར་ཅི་ཡོད་ཤེས། ।	靠近身边之游功，
སྐར་གྲུ་བཞི་འཛིན་པའི་དམག་དཔོན་ཁྱོད། ।	管理兵营的将军，
འགྲམ་བཅར་ན་སྙིང་སྟོབས་ཅི་ཡོད་ཤེས། ।	靠近身边知胆量。
༢ དཀར་ཡག་གངས་ཀྱི་ཟེ་ཐོང་སེང་། ।	皑皑雪山之雄狮，
གཡུ་རལ་ཛོམ་ཞིང་གངས་སྟོད་བཟུང་། ।	炫耀鬃毛守雪山，
སྡེར་ཆགས་ཀུན་གྱི་རྒྱལ་པོར་གྲགས། ।	惹不自量中地弩，
མ་བསྟོད་ས་མདའ་འཕྲེད་ཉིན་མོ། ।	雄狮丧命也有时。
མགོ་གཡུ་རལ་རང་སྲོག་ཕུང་བྱེད་རེད། ।	
རྒྱ་རྫོང་ནགས་ཀྱི་དམར་ཡག་སྟག ।	森林深处的老虎，
འཛུམ་དྲུག་ཛོམ་ཞིང་ནགས་ཁྲོད་བཟུང་། ।	显耀身斑谁不赞，
དམར་ཡག་ཟེར་ནས་ཀུན་གྱིས་བསྟོད། ।	若不自量夹机括，
མ་བསྟོད་རྙི་ལ་ཐུག་ཉིན་མོ། ।	猛虎丧命也有时。
འཛུམ་དྲུག་རང་སྲོག་ཕུང་བྱེད་རེད། ।	
༣ བུ་ཕོའི་དཔའ་ཚོད་ཟིན་དགོས་རེད། ।	好男勇猛需有度，
བུ་ཕོའི་དཔའ་ཚོད་མ་ཟིན་ན། ।	好男勇猛若无度，
དཔའ་ཁ་དགྲ་ལ་ཤོར་རབས་ཡོད། ।	莽汉送命常有时；
མགྱོགས་པས་བང་ཚོད་ཟིན་དགོས་རེད། ।	好马奔驰需有度，
མགྱོགས་པས་བང་ཚོད་མ་ཟིན་ན། ।	马儿奔驰若无度，

རྟ་བཞི་རྡོ་ལ་ཐུག་རབས་གདའ། །	失蹄撞石会有时。
སྐུ་ཚ་གནམ་ལྷགས་རྣོད་པོ།	**古擦 · 南加贵波**
གངས་སྟོད་བཟུང་བའི་ཕོ་ཐང་སེང་། །	雪山上的雪狮，
ཁྱོད་གཅན་གཟན་ཡོངས་ཀྱི་རྒྱལ་པོ་རེད། །	乃是动物之王，
གངས་ཆགས་མཚམས་རེ་ཞིག་ལ་ཤོར། །	积雪偶尔崩塌，
སེང་ཕྲུག་སྲུང་དགོས་ལར་ནས་མེད། །	雪狮无需担忧。
ནགས་ཁྲོད་བཟུང་བའི་དམར་ཡག་སྟག །	森林中的老虎，
ཁྱོད་ཤ་དམར་ཟ་ཞིང་འཇུམ་དྲུག་ཛོམ། །	享用热血鲜肉，
ནགས་ཚལ་རེས་འགའ་མེ་ལ་ཤོར། །	偶尔森林着火，
སྟག་མོ་གཞན་འགྲོ་དགོས་པ་མེད། །	老虎不必逃命。
སྟག་མོ་སྟོང་ཐུབ་འབུམ་དགའ།	**达摩 · 东图奔嘎**
བུ་དཔའ་བོའི་རྗེས་ལ་དཔུང་ཞིག་དགོས། །	英雄要有后盾，
དཔུང་མེད་ན་དཔའ་བོ་རྒྱབ་ཆད་རེད། །	单枪匹马吃亏。
ཤན་པ་མེ་རུ་རྩེ།	**辛巴梅如泽**
མཐོན་པོས་མཐོ་ཚོད་མ་ཟིན་ན། །	高度若无极限，
ཉི་ཟླ་གཟའ་ཡིས་ཟ་རབས་ཡོད། །	日月成天狗餐；
དམའ་མོས་དམའ་ཚོད་མ་ཟིན་ན། །	任性游荡鱼儿，
ཉ་མོ་ལྕགས་ཀྱུས་འཛིན་རབས་ཡོད། །	会被鱼钩钓住；
དཔོན་བཙན་པོས་རང་ཚོད་མ་ཟིན་ན། །	滥权妄为国王，
ཐ་མ་རྒྱལ་ཆུས་ཤོར་རབས་ཡོད། །	终将国土丧失。

ཧ་རི་སྟོང་ཐུབ་ནག་པོ། 哈日·东图那波

༡ དྲིན་པ་མའི་མདུན་གྱི་བུ་ཕྲུག་དེ། །
དྲིན་པ་མའི་དྲིན་ལན་དགྲ་ལ་ལོག །
ཕ་རོལ་དགྲ་ལ་ངོ་དགའ་བྱེད། །
དུང་ཕྲུག་འོ་མས་གསོས་ལེ་དེ། །
དགྲའི་གཉའ་རྒྱབ་མ་ཕན་རང་མགོར་ལྷུང་། །

父母精心育儿女，
却把恩人视为敌，
遇到仇人献殷勤，
哺乳长大的螺虫，
事到紧急害养主。

༢ བུ་དཔའ་བོས་དཔའ་ཚོད་མ་ཟིན་ན། །
དཔའ་ཐ་མ་དགྲ་ལ་ཤོར་རབས་ཡོད། །
རྟ་ཕོས་མགྱོགས་ཚོད་མ་ཟིན་ན། །
རྒྱུག་བང་ཁ་རྗེ་ལ་ཐུག་རབས་ཡོད། །

妄为不休的英雄，
最终陷于敌人手；
狂奔不休的马儿，
最终失蹄于原上。

གསེར་པའི་ཉི་འབུམ་དར་ཡག 色贝·尼奔塔尔雅

སྟག་དམར་ཡག་ནགས་ཚལ་འགྲིམ་པའི་དུས། །
ཁྱོད་ཁྱི་རྒན་རྗེས་ཉུལ་ཅི་དགོས་རེད། །
སེང་གཡུ་རལ་སྐྱེར་བཞི་ཇོམ་པའི་དུས། །
ཁྱོད་གླང་རྒན་རྗེས་ཉུལ་ཅི་དགོས་རེད། །

老虎行于森林时，
老犬跟随有何义；
雪狮统治雪山时，
黄牛跟随有何义。

ཕོ་བདུད་གཉིན་མོ་ལག་རིང་། 颇堆·辛摩喇仁

༡ རི་མཐོ་གསུམ་འགྲིམ་པའི་སྤྱང་ཐང་དེས། །
དུས་དེ་སྔ་ལུག་ཤ་ཟོས་ཟོས་དེ། །
ད་ལོ་ཤ་ཟ་མ་ལོན་ཐལ། །
ནམ་འཕང་འགྲིམ་པའི་སྐྱ་ཁྲ་དེས། །

野狼行于高山间，
羊肉从未断过嘴，
而今缺了新鲜肉；
飞于天空的鹞鹰，

དེ་སྤུ་བྱིའུ་ཆུང་དེད་དེད་དེ། ། 追赶小鸟无数次，
ད་ལོ་བྱིའུ་ཤ་མ་ལོན་ཐལ། ། 而今缺了小鸟肉。

༢ དམག་དུ་རྟ་ནམ་མཁའི་སྐར་ཚོགས་དེ། ། 手中兵马多如星，
ཕ་རོལ་དགྲ་ལ་མ་ཤོར་གོང་། ། 还未落到敌手前，
རྗེ་རྒྱལ་པོ་དམག་ལ་ཕྱིན་དགོས་མེད། ། 不必君王亲上阵；
ཕུ་ནུ་སྟག་འདྲ་གཟིག་འདྲ་དེ། ། 兄弟英勇如虎豹，
གཅིག་མ་ལྷག་དགྲ་ལ་མ་ཤོར་གོང་། ། 还未全军覆没前，
རྗེ་རྒྱལ་པོ་དམག་ལ་ཐེབས་དགོས་མེད། ། 君王亲自不上阵。

༣ དམག་ཆེན་མོས་གཡུལ་འཁྲུག་བྱེད་པའི་དུས། ། 两路大军交战时，
འགའ་རེ་དགྲ་ལ་ཤོར་རྒྱུ་དེ། ། 兵员死伤常有事，
ཤོར་ལེ་སྔོན་གྱི་ལས་འབྲས་རེད། ། 人死乃是前世缘，
དེ་འགྱོད་པ་སྡུག་ཡུས་བྱེད་རྒྱུ་མེད། ། 悔恨痛苦无意义，
དུ་དཔའ་བོ་ཞིག་གི་ཤི་ལུགས་རེད། ། 自古英雄皆如此。

འཇང་གཡུ་ལྷ་ཐོག་འབྱུར། 姜·玉拉托久

སྟོན་འགྲོ་ཚེ་ཚེ་ར་ཐོང་དེ། ། 山羊跑得快，
འཕར་བའི་ཚང་སྣ་འཁྲིམ་པ་རེད། ། 必先遇豺狼；
རྗེས་འདུག་གཡང་མོ་ལུག་རྒན་དེ། ། 老羊走得快，
རྫི་བོའི་རྭ་རྡེ་སྒྲོད་རྟགས་རེད། ། 必挨石头打。

འབྲུམ་ཕྲུག་ཆང་རྫོང་། 《奔楚酒宗》

སྟག་རོང་ཨ་ཁུ་ཁྲོ་ཐུང་། **达绒・阿库超同**

༡ དར་སེང་དཀར་མོ་མཆོང་ས་ལ། །
བདའ་ལུའི་དཔུང་རོགས་དགོས་པ་མེད། །
དཔའ་རྒྱ་སྟག་རྩལ་དྲུག་ཙོམ་ས་ལ། །
རི་བོང་སྐྱར་ལྡིང་བྱེད་ས་མེད། །
རྒྱ་ཁྲ་ཧོར་པ་བཙུམ་ས་ནས། །
བྱིའུ་ཚུང་གཤོག་རྩལ་ཙོམ་ས་མེད། །

雪狮扑向猎物，
不需浪狗助阵；
大猫耀斑林地，
不许兔子乱蹦；
落到鹞鹰口中，
小鸟无处可逃。

༢ དཔོན་པོས་ཅི་གསུང་མ་ཤེས་གོང་། །
གཡོག་པོས་བཀའ་བཀོད་བཤད་ས་མེད། །
བླ་མས་ཅི་འདོན་མ་ཤེས་གོང་། །
གྲྭ་པས་འདི་འདོན་ཟེར་ས་མེད། །
དཔོན་མོས་ཅི་གསོལ་མ་བཟླས་གོང་། །
གཡོག་མོས་འདི་ཟ་ཟེར་སྲོལ་མེད། །

官人还无发言，
奴才不许吭声；
活佛尚未领诵，
和尚岂能乱念；
主妇还未吃饭，
女仆不可乱吃。

གེ་སར་ནོར་བུ་དགྲ་འདུལ། **格萨尔・诺普占堆**

འོད་ཆེན་ཧ་བདུན་དབང་པོ་དེས། །
འབྱུང་བའི་ཤུགས་ཀྱིས་གླིང་བཞི་བསྐོར། །
གཟའ་སྒྲ་གཅན་འཛིགས་ཏུང་ཉམ་ང་མེད། །
འོད་ཀྱིས་གླིང་བཞིའི་མུན་པ་བསལ། །
ནུས་པས་ས་ཆུ་དྲོད་ཀྱིས་གསོ། །

金光灿烂的太阳，
悬挂空中照四洲，
天狗阻挡并无畏，
光芒照射灭黑暗，
冰天雪地靠它化，

རྩྭ་རྩི་ཐོག་པདྨའི་འཛུམ་ཞལ་བགོད། །
ཕོང་ཀུ་སྨུད་མ་དགའ་བྲུམ་ཀྱང་བྲུམ། །

花草树木皆绽放，
昙花不喜亦无碍。

དམའ་གཏིང་མཐའ་མི་མངོན་རྒྱ་མཚོ་ནས། །
མཁས་དེད་དཔོན་སྟོབས་ཀྱིས་གང་འདོད་བགྲོད། །
དགྲ་ཆུ་སྲིན་ཛམ་ཡང་ཉམ་ང་མེད། །
ཐབས་བརྩོན་འགྲུས་ཆེ་བས་རྒྱ་མཚོ་འཕོར། །
ཀྱུ་དགོས་འདོད་ནོར་བུ་ལག་ཏུ་ཐོབ། །
དེའི་མཐུ་ཡིས་སྐྱེ་འགྲོའི་དབུལ་བ་སེལ། །
ཕོ་ལྷ་བ་མ་དགའ་སྡུག་ཀྱང་སྡུག །

无边大海身无底，
船长使舵自由行，
鲨鱼阻挡无畏惧，
靠智慧游行大海，
如意瑰宝囊中收，
解救众生之贫療，
巫师不喜亦无碍。

སེང་ལྕམ་འབྲུག་མོ།

森姜珠牡

༡ སྐྱེས་པོ་རབ་ཞིག་གི་ཆང་འཐུང་དེ། །
སྔོ་འཛམ་གླིང་སྨུན་པ་གསལ་འདྲ་དགོས། །
བློ་རིག་པའི་རྩལ་རྒོད་སྐྱུང་ལེ་དགོས། །
སྐྱེས་པོ་འབྲིང་ཞིག་གི་ཆང་འཐུང་དེ། །
དགུང་ལ་ཆར་སྤྲིན་འཁྲིགས་འདྲ་དགོས། །
དོན་རེ་རེ་བསྒྲུབས་ན་རེ་རེ་གསལ། །
པོ་ཐ་མ་ཞིག་གི་ཆང་འཐུང་དེ། །
ནག་ཀྱི་ལེར་སྨུན་པ་རུབ་འདྲ་ཡོད། །
ཡར་ལ་སོང་ཡང་མར་ལ་འཕོར། །
མགོ་སླད་པའི་སླད་རྒྱ་གཏིང་ནས་འཕོར། །
ཁྲིམ་བཟའ་ཚང་སྟེང་ལ་དཔུང་པ་འཕུར། །
སྡང་དགྲ་བོ་ཐུག་དུས་ཕ་བྲོས་བྱེད། །
ཆང་འཐུང་རྗེས་ཁྱི་འཁྱམ་བཞིན་དུ་ཁྱལ། །

君子饮酒不一样，
犹如黎明驱黑暗，
智慧之脉顿开悟；
好男饮酒也特别，
犹如天空飘云霞，
举重若轻诸事顺；
贱男饮酒也特别，
犹如黑暗之降临，
摇摇晃晃失方向，
神志昏迷乱话语，
见了妻儿动拳脚，
遇到仇敌马上跑，
野狗一样乱窜门。

༢ གཤིས་རྒྱུད་རྒྱ་དར་དཀར་པོ་དེ། །
གཉོམ་མ་ནུས་སྙིང་ན་སྙོད་སེ་དགོས། །
སྟང་དགྲ་བོ་གདོང་ལ་ཐུག་པའི་དུས། །
དཔའ་ངར་མ་རྒྱ་སྟག་ཤ་གཟན་འདྲ། །

高尚人格人中龙，
经得岁月的考验，
遇到敌人无畏惧，
犹如猛虎下高山。

ཨ་བསེའི་གཡུ་རྫོང་། 《阿赛松石宗》

སེང་སྟག་ཨ་དོམ། 森达阿冬

མགོ་ཡི་དཔོན་དང་ལུས་ཀྱི་ལྷ། ། 头上官员与命神，
དེ་གཉིས་ཅི་ཚད་མཐོ་ན་དགའ། ། 两者高高在上好；
འཁོར་གྱི་དཔུང་དང་ཁྱིམ་གྱི་ནོར། ། 下属部众与家财，
དེ་གཉིས་ཅི་ཚད་མང་ན་དགའ། ། 两者越多越兴旺；
སྲོག་གི་རྩ་དང་ལུས་ཀྱི་ཁྲབ། ། 身上命脉与铠甲，
དེ་གཉིས་ཅི་ཚད་སྲ་ན་དགའ། ། 两者越是坚硬好。

སེང་ཨ་བསེ། 森•阿赛

གཡུ་འབྲུག་སྔོན་མོའི་དབང་ཐང་གིས། ། 青龙威风的衣裳，
ལྷོ་སྤྲིན་ལུས་དང་མཉམ་ཆས་རེད། ། 南方彩云为配饰，
སྤྲང་ཆར་དེ་ལ་དེ་འཁོར་རེད། ། 春风雨露作润物；
ལྗང་ཚུང་ཞིང་དུ་འཁྲུངས་པ་ལ། ། 青苗生长在田间，
འབྲས་དྲུག་སྨིན་པ་སེམས་ཐག་རེད། ། 五谷丰登不担忧；
ཁྱ་བྱི་ཁྱུ་ཡོའི་བསོད་ནམས་ལ། ། 布谷鸟儿的福报，
དཔྱིད་དཔལ་མ་བོས་མགྲོན་ལ་ཁྱུག ། 不请自来的春天，
སྤོ་ལྗང་དེ་ལ་དེ་འཁོར་རེད། ། 满地青草飘香气；
མེ་ཏོག་སྤང་དུ་བཞད་པ་ལ། ། 草原开满各种花，
རྩི་བཅུད་ཡོད་པ་ཆོས་ཉིད་རེད། ། 水草丰美乃规律。

གེ་སར་ནོར་བུ་དགྲ་འདུལ།

སྐྱ་རེངས་མཐའ་ནས་གསལ་བའི་དུས། །
ཉི་མ་མི་འཆར་རང་དབང་མེད། །
ས་ཆུ་དྲོད་ཀྱིས་གསོས་པའི་ཚེ། །
ཁུ་བྱུག་མི་གྲག་རང་དབང་མེད། །

སྤྱི་དཔོན་རོང་ཚ་ཁྲ་རྒན།

༡ དབུས་ལ་འགྲོ་བའི་ཨར་ཙོ་ཡིས། །
ཕྱིར་བལྟས་ཁྱིམ་ལ་མ་བྱེད་ཟེར། །
འགྲོ་མི་འདུག་མི་གཉིས་ཀ་ལ། །
སེམས་སྡུག་ཡོད་ན་མི་རུང་ཟེར། །

གནས་ལ་འགྲོ་བའི་བུ་མོ་ཡིས། །
མཆི་མ་ལམ་ནས་མ་མངག་ཟེར། །
སྐྱེལ་མའི་བསུ་མི་གཉིས་ཀ་ལ། །
རྟེན་འབྲེལ་འཁྱུག་ན་མི་རུང་ཟེར། །

ཇག་ལ་འགྲོ་བའི་སྟག་ཤར་གྱིས། །
སྦར་སྐད་རྗེས་ལ་མ་འཇོག་ཟེར། །
ཉན་མི་ཀོ་མི་གཉིས་ཀ་ལ། །
གཏམ་ངན་བཤད་ན་མི་ཉན་ཟེར། །

༢ དཔག་བསམ་ལྗོན་པའི་རྩ་བ་དེ། །
ཡོད་པ་ལྷ་མིན་ཡུལ་ལ་ཡོད། །

格萨尔•诺普占堆

黎明东方破晓时，
日照东方不由己；
阳光照暖大地时，
布谷自然放声唱。

吉本•绒擦查根

前往卫藏朝拜者，
请勿回眸恋着家；
在与家人离别时，
心中岂能留下伤。

远嫁姑娘要安然，
请勿半途掉眼泪；
结亲姻缘是喜事，
出门要有好兆头。

行军男儿要安然，
真道胆怯丢人言；
众人耳目不易掩，
坏名留后真不值。

如意之树根茎，
长于非天之土；

འབྲས་བུ་ལྷ་ལ་དབང་བ་དེ། །
སྲིད་པ་སྔོན་གྱི་བསྐོས་ཐང་རེད། །

果实却被神摘，
此乃早已注定。

ས་འོག་གྲོ་མའི་མཛོད་ཁང་དེ། །
གསོག་པ་བྱི་བས་ཁྲིམ་དུ་བསགས། །
ཞེན་པ་དྲེད་མོང་ཁ་ལ་ཤོར། །
ཚེ་རབས་སྔ་མའི་ལན་ཆགས་རེད། །

地下蚂蚁粮库，
建在老鼠洞里，
实则哈熊美食，
此乃早已注定。

སྟག་རོང་ཨ་ཁུ་ཁྲོ་ཐུང་།

达绒·阿库超同

༡ ཤིང་ཆུང་སྟེང་གི་སྟ་རེ་རེད། །
བྱིའུ་ཆུང་ཐོག་གི་རལ་གྲི་རེད། །

小木何须砍大斧，
小鸟何须挥大刀。

༢ མི་ཤི་མ་རེད་ཁྱི་ཤི་རེད། །
ཁྱི་ཤི་གད་པའི་སྐྱོག་ལ་རེད། །

狗死并非人亡，
尸首扔了即可。

༣ ཇོ་མགོ་གཞན་ལ་འགེལ་ཐབས་མེད། །
ཁྲོད་གཞུག་ང་ལ་གཏད་ཐབས་མེད། །

杀人之罪不可嫁祸，
结怨之仇不可推卸。

༤ ལྕུག་ཆུང་ཨ་ཕོ་སྤྱང་ཀིས་བསད། །
ཞིམ་ཤ་ཕོ་རོག་ནག་པོས་ཟ། །
དཀའ་ལས་གྲོང་གསེབ་སྦྲ་པས་རྒྱག །
ཁེ་ཁ་སྡེ་ཆེན་དཔོན་གྱིས་བྱེད། །

饿狼拿下羊儿，
成了乌鸦美餐，
佣人拼命劳作，
成果官人所享。

༥ མགོ་ན་ཐོག་པོན་པོའི་ཞྭ་མོ་རེད། །
རྐང་གཟེར་ཐོག་སོག་པོའི་ལྷམ་ཆུང་རེད། །

头痛还戴苯波帽，
脚重还穿蒙古靴。

༨ ཉམས་ལེན་མེད་པའི་བླ་མ་དེ། །
ཆོས་གོས་ཅན་གྱི་ཁྲམ་པ་རེད། །

没有修行的喇嘛，
就像骗子穿袈裟。

རྣོ་ཚོད་མེད་པའི་རལ་གྲི་དེ། །
ཡུ་བ་ཅན་གྱི་དབྱུག་པ་རེད། །

没有锐利的钝刀，
就像带柄的木棍。

༩ རྒྱུ་ནོར་པོ་སྣ་ཁུང་བ་སྤུ་རེད། །
བཀོག་ཡོང་དུས་མིག་ནས་མཆི་མ་ཤོར། །
ཁྲེལ་སྙིང་སྤུག་ཤེལ་གྱི་བུམ་པ་རེད། །
ཆག་ཚར་དུས་དེ་ལ་བཅོས་རྒྱུ་མེད། །

财产犹如鼻孔毛，
拔下使人掉眼泪；
信誉犹如玻璃瓶，
碎了无法再挽回。

ཚ་ཞང་འདན་མ་བྱང་ཁྲ།

擦香·丹玛向查

༡ སྟག་དོང་གཅིག་གི་མདའ་མོ་ཡིན། །
མེ་ཏོག་གཅིག་གི་ཟེའུ་འབྲུ་ཡིན། །
ཕ་མ་གཅིག་གི་བུ་སྤུན་རེད། །

一个虎箙里得箭，
一朵鲜花的花蕊，
一个父母的兄弟。

༢ ཤི་ཤི་བརྒྱ་ཡི་མགོ་མ་རེད། །
གསོན་གསོན་སྟོང་གི་རྗེང་མ་རེད། །

死者中的第一个，
活下来的后一个。

༣ ཁྲ་ཡག་རྫ་རི་ཇམ་ཆེན་མ། །
འབྲོང་བརྒྱ་འཁྲི་སའི་འཕོར་ཁྱིམ་རེད། །
ན་དམར་མེ་ཏོག་ལྡིང་ཁང་ཅན། །
རྐྱང་ཆུང་འཕོར་སའི་ལྷས་མལ་རེད། །
ཕ་ཁུ་དུང་གི་སྐྲ་ཡོ་ཅན། །
བུ་ཚ་མང་པོའི་སེམས་རྟེན་རེད། །

雄伟庄严的乱石山，
是百头野牛的归宿；
开满鲜花的大草原，
是野马奔驰的家园；
白发苍苍的叔父们，
是子孙后代的依靠。

༤ རང་ཁ་གསེར་གྱི་སྒོ་མོ་ལ། །	嘴巴就像金闸门，
བདག་པོ་རང་གིས་ཁྱབ་པར་དགོས། །	闭得不紧引祸端。
༥ ཕ་ཡིས་བཞག་པ་མ་བཟང་ན། །	父辈不勤劳，
བུ་ལ་བདེ་སྐྱིད་ཡོད་རབས་མེད། །	子孙无幸福。

དམྱལ་གླིང་མུན་པ་རང་གསལ།

《地狱救母》

གེ་སར་ནོར་བུ་དགྲ་འདུལ།

格萨尔·诺普占堆

དབྱར་ཟླ་གསུམ་ར་བ་ཚོས་པའི་དུས། །
སྤང་སེར་པོར་མེ་ཏོག་དཀར་དམར་འཁྲུངས། །
འབུ་བུང་བའི་རང་སེམས་སྐྱིད་ལ་འཁོར། །
སྟོན་ཟླ་གསུམ་ཁ་བ་བབས་དུས་སུ། །
རླུང་གྲང་རིག་གཉིས་ཀྱི་བུ་ཡུག་འཚུབ། །
འབུ་བུང་བ་མི་སྡོད་མྱུར་དུ་འཆི། །

至三夏之时，
开遍地鲜花，
蜜蜂怡自得；
三秋飘雪花，
风雪交迫虐，
蜜蜂存不久。

གངས་དཀར་པོ་སྤྲིན་དཀར་ན་བཟའ་ཅན། །
སྟོབས་འགྲན་མེད་སེང་གེ་དཀར་མོས་བཟུང་། །
སྐད་དྲག་པོས་ཁམས་གསུམ་ཟིལ་གྱིས་གནོན། །
སེང་ཕོ་ཐོང་སྣང་བ་སྤྲོ་སེང་ངེ་། །
གངས་སྲིན་འབུ་ཟེར་བའི་སྡིག་ཅན་དེས། །
སེང་དཀར་མོའི་གཡུ་རལ་ཁོག་ནས་ཟོས། །
ཁོ་སྐད་གཅིག་མི་སྡོད་མྱུར་དུ་འཆི། །
དཔེ་དེ་བཞིན་མི་རྟག་འཆི་བ་སྒོམས། །

白云绕雪山，
雪狮雄踞地，
怒吼震三界，
雪狮怡自得；
不幸染病虫，
狮子命不久，
无常即如此。

རྫ་ཟུར་གསུམ་གོང་བ་དར་གྱིས་བཟུང་། །
འབྲོང་བྲེ་སེར་སྣང་བ་སྤྲོ་སེང་ངེ་། །
ཕོ་རྗོན་པ་ཟེར་བའི་སྡིག་ཅན་དེས། །
མདའ་ཐོག་རྡོད་ངར་མའི་སོ་ལ་འདྲེན། །
ཁྲག་དམར་པོ་མེ་ལྕེ་མཆེད་འདྲ་བྱུས། །

山顶冰雪盖，
野牛且安闲，
罪恶猎人箭，
射向野牛身，
牛血溅满地，

ཀོ་སྐད་ཅིག་མི་སྡོད་མྱུར་དུ་འཆི། ། 性命危旦夕，
དཔེ་དེ་བཞིན་མི་རྟག་འཆི་བ་སྒོམས། ། 无常即如此。

མཐོ་ཉི་ཟླ་ཟེར་འོད་མདངས་ཆེན་ཅན། ། 日月照光芒，
འོད་སེར་པོས་གླིང་བཞིའི་མུན་པ་སེལ། ། 驱散四洲暗，
མ་སེམས་ཅན་སྣང་བ་སྤྲོ་སེང་ངེ་། ། 众生皆幸福，
གཟའ་རྐོད་པོ་ཟེར་བའི་བསམ་ནག་དེས། ། 不幸日遇曜，
དགུང་ཉི་ཟླའི་འོད་ཟེར་ཐིབས་སེ་བླངས། ། 日光瞬间失，
དཔེ་དེ་བཞིན་མི་རྟག་འཆི་བ་སྒོམས། ། 无常即如此。

ཕོ་ན་སོ་རྒས་པའི་ཕ་མ་དེ། ། 年迈之父母，
ནང་དབང་པོ་ཉམ་ནས་གོ་ཁར་ལྷུང་། ། 已老守家室，
ལུས་རིན་ཆེན་ནད་གཞི་དྲག་པོས་བཟུང་། ། 病魔缠身躯，
དེ་སྐད་གཅིག་མི་སྡོད་མྱུར་དུ་འཆི། ། 生命危旦夕，
དཔེ་དེ་བཞིན་མི་རྟག་འཆི་བ་སྒོམས། ། 无常即如此。

དཔོན་ཐོབ་ཐང་ཅན་གྱི་མི་ཆེན་ཚོ། ། 身份高贵的大人，
དགྲ་འཆི་བདག་ནག་པོ་སླེབས་ཙ་ན། ། 死神不期突然降，
མཐོ་ཐོབ་ཐང་ཟེར་བའི་གོ་གནས་དང་། ། 位高权重家财厚，
མཚན་སྙན་གྲགས་ཁ་རྫེ་ལྷུང་རྟ་སོགས། ། 名满天下也如此，
ས་གར་སོང་མི་ཤེས་གཅིག་པུ་ལུས། ། 一下变得荡无存，
སྐྱུ་རེངས་སེ་རི་བོའི་རྒོ་ལ་བསྐྱུལ། ། 只有躯干喂秃鹫，
དཔེ་དེ་བཞིན་མི་རྟག་འཆི་བ་སྒོམས། ། 诸行无常应切记。

དགྲ་འཆི་བདག་ནག་པོ་སླེབས་ཙ་ན། ། 死神降到身边时，
དབུ་གསེར་ཞྭ་ཅན་གྱི་བླ་མ་དང་། ། 头戴金冠的喇嘛，
གོས་ངུར་སྨྲིག་གྱོན་པའི་རབ་བྱུང་ཚོ། ། 身穿袈裟的僧人，

སྐྱ་གོ་རེ་ཁྱིམ་མི་བཟའ་དཔོན་བྱེད། །
དཔེ་དེ་བཞིན་མི་རྟག་འཆི་བ་སྒོམས། །

还俗变得一家主，
如此无常人要记。

དགྲ་འཆི་བདག་ནག་པོ་སླེབས་ཙ་ན། །
གོང་རིན་ཐང་ཅན་གྱི་ཅང་ཤེས་རྟ། །
རྒྱུ་འབྱོར་པ་ལྡན་པའི་གསོག་ནོར་རྣམས། །
དགྲ་ཇག་རྐུན་ངན་པའི་ལག་ཏུ་ཤོར། །
དཔེ་དེ་བཞིན་མི་རྟག་འཆི་བ་སྒོམས། །

死神降到身边时，
价值万千之骏马，
堆金叠玉的财富，
皆被盗贼所劫掠，
如此无常人要记。

དགྲ་འཆི་བདག་ནག་པོ་སླེབས་ཙ་ན། །
སྐྱེད་འཕོར་གསུམ་ཅན་གྱི་སྐྱེས་བུ་དེ། །
འཕུང་ཉིལ་ལེ་གོ་ཁའི་དཀྱིལ་ལ་ལྷུང་། །
དཔེ་དེ་བཞིན་མི་རྟག་འཆི་བ་སྒོམས། །

死神降到身边时，
拿刀持矛之武士，
战败狼藉无处藏，
如此无常人要记。

དགྲ་འཆི་བདག་ནག་པོ་སླེབས་ཙ་ན། །
མཁར་གྲུ་བཞི་ནོན་པའི་ཕྱུག་པོ་ཚོ། །
མཐར་མི་མེད་གྲུང་ར་ས་སྟོང་འཛིན། །
ཕྱུག་འབྲི་མོ་བཞོ་བའི་བུ་མོ་ཚོ། །
མིག་མཆི་མ་ཤ་ལེར་ས་མཐར་འཁྱམས། །
དཔེ་དེ་བཞིན་མི་རྟག་འཆི་བ་སྒོམས། །

死神悄然临身边，
腰缠万贯之富翁，
生死之间全空虚，
养畜挤奶之姑娘，
泪流满面嫁远方，
如此无常人要记。

རྒྱ་གླིང་། 《甲岭》

ནེ་ནེ་གནམ་སྨན་དཀར་མོ།	乃乃 · 南曼嘎尔姆
གོར་མོ་རྗེ་ཉལ་དྲེག་པ་ཆགས། །	久睡石头染污垢，
ཤིང་སྡོང་ཉལ་ན་གཞོག་ནས་རུལ། །	倒地树木将腐朽，
ཆུ་བོ་ཉལ་ན་འཁྱག་གིས་བཅུམས། །	久睡河流终冰封，
བླ་མ་དཔོན་པོ་ཕ་ཁུ་ཀུན། །	不论喇嘛或僧人，
ཉལ་ན་འདི་ཕྱིའི་གཏན་དོན་ཉམས། །	不论贫富及贵贱，
སྟག་ཤར་མ་སྲུ་སྨན་ཆུང་གསུམ། །	不论男儿或妇孺，
ཉལ་ན་གཏན་དོན་རླུང་གིས་ཁྱེར། །	懒睡终将毁年华，
ཉལ་པའི་བུ་ལ་ཡོན་ཏན་མེད། །	懒惰之人无福份。
གེ་སར་ནོར་བུ་དགྲ་འདུལ།	格萨尔·诺普占堆
༡ གཉིད་པའི་བུ་མོ་ཡོན་ཏན་ཆུང་། །	懒惰女子不成事，
སྨན་ལ་རབ་འབྲིང་ཐ་གསུམ་ཡོད། །	女子可分三等别：
མོ་རབ་ལངས་པ་མགོ་ནས་ལངས། །	一等女子最早起，
མགོ་གཡུ་འབེལ་གྱོན་ནས་ཕྱག་མཆོད་བརྗོན། །	梳妆打扮供三宝，
སྐྱབས་འགྲོ་སྨོན་ལམ་སྦྱིན་གཏོང་འབད། །	祈福皈依乐布施；
མོ་འབྲིང་ལངས་པ་སྐྱིད་ནས་ལངས། །	二等女子尽早起，
དུང་ཆབ་རྒྱུད་ནས་འཛུམ་གྱིས་བསྐུ། །	面带微笑挑清水，
གླུ་དང་ཁ་མཆར་རྒྱུད་ནས་ལངས། །	有说有笑唱起歌，
བུ་སྲུན་འཁོར་གཡོག་བྱམས་ཀྱིས་སྐྱོང་། །	平易近人顾全家，

ཡུལ་གྲོགས་མགྲོན་པོ་ཟས་ཀྱིས་བསྲུ། །
གཞན་དགའ་རང་སྐྱིད་དོན་ཀུན་འགྲུབ། །

丰盛美食待客人，
其乐融融万事成；

མོ་ཐ་མ་ལངས་པ་རྐང་ནས་ལངས། །
རྐང་པའི་མཐིལ་ནས་གཟེར་ཞིག་ལངས་། །
མགོ་བོའི་རྒྱུད་ནས་ངོ་ནག་ལངས། །
ལྷམ་ཡ་གྱོན་ཚེ་ལྷམ་ཡ་བོར། །
ལང་ཁོམ་མ་ལོྟགས་བུ་ཕྲུག་རྡུང་། །
གོ་གསུམ་ཐལ་བ་དཀྲུང་ལ་གཏོར། །
འཛིང་རྩོད་དུ་འབོད་རྒྱུན་མི་ཆད། །
ཡར་ལང་སེར་སྣའི་ངང་ནས་ལངས། །
མར་གཉིད་སྡུག་བསྔལ་ངང་ལ་ཉལ། །
མི་ཟོག་མཐོང་ན་རྣམ་སེམས་བྱེད། །
རང་ཟོག་མེད་བསམ་ཞེ་སྡང་སློམ། །
མནའ་དང་དམོད་མོའི་ངང་ནས་ལངས། །
དེ་འདྲའི་བྱ་སྤྱོད་དགོས་རྒྱུ་མེད། །

三等女子最晚起，
气势汹汹板着脸，
衣物邋遢遍地找，
自己没起打孩子，
迈起三步挥碳灰，
吵闹谩骂无休止，
吝啬成性抠搜搜，
入睡亦有满腹怨，
垂涎他人囊中物，
犹己不如他而恼，
恶语诅咒伴她起，
如此女人家不辛。

༢ མོ་རབ་ཆུ་ལེན་འགྲོ་དུས་དེར། །
ཕར་འགྲོ་འཛུམ་ཞིང་ཚུར་འོང་དགོད། །
དགོད་འཛུམ་བར་ནས་ཆུ་ཞིག་ལེན། །

一等女子挑水时，
来去之时笑满面，
微笑之间把水挑；

མོ་འབྲིང་ཆུ་ལེན་འགྲོ་དུས་དེར། །
ཕར་འགྲོ་ལྡེམ་ཞིང་ཚུར་འོང་སྒྱུམ། །
ལྡེམ་སྒྱུམ་བར་ནས་ཆུ་ཞིག་ལེན། །

二等女子挑水时，
来去身姿显曼妙，
曼妙之间把水挑；

མོ་ཐ་ཆུ་ལེན་འགྲོ་དུས་དེར། །
ཕར་འགྲོ་ངུ་ཞིང་ཚུར་འོང་ཁྲོ། །

三等女子挑水时，
去时啜泣来时怒，

ཏུ་ཁྲོའི་བར་ནས་ཆུ་ཞིག་ལེན། །　泣怒之间把水挑。

༣ མི་ཡུལ་སྐྱིད་ཀྱི་གྲལ་མགོ་ལས། །　即便他乡衣食足，
རང་ཡུལ་སྡུག་གི་གྲལ་མཐའ་དགའ། །　不如故土讨生计，
ཕ་ཡུལ་དགྲ་ཡུལ་ཡིན་ཡང་དགའ། །　身在故土心意满。

༤ གངས་དཀར་ཏི་སེ་གྲགས་ཆེ་ཡང་། །　圣山底斯传世间，
རི་མགོ་ཁ་བས་བཏུམས་པ་གཅིག །　见了不过是雪山；
མ་ཕམ་གཡུ་མཚོ་གྲགས་ཆེ་ཡང་། །　玛旁雍措赫名扬，
ཆུ་མིག་ཆུ་ཡིས་གཡོ་བ་གཅིག །　见了只是普通湖；
བདུད་ནག་ཀླུ་བཙན་གྲགས་ཆེ་ཡང་། །　恶魔鲁王虽扬名，
མི་ལུས་གླང་གི་མགོ་ཅན་གཅིག །　不过牛头人身妖。

༥ ཕོ་རབ་ཤི་ས་ལ་བཙས་འགྲམ། །　好男魂归山垭上，
འཕོར་གསུམ་ཤ་ལེ་རྗོད་པོས་ཟ། །　血肉之躯鹰之餐，
འདྲེན་སྟོན་དཔའ་བོ་དཔའ་མོས་བྱེད། །　神明引他往净土，
སེམས་ཉིད་ཇོ་འཕྲོད་ལམ་སྣ་ཟིན། །　自悟且懂所属道。

ཕོ་འབྲིང་ཤི་ས་ཁྱིམ་གྱི་ནང་། །　二等男子死家中，
མཛའ་བཤེས་གཉེན་གྱིས་མཐའ་ནས་བསྐོར། །　亲朋好友围四周，
བླ་མ་བཟང་པོས་འདྲེན་སྟོན་བྱེད། །　喇嘛超度其魂魄，
སེམས་ཉིད་བཙན་ཐབས་དག་ཞིང་བསྐྱེལ། །　使其魂魄往净土；

ཕོ་ཐ་མ་ཤི་ས་རྒྱ་གྲོང་མདོ། །　三等男子死街头，
ཁ་ནང་བྱེ་མ་འཚངས་ནས་ཤི། །　嘴塞沙土酒臭味，
ཁྭ་ཧུས་ཕོ་འདེབས་བྱ་ཡི་ཟས། །　沦为飞禽裹腹餐，
ཞེ་ཆགས་སྡུག་བསྔལ་ངང་ནས་འགྲོ། །　魂恋世间苦阴间。

༨ གཏམ་དོན་གཉིས་ལ་གཏན་ཚིགས་དགོས། །
དགྲ་མགྲོན་གཉིས་ཀྱི་ལག་རྟགས་དགོས། །

言行皆需有依据，
敌人客人要分清。

སེང་ལྕམ་འབྲུག་མོ།

森姜珠牡

༡ ཕོ་རབ་བློ་ཁོག་ནམ་མཁའ་འདྲ། །
ནམ་ལངས་ཉི་མ་ཤར་དང་མཚུངས། །
རང་གཞན་གཉིས་ཀའི་མུན་པ་སེལ། །

君子胸怀大如天，
如同朝阳升于天，
驱散大地之黑暗；

ཕོ་འབྲིང་བློ་དེ་ས་མདོ་འདྲ། །
བཟང་ངན་གཉིས་ཀྱི་ལམ་བགྲོད་བདེ། །
མི་དགའ་རང་སྐྱིད་གཉིས་ཀ་ཡོད། །

中等男子胸如路，
无论何人此处行，
利人利己皆方便；

ཕོ་ཐ་མའི་བློ་དེ་མུན་པ་འདྲ། །
འགྲོ་འདུག་མི་ཤེས་སྨག་གིས་བསྒྲིབས། །
མི་ཕུང་རང་བརླག་གཉིས་ཀ་ཐོན། །

下等男子心胸隘，
言行无知皆迷茫，
终将损人亦害己。

༢ བླ་མ་བཟང་པོའི་གསུང་ཆོས་དང་། །
ཕ་མ་བཟང་པོའི་ཁ་ཏ་གཉིས། །
མཛའ་གྲོགས་བཟང་པོའི་སྙིང་གཏམ་གསུམ། །
མི་འགྱུར་བ་དེ་ཚིག་གསུམ་ཡིན། །

德高喇嘛之箴言，
恩重父母之教诲，
交心挚友之忠言，
此三不变坚如石。

༣ སྲིབ་ཆེན་ཁ་བ་བཞུ་དུས་མེད། །
འབྲོང་ཆེན་ཀོ་ལ་བུག་དུས་མེད། །
བུ་མོ་མ་དང་ཐུག་དུས་མེད། །

阴面积雪无化时，
野牛厚皮捅不破，
母女无面相见时。

མེ་བཟའ་འབུམ་སྐྱིད།

梅萨奔吉

༡ མ་ར་འཛེམ་པ་རྣམ་གསུམ་ཡོད། །
སྐྱེན་པོའི་མདའ་གྲིའི་འགྲིམ་ལམ་དང་། །
དམར་ཡག་སྟག་གི་ཁ་སྒོ་དང་། །
ཁྱི་མོ་ཚང་མའི་ཚང་སྒོ་གསུམ། །

避讳之地有三：
一避刀箭之路，
二避猛虎之穴，
三避母狗之窝。

༢ གླ་པ་ཡག་ལ་རྒྱུ་འབྱུང་ཡོད། །
ཁ་དན་ཡག་ལ་གཏམ་དོན་ཡོད། །

好仆可聚千万财，
守信方可落实处。

༣ རྐུ་རྫུན་གཉིས་ལ་མཐའ་མེད། །
བྱ་བྲལ་ཀླད་ཆུང་ཁྲེལ་མེད། །

偷盗谎言不善终，
智障无赖不知耻。

༤ ཁ་མཆུ་མི་ཐོག་རྐོད་པོ་ཡིན། །
བུ་ལོན་མི་དགོས་ཕྱུག་པོ་ཡིན། །
ཕོ་ཚོད་ཟིན་ན་མཁས་པ་ཡིན། །
མོ་ཚོད་ཟིན་ན་གནས་དགའ་ཡིན། །

无需争吵为君子，
无需还债为富人，
男子有度为贤君，
女子有度为贤妻。

༥ སྐྱེས་ཕོ་ལ་རབ་འབྲིང་ཐ་གསུམ་ཡོད། །
ཕོ་རབ་སྐྱེས་པའི་ཉིན་ནས་སྒོམ། །
ཚེ་སྔོན་མའི་ལས་འབྲས་སྨིན་ལེ་རེད། །
ཕོ་འབྲིང་ཞེ་བསམ་སླེབས་ནས་སྒོམ། །
ཚེ་འདི་སྡང་བྱ་བ་བྱེད་ཙམ་ཐོན། །
ཕོ་ཐ་མ་རྒས་པའི་དུས་དེར་སྒོམ། །
འདི་ཕྱིའི་འདུན་མ་འགྲུབ་དུས་མེད། །

男子可分三类别：
君子生来辨善恶，
前世修来此生福；
中等男子处事稳，
此生蹉跎但善终；
下等男子老来忙，
今生来世皆为空。

༦ སྐྱེས་པོ་རབ་རྒྱུ་གསོག་ཆོས་ལ་གཏོང་། །
འདི་གང་དགའ་ལ་ཕྱི་མ་བདེ། །
པོ་འབྲིང་རྒྱུ་གསོག་མགྲོན་ལ་གཏོང་། །
གཞན་མི་དགའ་ལ་རང་ཡང་སྐྱིད། །
པོ་ཐའི་རྒྱུ་དེ་ཕྱོད་ལ་གཏོང་། །
རྒྱུ་ཟད་གཞན་སྨུག་འཕྱ་ཞིང་སྐྱོད། །

君子财富用布施，
今生欢喜来世安；
中等男子施于客，
他人喜乐自欢愉；
下等男子乱挥霍，
自亏损人招唾弃。

༧ པོ་རབ་བྱེས་འགྲོ་བྱ་འཕུར་འདྲ། །
མཚོན་འཁོར་གསུམ་སྒྲོ་གཤོག་སྐྱེས་པ་འདྲ། །
པོ་འབྲིང་བྱེས་འགྲོ་རི་རྒྱལ་འདྲ། །
མཚོན་འཁོར་གསུམ་ལ་བཙས་བརྒྱན་པ་འདྲ། །
པོ་ཐ་མ་བྱེས་འགྲོ་བདའ་ལུ་འདྲ། །
མཚོན་འཁོར་གསུམ་སྐོར་ཐག་འདྲུད་པ་འདྲ། །

英豪出征如飞鹰，
披甲上阵像雄鹰；
好男出征行如山，
手持兵器像山神；
怂男出征如家狗，
拖得兵器像狗绳。

༨ སྐྱེས་པོ་རབ་དགྲ་འགྲོ་བྱ་རྒྱལ་འདྲ། །
རྒོད་ངང་མས་ནམ་འཕང་སྐྱོད་པ་འདྲ། །
པོ་འབྲིང་དགྲ་འགྲོ་ཤག་ཕྲན་འདྲ། །
གར་བསམ་འགྲོ་ལ་གར་གཏད་ཐོག །

君子战敌如琼鸟，
志在必得展英翅；
中等男子如速箭，
百发百中无失的。

༩ ཚེ་རོགས་ཡང་འཚོལ་མི་དགོས་ལེ། །
འཁོར་བར་གཉིས་འཁྱམ་མི་དགོས་ལེ། །
སྐྱེ་བ་ཡང་ལེན་མི་དགོས་ལེ། །
སྐྱིད་ལ་སྐྱིད་ཆད་མི་དགོས་ལེ། །

伴侣不可二次找，
两次轮回实不该，
二次投胎多折腾，
自损幸福活受罪。

ཨ་སྟག་ཀླུ་མོ།

阿达鲁（拉）姆

ཞིང་ཐང་སྐྱ་མོར་རྒྱུག་རྒྱུག་དེ། །

辽阔田野乱狂奔，

ཁྲ་ཡག་ཛ་ལ་འགྲིམ་ལམ་མེད། །
རི་ཆུང་ཐུར་སྐྱ་ཐབ་ཐབ་དེ། །
རྨ་གཉན་རི་ལ་འགྲིམ་ལེ་མེན། །

乱石山上行不通，
小山下坡不劳累，
玛沁雪山行不通。

གཡུ་རྩེ་སྟོན་པ།

玉泽顿巴

༡ གཏམ་དོན་གཉིས་ལ་གཏན་ཚིག་གདའ། །
མདའ་འབེན་གཉིས་ལ་ཐོད་གཏུག་བྱུང་། །
ཐུབ་ན་སྟག་འཛིང་གཟིག་འཛིང་བྱེད། །
མ་ཐུབ་གཅིག་ཤི་གཅིག་ལུས་བྱེད། །

言之有理有原则，
射箭正中靶心打，
能打则像虎豹争，
无能也要博生死。

༢ ན་ས་ཤི་ས་དུར་ས་གསུམ། །
གཤིན་རྗེས་ཁྲམ་ལ་གར་བཏབ་ཡིན། །
ཚེ་རོགས་ཞག་མལ་གནས་ཚང་གསུམ། །
ཚེ་སྔོན་ལས་ཀྱིས་གར་བསྐོས་རེད། །

病老衰死于何处，
听天由命阎王知；
终身伴侣或借宿，
前世注定自难求。

གཡུ་འོད་སྟོན་པ།

玉维顿巴

མི་སྣོ་ཉེས་ཁར་དགོད་ཡར་ཡར། །
རྟ་རྒྱབ་ཆད་ཁར་འདར་སིལ་སིལ། །

犯错之前笑眯眯，
马背裂前颤微微。

མི་ཉག་གཡུ་རི་རྩེ་རྒྱལ།

木雅 · 玉日泽贵

༡ འཐབ་ཤག་ཤག་དགྲ་བོ་ངོ་ནག་ཡིན། །
བཤད་ཤག་ཤག་ཕོ་ཤ་མོ་ཀྱོད་ཡིན། །
གཏམ་དུས་ལ་བབས་ནས་བཤད་པ་ཡིན། །
ཟས་ཡིད་ལ་བྱུང་ནས་བཟའ་བ་ཡིན། །

决战无疑乃仇敌，
必争无疑乃怨仇，
恰逢其时讲事理，
食对口味将其用，

དགྲ་ལན་ཡོད་བྱུང་ན་འཐབ་པ་ཡིན།།

敌若入侵则应战。

༢ མི་ལ་ཡར་དུས་མར་དུས་ཡོད།།
ཞིང་ལ་སྒང་རེ་གཤོང་རེ་ཡོད།།
ཕོ་ཤ་གསོད་སྟོ་ཉིན་ཕྱི་ཉིན་ཡིན།།
མོ་སྐྱིད་ཁྲུར་སྟོ་ལོ་ཕྱི་ལོ་ཡིན།།

人有兴衰强弱，
地有沟沟坎坎，
猎手有失有得，
妇道恩怒不尽。

བྱ་ཤང་མ།

命命鸟

ཕོ་རང་ཚོད་ཟིན་ན་རྒྱལ་པོ་ཡིན།།
ཟས་ལྟོ་ཚོད་ཟིན་ན་སྨན་པ་ཡིན།།
ཕོ་ཚོད་ཚོད་གྲལ་ལ་བསྡད་ན་དགའ།།
མོ་ཚོད་ཚོད་གནས་ལ་འཛགས་ན་དགའ།།

行为有度可为王，
用餐有量可为医，
男子爱立伯仲间，
婆媳融洽夫家乐。

འདན་བཟའ་གསེར་མཚོ། །

丹萨色措

སྨན་པ་རབ་འབྲིང་ཐ་མ་གསུམ།།
རབ་ཀྱིས་ནད་ཙོས་རྩ་ནས་འདོན།།
འབྲིང་གིས་ཞག་བདེ་ཟླ་བདེ་ཐོན།།
ཐ་མས་གཅིག་བཅོས་བརྒྱ་འཕར་ཐོན།།

医者可分三类别：
上等医者治病根，
中等医者治病症，
庸医治病生百病。

མི་ཆུང་ཁ་བདེ། །

弥琼喀德

༡ ཀུ་རྫུན་གཉིས་དེ་སྔོན་ལ་བཏང་།།
ངན་ཤེད་གཉིས་པོ་རྒྱབ་ལ་ཁུར།།

谎言说在前，
固执断于后。

༢ ཕོ་ལ་རབ་འབྲིང་ཐ་གསུམ་ཡོད།།

男子可分三类别：

ཕོ་རབ་ནམ་མཁའ་ཡངས་པ་འདྲ། །	其上男子胸如天，
གསལ་ཞིང་ཉི་མ་ཤར་བ་འདྲ། །	明理在心如阳光，
ཁོག་དྲང་དགུ་ཐིག་ཁྲ་མོ་འདྲ། །	性直守信如银河，
གཏམ་སྐད་ཆ་གཡུ་འབྲུག་གྲག་པ་འདྲ། །	说起话来似龙鸣，
ལུས་མཛེས་འཇའ་ཚོན་ཤར་བ་འདྲ། །	英俊帅气如彩虹，
འཁོར་གསུམ་གཟའ་ཕྲན་རྒྱུག་པ་འདྲ། །	佩戴武器如亮星，
དཔའ་རྩལ་གློག་ལྕེ་འཁྱུག་པ་འདྲ། །	英勇无畏如闪电，
དགྲ་རྗོད་ཐོག་སེར་འབབ་པ་འདྲ། །	奔赴战场如下雹，
བྱམས་སྙིང་སྦྲང་ཆར་སིལ་མ་འདྲ། །	大仁大义如甘雨；
ཕོ་འབྲིང་རུས་པའི་སོག་པ་འདྲ། །	其中男子如胛骨，
སེམས་རྒྱུད་དཀར་བ་རུས་པ་འདྲ། །	心地善良如其白，
ཁོག་དྲང་སོག་པའི་གཞུང་ཐག་འདྲ། །	本性正直如其梁，
སྲ་སྙི་སྙོད་གསུམ་ཨ་ཕྲུམ་འདྲ། །	硬柔恰如其软骨，
ཁ་གྲག་སོག་པའི་ཁ་ཞེང་འདྲ། །	说话就像其宽度，
འཁོད་སྙོམ་སོག་པའི་རུས་པ་འདྲ། །	公正就像其骨面，
ཤེས་སྒོ་སོག་པའི་མེ་ལོང་འདྲ། །	心智就像其圆镜，
གཏམ་ཚིག་སོག་པའི་ཚིག་མདུད་འདྲ། །	决断就像其节环；
ཕོ་ཐ་མ་ར་ཡི་ནང་ཆ་འདྲ། །	其下人如羊内脏，
ཨག་གསར་དཔྱིད་སོ་ལྟོ་ཚིལ་འདྲ། །	面带笑容像肚油，
ནང་སྙོམ་མེད་ལེ་བཙོ་དང་འདྲ། །	分文不值如肚糠，
གཡོ་སྒྱུ་ཆེ་ལེ་ཕོ་བ་འདྲ། །	阴险狡猾如瓣胃，
ཕྱི་འཇམ་ནང་རྩུབ་གྲོད་པ་འདྲ། །	外软内粗如毛肚，
བཀྲ་ལག་མང་བ་སུ་ལུ་འདྲ། །	心机多端肉网胃。
༣ མི་ལ་རྭ་ཅོ་རྣམ་གསུམ་ཡོད། །	人也会长三犄角：

དཔོན་པོ་བཞུགས་ལུགས་མ་ཤེས་ན། །	官人若不务正业，
དེ་ལ་གདན་གྱི་རྭ་ཅོ་ཟེར། །	坐垫底下会长角；
གཡོག་པོས་ཞུ་ལུགས་མ་ཤེས་ན། །	佣人上奏不妥当，
དེ་ལ་ཚིག་གི་རྭ་ཅོ་ཟེར། །	话语之中长出角；
སྤྲང་པོས་བསླུ་ལུགས་མ་ཤེས་ན། །	乞丐讨要不得当，
སྤྲང་ལ་དབྱུག་པའི་རྭ་ཅོ་ཟེར། །	挨得棍子也是角。

༤ ཟ་མ་མོ་ལ་བཙོག་དྲུག་ཡོད། །	女子可显六类丑：
ངོ་དམར་མ་དེ་ངུས་ན་བཙོག །	红脸女子哭时丑，
ངོ་ནག་མ་དེ་ཁྲོས་ན་བཙོག །	黑容女子怒时丑，
ཁ་ཆེ་མ་དེ་བགད་ན་བཙོག །	大嘴女子笑时丑，
བང་རིང་མ་དེ་འགྱེལ་ན་བཙོག །	长腿女子跌倒丑，
བང་ཐུང་མ་དེ་ལངས་ན་བཙོག །	短腿女子站时丑，
འབེ་ལེབ་སྒུག་ཐུང་བརྒྱུགས་ན་བཙོག །	胖矮女子跑时丑。

༥ མཛོ་ཟད་རྩ་བ་གླང་ལ་ཐུག །	黄牛多了犏牛少，
ཞིང་ཟད་རྩ་བ་མུ་ལ་ཐུག །	耕地荒了粮食少，
མོ་ཟད་རྩ་བ་རོ་ལ་ཐུག །	战死多了男人少，
སོ་ཟད་རྩ་བ་སྲིན་ལ་ཐུག །	虫蛀多了牙齿少。

༦ ལངས་འདུག་འགྲོ་དབང་མེད་ལེ་དེ། །	能站不能行，
རྐང་པར་ཉྭ་ནད་ཕོག་པ་འདྲ། །	就像腿有病；
བྱིས་པ་ངུ་དབང་མེད་པ་དེ། །	孩子无哭喊，
ནད་དང་མུག་གེས་མནར་བ་འདྲ། །	就像饥饿病。

༧ ཚིག་ཁ་ནོར་དེ་ལ་ཡུ་བ་མེད། །	说出的话不可收回，
མདའ་ལག་ནོར་དེ་ལ་ཕྱིར་ལོག་མེད། །	放出的箭不可返回。

༨ མོ་ལ་རབ་འབྲིང་ཟས་ཀྱིས་འབྱེད། ། 是否贤女看厨艺，
ཕོ་ལ་རབ་འབྲིང་དགྲ་ཡིས་འབྱེད། ། 是否英雄战场晓，
ཆུ་དང་འོ་མ་སྦལ་བས་འབྱེད། ། 奶参水否青蛙知，
ཡ་རབས་མ་རབས་སྤྱོད་པས་འབྱེད། ། 是否好人相交知。

༩ བླ་མ་མཇལ་ན་དད་པ་སྐྱེ། ། 叩拜喇嘛生敬心，
དམ་ཆོས་ཐོས་ན་སྣང་བ་སྒྲོ། ། 闻见念经更崇拜。

༡༠ ཕོ་རབ་སྐད་ཆ་ཐུག་ན་བཤད། ། 君子碰见就话明，
ཕོ་འབྲིང་སྐད་ཆ་དྲིས་ན་བཤད། ། 其次一问有一答，
ཐ་མས་ལྟོ་བ་བརྒྱགས་ན་བཤད། ། 小人吃饱才回话。

༡༡ དུས་ཀྱི་མཐའ་མ་འཕྲུལ་ལྟས་མང་། 末世奇幻轶事多，
ལྕེ་མེད་ཁ་ཡི་ཚྭ་ལྡག་མཐོང་། ། 无舌之嘴舔食盐，
རྐང་མེད་ས་མཐའ་སྐོར་བ་མཐོང་། ། 无脚之腿游四方，
གཤོག་མེད་ནམ་འཕང་གཅོད་པ་མཐོང་། ། 无翅之禽翱长空，
འདོ་བ་རྟ་ལ་རྭ་ཅོ་མཐོང་། ། 又见马头长犄角，
ཞི་སྡང་སྦྲུལ་ལ་རྐང་ལག་མཐོང་། ། 还见毒蛇长四肢。

༡༢ གཏམ་དང་ཉག་ཕྲན་དྲང་ན་དགའ། ། 说话要像箭般直，
དྲང་ན་དགའ་བས་དྲང་གཏམ་གྱིས། ། 直来直去乃真话，
ལམ་དང་གཞུ་མོ་འཁྱོག་ན་དགའ། ། 道路要像弓般弯，
འཁྱོག་ན་དགའ་བས་འཁྱོག་བཞིན་འགུག ། 蜿蜒崎岖多风景。

སྤྱི་དཔོན་རོང་ཚ་ཁྲ་རྒན། 吉本·绒擦查根

༡ རི་སྤྱང་སྔོན་མོས་ཟས་འཚོལ་དུས། ། 灰狼山头觅食时，
བྲོས་གབ་གཉིས་ཀྱིས་ལམ་འཚོལ་དགོས། ། 避逃同时寻路径；
ཤྭ་ཕོ་ཆེན་ལ་མོ་རྒྱག་ཉིན་མོ། ། 雄鹿跋涉大山时，
སྔ་བགྲོད་ཕྱི་ལྟས་གཉིས་ཀ་དགོས། ། 瞻前顾后需谨慎；
ངང་པ་མཚོ་ལ་འགྲིམ་ཉིན་མོ། ། 天鹅游在湖水时，
སྟེང་འོག་གཉིས་ལ་ལྟ་རྟོག་དགོས། ། 明察上下不可疏；
ཕོ་རྒོད་བྱེས་སུ་འགྲོ་ཉིན་མོ། ། 男子踏上征途时，
སྔ་བསམ་ཕྱི་བློ་གཉིས་ཀ་དགོས། ། 三思而行不鲁莽。

༢ མཐོ་ཆེ་ན་ཉི་ཟླ་གཟའ་དང་ཐུག ། 高悬的日月撞天狗，
དམའ་ཆེ་ན་ཉ་མོ་ལྕགས་ཀྱིས་བཟུང་། ། 低游的鱼儿被钩钓，
རྩེ་ཆེ་ན་ཝ་མོ་གཡང་ལ་ལྷུང་། ། 调皮的狐狸坠悬崖，
ངར་ཆེ་ན་འབྲུག་ལྕེ་ཐན་པས་སྐམ། ། 暴怒的龙舌遇旱灾，
མགྱོགས་ཆེ་ན་རྟ་ཕོ་སྲབ་ཀྱིས་འཛིན། ། 风驰的马儿套笼头，
དལ་ཆེ་ན་གླང་རྒན་དབྱུག་པས་འཐར། ། 缓慢的老牛挨棒子。

སྟག་རོང་ཨ་ཁྲ་ཁྲོ་ཐུང་། 达绒·阿库超同

༡ སྐྱེ་འཆི་ཀུན་གྱི་ལམ་ཆེན་རེད། ། 生死万物皆有之，
ཞིག་རལ་རྡོ་རྗེ་བྲག་ལ་གདའ། ། 金刚岩有坍塌日，
ཆག་གྲུམ་གོར་མོ་རྡོ་ལ་གདའ། ། 磐石也有裂开时，
དར་རྒུད་དམར་ཡག་སྟག་ལ་གདའ། ། 猛虎会有盛衰时，
དྲོ་གྲང་ཟེར་མ་རླུང་ལ་གདའ། ། 风儿冷热也不同，
སྐྱིད་སྡུག་འཛིག་རྟེན་བོད་ལ་གདའ། ། 悲欢离合人无常。

༢ སྐྱིད་སྡུག་གལ་ཏ་མགོ་འབྲིལ་ཡིན། །	悲喜如褡裢，
མི་ཚེ་སྐལ་མཆུ་རིང་ཐུང་ཡིན། །	生命寸光间，
མི་ཚེ་འདོམ་ལ་འཇལ་རྒྱུ་མེད། །	寿命弹指间，
བསོད་ནམས་རྒྱན་འཛོག་བྱེད་ཐབས་མེད། །	福祉不可赌，
ཁ་རྗེ་བྲེ་ལ་འཇལ་རྒྱུ་མེད། །	福气怎斗量。

སྡེ་པ་སྒྲོ་རྒོད་མདའ་བཙན།　德巴 · 卓贵达赞

༡ སྔ་དྲོ་མདའ་མ་འཕངས་ན། །	若是上午不射箭，
སྤྲང་པོའི་བུ་ལ་དབང་མེད། །	乞丐哪有活命权；
ཕྱི་དྲོ་ལྐུགས་མ་གཏད་ན། །	若是下午不履约，
རྒྱལ་པོའི་བུ་ལ་དབང་མེད། །	王子哪有抵赖权。

༢ ཤག་པོའི་མནའ་མི་ཟ། །	盟友重守信，
ཉེ་བའི་ཁྲེལ་མི་གཡུག།	亲情讲无愧。

༣ སྒོ་ང་ལུང་མེད་ལ་ལུང་། །	鸡蛋配抓柄，
ཏ་ཛ་འཛེར་མེད་ལ་འཛེར། །	马尾长瘿疖，
ལོང་བ་མིག་མེད་ལ་ལམ། །	给瞎子指路，
ལྐུགས་པ་སྨྲ་མེད་ལ་གཏམ། །	对哑巴言语，
ཞ་བོ་རྐང་མེད་ལ་འགྲོས། །	让残腿走路，
འོན་པ་སྒྲ་མེད་ལ་དབྱངས། །	对聋子奏乐。

ཨ་བསེ་གཡུ་རལ།　阿赛玉然

༡ རྒོད་པོས་རྒོད་པོ་མ་བསྡུར་ན། །	若不以暴治暴，

རྒོད་ཟེར་བ་ས་ཁྱུག་སྟོང་གཏམ་རེད། །

不懂何为英雄。

མགྱོགས་པས་མགྱོགས་པ་མ་བསྡུར་ན། །
མགྱོགས་ཟེར་བ་ཁ་བཤད་སྟོང་གཏམ་རེད། །

若不以速比速，
不懂何为骐骥。

རྣོན་པོས་རྣོན་པོ་མ་བསྡུར་ན། །
མཚོན་རྣོ་ཟེར་རྣ་ཐོས་སྟོང་གཏམ་རེད། །

若不以刀对刀，
不懂何为利刃。

མདའ་མོས་མདའ་མོ་མ་རྡོ་ན། །
མདའ་སྐྱེན་པོའི་གྲུབ་པ་ཐོབ་ཞན་འདྲ། །

若不以箭比箭，
不懂何为射手。

༢ ཕར་བཙུགས་དགྲ་ཇག་མ་བྱས་ཀྱང་། །
ཚུར་བཙུགས་དགྲ་ལ་འགྱོད་པ་མེད། །
ཕར་འགེལ་གྱོད་འཚོལ་མ་བྱས་ཀྱང་། །
ཚུར་བཀལ་གྱོད་ལ་འགྱོད་པ་མེད། །

若非自己树敌，
何惧来犯之敌；
若非自己有错，
何惧无端诬告。

༣ ཤིང་ཆེན་ཉེས་མེད་སྟ་རེས་བཅད། །
ཆུ་བོ་ཉེས་མེད་ཟམ་པས་མནན། །
མི་ཕོ་ཉེས་མེད་ཆད་པས་མནན། །

常青之树遭砍伐，
江河奔腾遭桥压，
无罪之人遭惩罚。

༤ མི་ཉམ་ཆུང་རང་ཡུལ་འདུག་པ་ལ། །
དགྲ་ཤ་ཕ་བྱུང་ནས་སྒོ་འགྲིམ་བྱེད། །
ས་ལ་གོམ་གཅིག་ཀྱང་མ་བརྒྱབ་པར། །
ལམ་ཆུ་ཆེན་ཕ་རོལ་མ་བརྒལ་ཡང་། །
བརྙས་བཞག་དགྲ་དམག་མཁར་སྒོ་མནན། །

人善被人欺，
无故找上门；
寸步不离家，
也未踏他们，
无故受凌辱。

༥ མནའ་ཤག་པོས་ཟ། ། 　盟友中有不守信用者，
ཁྲེལ་ཉེ་བས་གཡུག། 　亲人中有不知羞耻者。

ལུ་གུ་སྐྱིད་ཀྱི་མཚོ་མོ།

鲁古吉吉措姆

དགྲ་ཇག་རྐྱུན་མའི་འཁྱིམ་ལམ་ནས། ། 　盗匪横行之路，
ཚོང་པའི་སྐར་འཁྱིམ་མ་ལོ་གདའ། ། 　商队不易经过；

འདྲེ་སྲིན་གཉིས་ཀྱི་བཤར་ལམ་ན། ། 　妖魔横行之路，
བསོད་ཟད་བྱེས་འགྲོ་མ་ཉན་གདའ། ། 　单骑不易经过；

སྟག་གཟིག་གཉིས་ཀྱི་ཁ་སྒོ་ན། ། 　虎豹栖息之地，
ཁྱི་རྒན་སྒོ་འཁྱིམ་མ་ཉན་གདའ། ། 　老狗不易经过；

འཕར་སྤྱང་གཉིས་ཀྱི་འགྲོ་ལམ་ན། ། 　豺狼出没之地，
ར་ལུག་རྩྭ་ཟ་མ་ཉན་གདའ། ། 　羊儿不易吃草。

ཁ་མཚར་ཀླུ་མོ་མཚོ།

喀蔡鲁姆措

༡ གཏམ་ལ་གནད་ཅིག་ཡོད་ལེ་གདའ། ། 　言外之意需听明，
ཟས་ལ་སྐྱོན་གཅིག་ཡོད་ལེ་གདའ། ། 　饭中有疑需留意。

༢ མི་གསར་གཏམ་འདོད་ཅན་གཅིག་རེད། ། 　新人常口出狂言，
རྟ་གསར་རྒྱུག་འདོད་ཅན་གཅིག་རེད། ། 　新马常性情暴烈。

༣ ཁ་ནི་གྲོད་ཀྱི་སྒོ་མོ་ཡིན། །
ཕྱེ་བ་སླ་སྟེ་ཟུམ་པ་དཀའ། །
ལྕེ་ལེབ་གྲོད་ཀྱི་གཞི་མ་ཡིན། །
བརྐྱང་བ་སླ་སྟེ་སྐུམ་པ་དཀའ།

祸从口中来，
张嘴容易闭嘴难；
祸从舌尖出，
伸出容易缩回难。

༤ ཤིང་གི་ཆེ་གཉན་བཙུན་གསུམ་དེ། །
ཆེ་བ་ཙན་དན་སྡོང་པོ་ཆེ། །
གཉན་པ་ཤུག་གུ་ཁེར་སྐྱེས་གཉན། །
བཙུན་པ་ཐང་ཤིང་ནག་འབལ་བཙུན། །
རྫ་ཡི་ཆེ་གཉན་བཙུན་གསུམ་དེ། །
ཆེ་བ་མཐོན་པོའི་བྲག་རི་ཆེ། །
གཉན་པ་ལུ་རྫོ་མགོ་དམར་གཉན། །
བཙུན་པ་རྩིགས་རྫོ་ཕྲ་མོ་བཙུན། །
ཆུ་ཡི་ཆེ་གཉན་བཙུན་གསུམ་དེ། །
ཆེ་བ་མཐའ་ཡས་རྒྱ་མཚོ་ཆེ། །
གཉན་པ་ཆུ་མིག་ལོང་རོ་གཉན། །
བཙུན་པ་ཡུར་ཆུ་སྔོན་མོ་བཙུན། །

树可分为三类别：
檀木可为高贵树，
柏树则为念神树，
松树为那大德树；
石头可分三类别：
岩山可为高贵山，
红顶石为念神山，
砌筑石为大德树；
水可分为三类别：
大海可为高贵水，
泉水则为念神水，
河流是那大德水。

༥ སྐྱེས་པོ་རབ་ནམ་མཁའ་ལྡངས་པ་འདྲ། །
གནམ་ཨ་སྔོན་འདི་ལ་སྟེང་མཐའ་མེད། །
སྐྱེས་པོ་འབྲིང་རི་རྒྱལ་ལྷུན་པོ་འདྲ། །
རི་མཐོན་པོར་གཡོ་འགྱུལ་ཅི་ལ་ཡོད། །
ཕོ་ཐ་མ་མར་འབབ་ཆུ་བོ་འདྲ། །
ཆབ་ཆུ་བོ་གྱ་གྱུ་མང་པོ་རེད། །

君子心胸如天宽，
无边穹宇深莫测；
其次男子如高山，
岿然不动立天地；
怂男如那河流水，
弯弯绕绕变化多。

ཚ་ཞང་འདན་མ་བྱང་ཁྲ།	擦香·丹玛向查
༡ སྔོ་ལེ་མི་ཞན་སྔོ་ལེ་བཟང་། ।	青青颜色不可缺，
གནམ་ལ་སྤྲིན་མཐོངས་ནས་སྦྲང་ཆར་འབབ། ।	青天有云降雨露，
རི་བོ་སྔོ་ན་བེའུ་ལུག་འཕོར། ।	青青草原牛羊福，
གཞོང་ཞིང་སྔོ་ན་འབྲས་དྲུག་རྒྱས། ।	麦穗青青庄稼旺。
གྭ་མ་མི་བཟང་གྭ་མ་ཞན། ।	花儿白脸不可信，
མི་གྭ་མ་དགྲ་སྔོན་ཕ་བྲོས་སྐྱེན། ।	白脸男人多懦夫，
རྟ་གྭ་མས་བདག་པོ་དགྲ་ཁར་སྐྱེལ། ।	白脸马儿害主人，
སྨན་གྭ་མས་རང་ཟོག་མི་ལ་ཤོར། ।	白脸女人淫夫多。
༢ མདའ་སྐྱེན་པོས་གཏང་མ་མ་ལྡངས་ན། ।	若不射箭杀敌人，
སྨན་བུ་མོའི་ཕང་དང་ཁྱད་པར་མེད། ।	与女子相差无几；
ཕོ་རྒོད་པོས་རྒོད་པོར་མ་བསྟུར་ན། ।	若不狭路勇相逢，
རྒོད་གཡེར་གྲགས་ཆེ་བ་སྟོང་གཏམ་རེད། ।	英雄也许是虚名；
རྟ་མགྱོགས་པས་མགྱོགས་པ་མ་དོ་ན། ।	若不赛中见分晓，
རྟ་ཁེར་རྒྱུག་མགྱོགས་ཟེར་སྟོང་གཏམ་རེད། ।	单骑独跑不算快；
མཚོན་ཤ་ཆོད་རུས་ལ་མ་གཏུགས་ན། ।	利刃若不切肉骨，
གྲི་རྣོན་པོ་འཐག་མཁན་ཙུ་ལུ་འདྲ། ।	就像织毡那木片。
༣ ཕོ་རབ་ཕོ་འབྲིང་ཕོ་ཐ་གསུམ། ।	男子可分三等别：
ཕོ་རབ་མདའ་གཅིག་འཕེན་ཉིན་མོ། ।	其上射箭准又狠，
གོས་གོང་སྒྲོག་བུ་བཀྲོལ་བ་འདྲ། ।	穿心犹如解衣扣；
ཕོ་འབྲིང་མདའ་གཅིག་འཕེན་ཉིན་མོ། ।	其中男子射一箭，
ཁ་ཡི་ཨ་ར་ཕྱིས་པ་འདྲ། ।	穿胸易如捋胡须；

ཕོ་ཐ་མདའ་ཞིག་འཕེན་ལེ་དེ། ། 其下男子射一箭，
མིག་གི་ཚིལ་བུ་བསྒྲོར་བ་འདྲ། ། 犹如眼脂遮眼眸。

རྒྱ་མོ་ཨ་ཀོང་ཇོ། **嘉姆·阿公觉**

བོད་ཀྱི་ཁ་འདྲེ་མ་ཐོག ། 不受藏人诋毁，
རྒྱ་ཡི་སྐབ་འདྲེ་མ་འཁྲོ ། 不挨汉人后箭。

དགྲ་ལྷ་རྩེ་རྒྱལ། **扎拉泽嘉**

༡ མཐོ་ན་དམའ་ན་ཨ་སྟོན་གནམ། ། 天空无须论高低，
ཡང་ན་ལྕི་ན་དོག་མོ་ས། ། 大地无须称轻重，
ཆེ་ན་ཆུང་ན་གདོང་གི་རྒྱུད། ། 董氏男儿皆英豪，
གཏོད་ན་ཞན་ན་རྒྱ་ཚའི་བུ། ། 嘉擦之子可依托。

༢ ཉེས་མེད་ཆད་པ་གཅོད་མི་རེད། ། 无罪之人的惩罚者，
དོན་མེད་མི་ཤ་བསྙོ་མི་རེད། ། 无故之人的夺命者。

༣ བཙན་པོས་བཙན་ཚོད་མ་ཟིན་ན། ། 暴君专横若无度，
བྲག་དཀར་ཐོག་གིས་གཏོར་རབས་ཡོད། ། 且看岩山被雷摧，
ཉམ་ཆུང་འདུག་ལུགས་མ་ཤེས་ན། ། 弱者也须守规矩，
ཞ་བོ་གདན་དང་བྲལ་དོགས་ཡོད། ། 不然病残无人理。

༤ རྒྱུག་ཤག་ཤག་རྟ་ཕོ་བྱང་མ་ཡིན། ། 训练之马就要赛，
འཐབ་ཤག་ཤག་དགྲ་བོ་ཇོ་ནག་ཡིན། ། 世仇之敌就要灭。

ཀ་དར་ཕྱིང་སྔོན།	卡塔尔青恩
༡ མོ་མཁས་པས་མོ་རྩིས་ལྟ་བཏབ་ལས། །	让聪明卦师占卜，
དཔྱད་མཁས་པའི་བློ་ལ་ཉན་ན་བཟང་། །	不如听从智者言。
༢ རི་མཐོན་པོའི་དབུ་འཕང་ནགས་ཀྱིས་བསྟོད། །	高山被林撑，
ནགས་མེད་ན་རི་བོ་འདྲ་འདྲ་རེད། །	无林乃山丘，
ཆུ་ཆེན་པོའི་མགོ་འཕང་ཆར་གྱིས་བསྟོད། །	河水被雨涨，
ཆར་མེད་ན་ཆུ་ཕྲན་འདྲ་འདྲ་རེད། །	缺雨乃溪流。
གོང་བླ་མའི་ཆེ་བ་གྲྭ་པས་འདོན། །	喇嘛被僧撑，
གྲྭ་བུ་སློབ་མེད་ན་བྱ་བྲལ་རེད། །	无僧乃修士，
རི་ཁྲ་ཡག་མཛེས་བྱེད་ཤྭ་རྒྱང་ཡིན། །	生灵点缀山，
མཁར་བྱམ་ཆུང་མཛེས་བྱེད་ལྕགས་རི་ཡིན། །	城墙点缀堡；
གུར་དཀར་པོ་མཛེས་བྱེད་ཐོན་བཞི་ཡིན། །	白帐被绳撑，
སྦྲ་རེ་བ་མཛེས་བྱེད་གོང་ཤིང་ཡིན། །	黑帐被杆撑。
༣ རྫུན་ལ་དཀར་ནག་ཁྲ་གསུམ་ཡོད། །	假话自有花黑白，
ཁྲམ་ལ་རྐུ་འཕྲོག་བཙོམ་གསུམ་ཡོད། །	土匪就是盗偷抢。
༤ གྱང་མཐོན་པོའི་སྟེང་གི་སོག་ཚུན་འདྲ། །	像是墙上草，
རླུང་བསེར་བུས་གར་ཁྱེར་ཆ་མེད་རེད། །	不知落何处，
རོང་ཐལ་གྲང་ནང་གི་མེ་སྟག་རེད། །	像是灶炉火，
མེ་དུ་ཟད་སང་འདས་གནངས་འདས་རེད། །	不知何时灭。

༥ མི་དང་རང་གཉིས་མ་ནོར། །
ལ་བཙས་དང་སོ་པ་མ་ནོར། །
ཡི་དམ་དང་གཤིན་རྗེ་མ་ནོར། །
དགྲ་དང་བུ་གཉིས་མ་ནོར། །

利己利他要区别，
别把垭石错看人；
别把护神当阎魔，
别把敌人当孝子。

ཨ་སྨན་སྐེད་ཁྲ།

阿曼·盖查

ཕོ་རབ་གཏམ་ཞིག་བཤད་ལེ་དེ། །
ནམ་ལངས་ཉི་མ་ཤར་བ་འདྲ། །
མི་ཡང་གསལ་ལ་རང་ཡང་གསལ། །

君子指点，
犹如天亮，
开明顿悟；

ཕོ་འབྲིང་གཏམ་ཞིག་བཤད་ལེ་དེ། །
ལམ་ཆེན་འདུས་མདོར་ཕྱིན་པ་འདྲ། །
འདུག་དང་འགྲོ་ཐག་གཉིས་ཀ་ཆོད། །

次男出言，
犹如指路，
行走自如；

ཕོ་ཐ་མས་གཏམ་ཞིག་བཤད་ལེ་དེ། །
ལོང་བས་ལོང་བ་ཁྲིད་པ་འདྲ། །
མི་ལ་མི་ཕན་རང་མགོ་འཕོར། །
དེ་འདྲ་བ་དེ་ཨ་དགོས་ཆུང་། །

小人出言，
犹如瞎子，
迷失方向，
此举无意。

དབྲ་དཀར་རྒྱལ་པོ།

乌嘎尔嘉波

བློ་ཤེས་རབ་གསལ་ཡང་ལུས་སྟོབས་ཉམས། །
མགོ་རྒས་ལེ་ལུ་གུའི་བལ་དང་འདྲ། །
རྫོག་དཀར་མོའི་ནང་རྫོང་མི་ཡོང་ངོ། །
ལུས་རྒས་ལེ་སྦལ་རོ་སྐམ་པོ་འདྲ། །

有智却已老，
白发如羔毛，
不能戴斗鳌，
身老如蛙尸，

ཁྲབ་སྔོན་མོའི་ནང་རྫོང་མི་ཡོང་དོ།།　　不能穿铠甲，
མིག་ཆས་ལེ་མདའ་མཁན་སྤྱི་ཕོར་འདྲ། །　　双目已衰明，
ས་ཐག་རིང་རྒྱང་སོ་མི་རིག་དོ།།　　不能眺远处，
རྣ་ཆས་ལེ་ས་མདོའི་གྲུལ་རྟུལ་འདྲ། །　　双耳已失聪，
གཏམ་སྙན་འགྱུར་ཚིག་རྣམས་མི་ཐོས་དོ།།　　不能闻悦音，
སྣ་ཆས་ལེ་མདའ་དོང་གོག་པོ་འདྲ། །　　鼻子已失灵，
དྲི་བཟང་ངན་ཡོངས་སྤྱོད་ཉམས་ནས་འདུག །　　不能嗅味道，
ལྕེ་ཆས་ལེ་ཨ་ཀྲད་རྙིང་པ་འདྲ། །　　舌根如靴底，
ཟས་བཟང་ངན་བྲོ་བ་མི་ཚོར་དོ།།　　不能尝美食。

ཁ་ཆས་ལེ་ཡུང་སླེམ་གོར་གོར་འདྲ། །　　嘴皮已僵硬，
གཏམ་ཚིག་གསུམ་ལབ་ལབ་མི་འབྱུས་དོ།།　　言语说不清，
སྐེད་ཆས་ལེ་རྒྱ་གཞུ་འཁྱོག་པོ་འདྲ། །　　身老如弯弓，
སྐེད་འཁོར་གསུམ་ནང་རྫོང་མི་ཡོང་དོ།།　　不能持兵器。

རྒྱ་ནག་ཇ་རྫོང་།

《嘉那茶宗》

སྟག་རོང་ཨ་ཁུ་ཁྲོ་ཐུང་།

达绒·阿库超同

༡ ལྷ་བླ་མས་སྐུ་རྒྱུ་ཆོས་ལ་བརྩོན། །
ཆོས་གདམས་ངག་སྒྲུབ་པས་བརྒྱུད་ལ་ཕན། །
གཤིན་པོ་ཡར་འདྲེན་མ་ཐུབ་ན། །
ཆོས་སྒྲུབ་པ་བྱས་ཀྱང་ཅི་ཕན་ཟེར། །

喇嘛勤于修法，
加持自获于心，
若不超荐亡灵，
修行有何意义。

༢ ཕ་ཁུ་བོ་གཏམ་ར་ཚོགས་ཉིན་མོ། །
གཏམ་འདུན་མ་གཉིས་ཀྱི་ཧུས་ཤིག་བསྐོར། །
གཏམ་མགོ་བསྐོར་ཡིན་ལེ་མ་ཤེས་ན། །
ཐ་མ་ཕ་ཁུའི་ཧུས་དེ་ཤོར། །

叔父前来谈判，
精于出谋划策，
若被上当受骗，
叔父计策白费。

བུ་མོ་ཨ་མགོན་མཚོ།

布姆·阿贡措

༡ འཕྲེད་ལ་སྐྱེས་པའི་ཁ་དང་གཅིག །
ཐུར་ལ་ཟུག་པའི་མཚན་མ་གཉིས། །
གྲོད་སྤུའི་ཡུ་བ་དེ་དང་གསུམ། །
སྐྱོད་ཀྱི་ཕ་མ་བུ་གསུམ་རེད། །

鼻下横开那嘴巴，
腹下竖开那阴私，
连着毛肚那食管，
其三祸之三根源。

༢ ཁ་གྲུ་བཞི་སྐྱོད་ཀྱི་སྒོ་མོ་ཡིན། །
ནར་ནར་ལྕེ་ལ་བདག་པོ་གྱིས། །
དབྱར་ཟླ་གསུམ་ལྕགས་ལ་ཅ་ག་གྱིས། །
དགུན་ཟླ་གསུམ་རྫ་ལ་ཅ་ག་གྱིས། །

祸端皆从口中来，
管好口舌最要紧，
就像三夏管好铁，
就如三冬管好陶。

ནེ་ནེ་གནམ་སྨན་དཀར་མོ།	乃乃·南曼嘎尔姆
སྐྱེས་ཕོ་རབ་ཕོ་འབྲིང་ཕོ་ཐ་གསུམ། །	男人可分三等别：
ཕོ་རབ་འདྲ་གཉིས་ཐུག་པའི་དུས། །	两个君子相逢时，
གཅིག་ངོ་གཅིག་གིས་ཤེས་པ་འདྲ། །	彼此好似老熟人，
གཅིག་རྒྱུས་གཅིག་ལ་ཡོད་པ་འདྲ། །	已经知根又知底，
གཏམ་དང་འདུན་མའི་གྲོས་མགོ་བཙུགས། །	相互谈吐情合意，
སྡེ་ཚོ་ཆེན་གཉིས་ལ་འདུག་བདེ་ཐོན། །	两邦喜结永友好，
མི་དགའ་རང་སྐྱིད་གཉིས་ཀ་ཡོང་། །	终使双方都满意；
ཕོ་འབྲིང་འདྲ་གཉིས་ཐུག་པའི་དུས། །	中等男人相逢时，
གཅིག་གཏམ་གཅིག་གིས་ཉན་པ་འདྲ། །	一人出言一人听，
གཅིག་ཡིད་གཅིག་ལ་ཆེས་པ་འདྲ། །	彼此信任守诺言，
ཇ་ཆང་གཉིས་ལ་ལོངས་སྤྱོད་བྱེད། །	美食佳肴慢享用，
གཏམ་བཟང་བརྒྱུད་ནས་འདུན་མ་འགྲུབ། །	谈事顺利逞意愿，
མཁར་གཉིས་བར་ལ་འདུག་བདེ་ཐོན། །	两邻之间结友好，
ངོ་བསྟོད་གཏམ་བཟང་གཉིས་ཀ་འོང་། །	美言赞语众羡慕；
ཕོ་ཐ་འདྲ་གཉིས་ཐུག་པའི་དུས། །	下等男人相逢时，
གཅིག་མཚང་གཅིག་གིས་བྲུས་པ་འདྲ། །	彼此挖苦满腹脏，
བདེན་དོན་ཚིག་གཅིག་ཡོད་ལེ་མིན། །	没有一句中听言，
གཅིག་ངར་གཅིག་ལ་སྐྱེས་པ་འདྲ། །	怒目相视欲相战，
ཚིག་གསུམ་གོང་ནས་གྲི་མགོ་འཕྱར། །	不过三句挥长刀，
ཟློག་ཙུང་བརྒྱུད་ནས་མི་ཤ་འབྲེག །	害了人命又割肉，
གཏམ་ངན་ལུང་པའི་ཚད་ལ་བཞག །	臭名传遍邻里间。

སྡེ་པ་སྒྲོ་རྒོད་མདའ་བཙན། 德巴·卓贵达赞

༡ དབྱར་ཁའི་གནམ་ལ་ཆ་འཛོག་མེད། །	夏天天气变数多，
ཆར་ནམ་འབབ་སུ་ཡིས་ཤེས་ལེ་མིན། །	何时下雨谁能测，
སྨན་བུ་མོའི་བློ་ལ་ཆ་འཛོག་མེད། །	姑娘心意变数多，
ངུ་ཐེངས་བརྒྱ་ལ་དགའ་ཐེངས་བརྒྱ། །	百哭百笑突难猜。

༢ གནས་ཙཱ་རི་རོང་གི་སྨྱུག་མ་དེ། །	杂日神山之竹子，
སྨྱུག་ལོ་མཐུག་ལ་སྨྱུག་ཚིགས་རྒྱས། །	竹林密而竹叶茂，
སྨྱུག་ཚིགས་གུས་མདའ་མོ་མ་ལོ་གདའ།	因节粗大又成箭。

མོན་བཟའ་འབུམ་སྒྲོན། 门萨·奔珍

༡ ཞིང་རྒྱ་ཞིང་རྔོས་པའི་མཛོ་རྒན་ལ། །	耕田万亩老犏牛，
སྐལ་རྔོ་སླ་ཟེར་བ་ཕར་ལ་ཞོག།	别说耕田有酬劳，
འགྲུས་ར་རྩེ་བུད་དུས་བཤས་རར་ཕབ། །	老茧遍身被屠杀，
ཤ་ཚོ་ཞན་ཟེར་ཞིང་གྱི་ཆུང་བཙར། །	磨刀霍霍论肉质，
སྐལ་རྔོ་སླ་ཟེར་བ་དེ་ཚོ་རེད། །	如此绝情黑头人。

༢ ཐང་དཀར་རྒོད་པོའི་གཤོག་རྩལ་དེ། །	雄鹰翱于九霄，
ནམ་འཕང་དགུང་ལ་གཅོད་ལེ་རེད། །	得知翅艺极强，
ཤ་དམར་གཅིག་ལ་ཊམ་ལེ་རེད། །	欲寻新鲜肉食，
དེ་མིན་ནམ་འཕང་གཅོད་དོན་མེད། །	否则何苦飞游。

༣ ཁྲི་གདུགས་ཉི་མའི་འོད་ཟེར་དེ། །
འཛམ་བུ་གླིང་ལ་དགོས་ལེ་རེད། །
རྨ་བྱ་མཛེས་ལྡན་སྒྲོ་མདོངས་དེ། །
ཚེ་བུམ་སྟེང་ལ་དགོས་ལེ་རེད། །

太阳的光芒，
照亮世界，
孔雀的美翼，
缀于宝瓶。

༤ མདའ་སྨྲིན་པོའི་རྒྱབ་ལ་མཐེབ་ཅིག་དགོས། །
མཐེབ་མེད་ན་མུན་ནག་མདའ་འཕེན་རེད། །
ཁ་བདེ་མོའི་རྒྱབ་ལ་རྒྱུ་ཞིག་དགོས། །
རྒྱུ་མེད་ན་ཁ་མཆུ་ཕམ་རྒྱུ་རེད། །
ཕོ་ངར་མའི་རྒྱབ་ལ་དཔུང་ཞིག་དགོས། །
དཔུང་མེད་ན་ཝ་མོ་ཧུས་ཤོར་རེད། །

好箭需配好射手，
否则就像黑夜箭，
会说还要备礼财，
无财辩才难取胜，
英雄出征需众兵，
无兵就像逃窜狐。

གཡུ་རྩེ་སྟོན་པ།

玉泽顿巴

འབྲོང་བྲེ་སེར་སྤང་རྩྭ་ཟ་ས་ལ། །
ཁོ་རྡོན་མེད་རྭ་ཅོ་ཕབ་ཀྱི་ཟེར། །
ཤྭ་ཕོ་ཆེན་རྩྭ་ཟ་འཁྱིམ་ས་ལ། །
ཁོ་རྡོན་མེད་རྭ་ཁྲག་ལེན་གྱི་ཟེར། །

野牛尽享青草时，
猎人却想拿犄角；
雄鹿尽享山草时，
猎人却想拿鹿角。

ཨུ་བྲི་ཛ་རྫོང་།

《乌斯茶宗》

ལྷ་ཆེན་ཚངས་པ་དཀར་པོ།

拉钦·仓巴嘎尔波

༡ བརྒྱ་ཡར་འགྲོ་ཁ་བ་འབབ་འབབ་རེད། །
སྟོང་མར་འགྲོ་བུ་ཡུག་འཚུབ་འཚུབ་རེད། །

来客纷纷扬扬如雪花，
过客密密麻麻如飘雪。

༢ དགུང་ཀུན་གསལ་ཉི་མའི་ཧྲོ་སྐྱིད་དེ། །
མཁའ་མུན་གསལ་སྒྲུག་པས་རབ་ཏུ་བཙོམ། །

光辉灿烂的太阳，
不幸被乌云遮盖。

ནེ་ནེ་གནམ་སྨན་དཀར་མོ།

乃乃·南曼嘎尔姆

༡ དབུས་རི་བོར་གསེར་ཞྭ་མ་གྱོན་གོང་། །
དམའ་རྒྱ་མཚོར་ཟེར་ཐིགས་མ་ཕོག་གོང་། །
ཤར་སྨིན་དྲུག་མཁའ་ལས་མ་ཡལ་གོང་། །

朝阳照亮山顶前，
大海不照光线前，
六星还未消失前。

༢ ལས་འགོ་མ་བཙུགས་པའི་ལས་མཇུག་དེ། །
མཐའ་མ་འགྲོལ་བཞག་ན་འབྲས་བུ་མེད། །
ས་བྱེ་མའི་སྐུ་མཁར་བཞེངས་ལེ་བཞིན། །
དུས་ནམ་ཡང་བཞེངས་གྲུབ་ཟེར་ལེ་མེད། །

已经着手干的事，
没有结果最可惜，
就像细沙造宫殿，
始终没有竣工期。

༣ རྫ་རག་དཀར་འགྲིམས་པའི་བྲེ་སེར་འབྲོང་། །
མགོ་རུ་ཐུར་རྫ་ལ་མ་བརྡར་ན། །
གཡག་ཨ་ཡུས་འབྲོང་ཆེན་བརྟུལ་ཡོང་ཟེར། །

行于山里的野牛，
若不经常磨犄角，
不定无角牛来欺。

གངས་དཀར་ཡག་འགྲིམས་པའི་ཞོ་ཐང་སེང་། །
ཁ་མཆེ་གཙིགས་གཡུ་རལ་མ་ངོམ་ན། །
ཁྱི་བདའ་ལུས་གཡུ་རལ་བསྙོག་ཡོང་ཟེར། །

行于雪山的狮子，
若不经常炫鬃毛，
不定遭受恶狗欺。

༥ མཐོ་ཀུན་གསལ་ཉི་འོད་སྤྲིན་པས་བཀབ། །
དམའ་ས་གཞི་ཡོངས་ལ་མུན་པ་རུབ། །
ས་ལུང་པ་མི་ཟིན་ཐག་གིས་ཆོད། །

太阳被乌云遮盖，
大地成昏暗世界，
定是此处不留人。

གེ་སར་ནོར་བུ་དགྲ་འདུལ།

格萨尔•诺普占堆

༡ སྔོ་སྔོན་ནས་དྲན་ན་མཁས་པ་ཟེར། །
འགྱོད་ཕྱི་ནས་གླེང་དུས་གླེན་པ་ཟེར། །
སྔོ་རིག་པའི་སྒོ་མོ་ད་ལྟ་ཕྱེ། །
ལས་བྱ་བ་བཟང་ངན་རྗེས་ནས་བརྟག །

先思之人乃贤者，
后悔之人乃愚人，
首先须开悟思路，
之后才辩明黑白。

༢ འབྲུག་ལག་གི་ནོར་བུ་མ་རྩོད་དགོས། །
རྩོད་ཚར་ན་ནོར་བུ་ལོན་ལེ་དགོས། །
འབྲི་སེར་འབྲོང་དང་མ་འཛིང་དགོས། །
འཛིང་ཚར་ན་རུ་ཐུར་ལོན་ལེ་དགོས། །
ལུས་འཇུམ་སྟག་སྤག་དང་མ་ཚོད་དགོས། །
ཚོད་ཚར་ན་འཇུམ་སྟག་ལོན་ལེ་དགོས། །

龙嘴瑰宝不争好，
若是争了需到手，
野牛犄角不可惹，
若是惹了需到手，
猛虎之皮不可争，
若是争了需到手。

སྲས་མོ་གཡུ་ཡི་སྒྲོལ་མ།

赛姆・玉依卓玛

བདེ་སྐྱིད་ཀྱི་ཉི་མ་ཕར་ལ་ཡལ། །
སྡུག་བསྔལ་གྱི་མུན་པ་ཚུར་ལ་རུབ། །
སྤང་དྲི་བཟང་མེ་ཏོག་སད་ཀྱིས་བཅོམ། །

幸福时光已过，
痛苦黑暗已降，
鲜花已被冻死。

ཤེས་རབ་གྲགས་པ།

西饶扎巴

ཁ་དཔའ་གཏམ་བརྒྱ་བཤད་སྟོང་བཤད་ལ། །
ཕོ་ངར་ཉམས་སྟག་ངར་གཟིག་ངར་རེད། །
སྟག་རྒྱ་སྟག་རང་ཚོད་མ་བཟུང་ན། །
ཁྱི་བདའ་ལུས་འཛུམ་ཐུག་བསྡོག་ཡོང་ཟེར། །
དགྲ་སྲི་དགྲ་ཆུང་དུས་མ་བཏུལ་ན། །
དེ་ལང་ཤོར་སོང་ན་ཀུན་ལ་གོད། །

千万豪言道不完，
虎豹争雄皆英豪；
锦虎争雄若无度，
劣狗驱虎也有时；
公敌幼时不伏灭，
长大成势都遭殃。

སྟག་རོང་ཨ་ཁྲུ་ཁྲོ་ཐུང་།

达绒·阿库超同

ས་གཞི་སེར་པོའི་ཡང་སྟེང་ནས། །
སྦྲུལ་ཁྲ་བོ་འགྲོ་གདོང་གདུག་པ་ཅན། །
སྦྲུལ་འབྲུག་འགྲོས་ཁ་རླངས་འཕྱུལ་ན་ཡང་། །
བྱ་ཁྱུང་ཆེན་རྒྱལ་པོའི་ཡ་བོ་མིན། །

金黄大地之上，
花蛇心肠狠毒，
虽然毒气腾腾，
并非琼鸟对手。

མཐོ་ཏི་སེ་གངས་ཀྱི་རི་ཞབས་ནས། །
སྦལ་རུས་སྦལ་གངས་སྦལ་ཆུ་སྦལ་གསུམ། །
ཁོ་འཕག་འཚག་མཆོང་རྩལ་ཡོད་མདོག་ཀྱང་། །
གངས་དཀར་ཡག་སེང་གེའི་ཡ་བོ་མིན། །

岗底圣山之脚，
乌龟雪蛙水蛙，
各自炫耀跳功，
岂是雪狮对手。

ཀྲ་བདེ་ཆོས་སྐྱོང་བེར་ནག།

嘎德·曲炯贝那

སྟོབས་བྱ་ཆེན་ཁྱུང་གི་རྒྱལ་པོ་དེ། །
འདབ་སྒྲོག་ཆགས་གཞན་དང་མི་འདྲ་ལེ། །
ལུས་གཤོག་ཐུག་རི་རབ་རྩེ་ནས་རྒྱས། །

力大无穷之琼鸟，
立于禽中显威武，
离巢高飞在于天，

དམའ་ས་གཞི་དུག་ཅན་ཁ་གནོད་ཟེར། །　　抓捕毒蛇利人畜。

ལྷགས་ཁྲི་འབུམ་ཐུབ།　　加赤•奔图

སྤང་ལེབ་ཆེན་མེ་ཏོག་ཁྲ་ཚུང་དེ། །　　青青草原开满花，
ནམ་དབྱར་དུས་བཀྲ་ཡང་དགུན་དུས་མེད། །　　盛夏绽放冬则无，
དགུན་སྐར་མའི་གྲལ་ར་འཁྲིགས་པའི་དུས། །　　满天繁星闪烁时，
མཛེས་མེ་ཏོག་ཁྲ་ཚུང་སད་ཀྱིས་བཅོམ། །　　美丽花朵已凋谢。

ཚ་ཞང་འདན་མ་བྱང་ཁྲ།　　擦香・丹玛向查

༡ གཟིག་ཁྲ་ཡག་ངར་མའི་ཡ་བོ་དེ། །　　被链拴住的遛狗，
ཁྱི་སྐོར་ཐག་འབྱར་མས་མི་དོ་ཟེར། །　　可不是花豹对手；
འབྲོང་བྲི་སེར་ངར་མའི་རུ་ཡ་དེ། །　　棚里黄牛的犄角，
གླང་ཁྱིམ་གསོས་རྣ་ཡིས་མི་དོ་ཟེར། །　　抵不过野牛利角。

སྟོབས་གླང་ཆེན་སྨྱོན་པའི་ཁུར་ཡ་དེ། །　　脊梁短直的家毛驴，
སྒོ་སྒྲུ་རུ་བོང་བུས་མི་དོ་ཟེར། །　　怎比那健壮的大象。

༢ སོང་ཟེར་ན་འཆི་བདག་ཡུལ་དུ་འགྲོ། །　　说去死神也敢见，
སོད་ཟེར་ན་ཕ་མ་ཡིན་ཡང་གསོད། །　　要杀不管是何人，
མཆོངས་ཟེར་ན་མེ་འོབས་ནང་དུ་མཆོང་། །　　说跳火海也敢闯。

སྟག་མོ་འབུམ་ཐུབ།　　达摩奔图

༡ རི་དཀན་གཟར་མཐོན་པོའི་ས་ཤོག་ནས། །　　瀑布直泻峭壁上，
ཆབ་ཆུ་བོ་ཐུར་དུ་འབབ་པའི་དུས། །　　向下河流湍又急，

ས་སྤར་མོ་གང་གིས་ག་ན་ཁོག །

手握黑土岂能挡。

དགུང་སྔོ་སྤྲིན་འཚུབ་པའི་ཀློང་རོལ་ནས། །
ངར་གནམ་ལྕགས་ཐོག་ཆེན་ལྷུང་པའི་དུས། །
མགོ་སྤར་མོའི་བཀབ་ལེས་ག་ན་ཁེབས། །

天空乌云翻滚，
龙降天铁霹雳，
抱头岂能躲过。

༢ ཤར་ཁྲི་གདུགས་ཉི་མའི་འོད་མདངས་ལ། །
འབུ་མེ་ཁྱེར་སྲིན་བུས་ཨེ་འགྲན་ལྟ། །
གངས་དཀར་ཡག་སེང་གེའི་གཡུ་རལ་ལ། །
ཁྱི་སྒོ་སྐོར་སྐྱེར་མོས་ཨེ་འགྲན་ལྟ། །

旭日东升光芒万丈，
微微萤火试着比光；
威武雪狮头缀鬃毛，
可怜家犬试着斗狮。

ཆོས་ལུ་རིན་ཆེན་གྲགས་པ།

曲鲁·仁钦扎巴

ཤར་ནགས་རི་འགྲིམས་པའི་རྒྱ་སྟག་དེས། །
ལུས་འཛུམ་དྲུག་ངོམ་ལུགས་མ་ཤེས་ན། །
དུས་མཐའ་མ་རྔོན་པའི་རྙི་ཁར་ཚུད། །
ལུས་འཛུམ་དྲུག་གྲ་ར་སྒྲིག་པའི་དུས། །
སྟག་དཔའ་རྩལ་ཆེ་ཡང་དེ་ཙམ་རེད། །
སྔོ་སྤྲིན་ཕུང་འཁྲིགས་པའི་ཀློང་རོལ་ནས། །
དགུང་གཡུ་འབྲུག་སྟོན་མོ་སྐད་པོ་ཆེ། །
རྒྱང་གསུང་སྐད་བསྒྲགས་ཚོད་མ་ཟིན་ན། །
དུས་ཐ་མ་གཡུ་འབྲུག་མཚོ་ལ་ལྷུང་། །
འབྲུག་ཁོག་པ་སྲིན་འབུས་ཁེངས་བའི་དུས། །
སྐད་ཅུར་སྒྲ་ཆེ་ཡང་དེ་ཙམ་རེད། །
ནགས་རྒྱ་ཛོང་ཤིང་རྩེའི་རྨ་བྱ་དེ། །
ལུས་སྒྲོ་གུར་ཕུབ་ཚོད་མ་ཟིན་ན། །
དུས་ཐ་མ་བཙན་དུག་ཁ་ལ་ཚུད། །

走在森林的老虎，
炫耀身斑可有度，
否则沦于捕器口，
等到虎皮剥开时，
猛虎再凶仅此也；
天空苍茫云海处，
雷声隆隆传千里，
轰响世间需有度，
免得青龙坠于海，
等到满腹菌虫时，
巨龙再吼仅此也；
林中树梢的孔雀，
华丽开屏需有度，
免得落于赞妖口，

ལུས་གཞོག་སྒྲོ་ཐང་ལ་ལྷུང་པའི་དུས། །
བྱ་སྒྲོ་མཛེས་ཟེར་ཀྱང་དེ་ཙམ་རེད། །
བྱང་ཡངས་ཐང་འགྲིམ་པའི་འབྲོང་རྐོད་དེ། །
མགོ་རུ་ཐུར་ངོམ་ཚོད་མ་བཟུང་ན། །
དུས་ཐ་མ་རྔོན་པའི་ལག་འོག་ཚུད། །
མགོ་རུ་ཐུར་ཐང་ལ་ལྷུང་བའི་དུས། །
འབྲོང་རུ་ཐུར་རྣོ་ཡང་དེ་ཙམ་རེད། །
དམའ་རྒྱ་མཚོར་གནས་པའི་ཉ་མོ་དེ། །
ལུས་འགྱུར་བཅུམ་འཁྱུག་ཚོད་མ་བཟུང་ན། །
དུས་མཐའ་མ་ལྕགས་ཀྱུའི་སྣེ་ལ་འདྲེན། །
ལུས་ཤ་ཁྲག་ཉ་པས་སྤྱོད་པའི་དུས། །
ཉ་འཁྱུག་རྩལ་མྱུར་ཡང་དེ་ཙམ་རེད། །

羽毛落于满地时，
羽眼再美仅此也；
走在羌塘的野牛，
炫耀牛角需有度，
免得钓于猎人手，
头角落在地面时，
角尖再利仅此也；
居于大海的鱼儿，
逍遥游水需有度，
免得陷于鱼钩尖，
渔翁享受血肉时，
鱼儿再灵仅此也。

ཀ་ར་དབང་ཕྱུག།

噶热•旺秋

བྱ་གླག་རྐོད་གནམ་ནས་འཕུར་བའི་དུས། །
ཉམ་རི་བོང་སྤང་རྩྭ་ཟ་དབང་མེད། །
དེ་ཟ་དབང་ཨེ་གདའ་སྤུ་ལ་ལྟོས། །

雕鹰飞向蓝天时，
兔子无权吃青草，
看见兔毛知此事。

ཁྲ་དར་མ་བར་སྣང་འཕུར་བའི་དུས། །
བྱིའུ་ཚུང་ཚུང་ལྕང་རྩེར་འཕོར་ས་མེད། །
དེ་འཕོར་ས་ཨེ་གདའ་སྒྲོ་ལ་ལྟོས། །

鹞鹰飞向天空时，
小鸟无权栖柳树，
看见羽毛知此事。

སྤྱང་པོ་ཐང་རི་སྐང་འགྲིམ་པའི་དུས། །
ར་རྒྱ་བོ་བྲག་ལ་འཛེགས་དབང་མེད། །
དེ་འཛེགས་དབང་ཨེ་གདའ་པགས་ལ་ལྟོས། །

野狼走于山岗时，
山羊无权爬岩岭，
闻见羊皮知此事。

འཇང་སྲས་གཡུ་ཁྲི་དཀྲུང་སྟོན།

姜赛·玉赤巩恩

༡ མཐོ་བར་སྣང་རླུང་ཤུས་ཆོད་ན་ཡང་། །
དམའ་ས་གཞི་རི་བོ་ག་ནས་འགུལ། །
དགུང་སྐར་གྲལ་སྐྱ་མདངས་གཏོར་ན་ཡང་། །
གསལ་ཉི་མའི་འོད་མདངས་ག་ན་འགྱུར། །

暴风再狂，
大山难倒，
夜星虽逝，
日光难遮。

༢ འབུ་གྲོག་མ་ཁ་གྲངས་མང་པོ་དེ། །
རྐང་རྫོག་པའི་འོག་ལ་མནན་ན་ཡང་། །
སྐེད་ཉག་མ་མ་ཆད་འཆི་རྒྱུ་མེད། །

蚂蚁数不胜数，
虽被双脚踩踏，
腰折才能屈死。

ནོར་བུ་གཡུལ་རྒྱལ།

诺普宇嘉

རྟ་འདོ་ཆེན་རྒྱུག་ཁ་གཤན་པོ་མ། །
ཐང་ཨ་ཆེན་འགྲོས་ཁ་བདེ་ལེ་རེད། །
རི་མཐོན་པོའི་ལ་མགོ་འགྲིམས་ཉིན་མོ། །
འགྲོས་གཤན་པ་དེ་འདྲ་མེད་པ་ན། །
སྒ་གསེར་སྒ་བསྟོད་དང་མ་བསྟོད་མེད། །
དམའ་རྒྱ་གྲོང་སྨན་ཆུང་མཛེས་མོ་མ། །
གཞིས་ཕ་མའི་གཉེར་སྐྱོང་ཡག་ལེ་རེད། །
ཁྲོམ་ཆེན་པོའི་རྒྱ་སྡེ་འགྲིམ་ཉིན་མོ། །
མཛངས་ཡོན་ཏན་ཤ་ལོ་མ་དཀར་ན། །
རྒྱན་རིན་ཆེན་བཏགས་དང་མ་བཏགས་མེད། །

马儿好骑又能跑，
那是因为北野滩，
待到跋山涉水时，
要是劣马失前蹄，
鞴上金鞍有何义；
城里姑娘貌如花，
关键在于父母好，
走到大庭广众间，
美丽不在服饰美，
内涵气质才算美。

གཟི་མ་ར་མགོ། 斯玛热果

༡ མཐོ་དགུང་སྔོན་མཐོན་པོའི་ཡངས་མཁའ་ནས། །
ཉི་རྟ་བདུན་སྒྱུར་བའི་བང་ཤུགས་དེ། །
རྒྱུ་སྐར་ཚོགས་མཐུག་པོས་བརྟན་བསམ་སྟེ། །
དེ་མ་བརྟན་འོད་ཆེན་འཛམ་གླིང་ཁྱབ། །

蔚蓝天空无边际，
七匹神马拉太阳，
星光想遮太阳光，
日光依然照世界。

༢ མཐོ་ནམ་མཁའ་སྤྲིན་གྱི་གཞལ་ཡས་ནས། །
དགུང་གཡུ་འབྲུག་སྔོན་མོ་ངར་ལམ་ལ། །
བར་སྣང་ཆར་སིལ་མའི་བསུ་མ་བྱུང་། །
དགུང་གཡུ་འབྲུག་མི་ངར་ཀ་མེད་རེད། །

天空云层处，
青龙腾飞时，
甘雨来莅临，
青龙必怒吼。

བར་གངས་རི་ཤེལ་གྱི་ལྡིང་ཁང་ནས། །
སེང་དཀར་མོས་གཡུ་རལ་ངོམ་ས་ལ། །
གངས་ཁ་ཆར་འཚུབ་མས་བསུ་མ་བྱུང་། །
སྟོབས་གངས་སེང་མི་ངར་ཀ་མེད་རེད། །

圣洁雪山巅，
雪狮炫鬃毛，
遇到暴雨雪，
雪狮更怒吼。

དམའ་ཙན་དན་ནགས་ཀྱི་སྐྱིད་ཚལ་ནས། །
སྟག་དམར་ཡག་འགྲིམ་པའི་ངར་ལམ་ལ། །
རྔོན་མི་ངན་ཁྱི་ཡིས་བསུ་མ་བྱུང་། །
ནགས་རྒྱ་སྟག་མི་ངར་ཀ་མེད་རེད། །

檀木丛林中，
猛虎任意行，
遇到猎人狗，
林虎更要吼。

དུང་སྐྱོང་སྟག་ལྷ་ཁྲི་དཀར། 童炯·达拉赤嘎尔

༡ ཆབ་ཆུ་བོའི་འབྱུང་རྩ་གངས་ལ་བྱུས། །
འབབ་འཁྱིལ་ས་མ་ཕམ་མཚོ་ལ་རེད། །

清泉源自积雪，
奔向玛旁雍错，

མཚོ་ཆེན་པོའི་གཏིང་ན་ཀླུ་ཡུལ་ཆགས། །
དོན་ཀླུ་རྒྱལ་འདོད་ཡོན་འཕེལ་འདོད་རེད། །

海底住有鲁王，
鲁王财运旺兆。

༢ སྤྲང་འགྲོ་འདུག་མང་ན་ཁྱི་དང་ཐུག །
བུ་བྱ་ལག་མང་ན་བྱིའུ་རྐང་ཆག །
ལས་བྱེད་རྒྱུ་མང་ན་རང་སྡེ་ཤུང་། །

游荡四方乞丐遇恶犬，
惹是生非男子折脚骨，
爱管闲事之人毁自家。

ཚ་ཞང་འདན་མ་བྱང་ཁྲ།

擦香·丹玛向查

བྱ་ཁུ་བྱུག་སྔོན་མོ་མོན་ནས་ཐོན། །
ཤིང་ཤུག་གུའི་སྟེང་ནས་དྲུག་འགྱུར་རྒྱུག །
དགུང་སྤྲང་ཆར་ཟིལ་མ་མ་བབ་ན། །
མོན་ཁུ་བྱུག་གསུང་སྐད་སྟོང་པ་རེད། །

杜鹃自从察隅来，
柏树之上放声唱，
若不滴落天上雨，
察隅鸟鸣则为空。

སྟག་སྲས་ནོར་བུ་གཡུ་རྒྱལ།

达赛·诺普玉嘉

༡ མེ་དམར་པོ་འབར་ཚོད་མ་ཟིན་ན། །
ཆུ་ས་ནག་རླུང་ཡོད་མ་ཤེས་ཟིག །
ཕོ་རྒོད་པོའི་ཇུས་ཚོད་མ་ཟིན་ན། །
ལས་བྱ་བ་ཅི་ཡོད་མ་ཤེས་ཟིག །
འབྲུ་སྙེ་མ་སྨིན་ཚོད་མ་ཟིན་ན། །
སྟོན་བ་སོ་ལྷག་རླུང་མ་ཤེས་ཟིག །

火焰燃烧需有度，
免得遇上土与水；
男儿谋事需有度，
遇到何事不可测；
麦穗长势要有度，
免得秋霜寒风袭。

༢ སྟོད་ཡར་ན་གངས་དཀར་ཏི་སེ་ཆགས། །
གངས་ཏི་སེ་ཉི་མས་མི་ཞུ་སྟེ། །
དུས་མཐའ་མ་མེ་ཡིས་བཞུ་ཡང་སྲིད། །

仰望可见冈底山，
山顶积雪融不化，
只怕末日遭烈火；

མདའ་མར་ན་རྒྱ་མཚོ་ཆེན་པོ་ཆགས། །
མཐའ་རྒྱ་མཚོ་སྐམ་དོན་མི་སྲིད་དེ། །
དུས་མཐའ་མ་མི་བརྟན་སྐམ་ཡང་སྲིད། །

俯瞰可见大海广，
海水向来无干涸，
只怕末日成死水。

དར་མ་ཏུ་རུ།

塔尔玛图如

མཐའ་རྒྱ་མཚོ་ཆེན་པོའི་ཆུ་རྒྱུན་དེ། །
ཕུ་གངས་དཀར་རྩེ་ནས་བྱུང་ལེ་རེད། །
ཕུ་གངས་དཀར་ཏེ་སེ་མ་ཆགས་ན། །
མདའ་རྒྱ་མཚོ་སྐྱོན་མོ་གང་ནས་འོང་། །

涌动大海之水，
源自高山积雪；
积雪若如消失，
大海将会干涸。

རོང་སྲས་ལྷ་རྒོད་འབུམ་ལུ།

绒赛・拉贵奔鲁

དཀྱུང་སྐར་ཚོགས་བཀྲག་ཚོད་མ་ཟིན་ན། །
སྡེགས་སྡེ་བརྒྱད་གཏོར་མས་གཏོར་རབས་ཡོད། །
མཐོ་རི་པོ་མཐོ་ཚོད་མ་ཟིན་ན། །
མཁའ་གནམ་ལྕགས་ཐོག་གིས་བཤིག་རབས་ཡོད། །
སྤང་མེ་ཏོག་བཀྲག་ཚོད་མ་ཟིན་ན། །
དགུན་གྲང་ངར་སད་ཀྱིས་འཇོམས་རབས་ཡོད། །

群星发光若无度，
八部密宗会有咒；
高山峰顶若无度，
顶峰遭遇天雷击；
鲜花绽放过于艳，
一阵寒流将其灭。

མི་ལྷི་དམར་པོ།

梅吉玛波

མཐོ་གངས་དཀར་འཛིན་པའི་སེང་གེ་དང་། །
དམའ་ཚེར་གསེབ་འོག་གི་རི་བོང་གཉིས། །
སྟོབས་དཔའ་རྩལ་མི་འདྲ་སོ་སོ་རེད། །

占领雪山的狮子，
荆棘丛中的野兔，
力与勇猛不可比。

མཐོ་ལ་རྩེ་འགྲིམ་པའི་གཟིག་ཁྲ་དང་། །

行于山顶的花豹，

དམའ་གྲོག་རོང་འཁྱིམ་པའི་གླ་བ་གཉིས། ། 深谷低处的林麝，
ཁ་མཆེ་བ་ཡོད་ཀྱང་ཁ་ཁ་རེད། ། 除了獠牙不可比。

དུག་སྦྲུལ་མཆེ་བ་མགོ་བཞི། 四头毒蛇

༡ མཐོ་གངས་སེང་གཡུ་རལ་ལེན་པ་ལ། ། 欲得狮头鬃毛，
བྱ་མཁའ་ལྡིང་ཁྱུང་གི་སྟོབས་རྩལ་དགོས། ། 要有琼鸟之胆，
དམའ་གཙང་ཆབ་ནོར་བུ་ལེན་པ་ལ། ། 欲得河中瑰宝，
སྟོངས་ཆུ་སྲིན་འགྱུར་གྱི་འཁྲུག་རྩལ་དགོས། ། 要有鲸鱼之术。

༢ བྱ་སྒོ་ང་དཀར་པོ་ཚང་ལ་ལུས། ། 落于鸟巢之蛋，
བྱ་འཕུར་ཐུབ་གཤོག་སྒྲོ་མ་རྒྱས་ན། ། 若不长出翅膀，
མཐོ་ནམ་འཕང་གཅོད་པ་ཕར་ལ་ཞོག། 别说展翅高飞，
མཐའ་ཤིང་རྩེ་ལ་ཡང་མི་འཁྱིམ་ཟེར། ། 欲飞树上也难。

ཉ་གསེར་ཉ་རྒྱ་མཚོའི་གཏིང་ལ་ལུས། ། 金鱼戏游海底，
སྟོད་གངས་དཀར་ཆབ་ལ་མ་འགྱུར་ན། ། 积雪若不融化，
ཁ་གངས་ཆུ་འཐུང་བ་ཕར་ལ་ཞོག། 别说饮得雪水，
མཐའ་སྒྲོ་གཤོག་ཐ་རླབས་མི་ཆོད་ཟེར། ། 怎能冲游巨浪。

དམྱལ་གླིང་རྫོགས་པ་ཆེན་པོ་མཐོང་བ་རང་གྲོལ། 《地狱篇》

ནེ་ནེ་གནམ་སྨན་དཀར་མོ། 乃乃·南曼嘎尔姆

རྟོགས་ལྡན་རྒན་པོའི་གདམས་ངག་དེ། ། 老者谆谆教导，
ལུས་འབྱུང་བཞིའི་གཡར་པོ་བཏང་ཉིན་གསལ། ། 寿终乃知其义；
བན་ཆོས་བྱེད་སེམས་ཅན་འདྲེན་སྟོན་དེ། ། 僧人开导众生，
ཤི་དམྱལ་བའི་རྒྱ་ཟངས་འགྲིམ་ཉིན་ཤེས། ། 阴间乃知法力；
ལྷ་གོང་མས་བསྐོས་པའི་རྒྱལ་མཆོག་རྗེ། ། 升到五佛之界，
བྱིད་རིགས་ལྔའི་ཞིང་ཁམས་བྱོན་ཉིན་གསལ། ། 乃知神通广大。

སེང་ལྕམ་འབྲུག་མོ། 森姜珠牡

༡ དྲིན་ཕ་མ་མེད་པའི་རྗེས་ཤུལ་ལ། ། 大恩父母离世后，
ཟས་ཞིམ་པོ་མི་རག་ཐག་གིས་ཆོད། ། 难得嘴里进好饭，
གདམ་སྙན་མོ་བརྗོད་མི་གཅིག་ཀྱང་མེད། ། 没人跟你述忠言。

༢ མཐོ་གསེར་ཞུ་མནབས་པའི་བླ་མ་དེ། ། 今生弘扬佛法，
ཚེ་ད་གང་སངས་རྒྱས་བསྟན་པ་བཙུགས། ། 来世超度众生，
ཚེ་ཕྱི་མ་ངན་སོང་འགྲོ་དྲུག་འདྲེན། ། 不求荣华富贵，
ལས་དེ་བྱས་འདི་ཕྱི་གཉིས་ཀ་བདེ། ། 只为弘法利生。

བར་ཐམ་ཀ་ཐོགས་པའི་མི་དཔོན་རྣམས། ། 霸权行者官名义，
རང་འོག་སྡེ་སྐྱོང་ཞིང་གཞན་སྡེ་བརླག། 造福本民害邻邦，
རྒྱུ་ཚོགས་མེད་དཀོར་མཛོད་ནོར་གྱིས་བཀང་། ། 夺来财富满仓库，

ཚེ་ད་གང་སྐྱིད་དེ་ཕྱི་མ་སྡུག།	今生享用来世苦。
མགོ་རྨོག་དཀར་གྱོན་པའི་སྟག་ཤར་དེ། །	佩戴盔甲的男子，
མགོ་རྣ་བ་རྩོད་ནས་དགྲ་ལ་འཐབ། །	只为骨气战仇敌，
ལུས་རང་སྲོག་མཚོན་ཁར་འབེན་ལ་བཙུགས། །	身驱阻挡利器口，
དེ་མི་ཕུང་རང་བརླགས་གཉིས་ཀ་རེད། །	最终害己损他人。
གེ་སར་ནོར་བུ་དགྲ་འདུལ།	**格萨尔·诺普占堆**
༡ ལས་བཟང་པོའི་ལས་མཐའ་མ་བསྐྱངས་ན། །	好事做到底，
སྔོན་བྱས་ཚད་ངན་པའི་དུག་ཏུ་འགྱུར། །	否则适得其反；
ཆོས་ཞུས་པའི་སྡོམ་པ་མ་བསྲུངས་ན། །	修法守戒律，
དོན་ཕན་པ་མི་འབྱུང་ངན་སོང་ལྷུང་། །	否则沦于恶途；
སྔགས་ཕུར་ཐོགས་ཀྱིས་བསད་ཚད་མ་དྲངས་ན། །	念咒需洗罪，
ཤི་དམྱལ་བར་ལྷུང་ཉིན་འོ་བརྒྱལ་ཆེ། །	落于地狱保佑难。
༢ ཁྱི་ངན་གཟིག་དང་མ་ཐུག་བར། །	恶狗不遇花豹前，
རང་སྒོར་ཡོད་དུས་ང་རྒྱལ་ཆེ། །	自家门口显自大；
བྱིའུ་ཆུང་ཁྲ་ལ་མ་ཐུག་བར། །	小鸟不遇鹞鹰前，
བར་སྣང་འཕུར་དུས་གཤོག་རྩལ་ཆེ། །	飞行技巧更自；
བོང་བུ་རྟ་དང་མ་འགྲོགས་བར། །	毛驴不与马儿比，
གཅིག་པུར་འགྲོ་དུས་བང་ཁ་ཆ། །	独自行走跑得快。
༣ ཕ་ཁུ་བོ་མི་རྟག་འགྲོ་ནངས་སོ། །	先辈无常离世后，
བུ་ཚ་བོས་ཕ་རྗེས་བཟུང་ཞིང་འདུག།	还有儿孙继家业。
༤ ཐམས་ཅད་སྐྱེས་པའི་ཐ་མར་འཆི། །	万物有生必有死，

མི་རྟག་སྒྱུ་མའི་དཔེ་བཅུ་བཞིན། །
རྟག་པ་མེད་པར་ཀུན་གྱིས་སོམ། །

就像十个无常例，
世事无常人需知。

གསེར་པའི་གཡུ་འབྲུག་རྒྱལ།

色贝·玉珠嘉

མཐོ་འཁོར་ལོས་སྒྱུར་བའི་རྒྱལ་པོ་དེ། །
ཚེ་རིན་ཆེན་མི་རྟག་ཞིང་ལ་གཤེགས། །
དྲིན་ཆེ་ལེ་དྲིན་ཆེན་ཕ་མ་རེད། །
ཚེ་ཐ་མ་མི་རྟག་འབྱུང་བཞི་གུད། །
བུ་སྲིང་མེ་ཏོག་བཀྲག་རྒྱས་དེས། །
ཕ་རྗེས་བུ་ཡིས་འཚོ་རབས་ཡོད། །

位高权重的大王，
生命无常升天堂；
恩重如山的父母，
生命无常将永别；
儿女满堂如鲜花，
继承家业乃常理。

མ་ཡུམ་འགོག་བཟའ་ལྷ་མོ།

王母·果萨拉姆

དགུན་གཡའ་མ་ཁ་བས་བཟུང་ལེ་དེ། །
དབྱར་ཐན་ངབ་ཆེ་སྐེ་ཞུ་བ་དཀའ། །
སེམས་ཉོན་མོངས་མཐོང་བའི་འཁྲུག་དཀར་དེ། །
སྐྱིད་ཉི་མ་ཤར་ཡང་ཞུ་རྒྱུ་མེད། །

片石被那冬雪封，
时到夏季难融化，
愚昧人心被俗污，
光照此地也难化。

གཡོག་དཔལ་རྒྱལ་སྟག་ཡུ།

耀·巴嘉达余

༡ ལས་ཅི་ཡང་མི་སྲིད་ཅི་ཡང་སྲིད། །
འདྲེན་སྟོན་བྱེད་པའི་བླ་མ་དེ། །
རང་མགོ་མི་ཐོན་ངན་སོང་འགྲིམས། །

业力所致皆可能，
超度众生的喇嘛，
自身难保随恶趣。

༢ ལྷ་བླ་མ་དགུང་གི་ཉི་མ་རེད། །
དུས་བདེ་དུས་མགོ་གལ་མི་ཆེ་སྟེ། །

菩萨喇嘛是太阳，
平安之时不知好，

ཤི་དམྱལ་བའི་རྒྱ་ཟངས་འཁྲིམ་ཉིན་མགོ། །
ཕོ་ཕྱུག་པོའི་རྒྱུ་ནོར་ཆོས་རྩར་བཏང་། །
དུས་ཀུན་ཏུ་གཏོང་ཕོད་མི་ཆེ་ཏེ། །
ཤི་བར་དོའི་འཕྲང་ལ་འགྲོ་ཉིན་མགོ། །
སྒོམ་ཆེན་པོས་བཙན་སར་དཀའ་སྤྱད་བྱས། །
དུས་ད་གང་དགོས་གལ་མི་ཆེ་སྟེ། །
དམྱལ་ཁམས་བཙོ་བརྒྱད་འཁྲིམ་ཉིན་མགོ། །

落入地狱求保佑；
富人用财积功德，
虽然平时不炫富，
等到中阴得善果；
禅师独自修佛法，
今生尽管不重要，
等到地狱自有效。

གཤིན་རྗེ་ཆོས་ཀྱི་རྒྱལ་པོ།

辛吉曲吉嘉波

༡ བུ་སངས་རྒྱས་བྱུང་ན་ཕ་མ་དགའ། །
ཆོས་མཁས་པ་བྱུང་ན་ཡོན་བདག་དགའ། །
བུ་སེམས་གཞི་བཟང་ན་རོགས་ཀྱང་མགུ། །
རྟ་གོམ་ལག་བདེ་ན་བུ་ཆུང་དགའ། །
སྨན་སྐྱེ་གཟུགས་བཟང་ན་ཀུན་ཡང་མགུ། །
དཔོན་མཛད་སྤྱོད་དྲང་ན་འོག་སྡེ་མགུ། །
ལས་རྒྱུ་འབྲས་ཞིབ་ན་ལྷ་འདྲེ་མགུ། །
ཆོ་འདི་ཕྱི་བརྩིས་ན་གཤིན་རྗེ་མགུ། །
ཆོས་དགེ་བ་བྱས་ན་ཆོས་རྒྱལ་མགུ། །
ལས་སྡིག་པ་སྤངས་ན་ལས་མཁན་མགུ། །

儿子成佛喜父母，
精通佛法喜施主，
品性善良喜伴侣，
好马自有小伙爱，
女子貌美人人赞，
清官正法子民敬，
得知善恶喜神鬼，
明辨是非喜罗王，
行善积德喜阎王，
戒断恶业喜鬼卒。

༢ ཆོས་ཡོད་ན་འདི་ཕྱི་གཉིས་ཀ་བཟང་། །
ཁ་མཁས་ན་ཀུན་གྱི་སྙོ་ཁ་ཉན། །
ཁོག་དྲང་ན་མི་སྡེ་ཀུན་དང་མཐུན། །
སེམས་རང་ངོ་ཟིན་ན་གར་འགྲོ་ཆོག །
སེམས་རྟོགས་ན་སངས་རྒྱས་གཞན་ན་མེད། །
དཔོན་དྲང་ན་འོག་སྡེའི་སྲོག་ཤིང་ཡིན། །

今生来世需行善，
能说会道人人听，
做人正直处人好；
了解自性通四方，
心得觉悟可谓佛，
好官恰如子民脉。

སྤྱི་དཔོན་ལྷ་མོ་གཡུ་སྒྲོན།

ཛེ་རྒྱལ་པོ་མི་རྟག་འགྲོ་ནངས་མོ། །
བློན་པོས་སྐྱེ་མགོ་འཚོ་རབས་ཡོད། །
དྲིན་པ་མ་མི་རྟག་ཕྱིར་ནངས་ལ། །
དྭ་ཕྲུས་རྒྱལ་ས་འཛིན་རབས་ཡོད། །
བུ་མོས་རྒྱལ་ས་མི་ཟིན་ཏེ། །
ཚེ་འདི་ཕྱི་དོན་ན་རྒྱལ་ས་ཡིན། །

吉本·拉姆玉珍

大王谢世那日起，
唯有宰相顾子民；
双亲寿终正寝时，
唯有孤儿继家业；
姑娘虽难成大事，
多做善事有果报。

སྲས་ཆུང་ཟླ་བ་རྒྱལ་མཚན།

དཀར་ཆུ་ཤེལ་ཟླ་བ་གཟའ་ཡིས་ཟིན། །
ཛྷ་འཛམ་གླིང་མི་བདེ་མུན་པ་རུབ། །
ཕ་དྲིན་ཆེན་བློ་ཛི་ཞིང་ལ་གཤེགས། །
དུས་ཡག་ཉེས་བློ་ཤུགས་སུ་ལ་འདྲི། །

赛琼·达瓦坚赞

明月沦为天狗餐，
瞻洲黑暗无天日，
贤智恩父长辞时，
黑白之事向谁问。

སྲས་ཆུང་རྡོ་རྗེ་དཔལ་བཙན།

སྐྱེས་པའི་དལ་འབྱོར་རིན་ཆེན་མི། །
ལམ་འཆི་བ་མིན་པ་ཡོད་ལེ་མིན། །

赛琼·多吉巴赞

生命之尊乃人类，
但也终究会死亡。

སྐ་བདེ་ཆོས་སྐྱོང་བེར་ནག

ཛེ་བླ་མ་ཞིང་ལ་ཕེབས་ཉིན་མོ། །
བན་བཙུན་ཆུང་གཅིག་མལ་གཅིག་གིས་བཟུང་། །
ཆོས་བསྟན་པའི་རྒྱལ་མཚན་བཙུགས་རབས་ཡོད། །

嘎德·曲炯贝那

尊者喇嘛圆寂时，
僧众一脉继佛业，
佛法不衰传世间。

རྗེ་རྒྱལ་པོ་མི་བཞུགས་གཤེགས་པའི་དུས། །
རྒྱལ་བུས་ཐམ་ཀ་ལག་ན་ཐོགས། །
རྒྱལ་ཁྲིམས་སྔར་བཞིན་སྐྱོང་རབས་ཡོད། །

皇帝离世皇宫在，
王子继承国之业，
国政如往不更替。

སྐུ་མཁར་ཁྲ་མོའི་ནང་ཞེད་ལ། །
ཕ་ཁུ་བོ་མི་རྟག་འགྲོ་ཉིན་མོ། །
བུ་ཚ་བོས་ཕ་མལ་བུ་ཡིས་བཟུང་། །
ཆོས་སྲིད་དགུང་ལས་མཐོ་རབས་ཡོད། །

父辈离世父业在，
子孙后代继家业，
政教兴旺永不衰。

ཧོར་ཨ་ཁྲོ་ཧོ་ནག།

霍尔·阿超奥那

མཐོ་གཡུ་འབྲུག་གྲག་ཚོད་མ་བཟུང་ན། །
འབྲུག་ལྕེ་ཐན་པས་ཚིག་རབས་ཡོད། །
སྟག་དམར་ཡག་དར་ཚོད་མ་བཟུང་ན། །
སྟག་ལྤགས་གདོང་ལ་སྒྱུར་རབས་ཡོད། །
དཔོན་བཙན་པོའི་བཙན་ཚོད་མ་བཟུང་ན། །
གཡོག་ཉམ་ཆུང་གི་ཡིས་ཕུང་རབས་ཡོད། །

玉龙怒吼需有度，
否则龙舌被旱烧；
猛虎占林需有度，
否则虎皮夺自命；
暴君横行需有度，
否则引起部众反。

ཤན་པ་མེ་རུ་རྩེ།

辛巴梅如泽

བྱ་ཕོ་རོག་གསོས་ཞིས་གཏོར་ཁང་ཕེད། །
ཁྱི་རྒྱ་ལུ་གསོས་ཞིས་སྒོ་ཐེམ་འཁེལ། །

养鸦盗食子库，
家犬挡门前路。

ཏ་ཕྲུག་ལྷ་ལྡན་འོད་དཀར།

塔楚·拉丹维嘎尔

མི་གཅིག་ལས་མེད་ཀྱང་ཡུལ་ཁྲལ་འཛལ། །

独只一人交众税，

ནོར་གཅིག་ལས་མེད་ཀྱང་ཞེ་སྡེ་གསོག །

独此一牛交酥油。

རོང་སྲས་ལྷ་རྒོད་འབུམ་ལུ།

绒赛·拉贵奔鲁

ཚིག་དོན་འཕྲས་གླུ་ལ་མ་བཀོད་ན། །
ཁོག་ཅི་དྲན་སུ་ཡིས་ཤེས་ཐབས་དཀའ། །
རྐང་རྫོག་སོ་ས་ལ་མ་བསྐྱོད་ན། །
ཐག་རིང་ཐུང་ས་ལ་ཚོད་ཐབས་དཀའ། །

不唱啊啦调，
心事说不明；
不走脚下路，
谁知路长短。

སྲས་རྡོ་རྗེ་དཔལ་བཙན།
ལྷ་ལྡན་འོད་དཀར།
ཟླ་བ་རྒྱལ་མཚན་གསུམ།

赛·多吉巴赞
拉丹维嘎尔
达瓦坚赞

༡ ཞུ་བ་རྒྱལ་པོ་རྗེ་ལ་ཕུལ། །
ཞུ་རྟེན་མེད་ན་ཁྲིམས་དང་འགལ། །

参见大王需上礼，
否则成为违法人。

༢ ཚུ་ཞེལ་ཉི་མ་ཐལ་གྱུར་ན། །
མ་རིག་མུན་པ་སུ་ཡིས་སེལ། །
དྲིན་པ་མ་མི་རྟག་འགྲོ་བའི་དུས། །
མཁར་ཁྲ་མོ་སྙིང་རླུང་ལངས་རོགས་རེད། །
བྱ་ཁྱུང་ཆེན་མཁའ་ལ་འཕུར་རྗེས་སུ། །
རྒོད་ཐང་དཀར་ཕྱིའུ་ཕྲུག་ཐང་ལྷུང་རེད། །

一旦太阳成了灰，
谁来替它驱黑暗；
父母无常终离去，
从此家是伤悲源；
琼鸟飞向云霄去，
雄鹰雏鸟坠悬崖。

༣ སེང་པོ་ཐང་གཡུ་རལ་ཐང་ལ་ལྷུང་། །
གངས་ཉི་མས་བཞུ་དུས་སུ་ལ་རེ། །
རྒོད་ཐང་དཀར་ཐུ་ལུ་རླུང་གིས་གཏོར། །
བྲག་ཐོག་གིས་གཏོར་ཉིན་སུ་ལ་རེ། །

落魄雪狮衰威严，
积雪融化谁能救；
雄鹰断翅难翱翔，
雷劈峻岭指望谁；

སྟག་དམར་ཡག་འཛུམ་རྡུག་མེ་ལ་ཤོར། །
ནགས་མེ་ཡིས་འཚིག་དུས་སུ་ལ་རེ། །

老虎身斑被火烧，
丛林起火盼望谁。

ཁམས་གསུམ་བདེ་བཀོད།

《安定三界》

བོད་ཕྲུག་མི་ཆུང་ཁ་བདེ།

蕃楚・弥琼喀德

༡ ལུས་གྲུ་བཞི་མི་ཚད་མ་ལོན་ཡང་། །
ཁ་གྲུ་བཞི་གཏམ་ཚད་ལོན་ལེ་ཡིན། །

༢ ཁྲ་ཡག་རྫ་ལ་དཔེ་བླངས་ན། །
འགྲོང་ཆུང་འཕོར་ས་རྫ་ལ་རེད། །
ཁྲ་ཡག་རྫ་རྭ་ཟ་ཞོར་སོང་། །
ཏ་ཕྱུར་རྫ་ནས་ཇོམ་བཞིན་སོང་། །
དུས་ཐ་མ་ཤི་ས་རྫ་ལ་རེད། །
དེ་མོས་པ་མ་བྱུས་བསྐོས་ཐང་རེད། །

ན་དམར་གཞུང་ལ་དཔེ་བླངས་ན། །
རྐྱང་ཆུང་འཕོར་ས་བྱང་ལ་རེད། །
ན་དམར་བྱང་རྭ་ཟ་ཞོར་སོང་། །
རྫོག་རྡུག་ན་ནས་ཇོམ་བཞིན་སོང་། །
དུས་ཐ་མ་ཤི་ས་ན་ལ་རེད། །
དེ་མོས་པ་མ་བྱུས་བསྐོས་ཐང་རེད། །

བར་སྣང་ཁམས་ལ་དཔེ་བྱུས་ན། །
ཐང་དཀར་འཕུར་ས་དགུང་ནས་རེད། །
མི་ཤ་རྟ་ཤ་ཟ་བཞིན་སོང་། །
གཤོག་རྡུག་དགུང་ནས་ཇོམ་བཞིན་སོང་། །

麻雀虽小，
五脏俱全。

野牛行于大山间，
口食山草谋生计，
炫耀双角防天敌，
最终死于大山间，
此事命中注定也。

比如沼泽地而言，
野马生于北山上，
为了谋生去沼泽，
炫耀马鬃栖于此，
最终死于沼泽地，
此事命中注定也。

比如苍生天而言，
雄鹰飞于天空中，
马尸人肉任意食，
炫耀翅膀飞于此。

དུས་ཐ་མ་ཤི་ས་བྲག་དཀར་རེད། །
དེ་མོས་པ་མ་བྱུས་བསྐོས་ཐང་རེད། །

最终死于山垭口，
此事命中注定也。

གེ་སར་ནོར་བུ་དགྲ་འདུལ།

格萨尔·诺普占堆

རྒྱས་བཅུག་ན་རྒྱལ་བའི་བཀའ་འགྱུར་ཡིན། །
རྒྱལ་བའི་བཀའ་འགྱུར་ཟད་མེད་ཡིན། །
མདོར་བསྡུས་ན་མ་ཎི་ཡིག་དྲུག་ཡིན། །
ཡིག་དྲུག་ནང་དུ་དོན་ཆེན་འདུས། །

详解乃佛经甘珠尔，
甘珠尔博大且精深，
概说是为六字真言，
六字真言深含大义。

跋

《〈格萨尔〉史诗谚语警句选录》是藏族著名英雄史诗《格萨尔》近三百部中精心筛选摘录出来的流传至今的谚语警句。这些谚语警句是藏族人民在长期的社会实践和征服自然过程中总结出来的生活感悟、价值趋向和处事原则，具有重要的社会价值。一是选题新颖，视角独树。本书是首次从众多《格萨尔》中精选出来的谚语警句，对《格萨尔王传》中所蕴藏的丰富的优秀品德、崇高的精神和积极进取的社会正能量，进行再次发掘、整理、传承和弘扬，符合时代呼吁，符合党和国家一贯倡导的让中华民族优秀传统文化“活”起来服务于现实社会的指导思想。二是内容丰富，立论正确。本书的内容涵盖藏族人民在长期社会实践中总结和感悟出来的遵世守法、立德树人、公平正义、除暴安良、扬善抑恶、不畏艰难和积极进取的崇高精神，是一部表现藏族人民在历史上与我国各民族在政治、经济、宗教、文化等方面相互交流、相互学习、相互借鉴、共同书写中华民族共同体发展历史的著作。同时也再现了藏族优秀传统文化固有的聪明睿智、胸怀坦荡、积极进取、乐观豁达的高贵品质和价值追求，为宣传和推介藏族文化是中华文化不可分割的重要组成部分，中华文化是我国各民族文化的集大成，中华民族共同体的形成与发展是历史发展规律的必然选择，并促进人与社会的全面发展与进步提供了十分有价值的鲜活材料。三是特色鲜明，编排得当。本书首次将《格萨尔王传》中的藏文谚语警句以直译和意译等方式译为汉文，译文准确，特色鲜明，细心品读，耐人寻味。更值得一提的是，藏文与译文对照排序，相互照应，独具匠心，一方面拓展了读者的受众面，使著名的藏族英雄史诗得到更大范围传承和发展，另一方面为类似藏族谚语警句的翻译创作，精准达意提供了有益借鉴。

桑丁才仁

2023 年 9 月 28 日于北京

མཇུག་བྱང་།

དེ་ཡང་འཛམ་གླིང་གེ་སར་རྒྱལ་པོའི་སྒྲུང་ནི་གེ་སར་སྐྱེས་བུ་འཁོར་ཚོགས་ཀྱི་ཕྲིན་ལས་ཀྱིས་གདུལ་བྱ་སྐྱོང་ཚུལ་རྣམ་ཐར་དང་རྟོགས་བརྗོད་དེ། དེ་ནི་བོད་མི་རིགས་ཀྱི་བློ་གྲོས་ཀྱི་རྩལ་ལས་བྱུང་བའི་དམངས་ཁྲོད་ཀྱི་ལོ་རྒྱུས་སྙན་ངག་རིང་མོ་ཞུལ་དུ་བྱུང་བ་ཞིག་ཡིན། དེའི་ནང་དོན་གཙོ་བོ་ནི་མཐོ་སྒང་བོད་པའི་ཡུལ་སྲོལ་གོམས་གཤིས་སོགས་ཆོས་དང་འཇིག་རྟེན་གྱི་རིག་གནས་ནང་དོན་ཕུན་སུམ་ཚོགས་པ་དང་ལྡན་པ་ཞིག་གོ། །

དེ་བས་སྒྲུང་དེབ་སོ་སོའི་ནང་གི་གཏམ་དཔེ་དག་ནི་བརྗོད་བྱ་ཕུན་སུམ་ཚོགས་ལ་རྗོད་བྱེད་ཚིག་སྦྱོར་སྙན་ཞིང་འཇེབས་པས་མ་འོངས་མི་རབས་རྗེས་མར་རང་ལུགས་ཀྱིས་དགའ་སྤྲོ་ཆགས་སྣང་བསྐྱེད་སྐད་བསླབ་བྱ་སོགས་གང་གི་ཆ་ནས་སློབ་སྦྱོང་དང་དཔྱད་གཞིར་འོས་སོ་སྙམ་པས་ཐེངས་འདིའི་ལས་གཞི་ཆེན་མོའི་དབུ་འཛིན་ངག་དབང་དགེ་ལེགས་མཆོག་གིས་དབུ་ཁྲིད་མཛད་འོག །རང་རེའི་ལས་དོན་འདི་ལ་ཞུགས་མཁན་ཡུལ་ཤུལ་ཁུལ་སློབ་འབྲིང་གི་བོད་ཡིག་དགེ་རྒན་སོ་སོ་དང་གཞན་ཡང་ཆེད་མཁས་པ་དག་གིས་བསྡུ་རུབ་མཛད་པའི་གེ་སར་སྒྲུང་མང་པོ་ཞིག་གི་གཏམ་དཔེ་དག་ཡུལ་ཤུལ་བོད་རིགས་རང་སྐྱོང་ཁུལ་རིག་གནས་ལས་གཞི་ཆེན་མོ《གེ་སར》རྣམ་གྲངས་དཔེ་ཚོགས་ནང་གི་ཚན་པ་གཙོ་ཆེ་ཤོས་ཤིག་ཏུ་བརྩིས་ཏེ། གེ་སར་རིག་གནས་རྒྱུད་འཛིན་དར་སྤེལ་གྱི་བྱ་བ་འདི་ལ་དགའ་ཞིང་གུས་པའི་སོར་བཅུ་སྙིང་ལ་སྦྱར་བཞིན་ཕྱོགས་གཅིག་ཏུ་བསྒྲིགས་པའི《གླིང་སྒྲུང་གི་གཏམ་དཔེ་དང་གདམས་ཚིག་གཅེས་བཏུས》ཞེས་པའི་དཔེ་དེབ་འདི་ལྟ་བུ་ཞིག་བསྡུ་སྒྲིག་དང་ཡིག་སྒྱུར་དཔར་བསྐྲུན་བཅས་རྒྱ་ཆེའི་ཀློག་མཁན་རྣམ་པའི་སྤྱན་ལམ་དུ་འབུལ་ཐུབ་པ་ལ་སྤྲན་ཡང་དགའ་སྤྲོ་འཕེལ། བསྡུས་ཟིན་པའི་གཏམ་དཔེ་དག་གི་དཔེ་གཞིའི་ཁྲོད་ཡིག་ནོར་མང་བ་དང་། ཚིག་གི་གོ་རིམ་མི་མཐུན་པ། ཚིག་ཀྲང་ངོ་མི་མཉམ་པ་སོགས་སྐྱོན་ཡོད་རིགས་ཐམས་ཅད་ཇ་སྟོད་རྫོང་རིག་གནས་ལུས་རྩལ་ཡུལ་སྐོར་རྒྱང་སྒྲོག་བཀྲན་འཕྲིན་ཅུའུ་གེ་སར་གཞུང་དོན་ཁང་གི་ཀྲུའུ་རེན་དང་ཇ་སྟོད་རྫོང་གེ་སར་རིག་གནས་མཐུན་ཚོགས་ཀྱི་ཚོགས་གཙོ་གཞོན་པ་ཀུན་ཆེ་དབང་འགྱུར་མེད་དང་ཁོ་བོས་མཉམ་དུ་དཀའ་བ་དང་དུ་བླངས། ངལ་བ་ཁྱད་དུ་བསད་ནས་ཉིན་མཚན་བར་མེད་དུ་དག་བཅོས་ཅི་ཐུབ་བྱས་པ་དང་། བརྡ་སྙིང་དང

ཡུལ་སྐད་སྐོར་ཞིག་རང་སོར་བཞག་སྟེ་བསྒྲིགས་ཡོད། འོན་ཀྱང་བསྡུ་སྒྲིག་གི་ལས་ཀའི་དུས་ཡུན་ཐུང་བ་དང་ཡིག་ཚོགས་མང་བ། ཁྱབ་ཆེ་བ། དེ་སྔ་ཡན་ཆོད་དུ་གེ་སར་སྒྲུང་གི་གཏམ་དཔེ་ཕྱོགས་བསྡུས་ཀྱི་དཔྱད་གཞི་ཆེན་པོ་མེད་པ་བཅས་ཀྱིས་འདི་ལ་མ་འཁྲུལ་པ་དང་ནོར་འཁྲུལ་མི་འབྱུང་བ་ཞིག་ཡོད་ངེས་པས་རྒྱ་ཆེའི་ཀློག་མཁན་རྣམས་ཀྱི་སྤྱན་སྔར་སོར་བཅུ་སྙིང་ལ་བཟུམ་སྟེ་དགོངས་དག་ཞུ་བ་ལགས་སོ།། །།

ཞེས་བསྡུ་སྒྲིག་པ་གསལ་ཏན་ནས་༢༠༢༢ལོའི་ཟླ་༡༠ཚེས་༡༨ཉིན་གྲུས་པས་ཕུལ་བའོ།། །།

后记

《格萨尔》英雄史诗是一部岭国雄狮王以大无畏的精神率领岭国军队南征北战，降伏妖魔，抑强扶弱的活态史诗，也是藏民族用智慧酝酿的一部民间优秀文学。史诗熔铸了藏民族的风俗习惯、佛教与伦理道德、神话传说、传统民歌、格言俚语等，其具有雄浑壮丽，多姿多彩的艺术魅力。

《格萨尔》英雄史诗里的谚语语言，结构优美，内容丰富多彩，句句精粹完美。为了后代能够借鉴与学习这部优秀的百科全书，更好地接受先人的智慧结晶，用语言充分表达自己的喜怒哀乐，由多高·昂文格来先生的主持下，州中学教师及专家并肩携手，进行搜集、整理、翻译这部《〈格萨尔〉史诗谚语警句选录》一书，可以说是在整个“格学”项目建设中扮演着非常重要的角色。

这部《〈格萨尔〉史诗谚语警句选录》经过多方的努力，使最终能够呈现于广大读者的眼前，本人如释重负，极其高兴，同时双手合十向所有参与搜集、整理、翻译、出版该书的工作人员致以崇高的敬意。

我们在谚语搜集工作中，遇到了种种困难，如出现很多错别字，语句不通顺、字数不齐、搜集人员的工作失误等。为此特意向杂多县文体广播局格萨尔文化办公室主任，杂多县格萨尔文化协会副主任，才旺久美等老师请教，克服千辛万苦，最终完成了搜集、改正、整理、翻译、出版等整个工作流程。为了保护和尊重地域文化，书中部分谚语依然保留了方言和古词等原有的特征。此次格萨尔谚语搜集与整理工作是在时间紧、任务重、翻译量大的情况下进行，定有诸多不足之处，望广大读者敬请谅解！

桑丁

2022 年 10 月 18 日

ཀླིང་སྐྱུང་གི་གཏམ་དཔེ་དང་གདམས་ཚིག་གཅེས་བཏུས།

ཡུལ་ཤུལ་བོད་རིགས་རང་སྐྱོང་ཁུལ་གྱི་སར་རིག་གནས་ལས་གཞི་
གཞུང་ལས་ཁང་གིས་བསྒྲིགས།

རྩོམ་སྒྲིག་འགན་འཁུར་པ། ཚངས་པོ།

གདན་ཞུས་རྩོམ་སྒྲིག་པ། ཏྲ་མགྲིན་རྒྱལ། ཚེ་རིང་ཕུན་ཚོགས། དགེ་ལེགས་ཆོས་འཕེལ། ཕྲིན་ལས། ཚེ་དཔལ་སྐྱབས། བཀྲ་ཤིས་ཚེ་རིང་།

མདུན་ཤོག་རྣམ་འགོད། པེ་ཅིང་ཐེན་ཆི་སྨྱུར་གསར་རིག་སྤེལ་ཚད་ཡོད་སྤྱི་གཉེར་ཁང་།

པར་གཞི་སྒྲིག་སྦྱོར། གཙུག་ལག་ཕྲེང་བ་པར་སྒྲིག་ལས་གཉེར་ཁང་།

པར་སྐྲུན་འགྲེམ་སྤེལ། ཀྲུང་གོའི་བོད་རིག་པ་དཔེ་སྐྲུན་ཁང་།

པར་འདེབས། པེ་ཅིང་ཀོང་དབྱི་པར་འདེབས་ཚད་ཡོད་སྤྱི་གཉེར་ཁང་།

རེབ་ཚད། 787mm×1092mm 1/16

དཔར་ཤོག 96

པར་གཞི། 2023ལོའི་ཟླ་12པར་པར་གཞི་དང་པོ་བསྒྲིགས།

དཔར་ཐེངས། 2023ལོའི་ཟླ་12པར་དཔར་ཐེངས་དང་པོ་བཏབ།

དཔེ་རྟགས། ISBN 978-7-5211-0496-7

རིན་གོང་སྒོར། 350.00 (སྟོད་སྨད་ཆ།)

▲ 玉树藏族自治州重大文化工程《格萨尔》项目作为中国藏族文化（玉树）生态保护实验区样板工程于 2017 年 3 月 17 日启动

2017ལོའི་ཟླ་3པའི་ཚེས་17ཉིན་། ཡུལ་ཤུལ་བོད་རིགས་རང་སྐྱོང་ཁུལ་གྱི་རིག་གནས་ལས་གཞི་ཆེན་མོ་《གེ་སར་》གྱི་རྣམ་གྲངས་ནི་ཀྲུང་གོའི་བོད་རིགས་རིག་གནས（ཡུལ་ཤུལ་）སྐྱེ་ཁམས་སྲུང་སྐྱོབ་ཚོད་ལྟའི་དཔེ་མཚོན་ལས་གཞི་ཞིག་ཏུ་བརྩིས་ནས་ལས་འགོ་ཚུགས།

▲ 玉树州重大文化工程《格萨尔》项目办公室与相关专家学者和艺人签订课题委托协议

ཡུལ་ཤུལ་ཁུལ་གྱི་རིག་གནས་ལས་གཞི་ཆེན་མོ་《གེ་སར་》གྱི་རྣམ་གྲངས་གཞུང་ལས་ཁང་གིས་འབྲེལ་ཡོད་ཆེད་མཁས་མི་སྣ་དང་སྒྱུ་རྩལ་མཁས་པར་ཞིབ་འཇུག་བྱ་གཞིའི་མངགས་བཅོལ་གྲོས་མཐུན་བཞག་པ།

▲ 玉树州人民政府聘请国内知名翻译专家教授、举办"格萨尔"项目文本翻译理论与实践培训班

ཡུལ་ཤུལ་ཁུལ་མི་དམངས་སྲིད་གཞུང་གིས་རྒྱལ་ནང་གི་ལོ་ཙཱ་བ་གྲགས་ཅན་དང་དགེ་རྒན་ཆེན་མོ་གདན་ཞུ་བྱས་ནས་"གེ་སར་"རྣམ་གྲངས་ཀྱི་ཡིག་སྒྱུར་ལ་རིགས་པའི་གཞུང་ལུགས་དང་ལག་ལེན་གྱི་གསོ་སྦྱོང་འཛིན་གྲྭ་བསྒྲུབས་པ།

▲ 参与"《格萨尔》史诗谚语警句选录"翻译评审的专家学者合影留念

《གེ་སར་སྒྲུང་གི་གཏམ་དཔེ་དང་གདམས་ཚིག་གཅེས་བཏུས་》ཀྱི་ལོ་ཙཱའི་དཔྱད་འདེམས་ཆེད་མཁས་པའི་རྗེས་དྲན་མཉམ་པར་བསྒྱོན་པ།

◀ 玉树藏族自治州重大文化工程《格萨尔》项目之史诗 57 部藏文书法抄本于 2020 年 8 月完成项目任务，经世界纪录认证（WRCA）现场审核，确认为“最大规模的《格萨尔王传》手抄本”、时任中共玉树州委书记吴德军同志亲临认证现场发表讲话。

2020ལོའི་ཟླ་8པར། ཡུལ་ཤུལ་བོད་རིགས་རང་སྐྱོང་ཁུལ་གྱི་རིག་གནས་ལས་གཞི་ཆེན་མོ་《གེ་སར》རྣམ་གྲངས་ལས་གླིང་སྒྲུང་བྲིས་མ་དེབ་57 ལེགས་གྲུབ་བྱུང་བ་དང་། དེ་འཛམ་གླིང་ཟིན་ཐོ་ངོས་ལེན་（WRCA）ཡུལ་དངོས་ནས་ཞིབ་བཤེར་བྱས་ཏེ། “གཞི་ཁྱོན་ཆེས་ཆེ་བའི་ལག་བྲིས་ཀྱི་《གེ་སར་སྒྲུང་》”ལ་གཏན་འཁེལ་བྱས་པ་དང་། སྐབས་དེའི་ཀྲུང་གུང་ཡུལ་ཤུལ་ཁུལ་ཨུ་རྒྱུའུ་ཅི་གློ་མཐུན་ཝུའུ་ཏེ་ཇུན་དངོས་སུ་ངོས་ལེན་བྱ་ཡུལ་དུ་ཕེབས་ནས་གསུང་བཤད་གནང་བ།

◀ 中共玉树州委书记蔡成勇和州政府副州长郭虎春等同志专题调研玉树州重大文化工程《格萨尔》项目 8 个专项工作具体进展情况。

ཀྲུང་གུང་ཡུལ་ཤུལ་ཁུལ་ཨུའི་རྒྱུའུ་ཅི་ཚའི་ཁྲིང་ཡུང་དང་ཁུལ་སྲིད་གཞུང་གི་ཁུལ་དཔོན་གཞོན་པ་ཀུའོ་རྭུའུ་ཁྲུན་སོགས་གློ་མཐུན་གྱིས་ཡུལ་ཤུལ་ཁུལ་རིག་གནས་ལས་གཞི་ཆེན་མོ་《གེ་སར་》རྣམ་གྲངས་ཀྱི་ཆེད་དོན་ལས་དོན་བརྒྱད་ཀྱི་ཞིབ་ཕྲའི་འཕེལ་རིམ་གནས་ཚུལ་ལ་ཆེད་དོན་བརྟག་ཞིབ་གནང་བ།

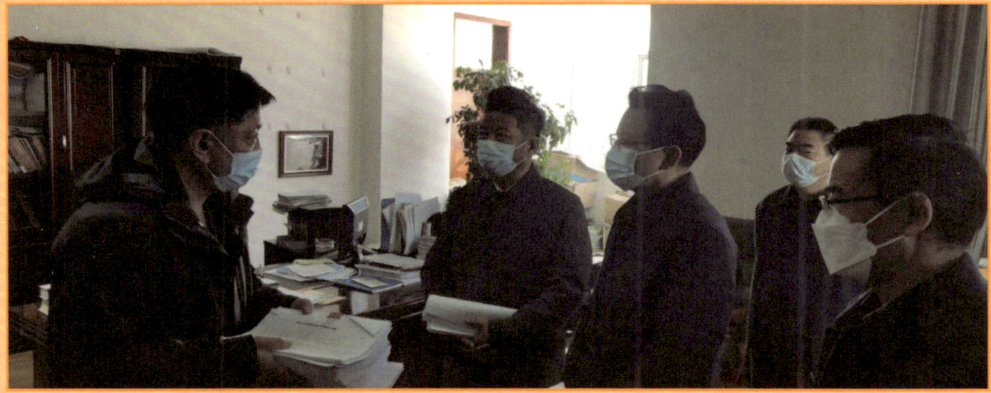

▲ 玉树藏族自治州人民政府州长索南丹增、副州长郭虎春调研听取玉树州重大文化工程《格萨尔》项目之《格萨尔》史诗谚语警句选录编纂进展情况汇报。

ཡུལ་ཤུལ་བོད་རིགས་རང་སྐྱོང་ཁུལ་མི་དམངས་སྲིད་གཞུང་གི་ཁུལ་དཔོན་བསོད་ནམས་བསྟན་འཛིན་དང་ཁུལ་དཔོན་གཞོན་པ་ཀུའོ་རྭུའུ་ཁྲུན་གྱིས་ཡུལ་ཤུལ་ཁུལ་གྱི་རིག་གནས་ལས་གཞི་ཆེན་མོ་《གེ་སར་》རྣམ་གྲངས་ཀྱི་《གེ་སར་སྒྲུང་གི་གཏམ་དཔེ་དང་གདམས་ཚིག་གཅེས་བཏུས་》ཞེས་པའི་འདེམས་སྒྲིག་རྩོམ་སྒྲིག་གི་སྙན་ཞུར་གསན་པ།

▲ 中共玉树州委副书记、州委宣传部部长才旦周同志听取“《格萨尔》史诗谚语警句选录”编撰进展情况汇报。

ཀྲུང་གུང་ཡུལ་ཤུལ་ཁུལ་ཨུའི་རྒྱུ་ཙེ་གཞོན་པ་ཁུལ་ཨུ་དྲིལ་བསྒྲགས་སུའུ་ཡི་སུའུ་ཀྲང་བློ་མཐུན་ཚེ་དོན་འགྲུབ་ཀྱིས་“《གེ་སར་སྒྲུང་གི་གཏམ་དཔེ་དང་གདམས་ཚིག་གཅེས་བཏུས་》ཀྱི་འདེམས་སྒྲུག་རྩོམ་སྒྲིག་གི་སྙན་ཞུར་གསན་པ།

▲ 玉树州文体旅游广电局局长昂文才仁听取《格萨尔》史诗谚语警句选录等图书编纂工作进展情况专题汇报

ཡུལ་ཤུལ་ཁུལ་རིག་གནས་ལུས་རྩལ་ཡུལ་སྐོར་རླུང་འཕྲིན་སློག་བརྙན་ཅུས་ཀྱི་ཅུས་ཀྲང་ངག་དབང་ཚེ་རིང་གིས《གེ་སར་སྒྲུང་གི་གཏམ་དཔེ་དང་གདམས་ཚིག་གཅེས་བཏུས་》སོགས་ཀྱི་དཔེ་དེབ་རྩོམ་སྒྲིག་ལས་དོན་སྤེལ་ཚུལ་གྱི་ཆེད་དོན་སྙན་ཞུར་གསན།